W0378449

Stefano D'Arrigo

Horcynus Orca

Roman

Aus dem Italienischen
und mit einem Nachwort
von Moshe Kahn

S. FISCHER

Herausgegeben von Egon Ammann, Berlin

Questo libro è stato tradotto grazie ad un contributo alla traduzione assegnato dal Ministero degli Affari Esteri Italiano.

Dieses Buch wurde dank eines Übersetzungszuschusses des italienischen Ministeriums für Auswärtige Angelegenheiten und Internationale Kooperation übersetzt.

MIX
Papier aus verantwortungsvollen Quellen
FSC® C083411
FSC
www.fsc.org

Erschienen bei S. FISCHER
2. Auflage März 2015

Die Originalausgabe erschien 1975 unter dem Titel
›Horcynus Orca‹ bei Mondadori, Mailand
© 2003 RCS Libri S.p.A., Milan

Für die deutschsprachige Ausgabe:
© S. Fischer Verlag GmbH, Frankfurt am Main 2015

Lektorat: Egon Ammann
Satz: Dörlemann Satz, Lemförde
Druck und Bindung: CPI books GmbH, Leck
Printed in Germany
ISBN 978-3-10-015337-1

Inhalt

Horcynus Orca

Für Jutta,
die es verdienen würde, auf der Titelseite zu stehen,
mit ihrem Stefano

Die Sonne ging auf seiner Reise viermal unter, und am Ende des vierten Tags, welcher der vierte Oktober neunzehnhundertdreiundvierzig war, erreichte der Matrose 'Ndrja Cambrìa, einfacher Oberbootsmann der ehemaligen Königlichen Marine, den Landstrich der Feminoten an den Meeren zwischen Skylla und Charybdis.

Es dämmerte zusehends, und ein leichter Wind hauchte vom Meer, dessen Gegenströmung eingesetzt hatte, auf das niedrige Vorgebirge. Den ganzen Tag über hatte das Meer sich zur großen gleichmäßigen Stille weiter geglättet, unter einem Schirokko, der ohne die geringste Veränderung seit dem Aufbruch von Neapel angedauert hatte: aus Ost, aus West und Ost, gestern, heute und morgen, dazu das mattmatte Wogen der grauen, der silbernen oder der ehernen Welle, die sich wiederholte, so weit das Auge reichte.

Erst seit ein paar Stunden hatte die Hitze, wiewohl der Schirokko unverändert geblieben war und sogar die Wasserfläche erwärmt hatte, unmerklich begonnen, ihr löwenmähniges Haupt zu schütteln. Das war eben, als die Gegenströmung wieder eingesetzt hatte, verschlungen und giftend bei den ersten sich quälenden Schlangen aus Abwässern und Abfällen, riesigen Muränen ähnlich, die er, mit seinem Kennerblick, an der unterschiedlichen Färbung ausmachte, wie von bemoostem Stein, eiskalt und schauerlich. Das war mithin, nachdem die Inseln vor seinem Blick hinter dem Kap von Milazzo verschwunden waren, und Stromboli, Vulcano und Lipari, die er nun zum ersten Mal aus der Ferne und vom Land aus sah, nachdem er sie immer nur von der Palamitara aus gesehen hatte, wenn er den Golfo dell'Aria hinaufgerudert war, in der Sonne zu dampfen schienen wie Gerippe von Walen, die bei windstiller See erlegt worden waren.

Während er nun zur äußersten Spitze des feminotischen Vorgebirgs ging, wechselte der Himmel vor ihm über der Meerenge von purpurner Glut zu teerdurchsprenkeltem Nebeldunst. Als er vor dem Meer stand und man wegen einiger perlmuttener Lichtzuckungen in der Luft noch deutlich sehen konnte, brach die mondlose Nacht unvermittelt herein, mit jenem jähen und windschnellen Wechsel von Licht zu Dunkel, mit dem die Neumondnächte auch im hellsten Sommer herabfallen. Rauchige Wolkenschwaden hatten, als wälzten sie sich von den Höhen des Aspromonte und des Antinnamare herunter, die offene Durchfahrt zwischen den beiden Meeresufern in ein einziges schwarzes Gebrodel getaucht und eingeebnet.

Etwas auf Sizilien drüben, das wegen seiner violetten, vom Wasser widergespiegelten Färbung wie ein großer Bougainvilleastrauch über der Grenzlinie der beiden Meere zu hängen schien, glänzte für den Bruchteil einer Sekunde mitten aus den Nebelschwaden auf, dann erlosch es und ihm folgte, ganz kurz nur, ein steinweißer Glanz, und genau in dem Augenblick, als es wieder im Dunst verschwand, erkannte er den korallenen Sporn, der von ihrem Meeresufer herüberbugte, ziemlich genau in der Mitte, wie um sie aufzuteilen in Tyrrhenisches Meer hüben und Jonisches Meer drüben.

Auf dieser Landspitze lebte ihr Strandaufseher in einem kubischen Häuschen, das ein Mittelding war zwischen Schiffskabine und Schilderhäuschen. Der Sporn hielt für Beratschlagungen ebenso her wie für Getratsch. Er diente aber auch als Beobachtungsstand über die beiden Meere zur Zeit des Fischzugs, wenn das Los einem ein Wassergeviert zuwies, das ganz dicht am Ufer lag und daher nicht genügend Meer hatte, um die Feluke hineinzusetzen, von deren Mastkorb aus der Späher nach allen Seiten Ausschau hielt auf das erste Auftauchen des Schwertfischs, weshalb es also notwendig war, an Land Beobachtungsposten in bestimmter Entfernung voneinander aufzustellen, auf deren Winken mit den Armen oder den Mützen der Steuermann auf dem Ontro, ganz Aug', wartete, um das Tier zu erkennen, das heranschwamm.

So sah 'Ndrja Cambrìa, wie sich die Nacht, eine Nacht der doppelten Finsternis, eine Nacht aus Kriegsverdunklung und Neumond, zwischen ihn und dieses letzte Stück von nur wenigen Seemeilen warf, das er noch zurückzulegen hatte, um ans Ende seiner Reise zu gelangen: nach Charybdis, so an die vierzig Häuser, zueinander geordnet wie ein Kneifzangenkopf, hinter dem Sporn, in diesem dunklen Nebelschwaden, gegenüber von Skylla, auf der Grenzlinie der beiden Meere.

Und während die Nacht immer mehr zum Tyrrhenischen Meer hinüberwogte und dabei die See aus zerstampftem Blut verschluckte, als breitete sie sich mit ihrer Tintenschwärze darin aus, und Stück für Stück die Diagonale zu verkürzen schien, der man mit bloßem Auge von dem Skylla gegenüberliegenden Sporn und jenem Punkt des unteren kalabrischen Fußrückens folgte, an dem er sich nun befand, machte er sich daran, die Kürze dieses Schritts über das Meer abzumessen, wie schon einmal, als er sich an Bord des Ontro befand und zügig ruderte: Hoooh…hoh… hoooh…hoh…, Ruderschlag auf Ruderschlag, ganz dem kurzen Atem des mit dem Tode ringenden Schwertfischs folgend, der tobte, tobte und gleichzeitig floh, obgleich er schon in seinem letzten Blute schwamm und innerhalb dieser kurzen Meile starb: Und die Gewässer vor dem Landstrich der Feminoten spürten kaum noch die Spitze seines Schwerts, denn sein Sprung von Charybdis nach dort war lediglich ein Sprung in den Tod.

Wenn es vorkam, dass es den Schwertfisch in seiner merkwürdigen Todeslaune dorthin verschlug, kam es unweigerlich zu Wortwechseln und Rangeleien mit diesen notorischen Händelsuchern. Schlank in den Hüften, zart und elegant von Natur aus, ungeheuer lustvoll in den Augen ihrer Frauen, die sie nur für den einen Zweck zu halten schienen, stellte das Los sie, hier wie dort, wenigstens einmal zur Zeit des Fischzugs in aneinandergrenzenden Wassergevierten auf engem Raum unmittelbar nebeneinander. Die feminotischen Fischer mit ihren dünnen Oberlippenbärtchen standen wie Ornamentsfiguren auf Ontren und Feluken: Sah man sie von weitem, war es, als warteten sie geradezu darauf, dass ein völlig ausgelaugter kraftloser Schwertfisch, besser aber noch, wenn er Blut verloren hatte, sich aus den sizilianischen in ihre Gevierte verschwamm. Wenn das Verhängnis es nun wollte, dass der Fisch diese verdrehte Richtung nahm, auch wenn die Harpune als Erkennungswimpel noch in seinem Rücken steckte, gaben diese feinen Herren augenblicklich zu verstehen, dass sie ihn für sich einsacken wollten und darauf den Anspruch von Gaunern erhoben. Häufig versuchten sie sogar, das Tier, heimlich wie Diebe, von der Harpune zu befreien und den Männern von Charybdis bloß das Wurfseil zurückzulassen. Und oft genug geschah es, dass sie, wenn sie verstohlen und in höchster Eile das Eisen aus dem Tier herausrissen, das schöne Fleisch massakrierten.

Die Charybdoten kamen dann mit heraushängenden Augen an und umkreisten die Feminoten so dicht, als wollten sie ihr Boot entern.

»Toll, dieser Trick, den ihr da gegen uns ausgespielt habt«, sagten die Pellisquadre zu ihnen und schäumten aus ihren Mündern. »Von Jahr zu Jahr werden eure Hände flinker.«

Währenddessen fischte der Harpunier das Wurfgeschoss aus dem Wasser, trocknete das Eisen ab und polierte es mit dem Halstuch, zwischen Daumen und Zeigefinger, und mit einer Feinfühligkeit, die man auf Diamanten verwendet. Dann ließ er das weiche Einschnappen der drei Widerhaken vernehmen, die um den Stab herum angebracht waren, und hielt am Ende das Wurfgeschoss in seiner Hand, kalibrierte und balancierte es zwischen Handfläche und Handgelenk, wie eine Lanze, die jeden Augenblick abgeschleudert werden soll. Das tat er absichtlich, voller Verachtung, damit sie sahen, wie ihm das Wurfgeschoss sozusagen von selber aus der Hand springen würde und er bereit, nur allzu bereit wäre, Christenmenschen genauso zu durchbohren wie Fische und darauf sogar alle seine Sinne und Empfindungen richtete. Dann warf er seinen Blick zu ihnen hinüber, kniff seine Augen zu Schießschartenschlitzen zusammen und sah die Feminoten fest an:

»Das Tier da, das durchbohrte, das war der hier Anwesende, ders durchbohrt hat«, sagte er.

»Warn Irrtum«, antworteten dann die Gestellten. »Wir hatten ihn fürn armen einsamen Waisling gehalten.« Und wurden ganz zahm.

Er war bereits am äussersten Rand des Vorgebirgs angekommen, unter den Felsdurchbrüchen, als das polternde Dröhnen von Boccadopas Krücke an sein Ohr drang, dieses Fischmauls. Die Schläge verloren sich in den Höhlungen des Felsenriffs, liefen unter dem Schotter her, und es war, wie wenn ihr Echo seine Füße in einem Windhauch streifte. Das Dröhnen wurde Schlag um Schlag stärker, hämmerte Mal um Mal auf Boccadopas Eile ein, und das wollte sich, man muss es kaum sagen, der Matrose nicht entgehen lassen, gerade jetzt nicht, wo sie unmittelbar am Meer angekommen waren.

Die Nacht, die so plötzlich zwischen die beiden Hänge des Vorgebirgs herabgefallen war, hatte sich wie ein Rauchvorhang zwischen ihn und die Soldaten gesenkt. Nachdem sie um die Landspitze herumgegangen waren, hatten sich die da zwischen den Wänden des Felsenriffs wie in einem finsteren Tunnel befunden, mit dem Matrosen, der irgendwo da hinein verschwunden war, keine zweihundert Meter vor ihnen.

Unter dem Eindruck der Krückenschläge stellte er sich vor, wie der fischmäulige Boccadopa ganz sicher dieses Hautundknochenbündel von Portempedocle anschnauzte, der ihm, 'Ndrja, seiner despotischen Meinung nach, Salz auf den Schwanz hätte streuen sollen und ihn nie aus den Augen hätte verlieren dürfen. Und in der Tat, zwei Tage lang hatte Portempedocle ihn mit einem Wort, das er gelegentlich mit ihm sprechen kam, mit seiner Freundlichkeit und seinem Lächeln eines wandelnden Gerippes, und damit allein, ohne jeden anderen Überzeugungstrick, dazu überredet, langsamer zu gehen, nicht noch eins draufzulegen und damit Boccadopa und die anderen in der Staubwolke zurückzulassen, die die Lumpen aufwirbelten, mit denen sie ihre Füße umwickelt hatten. Jetzt aber, mit all dem Dunkel ringsum, war es, als hätte er sie vor zwei Tagen schon abgehängt. Doch darum ging es nicht, es ging darum, dass am Meer auch er haltmachen musste.

Das Dröhnen brach ab, und einen Augenblick später explodierte in der hohlen Stille der Klippen Portempedocles Stimme wie ein Knall:

»Mooo … ses … Mooo … ses …«, rief er in die Nacht.

'Ndrja stellte sich vor, dass der fischmäulige Boccadopa ihn wie ein Hündchen fest im Nacken gepackt hielt und mit Angst zwischen den Zähnen zu ihm sagte: Los, du Leichenwrack, ruf jetzt, ruf jetzt, brüll dir die Kehle aus dem Leib …

Portempedocle gehörte längst schon zu denen, die sich weder mehr waschen, noch sich mehr abtrocknen, zu denen, die nicht mehr sagen können, wie es heißt: Gutes kommt, und Schlechtes kommt immer, denn das Schlechte war in solcher Fülle über ihn gekommen, dass auch das Gute, konnte man wohl sagen, mit dem Schlechten über ihn gekommen war: War er denn kein wandelndes Gerippe? Und doch: lief, lachte, lebte er etwa nicht? Er war ein Gerippe, aber Boccadopa schien die Knochen unter seiner Haut gar nicht zu sehen, nur, weil er ihn quälen wollte, so als wäre er überzeugt, dass es da noch etwas an ihm zu quälen gäbe: Und die Tatsache, dass Boccadopa sich dessen nicht bewusstwurde, brachte Portempedocle irgendwie zum Lachen, auch wenn ihm oft genug dieses Lachen hinter den Zähnen steckenblieb, sozusagen durchsichtig. Auch in diesem Augenblick schien es, als habe Boccadopa es wieder auf ihn abgesehen.

»Mooo … ses … Mooo … ses …«

Und während Portempedocle rief, schien er mit dem *O* Seifenblasen zu spielen, und das Echo rundete sich im Schlund des Vorgebirgs wie zu einem riesigen Gemurmel der Verwunderung.

Wieder erdröhnte Boccadopas Krücke, eine Weile lang schlug sie: mbumm, mbumm, und danach warf Portempedocle wieder seinen Ruf hinaus in die Nacht:

»Moses, so haltet doch, verschwindet nicht …«, rief er ihm zu, und diesmal lag ein gewisses Zittern in seiner Stimme, gleich einem Aufruhr verängstigter Worte. Aber vielleicht war ihm auch dies, die Fiebrigkeit des Tons, wieder nur von Boccadopa unter Zwang eingebläut worden.

»Ach, leckt mich doch, du, Boccadopa und dein Moses, den du mir da dauernd nennst«, antwortete er ihm leise.

Es war klar: Er musste sich von dem Heer lösen. Wenn er von den Feminotinnen eine Überfahrt für sich allein bekam, musste er die Erde küssen und den Blick zum Himmel wenden. Er wusste nicht, welche Worte, welche Argumente der Überredung er finden und was er ihnen versprechen, was er ihnen, diesen bärbeißigen, diesen heiklen Weibern, vormachen konnte, um ins Boot zu gelangen, sofern es überhaupt ein Boot gab, sofern es denn stimmte, was man so hörte. Als ob er sich da auch noch diese tote Last aufhalsen konnte, vier Soldaten vom Landheer, von denen einer nur ein Bein und eine Krücke hatte. Dann konnte er sich vorstellen, wie sie sich, alle vier, von Angst zerfressen, aufs Meer oder nicht aufs Meer hinauswagten.

Genau deswegen folgten sie ihm seit zwei Tagen, verloren ihn nie aus dem Blick und bebrüteten ihn mit ihren Augen: wegen des Meers. Und ebendeswegen nannte ihn dieses Hautundknochenbündel von Portempedocle seit zwei Tagen auch Moses, und das mit so viel Aufrichtigkeit, dass er sich nicht nur bei der Nennung des Namens umdrehte, sondern bisweilen fast schon vergaß, dass er 'Ndrja Cambrìa hieß, und es ihm fast schon vorkam, als habe er seit jeher Moses geheißen, Moses der Seefahrer.

Aus vieren, die sie waren, hatten sie sich nach einem Tag oder zwei, die sie ihm an den Fersen hingen, seine Schritte zählten, ihn vom Aufgang der Sonne bis zu ihrem Untergang nicht aus den Augen ließen, in seinem Kopf gewissermaßen vervielfacht. Manchmal, wenn er sich umdrehte und zu ihnen hinüberäugte, stellte er sich vor, dass die große Staubwolke, aufgewirbelt von den Lumpen, in denen ihre Füße dahinschlurften, nur der Anfang einer langen weißlichen Wolke wäre, in der, entlang der Küste Kalabriens, das jüdische Volk nach Süden zog, nach Südwesten, von einem Krieg zum nächsten, immer hungrig, immer umherirrend, verwundet, immer auf der Suche nach einer Heimat, einem Himmel und einem Land für ein Dach und einen Unterschlupf. Als armselige Übrigbleibsel eines Kriegs, als Lumpenhunde, von Schwären bedeckt und verstümmelt, beim einen sah man's, beim anderen nicht, und dafür stand Boccadopas Krücke als Zeichen und Sinnbild, hatten sie ganz das Aussehen, wie wenn sie wirklich hinter ihm her aufs Rote Meer zumarschierten. Auch wenn sie's nicht wussten, so sahen sie doch ganz danach aus, Portempedocle hatte ihm das bewusstgemacht: nach Juden, nach Sizilianern, nach denen, die erst dann atmen können, wenn sie übers Meer fahren werden, und da erst, auf der anderen Seite, sich gerettet und sicher fühlen.

Sie machen sich wirklich was vor, dachte er. Sie machen sich vor, sie würden auch mich die Mameluckenworte sprechen hören: Öffne dich, Meer, lass uns hinüber. Und es öffnet sich, tritt zur Seite, und wir gehen zu Fuß zur Insel hinüber, unterhalten uns dabei und rauchen eine Zigarette.

Dieser Abschaum, diese Soldaten vom Landheer, hatten ihn im nördlichen Kalabrien aufgegabelt, in der Nähe eines Orts, der Praja a Mare hieß, Meeresstrand, und das nicht ohne Grund: Von dort an nämlich war die Meeresküste Meile um Meile und Bucht um Bucht Küstenland mit weichem und mit festem Sand, herausgewaschen da und dort aus trockenen steinigen Flussmündungen, die in der Ferne flimmerten.

Dort war aus ihnen, aus Boccadopa, dem Fischmäuligen, und Genossen, die ganze Angst vor der Überfahrt übers Meer hervorgebrochen. Und das als Folge einer merkwürdigen, um nicht zu sagen außerordentlichen Begegnung, die er und sie, wenngleich auch unabhängig voneinander, mit einer kleinen Schar feminotischer Frauen gehabt hatten, die dorthin abgeirrt waren, was für sie wie der Nordpol war, weitab von ihren gewohnten Wegen und Geschäften, die sie niemals nach Kalabrien hinaufführten, sondern immer hinunter und übers Meer nach Sizilien, denn ihre Lebensweise, nämlich sich auf männliche Art ihren Lebensunterhalt zu verdienen, bestand darin, Freisalz in Messina zusammenzuraffen und nach Kalabrien zu schmuggeln, ohne Zoll dafür zu zahlen, vor den Augen der Finanzpolizei und der Polizeibehörde, zwischen rangierenden Zügen und einschiffenden Waggons, zwischen Mole und Fährschiff, Ankünften und Abfahrten, Waren und Passagieren, Frachtstücken und Gepäck, Fenstern und Trittbrettern, Weichen und Prellböcken, Latrinen und Laderäumen, Brücken und Treppchen, zwischen dem Dampf der Lokomotiven und dem Tuten der Sirenen.

Abgeirrt: wie Möwen von einem ozeanischen Sturm über das Meer von Skylla und Charybdis getrieben, der von Gibraltar her im Kanal tost, einem Angst macht und Schauer über die Haut jagt; oder wie Seeschwalben erschreckt zur Erde hinabstürzen in einer dahinjagenden schwarzen Wolke vor dem Sturmwind, der von fern die angeschwollenen, finsteren Schaumkronen der

Furien in Aufruhr versetzt; oder wie Wachteln, die vom Mai in den April vorgeschickt werden und über den Dünen von Casablanca herumflattern oder bei den ersten Anhöhen von Sparta, durchkörnt und erwärmt von afrikanischem Sand, und Vorboten sind für einen glutheißen Sommer, für einen Schirokkoschrecken von Morgen her, der das Pech unter den Booten an Land zum Schmelzen bringt. Dann wird der Schwertfisch auch in allen vier Monaten ohne *R* in der Tiefe schwimmen, unterhalb fünfzehn Metern, und kein Auge gibt's, das da unten sehen kann, darüber muss sich sogar das Aug eines Falken mit kleiner Träne füllen, und Späher wie Steuermann werden sich auf ihren Ausblicksitzen frei bewegen, denn früher oder später wird sich das Weiß ihrer Augen umkehren, und sie werden ins Meer stürzen, als wären sie aus ihrem Mastkorb heruntergeschossen worden, mit ihrem rauchenden Kopf unter dem Strohhut.

Einfach so abgeirrt: wie Möwen, wie Seeschwalben und Wachteln, wenn sie zur Unzeit an einem Unort erscheinen. Dann sind sie immer Vorboten für diese oder jene Nachricht, immer aber einer traurigen Nachricht, sofern man sie zu deuten versteht.

Sie befanden sich am Saum eines unermesslichen Sandstrands, der vom eigentlichen Meeresufer ungefähr dreihundert Meter landeinwärts gebuchtet war und so weit reichte, dass man sein Ende nicht erkennen konnte.

Eine oder zwei Stunden nach Mittag war er an ein ausgetrocknetes, sandiges und steiniges Flussbett gekommen, das, über den Daumen gepeilt, eine Entfernung von einer halben Meile zwischen den beiden Ufern haben musste.

Die Brücke, die einmal über den Fluss führte, war von den Deutschen auf dem Rückzug Stück für Stück in die Luft gesprengt worden. Nur die Pfeiler waren übrig geblieben, und die sahen aus wie ein Wellenbrecherbollwerk gegen die Hochwasser im Winter.

Auf der anderen Seite der Brücke befand sich neben einem Pfeiler ein Feldzelt. Draußen war keiner zu sehen, doch unter dem Zelt, im Schutz vor der Sonne, musste sicher jemand sein.

Dieser Jemand konnte, schoss es ihm durch den Kopf, weil sie es waren, an die er dachte, eines dieser Paare von Carabinieri sein, die, so ging das Gerücht, zu Pferd oder zu Fuß herumzogen, mit den Befehlen des verschwundenen Königs, der aber in der Stadt Brindisi in Apulien wieder aufgetaucht war mit

Thron und Getöse von erhabenen Proklamationen und wie der große Kaiser Karl nach der Schlacht von Ronceval, als er seine toten Paladine zum Appell berief, um zu sehen, ob jemand ihm möglicherweise treu ergeben geblieben wäre und noch lebte, doch nicht, um seinen einst teuren und geehrten Cousin von zwei Pferden vierteilen zu lassen, sondern ausschließlich, vielleicht, pro forma als herrschender König. Phantome, sagten die Leute über diese herumziehenden Carabinieripaare. Phantome, die im Namen des phantomatischen Königs Einberufungsbekanntmachungen ebenfalls phantomatischen Soldaten hinwarfen, ganz zu schweigen davon, dass diese noch phantomatischer waren als alle anderen.

Phantome hin, Phantome her, er war das Flussbett bis zur Mündung hinuntergegangen. Dort befand sich auf dem jenseitigen Ufer eine große Ansammlung von Felsblöcken, wie wenn das Meer sich zurückgezogen und sie freigelegt hätte, die tief in den Sand gewuchtet waren. Er hatte sich die Schuhe ausgezogen, und wie er von einem Felsblock zum nächsten gestreift war, war er schließlich auf diesen endlosen, stillen Strand hinausgetreten, der blendend weiß in der Sonne lag.

Es war wie im Hochsommer, der Sand und die Kiesel brannten unter seinen Füßen, der Himmel war azurblau und wolkenlos, das Meer nur eben von seinem Glanz bewegt. In der stehenden Luft schien das Rollen der langsamen Wellen zum Strand ins Meeresufer einzudringen und sich unter dem Sand noch weit zu verlängern.

Ringsum war alles weiß und staubig. Es gab nur ein paar Schilfbüsche längs des Flussbetts, ansonsten nichts, worauf das Auge hätte verweilen können, wenn nicht gleich links, im rechten Winkel zum Flussbett, ein dichtes Dunkel von Gärten den Strand über einen langen Abschnitt hin gesäumt und wie eine Insel von Laub und Kühle eingeladen hätte. In der Ferne, wo das Wäldchen aufhörte, war ein Stück der Serpentinenstraße erkennbar.

Er ging den Küstenstreifen hinauf und folgte dann auf dem eigentlichen Strand der Spur, die andere Schritte auf dem Sand zurückgelassen hatten. Als er näher kam, sah er, dass es sich um Zwergbäume handelte, um Orangen und Bergamotten, die mit ihrem reichen Laubwerk und ihrer tiefgrün glänzenden Knospenlast ineinandergriffen: Gleich nach dem ersten Schritt war es unter ihnen dunkel vom Schatten und finster, als wäre es Nacht.

Er ging durch das Wäldchen, immer noch mit den Schuhen in der Hand, und meinte, so etwas wie ein plötzliches Rauschen in den trockenen Blättern zu hören, doch dann war es jemand, der ihm mit rund geformten Lippen zupfiff, um seine Aufmerksamkeit zu erhaschen. Und in der Tat, hinter dem Pfiff hatte sich auf der anderen Seite eine Frauenstimme erhoben, die ihn ansprach:

»Ihr, Matrose mit dem Barte ... Ein Wort nur, ein Wörtlein, erlaubt Ihr, hört ...«

Hier reden sie Orangisch, war sein erster Gedanke. Die Stimme nämlich, obwohl sie von ganz natürlichem und menschlichem Klang war, menschlich gar bis zur Dreistigkeit, schien sich für ihn, der die Frau ja nicht sah, tief und geheimnisdunkel aus den sprechenden Wurzeln eines der Bäume heraufzuwinden.

»Ihr da, krustenverkrusteter Matrose«, beharrte die Stimme. »Ein Wort nur, ein Wörtlein, erlaubt Ihr, hört ...«

Mit ihrer anzüglichen Art, sich auszudrücken, dieses Halb und Halbe, da im Schatten, wie an einer nur eben geöffneten Türe oder hinter der Vergitterung eines Fensters, machte die Stimme auf ihn den gleichen Eindruck wie die einer Hure, einer, die sich den Soldaten von den Festungsanlagen hingibt, einer Sirene des miesesten Hafenmilieus, einer von den Huren, die die Angel nach dir auswerfen und dir Liedchen singen und trotzdem unterschwellig einen fast schon hochmütigen Ton draufhaben, gereizt und verächtlich, voller Dünkel, wobei man nicht weiß, wieso sie dazu kommen.

Als er unter den kleinen Bäumen seine Augen schärfte und sich irgendwie am Klang der Stimme orientierte, gelang es ihm, zuerst die zu entdecken, die ihn angesprochen hatte, und dann, von ihr ausgehend, die anderen, um die zehn Frauen, die verstreut herumsaßen, im vorderen Schatten des Gartens, jede auf dem riedgeflochtenen Koffer; nur dass, während diese Erste mit aufgerichtetem Rumpf dasaß und er sie sehen konnte, die anderen vornübergebeugt waren, ohne jede Neugier auf ihn: ihre langen gekrümmten Rücken, vom Bausch ihrer Röcke, die ihre Hintern einkorbten, bis zum langen bloßen Hals und zum Kopf mit dem rabenschwarzen Haar, gekrönt oben, rund getresst, um ein Polster für den Koffer abzugeben und diesen im Gleichgewicht zu halten, wenn sie gingen; die Ellbogen auf den Schenkeln, auseinandergestellte Beine und hochgezogene Röcke, um Kühlung darunter zu schaffen. Ein paar feuerrote Zipfel schauten aus den Röcken hervor: Diese Entdeckung der roten Röcke inmitten der schwarzen, die diese Frauen nur gewissermaßen aus Schönheit wie ein Banner trugen, wie ein Signal, ließ ihn in den Frauen Feminotinnen erkennen. Er erkannte sie an ihrer Haltung als Zauberinnen im Versteck.

Feminotinnen fernab ihrer angestammten Umgebung?, fragte er sich. Feminotinnen abgeirrt nach Norden, anders als es ihnen eigen war? Doch er hatte die Zeit nicht, jetzt, in diesem Augenblick, zu verstehen, noch sich zu wundern, wie er's gesollt hätte.

Immer noch war die da, welche sich an sein Ohr gemacht hatte mit dem Wörtlein: die, welche aufgerichtet dasaß, mit offenen Augen, auf den Vorbeikommenden lauernd, während die anderen mit gebeugten Schultern dasaßen, als würden sie warten, dass die Sonne über ihre Rücken wandert.

»Ein Wörtlein, Matrose, mein Schöner. Ein Wörtlein, wenns Euch beliebt«, flüsterte sie.

Jetzt sah er sie gut: eine kapotische Person, die zu ihrer Zeit Furore gemacht haben musste und sich immer noch wacker schlug mit großem jungem Personal, zäh und glänzend ihr Gesicht, die Augen einer Piratin, halb geschlossen und schrecklich, die Falten, die ihr Gesicht zu zwei Halbmonden zerschnitten, zwischen Jochbögen und Mund, und die gar nicht so sehr das Werk des Alters zu sein schienen als vielmehr die Narbe einer alten Schnittwunde, Erinnerung an einen betrogenen schäumenden Geliebten. Ob Alter oder Klingenschnitt, diese Falten oder Kerben, sie standen auf ihren Wangen wie Tätowierungen mit Datum, als sie ziemlich ungeschirrt und erregend gewesen sein musste, eine Großmeisterin aus dem Zuchthaus, leidenschaftlich und sich verstellend, und die Männer, die auf sie hereinfielen, landeten entweder im Gefängnis oder auf dem Friedhof. Zum gegenwärtigen Zeitpunkt kam sie ihm, alles in allem, dreist, hinterhältig und abstoßend vor.

»Was gibts?«, fragte er. »Was ist dieses Wörtlein?«

Eine gewisse Neugierde hatte er durchaus, das konnte er nicht leugnen, auch wenn er fest meinte, es schon zu wissen: Allerdings konnte er sich niemals das Absonderliche weiblichen Tuns vorstellen, das dieses Wörtlein ihm zwar enthüllen, wenngleich auch nicht entschleiern würde.

Ohne auf ihn einzugehen, drehte sich die Feminotin um und wandte sich einer ihrer Gefährtinnen zu, die weiter hinten unter dem Laubdach saß, unerkennbar für ihn. Sie sprach sie an: »Cata, meine Schöne«, und redete zu ihr mit sanftem Gesicht, mit Worten, die für ihre Ohren wie Honigseim waren, mit Sätzen, die für seine Ohren erstaunlich waren. »Cata, meine Schöne«, sagte sie zu ihr, »habt Ihr den Matrosen bemerkt, der hier vor Euch hergetreten ist? Habt Ihr ihn genau betrachtet, wie schön er ist und wie groß er ist, dass er fast eine Standarte könnt sein? Bringt er Euer Blut nicht zum Wallen, meine Schöne?

Sagt mir, ob er Euer Blut zum Wallen bringt, sagt es mir frei heraus, macht Euch keine Gedanken … Kommt er Euch bekannt vor, Eurem Auge? Erinnert er Euch und Euer Gedächtnis an wen? Habt Ihr nicht Lust, Euch mit ihm zu unterreden? Heh, ein paar Wörtlein nur, rein zufällig, hättet Ihr die nicht vorn auf der Zunge, die Ihr ihm sagen wollt? So ein Purparleh mit ihm, heh, gefiele Euch das nicht, eine Unterhaltung unter kühlem Laubwerk? Sprecht, meine Schöne, sagt mir, ob dieser königliche Matrose Eure Ansprüche erfüllt, ob Ihr einen Gedanken an ihn verschwendet habt, wenn nicht, macht Euch keine Sorgen. Gangt, gangt, sag ich ihm dann. Gangt Euren Weg, Matros, jetzt, wo Ihr Cata in gar keiner Weise entsprecht. Heh, meine Schöne, habt Ihr gehört, wie ichs ihm sage?«

»Entschuldigt, wenn ich mich einmische …«, unterbrach er sie.

»Einen Augenblick, wartet einen Augenblick, Ihr …«, brachte sie ihn zum Schweigen.

»Was heißt hier Augenblick? Ich mags richtig, wie Ihr über mich verfügt. Ein Wörtlein, wenn Ihr erlaubt, will auch ich anbringen. Das steht mir zu, denke ich doch.«

Diese Cata lachte im Schatten, und die Feminotin zeigte sich überrascht.

»Ah, er hat Euch ein Lächeln entlockt? Also, dann mögt Ihr ihn, den Matros, er bringt Euer Blut zum Wallen? Fühlt Ihr Euch also danach, ihm das Wörtlein zu sagen?«

»Aber mich, fragt Ihr mich eigentlich nicht, ob ichs überhaupt hören will?«

»Ah, da wirds mir doch gleich schon viel besser … Sogar gebeten wollt Ihr werden?«

»Gebeten? Wo ich nicht einmal hinzugezogen wurde … Ha, das ist ja wie richtiges Theater: Da kommt einer vorbei, und Ihr verfügt sofort über ihn nach Eurem Gutdünken. Ihr verhaltet Euch, vielleicht irre ich mich ja?, wie eine Heiratsvermittlerin, aber reden tut Ihr nur mit dieser Cata da, die hinter Euch sitzt, während Ihr kein Wort an mich richtet, noch mich zu Wort kommen lasst, Ihr packt mich und legt mich zur Seite wie eine Marionette im Puppentheater. Ja, denkt Ihr denn, ich müsste sie im Sack kaufen? Denkt Ihr vielleicht, ich dürfte nicht erst einen Blick auf sie werfen?«

»Nun bleibt doch mal ganz ruhig, bleibt mal …«, sagte sie wütend, voller Spott und irgendwie jammernd. »Er kann sich das Glück gar nicht vorstellen, das ihn getroffen hat. Er will sie anschauen, erhebt auch noch Ansprüche, bei seinem Aussehen wie ein Stachelschwein, mit dem Barte da, den er aus Trauer trägt … Ihr wollt sie Euch anschauen? Dann schaut sie Euch an. Aber reibt Eure Augen vorher, reibt sie Euch, ja …«

»Na gut, ich reib sie mir. Ihr werdet mir doch wohl keine vorstellen, die humpelt, keine Grindige, keine mit Glasaug, mit falschen Zähnen und mit lappiger Brust?«

Noch wusste er nicht, was er denken sollte: Er tat so, als würde er die Sache lustig angehen, spürte aber, dass es nicht lustig war. Er redete zwar mit dieser einen, indessen wägte er auch die anderen ab, die er sah, die, seiner Meinung nach, allesamt wie tot waren: Sie zeigten weiterhin keine Regung aus ihren Rücken, hier und dort machte eine einen tiefen Seufzer, doch was ein Aufschauen anging, die Andeutung einer noch so geringen Neugier für ihn, für die Anrede, die Facciatagliata, Messerschnittfratze, an ihn richtete, und das Gerede über ihre Cata, nichts, da kam nichts: entweder war die Sache für sie schon zu alt, oder sie waren zu alt für die Sache.

Facciatagliata hatte einen der Koffer umgekippt und schob ihn mit ihren Armen in den Schatten, um ihn mit den Griffen in den Sand zu bohren. Nachdem das getan war, klopfte sie mit der Hand auf einen der Rücken, der ihr am nächsten war, und die Frau stand wie auf ein Zeichen hin auf und fragte nichts. Sie stellte sich auf die andere Seite des Koffers: Sie war eine alte Vogelscheuche, die nach außen hin nicht anders aussah als diese Facciatagliata, und die zeigte, dass sie Macht über die andere ausübte, insbesondere hatte diese nicht das Gesicht mit der Miene einer antiken Feminotin und diesen Kerben wie ein abnehmender Mond.

Laub und Blätter raschelten in dem Wäldchen, wie wenn die Flügel eines Vogels gegen sie schlagen würden, der auf und davon flog. Die beiden Feminotinnen stützten ihre Fingerspitzen auf die Ränder des Koffers: doch ohne zu drücken, bis jene, die nach vorne kam und dabei kindlich zwischen dem Laub raschelte, unter dem sie herging, schließlich auftauchte und sich auf den Koffer setzte wie auf einen Thron: mit den Händen im Schoß und einem merkwürdigen Grinsen, schrecklich und beseligt zugleich, das sie mit geschlossenem Mund zeigte, und dabei blickte sie vor sich hin, in die Sonne, wo er stand, im dunkelglänzenden Teil des Gartens.

Es ist schwer, unter den Feminotinnen eine Hässliche zu finden, nicht jedoch eine Schöne. Und auch unter den zehn im Schatten des Gartens versammelten fehlte es keineswegs an Schönen, vielleicht gab es unter ihnen sogar Schönere als diese Cata. Aber sie war anders, sie war etwas Seltenes: Sie war nicht bloß eine Schönheit, sie war eine Schöne. Deshalb hatte ihre Kupplerin gesagt, er solle sich die Augen reiben, um sie zu sehen: eben weil sie anders war als alle anderen. Sie hatte nichts von der feminotischen Verkörperung, dieses Raue, Anmaßende, Dunkle, nichts von dem schurkischen, ganz natürlichen Schwingen eines statuengleichen Körpers von großartigem Anblick und doch ganz nach sich selbst bemessen, nach der Vollkommenheit: ein Körper hochgewachsen, lange Schenkel und Stelzvogelbeine mit breiten, schwarzen, staubigen Sohlen unter ihren stets nackten Füßen, auf denen sie machtvoll und doch auch weich steht, elastisch, als wären sie wirklich wandelnde Statuen, beseelt vom Mark der Rotangpalme, das ihnen diese Bewegung eines zitternden Stamms verleiht und mit der sogar die Luft erfüllt ist, in der sie gehen. Diese Cata hatte nichts von all diesen bekannten Eigenheiten der Feminotinnen und nichts von der despotisch dreisten Art, mit der sie ihre Macht über einen Mann ausübten, nichts also von all diesem Zuchthäuslergebaren, das einen an einer Feminotin anzieht und zugleich abstößt. Sie war genau das Gegenteil, die Negation einer Feminotin.

Er stand mit offenem Mund da und wandte die Augen von den anderen weg, um sie anzuschauen, eine minjonette junge Frau, eine Miniatur, ein Juwel von Charakter, das sich von der Anmut der Hüften zum entzückenden Busen fortsetzte, der ihr hübsches Oberteil unter den Schnürbändern anschwellen ließ, nicht wie die überwältigenden Mammellereien, die man ringsum im Garten sah, sondern wie ein tiefer Seufzer: ein zauberhaftes Wesen von junger Frau, für die man, nur um damit eine Vorstellung von ihr zu geben, die Hände zur Schaukel verschränkte, um sie in den Armen zu wiegen wie ein Püppchen. Minjonett und von damastgleicher Haut, das Gesicht wie aufgelöster Zucker, eine Weiße, die so jungfräulich war und so natürlich, dass man denken konnte, sie würde, während ihre Gefährtinnen, verräuchert und geschwärzt, sich stets in der Sonne bewegten, eifersüchtig unter einem kleinen Schirm Zuflucht nehmen; und dazu mit Gesichtszügen, als wären sie von Hand gezeichnet worden, in kleinem Format, gerade so weit zum Oval modelliert, wie's stimmig war, mit mandelförmigen Augen, deren Weiß eben herausgeschält worden war, und den kokonartigen Pupillen, wie ein noch verschlossener, runder, schwarz glänzender Schmetterling. Sie war von einem Liebreiz, der einen gefangennahm, eine derartige Überraschung, wenn man sie in dieser Gesellschaft sah, dass einem der Atem stockte: Da bekam man Lust, sie mit den Augen zu verschlingen, ums offen zu sagen.

Allerdings geschah es, dass, wenn er sie mit dem Blick suchte, etwa um ihr zuzuzwinkern und sich zu verständigen, die Begeisterung abkühlte, die Absicht erlosch, weil, um im Bild zu bleiben, die Augen zu ihr eilten wie zwei Hummeln, die vom Geruch des Honigs angelockt wurden, dann aber gleich wieder davonflogen, weil sie von der Entdeckung in Panik gesetzt wurden, dass dieser Honigduft von ihr ausging wie von einer künstlichen Blüte oder auch einer echten, aber fleischfressenden.

Seinem Gesichtsausdruck nach hätte man gesagt, dass sein Verstand ihre körperliche Schönheit betrachtete, nicht mehr und nicht weniger, wie eine kleine Wolke, die über ihm schwebte und irgendwie mit ihm Schattenwerfen spielte, mal ihn verdeckend, mal ihn entdeckend, mal ihn verfolgend, mal sich verfolgen lassend. Das war ein jäher Eindruck, klar und doch auch dunkel, den man durch den ersten Blick empfing: Im weichen, tiefseeischen Schatten des Gartens schien er sie zu sehen, wie wenn sie von einem Wasser widergespiegelt würde. Es war, als würde er nicht sie sehen mit seinem heilen, wirklichen Blick, sondern ihr Abbild, das außerhalb von ihm undeutlich in seine eigenen Augen zurückgeworfen wurde, wie ein Gedanke, der ihr aus dem Sinn gefallen war.

So betrachtet, nach dem, was von ihr dargestellt und sichtbar war, und dem, was von ihr verstellt und nicht sichtbar war, war sie eine Minjonette, halb verträumt und halb irreredend, die auf der einen Seite noch grün wirkte und sich als vollwertige Frau verstand, auf der anderen Seite erwachsen, die aber noch das Mädchen spielte, und es schien, dass in beidem etwas Wahres lag, so, als wäre sie noch nicht ährenständig, aber auch, als wäre sie so reif, wie es mehr nicht ginge.

Da stand sie nun, mehr gegen die Kante des Koffers gelehnt, als dass sie auf ihm saß, zwischen den beiden stehenden alten Weibern mit ihren stillen Blicken, sie dazu noch alleine mit ihrem sonderbaren, schrecklichen, beseligten Lächeln: in feiner Haltung, wie in der Vitrine, wie etwas Unberührbares hinter Glas, von großer Zerbrechlichkeit, wo sie von einer grund- und kraftlosen Erhabenheit umgeben schien. Und das war das Geheimnisvolle an ihr, etwas, das einen zu ihr hinzog und von ihr wegstieß, etwas, das einen einerseits geradezu drängte, sie in die Arme zu nehmen, zugleich aber auch drängte, sozusagen vor ihren Augen davonzulaufen.

Er hatte sich auf den Sand gesetzt und sich, während er sie ansah, Socken und Schuhe angezogen.

Die Luft unter den Bäumen erfüllte sich mit dem Duft von Bergamotten.

Mit einem Taschenmesser schälte die Feminotin, die der anderen als Gehilfin diente, die Schale von einer kleinen Zitrone ab: Als sie sie vom Fruchtknoten und von der Haut gesäubert hatte, reichte sie sie der Kupplerin. Die öffnete sie und steckte einen Schnitz zwischen Catas Lippen, wartete, bis sie den süßen Saft herausgesogen hatte, und ließ sie dann das bittere Fruchtfleisch in ihre Hand spucken. Die andere, die hinter Cata stand, kümmerte sich indessen um ihre Haare, die sie wie die anderen trug, zu Zöpfen geflochten und oben zum Kranz gewunden: Die Feminotin nahm sie in ihre ausgehöhlten Hände, wickelte den Kranz neu, wie wenn sie ihr eine Krone aufs Haupt setzen wollte. Beide, sie und die andere, machten sich an ihr zu schaffen, als sollte sie für eine Zeremonie hergerichtet werden, für ihre Vermählung, für ihre erste Nacht, genaugenommen: für eine erste Nacht am helllichten Tag, wenn's nach der Redeweise ging zwischen Ammenfürsorglichkeit und Kupplergeraun, die diese Meisterpiratin von Facciatagliata ihr gegenüber gebrauchte.

»Heh, meine Schöne, gefällt Euch der Matrose?«, fragte sie sie wieder, dieweil sie sie mit einer Bergamotte fütterte. »Habt Ihr Euch überzeugt, dass er ein Matros ist, habt Ihrs? Tressen hat er keine mehr an seiner Uniform: nicht den Ausschnitt für den Matrosenkragen, nicht die schön geschnürte Kordel und das Bändchen an der Mütze, vielleicht hat ers ja beim Zecchinettenspiel verloren, doch die Hose mit dem Schlag in den Beinen, die hat er noch. Erinnert Ihr Euch noch, meine Schöne, an die Schlaghosen?«

Sie redet mit ihr wie mit einer Törin, dachte er. Wäre sie keine Törin, würde sie sich derart Törichtes wohl sagen lassen? Vielleicht auch blöde, dass sie sich nicht empört über den Blödsinn mit der Schlaghose? Er wollte sie aus der Nähe betrachten, ob ihr Gesichtsausdruck der einer Törin oder der einer Verschlagenen war, wenn ihre Vermittlerin oder Kupplerin oder Zuhälterin, oder was immer sie war, mit ihr redete.

Die Sonne gleiste unterdessen übermächtig fast am Saum des Gartens und blendete ihn, daher ging er in den Schatten unters Laub zurück und lehnte sich an einen kleinen Baum, wenige Schritte von den Feminotinnen entfernt.

»Heh, Schöne, ja, ja? Das Wörtlein, habt Ihr nicht Lust, es ihm zu sagen?«, fuhr Facciatagliata fort. »Heh, Schöne, frag ich Euch lieber dort unterm Laub danach? Hört zu, ich sage ihm, da ist eine Person, aller Achtung würdig, die Euch in der schattigen Kühle dort was zu sagen hat. Eine gewisse Cata, eine Siebenschöne, gewährt Euch die Ehre und das Vergnügen eines Wörtleins von ihr. So sprech ich mit ihm, was?«

»Aber was für ein Wörtlein ist das? Heh, Signorina, kann man das wohl mal erfahren, oder bin ich nicht gut genug dafür?«, mischte er sich hinter ihnen ein: Und ihm wurde bewusst, dass auch er sie mit seiner Sprache umschmeichelte wie ihre Zuhälterin.

Facciatagliata fuhr jäh zu ihm herum und riss ihren Mund so weit auf, als wollte sie ihn lebendig verschlingen: Gleich darauf aber drehte sie sich wieder um, um ihr Augäpfelchen zu betrachten. Dieses hatte sich verfinstert, als wäre eine Wolke in dieser Sekunde vor ihren Augen vorbeigeglitten: Sie hatte die Stirn gerunzelt und war steif geworden, sie hielt den Atem an und verschlitzte ihre Augen gegen ihn, so, als würde sie sich anstrengen, ihn zu erkennen, so, als würde sie ihn aus der Ferne betrachten, aus weiter, sehr weiter Ferne.

Die Zuhälterin war einen Schritt zurückgetreten und sah sie an, mit einer Hand zwischen Mund und Kinn, die andere Alte machte es ihr nach, gleich daneben, und hielt, auch sie, mit einer Hand ihre Verwunderung im Mund zurück, ihre Beängstigung, als stünde sie vor der Wiederholung eines unglückseligen und traurigen Ereignisses.

Dann, nachdem sich das Einatmen und Aufatmen miteinander vermischt hatten, einaufatmete sie tief, wie wenn sie aus einer Erstarrung wieder zu sich kommen würde: Der Brustkorb bewegte sich wieder frei in ihrem kleinen Körper, auf der Stelle erschien wieder das Weiß des aufgelösten Zuckers in ihrem Gesicht, sie kehrte wieder zurück, mit ihrem sonderbaren, schrecklich beseligten Lächeln.

Jetzt fing er an, sich zu fragen, welchen Sinn dieses rätselhafte, dieses bezaubernde Lächeln hatte, weshalb es, während es in ihr wieder aufzuleben begann, in ihm aber, sofern ein Lächeln auf seinen Lippen lag, erstarb.

Facciatagliata, diese Intrigantin, diese Zuhälterin oder Vermittlerin, musste Cata lange schon gekannt haben, und sie enträtselte sie im Schlaf. Sie wandte den Kopf zu ihm und sagte:

»Ihr kehrt aus dem Krieg zurück, weil nicht mal dieser Große Tod Euch haben wollte, weil Ihr barbarisch seid allein schon vom Anblick her, Ihr kehrt zurück als so schmutziger Mensch, so verwildert und ausgemergelt, dass eine Christenmenschin, die ganz bei Sinnen ist, Euch nicht mal mit einem Rohrstock würd berühren: Und doch widerfährt es ausgerechnet Euch, auf diesen Schatz von Frau zu stoßen, das entziffre noch einer, das verstehe noch einer … Dieses Püppchen mit seinem preziösen, schwierigen Geschmack, wie viele man ihr auch vorstellt, sie lehnt sie alle ab, und dann passierts, dass sie Euch anblickt, und statt den Blick woandershin zu wenden, sieht es aus, als würden ihre Augen wie eine schöne Flamme leuchten, wenn sie Euch anblickt. Mit einem Wort, Ihr gefallt ihr. Ihr gefallt ihr? Sie will Euch, pirdeu, gottnochmal, Ihr bringt ihr Blut zum Wallen, darauf könnt Ihr Euch was zugutehalten, pirdeu, gottnochmal: Ihr seid der Erste, sie, die Kalabrisella, sie erwählte Euch, den Sizilianer, unter all den Ehrlosen, die hier herumlaufen und sie ihrer Ehre berauben wollen. Wonach sucht Ihr denn noch? Ein solcher Schatz fällt Euch einfach so frank zu. Wenn ihr Sizilianer ins Meer fallt, kommt ihr mit eurem Goldhintern zuerst wieder nach oben, wie eine Reuse mit Tintenfischlein …«

Sie ließ ihm keine Zeit zu antworten, denn sie beugte sich zu ihrem Augapfel hinunter, nahm ihr Gesicht zwischen die Hände und küsste sie leidenschaftlich auf den Mund. Auch die andere küsste sie auf den Mund, nachdem sie vorher ihre Lippen mit dem Handrücken abgewischt hatte. Sie taten es, als wollten sie sie beglückwünschen. Sie zeigten ihr aber auch Freudenausbrüche, die den Beigeschmack von Abschied hatten, wie wenn sie sich von ihr trennen müssten und sie eine Weile verlieren würden, genauso, als würde ihr Püppchen wirklich heiraten.

Cata zuckte mit keiner Wimper: Sie betrachtete ihn mit starrem, weit offenem Blick, und, ihn immer noch betrachtend, streichelte sie sich über die Stirn und stand auf, dann drehte sie sich um und ging, ihn mit jenem letzten Blick zurück an sie bindend, wiegend weiter in den Schatten. Von dort an schien sie sich tief unter die Bäume zu graben und verschwand da drinnen, leicht und still, ohne auch nur ein Rauschen der Blätter diesmal, und wurde unvermittelt unsichtbar, wie eine Erscheinung am helllichten Mittag.

»Geht ihr nach, worauf wartet Ihr denn noch, auf eine Kutsche vielleicht?«, zischte sie, Facciatagliata, gallig zwischen ihren Zähnen und beugte sich vornüber, so, als wollte sie das Herausplatzen ihrer Stimme ersticken. Mit einer Hand stützte sie sich auf einen Schenkel, mit der anderen säbelte sie Luft zwischen ihm und der Undurchdringlichkeit des Gartens, es war, als würde sie ihn schieben, ihn hinter Cata mit Degenhieben hertreiben.

Für sie war's gelaufen, gelaufen, wie sie's für richtig hielt, diese unverfrorene Alte; für sie war's dermaßen gelaufen, dass sie ihn mit seinen vor Geilheit glühenden Augen gar nicht zu sehen brauchte, diesen verzauberten Wilden, der sich jeden Augenblick wie ein Fisch auf ihr Augäpfelchen stürzen konnte, um sich mit ihr unter die kühlen Schattenzweige zu verkriechen. Doch er stand da, an einen Zitronenbaum gelehnt, als würde er sich vor der Sonne schützen und nicht derjenige sein, auf den die Alte setzte, damit er die schöne Cata liebte und entjungferte: Und wenn es stimmte, dass er während der ganzen Zeit seinen Blick nicht von ihr, diesem Spiegelbild einer jungen Frau, abwenden konnte, so stimmte es allerdings auch, dass, soweit es ihn betraf, er sie mit immer schwächer werdender Leidenschaft ansah, immer mehr wie eine weibliche Sonnenspiegelung, die er zwar sehen, doch nicht berühren konnte.

Er wusste nicht, wie er sich verhalten sollte. Gut, er hatte gesehen, dass diese Siebenschöne sonderbar war und ein bisschen oder auch beachtlich gefühlsverloren. Doch Punkt und Schluss, alles Übrige blieb für ihn noch immer dunkel, und dieses Dunkel verwirrte ihn. Wieso zeigte Facciatagliata all dieses Bemühen, sie auf Duunddu mit einem Mann zu bringen, ihre kostbare Cata, als würde es sich um eine Arznei handeln, die der Arzt ihr verschrieben hatte? Glaubte sie etwa, sie zu heilen? Und wovon genau? Und wieso hatte diese Extravagante ausgerechnet ihn ausgesucht, einen, der noch auf der Flucht vor dem Krieg war und sich mit beiden Händen an seinen Goldhintern fasste? Was war so Besonderes an ihm? Dass er lebte, vielleicht, während von da an, wenn er zur Stiefelspitze von Italien hinunterging, alles Männervolk tot war? Aber sie war doch die Art von Frau, die die lebendigsten Toten wiederauferstehen lässt, die noch männlicher, noch zügelloser waren als vorher. Wozu es ausgerechnet ihm sagen, das Wörtlein, in der Zurückgezogenheit, das Wörtlein, das vielleicht genau das war, das er sich vorstellte, das übliche Weibergekreisch nämlich: Stecks mir doch rein, aber wer sicherte ihm denn zu, dass ihm nicht, wenn er dort hineinging, wenn er hinter ihr herging und sie das Wörtlein sagen hörte, das passieren würde, was er bis zum Ende der Kriegstage noch nicht durchgestanden hatte und in Friedensauseinandersetzungen gezogen würde? Diese beiden, das Großweib mit ihrer Tätowierung und das Jungweiblein, das noch an der Amme hing, diese beiden, jede auf ihre Weise, waren, das verstand man, Weiber mit Wirkung, Weiber von der Art, die gefährliche Spuren zurücklassen, und ausgerechnet er sollte da hineinschlingern? Und was, wenn sie's tat, um ihm eine Schmarre zu verpassen, was, wenn jemand mit einem Messer bewaffnet hervortreten würde? Entweder würde der ihn mit dem Blutstropfen verpesten oder ihn mit Blutspucke anstecken? Alles war möglich, aber stattdessen sollte er, wenn es nach Facciatagliata ging, ihr für das Geschenk auch noch danken.

Und dann gab es auch noch die anderen, die stumm und gebeugt unter ihren Gedanken dasaßen, als würden sie sich zurückhalten oder auch verachten, was an ihre Ohren drang. Damit schüchterten sie ihn ein und ließen die Sache noch düsterer erscheinen. Kurzum, er verspürte weder Lust noch Neigung, blindlings in diesen Garten vorzudringen.

Völlig sicher, dass er sich die Finger lecken würde, wenn er sich das Mädchen vorstellte, gaben ihm die beiden Getreuen Empfehlungen mit. Sie sagten ihm, feinfühlig mit diesem Geschöpf aus Biskuì umzugehen, für die fünf Minuten das verrohte, barbarische Leben zu vergessen, das er im Kriege angenommen habe, und sich vielmehr zu erinnern, ob er jemals Freundlichkeit im bürgerlichen Leben empfangen habe und sich bei dieser Porzellanpuppe ein bisschen Mühe geben könnte, weil sie sonst in seinen Händen zerbreche …

»Mit gespitzten Ohren lauschen wir«, sagte Facciatagliata zu ihm. »Wenn aus dem Garten ein Au dringt, wenn Ihr sie schubst, wenn Ihr sie quält, pirdeu, bei Gott …«

»Was wollt Ihr mir denn damit sagen?«, antwortete er und musste lachen. »Gallt Euch nicht, denn ich werde sie mit keinem Finger berühren. Aber habt Ihrs Euch wirklich in den Kopf gesetzt, dass ich mit ihr gehe, dass ich mich da ins Dunkel mit ihr absondere? Das fehlte mir noch, dass ich mich jetzt freiwillig für Euren Krieg einziehen lasse.«

»Ahh, pirdeu, das nennt er Krieg, auch das noch«, antwortete sie missgelaunt. »Hör nur, hör nur, der hier zahlt, seiner Meinung nach, noch drauf, der fasst es als Opfer auf … O Cata, Cata«, rief sie dann nach hinten, allerdings leise, theatralisch, nur damit er sie hören konnte. »Kommt, kommt, meine Schöne, wir haben uns blenden lassen, und eher als Ihr hätte ich es schon von weitem erkennen müssen, wer echte Hosen trägt und wer es nur vortäuscht. Wir haben uns in dem Manne geirrt, versteht Ihr? Der, der sich hier befindet, ist nichts für Euch. Kommt, kommt heraus, meine Schöne, setzt Euch wieder auf den Koffer, versagt Euch jeden Ausbruch, gebts dem, der Euch und das Aufleben durch Eure Schönheit wertschätzt … Er wird vorbeikommen, er wird vorbeikommen, geratet nur nicht in Panik, denn nicht alle hat der Krieg umgebracht, diese Kavaliere, er, der eine Zauberin in Euch erkennt und sein Knie vor Euch beugt, und zwar in diesem Garten, er wird vorbeikommen …«

»Sie ist eine Zauberin, was ihre Schönheit angeht, wer kann das leugnen?«, antwortete er, um klarzumachen, dass er Augen im Kopf hatte, und auch durchdringende. »Doch sie ist nicht nur eine Zauberin, sondern auch mit einem Zauber belegt, scheint mir: Braucht es dazu etwa die Stelle da hinten, um hinter dieses Schicksal zu kommen? Das erkennt man doch an der Art, wie sie blickt und lächelt. Wollt Ihr das leugnen?« Und weil sie ihm durch ihre Stummheit zustimmte, fuhr er fort: »Und ich sollte den Zauber von ihr nehmen? Ich sollte für sie das Glückslos ziehen, da drinnen, im Dunkeln? Und wenn sie sich mir an den Hals wirft?« Hier allerdings warf sie ihm einen verächtlichen Blick zu, verzog angewidert ihr Gesicht, und er wurde eigensinnig. Ziemlich hitzig fuhr er fort: »Könnt Ihr mir vielleicht sagen, wieso ich und nicht der, der vor mir hier vorbeigekommen ist oder der nach mir hier vorbeikommen wird? Heh, wieso ausgerechnet ich? Was sah sie nur in mir?«

»Die Schlaghose sah sie, die Seemannshose. Was meint Ihr denn? Den Schwung in den Hüften, den Ihr habt? Die schöne Farbe Eurer Augen?«

»Wollt Ihr sagen, sie hat mich für jemand anderen gehalten?«

»Für ein anderes Paar Hosen, ja.«

»War es Ihr Ehemann, vielleicht, der mit den Schlaghosen?«

»Nennt ihn ruhig Ehemann …«

»Verlobter dann?«

»Huch, pirdeu«, prustete sie. »Eben, grad eben kam einer daher und offenbarte sich als dieser Scheißer, dieser durchgewichste Frager …«

Nachdem sie das gesagt hatte, ging sie wieder zu ihrem Koffer zurück, schleuderte aus ihrem Mund pirdeus, machte uffa, uffa, so, als hätte sie das Unternehmen aufgegeben: Auch sie beugte sich vornüber wie die anderen, ließ ihren Kopf zwischen ihren Beinen baumeln, dergestalt, dass es schien, als würde sie das Weihrauchgefäß schwenken.

»Seht Ihr sie?«, flüsterte ihm da die alte Helferin zu und hielt beim Sprechen heimlich die Hand vor den Mund. »Wenn sie so macht, kommts mir vor, als ob auch sie, Jacoma, ihre Gefühle an Cata verloren hätte …«

»Ist diese Cata denn, helft mir das zu verstehen, ihre Tochter? Und was ist passiert? Ist ihr der Mann gestorben, der Verlobte? Wie ist es dazu gekommen, dass sie so vor sich hin starrt?«

Die Alte sah ihn an und legte ihre Stirn in Falten. Dann leckte sie sich über ein großes behaartes Muttermal, das sie am Mundwinkel hatte, fasste einen Entschluss und zog ihn am Arm etwas weiter fort, dahin, wo der Garten nicht mehr ganz so dicht war und zwischen den kleinen Bäumen, unterhalb des Laubdachs, oben die Sonne blitzte, die auf das helle Flussbett fiel. Die Alte lehnte sich an seine Schulter, deutete mit den Augen ständig auf seinen Schritt, wisperte mit ihm, obwohl die anderen sie nicht hören konnten, und sagte:

»Aber wieso nur lasst Ihr sie so lange zappeln? Warum verhaltet Ihr Euch so schlapphäbig mit dem Mädchen, oder fühlt Ihr Euch nicht mannsmächtig? Hat der Krieg Euch appetitlos gemacht, oder habt Ihr keine Bestückung mehr aus irgendeinem natürlichen Grund? Sprecht, sagts, macht Euch kein Gewissen, eine Ohmahnin könnt ich Euch werden. Erklärt Euch, erklärt Euch, was für ein Fisch Ihr seid, denn einen wie Euch, alt, so alt wie ich bin, hab ich nie noch gesehen: Oh, und dabei hab ichs doch kunterbunt und von jeder Geschmacksrichtung gesehen … Einem aber, der beim Anblick eines Rösleins wie Cata mit ihrer noch geschlossenen Knospe das Wasser im Munde herunterschluckt und sich weigert, zu ihr zu gehen und sie aufzublättern und ganz zu entlauben, ohne Wegezoll zu bezahlen, ja, mehr noch, gebeten und bedankt, so einem, wer ist dem je begegnet? Wir Unglückseligen, dieser Krieg tötet da oben, und da unten entbürdet er sich bösartiger Wunderdinge. Focu, focu, o Feuer, um Euch ein Beispiel zu nennen, Euch: Seid Ihr denn etwa nicht ein echtes lebendiges Ereignis, Ihr? Ihr solltet in einem Reiterklub sein, man sollte eine Eintrittskarte bezahlen, um Euch zu sehen, und ich sollte erblinden, wenn ich Euch beleidige oder was vorspiele …«

Beleidigen nein, vorspielen schon, das allerdings. Die alte Vogelscheuche war feingliedrig, sogar feinsinnig. Sie war nicht so eine undiplomatisch Rohe wie Facciatagliata, die ihm Hosenkacker direkt ins Gesicht sagte. Unter anderem war sie wohl auch nicht gar so intim mit Cata verflochten wie die andere. Sie schleuderte ihm nichts Niederträchtiges entgegen, um ihn zu beleidigen, sie spielte nur vor, was sie ihm hinwarf; sie stachelte ihn an, sie provozierte ihn, um das Natürliche aus ihm herauszuholen, das natürlich Männliche, um genau zu sein. Sie musste denken: Jetzt sieht er rot, wo er sich herabgesetzt sieht, jetzt wird er schwanzwütig wie ein Stier, und um uns eine Antwort zu geben, ob er taugt oder nicht taugt, wird er sich mit Cata am Werk zeigen. Und vielleicht dachte sie ja auch, er würde sagen: Jetzt zeig ichs euch. Und sie musste denken, dass, so schwanzwütig, wie er war, Cata später in der Gefahr stand, mit einem Löffelchen zusammengehäufelt werden zu müssen. War sie nicht fein und äußerst schlau? Wer wäre nicht schwanzwütig geworden, wenn er hörte, dass er als Mann so viel taugte wie ein zerschossenes Streichholz? Und wer würde sich, schwanzwütig geworden, zurückhalten und nicht das Gegenteil beweisen, sich selbst entzündend, Feuer entfachend und Flammen? Und genau das versuchte die Alte mit ihren Beschimpfungen zu erreichen: ihn schwanzwütig zu sehen, denn ihren Überlegungen nach war es genau jetzt der Fall, schwanzwütig zu sagen und sich schwanzwütig zu geben.

Er jedoch fühlte sich von einer großen Lust nach Lachen gekitzelt, und das verbarg er nicht vor ihr:

»Was schießt Euch denn da durch den Kopf?«, sagte er. »Ich habs schon gesagt und wiederhole es noch mal: Ich geb mich nicht mit einer ab, die von einem irren Zauber benommen ist. Sinnlos, dass Ihr redet.«

»Ja, dann, wenn Ihr also so wunderbar bestückt seid«, fuhr sie ihrerseits fort, »woher nehmt Ihr dann den Mut, Euch diesem köstlichen Milchnerhappen, Euch diesem Fleisch von rosa Seide zu verweigern?«

»Ja, von wegen rosa Seide … Und dann gerät ihr Verstand aus der Fassung, der einen anblickt und einem Schaudern hervorruft.«

»Pirdeu, pirdeu, o Gott, der hier guckt auf den Verstand … Er schaut nicht darauf, dass man bei dem Dummchen, wenn man mit dem Finger unten leicht in sie eindringt, noch den Seim und das Häutchen spürt, wie wenn sie frisch aus dem Bauch ihrer Mutter gekrochen wäre.«

»Ja, entzaubert sie mir nur, entzaubert sie mir …«

»Ihr werdet vielleicht sagen: Jungfrau, ach du lieber Himmel. Dann hört zu, was ich Euch sage, auch unter der Gefahr, dass Jacoma sich auf mich stürzt. Damiano, der Ehemann, müsst Ihr wissen, hatte nicht einmal Zeit, sie hören zu lassen, wie die Holzplanken ihres Ehebetts zíngete zíngete machten, weil der Tod ihm auf die Schulter klopfte und sagte: Damiano, hör auf, hör schon auf, Cata zu reiten, denn jetzt sollst du mich reiten. Versteht Ihr, wieso sie kindisch wurde? Damiano lag noch unter ihrem Türbogen, er fragte sie: Ists erlaubt? Darf ich eintreten? Und sie, die Schöne, wartete mit geschlossenen Augen auf dieses Wunder des Eintritts. Doch stattdessen kamen die Carabinieri und rissen ihn von ihr weg, wo er noch nicht einmal ihren Vorraum eräugt hatte …«

»Die Carabinieri? Was haben denn die Carabinieri jetzt damit zu tun? Vor nicht mal einer Sekunde habt Ihr gesagt, dass der Tod ihn von Cata weggerissen habe …«

»Ich sagte Euch Tod, und ich sage Euch Carabinieri«, klärte die Alte ihn verletzt auf, und ihre Stimme färbte sich finster. »Seht Ihr darin Unstimmiges? Agiert der regierungsseitige Tod denn etwa alleine, der Tod, sage ich, der sich einen Dreck um Euch braunhaarige junge Mannskostbarkeiten schert? Ist er denn wie der andere Tod, der lediglich über alte Krankheiten verfügt und über Alte und für uns ist wie der Besen im Haus, und uns wirklich nicht, weder Weiber noch Mannsvolk, in Handschellen legen muss? Der regierungsseitige Tod aber würde einen ziemlichen Reibach damit machen, und das sage ich Euch aus

Erfahrung, ganz ohne Carabinieri und Bewaffnung … Im Krieg würden nur die Blonden sterben, nicht mal dann fände er einen Braunen, wenn er ihn mit Gold aufwiegen wollte, der Tod, dieser Nasomangiato, dieser Nasenzerfressene. Aber was wollte ich Euch sagen? Ich habe den Faden verloren …«

»Hört, gebt Euch keine Mühe, spart Euren Atem. Jetzt, wo ich mich ein bisschen erfrischt habe in diesem Garten, mach ich mich wieder auf die Fersen.«

»Wartet doch wenigstens, bis ich Euch anvertraut habe, warum Jacoma mit Euch über Cata geredet hat …«, sagte sie zu ihm und packte ihn am Arm. Den Blick hatte sie auf ihre Kumpanin gerichtet, und dann, ganz geheimnisvoll, sagte sie in einem Zug: »Um sie zu heilen.«

»Um sie zu heilen? Hielt sie mich etwa für einen levantinischen Arzt, der Salben und Arzneien bringt?«

»Ihr seid zwar kein Arzt, doch die Salbe habt Ihr trotzdem, Ihr seid Matrose und die Arznei habt ihr bei Euch«, urteilte die Alte. Sie blickte mit scharfem Gesicht wieder zwischen die Bäume, bevor sie, ganz dicht an ihm und, mehr Grimasse als Geflüster, sagte: »In helllichter Sonne und bei Bombardierung im August, unter Staubwolken und Feuerspeiern, Höllenlärm und Gefahr durch die Germanesischen, die von Sizilien her hier vorbeikamen, blutverschmiert und keilerisch, müsst Ihr Euch Jacoma vorstellen, die Cata bei der Hand nahm, sich auf den Weg machte und durch die Straßen abenteuerte: Und daraus könnt Ihr Euch ein Bild machen, wie sehr sie Cata liebt und welche Qualen sie leidet …«

»Ist sie denn nicht ihre Tochter?«, unterbrach er sie. »Dann versteht man doch, dass sie sie liebt und ihretwegen Qualen leidet …«

»Pirdeu, o Gott, wirklich, allen Ernstes, Ihr seid ein eifriger Fragensteller. Uffa, nein, nein, sie ist nicht ihre Tochter, Damiano aber, der war ihr Sohn. Uffa, pirdeu, habt Ihr endlich aufgehört, den Frager zu machen? Da habt Ihr diese Alte hier vor Euch gefunden mit lockerer Zunge, und schon schlagt Ihr Vorteil daraus. Ich verdiens, dass man sich auf mich stürzt …«

Sie jammerte zwar ein Weilchen, doch als die Alte, die sie war, bei der man nicht wusste, ob sie ein Drama spielte oder eine Farce, nahm sie dann, ganz plötzlich, wieder den vertraulichen Ton an:

»Jacoma, Jacoma, das wollt ich Euch sagen, brachte in diesem Weltenendchaos das junge Seelchen zu einer gewissen Heilerin nach Santa Cristina d'Aspromonte, einer Art Zauberin, erfahren und weitblickend, die auf den ersten Blick Catas großes Geheimnis erkannte: Nicht nur offenbarte sie die Geister und die Gefühle, die ihr abhandengekommen waren, sondern auch ihr Wesen als Märtyrerin, die weder Fisch noch Fleisch, weder Signora noch Signorina mehr war. Wisst Ihr, was sie tat? Sie wollte, dass Cata sich ihr zur Seite setzte, und als sie an ihrer Seite saß: Meine Schöne, sagte sie da, lass dich betrachten, ob dus wohl hast, das Eilein. Und sie führte eine Hand zu ihr hinunter und prüfte sie, wie man eine Henne prüft, mit dem Mittelfinger, ob sie schon ein Ei habe. Der Mittelfinger sagt mir, sagte die Zauberin dann, dass die zerbrechliche Kleine keinen Huldbruch erfahren hat. Darauf erzählte Jacoma ihr alles über Damiano und dessen Unglück. Sie hörte zu und sagte dann mit tiefem Ernst: Um diese Verrenkte zu heilen, gibts nur ein Mittel, und dieses Mittel könnt Ihr für sie ganz leicht beschaffen, angesichts dieses Wunders an Schönheit, das sie ist. Kurzum, wo Matros sie zurückließ, muss sie Matros wieder nehmen: Was Matros begann, wird Matros zu Ende führen. Die Verrenkte muss sich niederwerfen und schreien, sie muss wimmern, muss au rufen, au, wies jede Christenmenschin macht, wenn der Mann sie durchspornt und sie sich vollkommen ihrem Wesen entsprechend fühlt. Und wer sie durchspornt, muss unbedingt Matros sein, ich sags noch einmal: Mit ihren Augen muss sie sehen, dass ihr Durchsporner Schlaghosen trägt. Und dieser Matros, versteht mich genau, bei ihm muss man sehen, dass er vom Meer und aus dem Krieg kommt, dass er an Ferne von zu Hause und von Frauen litt: und der leidenschaftlich zurückkommt, doch nicht brennend, dürstend, doch nicht wild vor Durst. Behüte Gott, dass auch der nur einen Blick wagt und sich zurückzieht oder dass er sich schmückt und ihr den Bissen aus dem Munde reißt, denn wo nicht, müsst ihr sie nachher in die Zwangsjacke stecken, hinter Gittern halten, nackt, mit besessenem Blick. Das sagte die Zauberin, versteht Ihr? Deshalb legte sie Jacoma besonders ans Herz, den Matrosen sorgfältig auszuwählen, ihn genau zu betrachten, innen wie außen. Er darf weder Wunde noch Verstümmelung aufweisen, sagte sie. Kommt er aus dem Krieg, versichert Euch, dass er keinen Makel am Körper hat, weder außen noch innen. Ansonsten, seht Ihr ihn Euch zuerst an, doch danach sieht sie ihn sich an. Ihr schaut, ob und wie sie ihn anschaut: Wenn sie ihn nämlich anschaut, wie sie sich an ihn erinnert, den Matrosen, der sie verließ als liebwertester Freund … Wenn sie ihn anschaut und Ihr seht, dass ihr Aug lebhaft bleibt, dann schickt ihn ihr hinterher, wohin sie will … Und jetzt, versteht Ihr jetzt, wieso Jacoma sie mit sich schleppte, dieses Kind aus Biskuì, als sie durch Kalabrien hinaufzog? Versteht Ihr, warum sie Meer und Land ausspäht und doch immer nix, immer nisba, immer vergebens nach ’talienischen Matrosen. Versteht Ihr, dass sies zuerst in Villa San Giovanni versuchte und jetzt in Neapel versuchen würde, wenn sie Euch nicht hätt getroffen? Und versteht Ihr, wieso sie, um den Matrosen für sie zu finden, wenn Ihrs nicht schafft, mit Cata an der Hand, sich noch weiter hinaufwagen würde, um dem Krieg auf den Schwanz zu treten und in seiner Nähe zu bleiben und die Fürze zu zählen, die durch die Luft dröhnen? Jetzt versteht Ihr, wieso ich sie, als sie Euch sah, murmeln hörte: Dir zum Trotz, du Mistkerl von Tod, blieb noch jemand am Leben? Und wieso sie so weit wie möglich in die Nähe des Kriegs kam, dorthin, wo die einen sterben und die anderen leben? Versteht Ihr, warum Jacoma Euch mit Blicken umwarb, als sie Euch zuerst sah und Euch dann so dreist ansprach? Heh, habt Ihrs verstanden? Habt Ihrs verstanden? Nun also, junger schöner Mann, vorwärts, sursundkorda, tretet ein in den Garten, erweist ihr die Gnade, dieser armen Jacoma, geht und durchspornt Cata, los schon, wiegt Eure Hüften, vorwärts, Ihr teurer, kostbarer Durchsporner, Euch hatte sie im Sinn als Ideal für Cata, die Zauberin vom Aspromonte, vorwärts schon, tretet ein in Catas Gärtlein, geht und taucht ein in die Düfte, richtet Euch her, pirdeu, sofern Ihr den Wink verstanden …«

Und während sie so redete, packte die Alte ihn am Ellbogen und schubste ihn.

»Welchen Wink soll ich denn verstehen?«, fragte er sie. »Welchen Wink denn, vor allem jetzt, nach diesem Ohrwurm, den Ihr mir eingepflanzt habt?«

»Ach, einen Ohrwurm, was? Wenn sie Euch hören könnte, wenn sie Euch hören könnte, diese Arme, diese Unglückselige …«

»Wieso? Meint Ihr etwa, dass ich sie je beleidigen könnte, dieses Seelchen?«

»Seelchen? Cata sagt Ihr? Ihr meint sie, die Unglückselige? Cata? Wer ist denn glücklicher als Cata? Angekleidet, ausgekleidet, gefüttert, gewiegt, mit dem Atem gewärmt, in Watte gepackt … Was fehlt ihr denn? Ein Mann, ja: aber fühlt sie diese Entbehrung gleichermaßen wie eine andere? Leidet sie? Was weiß sie schon darüber? Jacoma weiß es, und wie sie weiß, dass sie leidet. Stunden und Minuten, sie kardet sich nur noch um der Sohnsschande willen, die sie empfindet. Ruchloser Mensch, so beschimpft sie Damiano. Aus der Art geschlagener Sohn, von wem hast du das nur? Wer hat dich geboren? Dein Vater, kaum dass er mich unter sich hatte, riss mir alles auf, er machte einen derartigen Blutsee, dass es wie ein Schlachten aussah … Ah, Ruhe findet sie nicht wegen der unglückseligen Art, nach der Damiano schlug.«

»Was denn für eine unglückselige Art, entschuldigt? Dass er als Matrose fortzog und starb?«

»Dass er starb, ohne Samen auszuwerfen, solltet Ihr sagen.«

»In welchem Sinn warf er keinen Samen aus?«

Die Alte musste glauben, dass ihr so viel Naivität gezeigt wurde, um sie zu foppen.

»In welchem Sinne? Im Sinne vom Schwanz«, wütete sie ungeniert, und nach einem schnellen Blick nach hinten: »Kommt Euch das jetzt vielsagender vor? Oh, pirdeu, o Gott, was für ein Stockfisch seid Ihr nur, ich hielt euch für verschlagener in Sizilien drüben. Oh, habt Ihr denn nicht gehört, dass er nach drei Tagen und drei Nächten im Bett Cata so zurückließ, dass man sie Bruder und Schwester nennen konnte?«

»Drei Tage? Habt Ihr denn nicht gesagt, dass er nicht einmal Zeit hatte, sie hören zu lassen, wie die Bettplanken zíngete zíngete machten, weil die Carabinieri kamen und ihn mitnahmen?«

»Aber sicher: als der Urlaub vorbei war, zögerte er die Tage noch hinaus, er war immer noch beim Allerliebster Freund … Aber wer redet denn von zíngete zíngete, wo er doch Vaseline benutzte, ja, vielleicht nicht einmal geatmet hat, um sie mit seinem Atem nicht zu zerkratzen? Vielleicht glaubte er ja, er würde spielen und ein Loch in den Sand machen, ein Sandkorn nach dem anderen, immer dicht am Saum, mit dem Fingernagel des kleinen Fingers. Und meint Ihr denn, dass Cata, nachdem er sie drei Tage und drei Nächte lang mit Nettigkeiten gefoltert hatte, die ihren Bauch nicht füllten, ihr nicht der Speichel aus dem Munde rann, wenn sie alleine im Bett lag, ihr nicht das Vorzügliche des Verstands entwischte?«

»Er folterte sie, weil er sie mit gelben Handschuhen behandelte, voller Hochachtung und Rücksichtnahme, feinfühlig, ohne sich auf sie zu stürzen wie ein Ausgehungerter? Und sie rühmt sich nicht eines solchen Sohnes, Eure Jacoma?«

»Focu, focu, o Feuer: Damianos wegen soll sie sich rühmen? Jacoma schleppt Cata mit sich herum wie einen Gewissensbiss: doch in welcher Sprache muss ichs Euch noch sagen? Wisst Ihr, was Jacoma manchmal sagt? Als Männin, Männin sollte ich eines Morgens aufwachen. Ginge es rechtens zu, müsste ich Cata heilen, mir fiele es zu, dieses kleine Juwel wieder zu richten, das mein Sohn zerstört hat. Und für eine wie Jacoma, die Männin zu sein wünscht, obwohl, wenn Ihr nach dem da unten bei ihr fragt, man Euch antworten wird, dass sie eine Frau ist, ich weiß nicht, ob ich mich deutlich ausgedrückt habe …«

»Na ja«, sagte er, presste die Lippen aufeinander und zog die Hose hoch, wobei er um sich schaute, so als wollte er der Alten zu verstehen geben, dass für ihn das Gespräch beendet war.

»Pirdeu, gottnochmal«, rief sie angewidert, was allerdings auch als Bewunderung verstanden werden konnte. »Seid Ihr denn ein Heiliger aus Marmor, und schwitzt Ihr nie? Treffen Euch denn nicht unmittelbar auf der Haut die unglückseligen Geschichten des Menschengeschlechts? Innen wie außen betrachtet ihn, so legte die Zauberin vom Aspromonte es uns ans Herz. Ah, ja, die war eine große Frau, erfahren und vorausschauend …«

In diesem Augenblick brachen zu zweit, zu dritt, zu fünft jeweils unter dem Garten, widerhallend und sich unter die Schatten des Laubes verflüchtigend, die Stimmen der Feminotinnen hervor, die aus wer weiß welchem Grund plötzlich wieder zu sich gekommen waren.

Die Alte war dorthinüber gelaufen, war dann aber hinter den Bäumchen stehen geblieben und hatte auf ihn gewartet: Von hinten, mit ihrer schlanken, leichten Gestalt hätte man sie für eine junge Frau gehalten, die Verstecken mit ihren Freundinnen spielte.

Sie machte ihm ein Zeichen mit der Hand und deutete auf Jacoma, die aus einem Sack auf dem Sand etwas hervorkramte, das sie dann mit einer noch darin steckenden Hand in die Luft schwang: Es sah aus wie ein großer Puppenkopf, zwischen Schwarz und Rötlich, mit wildem Blick, wulstigen Lippen voller Verachtung und einer muskulösen Kieferpartie, als wäre er ein Faksimile des Kopfes von Rodomonte, und tatsächlich irrte er sich nicht.

»Seht Ihrs?«, flüsterte die Alte ihm zu. »Seht Ihrs, wie sich in Jacomas Hand das verwandelt hat, was man einmal den süßen Duce nannte, der in Wirklichkeit so bitter war?«

Die Feminotinnen wandten nur eben den Kopf um, eine schickte Beschimpfungen zu Jacoma hinüber, eine andere Flüche und Verwünschungen an die Adresse des großen Maskenkopfs, den Jacoma hervorgekramt hatte: Die beiden, die ihr am nächsten saßen, nahmen sogar ihren Koffer und setzten sich weiter weg von ihr wieder hin.

»Jacoma, du Märsbotin: immer noch mit der Schaumaske, immer noch mit dem Nachttopf, der meilenweit stinkt?«, hörte er sie sagen.

»Oh, Jacoma, pirdeu, es ist ja, als würds dir Spaß machen, ihn hervorzukramen …«

»Du verpestest uns, du verpestest uns alle mit diesem wandelnden Klo, du bringst uns noch dazu, dass wir unser Gekröse erbrechen.«

»Aber pirdeu, gottnochmal, riechst du denn nicht den Gestank, der sich verbreitet? Ist deine Nase verstopft oder was, Jacoma?«

»Ein Großmaul wie der, pirdeu, der sich selbst in die Hose pinkelt, dieser elende Maulheld, er macht sich gut als Nachttopf. Und jetzt, wo Cata in ihn hineinpisst, fließt es aus Augen und Ohren und aus Nasenlöchern und nicht nur mehr aus dem Mund: Der Maskenkopf, pirdeu, verbreitet einen Gestank von Ammoniak wie ein öffentliches Pissoir.«

»Cata, sie kann ihn nur parfümieren, nicht verstinken«, sagte Facciatagliata und riss das Wort mit verächtlichem Lächeln an sich.

Sie empörten sich alle:

»Focu, focu, Jacoma … wie hitzig! Willst du uns Catas Pipi vielleicht als Colonje Coty verkaufen?«

»Pirdeu, wenns nur der Gestank allein wär, aber wie sehr ist der Anblick dieses infamen Mordgesellen zum Erbrechen, wie sehr …«

»Wie jetzt auch, haben wir ihn schon seinerzeit nur wenig zu sehen bekommen, nicht mal, wenn du die Augen zugemacht hast, und wenn du sie aufgemacht hast, hast du ihn immer mit diesem schiefen Maul vor dir gesehen, und im Foto war es fast, als könnte man sehen, wie sie aus seinem Maul kamen, die Worte …«

»Und außerdem, Jacoma, pirdeu, er breitet Unglück über uns aus, wir tragen ihn in einer Prozession mit uns, diesen Räuber unseres Fleisches, den Grund allen Übels …«

Jacoma hatte den Maskenkopf umgekippt und warf Hände voll Sand in ihn.

»Die jungen Mädchen ekeln sich«, erklärte ihm die Alte mit einem gewissen Ton in der Stimme, der sie fröhlich machte. »Denn der leerte nicht nur ihre Betten, er ist auch vollgepisst. Jacoma, Ihr seht sie ja, Ihr, der sich für einen so lustvollen Gefallen so ziert, sie bürdet sich auch das auf für Cata … O Cata, Cata«, seufzte sie und wurde poetisch, »der Tod, wieso holt er dich nicht? Auch wenn er Männin wäre, würde der Tod sich auf dich stürzen wie ein Fisch auf einen Happen wie dich. Sei er Männin, sei er Mann …«

Während die Feminotinnen jedem einzelnen ihrer Gedanken in ihren herunterhängenden Köpfen nachsannen, flüsterte der Mund der Alten inmitten des Sandes und setzte ihn, vielleicht mit der Absicht, ihn zu überreden, darüber in Kenntnis, wie es zu dieser Geschichte mit dem Maskenkopf in Jacomas Hand gekommen war.

Sie hatten ihn in Reggio an sich genommen, als sie zusammenrafften, was beim Sturz des Faschismus noch da war. Sie dachten, sie würden sich ein paar Lire mit dieser Bronzekopfmaske verdienen können, aber der stellte sich als bronzierter Gips heraus, und das bedeutete, dass die Faschisten auch im Familienkreis die Tarnung aufrechterhielten, sogar noch mit ihrem Anführer: Was konnte man schon anderes erwarten? Jacoma brachte ihn daraufhin zu Cata, für den Fall, dass sie damit spielen wollte, und Cata, diese Unschuld, erkannte die Form eines Nachttopfs, den der Maskenkopf annahm, wenn man ihn auf den Kopf stellte, ließ sich davon inspirieren, zog die Röcke hoch, bückte sich und pipiete lachend in ihn hinein. Da sagte Jacoma ihr spontan: Pipie nur hinein, du Schöne, pipie nur in den Kopf dieses Unseligen. Gebrauch ihn zum Pipiemachen. Und weil Cata, die treu an ihrer Schrulle festhielt, nur noch in diesen großen Kopf pipiete, begann Jacoma zu strahlen, denn sie erblickte darin ein gutes Zeichen: Sobald der Gips des Maskenkopfs zu bröckeln beginnen würde, würde er, der leibhaft lebendige Großkopf, tödlich zertrümmert werden.

»Deswegen schleppt sie ihn immer mit sich, diesen Pinkelkopf, um sicher zu gehen, dass Cata da hineinpipiet, wenn sie auf dem Weg Pipi machen muss.«

»Sie pipiet wohl wenig, Cata, muss man vermuten«, bemerkte er daraufhin der Alten gegenüber hinter den Bäumen. »Seit Juli sind inzwischen drei Monate vergangen, und der hält sich noch immer, seis in Gips, seis in Fleisch und Blut …«

»Habt Geduld, habt Geduld, und Ihr werdet sagen hören, dass er zu Bruch gegangen ist. Der Gips ist schon ganz müde geworden, und wenn mans probiert, kann man Fingerabdrücke machen. Und auch er in Person ist ja ganz erschlafft und wird bald wackeln. Gibts da einen Zweifel? Aber wie habt Ihr denn nicht sagen hören, dass die Carabinieri ihn in Ketten zwischen sich nahmen? Ja, jetzt sagts sich so leicht: sich befreien, jetzt sagts sich so leicht: abhauen … Wer sich auch nur ein einziges Mal unter diesen Fratelli Abbranca befunden hat, unter diesen Einfangbrüdern, blieb sein Leben lang davon gezeichnet. O ja, und jetzt tilgt man sich den Schatten der Federbüsche von der Stirn. Aus ists, aus, er ist kein Feuerwerker mehr, er zündet keine rotierenden Flammenräder und Höllenkracher mehr, er hat aufgehört, alle Augenblicke Kriege zu veranstalten, so als wären es Tanzbälle, er hat aufgehört, die braungebrannte Jugend in den Tod zu schicken, sie fortzureißen, während sie noch zíngete zíngete auf den Holzplanken ihrer Betten machen, bei ihren vielen, und wer weiß schon bei wie vielen Catas, und er hat aufgehört, aufgehört, ein großes Feuer in bestimmten, noch milchbärtigen Jungs zu entfachen, diesen trockenen Strohbündeln, so leicht zu entflammen, und dann findet man vielleicht nicht die gute Seele, die über Wasser verfügt und über Jugend, ich weiß nicht, ob Ihr mich versteht, eine Seele, die seltenes Vergnügen verschafft und sich freundlich herbeilässt und es ihm löscht. Ach, pirdeu, lieber Gott, Giovanna«, redete sie sich hier selbst an, fuhr zusammen und hörte auf, ihm ins Ohr zu flüstern. »Allzu lange lebtest du schon, Giovanna, du Alte. Diese Welt, die dich so sehr erfreute, beginnt jetzt, dir gründlich zu missfallen …«

Und dann blickte sie ihn lange und eingehend an, ob er sich in der Folge ihrer Worte über das Nein vielleicht reuig und von dem Ja überzeugt zeigen würde: Und am Ende schlug sie die Augen nieder und hielt sie geschlossen, wie wenn sie, mit der Hand am Mund, über die letzten Worte nachsinnen würde, die sie in eigener Sache ausgesprochen hatte.

Da dachte auch er ein wenig nach: über diesen Großkopf als Maske, über diese Jacoma, die darüber ihren Zauber gelegt hatte, und über dieses verlorene Seelchen, diese kleine fackelnde Feuerlohe, die da hineinpipiete.

Überall in Neapel hatte er ihn gesehen, diesen Großkopf, herabgestürzt von Balkonen, herausgeschlagen aus Mauerwerk, heruntergerissen von Sockeln, mit Hammerschlägen traktiert und zertrümmert, aus echter Bronze und aus Marmor, oder in tausend Gipsstücke zerschlagen, die Straßen weiß bedeckt von diesen zerbrochenen Augen, Ohren, Nasen und Lippen, die dann zermahlen und zu Staub zerrieben wurden unter den Absätzen derer, die bei der Tat zugegen waren oder gleich herbeigelaufen kamen und sie unter ihren Füßen zertraten wie gefährliche Insekten, die unverzüglich zerquetscht gehörten, und zwar jedes Stück dieser dreisten, auch im Zusammenbruch noch feisten Bilder.

Hier aber war es anders. Auch wenn die Maske unversehrt war, die man zu Füßen dieser Jacoma sah, machte sie doch den Eindruck von Verfall und größtem Niedergang, ganz schutzlos, was einen stärker traf und mitnahm als die laute Zertrümmerung in Neapel: Und wenn man sie dann noch auf den Kopf gestellt vor Augen hatte, während Cata die Röcke hochhob und wieder herunterließ, zeigte sich die Zerstörung dieses Großkopfs dem Blick mit anschaulicher Lebendigkeit unter dem barbarischen Aspekt dessen, was diese Allerunschuldigste mit ihm anstellte, und sie tat es, als würde sie von einem göttlichen Willen dazu getrieben. Cata war Damianos wegen irre, doch wenn man's genau betrachtete, so beschuldigte sie ausschließlich den Großkopf, wenn sie Damianos wegen irre war: Cata schien dieses Kalkül anzustellen, und es war, wie wenn sie sich als Folge dieses Kalküls an dieser Maske rächte, indem sie in sie pinkelte, denn der irre Verstand, das weiß man allgemein, ist der einzige unter allen Verstandesarten, der, um ihn zu erkennen, einen sanften oder erschreckenden Wahrheitston aussendet wie von göttlichen Saiten, etwas, das den Atem zum Stocken bringt, etwas, das man niemals erklären oder sagen könnte.

Durch den deutschen Freund, so hieß es, stand dieser Großkopf im Norden Italiens erneut hoch im Kurs, und man hob ihn wieder auf den Sockel. So sagte man's, und so hatte er's in Neapel gehört, aber jetzt, nach dem, was er einerseits sah und andererseits sich vorstellte, war es ihm, als stünde im Norden Italiens in Wirklichkeit nur eine Gipsstatue hoch im Kurs, als habe man nur eine mit Bronzefarbe angestrichene Büste, ein lippenwulstiges Porträt auf den Sockel gehoben, wohingegen es ihm hier, im Süden Italiens, unter den Orangenhainen, inmitten dieser wie Schwalben vom Gegenwind des Sturms weit abgedrifteten Feminotinnen war, wie wenn diese von Cata eingepinkelte, diese von Jacoma aus dem Sack hervorgekramte Maske mit dem ermüdeten Gips, die so stank, dass es einen ekelte, der echte Großkopf wäre, abgeschlagen in Fleisch und Blut, persönlich enthauptet, dass man denken konnte, der Duciamaro habe gar nicht mitbekommen, dass ihm der Kopf abgerissen und gestohlen worden war und er sich inzwischen zu einer stocksteifen Büste verwandelt hatte, die sich nur noch kurze Zeit automatisch auf den Beinen hält und mit den Armen in der Luft herumfuchtelt.

Die Alte kehrte zu ihrem Koffer zurück.

»Er will weder Erquickung, noch hat er Mitgefühl«, sagte sie zu Jacoma mit überlauter Stimme nach so viel Geflüster.

»Tja, was willst du da machen?«, sagte diese angewidert. »Heh, was können wir da tun? Sag du es uns, du verkommener Mensch«, fügte sie noch hinzu und schubste den Großkopf mit ihrem Fuß von sich weg.

In diesem Augenblick erschien die Schöne ohne Verstand noch Vernunft unter den Bäumchen: Sie hatte ihre Zöpfe aufgelöst, und nun rahmte das Haar ihr Gesicht ein, das aus dem Schatten noch blasser hervortrat, als es sonst seine natürliche Farbe war. Sie lehnte sich mit der Schulter an eines der Bäumchen, das nicht größer war als sie selbst, und so wurde sie wie eines der Stämmchen, und es war, als ob Zweige und Laub und Knospen aus ihr herauswüchsen, aus ihrem Kopf, aus ihren Armen, aus ihren Schultern. Sie stellte sich auf eine Fußspitze und hob die andere vor sich in die Höhe, sie reckte einen Arm nach oben, so, als wollte sie die obersten Blätter erreichen, ohne sie aber jemals zu berühren. Es war, wenn man sie anschaute, als wäre das ihr natürlicher Ort: in einem Garten, mit dem Laubwerk spielend, inmitten der geheimnisvollen Düfte dieser ihr so sehr ähnelnden Früchte von berauschender Frische, die sogar in die Gedanken dringt, und doch auch mit etwas Einbalsamiertem, wie Düfte nicht von den Früchten am Baum, sondern deren Essenzen, versiegelt in einer Ampulle.

Vom Strand in der Ferne hörte man Stimmen: Das waren die Soldaten, die zwischen den Felsen hervortraten und auf den Garten zukamen. In diesem Augenblick drehte sich Jacoma, als hätte sie ihre Cata mit ein paar Augen hinten im Kopf bereits gesehen, zu ihr um:

»Geht wieder nach hinten, meine Schöne, dringt tiefer ins Dunkel ein«, beschwor sie sie, und weil das dumme Kind weiterhin mit dem Laubwerk spielte, sagte sie noch einmal: »Cata, meine Schöne, verschwindet jetzt aus dem Blickfeld, zieht Euch zurück. Da kommen Leute, die sind nicht gut für Euch.«

Doch Cata schien sie überhaupt nicht zu hören: Sie sah ihn an, als wäre sie im Traum mit ihm alleine. Da drehte Jacoma sich mit ihrem ganzen Oberkörper wütend um und schrie sie an:

»Geht, Cata, geht in den Schatten, hab ich Euch gesagt … Seht Ihr die Hungerleider da von Soldaten, die zu uns kommen? Die vom Landheer da, seht Ihr sie? Die fressen Euch bei lebendigem Leibe auf, wenn sie Euch sehen, bei lebendigem Leibe, versteht Ihr? Verschwindet, verschwindet, macht schnell.«

Cata stand ein wenig unentschlossen da, das Weiß ihrer Augen glänzte, und dann ging sie tiefer in den Schatten des Gartens zurück: Hinter ihr rauschte lange das Laub, noch mit dem leichten, gedämpften, dunkelschattigen Geräusch eines Vogels, einer Turteltaube, die tief in den Garten hineinfliegt.

Unterdessen kehrten die Feminotinnen ins Leben zurück, die einen blickten auf, die anderen hoben ihren Kopf, wieder andere richteten ihren Oberkörper auf: Sie betrachteten die Soldaten, die näher kamen, tauschten untereinander ein paar Meinungen aus, aber das waren noch Stimmen ohne Gesicht, von hier, von da, von unter den Rücken, von unter den Mündern, die die hämischen Wörter, die entzauberten Begriffe aus alten Zeiten auf den Sand fallen ließen:

»Die Schönen und Reichen sind angekommen«, sagten sie.

»Große Geschäfte in Sicht.«

»Für Hungerleider haltet ihr sie, für Steinefresser? Kleingeld traut ihr ihnen nicht zu?«

»Mach schon mal die Hand auf, in welche sies dir legen sollen.«

»Läuse dieser Art nach Herzenslust.«

»Und Lustgefühle keine? Lustgefühle so viel man will, die haben sie sicher …«

»Focu, o Feuer, verkrustete Lustgefühle inzwischen.«

»Arme Ehweiber, denen sie weggenommen werden.«

Boccadopa, das Fischmaul, erkannte mit catanesischer Durchtriebenheit in ihnen sofort Feminotinnen. Er trat gleich in den Garten, und ohne auch nur guten Tag zu sagen, krückte er rückwärts vor die mächtigen Hintern, mit veränderten Gesichtszügen, und redete sie wütend an, als wollte er Rechenschaft von ihnen verlangen:

»Und ihr, Feminotinnen, was treibt ihr hier oben, so weit weg?«

»Heraufspaziert sind wir«, antworteten sie hämisch.

»Wie kommt es aber, dass ihr durch Italien heraufzieht und nicht nach Sizilien hinunter?«

»Nach Sizilien? Seid Ihr wirklich von gestern!«

»Was ist denn passiert? Ist in Sizilien etwa das Salz ausgegangen?«

»Salz wollt Ihr? Dann presst Euch ein paar Tränen aus und schlürft sie auf?«

Diese Frauen waren zwar fähig, ihn seine Ellbogen auffressen zu lassen, doch auch wenn er unsympathisch war und einen herrischen Ton an sich hatte, konnte man Boccadopa dieses Mal nicht unrecht geben: dass man Feminotinnen weit im nördlichen Kalabrien antraf, war so außergewöhnlich, dass es auf jeden Fall sofort auffiel und die Frage nach dem Grund dafür völlig natürlich war. Er selbst hatte sich bei seiner Ankunft auch gewundert, nur dass ihm zwischen Jacomas Wörtlein und Catas Schönheit die Sache völlig entfallen war.

»Heh noch mal, bei der Heiligen Aita«, rief Boccadopa wütend und wild. »Wollt ihr euch gefälligst herbeilassen, mir ein paar Auskünfte zu geben? Wenn ihr hier seid, was ist dann mit Sizilien passiert, heh?«

»Focu, o Feuer, und Ihr verlangt von uns Rechenschaft über Sizilien, hört ihn euch an, diesen Witzigen hier. Das ist ja, als hätte er uns bezahlt, damit wir uns sorgen, dass er vor Kriegsgefahren auf der Hut ist …«, sagten die Frauen ganz erschrocken, weil er so wütend geworden war.

»Sizilien schwimmt noch immer, es ist nicht untergegangen, es schwimmt, habt keine Angst«, sagten sie noch.

»Was wollt ihr damit sagen? Was bedeuten die Anspielungen? Was soll dieses versteckte Gerede?«

»Verstecktes Reden meint Ihr? Dann hört gut zu, was wir Euch ernst und aufrichtig sagen: Auf Sizilien setzen wir keinen Fuß mehr, und das heißt, dass keiner mehr seinen Fuß dort aufsetzt, die Fährboote sind gesunken und keines ist übrig geblieben, Messina liegt weit weg, und für uns hier ist es, als wäre die Insel fern ins Meer hinausgetrieben.«

Für Boccadopa war das wie eine Kopfnuss, unter der er sich nach vorn über seine Krücke beugte:

»Wie soll man aber ohne Fähren übersetzen?«, schaffte er noch zu sagen. »Wie stellts ein Sizilianer an, nach Sizilien hinüberzukommen?«

Er schluchzte und sprach bald stumm, bald schreiend; es war, als könnte man sehen, wie er kurz vor dem Ertrinken Wasser schluckte, als wäre dies etwas, das schon einmal vorgekommen war und ihm große Angst machte. Die anderen drei schauten sich indessen die jungen Früchte der Orangenbäume an, ob nicht ein paar weniger säuerliche darunter waren, um ihren Mund zu erfrischen.

»Seid ihr euch denn auch sicher? Seid ihr ernst und aufrichtig?«, beharrte Boccadopa gegenüber den Feminotinnen. »Als Wahrheitsmünder und Wahrheitskünder seid ihr ja nicht gerade bekannt, daher kanns gut sein, dass ihr mich nur hinters Licht führt. Es ist ja wohl nicht so, dass ihr Salz in die Blessuren eines Verwundeten streut, der gerade aus dem Kriege kommt, wo er dem Vaterlande ein Bein geopfert, und ihr seid doch voll und ganz fähig, euch über ihn lustig zu machen …«

»Was das Bein angeht, so erklären wir uns voll tiefen Respekts«, antworteten sie, und es war nicht klar, ob sie es mit oder ohne Beleidigungsabsicht sagten.

»Ein Bein weniger, und ihr sagt nichts …«

»Unsere Beine hier, die sind unsere Ausrüstung.«

»Denkt euch nur, als ob wir das nicht wüssten …«

»Ihr lauft herum …«

»Auf der Flucht vor Gendarmen und Finanzjägern …«

»Den Mann umklammern und ihm die Wirbelsäule krümmen, wenn er im Bett herumspaziert …«

»O ja, das Bein ist alles …«

Versetzten sie sich in seine Lage? Boccadopa glaubte es fast, und deshalb wohl ließ ihn die abschließende Häme das Gesicht leicht säuerlich verzerren:

»Ah ja, Euch wird tüchtig der Arsch versohlt, so, ohne zwei Beine …«, sagten sie am Ende.

Und dann versetzten sie ihm, diese Schurkenweiber ohne König noch Königreich, von Rücken zu Rücken, rücksichtslos eine Schmarre mit noch schwererer Hand:

»Wie viele Myriaden und Abermyriaden von Armen und Beinen hat dieses Vaterland eigentlich?«

»Das Bein, sagt der eine, gab ich fürs Vaterland hin. Den Arm, sagt der andere, gab ich fürs Vaterland hin. Bein, Arm … Und was ist es für sie? Eine Blume.«

»Und wie viel Aufgeblasenheit, wie viel Hochmut und Triumphgefühl sie dareinlegen, um es zu sagen …«

»Ein einziges Fiasko, die vielen Kriege, aber wenn du die hier hörst, kommts dir fast vor, als gings immer nur um Männer und Frauen, Handlungen wegen Techtmechteleien.«

»Aber was tut dieses Vaterland eigentlich für sie?«

»Ist wohl was Besonderes, dieses Vaterland.«

»Es wird goldene Filetstücke haben.«

»Oder auch Honig.«

»Pirdeu, o Gott, je mehr es umbringt, umso mehr Diebe dieser Art findet es, umso mehr Mörder seines eigenen Fleisches.«

»Und einige, die es versehrt, hier haben wir ja ein Beispiel, da kommts einem fast vor, als würd es sie in seinen eigenen Körper einpfropfen, durch Arme, durch Beine und so weiterversehrend. Bringen sie ihm Verehrung entgegen oder dem Arm oder dem Bein oder den kleinen Erinnerungen, die sie ihm hinterließen? Focu, focu, und wer liest in ihnen, in diesen Geheimnissen?«

Boccadopa war außer sich und humpelte zu denen, die in seiner Nähe saßen. Er hob die Krücke hoch:

»Mein Ehrenwort, ich werde euch verprügeln«, drohte er ihnen weiter, doch als er so auf seiner Krücke hin und her wankte, verlor er das Gleichgewicht und bohrte sich in den Sand, vor die Füße der Feminotin. Portempedocle sprang die Freude aus den Augen, als er ihn unter den Achseln packte und ihm half, wieder aufzustehen und sich auf die Krücke zu stützen.

»Hebt ihn hoch, hebt ihn hoch, sonst wurzelt er sich hier im Sand noch ein …«, sagte eine der Feminotinnen.

Die anderen verdoppelten die Ladung noch unbarmherziger, indem sie sich das Wort wie eine Peitsche weitergaben, die aus ihren Mündern schnalzte und Staub gegen Boccadopa aufwirbelte:

»Hebt ihn hoch, diesen Storchrei.«

»Dieses Feuerbein.«

»Diesen Mauligen.«

»Diesen Heißzüngigen.«

»Eigentlich müsste er mit dem Almosenteller herumgehen und ein Geldstück für Vergebung und Sympathie erbetteln …«

»Eigentlich müsste er sich Aschestaub aufs Haupt streuen …«

»So verunstaltet, wie er ist …«

»Durch das Bein, das er verlor …«

»Durch das Bein, das verloren zu haben er sich brüstet …«

»Doch stattdessen, hört ihn nur, hört ihn nur …«

»Was für eine Prosopopei.«

»Was für eine Eitelkeit.«

»Was für eine Verachtung.«

Entweder ließ Boccadopa diese Schmarre der Fellgerberei stillschweigend über sich ergehen, oder der Sturz musste ihn ein bisschen benommen gemacht und nicht nur mit dem Hintern auf die Erde befördert haben, sondern auch mit dem Gesicht.

Wer weiß, vielleicht dachte er ja, er könnte es dieser Jacoma heimzahlen, als er sah, dass der Großkopf flach auf der Erde lag und die Feminotin mit ihrer Fußspitze den Sand um ihn herum aushob. Um sich nicht Lügen zu strafen, gab er sich empört:

»Da seht Euch an, wohin es mit uns gekommen ist«, sagte er halb hochmütig, halb angewidert zu Portempedocle gewandt, der ihn mit einem Arm an der Hüfte stützte.

»Dieser Unrat von Feminotin, die den Duce schubst und tritt, ihn beschimpft und beleidigt. Und man begreift in dieser Gegend, dass er im Augenblick an einem Tiefpunkt des Glücks angekommen ist … Früher hätte man dieses Beduinenweib für wesentlich weniger aufgeknüpft …«

»Einmal haben sie mir die längsten Härchen verflochten«, sagte Facciatagliata zu ihm. »Jetzt verflechten sie mir die kürzesten …« Dann raffte sie mit Ungestüm ihre Röcke hoch, wobei sie ein mächtiges Paar braungebrannter und immer noch kräftiger, muskulöser Schenkel zeigte, und stieß ihr Becken vor, als wollte sie ihren Schoß in Boccadopas Gesicht stoßen: »Verflechtet sie mir doch, wo Ihr nun schon mal da seid«, sagte sie zu ihm. »Avanti, Ihr Krückbein, geht zum Angriff über, zeigts der Maske, wie Ihr sie zu verteidigen versteht.«

Die ganze Gruppe pinkelte vor Lachen über Jacomas Einfall, und während dieses Lachen sie innen auswusch und dazu brachte, ihren unter ihrem Gewicht knarrenden Koffern Hinternstöße zu versetzen, zeigten viele von ihnen wie Jacoma ihre Schenkel und forderten Boccadopa mit Witzen und Anzüglichkeiten heraus, die Härchen doch auch ihnen zu flechten:

»Flechtet sie uns zusammen«, sagten sie zu ihm. »Macht sie uns bündelweise, schopfweise, löckchenweise. Macht sie mit Dauerwelle und mit Wasserwelle. Los doch, zeigt uns die faschistische Mode, die Härchen zwischen den Schenkeln zu flechten …«

Boccadopa spuckte mit einem halb verächtlichen Lächeln aus. Die anderen drei Soldaten hatten sich, um das Schauspiel besser genießen zu können, mit dem Bauch auf den Sand geworfen: Die Feminotinnen kamen ebenfalls dazu, und nach kurzer Zeit ließen sie den Vorhang herunter. Erst da, so als hätte er lange darüber nachgedacht, sagte Boccadopa ihnen seine Meinung:

»Zigeunerinnen ihr, Schandweiber und Zigeunerinnen … Ich würde euch auf die Insel schicken, Bimsstein fressen würd ich euch schicken, alle zusammen wie ihr da seid, zur Insel, da würd es euch anstehen zu leben. Was habt ihr denn in der zivilisierten Gesellschaft zu suchen? Familie, Vaterland, Gott, sagt euch das überhaupt was? Ihr wagt es, das Bildnis des Duce zu schänden, das heißt eures Gottes auf Erden. Ihr müsstet euch erst den Mund ausspülen, bevor ihr seinen Namen aussprecht, doch ihr stürzt euch auf ihn wie Hyänen, sobald er seinen Blick abwendet. Was kann man von euch schon erwarten? Ihr bedeckt den Duce mit Schmach, und ich soll mir ein Gewissen machen, wenn ihr mich beleidigt? Was wisst ihr denn schon, ihr Zigeunerweiber, über mich, der ein Bein verlor und für wen und warum ers verlor? Ihr kämt selbst im Traum nie darauf, ihr, wer ich bin, einen schriftlichen Antrag mit Steuermarke müsstet ihr stellen, um mit mir zu sprechen …«

Die Feminotinnen boten ihm zuerst alle Gelegenheit, zu sprechen und sich seinem Wahn hinzugeben, wobei sie sich ganz still und ganz stumm heruntermachen ließen, auch weil sie sich wieder nach vorne gebeugt hatten, mit dem Kopf nach unten geneigt, doch dann gerbten sie ihm noch einmal das Fell. Eine fing an, die, als sie sich von ihrem Koffer aufrichtete, die Gestalt einer Riesin annahm.

»Habt ihrs verstanden? Wir habens mit einem hochgestellten Herrn ganz inkognito zu tun, sein Verhalten selbst sagt es ja, es reicht schon, wie er sich bewegt. Man sieht, dass er immer Stulpenstiefel und Sporne an den Füßen getragen hat: Ihm fehlt ein Bein? Aber was macht ihm das schon aus? Der donnert schon über einen Fuß und stiebt Funken …«

Und darauf sagten die anderen nach dieser Riesin:

»Und dieser hochgestellte Herr besorgt sich um ein Fährboot? Er hat Angst, dass einer wie er nicht übergesetzt wird?«

»Niemand setzt über, aber der ist ja kein Niemand, den, ja den setzen die Engländer über …«

»Verweigern sie ihm etwa den Passierschein? Vielleicht ist er ja irgend so ein dahergelaufener Quilibet?«

»Nicht einmal der Desinfektion werden sie ihn unterziehen, um ihre Achtung vor ihm zu bekunden.«

»Behüte Gott … Sie sollten ihn in die Baracken stecken, wo er sich mit anderen Leuten ausziehen muss?«

»Sie sollten ihn in Quarantäne halten, ihn? Ihn krempeln und einweichen in kochend heißem Wasser mit Lysoformseife, ihn?«

»Ein junger Herr wie dieser, welche Ansteckungen kann der schon mit sich schleppen? Was für Flöhe, was für Läuse? Er bringt Gesundheit und Hygiene mit, der …«

»Oder vielleicht unterziehen sie ihn einem Verhör, den? Fragen ihn: Wer bist du, woher kommst du, wohin gehst du, wieso gehst du und so weiter und so fort?«

»Er ist in Ordnung, das steht ihm auf der Stirn geschrieben, wo er herkommt und wo er hingeht.«

»Er hat alles: Gott, Vaterland, Familie, der ist sogar imstande, eine Mutter zu haben, der. Was fehlt ihm eigentlich noch, dem da?«

»Kurz, sobald die Engländer ihn sehen, stürzen sie herbei, brechen sich das Rückgrat, um ihre Verbeugung vor ihm zu machen: Eccellenza, nehmt doch Platz auf dem Landungsboote, wir stehen Euer Eccellenza immer zu Diensten …«

»Wie denn? Er fährt nicht übers Meer, der?«

»Heh …«

Hier tauchte mit einem ihrer exzentrischen Einfälle Cata aus dem Garten wieder auf. Die Soldaten machten einen Schritt zurück wie vor einer Erscheinung, und das Hautundknochenbündel von Portempedocle klatschte vor lauter Überraschung in seine Hände.

Cata löste sich aus den Schatten, aus den Bäumen, aus dem Laubdach, senkte den Kopf, drehte ihren Oberkörper, fuchtelte mit ihren Armen und machte Bewegungen wie im Traum, stille, schwebende. In den Regungen der feinen Glieder zeichnete sich ihr Körper warm und zärtlich ab, alles ein Weiß von Rundungen unter den Röcken.

Ihm selbst erschien sie viel schöner und anziehender als noch vor einer Minute.

Die Soldaten dagegen verstummten, sie vergaßen alles andere, das ihnen durch den Kopf ging, und widmeten sich ihr mit Gedanken und Blicken. Auch der fischmäulige Boccadopa lenkte sich ihretwegen von den anderen Feminotinnen ab, von all der Galle und all der Wut, die sie mit den Schmähungen, den Beleidigungen und der herben Überraschung hinsichtlich der Fährboote in ihm hervorgerufen hatten.

Jacomas Gesicht verwandelte sich völlig, als sie Cata hinter dem Koffer stehen sah. Sie brachte sie wieder in Ordnung und stellte sich vor sie, um sie vor den Soldaten abzuschirmen:

»Cata, meine Schöne, warum seid Ihr nur wiedergekommen?«, fragte sie. »Und warum tragt Ihr Euer Haar denn so aufgelöst?«

Die alte Helferin stellte sich daraufhin hinter Cata und fing wieder an, ihre Zöpfe zu flechten. Die Soldaten stellten sich hinter Jacoma, um die junge Frau anzuschauen. Boccadopa hinkte, auf Portempedocle gestützt, herbei. Dieser streckte irgendwann den Arm aus und berührte mit einem Finger die schöne Törin:

»Sie ist echt«, rief er.

Jacoma wischte ihm eins mit der Hand, drehte sich um und blickte alle vier fest an. Feuer schnaubte aus ihren Nüstern, als sie sie anherrschte:

»Da irrt ihr euch, pirdeu. Tut so, als wär nichts, pirdeu. Ihr irrt euch, die ist nichts für euch, pirdeu.«

»Jacoma, sorge dich nicht«, sagte die Feminotenriesin. »Sollten sies bei Cata wagen, dann machen wirs mit ihnen so, als wären sie im Krieg gestorben.«

Jacoma warf einen männischen Blick auch zu ihm hinüber:

»Ihr bleibt, um den Anblick zu genießen, was, Schlaghose?«, fragte sie und setzte dann vieldeutig hinzu: »Wie kommen Euch diese Ehrenmänner eigentlich vor? Die verschwenden keinen Gedanken, denen kommt die Lust doch zu den Hosenbeinen heraus … Jetzt müsstet Ihr mir sagen, ob Ihr regulär seid oder ob sie es sind.«

»Na ja, macht Ihr das doch …«, antwortete er ihr und spürte, wie er dabei rot wurde, während die Soldaten ihm ins Gesicht blickten, ohne zu begreifen.

Unter den Feminotinnen war eine mit einem beeindruckenden Adlergesicht.

Sie betrachtete ihn von unten her mit einem halb maliziösen, halb zufriedenen Lächeln. Mit den Augen gab sie ihm zu verstehen, er solle näher kommen, und als er zu ihr hinging, beugte sie sich vor, schob eine Hand in den Koffer, nahm eine Dolde mit Korneltrauben heraus und hielt sie ihm zwinkernd hin. Mit Zeigefinger und Daumen machte er ihr ein Zeichen, dass er kein Geld bei sich hätte, und mit einem Zeichen erwiderte sie: Wer hat danach gefragt?

»Setzt Euch doch ein bisschen«, sagte sie dann zu ihm. »Wohin geht Ihr denn bei dieser Mordshitze?«

Er setzte sich vor sie hin und fing an, seine Korneln abzupflücken und zu essen. Einige andere Feminotinnen hatten ebenfalls kleine Traubendolden hervorgeholt, und einfach nur, um zu probieren, hatten sie sie den Soldaten angeboten. Doch sobald die Soldaten ihnen mit Zeigefinger und Daumen andeuteten, dass sie blank wären und dann vor ihren Augen auch noch die Taschen nach außen stülpten, sagten die Feminotinnen uffa, pirdeu, was für Hungerleider, und warfen ihnen, um das Obst loszuwerden, die Dolden, die sie in Händen hielten, an die Brust. Auch dem fischmäuligen Boccadopa flogen sie gegen die Brust, und er verweigerte sich keineswegs. Darauf schauten die Soldaten wieder Cata an: Sie pflückten und aßen nacheinander ihre Korneln und zerflossen vor Verlangen nach dieser Schantijì.

»Jetzt würde es euch gefallen, ihre Grosselfrucht zu verspeisen, ists nicht so?«, sagte Jacoma.

»Ach, das wäre wunderbar …«, sagte mit einem Seufzen Petraliasottana, der wie der Verwildertste unter ihnen aussah. »Wir sterben darüber … Was ratet Ihr uns, das wir tun sollen?«

»Tut doch, was ihr auch bisher getan habt, unter euch Männern, im Krieg«, sagte sie. »Der eine steckts dem anderen rein, der andere hält den Hintern hin, der eine steht vorne, der andere hinten … Oder macht doch euer großartiges fünf gegen einen.«

Unterdessen hatten die Feminotinnen untereinander über die schönen Zeiten zu reden angefangen, als sie noch nach Sizilien übersetzten und dabei eine Reise und zwei Dienste durchführten: Denn auf der Hinfahrt leerten sie bei den Reisenden ihre geflochtenen Koffer mit verschiedenen Trauben, mit Erdbeeren, Korneln oder Liparoten und Orangen, und auf der Heimfahrt mit dem Salz beschäftigten sie sich, wenn nichts anderes, mit Häkeln, und zwischen Messina und Villa kamen sie dazu, eine Fußsohle, eine Fessel mit Ferse oder auch einen Arm, eine Schulter, einen Hals oder einen Ausschnitt zu häkeln.

Ganz allmählich kam ihr Gespräch auf die Fährboote, auf die schönen, die verschwundenen, die verlorenen Fährboote: Und es musste verhängnisvollerweise auf die Fährboote kommen, weil es ihretwegen war, wegen des Verlusts von all dem, dass sie sich in diese Lage gestürzt sahen, abgedriftet auf der Festlandserde, mit dem Hintern auf ihren geflochtenen Koffern. Häuser und Gasthöfe und Läden und Geschäfte und Plätze und Märkte und Züge und Fährschiffe und Liegestühle, kurz gesagt, die ganze absonderliche Herrlichkeit, das ganze Arkelamekk … Das hier, es war alles das hier und das dort, es war ihre ganze absonderliche Herrlichkeit, ihr Arkelamekk, das sie mit den Fährbooten verloren hatten, und darüber hatten sie, vielleicht zum tausendsten Male, gesprochen: Sie lagen im Staub und erinnerten sich der Zeit, als sie auf Thronen saßen. Das Gespräch stieg hinunter, hinunter, grub und grub, öffnete wieder die Wunde, bis, auch das war verhängnisvoll, die Unterhaltung, die rein theoretisch über das Mehr oder Weniger ging, zum Stachel und zur Wehklage wurde, zum schluchzenden Sprechen, mit ruckender Stimme, oder auch Verstummen, mit Schreien oder auch Seufzern.

Sie warfen die Wehklage über jedes, mit Namen und Gestalt, eine derartige Wehklage, dass, hätte ein Fremder in Unkenntnis der Umstände sie gehört, die Namen Villa, Reggio, Messina, Aspromonte, Charybdis, Skylla, Mongibello für Namen verstorbener Christenmenschen gehalten und nicht für im Krieg verlustig gegangener Fährboote. Gewiss, Vorteil und Prahlerei hatten viel mit der Wehklage zu tun; und auch die Bequemlichkeit, die sie verloren hatten, auch die Schönheit des Eigennutzes hatte damit zu tun, die ihnen auf den Fährbooten begegnet war. Gewiss, das Gefühl warfen sie zum Nützlichen und Annehmlichen, das die Fährboote in den großen Bäuchen mit zwei Mündern darstellten, durchzickt und durchzackt von Schienensträngen, für sie, in ihren Augen als vielwandernde Schmugglerinnen. Gewiss, es war allgemein bekannt, die Feminotinnen schrieben keine Gedichte, alles, was sie taten, war, sich den Tagesunterhalt zu verdienen, und wenn sich einer den Tagesunterhalt verdienen muss, dazu in der Weise, wie die Feminotinnen es tun, indem sie Stunden und Augenblicke lang kämpfen, kann er sich dann gleichzeitig noch dem Dichten hingeben? Und gewiss, nicht einmal im Wehklagen, das sie über die Fährboote ausstießen, war alles Gold, was glänzte, doch es brannte sie trotzdem, darauf hätte 'Ndrja Cambrìa gewettet, ja sogar seine Hand dafür ins Feuer gelegt: Er konnte schwören, dass die ganze Klicke wegen der Fährboote brannte, so wie Jacoma Catas wegen brannte. Es brannte sie ohne Tränen, denn das Leben kann ihnen zu Tränen läuten so viel und wie es will, die Feminotinnen achten ihrer nie: Es brannte sie daher wohl noch viel mehr als den, der Erleichterung im Brand der Tränen findet. Dichtung oder nicht, es brannte sie der Verlust ihrer Handelsflotte, der Verlust ihrer Salzgewinne, und es hätte sie nicht stärker gebrannt, wenn sie dieses Wehklagen nur wegen der dichterischen Form und der Schönheit der Fährboote ausgesprochen hätten. Es brannte sie, und keineswegs aus theatralischen Gründen: Für wen sollte dieses Theater auch sein und zu welchem Zweck? Vielleicht für ihn und für die vier Soldaten, um sie zu beeindrucken? Zu welchem Zweck sie aber beeindrucken? So wie es aussah, war es, als wären Matrose und Soldaten, soweit es die Frauen anging, nicht mehr anwesend, da, am Saum des Gartens, seit sie, die Feminotinnen, auf dieses schmerzliche Thema zu sprechen gekommen waren.

Ohne jede Bewegung schienen sie sich noch mehr in ihre Schultern zu verkeilen, sich noch mehr im dunklichten Hain zu verbergen, auch wenn sie in einer Reihe dicht nebeneinandersaßen, erweckten sie den Eindruck, sie hätten sich dermaßen eng miteinander isoliert, dass es wie ein geschlossener Kreis aus gebeugten Rücken zwischen Koffern und Sand wirkte, aus wehklagenden, dicht aufeinander folgenden Stimmen, gleich einer Kette, die der sicher der Haltung zuzuschreibenden Wirkung wegen allesamt düster und höhlenhohl klangen, als würden sie aus den innersten Eingeweiden zu ihren Mündern aufsteigen. Ihre Münder waren eine Handbreit von der Erde entfernt, und wenn man sie so sah, war es, als würden sie den Toten beweinen, und es machte den Eindruck, wie wenn sie alle Sätze, alle Wörter, mit denen sie um ihn weinten und ihn beweinten, dort, genau dort ablesen würden, gleich vor ihren Augen, wo sie sie zwischen den Sandkörnern einzeln aufnahmen, als würden sie sie Zeile um Zeile in diesem ganzen Durcheinander lesen. Und wenn sie sagten: Focufocufocu … wie wenn der Schmerz die Worte selbst in ihren Mündern brennen ließe und gar noch die Luft entflammen würde, die sie atmeten, hätte man, wenn man sie hörte, meinen können, dass sie das Feuer wirklich und ganz wahrhaftig dort züngeln sähen, in den Sandfalten, die feurige Erinnerung an dieses oder jenes ausgebrannte Fährboot, ausgebrannt und verloren, das sie immer noch mit einem Feuer entflammte und sie dazu brachte, o weh zu sagen.

Nach diesem ersten Durcheinanderreden wurden sie still, derart still, dass man glaubte, man könnte es hören, weil es drinnen, unten, ganz unten unter den nicht mehr erkennbaren Gestalten so war, als würde dort eine Entwirrung der Gedanken vor sich gehen, die sich zum Mund hin bewegten, eine Bewegung von Zungen, die Speichel für Worte lieferten. Und in einem einzigen Atemzug, wie ein herzzerreißender Seufzer, der einer von ihnen aus der offenen Flanke entfuhr, kam von dort eine wehklagende Stimme:

»Aaahhh, die Fährboote schön …«

Es war, als würde die Stille selbst ganz unerwartet einen Mund öffnen und ihren Worten freien Lauf lassen. Stattdessen aber war dies das Signal für den Beginn der eigentlichen Wehklage.

»Vernickelt, verchromt und vergoldet, kostbar, sie …«, setzte eine andere Stimme fort, ohne der ersten Zeit zu gewähren, in der Luft abzukühlen.

Und so fuhren sie fort, eine nahm der anderen den Satz aus dem Mund, im richtigen Augenblick, wenn er ihr von den Lippen fiel, sie drehte ihn und wendete ihn unentwegt, doch haarfein versponnen und zusammenhängend, so, als würde jede von ihnen ein Glied der immer gleichen Kette hinzufügen. In ihrer Vielzahl machten sie einen Satz, der dann von einer, von jeder gesprochen werden konnte. Die Wehklage wirkte wie ein Echo, das sich selbst suchte und sich von Mund zu Mund zurechtrückte und wiederfand, auch wenn jede dem Gesang jedes Mal eine neue, andersartige Strophe hinzufügte. Andererseits war ja die Wehklage über die Fährboote nicht die Wehklage von dieser oder jener Feminotin, es war keine persönliche Angelegenheit, es war feminotische Wehklage, eine Sache des Vaterlands und des Volks. Die Worte, die Sätze der Worte, der Gedankenzug der Sätze, die Wehklage der Gedankenzüge, die Fährboote der Wehklage, das war es, was zählte. Andererseits, auch wenn sie an Bord der Fährboote waren oder abgedriftet über dem Land, mitten im schattigen Gezweig dieses Gartens, befanden sie sich denn nicht weiterhin im selben Boot?

Sie fingen an und hörten auf, und es gab nicht eine, die den Kopf hob und den Rücken, um anzuzeigen, welches Gesicht ihre Stimme hatte.

Zuerst hoben sie mit einer breitangelegten Passage an, mit trostlosen Hinweisen auf das Ende der schönen Flotte, die sie keinen Soldo kostete, durchsetzt mit anderen, vorschnellenden und messerscharfen, bis hin zu solchen, die zuschlugen. Danach widmeten sie einen besonderen Gedanken den beiden Benjaminen der Flotte, der kleinen, wendigen Fähre Charybdis, minjon wie ein Lastkahn, und dem Riesen Aspromonte, einem Fass ohne Boden, einer Höhle, bei der ein Unerfahrener Zeit brauchte, um den Ausgang zwischen Tunneln, Übergängen, Windungen, Einkeilungen, die ideal waren, wenn man sich den Blicken mit den Salzrollen entziehen wollte, wiederzufinden. Und von hier an, vom Fährboot Aspromonte ausgehend, wie etwas, das sich aus etwas entwickelt, warfen sie die Wehklage über die Fährboote schicksalsmächtig gegen Personen, genauer gesagt: gegen die weiter unten anzutreffenden Teile von Personen, mit freizügiger, ungenierter Sprache, ohne Haare auf der Zunge, die jedoch, wenn man sie hörte, weder schmutzig noch abstoßend wirkte, denn wenn sie von den oberen Teilen zu den unteren Teilen hinabglitten, zeigten sie kein Zögern, veränderten auch nicht ihre Worte oder ihre Gedanken: Sie gingen dazu über, davon zu sprechen, sie sprachen davon mit der gleichen natürlichen Unerschrockenheit des Verstands, die sie jedem Subjekt und jedem Objekt des Lebens zukommen ließen, das Teil der natürlichen Ordnung der Dinge war: spartanisch.

»... KOSTBAR, SIE ...«

Eine Stimme hatte noch nicht aufgehört zu sprechen, schon setzte eine andere ein, das Ohr hatte weder Zeit, sie auseinanderzuhören noch die Pausenpünktchen zwischen der einen und der anderen zu setzen. Eigentlich hätte diese Wehklage eine einzige im Namen und im Sinne aller wie ihre eigene hinausrufen können, und dem Wahrnehmen nach wirkte es auch nur wie eine einzige, die sie hinausrief, alleinstimmig:

»Oh, Freundinnen, wie ins Meer sie glitten. Vor diesen unseren Augen. Immer, wenns zum Hafen hinausging. Hinternhecks. Sich bugwärts wendend. Pickerkaiks, nicht Schiffe. Mattmußig, geschäftig. Spille und Wille brauchte es, um zu wenden. Die Piloten aus England. Diese Schwuljungs. Sie nutzten diesen Augenblick aus. Ihre Bomben versenkten sie in den Schornsteinen. Mit eigener Hand. Und rauchten eine Zigarette. Sanfte, friedvolle Kaiks. Als Panzerschiffe betrachtet. Focu, focu. Die schönen Fährboote verdampften in Meeren aus Gischt. Mit Warenzügen und Reisezügen. Umgestürzt auf den Gleisen. Mit so viel schöner Ware auf Wagen und in den Waggons. Mit so viel Reichtum in Koffern, an Hälsen. Mit Kleidern, Juwelen und Geld. Mit kleinen und mit großen Leuten. Festlandsmenschen. Schutz suchten sie und schlitterten rein. Einige retteten sich, einige nicht. Das Fährboot, nie rettete es sich. Nicht eines nicht eines nicht eines rettete sich. Uns in den Arsch gingen sie, diese Engländer, diese Amerikaner. Sie seiften uns den Arsch ein. Aber wollen wir ihnen die Schuld geben, jetzt? Mussten sie uns erst ins Gesicht schauen? Die schauten nach Kanonen aus und nach Maschinengewehren. Kanonen und Maschinengewehre standen sichtbar auf den Fährbooten. Das da kann niemals ein Fährboot sein, mussten sie sich justament sagen. Das ist ein umgebautes Schlachtschiff. Niederträchtig, ruchlos jene, die es umrüsteten zur Schlacht. Pirdeu, pirdeu, mit Kanonen und Maschinengewehren. Die Fähren im Krieg. Allesamt eingesalzen mit unserem Salz. Mit der Aspromonte. Oh, ihr gewaltig Gehörnten. Mit der Aspromonte, dachten sie, könnten sie Malta erobern. Focu, focu, sie bauten Feuerwehrleitern ein. So klettern sie auf die Felsen von Malta. Was brauchte es schon, Malta einzunehmen? Die Aspromonte und Feuerwehrleitern. Jener Küchenkaik, auf dem wirs uns bequem machten. Mit Salz, Orangen, Korneln und Liparoten. Jener schlichte Riesenkaik löste all ihre Probleme. Mit Feuerwehrleitern und Feuerwehrleuten. Sie hatten die Lösung gefunden. Sie eroberten Malta. Sie gewannen den Krieg. Diese Abartigen. Diese Bombenwerfer. Diese Geifernden. Sie verloren Panzerschiffe, Kreuzer, Zerstörer. So dachten sie, uns die Fähren zu nehmen. Sie nahmen unsere Aspromonte aufs Korn. Sie schickten sie dann nicht mehr nach Malta. Viel zu leicht war Malta für sie. Für sie, das mächtige Panzerschiff. Hierher, einen Schritt weit entfernt, schickten sie die gepanzerte Aspromonte? Ach, woher denn, Malta, ach Malta. Schwarzes Meer, Schwarzes Meer. Dort konnte sie wunderbar sinken. Und dort versank sie. Ein schwarzer Sarg war für die Aspromonte das Schwarze Meer. Was sollte sie im Schwarzen Meer denn schon laden? Die Hörner etwa, die im Lauf des Krieges verlorengegangen? Focu focu focu. Wo unser Riesengigant hinfuhr, um auf den Grund zu sinken. Dienstbar. Bequemlich. Ganz Gewohnheit und Freiheit unserer Feminotinnen. Auf dem Schwarzen Meer verlor sich das Konto meiner Regeln. Jawohl, auf diesem Fährschiff, auf der Aspromonte, in einer Ecke der Latrine im Innersten hielt ich ein Kreidestück und markierte meine Fälligkeiten. Ich bewahrte das Konto meiner Tage auf der Fähre Skylla auf: ja, wirklich, in der Latrine der Heizer. Ich markierte meine Regeln, bis sie zu Ende gingen, stets auf der Reggio. Altes Fährboot und alte Feminotin. Ich dagegen vertraute mich meines ganz eignen Kalküls wegen lieber dem Fährboot Charybdis an, diesem hocheleganten, diesem verlockenden. Und auch ich, zusammen mit Rosa, verkehrte in der Latrine der ersten und zweiten auf der Charybdello, Risiko oder nicht, entweder versorgte ich mich da oder nirgends. Auch ich, zusammen mit Rosa und Paola, fand mein Geregeltes und mein Gepflegtes auf dieser blankglänzenden Kleinen. Auf ihr folgte ich meinen Tagen und auf ihr toilettierte ich mich. Heh, wer erlitt denn keine Qualen um ihr Siluettchen? Waren wir denn nicht alle hier wie Verlobte? Und doch wars eine verdammt unbequeme Minjone. Eine Brücke auf einer Mistbarke. Man saß eng an eng, Ellbogen an Ellbogen auf ihr. Und der Schiffsbauch? Da passte mit aller Knappheit just ein Triebwagen rein. Zwei Stücke Schienen. Just für das kleine Luxuszüglein. Keine Waggons oder Wagen für uns. Keine Trittbretter und keine Aborte, um uns einzuschließen und heimlich an Bord zu gelangen. Wir mussten in Sichtweite derer von der Quästur und von der Finanz sein. Man riskierte den Tagesverdienst. Man riskierte die Freiheit. Völlig anders als diese Riesen von Aspromonte und Mongibello, ums nur mal zu sagen. Vor allem die mächtigen Höhlen, alle wunderbar durchtunnelt. Angefüllt mit dunklen Bauschungen, Verstecken. Doch der Charybdello, der brachte unser Blut in Wallung. Seine Fehler, über die gingen wir hinweg. So sind wir gemacht, wir feminotischen Frauen. Wir vergucken uns in einen Verschwender ohne Sinn und Verstand. In einen mit dem Pfeifen im Mund. Der Nelke hinterm Ohr. Und der schiefsitzenden Schiebermütze. Einen, der Spiegel verbraucht, um sich das Lippenbärtchen glattzustreichen. Einen Schwerarbeiter im Bett. Macht er aber von der Figur her auch eine gute Figur? Sitzt der Schwung oberhalb der Hüften? Schwingts da? Der ists, den wir suchen. Focu focu. Was sind wir für niedliche Äser. Einer bringt unser Blut in Wallung? Geben wir doch unser Blut für ihn hin. Und das Fährboot Charybdello brachte unser Blut in Wallung. Wir nahmen ihn zur Überfahrt. Er verzauberte uns wie Schulmädchen. Es herrschte Freude allgemein, wenn dieser Fährfrachter uns übers Meer, übers Meer setzte. Ihn uns aus dem Leben zu reißen. So jugendjung. So schön. Er nahm unsere Monate mit sich. Unsere Fälligkeitsberechnungen. Und wie verstand ers, sich zu schmücken auch noch im Sterben. Wie war er geistreich auch noch im Lebewohl. Wie beduftete er sich mit dem letzten Gedanken. Er beschloss, sich zu reinigen. Vom Rauch der Schornsteine. Vom Schwarzrauch der Züge. Vom Ammoniak der Latrinen. Er löste sich auf in einem großen Geist der Orangen von Paternò und von Lentini. Er hatte nur diesen Güterzug, der drinnen zusammengefaltet war. Er setzte keine Küstenzugwaggons über, an dem Tag. Die Reisenden nach Rom setzten im Zug nach Villa über. Dort stand der Schnellzug, der war von Reggio gekommen. Der Charybdello war ein einziger Orangenhain. Dichtdicht verstaut. Diese Güterzüge aus drei Waggons. Aus vier Waggons. Aus fünf Waggons. Aus sechs Waggons. Aus Waggons und Aberwaggons. Voll mit Tonnen und Abertonnen von *Portoghallern*, Orangen. Blutorangen, *Portoghalloni sanguigni*, eine um die andere handverlesen. Ähnlich aussehende Orangen, nie vorher haben unsere Augen solche gesehen. Und werden sie nachher nie wieder sehen. Orangen, *Portoghaller*, bestimmt für Menschen im Norden. So reich, dass sie sich den Luxus eines Baums in Sizilien und der Frucht auf dem Tisch im Norden leisten können. Und diese Orangen hat er, der Fährfrachter Charybdello … Als die Bomben ihn zerfetzten und er in die Tiefe sank, was tat er da? Er spielte mit dem Aufsprudeln. Er befleißigte sich am Heck und am Bug. Er sank und stieg wieder hoch. Er leerte die Waggons, und die *Portoghaller* schwammen oben. Was für ein Anblick war das! Oh, Charybdello, wenns eine Gerechtigkeit gäbe, hättest du Augen haben müssen, ums zu sehen. In all der Zerstörung des Krieges. Du hast unsere Augen erfreut mit dem Anblick eines orangenen Meeres. Unter so viel Gestank von Tieren und Christenmenschen, der uns den Magen umstülpte. Du hast die Luft über der gesamten Straße von Sizilien mit Düften erfüllt. Atmete man sie, kräuselte sich die Nase. Sie gab uns Erquickung. Über Tage und Nächte blieb das Meer verportoghallt. Ein grünliches Meer unten, ein in Gold getauchtes oben. Ein Meer von Orangenhainen. Und die Orangen wurden von der Strömung hier und auch da zerfleddert. Sie überschwemmten jonische Strände und Küsten, und auch tyrrhenische. Die niederen Leute taten sich gütlich, statt der oberen. Das hungrige Kleinvolk im Elend. Nicht wissend, woher sie kamen. Sie nahmen sie in die Hand. Sie betrachteten sie. Sie glaubten nicht an ihre Echtheit. Und als sie dann in die Schale bissen. Und diese bitter schmeckte nach Salz. Da sagten sie: Gott sandte uns dieses bittere Manna. Einen Gott nannten sie den Charybdello. Und war er denn keiner? Verdiente ers nicht? Er verdiente es, französischer Gott genannt zu werden. Denn wie ein französischer Gott wurde er schwanzwütig im äußersten Fall. Wider sein Unglück. Wider das unsere. Unser Unglück. Unglück der Feminotinnen. Wer war auf dieser letzten Fahrt des Charybdello? Wer hatte dieses unvergleichliche Glück? Ich war da. Ich hatte das unvergleichliche Glück. Und ich. Und ich. Und ich. Die Leute stiegen schon in die Boote, und wir immer noch da. Einige standen, einige gingen herum. Stumm, stumm. Eingesalzen. Mit der Hand am Mund gingen wir dahin und sahen uns um. Brücke, Treppen, Schiffsbauch, Salonrestaurant, Bar, Küchenequipage, Maschinenraum, gar noch die Steuerradkabine. Unsere Blicke kommentarierten. Passt auf, es sinkt auf den Grund. Passt auf, wir verlieren uns. Wie muss unser Herz sein, wenn wirs verlassen? Dann rief jener Zweite Offizier aus Paradiso zu uns herüber. Was macht ihr da, ihr wackeren Frauen? Wollt ihr mit dem Fährboot versinken anstelle des Kapitäns? Er kannte uns von alters her, der Paradisot. Er kannte uns im Innersten nahezu alle. Doch wir hörten auch eine andere Stimme, die uns verletzte. Vielleicht zögert ihr ja, um Reisetaschen und Koffer an euch zu raffen, heh? Das musste irgendein Ehrloser sein. Eure Hörner, die Ihr in der Eile auf dem Schiff vergessen habt. Die raffen wir uns. Das für das bestimmte Signal, sagte ich ihm. Wie viel Zeit er brauchte, um hinabzugleiten. Charybdello Charybdello. Vielleicht spürte er uns ja unter unseren Fußsohlen. Er spürte uns allein, während er sank. Er sank hinab, und uns war, als würde uns der feste Boden entrissen. Vielleicht wegen der Rollen Salz? Oder vielleicht, weil wir Angst hatten? Die anderen. Die anderen, die man verlor? Ein paar Koffer. Ein paar geliebte Menschen. Ein paar. Wir aber verloren ihn. Den Charybdello. Wir verloren eins nach dem anderen und dann alle Fährboote. Wir verloren die ganze Welt. Seele und Leib. Wir. Die anderen waren auf Durchreise. Sie retteten ihre Haut und bezahlten die Maut. Die auf ihm herumgingen mit allen Schuhen. Das sind unsre Frauen. Feminotisches Frauenvolk. So hätten die Fährboote sichs sagen müssen, wenn sie barfüßige Schritte hörten. Schuhsohlen sagte ihm fliegendes Volk. Fußleder sagte ihm dagegen der Heimische. Der zur Familie Gehörige. Feminotinnen. Gefährtinnen ihres Lebens. Wir verwandelten die Fährboote in unser Haus. In Haus und Familiensitz. Focu focu. Mehr noch mehr. Wir residierten auf den Fährbooten. Mongibello und Aspromonte. Skylla und Charybdis. Villa, Reggio, Messina. Salzfähre. Fährensalz. Kommenundgehen und Unterkunft. Dort lagerten wir. Kämpften das Leben. Verdienten den Tag uns. Dort aßen und tranken wir. Wir sättigten uns. Wir entleerten uns und machten Pipì. Wir wuschen, wir trockneten, wir legten zusammen. Wir machten Häkelarbeiten. Wir unterhielten uns wie im Hofe. Allein und verlassen dachten wir nach. Dort waren wir Jungfrauen und Ehweiber. Dort bekamen wir die ersten Reinigungsblutungen. Dort regelten wir sie. Dort verbrachten wir unsere Schwangerschaften. Dort geschah es mehr als nur einer, dass sie gebaren. Und wers merkte, abgesondert im Kreis unter uns. Abgetrennt oben, ladeluks achtern oder um eine Windöffnung herum. Nur auf einen Sack musst man sich stützen und die Beine breit machen … Hier, zum Beweis, bin ich, die Cosimo, das Fünfte, auf der Mongibello gebar. Ich erinnere mich nicht, wers war, die, weil keine Schere greifbar war, mit den Zähnen die Nabelschnur durchbiss. Meine Mutter nahm ihn bei den Füßen, hielt ihn mit dem Kopf nach unten, der Hahnenfuß machte jangà jangà, da nahmt ihr alle ringsum eine große Quaste und schriet noch lauter als er. Eine dann wickelte ihn in Tücher und legte ihn mir in den Arm. Kurzum: Ich brauchte länger, daskindkommt zu sagen, als es zu bekommen. Dort aber machten wir auch große Wäsche ohne Asche. Und wer uns gefiel, wieso nicht?, mit dem befriedigten wir uns eine Laune. Eine Flause, eine

Lust, ein Grille. Stands uns denn nicht zu, ein Freizeitvergnügen? Manchmal gefiel uns ja einer. Das kam vor. Einmal im Jahr. Manchmal ergossen wir uns von all dem Schweiß, den wir uns schufen. Manchmal schwammen wir darauf mit dem Mann, an Bord seines wogenden schäumenden Garis. Ich, wenn ihr erlaubt, will mich für alle hier nennen. Ich, auf dem Fährboote Skylla, stützte mich einmal aufs Ende einer Treppe des Maschinenraums. Und als ich so in meinen Gedanken verloren dastand, spürte ich, wie ich von hinten bearbeitet wurde, mit Händen so freundlich, so taktvoll und so galant, dass ich keine Bedenken habe, euch zu sagen, wie ich auf der Stelle und sehr sehr gern meine Willigkeit zeigte, stumm er und stumm auch ich. Dann hatt ich mich gerade wieder geputzt und gestutzt und drehte mich um, doch auf dem Treppchen sah ich niemanden mehr. Ich blieb aber dort und hörte auf die Kolbengeräusche, und seltsam, wenn ich sage, dass mein Sinn sich ganz auf sie konzentrierte, als hätt ichs nie vorher gehört, dieses Ftunfù ftunfù. Bei der nächsten Überfahrt auf dem Fährboote Skylla sonderte ich mich gleich ab und stellte mich wieder in diese verborgene Ecke, ganz dicht bei den Kolben, die warme Luft von unten heraufbliesen: Wie nie noch war ich neugierig, ihm ins Gesicht zu sehen, Bordmechaniker oder Bordheizer, wer immers auch wäre. Und wieder wars wie beim ersten Mal. Und dann gings weiter, denn die Neugier hatte sich gelegt, und mich zog die Eigentümlichkeit des sozusagen stummen Purparlehs an. Doch wenn ich auf das Geräusch der Kolben im Maschinenraum achthatte, war das Purparleh nicht mehr stumm: und zwar dermaßen, dass mir der Gedanke kam, nicht ein Christenmensch wars, der sein Vergnügen mit mir hatte, sondern Skylla selbst. Denkt nur, mir kam der Gedanke, dass diese miese Höhle von Maschinenraum sich inmitten einer verzauberten Waldung befand, aus Eisen und Holz, mit Bäumen, Masten, Kastellen, Schornsteinen und Brücken; und in der Höhle lag der Zauber eines berühmten Frauenhelden, eines, stellt euch nur vor, wie der Schauspieler da, mit den spitzen Koteletten, der, der Rodolfo heißt, und sie gaben ihm den Namen Valentino, um auf die Valentia anzuspielen, die Tüchtigkeit, die Wucht, die er in seine Fertigkeit legte. Ftunfù ftunfù, sagten die Kolben, als ob sie mich hätten taub machen wollen; wer sonst denn konnte verzaubert gewesen sein, wenn nicht ein Frauenheld, ein Erfahrener in Sachen ftunfù ftunfù? Und wieder nur in meinem Kopf ereignete es sich, dass er, sobald ich mich zu dem üblichen Versteck in der scheußlichen Höhle begab, in menschlicher Gestalt hervortrat und mich krallte. Kurz gesagt, er zerbrach den Zauber des Wie und Wie oft er mich begehrte. Sicher, heute, auch ich, wenn ich mich höre, sage ich mir: Ein Tausendundeinenacht von Dingunddong ging dir durch den Kopf. Schon, aber die Sache war, die Tatsache war, dass, sobald er mir den hübschen Dienst erwiesen hatte, ich mich umdrehte und niemanden sah: Und dann hörte ich die Geräusche der Kolben und war erschrocken, ich spürte, wie ich durch und durch zitterte, und darüber phantasierte ich, wie es mir noch nie vorher widerfahren war, als dieser Höllenlärm des ftunfù ftunfù nicht einmal in mein Ohr drang, diese Kolben in den Zylindern mit ihrem männischen Raufundrunter. Allerdings sagte ich mir: Aber was, zum Teufel, suchst du bei ihm? Seinen Personalausweis etwa? Außerdem dachte ich angesichts der Verlassenheit dieses Treppchens: Das kann ich ausnutzen, das kann ein ideales Versteck sein fürs Salz, weder Gendarmen noch Finanzpolizei werden sich hier jemals umschauen. So wars, und auf einer Unmenge von Überfahrten machte ich einmal die Reise und erhielt zwei Dienste vom überaus galanten Skylla. Ich ging an Bord des Fährboots und segelte dahin, mit dem Wind von achtern, oben, auf der männlichen Krone. Und jetzt entschuldigt mich, wenn ich mich ineins nannte mit Skylla. Du wie eine andere. Skylla wie ein anderer. Ja ja, jede von uns, wenn wir uns vorbehaltlos befragen, hat derartige Geschichten. Jede von uns auf ihre Weise hat eine derartige Erfahrung, ein Liebesspiel gemacht. Jede von uns ist mit diesen Valentinos aus Holz und Stahlblech in ein Purparleh versunken, mit dem frischen Schaum außen und den wärmenden Kolben innen. Ja ja, jede von uns hat diese Geheimnisse von Delekt und Profit, zwischen Treppen und Sälen und Waggons und Gleisen und Brücken und Bug und Heck und Trittbrettern und Manövern und Prellböcken und Ftunfù von Kolben. Jeder von uns kams vielleicht vor, nur ihr allein sei diese Art Verzauberung widerfahren, und deshalb vielleicht vertraute sie sich nicht einmal der engsten Freundin an. Die Befürchtung war, dass, wenn man darüber spräche, der Zauber sich auflösen und der Kobold, statt sich ihr in dem bestimmten Versteck des Fährboots auf der bestimmten Fahrt zu der bestimmten Zeit zu zeigen, bei einer anderen in einem anderen unbekannten Winkel auftauchen würde. Ja ja, selten nur sehn wir ihm im Gesicht an, wers war, der uns den kleinen Dienst erwies. Für uns war das Schöne, dass die Sache dort begann und dort ihr Ende fand, im Bauch dieser dampfenden Freunde. Was waren sie für uns? Skylla, Charybdis, Aspromonte oder Mongibello, die menschengleich wurden, allesamt starrköpfig, allesamt untreu … Was machte uns ihr Aussehen schon aus oder zu wem das Gesicht gehörte. Jetzt fehlte nur noch, dass wir von einem Fährboot forderten, uns persönliche Angaben zu machen und sich auszuweisen. Das Ftunfù ftunfù, das zählte für uns, das war der Personalausweis, das Ftunfù ftunfù der Kolben. Oberdecksmatrose oder Handelsreisender, Schrankenwärter oder Mann auf Fischerbarke, wer überlegte sich das schon? Nahm eine von euch, zufälligerweise, die Sache persönlich? Gab es denn einen Zweifel, dass es dasselbe Fährboot war, jedes Mal, wenn es uns in Gestalt eines Wärters oder Reisenden zu einem verdunkelten Gang abschleppte? Dann aber, praktisch betrachtet, konnte mans leugnen? Die äußere Hülle war zweifellos es selbst, doch das Ftunfù, oh, das, das war ganz seines, mit Fabrikationsstempel. Oh, sicher, sicher: Wo nicht, wie konnte es dann geschehen, dass wir irgend so einen Quilibet, einen, den wir, einmal an Land gegangen, nicht mal in Gold aufgewogen angesehen hätten, da oben stattdessen, an Bord der schäumenden Krone, uns den Himmel mit dem Finger hatte berühren lassen? War das aber sein Verdienst? Sein Ftunfù ftunfù? Es war das des Fährboots, gar keine Rede. Das Erste, das kam, gab sich vielleicht der Täuschung hin, uns Erquickung zu schenken, doch für uns wars das Fährboot, das uns jedes Gefühl neu erquickte: Wer konnte ihm denn widerstehen, diesem Ftunfù ftunfù, das wie ein Maultier uns ansprang und bis zu den Fußnägeln uns hinabströmte? Heh, wer? Das sagt schon der Umstand, dass es ausreichte, sich dort hinzustellen, oben, beim Maschinenraum … Und ftunfù ftunfù. Aufrecht, mit auseinandergestellten Beinen. Und ftunfù ftunfù. Dergestalt, dass wir die Wärme und die Luft der Dämpfe von unten her prusten hörten. Prusten, Gepuste. Zwischen den Röcken. Mitten auf die Schenkel. Und wir haben uns davon berücken lassen, spontan und überzeugt, dass ein großer Frauenheld uns zu seinem Schmuck erhebt. Uns da unten in einen Vulkan verwandelt. Das spricht für das Einvernehmen, das es gab. Fast ein Verliebtsein. Fast Eheweiber und Ehemänner. Und das macht verständlich, dass wir uns wie zahllose Witwen fühlen. Ohne Fährboot verminjonierten wir jetzt. Gehn wir, ihr Armen, gehn wir, ihr Verrückten. Ihr Verlassenen. Langfüßige, Vielwandernde, so nannten sie uns. Jetzt werden sie uns Zigeunerweiber nennen. Jetzt, wo wir wirklich herumstreunen werden. Jetzt, wo wir uns durchschlagen nach oben, statt nach unten. In die falsche Richtung, die abdriftende. Bei diesem Tempo, wo wirds uns da einmal dunkeln? Ach, Krieg, du schändlicher Krieg, du hättest uns doch auch mit hinschlachten können, wie dus schon mit den Fährbooten getan. Ach, Krieg, du Krieg, uns, die wir uns verantwortlich fühlten, schon zerstört hast du uns, wer aber weiß, wer die Verantwortung trägt. Krieg? Welcher Krieg? Der Krieg im Kopf dieser Maske, der Krieg, den sie sich erfand. Ihr Krieg, der uns zerstörte …«

Sie standen alle auf, außer Facciatagliata, die nicht nur die Maske bespuckte, und jede, eine nach der anderen, in dauerndem Wechsel, in einer Reihe, beugte sich vor und spuckte in Richtung des Großkopfs, und damit war die Wehklage beendet.

Dieses Mal empörte Boccadopa sich nicht, denn bei diesen bösen Nachrichten über die Fährboote an einer bestimmten Stelle der Wehklage hatte sich ein Beben auf seinen Lippen gezeigt, wie bei einem Kaninchen, und es schien fast, als wäre ihm eine Träne gekommen. Schlags dir aus dem Kopf, nach Sizilien überzusetzen; das hatte ihm die Wehklage mitgeteilt, und weil es sich um eine Wehklage handelte, mussten sogar die Feminotinnen, die schließlich Feminotinnen waren, mit Wahrheit sprechen. Doch auch die drei anderen waren erschüttert, denn die Wehklage hatte deutlich gemacht, dass die Feminotinnen sich von der Meerenge zurückgezogen hatten und durch Kalabrien hinaufzogen, so als würden sie den Ort des Unheils verlassen. Petraliasottana stieß ein paar Flüche aus, und dann beschäftigte er sich damit, seine Fingernägel zu säubern, Nagel mit Nagel. Montalbanodelicona versteinerte in seinem Gesicht, zuckte aber mit keiner Wimper und kaute weiterhin zwischen seinen Zähnen auf der Rispe herum, deren Trauben er aufgegessen hatte. Was Portempedocle angeht, war nicht zu erkennen, welche Wirkung die schlimmen Nachrichten hinsichtlich der Überfahrt auf diesen immer lächelnden Sanktlazarus hatten. Er kniete auf dem Sand mit offenem Mund, und in dieser Haltung verharrte er, solange das Murmeln der Feminotinnen anhielt. Von den auf der Wasserfläche schwimmenden Fährbooten gab es auch nicht eines mehr. Als sie ihnen das sagte, war es für die Soldaten so, als ob die Wehklage nichts anderes mehr mitzuteilen habe. Zudem kannten sie sie nicht so, wie er sie kannte, die Feminotinnen, so dass auch sie verwundert waren, als sie entdeckten, dass dieses Frauenvolk, im Vergleich zu dem viele, sehr viele Männer die Figur einer Memme abgaben, ebenfalls, auf ihre Weise, ein paar schwache Augenblicke kannte, ein paar schmerzende Klagen, die man nicht zum Schweigen bringen konnte, ein paar Wunden, die sich nicht vernarbten, ein paar gebrochene Knochen, die sich nicht entschließen konnten, neues Gewebe zu bilden, und die Fährboote, die an keinem dieser Leiden im Besonderen litten, waren es alle zusammen zur selben Zeit, und das, was sie alle zusammen gleichzeitig waren, war das schlimmste Leiden, so wie wenn man sagen würde: der Tod.

Daher schienen die Soldaten gleich bei den ersten Katastrophenmitteilungen über die Fährboote auch noch den letzten Funken an Verstand zu verlieren, der ihnen verblieben war, und so, als hätten sie überhaupt keine Lust mehr, sich wieder auf den Weg zu machen, saßen sie da, irgendwie bereits tot und gedankenentleert, und spielten mit ihren Händen im Sand. Doch sobald ein paar Feminotinnen angedeutet hatten, wie sie mit ihren Blutungsregeln auf der Aspromonte umgegangen waren, nahm die Wehklage für die Soldaten und idem für ihn, den Matrosen, eine packende soldatarische Wendung: ein Kinematograph. Sie spitzten die Ohren, ihnen entging keine Silbe, vor allem weiter vorn, als diese Männischen mit ihren anzüglichen Worten ihnen die Fährboote fast, ja fast wie Weiberhelden darstellten. Doch sie machten Anstrengungen, sich zusammenzureißen und einer vor dem anderen sich nichts von seiner Sinnengeilheit anmerken zu lassen. Jeder warf verstohlene Blicke auf die Bilder des Kinematographen, die vor den Augen seiner Vorstellung vorbeizogen. Es war, als würde jeder sich für den Einzigen halten, der hinter der Türe dieser Frauen deren spartanischen Gedanken lauschte, ohne Hüllen noch Knebel, und deshalb war es, wie wenn der Sinnenrausch eines Milchbärtigen sie immer noch in die Zange nehmen würde, der zum ersten Mal eine Frau entdeckt, mit der Scham, der Plumpheit und dem Herzen im Hals vor lauter Sinnenrausch. Das aber war eine Angelegenheit, die sie untereinander ausmachten, eine Angelegenheit unter Soldaten und Matrosen, die im Krieg viele oder wenige ihrer Mannesfedern gelassen hatten, welche ihnen jetzt aber wieder nachwuchsen, doch dafür hätte es Zeit bedurft, und sie wussten zudem ja nichts darüber und verhielten sich so, als hätte sich nichts ereignet. Was sie empfanden, machte die Feminotinnen für sie nicht anziehender, die die Männer einfach dort belassen hatten, als sie, die Frauen, während der Wehklage die Schals über sich geworfen hatten, doch ohne sich mit ihnen abzugeben und jetzt vielleicht gar ohne sich an sie zu erinnern. Ein Kinematograph, vielleicht verhielten sich die Dinge ja genau so: Sie, die Feminotinnen, steckten ihrerseits so sehr in der Scheiße, dass sie mit der Scheiße von ihnen, den Männern, so viel zu tun hatten wie die Frauen im Film, die sich völlig frei bewegten und redeten, wie wenn niemand sie hören oder sehen würde, und tatsächlich sieht man dann ja auch, dass sie Schatten sind und sich vor den Augen so schnell verflüchtigen, wie sie aus den Bildern verschwinden, die wieder leer sind und weiß wie ein Laken. So erklärt es sich möglicherweise auch, dass sie, die Soldaten und er, statt den Feminotinnen, die sich wieder auf ihre Koffer setzten, Blicke zuzuwerfen, mit den Augen nach diesem von einem Zauber erfassten Wesen Cata suchten, die sich noch immer zwischen den Händen der Vogelscheuche befand. Diese hatte die ganze Zeit über ihre

Zöpfe mit geübten Händen weitergeflochten, allerdings langsam, sehr langsam, so, als wäre die eigentliche Absicht die, sie zu streicheln, ihnen zwischen den Fingern Zärtlichkeiten zu erweisen, Zärtlichkeiten den Haaren, die, das musste die Alte besser wissen als jeder sonst, die Gedanken kennen. Cata: Sie mussten sich ein Bild vorstellen, in welchem sie einer Feminotin den kleinen Dienst erwiesen, sie wandten die Augen von diesen fülligen Frauen ab und ließen sie auf jenem zerbrechlichen Augapfel ruhen, der im Vergleich zu diesen überaus realen Weibern wirklich einer jener Schatten war, die man niemals umarmen kann, nicht einmal mit den Augen, denn entweder befinden sie sich mit dem Kopf außerhalb des Bilds, oder es erscheint unversehens ein blendender Glanz, und das Feuer verschlingt sie. Aber vielleicht war auch das ein Zeichen dafür, dass der Krieg in den Soldaten wie auch in ihm das Weiß mit dem Schwarz vermischt hatte, das Wahre mit dem Unwahren, das Wesentliche mit dem Scheinbaren, das Praktische mit dem Idealen, den Wunsch mit der Notwendigkeit, die Sehnsucht mit dem Besitz, die Vergangenheit mit der Zukunft, den Milchbärtigen mit dem Alten.

Allerdings musste er über diese riesengestaltige Feminotin erzählen, die ihn mit der Traubendolde beschenkt hatte. Der Koffer dieser Riesin befand sich ganz hinten, am Ende der Reihe. Und er hatte da auf dem Sand gesessen, zusammen mit ihr und den anderen Feminotinnen auf der rechten Seite und, ihnen gegenüber, ein paar Meter entfernt, den Soldaten. Nun sollte er aber sagen, dass die ganze Zeit über, die die Wehklage anhielt, diese adlergleiche, statuarische Feminotin, auch wenn sie ebenfalls niedergeworfen und nach vorne gebeugt da gekauert und ebenfalls ihren Part bei der Wehklage übernommen hatte, indem sie die Stimme aufzunehmen und weiterzugeben vermochte, sich auf ihn einließ und immer mehr mit ihren Augen und mit ihren Händen herumflanierte, die einen wie die anderen heimlich wie ein Dieb bewegend; oder auch, indem sie ihn vom Koffer aus mit ihrem Hintern schubste, der ihn zwischen Schultern und Nacken wie eine aufgerollte Wollsteppdecke traf: Deshalb hatte sie ihn neben sich niedersetzen lassen, um ihn in der Reichweite ihrer Hände und ihres Hinterns zu haben. Am Ende, genau an der Stelle, wo ihre Gefährtin von dem kleinen Dienst erzählte, den man ihr unbekannterweise oben an der Treppe des Maschinenraums erwiesen hatte, nahm sie ihm die Matrosenmütze ab und fuhr ihm mit der Hand durch seine Haarmähne, und als sie dann ihren Mund diebsheimlich an sein Ohr führte, sagte sie zu ihm:

»Heh, wieso beweist Ihr dieser Jacoma nicht, dass ihr völlig der Regel entsprecht, heh? Und wenns Euch passt, dann macht Ihr ftunfù ftunfù mit wems Euch passt, und zwar besser noch als ein Fährboot, heh?«

»Ah, Ihr jetzt auch noch?«, antwortete er. »Wie soll ichs Euch denn noch sagen, dass diese Cata, die so schlafwandlerisch ist, mich erschreckt? Mir, bei meiner Ehr, käms vor, als würde ich ein Sakrileg begehen …«

»Cata?«, wiederholte die Riesin und inszenierte eine große Verwunderung in ihrer Stimme, zog die Braue über dem rechten Auge hoch und senkte die über dem linken tief herunter, so, als würde sie ihn mit einem großen langen Fernrohr anpeilen. »Wer hat denn von Cata geredet? Jacoma kümmert sich um Cata. Eine andere, mein ich. Mit einer anderen würdet Ihr doch kein Sakrileg begehen, heh? Eine andere, völlig bei Sinnen, eine andere unter den hier Anwesenden, einfach, ich meine einfach nur, um Euch ein Beispiel zu nennen, die hier Anwesende, heh?«

»Mit Euch?«, fragte er und fuhr mit seinem Blick von den Füßen bis zum Kopf an ihr hoch.

Um ihr zu sagen, wie wenig sie seinem Geschmack entsprach, tat er so, als würde er den Kopf nach hinten auf die Schultern werfen, weil er es sonst nicht geschafft haben würde, sie ganz mit einem Blick zu erfassen. Das war es, was sie in seinen Augen der Mata ähnlich machte, der Gigantin aus Pappe, die auf einem Pferd saß, ebenfalls aus Pappe, gleich neben ihrem Ehemann Grifone, auch er ein Gigant, allerdings ein Neger, die beide im August in Messina zur Schau gestellt werden wie eines der sieben Weltwunder. Bei Mata reichte es nicht, den Kopf nach hinten zu werfen, wenn man den Blick an ihr hinaufgleiten ließ, bis oben hin, nämlich zwischen Pferd und Maskenpuppe, bis zur Höhe der ersten Etage der Häuser, sondern musste sich ungefähr fünfzig Meter von dem Pappgehäuse entfernen. Mit einem Lächeln sagte er:

»Mit Euch? Sakrileg mit Euch? Ihr würdet ein Sakrileg begehen, Ihr, wenn Ihr Euch mit mir zusammentätet …«

Die Feminotin konnte nicht mehr an sich halten und brach in schallendes Gelächter aus, und auf dieses Gelächter, das für Jacoma wie eine Beleidigung klang; vielleicht weil sie vorher den Namen Cata gehört hatte, warf sie von der anderen Seite dem Koffer der Riesin einen Satz zu, der scherzhaft wirkte, unterschwellig jedoch vor nervöser Anspannung platzte.

»Geropft gehörtest du, Peppinagaribalda, das hättest du verdient, geropft zwischen deinen Schenkeln, Peppinagaribalda …«

Peppinagaribalda, und man verstand, dass die Frauen mit diesem Spitznamen auf ihre regellosen, unfriedvollen Charakterseiten anspielen wollten, lachte bei diesen Worten noch einmal aus vollem Hals und bog sich vornüber:

»Versuchs nur, Jacoma«, antwortete sie lachend der anderen Raubeinigen. »Komm und versuchs, dann reiß ich dir jedes Haar einzeln heraus, oben wie unten.«

Jacoma streute kein Salz aus, um die Herausforderung anzunehmen: Das stelle man sich vor, sie, Facciatagliata, wartete ja nur darauf. Plötzlich warf sie sich mächtig in die Brust, stand auf und begann, Peppinagaribalda immer im Auge behaltend, mit beiden Händen leicht und geschickt Haarnadeln und Stricknadeln aus ihren Haaren zu ziehen. Das Gleiche begann mit einem Lächeln auch die Riesin zu tun.

Nach und nach, so wie sie Haarnadeln und Stricknadeln herauszogen, steckten sie sie zwischen ihre Lippen, und als ihr Mund sich angefüllt hatte, setzten Facciatagliata und Peppinagaribalda auf der Stelle ein stählernes, bedrohliches Gesicht auf: Es war, als würde man in diesem Augenblick entdecken, dass die beiden Feminotinnen, die so beschaffen waren, dass die eine über die andere vielleicht mit einem Punkt Vorsprung gewinnen könnte, einen mit einem Zauber, mit einer magischen Kraft ausgestatteten Atem hatten, das heißt einen, den sie auf Kommando zu schwarzen, messerscharfen und spitzen Klingen, Pfeilen und Nadeln umschmieden und mit diesen sich wie mit Speichel gegenseitig anspucken konnten. Was sie da taten, schien einerseits nach ihren ritterlichen Regeln gestaltet zu sein, und zwar in dem Sinn, dass sie sich all der Haar- und Stricknadeln entledigten, mit denen sie sich der Gefahr aussetzten, einander zu blenden; andererseits schien es aber auch, dass sie sich die Haar- und Stricknadeln in den Mund steckten, um sie alle in einem Bündel bereitzuhalten, damit sie nicht erst in den Haaren nach ihnen suchen mussten, während sie sich diese gegenseitig ins Fleisch stießen. Die zu Krönchen geflochtenen Haare fingen an nachzugeben, Jacoma war bereits ein Zopf heruntergefallen, der ihr Ohr bedeckte: Niemand wagte zu atmen, alle warteten nur auf den Augenblick, in dem sie sich packen und gegenseitig karden würden.

Er war neben Peppinagaribalda aufgestanden und auf die Seite gegangen, halb unter die Bäumchen und halb ins Licht. Von dort aus versuchte er, Cata zu sehen, die während der ganzen Zeit wie einbalsamiert hinter Jacoma stehen geblieben war, um sich von der Alten die Zöpfe flechten zu lassen: Und er hatte Lust verspürt, einen letzten Blick auf sie zu werfen, bevor er aus dem Garten fortgehen würde.

Sie war's, die sich zeigte: Mit einem Arm fuchtelte sie an Jacoma herum, um sie vor sich wegzuschaffen, und Jacoma trat zur Seite, drehte sich um und schaute sie an. Die Augen der kleinen Törin schienen ihn zu suchen. Sie lächelte nicht mehr auf ihre eigentümliche, schreckliche und selige Weise; und die glänzende Helle, die sie in ihren Augen hatte, hatte sich getrübt, es war, als hätte sich ein Licht in ihr, das einen Augenblick lang entzündet war, sofort wieder gelöscht. Sie sei ernst jetzt, hätte man gesagt, sofern man den vorherigen Zustand überhaupt als Fröhlichkeit hätte bezeichnen mögen. Es schien, als hätte sie einen Schmerz und würde darüber nachdenken und ihn verstehen: Jetzt wirkte sie geheilt, gesund.

Dann wandte sie unversehens ihre Augen von ihm ab, tilgte ihn aus ihrem Blick und schaute um sich, zerstreut und gleichgültig, so, als würde sie in diesem Garten mit den Augen von einem Bäumchen zum andern gleiten. Als sie so mit den Augen wanderte, schien sie zufällig die Maske im Sand zu sehen; sie bückte sich, leerte den Sand aus und richtete den Kopf auf, als Urinal. Jacoma, deren Haare inzwischen völlig aufgelöst waren, nahm Haar- und Stricknadeln aus dem Mund und hielt sie auf, die schon dabei war, die Röcke hochzuziehen und sich auf den Maskenkopf zu setzen.

»Meine Schöne«, sagte sie. »Pinkelt nur auf den Ruchlosen, jedoch nicht hier. Wollt Ihr denen hier etwa die Augen ergötzen? Doch wohl nicht, meine Schöne, oder? Diese hier, seht, würden ihre rechte Hand dafür hergeben, könnten sie nur einen Blick unter euch werfen, auf Eure Schätze. Doch Eure Schätze gehören dem, dem sie gehören, und das wissen nur wir beide allein, wem sie gehören, heh? Wollt Ihr denn hier ein Volksvergnügen veranstalten? Wohl nicht, meine Schöne, oder? Ihr entblößt Eure Schätze nur, wo dichtes Dunkel ist, nicht, meine Schöne? O ja, jetzt macht Ihr Euch daran, ein Volksvergnügen zu schaffen und zeigt Eure Bonbonniere Hunden und Schweinen, o ja … Dort, meine schöne Karamelie, dort hinten, dort im tiefen Dunkel, dort geht hin und pinkelt in diesen Maskenkopf. Überflutet ihn, überschwemmt ihn, meine Schöne, dort, dort hinten.«

Cata jedoch bestand hartnäckig darauf, ihre Röcke zu raffen und sich zu bücken und schubste Jacoma mit der Schulter, als wäre sie ungehalten. Jacoma gelang es, den Maskenkopf unter ihr hervorzuholen und sogleich, als es ihr gelungen war, ihn in ihre Hände zu geben, legte sie einen Arm um ihre Schultern, drückte sich fest an sie, Wange an Wange, sagte ihr etwas ins Ohr und deutete auf etwas, und während sie gleichzeitig auf die Dichte des Gartens deutete und sie während ihrer Worte dort hinschickte, schob sie sie dabei sacht, ganz sacht. Wer weiß, welche Gründe, welches komplizenhafte Verhalten und welche Ausdrucksweise Jacoma ihr gegenüber in diesen Augenblicken gebraucht hatte, um sie zu überzeugen: Denn wieder gehorchte die kleine Törin und folgte ihr artigst, und aus den Augenwinkeln warf sie ihr, ganz rasch, ganz flüchtig, einen Blick zu, in dem Einverständnis lag, Schmeichel, ja sogar Glück, und sie verschwand mit dem Maskenkopf unter dem Arm tief unter das schattige Laub.

Viele waren sie, die ihr nachschauten, und doch schien sie barbarisch einsam zu sein, es war, als würden weder jemandes Blicke noch Gedanken sie ereilen und ihr Gesellschaft leisten können. Wie schon zuvor entschwand sie in dem Garten, gleich einer Luftgestalt, einer Silhouette ohne Leben, verschattet, geisterhaft.

Nun allerdings befand sich in ihrer Einsamkeit dieser bronzen angestrichene Maskenkopf mit seinem aufgeweichten, auseinanderklaffenden Hals, den sie unschuldig und naiv unter ihrem Arm mit sich trug, um zu urinieren, und dieser Kontakt entstellte sie, griff sie in der Hüfte an wie ein großer eiternder Fleck, eine ekelerregende Schwellung, weißlich und rotviolett, steckte sie mit dem Gespür für echte Verstellung und falsche Wahrheit an, die dieser Maskenkopf repräsentierte, für die Einheit von Statue und Person, von realem und scheinbarem Leben und Tod, gegenwärtig und doch nicht vorhanden. Wenn man sie ansah, dachte man an das Böse, das dieser scheiß Großkopf begangen hatte, und es kam einem der Gedanke, als hätte er all dieses Böse an ihr verübt.

Da gab es diesen traurigen Gedanken, diese traurige Realität, die Cata hinter sich ließ, unter der heißesten Sonne, als sie in der Dunkelheit des Gartens entschwand: Und da drinnen, im dichtdichten Laub der Zitronen und Orangen, stellte man sich vor, man könnte auf ihren Lippen weiß und kalt ihr seltsames, schreckliches und seliges Lächeln sehen, in dem Augenblick, wo sie ihre Röcke hochhob, sich bückte und in Mussolinis Kopf pinkelte.

Unmittelbar am Saum des Gartens machte er sich wieder auf den Weg, in der Hoffnung, nicht bemerkt zu werden, mit anderen Worten: in der Hoffnung, so schnell wie möglich mit seinen Schlaghosen aus dem Blickfeld zu verschwinden, er zählte die Bäumchen eins nach dem anderen, an denen er vorüberging. Doch an sein Ohr drang die Stimme dieser Peppinagaribalda, die zu den Soldaten sagte:

»Warum macht ihrs nicht wie der Matrose? Wieso schleicht ihr nicht einfach davon?«

Von da an dachten sie nur noch an die Überfahrt und ließen ihn nicht mehr aus den Augen, auch wenn sie nichts gemein hatten und der Einzige, mit dem er ein paar Worte wechselte, Portempedocle war, der unterwegs einen Schritt zulegte und ihm Besuche abstattete.

Die Soldaten hatten sich, nachdem auch sie von den Feminotinnen aufgebrochen waren, an ihn geheftet, und nach einigen Kilometern löste Portempedocle sich von der Gruppe und kam zu ihm für ein Purparleh über das, was Boccadopa das Fischmaul ihm diktiert hatte. Er kam und stellte sich mit faschistischem Gruß vor:

»Machts Euch, hoher Herr, was aus, wenn ich mit Euch spreche?«, hatte er ihn gefragt und ihn dabei zahnlos und blöde angelacht.

»Was für ein Fisch seid Ihr eigentlich? Zum Dünsten oder zum Braten?«, fragte er und verfinsterte sich. »Was wollt Ihr mir mit dem Gruß sagen? Was sollte das, Eurer Meinung nach, sein? Ein Witz?«

»Das doch nicht«, sagte er und hob auch die andere Hand wie zum Zeichen der Aufgabe. »Das doch nicht. Mit Respekt kam ich zu Euch, Vossìa, werter Herr, ich würde nicht einmal davon träumen, einen Witz über Euch zu machen, hoher Herr.«

Wenn er nicht lachte, war's noch schlimmer, schlimmer und anders; weil, wenn er den Mund schloss, sich die Haut über den blassgelben Wangen spannte und sich wie unter einer Spachtel glättete.

»Und immer wieder dieses Vossìa, Werter Herr … Was beabsichtigt Ihr eigentlich mit diesem Werter Herr und Hoher Herr und dem faschistischen Gruß?«

Portempedocle war überrascht, er zeigte sich äußerst betrübt und wirkte darin durchaus aufrichtig. Wenn man ihn genau ansah, verstand man, dass er aus dem Krieg ein bisschen schrullig im Kopf zurückkehrte.

»Aus lauter Achtung nannte ich Euch Vossìa«, sagte er und stotterte ein wenig.

»Schon gut, schon gut, aber jetzt lasst es gut sein mit dem Vossìa und dem werten Herrn. Komm ich Euch etwa wie ein werter Herr vor? Wie ein hoher Herr? Ich?« Und als 'Ndrja Cambrìa sah, dass der andere zwischen einem Ja und einem Nein nur zu stottern vermochte, sagte er zu ihm: »Und der faschistische Gruß? Ihr kommt her und stellt Euch mir mit dem faschistischen Gruß vor?« Er lächelte ihn an, um ihn aufzumuntern: »Wenn Euch die Amerikaner sehen, wie Ihr die Hand hebt, dann binden sie die Euch mit der anderen zusammen.« Er sah, dass Portempedocle immer noch besorgt war, und sagte zu ihm: »Erinnert Ihr Euch nicht mehr an das Buongiorno? Buongiorno, buonasera: das ist wieder in Mode gekommen …«

»Buongiorno«, sagte Portempedocle da. »Buongiorno, Landsmann.« Und lächelte.

»Buongiorno«, antwortete er. »Sprecht jetzt, erzählt. Was gibts?«

»Ich wurde von den anderen Landsleuten da hinten hergeschickt«, sagte er. »Sobald sie von den versenkten Fährbooten erfahren hatten, erschraken sie, daher fragen sie Euch, ob Ihr, in Eurer Eigenschaft als Matrose, ihnen Rat gebt und Hilfe bei der Überfahrt übers Meer. Wenn Ihr ihnen helfen könnt an diesem steinigen Gestade, beauftragen sie mich, Euch zu sagen, dass sie Euch in alle Ewigkeit dankbar wären …«

»Ihnen beistehen? Dachten die vielleicht, irgendein Segelschiff würde da auf mich warten? Wie anders dachten sie denn würde ich sie übersetzen? Hiev ich sie mir auf die Schulter, einen nach dem anderen?«

»Heh, welchen Grund habt Ihr, das zu tun?«, sagte das Hautundknochenbündel. »Und hab ichs ihnen nicht gesagt? Wie kann der Matrose denn für eure Überfahrt übers Meer sorgen? Habt ihr ihn etwa mit Moses verwechselt? Dachtet ihr vielleicht, ihr würdet zum Roten Meer gehen, mit dem Propheten voran?«

Er sprach für sie, über sie, so als würde er sich ausnehmen. Eine Weile blieb er mit geöffnetem Mund neben ihm, dann fügte er hinzu:

»Meint Ihr etwa, das hätte ich ihnen nicht vor Augen gehalten? Der Matrose, sagte ich zu ihnen, bekreuzigt sich mit links, wenn ich zu ihm gehe und sage, er soll einen Durchgang durch das Meer öffnen. So sagte ichs ihnen. Aber der da, seht Ihr ihn?, der, dem das Bein fehlt, der aus Catania, der ist ein Despot, wies keinen zweiten nicht gibt. Geht und überbringt ihm die Nachricht, sagte er zu mir, andernfalls setzts diese Krücke auf Eure Hörner …«

Er lachte mit seinem zahnlosen Mund, was ihm Schaumbläschen in die Mundwinkel trieb. Er hatte diese blödsinnige Art, die Dinge zu betrachten, zwischen Trottel und Weisem, und es war, als könnte man sehen, wie sein Verstand während des Sprechens hin und her flatterte wie ein Vogel, der von Zeit zu Zeit keine Luft mehr fand, um seine Schwingen zu halten, und ins Leere hinabstürzte, um danach unerwartet wieder den Flug aufzunehmen und sich noch einmal hinabzustürzen.

Am Ende rückte er ziemlich listig mit der Sprache heraus:

»Wisst Ihr, was ich tue? Ich gehe zurück und sage ihm: Der Matrosenjunge sagt, gerne, wenn er kann. Am Meer redet man darüber, sagt er, wenn man sieht, was geschieht … Heh, geh ich zu ihm und sags ihm so?«

»Meinetwegen könnt Ihrs ihm so oder auch anders sagen …«

So oder anders, sie schleppten sich hinter ihm her, mit Lumpen an den Füßen und der Stumpigkeit der Beine. Er war mit seinem gewohnten Schritt weitergegangen, mit seiner Natürlichkeit; er wurde langsamer, er wurde schneller, er blieb stehen, er ging wieder weiter. Er tat so, als würde er nicht sehen, dass auch sie stehen blieben und auf demselben Strand schliefen, auf dem die Nacht zu verbringen er sich entschlossen hatte, oder dass sie aufstanden und sich wieder auf den Weg machten, sobald er aufstand und sich wieder auf den Weg machte, dass sie ihn, kurz gesagt, anschauten und sich an ihm orientierten wie an der Sonne, die stetig vor ihnen auf- und unterging.

Weder er noch sie taten etwas, um Gemeinschaft zu stiften. Einen gelegentlichen Worttausch hatte er nur mit Portempedocle, mit den anderen nicht einmal gute Nacht, guten Tag: insbesondere mit Boccadopa und Petraliasottana, die ihm beide nicht gefielen, der eine wegen seiner despotischen Art als Versehrter, wofür er Portempedocle büßen ließ, und der andere wegen seiner Krankenbettblässe, seinem Gehabe als großer Lebemann, der mit Mund und Händen zu reden anfing. Der Vierte dagegen, der Vierte dieses schönen Musterkatalogs des einstigen italienischen Heers, der Vierte, der aus Montalbano d'Elicona gebürtig und ein durch und durch robuster Mann war, mit festem, hartem Blick unter dem Schirm seiner Mütze, der sich im Vergleich zu den anderen äußerst würdevoll benahm, auch er war, nach Portempedocle, zu ihm gekommen, um mit ihm zu reden, und mit zwei Fingern zum Gruß am Schirm seiner Mütze ihn angesprochen hatte:

»Entschuldigen Sie, Monsù.«

»Monsù?«

»Französisch …«, hatte er ihm erklärt. »Montalbano war die Domäne Rinaldos, der dort, ich weiß nicht, ob Ihr das wisst, seine Burg besaß, und weil er ständig nach Paris ging und nach Montalbano zurückkam, brachte er in gewisser Weise die Sprachen durcheinander.«

Und dann hatte er ihm gesagt:

»Monsù, ich müsste Euch um einen Gefallen bitten, wenn wir an der Meeresspitze angekommen sind. Allein, ganz unter uns.«

Natürlich meinte auch er die Überfahrt, nur dass er die Absicht hatte, die Sache persönlich zu verhandeln. Seiner Meinung nach hatte Montalbanodelicona seine Sympathie errungen und er würde ihn ohne weiteres favorisiert haben, sofern er dazu die Möglichkeit und den Weg gehabt hätte.

Doch seine eigentliche und einzige Sympathie galt dem komischen Portempedocle, mit seiner Gesellschaft, die er ihm leistete und wie er sich über ihn lustig machte, wenn er sich von den anderen löste und sich an seiner Seite hielt wie ein Karrenhund.

Für ihn wurde es ganz selbstverständlich, ihn Moses zu nennen; doch er erwähnte nicht mehr das Wort von der Überfahrt, auch wenn Boccadopa ihn von der Kette ließ und ihm einzig diese kleinen Freiheiten gewährte, damit er sich den Matrosen warmhielt.

»Verbindungsmann, Boccadopa ernannte mich zum Verbindungsmann zwischen Euch und ihnen«, sagte er ihm einmal. »Euch, sagte er, erweisen wir die Ehre, als Verbindungsmann zur Marine … Ha, ha, zur Marine, sagt er, er sagt nicht zu dem Berg. Tatsache ist, versteht Ihr, Moses?, dass er glaubt, Ihr würdet einen Exodus durchführen, und weil Ihr einen Exodus durchführt, geht Ihr zum Meer und beginnt Euren berühmten Durchzug durchs Meer, und er wartet dort auf Euch, dort, bei Eurem Exodus, dort, zu seinem Nutz und Frommen. Versteht Ihr, Moses, wie arrogant er ist? Ihr kommt ihm gerade recht mit Eurem Exodus, und bei dem Exodus müsst Ihr sein: Ihn weht nicht einmal der Gedanke an, dass dies keine Zeit für einen Exodus ist, sondern für ein göttliches Gesetz. Gestern, erinnert Ihr Euch?, als wir an Fuscaldo vorbeikamen, gab man dort jedem von uns ein Gläschen Wein, und der Wein berauschte uns ein bisschen, und das nahm ich als Vorwand, um ein paar unpassende Bemerkungen zu machen, in Wahrheit dachte ich nur laut nach, damit er mich hören konnte und um ihm zu verstehen zu geben, dass er auf Euch nicht zählen kann, und das nicht, weil Ihr nicht wollt. Da oben, auf dem Gipfel des Berges, machte ich ein paar unpassende Bemerkungen, aber nur ein paar vorgetäuschte unpassende Bemerkungen, dort steigt in diesem Augenblick Moses hinauf. Und dort, auf dem Berg, glättet er sich seinen Bart und wartet darauf, dass dieser schlohweiß werde, und damit reicht man ihm vom Himmel die Gesetzestafeln herunter und er empfängt sie … Wisst Ihr? Er hat mir nicht mal zugestimmt, für betrunken hielt der mich. Dann aber dachte ich einfach weiter laut nach. Nur Gott weiß, sagte ich in meiner Verstellung, was man über ihn denkt, vielleicht hat er ja Mühe zu gehen. Ich glaube, ich sollte zu ihm gehen und ihm eine Hand reichen … Die Tafeln, glaubt Ihr, er hätte die verstanden? Die Eier, ja, die verstand er. Geht nur, geht nur, sagte er zu mir, stützt seine Eier, wenn sie ihm so schwer sind. Glaubt Ihr etwa, ich würde eifersüchtig, weil Ihr mir Hörner aufsetzt? Im Gegenteil, haltet sie ganz eng und fest, bis wir ans Meer gelangen … Habt Ihrs gehört? Ich weiß nicht einmal, wie ich den ertrage, einen dermaßen arroganten, einen dermaßen unverschämten …«

Doch auch wenn er sich hineinsteigerte, sich über ihn lustig zu machen, der camorristische Gewaltmissbrauch Boccadopas musste ihn ganz fraglos erschrecken. Er machte für ihn den Laufburschen und unterwarf sich jeder gemeinen Fron: Und die gemeinste in jeder Hinsicht war die, ihm jedes Mal beizustehen, wenn Boccadopa, um seinen Leib zu entleeren, von seiner Krücke steigen und sich mit seinem einzigen Bein hinter einem Schilf- oder Kaktusfeigenbusch oder in einem Garten am Strand hinstorchen musste: Dann musste er da sein und ihn an der Hand hochziehen, wenn er fertig war. Was hatte Boccadopa, dass er ihn zu dieser Fron überredete oder zwang? Denn er war ja nur ein einfacher Soldat, und ein einfacher Soldat war auch der Versehrte, außer, dass Boccadopa ihm vielleicht die Tatsache, dass er ein Bein weniger hatte, als etwas Bedeutendes verkaufen wollte. Was seinen Rang anging, konnte er ihm auch verborgen haben, dass er General war; und was sein autoritäres Erscheinungsbild und seine aufgeblasene Soldatenfigur anging, zeigte Boccadopa eine gewisse Verschlossenheit, und sie stand ihm hervorragend, als wäre es seine Wesensart, während Portempedocle jemand zu sein schien, der irrtümlich mitten in der Nacht aus dem Bett gerissen worden war, und zwar aus dem Bett irgendeines Asyls oder Lazaretts.

Doch hatte er sich erschrocken, man kann nicht sagen, dass er verängstigt gewesen wäre, im Gegenteil, er lachte, wenn Boccadopa ihm drohte, er würde ihm die Krücke auf den Kopf schlagen, etwas, was er alle augenblickslang tat:

»Ich verpass Euch eine Tracht Prügel mit dem hier, seht Ihr ihn?«, versprach er. »Ich erweise Euch die Ehre, diesen Fahnenmast auf Eurem Kopf zu zerschmettern …«

Er plusterte sich auf mit dieser, seiner Aussage nach, zurechtgekrückten Fahnenstange: einem runden, glatten Stück Holz, das durchaus auch ein Besenstiel sein konnte, statt eines Stücks von einer Fahnenstange, wie er behauptete. Niemand von ihnen hatte eine Fahne jemals so aus der Nähe gesehen, um das bestätigen zu können oder auch nicht. Fahnen sieht man nur von weitem, wie die Reliquien hinter Glas bei Prozessionen: Überreste von Märtyrern, ganze Körper oder Körperteile. Sie ziehen immer in einer gewissen, verlässlich berechneten Entfernung vorüber, damit man nicht sehen kann, ob sie falsch sind oder echt, rosig oder rosarot, wie Wachs oder aus Wachs, wie Knochen oder aus Knochen.

»Der ist ein Forderer, der«, hatte Portempedocle ihm ein anderes Mal gesagt. »Auch wenn er von mir fordert, dass ich ihm die Stirn halten soll, wenn er aufs Scheißhaus geht, ist das jetzt nichts. Ihr werdet sehen, Ihr werdet schon sehen, dass er mit diesem Bein Dinge von mir fordert, sobald wir an der Meeresspitze angekommen sind. Er ist durchaus fähig, von mir zu fordern, den Weg übers Meer trockenzulegen, dass er mir sagt: Los, macht schon, schachtet hier, trinkt, trocknet das Meer aus, denn so geh ich übers Trockene, und dann fügt er vielleicht noch hinzu: Tragt mich auf Eurer Schulter. Versteht Ihr, was für einen hinkenden Schafsbock ich mir da aufladen muss? Ich bin lustig, ich lache, lache, der aber, der legt mich rein. Der, der ist ein falscher Hund aus Catania: Der soll der Typ sein, der sich auf die Suche nach dem wahren Vaterlande macht? Der, ob Rotes oder Schwarzes Meer, der sieht doch gar keinen Unterschied. Der sieht nur Sizilien. Wisst Ihr, was er sagt? Sizilien, ja, Sizilien wird mir mein Bein wiedergeben. Es hat dreie, und eines hats zu viel, und das pass ich mir an, ganz wie ein Gauner. Habt Ihrs gehört, was er sagt? Und wagt Euch zu sagen: drei Beine? Was ist denn das für ein Tier mit drei Beinen? Ja, wagt es, und Ihr werdet schon sehen …«

So machten sie weiter, einen Tag und noch einen Tag. Die Soldaten zählten seine Schritte hinter ihm her, und nur bei der Durchquerung von Orten, wenn sie in Häuser gingen für einen Bissen und einen Schluck, die sie zu erhalten hofften, ließen sie es zu, dass er herumstreifte, wo er konnte. Portempedocle hoffte natürlich auch auf einen Bissen und einen Schluck von irgendwas:

»Kommt schon, kommt«, drohte Boccadopa ihm da. »Aber wenn der Matrose verschwindet, dann ist es besser, dass Ihr gleich nach ihm verschwindet.«

Irgendwann hatte er beschlossen, die Orte zu umgehen, sei's wegen der Carabinieri, sei's weil er, nach der Erfahrung, die er gemacht hatte, nicht mehr den Mut hatte, Frauen zu begegnen, die beim Vorübergehen vor ihren Häusern auf sie warteten: Ihr alarmiertes Theater, der Schrecken der Freundlichkeit, die sie ihm erwiesen und mit denen sie ihn, honigsüß und stechend, marterten, ihn und erinnerten ihn daran, dass er noch lebte, dass er sich gerettet hatte, und sie ihn betasteten, seine Schultern berührten, ihm über die Wange streichelten, ihn am Handgelenk packten, ihm eine flache Hand auf die Brust legten, als wollten sie spüren, wie sein Herz schlägt … Ihn erinnerte das zu sehr an die Szenen, die sich am Ufer von Charybdis abspielten, wenn Sturm aufgekommen war, der die Boote ineinanderverkeilte, und die erste heil da herausgekommene Mannschaft endlich Land betrat: Von diesem Augenblick an, von dem Umstand an, dass diese Mannschaft der Entronnenen wieder zurückgekommen war, fingen die Frauen der anderen Pellisquadre an, Hoffnung zu schöpfen.

Das letzte Mal, dass er das durchstehen und diese unsagbar beängstigende Prozedur ertragen musste, war in einem Dorf, das vor dieser großen Plaja lag, mit Orangen- und Zitronengärten, ein nichtssagendes Dorf, das man von ferne nicht einmal sah, verborgen in einer dunklen Waldung mit einer Macchia aus Ginsterbüschen, die sogar auf Häusern aus Stein und Mörtel wuchsen, zerspalten und zernagt von der Sonne. Bis dahin reichten ihm, wo sie vorbeikamen, einige Frauen getrocknete und in Rebasche gewendete Trauben in Weinblättern bis an die Lippen, andere eine getrocknete Feige, wieder eine andere ein Krüglein mit Wein, jede irgendetwas, kurz gesagt, um sich ihm geneigt zu machen. Dort, dagegen, erwarteten die Frauen sie vor den Türen, mit einer Schüssel voll Wasser, einem Stuhl, einem Lappen oder einem Stück Stoff über der Rückenlehne, denn alles, was sie ihnen anzubieten hatten, war eine Fußwaschung. Und weil er allein und als Erster hergekommen war, hatte er am meisten zu tun mit Bücken und Hindurchschlängeln inmitten all der Arme, all der Hände, all der Finger, die um ihn auf dieser und auf der anderen Seite einen Käfig bildeten, hinter dem Stuhl mit der Schüssel und dem Handtuch. Indem er auswich, dankte und lächelte, lächelte wie einer lächelt, wenn er viel lieber weinen würde, war er aus den Häusern entflohen, schwach und wie blutentleert. Im Gesicht musste er eine Totenblässe gezeigt haben: Er fühlte sich, als hätten sie ihn mit den Augen bis zum letzten Blutstropfen ausgesogen. Das war sicher sein schlechtes Gewissen darüber, dass er die Fußwaschung nicht angenommen hatte, und doch hatte sie ihn viel gekostet, diese Weigerung, dass es ihm vorkam, als hätte er alle seine Kräfte und all sein Blut vergeudet.

In der Ferne hatte er, als er von dort wegging, die Soldaten gesehen, die ins Dorf kamen und sich gleich setzten. Nur Montalbano ging noch ein kleines Stück weiter, vielleicht dachte er ja zu widerstehen, doch dann wählte auch er einen Stuhl, eine schwarze Frauengestalt beugte sich vor und begann, seine Füße auszuwickeln. Zwei, drei Kilometer entfernt sah man das Meer glitzern wie eine riesige Anhäufung ausgebreiteter, zerborstener Steine. Vom Dorf bis zum Meer schien alles staubiger, splittriger Strand zu sein: eine Wüste ohne Stimme noch Geräusche. Zwischen den Häusern waren die Soldaten still von

Stuhl zu Stuhl gewandert. Er dachte an ihre Füße, an den einen von Boccadopa, die ganz weiß wurden nach all diesen Waschungen, diesen Trockenreibungen aufgrund eines Gelübdes, diesen Klarwaschungen mit den Hintergedanken an Tauschgeschäfte. Er hatte gespürt, wie das Blut wieder durch die Adern strömte und seinem Gesicht wieder Farbe gab, wie es ihm die Ohren zwickte und ihm auf den Jochbögen kribbelte und brannte, als würde er rot werden.

Auf seinem Weg waren zu diesem ersten großen Geplänkel mit den Feminotinnen noch weitere gekommen, einige nur zur Bestätigung: Gibts ein Fährschiff? Nix, nisba Fährschiff, und andere zur Belastung: Segler, Flöße, Kaiks, Boote, Barken, mit einem Wort, Barken wenigstens findet man? Nisba Barken. Nisbarken, Nixbarken. Mit einem Wort: Zu Hand konnte er sie unternehmen, die Überfahrt.

Die beiden Frauen, zum Beispiel, die er am Golf von Sant'Eufemia getroffen hatte, als er inzwischen vom Garten in der Umgebung von Praja a Mare bis dorthin den ganzen Hals des kalabrischen Fußrückens zurückgelegt hatte: Sie waren auf dem Rückweg von Villa San Giovanni nach Amantéa, zu Fuß, und man stelle sich vor, sie hatten sich verirrt, sie wussten nicht mehr, wo ihr Zuhause war. Dort, das war ungefähr in der Mitte des Golfs, nach einem unendlich langen Stück Küste, zerklüftet in Meereseinbuchtungen mit Inselchen, Untiefen und Röhricht, war es nur noch ein sandiges Weitergehen, zwischen Ufersäumen und Stränden, mit einem Auf und Ab von hohen und abfallenden Dünen.

Die beiden Frauen hatten sich vor seinem Blick versteckt, hinter einer Düne, einer Art Mulde, schimmernd von Kleinkieseln, ziemlich dicht am Ufer. In dieser Einsamkeit hatten sie sich ein wenig freizügig gegeben, hatten nur ihre Leibwäsche an und aßen Brot und schwarze Oliven. Als sie ihn vor sich auftauchen sahen, blieb ihnen der Bissen im Hals stecken, und sie starrten ihn wortlos an. Auch noch, als er Buongiorno sagte, starrten sie ihn verschlossen und wortlos an und dachten nicht einmal daran, sich zu bedecken, ihre Kleider zu greifen und in sie zu steigen, die neben ihnen lagen, mit ausgebreiteten Ärmeln, festgehalten mit Steinen gegen den Wind, auch wenn es keinen Lufthauch gab, beide in Trauerschwarz.

Es war deutlich, dass sie gewaschen hatten, und das Gewaschene lag ausgebreitet auf den kleinen Kieselsteinen: eine Trauerbluse, weiß mit schwarzen Knöpfen, ein Satz Leibwäsche, Unterhemden und Unterhosen, schwarze Strümpfe, alles Männerzeug, und dann eine ganze Anzahl von Taschentüchern, weißen, mit schwarzer Umrandung, und dann lag dort noch ein großes rotes Tuch, in das möglicherweise all das Zeug eingebündelt gewesen war, außerdem ein zusammengefaltetes Küchenhandtuch, in dem Stücke von geröstetem Brot lagen, das noch aus der Vorkriegszeit stammen musste, ein paar getrocknete Feigen und noch weitere schwarze Oliven, die sie zusammen mit dem Brot aßen.

»Entschuldigt«, sagte er und nahm einen unverkrampften Ton an. »Wisst Ihr, ob man nach Sizilien rüberkommt?« Und als er so zu ihnen sprach, machte er einen Schritt auf sie zu, nur aus Höflichkeit, blieb aber gleich stehen, weil er nicht verstand, was sich da vor ihm abspielte.

Zu seiner großen Überraschung hatten die beiden Frauen nämlich angefangen, Tränen zu vergießen und zu schreien, die eine lag in den Armen der anderen, wie in einem vor kurzem erfahrenen und jetzt wieder aufgelebten Schmerz.

»Focu meu, focu meu, mein Feuer«, wehklagten sie und blickten ihn an.

Weil er nicht wusste, was er davon halten sollte, näherte er sich noch einen Schritt, worauf diese beiden Brot und Oliven fallen ließen, ihre Kleider griffen, sich erhoben und voller Empörung einige Schritte zurückwichen.

»Bitte um Nachsicht, wenn ich Euch belästigt habe«, sagte er da, streckte seine Arme weit geöffnet vor und presste die Lippen aufeinander.

Gedankenverloren entfernte er sich von diesen beiden unglücklichen Frauen, als die Mutter ihn zurückrief:

»Ihr da, wartet, geht noch nicht«, sagte sie zu ihm, und als er sich umdrehte, fügte sie hinzu: »Bleibt da stehen, ich erzähls Euch jetzt …«

»Was wollt Ihr mir erzählen?«, fragte er sie: Längst dachte er nur noch an das Gegreine dieser beiden, nicht aber mehr an Fährboot und Barke.

»Wartet, vorher richten wir uns erst in Würde als Personen her, als Mutter und Tochter.«

Die Mutter bedeckte sie, und die Tochter zog ihr Kleid über, danach bedeckte die Tochter die Mutter, und diese zog ihres über. Da verschwand das ganze Weiß des Halses, der Arme und der Beine unter dem schwarzen Stoff, und die beiden erschienen identisch, haargenau wie ein Ei dem anderen gleichend: beide hager, zerstreut, knöchrig, mit Ringen unter den Augen, und wie bei Menschen, die Tag und Nacht an einem Krankenbett gewacht und dann ihre Trauer herausgeweint haben, verwandelte sich ihr Aussehen in Gram, so, als wäre die Tödin mit ihrer Tochter auf Urlaub. Möglicherweise war es ja das, was sie unter der Würde des Herrichtens verstanden: sich außen so zu finden, wie sie im Inneren waren, nämlich voller Trauer.

Zwischen ihm und den beiden Frauen mochten ungefähr dreißig Meter liegen, und die Mutter musste schreien, um gehört zu werden; in der Mitte lag dieses trocknende Männerzeug, und als Erstes drehte die Mutter die Hand um und deutete auf die Wäschestücke, so, als wären es Stücke eines menschlichen Körpers, der von einem wilden Tier zerrissen worden war. Dabei sagte sie mit einem Katastrophenton:

»Seht Ihr das Hemd da? Seht Ihr diesen Satz von Leibwäsche? Und die Strümpfe? Das sind die Sachen meines einzigen Sohnes, focu meu.«

»Meines einzigen Bruders, focu meu«, hallte die Tochter ihr nach.

Sieben Tage zuvor, fuhren Mutter und Tochter in ihrer umständlich gewundenen Redeweise fort, waren sie von Amantea nach Cannitello aufgebrochen, wo er war, und er erfuhr genau in diesem Augenblick vom Anlegen der englischen Landungsboote, die nach Torre Faro, zum Leuchtturm, auf Sizilien hin und her fuhren. Zu Fuß, zwei Frauen alleine, so hatten sie sich auf den Weg gemacht, um dem Sohn und Bruder einen Satz Wäsche zu bringen, ein Hemd, ein paar Strümpfe.

»Sitzt er denn unglückseligerweise im Gefängnis?«, fragte er, als er das hörte.

»Schlimmer, schlimmer, viel schlimmer«, antwortete sie. »Eingemauert, lebendig eingemauert befindet er sich da, im Anblick des Meeres und im Anblick Siziliens, focu meu.«

»Habt Ihrs begriffen?«, fügte die Tochter ihrerseits hinzu und ging zu ihrer Mutter hinüber, ganz leicht, auf Fußspitzen, und ihre Hand machte dabei die gleiche Bewegung wie eine Marionette aus dem sizilianischen Puppentheater, wenn sie das Wort ergreift: »Es scheint, er hat sich eingemauert. Er liegt da oben, auf den Felsen von Cannitello, er blickt nach dem abgestorbenen Sizilien hinüber und rührt sich nicht … Nicht einmal von den Tränen seiner Mutter und seiner Schwester lässt er sich rühren, focu meu.«

»Es scheint, dass diese fixe Idee bis zu seinen Fußsohlen hinabgewandert ist«, sagte die Mutter wieder. »Es scheint, dass die ihn in diese Felsen eingewurzelt hat, focu meu.«

»Habt Ihrs begriffen?«, fragte die Tochter wieder.

Das war ein Wort, begreifen. Er wäre dort eingemauert, sagten sie, aber wie meinten sie das: eingemauert, richtig eingemauert?

»Was macht er denn da, bitte?«, fragte er. »Das hab ich, ehrlich gesagt, noch nicht begriffen.«

Die Mutter führte eine Hand an den Mund, blickte wie ein geprügelter Hund und wandte sich nach rechts ihrer Tochter zu und gab ihr zu verstehen, dass sie sprechen solle, flehentlich allerdings, flehentlich. Die Tochter übernahm wieder ihre Rolle und sagte:

»Was er da macht? Was soll er da schon machen? Er guckt sich die Augen aus nach Sizilien.«

»Hatte er denn irgendein Geschäft, eine Sache auf Sizilien, irgendein Geschäft, das er wegen des Kriegs unerledigt hatte lassen müssen?«

Er wandte sich, weil er sich dazu verpflichtet fühlte, an die Mutter. Wenn sie dann mit der Tochter die Rolle tauschte und sie aufforderte zu reden, ging das nur sie etwas an.

»Was denn für Geschäfte?«, sagte in der Tat die Tochter und erklomm wieder die Bühne. »Das einzige Geschäft war das, der Krieg, und das, das war ein Geschäft der Soldaten, das ging ihn nichts an.«

»Ja«, sagte die Mutter. »Denn mein Sohn, müsst Ihr wissen, ist behindert am Bein, und als er gemustert wurde, hatte man sein Hinken bemerkt, und man holte ihn nicht als Soldat. Aber kommts einem denn wie eine schwere Behinderung vor? Bei seinem Bein gehts nur darum, dass es kürzer ist als das andere, einen Fingerbreit und vielleicht nicht mal das.«

»Er war von einem Olivenbaum gefallen und hatte sich die Hüfte gebrochen«, fügte die Tochter hinzu, dieses Mal unaufgefordert. Doch gleich darauf ließ sie ihn links stehen und redete mit ihrer Mutter.

»Wie viel Jahre wird Sasà alt gewesen sein, als ihn das Unglück traf? Dreizehn, vierzehn Jahre? Ich erinnere mich noch, als wärs gestern gewesen, es war im Juli, und Sasà war ganz wie ein kleiner Priester gekleidet, mit breitem, rundrundem Hut und mit Bommeln und Quasten, die Kutte von unten nach oben geknöpft und glänzende Lackschuhe, er kam vom Seminar zu uns in die Ferien. Er kam, und das Erste, was er tat, als wär er mit dieser Absicht gekommen …«

»Das Verhängnis rief ihn zu sich«, kommentarierte die Mutter sozusagen für sich.

»… war, dass er auf diesen Olivenbaum kletterte, um ein Spatzennest auszunehmen. Doch als er da oben in der Baumspitze war, blieb er mit der Kutte hängen und flog von da oben auf die Erde wie eine reife Birne. Ich erinnere mich noch, wie wir ihm sagten: Wer brachte Euch nur da hinauf, auf den Olivenbaum, um das Nest zu rauben, Euch, Don Sasà, Euch, der Ihr niemals mit Nestern herumgespielt habt, jetzt, gerade jetzt, wo Ihr Priesterzögling seid, begeht Ihr die Sünde und nehmt den Jungen die Mutter? Und Don Sasà unter Tränen: Der Teufel, der Versucher wars, sagte er, und ich habe ihm nicht zu widerstehen vermocht …«

»Was für ein großes Unglück das war«, kommentarierte die Mutter wieder. »Das war das große Unglück seines und unseres Lebens. Wir schufteten uns zu Tode mit den Oliven, dann verkauften wir die Bäume, gingen von einem Arzt zum anderen, Spezialisten und Operationen, von denen wir gar nicht mehr wussten, wie viele es waren, doch das Hinken beseitigte keiner. Wir sahen keinen Glanz mehr im Leben wegen dieses Beins. Uns blieben nur vier Fuß eines Olivengartens, gerade genug, dass wir nicht Tagelöhner wurden und die Oliven für andere auflesen mussten …«

Um eine andere Musik zu spielen und sich nicht in der Rolle dessen zu finden, der schweigt und den anderen zuhört, wie sie über ihr Unglück erzählen, sagte er:

»Entschuldigt, wenn ich ungewollt diese traurigen Erinnerungen in Euch wachgerufen habe. Aber eigentlich meinte ich, als ich von Geschäften sprach, ob er nach Sizilien nicht irgendwelche Ware verschickt hat, ein paar Partien von Jasmin und Bergamotte, beispielsweise, und jetzt nicht weiß, was mit dieser Ware geschehen ist, bei dem Krieg, der aufs Festland herüberzog, und er deshalb darauf brennt, zur Insel überzusetzen …«

Aber wozu redete er? Sie sahen ihn in einer Weise an, als würden sie denken: Red nur, red nur, aber wenn du glaubst, wir würden sagen, wieso und warum Sasà verrückt darauf ist, nach Sizilien überzusetzen, täuschst du dich sehr. Die Mutter rollte ihre wirr scheinenden Augen von der Tochter weg zu ihm, als würde sie beinahe eine neue Frage von ihm erwarten und die Antwort, die ihre Tochter darauf geben würde. Aber wozu fragte er? Löste er etwa Rätsel? Nur, dass er nicht verstand, warum die Mutter ihn zurückgerufen hatte, als sie sagte: Kommt, damit ich alles Euch sage. Alles worüber? Dass es keine Möglichkeit der Überfahrt gab, hatte er schon begriffen: Wenn er nicht übersetzen konnte, was er so sehnlich wünschte, wurde er verrückt … Aber ansonsten, alles worüber? Über nichts?

»Ihr, Signor mio, täusch ich mich da oder seid Ihr aus Sizilien gebürtig«, sagte die Mutter und nahm das Wort da wieder auf, als wären sie zum Ausgangspunkt zurückgekehrt.

»Ja, aus Sizilien gebürtig, in einem Ort, der quasi visavi von Skylla liegt.«

»Dann müsst Ihr wohl, wenn Ihr übersetzen wollt, nach Cannitello hinuntergehen, wie? Ja, und dann seht Ihr diesen Sasà Liconti, unseren Sohn und Bruder, ganz sicher, und dann bekommt Ihr eine Vorstellung mit Euren eigenen Augen, wie heruntergekommen er ist: ein Lumpenhund, ein Almosenbettler …«

»Einen Sasà Liconti, der immer eine Pariser Modepuppe war …«, sagte die Tochter, die jetzt neben und hinter ihrer Mutter immer wieder die Bühne erklomm und immer wieder von ihr hinabstürzte.

»Um sich ihre Gunst zu erschleichen, in der Hoffnung, dass sie sich eines Tages erweichen lassen und ihn übersetzen, erweist er den Engländern Dienste, hackt für sie Holz, holt für sie Wasser, räumt für sie Schutt weg und hilft dann in der Küche, wäscht für sie Teller …«

»Focu, focu, ein Sasà Liconti, der Kasernen- und niedere Hafenarbeiten macht, ein Sasà Liconti, der nie auch nur einen Strohhalm aufhob. Abgesehen von Messer und Gabel, von Büchern und Feder, welche Anstrengungen hat er je auf sich genommen, was hatte er je in die Hand nehmen müssen?«

»Und den vielsagendsten Beweis, den man hierfür nennen kann, habt Ihr den vergessen, meine kluge Tochter?«, sagte die Mutter zu ihr, während sie sie anhielt, in ihren Schatten trat und gleichzeitig die rechte Hand mit dem erhobenen kleinen Finger zeigte.

»Ach, ja doch, ja, der kleine Fingernagel … Er legte eine Art Gelübde ab, wenigstens war es so, wie man die Sache verstand. Er musste sich gesagt haben: Diesen Fingernagel lass ich wachsen, bis der Krieg vorüber ist. Er wurde so lang wie ein Schnepfenschnabel, so lang, dass er sich am Ohr kratzen konnte, ohne auch nur die Hand zu heben, ja, einer von denen, die übers Meer setzen, sagte sogar, er hätte einen längeren gehabt als die rechten und linken Kleinfinger bestimmter steinreicher Männer im fernen China, die Mandarine genannt werden, vielleicht weil, wenn sie steinreich sind, sie dies dem Besitz von Mandarinengärten verdanken …«

Diese Mandarine hatte auch er nennen hören, doch dass sie die Gewohnheit hatten, lange Nägel am rechten und linken kleinen Finger wachsen zu lassen, das wusste er nicht. Apone, ja, den konnte man dann durchaus mit diesen Mandarinen vergleichen, weil sie viel Exzentrisches gemeinsam hatten, indem sie über Maßlosigkeit des Geldes und allgemeine Maßlosigkeit verfügten, nämlich Geld und Fingernagel. Apone war ein Großer unter den Zwischenhändlern und Wiederverkäufern, sowohl von seiner Statur als auch von seiner Bedeutung her, und man nannte ihn Apone, Drohne, weil er jemand war, der geldgefräßiger war als irgendwer sonst, ohne auch nur einen Finger zu krümmen, denn es waren die anderen, die schwachkräftigen Zwischenhändler, die, ob sie wollten oder nicht, für ihn schufteten. Apone rührte allenfalls den berühmten Nagel des linken kleinen Fingers, denn er bediente sich dieses Fingernagels, um die Kiemen eines Fischs hochzuheben, der ihm beim ersten Anblick in der Nase stank, um sich zu überzeugen, ob sie darunter frisches oder bereits tagealtes Blutrot zeigten. Apone wusste schon gar nicht mehr, wohin mit dem Geld, als man ihm, so um neunundzwanzigdreißig, er erinnerte sich nur undeutlich daran, den Garaus machte, keiner hatte je herausfinden können, wer, doch immerhin wohl Leute, die mit ihm verkehrten, denn tatsächlich hatte man ihm beide Fingernägel der kleinen Finger abgeschnitten, und um ihn zu beleidigen, hatten sie ihm einen in den Mund gesteckt, der daraus hervorstak wie das Schwert des Schwertfischs, für den anderen machten sie ein Loch in seine Hose und steckten ihn ihm in seinen Aftermund, nämlich in den Hintern.

Aus diesem Grund war die Extravaganz des langen Fingernagels nichts Neues für ihn, aber während er das bei den Mandarinen verstehen konnte und mehr noch bei Apone, konnte er's bei diesem Sasà überhaupt nicht verstehen, der sich um Haaresbreite nicht für eine bischöfliche Laufbahn entschlossen hatte, sondern der Grille gefolgt war, sich den Fingernagel des kleinen Fingers wachsen zu lassen. Sollte ihm diese Idee etwa von ganz allein gekommen sein? Oder hatte jemand mit ihm darüber gesprochen? Aber vielleicht war ihm ja auch das im Seminar beigebracht worden, von den Bischöfen, vielleicht war es ja ihre Gewohnheit, den Fingernagel des kleinen Fingers langsprießen zu lassen. Wer konnte das schon wissen?

Mutter und Tochter fuhren unterdessen fort, mal die eine, mal die andere, ihm von den unerträglichen Ängsten und Bedrückungen zu erzählen, die ihr Guerrino, genannt der Arme, durchgestanden hatte, mit einer Art des Sprechens, das etwas von der Wehklage hatte, die die Feminotinnen über die verlorenen Fährboote angestimmt hatten:

»Jetzt geben die Engländer ihm ein paar Küchenreste, vorher aber lebte er von ein paar wilden Kaktusfeigen, ein bisschen Johannisbrot und ein paar dicken Bohnen mit Wurm …«

»Und Eicheln nicht? Auch Eicheln aß er. Ein Sasà Liconti, der Eicheln isst, er, der, wenn er konnte, als er im Seminar war, die Hostie der Kommunion aß, immer und einzig die hatte er gegessen, statt Pasta und Brot, weil nur die Hostie ihm keine Verstopfung verursachte, so anfällig war er …«

»Und er übergab sich, verbitterter Sohn, er verlor jede Haltung, jede Scham, es kommt ihm inzwischen nicht einmal mehr darauf an, das Gesicht zu wahren. Wir sahen ihn dort, oberhalb der Küste von Cannitello, inmitten all dieser kriegsgeschädigten Menschen, die wie viele verdammte Seelen am Meeresufer stehen, wir sahen ihn dort, als würde er sich mit Trabanten, Schiebern, Kartenspielern, Scharlatanen und Handlangern für alles abgeben …«

»Und mit Flittchen, angemalten Weibsstücken, Mannstollen …«

»Und wir hörten ihn mit diesem Abschaum da reden und angeredet werden, mit dreckigen Zungen und derart zotigen Bemerkungen, dass ich mich entfernen musste, damit meine Tochter hier das nicht mit anhörte …«

»Ein Sasà Liconti, der zotig redet und angeredet wird, einer wie er, der als Seminarist im Seminar von Paola lernte und nach ein paar Jahren überhaupt kein Italienisch mehr sprach, sondern mit seinem Milchmund, den er immer noch hatte, stets und ständig Lateinisch redete, was uns beinahe einen Schrecken einjagte, wenn wirs hörten, weil er ein richtiger Engel zu sein schien. Ein Sasà Liconti, der sich jetzt ein Schuhsohlengesicht anschaffte, er, der im Seminar einst die Rolle des Erzengels Gabriel spielte, vom Himmel herabschwebte, um Joseph zu sagen: Nimm dein Weib und dein Kind und fliehe nach Ägypten, und das so spielte, als wäre er wirklich der Erzengel Gabriel in Fleisch und Blut und Röte im Gesicht. Ein Sasà Liconti, den jetzt nichts mehr empört und erschüttert, er, der bis zum achtzehnten Lebensjahr, und in diesem Alter, wer weiß, wie lange er das Seminar da bereits verlassen hatte, errötete wie nicht einmal ich, eine Signorina, wenn er den einen oder anderen jungen Mann auch nur ein ganz klein bisschen unangemessen sprechen hörte. Ein Sasà Liconti, ums kurz zu sagen, der von den Himmelssternen zu den Viehställen heruntergestiegen war, er, der um ein Haar nicht die bischöfliche Laufbahn einschlug, wegen des Beins, mit dem er hinkte, und dem es nichts machte, dass er aufs Priesteramt studierte, weil ein Priester hinken kann und die Leute trotzdem nichts merken, doch das traf ihn, und es traf ihn, wo es ihn traf, weil er doch aufs Bischofsamt studierte, weil ein Bischof sich schlecht ausmacht, wenn er nicht herrlich vollkommen ist …«

»Aber es ist sinnlos, mit Euch darüber zu reden, in Cannitello seht Ihrs mit Euren Augen, was für ein Sanktlazarus und Wüstling aus ihm geworden ist. Und wenn Ihr ihn nicht unter denen seht, die an der Überfahrtstelle stehen, dann fragt und jedjeder wird ihn Euch zeigen, weil er bekannt ist wie eine bunte Kuh und wegen einer ganzen Reihe von Dingen zur Fabelfigur der Engländer, der Sizilianer und der Kalabrier wurde …«

»Zur Fabelfigur? Mama, sagt, sprecht, ob sie sich über ihn lustig machen, übel lustig machen, bös und gemein, und ihn wieder und wieder mit Spott überschütten, sprecht, sagt, ob er ein Spektakel bietet, ohne mit dem Teller herumzugehen …«

»Ach, es ist alles zusammen …«, sagte die Mutter mit einem gottergebenen Ton, wie wenn sie die Tochter zum Schweigen bringen wollte. »Alles zusammen, alle Eventualitäten des Lebens …«

Alles zusammen, und davon hatten sie einen Teil sicher erzählt, Mutter und Tochter, und einen anderen Teil vielleicht nicht und hatten auch nicht die Absicht, ihm diesen zu erzählen, zumindest die Mutter, denn die Tochter war drauf und dran, es zu tun:

»Was ist das alles zusammen, das heißt …«

Sie sah ihre Mutter an, als würde sie sich dadurch inspirieren, wenn sie als Person und mit dem Wort hervortreten oder sich mit ihrer Absicht geordnet zurückziehen sollte. Und tatsächlich nahm sie sich völlig zurück, wurde im Schatten der Mutter ganz klein, die das tumbe Maultier spielte und der halben Absicht ihrer Tochter, ein bisschen länger bei den Ursachen zu verweilen, die ihren Sasà angetrieben und in Cannitello festgehalten hatten, nicht die geringste Bedeutung beimaß, den Deckel noch fester auf dieses Alleszusammen drückte, dabei immer knapp am Rand des Überflüssigen und des Wesentlichen verharrte und darauf bestand zu sagen:

»Sinnlos zu reden. Ihr selbst könnt ihn sehen, oben auf den Felsen von Cannitello oder dicht am Meeresufer, einsam und zum Bettler verkommen inmitten der Menschen, die hinausfahren und hereinkommen, und wie er sich vergiftet beim Anblick der englischen Boote, die von einem Ufer zum anderen zwischen den beiden Meeren hin- und herfahren … Sie setzen Waren über und Passagiere, es setzt aber auch der seltene Sizilianer über, und zwar ausschließlich der Sizilianer, der Desinfektion und Passierschein von der englischen Dienststelle erhalten hat, die für die Meerenge, ich weiß nicht, ob Ihrs erfahren habt, die regierungsamtliche Einrichtung wurde. Was mehr noch soll ich Euch sagen? Dass ers nicht wagte, sich für einen Passierschein zu melden? Wie denn nicht, der äußerst Unvorsichtige: Gab er sich doch als Sizilianer aus!«

Hier betrat die Tochter wieder die Bühne, stellte sich neben ihre Mutter und sagte:

»Und die, verbitterter Sasà, ließen ihn das Meer mit Holzgaloschen überqueren, so viel Hohn und Spott und Hiebe kippten sie über ihn aus.«

Die Mutter deutete mit Augen und Stirn an, dass die Tochter ihr Freude gemacht hatte, indem sie ihre Meinung sagte, so, justgenau, und fuhr dann fort:

»Im Büro sagte die englische Dienststelle ihm: Sagt mal Cìciro, zum Beweis, dass er wirklich war, was er behauptete, nämlich Sizilianer. Ihr«, sagte die Mutter hier und unterbrach sich, »habt Ihr je von diesem unfehlbaren Trick gehört, Cìciro sagen zu lassen, nur um herauszufinden, ob jemand Sizilianer ist oder nicht?«

»Ja, ja, ich glaube, in der Schule …«, antwortete er. Aber er wollte ihr sagen: Ich habs nur umgekehrt sagen hören, und zwar so, dass es von den Palermitanern erfunden wurde, um die Franzosen zu entfranzosen, welche sie entehrt hatten. Als diese sie nämlich mit dem Schwert am Hals zwangen, das sizilianische Wort für Kichererbse auszuwelschen, nämlich Cìciro, erkannten sie in ihnen regelmäßig die Fremdlinge und töteten sie auf der Stelle.

»In der Schule, wie?«, wiederholte die Tochter kauend, während sie ihre Mutter ansah, wie wenn zwischen ihnen ein stilles Einvernehmen herrschen würde.

Doch das Beste kam noch, und die Mutter war ganz von dem Trick mit dem Cìciro gefangengenommen, als würde jemand ihr darüber erzählen:

»Sag Cìciro, sagen sie zu ihm, und er sagt Cìciro. Und die: Nein, sagen die, Sìsiro heißt das. Du Sizilianer? Du nix Sizilianer. Du Franzos. Cìciro franzos, du Franzos. Sìsiro, Sìsiro heißt das. Was tut Sasà? Er lacht und erkühnt sich zu sagen: Hat der Krieg Sizilien etwa zu einem Babel gemacht? Ein derartig Frankohispanien habt Ihr mit Eurem Kanonenfeuer veranstaltet, Ihr Allerhochwertesten …«

»Focu focu, er machte den Geistreichen, er, der von der Welt doch so wenig weiß …«, kommentarierte die Tochter empört.

»Und die verwandelten sich augenblicklich in viele von der Kette gelassene Teufel. Sie bedrohen ihn, indem sie ihre Hand flach an den Hals führen, als wollten sie ihm zu verstehen geben: Wir schlagen dir den Kopf vom Rumpf. Sie brüllen ihn an, dass er Würmer kriegt, danach gehen sie alle lächelnd hinaus, klopfen ihm vertraulich auf die Schulter und schicken ihn dann zu einem bestimmten Barackenort, den sie inmitten der Hafentrümmer errichtet hatten. Dort ziehen sie ihn nackt aus, lassen ihn zur einen Baracke hinein und zur anderen Baracke wieder heraus, vom Kochendheißen zum Eiskalten, zwischen Rauchschwaden und Dämpfen und gesprühten Desinfektionsmitteln: Schwefel in Pulverform? Lysoform? Kreolin? Schreckliche Sachen dieser Art, Sachen, die ihn zum Erbrechen bringen, ihm die Haut karden und rösten. Qui ti sani, hier wirst du gesund, sagen sie zu ihm, wenn du verseucht bist. Du willst doch nichts Ansteckendes nach Sizilien bringen, etwa Flecktyphus? Das muss man sich vorstellen: Er, nur um überzusetzen, ließ sich die Haut blutig abziehen, ohne auch nur au zu sagen. Und tatsächlich führten sie ihn in diesen Baracken näher zum Tod als zum Leben. Dann brachten sie ihn wieder zu denen mit dem Cìciro und noch einmal: Sag Cìciro, sagen sie zu ihm. Und was antwortet er diesmal, mein naiver Sohn? Sìsiro, antwortet er. Und die: Nein, Cìciro heißt das, sagen sie. Du Sizilianer? Willst wohl sagen Franzos. Habt Ihr verstanden? Meinem Sohn wars, als wär er unter die Türken gefallen. Ja, was denn?, sagte er sich. Haben sie die Regeln während des Spiels verändert? Erst Sìsiro, jetzt Cìciro, einmal wollen sies gekocht, ein andermal wollen sies roh. Das ist doch blanker Hohn, sagt er sich. Die tunken ihre Savoiarden in meine Tränen, sie mögen diesen Löffelbiskuit getränkt im Geweinten dieses Elendsmenschen, der Sasà Liconti heißt. Da blickte er, der immer ein Lamm war, eines zum Opfern, nicht mehr aus seinen Augen, er wurde zum wilden Tier, und mit dem letzten Rest seiner Kräfte, die er noch besaß, stürzte er sich wie eine Bestie auf die Gurgel des Erstnächsten, der ihm unterkam: Cìciro, Sìsiro, Cìciro, sagte er und fiel über ihn her. Und so machten die Engländer keinen Spaß mehr, sie packten ihn und sperrten ihn an einem Ort ein, den sie Kalabuse nennen und nichts anderes ist als ein Kittchen …«

»Aber was wussten wir schon, mein Bruder, über diese seine Schicksalsschläge des Erleidens?«, sagte die Tochter und trat mit einer Leidensmiene neben die Mutter, als wäre sie Angelica im Ariostischen Theater, eine Angelica, glatt und dürr wie eine Sardelle, die niemand vor Liebe zu ihr verrückt werden ließ, ganz vom Gedanken um ihren Bruder Medoro ergriffen: Die hier wusste darüber zwar nichts, doch die da war sogar so ungeheuer ergriffen, dass, wenn man in Messina nicht allzu boshaft über sie klatschte und sie als Bruder und Schwester betrachtete, es in Catania und in Palermo, so hieß es, eben weil sie so aneinanderhingen und Angelica mehr um diesen Medoro als um den tapferen Orlando schmachtete, Leute gab, die sie als Verlobte betrachteten, andere als Mann und Frau und wieder andere als Liebespaar.

Die Mutter nickte zustimmend mit dem Kopf, schaute dabei unausgesetzt auf ihn, und fuhr bei dem von der Tochter Gesagten fort:

»Nichts, gar nichts. Er verschwand aus dem Haus, sobald der Krieg von

Sizilien zum Kontinent herüberschwappte, und wir hatten keine Nachrichten mehr, weder alte noch neue. In Amantéa erreichte uns die von sogenannten Schiebern, die auf Olivenöl aus waren, mitgebrachte Nachricht. Ein gewisser junger Mann, so kamen die und sagten uns, ein gewisser junger Mann, sagen wir Euch, doch eigentlich sieht seine Jugend nicht nach voller Blüte aus, noch scheint sie auch nur ansatzweise in seiner Gestalt erkennbar, dieser gewisse oder ungewisse junge Mann, so und so aussehend, einfach nur, um Euch einen Hinweis zum Zeichen einer Wiedererkennung zu geben, angenommen, er ist Euer Sohn, schickt Euch Grüße und versichert Euch seines Wohlergehens. Wo traft Ihr ihn an?, fragte ich diese Schieber. Ehrlich gesagt, antworteten sie, sahen wir ihn auf den Felsen oberhalb des Meeresufers von Cannitello sitzen; von hinten, mit vorgebeugtem Kopf, kam er uns zunächst vor, als würde er angeln, und daher näherten wir uns. Stattdessen tat er nichts, gar nichts, das heißt, er spiegelte sich im Wasser unten, völlig unbeweglich, wie die, die darauf warten, eines Tages in der Straße von Messina die Gestalt der Fee Morgana aufsteigen zu sehen …«

»Und was hat er wirklich getan und tuts noch?«, sagte die Tochter und kam mit Schwung wieder zu Wort. »Er wartet auf eine Erscheinung, die niemals kommen wird. Unglücklicher Bruder, sein Bart wird schloßigweiß, wird lang und wächst vom Felsen herunter bis ans Meer.«

»Und wenn das sein Schicksal sein soll …«, sagte die Mutter und schaute die Tochter an, als würde sie sie instruieren. »Wenn er dort bleiben muss …«

»Wenn er dort bleiben muss, mein Bruder«, vervollständigte die Tochter, »kann man ihn dann etwa als Halbverrückten da lassen? Wenn er dort bleiben muss, im Anblick aller, was sollen die dann von der Familie Liconti in Amantéa denken, Freunde und Bekannte, die ihn als derart verelendeten und heruntergekommenen Menschen sehen? Mutter und Schwester, sind die, so werden sie fragen, etwa Schlampen? Und über mich, noch Signorina, werden sie sagen: Man stelle sich vor, wie sie den Ehmann behandelt, die da, wenn sie heiratet. Daher …«

»Daher, um vor den Blicken der Gesellschaft nicht nachteilig zu erscheinen«, sagte die Mutter wieder, mit einem Seufzer, »stellten wir ein Bündel mit seinen Sachen zusammen und machten uns nach Cannitello auf. In Cannitello fanden wir, dass die Mitteilung der allerwahrsten Wahrheit entsprach. Dort war er, am Meeresufer von Cannitello sitzend, justgenau neben dem Kai bei den Holzplanken, die die Engländer weggeworfen hatten, dort saß er und verschlang mit den Augen das Landungsboot, das ankam und wieder abfuhr; dort saß er, vor dem Meer und Sizilien gegenüber, und wartete auf die Erscheinung. Ja, dort saß er und dort sitzt er, ein verunstalteter Mann, wenn Ihr ihn seht, und Ihr hättet ihn vorher kennen müssen, um Euch eine Vorstellung von ihm zu machen. Was soll ich Euch sagen? Ein lazarusiertes Subjekt, schlimmer lazarusiert, als wäre er aus dem Krieg heimgekehrt, leiderfahren mit jeder Not und jeder Schlacht, außerdem ein Subjekt, das sich freiwillig den Matrosen dort unterworfen hat, ein Hungerleider, ein Almosenbettler, der darauf wartet, dass die Engländer ihm die Barmherzigkeit erweisen, ihn nach Sizilien überzusetzen. Dort saß er, und dort sitzt er, der verbitterte Sohn: Er brach jugendlich zum Paradeise auf, und wegen dieser Hüftlahmheit stürzte er hinab ins Inferno, und die Hölle ist, sag ich Euch, diese in Trümmer liegende verlorene Insel, Sizilien, und er ist dort, vor den Pforten zur Hölle, liegt auf den Knien, er, fast schon ein Bischof, und würde seine Seele verkaufen, um Zutritt zu dieser Hölle zu erlangen. Und wer hätte es sich jemals vorstellen können, dass Sasà Liconti sich die fixe Idee von Sizilien in den Kopf gesetzt hätte, Sizilien und immer wieder Sizilien?« Sie stand ein Weilchen da, wie wenn sie darüber nachdenken würde, dann kehrte sie die Hände um, stieß einen langen Seufzer aus und sagte abschließend: »Na, das sind die menschlichen Verhängnisse, die Geschicke des Lebens. Und auch göttlicher Wille: Und wir, Schlamm und Staub, können wir uns etwa dem göttlichen Willen entgegenstellen?«

Durch ihre Nase schnaubte sie diesen Kantilenenworten hinterher, und es war deutlich, dass für sie alles, was gesagt werden konnte, gesagt worden war, und für anderes hatte sie keinen Atem mehr. Für sie war das der Abschluss und der Kommentar zu allem, sie setzte damit, kurz gesagt, den Schlusspunkt unter die Geschichte über Sasà Liconti, sie rollte einen Stein vor das Wieso und Warum er verrückt danach war, nach Sizilien überzusetzen.

Doch erstaunlicherweise war die Tochter gegenteiliger Ansicht, erstaunlich für ihn, der sie mit ihrer Mutter verschmolzen gesehen hatte, in der Art, wie ein Orangenschnitz ein Kindchen hat, ein mit ihm verbundenes Zehlein, halb eingewachsen, halb draußen, doch zum allergrößten Erstaunen für die Mutter, die der Schnitz war.

Unerwartet und plötzlich nahm die Tochter das Visier ab oder hob es hoch, und erst jetzt erschien sie völlig natürlich. Sie rief ihre Mutter aufs offene Schlachtfeld, ihr gegenüber. Er hätte schwören können, dass sie die ganze Reise über, zuerst seit Tagen und Nächten oder auch seit Monaten, seit Jahren daran dachte, die Mutter in einer Erklärung zu stellen, ohne allerdings je den Mut zu finden, es auch zu tun, solange sie sich mit ihr alleine befand. Da er nun aber anwesend war, ein Fremder, hatte sie sich endlich dazu entschlossen. Oder es war das Wimmern, das sie in diesem Augenblick erfasste und zu dieser Entscheidung führte.

Sie hielt die Lippen zwischen den Zähnen fest, und noch weinte sie nicht, doch als die Mutter aus den Augenwinkeln zu ihr hinüberäugte, rollte sofort eine Träne aus ihrem Auge, sie aber löste sie mit dem Zeigefinger unverzüglich aus der Wimper und wischte sie weg, bevor sie über ihr Gesicht rollte.

Die Mutter führte sich die Hand an den Mund und nahm das Aussehen einer Tölpelin an, wie sie es zu tun pflegte, wenn etwas schwer für sie zu begreifen oder zu tun oder zu sagen war oder wenn sie etwas zu verstehen geben wollte.

»Was ist mit Euch, törichte Tochter?«, fragte sie. »Sagte ich vielleicht ungewollt, ich Verbitterte, etwas, das Euch verletzt hat?«

»Das, was Ihr nicht gesagt habt, wars, das mich verletzte«, antwortete die Tochter unter Weinen, das stärker geworden war und es ihr unmöglich machte, die Tränen von den Wimpern zu wischen, die jetzt in Strömen hervorquollen und über ihr Gesicht liefen. »Das, was Ihr nicht sagt, wars, verbitterte Mutter.«

Und weil die Mutter immer deutlicher tat, als verstünde sie nichts, ging die Tochter von ihr fort, von dort, neben ihrer Mutter, wie wenn sie aus dem Schatten träte, diese Bedeutung schien sie der Sache geben zu wollen, und stellte sich ein paar Schritte weiter drüben hin, der Mutter gegenüber, ihre Arme um sich schlingend, wie wenn sie sich in ihnen verschließen wollte, und mit einem tränenüberströmten Gesicht und einer von Schluchzern unterbrochenen Stimme schrie sie:

»Das Foto, Mutter, das Foto … Das Foto, das Sasà den Sizilianern zeigt, die sich einschiffen und ausschiffen, da, am Strand von Cannitello, das Foto, das, weils von Hand zu Hand ging und auch offen gezeigt wurde, sich abnutzte und sogar alterte, das Foto, auf dem eine gewisse Person abgelichtet ist, derentwegen er, Sasà, jeden fragt, ob er sie kenne, ob sie sich je begegnet seien, ob sie zufällig wüssten, ob sie noch lebe oder in den Kriegsvernichtungen auf Sizilien umgekommen sei, das Foto von dieser Person, die, eben weil sie immer wieder von vielen, von so vielen betrachtet wurde, nun selber fast in Fleisch und Blut abgenutzt und verbraucht und gealtert zu sein scheint und steinalt auf diesem Foto starb. So viele, so viele sahen es, dieses Foto, Hunde sahens und Schweine, dieses Foto und diese Person, nur ich nicht, ich nicht, ich allein sahs nicht …«

»Foto? Eine Person auf einem Foto?«, sagte die Mutter im Ton höchster Ahnungslosigkeit, höchster Unschuld, wie ein Mädchen, das vom Leben noch nicht angeschaut worden war. »Das ist in meinen Ohren die neueste aller Neuigkeiten.«

Die Tochter verharrte eine Sekunde lang wie vom Blitz getroffen angesichts der Dreistigkeit ihrer Mutter, auf der Stelle versiegten ihre Tränen, und durch ihre Augen zog etwas wie ein Schatten des Zweifels. Doch dann, ohne den Kummer von eben, richtete sie ganz ruhig das Wort an sie, viel überzeugter und sicherer als vorher von dem, was sie sagte, und doch auch mit einer gewissen verzweifelten Entzauberung und Resignation in der Stimme:

»Mutter, Mutter, wie ist es nur möglich, wie nur, wie ist es möglich, dass Ihr immer noch, immer noch und immer noch, am Punkt, an dem wir jetzt sind, meint, Ihr könntet Euch mit dem Netz vor der Sonne schützen? Mit Sasà, der alles aufs Spiel setzte und da, vor aller Öffentlichkeit, oberhalb des Strandes von Cannitello sitzt und eine Tragödie spielt und eine Farce, bei der ihn Sizilianer und Kalabrier sehen, Olivenölschieber sehen ihn, Getreide- und Zigarettenschieber sehen ihn, und das Gerücht geht seinen Gang, es verbreitet sich, und es fehlt nicht mehr viel, dann weiß es Gott und die Welt, was Sasà Liconti aus Amantéa widerfahren ist, und bei alledem meint Ihr, Ihr könntet Euch gar vor Eurer Tochter verstecken, meint Ihr, meint Ihr immer noch, Ihr könntet Euch mit einem Netz vor der Sonne schützen?«

Die Mutter hatte irgendwann angefangen, den Kopf auf und ab zu bewegen, so als würde sie versuchen, mit der Kinnspitze auf ihre Brust zu schlagen. Als die Tochter aufgehört hatte zu sprechen, wandte sie ihren Blick von ihr ab, machte eine Dreivierteldrehung nach hinten, und nachdem sie zuerst sich beugte, dann auf ein Knie oder auf beide sich stützte, machte sie sich mit der zum Trocknen ausgebreiteten Wäsche zu schaffen. Doch sie hatte sich kaum gebückt, als die Tochter, gereizt von ihrer gleichgültigen Haltung, sie anging, auffahrend und flehentlich, und als ob die Worte ihr eher aus den Augen als aus dem Mund schießen wollten, redete sie derart mit zusammengebissenen Zähnen, wobei sie sich vielleicht erinnerte, dass ein Fremder anwesend war, und sagte:

»Reden wir wahr, Mutter, verbitterte Mutter, reden wir wahr, reden wir wahr … Mutter, Mutter, verbitterte Mutter, nur wahr, nur wenn wir wahr darüber reden, kann uns aus Schande und Scham Ehre erwachsen. Versteht Ihr? Wahr muss es sein, wahr …«

Konnte er da noch bei ihnen bleiben? Konnte er so taktlos sein und so dreist? Er musste sie alleine lassen, ohne die Anwesenheit Fremder, eigene Herrinnen, sich so miteinander über ihre Scham zu unterhalten, wie sie es wollten, ohne sie zu nötigen, Röte zu Röte zu fügen. Daher entfernte er sich bis zum Meeresufer, und dort hockte er sich auf seine Fersen, zeigte, dass er sich die Hände wusch, aber auch in der Überzeugung, dass diese beiden Frauen, wie schon die Feminotinnen, irgendwann in der Hitze der Gedanken gar nicht mehr die Anwesenheit Fremder bemerkten, die sie hörten, das heißt: jegliches Fremde, jeglicher Fremde löschte sich aus ihrem Bewusstsein.

Als er zurückäugte, sah er, wie die Mutter, bald etwas schräg sitzend, bald auf allen vieren, sich inmitten der Wäsche bewegte, dieses und jenes Stück von den Sachen ihres Sohns aufhob, es in der Hand drückte, es lange aufgefaltet dicht vor ihre Augen hielt, und dann, nachdem sie es weggelegt und ein anderes gegriffen hatte, wobei sie sich langsam, ganz langsam auf allen vieren bewegte, mit herunterhängendem Kopf, schien sie wie eine hungrige Hündin zwischen den Resten ihres Sohnes zu suchen, schnüffelte an diesem einen Stück, an jenem anderen, ob an den Knochen nicht ein elender dünner Streifen Fleisch hängen geblieben wäre wie ein Baumwollfaden, den sie mit den Zähnen abreißen könnte, aber sie suchte und beschnupperte, und alles, was sie fand, waren Hautfetzen, die sie aufhob und durch sie hindurchschaute.

Dies tat sie, sie verhielt sich so während der ganzen Zeit, unterdessen die Tochter auf sie einredete, ihr dabei gebückt und gekrümmt folgte, ihren Mund über der Schulter verzog, den Hals zwischen den Haaren verrenkte, und weil man von weitem die Worte nicht hören konnte, verstand man nicht, was sie ihr sagte, es war, als würde die Tochter sie ständig mit bissbereiten Zähnen anfallen wollen, die Mutter dies aber nicht einmal argwöhnen.

In der von Dünen umgebenen Mulde sandte die Stimme der Tochter ohne innezuhalten ein Summen haarfein durcheinandergewirbelter Silben aus, die eine Qual waren, ein Psssstpssst, das wie ein Schmerzen bringender Luftzug heranwehte, ein wie aus einem verwickelten Wollknäuel bestehender Wind, der den Magen vor Schwäche und Mattigkeit leiden lässt und durchstößt. Die Silben pfiffen ihr bald zwischen den Zähnen hervor, bald erstickten sie zwischen Lippen und Gaumen; oder man hörte sie wie ein Aufsaugen von Speichel, beinahe, als würde man sich bestimmter Worte im letzten Augenblick schämen und sie wieder hinunterschlucken.

Die Mutter gab ihr weder eine Antwort noch irgendein Zeichen, dass sie ihr zuhörte. Sie bewegte sich inmitten der Wäsche, zwischen Sand und Kieselsteinchen, auf Händen und Knien, mit herunterhängendem Kopf, sich streckend und sich zusammenziehend, aufplusternd und abschwellend, bald sah sie aus wie eine Hündin oder wie eine Kröte, bald wie ein seltsam schwarzes Tier ohne Kopf, taub, stumm und blind. Sie war wie ein wellenförmiger Sandfleck, eine Anschwellung der Dünen, in der Mitte der Mulde fehlentstanden, und es wirkte so, als wollte die Tochter dagegenpusten und diese schwarze Sanderhöhung in Unruhe versetzen, doch auch das war nicht das Werk der Tochter, auch das war eine Illusion aus Sehen und Hören.

Der Klang der Stimme dieser Frau, die auf ihre Mutter einredete, taub von der tauben Taubheit derer, die nicht hören wollen, war für ihn wie der eines leichten, noch milchzahnigen Gräkals aus Nordost, der wirbelte und sich eingrub und sich wieder umwandte, wie und wie sehr ein kleiner Gräkal aus Nordost das eben konnte, ein noch grasender Wind, an einer Stelle der Dünen, wo der Sand allerdings wieder und wieder abrutschte und sich auffüllte, und jedes Mal sich stärker auffüllte als vorher, und jedes Mal verharrte der Gräkal, als wäre er erstickt worden, erwürgt in den Wirbeln der unendlichen Körnchen, und oberhalb des Winds begann die sandige Wüste der Dünen jedes Mal, und jedes Mal dem Ohr von alters her vertraut, seine Stille zu glätten.

Es waren keine fünf Minuten vergangen, und als er noch einmal hinüberspähte, sah er, dass die Mutter aufgestanden war: Mit einer Hand hielt sie das weiße Hemd mit den schwarzen Knöpfen hoch und mit der anderen schlug sie vorne den Staub vom Kleid. Genau in diesem Augenblick steckte die Tochter den Haarknoten auf dem Kopf erneut fest, ging zu ihrer Mutter und nahm ihr das Hemd aus der Hand, zog an der Halsspitze, fasste dann das Hemd bei den Schultern und schlug es mehrmals offen gegen den Wind, und jedes Mal knallte es, dann legte sie es zusammen, nahm es unter ihre Achsel, stellte sich neben ihre Mutter und blickte da hin, wo diese hinblickte, gab auch deren Haarknoten einen festen Halt, dann lehnte sie sich, ganz leicht und beinahe symbolhaft, mit dem Ellbogen an deren Schultern; gemeinsam und eng beieinanderstehend blickten sie zu ihm, so, als wären sie eine einzige Gestalt und zwei Köpfe.

Er traf sie wieder, als sie im Stehen Brot und Oliven zu sich nahmen, beim großen Tischtuch mit dem Essen, so, wie wenn sie auf ihn gewartet hätten.

Sie waren ganz so, wie er sie gesehen hatte, als er vor der Mulde aufgetaucht war, nur, dass die Tochter jetzt ein gelöstes und tiefbewegtes Gesicht zeigte, mit ein paar verwischten Tränen unter den Augen, wie ein Himmel, nachdem es gerade eben geregnet hatte; die Mutter hingegen hatte in diesen fünf Minuten ein minjoniertes und faltiges Gesicht bekommen, wie ein vom vielen Spielen auf Pflastersteinen abgegriffenes und verkratztes Geldstück.

Die beiden Frauen standen jetzt neuerlich in ihren ärmlichen Gestalten beisammen wie Mutter und Tochter: als ein Körper mit seinem Schatten.

Sie wird es immer so machen, sagte er zu sich selbst und betrachtete die Tochter, sie wird wenig oder viel Schaum schlagen und sich dann wie eine Nymphe zurückziehen. Ihre Mutter wird sagen: Mach deinem Herzen Luft, mach deinem Herzen Luft. Sie lässt sich ein Weilchen auf die Tochter ein, doch dann nimmt sie die Sache als auch sie wieder in ihre Hand: Sie lässt sie's nicht merken und gewinnt so eine zufriedene, aber auch betrogene Tochter zurück.

Er sah die Mutter an und sagte sich: die ... eine Verrückte? Die kehrt doch die ganze Welt von zuunterst nach zuoberst, gibt ihr die Gestalt ihrer Gedanken, und die Welt ist das für sie: ihre Schürzentasche, in die sie über Tage hinweg ihre Hand steckt, mit ihren engengen Gedanken in der Faust.

Was tat sie, um dieses Foto aus dem Blick und aus dem Kopf der Tochter und aus seinem zu löschen, oder kam es ihm nur so vor? Sie wechselte von Grund auf Thema und Szene. Sie lud ihn ein, einen Bissen mit ihnen zu essen. Ihr Gedanke dabei war vielleicht, dass sie ihnen damit das Stilljetzt verordnete, weil, wenn sie einen Bissen Brot und Oliven im Mund hatten, sie, die Tochter oder er, folglich nicht das Wort haben konnten, um sie noch einmal nach dem Foto und nach der Person auf diesem Foto zu fragen.

»Nehmt doch einen Bissen Brot«, forderte die Mutter ihn auf. »Kommt, greift zu. Verzeiht, wenn ich meiner Pflicht nicht vorher schon nachgekommen bin. Ihr werdet Hunger haben, Ihr werdet Durst haben, kommt, kommt, esst und trinkt ...«

»Ja, ja, greift zu, greift zu«, sagte die Tochter als Verstärkung der Mutter. »Diese Oliven, probiert sie nur, es sind Oliven von unseren Bäumen.«

Die Oliven erinnerten sie an etwas, und sie brach in Gelächter aus, wie wenn man sie kitzeln würde und sie nicht mehr an sich halten könnte:

»Mutter, Mutter«, sagte sie und beruhigte sich allmählich. »Ihr, an Sasà, erinnert Ihr Euch an Sasà, wie er damals unter einem bestimmten Olivenbaum Oliven fand, die im Backofen gebacken worden waren und die ich ihm absichtlich dort hingelegt hatte, an dem Vormittag, als das Priesterchen zu uns nach Hause zurückkehrte vom Seminar? Er steckte sich eine in den Mund, und ich, die ich hinter einem anderen Olivenbaum in sein Gesicht blickte, sah, wie seine Verwunderung größer und größer wurde, als er die gebackene Olive schmeckte. Und dann sah ich, wie er zu diesem Olivenbaum hochschaute, und es war, als würde er den Himmel anblicken und den Ewigen fragen, ob das eines seiner Wunder sei. Fast pinkelte ich mir in die Hose vor Lachen, als ich das Priesterchen mehr verwirrt als überzeugt da stehen sah. Nica, Nica, rief er mich dann. Komm, komm und schmeck diese Olive, die mir vorkommt, als wäre sie gebacken worden. Ich laufe zu ihm, probiere sie: gebacken? Diese hier nicht. Diese hier doch, sagt er, als er eine andere probierte. Probier sie. Ich probiere sie: Richtig, sage ich zu ihm, schmeckt, als hätte man sie im Ofen gebacken. Und auch die Erste, die ich probiert habe, sagt er. Ah, ist ja klar, sage ich dann zu ihm. O ja, mein schöner Don Sasà, das ist eine besondere Aufmerksamkeit, die der Ewige Euch zukommen lässt. Also wirklich, sagt er. Doch wieder richtet er die Augen nach oben: Und ich verstand nicht, ob er den Olivenbaum ansah oder noch weiter nach oben blickte, wo man den Himmel sah. Tatsache ist aber, dass er, wie er so lange nach oben blickte, den runden Priesterhut abnahm und ihn an seine Brust hielt. Und wem erweist er dieses Zeichen der Hochachtung?, fragte ich mich. Dem Olivenbaum? Dem Himmel? Aber woher sollen sie ihm, dem Priesterchen, seiner Meinung nach denn heruntergefallen sein? Und ich lachte, ich lachte innerlich, allerdings voller Angst, denn könnt Ihr Euch das vorstellen?, wenn Don Sasà das gemerkt hätte, hätte er mich mit seinem Blick zu Asche verwandelt. Ha, wie hab ich mich damals mit dem Priesterchen vergnügt. Oh, wie sehr habe ich mich einmal mit Sasà vergnügt …«

»Ach, du lustiges, wonniges Kind«, sagte ihre Mutter zu ihr. »Und wie er dich in Asche verwandelt hätte.«

Sie standen eine Weile dort und lachten heftig, und dann:

»So greift doch zu«, sagte die Tochter wieder, »probiert eine dieser gebackenen Oliven«, fügte sie lächelnd hinzu, und nun lächelten auch die Mutter und er, als sie an das Priesterchen dachten, mit dem Gesicht nach oben unter dem Olivenbaum.

Mittag musste vorüber gewesen sein, die Sonne stand steil über ihnen, und an Hunger fehlte es ihm nicht.

»Ich nehme gerne an«, sagte er, griff ein Stück Brot und eine Handvoll Oliven.

Sie aßen im Stehen, alle drei, und für eine Weile hörte man nur das Geräusch, das Zähne machen, wenn sie geröstetes Brot krachend zerbeißen. Die

Mutter zögerte, das harte Brot mit ihren Zähnen zu zerkleinern, woraufhin die Tochter es mit den Vorderzähnen in Stücke biss, die sie in der Handfläche sammelte, eines dieser auf diese Weise zerkleinerten Stücke Brot reichte sie ihrer Mutter.

»Ha, du lustiges, wonniges Kind«, sagte die Mutter noch einmal wie zum Dank.

Sie lächelten sich zu, sie erwiesen sich Freundlichkeiten. Es war, als hätte die Tochter niemals über das Foto und eine bestimmte Person darauf gesprochen; sie hatte sich doch so gequält, mit ihrer Mutter zu sprechen: Reden wir wahr, reden wir wahr, und jetzt genügte es zu sehen, wie poetisch sie mit ihrer Mutter ins Reine gekommen war, von wegen wahr und wahrhaftig, jetzt mochte man es nicht einmal mehr glauben, dass man sie diese Worte hatte sagen hören und mit diesem Kummer.

Als die Mutter den letzten Bissen hinuntergeschluckt hatte, trank sie Wasser aus der bauchigen Flasche und klopfte sich die Krümel ab, damit war's, als wollte sie sagen: Das Theater ist aus, an die Zuschauer gewandt, das heißt an ihn, an ihn, der inzwischen doch, um seine Neugier zu stillen, die sich ein bisschen, ein kleines bisschen, offen gesagt, bei ihm geregt hatte, nur dieses Foto kannte, auf dem man allerdings nichts sah, auch wenn man sich vorstellen konnte, alles zu erkennen, wie auf Fotografien, die zu viel oder zu wenig belichtet worden waren und daher entweder tiefdunkel oder hellweiß waren, wie geblendet. Aus diesem Grund konnte er sich die Person auf dem Foto entweder als Mann oder als Frau, jung oder alt und auch tot oder lebendig vorstellen. Mit diesem Foto hatten sie ihm Stoff gegeben auf seinem langen Weg zur Ermattung. Sie hatten angefangen und weitergemacht, oder? Mit diesem Rätselgerätsel, und auf diese Weise, mit diesem Geheimnis um die Fotografie, brachten sie die Sache zu einem glanzvollen Ende. Und um ihnen in nichts nachzustehen und selber auch einen glanzvollen Abschluss zu haben, oder vielleicht war es richtiger zu sagen Anfang, und zwar einen Anfang, der alles andere als glanzvoll sein würde, er, wie er sie angeredet hatte mit Blick auf eine Barke oder eine Nichtbarke, da er sich niemals hätte vorstellen können, dass allein die Andeutung von Barke oder Nichtbarke, das heißt die Andeutung jenes Themas, das ein Thema aus einer anderen Welt für diese beiden Frauen gewesen sein musste, und mehr noch in diesem gegenwärtigen Augenblick, da es wirklich und wahrhaftig zu einem Thema aus einer anderen Welt wurde, wirklich und wahrhaftig zum Thema aller, er damit seinen Finger in ihre immer noch offene

Wunde legte und damit in ihre Klagesklage beim Weggehen geriet, sprach er sie noch einmal im Reden an, noch einmal auf eben die gleiche Frage, auch wenn er jetzt die Barke nicht mehr als solche erwähnte, wohl aber als Fakt:

»Verzeiht, wenn ich Euch eine Frage stelle, auch wenn ich an diesem Punkt angekommen bin, frage ich Euch, antworte mir aber schon selber: Also denn, wenn man nach Sizilien übersetzen will, sofern ichs recht verstanden habe, entweder Cannitello oder Cannitello oder Engländer oder Engländer?«

Er hätte seinen Kopf verwettet, dass die Mutter ihm antworten würde: Oja, entweder Cannitello oder Cannitello oder Engländer oder Engländer, ohne auch nur ihren Sohn Sasà zu erwähnen, weil, dachte er, Sasà inzwischen das Foto hatte, schön vor aller Augen, in der Hand, und es fehlte noch, wenn die Tochter, die gerade eben erst wieder zur Vernunft gekommen war, noch einmal das Auge des Verstands darauf werfen würde. Den Kopf jedoch würde er verloren haben, wenn er ihn verwettet hätte; die Mutter musste sich ganz fraglos sicher fühlen, sowohl ihrer selbst als auch der Tochter wegen, sicher, dass sie noch einmal auf Sasà und diese Fotografie zu sprechen kommen konnten, auch wenn Sasà sie hoch oben über den Köpfen derer hielt, die sich am Ufer von Cannitello ein- oder ausschifften, und auch, wer sie nicht sehen wollte, konnte sie sehen, sie, die Tochter sah sie nicht, für sie existierte das Foto nicht mehr, in der Hand hatte Sasà nichts und zeigte auch nichts. Nicht allein das, sondern sie musste auch sicher sein, dass die Tochter wie vorher auf jede ihrer Einladungen, das Wort zu ergreifen, antworten würde, dabei die Bühne betrat wie eine Marionette im Puppentheater, ohne Gefahr, dass sie noch einmal den Ton forcieren oder ihr die Flause vom Wahrreden einfallen würde. Der Ton der Tochter würde ihr Ton sein und war es auch, der Ton des Weinens durchsetzt mit Lachen, den sie gebrauchte, wenn sie ein paar andere Hinweise über ihren Sohn gab, ein Ton, der sich nicht einmal als der Ihre ausgeben konnte, von ihr gewählt, sondern vielleicht der Ton des Lebens selbst war, der Ton, den das Leben ihr aufzwang, ohne ihr eine Wahl zu lassen.

»Schon, aber Ihr setzt über, Ihr«, antwortete sie ihm. »Ihr seid Sizilianer und fahrt nach Sizilien, das ist nur natürlich: Meint Ihr etwa, die Engländer könnten Einwände gegen Euch erheben? Vielleicht, dass die den Trick mit den Cìciro und Sìsiro bei Euch ausprobieren? Wovor könntet Ihr schon Angst haben, Ihr?«

Er jedoch wusste, vor was. Wenn sich vor denen ein italienischer Matrose präsentierte, schifften sie ihn ein, das stand außer Zweifel, doch sie schifften ihn als Gefangenen ein, und wer weiß, wohin.

Die Tochter hauchte der Mutter etwas zu, und diese machte ja, ja, tüchtige, vernünftige Tochter, und dann wandte sie sich erneut an ihn, mit zwei Neuigkeiten, um nicht zu sagen Überraschungen, auf einen Schlag:

»Ihr, sofern Ihr nichts dagegen habt, Ihr könntet uns einen Gefallen tun, und auch wir erweisen Euch einen. Und der Gefallen wäre nach der Vorstellung dieser meiner Tochter, dass Ihr, wenn Ihr in Cannitello ankommt, nach einem gewissen Sasà Liconti sucht, mit ihm sprecht und ihm sagt: Bei Sant'Eufemia traf ich Eure Mutter und Eure Schwester, es geht ihnen gut, sie grüßen Euch und schicken Euch die Nachricht, dass Ihr sie schneller vor Euch auftauchen seht als Ihr glaubt. Und danach fragt ihn in unserem Namen, sofern Ihr das Bedürfnis verspürt, wie Ihr Euch den Engländern gegenüber verhalten oder nicht verhalten sollt hinsichtlich der Überfahrt. Viele fragen ihn über die Desinfektion in den Baracken aus, über das Verhör, das sie machen, um die Passiererlaubnis zu erteilen, über alles, kurz gesagt. Sasà könnt Ihr vertrauen, hört ihm zu, dann setzt ihr ganz sicher über. Und außerdem haben die englischen Matrosen ihn liebgewonnen, ja, wir sahen sie, mit unseren Augen, sie werfen ihm das Tau zu, wenn sie von Sizilien zurückkehren, weil sie wissen, dass sie ihm eine Freude machen, doch sahen wir auch, dass sie es ihm wieder abnehmen, wenn sie wegfahren, weil, so sagte uns ein Kaktusfeigenverkäufer, der an der Mole steht und meinen Sohn inzwischen kennt, er sich ans Tau geschnürt mehrmals schon ins Meer gestürzt hat, mit dem Gedanken, sich nach Sizilien schleppen zu lassen. Mit den Engländern hat er vertraulichen Umgang, er stellte uns sogar den Engländern vor, Mutter und Tochter ...«

»Um die Wahrheit zu sagen, stellte er mich schon mit einem Plan im Kopf vor ...«, sagte die Schwester. »Ich begriff ihn, meinen Bruder, und was seine Hoffnung war: Und die bestand darin, dass ein gewisser Matrose, ein rothaariger, sich in seine Schwester verliebt, und er über ihn, der nun zur Familie gehören würde, vielleicht nach Sizilien übersetzen könnte ...«

»Doch für diese Tochter war der Matrose nichts, rote Haare und dazu noch Ausländer: Sollte ich etwa ihrem Herzen befehlen? Mein Sohn, sagte ich da zu ihm, bleib hier, so lange du willst, gib auf dich Acht, und wenn du willst und kannst, komm nach Hause zurück, denn der Mann im Haus bist du, und wir beiden Frauen sind allein nach dem Tod deines Vaters. Die Oliven hängen an den Bäumen und der Mühlstein steht bei der Ölpresse. Wir kehren in sieben Tagen zurück, um zu hören, ob dieses Leid dich verlassen hat. Wir nahmen das schmutzige Hemd mit und ließen ihm das saubere da. Doch wir bemerkten, dass die Zeit uns nicht reichte, um innerhalb von sieben Tagen nach Amantéa zurückzukehren und wieder nach Villa zu kommen. Auch weil diese Tochter, während eine weitere Nacht über uns beide, verkeilt im tiefen Sand, hinwegzog, aus schweren Träumen auffuhr: Ihr träumte, dass der rothaarige Matrose ihren Bruder vor dem Ertrinken gerettet hatte. Mutter, sagte sie zu mir, ich will zurückkehren und mir den Rotschopf noch mal anschauen, der sich im Traum so großherzig Sasà gegenüber gezeigt hatte und so gutmütig. Daher dachten wir, wir sollten an dieser geschützten Stelle des Strandes ein bisschen Wäsche waschen, sie trocknen und zu Sohn und Bruder zurückkehren. Und so fandet Ihr uns hier, ein bisschen fast wie Zigeunerinnen. Seht Ihrs? Hemd, ein Satz Leibwäsche, Strümpfe …«

»Das Haus, wenn man so will, ist da, wo der Mann ist«, kommentierte die Tochter und gewann ihre Verständigkeit vollends zurück.

Wer aber war mit Mann gemeint? Ihr Bruder Sasà oder der rothaarige Engländer?

Er ging fort, als sie die Wäsche zusammensuchten: Hemd, Satz Leibwäsche, Strümpfe. Jedes Stück schlugen sie in der Luft, glätteten es mit den Händen, falteten es zusammen und setzten es auf das große rote Tuch, das auf dem Sand ausgebreitet war. Er hatte noch die von der Tochter ausgesprochenen Worte im Ohr: Auch dort war der Mann, wenn man so will, auch dort war das Haus. Und das nur, um sie sich bildhaft vorzustellen, wie sie diese gewaschene Wäsche zusammensuchten.

Er war noch in der Umgebung dicht bei den Dünen von Sant'Eufemia, und als er über die Umstände dieses Sasà nachdachte, wohin flogen da seine Gedanken? Zum Fingernagel des kleinen Fingers, der so lang war wie die chinesischer Mandarine. Hätten die beiden Frauen es sich je träumen lassen, dass der lange Fingernagel ihn neugieriger machte als die Fotografie und die auf ihr abgelichtete Person? Was das angeht, er sich auch nicht: Und doch war es der gebogene Fingernagel des kleinen Fingers, an den er dachte, an diesen Fingernagel wie ein Schnepfenschnabel, wie das Knochenschwert des Schwertfischs, an den Fingernagel, wie ihn steinreiche Männer in China üblicherweise trugen und eben auch Apone: Und er dachte, wie sie ihn, Apone, hergerichtet hatten, sie, die ihm den tollen Garaus gemacht hatten, einen Fingernagel vorne, den anderen hinten: Und er fragte sich, ob Sasà Liconti seinen Fingernagel wohl noch als Trophäe oder ihn vielleicht abgeschnitten oder dieser Nagel ein klägliches Ende bei seinen niedrigen Tätigkeiten gefunden habe, die er für die Engländer verrichtete … Und hier, wer weiß, warum, kam es ihm in den Sinn, so etwas wie eine Zauberkabbalei festzulegen: Wenn er den Fingernagel immer noch hat, sagte er sich, ist die Person auf dem Foto ein Mann, wenn er ihn aber nicht mehr hat, ist sie eine Frau. Auf diese Weise gelangte auch er über einige Umwege von dem Fingernagel zu dieser Geisterfotografie. Doch hätte es ihm Freude gemacht zu sehen, ob diese Kabbalei mit der Wirklichkeit übereinstimmte: Nur deshalb wäre es der Mühe wert gewesen, sich unter die Engländer in Cannitello zu mischen und Sasà Liconti kennenzulernen oder, genauer gesagt, den kleinen Finger seiner rechten Hand.

Zuerst: nisba Fährboot, dann: nisba Barken. Ihm aber klang diese Aussicht auf eine heikle Überfahrt nicht katastrophenträchtig, kurz gesagt: Gemütsverfinsterungen stellten sich dadurch nicht bei ihm ein. Sicher, die Redensart, die lautet: Du hastAngst? Musst du denn übers Meer?, hatte für ihn, nicht, weil er den Angeber machen wollte, fast keinen Sinn, insbesondere, wenn das Meer, über das er musste und vor dem er Angst hätte haben sollen, das hier war, das Meer zwischen Skylla und Charybdis. Ein Schrecken von Meer, gut, wenn man's wusste, mehr noch, ein zweifaches Meer, ein frankohispanisches mit Abwärts- und Aufwärtsströmungen, mit Bastardellen, diesen gefährlichen kleinen Strudeln, von zerzaustem Fell und tückisch: Das ging so weit, dass es mehr Schiffe und Segler und Barken waren, die, sozusagen, unter ihm navigierten, dort, an den beiden Meeren, als die, die auf seiner Oberfläche navigierten. Doch ihm war an den Meeren zwischen Skylla und Charybdis das Auge blau und violett geworden, tiefblau und rot und in allen Farben, wegen des Widerscheins von Sonne und Salz, durch das Werk von Winden und Strömungen, denn immer wieder sah er, wie sie ihr Fell verloren und neu bildeten, immer wieder sah er, wie sie es in ihre jeweilige Richtung striegelten, wenn sie denn je eine ihnen eigene Richtung hatten: Er war auf ihm herumflaniert, wie man mit einer Tigerin herumflanieren kann, kannte es Falte für Falte, Wundpunkt für Wundpunkt, dieses aufgewühlte Meer, diesen Ozean eher, diesen maskierten Ozean. Mit ihm hatte er Erfahrung, und die Erfahrung, die er mit ihm hatte, machte sein Leben aus.

Nötigenfalls hieß das, dass er es auch mit Schwimmen schaffen konnte, das Übersetzen. Wollte er damit sagen, dass das ein Witz war? Nein, nicht mal im Traum: Nur der berühmte Colapesce machte das als Spaziergang, und im Vergleich mit Colapesce würde er untergehen, doch nötigenfalls, selbst wenn er die Zunge zwischen die Zähne nehmen musste, konnte auch er es versuchen. Wenn es ein Ruder nicht gab, bedeutete das, dass es für ihn immer noch die Strömung gab. Er konnte zwischen Jonischem oder Tyrrhenischem Meer wählen, zwischen aufsteigender oder absteigender Strömung, zwischen toter oder lebendiger Strömung: und toter Mann in der lebendigen Strömung machen oder einen Lebendigen in der toten Strömung, und das war ohne Frage vorzuziehen, weil, wenn er sich der lebendigen anvertraute, er Gefahr lief, weit hinausgetragen zu werden; wenn er aber in der toten schwamm, hieß das, er konnte in Skylla eintauchen und sich von da aus, dem skyllotischen Felsen gegenüber oder fast, nach Charybdis begeben, das hieß nach Hause, auch wenn das bedeutete, auf ganzer Länge, um die fünf Meilen, an der Grenzlinie zwischen den beiden Meeren entlangzuschwimmen, auf dieser oder jener Seite von ihr, und das hätte ihn eine große Erschlaffung seiner Arme und seiner Armschläge gekostet.

Wenn er daher sagte, dass die Aussicht ihm nicht nach einer Katastrophe klang, sagte er das nicht, um eine blasierte Meinung von sich zu geben, sondern um etwas über seine natürliche Herangehensweise zu sagen. Kurz, die andere Redensart, die besagt: Zwischen Reden und Tun liegt ein ganzes Meer, hatte ebenfalls keinen Sinn für ihn, wenn man bedenkt, dass dieses Mal, in seinem Fall, das Meer das Tun war und das Tun auf dem Meer lag.

Danach fand er auf seinem Weg weitere Auskünfte über das Übersetzen. Das Eigentümliche war jedoch, dass die neuen Auskünfte allesamt Gerüchte waren, bei dem, wenn er die Frage stellte: Kommt man rüber?, die Antwort wieder war: nisba; doch bei der zweiten Frage: Gibts Barken?, war die Antwort auf der Stelle, nach Erwägung aller Umstände, eine: Feminotin. Von Gerücht zu Gerücht schien Feminotin und Barke sich gegenseitig so anzulocken wie Meer und Salz.

Dies widersprach sich nicht, nein, mit dem Hinweis aus Feminotenmund: Nisba Fährboot bedeutete nicht nisba Barke. Aber wenn das Gerücht besagte, dass es eine Barke gab und die Barke, die es gab, feminotisch war, warum hatten die Feminotinnen dann in dem schattigen Garten ihm das verschwiegen? Und wieso zogen sie hinauf und drifteten ab von ihrem meerischen Reich, wenn es dort noch eine Barke gab, und sei es nur eine einzige, die schwamm? Schon, aber wieso hätten sie ihm das sagen sollen? Wenn die Barke klein war und damit hochgeschätzt, war es dann ein Wunder, wenn sie's geheim hielten, es keinem enthüllten, vor allem nicht den Sizilianern, die allesamt, unnötig, es überhaupt zu sagen, gierig auf eine Überfahrt waren? Die Barke war ihnen prosum, sie kam ihnen zupass; wo nicht, was für Feminotinnen wären sie gewesen? Was für eine Schmugglersekte hätten sie gebildet? Und dann, wenn diese Gewiberklicke nach Kalabrien hinaufzog, entweihte sie das weder als Feminotinnen, noch leugnete es die Barke; wenn es etwas leugnete, leugnete es allenfalls die Fährschiffe. Dieses ungewöhnliche Abdriften über Land konnte nur bedeuten, dass die Barke nicht so groß war, um alle Hintern aufzunehmen. Die Barke war kein Fährschiff mit Latrinerei, häuslicher Bequemlichkeit und Freiheit vom Gefängnis, Fährweg auf dem Land und auf dem Wasser, Promenade auf der Brücke und Ruheplätzen im Schiffsbauch. Wenn sie auf der Barke Platz für den Pettichkoffer und für den Hintern fanden, mussten sie das als ein Freudenfest betrachten. Doch nicht einmal das fanden, wie es aussah, alle Frauen. Das jedenfalls war ihre Sache, die Barke, ob wenig oder viel, verschwiegen oder mitgeteilt, war ganz ihre Sache.

Sicher, einem Boccadopa öffneten diese Auskünfte über die Barke das Herz, doch ein Boccadopa konnte nicht wissen, dass, wenn sich an die Auskunft Barke das Wort Feminotin knüpfte, die Herrlichkeit und Herzenslust ein Ende fand, auf diese Barke konnte man nicht sonderlich zählen. Eine Feminotin ist nicht der lebendige Christenglaube, den Ihr Euch vorstellt, wenn Ihr zu ihr sagt: Habt doch die Güte und nehmt mich in Eure Barke, und sie nimmt Euch hinein. Die Feminotin muss sich ihren Tagesunterhalt verdienen, und wenn sie die gläubige Christenmenschin macht, die Gütevolle, wie soll sie ihn dann verdienen?

Für ihn allerdings war bei den Purparlehs, die er hier und da hatte, manchmal auf einem Fuß allein, manchmal auf beiden, das Boot immer das weniger Wichtige, das seinen Kopf beeindruckte und sich ihm dauerhaft einprägte, auch wenn es des Boots wegen war, dass er den einen oder anderen ansprach, wenn er die Ortschaften umging, um nicht auf die Brüder Abbranca zu stoßen und wo er, wenn und so lange wie möglich er konnte, lange Abschnitte dichtdicht am Meeressaum zurücklegte.

Doch da, gleich am Ufer, weiß man ja, wie man sich immer gerne in Gespräche verliert, wenn man einen Gleichgesinnten trifft. Es ist die Einsamkeit, die das Meer um ihn herum gräbt und dabei nach und nach im Ohr und im Kopf jedes andere Geräusch der Welt in seinem auslöscht, das kommt und geht, das rollt und alles wie ein Donnerschlag der Stille bedeckt: Diese Isolierung ist es, auch wenn in dem Augenblick, wo sie sich erkennen und, wiewohl noch fern, auf den sonnenbeschienenen Stränden aufeinander zugehen, was ihm einen Argwohn im Körper erregt, ein Herzrasen, ein Gefühl von Angst, wie beim Heranrücken eines Feinds, welches die Strandvagabunden drängt, sobald ein paar Worte gewechselt sind, sich gewissermaßen die Arme um den Hals zu werfen. So geschah es immer in Zeiten des Friedens und in Zeiten des Kriegs erst recht.

Nachdem dieses Fragen und Antworten schnell hinter sich gebracht war, knapp und stumm, manchmal nur mit hochgezogener Braue oder nur mit halbbelidetem Auge, andere Male nur mit verzogenem Mund oder auch mit zum Himmel gerichteten Handflächen, zwischen seinem Sehrverbunden und dem Istdochselbstverständlich des anderen, blickte er spontan auf das Bild dieses armen Teufels, den er angesprochen hatte: Von da aus stellte er blitzschnell ein ungefähres Kalkül auf, dass sein sozusagen Bootsleid zu einem Witz, fast schon zu einer Ablenkung, einer Zerstreuung der Gedanken wurde, wenn man's mit dem Leid des Strandvagabunden verglich.

Es brauchte Mut, über ein Boot mit jemandem zu sprechen, dem es so vorkam, als wäre auch das Meer ihm gestorben, das Meer, das ihn dort nebenan streifte, wie ein Hündchen, das dem Augenschein nach spritzig, in Wahrheit aber ein großer geprügelter, von alten Schwären bedeckter, schon den Tod atmender Hund war, der Schritt für Schritt hinter ihm hersabberte, hinter dem unwissenden Strandvagabunden, auf dem Abdruck, den sein Fuß im frischen Sand hinterließ, und jedes Mal war es, als würde in dem Fußabdruck das Meer alles aus der Welt tilgen, so, als wäre jeder Schritt jedes Mal auch der letzte, den er unter den Lebenden machte; es war, als würde er verschwinden, da, jetzt verschwand er unter dieser oder unter der nächsten Spülung des Geifers wie unter einem Degenhieb, ohne eine Spur zurückzulassen, eine schäumende Rebellion, und der Sand, der sich gleich verschwammt und wieder jungfräulich wird, und wieder und immer die donnernde Stille des Meers.

Man musste sich schämen, wenn man sie fragte, diese Strandvagabunden, ob es ein Boot gäbe, und ihnen gleich darauf direkt ins Gesicht die Frage nach dem Sinn des Todes stellte, der Tod, der das Meer inzwischen längst für sie bedeutete, dieser hündische Bastard mit alten Schwären, der seit wer weiß wie vielen Jahren die unter ihnen herauswitterte, die berufsmäßig über die Strände vagabundierten, ihnen Schritt für Schritt folgte, so, als würde er den Augenblick erwarten, wo sie stehen blieben und die Knie beugten, weil sie von einer großen, seltsamen Müdigkeit erfasst wurden, und er ihnen auf die Hände sabberte, wie wenn er sie küsste, und auf die Augen, als würde er ihnen einen Schleier zum Vergessen des Lichts reichen, und sie würden ihn nicht fortgejagt, ja, sie würden sein Kommen nicht einmal bemerkt haben.

Es kam ihm vor, wie wenn er jeden fragte, wo hier Bonbons verkauft würden.

Das war eine Geschichte, die sich mit ihm und Duardo Cacciola ereignet hatte, als er sieben Jahre alt war und der Freund seines Herzens sechseinhalb. Mit vier, fest in der Hand verschlossenen Münzen und dem Wasser, das ihnen im Mund zusammengelaufen war, suchten sie zwischen den Häusern am Leuchtturm nach der Süßwarenhandlung, wo man Bonbons verkaufte. Es war im Sommer, und vielleicht hatten die vier Münzen etwas mit dem Durchzug des Schwertfischs zu tun; zudem war es glühend heiß, gegen zwei oder drei Uhr, und es war Sonntag, denn an diesem Tag hatte seine Mutter ihm die Haare geschnitten, was, wenn es auch nicht jeden Sonntag stattfand, eine Sache war, die dem Sonntag vorbehalten blieb.

In diesem Teil des Ortes waren alle Türen geschlossen; eine aber hatten sie gesehen, die mit einem Stuhl angelehnt war, und dort hatten sie nach der Süßwarenhandlung gefragt. Im Dunkel der Türe war das Gesicht einer Familienmutter aufgetaucht, blass, mit umränderten Augen, zerzaustem Haar, als hätte sie nächtelang Wache gehalten oder irgendeinen Schmerz gehabt. Um zu zeigen, wo sich die Süßwarenhandlung befand, nämlich einige Türen weiter, musste sie den Türflügel etwas öffnen und sich auf der Schwelle vorbeugen. Und während sie sagte: Ecco, seht ihr da, ihr Buben?, da ist die Süßwarenhandlung, fiel ein Strahl dieser wildgewordenen Sonne durch den Türspalt, zog im Dunkel des Vorraums blank und warf den blendenden Schein ihrer Klinge genau und abgemessen dort vorne hin, auf einen kleinen, ganz in Weiß gehaltenen Katafalk, der wie eine Wiege mit einem schlafenden Kind hergerichtet war.

Dieser stand da, zwischen mit Stroh geflochtenen Stühlen, ausgeschlagen mit einem Betttuch an den Innenwänden und einem Kopfkissen: Der Junge von sechseinhalb oder sieben Jahren hätte er sein können oder Duardo, auch er war schön sauber, auch er mit Haaren, die aussahen, wie wenn sie frisch geschnitten worden wären, im Umbertinerstil, aber mit einer etwas schiefgeratenen Tonsur; er war ganz in Trauer gekleidet, mit Hemd, Socken, Schuhen und Hose, alles in Weiß, nur, dass die Schuhe nicht an den Füßen waren, sondern danebenstanden, so, als befänden sie sich, weil er nicht an sie gewöhnt war, nur der Form halber dort; am Arm trug er das Band mit dem Anhänger der ersten heiligen Kommunion, und schließlich, als größte Attraktion in ihren Augen, hatte man ihm die Hände auf den Griff eines kleinen, versilberten Blechschwerts gelegt, das wie das Schwert der Paladine aussah und ihm von der Brust bis zum Schritt zwischen den Beinen hinabreichte und hell aufglänzte.

Für eine Sekunde hatte sich ihr Blick auf dem Schwert verloren, als ob der Glanz, der von ihm ausging, sie blenden würde. Wenn die Mutter ihn bewaffnete, dachten sie, ist das ein Zeichen dafür, dass er es nötig gebrauchen konnte, ein Zeichen dafür, dass er sich wehren musste, ein Zeichen dafür, dass er sich zu wehren verstand. Er war bewaffnet, gerüstet, mit anderen Worten, ernst überzeugt von den Umständen; vielleicht machte er sich zu großen, unbekannten Gefahren auf, wo er alleine sein würde, ohne Vater noch Mutter noch einen Freund, keinen, der hören könnte, ob er um Hilfe ruft; sein ganzes Heil, seine Rettung lag in seinem Arm und in diesem Schwert, vielleicht aus richtigem gehärtetem Stahl, damit er sich ohne Anstrengung durchwinden könnte. Fast starben die beiden ihm nach vor Neid, den er mit diesem kleinen Schwert in ihnen erregte.

Doch wenn man sein Gesicht betrachtete, schien der Junge älter zu sein, vernünftig und als wäre er eine Sekunde vorher gealtert, wie jemand, der sich sein Brot als Toter in dieser Unternehmung verdiente, auf dieser langen, äußerst langen, um nicht zu sagen unendlichen Reise voller Gefahren, und sich unterdessen aufs Kissen gelegt hätte, um einen Schlaf zu halten.

Alles in allem schien er wirklich zu schlafen, einen mit Speichel angeklebten Schlaf. Mitten auf der Stirn hatte er eine Falte, was ihn nachdenklich aussehen ließ: Das Licht durchschnitt sein Gesicht in zwei Hälften, und der Eindruck war, dass ihm das Verdruss bereitete; man erwartete, dass dieser Verdruss ihm jeden Augenblick die Lider öffnen und ihn schließlich aufwecken würde. Indessen dachten er und Duardo: Was für ein Spiel könnte man eigentlich noch mit ihm spielen, auch wenn er das Schwert weglegen, auch wenn er seine Reise nicht mehr antreten würde, was für ein Spiel mit einem, der so ernst aussieht?

Als sie merkte, dass, während sie ihnen die Süßwarenhandlung zeigte, sie den kleinen Katafalk hinter ihr verstohlen betrachtet hatten, wurde die junge Mutter blass und errötete, als wäre es ihre Schuld, zog sich hinter die Flügeltüre zurück und wiederholte noch einmal: Ihr Buben, da ist eure Süßwarenhandlung, da, doch dieses Mal, als würde sie sie anflehen, zu ihrem, der Mutter, eigenen Wohl und zu dem der beiden Jungen, dass sie gehen und die Bonbons kaufen und sich von ihrer Türe wegmachen sollten. Im letzten Augenblick, als sie ihr Gesicht zurückzog und sie anblickte, sahen sie, dass sie einen Fliegenfächer in Händen hielt, mit zerfleddertem Stroh und von Holzkohle und vom

Rauch der Feuerstelle geschwärzt, doch in diesem Augenblick, mit diesem Fächer, und dieses Mal wirklich Fliegenfächer, sowohl vom Namen als auch von seiner Bestimmung her, verjagte sie die Fliegen von dem kleinen Jungen.

Nach wenigen Schritten hatten sie sich umgedreht, die Tür war fast geschlossen, mit dem kleinen Spalt, schwarz wie ein Trauerschlitz. Ohne etwas zu sagen, sich in der Blässe des anderen spiegelnd, waren sie auf Zehenspitzen zurückgekehrt, und kaum waren sie an dieser Tür vorüber, hatten sie zu laufen angefangen, und während sie liefen, brachen endlich Tränen aus beiden hervor. Sie liefen und weinten. Das Weinen, das eben nur ihre Augen badete, hörte gleich auf, nachdem sie die Häuser auf dem Streifen fester Erde zwischen dem Meer und den Melonenfeldern hinter sich gelassen hatten, der den Weg vom Leuchtturm nach Charybdis abkürzt. Doch liefen sie weiter auf dem langen Stück fester Erde, schätzungsweise eher drei als zwei Kilometer. Sie liefen so sehr, dass sie Blut schwitzten, und als sie stehen blieben, hatten sie immer noch feuchte Augen von den beiden Tränen.

Es kam ihm vor, als würde er nach diesen fernen und schwer zu erlangenden Bonbons fragen, wenn er jeden Strandvagabunden, den er traf, nach einem Boot fragte. Er fragte die nach Bonbons, die, angesichts der Zeiten, ganz sicher kleine Katafalke hinter ihren Türen aufgestellt hatten, und dennoch herrschte keiner ihn mit bösen Worten an. Alle hatten sie, wie die junge Mutter vom Leuchtturm, ihr würdevolles Gesicht mit respektvollen Zügen gegenüber der Welt, ihre den Umständen entsprechende Miene, die sie über ihr Antlitz legten, über ihre Beklemmungen und privaten Mühseligkeiten, um ihr Gesicht vor ihm zu wahren.

Sie wahrten ihr Gesicht auf jede nur denkbare Weise, sobald sie die Stimme hörten, die er in der Stille und im starken Sonnenlicht der Strände vor ihnen erhob, und sie schauten vorsichtig um sich, legten ihre Hände wie eine Sonnenblende schützend über ihre Augen und sahen ihn an. Und so, wie sie sich eilten, dass sie die Frage und die Antwort nur ja an sich gerichtet hörten, schienen sie sich das Gesicht sogar abzuziehen, es zwischen ihren Händen hochzuheben und es ihm zu bringen.

Dieses gewissermaßen symbolische Gesicht mit dem Ausdruck einer Gestalt gewordenen Höflichkeit erinnerte ihn an die Wallfahrer, die auf dem Weg nach Tyndaris vorbeikamen, wo sie ihr Gelübde zu Füßen der wundertätigen Negerin einlösten.

Inmitten der Wallfahrer sah man unter den vielen, die Beine und Arme,

Hände und Füße, Ohren und Zungen, Augen und Knie, alles Zeug aus Werg und Holz und Wachs und Blech und Silber und Gold oder aus Malereien des erlittenen Unglücks oder aus Farben des von der Gnade berührten und aus Marzipanmasse nachgeformten Körperteils sichtbar mit sich trugen, manchmal auch solche, die, wunderbar geheilt von einer Krankheit, die ihr Gesicht befallen hatte, ein falsches Gesicht wenige Handbreit vor dem eigentlichen vor sich hertrugen, wie eine Karnevalsmaske aus Pappmaché, mit verschiedenfarbigem Wachs und rosig jungfräulichen Wangen wie ein Baby, doch so weit wie möglich ihrem eigenen Ebenbild entsprechend.

Diese Wallfahrer hatten zumeist Blattern gehabt, weil die bekannteste Gesichtskrankheit immer diese war, die Blattern, und diejenigen, die das durchgestanden hatten, sagten, es sei mit den Blattern sogar so weit gegangen, dass die mit der Stickerei im Gesicht, eben weil sie in der Mehrzahl waren, völlig natürlich wirkten, wohingegen die mit einem gesunden Gesicht, weil sie die Minderheit darstellten, krank wirkten und außerhalb der Normalität standen. Auf diese Weise wirkte jeder der Wallfahrer krank und außerhalb der Normalität stehend, wenn er mit dem falschen, unversehrt bemalten Gesicht auftauchte, bei dem das eine dem anderen so glich, als wären sie alle siamesische Zwillinge, wenn nicht sogar in Gussformen hergestellte Marionetten, Modepuppen oder Christenmenschen. Und sie erschienen hingegen völlig natürlich als Individuen, mit lebendiger Wärme und allem Drum und Dran, jeder, sozusagen, mit seinem eigenen Vor- und Zunamen, wenn jeder sein Unglücksgesicht, das eigentliche, ursprüngliche aufdeckte: ein Gesicht wie von dicken Nadeln durchstochen, dicht durchsteppt von der Krankheit. Es genügte schon, wenn man nur einen Blick darauf warf, dann war es dieses Gesicht, an das man sich erinnerte, nicht das falsche, das man für empfangene Gnade vor sich hertrug, was Gnade für das Leben war, nicht für das Gesicht, denn es handelte sich ja um gutartige Blattern, und nur die hatten es befallen.

Wenn sich nun einer von diesen zwiegesichtigen Strandvagabunden seinem Gedächtnis eingeprägt hatte, war dies ganz sicher nicht wegen des wenigen oder des Nichts an ungeformten Informationen, die sie ihm im Hinblick auf die Überfahrt geben konnten oder auch nicht. Es war also nicht wegen des schönen Wachsgesichts, das sie ihm feierlich zeigten, sondern wegen des verblatterten, das sie zwar fürsorglich vor ihm verbargen, er aber trotzdem in seinem gesamten Muster oder auch nur in einem Nadelstich der Steppsticharbeit mit den Augen des Blicks oder den Augen des Verstands erkannte oder erahnte.

Dieser Fischer, um nur einen zu nennen, der erklärte, er sei für immer von der Barke auf ein Pferd umgestiegen.

Abends zuvor, zur Dämmerung, auf dem langen Weg über Strände und Küsten, die von Vibo nach Tropéa führen und dann, wenn sie wieder einwärtsbiegen, Nicótera berühren, wo bereits das Meer ist, das jeder Pellesquadra zwischen Skylla und Charybdis Golfo dell'Aria nennt, die anderen aber als Golf von Gioia Tauro kennen, hatte er haltgemacht, um die Nacht unter ein paar Zitronenbüschen zu verbringen, die, die einen hier, die anderen dort, rundes, dichtes, niedriges Laubwerk hatten, wie die Zelte eines Feldlagers, und ihn vor der Kühle schützen konnten, die während der Nacht herunterkam. Die Soldaten, wie nicht anders zu erwarten, hatten ihr Nachtlager ebenfalls da aufgeschlagen, wo sie ihre Sonne hatten untergehen sehen, das heißt unter diesem Blätterdach.

Am frühen Morgen, als die Soldaten noch schnarchten und die Sonne noch nicht wirklich heraufgezogen war, hatte er sich darangemacht, sich dort und auch in der Luft, die zu tagen begann, umzuschauen. Da hatte er diesen Mann gesehen, eher ein hageres Männlein, eine Spanne groß, mit pomadisiertem Oberlippenbärtchen und einem großen dicken Kopf, der aussah, als gehörte er gar nicht zu ihm. Er kam vom Ufer herauf und zog an den Zügeln aus Stricken einen prächtigen Schimmel, und 'Ndrja hätte schwören können, dass beide aus dem nächtlichen Nebel des Meeres auftauchten.

An den rechteckigen Flanken des herrlichen Pferds waren mit Seilen um den Unterbauch zwei amerikanische Benzinkanister befestigt, und auf der Kruppe, über die gesamte Länge zwischen Mähne und Schweif, befand sich so etwas wie eine bräunliche tropfende Masse, die für ihn aussah wie die Umrisse eines Meerestiers, doch was für ein Tier genau, war ihm nicht gleich klar.

Dann war er dem Mann entgegengegangen, der, als er ihn erkannt hatte, stehen geblieben war:

»Bongiorno.«

»Bongiorno. Wo sind wir hier?«

»Hier sind wir in der Umgebung von Gioia Tauro. Ihr scheint mir ein Kriegsmatrose zu sein …«

»Das war ich, jetzt bin ich jemand, der nach Hause zieht. Und Ihr?«

»Ich habe in Friedenszeiten mein Leben auf dem Boot zugebracht, so lange, wies diese Kriegsherren wollten, dann wollten sies nicht mehr. Zwangsweise stieg ich von meinem Boot um auf ein Pferd, und das Pferd, hier ist es.«

»Was schleppt Ihr denn da mit Euch zu dieser Morgenstunde?«

»Da, seht Ihr, transportiere ich Meerwasser, das man immer zur inneren Reinigung oder als Abführmittel verwendet hat und heute mehr denn je, in kleinen Schlucken getrunken, statt Purgersalze und Rizinusöl. Und da, seht Ihr, dieser Dreck von Fleisch, das ist eine Fere, die ich schleppe, eine Fischbestie, mit Verlaub gesagt, ein nicht essbarer Fisch, mit anderen Worten, zumindest in Friedenszeiten, ein barbarisches Tier, launisch, schädlich und ekelhaft, doch vielleicht kennt Ihrs, der Ihr nicht vom Fach seid, nicht als Fere, sondern als Delfin, wie?«

»In aller Bescheidenheit, auch ich bin vom Fach«, sagte er mit einem Lächeln. »Und auch da, wo ich herkomme, an den Meeren zwischen Skylla und Charybdis, nennen wir dieses Makelfleisch Fere. Delfin? Die da könnt Ihr für Trottel halten, die da, die mit der Zunge zwischen den Zähnen sprechen.«

Doch musste er eingestehen, er schämte sich nicht, es zu sagen, dass er, sobald das hagere Männlein Fere gesagt hatte, und die Fere lag ja da über dem großen Pferd, festgebunden mit Stricken, und tropfte Blut: Er sich von Empfindungen so übermannt fühlte, wie wenn man sie unmittelbar auf den Wassergevierten öffentlich demütigte: Er spürte in ihrer untrennbaren Vermischung etwas, das nach Fröhlichkeit und Wehmut schmeckte. Wollte er damit sagen, dass er eine so innige und hingebungsvolle Liebe für die Fere empfand, dass er sich tief gekränkt fühlte, wenn er sie nur sah und roch? Nein: Er wollte einfach nur sagen, dass die Fere ihn durch den Mund des Hutzelmännchens wieder ganz zu sich führte, das heißt in seine Welt, wo er wieder hörte, dass die Fere Fere genannt wurde, und als er sie so nannte, fühlte er sich verpflichtet zu sagen: mit der gebotenen Hochachtung vor dem hier Anwesenden; und dieses Gefühl des Beisich-seins in seinem alten Zustand, wo auch diejenigen, die er niemals in seinem Leben gesehen hatte, wie dieses Hutzelmännchen, ihm wie alte Bekannte vorkamen, dies widerfuhr ihm ausgerechnet am Golfo dell'Aria, das das am weitesten nördlich gelegene Meer war, das die Charybdoten aufsuchten, die sich dort mit Armeskraft auf ihren Palamitaren hinschleppten, wenn das Meer zwischen Skylla und Charybdis unter einer Hungersnot auszutrocknen drohte.

Die Fere war sozusagen maskiert, sie hatte nämlich weder Kopf noch Schwanz, und in diesem Zustand hielt sie jemand, der nicht vom Fach war, für ein anderes Tier, ebenso schwer und ebenso bunt, bräunlich die Haut und vom

Blut her blutvoll, das heißt leuchtend rot, wie zum Beispiel Thun. Und tatsächlich, als solchen verkaufen ihn die Händler, wenn christlicher Fisch knapp ist, an die Ahnungslosen in den Bergen.

Die Tierleiche auf dem Pferd hatte noch nichts von dem stählernen Glanz der Haut verloren, und das bedeutete, dass das Tier erst seit kurzem tot war, eine Stunde oder zwei. Und der Vorgang der Entköpfung und Entflukung musste frisch gewesen sein, Minuten her, denn aus den beiden Schnittstellen rann das Blut über das milchweiße Fell des Pferdes herunter, das bei diesem ständigen Tropfen, wie bei Fliegen, die es nervös machten, mit den Hufen schlug. Das Hutzelmännlein hatte ein paar Handvoll Sand aufgehoben und ihn dem Pferd über die Rinnsale gerieben, und weiteren Sand hatte er in die blutende Schnittstelle am Hals und am Schwanz gestrichen.

»Und Ihr habt sie ganz alleine erledigt?« Diese Frage war ihm entwischt, doch ohne jede Absicht, ihn zu beleidigen.

»Was habt Ihr gesagt?«, antwortete er mit einer Gegenfrage, so, als hätte er mit der ihm gestellten Frage gar nichts zu tun. »Habt Ihr gesagt, Ihr wärt vom Fach?«

Er brachte ihn zum Lachen mit der Art, wie er es sagte, die durchaus nicht spöttisch war, so, als würde er gewissermaßen sagen: Ach ja? Vom Fach wollt Ihr sein, wo es Euch einfällt, mich zu fragen, ob ich sie erledigt hätte, diese Fere hier, als wärs mein Arsch oder unser Arsch, der sie erledigte, diese Fere, doch so sagte er's nicht, sondern eben, als würde ihn die Kränkung, oder was er für eine Kränkung hielt, in seiner Vorstellung vor Stolz aufblähen. Doch wie immer er es auch gesagt hatte, er hatte recht, es so zu nennen: Sie erlegen, die Fere, war ein großes Unternehmen sogar für Tausendundeinen, ganz zu schweigen für einen allein.

Das Männchen stand auf einem Fuß, man sah: Er wurde vor Eile ganz hektisch, doch nicht vor Eile, an sein Ziel zu gelangen, sondern von dort wegzukommen mit seinem großen Pferd und mit der Fere, genauer gesagt mit dem großen Pferd mit Fere.

Was ihn so auf glühenden Kohlen stehen ließ, war wohl der Gedanke, dass ihre Unterhaltung von einem Augenblick zum nächsten die auf dem Pferd festgebundene Fere berühren könnte, ein heikles Thema, das er in diesem Augenblick unbedingt vermeiden wollte. Vielleicht erwartete er, dass er von einem Augenblick zum anderen gefragt werden könnte: Was macht Ihr denn mit diesem stinkenden Fleisch? Wohin bringt Ihr diesen Dreck nur? Ganz sicher musste sein Eindruck der gewesen sein, dass dieser Typ da nicht vom Fach war, wenn er sich deswegen ängstigte: Als hätten die in Charybdis noch niemals Ferenhunger durchgemacht. Oder vielleicht ängstigte er sich ja auch, weil er überzeugt war, dass der, der ihm da gegenüberstand, eben doch vom Fach war, und dann hätte er wirklich vor Scham erröten müssen.

'Ndrja wechselte absichtsvoll das Thema und fragte ihn, ob er etwas über Boote wüsste. Da ließ der andere unbedacht die Hosen runter und erzählte ihm, wie auch den anderen, wie es kam, dass er sich wegen des Kriegs mit Blattern im Gesicht angesteckt hatte, das heißt, wie es kam, dass ein Pellesquadra so tief gesunken war, dass er vor einer Fere auf die Knie gehen musste.

Er hatte ein Boot, eine Palamitara. Offen gesagt, sie hatten das Boot auf Kredit angeschafft, er, sein Tochtermann und der Bruder des Tochtermanns, doch dann sind die beiden jungen Männer einer nach dem anderen in den Krieg gezogen, und da hatte er sich den Kredit für alle drei aufgehalst, mit der Last der beiden Fischer, die er anstelle der beiden anderen tageweise anmannschaften musste; und mit dem Kredit hatte er sich auch die beiden Ehweiber aufgehalst, sowohl seine Tochter als auch die andere, die nicht einmal seine Tochter war, und die Kinder seiner Tochter und die Kinder dieser anderen. Doch mit drei Familien, dem Krieg und den beiden tageweise angeheuerten Pellisquadre hielt er trotzdem durch: Einen Tag aßen sie, und einen Tag fasteten sie wegen des Kredits.

Nun geschah es aber, dass die Soldaten an einer weit zurückliegenden Stelle des Strandes ein kleines Fort bauten, eine von diesen Kasematten aus Beton, die man an den Stränden sah, auch wenn man diese hier nicht mehr sah, weil die Kanonen sie völlig zusammengeschossen hatten. Schutzbau vor Landungen, sagten die Soldaten. Landung?, hier?, sagten die Fischer. Sie waren der Meinung, die wären da nur hingesetzt worden, Kasematten wie Soldaten, um Eindruck zu schinden, und dass sie aufgrund des eigentlichen Gesetzes vom Krieg das auch geblieben wären, Eindrucksschinder, wäre da nicht der Deutsche gewesen, der Erzfeind, der eines Morgens, so Mitte September, mit seinen Panzern aufgetaucht war, um unsere Leute da rauszuholen und sich selbst da einzunisten, in diesen Kasematten. Als die Unseren allerdings aufgefordert wurden, sich zu ergeben, dachten sie zwangsläufig ganz anders und eröffneten das Feuer auf den Feind. Den Deutschen kam die Kasematte teuer zu stehen, doch gegen Mittag brannten alle italienischen Soldaten, lebende und tote. Die Deutschen schafften dann die Trümmer weg, packten die tapferen angekohlten

Leiber und warfen sie hastig in ein Boot, und das Boot, das sich freute, da herumzuschwimmen und herumzuschwärmen, verbrachten sie aufs Meer, und nichts hatte man mehr erfahren, weder vom Boot noch von der Bootsladung. Das Boot hieß Beatrice I und war seine Palamitara: ebenso viel Ehre, weil es mit dieser Wertfracht toter junger Soldaten hinausgefahren ist, wie Unehre wegen des Kredits, der ihm noch abzuzahlen blieb.

Die Tage vergingen. Die Deutschen kehrten, wie gestern, wildwütend zurück und wie heute, wo er, bei Morgengrauen, als wär's darum gegangen, aufs Wasser zu setzen, ohne Ziel und Zweck zum Ufer hinuntergegangen war, vielleicht nur mit einem Gedanken im Kopf, einem düsteren, einem traurigen, einem der Erinnerung an das verlorene Boot. Wäre ich doch wenigstens auf ihm gewesen, seufzte er. Hätte ichs doch nur in den Tod gesteuert, mit all den armen Tapferen, um ihr unwürdiger Steuermann zu sein. Aber nein, nichts, auch die Fahrt dorthin habe ich noch verloren.

Er befand sich also am Ufersaum und blickte aufs Meer, das just da aus dem milchigen Seedunst sichtbar wurde, und ganz plötzlich, von woher, wusste er nicht, stand das große weiße Pferd neben ihm, rechteckig, mit einem gewaltigen Hintern und einem Rücken wie eine Matratze, wie ihn Zirkuspferde haben, auf denen die akrobatischen Reiterinnen ihre Gleichgewichtskunststücke auf den Füßen oder auf den Händen machen.

Im ersten Augenblick hatte er es fast mit der Angst zu tun bekommen und gedacht, dass, wenn das Pferd eine Sprache gehabt hätte, es deutsch gesprochen haben würde, weil es mit Sicherheit von ihnen kam. Tat er etwas Schlimmes, wenn er es als Ausgleich für das Boot an sich nahm? Es näherte sich seiner Hand ganz zahm, wie abgerichtet. Nachdem er einen kleinen Erdhügel ausfindig gemacht hatte, um es zu besteigen, hatte er sich rittlings daraufgeschwungen, doch nur sozusagen, denn es war wie ein Bett für eine Person, und er ritt ausgestreckt längs des Gesichts auf dem warmen, dampfenden Fell, als wär's eine wollene Steppdecke.

Bei dem Hin- und Herschaukeln und dem Hufgeklapper war der Schlaf über ihn gekommen, und während dieses Schlafs hatte er einen Traum, in dem er träumte, dass er sich mit dem Pferd vom Meer entfernte, und bis hier entsprach das ja auch der Wirklichkeit, und je weiter er sich entfernte, umso mehr entfärbte sich das Meer, es wechselte die Farbe, von einem Blau änderte es sich zu Sandweiß, zu Salzgrau, Salzgrau vom Salz, das darunter verdampfte, sich verflüchtigte. Dann jedoch stellte er sich auf das Pferd und hatte eine vollständige, klare Sicht, wie von einer Anhöhe aus. Er sah eine eingesunkene Wüste, wo einmal Meer war, und eine weite schneebedeckte Fläche und Platten und Ballen von Eis anstelle der Weite aus Salz von dem ausgetrockneten Meer: Meer und Salz waren allerdings, als würde er sich nicht mehr an sie erinnern. Er sah und erinnerte sich nur an Schnee, nur an Eis: Von der Wüste her wehte gleich Windböen ein kaltes, blendendes Licht herüber, ein frostiges Flirren, das sein Blick nicht aushalten konnte, und so musste er seine Augen schließen und wachte auf.

Das hatte er bäuchlings auf dem Pferd liegend geträumt: Schnee sehend und Eis sehend, Schnee und Eis, was er noch nie in seinem Leben gesehen hatte, oberhalb des Meeres und der Strände am Golfo dell'Aria.

In diesem Traum hatte er ein Zeichen erblickt, Meer und Fischen nun doch Valet zu sagen und sich an Land rumzutreiben. Er wäre viel zu alt gewesen, um einen weiteren Kredit aufzunehmen, wenn er erst einmal den für die verlorene Palamitara abgelöst hätte; und viel zu alt, um den Tag zu erleben, an dem die Wasser, nach so viel Zerstörung, so viel Blutbad, wieder klar und ruhig würden, einladend für die Fische, die darin schwammen, und für die Christenmenschen, die dort fischten.

Er hatte längst alles auf eine Karte gesetzt und lud nicht nur purgatives Wasser, sondern suchte auch, indem er frühmorgens hinabstieg, nach der einen oder anderen Fere, die natürlich gestorben war, durch Herzrhythmusstörungen unter dem Rülpsen, zum Beispiel, und gestrandet mit der Schwellung des noch vollen Bauchs, und er schämte sich keineswegs, Hand an sie zu legen: Leicht und flink schnitt er ihnen Kopf und Fluke ab, und so getarnt und entstellt brachte er sie zu denen, die weit vom Meer entfernt wohnten und immer einen ahnungslosen Blick hatten, wenn's um Fisch ging und um Meeresgetier, und jetzt erst recht, bei dem Hunger, der sie zermürbte. Da machte er ihnen doch ein richtiges Geschenk, wenn er die Fere mit dem Aussehen eines Thuns zu ihnen brachte, ein richtiges Geschenk.

Er hatte die gaunerhafte Sprechweise der Vermittler von allem und jedem angenommen, so tief war er gesunken: Tierähnliches loszuschlagen, in die Gewänder von Vermittlern schlüpfend, um sich nur ja von dem Kredit zu befreien, bevor er die Augen schloss.

Das war sein heikelster Punkt. Da schmerzte ihn der Nadelstich der Blattern im Gesicht, schmerzte dieser ihn statt der Fere. Wie ein Bruder, wie ein Sohn verstand er ihn, und er verstand, dass, wenn's ihm immer noch wehtat, wenn's immer noch Sinn für ihn machte, wegen der Fere unruhig zu werden, das bedeutete, dass er, Traum oder nicht Traum, Pferd oder nicht Pferd, Schnee oder nicht Schnee, Pellesquadra war und Pellesquadra blieb: Sei es Boot, sei es Wunsch, auf dem Wasser war er immer, fuhr aufs Meer, an den Händen spürte er immer die klaffenden Wunden und den salzfrischen Brand, vom Salz der Salzigkeit, vom Salz, nicht von der Verwesung aus dem Meer.

'Ndrja fragte ihn, ob er viele von diesen Ferenleichen finde, wenn er die Ufer im Morgengrauen absuche.

»Genug«, antwortete er. »Genug …«, wiederholte er und senkte dabei seine Stimme, mit dem traurigen Spott dessen, der längst schon nicht mehr mitspielt, dem Meer aber immer noch verbunden ist. »Genug, denn alle zwei, drei Tage finde ich immer eine, wenn ich zu Pferd schrittweise die Spitze des Vorgebirgs von Sant'Eufemia absuche, von der einen Seite wie von der anderen, weshalb ich manche Male Nicótera unten und Tropéa oben berühre. Kommts Euch vor, dass ich wenige finde, alle zwei, drei Tage eine im Durchschnitt? Ihr müsst Euch vorstellen, dass wir vorher in diesen Gegenden niemals das Glück hatten, sie tot zu sehen, die Fere, sondern immer und ausschließlich lebendig, und zwar so lebendig, dass sie sich nicht damit zufriedengab, lebendig zu sein, sondern quicklebendig und ein großartiges Leben führte, so, als wollte man sagen Vergnügen und Vernichtung, denn, versteht Ihr, wenn sie hierherkam, schwamm sie in Gold, Fisch fand sie in jeder Größe, von jedem Geschmack und in solcher Fülle, und sicher, das wisst auch Ihr, was für ein fischpfründiger Ort dieser Golf einmal war, in solcher Fülle, sagte ich, dass er ihr zu den Augen rauskam. Was nur trieb sie dazu, hinterher, nachdem sie sich vollgefressen hatte wie eine Sau, zu uns zu kommen und unsere Netze zu zerstören? Keine Notwendigkeit, nur ein Bedürfnis ihrer barbarischen Natur. Man konnte nicht sagen, dass sie viel Zeit verlor, sie schwamm nur einmal vorbei, eine Sache von Minuten, aber das Zeichen, das sie als Erinnerung in den Netzen zurückließ, das war eine Sache von Monaten, es brauchte Zeit. Oh, nicht mal, wenn man sie mit gefalteten Händen bat, sie mit den Augen anflehte: Tus nicht, Fere, tus nicht, füg uns keinen Schaden zu, du schreckliche Teufelin. Sie verursachte ihn, den Schaden, und was für einen, und dann, zu guter Letzt, als sie davonschwamm, kracherte sie von hinten mit ihrem stinkenden Tricktrack. Versteht Ihr? Sie schleuderte uns ihre Fürzlein ins Ohr, um sich schön bei uns zu bedanken. Und heute, heute stellt Ihr Euch vielleicht vor, dass dafür, für die Tatsache, dass man die eine oder andere von Verwesung befallene Fere findet, dieser Kadaver schlechte Zeiten durchmacht? Ganz im Gegenteil, die ist es, diese von

Verwesung befallene Fere, die Euch die Vorstellung von einer unübersehbaren Menge von lebendigen Feren gibt und wie sie einfach so mit den Meeren herumprassen, dem oben wie dem unten, die alle nur für sie sind. Und glaubt Ihr denn, dass jetzt, jetzt, wo die Kadaver von Feren an der Tagesordnung sind, jetzt auch, wo wir mit dem Hintern auf der Erde sitzen, glaubt Ihr, wir würden in Saus und Braus leben, glaubt Ihr, das würde uns dazu bringen, uns wohler zu fühlen? Wir bleiben immer fest auf dem Boden, im Meer könnte die Fere uns ja durchaus gefallen, es könnte uns schmeicheln, wenn wir sie auf Tod und Kadaver erledigten. So aber ist es, als würden wir der Kehrichtmann sein und den Abfall des Meers zusammenfegen. Die Fere ist schon, wenn sie lebendig ist, Kadaver im Meer, nun denkt Euch, was ist, wenn sie tot ist und angelandet wird. Glaubt Ihr mir? Einer fühlt sich doch verdreckt, innen wie außen, da fühlt er sich doch auch wie ein Kadaver. Das wünsche ich nicht mal meinem schlimmsten Feind …«

Ringsum wurde es hell. Über dem Meer, über dem Sand, den Kieseln und den Zitronenstauden, über dem Kopf und der Brust des Pferdes, eine leichte aschgraue Helle. Jedes Ding klarte auf, ausgenommen die auf das Pferd gebundene Fere, eine Skizze ohne Kopf noch Schwanz, ohne jede Farbe noch Form. Ihr Braun und ihr Blutrot, so schien es vielmehr, würden noch mehr abnehmen, so, als hätte die Schwärze der Nacht sich mit einer Rußschicht auf diesen Rumpf gelegt.

Jetzt, wo er ihn gut sah, konnte er sagen, dass der Pellesquadra, der so minjon war, ein langes, pferdeartiges Gesicht hatte, so, wie wenn er von Sympathie für das Gesicht seines Pferdes erfasst worden wäre. Sie standen sich gegenüber, von Angesicht zu Angesicht, das Männlein hielt seine Hand an das Maul des Pferdes, das sie ihm abschleckte, angezogen vielleicht vom Geschmack des Salzes, das sich auf der Handfläche fand.

»Geht in Frieden«, verabschiedete sich der Pellesquadra, der gerade eben aufgehört hatte zu reden. Doch war er's, der als Erster fortging. Er sagte, dass er sich rüsten würde, damit die Mittagssonne nicht auf den Kadaver falle und sein Geruch sich in Gestank verwandle, und weil er darauf halte, das durchaus, sich nicht in derartiger Kumpanei von jemandem blicken zu lassen, der ihn noch als Fischer kannte; und dann um seiner selbst willen, weil diese widerliche Bestie auf dem Pferd, die ihn zu anderen Zeiten wieder völlig hergestellt hätte, seinem Gemüt jetzt eine seltsam strenge Miene verlieh und ihm den Blick mit Wehmut verschleierte.

Nachdem der Mann gegangen war und das Pferd mit dem Salzwasser und der Fere hinter sich herzog, und es fast so wirkte, als wäre das ganze Meer für ihn endgültig in die beiden Kanister geflossen, hatte 'Ndrja verwundert gedacht: Seht her, die Welt stellte sich auf den Kopf, aber wir vom Meer sind immer an einem Punkt, immer Hintern an Hintern mit dem Hospital, mit laufenden und mit getilgten Krediten, mit toten und mit lebendigen Feren.

Von da an häufte sich, als er den Golfo dell'Aria hinunterging, dieser Anblick, die Fere wurde gewissermaßen zum einzigen Typ von Strandvagabund, den er auf sich zukommen sah; und dieser Typ hatte, wie kein anderer, zwei Gesichter: zwei und mehr als zwei, viele Gesichter und kein einziges wahres, kein einziges verblattertes, doch gleichzeitig viele Gesichter, Gesichter aus Wachs und kein einziges falsches, keines, das nicht seines war: Denn von keinem, Christenmensch oder Tier, auf dem Land oder im Meer, kann man sprechen wie von der Fere, der Fere, Fassade und Facette, facettiert in tausend Gesichtern, falschen Fassaden, verschieden und mit einem Mal eine und wahrhaft eine, einschließlich des endgültigen Gesichts, das der Tod ihr schenkt, denn noch im Tod bewahrt die Fere ihre langschnäbelige, hinterhältig höhnische Grimasse, so wie sie auch die Myriaden Gesichter bewahrt, die sie im Leben hatte, immer sich begeisternd, nie sich entfremdend.

Von Tropéa an zählte er, als er den Golfo dell'Aria über die Windungen mit Landzungen und Einbuchtungen hinunterwanderte, mit langen und niedrigen oder auch schrägen und abgesenkten Sanddünen und Stränden, die sich in die Mündungen ausgetrockneter Flussbetten hinein verlängerten, an Feren, das heißt an Kadavern und Karkassen, mindestens zehn: etwas, bei dem es durchaus möglich gewesen wäre, hätte er das seinem Vater oder anderen Pellisquadre erzählt, dass sie sich beleidigt gefühlt hätten, weil sie denken konnten, er würde sie auf den Arm nehmen. Noch war ihm gar nicht in den Sinn gekommen, dass auch sie möglicherweise eine Zählung der Kadaver vornehmen mussten.

Unter diesen Kadavern befanden sich auch solche, die noch frisch waren, schön, in vollem Fleisch, leicht von Blut bedeckt und hier und da mit Pelz überzogen, von einer S-Linie, wie wenn sie noch ganz lebendig wären und mit dem Hintern herumwackeln würden; und auch Karkassen, von ihnen gab's alte verranzte, bis auf die Knochen abgenagt von vorbeiziehenden Hunden und Vögeln, in der Sonne getrocknet und von Salz glänzend.

Auf die Zweite, die schon kein Kadaver mehr war, aber auch noch keine Karkasse, stieß er, als er, wenn er sich umwandte, noch das Männlein mit seinem Pferd sah, die vom Küstenstrand mit den Zitronenstauden hinaufzogen.

Von der konnte er sagen, dass sie in viereckige Teile zerlegt und entbeint worden war, und das sozusagen vor seinen Augen, von an die siebzig, vielleicht aus Gioia Tauro, vielleicht aus Tropéa stammenden Frauen, die jedes Uferstück absuchten wie heißhungrige Schatten des Bösen. Noch sah man sehr wenig, und er hatte einen Ruf gehört, aus der Ferne, danach wieder einen und wieder; er hatte gesehen, wie sich die Frauen alle an einer Stelle zu schaffen machten, da, wo es eine Einbuchtung mit kleinen Kieseln gab, und er hatte gesehen, wie sie wieder auseinandergingen und sich mit ihren Bündeln voller Tierfleisch entfernten, das noch aus den Säcken und Tüchern tropfte, alles in einem Nu, und dieses Raffgeraff zusammen mit der Ungeübtheit kam durch den Zustand des Karkassentrumms, der aus ihren Händen hervorging.

Sie hatten sie so zerfetzt, dass es beinahe aussah, als hätten sie das Fleisch mit den Zähnen herausgerissen, wobei jede ihr Stück da herausschnitt, wo sie zuerst hinkam, und ließen den Bauch und den Kopf unversehrt. Das zeigte, dass ihre Augen über der Fere geschlossen waren, denn immerhin wussten sie nicht, dass das Fleisch am Bauch das am wenigsten wilde ihrer Fleischteile ist, denn tatsächlich stammt das berühmte Moscham, das getrocknete Bauchfleisch, von dort: Der Rest ist ein trügerischer bluttriefender Anblick, und es essen ist, wie wenn man Flutschiges äße.

Nahezu alle jedoch schienen aus ungeübter Weiberhand hervorzugehen, nahezu alle hatten den Kopf noch auf dem Hals sitzen, fast war es, als hätten sie ihn bewusst respektiert, den kostbarsten Teil ihres Wesens, das ist, wie es ist; und nahezu alle, wenn sie sich zur Karkasse verwandelten, stanken von dort her, vom Kopf, über Meilen im Umkreis: Denn wenn irgend so ein Quilibet von Fisch, wie man weiß, vom Kopf her zu stinken beginnt, was soll man dann erst von einer Fere sagen, die dort allein, in ihrem Hirn, richtig lebt, und dort allein voll und ganz stirbt, wenn ihr der Tod begegnet.

Aus der Ferne, unter der Sonne, zwischen dem Sand und den kleinen Kieseln, blendeten die Karkassen gleich langen, dicken Stoßzähnen aus Elfenbein: Die Luft, ganz Widerschein und Blendglanz, schien um sie herum zu lodern, zerscherbt und geheimnisvoll, und die Karkassen schienen mit ebendiesem Feuerhauch der Luft so etwas wie eine Botschaft in diese Einsamkeit zu senden und etwas bedeuten zu wollen.

Dieser Eindruck verstärkte sich in ihm nach und nach immer mehr, und da begann er sie mit einem anderen Herzen zu betrachten. Er spürte, wenn er sie erblickte, dass sie in seinem Kopf nicht dieses heitere Gefühl entfachten, das ihm die Ersten noch verursacht hatten, ihr Anblick rief nicht mehr diese lustige Wirkung hervor, möglicherweise weil zu viele so waren wie keine: Aus war's mit all diesem neuen, besonderen Schönen, das ihm ihr Anblick vermitteln konnte, wenn er gelegentlich sah, wie sie ihr Beffchengesicht dem Tod zugewandt hatten.

Er kam, kurz gesagt, hinter die Denkweise des Männleins, das, auch wenn er das Boot aufgegeben hatte und aufs Pferd gekommen war, dazu fliegender Händler von purgativem Wasser und Vermarkter von meerestierischem Fleisch, ob er's wollte oder nicht, o ja, doch immer ein Pellesquadra blieb, und auch seine Denkweise die eines Pellesquadra blieb, die darin bestand, dass er von diesen Toten, und wenn man zugesteht, dass von dreien zwei durch Minen umkamen, eine wenigstens durch Rülpsen starb, also gewissermaßen einen Tod als Lebedicke starb, eine Rechnung über die maßlos große Menge der nach wie vor Lebenden aufmachen konnte.

Vielleicht war das ja die Botschaft, die er durch die Kadaver und Karkassen zu empfangen meinte, eine Art Vorwarnung. Und zieht man in Betracht, dass er sich inzwischen am Golfo dell'Aria befand und dass dies bereits sein Meer war, aber viel mehr noch und eigentlich das der Feren, dachte er fast schon, dass die zu Karkassen verwandelten Feren dort als Falle um den taureanischen Golf herum hingelegt worden waren, so, als würden sie vom Meer her sagen: Du, freu dich doch beim Anblick unseres Karkassentrumms, und sieh uns hier am Meer nicht an.

So blickte er irgendwann von den Karkassen auf und sah aufs Meer. Er suchte nach den Lebendigen. Und er sah wohl auch den einen oder anderen Schwarm, auch wenn sie schaumbekrönte Wellen hätten sein können, statt Feren, die sie mit Schaum bekrönten, doch nur mit dem Fernglas hätte er sie, die weit draußen im Golf schwammen, in der glänzenden Sonne, wie Wellen wogend, sehen können.

Den ganzen gestrigen Tag über war er den Golf entlanggegangen und suchte mit den Augen wie zur Wette das Meer ab, in der Hoffnung, den einen oder anderen Schwarm noch vor Abend auszumachen. Doch es war erst, als es dunkelte und er sich für die Nacht in eine Sandkuhle legte, er und mit ihm der Soldatenschwanz, an der Mündung eines Flussbetts, dass die großen Karonjen ihm zum ersten Mal ein Lebenszeichen gaben.

Seit zwei Nächten war der Mond nach Morgen gewandt, und die Dunkelheit war vollkommen. Die Soldaten waren durch Gioia Tauro gekommen, wie Portempedocle ihm gesagt hatte, der jedes Mal, nach jeder Ortschaft sich beeilte, ihm alles haarklein zu erzählen, so, als wären sie die drei Tage auf dem Fest gewesen und es nur schade wäre, dass Moses nicht auch dort war. So hatten sie in Gioia Tauro reichlich Wein getrunken, doch nur wenig gegessen, jedenfalls nicht genug, um für all den Wein eine Grundlage zu schaffen: so dass sie, als sie ihn eingeholt hatten, dort, an der Mündung des Flussbetts, alle vier völlig hinüber waren, Boccadopa hatte eine Weile im Dunkeln herumsalbadert und dann ein bisschen an Portempedocles Brust geweint, und dann waren sie, wie schon die anderen beiden, vor ihm in Schlaf gesunken.

Dies, um zu sagen, dass es ihm, nachdem er eingeschlafen war, zu einer bestimmten Zeit vorkam, er würde noch immer Boccadopas lallende Zunge hören, und dann war er unter dem Eindruck aufgewacht, dass dort vor ihm, dicht am Ufer, schirokkotrunkene Seefahrer vorüberzogen, die untereinander die neuesten Nachrichten austauschten, lauthals auf der Brücke redeten, sich gegenseitig Klageworte zuwarfen und sich, halb weinerlich und halb lachend, anschrien.

Der Vorbeizug dauerte wenige Minuten und wollte nie enden: Es waren unzählig viele, mehr als ein Schwarm wohl, vielleicht eine ganze Kolonie, die ins untere Tyrrhenische Meer zog. Die Töne der Stimmen drangen deutlich herüber, und es war, als würden sie dort vor ihm eine kurze Verlangsamung einlegen und zur Küste hin lauschen, denn sie, diese Feren, waren bei ihrem überfeinen Gehör durchaus in der Lage, aus der Ferne das Schnarchen der Soldaten zu hören.

Er hatte sich daran versucht, den Schwarm abzuschätzen, doch das war ein unmögliches Unternehmen, selbst wenn man's mit dem Auge machte, bei Tag, denn diese Trickspielerinnen verstanden es, unter Sprüngen und Eintauchen, Schaumbergen und Spritzern so zu tun, als wären sie viele, ja, zahllose, und doch war sie nur eine, und umgekehrt eine von vielen, von zahllosen, die sie waren.

Und die Zusammenfassung von allem und allen war dieser unaufhörlich redende wachsame Alte, dieser Geier, den er auf dem letzten taureanischen Strandstück traf, am Ausgang des Golfo dell'Aria.

Die Dünen, die Abschnitte sandiger Küstenstreifen waren selten geworden, es kamen steinige Zerklüftungen, Felsengestade, und hinten, oben, die grünen und grauen Hochebenen mit Oliven, mit den Windungen der Straße, die sich vom Meer entfernte und wieder dorthin zurückkehrte, und an den Stellen, wo sie das Meer berührte, sah man hier und da die Betonkuppel der allseits bekannten Kasematten für die Landungsabwehr, mit ihren schwarzen Eisenstäben, so, als stünde noch jemand zielend dahinter: Als es inzwischen recht schwierig für ihn geworden war, über die Strände weiterzugehen, hatte sich vor ihm, in der Nähe von Palmi, ein langer, breiter Streifen alten goldenfarbigen Sandes aufgetan, der sich an einer bestimmten Stelle zu einer Öffnung erhob und auf einen langen weitläufigen Strand hinausführte, von wo für das Auge ein gewisses Behagen beim Anblick des Gestades und des Meeres kam. Diese Strandöffnung hatte hier und da gelblich vollgestaubte Büschel von Bäumchen, vielleicht die Überreste von dem, was einmal ein großer Zitronenhain war, bevor die Trockenheit ihn vernichtet hatte: Von den Zweigen der rachitischen, nahezu blattlosen Bäumchen hingen nämlich noch ausgetrocknete, ranzige, runzlige Verdellizitronen unter steinerner Schale herunter.

Ihm war es gleich aufgefallen, dass, während er näher kam, der Alte ihn von der Sandebene des Strands her beobachtete, indem er zwischen den Büscheln hervorspinste, und um sich ein Vergnügen zu gönnen und ihn in die Irre zu führen, hatte 'Ndrja so getan, als hätte er ihn nicht bemerkt.

Als er da unten ankam, hatte er sich völlig erschöpft unmittelbar am Meer auf den Sand geworfen. Der Alte hatte sich ein bisschen zurückgehalten und zwischen den Büschen herübergeäugt, war dann aber endlich aus dem staubbedeckten Gezweig und den Stämmen hervorgetreten, mit sprechendem Gesicht und sprechender Gestalt und dieser Art zu reden, die zumindest so exzentrisch war wie er selbst, der sich vor ihm in Szene setzte:

»Heh, Ihr da, hört doch mal … Ihr da … Ihr da …«, redete er ihn an, zuerst einfach so, unmittelbar, persönlich, dann fügte er allerdings hinzu, so, als würde er über jemand anderen reden: »Heh, was macht ein Matrose eigentlich in diesen Gegenden stramm zu Fuß, heh? Was macht ein Matrose in diesen menschenleeren, einsamen Gegenden? Wie kommt das? Weiße und Schwarze führen da oben Krieg, und Ihr hier unten führt ihn nicht, weder mit den Weißen noch mit den Schwarzen? Heh, wie kommt das?«

Und diese Nonsenserei war nur die Einleitung dieses wachsamen, vielredenden Menschen.

Er war ein alter Strandvagabund, den 'Ndrja auf den ersten Blick zu kennen meinte, wie von der geheimnisvollen Art derer, die man, morgandisch oder abandisch, über die Küstenstreifen von Charybdis ziehen sieht, wo sie mit einem Ast zwischen Auswürfen, Schmutz und Fremdkörpern des Meers herumstochern und herumsuchen. Diese markierten sie und erinnerten sich an sie wegen dieses oder jenes Merkmals, und sie sahen sie unterm Jahr wieder vorbeikommen, so, als wären sie während des gesamten Jahres über die Strände gezogen, ohne jemals innezuhalten: rund um die Insel, das Tyrrhenische Meer hinauf und umstreifend und danach wieder zum Jonischen Meer gelangend, immer genau und immer gleich von Gestalt und Aussehen, so, als würden sie nicht mehr in den Genuss einer Verjüngung kommen, noch auch daran leiden, älter zu werden, weil sie längst mehr mit dem Tod zu schaffen hatten als mit dem Leben. Und dann kamen sie nicht mehr vorbei, dafür kamen andere: Es war, als würden sie auf die Suche nach einem versandeten Friedhof gehen oder einer Barke, die kommen, sie aufnehmen und zur anderen Welt übersetzen sollte, jederzeit und an jedem Strand, und als würde das Signal etwas sein, das sie zwischen den Auswürfen des Meeres suchten, denn wenn sie sich anschickten, über die Strände zu streifen, war es nur deshalb, weil jeder Strand, über den sie streiften, zwischen der Welt hüben und der Welt drüben liegen würde. Als kleine Jungs hatten sie sich vorgestellt, dass Sizilien ringsherum all diese Gräberstätten von Alten hätte, geschützt mit Röhricht und Laub unter dem Sand, wie die Fallgruben, die sie zum Spaß aushoben. Seine Vorstellung reichte nie bis zur schwarzen Barke, die vielleicht kam und sie zu fernen unbekannten Meeren trug, und das wohl aus dem Grund, dass, weil es sich hier um Barke und Meer handelte, sie es in ihrem Alter mit nichts anderem befrachten konnten, drinnen und droben, als mit Fisch und mit Pellisquadre.

Doch dieser Eindruck, den er von dem Alten gewonnen hatte, wie von jemandem, der ihm vertraut war, beschränkte sich auf den ersten Blick, bei jedem weiteren nahm er das zurück, und dann zeigte sich der Alte ihm sogar als ein ganz neuer Typ von Strandvagabund, alert und vielredend, wohingegen die anderen, im Vergleich zu ihm, wie sich herausstellte, stumm, taub und blind waren.

Er war ein von der Sonne geschwärzter Alter, groß von Gestalt, doch mit einem Kopf und einem Gesicht, die im richtigen Verhältnis zum Rumpf und zu den Schultern standen und ein einziges Ganzes bildeten, ein Oval aus Haaren und Bart, mit Locken, krausen Locken, und von ausgesprochen negridem Schwarz.

In diesem berufsmäßigen Strandvagabunden unterschied man nicht mehr die beiden berüchtigten Gesichter: das zeremoniöse, das wächserne, muss ihm wohl schon Jahre und Jahre zuvor zu Boden gefallen und in Stücke zerbrochen sein, und das andere, das ursprüngliche, das verblatterte, hatte die ständige Sonne, der er es ausgesetzt hatte, ihm so gründlich geräuchert, dass der Steppstich der Krankheit auf der Haut überhaupt nicht mehr sichtbar war.

Strandvagabund, da gab's kein Vertun: Doch so, wie er gekleidet und verkleidet war, hätte er auch ein alter Soldat aus dem Krieg sein können, den man den Großen oder den Ersten nannte, ein Heimkehrer aus jenem Krieg, immer noch unterwegs und von einem Aussehen, dass man ihn mit den Soldaten verwechseln konnte, die aus diesem Krieg zurückkehrten. Und er konnte ein Alter sein, der sich just in diesem Augenblick in einen Soldaten verwandelte, mit den Fetzen frisch verstorbener und frisch lebendiger Soldaten, mit einer ganz genauen Absicht, einer genauen und deutlichen:

»Im Hinblick auf den Tod. Sagt Euch das was?«, fragte er. »Wer würde mich heutzutage noch eines Blicks würdigen, wenn ich mich in Zivil sterbend auf diesen Stränden fangen lassen würde? Der aber, der im Krieg starb, der schön als Soldatierter starb, der hat Leute, die sich um ihn kümmern. Die Finanzgarde, das müsst Ihr Euch vorstellen, sucht eigens nach Soldaten, die auf dem Meer gestorben sind, sowohl Matrose als auch Soldat, wohlverstanden: sowohl nach Euch, nur ums zu sagen, als auch nach mir. Was fehlt mir denn noch zum Toten, der auf dem Meer starb? Nur das Ertrinken, alles andere hab ich. Deshalb halt ich mich am Meer auf, ja, ich gehe beinahe schon mit den Füßen hinein, und selten gehe ich weg. Es reicht, wenn ich tot umfalle, wo es gischtet, und sobald mich die Finanzgarde erblickt, eilt sie herbei, sieht in mir einen Uniformierten, einen regulären Soldaten, würdigt mich sogar mit einem militärischen Gruß und ehrt mich mit einem Begräbnis …«

Und es konnte auch beides zugleich sein: alter Soldat aus dem alten Krieg, der innegehalten hat, um sich noch mit dem neuen zu versoldaten.

Der Uniform nach zu urteilen, konnte er Soldat von allen und von jedem sein, eine in jedem Sinn erkämpfte Uniform, jedes Stück, nicht nur von unterschiedlichen Waffengattungen, sondern gleich von unterschiedlichen Nationalitäten, so als hätte der Alte mal mit diesem, mal mit jenem Volk gekämpft, das im Augenblick gerade Krieg führte, miteinander verfeindet, während er alleine war, gleichzeitig Freund und Feind von allen und keinen.

Über allem trug er einen italienischen Überwurfmantel wie aus dem Großen

Krieg; der Waffenrock war grün, mit adlerverzierten Kragenspiegeln: deutsch, und wenn man sie an ihm sah, kam einem der Gedanke, dass er ihn umgebracht hatte, den Deutschen; amerikanisch das khakifarbene, am Hals zugeknöpfte Wams; und die Hose, italienisch auch sie, auch wenn äußerst merkwürdig, weil es sich um eine Hose der Reiterstaffel handelte, Carabinieri-Hose, wie am roten und blauen Streifen entlang der Naht erkennbar war; italienisch war auch noch der Brotsack, und zusammengebunden mit ihm war die eisenfarbene Decke; und an Italienischem hatte er schließlich noch die Gamaschen, die das Bein zwischen Knöchel und Wade eng umschlossen; die Schuhe zumindest gehörten ihm, denn er trug seine natürliche Nacktheit zu Fuße. Hinzugefügt werden muss noch eine Erkennungsmarke als Matrose, die der Strandvagabund als seine eigene um den Hals trug:

»Denkt Euch nur, was für einen Fund ich gemacht habe«, sagte er mit Augen, die nur so karfunkelten, und er zeigte ihm die Marke mit der Matrikelnummer. »Denkt Euch nur, was für einen Fund ich gemacht habe«, wiederholte er und streckte seinen Hals, er streckte die Kordel, die sich allzu kurz verdreht hatte, und ließ die Augen hervorspringen, um sich dieses Juwel zu betrachten.

Mit dieser Marke fühlte er sich in höchstem Maß versoldatet, einberufen, mit Gewalt vom Tod unter falschem Namen erfasst: Mit diesem würde er in den Tod gehen, und die Finanzgarde würde ihm gar noch salutieren.

Doch deswegen vagabundierte er nicht, er streifte nicht ständig da herum wegen einer sandigen Bestattung oder wegen einer Überfahrt zum Tod. Wenn er sich beim Gedanken an seinen Tod sorgte, das gab er damit zu verstehen, war es nur, weil er wusste, dass er lebte, und folglich auch wusste, dass er sterben musste: Und weil er das wusste und Achtung vor seinem Körper hatte, sei's zum Leben, sei's zum Sterben, sei's, dass er ihm gehörte oder auch nicht, um ihn vor Angriffen und Beleidigungen zu schützen, wenn er alleine sein würde, hineingeworfen in die Gischt eines Meers, hatte er ihn uniformiert, für einen Tod, der in diesem Augenblick höchste Wertschätzung hatte, höchstes Privileg darstellte, nämlich den Soldatentod, nicht den üblichen Tod wie immer, den verbürgerlichten.

Er verstand zu leben, das wusste er vor allem, und das stand ihm sonnenhaft ins Gesicht geschrieben. Er gab sich nicht mit den Toten ab, er gab sich mit den lebendigsten Lebenden ab, er lebte, er alterte und mehr noch: Er wurde immer jünger, er wurde jünger, weil er wachsam war, ein Vielredner und Weiberheld, weil er, mit einem Wort, voller Leben war.

Und wie zum Beweis, wie zum Zeichen seines Instinkts und seiner Natur als versoldateter Strandvagabund, stützte er sich auf eine Art Lanzenstecken, einen kräftigen Bambusschaft mit Bajonett, oben zugespitzt, eingetrieben und fest umwickelt an einem Ende, wie ein aufgepfropftes Bajonett: ein alter Soldat mit seiner Lanze als Stecken, ein alter Strandvagabund mit seinem Stecken als Lanze.

Mit diesem Alten kam die Feminotin aus dem Orangen- und Zitronengarten in der Umgebung von Praja wieder zum Vorschein, und als Abgedriftete zeigte sie unvermittelt, dass sie in ihr Königreich zurückgekehrt war: Von einer Hörensagenden wurde sie wieder zu einer Hörengesagten auf der Zunge des alten Vielredners, sie wurde auch wieder zur Mitdenaugengesehenen in den Augen eines derart Wachsamen. Wo ihre geliebten Fährschiffe verlorengegangen waren, trieb jetzt schwimmend ihre Barke, und es sprang, sprang wieder ins Aug, kam wieder zum Vorschein, im Schwimmen wie ein Fliegen, im Schwimmflug, von Lebender zu Lebender oder auch Toter, die Fere: die Fere, als würde sie mit der Feminotin ein Paar bilden, und was für ein Paar, was für ein Rassepaar konnte man sich gleich vorstellen, unverzüglich, ein Paar, bei dem, wenn man es nur hörte, man instinktiv, wie zum Schutz, gleich die Hände auf den Hintern legte.

Die Hand kehrte am Meer von Skylla und Charybdis zur Feminotin zurück: sie auf dem Boot, das Boot unter ihr, je nachdem, ob sie es war, die das Boot trug oder das Boot sie trug, und die Fere, lebendig und tot, trieb sich an ihren sandigen Küstenstrichen herum, auf dem Boot oder darunter.

Die Fere, nur das sei gesagt, von ihr schleppte der Alte ein Edelstück mit sich, ein Stück Bauchfleisch, in Streifen geschnitten und miteinander verflochten, über eine Schulter geworfen wie ein Zopf roter, länglicher Zwiebeln von Tropéa oder langer, dicker scharfer Pfefferschoten: Sie hingen herunter wie durchwachsener Speck, von einer Farbe noch wie von gestocktem Blut, verschnürt und gebündelt mit einer Kordel.

Die Zopfflechtung war die kalabrische Weise, das Bauchfleisch zum Moscham zu trocknen. Die Zopfflechtung, hatte er immer sagen hören, kann schneller in die Sonne getragen und wieder hereingeholt werden, weil so viele sie packen, wie da sind, und an den Nägeln vor der Haustüre aufhängen: Der Zopf trocknet vielleicht nicht auf vollkommene Weise, doch die Zopfflechtung lässt, das ist absolut sicher, die Milch nicht in die Knie schießen, wie das häufige Rauf und Runter für jedes Stück auf Röhrichtmatten, was die sikulische Art des Trocknens ist, bei der auf der Röhrichtmatte die Bauchfleischstücke verteilt werden wie halbierte Feigen und Tomaten.

Zum ersten Mal sah er Bauchfleischflechtung nach kalabrischer Art, erkannte aber ohne jede Mühe der Erinnerung sofort die Fleischtressen, die dann, unter Salz und Sonne verstockfischt, wie durchwachsener Bauchspeck oder auch das Nackenstück vom Schwein aussehen. Da ist's ja schon wieder, dachte er. Nachdem ihr der Kopf und die Fluke abgetrennt und sie in große Stücke zerlegt worden war, nachdem sie herumkadavert und herumkarkasst hatte, schau, da war es wieder, das Beffchen, gehäutet und luftgetrocknet, ein Haufen blutiger Klümpchen, wozu es eines Kennerblicks bedarf, um ihn zu erfassen, gebündelt auf der Schulter dieses Alten, der ihn sich, als würde er Teil seiner Ausrüstung als Strandvagabund sein, über die Schulter geworfen hatte, und fast schon hätte man meinen können, er habe ihn bereits vergessen.

Er rechnete damit, dass es schwieriger wäre, sie mit auf seinen Weg nach Süden zu nehmen: schwierig sie und noch schlimmer die Hungerattacke, die ihm wohl von seinen Karkassen signalisiert worden waren, die in der Sonne glänzten, und von seinen Kadavern, die die Frauen blindlings zerlegten, dabei finsterst dreinschauten, mit Messern in ihren Händen unter den Schürzen.

Nach diesen steinernen Zeichen nahm er das Zopfgeflecht des Moschams, des getrockneten Bauchfleischs, als guten Hinweis, denn das Trocknen von Bauchfleisch ist eher eine Vorsichtsmaßnahme im Hinblick auf eine Hungersnot als ein Schutz gegen eine herrschende Hungersnot. Ein Moscham braucht Unmengen von Salz und monatelang Sonne, um zu Stockfisch zu werden mit seinem dumpfen blutigen Geruch. Daher bedeutete die Verarbeitung von Moscham niemals augenblicklichen Hunger, Hunger, der aus dem Haus treibt, kalte Herdasche, hungerleidendes Meer; vielmehr zeugt es deutlich vom Zusammenraffen rohroher Feren, von frischen Teilen, die genommen und in die irdene Schüssel geworfen werden, etwas Verpestetes und Verfluchtes, denn es regiert und zergiert der Hunger, er reißt den Mund auf, um gestopft zu werden, und sein Atem stinkt so sehr, dass man sogar den barbarischen Gestank der Fischbestie, die gegart wird, noch für Wohlgeruch hält.

Der Zopf des Alten war noch frisch, höchstens drei Tage alt. Hinter dem Alten überlegte er, wobei er sich auf die ständige Sonne stützte, die er ganz sicher abbekommen hatte, vom Aufgang bis zum Untergang: Er roch schon weniger streng, bewahrte jedoch die Schwabbeligkeit einer Brechreiz hervorrufenden Mostarde. Die Filets, die nach allen Regeln der Kunst geschnitten waren, kamen ihm nicht vor wie das Werk des alten Strandvagabunden: Das war das Werk einer geübten, feinfühligen Hand, das Werk vielleicht einer Fischersfrau oder einer Feminotin zwischen Skylla und Palmi oder Nicótera etwa, und das deshalb, weil der Moscham am Meer von Skylla und Charybdis ein seltener Happen war.

Der Alte schien seine Gedanken zu lesen, denn da er sah, dass er den Zopf beäugte, nahm er ihn an beiden Enden wie eine Girlande, und während er es vorne hochhob, so, als wollte er ihn in der Sonne genau betrachten lassen, sagte er verwundert:

»Sogar auf diese Kunst versteht sich die bewusste Feminotin. Was kann die eigentlich nicht? Sogar das Flohspiel kann sie.«

Nach der Fere kam also die Feminotin. Und nachdem er sie einmal erwähnt hatte, ließ der Alte sie nicht mehr los, machte ihr gewaltig den Hof, alert und vielredend. Um ihr Komplimente zu machen, nahm er zuerst die Fere als Leihgabe, dann nahm er das Boot.

Als er in morgandischer Frühe zwischen den unregelmäßig und aufs Geratewohl hingebauten Häusern hergegangen war, die zudem auch noch mit einem Kalkanstrich versehen waren, hatte er einen richtigen Befall von Fischbestie durch Türen und Fenstergitter gerochen, einen durchdringenden Befall von diesen langen oder kurzen, dicken oder schmalen Zöpfen; und gleichzeitig hatte er den Küstenstrand gesehen, der wegen des großen Knochenabfalls aus den Häusern in alle Richtungen kadaverte. Wie er es sah, hatte er den Eindruck, dass diese stattlichen Weiber von Welt, diese großen Ereignisveranstalterinnen sich rüsteten, so viel Ferenfleisch wie möglich zusammenzubringen, wie sie konnten: getrocknet, aber auch zusammengepresst, auch eingebüchst, das war seine Vermutung, so, als würden sie sich verschanzen, indem sie sich zuallererst vor dem Hunger verschanzten und deshalb Lebensmittel einlagerten, Lebensmittel, die dann allerdings nur dies waren: Fere, Ferenfleisch, ekelerregendes Fleisch, das einer in seinen Bauch schlingt und noch im selben Augenblick spürt, dass er es weiter runter schicken muss, als schnelle Katharina. Doch die Hungersnot, die sie vorhersahen, musste, muss, genauer gesagt, eine der schlimmschlimmsten gewesen sein, die am Meer zwischen Skylla und Charybdis gewütet haben, kurz, eine von denen, die die hohe Sterblichkeit vom Meer ans Land weiterzugeben scheint, man schafft Erinnerung für das Meer zusammen mit dem Festland, den Fischen, den Christenmenschen, und dann fühlen diese Zauberinnen und Hexen sie von weither kommen, als wären es Tiere, die, wenn's sie unter den Pfoten, unter den Hufen juckt, davonjagen, und aus ihren Schlünden ein Geheul, ein Gewinsel oder ein Kikeriki schleudern oder pressen, weil das das Jucken eines Erdbebens oder eines Erdseebebens ist, das dahinzieht, aufsteigt und sich nähert wie ein Donnerschlag:

»Kurzum, meine Worte sollen mit dem Wind ziehen«, sagte der Alte. »Diese Glänzenden mussten sich wohl gesagt haben: Heute wenigstens regnets Feren, und morgen vielleicht regnets keine. Kassieren wir daher die Fere, solang es noch herunterkübelt, schaffen wir uns Sicherheit mit einem schönen Vorrat an Fere, auch wenn sie ein Wildtier ist, morgen wird sie vielleicht uns Manna und Minne sein.«

»Dann denken die Feminotinnen, dass es Feren regnet?«, fragte er ihn.

»Natürlich regnets sie«, wiederholte er. »Wenn diese guten Frauen es sagen, dann könnt Ihr Eure Unterschrift daruntersetzen. Und außerdem, Ihr habt ja Augen, seht nur, seht. Massen sinds, Massen. Seht Ihr sie denn nicht?«

Er machte ein Zeichen zum Meer des Golfs, deutlich und sichtbar in der späten Sonne, doch ihm gelang es nicht, auch nur den Schatten einer Fere auszumachen. Der Alte schien allerdings mehr Feren als Meer zu sehen, und das sagte er auch:

»Die Unheilsmeldungen … Die alten Unheile, die immer neuen Unheile … Ihr denkt, dass das, was Ihr da betrachtet, Meer ist, doch wenn ihr auf den Grund schaut, entdeckt Ihr, dass dies alles ein Übereinanderlagern und ein Toben und Tollen von Feren ist: kopfüber, kopfunter, sie tauchen ab, sie tauchen auf, in die Luft, unters Wasser, sie tummeln sich im Schwimmflug, wogend, obwohl es nicht einmal dieselben Wogen sind, und haltet sie auseinander, haltet sie auseinander, die einen von den anderen, wenn Ihrs könnt, haltet sie aus der Mitte heraus auseinander, aus dem Getümmel der Wogen, diese zum S Gebogenen, diese Mandolinenärsche, ja doch, ja, haltet sie auseinander, los, macht schon, diese verpesteten Teufelsbestien, die Ihr eigentlich bezahlen müsstet dafür wie und dafür dass sie Euch zum Lachen bringen und Euch die Zeit mit ihren Albereien vertreiben, aber es ist auch, wenn sie, insbesondere bei Nacht, wie verderbte Seelen, keinen Frieden finden, kein Licht sehen, es ist, als würden sie das böse Omen dorthin werfen, das vorzeitige Leid. Widerliche, Unflätige … Wenn einer sich versteift und sich auch nur ganz leicht der Täuschung hingibt, sie zu stören, dann jagen sie ihm Schauer über, dann machen sie ihm Gänsehaut.«

Er fing an, sie zu beschimpfen und ihnen mit der Hand zu drohen, da, wo allerdings nur er sie sah. Und als würde er sich Luft machen, sagte er ihm vertraulich:

»Wann immer ich diese versandeten Einsamkeiten hinauf und hinab zog, nie ist es mir passiert, offen gesagt, dass ich mich vom Meer aus beobachtet, vom Meer mit höhnischen Augen durchdrungen fühlte, Augen, die mich belauern, und zwar so sehr, dass es mir beinahe, beinahe vorkommt, als würde ich all diese Augen auf meiner Haut spüren, sie hier fühlen, an der rechten oder an der linken Schläfe. Pirdeu, sie beäugen mich, seit ich von Melito unterwegs bin, bis zu meiner Ankunft hier, am Golfo dell'Aria, und dann weiter runter, immer und immer, tagelang, ganze Tage lang. Und hört, was ich Euch sage: In so vielen Jahren, in denen ich alleine herummarschiert bin, habe ich mich nie so einsam gefühlt wie jetzt, wo ich mit diesem Meer marschiere, das, wie soll ichs Euch sagen?, der Krieg vollgefert zurückgelassen hat: tot von allem, von Christenmenschen und Fischen, nur nicht von Feren, in diesem Meer mit seinen spiralförmigen Wellen, das aus Pupillen wie aus Myrien von Augen besteht, die sich meinem Aug nähern, und warten, warten, dass es sich von ihnen abwendet, aber da können sie verdammt lange warten, dass es sich abwendet.«

Vielleicht waren es weder Meer noch Myrien, nicht notwendigerweise: Auch eine Einzige reichte aus, um ihm das Gefühl zu geben, sie schaue ihn an, immer und immer und immer wieder. Wer die Fere seit langem kannte, wusste, das auch eine einzige in der Lage war, von Melito bis zum Golf, vom Golf bis nach Melito, absolut in der Lage, ihrer Laune nachzugeben und ihn zu beäugen, ihn im Blick zu behalten wie in einem Wasserbad, einfach so, auf ihre Art, wie gesagt.

»Wenn Ihr sie berechnet, diese Farcenspielerinnen, diese gefährlichen Blutbaderinnen«, sagte er im Hinblick darauf zu ihm, um ihm irgendetwas zu sagen, »wissen die genau, dass Ihr auch nachts wach bleibt, um an ihnen verrückt zu werden, und genau das ists, was sie suchen, das amüsiert sie.«

Und dann hatte er ihn aus Neugierde gefragt:

»Habt Ihr denn auch bei diesen langen Blicken, die Ihr aufs Meer schickt, habt ihr da außer den Feren auch zufällig Boote gesehen? Habt Ihr Euch überzeugt, obs Boote da auf dem Meer gibt, Barken, vor allem zwischen Skylla und Charybdis?«

»Nzunzù«, machte der Alte mit den Lippen.

»Nichts, wirklich nichts? Nicht mal was Ähnliches, nicht mal den Schatten einer Lanzitte?«

»Nzunzù«, wiederholte der Alte.

Doch musste ihm ein Gedanke zu diesem Nzunzù gekommen sein, denn er bog seine wulstigen Lippen nach innen, und während er der Sonne einen Blick zuwarf wie einem Dritten, der da bei ihnen war und ihnen zuhören konnte, beugte er sich ein wenig zu ihm herunter, weil der eine etwas höher und der andere etwas niedriger stand, und gab ihm, kostbar und teuer, wie bei den Vorvätern, bei denen jeder hundert Unzen wert war, diesen Rat:

»Fragt bei diesen tausendundeinnächtigen Frauen wegen des Boots nach. Fragt bei den Feminotinnen nach.«

»Bei den Feminotinnen?«

»Bei den Feminotinnen … bei den Feminotinnen«, beharrte der Alte nachdrücklich mit seinem Kopf, so, als wollte er ihm zu verstehen geben, dass er wusste, was er sagte.

Wenn 'Ndrja an die abgedrifteten Feminotinnen im nördlichen Kalabrien dachte, kam ihm auch das wie eine Nonsenserei des Alten vor, doch gleichzeitig dachte er auch, dass, wenn es ein Boot gab, auch nur ein einziges, es leicht möglich war, dass es feminotisch sein könnte.

Der Alte war mit dem geheimnistuerischen Ton, den er angenommen hatte, dabei, ihm zu zeigen, dass er ein Mann von Welt war und erfahren, und auch er versuchte, wie diese Jacoma, nur auf Art eines Mannes, in seinem Kopf eine Begegnung zu organisieren, in die er aber nur seine eigene Lust hineinpackte, das Begehren, das er als Alter fühlte, diese Begegnung selbst zu haben.

Das Boot diente ihm, nach der Fere, jetzt als Vorwand, sich ganz auf die Feminotin zu kaprizieren: Und dieses Mal machte er ihr in einem Augenblick noch Komplimente, im nächsten Augenblick schien er mit ihr im Nahkampf zu liegen. Er machte sich ungebeten und ohne Einschränkung daran, ihn über die Sache in Kenntnis zu setzen, mit seiner persönlichen Lust, die rebellierte und aus jedem Wort von ihm zu hören war:

»Ihr stellt Euch vor, stellt Euch vor … Tuts offen und frei, bei Tageslicht, verdrückt Euch nicht in die Dunkelheit, gebt Euch Glanz und stellt Euch in Eurer Art dar. Die Art hilft Euch, so schön aalwendig, wie Ihr sie habt, ich weiß nicht, ob Ihrs wisst, und Euch hilft Euer Alter, und das verwilderte bärtige Aussehen, das Ihr habt, das eines zornigen jungen Mannes, das schadet nicht, an Eurem Körper gibts ja keinen Makel, Ihr könnt Euch sehr gut messen mit den stattlichsten. Das sind Frauen mit einem heiklen Geschmack, da brauchts einiges, das ist allgemein bekannt, dass ein Mann ihrem Geschmack entspricht, doch

Euch, vertraut mir, Euch schätzen sie, Euch gewähren sie Audienz. Und während der Audienz entfesselt Euch, seid von kühner Galanterie, gebt Euch, streckt Euch hin, zeigt Euch, zeigts ihnen, wie reich Ihr seid an Gestalt, und dann könnt Ihr noch ganz anderes als ein Boot erbitten, ganz anderes …«

Bis zu diesem Augenblick allerdings war alles nur ein Wortgesabber, bis zu diesem Augenblick waren die leeren Worte über die Feminotinnen sicherer als jeder Ratschlag für ein Boot.

»Mich interessiert nur, nach Sizilien rüberzukommen«, sagte 'Ndrja zu ihm.

»Und genau da müsst Ihr sein, da, bei der Feminotin, nur sie kann Euch Boot geben. Wenn sie will, doch nur, wenn sie Euch will. Und sie will Euch, Euch will sie, sage ich Euch noch mal«, sagte der Alte gutgelaunt.

»Aber gibts dieses Boot überhaupt?«, fragte 'Ndrja.

»Das gibts, das gibts«, beharrte der Alte und sagte ihm, woraus es bestand. »Schleifspuren, wie beim Stapellauf.«

Er hatte sie gesehen und war von ihnen sehr angezogen: untrügliche Schleifspuren von Booten, und mit den Schleifspuren zusammen Abdrücke weiblicher Füße:

»Breite, tiefe Fußabdrücke, noch frisch, die von einer Ausfahrt aufs Meer dieser Schmugglergöttinnen erzählten.«

Von diesen Fußabdrücken war er ganz gefangengenommen. Er fragte ihn nach den Schleifspuren, und er fügte die Fußabdrücke hinzu, und diese Fußabdrücke, so schien es, hatte er, anders als die Schleifspuren, aus der Nähe gesehen, aus allernächster Nähe, fast schon, als hätte er seine Augen auf sie gedrückt, bis er sie sich eingeprägt hatte. Er erläuterte sie ihm, veranschaulichte sie, er putzte sie und brachte sie zum Glänzen:

»Schleifspuren und Fußabdrücke, was sag ich denn da? Schöne Fußabdrücke, mit Fußsohle und allen fünf Zehen, wie eine Gussform, aus der man die gesamte Gestalt der Feminotin, gemalt und gemeißelt, erkennen konnte, die sie gemacht hatte, ein Schauspiel dieser Fußabdrücke, sage ich Euch, dass man sie hätte nehmen und auf der Handfläche forttragen mögen.«

Nach und nach verschwand aus ihm, aus seiner ganzen Soldatenseele der Strandvagabund, und es blieb der Lumpenhund und Weiberheld übrig, dieser Typ, der um Geld bettelt und um Frauen, der von Tür zu Türe geht und almost, beobachtet, hungrig herumstochert, mit den Augen die Frauen aussucht, die immer wieder im Vordergrund stehen, und diese prägt er seinem Gedächtnis so ein, als würde er sie rauben; und dann, wenn er einsam herumwandert,

Strand um Strand, Saum um Saum am Meer, sind sie seine wunderbarste Gesellschaft, besser als ein paar Geldstücke, die er sich erbettelt hatte: Denn mit diesen Schönheiten beschäftigte sich sein Kopf auf dem Sand in der Sonne, die ihn aufheizt und sich um die Zotigkeit kümmert, bei offenem wie bei geschlossenem Mund.

Der Alte zeigte sich als eine solche Wucht von Weiberheld, wenigstens den Worten nach, dass er es spürte und sich gleichzeitig sagte, dass es am ganzen Meer von Skylla und Charybdis niemals einen Zweiten gegeben habe noch geben werde.

Er schäumte ganz, wer weiß, an was er sich erinnerte und weshalb er schäumte, sogar sein Blick schäumte noch, und der Schaum, den er mit seinen Worten hervorbrachte, wirkte wie der aus seiner Jugendzeit, die auf seinen Lippen auftauchte, sie schnürte ihm die Kehle zu und brachte ihn zum Stottern.

Während nun die Schleifspuren mit dem Lauf der Zeit der Gefahr ausgesetzt waren, zu verwischen und unsichtbar, wenn nicht gar inexistent zu werden, ging er von diesen Fußabdrücken dazu über, die Feminotinnen als echter und alter treu ergebener Weiberheld zu verherrlichen. Seine Stimme erhob sich von dort aus, und zugleich war es, als würden auch die Gestalten der Feminotinnen in seinen Worten auferstehen, so, wie er sie nach und nach gebrauchte; die Beine lang, die Brust milchig, der Oberkörper schmal und kraftvoll, die Figur gespannt wie eine Spindel: Es war, wie wenn er sie in ebendiesem feuchten Sand der Fußabdrücke kneten und modellieren würde, den die Sonne auf der Stelle buk, als wär er Tonerde. Und während sich seine Stimme erhob, wurde sie zunächst feierlich wie die eines Predigers, der irgendeine Gottheit entzauberte, dann aber wurde der Prediger grob und piratenhaft, wie wenn diese Gottheit in seine Reichweite gelangt wäre und er seine ganze Wut über die Feminotinnen ausschütten, sie dabei um die Hüften klammern, dann aber auch wieder loslassen würde, wenn das Leben aus ihnen entwichen wäre.

Inmitten der feminotischen Fußabdrücke erbrach er oftmals ganz zotig die Erinnerungen an seine Jugend, er schäumte ganz vor alter Mannestapferkeit und hin und wieder, wie um ihm zu beweisen, dass er ihn und sein Boot, seine Barke nicht vergessen habe, oder vielleicht auch, um Atem zu holen, ließ er sich herbei, wieder auf das Grundthema zu sprechen zu kommen, doch auch das immer wieder als Beiwerk zu den Fußabdrücken.

»Ja, wenn Euer Herz Euch drängt, eine Barke zu sehen, dann geht, geht immer abwärts und immer dicht auf dem Sand und sucht mit den Augen dann immer wieder die Fußspitzen ab, und wenn Euch ein Abdruck, schön eingepresst im Schwarzsand, vor die Füße kommt, dann füllt ihn unverzüglich auf, den Fuß, denn das ist feminotisches Küstenland, und es ist das Reich der Frauen, die über den Mann herrschen.«

Wenn man ihn hörte, war es, als ob er mit den Augen allein nur bei ihrem Anblick einen Guss, nicht nur einen Gipsguss, sondern gleich eine Betonschüttung auf diese Fußabdrücke gemacht hätte, sobald er sie erblickt hatte: Wenn man ihn hörte, bestand die Gefahr, dass sie sich verwischten, nicht, nachdem er sie sich einmal mit seinen Augen eingeprägt hatte.

Völlig vergebens mühte er sich, ihn zu den Feminotinnen hinunterwandern und ihn auf ein Boot kommen zu lassen. Wenn er ihm den Redeschwall unterbrach, bewegten sich die Lippen dieses Brünstigen aufgrund des inneren Aufruhrs von alleine weiter, und es war widerlich zu sehen, wie er in dem Wasser aus Sabber und Schaum herumplanschte, das ihm beim Thema Feminotinnen in seinem Mund zusammenlief. Aber das eigentlich Schöne bei diesem Alten war, dass er ihm sein ganz persönliches Vergnügen als Anteilnahme an seiner Sache glaubhaft machen und ihm die Feminotin unter dem Vorwand des Boots verkaufen wollte.

Er sah, dass die Sonne sich indessen dem Untergang nach Gibraltar drüben zuneigte und auf ihrem Zug die Inseln und den Golfo dell'Aria in sanftes Licht tauchte: Er verweilte absichtlich und richtete seinen Blick zur Sonne in der Hoffnung, der Alte würde diesen Hinweis verstehen und ihn nicht zwingen, noch weiter dort zu bleiben und mit den Feminotinnen unterzugehen.

»Dann habt Ihr nur diese Schleifspuren und die Fußabdrücke gesehen? Anderes nicht?«, fragte er ihn schließlich mit dem Ton dessen, der sich bereits den Hosengürtel umschnallt und seinen Weg fortsetzt. »Denn wenn Ihr nur das gesehen habt …«

»Na ja, was das angeht, habe ich Schleifspuren und Fußabdrücke gesehen …«, sagte er, prustete zuerst und verdrehte die Augen. Dann, so als hätte er sich widersprochen, fügte er hinzu: »Ich, mein sonniger Freund, verabschiede mich von Euch mit dem Barett, das ich trage, ich entbiete Euch das Mitdenaugengesehene. So viel ist sicher. Oder passt Euch zufälligerweise das Mitdenaugengesehene nicht, ist das, was Euch passt, eher das Hörengesagte?«

»Es geht doch nicht darum, ob mir Hörengesagtes passt oder nicht passt.

Aber wenn das Gesehene nicht ausreicht und so wenig ist, dass man damit nichts anfangen kann, nichts, dann ist ein gewisses Hinhorchen auf Hörengesagtes …«

Der andere aber schnitt ihm mit einem Ton, als wäre er durch diese Worte beleidigt worden, ja sogar mit einem unterschwellig aufbrausenden Ton das Wort ab, um ihm zu sagen:

»Ich, mein sonniger Freund, entbiete Euch das Mitdenaugengesehene, wenig, sehr wenig, dafür aber ganz eindeutig mit der Hand Erfahrene. Ich werde Euch niemals das Hörengesagte mitteilen, ich verkauf Euch keinen Qualm …«

Er redete eine Weile gegen das Hörengesagte, dann über das Mitdenaugengesehene. Er redete eine Weile und mit gelöster Zunge, denn jeder Strandvagabund pflegt für gewöhnlich ins Salbadern mit sich selbst zu verfallen, über dieses und jenes, wenn er ganze Tage lang mutterseelenalleine dahingeht: So nimmt er, wenn er zufällig ein Gespräch mit jemandem führen kann, gerne eines der ihm am Herzen liegenden Themen auf und breitet es ohne jeden Verzug in Wort und Musik vor dem anderen aus.

Hörengesagtes und noch einmal Hörengesagtes, seiner Meinung nach gab es gar nichts anderes mehr: Der Krieg war Hörengesagtes, der Freund und der Feind, der Germanese und der ’Merikaner waren Hörengesagtes, und dann noch der Italiener, über den sprach er nicht und sagte auch nicht, wie viel Hörengesagtes darin steckte; und weiter, und weiter, wer gestorben und wer davongekommen war, was den Gipfel des Hörengesagten darstellte. Ringsum gab es nur Feren und Hörengesagtes, ja, eigentlich nur Pest und Cholera. Er kam von Crotone, und während er die Strände am Meer von Skylla und Charybdis entlangwanderte, schien es ihm, als würden die Menschen Feren essen und Hörengesagtes trinken: Doch fragte er sich, und dabei gestand er zu, dass sie sich mit der Fere, der unausweichlichen Nahrung, den Bauch recht oder schlecht füllten, welche Vorstellung von Welt sie sich eigentlich mit dem Hörengesagten machen konnten? Sie zogen das Lotterielos, und das war’s; sie tranken auf die Dunkelheit.

Das Mitdenaugengesehene dagegen, ha, das, ja das war ein anderes Paar Stiefel: Das konnten sie sich vorstellen, das konnten sie sich ausrechnen, ein Sching und ein Schang konnten sie darüber auszählen, und beim Schong gab’s dann nichts mehr zu schummeln; kurz gesagt, auf das Mitdenaugengesehene konnten sie sich stützen und verlassen, auch wenn sich keine Myrien herumtrieben, das ist wahr, nur zu wahr, und die, die es gab, für die brauchte man ganz schön viel Stetigkeit und Schönheit des Anblicks, um das Feuer in ihnen zu entfachen.

»Ihr hörts, das Hörengesagte«, gestand ihm der Alte zu. »Sucht aber zuerst das Mitdenaugengesehene; sofern es und wenns überhaupt eins gibt, dann deutet es nach Gebühr, und wie wenig es auch sei, ein Fingernagel, eine Distel, ein Zeitungsblatt, es entziffert und enthüllt für Euch die ganze Kabbala.«

»Und was ist mit dem Boot?«, fragte er an diesem Punkt. »Das ganze Mitdenaugengesehene, sagt Ihr, besteht in diesem einzigen feminotischen Beispiel, aus einer Schleifspur und aus Fußabdrücken. Also, eigentlich nur aus Neugier, was gibts denn für ein Hörengesagtes hinsichtlich eines Boots oder keines Boots zwischen Skylla und Charybdis? Hört einfach das Hörengesagte, sagt Ihr, doch bis jetzt habe ich von Euch, verzeiht mir, immer nur diese Kratzer von Gesehenem gehört …«

»Ach, Ihr wollt doch nur Hörengesagtes«, sagte der Alte und beugte sich mit geöffnetem Mund über ihn, so, als wollte er beinahe seine Zähne in ihn schlagen. Und dann, geradezu drohend: »Dann hört Euch doch das Hörengesagte an, hörts und verfallt in Begeisterung …«

Es war, als würde er sich ihm mit dem Tamtaramtàmtatàm vorstellen, das der Ausrufer vom Faro auf seiner umgehängten Trommel wirbelte, wenn er zur Küste kam, um ihnen eine Mauterhöhung oder sonst irgendeine Nierenkolik verursachende Niedertracht der Regierung oder die Verteuerung von Franzosenbrot, von Salz oder von staatlichem Chinin bekanntzugeben, um nur ein paar Dinge zu nennen.

Er war ein Christenmenschlein von freundlichem Aussehen, mit ganz schmalem Gesicht und ganz schmalem Körper, der von Berufs wegen die Trommel schlug, das hieß: Er rief Erlasse aus und trommelte für ein paar Krüglein Wein den Takt vor bei Trauerzügen zum Friedhof. Den gleichen Takt spielte er allerdings auch, wenn er Bekanntmachungen ausrief: Denn er kam an, und man hörte schon von weitem, dass er mit seinem Tamtaràmtatàm herumalberte, doch, kaum angekommen, ließ er diesen ausgelassenen Wirbel sausen, so, als würde er ihn als unpassend für die traurige Mär empfinden, die ihm auf der Zunge lag, und gleich beim Ruf: Volk von Charybdis, begann er, o weh, mit dem Trauermarschtakt, um das Gemüt auf die traurige Neuigkeit einzustimmen, die er im Begriff stand, ihm zu verkünden: tà tà tatà …

Seiner Meinung nach fühlte sich der Ausrufer in sie ein, aber es war doch immer ihre Haut, auf der er herumtrommelte, ihretwegen spielte er zum Tod auf. Und in der Tat, ganz abgesehen von diesem scheinbaren Mitgefühl, von der Hand, die zur Muschel gewölbt am Mund lag, den Augen, die ins Leere starrten, als würden die Worte ihm von allein aus dem Mund springen und er könnte unterdessen andere Angelegenheiten im Kopf erledigen, wurde der Ausrufer, seine Stimme und seine Trommel, wie der Klangtrichter des Grammophons, der die von der Schallplatte kommenden Worte auswirft, und auch, wenn es blutige Worte sind, lässt ihn, den Klangtrichter, das völlig unberührt.

Aber dann ist der Ausrufer ja auch kein Moritatensänger, der seine Bilderleinwand aufhängt und arbeitet, das Werk in Person darstellt, ganz in das Geschehen eingebunden, und, kurz gesagt, die Rolle miterlebt. Der Ausrufer ist der Bote der Finanzbehörde und des Zolls, der Delegation und der Regierung, er überbringt die Qual, die man ihm in den Mund legt, er ist das Echo, das nur das wiederholt, was man ihm zuruft.

Als Ausrufer von Krieg, von Schlachten und Massakern hatte der Alte nicht einmal den Anschein eines Tà tà tatà, um das Gesicht zu wahren: Er hielt sein Tamtaratàtamtà in der Schwebe zwischen Schmach und Spott. Er verachtete alles Hörengesagte aus Überzeugung und Prinzip, ihm sagten die Informen aus zweiter und dritter Hand gar nichts, und er ließ sich auch nicht erweichen, wenn es sich um ein Hörengesagtes wie das handelte, das ein Hinschlachten war, und sei es auch aus zweiter oder dritter Hand, in dem noch das Stöhnen der Sterbenden und die Klagen der Verwundeten mitschwangen.

Genauso war der Ausrufer: Ohne eigenen Schmerz rief der Alte das unglaubliche Hörengesagte zwischen Skylla und Charybdis aus, herzzerreißende Klänge auf der glatt und straff gespannten Trommelhaut so vieler Christenmenschen zwischen Leben und Tod wirbelnd, ohne dass dies auch nur seine oberste Haut streifte, dass dieses Hörengesagte nicht nur voll mit Bootshölzern war, sondern auch mit Fleisch und Blut und Haut von Christenmenschen.

Und doch hatte der Alte kein barbarisches Wesen, er war kein Alter, der durch das jahrelange, einsame Vagabundieren über die Strände verwildert war: Man konnte beschwören, dass er kein barbarisches Wesen besaß, einer, der so ein Frauenheld war. Nur konnte er mit dem Hörengesagten überhaupt nichts anfangen, seine ganze Welt war das Mitdenaugengesehene, so viel war sicher, anderes gab es nicht, er sagte ja nicht, er habe es mit den Händen berührt, er sagte einfach nur, es sei nicht vor seinen Blick gekommen. So, beispielsweise, die große Seeschlacht, von der man hörte, sie habe auf dem Meer zwischen

Skylla und Charybdis stattgefunden, und in deren Folge sei jede Art von Boot vernichtet worden, von der minjonen Lanzitte bis zum schmutzigen Kaik und weiter zu den Ontren, Feluken und Palamitaren, wodurch die Fischer von Kalabrien und die Fischer von Sizilien auf dem Trockenen säßen, konnte er das beschwören, schwören auf das Mitdenaugengesehene, schwören, und damit seinen Nacken verspielen? Man hat gehört, man hat gehört …

Man hat gehört, dass der Germanese sich über dem Italiener jedes Vorrecht für eine Flucht aus Sizilien anmaßte: Mit Panzern und Heergepäckwagen zog er sich an die Meerenge zurück, genau da, wo sie am engsten war, und mit aller Bequemlichkeit setzte er auf seinen Landungsbooten Waffen und Gepäck zum Festland über. Die Boote, die er fand, die wenigen übrig gebliebenen, sowohl die sikulischen wie die kalabrischen, die nicht durch Bomben und Brandsätze vernichtet worden waren, die, hieß es, band er teilweise eines hinter dem anderen an den Landungsbooten fest und zog sie von jenem Ufer an dieses, vollgepackt mit Schrottteilen und Alteisen von seinem Krieg auf der Insel, vor allem in der Ebene von Catania, die am Ende ganz wie ein weiterer Krater des Ätna aussah: Reifen, Muttern, Schrauben, Nägel, leere Benzinkanister, Helme ohne Köpfe darunter; und dann, einfach, um sich selbst treu zu bleiben, schlitzte er sie mit Bajonetten eigenhändig auf, damit sie untergingen, was eine Beleidigung gegenüber dem Italiener darstellen sollte.

Und man hat gehört, dass die jungen italienischen Soldaten, während die germanesischen übersetzten und das Meer hinter sich verbrannten, zwischen Johannisbrotbäumen und Lupinen, Rizinuspflanzen und Kaktusfeigen eng zusammenkauerten und ihnen zusahen; sie beobachteten die Bewegungen dieser innen wie außen aus Bronze bestehenden kräftigen Statuen und warteten darauf, erwarteten, dort, dort drüben, ungesehen, sie einschiffen zu sehen, vom Ersten bis zum Letzten. Doch als sie sich von den Bäumen herunterschwangen wie Falken, spuckten die englischen Flugzeuge, soweit man gehört hat, Feuer aus ihren Mündern wie fliegende Drachen, sie spürten die jungen Soldaten auf und feuerten auf sie mit flammenden Splitterbomben, Funken und Pfeilen: Da sah man viele kleine Brände auflodern in dieser Macchia von soldatischem Grüngrau, die sich mit Laub, Gräsern und Zweigen anfachte, und sofort raffte das Feuer sie hin und verkohlte sie. Da konnte man nicht mehr unterscheiden, ob diese brennenden Scheite Äste und Baumstämme gewesen sind oder Arme und Rümpfe von Christenmenschen.

Doch vorher, noch bevor der Klöppel aus Eisen und Feuer zu schwingen begann, als für die letzten hohen Tiere der Miliz und des Faschismus der Augenblick der Flucht gekommen war, bei der sie ihre Hosen mit der Hand hielten und mit einem Schuh wohl, mit einem Schuh aber auch nicht, losrannten, da stieg das sehnlichst begehrte Boot zu höchster Ehre auf, es stieg inmitten von so viel Wasser auf, und wie man es sich vom Hörengesagten vorstellte, konnte man's mit einem Mädchen aus dem niederen Volk vergleichen, das vorher von niemandem beachtet und eines Blicks oder eines Worts gewürdigt, nun aber von allen, Reichen wie Armen, hofiert wurde, ja, sie alle schmachteten nach ihm, als hätte man entdeckt, dass das Mädchen über kostbare Tugenden im Verborgenen verfüge oder die Zukunft lesen oder Wunder vollbringen könne. Und man hörte sagen, besonders nachdem das letzte Fährschiff, nämlich die Villa, übers Meer fuhr und sich vor der Stadt, die ihm ihren Namen gegeben hatte, selbst versenkte, dass hohe Tiere der Miliz und des Faschismus wegen der Insel, die ihnen unter den Fußsohlen brannte, wahre Verrücktheiten für dieses Mädchen begangen hätten: Man hörte sagen, dass sie sich auf die Küstenstrände stürzten, wo man Umgang hatte, und es gab welche, die, um es zu bekommen, ein dickes Portemonnaie zückten, und welche, die sich bereit zeigten, ein Grundstück herzuschenken oder ein Haus, und andere sogar eben die Luxuskarosse eines Fiat Balilla, in der er bis dorthin gekommen war und dessen Motor noch lief; und es gab welche, die ihre Ringe anboten, die sie an den Fingern trugen, und andere ihren Revolvergürtel mit Revolver. Und man hatte gehört, dass einige, um es zu haben, außer Geld und Juwelen sogar etwas anboten, über das man nachdenken musste, das musste sie teuer zu stehen kommen, den hohen Tieren der Miliz und des Faschismus, und das hieß Bescheidenheit und Demut, die Demütigung, sich hinzuknien und das Boot, das Boot zu erflehen. Und ohne viel Umschweife hatte man auch sagen hören, dass einige, die glühendsten, sich sogar dazu verstiegen, ihnen ihr Leben anzubieten, denn dort selbst, im Wasser oder am Meeresufer, was fast so ist, als würde man sagen: zu Füßen des Betts, auf dem Läufer dieses Mädchens, längst schon überzeugt, dass sie es niemals schaffen würden anzukommen, zogen sie den Revolver und erschossen sich auf der Stelle. Und man hatte sagen hören, dass sich diesen Luxus, auf ein Boot zu kommen, nur wenige und dann auch nur schlecht erlauben konnten: Die meisten kamen nicht einmal um den Preis ihres Lebens an. Doch Tatsache war, dass man dieses Mädchen, das in diesen Tagen ebenso beliebt wie es vernichtet worden war, nun mit keinem Preis mehr bezahlen konnte: weder ein völlig unversehrtes Boot, noch ein Floß aus Baumstämmen oder aus Bettplanken oder aus Schaufelblättern der Kaktusfeige. Weder mit dem Leben noch mit dem Tod.

»Habt Ihr Euch amüsiert über Euer entzaubertes Hörengesagtes?«, hatte der alte Strandvagabund ihn mit einem gewissen Spott in der Stimme gefragt, als er aufgehört hatte zu erzählen.

»Ich habe mich amüsiert, ja«, gab 'Ndrja ihm ebenso spöttisch zurück. »Da habt Ihr mirs ganz schön entzaubert, das Hörengesagte, wirklich ein fabelhaft schön Gehörtes, das lässt sich nicht leugnen …«

Und man konnte sich wirklich amüsieren. Wenn alles so gelaufen war, wie es dieses Hörengesagte darstellte, hatten auch die Polare I und Polare II, die Marta und die Santa Maria, ihre beiden Palamitaren, ihr Ontro und ihre Feluke, alle ihre kostbaren Habseligkeiten an Booten, die mehr als alle anderen Boote exponiert waren, dort, an den Meeren zwischen Skylla und Charybdis, unter Eisen und Feuer fatalerweise dieses barbarische Ende gefunden, und die Pellisquadre mussten mit nur einer Hand vorn und einer hinten bedeckt verblieben sein.

Doch inwieweit entsprach dieses Hörengesagte der Wahrheit? Wie sehr konnte man dem Hörengesagten vertrauen? Möglich war es ja, dass es sich anfangs nur um ein verlorenes Boot handelte, doch dann fügte jeder der Nachricht von Mund zu Mund sein eigenes Boot seinem eigenen Hörengesagten hinzu. Dieses Hörengesagte musste wirklich ein Lotterielos sein, da hatte er recht, der alte Strandvagabund. Wer weiß, wie oft er sich im Leben das Hörengesagte unter die Füße schieben musste, um einzig das Mitdenaugengesehene hochzuhalten, wer weiß, wie viele Sandburgen das Hörengesagte geschützt hatte, wo er dann nur mit seinem Mitdenaugengesehenen zurückschießen konnte. Es wurde deutlich, dass er so viel Verachtung für das Hörengesagte zeigte, dass er nicht einmal im Traum daran dachte, sich darauf zu stützen. Er hatte Welterfahrung, dieser alte Lumpenhund, die musste er aus eigener Erkenntnis haben, aus dem Wissen eines Strandvagabunden, er musste zur Kenntnis nehmen, dass er über die Dinge nachdachte und sie einander gegenüberstellte, Dinge, die ihm sagten, dass es für das Hörengesagte überhaupt kein Fundament gebe, und einer sich nur mit dem Mitdenaugengesehenen eine Orientierung verschaffen und überhaupt nur auf das eine oder auf das andere einlassen könne.

So befand er sich gemeinsam mit dem Alten auf der Seite des Mitdenaugengesehenen wider das Hörengesagte: Er stimmte mit ihm überein, dass die einzigen Anzeichen für ein Boot, gering zwar, aber sicher, die Abdrücke der

Schleifspuren und die Fußabdrücke waren. Jetzt mochte er glauben, dass jenes Hörengesagte weniger als das Gesagte und das Mitdenaugengesehene mehr als das Gesehene war.

Der Alte, der an seinen Lanzenstab gelehnt war, welcher ihn leicht überragte, blickte zu ihm, als würde er darauf warten, dass er die steinernen Nachdenklichkeiten eine nach der anderen zermahlt, die das Hörengesagte in ihm hinterlassen hatte. Er blickte allerdings auch zur Sonne, und so zusammengebündelt, wie er war, als stünde er im Begriff aufzubrechen, schien er nur darauf zu warten, dass die Sonne an einer bestimmten Stelle des Himmels unterginge, um sich auf den Weg zu machen.

Die Sonne war indessen mit ihren letzten Strahlen im Begriff, das Ufer dieses taureanischen Strands zu berühren, wo sie im Gespräch vertieft standen: ein Fast-noch-Matrose und ein Fast-schon-Soldat, die sich an einer Stelle dieses großen Meeresarms unterhielten, vor dem die Sonne unterging.

»Dann spuckt Ihr jetzt, spuckt Ihr doch auf diese Schleifspuren und Fußabdrücke …«, sagte der Alte schließlich zu ihm, und es war fast wie ein Kommentar.

»Wer spuckt denn darauf? Ihr habt doch gesagt, oder?, man soll sich das Hörengesagte anhören.«

Und dann redete der Alte weiter, wobei er die Allüre des erfahrenen Mannes beibehielt, auch die Allüre des Siegers, der nicht haushoch siegen will und sich dem Besiegten gegenüber großmütig zeigt:

»Doch jetzt vertraut dem hier Anwesenden, vertraut ihm, vertraut Euch ihm an, wenn er Euch sagt, lasst doch das elende Hörengesagte und richtet lieber jeden Gedanken, gründet Euch ganz und gar, will ich sagen, aufs Mitdenaugengesehene …«

Und hier entspannte sich sein Gesicht zu einer beinahe schon dünkelhaften Selbstgewissheit, er sah ihn an, als würde er zu ihm sagen: Was denn, Ihr wisst mit der Großartigkeit des Mitdenaugengesehenen noch nichts anzufangen? Dann hört jetzt zu, was ich Euch zu sagen habe. Und er sagte zu ihm:

»Kennt Ihr den Unterschied, der zwischen dem Hörengesagten und dem Mitdenaugengesehenen liegt? Das ist der gleiche, der, sagen wir mal, zwischen Nacht und Tag liegt. Und die Nacht, ich weiß nicht, ob Ihr das wisst, ist ein Weib und geschwätzig, wohingegen der Tag männlich ist, an die Wand pisst und Konkretes bringt …« Mit der Hand deutete er zur Sonne und berührte dann seine Stirn, so, als würde er den Hut ziehen. »Der Tag, er bringt die große Majestät der Sonne, und das bedeutet, dass das Konkrete, das Mitdenaugengesehene das Gleiche ist wie die Sonne. Und wenn dann das Mitdenaugengesehene Euch noch nach wenig aussieht, dann denkt daran, dass derjenige, welcher dicht bei der Sonne ist, sich aufwärmt: Die Sonne ist immer die Sonne, und ob man sie sieht oder nicht, Wärme beschert sie Euch allemal und eine Klarheit der Sicht ...«

Doch bevor sie dorthin gelangten oder dorthin zurückkehrten, zu diesen Schleifspuren und diesen feminotischen Fußabdrücken, fügte der Alte, möglicherweise um sie ihm noch schöner und noch kostbarer darzustellen, jetzt, wo er sicher war, dass er ihn dorthin bringen und mit der Nase darauf stoßen würde, von sich aus das eine und andere Hörengesagte hinzu, das jedoch von Art und Thema her feminotisch war, und er hütete sich wohl, es bei seinem Namen und Vornamen zu nennen. Ehrlich gesagt, lag es wesentlich näher am Gesehenen als am Gehörten, und zwar so sehr, wie die Boote von den Schleifspuren entfernt sein mochten, die diese Schleifspuren beim Wassergang oder bei der Wasserkehr hinterließen.

Denn dieses Hörengesagte schob sich vor das Mitdenaugengesehene wie die Ursache vor die Wirkung: Es entsprach dem Strandvagabunden derart nach Maß, dass es 'Ndrja auf der Stelle und noch lange Zeit nach einer schönen, aus dem Augenblick heraus entwickelten Erfindung des Alten roch. Bei seinem ganz eigenen Hörengesagten kielten die Boote sich in ihre Schleifspuren ein und die Feminotinnen traten in ihre eigenen Fußabdrücke, nur dass man die Boote sah und nicht sah, wohingegen man die Feminotinnen bis in ihr Intimes hineinsah, bis unter ihre Röcke, nackt, bis in ihr Bett, bis zwischen ihre Schenkel. Sollte ihm, 'Ndrja, da nicht der Verdacht kommen, dass es sich um frei erfundenes Hörengesagtes handelte, und dies zu seinem persönlichen Gebrauch?

»Ihr, mein sonniger Freund, müsst Euch vorstellen, Ihr seht ...«

So war es, wenn schon nicht wirklich gesehen, vorgestellt: gesehen mit den Augen des Verstands.

Der Alte begann damit, ihn sich vorstellen zu lassen, dass er die feminotischen Bootswitfrauen sah, und als Zeichen ihrer Witschaft zeigte er sie ihm, ganz nach seiner Manier, mit ihren stämmigen Hüften, die inzwischen von den unter den Röcken angelegten Salzrollen befreit waren, die ihre Hintern so bauschten.

Er sollte sich vorstellen, sagte er ihm, sie als Salzstatuen zu sehen, und wie denn sonst, wenn nicht so?, die sich dort zeigten, oberhalb ihres Hafens, nachdenkliche Statuen im Anblick des Meeres, des verlorenen salzreichen Sizilien, ihres teuer gesalzten Unglücks. Und dann sollte er sich vorstellen, wie sie sich verwandelten, von weißen Statuen in schwarze Panther mit durchdringendem, schrecklichem Blick, während sie der Vernichtung ihrer Boote beiwohnten.

Die Feminotin, Herrin und Frau auf den Fähren, hatte das Boot zuvor niemals gewürdigt, kommentarierte der alte Feminotaurus. Und natürlich musste es ihnen wie ein viel zu minjoniertes Mittel zur Überfahrt vorkommen, sobald sie sich an die hohe Zeit der Fähren erinnerten. Aber es musste justgenau in jenen Tagen gewesen sein, während der Schlachten und Kämpfe von Mittaugust, justgenau, als sie dieses Massaker miterleben mussten, dass das Boot in ihrer Vorstellung die Umrisse einer Rettungsschaluppe annahm: um Sizilien wieder einzunehmen und zurückzugewinnen, entweder diese Insel oder gar nichts, musste sie sich wohl sagen, besser das als nie wieder Salz, nie wieder Sizilien.

»Die Feminotin ist keine, die sich in ihr Schicksal fügt und die Hände umdreht, die Handfläche darbietet, den Handteller …«, kommentarierte der flammende Feminotaurus. »Eine andere würde sich ekeln, vom Filetstück des Schwertfischs zum Kopffleisch der Fere überzuwechseln, vom großen Fährboot zur Lanzitte. Eine andere schon, sie aber nicht. Wisst Ihr, wie sie denkt? Weglaufen ist eine Schande, rettet aber das Leben. So lautet ihre Regel. Eine großartige, eine herrliche Frau, das ist sie.«

Die war es, die er sich vor seinen Augen vorstellen musste, wenn es ums Boot ging, an diesen Stränden, an diesen Buchten und Felsen: im Visier amerikanischer Kanonen, hunderter und aberhunderter Feuermünder, die von Sizilien her schossen, und deren Feuer sich mit dem der germanesischen Kanonen kreuzte, und es gab eine Nacht, die zum ersten September, der ein langer, schreckenverbreitender Tag war, den tausende und abertausende Kanonen schufen, und alle Menschen, die in dieser Nacht in diesem Licht starben, wie es selbst zum Mittag nicht scheint, sahen zumindest, welchen Todes sie starben.

Sie überlegten hin und überlegten her, und Verlobte, Zauberinnen und Piratinnen hatten schließlich in dieser Tagnacht die Boote oder die in ihrer Umgebung verbliebenen Überreste zusammengerafft. Bei Nacht hatten sie sie durch die Haustüre getragen und sie, mit feinfühligen, schwieligen Händen arbeitend, Stück für Stück auseinandergenommen, Armaturen und Stege, Seitenwände und Bootsrumpf, sie lösten Kleber ab und zogen Nägel heraus, entfernten Pech und Abdichtungen, kurz gesagt: Sie trennten sie auf wie handgestrickte Strümpfe.

Die Bretter hatten sie dann unter das Bett geschichtet, gemeinsam mit ihrem Pech, mit ihrer Abdichtung, mit ihren Nägeln, vielleicht sogar mit ihrer geriebenen Mennige, kurz gesagt: bis zum letzten Splitter. Danach haben sie sich zum Schlafen auf ihnen ausgestreckt, der Länge lang, mit ihren Körpern hochgewachsener, fleischiger, anziehender Frauen, mit ihrer terrakottabraunen Haut von Zauberinnen. Und dort, als Wächterinnen über die zusammengepackten Boote, hatten sie im Feuer und in den Flammen des Kriegs ausgeharrt, der gerade erst mit seinen rauchenden Kanonen an ihren Türen vorbeizog.

Sie dort zu sehen, solle er sich vorstellen, sagte der Alte zu ihm, dabei die Augen zusammenkneifen, so, als würde er sie schärfen und auf diese ausgestreckt daliegenden prachtvollen Weiber werfen, sie dort in ihrer olympischen Ruhe sehen und bewundern, die sie in diesen Endzeitereignissen bewahrten, wie Unsterbliche, die keine Kanone jemals erreichen konnte: dort, fern und unerreichbar, auf dem Bett hinter der Türe, wie in Höhlen ohne Hall, wo sie ans Boot dachten, das sie ins Trockene gebracht hatten, sicher gelagert unter ihrem Hintern, und wo sie mit ihren Fingernägeln den Platz neben sich streichelten und herrichteten, als schleiften sie an den Haaren den Mann ins Haus, aufs Bett, ins anheimelnde Versteck ihres Körpers, an den Haaren, voller Wut, heraus aus diesem bastardischen Krieg ohne Liebe noch Salz, um den sie sich daher auch einen Dreck scherten.

Sah er sie, der Matrose? Bis dorthin sollte er sich vorstellen, sie zu sehen: wo man sie sah, Schmugglerinnen mit dem Boot im Trockenen, aber auch Frauen, Weibergestalten, Lektipheren von Natur, mannstrocken, die schlimmste Entbehrung aller Entbehrungen für sie.

»Ja, dort müsst Ihr sein für ein Boot. Und ein kräftiger junger Mann wie Ihr geht zu ihnen und bekommt ein Boot und alles, was er begehrt, von diesen Gefeierten, Hochgefeierten, die allesamt auf dem Trockenen sitzen, er weicht sie sich ein …«, sagte der Alte abschließend und kehrte wieder zu seinem anfänglichen Gesichtsausdruck zurück, mit der Allüre, dieses ganze Feuerspektakel für ihn gemacht zu haben, in seinem Interesse, und nicht zu seinem eigenen Vergnügen als Feminotaurus.

Innerlich lachte er lustlos. Das Boot konnte der Alte ganz sicher nicht zu den Dingen zählen, die er mit den Augen gesehen hatte, denn von Booten, die man mit den Händen auftrennen konnte wie einen gestrickten Strumpf, hatte man nicht nur nie etwas mit den Augen gesehen, sondern auch niemals etwas sagen hören. Die Feminotinnen mussten sie zusammengeklaubt haben, um sie als

Holz im heimischen Herd zu verbrennen, und man verstand, dass sie sie auseinandergenommen und zerstückelt haben mussten. Doch weshalb betrachtete er ihn so prüfend, den Alten? Wozu ihn enttäuschen, einen Alten, der sich als so glühender und überzeugter Feminotaurus zeigte? Ja, um ihm eine noch größere Genugtuung zu geben, fragte er ihn, wann sie angefangen hätten, die so aufgetrennten Boote wieder zusammenzubauen und ins Wasser zu setzen: Die Schleifspuren, die er gesehen hatte, waren die denn von der ersten Ausfahrt zurückgeblieben?

Zuerst verzog der Alte sein Gesicht und kicherte dabei geierhaft wegen dieser Frage, die ihm erzählt haben musste, wie sehr der Matrose sie, diese Prachtweiber, misskannte, und sagte dann zu ihm:

»Und Ihr haltet sie für so schlaffmatt? Vielmehr müsst Ihr euch vorstellen, dass sie so blitzschnell waren, dass sie, während der Krieg hier vorne noch herumtobte, die Boote Punkt für Punkt erneuerten, unverzüglich nach Sizilien übersetzten und mit Salz zurückkehrten, gerade noch rechtzeitig, dass sie ihm, dem Krieg, ganze Händevoll Salz zur Bannung auf den Schwanz streuen konnten, das heißt auf den Schwanz des germanesischen Drachens, der zurückwich.«

Eine Weile noch besang er das denkwürdige Unternehmen der Feminotinnen, so, als müsste er anschließend mit dem Teller herumgehen. Und wirklich, in seinem zunehmenden Eifer wurde er mehr und mehr zum Moritatensänger, der immer alles tragisch machte und pompöse Worte gebrauchte, als würden sie ihm vom Herzen kommen.

Er stellte die Szene mit dem taghellen Kanonenfeuer der Nacht zuvor zusammen. Die Sonnen explodierten bei Nacht, und die Sterne flammten am Tag, ihre unfassbare Helligkeit enthüllte die Städte aufgrund ihrer alten Trümmerhalden und der kalkweißen, rechteckigen Häuser, die sich zu beiden Seiten der Ufer aneinanderreihten und eine Art Grab für die Leute waren, die in Zeiten einer Pest oder einer Cholera wie Fliegen dahinstarben: gesunde Familien, die, in ihre Häuser verschlossen, starben, und so ließ man viel Kalk an Türen und Fenster schütten, danach wurden sie ringsum alle weiß angestrichen, um sie zu bezeichnen, zu bezeichnen, und das Haus verwandelte sich in eine Grabstätte.

Die Kalabrier weinten um die Sikuler, und die Sikuler weinten um die Kalabrier: Nie hätte man gedacht, dass man eingeigelt in diese Grabstätten an den Küstensäumen noch lebende Seelen finden würde. Nicht einmal die hartgesottenen, rauen Seelen der Feminotinnen hätten das gedacht. Der Krieg fällte auch die Feminotinnen, das war's, was man bereits sagen hörte. Auch sie wurden in diesen Krieg getrieben, sie, die uns den Blick erheiterten durch ihr ständiges Herumwandern. Schon sang man den Feminotinnen das Miserere, man hielt sie für tot und begraben, man dachte so nur aufgrund des trügerischen Hörengesagten, doch aufgrund von Hörengesagtem wird man die Feminotin niemals kennenlernen und niemals etwas über sie sagen können.

Und in der Tat begaben sich diese Feen, lebendig von der ersten bis zur letzten und durch und durch olympisch, kaum dass sich das Panorama vor ihnen gelichtet hatte, so, als hätten sie immer auf der Lauer gelegen, wenn Menschen und Boote sich aus ihren Bauten ins Freie begaben, die einen bereits mit schön geflochtenen Haaren, die anderen bereits alle gewitzt und frisch bemalt, aufs Wasser, als das Meer zwischen Skylla und Charybdis sich von Blut noch rötete oder von Naphtha in Flammen stand und hier wie dort mit den lakenweißen Wellen ganz bleich wirkte, durchsetzt mit Toten, Feinde mit Feinden, Schulter an Schulter und Wange an Wange, eingehakt wie alte Freunde: Jede neue Welle, die vom offenen Meer heranrollte, von Malta oder von den Inseln her, schien sich zu erschrecken, fing dann an zu toben, staute sich, zog sich zurück und floh wie eine verängstigte Nymphe. Die Welle selbst bekam es nämlich mit der Angst zu tun, als sie auf die Flammen, das Blut und auf tote Menschenleiber traf, die irgendwo abgedriftet gestorben waren, doch nicht die Feminotin, die Feminotin hielt auf Sizilien zu, mit angehobenem Fuß, so, als würde sie es bereits betreten.

»Nun aber, was wars denn, was wars denn?«, fragte sich der alte Feminotaurus zum Schein. »Was hatte denn am Ende all diese Eile zu bedeuten, auf Salzraff zu gehen, eine Eile, die nicht mal die Verletzung der eigenen Person und den Tod anderer in die Waagschale warf? Was wars denn, dass sie nach Sizilien eilten, über dieses Meer, das vom noch warmen Atem der gerade eben verstorbenen Christenmenschen dampfte, von den Atemzügen der Sterbenden, he, was wars denn? Das Salz, ja, nur dafür wars und für nichts sonst: etwa, ums zu verschieben? Etwa für die Schinderei und auch die überteuerten Preise, die sie aus den Leuten herausschlagen konnten, die durch die Entbehrung des Salzes Qualen litten? O nein, nicht doch. Tatsache war, dass mehr als irgendetwas sie selbst, sie in Person bei ihrer Lust auf Salz hinschmolzen. Die haben das Salz doch längst im Blut«, urteilte der Alte, sammelte alle Geheimnisse in seinen Augen auf und neigte sich, auf seinen Lanzenstab gestützt, zu ihm hinüber. »Die, das weiß doch jeder, wittern es wie Schnupftabak. Etwa, weil sie fad sind? Im Gegenteil, eben weil sie von kräftig würzigem Geschmack sind. Es scheint, dass sie selbst großen Gebrauch davon machen, aber kanns ihnen je genügen, wenn sies als Schönheitsgeheimnis haben und wünschen würden, in den Wolken zu leben? Habt Ihr nie von Frauen sagen hören, die für das Geheimnis ihrer Schönheit in Eselsmilch gebadet haben? Und sie, die Feminotin, hat stattdessen das Geheimnis, dass sie sich in Salz einpackt. Versteht Ihr jetzt, warum die Alte unter den Feminotinnen mit der Jungen konkurriert und ihr die Krone beinahe entreißt: den Oberkörper gespannt wie eine Spindel, die Haut glatt und samten, die Bewegung weich und gewandt? Sicher, eine Alte, aber nur sozusagen, denn behaltet es gut im Gedächtnis, die Feminotin altert nicht, irgendwann wird zwar auch sie sterben, aber altern, nein, das tut sie nicht, das kommt bei ihr nicht vor. Und sicher, wider Willen kommts bei ihr nicht vor … Wer, wer immer es auch sei, Alte oder Ohmahnin, heut oder morgen guckt sie sich einen Mann aus und vernarrt sich in ihn wie ein kleines Mädchen: Und wisst Ihr, was dann passiert? Es passiert, dass dieser Mann sie aus dem Salz zieht, ihr das Lustkämmerlein entstaubt, und sie wird wieder taufrisch, auch wenn sie achtzig ist, frisch und wendig in den Hüften, als wäre sie ein Fischlein, das auch nach Jahren im Salz wieder zu Bewusstsein kommt und glänzt, und es gibt Fischlein, sagt man, denen, wenn sie das Meer riechen, der Schwanz wieder anfängt zu zappeln, so, als würden sie wieder zu schwimmen anfangen. Oh, natürlich, dieser Mann, der sie erfrischt, muss kerngesund sein, muss hervorragend abgehärtet sein, einer, der vielleicht zerbricht, aber sich nicht beugt, weil die ihn sonst nicht achten. Jung vor allem, das muss er sein, jung vor allem, und dann auch schön, schön und durchtrieben, etwa so wie Ihr, das habt Ihr doch verstanden, oder? Der muss sein, dass er ihr Blut zum Wallen bringt, denn ein Alter erregt ihnen Abscheu. Mach dich davon, sagen die einem Alten, der sie anschaut. Sabbere nicht mit den Augen. Aber seht Ihr sie nur an, schöner Jüngling, Ihr, der mir gut bestückt zu sein scheint, kerngesund, hervorragend abgehärtet. Seht sie nur an, Alte wie Junge, macht diesen Versuch, und Ihr werdet sehen, wie die sich alle öffnen wie eine Muschel …«

So schloss er nach seinem Gutdünken dieses Salzwissen um die Feminotinnen ab. Zuerst waren sie Salzskulpturen, dann zerflossen sie vor Lust auf Salz, und dann noch und überhaupt legten sie sich ins Salz und stiegen aus dem Salz als Schönheitsmittel, wie dieser Feminotaurus meinte, und nicht wegen dem, worum es eigentlich ging und allgemein bekannt war, nämlich der Bezahlung der Maut und des Tagesverdiensts.

Zuerst hatte 'Ndrja sich gesagt: Da, hört ihn euch an, diesen abgehalfterten

Feminotaurus, hört ihn euch an, ob man sich da nicht hinter seinem Rücken über ihn lustig machen sollte. Doch am Ende hatte ihn etwas um diesen Alten wehmütig gemacht: Es hatte in seinen Augen gelegen und war zum Vorschein gekommen, als er aufgehört hatte zu reden. Es war ʻNdrja, als hätte er ein verstörtes, hilfloses Zittern in den Augen des Alten wahrgenommen, so, als würde dieser Geist des Augenblicks, den die Feminotinnen in ihm entfacht hatten, dieses wieder aufflackernde Leben aus ihm weichen und ihm in seinem Inneren auf noch viel unermesslichere Weise als vorher, wie zur Vernichtung, tief drinnen das Gefühl der Einsamkeit erneuern, das in seinem Herumvagabundieren über die Strände lag. Die Gestalt des Alten hatte vieles geteilt in diesem Augenblick am Ende des Tags, als ob die am Himmel untergehende Sonne auch dort unterginge, in seinen Augen, in ihm: wie ein Licht, das keine Wärme mehr hatte, wie eine Begierde, die erlosch, ohne aufzubegehren oder sich zu fügen, weil das der Lauf des Lebens war, die Bewegung der Natur. ʻNdrja hätte gesagt, dass sich so etwas wie ein Schatten auf den Alten legte und vom Alten aufstieg, und ein Hauch von Kälte berührte auch ihn.

Dieser Eindruck änderte sich nicht mehr in ihm, noch verging er, auch nicht in diesem Augenblick, als ein Tag vergangen war, und auch später nicht, in der Zukunft, glaubte er.

Der Alte schien sich darüber klarzuwerden, dass er den Faden seines Gedankengangs verloren oder ihn von selbst wiedergefunden hatte und ihm bis auf den Grund, bis zum anderen Ende gefolgt war, was das Gleiche war wie ihn zu verlieren oder ihn aufs Neue zu verlieren. Als er dann sprach, so, als wäre kein Eigeninteresse mehr im Spiel und als würde er diese Sätze nur der Form halber sprechen, sagte er, um ihre Unterredung zum Abschluss zu bringen:

»Doch, das Boot gibts, die Barke. Ihr aber, junger Mann mit einem guten Herzen, seid Ihr in der Lage, unter diese Throne von Hintern zu schauen? Ihr, Matrose von schöner Gestalt, wisst Ihr, wie Ihr die Richtung findet in all diesem Gebausch aus Salz, zwischen den Hüften dieser Gigantinnen?«

Diese Fragen waren keine, die eine Antwort erwarteten, zumal er schon seine eigenen hatte: Das waren sie vorher nicht, und erst recht jetzt nicht. Er forderte ihn noch einmal auf, die Feminotinnen zu besteigen, nicht die Barken: auf den Betten und nicht darunter, wo sie, wie er behauptete, die Barken verborgen hielten. Inzwischen jedoch forderte er ihn heraus, ohne noch seine großen Lippen zu runden und aufzuräufeln, wenn er von den Thronen der Hintern redete oder von den Schenkeln oder von diesem und jenem bei den Frauen, wie wenn diese Schlüpfrigkeiten ihm jetzt nur einfielen, um mit ihm, seinem sonnigen Freund, in der Sprache des Weiberhelden weiterzureden, mit der er sich ihm gleich vorgestellt hatte, und mit der er, überquellend von schäumender Jugend, bis dahin geredet hatte. Indessen redete er aber eine Sprache, die für ihn schon wieder tot war. Doch nicht nur diese, sondern alle Sprachen aller Gefühle und aller körperlichen Empfindungen schienen für ihn seit wenigen Augenblicken gestorben zu sein. Die Erinnerungen und die Wünsche, die über ihn hergefallen waren, entfernten sich von ihm wie die Sonne von der Erde, ihre Farben vermischten sich mit dem Schatten, ihre Schreie und ihr Gemurmel erstarben: Und erst jetzt, in diesem Vorgang, sah er in dem Alten jene fernen Strandvagabunden wiedererstehen, die mit gesenktem Blick der schwärzlichen, teerartigen Linie der Auswürfe des Meeres folgten, wie einer Linie der Stille und der toten, angelandeten Dinge, so, als verliefe diese Linie in der Tat längs eines isolierten Ufers, außerhalb der Welt, wo dieses Meer hier sich über seine gesamte Ausdehnung hin über sich selbst wölbte, als würde es dort enden und ein anderes unbekanntes, tiefes Meer, ein totes Meer mit Wassern wie Kristallen von dort seinen Anfang nehmen. Doch als solchen erkannte er ihn jetzt als jemanden von Welt, in dem so viel von dieser mit den Augen gesehenen Welt steckte, dass er sich längst irgendwie mit der Sonnenschwärze die Haut tätowiert haben konnte, dicht und unentzifferbar.

Es gab wirklich etwas an dieser Sonne zu dieser Stunde, sagte er sich wieder, das sich in dem Alten spiegelte, ihn nach ihrem Ebenbild zu gestalten und in den Sonnenuntergang hinabzuziehen schien.

So, als wollte der Alte ihm einen weiteren Beweis dafür liefern, blickte er wieder in die Sonne: Auch wenn sie nun nicht mehr blendete, legte er die Hand schirmend an die Stirn, um sie zu betrachten, und bei dieser Geste, die absolut lächerlich war, wenn man sie so sah, konnte man glauben, dass er vor ihr wie ein Soldat salutierte. 'Ndrja schoss es durch den Kopf, und man stelle sich vor, was für ein ausgefallener Gedanke das war, dass dies ein metaphorisches Zeichen der Gaunersprache zwischen dem Alten und der Sonne war, eine Art abendlicher Ritus, ein Zeichen des Danks, das der Alte ihr bei jedem Sonnenuntergang zuwarf, weil er diesen Tag noch gesehen hatte und hoffte, ihn auch morgen wieder zu sehen, und dass er ihn vielleicht auch morgens machte, bei Sonnenaufgang, weil er sie sah und für diesen Tag noch sehen würde, er aus seiner niederen versandeten Einsamkeit, die Sonne aus ihrer hohen, unermesslich weiten Einsamkeit aus flammender Luft.

Er stand auf dem Feld und salutierte seiner Großgeneralin am Ende einer weiteren täglichen Schlacht. Mit diesem Salut fühlte er sich als regulärer Soldat und kehrte aus vergangenem und gegenwärtigem Krieg heim: Soldat allerdings seines Lebens, der aus den in dessen Namen ausgetragenen Kriegen heimkehrte.

Die Sonne hatte sie mit ihrem kalten Todesschein erreicht. Von den Inseln her und noch weiter, von Gibraltar her, legte ihr dicht das Meer streifende Licht zum letzten Mal, ohne jedes Gewicht mehr noch Glanz, an diesem Ufer an und zog hinauf, wobei sie über Strand und Küste Dunkelheit breitete: Hinten, zwischen unvermittelten Serpentinen aus Weiß und Rot, aus Flammen, wuchs nach und nach der Schatten, als würden die letzten Strahlen sich von selbst in einem Wimpernschlag verzehren und zu Asche und Reisigkohle werden, die sich unter die Sandkörner mischten.

Mit gesenktem Kopf, das Kinn auf die Hände gestützt, mit denen er seinen Stab festhielt, blickte der Alte angestrengt dem Sonnenrad hinterher, das sich abwärtsdrehte, ins Meer, wobei es am Himmel eine rot leuchtende Wolkenspur zurückließ, als würde es aufgrund der Reibung die Luft dort in Brand setzen, wo es vorbeizog. Der Alte atmete halb, und halb seufzte er, ein Wiederseufzen, aufgewühlt, wie das des vom Schirokko heimgesuchten Meers, das sich mit der untergehenden Sonne immer weiter im Kommen und Gehen des leichten Seegangs beruhigte.

Es musste dies sein: Die Sonne, vor der er in Anbetung zu verharren schien, die Feminotinnen, die ihn möglicherweise noch in Unruhe hielten, der Schirokko von Morgen her, und er, in Person und Gestalt, mit weitgeöffneten und platten Nasenflügeln, die fleischigen Lippen bläulich gefärbt, die Augen schneeweiß unter den wie von Schlaf schweren Lidern mit wenigen Wimpern, die negride Färbung und der gekräuselte Bart, das gekräuselte Haar rundum, das alles zusammen musste es gewesen sein, das ihn dem Grifone ähnlich machte, dem maurischen Riesen, den man Mitte August in Messina zur Schau stellte, zusammen mit Mata, Riesin auch sie, sie aber von weißer Hautfärbung: Und wie ihm Mata in den Sinn gekommen war, die genau diese bewusste Peppinagaribalda für ihn heraufbeschworen hatte, so wurde jetzt auch Grifone durch die beeindruckend große Statue des Strandvagabunden für ihn heraufbeschworen.

Jedes Mal erinnerte er sich an Grifone und hörte die Stimme seines Vaters, der ihn an der Hand hielt, im Schatten der beiden Riesen, beide auf Paraderössern und so hoch, dass sie die Balkone der Häuser an diesem Platz berührten, der vor dem Hafen lag: Der Afrikaner zieht den Schirokko an, übermächtig zieht er ihn an, hast dus gemerkt, 'Ndrja?, sagte sein Vater zu ihm, und einen schönen dazu, vom Besten, von Morgen und von Abend her. Würden sie ihn uns doch ausleihen, stell dir vor, was für einen Dienst er uns erweisen könnte, geschützt im Angesicht des Meers beim Fischzug, in den vier Monaten ohne *R* oder auch nur in einem, stell dir vor, wie viele Schwertfische uns der Schirokko des Afrikaners herbeirufen würde.

Auch wenn es so aussehen konnte, dass sein Vater sich mit ihm, dem Buben, amüsierte, hatte er ihm doch geglaubt, denn es stimmte, dass man an diesem Tag Mitte August den Schirokko packen und in die Taschen stecken konnte: Und in Messina kann man im Übrigen sagen, dass sie sich von ihm nähren, morgens, mittags und abends, zu jeder Jahreszeit; und es stimmte auch, dass der Wind von Morgen und von Abend her der Naschzucker des Schwertfischs ist, sein Honig, sein Gallig, sein Gallhonig. Daher, wenn er sich später nur an Grifone erinnerte, schirokkte die Luft ringsum, auch wenn sie gar kein Schirokko von Morgen und von Abend her war, wie sie es jetzt in der Tat nicht war, dort, am Golfo dell'Aria, sondern irgendeine andere seiner vielen Arten.

Den Alten sah er jetzt wieder, als Grifone verkörpert, sich mitten in die Feminotinnen stürzen, mit jenem geierartigen Austeilen von Säbelhieben wie der maurische Riese, den nicht einmal ein ganzer Harem von Frauen mit gewöhnlicher Statur zu sättigen vermochte, und Grifone litt in der Tat viel, bis er endlich Mata fand, die ihm ebenbürtige Riesin. Wenn es keine Mata war, dann brauchte auch dieser alte Koloss zu seiner Zeit ein halbes Dutzend Feminotinnen, um seinen Hunger nach Frauen zu stillen, und ganz sicher nicht die Minjonetten vom Schlag der Cata, sondern derer wie Peppinagaribalda.

Die Sonne verschwand im Meer, und der Alte richtete sich auf, nahm den Rest des getrockneten Ferenbauchfleischs, löste mit den Zähnen einen Streifen ab und begann darauf herumzukauen, ohne ihn aber mit den Zähnen zu packen: Er kaute es, als wollte er das Blut herauspressen, und das getrocknete Bauchstück war noch so wabbelig, dass es roh schmecken musste. Konnte er ihm denn sagen: Esst es nicht jetzt, wo es noch roh ist, wartet ab, bis es getrocknet ist, konnte er ihm das sagen, wenn der jetzt hungrig war? Er konnte ihm nur sagen und sagte es ihm auch:

»Auf diese Weise werdet Ihr mit dem Salz nur höllischen Durst bekommen. Wartet doch wenigstens, bis ich Euch ein paar Limonen geholt habe.«

Da lief er über den Strand, suchte unter den Zitronenbäumen zwei oder drei angetrocknete Limonen unter den weniger angetrockneten aus und brachte sie dem Alten, der mit dem Bauchfleisch in den Händen zurückgeblieben war. Der Alte spaltete eine der Limonen zwischen seinen Zähnen, lutschte ein bisschen an ihr und machte sich dann wieder daran, das getrocknete Bauchfleisch zu kauen, wobei er diesen Streifen von oben nach unten lenkte, von innen nach außen, von den Zähnen zu den Lippen, als wäre es eine Mundharmonika, die er ohne Ton spielte. Als 'Ndrja schon beim bloßen Anblick eine Magenverstimmung heimsuchen wollte, warf der Alte endlich den Streifen weg, lutschte noch einmal an der Limone, warf auch sie weg und wiederholte, als er ihn erneut fest anblickte, dieses Ritornell:

»Ja, wegen dem Boot, da müsst Ihr bei diesen Frauen sein, diesen gefeierten und hochgefeierten …« Er schwellte die Brust und packte den Lanzenstab mit einer Hand, stellte ihn mit ausgestrecktem Arm von sich ab, als wäre er das Zepter des afrikanischen Königs Grifone, dann drehte er ihn auf die Seite des Bajonetts um, und jetzt sah dieser Stab wirklich aus wie eine Lanze. Er erinnerte ihn, der Gestalt nach, an einen abessinischen Ras, den er auf einem Foto zur Zeit des Afrika-Kriegs gesehen hatte. Als es den Italienern gelungen war, diesen Ras gefangenzunehmen, nachdem dieser ihnen viel zu schaffen gemacht hatte, war das Erste, was sie taten, dass sie die kühne tapfere Spitze seiner Lanze abhackten, und zur Schmach und Erinnerung an diese Schmach machten sie dieses Foto von ihm in dem Augenblick, da er seine Lanze mit der abgehackten Spitze ergriff.

Wenn er denn Soldat irgendeines Vaterlandes sein sollte, war dies das Einzige, das ihm, dem alten Unsoldaten, entsprach: Afrika, das tripolitanische von Grifone oder das abessinische des Ras. Und hinter diesem Gedanken schien er ihn in der dunkelnden Luft so anzusehen, als wäre der Alte in seinen Augen wirklich zu dem einen und auch zu dem anderen geworden, in der Haltung mit dem Zepter zu einem König und mit der Lanze zu einem Ras. In dieser Haltung, mit dem Schatten, der ihm rings auf seine Schultern fiel, auf das Überwurfmäntelchen, war er kein Alter mehr, der aus eigenem Antrieb über die Strände vagabundierte, sondern aus Notwendigkeit, wegen der unterschiedlichen Hautfarbe, die ihn aus der menschlichen Gemeinschaft vertrieb; und er vertrieb sich, indem er über die Strände vagabundierte, allerdings auch Krieg führte, denn er hielt seinen Hals nicht hin, er kämpfte, und dafür hatte er seine Lanze, und zum Zeichen dafür hatte er ihre Spitze abgeschlagen.

Dann, entweder, weil der Sonnenuntergang allzu schnell und zu stark war, als dass man ihm hätte folgen können, oder weil sie sich seit einiger Zeit in diesem falschen Licht abmühten, mit den Blicken den Strand ringsum abzusuchen und oben die Sandbucht, wie wenn sie auf der Suche nach etwas Bestimmtem wären, fingen seine Augen an zu tränen. Unerwartet, beinahe eigenständig, tropfte die Träne auf die Wimper wie das Tröpfeln eines fernen Weinens, das auch ihm verborgen blieb: In diesem Augenblick beschlug und verwässerte sich das Funkeln, das aus seinen Augen kam, fast, als wollte die Träne wieder in den Alten zurückfallen wie in eine kleine Porzellantasse, wo sie aufbewahrt würde, um noch einmal Verwendung zu finden, weil auch diese Quelle mit der Zeit in einem Alten versiegt, das Leben die Tränen nach und nach vergeudet, das Leben durch den Tod austrocknet.

Das aber waren keine Tränen des Weinens, der Alte schien sie nicht einmal zu spüren und wischte sie auch nicht weg. Es waren Augentränen, Tränen, die sich selber weinten.

»Ja, ich bin fast geneigt, hier zu übernachten«, brummelte der Alte, als hätte er sich seine Blicksuche zusammengerechnet, die er bis dahin noch fortführte.

Er nahm die Lanze und begann sich in der Umgebung zu bewegen, ein paar Schritte hierhin, andere dahin, er blieb stehen, und mit den Augen und der Lanzenspitze bewegte und betrachtete er den Sand, dann machte er wieder ein paar Schritte und blieb stehen, um eine andere Stelle zu betrachten, wie ein Hund, der schnuppernd den Ort sucht, wo er sein Geschäft erledigen kann.

Am Ende, nach langem hin und her Wandern, fand er die Stelle, die er suchte, fast an dem gleichen Punkt, wo sie sich einpurparliert hatten oder genauer gesagt, wo der Alte ihn einpurparliert hatte, nur wenige Meter vom Wasser entfernt, in einer Kuhle, fast zwischen Kleinkiesel und Sand, da, wo eben die Finanzpolizisten, wenn sie ihn gesehen hätten, glauben konnten, dass das Meer ihn dort ausgespuckt habe.

Dort stieß er die Lanze tief in den Sand, so, als hätte sie ihm als Zeltpflock dienen sollen, Waffe und Zeichen für die Nacht, die jetzt dort vorüberzog. Er begann, seine Sachen abzulegen: Überrest von getrocknetem Bauchfleisch, Mäntelchen, Wandertasche … Und hier, mit dem Ausdruck, ihn, wenn schon nicht zu verabschieden, so doch auch ihn nicht aufzuhalten, sagte er zu ihm:

»Geht, geht in der Gewissheit meiner Worte. Und erinnert Euch an sie.«

Schon das hatte ihn ziemlich überrascht, denn er glaubte, dass er und das Boot ihm längst entfallen wären, daher überraschte es ihn noch mehr, ihn eine Art Zusammenfassung des Gesehenen machen zu hören, des Ungesehenen und des Versehenen, wie wenn er ihm das Wesentliche davon ins Gedächtnis heften wollte.

Er erinnerte ihn an den großen Beinhaufen von Feren, der die Marina versperrte, weil dieser ihm, so machte er deutlich, als Hinweiszeichen dienen sollte, die Stelle auch bei Nacht zu finden.

»Doch kommt ja nicht tagsüber dort vorbei«, sagte er, »wagt es nicht hinzuschauen, denn so viel Knochenhelle blendet Euch. Und außerdem, glaubt Ihr denn, Ihr würdet die Feminotin tagsüber sehen? Sie ist doch keine Frau des Tages! Am Tag könnt Ihr von der nur träumen ...«

Er kam dann noch einmal auf die Schleifspuren und auf die Fußabdrücke zu sprechen und fügte wieder hinzu, dass er, weil er sie noch frisch im Morgenschimmer gesehen hatte, zu dem Urteil gekommen sei, die Feminotinnen wären vor etwa fünf Stunden hinausgefahren.

»Mehr oder weniger um Mitternacht«, erklärte er. »Ungefähr zu dieser Stunde, möglichst aber schon früher und nicht später, müsst Ihr Euch auf die Lauer legen und Ausschau halten ...«

Und hier zeigte sich wieder der Getreueste dieser Göttinnen, allerdings nicht mehr der besessene Feminotaurus, der ihn in seinem Namen und nach seinem Geschmack auf die Feminotinnen loslassen wollte: sondern nur ein Alter voller Bewunderung, ein diesen Göttinnen treu gesonnener Uralter, mit den schon auf den Lippen aufgeschäumten Zoten, allein nur deshalb gesagt und wieder gesagt, weil es nichts gab oder er nichts anderes fand, um sie darzustellen und zu besingen, sie um ihrer selbst willen, unbefangen, ohne sie in seinem Mund zu verspeisen, Speichel zu bilden und sie mit den Klauen zu greifen: mit Worten eben, die seiner Meinung nach überzeugter waren und überzeugender.

»Wenn Ihr für Euer Ziel in Sizilien anlegen wollt«, fuhr er fort und wägte jedes einzelne seiner Worte sehr genau, Worte gewogen und gesetzt, gewusst und gewürzt, wie gesprochen von Mund zu Ohr vom Strandvagabunden, wenn er allein mit sich herumzieht, »müsst Ihr Euch Folgendes ins Gedächtnis schreiben: dass sie Göttinnen sind, und wenn Ihr sie nicht als solche behandelt und nicht in anbetender Verehrung vor ihnen versinkt, werdet Ihr in Sizilien ohne ihre Gnade nie ankommen. Nehmt sie stattdessen, so wie sie sind, so tyrannisch das auch sein mag, verehrt sie auf die Art, die sie gewohnt sind, dann bringen sie Euch nach Sizilien hinüber mit Musik und Getön …«

Und dann hatte er ihm in allen Einzelheiten die Art und Weise erklärt, wie er in die anbetende Verehrung eintreten konnte:

»Bei frischer Tat müsst Ihr sie ertappen«, legte er ihm ans Herz. »Mit offener Verehrung.«

Dort, auf der Lauer am karkassenübersäten Meeresufer, in dem Augenblick, wo sie aufs Meer gehen, wenn sie auf einem Bein stehen, weil sie das andere schon ins Boot gestellt haben: Das war, seiner Meinung nach, der Augenblick, in dem er aus dem Dunkel der Nacht hervorstürmen musste, um sich auf ihr inneres Dunkel zu stürzen und mit Sinnen und Gefühlen tief in sie einzudringen, in Verehrung der einen, die er nach Wertung seiner Augen auserwählt hätte, der einen, die ihm dunkel, ganz dunkel als diejenige erscheinen würde, der er sein bestes Stück schenken wollte. Und war er erst einmal drinnen, musste er sich zu schaffen machen: Drinnen, ganz drinnen, das war das Werk dessen, der jugendlich war, und wer alt war, blieb außen vor, denn das war ein Werk, das ihn nichts mehr anging.

Hier nun hatte er ʻNdrjas Körper von oben bis unten immer wieder gemustert, dabei die Augen zusammengekniffen und sich ihm dicht genähert.

»Irre ich mich oder seid Ihr apathisch?«, fragte er und blickte ihm fest in die Augen, so, als wollte er darin die Wahrheit ablesen. »Denn wie kommt es, dass Eure Augen nicht lachen? Wenn Ihr wissen wollt, wie ich darüber denke, kommt Ihr mir nicht vor, als wärt Ihr verlockt durch dieses Vergnügen mit diesen Frauen, von dem ich Euch erzähle. Mir kommt Ihr vor wie ein Eisblock, wenn ichs frei heraus sagen soll. Doch sagt mir: Hat Euch im Krieg etwa ein großes Unheil getroffen?« Die letzten Worte sprach er langsam, ganz langsam aus, ernst, sehr ernst, runzelte dabei die Stirn und zog sich gleichzeitig zurück, fast so, als wären es die Worte selbst, die, während er sich äußerte, diesen furchtbaren Verdacht in ihm hätten aufkommen lassen. »Denn Ihr wärt ja nicht der Erste, der auf diese Art gezeichnet wurde. Heimtücke des Krieges ists, und es ist ja nicht so, dass es dem, den es getroffen hat, auf der Stirn geschrieben steht. Ihr aber könnt es mir ruhig sagen, Ihr kommt aus dem Kriege, wir leben doch alle unter dieser großen Himmelskuppel, jedem Unglück ausgesetzt. Heh, Euch hat doch wohl nicht dieses Elend getroffen, das ich zwar anspreche, nicht aber ausspreche, das Elend, Ihr wisst schon, bei dem vom Mann nur die Gestalt übrig bleibt, und ich demzufolge nur meine Zeit verlieren würde, mit

Euch über das Weib zu reden, vor allem, wenn dieses Weib eine Feminotin ist, heh?«

»Nein, seid ganz beruhigt«, antwortete ihm 'Ndrja. »Dieses Unglück, das Ihr meint, traf mich zum Glück nicht. Doch das sage ich nicht im Hinblick auf Eure Göttinnen, sondern nur so, von Mann zu Mann.«

Zwar antwortete er aufrichtig, wie der Alte ihn gebeten hatte, doch in seinem Inneren hielt er ein schallendes Lachen zurück, weil der Alte sich mit diesem Verdacht, seiner Ansicht nach, wohl ziemlich eng seinen Feminotinnen verwandt fühlte, haargenau und Wort für Wort wie Jacoma und ihre alte Helferin: auch wenn er keinen dichtbelaubten grünen Hain von Orangenbäumen im Rücken hatte, sondern nur ein Büschel vertrockneter ranziger Zitronen, und auch kein Biskuì von Minjonette wie Cata in diesem Hain war, sondern die eine oder andere raubeinige, kapotische Riesin vom Schlag dieser Peppinagaribalda, die der Alte immer wieder zu bevorzugen schien.

So, als würden dem Strandvagabunden die Augen nicht mehr ausreichen, um ihn zu sehen und in diesem Licht das an ihm zu erkennen, was ihm durch den Kopf ging, betastete er 'Ndrjas Schultern und schließlich seine Armmuskeln mit aller Feinfühligkeit, die ein grifonesker Riese wie er hineinzulegen vermochte, und richtete es mit beiden Händen so ein, dass 'Ndrja sich mit dem Gesicht dem letzten Aufflimmern der Sonne zuwandte:

»Der Krieg hat Euch also augenscheinlich nicht gezeichnet, Euch in keiner Weise verändert, Euch gesund und unversehrt gelassen ...«, hatte der Alte geschlossen, als wäre er über diese Tatsache leicht verwundert, denn seine Worte klangen so, als ob das, nämlich die Tatsache, dass er aus dem Krieg ganz unversehrt zurückkam, und zwar so unversehrt, wie er in den Krieg gezogen war, weder seiner Pfiffigkeit noch seinem Verdienst zugeschrieben werden könnte, sondern eher ein Zugeständnis, eine Gnade wäre, die der Krieg ihm gewährt hatte. Doch gleich kam er durch diesen Umstand wieder in Schwung. »Und weil ich sie eben kenne, wie ich sie kenne, diese Großgöttinnen, sage ich und wiederhole es, dass Ihr ihnen auf der Stelle gefallt, denn Ihr seid, sofern Ihrs nicht wisst, ein mannskräftiger Mann, gut zu gebrauchen und gleichzeitig schön anzusehen von Gestalt, und Euren Schlag, den trifft man selten, sehr selten, mit solchen Merkmalen, diesen muskulösen Typ und trotzdem schlank, äußerst schlank, kurzum diesen Typ von Mann, ders bringt, den Typ eben, den man als mannskräftigen Mann bezeichnet, und dieses Wort mussten ganz allein sie erfunden haben, sie, ja sie, diese Großgöttinnen, denn Ihr müsst wissen, dass sie so etwas wie eine Prüfung ganz eigener Art durchführen, und um ihn, den Mann, zu begutachten, ihn in seiner mannskräftigen Männlichkeit zu begutachten, zwicken sie ihm da hinein, in den Ziemer, und wenn es ihrer Meinung nach klingt wie die Saite einer Violine …«

»Was bedeutet das, dieser Ziemer, von dem Ihr redet?«, fragte er ihn, und nicht einfach so, sondern weil er das erste Mal von diesem Ziemer hatte reden hören. »Ist es vielleicht der Fortsatz der Wirbelsäule, der einigen hinten so herauswächst wie ein gestummelter Schwanz?«, fragte 'Ndrja noch, wie wenn er sich selbst antworten würde.

»Hinten? Wieso denn hinten? Vorne! Wovon reden wir denn sonst, was tun wir dann noch hier, wenn Ihr nicht begreift, dass es um das Dings da vorne geht und nicht da hinten? Habt Ihrs denn nie zugetragen bekommen, das Wort Ziemer? Aber das Gewicht da vorne, das habt Ihr schon getragen, oder? Und seinetwegen sage ich, dass Ihr ihnen gefallt. Gefallt? Sie werden Euch Lieder singen, erinnert Euch an das, was ich Euch sage. Und Ihr spielt ihnen auf, spielt ihnen auf, denn sie mögen die Musik sehr, welche die Hautflöte spielt, vor allem in dieser Zeit, wo der Krieg ihnen den Mann im Haus entriss. Spielt ihnen auf mit Gefühl, und Ihr werdet sehen, wie dankbar, wie ungeheuer dankbar sie sich erweisen, denn sie erinnern sich derer, die ihnen den Dienst erwiesen haben. Also kurzum, haben wir uns verstanden? Habt Ihr gut Eure Ohren geöffnet für das, was ich Euch gesagt habe?«

Der Alte musste glauben, dass er ihm ein ganzes Bündel von Unterweisungen geschnürt hatte, wie ein Vater für den Sohn, der auf Reisen geht und die Welt noch nicht kennt, oder wie ein Vater, der auf dem Sterbebett dem Sohn das eigentliche Geheimnis des Lebens anvertraut, sein Wissen, indem er ihm sagt, er solle bei gutem Bedürfnis guten Gebrauch davon machen und bei magerem Bedürfnis mageren Gebrauch.

Diese Unterweisungen hatte 'Ndrja im gleichen Augenblick vergessen, wie der Alte ihn an sie erinnerte: Sie erstarben an seinem Ohr wie Dinge, die in ebendiesen Worten totgeboren wurden, mit denen der Alte sie für ihn exhumierte, um sie ihm aufzufrischen und quicklebendig zu reichen. Jetzt aber, wo er mit einem Bein bereits auf dem weithin bekannten Küstenstreifen der Feminoten stand, fielen ihm die wild durcheinandergewirbelten Ansagen und Unsinnigkeiten des Alten wieder ein, als müsste er in diesem Augenblick tatsächlich Gebrauch von ihnen machen. Doch je mehr er nach einer Anleitung für ihren weit- oder enggefassten Gebrauch in ihnen suchte, nach einer Weise, sie in Erfahrung umzusetzen, umso mehr gelangte er zu der Überzeugung, dass der Alte sich zwischen Schaum und Schaumfluss ganz und gar in Dichtung aufgelöst hatte.

Gebrauch? Welchen Gebrauch denn? Mit seinem erfahren unerfahrenen Verstand redete der Alte über die feminotische Verehrung wie über einen Garten voller Schätze, über dem ein Zauber lag, welchen er lösen müsse, mit Türen und Gängen, die durch Schmeichel und Schwertstreiche, durch unwägbare Gefahren und Geheimnisse von nackten Frauengestalten geöffnet werden müssten, Frauen, die dem Anschein nach wie Drachen- und Schlangenweiber aussahen, die besiegt und enthüllt werden sollten: die Mameluckenworte, die er sagen musste, ohne sich zu vertun, und die Kraft- und Tapferkeitsproben, die er mit seiner natürlichen Waffe ablegen musste, sowohl das eine wie das andere, dann bald dieses und bald jenes … Er hatte ihm ans Herz gelegt, alles in seinem Kopf zu bewahren, sich nicht zu vertun, den Mund nicht aufzumachen, wo er sich einer Anstrengung aussetzen müsste, und es ihm in einem derartigen Fall schon wegen der Anstrengung geschehen könnte, etwas anderes zu öffnen: Noch dürfe er sich andererseits einer Anstrengung unterziehen, wo er hingegen nur ein Wort zu sagen brauche; und er hatte ihm zugehört, wie wenn er ihm wirklich etwas über einen Zauber erzählte, wo es sich aber um ein feminotisches Weib handelte, die, wenn ihr ein Mann gefällt, ihn greift und ihn packt, weil es sonst keine Flöten, keine jungen Kerle gibt, wie wunderbar gestählt auch immer, die in der Lage wären, diesen Zauber zu lösen. Daher, wenn er sich auf all dieses Blödelgeschwätz, auf all die Zauberregeln des Alten einließe, dann war es vielleicht besser, dass er gar nicht erst versuchte, von den Feminotinnen übergesetzt zu werden, sondern über diese Schleifspuren und Fußabdrücke hinwegzugehen, auch wenn es sie noch gab, auch wenn sie nie gewesen sind.

Unterdessen zog sich der Alte, ohne es deutlich zu zeigen, unter sein Luftzelt zurück, in seine Sandhöhle. Mit dem Mund und mit den Augen unterhielt er sich zwar noch mit ʻNdrja, mit dem Fuß aber ebnete er schon den Sand neben der Lanze und schnippte mit der großen Zehe die kleinen Steinchen aus seinem Bett.

Und dann zog er sich auch mit den Augen und mit dem Mund zurück. So, als hätte er ihn vergessen, blickte er um sich und wiederholte:

»Wo soll ich denn sonst hin? Ja, hier übernachte ich. Bei dieser ganzen Unterhaltung, die ich mit dem Matrosen hatte, ist es hier so heiß geworden, meiner Meinung nach, dass es mir fast vorkommt, als hätte ich eine Wohnung hier auf dem Sand und einen Freund zu Besuch gehabt. Ja, hier werde ich mein Strohlager richten, hier lege ich meinen Kopf auf das Geplauder wie auf ein Kissen und hörs mir noch mal an, mir noch mal an, während ich in den Schlaf sinke …«

Vielleicht war's ihm ja angenehm, dass 'Ndrja dies hörte, doch die Wahrheit war, dass er sich immer tiefer in sein nächtliches Zelt zwischen Sand und Luft zurückzog: Mit den großen Fußsohlen strich er auf dem Sand vor und zurück und vermaß Länge und Breite nach den Proportionen seines Körpers, als würde er die Maße für seine Beerdigung nehmen.

Dieses Sicheinigeln und Sichverschanzen für die Nacht schien, auch wenn noch eine gewisse Helle da war, inzwischen sein einziger Gedanke zu sein: Es war unangenehm, mit anzusehen, wie ein solches Bild von Mann, so statuengleich, so hautschwarz, so gelockt an Bart und Haar, so ein Grifone, so ein Ras und, mit einem Wort, so ein Soldat, bei Sonnenuntergang verdarb und verfaulte, wie er sich in den Sand einbuddelte und sich für die Nacht herrichtete wie für den Tod: mit der Nähe zum Wasser, der Uniform aus vielen Einzelteilen, wo jedes Heer das Seine finden konnte, mit dem Lanzenstab, der Erkennungsmarke, dem Überrest des noch irgendwie rohen Moschams, was, wenn man nur einen Augenblick über seine Herkunft nachdachte, die tödliche Herkunft der Fere Arm in Arm mit dem Hunger, in der Tat eher so war, wie wenn man als Toter denn als Lebendiger aß … Er hatte insgesamt eine entsprechende Ausrüstung mit falschen Angaben und falschem Namen, damit er für die Finanzpolizei von hier so aussah, wie die Ordnung es erforderte, aber auch für diejenigen, welche, nach dem, was er zu glauben meinte, die Strände drüben absuchten, und damit die Todeslinien überschreiten mussten.

Doch als er es längst schon nicht mehr erwartete, als es längst schien, dass er sich in seinen Gedanken allzu tief eingesponnen hätte, ganz abgesondert in seinen Vorbereitungen, um hier übernachtsterben zu können, richtete der Alte überraschenderweise noch einmal das Wort an ihn, und was 'Ndrja sich an diesem Punkt am wenigsten vorgestellt hätte, war, dass der Alte noch einmal auf die Feminotinnen zu sprechen kam, und er tat es, um so über sie zu reden, als würde er in ihnen wirklich Erscheinungsbilder von Drachen- und Schlangenweibern sehen, was, sofern man sich ihnen entgegenstellen wollte, viel Mut erforderte, um ihren Zauber zu brechen und sich der Schätze ihres Gartens göttinnengleicher Frauen zu erfreuen:

»Wenn deren Ruf Euch Angst macht und Ihr auch den Mut nicht habt, im

Gespräch beim Boot zu verweilen«, sagte er, ohne sie auch nur zu nennen, »dann macht einen weiten Bogen und richtet Euch ein, vorbeizugehen. Doch wenn Euch Mut und Beherztheit genügen, wenn Euch …«, und er betonte diesen Punkt ganz besonders, »wenn Euch Mut und Beherztheit ausreichen, sage ich Euch, der von Natur aus prächtig ausgestattet ist, dann hört mir zu, hört …«, und hier war es, als würde ihn wieder der bohrende Gedanke an Frauen packen, so, als würde dieser schäumende Feminotaurus wiederauftauchen und fordern, noch ein Wort durch den Mund des Strandvagabunden zu sagen: »Verpasst ihr eine meisterhafte, wilde Erregung, verpasst sie einer, die schon Meisterin ist, damit sie sich ein bisschen von all dem Salz entstaubt, verpasst sie ihr, damit Ihr eine Vorstellung bekommt und eines Tages erzählen könnt, verpasst sie ihr auch zum Vergnügen dessen, der hier zu Euch spricht … Kommt es Euch denn nicht wie eine Sünde vor, dass Ihr diese herrliche Gelegenheit wegwerft, wo Ihr doch aus dem Krieg kommt und da vorbeimüsst, ohne Euch eine feminotische Basis zu schaffen, die doch jeder gerne für sich hätte? Ja, wie denn? Ihr habt sie im Vorübergehen, in Reichweite, wie ein Gartenbäumchen voller Portoghallorangen, an dem einer vorbeigeht, die Hand hebt und die Portoghaller stiehlt, die er haben will, und Ihr stehlt Euch nicht mal ein Portoparadies dieser Art, einfach nur, um herauszufinden, ob der Ruf denn auch hält, was er verspricht? Ja, wollt Ihr etwa keine Erinnerung an die Feminotinnen mit nach Hause nehmen? Wozu ist der Krieg dann für Euch gut? Ist er denn ganz für Euch verloren? Und was wollt Ihr erzählen, wenn Ihr alt geworden seid? Dass Ihr Euren Arsch für den da hingehalten habt, für dieses Mussolinchen, meine ich? Geht nur, geht, Ihr, sonniger Freund, geht zu diesen Göttinnen, die unter dem Mann über ihn herrschen, geht nur und erledigt mit einem Schlag zwei Fliegen: die Barke für Eure Angelegenheiten und das Abfeuern des Geschützes, und falls es Euch nicht zusagt, dann tuts für mich und zu meinem Vergnügen. Und wisst Ihr, was Ihr Euch kurz vor dem Durchwalken sagen könnt? Sagt Euch, ganz zu Euch selbst: Dieses Decken des feminotischen Kalbes widme ich dem Alten, der heimatverloren über die Strände zog und den ich am Golfo dell'Aria getroffen habe. Geht nur, geht und versorgt Euch mit ein bisschen Kalbfleisch, hört auf den, der zu Euch spricht, nutzt die herrliche Gelegenheit, die sich Euch bietet und sich Euch nie wieder bieten wird, Euch, der Ihr lebend, gesund und unversehrt aus dem Krieg zurückkehrt … Geht nur, geht, und nach und nach werdet Ihrs mir schon sagen, nach und nach gebt Ihr mir Nachricht … Nach und nach, nach und nach …« Er wiederholte das Nach-

und-nach, wie eine leerlaufende Schallplatte, wie wenn er sich durch ständiges Wiederholen dazu überreden könnte, dass es zwischen ihnen beiden ein Später geben würde. »Nach und nach …«, und immer wiederholend: nach und nach, hatte er wie ein leerer Sack seine Beine eingeknickt und war mit ihnen auf den Sand gesunken, an der Stelle, die er für sich ausgesucht hatte und wo er mit dem Fuß, ohne auch nur darauf zu achten, so etwas wie Ränder mit trockenem Sand geschaffen hatte, die an den Seiten angehäufelt waren: Ans Kopfende des Lagers hatte er die Militärdecke gelegt, noch zusammengerollt, während das Mäntelchen weiter auf seiner Schulter lag. Er hatte begonnen, die Beinstulpen abzunehmen und sie aufzuwickeln, sobald er sie abgenommen hatte, ganz wie ein echter Soldat.

Auch dort, auch dabei hatte er immer wiederholt: Nach und nach, doch es schien, dass er das Nach-und-nach längst an sich selbst richtete, als würde er sich auf etwas beziehen, das ihm gehörte, jetzt, das ihm gehörte, und zwar in einer Weise, die ihm viel eher entsprach, wie sein Gepäck, Gepäck, das er immer bei sich trug, und das Nach-und-nach für ihn eine Anspielung auf die alte Übereinkunft war, die sich in seinem Innersten befand und zum Beispiel darin bestehen konnte, eine Verabredung mit sich selbst zu haben.

Zwischen seinen wulstigen Lippen kam von Zeit zu Zeit ein Nach-und-nach hervor, das kaum hörbar war, von dem man aber meinte, man könne es gewissermaßen sehen, denn es verbreiterte und rundete die Lippen und hauchte dann Silben heraus: nach-und-nach, tonlos fast, als würde es spielen und mit dem Atem Luftblasen formen.

Unterdessen starrte er aufs Meer: auf einen Punkt nur, doch so, als würde sich an diesem Punkt das ganze Meer in seinem Auge versammeln. Denn das Meer scheint wirklich ganz an jedem seiner Punkte zu sein, wenn man es so betrachtet, wie der Alte es in diesem Augenblick betrachtete, mit dem klaren, tiefen Auge, geschwollen von allen Tränen, die ein Auge zu füllen vermögen, mit dem Auge, das sie zurückhält und niemals zu vergießen vermag, geschwollen von allen Tränen, deren das menschliche Herz fähig ist, wenn es wirklich glücklich und wenn es wirklich unglücklich ist, wenn man nicht mehr genau weiß, was Glück und was Unglück ist, was das eine und was das andere, ob man glauben kann, sie durcheinandergewirbelt zu erfahren, zu empfinden und zu sehen, unentzifferbar in einem Aug, das auf einen Punkt auf dem Meer bei Sonnenuntergang starrt und vor Tränen anschwillt, anschwillt vom ganzen Meer der Tränen, auf das er blickt …

Wie Hund mit Herr. Das Aug des Strandvagabunden, groß, weißglupschig, gequält, erinnerungsoffen und ergeben, mit wenigen Wimpern, so, als hätte er fast alle über die Anstrengung und den Gebrauch verloren, den Sichtvermerk des Lebens zu prüfen und zu lesen, das Strandvagabundenauge und das Meer zwischen Sonne und Mond, aufgewühlt, vom Schirokko eines weiteren levantinischen Tags beherrscht, streichelten sich auf diese Weise: wie Herr und Hund, die sich so viel Gesellschaft geleistet haben, dass der eine inzwischen die Stelle des anderen einnehmen könnte, und in der Tat, so leben sie auch, bis für einen der beiden der Augenblick kommt, dem anderen Addio zu sagen, und wer dann geht, ist für immer Hundsherr und Herrshund, und der bleibt immer zurück.

So wenigstens schien es, wenn man den Strandvagabunden ansah, der aufs Meer blickte. Und in seiner Vorstellung war das, als hätte der Alte, der sich der Waffen und des Gepäcks entledigt hatte, auch das Wachsgesicht abgenommen, ein bisschen Maske, ein bisschen Visier, und es mit den anderen Dingen auf den Sand gelegt, und wäre mit seinem ursprünglichen Gesicht übrig geblieben, dem alten, blatternarbigen, das er hatte, bevor er sich ans Vagabundieren über die Strände gemacht hatte.

Er hatte sich in den Sonnenuntergang gesetzt, in diesen Augenblick der Wahrheit seines Lebens, denn für niemand mehr als für einen Strandvagabunden scheint der Sonnenuntergang nicht nur auf den Tag mit den kurzen Stunden zu fallen, sondern auf den langen Tag des Lebens. Und für den Strandvagabunden muss es jedes Mal sein, als würde er unmittelbar vor dem Tod stehen und sich an die erlebte Zeit erinnern und sein ganzes Leben wieder sehen, wie wenn das Meer es über ihn schüttete, Welle auf Welle, da, vor ihn hin auf den Strand, Jahre um Jahre, unter der peitschenden Gischt, was nur Augenblicke dauert. Und er hat niemanden, mit dem er darüber sprechen kann, und darin muss das Sterben des Strandvagabunden liegen: ausgelöscht aus der Welt wie seine eigenen Fußabdrücke, die das Meer wegleckt, auf Ewigkeit verloren in der donnernden Stille des Meeres. Und wenn ihm wie zum Abenteuer eben zu dieser Stunde eine Unterhaltung mit jemandem widerfährt, mit einem Matrosen zum Beispiel, spricht der Strandvagabund, er spricht über sein gelebtes Leben und auch über das nicht gelebte, nicht nur über das wirklich Mitdenaugengesehene, sondern auch über das in Gedanken vorgestellte: Um sich mit dem Leben zu verbinden, das er nicht gelebt hat, mischt er sogar die Karten neu auf, erfindet Göttinnen und Zauberkünste und wird zum Schwindler; er ist alt und gaukelt Dinge vor, die er nie kennengelernt hatte, wie ein rotznasiger Bengel von Dingen, die er noch gar nicht kannte. Kurzum, er macht sich zum Spitzbuben eines Lebens, das er nicht gelebt hat, so wie er sich zum Spitzbuben eines Todes macht, den er noch nicht gestorben ist.

Irgendwann machte der Alte mit den Lippen keine Zeichen mehr, die bedeuteten: so nach und nach … Er wandte den Blick vom Meer ab, und da war es, als hätten seine Augen in diesem Blick all ihr Licht verbraucht.

Wieder fing er an, die Beinstulpen ab- und zusammenzuwickeln und den Blick darauf zu richten, auf dieses Drehen und Winden der graugrünen Stulpe und der Hände um sein Bein, auch die Gestalt des Alten schien sich zu drehen, die Arme, der Kopf, der Oberkörper, die Beine, der ganze Mensch, und während er sich drehte, war es, als würde er bei jeder Drehung etwas mehr verschwinden, und bei jeder Drehung war es gleichzeitig so, als würde die Luft über dem Küstenstreifen immer etwas mehr dunkeln: Und wieder war's und noch mehr, als würde der alte Strandvagabund, wenn er sich drehte und sich mit seinen eigenen Händen drehte, sich auswickelte und das Bein freilegte, die Anziehung der Sonne in der Luft verspüren, ohne ihr widerstehen zu können, als würde auch er hinter der Sonne untergehen, doch auf der gegenüberliegenden Seite des Himmels, unter der Erde, im Sand.

Deshalb vielleicht und auch, weil es keine Worte des Abschieds gab: Doch wozu auch Abschiedsworte wechseln, wenn man sich andere Male Aufwiedersehen und Addio oft nur der Form halber sagt?, hatte er den Eindruck, als er sich wieder auf den Weg machte und außerhalb dieses taureanischen Küstenstreifens nach Süden ging und sich entfernte, dass der Alte, ohne sich zu regen, sich als Erster entfernt habe.

Er hatte noch ein paar Schritte gemacht, legte die erste Entfernung zwischen sich und den Alten, was bedeutete, dass der früheste Beginn des Vergessens einsetzte, und es kam ihm vor, als habe er bereits die ersten Worte im Kopf, in der Weise, wie er, ihn aus der Erinnerung verlierend, sich an ihn erinnern würde, wenn er erst einmal in Charybdis angekommen wäre: Ich traf, stellte er sich vor zu sagen, einen bedeutenden alten Soldaten, der so viele von diesen italienischen Kriegen mitgemacht hatte, dass er sich weder erinnern konnte, für wen noch gegen wen er sie gekämpft hatte. Er trieb sich am Golfo dell'Aria herum, und genau dort war's, dass ich diesen alten lebenserfahrenen Mann traf, der sich ganz auf das Mitdenaugengesehene verließ und gleichzeitig ein Verächter alles Hörengesagten war, und hinzugefügt sei auch, dass er ein alter und treuergebener Kenner der feminotischen Frau war und in der Lage, alles nur Erdenkliche über diese Tausendundeinnächtigen zu erzählen. Und genau dieser einfache Soldat wars, der sich auf sein Glück verließ, indem er über die Strände vagabundierte und mit den Augen wahrnahm, wo eine Frau in Sicht war, er wars, der mich zum Ort der Feminotinnen schickte und mir das Geheimnis des Boots eröffnete, er wars, der es mir auferlegte, ohne etwas zu verbergen, die Bereitwilligkeit dieser Frauen zu erlangen, um die Überfahrt von diesen Gefeierten, diesen Hochgefeierten zu bekommen …

Aber er hatte sich noch einmal umgedreht und zurückgeblickt. Der Alte hatte seine Stellung nicht im Geringsten verändert, er saß da, neben seiner wie ein Erkennungszeichen in den Sand gebohrten Lanze, ein Symbol vor dem Zelt: wie für immer da liegend in der Haltung des Soldaten, der marschiert und kämpft und pausiert und im entscheidenden Augenblick an einer Stelle ankommt. Er saß neben seinen Sachen, gleich hinter dem Ufer, wo das Meer, dessen Wellen schwächer geworden waren, sich in schäumenden Schleiern erschöpfte wie ein Hund, der auf seine Vorderläufe gesunken war, mit der Brust auf dem Boden und heraushängender, von Sabber tropfender Zunge: eine halbverschwommene menschliche Gestalt, grau, schon ins Schwarz färbend, auf diesem taureanischen Strandsaum, der inzwischen bis zu den Höhen der Bucht von Schatten bedeckt war, zwischen den Stämmen und trockenen Ästen der Zitronenhaine, in der traurigen Einsamkeit des Golfo dell'Aria. Er wickelte von seinen Waden die Beinstulpen ab und rollte sie zusammen, mit den Ellbogen berührte er die Säume des Mäntelchens, und dieses wiederum bewegte sich um seine Schultern; mit der Beinstulpe in der Hand hielt er inne, wandte seinen Blick aufs Meer, saß da im geiergleichen Profil, unbeweglich, nachdenklich, machte sich dann wieder ans Ab- und ans Zusammenwickeln des graugrünen Streifens der Beinstulpen, wie an einen Vorgang, den er längst blind konnte, und darin hatte dieser nachtende Soldatenumriss mit Mäntelchen, wenn man ihn aus einer gewissen Entfernung sah, viel von dem, was der spartanische, realistische Strandvagabund sich vornahm, sich als Toter vorzustellen, nämlich den Umriss eines Heimatlosen, eines loyalen, wackeren Soldaten, der je nach den Schicksalsschlägen seines Lebens kommt und geht, mal viele Gefährten hat, mal alleine ist, alt wird und eines Tages aufs Meer blickt.

»Moooses … Moooses …«

Zwischen den offenen und geschlossenen Felsengängen des feminotischen Vorgebirgs hatte Portempedocle ihn wieder und wieder Moses gerufen, ohne jemals aufzuhören, seit er in seiner Erinnerung zu dieser Art neuerlichen Nachsinnens über die katastrophalen Nachrichten zu Fährschiffen und Booten zurückgekehrt war, angefangen bei dem fabelhaften Hain mit den Orangen und Bergamotten, oben, in der Nähe von Praja.

In diesen wenigen Minuten war es, als hätte Portempedocle ihn gerufen, ihn während der gesamten Reise mit der Stimme verfolgt, bei Tag und bei Nacht, in Ortschaften, Buchten und auf Stränden, und als wäre der Ruf des Hautundknochenbündels zu ihm gedrungen, während er mit diesem oder jenem Strandvagabunden ein Gespräch führte, so dass er manchmal vergaß, dass er sich nur erinnerte und noch einmal nachsann, und den Eindruck hatte, dass seine Reise genau in diesem Augenblick stattfand und in der Tat auch auf diese Weise, wobei er immer im Blickfeld war und Portempedocle immer im gleichen Ton Moses, Moses zu rufen gezwungen war, unter der Fuchtel Boccadopas, der ihn Martyrien durchleiden ließ, weil er sich an seinem Arm festklammerte. Schrei nur, schrei, du Totenschädel. Lass deine Stimme zum Mund heraus, bei der heiligen Aita, sonst sorg ich dafür, dass sie dir zum Arsch rauskommt … So oder ähnlich musste Boccadopa ihn wohl hetzen, so oder ähnlich war seine Redeweise.

»Moooses … Moooses«, schrie der Arme. »Wo seid Ihr? Gebt mir doch ein Zeichen. Versteckt Euch nicht. Entschwindet mir nicht.«

Die Stimme dieses Hautundknochenbündels drang unterdessen nur noch verzweifelt nach außen, und manchmal entschlüpfte sie seinem Mund wie ein Wimmern, wie ein klagender Ton, der sich hier und da in den ausgehöhlten Felsen in vielen erstickten Atemzügen verlor. Das wenige, was von seiner Stimme übrig war, das hatte Boccadopa wohl aus ihm herausgepresst: Daher schien es, als er sie wiedergefunden hatte, dass diese Stimme in seinem Inneren weinte, wenn er sie wie einen Schmerzensschrei in die Nacht warf, wie ein Flehen.

»Moooses … Moooses … Entschwindet doch nicht … Gebt mir ein Zeichen. Gebt mir ein Zeichen … Moooses …«

Man hätte gesagt, er würde etwas von sich dazugeben, von seiner Überredung. Schön wärs, dachte er, wenn er auch ihn überreden könnte, dieses von allen Gefühlen und Empfindungen erregte Hautundknochenbündel: wieso nicht? Vor lauter Moses heut und Moses morgen, da, an der Meeresspitze, war es ja durchaus möglich, dass dieses Moses, das er da hinausschrie, auch ihm völlig natürlich kam, der, wenn er es hörte, nur mit Moses herumalberte. Das Denkbarste war natürlich, dass Boccadopa es mit seinen Mitteln der Überredung fertigbrachte, indem er ihn mit der Krücke bedrohte und ihm den Armmuskel umdrehte, ihm diese Intonation einer überzeugten Stimme zu geben. Ich schlag Euch mit der Krücke, ich spalte Euch den Schädel, ich schwing Euch die Fahne mit dieser Fahnenstange, ich lass Euch ehrenvoll auf dem Schlachtfeld fallen, so sahen seine Überredungskünste aus, sein üblicher Waffenschatz, sein Phrasenthesaurus …

»Gebt mir ein Zeichen … Ach, gebt mir doch ein Zeichen …«

Gewöhnlich hatte es den Anschein, als würde Boccadopa ihn kitzeln, denn bei jeder Verrücktheit und Anmaßung des Versehrten lachte er ihm ins Gesicht, mit diesen vier deutlich sichtbaren, abgebrochenen, grätendünnen Zähnen. In diesem Augenblick aber schien er ihm: Kommt mir zu Hilfe, kommt mir zu Hilfe, ganz im Ernst zuzurufen.

Doch welches Zeichen wollt Ihr eigentlich von mir, Ihr verschrobenes Hautundknochenbündel, welche Hilfe? Allenfalls wohl da hinkommen, den Tyrannisierenden beim verbleibenden Bein zu packen, ihn durch die Luft zu schwingen und ihn auf die Felsen im Meer zu werfen.

»Moooses … Moooses …«

Ja, du kleiner Wahnsinniger. Ich bin hier. Ich höre Euch, doch zu welchem Zweck sollte ich Euch zuhören?

»Gebt mir ein Zeichen … Ach, gebt mir doch ein Zeichen …«

Aber was für ein Zeichen willst du denn, du herzzerreißendes Christenmenschlein, du entstellte Gestalt des Menschengeschlechts? Ein Kreuzeszeichen, wollt Ihr das? Oder schwebt Euch das Zeichen des Moses vor, der für Boccadopa das Meer öffnet, damit Ihr nach Sizilien hinübergehen könnt, weil er Euch andernfalls im Nacken sitzt? Schwebt Euch vor, dass ich der echte Moses in Person bin? Bei Eurem Herumalbern, bei Eurem Gelächter schwebte Euch das am Ende vor? Und im Übrigen könnt Ihr Euch mit einem so verschrobenen Sinn, wie Ihr ihn habt, nicht nur Moses vorstellen, sondern auch den Gott, der nicht Gott ist. Oh, wär ich doch Moses, wär ichs doch … Wäre ich Moses, seht, würde ich mich hier im Vorteil befinden, bei dem zur Hälfte geteilten Meer. Es würde mir genügen, dass ich mich in Skylla hinstellte, gegenüber von Charybdis, das ist da, wo ich wohne, dort, gegenüber, auf der Grenzlinie der beiden Meere, und dort, mit dem Tyrrhenischen Meer auf der einen Seite und dem Jonischen Meer auf der anderen, immer das Gesicht voraus, bei den hochgepeitschten Schaumrössern zu beiden Seiten, würde ich die Linie trockenen Fußes entlanggehen, und wo immer ich auch herauskomme, komme ich nach Hause.

»Moooses … Moooses … Entschwindet doch nicht …«

Aber genau das muss ich, wollt Ihr das begreifen? Auch wenn ich Euch nicht entschwinde, kann ich Euch weder mit Rat noch mit Tat zur Seite stehen. Setzt doch, setzt den Fall, dass diese feminotischen Schmugglerinnen wirklich ein Boot haben und aufs Wasser gehen, dann könnte es auch geschehen, dass ihnen in ihrem exzentrischen Sinn die Flause kommt, mich zu bevorzugen: So könnte diese Flause ihnen nur kommen, wenn sie mich als Einen sehen, als einen Einzigen.

Unten sah er indessen die miteinander vermischte Schwärze von Himmel und Erde, und vor ihm, auf der geebneten Fläche, die weniger eingedunkelte Ansammlung der Häuser.

Hinter ihm explodierten schlagartig die Stimmen der Soldaten wie in einem Streit, ähnlich wie eine Handvoll bengalischer Feuer, die in die Dunkelheit geschossen wurden: Sie dauerten allerdings ebenso lange. Nur Portempedocle ließ sich hören, dieses Mal mit einer Neuheit, derentwegen möglicherweise dieser Aufruhr der Stimmen losgebrochen war:

»Moooses … Moooses … Ein Wort nur … ein Wort, ein halbes …«

Da seht Ihr, wie Ihr seid, Hautundknochenbündel. Sie sagen Euch, Ihr sollt ein Wort sagen, ein halbes, und Ihr sagt ein Wort, ein halbes. Sie zwingen Euch, ja, aber den Mut, ihnen zu sagen, sie könnten es sich ersparen, dieses Wort, auch ein halbes, den Mut habt Ihr nicht. Aber was habt Ihr ihm denn vorgeschwindelt, das würde ich gerne wissen, was habt Ihr ihm vorgeschwindelt, während Ihr für Euren Moses den sogenannten Mittelsmann gemacht habt? Habt Ihrs ihnen gesagt, was ich Euch gesagt habe: dass es weder Segler noch Transportschiff gibt, die an der Meeresspitze auf mich warten? Und das, was Ihr mir gesagt habt: Am Meer sprechen wir darüber, da werden wir sehen, da werden wir tun … habt Ihr ihnen das gesagt? Ich glaube nicht, denn was für ein ganzes oder auch halbes Wort sollten sie mit mir sonst reden wollen? Jetzt sind wir am Meer, an den skyllacharybdischen Meeren, und was gäbe es hier zu sehen, was gäbe es hier zu tun? Alles, worüber ich für die Überfahrt verfüge, sind zwei Schleifspuren und dazu, stellt Euch nur vor, was für eine Ergänzung!, zwei Fußabdrücke feminotischer Frauen. So gut wie sicher mit-den-Augen-gesehen, hatte der alte Strandvagabund zu mir gesagt, als er mir die Auskunft über das Boot gab. So sicher wie gut, das ist es, was ich mit Blick auf die Überfahrt glaube. Mit diesem wenigen und ohne etwas Mameluckenhaftes, um ihnen am Meer zu sagen: Öffne dich, und wie durch einen Zauber öffnet es sich, und wenn Moses der Moses wäre, würde auch er sich den Hintern versohlen. Schleifspuren: Das ist alles, wenn man mein ganzes Herumstreifen über die Strände genauer betrachtet und mein Purparleh mit dem Erstbesten, der mir unterkam, berufsmäßigen Strandvagabunden und Weibervolk, die auf dem Weg verlorengegangen waren, während Ihr Euch in dieses oder jenes Dorf gedrängt habt, für ein paar Schlucke hier und ein paar Bissen dort. Schleifspuren von Booten, heh, nehmt doch Platz, anderes hab ich nicht, mit der Mütze, die ich habe, grüße ich euch. Und ich muss dem Alten dankbar sein, den ich hier oben getroffen habe, noch vor Palmi, am Ende des Golfo dell'Aria: eine Art machtvollen Soldaten, der sich den weißen Bart hatte wachsen lassen vor lauter Herumkriegern und Strandvagabundieren, und er war der Einzige, der mir ein Mitdenaugengesehenes statt eines Hörengesagten gegeben hatte, der Einzige, der vor mir in diesen beiden Schleifspuren auf dem Sand das Boot hatte aufleuchten lassen. Aber wollt ihr euch auf zwei Kratzer im Sand verlassen? Viel besser würde man sich da auf die Fußabdrücke verlassen, was im Übrigen das war, was der alte Strandvagabund mir angeraten hatte: Denn ihr müsst wissen, dieses Mitdenaugengesehene stopfte der Alte so voll mit feminotischem Haupthaar und feminotischem Schamhaar, dass man damit ganze Matratzen ausstopfen könnte, und die beiden Schleifspuren da unten sah man nicht einmal mehr. Das, stelle ich mir vor, würde euren Boccadopa interessieren, diesen Petraliasottana und vielleicht auch noch diesen Montalbanodelicona, denn bei Cata, dieser Unschuldigen, dort, in dem Hain, machten sie auf mich den Eindruck von verbissenen Weiberhelden, Typen, die vor nichts zurückschrecken, wenn sie den Verstand für eine Frau verlieren. Sie wären die Richtigen, die vor den Feminotinnen in Verehrung versinken und auf den von mir erwähnten Matratzen schlafen würden, um sich dann ins Boot nehmen und auf weichen Kissen übersetzen zu lassen. Ihr werdet schon sehen, ihr werdet schon sehen, Hautundknochenbündel, dass die sich wie ein Fisch auf diese Fußabdrücke werfen werden, von den Fußabdrücken gelangen sie zu den Feminotinnen, die vor Manneslust brennen, walken sie von vorn und von hinten durch, und am

Ende werden sie übergesetzt, mit dem Wind von achtern. Ich dagegen, ich, Moses, versuche nicht einmal, mir die Feminotinnen geneigt zu machen, und schaue mit dem Fernrohr zum anderen Ufer. Ah, wie klug ihr diesen Moses ausgewählt habt … Ihr schreit Euch die Lungen aus dem Leib, um ihn anzurufen, und er, Moses, läuft Gefahr, mit einer Hand vorne und einer Hand hinten schamvoll bedeckt dazustehen.

Doch Portempedocle rief und rief:

»Moooses … Moooses …«

Hinten rein, steckt ihn euch doch hinten rein, du Hautundknochenbündel. Werdet ihr mir auch vom Meer noch zurufen, wenn ihr euch ins Boot gesetzt habt und ich an Land zurückbleibe?

Er war davon überzeugt und sagte es nicht nur einfach so dahin, dass sie sich ins Boot setzen würden: Er war davon überzeugt, und seine Überzeugung bestand darin, dass ein Männerschlag wie dieser Petraliasottana, ein Männerschlag, bei dem die Frauen immer frisch im Gehirn eingebrannt waren, der, wenn er die Feminotin mannstrocken vorfand, pfeifend auf Bootseignerinnen und auf Boote kam. Für ihn aber waren diese Männer da, und er übertrieb nicht, wirkliche und wahrhaftige Rätsel: Er hätte nicht gewusst, wie er mit diesen raubeinigen Weibern hätte umgehen, welche Worte sagen, welche Schritte unternehmen sollen. Er wäre daher zum Meeresufer gegangen und hätte auf eine Eingebung gewartet, auch wenn die Soldatenhorde, während er wartete, bereits auf dem Weg nach Sizilien wäre.

»Moooses … Moooses … Entschwindet doch nicht …«

Hinten rein, hinten rein, Hautundknochenbündel: du, Boccadopa und auch dieser Moses, nach dem du da rufst.

Ja, er stellte es sich genau vor: Boccadopa, in diesem Augenblick absolut fähig, ihm die Haut vom Leib zu reißen, weil dieses tyrannische Hinkebein, wenn er ihm mal Schläge mit der Krücke gab oder wenn er sie ihm mal versprach, und wenn's denn keine Schläge mit der Krücke waren, dann waren's Kneifereien in die Haut und ins Fleisch mit Daumen und Zeigefinger, dann waren's Brummeleien und Kopfnüsse, kurz gesagt Misshandlungen aller Art oder Drohungen wie die, und das war das Höchste, ihn das Grab ausheben zu lassen, dort, genau an der Stelle, wo er in diesem Augenblick den Fuß aufsetzte. Ja, er stellte es sich vor und hätte es sich auch noch weiter vorgestellt, und jedes Mal mit dem Antrieb, zu ihm zu gehen, ihn beim Brustwickel zu packen, dieses anmaßende Schwein, und ihm zu sagen: Respekt fordert Ihr, Ehrerbietung, Unterwürfigkeit von diesem armen Kerl, weil Ihr versehrt seid, so als wäre er gesund, der arme Kerl, in Wirklichkeit aber viel versehrter ist als Ihr. Aber was löste er damit? Was löste er für dieses arme Wesen damit?

Wir müssen uns trennen. Habt Ihr das verstanden, Hautundknochenbündel? Bis jetzt habe ich auf Euch gehört, ich habe mich in Eurem Blickfeld gehalten, ich habe mich dafür hergegeben, Euer Vermittler zu sein, sonst hätte Boccadopa Euch das Fell über die Ohren gezogen … Hier aber ziehe ich das Tau ein, wir trennen uns. Ginge es um Euch, würde ich sagen: Kommt, wenn ich übersetze, setzt auch Ihr über, andernfalls setze auch ich nicht über. Doch abgesehen von der Tatsache, dass ich mich auf nichts stütze, wenn ich Euch sage: Kommt, ich wills gar nicht ausdrücklich sagen, entweder halst Ihr euch Boccadopa auf, oder Ihr bleibt hier bei ihm. Und für den, weil er Euch schon lange im Nacken sitzt und Euch für sein Eigentum hält, für den besorgt Ihr die lästigsten Arbeiten, schlimmer als ein Adjutant, es ist, als wärt ihr noch bei den Sternchen, ihr Soldaten, und er bereits Hauptmann oder Major, euch geht wohl nicht durch euer verwirrtes Hirn, dass ihr inzwischen zivile Bürger in Zivil seid, und er euch das auch mit Kopfnüssen eintrichtern kann, und nicht nur er, sondern auch sein König in Person, Ihr aber, das versteht man nicht, habt entweder Angst vor Eurem eigenen Schatten oder aber Euer innerstes Wesen ist genauso, kurz gesagt: Ihr seid für die Unterwürfigkeit geschaffen, und so gebt Ihr kein Zeichen von Auflehnung, und eigentlich sieht es so aus, als würdet Ihr Gefallen daran finden.

»Moooses …«

Hinten rein, hinten rein, sag ich euch noch mal.

Unten, am Ausläufer des Vorgebirgs in die Ebene, war es wie auf dem Grund eines Brunnenschachts, zwischen enorm hohen Felswänden, in einer stockdunklen Finsternis; dann öffnete sich das Vorgebirge in einer bogenförmigen Biegung der Felsen, die Dunkelheit wurde weniger, und er befand sich im Freien. Seit einigen Augenblicken rief Portempedocle nicht mehr, und deshalb hoffte er, dass die Soldaten schnurstracks und still vorbeizogen.

In der Ortschaft der Feminotinnen hatte sich eine Art von Pestilenz verbreitet.

In der Dunkelheit zwischen den Häusern atmete man nämlich wie in einem engen Labyrinth, durchtränkt und verräuchert, diese Luft von kaltem und heißem Schweiß der Orte, die durch einen Kordon unzugänglich gemacht worden waren, weil sie von der Ansteckung heimgesucht wurden: die Dämpfe des Gebrodels, in dem der Kalk sich auflöst, die Räucherschwaden der Schwefelreste, das Lodern von aufgehäuften infizierten Sachen, und der von Morgen herüberatmende Schirokko, dieser windlose Wind, der die Krankheit so verhängnisvoll begleitet wie das Fieber die Malaria.

Kaum hatte er den offenen Platz betreten, drang der Gestank auch schon in seine Nase, er sprang ihm ins Gesicht und belegte seinen Atem so unversehens, dass er dachte, er wäre mit dem Fuß auf ihn getreten, als würde es sich um jene schwefelhaltigen Ausdünstungen handeln, die von unten heraufsteigen und so stinken wie Becken voll fauler Eier.

So wie er sich daran erinnerte, obwohl er nie dort war, sondern nur oft von der Meerseite her gesehen hatte, vermittelte die Ortschaft der Feminoten den Eindruck, als wäre sie vor allem eine grottenartige Ansammlung von wild durcheinander errichteter, ziegelbackofenförmiger Häuser mit vielzähligen, unterschiedlichen Ausprägungen, und allesamt sonderbar, überall verstreut, so, als wären die Häuser aus Kalk und Mörtel, aus Steinblöcken, Ziegeln und Sand eigentlich ein Werk der Natur, aus dem Fels geschleudert, Gesteinsschichtungen und Verschlüsse von Höhlen und Stollen.

Von dort her, von da unten, aus dem Inneren dieser Höhlen und Stollen, schien diese ekelerregende Flüssigkeit heraufzudampfen. Doch musste er auch offen gestehen, dass bei all den Nachrichten über die Verpestung durch Feren, die er von dem alten Soldaten erhalten hatte, die Fere beim ersten Brechreiz nicht zu erkennen war, seine Nase verschloss sich wie vor einer richtigen Pestböe.

Allerdings genügte es, dass er sich nur ein bisschen in dem Wasserdampf bewegte, der aus den Häusern drang, und gleich wusste er, dass die Ansteckung, von der der Ort der Feminoten heimgesucht und dessentwegen er innerhalb eines Sanitärkordons abgeschnitten worden war, keine Pest, Cholera oder Pocken, noch das Spanische Fieber oder Typhus war, sondern bitterster Hunger, Ferenhunger, eine Krankheit, die, wenn sie sich verbreitet, wie Gott es befiehlt, so ist wie alle anderen Krankheiten zusammengenommen.

Zuerst war da der Geruch nach totem Küken in seiner Schale und dieser andere nach verranzter Sardine auf dem Sand: Und dann, mehr und mehrundmehr verwildernd, kräuselte sich seine Nase und zog sich zusammen, und in diesem Augenblick war's, als würde er den Rauch einer Erinnerung einatmen, einen alten, üblen Geruch von Unheil in der Familie, einen Geruch von etwas, das zwischen den Wänden im Haus dampfte wie der Kessel, in dem man die Trauerkleider mit dem Teufelsschwarz der Marke Ìride färbte. Hinter Türen und Fenstern war es da, als würde er die Deckel hochheben und ihm beim Blick in die dampfenden Tiegel die Merkmale und der rechtmäßige Ferenname gedeutet werden. Nach jedem zweiten, dritten Schritt: Den vorderen Fuß aufgesetzt, den hinteren auf die Spitze gehoben, blieb er stehen und roch, wobei er es mehr oder weniger wie der junge Thun machte, der augenblicklich innehält mit seinem Schwimmen, und man sagen würde, dass ein plötzliches, unsichtbares Hindernis gegen seine Brust geschlagen wäre und er jetzt weder vor noch zurück kann, sondern dort bleibt und das Nahen der Fere wahrnimmt, sie mit weitaufgerissenen Augen erwartet und darüber schon zu sterben beginnt, während sein Todfeind sich noch weit von seinem Blick entfernt herumtreibt.

Sie waren alle da, hinter dem Sanitärkordon: Karonjen und Karkassen, die er unter der Sonne entlang der Küstensäume gesehen hatte, die bedenklichen Zeichen, die sie ihm mitzuteilen schienen, tote als lebendige, Ferengestank und Hungergestank, die durch die Luft zogen, Verseuchung und Befall, Manna und Minne, feminotische Weitsicht und Vorsicht des alten Strandvagabunden: All diese Vorzeichen fand er dicht an dicht eingeprägt am Meer zwischen Skylla und Charybdis, am Ende seiner Reise wie im unteren Teil einer Tasche, in ihrem Mutterbauch.

Die Zöpfe von getrocknetem Ferenbauchfleisch, die tagsüber Türen und Fenster heimsuchten, waren, nach dem Mitdenaugengesehenen des Alten, das er nun in keiner Weise mehr anzweifelte, der Teil des Kaltschweißigen innerhalb des Sanitärkordons, wohingegen der Teil des Hitzschweißigen, des Qualmigen und Brodelnden, die frische Fere war, welche die Feminotinnen in diesem Augenblick hautlösend garten, eine Brechreiz erregende Garung, die auf jeder Feuerstelle hinter einer Türe vor sich ging: enthauste Fere, behauster Hunger.

Sie garten sie nach Feinschmeckerart, was, zumindest den Worten nach, zumindest dem Aussehen nach, die weniger barbarische Zubereitungsart zu sein schien, sich dann aber, nach dem Geschmack im Mund, doch als furchtbar barbarisch erwies. Denn Folgendes ereignet sich: Anfangs, beim ersten Köcheln, tarnt sich die Fere noch einigermaßen in den irdenen Tiegeln, man könnte sie sogar mit Thun verwechseln oder mit Bonito oder anderem ähnlichen Fisch, sie duftet, sie umschmeichelt, sie lässt einem das Wasser im Mund zusammenlaufen. Doch damit hat sie noch nichts zu tun, es ist nur der Fettschaum, der über sie herstürmt mit seinen Zutaten von starken Aromen und Gewürzen: Zwiebel und Sellerie, in Salz eingelegte Oliven und Kapern, Tomate und Peperoni. Bei einem Aufkochen oder zweien hat sie noch nichts gegen das Garen, sie steht ganz unter den Zutaten, noch benommen vom Essig, in dem sie vorher zum Marinieren gelegen hatte, damit die ganze wilde Flüssigkeit aus dem Tierfleisch treten konnte. Doch je mehr sie gart, dringt sie wütend durch die Dämpfe des Tiegels nach draußen, sie weist alle Merkmale einer Rebellin auf und schwängert die Luft mit dem Gestank, der sich in einer großen Tollwütigkeit mit dem Essig verbündet und mit den Zutaten, die sie verändert und sich dienstbar gemacht hat. Es ist offensichtlich, dass der Essig, statt ihr die giftigsten Spitzen der Hörner zu nehmen, er sie ihr im Gegenteil sogar noch wie scharfe Klingen gewetzt hat, und der Strauß von Zutaten, die sie mit ihren glühenden Würzen und mit ihren durchdringenden leckeren Düften vernichten sollten, hatten sie nicht nur nicht im Geringsten eingedämmt, sondern sie noch verstärkt, sie hatten bei der Berührung mit ihr ihre Kraft verloren, hatten ihre echte ursprüngliche Essenz verändert und alles von ihr angenommen, von ihrem wilden, mit Sirup bestrichenen Geschmack, so, als wären Zwiebeln und Sellerie, Oliven und Kapern, Tomaten und Peperoni mit ihrem Kot als Lebendiger und mit ihrer Asche als Toter gedüngt worden.

Das passierte immer mit der nach Feinschmeckerart gewürzten Fere, doch die Feminotinnen, daran war nichts sonderbar, mochten sie genau so: verstärkt, sowohl in ihrem Eigengeschmack als auch durch den Geschmack der Feinschmeckerzutaten.

Sie hatten immer Gefallen an der Fere gefunden und auch am Blauhai, sogar in Friedenszeiten, in Zeiten, in denen es ihnen gutging: Damals schien es, als würden sie das essen, um mit dem Geschmack umzugehen und ihren Magen an diese Gifte zu gewöhnen, in der Absicht, nicht vergiftet zu sterben, wenn sie, früher oder später, es war nur eine Frage der Zeit, durch Kriege oder Hungersnöte gezwungen wären, um nicht hungers zu sterben, diese Gifte, dieses Gallige hinunterzuschlucken. Doch man konnte einen Eid darauf ablegen, dass diese Exzentrikerinnen die Fere an sich und überhaupt mochten, nicht, weil sie sich Schwielen schufen und als die Salomonischen, die sie waren, heute schon an morgen dachten, an schlechte Zeiten, die, bis an den Abgrund rasend, für die Ärmsten der Armen immer kommen: Auch dafür waren sie nämlich berühmt, nicht nur für den Salzraff, ohne dafür Wegezoll zu bezahlen, und für das Beherrschen des Mannes, ebenso wie für ihre leidenschaftliche Geschmacksvorliebe für das Gehirn und das Bauchfleisch von Feren.

Ihre Männer, schien es, fuhren eigens dafür hinaus, um ihren Frauen diese Lieblingsbissen zu beschaffen, fast, als wäre dies die Pflicht der Untertanen gegenüber ihren Königinnen. Und so strengten sie sich an, ihren Frauen nicht nachzustehen. Einfach gesagt, waren sie diejenigen, die sich in ihrem Wassergeviert, am helllichten Tag, den Mund mit Schwertfisch beruhigten, wenn das arme Tier sich noch in seinen Todesschmerzen wand, ihn dabei wie eine Melone in gleichmäßige Stücke aufschnitten, einen Fleischkeil an der Spitze der Harpune gehängt, aus dem noch das warme, dampfende Blut herausfloss. Für sie, vor allem für die berufsmäßigen Schwängerer, musste dies das gewinnbringend Schöne sein: wenn sie sich diesen letzten Lebenssaft, mit dem der unerschrockene Tölpel dem Tod noch widerstand, auf die Lippen tropfen ließen und so ihr Blut in Wallung brachten.

Doch auch den Ehemännern erregte die Fere keinen Ekel. Außerdem hätten sie sonst diesem Aufruhr von Weibern kaum die Stirn bieten können, denn aufgrund des Mangels an Austern und Langusten brauchten sie dringend diese starken steinharten Happen, um ihre Wirbelsäule zu sättigen und anschließend die Lenden ihrer Frauen.

Feminotinnen und Feren behandelten sich ihrem Charakter nach in allem gegenseitig, wie sie es verdienten, und vielleicht war ja auch etwas Wahres an dem, was Don Mimì Nastasi behauptete, nämlich dass sie miteinander verbunden wären und dasselbe Blut hätten, weil sie alle beide in schrittweiser Folge von den Sirenen abstammten. Erregte es also Verwunderung, wenn sie sich mit Nachsicht behandelten: Friss mich, dass ich dich fresse, Fleisch von meinem Fleische?

Doch das waren längst vergangene Zeiten. Jetzt, in diesem Augenblick, genügte ihm der Geruchssinn, um mit dem Mitdenaugengesehenen des versoldateten Alten darin übereinzustimmen, dass das hier nicht die Luft des einfachen Happens nach launischer Art war, sondern eher die Luft des freudigen Ferenhappens, mit anderen Worten, ein Essen mit dem Messer des Hungers am Hals, aus Liebe oder aus Zwang.

So sehr sie auch Göttinnen waren oder Zauberinnen und Piratinnen, nicht einmal die Feminotinnen konnten den Hunger gewisser Hungersnöte, den Hunger gewisser Kriege mit ihren Händen abwenden. Und wo immer es auch sein mag, auch dort, im Landstrich der Feminoten, wenn Ferenfleisch kocht und auf diese Weise kocht, in jedem Tiegel, dass die Haut sich abhäutet, kocht es vor allem symbolisch: Es kocht im Lab seines zermürbenden Tröpfelns, es kocht und vollzieht seine Weissagung.

Er streifte verloren durch das schwarze Gewirr der Durchgänge zwischen den Häusern, dabei vermochte er schwarze Luft nicht mehr von schwarzem Stein zu unterscheiden, ging auf Zehenspitzen, damit, einerseits, die Feminotinnen ihn nicht hörten, und er, andererseits, das Meer hörte: Er orientierte sich an dem Schwappen und Klatschen, das er bald verlor, bald aber wiederfand, in der Hoffnung, es auf der richtigen Seite zu erhaschen und aus dem Labyrinth der verstreut herumstehenden Häuser hinauszugelangen.

Dort drinnen trieben sich die Geräusche um und verbreiteten sich wie in Höhlen, auch ein Hustenanfall, ein geflüstertes Wort, ein Ja oder Nein, sogar das Verteilen der Glut und das Knistern des Holzes in den Feuerstellen drang von überallher an seine Ohren, als wäre er dort in jedem Haus anwesend. Draußen aber, auf den Gassen, gab es nicht das geringste Geräusch: Da war eine dumpfdumpfe Stille, voll schlimmer Vorbedeutung, so, als hätte man den durch den Sanitärkordon abgeschnittenen Ort ringsum eingemauert und mit Kalk ein großes Kreuzzeichen darüber angebracht.

Die Soldaten erreichten sein Ohr, als sie inzwischen tief ins Labyrinth eingedrungen sein mussten, denn zwischen dem Schleifen der Lumpenwickel an ihren Füßen hörte er Boccadopas Krücke so, als wäre sie hinter ihm, gedämpft wie eine unter Watte verborgene Entstellung. Früher oder später, dachte er, werden wir in diesem Dunkel aufeinanderprallen.

Für kurze Zeit jedoch hörte er sie nicht mehr, so, als würden sie ihren Atem anhalten, eingeschlossen im Dunkel, die Ohren gespitzt, für den Fall, dass irgendein Zeichen von Moses zu ihnen gelangen sollte. Als sie sich jedoch wieder bemerkbar machten, hörte er, wie sie über dem Feinschmeckerrauch lechzten, in tiefen Atemzügen und Seufzern der Gier: Sie atmeten den starken Würzgehalt ein und ahnten nichts von der Fere, die sich darunter verbarg.

Allmählich fingen sie wieder an, an die Türen zu klopfen und riefen gleichzeitig leise die Feminotinnen, so leise, als würden sie den Mund an das Holz legen: Signora, Signoruzza, freundliche Frau, barmherzige Familienmutter …

Die Feminotinnen ließen sie jedoch eine ganze Weile zappeln, blieben still in ihren verschlossenen Häusern, bis die Soldaten anfingen, Theater zu machen. Da setzte ein lärmendes Entriegeln ein, ein Umdrehen von Türschlüsseln, sie rissen an Türgriffen und Türstöcken, und als Erstes die, die Portempedocle anrief, weil das Hautundknochenbündel ganz aufgeregt sagte:

»Hier, Freunde, hier, hört ihr mich? Hierher, hierher, auf diese Seite hier … Hier, hier ist diese freundliche Signoruzza, die uns gehört hat …«

Boccadopa krückte schnell herbei, und die anderen beiden schlichen hinter ihm her.

»Mit dieser hier sättigen wir uns den Bauch samt Unterbauch«, sagte Petraliasottana geradezu schampanjerselig, als er die Feminotin sah.

»Pirdeu, pirdeu«, sagte die Feminotin da voller Empörung und auffahrend und rief: »Justinella? Vincenzina? Cristina? Habt ihrs gehört? Sogar die Flöhe haben Husten bekommen …«

Hier kam es zu einer Auseinandersetzung zwischen Boccadopa und Petraliasottana, denn mit dem noch gegerbten Fell von der Standpauke, die er sich in dem Garten eingehandelt hatte, war der Versehrte schlecht auf den Weiberhelden zu sprechen, der die Feminotin empörte und dabei riskierte, dass ihr Werk für das köstliche Gericht misslang und sie sich weder den Bauch mit Nahrung noch den Unterbauch mit Feminotin vollschlagen würden.

»Was für ein Qualm, was für ein Qualm …«, sagte Portempedocle, der vor Begierde verging. »Was kocht da nur Gutes in Eurem Tiegel, Signoruzza? Was ist das für ein Düftchen, das einem die Geister wiederbelebt?«

»Haltet das Maul, Ihr Lude«, befahl ihm Boccadopa gallig, der seinen Lockvogel für das büßen ließ, was er Petraliasottana nicht heimzahlen konnte.

Die anderen Türen gingen auf, vielleicht waren es diese Justinella, Vincenzina und Cristina, die Tür an Tür mit der Ersteren wohnen mussten. Die Feminotinnen tuschelten untereinander, und aus dem Getuschel, das sie schnell, wütig und verworren miteinander führten, mit pirdeu und focufocu, verstand man, dass sie für ihre Angelegenheiten, die nur ihnen bekannt waren, große Eile hatten, dieses Schauertheater mit den Soldaten zum Abschluss zu bringen, weshalb sie, jetzt mit summender Stimme, ihnen sagten, sie sollten rasch hereinkommen, diese Läuse des italienischen Heeres und Reichtum des Hauses.

Einen Augenblick, bevor man wieder die Riegel, die Türstöcke und die Türeisen hörte, fragte dieser Trottel von Portempedocle den Boccadopa, und man sah, dass dieser lästige Dienst ihm Freude machte:

»Und was machen wir mit Moses?«

»Sucht ihn«, forderte Boccadopa ihn auf. »Muss ich Euch denn immer alles sagen, Dreckskerl?«

»Aber lasst Ihr mich denn vorher nicht einen kleinen Happen zu mir nehmen, um meinen Magen ein bisschen abzustützen?«

»Ich stütz Euch Euren Kopf ab, wenn Ihr ihn nicht findet«, drohte Boccadopa ihm, um wieder einmal einen anderen Ton anzuschlagen. Und dann hörte man hinter diesen Worten eine Türe zuschlagen, und das musste der Versehrte gewesen sein, der sich zurückzog, um sein Feinschmeckermahl zu sich zu nehmen, wie es Petraliasottana und Montalbanodelicona bereits getan hatten, während sie das Hautundknochenbündel draußen stehen ließen.

»Oh, pirdeu, komm herein oder bleib draußen«, sagte dann die erste Feminotin noch halb in der Türe wartend, bis Portempedocle, der ein Hasen- und ein Löwenherz sein musste, sich endlich bequemen würde einzutreten oder in die Dunkelheit zu gehen, um nach Moses zu suchen.

Der Ton der Feminotin sprühte Funken von Nervosität, doch mehr als das musste es der Dampf der Feinschmeckerei gewesen sein, wenn Portempedocle sich entschloss, Boccadopa in den Wind zu schießen und einzutreten. Auch diese Türe wurde verriegelt, und über die dunklen, dünstenden Häuser kehrte wieder Stille ein.

Da machte er sich in dem tiefen Dunkel blindlings wieder auf und fand unerwartet, nach wenigen Schritten, schließlich eine Öffnung zum Meeresufer: Auf seiner Haut spürte er einen Lufthauch, die Dunkelheit vor ihm war frei von Häusern, und der Atem des Riesentieres, des Meeres, blies ihm ans Ohr und schlang sich um ihn wie ein dünner Faden, in unendlichen Umschlingungen von Speichelfäden, die versteinerten, wie die Fäden einer Muschel, die mit den Echos ihrer geheimnisvollen, unermesslichen Belebung kamen und gingen. So stellte er sich das Meer zwischen Skylla und Charybdis vor, mit einem sonderbar körperlichen Empfinden von Orientierungslosigkeit, so, als würde er nicht mehr wissen, wie und wo er war, oder als wäre er nicht mehr da, aufgrund irgendeines neuen, neuen und jedes Mal schlimmeren Erdbebens oder genauer: Erdseebebens, wo und wie er es in Erinnerung hatte, ein bestürzendes Riesentier, das mit seinem Atemstoß jede Finsternis, jeden Durchgang, jede Öffnung, jeden Spalt zwischen dieser Stelle dort und der Insel drüben besetzte.

Wie immer man es auch dreht und wendet, am Ende stehen wir doch wieder vor einem Meer, und um dahin zu gelangen, wohin wir auf dem Weg sind, müssen wir es überwinden. Was, Moses? Es gibt doch immer ein Rotes Meer, ein lebendiges und ein totes Meer, das sich vor dem auftut, der umherirrt auf der Suche nach einem Zuhause … Während er auf das Meer zuging, sah er sich ihm einfach so gegenüber, wie Portempedocle sagte, Donnerwetter, und er dachte, es konnte nicht das Fehlen eines Boots sein, dass er es sich mit Portempedocles Worten vorstellte, sondern die Dunkelheit, die es seinem Blick verbarg und es ihm unmöglich machte zu sehen, wie es in Wirklichkeit war.

Die Ansammlung der Häuser hörte mit einem klaren Schnitt über die gesamte Länge des Meeresufers auf: Vom Meer aus sah man auf dieser langen Mauer die Fenster und Fensterchen auf der Rückseite der Häuser. Hier unten, ein paar Meter tiefer, wie eine Schichtung der felsigen Ebene, begann der berühmte Strand mit schwarzem Sand, der eine weitere Sehenswürdigkeit der Feminotinnen war.

Wenn die Häuser davon sowohl innen wie außen einkadavert waren, war es gewissermaßen nur natürlich, dass das Meeresufer mit Ferenkarkassen übersät war, wie es das grundwahre Mitdenaugengesehene des versoldateten Alten gesagt hatte. Er brauchte sie nicht erst zu sehen, denn sobald er von der Strebemauer heruntergekommen war, stieß er mit den Füßen an einen großen Haufen von Knochen. Sie sprangen ihm auf die Schuhe, an die Knöchel und ritzten ihn auf wie Scherben: Er stocherte an ihren Enden, und sie schlugen gegen ihn, oder er bohrte die Spitze seiner Schuhe hinein, und sein Fuß war gefangen, als wären das alles Knochen und Zangen, lauter Kinnbacken dieses schnabelartigen Mauls.

Diese Knochen reagierten auf seine Füße wie die Feren selbst. Und dies hier waren nur Splitter, Bruchstücke der Karkassen, von Feren, die, wenn man sie schlachtete, sei's, weil sie widerstanden, sei's, weil die Feminotinnen ungeduldig geworden waren, an den Gelenken herausgesprungen und dann zerbrochen und zersplittert waren, so groß ist die Feinheit, so groß die Zerbrechlichkeit von Knöchlein, genauer gesagt von Knorpeln, die, man sollte es nicht glauben, ein Ferenskelett enthüllt, statt des stählernen Knochenbaus einer Fischbestie, den man eigentlich bei ihr vermuten würde: keine großen Stabgräten, sondern eine Art Gräte, die nur ein kleines bisschen robuster als die eines robusten Schwertfischs, Thuns, Bonitos oder Langflossenthuns war.

Der Knochenbau erklärt, dass sie nur Geist ist, ein böser Geist, aufgewachsen mit altem Verstand und im Grund ohne Alter des Körpers: der allerdings, leicht geschminkt und frisiert, pomadisiert und verzaubernd, mit diesem christenmenschlichen, hurenhaften Mandolinenhintern, mit dieser Schönheit, dieser

Eleganz, dieser wellengleichen Bewegung, die jede treue Christenseele gerne auch hätte. Und daher ist es der Knochenbau, der das Phänomen ihres Schwimmens erklärt, als würde sie luftigleicht durchs Wasser fliegen, ihres Schwimmflugs, der Wellen zerstiebt, Schaumrösser hervorpeitscht, wie schwebend auf den gehörnten Spitzen ihres Schwanzes verweilt, senkrecht, mit den Flippern schlägt wie mit zwei Patschhändchen, sich auflöst und sich zu einem S bildet und entbildet, sich nach hinten wirft und den Schwanz küsst und sich ganz nach ihrer Laune entmuschelt. Das erklärt den leichten, zierlichen Knochenbau, erklärt, was man erblickt, ihre entbeinten Phantastereien durch die Luft, die ihr die Sympathie derer einbringt, die zufällig dort vorbeikommen und sie sehen, und er erklärt auch das Wunder der Schnelligkeit, das sich aus dem Schwimmen entwickelt.

Geradeaus weitergehend, stieg er bis zum Ufer hinunter, wandte sich nach links und ging ungefähr fünfzig Meter über die Kiesel, dann blieb er dort stehen, wo er nichts Knochenweißes mehr sah, prüfte zur Sicherheit noch mit dem Fuß und setzte sich schließlich zwischen Steine und Sand hin. Vor ihm lag das gesamte Meeresufer, und nach und nach, so wie seine Augen sich an das Dunkel gewöhnten, entdeckte er, einen um den anderen, die weißlichen Flecken der verstreut herumliegenden Karkassen, Haufen und Häufchen von Knochen, die ein Licht verbreiteten, das kein Licht war, sondern etwas wie Mondglanz, bleich, ganz bleich.

Überall an der Marina lagen verstreut die Knochen herum, doch wo sie ganz besonders zahlreich waren, das war am Felsenriff, unterhalb der Häuser. Dort türmten sich die Karkassen in einer cremeartigen Anhäufung wie ein Stärkebrei zu großen Hügeln auf, die bis zu den Häusern reichten, und sie erstreckten sich, verzweigt wie die spitz zulaufenden, hell schimmernden Schaufelblätter der Kaktusfeigen, bis zu den Fenstern, so, als würden die Feminotinnen sie von dort aus auf den Abfallhaufen werfen. Ihm kam es vor, dass die Karkassen dort zum großen Teil unversehrt waren, auch wenn er das nicht beschwören mochte, weil er das wenige und Unsichere, das er erkennen konnte, nur erkannte, weil er sich nach dem Schimmer der Karkassen richtete, der in der Tat nichts weiter war als der blendende Schein, den der Gegensatz ihres hellen entfleischten Lichts vor dem Hintergrund der Doppelschwärze aus Sand und Luft im Auge hervorbrachte, wie ein kurzer, verschwommener Lichthof um jeden Knochenhaufen, ein phosphoreszierendes Gestäub.

Da sah er sich wie in einem großen Beinhaus der Feren. Beinhauf hatte der

Alte ihm gesagt und das vielleicht mit Beinhaus verwechselt. Ihm kam es vor, als wären diese Knochen nicht mehr die Abfälle des großen Entbeinens und Weichmachens, mit dem die Feminotinnen sich beschäftigten, sondern Karkassen von Friedhofsferen, und die Haufen unterhalb der Häuser stellten vielleicht jeweils ein Rudel dar oder viele Schulen oder eine ganze Kolonie: Vielleicht waren es Familien von Raïshäuptern, mächtige Rudel, deshalb waren sie behutet, aufgeschichtet auf diese ganz eigene Weise, wie um die eigenen Knochen als Statuen zu errichten.

Das sah ihm nicht nach Müllkippe der Feminotinnen aus, sondern nach großem Friedhof der Feren, auch wenn zwischen beidem kein Gegensatz bestand, sondern eher Identität. Eine so beeindruckende Anzahl von Ferenkarkassen so dicht beisammen verschlug ihm den Atem: Es war, als hätte eine vorher unbekannte verheerende Seuche sie alle hingerafft, ihre ganze Zahl, zwischen Gibraltar und der Meerenge bis zum Meer zwischen Skylla und Charybdis und von den Balearen bis zu den Inseln.

Er war natürlich nicht bei sich, wenn er von verheerender Seuche bei dieser Niederträchtigen, nicht zu Fangenden, beinahe schon Unsterblichen sprach: Man sah deutlich, dass der Krieg ihn ein bisschen, ein bisschen sehr zu einem anderen gemacht hatte. Das hier war alles Werk der Einbildung, anderes war es nicht: Er musste das Gefühl von Leichenfeier in Rechnung stellen, das die Karkassen mit ihrem von Zeit zu Zeit aufleuchtenden Glanz in ihm auslösten, und dann musste er sich den Ort vor Augen halten, an dem er sich befand, der Feminotin und des schwarzen Sands, auf dem er sich ausstreckte, halb eingesunken, mit seiner Nase so dicht dran, dass er den furchtbaren Geruch wahrnehmen konnte, den der Sand aussandte, wie dampfender Most und erkaltetes Verbranntes, ein Geruch, der Ekel erregte, gleichzeitig aber einen dazu brachte, ihn einzuatmen: ein Geruch, der ganz so war wie Vulkanisches, das Vulkanische eines erloschenen Vulkans, wenigstens so lange erloschen, bis er wieder ausbricht.

Den stärksten Eindruck, nämlich Massensterben, Knochenhalden, Friedhof und derartige Dinge, lieferte ihm aber diese Marina, wohin niemand von ihnen je den Fuß gesetzt hatte, und auch jetzt, auch wenn er in der schwarzen Nacht ausgebreitet darauf lag, war es noch so, als würde er sich daran erinnern, wie sie ihm erschienen war, als er vor ihm im Boot vorbeifuhr, ein sonderbarer Strand auf diesem eingefassten Weg aus Stein und Sand an den Riffen, ein barbarischer Anlegeplatz mit einem Lido von jäh abstürzenden Tiefen, ein Meeresufer, das wirkte, als wäre es mit aller Kraft und eigenhändig von diesen Großingenieurinnen angelegt worden.

Denn ein ausgesprochenes Rätsel war der schwarze Sand. Er war mehlfein wie vulkanischer Aschestaub, Asche von der gleichen Art wie der, wenn nicht gar derselben, die auf Vulcano aus dem Krater emporschießt und herabregnet und die ganze Insel ringsum schwärzt. Und diese Tausendundeinnächtigen, die alleine das Wie und Warum kannten, hatten es sicher geschafft, ihn von dieser Insel in Koffern, Säcken und Eimern, in Laderäumen und Elendsbooten und Kaikbäuchen herüberzubringen, und Koffer, Säcke und Eimer scheinen sie geleert zu haben, ohne darauf zu achten, den Sand gleichmäßig zu verteilen, weshalb der verräucherte Strand nicht die gleichgleiche Wellenbewegung der Dünen hatte, sondern mit vielen kegelförmigen Erhebungen übersät war, Häufchen mit schwärzendem Aschestaub wie Reste von Schwefelbrennöfen, Brocken von Schwefel- und Kalkgestein, und wegen des düsteren Zusammenspiels aus Schwefelmasse und Dämpfen, aus aufgeschichteten Scheiterhaufen.

Morgens, vor allem im Sommer, wenn die Sonne aufging und dort im Gegenlicht leuchtete, stiegen von den Schwefelbrennöfen durchsichtige Streifen Rauchs auf, so, als würden sie auf lindem Feuer garen. Doch war's vor allem zwischen Hochsonne und Sonnenuntergang, dass die Marina diese gleiche eigentümliche Wirkung großer Ascheurnen zeigte, einer Kühle des Herzens ähnlich, einer Wehmut, die die Felder der Cholerakranken ausströmten, die man teils auf Sizilien, teils in Kalabrien sieht, an bestimmten menschenleeren, wilden Ausläufern der Strandküste, auch wenn ihr Ufersaum für das Ablegen und Anlegen bequem waren, wo plötzlich nicht mehr das sonst überall hoch aufschießende Zuckerrohr mit seinem wogenden Grün erscheint, und wo man nur, flach auf die Erde gedrückt, das eine und andere verstaubte Gliedkrautbüschel bemerkt. Das ist eine Eigentümlichkeit, die man dem nicht erklären kann, der nicht weiß, dass ein paar Meter unter diesen Dünen Menschenknochen liegen, Bettgestelle, vielleicht sogar Boote, Harpunen und überhaupt alles Verseuchte und Verpestete, das unter den Kalksteinen und den Schwefelresten verschwindet, bis auf den Grund aufgelöst und verbrannt.

Die Felder der Cholerakranken sind tote Orte, aus alter Zeit und aus weniger alter Zeit, die Friedhöfe, zu denen sich die Dörfer verwandelten, wozu sie die Choleraepidemie von neunzehnhundertelf erhob, um nur die jüngste zu nennen, das heißt die, die eine Vorliebe für Frauen hatte, denn von Catania kommend, mit dem Dünkel des von Morgen wehenden Schirokkos infiziert, dezimierte sie in jedem zweiten Dorf Frauen und Töchter, Alte und Junge, Fräulein und Frauen, und es war, als wollte sie nicht einmal die Mutter verschonen, es war, als würde ihr barbarisches Ziel darin bestehen, die Frauen auszulöschen.

Die Marina im Feminotenland nahm sich zwischen Hochsonne und Sonnenuntergang diese Cholerafelder aus Grabhügel und Erdhügel, diese Marinen von quälender Wirkung, wenn man sie in ihrer langen Einsamkeit sah, in der sie daliegen wie ferne Gestade, als ob Tausende und Abertausende von Meilen Meer dazwischenlägen, denn kein Gestade ist ferner als das, an dem man nicht anlegt.

Ein Werk des Zaubers, der Zeit und des Ortes, genaugenommen. Die Fere war nicht von dem Schlag, die an verheerender Seuche stirbt: Wenn sie denn starb, starb sie an zu viel Lebenskraft, an zu viel unmäßigem Bauchvergnügen, sie starb, sie stirbt an Rhythmusstörungen bei der Verdauung, sie starb und stirbt, mit anderen Worten, an qualvollem Rülpsen.

Wenn man, allerdings selten, eine sieht, die ans Ufer gespült und ausgeweidet wurde, findet man sie mit vollem Bauch, dessen Fülle teils noch unzermahlen ist oder gar noch heil von Fischen, die sie gesund und unversehrt verschlungen hatte, sogar wenn's Bonitos waren und Langflossenthune, noch ganz so wie sie waren, dann kann man ohne weiteres feststellen, dass der Grund das Rülpsen war, das Erste natürlich, das, was das stinkende Azethylenfeuer der Verdauung entfacht, sei es, dass sie überhaupt keines hatte, sei es, dass sie zu viel davon hatte, denn wenn sie es bei dem Übermaß an Fisch nicht hatte, der ihr vom Bauch herauf aus dem Maul spülte und ihr fast zu den Augen herauskam, dann hielt ihr Herz nicht stand, und dessen Schlag verlief arhythmisch in der Erwartung des Rülpsens, das die Zermahlung auslöste, und wenn sie es stattdessen hatte, dann kam es als Katastrophe daher, zu ihrem Unglück, und sie verharrte trotzdem in dem veränderten Herzrhythmus, mit dem einzigen Unterschied, dass sie schlagartig den Rhythmus veränderte, wenn der in ihren Eingeweiden loslegte, ihren Bauch mit einer derartigen Überfülle von Fisch im Hals durchschüttelte, dass sie entweder erstickt oder erwürgt starb, einen anderen Ausweg gab es nicht. Das hing von der Menge von Sardinen oder von Seebarben oder Makrelen ab, die sie in sich hineingeschaufelt hatte und dabei mit ihrem Windmaul einsog, oder von dem einen oder anderen Kleinthun, der sich ihr nach einem Dutzend anderer im oberen Bauch widersetzte: Das hängt, anders gesagt, in aller Regel von dem Umstand ab, dass sie sich ohne jedes Maß noch Zurückhaltung vollschlägt, von dem Umstand, dass sie nicht wirklich aus Notwendigkeit frisst, sondern aus Laster.

Die Seltenen aber, die sterben, sterben daher, und es liegt nichts Falsches drin, wenn man sagt: an zu viel Leben, an zu viel Vergnügen. Sie sind die Ausnahme, die die Regel bestätigt, denn sind sie erst einmal tot, ist das eine Tatsache, die so weit außerhalb des Üblichen liegt, dass der Tod ihr Leben nie minderwertiger macht, sondern es im Vergleich als noch machtvoller verkündet; und fast möchte man sagen, dass auch das bisschen Sterben, das sie ringsum zeigen, ebenfalls zu ihrem Kalkül gehört und einer Absicht dienen muss, und diese Absicht besteht darin, ihren Ruf als beinahe Unsterbliche zu vergrößern.

Dies war das erste Arkan des Arkans, das man Fere nennt, das erste am Ausgangspunkt vieler anderer: Es war dieses nie Zusammenpassen von Geburt und Tod in ihrem Leben, dieses Konto, das niemals ausgeglichen wird.

Sie sahen sie, wenn sie eben geboren waren, manchmal sahen sie sogar, wie sie gerade geboren wurden, in dem Augenblick, wo sie aus dem Schoß der Mutter gelangen und als Kälbchen auf die Welt kommen. Wenn die Weibchen, die kurz vor dem Kalben standen, im Januar oder im Februar ein klein wenig verspätet auf die genau mit neun berechneten Monate waren, sofern man vom Mai an zählte, dem Monat, wo sie in dem vom Libeccio aus Südwesten und von der Tramontana, von den in Aufruhr rasenden Nord- und Südströmungen und von den Auswürfen der Strömungen aufgepeitschten Meer schwanger wurden, geschah es, zwar nur selten, aber es geschah, dass sie zu den Grotten der 'Ricchia kamen, um Schutz zu suchen, in die Gegend der Dünen oder in die Gegend des Landsporns, unterhalb der Felszacken und zwischen die Felskrümmungen oder sogar in ihnen, wenn die Brecher, die gegen die Grotten stürzten, auf sie klatschten und sie auf die Seite warfen und sie ständig bei ihrer delikaten Operation Leben störten, die manchmal mit dem Tod enden kann.

Wenn das geschah, musste man sich dieses Schauspiel ansehen, denn das war die einzige Gelegenheit, in der die Fere ernsthaft wurde: Selbst dieser Eindruck von einem dauernden Lächeln der Vieldeutigkeit und des Spotts schien von den schnabelförmigen Lippen zu verschwinden, und das halbgeschlossene Auge inmitten der anbrandenden Wellen und dem Zucken der kleinen, jetzt auf die Welt kommenden Fere zeigte Augenblicke von echtem, schrecklichem Schmerz, Trübungen und Gefunkel bei diesen heftigen Leidensstichen eines Geschöpfs.

Die Weibchen, die ein Kalb zur Welt brachten und dabei auf der rechten Seite lagen wie Schiffe, die an der Wasserlinie getroffen worden waren, schwammen zu den Grotten mit dem sich schon im hinteren Teil widerwillig anzeigenden Geschöpf, halb drinnen und halb draußen, am Schlitz unter dem Bauch, zur Fluke hin, wo sich ihre einzige Öffnung befindet, außer der großen des Mauls, und die dient ihnen zu allen Verrichtungen: Paarung, Werfung, Säugung und die Erledigung großer und kleiner Notdürfte. In den Wogen und Schaumrössern, die sie zu den Grotten trieben, bestand ihre einzige Sorge darin, ihren unteren Bauch vor den Sturzwellen zu schützen, mit jenem Bürstchen des Flukenendes, das ihnen aus dem Schlitz heraustrat und sich vor der Weiße des Bauchs mit seiner eben aus dem Schleier herausgetretenen blauen Haut, die in der Gischt bald leuchtete, bald wie Sahne wirkte, worin sie dem ständig wechselnden, glänzenden, duftigen Blau einer großen Pflaume verblüffend ähnelte.

Nicht immer, doch hin und wieder kam es vor, dass man sie buchstäblich auf die Welt kommen sah: eine einzige oder höchstens ein Paar, auch darin den Christenfrauen entsprechend, mit dem Unterschied, dass sie nie auf drei, vier oder mehr kamen, vielleicht, damit sie sich die Linie nicht ruinierten. Man sah sie in dem Augenblick, wo die Mutter presste und presste, deren Gesicht aussah, als hätten Sturzwellen es bespritzt, dabei war es der triefende Schweiß, und sie ein feines Röcheln von sich gab, über das die Menschen dort bei geschlossenen Augen gesagt hätten, sie würden wohl eher hinter der Türe eines Zimmers stehen, wo eine Christenmenschin kreißte, als auf dem Felsen der 'Ricchia und einer Fere bei der Geburt ihres Kalbs zuschauen.

Die Mutter lag dabei fast völlig auf dem Rücken, so, als würde diese letzte Anstrengung sie unten zerdrücken, und schleuderte dieses Hemmnis aus sich heraus; das Kälbchen schoss hervor, formte sich in der Luft zu einem S und tauchte gleich, schon mit offenen Diebsaugen, ins Wasser: Dort, nach einer irgendwie beeindruckenden Balgerei, bei der es mit der Mutter in einem einzigen Aufschäumen verschwamm, setzte es sich mit einem entschlossenen Ruck an demselben Schlitz fest, aus dem es herausgeschossen war, und saugte wie ein Neugeborenes an der Brust.

Das Kälbchen saugte, die Mutter schwamm, sie schwamm ihrer Wege und kehrte zurück, mit der einzigen Beschwernis, dass sie sich in einer dreiviertel Position befand, der Säugling quer dazu und vollkommen waagerecht, auch wenn er, nachdem er gesäugt worden war, ein Schläfchen machte, wie es bei jedem Jungen vorkommt, mit dem apfelfarbenen Schnabel an der Öffnung des unteren Bauchs, wo der milchige Saft rinnt, der so klebrig sein muss wie der von noch unreifen Feigen. Und dann sah man, nach einigen Monaten dieses Säugens, wie sie sich von selbst entwöhnten, wie sie der Mutter einen Tritt versetzten, das Wasser eroberten, aufschossen und sich dem schönen Leben hingaben.

Sie sahen sie zur Welt kommen, und von einigen konnten sie auch den Monat und den Tag nennen, denn es kam vor, dass hier die Christenmenschin entband und dort die Fere kalbte, und so kam es, dass manche Christenmenschen und manche Feren genau gleichaltrig waren: Und so, wie einige dieser Christenmenschen erzählten, die jetzt ein halbes Jahrhundert und darüber alt waren, wie sein Vater, wie Luigi Orioles, Arturo Palamara und Cosimino Currò, hatten sie sich als Bengel mit ihren gleichaltrigen Ferengeschwistern verabredet, um an der 'Ricchia miteinander zu spielen. So sahen sie einige nicht nur auf die Welt kommen, sondern verfolgten auch ihre Entwicklung und konnten mit dem Finger auf sie deuten und jede Einzelne beim Namen nennen, sie verfolgten auch ihren tückischen Erfolg, den alle in ihrem Leben hatten, begleiteten sie auf ihre schönen Unternehmungen, die jede Einzelne von ihnen auf ihrem Fleisch einkerbte: Doch wenn sie irgendwann einmal dreißig Jahre alt wurden und bevor sie ins einunddreißigste entkamen, verschwanden ihre Altersgleichen, die, die sie am besten kannten, regelmäßig wie ein Naturereignis, beinahe so, als wäre es der Höhepunkt ihres Lebens, erst noch sahen sie sie, und danach sahen sie sie nie wieder.

Bedeutete die Tatsache, dass sie verschwanden, gleichzeitig auch, dass sie mit mathematischer Sicherheit starben? Was wussten sie denn, ob sie verschwanden, weil sie starben, oder weil sie sich aufmachten, sich zu einem festgesetzten Zeitpunkt aufmachten, so wie Aale und Schwertfische sich aufmachen? Hatten sie denn je mit eigenen Augen einen Kadaver oder eine Karkasse von dreißig Jahren gesehen?

Dies war, dies ist das letzte Geheimnis dieses sphinxgleichen Grimassengesichts, das letzte und doch auch das erste. Wohin zogen sie, wo enden sie, die dreißigjährigen Feren? Welches Ende erwartete sie, welches Ende erwartet sie? Wohin brachen sie auf, brechen sie auf? Auf welche Weise verschwanden sie, verschwinden sie? Gab es, gibt es welche, die an Alter starben und sterben, wie es Christenmenschen gab und gibt, die an Alter starben und sterben? Und wenn es sie nicht gab, nicht gibt, warum mussten sie sich ausgerechnet da und darin von den Christenmenschen unterscheiden?

Das Arkan ihres Todes war möglicherweise an sich nicht wichtig, in Wirklichkeit verursachte es bei ihnen keine Störung, keine Verwirrung, doch weil es sich zeigte und zeigt, dieses klare und dunkle Arkan ihres Lebens, vervollständigte und vervollständigt er das schwierige, das unbekannte Bild: das Bild, an dem sie dreißig Jahre lang malten und immer wieder malten, und am Ende setzen sie mit einem flatternden Schnörkel ihre Unterschrift darunter, mit einem Parabelzeichen, symbolisch und real, unentzifferbar und furchteinflößend. Wenn's denn der Tod war, würde sich der Kreis schließen: Leben, Tod und Wundertaten. Ist's aber Tod? Oder ist's ewiges Leben, Wunder aller Wundertaten?

Es ist das genaue Gegenteil des anderen Arkans, nämlich der Eier des Aals, die kein Mysterium des Todes, sondern eines des Lebens sind.

Dies aber war ein Arkan für sie und war es auch wieder nicht, zumal sie den Aal nur selten sehen, sie fischen ihn als frisch Geschlüpftes, das heißt als Säugling, als Cicirella, als glänzendes, wendiges Fischlein, das den allerersten Fisch darstellt, aus dem sich später der eigentliche Aal entwickelt: Cicirella … doch vom Cìciro, von der Kichererbse, hat er nur die Dicke, wohingegen seine Länge der eines Fingers entspricht. Manchmal, aufgrund einer stürmischen Ursache wie einer Wasserhose oder eines Erd- oder Seebebens, das sie aus den Abgründen nach oben sprudelt, treibt die Cicirella in großen Silberschwärmen an der Oberfläche, und dann reichen weder Schleppnetz noch kleinmaschiges Netz, um sie alle zu heben.

Dieses Arkan der Aaleier, die sie zuerst nicht beachtet hatten, wurde ihnen von dem alten Professore aus Messina enthüllt. Dieser Professore war siebzig Jahre alt und tat seit fünfzig Jahren nichts anderes, als Fische zu erforschen: Wie sie sie fingen, so erforschte er sie. Er wusste alles und jedes über die Fische, von denen die Pellisquadre, auch wenn sie ihre Hand mit im Spiel hatten, nicht einmal träumen konnten, selbst wenn ihnen alles Weitere, was der Professore wusste, bei ihrer praktischen Tätigkeit absolut nichts geholfen hätte: Fingen sie etwa auf bequemere oder ertragreichere Art, wenn sie wussten, dass der Zackenbarsch rings um seinen zehn Zentimeter langen Körper alle Farben des Regenbogens versammelte, dazu die Halbtöne und sämtliche Schattierungen?

Der Professore allerdings würde all sein Wissen hingegeben haben, das er über jede Fischart angesammelt hatte, wenn er dafür etwas über die Eier des

Aals in Erfahrung hätte bringen können. Fünfzig Jahre waren es, die er hinter dieser Frage her war, fünfzig Jahre, in denen er, während er beispielsweise den Grund erforschte, warum die Muräne nicht lebt, wenn sie die Sonne nicht auf ihrer Haut spürt, immer die Eier des Aals im Kopf hatte. Jede Eierdolde, jeder Korallenzweig, jedes Büschel Algen, die von Myriaden Eiern bebröselt waren und wie riesenhafte Fruchtknoten aussahen, die man auf dem noch dunkelnächtigen Meer aufglänzen sieht wie phosphoreszierendes Haar, auch wenn sie ihn eine Unmenge davon finden ließen, so brachte er auch einen Sack voll, auch wenn er ihn sich auf die Schultern laden musste, jedes Mal wie einen Schatz nach Messina. Dann betrachtete er mit einem Vergrößerungsglas alle diese Eier, eins ums andere, Myriaden und Abermyriaden in fünfzig Jahren, um zu sehen, ob er sie kannte, und in der Tat kannte und erkannte er sie alle; und wenn er ein ihm unbekanntes fand, da sprang ihm vor lauter Aufregung das Herz in den Hals, er legte das Ei in eine Schüssel mit Salzwasser, das wie ein kleines Meer war, und wartete darauf, dass der Fisch zum Vorschein kam: Doch was sich da zeigte, war immer irgendeine Scheusalsart dieser lächerlichen ozeanischen Fische, die ihr blindes geheimnisvolles Leben in den finsteren Tiefen des skyllacharybdischen Meers zubringen, Tiefen von vier, manchmal gar von fünf Meilen, denn da unten ist noch der Ozean, der Ozean war und nicht mehr ist, auch in den oberen, sonnigen Schichten nicht, der Ozean nämlich, der immer ist, welcher er oberhalb und unterhalb draußen vor Gibraltar ist.

Und während er sich mit Sorgen trug, und wiewohl sich besorgend, auch immer wieder hoffte und sein Augenlicht wegen dieses gelben Samens, der kleinen flohbraunen Eier, verbrauchte, kam eines Morgens, genau ein Jahr später, gegen Januar oder Februar, von der Straße eine Stimme zu ihm herauf, die Cicirella anbot.

Er trat auf den Balkon, schaute mit noch immer vom Sehen durch die Linse geröteten Augen auf die Straße hinunter und erkannte im Korb des Fischverkäufers die Eier, für die er wahnsinnig wurde und die bereits zur Cicirella ausgewachsen waren; binnen kurzer Zeit würden sie sich zu Aalen auswachsen und auf Nimmerwiedersehen verschwinden.

Jahr um Jahr, und es waren fünfzig Jahre, widmete er sich mit Seele und Leib, mit Leben und Habe diesem Arkan des Meeres, dieser tüchtige betagte Mensch von hoher Bildung, der gleichwohl weder vom Meer noch vom Fisch lebte. Sie wagten nicht, ihn zu fragen, was sein Ziel sei, sein Interesse, wenn er dieses Rätsel zu entziffern suchte, welche Freuden und Wonnen er daraus empfangen würde oder welchen Gewinn, welches Gut er gedachte, daraus ziehen zu können.

Nur einmal und sehr zufällig hatte der Professore etwas gesagt, das vielleicht eine Antwort darauf gab, vielleicht aber auch nicht, etwas jedoch, das die Pellisquadre bei ihren gelegentlichen Gesprächen berührten: Das Warum, das Warum … hatte der Professore damals gesagt, kniff die Augen zusammen und riss sie wieder weit auf, gleich einer von einem allzu starken Licht geblendeten Katze, es gibt immer ein Warum in allem. Es gibt nichts Mysteriöses im Leben, es kommt uns nur mysteriös vor. Wo und wann wir den Eindruck von etwas Mysteriösem haben, muss man nur eine kleine Anstrengung auf sich nehmen und sich fragen: Warum?, und schon fühlt sich das Geheimnis beleidigt, es ist nicht mehr ganz so dicht und undurchdringlich; anders ausgedrückt, das Visier beginnt auf dem Gesicht dieses Herrn Mysterium zu beben. Ha, das Warum … Das Warum ist ein Zauberwort, eine Art von Sesam-öffne-dich, und es gibt keine Tür des Mysteriösen, die ihm standhält. Das Warum frisst das Mysteriöse bei lebendigem Leibe auf, und wenn ihr einer bestimmten Sache, einer bestimmten Erscheinung das sonderbare, rätselhafte Aussehen nehmt, ist das, was bleibt, das Wesen, ganz einfach und klar und offen vor aller Augen, und zwar in einer Weise, dass selbst ein Lausejunge es versteht und Herr darüber wird. Man braucht nur diese kleine Anstrengung auf sich zu nehmen und sich zu fragen warum. Doch das ist gar nichts, meine Freunde, wenn man sich das mit dem Mund fragt. Die große und schwierige Anstrengung, meine Freunde, liegt darin, dass man es sich immer wieder fragen muss, jedes Mal so, als wäre es das erste Mal.

Jedes Jahr um die Weihnachtszeit, die ungefähr auch die Laichzeit des Aals ist, tauchte er den einen Sonntag hier, den nächsten Sonntag dort an den Küstenstränden auf, er saß auf einem Karren aus der Bourbonen-Zeit, der von einem Pony gezogen wurde, einem von diesen sardinjolischen, und mit diesem Pferdchen und ihm, der wie ein kleiner Junge aussah, wirkte der Karren, als gehörte er zu einem Pferdezirkus, wie etwas zum Üben, nicht um Gedanken nachzuhängen, genauer gesagt: einem Gedanken.

In dieser Zeit, just in der Zeit, als das Christuskind zur Welt kam, machte er sich daran, die Wiegen des Meeres abzufahren, aus Verehrung, sagte er, für die geheimnisvolle, heidnische Empfängnis des Aals. So sagte er, und diese Empfängnis sollte man sich, empfahl er, angesichts der Großartigkeit des barbarischen Arkans, das sie darstellte, in Großbuchstaben geschrieben denken.

Er kam und begrüßte seine Pellisquadre-Freunde, ohne jemals zu vergessen, ihnen ein paar Zigaretten, starken Kautabak oder Schnupftabak für die Erwachsenen und Alten als Geschenk mitzubringen und Bonbons, Zuckermandeln oder Pfeffernüsse für die Jungs. Er kam und erinnerte sie wortlos, allein mit seiner Anwesenheit, an seine alte Bitte, und sie wussten welche: eine trächtige Aalin, wenn sie eine fänden, eine Aalin voller Eier, man konnte ja nie wissen, eines Tages könnten sie sie ja vielleicht finden, und dann, wenn sie sie fänden, sollten sie mit diesem Schatz eilig zu ihm kommen, nach Messina, in seine Wohnung, ins Lombardo-Viertel sollten sie eilen, dann werde er sich weiter darum kümmern, es sei sein großes Anliegen, sie zu vergüten und anständig zu entlohnen, weil, wenn sie ihn mit diesem Schatz schon reich machten, es nur gerecht sei, dass ihnen auch etwas davon zukomme.

Er war schon alt, ziemlich alt, und zwar gehörig, als er das erste Mal nach Charybdis kam. Wegen des Umstands vielleicht, dass ihr Küstenstrand so abseits lag, dort am Sporn, weit weg, noch hinter den Gärten, den Dünen, dem Röhricht, diesen Häusern wie ein Kneifzangenkopf, mit der Grenzlinie zwischen den beiden Meeren, genau quer zwischen den beiden Zangenbacken waren sie ihm bis zu diesem Augenblick völlig entgangen: Doch das sagten die Pellisquadre ihm, um ihn zu trösten, denn er machte sich aus seiner Unachtsamkeit gewissermaßen eine Schuld und sagte immer wieder, sie hätten ihm doch nicht entgehen, das hätte einfach nicht geschehen dürfen, und er entschuldigte sich bei ihnen, sie bedauerten ihn, sie bedauerten ihn, als wäre er überzeugt, ihnen gegenüber einen Mangel an Achtung gezeigt zu haben, indem er von ihrer Existenz bis zu diesem Augenblick nichts gewusst hatte.

Er war alt und weißhaarig, doch kindhaft von Gestalt und rastlos wie ein Kobold, seine Augen blickten ständig in alle Richtungen und zeigten sich glücklich über alles und jeden, auch wenn er inzwischen nurmehr wenig sah und ein paar Augengläser brauchte, die auf einer Art Feder saßen, und diese setzte er sich auf die Nase. Damit diese Augengläser ihm nicht zu Boden fielen, hatte er sie an einem schwarzen Samtband befestigt, das wie ein Kolljeh um seinen Hals lag.

Es kam ihm vor, als würde er ihn noch an jenem ersten Sonntag sehen, an welchem er aufgetaucht war. Es war zwar schon später Nachmittag, aber die Sonne schien noch ausgiebig auf ihre Köpfe, denn die Uhr, die er in der Hand hochhielt, versprühte ein solches Funkeln, das sich auf den Augengläsern in vielen leuchtenden Blasen reflektierte.

Schnell liefen er und die anderen Jungs ihm entgegen, angezogen vom Glanz des blendenden Goldgelbs, den ihnen die Uhr aufs Gesicht warf. Sie hatten vor ihm einen Halbkreis gebildet und dann angefangen, langsam rückwärtszugehen, ohne die Augen jemals von dem Funkeln der Uhr, von den Marengomünzen und der großgliedrigen Kette abzuwenden. Die Marengos machten Klingling, und es war, als würde die Uhr zur Musik die Minutensekunden erklingen lassen: Dieses Klingling hörten sie mehr mit den Augen als mit den Ohren, ein leuchtendes Schlagwerk, das auf sie eine zaubrische Wirkung ausübte, fast, als würde das Männlein mit dem weißen Bart versteckt hinter den Seifenblasen des Goldes die Kette, die Uhr und die Marengos zum Klingen bringen wie eine Zauberflöte, und während er auf ihr spielte, würde er sie alle mit sich ziehen, wohin er wollte.

Danach tauchte er immer auf diese Weise auf, und immer mehr oder weniger mit den folgenden Worten, die er zwischen dem Glitzern der Uhr sprach: Wann wird sie endlich euch gehören, wann, meine Freunde, werdet ihr mir diese Last aus der Westentasche abnehmen? Wer wird's sein, wer, der diese Uhr von Schweizer Machart sich verdient, welche genau die Sekunde anzeigt? Nur ein winziges bisschen dieser verzauberten Eier, eine trächtige Aalin, wer wird sie für mich finden? Wer durchbricht den Zauber? Wer empfängt Uhr und Marengos zusammen mit meinem tiefempfundenen Dank? Ein großes Geschenk werdet ihr mir machen, meine Freunde, ein Geschenk, das keinen Preis hat, denn auch wenn dies hier eine Uhr reinster Schweizer Machart ist, eine berühmte Uhr, von größter Präzision, und auch wenn es eine goldene Kette und dazu noch Marengos gibt, bedeutet das denn, dass ich damit meine Schuld begleiche? Niemals, nie und nimmer, ich könnte niemals meine Schuld begleichen …

Es war zwar eine Komödie, aber sie berührte durch die Fines ihres Denkens. Es war deutlich, dass es ihn verlegen machte, ihnen den Wert der Uhr zu preisen, die Summe, die sie kosten würde, daher pries er ihre Genauigkeit, mit der sie die Zeit anzeigte, indem sie auf die Sekunde genauging, ohne sich jemals vorzustellen, dass er sie genau dafür pries, worin nicht nur der Wert einer Uhr lag, sondern auch kein Sinn für einen Fischer: Denn welches Bedürfnis sollte ein Fischer je haben zu wissen, wie spät es ist, wo es ihm doch genügt, den Blick nach oben zu richten und die Sonne anzusehen?

Beim ersten Mal hielten die Pellisquadre es für einen Scherz: Für zwei Aaleier würde er all dieses reine Gold hergeben?, fragten sie sich. So über den Daumen gepeilt rechneten sie sich aus, dass sie sich mit diesem Gold, wenn sie's bekämen, eine Palamitara mit vollständiger Ausrüstung bestellen könnten: in bar, und es würde sogar noch etwas übrig bleiben.

Aber es war ihnen nicht bewusst, wie geheimnisvoll diese Eier waren, und sie ahnten nichts von der Wichtigkeit, die sie für ihn hatten. Zum ersten Mal dachten sie überhaupt an den Aal und an seine eigentümliche Art zu leben, zum ersten Mal wurde ihnen bewusst, dass sich keiner von ihnen, selbst wenn sie ihr Gedächtnis anstrengten, erinnern konnte, jemals eine trächtige Aalin gefangen oder das Ei einer Aalin gesehen zu haben. Über den Aal, ob mit oder ohne Eier, konnten sie lediglich sagen, dass er normalerweise nicht in diesen Meeren anzutreffen war, wenn sie das nach den Gelegenheiten beurteilen sollten, bei denen er ihnen unter die Augen gekommen war. Sie kannten zwar seine Gallerte, die Cicirella, doch ihr Wissen fing dort an und hörte dort auf. Sie wussten nicht, wann die Cicirella sich zum Aal entwickelt und wohin sie verschwindet; sie konnten sich dieses ganze Gezappel und Gezauder nicht einmal vorstellen, und wieso und auf welche Art der Aal es machte: Die Aalin kam trächtig an, stieß die Eier heraus, nur sie wusste wo, und verschwand; die Eier entwickelten sich zur Cicirella, unübersehbare Bänke von Fischlein, die sich in tiefsten Tiefen noch in Lethargie befanden, mit Fleisch so zart wie Wasser; aus diesen Fischlein entwickelte sich der Aal und machte sich nach Afrika auf, selbstverständlich; er machte sich auf und gelangte dorthin, wo die Aalin trächtig wurde, in einem Meer, das man die Sargassische See nennt, von dort kehrte sie zurück, stieß die Eier heraus und wieder, aufs Neue, da capo …

Das war ein Arkan, das stand außer Zweifel, allerdings nicht für sie. Es berührte sie nicht, es zog sich nicht durch ihr Leben, so wie der Aal sich in Wirklichkeit auch nicht hindurchzog, weder im Guten noch im Bösen. Auf sie machte er den Eindruck eines Märchens, das mit ihrer Wirklichkeit nichts zu tun hatte, mit ihren unabdingbaren Lebensbedürfnissen, es betraf lediglich ihre Vorstellungswelt, so, als wäre es eine Geschichte von Zauberinnen in Gestalt von Aalen und von einem Professore in Gestalt eines Kobolds, der, um wieder Professore zu werden, dazu verurteilt worden war, unter Millionen und Abermillionen irgendwelcher Eier nach denen der Aalinnen zu suchen: Aber konnte er sie denn finden, wenn die Aalinnen in Wirklichkeit Zauberinnen waren, die ihn nur deshalb nach diesen Eiern suchen ließen, um ihn ein Leben lang in der Gestalt eines Kobolds eingeschlossen zu halten, eines Kobolds, der sich mit Leib und Seele auf die Suche nach dem machte, was er niemals finden konnte? So konnten sie, weil die Eier der Aalin sie gleichgültig ließen, zu der für sie schmerzlosen Einsicht gelangen, dass es sie nicht gab. Doch kostete es sie viel, und zwar sehr viel, sich einzugestehen, dass es keine Feren gab, die mit dreißig gestorben waren, und sich der Aussicht zu beugen, dass sie weder Kadaver noch Karkassen von Feren finden würden, die an hohem Alter gestorben waren.

Die Sache war, dass dieses Arkan den Professore faszinierte und neugierig machte, und das wiederum faszinierte sie und machte sie neugierig, vielleicht, weil jedes Arkan, im Meer oder außerhalb des Meeres, wohl oder übel seinen Getreuen hat. Jeder Getreue hat das Seine, und ob er will oder nicht, das alleine reicht ihm, um es zu entziffern; und wenn er das der anderen missachtet und ihnen einzubläuen versucht, dass dies überhaupt kein Arkan sei, dann liegt es daran, dass das einzige Arkan, das er sieht und das er fühlt, das, wofür er wer weiß was bezahlen würde, um es zu lüften, das ist, das durch die Hände zu ihm kommt.

Den Kadaver einer alten Fere zu finden, die Karkasse einer Dreißigjährigen, schien auf den ersten Blick ein Arkan zum Totlachen, wenn man's mit dem des Professore verglich: Kadaver und Karkasse waren eben keine Aaleier, man brauchte kein Vergrößerungsglas, um sie zu erkennen. Und doch suchten sie nach einer Fere, die an Alter gestorben war, eine von diesen faltendurchfurchten, verletzten Dreißigjährigen, eine von diesen zahnlosen und sabbernden, mit aufgeschlitzter Haut, wabbeliger Fluke, schlaffer Finne, ohne die Farbe des Glanzes von gebräuntem Stahl, eine von diesen Dreißigjährigen eben, nach ihr suchten sie immer wieder, ohne sie je zu finden.

Die einzigen Feren, die eines natürlichen Todes gestorben waren und die sie ganz gelegentlich zu Gesicht bekamen, weil sie hier und da an den Meeresufern angelandet wurden, waren die, das wusste man sehr wohl, die an ihrem Rülpsen erstickt waren. Das aber waren alles junge Feren, noch in der Kraft und Blüte ihrer Jahre und in der Herrlichkeit ihres Körpers. Und es war unnötig zu sagen, dass sie eine tote Dreißigjährige niemals gefunden hatten, die auf diese Weise gestorben war, erstickt an ihrem eigenen Rülpsen. Es schien, dass sie, wenn sie dieses Alter erreicht hatten, sogar diese einzige Sklaverei loswurden, der sie unterworfen waren und derentwegen sie sich gelegentlich den großen Betrug einhandelten. Es schien, dass sie sich nicht mehr mit der gewohnten

Ausgelassenheit voller Sardinen stopften, voller Makrelen und jungem Thun, entweder weil sie es nicht mehr konnten, angesichts der Tatsache, dass ihnen ihre zweihundertvierundsechzig abgewetzten oder verlorengegangenen oder mit Zahnstein überzogenen Zähnchen nicht mehr halfen, oder weil ihr Bauchsack ihnen nicht mehr diese phänomenale Fülle gestattete.

Die alten Feren, die in die Nähe ihrer dreißig Jahre rückten, kannten sich. An einem bestimmten Tag, als wäre dies der Tag ihres Schicksals, und zwar dieser und kein anderer, sonderten sie sich ab. Sie lösten sich aus dem Gemenge des Meeres, aus dem Herumziehen, aus dem volkreichen Leben, sie schieden aus dem Familienverband aus, aus der Herde, aus der Kolonie, und schlossen sich anderen Alten an, die hier und da in bestimmten abgelegenen Gebieten des Meeres konzentriert waren, bei Rasocolmo, um nur einen Ort zu nennen, wo sie sich wie in Quarantäne hielten, bis sie am Ende verschwanden: praktisch tot für die anderen, wenn man die Neugier der einen oder anderen verantwortungslosen Fere nicht in Betracht zog, die bis zu jenem Teil vordrang, um einen Blick dahin zu werfen, sich dann aber gleich wieder umwandte und davonstob, als würde man sie verfolgen, und ins Gemenge eintauchte und ins Leben.

Heute sieht man sie nicht mehr, und doch waren sie gestern noch da: da, zwischen den Felsen in der Umgebung von Gàllico oder irgendwo dort, in den Untiefen von Rasocolmo, auf den Sandinselchen, die aus der Strömung auftauchten, als lägen sie auf submarinen Bergeshöhen oder in dieser Art von Ohrmuschel, die die Linie der beiden Meere in der Gegend bildet, wo die Strömung tot ist, im Jonischen oder im Tyrrhenischen Meer.

Dort hielten sie sich auf, wie abgetakelte Kaiks in morastigen Becken. Hineingeworfen in ihren Schlaf der Alten, halb versunken; die tote Strömung machte sie zu Kadavern, die lebendige Strömung widerte sie an. Wenn sie die eine oder andere Bewegung machten, war es nur, um den Fisch zu schnappen, den sie brauchten, um ihren größten Hunger zu stillen, wenn Meerbarben, Makrelen oder Sardinen in ihre Reichweite kamen, weil diese sich, getäuscht durch die Reglosigkeit der Feren, dort hinwagten. Manchmal aber sah man, wie sich an diesen traurigen Abseitsstellen des Meeres große Wasseraufstände zutrugen, die in einem Schwall blutigen Schaums endeten, vor allem, wenn die alten Feren ihren Hunger stillen wollten und sie es mit der Heiligen Kirche in Gestalt einiger Blauhaie aufnahmen, die in ihre unmittelbare Umgebung drangen, wohin seit langem kein anderer Fisch gekommen war. Wenn es ihnen gelang, streuten sie natürlich kein Salz, um seinen Schwanz auszureißen und ihn dort zu behalten, voll in ihrer Gewalt, nicht mehr zum Spiel jetzt, wie sie's in ihrer herrlichen Jugend taten, sondern um ihn zu fressen, und sie waren entsetzlich und widerlich anzuschauen, wenn sie ihm bei lebendigem Leib das Fleisch herausrissen. Auch wenn sie es wagten, es mit dem schwierigen Blauhai aufzunehmen, fraßen sie nicht mehr aus Baucheslust, sondern, so musste man wohl sagen, aus Notwendigkeit, um sich bei Kräften zu halten, als hätten sie gewusst, dass sie bald lange und weit fortschwimmen müssten.

In diesen stillen, abgesonderten Gevierten des Meers ähnelten sie sehr den alten Pellisquadre, die sich morgens auf den Stuhl vors Haus setzten und abends wieder hineingingen, mit dem einzigen Unterschied, dass sie zwischen Abend und Morgen eines bestimmten Tages verschwanden, und die Wasserstühle, auf denen die Pellisquadre sie Tag um Tag, bei jeder Ausfahrt aufs Meer und bei jeder Rückkehr, zu Tode erstarrt hatten sitzen sehen, erschienen leer: einfach so, wie nichts, Zentner um Zentner alten, dreißigjährigen Fleischs, das sich nicht mehr rühren konnte und auf dem Wasser schon Schimmel angesetzt hatte, verschwunden von einer Stunde zur anderen, und man hatte keine Nachricht mehr von ihnen, weder als Lebendige noch als Tote. Es war der letzte unentzifferbare Zug ihres Charakters, Arkan über Arkan, der erschreckende Donnerschlag, ohne Lichtstrahl noch Gefunkel, das am nächtlichen Himmel dunkel rollend das letzte, das gewaltigste Höllenkrachen des Lichtregens macht, welches das Leuchtspektakel des Feuerwerks schön und geheimnisvoll abschließt.

Sie hinterließen weder eine Spur noch einen Geruch. Was für eine Art von Tod war das, dessentwegen sie völlig verschwanden, mit Körper und Geist, als würden sie mit Waffen und Gepäck umziehen, wo man doch weiß, dass der Tod, auch wenn er das Verschwinden allen Verschwindens ist, einer ist, der den größten Beweis zurücklässt? Trug die Strömung sie vielleicht fort? Verschiffte sie zum Begräbnis ein Strömungsstrudel in die Tiefe? Doch irgendwann musste der Strudel sie herumkutschieren, ein Strudel hat kein ewiges Bett, er wird nicht zum Fluss, er fließt nicht an einem Stück bis nach Malta, früher oder später kehrt er sich um, und der Kadaver müsste mit seinem Hintern eigentlich aufs Trockene eines dieser Meeresufer wie Gàlati, Alì oder Roccalùmera schlagen, doch in Wirklichkeit hatte sich ein Kadaver als Beweis niemals an diesen Küstenstränden gefunden. Und wenn sie in toter Strömung starben, wer trieb sie dann von da weg? Gott? Kurzum: Starben sie? Starben sie nicht? Die Pellisquadre hätten, wenn sie's gekonnt hätten, einen Kadaver von diesen, einen von diesen Kadavern mit Gold aufgewogen und bezahlt, auch wenn nur als Musterexemplar, das ihnen als Beweis gelten sollte: ja oder nein. Doch wohin verschwanden sie, wohin zogen die Feren, wenn das dreißigste Jahr schlug, Feren, die bis tags zuvor, solange sie noch mit den anderen zusammen waren, keinerlei Zeichen von sich gaben, keinerlei Signal oder Symptom zeigten, dass sie bereits an diesen Punkt gelangt waren, an diesen Punkt, an dem sie abhalfterten und zur Ruhe kamen? Denn wenn sie alle versammelt sind, alle zusammengeherdet, alle auf der gleichen Höhe des Schwimmens und Dahinfliegens, auf dem gleichen Ton des Wahnsinns, gibt es keine Jungen oder Alten oder Mittjährigen, haben sie kein einzelnes und unterschiedliches Alter, sondern das einzige ihres Charakters und ihrer Natur, und das ist nicht Jugend und ist nicht Alter, sondern eine alte Jugend oder ein junges Alter.

Ein Warum, einen Grund gibt es immer, sagte der Professore über die Eier der Aalin, ein Warum muss es in jedem noch so leichten Hauch des Windes geben, in jeder noch so unwahrnehmbaren Verlagerung eines Sandkorns. Es genügte, die kleine Anstrengung auf sich zu nehmen und sich zu fragen: Warum? Ach, und wie viele Male hatten sie diese Anstrengung auf sich genommen, die Pellisquadre, und befanden sich doch immer an derselben Stelle, ohne den Kadaver einer alten Fere gefunden zu haben, nicht einen einzigen, als Belegexemplar; gleichwohl verharrten sie noch immer bei diesem Arkan der altersalten Feren zwischen ihren Füßen.

Seine Müdigkeit hatte sich in einem Maß angestaut und fühlbar gemacht, dass sich, wenn er nur den Schirm seiner Mütze etwas herunterzog, sofort eine Art schwarzwindiger Wolkenaufzug in seinem Kopf ausbreitete. Es genügte schon, wenn er sich, wie jetzt, auf einen Ellbogen stützte und halb ausgestreckt auf dem schwarzen Sand lag, der einen Geruch von Vulkanischem aussandte wie berauschender Most; daher ließ sich erahnen, wie sich ihm der Kopf drehte, als zu der halben Entspannung dieser Knochenschimmer trat, der aus den schwarzen Falten des Meeresufers heraufhauchte. Geblendet von diesen trügerischen Lichtern, blähte der Sand sich auf wie eine große Blase schwarzer Luft, und seine Augen hatten sich nach und nach durch das ständige Angezogen- und Zurückgedrängtwerden verschleiert und wurden schlafmüde.

Es war, als hätte der Schlaf nur eine Hälfte seines Kopfs eingenommen, die andere Hälfte jedoch nicht in seine Gewalt bringen können; und es war auch, als würde er mit dieser Hälfte seines Kopfs träumen und mit der anderen Hälfte leben, so dass er, obwohl er beides zugleich tat, nichts von beidem wirklich tat, weder träumte er nur, noch lebte er nur, sondern tat mit beidem nur eines, ein Mehr und ein Weniger: Er träumte, wie man das nennt, mit offenen Augen.

Er träumte mit offenen Augen, dass er den Friedhof der Feren entdeckte, diesen äußerst geheimen, infernalischen Ort, an den, in Vorahnung ihres nahenden Endes, die betagten Feren zogen, um in Einsamkeit zu sterben. Er entdeckte ihn aufgrund eines gewissen Geruchs von Vulkanischem, der ihn dort hinzog.

Es war, als wäre er noch ein Milchbärtiger und befände sich ganz allein auf einer fabelhaft ausgerüsteten Palamitara, sofern man die Pellisquadre ausnimmt, und ruderte zwischen den Inseln hin, anders als sonst, wenn sie sie auf ihrem Weg hinauf zum Golfo dell'Aria aus nächster Nähe streiften.

Er musste bei Stromboli sein, denn sein Gesicht berührten Böen von Lavaduft, die aus dem vulkanischen Feuer gespien wurden. Er hätte sich ganz sicher davongemacht, wenn es ihm nicht so vorgekommen wäre, als würde er inmitten dieser Dünste lodernden Feuers das Vorhandensein von etwas Unbekanntem fühlen, von dem er wusste, dass er dunkel danach auf der Suche war und es erst erkennen würde, wenn er es gefunden hätte.

Als hätte er eine Eingebung gehabt, ruderte er auf diese hervorquellende Glut zu, auf diesen Widerschein sengenden schwarzen Lichts, die aus dem Lavafluss des Stromboli hervorschossen. Zwar spuckte der Krater nicht mehr, doch die Lava gab noch keine Zeichen abzukühlen, und der schwarze Brei rauchte steil zum Meer hinunter, über die wildwüchsigen Hänge, mit dem Granatrot des Feuers, das sich darunter herschlängelte. Die Luft aus züngelnden Flammen hatte im Mund den gleichen trockenen Geschmack wie der Schirokko, wenn er von Afrika herüberweht und voll ist und glänzend von staubfeinem Sand: Öffnete er den Mund, war es, als würde sein Atem sich zu Asche verwandeln und einen Geschmack von Herbem und Süßlichem zurücklassen.

Er ruderte und schaute und empfand keine Angst. Als er näher kam, gelangte er an die Stelle, wo das Meer ein einziges Aufsprudeln von Bläschen war, ein Gipfel von Blasen und Bläschen, als würden sie vom Grund heraufköcheln, und nicht nur dort, sondern überall rings um die Insel, und Ursache dafür mussten die Lavaströme gewesen sein, die an der Oberfläche eine Myriade von Luftzügen ausgelöst hatten. Der Lavaregen hatte die Küstenstrände geschwärzt, die Asche qualmte noch auf dem Wasser und zog in Rauchwölkchen nach oben. Insel und Meer schickten wechselweise einen Geruch von Schmiede herüber, wo die Eisenplatten zum Glühen gebracht, und Geruch von Wasser, in das diese Eisenplatten geworfen wurden, um zwischen dampfendem Gezisch abzukühlen. Die Luft roch unterdessen nur noch herb und süßlich, nach Vulkanischem, das Luft abließ und ringsum einen Gestank kalten Ekels verbreitete. Er hätte schwören mögen, dass auch das Unbekannte, nach dem er suchte, danach roch: Und in diesem Augenblick war es ihm, als würde er bereits anfangen, es zu erkennen.

Er ging am menschenleeren Ufer an Land, das überall von dieser schwarzen Vulkanasche dicht bedeckt war, ebenso von den vom Feuer ausgebrannten Steinen, die, porös, durchlöchert und leicht geworden waren wie Bims und, wenn er sie fest in der Hand drückte, zu schwarzem Puder zerstoben, und die dagegen, an die er stieß, sprangen in die Luft, als wollten sie davonfliegen.

Beim ersten Schritt versank der Milchbärtige bis zu den Knien in dieser schwarzen Masse; er wollte sich darin vorwärtsbewegen, versank aber nur noch tiefer, er sank ein und stieg hoch, gab kräftige Kniestöße und Handschläge gegen die weichen Aschehaufen zwischen dem Bims, den Lavabrocken und der Kohle, die als Staub rings um ihn herunterfielen, als ob die dieser Art zerriebenen Vulkanauswürfe und Splitter sich trennten und ihr dichtdichter Staub in der Luft schwebend verharren würde. Im Gegenlicht wirkte dieser Staub eine Weile lang wie ein durchsichtiger Schleier, doch gleich tauchte in dieser Durchsichtigkeit der kompakte schwarze Widerschein der Küste auf, und durch diesen Schleier hindurch verwandelte sich die Sonne, die hoch über dem Vulkan am Himmel stand, in einen wolkenverhangenen Mond: die blendende Helle, die bis zu diesem Augenblick geherrscht hatte, ein Bündel schwarzer Messerklingen, die aus dem finsteren Schein der Lava hervorsprühten, zerriss unversehens in diesem Augenblick, eine kurze Weile herrschte Sonnenuntergang, dann schien die Nacht jäh herabzusinken.

Dem Jungen war nach Weinen zumute. Versunken in diesen Dünen aus schwarzer, kalter Asche, fühlte er, wie eine große Müdigkeit ihn übermannte, als ob dieses leere Hinschleppen durch die Asche ihm die Knochen massakriert hätte. Ihn überkam die Trostlosigkeit, sein Ziel nicht erreicht zu haben, das darin bestand, dieses unbekannte Etwas zu finden. Da bekam er einen Weinkrampf, doch die Asche, die die Luft puderte, trocknete seine Tränen, die so über sein Gesicht liefen, als wären es mit Tinte geschriebene Worte auf einem Blatt Papier.

Aus dieser Müdigkeit und diesem Weinkrampf empfing er jedoch, so schien es ihm, gleich darauf ein Gefühl von Gesundheit, von Kraft, von Keckheit des Atmens, ein Gefühl von Überschwang im ganzen Körper, dass es ihm, seinem Empfinden nach, war, als würde er zu einem Riesen aufwachsen. Er hatte den Eindruck, jemand würde ihm auf die Schultern steigen, mit den Beinen um den Hals. Das fühlte er innerlich geschehen, unter der Haut, und er war es selbst, der Junge, der, von dieser vulkanischen Asche in Watte gepackt und bebrütet, am ganzen Leib wuchs und zu jugendlicher Gestalt erblühte, in die, was er jetzt, in diesem Augenblick, war, mit dem dichten Bart von vielen Tagen, in der Uniform eines ehemaligen Matrosen: Es widerfuhr ihm, dem Jungen, dass er wie ein Brot gärte, das aufgeht und seine Form aus Hefe und Mehl entwickelt, wenn es in der von feinfeiner Asche gemäßigten Hitze des Backofens backt.

Und so hat das Pferd an den Baum gefurzt, sagte er sich, wie wenn er erwachsen geworden wäre, mit anderen Worten: Er sagte sich, dass er es als Parabel mit einer Bedeutung, mit einer Moral verstehen müsse, und mit der Bedeutung sollte das furzende Pferd verständlich werden, das heißt das Thema, das er da vor sich hatte, indem er ihm die Parabel als Erklärung und Kommentar unterlegte. Dieses stumme Orakel bedeutete nämlich, dass der Milchbärtige, eben weil er ein Milchbärtiger war, dieses Unternehmen nicht schaffen konnte, weil das Unternehmen war, was es war, und dass zunächst noch Jahre für ihn vergehen müssten, der Bart ihm sprießen, er zum Mann heranwachsen, in den Krieg ziehen und aus dem Krieg heimkehren müsste …

Hier nämlich sah er, als er den ersten Blick als Mann umherwandern ließ, hinter dieser schwarzen Staubwolke eine lange Reihe alter Feren, männlicher wie weiblicher, die, als sie in diesem Augenblick von Südosten her eine Wende vollzogen und dabei zuerst Strombolicchio streiften und danach Stromboli, vor ihm auf dem Weg nach Süden vorbeizogen, ungefähr in Richtung Vulcano. Sie schwammen, ohne mit halben Flügen und Tummeleien auf dem Wasser Furore zu machen oder ein Schauspiel mit Grimassen, Gewimmer und Fürzen zu veranstalten. Etwas Trauerndes, nie Erlebtes, lastete auf der gesamten Reihe, und das Merkwürdigste aller Merkwürdigkeiten war: Es wirkte durchaus so, als würden sie zu einer Bestattung ziehen, diese Reihe ohmahnhafter Feren, die sich aus den brodelnden Gewässern von Stromboli hinausschleppten, mit den braunen Rücken des Ferenzugs, die, von Vulkanasche besprüht, überall dort auf der Oberfläche schwärzlich schimmerten, wo sie vorbeischwammen.

Ohne zweimal darüber nachzudenken, so, wie wenn er immer noch aufgrund einer Eingebung handeln würde, tauchte er ins Wasser ein und schwamm ihnen nach. Sein Herz sagte ihm, dass er, wenn er hinter ihnen durchhalten würde, was nicht unmöglich sein durfte, angesichts der Tatsache, dass sie inzwischen so schwammen, als würden sie mit ihren Zähnen das Meer vor sich zerreißen, das Arkan der dreißigjährigen Ohmahninnen lüften würde, die, ohne eine Spur zu hinterlassen, verschwanden. Das war das Unbekannte, wonach er suchte, das nach Vulkanischem roch, mit herbbitterem und süßlichem Geschmack. Nun endlich entdeckte er es mit Namen, und das war bereits, als würde er es ein bisschen auch tatsächlich entdecken.

Als sie die mit Asche durchspülten Gewässer von Stromboli hinter sich gelassen hatten und ins klare, blaue Meer zogen, bemerkte er, dass die alten Feren eine schäumende Spur hinter sich ließen, die noch lange nach ihrem Durchzug erhalten blieb, und das war kein Salzschaum, sondern so etwas wie ein großer Schneckenschleim.

Vor ihm, vor der Reihe der Feren, tauchte Vulcano auf: der riesige schwarze Mund des erloschenen Kraters, der furchterregende Kegel, der die apokalyptische Landschaft der Insel beherrschte, diese Zertrümmerung durch Kataklysmen, mit Gräben und Aufbuckelungen in Gestalt riesiger Zerklüftungen, so, als wären große Herden von Pottwalen auf der Insel gestrandet und dort versteinert und hätten mit der Zeit diese Färbung von braunen und violblauen Felsen angenommen, patiniert vom langsamen, wildgewaltigen Kraterfeuer.

Natürlich näherten sie sich Vulcano von Abend her, jenem Teil, der sich zur übrigen Insel so verhält wie die Hölle zum Paradies: mit dem unter starken glutheißen Böen anschwellenden Meer; mit Felsen und Klippen, alle aus Schwefelstein, von rauem, blendendem Gelb, das die Sonne von den Wänden wie von riesigen Spiegeln ringsum aufs Meer und gegen den schwarzen Kegelberg reflektierte; und schließlich mit dem Ufer, das nicht weniger gefährlich und unwegsam war als das Meer, durchlöchert von schwefeligen Kochstellen und rauchend von unerträglichen Dämpfen.

Halb geblendet vom strahlenden Widerschein der Schwefelblumen, sah er, wie die Reihe der Feren sich hierhin begab, statt die Insel zu umschwimmen und weiterzuziehen, und es war ihm, als würde er geblendet, weil seine Augen so ungeheuer hell glänzten: Kamen sie etwa her, diese Ohmahnen, um hier ihre rheumatischen Leiden und arthritischen Schmerzen zu lindern? Die Reihe hatte sich um eine beträchtliche Anzahl von Feren verkürzt, als er bemerkte, dass die Feren in eine enge Reede schwammen, wo die gelben Klippen und Riffe noch stärker und blitzender spiegelten, und dort, im Brodel der spuckenden, schäumenden Münder, tauchte eine nach der anderen ab und verschwand vor seinem Blick.

Da tauchte auch er hinter ihnen ab, schwamm in die Tiefe, immer tiefer hinab in die dichte Finsternis des Meers, und konnte gerade noch den weißen Bauch der Letzten erkennen, während sie alle in eine riesige Rundgrotte aus schwarzem, bemoostem Stein verschwanden, die, leer und in Finsternis getaucht, nach oben stieg und den Fuß des Vulkankegels bildete.

Er folgte ihnen auch dorthin, indem er unter den felsigen Hang schwamm, in schwarze, schwere Gewässer, als hätten dort Myriaden von Tintenfischen ihren Sack entleert. Eine Strecke weit schwamm er aufs Geratewohl, verlor aber an Schwung und fragte sich verzweifelt, ob er den Ausgang noch finden könne, als es über ihm heller wurde: Ein blasses, verschleiertes Licht fiel von oben aufs Wasser, ein Hauch nach dem anderen, wie wenn sie von einem Schatten des Windes ausgeatmet würden, aber dann waren es nur die alten Feren, die, in den Krater des Vulkans springend, diese Lichtreflexe hervorbrachten, indem sie mit dem Weiß ihres Bauchs eine Art lichtes Fächeln erzeugten. Er schwamm noch ein Stück weiter hinauf und tauchte in einem großen Wasserkreis von trauerschwarzer, leuchtend violetter Farbe in der Meerestiefe von Vulcano auf. Einmal dort, befand er sich unversehens in der Anderswelt der Feren, und von dem, was er unmittelbar sah, begriff er auf der Stelle, dass niemand ihm jemals Glauben schenken würde.

Sobald er aus dem Wasser war, sah er, als er die Augen zum Ursprung dieses fächelnden Lichts wandte, die letzten Feren der Reihe durch die Luft fliegen, die sich am Ende eines auch für sie verblüffenden Saltos, und nicht umsonst machte man sich ja aus dem Leben auf und endete im Tod, hinter den anderen auf einer Art glimmenden Schaum ausstreckten, der die Ausmuldung des Vulkans bedeckte. Bei der Berührung mit ihnen flammte die weiße Lohe ringsum auf, bedeckte sie, verschlang ihr Fleisch und veraschte es fast unverzüglich, ohne jedoch die Karkasse anzugreifen: Diese, bis auf den letzten Brocken entfleischt und bis zum letzten Blutsfleck ausgetrocknet, trat aus ihrem Feuertod klar und rein und weiß wie Gips hervor und nahm auf der Stelle ein steinaltes und gleichermaßen feierliches Aussehen an.

Aus dem Krater des Vulkans wehte ein Gestank, der einen zurückstieß und gleichzeitig anzog, der Gestank nach etwas, das nicht mehr lebte und noch nicht völlig tot war. Es konnte der Gestank des erloschenen Vulkans selber sein, der allerdings noch kochte und unter seiner Asche glimmte, es konnte dieser Gestank von Halbtotem sein und zugleich der von Feren, deren Asche mit der Asche des Vulkans vermischt wurde.

Da befleckten Schatten das Licht, das vom höchsten Mund des Kraters herunterstieg, und mit zusammengekniffenen Augen sah er einige der auf den Inseln heimischen Falken, die dort oben herumflogen. Sie mussten den zu ihrem Friedhof ziehenden Feren gefolgt sein, als hätten sie auf geheimnisvolle Weise deren Tod gewittert, zwar nicht wegen der Gerüche oder Anzeichen, die der Zug der Feren in die Lüfte aussandte, sondern wohl wegen der Schleimspur, welche die Ohmahninnen aus dem Maul verloren, oder sogar wegen des Gedankens, der im Kopf der Feren verschlossen war. Nun aber schlugen aus der hohen Wölbung des blauen Himmels über dem Kratermund die Falken ihre Schnäbel aufeinander, was in der Aushöhlung widerhallte und wie Steinchen bis in die Tiefe hinabrollte, dann flatterten sie ein wenig, gurgelten ein paar wütende Gragrà, Gragrà hervor, wütend sicher, weil sie den langen Zug der Feren sahen, die vor einem Augenblick noch prächtig im Fleisch gestanden hatten und einen Augenblick später bis auf die Knochen zu weißen, blitzblanken Karkassen abgemagert waren.

Da beeindruckte ihn eine Besonderheit dieses Feuertodes, eine Besonderheit, die möglicherweise sein Motiv war, die Seele des ganzen Mysteriums. Ihn beeindruckte nämlich die Tatsache, dass das Feuer sie nicht durch das niederträchtige und widerwärtige Stadium des Kadavers schickte, sondern sie gingen vom Tod schlagartig in den Zustand einer Karkasse über, wo nichts mehr vom Leben und seiner Äußerlichkeit übrig bleibt, das Abscheu hervorruft. Musste ihn das verwundern, und musste er sich verwundert die Frage stellen, ob sie für diesen Zweck das Feuer gewählt hatten, für diesen Zweck der Reinigung?

Mit den Augen begann er den mysteriösen Ort auszukundschaften. Er wollte alles genau sehen, sich alles einprägen und sich erinnern, sich an alles von diesem Jenseits erinnern, um den Pellisquadre in allen Einzelheiten darüber zu berichten, um sie ihnen so darzustellen, wie sie, die Fere, es verdiente. Ihn überkam wieder die Vorahnung, die er schon anfangs gehabt hatte, dass sie ihm nicht glauben würden. Aus diesem Grund wollte er sich jedes Ding genau einschärfen und es ihnen mit genauen Angaben zu Ort und Zeit beweisen, dass die Feren sich wirklich so erstaunlich verhielten, dass er es mit seinen Augen gesehen und nicht etwa geträumt hatte, wie man es auf den ersten Blick hätte meinen können.

Die große kegelförmige Aushöhlung, die dem Inneren einer Muschel glich, wand sich wie eine Spirale nach oben, mit Wänden, die sich bis zum ausgezackten Kratermund immer mehr verengten; diese Wände bestanden aus einem wie Koks glänzenden Lavagestein, und alle waren sonderbarerweise mit Bougainvilleas überwuchert, Strauch über Strauch, die alle ins Leere herabhingen und ringsum einen düstervioletten Schimmer verstreuten.

Das Panorama innerhalb dieses Rahmens war streng und dichtgeordnet und bis weit nach oben ganz mit Ferenkarkassen übersät. Der Friedhof wand sich spiralförmig die schäumenden Glutwindungen der konischen Aushöhlung hinauf, und die Karkassen, die ihren Dimensionen und Maßen nach alle identisch aussahen, als ob der Tod sie auch darin und nicht nur ihrem Alter entsprechend gleichgehobelt hätte, waren der Länge nach auf der Spirale angebracht, als wollten sie sich drehen und in den Himmel aufsteigen: Kopf an Fluke, eine wie die andere, und so ausgerichtet, dass man in dieser Anordnung und in dieser Sorgfalt das Kalkül eines Verstands, das Werk einer Hand in dieser Unendlichkeit geschnäbelter, dicht mit Zähnen gesäumter Profile und S-förmiger Silhouetten zu spüren glaubte, als wären sie in ihrer Vielheit eine einzige Karkasse, die sich in dieser Aushöhlung und durch so viele Majuskeln zu einem einzigen großen S drehte und wand, ähnlich einer langen, knochenbedeckten Serpentine.

Er hatte seinen Kopf zurückgeworfen und wanderte mit seinen Augen den Friedhofskrater wieder nach oben. Sein Blick ging nach rechts und nach links, voller Bewunderung und ungestillt, und es war, als versuchte er, mit dem Blick diese lange Windung und Aberwindung der zusammengeschnürten Feren zu entknäulen, durch die eine Flüssigkeit zu fließen schien, die sie unter einem Zauber hielt; und gleichzeitig war's, als würde sein Blick die jeweiligen Enden der Fäden seiner Verwunderung über die neue Gattung von Fere miteinander verknüpfen, die er entdeckt hatte: mutig und würdevoll, mit dem Kult eines guten Lebens und eines gediegenen Todes. Und die Verwunderung senkte sich mit seinem Blick auf den mit Karkassen aufgestapelten Krater, und jedes Mal war's, als würden sich die Stille und die Einsamkeit der Aushöhlung unter seinen Blicken ins Gigantische weiten, statt kleiner werden, wie es natürlich gewesen wäre, und irgendwann meinte er, dass Stille und Einsamkeit sich zu regen und eine Flüssigkeit wirklich vom beschnabelten Kopf bis zur halbmondförmigen Fluke die lange Serpentine der Karkassen zu durchfließen begannen. Diese schienen sich in ihren Windungen und Gegenwindungen durch die Aushöhlung emporzuschlingen und zu steigen, unter den Bougainvilleasträuchern her mit ihrem lebhaftlebhaften, samtenen Violett, über die kalte und heiße Asche des unterirdischen Feuers, das an der Luft schäumte und die Karkassen mit bläulichen und violetten Bläschen umsäumte, wie wenn sie schon mit den Wolken dahinziehen würden. Da hatte er das eigentümliche Gefühl, dass die Verschwiegenheit des Orts und des Ferengetümmels, das sich dort vollzog, sich an seiner eigenen Verwunderung labte, und er dachte, dass genau darin das charakteristische Merkmal jedes Arkans läge, das Strategem, das so einfach war wie das Ei des Kolumbus, um das Geheimnis zu bewahren.

Er kehrte von dort zurück, erfüllt von Bewunderung für diese Fere, die sich sterbend nach außen stülpte wie ein Handschuh, und unter den vielen spitzbübischen Gesichtern, die sie im Leben zeigte, zeigte sie dort eines und wieder eines, nämlich das einer Jungfrau und Märtyrerin. Und das lebendige Empfinden, das er ihr gegenüber hatte, entsprach genau dem eines ihr Getreuen. Es lag etwas Schönes und Eindrucksvolles in ihrem freien, einsamen Tod, etwas Menschliches, etwas Unmenschliches.

Die Fere hatte sich ihm geoffenbart, sie hatte sich ihres Lebensstils entkleidet, jedes schlauen, verschlagenen Ornaments ihres Verstands, ihres ungeheuerlich verführerischen, schurkischen Äußeren, um sich, nackt bis auf die Knochen, ins Innere blicken zu lassen. Siehe mein Herz, schien sie dem zu sagen, der sie nicht für fähig hielt, ein Herz zu haben.

Die Fere hat ein bösartiges, durch und durch schlimmes Inneres, hatte er immer sagen hören. Aber wer kann schon das Innere einer Fere kennen? Wer hatte denn jemals dieser Fere ins Innere blicken können, die sich mit ihrem Tod versteckt, wenn sie findet, dass das Leben ihr nicht mehr zuträglich ist, was nicht einmal die besten Christenmenschen vermögen? Dieser Fere, die, wenn ihr die Zeit gekommen scheint, sich ohne Klagen und ohne Faxen aufmacht und direkt zu ihrem Friedhof zieht, sich dort ins Feuer wirft, um zu Asche zu werden, und indem sie das tut, den Kadaver ihres Körpers aus der Umgebung beseitigt? Dieser Fere, die euch zeigt, dass ihre Angst nicht darin besteht zu sterben, sondern tot zu sein, Kadaver zu werden, und das allein ihr Sorgen macht und Entsetzen zeigt? Dieser Fere, die sich wie eine Heldin darstellt, anders kann man's nicht nennen, für etwas, das ihr niemals einen Nutzen oder Gewinn einbringen wird, weil es etwas absolut Symbolisches ist? Dieser Fere, die das alles tut, was sie im Leben angewidert hat: die Heldin darzustellen und die Symbolische, dieser Fere, die den Gedanken einer Theaterdarbietung nicht erträgt, die sie als Tote abgeben könnte, den Gedanken, dass ihr Körper mitten auf dem Meer herumkadavert? Dieser Fere, einer Fere von derart feinfühligem Gespür, die jene große, streng persönliche Sache ganz allein mit sich ausmacht und zu ihrem verborgenen Friedhof zieht, um dort einen vorzeitigen Tod zu sterben aus vermeintlicher Scham und Würde sich selbst und anderen gegenüber, konnte man einer solchen Fere denn ehrlicherweise sagen, man würde sie in ihrem Innersten kennen? Das war doch der entscheidende Punkt.

Aber das war auch der Punkt, an dem er noch einmal jenen sonderbaren, entmutigenden Eindruck in sich aufkommen fühlte, den er immer gehabt hatte, während er sich die wunderbaren Dinge von Vulcano einprägte, nämlich, dass die Pellisquadre ihm nicht glauben würden.

Sein Wachtraum hatte nur einen Fehler.

Je mehr er diese Fere, dieses Wunder der jenseitigen Welt, zum Glänzen brachte und besang, umso falscher klang seine Stimme, je größer er sie mit seinen Worten machte, umso mehr tat sie ihm tatsächlich leid: diese Fere, die von der Fere nichts anderes mehr hatte als den Namen. Und hier, in der Fere, im Namen der Fere, lag er, dieser Fehler. Dieses Wunder von Tod, das er gesehen hatte, stimmte mit dem widerlichen Leben der Fere nicht überein, dieser Name entsprach nicht jenem Tier der jenseitigen Welt, Name und Sache vereinigten sich nicht, kurz gesagt, sie versippten sich nicht, sie überzeugten nicht.

So kam an diesem Punkt der eigentliche Name, der richtige Name der Fere zum Vorschein, der, welcher diesem Tier wie auf den Leib gemalt entsprach, diesem seinem jenseitigen Tod, und zwar fast von allein, aufgrund der Sache selbst, und das entmachtete buchstäblich die Fere: Defere, Delfere, Delfifere, Delfin, das heißt der Name der schönen Kopie der üblichen Fere, wie man sie in den beiden Meeren zwischen Skylla und Charybdis kennt, der Name der Festlandsfere, der Fere, die mit der Zunge zwischen den Zähnen redet, die Italienisch redet, die Fere des hohen Meeres, die Fere von hoher Klasse.

Am Ende von allem entdeckte er also den Friedhof der Delfine, der Tod des Delfins versetzte ihn in Verzücken: Mit anderen Worten, er hatte nichts entdeckt, denn der Delfin versetzt auch im Leben in Verzücken, er ist eine Fere des Jenseits, während er noch im Diesseits ist.

Jetzt erklärte sich sein großes Erstaunen sehr wohl, dass er einem Wunder beiwohnte, der Offenbarung der Fere, dieser Schmutzbesudelten mit bezahntem Verstand, die sich mit einem Sprung aus jedem Hinterhalt, aus jeder Heimtücke und den Tötungsversuchen eines dreißigjährigen Lebens erhob und in den Tod sprang, sich dabei mit nach oben gerichteten Augen ausstreckte, im Streben nach Himmel, schön, virtuos und gaunerhaft. Mit dem Namen Delfin kehrte alles wieder ins Normale zurück, sein Erstaunen, seine Verwunderung hatte keine Berechtigung mehr. Dieser Tod hatte nichts Außergewöhnliches mehr, er konnte weder tapfer noch sonst etwas genannt werden, nicht einmal, dass es eine Offenbarung war, denn dann ist der Delfin auch im Leben eine Offenbarung, wenn er sich mit der Fere vergleicht, ihr äußerlich zwar gleich, innerlich jedoch ihr Gegenteil. Und noch weniger als wenig konnte man sie als eine mit offenen Augen Erträumte bezeichnen, als Erträumte wie das Erträumen unmöglicher Dinge, die man gerne verwirklicht sehen möchte, denn dann wäre das Leben des Delfins selbst ein Traum mit offenen Augen, sofern man das Leben seines Gleichen und seines Gegenteiligen im Blick behält, nämlich der Fere. Und schließlich konnte man es auch kein Märchen nennen, denn dann müssten das, was als Ereignisse und Tatsachen aus dem Leben des Delfins berichtet wird, Märchen sein, wenn man die Untaten seines Gleichen und seines Gegenteiligen, der Fere, in Betracht zieht.

Das machte er sich klar, und gleichzeitig machte er sich klar, warum er von Anfang an das Gefühl hatte, dass die Pellisquadre ihm nicht glauben würden. Natürlich, und wie, sie kannten ja die Fere, und weil sie sie kannten, glaubten sie nicht an den Delfin. Aber nicht nur glaubten sie nicht an ihn; die Pellisquadre verstanden sie nicht einmal als Fere, die als Delfin daherkommt, getauft und gefirmt, ein Ferenschlag wie dieser machte keinen Sinn, weder im Meer noch an Land, noch im Himmel. Eine Fere aus dem Jenseits, genau das war sie für diese Männer. Daher hatte sein Wachtraum in ihren Augen nicht nur diesen Fehler des Namens, für sie war dieser ganze handgemachte Traum an sich ein Fehler, weil es für sie völlig einerlei war, ob er sich mit dem Friedhof der Delfine herumschlug, ob er sich mit der Karkasse des Delfins herumschlug, ob der Delfin starb oder ob er lebte. Wer hatte denn diesen gewissen Delfin schon kennengelernt oder gesehen? Kurz gesagt, für sie hatte er überhaupt nichts entdeckt, nichts, was ihre von alters her Heimische betraf, die Fere, das Arkan, das ihr Verschwinden für sie darstellte, wenn sie das dreißigste Jahr ihrer Verbrechertaten vollendete, und nichts mit dem Arkan zu tun hatte, das er ihnen enthüllte. Und das hatte überhaupt nichts mit ihnen zu tun, ja, genaugenommen ging es ihnen zum einen Ohr hinein und zum anderen Ohr wieder hinaus.

Stelle sich doch einer vor, ob, sobald er mit diesem Delfin aus dem Jenseits in seiner Handfläche auftauchte, mit diesem sonderbar wissenden Traum auf den Lippen, stelle sich einer vor, ob die ihm nicht gleich diese ganze Sandburg zusammenschießen würden: vulkanischer Kegel, Friedhof in Serpentinenform und weiße Karkassen von Delfinen, die darauf wie ein S ausgelegt waren, wie die Initiale von Sanctitas, ähnlich den *Ossidimorte*, den *Totenknochen*, in den Feinbäckereien am zweiten November. Nicht einmal mit weit aufgerissenen Augen konnte er sich jemals erträumen, dass die Pellisquadre jene Fere aus dem Jenseits schluckten. O ja, schön machte er ihnen das Geschenk, wunderschön träumte er davon, es den hochverehrten Pellisquadre machen zu können … Er begab sich auf eine Reise, die mit Astolfos Aufbruch zum Mond verglichen werden konnte, den er für Orlandos Verstand unternahm, er begab sich auf die Reise zu einer jenseitigen Welt der Feren, durchquerte Wasser und Feuer, um ihnen die Karkasse der Fere zu bringen, den erwiesenen Beweis, dass der Grund für das Verschwinden der dreißigjährigen Feren darin lag, dass sie zu ihrem mysteriösen Vulkanfriedhof zogen, er begab sich, kurz gesagt, auf die Reise, um ihnen die Offenbarung dieses Arkans zu bringen, des Arkans nämlich, dass die Feren, auch wenn sie ihren Tag nicht abwarteten, und auch wenn sie den Tag, den Ort und die Weise bestimmten, auch sie an Alter starben; darin lag, im Vergleich zu ihnen als Christenmenschen, nichts Besonderes und nichts Eigentümliches. Deshalb begab er sich auf die Reise, um für sie das Jenseits der Delfine zu entdecken, er kehrte zurück und brachte ihnen die Karkasse eines Delfins, die einer geweihten Hostie gleichzukommen schien, einem heiligen, einem allerheiligsten Skelett, einer Reliquie. Und sagte er, dass sie starb? Sagte er, dass es nichts Besonderes und nichts Eigentümliches im Vergleich zu ihnen, den Christenmenschen, gab? Sagte er das und versteckte er es vor ihnen unter der Maske eines Delfins? Er machte ihnen dieses verräterische Geschenk, eingepackt in die Worte derer, die keinen Augenblick glaubten, dass diese ihre Heimische, diese Diebin, diese Tückische, diese Mörderin, sobald sie ein bisschen hinaufzog und aus den Gewässern zwischen Skylla und Charybdis ausscherte, Festlandsluft atmete und sich zivilisierte, indem sie ihren Namen änderte und ihren Lebensstil, eingepackt in die Worte derer, die nicht an den Delfin glaubten und glauben, weil nun einmal der, der rund geboren wird, nicht quadratisch sterben kann. Enthüllte er ihnen auf diese Weise das Arkan der dreißigjährigen Feren? Auf diese Weise, mit dem Delfin? Mit dem Delfin, der niemals starb, denn nach dem, was er da im Stehen schlafend träumte, in seinem Streben nach Himmel, konnte man über den Delfin nicht wie über alle anderen sagen, dass dieses Leben ein Übergang sei, sondern man musste sagen, dass es ein Übergang zum ewigen Leben und der Lohn des Himmels sei. Doch was meinte er damit? Wollte er sich damit über die Pellisquadre lustig machen? Meinte er es ernst, oder verhielt er sich närrisch? Das konnte er wirklich nicht begreifen, nicht in diesem Augenblick, doch er begriff, warum sein Wachtraum vollkommen stimmig war, bis hin zu dem Punkt, wo er davon träumte, ihn den Pellisquadre zu erzählen, für die er bestimmt war, und genau an diesem Punkt stieß er auf Granit.

Er fand sich an diesem Punkt in jenem dichten Dunkel wieder, wo es ihm vorkam, als würde er weiterhin mit geschlossenen Augen dastehen, auch wenn er sie weit offen hielt. Er fand sich da drinnen wieder, als würde er, gebückt vor dem Stativ, das Gesicht unter das schwarze Tuch des Kamerakastens halten und im Begriff sein, die Pellisquadre in einen Bildausschnitt zu bannen, die sich in einer Gruppe vor ihm befanden, vor ihrem Küstenstrand, vor dem weißlichen Hintergrund der Häuser, in einer Brustbildpose dasitzend, auf drei Stuhlreihen, von der ersten, die am kürzesten war, bis zur dritten, der längsten.

Für ihn sahen sie alle gleich aus, vom Gesicht her und von ihrer Person, als hätte jeder alles von jedem anderen, jeder mit den Angaben von allen und keiner mit sich selbst, identisch bis zu dem Punkt, dass er, während er sie mit einem Gesamtblick in der Gruppe erkannte, beim Betrachten eines jeden Einzelnen nicht einmal seinen Vater wiederzuerkennen vermochte.

Allesamt identisch und allesamt, wie es schien, in den Rang eines Admirals erhoben. Von der Uniform allerdings blieb ihnen nichts mehr: Man hätte gesagt, dass auch sie von Neapel zurückkehrten, diese Handvoll pellisquadrischer Admiräle, und da, in Neapel, mussten sie sich die Tressen, die Rangabzeichen und Erkennungsmarken von der Uniform gerissen haben. Allerdings hatten sie den Hut, und der allein ersetzte die gesamte unversehrte Uniform, denn es handelte sich um den Paradehut, diese pompöse Albernheit, die man Feluke nennt und aussieht, wenn auch nicht eigentlich wie die Feluke, die sie in die Mitte des Wassergevierts beim Zug des Schwertfischs setzen, so doch wie ein kleines umgestülptes Papierboot mit übertrieben spitz aufragendem Rumpf. Den schienen sie als Trophäe aufzubewahren, und in diesem Augenblick zeigten sie ihn, den sie auf ihren Knien hielten, vor. Für ihn, das verstand er, um ihm sofort so etwas wie einen Hinweis auf ihre große Autorität zu signalisieren, die sie ihm gegenüber für sich in Anspruch nahmen, Autorität einerseits von Pellisquadre gegenüber einem Handlanger in Zeiten des Friedens, und andererseits von Admirälen gegenüber einem Matrosen in Zeiten des Kriegs.

Konnte er sich denn irren, dass er auf Granit stieß an dieser Stelle seines Traums? Ohne den Delfin auch nur zu erwähnen, sahen sie ihn an, als wären sie in den Fels der 'Ricchia gemeißelt. Diese Orakelmünder blieben nämlich stumm, als wären sie wirklich aus Felsgestein, denn sie hatten keinerlei Bedürfnis, durch Worte auszusprechen, was sie dachten, das stand ihnen ins Gesicht geschrieben, doch an ihrer Stelle sprach auch die dichtgeschlossene Mauer ihrer Admiralskörper: Verkauf ihn uns bloß nicht als Fere, deinen Delfin da, das las er in deutlichen Lettern in ihrem Gesicht. Sie waren beredt, äußerst beredt in dieser stummen Pose: ein Mann, eine Tat.

Doch dies wieder war was? Das wenigste war's. Noch mussten sie ihm sagen, was für eine Vorstellung sie sich von ihm machten, der aus dem Krieg zurückkam und sich ihnen als Delfinkenner zeigte. Und sofern ihm die admiralshafte Pose nicht ausreichte, spielten sie für ihn eine entsprechende Pantomime, auch wenn er anfangs in ihrer Pantomime alles rückwärtslas: Da las er, man stelle sich das vor, dass auch sie, die Pellisquadre, sich zum Delfin bekehren würden. Wie heißt es doch? Das Schwein träumt von der Eichel.

Unerwartet kehrte wieder Leben in sie zurück, und sie führten eine eigentümlich stumme Szene auf, mit einem Doppelsinn, eine von den Szenen, die man nur in echten Träumen sieht, die, die man bei geschlossenen Augen aufführt. In dieser stummen Szene allerdings kam auch er vor, da hatte auch er gewissermaßen etwas mitzureden.

Wie zu ihrer Unterhaltung begannen die Pellisquadre mit der Zehenspitze den Sand vor sich wegzuschieben, blickten auf und schauten ihm auf die Lippen. Er sah sofort, dass sie mit dem Fuß ein Wort schrieben, und das Wort, das sie schrieben, war Delfin, die Klassenarbeit, die er ihnen aufgegeben hatte, ohne sich aufzulehnen, ohne uffa, uffa zu prusten. Er betrachtete sie und streichelte sie mit seinem Blick, wobei er sich sagte, dass es wirklich schade sei, nicht jeden Einzelnen erkennen zu können, wer von ihnen Luigi Orioles war und wer Jano Scarfì und wer sein Vater, Caitanello Cambrìa, diese Admiräle, die noch bei den Schiffsbäumen standen und sich zum ersten Mal in dem holprigen, kitzligen, in dem äußerst schwierigen Wort übten, auch wenn es ausgerechnet das war, das zu kennen sie sich beharrlich weigerten. Konnte er denn wissen, dass dies alles eine Pantomime war?

Und doch, dieser Anblick der Pellisquadre, die mit dem großen Zeh die Linie des *E* zogen oder den schön an das *F* von Delfin geschlungenen Knoten, kam ihm nicht allzu getreu und allzu echt vor. Ganz allmählich fühlte er den Verdacht in sich aufsteigen, dass die Pellisquadre ihm eine alte Szene vorspielten, die Gestaltung einer altbekannten Sache, eine Pantomime, deren verborgene Sprache sich nur Eingeweihten mitteilte, nur dass er, abgesehen von der anspielenden und enttäuschenden Wirkung, die sie auf ihn hatte, den Widersinn der Szene nicht verstand. Doch darum kümmerten sie sich, ihm auch die Rätselei noch zu verabreichen, sie ihm sogar mit dem kleinen Löffel zu verabreichen.

Als sie nämlich den zur Frage stehenden Delfin erst einmal geschrieben hatten, zogen sie ihn ringsum nach, mit der großen Zehe, als wollten sie ihn verschönern, und man musste ihnen zugestehen, dass sie, auch wenn sie keine gebildeten Menschen waren und mit den Füßen schrieben, gleichwohl eine Kalligraphie besaßen, die, hätte man sie als schön bezeichnet, gar nichts war, denn magisch hätte man sie nennen müssen, weil das Wort sogar Gestalt angenommen hatte, mit ganz kurvigem, flatterndem Umriss, und es war, als wäre es buchstäblich die Fleisch und Blut gewordene Gestalt des Delfins geworden, ganz so, wie wenn sie ihm, dem Wort, nachdem sie es mit der großen Zehe noch einmal nachgezogen hatten, einen Körper und ein lebendiges Empfindungsvermögen gegeben hätten.

Und als sie ihn diesermaßen wohl gestaltet hatten, so dass er wie ein auf dem Sand gestrandeter Delfin wirkte, mit Umrissen, tief eingekerbten, bis dahin, wo das Wasser unten wieder zum Vorschein kam, da standen sie auf einen Schlag auf: Als hätten sie gar nicht mehr an sie gedacht, rollten die Feluken von ihren Knien auf das Ufer und von dort ins Meer, fuhren wie kleine Boote hinaus in Richtung der abwärtstreibenden Strömung und fingen an, sich, von den Wellen geschaukelt, zu bewegen. Die Pellisquadre aber schauten ihnen nicht einmal nach, sie waren ja nicht da, um Schiffchen zu spielen, wollten sie damit sagen, auch dann nicht, wenn es sich um Luxusboote gehandelt hätte, um Admiralsfeluken.

Kaum standen sie, spuckten sie an ihre Füße, genauer gesagt, sie spuckten auf das Wort, das sie geschrieben hatten, und es war, als würde aus ihrer Spucke ein Meer vor jedem erstehen, und als ob es sich in diesem Meer befände, würde das Tier aus dem auf Sand geschriebenen Wort erwachen: Es schien in diesem Augenblick aufzutauchen, zwischen Kopf und Fluke die Form eines Kommas anzunehmen, damit es nicht aus diesem Speichelmeer hinausschwappte. Es war weiß, jungfraufarben, und gleich machte es ngangà, ngangà, mit lieblichen Augen, wie aus der Wiege.

Rein zufällig, doch nur dem Anschein nach, stießen die Pellisquadre mit ihren Füßen dagegen, als würde der Delfin sie beim Gehen behindern, und alle versetzten ihm Fußtritte. Und noch einmal blickten sie auf ihn, und so, als würden sie auch das von seinen Lippen ablesen wie Taubstumme, mit alleiniger Bewegung der Lippen, machten sie sich daran, ihm die Tugenden des Delfins zu besingen, sein Gloria, alle im Chor, und verpassten ihm bei jedem Gloria einen Tritt.

Rein ist er, berühmten sie ihn in primisprimissimo.

Jungfräulich ist er, berühmten sie ihn danach.

Märtyrer ist er, berühmten sie ihn zum Schluss, und brachten in voller Schönheit ihr Gloria zu Ende.

Dann war's, als läsen sie noch etwas anderes auf seinen Lippen. Ins Meer. Werft unverzüglich diesen Delfin ins Meer: Sie buchstabierten es ihm ins Gesicht, und ihm, seinem Ohr und seinem Aug, klang und wiederklang diese Buchstabiererei, Gegenwart Vergangenheit Gegenwart, im Ohrenaug der Erinnerung, mit einer gewissen Launigkeit, mit etwas Widerlichem, Despotischem, kurz, es klang wie ein Befehl.

Diesen Befehl wiederholten sie für sich, als würden sie mit ihren Zähnen fest auf ihn beißen, und jeder verpasste seinem Delfin gleichzeitig einen derartigen Tritt ins Hinterteil, dass die Delfine durch die Luft direkt ins Meer flogen, auf ihn zu, als würden sie sie ihm ins Gesicht schleudern. Er meinte, dass die Delfine von den Füßen der Pellisquadre wegschossen, als wären sie Torpedos, Tiefenbomben, die von den Startkatapulten der Korvette abgefeuert worden waren, oder als wären sie diese Tellerchen, diese schwarzen Pechscheiben, die den Passagieren auf den Ozeanriesen als Zielobjekte dienen, wenn sie auf dem Meer die eigentümliche Lust ankommt zu zielen und zu schießen. Einer nach dem anderen flogen die Delfine an ihm vorbei, und er schloss dabei ein Auge und kniff das andere zusammen, als würde er ihnen mit einem vom Richtkorn eines

Karabiners oder vom Sucher einer Fotokamera gestützten Auge folgen: Auch er verspürte in diesem Augenblick die eigentümliche Lust, diesen für ihn völlig neuen Drang zu zielen und zu schießen, doch meinte er, den Grund dafür zu kennen.

Indessen hatte die Pantomime der Pellisquadre, diese ganze doppelsinnige stumme Szene, eine einleuchtende, offensichtliche Bedeutung für ihn. Längst war es klar, dass sie eine Begebenheit darstellte, die nichts weniger als auf das Jahr neunzehnhundertfünfunddreißig zurückging, und die Begebenheit betraf den berühmtberüchtigten Fall des Feradelfins, den sie in jenem Jahr mit einer faschistischen Exzellenz ausgefochten hatten, die sich auf dem Seeweg nach Abessinien befand. Es war klar, dass sie ihm das vorspielten, es war klar, dass sie die Exzellenz darin darstellten, klar, kurz gesagt, dass er mit seinem Delfin in ihren Augen die Figur eines Äffers abgab, die diese Exzellenz nachahmte, angesichts der Tatsache, dass er zwar in Unkenntnis, aber überzeugt, Wort für Wort, Bewegung für Bewegung diesen Syphilitiker einer guten Mutter kopierte. So stellten sie ihn dar, für sie stellte 'Ndrja das vor, und zwar nicht, um sie zum Lachen zu bringen, denn indem er ein Meisterstück an Niedertracht wie diese Exzellenz zur Vorlage nahm, konnte er alles mit ihnen machen, nur nicht, sie zum Lachen bringen.

Rein ist er … Jungfräulich ist er … Märtyrer ist er … Von wem stammten nur diese schönen Glorien, mit denen sein vulkanischer Delfin besungen wurde? Hatten sie sie etwa nicht genau so dieser vorbildlichen Exzellenz aus dem Mund genommen? Daran erinnerten die Pellisquadre ihn stumm, nur daran, nur an dieses: Erinnerte er sich? Dann sollte sich dieser degenerierte Hilfsbursche gefälligst schämen, ihnen das Äffische der faschistischen Exzellenz vorzuführen, rot sollte er werden, ihnen, den Pellisquadre, vom Delfin zu erzählen: Wollte er etwa gegen seine Admiräle aufbegehren?, gegen seine Mutter, sozusagen?

Die Pellisquadre betrachteten ihn mit verächtlicher, grenzenloser Gleichgültigkeit und huschten mit ihrem Blick über ihn hinweg, als wäre er ein Fleck in der Landschaft, und er fühlte sich, als würde er aufgrund dieser Blicke innerlich aufblähen, brüten und sich einer Anstrengung aussetzen, bis er dieses Wort Delfin zu hören meinte, das ihm bei geschlossenem Mund auf den Lippen sabberte, wie eine Blase, ein Speichelfaden allen Gesabbers von Lobeshymnen, die er zuvor über ihn hatte erklingen lassen. Auf den Lippen spürte er ein schleimiges Gekitzel, es schmeckte süßbitterlich, eklig, als wär's ein gallertartiges Tierchen, mit ebenso vielen Beinchen wie's Buchstaben gibt, und mit diesen fuchtelte es herum, um nicht von seinen Lippen zu rutschen und herunterzufallen. Es ihm aber gründlich auf die Lippen zu heften, dieses Geschäft wollten die Pellisquadre übernehmen, mit den zu einem Nadelöhr verschlitzten Pupillen, Stich um Stich, Buchstabe um Buchstabe *Del* … nähten sie ihm den Delfin auf den Mund, mit dem Faden seines eigenen Speichels, gesteppt mit tiefrotem Blut, als wäre sein eigenes mit dem des Delfins vermischt worden.

Nun stellte er sich vor, dass er vor den Pellisquadre weibisch aussehen musste, denn seiner Meinung nach war's, als würde der Name, der karamellartig auf seinen Lippen sabberte, seinen Mund mit einem Lippenstift röten und ihm ein freches, grelles Aussehen von einem Mann und einer Frau verleihen. Ein Bürschchen und Stümper, der sich in der Ferne, im Krieg, zu einem Bastard entwickelt und sich in allem und jedem entmenschlicht hatte, als so einer musste er den Pellisquadre vorkommen, als würde in ihren Augen dieser Delfin auf den Lippen seine Männlichkeit als Bursche der Pellisquadre auslöschen.

Es war ihm fast, als würde er ihn schmecken, diesen karamellartigen Geschmack des Blutstifts auf den Lippen. Er säuberte den Mund mit dem Handrücken, um dieses schmierige Ekelszeug von den Lippen zu bekommen, reckte den Hals, schüttelte angewidert den Kopf, und wegen der Angst in seinem Herzen hielt er den Wachtraum an und kehrte wieder ins Bewusstsein zurück, als hätte er gerade einen Alb von sich geschüttelt. Er fand sich mit der Wange auf dem ausgehöhlten Küstenufer wieder, sein Mund berührte den schwarzen Sand: Er fand sich wieder und schmeckte auf den mit Sandkörnern behafteten Lippen diesen Geruch von Vulkanischem, von warmem Most und kalter Schmiede, süßlichbitter, wild.

Er hatte den Eindruck, er hätte geträumt, einmal mit offenen und einmal mit geschlossenen Augen. Bis zum Ausgang vom Krater von Vulcano waren seine Augen offen, und dann, von da an, bis zu der verächtlichen, empörenden Pantomime, die die Pellisquadre vor seinen Augen aus dem Stegreif dargeboten hatten, waren seine Augen geschlossen, und er hatte keinerlei Bewusstsein. Gelegentlich war er wohl eingenickt und weggesunken, für einen Augenblick oder auch zwei, wenn nicht, was hätte er dann denken sollen? Dass er auch die Pellisquadre, als Admiräle verkleidet und als Kriegsgericht tagend, mit dem Ziel ihn abzuurteilen, auch die Pantomime, mit ihm als äffischem Nachahmer des

Delfinkenners Exzellenz, auch der mit Lippenstift auf die Lippen geschriebene Name, dieses Bewusstsein von Verweiblichung, das ihm dieser Albtraum, ums mit einem Wort zu sagen, wachrief, aus dem er dann in die Wirklichkeit zurückzukehren meinte wie aus einem Traum von tiefstem Schlaf, dass er auch das alles mit offenen Augen träumte, so sehr er sich auch wünschte, dass es geschehe?

Tatsache war, dass sein Schlaf und er miteinander Räuber und Gendarm spielten, denn sobald er sich mit etwas identifizierte und ihm eine Art Vision vor Augen trat, streute der andere ihm klammheimlich, aber unverzüglich sein opisierendes Pülverchen über die Augen, vielleicht nur eine Prise, einen Hauch, zu wenig, um es bewusst wegzuwischen, ausreichend aber, um ihn wie verzaubert vor diesen Visionen festzuhalten, die ihm, fast wie zufällig, in den Kopf kamen oder wiederkamen, aufgrund einer Eingebung aus fernster Zeit und dem Eindruck eines in der Nähe liegenden Orts, aufgrund eines Geruchs von vulkanischem Sand, aus Gründen, die in ihm und außerhalb von ihm lagen. Ich träume, aber vielleicht auch nicht, hätte er sich sagen können. Ich träume, aber vielleicht auch nicht, das vermittelte eine gute Vorstellung von dem Traum, den er mit einem offenen und einem geschlossenen Auge geträumt hatte.

Doch wie darin lesen? Wie einen Traum deuten, der nicht eigentlich ein Traum war? Welches kabbalistische Kunststück musste er vollbringen, um dessen Sinn zu erfassen, dessen Bedeutungen? Dieser Traumsplitter von abartigem Bürschchen, um ein Beispiel zu nennen, dieser Traumsplitter, der mehr dem Delfinversteher, nämlich der Exzellenz, gleicht als den Pellisquadre, dieser Traumsplitter, den die charybdotischen Admiräle ihm auf die Lippen drückten, als hätten sie ihn kennzeichnen wollen, dieser Traumsplitter, was für eine Art von Traum war das, welchen Wert sollte er ihm beimessen? Auch hier, auch darin musste ein Fehler stecken, ein weiterer, oder der gleiche, der darin bestand, dass er sich auf die Suche nach der toten Fere machte und zurückkehrte mit dem unsterblichen Delfin. Er dachte nicht daran, dass er den Traum träumte und der Fehler auch in ihm liegen konnte, weil er es doch war, der den Delfin mit offenen Augen träumte und träumte, ihn vor den Pellisquadre herumzuschwenken, und dass die Pellisquadre, um ihn zu beschämen und bloßzustellen, ihn mit den Augen dem abgrundtief verkommenen Modell der Exzellenz nachbildeten, nach dieser Kontur eines Delfinverstehers mit dem Wesen eines Arroganten und Camorristen des Faschismus, den sie sich eingeprägt hatten wie ein Sprichwort.

Kurz gesagt, es dämmerte ihm noch nicht, dass dieser Wachtraum aus seinem Inneren kam, dieser Traum der Wünsche und Begierden; und dass er es folglich war, der begehrte, diese böse Gestalt zu sein, dieser Schandbare, er begehrte, diesen Splitter zu nehmen, als empfände er im Innersten eine Schuld, einen Gewissensbiss und einen Wunsch nach Sühne.

Für den Augenblick allerdings gelang es ihm nicht, tief in sich hineinzublicken, für den Augenblick musste er, wohl oder übel, obenauf, ganz obenauf bleiben, und für den Augenblick sah er obenauf, ganz obenauf, nur das, was sein Verstand in diesem Augenblick durchkaute: die Röte des Lippenstifts, diesen Lippenstift der Röte. Seine Gedanken hingen ganz verzaubert daran, ohne dass er es richtig verstehen konnte. Hin und wieder kamen ihn, wie ein Tick, kleine Kicherattacken an, ein ungläubiges Kichern, das aber eine Art Brennen auf den Lippen zurückließ. Und es war wegen dieses Splitters, mit seinen Gedanken fest auf diesen Splitter der Niedertracht gerichtet, dass er sich wieder das vor Augen hielt, was für die Pellisquadre der eigentümliche Fall Feradelfin schlechthin gewesen war, ja mehr noch als das, und für ihn und die anderen Jungs war der erstaunliche Fall die erste Gelegenheit, die Fere, von der Welle überspült, durch den Mund von irgendjemandem zu sehen, um den vorher nie gehörten Delfin an ihrer Stelle zu erheben.

Aufgrund dieses Splitters, dieses Traumsplitters: Doch danach hatte er damit nichts mehr zu tun, danach vergaß er ihn sogar. Danach, würde er sich gesagt haben, schweifte sein Kopf fast instinktiv wieder zu diesem bemerkenswerten Fall zurück: Als wollte er in diese Zeit zurückkehren, der gewohnten Zeit, in der er noch ein Hilfsjunge der Pellisquadre und Krieg ein gängiges Wort auf den Lippen der Pellisquadre war und ganz allgemein Meer bedeutete, Stürme, Hungersnöte, dieser Schrecken von Aufruhr und Arkanen, und im Besonderen bedeutete es Fere, Fere und nochmals Fere: Fere, wenn sie ihre Launen hat und sie sie aufs Korn nimmt und sie sie dazu bringt, ihre eigenen Ellbogen aufzufressen und sie wünschen lässt, nie geboren zu sein.

Es war, als würde er dorthin zurückkehren, ferner noch als die Zeit und der Ort, in die er sich bereits zurückgekehrt sah, dort, ins Jetzt, an die Gestade des Feminotenlandes: zurückgekehrt aus dem Krieg, der ein Krieg war, und anders als ihr Krieg, zurückgekehrt von den hohen Meeren des Kontinents, wo man von der Fere nichts weiß, wo man nur die Delfine kennt und er sie auch kennengelernt hat, die ihm jetzt, in seinem vom Schlaf verwilderten Kopf, wie schreckliche Erscheinungen aufsteigen, kurz gesagt: heimgekehrt von allem, was ihn vom Meer zwischen Skylla und Charybdis abgetrieben und der üblichen Zeit entfremdet hat, von dem üblichen Krieg gegen die Fere. Deshalb schließlich erinnerte er sich an diesen bemerkenswerten Fall Delfin gegen Fere, wie wenn er sich daran zur Erinnerung an all das erinnern würde.

Seit dem Grossen Krieg war's, nach dem, was die Pellisquadre erzählten, dass es in diesen Gegenden keine derartige Konzentrierung von Feren mehr gab als die von neunzehnhundertfünfunddreißig, als die Feren zusehends an Zahl zunahmen, von ebenderselben Sippe der Braunen, die von Malta her oder von den Inseln hier auftauchten, in der Kielspur der Schiffe, die, auf dem Weg nach Abessinien, ihre Route durch die Meerenge abkürzten.

Kein Tag verging, dass vor Charybdis nicht die Schiffe mit den bloßarmigen Schwarzhemden vorbeifuhren, die einen Schutzhelm aus Kork nach afrikanischer Art trugen, und auch mit Soldaten, die man von Land aus allerdings wenig wahrnahm, anders als die faschistischen Kämpfer, die sich aus der Entfernung vor der Schiffswand schwärzlich ausnahmen, längs der Brücken, auf den Treppen und Masten, in Schwärmen wie Krähen und Sturmvögel.

Jeder Dampfer zog unweigerlich einen ganzen Schwarm von Feren hinter sich her, wie ein Schwanz aus Pech und Schaum, der sich dann ganz von alleine mitten zwischen Skylla und Charybdis und fast immer auf der Grenzlinie der beiden Meere loslöste, ein bisschen früher, ein bisschen später, in diesen gischtenden Gegenden. Einen Augenblick vorher folgten sie den Schiffen, wie einberufene Freiwillige, und einen Augenblick später, als sie auseinandergingen, verloren sie sich in dieser meerischen Verwunderung, in dieser unvorhersehbaren ozeanischen Senke, angezogen vielleicht vom Anblick der dort ansässigen Feren, die sich ihre Zeit vertrieben und da drinnen herumtollten wie in einem Trugbild. Diese Seltenheit eines Doppelmeers, die wohl einzigartig auf der Welt war und zwischen der Insel und dem Kontinent herwogte wie ein Fluss zwischen zwei Ufern, überschüttet von Strömungen, mit meerischen Fischen oben und ozeanischen Fischen unten, musste sich für einen immerwährenden, sehr unterschiedlichen Hinterhalt eignen, und was die Netze in diesen Verengungen betraf, mussten Verbrechen und Morde da drinnen fabelhaft funktionieren, sowohl was das Nützliche angeht als auch das Vergnügen, denn aus der Perspektive der Fere gesehen, ist mit dem Nützlichen allein die Freude nicht gegeben.

So mahlten sie nach einem ersten, blitzschnellen Kalkül die Zähne und warfen, als sie sich mit ihren Hintern drehten, Schiffen und Schwarzhemden eine Ladung von Fürzen als Gruß zu. Nach und nach wie sie herbeischwammen, sahen sie sie hier und da im Meer zwischen Skylla und Charybdis unterkommen, die oberen in Richtung Rasocolmo und Casablanca, die unteren zwischen den Sandbänken und den Felsen vor Skylla und zwischen den sandigen Durchsichtigkeiten und den submarinen Grotten der 'Ricchia bei Charybdis. Es schien, wenn man sie sah, dass sie schon dort waren und instinktiv die Stelle erkennen würden wie einen im Traum besuchten Meeresbauch.

Ja, dieser herrliche Schlag tauchte in großem Stil just im Jahr des Afrika-Kriegs auf. Nur wenige Herden sah man geradeausschwimmen, weit draußen, die auf dem Sattel der Wellen dahintrabten, als würde jemand sie mit Tritten ins Hinterteil verfolgen. Gerade so viel Zeit, um den einen oder anderen Schaden anzurichten und die eine oder andere Schmarre auszuteilen, und dann ab. Die jungen Thune, auf die sie stießen, verschwanden bei deren Durchzug, und man hätte sie erst im folgenden Jahr wiedergesehen. Der größte Teil aber ließ sich dort nieder, und die Pellisquadre fingen da wieder an, den Geschmack dieser gallebitteren Happen zu schmecken.

Am Palamitaranetz gab es bei jedem Heraufwinden ein Massaker von Schwertfisch, Bonito, Langflössler und Thun, in Stücke gerissen und geköpft. Um den Christenmenschen eine Schmarre beizubringen, ließen die Feren die Köpfe ohne Körper übrig, als Trophäen aufgehängt in den Maschen, in denen sie sich verfangen hatten und dem Henker ihren Hals darboten; denn nachdem sie sich ins Netz hinuntergelassen hatte, riss die Fere ihrer lebendigen Beute den Kopf ab, stieg dann wieder hinaus, bemächtigte sich ihres Körpers und schleppte ihn weg. Und das Netz kam zerrissen an die Oberfläche, zerfasert, zermahlen mit Zähnen und Klauen, mit geduldigem, beharrlichem Groll, mit christlicher, intelligenter Bosheit des Verstands. Im Mai, wenn sich die ersten Schwertfische von den Inseln zeigten, die ahnungslos hinter ihren kurz vor der Eiablage stehenden Weibchen herschwammen, war ihr Netz wie ein Schlachtfeld, ein Massaker von zerrissenen Maschen, von Fetzen.

Am Ende hatten sie sich entscheiden müssen: Sie waren an Skylla vorbeigekommen und hatten es den Caristis gezeigt, Vater und Sohn.

»Werfts weg«, sagte der Vater. »Es würde euch ein Vermögen kosten, es auszubessern, und die Fere würde immer noch leichtes Spiel haben.«

Die Caristis waren Spinner und Knüpfer von hohem Können und dazu

Männer von nobler Gesinnung, wann und wenn sie baten, bezahlt zu werden. Über der Arbeit mit den Netzen hatten sie gewissermaßen von Masche zu Masche die Übung mit dem Wort verloren, so dass, wenn sie den Mund aufmachten, ihr Reden fast schon wie das eines Magiers klang und den Geschmack von etwas Ernsthaftem und Unwiderruflichem bekam. Ihr einziger Nachteil war der einer Langsamkeit, die einen an den Rand der Verzweiflung brachte, eine von den Langsamkeiten, die die Milch in die Knie schießen lässt, auch wenn bestimmte Netze für die verschiedenen Fangarten, die aus der Hand des Großvaters von Rocco Caristi stammten in den Tagen, als Garibaldi die Meerenge überquerte, immer noch ins Meer sanken und ihren Dienst versahen.

Ende Juni jedoch, an einem Morgen, drangen von der anderen Seite des Meeres die Rufzeichen der Caristis herüber, die zu diesem Zweck einen Kleiderschrankspiegel in die Sonne stellten und blinkten und dabei die Strahlen auf die Häuser von Charybdis lenkten. Dort dachte man zuerst an eine Blendung, aber das Palamitaranetz war wirklich fertig, und die Caristis hatten dafür gesorgt, dass sie's am Ufer fanden, zusammengelegt in einem großen Korb wie ein Geschenk. Die Caristis hatten sich gedacht, dass es doch schade wäre, wenn die Charybdoten sich durch den Schwertfischzug ruinierten, nur weil sie kein Palamitaranetz besaßen: Denn wenn die Harpune dich auf dem Trockenen sitzen lässt, bringt dir das Netz doch immer noch Handfestes.

»Was machen wir?«, fragte Luigi Orioles Rocco Caristi.

»Iate, iate … geht nur, geht nur und brauchts«, antwortete Rocco Caristi, ohne von seiner neuen Arbeit auch nur aufzublicken.

»Ihr seid ein Freund«, sagte Luigi Orioles. »Einstweilen nehmt diese Anzahlung.« Und er hatte ihm einhundertfünfzig Lire gegeben.

Für diese Anzahlung hatten sie in Charybdis ihre Augen verpfändet. Und weil die Galle immer auch ein paar Tropfen Honig verbirgt, kam es zu der großartigen Geste der jungen Fräulein, die teilweise schon zu jungen Frauen herangewachsen waren, teilweise erst noch zu jungen Frauen aufblühen würden. Sie hatten nämlich nach dem Friseur von Granatari geschickt, dem sie ihre Zöpfe verkauften.

»Jetzt habt Ihr endlich gewonnen«, hatten sie zu ihm gesagt, denn er war immer wieder vorbeigekommen und hatte gefragt, ob sie wohl ihre schönen Zöpfe verkaufen würden, und jedes Mal hatten sie ihn davongejagt und ihm Salz hinterhergeworfen, als böses Omen. »Schert diese Zöpfe hier ab«, hatte ihm voller Verachtung Nina Palamara geradezu befohlen. »Und gebt sie der größten

Zimperliese und der reichsten Eurer hohen Damen, die sich so sehr danach verzehren.«

Sie setzte sich hin wie eine Mafiosa und kehrte dem Meer empört ihren Rücken zu. Die Zöpfe waren länger als der Stuhl und berührten den Sand. Ihr Vater schwieg, ihre Mutter weinte.

»Lass sie doch«, sagte die Mutter zu ihr. »Fünf Lire mehr oder weniger, das ändert doch nichts.«

»Ma', Ma', wollt Ihr dem Friseur denn wirklich Genugtuung geben, der uns doch immer umworben hat? Die Zöpfe lass ich mir abschneiden, weil sie mir zu viel Hitze schaffen, uffa, uffa ...«

Man hätte sehen müssen, wie sie ihren Kopf hierhin und dorthin wandte, dabei an ihren Zöpfen wie eine junge Saumstute von diesem Hurensohn von Friseur an der Mähne gepackt wurde, der den Punkt ausmaß und es nicht wagte, die Schere anzulegen.

Doch hatten sie sich umsonst ihres Haars für die Fere entledigt. Während all dieser Tage waren die Pellisquadre, ohne die Unterstützung durch das Palamitaranetz, hinausgefahren und rüsteten, auch nachmittags, Ontren und Feluken aus. Und sie hatten in ihrer Umgebung gesehen, dass Faroten und Skylloten, die von Ringo und die vom Ort der Feminoten, die von Principe und die von Gàllico ihr Palamitaranetz hinunterließen und es ohne jeden Kratzer auch wieder heraufholten. Die Fere fügte in diesen Augenblicken niemandem Schaden zu, abgesehen von ihnen. Ihr Sinn stand ihr in diesem Augenblick danach, die Charybdoten zu verfolgen, weil sie nun einmal so beschaffen ist, dass sie einen aufs Korn nimmt, und nicht mehr lockerlässt, bis sie zu dessen Herz vorstößt.

Und so fuhren sie, kaum dass die Sonne sich flach hinlegte, an genau diesem Tag mit dem Palamitaranetz hinaus, und auf der Stelle, schon beim ersten Hinunterlassen und Heraufholen, zeigte dieses lustige Ding von Netz, das doch gerade erst fertiggestellt worden war, einen barbarischen Anblick. Die angriffsbereiten Feren hatten ihm gleich ein fröhliches Fest bereitet: Das Netz war zerbissen, zerrissen, zerschlissen, es war, als hätten die Caristis nicht Knäuel von Kordel für ein fingerdickes Seil verwandt, sondern ein Röllchen Nähseide.

Mit dem Meerwasser rannen auch ihre Tränen herunter. Zum zweiten Mal nach dem Tod seiner Mutter hatte er seinen Vater weinen sehen; und er hatte auch Luigi Orioles weinen sehen, der aus Marmor zu sein schien, eine Statue mit blauen Augen. Sechs Pellisquadre waren sie, und alle sechs weinten abgewandt, einer mit dem Rücken zum anderen, sie weinten mit zusammengepressten Lippen und schluckten ihre Tränen hinunter.

Er und der andere Hilfsbursche, der Duardo hieß, hatten das Palamitaranetz ins Boot geholt, wobei sie es auswuschen, während sie es heraufzogen, weil es voller Fleischfetzen hing und von Fischblut troff, wie die nicht mehr wiederzuerkennenden Teile desselben viergeteilten, zerrissenen Körpers. Nachdem sie das Boot aufs Trockene gezogen hatten, ließen sie das Netz, wo es war, zusammengefaltet am Heck, und ohne es noch einmal anzuschauen, vergruben sich die Pellisquadre in ihren Häusern.

Die ersten Schatten stiegen in einer Stille von Trauer zwischen den Häusern und dem Meeresufer herunter, und auf einem Schiff, das in der Mitte der Enge hinunterglitt, führten in der großen Helle der Lichter an Bord die Schwarzhemden ihr übliches Theater mit der Canzone *Faccetta Nera* auf, denn man muss sich erinnern, dass bei allen Sorgen, die die Feren ihnen bereiteten, der Vorbeizug dieser zigeunerhaften Kriegsschiffe weiterging.

Sie wandten sich dem Gewehr zu. Es war schon eine ziemliche Weile her, dass sie sich mit dem Gewehr gegen die Feren verteidigen mussten. Im Jahr neunzehnhundertneunzehn war's, dass der Strandaufseher, der damals noch nicht Signor Cama war, sie mit Karabinern ausrüstete. Sein Vater, der nicht einmal einen einzigen Schuss im Krieg abgefeuert hatte und sich das zur Ehre anrechnete, und sich lieber durch tabakversetztes Wasser kleinkriegen ließ, wofür er dann ins Hospital von Padua eingeliefert wurde, hatte an dieser Karabinerschießerei teilgenommen und erinnerte sich mit Freude daran. Später wurden die Karabiner eingesammelt, und jedes weitere Mal, wo die Fere sie mit dem Rücken an die Wand gedrängt hatte, hatten sie Don Saverio Gullì, einen Jäger aus Spartà, für den Tag angeheuert und ihn gegen diese Verbrecherinnen zu Felde geschickt. Don Saverio stopfte sich den Kopf voll mit der, die sie da so stichelte, und mit der Prämie von fünfhundert schnöden Liren, die es gab, verwandelte er sie in klingende Münze bei der Hafenkommandantur. Wenn er dagegen nicht erfolgreich war, versorgte man ihn mit Fisch, solange er Lust darauf hatte.

Jenes Mal, nach dem Massaker mit dem neuen Netz, ließ Don Luigi ihn rasch herbeirufen und versprach ihm das ganze Meer, wenn er mit seinem Gewehr nach Charybdis geeilt käme, und Don Saverio brachte das schwere Opfer, sich von den Höhen Spartàs herunterzubewegen, denn auch für ihn war es die Zeit des Zugs, allerdings des Vogelzugs, und die Höhen waren allesamt mit Wachteln übersät.

Er kam mit einem Zwölfkaliber an, und die Patronen waren mit Kugeln geladen. Inzwischen war er zwar ein bisschen alt geworden, fühlte sich aber immer noch in der Lage zu schießen. Wenn es jemanden gab, der einen Schuss nach allen Regeln der Kunst abfeuern konnte, dann war das immer noch er. Er kannte ihre Schwäche. Er wusste, dass sie nur einen Punkt hat, diese blutvolle Unternehmungslustige, an dem sie verwundbar war und den Tod finden würde: das Gehirn, und genau dahin leerte Don Saverio die beiden Läufe. Er musste sie dort ehren, da oder dort, etwas anderes gab es nicht, wo ihr Verstand eines französischen Gottes arbeitete, zum Leben wie zum Tod. Don Saverio wusste auch, dass, sie nur zu verwunden, bis aufs Blut, das reichlich austritt und sich erneuert, nach Rache schreien würde, Leben um Leben, und das wäre ein schreckliches Unglück gewesen. Doch genau das geschah. Don Saverio musste das schon vorausgeahnt haben, denn er leckte sich den Oberlippenbart und wandte den Blick ein wenig verloren zum ständigen Tanz der Feren:

»Lasst mich in Ruhe«, murmelte er, als würde er sich nicht an die Pellisquadre wenden, sondern an die Feren. »Alt bin ich geworden. Meine Hand zittert, und das Visier hat sein magisches Ziel verloren.«

Und er klagte auch darüber, dass die Feren, seiner Meinung nach, unterschiedliche Sprachen zwischen den alten und den neuen Stammferen dieser Gegend sprachen, nämlich dass sie sich in Flügen bewegten und in Sprüngen, die so anders waren und so unerwartet, dass sie sich untereinander verwirrten, ausgesprochen verrückte Überschläge, die eine in Gegenrichtung zur anderen drehte, und beide zusammen veranstalteten eine Art Feuerwerk und verursachten einem allein beim Zuschauen Schwindel. Zum Glück beklagten sie sich nicht über den kleinen Gräkal aus Nordost, der gerade einmal eine leichte Bora knapp über der Wasserfläche war, doch brachte er immerhin ein Gleitboot so leicht wie einen Ontro zum Schaukeln, das sie in diesem Fall immer wählten, eben weil es leicht war und schnell und unbeschwert zu handhaben.

Er versuchte schließlich, in ihrem Flug auf sie zu schießen, machte ein paar Finten und gab dann auf.

»Amici, Freunde«, sagte er, um sich zu entschuldigen. »Bildet euch keine allzu schlechte Meinung über Saverio Gallì, aber ich bringe es nicht fertig, auf sie im Flug zu schießen. Im Liegen, das schon, auch wenn das etwas ist, wozu ich mich bei den Wachteln nie herabgelassen habe.«

Aber es war anders, wenn er lag, denn die Fere, die im Flug erschossen wird, zeigt allen anderen ringsum, dass sie lebendig hochsprang und tot herunterfiel, wie ein bengalisches Feuer, womit sie ein furchteinflößendes Schauspiel bot, was dem Fischer in die Hände spielte. Doch wenn auch nur eine von ihnen starb, hätten sie die Aufgabe übernommen, sie den anderen dort in der Gegend zu zeigen.

»Schießt«, sagten sie zu Don Saverio. »Liegend oder wie auch immer. Schießt und erschießt sie«, und wäre es bloß nicht so gewesen.

Der alte Jäger verletzte ein halbes Dutzend von ihnen, ohne auch nur eine zu töten, bevor sie ihm das Gewehr aus der Hand nahmen, ihm, der von einem schrecklichen Schütteln erfasst worden war, und dieses halbe Dutzend wollte Seile für hundert Pferde als Wiedergutmachung. Im Kopf unversehrt und mit allen ungezügelten Gefühlen, schossen sie dahin, drinnen und draußen übers Meer mit ngangà, ngangà, mit furchtbaren, mit herzzerreißenden Klagen. Von Ferne, von da und von dort: von Punta Cavallo und von Granatari, von Gàllico und von Rasocolmo eilten die anderen herbei, angelockt von diesem Trauerstück, mit Zeichen der Fröhlichkeit, mit Saltos und Sprüngen, verschnäbelten Grimassen und spitzem Kichern eng zwischen den Zähnchen, was ganz im Gegensatz zu den Beileidstränen stand, in denen zu schwimmen sie vorgaben.

»Weh, weh, der Blick trübt sich, das Leben geht davon«, schrie dieses Halbdutzend von ihnen unaufhörlich, die möglicherweise voller Kugeln steckten, möglicherweise aber auch nicht, als sie in die Unendlichkeiten von Schaum und Spritzern ein- und wieder auftauchten, die sich gerade erst gegen ein noch jungfräuliches und unberührtes dunkelblauazurenes Meer erhoben hatten.

Sie spielten die Tragödiantinnen, diese Säerinnen von Zwietracht. Musste man das eigens sagen? Das Blei von Don Saverio drang nicht einmal durch ihre erste Hautschicht von vier Fingerbreit Speck, es diente ihnen nur als Vorwand, sich als Opfer darzustellen, als Märtyrerinnen. Die Fere ein Opfer, zum Lachen, eine Märtyrerin, die Fere, über die selbst Kanonenkugeln nur Übles zu reden wussten, aber wenn sie sie nicht da treffen, da oder dort, wo man weiß, im Hirn, ist das für sie wie ein Kitzel, ist das der Sporn und Ansporn, wie sie's von Natur aus begehrt, um auf die Bühne zu steigen und ihr zügellosestes Theatarandei aufzuführen.

»Weh, weh, ngangà, ngangà ...«, schrien und schluchzten sie, als wären sie davor, sich zu ertränken, und umschwammen in weitem Bogen das Boot der Charybdoten, als würde ihr rachsüchtiger Instinkt, um es zu packen, ihrer ureigenen Feigheit hinterherschwimmen.

Doch die Pellisquadre hatten nicht erwartet zu sehen, wie sie den Geschmack auf ihre Tränen verloren, um dann auf den Geschmack des gemeinsamen Lachens mit denen zu kommen, die herbeigeeilt waren, um ihnen kräftig zur Hand zu gehen, indem sie sich bei den Rudern in Stellung brachten, während die Gewässer rings um sie herum versteinerten.

»Jetzt kriegen wir gewaltig einen auf den Arsch«, hatte Duardo gesagt, der neben ihm am Ruder saß.

Am Bug gelehnt stand Don Saverio Gullì mit gesenktem Kopf da, mit dem geöffneten Gewehr auf den Knien, als wärs in zwei Teile zerbrochen, mit nach unten gerichteten Läufen, wie wenn sie ihm aus den Armen fallen würden, die noch immer so zitterten wegen des Gezitters, das ihn nach der Schießerei nicht mehr verließ.

An diesem Nachmittag fuhr ein weiteres Schiff auf dem Weg nach Abessinien an Charybdis vorüber. Es war eines der Navigazione Tirrena, und sein Boss warf, nachdem er die Aufmerksamkeit der Charybdoten auf sich gezogen hatte, eine Flasche ins Wasser. Darin befanden sich die Grüße des Bosses an seinen Freund Luigi Orioles, ein Brief für seine Familie in Milazzo, mit weiteren Briefen von Matrosen und ein paar Zigaretten. Wenn ich da vorbeifahre, grüße ich für dich Alexandrien, schrieb der Milazzer an Don Luigi, denn Don Luigi hatte zwei- oder dreimal angeheuert, bevor er sich mit seiner Frau Rosalia und seiner Tochter Marosa nach Charybdis zurückzog.

Der Gruß des milazzischen Bosses versetzte Don Luigi in gute Stimmung, und als der Abend dämmerte, war er mit der Mannschaft, die ihn umgab und ein paar Züge an der Zigarette machte und einen Schluck Limonade aus dem Krug nahm, den Marosa herumreichte, um die Galle wegzuspülen, in der Lage, sich der Situation ohne viel Angst im Herzen zu stellen.

»Uns entmutigen? Aber woher!«, hatte er da gesagt. »Wir haben zwei Hände, die da haben zwei Handstummel. Jetzt haben wir ein angebissenes Ohr, wir ebenso wie sie. Die Frage führte also zur direkten Konfrontation, zum gegenseitigen Du …«

Unterdessen reinigte er das Eisen der Harpune, was sein allabendlicher Ritus während der Sommermonate beim Durchzug des Schwertfischs war, nämlich während der Monate, in denen sich das Eisen im Fleisch des Schwertfischs öffnete, und auch während der Monate, in denen das Eisen geschlossen blieb und in seinem Futteral gut aufgehoben wurde, das aus einem aufgewickelten und mit Kordeln verschnürten graugrünen Stoffstreifen bestand: verzaubert und tödlich einerseits, wie eine dreispitzige Durlindana, heilig und kostbar andererseits, wie der Hostienkelch in seinem Tabernakel. Dazu kam, dass seine Frau Rosalia ihm bei den Vorbereitungen des Ritus wirklich diente wie einem Priester am Altar, indem sie einen Stuhl vor ihn setzte, auf ihm die Fläschchen mit Spiritus und Vaselinöl herrichtete, die Büchse mit dem Fett, die Wollstofffetzen und die Watte. An das Eisen aber durfte nur er Hand anlegen: Er steckte es auf den Stab der Harpune, er zog es ab, er reinigte es und legte es fort. Er plauschte, und seine weißen, großen Hände, die oben von einem feinen Flaum beschattet waren, als wären sie von der Sonne gefärbt worden, wenn man sie betrachtete, erledigten mit sicherem Griff diese Arbeit, die einem Juwelier gleichkam, ohne dass er ihr mit den Augen folgen musste, weil sie gewissermaßen von außerhalb seiner Person bewegt wurden und sich so gekonnt zu schaffen machten wie zwei Meerschweinchen.

Auch an jenem Abend nickten die Pellisquadre zu dem, was er sagte, und betrachteten wie unter einem Zauber seine Hände.

Gelegentlich wurden seine Worte und ihre Aufmerksamkeit durch das Theater gestört, das die sechs Feren mit der Unterstützung aller anderen unversehrten dort vor ihnen aufführten, und von Zeit zu Zeit prusteten sie, als bekämen sie Kicheranfälle über die kläglichen Stimmen dieser sechs Tragödiantinnen:

»Ngangà, ngangà, weh weh weh …«, theatronierten diese.

»Hiii, hiii, hiii …«, machten die anderen im Chor.

Die Pellisquadre liehen ihnen, ganz unbeabsichtigt, ein wenig Gehör, und danach, als wäre es das erste Mal, verzogen sie Augen und Lippen vor lauter Verwunderung, denn wenn man ihnen zuhörte, diesen Niederträchtigen, bestand die Wahrheit, die augenscheinliche Wahrheit in diesem Augenblick, so musste man wirklich feststellen, darin, dass sie es waren, die Unglücke und Massaker, Verfolgungen und Schmarren seit Tagen und Tagen erleiden mussten, und die Pellisquadre diejenigen, die es ihnen zufügten.

»Morgen«, sagte Luigi Orioles indessen, »morgen tun wir so, als würden wir auf Schwertfischfang ausfahren, doch unter den Segeln von Ontro und Feluke werden wir eine der Feren niedermetzeln …«

Wenn sie auch nur eine zu fassen bekamen, auch nur eine halbe, würde das ausreichen für ihre Heilungsabsicht, denn ihr Blut würden sie als Kreolìn, als Lysoform, als Schwefel verwenden. Als gegengiftiges Gift sollte ihr Blut Tropfen um Tropfen aus ihrer mit dem Messer aufgeschlitzten Kehle hinter der Wunde quillen, ringsum verteilt über jede Falte, über jede Kräuselung ihrer Wasserstelle im Meer. Der Geruch sollte zu der ganzen Horde gelangen, und das sollte die ernste Absicht besiegeln, dass die Christenmenschen ein großes Exempel vor aller Augen statuierten. Sie sollten es sich gegenseitig mitteilen: Die Charybdoten, denen wir die Adern aufgeschnitten haben, sind jetzt dabei, sie uns aufzuschlitzen. So sollten sie es weitersagen. Wir haben zwar ihr Netz zerstört, aber sie zerstören jetzt unser Leben. Accùra, habt acht, habt acht auf uns, Gefährtinnen, die Scharfrichter der Mörder sind gekommen.

Sie waren zwar schlafen gegangen, doch hielten sie ihre Augen bis zum Morgendämmer offen. Diese Nacht jedenfalls war nicht dazu bestimmt, eine Nacht des Schlafs zu werden.

Denn das war die Nacht, in der einige hohe Tiere des Faschismus, die sich auf dem Seeweg nach Abessinien befanden, den ganzen Weg von der Stadt bis Charybdis gefahren waren, um ihren Heißhunger auf eben gefischten Schwertfisch zu stillen.

Ihr Schiff hatte in Messina einen Zwischenstopp eingelegt, sie hatten gerade bankettiert und waren sternhagelblau. Nur der von Messina, der dann derjenige war, dem sie für dieses Geschenk danken mussten, nur der war noch bei Verstand. Doch die, die kommandierten, waren die anderen, die mit Wein von achtzehn Grad Zugedröhnten, einem Wein, den man mit dem Messer in Scheiben schneiden konnte.

Sie waren zu fünft, in afrikanischer Uniform mit hochgekrempelten Ärmeln und glänzenden Stiefeln, die einen tiefdunklen Schimmer aussandten. Vier waren mit Sicherheit hochrangige Faschisten, und der Fünfte, der von Gestalt und Haltung geradezu wie der Inbegriff des Faschismus wirkte, sofern der Inbegriff Gestalt und Haltung haben konnte, der Fünfte also musste nicht nur jemand von Rang gewesen sein, sondern von höchstem Rang, denn von den anderen wurde er sogar mit Eccellenza angesprochen, und es war deutlich, dass er das Grüppchen befehligte, auch wenn er sich im Dunkeln hielt. Er hantierte wie ein launischer Camorrist mit der einzigen Taschenlampe herum, indem er den Lichtstrahl mal in das Gesicht des einen, mal in das des anderen seiner Kameraden warf. Für ihn dagegen gab es kein Licht, das ihn in Erscheinung hätte treten lassen, und wie ein Gott kostete er dieses Privileg aus, sein Gesicht zu verbergen.

Der Exzellenz und ihren Kameraden vom Festland war der Schwertfisch sofort aus dem Kopf verschwunden. Das Heikle bestand darin, den Halunken aus

Messina zum Schweigen zu bringen, der dort, bei den Seinen, viel Aufhebens machte, doch hier, bei diesen Leuten, machte er sich zur Zielscheibe des Gespötts, weil er sich ihnen unbedingt dienstbeflissen erzeigen wollte.

Die hier tollten über den Sand und pinkelten sich an die Stiefel, wobei sie sich gegenseitig nass machten, und Eccellenza strahlte mal dem, mal dem im Augenblick des Spritzbogens den Lichtstrahl seiner Taschenlampe zwischen die Beine. Und der Provinzler drohte den Pellisquadre unterdessen, sie allesamt nach Afrika zu schicken, wenn sie nicht augenblicklich hinausrudern und einen Schwertfisch fangen würden, auf den Eccellenza so viel Lust hatte. Zwischen Feren und Faschisten fühlten die Pellisquadre sich doppelt so, als wären sie unter die Türken gefallen. Die Feren, die sich immer vor dem Dunkel des Meers die Ohren zuhielten, zogen, im Vergleich, daraus den größeren Nutzen, so dachten die Pellisquadre, vielleicht weil sie die Mentalität der Feren kannten und wussten, bis wohin ihre Unverschämtheit sie zu führen vermochte, wohingegen sie von diesen hier zwar auch die Mentalität kannten, aber nicht ahnen konnten, bis wohin ihre unverschämte Boshaftigkeit sie zu treiben imstande war.

»Was soll denn das Lanzenschleudern in dieser Dunkelheit und bei diesen Feren«, entgegneten die Pellisquadre dem, der ihre Sprache sprach. »Ja, denkt Ihr etwa, werter Herr, der Schwertfisch hätte sich in einen winzigen Hornhecht verwandelt? Sollen wir ihn vielleicht mit der Lampe in diesem Dunkel suchen? Wieso könnt Ihr das nicht einsehen, werter Herr? Ihr seid doch kein Fremder hier, Ihr seid aus der Gegend …«

»Ich sorge dafür, dass ihr den Tag eurer Geburt noch verflucht«, legte der andere nach.

»Dazu brauchen wir Euch nicht, werter Herr«, antworteten sie.

»Auf die Insel schick ich euch, an die Grenze«, drohte er ihnen schließlich.

Doch wie um ihn lächerlich zu machen, fuhr ein gewaltiger Furz durch die Dunkelheit und ließ ihn zur Salzsäule erstarren. Der Furz erwies sich auf der Stelle als Werk, als Meisterwerk seiner Eccellenza, denn die anderen klatschten ihm Beifall und riefen bravo, bravo, noch mal, noch mal.

Er packt ihn jetzt an der Gurgel, dachten die Pellisquadre und hielten ihren Blick fest auf den Messiner gerichtet, in der Erwartung, dass sie diese Szene würden genießen können. Das stelle man sich vor. Wenn man dem das despotische Machtgetue des Faschismus wegnähme, käme der Feigling zum Vorschein, der er war, ein Feigling mit Großmaul. Nicht auszudenken, wenn der dieser Eccellenza da gegenüber eine Bemerkung fallenließe. Stattdessen schüttelte er der Eccellenza die Hand stärker als alle vier zusammen. Eccellenza hatte sich unterdessen umgedreht, wie wenn sie weggehen wollte; mit großen Schritten eilte er über die Dünen, doch gleich blieb er stehen und schrie atemlos:

»Eja, eja …«

Gerade noch rechtzeitig schaffte er es, die beiden Ejas mit einem Paar von derartigen Fürzen zusammenzukoppeln, die ihm die Hose zu zerreißen drohten.

»Alalà«, antworteten ihm seine Kameraden und auf Kommando, im Gleichton gestimmt, furzten alle vier das Alalà.

»Kamerad aus Messina?«, sagte dann einer der vier so, dass Eccellenza es hören konnte. »Täusche ich mich oder habt Ihr nicht die gebührende musikalische Begleitung zum Alalà Seiner Eccellenza ausgeführt?«

»Offen gestanden, ich war nicht vorbereitet, Kamerad Senior«, sagte der Messiner, als er zu ihm gelaufen war. »Ich wurde völlig überrascht.«

»Na, gut, Kamerad, sehen wir mal, ob Ihr jetzt vorbereitet seid«, sagte der Senior. »Eccellenza, wollt Ihr Euer Eja wiederholen?«

Die Eccellenza ließ ihn nicht einmal zu Ende reden, rief: Eja, eja und schoss ihm die vollverschweinte Musik hinterher. Die Festländler blieben diesmal stumm stehen, um zu hören, wie der Kamerad aus Messina tönte. Der antwortete zwar Alalà, doch was die musikalische Begleitung anging, drückte er und presste er zwar, doch nichts fuhr aus ihm heraus.

»Schämt Euch, Kamerad«, sagte der Senior zu ihm.

»Bei Gott, ich bin doch in der Lage, eine Blaskapelle zu imitieren, wenn ich will, und jetzt kommt mir gar nichts«, sagte der Messiner gallig. »Doch wenn mir Euer Eccellenza ein bisschen Zeit gewährt …«

»Zeit, Zeit …«, sagte die Exzellenz da in einem Ton, bei dem man schwer sagen konnte, ob er aufrichtige Größe ausdrückte oder ob es Theater war, mit dem Ziel, den Winzlingskamerad aus Messina einzuschüchtern. »Tatsache ist, dass ihr alle ein bequemer Haufen seid. Ihr haltet nie Schritt, nie. Ihr, Kamerad, habt um die Ehre gebeten, als Freiwilliger in Abessinien zu kämpfen?«

»Ja, Eccellenza. Als einer der Ersten.«

»Gut denn, Kamerad. Ihr werdet in Abessinien furzen. Die Ladung von Fürzen trompetet Ihr heraus, wenn Ihr Euch den Negern gegenüberseht.«

Dann schleppte er sich wieder über die Dünen und rief dabei:

»Schofför, Schofför.«

Er rief und fuchtelte, fuchtelte mit der Taschenlampe in Richtung der Gärten und der Straße, wo das Automobil wartete: Die anderen hinter ihm lachten jedes Mal, wenn er Schofför rief.

Don Luigi hatte noch ein paar Schritte an die Seite des Messiners gemacht, der Flüche zwischen den Zähnen hervorstieß und vielleicht schon gar nicht mehr an die Pellisquadre dachte.

»Was sagtet Ihr, werter Herr, doch gleich? Dass Ihr uns auf die Insel schicken wollt, an die Grenze?«, fragte er ihn. »Kommt Euch, werter Herr, das hier denn etwa nicht schon wie eine Insel vor, wie eine Grenze?« Und er stampfte mit dem Fuß auf Charybdis in Sizilien. »Dann erweist auch Ihr Euch, werter Herr, als Fremder?«

»Wir werden uns noch wiedersehen«, zischte dieser faschistische Ohrenputzer ihn drohend an.

»Wir sind hier«, sagte Don Luigi und stampfte noch einmal mit dem Fuß auf Charybdis. »Ihr werdet uns entweder auf dem Meer finden oder darunter, werter Herr. Aber hier sind wir auf jeden Fall.«

Die Besuche dieser bewussten Nacht waren damit jedoch nicht zu Ende. Die Händler und Gauner hatten es möglicherweise weitergesagt. Gegen Tagesanbruch nämlich näherte sich Charybdis ein Boot mit Feminoten: Es waren drei, mit Zigarettenstummel zwischen den Lippen und einem Atem, der nach Knoblauch stank. Er war's, 'Ndrja, der sie empfing, mit Duardo, in dessen Gesellschaft er am Strandufer geblieben war und die ganze verbleibende Nacht mit Wachen verbracht hatte.

Die Feminoten waren gekommen und gaben als Vorwand die Schießerei an, die die Charybdoten an diesem Tag hatten hören lassen. Setzt nur den Fall und Gott behüte, sagten sie und strichen sich mit Daumen und Zeigefinger ihre Lippenbärtchen glatt, dass die Schwertfische, bei dem zarten, anfälligen Gemüt, das sie auszeichnet, am kommenden Tag düster und versprengt wären wegen der großen Aufregung über die gewehrverletzten Feren. Nun, behüte Gott, doch in Voraussicht des Schadens, der ihnen in einem solchen Falle entstehen könnte, ihnen, die doch im Wassergeviert gleich an sie grenzten, verpflichteten sie sich da aus ihrem Gewissen heraus, ihnen den Schaden zu ersetzen? Um das zu fragen, kämen sie, sofern es genehm sei: Verpflichteten sich die Charybdoten, sofern sie nicht Schwertfischmangel litten, verpflichteten sie sich, aus ihrem Gewissen heraus, natürlich, ihnen einen Teil davon abzugeben? Bei Parität sollte es dabei bleiben, wie gütig, dass sie sich mit dem Männchen zufriedengäben und den Charybdoten die Prallhüftige überlassen würden. Bis hierher erwiesen sie sich als großzügig, allerdings setzten sie dann den seltenen, äußerst seltenen, ja den einzigartigen Fall, dass, wenn diese Verschwenderin sich zufällig harpunieren ließe, dies etwas derart Erstaunliches wäre, dass es in die Gazzetta di Messina kommen müsse.

»Sucht bloß das Weite, gute Leute«, hatten er und Duardo geantwortet. »Gebt euch mit Brotbacken ab, harpunierts doch selbst, das Tier, strengt euch gefälligst an. Und kommt ja nicht und fordert uns heraus, denn wir könnten unsere Wut sonst an euch auslassen …«

Die Gemüter erregten sich, und ein paar von den Pellisquadre schauten zum Haus heraus und machten Licht mit Lampen. Gleich bei den ersten feminotischen Worten streiften sie ihre Hosen über und riefen ihm und Duardo zu: Wir kommen schon, lasst euch nicht weiter mit ihnen ein, ihr Jungs.

Unerwartet jedoch waren einige skyllotische junge Männer aufgetaucht. Ihr Ontro hatte das Ufer mit der Weichheit einer Erscheinung berührt, gleich einem symbolischen Gleitboot, mit tüchtigen Seelen als Ruderern, die zu diesem Uferstück durch das Licht der Lampen gerufen worden waren. Mit zweien von den vieren, die sie waren, gewissen Brüdern Chindemi, verband sie eine altbewährte Freundschaft, die auf ein Unwetter zurückging, das Skylloten und Charybdoten mitten im Golfo dell'Aria heimsuchte und in dessen Folge viele einander Taufgelübde gaben und Patenschaften eingingen.

Die Skylloten gaben zu verstehen, noch bevor sie Land berührten:

»Freunde, Freunde kommen zu euch.«

Und gleich an Land fügten sie laut hinzu, indem sie so taten, als würden sie die drei gar nicht bemerken, die eher Feinde als Freunde waren:

»Wir haben euch zugerufen, dass wir Skylloten sind, Skylloten und keine anderen, andere ziemlich Bekannte, genauer gesagt notorisch Bekannte …«

Skylloten, Skylloten wiederholten sie und hoben ihre Stimmen deutlich hervor, damit die sie nicht mit den anderen verwechselten, den Bekannten, ziemlich Bekannten, ja, notorisch Bekannten, die es gar nicht erst zu sagen brauchten, denn sie waren ja Feminoten.

Und als sie hörten, dass es Skylloten waren, wurden die Feminoten gleich viel demütiger, packten ihre Ruder, fuhren rückwärts aufs Meer, als würde der skyllotische Ton auf sie die Wirkung eines Vade retro, Satanas, haben.

Die Skylloten hatten einen halben Quintal Schwertfisch mitgebracht:

»Sofern ihr euch nicht beleidigt fühlt«, sagten sie, bevor sie ihn ausluden, »haben wir euch einen Kübel Schwertfisch gebracht, damit ihr richtig prassen könnt. Wir haben diese schöne, große Prallhüftige gefangen, und die teilen wir uns. Also, nur Mut. Sursundkorda.«

Es war das Oberviertel, das Filetstück, einer beeindruckenden Schwertfischin. Mit dem anderen Viertel musste sie eine helle Freude von Weibchen gewesen sein, eine tolle Prallhüftige: Auch dieses einzige Viertel, Brust und Kopf, erfreute das Herz allein schon beim Anblick: weißsilbern, rosafarbig, mit ihrem großen getrübten Aug, das sich mit den niedergeschlagenen Charybdoten zu bebeileiden schien. Diese, mit den Skylloten dort und dem Viertel der Prallhüftigen in der Mitte, fühlten sich für einen Augenblick unter Freunden: Vater, Sohn und Heiliger Geist.

»Ihr erweist uns die Ehre«, hatte Don Luigi für alle gesagt, mit der Hand auf dem langen, feinen Knochen. »Ihr erweist uns viel Ehre mit dieser Mata, mit diesem Oberviertel einer Gigantin. Wirklich zu viel, zu viel Ehre für uns, dieses Geschenk des Glücks.«

»Wir haben es euch gebracht, damit sich eure Augen bei diesem schönen Anblick wieder erholen«, sagten die Skylloten, die mit den Füßen bereits wieder im Wasser standen, als ob sie sich aus der Zeremonie der Komplimente davonschleichen wollten.

Und das war am Ende der Nacht gewesen.

Er war noch am Meeresufer geblieben und wartete darauf, aufs Meer fahren zu können, sobald der Mond, der von Morgen her spät aufstieg und sich in diesen Nächten entrundete, sich über der Spitze des Antinnammare allmählich auflösen würde.

Die Pellisquadre hatten sich unterdessen in der Gegend an die Vorbereitungen für die Ausfahrt zu den Feren gemacht, und Marosa hatte ihn aufgesucht, mit einer Tasse Malzkaffee, die sie sich angewöhnt hatte, sie ihn jeden Morgen trinken zu lassen, wie einen Trank ihrer starrköpfigen Liebe eines jungen Mädchens.

An jenem Morgen rann die süßliche Wärme des Getränks wie ein Schlafmittel durch seinen Körper. Was trank er da nur?, hatte er sich gefragt. Mit den Augen, die sich schlossen, sah er Marosa, die ihm zulächelte. Diese Kleine hat mir wirklich den Trank verabreicht, hatte er wohl gemurmelt.

»Du hast dich geschlagen gegeben, was, du Mafiosello?«, sagte sie zu ihm.

»Schlaf jetzt, schlaf jetzt, denn hier ist dein Mädchen, das dich anschaut und bewacht.«

Er maß sie mit den Augen, diese Spanne von Frau, verdunkelte sich mit Schlaf, ausgestreckt im Schutz der Feluke: Er maß sie, und es war ihm, als würde er von ihr weggeschleift, ja, mit Gewalt weggerissen, und es war ihm in diesem Augenblick auch, als würde er die bitteren, wimmernden Stimmen der Feren hören, die von dem heruntergetropften Blut dieses Viertels der Schwertfischin dicht ans Ufer gerufen worden waren. Und mit ihren Stimmen auch Duardos Stimme, der ihn von irgendwoher rief, als würde er ihn in den Schlaf verfolgen, mit dem Ruf: 'Ndrjjja, 'Ndrjjja …

Er erinnerte sich, er habe geträumt, dass die Fere schon in ihren Händen war und schon ihres blutigen Rots beraubt, von durchscheinendem Weiß und ohne Gewicht. Das Blut hatte ihr jede Festigkeit von Fleisch und Knochen genommen und ihr als Gestalt die Hülle der trockenen Haut gelassen. Er hob sie von seinem Bauch mit dem Handteller auf und blies über sie: Die Hülle zerfiel zu feinster Asche wie die einer Zigarette und flog durch die Luft. Bei der Berührung mit dem Meer fügte die Fere sich mit einem machtvollen Zucken wieder zusammen, das auf dem Wasser knallte wie ein Peitschenschlag. Doch sie floh, da sie wieder lebendig war, floh mit ihrem wiedergefundenen Gut, das das Leben für sie bedeutete, und es fest an die Brust drückend, schoss sie geradewegs nach oben und schoss so, als hätte sie eine Lunte am Hintern und würde beim Schwimmen Funken versprühen. Er war ihr mit den Augen bis zum letzten Augenblick des Traums gefolgt. Ich will doch sehen, ob sie sich züchtigte, dachte er. Oder sofern sie auferweckt war und gut, sie nicht an einem bestimmten Punkt umkehrt und mir ins Gesicht lacht.

Doch am Ende hatte er gesehen, wie sie sich schwerfällig über die Grenzlinie zwischen den beiden Meeren warf, ins Tyrrhenische, und aus dem Salto neuen Schwung zog, um noch schneller nach oben zu eilen. Er hatte die Augen wieder geöffnet, erinnerte er sich, und zwar mit diesem Gedanken: Jetzt wird sie schon bei den Inseln sein.

Sie hatten sich für den Schwertfischfang gerüstet: Marta, der Ontro, und Santa Marta, die Feluke, mit ihrem ganzen Fangwerkzeug sichtbar vor Augen. Die ganze Horde von Jugendlichen, er und Duardo, die sich als Erste abwechselten, einer unten, einer oben am Mast, im Ausguck, als Späher, wurden auf die Feluke geschickt; sie dagegen, die hartgesottensten Pellisquadre, fuhren mit dem Ontro der Herausforderung entgegen. In dieser Mannschaft waren die Besten der Besten der Pellisquadre: Unter ihnen war sein Vater, Caitanello Cambrìa, mit seinen Falkenaugen, der sich geduckt als Bootslenker an die Stützen des Mastes heranschlich; da war Luigi Orioles, Mannschaftskapitän und Harpunier, der sich mit der Harpune am Bug einrichtete; und da waren Jano Scarfì, Arturo Palamara, Saro Ritàno und Giovanni Merlino an den Rudern.

Sie fuhren gleich mit der Palella los, dem Langruder, und ließen ohne weiteres das Kurzruder an Land zurück. Das durfte man nicht als freche Herausforderung der Mannschaft ausgesuchter Pellisquadre verstehen. Beim Schwertfischfang dient das Kurzruder als Einleitung, es erledigt schnell seinen Teil des langsamen, weichen und ausgeklügelten Ruderns, dieses Rudern des Ontros dicht im Wassergeviert, das so lange andauert, bis der Späher, allein mit der Sonne an Bord der Feluke, in seinem Korb oben, an der höchsten Spitze des Ausgucks, mit dem Aug den Schwertfisch ausmacht, der just in diesem Augenblick in ihr Gewässer schwimmt, und mit einer Stimme, die ein einziger stechender Schmerz ist, ein Angriffssturm des Bluts auf den Kopf, ein großes Blubbern des nüchternen Bauchs, ein völliges Überströmen von Leben, von ärmlichem und tapferem Leben, zu Tode entsetzt, zur gleichen Zeit, da es sich mit ihm mischt, mit dieser Stimme eines Komödianten, erregt, betrübt, wirft er dem Harpunier nicht die Schreie der Verständigung zu: Siehnursiehnursiehnur … dadasieh … dadadà … jetztundjetztundjetzt … derpulcinellkooooommtdaaa … erkaaamda … Da, da, in ihr Meer, das Doppelmeer, herausgeputzt zum Tode, aufgeteilt insgesamt in Gevierte, eigens in Stellung gebracht, und da, da kommt er, der ozeanisch daherkommt, von Gibraltar her, von vorn und hinten, von oben und unten … Dann ist's nur eine Frage von Sekunden, gerade die Zeit, dass der Harpunier es ins Aug nimmt, das Tier, wo's in Fleisch durch die Welle schießt, alles in schillerndwogender Färbung: Weißhimmelblaublasszartrosa, und oben, oben, durchscheinend, dicht über der Oberfläche, macht er mit der Schwertspitze, lässt er vor sich und hinter sich eine schäumende Spur von Bläschen, die ihn verrät. Und dann: An die Palellen, an die Palellen, ruft der Späher zur Mannschaft, als wär er von der Tarantel gestochen, und schwebt, weit vornübergebeugt, über die Ruderer, an Halterungen seines Mastes, wie wenn er sie mit seinem Atem nach vorn werfen wollte, wie wenn er ihnen den wechselnden Ruderschlag vorzaubern wollte, indem er ihnen wie durch Zauber mit seinem Atem die Langruder schon in der Hand auftauchen lassen wollte. Aber was ist das? Gerade Zeit, noch zu rufen, und schon gleitet das Tier vorbei und entkommt der Harpune des Werfers, und gleich die Mannschaft: An die Palellen, an die Palellen, mit diesem Ruf bohrt der Bootslenker von oben in ihn, als würde er ihm den Nacken zerbrechen, jachtet und jachtet über die Welle, um ihm auf den Schwanz zu springen, mit dem Langruder, das viele Meermeter schafft, und zwischen einem Ruderschlag und dem nächsten gleitet das Boot leicht übers Wasser, berührt's und berührt's nicht, und schon kalibriert der Werfer den Stab, misst die Harpune über dem Schwertfisch aus, der dem Blick ständig ausweicht, wie wenn's sein eigener Umriss wäre, der da durchsichtig flieht, unten, vorne, am Bug.

Bei der Fere beginnt alles hier, beim Langruder. Die Fere lässt nicht einmal Zeit zu sterben, der Wechsel des Ruders würde ihr einen nicht aufholbaren Vorteil verschaffen. Nur der Pulcinell, der ernst und verliebt daherschwimmt, mit der Schnabelspitze genau aufs Ziel ausgerichtet, der mit dem großen angeschwollenen Auge dort schwimmt, das verloren dem Hinterteil seines Weibchens nachblickt und nichts anderes mehr sieht, nichts anderes mehr denkt, als nur noch die Eier, die diese Verschwenderin von Prallhüftiger, die sich gnädig herbeiließ, sich schwängern zu lassen, herausschießen wird, als würde sie sie herausscheißen, ohne sich auch nur einmal umzuwenden und nachzuschauen, um sicherzugehen, wenn nichts anderes, dass er da ist, er, der sie bebrüten wird, nur ihm, nur dem Liebhaber, der schwimmt, als wäre er eingehüllt in die Fruchtausscheidungen des Weibchens, kann man diesen Vorteil gewähren, diesen Vorteil von Sekunden, von Metern, die verlorengehen, weil man das Langruder loslässt, um das Kurzruder zu packen.

Die Fere hingegen, ist sie etwa ein Tier, dem man Vorteile einräumen muss, einen Zeitvorteil von auch nur einer Sekunde, einen Entfernungsvorteil von auch nur einem Meter Meer? Einen Vorteil für das schnellste Meerestier, das stolz von sich behauptete, schneller zu sein als die Sonne? Und um es rundheraus zu sagen, welchen Anspruch sie sonst noch stolz für sich erhebt: Dass sie von ihrem Gott zum Lohn dafür geschaffen wurde, der sie anfangs, vielleicht irrtümlich, vielleicht irrsinnig, als Engel betrachtet hatte und dann, als ihm klarwurde, was für ein Teufel, was für eine Teufelin sie war, keine Zeit verlor, seinen großen Irrsinnsirrtum wiedergutzumachen, indem er sie von einem Engel zu dem verwandelte, was sie von Natur aus war und ist. Und mit der Geschwindigkeit, die größer sein sollte als die Sonne, verlangte sie auch noch die größte Schönheit eines Meereskörpers, und dazu verlangte sie, weh, weh, größere Genialität des Verstands als jedes andere Meerestier und mitunter auch als mancher Christenmensch. Und Schnelligkeit, Schönheit, Genialität des Verstands, auch wenn's Geschwätz ist, dass sie dies von ihrem Gott verlangte und erhielt, Tatsache ist aber, dass sie dies wirklich alles für sich in Anspruch nehmen kann, und das weiß jeder, der zu seinem Unglück Erfahrung mit ihr machen muss.

Vorteil also, wie kann man dem einen Vorteil einräumen, der in der Lage ist, siebzig und mehr Meilen in der Stunde zurückzulegen und nicht nur mit Passagier- und Kriegsschiffen zu konkurrieren, sondern sogar mit Torpedos, mit Motorbooten? Bei der Fere ist das wenigste und das meiste, das man tun kann, das und nur das, nämlich ihr mit dem Langruder nachzusetzen.

Zum Schein, um Eindruck vor den Feren zu machen, hatten sie die Feluke in die Mitte des Wassergevierts gesetzt, und der Ontro hatte damit begonnen, sie zu umfahren, zur Ablenkung der Feren. Sein Vater schaute mit der Hand über den Augen vom Mast des Bootslenkers in alle Richtungen und hielt die Feluke genau im Blick, als würde er wirklich darauf warten, dass Duardo, der als Erster da hochgeklettert war, um den Späher zu spielen, von einem Augenblick auf den anderen ihm zuschreien würde, um den sich nähernden Schwertfisch anzukündigen. Doch es handelte sich um Feren, nicht um Pulcinell und seine harmlosen Gefährten, die ohne jede Bösartigkeit waren: Wie war es nur möglich, dass man diese Feinsinnigen nicht zu sehen bekam? Sie befanden sich zwei Stunden fest auf dem Wassergeviert, und die Feren waren nicht ein einziges Mal in Reichweite der Lanzen. Nicht nur das, sondern an diesem Morgen schienen sie von diesem Wassergeviert angewidert zu sein und verließen es, um zu den anderen zu ziehen, wo man sich, von Kalabrien und von Sizilien her, über die ganze Fläche der beiden mit Ontren und Feluken aufgepflanzten Meere zwischen Skylla und Charybdis, lärmend, rudernd, drehend, harpunierend wirklich hinter dem Schwertfisch hermachte, der wirklich heranschwamm.

Dann hatte der Bootslenker vom Ontro der Skylloten angefangen, mit Händen und Hut Zeichen zu machen. Sie waren dort hingeglitten, ruderten, als würden sie fliegen, und an der vom skyllotischen Bootslenker angegebenen Stelle, nur wenig außerhalb der Grenzlinie der beiden Meere, dicht am Saum der Sandbänke, hatte sich vor ihren Augen eine derartige Szene, eine so seltene Kombination abgespielt, dass sie vor Verwunderung den Atem anhielten.

Da hinten, geschützt vor den Strömungen, liebelte ein Ferenpaar dicht an dicht miteinander, ruhig und einsam, als wären sie in den Gewässern des Paradieses. Sie verhielt sich reglos wie inmitten himmelblauer Kissen, mit ihrem Bäuchlein so weiß wie Milch in der Mitte, das nach oben gewandt war, ihre Flipper waren gespreizt, ihre Händlein zu Fäustchen geballt, und sie bog und wand ihre Fluke luftig und leicht vor Vergnügen. Er lag zu Dreivierteln über ihr, mit gestreckter Kruppe, die unterhalb der Fluke leicht eingebogen war, und umklammerte sie eng an der schmalen Hüfte. Ganz verzückt und beseelt drang er in sie ein, zuckte schnell, jedoch ganz leicht, dass man es nicht einmal wahrnehmen konnte, während er mit einem Händchen an ihr herummachte, sie im Nacken zu fassen versuchte, als wollte er ein Büschel Haare packen. Mein Ehrenwort, hatte sein Vater ihm später gesagt: Mann und Frau, wenn sie auf ihrer Höhe sind und sich verstehen, verstehen's und bauen ihre Höhle mitten im Bett.

Genieß es nur, murmelten die Pellisquadre ihm vom Ontro zu. Genieß es nur, Junge, denn in Kürze wirst nicht mehr du genießen, sondern wir. Harpunieren wir ihn mitten im Genuss, sagten sie augenzwinkernd. Auf sein hinteres Viertel zielend, musste Don Luigi genau aufpassen, dass er sie mit einem Schuss durchbohrte, Männchen und Weibchen, unter einem genau platzierten und austarierten Stoß, mit einem Eisen, das mit beiden Händen in die untere Wirbelsäule gerammt wird, konnte es durchaus vorkommen, dass das Weibchen ebenfalls getroffen wurde, und zwar getroffen, wo und wie es mit dem Männchen zusammen war, mit einem einzigen, gleichzeitigen Durchstich vom Leben zum Tod. Das schöne Paar setzte sich der Gefahr aus, dass es, so wie es war, in seinem Genuss, einbalsamiert wurde.

Sie schauten sich mit weltverlorenen Augen an, nichts, was um sie herum geschah, schien sie argwöhnisch zu machen. Man konnte ausschließen, dass sie alte Bekannte in diesen Gegenden waren: Fremde wohl, angekommen im Schlepptau von Schiffen. Vielleicht waren sie noch Jungfrau und Jungmann; auf der Reise, mit einem Monat Verspätung seit Mai, der Zeit ihrer ausgelassenen Späße, war die ihnen bis dahin noch unbekannte Lust über sie gekommen, und erst einmal dort, hatten sie sich abgesondert, um sich ihr in aller Annehmlichkeit zu überlassen.

Sie waren so nah hinter ihn herangeglitten, dass er sie durchspornen konnte, so nah, dass Don Luigi tatsächlich darauf verzichtete, ihn, das Männchen, zu harpunieren, um ihm einen noch viel gewaltigeren Stoß mit vollen Händen zu versetzen. Das Männchen krümmte sich völlig und wurde ganz runzelig, machte mit seinem Schnabelmaul, das sich mit einem lauten Klappern der

Zähne öffnete und wieder schloss, als wären plötzliche Kälteschauer über ihn gefahren, Grimassen zum Himmel. Das Weibchen unter ihm hatte für einige Augenblicke einen verwirrten und glücklichen Gesichtsausdruck, als ob sich das Männchen atemlos, von der Lust erledigt, von ihr abgehoben hätte. Mit ironisch entsetztem Blick schien sie sich sozusagen geschmeichelt zu fühlen, als sie ihn vor Liebeslust schreien und wimmern hörte. Augenblicke, und sofort hatte sie einen schnellen Augenaufschlag, musste sich orientieren, nackt, weißlich wie eine Klippfischin, Bauch in der Luft, dann war sie davongeschossen: Auf der Flucht brachte sie ihre braunen Schultern in Ordnung und verbarg nach und nach die blendende Nackheit unten. Sie schwamm zwar, aber mehr noch flog sie, dabei blickte sie zurück und zeigte gleichzeitig noch die eine und andere Weißstelle ihrer Haut am Bauch, dann wandte sie sich nach unten, und da schien sie sich in ihren Mantel zu hüllen, wie eine junge Frau, die, aus dem Bett fliehend und den Rücken zuwendend, eilig einen Morgenmantel überstreift.

Unter dem Eisen hatte das Männchen, vorne freigepellt und hinten wie ein Bogen zusammengezogen, unterdessen ein paarmal gezerrt, allerdings still und leise, so, als hätte der Stoß ihm die Sprache verschlagen, und das wäre ein großes Unglück gewesen, denn es war ja eben die Stimme, auf die die Charybdoten zählten, um das Geschrei über die anderen zu werfen; doch die Fere ist nicht der Typ, der die Stimme verliert, wenn das Gehirn noch arbeitet.

Der Ferenbulle sah die Männer an, drehte dabei sein Auge langsam im Kreis wie vom Grund einer Flasche her. Mächtige Herren, schien der Bulle zu sagen, ich kenne euch nicht, doch bin ich unschuldig in allem. Er ließ sich anhaken, mit einer Seilschlinge umwinden und ins Boot hieven, immer noch mit diesem vielsagenden, stummen Gesichtsausdruck. Als er sich auf dem Ontro wiederfand, fing er an, mit den Augen Mitleid zu erheischen, indem er umherblickte wie ein geprügelter Hund auf der Suche nach Großherzigkeit. Mächtige Herren, schien der sprechende Blick zu sagen. Macht nur, macht. Aber macht nur, so viel ihr wollt, nicht so viel ihr könnt.

Es war ein junger Bulle, rank und schlank, ungefähr drei Meter lang, von frischem, glänzendem Widerschein und der Färbung eines Kopierstifts auf der Kruppe. Die vier Pellisquadre am Ruder hatten ihm Platz gemacht, zwei hatten sich an den Bug gesetzt, die beiden anderen ans Heck, und ihn hatten sie quer ins Boot gelegt. Gleichzeitig warfen sie das Tau zu den beiden Hilfsburschen hinüber, und der Ontro wurde von der Feluke abgeschleppt.

Die Fere verhielt sich, als wäre das Eisen der Harpune, unter dem Don Luigi sie weiterhin festhielt, in eine Stelle außerhalb ihres Körpers gepflanzt worden, und so verhielt sich die Sache ungefähr auch, wenn man bedenkt, dass das Wesentliche für ihr Leben und für ihren Körper sich alles in der Stirnwölbung befindet, da, wo ihr Gehirn sitzt.

Das war der Grund, weshalb sie ihren kostbaren Kopf mit den Händchen bedeckte, während sie mit der Fluke das Holz des Boots glättete.

»Probieren wir seine Stimme aus«, sagte Arturo Palamara. »Ob er wohl stumm ist?«

Und ohne lesen noch schreiben noch sich wie ein Mann von nobler Art aufführen zu können, fing er auf der Stelle an, mit dem aufgestellten Blatt des Langruders auf ihn einzuschlagen, und womöglich dachte er, ihm für jedes Haar seiner Tochter Nina eins zu verpassen, wenn Don Luigi ihn nicht mit einer gehörigen Verwünschung abgehalten hätte, auf die hin sich alle zu ihm umdrehten und ihn ansahen, der verschmiert und verschwitzt über dem herausquillenden Blut des Ferenbullen gebeugt stand, denn Verwünschungen aus seinem Mund konnte man an den Fingern einer Hand abzählen.

Aber auch dann hatte die Fere kein Zeichen der Auflehnung von sich gegeben. Vielleicht wollte dieser Jungbulle, dieser große Vortäuscher, seine Gefangennahme als Aufgabe verkaufen. Er hatte sich ihrem Schutz anvertraut, und jetzt, bitte schön, verfahrt nach eurem Gutdünken. In Kürze würde er sich das Gedärm mit dem Geräusch eines Seidenfetzens zerreißen, herb und schroff in der Babystimme: ein Knoten im Hals, den erwarteten sie wie immer von diesem Tragödianten, und bei dem allen wussten sie, dass es, wie immer, völlig unerwartet loslegte. Die Säuglingsstimme, das war sein Großkaliber, seine letzte, größte Trumpfkarte, und mit der würde es sich bis zum Ende des Spiels durchwinden.

Die Schläge mit dem Langruder mussten den Bullen benommen gemacht haben, doch nicht ohnmächtig, denn als er sich entschloss, mit der Stimme zu tönen, tönte er, zusätzlich zu seinem naturgegebenen Können, mit Kalkül und klaren Absichten. Nicht ein herzzerreißender Schrei, der die Ohren hätte beschädigen und die Leute um ihn herum gegen ihn einnehmen können, von denen er wusste, dass die ihn schnell und für immer zum Schweigen bringen konnten, sondern ein wohlgestimmtes Salve, vita, regina mea. Er gab sich nicht dem Schreien hin, sondern begann sanft und süß, fast unhörbar gurgelnd zu betteln, ngangà, ngangà, wie eine sprechende Puppe: Eine Träne trat in sein Auge und löste sich.

So machte er weiter, und um diesen Jungbullen herum dachten die Pellisquadre, wie es immer geschah, dass keine Fere ihnen jemals so das Herz zerrissen hatte wie mit diesem süßen Säuglingsgesang. Alle seine Stimmbänder waren noch frisch und bewegend, noch nicht angerostet vom Gebrauch und vom Missbrauch. Die hatte ihm vielleicht der Allmächtige persönlich gesandt, um sich zu trösten, traurige Charybdoten, der Allmächtige oder dieser Gott von ihm, der sich seiner entledigt hatte, indem er ihn vom Himmel hinab ins Meer zu ihnen geworfen hatte. Sie hatten ihn auserwählt, da er eigens geschickt worden war, um vor ihren Ohren zu musizieren, mit dieser Flöte im Hals, die sich von Träne zu Träne zermahlte und die Feigheit aus jeder stinkenden Pore seiner Haut herauspresste. Dieses Männchen hier war die Fere, die sie brauchten, ein Künstler.

Die Pellisquadre auf dem Ontro ließen ihre Verwunderung hören, indem sie fröhlich in die Hände klatschten, Handfläche gegen Handfläche. Sein Vater winkte mit dem Hut vom Mast her, Don Luigi wischte sich mit einer Hand den Schweiß von der Stirn und mit der anderen kontrollierte er die Harpune, die immer noch mit ihren diamantenen Spitzen in der Fere steckte, und hielt den Stab aufrecht, dergestalt, dass es ihm und den anderen Jungs von der Feluke schien, er würde sich darauf wie auf einen Gehstock stützen.

»Gebt ihm jetzt den Maulstopfer, diesem Geschöpf«, hatte da der skyllotische Bootslenker gerufen, der von seinem Mast aus das Ganze bis dahin genossen hatte. »Gebt ihm den Gnadenstoß, und möge es euch Glück und Segen bringen.«

Genau in diesem Augenblick war der skyllotische Ontro einem majestätischen Paar nachgerudert, das sich von ihnen fernhielt, fast an der Linie zu ihrem Geviert. Den Skylloten blieb ein Armschlag Meer übrig, vielleicht eine Viertel Meile, um den Versuch einer Annäherung an das Weibchen zu unternehmen, wobei sie, sofern es ihnen gelang, das Männchen erwischen wollten, um die Prallhüftige abzuschleppen, denn sonst hätte das Pärchen sich ins Jonische geschlagen und dabei ihr Geviert frank durchschwommen, um anschließend vielleicht ein paar Schwierigkeiten im Farotischen zu bekommen. Während die Pellisquadre diesem grandiosen Pärchen angestrengt nachschauten, schleppten sie von der Feluke aus mit ihrer Muskelkraft den Ontro in ihr Geviert, in die Gegenden, wo die Fere öffentlich gedemütigt wurde.

Sie erreichten ihre Gewässer bei hochstehender Mittagssonne. Kaum waren sie da, bewegte Don Luigi sich zuerst vom Bug zu einer Stelle neben der Fere:

»Packt sie kraftkräftig«, sagte er zu ihnen, und mit einem Fleischermesser stach er tief ins Fleisch rund ums Eisen, wobei er zum Zentrum hin enger schnitt, so dass er einen Fleischkegel herauslösen konnte. Dann zog er am Schaft, und das blutende Stück kam mit dem Eisen heraus. Dies steckte unsichtbar im Fleisch, und zwar an der Stelle, wo es die Fere gekrallt hatte und mit seinen stählernen Klingen aufgesprungen war.

Genau in diesem Augenblick wölbte sich der in Stricken liegende, ruhige Ferenbulle wie ein Aal, warf sein ins Boot verbrachtes Hinterviertel zurück, zertrümmerte die Bank am Heck und schlug seine Fluke auf den Boden mit dem Dröhnen der Großtrommel, die zur Sammlung ruft; er bäumte sich mit der Kruppe in den Seilen auf, und als würde das Leben aus ihm entweichen, warf er ein tobendes, ersticktes Weh übers Meer.

Die Pellisquadre handhabten flink die Stricke am Vorderviertel, um zu vereiteln, dass es dem hinteren folgte und dies sich in einem Aufbäumen über den Bootsrand warf. Dazu brauchte es Zeit, und der Ferenbulle verharrte in dieser unbequemen Stellung, er atmete qualvoll gegen die Stricke. Die Fluke setzte wie von selbst ihr Trommeln auf das Holz des Hecks fort, auf und ab, auf und ab, genauso wie sie das Meer betrommelte, wenn sie schwamm, denn möglicherweise glaubte er, dass er wieder ins Wasser gelangen könnte. Diese Laute hallten vom Boot aus übers Meer, und die Wellen trugen sie zu denen, die deren Bedeutung verstanden. Die Fere hatte begonnen, den Feren die Geschichte ihres Leids zu erzählen, damit sie sie hörten: Hörten sie sie wohl, wie sie im Namen aller litt?

Das Lachen hinterließ der Ferenbulle ihnen, die sich unterdessen aus jedem Wassergeviert näherten, von Kalabrien und von Sizilien her; und sie hinterließen ihnen Niedertracht, Grimassen und Spiel. Und es gab viele unter ihnen, die noch Viertelstücke von Schwertfischen zerrissen, die sich in den Netzen verfangen hatten, und das Fleisch hing ihnen zwischen Mundschaum und Zähnchen heraus wie Fetzen von rosa Seide.

Wer ists? Was wars?, fragten sie sich, tauchten währenddem unter und zeigten nur eben ihre Köpfe. Die weniger Vorsichtigen schossen davon und entschwanden, indem sie hinabtauchten, was für sie ein großes Opfer bedeutete, denn sobald die wenigen Minuten der Kraftfülle vorbei waren, klatschten ihre Lungen sie in höchster Eile an die Luft. Doch es waren nur wenige, die ihre angeborene Neugier nicht dazu trieb, vorwärtszuschwimmen, zum Ort der Bestrafung. Einen Schritt vor und zwei zurück zwar, aber sie kamen, sie kamen, um sich den Wink des Freundes anzuhören. Duardo sah oben vom Mast der Feluke, dass ihre Zahl immer größer wurde.

»Da wirds eng«, sagte er und stellte die Finger seiner Hand zusammen. »Da wirds eng ringsum.«

Don Luigi hatte unterdessen sein Juwel aus diesem verhassten Fleisch herausgezogen. Der Fere war die Ehre zuteilgeworden, ein so nobles Todesinstrument zu empfangen, das ausschließlich dem edlen Zielobjekt des Schwertfischs vorbehalten war. Die Anwendung der Harpune anstelle des einfachen Dreizacks, der ihm nicht genügend Gewähr bot, musste für ihn die unerfreulichste Notwendigkeit bedeuten, doch aus diesem äußersten Mittel der Abwehr konnte man sich ein Bild des größten Übels machen.

Er hatte das Eisen aus dem Fleischstück gezogen und dieses Stück gleich wieder in den Wundkrater zurückgesteckt, um das Blut einzudämmen, das daraus hervorquoll. Dann hatte er die drei Zacken in aller Eile mit der Spitze des Schlachtermessers wie einen Knochen gereinigt, indem er sie von allen Fleischresten und allen Fasern befreite. Hierauf hatte er sie erneut auf den Schaft gepfropft und wieder und wieder ins Meer getaucht; anschließend hatte er sie noch einmal abgezogen und getrocknet und erneut aufgepfropft und schließlich die ganze Harpune den jungen Burschen auf der Feluke hinübergereicht, damit sie sich um sie kümmern sollten, bis sie an Land gingen.

Nachdem er diesen Teil der Geschichte schnell hinter sich gebracht hatte, die ihm sehr am Herzen lag, ihm wie auch den anderen, zumal ein Mechanismus von dieser Präzision ein Vermögen kostete, hatte Don Luigi sich wieder um den Ferenbullen gekümmert. Ruhig und gerade rechtzeitig, ohne weiter auf das ungeduldige Schnauben von Arturo Palamara einzugehen, der ihn vom Bug her einige Male mit zusammengebissenen Zähnen gefragt hatte, was nicht verriet, ob's wegen der Anstrengung war oder wegen seiner persönlichen Wut:

»Don Luigi, was meint Ihr, setzen wir ihm den Dämpfer auf? Machen wir dieser Farce ein Ende?«

Der Ferenbulle, der sich zwischen den Stricken ausquetschte, vielleicht sogar ein bisschen mehr als ein anderer, setzte seine gewohnte Szene als erprobter Tragödiant fort, doch dieses Mal füllte er Don Artùs Augen mit blinder Wut: Der verbiss sich wegen dieser Farce dermaßen gegen ihn, als wäre sie ein Affront ihm gegenüber gewesen, ungefähr so, als würde der Ferenbulle diese Szene aus

Hohn und Spott gegen ihn aufführen, ihn, den Vater von Nina, die ihre Zöpfe doch für ihn geopfert hatte, und der Ferenbulle ihm gegenüber diese provozierende Anspielung machen würde.

Dem Ferenbullen nämlich schien das große Tattoo in Form eines Rads, das Don Luigis Fleischermesser ihm auf den Rücken geritzt hatte, nicht einmal durch die erste Haut gedrungen zu sein, doch das wussten sie. Solange sie nicht seinen Kopf berührten, verursachten sie ihm lediglich, daran sollten sie sich erinnern, einen Kitzel: Und diesen Kopf, die Wölbung an der Stirn mit der Gehirnmasse, den durften sie nicht berühren, denn der Tod, zu dem er verurteilt war, war und durfte nicht schnell sein. Mit geöffneten Adern zu gehen, war für einen Vollblütigen wie ihn ein langsamer, langer und klagender Tod, alles ein langsames, schmerzvolles Ausbluten: Und dies war der Tod, der ihm zukam und den die Pellisquadre für den angemessensten hielten.

Doch Arturo Palamara stöhnte:

»Macht schon, Don Luigi. Schlitzt ihm den Hals auf, bewerft ihn mit Scheiße, jetzt, wo das Publikum seines Schlags sich in diesen Gegenden schon einmal versammelt hat.«

»Beruhigt Euch, Don Arturo«, sagte Don Luigi am Ende mit einem inneren Ruck. »Beruhigt Euch. Ihr glaubt zwar möglicherweise, dass dieser Ferenbulle hier sich das Tuppeh mit dem Haar Eurer Tochter Nina gemacht hat, und vielleicht habt Ihr damit auch recht. Die öffentliche Demütigung jedoch, die wir hier anstellen werden, ist keine persönliche Rache, weder Eure noch meine. Und so sehr er auch Fere sein mag, das Aufschlitzen der Kehle ist keine Arbeit, die uns schmeichelt, sondern traurige Notwendigkeit, wie Ihr wohl wisst, die uns aufgezwungen wird. Wir lassen vor ihm zwar nicht die Hose runter, doch das Aufschlitzen, das versteht Ihr, ist für ihn etwas Natürliches, für Euch dagegen ists gewaltige Überwindung. Tatsache ist, dass die Fere sich auf ihre Kunst versteht, so ist sie eben, und wir verstehn uns auf unsere, so sind wir eben. Wenn wirs aber persönlich nehmen, ist das Ziel verfehlt, dann tauschen wir mit der Fere nur unsere Kleider, dann wird die öffentliche Demütigung eine Tötung aus Rache, um ihnen eins zu verpassen, und damit machen wir ihnen nur Konkurrenz …«

Das Meer innerhalb des Wassergevierts wogte ohne zu schwappen, es war verstummt von Feren.

Als der junge Ferenbulle seine Leute in der Nähe der Tribüne hörte, auf der er stand, kehrte ihm munter der Herzkrampf zurück: Die Tränen quollen nur so, groß wie in der Flasche eingemachte Kichererbsen, und er quälte sich mit Ngangàs wie ein Säugling, dem die Mutterbrust fehlt. Wenn sie ihre Augen auf ihn richteten, gelang es ihm zu sagen: Um Fere geht's, und das hier ist eine Ferenpantomime. Doch wenn sie ihm den Rücken zukehrten, regte sich in ihnen gleich der Zweifel, ob in dem Boot hinter ihnen wohl eine Säuglingskreatur weinte.

Als Don Luigi wieder darüber nachdachte, und wer kann schon sagen, ob er nicht bereits die Absicht hatte, Don Artù einen handfesten Beweis dafür zu liefern, dass das Schlachten nicht ihr Metier war, hatte er den Vorschlag gemacht, auszuzählen.

»Spielen wir doch um diese Ehre, um dieses Vergnügen, zählen wir ein Schingschangschong aus«, hatte er gesagt. »Für Euch, Don Arturo«, hatte er hinzugefügt und schoss die Finger vor.

Doch es hatte Jano Scarfì getroffen. Der dachte nicht zweimal darüber nach, griff zum Schlachtermesser und hielt es an den Hals der Fere:

»Wohin willst du denn nun verschwinden, Fere?«, sagte er zu ihr. »Nach da oder nach dort? Nick mit dem Kopf, dann rammt sich deine Kehle ins Messer, auf diese Weise stößt dus dir selber hinein. Oder schüttle den Kopf, dann ramm ich dir das Messer hinein …«

Doch als er ihr diese Schurkenszene wie im Gefängnis von Palermo vorführte, musste sein Blick wohl zum Aug der Fere gewandert sein, das zum Himmel gewandt war wie das einer Jungfrau und Märtyrerin, und tatsächlich, als wär's eine Folge davon, fluchte Jano Scarfì, und ohne weiter darüber nachzudenken, fluchte er sozusagen aus innerer Verwandtschaft über die vier Geweihten Augäpfel der Santa Lucia, über die beiden des irdischen Martyriums, die sie in einer weißen Schale herzeigt, und die beiden des himmlischen Erkennens, mit denen sie immer sieht. Er wandte den Blick ab, und voller Wut und innerem Aufruhr sagte er:

»Seht nur, wohin meine Augen gewandert sind. Was kann ich dafür? Sie kommen mir vor, als wärens die meines Sohnes Ninai.«

Jano Scarfì, ein großartiger Pellesquadra, hatte so unglaubliche Dinge auf dem Meer getan, dass sie gleich in der Zeitung hätten berichtet werden können. Einmal, um nur eine Geschichte zu erwähnen, einmal, als vor Nicótera ein Glatthai sie aus der Palamitara kippte, war er es, der so viel Geistesgegenwart und Kraft besaß, ein Ruder zu packen und es dem Tier wie einen Zahnstocher ins Maul zu stecken. Daher war nichts dagegen zu sagen, wenn er sich zurückzog, es war ja nicht aus Angst.

Und so waren die anderen auf dem Ontro allesamt Pellisquadre von diesem Schlag. Auf dem Meer gab es nichts, von dem man hätte sagen können: Diese bestimmte Sache macht ihnen Angst. Allerdings gab es Dinge, die sie als unangenehm empfanden, wenn sie sie tun mussten. Wie das Harpunieren des Schwertfischs, der sein Leben retten konnte, aber zum Sterben herkam, unerschrocken, vergnügt, nur um sich ja nicht vom Schwanz seines Weibchens zu lösen, das gerade harpuniert worden war. Oder wie eben das kaltblütige Aufschlitzen einer Fere, die eine Fere ist, eine Fere, dieser Fluch ihres Lebens, diese schurkische Mörderdiebin des unschuldigen Fleischs ihrer Kinder, diese hier, die Fere, von der sie wissen, dass sie alt ist, altersalt, und die Gefahr, das zu vergessen, besteht nicht, denn sie stinkt abgestanden, dagegen ist ihre Schuftigkeit immer tagesfrisch, die Fere, die Fere ist und, wenn sie das Schlachtermesser vor sich sieht, das Kälbchen aus ihrem Rachen hervorholt, wie wenn sie noch nie gehört hätten, wie sie's hervorholte und ngangà, ngangà machte, Milchkälbchen, Junges, ohne Sünde noch Schuld, das dich mit weinenden Äuglein anschaut und leidet und um Mitgefühl fleht, dann, bei der Heiligen Jungfrau, tönt's ihnen auf der einen oder anderen Saite des Erbarmens, das können sie nicht leugnen, in ihrem Inneren. Ob er nun hart verschwielt ist oder voller Verachtung oder klar denkend, der Pellesquadra ist sonderbarerweise tief betroffen, wenn er's hört, ein schrecklicher Gewissensbiss foltert ihn mit glühenden Zangen am Mund seiner Seele, und es ist ihm, als würde er es an einem Beinchen in halber Höhe halten, dieses Säuglingswesen, das er in sich trägt, und mit seinem Milchfleisch ein Massaker veranstalten.

Nun aber, um wieder auf den springenden Punkt zurückzukommen, war Luigi Orioles denn anders in seinem Inneren als die anderen Pellisquadre? Nein, das war er ganz gewiss nicht. Don Luigi allerdings war in allem der Boss, und nicht nur dem Namen nach, nicht diesem Einverständnis als Halbboss nach englischer Art, was von seiner Eigenschaft als Nostromo der letzten Seereisen herrührte, sondern auch und vor allem, weil er derjenige war, der ab einem bestimmten Punkt die Situation in die Hand nahm, die Situation sowohl auf dem Meer als auch an Land, die sich verworren oder heikel darstellte, und er nahm sie in die Hand, nicht, um sich aufzuplustern und sich beglückwünschen zu lassen, sondern weil sie sonst niemand in die Hand genommen hätte. So auch jetzt, in dieser Situation mit der auf dem Ontro verseilten Fere, die öffentlich gedemütigt und dann aufgeschlitzt werden sollte, erwies Don Luigi sich, nachdem er noch einmal einen Blick zu Palamara, Scarfì, Ritàno und Merlino geworfen hatte und einen weiteren zu Caitanello Cambrìa oben auf dem Mast, als Kapitän und zeigte sich im Sturm.

Die anderen bereiteten die Fere vor. Sie schlangen ihr das Ende eines der Seile um den Hals, die sie verschnürten, und hielten sie mit dem Kopf auf der Bordwand des Ontros wie auf dem Holzblock unter dem Fallbeil. An diesem Punkt gab es auch für seinen Vater zu tun: Caitanello Cambrìa war heruntergestiegen, auf die erste Stütze, von wo aus er die Füße auf die Fere setzen konnte, und sie übergaben ihm die Harpune, damit er sie handhabte und die Fere spüren ließe, wie ihre Zähne in den Hirngrund drangen, was sie zwingen sollte, den Hals über den Bootsrand hinauszurecken, wie wenn sie ihre Seele auskotzen würde.

»Hört zu, was ich euch sage, Jungs«, hatte Don Luigi da gesagt, mit einem Ausdruck gerade in diesem kritischen Augenblick, als wollte er sich mit den Hilfsburschen unterhalten, die dastanden und zuschauten, vom Heck bis zum Bug auf der Feluke. »Ich sage euch, es gibt nichts Schlimmeres als einen unerfahrenen Henker und einen schlecht errichteten Galgen. Und dieses Schlimmste macht keinen Unterschied zwischen Christenmensch und Fere … Heh, du, was meinst du dazu, du junger Spund?«, war er, sich der Fere zuwendend, fortgefahren. »Gibst du mir unrecht? Sprich doch, lass uns deine Meinung hören, so wortgewandt wie du bist … Heh, was sagst du? Du versetzt uns keinen Schlag? Du verstehst nichts von alter, noch von neuer Palamitara? Doch? Aber wer beschuldigt dich denn? Wovor hast du Angst? Mitten unter Freunden bist du doch. Und obgleich du ein Fremdling bist, richten wir dir dein Gesicht schön her …«

Das hatte der Ferenbulle nicht erwartet, all diese Vertraulichkeiten. Als armes Wesen, als Hungerleider schlug er sein verkrampftes Augenlid zu diesem Christenmenschen auf, als würde er ihm glauben und doch auch wieder nicht: Und gleichzeitig seufzte er in den engen Stricken und rührte sie zu Tränen. Don Luigi richtete das Wort an sie, und mit dem Schlachtermesser zielte er auf ihn und nahm Maß für den Stoß:

»Hört nur, dieses Milchwesen, was für ein Kummer, was für eine Pein. Wiegt es ein, ihr Bengels, schaukelt seine Wiege, komm, Schlaf, komm her zu Rosse und nicht zu Fuß …«

Während er so mit ihm schwatzte, hielt er die linke Hand auf seine Stirn, als wollte er ihn trösten: Und dieweil der Ferenbulle auf seine Lippen sah und sich alles vorstellen konnte, nur dieses nicht, durchschnitt er die Luft mit seiner Rechten und stieß das Schlachtermesser in seine Kehle. Das Blut schoss hervor, spritzte wie aus einer Blase und verschmierte Hand und Arm von Don Luigi, bis hinauf zum Ellbogen. Doch sei's Fere oder Christenmensch, sie verharrten, als würden sie unter einem Zauber stehen: Der Bulle hob den Hals auch nicht einen Millimeter vom Schlachtermesser auf, und er zog es nicht aus seinem Hals. Doch dafür gab es eine Erklärung: Don Luigi einerseits musste bis zuletzt das Messer in der Wunde halten und es so bewegen, dass es einen Blutfluss erzeugte oder eher ein geringes, doch ständiges Tröpfeln von Blut, damit er ein Kalkül machen und es ausreichend in jedem Winkel ihres Wassergevierts verteilen konnte; der Ferenbulle andererseits verharrte, verharrte und hielt den Atem an, dann fuhr ein derartiger Ruck durch ihn, der katastrophale Folgen für die Pellisquadre nach sich zu ziehen drohte, sich dann aber in eine Quetschung bei Saro Ritàno auflöste, der von einem Schlag der Fluke in der Hüfte getroffen worden war. Nach einigem weiteren Rucken und Zucken wand sich und toste der Ferenbulle weiter voll Wut in den Stricken, unter schrecklichen Hustenanfällen und Blutauswürfen, die ihn zu ersticken schienen.

An dieser Stelle konnte man bereits sagen, dass die Charybdoten diese Fere öffentlicher Herabwürdigung aussetzten, und über das Herbeieilvolk, das sie ringsum beobachteten, konnten die Charybdoten sagen, dass diese Herabwürdigung bereits eine wohltuende Wirkung zeigte. Denn die Feren, die da vor ihnen herumschmetterten und mit stummem Ausdruck beobachteten, was auf dem Ontro vor sich ging, fingen beim Anblick des Bluts an, voller Entsetzen zurückzurudern, als würde sich das sich purpurn färbende Meer gegen sie aufblähen und unbändig tobend sie fernabtreiben.

Als Duardo und die anderen Hilfsjungs auf der Feluke sahen, dass der Ferenbulle gewissermaßen in Don Luigis Hand schluchzte, hatten sie sich ans Rudern gemacht, mit dem Ontro im Schlepptau das noch warme, dampfende Blut kreuz und quer an allen vier Enden ihres Meeresgevierts auszusäen, diesseits und jenseits der schäumenden Grenzlinie zwischen den beiden Meeren, vom Leuchtturm an, vorbei an den Grotten der 'Ricchia bis nach Casablanca.

In dem Kommenundgehen von den benachbarten Gevierten, teils in Sizilien, teils in Kalabrien, hoben die anderen herben Gemeindeglieder der Fere, die vom Ersten bis zum Letzten dort vorbeigekommen waren und noch einmal dort vorbeikommen würden, für einen Augenblick ihre Ruder hoch und wandten sich ihnen zu: Ontren und Feluken ruhten für diese Augenblicke, sie schwiegen, und die Späher auf ihren Ausgucken, mit einem Aug außerhalb des Wassers und einem Aug drinnen im Wasser, nahmen ihre Kopfbedeckungen ab zum Gruß, wie wenn ein Toter vorbeizöge. Auf den Ontren und Feluken, die die beiden Meere bemasteten, musste es ein einziger Augengedanke an das Fangnetz gewesen sein: Bei der ersten Ausfahrt vor Sonnenaufgang, die keine Ausfahrt war, um zu harpunieren, sondern um das Palamitaranetz auszuwerfen, wussten sie zwar, wie sie dieses sündhaft teure Ding versenken mussten, doch wussten sie nicht, wie sie es heraufziehen würden.

Sie räucherten Fere mit Fere aus, wie bei jeder Magie, sie räucherten das Übel mit dem gleichen Übel aus: nur dass die Sache hier ein Gesicht und einen Namen hatte, und wenigstens war es eine todsichere Angelegenheit, dass sie sie ausräucherten.

Sie ließen den Ferenbullen von oben bis unten auströpfeln, und Luft und Wasser durchtränkten sich mit dieser süßlichen Blutfülle, die die Sonne dicht über der Wasserfläche zum Dampfen brachte wie einen schmutzigen, stinkenden Dampf vom Meeresgrund. Und nach und nach ruderten die Feren zurück oder hielten inne, angezogen auf morbide Weise. Schließlich fanden sie nichts anderes mehr als Ferenblut zum Schnuppern in diesen Gegenden des Meeres, Geruch und Geschmack von Fleisch, das von ihrem Fleisch war. Da genügte es, dass eine die Bewegung machte, und alle wandten sich um und flohen, wobei die eine über die andere hinwegflog, in einem schreckenerregenden Durcheinander, in einem Wirbel schäumenden, sich schwärzlich färbenden Wassers, das sich im Jonischen leerte, um sich im Tyrrhenischen aufzufüllen. Die Sonne stand unterdessen hoch über Skylla und Charybdis, die Mannschaften waren nahezu alle wieder heimgekehrt und die Gevierte menschenleer: So richteten die Feren mit ihrem Aufruhr keinen weiteren Schaden an.

Ein großes Schiff mit Schwarzhemden zeigte sich in diesem Augenblick an der Einfahrt, und es befand sich in Höhe des Landstrichs der feminotischen Frauen, als die Feren es erreicht hatten, Herden oder Scharen eigentümlicher Tiere, halb marin und halb fliegend, die an seinen Bug schlugen. Genau im Augenblick des Aufeinanderstoßens hatten sie sich an seine Seiten geschlagen, mit einem, von weitem gesehen, schönen und schrecklichen Effekt, indem sie sich zum Golfo dell'Aria hin blitzschnell in eine Wolke verwandelten. Da erst hörten sie das Schiffshorn tönen, und das kündigte Gefahr an.

Sie zogen sich unterhalb der Küste zurück, Ontro hinter Feluke, um zu vermeiden, dass sie von den gewaltigen Schaumwogenrössern herumkutschiert wurden, die das große Passagierschiff von der Art eines Ozeanriesen bei seinem Vorbeizug aufgepeitscht hätte.

Die Fere tröpfelte inzwischen so gut wie nicht mehr. Ihr Auge fing an, glasig zu werden, verdüstert vom nahenden Tod; sie aber sandte immer noch ein schwaches Klagen hinaus, das wie von fern an die Ohren der Pellisquadre drang, wie eine gedämpfte Musik, die ihre Seufzer der Erleichterung begleitete.

Auch ohne Knochenbrüche und ohne Prellungen fühlten sie sich zerschlagen und zerbeult, wie wenn sie alle gemeinsam mit Saro Ritàno die Flukenschläge der Fere abbekommen hätten und würden, wie er, wenn sie an Land kämen, ebenfalls eine gute Einreibung mit dem Liniment Sloan brauchen.

Sie hatten sich auf das Holz des Boots geworfen, kamen zu Kräften, erholten sich allmählich wieder, Kranken ähnlich, die im Sterben gelegen hatten. Und ihre Medizin war jener Klang des trocknenden Bluts, jenes Tröpfeltröpfeln feiner Saiten: die Stimme des im Todeskampf liegenden Ferenbullen, Proton, Elexir, Schantijisüße. Sie erholten sich: Endlich einmal gab die Fere ihnen Gesundheit, statt sie ihnen zu nehmen. Sie erholten sich in gleichem Maß, wie der Ferenbulle dem Tod entgegenging; ihnen kehrte die gesunde Farbe wieder ins Gesicht zurück, indes der Ferenbulle schon weit weg dahinfloh.

Er war an Duardos Stelle in den Korb gestiegen, und von dort aus erfreute er sich, etwas unterhalb auf dem Mast des Ontros, an dem Anblick seines Vaters, der jetzt wieder zu einem richtigen Bootslenker wurde und Funken sprühte, als würden Don Luigi und die anderen ihm von unten her bereits das Ohr zuwenden und nicht mehr dem Ferenbullen, ihr Ohr seinem Bootslenkermund, der ihnen zurief: die Prallhüftige, die Prallhüftige … Er rief ihnen dieses Prallhüftige zu, die er unterdessen im Blick behielt, und es war, als ob er nicht mehr könne, als ob der Schwertfisch ihm vor lauter Übersättigung des Blicks zu den Augen herauskommen würde.

Die Schwertfische kamen, mit der Sonne über ihnen, in der Tiefe an, in fünfzehn, zwanzig Metern, wo das Aug sie gerade noch erkennen konnte, wie verschattetes Blitzen, jähe Farbwechsel, die das submarine Blau durchzogen.

»Was sagen denn diese Pulcinells so?«, hatte Don Luigi ihm vom Ontro aus zugerufen, wohl weil er gesehen hatte, dass er von dort oben aus das Meer beobachtete.

»Sie schwimmen unten«, hatte er ihm als Antwort zurückgerufen. »Tief unten.«

Das war wirklich eine große Entdeckung. Und glücklicherweise hatte Don Luigi das Eisen wieder in die Hand genommen und spürte und betrachtete ausschließlich dieses, zum Zeitvertreib, doch nur dem Augenschein nach hatte er es vom Schaft abgenommen und wischte mit seinem Tuch jeden auch noch so kleinen Spritzer dieses bitteren, rostbraunen Bluts weg. Und beim Reinigen bog er von Zeit zu Zeit die Spitzen der Harpune zurück wie die Speichen eines kleinen Schirms, probierte dann die Vorrichtung aus und ließ die drei Klauenspitzen aufschnappen. Und zwischen jedem Schritt führte er es an seine Nase und roch, ob die Fere ihm immer noch anhaftete.

In dieser Gemütslage befanden sie sich, abgesondert bei der 'Ricchia, mit ihren eigenen Angelegenheiten beschäftigt, als sie bemerkten, dass das große Schiff, wer weiß aufgrund welchen Umstands oder welcher Unerfahrenheit des Kapitäns, statt vorbeizufahren, die Maschinen gestoppt hatte und genau auf Skylla gerichtet war, mitten in der unruhigen Strömung. Es lag vor ihnen wie eine Fata Morgana, Fahnen und Fähnchen wurden geschwungen, mit Armen, Helmen und Taschentüchern in den Händen gefuchtelt. Welche schwerwiegende Notwendigkeit konnte sie zu diesem gefährlichen und wenig verständlichen Halt gezwungen haben? Vater und Sohn hatten von den Masten aus gleich die Zeichen begriffen, die vom Schiff aus zu ihnen herübergesandt wurden.

Auf der Feluke bearbeiteten sie die Ruder, um den Ontro über das aufgepeitschte, aufgeblähte Meer zur Längsseite des Schiffs zu schleppen.

Sie werden uns Briefe herunterwerfen, damit wir sie absenden sollen, sagten die Jungs unterdessen zueinander.

Doch wussten sie nicht, was die Neuigkeit eines Schiffs bedeuten sollte, das anhielt, um ihnen ein paar Briefe auszuhändigen, statt sie, wie's alle machten, in Flaschen zu stecken oder in Aluminiumdosen. Und außerdem, wie lange hatten sie denn schon keinen Zwischenstopp mehr eingelegt? Schon einige Monate etwa? War es denn ein Erdöltransporter, ein Frachtschiff, das da? Kamen sie denn von Gibraltar, statt von Neapel? Sie wussten wirklich nicht, was das bedeuten sollte, und während sie sich ihm näherten, kam ihnen die Neuigkeit, dass ein Ozeanriese auf der Grenzlinie der beiden Meere stehen blieb, noch gewaltiger vor.

Dieser Gott auf Erden beherrschte ihren Blick: Weil er am Bug stand, allein, und sich vornüberbeugte mit seiner aufgeplusterten Brust, die ihm gewölbt und befellt bis zum Bauchnabel reichte, war einem der Jungs beim ersten Anblick der Gedanke gekommen, dass die Faschisten sich auf ihrem Seeweg nach Afrika anstelle der üblichen Statue einer nackten Frau eines Schimpansen als Galionsfigur bedient hätten, auch weil der Schimpanse mit dem Ganzen eigentlich besser harmonierte.

Er war der Einzige mit nacktem Oberkörper, denn die anderen, angefangen bei denen, die am Bug standen, hinter ihm, in respektvoller Distanz, auch wenn sie alle Offiziere sein mussten, waren tadellos nach afrikanischer Art gekleidet, nur dass sie keinen Korkhelm trugen, sondern Mützen mit langem Sonnenschutz im Nacken. Er trug lediglich eine kurze Hose und um den großen Brustkorb herum Lederschmuck: einen Bauchgurt mit Dolch und einen Schultergürtel für die Pistole. Ansonsten war er in seine Stattlichkeit gewandet.

Sein Kopf, außen mächtig, innen dünkelhaft und angeberisch, stützte sich vermittels des gedrehten und geweiteten Halses auf seinen Rumpf wie auf ein Piedestal; mit dem hohen Specknacken, der oberhalb des Rückens gewulstet war; mit Ohren, Nase und Lippen, die in Proportion zu dem Kopf standen, welcher glatt und glänzend war wie eine Elfenbeinkugel, mit einem Büschel so kurz geschnittener Haare, als würden sie ihm nach einem Typhusanfall wieder neu wachsen; einem viereckigen Kopf mit langbreiter Kinnlade und den Barbarenfetzen von Haut, die ihm als Kehlläppchen herunterhingen wie das Halsgehänge eines Truthahns, wenn man ihn zum Mästen kastriert; die Augen schließlich, groß und hohl, offen bis zu den Ohren und hellglänzend, genau wie die einer Galionsfigur, die ein Leben proklamiert, das sie nicht hat.

Er suchte sie weiter durch ein großes Fernglas, nahm es hektisch ab und hängte es hektisch wieder um, auch als sie schon unterhalb von ihm waren und er sie ganz genau mit bloßem Auge hätte sehen können. Vom Schiff erhob sich das Stimmengewirr der Schwarzhemden. Er, ohne sich auch nur umzudrehen, hob eine Hand, das Stimmengewirr verstummte auf der Stelle, und ihm folgte eine lastende Stille, wie wenn alle plötzlich gestorben wären, mit offenen Mündern und aufgerissenen Augen. Das Zeichen Gottes, das sich hinter dem Aufstürmen oder der plötzlichen Ruhe eines Windes verbirgt. Was wird er nur wollen?, fragten sich mit Blicken Pellisquadre und Jungs. Was wird er von leidgeprüften einfachen Leuten nur wollen, dieser mächtige Autoritätsmensch?

Man reichte ihm ein Megaphon, und er sprach hinein, sprach silbenweise seinen Befehl hinein, morsealphabetisch, auch wenn kein Lüftchen wehte und sie ihn durch den Tonverstärker sogar atmen hören konnten.

»Ich-be-feh-le-euch«, schrie er zu den Pellisquadre hinunter und hämmerte auf den Silben herum. »Ich-be-feh-le-euch-den-Del-fin-au-gen-blick-lich-frei-zu-las-sen.«

Unter den Milchbärtigen auf der Feluke gab es ein paar, die waren noch Bengel, wie beispielsweise Enzo und Salvatorello, die zum ersten Mal das Wort Delfin hörten. Wovon redet der?, fragten die hier mit ihren Blicken die Größeren und schüttelten dabei ihre Hand mit zusammengestellten Fingern. Wer ist dieser Delfin?

Vom Ontro her, in ruhigem, doch innerlich entschiedenem Ton, als würde er allenfalls mit irgendeinem Zwischenhändler über den Thun reden, fragte Don Luigi ihn:

»Haben wir Euch, geehrter Herr, etwa Unannehmlichkeiten verursacht?«

Vier oder fünf von diesen herausgeputzten Untergebenen berichteten ihm den Satz, so, als hätte jeder von ihnen ein Wort aufgeschnappt, er aber keines. Als er den Satz hörte, der höchstwahrscheinlich noch ein bisschen befrachtet worden war, wurde er wütend, er warf das Megaphon weg, klammerte sich an der Schiffswand fest, beugte sich noch weiter vor, als wollte er ihnen ins Gesicht spucken:

»Rüüüpel … Gesooocks … Beduiiinen …«, schrie er sie an und schoss bei den Üs, bei den Os, bei den Is mit seinem Orangutanrumpf nach hinten, fuchtelte dabei in der Luft herum, als würde er sich vorstellen, dass er sie auspeitschte. »Ihr Mörder unschuldiger Delfine. Diebsgesindel. Mafiosi«, beschimpfte er sie noch. Und dann, einen Augenblick später, als sich seine Lippen noch immer bewegten, fügte er, als hätte er eine Eingebung gehabt, hinzu: »Abessinier!«

Doch damit war es noch nicht zu Ende. Eine Beleidigung warf er auch nach Sizilien, auch wenn es undeutlich blieb, was an dieser Beleidigung Beleidigendes war:

»Unbeständiges Land, Schande Italiens und des Faschismus.«

Er rief ihnen auch noch anderes zu, das sich allerdings in seiner Stimme verlor, denn manchmal brach seine Stimme, dann sahen sie, wie seine Lippen sich bewegten, hörten aber keine Worte. In solchen Augenblicken war's, dass das Schiff, das voll von Mündern und von Augen war, sich unter murmelnden Zungen und durchbohrenden Blicken wieder belebte, und in der Folge davon schien es, als würde das Schiff gefährlich über Ontro und Feluke hin und her schaukeln, weil diese ganze Soldatenhorde von Schwarzhemden sich durch den Haufen von Schimpfwörtern, mit denen die Exzellenz sie unter Beschuss genommen hatte, auf sie gehetzt fühlte.

Was ihm das Blut in die Augen hatte schießen lassen, war letzten Endes, von seinem Standpunkt aus betrachtet, dass die Charybdoten ihm das Vergnügen mit den Delfinen vermasselt hatten, weil sie ihn und alle diese kämpfenden Schwarzhemden, die auf dem Weg nach Abessinien und möglicherweise in den Tod waren, dieser vergnüglichen, unschuldigen, kindlichen Gesellschaft beraubt hatten. Seiner Meinung nach hatten sie ihm die Delfine von backbord und steuerbord, von achtern und vom Bug des Schiffs verscheucht, sie hatten sie ihm von der Fahrtrichtung abgebracht: Er hatte zuvor gesehen, wie sie blitzschnell davongeschossen waren, die blassen Tierlein, er hatte sie gesehen, und jetzt sah er, vor welchem Massaker und vor welchen Henkern sie davongeschossen und davongekommen waren.

Seiner Meinung handelte es sich bei denen allen um Delfine, die mit seinem Schiff auf Kreuzfahrt kamen, keine Feren, die ständig in diesen Gewässern lebten und den Charybdoten nacheinander zwei Palamitaranetze vernichtet hatten: Delfine, keine in den beiden Meeren zwischen Skylla und Charybdis ständig lebenden Feren, und zwar so ständig dort lebend, dass, wäre man erst einmal für immer abgefahren, sie sich mit Gewissheit bereits an den beiden Meeren zeigten, um dort wieder die Herrschaft zu übernehmen, und idem wie vorher, wie immer.

Nun konnte es durchaus sein, dass einige dieser braunen mediterranen Misthuren, allesamt haargenau gleich bedacht und begeifert, ihm von Neapel her folgten und ihm wie auch der Gesellschaft ein soldatisches Schauspiel boten, ihm vielleicht sogar vortäuschten, dass sie mit ihm und für ihn bis nach Abessinien zogen, und ihm, gegen ein bisschen Küchenabfall, vielleicht auch vortäuschten, dass sie, wenn die Schwarzhemden *Faccetta Nera* sangen, hatte er's denn nicht gemerkt?, ebenfalls im Chor mit den Schwarzhemden sangen. So konnte es sein, man stelle sich vor, ob es nicht so hätte sein können, bei diesen Tausendundeinnächtigen … Doch dann, kaum dass man die Heimischen, blass oder nicht blass, gegen sie dahinschießen sah, hatten sie sich um die

Schwarzhemden und um die Exzellenz, um das Schiff und um Abessinien einen Dreck geschert; und ganz sicher hatten sie sich dahingeschlagen, wohin alle flüchteten. Sicher, so konnte es sein, und es konnte auch sein, dass diese Exzellenz, die eine Fere für einen Delfin hielt, sich blenden ließ, weil sie wahrscheinlich keine Erfahrung hatte oder weil sie wahrscheinlich sehr naiv war. Aber er war nicht naiv, nicht einmal ein bisschen, nicht einmal verschwindend, er war es weder sehr noch wenig, vielleicht war er es nicht einmal, als er noch im Schoß seiner Mutter lag: Die Naiven, die überaus Naiven, die waren's, die ihn naiv machten, und dort hätte er ihnen augenblicklich eine praktische Demonstration dafür gegeben.

Er brüllte und brüllte, und nur er wusste, wie sehr er brüllte. Und das Tolle war, wenn man ihn so sah und hörte, dass dieses ganze männliche Gebrüll, das immer stärker in die gewölbte Brust eingebüstet wurde, von einer scharfen, tölpelhaften Stimme war, klein, dünn und unangenehm, wie die eines Truthahns, dessen Kehlgehänge ihn ja schon zierte, und sie blieb immer die gleiche, so dass einer sie hörte und sich fragte: Ist das wirklich seine Stimme? Wie ist das nur möglich? Wie wenn in der Rüstung eines Gorillas verborgen, ganz Blendwerk, jemand anderer steckte, der echte, jemand vielleicht von blasser Hautfarbe und mit schmalem Brustkorb, wie ein Kriegsuntauglicher eher und ganz unbehaart.

»Wisst ihr eigentlich, ihr Stumpfsinnigen, anderes seid ihr nämlich nicht«, hatte er mit Blut in den Augen abschließend gebrüllt, »wisst ihr eigentlich, dass diese Meerenge einen bösartigen Spitznamen hat? Wisst ihrs, ja oder nein, dass ihr sie berüchtigt gemacht habt?«

Aber wie denn, was denn? Für diese öffentliche Demütigung der Fere? Was denkt der denn? Dass eine solche Demütigung der Fere tagtäglich veranstaltet würde? Als irgendetwas Nettes, Leichtes und Launisches, etwas zum Zeitvertreib? Dachte er etwa, dass das Umbringen von Feren ein Spiel wäre, das die Charybdoten ständig spielten? Dass sie daraus ständig eine Vorspeise machten? Und dachte der denn, die Fere würde sich mit aller Freundlichkeit für dieses Spiel hergeben? Diese öffentliche Demütigung, diese versuchte öffentliche Demütigung, die zufällig gelungen war, als die Fere sie bereits mit einem Bein ins Grab gebracht hatte, hatte er die als ein Zeichen für ihren barbarischen Charakter genommen, dass nicht einmal die Abessinier, die er doch mit einem Kugelbummbumm zivilisieren ging, ihnen gleichkamen, oder hielt er das, um das ungehobelte Wort zu gebrauchen, das er gesagt hatte, für eine Afrikanerei?

Als er nicht mehr an sich halten konnte, war es der am wenigsten Unvorsichtige von ihnen, Luigi Orioles, wer sonst, wenn nicht er, der seine Hand mit vier Fingern vorstreckte, sie rauf und runter in Richtung Malta schickte und ihm zu antworten wagte:

»Verschwindet, verschwindet doch, Ihr da, werter Herr, verschwindet einfach in Euren Krieg, verschwindet nach Abessinien, da wartet man schon auf Euch, da wartet man mit offenen Armen auf Euch. Verschwindet, verschwindet einfach und färbt die Abessinier ein, Ihr, werter Herr, färbt sie noch schwärzer ein, als sie schon sind, wenn Ihr dazu denn in der Lage seid: die Abessinier, die Abessinier, nicht uns. Ihr, werter Herr, wollt Ihr uns einfärben? Was für eine Anstrengung nehmt Ihr denn dafür auf Euch, werter Herr, und das alles nur für uns? Denen da, den Abessiniern, solltet Ihr, Ihr, werter Herr, Eure Kunstfertigkeiten zeigen. Denn kennt Ihr, werter Herr, den Spruch? Schwarz auf Schwarz sticht nicht ins Aug …«

Doch der Exzellenz war eine andere Stimme ans Ohr gedrungen, und ihretwegen, die ihm möglicherweise ins Herz drang, wird er die von Don Luigi nicht einmal gehört haben.

Die des Ferenbullens nämlich: Denn auf den Ferenbullen achtete wirklich schon niemand mehr, den Bullen, der röchelte, dessen Farben verblasst waren und dessen Gewicht sich so unglaublich verringert hatte, und als er diese Freundesstimme hörte, die ihm moralische Unterstützung brachte, war er wieder lebendig geworden und holte die Luft aus den Stimmbändern: ahiahiahi … hatte er sich wieder beklagt, dieser Niederträchtige, und planschte im Schutz des Faschismus herum wie in einem kleinen Meer heilender Tränen. Ahiahiahiii … ngà ngà, ngangà, hihihihi … sagte er, der einfach unsterbliche Tragödiant. Und er war so beredt in dieser Klage, dass man es auch wie ein Geheimsprachenalphabet zwischen ihm und dem von ihm Ertragenen auffassen konnte: Ahiahiahi, was für eine Marter, was für eine Marter ahiiii schaffen sie mir, ngà, ngà, Kamerad Eccellenza, ngangà, nur Ihr könnt Euch da hineinfühlen, hihihihi, kümmert Euch doch um mich, Eccellenza, ihiiih, reicht mir doch Eure helfende Hand … Es gab Augenblicke, in denen sie vom Schiff, vom Ontro und von der Feluke ihm zuhörten, still, ganz still. Er hatte wieder die Bühne betreten, er wirkte wie vom Tod erstanden, als wäre Magie im Spiel, und das Auge, das ausgetrocknet war, hatte wieder zu sprühen angefangen.

Dieser aufgeblasene Koloss, der da oben am Bug stand, schien sich beim Wiedererblühen der Fere, was ein Wunderanblick war, beruhigt zu haben. Er machte ein Zeichen, dass die Pellisquadre noch dichter an die Schiffswand herankommen sollten, nahe an den Bug.

»Was macht ihr da mit dem Delfin, heh?«, hatte er dann gefragt, und er gab sich, als wollte er vernünftig und gutartig diskutieren.

»Das, werter Herr, könnt Ihr nicht wissen, wir nennen dieses Tier Fere, und es ist in Wahrheit auch eine Fere. Und Fere bedeutet Fischbestie, insgesamt eine Bestialität von Tier, das, was sein Fleisch angeht, überhaupt nichts wert ist, doch was sein Gehirn angeht, ist es subtil, genial, da gibts nichts zu sagen. Fere, das reicht, ganz einfach Fere, und in diesem Fall ein Ferenbulle: ein Schurke und Zerstörer, er bringt sein Leben zu mit Räuberei und Mordtaten. Habt Ihr verstanden, werter Herr, warum wir den da Fere nennen?«

Und das, was sozusagen eine Antwort war, hatte sein Vater der Exzellenz gegeben, der vom Mast des Ontros aus am nächsten an ihn herankam.

»Wie nennt ihr ihn? Wie?«, fragte ihn die Exzellenz mit der Hand am Ohr.

Vom Mast aus konnte sein Vater es zwar nicht mitbekommen, er aber hatte vom Mast der Feluke aus sehen können, wie er lächelte und immer böser wurde, gleichzeitig eine Hand ausstreckte und sich einen Karabiner von denen geben ließ, die hinter ihm standen. Da sieh sich doch einer dieses hinterhältige Schwein an, hatte er sich gesagt. Aber wie konnte er das seinem Vater und den Pellisquadre zurufen, dass er es mit einem Verräter zu tun hatte? Und was hätte das Rufen schon bewirkt? Der da führte unterdessen zwar nur die Bewegung aus, aber wenn ihn die Flause ankam zu schießen, wären die ersten beiden Treffer für Caitanello und 'Ndrja gewesen, die wie zwei Spatzen auf den Masten saßen: Und wie sollten sie sich schützen können?

In der Tat hatte die Exzellenz, nachdem sie mit den Fragen an Caitanello Cambrìa, wie sie ihn nennen würden, den Delfin, wie genau, wie noch mal, fertig war, den schwarzbraunen Karabiner zwischen seinen Händen auftauchen lassen. Dann, während er auf eine Antwort wartete, hatte er nach oben gezielt, als hätte er die Sonne ins Visier genommen. Die Sonne schien auf den Karabiner und strahlte ihm ins Gesicht, so dass sie auf die goldenen Zähne schien, die in seinem halbgeöffneten Mund zum Vorschein kamen.

»Wie, habt ihr gesagt, nennt ihr den Delfin noch mal?«, hatte er wieder gefragt und dabei weiter mit dem Karabiner herumhantiert.

»Delfin«, musste sein Vater sagen, der das Los hatte entscheiden lassen. »Delfin, wie Ihr, werter Herr, ihn nennt. Wir sind nur ungebildete Leute. Wenn Ihr, werter Herr, ihn Delfin nennt, dann ists ein Delfin.«

Er holte tief Luft, denn bei Caitanello Cambrìa wusste nicht einmal er, sein Sohn, wie die Sache ausging. Als er hinunterblickte, hatte er unter den Pellisquadre und den anderen Jungs viele gesehen, die die Lippen bewegten, und es war, als würde er auf ihren Lippen die gleichen Worte zwischen den Zähnen lesen, die er diesem niederträchtigen Stück Schmerbauch zuflüsterte: Fere. Du nennst dich doch auch Fere, du Ferenfaschist, du Fereneccellenza. Du hast dein Christenkreuz ausgelöscht, sofern du's überhaupt je getragen hast, für den Halbmond des Sarazenen. Mit der Falle hast du uns ins Visier genommen. Bereue und ruf nach Taufwasser in Abessinien, wenn die eine oder andere Negerlanze durch glückliches Geschick dein Herz inmitten des Gestrüpps deiner Behaarung ausschaltet, die dir die Brust bedeckt.

Unterdessen war's, als würde er sagen: Kürjelejson, und Caitanello Cambrìa würde ihm darauf mit der Antiphon erwidern: Christelejson …

»Delfin«, betete die Exzellenz und schwang den Karabiner von einer Hand in die andere.

»Delfin«, wiederholte hinter ihm unterwürfig Caitanello Cambrìa mit einem Gesicht, als würden die Worte ihn schlimmer stechen als die Klingen von Dolchen.

»Einem Knaben gleich ist der Delfin.«

»Einem Knaben gleich ist der Delfin.«

»Fröhlich ist er und vergnügt.«

»Fröhlich ist er und vergnügt.«

»Elegant ist er.«

»Elegant ist er.«

»Und warum nicht? Er ist auch schön.«

»Und warum nicht? Er ist auch schön.«

»Rein ist er, Jungfrau, Märtyrer.«

»Rein ist er, Jungfrau, Märtyrer.«

Vom Mast der Feluke blickte er ins Gesicht seines Vaters, während dieser die Bußantiphon sprach, und was er darin las, war, dass er ihn bei lebendigem Leib auffressen würde, diese Eccellenza. Der rief, als er es für angebracht hielt, diese Litanei zur Verherrlichung der Fere zu beenden, zu den Pellisquadre unter ihm:

»Hier, hier, und nicht in Abessinien, wär ich versucht, mit Kanonen zu schießen, hier, gleich hier …«

Er hatte einen Giftzahn, als hätte man einen Verwandten von ihm umgebracht oder eine seiner Frauen verhöhnt. Wie war's nur möglich, dass ein Christenmensch all diese Leidenschaft und all diese Mitleidenschaft für eine Fere zeigte? Was für eine Blutsverwandtschaft oder Gevatternschaft oder ganz einfach nur Umgang konnte es da geben zwischen Fere und ihm, um sich so zu erhitzen und so besorgt zu sein? Sie verstiegen sich sogar dazu zu denken, dass dieser Faschistolle ein lustiger Typ wäre und mit seinem Delfin nur herumalberte. Doch was kam, wog mehr, und der überaus werte Herr sollte sie noch in Erstaunen versetzen.

Er hatte sie aufgefordert, die Namen zu nennen:

»Heraus mit den Namen. Ihr, ihr und ihr da …«

Sie hatten ihm die Namen gegeben, und seine Untergebenen machten deutlich, dass sie sie notierten.

»Jetzt der Delfin. Befreit ihn. Werft ihn ins Meer«, hatte er sie aufgefordert und zielte mit dem Karabiner mal auf den einen, mal auf den anderen Pellesquadra. »Den Delfin ins Meer, los, ab ins Meer, ins Meer.«

»In Ordnung, unser Herr, der du mit dem Karabiner predigst.«

»Den Delfin sofort ins Meer. Seine Eccellenza hat gesprochen und befohlen.«

»Den Delfin, findet und packt ihn, diesen Delfin, den die Eccellenza meint.«

»Los, ihr Burschen, bereitet euch vor. Stärkt ihm den Blick mit diesem Kadaver, den man im Wasser so zerstückelt und zermanscht hat …«

Die Pellisquadre machten sich an den Stricken zu schaffen und trösteten sich wegen des Übergriffs mit Witzeleien, die sie von Ontro zu Ontro sagten und hörten.

»Heh, du, hörst du nicht, dass man dich ruft?«, sagte Don Luigi zur Fere. »Heh, du Rüpel, zwinkerst du denn deinem Liebhaber nicht mit den Äugelein zu? Heh, ich rede mit dir, Delfin …«

Er stach ihn unten mit der Spitze des Fleischermessers, und er hatte sich, nach der vorübergehenden Wiederbelebung, urplötzlich und ganz verfaltet wieder an der Bordwand des Ontro heruntergelassen und schien jetzt wirklich tot zu sein, sowohl als Fere wie auch als Delfin, tot dem Namen und der Tatsache nach. Auf diesen Stich antwortete der Ferenbulle mit einem Aufrichten der Haut, machte einen Flukenschlag hinten und hauchte ein Au vorne.

Doch das war, sie wussten es, nur eine Belebung durch den Tod. Alles in allem hatte diese so witzige Stoffpuppe jede quirlige Lebendigkeit verloren und einen großen Reinfall erlebt. Die Fluke war ganz heruntergerutscht, und die Finne, sein Federbusch, hatte sich in seinen Falten verschlafft wie eine Wetterfahne ohne Wind. Seine Nase hatte sich gekräuselt, die Mörderzähnchen sabberten unter der Grimasse des Schnabels, und er hatte den Blick des erfüllten Schicksals, wie den eines vom Hahn bestiegenen Huhns. Er war wirklich am Ende, am Ende ohne jede andere Aussicht noch irgendeinen Sündenerlass, denn weil es sich um ihn handelte, bedeutete es gar nichts, wenn von dort, wo er unterdessen mit seiner verworrenen Seele zwischen den Zähnen weilte, noch Klagelaute kamen. Wenn man ihm das Ohr hinhielt, konnte man den Hauch von Stimme wahrnehmen, der ihn überlebte und daran erinnerte, dass er noch lebte, wie das Echo, das fortklingt, nachdem der Mund sich bereits geschlossen hat.

»Jawohl, Signore«, hatten sie der Exzellenz zugeflüstert. »Nimm ihn dir, du hast ein Anrecht auf ihn wie auf einen engen Verwandten. Nimm ihn dir, gib ihm ein Begräbnis.«

Sie hatten angefangen, ihn aus den Stricken zu lösen, und der da oben hatte sich unterdessen, und die eigenen Augen mochten es nicht glauben, das schwarze Hemd des Faschisten bringen lassen und es, während er weiter hinunterschaute, übergezogen und die Ärmel aufgekrempelt. Warum nur versuchte er, die Lächerlichkeit des nackten Oberkörpers wettzumachen, indem er sich das schwarze Hemd anzog? Er schmeißt sich in Trauer für die Fere, sagten sie sich. Er zieht für uns seine Autoritätskleidung an, dachte ein jeder, ohne es sich zu sagen.

Am Ende kippten sie den Ferenbullen ins Wasser, und als er noch an der Wasserfläche schwamm und nicht mehr schwamm, halb verborgen in den Spritzern, hatte der Faschistolle blitzschnell den Karabiner gepackt, und während er noch den Eindruck erweckte, gar nicht auf ihn zu zielen, entlud er das ganze Magazin auf seinen Kopf.

»Er schießt auf uns«, riefen die Pellisquadre beim ersten Kugelpfiff.

»Er erblickt keinen faschistischen Lebenswert in uns und befördert uns aus dieser Welt.«

»Kann er das und beschloss er das?«

»Diese Türklopfervisage hats so bestimmt und den Tod gegeben?«

»War dieser Orangutango denn Gott?«

Doch es kam allenfalls dem Ferenbullen zu, sich zu empören und sich zu verwundern: Der da hatte ihn ins Visier genommen und ihn mit tödlicher Sicherheit getroffen. Schießen war sein Metier, das musste man ihm lassen, und ein Jäger wie Don Saverio Gullì konnte ihm auch mit zwanzig den Burschen machen: Exzellenz hatte sechs Mal bei sechs Schüssen ins Schwarze getroffen, weil er ihm die sechs Kugeln dahin gepflanzt hatte, wohin sie gepflanzt werden mussten, dahin oder dorthin, mitten hinein in den Hirnwulst der gewölbten Stirn, so locker und genau, als würde er sie ins Wasser nageln und dabei immer auf dieselbe Stelle schlagen.

Der Ferenbulle fühlte sich durch diesen Verrat so gekränkt, dass er für einen Augenblick wieder vor ihren Blicken mit seinem Ruf als eine Aberwitzige und nahezu Unsterbliche auftauchte. Denn er machte den Eindruck, noch immer ausreichend lebendig zu sein, um ihnen zuzuzwinkern. Meine Herren Ritter, ich grüße euch, schien er zu sagen. Denn wie Ritter kommt ihr mir vor im Vergleich zu diesem Verräter und Betrüger, der schlimmer ist als ich selbst, und damit habe ich schon alles gesagt. Er zeigt mir die Träne, und dann ermordet er mich im eigenen Bett, er reicht mir die Hand mit einem Dolch, der sich in seinem Ärmel verbirgt … Dann hatte der Verbitterte ah!, gemacht, löste sich für jetzt und immer mit seinem Atem auf, denn wirklich, diese Kugelsalve ins Gehirn hatte dazu geführt, dass in ihm wieder so etwas wie ein Lebensfunke aufglimmte. Und gleich hatten die Wellen ihn inmitten des Säuglingssabbers der Schaumkronen in ihre Gewalt genommen.

Auf diese Weise hatte er seinen Fußabdruck gefunden, den, der ihm gleich war: Der Verschlagene hatte den noch Verschlageneren gefunden. Der besiegte ihn mit einem Punkt, war größer und dicker, war Großfere, Feron: Und so konnte man sagen, dass, wer mit Fere hat verwundt, geht durch Feron selbst zugrund.

Das Schiff fuchtelte vor lauter Alalà und Händeklatschen der Schwarzhemden für ihren Kondottiere, diese Exzellenz, welche diese schöne Salve abgefeuert hatte. Der launische Koloss hatte nämlich erneut seine Hand erhoben, auch wenn dieses Mal die Hand des aufgeblasenen Kolosses den faschistischen Gruß gegenüber dieser Mannschaft von Gläubigen aus Liebe und aus Zwang machte, und der Wind hatte sich erhoben, um sein Augenmaß, seine sichere Hand und seine Unfehlbarkeit zu verherrlichen. Das war der Grund, weshalb eine so große Persönlichkeit so weite Seereisen unternahm, weshalb er sich persönlich aufmachte, um die schwarzen Menschen zu bestrafen. Der Krieg in Abessinien würde vom Augenblick seines Eintreffens an nicht mehr lange dauern, im Gegenteil: Kannte man ihn erst einmal, konnte man eigentlich sagen, dass alle anderen da oben auf dem Schiff, ob von hohem oder von niedrigem Rang, nur deshalb nach Abessinien gefahren waren oder fuhren, um ihn zu begleiten und ihn zu beglückwünschen, einzig, um einen Rahmen für dieses Musterexemplar des faschistischen Schlags abzugeben, den sie in diesem Augenblick am Bug grüßen sahen, mit dem hoch in die Luft gereckten und dann nach unten gestreckten Arm, wie den Chef einer Blaskapelle, der den Takt für die Chöre des Eja, eja und des Alalà schlug, sie sahen ihn, und von seinem Charakter her, genau so, wie es Arturo Palamara durch den Kopf ging zu sagen, schien er wirklich aus der Lende Mussolinis hervorgegangen zu sein.

Nachdem er sich die Laune des Zielschießens befriedigt hatte, würdigte er sie keines Blickes mehr, nach dem Schurkenstück kein He, kein Ho, kein Dahinüber. Sie sahen ihn zum letzten Mal, während er, umgeben von seinen Mannen, das Schwarzhemd wieder auszog, in dem Augenblick, wo er die Arme über Kreuz hob und verschwand, Schultern und Kopf verdunkelt unter dem Trauerstoff.

Zum Ende standen sie in der Gefahr, von den Schaumrössern, die das Schiff aufgischtete, das sich, Maschinen auf volle Fahrt voraus, wieder in Bewegung setzte, umgekippt zu werden, ohne ihnen auch nur Gelegenheit zu geben, abzudrehen. Sie hatten mörderisch stark rudern müssen, zuerst weg von dort, dann wieder hin nach dort, um den Kadaver aufzunehmen. Doch mit dem Kopf, der das Entscheidende für die Prämienzahlung war, konnten sie nichts mehr anfangen, und nicht, weil er völlig zerschossen und durchlöchert war und kleinste Knöchlein unter der Haut hatte, sondern weil man in der Hafenkommandantur gleich gesehen hätte, dass dies das Werk nicht einer Flinte war, sondern das eines Karabiners. Hätten sie's also dort hingebracht, hätten sie statt der Prämie die Inhaftierung riskiert.

Ein bemerkenswerter Fall sollte ihm zwangsläufig einen weiteren ins Gedächtnis zurückrufen.

Seit längerem schon tauchte in der Erinnerung an die Exzellenz Signor Monanin auf, ein Leutnant zur See, der ebenfalls zur Mannschaft auf der Korvette gehörte. Gerade war er noch in Gedanken bei dem bemerkenswerten Fall von fünfunddreißig, da ging aus jenem dieser hervor, frisch, wie von gestern: vorausgesetzt, Signor Monanin nahm es nicht übel, das einen bemerkenswerten Fall zu nennen, was ein ganz einfaches Purparleh war.

Nun wusste er ja dank Signor Monanin, woher ihm dieser Delfin kam, von dem er mit offenen Augen träumte, von dieser Märchenfere, einem Festlandsartikel, den man weder für Geld noch ohne Geld, weder aus Liebe noch mit Gewalt jemals an die Pellisquadre hätte verkaufen können, denen, die doch das

Warenzeichen der Fere besaßen, ein Warenzeichen wie das von den Stofftieren der Firma Ferrochina Bisleri, wie beim Löwen mit aufgerissenem Maul, ein Fabrikationszeichen mit der Ansicht eines verzerrten Schnabelmauls und der messerscharfen Reihe von zweihundertvierundsechzig Zähnchen, immer frisch gewetzt, aktionsgeladen und glänzend mit der Inspiration dieses elektrisierten Verstands, der Hochspannungskabeln gleicht, die aus Kästen laufen, auf denen ein Totenkopf gemalt ist, und über dem Totenkopf steht in Druckbuchstaben geschrieben: Das Berühren der Drähte ist tödlich.

Die Pellisquadre tragen sie in Fleisch auf ihrer Haut, das heißt auf dem Fleisch der Schwertfische, das heißt auch noch an den Maschen ihrer Palamitaranetze sind die Einkerbungen des Warenzeichens zu sehen, Einkerbungen in der Art von Rosendornen, unauslöschlich wie ein Siegel auf Siegellack. Wieso nur musste er dann mit offenen Augen träumen, er würde den Pellisquadre den Delfin bringen, eine Fere, die für sie weder im Meer noch an Land, noch im Himmel lebte? Wozu sollte er ihnen diese heilige Figur bringen, eine Figur, die man sich da oben, auf dem Kontinent, wie einen Sanluigigonzaga ausmalte, rein, jungfräulich und märtyrergleich? Vielleicht, um sie sich um den Hals zu hängen, um sie am Kopfende anzubringen? Ob tot oder lebendig, für sie war der Delfin eine Fere aus einer anderen Welt: Wollte er vielleicht, sie wären tot, die Pellisquadre, um in den Meeren des Paradieses mit diesem himmlischen Delfin zu spielen?

Es musste ganz fraglos ein Fehler in diesem Traum bei offenen Augen gewesen sein. Er war in ihm, er musste in ihm sein, wenn er dieses ganze Unternehmen in der Jenseitswelt, diesen Wunschtraum am Ende von allem, nicht als Hilfsbursche der Pellisquadre machte, um ihnen als Geschenk das herrliche, das gelöste Geheimnis der dreißigjährigen Feren zu bringen, sondern als Offiziersbursche sowohl der Exzellenz als auch des Leutnants zur See, um ihrem Delfin ein paar Kanzonetten zu bringen. Die einzige Entschuldigung für ihn konnte sein, dass er nicht ganz bei Sinnen war, denn mit halbem Kopf brachte er das Beste den Pellisquadre und das Schlimmste der Exzellenz und dem Leutnant zur See, nämlich die tote Fere, und mit dem anderen halben Kopf brachte er stattdessen das Schlimmste den Pellisquadre und das Beste der Exzellenz und dem Leutnant zur See, nämlich den lebenden Delfin, lebend dazu aus ewigem Leben. Doch je länger er nachdachte, besann er sich anders und gewann die Überzeugung, ja, er verstand es, ohne darüber aufgebracht oder verwundert zu sein, dass er selbst dieser Fehler war, jemand, der sich abgesondert hatte, und er hatte nichts einzuwenden gegen dieses Wort Delfin, das ihm vom Mund herunterschlierte und die Pellisquadre ihm wie einen Lippenstift auf die Lippen hefteten. Er war der Fehler, und jetzt, durch Signor Monanin, erfuhr er auch, warum und auf welche Weise er's war.

Er hatte Signor Monanin mit seinem Delfin vor den Kopf gestoßen. Die Sache hatte, so schien es, zwar noch am selben Abend ein Ende gefunden, denn er hatte geglaubt, dass alle diese Lobpreisungen ihm zum einen Ohr hereingegangen und zum anderen Ohr wieder hinausgekommen waren. Nach mehr als einem Monat jedoch entdeckte er, dass es eine Konsequenz gehabt hatte, nämlich dass dieser Delfin über den Weg des Schlafs das eine oder andere Wort der Lobpreisung in ihm gefunden hatte, er fühlte sich beleidigt, und der Delfin geisterte ihm durch den halb schlafenden, halb wachenden Kopf, kurz, er gelangte ins Wasser zwischen Skylla und Charybdis. Das war für einen Delfin, das heißt für eine als Delfin verkleidete Fere so, als würde man sagen: Er gelangte auf das Feld des Agramante.

Diesen Delfin hatte Signor Monanin ihn schlucken lassen, halb in Form eines Märchens, halb mit vor Verwunderung offenem Mund: ein wenig Abfall, ein paar Fetzen von diesem Delfin, die der Leutnant zur See ihm zwischen die Lippen gesteckt hatte, musste in ihn hineingeflogen sein, und dort war es geblieben, ohne dass er es wusste.

Es werden so an die zehn gewesen sein, allesamt Weibchen, doch die Seeleute sahen nur sie, und auch er erinnerte sich jetzt nur an diese eine und sah auch nur sie: Diese da wusste schon, wie sie sich anschauen ließ, sich zur Schau stellte und die Blicke auf sich zog. Sie machte Heckbug, Bugheck an Steuerbord der Korvette, mit ihren blinkenden Zähnchen lachte sie ständig, diese Lotterfere. Sie schwamm unter Wasser, sie sprang und lachte in der Luft; wenn sie wieder herunterfiel, zog sie ihr Lachen in den Hals zurück und presste gleichzeitig ihr Baby'ngangà heraus; dann kam sie wieder frisch herauf und lachte abermals; und rauf und runter, sie schwamm, sie flog, sie schäumte, sie wiegte sich und kokettierte, während sie immer und immer wieder aufs Neue dahinflog. Ein ganz junges Weibchen erst, aber eine solche Kokotte bereits, dass anzukommen und sich die Blicke eines jeden Manns der Besatzung anzuheften für sie eins war.

Von La Maddalena aus steuerten sie an einem der ersten Augusttage in Formation mit zwei Zerstörern Livorno an. Die Abenddämmerung kam inmitten schöner feuerroter Farben, die sich ganz allmählich über dem Meer zu immer sanfteren, feineren Tönen hin wandelten. Bisweilen war man der Täuschung erlegen, dass die Zeit noch unschuldig war und ohne Krieg, doch das Ende des Tags machte, wie stets, jeden Mann der Besatzung zwangsläufig traurig, mit dem Wunsch, zu Hause zu sein, und mit dem starken Gefühl für die Mutter, die Frau oder die Verlobte.

Sie waren jedoch dem kleinen Schwarm von Feren begegnet, der von Westen heranzog, vielleicht von den Balearen, und ihr Erscheinen hatte bei den Matrosen einen gewissen Stimmungswechsel ausgelöst, nicht eigentliche Fröhlichkeit, nein, sondern so etwas wie eine Belebung, ein Gefühl von Neugier und von Ablenkung ihrer geheimsten Gedanken, weil sie so sehr von Heimweh ergriffen und untröstlich waren, dass jeder Vorwand eine willkommene Abwechslung für sie darstellte.

Das immer sanfter werdende Licht begünstigte den Blick auf diese zehn Weibchen, die, das musste man ganz unvoreingenommen sagen, ausgesprochene Schönheiten ihrer Gattung waren. Ihr Umriss war noch eine Krümmung, noch ein kleines *s*, das sich im Lauf der Jahre zur Serpentine eines großen *S* wandeln würde. Von den koketten Charakteren und den Persönlichkeitszügen, die sie zeigten, konnte man sich ausrechnen, dass sie entweder bereits das Männchen im vergangenen Mai kennengelernt hatten oder es im nächsten kennenlernen würden, und dieses Letztere war die gewissere Wahrscheinlichkeit, denn wenn sie bereits die erste Bekanntschaft mit einem Männchen gehabt hätten, mit deren Liebesmax im Körper, wären sie nicht in dieser verlorenen Weise durchs Meer gezogen, diese kleinen Dummdinger auf Reisesohlen, ahnungslos über Minen und Bomben und Torpedos und Abschottungsnetze hinweg, ahnungslos eben über das Meer der Risiken und Gefahren, zwischen denen sie herumschwammen.

Es hatte ihn wirklich verwundert, an der Spitze dieses abgedrifteten Schwarms auch nicht ein Männchen als Hauptlotse zu sehen, wie es bei dieser exzentrischen Schule junger Fräuleins bindend vorgeschrieben gewesen wäre. Doch hätte andererseits ein Lehrer bei ihnen sein können, wenn sie die Schule schwänzten und umherstreiften? In einem solchen Fall hätte in aller Regel ein Alter als Haremswächter dabei sein müssen, ein nicht mehr in Gebrauch befindlicher Ohmahne. Doch wer weiß, wo den Männchen die Augen glänzten, wer weiß in welchen blutrot gefärbten Gewässern, wo ein Massaker zum anderen kam, eine verletzende Demütigung zur anderen, Verwirrung und Dieberei, inmitten von Schiffswracks und Menschenleibern, in den Gewässern um Pantellerìa, zum

Beispiel, und in der gesamten Straße von Sizilien, wo das Weltenendchaos am größten gewesen war.

Diese kleine Herde musste von dort geflohen sein und sich zu den Balearen begeben haben. Hierzu muss nämlich gesagt werden, dass sie nicht zu der berüchtigten Art der mediterranen Braunen gehörten: braun oben, weiß unten, die Braunen, alte, heimische Feren der Meerenge, wohlverstanden. Diese hier aber, die violett oben und rötlich unten waren, mussten ganz sicher zu irgendeiner ozeanischen Art gehören, zu diesen fliegenden Schulen und Kolonien, die bei Gibraltar hereinkommen und zwischen Afrika, Sizilien, Spanien und den Balearen herumflanieren, solange sie sich nicht von dem einen oder anderen Schiff ins Schlepptau nehmen lassen und sich wieder in den Ozean werfen.

In einem ersten Augenblick hatten die Reisebesohlten neugierig innegehalten, wie wenn sie die drei Schiffe hätten vorbeiziehen sehen wollen: als Klicke planschten und schwelgten sie im Wasser, schossen in die Luft, machten Verrenkungen und Gleichgewichtsübungen, trillerten hihihihi … und bespritzten sich gegenseitig, ganz genau wie junge Fräuleins beim Baden. Von Zeit zu Zeit hörten alle zusammen mit dem Theatarandei auf und blickten gespannt in Richtung der Korvette und der beiden Zerstörer.

Vielleicht wäre es da zu Ende gewesen, wenn sich eine von ihnen, eine mit Grillen, eine Kokette, der vielleicht noch gar kein Federbusch gewachsen war, die aber schon ein Kribbeln in ihrem Mandolinenhintern spürte, nicht aus ihrer Gruppe davongemacht hätte und so tat, als würde sie einem ihrer exzentrischen Gedanken folgen. Ihre überraschten Gefährtinnen blieben an der Stelle mit dem Schnabelmaul in der Luft zurück, dann, nachdem sie eine Weile in der Ferne gezögert hatten, waren auch sie ihrer Freundin gefolgt, so, als hätten sie der Neugier nicht widerstehen können nachzuschauen, bis wohin sich diese Achtlose vorgewagt hatte.

Das Licht ließ ihnen wenig Zeit, ihrer Laune freien Lauf zu lassen, doch die Durchtriebene, die Kokotte eröffnete sofort den Tanz, und das, was sie zu zeigen hatte, zeigte sie gleich bei der ersten Bewegung, der ersten im absoluten Sinn, der allerersten, wirklich der allerersten Bewegung, welche die Fere macht, wenn sie sich vorstellt, die, die sie macht, wenn sie springt, als würde sie das Meer für die Luft eintauschen, und dort, in der Luft, keilt sie ihren Schwanz unten hinein, nimmt ihn sich hinten auf die Hörner und damit, ganz ihrer Lust und Laune eines grillenhaften Mädchens folgend, pyrità und pyritoll im wahrsten Sinn des Worts, verteilt sie, so viel sie eben kann, so gut sie eben kann, ihre Fürzchen, im Babyrhythmus, mit Gewirbel, und setzt sie ganz nach Gehör und Flause in Musik.

Für die Fere ist das das Abece, doch diese da tat nichts anderes, auch wenn sie schon nicht mehr ganz so mädchenhaft war, um nur das Abece sämtlicher Myriaden von Varietényummern und Kokotterien zu kennen, mit denen eine Fere für ihre Absicht herumprotzt. Sie machte die Bewegung und wiederholte sie immer wieder für gute drei Minuten, als hätte man ihr Spielwerk für alle Ewigkeit aufgezogen. Das Schauspiel lag für die Matrosen fast ausschließlich in dieser sich dauernd wiederholenden Bewegung, die sie übrigens ausführte, ohne jemals den Kontakt zur Korvette zu verlieren, indem sie sich dort nach Steuerbord hielt, immer an derselben Stelle, als würde das Meer selbst sie tragen, denn sie verlagerte sich rings um das Schiff und sprang immer zur gleichen Höhe hinauf, von wo aus sie wahrscheinlich einen Blick auf das Deck warf.

Darauf zielte die Fere ab, um Eindruck zu schinden. Diese Nummern sollten eine Zugabe sein, eine Zugabe zu diesen widerlichen Gebärden und Grimassen, und diese Zugaben schien sie ihnen mit heller Freude zu gewähren, mit kindlichem Überschwang, sicher geschmeichelt von dem Lächeln, das sie jedes Mal mit ihren grrrgrrrs dem Publikum auf der Korvette entriss. Die Augen dieses jungen Ferenmädchens waren nicht mehr geschlossen, und das durfte keineswegs die einzige Bewegung sein, die es kannte; daher war man versucht zu denken, dass das, was dann eine Bewegung des Magens war, eine Bewegung von magenumstülpender Wirkung, sie bis zum Erbrechen wiederholte, weil sie wusste, da sie sie ja bereits erfolgreich durchexperimentiert hatte, dass diese Bewegung aus dem untersten Hafenmilieu unfehlbare Wirkungen von Gedankenlosigkeit bei den durch das Leben an Bord verrohten Mannschaften und Besatzungen hervorbrachte.

Und wirklich, mal der eine, mal der andere, sowohl die von der Korvette, die an Deck kamen und wieder gingen, als auch die, die an unterschiedlichen Kampfpunkten aufgestellt waren, wie er, der seinen Wachdienst versah, genau dort, am Heck, wie in der ersten Reihe, an den Katapulten für die Torpedos, kamen nach und nach an und warfen einen Blick dorthin, oder wenigstens ließen sie die Augen herumwandern, weil sie so hohe Saltos machte, dass sie sich nicht einmal vorbeugen mussten, um sie zu sehen, und jeder suchte, wenn er sich wieder umwandte, den Blick des Kameraden in seiner Nähe, und sie grinsten sich an, als hätten sie irgendwie eine gute Vorahnung empfangen, eine Vorhersage für Glück.

Die Ablenkung war lächerlich, sie dauerte nicht einmal Augenblicke, und dennoch war es, als hätte diese Fere mit ihren musikalischen Sprüngen einen witzigen Lufthauch mitten in der stickigen Luft ausgeprustet, die man auf der Korvette atmete, und einen frischen Gräkalwindhauch aus Nordost in ihre Gedanken gebracht, nach Abend und nach Morgen hin. Dann konnte man hier und dort auf dem Schiff eine gewisse Regsamkeit beobachten, eine Wiederbelebung der Gesichter, ein umherwanderndes Reden, mehr von Blicken als von Worten, eine ebensolche Erleichterung von dieser Art Wehenschmerz und stechender Bisse, die das Ende eines weiteren Kriegstags auf dem Meer hervorrief, mit diesem Gefühl von barbarischer Sinnlosigkeit, mit der sie die Blüte ihrer Jugend zubrachten, das sich bei jedem Sonnenuntergang, vor allem wenn sie auf See waren, im Herzen eines jeden von ihnen ausbreitete; dann stellte sich so etwas wie Begräbnisstimmung ein, die sie mit dem schwarzen Schleier der über dem Meer herabsinkenden Nacht berührte.

Für die Freude, die sie den jungen Kerlen gebracht hatte, hätte sich diese verschrobene Fere eine Medallje verdient gehabt, und wenn es in ihrer Macht gestanden hätte, hätten sie sie ihr auch gegeben, wenn man, so über den Daumen gepeilt, die Rechnung aufstellen konnte, dass wenigstens drei Viertel der Besatzung, das heißt um die dreißig Mann zwischen Matrosen, Anführern, Unteranführern und Offizieren, niemals vorher eine Fere oder einen Delfin, wie immer man sie nennen will, mit ihren Augen gesehen hatten, oder niemals auf sie aufmerksam geworden waren, vielleicht weil es niemandem von ihnen jemals bei Sonnenuntergang widerfahren war und niemand sich je in einem solchen Gemütszustand befunden hatte, dass er sich an einen Vorwand wie diesen klammern musste, um seine Gedanken abzulenken.

Die Farben der Fere glichen zu einer bestimmten Stunde denen des Himmels bei Sonnenuntergang, und das zu sehen war etwas Wunderbares. Das Violett verschwand allmählich, verschwamm bei den ersten Schatten, doch der Rotton des Bauchs leuchtete eigentümlich, wenn sie die Fluke in dieser halben Kapriole herumwarf, in einer warmen Farbe, wie sonnenverbrannte Haut, die den Augen die Täuschung vorgaukelte, so etwas wie einen weiblichen Körper zu sehen und man sich schon den Schoß vorstellte, einen Schenkel, ein Bein von einer Christenmenschin oder wenigstens der Andeutung von einer Christenmenschin, von einer Art Weiblichkeit, einer Sirene, mit einem Wort, einer Sirene, die dort auftauchte, vor ihren Augen, als ob die Fere selbst mit ihren Bewegungen sie aus den Finsternissen ihrer Gedanken heraufgerufen hätte.

Auf der Korvette war Stille eingetreten, man hörte nur das Rammen der Wellen am Bug, und dann gab es wenige Minuten später etwas Neues, denn der Schiffskoch und der Küchenjunge waren herausgekommen und hatten der Fere den Kessel mit den Abfällen hinuntergekippt. Die Fere krümmte sich dann in alle Richtungen unter diesem Zeug, fuchtelte mit den Flipperhändchen und gab Schnabelhiebe ringsum, als hätte sie hundert Mäuler.

Ihre Gefährtinnen, die sie bis dahin hatten gewähren lassen und sich etwas vom Heck entfernt abseits gehalten hatten, als wären sie Zuschauerinnen, fanden sich in diesem Augenblick alle zusammen in ihrem Meer tummelnd ein, im Meer bei achtern, wo der Unrat heruntergeregnet war, verknäulten sich wie im Flug und verschlangen gierig diese auf dem Wasser treibenden Reste. Aber sie stellte sich ihnen allen sofort und allein entgegen, biss eine, biss zwei, dann wurde sie gebissen, dann bissen sie sich alle, alle rauften und verwirrten sich in einem wilden Durcheinander. Die Korvette machte sich davon und ließ sie eine Weile lang hinter sich, ein Gemenge mit roten und violetten Einsprengseln, dort, bei achtern, inmitten bläulich aufschäumender Wellen.

Neben ihm befand sich in diesem Augenblick Crocitto, der, wie er, einer von sieben Sizilianern an Bord dieser Korvette war, einer, mit dem er am häufigsten redete, vielleicht, weil auch er Fischer war und außerdem noch aus Spadafòra stammte, das am Tyrrhenischen Meer liegt und nur ein paar Meilen von der Grenzlinie der beiden Meere entfernt ist, weshalb das Meer von Spadafòra auch das erste ist, das bei absteigender Strömung stirbt und das erste, das sich bei hinaufziehender Strömung wieder belebt.

Crocitto hatte den einen Fehler, dass er ein richtiger Unglücksrabe war, immer mit irgendeiner Beschäftigung seines Herzens zugange, irgendeiner Last, die ihm auf dem Mund seiner Seele lag, weshalb er auch immer wieder zu ihm kam, um Luft abzulassen.

Seine größte Sorge galt seiner Verlobten, die, wenn man ihn hörte, alles, was sich in Spadafòra an Gutem und Bösem ereignen konnte, sozusagen magisch anzog: schmeichelndes Werben und Angebote von jungen Kerlen, Bombardierungen, Hunger und derartiges Unglück des Kriegs. Und dann, in diesen Tagen, man denke nur!, mit den Alliierten vor den Toren von Messina! Er konnte es nicht mehr aushalten, es war, als wäre das einzige Ziel, das die Alliierten anvisierten, seit sie auf Sizilien gelandet waren, sie, Cettìna, seine Verlobte.

Er verfluchte sich, weil er bei der ersten Nachricht über die Landung nicht nach Spadafòra abgehauen war, und beneidete die, die ohne zweimal darüber nachzudenken, gleich von überallher und auf Biegen und Brechen flugs nach Sizilien geeilt waren, mit Gewehr und allem. Ganze Schwadronen von Carabinieri, wie er sagte, hätten sie nicht in Villa aufhalten können. Sie kamen und füllten die Fährboote, als wären sie Kompanien und Battaljone irgendwelcher Divisionen, die in aller Eile nach Sizilien verlegt würden, um die Insel zu verteidigen. Und was taten sie denn sonst, wenn nicht die Insel verteidigen? Crocitto stellte sie sich neidvoll vor, jeden Einzelnen, ausgestreckt vor dem Bett ihrer Frauen liegend oder quer auf der Schwelle des Hauses ihrer Verlobten, mit dem Gewehr in Händen und aufgepflanzten Bajonetten: seine Habe schützend und sein Krieglein führend.

»Heh, ja, die haben den Mut gehabt, auf ihr Herz zu hören, die …«, sagte er zum Schluss mit größter Niedergeschlagenheit. »Und was ist ihnen passiert? Hat man sie etwa als Deserteure erschossen? Sind sie vor dem Feind davongelaufen? Es war doch genau umgekehrt: Sie liefen dem Feind entgegen, eine Medallje hätte man ihnen geben müssen … Heh, ja, die da, die Soldaten der Fanterei, der Artillerei, die haben den Mut gespürt, wir dagegen von der Marine, wir haben angefangen, Schingschangschong auszuzählen und tuns immer noch. Die da, die Soldaten, haben gleich, auf der Stelle, das Richtige gedacht und sich auf die Socken gemacht. Sobald es im Kriegsbericht hieß: Heute sind die Alliierten auf Sizilien gelandet, und heute bedeutete gestern und vorgestern, man weiß doch, wie unser Kriegsbericht das hindreht, da haben die im selben Augenblick ihre Entscheidung getroffen, Waffen und Gepäck geschnappt und sich zügig auf den Weg hinunter gemacht und wurden viele Napoleone zu Pferde …«

Diese Napoleone zu Pferde, über sie sagte der Freund allerdings nicht, dass sie auch Gepäck mit nach Sizilien schleppten, und zwar Waffen, und die wogen schwer, und mit dem Gewehr über der Schulter, sofern dieses Gerücht der Wahrheit entsprach, dieses Hörengesagte, gelangten sie allenfalls aufs Fährboot und ließen es auf dem Meer aus ihren Händen gleiten. Was hätten sie auch anderes tun sollen? Sich von den Alliierten mit dem Gewehr in der Hand antreffen lassen? Sie machten es ausgezeichnet, die Soldaten, doch Crocitto sprach sehr nachteilig, er sprach von Hehrem, von Napoleonen zu Pferde: Die wollte er gerne sehen, die da, wenn sie, statt Soldaten, Matrosen gewesen wären, zudem auf einem Schiff und immer in militärischem Auftrag, immer als Begleitschiff, immer auf dem Meer, da hätte er sie doch gerne sehen mögen, ob nicht auch sie noch immer mit den Fingern schnippen würden, wenn sie an seiner, an Crocittos, Stelle gewesen wären und an der der anderen auf dieser Korvette, wo man manchmal, wenn man auf See war, bei Nacht, den Eindruck hatte, dass die ganze übrige Welt abhandengekommen und nur dieses Schiffchen mit ihnen verblieben wäre, auf der Suche nach einer Rettung.

Mit ihm und den anderen sechs Sizilianern auf der Korvette hatte Crocitto Umgang und redete so, als würde er nicht glauben, dass diese Sorgen um Verwandte, ferne wie nahe, wie er sie hatte, auch sie hätten, wohl weil die anderen um diese geheimsten, persönlichsten Sorgen nicht all das Aufheben machten, das er um sie machte. In seinen Augen mussten die anderen Sizilianer auf dieser Korvette wahrscheinlich glücklich wirken und das Gefühl haben, auf einer Kreuzfahrt zu sein, glückliche, getäuschte Sklaven, die inzwischen vergessen hatten, irgendwie an den Rudern festgekettet zu sein, wohingegen er der Einzige war, der sich durch Gewalt an den Hauptmast gefesselt sah, für immer verdammt, auf diesen Meeren herumzufahren, aus der Ferne zur Insel hinüberblinzelnd und ihr für den Rest seiner Tage Seufzer hinüberwerfend.

Doch bei aller Sorge um die Verlobte und dem Unglück, das er suchte, und das längst mehr aus Gewohnheit als aus einem anderen Grund, brachte Crocitto einen, wenn man ihn nur sah, zum Lachen, denn er war tiefschwarz im Gesicht, wie ein Afrikaner, klein, schlank, von Statur weitaus kleiner als er selbst, so dass er, wenn er sich im vollen Gespräch befand und die Arme hob und ihm die Hände mit offener Handfläche gegen die Brust stützte, einen Augenblick so verweilte, als würde er die Statue eines Heiligen umarmen, den er zum Zeugen anrief, und jedes Mal den Eindruck erweckte, als wollte er ihm in die Arme fallen. Und genau das brachte ihn jedes Mal, ganz gegen seinen Willen, zum Lachen, als würde Crocitto ihn, bei der tragischen Miene, die er immer mit sich herumtrug, kitzeln.

Damals, als es zu dem bemerkenswerten Fall über den Feradelfin mit Signor Monanin kam, waren es bereits mehrere Tage, dass Crocitto, noch bevor er nach La Maddalena fuhr, völlig stumm war, ganz niedergeschlagen, und diese Nichtigkeit an Neuem, das die Feren brachten, diese Vergnügen für zwei Soldi, das von der Kokettesten unter ihnen dargeboten wurde, wirkte sich irgendwie auch auf ihn günstig aus.

Die Feren waren noch da, tummelten sich bei achtern herum und kämpften über und unter der Wasserfläche um den verstreuten Abfall. Sie klammerten sich und hielten sich gegenseitig zurück, trieben dabei immer wieder von der Schiffswand der Korvette ab und schnellten wieder zurück.

»Hörst du sie, Cambrìa?«, hatte Crocitto ihn irgendwann gefragt. »Delfin nennen sie die, dieses gemeine, gehässige Flittchen. Aber wieso kommen sie darauf, ihr den Namen Delfin anzuhängen? Del… fin, Del… fin …«, wiederholte er und buchstabierte den Namen zuerst in der Hochsprache und dann auf Sizilianisch: »Del… fino, Du… fino …«

Man begriff sofort, dass Crocitto ihn noch nie gehört hatte. Das war durchaus denkbar, dieser zweite oder erste Name der Fere musste ihm da, in Spadafòra, wohl nie zu Ohren gekommen sein. Er sprach ihn aus und lachte, ob er ihn nun in der Hochsprache oder auf Sizilianisch aussprach. Auf Sizilianisch aber schien er ihm eine noch wesentlich albernere Wirkung zu haben, und deshalb genügte es ihm sich vorzustellen, er würde an den Meeren zwischen Skylla und Charybdis stehen und die Fere Dufino nennen und dabei in die Gesichter der Pellisquadre von Spadafòra nach der verblüffenden Wirkung blicken, die er auf sie haben würde. Denn man muss es wohl nicht eigens sagen: Auch in Spadafòra hatte man viel gegen die Fere einzuwenden, und im Übrigen, wen schmerzte dieser Punkt denn nicht, nicht nur an den Meeren zwischen Skylla und Charybdis, sondern in der ganzen näheren Umgebung?

»Du… fino, Du… fino …«, sagte Crocitto. »Ach ja, ein schönes, feines Tier ist das: von edlem Charakter und feinem Gehör … Ach, den will ich mir doch merken, diesen Namen Delfin, obwohl er ja einen so großen Eindruck auf mich gemacht hat, dass ich ihn nur schwer vergessen könnte. Und wenn ich mir vorstelle, dass ich so alt geworden bin, ohne jemals diesen Delfin bemerkt zu haben, ohne jemals auf ein so freundliches Tier aufmerksam geworden zu sein. Doch gottseidank gabs diesen Krieg, und ich war hier, in diesem Augenblick, sonst wäre ich ja für immer bei der Fere stehen geblieben. Und du, du, Cambrìa? Ist dir zufälligerweise schon vorher dieser Delfin zu Ohren gekommen, oder hast auch du mit diesem Irrglauben an Fere gelebt, in Unkenntnis des Feinen und Unglaublichen anstelle des Großen und Dicken, wie?«

Es war genau an diesem Punkt, dass Signor Monanin, der hinter ihm stand, sich entgegen seiner Gewohnheit für das Gespräch zwischen Crocitto und ihm interessierte.

Signor Monanin war Leutnant zur See und ähnelte einer Puppe bis aufs Haar, immer freundlich, immer geschniegelt und gestriegelt, an Land ebenso wie an Bord. Auf der Korvette erzählte man sich, dass Signor Monanin bei sich zu Hause ein großer Herr war. Er stammte aus Venedig, dieser Stadt mit dem Meer, das ihre Straßen überschwemmt, weshalb die Leute auf bestimmten langen Barken mit einem halbmondförmigen Hörnchen an der Spitze kommen und gehen, die man Gondel nennt. Von diesen Gondeln hatte Signor Monanin eine ganz persönliche gehabt, und zwar schon zu der Zeit, als er noch in Windeln lag: Das hatten sie einige Zeit zuvor gehört, aus seinem Mund, einmal, als er es Signor Parisi erzählte, dem Maschinenoffizier. Diese Gondoletta, sagte er, diente dazu, ihn spazieren zu fahren. Sie war gepolstert und ganz mit Spitzen und Bordüren ausstaffiert, sie enthielt Stickereien und Schnörkel, Troddel und Tröddelchen, Verdeck und Vorhänge, Schleier und Segel, damit er nur ja nicht von der Sonne verbrannt oder von Fliegenschiss besudelt wurde. Ein Kinderwagen … So hatte er sie unbesorgt genannt, nachdem er sie als Bonbonniere beschrieben hatte, als Wiege eines Königssohns. Ein ganz gewöhnlicher Kinderwagen, der auf dem Wasser schwamm.

»So was Wahnsinniges, so ein Kinderwagen!«, hatte Crocitto kommentariert. »Ein Kinderwagen, mit dem man ein Baby auf dem Wasser spazieren fährt? Und von wem war es Kind, dieses Baby?«

Man hätte durchaus glauben mögen, dass Signor Monanin der Sohn zumindest von einem Admiral oder jemand Ähnlichem gewesen sein musste, der ihn zwangsläufig für jemand hielt, der auf See große Dinge vollbringen würde, und um ihn nicht der Gefahr auszusetzen, dass er im konkreten Fall seekrank würde, etwa bei langer, ruhiger Dünung, die gelegentlich selbst den doch so hartgesottenen Pellisquadre in den Undsoweiter fährt, hatte er ihn schon in der Wiege abhärten wollen. Wenn er nun aber schon auf dem Meer abgehärtet worden war, musste man sich auch vorstellen, dass ihm diese Spielerei mit der Wiege auf dem Meer am Hintern haften geblieben sein musste wie ein Laster, denn er hatte ein so eigentümliches Gebaren an Bord, das Gebaren eines so natürlichen Desinteresses und eine Art, sich so schaukelnd in der Schwebe zu belassen und unbestimmt zu sein, dass man den Eindruck hatte, Korvette oder Gondolette machten für ihn keinen so großen Unterschied, außer dass er dort immer im Bett lag und es hier gelegentlich dazu kam, dass er sogar auf seinen Beinen stand.

Nachher nämlich, als er von der Gondolette erfahren hatte, hatte er sich ein genaueres Bild von Signor Monanin gemacht. Jedes Mal, beispielsweise, wenn er sein Auge auf dieser Gestalt ruhen ließ, die nicht größer war als Crocitto, doch von weißer Haut, und Gesicht und Hände hatte, als würde er sich jede

Stunde mit Creme und Vaseline einreiben, die Haare immer brillantinegetränkt, mit einem Seitenscheitel und langen Haarspitzen im Nacken, kam es vor, dass er an diesen schwimmenden Kinderwagen dachte, und auch jetzt, auch als Erwachsener, auch in der Uniform eines Leutnants zur See, konnte er sich ihn äußerst lebhaft auf der Gondolette vorstellen, die ihm angemessener war, natürlicher, als diese Korvette.

Vorstellung beiseite, Signor Monanin musste die Laufbahn auf See wohl nicht so ganz begeistert haben, denn weder beklagte er sich mit all seinem Rang als Leutnant zur See auf der Korvette, noch zählte er, und es war, als würde ihm das überhaupt nichts ausmachen, wenn man bedenkt, dass sogar der Maresciallo, nämlich Capo Tarantino, seinen Finger mit der ganzen Hand genommen hatte und ihn, versteckt und heimlich, mit großer Verachtung behandelte, wie er nicht einmal Matrosen und Unteroffiziere behandelte. Er, Capo Tarantino, der einer von den Rüpeln war, die, hätte man meinen können, ihr Leben damit zubringen, von einem Krieg in den anderen zu ziehen, und für die Kriege nur deshalb erklärt werden, um ihnen ein wohliges Gefühl zu verschaffen, ihnen freien Lauf zu lassen und ihnen Arbeit zu geben, und während alle anderen sterben, sterben sie, all diese Capos Tarantino, nie. Wenn er, um ein Beispiel zu geben, sah, was selten vorkam, dass Signor Monanin im Begriff stand, etwas zu tun, was ein kleines bisschen Kraft verlangte, auch wenn es nur darum ging, den Widerstand eines Seilknotens zu prüfen, der die Rettungsschaluppen sicherte: Lassen Sie doch, Signor Monanin, sagte er dann spöttisch zu ihm, so zerbrechlich wie Sie sind, dürfen Sie sich nicht überanstrengen, Sie könnten sich ja doch den Fingernagel des kleinen Fingers abbrechen oder Sie könnten Kopfschmerzen bekommen … Signor Monanin aber ließ ihn möglicherweise zwar den Knoten prüfen, würdigte ihn aber nie eines Worts oder eines Blicks oder kümmerte sich in sonst irgendeiner Art um ihn.

Dabei gab es nur wenige Offiziere, die so freundlich waren wie Signor Monanin, sogar noch seine Art, mit den Matrosen zu sprechen und sich ihnen gegenüber zu verhalten, rief Verlegenheit hervor. Er unterschied sich in allem von den anderen Offizieren. Den anderen konnte es, zum Beispiel, passieren, dass sie sagten Weichei, oder Schwachkopf, Idiot, wenn ihnen die Eier quersaßen, während das Schlimmste, das man ihn hatte sagen hören, gewisse, auf die Kirche bezogene Ausdrücke waren wie Jungfrau Maria, das war einer, und ein anderer war Benedeto, für gebenedeitnochmal, genau so, mit einem *t* weniger, wie das für das Venezianische typisch ist, so, als würde sich dieses *t* zwischen den Zähnen ausspannen. Und dann musste noch hinzugefügt werden, dass er, auch wenn es so war, nicht einmal erahnen ließ, dass ihm die Eier quersaßen. Darüber hinaus hatte er an Unterschiedlichem noch, dass, während die anderen, wenn sie jemanden anredeten, sagten: heh, du … er dagegen: Tschò sagte, die anderen riefen einen immer beim Namen: heh, Cambrìa, er dagegen rief immer: Tschò, Matrose. Es wirkte beinahe so, als hätte er Skrupel, sie beim Namen zu nennen. Daher kam es, dass sie für ihn in gewisser Weise immer auch wie Unbekannte blieben, wohingegen man mit den anderen Offizieren nach einem Monat oder zweien, in denen man zur Besatzung zählte, und mit allen Leuten an Bord aufs Äußerste vertraut und, weil die Korvette eben kein Panzerschiff ist, wie unter Freunden war, das konnten sie wohl sagen, und das durfte man glauben, auch wenn die respektvolle Distanz selbstverständlich eingehalten wurde.

Nun, um wieder zu jenem Spätnachmittag im August zurückzukehren, kam Signor Monanin, wenn er sich recht erinnerte, von der Kommandobrücke; er musste gekommen sein, um einen Kontrollblick durch das Fernrohr auf das Bewachungsschiff an Backbord zu werfen, und dann war er nach achtern gekommen und stehen geblieben, um von dort aus das Schauspiel der Feren zu beobachten, und zwar genau hinter ihm und Crocitto:

»Jungfrau Maria«, hatte er gesagt, aufs Äußerste empört, als er mitbekommen hatte, dass Crocitto den Delfin Fere nannte. Und dann, während er ihm seine kleine Hand auf den Arm legte, hatte er ihn gefragt: »Was, was, was, benedeto? Fere, benedeto? Fere?«

Mit dem Gesichtchen, das man mit dem eines Fräuleins vergleichen konnte, mit den kleinen, wohl aufeinander abgestimmten Zügen, glatter Haut, ohne einen Schatten von Bart, wandte er sich mal an ihn, mal an Crocitto, runzelte dabei die Stirn unter dem Schirm seiner Mütze und hob und senkte die Augen in einem ständigen Lächeln, das zwischen amüsiert und empört lag, während er wiederholte:

»Fere, heh? Feere … Feere … heh, so, so?«

Und wenn er das Wort Fere aussprach, wölbte er mit dem Atem seine Lippen nach außen, seine Augen, das Gesichtchen eines Fräuleins, so, als wäre dieses Wort für ihn eine große Merkwürdigkeit, und zwar in einem Maß, als ob allein seine Wiederholung auf ihn die Wirkung eines ausgemachten Unsinns hätte.

Er und Crocitto sahen sich an, doch keiner von beiden besaß die Geistesgegenwart, es ihm zu bestätigen: Ja, Fere, Sie sagens ganz richtig, Signore. Signor

Monanin konnte auch den Eindruck gewinnen, dass die beiden sich schuldig vorkamen, weil sie schwiegen.

»Heh, Matrose? Was ist das, was ist es, was du da gesagt hast? Fere?«, beharrte Signor Monanin lächelnd. Er wartete eine Weile, dann sagte er: »Hast du die Sprache verloren, das Wort, benedeto?«, und es war, als würde er die Absicht haben zu sagen: Na, das da, das Wort da, Fere.

Crocitto war nicht nur das Wort und die gesamte Sprache abhandengekommen, sondern sogar der Mut. Er öffnete zwar den Mund, um etwas zu sagen, aber er schaffte es nicht, ja oder nein herauszubringen. Da versuchte Signor Monanin es mit ihm, und er:

»Ja, Signor Monanin«, antwortete er gleich, als wollte er in seinem Kopf von vornherein jeden Zweifel ausräumen, der ihm in der Folge ihrer vorherigen Stummheit gekommen sein konnte. »Fere, ganz genau. Sie haben richtig verstanden, Signor Monanin.«

Signor Monanin verzog sein Gesicht, als hätte er irgendwo einen Stich versetzt bekommen:

»Fere? Der Delfin? Jungfrau Maria, Jungfrau Maria«, klagte er. »Fere, Fere …« Voller Abscheu kaute er auf diesem Wort herum, und der Ekel verursachte ihm Schauder. Er hatte seine Brust gespannt und blickte um sich und wiederholte dabei der Jungfrau Maria immer wieder seine Verwunderung. »Fere, Fere, Jungfrau Maria, Fere, Jungfrau Maria …«

Er zeigte sich ein bisschen feminin, oder vielleicht sollte man sagen: ein bisschen mehr, als er es ohnehin schon tat, und zwar von seiner äußeren Erscheinung her wie auch von Natur aus: Das Feminine zeigte sich vor allem dann, wenn er Jungfrau Maria sagte, und das war ein bisschen unangenehm, aber ein bisschen unangenehm war es auch, wenn er sagte: Fere, Jungfrau Maria, Fere … und im Ohr klang es dann so, als würde er mal Fere zur Jungfrau Maria sagen und mal Jungfrau Maria zur Fere.

»Cambrìa, was sagst du denn dazu?«, fragte Crocitto ihn, ohne besondere Rücksicht auf den dort anwesenden Leutnant zur See zu nehmen. »Siehst du, wie die Fere Signor Monanin aufgebracht hat?«

Crocitto hatte wieder Mut gefasst, und von da an ergriff er immer wieder das Wort, um Signor Monanin in aller Vertraulichkeit zu antworten. Was ihn betraf, antwortete er, wenn er gefragt wurde, er wusste ja, dass er in den Wind reden würde.

Signor Monanin hielt sie beide am Ellbogen fest und wiegte den Kopf ein bisschen schlapp. Wenn man sie von weitem sah, musste man glauben, der Leutnant zur See würde ihnen etwas über Minen und Schleudermaschinen erklären.

»Benedeti, gebenedeitnochmal …«, hatte er dann mit einem Seufzen gesagt, als würde er laut nachdenken. »Sizilianer, Sizilianer, die den Delfin Fere nennen, als würden sie ihn, was weiß ich, für einen Hai halten …«

»Ja, Hai …«, sagte Crocitto spöttisch. »Diesen ehrenwerten Herrn bewerfen Sie mit Schmutz, und Sie müssens mir nachsehen, wenn ich wage, Ihnen das so zu sagen …«

»Ehrenwerter Herr?«, fragte, ohne zu verstehen, Monanin.

»Wieso, ist er etwa kein ehrenwerter Herr, der da?«, legte Crocitto nach. »Heh, Cambrìa? Kann man ihn denn mit der Fere ineins setzen, einen wie den Blauhai, der sich ausschließlich um seine Sachen kümmert und sich durch uns nie aus der Ruhe bringen lässt? Kann man den denn, unseren kleinen Hai, mit dieser Doppelhure vergleichen, dieser Diebin, Verräterin, dieser Ehrlosen, um nur das zu sagen, was mir als Erstes auf die Zunge kommt? Mit einem wie dem, der Grundsätze hat, aufrichtig ist und klar, der, wenn er tötet, keinen Widerspruch erfährt, außer von dem Unglücklichen, der ihm ins Maul gerät, was, Cambrìa?«

Signor Monanin folgte seinem Gedankengang nicht, der ihn störte, entweder als Überlegung an sich oder wegen Crocitto, der, wenn er sprach, wirkte, als hätte er eine Handvoll gerösteter und noch heißer Kichererbsen im Mund. Da machte er mit Crocitto das, was er mit dem Capo Tarantino machte: Er ignorierte ihn und wandte sich an ihn, ganz poetisch, poetisch weil er ihn, während er ihm mit den Fingern über das Ohr wie über eine Muschel fuhr, fragte:

»Tschò, aber du, hörst du denn nicht, was für einen schönen Klang, was für eine Musik im Ohr dieses Wort ist: Del … fin?«

»Tja, was soll ich ihm da sagen, Signor Monanin? Ich halte nie vor den Worten inne.«

»He, he …«, jauchzte Crocitto.

»Aber das ist doch kein Wort, benedeto. Das ist der Name des Delfins, es ist Del … fin, Del … fin … Ein Hauch und weniger noch als ein Hauch, ein Seufzer … Aber probiers, probierts wenigstens, benedeti, probierts doch aus Liebe zu mir, es zu sagen, sagt, sagts, Del … fin, dann hört ihr, wie es klingt, wie es streichelnd in eurem Ohr klingt …«

»Sie müssen mich entschuldigen, Signor Monanin«, musste er ihm da sagen.

»Auch die Wasserhose macht einen schönen Klang im Ohr, einen Klang, der einen, wenn man ihn hört, verzaubert und mit offenem Mund dastehen lässt, wenn man nicht weiß, was sich hinter diesem Klang verbirgt, der da auf einen zukommt …«

Signor Monanin drehte sich um und sah zum Himmel, wo der Mond bereits aufgegangen war und weiß in das Licht des sterbenden Tags hineinschimmerte, und er, mit seinem scharf geschnittenen Gesichtchen, hatte angefangen zu seufzen:

»Schade, schade …«, flüsterte er traurig und voller Bedauern. »Schade, ach, schade, dass ihr nicht mit meinem Ohr hören könnt, wie schön es klingt, wie freundlich, Delfin, und wie hässlich und wild das Wort Fere klingt. Oh, ich kann euch gar nicht sagen, wie unangenehm, wie barbarisch euer Wort in meinem Ohr klingt …«

»Und bei uns erst, Signor Monanin«, schaltete sich Crocitto ein. »Sie müssen sich vorstellen, dass er uns auf unserer Haut klingt, er trommelt darauf herum wie Trommelstöcke auf einer Trommel. Was, Cambrìa?«

Aber was quatschte Crocitto denn da? Bildete er sich ein, ihn mit Worten überzeugen zu können, ihn, einen gebildeten Mann wie Signor Monanin? Worte rauchte der doch in der Pfeife: gebildet, dazu Leutnant zur See, und sie einfache Matrosen. Bei einem gebildeten Mann gelang es nur mit der praktischen Vorführung, er musste die Fere am Werk sehen, und vielleicht auch dann nicht einmal. Er musste persönlich da durchgehen und sein eigenes Fell versengen.

Signor Monanin hatte eine ganze Weile umhergeschaut, er hatte gelächelt, wie ein Kind, wehmütig, während er die Sprünge der Fere verfolgte, dann nahm er, ein bisschen theatralisch, die Stirn in seine Hände:

»Wisst ihr eigentlich, wisst ihr, benedeti«, hatte er geseufzt, »wisst ihr, dass ihr mich völlig durcheinandergebracht habt mit eurer Fere? Der Delfin eine Fere …«

Er fand keine Ruhe. Mit dem Arm machte er der Fere ein Zeichen, die untrüglich an der Schiffswand auftauchte und wieder verschwand, während im Winkel ihres Mauls ein Lächeln erschien, eine Falte, die man kaum wahrnehmen konnte: »Der da?«, fragte er. »Der da?« Er sah sie beide an, sein Blick war eigentümlich, keck, jammervoll, unduldsam: »Feren? Die Delfine? Jungfrau Maria … Nein, nein … Denn sonst wärs zu Ende, wir wären am Ende, wirklich am Ende …«

Crocitto wandte sich mit seinen Augen an ihn, voller Fragen: Was sagt der denn da? Was will Signor Monanin eigentlich?

»Fere, Fere …«, drängte es ihn, Signor Monanin gegenüber zu wiederholen, als würde ihm dieses Wort von allein in der Kehle, im Mund, zwischen den Lippen hervorgurgeln. »Aber wieso, wieso Fere?«

Das war keine Frage, es war eher, als würde er den Grund kennen, aber nicht verstehen können, und das schien ihm das Gesicht in genau die gleichen betrübten Farben der Melancholie zu tauchen, die zur Abenddämmerung am Himmel aufzogen, denn das Wort, so schien es, beleidigte ihn im Grunde nicht, sondern verursachte Leid in ihm, Traurigkeit.

Crocitto aber fasste es als Frage auf:

»Aber warum ist die Fere Fere, Signor Monanin, eben weil sie Fere ist. Der Name selbst sagt es ja schon: Fere … Wie kommts, dass Ihnen das nichts sagt? Vielleicht, weil Sie sie maskulin denken, wohingegen sie so beschaffen ist, ganz gleich, ob Männchen oder Weibchen, dass ihre Struktur ganz feminin ist. Heh, hab ichs richtig gesagt, Cambrìa?«

Haargenau wie sein Vater mit der Exzellenz im fünfunddreißiger Jahr, glaubte auch Crocitto, Signor Monanin die Fere allein durch den Namen begreiflich machen zu können, durch ein einziges Wort, so, als vermöchte der Name allein in dessen Kopf etwas auszurichten, wohingegen bei denen viel mehr als der Name nötig ist, denen kann das doch nicht einmal das Eisen der Harpune in den Verstand pflanzen.

Signor Monanin hatte Crocitto an diesem Punkt gefragt, ob er die eigentliche Bedeutung, und zwar wirklich die eigentliche Bedeutung des Wortes Fere überhaupt kenne.

»Ja, kommt es Ihnen etwa so vor, als ob ich das nicht wüsste?«, fragte Crocitto ihn irgendwie mitleidsvoll.

»Dann sag mir, mein Lieber, was es bedeutet«, sagte Signor Monanin da mit einer Stimmfärbung und einem Gesichtsausdruck, der nicht im Geringsten erahnen ließ, dass er von Crocitto die eigentliche Bedeutung zu hören bekommen würde, die ganz eigentliche des Wortes Fere, die dann die war, die zu kennen er sich den Anschein gab, und zwar ohne den geringsten Schatten eines Zweifels.

»Hoh, Cambrìa? Was glaubt Signor Monanin denn, macht er einen Witz?«, fragte Crocitto geradezu auffahrend und wandte sich, wie üblich, an ihn, doch so, dass Signor Monanin ihn hörte. »Wie kommt dir das denn vor, Cambrìa? Jetzt, wo Signor Monanin mich einem Verhör unterzieht? Glaubt er wirklich, wir wüssten nicht, was Fere bedeutet? Und jetzt kommt er damit an und unterzieht mich sogar einem Verhör? Hoh, Cambrìa, dem Verhör, ja dem, bei allem Respekt, sollten wir ihn eigentlich unterziehen …«

Crocitto, das sah man, fühlte sich vielleicht nicht beleidigt, wohl aber gallig, und zwar aufrichtig, zutiefst aufrichtig, das war gar keine Frage, denn er war immer aufrichtig, zutiefst aufrichtig, und besonders dann, wenn diesem kleinen Verrückten die Galle hochkam.

Und um dem Eindruck einer gesitteten Person, die er war, und die er wohl oder übel auch nachher noch blieb, nicht zu widersprechen, auch wenn es am achten September war, als würde Signor Monanin sich eine Maske aufsetzen, gar eine Ganzmaske, um ja nicht zu zeigen, dass er es nicht ertrug, wie er litt oder etwas durchmachte, sagte er zu Crocitto, als wollte er ihn wegen seiner Galligkeit trösten:

»Schau, mein Lieber, ich will dich doch gar nicht beleidigen, Tatsache ist aber, dass Fere, und das kannst du nicht wissen, ein lateinisches Wort ist …«

»Signor Monanin hat mich möglicherweise für einen Priester gehalten«, unterbrach Crocitto ihn, wieder an 'Ndrja gewandt, und dann direkt an den Leutnant zur See: »Das lateinische Wort, das können Sie allein kennen. Sie kennen das Wort und wir kennen die Sach. Uns, was, Cambrìa?, uns genügts, dass wir die kennen, die Sach. Ja, genaugenommen reicht uns die, und dann bleibt sogar noch eine Menge übrig …«

Signor Monanin machte den Mund viele Male auf und zu und schlug die Zunge an den Gaumen. Mit zusammengekniffenen Augen blickte er Crocitto an, ohne ihn zu sehen. Dann richtete er seinen Blick auf die kleinen Feren, die die Korvette inzwischen hinter sich gelassen und die Zerstörer fast erreicht hatten, sie schossen dahin, eine hinter der anderen, im Flug und im Schwimmen, herdeten sich zusammen und entherdeten sich im Schwimmflug. Und während er ihnen zuschaute, schien er sich in seine Gedanken zu verschließen, bekam etwas außerordentlich Nachdenkliches und flüsterte dann irgendwann wie zu sich selbst, doch nicht, weil er wollte, dass sie ihn hörten:

»Da nennen sie den Delfin zwar Fere, kennen aber nicht einmal die Bedeutung des Wortes Fere …«

»Ach, dann haben Sie also immer noch nicht begriffen, dass wir die Bedeutung kennen? Und wie wir sie kennen, wir kennen sie und sie kommt uns teuer zu stehen, und das Warum und Wieso, das wissen wir!«, antwortete Crocitto im Gegenangriff.

Signor Monanin wandte da seine Augen von Crocitto weg zu ihm hin und hob sie ein wenig, weil er mit ihm, von der Statur her, nicht übereinstimmte, wie mit Crocitto, und sah ihn fest an, fragend, als würde er ihn aufrufen, zu bestätigen oder zu widersprechen. Er musste da, gewissermaßen notgedrungen, das Wort ergreifen:

»Ja, Signor Monanin, Fere bedeutet für uns Fere. Die Bedeutung gibt sie uns selbst, die Fere, und sie gibt sie uns auf vielfältigste Weise. Durch das, was sie tut, ist sie Fere, durch die Art, wie sie es tut, ist sie Fere …«

Macht des Namens: Er hatte geredet, wie wenn die Worte ihm aus dem Mund jagten, ohne dass er etwas dagegen hätte tun können. Und das war's nun, am Schluss, nach allem, was er gegen seinen Vater einzuwenden hatte und auch gegen Crocitto, die geglaubt hatten, sie könnten den Delfinliebhabern allein aufgrund des Namens die Fere erklären. Da kam er und berief sich ebenfalls auf den Namen, indem er, womöglich, sogar noch ein bisschen Hochnäsigkeit hinzugab, er kam und entdeckte Amerika, indem er darlegte, dass Fere Fere bedeute.

Signor Monanin wiederholte jetzt ganz langsam, nicht weil er hoffte, etwas zu begreifen, sondern so, als würde er noch verblüffter sein:

»Ihr wisst zwar nicht, was Fere bedeutet, doch wisst ihr, dass die Dinge, die sie anstellt, Ferendinge sind …«

»Und Sie bestehen immer wieder darauf, das Wort vorzuschieben …«, prustete Crocitto. »Doch warum nur machen Sie nicht ein einziges Mal den Versuch, das Tier vorzuschieben, es ans Werk zu setzen und dann den Namen zu geben?«

Signor Monanin tat so, als würde er ihn nicht hören, gab sich wieder den Anschein der Gleichgültigkeit, den er sich auch dem Capo Tarantino gegenüber gab, einen Anschein, der nichts anderes war als Hochmut. Da ergriff er wieder das Wort, auch weil er inzwischen wissen wollte, ob er es schaffen würde, sie ihm wirklich zu erklären, die Fere, sozusagen aus Starrsinn:

»Uns, Signor Monanin, das müssen Sie wissen, dient das Wort nur zur Verständigung, also, es dient uns, um zu sagen: Das hier war das Werk der Fere, und das hatte Crocitto sagen wollen. Es ist nicht so, dass wir das Wort gebrauchen, um uns die Fere zu erklären, denn die Fere erklären wir uns mit ihren Taten oder besser gesagt, mit ihren Untaten …«

Vielleicht war es, weil er es gesagt hatte und nicht Crocitto, dass er das Wort ergriffen und es gesagt hatte, weshalb Signor Monanin sich zum ersten Mal im Gesicht deutlich veränderte.

»Jungfrau Maria … Untaten, der Delfin begeht Untaten … der Delfin … der da, die da, oder?«, sagte er schließlich, als wäre er empört und machte gleichzeitig ein Zeichen in Richtung der kleinen Feren, als wäre ihm in genau diesem Augenblick der Zweifel gekommen, ob sie nicht von zwei unterschiedlichen Tieren sprachen, was im Grunde wahrscheinlich nicht falsch war.

»Das da, genau, die da«, bemerkte Crocitto mit einem gewissen spöttischen Unterton in der Stimme, was ihn unsympathisch machte.

»Jawohl, Signor Monanin, das da, das Tier da«, fügte er gleich hinzu, so, als müsste er Crocitto zum Schweigen bringen. »Das bei uns gängige Tier ist braun und weiß, und das da ist violett und rotgetönt, aber sie gehören zur selben Sippe …«

»Aber wenn es das ist, wenn er immer das tut, was er in diesem Augenblick tut, warum sagt ihr mir dann, dass der Delfin gegen euch, wie soll ich sagen, Untaten begeht?«

»Der Delfin«, mischte Crocitto sich wieder ein, »begeht keine Tat gegen uns, weder eine gute noch eine böse. Wer sieht ihn denn schon, den Delfin?«

»Ich erzähle Ihnen die eine oder andere«, antwortete er da, so, als hätte Crocitto seinen Mund nicht aufgemacht. »Die eine oder andere, einfach so im Großen und Ganzen, auch weil, wenn man alle Untaten erzählen wollte, die sie begeht, dies einfach unmöglich wäre, oder weil, während man mit den alten Untaten zu keinem Ende kommt, kein Tag vergeht, mehr noch, keine Stunde und kein Augenblick, wo sie nicht eine neue ersinnt …«

Er erzählte ihm daher ein paar, und jede mit zwei Worten, nicht mehr als zwei Tropfen in einem Meer von Untaten, einfach, um ihm einmal den Schimmer einer Vorstellung zu geben. Doch wie viel Schimmer auch immer und so sehr er auch ein Delfinliebhaber war, so ganz eingenommen für den Delfin, der das Gute tut und das Böse nicht kennt, war Signor Monanin am Ende ganz benommen und starrte ihn an, als würde er über diese Nachrichten nachdenken und über den, der sie ihm gegeben hatte. Und als er ihm dann eindringlich in die Augen sah, beinahe so, als wollte er ihm mit seinem Blick in die geheimsten und aufrichtigsten Gedanken dringen, fragte er ihn:

»Sind das nicht alles Gerüchte, Cambrìa, alles Hirngespinste?«

Eigentlich wollte er ihm jetzt gehörig antworten, hielt sich aber zurück:

»Sie, Signor Monanin, dürfen mich jetzt nicht heruntermachen, nach allem, was ich Ihnen erzählt habe, das alles haben wir mit unseren Augen gesehen, nichts beruht auf Gerüchten oder Hirngespinsten …«

Doch der Fehler hatte darin bestanden, überhaupt das Wort zu ergreifen. Es war in den Wind geredet, er hatte es ja gesagt: Sie redeten unterschiedliche Sprachen, sie redeten von unterschiedlichen Dingen, sie waren meilenweit von einem Punkt der Begegnung entfernt.

»Denn siehst du, mein Lieber«, beharrte Signor Monanin, »da, wo du lebst, zwischen Skylla und Charybdis, ist das sicher nichts Neues, diese Hirngespinste, meine ich. Mit den Augen gesehen, sagst du. Ach, mein Lieber, nicht einen gabs, der die Sirenen nicht mit eigenen Augen gesehen hätte, und doch warens nur Gerüchte, nicht wahr? Phantasiegeschichten, Erfindungen von Matrosen, Seemannsgarn. Diese Feren, die ihr als so ungezähmt und wild beschreibt, wer kann denn schon sagen, ob die nicht auch Phantasiegerüchte sind oder wie immer man das nennen will, Einbildungen und Aberglaube, wie? Könnten sie nicht zu dem gleichen, nicht existierenden Schlag der Sirenen gehören, was? Diese Feren, könnten sie nicht einfach nur das Wort sein, der Name, kurz gesagt. Könnten sie nicht einfach nur Worte sein, Namen, falsche Namen, nichts anderes als die unschuldigen Delfine, die verleumdet werden und übel bedacht?«

Vielleicht hätte es ihn ja interessiert zu erfahren, dass Don Mimì Nastasi, genannt Iambetta, ebenfalls mehr oder weniger dieser Ansicht war, nur dass Don Mimì das Gegenteil von allem für wahr hielt und beweisen wollte, und dafür die Existenz der Sirenen von den Feren herleitete. Aber er erzählte ihm weder das noch etwas anderes, sie waren wirklich meilenweit von einem gemeinsamen Standpunkt entfernt.

Doch so sehr er auch ein Freund der Delfine war, und zwar der freundlichsten, gütigsten, feinsten, konnte ihn dieser Gedankengang, der mit einem einzigen Schwammstrich ihre Feren wegwischte und auf der Tafel nur seinen Delfin übrig ließ, konnte dieser Gedankengang, der überhaupt nicht von ihm zu stammen schien, sondern von jemandem, der sich gewohntermaßen hinter Schloss und Riegel etwas zusammendachte, wenn er wusste, dass er unrecht hatte und doch recht behalten wollte, ihn nicht sonderlich stolz machen, noch konnte er ihn zufriedenstellen, einen wie ihn, einen Mann mit Titel, aber vor allem einen anständigen, einen gebildeten Menschen, der, wenn er mit dir sprach, auch dich zum Reden kommen ließ, um dir zuzuhören, deinen Gedanken zu hören und ihn in seine Überlegungen einzubeziehen.

»Cambrìa«, sagte er genau an dieser Stelle zu ihm und gab sich ganz samten, wie ein Kätzchen, das er ja auch war, als wäre ihm eine großartige Idee gekommen, um dieses Problem zum Abschluss zu bringen und sie glücklich zu machen und zu narren. »Was ist es, was ist es, das du gesehen hast? Delfine, die Netze zerreißen, Delfine, die Fische massakrieren? Tschò, hast du sie mit den Maschen im Maul gesehen, mit dem noch lebenden Fisch im Maul?«

»Sag mal, Cambrìa, glaubst du mir, wenn ich dir sage, dass ich Signor Monanin manchmal nicht verstehe?«, sagte Crocitto in seiner üblichen Art, die diesmal jedoch gerechtfertigt war. »Macht er Witze? Foppt er uns? Jetzt sollen wir ihm, damit er uns glaubt, das Foto von der Fere bringen, während sie am Werk ist, da unten in der Tiefe und das Palamitaranetz rauf und runter lassen, mit Maschen und den Köpfen vom einen und vom anderen. Heh, Cambrìa?«

Diesmal hast du vernünftig geredet, du Verrückter, wollte er sagen, sagte es aber nicht. Doch um ihm zu zeigen, dass er seiner Meinung war, fing er wieder an zu reden, gleich nach ihm, und sagte:

»Genügt es Ihnen denn nicht, dass wir zerrissene Netze und Fische sehen?«

»Aber die Delfine, hast du die da jemals gesehen? Die doch nie, oder? Du hast immer die Feren gesehen, Feren über Feren, die kanntest du, und die hast du gesehen. Du hast sie gesehen, sage ich, aber was ist das für ein Sehen, wenn man sieht, was man nicht sehen kann, was nicht existiert? Wie viele waren es, die die Sirenen gesehen haben? Man weiß nicht, wie viele, aber viele waren es: so viele, wie jetzt, statt Sirenen, Feren sehen …«

Er hatte einen so aufdringlichen Ton angenommen, gleichzeitig aber auch so klugverständig und beherrscht, dass er ihm fast auf die Nerven schlug. Wenn das so weiterging, würde er ihm entweder ins Gesicht lachen oder wütend werden: Aber wieso? Wieso sollte er wütend werden und ihm Verdruss bereiten? Signor Monanin hatte zwar seine angenehme Liebenswürdigkeit, aber konnte es nicht sein, dass er unter dem Eindruck des Delfins ein anderer wurde? Nach Monaten und Monaten, die sie ihn auf der Korvette in völliger Apathie hatten gehen und kommen sehen, hatte er etwas gefunden, das ihn belebte, nämlich die zigeunerhafte Begleitung, das ganze Spektakel, das ganze Theatarandei dieser Tiere mit dem mandolinenförmigen Hintern, um sie weder Feren noch Delfine zu nennen, diese Begleitung, die für die anderen das gewesen ist, was es war, ein Zeitvertreib, eine Ablenkung der Augen und ein Durchpusten der Gedanken; für ihn hat sie darüber hinaus diesen bemerkenswerten Fall Delfinfera gebracht, diesen ganzen Ärger des Delfinliebhabers um seinen Delfin, etwas, wofür er, man musste ihn nur ansehen, wieder etwas verspürte und sich auf seine Weise endlich wieder ereifern konnte. Und jetzt? Jetzt, soweit es mich betrifft, beschloss 'Ndrja Cambrìa in seinen Gedanken, möge sein Delfin Signor Monanin wohl bekommen.

Aber da war noch Crocitto, der diesen Vergleich der Fere mit den Sirenen nicht hatte schlucken können, und er kaute und kaute, bis er ihn erbrechen musste:

»Sirenen? Sirenen? Sirenen?«, sagte er verzweifelt mit jäh auffahrender Stimme, mit furchtbar falsch klingenden, völlig verblüffenden Tönen, und dann legte er seine Hände zusammen und fuchtelte mit ihnen vor Signor Monanins Gesicht herum, dabei schnaubte mal Feuer aus seinen Nüstern, mal stürzten Wortträne aus seinem Mund, er tat alles, um diese Sirenen wieder in den Mund des Leutnants zur See zurückzustopfen: »Sirenen? Wissen Sie eigentlich, dass es Leute gab, die darüber den Tod gefunden haben, das heißt Leute, die wegen der Feren nicht nur ihr Hab und Gut verloren haben, sondern auch noch ihr Leben? Wissen Sie eigentlich, dass es manchem das Herz gebrochen hat zu sehen, wie er von der Fere aufs Korn genommen und zur Zielscheibe gemacht wurde? Heh, Cambrìa? Sags ihm, sag dus ihm doch von dem aus Gàllico, der eine Mannschaft bildete mit Söhnen und Tochtermännern, und einen ganzen Monat lang, Juni oder Juli, ließen sie sie am Abend zurück und fanden sie am nächsten Morgen wieder, bis schließlich der Alte nach der ersten Ausfahrt zu Tochtermännern und Söhnen sagte: Ich gehe jetzt ein Nickerchen machen, gleich hier, hinter der Palamitara. Und die Jungen rauchten sich ein Zigarettchen, sie harrten und harrten, und als sie sahen, dass er nicht wach wurde, gingen sie zu ihm und fanden ihn tot da, im Schatten der Palamitara, tot, und er hielt noch sein Gesicht zwischen beide Hände gedrückt, und sein Gesicht war noch nass von Tränen. Sags ihm, sag dus ihm, Cambrìa … Sirene? Sie halten die für eine Sirene? Glauben Sie mir, wenn ich Ihnen sage, dass es Familien gibt, in denen, wenn man irrtümlicherweise die Fere erwähnt, den Frauen sofort die Trauer ins Gesicht steigt, das Massaker am Herzen, das diese Mörderin bei den Männern mit der Zerstörung der Netze und dem Gemetzel an Fischen verursachte? Stellen Sie sich diese Szene vor, mit den Frauen, die um die Toten leiden und klagen, die weinen und sich die Haare ausreißen, können sie sich das vorstellen? Dann können Sie sich auch vorstellen, ob es das alles nicht gibt, ob das eine Sirene ist, wenn allein schon bei der bloßen Erwähnung den Frauen sich wieder die Wunden öffnen …«

Während Crocitto sich so ungeheuer erregte, belebte sich die schöne Spur des Lächelns, das Signor Monanin auf den Lippen hatte, allmählich immer mehr:

»Nein, nein, nein, nein, neinundnein«, sang er zu diesem Lächeln, das halb ungläubig und halb amüsiert war. »Nein, das nicht«, und warf dem Schwarm von Feren wieder ein Zeichen zu, der aufgeregt war und durcheinanderschwimmend dahinflog, in der Kielspur der schäumenden offenen Meere, die sich hinter den beiden Zerstörern wieder schlossen. »Aber seht doch nur, seht doch nur: Was hat er, was hat er denn an Blutrünstigem? Er spielt, er spielt, der Delfin, er spielt immer herum …«

»Ich rede über die Fere«, erwiderte Crocitto, grob und ungehobelt. »Sie dagegen reden über den Delfin. Aber wer kennt den schon? Wer hat denn je von ihm gehört und ihn genannt?«

Hier hatte er den Eindruck, dass Signor Monanin auf seine Art, die Art eines jungen vornehmen Herrn, einen Einwand gegen Crocittos Worte erhob:

»Ich, Crocitto, ich habe von ihm gehört und ihn genannt. Verstanden?«, sagte er, ganz weiß im Gesicht.

Crocitto musste einsehen, dass Signor Monanin sich ein bisschen in Autoritätsgehabe hüllte: Autorität eines Leutnants zur See und eines gebildeten Mannes. Gleichwohl besaß Crocitto die Kühnheit, ihm zu erwidern:

»Sie dürfen das nicht als Beleidigung verstehen, doch uns, was, Cambrìa?, sagt der Delfin gar nichts, in unserer Sprache …«

»In eurer Sprache?«, rief Signor Monanin bass erstaunt und heftete sich wieder dieses Lächeln auf die Lippen. »Jungfrau Maria, jetzt kommt ihr mir auch noch mit der Sprache? Was ist denn eigentlich diese Sprache, von der du redest, was ist denn diese Sprache, die du sprichst, etwa die Sprache, die eure Fere da im Maul führt? Die, wenn es die ist, dann ist sie eure, da hast du recht, die allein, ihr sprecht doch die Sprache von der da, und ihr allein sprecht sie, und ihr allein versteht sie …« Er machte eine Pause, dann lächelte er sehr ernst und legte eine Hand vertraulich auf seinen Arm, als wäre eine solche Ruhe in sein Gemüt gedrungen, dass man ihn mit der größten Bewunderung anschauen musste, doch im Kern handelte es sich um schöne Dinge, die das Wie und Warum vorne brauchten, aus dem einfachen Grund, weil es keine sicheren Dinge waren, ganz sicher diese, auch wenn sie die Dinge sein konnten, die sie zu sein schienen. Und weil es so war, und weil er spüren ließ, dass er unter ihnen dreien der Gebildete war, und weil er gleichzeitig spüren ließ, was für ein Gewicht eine derartige Person hatte, fuhr er fort und sagte abschließend: »Hör zu, mein Lieber. Wir drei, was machen wir hier? Wir reden, oder? Ich rede, du redest, Cambrìa redet. Du und Cambrìa redet, wenn ihr redet, gegen eure sogenannte Fere, wohingegen ich, wenn ich rede, über den Delfin rede, der nicht nur mir gehört wie euch die Fere. Ihr habt keine Sprache, ihr habt keinerlei Sprache, hast du verstanden?«

»Ah, Sie sagen, wir hätten keine Sprache?«

»Nein«, entgegnete Signor Monanin und sagte es in einem Ton, dass Crocitto ein Gesicht aufsetzte, als hätte man ihm auch die Zunge herausgerissen, die er im Mund hatte.

Schon seit einer ganzen Weile musste Signor Monanin dieses Gerede auf die Nerven gegangen sein, diese Hartnäckigkeit, mit der sie ihm Widerstand boten, zwar nicht ihm unmittelbar, ja im Grunde überhaupt nicht seiner Person, der Person Signor Monanins, Leutnant zur See, als vielmehr seinem Delfin, der während seines ganzen Lebens, bis hin zu diesem Augenblick Delfin, Delfin, Delfin war: Und sie, und mit sie meinte er die Crocittos, auch wenn er selbst ebenfalls sie war, glaubten sie wirklich, ihm in einem einzigen Augenblick, kurz und knapp, den Delfin aus dem Kopf und aus dem Blick schlagen zu können, der doch immer noch dort war, um seinem Gedächtnis und seinem Blick die Fere einzuprägen, die niemals dort war?

Was diesen Glauben betraf, glaubten ihre Crocittos das wirklich, was denn sonst. Wären sie denn sonst anderer Meinung gewesen als dieses Barönchen oder Prinzchen aus Venedig, was immer er war, das es sicher überhaupt nicht gewohnt gewesen sein musste zu erleben, nicht dass man ihm widersprach, sondern dass man überhaupt anderer Meinung war, und wohl auch nicht, dass man so viel Speichel absondern musste, um einem anderen seinen Willen aufzuzwingen, nur um bei einer Diskussion, kurz gesagt, das letzte Wort zu haben? So kam es, dass er an diesem Punkt, ohne laut zu werden und ohne die Nerven zu verlieren, abgesehen davon, und das besagte eigentlich schon alles, gelang es ja nicht einmal Capo Tarantino, ihn dazu zu bringen, die Nerven zu verlieren, eine kleine ruckartige Bewegung in seinem Inneren machte, und diese zeigte sich allein in der Art, wie er die schmalen Lippen zusammenpresste und die Kiefernknochen aufeinanderbiss:

»Matrose«, sagte er kurz und knapp zu Crocitto. »Du wiederholst jetzt mit mir, was ich dir sage, Buchstabe für Buchstabe, Silbe für Silbe: verstanden?«

Und Crocitto verstand und antwortete ihm nur:

»Jawohl, Signor Monanin.«

Und so gab Signor Monanin genau dort, neben den Minen, vor den Matrosen, die hinter ihnen auftauchten und wieder verschwanden, unverzüglich den Schulmeister ab, um Crocitto zu lehren, Fere in der Hochsprache zu sagen, das heißt Delfin:

»De… e… el… Del…«

»De… e… el… Del…«, buchstabierte Crocitto ihm nach, als würde man ihm Atem zupumpen.

Er spürte, dass auch Signor Monanin früher oder später zu dieser Zeremonie gelangen würde, auch er, konnte er sich da täuschen?, musste ihm mit Spucke dieses Wort Delfin im Verstand festkleben, den Namen von etwas Abstraktem oder besser gesagt: den abstrakten Namen von etwas Realem. Das erste Ziel dieses Delfinnarren schien zu sein, ihm diesen Namen auf die Lippen zu heften, als würden sie das Kreuz über ihn schlagen, damit er ihren Glauben annähme, genau wie die Christen, die das Wasser vor die Sarazenen sprengten, die unterworfen vor ihnen auf Knien lagen, genau wie diejenigen, die sie mit der einen Hand tauften und mit der anderen ihnen die Spitze des Schwertes an die Kehle setzten. Er hatte seinen Vater vor Augen, der unter der Bedrohung des Karabiners der faschistischen Exzellenz die Lobpreisungen des Delfins nachbetete. Und der hier anwesende Signor Monanin, setzte er, ohne hier irgendwelche Vergleiche anstellen zu wollen, setzte nicht auch er, bildlich gesprochen, seine Schwertspitze und seinen Karabiner ein, nämlich seinen Rang als Leutnant zur See und seinen Bildungsgrad? Es blieb nur zu sehen, ob das auch für Signor Monanin lediglich ein vorgeschobenes Ziel war, das heißt, ob sich hinter all dieser Leidenschaftlichkeit eines Delfinnarren nicht ein Schwindel verbarg, eine Gleichgültigkeit gegenüber dem Delfin. Doch Signor Monanin kam ihm nicht vor wie ein Karabinertyp, auch nicht wie ein maskierter Schwindler, der dieses ganze Getue mit dieser Absicht liebte, der Absicht, ein Zielschießen auf den Delfin zu veranstalten. Wegen vieler Schattierungen, sofern er sich nicht blenden ließ, schien Signor Monanin vielmehr der Typ zu sein, der sich eher an den Namen der Dinge klammerte als an die Dinge selbst, eher an das Erscheinungsbild als an die Substanz.

Als er ihn Crocitto auf die Lippen geheftet hatte, der seinen Mund so albern verzog, dass man ihn nicht ansehen konnte, ohne zu lachen, wandte er sich ihm zu:

»De… e… el… Del«, sprach er ihm nun nach und versuchte, nur ja nicht das Feixen herauszulassen, das ihn ankam, als er sich von Crocitto genauestens beobachtet sah.

Crocitto hatte jedoch diese brauengerunzelte Miene, die Verdüsterung des Blicks desjenigen, der zwar besiegt ist, aber nicht überzeugt. Die Dinge waren für ihn entweder ernst oder gar nichts: Wenn sie nicht ernst waren, machte er sie ernst. In seinem Leben war er wohl nie geistreich und witzig gewesen, jetzt kam noch die fixe Vorstellung über seine Verlobte hinzu, die ihn Tag und Nacht umtrieb.

»Tüchtig, tüchtig«, sagte Signor Monanin schließlich, als wollte er sie für dieses Unternehmen belohnen.

Darauf musste sich Signor Monanin, ohne es eigentlich zu wissen, auf irgendeine Weise wie Christus vorkommen, wie Christus, der zu den Aposteln sagte, sie sollten in die Welt gehen und den Völkern das Wort Gottes predigen: Gehet hin und mehret euch. In diesem Ton sprach er zu ihm und zu Crocitto:

»Ihr müsst ihn dort hintragen, an die Meerenge von Messina, diesen Namen des Delfins hier, und ihn allen verkünden, dort, an euren Meeren. Was ist denn diese Fere, was ist denn diese Fere?, sagt ihr. Wischt die Fere weg und schreibt Delfin, Delfin, Delfin. Und fragt man euch: Was ist denn dieser Delfin, was ist denn dieser Delfin?, dann redet, dann verschafft euch Gehör. Dieser Delfin, sagt ihr dann zu ihnen, dieser Delfin, damit ihrs euch zur Regel macht, ist der richtige Name, und er ist auch schön. Lernt ihn, lernt ihn, und ihr werdet sehen, dass, wer ihn trägt, diesen überaus treffenden Namen, nicht der ist, der euch die Netze zerreißt, nicht der ist, der euch die Fische zerfleischt. Das alles geschah mit der Fere, sprecht ihr zu ihnen, denn er hat uns beeinflusst, dieser wilde, blutrünstige Name. Einst, als er Delfin war, wir ihn aber Fere nannten, wars nur natürlich, dass wir alles, was an Schlimmstem geschah, ihm zuschrieben, wir gaben dem die Schuld, der den Ruf der Fere besaß. Ruft ihr ihn aber Delfin, Delfin, wird er euch Delfin sein …«

Diese Rede sollten sie den Pellisquadre sagen, just diese. Die Sizilianer, sagte er, arbeiteten mit Phantasie, die Sizilianer, er aber nicht, er sei Realist. Er redete über den Namen des Delfins, als wär's ein Sesamöffnedich, ein Zauberwörtlein, so dass man, wenn man diesen Namen besaß, ganz gewiss das Faktum besaß: Die Dinge verhielten sich eben so, seiner Meinung nach, und nicht umgekehrt. Er redete über den Namen des Delfins, das war nicht in Abrede zu stellen, wie die Kreuzfahrer über den Namen Gottes: Sie brachen mit diesem Namen auf, der an der Spitze ihres Schwertes eingebrannt war. Gott war mit ihnen. Konnten da die ruhmreichen Taten noch scheitern, die Schwertschläge, die Säbelhiebe, die enthaupteten Sarazenen, in Stücke geschlagen, bekehrt zum Glauben im messerscharf geschliffenen Namen Gottes?

Sicher: Delfin, Delfin und immer wieder Delfin. Ja, wie auch nicht? Wenn's weiter nichts war … Und was Signor Monanin wollte, war ein Matrosenversprechen, ein Ja, das über das Meer zog. Doch Crocitto war eine Qual, er ergab sich nicht, er musste wohl glauben, dass auch Cettina mit hineingezogen wurde, seine Verlobte, und so leistete er, so sehr auch dieser neue, autoritäre Signor Monanin ihn einigermaßen zum Erstaunen brachte, Widerstand:

»Sogar dort, sagen Sie? Sogar bei uns zu Hause, sogar in Zivil, sogar wenn wir aufs Meer fahren mit unserer Ausrüstung von Netzen und Harpunen? Sogar dort, sagen Sie, sollen wir von Ihrem Delfin reden?«

Warum war das jetzt nötig? War er nicht ein ausgemachter Schwachkopf, dieser Crocitto aus Spadafòra?

Signor Monanin hatte ihm unterdessen den Rücken zugewandt, blickte rasch zum Vorschiff hinüber, möglicherweise zur Kabine des Steuermanns, sah nach der Zeit auf der goldenen Uhr, die er am Handgelenk trug, dann blickte er aufs Meer, in Richtung der Zerstörer, die ungefähr eine viertel Meile von der Korvette entfernt sein konnten, und mit der Hand oberhalb der Augen, um sich vor der Blendung des weißen Lichts zu schützen, das von einer Weiße war, als würde es Milch tröpfeln, suchte er die niedlichen Feren, die zwischen den beiden Zerstörern hin und her schossen, bald sichtbar, bald versteckt. Sein Ohr jedoch hatte Signor Monanin weiter auf Crocitto gerichtet:

»Der da hinten heißt Delfin, Matrose«, wiederholte er nämlich, ohne den Blick von den niedlichen Feren zu lassen. »Der da hinten ist, ob du ihn hier antriffst, ob du ihn da antriffst, erinnere dich, immer wieder Delfin.«

Inzwischen wirkte es so, als würde Signor Monanin ihm das alles nur aus einem grundsätzlichen Autoritätsanspruch heraus wiederholen, um so sein Ansehen aufrechtzuerhalten. Andererseits, konnte er sich denn kleinmachen, indem er selbst zu ihm sagte: Hör zu, mein Wort ist nicht Gesetz, es kann dich nicht verpflichten, die Fere dein Leben lang Delfin zu nennen, auch wenn du, bei Ende des Kriegs, sofern wir da herauskommen, zum Fischen auf die Meere zwischen Skylla und Charybdis zurückkehrst und ich wieder in Venedig herumnavigiere …?

»In Ordnung, Delfin, Signor Monanin«, sagte Crocitto da, wie ein starrsinniges Kind, das der Meinung war, dass es das Opfer eines Missbrauchs würde. »Delfin, völlig klar, ich erinnere mich daran, aber warum sagen Sies nicht auch ihm, ihrem Delfin, dass er sich als Erster daran erinnern soll, dass er Delfin ist und sich nicht wie eine Fere aufführen soll?«

Ahhhh, was für ein verlauster Sturkopf dieser irre Crocitto doch war. Selbst Signor Monanin schien darüber lachen zu müssen, doch er kräuselte nur die Nase, und dann, als ob er zu sich selbst sprechen würde, ohne irgendeinen Ton anzuschlagen, weder einen kommandierenden noch einen bittenden: »Schweig, schweig.«

Doch Crocitto war dazu überhaupt nicht in der Laune, er nahm es sich richtig zu Herzen. Und weil er gleich neben ihm stand, drückte er ihm die Hand, ohne dass Signor Monanin es merkte. Das ist eben Signor Monanin, hatte er ihm damit sagen wollen, ein Leutnant zur See, unser Offizier. Wir sind mit ihm an Bord, auf demselben Schiff, doch er ist ein Langweiler, ihm macht das alles nichts aus, von ihm werden wir nie ein Unglück erleben, daher sage ich, warum ihn enttäuschen? Wozu? Was ändert sich denn für uns da, zwischen Skylla und Charybdis, wenn wir seinen vergötterten Delfin zu unserer schlimmsten Fere machen? Und außerdem, warum nur, warum redest du ihm von der Fere, ihm, der in Venedig das Leben eines Paschas führt, ihm, der, das reicht ja wohl schon, seine persönliche Gondolette hatte, als er noch in Windeln lag? Lass ihn doch reden, lass ihn sich doch austoben: Was hast du davon, wenn du ihm den Faden zerschneidest? Lass ihn doch sein ganzes Arkelamekk über diesen Sanluigigonzaga von Delfin ausgießen, wie er will, und trample nicht auch du uns noch auf den Eiern herum, er reicht doch schon …

Sie sprachen die gleiche Sprache, und diese Bemerkung, auch wenn sie stumm war, musste Crocitto begriffen haben. Und wirklich, von diesem Augenblick an stand er zu der Abmachung. Aber schwieg er nun wegen dieses Händedrucks oder weil Signor Monanin ihn, vielleicht rein zufällig, an seiner schwachen Stelle getroffen hatte?

»Aber ihr beiden, ihr beiden«, hatte er zu ihnen gesagt, als er sie an den Armen packte und sich an sie presste. »Wisst ihr beiden denn, die Delfine bringen …«

Hier allerdings hatten sie nicht eindeutig begriffen, was die Delfine denn nun brachten, ob gutes Ende oder gute Wende oder einfach nur Gutes.

»Versteht ihr? Die Delfine bringen Glück, sie bringen Gutes. Denn immer widerfährt dem etwas Gutes, der aufs Meer hinausfährt und den Delfinen begegnet.«

Sie fühlten sich wohler: Auch noch abergläubisch war er, dieser Signor Monanin. Er und Crocitto sahen sich an: Das hier war der schlagende Beweis dafür, sagten sie sich, dass diese Delfine von Signor Monanin mit ihren Feren absolut keine Verwandtschaft eingehen konnten. Aber konnte er denn auch in Crocittos Namen sprechen? Was den anging, stand Crocitto der Sinn nicht mehr danach, über die Delfine zu wettern. Und in der Tat, er brütete einen Augenblick oder zwei und strengte sich an nachzudenken, mit einer ganz eng zwischen die Falten gepressten Stirn, und dann setzte er ein völlig anderes Gesicht auf und fragte Signor Monanin, ob dieses Auftauchen der Delfine ihm wohl, um ein Beispiel zu nennen, das gute Ende des Krieges bringen könne. Da redete Signor Monanin leiser, hob aber gleichzeitig seinen Blick, um rasch zum Vorschiff hinüberzuschauen, und sagte zu ihm, dass, je mehr Delfine man anfange zu sehen, umso näher das Ende des Kriegs rücken würde, und das sollten sie dann auch ein bisschen als das Werk der Delfine betrachten. Und als er sich ganz umgedreht hatte, ganz mit dem Rücken zum Bug gewandt, und ihnen sagte, sie sollten ihn nicht ansehen, damit man glauben sollte, er würde Anweisungen erteilen, erklärte er ihnen genauer, was er unter seinem Glauben an die Delfine verstand, die Glück brachten und Gutes. Diesen Glauben sollten sie vor allem nicht als eine der üblichen Seemannsgeschichten auffassen, von der Art, wie er es zuvor erklärt hatte, als Seemannsgarn, nein, das nicht, denn sein Glaube hatte nicht nur eine wahrhaftige Grundlage, sondern war reine Wahrheit, vernünftig und sichtbar. Und wieso vernünftig? Na, weil er, der Delfin, ein Todfeind des Krieges sei, ja, um genau zu sein, sei der Krieg sein Todfeind. Von Natur aus könne er sich etwas so Grauenhaftes, etwas so Schmutziges und Niederträchtiges nicht einmal vorstellen, etwas, das seinen Körper in wahren Schrecken versetze und sein Meer mit Leichen und mit Schiffwracks, mit Blut und brennendem Naphtha anfülle. Er sei so ein Lausejunge, so friedfertig, so sanft und schüchtern von seinem Naturell her, dass er, sobald er den Krieg nur wittere, davonjage und sich verstecke. Und wieso sichtbar? Na, weil er danach wieder auftauche, dieser friedfertige, sanfte, schüchterne Bursche, und dann sei er eben da, und sie sähen ihn ja. Und wenn er wieder auftauche, sei das dann nicht ein gutes Zeichen? Ein Zeichen von Glück und Frieden? Wenn der Delfin wieder auftaucht, bedeute das, dass die Tage seines Todfeindes gezählt seien und seine Zeit wiedergekommen sei, es bedeute Friede, mit einem Wort, es bedeute, dass die Zeit des Sterbens vorbei sei und die Zeit des Lebens wieder angefangen habe …

»Eh, ja«, sagte Signor Monanin da, wie wenn er tief in Gedanken versunken gewesen wäre und nicht die richtigen Worte finden könnte. »Vorbei die Zeit des Siegens oder Sterbens, jetzt ist die Zeit des Verlierens oder Lebens …«

»Aber wann könnte das sein?«, fragte ihn Crocitto gleich darauf, womit er sich natürlich auf das Ende des Krieges bezog.

Auch Crocitto sprach leise. In diesem Augenblick machten alle drei, dicht beieinanderstehend, den Eindruck, als würden sie ein Komplott zur Beendigung des Kriegs schmieden.

»Zunächst«, antwortete Signor Monanin, »könnten wir von einem Augenblick auf den anderen aus dem Kriegsbulletin entnehmen, dass die Alliierten Messina besetzt haben, und damit, mit der Besetzung eurer berühmten Geisterstadt, die unter Bomben niemals zu fallen schien, doch jetzt auch gefallen ist, ist das gesamte Sizilien in alliierter Hand. Dann, mit der Landung in Kalabrien, dürfte das Ende des Kriegs nur noch eine Frage von Tagen sein …«

Signor Monanin war nun wirklich kein Abenteuerprophet, doch das reichte Crocitto, für ihn bedeutete es, wenn der Krieg auf Sizilien sein Ende fand, fand er in der ganzen Welt sein Ende:

»Ach, ja?«, sagte er voller Eifer. »Das haben Ihnen die Delfine erzählt? Jetzt, wo wir die Delfine gesehen haben, sagen Sie, könnte dieses große Glück sich ereignen? Ach, ja? Na dann, heh, Cambrìa, dann müssen wir feiern, dass wir die Delfine getroffen haben? Dann, wie sagte Signor Monanin noch, ist das ernsthaft etwas Reales, dieser bewusste Delfin? Diese unsere Drecksfere, was, Cambrìa? Da muss man doch denken, dass sie Rasse und Klasse bekommen hat. Oh, wies aussieht, hat man Wildheit in sie gepfropft. Sie hat auch nicht ein Härchen von diesem äußerst freundlichen Delfin angenommen. Da sieh doch nur, da sieh doch nur …«, wunderte er sich immer noch. »Der Delfin, der Delfin, wer hätte das je gemeint, was, Cambrìa? Er ist ganz wie die Fere, doch statt Unheil zu bringen und dieses blutige Gemetzel, bringt er Glück, ein kleines Glück. Ein nichtssagender Unterschied, was, Cambrìa?«

Crocitto kippte ihn sich ganz hinunter, den Glück bringenden Delfin, und blieb dann mit offenem Mund dastehen, als wollte er noch mehr. Signor Monanin hatte ihn, ohne es zu wissen, an seiner Schwachstelle berührt, der Stelle seiner Verlobten, und wegen dieser Stelle hatte er ihn für die Delfine erobert, ohne ihm Zwang anzutun, ohne ins Schwitzen zu geraten. Jetzt, da er sie ihm wie Hauskobolde vorgeführt hatte, die in der Lage waren, einfach um mal irgendwo anzufangen, Messina zu Fall zu bringen und den Krieg auf Sizilien zu einem Ende zu führen, was für ihn bedeutete, als würde man Spadafòra sagen, schwor Crocitto auf die Delfine und legte für sie seine Hand ins Feuer.

Darüber machte 'Ndrja Cambrìa sich weder lustig, noch war er verwundert, er kannte Crocitto ja und wusste, dass dieser Verrückte ausschließlich um seine Verlobte schmachtete und sich die Brust zerriss, Stunden und Augenblicke lang immer beim Gedanken an sie, bei der Berauschtheit des Verstandes für sie, die ferne Geliebte, seufzte, ihretwegen, die allen Risiken und Gefahren des Kriegs ausgesetzt war, er kannte Crocitto und wusste, dass er von diesem Schlag war, und dass er, weil er von diesem Schlag war, immer der bleiben würde, der er war, vielleicht auch noch schlimmer würde, denn mit Sicherheit änderte er sich nicht, daher machte er sich weder lustig darüber, noch war er verwundert, nicht einmal dann, wenn er sähe, wie Crocitto sich nach der puren, schlichten Treulosigkeit mit dem Gesicht zu Boden warf, die Gnade seines neuen kleinen Heiligen in sich aufsog, neu zumindest unter dem Namen Delfin, wobei er wohl wusste, dass der, ob Fere oder Delfin, ein Marmorheiliger war und nicht schwitzte.

Jetzt, da Signor Monanin diese Fere aus der Sprache und aus dem Meer getilgt hatte, jetzt, da er sicher war, dass die beiden Matrosen an ihre Stelle den Delfin in ihre Sprache und in ihr Meer eingelassen hatten, zu seiner Muße und zu seiner Freude, hatte er ihn wieder für sie blank geputzt, ihn für sie vor ihren Augen derart zum Glänzen gebracht, dass sie ihn zunächst gar nicht zu unterscheiden vermochten, und dann vermochten sie nicht einmal, ihren Blick auf ihn zu legen, ja, sie sahen ihn überhaupt nicht mehr. Signor Monanin ließ um ihren Kopf eine Aureole derart schöner, sanfter und bewegender Worte leuchten, dass sie ganz geblendet waren. Das brachte er ihnen mit Fabeln nahe, und am Ende schafften sie es nicht im Entferntesten, nicht einmal unter größten Anstrengungen der Phantasie, seinen Delfin noch mit ihrer Fere zu verschwägern.

Das brachte er ihnen mit Fabeln nahe, ihrer Meinung nach: Seiner Meinung nach aber erzählte er ihnen eine Geschichte, die sich wirklich ereignet hatte, in der man den Delfin am Werk sehen konnte, um, und darin lag die Moral dieser Geschichte, einen indirekten und ungewollten Vergleich zwischen dem Werk des Delfins, über das er Zeugnis nach dem Hörengesagten ablegte, und dem der Fere anzustellen, über das sie Zeugnis nach dem mit den Augen Gesehenen ablegten.

Dort erzählte er ihnen in aller Kürze zwei der vermeintlichen Tatsachen, die sich zugetragen hatten, die beiden ersten, die ihm einfielen, sagte er, ohne überhaupt zwischen den unzählig vielen auszuwählen, so vielen, seinem Sagen nach, dass, wenn man sie alle hätte erzählen wollen, wohl einen ganzen Sommertag gebraucht haben würde. Zwei zufällig herausgegriffene Geschichten, doch zufällig war die eine zum Lachen und die andere zum Weinen.

Die erste war eine, in der ein Grieche, der Arion oder so ähnlich hieß und sich sein Brot damit verdiente, dass er herumzog und zur Begleitung auf seiner Kithara Selbstgedichtetes sang, von einigen Piraten ergriffen und mitsamt anderen auf ihr Schiff gebracht wurde. Es hatte sich ganz fraglos um einen Irrtum handeln müssen, denn was sollten Piraten mit einem Dichter anfangen? Und als ihnen klarwurde, dass er weder eine Frau fürs Vergnügen war noch ein Mann für die Plackerei, sondern ein Dichter, und das hieß ein Wesen, das weder Fisch noch Fleisch war, ein Wesen, das das Brot nicht wert war, das sie ihm hätten geben müssen, um ihn zu sättigen, beschlossen sie, dieses unnütze Maul loszuwerden und warfen ihn ins Meer, denn so konnte er, wenn sonst nichts weiter, wenigstens dazu dienen, die Haie zu sättigen.

Doch wiewohl Piraten, gewährten sie ihm, wiewohl Dichter, einen letzten Wunsch, und der Grieche sagte, dass er vor seinem Tod gerne ein letztes Mal noch in die Saiten seiner Kithara greifen wolle. Gewährt.

Hier traten nun die Delfine auf. Der Dichter, der die Kithara zu seinem Tod spielte, merkte, dass der Klang der Kithara Delfine über Delfine um das Schiff herbeirief. In kürzester Zeit ließen sie mit ihrem tänzerischen Wogen auf der Welle der Musik und dem Bächeln der Tränen, welche die Musik aus ihren Augen strömen ließ, das Meer zusehends anschwellen, und aus den aufgepeitschten Wassern erhoben sich die Schaumrösser gegen das Schiff. An Bord kam es zwischen Piraten und Gefangenen zu einem gewissen Durcheinander, und das war der Augenblick, wo der Dichter seine Finger zum Ausschnippen des Schingschangschong vorschießen ließ, und zwischen der Wahl eines sicheren Todes durch einen Türkensäbel und eines unsicheren Todes im Wasser kniff er die Augen zusammen und sprang ins Meer. Er trank nicht einen Schluck, er sank auch nicht einmal unter Wasser, er öffnete die Augen und fand sich auf dem Rücken eines Delfins wieder, mit seiner Kithara in der Hand. Die Delfine umgaben ihn dichtgedrängt und schmeichelten ihm mit ihren Blicken und entknäulten sich mit ihren Fluken. Ihre Augen waren noch geschwollen vom Weinen, das ihnen das Kitharaspiel zum Tode hervorgerufen hatte: Er konnte sich nicht erinnern, jemals in seinem Leben einen Menschen, einen Mann natürlich, gesehen zu haben, den die Musik in einen derartigen Zustand versetzt hätte. Da fing er wieder an, die Saiten zu zupfen, und spielte, wie er vielleicht noch nie, nicht einmal vor Königen und Königinnen, gespielt hatte. Und während er in einem Meer aus Seufzern spielte, trug ihn bald der eine, bald der andere Delfin, als wäre es ein Privileg, mit Tränen in den Augen, erquickt und glücklich, gleichsam wie auf einem Thron an Land, und dort setzten sie ihn am Ufer ab, indem sie ihn sanft über ihre Rücken gleiten ließen wie auf einem weichen, warmen, von Schluchzern aufgeblähten Teppich.

Der griechische Kitharaspieler bedichtete dann mit großem Eifer die wunderbare Geschichte, die ihm widerfahren war, und besang den Delfin auf Bergen und Meeren im Land der Griechen, wobei er gleichzeitig auch ein bisschen belächelt wurde, weil er hinterher natürlich mit dem Sammelteller herumging.

Die zweite Geschichte war die über einen Guaglioncello, einen kleinen Jungen von sieben Jahren, Sohn eines Fischers von Baia in der Nähe von Neapel, der irgendwie Freundschaft mit einem Delfin geschlossen hatte. Sie wurden so enge Freunde, dass der Delfin dort, dicht am Strand, Morgen um Morgen auf den kleinen Jungen wartete, der aus dem Haus kam, um in die Schule am anderen Ende der Bucht zu gehen. Damit er nicht den ganzen Weg über Land zurücklegen musste, ließ der Delfin ihn rittlings auf seinem Rücken sitzen, fest die Rückenfinne umklammern, den Schulranzen zwischen den Beinen, wunderbar bequem, und mehr fliegend als schwimmend, um ihn ja nicht nass werden zu lassen, brachte er ihn rasch und höchst vergnügt zur Schule. Und wenn die Klingel dann ertönte, war der Delfin wieder da, ganz pünktlich, halb auf dem Trockenen des Ufers, wie ein Vaporetto. Er nahm den kleinen Jungen wieder an Bord und ließ ihn vor seinem Haus wieder an Land.

Zwei Jahre lang brachte der Delfin ihn von einem Ende der Bucht zum anderen, im Sommer wie im Herbst, im Winter wie im Frühjahr, bei gutem wie bei schlechtem Wetter. Auch an Sonn- und Festtagen war der Delfin dort am Strand und wartete auf ihn: Denn so genial er auch gewesen sein mochte, so konnte der Delfin doch nicht wissen, wann Schule war und wann Feiertag. Und er wartete dort auch, wenn das Meer tobte, wenn die Mannschaften nicht hinausfuhren und der kleine Junge nicht zur Schule ging. Dann blickte der kleine Junge hinter dem Fenster hinaus aufs Meer, in der Gewissheit, dass er seinen treuen Delfin sehen würde, der aus den Sturzwellen auftauchte. Und wenn die Tage regnerisch waren, an denen sich die Schleusen des Himmels geöffnet zu haben schienen und es aussah, als wären Himmel und Meer ein schwarzes Gebräu geworden, und man keine Handbreit bis zum Uferrand blicken konnte, wusste der kleine Junge, dass der Delfin dort war, in diesem Brodel aus Gischt und Schiffspech, und darauf wartete, ihn wie immer an diesem Küstenstrand auftauchen zu sehen.

Nun geschah es aber, dass der kleine Junge eines Tages krank wurde und im Handumdrehen zwischen Abend und Morgen in ein Delirium fiel. Beim ersten Licht des neuen Tags bat er um seinen Schulranzen, wollte aus seinem Bettchen steigen, als würde er glauben, dass er zur Schule gehen müsse, und starb genau in diesem Augenblick. Als habe er den letzten Atemzug gehört, der dem kleinen Jungen aus dem Mund entfuhr, setzte der Delfin fast im gleichen Augenblick am Ufer mit seiner Klage ein, die einem das Herz zerriss. Der kleine Junge war noch warm, und der Delfin mit all seinem Schmerz war wie ein sich niederkauernder Hund, der hinter der Türe winselte.

Man begleitete den kleinen Jungen, gab ihm ein Begräbnis, die Frauen gingen wieder in ihre Häuser, die Mannschaften rüsteten sich wieder und fuhren aufs Meer hinaus, alles kehrte zwangsläufig wieder zur alten Ordnung zurück. Nur der Delfin klagte immer auf dem Meer; was noch viel beklagenswerter war: Es wurde deutlich, dass der Schmerz des Delfins sich in eine Vorstellung verwandelte. Er kam nämlich weiterhin zum vormaligen morgendlichen Treffpunkt mit dem kleinen Jungen. Er kam, zeigte sich im frühen Meer, starrte auf das Haus mit verschleiertem Blick und klagte winselnd einen Schmerzenslaut, der einen zerriss, immer wieder, tiefdunkel. Er wartete, bis die Schule begann, dann kam er am nächsten Morgen wieder zurück. Er verhielt sich so, als würde er ihn mit einem Herzen tot wissen, gleichzeitig aber mit einem anderen Herzen lebendig.

Doch mit der tropfenweisen Aufzehrung, mit dem Schmerz, der ihn Tag um Tag immer stechender quälte, starb der Delfin nach einer Woche an gebrochenem Herzen, genauso wie viele treue Christenmenschen. Sie fanden ihn dort, halb auf dem Sand, mit dem Hals ausgestreckt auf den Kieseln und mit ausgebreiteten Flipperhändchen, so, als wollte er sich am Ufer festklammern, um vom Sog nicht weggespült zu werden. Es war, als wäre er in voller Absicht zum Sterben dorthin gekommen, an die Stelle ihrer Verabredungen mit seinem kleinen Gefährten: Denn er musste ihn dort ja noch treffen, wenn er auftauchte, so wie er auch wieder verschwand mit seinem Schulranzen unter dem Arm.

In diesem Augenblick hatte ein Matrose, der hinter ihnen vorbeigelaufen war, leise, wie mit geschlossenem Mund, gerufen:

»Die Delfine … Die Delfine … Sie kommen zurück, sie kommen zurück …«

Und andere Matrosen riefen in großer Aufregung einer dem anderen zu:

»Sie fliegen, sie fliegen.«

Die Feren waren wegen des heftigen Kampfs um die Bordküchenreste und wegen der heftigen Lust, sich gegenseitig zu verbalgen, hinter der Korvette zurückgeblieben und von den beiden Zerstörern eingeholt worden, die der Korvette folgten. Für einige Minuten hatten die Feren sich in ihrer Nähe herumgetummelt, mal um den einen, mal um den anderen, und dann hatten sie mit einer wesentlich schnelleren Geschwindigkeit als die der Schiffe die beiden Zerstörer wieder hinter sich gelassen, um zur Korvette zurückzukehren.

Aufgefächert auf einer einzigen Linie, machten sie weite Sprünge, und es kam einem vor, als wäre zwischen dem einen und dem Nächsten kein Raum, um in die Wellen einzutauchen. Hinten, an einem fernen Punkt jenseits von Sardinien, wölbte sich der Himmel in einer unvorstellbar hohen Flammenkurve nach oben. Es war, als ob die Feren auf der Flucht wären, weit weg von dem Schein, der ihnen folgte mit seiner Ankündigung der Nacht.

An Steuerbord glichen sie sich alle gemeinsam, alle gleichermaßen, alle gleichzeitig, alle in gleicher Höhe wieder der Geschwindigkeit der Korvette an, sie schickten sich wieder an, vor dem Blick der Mannschaft die Bühne zu betreten, und auf der Stelle fingen sie wieder mit ihren Späßen an, indem sie sich in die Luft schraubten und hiii, hiii, hiii machten, jedes Mal, wenn sie nach oben sprangen, hinauf bis zur Höhe des Decks, bis sie mit ihren Schnäbeln die Beine der Matrosen berühren konnten wie Hunde, die vor Freude an ihren Herrchen hochsprangen.

Signor Monanin zeigte sich darüber nicht nur erfreut, sondern auch geschmeichelt, und zwar durchaus nicht wenig, ja, es war, wie wenn er sich einen Preis verleihen würde, so, als wäre es auch ein bisschen sein Verdienst, wenn diese Reichtümer des Hauses zurückkehrten und sich im Schwimmflug an der Schiffswand der Korvette tummelten. Und außerdem kehrten diese seine Vielgeliebten quicklebendig und justgenau in dem Augenblick zurück, als er mit der Erinnerung an jenes wirklich sanfte Herz zu Ende gekommen war, an jenen Freund, den er als Beispiel beschrieben hatte, als Freund des kleinen Jungen von Baia, gerade in diesem Augenblick, wie wenn sie ihnen das Gemüt von diesem Schmerz frei machen wollten: Denn man brauchte Signor Monanin nur zuzuhören, um sich zu überzeugen, dass er um den Delfin von Baia nahezu die gleichen Qualen litt, die das Tier um seinen kleinen verstorbenen Freund gelitten hatte, und zwar so sehr, dass es ihm das Herz brach. War das etwa zum Lachen? An diesem Punkt diskutierte man, abgesehen von der völligen Verblüfftheit, die ein solches Phänomen bei ihm, bei 'Ndrja Cambrìa, auslöste oder auch nicht auslöste, die Leidenschaft nicht, die eine echte, aufrichtige Leidenschaft ohne Hintergedanken war, und die wurde nicht in Frage gestellt, anders als bei Signor Monanin, das heißt bei einem Mann, der nicht nur äußerst leidenschaftlich war, nicht nur von Leidenschaften hingerissen wurde, ja mehr noch als das, viel mehr noch, fast schon in der gleichen Weise, fast schon mit den gleichen Worten, wie sie sich dieser neue Delfinnarr ausdachte, Crocitto nämlich, der sich ins Lager des Verräters geschlagen hatte und damit ein Ziel verfolgte, denn ein Ziel hatte er, und sein Ziel, seine Absicht hatte er in Spadafòra auf Sizilien. Ich kann mit Signor Monanin nicht einer Meinung sein und werde es niemals können, doch ich kann mich darüber nicht lustig machen oder mich verwundern, jeder kann das durchmachen, mit Delfin oder mit Fere, mit der Delfifere. Mehr oder weniger so dachte er, mehr oder weniger, wie es die Worte sagten, die er gefunden hatte, um es auszusprechen, die da und auch die hier. Seine Sache, sein inneres Glück. Wer weiß denn schon, wie man die Dinge in Venedig sieht? Sicher, da war dieser Anspruch, ihm den Namen des Delfins im Vers der Hochsprache einzubläuen, aber das war nur so ein Proforma, weder nahm es ihnen etwas, noch fügte es ihnen etwas hinzu, weder ihnen noch der Fere: Was kostete es ihn denn, das Wort Delfin mit Lippenbewegungen zu wiederholen? Eine Flause, eine Unsinnigkeit des Delfinnarren und jungen Herrn: Außerdem hatte Signor Monanin mit dem allen keinen Hintergedanken, er verfolgte nicht wie die faschistische Exzellenz eine bestimmte Absicht, nämlich die, seinen eigenen Delfin ins Visier zu nehmen.

Er stand da in Bewunderung der Delfine, seiner Delfine, die so sehr seine waren, einzig und allein seine, als hätte er sie im wahrsten Sinne des Wortes erfunden, dem Buchstaben und dem Geist dieses Namens nach, den er sich ausgedacht hatte, er stand da in Bewunderung der Delfine, die sich an Steuerbord mit einer ständigen, ununterbrochenen Krümmung, als wären sie, Schnabelhinternschnabel, jeweils fest an den anderen geklammert, sie alle drehten Pirouetten auf dem Meer zur Schiffswand hin, und dort oben sah man sie in einem

Nu auftauchen und im Profil wieder verschwinden, mit diesem Augenzwinkern, als wär's immer derselbe, der aufs Deck äugte. Wenn er sie, anders gesagt, bewunderte, als würde er beim Zuschauen stolz auf sie sein, stolz, dass sie seine Geschöpfe waren, Wesen, die er, sowohl dem Namen nach als auch tatsächlich, erfunden hatte, zum ersten Mal und sie immer wieder erfand, jedes Mal, bei jedem Ereignis, zu dem diese Kreaturen auftauchten.

So hatte er sie damals bewundert, beinahe schamlos, hätte man sagen mögen, wobei er, wenn man ihn so sah, zunehmend den Eindruck machte, dass die Delfine für ihn da waren, als habe er sie herbeigerufen, um ihm zu folgen, ihm und seinen Gedanken, seinen Worten, die ihre herrlichen Taten besangen.

Er hatte sich dann ihm und Crocitto zugewandt, mit einem von der Sonne geröteten Gesichtchen, mit funkelnden Augen, und als würde er es eigentümlich finden, in ihren Augen nicht das gleiche Funkeln zu entdecken, das in seinen lag und von dem Vergnügen herrührte, auf der Welt zu sein, einer Welt, die durch die Gegenwart der Delfine verschönt wurde, als würde er in diesem Augenblick es zuallererst immer noch sonderbar finden, sie nicht ebenso zufrieden und glücklich zu sehen wie sich selbst und mit ihm in einer Welt zu leben, in welcher der Delfin Delfin hieß, Delfin, Delfin, Delfin, und in einem Ton, der halb nach Schampanjerfreudigkeit und halb nach Zurechtweisung klang, doch so, als wäre die Schampanjerfreudigkeit für ihn etwas Ernstes und die Zurechtweisung etwas Schampanjerfreudiges, hatte er zu ihnen gesagt:

»Jetzt aber, jetzt aber, was ist denn nur passiert, dass ihr so stumm dasteht? Heh?«

Er fragte das, als ob es nur so gefragt wäre, mit einem Ausdruck des Wissens, wie es um ihn stehe. 'Ndrja Cambrìa sah ihn jedoch an und fragte sich, wie man es bei einem so eigenwilligen Typen wie Signor, genauer gesagt Signorino Monanin machte zu sagen: Tu dies, tu jenes? Zum Beispiel, sagte er sich, sieht er aus, als wüsste er, warum wir verstummt sind, aber weiß er es wirklich, weiß er, was der wirkliche Grund ist, weshalb wir verstummten, Crocitto und ich, weshalb ich, genauer gesagt, verstummt bin? Crocitto, der weiß es selbst, weshalb er verstummt ist, sofern er verstummt ist. Ich les es in seinen Gedanken, in seinen wirren, unsteten Gedanken, um auch in seinem Namen zu sprechen und zu sagen, dass er aus dem gleichen Grund verstummte wie ich. Und dann musste man ja erst noch sehen, wie viele Minuten er mit geschlossenem Mund da stand, dieser Sohn einer guten Mutter, bevor man sagen konnte, dass er verstummt und warum er verstummt war. Also, wenn er sich nicht danach fühlte, über Crocittos Motiv mit seinem eigenen, wie sein eigenes zu antworten, konnte Signor Monanin dann jemals wissen, dass das eigentliche Motiv, weshalb er verstummt war, nicht das war, das er beinahe ganz und gar für das halten musste, nämlich dass sie, sowohl Cambrìa als auch Crocitto, verstummt waren, weil es von seinem Standpunkt aus überhaupt nur ein Motiv gab, nachdem er ihre Fere in Staub verwandelt und ihnen seinen Delfin vor die Nase gehalten hatte, sondern vielmehr, dass er, wenigstens so weit es ihn betraf, verstummt war, weil er nicht sprechen konnte, das heißt, weil er als Matrose nicht auf gleicher Augenhöhe mit einem Offizier sprechen konnte?

Und weil Signor Monanin, der sich in diesem Augenblick gründlich durchdelfiniert zu ihnen gewandt hatte, sie anblickte, mal den einen, mal den anderen, so, als würde er eine Antwort vom einen oder vom anderen erwarten, weil er sie, den Worten nach, für stumm hielt, den Blicken nach aber für sprachfähig, konnte diese Losezunge von Crocitto nicht mehr länger an sich halten, und sich zu 'Ndrja Cambrìa wendend, als würde Signor Monanin überhaupt nicht existieren, kommentarierte er:

»Märchen sinds, Fabeln wohl, was, Cambrìa?«

Er redete, als würde Signor Monanin gar nicht existieren, allerdings redete er so, als würden die Delfine jetzt längstens schon auch für ihn existieren, die Delfine, welche Fabeln im Mund von Signor Monanin zu sein schienen, und beim Reden redete er, als würde er Signor Monanin Bericht erstatten, dass sie just aus diesem Grund verstummt waren.

»Märchen, richtige Märchen und Fabeln, was, Cambrìa?«, wiederholte er, um nur ja nicht missverstanden zu werden.

Was, Cambrìa? Was, Cambrìa? Wer verstand ihn eigentlich noch, diesen verrückten Narren von Crocitto? Redete er spontan? Redete er trickreich? Er wusste, wie er das meinte, wenn er sagte: Märchen sinds, Fabeln wohl. Signor Monanin jedoch wusste, dass er es in seinem Sinn sagte. Er schickte einen hochmütigen, zufriedenen Blick zu Crocitto hinüber, einen Blick, der weniger an die Person gerichtet zu sein schien, als vielmehr an das, was die Person für ihn in diesem Augenblick vorstellte, nämlich einen persönlichen Sieg, eine kleine, im Namen des Delfins gewonnene Schlacht, kurz: ein in diesem Augenblick bekehrter Sarazene. Und jetzt, wo er ihnen so viel schönes Material zum Nachdenken gegeben hatte, drehte er sich um und ließ sie allein, und es war deutlich, dass, sobald er sich umgedreht hatte, die ganze Sache für ihn schon vergessen war, es war deutlich, dass er höchst unwahrscheinlicherweise mit ihnen wieder auf dieses Thema zu sprechen kommen würde, denn Gelegenheiten wie diese hier, die ihn dazu getrieben hatte, mit diesen beiden Kleinafrikanern über Delfine zu sprechen, die die Delfine Feren nannten, wiederholen sich für einen Mann wie ihn nur außerordentlich selten ein zweites Mal. Es stimmt zwar: Selbst die Königin bedurfte ihrer Nachbarin, doch nur einmal, ein einziges Mal, denn ein einziges Mal nur gilt noch als Geruhn, zweimal könnte als Versagung aufgefasst werden.

Er verließ sie und ging nach steuerbord, doch immer noch in der Nähe, bei achtern, fast auf ihrer Höhe, um seine Delfine zu bewundern und mit ihnen zu spielen. Sie sahen nämlich, dass er in seinen Taschen herumsuchte und dann die Seiten eines kleinen Hefts herausriss, sie zusammenknüllte und sie der kleinen Fere zuwarf, die vor allem am Heck herumtollte, eine Grillenhafte, die vielleicht erst noch ein Fell bekommen musste, mit ihrer Weiße an der Unterseite, die noch so frischmilchig wirkte, perlweiß und mandelfarben, wie eben erst aus der Schale geholt. Doch sie allein machte mehr Theater als alle anderen, denn das Auge sah nur sie, die vor ihm hochsprang und sich drehend große Pirouetten wirbelte, um im Flug diese Papierkugeln zu schnappen. Signor Monanin wirkte gar nicht mehr wie er selbst, sondern völlig jungenhaft, wenn er sich so vergnügte, und es gab einen Augenblick, als er sich auf die Fußspitzen stellte und sich über die Seile der Schiffswand vorbeugte und den Arm ausstreckte, um die Papierkugel ihr auf das Schnabelmaul fallen zu lassen, da erweckte er den Eindruck, dass er sie, wenn er könnte, streicheln, küssen und in die Arme schließen würde, diese kleine Kokottelle.

Was für ein Elend, was für ein Elend … Wie stumm ihr geworden seid, wie … Er sah ihm zu und dachte darüber nach, ja gewiss, er sah ihm zu, hörte wieder diesen Satz, den Monanin gesagt hatte, und dachte wieder, wie weit sie von einem gemeinsamen Berührungspunkt entfernt waren, so weit, als würden sie völlig gegenläufige Routen im Leben einschlagen. Sie waren verstummt, das stimmte, doch seinetwegen, ganz sicher nicht des Delfins wegen. Es war verblüffend, wie er an diese Fabeln glaubte, wie natürlich ihm das war, von seinem Wesen her: Nur wenn er es persönlich gewesen wäre, als dieser von Piraten gefangene Grieche und mindestens Mutter oder Vater des kleinen Jungen in Baia, hätte er ebenso blind vertrauen können, wie er in der Tat vertraute.

Sicher, Signor Monanin hatte seine wunderbare Bildung: Vielleicht war ja dieser Bildung seine wunderbare Fähigkeit zuzuschreiben, Fabeln wie diese, die man nicht einmal kleinen Jungen hätte erzählen können, als wirklich geschehene Ereignisse darzustellen und so, als wären sie ihm persönlich widerfahren.

Signor Monanin, ein gebildeter Mann, der Latein konnte ... Er hatte angefangen, ihn auch unter diesem neuen Profil zu betrachten, und das viel stärker als unter dem eines Leutnants zur See; und während er dieses Gesichtchen betrachtete, mit all seinen runden, ganz kleinen, abgeflachten Zügen wie die einer durch Gebrauch abgenutzten Silbermünze, fragte er sich: Ist er mächtig, oder ist er schwach, so ein gebildeter Mann wie Signor Monanin? Und wenn er mächtig ist, wäre dann die Bildung diese Macht, sich durchzuschlagen und mit Fabeln wie diesen über den Delfin weiterzumachen? Und wenn er schwach ist, wäre dann die Bildung diese Schwäche der Macht? Denn, kurz gesagt, welche Macht kann die Bildung geben, wenn alles anders ist als im Leben? Die Macht toter Männer, allenfalls, eine schwache Macht, eine machtvolle Schwäche ... Anders ausgedrückt, Signor Monanin kam ihm auch als gebildeter Mann wie ein Leutnant zur See vor, doch damit wollte er nicht wirklich sagen, dass sein Bildungsgrad seinem Offiziersrang entsprach, als vielmehr, dass er sich, ob als gebildeter Mensch oder als Leutnant zur See, auf die gleiche Weise, auf haargenau die gleiche Weise verhielt.

Um ihn zu verstehen, um den Vergleich mit einem anderen gebildeten Mann anzustellen, hatte 'Ndrja Cambrìa seinen wunderbaren Prüfstein im Sinn: Der war der Professore, der nach den Aaleiern suchte, und auch wenn seine Ansicht nur aus fernen Eindrücken bestand, Eindrücken zunächst eines Jungen, später dann eines ungebildeten jungen Mannes, die sich auf nichts gründen und auf alles, so fühlte er, wenn er an diesen Kobold von Professore dachte, gleichwohl den Drang, ihn zu einem Starken zu proklamieren und allen Signori Monanin dieser Welt ins Gesicht zu schreien, dass dieser Mann ein wirklich Gebildeter war, ein Professore gebildeter Männer; und wenn er sich an ihn erinnerte und ihn mit Signor Monanin verglich, musste er zwangsläufig zu dem Schluss gelangen, dass, wenn es einen Fehler gab, einen Mangel, dieser niemals in der Bildung liegen konnte, sondern im gebildeten Menschen.

Sofern der bemerkenswerte Fall der Delfinfere mit Signor Monanin überhaupt ein bemerkenswerter Fall war, endete er dort. Er hatte zwar eine Fortsetzung, ein Anhängsel, zumindest für ihn, doch wagte er nicht zu sagen, dass dies ein Anhängsel zum Ereignis war.

Dort, an Steuerbord, stiegen die Feren auf, als wäre es das erste Mal, und sausten wieder hinunter, diese quirlig Gefährlichen, und erschienen mit ihrem

Schnabel und ihren Händchen, wie wenn sie einen Blick aufs Deck werfen wollten oder vielleicht auf den Küchenchef warteten, der mit einem weiteren Kübel voller Reste herauskommen würde: hoch und runter, runter und hoch, Feuerwerkskörpern ähnlich, mit einer ständig am Hintern brennenden Lunte, oben, hoch oben entblätterten sich alle und schnitten diesen Christenmenschen vor ihren Augen eine Grimasse. Von den Zuschauenden war allerdings nur Signor Monanin verblieben und der eine oder andere Matrose, der im Vorübergehen in seiner Nähe stehen blieb und einen Blick auf sie warf. Signor Monanin warf seinem Delfin keine Papierkugeln mehr zu, doch das, was vorher nur ein Eindruck war, war jetzt wirklich so: Wenn der Delfin nämlich vor ihm auftauchte, beugte Signor Monanin sich mit dem Oberkörper weit vor, streckte die Arme aus und versuchte ihn zu streicheln.

Dort hatten sie unvermittelt Capo Tarantino gesehen, der gekommen war, um ihm einen Fotoapparat zu bringen, damit er die Delfine fotografieren konnte.

Signor Monanin, das wussten alle, hatte diese Leidenschaft, und die Augenblicke des Fotografierens waren die einzigen, in denen seine sonst immer wie ein Schlafwandler verschleierten Augen sich mit einem Funkeln aufhellten, als würden die Geister in sie zurückkehren, die er für immer verloren zu haben schien, und er selbst ins Leben zurückkehren. Das war möglicherweise auch der Grund, weshalb der Kommandant, der sich in allem sehr freigebig ihm gegenüber verhielt, ihm auch diese Grille gewährte, doch viele Male nutzte Signor Monanin dessen Bereitwilligkeit aus, und daher kam es viele Male bei Fahrten auf See vor, dass der Kommandant sich genötigt sah, ihm den Fotoapparat wegzunehmen.

Jenes Mal, so konnte man sehen, war es durchaus möglich, dass Capo Tarantino mit dem Kommandanten wegen des Fotoapparats gesprochen hatte, denn, das musste gesagt werden, dieser Rüpel von Capo Tarantino, der sich an Bord wie ein Ras aufführte, hielt ihn zwar oft und gerne zum Besten, und über das hinaus foppte er ihn ausgiebig und beharrlich, aber andere Male, wie in diesem Fall, bemutterte er ihn sonderbarerweise wie eine ausgedorrte Amme. Allerdings konnte man nicht sagen, dass Signor Monanin diese Gedanken, diese Aufmerksamkeiten innerlich auf eine Waagschale legte, um die andere, voll und schwer mit Foppereien, Witzeleien und Lächerlichkeiten, auszugleichen, die Capo Tarantino umso heftiger betrieb, je mehr Signor Monanin ihm gegenüber Verachtung zeigte und ihn ignorierte, und wenn einer genauer hinsah, schien zu der Absonderlichkeit dieser Beziehung, die zwischen beiden bestand, auch noch ein wechselseitiger Tausch ihres Ranges zu kommen. Ehrlich gesagt, es sah nicht danach aus, als würde Signor Monanin diese Freundlichkeiten berücksichtigen, die ihn jedes Mal, wenn man es beobachtete, in Erstaunen versetzten, und sich ihm gegenüber dankbar zeigen oder ihm mit größerer Wertschätzung begegnen, sondern lediglich, dass er ihn in Betracht zog. Kurz, er ließ sich nicht herab, auch nicht ein einziges Mal, ein Zeichen auszusenden, das endlich Kenntnis von der Anwesenheit eines gewissen Capo Tarantino an Bord nahm oder zumindest Kenntnis von seiner Existenz nahm. Fast hätte man gesagt, dass er, weil er kein Zeichen aussandte, diese Foppereien zu spüren oder doch wenigstens darunter zu leiden, auf diese Weise zu verstehen gab, die Art von Aufmerksamkeiten, die der Kaporaïs ihm erwies, wenn er sie ihm erwies, nicht nur nicht wertzuschätzen, sondern sie nicht einmal zur Kenntnis zu nehmen und ebenso ihn, ihn in Person, in dem Augenblick, in dem er sie ihm erwies, wie dem, als er ihm den Fotoapparat brachte und es dabei so einrichtete, dass er sich nicht darüber empörte, wenn, im wirklich rein zufälligen Fall, er sich umdrehte und sein Blick, was Gott behüte, auf Signor Monanin zu ruhen kommen sollte.

Signor Monanin, der weiterhin mit dem Delfin spielte, hatte auf die Sonne geblickt, auf das Licht, das noch verblieb: Und als er sah, dass es gerade der Augenblick war, in dem die Sonne bei ihrem Untergang als letztes Lebewohl noch einen großen Lichtstrahl aussandte, Sekunden eines wirklichen Glanzes, auf den dann die herabfallende Nacht folgte, hörte er mit der Zögerlichkeit auf, und für die Leidenschaft, die ihn beseelte, ja, eigentlich die Leidenschaften, deren erste es war, dass er fotografierte, und deren zweite darin bestand, dass er Delfine fotografierte, sein Lieblingsmotiv, zeigte er, was für ein Blitz an Behändigkeit er sein konnte, wenn er nur wollte.

Ohne ihn auch nur eines Worts zu würdigen, riss er Capo Tarantino den Fotoapparat aus den Händen, legte den Film ein, den ihm Capo Tarantino ebenfalls in seiner Funktion als ausgedorrte Amme hinhielt, richtete ihn dem Licht entsprechend ein, klappte den Schirm seiner Mütze nach oben und blickte durch den Sucher.

Die Feren waren noch alle dort versammelt, schossen an der Schiffswand empor und machten nicht die geringsten Anstalten davonzuziehen. Es war, wie wenn er sie dort eingenächtigt hätte, als Fackeln an Steuerbord der Korvette. Signor Monanin widmete sich aber ausschließlich der Fere, mit der er gespielt und ihr Papierkugeln zugeworfen hatte. Er verknipste den gesamten Film mit ihr und ließ die anderen völlig außer Acht, und wenn er anfing zu knipsen, schien er alles und alle zu vergessen, dann schien für ihn nichts und niemand mehr zu existieren, ausgenommen diese Fere, die vor ihm springend posierte.

Er wandte das Auge gar nicht mehr vom Sucher ab. Wenn die Fere sich hinaufschleuderte, ging er in die Hocke, und dann, so, als würde er die Fere bei ihrem Flug begleiten, stand er wieder auf, wenn ihr Schnabel auftauchte, so dass er sich, auch wegen seiner kleinen Statur, genau auf einer Höhe mit dem in der Luft schwebenden Tier befand, mit der zum Rücken aufgebogenen Fluke: Da machte er ein Foto von ihr, als würde er besonders den geschnäbelten Ausdruck, das Lächeln, die Grimasse aufnehmen wollen. Er suchte und knipste, suchte und knipste. Capo Tarantino sah ihm ganz benommen zu. Er, Crocitto und weitere Matrosen waren hinzugetreten, um genauer zuzuschauen, und es war, als würden sie alle den Atem anhalten, denn sie hörten das Klicken, das der Auslöser von sich gab, wenn Monanin mit dem Finger darauf drückte.

Er musste richtigen Geschmack daran gefunden haben, er war hartnäckig, wütig, man sah genau, wie er die Zähne unter der gespannten Haut der Backen aufeinanderbiss, die so fein und durchschimmernd war wie Seide, an welcher die Zähne zogen und sie beinahe zerrissen. Er war wie besessen. Der Fotoapparat wirkte in seinen Händen nicht mehr wie eine harmlose Büchse, sondern wie ein tödlicher Mechanismus, wie der Verschluss und das Magazin eines Karabiners. Mit diesem ganzen Gelechze und dem Kalkül, das er da hineinlegte, war es, als ob er auf einen einzigen Streich die Fere zu fotografieren und sie gleichzeitig zu töten beabsichtigte, wie wenn er überzeugt wäre, dass nur mit dem Tod des Tiers ihm das Foto perfekt gelingen und für ihn zu einer einzigartigen, lebendigen und sprechenden Erinnerung werden würde, einer Erinnerung engster Art zwischen ihm und der Fere. Gewissermaßen war es, als würde ihm, da er die Fere mit ihrem Gewicht ja nicht wegtragen konnte, allein seine Fotografie eine noch größere Befriedigung verschaffen, und er würde, wenn er sie nur betrachtete, denken können, dass dies alles war, was von dem Tier übrig blieb, vom lebendigen wie vom toten, als wäre der Fotofilm sozusagen die Haut des Tiers, die er verkleinerte und als Trophäe mitnähme.

Doch an dieser Stelle war es nicht mehr der schlichte, reine Anblick von Signor Monanin, der ihm diese Gedanken eingab: Er musste sich eingestehen, dass von dem Augenblick an, wo dieser das Auge an den Sucher hielt, wo er anvisierte und knipste, sich diese Gestalt von Leutnant zur See in seinen Augen verändert, ja sich sogar verderbt hatte. Denn so, wie wenn die Erinnerung ihm aus den Augen quellen würde, aufgerüttelt durch die identische oder fast identische Anpeilung des Leutnants zur See, der durch den Sucher blickte und knipste, hatte er an einem bestimmten Punkt, während er diese Gestalt unablässig im Auge behielt, instinktiv damit begonnen, die ruppige und bauchige, die behaarte und geräucherte Gestalt der faschistischen Exzellenz bei genau dieser Handlung über ihn und um ihn herum zu legen, einer Handlung, die der des Fotografierens ungewöhnlich ähnlich war, als er die ganze Kugelladung seines Karabiners auf die auf dem Ontro vertäute und mehr tote als lebendige Fere abfeuerte.

In diesem trügerischen Licht des Sonnenuntergangs war es, als würde er Signor Monanin in einer Täuschung erkennen, der sich, wenn man ihn so sah, mit seiner kleinen Gestalt aufhäufelte, sich blähte, sich vertäute und immer mehr die Kontur dieses Typs von Raicevich annahm, dem Ringer, mit der tölpelhaften Stimme eines Truthahns. Und es war ihm gerade eben, als würde Signor Monanin sein Auge nicht an den Sucher eines Fotoapparats bringen, sondern ans Visier eines Karabiners, deren brauner Lauf längs des Arms der Exzellenz hervortrat und auf ihren Delfin gerichtet war.

Er blieb mit offenem Mund stehen und war selbst ganz verblüfft. Die Vorstellung, Signor Monanin mit der faschistischen Exzellenz zu personifizieren, hatte ihn ja nicht einmal gestreift. Er würde niemals diese Puderquaste bewusst mit diesem Schimpansen ineins gesetzt haben, dieses zeremoniöse Baby mit dem grobschlächtigen, despotischen und arroganten Faschisten, diese gesittete kleine Person, diesen jungen Herrn, der den Delfin in Fabel gewandete und für ihn in Poesie aufging, und jenem Verräter, der dem Delfin in den Undsoweiter kroch, ihn mit Karabinersalven durchwalkte, sobald dieser die Augen verdrehte.

Das war, als hätten die Exzellenz und der Leutnant zur See sich bis zu diesem Augenblick eindeutig auf zwei Schiffen befunden, die auf einem Meer, das er selber war, das heißt sein Kopf, im Nebel umeinanderfuhren, ohne sich je zu sehen, und so über den Daumen gepeilt, wenn man es von der Art her beurteilen sollte, wie sie herummanövrierten, hätte man, sozusagen von außen betrachtet, gesagt, dass sie einerseits voreinander flohen und sich andererseits suchten, bis die beiden Schiffe wie zufällig zur gleichen Zeit am Ende in einem Bereich des Meers herauskamen, wo klare Sicht herrschte und sie sich zwangsläufig kreuzten, und während sie sich kreuzten, zu verstehen gaben, dass sie zwei absolut unterschiedliche Typen von Schiffen waren, so unterschiedlich wie ein Kriegsschiff und ein Passagierschiff, und man sprachlos verharrte, als man entdeckte, dass sie beide demselben Reeder gehörten, denn sie hatten die gleiche Flagge gehisst, die Flagge mit dem springenden Delfin auf meerblauem Grund.

Doch er sagte sich in dem Augenblick, als Signor Monanin sich darangemacht hatte, Fotos zu schießen, er auf diesen Delfin, statt ihn zu fotografieren, seine ganze Bewunderung abzufeuern schien, dass seine Augen, sagte er sich, vielleicht wegen des letzten milchig blendenden Aufscheinens des Tages unter dem inzwischen mondbesichelten Himmel, statt zu sehen, sich versehen haben mussten. Oder aber es musste ein Versehen des Verstandesaugs, eine Überlagerung des Gedankens über den Anblick gewesen sein. Er machte eine Anstrengung, zu den Ursprüngen zu gehen, auf den ersten Blick kam es ihm nicht gerecht vor, den Leutnant zur See mit der Exzellenz zusammenzuspannen, ja, es kam ihm sogar wie ein Vergehen gegenüber Signor Monanin vor.

Etwas später, als die Sonne im Meer versank, fand die Einholung der Fahne statt. Das war eine Gelegenheit, bei der Signor Monanin und Capo Tarantino, der Not gehorchend, als Paar beisammenstanden, denn als jüngster Offizier an Bord war es der Leutnant zur See, der das Gebet des Matrosen las, und der Bootsmann gab natürlich mit seiner Pfeife der Fahne den Pfeifsalut.

Signor Monanin, der ganz von den Delfinen und vom Fotografieren gepackt war, musste das Einholen der Fahne entfallen sein, doch Capo Tarantino, der ihm gewöhnlich Süßes und Saures verpasste, hatte sich, wie man sah, an diesem Tag entschlossen, ihm alles Süße und nichts Saures zu geben. So war er, ohne ihm ein Wort zu sagen, mit der Silberpfeife am Hals und dem blauen Band für Signor Monanin hingegangen und wieder zurückgekommen. Die Männer, die in diesem Augenblick frei waren, zusätzlich zum Kommandanten und den anderen Offizieren, stellten sich hufeisenförmig unterhalb der Fahnenstange bei achtern auf, unter großem Jubel der Feren, die sich vielleicht der Täuschung hingegeben hatten, dass noch mehr Publikum sie bewundern käme und ihnen Geschenke von Abfällen machte.

In diesem Augenblick aber ging niemand zu ihnen, um ihnen zuzuschauen, doch während Signor Monanin das Gebet sprach und absolute Stille sich ausgebreitet hatte, hörte man die hiii… hiiis …, die sie bei jedem Mal, die sie sich zeigten, über das Deck warfen, als hätten sie die Aufmerksamkeit der versammelten Männer auf sich lenken wollen, und als Capo Tarantino dann den Salut für die Fahne pfiff, die vom Mast eingeholt wurde, spielten die Feren derart verrückt, dass nicht wenige der versammelten Männer einen Blick zu ihnen hinübersandten, um ihnen zuzuschauen.

Die Art, wie Capo Tarantino pfiff, war in besonderer Weise dafür gemacht, die Feren zum Rasen zu bringen. Er pfiff und wirbelte oben und unten mit Mittelfinger, Ringfinger und Daumen auf einem Atem, den er in die Pfeife blies, trillerte dabei mit einer Süße, die so verwirrend abendlich war, dass sie einen tief berührte und erhob, was beinahe unmöglich schien, und es brachte einen fast in Wut, dass es von diesem ehrlosen Menschen kam, der nicht einmal aus Fleisch und Blut gemacht zu sein schien und lediglich einen kleinen Schwachpunkt hatte, nämlich Signor Monanin, denn der Faschismus schien weniger sein Schwachpunkt zu sein als seine Stärke.

Als die Feren diese Triller hörten, war es, als gerieten sie in Raserei, sie sprangen noch höher, und es sah aus, als hätten sie vor, sich aufs Deck zu werfen. Als die Zeremonie beendet war, gab es Gelächter und amüsierte Kommentare, und dann gingen alle nach Steuerbord, als wollten sie diesen Unvorsichtigen direkt ins Gesicht blicken.

Alle, außer Signor Monanin und Capo Tarantino: Der eine, das war deutlich, verweilte noch, um nicht mit den anderen zu gehen, und der andere verweilte seinerseits noch, um mit dem Leutnant zur See zu gehen. Signor Monanin hantierte mit dem Fotoapparat herum, der wieder in seinen Händen aufgetaucht war, und Capo Tarantino faltete die Fahne noch einmal ordentlich und klemmte sie unter den Arm. Danach entfernte sich Signor Monanin mit kleinen Schritten, aber auch immer wieder stehen bleibend, als würde er sich mit dem Fotoapparat zu schaffen machen, auch wenn man nichts mehr sah, und ging nach Backbord, Seit an Seite mit Capo Tarantino. Dieser schien sich mit ihm zu unterhalten, beugte sich mit seinem mächtigen Körper über ihn herunter, und zwar so dicht, dass Signor Monanin in seiner Gesamtheit aussah wie ein Bein von ihm.

Signor Monanin drehte sich nicht mehr um, weder zu ihm und Crocitto noch zu seinen vielgeliebten Delfinen, doch die hatte er inzwischen in seinem Fotoapparat.

Im Nu war es Nacht geworden, die Dunkelheit kam an Bord der Korvette, und die Delfine verschwanden in ihr.

An den verschiedenen Punkten erfolgte die Wachablösung für die Nacht: An Deck kamen und gingen die Matrosen wie Schatten, und jeder schien seinen eigenen Gedanken nachzuhängen, die möglicherweise die gleichen traurigen Gedanken waren wie vor dem Auftauchen der Herde niedlicher Feren, wenn nicht gar noch trauriger, nach dieser kurzen Ablenkung.

Während er von einem der Katapulte herunterkletterte, war einer der Matrosen, die hinaufkletterten, Crocitto, der immer noch mit ihm redete und ihn an Deck zurückhielt:

»Heh, Cambrìa«, sagte er zu ihm. »Kann doch sein, oder?, dass diese Delfine Glücksbringer sind …«

Schenk mir doch die Illusion, schien er zu sagen. Vielleicht glaubte er ja, dass, wenn sie sich beide der Illusion hingäben, die Illusion Wirklichkeit würde.

»Kann sein. Wieso nicht? Kann alles sein«, antwortete er spöttisch. »Euch da, in Spadafòra, haben euch die Feren denn nicht immer Glück gebracht? Und denk dir nur, wie viel sie uns gebracht haben, in Charybdis …«

»Die Feren? Was haben denn die Feren damit zu tun?«, fragte er völlig unschuldig. »Hast du denn nicht mitbekommen, dass das hier Delfine sind und damit etwas völlig anderes als die Feren?«

»Oh, Crocitto … Fangen wir beide jetzt an mit Fere und mit Delfin? Muss ich dich denn jetzt auch noch davon überzeugen, dass Fere Fere ist? Oder verlangst du jetzt, dass auch ich dir Delfin, Delfin, Delfin auf der Zungenspitze nachbete?«

»Aber hast du diese Feren denn nicht genau gesehen, Cambrìa? Hast du denn nicht gesehen, dass ihr Oberteil nicht braun, sondern violett war, und das Unterteil war bei ihnen nicht weiß, sondern rötlich? Die sehen unseren Feren überhaupt nicht ähnlich, diese Tiere hier …«

Es tat ihm leid, dass er ihm nicht ins Gesicht blicken konnte, denn er hätte ihm gerne in die Augen gesehen, um herauszufinden, wo seine Blödheit aufhörte und seine Verschlagenheit anfing. Er sagte:

»Na los, mach schon, Crocitto, zieh deine Wache durch. Oder hast du dir etwa in den Kopf gesetzt, mich zu Tode zu langweilen? Hat sich die Sache für dich denn allein auf eine Frage der Farbe reduziert? Die Farbe Braun für die Fere, die Farbe Violett für den Delfin? Heh du, um deine Absicht bei deiner Verlobten durchzusetzen, lass dir nicht einfallen, mit gezinkten Karten zu spielen …«

»Dann hat uns Signor Monanin nur eingewickelt? Und dazu wäre er fähig? Was meinst du, Cambrìa?«

»Was weiß denn ich, ob er uns eingewickelt hat oder nicht eingewickelt hat. Er glaubt daran. Und wenn auch du daran glauben willst, dann glaubs doch, wer hindert dich daran?«

»Heh, wer hindert dich daran, sagst du. Glaubs doch, glaubs doch auch, wenn dus glauben willst, sagst du. Mir kommts vor, als würdest du plötzlich nachteilig über mich denken, lieber Cambrìa.«

»Was heißt hier nachteilig? Nachteilig, weil ich dir sage, glaubs doch? Was soll ich dir denn sonst sagen? Soll ich dir etwa sagen: Oh, du großer Irrer von Spadafòra, wie kannst du ehrlicherweise an diesen Blödsinn vom Delfin als Glücksbringer glauben, wenn du gar nicht an den Delfin glaubst, sondern an die Fere. Heh, kannst du mir sagen, wie das geht, du großer Irrer? Die grundsätzliche Frage ist, ob man an den Delfin glaubt oder nicht. Wer an ihn glaubt, hält ihn für heilig, das heißt, er glaubt an alles, und so glaubt er auch, dass er Wunder vollbringt. Wir aber, glauben wir an ihn? Können wir überhaupt jemals an ihn glauben?«

»Ja, du hast recht, Cambrìa«, sagte Crocitto, der immer einen Gedanken, immer diesen einen im Kopf hatte. »Doch Signor Monanin, Signor Monanin, aufrichtig unter uns gesagt, glaubst du, er hat uns eingewickelt mit dieser Geschichte von den Delfinen, die das Gute bringen, die das Glück bringen und so weiter und so weiter? Ein Blödsinn, sagst du, wie? Aus reiner Neugier, ich schwörs dir, Cambrìa, aus reiner Neugier bitte ich dich, mir zu sagen, was du davon hältst?«

Aus reiner Neugier, sagte er, nicht aus dreckiger, aus reiner, sagte er:

»Wie soll ichs dir denn noch sagen, in welcher Sprache denn? Signor Monanin ist ein Delfinnarr, er glaubt fest an den Delfin, er glaubt an ihn wie an Gott den Allmächtigen, darum und folglich glaubt er insgesamt alles. Er glaubt, dass der Delfin an gebrochenem Herzen um einen kleinen Jungen gestorben ist, und es ist durchaus möglich, dass er auch glaubt, dass er wirklich im Anfang ein Engel war, wie mans überall am Meer hört, und er glaubt auch, dass der Allmächtige, als er ihn vom Himmel herab ins Meer schleuderte, sich nicht nach einem Gerechtigkeitssinn verhalten hat, und er glaubt auch nicht, dass er da oben ein Teufel war und hier unten eine Fere, er glaubt vielmehr, dem Allmächtigen zum Trotz, dass er da oben ein Engel war und auch hier unten ein Engel ist, und dieser Engel heißt Delfin. Jetzt frage ich dich abschließend: Warum ist es dann noch verwunderlich, dass er glaubt, der Delfin würde Glück und Gutes bringen? Das ist das mindeste, das er über den Delfin glaubt …«

»Kurzum, du sagst, er hat uns nicht eingewickelt?«, fragte Crocitto, der nur an diese eine Frage dachte. »Kurzum, nicht er hat sich das erfunden, deiner Meinung nach, dass sie Glück bringen?«

»Nein«, antwortete er ihm mit Schaum vor dem Mund, während er sich umdrehte und unter Deck gehen wollte, Crocitto aber versuchte, ihn an einem Arm noch zurückzuhalten. »Nein, meiner Meinung nach hat er uns nicht eingewickelt, nicht er hats erfunden.«

Er antwortete ihm, wie Crocitto es gewollt hatte, denn nur so konnten sie einen Schlusspunkt setzen. Er war aufrichtig, gut zu wissen: Er war davon überzeugt, dass Signor Monanin sie hinsichtlich der glückbringenden Delfine nicht eingewickelt hatte, dass er es nicht erfunden hatte. Aber musste er es Crocitto denn noch einmal sagen, dass für Signor Monanin der Delfin Evangelium ist, Wahrheit, Wahrheit des Evangeliums? Doch wozu es ihm noch einmal sagen? Dieser Irre wollte es nicht vertiefen, weil, wenn er es vertiefte, er sich am Ende der Illusion hingab, dass Delfine Glücksbringer seien. Ihm reichte es, an der Oberfläche zu bleiben, hoch oben, ganz weit oben, und das hieß sich mit den Worten von Signor Monanin zu begnügen, mit der persönlichen Aufrichtigkeit von Signor Monanins Mund. Er, dieser Irre, sah in Signor Monanin, wenn auch nur für eine gewisse Zeit, einen Orakelmund. Sagte Signor Monanin denn nicht, dass jetzt, wo sie die Delfine getroffen hatten, die Engländer und Amerikaner Messina von heute auf morgen befreien würden und der Krieg sich folglich zum Kontinent verlagern würde, weg von der Umgebung einer kleinen Person, die ihn interessierte und in Spadafòra lebte? Und so gesellte er sich dazu, ließ für den Augenblick das Visier herunter und ließ Fere Fere bleiben und pflegte Umgang mit Delfinen. Deshalb antwortete er ihm einfach nur nein auf das, was er so dringend hören wollte, nein, seiner Meinung nach war Signor Monanin nicht der Typ, der einen einwickelte: Das wollte er, eine einfache Meinung über die Aufrichtigkeit von Signor Monanin, und die gab er ihm, denn anderenfalls hätten sie die Wache dieser Nacht gemeinsam geschoben. Aber er wollte es noch einmal sagen hören, es musste ihm zu schön vorgekommen sein, als dass es hätte wahr sein können:

»Ach, ja? Du hältst ihn nicht für fähig, sich etwas auszudenken, obwohl er etwas anderes meint?«

»Ich habe dir ja schon nein gesagt, dazu halte ich ihn nicht für fähig.«

»Ehrenwort?«

Oh, er hatte sogar den barbarischen Mut, ein Ehrenwort zu verlangen. Na, gut dann:

»Ehrenwort.«

Das wird ihn beruhigen, dachte er, oder will er es etwa schriftlich bekommen, auf Papier mit Steuermarke? Aber er hatte noch etwas anderes zu sagen:

»Ist doch erfreulich, was, Cambrìa?, dass Signor Monanin uns die Wahrheit gesagt hat.«

Hört ihn euch an, er hat uns die Wahrheit gesagt … Aber konnte er hier denn abbrechen und ein neues Thema beginnen?

»Eh, ja«, sagte er. »Wirklich erfreulich.«

Erst da war Crocitto zufrieden und ließ ihn gehen.

Während er an diesem Abend in seiner Koje versuchte einzuschlafen, wurde er plötzlich von einer solchen Neugier gepackt herauszufinden, wie alt dieser Delfin von Baia eigentlich gewesen war, der Delfin mit dem empfindsamen Herzen. War das nicht eine Absonderlichkeit seines Denkens? War nicht auch das eine Unsinnigkeit? Wieso sollte ihn das Alter dieses Delfins überhaupt neugierig machen, wenn für ihn der Delfin doch nur ein Fabeltier war, und erst recht der von Baia? Und doch war es alles das, was ihm von der langen Unterhaltung mit Signor Monanin durch den Kopf ging. Das konnte natürlich bedeuten, dass diese erwähnte Unterhaltung ihn völlig gleichgültig gelassen hatte, doch wenn er darüber nachdachte, konnte es auch ein erstes Zeichen für den Unwillen in ihm gegenüber dem Delfin sein: denn wenn er sich fragte, wie alt dieser Fabeldelfin war, den es in Wirklichkeit ja nie gegeben hatte, und zwar weder ihn noch irgendeinen anderen, sei's einen alten, sei's einen jungen, war das dann nicht so, als würde er sie ein kleines bisschen real werden lassen, all diese Delfine, als würde er einräumen, dass es sie gab, nicht nur dem Namen nach, sondern tatsächlich, was heißt, aus sich selbst heraus, unabhängig von der Tatsache, von der einzigen, wirklichen Tatsache, dass sie maskierte Feren waren, maskiert, damit sie leichteres Spiel hatten? Ja, konnte sein, doch in diesem Augenblick spürte er einfach nur das Absonderliche, und er spürte keineswegs irgendein Gefühl oder einen Drang, darüber nachzudenken und nach dem Wie und Warum dafür zu fragen. Es machte ihm in diesem Augenblick Vergnügen, an den Delfin von Baia zu denken, sich vorzustellen, wie er am Strand auf seinen kleinen Freund wartete, wie er ihn rittlings aufsitzen ließ und mit ihm im Flug dahinschwamm, damit er nicht bespritzt würde, und ihn zur Schule und später wieder nach Hause brachte. Was war denn so Sonderbares daran, dass es ihm Freude machte, sich das vorzustellen? Sollte es ihm denn keine Freude machen, nur weil es sich um einen Delfin handelte? Aber er maß dem doch gar keine Bedeutung bei, ob es ein Delfin war, auch wenn er damit nicht sagen wollte, dass er die Fere zurücknahm wie Crocitto. In diesem Augenblick handelte es sich für ihn weder um Fere noch um Delfin, oder es war Delfin und es war Fere, sozusagen ein neues Tier, das Delfifere hieß: und dieses Tier, wie konnte er's sagen?, entspannte ihn, zog ihn weit von dem Ort und von der Zeit mit sich fort, an dem und in der er sich befand. War das denn nicht natürlich? War diese Delfifere denn nicht ein Fabeltier? Hatte er es denn als solches nicht gehört?

Dieser Gedanke zog aus seinem Kopf hinaus und kehrte wieder zurück, einfach so, ohne Sinn noch Ziel, wie ein ins Meer geworfener Kieselstein. Er fühlte sich müde, sein erschöpfter Körper, der sich in der Koje ausruhte, und sein Kopf, der bei diesem kindlichen Gedanken zur Ruhe kam, in nichts unterschieden von der Geste, einen Kiesel aufzuheben und ihn zu werfen. Sofern dieser sonderbare Gedanke einen Sinn hatte, so war es dieser, ein kindlicher, spielerischer Sinn, der Sinn, Flachkiesel ins Meer zu werfen und Wasserkreise zu beobachten, die größer und größer werden und beim Größerwerden verschwinden; dann der Sinn, der im Namen selbst, auch in der Natur selbst und im Anblick des Konfekts liegt, die der Kiesel im Kopf entstehen lässt, weshalb auch ein ausgewachsener Mann, auch ein Pellesquadra ein kindliches Bild abgibt, wenn er ihn instinktiv aufhebt und ins Meer wirft; und weshalb auch das Meer, in das man ihn wirft, auch wenn es ein aufgewühltes, altes Meer ist mit weißem Haar, wie das Meer zwischen Skylla und Charybdis, ein kindliches Bild abgibt. Diesen Sinn hatte es, seiner Meinung nach, sich die Frage zu stellen, wie alt der Delfin wohl sein mochte. Das war, als würde man auf dem kleinen Strand der 'Ricchia sein, mit verdummt verdrehtem Kopf und der Hand, die wie von alleine nach dem Kiesel sucht, ihn erkennt, ihn aufhebt und ihn über diese abgeschirmten, zwischen den Sandklippen und der Grotte verborgenen Wasserspiegel wirft.

Dann und dort: An der 'Ricchia, und in einer fernen, fernen Zeit, der Kinderzeit von Spielen, die vom Vater dem Sohn, vom Jungen dem kleinen Jungen an diesem Ort weitergegeben wurden, dann und dort erhielt diese sonderbare Merkwürdigkeit unerwarteterweise einen Sinn, als hätte sich sein Verstand gleich der Magnetnadel eines Kompasses in die richtige Richtung gedreht, die

Richtung, von wo aus er seinen Vater sah, Caitanello als Junge, der auf dem Strand saß und sich damit vergnügte, Kieselsteine zu werfen. Dann und dort hatte er begriffen, dass es nicht das Alter dieses Delfins, dieses Freundes des kleinen Jungen von Baia, als solches war, das ihn neugierig machte, sondern was er sich eigentlich fragte, war, ob dieser Delfin nicht zufälligerweise das gleiche Alter hatte wie die Mitttägige, die Fere nämlich, die die kleine Gefährtin seines Vaters in seiner Kindheit war, als die Pellisquadrejungs und die jungen Feren alles daransetzten, sich zu einer bestimmten Uhrzeit zu treffen und miteinander an der 'Ricchia zu spielen.

Das ging ihm also durch den Kopf, die geradezu verblüffende Ähnlichkeit zwischen den beiden Freundschaften, zwischen den beiden Pärchen von Tieren und kleinen Christenjungs. Auch wenn sie am Ende unterschiedlich waren und Tiere und kleine Christenjungs in gewisser Weise ihre Rollen tauschten, schienen die beiden Freundschaften doch gegenseitig geprägt, so dass, wenn er sie, obwohl die eine delfinisch, die andere ferisch, die eine von einer Fabel, die andere von einem tatsächlichen Geschehnis geprägt war, in seinem Kopf einander gegenüberstellte, es so war, als ob ein kleines bisschen Delfin sich auch in der Fere widerspiegelte und ein kleines bisschen Fere im Delfin, und ein kleines bisschen Fabel in das tatsächliche Geschehen einginge und ein kleines bisschen vom tatsächlichen Geschehen in die Fabel.

Zwischen denen da und uns besteht eine Vergangenheit … Es war ihm, als habe er die Pellisquadre immer im Ohr, sie setzten sich in Musik um mit diesem Ritornell, vor allem in den Zeiten, als die Fere in ihrem Leben die erste Stelle einnahm, als jüngst erst Backenbezahnte, als Dentische.

Die Feren, wollten sie damit sagen, waren ihre Angelegenheit, und sie lasen darin wie in einem offenen Buch, das am Ende aber nichts anderes war als das Schwarzbuch ihres Lebens, denn gegen Ende des Jahrhunderts, als sie noch Jungs waren und die Feren noch niedliche Kleinferen waren, Feruzze, verkehrten sie oft und gerne miteinander. Und daher, so wollten sie zu verstehen geben, mussten sie mit ihnen in bestimmten Augenblicken alleine zurechtkommen, die Bengel durften sich nicht dazwischendrängen, sie durften sich nicht einmischen, wenn sie sprachen, die Orakelmünder, die aufgrund eigener Wissenschaft sprachen, unmittelbarer Wissenschaft.

Mit anderen Worten, sie wollten damit sagen, dass sie sich kannten, diese Alten und diese Tausendundeinnächtigen. Pellisquadre wie sein Vater, wie Luigi Orioles, Arturo Palamara, Jano Scarfì, Cosimino Currò und Lio und Stefano Ritàno, Pellisquadre nämlich, die, ein Jahr mehr, ein Jahr weniger, alle ungefähr ein halbes Jahrhundert alt waren und zu ihrer Zeit als kleine Jungen mit ihnen gespielt und sich den Schlaf mit den Feren geteilt hatten, dergestalt, dass sie den Charakter der Feren genau abgelesen hatten, als sie noch niedliche Feruzze waren. Doch was weder er noch die anderen Bengel herauszufinden in der Lage waren, war, ob sie sich damals eher als Feinde betrachteten, die sich mehr als Freunde verstehen konnten, oder jetzt eher als Freunde, die sich einmal als Feinde gegenübergestanden waren.

Zwischen denen da und uns besteht eine Vergangenheit ... Und mit denen da meinten sie die, die in den Meeren zwischen Skylla und Charybdis am festesten verheimatet waren, die, immer noch Feruzze mit Milchmund, jeden Tag, und nicht einen auslassend, wie Weibchen, die von den Spielen der Jungen angezogen wurden, die Herden verließen und bei der 'Ricchia herumtollten, denn dort, zwischen den geschützten Gewässern und den Sandzungen vor der Grotte, verabredeten sich Ferenjunge und Pellisquadrejungs immer zur gleichen Zeit und bildeten paarweise eine schöne Klicke von Gefährten und Gefährtinnen: der eine verstand sich mit der anderen, denn hatten sich die Charaktere erst einmal gefunden, spielten sie immer als festes Paar miteinander.

Die Fere, mit der sich Caitanello Cambrìa gut verstand, war ebendie besagte Mitttägige. Sie war, sagte seine Mutter, wie ein Familienmitglied für die Cambrìas. Caitanello hatte ihr den Namen Mitttägige gegeben, weil sie immer bei hochstehender Sonne auftauchte, als würde sie eigens darauf warten, dass sie von oben her leuchtendes Licht erhielt, um genießerisch langsam im Meer der 'Ricchia ihren Einzug zu halten, als Luigino mit der Mafiosen, Cosimino mit der Hungerleiderin, Artù mit der Palermitanerin, Jano mit der Kaputten, kurz gesagt, jeder sich mit der Seinen schon eine ganze Weile vergnügt hatten.

Caitanello saß an der Spitze einer Sandzunge, der längeren, die oberhalb der beachtlichen Wassertiefe weit ins Meer hineinbugte, er wartete spielend auf sie und planschte mit seinen Füßen im Wasser. Als die Fere zwischen den Klippen auftauchte, rief er sie, lenkte ihre Aufmerksamkeit auf sich, indem er mit den Armen fuchtelte, und rief: Mitttägige, oh, Mitttägige, als wäre sie gar nicht dort, sondern auf hohem Meer, die da, der, wiewohl noch ganz jung, der Kopf schon nach kokettieren stand, klimperte, sobald ihr kleiner Freund sie rief, mit den Wimpern, als würde sie sich einen letzten Rest von Schlaf wegwischen, blickte um sich und tat so, als würde sie ihn just in diesem Augenblick erkennen, und veranstaltete eine Jubelszene. Sie wirbelte herum, sprang dabei hoch in die Luft, oben, unten, schlug sich mit den Flipperhändchen auf die Brust, stieß ein unendliches hiii aus, aber auch ein paar Fürzlein, was für eine Fere, ob klein, ob hässlich, immer wie Musik klingt, und gab auf diese Weise zu verstehen, dass sein Anblick allein schon ihr die Sinne raube, ihr Herz mit einem Tummtumm des wallenden Bluts zerspringe, kurz, dass es in ihr vor lauter Glück töne.

Caitanello, der schon als Junge dieser Kapotische gewesen sein musste, als der er bekannt war, befahl sie zu seinen Füßen, und als sie dort war und sie mit ihren Händchen vor ihm auf dem Vorsprung Schaum aufschlug und sich am Flukenende mit dem Hinterteil schüttelte, mal ganz langsam, mal ganz wendig, und dabei ihr Schnabelmaul zu ihm aufhob und ihn dabei verstohlen anblickte, diese Kokette, bewarf er sie mit Händen voller Sand, und mit den Füßen spritzte er Wasser in ihre kugelrunden Augen einer geborenen Schlampe, auch wenn sie gerade erst geboren war, Columbrina, Flittchen, sagte er zu ihr, Mitttägige … Immer, wies dir gerade passt, wie?

Sie legte ihre Händchen schützend vor ihre Augen. Eigentlich lachte sie, als würde sie's scherzhaft nehmen: hiii… hiii… machte sie, verzärtelte sich, bedeckte und verbarg dabei ihre Augen, hüpfte auf der Fluke und warf sich nach hinten. Dann jedoch, so, als würde ihr klarwerden, dass ihr kleiner Gefährte wirklich verärgert über sie war, wurde sie ganz zerknirscht, tauchte fast völlig ins Wasser ein, doch mit dem Schnabelmäulchen draußen, damit er ihr anmerken konnte, wie leid es ihr um ihn tat: ngangà … ngangà … Verzeih mir doch, verzeih mir doch, brabbelte sie, mit anderen Worten. Ich bin doch gerade erst aus dem Bauch meiner Mutter geschlüpft …

Die Mafiose, die Hungerleiderin, die Palermitanerin, die Kaputte gaben sich oftmals für das Theater her, das sie veranstaltete, dann ließen sie die Späße halb durchgeführt beiseite, auf die sie sich eingelassen hatten, eilten allein oder zusammen mit ihren kleinen Gefährten zu ihr und übernahmen ihre Rolle und stießen ihre Klagelaute um sie und mit ihr aus. Und was tat sie dann, diese Theatrantin? Sie machte schließlich nur ngangà … ngangà und brachte auch die anderen dazu, es zu tun: Mit einem Aug achtete sie auf ihre Freundinnen, und mit dem anderen schien sie ihrem kleinen Gefährten zuzuzwinkern.

Dieser Fratzenschneiderin genügte nur ein klein wenig von dieser Komödie, um ihn zu einem Lächeln zu bringen. Caitanello widerstand nämlich einen kurzen Augenblick und brach dann in ein Gelächter aus, bei dem er sogar Tränen vergoss. Ach, du ehrlose Kleine, sagte er lachend zu ihr und warf wieder Hände voll Sand gegen ihren Schnabel. Ach, du Komödiantin, ach, du Närrin … Die Mitttägige kehrte darauf an die Oberfläche zurück, und durch die Luft sprühend wie ein Funke, mehr fliegend als schwimmend, und bei ihrem Schwimmflug unter Wasser, durch die Luft, bei dem sie sich bewegte wie zu einem Tanzschritt, unternahm sie, sich in der Luft schmückend, eine derart umworbene Annäherung in Richtung von Caitanello, als wäre sie mit eingeflößter weiblicher Anmut geboren worden: denn sie zog vor ihm hin und her, bedeckte ihr Auge mit einem Händchen und schaute dahinter verstohlen zu ihm herüber. Dahinter bedeutet: Sie zwinkerte mit dem Auge hinter den Flipperstäbchen herüber, verstehst du?, machte ihm seine Mutter an dieser Stelle halb entrüstet und halb amüsiert deutlich, und zwar jedes Mal, wenn sie ihm diese Geschichte erzählte. Die Flipperstäbchen benutzte sie, ein wirklich schamloses Weibchen, schon ganz wie einen Fächer, mit ihren zusammengezogenen und gespreizten Händchen. Zuerst gab sie ihm gewissermaßen zu verstehen, dass sie mit ihm zusammenstieß, danach zwinkerte die Freche ihm zu, diese Süßholzrasplerin, wobei sie mit ihm kokettierte und sich überall schüttelte mit der gesamten schmiegsamen, biegsamen Fluke ihres Mandolinenhinterns.

Und gleich machte sie, um ihn zu belustigen, so etwas wie einen doppelten Salto mortale, der gar nicht mehr aufhörte, denn sie tauchte, ohne Atem zu holen, gekrümmt ins Wasser ein und wieder auf, ein einziges Reinraus von ständigem Kreisen und Wirbeln, und das mit einer Geschwindigkeit, dass sie nicht mehr wie eine junge Fere allein wirkte, die ihren Salto mortale immer innerhalb desselben Meereskreises ausführte, sondern wie viele gemeinsam, alle zu einer im drehenden Rad von Schnabel an Schwanz miteinander verbunden.

Die anderen, die Mafiose und ihre Freundinnen, konnten so etwas möglicherweise auch ausführen, doch das taten sie für Luigino, Artù und die anderen nie. Die anderen sahen in der Tat so aus, als wollten sie lediglich ein Stückchen Brot ergattern, ein paar Fische und genauer gesagt ein paar von diesen Fischen wie Sardinen, Makrelen und Pfeilkalmaren, die als Köder gedient hatten und inzwischen stanken. Kurzum, ihre Freundinnen legten keine Leidenschaft hinein, sie taten gerade so viel, wie nötig war, aber nicht mehr, so viel, wie zu einem Imbiss mit diesen stinkenden Ködern nötig war. Sie dagegen, die Mitttägige, war die Einzige, die, auch wenn sie mit Verspätung auftauchte, Caitanello das Vergnügen nicht in Rechnung stellte, auch wenn sie Sardinen, Makrelen und Pfeilkalmare nicht verschmähte. Es kam nämlich vor, dass die

Freundinnen die Zelte abbrachen und die ‘Ricchia verließen, so dass Luigino, Artù, Jano, Cosimino und wer sonst noch da war, sich der Mitttägigen zuwandten und ihr treu wurden und sich mit ihr verausgabten, wenn sie sich nicht mit ihren Kleinkarierten herumbalgten.

Man könnte gar kein Ende finden, die Myriaden Dinge aufzuzählen, die diese kleine Fere in der Lage war zu tun, was, verglichen mit dem, was die Mafiose, die Palermitanerin, die Hungerleiderin, die Kaputte vorführten, wie ganz alltägliche Dinge waren; sogar noch die Kutschenfahrt, die die Kaputte mit Jano Scarfì in der Umgebung der ‘Ricchia machte, und keineswegs gutmütigerweise, sondern nur, wenn es Jano gelang, sie an der Finne zu packen, oder die Fürzchen, die die Mafiose auf ein einfaches Handzeichen von Artù hin auf Kommando loslassen konnte, waren eigentlich alles Ferendinge, Dinge der Alltäglichkeit, Dinge ihres Wesens.

Doch über die Mitttägige, beispielsweise, konnte man nicht einmal sagen: Ihr fehlt nur noch das Wort, denn auch das hatte sie, das Wort, das den Christenmenschen aus dem Mund kommt, nicht das, was sie sich aus dem Leib pressen, wie man sagen würde, und mit dem sie, und wie!, ihren Gedanken darzustellen wissen, etwas mehr oder weniger Wortreiches zu ihrer Belustigung, je nach dem verborgenen Entwurf, den sie im Kopf haben, doch, wie's auch sei oder nicht sei, ist es immer ein launisches Wort. Ihre Freundinnen kamen launisch zur ‘Ricchia und zogen launisch wieder ab. Doch als die Mitttägige dahinging, und zwar für immer, die Arme, sprach sie, als verfügte sie über das Wort von Natur aus, und zwar dermaßen gelöst, dass, mit einem Wort vom einen und einem Wort vom anderen, Caitanello und seine Freunde, das ist nicht übertrieben, in eine Unterhaltung mit der kleinen Fere eintraten. Auf bestimmte Fragen, die sie an sie richteten, antwortete sie, ohne sich jemals im Wort zu vertun oder im Ton zu vergreifen: ja, nein, gut, schlecht, wenig, viel. Und sie grüßte: Bonjorno, Bonasira, sogar im Dialekt, ohne dass man sie zuerst grüßen musste, in dem Sinn, dass ihr das Wort aus dem Mund kam, es in ihrem Kopf entstand, und das war noch das wenigste.

Und weil sie immer und immer wieder, jedes Mal, wenn sie auftauchte, von Caitanello hörte: Bist du da?, kam sie, dieses Tochterkind einer zweifachen Hure, eines Tages an, zog die Mütze vor ihrem kleinen Freund, und bevor er noch den Mund aufmachen konnte, sagte sie mit ihrem Hinternstimmchen: Ich bin da.

Und auch, als der Augenblick gekommen war fortzuziehen, als sie wirklich im Begriff stand, in die Meere zwischen Skylla und Charybdis zu entschwinden, sagte sie ihm Ciao und schon war sie auf und davon.

Sicher, es war ein fehlerhaftes Sprechen, aber konnte man denn Vollkommenheit erwarten? Von Vollkommenheit konnte man sprechen, und man sprach bei Gelegenheit der Wiederholung eines Satzes, die sie Caitanello gab, den er ihr gewissermaßen gesagt hatte, denn eigentlich war es, als würde er ihn zu sich selber sagen, einen Satz, den er ihr einmal gesagt hatte, als sie mit der üblichen Verspätung auftauchte, einen Satz, den er ihr spöttisch sagte, um ihr zu verstehen zu geben, wie träge sie war und wie sie sich gleich einem kleinen Kind verhielt, fast, als möchte sie noch gewiegt werden: Das würde dir wohl gefallen, wie, du Flittchen, das würde dir wohl gefallen, eine Wiege zu bekommen und gewiegt zu werden? Das war's, was er zu ihr sagte, und seine Arme schließend, wie wenn er ein Baby in Windeln hielte, hatte er sie ein bisschen so gewiegt, als läge sie in einer Wiege.

Die Tage vergingen, und Caitanello hatte schon längst nicht mehr daran gedacht, sie aber wohl. Und so kam es, dass eines Tages, als die Jungs allesamt wie tot dasaßen und ihr Sinn überhaupt nicht nach Spielen mit den jungen Feren stand, was sicher wegen einer Mannschaft war, die seit dem Vortag noch nicht wieder an Land zurückgekehrt war, weshalb die kleinen Freundinnen nicht wussten, was sie davon halten sollten, die Mitttägige ganz dicht herangekommen war, dicht unterhalb des sandigen Vorsprungs, auf dem Caitanello saß, mit den Händen im Schoß, ihn eine Weile angestarrt hatte, den Schnabel hierhin und dahin wandte, als wollte sie verstehen, was mit ihrem kleinen Freund an diesem Tag los war, und dann hatte man ihr Stimmchen gehört, das in dem Durcheinander der anderen Jungen sagte: Das würde dir wohl gefallen, hehehe, eine Wiege zu bekommen und gewiegt zu werden? Und während sie das sagte, hatte sie Arme und Händchen zusammengelegt und angefangen, im Wasser und außerhalb zu fliegen, vor und zurück, hinauf, hinunter, in einem Kommen und Gehen in Halbkreisen, als würde sie ein Windelkind wiegen. Caitanello sah ihr mit offenem Mund zu, fast kamen ihm Tränen der Rührung, und die Mitttägige, die dann wieder ganz sie selbst geworden war und Wiege und Gewiege beiseiteließ, schoss wie ein Blitz zwei oder drei Mal an dem Vorsprung vorüber, rief jedes Mal hiii, hiii, schlug mit ihrem Hintern so meisterhafte Schläge in Richtung ihres kleinen besorgten Freundes aufs Wasser, dass Caitanello schon beim ersten Schlag, der ihm das Wasser ins Gesicht spritzte, der Atem stockte.

Man begriff sofort, dass sie kein langes Leben vor sich haben würde, eine derart sensible kleine Fere, mit der gewölbten Stirn der Überintelligenten, gewölbt, das heißt mit mindestens der doppelten Menge Gehirn ausgestattet als eine andere. Konnte es da verwundern, dass Caitanello wegen ihres Todes all diesen Schmerz empfand? Aber es war nicht nur Schmerz, es war auch der Gewissensbiss, der ihn quälte, wegen des Umstands, dass er sich die Schuld gab, wenn sie getötet worden war. Doch das war lediglich eine Vorstellung von ihm.

Auf die Mitttägige hatten nämlich ein paar Lerchenjäger geschossen. Diese Jäger im Hinterhalt, etwas außer Sichtweite, zwischen den Hügeln der Dünen, auf der anderen Seite der 'Ricchia. Als sie aber sahen, dass an diesem Tag vom Meer her keine Lerchen herbeiflogen, waren sie irgendwann aus den Dünen hervorgekommen, und als sie am Ufer waren, hatten sie gleich in ihrer Nähe diese kleinen Freundinnen der Jungen so einladend in Schussweite gesehen, die in der Umgebung schwimmend noch ein bisschen hin und her flanierten, nachdem sie die Jungs verlassen hatten.

Die Jungs, die ihre Bewegungen von oberhalb der 'Ricchia aus verfolgten, riefen den kleinen Feren, sobald sie die Gewehre auf sie gerichtet sahen, zu: Verschwindet, verschwindet, und um sie dazu zu bringen, in größerer Eile davonzuschwimmen, tönten sie hinter ihnen mit einem Mundecho her, indem sie die Hände so schnell sie konnten auf die Lippen legten und wieder abhoben und huaaa… machten, weil sie wussten, dass dieser Ton sie in Alarm versetzte. Die Palermitanerin, die Mafiose, die Hungerleiderin und die Kaputte flohen denn auch außer Reichweite, sobald sie es hörten. Da könnt ihr sie ja packen, riefen die Jungs den Jägern dann zu.

Als wirklich Prädestinierte, aber auch, das soll nicht ungesagt bleiben, als wirklich Spritzige, die immer zu Spielereien aufgelegt war, und dazu noch als wirklich Verausgabte, die einen Verstand besaß, der mehr dem eines Christenmenschen als dem einer Fere entsprach, so wenig gewitzt war sie, schwamm die Mitttägige jedoch herum und schaute sich um und war sich kein bisschen der Gefahr bewusst, in die sie sich begab.

»Flieh doch, flieh, du Törin«, rief Caitanello ihr zu, und Luigino, Artù, Jano und die anderen fuchtelten mit den Händen auf ihren Lippen herum, um sie zu erschrecken. Diese Törin aber lachte in Unkenntnis und zeigte ihre Zähnchen: hiii, hiii, hiii, als würde man sie kitzeln.

Die Jäger, es waren drei, und alle drei zielten auf sie, warteten nur darauf, dass sie ihnen ein bisschen deutlicher vor den Blick aus dem Wasser kommen würde. Da war Caitanello rasch von den Felsen heruntergekommen, und bleich im Gesicht, als würde ihm das Blut in den Adern allein beim Gedanken daran stocken, hatte er mit Kieseln nach ihr geworfen.

»Flieh, Mitttägige, flieh … Sie schießen auf dich, sie schießen auf dich. Sie gerben dir das Fell«, schrie er, aber er war's, der einem noch mehr leidtat als sie.

Die Feruzza, die Mitttägige, erkannte ihn und musste wohl auch die Bewegung des Arms wiedererkannt haben, mit der der kleine Freund so tat, als würde er Steine nach ihr werfen, dann schoss sie rhythmisch nach oben und dann wieder nach unten, als würde sie seilspringen. Denn wenn sein Arm sich nur bewegte, krümmte sie sich in der Luft und stieß ein begeistertes, glückliches Hihiii aus. Da hatten die Jäger sie schön im Visier, um ihr den Garaus zu machen. Sie feuerten gemeinsam, und die drei Gewehrladungen, die sich zu einer vereint hatten, trafen sie voll und schleuderten sie ins Wasser, nur wenige Meter entfernt, und ihre kleine, glänzende Silhouette wirkte einen Augenblick lang verdreht und verschnürt, Kopf und Fluke, Bauch und Rücken, das Weiße unten und das Braune oben.

Sie starb nicht gleich, was das Schlimmste für sie und für die Jungen war, die zuschauten, ganz zu schweigen von Caitanello, der Anteil nahm. Die Jäger hatten Gewehre vom Kaliber achtundzwanzig mit winzigen Schrotkügelchen gefüllt, für die Jagd auf Kalanderlerchen, so dass die Feruzza, obwohl von drei Ladungen an der Stirn getroffen, nicht auf der Stelle getötet, sondern nur tödlich verletzt worden war, denn die Bleikügelchen hatten nicht ihr Gehirn zertrümmert, sondern waren nur da eingedrungen wie glühende Stecknadelköpfe.

Die Mitttägige schoss pfeilschnell davon, sie zickzackte in ihrem Blut, als wollte sie dem Zugriff des Todes entfliehen, der sie beim Schwanz fasste, doch je schneller sie floh, umso schneller erreichte er sie. Sie wimmerte, schlug dabei ihren vom Blut geröteten Schnabel, das ihr aus der Stirn troff, und warf ihre gepeinigten Ngangà Ngangàs über das Meer, die zuerst lang und schrill waren, und danach schwach, gebrochen, verloren, immer mehr, immer verlorener, so wie das Blut sie außen allmählich roter und innen blasser werden ließ. Bei ihrem verrückten Zickzack, einem Blitz gleich, der sich zu entladen sucht, war sie am Ende ins Jonische abgeirrt und hielt auf Canitello zu, und dort, als sie die bläulichen Gewässer um die Linie der beiden Meere noch nicht verlassen hatte, war sie zwischen den Klippen aus ihrem Blick verschwunden, und für einen langen Augenblick glaubten sie, sie sei auf immer verschwunden.

Da war Caitanello in Tränen ausgebrochen, hatte sich auf den Sand geworfen und seinen Kopf zwischen die Arme genommen. Die Jäger, die das in keiner Weise mit der eben erschossenen Feruzza in Verbindung brachten, waren zu ihm gekommen und hatten ihn, als sie sich über ihn beugten, gefragt: Was hast du denn? Was hat man dir getan, Junge? Warum weinst du nur so?, und strichen ihm dabei über die Haare und versuchten, ihn umzudrehen. Die anderen Jungen auf den Felsen hatten unterdessen angefangen, sie zu beschimpfen, und die Jäger, die noch über Caitanello gebeugt waren, hoben ihre Köpfe zu ihnen auf, waren aber nicht in der Lage zu verstehen, warum der hier so tief betrübt war, und warum die da sie beschimpften, die den hier doch trösteten.

Die Mitttägige aber hatte noch nicht innegehalten. Sie hatte mit ihrem Zickzack einen blutigen Halbkreis gezeichnet, dabei die schäumende Linie zwischen den beiden Meeren vor und zurück überschwommen, um möglicherweise einen letzten Blick auf die Meere ihres Lebens zu werfen, und fast war es, dass sie, die Arme, mit ihrem Blut diese Entfernungen zur Kürze des ihr noch verbleibenden Lebens ausmaß, und dann war sie mit ihrem atemberaubenden Zickzack noch einmal zur 'Ricchia geschmettert, so, als habe sie vor den Augen ihres kleinen Gefährten sterben wollen.

Sie war ein einziger Blutkloß, der blinde, röchelnde Laute von sich gab, während sie sich von weit draußen ans Ufer warf, als würde dasselbe Meer sie tragen, das sie mit jeder Welle in ein tosendes Brodeln zurückwarf.

Bei diesem Anblick hatten die Jäger sich umgewandt, ihre Gesichter zeigten tiefe Verstörung, und einer blickte den anderen an, wortlos, auch wenn sie ihre Münder immer weiter öffneten, einer von ihnen hatte etwas gerufen, sie hatten sich umgedreht, um noch einmal einen Blick aufs Meer zu werfen, sie hatten alle drei zusammen gerufen, und während sie riefen, riefen und gleich darauf verstummten, waren sie über die Dünen gelaufen. Bei jedem Schritt versanken sie im Sand, sie brachen ein, und weil sie die Gewehre über ihre Köpfe hielten, die sie wohl neu geladen hatten, ohne den Mut zu finden, sie leerzuballern, war es, wenn man sie sah, als würden sie sich, auch wenn sie auf der Flucht waren, vor einem unsichtbaren Menschen oder vor einer unsichtbaren Sache, vor etwas Geheimnisvollem und Schreckenerregendem ergeben, das von diesem Blutklumpen im Meer ausging und sie ständig in den Rücken stieß. Dieses Mal waren es die Jungen, die sie ansahen, ohne etwas zu begreifen.

Die Mitttägige starb unversehens, sie war zu den ruhigen, abgeschirmten Gewässern der 'Ricchia vorgedrungen. Das Blut hatte sie völlig bedeckt. Es gab einen Augenblick, in dem sie den Jungen wie ein schreckliches, unförmiges Wesen vorkam, das von seinem Blut eingehüllt war, etwas, das sie sich damals und für lange Zeit nicht erklären konnten, und dann, in späteren Jahren, mit Hilfe eines Vergleichs, wie einen großen entsetzlichen Gestank erklärten, ein Klumpen blutiger Quaddeln, der seinen blinden Lebensinstinkt abwarf. Dann wurde sie jäh überspült, als hätte der Tod sie mit Blei befrachtet, und nach einer Weile tauchte sie wieder an der Oberfläche auf, mit frischen Farben, ohne auch nur einen Blutfleck auf der kleinen braunen Form.

Danach, doch erst, als der Anblick der Mitttägigen ihnen nicht mehr die Füße band, hatten Luigino und Gefährten sich eilig von den Felsen herunterbegeben, wie wenn sie das Entsetzen gepackt hätte.

Caitanello dagegen blieb mit offenem Mund wie verblüfft und verwirrt am Ufer stehen. Er weinte nicht mehr, er redete nichts und rührte sich nicht. In diesem Augenblick spürte er wohl keinen Krampf mehr, weder Gewissensbisse noch Schmerzen, in diesem Augenblick war er nur ein Junge, dessen Verstand erschüttert war, ein Junge, der vor dem großen Meer stand, zur Salzsäule erstarrt, weil er den Tod gesehen hatte, und das hatte ihn verwundert.

Als sie sich seiner erinnert hatten, waren Luigino und die anderen zurückgekehrt, wieder auf die Felsen geklettert und hatten ihn immer noch regungslos dastehen sehen. Sie hatten ihn gerufen, er aber hatte kein Lebenszeichen von sich gegeben; sie waren heruntergeklettert, zu ihm gegangen, hatten sich vor ihn hingestellt: Als sie ihm ins Gesicht blickten, sahen sie, dass er sie nicht wahrnahm, und das Innere seiner Augen färbte sich gelb. Da ließen sie ihn wieder alleine und eilten, um die Nachricht zu bringen.

Marchiona Cambrìa lief ihrem Sohn entgegen, der, kaum dass er sie sah, vom Salz, das er war, sich in Tränen auflöste, mit der leichten Gelbblässe, die seine Augen ausfüllte, und diese wurden mit dem schwarzen Rand seiner Wimpern gelb. Caitanello schluchzte, der Atem stockte ihm, er erstickte, als würde er sterben, und Donna Marchiona fragte ihn: Was ist denn, was war denn, du Atem deiner Mutter?, und er wollte etwas sagen, brachte aber nur Laute wie ein Stummer hervor, so, als hätte er die Fähigkeit verloren zu sprechen.

»Was ist denn geschehen?«, fragte Donna Marchiona die Freunde ihres Sohnes. »Was ist mit ihm geschehen, er sieht doch aus, als hätte man seine Mutter umgebracht?«

Und während die Freunde der Mutter erklärten, was sich ereignet hatte, streichelte Donna Marchiona Caitanello, dessen Beine sie umfangen hatte, nahm sein Gesichtchen in ihre Hände, zog die Augenlider zurück, betrachtete die Gelbfärbung eingehend, führte eine Hand an ihren Mund, wie wenn sie sich versagen wollte, ihren wirklichen Gedanken auszusprechen, und sagte dann nur:

»Dieser Junge, dieser Junge, seht ihn euch nur an …«

Die Pellisquadre waren auf dem Meer, und Marchiona konnte bei den Müttern der anderen Jungen ihr Herz ausschütten, die voller Mitgefühl waren, denn auch sie trugen diese Sorge in sich, doch allein Marchiona stand es zu, denn ihr Caitanello hatte sich gelb verfärbt.

»Seht doch nur, seht, was für eine Krankenblässe dieser Junge bekommen hat. Seht nur, was für ein Zauber ihn wegen dieses abscheulichen Geschöpfs erfasst hat. Seht doch, wie kanariengelb er geworden ist, weil sie ihm die Spielgefährtin getötet haben. Ach, hört nur, wie ich rede, hört, auch ich nenne sie schon Spielgefährtin. Kommt euch das etwa menschlich vor, menschlich und christlich? Wenn man das hört, Gefährtin, denkt man doch, was weiß ich, an Doris Doddis oder Lina Schepis oder Lidia Cello, oder sonst irgendsolche Namen. An die denkt man doch, oder? An eines unserer Mädchen, aber so ist es nicht, die kleine Gefährtin, man soll es nicht glauben, ist das Kind einer Fere, ein tierisches Wesen, unser Todfeind. Wenn das sein Vater erfährt, schneidet der seiner Frau und dem Sohn den Hals durch. Aber wer von uns wusste denn was? Wer konnte denn von diesem Herummachen nur etwas vermuten oder sich auch nur entfernt vorstellen, was unsere Jungs da getrieben haben, Christenmenschen mit Feren? Sie gehen eben zur 'Ricchia, dachte sich die ahnungslose Mutter. Sie gehen dahin und spielen. So queren sie nicht unsere Füße, so sind sie aus dem Weg, so stören sie uns nicht … Was konnte man sich denn sonst vorstellen? Wem wäre es denn in den Sinn gekommen, dass sie so eine Gemeinschaft mit diesen Ferenmädchen geschlossen hätten? Eine richtige Freundschaft war da entstanden, eine Verständigung, sie verabredeten sich, sie verständigten sich mit Zeichen und Wörtern, und die Jungen brachten ihnen sogar Geschenke mit, den einen oder anderen übriggebliebenen Köder, ganz so, wie's ein Verlobter für die Verlobte tut. Und sie hatten sie sogar getauft, sie sogar benamst, ganz nach Christenbrauch, was glaubt denn ihr? Und da haben wirs nun: Ein kleiner Junge, ein kleiner Hosenkacker, noch ein Milchbub von Christenmensch, ein Tropfen von kleinem Fischlein, und schon ist es, als wäre er mir zum Burschen herangewachsen und irgendeine unwürdige Weibsperson hätte ihn mir mit einem Zauber belegt … Was aber ist nun passiert? Ein paar

Jäger, Unglückskünder ja auch sie, habens der Gefährtin dieses Jungen gezeigt, und da nun haben wir die Folgen. Würmer hat er vor Kummer bekommen, ein Schmerz breitete sich über ihn, der ihn bei lebendigem Leib auffrisst, ein böser Schmerz fiel über ihn wie der von einem eingewachsenen Nagel. Ein kleiner Junge wie ein ausgewachsener, leidverzehrter Mann. Er redet irre, er ruft nach ihr, redet mit ihr, er besingt sie und schluchzt dabei so sehr, dass ich, wenn ich ihn manchmal höre, sogar vergesse, dass es um eine Fere geht und mich frage: Über wen redet er da? Wie ist es möglich, dass er mir in dieser Weise um diese Mitttägige oder Lügenschlampe leidet oder wie immer sie auch heißt, die eben, die bei den Jägern ihre Federn ließ? Kann er wissen, kann er wissen, der kleine Junge … Aber was glaubt er denn? Glaubt er etwa, dass, wenn ihm dieses Unglück widerfahren wäre, die da so blöde gewesen wäre, ihm nachzusterben, wie er es tut? Dieses naive Kind, hielt es sie denn für eine mit leidenschaftlichem Wesen? Sie spielte damit, ganz natürlich, sie war ja noch jung, weder Fisch noch Fleisch, und sie hatte noch Milchzähne. Doch was, wenn sie größer geworden wäre und Rosendornen anstelle der Milchzähne in ihr Maul bekommen hätte? Hätte der Junge sich denn je vorstellen können, wie sich diese herrliche Sympathie, die zwischen ihm und dieser Mitttägigen bestand, einmal entwickeln würde, wenn sie nicht erschossen worden wäre? Sobald sie ihre Kampfzähne bekommen hätte, hätte er schon gesehen, wie sie sich natürlich verhielt, da hätte er schon gesehen, ob der Freund noch gut genug für sie war, wenn sie Angelhaken und Palamitara freien Lauf ließen und sie ihnen Netz und Netzwerk zerbiss, da hätte er schon gesehen, wenn die schatzbehängten Schwertfische auftauchten und sie sie ihnen in Stücke zerriss, sie zerängstigte, sie zerwirbelte. Mit zunehmendem Alter hätte der Junge gemerkt, dass ihre Interessen nicht mehr übereinstimmten, und dann wärs aus gewesen mit der Tollerei, sie hätten das Visier heruntergelassen, und in seiner Hand wäre das Christenmesser gegen Fere aufgetaucht, und zwar auf Leben und Tod. Doch wie soll der Sinn eines Jungen dahin gelangen, wenn er die Erfahrung nicht gemacht hat? Und mir armer Mutter kommt es eben jetzt und gleich und augenblicklich zu, mich zu rüsten, sie ihm aus dem Sinn zu schlagen, denn jetzt, da die Feruzza starb, wird die Sache ernst. Vernarrt und zudem tiefbetrübt, ist dieser Junge womöglich dazu fähig, ihr vor lauter Andenken und Eingedenken noch Flügel wachsen zu lassen, und wer soll sie ihm dann noch aus dem Kopf schlagen? Es kann wohl sein, dass der mir heranwächst und immer noch Feren sieht und allesamt mit Flügeln … Jetzt auf der Stelle muss ich seinen Zauber lösen, jetzt unverzüglich muss ich ihm dieses Zauberschloss zusammenschießen, denn tue ichs nicht, gebe ich ihm Zeit, sich daran zu gewöhnen, wird sein Vater nichts mehr mit ihm anfangen können. Doch welche Abhilfe gibts? Was kann ich mir einfallen lassen, um ihn zu entzaubern? Ihr, meine Nachbarinnen, sagt ihrs mir doch, was für ein Mittel es gibt, was für eine Abhilfe? Ich möchte nicht, dass sein Vater, wenn ein Tag vergeht und dann ein weiterer und der Junge kein Zeichen der Besserung aufweist, da möchte ich nicht, dass er merkt, woher ihm diese Krankheit gekommen ist und mich dann beschuldigt, dass ich mich, wenn der Junge mich fragte: Ma', darf ich zur 'Ricchia gehen?, ich ihm ohne weiteren Gedanken antwortete: Geh nur, geh, dann nicht mehr weiter um ihn gekümmert hätte. Ach, meine Nachbarinnen, sagt ihr mir doch, welche Abhilfe ich finde, was ich mir für diesen Sohn erfinden kann?«

Das Heilmittel konnte nur Donna Cristina Schirò, die Wehmutter, ihr geben, und sie konnte ihr nur geben, was sie ihr gab: ein Brechmittel aus zermahlenen Ferenknochen mit Honig.

Donna Cristina hatte sich immer schon auf diese Ferensalben und Ferenarzneien verstanden. Sie verstand sich darauf, ohne dass irgendjemand ihr das jemals beigebracht hätte, sie verstand sich darauf von ganz allein, weil sie von Natur aus dafür begabt war, so wie sie auch von Natur aus begabt war, als Mammina zu wirken, als Wehmutter, oder als Herrichterin der Verstorbenen. Die Fere war für sie von der ersten Gräte bis zur letzten, von der Spitze ihres Mauls bis zur Fluke, eine einzige Apotheke: Wenn sie gelegentlich über ein Stück verfügen konnte, um damit Versuche anzustellen, ganz genau wie ein Apotheker, entwickelte sie mit diesem oder jenem Teil der Fere jedes beliebige Medikament, vom Beruhigungsmittel bis zum Kräftigungsmittel, vom Abführmittel bis zum Desinfektionsmittel, vom Blutreinigungstee bis zum Aufguss für feuchte Umschläge bei Vereiterungen, mit einem Wort, sie entwickelte vom Rizinusöl bis zum Einreibemittel Sloan, vom Kabeljau-Lebertran bis zur Jodtinktur alles, um nur die gebräuchlichsten und am leichtesten zu bekommenden zu nennen. Sie zerschnitt die Fere in große und kleine Stücke, verbrannte sie, vermengte sie, zermahlte und destillierte sie. Kurz, die Fere war für sie ein wundertätiger Körper, eine Truvaje; denn sie war Heilerin im Tod, so wie sie eine Verpesterin im Leben war, so sah Donna Cristina sie. Ihrer Meinung nach konnte man in der Fere, wenn man wusste, wie man vorzugehen hatte, Heilmittel für jedes Leid finden, ganz genau wie in den Flaschen und Fläschchen und Ampullen einer Apotheke, ausgenommen das staatliche Chinin, doch nicht, weil sie aufgrund ihres langen Experimentierens Zweifel hatte, dass man in der Fere das dem Chinin entsprechende Mittel finden könnte, sondern wohl eher, weil das Chinin ein Staatsmonopol war und nicht in Apotheken verkauft wurde, sondern, wie alle Tabakprodukte auch, in den staatlichen Monopolstellen, und sie hätte es niemals gewagt, das nachzuahmen. Kurz gesagt, abgesehen davon, dass sie in erster Linie Wehmutter war, war dies und vielleicht aus tiefer Leidenschaft ihre eigentliche Berufung. Auch wenn man immer sagen gehört hatte, dass vieles aus der Karkasse als Heilmittel angewandt werden könnte, hatte den Beweis dafür in Charybdis persönlich niemand geliefert, bevor Donna Cristina diese Tätigkeit zur Apotheke ausweitete: Und weil Donna Cristina eine Kalabrierin aus Oppido war und im Begriff stand, Nonne in einem Konvent in der Umgebung von Reggio zu werden, dachte man, sie würde als Frau vollkommen die Vorstellung von jenen vermitteln, die über die Dörfer zogen, sich als levantinische Feldschere ausgaben und Salben und Arzneien mitbrachten.

»Dieses Mittel gibts, das gibts und es wirkt immer …«, sagte sie damals zu Donna Marchiona Cambrìa. »Damit er sie ausspeit und Ekel und Abscheu empfindet, ist das Einzige ein Brechmittel aus Fere, das allein schafft Abhilfe.«

»Madre mia, Donna Cristina«, sagte da Donna Marchiona. »Mit so einem Ekelzeug bringen wir einen kleinen Jungen dazu sich aufzubäumen?«

»Einen Augenblick lang nur, und Ihr werdet ihn geheilt finden.«

»Aber wie kann das sein, Donna Cristina? Die Fere infizierte ihn, und die Fere soll ihn desinfizieren? Davon bin ich nicht überzeugt, wenn ich ehrlich bin.«

»Es ist ein Kräftespiel. Hier die Abhilfe, dort das Übel. Wenn ein Junge seine Fingernägel kaut, was tut eine Mutter dann, um ihm diese Unart auszutreiben? Während er schläft, oder nicht?, reibt sie eine Knoblauchzehe über seine Fingernägel, oder wenn die Unart sich schon verfestigt hat und Knoblauch ihn nicht mehr aus der Fassung bringt, reibt sie ihm mit einer Pfefferschote darüber, so werden seine Lippen glühend, er bestraft sich und gibt die Unart auf. Fast ähnlich müsst Ihr nun verfahren, Donna Marchiona, um ihm diese Unart mit der Fere auszutreiben. Ihr müsst ihm die Fere mitten aufs Gesicht schmieren und in Mund und Hals eindringen lassen, so lernt er sie auch von innen kennen und nicht nur von außen. Und er wird sich den Magen umstülpen, er wird speien, die Augen wird er sich ausspeien, und genau da, in den Augen, steckt ja die Fere. Überzeugt Euch das jetzt?«

»Ja, schon, ich sage nicht nein. Ich vertraue Euch, Donna Cristina, das muss ich Euch ja nicht erst sagen. Die Fere ists, der ich nicht traue. Ein Brechmittel, sagt Ihr, also einverstanden. Aber muss dieses Brechmittel denn notwendigerweise aus Fere bestehen?«

»Und ob. Die Tote gegen die Lebende. Und wo nicht, wen nehmt Ihr dann? Wer kommt ihr denn sonst bei? Nicht mal der Blauhai schafft sie.«

»Was soll ich Euch sagen, Donna Cristina? Kommts Euch denn nicht wunderlich vor, dass sie uns als Lebende Krankheit bringt, als Tote aber Gesundheit? Was kann ich da schon tun? Ich vermags nicht zu begreifen, ich sehe darin Teufelswerk. Ich möchte ja nicht, dass das Hilfsmittel schlimmer ist als das Übel.«

»Schlimmer niemals. Besserung kann es bringen, Verschlimmerung niemals. Und wenn Ihr andererseits wollt, dass der Junge sich züchtigt, und die Fere nicht weiter in ihm bleibt, kann das Brechmittel nur sein: zu Asche zerfallene Ferenknochen, überdeckt vom Geschmack des Honigs, damit der Junge sich nicht ekelt, denn wenn sein Gaumen Argwohn erregt, helfen auch keine Zangen mehr, seinen Mund zu öffnen. Der äußere Schein soll ihn auf den Geschmack bringen, die Substanz soll ihn umstülpen. Ihr müsst ihn übertölpeln, ob Ihr wollt oder nicht, Ihr müsst Eure Muttergefühle beiseitelassen. Mach deinen Mund auf, du krankes Kind deiner Mutter, müsst Ihr zu ihm sagen. Schmeck doch nur, wie herrlich diese Süßspeise ist, die ich dir mit meinen eigenen Händen zubereitet habe. Schmeck nur, schmeck nur, was für ein Honig, sagt Ihr am Ende zu ihm. Und wenn er ihn im Mund hat und Ihr seht, dass er das erste Bisschen runterschluckt, dann, Donna Marchiona, müsst Ihr Euer Herz versteinern, ihm in die Augen sehen und zu ihm sagen: Weißt du was? Ich habe dich übertölpelt, die Süßspeise, die du hinuntergeschluckt hast, besteht aus Ferenknochen, zu Asche zerfallenen, mehr noch, aus diesem Grund muss ichs dir leider sagen, es ist die Asche deiner Freundin, wie hast du sie noch genannt? Ach, ja, die Mitttägige. Dann werdet Ihr sehen, wie sich sein Gesicht verändert, vor Grauen wird es sich verziehen, und dann wird er diese Kostprobe von Asche mit einem Krampf im Gedärm ausspeien und mit ihr seinen traurigen Ferenzauber.«

Donna Marchiona mochte vor ihrem Jungen überhaupt nicht so tun, als wäre dieses barbarische Brechmittel etwas Sanftes, etwas, das den Magen beruhigt, um ihm dann die Wahrheit ins Gesicht zu schleudern und ihm zu sagen, dass es ein Brechmittel aus Ferenknochen wäre, nur damit es unweigerlich in ihm wirken könne. Aber was sie ihm nun überhaupt nicht zu sagen vermochte, war, dass er gerade die Asche der Mitttägigen verzehrte. War das der Preis, zu dem sie ihm die Fere aus dem Kopf schlagen sollte? Mit ihrer Röte im Gesicht? Doch Donna Marchiona war keine junge Frau, die vor so wenigem zurückschreckte, und das wusste sie genau. Besser einmal erröten als ein Leben lang gelb sein, pflegte sie zu sagen, vor allem, wenn sie vor ihrem Sohn errötete, vor allem, wenn es um ihren Sohn ging.

Aber wenigstens diese Lüge konnte sie ihrem Sohn ersparen. Denn sobald die Abströmung eingesetzt hatte und sie aus ihrem Bett fortriss, landete die Mitttägige unmittelbar am Ufer an und wurde in der Gischt gefunden, vom Schwappen und Klatschen dicht an den Felsen gepresst, die zur schwarzen Öffnung der 'Ricchia bald anstieg, bald sank, als wäre sie noch am Leben und würde versuchen, vor den Schüssen zu fliehen und in die Grotte zu entkommen. Auf diese Weise konnte Donna Marchiona sich ihrer für das Brechmittel bedienen. Sie verbrannte nämlich die Spitze ihrer Rückenfinne, die mehr Sehne und Knorpel als Knochen war, und als sie Caitanello sagte, er habe gerade die Asche der Mitttägigen heruntergeschluckt, war das, wenn schon nichts anderes, die Wahrheit.

Diese Geschichte, die aus der Kindheit seines Vaters stammte, erzählte seine Mutter ihm beinahe immer dann, wenn er krank war und zu einer Zeit, als er ungefähr das Alter haben konnte, das sein Vater zur Zeit dieser Geschichte hatte, nämlich fünf oder sechs Jahre, und jedes Mal war es, als würde seine Mutter ihm eine Geschichte erzählen, die ihm widerfuhr. Er trat an die Stelle Caitanellos, und das vor allem wegen des Fiebers, das in diesem Augenblick auf sein Vorstellungsvermögen wirkte, und er übernahm ganz die Rolle des kleinen Gefährten der Mitttägigen. Als sie aber zu dem Brechmittel kamen, erfasste ihn an dieser Stelle ein richtiger Schrecken. Auf der Zunge und im ganzen Mund bis hinunter in den Rachen war es ihm, als würde er diesen ekelerregenden Widerwillen spüren, und das erregte in ihm so viel Abscheu und Bestürzung, dass die Illusion auf der Stelle abbrach, sich zwischen ihm und seinem Vater wieder der gehörige Abstand einstellte und jeder erneut er selber war: Er stieg aus der Rolle und ließ Caitanello leidend zurück.

Allerdings musste hinzugefügt werden, dass, wenn die Gespräche seiner Großmutter Marchiona mit den Nachbarinnen anfingen und insbesondere mit Cristina Schirò, seine Mutter während des Erzählens die Augen verdrehte oder eine Hand hob und oben auf die Kredenz zeigte, auf der unter anderem ein gläsernes Krüglein mit abgebrochenem Henkel stand. Dieses Krüglein war mit einer Art grauen Staubs angefüllt, das Asche aus der Herdstelle sein konnte oder auch Zigaretten- und Zigarrenasche oder sogar Feinsand: Das aber war, sagte seine Mutter und wurde ganz feierlich, das war die Brechmittelasche, die von der bewussten Verbrennung der Rückenflosse der Mitttägigen übrig geblieben war. Großmutter Marchiona hatte sie aufbewahrt für den Fall, man konnte ja nie wissen, dass ein Brechmittel dieser Art noch einmal gebraucht würde. Im Übrigen hatte man über viele viele Jahre hinweg in jedem Haus derartige Arzneien sehen können und sah sie auch noch, als er bereits zum Jugendlichen herangewachsen war, die aus der Erfindungsgabe und von den Händen der Cristina Schirò stammten, welche die Charybdotinnen ihrer Generation, Großmütter und Ohmahninnen, von denen die meisten gestorben waren, die eine oder andere aber noch lebten, auf die Seite gestellt hatten, an einen Ort, an dem keiner je wieder nach ihnen griff.

Nun war es so, dass seine Mutter ihm manchmal mit dieser Asche drohte, und das war die Seite, die sie hervorholte, wenn er einige Dinge sturköpfig verweigerte, sie jedoch absolut nicht hätte verweigern dürfen, wie etwa dann, wenn er ein Abführmittel nehmen oder zur Schule gehen sollte; doch eine ganz andere Seite kehrte sie hervor, wenn sie die Asche pries und lobte und ihm ständig wiederholte, sie unter gar keinen Umständen zu berühren, denn diese Asche sei seinem Vater Caitanello heilig, sie sei, das müsse er sich vor Augen halten, wie die Asche eines Familienmitglieds, und das war die Seite, die sie hervorholte, wenn es ihm nicht einmal im Traum eingefallen wäre, das Krüglein mit der Asche anzufassen, doch sie erinnerte ihn trotzdem wieder und wieder daran, für den Fall, dass ihm die Versuchung gekommen sein sollte. Aber wieso, fragte er sich, kommt sie von Zeit zu Zeit mit dieser Leier? Wieso kommt ihr von Zeit zu Zeit der Gedanke, dass ich das Krüglein mit der Asche berühre?

Dann hatte er eines Nachts entdeckt, dass dieses Krüglein seiner Mutter als Versteck für die eine oder andere Lira oder Halblira diente, die sie für Schlechtwettertage oder Zeiten des Hungers abzuzweigen in der Lage war. Er jedoch fing, offen gesagt, gerade in jener Zeit an zu glauben, dass sich in dem Krüglein wirklich die Asche der Mitttägigen befand, und daran zu glauben, wie wenn es wirklich die Asche eines Familienmitglieds wäre, beinahe so, als würde sie, die Feruzza, die gute Seele der Mitttägigen, Sorge tragen, die Lire und Halblire, die seine Mutter mit den Fingerspitzen aus dem Krüglein fischte, dort finden zu lassen, wie ein Kobold, der ihr ein winziges Vermögen in Zeiten des beißendsten Hungers und der Verzweiflung brachte.

In jener Nacht auf der Korvette war er inmitten von Mitttägiger und Delfin aus der Bucht mit vielen Gedanken eingeschlafen und hatte den Eindruck, er würde eine Entdeckung machen. Er dachte: Könnten die Delfine in Wirklichkeit nicht die dreißigjährigen Feren sein? Könnten sie nicht die ohmahnischen Feren sein, wenn sie verschwinden und keiner weiß, welches Ende sie nehmen, ob sie sterben oder zu anderen Ufern aufbrechen? Könnten die Delfine denn nicht die zahnlosen Ohmahninnen sein, die wieder zu Jungferen geworden sind, wieder zu Dranghita, Palermitanerin, Hungerleiderin, Kaputte, wieder zur lebendigen Mitttägigen?

Er schlief ein, und alles kehrte im Traum zu ihm zurück. Sein Schlaf war wie eine große, dichte Ausgrabung für ihn, auch wenn diese Ausgrabung, insgesamt gesehen, gewissermaßen ein kabbalistisches Geheimnis für ihn darstellte, und zwar wegen des Umstands, dass er allzu viele Verbindungen und allzu viele Bedeutungen nicht kannte, um sie zu lesen und die Zahlen zu interpretieren.

In diesem Traum sah er sich wieder, als er noch ein Junge war, so, als wäre er nie von den Meeren zwischen Skylla und Charybdis weg gewesen. Und er sah sich, wie er beim Anker hinter der 'Ricchia das große Schiff sah, das dort im fünfunddreißiger Jahr festgemacht hatte, vollgeladen mit Schwarzhemden und mit der Eccellenza, die am Bug thronte: Und es war, als hätte Eccellenza nach der Rückkehr von Abessinien aufgrund höherer Gewalt das Anhalten der Maschinen in ebendemselben Meer befehlen müssen, das sich noch an seine herausfordernde Unverschämtheit erinnerte.

Er warf einen Blick nach oben und nach unten, und das Meer kam ihm, so weit sein Auge reichte, leer und verlassen vor, ein Meer bei absoluter Windstille, mit matten und ehernen Reflexen, als wäre weder dort noch hier eine lebendige, hinauf- oder herabziehende Strömung, sondern hier wie dort alles tot. Das Jonische wie das Tyrrhenische Meer machten den Anschein, als herrschte Reglosigkeit über sie. Das war eine außerordentliche Besonderheit zwischen Skylla und Charybdis, es ging kein Lüftchen, und wegen der spiegelglatten Wasserfläche erkannte man nicht eine Wellentiefung, nicht eine Wellenhöhung.

Da blickte er übers Land, und ganz in der Nähe, so, als würde er durch ein

Fernglas schauen, war es ihm, als wären Türen und Fenster fest verriegelt, in Skylla ebenso wie in Charybdis, am Faro, dem Leuchtturm, ebenso wie im Landstrich der Feminoten, und nicht eine lebendige Menschenseele war zu erblicken, wie wenn sich die Menschen vor einer sie bedrohenden Gefahr in ihre Häuser verschlossen hätten oder weit weg geflohen wären. Da fiel ihm ein, dass das Gesundheitsamt möglicherweise einen Sanitätskordon um die Buchten gezogen hatte, und aus diesem Grund diese Stille herrschte, diese triste Verlassenheit. Da wandte er seinen Blick wieder zum Schiff und sah, dass von der Fahnenstange am Bug schlaff und schlapp eine gelbe Flagge herunterhing, die auf Schiffen aufgezogen wird, wenn sie eine schreckliche Krankheit an Bord haben; und weiter unten sah er eine andere Flagge, eine schwarze, mit einem Totenkopf und darunter gekreuzten Schenkelknochen, Weiß auf Schwarz, eine Flagge, die ebenso eine Piratenflagge wie eine Faschistenflagge sein konnte. Doch es war klar, dass man sich die Bedeutung dieser Flagge nur im Zusammenhang mit der gelben Flagge erklären konnte, mit der sie gemeinsam an dieser Fahnenstange am Bug hing, und daher war auch klar: Diese Begräbnisflagge gab zu verstehen, dass die Menschen an Bord, Seeleute wie Passagiere, inzwischen zum einen Teil gestorben waren und zum anderen Teil endgültig jede Hoffnung verloren hatten, und dass das unter Quarantäne gestellte Schiff unter der Flagge des Todes fuhr.

Er ließ seinen Blick über die Decks, die Promenaden, die Treppen, die Bullaugen, die Brücke, das Steuerrad und die Schaluppen wandern, und vor diesem Blick zeigte dieser mächtige Ozeanriese, der einem im fünfunddreißiger Jahr den Atem stocken ließ, wenn man unter ihm stand, dass er zu einer Karkasse aus Holz und Eisen verkommen war, völlig durchgeweicht und verrostet; und gleichzeitig entdeckte er, dass diese Karkasse inzwischen eine Ladung Skelette transportierte.

Dieses ganze schwärzliche, dichte und aufgeregte Gewimmel von Schwarzhemden, das damals von dem Schiff auf dem Weg nach Abessinien kam, ein schwärzliches Gewimmel, von dem eine Bö von stinkenden Füßen, von brandneuen Uniformen, von Schuhleder, von Soldatenkost, von rauchenden Schloten und von Kreolin herüberpuffte, dieses schwärzliche Gewimmel hatte sich in einen Weißschimmer von nackten, kalten Knochen verwandelt, die hier und da anfingen, sich gelb zu verfärben.

Überall auf den Brücken, den Promenaden, Treppen, Sälen und Schaluppen war das Schiff im wahrsten Sinn des Wortes von Skeletten verseucht, die sich vom Bug bis achtern, an Brücken und Decks zeigten, sich vornüberneigten, sich, an Wände gestützt, wiegten, auf Passagiere geworfen, über Treppen heruntergestürzt oder halb drinnen, halb draußen von den Lanzen herunterhängend, als hätte der Tod sie ereilt, während sie unter Aufbietung ihres letzten Atems versucht hatten, die Schaluppen herunterzuhieven, um dieses Unglücksschiff zu verlassen.

Man hörte nur eben das eine oder andere Knochenklappern, den einen oder anderen Schall aneinanderschlagender Zähne und das Knarren verfaulten Holzes, das sich zersetzte und dem Wasser unterhalb der Wasserlinie nachgab. Daraus entstanden unheimliche Echos, bei denen es einen schauderte, und je weiter sie entfernt waren, umso näher schienen sie zu sein, wie wenn man dieses dumpfe, verhaltene Ächzen in der Stille hören würde, sozusagen aus dem Jenseits, das dieses Totenschiff umgab und auf schauerliche Weise schrill und dunkel im Ohr widerklang. Man hätte in dieser Hinsicht sagen mögen, dass diese Stille zwar vorhanden war und wie eine riesige, unsichtbare Luftinsel, welche die Christenskelette in dem Schiffsgerippe einzuhüllen und gleichzeitig aufzublähen schien, jedoch von einer größeren, unendlicheren Stille herrührte, wie wenn das Schiff in all diesen Jahren gewissermaßen auf das Jenseits zugesteuert wäre und diese Gewässer zwischen Skylla und Charybdis die endgültigen Gewässer hätten sein sollen und alle, die sich an Bord befanden, jetzt eine Entscheidung erwarteten, ob sie an Land oder auf eine neue Route gehen sollten, diese Entscheidung aber keine Bedeutung für irgendjemanden mehr habe, abgesehen für die Menschen an jenen Ufern, die hinter dem Sanitätskordon zurückgehalten wurden, solange dieses verseuchte Schiffsmausoleum ihnen vor Augen stand.

In dieser Stille knallte der Schuss der Eccellenza mit einem Getöse zerspringender Glasscheiben, mit einem langen, quälenden Widerhall von oben und von unten zwischen den Ufern von Skylla und Charybdis, und das Schiffswrack hatte dadurch einen bestürzenden Rückschlag, der es bis auf den Grund durchschüttelte, die Ladung der Skelette wurde da aus ihrer Ruhe aufgescheucht, weshalb sich vom Schiffsbauch bis zum Deck, vom Heck bis zum Bug eine fürchterliche Erschütterung erhob, ein quietschendes Aneinanderschlagen von Knochen, ein beunruhigendes Gepolter, und es war, wie wenn die ehemaligen Schwarzhemden, obwohl sie inzwischen bis auf die Knochen enthemded waren, sich hin und her warfen, um dem barbarischen Weckruf zu folgen, den Eccellenza mit diesem Schuss nach alter Sitte an sie richtete.

Er allein, der Unglücksbote, schien noch lebendig zu sein von den vielen, die auf dem großen Schiff waren, er, dieser Schafsfleischbrocken, haargenau wie vor sieben Jahren, ohne auch nur die Spur von abessinischen Verwundungen noch Zeichen der Alterung zu zeigen, und dermaßen kräftig genährt und bespeckt, dass man denken konnte, die Kombüse wäre für ihn auf dieser jahrelangen Seereise niemals leer gewesen oder aber dass die idiotischen Schwarzhemden ihm diesen Orangutangobauch ausstaffiert hatten, stolz und glücklich, dass sie ihr Fleisch weggeben und bis auf die Knochen abmagern durften, um ihn, das wertvollste Stück, am Leben zu halten. Und er hatte weder sein Leben noch seine Lebensweise geändert: In der Gesellschaft der Lebenden und in der Gesellschaft der Toten schoss er im fünfunddreißiger Jahr und schoss noch immer. Mehr noch, in diesem Augenblick schoss er sich die Seele aus dem Leib, es war, als hätte der Karabiner hundert Schuss. Wenn es jemand anderer gewesen wäre, hätte man gesagt, er schoss, um seine Ohren zu betäuben und nicht mehr diese große Einsamkeit und Stille zu empfinden, die an Bord durch alle Knochen drang, doch er war nicht der Typ, der Einsamkeit und Stille empfand.

Eccellenza zielte und schoss unentwegt, doch die Delfine, die ihm als Ziel dienten, waren nicht im Meer. Wie Räder in die Luft geschleudert, entwischten sie einem dieser Katapulte, die auf den Brücken vieler Ozeandampfer und Kreuzfahrtschiffe installiert werden, und den Passagieren dazu dienen, sich mit Tontaubenschießen zu amüsieren.

Eccellenza jedoch stand unentwegt auf dem Vordeck, wo sich die Kommandobrücke befand, und den Mörser, der für ihn die Teller in die Luft schleuderte, hatte er gleich links von sich voraus. Irgendjemand, denn irgendjemand musste da sein, auch wenn man ihn nicht sah, irgendjemand spannte den Arm des Katapults und tellerte ihm die Delfine heraus, die von Kopf bis Fluke zusammengerollt hinausflogen, wie riesige Teller, sich in der Luft mit ungeheurer Geschwindigkeit drehten, die gleiche Form und die gleiche Farbe von Hartpechscheiben annahmen, die schwarz und aufgebläht waren, solange sie nicht von Eccellenza getroffen wurden. Dann öffneten sie sich, wurden voluminöser, verlängerten sich zu einem S, schlugen mit der Fluke und klatschten in ihre Flipperhändchen: Anders gesagt, wenn die Teller zerbarsten, schleuderten sie die Delfine hinaus, die heil und unversehrt in dieser Art kleiner Dosen und lebendig unter Pech konserviert worden waren. Noch bevor die Delfine sich ganz entfalteten, machten sie hiiii, hiiii, schlugen und knallten dabei mit dem Schnabel und schnappten mit ihren Zähnen in die Luft und verzerrten ihr Gesicht, das allerdings nichts von Schmerz an sich hatte, sondern vielmehr etwas Triumphierendes, um sich anschließend ins Meer zu schleudern und dort blitzschnell zu verschwinden.

Er sah den Delfinen angespannt nach und versäumte das Beste. Es verging nämlich eine ganze Weile, bevor er merkte, dass nach jedem vom Katapult hinausgetellerten Delfin, dass nach jedem Anvisieren und jedem Schuss der Eccellenza sich an dessen kuskusgefülltem Bauch eine Art Fensterchen auftat, wie wenn ein Reißverschluss heruntergezogen würde, der dazu diente, mit Stroh ausgestopfte, in zwei Teile zerhauene und mit Sägemehl gefüllte Tiere zu öffnen oder zu verschließen, und in dieser Öffnung das Gesichtchen von Signor Monanin erschien, der sein Auge am Sucher des Fotoapparats hatte.

»Hopp … Hopp …«, rief Eccellenza Signor Monanin zu und gab ihm damit zu verstehen, dass gleich ein neuer Delfin auf den Weg geschickt wurde, natürlich nur pro forma oder wegen einer Form sportlicher Anfeuerung, weil die Delfine doch einer nach dem anderen ohnehin vom Katapult herausgeschleudert wurden.

»Hopp … Hopp …«, und am Unterbauch der Eccellenza zeigte sich Signor Monanin, drückte mit dem Finger auf den Auslöser und machte klick.

Auf denselben Delfin schoss zuerst Eccellenza, und danach schoss Signor Monanin seine Aufnahme. Und er las in beider Gesicht, dass dies immer das höchste Bestreben in ihrem Leben war, und sie es jetzt, da sie endlich zusammengekommen waren, hatten verwirklichen können, jeder für seinen Bereich, mit diesem außerordentlich einfachen Einfall, sich zusammenzutun und gemeinsame Sache zu machen, das Bestreben, bei dem einen, unsterblich zu werden, während er auf den Delfin schoss, und bei dem anderen, den Delfin unsterblich zu machen, indem er eine Aufnahme von ihm schoss.

An dieser Stelle im Traum wechselte der Schauplatz: Befand er sich vorher auf dem Meer, fand er sich jetzt am Meeresgestade wieder, gleich neben der ‘Ricchia, und auch, wenn die nahen Karabinerschüsse der Eccellenza weiterhin die Luft zerrissen, lag das Schiff mit den seuchentoten Schwarzhemden nicht mehr vor seinem Blick, er sah nicht einmal mehr die Spitze der Stange mit der gelben Flagge und der schwarzen Totenkopfflagge und den Schenkelknochen, sondern vor seinen Augen lag die bläuliche Weite des Meers. Und während er auf das Meer schaute, sah er, statt des großen Abschlachtens der Delfine, das er eigentlich erwartet hatte, nach langem angestrengtem Hinblicken nur, wie eine Feruzza geradezu verrückt durch die Wellen schoss und in einem frenetischen, gewundenen, blutschäumenden Zickzack vor dem Tod vom Tode flüchtete. Das war, musste man's denn noch ausdrücklich sagen?, die Mitttägige in ihrem barbarischen Todeskampf.

Die Luft in seinen Ohren pfiff immer noch vom Herumkarabinern der Eccellenza, während seine Augen sich durch das angestrengte Hinblicken auf das Leben der Mitttägigen ebenfalls zu verbrauchen schienen. Für ihn, den Träumer, war es, als hätten die drei Jäger auf Kalanderlerchen die arme Kleine vor den Augen seines Vaters, als er noch ein Junge war, nicht ein für alle Mal erschossen und umgebracht, sondern als würde er, die unsichtbare Eccellenza, sie in diesem Augenblick erschießen und umbringen, und das nicht nur einmal, sondern immer und immer wieder, Mal um Mal, denn es gelang ihnen nicht, die Spuren des zunehmenden Wahnsinns der Mitttägigen auszulöschen, die sie in ihrem Todeskampf zurückließ, und nicht einmal die Schlierspur und Linierungen begannen zu verblassen und sich aufzulösen, die das Doppelmeer zwischen Skylla und Charybdis purpurn färbten. Mit einem Wort, die Feruzza schaffte es bei all ihrem Davonschnellen und Sterben nicht, in einem letzten Aufbrodeln blutiger Dämpfe in den Tod einzugehen, als genau in diesem Augenblick der Knall eines neuen zerfetzenden Karabinerschusses sie wie ein Pfeil weiter nach vorn schnellen ließ, in einem weiteren Zickzack mit großen Blutverlusten, zwar immer noch lebendig, aber schon dicht am Tod.

Dann stand er weiterhin da und sah der Mitttägigen zu, die ihm unentwegt vor den Augen dahinstarb, und er hörte, wie ein kleiner Junge von der Marina her weinte. Da wandte er die Augen in die Richtung, aus der dieses Weinen kam, und sein Blick begegnete dem Blick seiner Mutter, die seit vielen Jahren tot war und nun auf der Schwelle ihres Hauses saß, das schräg zum Strand der 'Ricchia verlief.

Mit einem Stein zerkleinerte seine Mutter irgendetwas, das sie zwischen ihre Beine geklemmt hielt, doch von weitem war es, als würde sie diesen Stein wie zur eigenen Kasteiung auf ihre Knie schlagen: Und weil das Weinen des Jungen von dort kam, aus dem Haus, wirkte es gleichzeitig so, als würde dieser weinerliche Ton unmittelbar von ihr, von ihrer Person, zu ihm herüberdringen, von ihrem Schoß, als würde sie ihn aus sich herausziehen und in die Luft schicken, ihn mit diesen Steinschlägen, die sie sich auf die Knie gab, aus ihrem Inneren hervorsprudeln lassen.

Auf der Stelle machte seine Mutter ihm Zeichen mit dem Kopf: Komm her, deutete sie an, komm her, ich muss dir ein Wörtlein sagen. Der Verstand trieb ihn dazu wegzugehen, wie zu der Zeit, als er ein Junge war und wusste, dass es eine Abreibung geben würde, doch sein Körper gehorchte instinktiv den einladenden Handbewegungen seiner Mutter, und gleich darauf stand er vor ihr.

Durch die halbgeöffnete Türe sah er im Eingangszimmer die Stühle umgekehrt auf dem Tisch stehen, den Besen dort angelehnt und das Licht des vorgerückten Morgens, das ins Schlafzimmer drang und es mit einer Diagonale aufblitzenden Staubs zerteilte. Der Eindruck, den dieser Blick ihm vermittelte, war, als ob seine Mutter die Hand plötzlich von der Hausarbeit gelassen hätte, um schnell etwas, es war nicht klar, was, mit diesem Stein zu zermahlen.

Neben der Türe stand in der Sonne ein geflochtener Korb, doch obenauf lagen keine Feigen, kein Moscham von Feren oder Tomaten zum Trocknen, sondern abgeschabte Grätlein, die für jemanden, der keinen geübten Blick dafür hatte, nie und nimmer als die Grätlein dieses oder jenes Fischs hätten erkennbar sein können. Doch weil er den geübten Blick hatte, ja, weil er ihn sogar in doppeltem Maße hatte, nämlich den Wirklichkeitsblick und den Traumblick, erkannte er diese derart weißen, wie aus Zuckerwatte aufgeschäumten Abschabungen als Ferengräten, genauer noch als Gräten einer Feruzza: und von welcher Feruzza, so dachte er spontan, wenn nicht von der Mitttägigen, die gerade eben und gerade wieder von Eccellenza umgebracht worden war?

Seine Mutter nahm die kleinen Gräten in die Hände und zermahlte sie nach und nach. Sie betrachtete sie genau und roch an ihnen und suchte einige der trockensten und unbeflecktesten aus, die in ihrer Feinheit durchscheinend waren, und legte sie auf einen kleinen Blechteller, den sie zwischen ihren Beinen hielt: Dann machte sie sich daran, sie mit diesem Stein, einem dicken, eiförmig abgeschliffenen Kiesel, zu zerstoßen, wie sie es mit grobem Salz machte. Als sie sie zermahlen hatte, drehte sie sich um und nahm ein Glas, das neben ihr auf der Schwelle stand. In dem Glas war Honig, und mit einem Finger ließ sie ein bisschen davon auf das Grätenmehl in dem Teller tropfen; mit einem Löffel machte sie sich dann daran, das Gemisch gut miteinander zu verrühren. An diesem Punkt stellte sie den Teller auf die Schwelle, streckte die Hand wieder hinter sich aus, griff nach einem Fläschchen, in dem sie seit vielen Jahren schon Brennspiritus aufbewahrte, und träufelte ein paar Tropfen davon auf das Gemisch; sie stellte das Fläschchen ab, griff zu einer Schachtel Streichhölzer, zündete eines an, wartete, bis es abgelodert war, und flammte das Gemisch an: Da stiegen aus dem kleinen Teller bis zum Rand aschfarbene Flämmchen auf. Seine Mutter schnupperte den Rauch, wandte dann den Blick eine Sekunde lang stirnerunzelnd ins Innere des Hauses, und schaute dann wieder vor sich, schickte ihren Blick über ihn, doch ohne ihn zu sehen, wie wenn er ein Gespenst oder auch nicht mehr ihr Sohn wäre, der, den sie zuvor noch herbeigewunken hatte, weil sie ihm ein Wörtlein sagen musste. Und das, wo er doch, jetzt, da er so vor ihr war, alles nur Erdenkliche hergegeben hätte, um sie reden zu hören und das Wort an sich gerichtet zu sehen. Ein richtiger Tränenknoten bildete sich in ihm, ein großes Zartgefühl kam auf, und vielleicht verdankte er es ihm, wenn er, als er sie betrachtete und mit seinen Blicken streichelte, dachte, er würde entdecken, dass sie, obwohl sie doch schon seit vielen Jahren tot war, schwanger wäre, schwanger, wie beim letzten Mal, als er sie noch lebend gesehen hatte, sie mit großem Bauch, die jeden Augenblick niederkommen musste, wie er und sein Vater sie zurückgelassen hatten, damals, als sie zum Golfo dell'Aria hinaufgezogen waren. Das war im Jahr neunzehnhundertneunundzwanzig, im Monat Oktober, er war gerade acht Jahre alt, und dieser Augenblick war das erste Mal, dass die Pellisquadre ihn im Boot mit zu diesem Golf nahmen. Auf dem Rückweg waren sie in ein Gewitter geraten, das Meer hatte die Stärke acht und sie an die Inseln geschleudert. Drei Tage später waren sie wieder heimgekommen, über Land, wobei sie durch Milazzo kamen, und hatten die Acitana, seine Mutter, tot vorgefunden: Zwei Tage zuvor war sie bei ihrer Niederkunft gestorben.

Seine Mutter befestigte danach eine Haarsträhne im Nacken, hob das noch warme Tellerchen auf, nahm ein wenig von dieser mit Honig vermischten Grätenasche zwischen ihre Finger, zerrieb sie zwischen ihren Fingerkuppen wie ein Spinnennetz aus frischem Rost, kostete es auf ihrer Zungenspitze und richtete noch einmal, doch dieses Mal in voller Absicht, um ihn anzuschauen, ihren Blick auf ihn. Und nachdem sie ihm diesen Blick zugeworfen hatte, stieß sie sogleich die beiden Flügel der Türe auf und trat ins Haus, strich am Türstock vorbei, machte einen Schritt mit ihren langen Beinen und verschwand im Inneren. Dabei gab sie den vollen Blick ins Vorzimmer frei.

Rechts standen die Stühle, auf den Stühlen lagen die Holzbretter, und auf diesen lag die Rosshaarmatratze: Er sah das Bett, das seine Mutter ihm für die Nacht herrichtete und über Tag abbaute, sofern er nicht krank war. Und in diesem Augenblick war es Tag, und das Bett war hergerichtet. In dem Bett lag ein kleiner Junge, der ein kanariengelbes Gesicht hatte wie eine kleine maltesische Melone, und der kleine Junge war er: er, der Behütete, der sich selbst sah. Er war es, ein Junge von fünf, sechs Jahren, im gleichen Alter mehr oder weniger wie sein Vater zur Zeit der Mitttägigen: er, mit dem gleichen kanariengelben Gesicht, ganz wie Caitanello, als die Jäger seine Gefährtin umgebracht hatten.

Hier die beiden 'Ndrjas, der bärtige Matrose, der von der Schwelle aus hereinblickte, und der kleine Junge, der vom Bett zwischen den Stühlen im Vorzimmer aus zu ihm herüberblickte, beide verdrehten sie die Augen, als würden sie beide nur mit einem einzigen Augenpaar schauen. Und sie ließen ihren Blick über das hohe Bord der Kredenz streifen, dahin, wo das bewusste Krüglein ohne Griff stand, in dem sich, nach dem Wort der Acitana, die Asche der Mitttägigen befand. Und hier, das wusste er, fand der Traum zwangsläufig sein Ende, als würde hier die Geschichte aufhören, die seine Mutter ihm teils unter Tränen, teils unter Lachen über diese unmögliche Freundschaft zwischen einem kleinen Jungen mit Namen Caitanello und einer Feruzza mit Namen Mitttägige erzählt hatte.

Diesen Traum hatte er geträumt und vergessen. Weder in jener Nacht auf der Korvette, als sie zwischen La Maddalena und Livorno hinfuhren, noch später ist er ihm je wieder in den Sinn gekommen. Es war, als hätte er diesen Traum damals für später geträumt, als hätte der Traum sich in die eine oder andere Ecke seines Kopfes gedrängt und würde auf seinen Augenblick warten, und sein Augenblick war dieser jetzt, an dem Gestade der Feminoten, als ihm zwischen Wachen und Schlafen der Delfin in den Sinn drang, über den Signor Monanin ihm Märchenhaftes erzählt hatte. Und hier wurde ihm bewusst, dass seine Träume, bei offenen oder auch bei geschlossenen Augen, Auswirkungen des Delfins von Baia waren. Er war jenes feinfühlige Herz, er diese Fabel von einem aufrichtigen, treuen Freund, er derjenige mit seinem kleinen Gefährten, er war der Grund für diese schlimmen, gefährlichen Auswirkungen, für diese Unwirklichkeiten oder Gegenwirklichkeiten, die die Träume darstellten. Und hier wurde ihm folglich auch bewusst, wie er sich ganz unwissentlich hatte verzaubern lassen können, indem er ihn, auch das unwissentlich, mit geheimen Dingen, seinen Dingen, Dingen der Familie, die ihm selbst ja unbekannt waren, verhüllte: Und die Mitttägige konnte man wirklich als ein Familiengeheimnis betrachten, und er persönlich konnte sie sozusagen als ein geheimes, verborgen gehaltenes Gefühl auffassen.

Der Traum jener Augustnacht war auf der Korvette wieder heraufgedämmert, und fast im gleichen Augenblick erkannte er, welche Bedeutung für ihn die Szene mit seiner Mutter anstelle seiner Großmutter Marchiona und ihm als Kind im Bett anstelle von Caitanello hatte, und in der die Acitana ihm ein Zeichen machte, zu ihr zu kommen, und er, der inzwischen bärtige Sohn, inzwischen zum Türstock herangewachsen, den sie nicht kennengelernt hatte, kam auf sie zu, und da ließ sie ihn sehen, dass sie das Brechmittel zubereitete, um den Jungen im Bett da drinnen mit dem kanariengelben Gesicht von der Besessenheit der Feruzza zu befreien, der bewussten Mitttägigen. Siehst du?, sagte die Acitana zu ihm mit dem Blick, und in dem, was sie zu ihm sagte, lag der zum Wort reduzierte Sinn dieser Szene. Als du ein kleiner Junge warst, habe ich sie dir zwar angedroht, ich habe sie dir angedroht, aber nie verabreicht, denn du warst ein kleiner Junge und daher entschuldigt, wenn du dich in diese Törin hineingedacht hast, wie es dein Vater getan hatte, als er so klein war wie du. Jetzt aber, jetzt, wo du erwachsen bist und immer noch zu spielen verlangst und schlimmer noch als mit den Feruzzen, mit den Fabelgeschichten über bestimmte Tiere, die, weil es sie gar nicht gibt, wie widernatürliche Erscheinungen sind, welche Entschuldigung hast du jetzt, welche Entschuldigung kann dir gar noch deine Mutter finden, die doch deine Mutter ist? Da hast du dich dann also hineingedacht, mein Sohn, einverstanden, ein Junge neigt dazu, sich im Vater zu spiegeln, sei es in all seiner Schönheit, sei es in all seiner Hässlichkeit: denn was weiß ein Junge schon vom Schönen und Hässlichen? Er sieht nur den Vater. Jetzt aber, mein 'Ndrja, denkst du dich nicht mehr in deinen Vater hinein, jetzt denkst du dich aus ihm hinaus, jetzt kommt dein Schlag zum Vorschein, und jetzt bist du schön erblüht, jetzt bist du ein erwachsener Mann, eine Entschuldigung hast du nicht: Und ich, ich würde dir diese Asche, die ich dir, als ich noch lebte, so oft angedroht habe, um dir Angst zu machen und dich dazu zu bringen, Rizinusöl einzunehmen, ich würde sie dir jetzt, da ich tot bin, zu essen geben, das ganze Krüglein. Denn jetzt bist du wirklich von einem schweren Zauber erfasst, mein 'Ndrja, jetzt würdest du ein Brechmittel so dringend brauchen wie das tägliche Brot …

Wie der Vater, so der Sohn, das ja, allerdings schlimmer. Das musste so sein, um ein Beispiel zu geben, das sich hervorragend eignete, wie wenn bestimmte Merkmale des Vaters wie Augenfarbe, Sprechweise, Gangart und so weiter identisch beim Sohn wiederkehren, und dem widerfährt es dann, für den Vater gehalten zu werden, nur dass die Leute sagen: Er ist die schlechte Kopie des

Vaters, die schlechte Kopie, nicht nur, was die Gestalt betrifft, sondern auch in allem anderen. Wenn der Vater also als Junge mit den Feruzzen Gemeinschaft geschlossen und ein leidenschaftliches Feuer für eine von ihnen empfunden hatte, erfindet oder erträumt der Sohn, um mit dem Vater gleichzuziehen, ebenfalls ein leidenschaftliches Feuer, eine Schwärmerei, allerdings nicht mit einer Feruzza, sondern mit etwas Ähnlichem, nämlich dem sogenannten Delfin, den man so, wie einige Delfinarien ihn darstellen, für eine Kopie der Feruzza halten könnte, ein großartiger Gefährte und Spaßmacher auch er, auch er ohne Bös und ohne Niedertracht: Sie würden, er und die Feruzza, wie zwei Alter ein und desselben Menschen sein, sie würden, sie würde mithin die Fere sein, wenn sie noch Kind ist und keine Zähne hervorgebracht hat, und sie würde die Fere sein, wenn sie inzwischen die dreißigjährige Ohmahnin wäre und ihre Zähne inzwischen verloren hätte, sie wäre, kurz gesagt, die Fere ohne Fere. Die Feruzza jedoch ist eines, und der Delfin, auch wenn man der Meinung ist, er sei der dreißigjährige, längst enthodete, schleimschlabbernde Ferenbulle, der um Almosen betteln muss, den Narren spielt und mit dem Teller herumgeht, der Delfin ist doch immer noch etwas anderes: Der eine ist die schöne, und der andere ist die hässliche Kopie der Fere, ein Abklatsch, ein undeutlicher Schatten, nie aber das Urbild.

Auf diese Weise verband sich alles wieder mit der Mitttägigen und seinem Vater, alles ging von diesem Pärchen aus, und alles kehrte dorthin zurück. Die Wahrheit war eine, und sie war immer die gleiche, sie war, dass er damals und für immer von dieser Mitttägigen besessen war, von dieser kleinen Gefährtin, um die er seinen Vater immer beneidet hatte, und die ihm wie ein Knoten im Hals verblieben war, um nicht zu sagen im Herzen. So ist er, der große Kriegsmann, aufgebrochen und zurückgekehrt, und wen brachte er unter anderem Namen mit? Die Mitttägige, die, die wie ein Familienmitglied in seinem Haus war. Er wendet sich hierhin und wendet sich dorthin, und wo befindet er sich am Ende wieder? Vor dem Krüglein ohne Henkel, das oben auf der Kredenz stand. Und doch war er kein kleiner Junge mehr, noch auch konnte er jung oder alt sein, weil man für Dinge dieser Art entweder ein Junge sein muss oder ein Hundertjähriger: Er musste folglich alt sein. In zwei, drei Jahren Krieg waren viele Jahre über ihn hinweggegangen, und er war alt geworden. Und was tut einer, wenn er alt wird? Er verkindet, oder nicht? Er wird wieder zum Jungen.

Zwei oder drei Frauenschreie brachten ihn wieder zu sich. Sie stiegen aus der vergrotteten Dunkelheit des feminotischen Dorfs auf wie züngelnde Flammen aus einer verrußten Herdstelle.

»Totenschädel, pirdeu, was für ein Totenschädel«, rief diese Stimme, als würden aus ihrer Kehle anstelle von Worten glühende Fäden von Eisendrähten dringen.

Er stellte sich vor, dass die Feminotin geschrien haben musste, die Portempedocle zur Stärkung in ihr Haus geholt hatte. Portempedocle musste wohl Hals über Kopf ins Freie getreten sein, um eine Notdurft zu verrichten, oder vielleicht auch, weil er der war, der er war, und jetzt, wo er sich den Bauch vollgestopft hatte, hinausgegangen war, um sich auf die Suche nach seinem Moses zu machen, weil er dachte, dass Boccadopa ihm anderenfalls ein paar Backpfeifen, und dieses Mal ein paar kräftige Backpfeifen versetzen würde.

Die Feminotin schwieg, sie wartete noch ein paar Sekunden auf der Türschwelle und ging dann wieder hinein. Dabei ließ sie die Wut, die sie hatte, durch die Art vernehmen, mit der sie die Türe hinter sich lärmend zuschlug. Portempedocle aber beharrte darauf, dicht in der Dunkelheit zu bleiben. Die Stille kehrte zurück, und er fand sich wieder alleine, in Gesellschaft der über die Strandbucht verstreuten Karkassen, in diesem verschwommenen, phosphoreszierenden Weißschimmer der Ferenumrisse und diesem vulkanischen Geruch von Holzkohle in einer erkalteten Esse unter der Nase.

Doch nur wenige Augenblicke später machte Portempedocle sich wieder bemerkbar, und wegen dem, was er sagte, und dem, was er ihm im Geist antwortete, war es in diesem Augenblick, als würde seine Mutter ihn schicken, um zu kontrollieren, ob das Brechmittel seine Wirkung getan hatte, um ihn auf die Probe zu stellen und zu sehen, ob er den Zauber der Fere oder besser gesagt der Delfifere losgeworden war. Und wenn ihr Geist denn dort um ihn herumwehte, ihn flüstern hörte und seine Gedanken lesen konnte, würde sie wissen, dass ihr Sohn erst jetzt wieder zu Verstand kam, erst jetzt wieder er selbst wurde, an seinem Platz als Bootsjunge unter den Pellisquadre, er jetzt die Feruzza aus Kindertagen und den Delfin von Baia sausen ließ und Hand und Kopf an die Fere legte, die Fere ist, und damit sagte er schon alles, sagte er etwas sehr Ernstes. Erst jetzt, jetzt, wo ein anderer auftrat und sie entzauberte, und nicht einmal jemand von denen auf hohem Bord, einer von denen, die von der Höhe ihres Standpunkts aus ihn mit dem bemerkenswerten Fall vertraut machten, der für sie von Anfang an verloren war, ohne auch nur kämpfen zu können, nicht eine despotische Exzellenz, sondern ein armseliger, vom Tod schon gezeichneter kleiner Soldat des italienischen Heers, ein Hautundknochenbündel, ein Totenschädel, dieser Portempedocle, ihm reichte dieser Delfinfreund, um schön zu spielen, wenn man diese Saite in ihm berührte.

»Moses? Moses? Hört Ihr mich?«, rief Portempedocle ihn noch einmal.

Jetzt aber flehte er flüsternd, heimlich, so, als würde er wissen, dass 'Ndrja dort war, gewissermaßen mit dem Ohr an seinem Mund, so dass er ihn auch ganz leise hören konnte.

Er musste getrunken haben, er redete mit schwerer Zunge, und seine Stimme klang bei diesem vertraulichen Ruf heiter und witzig. Er tat es für sich in diesem Augenblick, dieses eine Mal gehorchte er nicht Boccadopa: Und er ließ deutlich spüren, dass der Wein ihn frei und unabhängig gemacht hatte, ohne jede Unterwerfung unter diesen versehrten Despoten. Der Wein hatte ihn sogar so mutig gemacht, Moses ganz für sich selbst, zu seinem ureigenen Vergnügen anzurufen. Sicher hatte er von den Weindämpfen diese schöne Eingebung empfangen und war aus dem Haus getreten, um ihn zu seinem hübschen kleinen Fest einzuladen:

»Moses … Moses …«, rief er nach ihm. »Ich hab geschlemmt, sag ich Euch, ich hab geschlemmt und mich vollgefressen. Diese Signoruzza sagte zu mir: Esst nur, esst nur, armer Kerl. Man sieht ja Eure Knochen, so durchsichtig seid Ihr, so dünn. Esst Euch satt an diesem hochfeinen Fisch und kommt wieder zu Kräften mit diesem Wein, der Euch Blut schafft und Euren Rücken stärkt. Und jetzt, wenn ich Euch die Wahrheit sagen soll, fühle ich mich wie ein Maciste …«

So macht doch Eure Augen auf, Portempedocle, war er versucht, ihm zu sagen, macht sie weit auf, das sage ich zu Eurem Besten. Ihr sollt wissen: Was Ihr da Fisch nennt, zudem noch hochfeinen, gebt ihm Zeit, und Ihr werdet merken, ob Ihr mir sagt, dass er nicht als Fischbestie, als abscheuliches Tier wieder zurückgekehrt ist … Jetzt fühlt Ihr Euch zwar noch wie ein Maciste, das ist wohl richtig, sie schafft diesen Eindruck, Bäume ausreißen zu können, doch das tut sie nur, um Euch anschließend umso erfolgreicher niederzustrecken, mit Bauchkrämpfen, die Euch in zwei Teile zerreißen, und mit einem Durchfall, der Euch den Atem raubt …

»Moses? Moses?«, rief Portempedocle ihn, seine Stimme war wie ein Flüstern, doch ganz nahe und ganz deutlich, so, als würde er aus dem Dunkel in die zum Trichter geformte Hand sprechen: »Danke, unendlichen Dank, Moses, für diesen Fisch, den man auf den Tafeln von Königen und hohen Herren findet. Einen solchen Fisch, und das sage ich, um Euch ein Kompliment zu machen, einen solchen Fisch kann in Porto Empedocle nur der Baron La Tuma an seinem Tisch auftragen sehen. Und jetzt, so wie die Welt ist, heh, Moses? Jetzt ist es auch diesem stinkenden Hungerleider widerfahren, ihn zu essen, dem der Baron La Tuma den richtigen Duft gibt, wenn er auf ihn spuckt. O ja, jetzt aß auch der ihn, der hier spricht, und das war nur Euretwegen, jetzt stieg dieser Bettler zur gleichen Höhe mit dem Baron La Tuma auf, und das war nur Moses wegen. Doch morgen, morgen, wenn die hohen Herren wieder in ihre Rechte eintreten, dann werden wir einen solchen Fisch, der ein Vermögen kostet, nur noch im Traume sehen, im Traum …«

Ach, noch so einer, dachte er. Noch so einer, der sie besingt, einer, der sie aufgrund von Äußerlichkeiten besingt, noch einer von denen, die sie gesehen oder die sie zum ersten Mal gegessen haben, zum ersten und möglicherweise auch zum letzten Mal, und gleich fühlten sie sich von ihr inspiriert, gleich entströmten ihren Mündern Wundergeschichten. Sie sind nicht alle gleich, sagte er sich, diese gemieteten Beifallsklatscher der Delfifere, sie unterscheiden sich und unterscheiden sich in der Weise, dass einige sich vom Nabel an aufwärts empfinden, und das sind die, die sich nach dem Auge richten, wie beim Gewicht, und denken nur an die Schönheit ihres hurenhaften Äußeren, und andere dagegen, wie der hier anwesende niedliche Portempedocliner, empfinden vom Bauchnabel an abwärts, und das sind die, die einen geheimnisvollen Geschmacksnerv haben, nichts wissen von edlem Fisch, von Schwertfisch oder Bernsteinmakrele, um nur zwei zu nennen, und halten ihren kleinen Dreck für überaus geschmackvolle Nahrung, um sie dann mit tödlicher Sicherheit zu verfluchen, wenn sie das Gedärm aufrührt und Seele und Körper in einen Durchfall auflöst …

Portempedocle machte ein paar Schritte und schlurfte mit den in Lumpen gewickelten Füßen am Rand des felsigen Platzes entlang. Dann blieb er stehen und redete wieder zu ihm, jammerte ohne Schmerz, mit Tränen aus Wein in den trockenen Augen:

»Moses? Moses? Diese Herrlichkeit, die ich gegessen habe, vergiftet mich, wenn Ihr nichts dagegen habt, mich vergiftet, das schwöre ich Euch, was ich da heruntergeschluckt habe, es vergiftet mich, vergiftet mich, vergiftet mich …«

Ah, darauf könnt Ihr setzen, dass Euch das vergiftet, antwortete er wieder nur in seinem Kopf. Das ist von Natur aus giftig, giftig.

»Was soll das nur?«, fuhr Portempedocle fort und schluchzte seine Worte. »Ihr führt uns mitten hinein in dieses Manna, großer Moses, der Ihr seid, Ihr beglückt uns auf diese Weise, und dann, dann verschwindet Ihr? Nicht einmal einen Dank auszusprechen habt Ihr uns erlaubt, nicht einmal ein Küssdiehand, wo wir Euch doch nicht nur die Hände, sondern auch die Füße um dieses Mannas willen hätten küssen sollen, das, abgesehen von dem da, abgesehen von dem, was Ihr uns da in den Mund habt fliegen lassen, abgesehen von dem himmlischen, abgesehen, abgesehen …«

Er musste doch wissen, dass nach Moses auch der Augenblick des Mannas für Portempedocle kommen würde. Manna, dieses große Wort. Portempedocle erwähnte es nur, um die Köstlichkeit der Fere in höchsten Tönen zu preisen, und er konnte sich nicht im Entferntesten vorstellen, wie genau das Wort Manna dem entsprach.

Manna, dieses magische, dieses geglückte Wort … Wer einem großen Hunger entkommt, richtet beim Ersten, das er im Mund spürt und ihm den Bauch füllt, die Augen himmelwärts und nennt es Manna, himmlische Speise, auch wenn's Eicheln wären oder Schweinsgries. Das Manna ist Manna, es ist keine Frage des Feingeschmacks, sondern ausschließlich des Darmsacks, weder Augen noch Nase noch Lippen noch Zunge noch Sehkraft noch Geruch noch Geschmack, nichts von ihnen hat mit dem Manna zu tun, nur der Magen hat damit zu tun. Und der Magen, das ist nur ein Beispiel, wirft da im Dunkel, sobald er spürt, dass die Krämpfe sich auflösen und er sich beruhigt, gleich wieder dieses Wort in den Mund zurück: Manna, denn selbst wenn es Schlick wäre, färbt der Hunger es, wenn er wirklich Hunger ist, himmelblau und himmelsgleich. Denn das Manna verschönt auf verhängnisvolle Weise noch den Hunger: Denn ob Juden oder Christen, alle haben angesichts des Hungers nur einen Glauben, Volk und Bevölkerung, herumirrende Nation oder geschlossene Ortsgemeinde, auch wenn keiner etwas darüber weiß, nichts über einige Kriege, nichts über einige Hungersnöte und bestimmte Seuchen, es gab und es gibt auch heute noch diese Übungen vom großen Fasten, das dann nur gewisse neue oder alte Arten von Manna bricht. Der Hunger wirkt gewissermaßen als Kuppler für das Manna, und jedes schweinische Essen lässt er wie einen Essensgenuss erscheinen, wenn er gar nicht einmal neue Essensmöglichkeiten in Dingen entdecken lässt, von denen keiner sich je hätte träumen lassen, sie eines Tages in den Mund zu stecken, zu zerkauen und herunterzuschlucken. Kurz gesagt, wer das durchmachte, konnte jedes Mal feststellen, dass man das Manna mit den

Augen des Hungers betrachtete, und je länger dieser schon wütete, umso mehr lief einem das Wasser im Mund zusammen, so, als würde es sich um ein Filetstück oder eine Scheibe vom Schwertfisch handeln, und je mehr dieser auf den Punkt zutrieb, wo ein Christenmensch einen Christenmenschen auffrisst, umso mehr erschien es wie ein zum Mahl gerüstetes Manna.

Diese Arten von Hunger halten dem Manna ihre Merkmale direkt vor Augen, es scheint fast, als würden alle diese sonderbaren, ekelerregenden Mannas spontan aus dem Hungerbauch aufschießen, so wie Disteln, Quecken und Gliedkräuter aus dürstenden Dünen und an Ufern mit vertrocknetem Schlamm aufschießen. Diese Arten von Hunger bringen das Manna hervor, wie das seit Tagen vertrocknete Brot Schimmel hervorbringt, und die schwärzesten, erschreckend ruhigen und unsichtbaren sind die, die mit den Hungersnöten vom Meer kommen, verweilen, dauern und größer werden, deren Bauch jeden Tag ein bisschen mehr anschwillt, die in der Wüste verkrusteten, die sie sich ringsumher schaffen, in der Stille der geschwollenen Zungen, sie sind es, die ihnen aus eigener Erfahrung bekannt sind, und sie sind es, die sie gleichzeitig Blutstränen kosten, sie, die Charybdoten, und die, die so sind wie sie. Diese Arten von Hunger sind es, die gleichzeitig, im selben Körper, diese Arten von Manna sind und Hunger und Manna heißen mit einem Namen: Hungmanna, und der Körper, der sie gebiert, ist der Körper der Fere. Wenn also an diesen Ufern zwischen Skylla und Charybdis die pesterfüllten Windstöße dieser Arten von Hunger wehen, dann ist es die Fere, die Stiefmutter, der Hungerkrampf, der einem die Eingeweide auswringt, und sie, die Fere, selbst ist dann das Manna, sie einzig, sie allein, die Fere, diese und jene etwas und das Gegenteil davon, lebendiger Hunger, totes Manna: Hungmanna, frische Rülpserei oder altes Weichfleisch.

Konnte er sich denn jemals vorstellen, dieser verschrobene Portempedocle von den geschlossenen Augen, konnte er sich jemals vorstellen, wie vollkommen gerundet seine feinschmeckerische Gaumenfreude das Wort Manna beschrieb, das ihm so herausgerutscht war? Er musste wiedergeboren werden, und zwar als Fischer auf den Meeren zwischen Skylla und Charybdis wiedergeboren werden, um dieses Naturereignis zu verstehen: von einer gewissen Fere, die für ihn Hunger und Sättigung war, Krankheit und Arznei, Richtbeil und Manna.

Um jemanden wie Portempedocle dazu zu bringen zu verstehen, musste man ihn mit einem kleinen Löffel füttern. Die einzige Lösung war, ihm einen

Vergleich zu liefern, auch wenn man bei den Vergleichen die Tatsachen zwar mühelos, aber doch verschwommen erkennt, entweder zu weit entfernt oder in zu großer Nähe, wie durch eine bunte Glasscherbe. Allerdings stimmt es auch, dass man nur durch dieses Stück Glas oftmals gegen die Sonne blicken und manche allzu barbarischen und harten Lichter mit den Augen erfassen konnte, die, wenn sie einen schon nicht erblinden ließen, so doch blendeten.

Der Vergleich musste sich auf die Auflösung des Enigmas Richtbeilmanna stützen, Henkersretter, ein Enigma, das auch bei Christenmenschen häufig anzutreffen war: Er musste sich auf den Grund stützen, wie es überhaupt dazu kommen konnte, dass, während die Fere auch noch den letzten Atemzug dieser Menschen drosselte, sie sie gleichzeitig dazu brachte, ihre abgenagten Ellbogen aufzufressen, die Pupillen ihrer Augen zu verkaufen, sie mit gefesselten Händen und Füßen dem Glauben auslieferte, dass alles, was sie sich in den Bauch stopfen konnten, ein Stück von ihr war, der Fere, entweder gesalzen und getrocknet, als Bauchfleisch, oder eben vom Schlag getroffen nach übermäßigem Fressen und durch die Strömung unmittelbar ans Ufer geworfen. Das ist ein Zufall, doch weil es für sie niemals einen Zufall gibt, niemals etwas, das ihr rein zufällig widerfährt, stellt sich die Vermutung ein, dass dies nichts mit der Strömung zu tun hat, sondern absichtlich gemacht wurde: Statt die Lebendigen weit von der Strömung wegzulenken, lassen sie diese luderhaften Gefährtinnen zu den von Hunger gepeinigten Christenmenschen gelangen. Warum? Um sie am Leben zu halten, weil ihnen dieses Spiel gefällt, solange der Gegenstand des Spiels lebendig ist: Aus diesem Grund versetzen sie den niedlichen Thun in Angst und Schrecken, vernichten ihn aber nie, aus diesem Grund reißen sie dem Blauhai, sofern es ihnen gelingt, zwar den Schwanz ab, doch halten sie ihn bei sich, halten ihn an der Oberfläche und packen ihn mit ihren Rosendornzähnchen bei den Hautfetzen, wo sie ihm den Schwanz herausgerissen haben, sie lassen ihn also nicht gleich untergehen, wie es widernatürliches Naturgesetz wäre, denn dieser, dieser kraftvoll Tüchtige ohne Schwimmflossen und seines Schwanzes beraubt, dessen also, was er vom Augenblick seiner Geburt an bis zu seinem Tod bewegen muss, soll vor Schmerzen vergehen. Und darum, darum nehmen sie dem Christenmenschen alles, nur nicht das Leben. Darauf musste sich der Vergleich gründen.

Portempedocle sollte sich vorstellen, er müsste sich mit einem Todfeind duellieren, er allein mit bloßen Händen und der andere mit einem Klappmesser, dessen lange Klinge aus dem Griff hervorschnappte. Was würde er tun?

Sich vor den Angriffen wehren, heh? Aber wie? Durch Gequatsche? Der andere ritzt ihm mit der rasiermesserscharfen Spitze des Klappmessers zuerst die Hände kreuzchenweise längs und quer, wie ein Tattuh, und wenn er aus seinen Händen zwei herunterhängende Lappen aus Blutklumpen gemacht hat, kommt er seinem Ziel näher und fängt sein Spiel erst richtig an: Er sticht nach ihm, reißt eine Wunde, durchbohrt ihn, mit Spitze und Klinge dringt er in sein Fleisch ein und zieht sie wieder heraus, er lässt sein Blut sprudeln wie Wasser aus einem Brunnen. Doch den Gnadenstoß versetzt er ihm nie. Mehr noch, während er ihm ins Fleisch sticht und Öffnungen macht, als müsste er Knoblauchzehen da hineinstecken, wo es doch genügen würde, um ihn fertigzumachen, auf irgendeine vitale Stelle zu zielen, tamponiert er ihn hier und da, dämmt den Blutstrom ein, stillt das Blut mit Verbandswatte und Mull. Er desinfiziert ihn nicht, noch näht er oder verschließt er die Wunde, nur dies: Er tamponiert ihn, dämmt den Blutstrom ein, nur um ihn noch auf den Beinen zu halten, im Wasserbad, weil er ihn so noch mit der Dolchspitze bearbeiten kann, ihn da stechen kann, wo er ihn schon verwundet hat, und verwunden kann, wo er es noch nicht getan hat. Und nachdem er ihn zuerst auf den Beinen hat stehen lassen, lässt er ihn niederknien, weil er ihn so noch sticheln und ihm einen Schmiss beibringen kann. Letzten Endes bringt er ihn nie ganz um, er stößt ihn nie mit dem Gesicht in den mit seinem eigenen Blut getränkten Staub, weil er sich den Gnadenstoß immer für das nächste Mal aufhebt. Komm wieder zu Blut, komm wieder zu Kräften, dann komme ich später wieder und fange von neuem an, das scheint er ihm zu sagen. Und oftmals kommt die Fere wieder und fängt von neuem an, während der Christenmensch noch offene, blutende Wunden hat.

Aber konnte er das Portempedocle je verständlich machen, konnte er ihm je eine Vorstellung davon vermitteln und ihn überzeugen, auch mit noch so ausgeklügelten Vergleichen, dass die Dinge mit der Fere sich ganz genau so verhielten? Er musste wirklich in einem anderen Leben wiedergeboren werden, und nicht einmal dann, möglicherweise, denn andererseits musste man ja, wenn man ehrlich war, zugeben, dass selbst die Pellisquadre mit allen Leben, die sie summieren konnten, von Vater auf den Sohn, von Generation auf Generation, gerne etwas gesagt hätten, doch angesichts der Fere und ihrer unglaublichen Unternehmungen, die nur Schaden brachten, verhielten sie sich jedes Mal, als wäre es das erste Mal, und wenn sie daran glaubten, dann nur deshalb, weil sie die Untaten mit eigenen Augen sehen konnten und weil sie, sie in Person, der lebende Beweis dafür waren.

Unterdessen schmeichelte Portempedocle Moses in höchsten Tönen wegen dieses Mannas.

»Vonwegen Manna, vonwegen, Ihr hättet es vom Himmel erfleht … Dieses Mal habt Ihr die Dinge in großem Stil gemacht: vonwegen Feingebäck der Engelsseufzer, vonwegen Erdnüssen … Das hier ist alles ein ganz anderes Essvergnügen, das ist wirklich christliche Esslust. Und Ihr, Ihr macht Euch davon? Ihr gestattet uns nicht, Euch dieses Verdienst zuzuerkennen? Euch Dank zu sagen, nichts, können wir es nicht für dieses Manna, das mir bis zu den Fußnägeln gelangte? Manna eines jungen Moses, der Seefahrer ist, versteht sich, nicht Manna eines alten Moses, der Prophet ist, eines Moses, der von Luft lebt und den Hunger nicht kennt … O nein. Tut mir leid für meinen Vater, der mir gegenüber das Manna immer gepriesen hat … Ach, himmlische Speise, so sagte er, ich erinnere mich. Doch zwischen diesem hier und dem da gibt es überhaupt keinen Vergleich, ach was. Ich fühle mich stark wie ein Maciste, ich sags noch mal. Ich würde mich jetzt danach fühlen, ha, ha, ich würde mich jetzt danach fühlen, diesen Boccadopa zu packen und ihm mitten ins Gesicht zu sagen: Ihr wollt eine Überfahrt? Dann fahrt doch über, an Bord des Gari, der Euch fickt. Beleidigt mich, los, und ich sorge dafür, dass Ihr ans andere Ufer fliegt … Ihr habt es jetzt nämlich mit einem Maciste zu tun.«

Es war lächerlich: Portempedocle, der sich stark wie ein Maciste fühlte, ach, du lieber Himmel. In Kürze würde dieser Maciste alles herausschießen lassen, das mächtige Manna hätte ihm nicht einmal Zeit gelassen, seinen Hosengürtel zu lösen und sich auf die Fersen zu hocken, in Kürze würde er sich fühlen, als würden die Bauchkrämpfe ihn zweiteilen. Von wegen, sagte er, aber ihn streifte nicht einmal der Gedanke, dass beide wie Abführmittel wirkten, und dies hier war ein noch viel kräftigeres Mittel als jenes. Der arme Kerl musste darüber in völliger Unkenntnis sein: Was dieses anging, konnte er es sich, nach dem zu urteilen, wie er den Feingeschmack und den Genuss pries, nicht einmal im Traum vorstellen, dass es auch eine abführende Wirkung haben würde, und was jenes anging, ist er ganz sicher niemals zum Apotheker gegangen und hat gesagt: Gib mir doch Mannit für vier Soldi, denn in diesem Fall hätte er beobachten können, wie der Apotheker ein Täfelchen nahm, das wie weiße Schokolade aussah, und es ihm gab. Kurz gesagt, er, Portempedocle, hätte niemals seinen Mund mit diesem Wort so voll genommen, wenn er gewusst hätte, dass es das berühmte Manna heutzutage in der Apotheke frei zu kaufen gab und Mannit hieß und an einem Baum gesammelt wurde, der Mannabaum hieß, worunter man wiederum eine Esche versteht, einen Frassino, in seiner Sprache, was vielleicht für ›fra sì e no‹ stand, ›zwischen ja und nein‹, und zwar in dem Sinn, dass die Frassino-Esche wirklich der Mannabaum war, doch dieses Manna sollte man nicht wörtlich verschlingen, es war das, und es war das nicht, und dies war mehr oder weniger jener bewusste Mannabaum. Portempedocles Mutter musste ihm wohl niemals dieses Mannit gegeben haben, doch da war sie nicht alleine. Viele Mütter taten das nicht, vielleicht weil sie von frommen Betrachtungen eingeschüchtert waren und immer nur an das himmlische Manna dachten. Und doch, in leichter, ganz leichter Form, leichter noch als Magnesia, ist Mannit das Einzige, das den Magen eines Säuglings und eines Kindes, die noch einen empfindlichen Magen haben, sanft und sauber leert. Jene Mütter aber, die die Vorstellung hatten, eine Gotteslästerung zu begehen, gaben ihren Kindern, auch wenn sie noch zart und schwach waren, Bittersalz und Rizinusöl, um ihren Darm zu entleeren, und das waren wahre Schlachtrösser von Abführmitteln, die sogar noch die Seele in Aufruhr versetzten.

Nicht mehr lange jedoch, und er würde es am eigenen Leib erfahren, nicht mehr lange, und die Köstlichkeit würde in seinen Eingeweiden einen Aufstand entfachen, eine Abführung von Gottes Gnaden, Ursache und auch Wirkung, als Manna würde es sich gegen das Mannit erheben, gegen einen ganzen Mannabaum. Das wird eine Geschichte werden, die man dem Arzt erzählen muss, liebes Hautundknochenbündel. Ihr werdet Euren Moses dann nicht mehr mit so vielen Komplimenten bedenken. Vielleicht erscheint vor Euren Augen die Vision des jüdischen Volkes, auf Fersen hockend, mit seinen schweren Problemen in der Wüste.

Portempedocle ging seinerseits im Zickzack durch die Weindünste.

»Heh, Moses, hört Ihr mich? Es wird in mir zu Gift, wenn Ihr mir nicht Gesellschaft leistet. Jetzt, sage ich, ist es nicht schade, dass dieses Manna ausgerechnet durch Euch sich in mir zu Gift verwandelt?«

Hätt' ich Euch hier, antwortete er ihm in Gedanken, selbst um Euch Gesellschaft zu leisten, würde ich die Anstrengung auf mich nehmen, Euch eine wie auch immer blasse Vorstellung dieses Ferenrätsels zu geben, das aus Manna, Mannaia, dem Richtbeil, und Mannit besteht. Doch alles in allem ist es besser für Euch, wenn Eure Augen geschlossen bleiben, denn wenn ich Euch mit kleinen Schritten nach und nach ins Leben der Fere einführte, würdet Ihr, der Ihr doch in Eurem Kopf schon ein bisschen durcheinander seid, am Ende völlig durcheinanderkommen.

Doch Portempedocle beunruhigte sich nicht, er beharrte, vom Wein verstört:

»Kommt, Moses, kommt, macht schnell. Wollt Ihr denn wirklich, dass mich das vergiftet?«

Das wirds, das wirds, sag ich Euch, ob ich's will oder nicht. Auch wenn Ihr die zwölf Apostel bei Euch am Tisch hättet, wirds euch vergiften. Das wirds. Was mich betrifft, ist das ein ganz anderes paar Schuhe: Mich kanns nicht vergiften. Aber glaubt Ihr, weil ich Moses bin, deshalb, glaubt Ihr, weil ich Moses gerufen werde? Nein, nein, wenns mich nicht vergiftet, dann nur, weil ich die Schutzimpfung habe, ich wurde geimpft, als hätte ich Blattern gehabt. Ich will Euch damit sagen, dass ich schnell gelernt und mich angestrengt habe, ich habs gelernt wie das ABC und wie Rechenaufgaben. Iss sie, iss sie, sagte mein Vater zu mir. Iss sie, jetzt ekelst du dich zwar vor ihr, doch nachher wirst dus mir danken. Möge die Seele meines Vaters in Frieden ruhen, wirst du vielleicht sagen. Und damit hatte er recht, doch erst im Lauf der Jahre wurde mir das klar. Warum sollten wir, sagten wir Jungs untereinander, warum sollten wir diese Scheußlichkeit essen, die uns nachts hinaustreibt ins Röhricht wie gepeinigte Seelen? Warum sollten wir uns den Durchfall antun, wenn es anderes zu essen gab? Tun Väter das absichtlich? Und so: heute ein Stich, morgen ein Stich, wie bei etwas Giftigem, bei Milzbrand, um nur eines zu nennen, und wenn Ihr Euch heute ritzt, wenn Ihr Euch morgen ritzt, immer nur ein bisschen, hat es am Ende keine tödliche Wirkung mehr, der Körper hat sich daran gewöhnt und eine Sympathie für dieses Gift seines Lebens entwickelt: Es trat in ihn ein wie ein Diener bei seinem Herrn. Versteht Ihr, Portempedocle? Was tut Ihr, wenn Ihr einem Jungen zum ersten Mal das Schwimmen beibringen wollt? Ihr schubst ihn doch wohl, oder? Der Junge sinkt, kommt wieder nach oben, schluckt Wasser, nach den ersten Schlucken meint er, er würde ertrinken, und indessen strampelt er mit Händen und Füßen, was er zwar nicht weiß, und doch schwimmt er schon. Ihr werdet Euch sicher fragen, warum sollte man den Jungen schubsen, kann man der Zeit denn nicht Zeit lassen? O nein, das Schwimmen ist eine Sache, bei der man der Zeit keine Zeit lassen darf: Da ist das Meer, und Ihr werdet eher dort leben oder sterben als hier, daher ist es sinnvoll, sich gleich mit ihm vertraut zu machen, eher früher als später, das heißt, Ihr macht den ersten Schritt zu dieser Vertrautheit, nicht das Meer, denn nach dem ersten Schubs, den es Euch gibt, ist es manchmal, wenn Ihr nicht schon ein halber

Fisch seid, sehr schwer, wieder nach oben zu kommen. Und mit der Vergiftung durch die Fere ist es ähnlich, es ist, wie wenn Ihr Euch früh schon dem Schwimmen hingebt, weil es andernfalls zu spät sein würde; denn auch sie ist da, und Ihr werdet entweder leben oder sterben, und vor allem mehr durch sie als durch alle anderen Fische und alles Fischgetier zusammen.

Portempedocle brabbelte und sabbelte: Er konnte ihn natürlich nicht hören, und bei dem Wein in seinem Kopf und der Brühe in seinem Bauch berührte er jede Saite, die er kannte, die er konnte, nur um sie zu verherrlichen.

»Sobald ichs probiert hatte, wisst Ihr, was ich da zu mir sagte? Ich sagte mir: Dieses Mal wählte er eine Köstlichkeit von Manna aus, und das ist verständlich, er wählte eine Köstlichkeit von Fisch aus, die im Einklang mit seiner Gestalt als Seefahrer steht. Oh, ich Armer, sagte ich mir. Ach, armer Deluterio Gabriele, konntest du dir je einen solchen Happen aus dem Meer erträumen, während du dich zwischen allen Schiffen auf dem Dnjeper befunden hast? Konntest du dir je erträumen, dass ein Moses für einen armen Schlucker wie dich sein schönstes Manna auswählen würde?«

Tief aus seinem Herzen hätte er sagen wollen, und dieses Mal war es wirklich so, als ob er zu ihm sagte: Oh, wunderbarer kleiner Deluterio Gabriele, wenn ich Euren Namen denn richtig verstanden habe, so denkt Ihr also, dass, wenn die Feminotinnen die Fere in Mengen wie für eine Volksspeisung gekocht haben, in jedem Haus, um gar nicht erst von denen zu reden, die sie pökeln oder als Moscham trocknen, sie sie bewusst ausgewählt hätten, statt eines christlichen Fischs oder anstelle von Fleisch oder auch anstelle der elendesten Pasta ohne Soße oder von Brot und Zwiebel oder von trockenem Brot, wobei die Krume das Brot wäre und die Kruste der Belag? Ach, Ihr schrulliger Portempedocle, und Euch kommts vor, Euch kommts vor, dass man sich ein derartiges Manna etwa aussuchen kann? Italien, die Kriege Italiens, die Ferne, der Tod für die Kriege Italiens, sucht man sich die etwa aus? Und sucht man sich etwa den Ort aus, an dem man geboren wird? Sucht man sich etwa den Beruf des Fischers aus? Das Meer, das einem eine Lebensgrundlage gibt, doch einem eines Tages alles nimmt, weil man auf ihm umkommt, sucht man sich das aus? Oder sucht man sich die Fischgroßhändler aus? Sucht sich einer, Eurer Meinung nach, das alles aus? Und die Fere, die Fere, die dem allen noch die Krone aufsetzt, glaubt Ihr, dass einer sie aussucht, die Fere? Das wäre doch, als würde man sagen, dass sich einer Krankheit und Tod aussucht, statt Gesundheit und Leben. Habt Ihr das zufällig schon einmal von jemandem gehört? Doch bei dieser Fere nun könnt Ihr mir sagen: Habt Ihr etwa einen Vertrag mit ihr geschlossen? Könnt Ihr denn nicht den Beruf wechseln, das Meer, die Lebensweise oder die Todesart, diese Fragen mögt Ihr mir stellen. O ja, das könnte ich, würde ich Euch antworten, das könnte ich, das könnte ich … Ihr könnt Euch nicht vorstellen, wie viele und welche Dinge Euch ein Krieg begreifbar macht, die Ihr ändern müsst und ändern könnt. Doch ein Krieg ist wie ein Erdbeben, er weiß nie, was er von unten her packt und zertrümmert: das Hässliche, aber auch das Schöne, das Böse, aber auch das Gute. Doch ein Mensch ist anders, er ist kein Krieg und kein Erdbeben, kein schlimmes Naturereignis. Kann ein Mensch denn einfach so wild durcheinander und blindlings Leben, Gewohnheiten, Gefühle, Vorstellungen, Charakter und Schrullen ändern, sowohl bei sich selbst als auch bei anderen, wie es Krieg und Erdbeben auf so barbarische Weise tun? Nehmt mich, ich müsste zuallererst ein Gespräch mit meinem Vater und mit den anderen respektablen Pellisquadre führen. Und könnt Ihr sie Euch vorstellen? Ändern? Was willst du denn ändern? Glaubst du vielleicht, das Schicksal wäre wie ein Paar Schuhe, die du, wenn sie dir zu klein werden, ausziehst und durch ein bequemeres Paar ersetzt? So würden sie mir sagen. Aber Ihr dürft nicht glauben, dass ihnen der Beruf, den sie ausüben, gefällt oder dass er ihnen wie das beste aller möglichen Schicksale vorkäme, nein. Das hier ist unser Schicksal, sagen sie. Hier bist du, wohl oder übel, in deinem natürlichen Element. Das Schicksal ist wie das Haus, in dem du geboren wurdest und in dem du sterben wirst. Leid und Scham bestehen immer zwischen dir und ihm, und keiner sieht dich dabei zwischen den eigenen vier Wänden, und es gibt auch die eine oder andere kleine Genugtuung zwischen dir und ihm. Es ist, als wäre man der Kleineigner einer Palamitara oder auch einer pfeilschnellen Lanzitte, statt bestallter Matrose auf einem Segelschiff oder auch Decksoffizier oder Heizer oder Schiffsjunge auf einem Ozeanriesen, wo du einen guten Lohn bekommst, keine Sorgen, keine Gemütsleiden hast, dafür allerdings Befehle, Erniedrigungen und Knechtschaft ertragen musst. Deinem Schicksal dienst du und fühlst dich als eigener Herr, dem Schicksal anderer dagegen dienst du entweder wie ein Knecht, oder du entfliehst ihm wie ein Hecht. Haben sie recht, wenn sie so reden? Haben sie unrecht? Aber antwortet ihnen, sofern Ihr dazu in der Lage seid. Diese Männer sind Pellisquadre, mein Lieber, und der Name sagt schon alles. Wisst Ihr, was Pellisquadre bedeutet? Es bedeutet, dass sie eine Haut haben wie die des Squadro, was unser Name für den Blauhai ist, und Squadro steht für squadrare, für schmirgeln, kurz gesagt, sie haben eine Haut wie

Schmirgelpapier, das dem Tischler dient, um Bretter und Sperrholz von Splittern zu befreien, sie dann wie Samt zu glätten, sie anschließend zu furnieren und auf Hochglanz zu bringen. Mit einem Wort, Haut wie Schmirgelpapier, doch eigentlich steht ihre Haut für ihren Charakter.

Portempedocle, der natürlich seinen eigenen Weg ging, sagte zu ihm:

»Was ist das nur für ein Fisch? Wie heißt er? Die arme Frau nahms mir fast krumm, fast war sie beleidigt, als ich sie danach fragte. Sie sagte: Was wollt Ihr? Esst nur. Reichts Euch denn nicht, dass Ihr esst und trinkt? Es war doch nur eine Frage, sagte ich. Ich wollte ihn doch nur bei seinem Namen loben. Schmeckts Euch? Dann esst Euch satt, und verderbt uns nicht die Laune mit Fragen, was das wohl ist oder nicht ist, sagte sie. Vielleicht sind sie ja eifersüchtig, was, Moses? Vielleicht wollen sies nicht ausposaunen, wie unglaublich gut er ist, was?«

Unversehens brach Portempedocles Stimme und versank in einem Durcheinander von Stöhnen und Halbschreien und eilig schurrenden Schritten auf dem Felsstein:

»Pirdeu, oh, pirdeu … Gott, oh, mein Gott«, sagte die Feminotin von da drüben her, als würde sie dunkle Dämpfe aus ihrem Mund atmen, und sie war genau die Feminotin, die der arme Kerl ein tüchtiges Weib genannt hatte.

Er stellte sich vor, dass die Feminotin vorsichtig und leise hinter Portempedocle aufgetaucht war und ihn ohne viel Federlesens in ihre Arme geschlossen hatte.

»Moses, Moses«, rief er, als würde er Hilfe suchen, mit halber, von kleinen Tränen nahezu erstickter Stimme, was etwas Neues für ihn war, und es war nicht deutlich, ob sie alle vom Wein herrührten.

»Schweig … schweig und sei still«, befahl ihm zischend die Feminotin, und dann fiel sie über ihn her: »Totenschädel, nichts anderes seid Ihr, alle Patrulljen der Finanzpolizei habt Ihr alarmiert, Tote und Lebendige, Engländer und Italiener hier vor uns habt Ihr aufgeschreckt. Wer hat Euch nur geschickt, wer, frage ich mich? Hat der Wein Euch denn nicht überwältigt? Hat er Euch nicht die Kräfte genommen? Hat er Euch nicht zum Schweigen gebracht? Hat er Euch das Wort nicht genommen? Hat er Euch zu allem Elend auch noch besessen gemacht? Hat er Euch das plaudernde Pitittìpitittì als Sonderzulage gegeben?«

Die Worte wurden vom Schurren der Schritte übertönt: Dieses Mal schloss die Feminotin die Türe ohne Lärm, und deshalb schien es ihm wohl die gleiche stille und undurchdringliche Dunkelheit zu sein, in der in seiner Vorstellung die beiden verschwanden und sich hinter ihr verschlossen.

Ihm war kalt. Er dachte an die Soldaten, die neben den Feuerstellen in Schlaf gesunken waren, vielleicht mit den Feminotinnen an ihrer Seite, nackt und im Feuerschein rötlich flackernd; er dachte sogar daran, wie Portempedocle seiner raubeinigen Herrin ein bisschen zu Diensten war, dass er sie unter sich schob oder sie auf ihm lag, wie ein Mann, wie eine große wollene Decke, die Wärme ausstrahlte und ihn überall bedeckte.

Da erinnerte er sich des Alten, des Soldatenschablonörs, und dachte, dass er die Dinge wohl richtig vorhergesehen hatte und es durchaus möglich war, dass die Feminotinnen die Soldaten übersetzten. Er hätte auf ihn hören sollen, auf den alten Strandvagabunden: Den Ratschlägen alter Strandvagabunden folgt man immer.

Auf dem Sand liess er sich auf die Seite sinken, dann drehte er sich auf den Rücken. An den Fußspitzen spürte er nun keine Kiesel mehr, ihn umgab ausschließlich Sand, und er hätte nicht zu sagen vermocht, ob er das Meer an den Füßen hatte oder auf der Seite oder am Kopf.

Bei seinen Bewegungen auf dem feinen Sand war es ihm, als würde er einbrechen und darin versinken. Er breitete seine Arme aus, als wäre er im Meer und würde den toten Mann machen, um an der Oberfläche zu bleiben, ohne zu schwimmen. So lag er da, mit dem Gesicht nach oben, auf den Sand gedrückt, als wäre er mit den Karkassen, die aus weiter Ferne phosphoreszierend schimmerten, eingeebnet worden: Ihm war, als würde er sich als Toter in einem Meer aus Asche sehen, in Gesellschaft der Feren, mit diesem vulkanischen Geruch, diesem Geschmack nach Schmiede, nach Gluthitze und Kälte im Mund.

Er begann, mit dem Sand herumzuspielen. Mit der Hand fuhr er tief hinein, bis dahin, wo er ihn wärmer empfand und der Schirokko in Wahrheit sein fernes vulkanisches Feuer zu sein schien, das ihn wieder erhitzte. Doch bei der ersten Berührung schien die Wärme sich aus der Hand zu verflüchtigen, und der Sand wirkte auf der Hand kühler. Doch er hantierte weiter in seiner Umgebung herum, griff hinein und nahm Hände voll Sand, den er bearbeitete, wie wenn er Bienenwachs wäre. Kurz gesagt: Es war, als würde er den Schrecken suchen, der dann in ihn fuhr.

An den Fingerspitzen spürte er die kleinen, dicht stehenden Zähne der Fere. Irgendetwas in ihm schien aufzuschrecken und zu zerbrechen. Er rührte die Hand nicht mehr und wurde ganz steif. Er verharrte, wie er war, mit angespanntem Arm, angespanntem Handgelenk, angespannter Hand. So blieb er da liegen, wie gelähmt, eingegraben in den Sand wie in eine schwarze Gipsform, doch mit hellwachen, alarmierten Sinnen, die sich da unten, auf der tobenden Suche nach einem Spalt in diesem finsteren Gemisch, so eigentümlich bewegten. Und mit den Sinnen erfasste er unter der Fingerkuppe den geschnäbelten Umriss, die schneidenden Spitzen der Zähnchen und deren berüchtigte Rosendorngestalt.

Danach war es, als würde von diesem ihm zugewandten Schädel unter dem Sand ein fernes Vibrieren ausgehen, der Streifen einer Kräuselung auf der Oberfläche des Meeres, der ihn augenblicklich erreichte und schaudernd jäh über seinen Rücken lief: Er kam über ihn, indem er das Wasser wie eine Dolchklinge durchschnitt, nicht mit seiner geschnäbelten Fratze, sondern mit der strengen Miene des maullosen, gefährlich feierlichen Gesichts des Blauhais, mit der unter seinem Bauch verborgenen gezahnten Öffnung.

Er orientierte sich zwar mit den Sinnen, aber noch nicht bei Sinnen: Für einen Augenblick nämlich verlor er den Kopf, er wusste nicht mehr, wo sich das Meer befand und wo das Land, und es war, als würde die Fere auf ihn losgehen und dabei das Wasser mit der Metallsäge zerreißen, die rings um ihren zerstörerischen Kiefer oberhalb und unterhalb verläuft. Einen Augenblick lang vergaß er, dass sie den Menschen so, von Angesicht zu Angesicht, niemals angreift, und auch von hinten ist ein Angriff selten, mit einem Wort, sie greift einen Menschen nur äußerst selten an, denn sie greift den Menschen an, den Pellesquadra, um ihn beim Namen zu nennen, ohne ihn zu berühren, sie riskiert nichts, sie verschwielt nicht ihre Hände, denn sie greift das an, was ihm das Teuerste im Leben ist, das Palamitaranetz, den Schwertfisch … Sie wäre nicht die feige Abwägerin des Für und Wider, die sie ist, wenn sie sich so, völlig unerwartet, blindlings, ohne eine Absicht noch einen genauen, sicheren Plan im Kopf auf einen Christenmenschen stürzte. Sie wäre nicht die große Gestalterin, die sie ist, sondern nichts weiter als ein Blauhai, irgendeine Fischbestie, ein einfacher, aufrechter, plumper Schlächter, ein leerer Bauch, der sucht, sich vollzuschlagen. Denn wäre es nicht so, wo bliebe dann der Unterschied zwischen ihr, die eine Fere ist, und allen anderen, die nichts weiter als Fischbestien sind?

Diesen Eindruck schüttelte er gleich wieder von sich ab. Auch hier war es jetzt das Werk der Einbildung und des Schlafs, doch hier war es zum großen Teil sein eigenes Werk, und zwar aufgrund des ständigen Kreisens seiner Gedanken um sie: Von hier ging möglicherweise das barbarische Gefühl aus, sie würde ihn im

Dunkeln belauern, wie aus einem Auge in der Mitte der Stirn, verborgen in den immer wiederkehrenden Gedanken des Hirns, das da umgestülpt vor ihm lag wie der Schirm einer schiefsitzenden Schiebermütze. Er spürte die Anwesenheit dieses ausgezahnten, auflauernden, denkenden, verschlagenen Hirns wie ein Gebrechen, dort neben ihm, im Dunkel. Die Einbildung stellte sie ihm, kurz gesagt, noch immer lebendig und hinterhältig dar, als würde ein Abbild ihres Hirns auf genau die gleiche Weise noch im Tod fortdauern, lebendig am Schädelknochen getrocknet, und von dort, vom Tod aus, ihre magnetische Macht weiter wirken und immer noch in der Lage sein, ihre dicht mit Rosendornen umränderten schnabelmäuligen Zangen mit Elektrizität aufzuladen.

Und damit konnte er sagen, dass ihn das wie ein Zauber gefangengenommen und er sich jetzt bestraft hatte, jetzt waren sie wieder Christenmensch und Fere, jetzt war der Empfang, den ihm die Fere, diese alte, getreue Feindin, bereitet hatte, vollkommen, jetzt fühlte er sich wieder zu Hause, zurück in der Gegensätzlichkeit seines Lebens.

So ließ er seine Hand, statt sie zurückzuziehen, auf ihr liegen und begann, die ihr eigentümlichen Formen gründlich abzutasten, als wollte er die Bekanntschaft erneuern, ja sie bis auf die Knochen vertiefen. Denn allein schon diese langgestreckte Aushöhlung an der Stirn zu spüren war sonderbar, wo sie ihr berüchtigtes Gehirn sozusagen zur Schau stellt und es keck und überheblich vor sich her trägt, als wäre es nichts weniger als ein riesiger Diamant, denn dies war genau der Teil der Fere, den sie so gut wie überhaupt nicht kannten, und zwar deshalb, weil sie den Kopf, wenn ihnen dieses Glück in den Schoß fiel, eilig in die Hafenkommandantur brachten, um die Prämie zu kassieren, und wenn die Pellisquadre ihr wirklich das Gehirn herauszogen, machten sie nur einen schnellen Schnitt, damit sie einen Finger hineinstecken konnten.

Unter seinen Fingern spürte er da etwas Trockenes und Poröses wie Bimsstein, und es gab auch Stellen, wo er etwas Schwieliges spürte, und Stellen, beispielsweise in der Nähe des Auges, wo er, abgestoßen und angewidert, etwas Glibberiges und Schwabbeliges spürte, einen Hautfetzen, der daran hängen geblieben war und auf den der Sand sich sozusagen festgeteert hatte. Er betastete sie ringsum in aller Ausgiebigkeit, und zwar auf beiden Seiten der Verbindungsstelle der schnabelmäuligen Zangengriffe, wo, in einem lockeren und wie eine Bonbonniere ausgehöhlten Knochen, das Gehirn lag: Auf beiden Seiten befanden sich, wie zwei Verbindungsbolzen, die Augen, zwei an der Verbindungsstelle eingeschlossene Mullbällchen, als wären sie die ausschließlichen Augen des Gehirns. Hier, hinter dem Schnabelmaul, suchte er mit den Fingern unter dem Sand die Umrisse des Knochens ab und betastete ihn dabei mit den Fingerkuppen so, als würde er darauf spielen. Doch gelang es ihm nicht, sich aufgrund der Ränder eine Vorstellung von der Größe der Aushöhlung zu machen, und damit auch nicht von dem Alter, das die Fere gehabt hatte: Da senkte er seine offene Handfläche auf sie, und zwar mit äußerster Vorsicht, um das Herabrieseln des Sands auf ein Mindestmaß zu beschränken, denn ohne es zu wollen, verhielt er sich, auch aus Angst vor dem einen oder anderen Splitter, als befände sie sich dort, lebendig und geduckt, und er würde sich ihr nähern und sie überraschend packen, unter seiner Hand ihr Gehirn einschließen, wie wenn es eine ins Zuckerrohr verirrte Wachtel wäre. Er spürte nicht die Rundung des Knochens, denn die Schädeldecke fehlte, und die Hand legte sich auf die offen liegende Nische: Statt den Sand einzuebnen, der aus ihr hervorquoll, verschloss er ihn in seiner Hand, formte ihn zur Kugel, presste ihn mit der Handfläche in die Aushöhlung, als wäre es die wiederhergestellte Schädeldecke.

Sie passte insgesamt in die Handfläche, ein Distelfinkköpfchen, eine Prise von Dynamit, das auf der Stirn abgeladen worden war, wo sie diesen gerundeten, beinahe wie ein Mützenschirm wirkenden Wulst, diesen tief gerunzelten Ausdruck ausbilden, so, als würde sie in großer, ständiger Nachdenklichkeit leben. Von da gehen, als würde das Gehirn sie selbst hervorbringen, die beiden sich öffnenden Hebel des schnabelartigen Mauls aus, der obere kürzer, der untere länger, von schiefer Linie, leicht gebuchtet, eigens geschaffen, um auf bestmögliche Weise zuzubeißen, festzuhalten und herauszureißen, ganz genau wie eine Elektrikerzange. Daher kommt auch ihr lachender Ausdruck, der weniger von ihr selbst abhängt, das heißt von dem Umstand, dass sie sich gebärdet wie eine, die sich unentwegt über andere lustig macht, als vielmehr von dem Umstand, dass sie aussieht, als wären ihr an den Maulwinkeln Rasiermesserschnitte beigebracht worden, und diese Schnitte hätten es ihr bis zu den Ohren und bis zu den Augen geweitet, zu einem löffelartigen Schnabelmaul, zu immerwährendem Spott.

Die da, so nackt, so bloß, das war ganz sie, ohne Haut jetzt und ohne den Rauch in den Augen, das heißt, ohne den Unterschlupf ihres schönen Äußeren: ein Hirn mit Augen und Ohren und mit diesem Maul einer alten Flegelin, das allerdings mit kleinen, dicht stehenden, glänzenden Zähnen aufgereiht war, die alle erschreckend jung aussahen, und das bestausgestattete Gebiss war, das es gibt, ein schönes Ornament von Zähnchen, ein Bukee von zweihundertvierundsechzig Rosendornen aus gehärtetem Stahl … Sie ist ganz Zähne und Gedankengänge, sagten die Pellisquadre; ein kiefernstarkes, scharfes Gehirn; ein Dornenhirn ohne Rosen, das mit der gleichen Geschwindigkeit schwimmt und mordet, und diese Geschwindigkeit ist größer als die der Sonne; ein Verstand, der auffrisst: Vorne schnappt es sich sein Opfer, und hinten scheidet sie es im gleichen Augenblick aus; ein Verstand mit Maul und Hintern; ein kleiner Vulkan, der oben ausbrütet und unten ausspeit.

Das Schnabelmaul war, was nicht weiter verwundern sollte, geschlossen, und die Zähne lagen ineinandergezwängt da, mit den Dornen von Mutter und Tochter. Er fuhr mit einem Finger über sie, und das Rieseln von Sand, von Asche, Lavagestein und Holzkohlensplitter, das den Zähnen unter seinen Fingerkuppen entwich, schien mit einem fernen Echo von Stille und Höllenlärm, von spöttischem Hiii, hiii, hiii, das einen schon beim bloßen Gedanken daran die Zähne zusammenbeißen ließ, in seinem Inneren nachzuklingen. Doch er legte seine Hand immer wieder auf diese Bonbonniere, wegen des sonderbaren Vergnügens, das er empfand, wenn er unter seiner Handfläche diese Leere voller Asche, dieses Loch eines erloschenen Kraters spürte. Doch das eigentliche Vergnügen war selbstverständlich das der Feminotinnen, die ihr ein fröhliches Fest bereitet hatten, und man konnte sehen, dass sie darin inzwischen geschickt waren, denn das Fest hatten sie ihr nach allen Regeln der Kunst bereitet. Sie mussten ihr den Kopf gleich beim ersten Versuch abgeschlagen haben, möglicherweise mit einer Axt, so dass der letzte Wirbel, der Nackenring, über den sich der übrige Körper mit dem Gehirn verbindet wie ein Abschleppwagen der Lokomotive, ebenfalls herausgeschlagen worden war: Die Klinge hatte die Schädeldecke mit einem millimetergenauen, haarfeinen Schlag abgetrennt. Dann hatten sie sie durchwühlt, eine ganz gewöhnliche Maßnahme für sie: Danach führten sie wohl noch einmal die Axt als Klinge und mussten ihr wahrscheinlich die Schädeldecke abgemützt haben und legten dabei dieses Konzentrat von hochprozentigem Phosphor frei, diese kostbare Gabe, die nur einer in einer Auster gefundenen Perle vergleichbar ist, denn auch wenn die Menge wirklich nur der eines Distelfinks entsprach, musste man über seine Wirkung sagen, dass sie einer Explosion gleichkam, einem bengalischen Feuer der Intelligenz, einem höchsten, außerordentlich sonderbaren Köstlichkeitstraum aus Phosphor, einem Aufruhr des Gehirns.

Das musste der allererste Gedanke für die Feminotinnen gewesen sein. Sie mussten sich eilen, ihr die Schädeldecke abzumützen wie einem Igel, denn dort hat die Fere ihr gesamtes Leben und mithin auch ihren gesamten Tod. Auch wenn sie Bauchfleisch auf Bauchfleisch einkorbten, und auch, wenn sie einsalzten und einbüchsten und aufeinanderpressten in Blechdosen und in Holzfässern, bevor sie Hand ans Zerteilen legten, nährten sich die Feminotinnen zuallererst, daran besteht kein Zweifel, indem sie dieses Mark allen Marks aufschlürften.

Er stellte sich die Feminotinnen vor, die es vielleicht in Schichten mit denen machten, die nach Sizilien übersetzten und bei Morgendämmer auf den Kieseln saßen, die Füße im Wasser, die Arme auf den Knien, die Hände, die den Dolch zwischen ihren Beinen festhielten, bereit, die Kadaver zu empfangen. An ihrer Seite hatten sie möglicherweise die Harpunen, um sie an Land zu ziehen, sofern sie sie nicht mit den Händen erreichen konnten: Sie saßen da, bereit und abgeschirmt, und wenn ihnen eine unterkam, die das Gerülpse vielleicht halb tot oder halb lebendig zurückgelassen hatte, ließen sie der nicht einmal die Zeit, ihren eigenen Tod zu sterben.

Natürlich erledigten sie an Ort und Stelle sowohl das Gröbste als auch das Feinste. Sie nahmen sie aus, wobei sie ihr die Klinge in den Schlitz unten stießen, schnitten sie auf und entleerten sie, sofern es welchen gab, vom noch unversehrten Fisch, der vor dem Mageneingang verblieben war, und danach vom Übrigen, das alles Abfall war, wuschen sie mit Meerwasser aus und lösten dann das Bauchfleisch vom Rest, um es zu trocknen.

Doch noch vor diesem Gröbsten und diesem Feinsten schlürften sie ihr täglich Ei. Selbstverständlich köpften sie sie, ohne sie auch nur zu berühren, kaum dass sie mit der Harpune ihren Kopf ans Ufer gezogen hatten. Zuerst legten sie Hand an den Stirnwulst vorne, entmützten das Schädeldach, wie wenn es ein stacheliger Igel wäre, und leerten ihn dann von dem machtvollen Phosphor mit einem Löffel oder gleich mit den Händen, oder sie lutschten es noch an der Stelle aus, indem sie den Mund wie einen Saugnapf daraufsetzten.

Er wettete, dass jede dieser Karkassen ringsum geköpft und der Schädel irgendwo auf den Strand geworfen worden war, wie der, der jetzt unter seiner Hand lag, mit der Aushöhlung an der Stirn, die so leer war wie eine Eierschale. Die Feminotinnen kannten ihn, diesen kostbaren Fund, von alters her, mindestens ebenso lange schon wie die Pellisquadre. Die Feminotinnen waren ja nicht diese ahnungslosen Weiber, die er bei Tagesanbruch in schwarzen Überwurfschals gleich Raben zur Fere hatte rennen sehen, die in dieser Einbuchtung des taureanischen Strandes angelandet worden war, und nach zwei

Minuten hatten sie sie völlig zum Gerippe gemacht und sie bis auf die Knochen entfleischt, doch ließen sie ihr den Kopf mit der kostbaren Nahrung: Vielleicht hatten sie zu Hause ja irgendeinen Kranken, irgendein blasses, Hunger leidendes Kind, das, wenn sie ihm dieses Geschwabbel mit ein paar Spritzern Zitronensaft gaben, gleich wieder Farbe bekam und vor ihren Augen wieder aufblühte. Doch diese armen Weiber mochten wohl auch, um sich etwas Essbares zu verschaffen, aus den Dörfern im Inneren der Insel gekommen sein, weit abgelegen vom Meer, vielleicht, weil sich das Gerücht von bestimmten großen Fischen verbreitet hatte, die das Meer tot an die Strände warf, und man müsse nur vor Tagesanbruch am Strand sein, bevor die Sonne sich mit ihrer Hitze über die Kadaver hermachte, um sich einen stattlichen Vorrat an frischem Fleisch zu sichern: Welche Ahnung hatten diese armen Weiber, diese ahnungslosen Bergdisteln denn schon von Feren und vom Gehirn der Fere?

Doch nicht alle konnten diesem Glückshappen etwas abgewinnen. Die Männer einer Bootsmannschaft zum Beispiel, ob Pellisquadre oder Bootsjungs, mochten ihn nicht. Für die Pellisquadre mochte es wert sein, was es wollte: ob es zehn Eier für eine Auster waren oder zehn echte Austern, sie spuckten dennoch drauf.

Doch einmal aßen sie ihn, als hätte der Arzt es ihnen verschrieben. Das war, als sie die Fere vor aller Augen der Schande preisgaben, nachdem sie sie schon seit langem erpresst hatte, so dass ihnen gar kein anderer Ausweg blieb als der, eine von ihnen zu fangen, und das war ein Wort, sie zu fangen. Manchmal schien es, dass sie, bevor es ihnen endlich gelang, alt werden und ihr hinterhersterben würden. Doch wenn sie sie fingen, ließen sie ihr Blut heraustropfen, damit dessen Geruch die anderen einschüchtern konnte, und das gelang immerhin. An diesem Punkt nun war's, dass sie dort, auf dem Ontro, sich diese Folter auferlegten, das Gehirn aufzuteilen und es zu essen. Das war symbolisch, nicht, um sich die größte Genugtuung zu verschaffen oder ihr eine Schmach zuzufügen, es war aus Skrupel oder auch aus dem Wunschdenken heraus, nichts, aber auch nichts unversucht zu lassen, sie an der Wurzel auszurotten. Nichts konnte ihnen das besser garantieren, als wenn sie ihr Gehirn aßen, es zu zerkauen, hinunterzuschlucken und dann als Babyschiss wieder auszuscheiden. Und sie taten es auch, um sich immer und immer wieder den Abscheu vor ihr zu bewahren und ihr ihren Giftzahn zu zeigen, wenn sie wieder einmal auftauchte und zuschlug, nachdem sie sich eine Zeitlang außerhalb ihrer Wassergevierte aufgehalten hatte und sie vielleicht aus der Ferne im Auge behielt.

Doch das war der Beweggrund, den sie genannt hatten und der von allen verstanden wurde. Es gab da aber auch noch einen anderen, stillschweigenden, unterschwelligen, der jedem der Pellisquadre durch den Kopf ging, während sie, jeder fingerweise, die Aushöhlung im Kopf der Fere von dieser gestockten Milchmasse leerten, diese Kammer von strategischen und architektonischen Erfindungen der barbarischsten aller Launen und der ausgekochtesten Durchtriebenheit. Und dieser Beweggrund, verborgen und uneingestanden, der sie drängte, sich mit Fere zu sättigen, war ein einziges Mal noch einmal der, sich durch die Fere von der Fere zu heilen, es war noch einmal der Beweggrund, dessentwegen die Mutter des kleinen Caitanello ihm die veraschte Finne der Mitttägigen verabreicht hatte.

Die Schwärmerei der Pellisquadre, die allerdings weniger und doch auch mehr war als eine Schwärmerei, nämlich etwas aus dem Augenblick heraus, weil es immer dann, was man gar nicht meinen sollte, aus ihnen hervorsprudelte, wenn ihre öffentliche Demütigung den Höhepunkt erreichte, nämlich dann, wenn sie im Begriff standen, ihr das Fleischermesser in den Hals zu stoßen und ihr Blut ins Meer schießen zu lassen, eben genau in dem Augenblick, als sie sie Tropfen um Tropfen für jede Schmach, jedes Massaker, jeden schneidenden Schmerz, den die Netze, die Fische und ihre eigenen Herzen durch sie hatten ertragen müssen, büßen ließen. An diesem Punkt ereignete sich fatalerweise dies: Ein schlechtes Gewissen bemächtigte sich ihrer, sie wurden zu einem Haufen Elender. Sie wusste das, diese alte hinterhältige Tragödiantin, sie wusste, dass sie dabei waren, ihr das Miserere zu singen, und da fing sie an, ein Feuerwerk an Szenenfolgen aus ihrem erbarmungswürdigen Theater abzuschießen: Den Blick von unten nach oben gerichtet, mit einer Träne, mit wedelnden Händchen, so, als wollte sie sich verbergen, das Ngangà, ngangà, ngangà eines sterbenden Kindes, das seine Mutter sucht. Ihre schmirgelpapierene Haut schützt die Pellisquadre nicht vor derartigen Anstürmen. Das wussten auch die Pellisquadre, es war ja eine alte Geschichte, sie wussten, welchen Grund dieses ganze Theater hatte, sie wussten, dass das Kindchen vielleicht auch eine Elendige war, die auf die dreißig zuging, ein altes Schulschiff, das unzählige zertrümmerte Palamitaranetze auf dem Gewissen haben musste, die, wenn man sie zusammenhäufte, wegschmeißen konnte, angefangen am Golfo dell'Aria und dann immer weiter südwärts treibend, bis nach Malta und dann die gesamte Straße von Sizilien hindurch. Doch gleichwohl fühlten sie fatalerweise an diesem Punkt, wie die harte, kalte, rachsüchtige Abneigung, die sie über Stunden und Stunden mit diesem eng zwischen ihren Zähnen sitzenden Gedanken wie ihrem Atem während der gesamten Jagd auf die Fere angetrieben hatte, in ihrer Brust allmählich zerrieselte wie eine Handvoll Sand zwischen den Fingern; es packte sie so etwas wie ein Unwille am Seeleneingang, etwas wie ein Gewissensbiss, irgend so etwas, sie wussten nicht, wie sie es nennen sollten. Von diesen Schmerzensrufen des Ngangà, ngangà berührt, kam ein Zittern über sie wie Fensterscheiben bei einem Erdbeben, innerlich zerbrachen sie, sie klirrten und wehklagten innerlich in einer Weise, wie es nicht einmal bei großem Kummer und bei Seelenstichen vorkam. Wie wenn sie alle verzagt und hilflos wären, war es für sie, als würde irgendwo in ihnen etwas zerspringen und explodieren, in diesem ganzen Mut, den sie zusammengenommen hatten, und das Schlimmste von allem war, dass sie nicht wussten, was sie tun sollten, um sich nicht so zu fühlen, wie sie sich fühlten, sie wussten nicht, damit umzugehen, sie wussten nicht, mit sich umzugehen.

Als sie dann einen Entschluss gefasst hatten oder besser gesagt: Als Luigi Orioles einen Entschluss gefasst hatte, der, je mehr es den anderen an Willen mangelte, immer mehr zu Marmor wurde, entschlossen sie sich, ihr die Klinge in den Hals zu stoßen, denn dafür waren sie mit ihr ja dort, und sie, zum Schweigen gebracht, begann auszubluten und vertrieb mit dem Geruch ihres Bluts die anderen weit von dort weg. Da geschah es nun, dass sie, die Pellisquadre, gänzlich die Folterqualen vergaßen, die diese Fere ihnen zugefügt hatte, und immer wieder ihr herbes, wie aus Zitrone und Milch bestehendes Stimmchen hörten, das ihnen weiter ans Ohr drang, ihnen die Zähne zusammenband, sie innerlich ankratzte, am Seeleneingang schmerzte, ein widerwärtiges, abstoßendes Leid, mit diesem unerträglichen, quälenden Klang der Stimme, die an tränengetränktes, von einem Fingernagel zerritztes Seidenpapier erinnerte, ein Seidenpapier, das man zerreißt, und während man es zerreißt, scheint es dem, der es hört, gleichzeitig die Eingeweide zu zerreißen.

Sie hatten sozusagen eine Vision, in der sie ihre Kinder sahen, die sie zu Hause gelassen hatten, mit ihrem Gesicht und mit ihrem Stimmchen anstelle des Gesichts und dem Stimmchen der Fere, die von unten heraufblickte, mit der Messerklinge im Hals, und sie um Hilfe und um Erbarmen anflehte. Das war ein Eindruck, der ihnen allen, die auf dem Ontro waren, die Eier herausriss, auch wenn nicht mehr alle von ihnen Kinder in Windeln zu Hause hatten. Sie sagten sich das zwar nicht, doch die Vision, die jeder davon hatte, musste derart ähnlich gewesen sein, dass, wenn man sie alle sechs mit ihren aufgeschlitzten, Todesqualen leidenden Kindern darinnen nebeneinandergestellt hätte, sich gewiss so etwas wie ein kleiner Bethlehemitischer Kindermord vor ihren Augen abgespielt hätte.

Aus diesem Grund füllten sie sich den Bauch mit ihrem Hirn: Alles sollte ihnen wieder aufstoßen, die ganze Bittergalle, die die Fere ihnen verursachte und für sie darstellte, die ganze Bitterkeit des Herzens, die keine Süße der Welt ungeschehen machen konnte. Aus diesem Grund unterwarfen sie sich und ließen deren Hirnmark in ihren Mündern zergehen, damit sie den Zauber dieser infamen Theatrantin loswurden, doch auch, so sollte man meinen, um sich für diese irrsinnige Schwäche zu bestrafen, die sie erfasst hatte, für dieses widernatürliche Erbarmen.

Letzten Endes war dieses eine Mal, wo die Pellisquadre sich vorsätzlich mit dem Hirn der Fere nährten, deshalb geschehen, um sich das Erbarmen um sie mit ihr selber auszutreiben, auf die gleiche Weise, wie es bei jemandem von ihnen in Kindertagen vorgekommen war, dass er sich mit dieser Mischung aus Knochenasche und Honig, die von der Mama hergerichtet worden war, von der dichterischen Kinderliebe abwenden musste, um diese Schwärmerei für sie durch sie zu erbrechen, denn letzten Endes waren diese Art von Schwärmerei und diese Art von Erbarmen die abartigste Art von Schwärmerei und Erbarmen, die man sich vorstellen konnte, Geschwister, in gleicher Weise bespuckt und verhöhnt, deren Ursprung einer war.

War es denn so falsch, wenn sie sagten, dass es ein exzentrisches Arkan war, ebenso eine Sache wie auch eine andere: Schaden und Abhilfe, Krankheit und Arznei, Manna, Mannaia, Mannit?

Wenn die Pellisquadre wiederholten, dass es eine Vergangenheit zwischen ihnen und denen da gegeben hatte, wenn sie sich damit brüsteten, die einen würden die anderen kennen, merkten sie gar nicht, dass in demselben Augenblick, in denselben Worten diese Vergangenheit Gegenwart wurde, die Zukunft war ja schon das, was sie Vergangenheit nannten, und stand zwischen ihnen und denen da als Gegenwart. Die Vergangenheit war, mit einem Wort, der Preis, den sie zahlten, um sie zu besitzen und Wissen von ihr zu haben. Doch die Fere war, sie ist wie ein Darlehen, dessen Rückzahlung nie ein Ende findet. Und tatsächlich ist es so, dass, wenn der Pellesquadra von seinem Boot geht, weil er alt geworden ist, und er morgens auf den Stuhl vor der Türe gesetzt und abends wieder hereingeholt wird, als sollte er sich von allem Salz trocknen, das ihm in so vielen Jahren in den Körper gedrungen war und das seine Haut jetzt in einem Salzschleier ausschwitzt, er gar nicht sagen könnte, wie viel von diesem Darlehen zurückgezahlt wurde und wie viel noch zurückzuzahlen bleibt: Denn bei der Fere beginnen sie immer wieder bei null, wie wenn sich ein neues Darlehen auf das alte häuft. Es ist, als würde man ein neues Palamitaranetz auf Darlehen kaufen, während das Darlehen für das alte noch läuft, das die Fere unbrauchbar gemacht hat, und erneut, so, als ob der Geruch der noch trockenen Netzkordel sie anlocken würde, findet sie sich da ein, wo sie das Netz herunterlassen. Sie haben nicht einmal die Zeit, es auszuprobieren, und schon hat sie es zerstört. Die Pellisquadre werden alt und sterben, und alt werden auch die Caristis aus Skylla, die Racìtis aus Gàlati, die Lisciottis aus Alì und sterben, Meister der Bootsbauerkunst und Kordelmacher: Sie sterben und hinterlassen ihren Söhnen Berufe und Kredite, und diese wachsen und werden Pellisquadre, die, die milchbärtig waren zu der Zeit, als das Darlehen entstand, und die Pellisquadre sprechen mit ihnen darüber im Augenblick des Todes, damit diese sich würdevoll darum kümmern. Und das Darlehen dauert fort, geht durch neue Hände, die geben und nehmen, sie zählen Gesichter, Metalle, Dokumente, Geldwerte, sie tauschen sie ein, sie steigen und fallen, sie verlieren an Wert und gewinnen wieder an Wert in Kriegs- und Nachkriegszeiten: Einige Leben gehen darüber hinweg, und das Darlehen kommt an kein Ende, fast scheint es gar, dass man nur mit dem einzigen Ziel auf die Welt komme, sich ihm zu stellen, um ihm nur eine Handbreite von dem langen Schwanz zu entreißen, mit dem es sie ein Leben lang an sich fesselt, um ein paar dieser Schlin gen aufzulösen, die vom Fälligkeitsdatum des Rückzahlungsbetrags gekennzeichnet sind, vom Fälligkeitsdatum des gegebenen Worts.

Dieser Tag jedoch, der Tag, an dem man sagen konnte: Endlich ist es uns gelungen, sie ganz und gar zu kennen, ihr Leben, ihren Tod und ihre Wundertaten, schien der Nimmerleinstag zu sein. Das Darlehen, das sie an die Fere zahlten, hörte weder mit der Zeit auf, noch wurde es durch Erfahrung geringer, denn auf sie, auch wenn sie dieses Jahr nicht da war, dann war sie's eben im folgenden Jahr, konnten sie zählen, sie fingen wieder von vorne an, mit dem Hintern unmittelbar im Hospital. So kannten sie sie, als Monatsraten, als Schuldbetrag und Leihgeld, als Hypothek und Wucher, wie das Darlehen, das von einem auf den anderen Augenblick nahezu abgezahlt ist und sich dann erneuert, und das vermittelt betrüblicherweise den Sinn von dessen untilgbarem

Wesen. Dieses Wissen hatten sie alle, ein Wissen wie von einem in die Tiefe stürzenden Abgrund in den Meeren zwischen Skylla und Charybdis, von einem finsteren Tiefengrund, den die Sonnenstrahlen nur äußerst spärlich durchdringen und nur eben aufhellen, und den sie niemals in der Lage wären, ganz auszuloten, weil ihnen dazu ihr Atem niemals ausreichen würde.

Im Allgemeinen wissen wir nur, dass wir nichts über sie wissen: So lautete der Spruch von Ferdinando Currò, der wie in so vielen anderen Dingen auch in dieser Frage die Wahrheit verkündet hatte. Sie wussten, dass sie nichts über sie wussten: Ja, darauf konnten sie sich verlassen, sie wussten, dass sie nichts über sie wussten und sich nicht der Täuschung hingeben durften, es eines Tages zu wissen, und das war schon etwas, das war immer etwas. Sie kannten sie immer vom letzten Mal her, und die Kenntnis dauerte bis zum nächsten Mal, wenn die Kenntnis sich veränderte, sie hatten immer eine neue Kenntnis von ihr, daher hatten sie niemals ein Wissen über sie. Sie kannten sie, wie, wie sehr und wann es ihr passte, sowohl im Hinblick auf ihr Leben als auch auf ihr Sterben. Sie kannten sie jedes Mal, wenn sie sie leiden ließ und solange sie sie leiden ließ, am eigenen Leib, um es direkt zu sagen, wenn die Geschichte sie ganz persönlich traf. Sie kannten sie nur von dem Standpunkt aus, den sie ihnen aufzwang, dem aufgenötigtsten und misslichsten, dem überwältigendsten und schwierigsten aller Standpunkte. Dem Standpunkt eines Menschen, der im Leben, bei Anbruch eines neuen Tags, mit dem Boot zur Arbeit hinausfährt, einer Arbeit, die ihm das Schicksal in die Hand gegeben hatte, und notwendigerweise einen Blick auf den verdämmernden Mond werfen muss, ob er sich vielleicht in violette Schleier gehüllt hatte, die nichts Gutes verhießen, und auf die heraufziehende Sonne, ob sie zwischen Wolken oder in aller Klarheit erschien, in Rosa, in Rot oder in Weiß; und er muss den Wind beschnuppern, ob er fällt oder steigt, ob er ein Gräkal aus Nordost, ein Libeccio aus Südwest oder ein Schirokko ist; er muss sich die Strömung ansehen, ob sie erstirbt oder sich wiederbelebt, ob sie auf- oder absteigt, und er muss sich danach in der Gegend umhören, ob die Fere Zeichen von sich gibt und sich aufgrund der Zeichen fragen, wie sie an diesem Tag wohl auftritt, und er muss sich anstrengen zu erraten, ohne es je erraten zu können, wie sie sich an diesem Tag wohl verhält, wie weit sie es mit ihrer vernichtenden Missgunst wohl treibt, vor allem in den Monaten des Fischzugs, der Schwertfische mit ihren langnasigen Pulcinells, vor allem diesen, den Männchen, ganz sicher aber nicht den Prallhüftigen, ihren trächtigen Weibchen, die ankommen und Gefahr laufen, im Maul dieser Drecksbestien zu enden.

So kannten sie sie, wie ein Phänomen, das sie in Betracht ziehen mussten, an jedem Tag ihres Lebens, so wie man den Mond oder die Sonne, den Wind oder die Strömung in Betracht zieht: wie eines dieser Naturphänomene, die tagtäglich über das Leben des Fischers entscheiden und manchmal auch über seinen Tod.

Die Strömung änderte sich: Dort floss die jonische in Richtung Malta hinunter, hier hörte die tyrrhenische auf und erstarb für ihre vier Stunden.

Die Wellen schlugen ein bisschen, so, als würden sie miteinander raufen, dann glätteten sie sich und spülten dumpf, ganz dumpf durch die tiefen Aushöhlungen. Dieser Klang des ausgetrockneten Flussbetts, mal ein windiges Rauschen, gewaltig und zart, wie ein dichter Haufen von Insekten in einem Tunnel, mal ein fernes, ersticktes Donnerdröhnen, ein in die Tiefe stürzender Sandrutsch, dieser Klang entschwand in der Luft, so, als würde sich das ausgetrocknete Flussbett selbst aus seinem Bett entfernen; und als er ganz entschwunden war, steigerte sich dieses Summen, das sogleich die Luft an seinem Ohr erfüllte und ihn nahezu gehörlos werden ließ, dieser geheimnisvolle Klang von etwas anderem, das vom großen Bett der Strömung herüberkam und nur Stille war, steigerte sich in der Dunkelheit wie aus einer Wüste ins Unermessliche, mit der gleichen schicksalhaften, katastrophenbefrachteten Großartigkeit des gerade erstorbenen Meers. Und weil es sich anhörte, als wäre mit der Stille auch der Schirokko durch das Verschwinden des Meers verstärkt worden, und man jetzt spüren konnte, wie er, wildgeworden, mit seinen Flämmchen aus unzähligen Herdstellen im schwarzen Sand in der bitteren, raucherfüllten Luft windlos aufatmete, war das Dunkel in diesem Augenblick vollkommen und aufgeladen mit dieser Totenruhe des Meers.

Nachher kam es ihm vor, als würde er in dieser Dunkelheit, wohin er sich von diesem Gestade auch wandte, durch eine unendliche Einsamkeit irren, über Gewässer, Land und Landgewässer, die wirr und unergründlich waren. Daher drang möglicherweise dort das Schluchzen ganzer Ferenschwärme zu ihm, das sich anhörte, als käme es von kleinen, in Windeln liegenden, übernächtigten Kindern, Feren, die ins lebendige Meer hinüberschossen und so taten, als würden sie von der Totenstille des Wassers bedroht, denn auch davon ließen sie sich zu ihrer Ausgelassenheit anstiften, sie waren ja gleich geflohen und führten diese Farce mit kleinen Schluchzern und Gekicher auf, so, als wären sie einer aufziehenden Gefahr ausgesetzt. Leicht und schnell entfernten sie sich mit ihrem Ein- und Auftauchen zur Grenzlinie der beiden Meere, wo, nachdem das Tyrrhenische und das Jonische Meer das Schanschéladame ausgeführt hatten, die hinabfließende Strömung bereits rasch und schäumend eingesetzt haben und in Richtung Malta auf dem Weg sein musste.

Er öffnete seine Augen weit im Dunkel, denn er erwartete sie innerhalb der folgenden vier Stunden, angefangen mit diesem Augenblick, bis zum neuen Wechsel der Strömung. Da war es doch undenkbar, dass die Feminotinnen nicht die Rückströmung ausnutzten, um nach Sizilien überzusetzen, frisch wie Rosen, von den Bastardellen der Strömung in der Kutsche ans andere Ufer getragen.

Wer sich dort aufhält, weiß es, und sie, die immer mit der Meerenge zu tun hatten, mussten es ganz genau wissen: Diese Bastardellen sind Auswürfe und Abfälle der Hauptströmung, sowohl der hinaufziehenden wie der hinabziehenden, kleine Randströmungen, die sich von der mächtigen Hauptströmung, die sie hervorbringt, zurückwenden und frisch und munter in einem Zickzack in die erstorbene Strömung eindringen und von dort aus wieder zu ihrem Ausgangspunkt zurückkehren, dann machen sie sich erneut auf den Weg, sie gehen und kommen, doch immer an den Rändern, immer außerhalb des Strömungsbetts, sie verzweigen sich wie Kanäle und Kanälchen, und zwar unter der Bedingung, dass derjenige, der die Lenkung übernommen hat, die Schliche kennt und sich mit dem Steuerruder hindurchzuwinden versteht, sie sind schiffbar und werden von kleinen Seglern, Kähnen und Kaiks befahren, die ausreichend Gewicht, Festigkeit und Wassergang mitbringen, damit sie nicht in der Gewalt des tobenden Strömungsglibbers enden, wo man allerdings auch ein respektables Langboot wie eine Palamitara in der Hand gewisser Pellisquadre bequem und gefahrlos führen kann. Von einem anderen Boot, einem kleineren als der Palamitara, hat man niemals etwas gehört noch je darüber gesprochen.

Die Zeit verstrich für ihn nur langsam und schwerfällig, er maß sie nach dem Gestank der dicht auf dem Strand herumliegenden, warmen Karkassen, die ihm Gesellschaft leisteten, und nach der in keiner Weise begründeten Gewissheit, die er hatte, dass er die Feminotinnen aufs Meer hinausfahren sehen würde. Als nun aber der Halbschlaf sich mit allen Bedürfnissen über ihn hermachte, die einen Menschen in seiner Situation befallen konnten, einen Menschen, der eigentlich nur seinen pechschweren Schlaf schlafen wollte, waren wie stille schwarze Schatten, schwarz wie lebendige Abgussformen im Dunkeln, die Häuflein von Schmugglerinnen auf den Strand gehuscht. Paarweise hielten sie mit ihren Armen die schaukelnden Gleitboote umgedreht über ihren Köpfen, und nun machte er sich eine Vorstellung davon, um welchen Bootstyp es sich hier überhaupt handelte. Sie waren alleine, er sah auch nicht einen Schatten von einem Soldaten. Als sie lautlos, ganz still, so, als würden sie nicht einmal den Sand mit ihren Füßen berühren, ja nicht einmal atmen, am Wasser ankamen, hoben sie mühelos die Boote hoch und setzten sie, halb im Wasser liegend, eines neben dem anderen ab: sieben. Dann gingen sie wieder zwischen die Sandhaufen nach oben zurück, wohl um die Ausrüstung zu holen, ließen die Boote aber, nur wenige Meter von ihm entfernt, ausgerichtet dort zurück, als wollten sie sagen: Pass auf sie auf und sieh selber, ob du ihnen dein Leben anvertrauen willst.

Er beeilte sich in der Tat, sie anzusehen, er strengte seine Augen in der Dunkelheit an, um auf der Stelle, ohne den Schatten eines Zweifels, seinen ersten Eindruck zu klären, nämlich dass es Bötchen aus in Tinte gefallenem Papier wären. Er brauchte nicht viel, um zu dem Schluss zu gelangen, dass es sich bei ihnen um den würdelosesten und gefährlichsten Schrott von Wassergefährten handelte, die er je gesehen hatte. Wegen der kurzen Umrisse, die mal schlank, mal ausgebuchtet waren, hätte er schwören mögen, dass es sich um Kähnchen, Schiffchen und Rettungsbötchen handelte: Und aufgrund der Dimensionen einer Nussschale hätte er gesagt, dass sie von Unterseebooten oder gar von Wasserflugzeugen stammten und es durchaus sein konnte, dass einige von ihnen zudem aus Gummi oder aus gummiertem Segeltuch bestanden. So hatte das Märchen von den Booten geklungen, die die Feminotinnen an sich gerissen hatten, und jetzt erklärte er es sich: Es war also nichts Hörengesagtes, wie er glaubte, auch dies war ein Mitdenaugengesehenes, denn er sah ja die Wahrheit wie sie ist vor sich, auch wenn der alte Strandvagabund keine Feminotinnen gesehen hatte, sondern nur Fußabdrücke von Feminotinnen, keine Boote, sondern nur Schleifspuren von Booten. Ja, das waren die richtigen Boote, die man als Ganzes, ohne die Notwendigkeit, sie zu zerlegen, unter dem Bett verstecken konnte; und auch die richtigen, um immer auf dem Wasser zu treiben, in jedweder Art von Schiffbruch, allerdings ohne die Armen, die sie retten sollten. Sollen sie doch, dachte er. Sie konnten sich das bei den sieben Abenteuersinnen, die sie besaßen, bei den sieben Leben, über die sie verfügten, erlauben, auch wenn ein verschrobener Bastardell sie mitten in der Strömung zwickte und die Lanzitte von unten her zu gleiten begann, als würde sie von einem Magneten angezogen, und sie dann Lust hatten, sie zurückzupfeifen, um zu versuchen, sie aufzuhalten, bevor sie nach Malta gelangte. Was machte das diesen Tausendundeinnächtigen schon? Die Feminotinnen waren so beschaffen, dass sie, auch wenn sie der Hölle entkamen, im Nu mit einem Stück Glut aus diesem Feuer in ihrer Hand wieder auftauchten, der einzigen Ware, die sie dort finden würden, um mit ihr die Herdstelle anzuzünden, damit man nur nicht sagen konnte, sie hätten die Reise völlig umsonst gemacht.

Nach einer Weile tauchte die Schlange der Feminotinnen wieder aus der Finsternis des Grottengewirrs auf. Sie trugen Ruder und Steuer bei sich, aber auch Säcke und Bündel, Kanister und Kanisterchen, Eimer und Büchsen. Er erkannte die ausbalancierten Formen auf ihren Köpfen, doch konnte man sich im Übrigen auch kaum irren, denn das war, zu Wasser und zu Lande, eben ihre Ausrüstung. Sie brachten diese Dinge in ihren Booten unter und machten sich daran, die Ruder in den Dollen zu befestigen, im Dunkeln machten sie sich an diesen improvisierten Bötchen zu schaffen wie Menschen voller Sorgen, denen das Herz aus irgendeinem Grund im Hals schlägt, das sie drängt, unverzüglich diesen Strand zu verlassen.

Nach Ansicht des alten Strandvagabunden vom Golfo dell'Aria war das der geeignete Augenblick. Auf frischer Tat müsst Ihr sie ertappen, hatte er ihm ans Herz gelegt. Und die frische Tat war, in dem ganzen Durcheinander des Alten, der Augenblick, wenn sie ein Bein an Land und eines schon ins Boot gestellt hatten und sozusagen alle Türen offen standen. Dann ran: mit kaltem Mut und kaltem Blut. Kommt heraus und guckt Euch eine aus, möglichst die mit der prächtigsten Gestalt, und richtet sie Euch her. Etwas Schnelles, denn unten begegnet Ihr keinerlei Widerstand, doch legt all Eure Gefühle hinein. Wenn es Euch gelingt einzudringen, belästigen Euch weder die Auserwählte noch die anderen, sofern Ihr der da nicht erst Euren kleinen Dienst erwiesen habt. Jeden treu Ergebenen betrachten diese Göttinnen als heiligen Gast, wenn er sich ihrer Anbetung hingibt. Und nach dem Zìttiti, nach dem Eindringen, wenn Ihr hört, dass sie wimmert und Focu meu, focu meu sagt, genau dann werft Euch dieser Feuersäule zu Füßen, umfasst ihre Knie und fleht sie an: Nimm mich ins Boot, wenn ich dir guten Dienst erwiesen habe. Und die, seid gewiss, auch wenn die anderen sich abwehrend verhalten, sie wird sich in Stücke reißen lassen, um Euch zu entsprechen, denn für diese großartigen Frauen, die sie sind, ist ein Ja ein Ja und ein Nein ein Nein. Der Grund dafür, dass er sich anstrengte, sich ganz genau die Worte des alten Strandvagabunden in die Erinnerung zurückzurufen, war weniger, dass er noch einmal die Anweisungen des alten Strandvagabunden durchgehen wollte, als vielmehr noch einmal den raubvogelartigen Klang der Stimme dieses Feminotaurus zu hören.

Dann geschah etwas Unerwartetes, zumindest für die Feminotinnen, denn was ihn betraf, hatte er für diese Spielrunde bereits ausgesetzt. Aus dem Grottengewirr, am äußersten Rand der felsigen Einebnung, kamen trockene, dumpfe Schläge, fast so, als würde jemand die Aufmerksamkeit auf sich ziehen wollen, indem er gegen die ausgehöhlten Felsen schlug, unten ebenso wie oben, um herauszukommen oder um hineinzugehen. Das Echo der Schläge lief zwischen den Klippen her und rollte dann vom Vorgebirge ins Meer wie ein sich entfernender Donner. Das war Boccadopa, der, vom Wein benebelt, aus dem Haus ins Freie getreten war und jetzt mit seiner Krücke durch Höhlen und Aushöhlungen dröhnte wie eine infernalische Macht.

Die Feminotinnen verdrückten sich zum Teil zwischen ihre Boote, zum Teil kauerten sie sich auf den Sand. Die Schläge entfernten sich etwas, doch gleich darauf näherten sie sich wieder mit raschem, wutgeladenem Dröhnen; schlagartig hörten sie am äußersten Rand der Klippe auf, und unmittelbar darauf schallte Portempedocles Stimme durch die Luft wie die eines Abgeschlachteten:

»Moooses? Moooses?«, rief er zweimal, und jedes Mal hielt er das *O* so, als würde er röcheln.

Diesmal wirkte es, seiner Meinung nach, überhaupt nicht wie etwas Abgesprochenes und so, als würde er nach ihm rufen, sondern Portempedocle schien wirklich den Propheten mit dem weißen Bart anzurufen: Es klang wirklich, wie wenn er auf eine Antwort vom Himmel oder vom Meer oder von einem Berg warten würde.

Die Feminotinnen fingen an, leise miteinander zu reden, doch er konnte sie von seinem Versteck aus ausgezeichnet verstehen.

»Was sind das für Gespenster?«, fragte eine.

»Und wer ist das, dieser Moses? Der Name kommt mir nicht unbekannt vor, offen gesagt«, sagte eine andere.

»Bekannt oder unbekannt …«, sagte wieder eine andere. »Wieso rufen sie hier nach ihm, möchte ich wissen, man sollte meinen, er wäre in der Nähe …«

Darüber gab es zwischen Boccadopa und Portempedocle einen Wortwechsel, doch ihre Stimmen kamen gedämpft und hohl herüber, so, wie wenn sie ein Komplott schmiedeten. Hier und da schlug Boccadopa mit der Krücke gegen den Fels, als hätte er einen nervösen Tick, und erhob zugleich die Stimme gegen seinen Knecht.

»Das werden zwei von diesen Hungerleidersoldaten sein, die wir im Haus zurückgelassen haben, im Glauben, sie würden tief schlafen ...«, sagte eine der Feminotinnen.

»Einer von den beiden macht reichlich Gebrauch von seiner Krücke ...«, sagte eine andere.

»Und genau der fiel mir zu, o Elend«, sagte noch eine andere.

Sie erzählte, dass dieses Hinkebein wie ein Frauenheld ihr Haus betreten hatte. Gutes Weib, hatte er zu ihr gesagt, ich habe Hunger, kann ich mich bedienen? Und ohne abzuwarten, dass sie ihm sagte bedient Euch, hat er sich zum Herrn aufgespielt. Sein erster Gedanke war, im Tiegel herumzuschnüffeln: Kommt mir gut vor, hatte er gesagt. Was ist das? Thun ist das, hatte sie geantwortet und gedacht: Ach, ja? Du hast den Krieg verloren und kommst zu mir ins Haus und spielst dich als Sieger auf? Ach, ja? Dann warte nur, ich decke dir schon auf.

Sie hatte ihm den Thun aufgetragen, das heißt die Fere, und dann ein Krüglein von dem Wein, sie wussten schon welchen, dieses Mameluckengepansche. Innerhalb einer Minute hatte sie gesehen, wie er seinen Kopf auf den Tisch legte. Kurz, sie hatte ihn wunderbar betäubt zurückgelassen, und Minuten später hörte sie stattdessen, wie er mit der Krücke herumschlug und dazu mit noch einem anderen dieses Theater veranstaltete.

»Der andere, könnt Ihr euch wohl denken, ist ein Totenschädel«, erklärte die, die mit ihm zu tun gehabt hatte, »ein solches Häufchen Elend, dass Ihr euch keine Vorstellung machen könnt, wie verkrätzt er aussieht. Und ist er mir nicht aus dem Haus entwischt? Er aß und ging hinaus und redete dummes Zeug. Ich habe ihn wieder geschnappt, weil ich dachte: Diese Art von Mann ist durchaus fähig, uns ringsumher alle durcheinanderzubringen und Patrulljen zu Wasser und zu Lande aufmerksam zu machen. Ob er schlief? Ach woher! Da ist er ja! Hört ihr ihn nicht, wie er nach Moses ruft, dass man glaubt, er läge mit seinem Kopf unter dem Henkersbeil?«

Die anderen sagten, dass es sicher nur eine Frage von Augenblicken war, bis das Gepansche seine Wirkung zeigen würde, es konnte nicht schiefgehen: Das war Soldatenwein gegen die Soldaten, eine Kriegserfindung, eine Art von Erstickungsgas.

»Vielleicht ists ja kein italienischer Erfund«, sagte eine, »vielleicht ists ein germanesischer Erfund. Weil sie weder Wingerte hatten noch Reblauben, haben die Germanesischen, da könnt ihr denken, was ihr wollt, einen Weg gefunden, ihn mit der Hand zu machen, den Wein, den sie nicht hatten …«

»Wein? Diesem Gesöff, das dem zu Kopf steigt, ders trinkt, wollen wir ihm wirklich die Ehre erweisen und es Wein nennen?«

»Schon, kann durchaus sein, dass es ein germanesischer Erfund ist. Aber meint ihr nicht auch, dass es ein ziemlich weiblicher Erfund ist?«

»Wer ist denn weiblicher als ein Germanesischer? Mir ist einer untergekommen, der mich mit seinem Arsch von Hintern tief beeindruckt hatte. Eine Kiste, ich schwörs euch …«

»Und mir einer, ich weiß nicht, ob ichs euch gesagt habe, der einem Lust machte, ihm die Milch aus der Brust zu pressen …«

»Na, gut, Brust und Arsch, aber was weiblich ist an ihnen, ist ihr Verstand. Den hat er, den Verstand, man möchte sagen: den, Brust und Arsch. Einen Arsch von Hintern und eine Brust voll Milchlab, das einen vergiftet. Der Verstand ist weder männlich noch weiblich, und gleichzeitig ist er Verstand sowohl des einen wie der anderen in einem Körper. So etwas wie ein widernatürliches Phänomen, ein Femimask, um es kurz zu sagen, und ein Femimask ist ein Wesen, das etwas von einem Mann und etwas von einer Frau hat, doch vom Mann hat es nur die Gestalt und von der Frau nur die Verstandeskraft. Doch Achtung: Verstandeskraft der Frau, zwar keiner echten Frau, wie ihr und ich, wir müssen ja nur ein bisschen die Beine öffnen, und schon sieht man, woran es nicht den geringsten Zweifel geben kann, nämlich, dass wir Frauen sind. Nein, das ist Verstandeskraft von Frauen, was vom Hals an abwärts Mann ist, und wenn man Kopf und Körper zusammenfügt, erhält man den Femimask: Um jedoch einen Christenmann und eine Christenfrau zu bekommen, müsste man dem Femimask den Kopf abschlagen, und das ist es, was wir ihm wünschen. Der Femimask ist weder Fisch noch Fleisch, er kennt in seinem Leben kein anderes Ziel, als die wirklichen Männer und die wirklichen Frauen auszulöschen. Habt ihr gehört, habt ihr gesehen, wie kraftvoll er im Krieg ist? Zwangsläufig hat er den Krieg erfunden, und der Krieg ist für ihn Alltägliches, so wie für uns unser kleiner Schmuggel mit dem Salz: Er hat ihn erfunden, weil er ihn brauchte, um uns allesamt zu vernichten. Kurzum, ich mag mich täuschen, doch für mich ist der germanesische Menschenschlag insgesamt ein Schlag Femimasker …«

»Femimaske, pirdeu. Wunderschön, Justinella, ist diese Beschreibung, die du für sie gefunden hast.«

»Christenschreck, von einem Femimask muss man sich alles erwarten.«

»Focu, focu, Feuer, o Feuer, und wenn sie wüssten, dass wir nicht nur Frauen sind, sondern im Vergleich zu den anderen eineinhalb Frauen sind, die hätten uns ja, wenn sie hier vorbeigekommen wären, allesamt erschossen, Haus um Haus …«

»Und doch kann man nicht leugnen, dass es unter ihnen auch Schöne gibt, die mit ihren blonden Haaren aussehen wie lauter Erzengelgabriels …«

»Und es gibt auch Friedfertige unter ihnen, da waren welche, das konnte man sehen, denen das Gewehr eine Last war, die lachten wie wir und ließen einen nicht blass werden und legten einem kein Todesgefühl in die Seele, wenn du ihnen Aug in Auge begegnet bist …«

»Versteht sich doch, dass es auch welche gibt, die dem Schlag nicht angehören. Aber glaubt ihr wirklich, die Femimasken machen einen Unterschied, nur weil sie Germanesische sind, mit den Germanesischen?«

»Doch ihr Verstandesmark arbeitet, Femimask hin, Femimask her … Da erfinden sie einem dieses gepanschte Gesöff, das beim Betrachten wie richtiger Wein aus dem Wingert aussieht, von schönem Rubinrot, und auch beim Kosten wie Wein schmeckt, wie verschlagener Wein. Doch dann will ich dir auf lange Sicht …«

»O ja, dieses barbarische Gepansche konnte nur eine weibliche Verstandeskraft ersinnen …«

»Heh, wenn wir hier, wir, doch nur die Formel dieser Tütchen wüssten, wenn wir sie kennen könnten … Den einen oder anderen, nach dem uns der Sinn steht und der uns gefällt, würden wir außer Gefecht setzen, ohne ihn auch nur mit dem Finger zu berühren.«

»Sah doch aus wie Anilinrot, wie Trester oder Bordoh, oder?«

»Aber hats denn nicht auch Wingerttraube sein können, etwas wie getrockneter und zermahlener Most?«

»Ach, du Törin, was kommt denn aus deinem Mund? So umwerfend, meinst du, ist der Most?«

»Das wäre genau wie mit unseren im Ofen getrockneten und dann zerstoßenen Pfefferschoten?«

»Focu, o Feuer: Wein als Pulver eingebüchst? Das allerdings, ja, das wäre Zauberei …«

»Der Germanesische wäre allerdings dazu in der Lage. Habe ich euch nicht gesagt, dass er ein Femimask ist, ein barbarischer, schlauer, verschlagener Verstand? Er ist Femimask, und um diesen Fehler zu verbergen, wird er zum Magier und stützt sich ganz auf Zauberkunst. Was ist die Zauberkunst des Germanesischen? Der Krieg, oder? Und darum büchste er alles Mögliche ein für den Krieg. Er büchste Brot, Fleisch und Butter ein, er büchste seine Seele ein, und da soll er nicht in der Lage sein, der da, auch Wein einzubüchsen?«

»Sind es denn Feinde ihres Fleisches, die ein so abscheuliches und vernebelndes Gepansche in sich hineinschütten? Ist es das, was der Germanesische christanständigen Wein nennt?«

»Was das angeht, ist der Germanesische ja auch kein richtiger Christenmensch. Ist er aber Femimask, wie Justinella behauptet, dann mag er eben femimaske Dinge wie er selber. Und dann, wenn ers erfunden hat, ist das ein Zeichen dafür, dass es nach seinem Geschmack ist, pirdeu. Und das bedeutet, dass das Gepansche andere, die richtige Menschen sind, außer Gefecht setzt, ihm aber, der Femimask ist, Genuss bringt …«

»Genuss bringt? Ja, wo denn? Am Arsch?«

»Auch möglich. Irgendwo bringts ihm Genuss …«

»Erlaubt ihr mir, dass auch ich ein Wort sage? Ihr habt entschieden, wie mir scheint, dass dies ein germanesischer Erfund ist, nicht? Und italienischer Erfund kanns wohl nicht sein, wie? Dann habt ihr nie etwas vom gefärbten Wasser gehört, das man den jungen italienischen Soldaten verabreichte und es als Wein ausgab? Und habt ihr niemals sagen hören, dass die jungen Soldaten ihre Blechbecher mit Erde ausscheuern mussten, aus denen sie getrunken hatten, weil so viel Farbe an ihnen haften geblieben war? Oder meint ihr etwa, man hätte ihnen den Zigarettenmist zu rauchen gegeben, der Milit hieß, und ihnen anschließend Wein aus Cirò oder aus Vittoria zu trinken gegeben?«

»Schon, aber an uns wird er von den Germanesischen verkauft.«

»Ich hab allerdings noch nicht verstanden, warum sie so überaus gütig waren und ihn an uns verkauft haben.«

»Weil sie sich sagen mussten: Wir verkaufen ihn an diese Schacherinnen hier, und wenn die inglisischen und ’merikanischen Soldaten uns von Sizilien aus verfolgen, kommen sie hier durch, sind durstig vor Hitze, hängen sich an unsere Weinpansche und schlafen tief berauscht, und wir, ist doch klar, befinden uns dann im Vorteil. Das haben sie sich sagen müssen, doch sie haben sich getäuscht. Gebrauch verstehen wir davon zu machen, wir verstehen es, Gebrauch davon zu machen.«

»Welchen Gebrauch denn?«

»Welchen Gebrauch denn, welchen Gebrauch denn … Gebrauch, den wir für richtig halten und wie er uns passt«, sagte und zerraufte sich die, die, wenigstens der Stimme nach zu urteilen, die kapotischste von allen sein musste. »Oooh, hast du, Vincenzina, denn bisher nichts gehört, was, du Törin? Ist denn heute Abend, gestern Abend, vorgestern Abend keiner in deinem Haus gelandet? Hast dus denn noch nicht ausprobiert? Focu meu, focu meu, die ist ja noch im Bauch ihrer Mutter …« Hier machte die, die redete, einen tiefen Geduldsseufzer und fügte hinzu: »Ach, du Törin, kleine Törin … Was aber, wenn dir einer von diesen verwilderten Gästen ins Haus gekommen wäre, die schon so lange mit einem von allem Möglichen ausgetrockneten Mund herumstreifen, du hättest in deiner Schimmerlosigkeit gar nicht daran gedacht, ihm diesen Mameluckenwein zu geben, und so wäre der bei Verstand geblieben und hätte dir, sobald du die Augen von ihm abgewendet hättest, den Rock hochgerissen. Verstehst du jetzt, welchen Gebrauch wir davon machten? Den nämlich: die Soldaten in einen tiefen Rauschschlaf zu versetzen, unseretwegen, nicht ihretwegen, und nicht die Inglisier und 'Merikaner, die ihnen nach hinaufzogen, um ihnen den Undsoweiter vollzustopfen, damals, zu Anfang September. Sollten wir etwa gegen die Inglisier und 'Merikaner gehen, um den anderen einen Vorteil zu verschaffen? Wir dachten uns: Warten wir, die Gelegenheit wird sich bieten, diese stinkende Pansche zu verabreichen. Und die Gelegenheit bot sich und bietet sich weiterhin: nicht bei Soldaten, die oben marschieren, sondern bei Soldaten, die sich unten hinschleppen, genauer gesagt, bei diesen sizilianischen Soldaten, die so hundeelend aussehen und sich auf die Insel zurückziehen und ihre Seele fest zwischen ihre Zähne nehmen. Die, jetzt, wo sie ihren Krieg verloren haben, kommen hierher und wollen uns unseren Krieg jede Nacht verlieren lassen, sie wollen bei uns die Puppen tanzen lassen. Hast du den gehört, wie er schrie? Und den anderen, wie er herumkrückte? Hörst du sie, in welche Gefahr sie uns bringen? Verstehst du, warum wir ihnen, diesen Lumpenhunden, die aus dem Krieg zurückkehren, den germanesischen Wein vorsetzten? Sie kommen dir ins Haus, wo du gerade hinausfahren willst, und mit unglaublicher soldatischer Unverschämtheit setzen sie sich ans Tischende und fordern Essen von dir, fordern Wein und dann auch noch Unterkunft, als hätte draußen ein Schild gehangen und es bekanntgemacht … Aber verstehst du denn nicht, mein Kleines, wenn wir sie nicht in einen Rauschschlaf versetzen, würden diese halbtoten Unglücksraben, denen man die Haut bis auf die Knochen abgezogen hat, mit ihrem blanken Hintern würden sie, nachdem sie gegessen und getrunken haben, auch noch verlangen, ihn als Dreingabe in uns hineinzuschieben und würden uns auch noch sagen, sie täten es uns zum Dank und um ihre Verpflichtung uns gegenüber abzutragen? Und das wäre noch gar nichts, das Schlimmste wäre doch, dass sie, nachdem sie ihre Befriedigung bekommen haben, nach dem vollständigen Glück verlangen, und was wäre das? Nach Sizilien hinüberzukommen, ganz zweifellos. Und so würden sie von uns gar noch die Überfahrt verlangen. Kannst du dir vorstellen, was für eine Behinderung es für uns wäre, diese Leichenlast in unserem Boot zu haben?«

Er hörte ihnen abgelenkt und unbeschwert zu. Es war nicht so wie bei den anderen, bei der kleinen Gruppe von Feminotinnen im Orangen- und Zitronenhain in der Gegend von Praja, die hinaufzogen, im Gefolge des Kriegs, als könnten sie sich nicht von dem Eisen und Feuer trennen, das ihre Heimat zerstört hatte, ihre Häuser am Wasser, die Fährboote, und sie zu einem Streunerleben gezwungen hatte, zu einem Herumirren, bei dem sie hier und da verweilten, um zu weinen, den Fährschiffen nachzujammern und mit anzuhören und mit anzusehen, wie Jacoma und Cata litten, Cata, die so schön und ein solches Opfer war …

Diese Feminotinnen hier hatten den anderen gegenüber das Glück, dass sie die kleinen Rettungsboote in die Hand bekommen hatten und damit das seltene Privileg besaßen, wieder nach Sizilien überzusetzen, diese hier machten, wenn man sie hörte, den Eindruck, dass alle Fähren samt und sonders noch schwammen: Für ihn war es, als säßen sie neben ihm auf den Fähren und flüsterten ihm ins Ohr, und er würde sich schläfrig fühlen und wie einer Last enthoben, denn das Ziel der Reise, das, weshalb er sich dort auf den Ellbogen gestützt fand wie auf dem Wassergeviert, war ihm fast ganz aus dem Kopf verschwunden. Ganz sicher war es ihr Geflüster, ihre versöhnliche Stimme aller Tage und aller Zeiten, die auch ihn wie etwas Fließendes aufhob, ohne Beklemmungen, ganz still, ganz ruhig.

Hatten sie etwa große Zeichen des Missmuts wegen der Verzögerung zu erkennen gegeben? Nein, lediglich ein bisschen Verdruss, sie waren in Verzögerungen ja geübt, die Feminotinnen: Sie hatten Vertrauen zu dem Gepansche und warteten nur darauf, Boccadopa und Portempedocle, sobald ihre Raserei nicht mehr im Widerstreit mit den Benebelungen des Handweins stehen würde, dort der Länge nach hinstürzen zu hören, an derselben Stelle, an der sie in diesem Augenblick mit drei Beinen und der Krücke herumschlurften. Ihre Unerschütterlichkeit und ihr kühler Kopf, das war ein weiteres Merkmal, für das sie bestens bekannt waren, ein weiterer Ruf von ihnen, den er mit der Hand berührte. Sie hatten es sich bequem gemacht, ganz ruhig, ganz selbstverständlich, in diesem dunklen und durchaus heiklen Augenblick, mit den schon halb im Wasser liegenden Booten und Barken, mit den bereits an Bord gebrachten Tauschgegenständen und mit der Gefahr von Patrulljen der Finanzpolizei in der Umgebung: Die beiden Paare in seiner unmittelbaren Nähe, denen er zuhören konnte, und danach die anderen fünf, die allesamt schon das Mameluckengepansche vergessen hatten, ergingen sich jetzt, wie von Tür zu Tür, in völlig abseitigen Frauengesprächen. Ihnen fehlte nur noch eine kleine Arbeit in den Händen. Wenn es auch nur irgendwie etwas Mond gegeben hätte, einen Streifen Lichts, hätten sie möglicherweise die Häkelnadeln herausgezogen und gehäkelt, wie immer, wenn sie ihre Füße nicht bewegten, und das geschah bei der Fahrt übers Meer, das geschah eben in den Ecken und Winkeln der Fährboote, wenn sie auf ihren Koffern und Säcken hockten oder auch standen, mit dem Salz unter ihren Röcken, zwischen den Beinen, um ihre Hüften, in irgendeiner Vertiefung ihres Körpers, der aufrecht stand wie eine Spindel.

Es waren keine zehn Minuten vergangen, da hörte man da oben einen Lärm, ein Hinstürzen von Menschen. Eine erschrockene Stimme rief um Hilfe, eine andere, schon benommene und beinahe lachende, fragte: Was ist das? Was ist das? Kurz gesagt, es sah ganz so aus, als wäre der von den Feminotinnen vorhergesehene Keulenschlag wirklich auf Boccadopas und Portempedocles Kopf niedergegangen und als wäre Boccadopa zuerst laut krachend über seine Krücke gestürzt, darauf Portempedocle über die Krücke und über ihn. Tatsächlich hörte man sie nicht mehr, es war, als wären sie wirklich im Sturm in Schlaf gefallen.

In diesem Augenblick bewegte er sich, die Mütze fiel hinter ihn und verriet ihn: Er hielt den Atem an, es war, als würde ein Aufruhr losbrechen, er hörte sie zischen und tuscheln, die Röcke schütteln, die Kiesel unter ihren Füßen zertreten. Da tat er so, als würde er mit seinem Kopf zwischen den Armen tief schlafen. Sie näherten sich, und eine von ihnen berührte ihn mit der Spitze des Ruders auf einer Seite, eine Hand berührte seine Haare, suchte dann seine Stirn und drückte sie ihm mit der Handfläche, allerdings wie ein leichtes Streicheln.

»Focu meu … Und wenn er tot ist?«, rief da eine, die er als die Törin aus der ersten Gruppe wiedererkannte.

Eine von ihnen hob die Mütze auf und sagte:

»Mit der Mütze auf dem Kopf? Glaubt ihr etwa, das Meer hätte ihn tadellos angezogen gelassen?«

»Sei doch still«, sagte eine andere, nämlich die, die ihm wie die kapotischste vorgekommen war. Die andere hockte sich auf ihre Fersen und legte ihm eine Hand auf den Rücken und hielt sie da, bis sie die Wärme unter seinem Matrosenrock spürte.

»Der hier«, sagte sie, »ist lebendiger als ich und ihr. Der hier atmet und schläft mit vollem Mund wie ein Säugling.«

Doch als sie das sagte, kratzte die Feminotin ihn mit den Fingern wie zum Zeichen, dass sie verstanden habe, denn sie hatte begriffen, dass er wach war, und dann stand sie auf und fügte hinzu:

»Er ist im ersten Schlaf, dieser junge Matrose. Belästigen wir ihn nicht weiter, denn wir fahren und kommen zurück, und er wird immer noch auf der Seite liegen. Wenn wir dann zurückkommen, fragen wir ihn, wer er ist, was er tut, aus welchem Krieg er heimkehrt …«

Da legten sich weitere Hände auf ihn und öffneten weit ihre Handflächen, als wollten sie ihn ausmessen und sich ein Bild von ihm machen, seine Festigkeit und seinen perfekten Rücken fühlen:

»Sehen wir uns doch wenigstens sein Gesicht an«, sagte eine. »Sehen wir uns an, um welche Art Fisch es sich handelt.«

»Nimm deine Hand von ihm weg und geh in dein Boot«, herrschte die sie an, die ihm das kleine Verständigungszeichen mit der Hand gegeben hatte. Und sie fügte doppeldeutig hinzu: »Warte bis nach deiner Rückkehr, um herauszufinden, welcher Fisch dir da Appetit macht.«

»Bringen wir ihn doch ins Haus«, sagte die andere, ohne wegen der Anspielung beleidigt zu sein. »Tragen wir ihn aus der Nachtkühle fort, die ihm in die Knochen dringt.«

»Stör ihn nicht, sag ich dir«, erwiderte die andere herrisch, und dann, mit einer gewissen Verächtlichkeit: »Ins Haus? In welches Haus? In deins etwa? Wo er liegt, liegt er gut. Er schläft tief und fest, und der wird so weiterschlafen, während wir hinüberfahren und zurückkommen. Hab keine Angst, ihn klaut dir schon keiner. Und was die Nachtkühle angeht, wenn sie ihm in die Knochen dringt, welchen Nachteil bringt dir das? Was dich interessiert, ist doch: Ist er vielleicht muskulös, ist er knochig?«

»Hör sich einer die an, diese Königin Taitu«, erwiderte die andere, die von

Natur aus auch nicht besonders treu sein musste. »Ja, was denn! Was wir beabsichtigen, das schüttelt sie vor Abscheu, darüber braucht man gar nicht erst mit ihr zu reden.«

Irgendeine, die der Stimme nach zu urteilen die Törin sein musste, legte ihm, bevor sie wegging, die Mütze in den Rücken und flüsterte:

»Schlaf, du Armer, komm wieder zu Kräften ...«

Er hörte wieder das Geräusch der unter den Sohlen gepressten Kiesel, und danach hörte er das Plätschern, als die Boote zu Wasser gelassen wurden. Hier nun gelangte die Stimme dieser Königin Taitu an sein Ohr: »Mannschafterinnen dieser Boote, habt acht ...«, empfahl sie den Frauen, bevor sie aufs Meer hinausruderten. »Die Augen offen halten und den Arsch zusammenkneifen auf dem Meer. Und im Übrigen soll wie auch sonst immer ein Gott mit geflügelten Füßen uns beistehen und uns aus den Gefahren des Meeres und aus schlimmen Begegnungen mit Patrulljen der Finanz und mit inglisischen Wachbooten befreien.«

Er hob seinen Kopf noch rechtzeitig, um zu sehen, wie die in nächster Nähe im Wasser Stehenden die Boote aufs Wasser setzten, mit ihren an den Hüften hochgerafften Röcken, die am oberen Hinterteil schneeweiß waren. Dann schwebte die Flottille der Ruderboote davon, und die Feminotinnen machten sich gleich mit den Kurzrudern zu schaffen, die wahrscheinlich sogar noch kürzer waren als die Schmalruder, und glitten in einen oder mehrere strudelnde Bastardelle: ohne zu rudern, nachdem sie einmal auf dem Wasser waren, sondern ausschließlich unter den Fingern, am Ende des Ruderblatts, die Richtung des Bastardells prüfend.

Beim Bastardell geht es immer darum, ihm die Ohren langzuziehen und jene Art von Schlag zu spüren, der das Holz des Ruders erzittern lässt, während es zwischen den toten Wellen auslotet, als wären es schlaffe Palmenblätter. Es ist ein völlig blindes Gezappel, ein Tasten und Wiedertasten von Fingerkuppen bei geschlossenen Augen: aber es ist keine Frage von Sehen oder Nichtsehen, auch keine Frage von Nacht oder Tag; kurz gesagt, ob Sonne oder Mond oder Mondlosigkeit, es macht keinen großen Unterschied. Die Frage ist, ob man das Gespür hat, ist, so könnte man sagen, ob man das Gehör hat, denn es ist ein dauerndes Versuchen und Wiederversuchen, ein ständiges Bestreichen mit Vaseline, oben, auf dem Rand des Bastardells. Für den Fischer ist es wie eine zweite Entjungferung, und wenn er in der Lage ist, sich ihr zu stellen, ist es ganz sicher nicht, wenn er noch milchbärtig ist, inzwischen ist er Pellesquadra geworden, und sein Bart leuchtet weiß.

Die Feminotinnen jedoch waren auch darin weit vom ersten Mal entfernt. Dieses zusätzliche Dunkel, das sie mit ihren Booten unmittelbar am Ufer hervorriefen, löste sich in der Tat nach einigen Minuten auf, weil sie mehr nicht mehr brauchten, um das erste Gewässer auszuloten, den Bastardell zu finden und zu packen, die Ruder dann ins Boot zu holen, und das war es auch schon: Inzwischen glitten sie dahin und konnten Flöhe suchen, wenn sie wollten, denn man würde erst im Jonischen wieder davon reden, Hand an die Ruder zu legen.

Jetzt brauchte er sich nicht mehr an dieser Marina zu verbergen, in Gesellschaft der Ferenkarkassen. Die Boote hatte er gesehen, und sie lohnten sich für ihn nicht. Er würde weiter nach Skylla hinuntergehen, dort die Freunde um genauere Auskünfte wegen der Überfahrt bitten.

Er blickte zwischen die schwarzen Aufhäufungen und stieg wieder zu den Häusern hoch, wobei er als Orientierungspunkt die unterhalb der Klippe aufgeschichteten Knochen nahm, von denen ein schwaches, cremiges Licht ausging. Von der Finsternis des Meeres wehte mit regelmäßigen Windstößen das widerliche Gefeixe der Fere herüber, dieses gezahnte Lachen der Unglücksverheißungen. Nicht alle waren sie wohl schon in die lebendige Strömung vorgedrungen, und die, die mit der Flottille der Feminoten dort im Umkreis im Tyrrhenischen geblieben waren, mussten gedacht haben, dass sie ein paar Tropfen Heiterkeit auch aus dieser Leiche des Meeres pressen konnten. Und gleich, wie zur Bestätigung, gab es da drüben, zu seiner Linken, so etwas wie eine Explosion von Rülpsern, ein Auffunkeln von milchigen Verkrümmungen im Dunkeln. Das mussten die Feren gewesen sein, die über die Lanzitten hinwegsprangen, mit dem Weiß ihrer Bäuche und mit ihren Zahnreihungen klatschten sie durchs Dunkel. Gleich darauf kamen, wie die Wirkung auf eine Ursache, von dort drüben dumpfe trockene Schläge, die auf das harte Gewässer niedergingen, als würden darin das Gefeixe der Feren eins nach dem anderen ertränkt: Dann hörte das Schlagen der Ruder auf, und die Feren schwammen auseinander und warfen noch ein paar wimmernde Ngangàs herüber, die zumindest dies eine Mal aufrichtig waren, seiner Meinung nach. Doch was er zu hören glaubte, schien ihm kaum wahr zu sein, kaum möglich, denn was er zu hören meinte, war, dass die Feminotinnen blindlings auf die Feren einschlugen und ihnen zeigten, wie man sie einsalzen konnte.

Doch nicht alle Feminotinnen waren aufs Meer gefahren.

Er war bereits bei den letzten Häusern angekommen, bereits außerhalb des unregelmäßig angelegten, mit Kalk getünchten Wohngebiets, das jetzt noch schärfere Gerüche ausschwitzte, nämlich die von gesottenem Ferenfleisch, das abkühlte und seine Wolke in der Luft hinterließ, als vor ihm eine Türe mit beiden Flügeln geöffnet wurde, und dort, inmitten des finsteren Raums: Schlank und hochgewachsen, mit einem Kopf, der den Türsturz zu streifen schien, fest von der Finsternis eingehüllt wie eine Mumie in ihre Binden, gesichtslos und ohne genaue Gestalt, war eine weibliche Kontur vor seinem Blick aufgetaucht. Und im selben Moment ihres Auftauchens redete sie und sagte zu ihm:

»Schöner Bursche, reicht Ihr mir eine Hand?«

»Was heißt Hand?«, fragte er sie nach ein paar Sekunden, denn bei ihrem Erscheinen hatte es ihm den Atem verschlagen. »Was meint Ihr damit?«

Hinter ihr herrschte undurchdringliches, tiefes Dunkel, fast so, als würde man durch diese schwarze Türe unter die Erde hinabsteigen. Die Frau bewegte sich zur Seite, und unter ihr, mehr noch als hinter ihr, so, als habe sie es zwischen ihren Schenkeln, zeichnete sich der Bug eines Boots an der Türschwelle ab, vor einem riesigen, tiefdunklen Raum, einer Art Lagerschuppen, der, abgesehen von dem Boot, nichts anderes zu enthalten schien. Die Nachtluft wehte wohl frei darin herum, und es war, als würde sich das Lager, weil die hintere Wand fehlte, unmittelbar zum Meer hin öffnen und ein Gewölbe mit dem mondlosen Himmel bilden. Doch weil der Windzug nicht vom stehenden Schirokko herrühren konnte, musste er notwendigerweise, ähnlich einer Höhle, mit einer Ausbuchtung im Fels kommunizieren, von woher der Wind wehte.

»Ihr wollt doch übergesetzt werden, oder?«, sagte die Frau, und weil sie halb drinnen und halb draußen stand, tönte ihre Stimme höhlenartig, mit dem Widerhall eines rätselhaften Geflüsters hier und da in dem Lagerschuppen. Die Frau unterbrach sich und warf jählings ihren Kopf nach hinten, fast, als würde man da drinnen zu vielen mit ihr schelten und sie aufziehen und ihr das wie etwas Neuartiges und Empörendes vorkommen: Sie drehte sich mit einem derartigen Ruck herum, dass sich ihre Zöpfe, die bis zu den Knöcheln herunterhingen und rabenschwarz aufschienen, sich schlangenartig um ihre Schultern wickelten. In diesem Augenblick erstarb das Echo, ein völlig natürlicher Vorgang, doch für ihn, der sich bemühte, das dunkle unsichere Profil der Frau zu erkennen, war es, als habe genau sie es mit ihrer herrischen Geste erstickt.

Eine kurze Weile noch stand sie mit nach hinten gewandtem Kopf da: In dieser Haltung, im Profil, schien sie ausschließlich Gesicht zu sein, mit abgeflachten Zügen, als würde die Dunkelheit ihr den Kopf an der Stirn abtrennen. Dieses ovale, dunkle Gesicht, eine Art mit finsteren Krumen angehäufter Teller, auf einem unendlich langen Hals frei in der Luft schwebend, erinnerte ihn an die Sonnenblumen, die an den Rändern des Strands von Charybdis in der Nähe der Palmen wuchsen. Doch erinnerte sie ihn an sie ohne jede Sonne mehr, eher wie eine Mondblume in mondloser Nacht? Nichts, auch wenn die Mondblume sich nicht bewegte, so, als würde sie absichtlich nach dort gewandt da stehen und es tun, um ihm die Gelegenheit zu verschaffen, etwas zu sehen, was er nicht sehen konnte. Dann, als es ihr angemessen schien, drehte sie sich ganz sanft, ganz weich herum und fragte endlich, mit dem Ton von Ungeduld in der Stimme, so, als würde ihr das alles wie eine unnütze Zeitverschwendung vorkommen:

»Wollt Ihr nicht eine Überfahrt im Boot? Wollt Ihr nicht übers Meer? Dann los, verdient sie Euch, die Überfahrt. Also dann, sursundkorda, packen wirs, fahren wir aufs Meer, denn die Nacht neigt sich zum Morgen, und der Morgen nützt keinem von uns beiden.« Noch mit dem Wort im Mund trat sie in den Raum zurück und sagte: »Packt Ihr den Bug.«

Er hörte, wie sie um das Boot herumging, die Holzkeile mit dem Fuß löste, die es auf dieser und auf der anderen Seite stützten. Bevor es fiel, packte er den Bug. Unterdessen dachte er: Sie wartet nicht, bis ich sage, dass ich bereit bin, sie weiß, dass ich bereit bin. Ihn beeindruckte ihre Anmaßung: Sie allein stellte zwar eine Mannschaft dar, brauchte aber einen helfenden Arm so dringend wie ein Stück Brot, und doch war sie völlig anmaßend.

»Oh ... hooo«, sagte die Frau vom Heck her, und ihre Stimme klang fern, wie wenn das Boot zwischen ihnen eine beträchtliche Länge hätte.

»Oh ... hooo«, antwortete er ihr und hob den Bug nach vorne in die Höhe.

Als sie es hinausgeschleppt hatten und er seine Augen in diesem dichten Dunkel anstrengte, fragte er sich, wie lang es wohl sein konnte, zweifelte, dass sie es schaffen würden, es zu zweit ans Meer zu tragen und es aufs Wasser zu setzen, dann aber, als sie es hochhoben, entdeckte er, dass es federleicht war. Sie richteten es tatsächlich nur wenig nach oben, und zwischen Armen und Knien drehten sie es um, dann schwangen sie es über den Kopf hoch, schlüpften selber darunter und hielten es mit ihren Handflächen und Handgelenken. Solange sie da unten keinen Gleichschritt gefunden hatten, schubsten sie sich von Bug und

Heck lautlos vor und zurück, dann bewegten sie sich im gleichen Rhythmus, als hätten sie das, was sie da taten, schon einmal getan, und zwar mit Muskelarbeit, sie, die Frau, von gleich zu gleich mit ihm, dem Mann.

Während er da mit dem Boot herumhantierte, hatte er versucht, sich eine Vorstellung von ihm zu machen, doch am Ende hatte er einsehen müssen, dass es sich ihm entzog. Er hatte kein Wissen davon. Es gab kein Boot unter denen, die er kannte, das ihm einen Anhaltspunkt hätte geben können. Es war ein sonderbarer Bootskörper, wirklich ganz ungewöhnlich. Er war leicht, zugleich aber fest. War es wohl Maulbeerbaum? Nein, Maulbeerbaum nicht. Und auch nicht Tanne. Es war aus einem selteneren Holz, aus einem viel selteneren, ganz ganz seltenen Holz. Kirsche vielleicht? Oder Pinie? Oder Mahagoni? Oder etwa Ulme? Oder vielleicht gar Esche? Oder auch Zeder?

Der Bootskörper war langgestreckt, doch nur wenig ausgebuchtet, so, als wäre er aus einem einzigen Stück Baumstamm bis dicht unter die Rindenschicht herausgearbeitet worden. Nein, es erinnerte ihn an keine der ihm vertrauten Formen: Palamitara, Feluke, Ontro, Lanzitte, um nur einige zu nennen. Und außerdem hätte er gerne ein Fischerboot dieser Art sehen mögen. Vielleicht ist es ja ein Catter, dachte er, und diese Vorstellung kam ihm durchaus nicht übertrieben vor. Ja, wieso eigentlich nicht? Je länger er darüber nachdachte, umso mehr überzeugte es ihn. Na ja, einverstanden, sagte er, der Catter ist ein Juwel, etwas derart Raffiniertes, dass er wegen der großen Schönheit seiner Gestalt nicht mal ein Heck hat, und wie er sich auch wendet und dreht, immer zeigt er die Schlankheit seines Bugs. Wenn man Juwel sagt, meint man Juwel, ein Bootskörper von so natürlicher und eleganter Bewegung, der es augenscheinlich mit den Fischen aufnehmen kann, wohingegen es keinen Bootskörper gibt, der es mit ihm aufnehmen kann, mit seinem milchweißen, spitz zulaufenden Segelwerk und dem listigen Gehabe nimmermüder Wendigkeit, das ihn über die Wellen fliegen lässt, als würde ihn aufgrund eines besonderen Privilegs des Gottes der reichen Leute immer ein gleichbleibender, wohlgesonnener Zephyr in die Segel blasen. Sommers vergnügen sich die hohen Herrschaften in vollen Zügen auf ihm, und die Segel klirren und schlagen ihnen wie Musik um die Ohren. Wenn sie einen von ihnen auf den Meeren zwischen Skylla und Charybdis mit all seinem nutzlosen Geschwindigkeitsluxus dahinsegeln sahen, drehten sich die Pellisquadre nicht einmal zu ihm um, doch die Bootsjungs, die Milchbärtigen wie er oder Duardo, verschlangen ihn mit ihren Blicken. Per la Madosca, sagten sie dann, bei der Heiligenjungfrau, mit so einem würden wir den Pulcinells direkt auf den Schwanz fahren, sie mit Händen packen können, ohne sie harpunieren zu müssen. In solchen Augenblicken kam es ihnen vor, als würden sie sich auf einem verkommenen Kaik befinden, nicht an Bord einer Palamitara oder einer Feluke, und instinktiv, den Blick vom Catter magnetisch angezogen, reckten sie wie Haie den Hals, mahlten mit ihren Kiefern und packten ihn gedankenverloren mit ihren Zähnen, packten diese blonde, zwiebackfeine Ulme mit ihren Zähnen, packten Catter und Herrn des Catters mit ihren Zähnen und lächelten dabei.

Ja, das war der Catter: großer Luxus, Königsklasse. Doch was war schon so sonderbar daran, dass er angesichts der Umbrüche und Erschütterungen, nachdem die hohen Herren mit einem Lächeln ins Meer gestürzt waren, in die Hand einer Feminotin gekommen war? Wenn es der Körper eines Rennboots war und Schnelligkeit sein einziger Lebenszweck, wie sehr man ihn auch für ausgeräuchert und von vermindertem Rang halten mochte, so machte die Feminotin, das konnte man nicht leugnen, den besten, ja, den angemessensten Gebrauch davon, denn wenn seine Natur ursprünglich die eines Wellenpflügers war, konnte man sich vorstellen, dass die Feminotin, sofern es stimmte, dass sie, wie er argwöhnte, Schmugglergeschäfte betrieb, weshalb es notwendig werden konnte, sich windschnell vor den Motorbooten der Finanz davonzumachen, seine Natur, wenn sie ihn einsetzte, zur Höchstleistung entwickeln würde und aus diesem Wellenpflüger kurzerhand einen Wellenflieger machte.

Drinnen strömte das eigentümliche Boot den Geruch von frisch getrockneter Kalfaterung aus. Bei der Berührung empfand er es grob und rau an den Rändern, als ob man ihm eben da, wo man konnte, einen derben Teeranstrich verpasst hätte. Trotzdem beharrte er darauf zu sagen, es ist ein Catter. Wenn es etwas auch nur entfernt Bekanntes sein konnte, was konnte es dann anderes sein als ein Catter? Die Feminotin musste es absichtlich mit Teer bestrichen haben, um seine prächtigen Linien zu verbergen. Ein kalfaterter Catter innen wie außen. Unter seiner Hand spürte er jedoch hier und da so etwas wie meerische Verkrustungen und Ablagerungen und ebenso, fast, als hätten sie sich mit dem Pech zu einer einzigen kräftigen Masse vermischt, Sandkörner und verschiedene Schalen von Miesmuscheln und Napfschnecken, von Seppiaknochen und Algen und auch von Korallenzweigen und Korallensplittern. Eine Zeitlang muss das Boot unter Wasser gelegen haben; danach hat man ihm, ohne es zu reinigen und nichts, den Teeranstrich aufgetragen. Danach? Oder vorher, in weiser Voraussicht, um es vor Korrosion zu schützen?

Die Feminotin versah hinten schweigend ihre Arbeit: Nach dem Schubs, den sie ihm gegeben hatte, um ihn geradeaus zu lenken, war dies ihr einziges Lebenszeichen. Er machte einen Versuch, mit ihr zu reden:

»Seid Ihr noch da?«, fragte er, und seine Stimme dröhnte in seinen Ohren, sobald sie aus seinem Mund kam, weil sie gegen die Bootswand schlug. »Hört Ihr mich? Ist es noch weit bis zum Strand? Euer Boot fängt an, schwer zu werden. Was ist das eigentlich für ein Typ?«

Die einzige Antwort, die sie gab, war, dass sie ihn unfreundlich anraunzte, sie schubste den Bootskörper gegen ihn und zwang ihn dadurch zu laufen. Er hatte nicht gemerkt, dass sie hinter ihm einen halben Halbkreis beschrieben hatte und ihn auf den Uferstrand zutrieb. Sie stieß ihn hinunter, vom Harten aufs Weiche, und ließ ihn dann über den Sand trotten. Erst als sie auf den Kieseln waren, und er inzwischen dachte: Diese Verrückte, sie stürzt mich noch ins Meer, hörte sie auf, ihn von hinten zu drängen, und sie blieben stehen. Als er die Last los war, kam er teerverschmiert unter dem Bootskörper hervor und holte Luft, er schnaubte aus Nase und Mund, so, als wäre er lange unter Wasser gewesen:

»Habt Ihr jetzt Euer Mütchen gekühlt?«, fragte er.

Sie jedoch tat, als hätte sie ihn nicht gehört, beugte sich ins Boot, richtete sich wieder auf und wandte sich ihm zu, und in diesem Augenblick zeigten ihre Augen unter den Lidern einen weißen, lebhaften Glanz wie von Porzellan. Sie sagte zu ihm:

»Ich gehe die Ausrüstung holen. Es sei denn, es macht Euch nichts aus, mir den Gefallen zu tun und an meiner Stelle zu gehen und sie für mich zu holen …«

»Euch einen Gefallen tun?«, sagte er spöttisch. »Meine Pflicht. Ich bin hier zu Euren Diensten: mit Händen und Füßen.«

Er musste zu dem Lagerschuppen zurückkehren. Er nahm den Schlüssel, der in einem Versteck lag, in einem Schlitz zwischen den Bodenplatten der Türschwelle, und drehte ihn dreimal im Schloss um. Er musste nicht einmal den großen Raum betreten, denn die Ausrüstung lag gleich dort hinter der Türe, wie sie ihm gesagt hatte; er fand sie sofort, als er eine Hand in der Dunkelheit ausstreckte: zwei Ruder, das Steuerruder und ein kleiner Mast mit aufgewickeltem Segelwerk. Um keinen Fehler zu machen, nahm er auch den mit zur Feminotin.

»Oh, Ihr rüstet ja ganz in großem Stil«, sagte er, um sie auf die Probe zu stellen. »Gegenüber dem Kleinkram Eurer anderen Nachbarinnen ist das hier, wirklich, ist das hier ein Christenboot, das sieht man doch gleich, auch noch in dieser Dunkelheit, so wie es sich darstellt. Und soweit ich sehe, fahrt Ihr sogar mit dem Segel, wenn Ihr wollt. Allerdings verstehe ich zwei Dinge nicht: Erstens, was für ein Typ von Boot das hier eigentlich ist. Etwa ein Catter? Und dann begreife ich nicht ganz, wozu Ihr das Segel braucht. Ganz sicher wickelt Ihrs nicht hier vor uns aus, in diesem Gewirr von aufgeplusterten Winden und von Strömungen …«

»Huh huh«, sagte sie und prustete. Nur dieses Huh huh, wobei sie ihren Kopf und ihre Schultern nach hinten warf und wieder mit ihren Zöpfen unten über ihren Hintern peitschte.

»Klar, das geht nur Euch was an«, fuhr er fort und sprach dabei halb belustigt und halb ernst. »Ich rede ja nur vom Boot. Und auch, wenn ichs nicht kenne, muss ich doch sagen, dass es so, pechschwarz wies ist, schön aussieht, wie eine wunderbar reiche, ja geradezu luxuriöse Barke. Nur dass es, ganz sicher nicht, um Euch zu verunsichern, aber ich meine, dass es mit diesem ganzen Pechüberzug und diesen Verkrustungen, die Ihr sicher gesehen habt, dass es, wenn es erst einmal aufs Meer hinausgefahren ist, keinen ausreichenden Tiefgang haben könnte. Sicher, Ihr habt Erfahrung damit, sicher ist es auch nicht die erste Nacht, dass Ihr aufs Meer fahrt. Schwimmts denn auch?«

»Entweder schwimmts, oder es geht unter«, sagte sie voller Spott. »Und damit macht jetzt einen Punkt.«

Und hier hörte er zu seiner allergrößten Verwunderung ein Glöckchen in ihrer Hand erklingen. Sie hielt es in ihrer geschlossenen Hand, es war gedämpft, und sie ließ es dingding, dingding ertönen, als würde sie es ausprobieren. Dann, mit einem noch helleren, silbrigeren Klang tönte das Glöckchen noch einmal von alleine dingding, dingding, als sie es am Bug befestigte, wie wenn es ihr als Signal dienen sollte. Am Ende, dachte er, musste mir auch das noch unterkommen, musste mir diese extravagante Feminotin, so eine aufgeputzte Levantinerin unterkommen.

In dieser Gegend war die Glocke durchaus üblich, allerdings eine große, eine mit Dingdong, eine von denen, die ein Ziegengeläut von unsympathischer Wirkung machten und dem Ohr in gewisser Weise unangenehm waren, denn man dachte, dieses Dingdong würde das Boot in eine riesige schwimmende Ziege verwandeln, mit der Glocke um den Hals und dem Euter prall voll Milch.

Glücklicherweise kam es nur selten vor, dass sie sich ihrer bedienen mussten, nämlich nur dann, wenn es über den Meeren von Skylla und Charybdis dämmerte, nebelverhangen, aufgewühlt, wie ein Meer gepeinigter Seelen. Die Sirenen der Fährboote und großen Schiffe ertönten störrisch und Trübsal verbreitend mitten aus der weißen Dunkelheit aus Meer und Himmel und jagten einem Schauer über den Rücken wegen des starken Empfindens ihrer Nähe, das sich aus dem schrillen, gedämpften Ton ergab, und es war, als würden sie immer kurz davor stehen, die anderen zu rammen oder von den anderen gerammt zu werden, denn die Boote ruderten blindlings, und vom einen zum anderen schickten sie außer dem Dingdong und dem Klang der Borgna, sofern jemand diese seltene Großmuschel der Inseln besaß, auch noch Accùra!Accùra!-Rufe hinüber, Achtung! Achtung!, wie Jäger, die mit der Schießerei anfangen, wenn man noch gar nichts sehen kann, und Gefahr laufen, sich gegenseitig umzubringen. In solchen Augenblicken drängte und drängt sich die Glocke mit dem Dingdong auf, das heißt, dass in solchen Augenblicken diese Ziegenmusik lebensrettend war und ist.

»Was macht Ihr denn da?«, fragte er sie. »Ist das ein Witz? Ja, scheint wohl so, Ihr macht Witze, glaube ich. Ist das jetzt etwa der Augenblick für Dingding? Mit dem da ruft Ihr doch die beiden Meere zusammen. Muss ich Euch das erst sagen? Seid Ihr denn so neu?«

Sie würdigte ihn keiner Antwort, und mit einem Stück Stoff ihres Rocks machte sie sich daran, den Staub von den Rudern zu wischen: Staub von den Rudern wischen, konnte es etwas Lächerlicheres geben? Und doch tat sie genau das, sie wischte den Staub von den Rudern, und das so provozierend, dass es ihn gegen sie aufbrachte.

»Ich glaube ja, Ihr seid gar keine Feminotin«, sagte er da. »Auf der einen Seite zeigt Ihr euch unerfahren, auf der anderen Seite tollkühn. Ja, wie denn? Ihr müsstet doch den Atem anhalten angesichts der Inglisier und der Finanz, und da tönt Ihr mit dem Glöckchen herum? Und dann sehe ich auch, dass Ihr ohne Bündel und anderes losfahrt. Was geht Ihr dann auf Sizilien eintauschen? Für mich seid Ihr, wenn ich Euch die Wahrheit sagen soll, ein wahres Rätsel. Ehrenwort, ich würde Euch gerne verstehen …«

»Aber Ihr müsst mich doch gar nicht verstehen«, sagte sie da dünnlippig und hochmütig. »Ihr müsst und Ihr könnt gar nicht verstehen. Pirdeu, pirdeu, was für Ansprüche, also wirklich, pirdeu, pirdeu, bei Gott …«, fügte sie noch brummelnd hinzu.

Doch in was für einem ruhigen, aufrichtigen, eher verwunderten als beleidigten Ton sie ihm das sagte, im empörten Ton einer Frau, die mit Nadeln zusammengeheftet ist: Wenn man sie hörte, war es, als würde sie nur etwas wiederholen, was sie bereits gesagt hatte, also etwas, das er bereits hätte wissen müssen, also etwas, das er ihrer Ansicht nach verpflichtet war zu wissen, verpflichtet, ohne es erst noch einmal deutlich machen zu müssen.

Dass sie das Glöckchen am Bug aufhängte, dafür konnte sie allerdings ihre guten Gründe haben. Was konnte er denn schon wissen, was in diesem Augenblick geschehen konnte? Sie konnte ihre guten Gründe für das Glöckchen wie auch für alles andere haben. Es stand ihr völlig frei, Entscheidungen zu treffen und sich so zu verhalten, wie sie es für richtig hielt. Sie war ihre eigene Mannschaft, und mithin war sie auch ihr eigener Herr. Es lag ein gewisser Hochmut und ein gewisser Groll in der Art, wie sie sich von den anderen fernhielt, so, als wollte sie mit ihnen weder etwas zu schaffen noch zu teilen haben. Neben dieser geheimnisvollen Unbekannten, halb Schweigsamen, Dunklen und wie eine Muschel fest Verschlossenen wirkten die anderen geradezu rein und durchsichtig wie klares Wasser. Die hier war ein ganz anderes Kaliber. Wohin fuhr sie? Was für eine Art von Schmugglertätigkeit betrieb sie? Die hier machte nicht den Eindruck, dass sie sich für eine Handvoll Salz aus der Ruhe bringen ließe. Vielleicht hatte sie sich ja mit den Fischbombern abgesprochen und mit ihnen vorher irgendwelche Zusammenkünfte vereinbart, das und das Wassergeviert, die und die Uhrzeit. Das Glöckchen diente ihr vielleicht dazu, ihnen zu verstehen zu geben, dass sie da war. Die befrachteten sie dann mit Fisch, und mit dieser Art Boot konnte sie leicht und schnell verschwinden und umkehren und weitere Reisen machen, und die anderen bombüchsierten inzwischen weiter mit ihren explosiven Büchsen. Vielleicht tat sie das ja oder etwas anderes in der Art, da konnte er nicht irren. Seiner Einschätzung nach fuhr sie deshalb aufs Meer oder wegen etwas von dieser Art. Daher, als ihm jetzt das weibliche Wort Intrallazzista wieder einfiel, das den Betrüger bezeichnet, den Schieber, Schmuggler, Schwindler, das er in diesen Tagen zum ersten Mal gehört hatte, als er durch Kalabrien gezogen war, übertrug er es, zu Recht oder zu Unrecht, auf die Feminotin, die er da vor sich hatte. Nun konnte er sie für alles das, was dieses Wort Intrallazzista beschrieb, wohl auch bewundern, soweit es sie und ihre Geschäfte betraf, musste ihr aber in allem, was ihn und seine Überfahrt anging, misstrauen: denn wenn sie auf dem Meer ganz abseits und ohne Zeugen ihren Geschäften nachgehen musste, wozu wollte sie ihn dann mit ins Boot nehmen?

»Einverstanden, ich muss es nicht verstehen und verstehs ja auch nicht«, sagte er versöhnlich. »Ihr seid Eure eigene Mannschaft und das sind Eure Angelegenheiten. Mir reicht es überzusetzen. Aber ein Ruder könnt Ihr mir doch wohl geben oder auch alle beide, dann rudere ich Euch.«

Ihm kam es vor, als würde sie darüber mit gesenktem Kopf gründlich nachdenken. Sie hatte sich zum Heck begeben und den rechten Arm gegen das Holz mit offener Hand ausgestreckt, als stünde sie im Begriff, das Boot aufs Meer zu schieben.

»Ich bringe Euch da rüber«, sagte sie dann und hielt ihren Kopf weiterhin gesenkt. »Euer Ziel ists hinüberzukommen, und meines ists, Euch hinüberzubringen. Und ich bringe Euch hinüber, so viel ist sicher.«

Hört euch die an, dachte er. Sie gibt mir gewissermaßen zu verstehen, dass sie nur hinüberfährt, um mich hinüberzubringen. Aber wer hat sie denn darum gebeten oder ihr dazu den Auftrag erteilt?

In diesem Augenblick begann das Boot, ganz weich ins Wasser zu gleiten: Sie schob es mit einer Hand, als würde es sie überhaupt keine Kraft kosten und als würde das Boot auf ihre bloße Berührung hin ganz von alleine aufs Meer schweben. Jedenfalls machte er eine Bewegung, wie um ihr zu helfen, doch sie ließ blitzschnell das Boot los, wie wenn sie sich zur Wehr setzen müsste, und erhob diese Hand gegen ihn und sagte im gleichen Augenblick einschüchternd:

»Kümmert Euch nicht darum, habe ich Euch gesagt.«

»Oho, mitunter kommts einem vor, als hätte man Euch in die Minne gebissen«, antwortete er da und schlug, um Dampf abzulassen, mit der Hand gegen das Boot.

Sie fing an zu lachen, ihr mächtigen Götter. In ihrem Hals lachte es so schallend, so unerwartet und unbändig, dass er mit offenem Mund dastand. Soll sie doch lachen, soll sie doch, dachte er, diese extravagante, diese argwöhnische, verbissene Feminotin, soll sie doch mit wem sie will.

»Ja, lacht nur, lacht nur«, sagte er aus Höflichkeit. »Ich weiß zwar nicht, ob man Euch das schon gesagt hat, aber man staunt, wenn Ihr lacht, Ihr wirkt dann so anziehend.«

Ihre Augen flammten weiß, weiß wie zwei kleine, von einem Windhauch angefachte brennende Holzscheite, sie neigte ihr Gesicht zu einer Seite, als würde sie es auf eine Schulter stützen, und in dieser Haltung schien es, als würde sie ihren Blick schärfen und ihn mit ihren Augen suchen. Sie lachte, dann lachte sie nicht mehr. Einen Augenblick lang blieb sie so stehen, und er stellte sich vor, dass die Feminotin sich Gedanken über ihn machte, vielleicht zählte sie aus, ob sie ihn einladen sollte und wo, ob in Kalabrien oder auf Sizilien. Doch wenn ich mich auf sie einlasse, dachte er, schlafen wir hier noch ein.

Sie hatte einen Zopf über ihre Schulter gelegt und strich ihn glatt. Diesen Zopf schlug sie sich dann auf den Rücken, mit einer Bewegung, als würde sie sich einen Peitschenhieb versetzen oder ihm auch ausweichen, und in der Tat ging sie mit den Zöpfen immer so um, als würde irgendjemand ständig versuchen, sie zu packen, und sie wiederum, sich mit Schulterstößen oder Ruckbewegungen dagegen zu wehren, solange sie sie nicht loswurde. Am Ende legte sie ihre Hand wieder aufs Boot, und im selben Augenblick, als dieses ins Wasser glitt und schwamm, folgte sie ihm mit abenteuerlicher Wendigkeit und setzte sich ans Heck, drehte sich auf ihrem Hinterteil um und zog ihre unendlich langen Beine ins Boot. Das Glöckchen erregte die Luft mit seinem Dingding, und unter diesem Dingdingding begab es sich in die Ruhe der toten Strömung und verharrte mit dem Heck dicht am Ufer. Die Feminotin setzte sich auf das Bänkchen am Bug, und gleich darauf wurde ihm durch das Geräusch, das sie durch den Aufschlag auf dem Wasser machten, klar, was er nicht eigentlich sehen konnte, nämlich dass sie die Ruder in die Dollen hängte. Sie treibt ihr Spiel mit mir, dachte er. Nach so viel Gerede: Ich bring Euch rüber, ich bring Euch rüber, Euch überzusetzen ist meine Sache, saß sie nun da und fuhr aufs Meer, mutterseelenalleine, diese gottverdammte Hure. Aber er tat ihr unrecht. Es war still, doch dann prustete die Feminotin los:

»Uffa«, sagte sie. »Bewegt Ihr Euch nun, pirdeu, oder wollt Ihr, dass ich Euch hierlasse? Wollt Ihr, dass ich Euch hierlasse, damit Euch diese ausgehungerten, ausgemergelten Pantherkatzen wiederfinden, die sich beim Gedanken an Euch inzwischen die Zähne wetzen, heh?«

Er stieg zu ihr ins Boot und setzte sich ihr gegenüber auf das Bänkchen am Heck. Unten im Boot lag der Länge nach nur der Mast mit den Segeln.

»Welche Pantherkatzen denn?«, fragte er hinterhältig. »Ihr habt doch gerade Pantherkatzen gesagt, oder?«

»Pantherkatzen, ja, Pantherkatzen, die, die aufs Meer gefahren sind und sich beim Gedanken an Euch hier bereits die Zähne wetzen und gar nicht früh genug zurückkommen können, um Euer bestes Stück unter sich aufzuteilen, ein bisschen für die eine, ein bisschen für die andere. Habt Ihr jetzt begriffen, heh, was für ausgehungerte, ausgemergelte Pantherkatzen das sind? Die nämlich, die zu Euch hergeschlichen kamen, um Euch zu betrachten, während Ihr geschlafen habt …«

Große Zauberin, dachte er. Sie sah und begriff alles und jedes im Dunkeln. Doch er wollte gerne hören, was sie sonst noch gesehen und gehört hatte.

»Was soll das heißen? Was meint Ihr mit betrachtet? Und was meint Ihr mit geschlafen?«

»Ja, ja«, sagte sie zu sich selbst und beachtete ihn gar nicht. »Jetzt will er auch den Klugen noch spielen …«

Dann tauchte sie die Ruder ein und machte sich mit ihnen zu schaffen.

Er wollte sehen, wie sie mit den Bastardellen zurechtkam, zuerst wollte er sehen, ob es ihr überhaupt gelang, dieses ganze dichtverschlungene Gefäd der Strömung zu entwirren, und danach wollte er entscheiden, ob er sich ihr anvertrauen könnte oder ihr die Ruder aus der Hand winden und selber die Führung übernehmen sollte.

Um sich aber auch hierin zu unterscheiden, schnitt die Feminotin, statt den Versuch zu unternehmen, sofort auf einen Bastardell aus der Fülle einzudrehen, die dort, hinter ihrem Rücken, herschnellte, gleich links, direkt über ihn hinweg, ungefähr fünfzig Meter weit. Der Bootskörper, der für einen Ruderer alleine zu lang war, entwand sich nur schwer dem klebrigen Zugriff der schirokkogeladenen, erstorbenen Wellen. Eingezwängt wie zwischen Abermillionen Gummischnüre, zeigte das Boot auch nicht mehr das geringste Schaukeln, und das Glöckchen gab daher auch kein einziges Dingding von sich. Aus dem ständigen Verkleben und Entkleben veranstaltete die Feminotin auf diesen fünfzig Metern ein Tauziehen mit den toten Wellen der hinaufziehenden Strömung, die, darin hatte er Erfahrung, dem Ruder bei jedem Schlag wie flüssiges Blei widerstanden. Das konnte für diese überhebliche Frau nicht belanglos sein, allerdings verlor sie weder einen Schlag, noch verausgabte sie sich dermaßen, dass sie völlig außer Atem kam.

Sie zogen in die tiefste Dunkelheit, und erst als sie sich vom Ufer entfernten, verbreitete sich mit den ersten auf dem Wasser treibenden phosphoreszierenden Algen hier und da eine gespenstische, bläulich violettfarbene Helle. Dieser schnelle glucksende Klang wie ein Hinquillen zwischen Steinen, das waren die Bastardellen, die ersten und größten, welche die Hauptströmung aus sich entließ. Die Feminotin tat überhaupt nichts, als sie unmittelbar hinter ihnen waren: Sie hob die Ruder hoch und ließ sich treiben. Oh, oh, sagte er zu sich selbst, und weil einem das eigene Hemd am nächsten sitzt, lag es ganz in seinem Interesse:

»Braucht Ihr Hilfe?«, fragte er mit äußerster Zuvorkommenheit, doch sie brachte ihn mit einem trockenen Schnalzen ihrer Zunge zum Schweigen, so, als hätte sie ihre Ohren anderswo.

Das Boot verteilte Schnabelhiebe, wie wenn es, mal hier, mal da, in dem Bündel von Bastardellen etwas ausprobieren wollte: ja, nein, ja, nein, und als es zwischen einem Ja, jetzt hatte es was, und einem Nein, jetzt hatte es schon wieder nichts, so aussah, als würden sie da bis zur Tagesdämmerung verharren, sprang das Boot plötzlich wie von alleine darüber, von einem Wasserfluss in einen anderen sprang es über seinen Bastardell hinweg. Am Bug rüttelte es gewaltig unter wildem Geklingel des Glöckchens, doch das war das einzige Risiko, das sie eingegangen waren, denn danach drang das Boot in den Fluss der Strömung, sträubte sich augenblicklich, glitt aber gleichzeitig zur Linken davon. Auf dem stromflussgelenkten Boot verschwand der Schirokko. Und eine Kühle kam auf, eine Luftkühle in Spritzern, als würden sie auf einen Wasserfall zusteuern.

Es hatte ihm den Atem verschlagen. Per la Madò, hätte Pellesquadra und Tochter eines Pellesquadra gesagt. Es war gelaufen, wie wenn es auswendig gelernt gewesen wäre: Zu der bewussten Stunde bei Neumond, nach soundso vielen Ruderschlägen, machte ein gewisser jonischer Bastardell, der von Villa San Giovanni herüberstrudelte und dort, im Tyrrhenischen, vor den feminotischen Ufern, sozusagen senkrecht zu ihnen verlief, einen Knick, wandte sich um, strudelte zurück und verlief sich draußen vor den sizilianischen Gestaden. Doch nicht nur sie, sondern auch ihr Boot musste den richtigen Riecher haben. Daher hob sie die Ruder hoch: denn sie hatte ihr Boot abgerichtet wie ein Frettchen, es wusste von ganz alleine, wie es den Bastardell aufstöbern und ihn bei den Ohren packen musste.

Es war ein Vergnügen, wollte er ihr sagen. Meinen Glückwunsch. Doch sie hatte sich auf die Ruder gestützt und den Kopf auf ihre Arme geneigt, als wäre sie in Schlaf gesunken.

Die erste Fere mit weiß schimmerndem Bauch sprang gleich neben ihnen hoch, machte ngangà ngangà und lachte. Dann sprang eine weitere hoch und dann noch eine und noch eine, zur Linken wie zur Rechten. Die Grille der Bastardellen mit dem ruckartigen Vor und wieder Vor des Boots hatte sie in das erstorbene Meer zurückgetragen: In der Dunkelheit ringsum hörte man das Durcheinander und das Geplansche, das sie veranstalteten, wenn sie zwischen all den Strömungen eintauchten und wieder auftauchten, übermütig, schampanjerlaunig und so ganz ihrem Charakter entsprechend.

Die Feminotin hob den Kopf und ließ sich herbei, ihn zu fragen:

»Habt Ihr Angst?«

»Ich Angst? Wovor denn Angst? Etwa weil ich übers Meer fahre? Oder meint Ihr, ich könnte vor den Feren Angst haben?«

»Ah, Ihr kennt sie …«, sagte sie, doch das war keine Frage, sondern eine Feststellung.

Das Glöckchen tönte ganz leise dingding, dingding in der übermütigen Hand des Bastardells. Einen Augenblick hielt es inne, dann aber erklang es wieder und belebte sich jedes Mal mit seinen Dingdings, die immer silbriger wurden, so dass die kurzen Augenblicke der Stille wirkten, als wären sie bewusst eingeschoben worden, um sein Wiederertönen noch deutlicher vernehmbar zu machen.

Nach diesem Klang aus nichts, wie aus einem Fingernagel, der an ein Weinglas klopft, war ihm, nachdem er sich einerseits mit seinen zu Schlitzen verengten Augen ein bisschen angestrengt, andererseits ein bisschen zugehört und sich Vorstellungen hingegeben hatte, immer deutlicher aufgefallen, dass die Feren, eine nach der anderen, das Springen, die Ngangàs und ihr Gelächter bleiben ließen und, wie von einem Zauber erfasst, das Boot umgaben und dem Dingding lauschten, das sie köderte und verstummen ließ. Nur wenn das Glöckchen aufhörte, wie in einer von ebendiesem Meer aus Öl getränkten Watte, auf dem es abschnittsweise hinglitt, nur dann regten sie sich unterhalb, wie Neugeborene, wenn sie im Schlaf gesäugt werden und ihnen die Brustwarze aus dem Mund genommen wird. Sie zeigten ihre Unzufriedenheit, sie krümmten sich und flochten eine Girlande aus klageerfüllten Ngangàs voll ekelerregenden, stinkenden Atemwolken rings um das Boot, und es gab einige, die mit ihren Fluken liebevoll gegen den Bug schlugen, wie wenn sie damit das Glöckchen wieder aufwecken wollten.

Sie kamen weiterhin in großer Zahl und mit dem Meer herbei, auch die Luft füllte sich dort ringsum mit Fere über Fere. Vom Boot aus hatte man das Gefühl, man würde eingekesselt, mit der dazugehörigen Verstopfung und Verpestung der Luft. Er wusste zwar nicht, welche Auswirkung sie auf die Feminotin hatten, doch bei ihm stellte sich ein Druck auf der Brust und eine Atemnot ein.

Und weil die Neuankommenden neben dem Boot keinen Platz fanden, tauchten sie ein, stießen den anderen von unten her in den Bauch und tollten so die hinaus, die sich bereits dort befanden. Und während sie das taten und sich den Stuhl unter dem Hintern wegrissen, passierte es ihnen, dass sie das Ziel verfehlten und mit der Fluke das Boot zwackten, das ein dunkles Dröhnen, ein dumpfes Erzittern der Kalfaterung von sich gab.

Sie fuhren von Ferenschwärmen umgeben wie auf einer Kreuzfahrt dahin, unter den kühlen andauernden Windzügen des Bastardells und den warmen, aus fetten Haut- und, schlimmer noch, aus Magenausdünstungen bestehenden, die die Tiere bei ihren Bewegungen aus ihren Sackmäulern aufs Boot warfen wie Böen brennenden Karbids. Er wusste nicht, ob er lachen oder weinen sollte. Für die Feminotin schien es eine allnächtliche Angelegenheit zu sein: den Kopf vornüber geneigt, die Ruder an die Brust gedrückt, schlief sie vielleicht, jedenfalls kümmerte es sie nicht.

In allem hatte sie ihre eigene Art. War denn ihre Weise, mit den Feren umzugehen, etwas Alltägliches auf diesen Meeren? Ja, er wollte den Pellisquadre ins Gesicht schauen, während sie von Feren hörten, die mit einem einfachen Dingding beruhigt und gezähmt wurden, wie viele kleine Kinder, die mit Pling und Plang zur Ruhe kamen.

Ihre Mitdörflerinnen gerbten ihnen das Fell mit der Spitze des Ruderblatts, und zwar dermaßen natürlich, dass es eine Freude war, ihnen zuzuhören. Sie dagegen nicht, sie hatte sich mit ihrem ganz persönlichen Einfallsreichtum ausgedacht, ihnen dieses Dingding vorzuläuten, und mit dem schleppte sie sie ganz vertraut hinter sich her, vielleicht aus ihrer ganz eigenen Laune heraus, ohne Absicht: Welches Ziel hätte sie auch haben können? Und ohne sich Gedanken darüber zu machen, ob ihr Dingding nicht zufällig das Ohr von Patrulljen und Wachen mit Argwohn erfüllte. Und wie die Feren mitmachten! Wer hätte sie in dieser freundlichen Sanftheit schon wiedererkennen können, die sich unter einem Fingernagel Musik ganz entfaltete? Und was für eine Musik zudem? Ganz sicher kein Kithara- oder Mandolinenklang, sondern der gedämpfte Klang eines Glöckchens. Ja, er würde ihnen ins Gesicht schauen, diesen Pellisquadre: Gab es an der Fere wirklich nichts mehr, das sie noch zum Erstaunen gebracht hätte? Glaubten sie das? Dabei gab es noch etwas anderes, etwas, das sogar Bewunderung abverlangt hätte, sogar den Pellisquadre, auch wenn für sie, wie denn auch anders?, eine Fere dieser Art, eine Fere, der schon ein Dingding genügte, um ihr wildes Wesen abzulegen und ganz Milch und

Honig zu werden, bereits ein halber Delfin war. Noch auch gehörten sie zu dem Schlag, die sich heute oder morgen dazu überreden ließen zu beweisen, ob diese Geschichte irgendeinen Kern von Wahrheit enthielt, nämlich herauszufinden, ob man sie durch Musik, statt durch die öffentliche Demütigung mit Blut zervölkern konnte. Daran war überhaupt nicht zu denken. Vor allem würden sie glauben, sie würden sich erniedrigen und deshalb höhnisch darüber sprechen: Ja, jetzt bringen wir ihnen auch noch Musik, die fehlt ihnen noch. Tänzerinnen sind sie ja schon von Berufs wegen, ihnen fehlt jetzt nur noch, dass wir ihnen das Dingding und Dingdong vorläuten, und dann tanzen sie mit uns Sarabande: Als ob sie nicht schon genug mit ihrer Bande anstellten. Wir würden sie zwar tanzen lassen, doch so, wie wir wollen, ohne Pling und Plang. Los, Junge, mach schon, würden sie schließlich zu ihm sagen, geh und mach auch du ein paar Mazurkaschritte, und komm bei diesem Glöckchengeklingel ja nicht aus dem Takt … Und vielleicht würden sie ja auch noch den Spott hinzufügen: Die Geschichte fand bei Nacht statt, nicht bei Tag. Doch trotz allem wollte er ihnen ins Gesicht schauen, er wollte sehen, ob sie angesichts dieser neuen Ferenüberraschung entzaubert wären, wie sie es ihren Worten nach behaupteten, oder ob sie voller Bewunderung dastünden.

Doch, so dachte er: Musste man für die Feminotin, für diese Tausendundeinnächtige, die sich darum kümmerte und diese Einfälle hatte, nicht dennoch voller Bewunderung sein? Nicht nur das, sondern obwohl sie bereits zwei oder drei Zauberkunststücke mit der Hand vollführt und ihn in Erstaunen versetzt hatte, war es ihm nicht einmal bei ihr danach, zu sagen: Sie wird mich keineswegs mehr zum Erstaunen bringen. Er dachte an diese eineinhalb oder zwei oder drei Stunden, das hing von ihr ab, vom Meer und von den bösen Begegnungen, die sie machen konnte, bei denen sie in diesem Boot für ihren Passagier Herrin und Frau gleich nach Gott sein würde. Er hoffte allerdings, dass sie sich nicht allzu sehr damit austobte, ihn mit den glöckchendurchläuteten Feren in Erstaunen zu versetzen und ihn in Gefahr zu bringen: er wollte ja wieder an Land, wenigstens um das alles zu erzählen. Großmächtige feminotische Frau, die Ihr dort seid, in Dunkel gehüllt, so hätte er sie bitten müssen, macht alles, was Ihr wollt und nicht, was Ihr könnt. Ach ja, er hätte sich gegen ihren Despotismus ihrer Großmut anvertrauen sollen.

Eine Stunde, eineinhalb Stunden, nicht mehr: so wie sie über den Bastardell fuhren, so schnell, als hätten sie die Segel gesetzt, würde es nicht mehr lange brauchen, bis sie drüben wären. Bevor diese Ansammlung von Feren ihn mit dunklen Gedanken erfüllen könnte, würde er mit seinen Füßen schon auf sizilianischem Boden stehen. Doch ihre immer dichtere, ihre erstickende Anwesenheit, der üble Geruch ihrer Haut, ihr Atem, den sie beim Tummeln ausstießen wie ein Rülpsen, mitten ins Gesicht; und das Dingding des Glöckchens, das ihm auf die Nerven ging, und die Verachtung und Wut, die die Feminotin in ihm hervorrief, die vor seinem Blick ihren Gedanken nachhing, als wäre sie alleine, mutterseelenalleine da, trieb ihn letzten Endes, ohne sich länger zurückhalten zu können, zu einem Wortgefecht mit ihr.

»Ich will ja nicht in den Teller spucken, aus dem ich esse«, sagte er zu ihr, »aber bei der Heiligenjungfrau, per la madò, dieses Dingding, das Ihr den Feren vorläutet, das ist zwar schön und zaubrisch, das erkenne ich durchaus an und applaudiere Euch, doch was bringt Euch dieses Spiel, könnt Ihrs mir sagen? Bringt es Euch irgendeinen Nutzen oder vielleicht irgendein inniges Vergnügen? Hier, nach dem, was ich in dieser Dunkelheit wahrnehmen kann, ist es nicht mehr, scheint mir, der Bastardell, der uns fortträgt, sondern die Feren. Ihr habt Euch in Schlaf gegluckst, wenn ich mich nicht völlig täusche, und fast ist es, als würden die Feren Euch mit dem Dingding nährmuttern. Ja, eigentlich ist es, um die Wahrheit zu sagen, Ehrenwort, als würden die Feren Euch mit ihrem Dingding einlullen. Oho, doch bei Euch begreift man ja nichts, einfach gar nichts …«

»Und wieder einmal begreift er nicht …«, sagte sie mit einer Stimme, die sich wie ein Gebrumme aus ihrer ganzen dunklen Masse löste. »Und wieder einmal. Wie soll ichs ihm eigentlich noch sagen, dass er doch gar nicht begreifen muss? Wenn ihm die Gesellschaft nicht zusagt und das Dingding ihn so stört, warum macht er sich dann nicht einfach auf und davon? Warum steigt er nicht aus dem Boot und sagt zu mir: Geht doch und lasst Euch in den Undsoweiter ficken?«

»Achje, per la madò, was für ein herrliches Laster Ihr doch habt.«

»Was für ein Laster? Was für ein Laster, sagts schon? Benennts doch, benennt es genau, denn ich hab so viele Laster, dass ich mich schon gar nicht mehr auskenne …«

»Das eben, Ihr wisst schon, welches. Das, dass Ihr mit Stecknadeln zusammengehalten seid, dass man Euch kein Wort sagen darf. Eurer Ansicht nach sollte ich mich nicht verwundern über diese Neuheit mit den Feren, die, nur weil sie ein gedämpftes Dingding von Glöckchen hören, aus allen Meeren herbeifliegen und sich dicht auf dicht um Euer Boot drängen und sich herumbalgen, um nur ja in der vordersten Reihe zu sein, gleich unterhalb des Glöckchens, heh, und da sollte ich mich nicht verwundern? Und folglich sollte ich mich auch nicht im Geringsten verwundern, wenn ich sehe, wie Ihr mit denen da diese sonderbare Gemeinschaft bildet. Und die Absicht von all dem und das Ziel, fragt sich einer, was kann das wohl sein? Und das sollte mich nicht verwundern?«

»Dann verwundert Euch doch, pirdeu, verwundert Euch nur«, sagte sie und zuckte mit Schultern und Kopf. Dann warf sie sich wieder nach unten und brummelte, pöbelte, sie pöbelte über ihn: »Er verwundert sich, doch wem erzählt er so was? Von mir aus kann ers ruhig tun: ah, eh, ih, oh, uh, von mir aus kann er sich auch schmal oder breit verwundern. Was solls denn! Er läuft nur Gefahr, dass er sich die Backenknochen vor lauter kleinen Überraschungen, vor lauter zugedeckten Tellerchen ausrenkt, die er bei dieser Rückkehr des Kriegs vorfindet ...« Sie zog sich noch tiefer in sich zurück, und mit inzwischen gelöster Zunge vergrub sie sich in diese schwierige, feinsinnige Überlegung: »Sie laufen und laufen, wer weiß, was er sich vorstellt, vielleicht stellt er sich ja vor, dass der Krieg wie auf Geheiß eines ihnen erschienenen Gottes nicht stattfand oder kein Zeichen in den Häusern hinterließ, in die sie zurückkehren, noch auch Makel an ihren Frauen. Wo jedermann kämpft, denkt er, nur dort ist Krieg: nur Griechenland, nur Russland, nur Jonisches und nur Tyrrhenisches Meer ... Diese Arroganten, diese Vorstellungsarmen ... Bei ihnen reicht die Vorstellung nicht weiter als ihr Pinkelstrahl. Peuh ...«

»Über wen ärgert Ihr Euch eigentlich?«, fragte er sie. »Was salbadert Ihr da rum?« Seine Absicht war es, sie in Rage zu bringen, doch sie verstummte wie eine Nachtwandlerin, die in ihrem Tun unterbrochen wird.

Es verging eine gewisse Weile mit diesen Dingdings, in der tiefen Stille der Nacht und dem angeschwollenen, belebten Meer, das diese Dingdings geradezu magisch hinter sich herzog und mit seinem Fingernagelklang wie mit einem seidenen Faden verbunden war. Danach stieß die Feminotin mit tief nach unten gesenktem Kopf, als würde sie zu ihrer Brust sprechen, wieder ein Gemurmel hervor, und er glaubte, sie wäre diesmal wirklich eingeschlafen, und im Schlaf würde das Glöckchen ihr das Wortgefecht von eben neu beleben. Sie kicherte nämlich und machte sich über ihn lustig:

»Dingding, dingding … ah, eh, ih, oh, uh …«

Sie träumt, dachte er. Das ging aber flott. Doch gleich kam aus ihrem Mund ein halb angedeutetes lautes Gelächter, wie Worte, die mit dem funkelnden Glanz ihrer Zähne und ihrer Augen ausgesprochen wurden:

»Pirdeu, pirdeu«, sagte sie, »wie viele Jahrhunderte warens, die ich nicht mehr gelacht habe, ha, wie viele, wie viele wohl. Sagt ihrs mir doch, ihr schamlosen Säue, sagt ihrs mir, die ihr doch immer mit dem Maul und dem Hintern und allem lacht, sagt ihrs mir, ihr, die mich kennt, ihr durchtriebenen Schweine, sagts nur, nach Jahrhunderten und Aberjahrhunderten, wie ich lache.«

Sie lachte zwar, aber doch nicht so, wie sie es hätte tun müssen, wenn es wirklich Jahrhunderte waren, die sie nicht gelacht hatte. Doch ob viel oder wenig, sie lachte, und daher sagte er zu ihr:

»Ihr seid zwar aus Marmor, und doch schwitzt Ihr, und wenn es Euch in den Kram passt, erweist Ihr uns die Gnade des Lachens …«

Da plusterte sie sich, sie schüttelte sich vor Lachen; und sie beugte sich vor und streckte einen Arm nach ihm aus, und ihr Ton wurde herzerweichend spöttisch:

»Kommt her, hier neben mich, an meine Seite, schöner Bursch«, sagte sie einladend.

Sie schmeichelt mir, dachte er. Sie will meine Seele. Und weil gleich daneben noch frisch die Verwandlung der Feren von Wilden zu Gezähmten im Gange war, hatte die Einladung der Feminotin in einem Dingding nahezu die gleiche Wirkung auf ihn. So konnte er sich von einem Wort zum anderen, von einem Dingding zum anderen nicht mehr zurechtfinden, noch traute er der Sache: Und so rührte er sich nicht, er folgte nicht ihrer einladenden Hand. Und dann wollte er den Zauber aus ihr bannen, sofern sie ihn als Hündchen angesehen hatte, das sie nur zu rufen brauchte und schon legte es sich zu ihren Füßen. Sie war allerdings nicht dumm und schien seine Gedanken zu lesen, und wieder sagte sie nachdrücklich und überzeugend:

»Nun macht schon, seid nicht beleidigt, ziert Euch nicht … Kommt her, und wir werden still und stumm miteinander sprechen. Kommt schon, los, und wir lösen den Zauber. Kommt, und ich erkläre Euch, wie und warum diese Miststücke um uns herumscharwenzeln. Kommt: Ich mache etwas Besonderes mit Euch, ich werde es Euch ins Ohr flüstern …«

Als er sie so in ihren Röcken sah, stand er auf. Sie machte ihm Platz auf dem

Bänkchen, hob ein Ruder hoch, und als er sich hingesetzt hatte, gab sie es ihm. Dann führte sie ihren Mund an sein Ohr, so, als würde sie in großer Heimlichkeit mit ihm reden, sie lehnte sich an seine Schulter, drückte sich an sie mit ihrer ganzen langen, breiten, busigen Brust, und diese schien sich nun an seiner Seite zu öffnen, tief in ihn einzudringen und ihn rings in schäumendem Weiß zu umschließen, wie die Welle, die sich an einem Felsen bricht, sich schäumend um ihn öffnet und ihn dann aufzusaugen und einzuverleiben scheint. Er fühlte, wie sie sich um die Schulter herum, entlang der Seite und unter dem Ellbogen dehnte und weitete: weich, räumig und strömend, was unter dem mit der Hüfte verknöpften Leibchen herspülte, so, als hätte sie an diesem Tag entbunden und würde von Milch noch überfließen. Unterdessen aber sog er den Duft des Olivenöls ihrer Zöpfe ein, einen starken, schwitzigen Duft, so, als hätte sie die Zöpfe in eine Giare getaucht.

»Was für eine Törin, werdet Ihr sagen, heh, diese Ciccina Circé …«, flüsterte sie endlich.

»Ah, so heißt Ihr also? Ciccina …«

»Ciccina, ja, Ciccina und Circé, kurz Ciccina Circé. Ja, so hat man mich geheißen … Diese Törin von Ciccina Circé, sagte ich, werdet Ihr sagen, diese Vertrottelte, die das Glöckchen erklingen lässt. Seht sie euch an, werdet Ihr sagen, wie sie vor sich hinkadaverte, nur weil sie sich von ihrem stinkenden Fleisch nährte: Sie betört sie, macht sie sich geneigt mit dem Dingding, statt sie mit Ruderschlägen zu traktieren oder auch auf sie zu schießen, so wie die englischen Matrosen vom Landungsboot aus zum Zeitvertreib auf sie schießen, auf sie schießen und ihnen das Schädeldach abreißen. Und diese Törin, werdet Ihr sagen, dieser Kadaver baute ein inniges Verhältnis zu den Feren auf, sie begegnet ihnen sanft, fährt aufs Wasser und musiziert ihnen was vor: dingding, dingding … Und für so eine haltet Ihr mich? Hab ich Euch diesen Eindruck gegeben? Ich verfolge eine Absicht, muss ich das erst sagen?, wenn ich ihnen das Dingding auf den Kopf zuspiele, statt sie mit dem Ruder zu schlagen. Oder dachtet Ihr, ich hätte ein mitleidiges Gemüt bei diesen Mondlustren? Ich habe eine spartanische Redeweise, seht Ihr? Und ich habe keine Skrupel, Euch zu sagen, dass dies alles eine Strategie ist, ein Winkelzug im Grunde, wie soll ichs Euch sagen?, ein gekonnter Trick, mich zur Herrin über diese Teufelinnen aus der Hölle zu machen, und zwar für die ganze Zeit, die ich auf diesem Meer brauche. Ich gebe ihnen das Dingding, diesen Narrenklang, ja, so viel sie wollen, doch dieser allein hat eine ungeheuere Mameluckenwirkung auf sie, denn vor lauter Dingding kommen sie her und bleiben bei mir, hier, unter den Röcken, ruhig, umschmeichelnd. Wisst Ihr, was das Dingding für diese Massakerwütigen ist? Opium. Es trifft sie im Kopf, sie verdrehen die Augen und fallen in einen Opiumrausch, sie vergessen die Welt, die ist, und den Weltuntergang, den sie veranstalten. Das Einzige, was für sie existiert, ist dieses Dingding in den Ohren. Ja, sie verfallen seinem Zauber beim ersten Hören. Sie eilen herbei, vor allem die Jungen, als wüssten sie, dass ich ihnen Bonbons zuwerfe. Beobachtet Ihr, wie sie mit eingezogenen Fluken zwischen den Hüften sich vor mir tummeln? Wie sie mich eng einschließen und mir ringsum den Hof machen? Und wie sie meine Mägde und Hüterinnen sind, diese Säue? Hört Ihr sie, spürt Ihr sie? Wir fahren mit einem Begleitzug … Sie würden mir die Hand abschlecken, wenn ich sie ihnen hinhielte. Und führe ich bis ans Ende der Welt auf diesem Boot mit dem klingelnden Bug, würden diese Phänomene mit verschlagener Intelligenz, diese Fischbestien, die sich für Christenwesen halten, und das sage ich nicht, um hier anzugeben, mir folgen wie eine Schar von Hündchen mit heraushängender Zunge.«

Sie entfernte ihren Mund von seinem Ohr, drückte sich aber immer noch an ihn, mit langsamem, regelmäßigem Atem, der ihre Brust an seinem Arm mit jedem Augenblick weitete. Einer ihrer Zöpfe war nach vorne geflogen, der bitterherbe Duft des Olivenöls des getränkten, glänzenden Haars strömte ganz über sie, als hätte sie sogar ihren Körper eingeölt, um den einen oder anderen unangenehmen Geruch zu übertönen oder um den Schmerz einer Verbrennung zu lindern. Doch er mochte diese Nähe ihres warmen, vollbusigen Körpers, der da auf einmal von überallher an seiner Seite war. Unterdessen dachte er: Sie gibt gar nicht an mit dem, was sie sagt, sie sagt es nicht, um anzugeben, und er kam zu der Einsicht, dass er sich nichts vergab, wenn er ihr diese Anerkennung zugestand, doch es war sozusagen die Auswirkung einer gewissen Dankbarkeit, die sie für ihn empfand, seit er dort auf dem Bänkchen saß und sie sich von allen Seiten an ihn presste, ja, es schien, als würde sie ihn in ihrem Busen empfangen wie in einer großen warmen, weichen Höhle, die ihn beruhigte: Mit anderen Worten, es war, als würde er diese gewisse Unterwerfung zugestehen, die er fühlte, und das Gereibe, das sie veranstaltete.

Doch abgesehen davon, gab sie wirklich nicht an: Das war alles nur Schein. Rings um das Boot, das ohne Ruder dahinfuhr, schwammen die Feren in den erstorbenen Gewässern an den Rändern des Bastardells, sie schwammen leise und ganz diesem leisen Klang hingegeben, der über ihre Köpfe herabschwang, und an der Art, wie sie das genossen, schien er bis zu ihren Fußnägeln zu gelangen. Sie zeigten nicht mehr die geringste Ausgelassenheit, sie waren ebenfalls in die Todesstarre gefallen, in der das Meer sich befand, und wäre es nicht wegen des Hechelns gewesen, das sie durch ihre Schlünde stießen wie ein anhaltendes genussvolles Röcheln, und wegen der von ihren Atemzügen dicht um das Boot durchzogenen Luft, wäre von ihnen nichts mehr geblieben, das sie als Feren in dieser undurchdringlichen Dunkelheit hätte erkennen lassen. Man merkte lediglich, dass sie schwammen, und durch das Schwimmen, das sie gemeinsam unternahmen, als würden sie sich zu Hunderten und Aberhunderten bewegen, entstand so etwas wie ein Zerreißen der Luft und des Wassers, ein Zerreißen, dessen Ursprung man zwar kannte, das aber dennoch etwas Geheimnisvolles hatte. Es war ein gleichmäßiges, unaufhaltsames, quälendes Rein und Raus, das jetzt das Dingding zu erreichen und mit dem Glöckchen im Meer zu versinken schien, und jetzt war es unendlich weit weg, irgendwo über den toten Weiten und Tiefen des Tyrrhenischen Meers, und darin, in dieser Quälerei für ein Dingding, in diesem Stöhnen, Stöhnen, in der Opiumtrunkenheit, in dieser Versklavung durch eine elende Unsinnigkeit für einen Klang, darin lag etwas, das man in der Fere niemals vermutet hätte, etwas Verhängnisvolles, das beunruhigend war.

»Jetzt stinken sie nicht mehr, was?«, sagte die Frau, als sie sich wieder bewegte, denn es sah so aus, als würde sie ebenfalls gelauscht haben. »Stellt Ihr Euch das vor? Das Glöckchen bringt sie dazu, nicht mehr zu rülpsen. Sie schwimmen, hört Ihr sie?, wie Kälber, die gesäugt werden. Heh?«

Sie spricht mich an, dachte er, um dicht an mir herumzukörpern. Jetzt war sie in ihrem Element, diese Tausendundeinnächtige, mit all ihrer Bekanntheit als Redegewandte, die es versteht, ihre Absicht wohl auch über Tage und Nächte hinter Worten zu verschleiern.

Sie kam wieder dicht an ihn und presste ihre großen Brüste gegen ihn, die gelöst waren und bei der Berührung glucksten wie zwei kleine Weinschläuche. Sie atmete wieder in sein Ohr, und bei den Worten, die sie ihm sagte, strömte auch wieder der Duft des Olivenöls aus.

»Was sagen die Leute, wisst Ihrs? Die Fere hätte keinen Schwachpunkt, sagen sie. Die Fere ist Fere, sagen sie. Keiner ist ohne Schwachpunkt, sagt dagegen Ciccina Circé. Fere zu sein, das ist ihre Stärke und zugleich ihre Schwäche. Ihr sagt: Was soll dieses Glöckchen denn bei ihr ausrichten? Nichts, nur Dingding. Doch bei diesem Dingding verblasst ihr ungebändigtes Wesen, jede Hinterhältigkeit, jede Grille und jedes Hurengehabe fällt von ihr ab: Am entscheidenden Punkt verwandelte sich alles Salz, das sie gewesen sind, in Zucker, und sie haben sogar den Anschein, als hätten sie Stand, Leben und Gewohnheiten geändert. Ich, Ihr habt mich gesehen, ich zieh mir die Ruder ins Boot und brauche sie nicht auf ihnen zu zertrümmern. Auch wenn sie zuhauf um mich sind, komme ich weiter und fahre alleine und sicher. Und ich denke und denke, ich habe alle Zeit und alle Muße, meine Gedanken zu denken …« Sie machte eine Pause und seufzte: »Ach ja, ich sollte mir das Glöckchen vielleicht vergolden lassen, das ich verrostet im Sand fand, säuberte und zum Glänzen brachte …«

Sie wandte ihre Lippen von seinem Ohr ab, blieb aber mit ihrer Brust dicht an ihm. Weiter ging sie nicht. Sie rieb sich nur; und dieses Reiben begleitete sie beinahe gedankenlos bei ihrem Geplauder an seinem Ohr, und das wirkte, wenn er nach seiner Meinung gefragt worden wäre, wie ein starker Skrupel, wie eine unglaubliche Feinfühligkeit bei einer Feminotin. Doch vielleicht spürte sie die Leidenschaft, die diese intime Tätigkeit verlangte, ja nicht bis in die Tiefe. Sie hing zwar an ihm, aber man hätte das als geistesabwesend ansehen mögen, als wäre das Aug ihres Verstandes anderswohin gerichtet, auf jemand oder auf etwas anderes. Sie hatte ja gesagt, sie habe ihre Gedanken zu denken: und dieses kleine Geschäft will keine Nachdenklichkeit.

»Es ist das erste Mal, dass ich von Glöckchen höre, die den Schwachpunkt der Feren berühren …«, sagte er, um sie wieder zum Gespräch zurückzuführen.

»Und jetzt seid ihr der Alleineinzige, der davon gehört hat«, sagte sie nach einer Weile, allerdings ohne großartige Teilnahme. »Niemand hat es je vor Euch gehört. Ich habe Euch zum Vertrauten gemacht, den Grund dafür kenne nicht einmal ich selbst, vielleicht weil Ihr kommt und wieder geht, ich sehe Euch jetzt, und danach sehe ich Euch nicht mehr.«

»Aber haben Eure Nachbarinnen Euch diesen Trick denn nicht abgeluchst?«

»Nachbarinnen? Die da? Die da mir was entwenden? Nein, nein, pirdeu, das wäre kein goldarschiges Glück, weder für die noch für die anderen, wenn sie Circina Circé etwas abluchsten.«

»Hattet Ihr etwa Auseinandersetzungen mit ihnen? Flogen Worte?«

»Huh, huh …«, sagte sie und zog ihren Mund zurück, den sie, fast seine Haut berührend, hinter seinem Hals hielt, ohne ja oder nein zu sagen.

Für ihn hatte sie immer noch kein Gesicht, nur ihre Stirn war in einem Aufleuchten der meerischen Phosphoreszenzen für ihn sichtbar geworden, die ihm, möglicherweise aufgrund dieser täuschenden Aufhellung, vorkam, als sähe man dort, unter ihrer durchsichtigen Haut, beinahe wie ein Tattoo, die trockenen, bläulichen Adern, durch die kein Blut strömte.

»Oh, pirdeu«, sagte sie weiter. »Der hier will mir nach und nach in Verehrung versinken …«

»Aber habt Ihr«, sagte er zu ihr und unterdrückte ein Lachen, »jemals ausprobiert, sie, die Feren, mit Brot und Wein zu behandeln, will ich sagen?«

»Wie denn, wie denn?«, fragte sie neugierig und stützte sich mit ihren Ellbogen auf seine Schultern. »Wie denn? Feren mit Brot und Wein? Zuerst Brot, sagt Ihr, und dann Wein?«

»Aber nein, Brot mit Wein getränkt, natürlich. Habt Ihr nie davon reden hören? Damals haben die Milazzer sich ihrer, so wie sies erzählen, wie Jagdhunde bedient, um sich die Thune in die Netze treiben zu lassen. Danach prämierten sie sie mit Brot und Wein. Das zieht sie an, sie berauschen damit ihren Verstand …«

»Hör sich nur einer diese Überlegung an …«, prustete sie los, als hätte sie gerade die Überlegung eines kleinen Jungen gehört. »Und ich soll denen hier Wein geben? Damit sie durchs Meer jagen und Dampf ablassen? Ja, wie denn? Wo das, was ich doch will, das ist, sie lustlos zu machen, sie allesamt hier rings um mich herum. Ich will doch keine Mattanza veranstalten, das ist nicht meine Absicht. Ich weiß genau, was ich im Aug habe, ich weiß das genau«, und als sie zu Ende geredet hatte, war es, als wäre das, was sie unmittelbar im Aug hatte, er gewesen.

Sie nahm nämlich seinen Arm und legte ihn sich um den Rücken und hielt zugleich seine Hand fest, die um ihre Hüfte lag, die Finger steckten unter ihrer Brust. Danach nahm sie das Ruder, das sie ihm anvertraut hatte, wodurch sie seinen anderen Arm befreite: Leicht nach vorne geneigt, über die Ruder, suchte sie seine Brust mit dem Rücken und ließ sich eng um die Hüften fassen. Da kommt die Feminotin zum Vorschein, sagte er sich: Wie konnte es anders sein? Wenn's drauf ankommt, sind sie sich alle ähnlich. Auch die hier, die sich ihm gegenüber vorher nur am äußersten Rand bewegte, nun ist sie da, sie hat das Spielfeld betreten.

So weich, so fließend und einladend er sie auch in ihrer Brust empfand, so war sie doch unvermutet hager und spitz und durchgearbeitet in ihren Schultern. Sie rieb sich an seiner Brust mit den hervortretenden, knöchrigen Wirbelhöckern ihres Rückens und den schneidenden Knochen ihrer Schulterblätter, und dabei stöhnte sie, doch nur vor Begierde, ihn zu schrammen.

»Erlaubt Ihr, dass ich mich an Euch drücke, Bursche, erlaubt Ihrs?«, sagte sie irgendwann und sprach jedes Wort einzeln aus, als kämen sie zwischen den Zähnen hervor, und stieß ihre Knochen immer tiefer in ihn hinein. »Drückt mich fest, drückt auch Ihr mich fest, während ich mich an Euch drücke. Mir wurde so kalt, Feuchtigkeit und Kälte drang mir tief in die Knochen …«

Sie klapperte zwar mit den Zähnen, das stimmte, atmete aber, indem sie den Atem schnaubend durch die Nasenflügel ausstieß, als würde sie von Hitze erstickt. Sie machte den Eindruck, als würde sie mit jemandem da vor sich kämpfen; und es war, als wäre es dieser Jemand, der sie an ihn drückte, als wäre er es, mit einem Wort, mit dem und wegen dem sie letzten Endes ihre Knochen hin- und herbewegte.

Einen Augenblick hielt sie mit vorgerecktem Hals inne, um ihn zu fühlen, wie er seine Hände unter ihren Leibwickel schob, unter ihre langen Brüste, sie fasste und ihre Spitzen in seine Handflächen gleiten ließ und umschloss, doch im schönsten Augenblick entschwanden sie wie Wasser zwischen den Fingern. Sie saß ganz friedlich da, ließ sich beugen und drehen und kräftig anfassen, sie schien ruhig, sie schien sogar voller Dankbarkeit, dass er sie beugte und drehte und fest packte, sie schien, kurz gesagt, zu allem bereit, als sie unerwartet, wie wenn die wilde Seite mit all ihren barbarischen Verhaltensweisen wieder in ihr hervorbrechen würde, ohne viel Federlesens von ihm abrückte und sich aus der Gürtelei seiner Umarmung mit einem Ruck des Beckens und der Ellbogen befreite. Sie schoss nach vorne zu den Rudern, als wäre sie mitten im Eintauchen der Ruderblätter stehengeblieben: Das Boot bekam einen Schlag und schaukelte und ließ das Glöckchen stürmisch aufklingen.

»Oh, pirdeu, pirdeu, was hat der hier sich denn in den Kopf gesetzt«, sagte sie nach diesem Ruck. »Wie viel Hast, wie viel Raserei und Grobheit der hier an den Tag legt, um alles zu erreichen. Und ich habe ihm so vertraut, ich, ganz im Gegensatz zu meinem Wesen …«

»Hört zu, Ciccina Circé oder wie immer Ihr heißt: Was für ein Spiel wird hier eigentlich gespielt? Schieb die Murmel, nimm sie dir? Oder vielleicht Räuber und Gendarm, wo der eine vor dem anderen wegläuft? Ihr wollt es so, aber Ihr wollt es auch anders. Wie soll einer Euch eigentlich nehmen?«

»Focu meu, focu meu. Jetzt beleidigt er mich auch noch. Für ihn bin ich aufs Meer gefahren, ihn hab ich übergesetzt …«

»Und behauptet nach wie vor, dass sie meinetwegen aufs Meer gefahren ist …«

»Und er besteht darauf, besteht darauf, mich zu beleidigen, sagt, ich wär nicht seinetwegen aufs Meer gefahren, ziehts sogar in Zweifel …« Sie bewegte sich vor und zurück, und die Ruder mit ihr, als hätte sie sich ans Pullen gemacht: »Er sagt, er will mich verstehen, mich nehmen, weiß aber nicht wie. Ciccina Circé ist zur Festung geworden, die man von dieser Seite, aber auch von der anderen Seite nehmen kann. Ach, Krieg, Krieg, Tod und Unhöflichkeit.«

»Ihr seid eine Tausendundeinnächtige«, fand er. »Ihr nehmt jedes Wort, wies Euch passt.«

Eine Zeitlang sagte keiner von beiden mehr ein Wort. Er dachte, dass sie ohnehin bald an Land gelangen würden, und es daher besser sei, es hier abzubrechen.

Mitunter machte das Boot eine Bewegung, als wollte es anhalten, wie wenn es beim Abirren etwas außerhalb des Bastardells über den morastigen Gewässern auseinanderbrechen wollte: Das Glöckchen starb ihm hinterher, und in dieser Stille stieg das Rauschen der schlafwandelnden Feren auf. Ein- oder zweimal bei diesem Stocken in der toten Strömung glaubte er sogar, dass sie bereits dichtdicht am sizilianischen Ufer wären, genauer gesagt dort, in der Nähe der Grenzlinie zwischen den beiden Meeren, wo der Bastardell sich wieder rückwärtsdrehen und eine Drosselung durchführen würde. Jedes Mal aber kehrte das Boot mit ein paar schaukelnden Bewegungen auf den Bastardell zurück und nahm seine Route wieder auf. Das Glöckchen klingelte bughin stürmisch, und wieder war es in diesem undurchdringlichen Dunkel, als wäre die Luft um sie herum wie für den, der bei günstigem Wind auf offenem Meer weit vom Land entfernt dahinsegelt.

Er war sich nicht mehr so sicher, dass ihr Bastardell hinunterstrudelte und gleich da, linker Hand, zu den Buchten Siziliens führte: Ihm war jetzt, als hätte der Strömungsarm viele weitweite Zickzacklinien zurückgelegt und sich mitunter gedreht und sich in den Schwanz gebissen. Doch das waren alles nur Vermutungen, Eindrücke. Er steckte in jeder Hinsicht mit dem Kopf tief im Sack, Sack aus mondloser Nacht ebenso wie aus Kriegsverdunklung, weshalb sowohl in Skylla wie am Faro das Feenaug' des Leuchtturms erloschen war, und dann auch im Sack des unentzifferbaren Gebrauchs des Bastardells wie des Nichtgebrauchs des Ruders zum Ruderschlag, der das Maß des vorbeiströmenden Meeres liefert. Und noch einmal Sack, und zwar ganz unten, auf dem Arschgrund des Sacks, wegen des unbekannten Boots und der noch unbekannteren Feminotin. Mit dem Kopf also tief im Sack, als wäre dieses Meer, das er so gut kannte wie die Zweisoldimünze, völlig neu für ihn, doch wiederum auch so, als wäre er zum ersten Mal auf diesem Meer.

Die Feminotin allerdings, diese Docke, gab sich den Anschein, als könnte sie das alles mit einem Fingerschnipp entwirren. Er musste Vertrauen haben, ob er wollte oder nicht. Vertrauen rettet dich, nicht das Holz eines Boots. Das stelle sich einer vor, Vertrauen in diese Exzentrikerin. Hört sie, hört sie doch nur, wie exzentrisch sie ist …

Sie hatte angefangen zu lästern, so, als säßen sie auf dem Stuhl, die eine der anderen gegenüber, sie und dieselbe sie, Ciccina Circé, mit der sie sich unterhielt und sie schalt und sie zureimte auf witzige Weise, die zwar das Bittere spüren ließ, doch das Giftige zurückhielt, und mit jener Nachsicht und Sympathie und ebenso jener einverständigen Mitwisserschaft und Mitleidenschaft, die man instinktiv sich selbst gegenüber gebraucht, wenn man sich im Spiegel betrachtet.

»Dort hättest du ihn lassen sollen …«, brabbelte sie. »Dort, damit er in den Bestienschwaden stank. Wer hat dir denn gesagt, du sollst ihn dir ins Boot holen, wer denn, frage ich dich? Zu dieser Stunde wäre er noch da, wenn du dich nicht an der Türe gezeigt hättest, wenns nicht deinetwegen gewesen wäre und dieser levantinischen Verrücktheit wegen, die dich überkam, eigens für ihn aufs Meer zu fahren, damit du ihn übersetzt, er wäre noch dort, noch immer dort, und würde bei der Aschenglut irgendeines heimischen Herdes schnarchen oder sich vor Bauchweh krümmen, dort, ja dort wäre auch er, mit diesen Musterbildern des Heeres, auch er heruntergeschweint von diesen Nobelweibern. Dort, ja dort, nicht hier, mit all diesen Forderungen …« Sie seufzte tief und fuhr dann fort: »Heh, Ciccina Circé, du bist immer noch am selben Punkt. Du verlierst zwar das Fell, ja, du hasts schon verloren, wie die von aller Wolle entleerte Matratze, doch das Laster nicht, niemals, das hast du nicht verloren, eher verliert es dich. Und da sitzt du nun, du alte Fregatte, und meinst immer noch, einem Mann hinterherpfeifen zu müssen, und sobald du einen siehst, der ganz nach deiner Vorstellung zu sein scheint, fängst du an zu rasen, ziehst dir für ihn die Kleider herunter und stehst nackt da. Das war immer schon deine Schwachstelle, Ciccina Circé, so wars und so wirds bleiben. Oh, ja, du Pantoffelschlurferin, du magst schlanke Hüften, Hüften wie Bambus, Hüften …« Hier brach sie den Satz ab und legte ihre Handfläche auf seine Hüfte, als wollte sie Maß nehmen, und sagte abschließend: »… die man mit einer Hand drücken kann, was?«

»Was glaubt sie eigentlich?«, fragte er und wehrte sie ab. »Glaubt sie etwa, sie könnte bei mir das Glöckchen so zum Klingen bringen wie bei den Feren?«

Er tat so, als würde er aufstehen und wieder zum Bänkchen am Heck zurückkehren, doch sie hielt das Ruder fest an ihre Brust gedrückt wie einen Riegel, legte eine Hand auf sein Knie und sagte:

»Wer weiß, was mich heute Nacht gepackt hat, dass ich so lästere. Ich hab Gedanken ausgebrütet, hab Sätze ausgebrütet, heute Abend zersprang das Ei. Und die Worte fließen nur so heraus, das Küken piepiept. Ah, du Herzarsch, ah, du Wirrkopf, ah, Ciccina Circé, wie viele Dinge, wie viele und was für Dinge du dir vorstellst.«

»Ja, Ihr seid wirklich eine Tausendundeinnächtige«, wiederholte er ein weiteres Mal, denn das schien ihm das Höchste und Letzte, um sie zu beschreiben, die höchste Schmähung, doch gleichzeitig auch das höchste Kompliment. »Ich, mein Ehrenwort, vermag es nicht, ganz zu Euch durchzudringen …«

»Das ist keineswegs so schwer, wies Euch vorkommt«, unterbrach sie ihn und drückte sein Knie mit der Hand, »zu mir durchzudringen. Das könnt Ihr, das könnt Ihr in aller Ruhe, sofern Ihr es wollt.«

»Das kommt Euch so vor, Euch«, redete er weiter, ohne auf die Doppeldeutigkeit ihrer Worte einzugehen. »Kommt Euch das wenig vor, ganz durchzudringen zu Euren Erfund des Glöckchens, das der Fere jeden barbarischen, schampanjerlaunigen Witz nimmt? Haben sie Euch denn so gestört, frage ich mich? Schaden? Belästigung? Oder ist das alles nur eine Laune? Wer das auch hört, wisst Ihr, was er sagt? Ein Weibertick, bloß eine Flause.«

»Oh, seid doch still, seid doch still …«, jammerte sie und umkrallte sein Knie, das unversehens schmerzte, und sie wurde traurig, als würde ihr im Innern ein Stich versetzt.

Gleich darauf jedoch stieß sie einen Seufzer nach dem anderen aus und wandte sich dann wieder ihrer Ciccina Circé zu, die ihr allem Anschein nach sehr gelegen kam, denn es musste wohl längst eine Gewohnheit von ihr gewesen sein, sich die feinfühligsten und die schrecklichsten Dinge als Pantomime mit dieser dazwischengeschobenen zweiten Person vorzuführen, das heißt mit ihrem eingebildeten Abbild:

»Sursundkorda, Ciccina Circé. Sei frohen Muts, Ciccinella, reiß ihm den Schleier von den Augen, such und finde die Worte und sag ihm, wozu du die gezähmten Feren brauchst. Hinterher wird er dir, wenn er den Sinn der Sache nicht erfasst, vielleicht sagen, dass du eine Unselige bist, eine Niederträchtige, doch ertrags, ertrags, das ist dein Schicksal, das weißt du seit langem …«

Wieder seufzte sie, atmete tief ein, als wollte sie die Brust mit Luft füllen und unter Wasser tauchen, und kam danach endlich auf das Thema zu sprechen:

»Hier treiben so viele Tote herum, dass Ihr euch keine Vorstellung davon machen könnt, es ist ein einziges Auftauchen und Verschwinden entstellter männlicher Nacktheit. Es gab da erbarmungswürdige Roncevaler von italienischen Matrosen, wie Ihr es seid, in den Meeren hier ringsum, und die Namen der Blutbäder sind Euch sicher auch zu Ohren gekommen. Uns, denkt Euch nur, erreichte gar noch das Echo des Kanonendonners und die Erschütterung der Torpedos, die uns der rotgefärbte Himmel und das rotgefärbte Meer schickten, gleich hier hinter uns in Kalabrien, gleich hier unten an der Straße von Sizilien und vor allem von Malta her. Sie fuhren da los und treiben noch immer, die armen Kerle, von denen ich Euch erzählt habe, diese Seefahrer auf der Suche nach einem bitteren Anlegeplatz. Der, der sie umbrachte, erinnert sich vielleicht nicht mehr daran, doch sie treiben noch immer herum, Sonne und Mond ausgesetzt, sie drehen sich in den Wellen, sie spüren in ihren Knochen noch alle Winde, die aufkommen und auf sie niederstürzen. Früher oder später gelangen sie unausweichlich von diesen benachbarten Roncevals, einsam oder in Gesellschaft, zu Tode erschöpft, in diese Meereswanne, und hier sorgt die tote Strömung, die, wenn sie nicht jonisch, dann eben tyrrhenisch ist, dafür, dass sie zeitweilig aufgehalten werden, angesichts des Umstands, dass ihre ebenso toten Charaktere sich gründlich begegnen: Vier Stunden lang schließt die tote Strömung sie ein und lässt sie weder vor treiben noch zurück. Dann also fahrt Ihr aufs Meer, denn unweigerlich müsst Ihr Euren Lebensunterhalt erwerben und Nacht für Nacht das Meer ebenso bestehen wie Sizilien. Ihr fahrt hinaus und, wie heute Nacht, passiert es Euch, dass Ihr bei toter Strömung hinausfahrt: Und was geschieht dann? Es geschieht, dass Ihr untätig hinausfahrt, es geschieht, dass Ihr da mittendrin auf diese abgedrifteten armen Kerle stoßt, und Ihr spürt sie, dort am Bug, die Euch das Weiterfahren unmöglich machen, Ihr spürt sie unter Euch, Ihr spürt sie an den Bootswänden, sie klopfen ans Holz und flehen Euch an, begraben zu werden, begraben. Die anderen da, was tun die, die da, Eure Bewunderinnen? Sie manövrieren mit dem Ruder und stoßen sie weg, sie haben versteinerte Herzen. Aber ich, was tue ich, die kein Herz aus Stein hat? Ich läute den Feren dieses Dingding hier, dieses

Dingding von einem Glöckchen, und die lassen massenweise Geld zum Abzählen zurück, eilen herbei und verfallen dem Zauber, sie schließen sich dicht um das Boot, und so dienen sie mir …« Hier unterbrach sie nur für einen kurzen Augenblick und fuhr dann mit einem geradezu herausfordernden Ton und mit zusammengepressten Zähnen fort: »Ja, sie dienen mir, damit ich glatt und ohne Hindernisse weiterkomme, sie dienen mir, damit ich die Richtung von all diesen Matrosengespenstern entwirre, die hier sumpfbedeckt kreuz und quer herumtreiben, sie dienen mir dazu, ja, um mich durch diese herumirrenden Seelen zu lotsen … Sie dienen mir als Ruder, als Abschirmung, als Schutz oder wie immer Ihr das nennen wollt, sie dienen mir, damit diese Seelen nicht ans Boot kommen. Ja, dazu dienen mir die Feren, pirdeu, und dafür schäme ich mich nicht …«

Sie atmete schwer, und ihre Körperhaltung war, als säße sie dort auf Posten, gewissermaßen, als würde sie in ihrem Inneren der Wirkung nachlauschen, die diese Wortschütte auf sie selbst hatte, doch auch, als würde sie sich die Frage stellen, welche Wirkung ihre Enthüllung auf ihn gehabt haben konnte.

Was ihn jedoch anging, konnte die Wirkung, die sie auf ihn gemacht hatte, sofern er danach gefragt worden wäre, ebenso etwas außerordentlich Verwunderliches wie etwas absolut Natürliches sein, und eigentlich hätte er die beiden Dinge gar nicht voneinander zu trennen vermocht. Was er wusste, war, dass er wieder an die Milazzer gedacht hatte: Sieh an, sieh an, hatte er sich gesagt. Sie macht es fast wie die Milazzer: Die nutzen sie, um den Thun in die Todeskammer zu verkerkern, sie nutzt sie, um tote Christenmenschen von sich fernzuhalten. Und dann regt sie sich so auf, dass die Milazzer ihre Feren mit weingetränktem Brot belohnen; wäre es denn später, wenn sie von Sizilien wieder nach Kalabrien übersetzte, nicht eigentlich auch ihre Pflicht, ihre Helferinnen zu belohnen?

»Warum nur schafft Ihr Euch so viel Leid?«, sagte er, als wollte er sie trösten, denn ihm war, als hätte sie dieses Bedürfnis. Doch sie über was trösten? »Ob Ruder oder Fere, diese Armen lässt das doch völlig kalt.«

»Eine mit meinem Herzen muss sich schützen«, flüsterte sie, doch dies eher in einem Ton der Schicksalsergebenheit. Und danach wiederholte sie drei, vier Mal genau das Gleiche, auch wenn sie die Worte veränderte: »Eine Weichherzige muss sich in Acht nehmen …«, flüsterte sie. »Eine mit einem haarfeinen

Herzen darf sich nicht erkühnen …« Sie machte den Eindruck, als wollte sie nach Vorwänden um jeden Preis suchen, ohne jede Bescheidenheit allerdings, ja, im Gegenteil, ganz verbissen und hochmütig.

»Ist es denn vorgekommen, dass Ihr einen dieser Unglückseligen gesehen habt?«, fragte er sie. »Und hat Euch der Zustand erschüttert, in dem sie sich befanden? Hats Eurem Herzen einen Stich versetzt, als Ihr bemerkt habt, wie unansehnlich sie geworden waren?«

»Ihr könnt sie Euch vorstellen. Um hierherzugelangen von da hinten, wo sie sich roncevalierten, von Capo Spartivento oder von Punta Stilo, von Malta oder von der Straße von Sizilien, was ist denn das? Doch nur ein Augenblick, und doch brauchten sie dafür ein Jahr, und das ist nur wenig. Als junge, blühende Männer zogen sie fort, und ihre Züge waren auch nach Feuer und Eisen noch erkennbar, doch sie trieben und trieben auf dem salzigen Wasser dahin, diesem großen Feind, und der verhöhnte sie gewaltig: Sie verkrusteten so sehr, dass selbst ihre Mütter sich abgewandt hätten. Und nun stellt Euch mich vor, die Außenstehende, mich, mit diesem Unglück des Herzens, das ein Haar ist: Es zerreißt, es zerreißt nicht … Berührt es, berührt es mit Eurer eigenen Hand und sagt mir, ob ihrs spürt …«

Sie fasste seine Hand und schob sie unter ihr Mieder, führte sie durch die Falten ihres eingewickelten Fleisches, das glatt war und warm, und lenkte sie unter die Weinschläuche ihrer Brust. Sie wölbte ihren Oberkörper nach innen, vielleicht hielt sie auch den Atem an, denn er spürte keinerlei Klopfen unter seiner Handfläche, vielleicht aber hatte sie die Hand auch nicht richtig hineingesteckt. Oder vielleicht war sie nicht in der Lage, den Herzort zu finden. Oder vielleicht war sie es sehr wohl, doch war es nicht das Herz, das sie suchte.

»Was hab ich Euch gesagt?«, fragte sie ihn und bewegte sich mit ihrer Brust über und unter seiner Hand, so, als säße ihr Herz überall. »Heh, sagt Ihr es mir jetzt, ob ich mir einen gewissen Luxus herausnehmen kann bei einem derart feinfühligen Herzen. Dieser Puffabfall von Feminotenweibern, das versteht man doch, schiebt sie mit dem Ruder einfach zur Seite, mit demselben Ruder, das die Fere geschlagen hat, nicht mehr, nicht weniger, sie schieben und schaben den Christenmenschen. Focu meu, mir würde, wenn ich das wagte, das Herz versagen. Doch die da fühlen nichts in ihrem Herzen. Ich sagte Euch ja, ihr Herz ist aus Stein. Aus Stein, aus Stein …«, wiederholte sie verächtlich.

Wenn man sie so hörte, begriff man, dass sie ihnen das steinerne Herz, das Herz von diesen da, das ihr nach dem, was sie sagte, so viel Abscheu erregte, neidete, und zwar auf eine derart niederträchtige Weise, die in einem Wut und Mitleid aufkommen ließ: weil sie, ach sie, auf ihr kleinmütiges, nahezu nicht vorhandenes Herz keine Anweisung ausstellen konnte, weder eine geringe noch eine große. Ach sie, wenn sie die Obliegenheit nicht auf die Feren übertragen hätte, ach sie, wenn sie sich mit ihrem Einfallsreichtum nicht das Glöckchen mit seinem mameluckischen Dingding ausgedacht hätte, ach sie, ach sie, wenn sie's allein hätte schaffen müssen … zu dieser Stunde wäre dieses ihr Herz, dieser ihr haarfeiner Faden … Heh, was braucht es denn, einen haarfeinen Faden zu zerreißen, ein Härchen?

Kommt darauf an, wollte er ihr sagen. Ists von einer Frau, ist die Anstrengung groß, es zu zerreißen. Wie heißt es doch? Ein Frauenhaar zieht kräftiger als ein Schiffstau.

»Es gibt ja möglicherweise Leute, die denken, dass mir dieses Einvernehmen mit den Feren keine Ehre macht …«, sagte sie, als würde sie ihn meinen, und dann brach es voller Verachtung und Überheblichkeit aus ihr hervor: »Die Ehre … 'nnen Arsch, 'nnen Arsch mit der Ehre … Ciccina Circé kennt keine andere Ehre als die, sich den Lebensunterhalt zu verdienen. Das ist Ehre: am Leben bleiben, pirdeu.«

Wen fährt sie eigentlich so an?, fragte er sich. Mich ganz sicher nicht. Vielleicht die unglückseligen roncevalierten Matrosen? Aber war sie nun so wütend, oder bat sie sie ganz unterschwellig um Verzeihung?

Wenn sie sich beklagte, beklagte sie sich eben, ja, damit man einzig wusste, dass sie kein anderes Herz hatte, ein brandneues, wie die anderen, aus Stein. Hätte sie's gehabt, hätten die jungen Matrosenburschen Ciccina Circé schon gesehen. Sie hätte sich ihnen entgegengeworfen: Haltet euch hier fest, hätte sie ihnen gesagt, hier, ihr traurigen Burschen, ihr ertrunkenen Kätzchen, hier, an meinen Zöpfen, ihr bewusstlosen Kätzchen. Fühlt nur, wie lang sie sind und fest und rabenschwarz, die Zöpfe der Ciccina Circé. Bindet euch fest mit meinen Zöpfen, bindet euch an Lende und Leben der Ciccina Circé, bindet einen schönen großen Knoten zwischen eurem toten Leben und meinem Leben und folgt mir alle, folgt meinem Hintern, ihr Blonden und Roten und Braunen, ihr Festländler und Südländler, meine blonde Schlange, meine rote und braune Schlange … Hier erwartete sie wahrscheinlich, dass er ihr sagte: Ihr habt mich aufgewühlt.

Was für ein großes Herz Ihr habt, aus Stein zwar, doch sieht es aus wie Mandelpaste. Das aber vermochte er ihr nicht zu sagen.

»Wozu nur strengst du dich so an, Ciccina Circé?«, hatte sie da hinzugefügt, ganz beglückt, dass sie die Zigeunerin darstellte, die sich vor den Blicken in diesen verwandelte und in jenen und diesen losließ und jenen packte. »Heh, wozu diese Anstrengung, wenn sich keiner herbeilässt, dir zu antworten? Sag dir doch, liebe Ciccinella, dass am Meer das Idealbild des Mannes verlorenging, werd ruhig, ganz ruhig, bewahr sie unversehrt auf, die Rußbüsche, die zwischen deinen Schenkeln wuchsen …«

Unversehens schüttelte sie sich ganz, die Ruder lärmten, sie peitschte ihre Zöpfe auf ihn, und danach ließ sie, links übergebeugt, rechts übergebeugt, peitschend, und weil sie es gegenüber anderen nicht konnte, ihre Erregung an den Feren aus, auch wenn die, das wusste sie nur zu gut, durch das Dingding des Glöckchens völlig durcheinandergebracht waren, und sie konnte noch so laut schreien, sie konnte auch mit der Kanone auf sie schießen: Sie hörten sie nicht.

»Macht schon, ihr Mistsäue, rackert euch ab, pirdeu, verdient euch euer Dingding. Fasst euch an die Hand und drängt euch um dieses schwarze Boot. Befreit mir das Meer von denen, die klammheimlich dahintreiben, entrümpelt diese Gegenden von Fleischesblässe und Nacktheit. Befreit und entrümpelt, tut, was ihr immer tut, ihr feigen Wesen, denn, pirdeu, könnt ihrs etwa leugnen, dass euch als Erste von Natur aus die Grille anspringt, euer hübsches Meer immer entrümpelt zu halten, entrümpelt von dieser Blässe und Nacktheit von Christenmenschen? Stimmts denn nicht, dass für euch tote Christenmenschen zu sehen und sie euch gegenseitig zuzuschieben und mit Flukensalven und Flipperschlägen an Land zu treiben ein und dasselbe ist, stimmt das etwa nicht? Ist das vielleicht eine Lüge? Krieg oder Frieden, ist das nicht die Behandlung, die ihr einem Christenmenschen, der ertrank, vorbehaltet? Hat euch denn Ciccina Circé nicht in bestimmten Mondnächten gesehen, heh, hat sie euch nicht mit ihren Augen gesehen? Leugnet es nur, ihr Mistsäue, leugnet es nur, pirdeu, dass ihr, weil deren Anblick euch den Appetit und Appetit verdirbt, sie gleich ans Land schleudert, auf dessen Suche sie sind.«

Er musste einfach lachen, sie unterbrach dieses Duaufdu mit den Feren, und er stellte sie sich in dieser Dunkelheit vor, wie sie Funken aus den Augen auf ihn versprühte. Daraufhin musste er ihr erklären:

»Ich habe gelacht, müsst ihr wissen, weil ich mir gesagt habe: Hört nur, hört, selbst eine so Erfahrene glaubt an das Märchen von der Fere, die einem Menschen in Not zu Hilfe kommt …«

»Der hier, pirdeu, dreht mir durch«, rief sie und wirkte ganz gallig. »Schönes Zeugnis würde er ablegen, pirdeu, pirdeu. Habe ich etwa von Hilfe geredet?« Doch sie wandte sich erneut voller Hohn und Spott den Feren zu, als wollte sie damit sagen, dass sie ihnen mehr vertraute als ihm: »Hab ich gesagt, ihr würdet helfen? Sagt ihrs, ob ich das gesagt habe. Hilfe, von euch? Ich hätte es sagen können, das schon, doch nur, wenn ich euch nicht so kennen würde, wie ich euch kenne. Ich habe gesagt, dass ihr, weil sie in euren Herrschaftsbereich eindringen und ihr nichts dabei findet, witzig mit ihnen umgeht und euch über sie amüsiert, zumal sie euch im Weg sind, und ihr um sie herumschwimmt, ihnen Flukenpüffe versetzt und ihnen die Abschiebepapiere ans Land aushändigt. Das hab ich gesagt, nicht mehr und nicht weniger. Ihr würdet den Christenmenschen helfen, ihr? Niemals, weder den lebendigen noch den toten.« Sie war eine Weile still und fügte dann, als würde ihr diese Idee just in diesem Augenblick einfallen, hinzu: »Jedoch, jedoch, pirdeu, wenn die das Land berühren, wer ist es, der sies berühren lässt? Ihr, schöne Wesen, auch wenn ihrs nicht wollt, es überhaupt nicht wollt, aber ihr seids. Seht ihr, seht ihr, die Finanzpolizei schläft, und ihr arbeitet sie ihnen zu: Bei Nacht treibt ihr sie an Land, und bei Morgendämmer finden die Finanzler sie, sie legen einen Akt an, als wären sie nächtliche Schmuggler, die die Maut nicht bezahlten, und sie bewachen sie, bis endlich der Pferdekarren kommt, mit denen, die ihr Begräbnis besorgen. Nein, helfen tut ihr nicht, doch liegt es in eurer Gnade, dass sie Erde unter sich und über sich bekommen. Erde, Erde, Begräbnis, Begräbnis, sie seufzen zur Rechten und zur Linken, und wenn sies erhalten, oh, großes Erstaunen toter Männer, durch wen erhalten sies? Etwa durch Christenmenschen? Nein, welche Christenmenschen denn auch: Durch euch, durch euch erhalten sies, focu meu, durch euch, ihr frommen Schweineseelen …«

Sie musste gespürt haben, dass sie sich da aufhielten, unter den Röcken, denn zwischen den Worten machte sie sich daran, mit den Rudern auf den Bootsrand zu schlagen, als würde sie rudern, ohne das Wasser zu berühren. Auf diese Weise hetzte sie sie und schmeichelte ihnen mit wüsten Worten und Komplimenten, und es war, nach ihrem Verständnis, als würden die Feren in diesem Augenblick mehr an ihren Lippen hängen als an dem Dingding des Glöckchens.

»Macht nur, macht nur, damit sie an Land kommen, all diese Toten hier«, befahl sie ihnen.

»Macht nur, macht nur, damit sie mir nicht ins Boot gelangen, diese Toten hier, wo nicht, pirdeu, wird Ciccina Circé dafür sorgen, dass ihr euer eigen Blut trinkt.«

Die Feren krümmten sich ringsum und die an den Bootswänden schienen gar ihre Rücken den Rudern darzubieten, und all diese wogenden Rücken sah man in der Dunkelheit glänzen wie einen tiefbraunen Saum eines lebendigen, atmenden Meeres, auf und nieder, an den Seiten des Bootes. Dieses Stocken der Rücken an der Oberfläche, an der Oberfläche, war von der Gegenhaltung in den Schlafwandlerinnen bewegt, doch damit hatte Ciccina Circé nur indirekt zu tun, denn die Gegenhaltung der Feren rührte von dem Umstand her, dass der Lärm der Ruder an den Bootswänden das Dingding des Glöckchens wieder belebt hatte, das sich mit seinem Dingding so viel Mühe gab, dass es sogar dann noch da war, wenn man taub wurde, und viele Feren ganze Augenblicke lang auch nicht eines mehr hörten.

Dann beruhigte sich die Feminotin wieder, das Glöckchen klang leise und silbrig, und die Feren fielen wieder in ihren dämmrigen Zustand zurück, als würde mit ihnen herumgetändelt. Ciccina Circé stopfte sich die Ruder unter die Achselhöhle und keilte sich tief in Dunkelheit und Stille ein.

Es war, als wäre er dort alleine. Und ganz besonders empfand er's, als die Feminotin wieder anfing, ihre Beschimpfungen auszustoßen, Rücken an Rücken mit ihm. Diesmal schien sie wirklich zu schlafen. Die Worte nämlich, die aus ihrem Munde kamen, erweckten ganz diesen Anschein. Doch nur diesen, er hatte Lust, weiter diese Erfahrung zu machen, weil die mit ihr ihm keinerlei Erkenntnis brachte.

»Macht doch, macht doch, macht doch …«, sagte sie, als würde sie auch im Schlaf noch die Feren mit dem gewohnten flehentlichen und drohenden Ton ansprechen, und mit den Feren eben auch diese gewisse Ciccina Circé, bei der sie ihre Beschwerden immer in Großmut verpackte. »Macht doch, damit meine Augen 's nicht sehn. Nein, nein, diese Befriedigung will Ciccina Circé ihnen nicht geben, nein, nein, diese ganze Befriedigung, in ihrem Gesicht Erbarmen zu zeigen, wird sie ihnen niemals geben. Denn du, Ciccina Circé, du bist eben so, wir kennen uns doch von alters her, wir beide, du bist eben weich und gekränkt im Herzen, du wärst doch in der Lage, wie denn nicht?, unbedingt in der Lage, das alles zu erleiden: Entstellte sich so Baffettuzzi, dieser Boh, dieser Pariserschönling? Du bist doch in der Lage, es zu sagen, du bist doch in der Lage, das und anderes zu sagen, wenn du ihn wiedersiehst. Und er nicht?, sagst du. Er wäre nicht ebenso in der Lage, tot und gütig, wieder eitel zu werden und mit dem Zeige- und dem Mittelfinger glättend über die Härchen seines Lippenbärtchens zu fahren?« Bei diesem Bild von ihm hielt sie inne: »Baffettuzzi ...«, flüsterte sie in sich gekehrt. »Ah, Bärtchen mit Schwung, ah, du Mistbärtchen der Dránghita ...« So verharrte sie, dann rief sie: »Ciccina Circé? Erinnerst du dich oder nicht, dass du für dieses Bärtchen dich dahin verstiegen hast, du Törin, ihm ein kleines Kompleh zu schenken mit Spieglein, Scherchen und Kämmchen? Erinnerst du dich, dass dus ihm geschenkt hast, um ihn sich ganz nach Lust und Laune mit seinem Bärtchen austoben zu lassen? Peh, sag ich dir, Ciccina Circé ... Und nicht mal in Reggio hast dus ihm gekauft, nein, Messina musste es sein, du wolltest das Beste für ihn, etwas Raffiniertes. Dann bist du lang durch Messina gestreift, durch die Schmuckgeschäfte auf dem Viale San Martino, um dieses Kompleh aus Silber für ihn zu finden, du bist lang durch das Riesengewühl jenes Tages gestreift, der ein Tag faschistischen Treibens war, wirklichen Treibens. Der zehnte Juni, erinnerst du dich? Dieser Mussolini, der da, der allen das Schwarzhemd der Trauer aufzwang, der da, der eigentliche Bandit, der frei herumlief, nicht der andere, der im Gefängnis saß und den Ruf eines Bandits hatte, wo er doch ein wirklicher Herr und Vollstrecker war, dieser Mussolini erklärte an diesem Tag den Krieg, was für ihn ja nicht anders war, als würde er zum Klo gehen. Heh, was für ein Tag, was für ein Tag, Ciccinella mia, wie du dich aufgeplustert hast vor lauter Stolz auf deinen Mann, als du durch Messina gestreift bist. Baffettuzzi, dachtest du, geht nicht auf den Platz und schreit Duce, Duce einem anderen Mann zu, Duce, Dulce, er sagte es zu dir, und je salziger er dich im tiefsten Inneren verspürte, um für so süßer hielt er dich. Ach, was für ein Tag, was für ein Tag; wär es an seiner Stelle irgendein anderer gewesen, vielleicht hättest du gar nicht all diese Freude verspürt, wie? Denn während alle anderen Gewehre und Bajonette suchen gingen, dachtest du stattdessen ans Scherchen und Kämmchen für Baffettuzzi. Zieht nur, zieht nur, wolltest du sagen, zieht ihr nur in den Krieg, denn Baffettuzzi trägt seinen Krieg im Bett aus mit Ciccina. Da, im Bett, erkämpft er sich seine Medalljen. All die Fahnen, die ihr da schwenkt, all das Theater, das ihr veranstaltet, er schwenkt sie da, da veranstaltet ers. Und den da, diesen Muso nach Name und Visage, der diesen Stimmdonner im Lautsprecher hervorbringt, den mache ich darauf aufmerksam, dass, wenn er für die Lösung seiner Frage einen gewissen Baffettuzzi braucht, es besser ist, wenn er sich gleich zurückzieht, auf diese

Weise verdient er sich wenigstens die Spesen dafür … Baffettuzzi fickt euch und denkt an euch. Das kam dir damals in den Sinn, zu sagen. Du hast deine Hand ins Feuer gelegt, dass, auch wenn sie Baffettuzzi neben dir erschießen wollten, er sich nicht regen würde. Und wie du die anderen Frauen bedauert hast, mit welcher Aufgeblasenheit du sie angesehen und ihnen innerlich gesagt hast: Ihr könnt von einem treuen, leidenschaftlichen Liebhaber wie Baffettuzzi ja nicht einmal träumen … Ach, Ciccina, Ciccina, du hast dich über die anderen Frauen lustig gemacht und warst erstaunt über sie und bist da hineingeraten. Der, den du niemals dazu für fähig erachtet hattest, er hielt seine Versprechen nicht: Nicht nur, dass er gegangen war, nein, er kam auch nie mehr wieder. Ach, du Tröpfin, du Tröpfin, durch diesen Baffettuzzi rutschten dir deine Gefühle zwischen die Schenkel …«

Auf diese Weise war sie persönlich geworden, intim. Und so klarsichtig und bei Sinnen sie sich auch verhielt, gab es natürlich einen Stoß mit dem Rücken wegen des Schlafs, den sie vielleicht auch nur vortäuschte. Sie war nicht von dem Schlag, der sich bei wachem Bewusstsein jemals dazu herbeigelassen hätte, einem Fremden Intimes anzuvertrauen, auch wenn dies notwendig war, um ihm die verdingdingelten Feren zu erklären. Sie war nicht von dem Schlag, der zu ihm sagte: Wartet, ich will euch jetzt meine Handlungsweise begründen, ich lege euch auseinander, wieso und warum ich das tue, und wenn ichs euch sage, dann lege ich euch, mit anderen Worten, meinen Beweggrund nackt vor Augen … Sie war nicht der Typ, der sich diesen Beweggrund einfach so zwischen den Schenkeln hervorzog, wo sie ihn in einer Schublade aufbewahrte und wo dieser Rußbusch darüber gewachsen war, von dem sie vorher gesprochen hatte, um ihn ihm vor dem Blick auszubreiten. Es war wegen dieses Phantoms mit dem Lippenbärtchen, dass sie dem Anschein nach auf die Verzauberung dieses Ferenhaufens hielt, oder? Es war deshalb, weil er ein Phantom war und ein Phantom für sie bleiben musste, oder? Und darüber nun, über ein derartiges Geheimnis einer umherstreunenden Wahrsagerin bei klarem Verstand zu sprechen, nein, von diesem Schlag war sie nicht. Sie war von dem Schlag, der nur verborgen reden konnte, verborgen hinter der Maske des Schlafs oder hinter der Maske der Einsamkeit.

»Treibt sie nur, treibt sie nur«, sagte sie dann wieder, indem sie sich mit erregter Stimme und verlorener Trauer den Feren zuwandte. »Treibt sie nur, treibt sie nur weit weg von meinem Blick, all diese Baffettuzzis. Räumt sie aus dem Weg, macht euch kein Gewissen …«

Sie röchelte bei jedem Wort als würde sie ersticken, erschreckt von diesen Gespenstern, die auf sie zutrieben. Für ihn war es ein beklemmender Eindruck, fast so, als würde er sie im Schlaf belauschen. Da fühlte er sich noch viel weniger wohl, so, neben ihr: Es war ihm, als würde er sie in ihrem Persönlichsten und ihrem Intimsten bespitzeln, und deshalb war ein Teil seines Missbehagens auch das Leid von ihr, das Leid um sie. Und so stand er auf, bewegte sich mit aller Vorsicht und kehrte zu seinem Bänkchen am Heck zurück.

Hinter ihm machte sie einen tiefen Seufzer, beinahe so, als würde sie wirklich aus einem Schlaf erwachen, einem Wachschlaf, und im Erwachen ihr Ander-Ich da vor sich haben, ihren Schatten, der stets bereit war, ihren Ausbrüchen zuzuhören:

»Ah, Ciccina Circé, was würdest du nur ohne die Feren bei Nacht und die Finanzknechte bei Tag machen? Stell dir vor, stell dir nur mal vor, was für ein Schauspiel dir all diese Baffettuzzis bieten würden, mitten auf dem Meer würden sie dich mit dem Bug stranden lassen und auf dem Festland deinen Gang und deinen Blick versperren. Verbundene Augen und verstopfte Ohren, dazu wärst du allenfalls bestimmt, an der Hand müssten sie dich führen wie eine Almosenbitterin. Den Feren hier müsstest du ein goldenes Dingding geben, ein goldenes sag ich dir, jeder eines, damit sies ganz nach Lust und Laune läuten können. Jeh, welchen Preis müsstest du ihnen zahlen für all die schwere, undankbare Arbeit, die sie im tiefen Dunkel für dich leisten? Und abgesehen von den Feren, was ist mit den Finanzknechten, haben die denn keinen Preis verdient? Leisten sie denn nicht auch eine mühselige Arbeit für Ciccinella, heh?«

Und sie erinnerte Ciccinella daran, doch wie hätte sie's vergessen können: Wenn die Feren die größte und schmutzigste Arbeit anpackten, so packten die Finanzknechte die weitaus feinere Arbeit an. Wenn also Ciccinella zufällig an einigen dieser Strände vorbeikam, wo bleiche Leute angelandet waren, sah sie da vielleicht irgendetwas Schreckliches? Nein, einfach nur den einen oder anderen frischen Erdhügel, so, als hätten Jungen dort gespielt, Tot-und-lebendig gespielt. Und das war alles das Werk der Finanzknechte, die diese angespülten Seefahrer mit einer Sistierung belegten und sie mit einer dünnen Sandschicht als Sonnenschild zudeckten. Ein ehrerbietiges Werk für alle Menschen, vor allem aber für sie, Ciccinella verstand das doch, oder? Ehrerbietig und ohne Hintergedanken, ohne Eigennutz. Ciccinella musste darüber nachdenken, dass sie mit den Finanzlern nicht einmal die Abmachung hinsichtlich des Glöckchens hatte, wie es mit den Feren der Fall war, sie konnte ihnen nicht einmal den verhaltenen Pfiff zuschicken, den sie gewissermaßen als Preis bei den Feren anwandte, mit dem Dingding. Aber gab es denn nichts, was sie ihnen als Dingding anbieten konnte? Sicher gab es das, so etwas musste es geben, die Ehre der Unterschrift, zum Beispiel, die Ehre der Unterschrift, stell dir vor, die Ehre, wenn weder König noch Königreich mehr sind und alles in Unehre versinkt. Oder ein Dingding konnte auch das angeborene Gefühl sein, der unschuldige Mut, weshalb sie noch unerfahrene Christenmenschen waren, noch ohne Schuld und ohne Sünde, und dennoch hatten sie sich nicht gemeldet, um Finanzknechte der Finanzpolizei zu werden, wohl aber Büßer der Erzbruderschaft vom Tode, die dorthin gehen, wo Tote sind und sie begraben, und sie gehen mit dem Kopf unter einer weißen Kapuze, auf der in Schwarz das Gesicht des Todes gemalt ist, mit Löchern für die Augen, um sehen zu können. Und doch, und doch, gerade deshalb, weil das Dingding ihnen die Ehre vorläutete, das Gefühl, den unschuldigen Mut, gingen die Finanzknechte, wenn man sie diesen barbarischen Mistviechern gegenüberstellte, ehrlich gesagt, ein bisschen beschädigt aus diesem Werk der Barmherzigkeit hervor, jedenfalls für ihren Geschmack. Verlangte sie von den Feren denn Vollkommenheit? Nein, aber was nutzte es, wenn sie die bleichen Leute nicht mit eigenen Augen sah, die mit Sand bedeckt worden waren, wenn sie sie dann trotzdem auf ihren Gesichtern, in ihren Augen sah? Der Umstand war der, war, dass die Finanzler zu viel Herz hineinlegten, die Feren dagegen taten das überhaupt nicht, das musste gar nicht eigens betont werden. O ja, die Finanzknechte wiesen diesen schwerwiegenden Mangel auf …

Hier schnaubte sie durch die Nase und gab damit zu verstehen, dass ihr Ander-Ich, diese Arme, die nicht einmal atmete, um ihr nur ja nicht ungelegen zu sein, auf die Nerven ging. Doch war sie es, die gehörig Staub aufwirbelte, sie machte eine Staub-Szene, sie bereitete die Szene für die großen Worte vor, die sie im Begriff war auszusprechen:

»Tüchtig, du fragst mich ein weiteres Mal, ob sie tüchtig sind, nach allem, was ich dir sage und wieder sage? Uffa, Ciccinella mia, dann hast du also gar nichts verstanden? Überaus tüchtig, was das angeht, doch, aua, au, wie dieses Wort mir wehtut, sie zeigen Barmherzigkeit, Ciccinella mia, sie haben Pietät. Jeh, ich weiß, dieses Wort schluckst du nicht, für dich bedeutet es gar nichts, nichts Genaues vor deinen Augen, sondern so vieles, so Unterschiedliches und

Gegensätzliches, dass du oft sagst: Diese Pietät ist ja ein Arkelamekk, eine höchste Kostbarkeit, es umfasst jeden und jedes, den Christenmenschen wie den Sarazenen. Doch seis wies sei, es ist immer auch gefährlich: das siehst du daran, was sie aus dem Manne macht. Sie macht ihn, muss ichs dir erst sagen?, so langsam im Rücken, dass er, auch wenn er dich begehrt und nach dir schmachtet, du nicht viel damit anfangen kannst. Sicher, oft kannst du sagen, dass dir gerade aus Pietät diese Beleidigung, dieser Reinfall blüht … Erinnerst du dich an jenes Mal, zwei oder drei Wochen ists her, als du den Weg nach Palmi eingeschlagen hast und über den weißen langen Sand gegangen bist, ja, genau dort, wo die Soldaten einmal ein Scheibenschießen veranstaltet hatten und noch die Holzpalisaden stehen und die völlig durchlöcherten Profile, die aussehen wie echte, heute getötete Soldaten, erinnerst du dich, dass du dort die beiden Finanzler gesehen hast, die am Ufer zugange waren? Sind sie dir gegenwärtig? Kniend, den Kopf gesenkt, arbeiteten sie mit ihren Händen als Schaufel unter Selbstverwünschungen und in wilder Eile in der Staubwolke, die sie aufgewirbelt hatten, um den Toten, den sie herausgefischt hatten, vor dem Blick der Hunde und der Christenmenschen zu bergen. Doch was für einen Eindruck machten sie auf dich beim ersten Hinsehen? Zwei, die jemand verschwinden ließen, den sie umgebracht hatten. Ein Anblick wieder von Menschen, die sich für den Tod des Toten, den sie da begruben, verantwortlich fühlten. Das war dein Kommentar. Ach, du Törin … Und was war das, das, was dir wie ein mörderischer Anblick vorkam? War nicht auch das Pietät, Barmherzigkeit, Erbarmen, was die Finanzknechte da taten? Und der Anblick, der Eindruck, der beeindruckende Anblick, kurz gesagt, den die Finanzknechte über dem Toten auf dich machten, was war das? War das nicht auch Pietät? Pietät, Pietät, du Törin, das war dein Erbarmen, wenn dus nicht weißt. Ja, wundere dich nur, wundere dich, du Tröpfin. Ach, du glaubst mir nicht, wenn ich dir sage, dass du auf diese Pietät nicht setzen kannst, wenn du von der Fere absiehst, doch für die ist das Arabisch, können alle, heute oder morgen, genau wie hochschwangere Frauen, als Pietätvolle entbinden. Doch wovon entbinden sie? Oft kommt es bei Menschen vor, die neu und unerfahren sind in der pietätvollen Empfängnis, dass ihnen Schreckliches mit der Pietät widerfährt. Oftmals ereignet sich bei Pietätvollen etwas wie bei manchen Schwangeren von schwächlicher Konstitution, die, so hört man, sich über etwas, das sie gesehen oder gehört hatten, zutiefst beeindruckt zeigten, und dieser Eindruck prägte sich dem Kind im Bauch ein wie ein Brandzeichen auf Wachs, und diese Frauen entbinden dann Ungeheuer, grauenhafte Absonderlichkeiten der Natur, abscheulichste Wesen, mit dem Kopf oder dem Schwanz eines Fischs oder mit Diesem oder Jenem unbekannter, erschreckender Tiere. Du siehst sie an, Ciccinella mia, und in deinem Inneren fragst du dich: Und dieses schändliche Ungeheuer kam aus dem Bauch einer Frau? Was für eine Gattung von Gattung ist dann unsere menschliche Gattung?«

Also entweder verachtete sie die anderen Feminotinnen, oder die anderen verachteten sie: Jedenfalls konnte man wetten, dass sie kein ehrliches Wort mit ihnen wechselte. Wer weiß, wie lange sie sich schon in diesem schwarzen Lagerschuppen mit seinem dumpfen, stummen Echo, mit ihrer Gestalt im Spiegel, sofern sie einen besaß, verschwähert hatte. Und sie musste unterdessen ganz die Sklavin und Herrin ihrer bereitwilligen Gefährtin geworden sein, der sie nach eigener Lust und Laune Stille oder Worte in den Mund legen konnte, so dass man nur zu gut verstand, wie es kam, dass sie diese jeder anderen vorzog, die lebte und sprach, was so weit ging, dass sie sie sogar in die Landschaften des Meeres mit sich hinausschleppte. In diesem Einklang fuhr sie fort, mit ihrem Ander-Ich zu flüstern, und es war gar nicht daran zu denken, dass man sie auch nur ansatzweise voneinander hätte trennen können. Aus dem Vergnügen, das sie dareinlegte, wurde deutlich, dass sie sich ungeheuer gestört gefühlt hätte, wenn sich ein Dritter zwischen sie und die andere gedrängt haben würde. Und doch hätte sie durchaus ein weiteres Mal ihr Solitaire-Spiel legen können, mit einem Wort, ihr Selbstgespräch für die Augenblicke, in denen sie alleine war, beiseitelassen und sich einstweilen wieder mit ihm unterhalten können.

»Tüchtig? Die Finanzknechte? Überaus tüchtig, sage ich dir noch einmal«, fuhr sie gegenüber der Busenfreundin ihres Lebens fort.

Ihre Stimme drang jetzt wie ein Naturphänomen an sein Ohr, ein Klang in dunkler Nacht: wie das Dingding, wie das Schwimmen der Feren. Sie schien von Worten erfüllt, ja hochschwanger zu sein: Sie redete und redete, und doch war ihr Reden ein dauerndes Rasen, ein Leiden, das nicht zum Ausbruch kam.

»Sie vergraben sie im Sand, mit den Händen, mit den Fingernägeln, sie knien nieder, schwitzen, kommen außer Atem, werden zu gedemütigten Pisshäutern, und man kann nicht sagen, sie hätten sich geschont. Doch, aua, o weh, bei den Christenmenschen kam, ihnen unbewusst, ihre Barmherzigkeit, ihr Erbarmen unter Schweiß zum Vorschein, wie der Gestank bei den Feren, und darin verfangen sie sich. Du blickst ihnen ins Gesicht, blickst sie an, und was, meinst du, siehst du in ihrem Gesicht? Den Toten, den, den sie zuvor im Sand vergraben hatten, der aber schon zum Skelett geworden war, mit einem Kopf, der sich in einen Totenschädel verwandelt hatte, kurz gesagt, es war, als hätte es sie, die Finanzknechte, hundert Jahre Leben oder hundert Jahre Tod gekostet, als sie eine Handvoll Sand und einen Blick auf den toten Seemann warfen. Auf die frische Gesichtsfarbe junger Männer, die aussahen, als wären sie von einer Eselin gesäugt worden, auf diese geröteten Portoghallergesichter, wie kommt es, fragst du dich, wie geschah es, dass das Gesicht des Toten darauf eingeprägt war, mit eingefallenen Wangen und Ringen unter den Augen, Blässe, Blässe und auch nicht ein Tropfen Blut mehr? Schau sie dir an, sagst du, schau sie dir an, diese Söhne von Müttern: Sie waren so beeindruckt, dass ihnen ihr schönes rotes, von grellem Leben geprägtes Frischgesicht, das sie hatten, herunterzufallen drohte, während sie mit gesenktem Kopf da knieten, und es aussah, als würden sie irrtümlich ihr Gesicht statt das des Toten vergraben, und es aussah, als würden sie sich ihnen gegenüberstellen. Siehst du also das Erbarmen, Ciccina mia? Das Erbarmen ist wie die Schwangerschaft, wenn die Mutter eine Erschütterung erlebt und das, was sie erschütterte, sich herausbildet und im Gesicht des Neugeborenen abgelesen werden kann …«

Danach und für lange Zeit nahm die Feminotin von ihren Anwürfen alles wieder zurück. Und dann ließ sich ihre Stimme wieder vernehmen, groß und hohl, als käme sie aus dem Inneren des ausgehöhlten Baumstamms. Man hätte meinen können, dass ihre Stimme sich aus der Mitte einer Rede meldete, die sie in ihrem Kopf hielt, und in diesem Augenblick war sie an der Stelle, an der sie sich vorstellte, dass sie die beiden Finanzknechte wegen irgendeiner Sache hintergehen würde. Sie kam noch einmal auf das Scheibenschießen in Palmi zu sprechen, doch er hatte nicht verstanden, ob sie diese Täuschungsrede wirklich für ihn gehalten hatte oder ob sie nur in ihrer Absicht bestand.

»Liebejungs«, nannte sie sie. »Begrabt sie, begrabt sie. Was ihr da tut, sollte in die Zeitungen kommen, mehr noch, was sage ich denn?, würdig, gedichtet und dann von Piazza zu Piazza über Berge und Täler verkündet werden, bis nach Sant' Eufemia hin, bis hin nach Crotone. Doch dürft ihr euch nicht so betrüben, ihr dürft euer Herz nicht hineinlegen. Verrichtet eure Pflicht, doch nur das und nicht mehr. Ihr Finanzknechte, was macht ihr denn für gewöhnlich? Ihr stellt Schmuggler, Scharlatane, kleine Diebe, schlampige Ohrenputzer,

Schufte, schräge Schiebermützen, Betrüger, mit einem Wort, das macht ihr doch, oder? Dann tut doch, als würdet ihr gerade diese hier stellen, da, an der Marina, und nicht diese da: mit einer Handvoll Sand, statt mit Handschellen. Behandelt diese idem wie jene. Unter diesen gibt es den einen oder anderen, der zu Lebzeiten ein Stammkunde von euch war, und vielleicht gibt es jetzt keinen mehr. Was ich da sage, soll euch nicht aufbringen: Aus Kenntnis der Ursache spreche ich mit euch, nicht, weil ich Vorstellungen habe. Ihr betrachtet sie doch wohl nicht alle unterschiedslos als tapfere Kämpfer, als Volk mit den Stigmata von Helden? Ihr werdet doch nicht glauben, dass allein ihr Tod sie allesamt adelt, vom Ersten bis zum Letzten, und dass die, die ein beflecktes Führungszeugnis und eine schwarze Seele hatten, eine Amnestie und eine Medallje erhalten, um nicht zu sagen den Rang der Heiligkeit? Oder scheint euch der Tod im Krieg ein Privileg zu sein, eine hohe Auszeichnung? Nein, meine Jungs, da erliegt ihr einem Irrtum. Es ist lediglich ein vorzeitiger Tod, ein Sterben, weil das Gesetz es so will, und kein Schicksal. Was für ein Privileg, was für eine Auszeichnung denn, meine Jungs? Der Unterschied, der zwischen dem Toten und dem Lebenden besteht? Gute Jungs, anständige Jungs, das ist das Sterben von Toren, schreibt euch das hinter die Ohren, auch wenn mehr Verschlagene sterben als Toren. Daher hört mir zu, meine Jungs, tut eure Pflicht, tut dieses Werk der Menschlichkeit, aber vergießt keine Tränen, altert nicht über dem Toten und mehr als er: Könnt ihr denn mit dem Erbarmen über jeden niederkommen? Habt ihr euch denn einziehen lassen, um die Sünden der anderen zu büßen? Und dann, ich wiederhole es: Um wen weint ihr? Wisst ihr denn, um wen ihr weint? Stellt euch doch vor, und weiter sage ich nichts, dass ihr um einen gewissen Baffettuzzi weinen könntet, den ich kannte, und wenn ihr um den weint, vertraut mir nur, sinds vergeudete Tränen. Bei diesem Baffettuzzi müsst ihr, wenn ihr wisst, dass er es ist, nur die Sandschicht noch dicker machen: bei ihm dürft ihr nicht einen Fingerbreit machen, sondern eine Handbreit solls sein. Den müsst ihr richtig festhalten, denn anderenfalls haut der euch ab …«
Sie seufzte, seufzte, zerkaute Seufzer und Worte und sagte schließlich: »Heh, Ciccinella mia, deine Feren haben dich verwöhnt. Die Schwerarbeit, die sie für dich machen, doch was sage ich da, Schwerarbeit? Vollkommenheitsdienst von Mägden und Hüterinnen, willst du die gleichermaßen von den Finanzknechten erwarten, wie? Ist das ihr Beruf denn? Und ists ihre Schuld denn, wenn sie Christenmenschen sind, Menschen mit Erbarmen? Stell sie den Feren nicht gleich, aber du willst sie wohl genau so, wie? Genau wie die Feren, aber eben als

Finanzknechte, oder irre ich mich? Du möchtest dies, und du möchtest das. Und sags doch, sags doch, Ciccina Circé, sags spartanisch, ohne große Umschweife. Für dich wärs das Höchste zu wissen, dass Baffettuzzi tot und begraben ist. Aber wieso? Etwa weils dir nicht genügt, ihn tot zu wissen? Oder weils dir vielleicht genügt, dir genügt, und wies dir genügt, ihn tot zu wissen, willst du ihn jetzt nur noch begraben wissen, diesen Betrüger, wissen, dass seine Gebeine Frieden und Ruhestatt gefunden haben, wie, heh? Sags nur, sags nur, du eitle, wütige Lügnerin, dass mit all dem Begraben von Toten ringsum du nur den einen rasenden Wunsch hast, den einen ganz Besonderen zu begraben, nur willst dus nicht zugeben, was? Du Törin? Was, du Riesentörin? Ach, Ciccina Circé, wie anmaßend du doch bist. Männerschwanz willst du und dann auch Strümpfe aus Seide, wie?«

In diesem Augenblick klingelte das Glöckchen, als würde es von selber aufbegehren, klingelte schnell, ja stürmisch eine Unzahl von Dingdings, doch war sie es, die einen Arm ausgestreckt und es aus Gründen, die nur sie kannte, beschleunigt hatte, und gleich beeilte sie sich zu sagen:

»Läute sie, läute sie deinen Feren, Ciccina. Welche Scham könntest du denn empfinden? Du fährst allein und als Wahnsinnige über diese Meere der Toten, und da gibts kein Ohr, das dich hören könnte. Sprich daher offen und skruple dich nicht. Sags nur, sags deinen Feren: Werft ihn an Land zurück, diesen Baffettuzzi, macht ihn zu Staub, zertrümmert, entstellt, ja, entstellt ihn. Wem dient denn seine Schönlingsgestalt jetzt noch? Ach je, ach je, er hat sich mit der Richtigen zusammengetan, der, die man Nasomangiato nennt, Nasenzerfressene, und die, kaum dass er sie berührt hatte, nahm diese Anarsche auf ewig übel. Heh, die da musste kein Salz auf ihn streuen, um seine gertenschlanke Hüfte zu zerbrechen. Und er, dieser Weiberheld, der immer prahlte und sagte: Es gibt keine Weibergestalt, die in der Lage ist, mir das Kreuz zu brechen. Jetzt fand er sie, fand sie, dies ihm brach … Und jetzt kümmert euch um ihn, meine Feren: Behandelt ihn auf eure Art und wie ers verdient, ich vertraue ihn euch an. Sag das den Feren, Ciccina, und danach schlage dir Baffettuzzi aus deinen Gedanken, spül dir den Mund aus und nenne nie wieder den Namen Baffettuzzi. In der Art, in der Art, Ciccina: spartanisch musst du mit dir selbst sprechen. Komm nieder, ach, komm nieder mit dem Toten, erleichtere dich mit dem Lebendigen …«

Seinem Empfinden nach tat sie ihm in Augenblicken wie diesem leid. Sie war etwas dunkel Sperriges am Bug, und man hätte meinen können, als wären da wirklich zwei Feminotinnen: die eine, die sie kämmte und löste und eine Unterhaltung mit ihr führte, und die andere, die unter dem geöffneten finsteren Gewand ihres Haares saß, unsichtbar und wie zum Schweigen gebracht, denn sie musste die Zähne zusammenbeißen vor Schmerz, den ihr die Art, wie sie sich den Knoten richten ließ, verursachte.

Das Glöckchen wurde langsamer, es verlangsamte das Dingding, es läutete ein Ding und danach ein weiteres noch, allerdings abgetrennt vom ersten, das heißt, ohne dass es noch einmal zu einem Dingding kam. Es tröpfelte noch ein paar Dings, doch mit einem immer mehr verlangsamten und immer stumpfer werdenden Ton, fast wie erstorben, und am Ende hörte es ganz auf. Da gaben die Feren ringsum ein herzzerreißendes Stöhnen von sich, als hätten sie ein paar Glassplitter in ihren Händchen und würden mit ihren Zähnen darüberkratzen.

Das Boot schien auf dem Bastardell ins Stocken zu geraten. Die Feminotin, die ganz damit beschäftigt war, sich selbst zu erzählen und sich selbst zuzuhören, musste dies eine Mal wohl überrascht worden sein. Sie regte sich nicht auf, dass das Glöckchen sein Dingding verlor, doch dieses Geplänkel mit der Versumpferei war ihr lästig. Rasch warf sie alle Last ab, schoss nach vorn mit Armen und Brust über die Ruder und ruderte wie eine Wahnsinnige, um das Boot wieder zum Leben zu erwecken, doch nach einigen Schlägen war ihr klar, dass sie keinen Erfolg haben würde, und ließ es bleiben. Das Boot stand unterdessen vollkommen still, doch zeigte sie sich nicht entfernt überrascht: auch das war nichts Unvorhersehbares für sie.

Die Feren begannen mit einem Meer von Ngangàs, sie schlugen aneinander und sammelten sich hinter dem Boot, machten aber gleichzeitig den Eindruck, als würden sie den Kontakt verlieren und sich entfernen. Es war, als wären sie vom offenen Meer in ein enges, abgeschlossenes Meer geraten, einem von Felsen umgebenen Ort auf See, ein Durchgang, eine Schlucht, aber besser noch eine Grotte, ein vollkommen abgesondertes Meer. Die Feren waren auf einen Schlag verschwunden, als wären sie von diesem Ort ausgeschlossen worden: Und auf die Frische des Bastardells war augenblicklich der Schlabber des Schirokko gefolgt. Es war da die Stille von allem, und er hörte sie atmen:

»Oh, oh, ist der Bastardell uns etwa aus der Hand geglitten?«, fragte sie völlig verwundert. »Oder sind wir ganz zufällig in diesem Totenhaus der Strömung gestrandet?« Sie spielte die Rolle der Unwissenden, und das verhehlte sie nicht einmal.

»Per la madò, bei der Heiligenjungfrau, was für ein unverschämtes Gesicht, per la madò, was für ein Flachsohlengesicht …«, sagte er zu ihr, und sie kicherte.

Verdorrte Vorhaut!, wollte er ihr noch sagen, da sind wir in der toten Strömung gestrandet, das weiß ich auch. Sie wusste doch genau, diese Betrügerin, dass es sich um keine Untiefe handelte, aber sie musste auch wissen, wo sie sich befanden, das musste sie so genau wissen, dass sie es vielleicht absichtlich gemacht hatte. Und wenn sie es wirklich absichtlich gemacht hatte, hatte sie es auch mit großer Meisterschaft angestellt, das musste er anerkennen. Das war nicht jedermanns Goldarsch, einem Bastardell zu entkommen, indem man ganz über ihn fuhr, ohne auch nur einen Kratzer abzubekommen, weder das Holz noch der Mensch. Nein, was ihre Fähigkeit anging, konnte er vertrauen und sich ihr anvertrauen. In dieser Hinsicht wenigstens konnte er sagen, dass er inzwischen Kenntnis erworben hatte. Es war die Art, wie sie ihn in diesem undurchdringlichen Dunkel im Dunkeln beließ, das er nicht schlucken konnte, diese Schrulle, ihn in die Untiefe zu führen und nur gelegentlich mal den Mund aufzumachen, um ein Gelächter über ihn loszulassen: Diesen Despotismus von ihr konnte er nicht schlucken, diese absolut verächtliche und aufgetakelte Art, sich so hopplahopp aufzuführen.

Und um diesem Bild zu entsprechen, stand sie auf und kam zu ihm, zwängte sich auf das Bänkchen, und während sie sich noch einzurichten versuchte, gab sie ihm einen Schlag auf seinen Schenkel. Da haben wirs doch, dachte er. Da kommt sie und lässts am Lebendigen aus.

»Und Ihr, ja genau Ihr, der Ihr ihm entkommen und am Leben geblieben seid, Ihr sagt mir nichts? Ihr erzählt mir nichts?«

Eigentlich wollte er ihr sagen: Hat sich Euer Speichel getrocknet vor lauter Selbstgesprächen, habt Ihr Euch dann am Ende doch noch erinnert, dass ich da bin, wie? Aber er ließ es bleiben und sagte stattdessen zu ihr:

»Hör sich einer die an. Sie bittet darum, man soll ihr sagen, man soll ihr erzählen, ihr, die man nicht dazu bringt zu sagen und zu erzählen, warum sie dieses tat und warum jenes. Und jetzt, denkt ihr, sie würde mir sagen, warum wir hier stehen geblieben sind und wo wir hier sind?«

»Hier links ist, wo wir aufgebrochen sind«, sagte sie, als würde sie sich in Geduld üben.

»Mit einem Wort: ungefähr bei Skylla?«

»Ungefähr, ja. Ungefähr da.«

»Und dann, was macht Ihr dann? Von hier aus kürzt Ihr direkt nach Sizilien über? Dazu seid Ihr ja durchaus fähig.«

»Richtig, dazu bin ich durchaus fähig. Und wenn Ihr auch das noch wissen wollt, hier sind wir stehen geblieben, weil um diese Stunde bei den Feren die Verdauungsmühsal einsetzt, die für diese Nimmersatten, die bis zum Rand voll sind mit großen und kleinen unzerkauten Fischen, steinig ist. Das Rülpsen …«

»Das wissen wir«, unterbrach er sie. »Und was weiter? Erzählt doch, erzählt doch.«

»Ach, das wisst Ihr? Na, dann wisst Ihr ja auch, dass ungefähr um diese Stunde diese Schweinischen hier, weil sie unter Anspannung stehen, von hinten her pesthauchverseuchte Dämpfe loslassen. Habt Ihr jemals das seltene Vergnügen gehabt, diese Dämpfe zu riechen?«

»Von welchen Dämpfen redet Ihr? Meint Ihr die Fürzchen?«

»Also, seht Ihr: Ein Freund von mir, einer, den ich mal kannte, hätte sich nicht einmal im Traum einfallen lassen, sie bei ihrem Namen zu nennen …«

»Ah, aber dieser …«, Baffettuzzi wollte er sagen, »dieser Freund muss wohl ein vornehmer Herr gewesen sein.«

»Kein vornehmer Herr, wohl aber ein junger Herr, um genau zu sein.«

Und nachdem sie diese Unterscheidung getroffen hatte, die für ihn möglicherweise von Bedeutung hätte sein können, fuhr sie mit ihren Worten fort:

»Also, abschließend sage ich Euch, dass ich mir diese Dämpfe ersparen will, so dass ich, wenn der Ferenzug zum Stillstand kommt, die Versammlung auflöse und ihnen die Möglichkeit gebe sich auszukotzen. Unterdessen ziehe ich mich in diese geschützte Einbuchtung zurück. Unter anderem, füge ich für Euch hinzu, will ich nicht so viel Vertrautheit des Zusammenseins schaffen, während sie da herumfurzen, damit sie heute oder morgen nicht die Achtung verlieren … Das ist der Grund, weshalb wir angehalten haben. Ist das einsichtig für Euch?«

»Bei Euch ist alles möglich, glaube ich. Kann sein, was Ihr sagt, es kann aber auch sein, dass Ihr Euch an dieser Stelle mit den galanten Herren verabredet habt, die das Meer hier bombardieren …«

»Ah, was für ein witziger Bursche mir doch da untergekommen ist«, sagte sie, ohne es gleich als persönliche Beleidigung aufzufassen, im Gegenteil, sie löste ein Lachen aus ihrer Brust, versetzte ihm gleichzeitig einen Hieb mit dem

Ende eines Zopfs und fügte dann hinzu: »Doch sagt mir jetzt: Wie kam es eigentlich, dass Ihr heil geblieben seid, heil und unversehrt, wenn ich mich in dieser Dunkelheit nicht täusche?«

Sie spielte weiter mit ihren nach vorne gezogenen Zöpfen vor ihm herum, bis er den, der ihm am nächsten war und ihm auf den Schenkel schlug, packte und in der Hand festhielt, ein hartes Haar, eingeölt und schneidend, ein Pferdehaar, das man möglicherweise als Angelschnur hätte verwenden können.

Sie hob den Kopf und reckte den Hals, bis sie den gespannten Zopf spürte, den er in der Hand hielt. Zwei oder drei Mal versuchte sie's, da, am Ende ihrer Angelschnur, und als ihr bewusstwurde, dass er sie gerne am Schweif festhielt, ruckte sie kurz: Er jedoch hatte sich das Zopfende fest um die Hand gewickelt, so dass sie, statt ihm das Ende zu entreißen, gezwungen war, ihren Kopf zu ihm zu neigen, wie wenn sie sagen wollte: Ich ergebe mich.

Für einen Augenblick verharrten sie verknotet in diesem Knoten aus stummer Übereinkunft zwischen Stärkerem und Schwächerer, zwischen Mann und Frau, und, so war es ihm, zur Zufriedenheit beider:

»Heh, ja doch, bravo, pirdeu«, sagte sie.

»Heh, heh, pirdeu«, echote er ihr nach, wie wenn sie seine Belohnung wäre.

Sie keilte sich in seinen Rücken, gab sich aber alle Mühe, minjon zu wirken und herumzukätzeln, um ihm den Zopf nicht zu entreißen:

»Heh, Ihr, keinerlei Schwachpunkte bei Euch, wie bei einem, den ich kannte …«, fing sie an, und indem sie es ihm sagte, betastete sie ihn mit breiter, rauer und zugleich glatter Hand, wie wenn sie von Salzlauge bedeckt wäre, statt vom Salz, mit dem sie herumhantierte: eine Hand, die immer mit Meerwasser zu tun hat, ausgewrungen und von blutloser Färbung. »Ziemlich viel Bart und Härchen habt Ihr«, sagte sie. »Oben Bart, unten Bart … Heil und unversehrt seid Ihr geblieben, heh, an keiner Stelle verwundet? Stirn, Gesicht, Augen, Zähne, Ohren, Hals, Arme und Hände, Hüften und Brust, Beine und Füße: alles ganz heil …«, und als sie das sagte, klopfte sie ihm wie zufällig auf die einzige Stelle, die sie nicht genannt hatte, und wiederholte, als würde sie damit alles zum Abschluss bringen: »Heil und unversehrt, ja.«

Die anderen Stellen hatte sie nicht einmal in einem Hauch gestreift, als würde die Unversehrtheit allein dieser Stelle wirklich zählen, für die allein hätte man, gesetzt den Fall, sie wäre nicht unversehrt geblieben, sich die Haare raufen müssen. Sie klopfte noch einmal dort, schweigend, als würde sie eine Antwort erwarten, ein Zeichen:

»Eh, ja, heil und unversehrt«, sagte sie noch einmal, als wäre ihr von dort just durch ein Zeichen geantwortet worden.

Nachdem das überprüft war, seufzte sie, sie wirkte, als hätte ein großer Kummer sie erfasst, doch um das zu sagen, was sie sagte, ja, was sie verkündete, fand sie eine herrische Art:

»Eh, ja, pirdeu, das ist Verdienst, das ist Tapferkeit: am Leben zu bleiben, heil und unversehrt.«

Sie legte ihm eine Hand auf die Schulter und stützte sich leicht auf sie, das Kinn auf der Hand, wie ein junges Mädchen bei ihrem Verlobten. Es war wie ein Aufleuchten, und mit ihr wie mit einer Verlobten, schien es ihm wirklich, als würde er am Meeresufer sitzen und dem Sonnenuntergang zuschauen. Ach, Gedanken, Gedanken, dachte er. Großes Arkelamekk.

In dieser Haltung redete sie mit ihm, hörte ihm diesmal aber auch zu, wie jede zivilisierte Christenmenschin. Sie ermunterte ihn zur Unterhaltung, Fragen zu stellen, betrachtete sie als ihre Pflicht, zu antworten als eine Höflichkeit.

»Man versteht, dass dies ein Verdienst ist und das eine Tapferkeit …«, sagte sie. »Wer vermags denn nicht, im Krieg zu sterben? Im Nichtsterben erkennt man den Menschen und seinen Adel. Man erkennts an der Wahl, die er traf zwischen der Frau, die aus Angeberei auf dem Geld sitzt, und der, die aus ihrem inneren Wesen heraus zu Hause bleibt … Die da«, sagte sie mit einem Ruck in der Stimme. »Ich möchte doch wissen, was die da hat, was eine andere nicht hat … Bei der, bei der ists, dass sie auf dem Geld hockt, mit dem Aussehen von solchen Weibern, bei denen du nicht einmal sagen kannst, was für schöne Augen ihr doch habt, so ists bei der.«

Sie hob den Kopf, als würde sie lauschen, dann verlor sie sich etwas ausführlicher über ihn:

»Wollt Ihr mir nicht sagen, heh, wie es kam, dass ihr Euch mitten aus dem Krieg entfernt habt? Welches Verdienst es war, welche Tapferkeit?«

»Was heißt denn hier Verdienst, und was heißt Tapferkeit? Meint Ihr denn, mir wäre klar, wovon Ihr redet?«

»Wie könntet Ihrs auch wissen. Verdienst, Tapferkeit, kennt man dererlei überhaupt, kennt mans denn? Man hat sie und Schluss.«

Sie ließ ihn erstrahlen wie die Sonne, doch sei nicht vergessen: Sie hatte im Auge, Baffettuzzi abzudunkeln; dies war die unausgesprochene, doch vielsagende Absicht, und daher war ihrer Meinung nach alles um ihn entweder Verdienst oder Tapferkeit oder beides zusammen.

»In Neapel«, sagte er, vielleicht immer noch im Hinblick darauf, »sind wir Matrosen ohne Schiff noch Kapitän geblieben, da haben wir Matrosenkragen und Rangabzeichen abgerissen und weggeworfen …«

»Und das war ein Verdienst«, kommentarierte sie.

»Die Neapolitaner«, fuhr er fort, »reichten uns eine Hand, um den Deutschen zu entkommen, und wir reichten ihnen eine, um sie aus ihren Häusern zu jagen. Na ja, sozusagen symbolisch, denn Ihr müsst wissen, um die Deutschen vor Angst erblassen zu lassen, genügten allein die Jungs und die Burschen. Die haben dafür gesorgt, dass die Deutschen Ratten mit strohernen Schwänzen gesehen haben …«

»Und das war Tapferkeit«, kommentarierte sie wieder.

Doch sie fühlte sich durchaus nicht besonders patriotisch, sie brannte nur darauf zu erfahren, wieso er heil und unversehrt war:

»Doch Ihr, stillt mir meine Neugier, wie kams, dass ihr euch allesamt aufgelöst habt? Wieso habt ihr das Schießen und Erschossenwerden aufgegeben und euch aufgemacht?«, fragte sie ihn, als sie den Augenblick für gekommen sah. »Wie ists, dass, während der Krieg hinaufzieht, Ihr herunterkommt? Gabs vielleicht eine Frau, die Euch herzog?«

»Nein, keine Frau, keine. Nicht einmal meine Mutter, die ist schon vor vielen Jahren gestorben.«

Konnte er ihr denn von Marosa erzählen, die noch ein junges Mädchen war? Sie, möglicherweise, setzte alles daran, ihn mit ihren Gedanken herzuziehen, doch auf ihn, auf diese Entfernung, hatte dieses junge Mädchen nicht die Wirkung eines Magneten.

»Ach, keine Frau also?«, sagte sie. Sie kaute ein bisschen auf ihrer Verwunderung herum, dann fragte sie: »Aber dann nehmt doch mal an, es gäbe eine und die würde Euch mit ihren Gedanken herziehen, nehmt an, wartet einen Moment, dass sie Euch mit Hilfe ihres *Galanten Sekretärs* schriebe: Mein überaus liebenswerter Gatte, mit diesem Brief will ich Dir sagen, dass ich mich des Nachts hin und her wälze, ohne ein Auge zu schließen. Der Grund dafür ist, dass ich meine Hand ausstrecke und meinen Halt nicht finde … Komm, o mein Gatte, komm so bald wie möglich, andernfalls wirst Du an einem dieser Tage zu hören bekommen, dass Dein treues Weib sich von einem Basilienbüschel gestürzt hat … Und so weiter, und so fort. Was hättet Ihr dann für sie getan? Krieg oder Frieden? Tod oder Leben?«

»Basilienbüschel oder Olivenstrauch, mit Frau oder ohne Frau, ich hätte das

Gleiche gemacht, was ich gemacht habe. Notgedrungen: Was hätte ich denn sonst tun können?« Mit diesen Worten antwortete er ihr, und damit war sie durchaus zufrieden.

»Das ist der Grund, warum ichs Verdienst nenne und Tapferkeit«, sagte sie und strich ihm dabei mit dem Ende ihres rechten Zopfes irgendwie wedelnd vor der Nase herum: »Und sagt mir doch, sagt mir doch, Ihr seid gewiss stolz auf Euer Verdienst und auf Eure Tapferkeit als Lebendiger. Eh ja, wer starb, weiß nicht, was er verlor, als er starb …«

Sobald sie wieder in die Nähe ihres Baffettuzzis gelangte, wurde der Mund dieser Gedemütigten wieder zum Orakelmund. Wer, sagte er, wer sonst, wenn nicht Baffettuzzi? Sie markierte einzig mit diesem Baffettuzzi die Toten über Meilen und Meilen. Auch den Ränkeschmied Pirra markierte sie. Aus skrupulöser Genauigkeit wollte er ihr den Unterschied zwischen dem Ränkeschmied und ihrem Weiberheld verdeutlichen, und deshalb sagte er:

»Ihr sprecht mir Verdienste zu, Tapferkeit? Mir, weil ich mich da herausgewunden habe, weil ich lebe? Meiner Ansicht nach irrt Ihr euch gewaltig. Unter denen, die nicht mehr zurückkehren, die starben oder von denen man nichts mehr weiß, weder Altes noch Neues, unter denen gibts solche, und wenn ichs Euch sage, könnt Ihr mir vertrauen, die an Verdienst und Tapferkeit mehr mit ihrem Tod erworben haben als ein anderer mit seinem Leben …«

»Und wer wäre derjenige mit dem Stern auf der Stirn?«, fragte sie.

»Ein gewisser Pirri, den Ihr allerdings nicht kennen könnt.«

Sie sprang unversehens auf, riss ihm den Zopf aus der Hand und wedelte nicht mehr vor ihm herum. Ciccina Circé war erneut gereizt, das schöne Beisammensein hatte sein Ende gefunden.

»Nein, den kenne ich zwar nicht, aber dafür kenne ich einen, pirdeu, der mir für alle anderen reicht«, stieß sie zwischen ihren Zähnen hervor, und das war nur die Einleitung.

»Wer wird Euer Pirri schon sein? Entweder Kalabrier oder Sizilianer, natürlich, eines von diesen ehrenwerten Subjekten, was denn sonst? Einer von diesen Bösartigen, schwarz im Gesicht wie in der Seele, schwarz wie ein Stück Kohle. Alle hier, diese Frauentäuscher, die gehen und sagen: Ich gehe und komme gleich wieder, du kannst mir schon Wechselwäsche herauslegen, damit ich mich umziehen kann, sobald ich zurück bin. So reden sie und halten einen auch noch zum Narren: 'Talia? Italia? Und wer ist diese Italia? Wer ist dieses Weibsstück, das sie auf ein Fünflirestück silbern? Was will dieses Weibsstück von mir, die mir die Einberufungskarte geschickt hat? 'Talia heißt du? Dann talia, sag ich dir, dann sieh mich gut an, betrachte diese Personenbeschreibung genau, denn jetzt, wo ich deinen Willen kennengelernt habe, deine Freude, mich zu sehen, geb ich sie dir und ich gebe sie dir kein zweites Mal. Ach so, ich soll für dich mein Leben hingeben? Ach ja, den Tod verlangst du von mir? Erklär mir doch mal warum. Vielleicht hatte ich ja Spaß mit dir, drangen mir deine unvergleichlichen Schönheiten ins Bett, und ich habs gar nicht gemerkt? Oder hast du mich möglicherweise verdiamantet, mir einen Ring mit Brillanten gemacht, eine Krawattennadel, dann aber die Person verwechselt, und ich wusste gar nichts davon? Heh, das muss ich doch wohl denken, wenn du von mir, der hier spricht, der niemals die Ehre hatte, dir seine Hochachtung zu bezeigen, so viel forderst und sagst: Lass es dir nicht leid sein, wenn du für mein Angesicht stirbst. Und darum forderst dus einfach so, wie ein Kompliment, das du von mir erwartest, doch vorsichtshalber lässt dus mir von den Carabinieri ausrichten ...«

Die Feminotin spielte ihm derweil voller Verachtung Baffettuzzi und Konsorten vor, doch die Stimme kam nicht aus männlicher Tiefe, sondern war ausgesprochen weiblich und verfeinerte sie zum jungen Fräulein. Daher schienen dies die Töne all dieser Baffettuzzis zu sein, so, als wären ihrer Einschätzung nach diese Frauentäuscher auch von der Stimme her wie von der Person schmal in den Hüften und sauer wie Sommerzitronen.

»Scharfzüngig, so sagt man ... Spritzig und hochmütig, Hungerleider und Kavaliere als besondere Zugabe ... Vielleicht stimmts ja, vielleicht diente ihm das Einberufungskärtchen ja auch dazu, die Punkte beim Calabressellaspiel zu notieren, und vielleicht brauchte man, um sie aus den Häusern zu holen, ein Carabinieripaar für jeden, und vielleicht, ja vielleicht wanderten sie durch Gefängnisse, bevor sie in die Kämpfe gebracht wurden, um dort früher zu sterben, sofern sie nicht erschossen worden waren. Doch wenns drauf ankommt, sind sie die Ersten, die ihm zu Füßen fallen, diesem geldstarrenden Weibsbild: Hier bin ich, Euer demütiger Diener, Sterben ist nur ein unzureichendes Kompliment für Euch, meine Herrin. Danach brennt die Herrin ganz aus, und sie vergisst ganz den Luxus eines Telegramms, mit dem ihr nicht einmal was auf dem Klo anfangen könnt. Und dann starben sie, und sie lächeln euch weiterhin aus dem Porträh mit ihren Oberlippenbärtchen und ihren Zähnen an, mit ihren Blicken, die euch folgen, während ihr das Haus besorgt, als würden sie euch zum Narren halten. Doch nachts, nachts, da bezahlt ihr, wenn ihr träumt, er wäre aus seinem Bild gestiegen und zum Totenschädel geworden, und sein Totenschädel säße auf einer Kanone: Au und auweh, schreit er, au, was für ein Schmerz das war, sterben zu müssen ohne Glockengeläut, und er hofft möglicherweise auf Erbarmen. Was willst du denn noch?, fragt Ihr ihn. Das Trauertuch wehte doch schon an der Türe. Darauf stand der Name deines Vaters, der im Großen Krieg umgekommen war, ich brauchte nur seinen Namen abzutrennen und deinen draufzunähen. Beklagst du dich, dass es dir seit vielen Jahren verblasst vorkam durch Regen und Sonne? Das ist doch ganz natürlich, es ist immer dasselbe Tuch, das deinem Vater für dessen Vater diente, der in Libyen umkam, und das ihm wiederum diente und jetzt dir, und es würde dem Sohn dienen, den du, diesen Wunsch hattest du wohl, oder?, mir im Bauch lassen wolltest als Andenken an dich.«

»Die Rede nach Maß, da haben wir sie«, unterbrach er die Feminotin. »Ihr macht Euch die Rede ganz wie ein Kleid, nach Euren Maßen gefertigt, und man versteht durchaus, dass sie Euch immer gelingt. Doch wartet, setzt Euch, kommt wieder etwas zur Ruhe und kommt her …« Er zog sie an einem Arm neben sich auf das Bänkchen und fuhr fort: »Ihr irrt Euch, sage ich. Diese Dinge wolltet Ihr für Sizilianer und Kalabrier sagen, Ihr wolltet sie sagen und habt sie gesagt, doch dieser Pirri, ein Bekannter von mir, war weder Sizilianer noch Kalabrier, sondern vom Kontinent, und er war auch nicht schwarz oder braun, sondern blond. Und ich kann noch hinzufügen, dass er keinen Oberlippenbart zu tragen pflegte, im Gegenteil, er hatte nicht einmal einen Bart im Gesicht, er wirkte wie ein Milchgesicht. Und um Euch noch eine weitere Vorstellung seiner Andersartigkeit zu geben, der, von dem ich rede, starb nicht durch fremde Hand, sondern durch seine eigene, denn eines Nachts an Bord, bei voller Fahrt übers Meer, begab er sich an eine Stelle und erschoss sich wortlos …«

»Er erschoss sich?«, fragte die Feminotin, die ihm zum ersten Mal ernsthaft überrascht vorkam. »Einfach so, ohne schreiben noch lesen zu können, nahm er sich mit seinen eigenen Händen das Leben?«

»Was sage ich Euch denn anderes? Nur dass dieser Pirri nicht nur lesen und schreiben konnte, sondern es hieß, dass er sogar auf ein Offizierspatent hinstudiert habe, auch wenn er Matrose war wie wir und man sich zutuschelte, er wäre aus dem Gefängnis gekommen, als er auf unserer Korvette anheuerte, wo er aber nicht länger als sechs oder sieben Tage blieb. Er sah fein und zerbrechlich aus, eine so schlanke, eine so schöne Gestalt, das dürft Ihr mir glauben, dass er leicht auch als junges Mädchen hätte durchgehen können, einen wie diesen, den gibts, so wie Ihr sagt: Der isst nicht und braucht keinen Körper, wie wenn er von Luft leben würde. Doch einer von den Starken, die zwar zerbrechen, aber sich nicht beugen, mit Augen so unglaublich aquamarin, bei denen Ihr, würdet Ihr ihn anblicken, nicht den Mut fasst, Euch dort hineinzuabenteuern. Mit einem Wort: einer von denen, die, wenn sie sich etwas in den Kopf gesetzt haben, voll dazu stehen …«

»Und er war blond, sagt Ihr?«

»Ganz blond. Und sein Haar war lang und fein.«

»Und wieso tat er das? Wegen einer Frau?«

Natürlich, für eine Feminotin kann ein Mann, der sich umbringt, kein anderes Motiv als das einer Frau haben.

»Nein, nein, eine Frau hatte damit nichts zu tun«, antwortete er. »Und noch viel weniger hatte es etwas mit Feigheit zu tun, die man uns mit geradewegs zornigen Worten zwischen den Zähnen als Motiv genannt hatte, wie ein gewisser Capo Tarantino, der zudem unser Nostromo war. Feigheit insofern, als Pirri sich, seiner Ansicht nach, hatte ergeben wollen …«

»Wie denn? Was denn?«, fragte sie interessiert. »Erklärt mir das ganz genau. Sich ergeben? Er wollte sich alleine ergeben?«

»Nein, allenfalls jeder und jedes: Mannschaft und Schiff, und danach sah es auch aus, aber das war viel zu schön. Malta, Malta, so tuschelte man unter der Mannschaft, und die Route verlief in der Tat nach Malta, nachdem wir an der Küste von Sardinien entlanggefahren waren. Sogar die Farbeimer und die Anstreichquasten standen bereit, um am Bug die schwarzen Kreise aufzumalen, bereit lag auch die schwarze Flagge, die an der Fahnenstange am Achterdeck aufgezogen werden sollte; denn Ihr müsst wissen, das alles war Bestandteil des Waffenstillstandsvertrags: die schwarzen Kreise und die schwarze Flagge sollten uns als Schiff kenntlich machen, das zur Aufgabe nach Malta unterwegs war. Doch zu einer bestimmten Zeit löste sich Malta in Luft auf. Neapel, hieß es, oder La Spezia. Wir bringen das Schiff zu den Deutschen, haben wir uns gesagt. Wir verhalten uns wie Memmen vor diesen Räubern unseres Lebens. Nach dieser Nachricht erfasste uns Matrosen, wenn ichs Euch sagen soll, ein Gefühl von Traurigkeit und Tod. Doch der, der sich wirklich umbrachte, war er allein, Pirri. Wisst Ihr, was er gemacht hat, während die Korvette ihren Zickzackkurs in der Nacht begann, indem sie wendete und gegenwendete, als würde sie Watsch-den-Soldaten spielen? Wisst Ihr, was er tat? Es schaudert einen. Er war auf Wache am Fernrohr an Backbord, er verließ es, ging hinunter und faltete seine Pritsche auseinander, streckte sich darauf aus, mit dem Gewehr zwischen den Beinen, und schoss sich in den Mund.«

Die Feminotin schnalzte verwundert mit den Lippen:

»Focu meu, focu meu … Das kann nur einem Blonden einfallen. Was soll man dazu sagen?«

»Und doch wurde Capo Tarantino, als er Neapel oder La Spezia hörte, was ja nichts anderes hieß als: die Deutschen, das habt Ihr doch verstanden oder?, wieder zum Ras, er betrachtete das als List, ja, genau so sagte ers: eine List. Seiner Ansicht nach dachte Pirri sich dieses Mittel aus, um sich von allem zu erleichtern. Nun habe ich viel über derartige Listen, sich vor dem Krieg zu drücken, reden hören: wie man tabakgetränktes Wasser trinkt, was im Übrigen die List ist, die ich am besten kenne, weil mein Vater sie anwandte, oder wie man sich ein Tabakblatt unter die Achsel klemmt oder wie man sich in den Fuß schießt oder wie man einen Steinbrocken hochhebt und ihn sich auf den Rücken fallen lässt oder wie man sich taubstumm stellt … Es gibt viele solcher Listen, und mit den Kriegen erfindet man immer neue dazu. Doch von derartigen Listen hat man immer nur in Unteritalien gehört, nie in Oberitalien. Vielleicht, weil wir in Unteritalien feiger sind oder vielleicht, weil wir mutiger sind. Was soll ich dazu sagen? Und dann hat man doch noch nie von einem gehört, der, damit er nicht das Kriegshandwerk ausführen muss, sich auch der Möglichkeit beraubt, das Friedenshandwerk auszuüben, nämlich das des Lebens. Was soll das denn für eine List sein, wollte ich Capo Tarantino sagen, auf sich zu zielen und sich erbarmungslos in den Mund zu schießen?«

Die Feminotin schnalzte wieder, doch diesmal schien es zu bedeuten, dass sie mehr verwirrt als überzeugt war:

»Schon, doch was für ein Verdienst soll denn das sein, was für eine Tapferkeit, könnt Ihr mir das sagen?«, fragte sie ihn, und er saß da, dachte nach, wusste zwar, was er ihr sagen sollte, aber nicht, wie er es ihr sagen sollte.

»Entweder Ihr oder er«, fuhr sie in einem unnachgiebigen Ton fort. »Entweder der Lebendige oder der Tote oder wollen wir etwa die Königreiche durcheinanderbringen? Entweder der Lebendige oder der Tote, und der Tote, versteht mich gut, sei er blond, sei er braun, seis durch die Hand anderer als seiner eigenen. Ich wiederhole: Die Ruder ins Boot zu holen und umzukippen, dazu ist jeder in der Lage, schwierig ist das Rudern, das Beherrschen des Boots und es nicht zu verlieren. Heh, dann glaubt Ihr, dass ich Euch das Verdienst schenke,

Euch die Tapferkeit schenke? Oder wollt Ihr euch herabsetzen und demütigen? Die sind dort, Ihr seid hier, soweit ich das feststellen kann …«

Sie begleitete ihre Worte mit dem Ende ihres Zopfs und schlug ihn damit, als sie die Wörter Verdienst und Tapferkeit aussprach: das heißt, sie als Metaphern nannte. So stellte es sich für sie dar, und er konnte damit nicht wetteifern. Sie hatte das Wort, und wer weiß, wie lange sie schon darauf herumkaute, sie hatte ihre persönliche Überzeugung, und sie hatte das Zopfende, sie kannte alle ihre starken Seiten und kannte alle Schwächen der anderen, wie in diesem Augenblick von ihm. Doch Pirri wollte er ihr nicht überlassen, ihm kam es nicht schön vor, ihn für dieses Streicheln mit dem Zopf zu opfern, das sie an ihm vollführte.

»Aber wisst Ihr, was wir dachten, Crocitto und ich?«, sagte er. »Denn Ihr müsst wissen, dass Capo Tarantino uns, mich und Crocitto, damit beauftragte, einen Freund von mir aus Spadafòra, Pirri für das Versenken im Meer herzurichten: Wer konnte das schon sonst tun? Capo Tarantino wollte die Sache schnell hinter sich bringen, auf heimliche Art, aber wir brauchten Zeit, um Pirri völlig einzuwickeln, und dazu kam, dass wir zusätzlich Zeit verloren, denn irgendwann hatten wir alles vergessen, wir beide waren ganz alleine dort zwischen dem Gestänge der Pritschen, mit dem armen Pirri, der ein Blutbrei geworden war. Und während wir drei mutterseelenalleine da unten waren, wie soll ichs Euch sagen?, wurden wir darüber richtig hitzig, wenn Ihr versteht, was ich meine. Kurz gesagt, wir hatten Zeit, darüber nachzudenken, und dachten: Dieser Blonde hatte sich bei der Vorstellung von Neapel oder La Spezia, bei der Vorstellung, sich den Deutschen zu ergeben, gesagt: Ich komme da ganz sicher nicht lebendig an, und nachdem er das gesagt hatte, tat ers, er verhielt sich treu. Das dachten Crocitto und ich, und glaubt Ihrs?, wir fühlten uns schuldig und empfanden gleichzeitig Dank für ihn, der sich seinem Bewusstsein gegenüber treu verhalten hatte, wir dagegen nicht. Unserer Ansicht nach machten wir es dadurch gut, indem wir ihn über lange Zeit einwickelten, als wäre er jemand Mumifiziertes aus unserer Verwandtschaft. Tatsächlich steckten und vernähten wir ihn in bestimmte Säcke von Caffè Harar, die uns der Schiffskoch gegeben hatte, mit einer großen Matratzennähnadel und doppelten Zwirnstichen, und das taten wir vor allem, um es den Sardinen und derartigem Dreckszeugs so schwer wie möglich zu machen, die Menschenfleisch so gerne mögen …«

Wie nie zuvor schnalzte sie jetzt mit den Lippen, sie war ganz von Nervosität erfasst und schleuderte nun ihre lange zurückgehaltene Empörung heraus:

»Ah, pirdeu, pirdeu«, sagte sie. »Bei dem hier schreie ich mir völlig umsonst die Lungen heraus. Der da verhielt sich treu? Dann aber auch du, Baffettuzzi, pirdeu, dann hast auch du dich treu verhalten, indem du Blut gespuckt hast, indem du ihn dir in den Undsoweiter hast schieben lassen? Ah, pirdeu, pirdeu …«

Wieder war sie aufgesprungen und schrie, und ihn machte der Umstand völlig betroffen, dass sie kein Echo erzeugte, als wären sie nicht mehr oder wären niemals wirklich in geschlossenen Gewässern gewesen. Und während er diese Eigentümlichkeit bemerkte, erhielt das Boot einen Schlag und wurde von einem langsamen Schaumkronenross in die Höhe gehievt, die Feminotin verlor das Gleichgewicht und stürzte auf allen vieren nach vorn: Das Glöckchen entfesselte bei ihrem Sturz ein stürmisches Dingding, aus der Dunkelheit drang das dumpfe Rollen von Torpedobooten zu ihnen, die nicht weit von ihnen vorüberfuhren und sich dann wer weiß wohin entfernten. Danach herrschte wieder Stille, und das Dingding gab erneut seinen Takt vor. Dunkel, ganz dunkel hörte man wieder die Feren, die sich in der Umgebung dort an dem Glöckchen orientierten.

Das Boot fuhr vollkommen sicher dahin, nicht sehr schnell, doch sicher und erhaben. Die Richtung des Bastardells hatte sich seit Stunden nicht mehr verändert, und das Boot glitt, als würde es der Schneide eines Messers folgen, ohne die kleinste Abweichung oder das kleinste Rütteln. Es glitt so stetig, dass es mitunter den Anschein hatte, es würde stillstehen und als wäre es das Meer, das an seinen Wänden entlangfloss, es glitt, mit einem Wort, so klar und rein dahin, dass der kleine Schwengel des Glöckchens über lange Zeiträume hinweg keine Pendelschwingung ausführte, auch nicht, um nur ein einziges Ding zu schlagen. Es gab mehr Zeitfolgen, in denen man das Glöckchen nicht hörte, als solche, in denen es läutete, und das geschah, wenn das Boot an die Ränder des Bastardells glitt und dadurch einer Art Oszillation ausgesetzt war. Doch dadurch wurde das stete Rauschen der umherschwimmenden opiumtrunkenen Ferenmassen nicht weniger oder unterbrochen oder aufgehoben, auch die Unglücksbotschaften nicht, so sanft im Ohr, in Harmonie mit dem Meer, zu Musik eintauchend und auftauchend aus den Wellen wie aus einer Wasserhülle in eine andere, sich entreihend und wieder zusammenreihend unter einem einzigen anhaltenden Ton, wie wenn das Wasser, das sie berührten, die Haut wäre, die sie hinter sich ließen, und dieselbe, die sie währenddem vorne wieder überstreiften. Das Glöckchen musste sie unterdessen machtvoll in Fahrt gebracht haben, wenn sie auch in den Abschnitten ohne Dingding noch dem Zauber erlagen, so, als hätten sie noch Vorrat. Doch genau das war's, was ihm nun Argwohn erregte, diese lange sonderbare Unterwürfigkeit, sonderbar unnatürlich, schwimmend in einem Meer wonniger Glückseligkeiten: Sie waren ja fähig, dass sie hinter dem Anschein von Dummheit dunkle Fallstricke auslegten, fähig, dass sie schon seit wer weiß wie langem es auch dieser Verschlagenen mit dem Glöckchen steckten.

In seinen Händen fand er das Ende eines ihrer Zöpfe und fing an, damit zu spielen, fast so, als wollte er ein paar Liebesscharmützel ausführen. Er suchte auch den anderen Zopf und fuhr mit seiner offenen Hand um ihre Hüfte, bis er ihn endlich gefunden hatte. Sie schüttelte sich wollüstig, als seine Hand sie berührte, als würde sie an dieser Stelle kitzelig sein, und sie buckelte und plusterte sich in diesem Bereich, so sehr sie nur konnte, dort, am unteren Rücken, auf dem Bänkchen.

»Bringt das Glöckchen zum Schweigen«, sagte er zu ihr und traf sie in diesem Zustand der Schwäche und zog leicht an ihren Zöpfen, um ihre Aufmerksamkeit auf sich zu lenken und ihr zu verstehen zu geben: Wir techteln doch, seht Ihr, und an dem Punkt, an dem wir sind, bitte ich Euch um einen Gefallen, und den könntet Ihr mir wirklich tun. »Ja, warum bringt Ihrs eigentlich nicht zum Schweigen und schickt diese Schurkinnen nicht weg? Wir sind doch schon drüben, oder? Sie haben Euch gedient. Wozu dienen sie Euch jetzt noch? Macht schon, entlasst sie, gebt ihnen ihre Natürlichkeit wieder zurück …«

Sie saß da über die Ruder gebeugt und ließ es sich gefallen, dass er sie über ihre Zöpfe beherrschte, und sie provozierte es ganz still mit einer gelegentlichen Bewegung dann und wann, nur damit er ihre Zöpfe noch weiter zog.

»Ihr seid ganz schön verwegen, wie?«, sagte sie mit zusammengebissenen Zähnen unter dem Ruck der Zügel. »Die Fere wollt Ihr mit offenem Gesicht, wie? Und die Frau ebenfalls mit offenem Gesicht? Ach, wie verwegen Ihr doch seid … Focu, focu, so viel könnt Ihr unmöglich verlangen …«

Er gab ihr einen festeren Ruck, brachte seine Hände nach oben und packte sie bei halber Zopflänge, sie stöhnte, und er empfand großes Vergnügen, ihr weh zu tun, und gleichzeitig große Lust.

»Haltet Ihr das Glöckchen nun an oder nicht?«, fragte er dicht an sie gepresst. »Dieser ganze Unsinn mit den gefügigen, samtweichen Feren hat mich völlig ernüchtert, versteht Ihr?«

Doch er fühlte sich in das Wortgefecht hineingezogen, und die Worte nutzten ihm wenig bis nichts, um das zu verbergen, was er empfand. Doch ihr war das völlig klar, und sie genoss es.

»Haltet mich, drückt mich, zerreißt mich ganz …«, flüsterte sie mit ihrem Atem zwischen den Zähnen.

Und er erhörte sie, hielt sie fest im Griff und verkürzte die Länge der Haarzügel in seiner Hand, klammerte sich an ihren Rücken, als diese Durchtriebene den bösartigen Einfall hatte, ihm laut lachend zu sagen:

»Klammert euch hier fest, ihr armen Kätzchen, hier, an meinen Zöpfen … Fühlt nur, wie lang sie sind, und wie stark und wie rabenschwarz … Bindet sie euch um …«

Er ließ seine Beute los und stieß sie wütend von sich, wie wenn er sie aus dem Boot werfen wollte:

»Euer Witz ist barbarisch«, sagte er. »Ich bin schön lebendig, auch wenn Euer Herz aus dem Haarfaden, das es war, sich, eh man sichs versah, in einen Felsblock verwandelt hat …«

Sie lachte, erstickte ihr Gelächter aber, wie wenn sie Reue empfände, in herzzerreißenden Seufzern:

»Weh, oh weh, focu meu, focu meu … Pirdeu, pirdeu, Ciccina Circé, willst du mir endlich sagen, was du willst, was dir durch den Kopf geht?«, jammerte sie ohne Schmerz. »Weh, o weh, zu lange bist du alleine geblieben, die Witschaft hat dich entwöhnt, du verwechselst den Lebendigen mit dem Toten, den einen beleidigst du ebenso wie den anderen …«

Diesmal merkte er rechtzeitig, dass das Boot langsamer fuhr und nahe daran war, stehen zu bleiben. Wieder waren sie aus der Frische des Bastardells getrieben und unversehens in die heiße schweißtreibende Luft des tief unten in der toten Strömung verstopften Schirokkos gekommen. Beim Abdriften hatte das Glöckchen einen wilden Ausbruch von Dingdings gehabt, doch so schnell, wie es ausgebrochen war, verschwand das Klingeln auch wieder. Ringsum brach dieser Hauch von Musik ohne Klang, der von den schwimmenden Feren aufstieg und, nachdem er einmal eingesetzt hatte, ewig fortzudauern schien wie das Meer, rundweg ab, gefolgt von einem Augenblick absoluter Spannung, währenddem die Feren nicht das geringste Lebenszeichen von sich gaben. Dann aber begann das Glöckchen wie verrückt zu läuten, tönend und wieder schweigend, stürmisch und urplötzlich, weil die Feminotin sich ans Rudern gemacht hatte und dem Boot heftige Rucks versetzte, um es aus dem Griff der morastigen Gewässer zu befreien, die es mit einem langen, langsamlangen Schwappen gegen die Bootswand mal auszuhöhlen und mal aufzubauschen schienen. Die Feren tobten erneut, sie versammelten sich zuhauf um das Boot, liebkosten es mit ihrer Fluke und krümmten sich dabei unter dem Dingding. Aus all dem, aus all diesem Nichts, genauer gesagt, glaubte er entnehmen zu können, dass sie unterdessen dicht an der Küste waren, auch wenn er, desorientiert und verwirrt wie er war, niemals hätte sagen können, um welche der beiden Küsten es sich handelte. Ihm kam es jedenfalls vor, wie wenn der Bastardell dort eine Kehrtwende gemacht hätte und wieder zurückflösse, dabei mit dem Boot über einer Untiefe herumtollte, an der noch tote Strömung herrschte, doch wo man, sofern er nicht irrte, bereits das Durcheinander der Bastardellen, der Auswürfe und Abfälle der jonischen Hauptströmung wahrnahm.

Die Feminotin ruderte, alleine mit ihren Gedanken, das heißt, sie ruderte, ohne dass sie auf ihr Rudern achtete, als hätte sie alles, was sie machte, auch im Schlaf erledigen können. Sie ruderte und besorgte weiterhin ihre gedanklichen Angelegenheiten, sie ruderte und redete weiterhin zu sich selbst mit einem Wortschwall, der durch die Anstrengung des Ruderns, die ihr den Atem nahm, ständig abbrach. Doch der Sinn dessen, was sie sagte, war dies: Die Frau steht ihren Mann, der Mann geht, wann er kann. Und natürlich wiederkäute sie ein weiteres Mal ihren Baffettuzzi, schlank und flink wie ein Aal, den, den sie wie ein Bischu auf der Kommode hielt, und bei dem sie dafür sorgte, dass kein Tröpfchen Schweiß von seiner Stirn rann, dass er immer frisch und ausgeruht auf sie wartete, während sie auf dem Fährboot hinüber- und herüberfuhr und den Tagesunterhalt für beide verdiente.

»Du Rasender, du Beduine …«, sagte sie zu ihm. »Der Schuft da fängt gleich mit dem ersten seiner Kriege an, und dieser andere Schuft will wie ein richtiger Beduine, als er Afrika hört, Abessinien, gleich seine Freiwilligkeitsbeteiligung abgeben. Ich weiß nichts, und ich kann nichts, sagt er, um seine Vorwände zu finden. In Abessinien muss ich mir nur eine nette Medallje verdienen, dann komm ich wieder und finde einen Posten, dann komm ich wieder, schlage ein Bein übers andere und lebe bequemlich. Möglich, dass sie mir eine Privatlizenz für Salz und Tabak geben oder eine Pförtnerstelle oder einen Schulhausmeisterposten … Wie denn auch nicht? Dieses Abessinien, das kam ihm wie Amerika vor, wie eine einmalige Gelegenheit. Gegen die Neger, was braucht man da schon, um eine nette Medallje zu kriegen? Die Neger kann man doch, wenn man gut zielt, zu dritt auf einen Streich erschießen, hat er mir erzählt. Aber diese Neger, sind die denn was Besonderes?, fragte ich ihn. Was tun sie? Fliegen sie etwa? Sind sie etwa Spatzen, die du auf einen Streich erschießen kannst? Oder sinds Christenmenschen wie wir? Wenn er nicht mehr wusste, was er sagen sollte, dieser Ehrlose, sang er, er sang aus Trotz mir gegenüber: Ich fahr nach Abessinien, liebe Ciccina, ich werd dir schreiben … Peuh, was für ein Mannstheater. Aber wenn du doch das Kreuz gemacht hast, um damit zu unterschreiben, wie machst dus dann, mir zu schreiben?«

Sie pöbelte und ruderte. Ihm kam der Gedanke, dass sie mit ihm redete, jetzt, um bei einem Fremden Luft abzulassen, jemand, der nicht sie war oder dieses Ander-Ich. Aber sie redete immer auf ihre Weise, sie salbaderte pausenlos und durcheinander; und wenn sie zu ihm sprach, sprach sie mit ihm so, als wäre er dieses Ander-Ich, das in dieser Frage alles über alles wusste, und sie daher mit ihm nicht an die Anfänge zurückkehren, irgendetwas auseinanderlegen und erklären musste. Sie folgte einem roten Faden, dem von Baffettuzzi natürlich, doch dieser Faden war mit großen Doppelknoten versehen, von oben bis unten, wie ihre Zöpfe.

»Angefleht habe ich dich, beschworen …«

Jetzt schien sie wirklich davon überzeugt zu sein, dass Baffettuzzi sich in diesen Umgebungen des Meeres aufhalten könnte, denn sie beugte sich weit nach vorne, hielt die Ruder umklammert, als wollte sie ihnen näher kommen, und hatte den Mund über den Bootsrand gehängt. Jetzt schleuderte sie ihm die Worte ins Gesicht, warf ihm seinen Tod vor, jetzt, wo er tot war:

»Fahr mir nicht ab, habe ich zu dir gesagt. Warum suchst du den Krieg? Genügt dir meiner denn nicht? Tu, wie ich dir sage: Versteck dich unter dem Bett und komm erst hervor, wenn du meinen Hintern darauf spürst.

Doch er beklagte sich, beklagte sich über das Leben, immer im Haus, er beklagte sich: Du hast mich hier eingesalzen; du fährst los, wenns dunkel ist, kommst wieder, wenns dunkel ist; du klopfst mir ein bisschen zwischen die Schenkel; du überflutest mich und streust wieder eine kräftige Handvoll Salz über mich. So verpökelst du mich wieder … Er beklagte sich, mit anderen Worten, dass diese Blöde ihm die Futterkrippe niedrighielt und ihn in Sicherheit verwahrte, gut geschützt vor allen Risiken und Gefahren, wie unter einer Glasglocke.

Und was konntest du schon wissen, du Elender, konntest du wissen, dass dein Schicksal gezeichnet war und dass ich dich deshalb unter der Glasglocke hielt, fern von bösen Gelegenheiten, von Unheil und Krankheit? Du hast deine Zeit damit verbracht, den ganzen Tag Patiencen mit deinen Karten zu legen, aber hast du sie etwa auch lesen können? Ich kam zurück, und du sagtest mir: Mir kommt immer die Piek Dame aus, von drei Malen erscheint sie zweimal: Was soll das Zeichen bedeuten? Was für ein Zeichen soll das sein?, fragte ich dich. Es ist das Zeichen, dass du ein Mann mit dem Messer bist. Konnte ich dir denn sagen: Es ist das Zeichen des Todes, die Piek Dame ist sie, die Tödin, die sich dir vorstellt? Und konnte ich dir sagen: Solange dir die Piek Dame auskommt, solange ist es nichts weiter, lediglich eine Warnung? Konnte ich dir denn sagen: Wenn es anfängt, dass du die Piek Vier gleich nach der Piek Dame bekommst, dann ja, alles Gute, Baffettuzzi? Und wie lange brauchte die Piek Vier, um aufzutauchen? Eines Abends kam ich zurück, und du hast mir gesagt: Mir kommt immer wieder die Piek Dame aus, doch nicht mehr alleine, denn erst kommt sie und hinter ihr verbirgt sich die Piek Vier. Focu meu: Tod und Katafalk. Ach, Baffettuzzi, sagte ich zu mir, ach, wie ich dich sehe und dich beweine. Ach, Baffettuzzi, deine Haare werden dir niemals weiß. Jetzt ist es so, dass jeder Tag, der dir dunkelt, ein Geschenk ist …«

Sie spuckte viele Male den Speichel über Bord, der in ihrem Mund schäumte, und dann, so, als würde sie ihn beweinen und ihn verwünschen, schrie sie ihn an:

»Ach, du Unglücksmeeeensch, du Unglücksmeeeensch … du hast nicht gewusst, dass es deine Bestimmung war, durch Mörderhand zu sterben, ich wusste es, ja, aber bei mir wärst du nicht durch Mörderhand gefallen, bei mir wärst du alt geworden, hundert Jahre hättest du gelebt. Doch als der Krieg kam, lieber Don Baffettuzzi, als du diese Raserei aus dir hervorgeholt hast, dass du in den Krieg ziehen, den Abessiniern ein Blutbad bereiten, Medalljen bekommen wolltest, dieses ganze Getobe, das ich an dir nicht kannte, focu meu, da hast du mir gesagt, das ist die Piek Dame, die dir zuzwinkere. Denn wie hättest du dich auch retten können, du, der du schon dafür bestimmt warst, durch Mörderhand zu fallen in dieser allgemeinen Mörderei? Unseliger, habe ich dir sagen wollen, mit deinen Füßen gehst du dahin? Du wartest nicht einmal ab, bis sie dich rufen? Unseliger du, du gehst sogar gegen mich? Heh, du Unglücksmensch, du würdest mit deiner Piek Dame sogar auf mich losgehen?«

Abessinien ging vorüber, Spanien ging vorüber, und dann kam das große Schlachten. Da versuchte sie das Unmögliche, sie versuchte, diesen infamen Kriegserklärer, diesen immer noch unbehelligten Familienzerstörer, der sich noch frei herumbewegte, diesen Mörder, diesen Schuldigen an allem, mit einem Zauber zu belegen. Sie verschaffte sich ein Bild von ihm, eins von denen, die man in den Zeitungen zuhauf sieht, und durchbohrte es mit Nadeln. Sie steckte ihm welche zwischen die Lippen, um seine Zunge zum Schweigen zu bringen, und in die Pupillen, um seinen Blick zu verdunkeln; und dann in zwei kreuzweise angeordneten Reihen auf der Stirn und an der Schläfe, an der Schlafader. Doch ohne ein Haar, ein Tüchlein, ein Schriftstück dieses unheilvollen Menschen, welche Hoffnung konnte sie da hegen, ihn tödlich zu durchbohren? Konnte sie denn in die große Stadt Rom fahren, um sich etwas Persönliches von ihm zu verschaffen? Und konnte sie Rom überhaupt vertrauen, das einem derart wahnsinnigen Briganten Versteck und Unterschlupf bot, einem, der den Männern und den Frauen das Leben nahm, ihre gesamte Habe an sich raffte, indem er ihre Eheringe von den Fingern riss? Konnte sie Rom jemals vertrauen, das ihn auf dem Thron hielt und ihm all diese triumphalen Beifallsstürme schenkte, die einen sogar noch im Radio taub werden ließen, statt ihm den Kopf mit einer Axt abzuschlagen?

Da hatte sie sich wieder flehend Baffettuzzi zugewandt:

»Was hab ich dir gesagt, was hab ich dir gesagt, du Unglücksmensch?« Sie neigte sich weit nach vorn über die Ruder und redete Baffettuzzi so an, als wäre er wirklich irgendwo dort auf dem Meer, ein hilfebedürftiges Kätzchen unter anderen Kätzchen. »Verkleide dich als Frau, hab ich dir gesagt. Du musst dir nur die vier Härchen über der Lippe abrasieren und dich wie eine Frau kämmen. Dann ziehst du ein Kleid von mir an, mit einem enganliegenden Mieder, und solange Krieg herrscht, mischst du dich unter uns Frauenvolk, hinüber und herüber auf den Fährbooten. Ich selbst würde dich ja schon verwechseln, so kurvenreich wie du bist …«

Doch er, ach je, sich als Frau zu verkleiden, er hätte sich mit Schmach bedeckt gesehen, schlimmer noch als sterben. Wie wenn man ihm gesagt hätte: Reiß dir die Federn aus dem Kamm, schneid dir die herunterhängenden Lappen ab …

Konnte sie denn dagegen ankämpfen? Kriege gab es so viele, und sie war allein. Der Krieg in Griechenland kam, und ihm konnte Baffettuzzi nicht widerstehen, auch weil ihr der Sabber gekommen war, denn sie wollte ihn mit aller Gewalt zurückhalten und hielt seinen Flügel darum fest zwischen ihren

Zähnen, doch am Ende öffnete sie ihren Mund. Das bedeutete, dass dies dein Schicksal war, hatte sie sich im Stillen gesagt. Die Piek Dame hatte recht, dass sie erschien. Die griechische Frau, sagte er, um sie eifersüchtig zu machen, darf mir nicht entwischen. Wer mit diesen Segelschiffen, die dort herumkreuzen, in Griechenland war, erzählt Wunderdinge über die griechische Frau, wie vollkommen an Gestalt sie ist, weder zu stark noch zu wenig bebust, gerade richtig, und mit glatter Haut, marmorn sogar, Statuen aus Fleisch und Blut. Eh ja, wenigstens probeweise will ich sie mal kosten, die Griechin …

Sie pöbelte und ruderte. Der Groll über Baffettuzzi stärkte ihre Handgelenke, er trieb ihre Hüften an, sich zu heben und zu senken: Das Rudern hatte die gleichen Krämpfe, das gleiche Losschnellen ihrer Stimme, so dass das Boot ruckweise, mit Bissen und Rissen vorwärtsglitt:

»Schuft, Betrüger«, beschimpfte sie ihn. Zuerst einfach so, wie zu sich selbst, oder genauer gesagt: zwischen sich und ihm, und dann wie wenn sie ihn festbeißen würde, wobei sie die Vokale von Schuft und Betrüger presste, die ihr entschlüpft waren. »Schuuuft, Beeetrüügeer. Dann hast du sie also gekostet, die Griechin, du Hurenbock. Sogar das Foto hast du mir geschickt, um mir Schmach anzutun, dabei warst du für mich doch ein Weiberheld und kein Matrose inmitten all dieser griechischen Hündinnen, auf die du so stolz warst. Doch du hast mir das Foto geschickt, um Schmach über mich zu bringen, und dir ist die Schande mit diesen ausgewählten Musterstücken geblieben. Was denn für Formen und was denn für Statuen? Sardinengräten sind sie, von wegen Hautglätte. Grätig, blass, bettlägerig und so verwölfischt vor Hunger, dass zwei oder drei die Kommissbrote in ihren Händen hielten, als wärens Juwelen. Und dann hast du dich richtig vergnügt und an ihnen genuckelt, wie? Doch was heißt hier schon genuckelt und was schon richtig und weniger richtig? Auf dem Foto sah man auch nicht den Schatten von Brüsten … Ach, du Hurenbock. Doch jetzt, jetzt, du Hurenbock, jetzt bist du wirklich und auf ewig ein Hurenbock, jetzt, jetzt, ein Hurenbock im Leben wie im Tode …«

Mit zerrissenem Atem biss sie zu und verzehrte sich mit Leben und Tod, bis ihr nur noch Leben und Tod im Mund verblieben, und diese sprach sie noch eine Weile lang aus, wie wenn sie sich zum Rudern anspornen wollte und beim Rudern. Vor und unter, hinten und oben, bald schien es, dass sie sich das Leben aus den innersten Eingeweiden riss, und für einen Augenblick sah es so aus, als würde sie es in ihrer Brust sammeln und es dort mit ihren um die Rudergriffe geschlossenen Fäusten festhalten, bis das Leben sich aus dem Würgegriff in einen Schrei flüchtete, der mit Wut und mit Bedauern gang, gang zu sagen schien; und bald schien es, dass sie den Tod aus ihrem Busen verwies, ihn vertrieb und ins Meer warf, fast schon mit Abscheu und sich mit den Händen helfend, mit den Rudern in den Händen, den Handgelenken, den Armen, den Schultern, der Brust, dem Kopf, mit allen Ruderbewegungen ihres Körpers, in einem Schrei, der wie eine furchterregende Beschwörung wirkte: …ödin … ödin.

»Bleib du nur bei deinen vollkommenen Formen, bei der marmornen Haut …«, sagte sie unter Mühen und verlangsamte Ruderschläge und Atemzüge: »Bleib ruhig da, du Gerippe, du Staub von Baffettuzzi. Diese Griechinnen mussten ja derart hungrig gewesen sein, dass sie dich bei lebendigem Leib auffraßen, sogar noch die Knochen nagten sie dir ab. Bleib also da, während ich hierbleibe, mit Spinnengeweben über den Schenkeln.«

Hier schwieg sie plötzlich und hob die Ruder hoch, als würde sie etwas in der Luft wahrnehmen.

»Bindet das Glöckchen los«, befahl sie ihm.

Das Glöckchen war mit einer einfachen Kordel am Bug befestigt. Er schob sich nach hinten, nahm es mit der Hand und trug es fort. Und gleich war es, als würde das Meer um sie herum alles reinzuwaschen beginnen, fast sah es aus, als würde die aufsteigende Strömung vor den vier Stunden einsetzen, dabei waren es die Feren, die, so plötzlich aus dem Zauber erwachend, in dem das Dingding sie hielt, anfingen sich zu winden und zu drehen und mit der Fluke gegen das Wasser zu wedeln, mit Händchenklatschen, Plätschern der Flipper und einem Gähnen, bei dem die Nackennuss hätte brechen können. Sie stießen aneinander und belästigten sich gegenseitig, mahlten mit den Zähnen, um sich Platz zu verschaffen. Die, die sich als Erste aus dieser Ansammlung entwinden konnten, probten gleich ihre Stimme in der Luft aus: hiii, hiii und veranstalteten ihre Sprünge. Die Dunkelheit war nach wenigen Augenblicken ein einziges rätselhaftes Stimmengewirr dieser schweinischen Schulfregatten und ein Aufschimmern weißer Bäuche hier und da, wie Streifen meerischer Helle.

»Vergnügt Euch«, sagte die Feminotin zu ihm. »Habt Ihr sie denn nicht im natürlichen Zustand gewollt?«

»Soll ich für sie läuten?«, fragte er im Scherz, schüttelte aber ganz ernsthaft das Glöckchen.

»Hört auf«, sagte sie zuerst in einem Ton der Endgültigkeit, dann aber versöhnlich. »Hört auf, so kindisch zu sein. Seid still und lasst mich lauschen.«

Doch während sie darauf wartete zu hören, was sie hören wollte, redete sie abwertend über Baffettuzzi, über Männer, die alle diese gewisse Charaktereigenschaft besaßen, die ihrer Meinung auch Baffettuzzi und er besaßen, und flüsterte nach hinten, ganz leise:

»Nie tut er das, was man ihm sagt. Und dann tut er, was man nicht soll, was man nicht darf … Der Krieg geht weiter, doch für ihn ist er zu Ende. Es gibt keine Boote, die ihn übersetzen, doch siehe da, hier sitzt er und setzt über, dank dieser großen Törin, die, weil sie völlig verrückt ist, nicht zweimal nachdenkt und aufs Meer geht. Und das Glöckchen? Zuerst hat er was dagegen, dann hat er nichts dagegen. Genau wie Baffettuzzi. Sie sind sich alle gleich, diese Hüftschlanken, alle launisch, und sie biegen sich in alle Richtungen, diese Bambusrohre. Wie hat Baffettuzzi noch zu mir gesagt? Ich werde deinen Hüften keine Pause gönnen, ich werde dort zwischen ihnen alt werden. Das hat er mir gesagt. Und in Wahrheit wurde er dort nicht alt und meine Hüften bekamen ihre Pausen, mehr noch, sie werden von den Winden beherrscht. Allesamt gleich, diese Hüftschlanken, sie eilen und die Frauen verweilen, über die Männer legt sich kein Wind, und über die Frauen, die sie zurücklassen, wachsen Spinnengewebe wie in Räumen, die niemand mehr betritt …«

Aus der schwarzen Unendlichkeit des Meeres löste sich das Zischen einer Unterseebootssirene, dreimal kurz, dreimal wie ein Luftstrahl über das Boot streichend, menschlich und herzzerreißend. Die Feminotin schüttelte sich vor Schaudern und schlug wie ein Sandsack gegen ihn, wie wenn das erste Zischen sie mit einem schrecklichen Stoß mitten in den Rücken getroffen und die beiden nächsten sie wie richtige Strahlen von der einen zur anderen durchschlagen hätten.

Sie stürzte dann nach vorne, gegen die Ruder, und er glaubte, er würde sie zernichtet vom Bänkchen fallen sehen, kopfüber auf den Grund des Bootes. Doch sie stellte die Beine auseinander und sicherte sich zwischen den Rudern, und so, fest zwischen diesen stehend, fast, als wäre sie selbst Teil des Boots, ein Teil, der sich plötzlich belebte, ruderte sie vor dem Tod davon, prasselte dabei in der Brust bald wie ein loderndes, bald wie ein düsteres Feuer in einer Esse. Sie warf sich nach hinten, ihre Zöpfe hingen dabei vor seinem Gesicht, als würde sie sich seinem Zugriff, seinem Schutz darbieten, und dann warf sie sich nach vorne, wie wenn sie vor der klagenden, ersterbenden Sirene des Unterseeboots flüchten wollte. Sie schützte sich, indem sie floh, vor diesen Signalen, die inzwischen aufgehört hatten, als würden sie sie immer wieder anfeuern und immer näher blutig auf ihre Kruppe einpeitschen. Sie ruderte wie ein kraftvoller Ruderer, im Stehen, wie es gewöhnlich die vom Ringo taten: Und sie ruderte in die diesem eigentümlichen Terror entgegengesetzte Richtung, einem Terror, den der einfache Pfiff einer Unterseebootssirene in ihr auslöste. Doch warum?, fragte er sich. Warum, wenn das Unterseeboot uns doch nicht rammt? Worin bestand die Gefahr, die sie sah? Was für eine Bedrohung brachte sie? Doch was sie auch empfand, sei es phantastisch, sei es real, zeigte, dass sie es alleine erledigen wollte: auf eigene Weise, mehr oder weniger.

Alleine, einzig mit ihrer Ahnung. Und auch wenn sie gegen ihn stieß und ihn mit dem Ellbogen puffte, spürte er, dass er für sie nicht mehr da war. Es gab auch keine Feren mehr, die mit einem gewaltigen Schlagen der Wellen, wie wenn sich ein starker Gräkal aus Nordost erhoben hätte, davongejagt waren, tiefdunkel, überrascht und auseinandergetrieben durch dieses Zischen wie durch elektrische Schläge, ohne sich allerdings ganz zu entfernen, denn man hörte sie in der Nähe. Inzwischen waren sie ganz wach und bei Sinnen, gaben Zeichen von Gelächter und Geweine von sich, wie böse Geister in der Tiefe der Nacht. Doch nicht nur ihn, nicht nur die Feren, für sie gab es nicht einmal mehr die abgedrifteten Toten, nicht einmal mehr das große Entsetzen, das sie allein beim Gedanken erfasste, sie könnte spüren, wie diese toten Leiber gegen die Bootswand schlugen, sie könnte wahrnehmen, dass diese unmittelbar am Bug etwas anstellten, auch wenn sie, so wie sie ruderte, nicht einmal gespürt haben würde, wenn die Leiber sich ihr entgegengeschleudert hätten.

Sie ruderte für hundert, sie durchharkte das tote Gewässer bündelweise, zerdrückte und zermalmte es, um darin ihre Flucht zu graben, im Flug legte sie eine vielleicht zweihundert Meter lange Meeresstrecke zurück, und am Ende machte sie eine weit ausholende Kehre, um die Richtung zu ändern: Bei dieser derart risikoreichen Vorgehensweise orientierte sie sich mit einer so staunenerregenden Sicherheit, als würde ein unsichtbarer Vollmond am Himmel einzig für sie glänzen.

Ein bläulicher Lichtschein fiel aufs Meer und verdampfte dort mit nebliger Helle aus rauchschwarzer Luft. Dreimal erwiderten sie von den einander gegenüber aufgestellten Scheinwerfern und signalisierten dem einlaufenden Unterseeboot damit freie Bahn. Dieser geringe Schimmer reichte ihm aus, um sich zurechtzufinden. Man konnte es also drehen und wenden, wie man es wollte, die Feminotin war im Begriff, ihn vor der Haustüre abzusetzen: Er sah nämlich den korallenen Sporn, der dort vor Charybdis herüberbugte, auf der Grenzlinie zwischen den beiden Meeren. Wenn er laut rief, hörte man ihn dort vielleicht schon: Die Pellisquadre hätten ihn in diesem Augenblick sehen müssen, ihn, der aus dem Krieg in einem Boot zurückkehrte, mit einer ohne Köder geköderten Feminotin zudem, wie von einer Ausfahrt aufs Meer, die etwas länger gedauert hatte als sonst, ein bisschen länger als ihre längste Ausfahrt, die sie zum Golfo dell'Aria hinaufgeführt hatte.

Durch die Aufwallung, die ihn beim Aufstehen überkam, merkte er nur beiläufig, dass die Feminotin sich da drüben zwischen den Rudern zusammengekauert hatte, als diese bläulichen Lichter aufschienen. Das Boot fuhr in diesem Augenblick noch unbewaffnet ins Leere, doch die Feminotin machte sich vorsichtig und schnell wieder an die Ruder und übernahm das Geschäft, und mit wenigen kräftigen Ruderschlägen, die aus den Schultern kamen und das Gewicht der ganzen Person einsetzten, warf sie sich der Linie zwischen den beiden Meeren entgegen, die dort, einen Schritt weit entfernt, ein dumpfes, dunkles Dröhnen von sich gab, und wuchtete den Bug über die schwierige Stelle. Dort, inmitten der aufschäumenden Gischt von Tyrrhenischem und Jonischem Meer, wirrte sie sich, ohne dass ihr auch nur ein Ruderschlag in diesem verbissenen Unternehmen danebenging, aus diesem tödlichen Todespunkt heraus, und als sie aus dem Stau herausgekommen war, befand sich ihr gesamtes Heck im anderen Meer. Er folgte ihr mit dem Ohr und bewunderte sie aufrichtig und auch ein bisschen bewegt, zitterte sogar um sie, das musste er zugeben, wie sie sich aus den gleich unterhalb der Oberfläche versunkenen Dünungen wand, als würde sie sie sehen, und wie sie, ohne mit der Wimper zu zucken, durch die gischtende Blähung der beiden Meere zog: Pellesquadra und Tochter eines Pellesquadra, nichts weiter konnte man dazu sagen.

Linker Hand ließ in diesem Augenblick das Unterseeboot, vielleicht eineinhalb Meilen entfernt oder auch zwei, ungefähr in der Nähe der Mittellinie, jedoch mehr nach Skylla hin, noch einmal zwei Sirenenpfiffe ertönen, dann überfuhr es die Grenzlinie der beiden Meere, und wenige Minuten später wurde das Boot von der Dünung erfasst, die es hob, so, als wollte sie es auseinandernehmen und mit dem hinteren Viertel auf den Strand schleudern.

Darauf war er nicht vorbereitet und wurde nach vorne geworfen: Und als er hinzustürzen drohte, gelangte einer der Zöpfe der Feminotin in seine Hände, und er klammerte sich daran wie an einen Rettungsring. Er dachte nicht an die

Schmerzen, die er ihr mit diesem Reißen der Zöpfe zufügen konnte, denn es dauerte nur für den Bruchteil einer Sekunde, und sie selbst, die stehend ruderte, einen Fuß vorne, einen hinten, um sich aus den Dünungen zu bringen, gab mit ihrem Kopf in keiner Weise zu verstehen, dass sie es litt oder es nicht litt. Sie tauchte ihre Ruder ein und zog sie nach hinten, hob sie und tauchte sie wieder ein, wie wenn sie nicht einmal das Gewicht bemerken würde, das ihr einer der Zöpfe verursachte.

Außerhalb der Dünungen bekam das Boot so etwas wie einen Schub, und aufgrund dieser Bewegung hob die Feminotin die Ruder hoch, sank über ihnen zusammen und gab, so als würde sie Luft aus ihrem Körper fahren lassen, einen tiefen Seufzer von sich:

»Huuuh«, sagte sie mit Erleichterung und Verachtung, und es war, wie wenn sie eine Zeitlang ihre Seele zwischen ihren Zähnen gehalten hätte.

»Hattet Ihr Angst, dass es uns rammen konnte?«, fragte er sie.

»Huuuh«, sagte sie.

»Was war es denn dann, das Euch so Angst gemacht hat? Irgendwas wars. Ihr habt so gewaltig angefangen zu rudern …«

»Huuuh«, sagte sie wieder.

Und je öfter sie huuuh sagte, umso mehr machte es ihm Spaß, sie zu sticheln, ihm, der nun sagen konnte, dass er das Boot gleich auf dem Trockenen hatte, dort, unmittelbar am Saum von Charybdis, während sie sich zerzauste und prustete und diesen seltsamen Ton von sich gab wie eine Närrin, was etwas Neues an ihr war.

»Was also? Sagt mir nicht, es war das Pfeifen der Unterseebootssirene … Sagt mir nicht, Ihr hättet das Pfeifen einer Sirene noch nie gehört …«

»Huuuh«, sagte sie noch einmal, warf diesmal aber ihren Kopf nach unten und gleich darauf wieder nach hinten.

Diesmal lachte er nicht mehr. Diesmal wiederholte sie die Weise einer echten Sirene, aber einer lebendigen Sirene aus Fleisch und Blut. Es war, als hätte ein Glöckchen an ihr geklingelt und dabei den Finger auf einen ihrer Knöpfe gedrückt, wo sie ganz Frau war, Uterus, Inneres, Herz.

»Huuuh, huuuh«, sagte sie und warf ihr Gesicht zurück, als würde sie ihren Hals kratzen, um etwas zu schreien, das schon so lange schrie, etwas, das sie schon so lange quälte, jetzt aber nur noch herausröcheln, ihre Stimme wie eine Werwölfin herausquälen konnte.

Auch das wird mit Baffettuzzi zu tun haben, dachte er. Baffettuzzi hatte bei allen ihren Dingen etwas damit zu tun. Dann dachte er noch: Es ist wohl nicht gerade schön, nein, eine Sirene zu sein, und eines Tages zu entdecken, dass man keine Sirene mehr ist, sondern ganz einfach nur eine Frau.

Doch während sie huuuh stöhnte und es nach und nach wie ein Ritornell gestaltete, wie ein zerreißendes Motiv, das nach und nach geradezu versöhnlich ans Ohr dringt, hatte die Feminotin langsam wieder zu rudern angefangen, wobei sie ihre Handgelenke an den Griffen nur so eben bewegte, gerade um das Ruderblatt im Wasser zu wenden und die Strömung zu bremsen, die unten herfloss und es nach unten zog. Sie ruderte, wie man das nennt, mit den Schulterblättern und dem Oberkörper, aufrecht sitzend und ausgeruht, was ein feines, leichtes Rudern hervorbringt, einen Ohrenakkord, gewissermaßen eine Einheit zwischen Ruderer, Ruder und Meer. Eigentlich spürte er es mit dem Ohr, denn sehen konnte er es nicht, dass sie den langen Bootskörper direkt zum Strand brachte, mit dem natürlichen Gang eines schon längst entzauberten Gemüts, das, durch Stürme und Unheil gegangen und heil daraus hervorgekommen, nicht mehr in der Lage ist, darin einen Anlass weder für Fröhlichkeit noch für Traurigkeit zu erblicken, weil sein Leben so beschaffen ist, dass es da durchgegangen ist und erneut da durchgehen muss.

Jetzt mussten sie in der Höhe der drei Palmen sein: Ohne Schirokko, der die Bäume erschlaffte und schwer machte, hätte er sicher das Wiegen der Blätter und das Knarren der Stämme gehört. Er dachte an die Palmen, er sah sich aus weiter Ferne wieder, als er sie hoch über ihm als kleiner Junge von unten her betrachtete, er erinnerte sich an sie, wie sie sich im Gräkal wiegten wie große gelbe und grüne Fächer, mit etwas Mütterlichem und Beschützendem in dem großen Blattwerk, und es war wohl genau das, was genau dort, vor seiner Haustüre, in seiner Vorstellung den alten, von den Tagen verkrusteten Traum wieder belebte. Vielleicht war es dieses langsame, versöhnliche Wiegen über seinem Kopf voller Schlaf, die Erinnerung vielleicht an den Schatten, den sie in der warmen, von Meeresbrisen bewegten Luft über seinem Gesicht, über seinem Schlaf spendeten, mit dem Kopf auf dem Sand, aufgehäufelt wie ein Kissen an den Wurzeln und an den rostfarbenen Schuppen des Stamms. Das war es vielleicht, was seine Lider über die Augen senkte, das, zusammen mit der schirokkohaften Bewegung des Boots wie der einer Wiege, welche die Feminotin sanft mit nur einem Finger zum Schwingen brachte, und schon hörte sie wieder auf, mit dem kleinen Jungen, der dem Schlaf schon verbrüdert war.

Es handelte sich dabei nur um ein kurzes Schließen der Augen: Denn wenn er auf dem Meer in Höhe der Palmen eingeschlafen war, fand er sich an Land in Höhe der Palmen wieder wach vor. Ein mit Speichel verklebter Schlaf zwar, doch kraftvoll wegen der Art, wie er den Verstand verdunkelte. Wenn er alles in Rechnung stellte, schien es, dass dieser Schlaf lediglich der Feminotin zugutekam, gewissermaßen so, dass sie, um nicht die einen oder anderen ihrer Mängel oder ihrer trickreichen Bewegungen zu enthüllen, an Land fahren wollte, ohne von ihm beobachtet zu werden: Und in der Tat, weil er sie nicht sah, würde er niemals verstehen, wie sie es gemacht hatte, das Boot aufs Trockene zu ziehen, diese Art von Boot, mit ihm an Bord. Sie hatte in dieser Nacht vor ihm zwar einige Wunder vollbracht, aber dies kam ihm wie das größte von allen vor.

Als er die Augen wieder öffnete, befand er sich mit dem Rücken zum Bug im Boot und sie an Land, die ihm mit einer Hand durchs Haar fuhr:

»Schöner Bursche«, sagte sie und senkte ihre Finger in sein Haar. »Wir sind auf der anderen Seite, und Ihr schlaft? Scheint Euch das der geeignete Augenblick zu sein?«

»Was ist mir da passiert? Was für ein Schlaf war das?«

»Was kümmert Euch das? Eure Reise ist zu Ende. Hier ist sie zu Ende.«

»Hier wo?«

»Hier, auf der Insel, oder? Wart Ihr nicht völlig verrückt danach, nur ja nach Sizilien zu kommen?«

Noch gelang es ihm nicht, sich klar darüber zu werden, an welcher Stelle er Land berührte. Er blickte in diesem undurchdringlichen Dunkel angestrengt umher und mühte sich, die Gegend zu erkennen. Aus der Nähe kam ein Knarren von Holz, ein Zerren bis zum äußersten angespannter Fasern: Und als er den Blick in die Luft hob, dem Knarren folgend, da war es ihm, als würde er die hohen Stämme der Palmen erkennen, die, biegsam wie große Bambusrohre, unter dem Gewicht ihrer Blätter ächzten. Diese Entdeckung, die ihn mit Verwunderung erfüllte, kam in seinem Inneren einen Augenblick lang zum Stillstand, denn es wollte ihm unmöglich erscheinen, dass sein ganzer Schlaf nicht weiter gedrungen sei als bis zum Schließen seiner Lider, das dort, bei den Palmen, seinen Anfang genommen hatte und dort auch sein Ende fand. Anders gesagt, die Feminotin hatte ihn auf die Schwelle seiner Haustür gebracht, doch das wollte er ihr nicht sagen, auch wenn es keinen Grund gab, es ihr nicht zu sagen. Er empfand jedoch Skrupel, dass es wie Undankbarkeit aussehen könnte, wenn er ihr nicht enthüllte, dass, wenn sie da an Land gingen, wo sie an Land gegangen war, sie ihm einen solchen Gefallen getan hatte, wie er ihn sich überhaupt nicht vorstellen konnte. Sie verdiente zumindest eine freundliche Aufmerksamkeit.

»Was habt Ihr mir denn da vorgesungen? Ein Wiegenlied?«, sagte er, um ihr ein Kompliment zu machen. »Habt Ihr etwa auch mir das Dingding vorgeläutet?« Er erinnerte sich, dass er das Glöckchen noch in der Tasche hatte, er zog's heraus und ließ es ganz leise und vorsichtig in seinen Händen klingen. »Eh ja, ganz recht sagte es mir ein alter Strandvagabund. Göttinnen sind sie, Göttinnen. Nur dass der Alte erhebliche Zweifel hatte, ja unüberwindbare Zweifel, dem hier Sitzenden würde es gelingen, von einer Göttin ins Boot genommen zu werden …«

»Göttinnen? Focu, focu: Göttinnen? Die da Göttinnen?«, sagte die Feminotin und hatte große Lust zu lachen. »Ein alter Strandvagabund, wie? Der Tod sieht die da gar nicht. Er nimmt sich herrliche Exemplare junger Männer, doch diese Mamelucken greift er sich nie. Und dann auch noch das: Göttinnen. Und ausgerechnet die da …«

»Die da nicht, aber Ihr schon. Über Euch kann ichs nach dieser Überfahrt sagen, dass Ihr eine Göttin seid, das steht für mich fest …«

»Focu, focu, für ihn steht fest, dass Ciccina Circé eine Göttin ist. Er hat sich Mühe gegeben, er schuf sie als Göttin für die Überfahrt, die er bekam …« Sie stand einen Augenblick einfach da und fügte dann, indem sie sich etwas abwandte, mit anderer Stimme hinzu: »Rühmt Euch nicht selbst, schöner Bursche, brüstet Euch nicht zu sehr, dass eine Göttin Euch übergesetzt hat. Ich hatte meinen Vorteil, ich bin auf meine Rechnung gekommen.« Sie wartete einen Augenblick: Sie stand vor ihm, am Bug, wie wenn sie im Begriff gewesen wäre, das Boot wieder ins Wasser zu schieben, mit ihm an Bord. Dann sagte sie zu ihm rau und hart: »Daher glaubt ja nicht, Ihr könntet Euch mit einer Schmeichelei davonstehlen, mit einem Kompliment. Gefälligkeit um Gefälligkeit.«

»Redet, sprecht. Wenn es etwas gibt, womit jemand wie ich, der aus dem Krieg kommt, eine Gefälligkeit erweisen kann, dann selbstverständlich …«

»Pirdeu, pirdeu, begreift Ihr denn immer noch nicht, dass ich zu Eurer Ehre aufs Meer gefahren bin, und für diese Nacht das Salz sausen ließ? Oder habe ich etwa Öl und Kohle gebracht? Und ohne das, könnt Ihr mir sagen, womit ich das Salz oder eine Handvoll weißes Mehl oder ein Säckchen Brotenden tauschen soll? Etwa mit Büscheln meiner Haare? Reiße ich sie mir einzeln aus und tausche sie ein oder was?«

»Einverstanden, für mich seid Ihr hinausgefahren, ich glaube Euch, ich bin überzeugt. Doch jetzt: Wie kann ich Euch die Gegenleistung erbringen? Das sollt Ihr mir sagen. Was hab ich denn schon einzutauschen? Haarbüschel auch ich …«

»Heh, wie Ihr Euch doch unterschätzt …«, sagte sie und begleitete die Anspielung mit einem Lächeln, mit einem hellen Glanz der Zähne wie einem grauenvollen Schmiss. Er sah sie gegen das Dunkel wie eine von einer dicken Pechschicht umgebene Gestalt, und dieses Pech erhitzte sich wieder von innen her, mit der Wärme, die es aufgelöst hatte: Von diesem Weiß der Zähne aber war es ihm, als würde er in sie hineinblicken und dort eine eiskalte Helle aus weißem glänzenden Marmorstaub erkennen können.

Oh, wenn sie nur das will, dachte er. Doch wie schüchtern sie war, sogar naiv, wenn man sie mit der Dreistigkeit auf dem Boot verglich. An Land, wo sie gegenüber dem Mann auch entspannt sein konnte, fand sie nicht die Worte, wusste sie nicht, wohin mit ihren Händen. Es gab da also etwas, bei dem es sie rau ankam, ihren Weg zu finden. Doch hierin schüchterte sie möglicherweise der Gedanke an Baffettuzzi ein. Er wusste nicht, ob er einer Feminotin, und was für einer Feminotin, so viel Verehrung entgegenbringen sollte oder nicht. Eingeschüchtert, ich?, hatte sie gesagt. Ja, wegen wem denn? Oh, pirdeu, pirdeu, wegen eines Baffettuzzi?

»Wenns sich um Geld handelt, mache ich Euch darauf aufmerksam, dass ich keine neunzehn Soldi habe, um eine Lira daraus zu machen«, sagte er, um sie anzustacheln.

»Oh, das Geld«, sagte sie voller Verachtung. »Davon kann ich ein Lied singen. Jeder Soldat, der kommt, nimmt dir das alte weg und gibt dir das neue, mit dem neuen König, der neuen Sprache, dem neuen Wert. Peuh, und wir haben wirklich viele Soldaten mit den neuen Gesichtern von Königen, von Kaisern und derartigen Gestalten in ihrer Hand gesehen, glattrasierte und bärtige, Gesichter aus Kupfer und Bronze, verdreckte Gesichter, Masken aus Schlamm und Mist von Christenmenschen und Tieren … Und da braucht man viel Bimsstein jedes Mal, um sich den Dreck von den Händen zu kratzen …«

»Aber ich kann Euch ein Schriftstück geben, schön unterschrieben, als Garantie. Heh, was sagt Ihr dazu?«, beharrte er immer noch herausfordernd im Hinblick aufs Geld.

»Und wo tausche ich dieses Papier ein? Bei der Bank von London?«, fragte sie spöttisch.

»Ich bin von hier in der Nähe. Ihr kommt her, und ich bezahle Euch. Allerdings müsst Ihr mir Zeit gewähren.«

»Von hier in der Nähe, von wo?«, fragte sie und stellte sich naiv.

»Vom Ringo«, log er über den Witz, doch sie musste schon eine ganze Weile herausgefunden haben, dass er aus dieser Gegend stammte.

»Vom Ringo, wie? Schöne Männer und tüchtige Ruderer, die vom Ringo, das kann man nicht anders sagen … Ach, Ihr seid also vom Ringo? Oh, pirdeu, pirdeu, was für ein Lügner doch der Mann vom Meer ist … Wenn die Natur keinen Irrtum begangen hat, schlanke Hüfte, blaue Augen, Figur eines Lügners: die Regel irrt nie.«

»Hier irrt Ihr, tut mir leid, dass ichs Euch sagen muss. Ich habe graue Augen.«

»Graue?«, sagte sie, und von der Beleidigten, die sie war, schien sie gerade in einen Lachkrampf ausbrechen zu wollen. »Von wo habt Ihr denn diese Idee von der grauen Farbe?«

»Vom Spiegel, woher wohl sonst, glaubt Ihr? Ihr wisst doch, der Spiegel, dieses Glas, von hinten dunkel, wo, wenn Ihr hineinschaut, Ihr euch abgebildet findet.«

Sie antwortete nichts darauf, wahrscheinlich ganz damit beschäftigt, sich an einen Spiegel zu erinnern, und ob und wann sie sich darin abgebildet gefunden hatte.

»Ach, natürlich«, sagte sie dann. »Ihr sagt graue Augen. Könnt Ihr überhaupt blaue Augen sagen? Ihr erfindet Euch einen Spiegel, und als der Lügner, der Ihr seid, erfindet Ihr euch einen Lügner, ist schon klar …«

Vielleicht waren die von ihrem Baffettuzzi ja blau, vielleicht war er ein Kastanienbrauner mit blauen Augen, ein echtes Naturphänomen: Und weil er und Baffettuzzi in allem anderen, ihrer Meinung nach, übereinstimmten, passte ihr diese Unterschiedlichkeit der Augenfarbe nicht. Jetzt wollte er aber diesen Unsinn mit der Augenfarbe lassen und ihr vielmehr erklären, warum er Ringo gesagt hatte statt Charybdis.

»Doch einmal abgesehen von allem anderen, wenn ich Euch Ringo gesagt habe, ich schwöre Euch, dass …«

»Ah, Augenblau, Augenblau«, unterbrach sie ihn unter Qual.

»Ihr gebts wohl nie auf, ihr alle da, dieses Laster von Eid und Meineid.«

»Ihr alle, ihr alle, sagt Ihr … Ihr habt mich mit einem anderen verwechselt. Von einem Einzigen macht Ihr Euch ein Bild über alle.« Er war aufgestanden, und nachdem er sich die Mütze wieder aufgesetzt hatte, brachte er seinen Matrosenrock in Ordnung, als würde er sich bereitmachen zu gehen: »Ich wollte Euch nur dies eine sagen«, fügte er dann hinzu, tief befriedigt, dass er sie zum Schweigen gebracht hatte. »Wenn ich Euch Ringo gesagt habe, war es nicht, um Euch zu täuschen, es kam mir einfach so, ohne zu wissen wie, auf die Lippen. Doch offen gestanden, sagte ich mir: Wetten, dass die Feminotin sich verdüstert, wenn sie hört, dass sie einen Charybdoten ins Boot geholt hat?«

Sie bedachte die Sache über die Sache eine Weile lang und hob dann den Kopf. Sie streckte sich, machte einen Schritt zur Seite, wie wenn sie alleine sein wollte, damit ihm deutlich würde, dass sie mit der Haltung und dem Wort, das sie ergriff, als würde sie sich an die finstere Luft wenden, im Begriff war, ihm eine Prophezeiung zu machen:

»Wenn der Krieg ihn nicht nur lebendig, sondern ihn auch noch so durchtrieben schlau entließ, wie er mit seinen Worten zeigen will, dann wehe dem, der ihm begegnet. Doch wenn der Krieg ihn so unschuldig entließ, weiß und ohne Makel, wie er sich in der Tat erweist, dann wehe vor allem ihm selbst und wehe den anderen durch ihn …«

Hier war die eigentliche Prophezeiung zu Ende. Doch gleich fuhr sie fort und fügte hinzu, wobei sie sich ihm dieses Mal unmittelbar zuwandte mit ihrem nach oben geworfenen Gesicht, das bald seppiagerötet wirkte wie vom durchscheinenden Blut und bald schwarz, wie von ölig glänzenden Rußflocken.

»Doch Ihr, was für einer seid Ihr eigentlich? Seid Ihr naiv? Schlau und verschlagen, also das seid Ihr gewiss. Ihr seid am Leben geblieben, das sagt schon alles … Doch wisst Ihr, dass ich, bei allem Verdienst und aller Tapferkeit, die ich Euch zuerkannt habe, daran zweifle? Wenn ich daran denke, dass Ihr verschwinden konntet, sicher, sage ich, da war er schlau, verglichen mit denen, die sich darin verklemmt hatten. Sicher, sage ich, der hat seinen Hintern vor diesem Reinfall in Sicherheit gebracht. Doch seht Ihr, es kann ja sein, dass mir die eine oder andere Belehrung von Euch kam. Was habt Ihr doch gleich gesagt? Dass ich von einem auf alle anderen schlösse. Vielleicht stimmt das ja, von daher kann ich Euch vielleicht nicht einschätzen. Ihr, denke ich, so schlank und so augenblau Ihr auch sein mögt, sofern Ihr denn augenblau seid, Ihr habt, abgesehen von dem, vielleicht weiter nichts mit diesem bewussten Schlag von

Männern des Meeres gemein, die aus dem einen Krieg oder aus dem anderen zurückkommen, und wie sie so hinsegeln, klatschen die Sturzwellen sie wie erbärmliche Überreste an die Schwelle einer ahnungslosen Frau, und die nimmt sie auf und ernährt sie, sie schafft ihnen alle erdenklichen Bequemlichkeiten, und die bleiben gerade so lange, bis ihr Bauch wieder voll ist und sie Farbe im Gesicht bekommen, dann verschwinden sie und klauen ihr dabei sogar noch die Wolle aus den Matratzen. Doch ansonsten ist das Eure Sache, und hier wird es spät ...« Sie wandte ihren Kopf nach hinten, wie wenn sie in dieser Dunkelheit mehr mit dem Gehör als mit den Augen übers Meer blicken wollte, und fügte hinzu: »Und die Morgendämmerung hilft keinem von uns beiden.«

»Jedenfalls, was meine Entpflichtung angeht ...«, sagte er.

»Schon gut, schon gut. Die Entpflichtung ...«, unterbrach sie ihn und war völlig zerzaust. »Los, steigt aus dem Boot und beeilen wir uns.« Und während er heruntersprang, wiederholte sie verächtlich: »Die Entpflichtung, die Entpflichtung ...«, als würde dieses Wort sie aufregen.

Die Entpflichtung erwies er kurz darauf unter den Palmen, und zwar wo und wie und wann sie wollte.

Er hatte sie im Dunkel verschwinden gesehen, als wollte sie sich wegen einer Notdurft hinter den Palmen niederhocken. So wartete er, und dann drang von dort ein erstickter Ausruf zu ihm herüber: »Focu meu, focu meu.«

Er ging da hinüber, unter die Palmen, die in diesem Dunkel riesenhaft groß wurden. Dort bewegte sich die Feminotin ganz sachte und behutsam rückwärts und stieß dann gegen ihn:

»Focu meu, focu meu«, wimmerte sie wieder.

Gleich umschlang sie seine Füße mit ihren Füßen, nahm seine Arme und legte sie um ihre Hüften, sie beugte sich vor und schleifte ihn, der gekrümmt auf ihrer Kruppe lag, mit sich, als würde sie vor einer Gefahr zurückweichen und Schutz und Sicherheit unter ihm suchen. Und damit, so glaubte sie, habe sie wie immer ihre Weise gefunden:

»Focu meu, focu meu«, mit dem Rücken wölbte sie sich in ihn hinein und verwunderte sich gleichzeitig aufs Äußerste.

Hört doch mit dieser Farce auf, wollte er ihr sagen. Wozu führt Ihr dieses Schmierentheater auf? Wer weiß, vielleicht meinte sie ja, ihr Gesicht zu wahren, andererseits stellte sie sich gar nicht vor, wie ihn die Zöpfe und der Geruch von Olivenöl in dieser barbarischen Haltung störten. Sie zeigte eine gewisse eigentümliche Unvertrautheit und eine Rauheit der Sitten gegenüber dem Mann, und dann erwies sie sich auch noch despotischer als sonst. Sie verhielt sich wie eine blutjunge Anfängerin und gleichzeitig wie eine, die eine ungeheure Erfahrung hatte, nämlich das Verhalten eines Fräuleins, das noch nichts weiß, und das einer Alten, die sich an nichts mehr erinnert und irrt, wenn sie sich einlässt und bisweilen verkrüppelt. Und doch wirkte sie weder wie die eine noch wie die andere, weder wie ein Fräulein noch wie eine Alte. Und er kannte seine Entpflichtung. Wozu also dieses Theatarandei und dieses barbarische Getue? Was sollte er tun? Er ließ sich auf sie ein.

»Was hat Euch denn so erschreckt?«, fragte er sie.

»Focu meu, focu meu«, schrie sie diesmal, und als sie sich umdrehte, zog sie ihn über sich herunter. Unter seinen Händen spürte er die zerfaserte Wurzel des Palmbaums, an den die Feminotin sich gelehnt und zum Meer hin ausgestreckt hatte. Er lag halb auf dem Sand und halb auf ihr. Sie hielt sich an seinen Muskeln fest, schüttelte sich mit ihrem Hinterteil, wodurch im Sand eine Vertiefung entstand, in der sie sich unter ihn schieben wollte: »Pirdeu, pirdeu«, sagte sie, weil es ihr nicht gelang. Doch als sie dann einen Arm unter ihn schob und ihn an den Hüften packte, warf sie ihn sozusagen mit vollem Gewicht auf sich, auf ihren Schoß, wie einen in Windeln gewickelten Säugling. Er wiegte sich eine Weile auf ihr, fand aber keinen festen Halt. Wo er ihren Körper auch berührte, schien er ihm sonderbarerweise überall weich zu sein, er entglitt ihm und war sozusagen ungreifbar. Im Dunkeln hatte er den Eindruck, dass er, wo immer er auch hingriff, immer nur Busen berührte, Brüste, ihre riesigen, wie ausgeleierte Weinschläuche glucksenden Brüste, die jetzt, wo sie sich ausgestreckt hatte, flach geworden waren und sich überall um sie herum schwabbelig ausdehnten, oberstzuunterst, als würden sie ihr bis zu den Schultern und zum Bauch reichen. Ihm kam es vor, als würde er auf dem Körper einer großen Qualle liegen, auf diesem Gallert, das, solange es unversehrt ist, nicht nur gefürchtet werden muss und unberührbar ist, sondern auch wunderschön anzusehen: Beim ersten Stoß jedoch zerfällt ihre Blumengestalt zu einem widerwärtigen Haufen, und die Sonne zerstört sie auf der Stelle, sie verschwindet, und es ist, als ob es sie nie gegeben hätte, weder tot noch lebendig.

»Focu, focu«, rief sie, befühlte seinen Oberlippenbart, als würden sie Heißheiß-kalt-kalt spielen und als wäre sein Oberlippenbart das versteckte Stück gewesen, das sie finden sollte. »Focu meu, focu meu, was für ein Schnäuzer … Und wenns mir schon so viel gibt, oh, Baffettuzzi, was für ein Hagerleicht wirst du mir erst, nicht allein mit deiner Fangschnur auf der Oberlippe …«

Sinnlos, ihr zu sagen, dass das Lippenbärtchen ihm aus reiner Notwendigkeit gewachsen war, wie auch der Bart von Tagen und Tagen, dass sie daher nur vorläufig waren, weil er sie normalerweise nicht trug.

»Focu meu«, sagte sie noch einmal ganz voll Freude, »was für schönes lockiges Haar, was für ein Bart, und was für eine Behaarung, focu meu.«

Focu, focu, o Feuer: Dass sie doch lebendig in diesem Wonnefeuer verbrennen würde … Das Feuer, das sie beschwor, schien in ihrem Mund aufzusteigen und ihren Atem zu entflammen, der ihm umso mehr ins Gesicht blies, je mehr sie anfing zu rasen und seinen Körper in Spannen auszumessen.

Um ihr dieses Wohlgefühl zu vermitteln, lag er im Ungleichgewicht auf ihr, mit einem Bein auf dem Sand und dem anderen über ihr in der Luft, und das war unbequem, wie ein Reiter, der sein Reittier nur zur Hälfte bestiegen hatte. Aber auch unbequem, ohne sich überhaupt darüber klarzuwerden, begann er, sich auf sie einzulassen und Geschmack daran zu finden, was heißt, Geschmack am Geruch des Olivenöls, von dem ihre Zöpfe triefend voll waren, triefend, als ob sie ihr dazu dienten, das Öl nach Sizilien zu schmuggeln, sie dort fest auszuwringen, wenn sie erst einmal drüben wäre, und Geschmack am Kampfergeruch, den er an ihrem samtenen Mieder wahrnahm. Das war ein Geschmack, das waren Gerüche, die er wie etwas Vertrautes von einst wiederzuerkennen meinte: an seiner Mutter oder auch im Haus, in Wäscheschubladen oder bei Sachen, die aufbewahrt wurden, und die man lange Zeit nicht sieht und sogar vergisst, doch dann tauchen sie wieder auf, und sie sind noch genauso wie zuvor, mit diesem Geruch der in Spiritus eingelegten Vergangenheit des Kampfers, der sich an der Luft freisetzt wie ein Parfüm. Etwas von dieser Art lag auch in diesem Geschmack, in diesen Gerüchen: etwas wie ein Bitterduft, der ihm gefiel und ihm schmeichelte, und wie eine ferne Erinnerung an Hände und Worte, die ihn in den Schlaf wiegten und ihm die noch zarten, nackten Lieblichkeiten des Säuglingsdaseins verherrlichten.

Doch am Ende gelangte sie an einen Punkt, wo sie die Sinne verlor. Sie zuckte zusammen, hob den Kopf und beugte sich mit einem Ruck weit nach vorne:

»Focu, o was für ein Feuer«, stöhnte sie mit ersterbender Stimme, »meine Hand ist ganz lohig.«

Wie im Flug hatte sie sein Chinesischesdingsda gepackt, und zwar so unglücklich, dass er drauf und dran war, sie eiligst von sich wegzustoßen. Sie hielt es so fest in ihrer Hand, als würde sie es nicht glauben, als würde sie's für ein

Gespenst halten, das in dem bewussten Zimmer mit den Spinnengeweben vor ihrem Blick vorüberzog.

»Focu, was für eine feste junge Lust«, stöhnte sie wieder.

Und gleich darauf stieß sie einen langen, klagenden, schaudererweckenden Seufzer aus, als würde sie ihre Seele aushauchen, bevor sie sich dann in die Sandmulde hinabließ und darin versank, die sie sich unter ihrem Rücken geschaffen hatte, und sich dort von dem Feuer, das sie selbst einige Male geschürt und wieder entfacht hatte, verzehren lassen, bis sie zu Asche geworden wäre.

Sie kümmerte sich um alles, und er befand sich in der Lage, alles das zu wollen und zu tun, was sie wollte und tat. Beinahe so, als würde sie ihm misstrauen, hatte sie einen Arm um seinen Hals gelegt und zog ihn fest an sich. Und in dieser Haltung sprach sie, so lange sie konnte, in einem verworrenen Ein- und Ausseufzen in sein Ohr, einerseits flehend, andererseits aber auch leicht drohend. Das Glöckchen aber steckte in seiner Tasche, und manchmal spürte er die Stöße an seinem Schenkel, wenn es unter den Schlägen der Zöpfe der Feminotin erstickt, doch ganz nahe wieder zu tönen anfing. Diesmal, liebe Ciccinella, sagte er in seinen Gedanken zu ihr, gilt das von dir erfundene Dingding dir, ich spiels für dich, mit meinem Schwengel an deinem Silber, deiner Bronze, deinem Guss, was immer es sei, und du unterliegst meinem Diktat, haargenau wie eine Fere, und nicht einmal du hast mehr das Deutergesicht einer Lebenserfahrenen, und doch gibst du dich dafür aus, genau so, schön und opiumberauscht, und ich, ich sage dir: Mach dir zu schaffen, du Schafferin. Jetzt erledigst du die Schwerarbeit, und besorg sie gut, denn du besorgst sie für mich, besorgs mir, als würdest dus Baffettuzzi besorgen, denn auch mir hat man schon lange nicht mehr diese Schweißarbeit besorgt …

»Reitet mich, mein Ritter«, stöhnte sie ihm unterdessen ins Ohr. »Zeigt, zeigts mir, obs wirklich Verdienst war, wirklich Tapferkeit, dass Ihr heil und unversehrt geblieben seid. Haltets nicht für eine Schrulle, beleidigt mich nicht, lacht mich nicht aus. Ich vergaß schon, wie lang es her ist, dass ich keinen Mann mehr geschmeckt hab. Stellt Euch einfach vor, dass ich unter den Spinnengeweben wieder jungfräulich wurde. Und behandelt mich feinfühlig, gebraucht die Kraft der Überzeugung, wie mans einer Jungfrau gegenüber macht. Doch reitet mich, mein Ritter, reitet mich. Reitet den Ritt rückhaltlos, gebt mir die Sporen, mein Ritter. Und bringt, bringt mir das Blut zum Wallen so viel Ihr wollt, verwundet mich, verwundet mich, treibt mich dazu, oih zu sagen, macht, dass ich mich noch lebendig fühle inmitten dieses Totenmeers. Habt doch die Güte, schöner Bursche: Erbarmen …«

Erbarmen? Aber hatte sie nicht vorher, auf dem Meer, noch gesagt, dass es sie entsetzt? Tat ihr dieses Wort denn nicht weh, zog es ihr denn nicht viele Oihoihs aus dem Mund? Er sollte Erbarmen mit ihr haben? Wollte sie's denn langsam im Rücken? Hatte sie ihrer Ciccinella nicht gesagt, das Erbarmen mache den Mann bisweilen so langsam im Rücken, dass die Feminotin damit nicht viel anfangen könne? Doch dieses sogenannte Erbarmen, diese Pietät, dachte er, muss wirklich ein Arkelamekk sein, eine Köstlichkeit sondergleichen, wenn es ihm die Notwendigkeit verdeutlichte, sogar die zu schwängern, die dessen Risiken kannten und entsprechend vorsichtig waren, nämlich nicht gewaltsam zu schwängern, doch manchmal führt's auch dazu, dass sie darum bitten. Nur, dass er in seinem Fall nicht verstand, warum sie ihn um Erbarmen anflehte, wenn sie doch danach schmachtete, verwundet zu werden und ihr Blut zum Kochen zu bringen …

Dann war die Feminotin still geworden, ganz darauf konzentriert, sich zu erinnern, wie, von woher das Begehren bei Männern wie Baffettuzzi kam oder wie bei diesem, mit der schlanken biegsamen Hüfte wie Bambus: sich zu erinnern, ob sie noch so tüchtig war, dieses Begehren, diese Lust mit erwartungsvollem Herzen wie auf einer Spindel zu spinnen.

Dann wurde die Stelle, an der das Feuer gelodert hatte, vom Meer überspült. Für diese Minuten war es, als hätte er das Meer gar nicht mehr gehört, wie wenn der Atem der Feminotin, der an sein Ohr gedrungen und wieder abgefallen war wie ein leichter, aber gefährlich schmerzlicher Wind, der, in ihr gefangen, stärker gewesen wäre als das Rauschen der Wellen; und es schien, als wäre ihm das hinterher erst klargeworden, als er sich von der Feminotin löste und es ihm war, als würde das Meer in diesem Augenblick wieder an sein Ohr dringen und er davon überrollt werden: Das Spülen der Wellen hinter ihm war für ihn wie das Donnern von Schaumrössern, von riesenhaften Wellen, die hinter ihm heranrollten und sich bis zur Höhe der Palmen auftürmten, um ihn unter sich zu begraben. Das Meer aber, ohne es eigens zu betonen, war, wie er es wenige Minuten zuvor hinter sich gelassen hatte, es wogte heran und verlief sich ganz niedrig am Ufer, dann zog es sich zurück, wobei es den Sog ausspielte, dieses Knirschen des Sandes, was, wenn man es nachts hört, so betrüblich ist. Unter diesem Eindruck vielleicht erinnerte er sich an ein Spiel, das sie als kleine Jungs spielten, mit Edoardo, vor den Palmen dort, denn für das Spiel brauchte man Frischsand, und an dieser Stelle gab es eine große Lage, die genau das war, was das Spiel verlangte. Sie stellten sich in bestimmten Abständen auf dem nassen Sand auf und riefen sich zu: Fertig? Los! Sie knieten sich auf den Frischsand und schrieben wie auf eine Tafel ein Wort mit dem Finger, dann tauschten sie eilig die Plätze, um das Wort des anderen zu lesen, bevor der Meeresschaum es wegwischte. Doch nie gelang es ihnen, das vom anderen geschriebene Wort zu lesen, immer war das Meer schneller als sie.

Sie lag wie eingemuldet in dem staubfeinen Sand und atmete immer schwächer durch die Zähne, als hätte sie, die Bedauernswerte, in ebendiesem Augenblick eine gottweißwas für schlechte Behandlung über sich ergehen lassen. Was für einer Entpflichtung habe ich mich eigentlich entledigt, fragte er sich, als er sie da so qualvoll atmen hörte, wenn sie am Ende das Opfer ist und ich der Schlächter? Hatte er ihr Lust und Erfüllung beschert oder nicht? Als ich mit ihr da so rumkörperte, hätte ich meinen Kopf verwettet, dass sie Spaß hatte, jetzt aber sollte man meinen, sie habe ein Opfer gebracht. Ansonsten aber war das die Entpflichtung, die sie augenscheinlich am meisten gemocht hatte: gar nicht zu reden davon, dass er keine andere Weise hatte, sich zu entpflichten, da, so aus dem Stand.

Sie legte die Hände an seine Brust, und ohne ein Wort zu sagen und den Kopf in eine andere Richtung gewandt, stieß sie ihn von sich, wie etwas, das ihr im Weg war: als wäre sie schon weit weg, um andere Angelegenheiten, nämlich ihre persönlichen, zu richten, mit Gedanken und Sinnen und mit allem. Wetten, sagte er sich, was gilt's, dass sie's nur getan hat, um ihrem Baffettuzzi eins auszuwischen und es schon bereut und mich bereits hasst? Wie um sie von ihren Gedanken abzubringen, nahm er einen schampanjerlaunigen Ton an und sagte zu ihr:

»Wisst Ihr eigentlich, dass auch ich mich nicht mehr erinnern kann, wie lange ich schon keine Frau mehr geschmeckt habe? Und das, obwohl ich viele hatte und schöne dazu, Gelegenheiten, die sich auf dem Weg ergaben …«

»Uffa«, machte sie. »Wieso redet Ihr eigentlich? Ich weiß doch, dass Ihr diese Erstlingsfrucht für mich zurückgehalten habt, das weiß ich, aber verderbt nicht die Stimmung …«

»Oh, per la madò, Heiligejungfrau, Ihr seid lieb und nett, aber wenn Ihr mieser Stimmung seid, wenn Ihr Eure natürliche Seite zeigt … Glaubt Ihr denn, ich wollte aufschneiden und einen Preis verliehen bekommen? Hab ich etwa den Eindruck auf Euch gemacht, ein Eroberer zu sein, ein Weiberheld?«

»Er gibt sich alle Mühe, wirklich«, sagte sie leise und redete über ihn wie über jemand anderen, in eigener Sache.

Das kam ihm derart komisch vor, dass er lachen musste, bis ihm die Tränen kamen:

»Ich habs Euch doch gesagt, oder?, dass ich sogar vergessen habe, wie eine Frau beschaffen ist …«, sagte er dann erneut. »Doch nebenbei bemerkt, kennt Ihr vielleicht eine gewisse Cata, eine junge Frau aus Eurer Gegend, die nun wirklich von unglaublicher Schönheit ist, ohne dass ich Euch damit zu nahe treten will.«

»Ich, ich kenne keinerlei Fata.«

»Fast habt Ihr sie bei ihrem richtigen Namen genannt. Haargenau wie eine Fata, wie eine Fee, sieht sie aus. Schade, dass sie einen kleinen Sprung in der Schüssel hat. Und genau das war der Grund, wenn Ihr meine Meinung dazu wissen wollt, dass ich mich nicht entschließen konnte, mit ihr zu gehen. Sie hatte mir gefallen, und zwar sehr, nicht um Euch kleinzumachen, aber selbst wenn ich erschossen worden wäre, hätte ich keinen Finger an sie legen können. Bei Euch dagegen, und das Beste ist, dass ich nicht mal weiß, wie Euer Gesicht aussieht, bin ich sehr gerne mitgekommen, vielleicht aber habt Ihrs gar nicht bemerkt …«

»Uffa, pirdeu«, platzte es aus ihr heraus. »Uffa, uffa. Ich weiß ja doch, dass Ihr diese Erstlingsfrucht für mich aufgehoben habt, aber wie oft muss ich Euch das denn noch sagen? Oder muss ich es für Euch erst niederschreiben? Oder wollt Ihr, dass ich Euch danke sage? Dann eben danke, vielen herzlichen Dank …«

Sie mochte mit ihrem Danke sogar aufrichtig wirken, sie machte keine Witze. Nur dass sie nicht mehr darauf zu sprechen kommen wollte. Opfer auf dem Altar zu sein oder nur die Beine breit zu machen, die belanglose Unterhaltung, die sie mit ihm geführt hatte, war für sie etwas Abgeschlossenes, etwas Vergangenes und Vergessenes. Mit der Erinnerung an Baffettuzzi, mit Gewissensbiss oder Reue, mit Keckheit oder Wehmut oder mit was sonst, sie schaffte die Dinge alleine, alleine oder mit ihrem Ander-Ich, das war inzwischen mehr als deutlich.

Er war schon von ihr heruntergestiegen, als es ihr im letzten Augenblick einfiel. Sie hatte ihn an einem Bein zurückgehalten, ihm still und schweigend eine Hand in die Hosentasche gesteckt und das Glöckchen wieder an sich genommen. Dann kniete sie sich hin und schüttelte ihre Röcke aus. Und während sie sich wieder in Ordnung brachte, als ob das alles ohne jede Bedeutung wäre und man es machen könnte, während man mit etwas anderem beschäftigt ist, bewegte sie das Glöckchen und reckte ihren Arm zum Meer hin aus. Nur wenige Dingdings brauchte es, und auf dem Meer brach bei Nacht auf dieses Signal hin ein Ngangà, ngangà aus. Wieder zur Ordnung gerufen und so, als wäre der Kontakt zwischen ihnen nie verlorengegangen, begannen die Feren, auf ihre Dingdings, Dingdings zu antworten, ganz zart, als wären sie von einer Hand gedämpft worden. Sie sagten ngangà, ngangà, wie Säuglinge es bei noch geschlossenen Augen tun, wenn sie die Brust der Mutter riechen. Am Ufer jedoch verstummten sie und versammelten sich ganz still. Man hörte sie nur atmen, und das war wie ein Schnarchen, ein Ausprusten von Dämpfen durch die Nase, und es machte den Anschein, als wäre an diesem Meeresufer die Regungslosigkeit des Schirokko ein ganz klein wenig in Bewegung gekommen. Man konnte das Fließen der Strömung hören, die sich, schön einheitlich und rauschend, an dieser Ansammlung brach und sich lange schäumend zwischen den Rücken und Flippern der Feren staute wie ein Fluss in einer Stockung zwischen Geröllmassen.

Dann, um die Hände am Boot frei zu haben, band sie sich das Glöckchen an ein Zopfende. Bei jeder Bewegung der Hüfte und des Oberkörpers klingelte das Glöckchen hinter ihr seine tonlosen Dingdings, als wollte es, ganz wie die Pestkranken, die es am Hals tragen, anzeigen, dass sie dort wäre, wo ihr Körper Dingding machte, und sie, die Feren natürlich, es nicht wagen sollten, sie anzurühren, denn die sollten ja diesen Wink verstehen.

Sie wollte sich auf den Weg zu machen. Er sah, wie sie sich an den Bug presste: Jetzt schaffte sie es möglicherweise nicht mehr, das Boot mit einer einzigen Hand anzuschieben, und auch nicht mit beiden, so dass sie sich dagegenlehnen und mit ihrem gesamten Körper fortschieben musste. Doch es bewegte sich nicht. Er ging zu ihr, sie wandte ihren Kopf um, und er hatte in diesem Augenblick die Vision eines Gesichts von abgeblätterter Farbe, weiß und fleischrosa, als wäre ihr Gesicht verbrannt worden und dies wäre nun die wieder nachwachsende neue Haut. Er meinte in diesem Bruchteil einer Sekunde auch, sie würde ihre Lippen zwischen ihre Zähne pressen und ihre Stirn in Falten legen, als würde sie nachdenken und leiden. Doch wie hätte er all diese Schattierungen in dieser undurchdringlichen Dunkelheit wahrnehmen sollen? Es musste wohl ein Funkeln der Augen gewesen sein, das diese Vorstellung in ihm erregte.

»Fahrt Ihr wieder hinüber?«, fragte er sie.

»Ich fahre wieder hinüber, ja.«

»Doch jetzt gleich, Ihr fahrt und kommt wieder?«

»Ja, jetzt gleich, ich fahre und komme auch wieder.«

»Aber so? Mit leeren Händen?«, fragte er sie.

»Mit leeren Händen?«, wiederholte sie, als würde sie nicht verstehen. »Ah, pirdeu, pirdeu, er begreift nicht, nein«, wetterte sie gegen ihn, als wäre er gar nicht da. Und dann wandte sie sich geistesabwesend an ihn, keck und zugleich angewidert, rasend und zugleich gallig: »Beruhigt Euch nur, ich habe mir meine Nacht verdient, auch wenn ich nur aus einer Laune heraus herübergekommen bin. Oder habt Ihr gedacht, diese unglückselige Ciccina Circé könnte sich diesen Luxus nicht leisten?« Eine Weile stand sie so da und dann murmelte sie, redete in ihren Mund: »Man lebt doch nicht vom Brot allein, noch lebt man nur von Erinnerungen. Daher lass es dich nicht schmerzen, Ciccina Circé, versink nicht in Wehmut. Du magst das Frische, das Warme, Heiße … Verpökeltes, das magst du nicht …«

Sie begann um das Boot herumzugehen, dabei klopfte sie mit der Faust auf das Holz, wie wenn sie es hier und da prüfen wollte, und das Glöckchen, das hinter ihr klingelte, schien sie jedes Mal der Festigkeit des Bootes zu versichern. Dabei begann sie wieder zu pöbeln, wie wenn sie einen Gedanken zu Ende führen wollte, den sie ständig zwischen den Händen hatte, ein Gespräch mit dieser anderen Ciccina Circé, die sie immer griffbereit und zur Verfügung hatte, von ihr getrennt und ganz eins mit ihr, wie ihr Ohr von ihrem Mund:

»Und wieso? Hab ich ihm denn nicht gesagt, diesem schönen Spielzeug, hab ichs ihm denn nicht kurz und bündig während einer der letzten Nächte, in denen er mich besucht hat, gesagt? Wie gewöhnlich, das weißt du doch, oder?, kommt er an, er schweigt, sagt kein Wort, ist angezogen wie ein Paradepferd, die Jacke eng und eine rote Nelke im Knopfloch. Er kommt, wies seine Gewohnheit ist, um mir zwischen die Schenkel zu schauen, um nachzusehen, ob ich ihn in der Zwischenzeit betrogen habe oder nicht. Und weils nicht so ist und weil die Spinngewebe unversehrt da sind, beginnen seine Augen zu lachen: Du erinnerst dich doch, oder?, wie seine Augen vor Aufgeblasenheit lachen, dann nimmt er die feuerrote Nelke aus dem Knopfloch und legt sie mir, dieser Schuft, an die bewusste Stelle, um sie zu parfümieren. Machst du dir das klar,

Ciccina? Er drückt mir sein Siegel auf, und jedes Mal ist es so: Er kontrolliert diese Stelle, und wenn er die Spinnengewebe dort unversehrt zittern sieht, lacht er aufgeblasen und benelkt mich. O nein, hab ich vor ein paar Nächten gesagt. O nein, mein wunderschöner Halunke. Willst du mir etwa mit all deinen Nelken, die du mitbringst, eine Girlande winden? O nein, hab ich ihm gesagt, die Girlande gebührt dir, toter Baffettuzzi. Erwarte dir, dass du diese Spinnengewebe, die dir so sehr schmeicheln, eines Nachts zerstört und zertrümmert vorfindest, du pomadisierter, du eitler Baffettuzzi, sowohl im Leben wie im Tod, zerstört und zertrümmert von einem, der aus dem Krieg heimkehrt, vom Ersten, der vorbeikommt und mir zusagt, von einem Matrosen, wenn dus wissen willst, von einem, der meiner Ansicht nach dir ähnlich sieht, wenn auch nur entfernt. Mit so einem rahme ich dich ein, einfach so, aus einer Laune heraus. Napule è china 'e femmine, eh? Neapel ist voller Weiber, was? Und voller Männer, was, ist es nicht? Heh, bist du nun endlich überzeugt, dass der Tote schweigt und der Lebende Leben zeigt? Oder hast du dir vorgestellt, ich würde mich da verpfropfen, den Schlitz zwischen den Schenkeln verpfropfen, mit Händevoll Salz und mich verpökeln, wie? Hattest du etwa gedacht, dass ich mir die Spinnengewebe wachsen lassen würde wie Efeu bis unter die Augen? Wieso sollte ich das? Musste ich dir denn treu sein peromniasäkulasäkulorum? Dir? Dir, du Gauner meines Lebens? Geh, geh schon, geh und werd zum Gerippe … Du beherrschst Ciccina Circé nicht mehr, vorbei die schönen Zeiten, Baffettuzzi … Hast du gehört, Ciccina, wie ich mit ihm geredet habe? Kurz angebunden, oder? Und willst du es glauben? Kein Tag war vergangen, und ich habe das, was ich ihm gesagt hatte, in die Tat umgesetzt, ich habe mein Wort gehalten.«

Und beim Reden hatte sie weiter mit den Fingerknöcheln an das Boot geklopft, ging rundherum, vom Bug zum Heck, als wär's Baffettuzzis Grab und würde mit dem Klopfen seine Aufmerksamkeit wachhalten, damit er ihr bis zuletzt zuhörte. Als sie aufgehört hatte zu klopfen, wandte sie sich ihm auf der anderen Seite des Bootes zu:

»Wisst Ihr, was das Einzige ist, das mir leidtut? Dass ich Euer Gesicht in all dieser Dunkelheit nicht sehen konnte. Habt Ihr nicht zufällig ein Cerino bei Euch?«

»O nein. Weder Zigaretten noch Cerini.«

»Nicht doch, lassts nur bleiben. Was wollt ihr auch in dieser Dunkelheit sehen?«, sagte sie eilig. »Schade.«

»Der Mond wird nicht immer verschwunden bleiben«, sagte er zu ihr. »Wenn

Ihr mir sagt, dass Ihr zurückkommt, genau an diese Stelle, beim ersten Mondviertel …«

»Ah«, sagte sie und stellte sich ungläubig. »Beim Mondviertel stelle ich mir Euch problematisch vor: Was will die Alte eigentlich?, werdet Ihr mir ohne jedes Erbarmen sagen.«

»Was wisst denn Ihr? Vielleicht stelle ich mir ja schon vor, wie Ihr seid, und Ihr gefallt mir, wie Ihr seid.«

»Das gleiche Gered wie alle«, sagte sie. »Alle Männer reden so. Sie kommen aus dem Krieg und stürzen sich mit geschlossenen Augen auf die erste Frau, die ihnen unterkommt. Wie eine Göttin kommt sie ihm vor, vielleicht auch noch eine Altärschige. Dann, wenn der erste Hunger gestillt ist, werden sie anspruchsvoll. Peuh, sagen sie, mit wem hab ich mich denn da eingelassen. Ich kann doch Besseres erwarten als diese Klepperhure da … So jetzt, so im Großen Weltkrieg und so in allen voraufgegangenen Kriegen …«

»Aber was wisst Ihr denn schon vom Großen Krieg? Ihr sagt die Alte, die Alte, doch ich glaube, im Großen Krieg, da wart Ihr noch Säugling …«

Sie brach in schallendes Gelächter aus, ganz spontan, überschäumend, genau wie man lacht, wenn einen das Lachen völlig unvorbereitet überkommt. Im Dunkeln war es ihm, auch wenn er sich nicht sicher war, dass sie sich über den Oberkörper fuhr und in ihren Lachanfällen wohl fühlte, was das Glöckchen nach außen trug, durch die Luft über das Meer. Das Dingding schien aus ihr selber zu kommen, mit dem Klingen der Glöckchen aus ihrem Hals, aus ihrer Brust, aus ihrem Herzen erfüllt, mit einem zarten, menschlichen Ton, halb trunken und halb wehmütig, und es war, als ob ihr mit dem Dingding, mit dem Kompliment des jungen Burschen von innen her ein Gefühl entstehen würde, ein Schmeichel, irgendein Echo womöglich des ersten, unerwarteten Dingdings der Liebe.

Als sie zu Ende gelacht hatte, bewegte sie sich stärker hin und her, beugte sich nach vorn und schüttelte ihre Zöpfe nach beiden Seiten. Das Glöckchen sandte ein wildes Geklingel von Dingdings hinaus, und die Feren da vorne, im vordersten Meer, reagierten auf der Stelle. Das Glöckchen schwieg sofort, denn sie hatte den Zopf hochgezogen und es in ihren Händen ganz schnell und voller Wut zum Verstummen gebracht. Danach stützte sie sich mit ihren Ellbogen auf den Bootsrand, und mit träger Stimme maulte sie ein bisschen über sich im Verhältnis zu ihm, ziemlich leidenschaftslos, wie eine, die sich, vom Leben längst entzaubert, keinen Illusionen mehr hingeben kann noch darf:

»Ach, Ciccina Circé, du Elende, du Miserable … Du Fellversengte, Betrogene, Geschändete, du machst dir, wie denn auch nicht?, immer noch Illusionen. Der junge Bursche da, er kehrt aus dem Krieg zurück, und das macht ihn großzügig mit der Ersten, die ihm als Weib in der Dunkelheit die Wildheit nahm. Das erste Mal, mit all seiner verkrusteten Lust, hielt er dich für Venus selbst. Aber probiers noch einmal, leg dich mit dem Gesicht nach oben auf den Sand, beim Mondviertel leg dich hin und du wirst hören, was er sagt: Du Klepperhure, meinst du etwa, ich käme ständig aus dem Krieg, schwanger mit ungebändigter Geilheit bis zum Rand?«

Dann geschah alles so plötzlich und schnell, dass es ihm gar nicht richtig bewusstwurde, wie sich die Dinge eigentlich abspielten.

Er hörte das Glöckchen krachend gegen das Boot schlagen, so, als ob sie es dagegengeworfen hätte. Er hatte das Geräusch der Schritte nicht wahrgenommen, die auf die Palmen zukamen, und begriff lediglich, dass sie sich wütend um sich selbst drehte. In diesem Augenblick jedoch drang aus dem Dunkel ringsum, ungefähr aus der Richtung der Alten Laterne, Marosas Stimme an sein Ohr und gleich darauf, als Antwort, die ihrer Mutter, und das erstaunte ihn einigermaßen, so wie es ihn erstaunt hätte, wenn er diese Stimmen, statt sie dort, hinter den Häusern von Charybdis zu hören, weit von dort entfernt gehört haben würde. Und es war dann ja auch eine Täuschung, dass er meinte, sie zu hören, als wäre er meilenweit von dort entfernt. Eigentlich war es ihm völlig entfallen, dass er wieder zurückgekehrt war und sich nun in Charybdis befand, als wäre es etwas, das man so ohne weiteres vergessen konnte. Marosa und Donna Rosalia kamen näher, die, statt im tiefsten Schlaf zu liegen, in dieser undurchdringlichen Dunkelheit herumirrten, beinahe so, als kämen sie eigens für ihn und brächten ihn wieder in die Wirklichkeit zurück … Konnte Ciccina Circé überhaupt wissen, wie sehr sie ihn entrückt hatte?

»Madre, Ma', so bleibt doch stehn …«, flehte Marosa ihre Mutter verärgert an und war vor lauter Wut den Tränen nahe. »Wohin wollt Ihr denn noch in diesem Dunkel? Euer Herz zerspringt Euch noch …«

»Es wird schon nicht zerspringen …«, antwortete ihre Mutter bereits dicht bei den Palmen. »Warte auf mich, ich bin gleich zurück. Ich will nur eben sicher gehn, ob ich hier bei den Palmen jemanden hab reden hören oder nicht.«

Marosa folgte ihrer Mutter von weitem, als würde sie nicht den Mut besitzen, sich mit ihr unter die Palmen zu wagen, wo das Dunkel noch undurchdringlicher war.

»Wer ist da?«, hauchte Donna Rosalia, als sie ungefähr unter der ersten Palme angekommen war. »Wer ist da? Ein Geist oder ein Christenmensch in Fleisch und Blut?«

Sie war zutiefst erschrocken, und ihre Stimme zitterte wie ein Blatt im Wind, bald steckte sie in ihrem Hals wie ein erstickter Schrei, bald kam sie fauchend hervor. Doch sie fasste ihren Mut zusammen und wagte sich vor, statt davonzulaufen, sie war ja gekommen, um mit den Gespenstern einen Schwatz zu halten.

Noch so eine, dachte er jetzt, noch so eine mit einem hauchzarten Herzen. Der hier ähnelt Ihr, was das Herz angeht, wollte er der Feminotin sagen. Ich weiß zwar nicht, ob Ihr ein hauchzartes Herz habt oder nicht, denn erst versagt Euer Herz, da sterbt Ihr allein schon beim Gedanken, dass Ihr die bleichen Menschen, die auf dem Meer hier herumtreiben, an Euer Boot klatschen hört, dann aber greift Ihr so in die Ruder, dass Ihr ein Pellesquadra sein könntet, mit kräftigen Handgelenken wie meine hier und einem Herzen, das nicht aus Fels ist, sondern aus Stahl. Und dann schleppt Ihr, ich weiß nicht wie, das Boot alleine aufs Trockene, und danach kämpft Ihr mit mir hier unter den Palmen einen so zerstörerischen Kampf, dass ich denken musste: Ist doch Seelengewinsel zu meinen, sie wäre herzkrank … Nur deshalb sag ich Euch, dass ichs bei Euch nicht weiß, nur deshalb sage ich, dass ich, nach allem, was ich Euch mit den Rudern hab machen sehen, meine Hand nicht ins Feuer lege, um zu entscheiden, ob Ihr ein so hauchzartes Herz habt, wie Ihr behauptet. Bei Rosalia Orioles dagegen weiß ichs, bei der Frau, die Ihr da hört, ich weiß, dass sie ein hauchzartes Herz hat, das jeden Augenblick zerspringen kann. Auch wenn sie ein bisschen füllig ist und keiner das wirklich wahrzunehmen scheint, hat sie ein hauchzartes, zusammengeschnürtes Herz, ein Spatzenherz, wies der Arzt auch Don Luigi gesagt hat, als er sie nach der Niederkunft mit Marosa hatte untersuchen lassen. Daher darf Donna Rosalia sich auch nicht im Geringsten überanstrengen, und so ist es Marosa, die, seit sie sechs oder sieben Jahre alt war, die häuslichen Geschäfte verrichtet. Und Donna Rosalia schaut ihr zu, als wäre sie die Tochter, sie schaut Marosa zu, still und friedvoll. Vielleicht macht es ihr sogar Mühe, ihr zuzuschaun, bei all dem Hin und Her, das Marosa veranstaltet, ähnlich einem Weberschiffchen, das unaufhörlich vor und zurück schnellt, dass es einem schwindelt im Kopf, ganz wie die Nähspule in einer Singer. Und hört sie Euch jetzt an, hört, wie auch sie rudert, hört nur, wie sie die Geister in diesem dichten Dunkel anredet, wie sie sich vorwagt, dass es scheint, ihr Spatzenherz wäre das eines Adlers geworden:

»Geist? Du bist doch ein Geist, oder?«, sagte Rosalia Orioles. »Kenne ich dich? Hast du hier gelebt, in Charybdis, in deinem sterblichen Körper? Gib dich mir, gib dich mir zu erkennen, wenn du kannst, gib mir ein Zeichen, damit ich dich erkenne.«

»Madre, Ma'«, rief Marosa sie jetzt aus größerer Nähe, doch Donna Rosalia schien zu beschäftigt, um auf ihre Tochter einzugehen.

»Geist, verbüßt du etwa eine Strafe in deinem neuen Reich? Bist du eine Seele aus dem Fegefeuer, du? Irrst du etwa herum, um deine Strafe zu verkürzen? Irrst du deshalb hier herum, wo vielleicht dein Körper lebte, um Gebete zu erbitten zur Erquickung deiner gepeinigten Seele? Sprich, Geist, sprich. Bist du vielleicht der Geist eines unserer jungen Männer, die im Krieg verschollen sind? Sags, zeig dein Wesen. Ich, die mit dir spricht, bin Rosalia Orioles, Frau von Luigi Orioles. Erinnerst du dich an Rosalia Orioles? Wenn du dich an sie erinnerst, dann weißt du, du kannst Rosalia Orioles blindlings vertrauen. Bist du etwa 'Ndrja Cambrìa? Bist du Duardo Cacciola? Oder Salvatorello Schirò? Oder Federico Scoma? Ach, Geist, wer bist du?« Sie wartete eine Weile, die Antwort kam nicht. Sie stieß einen Seufzer der Enttäuschung aus. »Nicht weiter schlimm, nicht weiter schlimm, mein Sohn, wenn du dein Wesen nicht zeigen kannst oder nicht zeigen willst. Für mich, mein Sohn, das weißt du, seid ihr alle gleich, und wenn du Gebete brauchst, ob Bekannter oder Unbekannter, ob Feind oder Freund, siehst du? Rosalia Orioles kniet nieder und spricht sie für dich, unverzüglich. Zur Erquickung deiner gepeinigten Seele, o Sohn, zur Erlangung ewigen Friedens …«

Vielleicht kniete sie ja wirklich nieder, denn sie sagte Oi, oi, oi, als würden ihre Gelenke schmerzen, doch da kam Marosa herbei und stieß wohl in dieser tiefen Dunkelheit gegen sie:

»Madre, Ma', seid Ihr denn verrückt geworden?«, fragte Marosa mit zusammengebissenen Zähnen. »Was macht Ihr hier auf den Knien? Mit wem redet Ihr?«

»Ach, meine Tochter, manchmal, also wirklich, wirklich, Marosa heißt du, wie die Sturzwelle, und manchmal enthüllst du dein Wesen, ein Schaumross, das keiner zurückhalten und bändigen kann. Na ja, wie sollte er denn jetzt nicht gegangen sein. Er war ja schon von Natur aus argwöhnisch, ein Wort, ein Zeichen konnte ich ihm nicht entreißen. Und jetzt erst, bei diesem Lärm, wer weiß da, wohin er geirrt ist …«

»Wer denn, Ma'? Von wem redet Ihr? Was wars, das Euch hierherzog?«

»Hier, hier, unter den Palmen, war eine gepeinigte Seele …«

»Was denn für eine Seele, Madre, was denn für eine Seele? Irgend so ein Scharlatan, irgend so ein Betrüger, die aufs Meer fahren und ihre Fische mit Bomben fangen …«

»Wenn ich dir doch aber sage, dass von hier, von den Palmen her ein Klagen kam, ein schleppendes Atmen. Irgendeine gepeinigte Seele wirds sein, sagte ich mir, und dachte dabei, dass nun bei Nacht mehr Seelen herumirren als lebendige Menschen …«

»Und zwei dieser Geister sind wir hier, Mutter und Tochter … Seht Ihr denn nicht? Ihr sprecht von einer Seele und sagt mir, sie hätte geatmet, sie hätte geklagt. Wie kann eine Seele denn atmen? Wollt Ihrs immer noch behaupten?«

»Ich, meine Tochter, und wenn ich einen Eid ablegen müsst, ich hatte diesen Eindruck: Es handelte sich um einen Geist. Jetzt, wenn ich das Für und das Wider abwäge, scheint meine Pflicht darin zu liegen, zu den Vätern zu gehen und sie darüber zu informieren, welchen Eindruck ich hatte, die Väter unserer jungen Männer, von denen einige unzweifelhaft starben wie Duardino Cacciola, und andere ein ungewisses Ende nahmen wie Enzuccio Schepis und Federico Scoma …«

»Oder wie 'Ndrja Cambrìa, los, sagts schon, Madre …«

»Oh, Marosa, Marosa, ich habe nicht einmal an 'Ndrja gedacht … Doch ich sagte mir, was ist schon Schlimmes dabei, wenn sie ihnen aus Zweifel und Sorge ein Licht entzünden, ein ganz schwaches, und es im Haus eines jeden dieser jungen Männer aufstellen? Was denkt denn eine arme Mutter? Sie denkt: Und was, wenn es stimmt, dass eine gepeinigte Seele hier draußen herumirrt? Doch behüte Gott, dass es der Geist meines Sohnes ist, der auf der Suche nach Frieden und Schutz herkommt und in diesem undurchdringlichen Dunkel das Haus seiner Mutter nicht findet, der sich nicht mehr auskennt und herumirrt, und seine Qualen kein Ende haben? Das denkt eine Mutter, und so entzündet sie ein Licht für ihn, richtet die Flamme ganz schwach und stellt sie ins Fensterchen, damit sie für die Seele wie ein Hinweiszeichen wirkt, denn sie wollen damit sagen, dass der Schein der Lampe sie anzieht, und die Seele beginnt, um die Lampe zu flattern wie ein Falter oder eine Schirokkomücke …«

»Madre, Ma', Ihr phantasiert vor Euch hin, dass man meinen könnt, Ihr wärt ein kleines Mädchen, bei den Jahren, die Ihr zählt … Doch wollen wir uns jetzt nicht wieder zurückziehen? Wie, Ma', wollen wir uns für heute Nacht nicht ausruhen? Habt Ihr nicht frische Luft geschnappt? Hat sich Euer Herz nicht belebt?«

»Ja, schon, meine Tochter, doch warte noch einen Augenblick, warte. Dort, dort, bei der letzten Palme, am Meeresufer, sag mir, Marosa, siehst du da nicht etwas Dunkles und Langes, als wärs ein Boot. Siehst dus denn nicht dort?«

»Was hab ich Euch gesagt, Madre, was?«, sagte Marosa wütend und aufgeschreckt. »Die Seele der Betrüger habt Ihr gehört, und in wenigen Augenblicken hören wir auch die Bomben … Doch was macht Ihr da jetzt? Wo geht Ihr jetzt hin?«

Donna Rosalia hatte sich aufgemacht, um herauszufinden, was dieses dunkle, lange Ding war. Wenn sie das Boot findet, dachte er, findet sie auch heraus, wer sich hinter ihm hingehockt hat. Ich muss mich schämen, wenn Donna Rosalia mich hier hinten entdeckt und sieht, dass ich zwar ein stummes, aber kein taubes Gespenst war … Und dann war da auch die sturzwellenartige Marosa: Er konnte sie sich genau vorstellen, falls sie ihn mit der Feminotin überrascht hätte. Ach, was für ein Schlamassel mit dieser Mutter und dieser Tochter.

Die Feminotin schien bis zu diesem Augenblick sogar den Atem zurückgehalten zu haben und fing an zu brodeln, sobald Donna Rosalia sich zum Boot aufgemacht hatte, sie stieß die Luft durch ihre Nase und verlor völlig die Ruhe. Von den Palmen kam ein Geräusch zu ihnen, als wäre Donna Rosalia mit den Füßen an die großen, vom Wind heruntergebrochenen Zweige gestoßen, die auf dem Sand verdorrten. Denn sie teilte Tritte aus, als müsste sie sich befreien, jetzt war sie nur einen Schritt noch von ihnen entfernt, sie hörten ihren schweren Atem, doch gerade noch rechtzeitig tauchte Marosa hinter ihr auf, hielt sie fest und machte sich mit Worten, Händen und Füßen zu schaffen, um sie von dort wegzuziehen.

Die Feminotin aber war über Donna Rosalias Ankunft in panische Angst geraten und schien jetzt den Kopf zu verlieren: Sie rebellionierte völlig unkontrolliert im ganzen Körper und stieß mit den Schultern kräftig gegen das Boot, das Hals über Kopf ins Wasser rutschte. Bei jedem zweiten oder dritten Schub hielt sie allerdings inne, drehte sich zur Seite, reckte den Hals und sagte »Huuuh«, und räusperte sich mit ihrem finsteren Geheul einer Sirene. »Huuuh, huuuh«, sagte sie wieder und ganz rücksichtslos, auch wenn sie ebenfalls deutlich gehört haben musste, wie Mutter und Tochter, nachdem sie voller Entsetzen wild über die trockenen Palmblätter getrappelt waren, als hätten sie sich nicht mehr zurechtgefunden, wie sie gefallen und wieder aufgestanden und am Ende so keuchend davongeeilt waren, dass man sie noch hören konnte, als sie die Alte Laterne längst erreicht hatten.

»Aber wieso nur?«, stieß er zwischen den Zähnen hervor, als er mit zwei Sätzen neben ihr war. »Wieso nur, per la madò, bei der Heiligenjungfrau? Wovor habt Ihr Angst? Es sind Mutter und Tochter, zwei anständige Frauenbilder, ich kenne sie.«

Doch sie gab auf keine Art zu verstehen, dass sie ihm überhaupt zugehört hatte. Da versuchte er ganz unvermittelt, sie bei den Zöpfen zu packen und sie aufzuhalten, doch genau in diesem Augenblick wurde ihm klar, dass er das nicht tat, damit sie ihm den Grund für ihr Tun nannte. Er wollte sie bei den Zöpfen packen, um sie daran zu hindern, aufs Meer hinauszufahren.

»Huuh, huuh«, sagte sie wieder und tat es, bis das Boot vom Uferrand glitt und sie ihm ins Wasser folgte, mit einer Hand fest am Boot. Sie gab ihm noch einen Ruck, um es vom Trockenen weg und zum Schwimmen zu bringen. Und als sie sich auf ihre langen Beine erhoben und sich auf das Boot gesetzt hatte, begann das Glöckchen an ihrem Zopfende wieder zu läuten und dingdingelingte alarmiert.

»So bleibt doch, bleibt doch«, sagte er und lief ihr mit Worten hinterher. Mit den Schuhspitzen rutschte er ins Wasser, er streckte den Arm zum Boot aus, doch erreichte er es nicht mehr: »Hinter Euch ist doch nicht die Finanz her, per la madò. Ich sage Euch doch, es sind zwei Frauenbilder, sie gehen bei uns ein und aus, nichts weiter als zwei Frauen. Sie werden Euch freundlich empfangen, wenn sie Euch sehen, Ehrenwort, ich kenne sie doch …«

»Peuh«, sagte sie voller Verachtung. »Frauen? Arschhockerinnen. Ihr lasst sie sitzend zurück und sitzend findet ihr sie wieder, selbst wenn die Welt untergeht, allesamt verdreckt von Fliegengeschiss. Peuh, ein glücklicher Menschenschlag, feistärschig … Zu denen kommt der Herr des Hauses, wenn er sich aufmacht, ganz sicher zurück. Um den Knöchel binden sie ihm ihren einzigen, elenden Gedanken, wie wenns eine Stahlkordel wäre. Fähig nur, an ihn zu denken, immerzu an ihn. Und sie lassen ihm so viel Raum, wie er braucht, und er kann sich sogar für frei halten. Doch wenn er sich anschickt zu laufen und wegzurennen oder wenn er sich anschickt zu bleiben, wo er gerne für immer bleiben möchte, dann spürt er, und wie!, die stählerne Fessel an seinem Fuß. Sklavinnen, immer gefüllte Krüge! Und doch erlauben sie sich den Luxus von Königinnen, den Luxus, ein Leben lang so viele herrliche Gefangene an die Kette zu binden. Peuh und nochmals peuh, Feistärsche am heimischen Herd. Sie tun nichts anderes, als Tag und Nacht darauf zu warten, dass er an die Türe klopft …«

Sie war am Bug sitzen geblieben, die langen Beine ragten aus dem Wasser, die Füße hingen im Wasser, so, als wäre das Boot voller Passagiere und sie hätte keinen Platz mehr gefunden. Auch die Zöpfe mussten außerhalb des Boots sein und hingen herunter, denn das Glöckchen schlug ans Boot, ein Dingding jetzt und eines später, womit sie absichtlich oder zufällig die Feren im Wasserbad köchelte.

Einige Augenblicke lang konnte er das Boot noch verfolgen, wie es, dicht am Ufer schaukelnd, langsam, ganz langsam wie ein großer Baumstamm in die Dunkelheit trieb. Sie hatte die Hände noch nicht an die Ruder gelegt, und das bedeutete, dass sie nicht zum anderen Ufer fuhr, sondern weiter nach Süden. Ungefähr fünfzig Meter weit, ganz dicht am Sandsaum entlang, der hinter den Palmen begann, war es ihm möglich, sie nicht aus den Augen zu verlieren und immer auf ihrer Höhe zu bleiben. Dann jedoch erfasste wohl die hinabziehende Strömung das Boot, denn es gewann an Fahrt: Im Nu entschwand es aus seinem Blick und löste sich in der unendlichen Dunkelheit auf.

»Wartet noch«, rief er und konnte nicht mehr an sich halten. »Wartet noch, Ciccina Circé. Geht nicht auf diese Weise, geht nicht im Groll.«

»Beruhigt Euch, aufrechter junger Mann, beruhigt Euch«, antwortete sie, und ihre spöttische, unwillfährige Stimme schien, wohl wegen der unendlichen Dunkelheit, sowohl vom Ufer als auch vom offenen Meer her zu kommen.

Und dann sagte sie noch in der für Ciccina Circé typischen Art des Hohns: »Habt Ihr etwa die Knöchel gelüpft? Habt Ihr die Fessel gespürt, die Euch hält? Habt Ihr gemerkt, wie sie sich spannte?«

Sie redete weiter, und er fühlte zu seinem Bedauern, wie ihr Gesicht sich bereits, und zwar rasend schnell, in seiner Erinnerung auflöste. In der Dunkelheit aber stieg klar und silbern das Dingding des Glöckchens auf, und es war, als würde das Boot schon in der Strömung gleiten und das Glöckchen am Bug den wogenden Feren das Dingding vorläuten.

»Ciccina Circé. Oh, Ciccina Circé«, rief er wieder, und er war überrascht, denn es war, als wäre seine Stimme von selbst seiner Brust entfahren und er würde sie wegen der tiefen Traurigkeit, die in ihr lag, nicht mehr wiedererkennen.

Und sie antwortete ihm, und auch das überraschte ihn. Und es überraschte ihn, wie sie ihm und was sie ihm antwortete. Sie antwortete ihm wie ein Schatten, ein angerufener Schatten, mit dem gewohnten Spott, doch mehr noch mit Trägheit, mit Langeweile, und sie antwortete ihm mit der Eigentümlichkeit eines nicht zu entschlüsselnden, dunklen Worts:

»Kalimera, kalimera …«

Was bedeutete das? Was für ein Wort war das? Etwa ein zänkisches? Von denen kannte sie doch sicher mehr als nur eines. So war nach all der Salbaderei, die ihn allein schon durchs Zuhören zum Schäumen gebracht hatte, ihr letztes Wort ein geheimnisvolles Wort für ihn. Er beließ es dann so, wie er es aufgenommen hatte: im gleichen Stil, ob es vor ihm auftauchte oder vor ihm entschwand. Wegen dieses Worts spürte er einen bitteren Geschmack im Mund, nicht wegen des Worts an und für sich, das möglicherweise gar nichts Wichtiges bedeutete. Er fühlte den bitteren Geschmack, weil es ihm vorkam, als hätte sie dieses Wort, das er niemals verstehen würde, einzig deshalb gesagt, um ihn ein bisschen zu frozzeln, ihn abzuwerten, wenn nicht gar ihn verächtlich zu machen.

Die Dunkelheit ertönte noch immer von einem fernen Dingding, ganz fein, wie ein heftig flatterndes Dingding, verlorene, erstickte Dingdings über einem von Finsternissen bedeckten Meer. Er dachte an das Glöckchen, das ihr auf den Pobacken herumtanzte, eingeflochten in die Zöpfe, und stellte sich vor, dass Ciccina Circé sich an die Ruder begeben hatte. Doch hörte er nicht, ob sie sie auf die Strömung klatschte und so eine Nabe bildete, um das Boot zu wenden und sich in die Gegenrichtung tragen zu lassen. Vielleicht fuhr sie ja weiter ins Jonische hinunter, vielleicht verließ sie auch die Meere zwischen Skylla und Charybdis, fuhr weit hinaus, auf Malta zu, vielleicht rief irgendwer oder irgendetwas sie ja dorthin, weit hinter Kalabrien. Er erinnerte sich an das Segel und fragte sich, ob sie es wohl schon aufgezogen hatte. Wahrscheinlich wollte sie die Zeit wieder einholen, die sie mit ihm und für ihn verloren hatte. Sie war nicht seinetwegen aufs Meer gefahren, wie sie behauptet hatte, und niemand konnte ihr das Gegenteil beweisen, doch dass sie für ihn diesen Umweg gemacht hatte, ihm zu Gefallen und zu ihrem Vergnügen, daran hatte er jetzt keinen Zweifel mehr. Doch vermochte er weder, sich dafür eine Prämie zuzuerkennen, noch es zu vergessen. Er fühlte sich, als wäre er auf halbem Weg zurückgelassen, als wäre seine Route auf unnatürliche Weise unterbrochen worden und er auf der erstbesten Insel gelandet, die ihnen begegnet war: Und dort vermochte er es mit der ganzen Kraft seines Körpers nicht, seinen Gedanken an Land zurückzuhalten.

Dann drangen von weitem, ungefähr von der Mitte her, wie durch den Effekt eines anschwellenden und zugleich abschwellenden Echos, das von ebendiesen Bastardellen der Strömung über die Grenzlinie zwischen den beiden Meeren getragen wurde, wieder vereinzelte Dingdings an sein Ohr, nur noch leise vernehmbar und in die große Dunkelheit tropfend wie Funken vor hellglänzenden Augen. Darunter dann hörte er, wie in eine Muschel gesogen und als finstere Musik ans Ohr gehalten, wieder das rauschende Heranwogen der Feren, die sich krümmten und wieder streckten, von Welle zu Welle mit ihrem seidigen Schwimmen eintauchten und wieder auftauchten, ihr Wogen wie Schlafwandlerinnen auf Kreuzfahrt mit der schwarzen, spitzenbesetzten Barke, mit dem am Bug oder an Ciccina Circés Zöpfen befestigten Glöckchen, die Feren, die sie mit sich durch die Meere von Skylla und Charybdis führte, und das zu ihrem Vergnügen oder, besser gesagt, ganz nach ihrer Laune: Sie führte sie auf ihre Weise und Unweise mit sich, sie führte sie dorthin, von Ufer zu Ufer, denn sie dorthin zu führen, von da nach dort, kam ihr gelegen, doch hätte sie sie auch bis ans Ende der Welt führen können, ans Leben gegürtet bis in den Tod, wie an einen Haarfaden, an ein Dingding aus nichts.

Ihm war, als würde er über ganze Meilen hinweg die Feren hören und das Meer unter ihnen, immer feiner und dunkler, immer verschwommener in der Stille der Nacht. Dann hörte er über der Stille nur das Dingding des Glöckchens, diesen Ton des Fingernagels über den Rand eines Glases; und er hörte es noch einmal, als dieses Glas sich mit Wasser zu füllen schien, als müsste es alles Wasser des Meeres in sich fassen. Und dann hörte er es noch einmal, auch als es um ihn herum, in der Luft, auf dem Meer, in der Nacht für seine Sinne nicht mehr wahrnehmbar war: Er hörte es wieder und wieder und hörte es weiterhin oder dachte, es zu hören, in seinem Ohr, drinnen, eingemuschelt, tonlos, als müsste er es nunmehr sein Leben lang hören.

Er ging um das Dorf, das wie ein Kneifzangenkopf angeordnet war. Er ging an der Strandseite hoch, durchs Zuckerröhricht dicht bei den Häusern, dann die Nordseite entlang, die vom Schilf begrenzt wurde, und als er endlich am Ende des Wegs angelangt war, sah er zu seiner Verwunderung, dass in dem Eckhaus, dem Haus seines Vaters, Licht brannte. Ob Donna Rosalia, fragte er sich, wirklich in die Häuser der im Krieg verschollenen jungen Männer geeilt war, um die Väter wissen zu lassen, dass da draußen eine gepeinigte Seele herumirrte? So musste, so konnte sie auch zu seinem Vater gekommen sein und ihm gesagt haben: Entzündet ein Licht für 'Ndrja, Don Caitanello. Wenn diese Seele 'Ndrja ist, werdet Ihr sie durch das Licht anziehen wie einen Falter. Schon, doch warum war in den anderen Häusern das Licht jetzt gelöscht und brannte nur hier?

An der hinteren Mauer drang das Licht durch einige Risse zwischen den Steinen, die es vorher nicht gegeben hatte, wie wenn durch einen Bombenabwurf oder ein Erdbeben der Mörtel abgeplatzt wäre und sich zwischen den gelockerten Steinen Löcher und Öffnungen gebildet hätten.

Instinktiv näherte er sich einer dieser Spalten mit dem Auge, und während er noch versuchte, seine Pupille zu schärfen, spürte er in der Nase ein Stechen von blutigem Geruch, herb und süßlich, von der gleichen Art wie dem, der im Ort der Feminoten durch Türen und Fenster gedrungen war, mit dem einzigen Unterschied, dass hier ein kalter Geruch von roher Fere herrschte und dort ein warmer, brodelnder Geruch von gekochter Fere. Er hätte nicht sagen können, ob er den Geruch drüben diesem hier vorziehen würde. Hier mischte sich in den schäumenden Geruch des Bluts noch der von Starkessig, der mit vollen Händen verteilt worden war und den Gestank dieses rohen Fleischs, das mürbe wurde, herauslöste und noch verstärkte.

Die Lampe stand auf dem Nachttisch, so, als sollte sie Licht auf den Boden vor dem Bett werfen. Er schärfte den Blick nach unten, gleich geradeaus, links vom Bett, und entdeckte das geflochtene Trockengitter mit dem Moscham, den großen Rundkorb und darauf die zerlegte Fere, nur das auf den Bauch gewendete Hinterviertel mit dem Weiß des zum großen Teil bereits gerieften, bluttriefenden Bauchs. Es war nicht zu glauben: Caitanello Cambrìa trocknete nun ebenfalls seinen Ferenteil.

Die Flamme der Lampe züngelte aus dem Glaszylinder und verrußte den Hals. Doch Caitanello regulierte sie nicht nach. Vielleicht war er mitten in der Arbeit in Schlaf gesunken, vielleicht schlief er ja auf der anderen Seite des Betts, wo er ihn aber nicht sehen konnte. Doch welchen Schlaf musste er haben? Schlimmer, viel schlimmer wohl noch als den seines Sohnes, musste man denken, wenn er in der Lage war, in diesem Zimmer einzuschlafen, in dem die Luft durch die Verbindung von Fere und Starkessig barbarisch gärte? Er, erstickt in diesem Gestank des frischen Schnitts der Fischbestie? Caitanello Cambrìa, ein Pellesquadra wie er, mit dieser tiefsitzenden Verachtung für die Fere, wäre so tief gesunken, sie sich ins Haus zu holen, sozusagen ins Bett, um Hintern an Hintern mit ihr zu schlafen? Das konnte er wirklich nicht begreifen.

Er hatte sich von der Öffnung zurückgezogen, doch dann, als er sich ihr wieder näherte, um zu schauen, fand er seinen Vater unmittelbar vor sich. Da stand er, vor ihm, sozusagen Auge in Auge, genau vor seinem Gesicht, mit dem Rücken zur Lampe, sein Umriss war vorne ganz dunkel, in einer rätselhaften Haltung, die ihn bestürzte. Dieser kleine Mann war ihm, wenn man ihn nach ihm gefragt hätte, eher unbekannt als bekannt. Aus diesem Grund vielleicht fühlte er sich nicht hin und her gerissen, als er seinen Vater nach so langer Zeit wiedersah.

Das Licht fiel auf seine Schultern, und am Hals verbreitete es sich wie zwei helle Scheuklappen, die sein Aussehen veränderten; denn durch den Kontrast dieser beiden Lichtbänder wirkte sein Gesicht wie die Maske des Alters, ganz von Falten durchfurcht und wie von Spinnweben überzogen. Das Dunkel sammelte sich vorne, eingezwängt zwischen die Lichtstreifen, und tilgte aus seinen Gesichtszügen jede Ähnlichkeit mit dem Leben. Wäre es nicht wegen des Feren- und des Essiggestanks gewesen, hätte er gesagt, er würde diesen Umriss nur träumen.

Außerdem war es, als wären die Rollen vertauscht worden, und es wäre sein unsichtbarer Vater, der ihn, den Sichtbaren, belauerte. Doch sein Vater betrachtete nur die beschädigte Wand: Er suchte nach den breitesten Rissen und verstopfte sie nach und nach, indem er mit einem Löffelgriff Stofffetzen hineinpresste, dafür auf einen Stuhl stieg, um die hoch oben beschädigten Stellen zu erreichen. Durch seinen Spion sah er ihn bedächtig, ganz bedächtig schaffen, Fetzen hineinstopfen und innehalten, um die Mauern mit gründlichem Blick abzusuchen. Einmal unterbrach er sich und stellte sich auf die Fersen neben dem Korb: Mit dem spitzen Schindermesser stieß er hier und da in die Fere, in den Bauch und den unteren Teil der Fluke, und sprengte dann aus einer Schüssel, die dabeistand, Starkessig über sie, damit sie ihn an den Stellen aufnahm, wo er eingestochen hatte: Schneidend breitete sich der Gestank in dem Zimmer aus, wie der Rauch eines brennenden Holzscheits, und durch die Öffnung erreichte er ihn vermischt mit einem stechenden Essiggeruch.

Danach rammte sein Vater das Schindermesser wie ein Hinweiszeichen in die weiße Haut, aus der glänzende, klebrige Blutstropfen quollen wie Mennigtropfen, als wollte er der Fere sagen: Warte auf mich, ich komme gleich wieder, geh ja nicht weg. Und sofort stürzte er sich mit Eifer auf ein paar Lappen und stopfte sie in die Risse, als würde er aufgrund einer mit sich selbst abgeschlossenen Wette die Forderung aufstellen, mit diesen Fetzen den stinkenden Aufruhr zu bändigen, indem er ihn im Schlafzimmer einschloss.

Wie es aussah, war es dieser Gestank, der ihn antrieb, ihn nicht nach draußen gelangen zu lassen, nicht das Licht, auch wenn der Gestank auf dem Kopfkissen verkrusten würde, auf das er seinen Kopf zum Schlaf legte. Wieso auch nicht? Seine Absicht konnte ja sein, die Sache geheim zu halten, den Gestank schon an der Quelle aufzuhalten, ihn daran zu hindern, aus dem Haus zu dringen und draußen überall zu verbreiten, dass Caitanello Cambrìa sich ergeben hatte und nun ebenfalls Bauchfleisch der Fere zu Moscham trocknete. Das konnte durchaus seine Absicht sein, wie denn auch nicht? ʻNdrja kannte seinen Charakter, sein Stil war eher das hier als die Einhaltung der Kriegsverdunklung.

Da war er also, und er zeigte nach wie vor etwas Eigenwilliges. Caitanello Cambrìa zeigte immer etwas Eigenwilliges, etwas Eigensinniges, gegenüber einem anderen, seiner Frau, seinem Sohn, einem Freund oder einem Schwertfisch, einem einzelnen oder einem ganzen Zug, oder gegenüber dem Wetter, der Jahreszeit, dem Mond oder der Sonne, den Strömungen oder den Winden, gegenüber der Windstille bei Schirokko, der Fere …

Er war von kleiner Statur, jedoch muskulös und robust wie ein junger Löwe, sein Kopf war groß, schnellte blitzartig herum und war hager, seine großen Augen blickten vermessen und treu wie die des furchtlosen, mutigen Astolfo, die Nase war schön und gerade, man betrachtete sie mit Gefallen. Für diese Nase hatte eine Dame des Roten Kreuzes eine wahre Leidenschaft entwickelt, als Caitanello während des Großen Kriegs im Hospital in Padua lag. Diese stark parfümierte edle Dame brachte ihm Zigaretten, Plätzchen und andere Süßigkeiten und kam ihn an jedem Tag seines Spitalaufenthalts besuchen: Und wenn sie kam, gab sie ihm nicht etwa die Hand, sondern nahm seine Nase in beide Hände und streichelte sie, schloss dabei die Augen und stieß Seufzer der Glückseligkeit aus.

Wenn er in bonis war, wenn er ruhig und ausgeglichen war, hatte das auf seine Statur keinen Einfluss, doch wenn er sich ärgerte und hartnäckig eine seiner Eigenheiten zeigen wollte, bäumte er sich auf, und in dieser nervösen Haltung von Rücken und Kopf vermittelte er den Eindruck, größer zu sein, als er war: Und weil er ein paar Eigenheiten beibehalten wollte, wirkte er wesentlich häufiger größer als kleiner.

Auch wenn er jetzt allerdings dieses stinkende Zeug unter seinen Händen hatte, wirkte es, nach dem, was 'Ndrja von der Gestalt seines Vaters sehen konnte, nicht, als zeige er seine aufgebäumte Statur, sondern war auf natürlicher Knochenlänge, und ein weißer Haarschopf fiel ihm wie der eines kleinen Jungen in die Stirn.

Indessen hatte er sich umgeschaut, als wäre er auf der Suche nach weiteren Stoffresten, hatte dann die Lampe vom Nachttisch genommen und den Schrank geöffnet, und dabei hatte der ovale Spiegel auf seiner Innenseite beim Schein der Flamme aufgeblitzt.

Caitanello stellte die Lampe auf den Nachttisch und machte sich im Schrank zu schaffen. Da sah er, und das ärgerte ihn sehr, wie sein Vater die auf Bügeln hängenden Kleider seiner Mutter herausholte, die sie noch selbst mit Splittern von Mottenkugeln in den Taschen dort untergebracht hatte.

Er konnte sich nicht erinnern, diese Kleider jemals an seiner Mutter gesehen zu haben, sie musste sie vor seiner Geburt getragen haben, wenn nicht gar noch vor ihrer Heirat, als sie ein junges Fräulein in Acireale war und bevor sie die Flucht und Entführung mit dem Charybdoten unternahm und ihm in diese Ecke Siziliens folgte. Es waren drei, ein blaues, ein violettes und ein grünliches mit weißen Rosen, alle drei im Pensionatsstil mit langen Ärmeln und geschlossenem Hals. Das violette hatte allerdings ein rosafarbenes Bändchen um den Hals, und das blaue war im Rücken leicht ausgeschnitten.

Nach ihrem Tod blieben die Kleider da, wo und wie sie waren, als sie noch lebte: über die Bügel gehängt, die Täschchen mit Mottenkugelstückchen gefüllt. Später hatte er entdeckt, dass sein Vater für den Nachschub an Mottenkugeln sorgte, und gewöhnlich war es Rosalia Orioles, die sie für ihn am Faro kaufte. Es war, wie wenn er überzeugt gewesen wäre, dass seine Acitana, es war nur eine Frage der Zeit, wieder zurückkommen würde: denn warum hätte er sich sonst so bemüht, Mottenkugeln in ihren Kleidern zu halten. In all den Jahren hatte er es auch nicht einmal geschehen lassen, dass die Kleider, nachdem die Stückchen aufgebraucht waren, ohne Mottenkugeln blieben. Solange er sich erinnerte, Mottenkugeln in die Taschen ihrer Kleider zu stecken, damit sie sie unbeschädigt und bereit zum Anziehen vorfände, waren die Hoffnungen, sie zurückkehren zu sehen, nicht gänzlich verloren. In seiner Vorstellung sollten die Kleider sie, seine Acitana, herbeirufen, so wie nach Ansicht von Rosalia Orioles das Licht im Fenster die gepeinigten Seelen anzog, die bei Nacht um die Häuser irrten, an den Orten, wo der Körper gewohnt hatte.

Sein Vater zog das violette Kleid heraus: mit der linken Hand hielt er die Lampe, umfasste den Stock des Bügels mit der rechten Hand unter dem Kleid, als würde er die enge Tallje seiner Frau drücken, und hob den Arm, als würde er sie um eine Kopflänge über sich erheben wollen, in Höhe der Gestalt, die sie offensichtlich hatte, und verhinderte damit gleichzeitig, dass das Kleid über den Boden streifte. Er schärfte den Blick, als würde er in die Ferne schauen, betrachtete wieder den Umriss aus violettem Stoff, und die zarte Gestalt der Acitana, hochgewachsen, biegsam wie eine Rotangpalme, an die dieses Kleid ihn wohl erinnerte, schien ihn noch immer mit Stolz zu erfüllen.

Doch das alleine war es nicht, was an der Art beeindruckte, wie er das violette Kleid hob und ins Licht hielt, damit man es wie eine Standarte betrachtete: Da seht Ihrs, schien er diesem und den beiden anderen Kleidern auch noch zu sagen, und das mit einem Ausdruck, als würde er ein Wunder beobachten, das Wunder ihrer Konservierung, der Krieg konnte euch nichts anhaben. Großstädte versanken, Stein um Stein, alles wurde zerstört, auch Dinge aus Stahl, Beton und Fels, nichts hielt den Bomben stand, selbst noch dieses Haus geriet aus den Fugen, doch ihr, ihr äußerst empfindlichen Stoffe, man sollte es nicht glauben, ihr habt nicht den geringsten Schaden genommen, nicht den geringsten Makel abbekommen …

Doch mit dem ›Ihr‹ wandte er sich an die Acitana, er redete nicht zu den Kleidern, sondern zur Gekleideten, sie war es, die er unversehrt wiederfand nach so viel Zertrümmerung, das bewunderte er, ganz sicher nicht die Kleider. Caitanello war nicht der Typ, diese Kleider auf Bügeln wie heilige Standarten anzuschauen, zusammengenäht mit den Reliquien der Kleider, die Jungfrauen und Märtyrer im Augenblick ihres Ablebens trugen. Räumte er denn ein, dass seine Acitana vom Tod weggeführt worden war? Darin schienen der Ort und der Augenblick ihm auf absonderliche Weise zu helfen, denn dieses Gemisch aus frischem Ferenblut und Essig, das dieses Zimmer umstülpte, kontrastierte mit jedem Gefühl von Tod, ja, erregte in der Luft sogar ein anmaßendes, wildes Gefühl von Leben, das sich nur durch den Umstand erklären ließ, dass es von der Fere kam.

Sein Vater nahm nacheinander die Kleider und legte sie aufs Bett, und zwar auf die Seite seiner Frau. Dabei half er sich jedes Mal mit dem Unterarm und verwandte größte Sorgfalt, als er sie dort auseinanderfaltete. Dann nahm er die rußende Lampe, regulierte die Flamme und strich mit ihr immer wieder über jedes dieser Kleider, von Kopf bis Fuß, als würde er sie genau erforschen. Am Ende hängte er das blaue Kleid und das grüne mit den weißen Rosen wieder in den Schrank zurück und ließ nur das violette draußen: violett mit ein paar rosa Tönen, wie ein Weinblatt im November, die es durchäderten. Unter der Lampe, zwischen Licht und Halbdunkel, sandte das Kleid ein Gefunkel aus, als würde der lebendige Mensch in ihm atmen: Caitanello, der sich darübergebeugt hatte, musste darin seine Acitana erkennen, als habe sie sich für einen Augenblick so aufs Bett gelegt wie sie war, angezogen und ohne eine Vertiefung in die Matratze zu machen, so wenig oder so nichts wog sie.

Anfangs schien er auf der Suche nach Stoffresten zu sein, jetzt aber sah es aus, als habe er keine andere Absicht, als hingebungsvoll zu bewundern. Oder aber er hatte bereits den Entschluss gefasst, das violette Kleid zu opfern, und bevor er es genau in diesem Augenblick tat, wollte er mit ihm der Acitana gedenken, das heißt, er gedachte des Kleides um der Person willen, die es getragen hatte. Doch es ging gar nicht um Gedenken, es ging um etwas, das weniger war und um etwas, das mehr war, denn sein Vater war im Begriff, etwas zu opfern, doch das war nicht das violette Kleid.

Er sah, wie er es bei den Schultern aufhob, es vor seine Augen hielt, es von sich entfernte und wieder näherte, den Kopf bald nach rechts und bald nach links neigte, und das alles ganz langsam. Da, da, jetzt opfert er es, dachte er wieder. Er untersucht genau, wo er es zuerst zerreißen kann. Es erinnert ihn an seine Frau, und weil er sich scheut, weicht er noch davor zurück. Doch was seine Erinnerung ihm eingab, musste sich wohl vor seinen Augen ziemlich eingetrübt haben, so viele Jahre waren in wenigen Kriegsjahren vergangen, und das, woran er sich erinnerte, war vielleicht nicht mehr so lebendig, nicht mehr so stark, um seine Hand aufzuhalten, die im Begriff war, violettes Kleid und violetten Umriss zu zerreißen.

Doch plötzlich nickte sein Vater zu dem violetten Kleid, wie wenn er sich und ihr sagen wollte, dass er es nun endlich in sein Blickfeld gerückt habe und es vom richtigen Standpunkt aus betrachte.

Wieder zog er das Kleid auf dem Bett lang, und wieder auf der Seite, auf der die Acitana geschlafen hatte; wieder griff er zur Lampe, wanderte ums Bett, und als er auf seine Seite kam, schob er mit dem linken Fuß den Korb mit der Viertel Fere vom Bett fort. Dann war es, als würde er unversehens von großer Müdigkeit erfasst, kniete vor dem Bett nieder, stellte die Lampe auf den Boden, stand wieder auf, und als er mit gesenktem Kopf auf dem Bettrand saß, nahm er fast schon schlafend oder tief in Gedanken versunken den Gürtel seiner Hose ab. An diesem Punkt beugte er sich unvermittelt vor, brachte sein Gesicht dicht an die Lampe, blies von oben auf sie und löschte sie.

Das hatte er nicht erwartet und wurde überrascht: er wandte den Blick von seinem Beobachtungsposten ab, doch es war zu spät. Er fühlte, wie er errötete, sein Gesicht glühte, Blut war hineingeschossen, und er hatte den deutlichen Eindruck, sein Vater habe ihm die Flamme der Lampe ins Gesicht geblasen, weil er bemerkt habe, dass draußen jemand seine geheiligte Intimität belauert hatte.

Er hörte die Bretter des Betts, die sich unter Caitanello bewegten, der sich hinlegte und auf die rechte Seite drehte. Er stieß ein erstes großes Stöhnen aus und röchelte dann so weiter, als hätte er auf dieser Seite eine frische, noch offene Wunde: allerdings eine so große, eine so todbringende, eine so unsterbliche Wunde, deren Qual für ihn so furchtbar und stark sein musste, dass er es an der einen oder anderen Stelle sogar für etwas Angenehmes halten konnte. Nicht nur zerriss sein Vater das violette Kleid nicht, sondern schien sich jetzt mit tiefer Inbrunst seiner Anbetung hinzugeben.

Bis zu diesem Augenblick war sein Vater jemand ganz Neuer für ihn, doch als er um das Haus herumging und auf den Sporn hinauswollte, brach Caitanellos Stimme so gewaltig hervor, als wäre er da drinnen nicht mehr alleine. Er redete jemanden an, als wäre dieser Jemand bis dahin im Dunkeln verborgen geblieben:

»Nasomangiato? Schnauzenzerfressene? Nasodicane? Hundsschnauzige?«, sagte er voller Verachtung.

Diese Anrede machte ihm sofort deutlich, wer da bei seinem Vater in dem dunklen Zimmer war, und das brachte seinen Atem zum Stocken und ließ ihn wütend in Tränen ausbrechen. Er fand ihn dort, wo er ihn verlassen hatte, als wäre er nur eben zwei oder drei Minuten fort gewesen, nicht drei Jahre, immer noch an der gleichen Stelle, alt geworden mit der Nasodicanemangiato, mit der Hundsschnauzenzerfressenen, diesem heiklen, raubautzigen Frauenbild, das kam und dieses Knochenrasseln veranstaltete, dass es einen schauderte. Sie kam immer alleine und ging immer in Gesellschaft von jemandem fort.

»Nasomangiato?«, redete er sie an und verhöhnte sie, wie er es immer tat. »Schon auf der Lauer, wie? Kann dir noch was schiefgehen, du dreckige Knochengestalt? Kaum hörst du, dass ich mich mit der Acitana unterhalten will, da machst du dich unverzüglich zu mir her, hörst mit der Geldzählerei auf und schon bist du da. Mach schon, Nasomangiato, los, komm, stemm dich gegen unser Gespräch, stemm dich dagegen, wenn du Mut hast, du Spielverderberin, komm doch und bescher uns den üblichen Streit …«

Er hatte Lust, sie herauszufordern, sie zu verspotten und sie, als höchsten Ausdruck seiner Verhöhnung, mit Nasomangiato oder Nasodicane zu betitulieren. Die da ließ nämlich Taten sprechen, keine Worte; sein Vater konnte mit ihr auch handgreiflich werden, sogar Mann gegen Mann mit ihr kämpfen, um sich bei der Unterhaltung mit seiner Acitana nicht stören zu lassen, doch hätte er ihr niemals auch nur ein Wort, das ein Wort war, aus dem Mund entreißen können.

»Hoh! Hörst du mich?«, fuhr er sie wieder an. »Los doch, gib mir ein Zeichen, dass du nicht da bist, dass du ihr, meiner Acitana, nicht auf den Fersen bist … Kenn ich dich etwa nicht, wie? Bist du nicht imstande, dich mit der blühenden Jugend abzugeben, die durch deine Hände geht, was? Bist du nicht imstande, die Blüte der jungen Männer zu zählen, die im Krieg den Tod gefunden haben, statt ihr nachzustellen, ihr, und sie bei den Haaren zu packen, sie, die arme Acitana?«

Hier ließ er jäh den spöttischen Ton fahren, die großmäulige, dreiste Haltung, und ganz verschlagen und diplomatisch wandte er sich so an Nasomangiato:

»Aber sag doch, meine Hochverehrtwerteste, befriedige meine Neugier, sofern du kannst. Warum hast dus auf sie abgesehen, eine Niemand doch, eine icksbeliebige Quilibet, eine, die sich mit nichts abgibt? Ein Frauenbild. Was für ein Vergnügen kann dir das machen? Ist sie denn eine Fürstin, eine Herzogin, dass du dich so an sie hängst und seit so langer Zeit schon? Wieso kannst du sie nicht vergessen, nicht einmal in diesen Zeiten, wo du doch mit dieser großartigen Erfindung des Krieges ins Gold eingetaucht bist? Wie ist es möglich, dass du dich mit einem Frauenbild prämiert hast, statt mit den vielen Mannsbildern im Krieg? Oder ist es etwa, weil dus immer noch nicht verwinden kannst, dass du nicht in der Lage bist, sie zurückzuhalten, wie? Wenn ich, nach so vielen Jahren, die du sie zu dir genommen hast, nicht einmal den Namen zu Ende gestöhnt und nicht einmal den Namen zu Ende gesprochen habe: Aci … die unerschrockene Acitana, die wirklich tapfere, die nichts mehr sieht und nichts mehr hört, ja, auch nichts mehr denkt. Und obwohl du ihr so viele Wachen zur Bewachung beigesellst, und obwohl dein unterirdisches Reich, wie es heißt, so dunkel und tief ist. Was werfe ich ihr denn zu? Einen Seufzer, ein Stöhnen, doch für sie ist es wie die oberste Spitze eines Schiffs, sie packt sie fest, und luftig steigt sie zu mir herauf, hierher, an meine Seite … Und du musst herkommen, Nasodicane, hierher, persönlich musst du dich herbemühen und sie beim Haarknoten fassen, wenn du sie nachher wieder mitnehmen willst, denn von selbst würde sie dir nie folgen. Und du bemühst dich hierher, lässt Haufen von kämpfenden Toten einfach fallen, kommst, auch um mich nur daran zu erinnern, dass die, die jetzt über die Acitana herrscht, du bist und nicht ich. Pro forma, Nasomangiato, pro forma … Ich pfeife ihr nach, und die Acitana verliert den Kopf, sie erkennt weder König noch Königreich an und flieht zum alten Zustand an diese Landspitze mit noch glühendem Gesicht. Doch du, du Miststück, was siehst du denn Schlimmes in diesen Gesprächen zwischen mir und meiner Frau, die man länger erklärt als führt? Heh, warum müssen wir sie dir mit den Zähnen entreißen, diese Bissen und Brocken von Unterredungen? Heh, was findest du so Skandalöses daran? Wer warst du denn, du Alb von Frau? Hast du je gelebt, oder bist du tot geboren, als Totengerippe, eigens geschaffen, um das zu sein, was du bist, heh?«

Danach wandelte sich die Stimme hinter der Häuserwand zum Gemurmel, ganz leise, vermischt mit Atemzügen und Seufzern, und dann erstarb sie.

Für ihn war das nichts Neues, und er wusste, dass dies für seinen Vater nur die Einleitung war. Das Schlimmste folgte, wenn für ihn die Acitana dorthin, in ihr beider Schlafzimmer kam, und hinter der flüchtigen Gefangenen dann, mit schlagender Trommel, ihre große Wächterin Nasodicanemangiato auftauchte.

Anfangs nämlich war weder die eine noch die andere dort. Damit jedoch die Acitana für ihn dort hinkommen konnte, war es so, dass Caitanello sich vorher unbedingt vorstellen musste, er würde sich mit Nasodicane unterhalten. Er musste an ihr vorbei, und wenn sie nicht kam, zwang er sie zu kommen.

Wenn sein Vater diese Haltung einnahm und durchhielt, war das für ihn in seiner Kindheit ein großes Mysterium. Doch warum, so fragte er sich, warum verbeißt er sich zuerst und betituliert sie als Nasomangiato? Schnauzenzerfressene? Nasodicane? Hundsschnauzige? Warum ruft er ihr zu, er wolle sich gerade mit der Acitana unterhalten, und regt sich dann auf, wenn sie wirklich kommt und die Schritte ihrer Gefangenen verfolgt? Warum stichelt er die schlafende Nasodicane?

Ganz zu Anfang waren diese Händel zwischen Caitanello und Nasodicane für ihn natürlich wahr und echt. Auch als er begriffen hatte, dass Nasodicane eins war mit der Tödin, glaubte er noch lange Zeit, dass die Tödin des Nachts persönlich am Bett seines Vaters erschien, und glaubte so fest daran, dass es ihm vorkam, als würde Caitanello, der große Furchtlose, jedes Mal das ungeheuerliche Spiel riskieren, sie mit schlimmen Namen zu belegen, sie herauszufordern und ihr in die Ohren zu beißen.

Er bog um die Ecke, ging aber nicht an der Türe vorbei, sondern machte sich unmittelbar zum Landsporn auf. Dabei versuchte er, so wenig Geräusche wie möglich zu machen, und entfernte sich vom Haus. Er wollte einmal das Dorf umrunden und dabei zum Hafen hinuntergehen und hinter den Häusern wieder hochsteigen, bis hin zum Röhricht. Er wollte seinem Vater diese Ruhepause gönnen, er gestand ihm die Zeit zu, die man für die Umrundung des kneifzangenkopfähnlichen Dorfs brauchte, die Zeit, um das Werk zum Abschluss zu bringen, ohne ein Ende zu finden.

Er ging aufs Geratewohl in der Dunkelheit herum, die Füße trugen ihn von alleine, ganz so wie eine Seele, die an die Orte zurückkehrt, wo ihr Körper war, auf den Korallenstein des Landsporns, auf den Sand und auf die Kiesel der Hafenbucht, auf den Lehm des Strandes, zwischen dem Binsengras, dem Zuckerrohr, dem Rauschen im Röhricht …

Per la Madò, sagte er zu sich selbst, bei der Heiligenjungfrau, bei allem, was geschehen ist und noch geschieht, befand er sich immer noch an diesem gestrigen Punkt, drei Personen in einer. Per la Madò, er fand ihn immer noch in diesem Delirium vor, das ihn mit dem ersten Schlaf erfasst hatte, und anfangs hätte man gemeint, es wären Attacken des Malta-Fiebers, das ihn verzehrte, kaum dass er die Augen zumachte. Doch dass es sich um das Malta-Fieber handeln würde, konnten nur die Pellisquadre denken, die ihn bei Tag sahen und sahen, wie er sich über Nacht veränderte, und sie sprachen untereinander, dass Caitanello unbedingt ein paar Chinintabletten nehmen müsse. Doch er war bei ihm zu Hause, er hörte ihn bei Nacht und wusste, dass diese Art von Fieber nicht mit Chinin geheilt werden konnte, dass es ihn in zwei aufeinanderfolgenden Nächten dazu trieb, zu höhnen und zu rasen, wie wenn er mit jemandem im Streit läge.

Ursache all dessen musste wohl der Umstand sein, dass Caitanello nicht da war, als die Acitana starb. Vater und Sohn waren mit den Pellisquadre zum Golfo dell'Aria hinaufgerudert, in ein Unwetter geraten und auf die Inseln geschleudert worden. Von Panarea waren sie nach Milazzo gebracht worden, von hier nach Messina, und von hier waren sie dann zu ihren Häusern zurückgekehrt: Inzwischen waren einige Tage vergangen, und in dieser Zeit war die Acitana niedergekommen und sie und ihr Neugeborenes waren gestorben. Caitanello war also eingetroffen, als alles bereits geschehen war, er hatte sie also nicht sterben sehen, und für ihn war seine Acitana gestorben und doch nicht tot.

In den ersten Tagen konnte er kein Wort sprechen. Schweigend fuhr er aufs Meer und kam wieder zurück, und nicht ein einziges Mal wandte er den Blick zu den Palmen, zur sandigen Umwallung, die den Charybdoten als Friedhof diente. Die ersten Nächte verbrachte er vor der Türe sitzend, das Haus betrat er eigentlich nicht. Allenfalls, damit er, 'Ndrja, die Kälte nicht spüren sollte, der schon schlief, verschloss er die Türe vor dem Küchenschrank und verkroch sich dahinter wie ein Beduine.

Doch nach sechs oder sieben Tagen, an denen er immer wieder diese Geschichte veranstaltete, sprach er eines Nachts, als er auf der Türschwelle, entkräftet von Müdigkeit, in Schlaf gefallen war, ganz leise mit ihm, wie um ihn glauben zu lassen, dass er träumen würde, er hob ihn auf, legte seine Arme um Caitanellos Hüften, führte ihn die wenigen Schritte immer noch wie im Traum, und legte ihn aufs Bett. Er schlief, doch gegen Anbruch des Tags, als es draußen noch Nacht war, hörte er durch die Trennwand, wie er rief:

»Acitana? Acitana?«

Er rief nach ihr mit einem winzigen Schimmer von Hoffnung, doch mit einem Herzen, hinter dem die Stimme erstarb, nach und nach wohl, wie er sich erinnerte, dass dieser Name ihm nichts mehr vor Augen stellen würde. Dann war er aus dem Bett gestiegen, hatte die Lampe entzündet und in dem Licht das Zimmer durchsucht, danach hatte er das Fensterchen geöffnet und das Licht sich in die Gasse und ins Röhricht ergießen lassen. Am Ende war er ins Vorzimmer gekommen, hatte die Lampe etwas über ihn gehoben, der seine Augen geschlossen hielt, und sich dann in die Türe gestellt und von dort noch einmal gerufen: »Acitana? Acitana?«, mit tränenerstickter Stimme und einer ganz eigentümlichen, schrecklichen Wut, einer hoffnungslosen Raserei. Es war das Ende der Welt, der Tod von allen und allem.

Hinter dem Rücken seines Vaters, der in den Wind rief: Acitana? Acitana?, bebte ihm, dem kleinen Jungen, das Herz beim Gedanken, dass Caitanello, wenn er ins Zimmer zurückkäme und den Blick wieder auf ihn senken würde, sich vielleicht fragen könnte, warum dieser Rotzjunge noch lebte wie er, wo doch die ganze Welt tot war.

An diesem Morgen war er zu Donna Cristina Schirò gegangen, die der Acitana bis zuletzt beigestanden hatte.

»Litt sie?«, hatte er sie gefragt, und das war seine ganze Erwähnung des Todes.

Donna Cristina hatte ihn in dieser Hinsicht beruhigt, denn sie sagte ihm, die Acitana sei ganz plötzlich und unerwartet gestorben, sie habe nicht einmal Zeit gehabt, ihre Farbe zu verlieren. Sie habe lediglich gesagt: Oh, was für ein Stechen, und die Hand nach links geführt. Sie alle hätten an eine entzündete Brust gedacht, an eine Flockung der Milch, doch in Wirklichkeit war's das Herz, das stillstand, und so war sie gestorben.

»Sie lebte und starb. Der Tod nahm sie fort wie ein Dieb, der vorbeizieht und zuschnappt«, hatte die Wehmutter ihm zuletzt noch gesagt.

»Hat sie denn nichts mehr gesagt?«, wollte Caitanello noch wissen.

»Ich sagte es Euch schon. Sie sagte oh, was für ein Stechen.«

»Und anderes nicht? Nur oh, was für ein Stechen?«

»Ah, doch, doch«, hatte Donna Cristina dann gesagt. »Fast hätt ichs vergessen.« Sie konzentrierte sich und schien ihm die genauen Worte der Acitana zu wiederholen: »Aitano, Aitano, mein Herr und mein Herrscher, wo bist du? Du bist weit weg auf dem Meer, und hier ist einer, der dir dein Reich zerstört: mein Herz.«

Das entsprach zwar nicht der Wahrheit, die Acitana hatte lediglich Zeit zu sterben, doch Caitanello erwartete etwas von dieser Art, und die von Mitleid erfüllte Wehmutter hatte ihr diese liebenden Worte in den Mund gelegt, bei denen er nichts zeigte, doch muss er über sie in einen Taumel geraten sein.

Er aber, nicht zufrieden damit, fragte sie noch anderes.

»Und Ihr sagt mir, sie habe nicht ihre Farbe verloren? Ihr sagt mir, dass ich mich an sie erinnern darf, wie schön sie war bis zuletzt?«

»Bis zuletzt und darüber hinaus. Schön wie damals, als Ihr sie hierhergebracht habt von Aci, und wir bekreuzigten uns mit der linken Hand, wie es nur sein konnte, dass diese Schöne von Acireale für einen Orangutango wie Caitanello Cambrìa hinschmolz.«

Caitanello hatte die Augen niedergeschlagen und war eine Weile so stehen geblieben, in sein Inneres zurückgezogen, als würde er die Acitana wiedersehen, mit rückwärts, in ihrer beider Vergangenheit gewandten Augen.

Donna Cristina, die kleiner war als er, eine Zwergin ganz aus Kopf, sah nur das Weiß seiner Augen, so, als würde er die Pupillen tatsächlich unter den Augenlidern nach hinten gewandt haben. Um seinen tiefen Schmerz ihrem Urteil nach zu erleichtern, hatte sie in Richtung Palmen gedeutet, die sich vor diesem langen Rechteck aus Sand und Schilfrohrumzäunung wiegten, das man von weitem für ein ganz normales Melonenfeld halten konnte, in Wirklichkeit aber ein Christenfeld war.

»Wisst Ihr, zu wem wir sie gebettet haben?«, fragte sie. »Zu Lucia Pantò und Savina Licandro. Erinnert Ihr Euch, wie gut sie sich miteinander verstanden? Ist das nicht ein guter Gedanke gewesen?«

Doch Caitanello hatte gar nicht zu den Palmen hinübergeblickt, er hatte auch nicht auf Donna Cristina geblickt, er hatte auf gar nichts Vorhandenes geblickt, im Gegenteil, er hatte eine Art Tick an den Augen, weil er sie mit aller Macht noch weiter unter die Augenlider drehen wollte. Donna Cristina kannte auch diesen Typ, den, der in allem die Oberhand behalten wollte. Doch war das denn etwas, bei dem man die Oberhand behalten musste? Sie hatte nicht einmal im Entferntesten daran gedacht, dass Caitanello an einen derartigen Punkt gelangt war, sie stellte sich nicht einmal im Traum vor, dass er die Dinge, die sie ihm so besorgt und teilnahmsvoll mitteilte, nicht nur nicht zu erfahren wünschte, sondern dass sie ihm sogar ernüchternd und abstoßend vorkamen.

Und weil sie darüber in Unkenntnis war, erzählte sie ihm zu allem Überfluss auch noch von dem Sarg. Sie sagte, dass sie sich auch für die Acitana des Holzes der Polara bedient hätten, die sie im vergangenen Sommer abgetakelt und in die Nähe der Alten Laterne gezogen hatten, da, wo der Sandstrand anfing.

Doch war sie nicht dazu bestimmt, sich einzusanden, denn sie tropfte noch, und sofort hatten sie damit begonnen, sie auseinanderzunehmen, um einen Sarg für die alte Tana Chillemi zu zimmern.

»Es war ein gutes Holz, schöner Maulbeerbaum«, fügte sie hinzu, um die Sache abzuschließen. »Der Sarg Eurer Amalia war wirklich ein sauberes Stück.«

Nahezu instinktiv hatte Caitanello da seine Augen wieder geöffnet und einen finsteren Blick nach rechts geworfen, rechts von Donna Cristinas Haus, zum Binsengras unter der Laterne, wo man erkennen konnte, was von der Karkasse der Polara übrig geblieben war, das Steuerrad, der Bodenzapfen und ein paar Querverstrebungen der Beplankung.

Donna Cristina hatte gedacht, er würde über das Boot nachsinnen, das man seiner Ausstattung aus Maulbeerbaumholz entkleidet und diese den Toten gegeben hatte. Und ihrer Meinung nach war es wirklich schade, dass man dies nicht immer tat, denn es war nur gerecht und natürlich, sofern es stimmte, dass die Toten im Boot zu dem Ort fahren, an den sie gelangen müssen.

»Was, Don Caitanello?«, hatte sie zu ihm gesagt, während er dort hinüberstarrte. »Wer hätte es sich vorstellen können, dass diese Bootsplanken in der Lage wären, eine Alte, eine Verheiratete und eine junge Frau an Bord zu nehmen, nämlich Tina Chillemi, Melina Currò und Eure Amalia … Fast sieht es so aus, als hätten sie sie wie einen Musterkatalog aller Lebensalter an Bord genommen, die wir Frauen darstellen, oder?«

Caitanello tat immer noch so, als wäre er taub und stumm, nur wandte er den Blick von der Karkasse weg aufs Meer.

Und als würde sie immer noch dieser Vorstellung von einer Reise folgen, hatte Donna Cristina hier den Körper beiseitegelassen und die Seele aufgenommen. Sie hatte sich vorgewagt, das wusste sie sehr genau, vor allem bei einem Menschen wie Caitanello Cambrìa, denn die Pellisquadre nahmen sich alle sehr in Acht beim Wort Seele, als wäre sie ein schwarzer Sack ohne Ende, und diesen Sack würde man ihnen über den Kopf stülpen und sie in die Falle stecken.

»Und was die Seele angeht«, hatte sie zu ihm gesagt, »da müsst Ihr Euch keine Gedanken machen. Wir haben alles so gemacht, wie die Pflicht es verlangt. Als der Augenblick gekommen war, haben ich, Rosalia Orioles und Stena Palamara keine Zeit verloren: Ich habe den Spiegel des Kleiderschranks verhangen, damit sie sich dort nicht einprägte, Rosalia öffnete das hintere Fensterchen und Stena sperrte die Türe weit auf. Und gleichzeitig sprachen wir alle drei nur mit den Lippen ihr hinterher: Zieh, Amalias Seele, zieh frei hinaus …«

Nur Caitanello wusste, ob er ihr noch zuhörte oder nicht. Sein Blick war weiterhin aufs Meer gerichtet, wie wenn er auf dem Mast des Ontro säße und das Meer beobachtete, und wenn er nicht zu verstehen gab, dass es ihm angenehm war, so gab er auch nicht zu verstehen, dass es ihm unangenehm war. Und Donna Cristina, die ganz knapp davor gestanden hatte, Nonne zu werden, dann allerdings fortgelaufen war, als sie schon kurzgeschorenes Haar hatte, hatte den Augenblick genutzt, um ihm eine ihrer Meinung nach noch stärkere Dosis Seele zu verabreichen. Stärker, aber auch annehmlicher, weil glaubhafter, denn für einen Pellesquadra konnte es nichts Annehmliches geben, das nicht von vornherein auch etwas Glaubhaftes besaß. Ihrer Ansicht nach musste man sie den Pellisquadre ihrem eigenen Geschmack entsprechend vorsetzen, damit sie ihnen zusagte, wie etwas Alltägliches, etwas, das ihre Augen sahen und ihre Hände berührten. Und was konnte das sein, wenn nicht der Fisch? Wenn die Seele ihm also in Gestalt eines Fischs präsentiert wurde, musste sie ihm ganz fraglos zusagen. Außerdem hatten sie es auch einmal zu verstehen gegeben, dass die Seele, wenn sie ihnen in Gestalt eines Fischs präsentiert würde, sie nicht durcheinanderbrächte, sie verschlösse sie nicht oder richtete bei ihnen die Stacheln auf wie Seeigel …

Eigentlich war die Sache mit der Seele als Fisch, als Schwalbenfisch, um genau zu sein, keine Erfindung von Donna Cristina Schirò. Wer darüber als Erster gesprochen und als Erster Erfahrung damit gemacht hatte, war Simone Gaspiroso. Sicher musste Don Caitanello sich an Simone Gaspiroso erinnern können. Die, die ein gewisses Alter hatten, erinnerten sich alle an ihn, ganz zwangsläufig mussten sie sich seiner erinnern, auch wenn es nur aus diesem Grund war, dass sie sich an ihn erinnerten. Genaugenommen hätte man gar glauben müssen, dass sein exzentrisches Wesen ihm nur dazu gedient hat, diese Erinnerung in Gestalt eines Schwalbenfischs zu hinterlassen, der an ihn erinnern sollte.

Schon seit achtzehnhundertsechzig war Simone Gaspiroso auf den Meeren herumgefahren. Im sechziger Jahr, als er erst vierzehn Jahre alt war, war an dieser Spitze von Sizilien Garibaldi wie ein Sturmwind angelangt, und nach diesem Sturmwind hatte man den Jungen nie mehr gesehen. Es hieß, aber das war durchaus nicht sicher, dass Simone einer von denen war, die für Garibaldi den Lotsen gemacht hätten, damit er sich mit seinen Schiffen nicht in dem Gewirr der Strömungen und der Nelkenstrudel verhedderte. Doch einmal in Melito, erfuhr man nie, welches Ende ihn ereilt hatte: Seine Spuren verloren sich, und fünfzig Jahre lang kam von ihm nicht eine Postkarte an, nicht ein einziges Lebenszeichen. Sein Vater und seine Mutter starben, auch seine Schwester Caterina starb, und die einzige Verwandte, die ihm blieb, war die Tochter dieser Schwester, und die hieß Isabella: Isabella heiratete Ninai Scarfi, und sie waren Vater und Mutter des jetzigen Jano Scarfi.

Mit einem Wort, alle hätten geschworen, dass Simone Gaspiroso wer weiß wann gestorben und wer weiß wo beerdigt war. Doch dann war er gegen neunzehnhundertneun oder neunzehnhundertzehn wieder aufgetaucht, jedenfalls kurz nach dem Achtundzwanzigstendezember, als hätte er dieses schrecklichen Erdbebens bedurft, um sich daran zu erinnern, wo und von wem er geboren worden war. Ohne jede Vorankündigung war er wieder aufgetaucht, sonnengebräunt, von hagerer Gestalt, mit einer Argentinierin, in Seemannshose und Tennisschuhen, eigentlich mehr wie ein Junge gekleidet, der anheuern will, als ein Matrose, der endlich abheuert und mit weißen Haaren nach Hause geht.

Er suchte seine Schwester Caterina und fand die Tochter seiner Schwester vor. Isabella und Ninai Scarfi empfingen ihn freundlich wie einen wiederauferstandenen Verwandten, doch war es nur natürlich, dass sie eigentlich das Empfinden hatten, einen Fremden in ihr Haus aufgenommen zu haben, denn wenn er zufällig jemand anderer gewesen wäre, als der, für den er sich ausgab, hätten sie dies niemals gemerkt.

Simone Gaspiroso kehrte jedenfalls mit seinem bereits vorbereiteten und bevorstehenden, schon in Reichweite herangerückten Tod zurück, als hätte er ihn in seinem Rucksack, den er über der Schulter trug und der sein ganzes Gepäck war. In diesem Rucksack hatte er einen wunderschönen dunkelblauen Anzug, ein weißes Hemd, eine Fliege von der gleichen Farbe des Anzugs und ein Paar Lackschuhe, wie sie noch keiner je gesehen hatte: Das war seine Ausstattung für den Tod, alles Dinge, die er vor seiner Abreise in San Francisco gekauft hatte. Er sagte seiner Nichte, dass es sinnlos sei, sie wegzupacken, besser sei es, sie auf einem Stuhl neben seinem Bett zu lassen, weil er sie ja jeden Augenblick nötig haben könnte, wie er sagte.

Es war, als hätte er seinen Tod während der Monate, in denen er auf Reisen war, in der Schwebe gehalten, bis er an seinen Bestimmungsort gelangt wäre. Und einmal dort angekommen, bis man ihm diesen Schwalbenfisch gefangen hätte, von dem er sprach: Dann erst würde zur Vollendung seines Todes nicht mehr das Geringste fehlen.

Spille und Wille hatte es gebraucht, um das aus seinem Mund zu entschlüsseln, was dort für alle eine nicht zu entschlüsselnde Neuigkeit war, wohingegen es für ihn etwas ganz Schlichtes und Gewöhnliches darstellte. Er sprach eine Sprache, die ein frittiertes Allerlei, ein Pottpurri war, wie das, was andere wie er sprachen, die sich ein ganzes Leben lang hatten anheuern lassen, deren Schiffe ihre Heimat, ihr Haus und ihre Familie waren und zur Gesellschaft an Bord und zu Gesellen in den Häfen Seeleute jeglicher Rasse und Sprache haben. Wenn sie schließlich abheuern, sind sie wie Simone Gaspiroso und finden sich nicht einmal mehr mit ihrer Sprache zurecht. Doch dort, untereinander, ist es ein wunderbares Geheimnis, wie leicht sie sich verständigen können. Signor Cama, der einer von ihnen war, denn er war dreißig Jahre über die Meere gefahren, bevor er als Strandaufseher nach Charybdis kam, prahlte immer damit, dass er, Amerikaner, Franzosen oder Deutsche immer nur zwei Wörter Amerikanisch und zwei Sizilianisch brauchten, um sich mit jedem, wer es auch war, zu verständigen, mehr noch, wenn er nicht das Sizilianische einbrachte, verstanden sie ihn gar nicht. Und es genügte ihm, um ein Beispiel zu liefern, wenn er sagte, dass er damals, als sie in Schanghai mit einem schwierigen Problem beschäftigt waren, es für bestimmte englische, portugiesische und chinesische Seeleute folgendermaßen zusammenfasste: Papa als Pope ol so rait, doch Papa als King, ke Nickinacki? Und weil sie völlig einverstanden waren, gaben sie ihm sogar einen aus.

Auf jede nur erdenkliche Weise interpretierten sie nach Tagen und Tagen die Kabbala, die er redete und sich dabei mehr mit Bewegungen und Grimassen half als mit Worten, auch wenn das nachher für sie immer noch Kabbala war, was die verborgensten Bedeutungen betraf.

Es ging um dies: Wenn er stürbe, sie sollten gut achtgeben, wünschte er nicht, dass sie ihm zwischen die Lippen diese Schweinerei von Saubohne stopften, die doch bloß einen Wurm entwickelte, dann den kleinen Falter, der auf und davon fliegt, noch auch Münzen in seine Hand geben, um die Überfahrt zu zahlen, denn weil er das im Leben nie gemacht hatte, war er nicht bereit, es nun im Tod zu tun. Saubohne und Münzen, wollte er sagen, die es als Brauch hier und da auf der Welt gibt, und Saubohne und Münzen sagte er zu ihnen, für den Fall, dass sie hier den Brauch von Saubohnen und Münzen übten, und es war deutlich, dass er sich nicht mehr daran erinnerte.

»Was mich angeht«, hatte er zu Ninai Scarfi gesagt, »wenn du einen Schwalbenfisch siehst, fang ihn für mich. Sei es heute, sei es morgen, doch wenn du ihn fängst, wird das der Tag meines Todes sein. Fang ein Weibchen, nimm seine

Eier und streich mir etwas davon zwischen die Lippen. Von allen Fischen des Meeres ist es nurmehr dieser eine, der mir nützt, denn er hat Flügel. Meine Seele kann, wenn sie will, davon profitieren. Sie hat Flügel und fliegt, wenn sie fliegen soll, sie hat Flossen und schwimmt, wenn sie schwimmen soll. Im Angesicht dieses unendlichen Meers brauche ich nur den Schwalbenfisch.«

Wie er es sagte, so tat man's und so war's. Als würde er über den Augenblick entscheiden, hielt er den Atem an und starb, als sein Neffe Ninai den Schwalbenfisch gefunden hatte. Zuvor aber hatten sie richtigerweise gedacht, dass, wenn er einen geflügelten Fisch haben wollte, der Langflossenthun tausend Schwalbenfische ausmachen und ihm viel mehr entgegenkommen würde, doch davon hatte er überhaupt nichts hören wollen. Glücklicherweise aber fingen zwei Jungs von Spadafòra eine Handvoll dieser fliegenden Fische, und weil sich die Kunde verbreitet hatte, brachten sie sie zu Ninai Scarfì. Nun waren diese beiden Jungs noch auf dem Meer, und Don Simone Gaspiroso starb, so wie er es festgelegt hatte: Seine Lippen waren noch warm, als seine Nichte Isabella den unsichtbaren, durchsichtigen Rogen über sie strich, die auf den Lippen aussahen wie Bläschen seines Speichels.

Vielleicht war es die Art, wie er sich nach eigenem Belieben am Leben hielt, solange er den Schwalbenfisch nicht hatte, dass die Pellisquadre dieser Neuigkeit Aufmerksamkeit schenkten, über sie nachdachten und durchaus einiges fanden, das ihnen begründet schien. Der Schwalbenfisch ist nämlich ein kleiner Fisch, der in erster Linie Blicke auf sich zieht. Man muss sich ihn als eine Art große Sardine vorstellen, nur dass er weiß und dunkelblau ist und Flossen hat, die er zusätzlich als Flügel einsetzen kann; weil er nicht immer im Wasser ist und über weite Strecken fliegt, ist es, wenn er in Schwärmen auftritt, ein Schauspiel, das man ansehen und anhören muss, ein leiser Wind, schwarz und weiß, dicht über dem Wasser, der summt. Sein Fleisch allerdings ist, wenngleich auch zart, glatt und laff und von strohigem Geschmack. Der Fischer verliert keine Zeit mit ihm, denn dieser Fisch bringt nichts ein, und der Händler nimmt ihn nicht einmal dann, wenn er ihm geschenkt wird, ganz abgesehen davon, dass wenige Fische dieser Art äußerst schwer zu fangen sind, wegen des Umstands, dass sie eben fliegen.

Doch jetzt, da Simone Gaspiroso auf ihn aufmerksam gemacht hatte, konnte es durchaus sein, dass eine derart unsinnige Fischart nicht dazu da war, an die Händler verkauft und gegessen zu werden, sondern sie war nur zu dem einen Zweck bestimmt: Eier, die über die Lippen gestrichen werden sollten, damit die

Seele, der Geist, der Odem, was immer es sei, im Augenblick des Überfließens gleich alle diese Flossenflügel bereitfinden würde, um ins Jenseits zu ziehen, über das Meer; denn für einen Fischer muss es notwendigerweise darum gehen: ein Meer zu überqueren, zu wassern und loszusegeln.

Der Schwalbenfisch überzeugte sie, er konnte sehr wohl die Art von Fisch sein, die ihre Seele annehmen würde, denn warum sonst hatte er diese eigentümlichen Flossenflügel? Warum sonst war sein Fleisch glatt und laff und schmeckte nach nichts, als wär's nur dem schönen Schein nach da, nur dem Aussehen nach das, was ja der Geschmack der sogenannten Seele sein sollte.

Das war ein Augenblick großer Gunst für die Seele, wohl niemals hatte man bei ihnen so viel Glanz erlebt. Doch weil er vom Schwalbenfisch kam, musste dieser Glanz notwendigerweise innerhalb kurzer Zeit matt werden. Was taten sie also? Mussten alle, die einen Sterbenden hatten, das Haus verlassen und auf die Suche nach einem Schwalbenfisch gehen? Und wenn sie den Fisch für den Toten fingen, sofern sie ihn überhaupt fingen, wann fingen sie dann den Fisch für den Lebenden? Was hieß, wann verdienten sie dann ihr täglich Brot? War der Schwalbenfisch denn durch den Zusatz der Seele im Wert gestiegen? Hatten die Händler ihn etwa ganz plötzlich entdeckt? Ein Geschäft für sie alle und für die Seele wär' es gewesen, wenn die Seele sich statt des niedlichen Schwalbenfischs für ihre kommode Reise zuallererst den Schwertfisch ausgesucht hätte oder den schon erwähnten Langflossenthun oder die Bernsteinmakrele oder den Wrackbarsch, die Zahnbrasse oder auch den Silberthun, den Jungthun, den Bonito, auch wenn sie bei diesen heißbegehrten Wesen in der Gefahr stand, niemals an ihr Ziel zu gelangen.

So hatten die Pellisquadre die Vorstellung vom Schwalbenfisch im Lauf der Jahre fast ausschließlich den Frauen überlassen, weil die Frauen mit diesen Angelegenheiten von Geburt und Tod eher zurechtkamen, denn wie sie's richteten, richteten sie's gut, solange sie nicht jammerten.

In der Gewissheit aber, dass man über den Schwalbenfisch nicht in Streit geriet, sagte Donna Cristina:

»Zudem ergab es sich, dass eine Handvoll Schwalbenfische außerhalb der Fangsaison auftauchte, und bei den trächtigen Weibchen kam es uns schade vor, die Gelegenheit nicht zu nutzen, um ein bisschen von den Eiern auf Donna Amalias Lippen zu streichen. Die Seele, dachten wir, findet möglicherweise ein Hindernis und kann nicht hinaus, und wenn den Schwalbenfischen Flügel zwischen ihren Lippen wachsen, würde sie fortfliegen, dass es wunderschön wäre, ihr zuzusehen, wenn man sie sehen könnte. Eine schöne Vorstellung brachte uns Don Simone Gaspiroso mit diesem Schwalbenfisch, nicht wahr, Don Caitanello? Stellt sie Euch vor, Eure Amalietta, stellt Euch vor, wie sie zu ihr passt, eine fliegende Schwalbe. Es kann ja durchaus sein, dass man mit den Flossenflügeln des Schwalbenfischs auch die guten Eigenschaften der Meeresschwalbe annimmt, die immer wieder fortfliegt und immer wiederkehrt, meint Ihr nicht? Ist doch möglich, dass sie kommt und sich an Euer Fensterchen setzt oder um Euren Kopf herumflattert und Euch rinrin sagt, während Ihr auf dem Mast des Ontro sitzt. Ach, Don Caitanello, Ihr müsst von jetzt an die Ohren spitzen, sobald der Mai kommt …«

Hier aber hatte Caitanello ihr den Rücken zugewandt und war gegangen, ohne ihr auch nur zu sagen: Ich danke Euch, noch: Wer hat Euch darum gebeten. Donna Cristina hatte aber immer den Eindruck, dass diese Meeresschwalbe, die im Mai mit dem Schwertfisch und der Wachtel zurückkehrte und um seinen Kopf herum ihr Rinrin kreischte, ihr Zeichen in seinem Inneren zurückgelassen hatte. Doch die Wehmutter musste ihn nicht sonderlich gut kennen, wenn sie glaubte, er würde sich nur damit begnügen.

Die Monate mit R vergingen, ohne dass sich irgendetwas ereignet hätte: Januar, Februar, März, April, dann kam der Mai, und endlich tauchten an den Meeren zwischen Skylla und Charybdis die ersten Schwertfische auf, und mit ihnen, wie immer, rückte alles andere, Gedanke oder Tatsache, schön oder hässlich, ins zweite Glied. Mit den Monaten ohne R kam die große Betriebsamkeit des Fischzugs, der Lose und der Wassergevierte, die Händel von Liebe und Tod, und Caitanello Cambrìa kletterte auf den Lenkermast, um die Viererschaft der Pellisquadre zu den Schwertfischen zu führen.

Auch wenn die Schwertfische einerseits seine Wut besänftigten, legten sie doch andererseits, wenn sie ihm ständig ihre leidenschaftliche Liebe für die Weibchen, ihr Versinken in Wahnsinn und ihre Bereitwilligkeit, ihnen in den Tod zu folgen, vorführten, als würde in ihren Augen auch das Meer mit dem Tod der Trächtigen sterben, immer wieder den Finger verhängnisvoll in seine Wunde.

Caitanello Cambrìa war noch nicht wieder er selbst geworden: Er hatte die Genauigkeit und Beherztheit verloren, die er in alles legte, und auf dem Mast machte er nicht den gewohnten ausgezeichneten Gebrauch seiner Adleraugen.

Er fuhr aufs Meer und kam nach Hause, hinüber zu den Palmen warf er keinen Blick, und über seine Frau redete er nie, so, als würde er sich ihrer nicht mehr erinnern, weder im Leben noch im Tod.

Es war gegen Ende Juli, nach drei intensiven Monaten voller Sonne auf dem Ausguck, als er eines Nachts anfing zu spotten. Er richtete sich an jemand, den er nicht beim Namen nannte, sondern mit dem Spitznamen Nasodicane anredete, Hundsschnauzige, oder auch Nasomangiato, Schnauzenzerfressene, was aber das Gleiche war, so, als stünde dieser Jemand direkt vor ihm. Und bei jenem ersten Mal dachte 'Ndrja, dass Nasodicane oder Nasomangiato jemand wäre, eine Art Gefängniswärter oder etwas in der Art, der im Auftrag seiner Mutter käme, als würde sie irgendwo gefangen sein, nicht tot, sondern auf die Insel verbannt, zum Beispiel. Deshalb und auch, weil Nasodicane sich in seiner Vorstellung nicht als Frau darstellte, was denn für eine Frau!, dachte er, dass seine Mutter eine Subversive sein könnte und in diesem Augenblick vielleicht am äußersten Rand von Lipari vor sich hinschmachtete, und er bemühte sich, sie sich unter den Umstürzlern vorzustellen, die die Pellisquadre, wenn sie den Golfo dell'Aria hinaufruderten und das Postschiff kreuzten, das von Milazzo nach Lipari unterwegs war, gelegentlich sahen, an den Handgelenken aneinandergekettet und von Wachen mit Gewehren umgeben. Sie standen abgesondert am Heck, abgewandt, und schauten aufs Meer jenseits der Bordwand, und Don Luigi Orioles stand halb auf, wenn sie vorbeifuhren, nahm seine Mütze ab und machte eine Verbeugung.

»Endlich, endlich …«, konnte Caitanello sagen. »Ich hab dich erwartet, Nasodicane, ich hab dich erwartet. Was für Nachrichten bringst du mir von dem bewussten Wesen?« Und nach einer Weile: »Was nun? Ich bin bereit. Los, Nasomangiato, führ mich dahin, wo du die Acitana festhältst.«

Es machte ganz den Eindruck, als würden sie sich schon kennen. Sein Vater dachte vermutlich, dass Nasodicane ihn zur Acitana bringen würde, doch weil die da mit ihrem Schweigen Stirbundkrepiere zu sagen schien, verlangte er, dass sie seine Acitana zu ihm bringen sollte, hierher, ins Schlafzimmer. Doch Nasodicane, die immer weiter schwieg, hörte nicht auf ihn.

Er wetterte, er beschimpfte sie, er bespuckte ihre Füße, er provozierte sie auf jede nur mögliche Art und Weise, als Nutte packte er sie, und als Nutte ließ er sie stehen. Und am Ende, als er sie zu Pissleder gemacht hatte, diktierte er ihr seine Bedingungen in einem Ton, der keine Widerrede duldete:

»Verschwinde da. Geh da weg«, befahl er ihr. »Lass meine Frau vorbei. Und solange sie hier ist, vergiss sie. Wage es ja nicht, irgendetwas zu sagen oder zu tun, misch dich nicht ein, und pinkle nicht …«

Wenn man ihn hörte, war es, als wäre sie da, seine Acitana, gegenwärtig und lebendig vor seinen Augen hinter Nasodicane. Und er, der weitergeschlafen hatte auf der Matratze zwischen den Stühlen des Vorraums, war im Schlaf hochgefahren und hatte den Atem angehalten. Jetzt ist er wieder er selber, hatte er sich gesagt, als er sich zurechtgefunden hatte, und erblassend hatte er begriffen, wer denn wirklich bei seinem Vater da drinnen war. Jetzt fühlt er sich erneut wie der eigensinnige starke Mann, der sich nicht ergibt, und wenn er schon nicht Orlando oder Rinaldo ist, so ist er doch Astolfo, der keine Gefahren kennt und sich gleich zum Mond aufmacht, um den Atem der Acitana einzufangen. Jeh, dagegen ist doch nichts zu sagen. Mut hat er im Überfluss, er hat ein astolfisches Herz … Er zitterte um ihn und war stolz auf ihn: Sein Vater stellte sich dem Tod entgegen, er forderte ihn zum Kampf heraus, aus Starrsinn, aus diesem Starrsinn heraus setzte er möglicherweise sein Leben aufs Spiel. Wenn er aufhört zu reden, dachte er, kann man ihn für tot halten. Viel zu viel hatte er geredet, nach dem Geschmack dieser Nasodicane.

Nach dem, was er über sie gehört hatte, wusste er, dass sie eine Frau mit Absichten war. Sie war wie der Carabiniere, der Finanzpolizist und der Gendarm, die, wenn sie kamen, nie auf Freundschaftsbesuch kamen. Ihre Absicht damals war Caitanello Cambrìa, den Ehemann, nach der Frau zu holen: Nachdem die Schwertfischin geholt war, kam sie jetzt ganz gemütlich, um sich den schmachtenden Pulcinell zu holen. Sie musste besser als alle anderen über dieses Leid des Mannes Bescheid wissen, wenn er alleine war, ohne seine Lebensgefährtin, so alleine und einsam, dass er dem Harpunier gewissermaßen dankt, der auch ihn in den Tod schickt und ihn mit seinem Schatz und seiner Liebe vereint.

Doch Nasodicane machte keine Anstalten dieser Art, sein Vater redete, und es ereignete sich nichts Schlimmes, auch wenn es richtig war, dass sich nichts Gutes für ihn ereignete. Er kreiste und kreiste und fand sich doch immer an einem Punkt. Er forderte sie heraus, doch es war, als würde Nasodicane sich auf den Zinnen einer befestigten Stadt befinden, in der sie die Acitana gefangen hielt, und von dort oben aus sah sie diesen kleinen Christenwurm im Staub, der rief, der Beleidigungen rief, der sie betitulierte, um sie herauszufordern, sich mit ihm zu duellieren, doch das ging ihr zu einem Ohr herein und zum anderen wieder hinaus.

Die letzten Worte, die er bei diesem ersten Mal an sie richtete, waren diese, er hatte sie sich gut ins Gedächtnis gegraben, denn es kam ihm wie etwas Schwerwiegendes vor, was da im Schlafzimmer vor sich ging:

»Nasodicane? Hör mir gut zu. Ich bringe dir zur Kenntnis, dass ich den Entschluss gefasst habe, mich mit meiner rechtmäßigen Frau zu besprechen. Du hast doch nichts dagegen einzuwenden? Ich informiere dich, dass, wenn du sie mir nicht im Guten zurückschickst, ich persönlich erscheine und sie mir mit Gewalt hole, ob du willst oder nicht. Haben wir uns verstanden? Ich habe dir gesagt, ich bespreche mich, und ich bespreche mich …«

An diesem Punkt nun erwartete er, dass Nasodicane endlich ihre Stimme hören ließe, doch sie sagte kein einziges Wort. Das aber sollte nicht bedeuten, dass sie durch ihr Schweigen zustimmte, Caitanellos Worte hatten allzu sehr den Geruch von Mafiösem: Konnte Nasodicane das überhaupt ertragen? Was wird dann beim nächsten Mal passieren?, hatte er sich gefragt. Allerdings hatte es nicht viel Zeit gebraucht, um zu verstehen, dass sein Vater zu viel redete, um Tatsachen zu schaffen, und Nasodicane ihrerseits zu viel schwieg, um es zu Tatsachen kommen zu lassen, weshalb sein Vater, je mehr er nach Worten siegte, umso mehr bei Tatsachen verlor.

Von da an begegneten sich sein Vater und Nasodicane regelmäßig im Sommer, in den Monaten ohne R, Liebe gegen Tod, im Kampf von Honig und Galle, zwischen dem Eisen der Harpune und dem rosafarbenen Seidenfleisch der Schwertfischin, zwischen dem dampfenden Fluss ihres Bluts und dem ihres Männchens, das sich gleich mit dem ihren vermischte, als würde es sich einander magnetisch anziehen.

Jede harpunierte Prallhüftige war damals für Caitanello die Acitana, und er selbst war jeder Pulcinell, der sich verbissen dazwischenwarf, um von dem Eisen durchbohrt zu werden, das noch vom Blut des Weibchens troff, und er versuchte, neben sie auf den Ontro zu springen, und oft kam es vor, dass er am Leben blieb, doch nicht, weil die Pellesquadre sich den Luxus des Erbarmens erlauben konnten, sondern weil die Prallhüftige, auf den Ontro geworfen, sie an der vollen Kontrolle des Boots hinderte. Und es kam vor, dass der Pulcinell seinem Weibchen ans Ufer folgte und dort darauf wartete, von den Pellisquadre diese Gnade zu empfangen.

Von Sommer zu Sommer hatte ʻNdrja immer mehr die Überzeugung gewonnen, dass die Schauspiele, die Caitanello von seinem Ausguck aus beobachtete, auf seinen Vater die katastrophalen Auswirkungen einer Infektion haben mussten. Das Schlimmste war dieser Geruch von Rogenmasse, von Ausflockung besamter Eier, der ihm an den Händen und in der Nase verblieb, wenn er an diesem Tag den Schwertfisch berührt hatte oder mit dem Gesicht dicht an ihn herangekommen war, denn wenn der Pulcinell bei voller Besamung harpuniert und aus dem Wasser gezogen wird, dünstet er am ganzen Körper einen starken Duft aus, der erregend und abstoßend ist, ein Gestank, der nach Rogen und Samenmilch riecht, ein Schwaden aus Rogenausscheidungen der Trächtigen, die in einem klebrigen Bündel der zu besamenden Eier auf ihn zuwogen, das diese Matrone von Muttertier wie etwas Verwesendes aus dem unteren Schlitz fallen lässt, ohne sich noch einmal umzudrehen, und das die Nasenlöcher halb verschließt und halb noch weiter öffnet. Caitanello aber würde vier Nasenlöcher geöffnet haben, nicht zwei, wenn er sie gehabt hätte. Wenn er zu Bett ging und ganz nach dieser süßlichen Wildheit der Rogenmasse roch, was von Trächtiger zu Prächtiger wechselte, gab auch er sich fatalerweise der Besamung zwischen Männchen und Weibchen hin. Mit dem Schlaf schrie er wie im Delirium, und fatalerweise verging die Zeit, und er trat an die Stelle des Schwertfischs, den er tagsüber gesehen hatte und auch gesehen hatte, wie er um den Ontro herum tobte und raste, in dem Meer, das von seinem gerade getöteten Weibchen zerrissen wurde. Dann drängte auch er sich, der verwitwete Pulcinell, dicht an den Ontro heran, auf dem er in rosa und roten Schwaden den großen, lieblichen Umriss der Trächtigen dampfen sah, und wollte nur noch sterben, schoss wagemutig mit seinem schwertigen Knochen gegen das Boot, schlug ihn, stach und hieb mit ihm wild eifernd gegen die geteerte Bordwand, als würde er an die dunkle Pforte des Todes klopfen. Doch Nasodicane stand da, am Bug des Ontro, wie wenn sie am Fußende des Betts stünde, und mit der Harpune hielt sie ihn in Schach, im blutigen Duft der Acitana, ohne ihn je zu töten. Und darum tauschte er eines Nachts die Personen aus und hielt Luigi Orioles für Nasodicane. Durchspießt mich, durchspießt mich doch, macht schon, forderte er ihn beleidigend auf. Durchspießt mich, elendiger Orioles Nasodicane. Was kostets Euch denn, Dieb, der Ihr seid, mit der Harpune in der Hand, diese Rache zu nehmen? Durchspießt mich, durchspießt mich doch, so wie Ihr mein Weibchen durchspießt habt …

Aus einem annähernd gleichen Grund, insofern die Fere in jenen Monaten mit ihren Zähnen, wie Don Luigi mit der Harpune, allerdings um zehn- oder hundertmal mehr als er, ihr schauerliches Schwertfischmassaker veranstaltete, nahm Nasodicane in seinen Augen dieses zimperliche Aussehen an. Fere? Nasodiferamangiato? Ferenschnauzenzerfressene?, hatte er sie betitelt und war ein paar Augenblicke lang sprachlos gewesen, wohl tief beeindruckt von der außergewöhnlichen Ähnlichkeit in Aussehen und Wesen dieser beiden Hochwertesten. Denk dir nur, was für ein fabelhaftes Einvernehmen in Schande du dir da ausgesucht hast, sagte er zu ihr, als er seine Sprache wiedergefunden hatte. Einvernehmen in Schande? Dann hör mir zu, hör, was ich dir sage, Einvernehmen in Schande sag ich dir … Dann hör mir zu, hör ihn dir an, diesen Vertrottelten, denn das ist wirklich Schande … kommentarierte er für sich selbst, und zum ersten Mal, seit Caitanello diese Sache veranstaltete, hatte er ihn ein bisschen lachen hören, wenn auch bösartig, ja bösartig.

Er konnte nicht genau sagen, wann, in welchem Sommer, in welchem Monat des Sommers Caitanello sich wirklich mit seiner Frau unterredet hatte. Nasodicane war selbstverständlich immer dabei. Er hatte Lust zu prahlen, zu schwafeln, er redete, bis er schäumte, doch gelang es ihm nicht, sie aus dem Zimmer zu jagen: Vielleicht konnte er sie nicht besiegen, doch vielleicht wollte er es auch gar nicht, und ganz tief innen freute es ihn vielleicht sogar, dass sie bei seiner Unterredung mit der Acitana anwesend war. Aber wen wollte er einwickeln? Nasodicane? Die Acitana? Oder nur sich selbst? Oder alle drei? Oder keinen? Doch wie konnte er das sagen, er, 'Ndrja? Die Sache war zu groß für sein Alter, das Alter eines kleinen Jungen, dessen Augen noch eigentlich geschlossen waren, als wüsste er noch nichts von Leben, Tod und dem allen. Doch konnte er dies eine sagen: Nach der Pantomime mit Nasodicane machte Caitanello deutlich den Eindruck, als würde er sich mit der Acitana unterreden, als würde das Wortgefecht mit der stummen Nasodicane für ihn als Anregung, Antrieb und Ansporn hergehalten haben.

Jetzt nahm er auch das violette Kleid heraus, jetzt wurde vielleicht auch das violette Kleid Teil seiner Ausrüstung, Jetzt brauchte er auch diese Anregung, diesen Antrieb und Ansporn: Jetzt schaffte er es vielleicht nicht mehr, es alleine mit ihr aufzunehmen, alleine mit seinem Mut, gegen Nasodicano, auch ein Astolfo wird schließlich älter. Aus diesem Grund musste er, wenn er die Acitana ihrer Wächterin Nasodicane noch entreißen wollte, sie sich in diesem violetten Kleid vor Augen halten. Und dann warten, warten, wie auf das Wunder des heiligen Januarius, dass diese Reliquie Blut in den Handtellern schwitzt.

Er war durchs Zuckerrohrfeld in der Nähe der Häuser gegangen und dann wieder bis zum Röhricht zurück, und in dem schmalen Durchgang, als er hinter den Mauern herging, hinter den Kopfenden der Betten, hatte er das mal schwere, mal leichte Atmen der Schlafenden gehört. Das hier ist Donna Cristina Schirò, die Wehmutter, sagte er sich, und nannte sie nur in Gedanken. Das hier sind Duardos Mutter und Schwester, die nun keinen Mann mehr im Haus haben. Und das hier Jano und Margherita Scarfì, und das hier Arturo und Stena Palamara und ihre Kinder. Und hier Don Luigi und Donna Rosalia Orioles, und das Marosa, die eine Taube sein muss, wenn sie schläft, wenigstens wenn sie schläft …

Nach diesen christmenschlichen Atemzügen wusste er sofort, dass er sich hinter dem Eckhaus am Ende des Röhrichts befand, auch wenn die Mauer nicht mehr von Lichtstreifen durchzogen war, und zwar wegen des barbarischen Atmens seines Vaters: verworren, wie ein großer Nachtschwärmer, sein Atem verhedderte sich, er verschluckte Speichel, er gluckste und sägte und räusperte sich, wie einer, der grub und grub und sich dreht und wendet, um sich von innen her zu entgraben, am Ende dann das unglückliche Ausscheiden eines Wortes. Es hörte sich an, als würde er seinen Atem in gewaltigen Schüben ausstoßen und den Ferengestank und den Geruch reinen Essigs umwirbeln und durch die schadhaften Stellen der Mauern nach draußen befördern. Und es war, wie wenn Caitanello aus ebenso vielen Mündern atmen würde, wie es Risse gab, das qualvolle Lispeln eines Stummen.

Er entschloss sich, ohne auch nur stehen zu bleiben, dass er ihm noch einen Rundgang gewährte. Pazienza, nur Geduld, sagte er sich: Lassen wir dem Pulcinell noch die Ruhe, bis er seine Kräfte verliert, jetzt, wo er so viel durchgestanden hat und endlich mit dem Eisen der Harpune im Fleisch leidet … Das sagte er sich, sagte, er wolle Caitanello noch einen Rundgang gönnen, noch ein bisschen Zeit, und hatte immer den Eindruck, ihn auch, ja, in erster Linie sogar, sich selbst zu gönnen, diesen Rundgang, diesen Aufschub seiner Begegnung mit Caitanello, und er würde noch einen weiteren Rundgang machen, wenn es nötig sein sollte, und noch einen, so lange, bis sein Vater wieder die Lampe entzündete. Und er ging fort, er bog mit leichtem Schritt um die Ecke, als Caitanellos hohle Stimme durch die Ritzen nach außen drang. Er redete mit der Acitana, und Honig zerfloss in seinem Mund.

»Komm, Acitana, komm«, sagte er zu ihr. »Du brauchst Nasodicanes Einwilligung nicht, komm nur, komm, hab keine Angst. Nasodicane kann dir nichts tun, und der Krieg ist seit gut eineinhalb Monaten vorbei, die Vernichtung durch Bomben und Kanonen hat ein Ende, sie haben dafür gesorgt, dass du mich nicht hören konntest, wenn ich dich rief. Komm, komm, tu wie dir dein Aitanello sagt. Halte den Atem an, beweg deine Füße, stoß sie zurück, leg die Hände zusammen, tauch sie ins Wasser und schiebs dir vom Gesicht weg, öffne dir die dunkle Welle. Komm, so, so …«

Auch das war etwas Neues. Man hätte meinen können, die Acitana würde jetzt über das Meer zu ihm kommen, und deshalb würde er ihr das Schwimmen beibringen, wie sie eintauchen müsse. Doch das Meer verstand er vielleicht metaphorisch, als Meer der Finsternis; oder vielleicht meinte er das Meer ja auch als Meer und hatte zur Kenntnis genommen, dass die Acitana im Sand unter den Palmen beigesetzt worden war. Dort, so erzählte man den kleinen Jungen, ging man hinunter, indem man im Sand versank, da drinnen stieg man hinab, bis man auf Salzwasser stieß, und dann suchte man den schwarzen Meeresgrund ab. Da musste man den Atem anhalten, doch wer hatte denn noch Atem unter all dem Sand? Ja, und schwimmen, so lange schwimmen, bis oben endlich ein Spiegel aus Licht sichtbar wurde. Dann konnte man aufsteigen, und war man erst wieder an der Oberfläche, erschien das, was wie ein stilles, durchsichtiges Meer dalag, das von Fischen überquoll, die von selbst ganz zahm ins Boot sprangen, in die Hand, ohne Netz noch Angelhaken noch Harpunen jeglicher Art, wie ihr Meeresparadies, dort würden sie sich alle wiederfinden, jede einzelne Familie, jede einzelne Bootsmannschaft …

Doch das musste ihm wie ein Glücksspiel vorgekommen sein, das musste ihm vorgekommen sein, wie wenn er sie einem viel zu großen Risiko aussetzen würde:

»Nein, nicht weiter, halt ein«, rief er ihr reuevoll zu. »Mach keine Schwimmbewegung mehr, entspann dich, nimms nicht auf dich, du, die so zerbrechlich ist, so unschuldig und unerfahren in allem. Warte, warte auf mich, ich komm dich holen. Gib mir nur etwas Zeit, damit ich sehen kann, wo im Meer du jetzt bist, gib mir nur etwas Zeit, damit ichs finde …«

Diesen Worten war hinter der Mauer etwas qualvoll Verworrenes gefolgt, ein Knurren von ihm, der sich in dieses Unternehmen stürzte wie ein wildgewordener Hund mit Schaum am Maul, der mit Pfoten und Zähnen nach etwas im Sand buddelt und Knochen auf Knochen, leer, trocken und porös wie Bimsstein, in die staubige Luft schleudert.

Er grub, diesen Eindruck machte er, doch wo, wo? Grub er etwa in dem violetten Kleid nach den versandeten Knochen der Acitana und den Spinnenweben ihres Umrisses, drüber, drunter, ganz wild, um das Unauffindbare zu finden, in den Augenblicken des Atemholens, inmitten der Wolken aus bitterem, schirokkoschwerem Staub. Mitunter schien es, als würde er sich auch den Mund und die Brust mit Sand vollstopfen, als würde sein Atem pfeifen und wie eine gespannte Kordel im Wind surren, die an dem Ring reibt, sich erhitzt und versengt, und Faden um Faden würde zerreißen, mit einem letzten Zischeln und unter dem Krachen eines zerberstenden Mastengestänges.

Er entfernte sich, als er rot wurde und blass; er entfernte sich, als es ihm vorkam, er wäre mal ein kleiner Junge, der aus dem Krieg heimkehrte und hinter der Mauer seines Hauses stand, mal ein Matrose, der hinter der Trennwand schlief; er entfernte sich, als sich wilde Wut und sanfte Zärtlichkeit in ihm regten; er entfernte sich, als er dachte: besser doch der richtige Krieg, der tödliche, der erklärte, besser der Krieg mit Kanonen und Gewehren. Oh, Caitanello, mein Vater, mein armer Vater, dein Krieg ist einer, den du weder verlieren willst noch zu verlieren weißt, und ein Krieg, den du niemals gewinnen kannst.

Wenn er an die Begegnung mit seinem Vater dachte, spürte er, wie sich sein Herz zusammenschnürte und sein Verstand durcheinandergeriet, denn welche Worte, welche Gesten durfte er vor ihm gebrauchen, um sich nicht zu verraten, um nicht sichtbar werden lassen, was er gesehen hatte und was ihm wenig, sehr wenig christmenschlich vorkam … Jetzt, dachte er, braucht er nicht einmal mehr einzuschlafen, das Bühnenwerk inszeniert er mit offenen Augen, wann immer er will. Ach, gleich wird er eine Unterredung mit seiner Frau haben, dann lässt er, was er tut, liegen und unterredet sich mit ihr. Auch wenn das, was er tut, etwas Ekelerregendes ist, Ferisches: Ferenbauch, getrocknet, Moscham, mit diesen Händen dürfte er bei der Acitana niemals Ruhe erreichen. Astolfo, der unvorsichtige, eigensinnige, verhielt sich in seiner kleinen Welt wie ein großer französischer Gott, dünkelhaft, hochmütig, mit viel Qualm und Staub in diesem übelriechenden Schlafzimmer, das sich in eine Festung verwandelt hatte: er zimmerte sich das Leben der Acitana mit seinen eigenen Händen zurecht, wie einer, der Tabak und Papier herauszieht, eine Zigarette dreht und sie raucht.

Und jetzt konnte er sein Bühnenwerk nicht nur zu jedem beliebigen Augenblick zur Aufführung bringen, zwischen einer Beschäftigung und einer anderen, das eine liegen lassend und das andere aufgreifend, sondern er brauchte auch nicht mehr die gunsterfüllte Jahreszeit, den Sommer und den Brechreiz hervorrufenden Gestank, der von den Meeren aufsteigt, wo die prallhüftige Schwertfischin ihre Eier vor der Schwertspitze ihres unverbrüchlich treuen Männchens ablaichte, das bis zum Wahnsinn in sie verliebt war und ihre Eier bebrütete. Und doch, wie viele schöne, beneidenswerte Sommer hatte Caitanello Cambrìa erlebt, den man sich anders nicht vorstellen konnte als sommers Ausschau haltend auf den Mastkörben des Ontro, inmitten von Wind und Sonne, mit seinen Falkenaugen, die mal zur Spitze der Feluke hinaufäugten, zum Ausguck des Spähers, welcher ihm den Verständigungsruf zuwerfen musste, der ihn ganz in Aufruhr versetzte, und mal das Wassergeviert absuchten und weit darüber hinaus das hinaufströmende Meer, das hinabströmende Meer, den gleitenden, mit Ontren und Feluken gespickten Strom zwischen Skylla und Charybdis, beobachtet und abgesucht von gierigen Blicken, still oder vollgelärmt mit dem Mordsgeschrei von den Späherkörben wie viele zum Pfahl, zur Sonnenmarter Verurteilte. Der flügellose Falke flog mit seinen Augen über die dunkle, vom Zickzack der Schwertfische durchfurchte Meeresbläue, drindraußen, von der Liebe zum Tod: eine Tafel aus Wasser, zersplittert durch die Eisen der Harpunen, gekreuzt von den schimmernden Schatten der langen Stäbe, eine schäumende Tafel aus Salzigkeit, Schleim und Blut, die Tafel, auf der das Schicksal aller sich auslöschte, sich entschied, sich wieder auslöschte und sich wieder entschied, in endloser Folge. Und so strömte das Leben dahin wie das Meer, mit dem Meer, dem Meer des Lebens ohne Ufer, und der Tod, ein Tod, der Tod eines Menschen, einer Acitana, konnte diesem Meer des Lebens nichts anhaben: seine Macht endete am Ufer, doch das Meer des Lebens rann auch über die Erde, auch über die Erde mit seinen Ebben und Fluten, es löschte den Tod ein wenig aus, zumindest ließ es ihn unentzifferbar erscheinen. Wenn es also galt, Caitanello zu beurteilen, war es, als hätte das Meer des Lebens den Tod der Acitana jeglicher Bedeutung entleert, sie sich einvermischt und sie mit dem Schicksal der Schwertfische durcheinandergebracht, die in einem Jahr sterben und dann alljährlich zurückkehren, um zu leben. Doch sagte er: Kann man jemals den Tod dessen, der gestorben ist, seiner Bedeutung entleeren? Hatte Caitanello, wenn er am Ufer saß, etwa das Meer mit seinen Händen auszuschöpfen begonnen?

Er musste ihm noch Ruhe geben, Zeit, freie Hand. Konnte er denn hingehen, anklopfen und sein Bühnenwerk zerstören? Wieder umrundete er den Kneifzangenkopf, mit dem wirren Atem seines Vaters im Ohr, der bald keuchend, bald ruhig war, dem keuchenden Atem von ihm, dem ruhigen Atem der Acitana, denn Caitanello teilte mit ihr sogar seinen Atem, er warf ihn ihr zu wie eine Spitze, und mit dieser Freiheit, die einer Kordel glich, die noch feiner war als ein Haar, holte er sie zu sich heran, und hier hielten sie sich fest umschlungen. Für sein Ohr war dieses Atmen von einem und einem, weniger einem, wie etwas Großes und Mächtiges mit etwas Schwachem, etwas, das, wenn es tot gewesen wäre, nicht toter gewesen wäre als zu seinen Lebzeiten.

Vor seinen Augen tauchte wie ein Symbol ein schwanzloser Blauhai auf, ein Blauhai, den ein paar Feren hinterrücks überrascht und seinen Schwanz herausgerissen hatten, weshalb er wie ein Wrack auf dem Wasser trieb, mit dem sie herumspielten und zur elenden Zielscheibe ihres Spotts machten, ein Schauspiel, das zu den schrecklichsten und leidvollsten gehörte, das er je gesehen hatte. Ein schwanzloser Hai, etwas Großes mit etwas Zartem drinnen, etwas Mächtiges mit etwas Schwachem drinnen, etwas Lebendiges mit etwas Totem drinnen. Es war unschön, ihn als Symbol für Caitanello zu bezeichnen, doch vielleicht war er ja auch schön, sofern es kein Sakrileg war, das zu sagen, denn es war ihm, als würde er seinem Vater etwas mehr zusprechen, wenn er diesen Blauhai als Symbol für ihn bezeichnete, anstelle des schmachtenden Schwertfischs. So war es für ihn, als würde er ihm wahre Gerechtigkeit widerfahren lassen, auch wenn er auf diese Weise wirklich als Toter beweint wurde.

Dieser Blauhai war ihm, kurzum, als Parabel in den Sinn gekommen, wie anders hätte er gerade in diesem Augenblick aus der Tiefe seiner Erinnerung an die Meeresoberfläche aufsteigen können, als würde er die Lippen bewegen und sagen: Schau mich an und sag mir, ob ich, ein großer Schlächter von Fischen, so heruntergekommen, ein Krüppel, ein Verstümmelter, dich in diesem Augenblick nicht an deinen Vater erinnere. Es war eine steinerne Spiegelung, das verstand er, nicht mehr die rosenwässrige des Schwertfischs. Der hier aber passte seinem Vater wie angegossen, er für ihn, sinnlos, die Sache zu drehen und zu wenden und sich die Gewissensbisse eines Sohnes zu machen. Caitanello Cambrìa und der schwanzlose Blauhai waren zwei Gestalten, eine Tatsache: die Tatsache, Wasser im Mörser zu zerstoßen, die Tatsache, die Augen nach hinten zu wenden, um die beschwanzte Gattin wieder auftauchen zu sehen und sich der Täuschung hinzugeben, noch schwimmen, noch hin und her ziehen zu können, hinaufhinunter, unterwegswegs im weiten, tiefen, wogenden Meer unter den Betttüchern, und die schöne, erregende Steuermännin zu schütteln, sein Schwanzweibchen; die Tatsache, sich nicht zurechtzufinden, keine Augen zu haben, um sich, einmal schwanzlos geworden, für immer aufs Wasser verkauert und verduckt zu sehen, verankert, bis der Tod sie alle endlich auf einem Auswurf des Meers erlösen käme …

Um eine Vorstellung zu bekommen, was es ganz eigentlich bedeutet, eines schwanzlosen Blauhais ansichtig zu werden, muss man vorher eine Vorstellung vom Blauhai gewinnen, wenn er noch den Schwanz hat und der Blauhai ist, was bedeutet ein Ewigervater.

Der Blauhai ist, wie man weiß, der eigentliche Pellesquadra, er ist dem Namen und der Tatsache nach der Squadro, er ist der Ursprung, die Haut zum Scheuern, körnig wie Schmirgelpapier: und wie die Haut, so das Wesen, rau und heikel, von der gleichen bläulichgrünen, galligen Färbung, immer mit dieser ständigen, mörderischen Düsternis, die ihm im Gesicht sitzt. Doch über den Blauhai, abgesehen davon, dass er Blauhai ist, gibt es nichts weiter zu erzählen. Oben und unten an den Meeren zwischen Skylla und Charybdis, alleine mit seinem Schatten, verrichtet er seine Arbeit, und man sieht, er täuscht nicht das Gegenteil vor und versteckt auch nicht die Absicht, mit der er herankommt. Versteckt, von Natur aus versteckt ist nur sein Maul, das aussieht, als wäre es zugleich der Eingang zu seinem Magen, doch er ist schnell dabei, dieses Maul zu zeigen. Wenn er kommt und dir Schaden zufügen will, er kommt heran, und du siehst ihn, du weißt es, wenn du kannst, bringst du dich in Sicherheit. Ihm ist die Mordlust auf seine Stirn geprägt, er zieht keine Maske über, er ist immer da, um sich sein Brot als Haifisch zu verdienen, indem er vom Leben anderer profitiert. Wenn man an die Fere denkt, ist man versucht, ihn auf Händen zu tragen, ein galanter, vornehmer Herr, ein Galantuomo, um es mit den Worten des verrückten Crocitto zu sagen, ein gefühlloser, doch auf seine Art ernster, spartanischer Mörder. Mit ihm, dem Squadro, kann die Fere nicht leichten Herzens warm werden, diese Allerfeigste, diese von Verrat Besessene, doch wenn er in ihre Reichweite kommt und sie ihr Kalkül über die Gefahr anstellt, dann wird sie sich nur ein für alle Mal für ihn erwärmen, und vielleicht müssen ihr nur wenige andere Dinge in ihrem Leben, das ein einziger Vergnügungstaumel ist, ein barbarischeres und raffinierteres Vergnügen bereiten als dies, nämlich diesen Schrecken für immer mit dem Hintern auf der Erde festsitzen zu sehen.

Er erinnerte sich an diesen Blauhai mit der ausgerissenen Schwanzflosse, wie wenn es gestern gewesen wäre. Immer hatten sie ihm gesagt, was für ein schmerzvoller Anblick das gewesen wäre, ein Anblick, der sich nicht beschreiben ließe, und dann sah er ihn an dem Tag, und da war es wirklich so, als hätte niemals jemand mit angemessenen Worten dies beschrieben, diesen Anblick der Verstümmelung. Doch welche Worte kann man schon finden, um zu sagen, dass der eigentliche, der ursprüngliche Pellesquadro, der Haifisch, der in den Meeren zwischen Skylla und Charybdis heimisch ist, der Blauhai, dieser Gottbewahreunsvorihm, der zu den Allerschlimmsten gehört, euch bewegt und tiefes Mitleid erregt hat?

Es war schon Krieg, es war der Monat November neunzehnhundertvierzig, und er erinnerte sich, dass sie damals eine ganze Gruppe von Jungs waren: Er, Duardo, Salvatorello, Federico Scoma, Enzo Schepis und Ninai Scarfì, allesamt, außer Ninai, Jugendliche des Jahrgangs zwanzig und einundzwanzig, und kurze Zeit später brachen alle von ihnen auf, die einen zum Einberufungszentrum für Matrosen von Tarent, die anderen zum Einberufungszentrum für Matrosen von La Spezia. Das war damals, kurz gesagt, eines der ersten und letzten Male, wenn nicht gar das letzte Mal, dass sie, die Jugendlichen, alleine hinausfuhren, um den Pellisquadre zu beweisen, dass sie inzwischen selbst in der Lage waren, ihr täglich Brot zu verdienen. Doch jemand schrieb unterdessen ihren Vor- und Nachnamen auf eine Postkarte und schickte sie ihnen, und befahl, alles stehen und liegen zu lassen und in den Krieg zu ziehen.

Es war ein sonniger Nachmittag, und es wehte ein leichter Mistral, wenig nur, gerade so viel wie nötig war, um die Welle an der Oberfläche heiter und klatschend zu halten. In Richtung Casablanca hatten sie einen kleinen Ferenschwarm gesichtet. Von weitem sah es aus, als würden sie sich im Wasser tummeln, wie sie es gewöhnlich tun, wenn sie satt sind, mit ihrem Mistsack von Magen randvoll mit Sardinen. Man kann sich vorstellen, wie geblendet sie waren, als sie von weitem gesehen hatten, wie sie schwammen und flogen, diese Wirrwarrinnen, ein einziges Wolkenknäuel aus Schaumbläschen ringsum und immer noch in demselben Meer. Als sie näher auf sie zukamen, sahen sie jedoch, dass sie sich so etwas wie einen Ball zuspielten, und sie verstanden nicht, was: etwas jedenfalls, das diese Schampanjerseligen wie einen Ball behandelten, ihn in die Luft schleuderten, ihm hinterhersprangen, ihn ins Wasser fallen ließen und alle zusammen eintauchten, um ihn wieder zu schnappen und sich zu raufen, damit jede nur ja die Erste vor den anderen sein würde, die ihn zu fassen bekam, in einem wirren, schäumenden Getümmel, unter Krümmungen und Gefächle der Fluken und geschnäbelten Mäuler, die in die Luft stießen und ihr Kichern zwischen den Zähnen hinauswarfen.

Von Neugier getrieben, waren sie an diese Stelle gerudert, und die Feren, die das schon wer weiß wie lange bemerkt hatten, hatten daraufhin dieses ballähnliche Ding weggeschleudert, ohne allerdings auf das Spektakel zu verzichten, sondern hatten lediglich das Meer gewechselt. An der Stelle, wo sie das Meer von ihrer Anwesenheit geräumt hatten, tauchte da vor ihren Augen der Blauhai auf, und sie verstanden, als sie ihn sahen, dass das Ding seine Schwanzflosse war, den die Feren wie einen Ball benutzt hatten.

Die Barbarinnen hatten ihm die Schwanzflosse herausgerissen und sich danach, um sich ein bisschen abzulenken, in seiner Nähe aufgehalten und sich mit seiner Schwanzflosse vergnügt, indem sie sie auf seinen Körper klatschten. Er hatte den Kopf leicht aus dem Wasser gehoben, mit offenem Maul, der ungeheuerliche, einsame Mörder, mit Sägezähnen unter Schleim und Schaum. Völlig geschunden und als wäre er unter die Türken gefallen, ließ er seine schrecklichen Augen kreisen, verloren, verirrt, verlassen. Schwerfällig trieb er dahin, halb ins Wasser gesunken, wie ein leck gegangenes Beiboot, ein Beiboot, dem ein Sturm das Steuerruder abgerissen hatte, eines, das nie wieder auf dem Wasser fahren und als Wrack an Land gespült wird. Dieser schwanzlose Blauhai wird die Wasseroberfläche nie mehr verlassen, nie mehr wird er hinabtauchen, ein Sklave der Sonne wird er sein und der Launen des Meeres, mal werden ihn Unwetter durchschütteln, herumgeschleudert und zerschlagen von schäumenden Wellenrössern, mal wird er dahintreiben wie festgenagelt auf windstillen Wogen. Dann werden, von seinem Gestank angezogen, Bremsen heranschwärmen, die nicht mehr von ihm lassen, von der Schwäre seines Schwanzstummels auffliegen und sich wieder darauf niederlassen. So sehr wird er stinken, dass das Meer Meilen im Umkreis verpestet, doch wird er nur schwer in der Folge des Wundbrands sterben. So schnell wird er nicht sterben: Zuerst wird er der grausigen Laune jedes feigsten und kleinsten Angreifers, Wegelagerers, Mülldurchstöberers ausgesetzt sein, Kleinstfischen wie den Sardinen, die vorher weder ausreichend groß noch ausreichend lebendig waren, als dass sein Aug ihre Existenz auch nur wahrgenommen hätte.

Diese Flohwesen, bewaffnet mit Nadelzähnchen, und es gibt keine, die schneidender sind und rascher als Sardinen und Kleinstfische ihrer Art, brauchen sich nicht einmal anzustrengen, brauchen nicht einmal in seine harte und wie Sandpapier raue Haut mit den Zähnen zu beißen. Vom Schwanzstummel aus werden sie ihn, Biss um Biss ins Weichfleisch, öffnen, aushöhlen und bis zum Herzen vordringen. Zu Hunderten und Aberhunderten stürzen sie sich auf ihn, und jede schleppt ein Stückchen Fleisch fort. Und auch wenn sie satt sind, kehren sie wieder und beißen in das, was noch von ihm bleibt, und immer neue kommen hinzu, und sei's auch nur für einen Happen, symbolisch, denn er ist, er war der unnahbare, schreckenverbreitende Blauhai. Doch so zahlreich, so wutgeladen und flink sie auch sein mögen, sein Kampf wird nie kurz sein, sein Tod nie ausreichend schnell.

Wenn man ihn aber so ansah, hätte man sagen mögen, dass er, wenn er bei lebendigem Leib gefressen worden wäre, nicht mehr gelitten hätte als in diesem Augenblick der Verhöhnung durch die Feren, die mit seinem Schwanz Karambolage spielten, und wer weiß, was er gegeben hätte, wenn er ein letztes Mal auf seine Scharfrichterinnen hätte zuschwimmen können. Wenn er sie nicht vor sich hatte, weil die Wellen ihn wie auf einem Zapfen langsam herumwanden, verdrehte er seine Augen in diese Richtung. Dann verstand man nicht mehr, ob es sein Schwanz war, der ihn rief und aus seinem Blut zu Hilfe!, zu Hilfe!, schrie oder ob er es war, der ihn suchte und nicht fand, und das war vielleicht etwas, das ihn am meisten desorientieren musste. Denn er fühlte sich schwanzlos und dennoch am Leben. Bei den großen, ungeheuerlichen Anstrengungen, die er unternahm, um sich zu befreien, vermochte er seinem Stummel ein Schwänzeln aufzudrücken, das nur ganz eben zu sehen war, als fände es rückwärts statt, eine schamlose Bewegung, fast schon weibisch.

Manches Mal stürzten sich die Wellen über ihn und bedeckten ihn ganz, vielleicht musste er in solchen Augenblicken befürchten, als tote Last hinabzusinken, denn er hob sich und kämpfte machtlos mit seinem bezahnten, zuschnappenden Maul und zertrümmerte das Wasser vor sich wie eine Eisplatte, die ihn gefangen hielt: Da, in diesem Moment, schien er wieder zum alten, schrecklichen Glanz zurückgekehrt zu sein, als er die Schwanzflosse noch hatte, als er wie ein stiller Blitz mit Getöse auf seine Beute zuschoss. Doch nach diesem kurzen Durcheinander erschien die Ohnmacht dieses Stumpfs, das Tragische und das Lächerliche, das in dem schwanzlosen Körper eines feierlichen Engelsfischs lag, noch größer und noch ungeheuerlicher. Das Leben selbst schien da mit den plumpen, verblüfften Augen des Blauhais hellglänzend das endlose Meer um ihn herum zu fixieren, aus einer für ihn immer weniger kalkulierbaren Entfernung, als würde er den armseligen Tropfen, der sich unter ihm zusammengezogen hatte, mit dem Auswurf vergleichen, über den er in Wut geraten würde. Noch besaß er Zähne und Wildheit, Verschlagenheit und Kraft, doch hatte er keine Schwanzflosse mehr, und das war, als würde man sagen, er habe nichts mehr. Ohne Schwanz war er niemand vermischt mit nichts: Sein Glück, seine Rauheit, seine gebieterische Art hingen vom Schwanz ab, dem Prinzip seines Überlebens, wenn auch nicht seines Lebens, und auch Prinzip seines Sterbens, wenn auch nicht seines Todes. Wenn man ihn beobachtete, dachte man, dass etwas ungeheuer Ungerechtes und Falsches in der Tatsache läge, dass er noch lebte. Bedeutete das Ausreißen des Schwanzes denn für ihn nicht gleichzeitig auch ein Ausreißen des Lebens?

Auf der Palamitara waren alle still geworden. Dann hatten sie sich alle gemeinsam, alle mit dem gleichen Gedanken an den Rudern wiedergefunden und ruderten an die Seite des Blauhais. Während Federico Scoma mit der Harpune auf ihn zielte, um ihm den Gnadenstoß zu versetzen, blickte der Blauhai sie alle an, einen um einen und keinen, mit versteinerten Augen, den Augen eines, der anderen gegenüber kein Erbarmen zeigt und für sich um keins bittet. Im letzten Augenblick, so, als würde er das Ende spüren, strengte er sich noch einmal an, seinen Schwanzstumpf mit den Hautfetzen, dem blutenden Fleisch und schäumenden Salzrückständen zu bewegen. Es war, als würde er ihn mit den Zähnen bewegen, doch man sah nur eben, dass er ihn bewegte. Als Federico ihm aber die Harpune in den Hals bohrte, und er in einem zuckenden Sterben rebellierte, war dieser Schwanzstumpf in der Lage, nach vorne, nach hinten zu schlagen wie eine Axt und das bisschen Meer zu zertrümmern, das noch unter ihm war und sich seitlich um ihn schäumend und brodelnd hob. Dieser aufgepeitschte Fleck von Salzigkeit trat einen Wimpernschlag lang vor ihrem Blick stärker gegen die unermessliche Wölbung des Meeres hervor, dieser bläulichen, dieser grünen und blauen Wölbung, einem Ausbruch gleich, jämmerlich und rasend vor Ohnmacht. Dann tauchte der schwanzlose Kadaver inmitten des brodelnden Schaums zwischen seinem eigenen Geifer und dem des Meeres erneut auf.

Dieser Blauhai ohne Schwanzflosse war es, der sich für ihn jetzt in ein Gleichnis für seinen Vater verwandelte. Nur einen Unterschied gab es, und der bestand darin, dass der Blauhai zu seinem Unglück oder seinem Glück sich nicht so ablenken konnte, das Schauspiel zu gestalten, das sein Vater gestaltete, indem er sich der Täuschung hingab, er könnte seine Schwanzflosse wieder mit der Spucke ankleben, die sich vor lauter Selbstbeschimpfungen in seinem Mund bildete. Denn es war so: Nachdem der Blauhai seine Schwanzflosse verloren hatte, verlor er eben darum auch sein Leben, denn sein Gott hatte sich die Laune geleistet, ihn ohne Schwimmflossen zu erschaffen, damit der unselige Mörder sich nur zu diesem Preis, der ständigen Bewegung, nach dem Ticktack des Schwanzes, der sich wie von selbst auch nachts bewegt, wenn er schläft, über Wasser hält; dagegen schien seinem Vater, wenn man ihn so in dem Schlafzimmer hörte, der Schwanz wieder gewachsen zu sein, oder besser gesagt, vor lauter Auspressen über dem violetten Kleid und Blutschwitzen in seinen Handflächen, vor lauter Herumbuddeln nach dem vergrabenen Knochen dieses Umrisses wie ein Hund, vor lauter Begehren nach ihr und vor lauter Herbeisehnen von ihr, war ihm aus diesem ganzen Gemenge von Sand und Staub, von Atem und Schweiß, von Verlangen und Blut, aus diesem Schlammgemisch von Kälte und Wärme, von Tod und Leben aus der Lende wieder seine Frau gewachsen.

Und wegen dem allen, diesem ganzen christenmenschlichen, barbarischen Gemisch, doch besonders auch wegen der Wortfechterei und Rauferei mit der stummen Nasodicane, der Hundsschnauzigen, konnte der Blauhai, ja, konnte der Blauhai jemals dahin gelangen? Konnte er sich jemals vorstellen, sich mit Hilfe von Geschwätzigkeit bei seinen Hundsschnauzigen, den Feren, durchzulavieren, um seine Schwanzflosse, und sei es auch nur als zeitlich befristete Rückeroberung, wiederzubekommen? Und sich schließlich vorstellen, dass die mit Spucke wieder angeklebte Schwanzflosse noch einmal so funktionieren könnte wie früher?

Sein Vater dagegen ging mit Nasodicane ganz nach eigenem Gutdünken um, er machte sie sich unentbehrlich. Er sagte sich wieder, dass er es gleich gemerkt hatte, als er noch ein kleiner Junge war, und mit der Zeit hatte er sich immer mehr davon überzeugt, dass sein Vater, wenn er sich mit der Acitana unterreden wollte, gar nicht anders konnte, als sich mit ihrer Wächterin Nasodicane auf ein lockeres Gespräch einzulassen, wobei er ihr Beleidigungen entgegenschleuderte und sie nur so mit Schmähungen überhäufte, und das, sagte er sich wieder, musste ihm wohl dazu dienen, dass er sich um den Kern der Sache erhitzte und den toten Punkt überwand, den es zwischen ihm und der Acitana gab.

Er musste dann auch noch hinzufügen, dass es ihm mit der Zeit vorkam, als würde sein Vater durchaus Geschmack daran finden, einen besonderen Geschmack, der nichts mit dem zu tun hatte, den er bei der Acitana bekam, wenn er dieses Pantomimentheater mit Nasodicane aufführte, im Gegenteil, manchmal hatte er, frei und offen gesagt, den wirklich sonderbaren Eindruck, dass Caitanello den schönsten und leidenschaftlichsten Teil seiner Liebesempfindungen für die Acitana in die verächtlichen, beleidigenden Worte legte, die er für Nasodicane zu finden in der Lage war, als wäre es nun nicht mehr der Geist des Streitens, der ihn inspirierte, sondern der Streit.

Doch er, und das hatte er bereits eingestanden, hatte den unmittelbaren Eindruck, dass Nasodicane überhaupt nicht stritt, ja, man hätte vom Hören her eher gesagt, dass sie einwilligte, und das nicht nur aufgrund der Tatsache, dass sie niemals das Wort ergriff, sondern weil Caitanello am Ende des Theaters immer sein Ziel erreichte. Und nachdem dieses Ziel einmal erreicht war und er die Acitana an seiner Seite liegen hatte, tat Nasodicane so, als würde sie sie beide voll tiefster Verachtung ignorieren. Setz dich doch mit deinen vier Knochen, foppte er sie gelegentlich. Oder er fügte der bereits gemachten Pantomime eine weitere hinzu, ein schurkisches Fuchteln und Wedeln, mit dem er sie aus dem Zimmer scheuchte. Vorwärts, marsch, beweg dich, schnell, befahl er ihr. Raus, raus. Lass es gut sein. Raus und hinter die Tür, warte da, wenn du willst. Vorwärts, marsch.

Wenn man ihn so hörte, wer hätte dann nicht geglaubt, dass er sie mit einem Messer bedrohte und Nasodicane augenblicklich gehorchte und hinausging, hinter die Türe, mit eingezogenem Schwanz wie ein Hund, wie eine geprügelte hundsschnäuzige Nasodicane?

Von außen betrachtet, leidenschaftslos, musste er freimütig sagen, dass er sich damals für diese Einbildung seines Vaters geschämt hatte. Er empfand wirklichen Kummer für Nasodicane, die ungerechterweise verhöhnt wurde: und er stellte sie sich vor, wie sie das Schlafzimmer verließ und an ihm vorbeiging, der verborgen unter den Decken in seinem Bett zwischen den Stühlen lag, er stellte sie sich mit dem niedergeschlagenen, entmutigten Blick des Wachhunds vor, der im Grunde genommen keine andere Schuld hatte als die, der Wachhund der Acitana zu sein. Doch erhob sie sich gegen Caitanello? Stürzte sie sich auf ihn? Warf sie ihm jemals die Unterhaltung mit der Acitana vor? Sie war dem Anschein nach der Wachhund, und es fehlte nicht viel, dass er sie mit Tritten traktiert hätte.

Jetzt aber fühlte er für Nasodicane weder Unglück noch Freude, doch genau das, Unglück und Freude, empfand er tief innen für seinen Vater, der sich den Schwanz hatte nachwachsen lassen, und mit diesem Schwanz war er wie die, die wegen eines Wunders der Natur wirklich einen Schwanz haben, eine Spitze, einen Stachel an der unteren Wirbelsäule. Sie sind von der Kraft eines Samsons, müssen sich aber hüten, dass man sie an dieser Spitze packt, denn packt man sie dort, werden sie völlig schwach, sie fühlen sich, als würden die Lebensgeister sie verlassen, und einer, der ihnen etwas antun will und ihre Schwachstelle kennt, kann sie in die Knie zwingen, sie mit nur einem Finger der Länge nach auf die Erde stürzen lassen.

Der Gedanke erfüllte ihn, dass Donna Rosalia Orioles auf ihn zugekommen war, weil sie ihn für einen Geist hielt. Er umkreiste wieder und wieder das Dorf wie eine gepeinigte Seele, die, bevor sie in eines dieser Häuser eingelassen wurde, das Pfand zu zahlen hatte: die Vergangenheit noch einmal erleben, das, was sein Leben an der Seite dieses Vaters war, und dieses Pfand musste er wohl zahlen, weil er lebend aus dem Krieg heimkehrte, und leben, das war's, das kostete ihn etwas.

In dieser Hinsicht stellte das Haus seines Vaters für ihn eine Muschel dar. Wenn er sein Ohr daran legte, meinte er seinen Vater zu hören, der für ihn erneut die Winde erhob, die in seiner eigenen Brust längst für immer gefallen waren, der den Nachhall eines Lebens anblies, das kein Leben mehr war und noch kein Tod, und es war ein betrübliches Hören, wie es bei einem Wind vorkommt, wenn er schutzlos fällt, und über dem neuen Wind, der sich erhoben hat, den unglücklichen Zug macht, wieder zu wehen und doch nur ein erbarmungswürdiger Auswurf bleibt, wie im großen Schirokko von Morgen und von Abend, diese unglaubliche Schrulle aus Aufgeblasenheit, mit dem Atem im Hals, der sich zum Gräkal aus Nordost wandelt, wenn er annimmt, von Malta oder von den Inseln her zu den Meeren zwischen Skylla und Charybdis zurückzukehren, wo er eben erst von dem afrikanischen mit dem Doppelgesicht entthront wurde und Windwoge auf Windwoge im Schirokko erstickt und wie eine vom Gegenwind erschöpfte Wachtel aufs Meer klatscht.

Noch einmal wanderte er dicht an all diesen Häuserwänden entlang, die beinahe so wirkten, als wären die einen an die anderen gemauert, wie ein ununterbrochener Ring von Mauern, die den Atem der in Schlaf Gefallenen ausschwitzten, hinter denen die einen sich im Schlaf beklagten, andere Rufe hinausschickten und vor Angst schrien, noch andere jemand riefen oder jemand anflehten, während sie Visionen betraten oder aus ihnen hervorkamen.

Die Lampe im Schlafzimmer war noch gelöscht. Er lauschte an der Wand und hörte nichts, doch nach einer Weile begann Caitanello zu stöhnen und rieb sich die Brust, als hätte er große Pflastersteine aus Lava auf sich liegen. Er stöhnte, er stöhnte, und dann, mit einer überraschend merkwürdigen Veränderung seiner Stimme, einer Stimme wie der eines Weibsmanns, weiblich erstickt, geradezu ein Hauch, ein Faden, ein eiserner Faden, der zitterte, sprach er und sagte ein einziges Wort, ein einziges, aber berühmtes:

»Granvisire …«

Granvisire, Großwesir, das war auch für ihn ein berühmtes Wort. Wenn er es im Vorraum hörte. Da, dachte er dann, jetzt beginnen die heimlichen Zusammenkünfte. Granvisire war nämlich der Name, mit dem die Acitana ihn anredete und den sie wie einen seltenen Luxus für die Zeiten der Hungersnöte, des Elends, für ihn bereithielt.

Jetzt allerdings hörte er, dass Caitanello mit der Hand auch auf ihn zurückgriff, aber da täuschte er sich, das garantierte er ihm. Granvisire war ein herrliches Wort, wenn es aus dem Mund der Acitana kam, und er ließ sich als kleiner Junge verzaubern, wenn er es auf der anderen Seite der Trennwand aussprechen hörte, und er wachte auf, als würde er sich inmitten einer verzauberten Dunkelheit wiederfinden. Jetzt aber ernüchterte ihn die Herrlichkeit des Namens auf den Lippen seines Vaters: Doch war es weniger das Wort als vielmehr er, der ihm Abscheu mit seiner ins Weibische verzerrten Stimme erregte, eine dermaßen dümmliche Stimme, die Stimme eines Mannes, der kein Mann ist, und über die man rot anlaufen konnte.

Er wird sich auf die Anrede beschränken, dachte er. Er wird schon hören, dass die Acitana nicht das Geringste mit diesem Gekrächze zu tun hatte, das ihm aus der Kehle drang, er wird schon hören, dass dieses bittere, zwittere Stimmchen einer zahnlosen Alten oder eines Säuglings in Windeln mehr nach Fere klingt als nach Acitana. Er wird schon hören, schon hören, doch wenn er redete, wie konnte er da hören? Wenn er hörte, hörte er ganz sicher nicht mit den Ohren, und mit dem, womit er in diesem Augenblick hörte, musste er mehr als überzeugt sein, dass er die Stimme der Acitana aufs Vollkommenste nachmachte, musste er glauben, dass er sie in Person anredete, mit ihrem acitanischen Tonfall, liebenswürdig und ein bisschen träge, mit einer leicht spöttischen Färbung. Und vielleicht sah er sich wieder als Granvisire und all das, was diese Anrede damals für ihn bedeutete.

Mit Granvisire, diesem Zauberwort, verwandelte die Acitana ihn durch ihren Mund in ein Märchen, kleidete ihn als Tausendundeinnächtigen, in gebauschter Seide, mit Spangen und bestickten goldenen Babuschen, mit Damaszener Krummsäbel, mit Wert und Ehre, mit fabelhaften Gütern und Reichtümern, mit Verdiensten in großer Zahl, mit allseits bekannten persönlichen Vorzügen, mit Unternehmungen, die Bücher erzählen müssten. Mit dieser Anrede streichelte sie ihm das von den Widrigkeiten zerraufte Fell. Sie streute das Wort hier und da aus wie einen Balsam, wie zu der Zeit, wenn man beim Krakenfang Olivenöl dicht am Wassersaum austräufelt, einen Tropfen hier, einen da am klippenreichen Ufer, und das trübe, von der Dünung aufgewirbelte Wasser klar wird und ruhig und man anschließend in die Tiefe blicken kann, und das so klar, dass man meint, man sei dort unten.

Dann geschah, was er befürchtet hatte, denn Caitanello beließ es nicht bei Granvisire.

»Granvisire? Granvisire?«, meldete sich das tölpelhafte Kastratenstimmchen wieder. »Wieso stöhnt Ihr so dunkel, so versteinert? Welche Angst plagt Euch, welches Schmerzensweh? Soll ichs Euch nicht nehmen, Granvisire? Sagt mir, sagt mir … Haltet Ihr Euer Weib Eures Vertrauens nicht für würdig?«

Wie unangenehm das war. Auch er hatte sie gehört, diese Worte, und wer weiß wie oft, damals gesagt von der, die sie sagen musste. Und jetzt, als er sie von seinem Vater mit dieser Ferenstimme so verzerrt hörte, war es ihm, als ob die wirkliche Stimme seiner Mutter damals ebenfalls, ganz tief in ihrem Inneren, ein bisschen verzerrt war, ja, ein bisschen etwas von einer Fere hatte.

Per la Madò, braucht er denn jetzt all diese Stille und Spille, um mit der Acitana zu leiden? All diese Antriebe und Hilfsmittel, das Kleid, die Sinne und Stimme, die Troddeln und Tröddelchen? Brachte dies alles sein Alter mit sich, die etwas herabgewürdigte Intimität? Die veränderte Acitana? Dieser Widerwille gegen Fere, die in der Luft waren, im Zimmer, in seiner Stimme und in seinem Kopf?

Er hörte, dass Caitanellos Stimme wieder männlich wurde: Er schleimte, machte sich an den großen Bändern seiner natürlichen Stimme zu schaffen, doch das lag nicht daran, dass er wieder zu Vernunft kam, sondern um jetzt zu erwidern, das heißt, jetzt betrat er die Bühne, er übernahm die Rolle des Mannes, um der Acitana zu antworten:

»Ich, Signora, Granvisire? Einen so Elenden konntet Ihr für einen Granvisire halten?«

Und gleich darauf, unter schwerem Keuchen, vertölpelte er sich wieder weibisch:

»Granvisire, Granvisire, ich schwörs Euch …«, antwortete durch seinen Mund die Acitana.

An diesem Punkt überwältigte ihn diese weibsmännische Stimme, und er entfernte sich wieder, um noch einmal einen Rundgang zu machen. Es gab keinen Zweifel mehr: Caitanello würde in dieser Weise fortfahren, immer tiefer in die Zusammenkünfte dringen, in denen er Großwesir war, mit dieser männlichen und weiblichen Stimme, ein Ehemann mit der Redeweise seiner Frau, eine Ehefrau mit der Redeweise ihres Mannes … Und hier plötzlich, als würde sich ihm das Geheimnis eröffnen, begriff er, dass das Schöne darin bestand: Er musste seinen Vater mit dieser Stimme sehen, er begriff, dass er sich dafür ohne jede Scham zum Tölpel machte, für die Tatsache, dass es ihm vorkommen musste, als würde er sich mit der Acitana wie noch nie unterreden, wie noch nie auf diese Art, wie zwei Seelen in einem Körper.

Der Grosswesir erschien immer mit dem durch Unwetter hervorgerufenen Mangel im Meer.

Tage um Tage suchten die Pellisquadre das Meer in allen Richtungen ab, oben wie unten, und fischten immer erfolgloser, immer weniger. Wertvoller Fisch verschwand: Bernsteinmakrele, Zahnbrasse oder Wrackbarsch; nahrhafter Fisch verschwand: Bonito, Langflossenthune, Thune, Heringe; mittelwertiger Fisch verschwand: Jungthun, Muräne; vier-Fische-für-einen-Soldo verschwand: Meeräsche, Stöcker oder Makrele; am Ende verschwand gar der Strumpfbandfisch, und das war das schlimmste Anzeichen. Silbern, eine Handbreite hoch, einen halben bis über einen Meter lang, von appetitanregendem Geschmack, wenn auch sättigend, ist der Strumpfbandfisch das kleine Glück der Meere zwischen Skylla und Charybdis, der Haustroll, der unverzichtbare Happen, der sich niemals herbeiwünschen lässt, und so sehr die Fischhändler ihn auch wegen der Tatsache verschmähen, dass man ihn eben ständig isst und die Menschen ihn leid werden, reicht er, wenn man nur einen einzigen fängt, zusammengerollt aus, um Augen und Korb zu füllen.

Fehlt der Strumpfbandfisch, verliert der Pellesquadra alle Hoffnung, das ist das Zeichen, dass der Mangel jeden Christenfisch vertrieben hat. Dann hält der Pellesquadra sich an die Haie: Ein Glatthai oder ein Spitzkopfhai werden zu etwas überaus Köstlichem, einen an Land zu bringen, scheint wie etwas unglaublich Geschicktes. Doch über den Glatthai und Spitzkopfhai kommt man zum

Heringshai, der entfernt mit dem Hai verwandt ist, jedoch das Fleisch eines Langflossenthuns hat, und dann zum richtigen Hai, diesem Blauhai, diesem Engelfisch, diesem Grobian mit derben Umgangsformen, dessen Nase immer stinkt. Aber man muss zu ihm gelangen, seiner habhaft zu werden ist nicht so, wie wenn man mal eben eine Zigarette rauchen würde. Doch die Pellisquadre wissen, dass es welche gibt, die nicht unmöglich zu fangen sind, und ein Versuch riskiert nicht das Leben. Es sind Blauhaie, deren Tage gezählt sind, Blauhaie, die man nach jedem Schwertfischzug mit einem Schwert herumschwimmen sieht, das ihnen quer durch geht: lebendig sterben sie nach und nach, so wie das Schwert, das der tapfere Pulcinell sterbend in ihm zurückgelassen hat, brandig wird.

Doch auch diese Blauhaie, die dem Auge durch die weißen Knochenpunkte gemeldet werden, die ihm aus den Seiten wachsen, gehen zu Ende: Zurück bleiben nur die gesunden und die Feren, sie bleiben zurück, um das Ausmaß des verlassenen Meeres anzuzeigen, das Ausmaß der Entvölkerung, welche den Mangel hervorgerufen hat, wie Raben und Turmfalken, die über den Kadavern bei den verheerenden Seuchen trudeln.

Doch der Mangel im Meer, was ist der Mangel im Meer? Etwas, das nur äußerst schwer beschrieben werden kann. Vom Ereignis her kennt man ihn, und wie man ihn kennt, doch weiß man es nicht in Worte zu fassen, man weiß es nicht, man kann es nicht definieren: Denn der Mangel im Meer ist kein Fluch, der notwendigerweise alle auf einmal trifft, über die Länge der gesamten Straße und den Meeren zwischen Skylla und Charybdis, denn sie kann einzig und allein für einen Fischer, eine Mannschaft, ein Dorf kommen, und es kann sich sogar zutragen, dass in demselben Meer, in ganz genau demselben Wassergeviert und gewissermaßen in ganz genau demselben Meerestropfen, wo einer Mangel leidet, ein anderer sich eines reichen Fangs erfreut. Das Meer trocknet nur an einem einzigen Punkt aus, das Glück hat das verquer sitzende Ei nur für Einzelne, für manche.

Er hat bereits begonnen, auch wenn die Menschen an Land ihn noch nicht wahrnehmen, wenn die große Stummheit der Pellisquadre einsetzt, Stummheit unter ihnen, untereinander und den Frauen, unter den Frauen und den Alten und den Milchbärtigen, und dann den Kleinen, den Kleinen, die sonst sterben, zuerst redet man zu ihnen mit den Augen und den Händen, und danach, um die Sprache herauszulassen, entfernen sie sich entweder zu den Palmen oder gehen zum kleinen Strand der 'Ricchia, weil sie das Verbotene, zu dem das Wort wurde, nicht länger im Mund behalten können.

Das erste und erschreckendste Zeichen des Mangels ist immer dieses Sterben von Worten, nicht von Worten einer Rede, sondern von Getuschel, von Schreien und Anfeuerungen bei Stapelläufen: hooooho ... hoch, jetzt, los ... etwas in der Art, und sogar die einfachsten Grußworte, bongiorno, bonanotte, benedìcite, Euren Segen. Kurz, nicht einmal das wenige, nämlich der unbedingt notwendige Wechsel von Worten, der den Pellesquadra kennzeichnet, hört man noch, es ist wie das Hinsterben von Tieren zu Zeiten der Trockenheit, wie die Dürre, die die Zitronenpflanzungen verdorren lässt, verdorren die Worte und sterben ab, weil sie nicht mehr von Gesprächsthemen getränkt werden, von Themen genannt Fische.

Die Stille kommt vom Meer, und mitunter ist es, als würden die Pellisquadre nur aufs Meer fahren, um darauf große Ausfahrten zu veranstalten, und aus der Ferne würde man, dem schwerfälligen Rudern nach zu urteilen, vermuten, dass sie endlich eine erfreuliche Menge Fisch gefangen hätten, und während sie anschließend die Boote abtakeln, meint man es wirklich zu hören, dass er sich übers Ufer ergießt und einen großen Lärm der Stummheit im Ohr hervorbringt.

Die Stille tut sich von dorther auf, von den verdorbenen, wütenden Gewässern, berührt das Land, zieht in die Häuser und steckt alles und alle an, wie ein klebriger Wind, der den Atem verpestet und sich fest auf die Lippen legt, und die trocknen aus und schwären, als wären sie von einem Durst nach Meer gebeutelt, verlängert und verschlimmert vom salzigen Wasser; für die Zunge hingegen scheint sie reichhaltige, boshafte Nahrung zu sein, sie wächst, sie bläht sich im Mund, sie bewegt sich, als wollte sie fliehen, und mit ihrer giftigen Berührung ruft sie Verbrennungen am Gaumen hervor, ganz ähnlich denen der Qualle und äußerst schmerzhaft.

Die letzte Worttat der Pellisquadre besteht darin, den Fischhändlern nach gewöhnlich drei Tagen auf: Neuigkeiten? K.N. zu antworten, keine Neuigkeiten, und zu erklären, dass sie es sich eine Zeitlang ersparen könnten zu kommen, weil sie Mangel leiden würden. Sollte er zu Ende gehen und ihnen noch Atem im Leib belassen haben, würden sie ihnen, diesen wunderbar einmaligen Menschen, Bescheid geben.

Danach ziehen sich die Pellisquadre in sich selbst zurück, und es ist, als hätten sie stillschweigend ein Gelübde abgelegt, den Gebrauch des Wortes aufzugeben. Wenn man sie dann ansieht, und gesetzt den Fall, man könnte die Worte sehen, dann sähe man, wie sie jedem von ihnen aus dem Mund fallen, um die Person herum, eins auf das andere, wie Ziegelsteine, die sich ringsum aufschichten wie die Wände eines Brunnenschachts, und sie vermauern sie. Sie tun weiterhin die gleichen Dinge wie zuvor, in dem Sinn, dass sie immer aufs Meer fahren und immer mit leeren Händen zurückkehren, doch das alles indessen bei verriegeltem Mund. Sie nennen sich nicht einmal mehr beim Namen. Und abgesehen davon, was hätten sie sich auch zu sagen?

Er hatte seinen ersten Mangel und die folgende Hungersnot erlebt, als er sieben Jahre alt war, und er erinnerte sich vor allem an drei gewichtige Dinge: diese Stille; das Lachen der Feren bei Nacht und gelegentlich bei Tag, das noch erschreckender war als das bei Nacht, nämlich wie das Kichern böser Geister, die am Mittag hervorkamen und sich am Unglück der armen Menschen weideten; und als Drittes erinnerte er sich an seinen verstummten Vater, wenn sie bei Sonnenuntergang am Tisch vor den mit nichts gefüllten Suppenschüsseln saßen.

Da mussten sie sich beeilen und das letzte Sonnenlicht ausnutzen, wenn sie noch einmal einen Blick hinauswerfen wollten, denn aus Petroleummangel zündeten sie nicht einmal mehr die Lampen an. In diesem Augenblick kam ihm das Gesicht seines Vaters jedes Mal wie das Gesicht eines Menschen vor, der unter Wasser tauchte und die Luft anhielt, jeden Tag ein bisschen mehr, als würde er wie zur Wette die Kraft messen, und auf diese Weise jeden Tag ein bisschen mehr die Gefahr beschwor, zu ersticken. Er wirkte untergetaucht, mit vom Salz gereizten, wässrigen Augen, mit leblosem und gleichzeitig aufgewühltem Blick.

Eines Abends kam er, da war es ihm, als würde seinem Vater Blut aus Mund und Augen quillen. Da dachte er: Heute Nacht, heute Nacht taucht er auf, kommt nach oben und wird frische Luft schnappen, heute Nacht treibt er an der Seite der Acitana dahin und unterredet sich mit ihr, um die Luft in seinen Lungen zu erneuern und seinen Geist wieder zu beleben …

Und in jener Nacht oder der anderen hatte Caitanello mit der lebenden Acitana das gemacht, was er jetzt mit der toten Acitana machte: Ein bisschen war er tot und viel stellte er sich tot, und um ihn wiederzubeleben, war die Acitana ihrerseits ein bisschen lebendig, und viel stellte sie sich so, denn in jener Nacht oder der anderen war dieser geschundene Mann vor ihren Augen verschwunden und erschien wieder als Großwesir. Der Großwesir kam in einer der Nächte der schwärzesten Tage des Mangels, als sie nicht einmal mehr ein Stück Brotkruste als Brot zu essen hatten und Krumen als Belag. Da stiegen die drei Monde des Großwesirs auf, die drei Monde, die er zu sehen glaubte, als er sich bückte, um in die Acitana zu blicken und sich in diesem Brunnen ohne Boden zu spiegeln.

Es waren die Nächte der Tage des Mangels im Meer, die heimliche Zusammenkünfte schickten, die Nächte der wütenden Tage, die Nächte der großen Sterbetage von Worten, deren Atem stank. In einer dieser Nächte tropften die heimlichen Zusammenkünfte im Dunkeln wie ein Reiskörnerregen, wie harte Regentropfen nach Monaten ohne Regen auf den getrockneten Schlamm, auf glühende Steine, auf die Staubwolke, der Regen, der so oft gewissermaßen mit seinem Tamburingeprassel die Fische nach oben ruft, den Mangel abrupt beendet, wie er oft ja auch die Pestseuchen abschneidet, indem er die Krankheitsherde auslöscht und die verpesteten Dämpfe in alle Winde verstreut.

Foppen, so sagt man, verträgt keine schweren Gedanken. Was war dann aber das mit dem Großwesir und der Acitana? Was war dann diese Art von Blüte, die sie mit ihrem Atmen in den Nächten erblühen ließen? Die Blüte einer kleinen Pflanze, dem Wildstrauch der Kaktusfeige vergleichbar, der aus dem staubigen Sand aufschießt und so verbreitet ist an der Plaia, wohin kein Tropfen Wasser gelangt und diese zaubrische, mit Stacheln übersäte Frucht hervorbringt, die einen säuerlichen Geschmack im Mund entstehen lässt, wie wenn man Ameisen zerkauen würde? Was war das dann?

Vielleicht war es ja kein richtiges Foppen, oder es war nicht nur das: oder dies war nicht das Wort oder dies war nicht die Geschichte oder dies war nicht die Bedeutung oder dies war nicht die Substanz. Ganz sicher war es nicht das Foppen um des Foppens willen, nein, das durfte es nicht sein. Wenigstens für ihn, der vom Vorraum aus dieses ganze leisleise Theater hörte, das sie aufführten, als würden sie den Mund unter den Betttüchern verborgen halten, und dann schien es irgendwann, als würden sie im Sand versinken, tiefer und tiefer hinein, versteckt und verschämt. Für ihn sank da der Vorhang herunter, denn konnte ein kleiner Junge seines Alters sich etwa vorstellen, dass, wenn die heimlichen Zusammenkünfte beendet waren, sie das Werk hinter dem Vorhang noch fortsetzten, auf andere Weise, ohne Worte, bei geschlossenem Mund?

In den Nächten damals genügte bei dem durch den leeren Bauch leichten, so leichten Schlaf der erste Pfeifton, der gemacht wurde, die ersten Worte, die sie durch ihre zum Ring verengten Lippen hauchten, um ihn gleich zu wecken. An seinem Ohr war es, als würde die Stille hier und dort bei den Seufzern seines Vaters aufspringen wie eine getrocknete Schlammkruste.

Zu Anfang tat Caitanello, als würde er sich bemühen, seine Galligkeit zu entsteinen, all diese grünlichen Steine, und er tat, als habe er große Schwierigkeit beim Sprechen, er raufte mit den Silben herum und litt darunter, dass er nicht eine einzige von ihnen hervorbringen konnte. Die Zunge war zu sehr geschwollen, sie verhedderte sich zwischen den Zähnen, überanstrengte den Gaumen, und weil sie sich in die Kehle zurückrollte, kamen Taubstummenlaute aus ihr hervor.

Jedes Mal dachte er unversehens, dass Caitanello sich vor lauter Schweigen so sehr des Sprechens entwöhnt habe, dass er möglicherweise den Gebrauch des Worts verlernt hatte. Da er seine Erfahrungen gemacht hatte, musste er inzwischen mit aller Klarheit wissen, dass es sich dabei nur um die übliche Präambel handelte, die teils Einschmeichelei war und teils Liebeständelei. Doch half die Erfahrung ihm nicht, und immer wieder kam ihm der Gedanke, dass, wenn er heute nicht redet und morgen nicht redet, seine Sprache geschrumpft war.

In Wirklichkeit aber waren das die ersten Zeichen, dass das Wort zu ihm zurückkehrte. Um zu reden, wartete er jedoch darauf, dass die Acitana redete, so als würde sie ihm durch ihr Beispiel die Art beibringen, wie die Zunge bewegt und die Lippen geformt werden müssten, um die Worte aus dem Mund zu lassen. Er stammelte und stöhnte, dass es einem die Brust zerriss. Entweder schlief die Acitana wirklich, oder sie ließ sich, um ihm die Sache glanzvoller zu gestalten, eine Weile bestöhnen, bevor sie zum Leben erwachte. Sie hielt es so: Das Zeichen, dass für sie der Augenblick gekommen war zu erscheinen, bestand darin, Caitanello eine bestimmte Anzahl von Stöhngeräuschen machen zu lassen. Dann, ebenso unerwartet wie sie erwartet wurde, betrat sie die Bühne mit ihrer feinen Stimme, wie sie ihr eigen war, eine vielmals überlegte Stimme, so wirkte es, denn man spürte, dass sie, bevor sie das erste Wort sagte, es in ihrem Inneren still, ganz still wiederholt hatte.

»Wer klagt da? Wer leidet da und quält sich? Wer hat da so ein Schmerzensweh, dass man glaubt, er habe Pflastersteine aus Lava auf der Brust?«, sagte sie ahnungslos als Erstes. Dann, als würde sie den Blick kreisen lassen und ihn sehen, rief sie: »Oh, mein Granvisire, Ihr an diesem Ort? Ihr, Herrlichster, auf der Schwelle meiner elenden Wohnstatt?«

Sie redete ihn völlig überrascht an, mit der Verwunderung eines Menschen, der vor seinen Augen plötzlich jemanden auftauchen sieht, den er niemals zu sehen erwartet hätte. Einmal hatte er versucht, sich die Szene vorzustellen: Dieser Großwesir, der möglicherweise seine Schwierigkeiten auf der Straße von Sizilien überstanden hatte, als er von Malta heraufkam, war zufällig dort vor ihnen vorbeigekommen, mit seinem vom Sturm geschlagenen Segler, der langsam dicht an der Küste segelte. An Bord stöhnte dieser Großwesir dermaßen, dass das Stöhnen an die Ohren der Acitana im Haus drang, und sie ging instinktiv hinaus, dem Stöhnen entgegen, weil das Herz ihr sagte, dass sie diesen besonderen Ton des Stöhnens schon einmal gehört habe. So war es jedes Mal das Stöhnen, das sie veranlasste ihn anzureden: »Oh, Granvisire, Granvisire …«, wandte sie sich an ihn, und indem sie sich an ihn wandte, begrüßte sie ihn, huldigte ihm, beweinte und begehrte ihn, flehte ihn an, bediente ihn und befehligte ihm …

Caitanello stand, stand da und begann als Großwesir zu sprechen, um sich zuallererst diesem bedeutenden Titel zu verweigern:

»Ich, Granvisire? Ein Elender, wie ich es bin, ein Granvisire? Ach, Masignora, Euren Spott verdiene ich wohl, nichts anderes verdiene ich …«

Eine Weile ging es so, zwischen Zeremonien von ihrer Seite und Querimonien von seiner. Fast nie änderten sie etwas, fast nie gebrauchten sie neuartige Wörter, fast nie veränderten sich die Dinge, fast nie brachte das Leben Neuartiges den Umständen oder den Geschichten entsprechend zu ihnen. Und das tiefe Fühlen, das zwischen ihnen beiden bestand, nicht einmal das konnte die geringste Veränderung erfahren, denn es war ebenso unmöglich es abzulegen, als auch es zu vermehren. Die Liebe zwischen Caitanello und der Acitana war nämlich wie ein Kind im Mutterleib nach neun Monaten, wenn es mittlerweile schön und vollständig in seinen Zügen entwickelt ist und es nurmehr darauf wartet, geboren zu werden und eigenständig zu leben. Der einzige Unterschied war, dass sie es nie zur Welt brachten und immer schwanger damit waren, immer, ununterbrochen hielten sie es in diesem ruhigen und triumphierenden, alten und verkindeten, vollkommenen und unzulänglichen, beständigen und flatterhaften Zustand, in welchem die Schwangere lebt und gelegentlich auch zu träumen scheint, als eine zu zweit.

»Granvisire, Granvisire, ich schwörs Euch …«, beharrte sie mit der Wärme einer Flamme. »Ach, wenn Ihr Euch nur mit meinen Augen sähet, wenn Ihr Euch sähet, wenn Ihr … Auch Ihr würdet Euch selbst als Granvisire erscheinen …«

Und der Großwesir:

»Auf dem Meer, dort, möchte ich mich als Granvisire sehen …«

Und die Acitana:

»Es gibt gute Zeiten, und es gibt schlechte Zeiten, muss ich Euch das erst sagen? Sicher, für einen Granvisire sollten es immer Zeiten geben, seien sie gut, seien sie schlecht, Zeiten, die ihm zusagen. Doch habt Ihrs je den Menschen Eures Hauses an Brotfisch mangeln lassen, der Gemahlin und dem Sohn? Den werdet Ihr wohl immer fischen, wie eben ein Granvisire.«

Und der Großwesir:

»Den Brotfisch, Masignora, fischt man ohne Köder, hart und trocken, mit der Angelschnur des Glaubens, solange der farotische Brotbäcker ihn macht … Doch den Meeresfisch, den fischt man nicht mit dem Glauben. O ja, auf dem Meer, mit dem gefischten Fisch, da möchte ich mich als Granvisire sehen …«

Und die Acitana:

»Seht Ihr Euch denn nicht, wenn Ihr im Mastkorb sitzt, an den Haltestützen des Ontro? Seht Ihr nicht, was für ein schöner Granvisire Ihr mir da werdet, sobald der Späher auf der Feluke die Mütze lüftet, um Euch eine majestätische Prallhüftige anzukündigen, die heranschwimmt mit ihrem armen Pulcinell, welcher das Meer küsst, wo sie vorbeischwimmt? Seht Ihr Euch denn nicht, wie Ihr da oben auf der Höhe Eures Mastes aufbegehrt und wie Ihr die Stimmgewalt übernehmt und die Führung des Boots? Und den Lärm, den Ihr macht, und das Herzblut, das Ihr hineinlegt, wenn Ihr die Mannschaft anfeuert. An die Ruder … An die Ruder … Da, da, voraus, voraus, lanziert sie, lanziert sie, bei meiner Seel, bei meiner Seel, zielt und lanziert sie, auweh, auweh, auweh, sie entkommt euch, sie entkommt euch, bei meiner Seeele, meiner Eeele, meiner Ele, 'ner El … wenn Ihr das ruft, seht Ihr Euch dann nicht, heh? Seht Ihr Euch nicht, dass es eine Frage auf Leben und Tod zu sein scheint, dass es um entweder stirbt die Prallhüftige oder sterbt Ihr geht, und viele Male sieht es aus, als würdet Ihr sterben, und es sieht so aus, als würdet Ihr Mutter, Mutter schreien, und in Wirklichkeit habt Ihr die Mannschaft angefeuert, sie zu töten, zu töten, die Prallhüftige, um Eure Seele zu retten, und die Mannschaft unten verspürt ein Frösteln an der Wirbelsäule, seht Ihr Euch denn nicht? Und seht Ihr nicht, dass von jedem Wassergeviert in Sizilien und in Kalabrien alle innehalten und

Euch bewundern? Das da ist Caitanello Cambrìa, sagen sie, denn Euch kennt Gott und die ganze Welt, berühmt wie Ihr seid für Eure Augen eines Malteserfalken. Seht Ihr auf dem Meer denn nicht, dass Ihr ein Granvisire seid? Doch wenn Ihr Euch nicht seht, sehe ich und sah ich Euch, Granvisire, wenn Euer Los für das Wassergeviert in der Nähe des Ufers gezogen wird, dann habt Ihr ein solches Dröhnen in der Stimme, dass ich meine, selbst auf dem Ontro zu sein, unterhalb von Euch, mit Schaudern, die mir die Wirbelsäule hinauf und hinunter jagen … Aber ist es denn möglich, dass Ihr mit Euren Augen eines Malteserfalken Euch nicht sehen könnt, Granvisire?«

Und der Großwesir:

»Augen eines Malteserfalken? Um was zu sehen nach dem August, Masignora, könnt Ihr mir das sagen? Um was anderes zu sehen, nachdem sie den letzten Schwertfisch gesehen haben? Nach dem Zug, Masignora bella, oh, da kann er nach Herzenslust spähen und blicken, der Malteserfalke … Ach, Masignora, glaubt Ihr denn, zwei gute Augen würden reichen, einen Granvisire abzugeben?«

Und die Acitana:

»Sie reichen, sie reichen und behalten gar noch etwas übrig … Und wenn es mir verstattet ist, ein Beispiel anzuführen, erzähle ich, eine Frau, Euch, dem Granvisire, von einem bestimmten Fräulein aus Aci, das eines Tages mit dem Begießen des Basilikums auf dem zum Meer hin gelegenen Balkon ihres Hauses beschäftigt war, und vom Balkon aus sieht sie einen jungen Mann, der mit anderen jungen Männern aus einem Boot an Land geht und näher kommt, ungeheuer selbstbewusst, mit Verwirrung erregenden, bezaubernden schwarzen Augen, die überall hinlangen und dem Anschein nach alles in ihren Besitz bringen. Und diese Augen richtet er, als er unten ankommt, zum Balkon auf, und um das Fräulein ist es geschehen. Der junge Mann kam vom Meer, genauer gesagt von hier, von diesem Meer zwischen Skylla und Charybdis, um bestimmte Ruder ausgerechnet beim Vater des Fräuleins zu bestellen, doch sie sieht in ihm einen sarazenischen Potentaten oder, wenn Ihr so wollt, einen Granvisire aus dem Orient, einen verkleideten Granvisire, der, über die Straße von Sizilien gekommen, an Land geht und sich umsieht, und er scheint beim Anblick all dessen, worauf er seinen Blick richtet, Mädchen, Strände, Buchten, zu sagen: Das alles ist mein. Das Fräulein ist verzaubert, sie steht da mit dem Krug in der Hand, vergisst das Basilikum, ist nicht mehr fähig, auch nur Ahh zu sagen, und es kommt ihr fast vor, als habe der junge Mann seinen Falkenaugen den Befehl gegeben, auf den Balkon hinaufzufliegen, sie mit seinen samtenen Greifen am Hals zu packen, kurz, sie zu rauben, als wär sie ein Häslein. So war es dann im Grunde auch, denn für das Fräulein gabs nur eines: ihn sehen und ihm folgen, und für ihren Vater war es, als wäre sie von Piraten in einem Nu entführt worden. Und Ihr sagt immer noch, dass zwei Augen wie jene nicht ausreichen, um den Granvisire zu nennen, der sie hat?«

Und der Großwesir:

»Eine schöne Unternehmung, die dieser junge Mann da durchgeführt hat. Er kann sich wirklich belohnen wegen seiner Falkenaugen. Als nichtswürdiger Fischer wagte er sich um ein Fräulein wie dieses, einzige Tochter, ein Fräulein in allem bedient, ein Fräulein, die einen Balkon besaß und, als sie verheiratet war, das für immer vergessen musste. Ach, wie geblendet musste das Fräulein von Aci gewesen sein, wenn sie den elenden jungen Mann für einen Granvisire halten konnte … Das musste die Sonne gemacht haben, die dem Fräulein an jenem Vormittag damals die Augen blendete …«

Und die Acitana:

»Der Balkon, der Balkon, den Ihr da immer wieder erwähnt, Granvisire, wozu war er mir denn noch nütze, wenn ich in Aci geblieben wäre, nachdem ich Euch gesehen hatte? Zum Weinen vielleicht, um mit den Tränen das Basilikum zu gießen? Oder um mich früher oder später hinunterzustürzen, wenn ich bei Nacht und bei Tag Ausschau gehalten hätte, ob Ihr wohl erscheinen würdet? Der Balkon hatte mir ausgedient, behaltet das in Eurem Kopf, Granvisire, als ich Euch von ihm aus sah.«

Und der Großwesir, der nicht nur gebeugt, sondern auch überzeugt sein wollte:

»Na, den leg ich Euch ganz besonders ans Herz, Masignora, Euren Granvisire, der durch den Mangel im Meer zu einem Lumpenhund verkommen ist. Und meint Ihr denn nicht, Masignora, dass ein Granvisire nicht einen Weg, nicht eine Weise finden würde, auf den Mangel und die Not zu spucken? Würde ein Granvisire denn nicht die Ausrüstung finden, um zu einem anderen Meer zu segeln, sich nach Malta zu wagen, zur Straße von Sizilien hinunter und, sofern es sich als notwendig erweist, bei Gibraltar auf den großen Ozean zuzustürmen? Sollte ein Granvisire denn das Unversuchbare nicht versuchen, diesen Bürgermut besitzen, so etwas zu wagen? Ach, Masignora, Abscheu, Abscheu sollte ein dieser Art wutverbitterter Granvisire in Euch hervorrufen …«

Und die Acitana:

»Ach, ich würde ein Gutteil meines Lebens hergeben, um Euch sehen zu lassen, wie ich Euch sehe mit diesen Augen, Granvisire. Doch das wäre Zauberwerk, und das ist nichts für mich. Ich, ich Arme, ich habe lediglich meine Worte, und die sind Eurer Hoheit nicht würdig, Eurer Gestalt eines Granvisire, wie ich Euch sehe, der mir so schön und voller Lebensfeuer dahinsegelt, auf einem kostbaren Segler aus Zedernholz mit seidenen Segeln, ein Granvisire, der mir all diese Ehre und dieses Vergnügen bereitet, der in mein Haus kommt und in Person, und Haus und Person erlebe ich angefüllt mit jeder Duftessenz, mit Stickereien und Spitzen, und im Mund und in den Augen ists, als hätte ich die Farben und den Geschmack der allerköniglichsten und feinsten Fische: Adlerfische, Zahnbrassen und Wrackbarsche, Brassen, Doraden, Seebarsche, Umber und Schwertfisch, Schwertfisch, Schwertfisch, den Ihr mit Euren Augen harpuniert habt, mein Granvisire …«

Und der Großwesir, der immer mehr verfinsterte, je mehr sie ihn zum Leuchten brachte:

»Was für eine seltsame Sprache Ihr sprecht, Masignora. Adlerfische, Zahnbrassen, Schwertfisch … Was für ein Zeug ist das? Kann man das vielleicht essen? Sollen das Fische sein, die Ihr da nennt? Vielleicht kannte ich sie in der Vergangenheit, doch irgendwie habe ich die Erinnerung an sie verloren, weil ich sie schon so lange nicht mehr sehe. Es gab einmal ein schönes Meer, gleich hier, lang ists her, lang ists her … Jetzt ist dieses schurkische Meer übler geworden als der Weiher von Ganzirri, eine Dreckmulde, ein Auswurf des Meeres, ein Kadaver, ein Wundloch …«

Und die Acitana, gekränkt und voller Erbarmen mit ihm, als habe er etwas Lästerliches ausgesprochen:

»Zeigt ihm nichts Verachtendes, um Himmels willen, Granvisire. Tut es um meiner Liebe willen, verabscheut es nicht so verwegen, denn es könnte dazu führen, dass wir es bereuen …«

Und der Großwesir:

»Was denn? Soll ichs jetzt auch noch mit Hochachtung behandeln, zusätzlich zu dem Mörder, dem Schlächter unseres Fleisches? Habt Ihr vergessen, seit wie vielen Tagen ich vor Euch hintrete, mit gerunzelter Stirn, mit gesenktem Kopf, mit dem Blick eines Unglückseligen, der an dieser und an jener Türe dieses verehrten Meeres um Almosen bitten ging, sogar bei seinem reichen Golfo dell'Aria anklopfte und ihm sagte: Erlaubt mir, diese Ehefrau und diesen Sohn durchzubringen, oder auch: Erlaubt, dass ich sterbe … Doch es öffnet weder

Türen noch Fenster, dieses hochwerte Meer. Geht es diesen Mangel, dieses Elend an den Meeren zwischen Skylla und Charybdis in irgendeiner Weise etwas an? Es ist so groß, dass es nicht einmal in der Stimmung ist, an das skyllacharybdische zu denken …«

Und die Acitana:

»Es lässt Euch zurückkehren, Granvisire, das weiß ich, das vergesse ich nicht. Solange es Euch die Rückkehr gewährt, solange ich Euch wiedersehe, in vollem Leben, wenn Ihr wieder in seine Gnade zurückkehrt, Granvisire, ich schwöre es, auch mit leeren Händen, in meinen Augen wird es so aussehen, als hättet Ihr allen Fisch des Meeres gefangen. Um Euch eine Vorstellung zu geben, Granvisire, sage ich Euch dieses: Wenn das Meer ein Bettler an den Stränden wäre, voller Schwären, mit Krusten bedeckt, infiziert und stinkend, und würde eines Tages hier vor mir in diesem Gewand erscheinen, dann ließe ich ihn auf einem Stuhl mit Kissen sitzen, ich würde ihm die Füße waschen, und dieses Wasser, das mir diente, sie zu waschen, würde ich Schluck für Schluck vor seinen Augen trinken, ohne ihm Ekel oder Abscheu zu zeigen, einen Schluck für jedes Mal, wo es Euch zurückkehren ließ, einen Schluck für jedes Mal, wo es Euch zurückkehren lässt. Das würde ich tun, Granvisire, wenn das Meer in Person hier vor mir auftauchen würde. Weil es Euch bisher zurückkehren ließ, weil es Euch immer zurückkehren lassen soll, Granvisire …«

Und der Großwesir, der hier ein bisschen länger brauchte, um zu antworten:

»Ich kehre zurück, ja, ich kehre zurück, um Euch zu sehen, der es an allem fehlt und die alles braucht, vom Wasser bis zum Salz … Wenn ich daran denke, dass, wenn Euch in Eurem Hause als Fräulein die Lust auf Paradiesvogelzungen wäre gekommen, Don Ignazio, Euer gottseliger Vater, das Schmirgeln der Ruder, die er in Händen hatte, liegen gelassen und nicht zweimal überlegt hätte, sogar zu Fuß hätte er sich auf den Weg gemacht, um Euch diese Lust zu erfüllen. Und jetzt ich: Caitanello, sage ich mir, du hast diese einzige Tochter von Don Ignazio ruiniert, du wirst sie auf deinem Gewissen tragen, dieses balkonumschlossene Fräulein von Aci …«

Und die Acitana, die an dieser Stelle so knisternd lachte, als würde sie das Lachen eng in einer Falte des Betttuchs zurückhalten, das sich öffnete und gleich wieder schloss:

»Oh, Granvisire, was denkt Ihr denn da? Meint Ihr etwa, ich hätte schon als Fräulein solche Gelüste einer verheirateten Schwangeren gehabt? War ich denn eine blasse, von Geistern heimgesuchte Prinzessin, die solche Grillen nach Paradiesvogelzungen hatte? Hab ich Euch diesen Eindruck vermittelt? Hab ich Euch mit derartigen Gelüsten zum Wahnsinn getrieben, als ich mit unserem Sohn schwanger wurde, wie, Granvisire?«

Gebeugt und überzeugt von dem, was dies betraf, spielte Caitanello auf einer anderen Saite. Er klagte erneut, doch dieses Mal klagte er, um sich wohler zu fühlen. Die Acitana wartete darauf, sie ließ ihn noch ein Weilchen stöhnen, und dann war sie es wieder, die ihm den Kammerton vorgab.

»Oh, Granvisire, mein Herz hälts nicht mehr aus zu hören, wie Euer Stöhnen Euch zermalmt …«

Und der Großwesir:

»Wäre ich als Fere geboren worden, wäre ich als … Die, ja die kann sich als Granvisire aufspielen … Für sie ist gutes oder schlechtes Wetter wirklich immer nur Wetter. Wäre ich, wäre ich als Fere geboren worden …«

Er war unersättlich: Er wusste, er würde ihr damit einen Stich versetzen, doch er wusste auch, dass sie sich Mühe geben würde, ihm die Fere nicht zu neiden.

Und die Acitana:

»Oh, Granvisire, lasst mich nichts darüber hören … Ist Euer Mut denn so tief gesunken, dass Ihr Fere sein wollt? Warum, frage ich Euch, lenkt Ihr Euch nicht ein bisschen ab? Darf ich mich erkühnen, Herrlichster, darf ich, sagts mir, Euch mit gefalteten Händen bitten, gleich hier vorne an Land zu gehen, für einen Augenblick nur, und zu geruhen, mein Haus zu betreten und mir einige Minuten lang Gehör zu schenken? Gebt Euch ein wenig Frieden, Granvisire, kommt wieder zu Atem. Ich brenne darauf, es Euch zu sagen, ach, wie unverschämt ich doch bin, aber lasst zu, dass ich ein Knäuel Eures Stöhnens nach dem anderen auseinanderziehe, danach könnt Ihr wieder aufs Meer, wenn Ihr müsst, doch inzwischen sind die Geister und die Kräfte wiederbelebt. Ist es so, Granvisire, haltet Ihr mich für unverschämt?«

Und der Großwesir:

»Wisst Ihr, Masignora, was ich mich oftmals frage? Was habe ich wohl getan, um Euch zu verdienen? Was tat ich, was konnte ich, außer dass ich immer irgendwo auf dem Meer herumirre? Das frage ich mich oft.«

Man begriff, dass er unterdessen an die Schwelle gekommen war und seinen Fuß ins Haus setzte, die Rüstung abnahm und sich entspannte.

Und die Acitana:

»Oh, Granvisire, vergesst nun das traurige Meer, erweist mir diese Gefälligkeit, vergesst das Meer und erinnert Euch meiner. Lenkt Euch ab, findet Ruhe mit diesem Weibe, gebt ihr zwei Soldi für die Unterhaltung. Vertäut hier Euren geteerten Segler und kommt, kommt nur herein, reicht mir die Hand, kommt her, ganz nahe, so, so, und noch ein wenig, so setzt Euch, erweist mir die Ehre, sucht andere Gedanken, erquickt Euch, hier seid Ihr bei Euch, dies hier ist ein treues Meer, mit einem Überfluss an Fisch, hier dürft Ihr mit jedem Recht in Euch den Granvisire erkennen, Ihr Granvisire und ich Eure ergebene, allerergebenste …«

Manchmal kam es vor, andere Male nicht, dass der Großwesir ein letztes Mal schwer stöhnte und den Atem in sich hineinsog, was die Wirkung hervorrief, als würde er kräftig nach Luft schnappen und als wäre die Acitana schon damals, im vollen Leben, auf dem Grund irgendeines Meeres gewesen, und er müsse hinabtauchen und lange unter Wasser schwimmen, um zu ihr zu gelangen und sich mit ihr zu unterreden.

Die Acitana empfing ihn, und er hörte die beiden nicht mehr, weder redeten sie, noch atmeten sie, es war, als würden sie sterben, als würden ihre gerade gestorbenen Körper auf die Flucht gehen; oder als würden sie, empfangend und empfangen, engumschlungen, den Atem in der gemeinsamen Unterredung anhaltend, durch das Bett und den Sand gleiten und auf den Meeresgrund hinabsinken, in eine Grotte, wo sie für die Zeit, die sie beisammen waren, sich außerhalb der Welt befanden, doch konnte man von ihnen weder sagen, dass sie richtig lebten, noch dass sie richtig gestorben waren.

Er dachte, er sollte rufen: Ma', Ma' …, gab es aber auf, er dachte daran hinüberzugehen, gab es aber auf, dann kam der Schlaf unerwartet wieder über ihn und löste für ihn allen Kummer. Doch ihm folgte bis in den Schlaf hinein so etwas wie Groll auf den Vater und auf die Mutter, so, als hätten sie ihm großes Unrecht getan, denn es war ihm, als hätten sie ihn zu einem Waisen gemacht, ohne ihn zu verständigen, dass sie sterben würden, ohne möglicherweise tot zu sein.

Aber das ging so lange, bis die Erfahrung ihn über den Umstand zuversichtlich werden ließ, dass, nachdem Caitanello und die Acitana verschwanden, sie auch immer wieder auftauchten und immer wie neugeboren.

Für jene Nacht, für jenes Mal erschienen der Großwesir und die Masignora nicht mehr. Fast war es, als wäre der Großwesir wieder aufs Meer gefahren, hergerichtet und geschmückt von der Masignora, welche sich ihrerseits in das Haus zurückgezogen hatte, um beim erneuten Erscheinen des Seglers mit seinem Großwesir wieder herauszukommen.

Der Großwesir und die Masignora hatten, um es in anderen Worten zu sagen, ihre Rolle gespielt, denn der Anreden dieser beiden, wobei die erste die zweite nach sich zog, bedienten sich die Acitana und Caitanello wie Masken, unter denen sich die Röte der Lust verbarg, die sie erlebten, und dann, wenn sie sie erst einmal erlebt hatten, nahmen sie die Masken herunter, und von Großwesir und Masignora wurde nicht mehr weiter gesprochen, fast so, als hätten sie sich dieses kleinen Spektakels geschämt, das sie aufgeführt hatten, um sich nicht allzu sehr über das zu schämen, was sie noch machen wollten.

Gelegentlich kam es vor, dass sie wiederkamen und schon in ihren natürlichen Gestalten herausgetreten waren. Caitanello zündete sich einen Stummel mit Tabak aus der Umgebung an, sofern er einen hatte, und die Acitana unterhielt sich ein wenig mit ihm, wie um ihm Gesellschaft zu leisten, wenn er noch nicht zu Ende geraucht hatte, und natürlich fragte sie ihn nach der derzeitigen Not, wie weit sie wohl war, denn jetzt wusste sie, dass sie ihn darüber befragen konnte. Für jene Nacht damals war alles zu Ende. Und er musste sich sagen, dass nach Meinung der Acitana diese Anrede Granvisire, aus der ihre ganze weibliche List bestand, ihr pantomimisches Theater von Zurückhaltung, an dessen Ende sie, sei es, um ein bisschen zu lachen, sei es, um nicht völlig zu sterben, Caitanello zu seinem schönen Vergnügen als Ehemann führte, gleich einem Glas mit Zitrone vermischten Wassers, das sie ihm zu trinken gäbe, um seine immense Galligkeit etwas zu mildern, dieser Granvisire, der sich herbeigelassen hatte, den einzigen Luxus freudig anzunehmen, den eine acitanische Masignora einem Granvisire anbieten konnte, auf der Stelle verflog, weil er ja nur dafür erschien, was bedeutete, dass die kleine Fopperei, die er als Granvisire über sich hatte ergehen lassen, alleine ausreichte, um Caitanello die Galligkeit zu nehmen, ihm diese Entspannung und dieses Wohlbefinden zu schenken, die er brauchte, um mit diesem Leben noch weiterzumachen, mit diesem Mangel und dieser Not, mit diesem Leben der Mangelerscheinungen und der Nöte.

Das allerdings hing von Caitanellos Galligkeit, von seinem Verstummen und von seiner Verwundung ab, mithin davon, wie sich der Mangel im Meer entwickelt hatte, denn wenn der Mangel sich barbarisch entwickelt hatte, und zwei von dreien waren immer barbarisch, musste die Acitana von vornherein wissen, dass der Großwesir und das, was sie ihm als Großwesir gab, Caitanello nicht genügen konnte, um seine düsteren, pechschwarzen Gedanken ein wenig zu vertreiben: Sie musste ihm auch etwas für den Verstand geben, etwas, das mehr war als ein Großwesir, eine Anrede, ein Wort aus Rauch, etwas, das mehr war als ein kleiner Spaß, als ein Glas mit Zitrone vermischten Wassers.

Da gab sie ihm einen Namen, einen, den sie für ihn als Teil ihrer Mitgift aus ihrem Ort mitgebracht haben musste: Reale, Königlicher, einen Namen, mit dem sie ihn zu einem königlichen Herrn erklärte, und der mit einem anderen, einem für sie, zusammenging, mit dem er ihr ein Fest bereitete, eine Gala.

Und so erschienen Mutter und Vater wieder, die als Masignora und Großwesir verschwunden waren und für ihn mit ihrer flüssigen, alltäglichen Sprache vertrauteste Personen darstellten, doch schienen sie nicht mehr dieselben zu sein, man dachte, sie wären ganz wirklich an einem anderen Ort wiedergeboren worden, mit anderen Namen und anderen Leben, von denen er ausgeschlossen war.

Zuerst war da ein Rumoren von rollendem Sand, ein Sandrutsch, aus dem das Stöhnen und Rufen lebendig begrabener Menschen drang, die aus Atemnot nach Luft schnappten. Dann folgten tiefe Seufzer und Gegenseufzer, und er stellte sie sich vor, als wären sie erstarrt und würden erst in diesem Augenblick wieder zu sich kommen. Und schließlich kamen mühevolle, unverständliche Worte, die aber immer lebendiger ans Ohr drangen, als würden Caitanello und die Acitana aus der Ferne immer näher kommen, sich untergehakt halten und eigentümlich flüstern und lispeln: Eigentümlich, denn sie sagten sich nur zwei Wörter, eines sie, eines er, und nahezu immer das gleiche, und doch machten sie, vielleicht weil sie die Silben so feierlich aussprachen, den Eindruck von finsterem, gedämpftem und zirpendem Flüstern und Lispeln, wie von Zikadengesang, mit Spitzschnäbeln, mit Sperlingsschnäbeln über dem Orangenhain.

»Acis mein«, sagte sie. Oder: »Acis Reale mein, Acis mein Königlicher.«

»Galathea«, antwortete er ihr. Oder: »Gala a thea.«

Nur das. Aber was wollten sie sich damit sagen? Als er sie beim ersten Mal gehört hatte, meinte er, dass sie zu ihm sagte: Acireale mein, als würde sie ihn, wer weiß warum, mit dem Namen ihres Geburtsorts rufen, während sie ihm in Wirklichkeit sagte: Acis Reale mein, Acis mein Königlicher. Und es schien ihm, dass er zu ihr einmal sagte: Gala a te, Gala für dich, so, als erklärte er sie allen Pomps und allen Gepränges für würdig, und ein anderes Mal: Galathea, so, als würde er zu ihr Galatota sagen, mit dem Namen des Ortes Gàlati Mamertino, der jedoch nichts mit ihnen zu tun hatte, weder mit ihr noch mit ihm, während er sie in Wirklichkeit Galathea nannte. Nur das, immer nur das: Acis mein … Acis Reale mein … sie, und: Galathea … Gala a thea … er, und es war, als würde sie ihm immer dieselbe Asphodele reichen und er ihr immer dieselbe Rose. Jedes Mal aber war es, als würde eine weitere Asphodele dieser einen beigegeben und eine weitere Rose dieser einen Rose, wie wenn sie eine immer neue Farbschattierung bei der Asphodele und bei der Rose entdecken würden, die sie sich schenkten, gleich einem Gedanken, einem Satz, der in immer unterschiedlichen Weisen ausgesprochen würde, und am Ende war es, als würden sie in großen und immer größeren, in frischen und immer frischeren Bukehs von Komplimenten erblühen, und wie wenn sie in der Lage gewesen wären, mit diesen Komplimenten Nächte und nächtelang, tausend und eine Nacht lang die Tage des Mangels im Meer zu bestehen. Aber konnten ihm, einem kleinen Jungen, damals überhaupt Asphodelen und Rosen in den Sinn kommen? In seinem Kopf aber hatte dieses ständige Zirpen und Flöten: Acis mein, Galathea, Acis Reale mein, Gala a thea … ihm Brot und Brot gegeben, Kruste mit Krume, Krume mit Kruste. Daher erinnerte er sich manchmal an die anderen Jungs wie ihn, wenn sie Brot aßen, es brachen und sich sagten: Das hier ist Fleisch, ich esse Brot und Fleisch aus Brot, oder: Das hier ist Capocollo, ich esse Brot und Capocollo, oder: Das hier ist Kuchen, ich esse Brot und Kuchen … Doch machten Vater und Mutter es jetzt den Jungen gleich und spielten jetzt Brot mit all dem wie vorher? Aßen sie etwa die beiden Namen, vielleicht mit dem Belag schöner Sätze, mit Capocollo aus Galanterien, mit Kuchen aus realen Gedanken und Worten aus Gala? Im Grunde war dieser kleine Junge mit seinem heiteren Gedanken der Wahrheit sehr nahe gekommen, aber was konnte er damals schon von dieser Wahrheit wissen? Damals kam das seinem Verstand, dem Verstand dieses kleinen Jungen, wie eine Unsinnigkeit vor. Das erste Mal hatte er es sogar für ein Werk des Wahnsinns gehalten: Wer glauben sie denn jetzt zu sein?, hatte er sich gefragt. Waren sie verkindscht? Hatten sie den Verstand verloren? Sie waren ihm auch etwas albern und verschämt vorgekommen, so, als würden sie wieder Verlobter und Verlobte sein, als würden sie mit der Zunge zwischen den Zähnen sprechen, ohne zu wissen warum, dem Hören nach machten sie auf ihn den gleichen Eindruck wie die, die vom Militärdienst auf dem Kontinent zurückkehren und immer nur mica, mica wiederholen, nicht doch, nicht doch, und schon meinen, sie würden Italienisch sprechen, mit diesem Wörtlein, das dem Italienischen wie Petersilie beigegeben wird, mal passt es dazu, mal passt es nicht dazu, doch alleine und für sich genommen ist es, als würde man nur Petersilie essen. Wer aber war dieser Acis mit dem Beinamen Reale? Irgendein Prinz von Geblüt etwa? Und diese Galathea? Seine Frau, so musste man wohl denken, weil sie Gala ja auch im Namen trug, oder? Doch wer waren sie, wer waren sie, was für Namen waren das, welche Vorstellungen riefen sie hervor, wie viel Unterschiedlichkeit der Dinge, wie viele Schattierungen von Rosen und Asphodelen, wie viel Brot und Capocollo und Kuchen brachten sie vor seine Augen, wenn man sie nur aussprach, nur sagte, immer und immer wieder, genauso wie vorher? Es waren ganz sicher Acis' Leute von Acireale: Das sagte sein Name auf den ersten Blick, denn es sah so aus, als wäre es eine Übereinkunft, dass man ihm den Namen des Ortes beigefügt hatte, oder er musste einer der Fürsten oder Barone gewesen sein, die so reich waren, dass auch der Name des Orts, an dem sie lebten, wie ihr Eigentum war. Und wenn er noch eine Bestätigung brauchte, dass es Leute von Acis waren, bekam er sie durch etwas, das die Acitana zu Caitanello gesagt hatte, als einmal keine Not herrschte und es nicht Nacht war und es überhaupt das einzige Mal war, sei's bei Nacht oder sei's bei Tag, dass er Caitanello und die Acitana einen Hinweis darauf machen und sie etwas über die schlichten und einfachen Namen hinaus sagen hörte. Was hat das denn damit zu tun?, hatte er damals die Acitana sagen hören, als Antwort auf etwas, das Caitanello zu ihr über die Grotten des Polyphem gesagt haben musste, wie eine bestimmte Klippe bei Milazzo genannt wird, auf der das Gefängnis stand. Was hat denn Milazzo damit zu tun? Die Sache war Acis passiert, in Acireale: Warum sonst sollte er Acis heißen und Reale dazu? Aber es könnte auch sein, dass der da, dieser einäugige Riese Polyphem flieht und flieht, nach Milazzo kommt und sich dort eingrottet. Das schon, doch was die Sache angeht, hatte die sich in Aci zugetragen …

Acis' Leute, Acitaner: Doch wer waren sie, wer waren sie nur, was für eine Sache war ihm passiert, und wieso hatte dieser einäugige Polyphem etwas damit zu tun? Wer konnte Antwort geben? Das wusste er, und das hatte er gewusst, sofern es hier um Wissen ging. Acis' Leute, Acitaner, genau das waren sie für ihn, Fremde und Unbekannte, die auftauchten, mit den Namen dieses sinnleere Zirpen und Lispeln veranstalteten und dann verschwanden. Acis' Leute, Acitaner, die in jenen Nächten des Mangels kamen, wie sie gekommen waren, und für ihn nur einen Kitzel sinnleerer, einschläfernder Töne im Ohr zurückließen, als hätte dieses Zirpen und Lispeln von Silben, das durch das Innere des Röhrichts der Zwischenwand drang, sich insgesamt dort versammelt, in seinem Ohr.

Acitaner, keine Leute von Charybdis, vertraute Leute vom Haus wie der

Großwesir und Masignora. Bei denen, ja, bei denen hätte er sich mit geschlossenen Augen in deren Unterredungen verlieren und beim Aufwachen auf der Stelle sagen können, an welchem Punkt sie angekommen waren, denn der Großwesir und Masignora erfanden sich nur dieses kleine Lustspiel, was so war, als würden sie sie zum ersten Mal erfinden, und daher inszenierten sie diese Operette, dieses Pantomimentheater vom Großwesir und Masignora jedes Mal ein wenig zum eigenen Vergnügen, aber auch ein wenig, um nicht zu sterben, als wollten sie sich ein bisschen unkenntlich machen und sich weniger verschämt zeigen. Und danach wurden sie sofort wieder ganz normale Menschen, die ganz gewöhnliche Acitana und der ganz gewöhnliche Caitanello, mit der Sprache und den Geschäften eines jeden Tags, sie wurden wieder die besorgten und leidgeprüften Eltern, die bei Tagesanbruch mit sursundkorda, sursundkorda, dieses Leben wieder aufgenommen und mit ihm weitergemacht hätten.

Bei Acis und Galathea hingegen wachte er auf und konnte sagen, dass sie immer noch an einem Punkt waren. Sie erfanden nichts, sie stellten kein Werk auf die Bühne, kein Pantomimentheater, sie veranstalteten nur dieses Zirpen und Lispeln von Namen: Acismeingalatheaacisrealemeingalathea ... Nur das, und doch gab ihm das, wenn einzig die Stimme einsetzte, ein Gefühl von Sättigung, es verlieh ihrer Stimme den glücklichen Ton von Gesättigten, von der Intonation der Stimme her schien es ihnen ein Gefühl von Glück zu verleihen, einem runden, gesättigten, wenn auch wehmütigen Glück, im Unterton etwas bekümmert, als würde dieses Glück sie sehr viel kosten und sie es zu einem teuren Preis erlangt haben. Eine Unsinnigkeit, so war es ihm damals vorgekommen, doch zugleich war es damals auch, als würde er verstehen, dass, wenn es ihm wie eine Unsinnigkeit vorgekommen war, dies daran lag, dass er damit nichts anzufangen wusste.

Das war etwas, das er allein mit seinen Mitteln nicht entziffern konnte, es war viel zu intim, viel zu geheimnisvoll zwischen ihm und ihr. Der Tod seiner Mutter enthüllte eine Flanke dieses Geheimnisses, ganz so, wie sie einen leeren Platz im Bett hinterließ: Und eines Nachts, rein zufällig, war er beinahe an dem Punkt dieses Übergangs, sich mitten in diesem Geheimnis zwischen Galathea und Acis wiederzufinden. Rein zufällig, sagte er: wegen eines Wagestücks, musste er sagen, wegen eines richtigen Wagestücks, eins von denen, die unbewusst nur ein kleiner Junge unternehmen kann.

Das war eines Nachts, seine Mutter war seit einigen Monaten tot, da hatte sein Vater ihm wenige Tage zuvor gesagt, er solle kommen und an ihrer Stelle neben ihm schlafen. Er hoffte möglicherweise, dass dies ihm die außer Kontrolle geratenen Geister zur Ruhe bringen würde, denn er musste gezwungenermaßen den einen oder anderen Argwohn darüber haben, wie er, eine Nacht Großwesir und die Nacht darauf Acis, wieder und wieder die Marionetten von Masignora und Galathea bewegte, und zwar ab der Stelle, wo er sie beide beim Tod der Acitana zurückgelassen hatte.

Darüber hinaus handelte es sich um ein unzufriedenes Gebrummel, als würde er bei geschlossenem Mund vor sich hin salbadern, und von den vielen Wörtern gelang es nur einigen Sabberfäden, über seine Lippen zu kommen, doch nur sehr selten sprach er reine Wörter aus, die einen Sinn hatten, wenn man Masignora und Galathea, Großwesir und Acis außer Acht ließ: Diese Namen sprach er schön deutlich aus, doch gleich darauf war es, als würde er nach innen sprechen, mit verfangener Zunge, vom Mund aus weit hinunter durch die Gurgel.

In jener Nacht, als sie wohl noch im ersten Schlaf lagen, hatte er gesagt:

»Galathea«, doch zu seiner Überraschung hatte Caitanello noch nicht zu Ende geredet, da wiederholte er es, allerdings als Frage: »Galathea?« Und dann, als würde er im tiefsten Schlaf von einem schrecklichen Zweifel erfasst, hatte er sich verheddert wie eine Schallplatte, als er sie rief: »Galathea? Galathea? Galathea?«

Ihm tat er leid, aber er empfand auch und noch stärker Angst. Instinktiv hatte er sich auf seine Bettseite zurückgezogen, und dort war ihm ein Tränenknoten gekommen. Er war in der Lage, diesen Knoten im Hals aufzulösen und die Tränen ohne auch nur einen Seufzer hinunterzuschlucken. Danach hatte er seine Stimme von alleine sprechen hören, als wäre sie die eines anderen, bebend und ungestüm stieg sie in ihm aus den tränenreichen Äderungen der Brust auf wie ein Wasserrinnsal und sprudelte aus seinem Mund, als wäre es die Stimme eines unsichtbaren Trolls, der in ihm sagte:

»Acis mein … Acis Reale mein.«

Noch hatte er nicht mein gesagt, da riss er schon die Augen vor Entsetzen auf, sagte sich, dass seine Sinne nicht völlig beisammen sein müssten, wenn er so etwas wagte, eine derartige Unbesonnenheit, seinem Vater zu antworten, als wäre er die Acitana.

Caitanello hatte seinen Kopf auf dem Kissen hin und her geworfen, wie ein Blinder, der sich vor einem unbekannten, jähen Hindernis vor seinem Gesicht befand. Er hatte den Missklang wahrgenommen, und das musste ihm den

Schlaf etwas durcheinandergebracht haben. Nein, er war nicht zu Bewusstsein gekommen, das glücklicherweise nicht, der Schlaf hatte ihn gewissermaßen mit einem Zauber belegt und wie an einem Faden, gleich einem Schlafwandler, in der Schwebe gehalten.

»Galathea? Galathea?«, hatte er nach ein paar Sekunden noch einmal gerufen.

Diese Stimme bei geschlossenen Augen, vermischt mit Hoffnung, Zweifel und Ungläubigkeit, mit einer gewissen Vorsicht und einem gewissen Argwohn bei der nochmaligen Probe, bei der Befragung eines Schattens im Schatten, hatte ihm Schauder verursacht. Er hatte einen finsteren, fürchterlichen Ton, der ihm dort, an seiner Seite, den Atem stocken ließ: Es war, als würde er aus seinem Schlaf heraus die Augen vor Argwohn zusammenkneifen und der Stimme folgen, die ihn mit Acis mein … Acis Reale mein … angesprochen hatte. Er stellte sich ihn in seinem Schlaf vor, als wäre er von anderen Höhlen umgeben, die ihm den fernen Nachhall der Acitana zurückwarfen, mit einer so frischen Stimme, dass er sie ganz selbstverständlich als lebendig empfinden musste, dort irgendwo zwischen den Höhlen des Betts und den steinigen Falten der Laken.

»Galathea? Galathea?«, probierte es Caitanello noch einmal.

»Acis mein …«, hallte er nach, denn es war nichts anderes als Nachhall.

Er war ja inzwischen in die Sache verwickelt, er konnte sich nicht mehr zurückziehen, jetzt brauchte es mehr Mut, still zu sein, als Acis mein … Acis Reale mein … zu sagen. Wenn sein Vater Galathea rief und eine Stille gefolgt wäre, hätte auch die Stille ihm einen Gegenschlag geben und ihn aufwecken können. Wenn er überhaupt nicht aufwachte, war das wegen dieser Art Nachhall, der ihn wie einbalsamiert festhielt, da, wo er war, da, an den Rändern des Schlafs.

Doch mit der Angst, die er hatte, war auch er wie bewusstlos in derselben Haltung liegen geblieben, in der er sich befand, als ihm das erste Acis mein … aus dem Mund entwischt war: Mit der über das Gesicht gezogenen Decke, die Augen zur anderen Seite gerichtet, wagte er es nicht einmal, seine Augenbraue zu bewegen, denn er war sicher, dass, sobald er seine Haltung oder auch nur den Atem veränderte, dies alleine gereicht hätte, Caitanello zu wecken.

»Galathea?«

»Acis mein …«

»Galathea?«

»Acis Reale mein …«

Caitanello redete zwar, schien aber nicht zu atmen, er bewegte nicht einmal die Lippen, und es war, als würde seine Stimme aus dem Bauch kommen: Seine nackten Arme lagen auf der Bettdecke, sein Gesicht war frei. Aus dem Augenwinkel konnte 'Ndrja sein dunkles Profil erkennen, das leicht auf dem Kissen erhöht war, als würde er sich vorbeugen, einer Vision entgegen, mit gespitztem Ohr.

Caitanello legte Langsamkeit in sein Rufen, doch ihn brachte diese Langsamkeit ins Schwitzen, denn in ihr schien es ihm, als könnte er ihn sehen, mit seiner gerunzelten Stirn, während er mit dem Ohr die Entfernung maß, auch mit der Nase, dem Verstand und mit allem, kurz gesagt, äußerst angespannt in der Anstrengung, sich Galathea in der Stimme vorzustellen, die ihm zur Antwort gegeben worden war. Vielleicht legte er viel Phantasie hinein, verängstigt wie er war, doch hatte er den Eindruck, dass Caitanello, der sich von weither aufgemacht hatte, verwirrt und überhäuft von Schlaf, Schritt für Schritt Galatheas Stimme folgend, nach und nach seine Sinne und seine Gedankenklarheit zurückgewonnen habe und sich des Schwindels inzwischen bewusstgeworden sein musste. Daher dachte er mit Schrecken daran, dass er jeden Augenblick an seiner Seite erscheinen und seine Augen auf ihn heften und die Hand erheben könnte, um sie ihm wütend auf den Mund zu schlagen.

Er näherte sich mit seiner Hand und bewegte sie in alle Richtungen, 'Ndrja wusste, das war Caitanello, und er meinte schon, den Geschmack des Bluts auf den Lippen zu schmecken. Caitanello musste bei den Dingen, wo man 'Ndrjas Ansicht nach sehen konnte, wie schlau und durchtrieben er war, immer eine gewisse Werbung mit Worten und mit Handbewegungen veranstalten, die er dann möglicherweise gleich darauf bedauerte.

Woher kam es mir nur in den Sinn, ihm die Acitana vorzuspielen?, fragte er sich. Er konnte es nicht einmal bedauern, denn er wusste, dass er mit dieser besessenen Stimme nichts zu schaffen hatte, die ihm aus dem Mund gekommen war. Wer hat mir das nur eingegeben, wer?, fragte er sich.

Er war überzeugt, er könne sich keine Antwort geben, doch im gleichen Augenblick, in dem er sich die Frage stellte, erlebte er etwas, das einer Offenbarung gleichkam. Er dachte nämlich, dass die Acitana selbst ihn, aus Erbarmen mit ihrem Caitanello, dazu inspiriert haben könnte. Lag er denn in diesem Bett etwa nicht an ihrer Stelle, wo vielleicht ihr Geist verblieben war, als ihr Körper sich davongemacht hatte? In diesem Augenblick hatte er keine Angst mehr, spürte in seinem Inneren jedoch einen Ausbruch von Rebellion gegen das Erbarmen der Acitana und gegen sich selbst, weil er ihr als Sprecher gedient hatte.

Dieses Erbarmen war zwar nicht gerechtfertigt, jedoch gütig. Er senkte seine Wange tief ins Kissen, und so war es ihm, als würde er ihr, ihrem Ohr diesen Protest und dieses Leid, das ihm das Herz beschwerte, in einem Flüstern unmittelbar zurufen.

Dieser Augenblick kam. Ohne die Augen zu öffnen, ohne sich zu bewegen, schickte Caitanello seinen Arm hinüber, um diesen Teil des Betts abzutasten. Er berührte seine Flanke, hob die Hand und legte sie ihm in die Haare, und als würde er sich vergewissern, ob es sich um kurze oder lange Haare handelte, ließ er sie in Büschel durch seine Finger gleiten. Er befühlte dann sein Ohr, als würde er an seinem Läppchen nach einem Ohrring suchen.

Genau da wurde er durch einen Hustenanfall durchgerüttelt und wachte vollends auf. Mit einem Flüstern auf den Lippen, so, als wollte er herausfinden und doch nicht herausfinden, wer der Mensch da an seiner Seite war, rief er ihn:

»'Ndrja?«, sagte er ein erstes Mal, ganz leise, und dann ein zweites Mal, noch leiser als zuvor: »'Ndrja?«

Er wusste sehr wohl, dass er wach war, das hätte ihm keiner aus dem Kopf schlagen können, doch er musste überzeugt sein, dass dieser kleine Junge, aus Angst, sich eine Backpfeife einzuhandeln, sich äußerst in Acht nehmen würde zu antworten, und sich stumm schlafend stellte, wie es ihm gelegen schien. Er war also nicht gekommen, um mit der Hand die Wahrheit zu ertasten, noch auch um seinem Sohn die Lippen aufzuschwellen, der ihm die Acitana vorgemacht hatte, er kam nicht mit dem zivilen Mut, die Täuschung zu prüfen, sondern im Gegenteil, mit der Angst, dass der Sohn ihm das Vergnügen zunichtemachte, indem er ihm sagte: Ich habe für dich die Acitana nachgeahmt, ich habe dir mit Acis mein geantwortet oder mit Acis Reale mein. Er kam nicht, um Rechenschaft von ihm zu fordern, sondern im Gegenteil, um ihm voller Mitleid Stille und Mitwisserschaft anzutragen: Er kam, kurz gesagt, nicht realistisch, sondern getäuscht und hinfällig.

Es war eine Frage von Augenblicken. Er begriff, dass Caitanello nicht noch einmal versuchen würde, ihn zu rufen, er musste unterdessen denken, dass der Sohn seinen Spieleinsatz behalten würde, und er durfte nicht, er durfte nicht …

»Jeh?«, antwortete er ihm, und um ihm nicht viel Zeit zu lassen, wollte er nicht einmal so tun, als wäre er übernächtigt und würde gerade aus dem Schlaf kommen. »Hast du mich gerufen, Pa'?«

Etwas ging in seinem Inneren vor: In ihm starb die bewundernde Liebe, die er immer für seinen Vater empfunden hatte, und eine andere Art von Liebe, gleich und doch anders, trat an ihre Stelle; ihm kam sie vor wie seine Liebe von vorher, die mit der Liebe seines Vaters zu ihm wechselte, wie die Liebe eines Vaters zum Sohn, eine zärtliche und strenge Liebe, mit einem Wort: eine beschützende Liebe.

»Ach, du schläfst nicht?«, fragte Caitanello ihn mit vorgetäuschter Ungläubigkeit. Und dann: »Seit wann schläfst du denn nicht?«

»Ach, wohl eine Stunde.«

Eine ganze Weile lang ließ Caitanello das auf sich wirken: Er zündete sich einen Stummel aus heimischem Tabak an, den er immer in Reichweite hatte, machte ein paar Züge, dann sagte er, indem er alles aufs Spiel setzte:

»Ich hörte da so eine seltsame Stimme im Schlaf, aber ich weiß nicht, was sie sagte: atscha, atschara, atscharino … Irgend so etwas, aber das richtige Wort konnte ich nicht verstehen. Ich kann mir nicht erklären, was das war, wer das war …«

»Ja, ja, du kannst es dir nicht erklären …«, sagte er wütend und stellte seine Beine auf den Boden, setzte sich auf die Bettkante und drehte ihm den Rücken zu: »Wer war das, wer wars … Es ist, als wüsstest du nicht, dass ich das war …«

»Du? Du hast geredet?«

»Uffa, das weißt du doch, Pa', das weißt du doch.«

»Heh, mein Junge, was für einen Ton schlägst du mir gegenüber da an?« Er nannte ihn zwar Junge, mein Junge, aber er fühlte, dass dies überhaupt keinen Sinn mehr für ihn machte, eben weil er fühlte, dass er kein Junge mehr war, und wie er und wie er es fühlte, musste es wohl auch sein Vater fühlen.

»Er hat geredet, er … Aber was hat er gesagt, möchte ich gerne wissen, was hat dieser Junge gesagt?«, sagte er und schätzte ihn ein, forderte ihn aber stärker heraus, als er nichts sagte, statt etwas zu sagen, das war deutlich.

»Ich habe Acis mein gesagt … und ich habe auch Acis Reale mein gesagt … ja, das habe ich gesagt«, um ihm jede Illusion zu nehmen, auch wenn er, als er ihm das sagte, da, auf der Bettkante, seine Ohren rot werden fühlte.

Caitanello nahm sich Zeit für seine Antwort, und als er antwortete, zeigte er sich nicht verletzt, sondern nachgiebig, nachgiebig und müde und sonderbar bedürftig zu wissen, zu prüfen.

»Und wieso hast du das gesagt? Woher ist dir das gekommen?«

»Das weiß ich doch auch nicht. Es ist mir so herausgerutscht.«

»Aber woher ist dir das gekommen? Von irgendwoher muss es dir doch gekommen sein.«

»Vielleicht ist es mir eingekommen, weil ich hier im Bett lag.«

»Und welche Bedeutung misst du der Tatsache zu, dass du hier im Bett gelegen hast?«

»Welche Bedeutung? Die Bedeutung, dass du Gala a thea gesagt hast, und da ist mir eingekommen, Acis mein zu dir zu sagen …«

Caitanello kaute auf seinem Speichel herum, schlug die Lippen aufeinander, sah seine Flanke unbedeckt und wusste nicht, was er machen sollte.

»Aber du, mein Junge, was machst du denn?«, sagte er schließlich, möglicherweise nur der Form halber und des Ansehens wegen. »Statt zu schlafen, liegst du wach, mit gespitzten Ohren, um herauszufinden, was die anderen vor sich hinträumen?«

»Ja, ja, jetzt will er zu allem auch noch Vernunft … er legt sich ans Ohr, macht Nacht für Nacht Musik und will, dass ich schlafe …«

»Warum gehst du dann nicht dahin zum Schlafen zurück, wo du vorher geschlafen hast? Warum gehst du nicht hin und machst dir dein Bett zwischen den Stühlen, was?«

Und ungefähr an dieser Stelle waren ihm vor lauter Wut die Tränen gekommen. Sein Herz war wie in einem Zangengriff, weil sein Vater immer mehr in Kindereien verfiel, während seine Vorstellung die war, ihn aus diesen Kindereien herausziehen zu müssen, weil sie zu zweit waren, und einer notgedrungen den Realisten machen musste, wenn der andere sich der Poesie hingab. Darum weinte er, denn er spürte, dass für ihn der Augenblick gekommen war, vor der Zeit erwachsen zu werden, wie in den Häusern, wo der Vater eines Tages von der Ausfahrt aufs Meer nicht zurückkehrt und der Erstgeborene, der noch ein milchbärtiger Junge ist, das Familienoberhaupt wird. Darum weinte er, und es waren wahrscheinlich seine letzten Tränen als Junge.

Er stand auf, ging ein paar Schritte, und sagte weinend:

»Dann aber auch gleich jetzt, ich gehe und mache mir mein Bett …«

»Bleib stehen«, herrschte Caitanello ihn an und richtete seinen Oberkörper in die Höhe. »Beweg dich nicht von der Stelle, an der du jetzt bist. Ich sags dir, wenn du gehen darfst. Da schau sich einer diesen Jungen an, wie viel Wasser er abbekommt … Jetzt weint er und weint: hihihi … Erst mischt er sich ein, kümmert sich um Dinge, die ihn nichts angehen, und dann weint er …«

Mit dem Unrecht, das er hatte, schlug er Schaum, er förderte den Schaum, das war nur natürlich.

Dann verging viel Zeit, und alles schien vorüber zu sein. Er hatte sich wieder auf die Bettkante gesetzt, Caitanello hatte mit Stummeln und Cerini herumhantiert, danach hatte er sich allmählich immer mehr auf dem Bett ausgestreckt.

Und was hast du erreicht?, fragte er sich. Jetzt kommt wieder der Schlaf über ihn, und er macht wieder Musik mit Gala a thea. Was hast du also mit dieser Szene erreicht? Doch genau hier war es, dass er sich noch als Junge erwies, denn er glaubte, dass man in einer Sache wie dieser zu einem Abschluss kommen könne, und weil er glaubte, dass dies von ihm abhängen könnte, dahin zu gelangen.

Er hätte niemals erwartet, dass Caitanello das Gespräch wieder aufnahm.

»'Ndrja?«, hatte er ihn angesprochen. »Du musst mir sagen, warum du Acis mein gesagt hast. Heh, warum?«

»Weil ich dich Gala a thea hab sagen hören. Deshalb, ich sags dir noch einmal.«

»Ich hab Gala a thea gesagt? Mich hast du das sagen hören?«

»Wen denn sonst? Dich. Du hast im Traum geredet.«

»Ich hab im Traum geredet?«

»Ah, weißt dus nicht? Meinst du etwa, das wäre das erste Mal gewesen? Du redest immer …« Das sagte er und senkte dabei seine Stimme zum Lufthauch, als würde er sich schämen, ihn zu beschämen.

Da fragte ihn sein Vater in einem ganz und gar aufrichtigen Ton der Neugier: »Was weißt du eigentlich über diesen Acis und über diese Galathea?«

»Nichts weiß ich über sie. Was kann ich schon über sie wissen?«

»Und dennoch sagst du Acis, wenn du Galathea hörst …«

»Ich habe dich gehört und Ma' … Ma' sagte Acis mein und du hast ihr geantwortet Gala a thea …«

»Galathea«, verbesserte er ihn. »Ga … la … the … a.«

»Ga … la … the … a«, verbesserte er sich.

»Du hasts gehört …«, sagte Caitanello, als würde er nachdenken.

»Ich schlief und bin aufgewacht …«, sagte er zu seiner Entschuldigung.

»Haben wir denn so laut geredet, deine Mutter und ich?«

»Nein, im Gegenteil, äußerst leise. Und doch habe ich euch gehört und bin aufgewacht.«

»Und was hast du dir da gedacht?«

»Nichts. Was sollte ich mir schon denken? Ich hab ja nur euer Säuseln und Lispeln gehört.«

»Säuseln und Lispeln? Dann hast du nicht nur Acis und Galathea gehört?«

»Nein, nur Acis und Galathea.«

»Aber hast du nicht gerade gesagt, du hättest ein Säuseln und Lispeln gehört? Was denn für ein Säuseln? Was denn für ein Lispeln?«

»Acis mein, Galathea, Acis Reale mein, Gala a thea … Das eben.«

Warum hatte er ihm nicht auch über den Großwesir und über die Masignora erzählt? Vielleicht, weil Großwesir und Masignora am Ende ihr Gesicht gezeigt hatten und in ihrer Alltäglichkeit wieder zu denen geworden waren, die er kannte: Caitanello und die Acitana, mit ihrem Leben und ihrer Sprache eines jeden Tags. Wenn Caitanello sich jetzt als Großwesir ausgab, auch jetzt noch, wo die Acitana tot war, und er und Masignora wieder die Unterredungen von einst aufnahmen, durfte ihm das nicht gefährlich vorkommen, durfte das keinerlei unbarmherzige Täuschung bei ihm hervorrufen. Acis und Galathea dagegen, bei denen wusste er nicht, wen oder was sie für ihn darstellten, die hatten nicht das umgängliche, alltägliche Gebaren des Großwesirs und der Masignora mit ihrem Reden über alltägliche Dinge, einschließlich der Träume, die dann auch nichts anderes waren als ihre Bedürfnisse. Daher hatten sie kein Vertrauen in ihm erregt. Konnte er es ausschließen, dass dies auf Caitanello, auf ihn wie auf diesen Acis, keine bittere, bösartige Wirkung gehabt hätte, jetzt, da diese Galathea gestorben war?

»Doch für dich, für dich«, beharrte Caitanello, »welchen Sinn machten dieser Acis und diese Galathea? Machten sie überhaupt Sinn und welchen Sinn dann für dich?«

»Welchen Sinn?«, wiederholte er mit ironischem Lachen. »Welchen Sinn hätten sie denn machen sollen? Für mich überhaupt keinen.«

»Nichts, gar nichts? Sie haben dir gar nichts gesagt?«

»Nichts. Ein Lispeln, ein Säuseln, ich wiederhole es, ein Lispeln und Säuseln.«

Er prustete, dann streckte er einen Arm aus, er legte ihm eine Hand auf die Schulter und zog ihn mit einem Ruck zu sich, als hätte er einen Stromschlag bekommen.

»Warum dann aber, Don Muccuso von der Rotznase, hältst du nicht ganz einfach den Mund, wenn du deinen Vater hörst, der ein Stückchen schläft und dem dabei das eine oder andere Wort aus dem Mund entfährt? Willst du mir vielleicht erklären, warum du dich in Dinge einmischst, die du nicht einmal verstehst, heh? Wieso hast du das Wort ergriffen? Das würde ich gerne wissen? Stand es dir etwa an, zu mir Acis mein zu sagen, heh?«

»Ich habs ja auch sofort bereut …«, sagte er.

Er packte ihn noch heftiger an der Schulter.

»Wolltest du dich etwa über mich lustig machen?«

»Ach, lustig machen … Ich spürte diese Lust … Ich weiß ja nicht einmal, wie das gekommen ist. Ich hab mich sagen hören Acis mein, ohne zu wissen wie und warum.«

Tränen traten wieder in seine Augen, rannen in seinen Mund, und zwischen den Tränen hatte er hinzugefügt:

»Dann dachte ich sogar, dass die Acitana mich dazu gebracht hatte …«

»Die Acitana?«, wiederholte Caitanello, so, als würde es einen Skandal für ihn darstellen, zum ersten Mal zu hören, dass auch 'Ndrja sie ganz unschuldig Acitana nannte. »Gibst du jetzt deiner Mutter die Schuld? Soll sie dir jetzt als Entschuldigung dienen?«

»Ich schwöre dir, dass es mir wirklich so vorgekommen war, als hätte sie, Ma', mich dazu inspiriert, weil sie sich hatte rufen hören, ohne dir jemals persönlich antworten zu können.«

»Aber wars nicht eher so, dass auch du geträumt hast, heh?«

»Ach, du glaubst mir also nicht, dass mir der Mund redete, als wärs der Mund von Ma' und als würde ihr Geist in mir sprechen und Acis mein sagen? Ach, dann glaubst du mir also nicht, dass ich mit offenem Mund dalag?«

»Und die Acitana wählte einen Rotzjungen wie dich, um mir ihre Antwort zu geben? Oder hast du dir ihr gegenüber eine Ungehörigkeit erlaubt? Ihr den Kopf waschen wollen, um genau zu sein?«

»Nein, nein«, schrie er und schüttelte sich, und seine Tränen rannen über ihn. »Die Ungehörigkeit, das Kopfwaschen … Eigentlich war mir danach, gegen die Acitana aufzubegehren, ja, das wollte ich tun: aufbegehren, nicht eine Ungehörigkeit …«

»Was sagst du denn da, was sagst du da, Junge?«, fragte er voller Erstaunen. »Du hattest vor, gegen die Acitana aufzubegehren? Aber warum?«

»Weil sie meine Zunge bewegt hat, damit ich zu dir Acis sage, Acis … um dir ihr Erbarmen, ihr Mitleid zu zeigen«, wagte er ihm mit unbeschreiblicher Kühnheit zu sagen. »Denn das machte dir doch die Wunde brandig …«

Hier schoss Caitanello wie eine Muräne herum, stürzte sich mit der Faust auf ihn, doch er beschränkte sich auf die Bewegung:

»Oh, Junge«, sagte er zu ihm mit zusammengebissenen Zähnen. »Wage es nicht, Junge, mir in diesem Ton über deine Mutter zu sprechen, sonst pflanz ich dir eine schallende Backpfeife mitten ins Gesicht, die dir die Sinne nimmt ... Er wollte aufbegehren, dieser Junge, er will aufbegehren, er begehrt auf, begehrt auf, dieser Floh, gegen seine Mutter begehrt er auf ... Noch riecht sein Mund nach der Milch seiner Mutter, und er begehrt auf, um in die Brust zu beißen, die ihn säugte ...«

Er verzagte vollends, als er hörte, wie er versuchte, die Worte wie Karten gegen ihn auszuspielen. Auf Donna Acitana legte er nun die Königinmutter, er legte sie aus Achtung vor der Mutter auf, denn jetzt war es klüger, diese Karte auszuspielen, um die Partie mit dem Sohn zu gewinnen.

»Deinetwegen, deinetwegen wars, wenn ich aufbegehren wollte ...«, schrie er ihn an und vergoss erneut Tränen. »Deinetwegen, denn du rufst doch immer Galathea, du strengst dich an bis zum Letzten, und die Acitana scheint dich, so wie du das siehst, ja nicht zu hören, sie spürt dich nicht, so scheint es dir, doch ich höre sie im Kissen, wie sie säuselt und lispelt: Acis mein ... Acis mein ... Du rufst, sie ruft, einer ruft den anderen, und doch hört ihr euch nicht. Ich aber höre dich draußen, und drinnen höre ich sie. Ich höre sie, ich höre sie im Kopfkissen, wie ich sie damals gehört habe, als sie mit dir dieses Säuseln und Lispeln veranstaltete, und dieser Acis, den sie immer nennt, den sie immer Reale nennt und Königlicher und der ihr gehört, er dringt mir ins Ohr, Nacht für Nacht. Und so ist es mir diese Nacht aus dem Mund entfahren, es musste mir ganz zwangsläufig entfahren. Und deshalb hast du sie gehört, wegen mir, andernfalls hättest du sie nie gehört. Schläfst du denn auf ihrem Kissen? Nein, das tust du nicht, du nicht, wohingegen alles deinetwegen geschieht, nur deinetwegen ...«

Er ließ alles aus ihm heraussprudeln, er unterbrach ihn nicht. Er lag da halb aufgerichtet, mit dem Ellbogen auf dem Kissen, und hörte ihm zu, er hörte ihm zu, mit Anteilnahme, und das war erstaunlich. Er hielt ihm seine Schuld vor, und er hörte ihm zu, als würde er sich vor seinem Sohn für besiegt erklären, diesem Jungen, als würde er auf die Worte hin sterben, die er sich da sagen hörte, aus Mitleid mit sich selbst sterben und aus Liebe zur Acitana und aus Zärtlichkeit für seinen Sohn.

Für ihn war es wie Balsam. Es war, als würde sein Vater ihn umarmen und ganz langsam immer enger in seine zärtlichen, unbeholfenen Arme schließen, in Arme, die sich nicht trauten, in die Arme eines Bittenden, doch in dieser Umarmung verflog dem Sohn die Wut, er dachte an die Acitana, wie sie diese wirre Männerhand liebte, und er fühlte sich im Vergleich dazu wie ein richtiger Verbrecher.

Er beugte sich dann zu ihm hinüber und streckte seinen Arm aus, wie wenn er ihm die Hand geben wollte.

»Komm schon, 'Ndrja, komm jetzt ins Bett und schlaf, hier, an meiner Seite«, forderte er ihn merkwürdig scharf auf. »Wie kommst du denn sonst zum Golfo dell'Aria? Wir haben doch mit Don Luigi und danach mit Enzo, Salvatorello und Federico vereinbart, dass du diesmal mit zum Golf hinaufkommen sollst, doch wenn du nicht schläfst … Wie spät ist es geworden?«, fragte er ihn.

Er ging ans Fenster und blickte aufs Röhricht hinaus: dort war es noch stockdunkel, und das war ein Zeichen dafür, dass der Mond noch nicht am Himmel über dem skyllacharybdischen Meer aufgezogen war.

»Neun wirds sein«, sagte er, als er zu ihm zurückkam.

»Dann sinds noch gute drei, vier Stunden Schlaf. Komm, 'Ndrja, komm und schlafe. Sonst schläfst du auf der Palamitara ein, und Don Luigi sagt mir dann: Hat dieser Junge denn kein Bett zu Hause? Wozu kommt er mit zum Golf? Doch nicht etwa, um zu schlafen?«

Er dachte daran, ihm den Schnuller zu geben, den Schnuller: Vielleicht dachte er ja, er könnte ihn sich mit dieser Fahrt zum Golfo dell'Aria kaufen …

»Ich schlafe, ich schlafe …«, sagte er spöttisch zu ihm. »Ich schlafe, wenn du mich schlafen lässt, ich schlafe, wenn auch du schläfst.«

»Was tu ich denn anderes? Bin ich etwa wach?«, sagte er, als würde er keine Erinnerung mehr an das Vorgefallene haben.

Wenn er für ihn der Realistische sein musste, dann war jetzt der Augenblick gekommen. Und so redete er mit seinem Vater in einer Weise, als hätten sie die Kleider getauscht.

»Du bist zwar nicht wach, aber du schläfst auch nicht. Du träumst dich, das tust du«, präzisierte er ohne jedes Erbarmen mit ihm. »Und du träumst dir immer diese Bilder von Acis und Galathea. Ich denke, vielleicht gibst du dich einer Illusion hin, du kennst sie schon, und sie kommt dir vielleicht schön vor, vielleicht zart, diese Illusion. Ach, natürlich, ich muss es ja nicht eigens sagen, ich darf nicht reden: Was versteh ich denn schon? Wer bin ich denn schon? Ein Junge, sagst du, ein Junge, doch selbst ich, der Junge, hab verstanden, dass diese Galathea und dieser Acis dich nicht gut darstellen, sondern schlecht, denke ich. Zur Zeit der Acitana dienten sie dir zum Säuseln und Lispeln, doch jetzt, wo die Acitana nicht mehr ist, können sie dir da immer noch zum Säuseln und Lispeln dienen? Meinst du etwa, das täte dir gut? Junge, ja, Junge, doch mir kommen

Schauder, wenn ich dich höre, wie du dich mit diesen eingebildeten Acis und Galathea abringst. Fast siehts aus, als würdest du sie dir als richtige Menschen vorstellen, jetzt, wo die Acitana nicht mehr da ist, während man bei ihr verstand, dass es nur ein Säuseln und Lispeln von Wörtern war …«

In der Mitte des Betts senkte Caitanello von Zeit zu Zeit seinen Kopf, wie wenn er mit den Worten seines Sohns oder seinen eigenen nächtlichen Aventüren nichts anfangen könnte. Am Ende hob er seinen Kopf und sagte:

»Ach, Junge, mein Junge. Ach, wie viel du doch verstanden hast, mein kleiner Junge. Sogar, dass Acis und Galathea niemand sind, nicht existiert haben, immer nur Vorstellungen waren, Vorstellungen, die wir uns, die Acitana und ich, gemacht haben, heh? Ach, wie viel du doch verstanden hast, du listiges Bürschchen … Du hast wohl mehr verstanden, mein Junge, als Vater und Mutter, heh?«, sagte er zum Schluss, und er glaubte fast daran, denn die Beschämung, die er in ihm hervorrief, war ernst und traurig.

Er verharrte eine Weile in dieser Haltung, schnaubte, wiegte leicht seinen Oberkörper und schien dann eine große Entscheidung zu treffen.

»Bring mir doch mal die Lampe her«, sagte er bestimmt und zündete eine kleine Kerze an, um ihm Licht vom Bett zur Kommode zu machen.

Er brachte ihm die Lampe, und während er sie anzündete und die Flamme im Glaszylinder einstellte, grummelte er:

»Jetzt siehst du, ob dieser Acis und diese Galathea existieren oder nicht, jetzt wirst du sie sehen, jetzt wirst du sie sehen …«

Es war, als würde die Lampe ihm dazu dienen, Acis und Galathea ins Gesicht zu leuchten, als würde er wissen, dass sie dort anwesend wären, dort, in irgendeiner Ecke, im Dunkeln.

Er ließ ihn die Lampe auf die Kommode stellen, von wo das Licht bis zum Fußende des Betts fiel. Er zündete sich eine weitere Zigarette an und setzte sich bequem mit angezogenen Beinen und dem an das Kopfende gelehnten Rücken hin, dann gab er ihm Order, an seine Seite zu kommen, und dann schien er ihn, unter heftigem Rauchen und den Blick fest auf die Lampe gerichtet, jetzt, dort, ins große Vertrauen zu ziehen, ein Vertrauen, von dem er erwartete, dass es ihn vom Jungen zum Erwachsenen werden ließe, ein Vertrauen, das aber nicht dort war und ihn noch mehr zum Jungen machte, als er es vorher schon war.

Sein Vater war nämlich wie im Opiumrausch, als er die Lampe anstarrte: Er zeigte lediglich ein leichtes Zucken, als die aufgerauchte Zigarette seine Finger verbrannt hatte, doch nicht einmal da, nicht einmal für einen Augenblick hatte er die Augen von der Lampe abgewandt. Es war, als hätte die Lampe jede Erinnerung in ihm ausgelöscht oder würde sie in ihrer Fülle, die vergangene und auch die zukünftige, aus der Flamme der Lampe zu ihm heraufholen.

Er war ganz still, blickte ihn von unten her und von der Seite an, und eine unendlich große, ruhige, wehmütige Resignation breitete sich angesichts dieses Geschehens in ihm aus, das größer war als er. Er begriff, dass sein Vater dabei war, seine eigenen Angelegenheiten im Kopf und im Herzen zu erledigen. Das hatte er gespürt, als sein Vater sich mit der Hand mehrmals über das Gesicht fuhr, wie wenn er Spinnweben wegwischen wollte. Es war, als würde ihn etwas in seinem Inneren bekümmern, ihn zwingen, es aus seinem Mund zu lassen, das er aber aus Scham vor dem Sohn zurückhielt. Es war wie eine Klage, die er herausrülpste, ein verdrehtes, durcheinandergeratenes Knurren der Eingeweide zwischen Genuss und Leid, ein Hervorsprudeln von Gefühlen und Erinnerungen, von Worten und Dingen, die einen Kloß in seinem Hals bildeten und ihn erwürgten.

Dann war er still, als würde er schlafen. Doch er hatte ihn lange gehört, wie er da wach lag, mit nach oben gerichtetem Gesicht. Ohne es zu wollen, hatte er sich nach und nach dicht an ihn gedrängt, eng, ganz eng, und sich nach unten gedrückt: Von dort aus wandte er seine schläfrigen Augen von der Kugel der Lampe zu Caitanello, der mit unbedecktem Gesicht dasaß, mit offenen Augen und vollkommen regungslos, und es war, als würde er die Vergangenheit in seinen Gedanken in seiner Erinnerung in diesem Zimmer, in diesem Bett, in der Kugel der Lampe auf der Kommode anschauen.

Unter diesem Bild hatte er die Augen geschlossen, wie wenn er im rauchigen Schein der Lampe nach vorne sinken würde. Ihm war, als hätte er sich an die Schulter seines Vaters geklammert und wäre dort eingeschlafen, unter diesem harten, scheuernden Flügel eines Pellesquadra, in seinem knochigen Ellbogen.

Aufgewacht war er auf der Palamitara, inmitten der Pellisquadre, die im Dampf ihres Atems ruderten. Sein Vater musste ihn im Arm getragen und hingelegt haben, als wäre er ein Teil der Ausrüstung. Noch schien zwar der Mond, aber inzwischen war es Tag geworden. Kurz vorher hatten sie die Inseln zu ihrer Linken hinter sich gelassen, und vor ihm öffnete sich der Golfo dell'Aria mit der taureanischen Küste, die sich in der Ferne vor ihm abzeichnete, und es war, als würde man vom offenen Meer aus hinschauen, als würde die Palamitara von einer langen Seereise über das offene Meer zurückkehren.

»Gebt uns Euren Segen«, sagten die Pellisquadre im Spaß zu ihm. »Hat der junge Herr gut geschlafen? Haben wir ihn gewiegt und geschaukelt, wie es sein soll, oder wurde er, Gott behüte, angerempelt?«

»Mach dich an die Arbeit«, sagte sein Vater zu ihm. »Zeig diesen Herren, wozu du in der Lage bist.«

Er musste sich ins Heck zwängen und ihnen, so wie sie ihn hinunterließen, helfen und beim Entwirren des Fangwerkzeugs zur Hand gehen: Netze und Angelschnüre, Korken, Bleikugeln, ganze Bündel von Angelhaken mit Ködern, für den Fall, dass die Fangwerkzeuge sich mit den aufgerollten Netzen in den Körben verheddert hatten.

Während die Pellisquadre die Angelschnüre aufzogen und aus den Korken die Bündel der mit Wollschlaufen aufgeköderten Angelhaken für den Makrelenfang zum Vorschein kamen, ging er zum Heck, suchte hinter den Pellisquadre das Gleichgewicht zu halten, und bevor er sich Platz zwischen den Körben machte, machte er dort Pipi.

Sie hatten keinen Anlass mehr, über jene Nacht zu sprechen: weder über jene Nacht, noch über Acis und Galathea in jener Nacht. Sie sprachen nicht darüber. Sie hatten niemals Anlass, miteinander darüber zu sprechen, wohlverstanden, weil über Galathea, hinter der Maske von Acis, Caitanello immer wieder und scheinbar immer weiter von sich aus sprach, ja, immer mehr; denn was blieb ihm noch ohne die lebendige Gestalt der Acitana, als über sie mit ihr zu sprechen, über sie, mit der er, zumindest seiner Meinung nach, niemals sterben durfte, Galathea eben! Oder über die, mit welcher er die acitanische Masignora hatte sterben lassen, mit Nasodicane eben? Und im Lauf der Zeit, während er älter wurde und sie immer gleich jung blieb, musste er immer mehr über sie sprechen, immer mehr und wahrscheinlich nicht mehr für weitschweifige Purparlehs und Unterredungen, sondern nur, um ein halbes Wort ganz beiläufig zu wechseln, ein paar Silben oder versteckte Lippenbewegungen wie mit Gefängnisinsassen bei der Unterhaltung im Besucherraum. Für ihn musste das sein, wie wenn er sich bücken und die Brotkrumen, die längst von Ameisen überzogenen Reste eines üppigen Banketts aufsammeln würde, und es musste auch wie das Destillieren eines ganzen, einstmals überaus prächtigen, jetzt aber vom Verdorren heimgesuchten Gartens gewesen sein, um des einen, schon nicht mehr greifbaren Tropfens dieses Dufts willen.

Und er, er war nach dieser Nacht wahrscheinlich wirklich gewachsen, er hatte wirklich aufgehört, ein Junge zu sein. Im Lauf der Zeit hatte er immer deutlicher begriffen, dass dies keine Dinge waren, bei denen man realistisch sein konnte, und noch viel weniger mit den Kräften eines Jungen von gerade einmal zehn Jahren, der sich in der Lage fand, mit Typen zu wetteifern, die Knochen hatten wie die Nasodicanemangiato, der Hundsschnauzenzerfressenen, die für die noch viel zu zarten Zähne seines Verstands zu hart waren. Wenn er sie erwähnte, die Nacht des Streits zwischen Vater und Sohn, war es nur der Geschichte wegen: Für ihn wie für seinen Vater war alles beim Alten geblieben. Auch wenn dieser Acis und diese Galathea existiert hatten, auch wenn Caitanello und die Acitana sie persönlich kennengelernt hatten, konnten sie ihm weder etwas hinzufügen noch ihm wegnehmen, sie veränderten in nichts seine Erinnerung an diese Nächte der Tage des Mangels und der Not, an dieses feinste, leiseste, dieses dunkle Säuseln und Lispeln im Orangenhain, mit den Silben Acismeingalatheacisrealemeingalathee wie Hirse im Schnabel. Dies war seine Erinnerung, und so verblieb sie auch in seinem Jungenohr, Wortklänge ohne Wörter, Klänge ohne Sinn. Erst später, mit der Zeit, war ihm der Gedanke gekommen, dass das, was er für eine Unsinnigkeit gehalten hatte, dieses Säuseln und Lispeln von Acismeingalatheacisrealemeingalathee, ebendiese Namen mit dem Real-Königlichen und mit der Gala, für Caitanello und die Acitana das Lärmen der Kutsche sein konnte, der Nachhall des üppigen Fests, mit dem die armen Menschen sich etwas vorgaukeln, das Lärmen, der Nachhall eines anderen, des schönen Lebens, das in einer Kutsche dahinfährt. Das musste es gewesen sein, womit die Acitana und Caitanello sich ablenkten, mit dem Klang zweier, dreier Silben, mit dem fernen Lärmen einer Kutsche, in der ein gewisser Acis Reale und eine gewisse Galathea saßen, eines Nachts, ganz unerwartet, eine jener Nächte in den Tagen des Mangels, der Hungersnot, in der die Wörter, die Silben von Gattin und Gatte tropfenweise in die Finsternis fielen, wie Regen, mit Inbrunst herbeigerufen, um die verdorrte, seuchengeblähte Luft zu erquicken. Und was ihn mit offenem Mund dastehen ließ, war, gleich darauf, dass von Vater und Mutter der verblüffende Eindruck von Sattheit ausging, den sie mit ihrem Acismeingalatheacisrealemeingalathee vermittelten, als würden sie nichts anderes mehr bedürfen, doch war es auch nicht, als würden sie von Luft leben, sondern als hätten sie sich ganz wirklich von allen Entbehrungen des Mangels befreit. Von den herrlichen, armen Masignora und Granvisire, die sie sich einander sagten, mit denen sie das Leid aus Fischbrot und Brotfisch hinter sich ließen, schienen Vater und Mutter mit allem reichlich ausgestattet zurückzukehren und Wohlstand aus dem Inneren ihrer neuen, zaubrischen Namen zu verströmen, wie eine Art Sättigung des Geistes und des Bauchs, und es war, als hätten sich ihre Augen am Anblick der großen Fischfänge im Golfo dell'Aria, an den Harpunenfängen majestätischer Prallhüftiger satt gegessen. Die Masignora und der Granvisire hatten sich mit der Hungersnot begraben, und Acis und Galathea waren mit ihrem Säuseln und Lispeln wie zu einer feinen Silbenspeise gekommen, derer sie nie satt wurden, denn ihr ganzes Glück musste wohl in dem Umstand begründet gewesen sein, dass sie niemals satt werden konnten, zumal das Glück keine Speise kennt, die es je sättigen könnte.

An einem bestimmten Punkt mitten in diesem Säuseln und Lispeln war es, wie wenn sie einen weiteren sonderbaren Scherz machen würden, denn die beiden Stimmen vermischten sich, die Silben von Acis in den Silben von Galathea, und erweckten die Vorstellung, viele weitere Stimmen in der einen männlichen und weiblichen hervorgebracht zu haben. An diesem Punkt machten sie es aber wirklich wie die Spatzen im Orangenhain, die schnäbeln und sich zu küssen scheinen, was man aber nicht weiß, man kann es ja nicht sehen, nicht verstehen, was genau sie beim Flattern ihrer Schwingen machen, wenn sie sich mit ihren Schnäbeln berühren und wieder berühren, sich zerzausen und im gleichen Takt ihr Gefieder mit dem Gezupfe der Schnäbel wieder glätten, dieses leise, sanfte Flöten und Zirpen, langsam und trillernd schnell, und zwischen dem Sehen und dem Hören gleicht es einem Kreisen, einem leichten, berauschenden Schwindelgefühl.

Er schloss die Augen wieder, um sie zu hören: Schlaf kam über ihn, und dieser Klang mit Schlaf, dieses versöhnliche Flöten und Zirpen, diese freundlich jammervolle Nichtigkeit der Welt war, als würde ihm etwas Unentzifferbares und machtvoll Überzeugendes erzählt, dessen Geheimnis die Acitana und Caitanello kannten.

Meistens, wohl weil meistens in seinem Kopf die Hungersnot das Gepräge der Lippen seines Vaters annahm, stumme, vom Schweigen ausgetrocknete und aufgesprungene Lippen, Erdschollen gleich, von der Dürre verbrannt, stellte dieser Klang von Silben, der im Schlaf aus seinem Mund drang, dieses Zwitschern und Trommeln verkürzter Wörter auf trockenen Lippen, für ihn etwas Ähnliches dar wie der Klang der ersten Tropfen, die bei Nacht auf die Oberfläche des Meeres schlugen und von weit draußen auf das Ufer zukamen, wobei man sich zuerst dieses ferne Trommeln auf dem Wasser nicht erklären konnte, gleich Stelzvögeln, die auf den Wellen hüpften, und sich lärmend näherten und Regentropfen waren.

Und immer wieder, immer wieder kehrte im allerletzten Augenblick, mit der

Stille von allem, mit dem Schlaf das hohe, große Geräusch des Meeres an sein Ohr zurück. Damals war es ihm, als würde er für immer die von diesem süßen Donnerrollen bombardierte Welt verlassen, das von der 'Ricchia aufstieg und bis unter seine Matratze zwischen den Stühlen drang, bis jenseits der Trennwand, unter das Bett der Acitana und des Caitanello: Es war ihm auch, dass Mutter, Vater und Sohn mit all ihrem großen Schmerz und all ihren kleinen Illusionen nach und nach verschwänden, hingegeben an dieses sanfte und schreckliche Echo, das heranwogte und sich wieder entfernte, auf und ab, und an den Bettseiten aufstieg, am Fuß- und am Kopfende, sie verschloss, sie isolierte, auf und ab, bald war es eine Wiege, bald eine Bahre, bald ein verhaltenes, abgrundtief dumpfes Donnern ihrer beider Leben, bald die lärmende, ohrenbetäubende Stille ihres beider Todes.

Tags darauf war, dem Anschein nach, nichts anders als sonst.

Bei Tagesanbruch befand sich sein Vater draußen mit den anderen Pellisquadre, um das Boot herzurichten. Die Acitana tauchte hinter ihm auf und hielt ihm eine Schüssel hin, damit er sich das Gesicht waschen konnte: Dann wärmte sie eine Tasse Wasser mit einer Scheibe Zitrone oder einem Lorbeerblatt und brachte sie ihm. Er trank sie in kleinen, wohlabgemessenen Schlucken und blinzelte derweil zum östlichen Himmel, zur blassen Röte, die hinter dem Aspromonte aufstieg. Als er ihr die Tasse zurückgab, legte er ihr eine Hand auf die Schulter, und sie sahen sich an. Danach war er es, der sich das schwerste Gerät für die Ausrüstung und die Ausfahrt auflud und mit einem gewissen Stöhnen auch Dinge tat, die er gar nicht tun musste.

Es konnte sein Vater sein oder auch ein anderer oder auch zwei oder drei, dieser eine ebenso wie die anderen, dem die Gattin während der Nacht, als sie ihn mit der Hilfe des Himmels glauben machte, dass für sie die Gallensteine, die sie zwischen ihren Zähnen zermahlten, den Geschmack von Honig hatten, von Pillen, die sich im Mund auflösten und ihm damit die Blase leerten, die ihm sonst kurze Zeit später geplatzt wäre, wohingegen sie jetzt wieder leer war und erneut gefüllt werden konnte.

Wenn auch nur ein einziger Pellesquadra in einer der Nächte jener Tage des Mangels und der Not seine Galle und alle Gifte durch seine Gattin schickte wie durch ein Sieb, in dem alles Nichtdazugehörende und aller Dreck zurückgehalten wurde, genügte das alleine, um den anderen neue Kraft zu geben, sie mit seiner Lebendigkeit zu beseelen sich aufzumachen, zu handeln, zu sprechen, so, als wäre dies der Tag, der das Ende der Not markierte. Fast konnte man es nicht glauben, doch eine Nacht war es die eine, eine andere Nacht die andere, jetzt Amalia Cambrìa und dann Margherita Scarfì, jetzt Rosalia Orioles und dann Stena Palamara, kurz gesagt, es gab immer eine Frau, die in der Nacht nicht schlief und alleine, ohne jede Waffe in Sichtweite, sich der Belagerung des Mangels stellte und die Linien überschritt, um sich ihren Mann abzuholen, der nicht mehr die Kraft besaß, dorthin zurückzukehren.

Es war dermaßen leicht, den Pellesquadra zu erkennen, der Erquickung bei seiner Frau gefunden hatte, dass man sich sogar schämte zu zeigen, dass man ihn erkannte, auch weil niemand von ihnen etwas tat, um sich zu verstecken, und Caitanello noch weniger als die anderen, denn bei ihm war es, als würde er es auf der Stirn geschrieben mit sich herumtragen und sich um der Acitana wegen und für sie prämieren.

Er hantierte herum, um das Boot seetüchtig zu machen, und brachte Ruder und Körbe zur Palamitara oder die Holzkeile, um das Boot ins Wasser zu lassen, und derweil hob er bei jedem zweiten, dritten Schritt den Blick und betrachtete die Färbung des Himmels, als würde er mit festem Mut die Herausforderung und die Eroberung des aufziehenden Tags erwarten. Er verbreitete ein Gefühl neuer, beherzter Hoffnung, er zeigte Eile und Drang, weit aufs Meer hinauszufahren, als hätte er in der Nacht von einem weiten Meer voller Schaumrösser geträumt, was ein Zeichen für größte Fülle ist und dem Pellesquadra, der es geträumt hat, Ehre einbringt.

Er schritt über die Schwelle des Hauses, und seine Reise hatte einen Fortsatz, wie bei einer Fluke, und die Fluke ist, wie man weiß, immer der Teil, bei dem sich die Haut am schwersten abziehen lässt. Wenn es sich dann noch um einen raubeinigen, schwierigen Pellesquadra handelt, der Caitanello Cambrìa heißt, lässt er einen beim Abziehen der oberen und der unteren Flukenteile Blut und Wasser schwitzen.

Sein Vater kam nämlich heraus und erkannte in dem Unbekannten nicht seinen Sohn. Er zog den Schirm seiner Mütze über die Augen, und statt ihm die Arme um den Hals zu werfen, zwang er ihn, ihm auf den Kürass des Herzens zu schlagen, verlangte von ihm, mit einem Wort, Nachweise seiner Sohnesidentität zu liefern, sofern das, wie er behauptete, sein eigentliches und einziges

Merkmal war. Dazu muss man sagen, dass er behutsam vorging, damit der Vater keinen Schlag bekam.

»Don Caitanello? Don Caitanello Cambrìa?«, hatte er ihn mehrmals hinter der Türe gerufen.

Und er hatte gesehen, wie augenblicklich das Licht erlosch, danach war die Stimme seines Vaters zu ihm herausgedrungen, als stiege sie aus einem Grab empor.

»Wer ist der Fremde, der mich so anspricht? Was will er von mir?«

»Ein Freund, Don Caitanello, ein Freund, der Euch gute Nachrichten überbringt.«

»Nachrichten? Was für Nachrichten? Gute Nachrichten für mich? Wer seid Ihr? Wer schickt Euch? Wo kommt Ihr her?«

»Macht auf, und ich sage Euch alles. Dafür kam ich her.«

»Zu dieser Nachtzeit? Und ohne Mondglanz?«

»Aber, Don Caitanello, was habt Ihr denn erwartet? Dass ich den neuen Mond abwarte? Und außerdem, wenn Ihr öffnet, wird Euch klar, dass Ihr weder Glanz braucht noch Mond.«

»Ich brauch gar nicht erst zu öffnen, das weiß ich.«

»Man hat mir gesagt, dass Ihr dickköpfig wärt.«

»Sinnlos, hier rumzuschwätzen. Mich beeindruckt Ihr nicht.«

»Euch beeindrucken? Wieso sollte ich Euch beeindrucken wollen? Was sollte ich denn im Blick haben? Welches Ziel? Habt Ihr denn Schätze im Haus? Habt Ihrs etwa zu Reichtum gebracht mit Eurer Arbeit?«

»Seide, Seide, schönste, feinste Seide …«, spottete er, um Luft abzulassen.

Noch wirkte er vollkommen natürlich, jemand, der kein bisschen argwöhnt noch sich etwas vorstellt. Doch wie ließ sich das bei ihm, bei Caitanello, sagen? Wieso ließ er ihn zappeln? Da konnte er auch gleich aufs Ganze gehen.

»Wie ist es nur möglich, frage ich mich«, sagte er, »wie ist es nur möglich, dass Ihr diese Stimme nicht kennt, die Ihr hört?«

Er antwortete nicht, doch nach einer Weile hörte 'Ndrja, dass er den Riegel herunterzog, die Türe einen Spalt öffnete und still im Dunkeln dastand, mit seinem weißlich schimmernden Umriss, die Unterhose bis zu den Knien, das Unterhemd mit halbem Arm, das bleiche Haar, das bleiche Gesicht in der Mitte des dunklen Türspalts.

»Wessen Stimme sollte das denn sein, von der Ihr da redet?«, fragte er misstrauisch. »Wieso sollte ich sie kennen? Und wer seid Ihr überhaupt?«

Er tat das Falsche, allerdings tat er es instinktiv: Statt ihm zu antworten, streckte er eine Hand zu Caitanellos geisterhaftem Umriss aus, einfach so, ins Ungefähre, und statt auf den Arm oder die Schulter legte er die Hand an seinen Hals. Auf der Stelle zog Caitanello sich zurück und verschloss blitzartig die Türe.

»Was für Absichten habt Ihr?«, fragte er ihn aufgebracht von da drinnen. »Seid Ihr etwa gekommen, um Hand an meinen Hals zu legen?«

»Was heißt denn hier Hand an den Hals legen? Ein Händedruck empört Euch so sehr?«

»Schöner Händedruck! Sagt Ihr mir mal, wieso, heh?, wieso es zwischen uns beiden diesen Händedruck geben sollte? Ihr, der hierherkommt, Ihr drückt mir die Hand?«

Vielleicht war er ja kindisch geworden, ohne deshalb jedoch seinen ihm eigenen, ihn verkörpernden Ton verloren zu haben, den Ton eines Menschen, der in einem Wimpernschlag auch noch im dichtesten Dunkel annimmt, dir erzählen zu können, wie viele Härchen du hast. Er wollte sich schon zu erkennen geben, ihm sagen, dass er sein Sohn sei, doch eine Furcht hielt ihn zurück, denn man wusste, wie viele Väter und wie viele Mütter in Kriegszeiten vom Schlag getroffen zu Boden gesunken waren, als sie die Türe öffneten und die Worte Ma', Pa' hörten. Die Söhne zogen sich aus der Schlinge, und die Eltern steckten ihren Kopf in die Schlinge, immer waren es Kriegstote. Der einzige Weg war, einen Freund vorzuschicken und die Eltern auf die Nachricht vorzubereiten, sei's die über den Tod, sei's die über das Leben. Doch wo sollte er um diese Stunde einen Freund hernehmen?

»Lassts gut sein, Don Caitanello«, sagte er entmutigt. »Schließt Euch ein, schließt Euch nur ein, zieht Euch zurück. Und entschuldigt die Störung.«

»Ah, jetzt geht Ihr. Nachdem ich die Gefahr gewittert habe, gebt Ihr also auf, wie?«

»Einverstanden, ja, ich gebe auf, Ihr habt recht. Ich habe gemerkt, Ihr seid viel zu gewitzt, als dass man Euch überraschen könnte.«

Die Stimme seines Sohnes sagte ihm nichts, sie erregte sein Ohr nicht, fast so, als habe er sie völlig vergessen, nachdem er sie so lange nicht mehr gehört hatte. Doch kann ein Vater die Stimme seines Sohns vergessen? Spricht sie nicht in seinem Inneren zu ihm?

Er setzte sich lautlos auf die Schwelle und achtete darauf, sich auch nicht an die Türe zu lehnen. Sein Vater befand sich immer noch da drinnen, hinter ihm.

»Heh, Ihr da«, rief er ihn nach einigen Augenblicken. »Heh? Seid Ihr noch da oder habt Ihr Leine gezogen?«

»Hier bin ich, hier. Leine ziehen? Warum sollte ich das? Ich sagte Euch doch, ich bin gekommen, um Euch zu sehen.«

»Um mich zu sehen, sagt Ihr? Um mich zu sehen?«

»Ja doch, ja, um Euch zu sehen«, antwortete er ihm und hatte dabei seine Wange an das Holz der Türe gedrückt. »Hier bin ich, an der Türe, und von hier geh ich nicht weg. Hier findet Ihr mich, wenns Tag wird.«

Das musste ihm zu denken gegeben haben, denn er war still und rührte sich nicht. Er pfiff vor sich hin, und unterdessen kam ihm der Gedanke, seine Taschen zu durchsuchen, wie um sich in Ordnung zu bringen. Er fand einen zerbrochenen Kamm, das Taschentuch, das nach Meer duftete, weil er es so viele Male während seiner Reise gewaschen und dabei den Sand als Seife benutzt hatte und es dann, damit es auf seinem Weg trocknete, aufgefaltet an einem Zipfel in der Luft hielt, als wäre es die weiße Fahne eines, der sich ergeben hatte. Er fand auch noch ein paar Krümel von der Schokolade, mit der er aus Neapel aufgebrochen war, doch außer dem und den üblichen Tabaksfäden hatte er nichts sonst in den Taschen, weder Ausweis noch Fotos, noch Briefe, nichts. Wenn er auf dem Weg stürbe und man ihn identifizieren müsste, hätte man nichts Zweckdienliches bei ihm gefunden. Der alte Soldatische vom taureanischen Strand war, verglichen mit ihm, überreich mit Erkennungszeichen ausgestattet.

»Heh, Ihr da?«, rief Caitanello ihn erneut. »Würdet Ihr es wagen, Euch im Schein der Lampe ins Gesicht sehen zu lassen?«

Er stellte ihm das dar wie eine mutige Unternehmung: Wenn er nicht verkindet war, war dies eine Farce. Wohin brachte ihn seine Gewitztheit eigentlich nicht …

»Wieso nicht? Ganz wie Ihr wollt. Und dann, ehrlich gesagt, es ist mir schon ein bisschen kalt, nachdem ich wer weiß wie lange auf dem Meer gewesen bin.«

»Ihr kommt vom Meer?«, fragte er überrascht, interessiert.

»Woher denn sonst? Vom Land?«

»Jetzt, hier vorne seid Ihr an Land gegangen? Wollt Ihr das sagen?«

»Genau jetzt, hier vorne.«

»Seid Ihr an Land gegangen?«, beharrte er, als würde er sich nicht zurechtfinden. »Seid Ihr geschwommen? Ihr wärt von Kalabrien nach Sizilien herübergeschwommen, das wollt Ihr mir weismachen?«

»Wieso denn geschwommen? Wer hat Euch denn was von schwimmen gesagt? Bin ich etwa der sagenhafte Colapesce, der in vier Armschlägen von Ufer zu Ufer schwamm?«

»Ach, dann habt also auch Ihr von dem berühmten Colapesce gehört?«

»Das wundert Euch? Habt Ihr mich ernsthaft für einen aus Tràpani oder aus Palermo gehalten?«

»Schwimmend also nicht. Wie denn dann?«, fragte er beharrlich weiter. »Vielleicht auf einem englischen Landungsboot? Haben die für Euch etwa eine Ausnahme gemacht?«

Er ging in der Unterhaltung auf. In der Unterhaltung mit der Türe dazwischen, mit dem einen drinnen, dem anderen draußen.

»Also, was ist nun mit der Lampe?«, fragte er ihn, um die Situation abzubrechen, denn er konnte seinen Hals einfach nicht mehr länger verdrehen, um den Mund dicht an die Türe zu bringen.

Er hörte, wie er fortging und mit der entzündeten Lampe zurückkam. Das Licht näherte sich über dem Boden, gelangte hinter die Türe, und durch ein paar Ritze im Holz unten fiel es auf die Kerben und Rillen der beiden Steinblöcke der Schwelle.

Er stand auf, nahm die Mütze ab, während sein Vater die Türe öffnete.

»Kommt näher. Tretet ins Licht«, sagte er.

Er hielt sich hinten, vielleicht, weil er sich nicht zeigen wollte, vielleicht auch, um das Licht nicht hinausdringen zu lassen. Er machte ihm den Weg frei, und kaum war er eingetreten, sah er ihn vor sich, ausgerüstet mit einer Lampe, er streckte den Arm aus, hob ihn in Kopfhöhe vor das Gesicht des Sohns, so dass er, während er ihn betrachtete, selbst nicht gesehen werden konnte.

Sie verweilten gleich hinter der Schwelle. Er sah ihm eine ganze Weile intensiv ins Gesicht, ohne zu sprechen. 'Ndrja versuchte, sich mit dem Oberkörper nach vorne zu beugen und ihm alle Zeit zu geben, ihn zu betrachten, doch konnte er die Augen vor der Flamme der Lampe nicht offen halten. Der Zeit nach zu urteilen, die Caitanello brauchte, hätte man meinen sollen, dass er ihn, wie bärtig und zerzaust er auch immer gewesen sein mag, inzwischen erkannt haben müsste und jetzt langsam, nach und nach, seine innere Bewegung hinunterschluckte. Doch auch wenn bei dieser genauen Betrachtung irgendeine Gefühlsregung bei ihm ausgelöst worden sein sollte, veränderte er sie in seinem Inneren Punkt um Punkt mit seiner rauen Gewissenhaftigkeit.

»Wer seid Ihr? Wen sucht Ihr?«, fragte er ihn, ohne auch nur mit der Wimper zu zucken, so, als ob er damit sein genaues Hinsehen zu Ende gebracht hätte.

Da ging ein Ruck durch ‘Ndrja, und als er sich seine Mütze mit beiden Händen wieder aufsetzte, entfuhren ihm die Worte:

»Per la Madò … Wenn ich das wenigstens für eine Farce halten könnte … Ändert der Krieg denn so sehr das Aussehen, so sehr, dass der Vater seinen Sohn nicht mehr wiedererkennt?«

Caitanello erfasste ein Schütteln, und die Hand, welche die Lampe hielt, zitterte leicht. Gott sei Dank, dachte er: Das hat ihn getroffen. Er zog den Arm etwas zurück und hob die Lampe in die Höhe über seine Schulter, als wollte er Licht über diesen Menschen ausgießen, damit der Sohn auch ihn sehen sollte. Das besänftigte ihn, und er bedauerte seinen Ausbruch. Da sah er ihn an, er erkannte ihn gut nach so langer Zeit, und er kam ihm vor, als wäre er erst tags zuvor von ihm weggegangen, wäre es nicht wegen dieser weißen Haarsträhne gewesen, die ihm ohne Wind über einer Schläfe herunterhing, und wegen dieser bläulichen Flecken auf den Jochbeinen unterhalb der Augen, so, als ob sie durch die Tränen gekommen wären, die über Jahre in kleinen Tropfen auf sie geträufelt waren. Hier wurde die Sanftheit zur Rührung, und vielleicht war es ja auch innere Regung. Beide waren still, und sie wirkten so bewegend und bewegt, dass ihnen nichts anderes blieb, als sich zu umarmen. Doch durfte er sich wohl nicht mehr so genau erinnern, was für ein Strandtyp Caitanello war.

»Wem wollt Ihr diese Mär eigentlich auftischen?«, ließ er sich hinreißen zu sagen.

Ihm kam es vor, als würde er sich mit den Schultern zurückziehen und die Augen entspannen, wie wenn er bereits gesehen hätte, was er sehen sollte, und konnte wieder auf seine Positionen zurückkehren, indem er zwischen beiden erneut die angemessene Distanz schaffte. Er war sich todsicher, dass er ihn mit seinem Blick erkannt hatte. Jetzt blieb nur abzuwarten, wann er sich entschließen würde, ihn auch mit Worten zu erkennen.

»Sohn, Sohn …«, sagte er voller Spott. »Wen sucht Ihr denn nun?«, steigerte er sich. »Von welchem Vater seid Ihr denn nun kraft des Heiligen Geistes Sohn? Seid Ihr etwa nachts vor mir aufgetaucht, um mir etwas vorzuspinnen?«

Vielleicht hatte er sich ja mit seinem Verstand auf und davon gemacht, für gewöhnlich hatte er diese Verhaltensweisen, nie allerdings mit dieser sakralen Färbung.

Um sich zur Ruhe zu zwingen, musste er den Blick von ihm abwenden und tun, als würde er sich umschauen. Bei diesem Rundblick nahm er, als würde der

Geruchssinn durch den Blick geweckt, von der anderen Seite der Trennwand den Gestank von frisch zerlegter Fere wahr, diesen dumpfen abstoßenden Geruch von Wild, das in einem Bad von Starkessig weichte. Statt auszudünsten, schien der Gestank in konzentrierter Form auf den Boden zu tröpfeln. Die Finsternis aus dem Schlafzimmer schien sich über die Trennwand auszubreiten, das von der Lampe verströmende Licht brachte sie hier und da in Bewegung und ließ sie oben tanzen und unten, je nach dem Flackern der Flamme: Dort, inmitten, belebte sich der üble Gestank in der Vorstellung, und es war ein dunkler, schrecklicher Abscheu verfehlter, falscher, durch das Werk seines unglaublich verschrobenen Vaters vermischter und vertauschter Dinge, mit der zerteilten Fere im violetten, auf dem Bett ausgebreiteten Kleid, und mit der zerstückten Acitana im Korb.

Als er den Blick wieder seinem Vater zuwandte, fand er ungewollt, dass er sich auf ihn einließ und mit ihm auf seine Weise redete, er war nicht mehr Sohn, so wie er nicht mehr Vater war.

»Stellen wir dies doch fürs Erste fest«, sagte er zu ihm. »Hattet Ihr einen Sohn oder hattet Ihr keinen? Und hieß dieser Sohn 'Ndrja? Und hatte er eine Stimme, oder hatte er keine Stimme, die meiner, beispielsweise, sehr ähnlich war?«

»Eine Stimme kann man leicht imitieren«, wandte er ein, womit er beim Ende begann, »und einen Namen leicht in Erfahrung bringen.«

Er stellte die Lampe auf den Tisch, regulierte die Flamme und widmete sich dieser Beschäftigung so, als würde er die Angelegenheit für erledigt halten, doch überlegte er sich nur die Worte. Dann hielt er eine Hand vor die Lampe, und während er das Licht von ihm ablenkte, hob er den Blick, sah ihn an und sagte scharf:

»Und was den Sohn angeht, den Ihr angesprochen habt, den hatte ich, den habe ich nicht, den hatte ich einmal …«

Wie er es sagte, lag deutlich Groll in seinen Worten, doch nicht über das böse Geschick, das ihm seinen Sohn entrissen haben konnte, sondern über den Sohn selbst: In seinen Ohren klang es eigentümlicherweise wie der empörte Ton von Ciccina Circé gegenüber Baffettuzzi. Haben wir in der Vergangenheit denn unter uns oder in Briefen Probleme gehabt, an die ich mich nicht erinnern kann?, wollte er ihn fragen. Habe ich dich beleidigt? Was konnte es sein? Wenn er das Band zwischen ihm und der Acitana zerrissen hätte, würde er es verstanden haben, doch in dieser Hinsicht war er ganz ruhig.

Er wappnete sich mit Geduld. Es war wie der Beginn eines Duells, er wusste, wie viel es ihn kosten würde, die Rüstung dieses hartschädeligen Mannes zu schrammen. Uns duellieren? Sich ihm ergeben, ja, das hätte er tun sollen.

»Ihr hattet ihn? Wieso denn? Wollt Ihr sagen, dass er, Euer Sohn, nicht mehr auf dieser Welt ist?«

»Was soll ich Euch sagen? Vielleicht wird er noch auf dieser Welt sein, dann aber für die anderen, nicht für mich. Drei Jahre sinds, dass er herumirrt, fern von zu Hause, falls Ihrs nicht wisst, drei …«, und mit den Fingern zeigte er Drei. »Und sechs Monate sinds, sechs«, machte er mit einer Hand und dem Zeigefinger der anderen, »sechs Monate, in denen er kein Lebenszeichen von sich gibt. Soll ich da sagen, ich hätte einen Sohn? Ich hatte ihn, muss ich sagen, ich hatte ihn.«

»Wenn ich doch aber herkomme und Euch aufgrund meiner Kenntnis sage, dass Ihr ihn noch habt, wenn ich komme und Euch diese gute Nachricht bringe, glaubt Ihr mir dann?«

»Aus ist es, lieber Freund, mit den guten Nachrichten für Caitanello Cambrìa. Ich erinnere mich nicht einmal mehr, wann ich die Letzte bekommen habe. Jetzt kann ich nur noch auf eine gute Nachricht warten, und die, auch wenn viel Zeit vergeht, doch die wird mir gebracht.«

»Dann also, wenn Ihr mir nicht glaubt, entschuldigt diese Störung. Segnet mich, Don Caitanello.«

Er brachte seine Uniform in Ordnung und wollte gehen, sein Vater nahm wieder die Lampe und hob sie hoch, als wollte er ihm Licht machen. Nun konnte man das keine Komödie mehr nennen, und er machte ihm Licht auf dem Tritt der Schwelle, er baute ihm goldene Brücken.

In diesem Augenblick aber trafen sich ihre Blicke und suchten sich mit dem Herz in der Hand, als würden sie sich nun wirklich für immer verlassen, aber voneinander wenigstens diese letzte loyale Erinnerung bewahren wollen. Vielleicht wirkte Caitanello deshalb in diesem Augenblick klein und abgemagert, wie die Alten, die, wenn sie abnehmen und einfallen, wieder zur Körperlichkeit ihrer Kindertage zurückkehren. Sein Kopf, seine Muskulatur, seine Schultern hatten die fuchsige, kraftstrotzende Erscheinung eines jungen Löwen verloren, die ihn bisweilen so stattlich aussehen ließ. Er war so kahl und geschrumpft wie ein alt gewordener Pellesquadra und wie der Fisch, der in der Sonne um die Hälfte eingeht. Und er hatte den Blick des Schwertfischaugs mit dem zerstörten Glanz in seinem Inneren, dieser zerbrochenen Strahlkraft eines Steins aus der Meerestiefe.

Er konnte sich nicht vorstellen, wie er seinem Vater erscheinen würde, doch es gab nicht den geringsten Zweifel, dass dieser Augenblick für beide der Augenblick der Wahrheit war. Caitanello packte ihn nämlich in dem Augenblick, als er sich umdrehte und hinausgehen wollte, am Schulterblatt, und er ließ sich packen.

»Tretet näher, tretet näher …«, sagte er zu ihm. »Ob ich will oder nicht, nun habt Ihr einmal mein Haus betreten, und ich bin Euch Ehrung schuldig, zumal wenn Ihr ein Fremder seid oder ein Ausländer …«

Er wirkte wie ein anderer, der zu einem anderen redete: zu einem Ausländer, warum denn auch nicht? So, als würde das Wort seine Wirkung auf ihn haben, fühlte er sich müde und zerschlagen in seinen Gliedern, daher war er der Meinung, dass er sich in diesem Augenblick als Fremder fühlen durfte.

Sein Vater stellte wieder die Lampe auf den Tisch, nahm einen Stuhl und schob ihn zu ihm:

»Kommt her, setzt Euch«, sagte er.

Er trat näher, nahm wieder die Mütze ab, setzte sich auf den Stuhl, stützte den Ellbogen auf den Tisch und sah seinen Vater wie einen Fremden an, der die Türe schloss und ihn dann umständlich fragte:

»Was kann ich Euch anbieten?«

»Ein Glas Wasser, danke, wenn es Euch keine Umstände macht.«

»Ein Glas Wasser?«, wiederholte Caitanello, der möglichlicherweise keine derartige Einlassung erwartet hatte und mit offenem Mund da stehen geblieben war.

»Ein Glas Wasser, ja, aber nur, ich sags noch einmal, wenns Euch keine Umstände macht.«

Wieso wunderte er sich? Ein vorbeikommender Fremder, dem er wie gewohnt eine Frage stellt? Ein Glas Wasser, oder?

Er machte sich richtig zu schaffen mit diesem Glas Wasser, ging in den anderen Raum, kam zurück, wollte die Anrichte öffnen, ließ es aber sofort bleiben, als er das Geräusch von fallenden Scherben hörte.

Er beobachtete seine Bewegungen und schaute um sich, und was er sah, war ganz sicher nicht mit dem Blick des Fremden, der es sah, doch eigentümlicherweise löste das, was er wiedersah, keine große Ergriffenheit und kein großes Durcheinander in ihm aus.

Links von ihm stand wie eh und je der Tisch und rechts die Anrichte. Vor ihm, in der Mitte, vom Tisch zur Anrichte, befand sich die aus Röhricht errichtete Zwischenwand, die das vordere Zimmer, nämlich das Esszimmer, vom eigentlichen Zimmer trennte, dem Schlafzimmer.

Als die Acitana noch lebte, verdiente das Esszimmer noch seinen Namen: die Anrichte funkelte von Gläsern, Tassen und Tässchen, auch wenn sie nie benutzt wurden, auf jeder Seite umgeben von Fotografien, wie ein kleiner Hausaltar; der Esstisch hatte immer eine Decke in der Mitte, eine Blumenvase mit künstlichen Margeriten, welche die Acitana gemacht hatte, als sie noch Signorina war. An dem Tisch standen vier Stühle, einer auf jeder Seite, und man hätte vom Fußboden essen können, so sauber war er und so glänzend.

Nach dem Tod der Acitana war es damit vorbei. Auch wenn alles an seinem früheren Platz geblieben war, sah man dennoch, dass das Esszimmer ohne die Hand der Acitana diesen Glanz verloren hatte, der seine ganze Schönheit war, und es immer kleiner wurde, immer staubiger und elender vor dem Blick, und auch über die Margeriten aus Krepppapier, die damals immer frisch wirkten, hätte man sagen mögen, dass sie vor sich hinwelkten, weil sie kein Wasser bekamen.

Doch das alles war nichts im Vergleich zu dem Eindruck, den das Zimmer jetzt auf ihn machte. Jetzt sah es sogar so aus, als wäre ein stürmischer Libeccio aus Südwest durch die offen stehende Türe hereingefegt und hätte die Scheiben der Anrichte, die Tässchen und die Gläser zertrümmert und in die Ecken und auf den Tisch Schichten um Schichten von Sandstaub gehäuft.

Er stand auf und ging zur Anrichte, von dort aus fragte er ihn:

»Erlaubt Ihr, dass ich einen Blick auf diese Fotografien werfe?«

Caitanello, der noch immer auf der Suche nach dem Wasserglas war, zeigte sich an der Zwischenwand mit dem leeren Krug in der Hand.

»Tuts nur, tuts nur …«, sagte er, blickte ihn fest an und blieb dann dort stehen und beobachtete ihn.

Er sah die Fotografien seines Großvaters 'Ndrja wieder, in der Matrosenuniform bei der Landung in Tripolis im Jahr neunzehnhundertelf; die Fotografien seiner Mutter als Signorina bei einer Prozession in Acireale. Sie hatte den Kopf mit einem weißen Schleier bedeckt und trug eine Kerze in der Hand, in der Reihe mit anderen jungen Mädchen ihres Alters; Gattin und Gatte dann, die auf dem Weg von Acireale in Messina haltgemacht hatten, wo sie sich vor der Mutterkirche mit dem Hahn des Morgens und dem Löwen des Mittags hatten fotografieren lassen; dann war da ein Foto mit ihm, gewindelt, im Arm seiner Mutter, und das andere, ebenfalls mit ihm, das er an seinen Vater und an Marosa geschickt hatte, nachdem er gerade als Matrose in La Spezia eingekleidet worden war.

Hier, vor dieser Fotografie, auf der man ihn weiß und lachend sieht, vor der Kulisse beim Fotografen mit einem künstlichen Meer als Hintergrund und Segelbooten am Horizont, hier begann eine Art Polizeiverhör zwischen Vater und Sohn, bei dem der Vater das Verhör leitete, um ihn nicht zu erkennen, und er, der Sohn, der seine Seele hergab, zugleich mit all seinen persönlichen Daten, seinen besonderen Merkmalen, allen Besonderheiten, allen bestimmten Hinweisen, allen bestimmten Beweisen, um sich wiedererkennen zu lassen, und doch ging es nicht, es gab keinen Weg …

Den Anfang machte er, denn es lag in seinem Interesse, er begann aus heiterem Himmel, indem er auf diese Fotografie deutete und zu ihm sagte:

»Der da, der konnte doch beinahe ich sein, heh, was meint Ihr? Ich, beim Königlichen Corps der Seestreitkräfte in La Spezia im April neunzehnhunderteinundvierzig. Ich sehe da eine gewisse Ähnlichkeit mit diesem Matrosen hier. Was meint Ihr dazu?«

Caitanello kam zur Anrichte und warf der Form halber einen Blick darauf.

»Über diese Fotografie hat mein Sohn Euch auch persönlich erzählen können«, erwiderte er gleichgültig, ohne jeden Gewissensbiss und völlig unerschrocken.

Und so ging es eine ganze Weile zwischen Vater und Sohn weiter.

Der Sohn sagte:

»Habt Ihr aus La Maddalena um den dreißigsten April herum eine gebührenfreie Postkarte erhalten?«

Der Vater antwortete:

»Auch das konnte mein Sohn Euch persönlich gesagt haben.«

Der Sohn sagte:

»Ich bin mit einem sehr guten Freund von mir losgefahren, der hieß Duardo Cacciola, er ist auch von hier, das brauche ich nicht eigens zu erwähnen. Ich war nach La Spezia einberufen und Duardo nach Tarent. Ich ging an Bord einer Korvette und Duardo an Bord eines Kreuzers, dieser Kreuzer versank, und Duardo ertrank …«

Der Vater antwortete:

»Und auch das hat mein Sohn Euch persönlich erzählen können.«

Der Sohn sagte:

»Hier lebt ein junges Mädchen, das Orioles Maria Rosaria heißt, aber sie wird Marosa genannt, weil sie von ihrem Charakter her wie eine weibliche Gestalt gewordene Sturzwelle ist.«

Der Vater antwortete, und dieses Mal fügte er als Beigabe ein halbdurchtriebenes Lächeln hinzu:

»Glaubt Ihr denn, dass mein Sohn Euch nicht auch das persönlich hat sagen können über Marosa?« Per la madò, dieser Sohn hat ihm ja alles persönlich sagen können. Sein Sohn persönlich, sicher, ganz sicher, wer denn auch sonst?

Granvisire, lag es ihm auf der Zunge zu sagen. Wenn ich Granvisire zu Euch sage, bringe ich Euch zum Schweigen, Ihr werdet für immer still sein, denn es wird unmöglich sein, dass Ihr mir erwidert, dass auch das Euer Sohn mir persönlich habe sagen können, diese nächtliche Anrede Eurer Acitana, oder? Diese intime Einzelheit hat Euer Sohn ja mit Sicherheit nicht hinausposaunt, nein, dies, wenn Ihr gestattet, habe ich mit eigenen Ohren gehört …

Doch sagte er nicht Granvisire, er hätte es nicht einmal dann gesagt, wenn dies der letzte Ausweg gewesen wäre, um ihm das Launische auszutreiben. Er wollte sich eben austollen, etwas anderes konnte es nicht sein.

Caitanello allerdings musste wohl Geschmack an dieser Farce der Wiedererkennung gefunden haben. Er kreiste zweimal um den Tisch, rieb seine mit Ferenblut verklumpten Hände an der Hose ab und ging zweimal an die Türe, um durch einen Spalt nach draußen zu schauen.

»Eh, ja, etwas Entscheidenderes müsst Ihr mir schon beibringen«, sagte er zu ihm. »Irgendeinen Leberfleck habt Ihr nicht, zum Beispiel? Irgendein Muttermal könnt Ihr mir nicht vorweisen?«

Er wusste genau, dass er weder Leberflecken noch Muttermale hatte. Er sorgte dafür, dass er sich wie ein fliegender Stoffhändler fühlte, der ihm, wenn er die Knoten seiner Bündel auflöste, den einen oder anderen Stoff zeigte, ohne dass er jemals etwas finden würde, das ihm zusagte, wie bestimmte Damen mit einem etwas schwierigen Geschmack, die sagen: Habt Ihr denn nichts Besseres? Etwas, das nicht so gängig ist, einfach etwas, das mir in allem entspricht? Sie haben zwar keinerlei Kaufabsicht, verlangen aber das Unmögliche.

»Ich könnte Euch da etwas zeigen«, sagte er zu ihm bei diesem Gedankengang. »Es handelt sich dabei zwar nicht um Leberflecken oder Muttermale, ist aber dennoch etwas Seltenes, das nur ich haben kann. Ich weiß nicht, ob das für Euch in Ordnung ist …«

»Zeigts, zeigts mir, man kann ja nie wissen«, willigte er ein, doch er machte den Eindruck, als würde er ihn nur Zeit verschwenden lassen.

»Wenn Ihr es für angebracht haltet«, schickte er voraus, »könnt Ihr mich untersuchen, ganz wie Ihr wollt, mit der Hand berühren und mich im Lichtschein betrachten, indem Ihr die Lampe an mein Gesicht haltet, kurz gesagt, was immer Ihr wollt, damit Ihr endlich glaubt.« Er war aufrichtig, er konnte ihm ruhig auch mit dem Fuß über das Gesicht fahren, wenn das denn seinem Glauben half.

Caitanello nahm wieder die Lampe in die Hand und hielt sie dicht vor ihm in die Höhe, dabei nahm er die Pose bestimmter weißer Marmorstatuen über den Gräbern auf Friedhöfen ein, mit einer Fackel in der Hand, um dem Toten zu leuchten, der sich dahin begibt, wo immer Nachtdunkel herrscht.

Und hier wurde das Wortverhör zur Gegenüberstellung von einer Person, zum Absuchen einer Gestalt, zum handfesten Beweis.

Die Zeichen auf der Haut, die er ihm zeigte, auch wenn es keine Leberflecken oder Muttermale waren, hatten gleichwohl Wirkung, und das musste über Caitanello mehr aussagen. Konnte denn noch ein Zweifel bestehen? Sie waren die Narben von Wunden, die er sich im Kampf unter seinem Kommando zugezogen hatte. Konnten sie ihn unberührt lassen? Der Sohn ging ja noch, der kleine Junge aber nicht mehr, den Sohn konnte der Vater zappeln lassen, mit dem kleinen Jungen konnte der Pellesquadra das nicht.

Er beugte sich mit gesenktem Kopf ein wenig über die Beine.

»Hier«, sagte er und berührte die Stelle, die er meinte. »Hier, neben dem linken Auge, werdet Ihr Streifen bemerken, die ganz nach Verbrennungen aussehen.«

Er schloss die Augen und wartete: Die Flamme wärmte sein Gesicht, und der Geruch des Petroleums vermischte sich mit dem des Essigs und des Ferenbluts, der seinem Vater anhaftete.

Caitanello berührte ihn dicht am Auge, zuerst mit einer Fingerspitze, dann mit zweien, schob die Haare weg und spannte die von jener Verbrennung gezeichnete Haut.

Bei dieser Berührung kam ihm die Frage, was sich eigentlich verändert hatte. Es konnte durchaus der Abend jenes fern zurückliegenden Tages sein, auch damals machte sein Vater Licht mit der Lampe, um nachzusehen, ob das Brom sein Auge berührt hatte. Weißt du, wie das aussieht?, fragte er ihn unterdessen. Wie die Kratzspuren einer Gabel. Schlimme Mitteilung des Broms, das sind Narben, die sich in die Haut graben. Du wirst sie als Schönheitszeichen mit dir herumtragen … Und tatsächlich trug er sie mit sich, trug sie immer mit sich und sah sie immer. Was also hatte sich verändert, heh? Außer ihnen beiden?

»Viel Zeit ist vergangen, und vielleicht sind sie verschwunden«, sagte er laut. »Aber ich habe Zweifel, dass sie völlig verschwunden sind, denn ein bestimmter Pellesquadra sagte mir seinerzeit, dass diese scheußlichen Narben in der Haut als Zeichen der Schönheit bleiben.«

»Da hatte er nicht unrecht«, sagte der Pellesquadra triumphierend.

Endlich, sagte er sich. Endlich beginnt er, etwas zuzugeben. Vielleicht sind wir angekommen. Vielleicht. Er dachte schon, dass nun der Augenblick der Ergriffenheit gekommen wäre, als er die Frage hörte:

»Könnt Ihr mir noch anderes zeigen? Eine Verbrennung durch Quallen im Meer kann ja jeden treffen.«

»Ich hätte weniger Mühe gehabt …«, murmelte er und kaute bitter. »Ich hätte weniger Mühe gehabt, wenn ich nicht Euer Sohn wäre …«

Doch in dieser Wiedererkennungszeremonie lag etwas, etwas, und das schien unglaublich, das auch ihn erfasste, etwas, das noch nicht die Worte erreicht hatte, doch weit in der Ferne grub, in den tiefen, verborgenen, inzwischen längst vergessenen Falten des Bewusstseins zwischen Vater und Sohn.

»Seht her, dieses Handgelenk hier«, sagte er zu ihm.

Er krempelte den Ärmel seines Matrosenrocks hoch, und nachdem das linke Handgelenk frei lag, hielt er es ihm vor die Augen. Er betrachtete es: dieser Fleischfetzen musste ihm jetzt, da er ihn wiedersah, einigen Schmerz bereiten.

Die Narben, die eine Harpune hinterlässt, sind nicht die der Bromqualle, denn es sind keine Verbrennungen, Kratzspuren einer Gabel, sondern Fetzen. Das hier war die grobe Naht zwischen dem Blut und dem Lampenlicht, das sie rosa färbte wie einen jungen Kraken, mit der zarten Haut, die in der Mitte genäht worden war, und den Fäden zu beiden Seiten der Narbe.

Sein Vater starrte gebückt auf das Handgelenk, seine Stirn war gerunzelt, und seine Nasenflügel kräuselten sich: Vielleicht erinnerte er sich an seinen Sohn, wie er immer blasser und schwächer wurde, weil er immer mehr Blut aus den Rissen des Handgelenks verlor und sie es in keiner Weise zum Stillstand bringen konnten. Sie hatten ihn am Bug hingelegt, das Handgelenk fest mit einem großen Tuch verbunden, das sich gleich mit Blut durchtränkte: das Blut tropfte ins Meer, und Feren wie Blauhaie, angelockt durch den lieblichen, einladenden Geruch, waren herbeigekommen und schwammen hinter der Palamitara her. Die Pellisquadre ruderten indessen aus den Gewässern von Punta

Cavallo weg, in deren Umgebung sie sich befanden, als das Unglück geschah, um den Verwundeten zu einem Arzt zu bringen. Unter beinahe übermenschlichen Ruderschlägen, hinter ihnen das böse Zeichen des großen Gefolgs von Haien, waren sie dicht ans Ufer von San Giovanni gekommen und riefen jeder Menschenseele zu, die sie an der Grenzlinie des Meeres trafen: Ein Arzt! Ein Arzt! Wo finden wir einen Arzt? Am Ufer aber öffneten sie nur ratlos die Arme und blieben in dieser Haltung stehen, bis das Boot vorübergeschossen war. Und weiterrudernd, waren sie in der Gegend von Cannitello sozusagen mitten auf eine Kompanie Artilleriesoldaten gestoßen, die mit ihren Pferden im Wasser standen und sie wuschen. Hier, bei diesen Soldaten, befand sich ein Arzt, auch wenn der kein Arzt für Christenmenschen war, sondern für Pferde. Doch ob Christ, ob Pferd, er heilte sie allemal, oder? Er wusste, wie man das Blut stillen konnte. Und dann schwebte 'Ndrja ja in der Gefahr, dass er das Ende der Fere nehmen konnte, wenn sie sie mitten auf dem Meer ausbluten ließen. Da brachten die Soldaten eines ihrer Pferde längsseits des Boots und legten den Jungen auf dessen Kruppe.

Der Stabsarzt lag in Badehose auf einer Pritsche unter einem Zelt und las Zeitung. Er hatte dem Jungen etwas Scharfes aus einer Feldflasche zu trinken gegeben, und 'Ndrja hatte sich verwirrt und die Augen geschlossen. Dann hatte er ihm sogar eine Antitetanusspritze gesetzt. 'Ndrja, der in einen Zustand von Schläfrigkeit gefallen war, schlug, einem Frosch ähnlich, hin und wieder aus und sonst nichts. Danach hatten die Soldaten ihn wieder auf dem Rücken eines Pferdes auf die Palamitara gebracht, seine Augen waren immer noch geschlossen. Er hörte, wie sein Vater jetzt noch mehr verzweifelte als vorher, vielleicht weil er sah, wie ungeheuer blass er war. Don Luigi, sagte er zu Don Luigi Orioles, mir kommts vor, als wäre mein Sohn tot. Ach, was heißt denn hier tot, erwiderte Luigi Orioles ihm. Er hat eben viel Blut verloren, da ist es nur natürlich, dass er wachsbleich ist. Er hätte seinem Vater gerne ein Zeichen geben wollen, aber er war nicht einmal in der Lage, Pa' zu sagen.

Sein Vater drehte den Docht herunter und ging mit der Lampe ins Schlafzimmer, wo er seinen Krempel hatte: Damit wollte er vielleicht andeuten, dass er ihn endlich erkannt hatte und es sich daher erlauben konnte, ihn dort zurückzulassen, im Dunkeln, oder ihn nachkommen zu lassen, dort hinein, in sein Heiligtum.

Kaum war er dort, fing er an, gegen den Sohn zu brummeln, und er, der sich noch immer in dem dichten Dunkel des Vorzimmers befand, setzte sich wieder hin und hörte ihm zu. Und auf der Stelle brachte ihn die Art des Denkens, des Redens und Pöbelns seines Vaters wieder die Art der Ciccina Circé an sein Ohr zurück, genau die gleiche despotische Haltung der Feminotin gegenüber ihrem Baffettuzzi.

»Fehlte nur wenig, fehlte …«, salbaderte er jämmerlich und verächtlich. »Ein richtiger Herr ist er geworden, mit dem guten Leben, dem Essen und Trinken, den Kleidern und der Raucherei. Schlachtvieh zwar, doch die Behandlung, die sagte ihm zu, versteht man ja auch, und ein Jahr verging, zweie vergingen, und sein Vater hier, der alleine zurechtkommen musste mit Freunden und Feinden, ohne jemanden an seiner Seite zu haben, zu dem er sagen konnte, wenn sein Herz zerfaserte: Bring mir ein Glas Wasser, denn ich sterbe vor Durst. Bei fremden Menschen, ein Leben nach Bedarf, Nacht und Tag auf Wache, Gewehr im Anschlag, Kugel im Lauf, und sein Vater schaute sich um und fand ihn nicht, um ihm zu sagen: Gib mir Rückendeckung, Sohn, denn ich kann mich nicht nach allen Seiten schützen, und nur dir vertraue ich.«

Wenn man ihn hörte, hätte man gemeint, der Sohn wäre auf ein Fest nach Reggio gegangen, und gerade in diesem Augenblick, wo er sich im Haus verbarrikadiert hatte, hätten die Sarazenen ihm den Krieg erklärt.

Mit der Lampe in der Hand wanderte er zwischen Kleiderschrank, Kommode und Bett hin und her, salbaderte und sagte lauter Unsinn über die Tatsache, dass sein Sohn es in zwei Jahren und mehr nicht geschafft habe, den Weg nach Hause zu finden.

»Vielleicht hatte er den Krieg ja für eine persönliche Angelegenheit gehalten …«, sagte er spöttisch. »Vielleicht haben sie ihm gesagt: Wir machen dich zum Herrn von Malta. Oder zum Herrn von Biserta. Das haben sie vielleicht gesagt, und er, der Narr, er hat es geschluckt. Oder haben sie ihm Schwertfisch für alle Monate des Jahres mit *R* und ohne *R* versprochen? Vielleicht haben sie ihm gesagt: Wir schicken sie dir auf deinen Namen nach Hause, schön und bombüchsiert, und sämtlich prallhüftig: kurz, wenn du nicht im Krieg stirbst, lebst du in Saus und Braus … Aber was haben sie ihm gesagt, was versprochen, um ihn so bequem zurückhalten zu können?«

Darin unterschied er sich von Ciccina Circé: In ihren Augen war er einer von denen, die ihre Füße in die Hand genommen hatten, um nach Hause zu laufen, auch wenn sie ihn, das muss man sagen, mit einem Toten verglich. Daher kam ihr seine Rückkehr aus dem Krieg wie etwas Behändes vor, wie der Blitz der Liebe einer Frau und das Glück des Hauses, und sie schrieb ihm großes Verdienst und große Tapferkeit zu, weil er heil und unversehrt zurückgekommen war.

Caitanello dagegen, der noch höhere Forderungen hatte, stellte ihn den Lebenden gegenüber, und er stellte ihn zudem noch den lebendigen, überaus lebendigen Sizilianern gegenüber, die so lebendig waren, dass sie ihm vor lauter Lobesgerede von Crocitto, von seinem Vater und wer weiß von wie vielen noch, richtig sympathisch wurden, das heißt die, die beim ersten Gerücht einer alliierten Landung auf Sizilien nach Süden geflüchtet sind, zu ihren Vätern. Und man muss wissen, dass ihre Absicht, zu ihren Vätern zu gelangen, so mächtig war, dass sie in Villa San Giovanni zu Tausenden und alle mit unbeschreiblicher Wut die zwei oder drei Fährschiffe enterten, die noch übrig geblieben waren und alle drei der im Anmarsch befindlichen deutschen Verstärkung dienten. Sie hatten die Deutschen beim Arsch gepackt und ins Meer geworfen, als die noch gar nichts gewusst und noch einen Orangenschnitz im Mund hatten.

Das Entern war neu für ihn, sofern er es nicht erfand, um diese tollen Vaterssöhne zum Nachteil seines Sohnes tapferer aussehen zu lassen. Und er erzählte in der Tat weiter, dass, einmal zu Hause, die Wachen aufzogen, sie zogen für den Schlaf und für den Schutz des Vaters auf. Und als endlich die Befreier kamen, hoben sie ihn auf ihre Schultern und trugen ihn an die Ränder der Staatsstraße, da, wo die Amerikaner einzogen, denn sie wollten ihrem Vater die Genugtuung geben, die auf Sizilien gelandeten Amerikaner zu sehen, nachdem sie ein Leben lang immer nur von Sizilianern gehört hatten, die in Amerika an Land gegangen waren.

Seiner Ansicht nach hatte man indessen bestens die Anziehungskraft verstanden, der diese Sizilianer blitzartig nach Sizilien zog, diese Matrosen und Soldaten, die Anziehungskraft, die für Crocitto seine Verlobte und für ihn der Vater war. Und was dann war für diese Söhne deren Vater? Er schien nicht nur Vater zu sein, sondern Vater und Verlobte, Vater und Gattin, Vater und Sohn, Vater und Schwester. Und was war dieser Vater für diese Söhne? Was war er?

Tja, sie mussten ausgesprochen einzigartige Väter gewesen sein. Doch nicht zufrieden damit, konfrontierte er ihn nicht nur mit ihnen, sondern auch noch mit sich selbst, er zitierte ihm seine Geschichte, als hätte er sie ihm noch nie erzählt.

Wenn seinem Sohn ernsthaft daran gelegen gewesen wäre, nach Hause zurückzukehren, dann hätte er ja als Antrieb sein Beispiel fix und fertig vor sich gehabt, das Beispiel seines Vaters, der mit Tabak versetztes Wasser getrunken hatte, als er an die Front geschickt worden war und den Befehl hörte: Schieß! Ich? Schießen?, hatte er sich gefragt. Wenn ich schieße, gibt es auch jemand, der auf mich schießt. Aber wieso nur, wieso schießen wir? Ich auf wen? Wer ist der andere? Wie heißt er? Kenne ich ihn? Wer ist der Österreicher, den Ihr da nennt? Was ist passiert, dass wir uns auf diese Weise herausfordern? Hat er etwas Schlimmes getan? Hat er Kindern das Brot aus dem Mund gestohlen? Hat er irgendeine Frau entehrt? Hat er Gewalt, Missbrauch, Camorristerei angewandt? Hat er das Wasser im Meer vergiftet? Fischte er mit der Bombüchse? Und dann war da noch ein Grund von allererster Bedeutung, nämlich dass er die Acitana zu Hause zurückgelassen hatte, die noch ganz frisch aus Aci da war und ihn unbedingt brauchte. Mit dem mit Tabak versetzten Wasser löste er alle Fragen, nach ein paar Schlucken glich er einem an Jahren alten Bettlägerigen. Er wurde ins Spital von Udine eingeliefert und von dem gings weiter nach Padua, von wo aus man ihn nach Hause schickte, in der Überzeugung, dass er bald sterben würde, und so vertraute man ihn bis Rom einem römischen Soldaten an, dem es besserging als ihm.

»Doch ich, ich hatte den aufrichtigen Wunsch zurückzukehren«, schloss er ab und hielt sich das alles zugute.

Da entfuhr auch ihm ein Brummeln, und er schüttete seinen Kummer aus, da, in dem Zimmer, im Dunkeln.

»War es das wert, heh? War es das wert, dass du dir Flügel an die Füße gebunden hast, um diesem Untergangslärm zu entfliehen, diesem Ferraú mitsamt Astolfo, war es das wert, heh? Kaum waren damals die ersten Amerikaner in Neapel einmarschiert, die, welche wie Neapolitaner wirkten, die abgereist und wieder zurückgekehrt waren: Hast du da etwa Zeit verloren mit deiner Rückkehr? Und welche Zeit, wenn die Toten des letzten deutschen Kanonenbeschusses, den sie auf ihrem Rückzug bei Tagesanbruch vom Vómero auf die Stadt hinunterfeuerten, noch warmes Blut in sich hatten und die Verwandten es nicht einmal glauben wollten und sie vor ihre Türen brachten und sie auf Stühle setzten, oder sie unter den Armen hielten und auf den Balkonen zeigten und sie mit dem einen Auge und die Amerikaner mit dem anderen Auge ansahen, in der schönen Hoffnung vielleicht, dass der herrliche, so herbeigesehnte Lärm, den Neapolitaner und Befreier auf den Straßen machten, ihnen in der Brust widerhallte und sie ins Leben zurückrufen würde. Erinnerst du dich an diese Befreiung? Dieser ganze Lärm des Lebens, der von Pòrtici herüberschwallte, und während er in Neapel wuchs und die Ohren betäubte, bist du, ohne Zeit zu verlieren, dahin gegangen, von wo die Amerikaner kamen. Kurz gesagt, genau da, als das Leid ein Ende hatte und das Schöne begann: Freiheit, Schokolade, Zigaretten, hast du, großer Narr, dich auf den Rückweg gemacht. Und dann, während die Menschen auf deinem Weg die Augen weit aufrissen, als sie einen Matrosen heil und unversehrt zurückkehren sahen und ihm Gesichter machten und einige ihn sich sogar kaufen wollten, dann kommst du endlich nach Hause, zu dir, wo man dich nur mit großer Zurückhaltung eintreten lässt, wo du noch Blut schwitzen musst, damit man dich erkennt, du musst sogar die alten Narben vorzeigen, die du auf der Haut hast, um ihnen zu zeigen, wer du bist, und du musst dir noch sagen: Glücklicherweise, glücklicherweise hättest du dich in der Kindheit verletzt, du musst diesem tüchtigen Mann und dieser Harpune auch noch vielmals danken …«

Irgendwann war sein Vater still geworden, um seinem Gemurmel zuzuhören. Vom Lichtschein begriff er, dass er zwischen Kleiderschrank und Zwischenwand stand, und das trieb ihn instinktiv an, sich ohne viele Umschweife an ihn zu wenden:

»Und er redet, er, der die Acitana hatte, die voller Sorge auf ihn wartete, und er hatte alle Dokumente in der Tasche, um durch seinen Trick mit dem tabakversetzten Wasser entlassen zu werden. Aber wen hatte ich denn, der auf mich wartete? Ihn hatte ich, einen Pellesquadra, einen beleidigten Blauhai, der sich nicht einmal herbeilässt, dich zu erkennen, doch wenn die Carabinieri kommen, werden die mich erkennen, und wie die mich erkennen! Die packen mich dann an der Gurgel, und ich weiß noch nicht, ob sie mich erschießen, weil der Kommandant uns gesagt hat: Los doch, macht euch auf den Weg nach Hause, wenn ihr könnt … aber was für ein Dokument habe ich denn in der Hand über das, was der Kommandant zu uns gesagt hat? Für die Carabinieri bin ich nicht mehr und nicht weniger als ein Deserteur …«

Hier stand er auf und machte Geräusche mit dem Stuhl, und Caitanello zeigte sich augenblicklich an der Zwischenwand. Er blieb da stehen und sah ihn mit einem freundlicheren Gesicht an, während er gleichzeitig die Flamme der Lampe aufdrehte. Und wie zum Zeichen der Freundschaft zwischen ihm und seinem Sohn wurde es im Esszimmer heller.

Er warf einen Blick ins Schlafzimmer, und wieder bemerkte er nur die über Eck zwischen dem Fenster und dem Kopfende des Betts ungefähr in seiner

Höhe an Kordeln aufgehängten Streifen getrockneten Bauchfleischs, und es kam ihm vor, als wäre es noch gar nicht so lange her, dass er zuletzt seinen Fuß hier hereingesetzt hatte, vielleicht wegen der Tatsache, dass er es ja nur kurz zuvor mit den Augen wiederbesucht hatte. Der Korb mit der Fere und das obenauf liegende Schindermesser war noch halb versteckt unter dem Bett, zusammen mit der Schüssel und dem Badekübel. Auf dem Bett aber lag nicht mehr das violette Kleid.

Der Geruch des Essigs war unerträglich und kratzte in seinem Hals: Man hätte meinen mögen, dass das gesamte Zimmer davon durchdrungen war, als hätte sein Vater sich seiner nicht nur bedient, um den Geruch des frischen Ferenfleischs zu übertönen, sondern es auch überall verspritzt, um es anstelle von Kreolin als Desinfektionsmittel einzusetzen. Der widerliche Geruch, der auf den Boden gepresst war, zwischen den sandigen Ritzen des mit Kieseln versetzten Betongusses, vermittelte immer mehr diesen Eindruck eines Tiers, das Wogen stinkender Ausdünstungen aussandte und zu atmen schien. Es öffnete und schloss sich wie die Kieme eines Polypen.

Sein Vater hatte die Lampe auf die Kommode gestellt, und während er mit gesenktem Kopf links und rechts um den Korb herumging, hatte er unversehens eine betrübte Stimme.

»Immer Sturm, immer Sturm … Fällt der Wind, pfeifen dir die Ohren so gewaltig, dass du nicht einmal hörst, dass er vorübergezogen ist und es wieder aufgeklart hat.«

Er schien sich zu fragen: Wer lässt die Stürme losbrechen? Seine Stimme zitterte und grummelte ein bisschen.

Dann kam er zu ihm, immer noch mit gesenktem Kopf, zog ihn am Ellbogen näher zur Lampe, zog die Mütze aus seinen Händen und legte sie auf die Kommode. Dann hob er den Kopf, streifte die Hände noch einmal an seiner großen Unterhose ab, auf der sich rötliche Streifenspuren befanden, ähnlich einer ausgefransten Naht.

»Was ist denn passiert? Ist dein Barbier gestorben?«, fragte er ihn und duzte ihn zum ersten Mal seit seiner Ankunft.

Doch interessierten ihn weder Bart noch Löwenmähne. Er legte eine Hand auf die Brust des Sohnes und fragte ihn:

»Bist du verwundet worden? Irgendwelche Narben? Versehrt? Verlorene Glieder?« Er sah ihm fest in die Augen und wartete auf Antwort.

Abgesehen von den eigenen Interessen, hatten auch Jacoma, auch Ciccina

Circé als Erstes diese Neugier. Einen Augenblick lang gab ihm diese Fügung zu denken, doch dann kehrte er zu Caitanello zurück.

»Seid beruhigt«, versicherte er ihm. »Nicht einen Kratzer, nicht einen Fingernagel.«

Da erfasste der Vater seine linke Hand und drückte sie in seiner, mit der rechten befühlte er diesen Arm, vom Handgelenk bis zur Schulter, wie wenn er sichergehen wollte, dass er ihn noch heil und unversehrt hatte. Von dort aus betastete er den ganzen Körper, jeden Teil des Körpers, fast jeden Teil des Körpers. Wie Ciccina Circé, fast wie Ciccina Circé.

Er stellte sich auf die Zehenspitzen, mit den Fingerkuppen befühlte er die Stirn, die Schläfen, die Augenlider, die Backenknochen, die Ohren, den Nacken: Und immer blickte er ihm fest in die Augen, doch sah er ihn wie ein Blinder durch Befühlen.

»Pa', nicht einen Kratzer, hab ich Euch gesagt, nicht einen Fingernagel.«

Zudem machte diese Überprüfung, dieses Berühren mit der Hand, dieses Abklären ihn einigermaßen verlegen, denn es erinnerte ihn, musste er es sagen?, in allem an das gleiche Verfahren der Ciccina Circé, auch wenn die große Feminotin es ohne viel Aufhebens auf eine einzige, ganz genaue Stelle der unteren Bereiche abgesehen hatte und alles andere von ihm außer Acht ließ.

Doch ohne jede Wirkung wiederholte er: Nicht einen Kratzer, nicht einen Fingernagel, doch Caitanello schien nicht zu hören, fast wie wenn er sich ganz in sich zurückgezogen und nur die Hände draußen gelassen hätte, um jedes einzelne kleine oder große, lebendige oder tote Teil an der Person seines Sohnes durch seine Finger gleiten zu lassen.

Als er mit der Überprüfung des Kopfes fertig war, blieb er eine Weile mit den Händen auf 'Ndrjas Schultern vor ihm stehen, schloss seine Augen und sagte leise:

»Ich danke dir einstweilen für den Kopf und insbesondere für die Augen im Kopf …«

Dann fuhr er mit den Händen an seinen Schultern herunter und prüfte seine Muskeln, er glitt die Arme entlang, befühlte die Handgelenke, die zehn Finger, jeden einzelnen, dann die Hüften, die Schenkel, die Knie, bückte sich, als würde er vor ihm niederknien, bis er schließlich seine Knöchel, die Form seiner Füße, die Fersen und unter dem Leder seiner Schuhe die Zehen befühlte, jeden einzelnen:

»Danke, danke, danke«, sagte er zu seinen Füßen gekauert, berührte sich die

Stirn mit zusammengelegten Fingern, als würde er vor jemandem salutieren, der seiner Hochachtung würdig war. »Dank, Dank und nochmals Dank«, sagte er wieder. »Wer konnte sich denn erträumen, dir noch einmal für etwas zu danken? Stattdessen sehe ich, sehe ich und bestätige dir, dass du diesen jungen Mann, diesen Bannerträger mit seiner herrlich flammenden Jugend nicht mit den schrecklichen Augen betrachtet hast, mit denen du im Krieg siehst, sondern mit den anderen, mit denen du siehst, wenn du keine Gewitterwolken um deinen Kopf hast, die sie dir verdunkeln. Danke, danke. Ich gebe mein Wort, ich habe mich einer so großen Gunst für unwürdig betrachtet.«

Es war, als würde er für die Rettung seines Sohnes, eines Matrosen, dem Großadmiral, dem Kommandanten über alle Heere zur See seinen Dank sagen. Es war das erste Mal, soweit er sich erinnern konnte, dass er sich, zumindest in Worten, an den Großadmiral wandte.

Als er wieder aufstand und seine Schenkel und Knie umklammerte, wie wenn er einen Baumstamm hochklettern würde, fühlte er, wie er von einer Woge tiefster Rührung erfasst wurde, von einer Zärtlichkeit, die ihm einen Stich ins Herz versetzte und ihn zum Torkeln brachte.

Im Stehen ging er ihm bis zur Brust. Er betrachtete ihn mit der weißen Strähne über dem Auge und ihn überkam der Wunsch, ihn in die Arme zu nehmen.

»Nicht einmal entstellt hat er dich«, sagte er und sah ihn an, als wollte er ihn verschlingen, mit Lippen, die so bebten wie bei einem Wrackbarsch. »So ein Krieg, was? Er ließ dich am Leben und verpasste dir nicht einmal einen Fleck, was?« Er kniff ihm in die Hüfte und sagte, was er immer sagte, wenn er als Erster vom Späherkorb des Ontro aus die allerersten Schwertfische ankommen sah, die im Mai erschienen und er sie mit einem Blick abschätzen konnte: »Und ein Krieg wie dieser hat dich nicht einmal schwächen können, denn du scheinst mir gut genährt zu sein, was?« Und dann wiederholte er mit glänzenden Augen und verwundert wie ein Kind: »Ein Krieg wie dieser, was? Der kommt einem gar nicht wirklich vor, was? Ein Krieg wie dieser, ein Krieg von dieser Art von …«

Und das war alles, was er über den Krieg sagte, von diesem Krieg: Der Krieg war inzwischen draußen, fern von der Person seines Sohnes, er sprach über ihn wie über das Meer bei Windstärke acht, wo sein Sohn, zu seinem Kummer, zwar hineingeschlingert, aber auf wunderbare Weise nicht ertrunken sei.

Das war Caitanello, auch das, was er vorher gesehen und gehört hatte, immer wieder, in diesem Zimmer, Schlachten schlagend mit der Tödin, um eine

Unterhaltung mit der Acitana zu bekommen, auch das war sein Vater, doch mehr war er das hier. Er mochte es, wie er seine Augen als Vater und Pellesquadra offen und klar, glänzend und ergriffen, unerschrocken und würdevoll hielt und auf gleicher Augenhöhe auch mit einem Großadmiral zu reden verstand.

Er merkte, wie er an seiner Brust weinte wie an einer Mauer: Er weinte still, mit einem ständigen Tränenfluss, als wäre er schon seit langer Zeit voll mit Tränen und würde, um sie herauszulassen, nur eine Mauer suchen, an der er sein Gesicht verbergen konnte.

Auch das geschah zum ersten Mal, soweit er sich erinnern konnte. Er wusste nicht, was er tun sollte, er legte ihm seine Hände auf die schmalen, ausgemergelten Schultern, und es kam ihm vor, als würde er einen kleinen Jungen trösten, auch wenn er nach alter Fere stank. Doch es war eine Frage von Augenblicken: Er löste sich von ihm, senkte seinen Kopf auf die Brust, sah ihn ohne Tränen an, mit getrockneten Augen, mit Funken und Dämpfen, als hätte der Stolz sie mit einem glühenden Eisen berührt.

Er löste sich von ihm und kehrte zum Korb zurück, packte das Messer, das im weißlichen, blutdurchäderten Bauchfleisch steckte, stellte einen Fuß auf den Korbrand und gleichzeitig auf die Fere:

»Setz dich«, sagte er. »Einen Augenblick nur, ich will diese Drecksarbeit schnell hinter mich bringen, und dann reden wir kurz miteinander. Zwei Wörtlein muss ich dir sagen.«

Und während er das sagte, hielt er seinen Fuß beständig auf der Fere, wie der heilige Georg den Huf seines Pferdes auf dem rücklings unter ihm liegenden Drachen.

Er eilte zum Flukenende der Fere, packte das Schindermesser, legte den Daumen über den Holzgriff und stieß es in eine noch unversehrte Stelle des Bauchs, wo die Klinge ungefähr zwei Fingerbreit ins Fleisch drang, danach zog er das Messer mit ruhiger Hand in seine Richtung zur Fluke, bis er einen Parallelschnitt an der blutigen Vertiefung machte, die sich im Bauch der Fere gebildet hatte, und schnitt Streifen um Streifen ab, als wäre es Sohlenleder und er führte in der Hand ein Ledermesser.

Dann löste er den Streifen ab, hielt ihn am oberen Ende fest und hob ihn hoch, nach und nach, wie die Klinge des Schindermessers ihn von unten her ablöste, als würde er entbeinen. Am Ende befreite er ihn mit einem letzten kräftigen Ruck von Fäden und Faserigem, das ihn noch festhielt, und tunkte es gleich mit all seinem rötlichen Getropfe in die Schüssel mit dem Starkessig, in der er es gerade so lange weichte, bis er einen neuen Streifen abgeschnitten hatte. Dann zog er ihn aus der Schüssel und legte ihn über den Korbrand, zerteilte ihn in drei oder vier Stücke von jeweils ungefähr einer Spanne. Danach nahm er eine Kordel, schnitt sie Stück für Stück vom großen Rest eines Fischernetzes ab, das sich vor ihm auf dem Boden befand. Dieses Netz hatte enge Maschen, nur um ein Geringes weniger als ein Schleppnetz, und wollte er eine gute Kordel erhalten, musste er viele Maschen von derselben Seite abschneiden. An einem Ende machte er eine Schlaufe, schlang eine der Kordelschlaufen hindurch, die in der Zimmerecke ausgebreitet waren, und hängte damit das Bauchfleisch zum Trocknen auf.

Er sah ihn noch weitere vier Streifen abschneiden, dann verschwand das Weiß des Bauchfleischs. Die Fere blieb zwar noch oberhalb des Bauchs weiß, doch ein gutes Moscham kommt nur von diesem Teil, wo die Fere keine Sonne abbekommt und Weibchen wie Männchen jene Öffnung haben, die ihnen zu allem Möglichen dient. Jetzt aber, mit dem ausgeweideten Bauch, wimmelte es da finster von roten und schwarzen Spritzern, als hätte man ihr die Eierstöcke mit Stumpf und Stiel aus dem Innersten herausgerissen, eben alles, womit diese üble Meute sich vermehrt.

Er hatte sich auf die andere Bettseite gesetzt, an die Ecke der Kommode, auf der die Lampe stand. Von dort aus kam es ihm zuweilen vor, als würde sein Vater sich unter dem Bett zu schaffen machen, mal mit dem Anschein des Zerschneidens, wie irgendein Verdammter da unten, der sich nie entschließen konnte zu sterben, mal mit dem Anschein, als würde er jemanden oder irgendetwas ausbuddeln, was nie völlig zutage trat.

Er stellte sich die Frage, ob Caitanello auf seine alten Tage nicht doch auf den Geschmack des Moschams, des getrockneten Bauchfleischs der Fere, gekommen war, oder ob er mit dem gleichen Gedanken, den auch die Feminotinnen hatten, sich dem Trocknen von Bauchfleisch hingab, nämlich, dass es in der Zukunft noch schlimmer kommen könnte als jetzt. Doch wollte er nicht allzu lange darüber nachdenken. Außer dem Zuschauen stand ihm im Augenblick der Sinn nicht nach anderem. Und selbst das Zuschauen, manchmal sogar nur das Offenhalten der Augen, erwies sich für ihn als schwieriges Unterfangen. Sein seit langem angesammelter Schlaf bereitete ihm eine Stätte mit offenen Schlünden und stinkendem Atem: Vom Hunger zerstört, wartete er nur auf eine Gelegenheit und einen Ort wie diesen hier, mit dem Schein der Lampe, der Wärme der Flamme, dem Geruch von verbranntem Petroleum und der Berührung mit dem Bett, um ihn anzuspringen und bei lebendigem Leib zu verschlingen. Dazu trug auch der Anblick des Vaters bei, mit seinem stillen Herumhantieren, als würde er träumen, und auch der Umstand, dass er sich, weil ihm warm wurde, den Matrosenrock ausgezogen hatte: Das war, als würde er die Rüstung ablegen und sich vor dem Schlaf entkleiden. Und schließlich trug dazu auch, und nicht wenig, der Geruch des Kampfers bei, den das violette Kleid seiner Mutter auf dem Bett hinterlassen hatte, ganz leicht in diesem alles durchdringenden Gestank von Essig und Fere in dem Zimmer, doch das genügte, dass er, der auf diesem Bettrand saß, meinte, er würde wieder zum Jungen werden.

Nur der wirklich beißende Geruch des Starkessigs, der jedes Mal aus der Schüssel aufstieg, wenn sein Vater einen Bauchstreifen hineinlegte oder herausnahm, vermochte ihn wach zu halten, der Essig und der widerliche Geruch der Fere, die vom Essig durchweicht und verdorben wurde, und der tropfte von den Streifen des trocknenden Bauchfleischs auf die Erde, die an Kordelschlaufen hingen wie viele Stücke Fliegenpapier.

Noch fand er sich nicht zurecht, auch wenn er die ganze Geschichte von frühesten Zeiten her kannte und wusste, warum er alles das tat, was er tat. Doch mit welchem barbarischen Mut hatte er sich entschließen können, das Bauchfleisch zum Trocknen im Haus aufzuhängen, im Schlafzimmer, am Kopfende des Betts, statt draußen, im Freien, an einem Pfahl oder zum Trocknen ausgebreitet auf einer Röhrichtmatte? Und welche Lust zu schlafen konnte er schon haben, mit diesem Abscheu in und vor der Nase? Doch andererseits: Schlief Caitanello denn? Hatte er irgendwo gehört, dass er nachts schlief?

Er redete von Caitanello, das war klar, denn was ihn betraf, bei dem Schlaf, der sich in ihm ausbreitete, war er sicher, dass er auch mit dem trocknenden Bauchfleisch schlafen würde, das ihm ins Gesicht herunterbaumelte.

Zwei Wörtlein muss ich dir sagen … so sagte er's, so versprach er's, und fast dämmerte der Tag. Er rechnete nach im Großen und Ganzen, doch rechnete er, als es ihm noch nicht klar war, wie lange die Überfahrt auf dem Boot von Ciccina Circé gedauert hatte, dass es zwischen neun und zehn war, und es draußen zu tagen begann, als er seine beiden Wörtlein zu Ende gesprochen hatte. Zwei Wörtlein, und er erzählte ihm alles, von Anfang bis Ende, die ganze Tausendundeinenacht.

»Worüber denn?«, fragte er ihn.

»Über mich, deinen Vater, reicht dir das nicht?«, fragte er und hielt das Schindermesser gegen die eigene Brust.

»Was gab es denn? Was ist geschehen? Etwas Schlimmes?«

»Wenn nicht, hättest du mich so angetroffen, eingeschlossen, ein freiwilliger Gefangener?«

»Was heißt ein freiwilliger Gefangener?«

»Was heißt, was heißt? Ich hab mich ihrem Blick entzogen, ich nahm ihnen das Vergnügen, mir ins Gesicht zu schauen, dieser ganzen Klicke von Pellisquadre …«

»Warum denn? Haben sie Euch etwas angetan? Eine Unfreundlichkeit, ein Unrecht, eine Respektlosigkeit, eine Flegelei?«

»Nein, nein, nichts von all dem«, sagte er mit dem Kopf und mit den Händen und dann, mit richtigen Worten: »Schlimmer.«

»Schlimmer? Hat einer etwa die Hand gegen Euch erhoben? Hat einer Euch misshandelt?«

»Nein, nein, nein«, sagte er und schüttelte wieder den Kopf und die Hände. »Aber wollen wir etwa so weitermachen, mit Fragen und Antworten? Willst du sie mich endlich sagen lassen, diese beiden Wörtlein, oder nicht?«, fragte er wieder, und zwar so, als würde er nervös werden und sich Geduld auferlegen, während er mit dem Schindermesser gleichzeitig Ausrufungs- und Fragezeichen in die Luft zu schneiden schien. »Lässt du mich auf meine Weise Blut vergießen? Stunden und Augenblicke sagte ich mir immer wieder: Sobald mein Sohn heimkehrt, schütte ich mein Herz vor ihm aus, sobald ich sehe, dass er seinen Fuß ins Haus setzt, ist das das Erste, was ich ihm sage, und was ich dir sagen muss, hab ich mir hier aufgeschrieben, in meinem Kopf, und ich habs ausgewischt, und neu zurechtgelegt und auswendig gelernt. Zwei Wörtlein, einfach um ihn auf den letzten Stand zu bringen, sagte ich zu mir. Willst du mich jetzt diese beiden Wörtlein sagen lassen und mir still und schweigend zuhören? Bin ich denn in meiner Eigenschaft als Vater nicht Herr genug, um das von meinem Sohn zu verlangen? Du hast doch stumm und in Hab-acht-Stellung auch den langen Reden dieser Scharlatane zugehört, die dir deinen Tod verkaufen wollten, und jetzt unterbrichst du deinen Vater wegen zweier Wörtlein …«

»Sagt sie nur, keine Sorge, ich unterbreche Euch nicht«, versprach er.

Was konnte das für eine schwerwiegende Geschichte sein, wenn es nicht um eine Unfreundlichkeit oder um eine Misshandlung ging, die sie ihm gezeigt oder angetan hatten? Eine Schrulle von ihm, durchaus möglich: Welche Beleidigung oder welchen Affront konnten seine Leute ihm angetan haben, die Pellisquadre, die doch unter anderem eine Schwäche für ihn hatten, dass er sich so ganz ins Haus zurückgezogen hatte? Sicher war, dass er sich von ihnen hochmütig und löwenstolz entfernt, Flammen aus den Nüstern geschnaubt und sich dann ins Zelt zurückgezogen hatte.

Das Erste, was ich ihm sage … Er wiederholte seine Worte und betrachtete ihn, diesen unbeschreiblichen Schwindelverfertiger, mit einem verborgenen Lächeln. Das Erste, was ich ihm sage … Das hatte man ja gesehen. Bevor er ihm das Privileg zugestand, ihn nicht nur als Ohr, sondern auch als Sack zu benutzen, in den er seine beiden Wörtlein stopfen konnte, mit denen er sein Herz ausschütten wollte, hatte er ihn Blut und Wasser schwitzen lassen, ehe er ihn wiedererkannte. Wenn er sein Urteil darauf gründen sollte, dann musste man annehmen, dass diese beiden Wörtlein ein Staatsgeheimnis darstellten; daher hatte er sich bis auf den Grund davon überzeugen müssen und sogar sein eigenes Wissen als Vater in Zweifel gezogen, dass der, dem er es anvertrauen wollte, auch wirklich sein Sohn war, Blut von seinem Blut. Und nur zu diesem Zweck schien er ihn wiedererkannt zu haben: Hatte er ihn etwa gefragt, ob er hungrig war, ob ihm kalt war oder ob er sich schwach fühlte? Es war ihm nicht einmal mehr wichtig, ihm das Glas Wasser zu geben. Ja, er hatte zwar geprüft, ob er verwundet war, gezeichnet, verstümmelt, versehrt: ja, und während er ihn prüfte, hatte er ihn sogar tief gerührt, doch jetzt und nachher, vor allem nach dem Riesenhaufen von Wörtlein, zu welcher Erklärung sollte er da gelangen? Sollte er etwa nicht zu der Erklärung gelangen, dass er lediglich die Absicht hatte, sich zu vergewissern, ob sein Sohn, von den Gefahren und Strapazen des Krieges, von den Entbehrungen und Qualen der Reise noch frisch geprägt, die physische Fähigkeit besaß, ihm bis zum Ende dieser barbarischen Erzählung zuzuhören, mit der er ihn verwirren würde?

Er war hochschwanger mit Worten, mit großen Worten, da reichten die Wörtlein nicht aus, wie er sie feinfühlig nannte. Er war schwanger, schweren Leibes mit Worten, mit Wünschen und Wehen zu sprechen, die von allen Seiten aufsprangen. Er musste sie ans Licht bringen, und zwar augenblicklich, all diese fertigen Worte, die in seinem Inneren gegen ihn stießen, und täten sies nicht, würden sie sterben und eine Blutvergiftung in ihm hervorrufen.

Er brütete Sätze aus, er brütete Worte aus, in dieser Nacht zersprang das Ei, und das Küken machte piepiep … Sein Vater war auch darin, beinahe auch darin wie Ciccina Circé. Befanden sie sich denn alle in der gleichen Lage, alle mit dem Wort auf der Zunge, alle, auf die er traf?

Zwei Wörtlein, zwei Wörtlein, und er erzählte ihm das ganze Ausmaß der Dinge, diese Tausendundeinenacht von Geschichten und Geschichtchen. Zwei Wörtlein über eine persönliche Sache, und er begann, ihm Geschichten und Geschichtchen vorzuzählen und vorzuerzählen über diesen und jenen, wobei man nicht sehen konnte, in welcher Weise er persönlich darin verwickelt war. Jedes Mal war er versucht, ihn das zu fragen: Wo kommst du in dieser Geschichte denn vor, was hast du mit der Geschichte zu tun, die du mir erzählt, mit diesem Bilderbogen, den du mir ausgemalt hast? Wo kommst du da vor? In welcher Szene, in welchem Bild? Waren diese beiden Wörtlein nicht vielleicht eine Absicht, eine Verbohrtheit, um ihn durch lauter Gerede zu übernächtigen, bis ihm vor lauter Reden der Schaum vor den Mund tritt? Er wollte ihn fragen: Rächst du dich etwa an mir, weil ich mich deiner Meinung nach zu lange im Krieg aufgehalten habe? Um des lieben Friedens willen aber sagte er kein Wort: Nicht auszudenken, wie despotisch er reagiert hätte, wenn er wieder unterbrochen worden wäre.

Am Ende erzählte er ihm seine persönliche Geschichte, und da sah man, dass die Geschichten, die er ihm vorher aufgeblättert hatte, wie Bilder waren, die seine Geschichte umrankten, wie Szenen und Beschreibungen zu dem Bild, an dem er arbeitete, man sah, dass er diese Geschichten, auch wenn er persönlich nichts mit ihnen zu tun hatte, sie unter dem Aspekt aufgenommen und erzählt hatte, der dem Aspekt seiner eigenen Geschichte am ehesten entsprach. Er erzählte sie, kurz gesagt, als Vorrede zur Erzählung, die in ihm brannte, und es war keineswegs leicht herauszufinden, ob und in welchem Ausmaß diese Geschichten wirklich in ihm brannten, das heißt, ob sie aus Leid oder aus Freud in ihm brannten.

Bevor 'Ndrja sich darüber klarwurde, sorgte Caitanello dafür, dass ihm die Milch in die Knie schoss und das Gestockte an die Oberfläche seines Schlafs stieg. Bevor er zu diesen beiden Wörtlein kam, uffa, uffa, per la Madò, bei der Heiligenjungfrau, wie lange das dauerte …

Zwei Wörtlein, zwei Wörtlein über eine persönliche Angelegenheit, seine, und er schloss Himmel, Erde und Meer mit in sie ein, Christenmenschen und Tiere, zwei Wörtlein, und es fing alles bei nicht weniger an als bei einer Sonne, einer Augustsonne, die an einem niedrigen Himmel über den Meeren zwischen Skylla und Charybdis aufflammte.

»Versuchs, versuchs doch mal, sie anzublicken.«

Er forderte ihn heraus und deutete mit dem Schindermesser nach Morgen, als wäre die große blendende Scheibe dort hereingesunken, in das Zimmer, in den gebauchten Zylinder der Lampe auf der Kommode.

»Versuchs, versuchs doch mal, ob du ihren Anblick aushalten kannst …«

Als wollte er seine Vorstellung diesem Sonnenwirrwarr angleichen, empfahl er ihm, die Augen nicht zu lange auf sie zu richten, wenn er sich nicht die Härchen, die Wimpern und Brauen versengen oder gar erblinden wollte.

»Die berühmte Augustsonne des siebzehnten Tags …«, nannte er sie, mit einem gewissen Spott, um ihm deutlich zu machen, wer sie war. »Na, die empfehl ich dir wärmstens, diese leuchtende Freundin, diese camorristische Bastardin, diese afrikanische Piratin, sie war stinkwütend und aufgebracht …«

Bis zum vorhergehenden Tag, dem sechzehnten August, hatte sie nicht so geglüht, sie war frühlingshaft geblieben, als habe sie denen einen Hinweis geben wollen, die die Glut mit Kanonen erzeugten, indem sie Krater mit ihren Bomben schufen, wie um ihr Konkurrenz zu machen. Doch es war klar und deutlich, dass die Freundin ihren Platz behauptete und den Schlag gegen das Vergessen sich vorbehalten hatte: Sie wartete auf den August, um voll aufzulodern, sie wartete darauf, dass sie das löwenmähnige Gesicht zeigen konnte, das Feuergebrüll herausschleudert und blendende Blitze aus den Augen schießt. Und so war es, dass an diesem Augusttag der Sommer explodierte und noch bis in den Oktober hinein anhielt.

Am siebzehnten August waren sie von dieser Sonne geweckt worden, die, noch weit entfernt, unsichtbar in den dunklen Tiefen hinter dem Aspromonte, in ihren Schlaf hinein schien, und der Schweiß troff ihnen aus den geschlossenen Augen. Sie sandte eine derartige Botschaft von Hitze aus, dass man meinte, es sei afrikanischer Mittag, mit dem Mond, der noch am Himmel stand und nach Morgen hin auf Dreiviertel angewachsen war: der Sand unter ihnen dampfte in der Dunkelheit, er rötete sich finster wie Lava.

Verziehen wir uns, sagten sie zueinander, verziehen wir uns, die Schurkin mit ihrem hocherhobenen Feuerkopf zieht herauf. Zieht herauf? Sie erhebt sich. Verziehen wir uns, bevor sie das Auge öffnet und uns alle zu Asche verbrennt.

Sie waren so fortgelaufen, wie sie waren, mit dem einen Gedanken, das Wertvollste zu retten, was sie hatten, nämlich das Leben, und mit dem Leben die Eisen der beiden Harpunen, die Körbe mit den Korkbällen und dem Rest der Köder, die Ruder, die Karbidlampen und die Netze, vor allem das Wertvollste: das Palamitaranetz. Den Booten, das hieß den Palamitaren, den Ontren und Feluken, sagten sie, zumindest mit den Lippen, gezwungenermaßen Addio.

Es war, als würden sie sich auf die Suche nach einem neuen Meer machen, weil sie dieses alte hier inzwischen als verloren betrachten konnten. Sie flohen und kragelten mit ihren Arbeitsgeräten den Antinnammare hinauf, als hofften sie, dort oben, auf der dicht bewaldeten Höhe, Sand zu finden, Salzwasser und seetüchtige Boote, die mit den Fingernägeln aus Kastanienstämmen gehöhlt worden waren.

Gleichzeitig, als habe es bereits eine Übereinkunft zwischen diesem Hurenbocksoldaten und der Sonne gegeben, hörte man an den Küstenstrichen rasselnden Kriegsdonner, der vom Strand von Catania auf Panzern näher kam und sich da vorne entlud, während der Deutsche sich mit weiträumiger, intensiver, ungestümer Zertrümmerung auf dem Rückzug befand und nach Kalabrien übersetzte.

Doch in dem Bild, das Caitanello ihm von der Lage zeichnete, flüchteten die Charybdoten, die auf den Antinnammare flohen, nicht vor dem Krieg, sondern vor dieser Sonne, die es nach ihrem Verständnis ganz auf sie abgesehen hatte. Er sah sie in dieser Szene so, als wäre er dabei gewesen. Eine Handvoll Pellisquadre waren sie, mit ihren Familien, die auf der Suche nach Sicherheit und Schutz unseligerweise von der Küste auf den Berg flohen, auf allen vieren die Höhe des Antinnammare hinaufkragelten, als würde die Sintflut sie bedrohen: das Meer, das anstieg und ihnen auf jedem Schritt folgte, und die wogenden Schaumrösser, die auf das immer weiter entfernte und immer höher gelegene Land stürzten, als könnte dies, kurz gesagt, der Tag sein, an welchem sich das Sprichwort antiker Völker bewahrheitete, das besagte: Wenn die Fische die Bäume hinaufklettern, wird das Ende der Welt da sein. Denn wenn der Fischer hinaufflieht, ist das immer wegen eines Erd- oder Seebebens oder eines Erdseebebens in einem, das heißt wegen etwas, das kommt und nur vom Meer her kommen kann oder aber von der Sonne, das heißt von dem, was sich unter seinen Füßen oder über seinem Kopf befindet.

Und weil sie an jenem achtzehnten August ihrer Ansicht nach nicht vor dem Meer flüchteten, flüchteten sie also vor der Sonne. Und wie flüchteten sie vor ihr? Sie flüchteten, indem sie nach oben stiegen, auf die Höhe eines Berges, sie flüchteten vor ihr und stürzten in ihren Rachen. Sie setzten sich der Gefahr aus, an diesem Tag das Ende der Vögel zu nehmen, sie setzten sich der Gefahr aus, da oben auf dem Antinnammare sich das Fell zu versengen und einer wie der andere nach Verbranntem zu riechen.

»Die Sonne strahlte an diesem Tag so mörderisch, dass auch die abgehärtetsten Vögel noch Federn ließen …«, und Caitanello nannte Falken und Raben, Bussarde und Weihen, die man in den folgenden Tagen fand, als das Meer sie an Land gespült hatte, mit vollkommen versengtem Gefieder und angerösteter Haut, als hätte man sie über Feuer gehalten.

Da unten, an den Meeren zwischen Skylla und Charybdis, schickten der Sand und das Wasser Dämpfe und Funken herauf, die beiden Ufer waren von Blitzen erhellt, Himmel und Meer waren das Trümmerfeld von Flößen und Flugzeugen, es regnete Feuer, und das Holz der Boote und das Fleisch von Christenmenschen zerfiel zu Asche. Vom Meer wie vom Land stieg die Asche in einer Wolke zum Himmel auf: Dieser verfinsterte sich eine Weile und belebte sich dann wieder, von roter Glut wandelte er sich wieder zu weißem Feuer, sprühte Funken und loderte auf inmitten des Aschengewölks.

An diesem siebzehnten August erlebte er, wie die Sonne es mit diesem Zuhälter Krieg trieb. Wie konnte das sein? Diese hohe Majestät erniedrigte sich wirklich bis zu diesem Punkt? O ja, diese Majestät, die einem angesichts der Hoheit und Mächtigkeit ihres klaren, strahlenden, unendlich wunderbaren Daseins den Atem stocken lässt, wenn sie auf- und wenn sie untergeht, diese Majestät stieg auf das Niveau dieses Dreckskerls herab, sie entflammte für diesen miesen Sack. Und so musste man unter den zahllosen grauenhaften Ereignissen, die man durchgestanden hatte, auch dieses durchstehen, bei dem die Erscheinung dieser lauteren Weiblichkeit sich auf diesen verlausten, diesen elenden Bluthund einließ, die Erscheinung von Sonne und Krieg, kurz gesagt, diese zwei, die sich verbündeten und aus Mann und Weib Nachkommen schufen.

Der Krieg, den Caitanello sich als Unerfahrener erfand, als hätte er ihn vom Antinnammare aus mit seinem Falkenauge am Werk gesehen, diesen Krieg, den er ihm vor seinen Augen ausmalte und dabei das Schindermesser schwang wie einen eigens für dieses gefährliche Bild gemachten Pinsel und auf die Worte spuckte, als würde ihm allein schon das Reden darüber Ekel hervorrufen, diesen Krieg stellte er ihm in Gestalt eines hässlichen, heruntergekommenen Kerls dar, als eines wirklichen Ausbunds der Hölle, eines Ungeheuers von abscheulicher Gestalt, jugendlich, sonnengebräunt und glänzend von hinten, von vorne jedoch alt, mit Schmerbauch, schwarz und wie eine Trommelhaut gespannt, die jeden Augenblick zerplatzen will, mit herunterhängenden, verdorrten, faltigen Brustlappen, blutdurchäderten Augen und krustenüberzogenen Händen.

Der Gestalt und dem Wesen nach roch der Hurenbocksoldat ganz nach den niederträchtigen Zigeunerinnen, die bei Nacht an den Stränden zelten und als Zeichen ihres Vorbeizugs die Asche ihrer Feuer und die stinkenden Lappen ihrer menstrualen Auswürfe zwischen großen Blutflecken zurücklassen, welche die Kiesel einfärben und den Sand in der Umgebung durchtränken, als hätten sie jemandem die Kehle durchgeschnitten. Ein hässlicher Kerl, wie gesagt, wie aus Eisen gemacht, der sich in dem Durcheinander für Tausende zu schaffen machte, mit tausend Arm- und Augenpaaren.

Und da war die Sonne, die ihn schwächte und machtlos werden ließ, indem sie ihn mit ihrem liebestollen, versengenden Blick unablässig durchbohrte und das Feuer um ihn herum schürte, das seinen ganzen eisernen Leib in Glut versetzte und dazu brachte, Funken zu versprühen. Feuerzünglein, Flämmchen, die ihn in ihrer Zahl von den Händen bis zum Rücken wie mit rotem Gefieder versahen. Sie quollen aus dem Blut hervor, das seine Arme verschmierte: Wenn er diese feurigen Blutflügel schüttelte, kreiste der Krieg über den Meeren zwischen Skylla und Charybdis und wütete auf dem Land, am Himmel und auf dem Meer, dann war er hier und überall zwischen blendenden Zündungen und Explosionen. Er war überall, wo die Sonne auf ihn niederbrannte, um ihn zu packen, und er warf sich auf den Rücken, um sich mit seinen Schamteilen rückhaltlos zu verausgaben und sein Kanonenfeuer, seine Maschinengewehrsalven, seine Zerstörung und seine Blutbäder, die allesamt mit offenem Geschlecht betrieben wurden, damit ihre Stichflamme bis zu seinem Zehennagel drang und männliches wie weibliches Menschenwesen durch gemeinsames Ineinanderfließen Nachkommen hervorbrachten und Weltenende. In einem Wimpernschlag kam der Hurenbocksoldat da wieder zu sonnendurchglühten Kräften und schlug mit Katastrophen um sich: Tote, Verletzte, abgerissene Körperteile, Flammen, Explosionen, aufgerissene Leiber, schäumende Wogen von Blut, Rauch und schwarze Krater, Geschrei und Gewimmer, deutsches und italienisches, amerikanisches und englisches Wehklagen, das an diesem Punkt jedoch alle in der gleichen Sprache von sich gaben, alle trugen sie die gleiche Uniform, alle starben sie den gleichen Tod, alle fielen sie durch die Hand des von der Sonne aufgeheizten Hurenbocksoldaten. Alle zusammen endeten sie durcheinandergewirbelt in der von ihm unter seinen Füßen geschaffenen Landschaft, die er als Zeichen seines Vorüberzugs zurückließ, wie die von den menstrualen Auswürfen der Zigeunerinnen blutdurchtränkten Strände, Vorbeizug von aufgewühlten Meeren, von Asche und Skeletten irgendwelcher Christenmenschen, von Überresten von Booten und Flößen, von brennenden Ästen, von Armen und Beinen, von Baumstümpfen und von verkohlten menschlichen Rümpfen, von schäumendem Blut und schäumendem Meer aus brennendem Naphtha …

Und so befanden sich die Pellisquadre nach vielen Jahren hoch oben an dieser Antenne über dem Meer, wohin auch sie als kleine Jungs hochgeklettert waren, um über dem Jonischen oder Tyrrhenischen Meer Ausschau nach den großen Schiffen zu halten, den Frachtschiffen und den Öltankern, die seit Wochen schon unterwegs waren, ohne jemals anzulegen, weshalb die Mannschaften die Gelegenheit nutzten, um Flaschen oder kleine Aluminiumkisten in diesen Abschnitt des Meeres zu werfen. In ihnen befanden sich Briefe, die sie aufgeben wollten, und auch etwas Kleingeld, mit dem teils das Porto bezahlt und teils ein Geschenk für sie gemacht werden sollte, wie auch ein paar Zigaretten.

Vom Antinnammare aus sahen die Pellisquadre das massakrierte skyllacharybdische Meer unten. Sie sahen es mit dessen offen liegender salziger Seele: Auf seinen Kräuselungen und gischtenden Wellen, wo es nicht durch große schwarze und rötlich schimmernde Blasen von Naphtha und Blut beschmutzt aussah, die an den Ufern herunterflossen und es in langen schwarzen Rändern mit Teer bedeckten, sahen sie eine Art milchigen Schleier, etwas Dickflüssiges, eine weißliche Patina, die weder die aufsteigende noch die absteigende Strömung in der Lage war, aufzulösen und mit sich zu ziehen, sei's hinab oder hinauf, als hingen abgrundtiefe Schnüre daran, die es unten verankerten. Das war eine noch nie vorher gesehene Substanz, und die Pellisquadre stellten sich vor, dass es vielleicht der Atem, die aufgeschäumten Seelen der Kriegführenden wäre, die zum letzten Mal und mit salzgefülltem Mund über den Meeren von Skylla und Charybdis geatmet hätten.

Dieser Anblick, der einerseits durch die Entfernung abgemildert, andererseits aber noch grausamer hervorgehoben wurde, rief bei den Pellisquadre eine tödliche Kraftlosigkeit hervor, was nur natürlich war, denn die Meere zwischen Skylla und Charybdis stellten für sie die weitaus lebendigsten Wesen dar, die sie kannten, und wenn sie tot waren, wie konnte dann noch einer lebendig sein, der immer nur sozusagen ein Lebendiger war, der immer nur mit ihren Brosamen von Leben über die Runden kam? Wie konnten sie alle dann noch leben, sie, die doch nur der Kleinkram dieses großen Lebens waren? Wozu lebten sie überhaupt noch?

Doch diese Meere waren keineswegs tot, das zeigten ihnen die Feren an, und keiner vollbrachte mehr als sie. Als sie sie von da oben aus mit den Augen an ihrem braunen Rücken und ihrem weißen Bauch erkannten, schlängelten die Feren sich in langen Reihen hin und her, zusammengeschart, wie Wolkenschatten im Wind, sie flogen hier und da durch die Luft, sammelten sich, stoben in einem Feuerrad des Lebens auseinander, begeistert vielleicht, dass sie als einzig Lebende über diesem ausgeflockten Meer wieder zusammenfanden. Als sie es merkten, wussten die Pellisquadre nicht, ob sie weinen oder lachen, ob sie sich beglückwünschen oder sich über diese Unglückswesen beklagen sollten, die ihnen mit ihrem Leben zugleich das Überleben der Meere zwischen Skylla und Charybdis anzeigten. Mit realistischem Sinn waren sie jedoch zu dem Schluss gekommen, dass die Fere, ob man es wollte oder nicht, Teil dieses Ganzen war, des Meers, der Arbeit, des Lebens. Wenn also sie, die Heimische der Meere zwischen Skylla und Charybdis, die Angestammte, zurückkehrte, kehrten auch die Meere zwischen Skylla und Charybdis zurück und die Fische in die Meere zwischen Skylla und Charybdis, ebenso die Arbeit, mit der sie ihren Lebensunterhalt auf diesen Meeren verdienten, mit einem Wort: Das Leben kehrte auf die Meere zwischen Skylla und Charybdis zurück. Der Krieg war Vergangenheit, die Epoche des Sterbens hatte für dieses Mal ihr Ende gefunden, und alles, was ihr Leben ausmachte, was die beiden Meere da unten vor ihrem Blick ausmachte, Schlimmes wie Gutes, Feren wie Fische, war erhalten und lebte weiter. Zu diesem Schluss gelangten sie bei realistischer Überlegung.

Doch wenn das Leben der heimischen Feren für sie, bei der Aufrechnung von allem Für und Wider, mehr das Für als das Wider darstellte, dann hatten sie, wenn sie ihren Blick leicht in Richtung Malta lenkten, von diesen Anblicken und diesen Fürs derart viele, dass sie ihnen zu den Augen herauskamen, denn einige Tage später, am neunzehnten wohl oder auch am zwanzigsten, als die aufsteigende und die absteigende Strömung sich noch wie große Flüsse von Blut, von Leichen, Naphtha und Schrott bewegte, kam es in den Meeren zwischen Skylla und Charybdis zu einer gewaltigen, beeindruckenden Konzentration von Feren, wie man sie noch nicht gesehen hatte, Feren aus allen Meeren und Ozeanen, von jeder Farbe und jedem Geschmack, und sie verdankten es Signor Cama, der dreißig Jahre lang nur über Ozeane gefahren war, wenn es ihnen gelang, Kenntnis von dem zu erhalten, wen sie die Ehre hatten, da bei sich zu empfangen.

Die Pellisquadre, zumindest ein großer Teil von ihnen, und unter ihnen Caitanello, das gab er ehrlich zu, konnten es sich nicht einmal im Traum vorstellen, dass es so viele Feren gab, so viele und so andere als die, an die sie gewohnt waren, Feren, die oben nicht braun und unten nicht weiß waren, Feren, die eine andere Stattlichkeit von Formen und von Überspanntheit des Charakters aufwiesen. Kurz gesagt, sie dachten nicht, dass es so viele und so unterschiedliche Ferenarten gäbe, die zudem noch mehr Feren waren als die, die sie bisher gekannt hatten, vielleicht, weil ihre Stammferen, wenn sie sich ans Werk machten, ihnen ein Gefühl größter Sattheit, von unbegrenzter Fülle vermittelten: Diese allein waren, um es kurz zu sagen, bereits zu viele und reichten ihnen bis zum Überdruss. Daher kann man sich vorstellen, wie ihnen die Worte fehlten und wie ihre Münder offen standen, benommen vor Verwunderung angesichts dieser Unzahl von Feren, die vom Ende der Welt herbeikamen, aus allen vier Himmelsrichtungen, wegen eines Grunds, den niemand sich jemals vorstellen konnte. Sie tauchten dann unten an den Meeren zwischen Skylla und Charybdis auf und drängten ins Jonische hinunter, zogen an ihnen vorbei und stürzten sich ins Tyrrhenische. Für sie war dieser bunte, faszinierende, zugleich aber auch geheimnisvolle Zug, dem ein Leid in ihrem Gemüt folgte, ein großes Rätsel über Feren, über Farbe, über unterschiedlichste Stile und Scharungen, das sie niemals, nicht einmal entfernt ohne die Hilfe ihres Strandaufsehers hätten lösen können, denn wenn man ein paar der jenseits wie diesseits von Gibraltar bekannten Arten ausnahm, die im Übrigen die bekanntesten waren, gehörte der größte Teil insgesamt ozeanischen Arten an, und wer von den Anwesenden ein paar Worte zu Ozean und ozeanischen Tieren sagen konnte, war allein Signor Cama, weil er, seit er das erste Mal in Genua angeheuert hatte und bei

Gibraltar aufs Meer hinausgefahren war, alle seine Jahre zur See auf Ozeanen verbracht hatte, und als er bei Gibraltar wieder nach Hause kam, kam er wie ein Auswanderer zurück, als Passagier.

Signor Cama erklärte es ihnen natürlich nur im Großen und Ganzen, ohne umschweifige Darlegungen, mit allem, woran er sich erinnerte, mit allem, was er hier und dort auf den Ozeanen gesehen hatte, wenn es vorkam, dass sie diesen erschreckenden Komödiantinnen begegneten, und das, was er hatte sehen und an was er sich daher hatte erinnern können, durfte wohl nichts Besonderes gewesen sein, da es sich ja um Feren gehandelt hatte. Ja, weitaus mehr musste sicher das sein, was er gesehen hatte und ganz nach seinem Wunsch immer wieder sehen konnte, wann und so oft er wollte, denn die Feren waren fotografiert und zwischen die Seiten gemalt worden, und von dort konnten sie nicht entweichen, in seinem berühmten bunten Buch, über das er, Caitanello, sich nicht länger auslassen musste, weil 'Ndrja es bestens kannte, ja es sogar besser kannte als er selbst, und das stimmte. Es war ja auch nur natürlich, dass ein Buch dieser Art die Phantasie der Jungen eher in Gang setzte als die der Pellisquadre: ein Buch, das ganz aus weiß kolorierten Szenen bestand, einem Weiß wie Milchweiß, dem Weiß des ewigen Geheimnisses, das in ihren Augen und in ihrer Anschauung Schnee und Eis und Gletscher darstellte, weshalb man oft gar nicht an den Ozean dachte, und aus Gestalten von Seeungeheuern bestand, Ungeheuern von riesigen Ausmaßen, von Wildheit und von Intelligenz, allesamt einzigartige Tiere, und ihre beeindruckende Einzigartigkeit begann damit, dass sie halb wie Fische und halb wie Menschen atmeten, und als würden sie infolge dieser Tatsache, dass sie Warmblüter waren, nichts anderes tun, als sich angreifen, zerfleischen, bekämpfen und auch gegenseitig auffressen, einige Szenen, bei denen man auf den ersten Blick vor Entsetzen den Atem anhielt und unwillkürlich einen Schritt zurücktrat. Burschen ebenso wie kleine Jungs waren nach dem Blick in das Buch von Signor Cama davon überzeugt, dass im Ozean überhaupt keine Christenfische lebten, Fischlein von der Art derer, die es in den Meeren zwischen Skylla und Charybdis gab: Sardinen, Meerbarben, Brassen, Wrackbarsche, Makrelen, um nur ein paar zu nennen, sondern dachten, dort würden die gigantisch großen Tiere leben, die sie auf den Seiten des Buches am Werk sahen wie Seedrachen, Drachen und sogar Einhörner, denn genau wie ein Einhorn im Puppentheater schien ihnen ein Narwal zu sein, der sie mit seinem lanzenspitzartig nach vorne heraustretenden Zahn von mindestens eineinhalb Metern Länge ungeheuer beeindruckte. Deshalb war wohl das am meisten betrachtete Foto des Buchs das eines außerordentlich schönen Eskimojungen mit zerfransten Haaren in der Stirn, der einen Narwalzahn in die Erde gebohrt hatte, welcher mindestens zwei Kopf größer war als er. Der kleine Eskimo lachte so, als wüsste er, wie neidvoll und bewundernd die Jungs im fernen Charybdis ihn ansahen, neidvoll wegen des Glücks, das ihm zugefallen war, den magischen Lanzenzahn des Narwals zu berühren, und bewundernd wegen des Muts, ja der Unbekümmertheit, mit der er ihn berührte.

Mit Signor Cama, der in seiner Jugend sein Auge geschult hatte, der Blick ihm nun aber nicht mehr half, machten sie es folgendermaßen: Caitanello oder ein anderer mit ebenso scharfen Falkenaugen hielt für ihn nach den Feren Ausschau, dort hinten an den Meeren zwischen Skylla und Charybdis, nach und nach wie jeder dieser Schwärme, jede Schule, jede Kolonie sich von Malta her der Grenzlinie zwischen den beiden Meeren näherte, und Signor Cama erriet dann von der Vertiefung und der Buntheit ihrer Haut, als wären sie militärische Uniformen und Abzeichen, gemeißelte Schilde und gefiederte Helme, ihre Rasse, ihre Erkennungsmale und ihre Herkunft und benannte sie dann mit ihren Namen.

Caitanello, der seine Hand schützend über seine Augen hielt, suchte die Meere zwischen Skylla und Charybdis nach den Aufstellungen ab, die sich von Malta her näherten, er beobachtete und beobachtend berichtete er dem Strandaufseher:

»Oh, du großer Gott, großer Gott …«, rief er und wurde auf der Stelle kreidebleich vor innerer Bewegung. »Oh, großer Gott, was mussten meine Augen sehen, bevor sie sich schließen, oh, großer Gott, was für ein Riesenvolk von Feren, was für ein Menschenschreck, was für ein barbarisches Wunder, das man da sieht …«

»Was seht Ihr denn? Könnt ichs wohl auch erfahren, was Ihr da seht?«, sagte Signor Cama, welcher der Einzige war, der es mit seinem Blick nicht sehen konnte, wohingegen die anderen Pellisquadre um ihn herum mehr oder weniger sahen, was Caitanello Cambrìa sah, und sich seine Aufregung erklären konnten.

»Ein Riesenvolk von Feren, das sehe ich, Signor Cama, das sagte ich Euch ja schon. Ich sehe eine lange, sehr lange Woge dieser schlimmen Boten, die bunt gemischt wie im Flug auf uns zuschwimmen. Gottduallmächtiger, so viele und derartige Rassen existierten auf der Welt? Wo kommen die nur alle her? Wie viele Rassen werden das wohl sein?«

Wenn Caitanello Cambrìa seinen alarmierenden Eindruck, seine Aufregung mit Worten aus sich herausschleuderte, fühlten sie es in ihrem Inneren, und es trat auf ihre Gesichter, die immer bleicher wurden.

Sie sahen dort, weit draußen auf den Meeren zwischen Skylla und Charybdis, unaufhörlich, ganz unaufhörlich, wie das Meer in aller Breite durchstöbert wurde, gleich einer Durchstöberung nach Flöhen, die Kantàre wogen, Feren, die keiner sich je vorgestellt noch gesehen hatte, von wie vielen und wie unterschiedlichen Färbungen, Formen und Stilen war unmöglich zu sagen, eine große, langgezogene Masse bunter Körper, wie ein hoch hinaufflatterndes wolkiges Regenbogenband, mit einem Ende, das inzwischen bei Rosarno angelangt war, und dem anderen noch so weit unten, dass man es gar nicht erkennen konnte, hinter Melito Portosalvo. Nie zuvor wahrscheinlich hatte man einen so beeindruckenden Zug dieser männlichen und weiblichen Genien von Fischbestien gesehen, und vielleicht würde man ihn auch nie wieder zu sehen bekommen. Er war eine Erscheinung, die Besorgnis und Orientierungslosigkeit hervorrief und auf furchterregende Weise im Kopf den Gedanken an etwas Dunkles und Bedrohliches aufkommen ließ, das mit diesem Meer von Feren heranzog, etwas, das, da es sich um Feren handelte, nicht zufällig folgte und erfolgte, sondern da war, es musste zwangsläufig etwas durch wer weiß welche Kopfarbeit, durch wer weiß welches Kalkül der Intelligenz da sein. Doch das Erstaunliche war, um mit dem Anfang anzufangen: Wie hatten diese schlimmen Botinnen sich eine Stimme geben können, um sich herbeizurufen und zu vereinen, diese Massen von Feren unterschiedlichster Rassen, ozeanische Feren, von denen die einen vielleicht im Atlantik herumschwammen und andere im Pazifik, wieder andere um den einen Pol und noch andere um den anderen? Wie, mit was für einem Tamtam, Tamtam, das sie mit der Fluke auf die gespannte tönende Haut des Wassers schlagen wie auf ein Tamburin? Mit was für einer Art von Morsealphabet, mit was für einer Art Pfiff magnetischer Wellen?

Einer von den Pellisquadre, den Caitanello nicht erkannte, weil er sein Ohr den Worten lieh und nicht der Stimme, die sie sprach, rief hinunter zu den Häusern, vor denen Frauen, Jugendliche und Kinder auftauchten. Die anderen verdrehten die Augen, irgendwer sagte ein weiteres Mal zu Frau und Kindern, sie sollten verschwinden, und dann kamen alle wieder, um auf die Meere zwischen Skylla und Charybdis hinunterzublicken, und sie waren beruhigter, jetzt, da die Familien außer Sichtweite waren.

Wenn man sich jetzt aber mit kühlem Verstand die Sache überlegte, konnte es da einen größeren Unsinn geben als das? Welcher echten, realen, bekannten Gefahr waren Frauen und Kinder denn ausgesetzt, wenn sie da vor dem Meer standen? Konnten sie sagen, welcher Art von Gefahr? Sie wussten es nicht. Und doch gab es in Augenblicken wie diesen immer einen, der zuerst daran dachte, die Familien ins Haus zu schicken, und wenn es nicht der eine war, dann war es der andere. Das musste, mehr als viele Worte, 'Ndrja einen Geschmack davon geben, was da unten vor sich ging und weshalb ihre Gesichter blass wurden.

Und als wären sie unter sich Männern alleine geblieben und könnten auf spartanischste Weise miteinander reden, war Saro Ritàno dort, der den Sinn dessen, was da vor sich ging, in klaren Buchstaben aussprach, indem er sagte:

»Das ist jetzt das Ende der Welt, das Ende von uns …«

'Ndrja wusste, so wie alle wussten, was Saro Ritàno zu sagen beabsichtigte, nämlich, dass ihr Ende, das Ende ihrer Welt, wenn es denn kam, vom Meer her kommen würde, und ihr Ende, das Ende der Welt auf dem Festland, der Anfang der Welt des Salzwassers sein würde, der Anfang der Welt der Fere. Und wenn das eintrat, sofern es eintrat, waren sie davon überzeugt, dass sie über, unter, vor, hinter, inmitten, im Herzen des Kataklysmas, einen Bruchteil vor ihrem Ertrinken, die Fratze der Unverschämten über ihnen aufblinken würde, sie würden mit dem Eindruck sterben, dass diese Erfindungsreichen sogar an Land, auf die Marina bei der 'Ricchia springen würden.

Ein derartiges Auftauchen der Feren, eine derartige Menge dieser Hochgescheiten in Bewegung musste notwendigerweise einen Grund und ein Ziel haben, die Fere war nicht der Typ, der allein für die Dichtung auf Kreuzfahrt ging. Diese Neuigkeit war viel zu groß, als dass es nicht als Zeichen und Anzeichen für eine Ankündigung gelten konnte, eine Ankündigung irgendwelcher furchtbaren Umkehrungen, die für die normalen Menschen noch in mentedei waren, wohingegen diese Tausendundeinnächtigen bereits eine Ahnung haben mussten, ja, für sie war das Ereignis schon in Gang.

Wenn man sah, wie sie sich in den Meeren zwischen Skylla und Charybdis ausbreiteten und diese schon seit undenklich langer Zeit von Booten und Christenmenschen verlassenen Gewässer mit barbarischem, buntem Leben erfüllten, verband man ihr Erscheinen instinktiv mit dem Krieg, denn auf den ersten Blick war der erste Eindruck, dass dieses alarmierende Zeichen, dieser Hinweis auf ein Kataklysma den Krieg überhaupt erst hervorgebracht habe. Da schaut, das ist ihr großer Augenblick, hätte man sagen wollen, wenn man sie sah. Das ist der Augenblick, auf den sie immer gewartet haben, und nicht einmal Gott wird sie aufhalten, denn ebendiese Christenmenschen hatten die Hand Gottes ergriffen, und unterdessen war die Zeit gekommen, in welcher der befehligte, der morgens als Erster aufstand, und wenn das der Grund war, entmachtete niemand mehr die Feren, denn wenn diese schlafen, schlafen sie allenfalls mit einem einzigen Auge.

Brachten die Christenmenschen sich auf gleiche Weise um, einer nach dem anderen, bis am Ende möglicherweise keiner mehr übrig war? Und die Feren gewannen die Oberhand, sie machten sich unbeliebt, indem sie sich verbündeten und ihr Hirnmark in einem Durcheinander und Lärmen von Intelligenz zusammenführten, und massenweise veranstalteten sie Bewegung in den Gewässern rings um das trostlose Land der Christenmenschen, sie machten deutlich, dass sie es jetzt ernst meinten, und zwar wesentlich ernster als die Christenmenschen selbst, denn sie eroberten die Gewässer, die Gewässer der Ozeane und Meere, und diese Gewässer waren rot gefärbt vom Blut der Christenmenschen. Vielleicht war ja wirklich ihre Zeit gekommen, die Zeit ihrer Herrschaft und Ausrottung: Alles ging in ihre Hand über, in ihre Flipperhändchen.

»Ein Riesenvolk von Feren, das ists, was ich sehe, Signor Cama, ich habs Euch ja schon gesagt«, antwortete Caitanello, als er sich entschloss, endlich die Neugier ihres Strandaufsehers zu befriedigen. »Das sehe ich, und das sehen auch die Freunde um uns herum. Man sieht eine Woge ohne Ende von diesen Unglücksbotinnen, die bunt durcheinander auf uns zufliegen. Und jetzt kann man auch erkennen, dass sie in großen Scharen von Schulen und Kolonien heranrücken, wobei die einen von den anderen deutlich getrennt sind, und jetzt kann man auch Formen und Färbungen erkennen. Daher kann ich Euch auch sagen, dass die Herde, die als Erste heranrückt, oben eine violette Färbung hat, und dann wird dieses Violett zu Hüften und Bauch hin grau, rauchgrau mit rosafarbenen Einsprengseln. Und dann sind sie von ihrer Form her schön und beeindruckend, ein paar Meter länger wohl als unsere Heimische. Sagt Euch das nichts?«

»Das Schnabelmaul, reicht Euer Aug, um das Schnabelmaul zu erkennen? Ist es vielleicht kurz?«

»Jawohl, kurz, Ihr habts gut erraten, kurz haben sies, nur eine Spitze im Vergleich zum Schnabelmaul unserer Heimischen. Dann habt Ihr Euch also schon eine Vorstellung von ihr gemacht?«

»Das war leicht. Bei ihnen handelt es sich um die sogenannten Flaschennasen, und Flaschennasen gibt es in großer Zahl weit draußen vor Gibraltar.«

Hier nun erklärten Luigi Orioles und Saro Ritàno genauer, dass diese Flaschennasen sich auch unmittelbar bei Gibraltar stark herumtummelten, weil sie als Heimische die Gegenden von Afrika, Portugal, Spanien, den Balearen, Sizilien, Sardinien aufsuchten und oftmals auch einen Sprung in die nächste Nähe zu den Inseln Filicudi und Alicudi machen würden … Aber sie würden auch das Schwarze Meer besuchen, und tatsächlich waren Orioles und Ritàno ihnen dort viele Male um neunzehnhundertdreißig begegnet, als sie auf der *Anita G.* angeheuert hatten und ständig zwischen Triest und Konstantinopel hin- und herfuhren.

»Ja, sie bewegen sich großräumig«, fing Signor Cama wieder an. »Sie ist die am häufigsten gesehene Art, noch gewöhnlicher sogar als unsere grobe Heimische. Und tatsächlich hat der Charakter dieser Flaschennasen viel mit dem unserer Heimischen gemein: die Ausgelassenheit, zum Beispiel, das Theatralische, die Gabe, um die Gunst des Seefahrers zu buhlen, der auf dem Meer fährt …«

Und im Übrigen reichte es ja, sie zu sehen, wenn sie vorbeizogen: Wäre es nicht wegen der Färbung ihrer Haut gewesen, hätte man sie beinahe mit der Heimischen verwechseln können. Es schien unglaublich, dass sie so schampanjerlaunig nach wer weiß wie viel Meer, wer weiß wie vielen Meilen und Abermeilen durch den Ozean sein konnten, dass sie noch solche Kapriolen schlugen. Es mussten einige Hundert sein, eine ganze Kolonie, ganze Schulen und Familien, von den über dreißigjährigen Ohmahninnen bis hin zu den ausgelassenen Kälbern von höchstens sechs Monaten, die man vor den Müttern herschwimmen sah oder hinter ihnen und beim ersten Auftauchen an ihren Sprüngen erkannte, die auf Wogen wogten und durch die Luft, Kälber, die sich schon in den mandolinenförmigen Hintern gekniffen fühlen mussten. Sie zogen dahin wie ein Zigeunerstamm aus dem Wasser, für den gutes oder schlechtes Wetter einfach nur Wetter ist, und wo es für sie dunkel wird, halten sie inne. Die Mütter spielten mit den Kindern, tauchten jählings hinab und zogen die Jungen hinter sich her, die es dann aber nicht schafften aufzutauchen. Dann warfen die Mütter unter ihnen sie eins nach dem anderen mit dem Bauch hinaus, und die Säuglinge lachten in der Luft mit ihrem hiiih vor Angst und vor Vergnügen. Und es gab solche, die angeregt plauderten, und solche, die sich mit Schreien verfolgten, solche, die nach vorne schossen, und solche, die langsamer vorwärtskamen, anhielten, Gruppen bildeten und Versammlungen im Kreis abhielten. Von ihnen allen kamen, um es kurz zu sagen, Gelächter, unbekümmerte Stimmen, ohrenbetäubendes Lärmen, wie von einer großen dahinziehenden Zigeunergruppe.

Zweifellos war das der Eindruck, zweifellos gehörten die Flaschennasen zum gleichen Schlag der Heimischen. Doch während der Stamm vorbeizog und ins Tyrrhenische hinaufdrängte, sagte Signor Cama, als wollte er einen Kommentar dazu liefern:

»Oh, hier lachen sie, hier haben sie ihren Spaß, doch da, wo sie herkommen, das übrigens ein Ort in Amerika ist und Nord Carolina heißt, haben sies mitunter mit Steinigem zu tun, wirklich Steinigem, nicht im übertragenen Sinn, denn tatsächlich fischen die dortigen Pellisquadre an den Küsten von Nord Carolina so viele Netze voll, die, wenn sie sie an Land ziehen, auf mindestens eine Meile eine Darbietung von Flaschennasen sind, die sich aus den Netzen kämpfen und ins Meer zurückkehren wollen …«

»Netze, sagt Ihr? Sie senken Netze über die Feren? Was sind das für Netze? Wahrscheinlich Netze aus Stahl, wenn man sie über Feren senkt …«

»Ach, doch kein Stahl! Es handelt sich um Netze wie unsere Palamitaren, mit Maschen, die gerade groß genug sind, um die Flaschennasen einzustrangen. Sie kommen ihnen einerseits ein bisschen wie Angelschnüre ohne Haken vor und andererseits ein bisschen wie ein Trennnetz, und wenn es vorkommt, dass eine ganze Herde dagegenrast und sich mit all ihrer Verschlagenheit darin verfängt, dann ziehen die Pellisquadre die Netze wie ein Schleppnetz herauf, und die Flaschennasen sind vorne wie hinten gefangen.«

»Aber was machen sie mit ihnen? Veranstalten sie etwa eine massenhafte öffentliche Demütigung? Und was sind das für Massaker, die die Flaschennasen bei ihnen begehen, dass sie sie in so riesenhafter Zahl demütigen wollen?«

»Nein, was heißt hier schon Demütigung? Die veranstalten mit ihren Flaschennasen eine große Lachnummer. Und wisst ihr wie? Sie verkaufen die Köpfe, aber nicht wie ihr, ihr bringt sie ja in die Hafenkommandantur, als Beweis dafür, dass ihr eine Fere erlegt habt, und dann zahlen die euch eine Prämie von fünfzig Lire für jede einzelne oder von hundert Lire, wenn es sich um ein trächtiges Weibchen handelt. Nein, die Pellisquadre dort verkaufen die Köpfe an bestimmte Fabrikanten, die das Ferenhirn mit Gold aufwiegen, und der Grund dafür ist, dass sie es unbedingt brauchen. Um sich zu ernähren, werdet ihr jetzt denken, aber so ist es nicht, ihr werdet euch niemals vorstellen können, was sie damit machen, und wenn ichs euch sage, versteht ihr, warum ich euch immer sage, dass der Amerikaner ein großer Bisinessmann ist, womit ich sagen will: ein Geschäftsmann, ein Mann von nüchterner Handlungsweise, ohne Träume noch Schäume, ein Mann, der, wenn er etwas braucht wie Brot, seine Geldbörse herausholt, zahlt, was er zu zahlen hat, und es dann nimmt. Nun müsst ihr aber wissen, dass diese Fabrikanten da drüben, von denen ich spreche, aus diesem Durcheinander von brilljantem Mist, den die Fere in ihrem Schädel an der Stirn hat, aus genau dieser kräftigen, stinkenden Grauzellenmasse ein feines Öl machen, ein ausgesprochen feines Öl, das sie brauchen, man stelle sich das vor, das sie brauchen, um ganz bestimmte, sündhaft teure Präzisionsuhren zu ölen, wie die, denkt nur, die den Hahn auf dem Kirchturm krähen lässt oder genau zur Mittagsstunde das Brüllen des Löwen am Dom von Messina hinausschickt, Präzisionsuhren, haargenau wie diese oder auch wie jene, die die Züge abfahren und ankommen lassen und nach dem Sekundenschlag funktionieren müssen. Habt ihr also ein Bild davon gewonnen, was für ein großer, genialer Mann des Bisiness der Amerikaner ist? Er experimentiert und experimentiert, er fand an der Quelle das Öl, mit dem er seine Präzisionsuhren schmiert, fand es genau im Kopf der Fere, und es gibt nichts, was im Hinblick auf Präzision und Verstandeskalkül unfehlbarer wäre. Und sagt mir, sagt mir doch: Stimmts, was ich sage, oder stimmt es nicht?«

Niemand antwortete Signor Cama, ob das stimmte oder nicht, denn ihrem inneren Antrieb nach wollten sie sagen: Schön blöd, diese Flaschennasen, die sich zuschlingen und zu Scharen an Land ziehen lassen, als wären sie Kleinkram und keine Feren. Mit den Heimischen würden wir sie gerne sehen, diese Herren Fischer, mit unseren Heimischen würden sie reiche Geschäfte machen … Doch gleichzeitig kam ihnen ein Zweifel: Wäre das Hirnöl unserer Heimischen ebenso gut oder gar noch besser als das Hirnöl der Flaschennasen, um Uhren von höchster Präzision zu schmieren?

Und dann folgte Schar auf Schar, von Malta kamen Weitere herauf, immer neue, andere Ferensippen, und er, Caitanello, der seinen Falkenblick anstrengte, erkannte die von weit draußen heranziehenden Feren an ihrer Färbung und gelegentlich auch an ihren Formen, die so eigenwillig waren, dass er zunächst instinktiv Zweifel an seiner Sehschärfe hatte und dann, als er davon überzeugt war, dass die Färbung genau das war, was er gesehen hatte, musste er in seinem Kopf von Zeit zu Zeit nach den richtigen Worten suchen, um Signor Cama eine zutreffende Beschreibung zu geben, und manchmal vertat er sich bei Färbung und Worten, und dann gab es einen Wechsel der Ansichten zwischen ihm und irgendeinem anderen Pellesquadra mit weitreichendem Blick wie etwa Jano Scarfì, und wenn es Übereinstimmung gab, dann gut, wo nicht, warteten sie, bis die Feren, um die es ging, näher herangekommen waren.

Jetzt, da die schweren Kaliber, die mächtigen Grampus Griseus oder auch Rundkopfdelfine oder auch Graugrampen wie beim Briscolaspiel als Letzte herauskamen, als Trumpfkarte, und damit die, die ihnen vorausgezogen waren, wie schöne Ferengestalten aussehen ließen, anders konnte man das nicht sagen, wie Gestalten, die man bestaunte und bewunderte, wenn man sie von weitem vorüberziehen sah, wenn man in ihnen jene Fremdlinginnen sah, wie gemalte und nicht wie ihre Heimischen gefärbte, als ausgesprochen niedere Spielkarten, nämlich wie die anderen sechsunddreißig des Stoßes im Vergleich zu den vieren, die die Asse darstellen, übermittelte er, Caitanello, die Merkmale, die er Signor Cama von ihnen weitergegeben hatte, im Telegrammstil, denn hätten diese minderen nicht zur Bildung der Masse beigetragen, hätte er sie ohne weiteres stillschweigend übergehen können.

Die Ersten, die darauf vorbeizogen, und er sagte vorbeizogen, weil keinen von ihnen auch nur der Hauch eines Gedankens streifte, dass es sich nicht um einen Zug handelte, um den mythischen Zug einer Großzahl von Feren, waren die Weißflankendelfine, die ihren Heimischen bis aufs Haar glichen, nur dass sie ein kürzeres Schnabelmaul hatten und die Besonderheit einer weißen Hüfte aufwiesen: Unten waren sie nämlich weiß, und am übrigen Körper waren sie braun wie die Heimischen. Sie hießen zwar Weißflankendelfine, doch anders als ihr Name vermuten ließ, gab es unter ihnen auch welche mit einer gelben Flanke. Längs der weißen oder gelben Flanke verlief vom Kopf bis zum Schwanz ein schwarzer Streifen, wie ein Schwalben- oder Kanarienflügel, und so sahen sie denn auch aus, als sie vor ihnen vorbeizogen, wie Wolken riesenhaft großer Schwalben und Kanarienvögel, die heraufwanderten und dicht über dem Wasser dahinschossen.

Die Weißflankendelfine kamen vom Nordatlantik, sagte Signor Cama, und stellten zahlenmäßig die größten Schulen dar, weil sie bis zu eintausend Mitglieder zählten, während die, die vor ihnen vorbeizog, eine Kleinschule sein musste, die nicht mehr als einhundert Mitglieder zählte.

Dann zogen die Hartzahndelfine vorüber, die keine andere Besonderheit aufwiesen als diejenige aufrecht stehender spitzer Zähne, welche in Verbindung mit dem langen flachen Maul eher an Krokodile als an Delfine erinnerten. Sie alle waren von bläulicher Färbung oben und von weißer Färbung unten, und weiß war auch ihr Maul, oben ebenso wie unten, und auch das war eine ihrer Besonderheiten.

Dann zogen die sogenannten Wahren Echten vorüber, die äußerlich schön und elegant waren, schöner und eleganter als die Heimischen: Auf der Brust hatten sie so etwas wie einen großen weißen Schönheitsfleck, der auf dem bläulichen Hintergrund so deutlich hervortrat wie das Brustteil eines Frackhemds. Auf dem Rücken allerdings wiesen sie einen äußerst schwerwiegenden Makel der Natur auf, wie man es noch nie gesehen hatte: Die Rückenfinne fehlte, und dieser Mangel gab ihnen das Aussehen eines Boots ohne Flagge, eines Hahns ohne Kamm. Sie galten als makellos, denn die Pellisquadre in den Gegenden, in welchen sie sich aufhielten, und das war immerhin der Pazifik, machten unerbittlich Jagd auf sie, weil sie sie insgesamt als rein betrachteten, was bedeutet, dass sie alles von ihnen nahmen, Fleisch, Haut und Knochen, ohne irgendetwas wegzuwerfen.

Und dann zogen die Weißfahnendelfine vorüber, die, da sie auf die finnenlosen Rücken der Echten folgten, noch stärker dadurch auffielen, dass sie nicht nur eine Rückenfinne hatten, sondern diese sogar noch weiß gefärbt war, als sollte man sie von weitem erkennen. Und zudem wiesen diese Weißfahnendelfine nach Signor Camas Meinung noch einen weiteren Unterschied zu den Echten auf, nämlich den, dass die Pellisquadre an dem fernen Ort, wo sie sich herumtrieben, und das war da im Pazifischen Ozean, wo er an China grenzt, sich nicht im Geringsten dafür begeistern konnten, sie anzurühren, und zwar aus dem Grund, weil es bei ihren Vorfahren hieß, irgendeine Fürstin habe diese Weißfahnendelfine geboren, und wer weiß, was für ein hübsches Flittchen diese Fürstin gewesen sein müsse, wenn sie sich von einem Ferenbullen hatte schwängern lassen. Die chinesischen Pellisquadre waren allerdings äußerst sonderbar, denn Fürstin hin oder her, mitunter machten sie ihr nämlich doch den Garaus. Also wussten auch sie, was sie alles verwenden konnten, ohne irgendetwas wegzuwerfen, nicht einmal das Fett, das sie sich gegen die Kälte auf den Körper schmierten, was fürchterlich stank, aber noch fürchterlicher war möglicherweise die Kälte, die diese chinesischen Pellisquadre zu spüren bekamen.

Und am Ende zog eine Herde Porposen vorüber, die echte Feren sind und es doch auch wieder nicht sind: Ihr Äußeres ist von einer Mischgestalt, grob und lächerlich, sie sind kurz und unauffällig, nicht länger als zwei Meter, sie haben ein Rundmaul, das an einen an der Wurzel abgeschnittenen Rüssel erinnert, das Maul ist nach innen gewölbt, die Zähne gleichen Feldhacken, und der Kopf bildet ein einziges Ganzes mit dem Rumpf und dem Nacken, der eine Art Buckel bildet und dann zum Rücken hin abfällt wie beim Schwein. Die Körperfärbung war ganz und gar schwarz, doch wiesen diese äußerst eigentümlichen Porposen noch eine Besonderheit auf, die, wie Signor Cama ihnen sagte, darin bestand, dass ihre Augen wunderschön rosa gefärbt waren.

»Aber was soll denn dieses frankospanische Chaos?«, fragte Signor Cama, der sofort begriffen hatte, um wen es hier ging. »Die Porpose hat sich an den Do'phin gehängt? Was ist denn geschehen, dass es zu diesem frankospanischen Durcheinander kommt, zu dieser Verwirrung der Sprachen? Ein schönes Schwein, diese Porpose, ein richtiges Ferkel …«

Es wurde jetzt klar, dass sich hinter dem Wort Porpose das amerikanische Porpoises verbarg, das auf dem Buchdeckel seines Buchs mit ozeanischen Szenen und Gestalten geschrieben war. Das verstand man, auch ohne Amerikanisch oder Italienisch lesen zu können, denn das Wort war in Schwarz über dem Tier geschrieben, um das es hier ging und das ganz weiß war. Weiß war auch der Wal unterhalb des Worts Whales, das zuerst kam, und weiß auch die Fere, die als Letzte unterhalb des Worts Dolphins erschien, und so hieß auch der Titel des Buchs: Whales Porpoises and Dolphins.

Ebenso verstanden sie allein vom Hinschauen, dass Signor Cama, wenn er sie als schönes Schwein, als richtiges Ferkel bezeichnete, sie ohne Zweifel abwerten und seine Verachtung zum Ausdruck bringen wollte, denn in der Tat nannte er sie bei ihrem Namen, Porpoise, das nichts anderes bedeutete als Schweinswal.

»Aber wieso pfeifen sie nicht?«, fragte sich Signor Cama, denn seiner Ansicht nach hatten sie auch diese Fähigkeit. »Sie müssten doch pfeifen, sie müssten bei ihren Sammlungen pfeifen, denn in diesem Augenblick werfen sie gleichzeitig mit ihrer wiedereinsetzenden Atmung Luft aus ihrer Nase und pfeifen dabei so laut, als hätten sie eine Trillerpfeife im Maul …«

Die Porposen zogen vorüber, schwammen an die zwanzig Meter unter Wasser und sprangen dann in die Luft. Dabei wirbelte vor jeder eine weiß schäumende Gischt auf wie Seifenblasen, und in diesem Augenblick schien es, als würden sie mit ihrem ganzen Atem auf das Wasser blasen, und vielleicht pfiffen sie dabei auch wirklich. Sie hatten bereits die Grenzlinie zwischen den beiden Meeren überschwommen, als der Klang möglicherweise den richtigen Weg übers Wasser und durch die Luft fand, und sie den misstönenden Pfiff der Trillerpfeifen dieser Meeresferkel hörten.

Mit ihnen waren sämtliche Niederrangigen vorbeigezogen, und nun waren die Asse an der Reihe, die Großkaliber, sofern es stimmte, dass Signor Cama dieses vierzig Seiten umfassende Buch durchzublättern und zu lesen verstand. Sie kamen heran wie eine Knallsalve, die mit ihrem trockenen Hallen den Höhepunkt des Feuerwerks darstellen. Vor sich hatten sie die Fremdlinginnen, deren Letzte mindestens eine halbe Meile von ihnen entfernt waren, ungefähr in der Höhe von Rasocolmo, und hinter sich, in unterschiedlichen Auffächerungen von brauner Färbung, von changierendem Blau oder Braunblau, folgte eine lange Reihe von heimischen und provinziellen Feren, das ungestüme einfache Volk, das sich diesseits von Gibraltar herumtrieb und hinter ihnen herjagte wie kleine Jungs bei irgendwelchen Umzügen, Prozessionen und Hochzeiten, die auf die Verteilung des Festkonfekts warten.

Diese waren, das konnte man aus der Entfernung von einer Meile sehen, etwas völlig anderes, und er, Caitanello, merkte es gleich beim ersten Hinblicken. Doch bevor er redete, stand er eine Weile da mit geschärftem Blick, die Stirn in Falten gelegt, als würde er wenig überzeugt darüber nachsinnen. Dann sagte er:

»Wisst Ihr, was ich jetzt sehe? Ich sehe eine Schar heranziehen, im Grunde bescheiden, nur taschentuchgroß im Vergleich zu den Flaschennasen, doch um auszusehen, wie wenn sie viele mehr wären, reicht ihnen alleine die Art, wie sie sich geben, da reicht ihnen ihr grobschlächtiges, unbekümmertes Verhalten, etwas abseits von ihrer Gemeinschaft. Sie sehen hochnäsig aus, das müsst Ihr mir glauben. Jetzt werde ich sie Euch beschreiben, und dann könnt Ihr sie uns präsentieren. Wenn wir bei der Größe anfangen, zeigen sie sich als riesenhafte Tiere, mindestens zweimal so groß wie unsere Heimische, sie wiegt sicher zwei Tonnen, glaube ich. Allerdings nicht alle, denn es gibt da auch andere inmitten der Herde, nur halb so groß, und die, an die ich da denke, müssen die Weibchen sein, sie sind braun, dagegen sind die männlichen Tiere von grauer Färbung, von ehernem, erzrostigem Grau, das aber, je weiter es zur Seite hinunterreicht, weiß wird, und unter dem Bauch sind sie in der Tat vollkommen weiß wie unsere Heimischen. Ihre Seiten jedoch, ihre Seiten, ist das denn möglich?, sind meiner Ansicht nach alle tätowiert, denn man sieht Kratzer und halbmondförmige Rillen, eingeritzte Ickse und Einkerbungen in Form von Seesternen, ein ganzes Feuerwerk von Zeichen und Zeichnungen im Fleisch, die in der Sonne hellweiß an ihnen glänzen …«

»O weh, o weh, habs schon verstanden …«, klagte Signor Cama. »Ein Schnabelmaul haben sie nicht, richtig? Und sagt mir noch, sieht der obere Backenknochen nicht aus wie eine Nase, weshalb diese großen Tiere vom Gesicht her bestimmten christlichen Flaschennasen ähneln, heh?«

»Ja, doch, ganz so! Flaschennasen, jungen Flaschennasen, Ihr habt sie ausgemalt, ohne sie gesehen zu haben, Ehrenwort. Und dann glaube ich, dass …«

»O weh, o weh, das reicht, das reicht, Don Caitanello, haltet Euch nicht länger damit auf, sie mir zu beschreiben, habs ja verstanden, o weh, o weh, und wie ichs verstanden habe …«

Das ungefähr war der Augenblick, an dem sich etwas Unerwartetes ereignete oder genauer gesagt, es sollte sich noch ereignen, etwas, das dem Anschein nach eigens dafür bestellt worden war, als ob die Darbietung dieser schönen wilden Feren mit einem Höhepunkt zu Ende gehen sollte, dieser Feren, die Signor Cama Klagen entlockten, sobald er sie nach Caitanellos Worten erriet und sich eine Vorstellung von ihnen machte.

Die Feren kamen einigermaßen mechanisch herauf, mit halber Kraft, als würden sie von Flippern und Fluke getragen, ohne sich hoch in die Luft zu erheben, noch auch sich zu sehr ins Wasser zu senken, mit einer machtvoll aus der Flanke kommenden Fortbewegung, doch irgendwie zerstreut, fast, als wären sie zu Tode gelangweilt über die Tatsache, an dem Ort zu sein, an dem sie sich befanden.

Das Landungsboot der Engländer, das zwischen dem Leuchtturm und Cannitello hin und her fuhr, kehrte in diesem Augenblick aus Kalabrien zurück und befand sich mehr oder weniger in der Nähe der Mitte. Es bewegte sich im rechten Winkel zu den Feren, und vom Land aus hatte man den Eindruck, dass zwischen beiden eine so große Entfernung läge, dass das Boot niemals die Tiere oder die Tiere das Boot rammen könnten: Es kam auch nicht dazu, doch es fehlte nur wenig, denn das Landungsboot zog ganz dicht an der Ferenherde vorbei.

Wenn sich nun in einem so kurzen Augenblick die Heimischen dort befunden hätten, dann hätte man sich jedes mögliche Spektakel ausmalen können, sei es wegen des echten Schreckens, sei es wegen des vorgetäuschten, sei es, dass sie Opfer des Schreckens wurden, sei es, dass sie den Schrecken verbreiteten. Diese aber, diese fremden wilden Tiere, zuckten mit keiner Wimper, sie verdrehten nicht einmal die Augen, bei denen man von weitem den Eindruck hatte, als würden sie sie jeden Augenblick vor Müdigkeit schließen, ja sie machten mit ihrer unbekümmerten Art sogar den Eindruck, als würden sie das Landungsboot überhaupt nicht bemerken, das so hautnah an ihnen vorüberfuhr, und auch nicht den Donner hören, den es machte. Weder schwammen sie langsamer, noch schwammen sie schneller, während das Boot ihnen den Weg abschnitt, sie zogen mit ihrer natürlichen Geschwindigkeit weiter, als wäre das Meer vor ihnen in diesem Augenblick völlig frei.

»O weh, o weh, sie sinds, sie«, klagte Signor Cama da, als würde er wirklich leiden. »Sie haben ihren Ausweis vorgezeigt, so wie sie sich verhalten haben. O weh, o weh, Freunde, lasst uns beten, wer beten kann, dass sie nur ja nicht hier verweilen. O weh, o weh, ich sehe in dieser Ansammlung nichts Gutes, schwierige, heikle Tiere haben die Meere zwischen Skylla und Charybdis erreicht …«

Da fragten sie:

»Was für ein Schlag von Feren sind denn die, dass sie Euch so klagen lassen?«

»Es sind die sogenannten Rissos, doch ihr habt sie in dieser Gegend wohl nie so nennen hören.«

»Rissos und Rissose, heh, das bedeutet doch, sie sind raufsüchtig, und das wohl ständig. Vom Namen und vom Verhalten her raufsüchtig, rissose eben.«

»Wir hören sie zum ersten Mal so nennen …«

»Allerdings müssen sie euch mit ihrem Kampfnamen untergekommen sein, wieder und wieder, und der ist Grampus Griseus, denn das, liebe Jungs, ist der berüchtigte Graugramp, dassgottunsbewahre! Und lasst uns hoffen, dass er gleich weiterzieht. Sagt euch dieses Wort Gramp denn nichts?«

»Wir verstehen schon, was es uns sagt«, bemerkten einige hier und da. »Es klingt doch wie Kramp, und das sagt uns, was es bedeutet: Wenn der uns packt, in einem Beinmuskel oder in der Hand oder auch im Fuß, dann verwünschen wir ihn wegen des Kramps, der uns kommt, wenn er uns packt …«

»Ach, doch kein Kramp, doch kein Kramp, der euch richtig packt! Gra, Gra, Gra, Gramp, Gramp … Diesen Namen haben sie ihm in Amerika gegeben, und er bedeutet, dass sie ihm den Namen Gladiator gegeben haben: Graugramp, Grauer Gladiator, und nun könnt ihr euch eine Vorstellung davon machen, wie schwierig und heikel dieses Tier sein muss, um den Namen Grauer Gladiator zu bekommen.«

»Gladiator?«, fragte Luigi Orioles. »Ganz so wie der mutige, kraftvolle Mann alter Zeiten, eine Art von Carnera und Raicevich, der es mit Tigern und Löwen aufnahm und ihnen mit bloßen Händen das Genick brechen konnte, mit einem Wort: ein Bär.«

»Was hat das denn mit der Fere zu tun? Was hat denn die Hinterhältige mit einem Gladiator zu tun?«

»Woher ist denen nur die Idee gekommen, diese wilde Bestie so zu benennen und dann auch noch mit dem Soundso zu vergleichen, ja, ihm sogar diese ehrenhafte Bezeichnung anzuheften.«

»Davon träumen die nur, dass er sich Tigern und Löwen stellt …«

»Jungs …«, sagte Signor Cama ein bisschen verärgert. »Wollt ihr sie etwa mit eurer Heimischen vergleichen? Meint ihr etwa, man wollte sich einen Scherz erlauben, als man ihm den Kampfnamen Graugramp gab? Nein, man war äußerst ernst, als man ihm den gab, um ihn von den anderen Ferentypen zu unterscheiden, um den Fischen ebenso wie den Christenmenschen eine Warnung zukommen zu lassen, dass er keine gewöhnliche Fere ist, er packt sich das Problem, kämpft, kämpft verbissen und richtet Schaden an: Deshalb sind auch die Narben da, die Narben, die er an seiner Flanke trägt, zur Erinnerung an seine Kämpfe, sozusagen als Trophäen …«

Als sie das hörten, erstaunten die Pellisquadre.

»Kämpfe? Was meint Ihr damit? Gegen wen kämpft er? Was für Kämpfe trägt er aus?«

»Kämpfe? Die Fere? Intrigen, Ränke wollt Ihr wohl sagen. Ränkespiele eines gezahnten Hirns …«

»Wieso muss er überhaupt noch kämpfen, bei so einem trickreichen Hirn?«

»Wann hat man je gesehen, dass er zum Kampf antritt, mit offenem Gesicht, und das Problem anpackt?«

»Riskiert er überhaupt? Bringt er ihr Leben in Gefahr, wenn er sich ans Werk macht?«

»Er löst alles am Tisch, das ist sein Stil.«

»Der Verstand, das Mark, das er in der Stirn hat, das ist sein Stil und Stilett …«

»Das mit dem Kramp oder Gramp, den Ihr genannt habt, zeigt das nicht den gleichen Stil an? Ist er vielleicht aus der Art geschlagen?«

»Jungs, nehmt eure Heimische doch nicht immer zum Vergleich her … Vergesst nicht, dass diese hier sich im Ozean tummeln, und da hängt ihre Futterkrippe nicht tief wie hier, wo sie sich ihren Lieblingshappen aus euren heruntergelassenen Netzen wählen … Dort müssen sie sich ihr Brot oft genug schwer verdienen, dort frisst der große Fisch wirklich den kleinen, und dort gibt es größere als sie, ach, und wie! Deshalb sage ich euch, nehmt eure Heimischen nicht zum Vergleich und nicht als Bezugspunkt, sie haben nur wenig oder auch gar nichts mit denen da zu tun, vertraut mir, vertraut mir …«

Hier nun gab es jemanden, und dieser Jemand, das konnte 'Ndrja sich nur zu gut vorstellen, war Artù Palamara, der, um sich treu zu bleiben, sich nicht zurückhalten konnte zu sagen:

»Aber es sind und bleiben doch Feren …«

»Es sind eben keine Feren«, fuhr Signor Cama ihn an und wurde ganz wütend, und um einen so geduldigen Menschen wie Signor Cama wütend zu machen, brauchte man einen unerfreulichen Menschen wie Arturo Palamara. Signor Cama wurde so nervös, dass er sich ganz im Gegensatz zu seinem natürlichen Wesen hochmütig zeigte, ja, herablassend, um genau zu sein, indem er ihm seine Do'phins und seinen Ozean, seine ununterbrochenen vierzig Jahre zur See und sein kostbares Buch mit den Abbildungen um die Ohren schlug. »Es sind eben keine Feren. Es sind Do'phins, die da, Do'phins. Oh, per la Madonna, bei der Heiligenjungfrau, alle müssen sie immer Feren sein, alle Heimische, auf Biegen und Brechen … Wie ist es nur möglich, dass ihr eure Heimische immer und immer wieder als Bezugspunkt nehmt, alle müssen nur immer ihr gleichen, alle, wie ist das nur möglich? Aber es ist meine Schuld, es ist meine Schuld, weil ich euch nicht gleich widersprochen habe, wenn ihr wieder und wieder Fere gesagt habt, ja, ich habe es dann selbst auch gesagt, aus einer gewissen Rücksicht auf eure Gemütslage, die euch doch gerade wegen der Fere im Inneren brennt, wohingegen ich Do'phin hätte sagen müssen, und damit hätte ich die Karten auf den Tisch gelegt, das heißt, die Karten mit den Do'phins, die ich kennengelernt habe, weit weg von hier, dann wäre es mir nicht passiert, dass ich mir die Lungen aus dem Leib rede, um euch zu erklären, dass dieser Graugramp, dieser mit Narben übersäte Gladiator ein eher einzigartiges als seltenes Tier ist, um mir dann sagen zu hören: Aber sie sind und bleiben Feren … Es geschieht mir recht, es geschieht mir ganz recht, meine Zunge müsste in Stücke zerfallen, wenn ich mit euch über Dinge rede, von denen ihr nichts versteht …«

Um ihn wieder freundlich zu stimmen, indem man ihm klarmachte, dass er Arturo Palamara in keiner Weise wichtig nehmen dürfe, weil die anderen allesamt überzeugt seien, dass er, Cama, das Evangelium verkünde, sagte der große diplomatische Luigi Orioles zu ihm:

»Mit anderen Worten, man könnte sagen, dass diese Graugrampen aus der Art geschlagen sind, meint Ihr nicht?«

Auf der Stelle legte sich Signor Camas Nervosität, der sich über die Frage zu freuen schien, die der Boss ihm gestellt hatte, als wollte er das Thema Graugramp vertiefen. Ein Anzeichen dafür, dass sie sich gelegt hatte, war, dass er weiterhin von Feren redete, wo er eigentlich Do'phins hätte sagen müssen, einfach um das zu bestätigen, was er vorher gesagt hatte, nämlich, dass er sich die größere Schuld gab als ihnen für diese Verwirrung der Sprachen:

»Richtig, aus der Art geschlagen. Begreift ihr nicht? Ein gewöhnliches Tier schlägt niemals aus der Art, wenn es von derselben Gattung ist. Nehmt die Muräne, zum Beispiel, eine macht genau das Gleiche wie die andere. Muss ich euch das erst sagen? Sie aber, die Fere, was hat sie gemein mit einem gewöhnlichen Tier? Nahezu nichts, und doch, das versteht ihr selbst nur zu gut, hat sie fast alles von dem gewöhnlichen Tier, und die gewöhnliche Gattung ist, wie man weiß, eine, hat aber viele Besonderheiten, und so hat auch ihre Gattung viele Besonderheiten, und jetzt eben ist ja ein sehr schöner Beispielkatalog an uns vorübergezogen. Herrscht da jetzt noch Zweifel, dass von allen eigentümlichen Ausformungen ihrer Spezies dieser Graugramp die ausgeformteste ist? Ist es denn ein alltäglicher Anblick, eine kerngesunde Kolonie von Feren zu sehen, von denen jede diese Narben auf der Seite hat? Doch habt ihr auch nur jemals eine, eine einzige gesehen, die von der einen oder anderen Narbe durch Verwundung gezeichnet war? Die habt ihr allenfalls mit dem einen oder anderen Knochen des Schwertfischs gesehen, der sie von der einen zur anderen Seite durchbohrt hatte, während man ihm hinterrücks die Schwanzflosse herausriss. Wo handelt sie sich die Wundnarbe ein? Um eine Narbe zu bekommen, muss es eine Verwundung geben, und um eine Verwundung zu bekommen, muss ein Kampf stattfinden, und sie ist dafür nicht zu haben. Ihr selbst habt gesagt, dass sie alles am Tisch löst und dass ihre Waffe der Verstand ist, der, stelle ich mir vor, wenn sie Fallen und Gaunereien ersinnt, in Bewegung sein muss und Funken sprüht wie ein Schleifstein, der eine Messerklinge schärft. Das ist nur natürlich, denn weil sie nichts riskieren will und nicht die Absicht hat, Schweiß noch Blut zu opfern, ist es die Feigheit, die ihr Genie und ihren Verräterinstinkt entwickelt. Doch ihr kennt sie besser, wesentlich besser als ich, eure Heimische. Ich kann euch sagen, eure Heimische ist nicht die Einzige, denn auch diese anderen sind so beschaffen. Habt ihr jetzt eine Vorstellung von dem abgrundtiefen Unterschied, der zwischen dem Graugramp und denen besteht? Das Mindeste, das man über ihn sagen kann, das Mindeste ist, dass er aus der Art geschlagen ist. Offen gesagt, wenn ihr von ihm geträumt hättet, würdet ihr dann je geglaubt haben, dass es einen Typ von Feren geben könnte, der den Kampf auf spartanische Weise austrägt, ihn auf antike Weise austrägt, wofür der Beweis gilt, dass er über und über mit Narben an seinen Flanken bedeckt ist, und zwar so reichlich, dass er den Namen aus ältesten Zeiten bekommen hat, Gladiator nämlich, heh? Würdet ihr das je geglaubt haben?«

Hört ihn euch an, sagte Caitanello sich im Stillen, der mit dem Ohr die Auseinandersetzung hörte, die sich hinter ihm abspielte, und mit den Augen aufs Meer zwischen Skylla und Charybdis blickte. Hört ihn euch an, was er sie fragt. Sie glauben es ja nicht einmal, wenn sie es im Licht der Sonne sehen würden, ganz zu schweigen davon, wenn sie es träumen …

»Kurz gesagt«, sagte Luigi Orioles, »alle zwar aus einem Bauch, doch nicht alle vom gleichen Hauch … Ich glaube, dass die alte Redensart auch auf die Feren passt, was, Signor Cama?«

»Wie auf sie gemünzt, mehr noch, sie passt so gut, als wären wir und sie ein einziges Ganzes. Und tatsächlich besteht nicht nur Fremdheit zwischen Rasse und Rasse, sondern sogar zwischen Fere und Fere von derselben Rasse, genau wie es so oft zwischen uns vorkommt, zwischen den Kindern derselben Mutter. Und hier habe ich ein Beispiel zur Hand, von dem man meinen könnte, ich würde es erfinden, so eng hat es mit dem zu tun, was ich sage: Es handelt sich allerdings um den berühmten Pelorus Jack, der so berühmt ist, dass der eine oder andere unter euch ihn mit Sicherheit schon nennen gehört hat und niemals denken kann, das ich ihn mir erfinde …«

Keiner der Umherstehenden hatte diesen Pelorus Jack jemals nennen hören, obwohl er, nach dem, was Signor Cama sagte, dreißig Jahre lang in den Mündern aller Schiffsmannschaften war, die die Häfen der Neuesten Welt anliefen. Signor Cama hatte über ihn in der Tat von einem seiner Nachbarn auf den Inseln gehört, jemandem von Filicudi, den er neunzehnhundertsechsundzwanzig in Sydney getroffen hatte, während er sich auf die Abreise mit einem Walfängerschiff nach Tasmanien vorbereitete.

Um es kurz zu machen, dieser Pelorus Jack richtete sich für etwa dreißig Jahre, mit anderen Worten, für sein ganzes Leben, in einer Meerenge von Neuseeland ein, die enger war als die Meerenge hier, die Straße von Messina, doch in allem anderen glich sie ihr bis aufs Haar, war sie sozusagen eine Kopie von ihr, und er hatte außerdem noch einen Namen, der ganz ähnlich klang wie der ihrer Meerenge, denn statt Peloro war es Pelorus. Mehr noch, dieser Freund von Signor Cama war überzeugt, dass es ursprünglich der gleiche Name gewesen sein müsse, weil der, seiner Meinung nach, das Werk eines Landsmanns gewesen sein dürfte, einer von denen, die anheuern und während ihrer Zeit auf

See Fotos und Postkarten an ihren Spind heften und auch heimische Namen an Meere, Häfen, Speisen und sogar Frauen heften. So musste sich ihr Landsmann, als er in diese Meerenge kam, gesagt haben: Da sieh nur, da sieh nur, ich komme mir vor, als wäre ich in der Meerenge des Peloro, auf den Meeren zwischen Skylla und Charybdis, es fehlen nur die Peloritanischen Berge, dann wäre es genau wie der Peloro. Er sagte Peloro, das Wort machte die Runde, und so blieb es bei Peloro. Nur, dass es bei der Wanderung von Mund zu Mund und von Sprache zu Sprache sich am Ende ein bisschen verkräuselt hatte.

Doch um von der Benennung auf den Benannten zu kommen: Den Namen der Meerenge gab man dem Tier als Nachnamen und fügte Jack als Vornamen hinzu, als wäre er ein Findling gewesen, und in der Tat tauchte er genau wie ein Findling eines Morgens dort auf, so, als hätte der Himmel ihn heruntergeworfen und das Meer ihn aufgenommen: Und als hätte er keine Ahnung gehabt, dass es außerhalb dieses Kanals die unendlichen Gewässer des Ozeans gab, blieb er ganze zweiunddreißig Jahre dort, und wenn er dann ebenso plötzlich verschwand, wie er aufgetaucht war, war das gewiss darum, weil er inzwischen seine dreißiger Jahre erreicht hatte und gestorben war.

Was machte er dort über dreißig Jahre? Er war ein Lotse, Tag für Tag, er lotste die Schiffe, die durch die Meerenge fuhren, und verdiente sich so sein ehrliches Brot. Er schlug sich durch, ohne Tag für Tag das Risiko einzugehen, sterben zu müssen, um sich durchzuschlagen. Er war da und schwamm zwischen beiden Enden der Meerenge hin und her, und sobald er ein Schiff entdeckte, flog er ihm entgegen und platzierte sich vor den Bug, und dort, während er die Mannschaft mit Tönen und Tänzen unterhielt, mit der Musik seines Mandolinenhinterns, mit Tamburinen und Kastagnetten aus kleinen Fürzen, lotste er das Schiff zum Ausgang: Er erwies den Mannschaften damit das Nützliche und gab ihnen das Vergnügliche, denn die Männer lenkten sich ab, und die Kapitäne hatten nie Grund zur Klage, wenn statt eines menschlichen Lotsen an Bord der Do'phin die Lotsenarbeit übernahm, ganz zu schweigen davon, dass die Reedereien sparten, und zwar erheblich. Wenn sie ihn tagtäglich sahen, Jahr für Jahr, gewöhnten sich die Mannschaften zuerst an ihn, dann konnten sie gar nicht mehr ohne seinen Anblick auskommen, und der Gruß, den ihnen Pelorus Jack zuschickte, noch bevor sie den Anker warfen oder gleich nachdem sie abgelegt hatten, bekam etwas von einem Ritual. Er wurde zum Augapfel aller Mannschaften, die durch die Meerenge von Pelorus fuhren und diesen seltenen Do'phin erblickten, und es gab einige, die an Land gingen, doch statt sich bei

Weibern und Likör zu amüsieren, kauften sie ein paar Kilo Fisch, gingen am Ufer entlang und riefen: Pelorus Jack, Pelorus Jack! Jeder in der Hoffnung, ihn mit Fisch anzulocken, ihn heranschwimmen zu sehen, um ihm seinen Namen zu sagen und jeder selber bei seinem Namen genannt zu werden. Und einigen gelang es auch, vor allem durch Pelorus Jack selbst, der am Ende eine gewisse Zahl von Namen auswendig kannte, vorwiegend Namen wie Dick, Tom oder Bill, bei denen er, wenn er sie sagte, einen Ton wie einen Mundfurz machte. Und wenn er seinen Lotsendienst für ein Schiff versah, warf er diese Namen vom Ersten bis zum Letzten heraus, und unter den Männern der Mannschaft gab es immer den einen oder anderen, der glaubte, dass er ganz persönlich bei seinem Namen gerufen worden war.

Und es muss auch gar nicht eigens erwähnt werden, dass man ihn wie einen Pascha behandelte und die Regierung von Neuseeland sogar eigens ein strenges Gesetz zu seinem Schutz erließ, nachdem sie gesehen hatte, dass dieser Do'phin mit seinen Späßen und seinem Lachen Bestandteil der Bevölkerung geworden war, und dieses Gesetz sah vor, dass jemand, der versuchen wollte, ihm auch nur einen Kratzer zu verpassen, auf der Stelle zu soundso vielen Jahren Gefängnis verurteilt werden und für immer seinen Ruf verlieren sollte.

In Häusern und auf Schiffen, an den Kopfenden von Betten und Pritschen, sogar hinter den Tresen von Wein- und Spirituosenhandlungen sah man die Vergrößerung von Pelorus Jack, als wäre er das Jesuskind persönlich, und es gab unter den Schiffsbesatzungen auch Männer, die sein Foto in ihrer Geldbörse bei sich trugen, als wäre es das Foto ihrer Verlobten. Das war möglicherweise ein barbarischer Geschmack, doch man musste auch sie verstehen: Viele dieser Seeleute wurden mit Pelorus Jack alt, und als er aus ihren Augen verschwand, war es für viele, als würden sie eine moralische Stütze verlieren und das Leben keinen Sinn mehr haben, denn ihn mit einem Hund oder einer Katze zu ersetzen, mit einem Affen oder gar mit einer Frau, auch wenn die meisten von ihnen, angesichts des Geschmacks, wohl nicht gut im Umgang mit Frauen gewesen sein durften, wäre ihnen doch immer vorgekommen, als ersetzten sie ihn unwürdig. Daher war es wie eine Trauer, die alle erfasste, den einen mehr, den anderen weniger, und in der Meerenge von Pelorus sah man über lange Zeit ein- und ausfahrende Schiffe, die an der Fahnenstange am Heck eine auf halbmast gehisste Flagge aufgezogen hatten.

»Oh, ja, das muss man nun wirklich sagen«, bemerkte Signor Cama an dieser Stelle, »alle zwar aus einem Bauch, doch nicht alle vom gleichen Hauch. Wie sollte man sonst ein derartiges Naturphänomen erklären, wie es Pelorus Jack war? Wie sollte man erklären, dass ein Do'phin wie der, ganz Küche und Kirche, ein Do'phin, bei dem nur wenig fehlte, dass man ihn zu den Altären erhoben hätte, von dieser Bande weithin bekannter Gladiatoren abstammte? Wie sollte man das Rätsel eines Graugramps erklären, der den Clan verließ und sich an diese Meerenge zurückzog wie die heiligen Büßer in die Wüste und dort, statt die barbarischen und blutigen Schaunummern vorzuführen, die seine Rasse üblicherweise gab, das Schauspiel eines würdevollen, verdienstvollen, zivilisierten Lebens bot? Wie sollte man mit einfachen Worten einen ruhigen, friedfertigen Graugramp erklären, der so gut und so gütig war wie ein Stück Brot? Man kann es nicht erklären, man erklärt es nur mit der Tatsache, dass er widernatürlich aus der Art geschlagen war ...«

Sie sahen einander an, und dann sahen sie Signor Cama an wie einen unschuldigen, naiven Delfinfreund. Aus der Art geschlagen, sagte er, doch aus welcher Art? Aus dieser kleinen, der Art der Graugrampen, ganz sicher aber nicht aus der großen Art, der Art der Feren, denn was die betraf, lag es in ihnen, tief in ihrem Inneren, mehr noch, sie kamen als Graugrampen aus ihr hervor, so wie Pelorus Jack in ihre Mitte getreten war. Sie konnten sich eine Vorstellung von dem gewaltigen Hurensohn machen, der er gewesen sein muss, von dem genialen Einfall, den er gehabt hatte, als er sich von dem Leben in beständiger Gefahr, wie es die Grampus Griseus führten, verabschiedete und sich an die Meerenge von Pelorus zurückzog, wo er sein Boot ins Trockene brachte, verwöhnt von vielen Händen und vielen Augen. Sie konnten sich sehr genau vorstellen, was für einen genialen Verstand er gehabt haben musste, dass er sich sogar von der Regierung beschützen und ein eigens für ihn geschaffenes Gesetz verabschieden ließ ...

Signor Cama hatte ihn ja vielleicht verschluckt und glaubte blind an diesen Graugramp, den er immer Do'phin nannte, in der amerikanischen Männlichkeitsform, weil er über den Delfin wohl zum ersten Mal in der amerikanischen Sprache gehört haben musste, und in dieser Sprache das Wort in ihm dann weitergelebt hat. Und auch wenn er in Charybdis ebenfalls angefangen hatte, die Fere zwischen den Zähnen zu zermahlen, so wie alle anderen, wie anders hätten sie sich sonst verständigen können?, stieß ihm, ob er wollte oder nicht, der Do'phin fatalerweise in einem kleinen Rülpser auf. Doch das verstand man, menschlich verstanden sie es. Auch er musste im Verlauf von dreißig, vierzig Jahren zur See durch die eine oder andere Meerenge am Pelorus gefahren sein, durch einen der unendlich vielen Pelorusse, wo das Heimweh einen Schmerz in der Brust des Seemanns wachruft, der für sein täglich Brot in der Ferne einsam dahinsegelt. Unsichtbare Pelorusse, die sich hier und da und überall in der großen Weite des Ozeans auftun und den Wanderer über die Meere immer unvorbereitet, schutzlos, mit Tränen in den Augen treffen. Und dort muss auch ihn eine kleine Zigeunerin, sei es Fere, sei es Do'phin, der Name fügte weder etwas hinzu, noch nahm er etwas weg, mit Tänzen und großen Theaterkünsten unterhalten, seinen Blick aufgehellt und ihm ein Lächeln abgerungen haben. Das verstand man, das verstanden auch sie, dass eine Zimperliese dieser Art, eine Komödiantin und Tänzerin, jemandem, der ihr von oben, von Bord eines Schiffs aus zuschaut und kein anderes Interesse bei der Darbietung hat als das, sich ein wenig abzulenken und Freude zu haben, wie das reine Vergnügen erschienen sein muss, und sie verstanden ebenso, dass dort, mitten auf dem Ozean, einem armen Teufel voller trauriger Gedanken der Anblick und die Gesellschaft einer Fere, die ihn über Meilen und Meilen von Einsamkeit mit ihrem Tanz unterhält, ihm wie der Anblick und die Gesellschaft einer Salome vorkommen musste. Das verstand man, menschlich verstanden sie es, dass Signor Cama sich sozusagen, vielleicht unbewusst, seinem Do'phin gegenüber verpflichtet fühlen konnte. Darin zeigte Signor Cama etwas Redliches und Treues, eine Art von Treue für die Tage, die Monate, die Jahre, die er in den langen Einsamkeiten der Meere zugebracht hatte, und diese Art der Treue fiel indirekt auf allerselbstverständlichste Weise auch auf den Do'phin zurück.

Konnten sie ihm, unter dieser Voraussetzung, wo er diesen Pelorus Jack geschluckt hatte wie eine Hostie, noch sagen: Signor Cama, einverstanden, rein wie ein Engel, Sankt Pelorus Jack, aber habt Ihr die Fischer an der Meerenge von Pelorus zufällig einmal gefragt, wie sie die Sache sahen? Was glaubt Ihr, wie die über den Erzheiligen Pelorus Jack dachten? Glaubt Ihr, dass auch sie nur an Rosen und Blumen dachten? Aber konnten sie es zu einem Fall mit Signor Cama kommen lassen, als wäre er ein Delfinliebhaber auf hohem Bord, von denen, die kommen und gehen, von denen, die ins Meer spucken und überzeugt sind, sie würden es dadurch vergrößern? Es musste gar nicht erst betont werden, dass Signor Cama allenfalls ein Delfinliebhaber an Bord war, niemals aber auf hohem Bord. Man musste sich in Erinnerung rufen, dass Signor Cama aus einer toten Welt kam, angesichts der Tatsache, dass er, bevor er angeheuert hatte, mit seinem Vater drüben, auf den Inseln, dem gleichen geheimnisvollen

Beruf nachgegangen war und dabei musste auch er sich mit der Fere herumgeschlagen haben, wenngleich sie sich in der Gegend der Inseln nur flüchtig herumtrieb, doch eine Vorstellung, wie allgemein auch immer, musste er sich von ihr durchaus gemacht haben. Danach hatte er angeheuert, fuhr als Wanderer verloren über die Meere und hatte seine Meinung dann wohl verhängnisvollerweise ändern müssen, er hatte den Umgang mit der Fere verloren und das Laster mit dem Do'phin angenommen, er hat das Wie und das Warum überdacht und gesehen, dass es so ist, wie wenn ein Gefangener das Laster des Gefängnisaufsehers annimmt. Doch sie hätten geschworen, dass Signor Cama niemals das Foto irgendeines Pelorus Jack in seiner Geldbörse bei sich getragen hätte, auch wenn er von denen erzählen konnte, die es bei sich getragen hatten, ohne sich darüber aufzuregen und auf diese Weise sogar zeigte, dass er damit bestens zurechtkam und es verstand.

»Kurz und gut«, fügte Signor Cama hinzu, »wieso hatte Pelorus Jack auf alle diese verblüffende Wirkung? Das war der eigentliche Punkt, hier wollte ich euch hinführen. Etwa, weil er machte, was er machte, nämlich die Schiffe durchlotsen, die Namen seiner Matrosenfreunde auswendig lernen und sie wiederholen, und was sonst noch alles? Ganz sicher nicht, das ist doch ganz alltäglich für einen Do'phin, ja, eine Flaschennase kann das besser, und vielleicht kann das sogar unsere Heimische. Das Staunen, das Pelorus Jack hervorrief, lag in der Tatsache, dass er ein Grampus Griseus war, ein allgemein bekannter Gladiator, der dem Naturgesetz nach im Ozean herumschwimmen und gladiatorieren muss, doch stattdessen hielt er sich dort auf, an der Meerenge von Pelorus, wie ein Säugling in der Badewanne, und kämpfte in keiner Weise. Habt ihr begriffen, was der Grund für das Staunen war, das Pelorus Jack hervorrief? Der Grund war, dass er zwar ein Grampus Griseus war, aber keinen Fleck auf seiner Haut hatte, er hatte nicht die kleinste Schramme an seinen Flanken, kurz gesagt, er hatte nichts von all dem Feuerwerk an Narben, die ihr bei denen hier gesehen habt, die an euch vorbeigezogen sind …«

»Sicher ist«, sagte Orioles, der das Märchen um Pelorus Jack beiseiteschob und wieder auf den Grampus Griseus kam, »dass die hier ihre Narben haben, und zwar unendlich viele, und man kann nicht behaupten, dass sie sie sich selbst beigebracht hätten, indem sie sich mit ihren Flipperhändchen kratzten. Und die Bezeichnung als Gladiatoren wie in ältester Zeit muss ihnen ja auch wohl irgendein Professor gegeben haben, ein gebildeter Mensch, und man sieht, dass sie anerkannten, wie sehr sie sie verdient hatten, man sieht, dass derjenige, der ihnen die Narbe beibringt, mit dem Leben bezahlt. O ja, die Narben sind vielsagend, sie sprechen für sich, die Narben lügen nicht …«

»Aber ihr solltet erst einmal seine Zähne sehen …«, legte Signor Cama nach, der sich jetzt in der hohen Mitte seiner Pfauenexistenz befand und aus diesem Grund wahrscheinlich eine Anerkennung des Graugramps anfügte. »Vor vielen Jahren habe ich einen gesehen, an das genaue Jahr erinnere ich mich nicht mehr, aber es war in Panama, wo ich den Zahn des Graugramps sah. Ein junger Mann hatte ihn um den Hals hängen und trug ihn zur Abwehr von Unheil, wie er sagte, und der Anblick war ekelhaft. Einen habe ich gesehen, als Musterbeispiel, und das hat mir genügt. Einen, einen Zahn sage ich? Einen Zacken, einen Splitter. Geht zu ihnen und schaut euch die Zähne an, und dann sagt mir, ob diese bis zum Zahnfleisch abgenutzten Zähne wie die Zähne einer ruhigen, friedfertigen Fere aussehen. Wenn mein Gedächtnis mich nicht trügt, hat er nur wenige Zähne im Maul, nicht die hunderte unserer Heimischen, gerade einmal sieben oder acht auf jeder Seite, und diese wenigen massakriert er, er zersplittert sie und nutzt sie bis zur Wurzel ab. Geht doch, geht und schaut euch selbst die Zähne an, sofern ihr euch eine Neugier befriedigen wollt …«

Wenn man ihn hörte, lag es nur an ihnen, zu ihnen zu gehen und ihnen ins Maul zu schauen, und nicht auch an den Graugrampen selbst.

»Die Narben genügen uns, Signor Cama, um sowohl Euch als auch dem Graugrampen zu glauben«, sagte Luigi Orioles da. »Die Narben sind mehr als Zähne. Bei den Zähnen kann es ja sein, dass er sie bei allen möglichen Fressereien abgenutzt hat. Bei den Narben nicht, um die zu bekommen, gab es nur einen Weg, daher sind es eben Narben. Ihr habt völlig richtig gesagt: Gibt es einen besseren Beweis als diese? Sie glänzen an den Graugrampen in der Sonne, und man sieht sie sogar von weitem …«

Man konnte die Narben in der Tat sehen. Die weißen rohen Kerben hoben sich von dem eisenrostigen Grau an ihren Seiten ab, zum größten Teil in der Form eines Seesterns, die zweifellos nur die Saugnäpfe der Riesenkraken auf die Haut der Graugrampen gepresst haben konnten. Darüber hinaus war die Überlegung von Luigi Orioles richtig, sie machte Sinn, war schlüssig, denn die Bezeichnung Gladiator dürfte ihm nur eine gebildete Person beigelegt haben, ein Professor von der Art desjenigen, der die Eier des Aals suchte, daher gab es einen Grund für diese Bezeichnung, und dann stimmte es ja auch, dass die Narben eine deutliche Sprache sprachen, sogar eine überaus deutliche, die konnte sie sich nicht selbst zugefügt haben, indem sie sich mit ihren Flipperhändchen kratzte … Doch er, Caitanello, sagte trotz allem, es sei angesichts der Tatsache, dass die Fere in der Lage war, auch noch dem durchtriebensten Christenmenschen drei Monde im Brunnen zu zeigen, weiterhin völlig unmöglich, zu sagen, ob es sich wirklich um eine aus der Art geschlagene Fere handelte, um eine Fere mit einer gewissen Zivilcourage, oder ob es die übliche Betrügerfere war, die einem Sand in die Augen streute. Wie auch immer, ob Grauer Gramp oder Blauer Gramp, ob Gladiator oder Brigant, die einzige Lösung wäre, ihn am Werk zu sehen: doch wo?, doch wann? Es war gar nicht daran zu denken, und sie wollten auch gar nicht daran denken, ihn jemals am Werk sehen zu können. Doch, so kommentarierte Caitanello vielsagend, es habe welche gegeben, die ihn gesehen hätten, und dem einen oder anderen seiner Bekannten sei daraufhin dann dieser Kramp gekommen.

Jedenfalls kam eine tolle Bagàsch von Gibraltar herüber, da blieb einem nur, ihnen gute Ankunft zu wünschen, aber besser noch gute Weiterreise. Doch inzwischen waren sie alle vorüber, sie zogen weiter, und es bestand kein Zweifel mehr: Es war nur zu deutlich, dass es, nachdem sie bei Gibraltar und, wieso nicht?, auch bei Suez hereingekommen waren, für sie bequemer gewesen sein musste, durch die Meere von Skylla und Charybdis zu ziehen. Tatsächlich mussten die Ersten sich dort, genau dort, vor den Inseln, gezeigt haben, während die Letzten noch bei den Untiefen von Rasocolmo waren, ausreichend nahe also, um wieder die machtvollen Umrisse des Graugramps erkennen zu können und, mit dem Zug vermischt, die kürzeren und gekrümmteren Umrisse der Heimischen und der anderen Provinzlerinnen, aller anderen braunen, bläulichen, braunblauen mediterranen, der Heimischen der Straße von Sizilien und der afrikanischen, der majorkinischen und marokkanischen, der tripolitanischen, ägyptischen, griechischen, türkischen und jugoslawischen Küsten. Unter ihrem Getümmel schien das Meer mal zu leiden, mal zu jubeln, umschmeichelt und beschossen von dieser Unzahl von Fluken, zurückgehalten und ständig als schäumende, gischtende Wellen an die Ufersäume gepeitscht, als Schaumrösser, die aus der Ferne unter den Hintern dieser wilden Reiterinnen heranjagten.

Sie warfen sich nicht aus der Meerenge, sie umrundeten nicht einmal Capo Milazzo, sie waren angekommen, wo sie ankommen sollten. Sie verharrten im Tyrrhenischen und zerstreuten sich zwischen den Grotten des Polyphem und der Grenzlinie der beiden Meere, es war, als würden sie abwarten, als würden sie lauern, doch man begriff nicht auf wen, auf was, wie, wo, wann und warum.

Die Pellisquadre hatten sofort das Gefühl, dass sich hier ein maganzischer Wind, ein roncevalsches Unternehmen ankündigte. Während sie sich noch fragten, was sich hinter dieser gigantischen Ansammlung verbergen könnte, antwortete im Kopf eines jeden von ihnen, verborgen, tief verborgen, eine Stimme: Schwertfisch, Schwertfisch. Das war keine Eingebung, das war nicht die Stimme des Heiligen Geistes, die sie zusammenrief, es war die afrikanisch aufgeladene Luft, die sie nach dem hitzigen Ausbruch des verspäteten Sommers angefangen hatten zu atmen. Gleich darauf nämlich hatte die Luft sich mit Schirokko aufgeladen, und der Schirokko hatte sich unverzüglich nach Abend und Morgen verteilt, er war ganz Zucker und Honigseim geworden, wie die Pulcinells ihn mögen, wie sie diesen Gallhonig bis zum Sterben gerne mögen. Er hatte begonnen, sie herbeizurufen, sie in Versuchung zu führen, sie aus dem riesigen, geheimnisvollen Ozean herbeizulocken, wo sie sich befanden, er hatte begonnen, ihnen seine berauschenden Essenzen auf die Schwertspitze zu träufeln, er hatte sich in eine unheilvolle Verlockung verwandelt.

Da konnte nichts schiefgehen, sie rochen den Schwertfisch in der Luft, als wäre es Mai, als wäre es der früheste Beginn des Sommers. Für sie war es, als hätte sich das zarte Tier in den vorhergehenden drei Monaten ohne *R* unter dem Verderb der Kriegshandlungen, die es im Mittelmeer antraf, jedes Mal wieder zurück in den Ozean geworfen, jedenfalls war es für sie so, als hätte es sich verwirrt von dem zurückgezogen, was alljährlich verhängnisvollerweise seine Route nach Afrika war, Süd, Südost. Mit anderen Worten, sie hatten in jenem Jahr noch nichts von Schwertfischen in den Meeren zwischen Skylla und Charybdis gesehen, der Krieg hatte sie ferngehalten. Doch ob Krieg, ob Weltenende, nichts hätte sie an diesem Punkt zurückhalten können: Der Ruf des Schirokkos von Morgen und von Abend her war stärker.

Sie waren wie der Blitz mit Donner, und beim Auftauchen der Schwertfische, die von den Inseln herunterkamen und das Meer dicht, ganz dicht mit zerplatzendem Schaum durchsteppten, bekamen die Pellisquadre die Bestätigung dafür, dass das, was die Feren aufführten, eine roncevalsche Belagerung war, und sie konnten damit auch erklären, dass, wenn sie durch die Straße gekommen und nach Malta gezogen waren, der Grund dafür in der Absicht lag, den Pulcinells den Weg zu versperren und Jagd auf sie in diesem Meeresabschnitt zu machen.

Die maganzischen Feren hatten in ihrem Haufen auch die vielbesungenen Graugrampen einbezogen und alle Zeit der Welt, einen unfehlbaren Hinterhalt zu bilden, indem sie dicht unter der Wasseroberfläche ihre geschnäbelten Fallen aufstellten, ihre Bisse und zahnbewehrten Sägen, die aufs Dichteste abgestuft waren, doch obligate Durchgänge hier und da bildeten, vor allem Öffnungen für den Einzug und den Auszug, allerdings mit unsichtbarem Ende, durch labyrinthische Windungen, wie zahlreiche Einladungen an die armen Pulcinells, deren Schicksal es war, auf diese Weise, ohne Fluchtmöglichkeit, zerrissen zu werden und in dieser gigantischen Todeskammer das gleiche, haargenau das gleiche Ende zu erleben wie die Thune bei der Tonnara der Fischer von Milazzo.

Und da waren sie schon, die Unschuldigen, ganz im Zauber ihrer Liebesgefühle, sie tauchten bei Capo Milazzo auf, ein fernes Glitzern und Brodeln von aufschäumenden Wasserblasen vor den weißen Knochenspitzen.

Die, die man in Caitanellos Bild einziehen sah, waren ein Meer von Schwertfischen, etwas maßlos Überbordendes. So viele waren es, wie man sie nicht einmal bei einem ganzen, außerordentlich reichen Zug zu sehen bekommt. Wer weiß, was für Köstlichkeiten diese Ahnungslosen sich versprachen, und dabei erwartete sie doch ein barbarischer Tod, kein schneller, kein glatter Tod, wie ihn die Pellisquadre aus Notwendigkeit, aber mit Menschlichkeit ihnen zufügten, wenn ein Harpunenwerfer die Harpune nicht nur aus dem Handgelenk heraus handhabt, sondern mit dem Gewissen. Ein Ferdinando Currò seinerzeit, um nur einen zu nennen, und nach ihm ein Luigi Orioles oder auch ein Saro Ritàno, ließen es das Tier nicht einmal spüren, und in der Tat lebte ein von ihnen getroffenes Tier nie so lange, dass es sich von dem dreigezackten Eisen gemartert fühlte, das ihm da ins Fleisch gedrungen war und aufsprang.

Es tat weh, ungeheuer weh. Irgendwem entfuhr ein Schrei, doch von der Landspitze aus war ihnen danach, zu schreien und sie zu warnen, dass sie gleich auf ein Ronceval stoßen würden; denn das war es: ein Ronceval, ein Abschlachten, ein Hinmorden Unschuldiger, eine Vernichtung.

Dieses Ereignis war entweder Rache, oder es war großer, aufgestauter Hunger, anders konnte man die Verbissenheit nicht erklären, mit der sie sie vernichteten. Sie zerrissen und fraßen, fraßen, schlugen sich den Bauch voll, ohne auch nur einmal aufzuschauen. Wenn sie sich alle dort befunden hätten, wären die in den Meeren vorkommenden Schwertfische möglicherweise als Art ausgelöscht worden, denn die Feren ließen auch nicht eine Prallhüftige entkommen, nicht einmal die Mutter, wie man sagt.

Die Ozeanischen betrugen sich entschieden und gründlich, und die Pellisquadre bekamen eine Vorstellung davon, wie der Gang des Lebens, des Lebens und des Todes, im Ozean sein musste. Man konnte auch nicht sagen, dass die Graugrampen, deren Metier es war, Blut zu vergießen, sich den anderen gegenüber besonders hervortaten: Gegen die Pulcinells handelte es sich ja auch nicht eigentlich um Kämpfe, gegen die Pulcinells fingen ja auch die Flöhe an zu husten, und nicht, weil dem Schwertfisch nicht der Sinn nach Kampf steht, im Gegenteil, sie wissen ja, wie ungeheuer kampfbereit er ist, sondern weil er außer dem Knochenstrich von Schwert keine Waffen hat, die es mit den Sägezähnen, den Flipperhändchen, der Fluke, der Größe, der Schlauheit und der Täuschungswendigkeit der Feren aufnehmen könnten. Sie verhielten sich entschieden und gründlich, und sie schlossen nicht mit unterhaltsamen Späßen ab, wenn sie satt waren, sie bewarfen die verbliebenen Pulcinells nicht mit Dreck, indem sie sie halblebendig und halbtot beiseiteschoben oder andere mit abgebissenen Schwanzflossen, und das aus einer rein barbarischen Laune heraus, wie es die Heimischen machten, wenn der Bauch ihnen überging und der Schwertfisch ihnen schon zu den Augen herauskam. Diese hier machten mit noch größerem Schwung als zuvor weiter, griffen an, stießen ihr Schnabelmaul in das zarte Fleisch, zersägten, zerbissen, zerrissen, tummelten sich inmitten der blutigen Fetzen, als würden sie in diesem Augenblick überhaupt erst anfangen.

Sie machten kein großes Federlesen, sie schrien sie nicht an oder klatschten in ihre Flipperhändchen, um ihnen Angst zu machen und sie weit abzutreiben und zurückzuschrecken: Sie machten ihnen Platz, um sie zu vernichten, und sie vernichteten sie.

Haben sich die Pulcinells nicht gewehrt? Konnte man daran zweifeln? Es gab immer noch Feren in der Umgebung, die mit den anderen sogar herumschampanjierten, so, als wäre nichts weiter, obwohl ihr Bauch von der einen bis zur anderen Seite vom Schwert der unerschrockenen Pulcinells durchstoßen war. Wehrten sie sich? Hatte Graf Orlando sich bei Ronceval etwa nicht gewehrt? Und so wehrten sich die Pulcinells und starben, diese äußerst tapfere Gattung der Orlandiden.

Hier nun machte sein Vater es wie Malagigi, der Zaubervetter Karls des Großen, der, um die Paladine aus bestimmten ausweglosen Lagen zu befreien, sich seiner Zauberkunst bediente und mittels eines einfachen Schlags mit dem Zauberstab die Mächte der Hölle, nämlich die Teufel, beschwor, vor ihm zu erscheinen. Unter ungeheurem Dröhnen in der Luft rauschten sie herbei, er befahl ihnen das Unmögliche, die Teufel gehorchten ihm und machten für ihn das Unmögliche möglich.

Nun waren die Mächte der Hölle, die Caitanello ihm im nächsten Bild zeigte, die Feren, und über diese Mächte der unteren Welt kam einem still und verborgen der Gedanke, dass sie, auch wenn sie ihm nicht gefügig waren, ihm gleichwohl einen Streich spielten: doch welchen? Noch verstand man nicht, warum er diese Teufelinnen gleich auf sein Plakat über die Meere zwischen Skylla und Charybdis für die Eröffnung seiner tragischen Bilder setzte, die er ihm dann vorführte, fast so, als wären diese unterschiedlichen Ferensippen alle zusammen die Sippe, die sie waren, indem sie sich miteinander verpaarten, wie Sonne und Krieg: Sonne, das bedeutete Schirokko von Morgen und von Abend, und Krieg bedeutete Blutgeruch bis hin nach Gibraltar und weiter. Man verstand nicht, in welcher Weise diese Teufelinnen, die bei Gibraltar aus ihrer Behausung kamen, um ein Festfressen von Schwertfisch an den Meeren zwischen Skylla und Charybdis zu veranstalten, ihm dienlich sein konnten, kurz gesagt, man verstand nicht, aus welcher gefährlich heiklen Lage sie ihn herausholen sollten: Denn auch wenn er nicht der Zauberer Malagigi war, sondern der Zufall, der den Mächten des unteren Ozeans den Befehl erteilte, einem Paladin zu Hilfe zu kommen, konnte er just der Paladin sein, der sich in Schwierigkeiten gebracht hatte, just jener leichtsinnige Astolfo, der persönlich niemals Vernunft besaß, weder durch Geburt noch durch Alter, und doch oder vielleicht gerade deshalb mit einem geflügelten Pferd zum Mond hinaufjagte, um Orlando dessen eigene Vernunft zurückzubringen. Er kannte diesen Moritatensänger, und daher meinte er sagen zu können, dass er sie viel zu sehr ablenkte, um ihnen nicht im geeigneten Augenblick als Ursache und Vorwand zu dienen, oder was immer es sonst war.

Kurz gesagt, er führte ihm dies vor Augen: Statt sich bei Gibraltar herumzutreiben, machten die fremden Feren es sich hier bequem und planschten in dem Meer aus Blut herum, das sie unter den winzigen Resten der Schwertfische, unter Gräten und Fleischfetzen, angerichtet hatten, die vor Gottes Angesicht weinten. Mit anderen Worten, sie eroberten die Herrschaft über die Meere zwischen Skylla und Charybdis, Fremde wie Heimische selbstverständlich, alle in einem Haufen.

In derselben Nacht oder in der Nacht darauf, gleich nachdem sie vom Antinnammare heruntergekommen waren, fing er an, sie abzulenken, als eine Bombe, abgeworfen von einem Flugzeug, bei dem man sich nicht sicher sagen konnte, ob es deutscher oder amerikanischer oder welcher anderen Nationalität es war, ebenso wenig, warum sie an dieser Spitze von Sizilien abgeworfen worden war, vom Himmel fiel und das Haus und die Familie Castorina zerschmetterte. Und hier war es, in diesem unsagbaren Unglück, dass Caitanello ihm die Feren stillschweigend darstellte, nahezu gleichbedeutend mit Malagigis Mächten der Hölle. Er ging nicht so weit zu sagen, dass das Unglück ihr Werk war, von ihrer Hand geschaffen, doch er stellte sie ihm so dar, wie wenn sie über dieses Unglück, das die Christenmenschen treffen sollte, bereits in Kenntnis waren und es erwartet hatten, und wie wenn sie aus diesem Unglück der Christenmenschen neues Wasser aufnahmen, was heißt, dass sie sich vor den Charybdoten mit neuem Hochmut und neuer Stattlichkeit darbieten wollten.

Die Nacht, in der die Castorinas ausgelöscht wurden, war eine ruhige, sternenklare Nacht im August. Es herrschte vollkommene Stille, und die Charybdoten hörten nur wie ein fernes Donnern das klagende Grummeln ihrer leeren Eingeweide. Doch anwesend, wach und im Mondlicht glänzend waren auch die Feren. Caitanello, der in dieser Nacht eine dunkle Vorahnung hatte, konnte nicht einschlafen, er hörte sie kichern, was ein ganz schlechtes Zeichen war: hiiih, hiiih … und sich unter Kichern dem Ufer näherten, als würden sie spielen und sich von den Wellen wie in einer Kutsche hertragen lassen. Da waren sie, versagten sich Gekicher und Luftsprünge, schwätzten ganz leise und hatten ganz sicher die Absicht, sich dicht am Ufer aufzuhalten, dicht am Saum, mitten in der Nacht. Es konnte gar kein Zweifel bestehen, dass sie eine Absicht hatten, nicht wegen des Umstands, dass sie nicht schliefen, zumal man, was das angeht, nicht weiß, wie sie's machen, diese Verhexten, denn die Nacht machen sie immer zum Tag, sondern weil es nichts gibt, das sie absichtslos machen. Und ihre Absicht war es, sich an dem Anblick der Castorinas zu ergötzen und ihn bis zur völligen Sättigung in sich aufzunehmen.

Und dann fiel diese Bombe, ohne die geringste Vorankündigung von Flugzeugen. Man hörte sie wie einen Wirbelwind, wie eine Windhose, sie schlingerte herunter und endete dann in einem Knall, der die Luft zerriss und die Erde und die Charybdoten taub werden ließ: Die Bombe schlug genau in die Ufergegend, wo die Häuser sich zum Meer hin wie ein Kneifzangenkopf öffnen, und zerbarst unterirdisch. Dabei entstand ein Krater, aus dem augenblicklich das Meer hervorquoll. Vorher jedoch traf die Bombe mit einem riesigen Splitter und allein mit dem Luftdruck die Längsseite des Hauses der Castorinas und riss es heraus, dort, seitlich, das erste am Meer. Großsplitter, Luft, oder Luftgroßsplitter, es war, wie wenn durch ein Werk des Schicksals ein Haus sich dort befand und in dem Haus eine Familie, und dann waren sie nicht mehr. Ein kleiner Junge von sieben Jahren mit Namen Nino, ein junges Mädchen von sechzehn Jahren mit Namen Ina, ein weiteres Fräulein von einundzwanzig mit Namen Franchina, eine Mutter von neununddreißig Jahren mit Namen Marta und ein Familienvater mit Namen Paolo Castorina flogen unversehens durch die Luft, ohne Schuld und ohne Sünde, sie flogen ganz warm noch zum Meer, ihrem traurigen Schicksal entgegen, das über sie bis zu diesem Augenblick an ihrer Bettstatt mit dem Gesicht der Fere gewacht hatte, während sie ahnungslos schliefen. Ihre Augen waren zu, und ihre Augen blieben zu.

In dem nächtlichen Bild ließ Caitanello ihn an dieser Stelle die Feren hören, indem er sie ihm gewissermaßen sichtbar vor Augen führte. Sie entfernten sich in wildem Durcheinander vom Ufer: Erst taten sie so, als würden sie sich vor dem hohen Pfeifen fürchten, das die Bombe in der Luft erzeugte, sie rollten rückwärts, wie wenn das Meer selbst sie rettend fortsaugen würde, doch dann, als es krachte, waren diese widerlichen Barbarinnen wild durcheinandergewirbelt und hatten sich alle gemeinsam und ohne jeden Anstand an der fliegenden Nacktheit der Castorinas ergötzt, die über sie hinwegschossen. Und hier gab Caitanello ihm zu verstehen, dass diese Teufelinnen davoneilten, um mit den unglücklichen Castorinas ihr dunkeldunkles Spiel zu treiben, indem sie dem Massaker Ausgelassenheit und Feuer hinzufügten.

Wortkarg angesichts all dessen ging Caitanello mit den anderen Pellisquadre ins Freie unter einem taghellen Mond. Als sie an den Strandabschnitt kamen, entdeckten sie den Krater mit dem hervorquellenden Wasser, und sie entdeckten, dass vom Haus der Castorinas nur noch Mauerstümpfe vorhanden waren. Unten an der Mauer, neben den Palmen, wo die Castorinas die Feuerstelle anzündeten, war noch eine Spur der Rauchschwärze, und diese Rauchschwärze, die, wenn man sie mit den Fingern berührte, sich noch warm anfühlte, hatte auf ihn die Wirkung eines Zeichens für ein in einem Nu verbranntes Leben und zugleich eines Zeichens von Trauer, einer Ankündigung von Tod, wie der dunkle Fleck auf der Holztüre, den nach Jahren, wenn Regen und Sonne ihn zerstören, der schwarze Stoffstreifen mit der Aufschrift »Familientrauer«, zurücklässt.

Sie fanden die eine oder andere Eisenstütze für ein Bett, eine zerrissene Matratze mit der überall verstreuten Seegrasfüllung, und dann fanden sie ein Schühchen von Nino, dem kleinen Jungen, in der Nähe des Ufers, beinahe so, als hätten sie ihn bei dem blutigen Aufbruch vergessen und der Kleine wäre seiner Mutter, seinem Vater und seinen Schwestern hinterhergestürzt und das Schühchen wäre dort, am Ufersaum, von seinem Fuß gestreift.

Als sie dann in dem dunklen Licht genauer hinsahen, bemerkten sie vor ihren Augen etwas, das wie ein eigentümlich verknäulter Haufen aussah, der sich, ineinanderverschlungen, in den Wellen hin und her bewegte und manchmal auf den Strand gespült und manchmal vom Strand weggespült wurde. Sie gingen ins Wasser und erkannten in diesem Haufen die armen Castorinas.

Sie hatten auch nicht den kleinsten Stofffetzen am Leib, nackt und ineinanderverknäult, langes Haar und kurzes Haar, die beiden Schwestern eng beieinander, als würden sie Rücken an Rücken schlafen, und neben ihnen schien der Kleine sich an Franchina festzuhalten. Donna Marta, mit dem Gesicht in der Dünung, die ihren Kopf bald hob und bald senkte, befand sich hinter ihrem Mann, als würde sie zu ihm sagen: Ja, ja, ich bin hier hinter dir, bei deinen Kindern.

Wer die Castorinas nicht kannte, hätte gesagt, sie wären bedauernswerte Schiffbrüchige, die das Meer just in diesem Augenblick an Land spülte, das heißt, man hätte sie für eine dieser Familien gehalten, Vater, Mutter und Kinder, die gemeinsam auf einem dieser elenden Boote hausen, die mit Kapern und Bimsstein, mit Krügen und Vasen beladen zwischen der Straße von Sizilien und den Inseln hin und her fahren: das Elendsboot, das sie führen, mit dem sie ihr täglich Brot verdienen und das ihr Zuhause ist … Sollten sie unglückseligerweise auf dem Meer verschollen gehen, verlieren sie zugleich Leben und Habe, damit sind sie dann aller Sorgen enthoben. Das würde einer sagen: eine von den Familien, die verhängnisvollerweise in ein Unwetter geraten und darin verschollen war, ohne aber einander zu verlieren, und das Meer spuckte sie ja in der Tat alle fünf gemeinsam an Land, immer noch als Familie vereint.

Immer noch bettwarm, so stellte Caitanello sich die Castorinas vor: wie wenn sie Tage und Tage völlig durchnässt auf dem Meer gewesen und schließlich zerbrochen und übel zugerichtet von den Sturzwellen an dieses freundliche Gestade gedrängt worden wären. Doch gedrängt von wem? Von den Wogen etwa? Nein, von dem Gehoppel und den Kopfnüssen der Feren. Man musste sie ja nur ansehen, diese Armen, wie sie sie entstellt hatten, mit blau unterlaufenen Schwellungen ihrer Gesichtszüge durch die dauernden Stöße, die dauernden Schläge mit den Fluken und den Flipperhändchen. Die Bombe hatte damit nichts zu tun, die Kratzer auf dem Bauch und am Hals, die Flecken an den Backenknochen, die violettblauen Schwellungen, das alles war nicht das Werk der Bombe, sondern das der Feren. Die Bombe hatte sie mit ihrer Druckwelle getötet und sie heil und unversehrt den Feren vorgeworfen. Bestanden daran Zweifel? Aber welche dann? Sie befanden sich dort, im Wasser. Sogar die Frauen waren herbeigekommen und begannen eine große Klage um Ina, um Franchina, um den Kleinen, und sie erwiesen ein großes Werk der Barmherzigkeit mit ihren Händen, die die nackten Leiber aus dem Wasser holten und sie in Decken wickelten … Sie standen da, im Wasser und in ihren Tränen, sie nahmen einen nach dem anderen und legten die verstümmelten Castorinas nebeneinander auf den Strand und hörten zugleich, weit draußen, das Kichern der dort dunkel versammelten, aufgeblasenen, hinterhältigen Feren. Gab es noch Zweifel, dass sie uns beschuldigten? Und welche Zweifel dann?

Er wollte sehen, wohin Caitanello eigentlich gelangen wollte mit dem ganzen Wasser, das die Feren zu sich nahmen, er wollte sehen, warum er so weit abschweifte, von der großen Weite des Meeres und der Dichte der Feren, ob es um zwei Wörtlein rein persönlicher Natur ging. Das allein wollte er sehen.

Und wie viel Wasser und wie viel Sattheit die Feren unterdessen noch abbekamen; denn nach der Sattheit durch die Castorinas bekamen sie noch eine weitere, und dieses Mal bekamen sie es überreichlich. Dieses Mal handelte es sich nicht mehr um die armen Castorinas, die Leute waren wie alle anderen auch und ihnen keine großartige Sattheit verschaffen konnten. Wer ihnen dagegen, diesen Niederträchtigen, dieses Mal Sattheit bis zum Überdruss verschaffte, wer ihnen ein unanständiges, verstörendes Schauspiel bot, und zwar nicht wegen einer Bombe, einer schicksalhaften Fügung, sondern vielmehr aus eigenem Antrieb, war jemand, der eine herausgehobene Rolle spielte, jemand mit einem Namen, jemand Bekannter, kurz gesagt jemand, der jemand war.

»Kannst du ihn dir vorstellen?«, fragte sein Vater ihn und ging damit zu dem neuen Bild über, »kannst du dir einen so bedeutenden Mann wie Ferdinando Currò vorstellen, einen wie ihn, einen, den man Noah nannte und nicht weniger, einen, der sich in seinem Alter, mit seinem gefeierten Namen als Pellesquadra, mitten auf dem Meer bloßstellte, inmitten all dieser Ferenaugen, die ihn beäugten? Und kannst du dir vorstellen, wie er all diesen Fremdlinginnen die Flanken mit Sattheit füllte? Denn, wie auch nicht? Die Heimischen beeilten sich gleich, ihnen diesen großen, bedeutenden, hochwürdigen Greis auf der Stelle sichtbar vorzuführen, der sich nicht vom Land aufs Meer begeben hatte, sondern vom Leben zum Tod. Heh, kannst du dirs vorstellen?«

Er fragte nur der Form halber, und er wartete auch gar nicht seine Antwort ab, er machte sich gleich daran, ihm Don Ferdinando Currò vorzustellen, und als Erstes nannte er ihn gleich drei Mal, als wollte er seine Stimme hinüberschicken zu ihm, wo er sich befand, irgendwo auf einem Meer im Jenseits:

»Oh, Don Ferdinando, Don Ferdinando, Don Ferdinando …« Und dann nannte er ihn noch ein Mal, und wieder drei Mal, diesen hochverehrten Pellesquadra, mit dem Beinamen, den alle viel besser im Ohr hatten als seinen richtigen Namen: »Oh, den alle Noah, Noah, Noah nennen … Ruhe Eurem Gebein, was kam Euch nur in den edlen Sinn? Ich, Caitanello Cambrìa, und ich will es mit aller Ehrerbietung sagen, frage mich immer noch, warum Ihr nicht schön auf Eurem Stuhl sitzen geblieben seid. Wer vertrieb Euch denn von dort, Euch, großer Mann? Wer hatte Euch denn den Happen aus dem Mund gestohlen oder, mit aller Ehrerbietung gesprochen, den Stuhl unter dem Hintern weggezogen? Wer hätte denn je gewagt, Euch, Euch zu sagen: Wertwerter Herr, Ihr müsst hier weg und Euch da drüben hinsetzen? Das einzige Mal, dass Ihr Euch nicht an Euren Platz habt setzen können, war am Tag des Unglücks, jenem siebzehnten August, als wir Euch mit dem ganzen Stuhl auf den Arm geschwungen und den Antinnammare hinaufgehievt haben. Für uns wars ein Vergnügen, wir trugen den Patron und Heiligen auf unseren Schultern da hinauf. Daher sage ich, dass Ihr von uns aus auch tausend Jahre dort hättet bleiben können, im Angesicht der Sonne, als Heiliger auf seinem Stuhl. Wer hat Euch denn nicht geehrt und verehrt, Euch, der Ihr für uns Noah seid? Hier verdankt jeder Pellesquadra meines Alters sein Leben Euch, denn zwar haben wir Euch heute zum Antinnammare hinaufgebracht, doch Ihr habt uns am achtundzwanzigsten Dezember hinaufgeschleppt, uns alle zusammen, Kinder und Kleinstkinder, und uns wie viele völlig triefnasse Spatzen auf den Bäumen in Sicherheit gebracht: Wo nicht, wenn es unseren Vätern überlassen geblieben wäre, wer, wer hätte dann dem großen, furchtbaren Seebeben, dem Achtundzwanzigstendezember entgehen können? Daher stelle ich mir die Frage: Was ging Euch nur durch den Kopf? Doch nicht etwa der Gedanke, dass Ihr hier zu viel gewesen wärt?«

Ferdinando Currò genannt Noah: Der war wirklich ein wandelndes Märchen, ein Märchen, von dem er und die anderen Jungs allein bei seinem Anblick, wie er da auf dem Stuhl saß, der unter ihm verschwand, jedes Mal den Eindruck hatten, es Zeile für Zeile in seinem Gesicht und Wendung für Wendung an seiner Persönlichkeit abzulesen.

Jemand in herausgehobener Rolle, hatte Caitanello gesagt, und er konnte durchaus auch sagen in einer Hauptrolle, denn abgesehen von der herausgehobenen Rolle seiner Verdienste, war er an dem Küstenabschnitt tatsächlich im Blick aller, und die Heimischen mit ihrem zum Land gerichteten Blick mussten ihn, diesen Christenmenschen, bestens kennen, den sie ja ständig da am Meer sahen, reglos, gleich einer großen Statue, die man aus einem der Häuser dort allmorgendlich vor der Türe aufstellte und den ganzen Tag über dort ließ, wie um die bösen Geister abzuwenden, die Erdseebeben, Hungersnot, Wasserhose hießen, gar nicht zu reden von ihr, der Fere, die zwar kein Geist, den Geistern aber immer einen Schritt voraus ist.

Der Stuhl mit der geflochtenen Sitzfläche mit Verstärkungen an den Beinen und der Rückenlehne, die sein Neffe Anselmo angebracht hatte, war für ihn Behausung, Straßenpflaster, Uferstreifen und Bett. Die Allerjüngsten hatten ihn schon so kennengelernt: reglos vor der Türe sitzend. Und weil sie von den kräftezehrenden Wunderdingen wussten, die er am achtundzwanzigsten Dezember vollbracht hatte, stellten sich alle vor, dass er sich bei der Rettung erwachsener wie kleiner Menschen vor dem See- und vor dem Erdbeben so sehr verausgabt hatte, dass er sich hinterher dort hatte hinsetzen müssen und nichts mehr zu tun vermochte.

Wenn sie ihn erblickten, gingen die Kinder mit dem gleichen Gefühl an ihm vorüber, das sie hatten, wenn sie an der Alten Laterne vorübergingen, die wie Noah war, außer Gebrauch, etwas, das in der Vergangenheit geleuchtet hatte, deren Licht erloschen war, bevor sie es überhaupt sehen konnten. Doch ihre Väter hatten es gesehen und sich an ihm erfreut, und daher zogen die Pellisquadre, von denen einige ihr Leben Noah verdankten, so wie es andere der Alten Laterne verdankten, ihre Mütze vor diesem großartigen Pellesquadra und sagten: Segnetuns und Küssdiehand, werter Mann, und machten dann ein Zeichen mit dem Kopf und den Augen, bewegten die Lippen vor den Überresten der Laterne, die mit Karbid leuchtete, als würden sie flüstern: Danke für das gerettete Leben.

In geschlossenen Räumen starb Noah, er musste das lebendige Meer riechen, sonst starb er. Man musste ihn zu jeder Jahreszeit ins Freie bringen, und wenn es aus Kübeln regnete, musste man ihn zumindest an den Hauseingang setzen, in den Raum mit der halb offen stehenden Tür. In den meisten Sommernächten wollte er nicht von da weggetragen werden, wo er war. Nur wenn seine Nichte Catina sah, dass die Nacht feucht wurde, legte sie ihm eine Decke über die Schultern, damit er morgens nicht durch den frühen Tau bis auf die Haut durchnässt wurde.

Catina und Anselmo hatten in Wahrheit seine Gedanken erraten. Sie verehrten ihn aufrichtig, wie einen Vater und mehr noch als das: Andererseits hatte Don Ferdinando aus Liebe zu Anselmo, der der Sohn einer Schwester von ihm war und bei der Katastrophe von neunzehnhundertacht sowohl seine Mutter als auch seinen Vater verloren hatte, nicht einmal geheiratet, und sie sagten, er wäre sogar jungfräulich geblieben, denn er war gestorben, ohne im mindesten zu wissen, wie eine Frau beschaffen war.

Er war über achtzig und wog mehr als einen Kantàr. Er hatte eine beeindruckende Gestalt, und was seine Kraft anging, hätte man, wenn er sich mitten auf eine Palamitara stellte, bis zum letzten Augenblick, wo er sich noch auf den Beinen halten konnte, das Segelwerk auf seiner Schulter aufziehen können, ohne dass ein großer Unterschied zwischen dem Mast und ihm bestanden haben würde.

Seit zehn oder fünfzehn Jahren war er durch eine Nierenentzündung so aufgedunsen, als hätte er sie sich längst schon einverleibt, und es war ihm unmöglich, einen Fuß auf die Erde zu stellen, außerdem war er fast blind und taub und war längst zu einem Haufen Pökelfleisch geworden, das in der Sonne trocknet. Das Salzwasser, mit dem er sich über so viele Jahre durchtränkt hatte, stieg nun nach oben und verdunstete auf seinem Gesicht, auf seinen Händen, auf seinen Füßen: Das Salz wischte er sich von der Haut, vor allem von den Augenhöhlen, zwischen den Fingern, hinter und in den Ohren, und es war, als würde das wenige Salz, das er täglich auswarf, ihn einbalsamiert aufbewahren. Wenn Catina ihm ein Stück Brot in die Hand drückte, aß er es, ohne es zu wollen, mit seinem Salz. Er hatte keine Zähne mehr und er fand auch nicht mehr den Mund, um die Speisen aufzunehmen, und so leckte er das Brot und seine Hände ab, und Nicolino, das Söhnchen von Catina und Anselmo, setzte sich auf den Sand zu Füßen des Stuhls, auch er mit seinem Stück Brot, und zwischen jedem Bissen leckte er die Hand des Nonno.

Das Salz aber bildete während des Winters hier und da Schuppen, und diese Schuppen befielen seine Haut: die Nasenflügel, Ohren, Augenbrauen, in Gestalt von kürzlich entstandenen, noch zarten Narben, die an eine Tätowierung mit weißer Tinte erinnerten. Wenn diese Schuppen anfingen, von ihm abzufallen, war es Frühling, und er wechselte die Haut, seine Nasenflügel bebten, als wären sie von einem fernen Wind gezwickt worden, und nur daran konnte man erkennen, dass die Jahreszeiten auch für ihn vergingen und er tatsächlich lebte und es nicht alleine das Wasser war, wie es zunächst schien, das in einem unablässigen, unendlichen Kreislauf zu Salz wurde, und Salz, das zu Wasser verdampfte.

Als man Luigi Orioles hörte, wenn es noch stockdunkel war, der die Pellisquadre zur Eile drängte und ihnen die Positionen von Sonne und Mond angab: Macht schnell, Burschen, denn über dem Aspromonte zieht schon die Halunkin herauf, und der umherschwärmende Nachtwandler da ist schon ganz blass geworden, wenn man ihn so am Antinnammare erlebt, und rafft bereits seine Gewänder zusammen, um sich unbeschwerter davonmachen zu können, da nahmen Catina und Anselmo Don Ferdinando, hoben ihn auf den Stuhl und trugen ihn ins Freie mitten unter die Pellisquadre, die herauskamen, um das Boot herzurichten mit den Rudern, dem Steuerrad, den Körben, Netzen, Schnüren und Angelhaken, den Harpunen, Messern, Seilen und Angeln und dem Wasserkanister, und in diesem Hin und Her im Dunkeln war es, als würde auch diese Art von Plustersack oder der in Takelwerk eingewickelte Mast, den Catina und Anselmo da aus dem Haus trugen und in der Nähe der Palamitara absetzten, ein Teil der Ausrüstung sein, so wie alles Übrige.

Zwischen den Ausfahrten schaute er ihnen dann beim Flicken der Netze, beim Entwirren der Angelschnüre oder beim Wechseln der Angelhaken zu oder auch wenn sie Bemerkungen über den Bauch der Palamitara machten und ihn mit Teer ausbesserten oder bestrichen. Stundenlang widmete er seine Augen mal den Händen des einen, mal den Händen des anderen, starrte lange Zeit auf alles und jedes oder auf seine Erinnerung an alles und jedes.

Im Mai brachten sie den ersten harpunierten Schwertfisch zu ihm, damit er ihnen weissagte. Nach seiner Bewegung orientierten sie sich über den Fischzug, der gerade eingesetzt hatte.

Er betastete das Tier, und dafür war das Männchen eher geeignet, denn das Männchen hat eine unterschiedlich schwere Anpassungsfähigkeit, es kommt dick an, es kommt schlank an, es hat nicht die gleichbleibende Stattlichkeit des Weibchens, das immer mit prallen Hüften ankommt. Sie hielten ihn ihm quer über dem Schoß hin, und er betastete es unter dem Hals, an den Brustflossen, an der Rückenflosse, und wenn ihm das etwas Gutes sagte, ließ er seine Fingerkuppen streichelnd über den Knochen des Schwertfischs laufen wie über eine Flöte. Wenn es ihm aber etwas Ungutes sagte, zog er die Hand zurück und ließ sie seitlich herunterfallen, wie wenn sie abgestorben wäre, dabei runzelte er die Stirn in der Mitte, als hätte ihn irgendetwas empört und Argwohn in ihm erregt. Doch wenn er sich mit den Schultern nicht nach hinten warf und angespannt verharrte, war ihnen klar, dass er es noch einmal versuchen wollte. Dieses Mal aber machte er die Voraussage mit einer Prallhüftigen. Die Erste, die sie harpunierten, legten sie neben ihn, und er betastete sie mit geschlossenen Augen, als wäre es eine schöne Frau, und wenn sie noch den Rogen hatte, probierte er ein bisschen davon mit der Zungenspitze.

Er verstand die vielsagenden Indizien und Anzeichen aus jeder Schattierung, auch aus dem Geschmack und der Farbe der Eier, wie Frauen, die aufgrund des Aussehens und des Geschmacks eines Eis sagen konnten, was die Henne gefressen hatte. Dann suchte er feinfühlig mit dem Fingernagel zwischen den Flossen der Prallhüftigen nach einer Spur, die nur er kannte, nach einem Rest von Fremdartigem, einem Lufthauch, einer Windschliere, einem Sandkorn, einer Farbe des Wassers, wie jemand, der sagt, er habe die Staubkörner, die Dämpfe und Gerüche des Schwertfischs und bestimmte Begegnungen, die er gemacht haben konnte, vor allem seit dem Augenblick, als er bei Gibraltar hereingekommen war, als aufgeheizt empfunden. Manchmal, wenn er sich nicht zurechtfand, untersuchte er auch den Schwertknochen: er schabte die Spitze mit einem Taschenmesser ab oder zerstückelte sie mit den Zähnen, und diese fast nicht sichtbaren Späne führte er an die Nase und roch lange daran. In seinen Augen ließ er nichts erkennen, doch der Sinn war, dass da etwas sein musste, das in der freien Luft für ihn haarig zu entziffern war, und viele Male kam ihm die Erklärung von ebendiesem Knochen. Diese Späne behielt er dann den ganzen Tag in seiner Hand, und sie sahen auch noch an den folgenden Tagen, wie er sie durch seine Finger gleiten ließ, sie fest in seine Faust presste, und dann fand Catina sie lange Zeit später in einer Tasche wieder.

Diese Zeremonie machten sie tatsächlich vor allem seinetwegen, denn wenn sie ihm den Pulcinell brachten und er spürte, wie sich unter seiner Nase der Duft der Eier dieser Prallhüftigen freisetzte, sah man sehr deutlich, dass dies sein Leben verlängerte.

Im Mai erfasste ihn, wie alle sehen konnten, regelmäßig ein Kummer, eine Ruhelosigkeit, die seine weißen abgezehrten Nasenflügel kräuselte, was aber weniger auf den Frühling als vielmehr auf den Zug des Schwertfischs zurückzuführen war, was sich letzten Endes aber einander entsprach. Man sah, wie er wieder zu sich kam, als hätte man ihm ein Fläschchen unter die Nase gehalten, das einmal mit einem berauschenden Elixier gefüllt gewesen war, und es hatte den Anschein, als würde der Duft in sein Herz dringen und ihn verjüngen und alle Falten glätten.

Eines Morgens brachte sein Neffe die schöne Nachricht, dass sein Onkel Ferdinando sich aufblühen fühle, er sei erregt und zwirble sich den Bart, und manchmal würde er außerdem mit der Hand sein stoppeliges Gesicht berühren und sich kratzen, um zu sagen, dass er rasiert werden wolle. Auf diese Nachricht hin kam allgemeine Fröhlichkeit auf, und unverzüglich gaben sie dem Ontro einen frischen schwarzen Anstrich, setzten wieder den Mast der Feluke, Don Luigi kontrollierte die Eisen der Harpunen, mit anderen Worten, sie zogen die Ausrüstungsgegenstände hervor. Denn in der Tat bedeutete die freundliche Ruhelosigkeit Don Ferdinandos, dass ihm in dieser Nacht ein erstes Anzeichen gekommen war, das auf Schirokko hindeutete, und zwar den, der eigens dafür geschaffen war, den Schwertfisch mit Liebe aufzuheizen und zu seinem Schicksal zu rufen, und es bedeutete, dass der Pulcinell auf dem Weg und schon ganz in der Nähe war, vielleicht schon bei den Inseln, und sich von Morgen und Abend her immer aufgewühlter von seinem schicksalhaften Verhängnis angezogen fühlte; denn wenn Ferdinando Currò diese Zeichen machte, schüttelte er sich, als würde er aus einer Lethargie erwachen, und sie konnten darauf setzen, dass dies ein Schirokko mit Doppelgeschmack war, nämlich von Morgen und von Abend her.

Der Schirokko ist kein Wind von zuverlässigem Charakter, kein Wind mit dem immer gleichen und einem immer klaren Gesicht, er ist nicht wie der Gräkal aus Nordost, den sogar ein Kind am Ende ablesen kann. Der Schirokko ist ein afrikanischer Wind, auf den man nicht im Geringsten vertrauen kann, denn der Name ist zwar einer, doch seine Arten sind viele. Für den Schirokko braucht man einen Seher, um sagen zu können, wie und woher er einen packt, ob einer heranweht oder eine ganze Herde, ob er kommt, um dich zu glätten wie einen Säugling oder um dir das Gesicht zu zerkratzen und dich mit seinen Sandkörnern erblinden zu lassen, und ob er sich auf das windstille Meer wirft oder alles aufbläht. Und wenn du's dann merkst, hat er seinen Platz schon eingenommen, weil er unmerklich gekommen ist, er ist ein starrer, unbeugsamer Wind, vaselinegeschmiert, der in den Undsoweiter dringt, und dann erst spürst du, dass er da ist … Deshalb braucht man den Seher, braucht man Alte, die achtzigjährige Runzeln haben, enge, tiefe Falten als verborgene Winkel des Gedächtnisses, weshalb sie imstande sind, ihn magnetisch anzuziehen und den Saft aus ihm zu pressen, blond und dunkel: denn die alten Pellisquadre, diese Mumien, die den ganzen Tag vor dem Meer sitzen, sehnen sich nach dem Schirokko wie nach starkem Rauchtabak, sie können gar nicht mehr ohne dieses Gift auskommen, das sie zuerst belebt und wohl auch um mindestens zehn bis zwanzig Jahre verjüngt, dann aber toter zurücklässt als zuvor.

Doch um bis auf den Grund sicherzugehen, wie der Schirokko beschaffen war, der sich näherte, brauchte man nur zu sehen, wie Don Ferdinando sich am folgenden Morgen verhielt, als er an der Marina saß. Er beschnupperte den Schirokko, als wäre es Schnupftabak, und die Nase wurde für ihn zum Saugnapf, der so schnell aufsog, dass man meinte, er würde im Handumdrehen aus einer Bewusstlosigkeit wieder zu sich kommen. Dieser gigantische Mensch wurde bei den Luftzügen des Schirokkos ganz munter, er belebte sich und trübte sich in seinen Augen, wie ein Fels, der in der Brandung mal glänzt und mal dunkel erscheint. Es gab Augenblicke, da wollte man sich vor ihn stellen und ihn anschauen, wenn Schirokko und Schwertfisch in die zweite Reihe abgedrängt wurden angesichts dieses vom Salz zerfressenen Kolosses, der vom Schirokko einen Träufel Erinnerung erbettelte, einen Tropfen seiner berühmten Jugend.

Zwangsläufig stellte sich im Kopf der Vergleich mit dem oberlippenbärtigen Herkules von damals ein, der um die vierzig war und am achtundzwanzigsten Dezember gegen die berghohen Schaumrösser ankämpfte, die dröhnend und donnernd auf ihn herunterstürzten, um ihm die Kinder zu entreißen, die er jeweils zu viert rettete, ganze Arme voll, fest an seinem Hals, seinen Armen, seinen Beinen geklammert, so viele völlig durchnässte Spatzen, die er auf die Äste von Zitronen- und Olivenbäumen der Pflanzstücke von Spartà gesetzt hatte, wo sie sich sicher fühlen konnten: So viele, dass, wenn man alle Jungs, die er damals gerettet hatte, einzeln zählte und die man heute als Pellisquadre und Familienväter wiederfand, man wirklich sagen konnte, Don Ferdinando Currò habe den charybdotischen Menschenschlag gerettet.

Das Seebeben stieß sich die Hörner an ihm ab. Das Meer bäumte sich bis zur Rocca von Skylla auf, und gelegentlich sprengte das wahnsinnige Schaumross bis hinauf zum Aspromonte und warf dort oben große Massen silbriger Lava aus, die ganze Bänke von Cicirella aus den Abgründen waren, und dann stürzte es mit erschreckender Wucht über Ufer und Höhen und ertränkte ganze Dörfer und Ortschaften: Ferdinando verschwand jedes Mal vor den Augen, doch jedes Mal wich das stürmische Schaumross wütend von den Füßen dieses verzauberten Riesen zurück wie vor dem Stamm eines unerschütterlichen Baums, dessen Äste voller engumschlungener und fest aneinandergeklammerter Kinder waren, die dort Rettung gefunden hatten.

Und jetzt saß er da, dieser Herkules, da, auf dem Stuhl, und ihm lief der Sabber für einen Hauch Schirokko, vor dem wirren Ross des Alters konnte selbst einer wie er nichts ausrichten.

Weil er keinen Fehler begehen wollte, führte Caitanello das auch ihm vor Augen, dort, auf dem Bild, das er jetzt beschreiben wollte:

»Ein Mann dieser Art, dessen Ruf hier in der Umgebung jeder kannte, Christenmenschen wie Feren, ein Mann, der, wenn unsere Väter sich unter den gischtenden Fluten abkämpften und uns auf ihren Händen über Wasser hielten, immer da war, der uns aus den gefährdeten Händen unseres Vaters nahm und uns auf den Trockenmäuerchen von Spartà in Sicherheit brachte, der uns dann auf Bäume setzte, wo wir uns an die Äste klammerten und er zu uns sagte: Haltet euch gut fest, gleich komme ich wieder zurück. Für uns war Don Ferdinando ein wahrer Wundertäter des Wassers, er hatte ungeheuren Mut und eine ungeheure Kraft in den Handgelenken: Wer könnte je einen so wundertätigen Heiligen wie Don Ferdinando vergessen? Aus diesem Grund kam uns der siebzehnte August wie eine Kleinigkeit vor, als wir ihn uns auf die Schultern hievten und in einer Prozession bis auf die Spitze des Antinnammare trugen, auch wenn er so schwer war, dass wir dachten, wir würden unter ihm den Tod finden. Aber dann frage ich mich immer noch und immer wieder, warum er dann, warum er ein oder zwei Tage, nachdem wir ihn zur Marina hinuntergetragen hatten, den herrlichen Einfall hatte, uns eines Morgens den Stuhl leer vorfinden zu lassen? Wäre es dann nicht besser gewesen, frage ich, wäre es dann nicht besser gewesen, die Palamitara auf die Höhe des Antinnammare zu schleppen? Die würden wir heute wenigstens wiederfinden, sie wäre wenigstens nicht auf den schrulligen Einfall gekommen, abzulegen und auf dem stockfinsteren Meer zu verschwinden …«

Und so war dann auch das Bild: Es tagte, und Catina und Anselmo fanden den leeren Stuhl an der Stelle vor, wo sie ihn abends zuvor dicht unter dem Bogen der Eingangstüre zurückgelassen hatten, denn der Ausbruch des verspäteten Sommers brachte ihm große Hitze, und er wollte dort hingesetzt werden, in der Hoffnung, das Meer würde ihm Kühle zufächeln. Der Stuhl war da, unglaublich leer, mit durchgesessenem Strohgeflecht und einer mit Kordeln zusammengehaltenen Rückenlehne, so unglaublich leer, dass Catina und Anselmo nicht wussten, was sie tun sollten, Catina, die wie verwundert unablässig in die Hände klatschte, Handfläche gegen Handfläche, oder sie wie zum Gebet zusammenlegte, und Anselmo, der ein ungläubiges Lächeln aufsetzte und zu träumen schien, dieweil sie den Stuhl herumtrugen und ihn vorzeigten, als würden sie gar nicht begreifen können, dass ihr Onkel nicht mehr darauf saß.

Don Ferdinando Currò war allerdings nicht alleine verschwunden. Sebastiano Schirò, Vito Imbesi und Cono Ritàno, Ohmahnen wie er und bei ihm, alle zusammen, jederzeit treu zueinanderstehend, zur Mannschaft verschweißt, und das sowohl auf dem Ontro als auch auf der Palamitara, waren ebenfalls nicht mehr da, auch ihre Stühle waren ohne sie im Morgendämmer sichtbar geworden. Zugleich mit ihrem Verschwinden bemerkte man auch das Verschwinden der Borietta, einem alten pfeilschnellen Ruderboot vom Typ der Lanzitte, mit der vor allem die Jungs auf die Jagd nach Hornhechten gingen und die der letzte Überrest des unglücklichen Stamms ihrer Boote war und zudem das Einzige, das sie nach der Vernichtung durch den Krieg noch hatten retten können und ein bisschen außer Sichtweite hielten, unterhalb des Sporns, um ihn als Muster für seine Rasse und Form aufzubewahren, als Form, denn abgesehen von der Tatsache, dass die Engländer ein Verbot verhängt hatten, aufs Meer zu fahren, wer hätte es denn gewagt, mit diesem vertrottelten Ding von halbzerstörtem Boot übers Wasser zu schießen? Und wenn Ferdinando Currò und Genossen es gewagt hatten, dann brauchte es nicht viel, um zu verstehen, dass es für sie kein Wagnis gewesen sein durfte, sondern eine Absicht, eine mühsam erwogene Absicht.

Von den Verwandten der vier Ohmahnen brach keiner in Geschrei aus, auch

Catina und Anselmo nicht für Don Ferdinando, denn größer als der Schmerz, den sie durchlitten, war das Erstaunen, das in dem Gedanken an das Jenseits lag, den die vier Alten in die Tat umgesetzt hatten.

Vielleicht waren sie bei ihrer Kurzsichtigkeit nicht einmal mehr in der Lage, einander auf ihren Stühlen zu sehen, wenn sie sie vor die Türe stellten, und wenn sie an der Marina nebeneinandersaßen, wirkte es, als würden sie sich nicht einmal erkennen. Aus diesem Grund war es wie ein Rätsel, wie sie sich abgesprochen haben sollten, um zu dieser Übereinkunft zu gelangen, mit allen Einzelheiten über Art und Zeitpunkt. Was man sich vorstellen konnte, war allein, dass die alte Clique den Beschluss gefasst hatte, sich noch einmal mit dem Meer unter ihnen zusammenzufinden. Und dann war da die Lanzitte, und die musste ihnen die Idee geliefert haben. Sie mussten sie ausgerüstet haben; doch mit welchen Rudern, wenn die der Borietta sich im Haus des Strandaufsehers befunden hatten und dort zurückgeblieben waren? Und sie mussten das Boot aufs Wasser gesetzt haben, doch wie, mit welchen Kräften, wenn drei von ihnen, ausgenommen alleine Cono Ritàno, auf Stühlen getragen werden mussten, weil sie sich von alleine nicht auf den Beinen halten konnten? Und dann mussten sie hinausgerudert sein: Doch wer hatte gerudert? Wer hatte das Ruder bedient? Und dann musste die Mannschaft dieser Ohmahnen weit auf die Ferne zugehalten haben, sehr weit auf die Ferne, zu dem Meer, wo man keine Fische fischt, und dies war der am wenigsten lösbare Teil des Rätsels.

Bei Sonnenuntergang desselben Tags wurde die Borietta wieder gesichtet. Die Lanzitte befand sich im Jonischen, im Bereich der Mittellinie, und so weit draußen, dass man sie nur schwer erkennen konnte, auch weil die Feren ein großes Durcheinander zwischen Meer und Luft veranstalteten, indem sie über die Lanzitte sprangen und kapriolierten und sie dabei ständig umkippten und wahrscheinlich auch noch mit den Fluken auf sie schlugen wie auf eine große Pauke. Es dunkelte dann, und die Lanzitte und die Feren waren immer noch da draußen.

Am folgenden Morgen, bei Tagesanbruch, fand man die Borietta umgekippt und halb an Land zwischen den Sandklippen vor der 'Ricchia. Natürlich war das das Werk der Feren, der heimischen ebenso wie der fremden, der braunen und grauen, der weißen und schwarzen und braunrosagefärbten, der Grampen und Porposen, sie hielten sich aufgefächert in der Umgebung auf, mit dem Anschein, dort zu warten, um zu sehen, was geschehen würde, wenn die Menschen dort die Borietta sähen, doch wenn sie Schreie erwarteten, Klagen und zerraufte Haare, wurden sie enttäuscht, diese Befriedigung wurde ihnen nicht gewährt.

An dieser Stelle des Bilds legte Caitanello das Wort in den Mund der Pellisquadre und von Signor Cama.

Sie befanden sich auf dem Sporn, vor der Hütte des Strandaufsehers, wohin sie die Borietta gebracht hatten. Die Lanzitte machte nicht einmal den Eindruck, als sei sie von Meer und Feren besonders zerstört worden, und nur, weil sie noch nass war, wusste man, dass sie auf dem Meer gewesen war. Die Pellisquadre starrten unentwegt auf sie, dachten mit den Augen über sie nach, als würden sie darauf warten, von diesen vier Verstrebungen aus dem Holz des Maulbeerbaums zu erfahren, welches Ende Ferdinando Currò und die drei Ohmahnen genommen hätten, die er an Bord hatte. Ob sie etwas gesagt, wer gerudert, auf welches Meer sie sich hinausgewagt hätten. Doch die Lanzitte redete nicht, und so redeten sie dann, doch zu welchem Zweck? Steckten sie etwa in den geheimnisvollen Köpfen der Ohmahnen, als sie daran dachten, einen Punkt zu machen?

»Sie haben sich ertränkt«, sagte Luigi Orioles, und so dachten alle, doch keiner hatte es bis dahin gesagt. Natürlich fiel es Luigi Orioles zu, es zu sagen, denn Luigi Orioles war immer derjenige, der den Dingen leidenschaftslos ins Auge blickte, und zwar so leidenschaftslos, dass er mitunter den Eindruck erweckte, weder Gefühle noch ein Herz zu haben. »Vielleicht haben sie sich absichtlich ertränkt«, fuhr er fort. »Um genau zu sein: ohne das ›vielleicht‹. So war es ihr Wille, so hatten sie es beschlossen, ohne Halbheiten und Ausflüchte.«

»Ganz sicher«, sagte Arturo Palamara. »Wo nicht, wer bewegte sie dann von ihrem Stuhl fort? Dazu brauchte es doch eine Wasserhose, um sie aufs Meer zu bringen …«

»Sie kamen sich indessen alt vor, als viel zu alt«, sagte Anselmo, Ferdinando Curròs Neffe. »Ein Pellesquadra wie Ferdinando Currò konnte es einfach nicht mehr mit ansehen, so zugerichtet zu sein, dass man ihm den Hosenstall aufknöpfen musste, weil er sonst in die Hose gepinkelt hätte …«

»Natürlich, natürlich: Sie empfanden sich als zu alt, als viel zu alt …«, stimmten ihm alle zu.

»Gut, einverstanden, sie empfanden sich als zu alt, aber was besagt das schon?«, sagte Luigi Orioles ganz auf seine Art, der Halbgesagtes, Unterschwelliges nicht ertragen konnte und es als realistischer Mensch für seine Aufgabe hielt, eine bestimmte Sache beim Namen zu nennen, auch wenn man ihn als unmenschlich angesehen hätte. »Das, um es knapp und deutlich zu sagen, meint doch, dass sie glaubten, sie würden auf anderer Kosten leben, Mundräuber und nutzlose Mäuler sein. Die Überlegung, die ein so feiner Mann wie Don Ferdinando Currò angestellt haben musste, ist einfach und geradlinig. Da gibt es diesen gewaltigen Hunger, musste er sich sagen. Wenn ich nicht da wäre, könnte Nicolino, dieser unschuldige Junge, statt der vier Saubohnen acht essen, er könnte meinen Teil essen. Nicolino ist noch so klein, er muss erst noch aufblühen. Doch ich, wozu soll ich mich noch ernähren? Wohin muss ich denn noch gelangen? Diese Überlegung muss er wohl angestellt haben, und diese Überlegung hatte Hand und Fuß, auch ich würde so gedacht haben …«

Er allein? Sie alle würden so gedacht haben, doch insbesondere Don Ferdinando, insbesondere er, Ferdinando Currò. Deshalb hatte die Überlegung Hand und Fuß, denn sie stimmte mit seinem Ruf als Erretter von Kindern überein, so dass er, zum glücklichen Schluss, noch ein weiteres gerettet hatte, nämlich seinen Neffen Nicolino, und wenn es auch nicht den Tatsachen entsprach, so hatte er ihn doch wenigstens symbolisch gerettet, um seinem Ruf gerecht zu werden.

Dann richtete sich der Gedanke der Pellisquadre wieder auf diese Ausfahrt, und sie fragten sich, wie es kam, dass die Lanzitte in dieser Umgebung wieder aufgetaucht war und das Meer nicht die Leiber der vier Alten dort wieder ausgespuckt hatte. Wie kam es, dass es auch nicht einen von ihnen wieder ausgespuckt hatte? Und wie kam es, dass es auch nicht eine Unterhose oder ein Unterhemd zurückwarf?

»Vielleicht wurden sie von der Strömung erfasst und die absteigende Strömung hat sie nach Malta abgedrängt, vielleicht aufs offene Meer …«

»Oder irgendeine Tiefseenelke hat sie mit ihrem Sog eingeschlossen. Vielleicht werden sie hier vorne sein und treiben da unten herum, treiben und werden herumgetrieben …«

Eine andere Erklärung gab es für sie nicht, die Meere zwischen Skylla und Charybdis waren für diese Schlauen und Verschlagenen Strömung und Nelkenstrudel, aber nicht Feren, sie waren keine Feren, Feren erwähnten sie nicht einmal, die Feren, welche die Meerenge verstopften, dass man, wäre man über sie gegangen, zu Fuß nach Kalabrien gekommen wäre. Daran erinnerte sie dann auch Caitanello, er war richtig neugierig zu hören, warum sie sie ausgelassen hatten.

»Konnte es denn nicht sein, wie? Don Luigi«, sagte er zum Anführer, »konnte es denn nicht sein, dass, statt der Strömungen und Strudel, die Feren sie eingeschlossen haben? Seid Ihr Euch da ganz sicher, dass sie keine Rolle spielen? Ihr stellt sie so unschuldsvoll dar, dass Ihr sie nicht einmal erwähnt.«

»Die Feren haben sie eingeschlossen? Mit welcher Absicht denn? Wollt Ihr etwa sagen, sie hätten sie eingeschlossen, um mit ihnen herumzuspielen?«

»Ach, ja, um mit ihnen herumzuspielen? Kann eine Fere allein diese Absicht haben, mit dem Menschen herumzuspielen?«

»Was denn sonst? Was macht die Fere denn anderes mit einem Toten auf See? Sie spielt mit ihm herum, und während sie mit ihm herumspielt, stößt sie ihn an Land …«

»Das nur zu Friedenszeiten, heutzutage kann nicht einmal sie sich diesen Luxus erlauben … In Friedenszeiten spielte sie sogar mit dem Schwertfisch herum, und beim Spiel zerriss sie ihn völlig, um ihren Spaß zu haben, sie biss ihm sogar die Schwanzflosse ab. Doch sie besänftigte sich nie, dieses Seidenfleisch fand sie wenig einladend, und wenn sie ein paar Streifen probierte, wirkte es, als würde sie es nur aus ihrem eingeborenen Barbarentum heraus tun, einfach nur, um etwas Beleidigendes anzubringen, und in der Tat spuckte sie es nach kurzer Zeit wieder aus. Das aber wann? In Friedenszeiten, früher … Aber kommt es Euch allen Ernstes so vor, dass sie vor drei Tagen herumspielte, als all die schönen Exemplare ankamen und die Meere zwischen Skylla und Charybdis zu einer Falle machten, als sie Gemetzel und Schlächterei unter dieser Schickeria von Pulcinells anstellte? Spielte sie mit ihm, oder fraß sie ihn bei lebendigem Leib, fraß sie ihn da, bis er ihr zu den Augen herauskam, wie?«

»Wollt Ihr denn, Don Caitanello, vom Pulcinell auf den Menschen schließen? Wollt Ihr daraus etwa die Überzeugung ableiten, die Fere würde heute den Menschen nicht mehr verschmähen, sie würde Menschenfleisch mögen?«

»Was wäre daran denn so merkwürdig? Hat der Mensch sich mit dem Krieg denn nicht zum Pferd und zum Esel, zum Hund und zur Katze, gar zur hinkenden Ratte herabgelassen und Christenmensch den Christenmensch gefressen? Kann es nicht sein, dass die Fere sich mangels Besserem aus Not zum Menschenfleisch herabgelassen hat?«

»Was denn, wie denn, Don Caitanello … Was kommt Euch denn in den Sinn?«

»Was denn! Wie denn! Wäre das für die Fere denn etwas Neues? Würde sie heute etwa Menschenfleisch verschmähen? Hat sies denn etwa nie gefressen? Wäre das denn das erste Mal?«

»Aber wann hat die Fere je Christenfleisch berührt? Wer hats je gesehen, frage ich, dass sie sich mit Christenfleisch gesättigt hätte? Na, wer hat sie je gesehen unter den Anwesenden und unter den Nichtanwesenden? Sie verschmäht ihn, sie verschmäht ihn immer, sage ich Euch noch einmal. Ihr, Don Caitanello, macht mir jetzt nicht einmal mehr den Eindruck, als wärt Ihr ein alter Hase in Eurem Beruf.«

»Und Ihr macht mir nicht einmal mehr den Eindruck, der Luigi Orioles zu sein, der immer kurz und knapp und mit leidenschaftsloser Ansicht zu sprechen pflegte. Diesmal kommts mir vor, als würde ich, Caitanello Cambrìa, an Eurer statt sprechen, und das sage ich nicht, um mich hervorzutun, sondern um Euch hervorzutun. Deshalb frage ich Euch: Verschmäht sie Christenfleisch? Hat sies immer schon verschmäht? Macht sie sich Mühe, hat sie sich immer schon Mühe gemacht, uns das zu verstehen zu geben, wer hat das je geglaubt? Und denkt sie etwa, wir wären von gestern? Sicher, wenn Ihr vorbringt, dass niemand sie je gesehen hätte, dass sie sich mit Christenfleisch sättigte, dann ziehe ich meine Mütze, doch das bedeutet nur, dass sie sich nicht unmittelbar mit ihm sättigt. Denkt Ihr denn, sie wäre eine, die sich mit einem Christenmenschen im Maul zeigt? Doch wie viele Male dagegen, Don Luigi, heh, wie viele Male haben wir sie gesehen, dass sie sich mit Sardinen und einem kleinen Schwarm vollschlägt, da genügt nicht einmal ein Dutzend, um vollständige, heile Schwärme auszulöschen, oder? Rührt sie also den Christenmenschen an, oder rührt sie ihn nicht an, Don Luigi? Sättigt sie sich, oder sättigt sie sich nicht mit ihm, wie stehts darum?«

Jetzt, da er die Sardine ins Gespräch gebracht hatte, fügte er nichts weiter hinzu. Aber was hatte Don Luigi getan, wenn er die Sardine vergessen hatte? Wenn er vergessen hatte, wie sie, die Sardine, mit der Fere herumspielte? Dem Gerede nach verabscheut sie Menschenfleisch, im Verborgenen ist ein Christenmensch ihr widerlich. Sie zeigt, dass sie ihn verabscheut und ihn widerlich findet, sie macht Theater. Mit ihren Händen aber sättigt sie sich ganz sicher nicht. Wer ist sie denn, irgendeine Törin, die sich vor dem Aug der Gesellschaft mit dem Bein oder dem Arm eines Christenmenschen im Maul zeigt? Und verspielt so ihren Ruf als Tier von hohem Rang, dieses Verständnis, das ihr die großen Herrschaften an Bord der Schiffe antragen, das eines Delfins, eines Reinen, eines Jungfräulichen, eines Märtyrers? Sie ist auf der Hut, sie hütet sich, sich vor dem öffentlichen Blick zu zeigen, sie, die den Christenmenschen höchstpersönlich für sich beansprucht. Durch einen Vermittler jedoch, oder genauer gesagt, durch die Vermittlung einer Sardine, ekelt sie sich nicht mehr vor Menschenfleisch, das Opfer bringt sie demzufolge: dem Bauch, um es kurz zu sagen, tischt sie durchaus gerne Christenfleisch auf, sofern es sich als Sardine verkleidet finden lässt, das heißt, wenn es in kleinen Stücken kommt, wenn es unter dem stinkenden, durch Explosionen zerrissenen Kleinkram daherkommt, mit anderen Worten, wenn sie sich vor dem öffentlichen Blick geschützt fühlt, der, sollte er sie sehen, nur wahrnimmt, dass sie sich mit Sardinen den Bauch füllt. Den Christenmenschen wird er niemals wahrnehmen. Dann ist die Fere auch durchaus in der Lage, einen ganzen aufzufressen. Und es reicht ihr schon, viele Sardinen zu fressen, so viele, wie es sein müssen, um einen unversehrten, heilen Christenmenschen Bissen für Bissen zu fressen. Denn die Sardine ist auf den Menschen aus, die Fere ist auf die Sardine aus. Man darf wohl sagen, die Sardine ist allein zu diesem Zweck im Meer, um sich von Menschen zu ernähren und selbst als Nahrung für die Fere herzuhalten. Wenn sie die Fere das Maul öffnen sahen und ganze Sardinenschwärme wie von einem Windmaul verschluckt in diesen endlosen Sack hinabstürzen sahen, war ihnen möglicherweise nicht klar, dass es sich im Grund um einen Christenmenschen handelte, um einen versardeten Christenmenschen, wer weiß schon wen, von welchem Schiff, Segelschiff oder Boot, wer weiß schon in welchem Meer und wann. Und angesichts dieses sonderbaren Verlangens nach Sardinen bei der Fere, die sich ihre Lieblingshappen ganz sicher nicht unter diesem Kleinkram auswählt, war ihnen da möglicherweise nicht klar, dass die Sardine der falsche Zweck des Happens war, und dass der eigentliche die Menschenschale war, die bei mindestens zweien von dreien dieser kadaverliebenden Fischlein Teil des Körpers geworden waren? Und war das Luigi Orioles möglicherweise nicht klar? Daran musste Luigi Orioles gar nicht erinnert werden, nachdem er nämlich die Sardine genannt hatte, musste dazu weiter nichts mehr gesagt werden. Dieses Mal allerdings wollte Luigi Orioles die ganze Sache höchst eigentümlicherweise als selbstverständlich betrachten, ohne sie klar und deutlich zu benennen.

»Ach was, ach was …«, sagte er noch einmal zu ihm. »Was kommt Euch denn in den Sinn, Don Caitanello? Das, was Ihr sagt, klingt für mich wie ein einziges Hirngespinst, mit Windungen und Winkelzügen, nur um der Fere einen Christenmenschen ins Maul zu legen.«

»Mir werft Ihr Hirngespinste vor? Ach, der Fere aber nicht, die sich ihre Pläne in allen Farben ausheckt, um ja nicht als die zu erscheinen, die darin sündigt? Ich also bins, der sich windet und wägt und Winkelzüge macht? Und nicht Ihr? Entschuldigt, wenn ich es Euch noch einmal sage, Euch, der, anders als sonst, die Sonne dort ja wohl mit Netzen verbergen will.«

»Ich hab Euch ja schon gesagt, Don Caitanello, Ihr phantasiert, und das bedaure ich, vielleicht seid ihr ja gereizt und versteht die Bedeutung der Worte nicht mehr. Schaut, ich habe keine Söhne auf den Meeren und brauche keine Angst zu haben, dass ich ein bisschen von dieser lustigen Stinkerin, der Fere, esse und die eine oder andere Gräte oder Faser meines Sohnes zwischen die Zähne bekomme. Und das, um mit Euch realistisch zu reden und Euch klarzumachen, dass ich nicht die Absicht habe, die Sonne vor mir zu verbergen. Die Wahrheit, das wisst Ihr, ist für mich das täglich Brot, und für mich besteht die Wahrheit darin, teurer Don Caitanello, dass Ihr die Fere nicht nur einer Sache beschuldigt, die sie nicht tut, sondern die gewissermaßen auch nicht existiert, so wie gewissermaßen nicht einmal die Sardine auf dem Angesicht des Meers existiert.«

»Ihr befremdet mich, teurer Don Luigi«, antwortete er ihm wieder, mit der eindeutigen Absicht, ihn zu beleidigen. »Ihr befremdet mich, weil, das gebe ich ehrlich zu, wisst Ihr, was ich vermute? Ich vermute, dass ich von Fere spreche und Ihr dagegen von dem berühmten Delfin …«

Don Luigi sah das nicht als Beleidigung und beschränkte sich lediglich darauf zu wiederholen:

»Ach was, ach was …«

Man verstand, warum er ach was, ach was wiederholte: Der Hunger war inzwischen an einem Punkt angelangt, wo er ihm am meisten wehtat, an dem Punkt nämlich, an welchem man die Sprachen und das verwechselt, was ihnen den Hunger bescherte: Mit einem Wort, sie waren bereits an dem Punkt, wo sie sich zur Fere herabließen, als sie dicht am Ufer die eine oder andere aufdämmern sahen, die beim Rülpsen an Herzstillstand gestorben waren. Konnte Luigi Orioles denn zugeben, dass sie jedes Mal in der Gefahr standen, Ferdinando Currò in Form von Ferenfleisch zu essen? Warum, wenn er schon keine Söhne hatte, gab er nicht wenigstens zu, ihn, diesen großen Vater aller, auf dem Meer zu haben?

Merkte Caitanello es eigentlich, oder merkte er es nicht, dass er sich selbst ins Gesicht spuckte? Er redete über Don Luigi Orioles: Aber was tat er? Erniedrigte er sich denn nicht auch zur Fere, machte er denn kein Moscham, kein getrocknetes Bauchfleisch, und das sogar in seinem Schlafzimmer? Und dieses einzigartige Bild: Jenes Zimmer, umgestülpt durch den Gestank von blutendem Frischfleisch, von Verdunstung des Starkessigs, jener Korb mit dem Stück ausgenommener Fere, diese Streifen ganz frischen Bauchfleischs, die an Kordelschlingen zwischen Kopfende des Betts und dem kleinen Fenster aufgehängt waren, war dieses einzigartige Bild denn nicht die Folge von Hunger, war es nicht Ferenhintergrund und Ferenrahmen? Von da, wo und wie Caitanello ausgegangen war, dorthin war er auch wieder zurückgekehrt: Mit dem Schindermesser in der Hand, über die Fere gebeugt, an den gleichen schmerzenden Punkt, an den auch die anderen durch den Hunger gelangt waren, war auch er gelangt. Merkte er das denn nicht?

Das Bild, das dann folgte, habe er geträumt, sagte er. Es war kein wirkliches, unverfälschtes Bild, doch er stellte es ihm gleichwohl vor, weil es den Hintergrund von Noahs Verschwinden und dem der anderen Ohmahnen erkennen ließ, und in der Tat bestätigte es genau das, was er in dieser Hinsicht dachte, es bestätigte sogar noch mehr, denn er dachte sich, dass die Fere erst am Ende in Noahs Geschichte und der der Ohmahnengruppe auftauchen würde, dagegen hatte der Traum ihm enthüllt, dass die Fere schon gleich zu Beginn auftauchte und sozusagen der Auslöser der Geschichte war. Er selbst, 'Ndrja, konnte sich dieser Sicht nicht nur nicht verweigern, sobald er das Bild zu sehen bekam: Hinterher stimmte er ihr nicht nur zu, sondern stimmte ihr überaus lebhaft zu, denn das Bild, das Caitanello nach eigener Aussage geträumt hatte, stimmte genau mit dem überein, was er sich in seinem Kopf, ausgesprochen und unausgesprochen, zurechtgelegt hatte, es stimmte sogar haargenau überein.

In diesem Bild, das er nach dieser Art von Auseinandersetzung mit Don Luigi Orioles geträumt hatte, sah man die vier Ohmahne an der Erhöhung des Meeresufers auf Stühlen sitzend, einer neben dem anderen: Das war bei Nacht, und es wirkte wie eine Mittsommernacht, alles, alles wie ein Glutherd von Schirokko.

Da saßen sie, hergerichtet wie Mumien, und aus dem Meer tauchte ganz unversehens, wie durch Zauber, aus der schäumenden Brandung eine Fere von ekelerregendem Aussehen vor ihnen auf: klapperdürr, mit entschuppter

Haut, krätzig, mit eiternden Krusten, das Schnabelmaul mit der Reihe zersplitterter, blutverschmierter, frei liegender kleiner Zähnchen, und der nackte, unbedeckte Schädel mit leeren Augenhöhlen, die einen Glutschimmer aussandten. Beim Reden biss sie sich, ein widerwärtiger Anblick, heißhungrig in die Flossenhändchen, zerriss sie in Stücke und fraß sie auf. Die Flossenhändchen schienen aber unter ihren Zähnen nachzuwachsen, denn so sehr sie sie auch fraß, wurden sie doch nie zu Stümpfen, zu Handstümpfen. Doch diese Sache erklärte sich, sie erklärte sich aus sich selbst. Diese war nämlich gar keine Fere oder besser gesagt: Sie war nicht irgendeine Fere, sondern es war der Hunger, wer erkannte ihn nicht? Es war der Hunger als Fere, der Ferhunger, eine der Verkleidungen, die Erste, um genau zu sein, unter der sie sich gewöhnlich den Pellisquadre zeigte, wenn ihre Zeit gekommen war, die Zeit der Not, und zwar der schlimmsten.

Sie erhob sich aus dem Schaum, und mit ihrer hässlichen Sprechweise, ihren niederträchtigen Gedanken, ihren heimtückischen Worten redete sie zu diesen würdigen Männern und wandte sich für alle an Don Ferdinando Currò:

»So habt ihr also immer noch nicht genug vom Leben, was, ihr alten Mumien? Hat euch dieses ganze Geprotze von Leben noch nicht gelangweilt, was? Ihr nutzlosen Mäuler? Was, ihr zahnlosen Mäuler? Erkennt ihr mich? Könnt ihr euch vorstellen, warum ich gekommen bin? Habt ihr verstanden, dass eure Stunde gekommen ist? Ja? Habt ihr verstanden, dass ich gekommen bin, um euch das Miserere zu singen, damit ihr euch aus dieser Welt macht? Was tut ihr denn noch auf der Welt, wenn ihr nur zum Schein da seid? Hab ich mich verständlich gemacht, ihr Methusalems! Eure Zeit ist vorbei, und weil nichts euch etwas anhaben konnte, weder Bombe noch Wasserhose, noch Krankheit, bin ich gekommen, hier bin ich, ihr geht durch meine Hand. Macht euch bereit, hebt eure Hintern von diesen Stühlen, auf denen ihr Schimmel angesetzt habt. Macht euch bereit, sage ich euch, folgt mir im Guten, zwingt mich nicht, euch mit Krämpfen und Bauchweh zu bestürmen, lasst euch nicht einfallen, mir Widerstand zu leisten. Ich weiß, ich weiß, dass ihr als Ohmahne in der Lage seid, mir mit einem Schluck Wasser über Monate hinweg Widerstand zu leisten. Ich kenne die Hungrigen wie euch, ich kenne euch, Pellisquadre, machtvoll und miserabel. Ihr seid fähig, euch durch den Kratzer mit einem rostigen Angelhaken, mit einem Luftzug, mit einem leichten Fieber, das euch abends besucht und still bearbeitet, bis es euch bricht, durchzumogeln, es ist aber auch möglich, dass ihr mich Blut schwitzen lasst, und es gibt keinen, nicht einmal in der schwärzesten Hungersnot, der sich ergibt und mir die Genugtuung schenkt, ihn nach Luft schnappen zu sehen. Dieses Mal aber ist es anders, dieses Mal herrscht Krieg und Geschäftemacherei, Geschäftemacherei mit diesem Krieg: Kurz gesagt, ich bin in Eile, in großer Eile, und ich will keine Zeit mit euch vier Altmumien verlieren. Entscheidet euch also, andernfalls baue ich mich hier vor euch auf und verpeste euch Tag und Nacht, ich lasse euch noch im Leben stinken wie Tote. Und das wird noch gar nichts sein: Ich werde eure Eingeweide in einen solchen Zangengriff nehmen, der euch dazu treiben wird, Kindern einen Kanten Brot zu entreißen, er wird euch dazu treiben, euren Kindeskindern einen Happen aus dem Mund zu reißen …«

Hier schlug der Ferhunger mit der Fluke eine Welle hoch, unter der er verschwand, ohne auch nur die Wirkung seiner barbarischen Worte abzuwarten.

Als die vier Ohmahnen nun, die sie bis zu diesem Augenblick nicht einmal in ihre Überlegung einbezogen hatten, den letzten Satz hörten, mit dem sie ihnen das erschreckende Schicksal androhte, diese immerwährende Schande, dass sie den Unschuldigen das Brot aus dem Mund reißen werden, fuhren sie in ihrer furchtbaren, äußerst verstörenden inneren Bewegung ungestüm von ihren Stühlen auf, und Don Ferdinando Currò, der sich die Hose in Ordnung brachte, wandte sich an die drei alten Männer seiner Bootsbesatzung.

»Jungs, los, sursundkorda: Rüsten wir diese Lanzitte da«, sagte er. »Setzen wir sie aufs Wasser und fahren wir allerschnellstens hinaus. Da ist auch nicht eine Minute mehr zu verlieren.«

Die Ohmahnen hatten eine solche Angst weiterzuleben, dass sie den Tod gewissermaßen mit Ungestüm gesucht haben, mit einem geradezu jugendlichen Ungestüm.

Und in der Tat bewegten sich die vier, es war phänomenal, mit dem Zupacken von Jugendlichen vor zehn, vor zwanzig Jahren, sie gingen zum Sporn hinauf, an dessen Spitze die Borietta lag: Dort hoben sie in Reihen zu zweit die Lanzitte auf ihre Schultern und kamen dann mit langen Schritten zur Marina herunter. Auf Caitanello machte diese auf den Schultern der Ohmahne getragene Lanzitta im Traum den Eindruck eines Sargs, dann jedoch, als sie sie aufs Wasser setzten und sie einen kurzen Augenblick schaukelte, machte sie auf ihn den Eindruck einer aufs Meer getriebenen Wiege, deren Säugling ertrunken war.

Im nächsten Bild, erriet er es denn nicht?, tauchte der Hunger wieder auf, und mit ihm tauchten, wenn man es respektvoll sagen will, die Zwischenhändler auf, seine ehrenwerten Kumpane. Wenn es Fisch in rauschender Fülle gab, kamen die Händler herbei und hielten sich bei den Gärten auf, höchstenfalls kamen sie bis zum Röhricht, da, wo die Dünen begannen, und dort warteten sie rauchend, dass die Pellisquadre vor ihre Füße kamen, und oft fanden sie allen Fisch, den sie wollten, zuerst auf der ganzen Länge des Küstensaums, auf diese Weise kamen sie nicht einmal bis zu ihnen und ließen sie mit dem Fisch, der schon zu stinken begann, alleine, dann mussten sie die Füße in die Hand nehmen und den Küstensaum entlanggehen, in der Hoffnung, sie zu sichten und sie wohl auch anzuflehen, doch auch ihren Fisch für einen Kanten Brot zu nehmen.

Wenn es aber keine rauschende Fülle von Schwertfisch, von Thun, Jungthun, Kleinthun, Bonito, Langflossenthun und nicht einmal Makrelen, Sardellen und noch viel weniger Sardinen gab, als großer Mangel mehr oder weniger in beiden Meeren zwischen Skylla und Charybdis herrschte oder auch nur in einem Meer, hier oder dort, machten diese schwerfälligen, trägen, pomadeveredelten Herren eine Ausnahme und brachten das Opfer, dort hinzugelangen, bis zu den weitentfernten Häusern auf der anderen Seite der Dünen, bis zur äußersten Landspitze.

Die Dünen, die sich von den Gärten bis zum Meer der Untiefen bei Rasocolmo ausdehnten, die Dünen, an deren vom Wind gestalteten Wellen er sich erinnerte, als wären sie von goldenem Stroh unter der Sonne gefegt worden, tauchten in dem Bild jetzt, das Caitanello für ihn malte, wie eine Gegend auf, die zum Schlachtfeld verwüstet worden war, denn auch, wenn dort eigentlich keine Schlacht stattgefunden hatte, waren diese Strände und Marinen dennoch von Schlachten gezeichnet: zuerst durch die zerstörerischen Häufungen der Kriegshandlungen, schlimmer als der schlimmste Pferdezirkus, auch mit den Männern aus Eisen und Feuer, die es von dort teilweise nicht einmal mehr auf die Schiffe schafften, teilweise im Meer versanken und teilweise nach Kalabrien übersetzten, und dann gezeichnet vom Kanonenbeschuss aus Hunderten Kanonenmündungen, der zum ersten September zwischen Insel und Festland stattfand, bei dem die Deutschen den Alliierten gegenüberstanden.

Es war Mittagsstunde, und die Hitze schrillte laut, die Dünen waren ein Dampf beißender Kriegsgerüche, die von Pferdekadavern, von Benzinfässern und Naphthatonnen, von Schrott und Autowracks, von allen Öffnungen, mit einem Wort gesagt, von allen Eisenwerkzeugen dieses trostlosen Kriegsmetiers aufstiegen, die zuerst vorübergezogen und in Feuerwalzen aufgelodert und dann in kleinem Feuer unter dem maschinenöldurchtränkten Sand erstickt waren. Hier und dort sprühten lebhafte Funken, die den Ort wie ein Sonnenflirren belebten und aus dem Jenseits mit Taschenspiegeln herübergeschickt worden waren.

Hier tauchten unversehens, natürlich in diesem Anblick des Gemetzels, wie Gespenster zwei Zwischenhändler auf, und sie glichen zwei Teufeln aus der Hölle. Schon dicht bei den Häusern, auf der Erhöhung, die einen Teil der sandigen Wellen verbirgt, mit Fahrrädern und Körben, ganz so wie früher, gewissermaßen als Erkennungszeichen.

»Oi, oi, ein Unglück verheißender Anblick«, jammerte Caitanello, so, als wäre er schon wieder dort, in seiner Gegenwart, und durch diesen ersten Klageruf, den er ausstieß, war es klar, dass er sie gesichtet hatte.

Sie schienen ganz Oberlippenbart und Backenkoteletten, als wären sie mit Ruß gemalt, langes, brillantineglänzendes Haar, Zigarette im Mund, khakifarbener Jacke und Hose von den Amerikanern, und diesem bekannten spöttischen Ausdruck des Städters, der sich überlegen fühlt, weil er das Geld hat, während du selbst alle Fische des Meeres haben könntest, doch wenn du kein Geld hast, das Geld, das du nur von ihnen bekommen kannst, einen Brotfisch, geben sie dir für den gesamten Fisch niemals so viel, dass du davon satt werden kannst.

»Oi, oi, böse Geister, Raben und Sturmfalken des Unheils …«, so bezeichnete sein Vater sie, und auch, wenn das Weltenende bereits eingetreten war, hatte der Anblick von Zwischenhändlern für ihn den Geschmack, als würde das Schlimmste erst noch kommen.

Es war, wie wenn der Sand selbst sie dort im Stehen geboren hätte, indem er sie unterhalb der Fersen auf diese Erhöhung herauspresste, denn es schien unmöglich, dass es zwei Zwischenhändler in Fleisch und Blut waren, zwei Zwischenhändler, die bereits am Werk waren, denn sie wirkten eher wie zwei Auswürfe dieser stinkenden Sandwogen voller Pestherde, die sich bei kleinem Feuer verzehrten, zwei schwarze verkommene Seelen, zwei polternde Teufel der unteren Welt, zwei räudige, unreuige Hunde, die, angezogen von den üblen Gerüchen des Todes, in diesen Sandwogen buddelten.

Doch es waren Zwischenhändler, zwei alte Bekannte, ein gewisser Pepè und ein gewisser Manè, zwei Unzertrennliche, ein sauberes Gespann.

»Sterbt ihr denn nie aus, ihr verkommene Brut?«, fragten die Pellisquadre sie. »Ach, wie kurzsichtig der Krieg doch ist!«

Sie machten den Mund nicht auf, sie streckten die Hand nach den Kisten auf dem Gepäckständer aus, und in ihren Händen kamen Bombüchsen zum Vorschein, was bedeutet Bomben in Büchsen, um mit ihnen ein Gemetzel auf dem Meer zu veranstalten, Soße aus altem Fisch und solchem, der die Augen noch geschlossen hat, Frucht des Bauchs, Eier. Sie erkannten sie wieder, denn die Büchsen von Cirio und Le Belle hatten noch die farbigen Etiketten mit Tomaten aufgeklebt, und man sah das mit Trotyl durchtränkte Stück Zündschnur in der Büchse.

Sie gaben den Pellisquadre zu verstehen, sie sollten sie holen kommen.

»Amüsiert euch doch mit den Feren«, sagte Pepè ganz wie ein Versucher.

»Diese Vorhautwichser«, antwortete Arturo Palamara voreilig wie immer.

»Damit wir das Meer noch mehr zerstören, als es schon zerstört ist?«, sagte ganz ruhig Luigi Orioles. »Ist es vielleicht neu für euch, dass wir keine Bombüchsen einzusetzen pflegen?«

»Dann macht es euch also Spaß, die Feren zu behalten?«, fragte Manè.

»Macht es nicht, es macht uns überhaupt keinen Spaß, das wisst ihr sehr wohl«, antwortete ihm Saro Ritàno. »Aber besser Meer und Fere wie sie sind, als Fere und Meer zerbombt.«

»Mit einem Wort, ein paar von diesen neuen amerikanischen Liren braucht ihr nicht? Ein bisschen Brotfisch aus diesem schneeweißen Mehl? Das eine oder andere Päckchen Zigaretten von denen, die den Mund parfümieren?«

»Das brauchen wir schon, das und noch mehr brauchen wir«, antwortete ihnen Don Luigi. »Doch wenn wir, um das zu bekommen, was wir brauchen, das Meer mit Bombüchsen zugrunde richten, bedeutet das, dass wir in unserer eigenen Tasche stehlen …«

»Ihr redet, als hätte es keinen Krieg gegeben, und als würde man nicht sehen, dass Ihr den Gürtel enger schnallt …«, sagte Pepè wieder.

»Wir haben uns abgeschuftet, gebt euch keine Mühe. Wir haben solche Situationen schon durchgestanden, wenn nicht noch schlimmere. Doch die Bombüchse, die haben wir nie in die Hand genommen. Wir haben sie vorher nicht verwendet, und wir verwenden sie auch jetzt nicht, so ist das nun mal …«

»Ihr habt ja recht, aber Hunger ist Hunger«, sagte Manè.

»Und doch, seht Ihrs? Wir ertragen den Hunger, haben ihn immer ertragen, ob wir wollten oder nicht. Daher machen wir kein großes Aufhebens, ob das

Kriegshunger ist oder Friedenshunger, es ist doch immer Hunger, und er findet uns immer gut abgehärtet vor. Und gut abgehärtet, mit Verlaub, findet auch Ihr uns vor …«

Manè und Pepè warfen ihnen einen letzten verächtlichen Blick zu, dann wandten sie sich ab und kehrten durch die Dünen zurück, mit den Bombüchsen in ihren Händen.

Doch wenn sie es nicht taten, taten es andere. Zwei Tage später nämlich, bei Nacht: mbùmm, mbùmm, hörten sie das laute Krachen der Bombüchsen, welches das Meer zerriss und unterirdisch bis zu ihren Betten dröhnte.

Die eigentliche Überraschung aber erlebten sie tags darauf im Morgengrauen, als sie sahen, dass entlang den Dünen Manè und Pepè mit den Füßen im Wasser in ihre Richtung kamen. Sie waren in Begleitung eines erbärmlichen Lumpenhunds. Zu dritt strengten sie sich an, Harpunenspitzen in einen von Bombüchsen zerrissenen Ferenkadaver zu treiben, der von den Abzweigungen der Strömung heruntergetragen worden war, ganz dicht ans Ufer, sozusagen in Reichweite, aber doch auch wieder nicht so nahe, dass man ihn mit hakenbestückten Angeln hätte herausziehen können.

Manè und Pepè ärgerten sich über den Lumpenhund, der war derjenige, der die Bombüchsen geworfen hatte, und sie beleidigten ihn, überschütteten ihn mit Flüchen und Verwünschungen, während sie gleichzeitig hinter dem Ferenkadaver her waren, dabei immer tiefer ins Wasser gelangten und den anderen immer weiter beleidigten, diesen Elenden, weil er einfach ins Blaue hinein gezielt und die explosiven Büchsen aufs Wasser geschleudert hatte, wie es gerade passte, ohne den Umstand in Betracht zu ziehen, dass dort, im Tyrrhenischen, gerade aufsteigende Strömung herrschte, so dass die Feren, die er ein bisschen gekniffen hatte, weit abgedriftet waren, ausgenommen die, die sie wahnsinnig werden ließen und vielleicht nicht einmal packen konnten.

Die aber zogen sie ans Ufer, und das Erste, was sie sie machen sahen, war natürlich, dass sie ihr den Kopf und die Fluke abschnitten und ins Meer zurückwarfen, so dass sie das Tier, nachdem sie es unkenntlich gemacht hatten, als Thun oder Bonito ausgeben konnten, die so blutrotes Fleisch haben wie die Fere.

Doch schleppten sie es nicht gleich fort. Noch bevor die drei es in Stücke zerlegten und in bestimmte Zeltplanen wickelten und einer von ihnen das Feuer anzündete, rissen die beiden anderen mit einem Messer große Bauchfilets heraus, legten sie in einem gewaltigen, stinkenden Qualm zum Garen über die

Glut, und als sie gar waren, setzten sie sich im Beduinensitz mit überkreuzten Beinen hin und fingen mit großen Bissen an zu essen. Nachdem sie sich den Bauch gefüllt hatten, zogen sie mit ihren Bündeln von stinkendem Fleisch los, um es an die ahnungslosen Stadtmenschen zu verkaufen.

Was sie gesehen hatten, hatte bei den Pellisquadre eine überraschende Wirkung hervorgerufen, denn zum ersten Mal hatten sie gesehen, wie Zwischenhändler etwas in den Mund steckten, das aus dem Meer kam, und als Erstes steckten sie sich keinen anständigen Fisch in den Mund, sondern versautes Ferenfleisch. Das bedeutete, dass die Hungerfere, die Ferhungherrin, ob sie nun Kumpane waren oder nicht, dieses Mal gleichzog.

Nun, da die Zwischenhändler sich unterworfen hatten, waren es im folgenden Bild, da gab es kein Irren, die Charybdoten, die sich zur Fere herabließen.

Seit Mitte August knabberten sie lediglich an einer getrockneten Saubohne herum und dann an noch einer. Tagsüber aßen sie sie und nachts, im Schlaf, kauten sie sie wieder, wie Ziegen. Und doch verdankten sie es dieser Saubohne, wenn sie sich bis dahin von dem scheußlichen Fleisch fernhalten konnten.

Als die Artilleriesoldaten mit den von Pferden gezogenen Kanonen eintrafen und die Pferde zum großen Teil getötet und die Kanonen durch die Bomben kampfuntauglich gemacht worden waren, ließen die Soldaten direkt auf dem Sand die Säcke mit den Saubohnen zurück, die sie zusammen mit Hafer und Heu an die Pferde verfüttert hatten.

Die getrocknete Saubohne war schwer zu zerkauen, dazu hatte sie noch einen Wurm, der alle Vollkommenheit besaß, und wenn man die Bohne zwischen den Zähnen aufbrach, schlüpfte die Puppe hervor: Man brauchte nur einen Augenblick lang den Mund nicht zu bewegen, schon öffnete der kleine Falter seine Flügel und flatterte von den Lippen auf und davon.

Vor diesem Bild, auf dem alle Charybdoten ihre Saubohnen so geräuschvoll mit ihren Zähnen knabberten, dass man Schmerzen in den Backenknochen und eine Vertaubung der Ohren empfand, sagte Caitanello: Also, hier sieht man beredt, dass der Charybdote knabbert und denkt, dass, wenn es ihm denn bestimmt ist, hungers sterben zu müssen, er den Falter schon bereit hat, der von seinen Lippen auffliegt und seine Seele befreit. Und wirklich, jedes Mal, wenn sie eine Bohne zerbissen und für einen Augenblick die Puppe auf der

Lippe spürten, die sich eilte, sich in einen Falter zu verwandeln, schlossen sie die Augen halb, als würde sie jedes Mal der Gedanke treffen, dass sie bereits tot wären und, um die Seele davonfliegen zu lassen, sich den Falter selbst auf die Lippen setzten. Doch viele scheuten vor diesem Kitzel auf den Lippen auch zurück und spuckten Bohne und Puppe aus: Viele Male schaffte es der Falter nicht, rechtzeitig davonzufliegen, und dann schien die Seele in diesem Speicheltropfen ihr Ende gefunden zu haben.

Doch die getrockneten Bohnen gingen zu Ende, und tags darauf, gleich bei der ersten Morgendämmerung, sah man mit zugeschnürtem Herzen zwischen der Marina und dem Strand der ‘Ricchia, den sandigen Landzungen und den Felsen, wie Familienmütter in der Dunkelheit das Gewässer nach irgendwelchen Ferenkadavern absuchten, die der Fall der letzten Strömung in die Nähe des Ufers trieb, mit schleimigem Maul, halbgeöffneten Augen, als säße der Wahnsinn in ihnen, und mit schurkischer Fluke, schlaff wie das Büschel eines alten Strohbesens.

Zu dritt oder viert, oder auch zu acht oder zehnt, teilten sie, wenn sie nicht mehr als eine fanden, die Fere unter sich auf, und reihum durfte dann jeweils eine das Bauchfleisch für sich nehmen. Danach schloss jede sich mit ihrem Viertel, mit ihrer Scheibe, ins Haus mit der Toten ein. Sie legten das Fleisch zum Durchweichen in Starkessig, gerade so lange, dass sich der Magen nicht umstülpte, und danach gingen sie heimlich und stillschweigend hinaus und entfachten hinter dem Haus unterhalb des kleinen Fensters, zwischen Ziegelsteinen, ein Feuer: Auf linder Flamme kochten sie das Fleisch im Tiegel, sie kochten es stundenlang, damit es sich entgiftete, die kleinen Kinder setzten sich mit Heißhunger davor, der ihnen das Wasser im Mund zusammenlaufen ließ, und ihr Blick war, als würden sie damit das Feuer unter dem Tiegel auflodern lassen. Drinnen indessen verarbeitete die, der das Bauchfleisch zugefallen war, es fleißig und flink zu Moscham.

Anwidernder, toter Gestank von Fere lag in der Luft und vertrieb die eingegrabenen Gerüche des Kriegs, er vermischte sich mit dem Schirokko, und dicht über dem Sand zwischen den Dünen stockten graue und gelbliche Schwaden: Von den Feuerchen stiegen dünne Säulen schwärzlichen Rauchs in die Luft, wie Reste zu Asche zerfallener Holzstapel, Räucherstellen vieler Scheiterhaufen von Familien.

Charybdis nahm das trostlose Aussehen eines abgeschlossenen und unter Quarantäne stehenden Orts innerhalb des Sanitätsgürtels an: rauchend, verpestet, still und trübsinnig. Man hörte nur das Geräusch des englischen Landungsboots, das vom Leuchtturm nach Cannitello, von Cannitello zum Leuchtturm in regelmäßigen Zeitabständen losfuhr und zurückkam, die Meere zwischen Skylla und Charybdis kreuzend und wieder kreuzend. Sizilien, Kalabrien, dauernd inmitten großer Schulen von Feren, die das Meer an den Rändern aufblähten: Es war wie ein Kommen und Gehen der Seelen zum Jenseits, nur dass man wegen der dauernden, ununterbrochenen Gegenwart der Feren bei jeder Einschiffung von Seelen, sei es von hier nach dort oder von dort nach hier, nie festlegen konnte, ob das Jenseits nun dort oder hier war.

Caitanello vergass, dass auch er vom Tod kam, ja, dass er sich noch immer dort befand: denn hatte nicht auch er sich zur Fere herabgelassen? Verarbeitete nicht auch er sie zu Trockenfleisch, während er gleichzeitig mit vom Ekel verzerrtem Gesicht, mit leicht verächtlichem Tonfall ihm Szenen und Situationen vorführte, in denen alle vorkamen, nur er nicht, wohingegen er doch wenigstens in dieser hier ausgezeichnet hätte vorkommen können, ja vorkommen sollen? Vielleicht war seinem Verständnis nach das getrocknete Bauchfleisch, das er zubereitete, etwas völlig anderes, ein völlig anderes Essen, er stellte sich sein getrocknetes Bauchfleisch nicht wie das der anderen vor, sozusagen als Symbol für jedes charybdotische Übel und als Unheil eines jeden Symbols.

Das bedeutete für ihn, Totes zu essen für Menschen, die unterwegs zum Tod waren. Da, schau sie dir an! Seinem Reden nach brauchte man nur einen Blick durch die Türe zu werfen, um sich darüber klarzuwerden: Sie waren bereit, saßen bei Tisch, mit der zerlegten Fere symbolhaft auf ihrem Teller, als säßen sie bereits tot beim Festmahl.

An dieser Stelle kam das wenn nicht tragischste, dann doch das aufwühlendste Bild von allen, ein weiteres von jenen Bildern, die zu seinem Vater haargenau passten, ganz nach Maß gemacht, wie ein Kopf mit Hut, so dass es beinahe wirkte, als wären sie alle seine, des Bänkelsängers, Erfindungen, sofern menschlicher Geist jemals erfindungsreichere Bilder erfinden kann als die, welche die Wirklichkeit des Lebens erfindet.

Dieses Bild schien auf den ersten Blick dasjenige zu sein, das ihm, Caitanello, zu schaffen machte, ihm persönlich, denn eine Weile lang stellte er sich alleine dar, an einem Tag, es war noch August, und er spürte eine große Wut in sich. Er fühlte sich innerlich aufgewühlt und hatte Schaum vor dem Mund angesichts dessen, was er um sich herum geschehen sah, auf dem Meer wie an Land: Und irgendwann besiegte ihn die Wut, er wollte sie aus sich herausschleudern, ging aus dem Weiler hinaus und mit gesenktem Kopf dahin, wohin ihn seine Füße trugen.

Er ging und ging, und als er den Kopf hob, war er schon weit weg, an der tyrrhenischen Küste, ungefähr bei den Untiefen von Rasocolmo, wo die Dünen sich in viele gelbe und grüne Schilfstellen färbten, die zwischen Buckeln und Einebnungen, Durchgängen und Unterführungen an bestimmten vorgeschobenen und an anderen vom Meer eingeschnittenen Punkten eine Art Gestrüpp bildeten: Caitanello, der sich wahrscheinlich zum ersten Mal in seinem Leben in dieser Gegend befunden hatte, meinte, diesen großen, schilfbewachsenen Strand noch nie gesehen zu haben, doch wer weiß, wie oft er seine Augen vom Meer aus hierhergewandt hatte, nur dass man meint, vom Meer aus die Dinge an Land aus der Höhe zu sehen, verkleinert und weit entfernt.

Es musste wohl Mittag gewesen sein, und um sich vor der Sonne zu schützen, war er ins Schilf gedrungen. Kurz danach war es ihm, als hätte er sich meilenweit entfernt und von der ihn umgebenden Welt geradezu abgesondert. Er hörte nur die Zikaden und den knirschenden Sand unter seinen Füßen. Als er weiterging, mit Windungen und Aberwindungen zwischen den Schilfrohren, deren Blätter sich an ihrer Spitze nur leicht bewegten, hörte er irgendwann wieder das Schwappen des Meers, zuerst nur verhalten, fern, unterirdisch, doch dann immer deutlicher und lauter, als würden sich die Wellen zwischen das Schilf ergießen. Da erst wurde ihm klar, dass er das Meer eine Zeitlang gar nicht mehr gehört hatte, und daraus schloss er, dass er in dem Gewirr des Schilfs einen weiten Weg hinaufgegangen sein musste, ohne es zunächst zu merken, und dann, in umgekehrter Richtung, wieder hinunter, und jetzt war er erneut am Meer.

Er folgte dem Meeresrauschen und gelangte an eine Stelle, an der seine Augen von einem ununterbrochenen Funkeln im Schilf angezogen wurden, als würden die Sonnenstrahlen da drinnen blinkend auf Glasscherben fallen. Er ging noch weiter in diese Richtung, die Dichte der Blätter und Halme lichtete sich nach fünfzig Metern, und im Röhricht zeigte sich eine Szene, die vor seinen vom Schimmer der Sonnenstrahlen auf Tellern, Gläsern, Messern, Gabeln und Löffeln geblendeten Augen auf den ersten Blick wie die schampanjerfreudige Festtafel einer Sechsergruppe von Soldaten der Flugabwehr aussah: Vier nach vorne über den Tisch geworfen, einer nach unten gebeugt mit herunterbaumelndem Kopf, als würde er kotzen, und noch einer, von dem er nur den Rücken sah, im Sand hockend, als würde er, vom Wein gründlich hereingelegt, schlafen. Was tun die denn noch hier, diese Freimaurer?, hatte er sich gefragt. Doch nachdem sich seine Augen an diesen Spiegel gewöhnt hatten, sah er, dass sie alle sechs tot waren, sie waren tot und sie stanken, seit Tagen, wenn nicht gar seit Wochen, Tote aus der Zeit der Schwarzhemden. Da blieb er stehen, betrachtete diese verwesenden Leichen und hielt den Atem an, denn er dachte, dass er jetzt, jetzt, da er gesehen hatte, dass sie tot waren, ihren Gestank wahrnehmen würde. Als er wieder zu atmen begann, roch er allerdings keinen Gestank, vielmehr war es, als hätte die Sonne, die unaufhörlich auf sie herunterbrannte und sie dabei austrocknete und ausdörrte, die Körper der sechs Soldaten mumifiziert.

Die Stellung der Geschütze musste sich nur wenige Meter weiter am Meer befinden, versteckt zwischen Stängeln und Blattwerk. Der Tisch, der aus mehreren Balken auf Holzböcken geschaffen worden war und als Tischdecke ein Geflecht aus inzwischen getrocknetem Röhricht und Blättern hatte, befand sich an einer engen, wie eine Grotte eingeschlossenen Lichtung im Schilf. Seitlich war ein Zelt von fast der gleichen Farbe wie das Schilf aufgestellt, und darüber, um sich vor der Sonne zu schützen, hatten die Soldaten aus Schilfrohr eine weitere dieser Sträflingsarbeiten gemacht wie die Tischdecke aus Schilfrohr: eine Art dicht geflochtenes Dach, doch dieses Rohrgeflecht sah jetzt an einigen Stellen durchlöchert aus, ausgefranst und herunterlappend, und diese Zerstörung musste ganz sicher das Werk der gleichen Maschinengewehrsalven gewesen sein, die hier und dort auf dem Tisch auch die Teller und Gläser zertrümmert und dabei kleine Krater in dem Schilfgeflecht und im Holz zurückgelassen und eben auch die Soldaten umgebracht hatten.

Er schaute umher, um sie nicht ansehen zu müssen, so schwarz, so entsetzlich, so dunkel aufgedunsen, doch seine Gedanken und seine Blicke wurden ständig zurückgezogen, zu ihnen, den Soldaten, die dort saßen und aßen, so wunderbar nachlässig in ihren Turnhemden, wie sie dort geblieben waren, der eine mit entblößter Stirn, der andere mit halbabgerissenem Kopf und noch ein anderer mit durchsiebten Schultern und schwarz gewordenen roten Blasen wie getrocknete Weintropfen. Da, sagte er zu sich selbst und betrachtete sie mit bebendem, magisch angezogenem Blick. Ein Gelage haben sie veranstaltet, die Freimaurer da, sie hatten zwar ihre Seele verkauft, aber ihren Bauch stopften sie sich voll, sie stopften ihn auch für uns voll, nur um uns zu trotzen. Doch da sind sie nun, sie aßen und blieben. Man sieht, die Freimaurer da wussten nicht, dass der, der isst, mit dem Tod redet. Und die da erst, sie redeten mit ihren Tellern und Gläsern, mit ihren Messern und Gabeln, der Tod war ihnen scheißegal, und doch dachten sie an ihn in diesem Augenblick. Mit dem Tod aber, der wesentlich freimaurerischer ist als sie, mit dem redeten sie nicht? Und so hat er dann dafür gesorgt, dass man über ihn redete, denn Teller und Gläser und Messer und Gabeln funkelten im Sonnenglanz inmitten des Röhrichts, und dieses Gefunkel musste irgendwann von einem vorbeifliegenden Flugzeug bemerkt worden sein, und dieses Flugzeug stieß herab und feuerte seine Kugeln auf Schilf, Tisch und Festtafel. Und da sind sie nun, der Tod löschte sie aus bei dem, was sie taten, er ließ sie zurück wie an einer Tafel sitzende Statuen: Der eine brach Brot, der andere neben ihm ergriff das Weinglas, der Dritte, der mit den anderen beiden auf derselben Bank saß, hatte seinen Happen auf der Gabelspitze, und der auf der anderen Seite der Festtafel hatte sein Messer in der Hand, und sein Nachbar saß mit zurückgeworfenem Kopf da, und der Letzte schließlich lag da wie schlafend und halb vom Sand schon zugedeckt … Wenn sie sich voneinander unterschieden, war es nur wegen der Geste der Hand, der Bewegung, der Haltung, denn wegen aller anderen Dinge waren sie längst Söhne ein und derselben Mutter, mit Gesichtszügen, die denen der Nasomangiato immer ähnlicher wurden.

Es war wie eine Augenblicksszene, die allerdings nie endete, wie die Szene des Kriegerdenkmals, mit dieser geflügelten nackten Frau, die auf der Spitze eines Fußes steht und immer den Eindruck erweckt, sie wolle gleich davonfliegen, dann aber doch nie fliegt, und mit den Soldaten, die, das war deutlich zu sehen, genau jetzt von einer Kugel in der Stirn oder in der Brust getroffen wurden und doch weiter sitzen blieben, während sie eigentlich jeden Augenblick der Länge nach tot auf die Erde stürzen müssten.

Die Sonne wütete mit ihren Strahlen auf dem Tisch und über die Toten bei Tisch wie ein menschliches Wesen, wie jemand, der versuchte, die sechs Soldaten aufzuwecken, indem er ihnen mit einem kleinen Spiegel Strahlen in die Augen sandte. Die Schilfgrotte war oben und unten und ringsumher von den Sonnenstrahlen unter Beschuss genommen worden; die lichthellen Blasen prallten von einem Punkt zum anderen aufeinander, zwischen Tellern, Gläsern, Messern, Gabeln, Leichen, Sand, Zelt und Schilfrohr, und bildeten dabei einen unerträglichen Spiegel, der die Augen mit Licht erfüllte. Das war möglicherweise der Grund, weshalb dies in Caitanellos Augen wie eine vorläufige Szene aussah, etwas für den Augenblick, doch einer Unendlichkeit von Augenblicken, und aus diesem Grund vermittelte diese Szene wahrscheinlich den Eindruck eines Denkmals, einer dauerhaft schwebenden Szene.

Doch nachdem er eine Weile hingeschaut hatte, ließ das Funkeln nach, denn die Sonnenstrahlen fielen nicht mehr senkrecht auf die Schilflichtung, und als dort drinnen alles schattig war, wie ein meerischer Grund, wo die Körper der Soldaten eins wurden mit der dunklen Farbe der Luft, kam etwas, das Caitanello damals noch nie zuvor gesehen hatte, etwas, das in der Mitte des Tischs stand, allmählich immer deutlicher ans Licht, wie etwas Phosphoreszierendes, das die Dunkelheit brauchte, um seine Leuchtkraft freizusetzen und zu strahlen. Dieses Etwas leuchtete immer stärker von innen heraus, seine Helligkeit zerfloss an seinen Rändern und bildete so etwas wie eine Aureole, und dann, schlagartig, von einer perlmuttenen Helligkeit entfacht, gestaltete es sich knöchrig und verzerrt, umstanden von kleinen leuchtenden Rosendornzähnchen, zu einem schnabelmäuligen Ferenkopf.

Caitanello stieß, das scheute er sich nicht zu sagen, einen Schrei aus und musste sich den Mund zuhalten, um nicht noch weitere Schreie auszustoßen, und danach musste er sich auch die Nase zuhalten, weil der Schädel dieses Kadavers mit zunehmender Dunkelheit heller wurde, und gleichzeitig nahm er zum ersten Mal den Pestgestank der Leichen wahr, fast so, als bestünde zwischen den beiden Dingen eine Beziehung, fast so, als wäre der verpestete Gestank der sechs verwesenden Soldaten ganz von der Aushöhlung des schnabelmäuligen Schädels in der Mitte des Tischs aufgesogen worden und würde von dort nur mit dem der Fere ausdünsten, wenn dieser stinkende Anblick sich verflüchtigte.

Dieser Großkopf, der jetzt nur noch Knochen war, lag auf einem großen ovalen Teller in der Mitte, auf dem Ehrenplatz, und die mit dem Gesicht zwischen Teller und Gläser vornübergestürzten Soldaten schienen sich vor ihr zu verbeugen. Und sie, die Schändliche, zeigte ein Gebaren, als würde sie über diese Ehrenbezeugung empört sein und in dem Korb auf dem ovalen Teller bleiben. Sie erweckte wirklich den Eindruck, als würde sie sich über die vier armen Christenmenschen aufplustern, die mit gesenktem Kopf um sie herumstanden, auch wenn es sich um Faschisten handelte, was heißt, dass sie nur halbe Christenmenschen waren, verstellte Christenmenschen: Caitanello hätte nämlich geschworen, dass sie sogar noch in diesem übelsten, bis auf die Knochen heruntergeputzten Zustand ihre widerwärtige höhnische Grimasse zeigte, denn in diesem Augenblick meinte er, er würde an ihr rund um ihr Zickzackmaul, an ihrer mit Zahnstein behafteten Zahnreihe dieses schmutzige, triumphierende Grinsen erkennen, das sie im Leben wie ein Markenzeichen mit sich führt. Die Grimasse dieses verwesten Schnabelmauls schüttelte einen mehr noch als der Brechreiz, den die stinkenden Verwesungsdünste der Soldaten hervorriefen, und zwar dermaßen abstoßend, dermaßen provozierend, dass Caitanello es irgendwann nicht mehr länger aushielt und davonrannte. Ja, er musste es aufrichtig eingestehen: Er lief davon wie ein kleiner Junge, mit zugeschnürten Eingeweiden und einem aufgewühlten Kopf, der in Flammen stand.

Doch als er sich endlich aus dem Wirrwarr des Schilfs herausgewunden und das Gestrüpp hinter sich gelassen hatte und wieder im Freien stand, unter der blendenden Sonne, kehrte in diesem Augenblick haargenau der gleiche Eindruck zurück, den er gehabt hatte, als er ins Schilf gedrungen war und glaubte, er würde sich von der Welt entfernen und sich absondern, nur war es jetzt umgekehrt. Es kam ihm vor, als wäre die schilfbewachsene Lichtung weit weg, eine Art verdammter, malariaverseuchter, isolierter Ort außerhalb der Welt, außerhalb all dieser Helligkeit eines klaren, erbarmungslosen Lichts, das sich über ihn ergoss, weshalb es schien, als würde die Szene, die sich da drinnen, in der durch Sonnenstrahlen aufhellenden Schattigkeit des Schilfs seinen Augen gezeigt hatte, sich ihm nun vor den Augen des Verstands wie eine Deliriumsvision erneut zeigen, eine Vision seines in Flammen stehenden Kopfs.

Je weiter er sich von dem Schilfgestrüpp entfernte, umso deutlicher spürte er unter den Fußsohlen die Hitze des Sands, und umso deutlicher gewann auch die Szene, die er beobachtet hatte, an Sinn, nämlich an Sinn einer Katastrophenvision, gleich dem Sinn der Kriegerdenkmäler. Er ging durch die Dünen und fühlte sich immer schmerzbeladener und verängstigter, denn immer mehr wurde diese Szene für ihn zu einer Erscheinung, die er als Symbol für etwas Wirkliches und Wahres empfunden hatte, nämlich des wirklichen Lebens in Charybdis. War es denn nicht die Vision des Schnabelmauls einer zimperlichen, hohnspeienden Fere, das in der Tischmitte thronte? War es denn nicht der Triumph einer Fere, eine Triumfere? Und war der Sinn dieser Vision denn für die Augen eines Charybdoten schwierig abzulesen, auch wenn es sich um einen Analphabeten von Charybdis handelte, wie er es war? Der Sinn, ihr Sinn war, dass sie, wenn sie in diesem Tempo so weitermachten, in jeder Familie von Charybdis am Ende mit dem Tod in der Mitte des Tischs tafelten, dem Tod in

Gestalt der Fere, wie die Soldaten der Flugabwehr, die als Beispiel auserkoren waren, auserkoren vielleicht, um den Charybdoten einen noch traurigeren und noch niederträchtigeren Sinn des Todes zu vermitteln, der sie erwartete. Heh, war das denn etwa nicht der Sinn dieser todesträchtigen Vision, nämlich der von Tod und Fere?

'Ndrja wusste nicht mehr, wann er wachte und wann er schlief. Das war wohl, weil er meistens in einem Halbschlaf lag, und mitunter zogen die Szenen, die sein Vater ihm darstellte, wie Träume vor seinen Augen vorüber. Doch in dem Augenblick, in dem er sicher war, sie zu träumen, meinte er, diese Szenen im Wachzustand zu sehen und zu hören. Auch bei seinem Vater dachte er, er würde als Bänkelsänger in seinen Träumen erscheinen, obwohl er den Eindruck hatte, er könnte ihn mit der Hand berühren. Der Grund dafür war wohl, dass die Fähigkeit seines schlafgeblendeten Verstands noch der war, der sich für ihn an der Marina der Feminoten bewährt hatte, der eines Menschen, welcher ein hellsichtiges Delirium durchlebt und wacht und schläft, träumt und lebt, erinnert und sieht, welcher eine Gegenwart, Vergangenheit und Zukunft hat, ein Leben und einen Tod und alles in einem.

Wenn sein Vater vor ungebändigter Wut laut und schrill redete und Feuer aus seinen Nüstern schnaubte, wagte sein Schlaf sich nicht hervor. Wenn er aber leiser wurde und seine Kehle wie eine erschlaffte Trommel klang, so dass seine Stimme weit reichte, leise und verstimmt oder es auch schien, dass er nicht mehr redete, wenigstens nicht mehr mit Worten, sondern mit den Augen, den Lippen und den Händen, und es eines schwarzen, flinken und klarsichtigen Augenpaars bedurft hätte, um seinen Gedanken zu folgen, dann kroch der Schlaf unversehens in seine Augen, und die Pupillen verengten sich zu einem kleinen Loch.

Wegen dieses kleinen Lochs war es ihm, als würde er durch ein Fernrohr blicken und seinen Vater in weiter Ferne auf der anderen Seite des Betts sehen, winzig klein, als würde er auf dem Antinnammare stehen, und weil Caitanello, während er redete, aufstand und sich auf die Fersen hockte, hatte er bei dieser Entfernung den Eindruck, ihn rittlings auf der ausgenommenen Fere im Korb sitzen zu sehen. Wie kommt denn das?, fragte er sich, hat er sich diesen Ferenrest, diesen großen aufgeschlitzten Blutklumpen auf die Schultern geladen und da hinaufgetragen, bis zur Spitze? Warum das? Zu welchem Zweck?

Und nur, um ein weiteres erhellendes Beispiel dieser seltsamen, veränderten Auswirkungen des Schlafs aufzuzeigen, als sein Vater ihm die vernichteten Castorinas vor Augen führte, die in der Dünung aufeinanderlagen wie Schiffbrüchige, war alles, was er durch dieses kleine Loch scharf in seinen Blick zu rücken und zu sehen vermochte, oder genauer gesagt, von diesen Unglücklichen wiederzusehen vermochte, lediglich, und zwar wie aus lauter Sympathie, das wohlbekannte tote Auge von Don Paolo Castorina, das sich bei Nacht oder bei Tag niemals schloss und eine gebrochene, von milchigem Weiß verschleierte Pupille hatte.

Von den zehn Augen der Castorinas richtete der Schlaf seinen Blick starr auf ebendas der Familie, das nur dem Anschein nach ein lebendiges Auge war. Don Paolo Castorinas erloschenes Auge zerfaserte sich so sehr um sein ausgewaschenes Weiß herum, in den verrunzelten und bis an die äußersten Ränder zurückgezogenen Lidern, dass das andere im Vergleich dazu verkleinert wirkte, und bei seiner anscheinenden Verkleinerung kam einem sogar der Gedanke, dass es sich um ein Auge ohne Entwicklung handelte, das heißt, es kam durchaus vor, dass man das gesunde mit dem geschädigten verwechselte.

Wenn man mit Don Paolo diskutierte, war das lebendige Auge bei den Ticks, beim Jucken und Zucken des Augenlids und der Wimpern, bei der salzigen Feuchtigkeit der Tränen und dem Witz des Lachens, bei der Verfinsterung und dem Aufleuchten immer lebendig, wohingegen das tote Auge immer eine wachsame Starrheit zeigte. Es sah aus, als würde es tiefernst um sich blicken, ohne je mit der Wimper zu zucken, und es wirkte so, als würde es ins Gesicht derer starren, die mit Don Paolo redeten, als würde es in die Augen, auf die Lippen, in den Kopf, auf jede Bewegung, auf jedes Wort oder auf jeden Gedanken starren, die Don Paolo beleidigen oder ihn lächerlich machen konnten. Kurz gesagt, es war ein Schießschartenauge, ein Auge, das als Wächter immer auf der Hut war, ein Auge, das aussah, als wollte es sagen, dass es bei ihm überaus schwierig war, etwas vor seinen Augen zu veranstalten wie wohl bei seinem Zwilling nebenan, der das ausgeprägte Laster hatte, wie ein Schmetterling hierhin und dorthin zu flattern, damit er alles gut überwachen könnte.

Don Paolo konnte durchaus von sich sagen, dass er nur mit einem Auge schlief. Wenn Schlaf über ihn kam, sei es auf der Palamitara bei der Rückkehr von der ersten Ausfahrt oder an der Marina, während er auf die nächste Ausfahrt wartete, schien das lebendige Auge, das sich beim Einschlafen schloss, das tote Auge neben dem eigentlich toten zu sein, das mit seinem schrecklichen

Anschein des Wächters offen blieb. Ohne Funkeln und ohne Reflex fielen die Sonnenstrahlen darauf, als würden sie schlagartig in einer Todeskälte gefrieren.

Es war ein eigentümliches Schauspiel, wenn man sah, wie Don Paolo mit diesem offenen, lichtüberfluteten Auge auch bei hellster Mittagssonne schlief. In diesen Augenblicken gab es immer jemanden, der sich über ihn beugte, um ihn aus der Nähe zu betrachten, doch waren es nicht viele, die es schafften, Aug in Auge länger bei ihm zu verweilen: denn dieses wirkte nicht wie ein richtiges, sondern wie ein falsches totes Auge, das auf schreckliche Weise, einem Guckloch ähnlich des schlafenden Menschen, sie mit einer Starrheit ansah, die einen erschaudern ließ.

Don Paolo machte sich über dieses Auge lustig: Ich habe einen Wachhund, sagte er. Er wacht über mich, ob ich will oder nicht. Sagt mir, welcher Dieb oder Räuber diesem Wachhund ein Auge zudrücken könnte. Keiner, nicht einmal die Tödin, denkt nur, könnte es ihm zudrücken.

Und so, ganz ohne Scherz, dachten sie alle ein bisschen. Wenn in hundert Jahren für Don Paolo der Augenblick kommen wird, sein einziges Auge zu schließen, wird sogar die Tödin hereinfallen, wenn sie sein anderes, weit aufgerissenes Auge sieht, und vielleicht zieht sie sich dann geordnet zurück und sagt: Ich wurde falsch informiert, noch ist es nicht an der Zeit. Das dachten sie alle, und doch war es dann vorgekommen, dass sie es bei all diesem Bombenlärm, bei dem der Wolfshund eingeschlafen war und ruhig weiterschlief, zum ersten Mal unmittelbar vor seinen Augen veranstaltet hatten. Die Tödin hatte sich ihm vielleicht als seine eigentliche und ausschließliche Herrin zu erkennen gegeben. Sie musste ihm wohl gesagt haben: Was ist denn? Erkennst du mich nicht, mein Getreuer? Erinnerst du dich nicht, dass ich dein Frauchen bin? Erinnerst du dich nicht, dass du mein alter toter Getreuer bist, mein alter Knecht?

Diese Streiche spielte ihm sein verkrusteter Schlaf, und wenn ihm das bei den Bildern geschah, in denen Caitanello ihm wirkliche Ereignisse vorführte, dann stelle man sich vor, was mit ihm angesichts der Bilder wie dem passierte, in welchem der Ferhunger sich den vier Ohmahnen zeigte, um ihnen zu sagen, dass es Zeit für sie wurde, die Zelte abzubrechen, und dem, in welchem die Fere in dem Schilfgestrüpp thronte, mit ihrem Schädel in der Mitte der Totentafel, Bilder, die vor Caitanellos Augen aufgrund von Träumen und Visionen aufgetaucht waren, gar nicht auszumalen, als was sie vor seinen Augen auftauchen konnten.

Caitanello musste schon seit einiger Zeit dieses Wegsinken und Wiederkommen bemerkt haben, das sich zwischen Wachen und Schlafen bei ihm gezeigt hatte, und nach der Vision der tafelnden Soldaten der Flugabwehr im Schilf war für ihn der Augenblick gekommen, sich diesem Hindernis zu stellen. Von diesem Augenblick an nämlich brauchte er unbedingt ein waches Publikum, nicht mehr länger halb so und halb so, denn mit der folgenden Szene kam er endlich zu persönlichen Dingen.

Auf seinem Kopf spürte er die Hand seines Vaters, der ihn wiegte und schüttelte wie ein Sieb, um die schläfrigen Teile aus ihm zu vertreiben und nur die wachen in ihm zurückzulassen. Ihm war, als würde der Schlaf ihn an den Füßen wie eine tote Last hinunterziehen und sein Vater ihn an den Haarspitzen packen und ihn mit Worten, Worten und nochmals Worten stehend fesseln und abstützen. Er befand sich willenlos zwischen beiden, doch seiner Ansicht nach hatte er sich nur dann glücklich gefühlt, als er glaubte, dass zwischen den beiden, die um ihn kämpften, dieser ihn gargekocht wollte, der andere roh, es schließlich aber Don Sonno war, der freundliche Schlaf, der es zu Ende bringen wollte. Caitanello jedoch ließ ihn nicht los:

»Zwei Wörtlein«, sagte er wieder wie ein Ritornell. »Bleib doch wach für diese beiden Wörtlein. Ausgerechnet jetzt machst du die Augen zu?«

Da hörte er, wie seine Stimme sagte:

»Immer noch, Pa'? Wie viele sinds denn noch, wie viele, diese zwei Wörtlein? Wo Ihr mir doch schon den Bug mit Wörtlein vollgeschüttet habt, Pa' … Morgen, Pa', den Rest erzählt Ihr mir morgen, morgen ist noch so viel Zeit …«

Das hatte er für eine Ungezogenheit gehalten, denn die Nerven gingen mit ihm durch.

»Ach, ich habe dir also den Bug vollgeschüttet? Ach so, morgen? Ach, du verschiebst mich auf morgen?«, schrie er ihn an und packte ihn beim Brustlatz. »Oh, mach deine Augen auf, du Rotzlümmel. Mach sie auf, mach sie für mich auf, jetzt gleich, nicht morgen, nein, jetzt. Zur Majestät deines Königs da hast du doch auch nicht morgen, morgen gesagt, oder? Doch auch nicht zu deinem Vater, merks dir gut, nicht einmal zur Majestät deines Vaters darfst du sagen morgen, morgen.«

Er zerriss ihm das Hemd, er schüttelte ihn durch, und wenigstens für diesen Augenblick gewann er, und der Schlaf verlor.

»Einverstanden, einverstanden, Pa'. Jetzt, jetzt höre ich dich, rede, sprich. Aber beeil dich, Pa', beeil dich, ich hab das Gefühl, ich hätte schon tausend Jahre nicht mehr in einem Bett geschlafen.«

Doch die Kapitulation genügte ihm nicht, er wollte, dass er ohne jede andere Möglichkeit wach war. Er sah, wie er zur Ecke hinter der Zwischenwand ging und zu ihm mit dem rauchgeschwärzten irdenen Deckel zurückkehrte, von dem ein widerlicher Gestank von gekochtem Essig ausging, der sogar die Toten auferweckt hätte, er hielt ihm den Deckel unter die Nase, und er spürte, wie dieser widerliche Gestank von Starkessig, der durch das Kochen noch verschärft wurde, in seinen Kopf drang und sein Gehirn zwickte:

»Da hast du das Gehirn dieser Fere«, sagte er zu ihm, »iss es, es vertreibt dir den Schlaf, ganz unweigerlich vertreibt es ihn dir. Da gibts nichts Besseres, weißt du, was einem den Schlaf vertreibt. Die Niederträchtige schießt gegen den Schlaf, erinnerst du dich?«

Der Schlaf steckte zwar in allen seinen Gliedern, doch ihn kam große Lust an zu lachen.

»Und außerdem, erinnerst du dich?, ist es der Lieblingshappen der Kapitäne auf großer Fahrt, eine goldene Speise. Abgesehen davon, dass es den schläfrigen Verstand aufwühlt, zieht es voller Kraft den Rücken hinunter. Es jagt den Schlaf davon, es kräftigt, und es gefällt einem sogar, was man sich nie vorstellen würde, oder?«

Wie viel Schönheit der Dinge doch darin lag: Er führte es ihm vor Augen, als wäre er immer schon davon begeistert gewesen.

Von dem weißlichen Dreck auf dem irdenen Deckel stieg der Geruch von verkochtem Starkessig auf, und wenn der ihm, begann er zu denken, den Starkessig noch weiter unter die Nase hielt, konnte er sicher sein, dass er ihm den Schlaf endgültig austrieb.

»Probiers«, sagte er zu ihm, »du wirst dich fühlen wie neugeboren. Ich habs nur eben angeköchelt und dann in dieser Schirokkoluft gelassen, damit es auf lindem Feuer zu Ende gart. Und weil ich keine Zitronen habe, habe ich ihm mit Essig ein bisschen den Wildgeschmack gestutzt …«

Aber wieso nur hatte er dieses Hirn zubereitet? Wieso? Für wen? Dachte er etwa, er würde es essen, der es in der Vergangenheit niemals, nicht einmal als Hungerleiche, probiert haben würde, oder hatte ein Engel im Traum ihm die Ankunft seines Sohnes verkündet, seines schlafverkrusteten Sohns?

Der Essiggeruch hatte ihn unterdessen ganz aufgeweckt, doch diesen breiigen Papp wollte er ausspeien, noch bevor er ihn in den Mund gesteckt hatte. Er versuchte, ein bisschen davon mit einem Finger an seine Lippen zu bringen, schlürfte es ein, und auf der Stelle spürte er, wie es sich im Mund ausbreitete, ohne jeden anderen Beigeschmack als den eigentümlichen des Essigs. Sein Vater hielt ihm diesen Wabbelbrei unter die Nase, und jedes Mal, wenn er um des lieben Friedens willen einen Finger voll davon nahm, freute Caitanello sich unbändig, diesen genialen Einfall gehabt zu haben.

»Merkst du, wie der Schlaf weicht, heh? Merkst du, wie er vor seiner Todfeindin davonstürzt?«

Den irdenen Deckel brachte er immer dichter unter 'Ndrjas Nase, und der Geruch des Starkessigs ließ ihn jedes Mal zusammenfahren: Vielleicht setzte er ja eher darauf, um ihn aus dem Schlaf zurückzuholen, als aufs Hirn.

»Noch einen Fingervoll«, beharrte er, »noch einen Fingervoll, und dein Schlaf bricht zusammen, dann fühlst du, dass du zur Grille wirst. Wach auf, 'Ndrja. Zwei Wörtlein muss ich dir sagen«, sagte er wieder zu ihm, und man verstand nicht, was denn die waren, die er ihm bis zu diesem Augenblick gesagt hatte. »Zwei Wörtlein, und die muss ich dir dringend noch heute Abend sagen, nicht morgen. Ich muss dir etwas zur Kenntnis bringen, bevor es Tag wird und alle anderen dich in Beschlag nehmen. Ich muss dich dringend in ein persönliches Problem einweihen. Kann dein Vater, 'Ndrja, dir vor jedem anderen zwei Wörtlein sagen? Kann er das oder kann er das nicht?«

Er schien zum Anfang zurückgekehrt zu sein, immer noch mit ausgetrocknetem Mund. Hier schien es zuzugehen wie bei Ciccina Circé, fast wie bei Ciccina Circé, mit Flehen, mit Drohen, sei es aus Liebe, sei es aus Stärke. Er fuchtelte mit dem Schindermesser vor seinen Augen herum, das er wie vergessen zwischen zwei Fingern derselben Hand hielt, mit der er den Griff des irdenen Deckels festhielt. Das Blut der Fere begann zu stocken und verklebte den einen Finger mit dem anderen.

»Wenn du siehst, dass ich die Augen schließe, erkenne mich nicht mehr an«, sagte er am Ende zu ihm. »Dieses Mal ermächtige ich dich: Erkenne mir die Sohnschaft ab.«

Das wäre wie ein letztes Viertel der Wache über seinen Schlaf gewesen, eine Art Tod mit offenen Augen.

»Du schließt sie schon nicht, du schließt sie schon nicht, jetzt, wo du das hier probiert hast. Jetzt wirst du genauso sein wie diese Sudeligen hier, die die Nacht zum Tag machen …«

Einen Augenblick lang hoffte auch er, dass dies der Wahrheit entsprechen würde; wenn er immer noch die beiden bewussten Wörtlein über sich ergehen lassen musste, war es nur gut, wenn er wach blieb und nicht in Schlaf fiel, war es nur gut, die Nacht wirklich zum Tag zu machen. Bis zu diesem Augenblick konnte er lediglich sagen, dass, wenn der Tod ihn nicht umbrachte und er schlief, er diesen breiigen Papp jedenfalls nicht vergessen würde, denn die Schärfe des Essigs würde eine ganze Weile auf seiner Zunge verbleiben.

»Nur eben zwei Wörtlein«, schickte er voraus und versprach's noch einmal, das stelle man sich vor. »Zwei Wörtlein, gerade so viele und nicht eines mehr, um dich wissen zu lassen, bis wohin diese Niederträchtige hier einen Christenmenschen treiben kann …«

Und hier nun hatte er die Fere im Korb gekniffen, als wäre dies ein Thema gewesen, das er noch nicht behandelt, das er ihm vorher in diesen Bildern nicht einmal im Geringsten dargestellt hatte. Er hatte sich mit einem Bein auf den Korb gekniet, als wollte er die angefangene Arbeit zu Ende bringen, doch dann sah man gleich, dass er diese Reste von Bauchfleisch nicht zum Trocknen vorgesehen hatte.

»Ja, über dieses hübsche Flitterlitzchen, über diese Herzensbrecherin muss ich mit dir reden«, kündigte er ihm mit verhaltener Stimme an, als wäre er in seinen Gedanken verloren, während er mit der Spitze des Schindermessers über und unter diese massakrierte Tranche der Fere ging.

Da machte er dies: Er redete und zwickte und zerschnitt die Fere, als wollte er auf ihrer Haut und mit ihrer eigenen Tinte blutig die Gesänge einritzen, die er über ihre herrlichen Taten schaffen wollte: Siehst dus?, schien er ihr zu sagen. Auch dir kanns passieren, dass du so zugerichtet wirst. Doch welchen Geschmack geben dir jetzt deine Unternehmungen, wenn jemand sie dir verewigt, sie dir mit der Spitze eines Schindermessers aufschreibt und deine eigene Haut dir als marmorner Gedenkstein dient, heh?

Das, worüber er ihn in Kenntnis setzen wollte, war im Grunde ein herausforderndes Schurkenstück, das nur er hatte ausführen können, nur dass er es keineswegs als Schurkenstück betrachtete, das hätte noch gefehlt. Die anderen, seine Freunde Pellisquadre, mussten es wohl als solches empfunden haben: Und wenn er all diese Dringlichkeit spürte, seinem Sohn eigenmündig die Nachricht zu geben, selbst wenn er ihn dafür einem Martyrium unterziehen musste, dann wohl, um vorzubauen und sich nicht auch noch von seinem Sohn als Aufschneider beschuldigen zu lassen, der Schurkenstücke ausführt. Denn der Tonfall war der eines Mannes, der sagt: Seht ihr? Das ist doch etwas zum Herzeigen, etwas, das einen Preis verdient, doch stattdessen muss ich mich gewissermaßen dafür entschuldigen, ich sehe mich, herrgottnochmal, gezwungen, mich meinem Sohn gegenüber verständlich zu machen und ihm zu erklären, bevor Fremde ihn hineinziehen und ihm sagen, Gott ist nicht Gott, und ihn gegen mich aufhetzen …

Wirrkopf, Verrückter, warum war er dieses Risiko eingegangen? So wie er es darstellte, um sich eine frische, eine lebendige Fere zu verschaffen. Wenn auch er sich schon zur Fere herabwürdigen musste, wenn es sein Schicksal war, sich so sehr zu erniedrigen, hatte er wenigstens aber nicht die Absicht, sich zum Kadaver zu erniedrigen und so aasig zu werden, dass er nicht einmal mehr den Drang verspürte hinauszufahren und inmitten all dieser Mengen zu versuchen, eine Lebende zu bekommen, eine Lebendige zum Töten. Was für ein Bild gaben die anderen denn vor der Fere ab, wenn sie über diese Art von Tun so aasig wurden?

Das war inzwischen zu einer niederträchtigen galoppierenden Mode geworden. Es war alles zu einem Raffen und Nehmen und Wirfs-in-den-Tiegel verkommen, zu einem Raffen und Nehmen und Filettiers-doch-zum-Trocknen. Niemand kam mehr davon, auch die Pellisquadre leckten sich die Lippen, fanden Geschmack daran, was nur natürlich war, denn wenn das Gemüt schon aasig zu werden beginnt, wird alles andere auch aasig. Das entsprach so sehr der Wahrheit, dass es bei niemandem mehr Entsetzen hervorrief, wenn er gelegentlich Ferenkadaver heraufdämmern sah, vor allem die von Bomben zerfetzten, sozusagen Arm in Arm mit Hand und Händchen, als kämen sie aus derselben Schlacht mit den armen Matrosen zurück, die seit wer weiß wann tot und überspült auf dem Meer trieben. Zwischen Christenmenschen und Feren war es längst zu einer großen Sprach- und Rassenverwirrung gekommen, und wenn man für einen Augenblick dachte, dass durch die stinkende Vermittlung der Sardine zwischen Christenmenschen und Fere gar eine Verwirrung über Blut und Fleisch herrschte, begriff man, was er beabsichtigte zu sagen; denn ihn entsetzte es, ihn, Ferenkadaver und junge, naive Matrosen durcheinandergemischt angelandet zu sehen. Kurz gesagt, er dachte an seinen Sohn. Konnten die anderen aber sagen, dass sie an ihre Söhne dachten? Wenn sie kauten, kam ihnen nicht der Zweifel, zwischen ihren Zähnen Fleisch von ihrem Fleisch zu haben. Aber woher, die sahen nur das Unmittelbare, das nicht Vermittelte.

Da wollte er ihm den Beweis liefern, er wollte ihm nämlich beweisen, dass ein Christenmensch sich durchaus zur Fere erniedrigen konnte und dass sogar ein Pellesquadra, der ja auch aus Fleisch und Blut besteht, daran denken konnte, seinen Hunger mit diesem abscheulichen Fleisch zu stillen und trotz allem nie bis zum Äußersten zu verrohen und an Ansehen zu verlieren, wenn er, kurz gesagt, immer den gleichen Abstand zu der Niederträchtigen wahrte.

Dann konnte jemand ihm sagen: Seid Ihr deshalb hinausgefahren, um einen Beweis zu liefern? Ihr seid nicht aus reiner Not hinausgefahren? Es war nicht der Ferhunger oder die Hungerfere, was Euch aufs Meer trieb? Ihr seid nur wegen einer Schrulle, einer Flause hinausgefahren, um Euch eine Laune zu stillen, eine Befriedigung zu verschaffen? Ja, antwortete er, genau deswegen bin ich hinausgefahren, um den Pellisquadre zu zeigen, dass die Röte im Gesicht nicht vom Ausstaffieren mit der Fere kam, dies wäre nicht das erste und auch nicht das letzte Mal gewesen, dass sie sich Hintern an Hintern bei der Verruchten befanden, sondern sie kam von der Ausstaffierung mit Kadaver, von der Veraasung durch Ferenabfall, den sie morgens vor ihren Füßen fanden, und die ganze Anstrengung, die sie auf sich nahmen, bestand darin, sich zu bücken und sie aufzusammeln, und um den Feren zu zeigen, dass es unter den Christenmenschen noch jemanden gab, bei dem sie kein Wasser holen konnten, wenn man von dem der Spucke absah, die dieser Jemand sich gedrängt sah, ihnen in ein Auge zu spucken. Ja, genau deshalb war er hinausgefahren: Lebt man denn etwa von Brot allein?

Doch bestand das besondere Vergnügen nicht darin zu hören, weshalb er hinausgefahren war, sondern darin zu sehen, wie er hinausgefahren war, verrückt und wirrköpfig wie er war und sich auch niemals anders zeigte, ob mit oder ohne Acitana, verrückt und wirrköpfig vor, während und nach dieser wohlüberlegten Handlung.

Wieder stieg der Mond über den Meeren zwischen Skylla und Charybdis auf. Caitanello hatte den Kopf auf das Kissen gelegt, konnte aber nicht einschlafen. Da hatte er noch einmal die Ausrüstung durchgesehen, die er mitnehmen wollte, die Angelrute, die mit Kordelschlaufen versehenen Korken, die Bleikugeln, die Verbindung an den Angelhaken, die Angelschnur, den Köder.

Für diese Gelegenheit hatte er beschlossen, einen Luxusköder zu verwenden, jene Enden aus mongolischer Wolle, welche die Acitana aus Aci mitgebracht hatte und die sich immer noch in dem Körbchen befanden, in welchem sie sie als Rarität aufbewahrte. Denn das war diese mongolische Wolle schließlich auch: eine Rarität, weiß und zart wie Schaum, doch weil es zu wenig war, um damit etwas zu häkeln, bewahrte die Acitana sie aus reinem Vergnügen auf, sie anschauen zu können. Doch auch wenn es mehr gewesen wäre, hätte sich die Acitana keineswegs entschlossen, sie zu verspinnen, man musste ja nur sehen, wie sie sie ansah, diese Art von Zuckerwatte, wie verzaubert ihre Augen waren, wenn sie sie in die Hand nahm.

Ein einziges Mal hatte er es gewagt, einen Tupfer davon zu nehmen, wirklich nur eine kleinste Probe, und als er ihn mit dem Angelzeug zusammentat, bekamen die Pellisquadre und auch er den Mund nicht mehr zu, denn sie hatten entdeckt, dass dieser Köder Bernsteinmakrelen, Zahnbrassen und Wrackbarsche wie ein Magnet anzog, von anderen gar nicht zu reden. Im Vergleich zu dieser mongolischen Wolle schnitt die vielgerühmte türkische Wolle, die Luigi Orioles von Konstantinopel mitgebracht hatte, als er zur See gefahren war, ganz schlecht ab, sie wurde gewissermaßen zu einem groben, zu einem Allerweltsköder.

Bernsteinmakrelen, Zahnbrassen oder Wrackbarsche, davon konnte er bei dieser Ausfahrt nicht einmal träumen, das war klar. Und er träumte nicht einmal von Bonitos, von Langflossenthunen, von Silberthunen, kurz gesagt, er träumte von überhaupt keinem Christenfisch inmitten dieses Packs von Fischbestien, die da vor ihm vorbeischossen, und im Übrigen hätten sie ihn bei jenem Mal auch nicht auf den Geschmack gebracht, bei jenem Mal fuhr er nämlich nicht nach Christenfisch hinaus, er fuhr nach Fischbestie, nach Modefisch hinaus, dem Fisch, der die Regierung passierte, Teilerfisch und Herrscherfisch, der Fisch, der ihn auf den Geschmack bringen würde, mit der mongolischen Wolle nach ihm zu angeln.

Ob er irgendwelche Skrupel wegen der Acitana empfand? Ob es ihm nicht in den Sinn kam, diese mongolische Wolle wie eine Reliquie seiner Acitana zu betrachten und aufzubewahren? Sicher, ganz sicher. Doch die Acitana wusste besser als er, dass er nicht hinausfuhr und diesen Schatz von Wolle vergeudete, um eine Laune zu befriedigen, sie wusste es und in ihren Gedanken stimmte sie ihm zu. Für ihn dagegen war es, als würde die Acitana ihm diese Eingebung ins Ohr flüstern. Nimm sie, nimm sie nur, Caitanello, hörte er sie flüstern, nimm sie nur, diese feine mongolische Wolle, die ich über alles mochte, sei unbesorgt, und mache aus ihren Bäuschchen viele viele Luxusköder. Nimm sie, sage ich dir: Lass sie arbeiten zu meinem Ruhm. Eine bessere Bestimmung gab es nicht für meine Wolle, denn wenn es je hieß, dass die Fere mit dem Angelhaken gefangen wurde, wenn niemand es auch im Traum nie versuchte, dann versuch dus, mein Caitanello, versuch dus mit diesen duftig leichten Wollewölkchen aus der Mongolei. Es könnte ja sein, dass die Niederträchtige, die ihren Kopf nie in den Wolken hat, dieses Mal sich ausgerechnet in meine Wölkchen verbeißt.

Sicher, kommentarierte er, noch nie hat es in der Geschichte geheißen, dass man den Angelhaken für die Fere auswarf. Doch wer hatte in der Geschichte schon Gelegenheit, ein Angelgerät mit einem mameluckischen Köder wie diesem zu fertigen? Sicher, um einen solchen Köder zu ehren, hätte es brandneuer oxidierter Angelhaken aus Norwegen bedurft, weißer Angelhaken für weiße Köder, mindestens 13 oder 14 oder 15 an der Zahl, kurz gesagt: den gleichen Haken, der für den Blauhai taugte, für die seltenen Male, wo dieser anbiss.

Und es hätte auch ein Paar der berühmten Triestiner Signalscheiben bedurft, deren Gussform verlorengegangen war, seit die Charybdoten und auch andere in der Umgebung nicht mehr die Möglichkeit fanden, bei Lloyd Triestino anzuheuern.

Und es hätte durchaus auch eines Ontros aus Zedernholz bedurft, ausgehöhlt in Alì Marina oder in Gàlati Mamertino, eines schnellen Ontros, nicht für dies und nicht für das, sondern alleine, um ihnen Ehre zu machen, als würdiger Rahmen für diesen fabelhaften Köder.

Diese feine, diese raffinierte Mitgift wurde durch die mongolische Wolle notwendig. Was die Ruder anging, ach, da hatte er ein langes Palamitararuder aus der Ausrüstung der Polare II: ein schönes Ruder, leicht zu handhaben, doch war es vorteilhaft für diese Ausfahrt? Das Kurzruder wäre besser, viel besser gewesen, sei es, dass er sich durch die engen Behinderungen hätte kämpfen müssen, welche durch die Feren verursacht wurden, sei es, dass er sich eilen konnte, wenn es notwendig war, sich zu eilen. Und weil da immer noch das hundert Jahre alte Kurzruder mit all seinen Einkerbungen und all dem Salzfraß in einer Ecke stand, nahm er dieses.

Und was die Angelhaken anging, waren die, die er im Haus fand, ganz sicher norwegischer Herkunft, doch weil sie schon seit langer Zeit keiner mehr verwendet hatte und sie, in Kork eingehakt, immer dort herumlagen, waren sie mehr oder weniger alle rostig geworden.

Bei dem Boot gab es wenig zu wählen, entweder Borietta oder Borietta, die inzwischen hochberühmte Lanzitte, in die Don Ferdinando und seine Gefährten gestiegen waren und welche die einzige Tochter einer verwitweten Mutter war, entweder die oder die, er musste gezwungenermaßen mit dieser Erdnussschale herumlavieren. Sicher, die Lanzitte war in keinem schlimmeren Zustand als die Ausrüstung auf ihr. Es reichte schon, wenn man sich vorstellte, dass sie ja auch die Totenlasten dieser Mumien getragen hatte, mit diesem Riesen von Don Ferdinando, der doch für zwei zählte: Dieser Art vollgestopft, war sie aufs Meer gefahren, weit hinaus, geführt, versteht sich, von den Ohmahnen, wie's gerade kam, und dann, nach wer weiß welchen Schicksalsschlägen, mit dem zusätzlichen Spott und Hohn der Feren, den sie rings um sie herum auf sie losgelassen hatten, hatte sie wieder Land gewonnen, ohne sonderlich gelitten zu haben. Was konnte man von einer Erdnussschale mehr verlangen? Nach den Prüfungen, die sie überstanden hatte, konnte er bei geschlossenen Augen mit der Borietta hinausfahren.

Zu einer bestimmten Stunde war er hinausgegangen, um einen Blick auf den Mond zu werfen, und als er sah, dass er nicht mehr ihm gegenüber in der Mitte der beiden Meere zwischen Skylla und Charybdis stand, war er gleich wieder hineingegangen und hatte die Ausrüstung geholt. Doch da kam ihm der Gedanke an etwas: Ich rüste und rüste, und wozu rüste ich?, sagte er zu sich selbst. Womit rüste ich mich? Im letzten Augenblick hatte er sich nämlich empört, dass er nicht nur ohne geeignete Harpunen auf Feren hinausfuhr, sondern auch ohne jede Waffe, irgendein Eisen, das er in der Hand halten und mit dem er sich notfalls verteidigen, irgendeinen hartnäckigen und gefährlichen Widerstand niederschlagen oder herausreißen konnte. Er hatte lediglich das Schindermesser bei sich, da war's, doch wenn es ihm nützlich sein sollte, musste er die Fere handhaben können, und zwar von unten, mit Hebestricken verseilt oder entseilt, wie er sie in diesem Augenblick im Korb hatte.

Da hatte er einen Einfall wie den mit der mongolischen Wolle. Er hatte in der untersten Schublade der Kommode nach ihm gesucht, hatte ein kleines, feines Paket herausgezogen, das rundum mit einem Stoffrest von der Art einer Wundbinde verschnürt war, und hatte den Knoten mit den Zähnen gelockert und den langen, weißen Streifen abgewickelt. Drinnen war eine weitere Verpackung von geöltem Papier, auch dies hatte er abgenommen, und dann kam der berühmte marokkanische Dolch zum Vorschein, der klein war und wie ein Juwel funkelte. Er war um die zwanzig Zentimeter lang, die Klinge war nur wenig breiter als ein Finger und an der Spitze gerundet. Sein Griff bestand aus hauchfein mit roten Adern durchzogenem Perlmutt, die wie Blut wirkten und deren Anblick verstörte.

Seit vielen vielen Jahren war dieser Dolch für ihn das, was die mongolische Wolle für die Acitana gewesen war, etwas Schönes und Nutzloses, aufbewahrt allein zur Freude für die Augen, auch wenn der Dolch ganz sicher etwas Kostbares war und ganz sicher einen Geldwert darstellen musste. Caitanello war bei plötzlichen Hungersnöten versucht, ihn zu verkaufen, aber wem sollte er ihn anbieten? Wen kannte er schon, der sich einen solchen Dolch kaufen konnte? Die Händler etwa? Doch den Händlern hätte er niemals so viel Vertrauen geschenkt. Und dann dachte er auch, dass Carabinieri und Schutzpolizisten ihm wegen der Tatsache, dass der Dolch eine Klingenlänge von mehr als vier Fingerbreit hatte, und damit wahrscheinlich länger war als die des Springmessers, kurzum länger als vom Gesetz zugelassen, an den Kragen gehen konnten. Und darüber hinaus, wenn sie ihn fragten: Wie kommt ein armer Schlucker wie Ihr in den Besitz eines so wertvollen marokkanischen Dolchs?, hätten sie ihm mit Sicherheit niemals geglaubt, wenn er ihnen gesagt hätte, dies sei ein Erinnerungsstück aus der Familie. Diesen Dolch nämlich, diese ausgesprochene Spielerei, vielleicht ein Nagelreiniger der Sklavinnen, die in einem marokkanischen Harem lebten, hatte Caitanellos Vater Andrea mit nach Hause gebracht, und zwar zu der Zeit, als er mit dem Segler eines Taorminers die Straße von Sizilien hinauf und hinunter fuhr, zu bestimmten Häfen in Libyen und Tripolitanien, und manchmal auch bis an die Küsten von Tunesien und Marokko gelangte, wo der Taorminer Teppiche und Bettvorleger, bestickte Pantoffeln, Schals und Tücher aus Seide, Anhänger, Halsketten, Armreife mit bunten Steinen, Dosen mit Cremes, Puder und Zauberwasser einlud, lauter derartiges Zeug, alles für Frauen, was er dann in Tràpani oder Marsala, Porto Empedocle oder Mazara del Vallo, Sciacca oder Augusta entlud, dann auf dem Markt an den Erstbesten verkaufte, der mit Geld in der Hand zu ihm kam, Stück für Stück oder auch alles zusammen zu einem Gesamtpreis.

Dieser Taorminer war ein großer Weiberheld, sonst wäre er schließlich kein Taorminer gewesen, ein Weiberheld von dem Schlag, der sich erst dann kasteit und in sich geht, wenn eine ihm ans Leder will. Er war durch so viele und so haarsträubende Betrügereien von Frauen gegangen, dass Andrea Cambrìa sie, wenn er sie erzählte, immer etwas vereinfachen musste, wenn ihm daran gelegen war, dass man ihm glaubte. So gab es unter anderem die Betrugsgeschichte mit dem Dolch, den der Taorminer eines Nachts in Sfax mit an Bord brachte, als er ihm noch in der Schulter steckte. Die, die ihm dieses Geschenk gemacht hatte, war eine Beduinin gewesen, die sich in ihn verliebt hatte und die er, mit der Art, die er bei weißen und bei schwarzen Frauen anwandte, schwer enttäuscht haben musste: Du bist meine ganze Leidenschaft, jetzt, wo ich dich gefunden habe, gebe ich diesen Handel auf, den ich nur zum Vergnügen betreibe, und ziehe mich auf meine Güter zurück, ich bin nämlich ein großer Herr von Taormina, dort besitze ich einen alten Palazzo, den Palazzo Corvaja, siehst du ihn hier? Sogar auf Postkarten hat man ihn abgebildet, und dorthin werde ich dich bringen, dorthin, in meinen herrlichen Palazzo, wo du die Königin sein wirst … Es kam wie es kommen musste: Als die Beduinin sah, dass er alleine und ohne sie abreiste, wurde sie zu einer blutrünstigen Tigerin und zog beim Abschied diesen Nagelreiniger aus dem Ärmel und schleuderte ihn mit diesen Worten gegen ihn: Du nimmst mich also nicht mit? Dann nimm wenigstens diesen Dolch als Erinnerung an mich mit. Als Andrea Cambrìa ihn ihm aus der Schulter zog, wollte der Taorminer ihn nicht einmal anschauen und verschenkte ihn überaus gerne an seinen Gehilfen weiter, der sich, als er den perlmutternen Griff sah, auf der Stelle mit seinen Augen auf ein Liebesspiel mit ihm einließ.

Nachdem Caitanello ihn ausgepackt und sich an die Geschichte erinnert hatte, hatte er ihn zwischen Daumen und Zeigefinger gehalten, als wäre er eine Pfauenfeder, die man zum Schreiben von Bittgesuchen in schöner Schrift verwendet. In ihm lag etwas Zweifelndes, er hatte ihn beobachtet, indem er die Augen zusammenkniff und dabei dachte, dass er sich bei dieser Ausfahrt all der schönen Dinge entledigte, die es in seinem Haus zu sehen gab, all der schönen Erinnerungsstücke seiner Familie, der mongolischen Wolle und des marokkanischen Dolchs. Und er wusste noch nicht, dass er dieses Juwel gleich beim ersten Gebrauch für immer verlieren sollte.

Gegen vier Uhr ging er hinaus, gleich nachdem er die aufsteigende Strömung ins Tyrrhenische hatte stürzen hören: Der Mond blendete seine Augen nicht mehr, und auf den Meeren zwischen Skylla und Charybdis herrschte der Augenblick dichtester Dunkelheit.

Er hielt schnurstracks auf den Sporn zu und orientierte sich am Umriss der

Lanzitte vor dem Häuschen des Strandaufsehers und legte ganz leise das Ruder und den Korb mit der Angelausrüstung hinein. Dann holte er die Rammklötze unter der Borietta hervor, packte das Boot am Bug und zog es den Lehmhang hinunter. Darauf ging er zum Heck und schob es weiter abwärts und gleichzeitig hielt er es zurück und stemmte sich bremsend auf seine Fersen. Und sogleich fand er sich am kleinen Strand der 'Ricchia wieder, an der Ablegestelle auf einem der sandigen Vorsprünge.

Und um nicht Gefahr zu laufen, gesehen zu werden und das Unternehmen bekanntzumachen, mied er die Marina, von wo man, seit die Welt Welt ist, immer hinausgefahren war, und fuhr von der 'Ricchia hinaus. Und das war nicht nur die Neuigkeit aller Neuigkeiten, sondern jetzt auch noch die Kühnheit aller Kühnheiten, wegen der Gefährlichkeit des Sandes ohne Uferstrand nämlich, der sogleich in die Abgründe der Meerestiefen zwischen Skylla und Charybdis hinabstürzte.

Er schob die Lanzitte weiter auf die sandige Landzunge, die in die gleiche Richtung ins Meer ragte wie der weiter oben liegende Sporn, und er bewegte sich dabei in der Dunkelheit nach seinem Gedächtnis. Er setzte die Borietta aufs Wasser, stieg ein und begab sich auf gut Glück auf dieses Ferenmeer, dabei tastete er ringsum mit dem Ruder, während die Nacht sich über dem tiefschwarzen Wasser zerfaserte, als wäre sie von Finsternis gebläht.

Er fuhr praktisch über die Feren aufs Meer. Schon dort, zwischen den Felsen, gab es eine so dichte, apathische Ansammlung von ihnen, dass das Meer nur mühevoll zwischen ihnen durchkam und zwischen der einen und der anderen herschwappte. Zwei- oder dreimal versuchte er, das Ruder ins Meer einzutauchen, gab es dann aber auf, weil er mit der Spitze des Ruderblatts nur die Wirkung eines leichten seitlichen Schaukelns dieser Mistviecher hervorbrachte. Sie verdauten, sie zermahlten innerlich. Alle waren sie in einen starrsuchtähnlichen Zustand gefallen, alle darauf konzentriert, das Rülpsen günstig einzustellen, und solange sie beim Rülpsen die Reihen nicht öffneten und ihm das Meer freigaben, blieb ihm nur, sich stillschweigend aus ihrer Gewalt davonzumachen, ohne ein Lebenszeichen von sich zu geben und sie in dem Glauben zu lassen, sofern sie daran glaubten, das es sich um ein Relikt handelte oder um ein hinausdriftendes Boot.

Er bewegte das Ruder nicht und achtete sogar darauf, ohne Keuchen zu atmen, wie wenn er über eingefettete, über seifige Dünen navigieren würde, er spürte, wie der leichte Bootskörper sich auf und ab bewegte und auf den wogenden Bewegungen der Feren dahinglitt, und das dauernde Gerüttel des kraftlosen Meers unter ihren Bäuchen, wenn die Lanzitte in einem Rückprall von der einen an die andere stieß. Bei jedem Gegenstoß schlugen die Feren kurz oberhalb einer Flanke mit einer halben Drehung an. Sie sandten Zeichen ihres Aufruhrs aus, und die Lanzitte spürte das deutlich, die dicht über den Rücken dahinglitt wie in einem schiefen wilden Bastardell. Andere Male neigte sich das Boot auf die Seite, oder wenn es sich herauswand, hielt es rüttelnd mit dem Bug auf die Knochen der Tiere zu, dabei knarrten die Querverstrebungen und Latten und gaben ihren Unwillen zu verstehen. In solchen Augenblicken dachte er, er würde den Fuß auf sie stellen, ihren glitschigklebrigen Kontakt spüren, den kalten und den heißen Schweiß ihrer öligen Haut. Und er meinte, er würde jeden Augenblick umkippen und hineinstürzen.

Als er jedoch sah, dass sie nicht wirklich gegen ihn aufbegehrten, sondern nur winselten und sich verrenkten wie jemand, der sich im Schlaf unruhig herumwirft, wurde er unter Rückstößen und Abprallern allmählich wieder zuversichtlicher in seiner Lanzitte, denn auch in dieser tiefen Dunkelheit hatte er deutlich beobachtet, dass die Feren Sabber ums Maul hatten, eingezwängt wie in einen Korb in ihren steinigen Verdauungsvorgang, hautnah am Tod.

Er hatte den Augenblick genau getroffen, weder zu früh noch zu spät: genau zu dem Zeitpunkt, wenn das erste gigantische Rülpsen alles in Bewegung setzte wie ein verpesteter Böller auf dem Grund ihrer Innereien und ihm in den Ohren dröhnte, reckte die Fere den Hals wie im letzten Todeskampf, um ihren Schlund von dem stinkenden Aufstoß zu befreien, danach hauchte sie aus ihrem Maul übelriechende Schwaden, als hätte sie in ihrem Inneren Karbid verbrannt, wölbte sich und rollte sich mit eingezogener Fluke zusammen. Sie verharrte dann wie ein Kadaver und hauchte die Seele in der Meeresfurche aus, die sie gegraben hatte, indem sie den Rülpser immer tiefer nach unten drückte, der sich in ein Begräbnis verwandeln konnte und sich für die eine oder andere auch verwandelt hat. Man konnte dann später sehen, wer, vom Rülpsen erschöpft, bewusstlos unten geblieben war, und wer ihn vollständig hinausgelassen hatte und damit zu seinem Glück dem Schlimmsten entgangen war. Wer also, kurz gesagt, dort blieb, wo sie war und in ihrem Meeresbereich stank und kadaverte und dann von der Strömung an Land oder weit hinaus getragen wurde, und welche hingegen davonschoss, sobald sie konnte, und damit das Wasser des Meeres und des Lebens zurückgewann, was bedeutete: Verschwendung. In der Umgebung dort konnten sich durchaus auch solche befinden, die wieder einmal oder auch ein für alle Male diesen schmerzhaften Vorgang bereits hinter sich hatten. Für den Augenblick jedoch und noch für eine ganze Weile machte das Auge keinen großen Unterschied zwischen Bewusstlosen und Überlebenden, so wie es auch keinen Farbunterschied zwischen Heimischen und Fremden und zwischen Fremden und Fremden feststellte. Überall ringsum sah er in der ersten dunstverschleierten Helle ein einzigartiges, verschlungenes braunes, bläuliches, braunblaues und schwarzes Schimmern schwitzender und dampfender Haut, die sich abkühlte: Und diese Erscheinungen konnten alle von Lebendigen und alle von Toten stammen.

Seiner Meinung nach atmete er diese Luft fast mit Vergnügen ein, die, je tiefer er eindrang, umso mehr nach Innerem und Äußerem von Feren stank, die das Rülpsen vermieden. Halb auf dem Boden der Lanzitte sitzend und halb auf ihm liegend, in Erwartung einer Öffnung aus diesen samtig fetten Klippengegenden, spürte er bei jedem Stoß unten und um ihn herum das kettenrasselnde Rülpsen. Vielleicht löste das leichte Anstoßen der Lanzitte es aus, die sie auf dem Rücken und an den Seiten spürten, so dass es bei den zahllosen Feren aussah, als würde ein milchtrockener Ammenmann unter vielen gewickelten Säuglingen hergehen, ein Ammenmann, der sich von einem zum anderen bewegte, ihm einen Klaps auf den Rücken gab, damit ein Bäuerchen in seiner Kehle hochstieg und so seine Verdauung einsetzte.

Endlich hatte er ein bisschen Meer vor sich. Mit dem Ruderblatt hatte er hier und da auf diese Verferkelten eingewirkt, um sich einen Weg zu bahnen. Doch um wohin zu fahren? Dahin, wo das Meer ist? Es kam ihm vor, als würde er ständig im Begriff sein, sich von den Feren zu entfernen, er betätigte das Ruder, indem er es wild eintauchte und fauchte, doch holte er immer nur ganz eng aus, ohne jemals wirklich offenes Meer vor sich zu haben. Seiner Meinung nach befand er sich unterdessen mehr oder weniger auf der Mittellinie und hatte das Tyrrhenische im Rücken und vor sich das Jonische, als ihm plötzlich klarwurde, dass er sich unmerklich aus der dichtesten Ansammlung der Feren herausgewunden hatte: Vor sich sah er das leere Meer in seinem natürlichen Zustand, das in der toten Strömung ermattete.

Es war eine Art Durchlass, den die Feren bei ihrer Ansammlung offen hielten, fast so, als würde sich dahinter eine Absicht verbergen, doch das Fließen und die unterschiedliche, eisige, graue Färbung machten ihm sofort klar, dass dieser Durchlass nichts anderes war als ein Bastardell der herabtreibenden Strömung, dem diese Intelligenzbestien einen Durchlass geöffnet hatten, damit sie auch nicht im Geringsten bei ihrer gefahrvollen Operation des ersten Rülpsens gestört würden.

Der Bastardell wurde in unruhige Bande zwischen diesen Dämmen und Rücken aus Fleisch gezwungen, er brodelte und versprühte feinste Bläschen, und Caitanello befand sich mit dem Bug der Lanzitte genau an seinem Rand. Um sich nicht zwicken zu lassen, entschloss er sich davonzueilen, strich ganz dicht an der Ansammlung der Feren vorbei, fuhr über die Untiefen von Rasocolmo hinauf, wo er Platz zu finden hoffte, seine Angeln auszuwerfen. Vereinzelte Feren, allein oder in Herden, tot oder lebendig, tauchten auch weiterhin um ihn herum auf, und er musste sich ständig mit dem Ruder zu schaffen geben, um das Wasser vor dem Bug der Lanzitte zu entferen. Das Wasser stank immer mehr, und von Zeit zu Zeit meinte er, so etwas wie ein Vibrieren bei sich wahrzunehmen, eine Art elektrischen Schlags, der möglicherweise dem Umstand zuzuschreiben war, dass das Rülpsen sich an der Spitze des Ruders entriegelte und dieses in seinen Händen vibrierte und von den Händen aus im ganzen Körper.

Da spuckte er diese Verferkelten an, und indem er sie anspuckte, störte er sie in ihrer ferkelhaften Glückseligkeit: Mit der Spitze des Ruders drückte er unter Wasser auf die gebuckelte Stirn oder er schlug das Ruder mit der Seite gegen das Schnabelmaul und brachte ihre Zähne zum Klingen. Provozierte er sie damit etwa? Nein, er ruderte einfach aufs Meer hinaus. Er war doch in seinem Element, oder? Er war in seinem Meer und in seinem Recht, er war im charybdotischen Wassergeviert, und da waren welche, die es ihm versperrten und versauten: Musste er sie nicht mit guten wie mit üblen Mitteln um Durchlass bitten? Stand es ihm etwa nicht zu, die Angelschnüre an irgendeiner Stelle seines Meeres auszuwerfen?

Wegen der ununterbrochenen Störungen und Behinderungen öffnete sich das eine oder andere erschöpfte Auge unter schwer lastenden Lidern, als würde man es mit dem Flaschenzug hochheben. Als sie allmählich aus ihrer Bewusstlosigkeit erwachten, dachten sie vielleicht, sie würden träumen, als sie dieses Christenmenschlein vor sich erblickten, das es gewagt hatte, mitten in ihr Großgemach von Sarazenen einzudringen, die auf weichen Kissen schliefen, machtvoll einquartiert in jede Wasserfalte der Meere zwischen Skylla und Charybdis. Wer ist denn dieser althaarige Geck?, schienen sie sich zu fragen. Wer ist dieser begabte Trottel, der heimlich und auf leisen Sohlen in Agramantes Feldlager eindrang? Ja, was denn, schienen sie sich zu fragen, gab es wirklich noch einen mutigen Mann unter Leuten, die es nicht mehr wagten, aufs Meer hinauszufahren und sich von unseren Kadavern zu ernähren?

In der Ferne war eine erste Helle aufgezogen, und in dieser Helle zeigte sich seinem Blick nach und nach die ganze großartige Vielfalt der Feren. Jetzt, da er sie vor Augen hatte und nicht auf Durchreise war, zeigten sie sich ihm, fern und verwölkt, wie bei ihrer Ankunft, in all ihrer großartigen Neuheit und Unterschiedlichkeit der Farben und Formen, Formen und Farben, die sich zum Tyrrhenischen hin in einer solchen Zahl zusammenfanden, dass sie einen erschreckten, und wenn man sie mit dem Blick zurückverfolgte, empfing man durch sie ein Gefühl von Zerstörung, von innerer Leere, die einen schwindeln ließ. Auf der gesamten Mittellinie schien das Meer von großen länglichen Platten gepflastert zu sein, teilweise im Violett von Bougainvilleasträuchern gefärbt und teilweise in Brauntönen, als wäre es Rost, teilweise weiß wie schäumende Milch und teilweise mit grauen Färbungen wie von Stahl, teilweise tintenblau und teilweise endlich samtschwarz mit ringförmigen Kreisen: Das waren die Augen von einer rosa Färbung, die sich mit einer außerordentlich schönen Wirkung ins Schwarze verlor, und das, nur um zu sagen, wie launisch die Natur ist, waren jene Porposen mit der unattraktiven Gestalt von richtigen Schweinen.

Unter ihnen befanden sich auch Dreißigjährige, zahnlos und sabbernd, alte Fregatten mit triefäugigem Blick, deren Haut mit weißlichen Narben übersät war, was man allerdings auch bei anderen von anderer Färbung als denen dieser mafiös bedrohlichen Graugrampen sehen konnte, Alte, die die berühmten Kurven ihres Körpers verloren hatten und entkräftet auf dem Wasser lagen, als wären sie bereit, sich in Karkassen zu verwandeln. Und auch Jungkälber tummelten sich da, im Januar geboren, mit noch zarter, glänzender Haut, die mit geschlossenen Augen saugten, als wären sie eingeschlafen, während sie schräg an der mütterlichen Zitze hingen, an dem Schlitz nahe der Fluke. Und unter ihnen waren bei Ohmahninnen und Neugeborenen die von mittlerem Alter, die lustigleichten, unerfahrenen Nattern, die zwar gerade erst aufblühten, aber schon beobachtet wurden.

Dann waren da die Männchen, die jüngsten wie die ältesten, auf niedrigster Stufe ebenso wie die großen Kaliber, kleine und große Stammraïs, Herrscher über Schulen und Kolonien, über Herden und Schwärme, die, isoliert wie auf dem Thron, sich inmitten ihrer Knechte und Weibchen aufhielten, die eine dicht an die andere gedrängt und gespreizt, als wären sie nicht vom Rülpsen ermattet, sondern durch nächtelanges Spiel mit den jüngeren und älteren Männchen.

Bei diesem Blick mal hierhin und mal dahin zog er das provozierende Auge einer dieser Verschweinten, einer dieser Porposen mit einem noch neidischeren Blick als dem der anderen auf sich, und ebenso das Gehabe dieser alten Schulfregatte mit der hier und da abgeplatzten und von den Jahren verkrusteten schwarzen Farbe: Diese Schabracke war schon wieder mehr bei Sinnen als die anderen, sie hielt ihn wohl für einen Wurm vom Festland und war von ernüchternder Empörung und tiefer Verachtung erfüllt. Wirst schon sehen, wirst schon sehen, was dich erwartet, schien sie ihm mitzuteilen. Siehst du denn nicht, nein, dass wir dich an der langen Leine führen, während das Bewusstsein wieder in uns zurückkehrt? Und du wirst noch einige Schulter- und Nackenschläge bekommen, so viele wirst du bekommen, bis die Rechnung dir ungleich erscheint …

Auf diesen verächtlichen, drohenden Blick hin und im Vergessen, dass er nicht zum Streiten aufs Meer gefahren war, ehrlicherweise dachte er nicht einmal entfernt daran, packte er das Ruder wie eine Axt, und weil er sie, diese sabbernde Schulfregatte des Ozeans, in Reichweite hatte, stürzte er sich auf sie und gab ihr einen gewaltigen Schlag auf den Kopf. Sein Angriff kam so überraschend, dass diese Schabracke weder die Zeit hatte, noch die Geistesgegenwart besaß, sich davonzumachen, und folgte ihm stattdessen während des Schlags eher mit einem überraschten statt mit einem schmerzverzerrten Blick. Und er: Los, sieh mich an, sieh mich ganz genau an, befeuerte er sie. Behalte ihn gut in Erinnerung, diesen vertrottelten Christenwurm, und dabei zertrümmerte er ihr den Schädel.

Es bedurfte einer gewissen Zeit, bevor die Porpose, nachdem sie ihre Verblüffung überwunden hatte, spüren ließ, wie sie darüber dachte. Sie klagte, sie klagte unaufhörlich mit irgendwelchem ngangà, ngangà, das ihr hauchfein und angerostet wie verwickelte Stücke aus Eisendraht aus der zitternden Gurgel quoll, mit der unflätigen, verlebten Stimme einer verbrauchten Schulfregatte am Ende ihrer Laufbahn. Er aber nahm ihr mühevolles, abgetakeltes ngangà, ngangà in seinem Ohr wie Ehrengeklingel auf, in der verzweifelten Hoffnung, dass es auch ins Ohr der Charybdoten gelangen könnte, weil es ihm an diesem Punkt richtig Freude gemacht hätte, wenn sie, die Pellisquadre, ihn hätten sehen können, während er, auf miserablem Boot mit noch miserablerer Ausrüstung, diese verferkelte Fremde ganz alleine öffentlich herabwürdigte und massakrierte: er ganz alleine im Namen aller.

Die tückische Porpose, von den Schlägen mit dem Ruderblatt halb ins Wasser gedrückt, ließ sich jedoch nur ganz leise von ihm vernehmen. Sing schon, du Elende, lass heraus, was von deiner Stimme übrig ist, schrie er sie an und beugte sich auf der Lanzitte vornüber, um weiterhin auf sie einzuschlagen, wobei Wasser in sein Gesicht spritzte, wenn er in all seiner Wut das Ziel verfehlte oder unglücklich traf.

Die Porpose sank allerdings sehr langsam, so, als hätte sie Blei im Bauch, und das war für eine Fere ungewöhnlich. Sie war völlig verstummt, als wäre sie, und das war für eine Fere noch viel ungewöhnlicher, auch wenn sie eine Bastardin wie diese da war, bereits tot, einfach so, in einem Nu, ohne ihre Genialität vorgeführt zu haben. Zu spät erinnerte er sich des marokkanischen Dolchs, den er in seinem Gürtel stecken hatte, zu spät, um ihre Stimme zu zwicken, und zu spät, um ihren Kopf abzuschneiden und ihn als Beweis zu den Charybdoten zu bringen. Fast spürte er es, dass sie ihm nicht glauben würden. Den Kopf müsste er ihnen bringen, den Kopf, sein Wort wäre nicht genug; um ihm Glauben zu schenken, wollten sie den Kopf sehen, wollten sie den Beweis für die Tötung wie in der Hafenkommandantur, auch wenn die Prämie, die sie ihm geben müssten, kein Geld wäre, es wäre sehr viel weniger und sehr viel mehr. Doch das wäre etwas für später. Jetzt bereute er es, dass er alles so heimlich bewerkstelligt hatte. Er wünschte sich, dass jemand von Charybdis ihn gesehen hätte, bei der Wasserung, beim Ablegen, bei der Fahrt auf dem erreichten Meer, bei dem Schlag auf den Kopf und bei der Weltenthebung dieser Porpose. Er hoffte, mit der Borietta wenigstens so viel Lärm gemacht zu haben, wie ausreichte, um Signor Cama hellhörig werden zu lassen, er hoffte, dass wenigstens der ihn früher oder später sehen würde, der sich, seiner Gewohnheit entsprechend, bei Tagesanbruch am Sporn zeigte, um seinen Tropfen Wasser zu lassen. Wollte er sich etwa brüsten? Wünschte er sich deshalb Zeugen? Nein, das nicht. Doch sollte er sich andererseits denn dafür schämen? Lakonisch gesprochen: War es denn etwa im Interesse aller, entsprach es dem Interesse aller, zwanghaft daran zu denken und inmitten dieses Dreckhaufens von Feren hinauszufahren, um sämtliche Angelhaken zu werfen, als wäre es wie früher, und, an den Haaren gezogen, sogar den Schädel einer dieser ozeanischen Schuhsohlen zu zertrümmern, einer dieser Porposen, um genau zu sein?

Er blickte auf die Angelschnüre im Korb, auf die mit der mongolischen Wolle verköderten Haken, und wenn es nach ihm gegangen wäre, hätte das alles, offen gestanden, keine Bedeutung mehr für ihn gehabt. Jetzt fühlte er sich, offen gestanden, als könnte er wieder an Land zurückkehren, es war, als wäre sein eigentliches und ihm selbst vollkommen unbewusstes Ziel, mit dem er aufs Meer gefahren war, einzig das gewesen, einmal richtig Dampf abzulassen. Doch es war seltsam: Jetzt, da er Dampf abgelassen hatte, empfand er überhaupt keine wohltuende Wirkung, ja, ganz im Gegenteil, eine große Müdigkeit war plötzlich über ihn gekommen, ein fürchterlicher Schmerz erfasste ihn ihm Rücken, am Hals, in den Hüften, in den Armmuskeln, in den Handgelenken. Er taumelte. Nach und nach musste er auf die Knie gehen, die zitterten, und sich auf dem Boden der Lanzitte neben dem Korb mit den verschiedensten Angelhaken ausstrecken.

Eine gewisse Zeit verging, und er meinte, der Schirokko würde eine andere Wende nehmen, denn da war ein frischer Lufthauch, der mit dem Erahnen des neuen Tags leicht und heiter zu wehen begonnen hatte. Doch gleich nach der Frische hatte er warme Luft im Gesicht gespürt. Die Sonne wanderte in diesem Augenblick hinter dem Aspromonte in Richtung Melito an den Meeren zwischen Skylla und Charybdis, und von dort kam wenige Augenblicke später die erste Helle des Tags, und die Borietta mit ihm an Bord auf der langen, verlassenen Meeresströmung war das Erste, was sie von Kalabrien und von Sizilien aus sahen.

Jetzt wird die Sonne mich vor den Augen aller bloßstellen, war der erste Gedanke, der ihm einkam. Noch eine Minute zuvor hatte er nichts anderes gewünscht, als gesehen zu werden, im Licht zu stehen, jetzt dagegen erfasste ihn der Gedanke an die Sonne wie etwas Kummervolles. Die Sonne wird hier ringsum die Ausruferin über Caitanello Cambrìa sein, der als Trottel und Versager in der Borietta entdeckt wird, sagte er zu sich und kaute bitter. Schon war es ihm, als würde der Spott der Pellisquadre an sein Ohr dringen, vor allem des Demütigendsten, Arturo Palamara, und vor allem des Vernünftigsten, Luigi Orioles, der gerade als Vernünftigster, darauf konnte er wetten, viel gegen seinen Geniestreich einzuwenden haben würde.

Mit einem Ellenbogen stützte er sich auf den Korb mit den Angelhaken und machte sich mit einer Hand gedankenverloren an den Angelschnüren zu schaffen, ließ die Korken durch die Finger gleiten, die Bleigewichte, die Schnüre, die Köder, die Schlaufen aus mongolischer Wolle. Er befühlte alles, war aber mit seinen Gedanken bei anderem, und es wollte ihm scheinen, dass er das, was er befühlte, nicht erkannte, nicht einmal die hochfeinen, zwischen den Fingern fast nicht zu spürenden Bäuschlein aus jener Wolle, die er möglicherweise ohne wirkliche Notwendigkeit aus dem Körbchen der Acitana geholt hatte und nur widerwillig in seinen Händen zu Ködern verarbeitete und in einem richtigen Sakrileg auf die Angelhaken setzte. Die Angelschnüre waren längst trocken, und trocken würden sie auch bleiben. Wozu sollte er die vielen Angelhaken denn hinunterlassen? Die Sonne war ja schon aufgegangen, und die englischen Wachboote würden auch nicht lange auf sich warten lassen. Hatte er denn so viel Zeit vergeudet, um sich aus den stinkenden Untiefen der Feren herauszuwinden und dann dieser widerlichen Schulfregatte von Porpose vier Schläge mit dem Ruder zu versetzen? Gerade als er sich an die Angelschnüre hätte machen müssen, hatte er Herz und Verstand darauf gerichtet, diese fremdländische Fere umzubringen: Ja, ja, ganz ohne Zweifel musste dies das eigentliche, ihm nicht bewusste Ziel seiner Lust gewesen sein hinauszufahren, und die gesamte Ausrüstung musste dagegen das falsche Ziel gewesen sein, und tatsächlich hatte er sie auch völlig vergessen, und sie fiel ihm nur jetzt wieder ein, nachdem er Dampf abgelassen hatte, seine Begeisterung gesunken und seine Kräfte geringer geworden waren.

Er hatte sich zu Tode gemüht, um diese Fere zu töten, es war, als hätte er bei diesem Unternehmen die verbleibende Lebenskraft seines Lebens verausgabt, und jetzt fühlte er nur noch so viel Hauch von Lebendigkeit in sich, wie er brauchte, um sich darüber klarzuwerden, dass er, wenn er denn sterben musste, sterben konnte. Wieso auch nicht?, fragte er sich. Welches Ziel habe ich denn noch im Leben?

Er wünschte sich nichts anderes, als auf der Lanzitte zu bleiben, auch dann, wenn sie mit Einsetzen der aufsteigenden Strömung abdriften sollte. Ganz weit weg, ja, da war er versucht zu reagieren, sich mit dem Ruder ins Zeug zu legen, um sich zu rüsten, sich dieses Anblicks zu entheben, die 'Ricchia zu erreichen, die Borietta wieder auf dem Sporn abzulegen, danach ins Haus zu gehen und so sein Gesicht zu wahren. Doch er versuchte es nicht einmal, er machte nicht einmal die Anstrengung aufzustehen, ihm war nicht einmal danach, auch nur einen Finger zu rühren, überzeugt wie er war, dass sein Gesicht nicht einmal mehr die armselige Anstrengung verdiente, einen Finger zu rühren, um gerettet zu werden. Sein Gesicht wahren? Wozu denn? Ein elender Hund wie er hatte noch den Anspruch, sein Gesicht zu wahren? Sogar seinen Göttern war das Gesicht doch heruntergefallen, indem sie sich auf der Erde in Stücke schlugen: Seinen Göttern war es heruntergefallen, den Kronen seines Hauptes, und er sollte aufbegehren, wenn es ihm herunterfiel? Einem Caitanello Cambrìa durfte das Gesicht zur Erde fallen, und das machte keinen Lärm, das rief weder Freude noch Leid bei irgendwem hervor. Sein Gerede war das eines Alten, das wusste er wohl. Zu seiner Zeit hätte Caitanello Cambrìa so nicht geredet: Das schöne Gesicht, die würdevollen Farben des Gewissens und des Herzens, die dem gesellschaftlichen Auge vorgestellt werden, zählten einmal sehr viel für ihn, einmal allerdings, einmal, zu anderen Zeiten, zu Friedenszeiten, zu Zeiten, die für ihn nicht wiederkehrten. Jetzt war er alt und einsam, nicht einmal einen Hund hatte er, der sich Gedanken um ihn machte, er war alt und einsam, und nur, wenn er in einer Lanzitte mitten auf einem von Feren versudelten Meer in der Sinnlosigkeit von allem saß: Welchen Unterschied sollte es dann noch für ihn machen, ob er das Gesicht verlor oder wahrte?

Er verspürte nicht mehr den geringsten Wunsch.

Er hatte die Angelschnüre vorbereitet und die Köder einen um den anderen mit dieser schönen mongolischen Wolle aufgezogen und die kleinen Büschel an den Angeln mit einer Liebe und einer Freude wie über etwas Jungfräuliches, etwas Jugendfrisches befestigt, mit der gleichen Rastlosigkeit, so konnte er sagen, die ihn erfasste, als er noch ein milchbärtiger Junge war: Ja, bei seiner Ehre, es war wie ein Feuer, das in seinem Herzen wieder auffunkte, wie wenn sein Herz aus seiner eigenen Asche wieder aufzuflammen begänne. Und doch, und doch, nicht einmal das war ein richtiger Wunsch; musste er also daraus schließen, dass der eigentliche, der ursprüngliche Wunsch der war, den er bei der alten Schulfregatte von Porpose befriedigt hatte? Musste er daraus schließen, dass sein Wunsch nur darauf aus war, einer Fere knüppeldick Prügel zu verpassen, dieser einen für alle?

Musste er das sagen? Er gelangte an den Punkt, dass er Noah und seine Gefährten beneidete, die ebendiese Lanzitte weit hinausgeführt hatte, zu Wassern des Vergessens. Er hörte so etwas wie eine Stimme der Versuchung, die ihn halb erschreckte und halb lockte: Komm, komm, sagte sie zu ihm. Leg dich bequem hin, bewege dich nicht, du brauchst keine Ruder, die Lanzitte weiß, welches Meer sie befahren muss, sie lenkt sich auf die absteigende Strömung ein und trägt dich fort. Sie verzaubert sich aus Notwendigkeit, diese erbarmungsvolle Nussschale, sie richtet alles alleine, und so, wie sie die vier Mumien zu deren Ziel trug, trägt sie jetzt auch dich: Du hast dir diese Ehrenbehandlung verdient, auch wenn du noch nicht zur Mumie geworden bist. Komm, komm, müder Pellesquadra, komm und ruhe dich aus. Sag ja, entspanne dich, schließe die

Augen, und die Borietta wird sich darum kümmern, wir reisen, und sie bringt dich. Sag ja, Caitanello, schließe die Augen und öffne sie nicht mehr …

In seinem Herzen sagte er nicht nein, doch auch nicht ja. Die waren schließlich Methusaleme, sagte er sich. Mumien, die fast doppelt so alt waren wie ich. Allerdings, sagte er sich ebenfalls, Methusalem vielleicht nicht, doch bei dieser Müdigkeit und Gleichgültigkeit gegenüber allem habe auch ich meine Zeit hinter mir.

Doch wie das Leben so ist, da befand er sich auf dem Boden der Lanzitte wie außerhalb der Welt und des Bewusstseins, hatte Seele und Körper in diese vortödlichen Selbstgespräche erbrochen, als er durch ein bestimmtes feuchtes, warmes Tröpfeln, durch ein bestimmtes Aufdünsten in den Hüften im letzten, im allerletzten Augenblick begriff, dass ihn ein Drängen erfasst hatte zu pinkeln, dem er auf der Stelle nachgeben musste. Genau wie ein Alter, ein Ohmahne, der es nicht mehr schaffte, die Gemütsregungen und alles mögliche Drängen, das ihn befiel, im Griff zu haben, fühlte er, dass er sich vollmachte, wenn er sich nicht beeilte, fühlte, dass der Strahl, ohne ihn um Erlaubnis zu fragen, losgelegt hatte und hervorquoll … Er erhob sich und schaffte es gerade noch rechtzeitig, sich die Hose aufzuknöpfen.

Die Pinkelattacke stürzte ihn vor den Feren augenblicklich ins Lächerliche.

Er befand sich ungefähr zwischen Skylla und dem Landstrich der Feminoten: Vor sich hatte er den Bastardell, doch an dessen Rand, zur Linken und zur Rechten, waren eine ganze Zahl von Feren verstreut, einige allein, einige verpaart und einige in kleinen Herden, von unterschiedlicher Färbung, Fremdlinginne zumeist.

Die in unmittelbarer Nähe, unter denen viele mit einer weißen Rückenfinne waren, fingen an, die Augen zu diesem merkwürdigen, unten gekrümmten Strahl mit warmen Dämpfen aufzuheben und zu lachen: hiii, hiii … Ein lächerlicher Christenmensch, der eine Fere sein wollte, das stelle man sich vor, der ebenfalls einen Wasserstrahl aus dem Atemloch schickte, doch was das angeht, hat der Christenmensch die Öffnung für sein Gepruste nicht hinter dem Kopf, sondern ganz im Gegenteil auf der gegenüberliegenden Seite, am Unterbauch, an der Unterfluke, und darin glich er sehr viel mehr ihnen als der gewaltigen Schlampe von Walweibchen.

Sie lachten also zu zweit oder dritt, und auf der Stelle lachten alle, denn man begriff klar und deutlich, dass dieses Lachen am Morgen, zusätzlich zu ihrer Rülpserei, sie in Stimmung brachte und ihre Geister belebte.

Das Gelächter wanderte von den einen zu den anderen, von denen, die vor ihm über die Mittellinie verstreut waren, zu denen, die sich hinter ihm versammelten, in den Gewässern vor der 'Ricchia, es zog und flog von den Nächsten zu den Fernsten, die man lebendig werden und sich verfärben sah, da oben, zwischen Palmi und Rasocolmo, und da unten, in der Umgebung der Grenzlinie zwischen den beiden Meeren, bis hinein in den Ellbogen zwischen Skylla und Punta Cavallo, beim ersten Anzeichen der jonischen Strömung. Hiii, hiii … Die Schnabelmäuler in der Luft, von Weißen und Schwarzen, Grauen und Braunen und braunrosa Gefärbten, aus ganzen Schulen und Kolonien, bliesen sie lachende Stinkwinde zu ihm hinüber, ein verschlagenes, ungeheuer amüsiertes Gelächter. Sie hielten ihn zum Besten, sie nutzten diesen Augenblick seines Bedürfnisses zu ihrem Vorteil aus, nach ihrem Verständnis stellten sie ihn bloß, weil er pinkelte. Die öffentliche Beschämung, die er der Schulfregatte von Porpose angetan hatte, hatten sie entweder gar nicht bemerkt, oder es hatte sie völlig kaltgelassen, und tatsächlich machten sie ihn lächerlich und verspotteten ihn, statt ihn ernst zu nehmen.

Doch konnten sie sich überhaupt die eigentümliche, Gesundung bringende Auswirkung vorstellen, die ihr spöttisches Gelächter auf ihn hatte? Und konnten sie sich vorstellen, wie er seinen verlorenen Geist und die Fähigkeit seines Körpers wieder aufblühen fühlte und wie er jetzt, kurz gesagt, nachdem jedes Weh und jeder Schmerz, die ganze Feindseligkeit gegenüber dem Leben, die er vorher schwerschwer von seinem Leib wie einen Harnisch zu seinen Füßen hatte abfallen spüren, dem mit einem Säbelhieb ganz sauber die Schnürriemen der Schulterschützer durchtrennt werden, jetzt, mit jedem Gelächter, wieder in seinem Körper aufsteigen fühlte und den Mut in seiner Brust mit Geist anfeuerte und entflammbar machte wie Brennspiritus und im gleichen Augenblick die Gedanken in seinem Kopf leicht und schampanjerspritzig werden ließ. Bei seiner Ehre, es war die Sache eines Augenblicks, und in diesen Böen von Gelächter fühlte er sich wirklich so: schampanjerspritzig, ganz wie die Spritzigkeit eines Sprudelwassers, das in Myriaden Bläschen unter der Kugel im Flaschenhals herausschießt.

Er hatte dort, einen Schritt von ihm entfernt, die verschweinte Porpose eräugt, die er mit Ruderblattschlägen traktiert und, einer Täuschung erliegend, für tot erklärt hatte. Doch sie war nicht tot, er hatte sie zwar auf den Grund sinken sehen, jetzt aber war sie an der Oberfläche. Allerdings hatte er gut gezielt, aufs Gehirn, und wirklich sah man selbst von weitem, wie er ihr den Höcker an der Stirn zertrümmert hatte, und wenn sie bei genauerer Betrachtung nicht tot war, so war sie doch kurz davor. Sicher, es war durchaus möglich, dass eine so alte, verkrustete Schulfregatte wie diese da, die wer weiß wie viele und wer weiß welche Schlachten überstanden hatte, davonkommen konnte. Doch inzwischen warf sie Sabber über ihren entblößten Zahnkranz und reckte ihren Hals und ihr Schnabelmaul mit erschreckenden Gegenstößen, die den Krämpfen des Todeskampfs ungeheuer ähnlich sahen.

Die Tatsache, dass sie sich noch immer bewegte und vor den Blicken aller anderen langsam starb, konnte sich für ihn günstig auswirken, weil sie auf diese Weise zeigte, wie der Christenmensch sie zugerichtet hatte, sie stellte sich öffentlich bloß, solange sie noch Blut hatte, das sie ausströmen ließ. Doch was war das für eine öffentliche Bloßstellung, wenn sie mit dem Blut nicht auch die Klageworte ausstieß, ahi, ahi, ngangà, ngangà, und ein Tränchen herauspresste? Spritzig wie er war, nahm er schon wieder an, dass er ihr die Stimme entlocken könnte, und so, ohne auch nur im Geringsten daran zu denken, seinen Kolben wieder einzuziehen, ja, im Gegenteil, ihn sogar dort zu belassen und ihn vor aller Augen hin und her zu schwenken und sich damit an die herrlich zahlreiche Gesellschaft zu wenden, fing er an, sie zu verhöhnen: Ach, ihr macht euch lustig über den Strullerstrahl? Ach, ihr findet meinen Kolben lächerlich? Dann, ja dann hört inmitten all dieses Lachens, hört dann auch dieses Gewinsel, denn, wie heißt es doch? Kein Lachen ohne Tränen, hört also, hört es und sagt mir dann, ob euch dieses Gewinsel hier bekannt vorkommt … Und wie er dies sagte, schlug er mit dem Ruderblatt auf den Umriss dieser Schulfregatte, die ihre Segel einholte. Er schlug in der Hoffnung, ihre Stimmung zu schütteln und ihr wenigstens einen Klagelaut als Musterbeispiel zu entreißen und als Beweis. Doch diese Karkasse war entweder schon mehr dort als hier und litt bereits nicht mehr, oder aber sie musste, was das Weinen und das Betteln anging, in ihrem Leben immer schon eines von den Schafen gewesen sein, die nicht einmal wissen, was Weinen überhaupt bedeutete, und wie das Ei überm Feuer ist, das, je länger es kocht, umso härter wird. Indessen lief er bei all den auf ihn gerichteten Blicken Gefahr, dass er zur Figur des Peppinnino wurde, dieses Erzprahlers von der Größe einer Spanne, der den Beruf eines Narren am Hof Karls des Großen ausübte, und jedes Mal, wenn er den Mund aufmachte, einen ganzen Korb und eine Tasche voll mit Großmäuligkeit und Dreistigkeiten herausließ, er forderte die Paladine heraus, und diese versetzten ihm Prügel, doch obgleich er immer einstecken musste, bereute er niemals.

Und er lief Gefahr, in diesem Augenblick eine so traurige Figur wie dieser Peppinnino abzugeben, denn es war ja möglich, dass die Feren ihn nach seinem höhnischen Gerede durch Mundfürze ohrentaub machen wollten.

Was also tat er? Er ließ sein Talent aufblitzen und komödiantierte die Schulfregatte, und zwar so, als würden große Schmerzen sie peinigen, und sie würde Tränen vergießen und ngangà schreien und um Gnade flehen, um Erbarmen, da, unterhalb der Lanzitte, wo nur er alleine sie gut sehen konnte. Und zugleich mit der Porposen komödiantierte er alle, die dort anwesend waren, er spielte den Widerhohn für Fremdlinge und Heimische. Mit anderen Worten, dort, vor ihren eigenen Augen, verkleidete er sich als Fere: Vor allem mit der Stimme, mit ihr führte er die Farce des Gewimmers auf, dieses Ngangàgekreisch mit dem Stimmchen eines Säuglings, ngangà, ngangà, das ihnen herauskommt, wenn sie Mitleid erregen wollen und sich der Täuschung hingeben, sie kämen ungeschoren davon. Mit weit nach vorne geschobenen Lippen spielte er ihnen die Farce des Schnabelmauls und der Grimassen des Schnabelmauls vor. Dann spielte er ihnen mit dem Augenlid die Farce des nach hinten verdrehten, heftig bettelnden Auges vor, und mit den Händen machte er ihnen die Flipperhändchen vor, während diese den kostbaren Kopf beschützen, und mit dem Hinterteil schließlich machte er noch einmal die umschmeichelnde, hurentypische Weise nach, die sie annehmen, wenn sie sich verloren sehen und zwischen Schnüren und Seilen wild um sich schlagen und den Boden der Palamitara fegen.

Er erzielte die beabsichtigte Wirkung und mehr noch als die Wirkung. Das Gekicher, das wie bittere Lüftchen die Zähne stumpf macht, verging in einem Wimpernschlag, genau wie die Lüftchen. Die Feren äugten zu ihm herüber, als wäre er ein Naturwunder, sie hielten ihre Ohren aneinander und lauschten von Herde zu Herde, ob sie vielleicht die Stimme irgendeines Dreißigjährigen mit reicher Lebenserfahrung hörten, der ihnen sagen konnte, was für eine Fischbestie in Gestalt eines Christenmenschen der da auf der Lanzitte war. Doch nicht einmal die alten Raïshäupter wussten etwas mit ihm anzufangen. Er sah hier und dort blaue Wunder: da waren Anführer von Schulen und Anführer von Kolonien, sie bewegten sich mit ganzen Rattenschwänzen hinter ihnen herziehender Trabantinnen. Da waren solche von violetter und brauner Färbung, Anführer von Flaschennasen, doch nicht einmal sie, mit all ihrem Gehirn, das Präzisionsuhrwerke am Laufen hält, wussten etwas mit ihm anzufangen. Ohne mit der Wimper zu zucken, befanden sie sich dort mit halbgeschlossenen Augen, als würde er ihnen die Sicht behindern.

Sie kennen auch das Flohspiel, sagte er sich. Wenn sich aber einer zeigt, der es in Sachen Verschlagenheit aufnehmen kann und sich fähig zeigt, ihnen, wenn er will, das Metier abzugucken, dann kräuseln sie die Nase, schauen dem Christenmenschen verträumt zu, der ihnen wieder feige Züge vormacht, und zum ersten Mal in ihrem Leben wissen sie, bei allen Spielen, die sie kennen, nicht, was hier eigentlich gespielt wird.

Und an diesem Punkt verspürte er endlich Lust, wieder zurückzukehren. Wenn er die Lanzitte aus diesem von Feren aufgewühlten Meer herauswinden wollte, war dies der Augenblick. Ja, dieser Augenblick, in dem es so aussieht, wie wenn meine Phantasietruvaje ihnen jeden Witz genommen und sie alle angeschmiert zurückgelassen hätte.

Mit der Phantasietruvaje, gewiss, mit seiner Bühnenkunst hatte er sie in eine ausweglose Anfangssituation gebracht, doch ein bisschen auch mit seinem Kolben, der immer noch heraushing und sich in der Luft wieder zu beleben schien, wie alt, wie geschwärzt und abgetakelt er auch war, auch mit seinem Kolben, sagte er sich, musste er sie beeindruckt haben, auch mit dem Einfall, ihn draußen zu lassen, vor ihrem Blick, damit sie sehen konnten, dass er ihn draußen lassen konnte, wann und wie er wollte.

Jetzt atmete er besser, und was er empfand, konnte seinem Verständnis nach auch Fröhlichkeit sein, jetzt kehrte er mit Freude an Land zurück. Das Ruderblatt hatte sich an der Spitze zwar zersplittert, taugte aber noch hervorragend, daher machte er sich daran, die Lanzitte aus der Umzingelung der Feren herauszubringen, und so setzte er sich mit äußerster Langsamkeit in Bewegung. Ja, er verließ das Gewässer. Er hatte ja nun Dampf abgelassen, einige Befriedigung in seinem Herzen und einige Aufmunterung seiner Lebensgeister hatte er von dieser launischen Ausfahrt trotzdem empfangen, was wollte er mehr? Dem Anschein halber hatte er den Fisch aufgetrieben, die Ausfahrt war nicht vermasselt: Stimmte es etwa nicht, dass er die Fischbestie aufgebracht hatte?

Er legte sich also mit dem Ruder ins Zeug, indem er es eher als Hebel und weniger als Ruder benutzte, er entferte das Meer vor dem Bug und mühte sich mit Gebrumme, zum Strand der 'Ricchia zu entkommen, als er völlig arglos und unschuldig einen breiten Schlag von einer toten Last zwischen Kopf und Hals spürte, butterweich und tonnenschwer, als würde jemand Vertrautes gerade vorbeikommen, ihm mit klatschnasser Hand einen kräftigen Schlag auf die Schulter geben, der darum doppelt kräftig war, einer jener gemeinen Schulterschläge, die keine Schulterschläge mehr waren, sondern das Klatschen mit einer Viertelfleischseite. Als er bei seinem brennenden Nacken den Kopf ruckartig nach hinten wandte, konnte er gerade noch eine Fere sehen, von welcher Färbung konnte er nicht sagen, die östlich ins Meer eintauchte, als ihn von Westen her ein zweiter Schulterschlag traf. Er drehte sich nach Westen, und ein dritter Schulterschlag traf ihn von Süden her, und als er sich umwandte, spürte er augenblicklich einen vierten von Norden: alle vier auf dieselbe Stelle im Nacken, so dass ihn der innerste Nackenmuskel augenblicklich brannte und schmerzte, als hätte man ihn ihm zuerst umgedreht und dann durchtrennt.

Danach konnte er die Schädelschläge kaum mehr zählen, die auf ihn niedergingen, weder von wem noch von wo sie ihn erreichten, denn ringsherum, da, um die kleine Nussschale der Lanzitte herum, entzündete sich Schädelschlag auf Schädelschlag das bunte Kreisen erschlaffter Flipperhändchen, der schweren, brennenden Viertelstücke von Fere zu Fere wie ein Feuerwerksrad, das bei jeder Drehung in einer anderen Farbe brennt. Wo ein Rad zum Stillstand kam, begann ein anderes sich zu drehen. Sie nahmen ihn dermaßen unter Beschuss, dass er kein einziges Mal Zeit hatte, den Kopf zu heben: auf den Hals, auf die Schultern, auf die Hüften trafen sie ihn, flach und auch hochkant, Schläge und Klapse, Flipperhiebe und Flukenhiebe, Hiebe auf den Hintern und auf den Bauch, Stöße mit dem Schnabelmaul in einem dauernden blitzartigen Aufleuchten der Zähne vor den Augen, Spott von zickigem Feixen und Hohnepiepelei durch kleine Fürze mit Klagetönen und knallender Luft, die seine Ohren ohne Unterlass betäubten.

Sie hatten ihn in ihre Mitte genommen und mussten sich verständigt haben, ihn wie mit Spießruten zu traktieren. Er war so benommen, so völlig durcheinander, dass es ihm wirklich vorkam, als würden sie sich seiner zu diesem grobschlächtigen, rauen Spiel bedienen, denn er fühlte sich nicht nur voller Schmerzen zwischen Kopf und Rücken, sondern spürte seine Ohren und auch einen Teil seines Gesichts wie Feuer brennen, als würden die Händchenhiebe eigentlich da hinlangen, als würden sie ihm eigentlich dort ihre fünf Finger mit Feuer einbrennen.

Ohne zu wissen wie, hatte er sich mit dem marokkanischen Dolch in seiner Hand wiedergefunden. Seine Hand machte alles von selbst: Sie ging an seinen Gürtel und zog ihn heraus, sie packte ihn und stieß ihn aufblitzend in alle Richtungen, allerdings ins Leere, die Luft von außen nach innen durchschneidend, als würde sie einen großen Brotlaib in Scheiben zerlegen, den er vor der Brust hielt. Die Lanzitte schaukelte heftig und lief Gefahr umzukippen: Myriaden und Abermyriaden Funken stoben vor seinem Blick auf, entfacht von der Sonne, die genau in diesem Augenblick voll über dem Aspromonte erstrahlte und viele Male in diesem wilden Gefuchtel mit dem Nagelreiniger in der Hand ihren Blick auf ihn gesenkt hatte.

Die Tatsache, dass sie mit der Sonne schlagartig aufhörten, ihm an den Hals zu springen und ihm Schläge zu versetzen, dass sie aufhörten, sich mit kleinen Fürzen über ihn lustig zu machen, beeindruckte ihn tief. Jetzt fingen sie stattdessen an, ihm ringsum kurze dicke Kerzen anzuzünden, vor ihm hochzuspringen, nach unten, immer weiter zum unteren Teil seines Körpers und dabei ihre Schnabelmäuler über die Lanzitte schoben und ihre Augen zwischen seinen Schenkeln öffneten. Oh, Caitanello, du Argloser, du Tumber, da erst dämmerte ihm blitzartig, dass sein Prügel der Grund für alles war, dass das, was zwischen seinen Schenkeln schwang, der Auslöser ihrer Neugier war und sie bis an diese Stelle trieb. Sie wirbelten also vor seinem Kolben herum? Auf seinen Kolben hatten sie's also abgesehen? Doch mit welcher Peilung? Bildeten sie sich etwa ein, sie könnten damit flanieren gehen? Durchaus möglich, das schloss er nicht aus: Durchaus möglich, dass sie sich einbildeten, ihren Flaneur gefunden zu haben, wenn sie sich nicht gar noch Schlimmeres einbildeten.

Er steckte den marokkanischen Dolch wieder in die Scheide und stieß sie weg, indem er mit dem Ruderblatt ihre Zähne vermaß. Zu seinem Erstaunen hoben die Feren daraufhin wie auf ein Zeichen die Umzingelung auf, doch wahrscheinlich verhielten die fremden sich anders als die heimischen, und leerten auch die Luft und das Meer um die Lanzitte, ohne weiter Feuerwerksschwefelhölzchen zu entzünden, ohne die Verrücktheit des Springens und Fliegens und Tauchens und Aufklatschens und Spritzens dieser zentnerschweren Leiber, und sie wurden ruhig, als wären sie verzaubert. Die Feren machten zunächst einige Drehungen im aufgepeitschten Wasser des Bastardells, dann schwammen sie heraus und vergnügten sich in der Umgebung, hielten ihren Blick aber weiter auf ihn gerichtet. Jetzt, da er sie sehen konnte, beeindruckte ihn die Tatsache, dass auch nicht eine braune Heimische unter ihnen war.

Von Spritzern durchnässt, den Körper durchgeschüttelt, völlig vermameluckt, sank er in die Lanzitte, berührte sich und massierte seine Hüften, seine Schultern und seinen Hals, wo er sich voller Schmerzen fühlte. Er senkte den Blick, unterdessen hatte er schon nicht mehr daran gedacht, und erkannte zwischen seinen Schenkeln in frischer Luft sein Chinesischesdingsda in tiefdunklen Umrissen auf dem Holz wie eine Felsenmuräne: Ihm schoss es durch den Kopf, dass er es wie etwas betrachtete, das außerhalb seiner selbst war, wie etwas, auf das er nie seinen Blick gelegt hatte. Er konnte sich nicht vorstellen, welche Wirkung es auf die fremden Feren machen konnte: eine bestrickende Wirkung, so schien es, wenigstens dem Anschein nach, eine Wirkung von etwas Sympathischem, von etwas, das eine Anziehungskraft ausübte. Wirkte sein Anblick, kaum dass sie es im Licht, in der prallen Sonne deutlich an ihm sahen, auf sie denn nicht augenblicklich zähmend? Hatten sie denn nicht auf der Stelle aufgehört, ihm Schläge in den Nacken zu versetzen und in ihm eine Zielscheibe ihres Spotts zu sehen? Und waren sie etwa nicht umgehend kerzengleich vor ihm hochgesprungen, als würden sie mit den Blicken darüberflanieren, die ganz von ihm gefangengenommen waren und alles Übrige vergaßen? Und wenn das so war, verdankte er es dann etwa nicht seinem Chinesischendingsda, dass sie ihm nicht das Genick gebrochen hatten? O ja, da gab es nichts zu deuteln, er verdankte es dem Dingsda, wenn sie von ihm abgelassen hatten.

Doch bis zu diesem Punkt waren sie herbeigeschwommen? Bis zu diesem Punkt waren sie mit ihren Wünschen und Vorstellungen gelangt, bis zu dem Punkt, sich auch mit dem Chinesischendingsda abgeben zu wollen? Dem Punkt, an dem sie alleine von seinem Anblick benommen wurden? Was glaubten sie denn? Glaubten sie vielleicht, dass mit ihm ein männliches Faksimile herzustellen wäre wie bei der chinesischen Prinzessin, die mit einem Do'phin Nachkommen gezeugt hatte, und die Nachkommen waren diese da, mit Milch geweißt, die Weißfahnigen? Oder vielleicht hatte die ganze Aufwallung, das ganze Beäugen gerade diese Weißfahnigen hier unter die anderen gebracht, andernfalls wären sie keine Muttertöchter, keine Chinesinnen, keine Chinesentöchter, denn, so sagte er sich, es musste ja einen Grund dafür geben, dass man es das Chinesischedingsda nannte. Diesen Namen musste ganz sicher jemand bei der Heimkehr von einer Reise nach China an die Meere zwischen Skylla und Charybdis gebracht haben. Man musste sich vorstellen, dass es wie ein Werkssiegel war, weil man dort vielleicht die ursprüngliche Form fand, die Matritze, den Urplan, gewissermaßen; denn möglicherweise hatten sie dort entdeckt, wie es so wunderbar funktionierte, und zwar aus keinem anderen Grund als dem, dass es die Luft von China so genoss wie die Orange die Luft auf Sizilien.

Mit gesenktem Kopf näherte er sich ihm mit Blicken, er beobachtete es dort zwischen seinen Schenkeln, halb ungläubig und halb neugierig, als würde er genau in diesem Augenblick auf dieses eigentümliche, rätselhafte Wesen aufmerksam werden, das da seinem Körper angegliedert lebte, jedoch ganz für sich, wie etwas Fremdes. Er betrachtete es und das, was er sah: dieser entgrätete Fisch, der aussah, als wäre er geräuchert und von vielen Falten bedeckt, dieser Fisch bewegte sich einmal, vor langer langer Zeit, verborgen zwischen seinen Beinen wie in einem Felsspalt, gleich einer Muräne, die bereit war hervorzuschnellen, sobald der Happen in der Umgebung der Felsen herumtrieb, auf den das Fischlein einen solchen Appetit hatte. Doch jetzt, jetzt hing das Fischlein von einst tief eingetaucht in den Schlaf der Alten dort, totengleich, vor dem es einen, wenn er es recht betrachtete, schauderte. Je länger er es also ansah, verstand er immer weniger, was in den Augen der Feren nur so bestrickend an dem Chinesischendingsda eines Christenmenschen sein konnte, um eine derart mameluckische Wirkung auszulösen. Er konnte es einfach nicht begreifen, doch wie konnte er andererseits erwarten, es mit den Augen einer Fere zu betrachten? Nur mühevoll gelang es ihm, es mit seinen eigenen Augen zu betrachten, und es war immer, als wäre es das erste Mal, dass er es erkennend ansah, dass er darüber nachsann und dass er sich seiner erinnerte. Und dieses hier war das erste Mal seit dem Tod der Acitana, das erste Mal, und es wäre wohl auch das letzte Mal gewesen, und es war nur wegen der Neugier dieser verschweinten niederträchtigen Feren.

Er sah es zwischen seinen Beinen und war von Scham erfüllt, die Scham schüttelte ihn, die Scham der Alten. Wohin ist es mit mir gekommen … sagte er leise. Armseliger Großwesir, in die Glücklosigkeit gestürzt, ins Elend dieser Tage, angehaucht von seinem Chinesischendingsda erinnerte es sich vielleicht an die Zeit seiner Pracht, erinnerte es sich, womit er die Acitana bis auf den Grund erkannt hatte und ihr ergeben war, ergeben bis zu dem Punkt, dass, wenn Masignora seines Werks bedurft hatte, nein, sie es ihm niemals sagte, nicht einmal in Zeiten der Hungersnot, und so war er jetzt der Einzige, der es verstehen und betrauern konnte.

Kurzum, war es ihm überhaupt nicht wichtig, sein Gesicht zu wahren? Da stand er, immer am selben Punkt, immer da, schön im Blick des Erstbesten, der sich von Charybdis aus zeigte, und das war Signor Cama, der in langen Unterhosen aus seinem Häuschen getreten war und sich an die Spitze des Sporns stellte, um seinen ersten Tropfen Wasser zu lassen. Sursundkorda, sagte er sich, sursundkorda, Caitanello, und begann, mit dem Ruder wieder in Bewegung zu kommen. Indessen hatte er das eigentümliche Gefühl, dass innerhalb der großen Zusammenrottung allzu viel Ruhe herrschte. Die Fremdlinginnen, die vor einem Augenblick noch angesichts seines Kolbens unaufhörlich und geräuschvoll herumplanschten und herumtrollten, waren nun still und schweigsam: Die Flipperhändchen vor sich gefaltet, als würden sie den Kopf zwischen ihren Armen verbergen, ganz unschuldsvoll und absichtslos, sahen sie aus, als würden sie zum Fenster hinausschauen. Was führten sie wohl in dieser ekstatischen Haltung im Schild?, fragte er sich und wanderte mit seinem Blick von einer zur anderen, für den Fall, dass ihn irgendetwas mit Argwohn erfüllte. Aber was konnte man in diesen immer und immer so schuldlos wirkenden Äuglein schon lesen?

Er merkte, dass die Strömung wechselte, als von der Grenzlinie zwischen den beiden Meeren bereits das Glucksen der aufsteigenden Strömung herüberkam und das Tyrrhenische Meer sich hier und dort belebte. Es flutete vor seinen Augen von unten nach oben, in der Ferne an den Ufern, und seine Brecher mischten sich schäumend zwischen die Unzahl von Feren. Eine Nussschale wie die Borietta spürte sofort das wogende Meer, und sobald die ersten Verrenkungen des Bastardells das Boot zwickten, schaukelte es und kutschierte nach rechts und nach links mitten hinein in den Aufruhr der Feren, weshalb er das Ruder packen und sich auf der Stelle damit zu schaffen machen musste.

Und da, genau in diesem heiklen Augenblick, rauschte der fremdländische Händchenraïs auf ihn zu, dieser kapotische Graugramp, dieser Rundkopfraïs, der viel Wind mit seinem aufgeblasenen Ganovengehabe machte, mit seiner grauen eisenerzrostigen Brustseite und dem ganzen schwadengrau angetönten Darüber, die Seiten übersät mit gewaltsam zugefügten Einkerbungen und silbrigen Einprägungen von Abdrücken seesternenförmiger Saugnäpfe, das war das Feuerwerk seiner Narben, seiner in Kämpfen empfangenen Verwundungen, wenn man dem Glauben schenkte, was Signor Cama sagte, seine Schmisse, seine Verunstaltungen, mit einem Wort, seine Trophäen aus Fleisch. Wer sich da also näherte, war nichts Geringeres als einer der berühmten Gladiatoren und zudem einer der größten, und das erklärte auch die ekstatische, winselnde Haltung dieser ihm in Bewunderung Ergebenen.

Es war ihm klar, dass er durch den großen Meereswirbel kam, der sich ringsum beim Schwimmen, beim Fliegen, beim Schwimmflug im Meer der Feren erhob, das sich vor ihm auftat. Er wandte die Augen in diese Richtung und sah als Erstes das wilde ungezügelte Schäumen, das er hinter sich ließ, dann sah er ihn, einen Ferenkoloss, der einem den Atem verschlug, und beim ersten Blick erkannte er, auch weil dieser nicht im Geringsten daran dachte, seine Absicht zu verbergen, dass er auf die Lanzitte zuhielt, wie einer, der einen frisch hervorgebrochenen Beißzahn hat und kommt, um Schaden anzurichten. Auf den ersten Blick hatte es diesen Anschein, auch wenn er den Grund dafür nicht im Entferntesten verstand. Es stand ihm ins Gesicht geschrieben, in der stinkenden Undurchdringlichkeit, die sich mit ihrer ganzen mafioseriösen Unterfütterung darstellte, einer Unterfütterung, als hätte man sie in gewisser Weise sehen können, gleich einer langen, schmalen, biegsamen, spitzen Schustermesserklinge, die in diesem Augenblick, in dem sie die Luft zerschnitt, überall rauschte, wo dieser Koloss vorbeizog und den Eindruck erweckte, er würde sich abreiben, weil er, mal mit der einen, mal mit der anderen Flipperflosse, streifenweise an seinen Seiten entlangfuhr. Und eben wegen dieser Art, wie er mit seinem rechten Flipperhändchen vor seiner Brust herumschwertete und wie er sich vielsagend als Kaporaïs gebärdete. Ohne das Gesicht zu verziehen, etwas gelangweilt und mit leicht nach oben gezogener Braue, ein Kaporaïs, der sich anschickte, persönlich ein bestimmtes Problem zu lösen, diese Art war es, weshalb ihm die Benennung Händchenraïs für ihn auf die Lippen trat.

Er musste von dort oben hergekommen sein, vielleicht von der Mittellinie, von der Mitte der Grenzlinie zwischen den beiden Meeren, denn einem Ozeanischen wie ihm standen ja rechtmäßig zwei Meere zu. Er musste einer der beiden Kapoderkapos gewesen sein, einer der Kapotischen unter den Kaporaïs der dort zusammengekommenen Kolonien, mehr noch, er war der Nochmehr, der Kapo der Kapos: Er, ha!, er war ein Grampus Griseus, ein Graugramp, eine Rundkopffere. Sogar für diese zwei Schritt hat er sich mit seinem Gefolge aufgemacht: mit einem Zug von Weibchen und der Begleitung der Kälberjungs, die vor ihm herzogen, als würden sie das Meer, das vor ihm lag, ebnen. Die Flaschennäsinnen, die Hartzahnigen, die Weißfahnigen, die Echten und die Porposen, sie alle zogen sich ein wenig zurück, und ein wenig schlossen sie sich auf, und mit ihren Fluken fegten sie das Meer bei seinem Vorbeizug, öffneten ihm den Weg, als wäre er jemand Berühmtes, jemand Mächtiges aus ihren Gegenden oder auch viel bewundert und viel gefürchtet: kurz gesagt ein Grampus Griseus, ein Gladiator, einer der Schlimmsten, wenn nicht gar der Schlimmste, der schlimmste Gramp unter den Grampen.

Auf dem ständig verzogenen Gesicht der Feren hatte sich so etwas wie Ernst und nie zuvor geübte Haltung gezeigt, und das alleine gab schon eine Vorstellung von der Persönlichkeit, die da kam. Wer ist dieser Flipperhändchenraïs denn schon?, fragte er sich, während er im Grunde ganz neugierig wurde.

Dieser schwamm mehr auf als im Wasser, und er schwamm auch nur sozusagen, denn eigentlich glitt er über das Wasser, und das aufgrund der allseits erzeugten Atmosphäre, die ihn umgab und in die Lüfte hob: Er glitt und schwamm peitschend und klatschend und bewegte sich drohend und herausfordernd wie ein Mafioso, mit dem Hüftschwung bestimmter Aufschneider und Betrüger, die mit Armen und zusammengekniffenen Fingern ständig über die Hosennaht streifen, und mit marktschreierischer Geste, um den Menschen zu verstehen zu geben, dass sie, die Kapoderkapos, diejenigen sind, die die Nase hoch tragen, was nur ja keiner vergessen soll, sofern ihm das Leben lieb ist. Und genau in diesem Sinn machte Händchenraïs mit seinen Flipperhändchen bestimmte Meisterschliffe oberhalb und unterhalb der Brust, und es wirkte so, wie wenn er mit dieser Bewegung seiner an Rasiermesser erinnernden Flossenhändchen, die er an seiner Lederhaut wetzte, von Ferne seinen Status als Raïs verkünden wollte.

Er schwamm nicht, sondern er ritt das Meer, oben wie unten, oben wie unten, mit seinen Brustschlägen. Und die tyrrhenische Woge, die von den vier Stunden ihres Totendaseins immer noch völlig mitgenommen und schlaffmatt war, packte ihn und schleuderte ihn wieder und wieder in die Luft, gleich einer Stute aus dem Pferdezirkus mit breiter, bequemer Kruppe und so weich, als wäre sie mit Federn gepolstert. Und jedes Mal, wenn er heraufkam, schien er der Luft Befehle zu erteilen wie einer Dienerin, die ihm die Haare glätten sollte, denn er warf sein Schnabelmaul hochmütig nach hinten, machte Faxen und stellte sich heraus wie eine Trophäe. Mit dem Viertelhintern drehte er sich schnell, mal auf die eine, mal auf die andere Seite, und dieses muschelartige Aufschließen der Flanken, dieses Vorzeigen des Mandolinenhinterns, bei dem er den Eindruck machte, als würde er gezwickt, diese Bewegung ist, kurz gesagt, der Fere wesenseins und lässt einen verstehen, dass ihr Wesen, ganz gleich ob Männchen oder Weibchen, nur eines ist, nämlich hurerisch. Von ihm ausgeführt, von dieser eisengraurostigen Leibesmasse eines mit Kratzern, Kerben und Narben übersäten Unheilsboten, nahm auch sie eine männliche Prägung an, bekam auch sie, wenn man sie so betrachtete, einen schurkischen Stempel nach seinem Stil.

Zum Abschluss des schönen lebensvollen Bilds war da die hohe Finne, und dieser verschwielte Sporn, dieser Hahnenkamm seiner Arroganz vervollständigte auf würdige Art seinen Stempel als Durchsetzer, gleich dem Wimpel am Mastende eines Seglers, kraftvoll ausgerollt im von achtern kommenden Wind. Und während all dem hatte er diesen unleidlichen Ausdruck in seinem Gesicht, der unter dem plötzlichen Losschnellen der Bewegung vor Langeweile prustete, was aussah, als würde er sagen: Ich fühle mich ja so schurkisch und durchtrieben, dass es mich schon wieder langweilt.

Dieser Pomadegeschniegelte eilte also auf ihn zu, und ob es nun einfacher Zufall war oder anderes, als er auf die Lanzitte zuhielt, tauchte genau im selben Augenblick diese alte Fregatte von Porpose wieder auf, diese Unheilsbotin von Karkasse, tot oder lebendig, die verschwand und auftauchte, starb und nicht starb, und legte einen ihrer Auftritte hin. Andererseits, wenn sie kam, um ihre Rache an ihm zu nehmen, war das genau der richtige Augenblick: Und tatsächlich, so als hätte er nichts anderes erwartet, um das Werk in Gang zu setzen, packte Händchenraïs sie auf der Stelle als Vorwand gegen ihn.

Er fand sie zwischen seinen Beinen wieder, und wie es aussah, rief die verwesende Karkasse einen solchen Ekel in ihm hervor, dass er wütend zusammenzuckte und sie angewidert wegstieß, sich zwei-, dreimal über ihren Viertelhintern warf und sie mit den Brustmuskeln wild schäumend vor sich hertrieb. Mit dem Wegstoßen hörte er in dem Augenblick auf, als sie in der Nähe der Borietta trieb, und ihm kam das auf höhnische Weise absichtsvoll vor. Daher musste er diesen ganzen großangelegten Wutausbruch, diese ganze Verärgerung anders verstehen, völlig gegenteilig im Vergleich zu dem, wonach es aussah, und das, was er mitbekam, war, dass dieser durchtriebene Schurke ihm zu verstehen geben wollte, diese verwesende Karkasse, dieses Aas hätte ihn nicht nur nicht angeekelt, sondern sogar Mitleid in ihm ausgelöst, doch nicht nur das, sondern sie hätte ihn gegen diesen Wurm vom Festland, der sie getötet hatte, in blinder Wut aufgebracht. Und damit wollte er also auch zu verstehen geben, dass er ihm diese Porpose, die ihm zum Opfer gefallen war, gegen die Lanzitte warf, zu seinen Füßen, mit anderen Worten so, als würde er ihm herausfordernd sagen: Leg mir Rechenschaft darüber ab. Ja, er verstand durchaus: Leg mir Rechenschaft darüber ab. Und das hieß: Entlaste dich, beweise mir deine Unschuld. Wenn er es ihm auch nicht sagte, so fehlte doch nur wenig dazu.

Er wollte Rechenschaft, er verlangte Genugtuung, denn er hatte diesem dreißigjährigen Suhlvieh, diesem Trumm von Schulfregatte ein Fest bereitet, den Garaus, die, um unterzugehen, nur auf der Suche nach jemandem zu sein schien, der ihr den Gefallen tat, ihr den letzten Stoß zu verpassen. Er, Caitanello, hatte ihr zwar diesen Gefallen getan, jetzt aber kam dieser Gladiatorengramp und verlangte Rechenschaft darüber, so, als hätte es sich um etwas Frevelhaftes gehandelt, er verlangte Rechenschaft darüber, wie wenn dieses schleimende Schwein noch ein unschuldiges Kindlein mit dem Finger im Mund gewesen wäre und unter seinem Schutz gestanden hätte, wie wenn diese Porpose zu ihm gehören würde, zu seinen Grampinnen, zu seinem Harem, und als könnte man sie gewissermaßen nicht einmal als Fere bezeichnen. O ja, er hatte sie ihm mit der Geste eines alten Camorristen, der Genugtuung fordert, vor die Füße geschleudert. Dem Schandkerl zum Trotz … Sie drangen in sein Haus ein, diese wilde Horde von Feren, verdreckten jedes Meer, indem sie den Schwertfisch abmurksten, blieben dann alle trägeschwach weiter dort, man war nicht mal mehr Herr seines eigenen Atems, und dieser Flipperhändchenraïs besorgte es ihnen dazu gar noch als ganzer Kerl. Ach, man konnte nur sagen, sie tauchten auf wie die vielbesungenen Graugrampen, diese Andersrassigen, diese, die sich spartanisch verhielten und nicht hinterhältig und heimtückisch wie die anderen waren. Dafür aber erfanden sie sich als die tollen Händelsucher, die sie waren, als die tollen Unverschämten nach dem Urteil dieses Flipperhändchenraïs, einen Kampfvorwand aus dem Augenblick heraus, sofern sie nicht schon einen hatten … Was dachte er sich eigentlich? Warum fing er an, am ganzen Leib zu zittern? Weil der da als Gladiator galt? So stimmte es denn, er war krank, völlig krank im Kopf …

Als würde er seine Gedanken lesen, gab er ihm, einfach, um einmal zu beginnen, hoch in der Luft eine Demonstration darüber, wer er war.

Es war, als würde unter seinem Hintern eine Feder hochspringen und ihn im Flug durch die Luft schießen lassen. Er sah ihn über seinem Kopf, als wollte er auf die andere Seite der Lanzitte springen, stattdessen warf er sich in einem doppelten Salto mortale nach hinten, berührte das Wasser und berührte es doch nicht und kehrte wieder nach oben, wiederholte sich und machte weiter und weiter. Etwas von der Art hatten seine Augen noch nie gesehen, nie etwas derart Phänomenales, auch wenn er es sich mit zusammengebissenen Zähnen eingestehen musste: Nachdem er ihn im Schwimmflug gesehen hatte, gab jede andere Fere die Figur einer Invalidin ab.

Die Fere scheint, wie man weiß, ein Engel zu sein, doch wenn sie schwiegt, wenn sie zugleich schwimmt und fliegt, ist sie eine richtige Teufelin. Der aufrichtigste Instinkt würde vielleicht der sein, sie mit den Augen zu Asche zu verbrennen, sofern man es könnte, während sie in der Luft ist, doch indessen, ob du willst oder nicht, bewunderst du sie wieder und wieder, denn anders kann man es nicht sagen: Ihr Schwimmflug ist ein Naturphänomen. Dennoch liegt in ihrem Schwimmflug immer auch eine Übertreibung, ein Missklang, das heißt, man empfindet, dass er für ein Meerestier unnatürlich ist, statt immer im Wasser zu bleiben, meistens durch die Lüfte zu fliegen. Und doch erweckte dieser Gramp, der ja nicht einmal den Beruf eines Tänzers ausübte, sondern den eines Gladiators, nicht den Eindruck von Unnatürlichkeit, nein, nicht einmal diesen Schönheitsfleck hatte der Schwimmflug dieses Händchenraïs; die Luft war sein Element wie das Wasser, alles, was er in der Luft ausführte, hatte immer den Anschein des Einfachen und Natürlichen, es war, als würde er die Luft solfeggieren lehren, als würde er ihr beim Auf- und beim Absteigen das Doremifasolasi beibringen. Ja, doch, obwohl der Anschein überhaupt nichts Musikalisches hatte: ein rundmäuliger Gramp, von vielen Kantàren Gewicht, seine Gestalt war massig, rostgrau, von schmutziger, mit Narben übersäter Haut, und doch musste man sagen, er war Musik, wenn man ihn sah. Ja, auch wenn er es mit zusammengebissenen Zähnen eingestehen musste: Er musste das Pro genauso benennen wie das Kontra.

Eine ganze Weile beschränkte er sich nur darauf. Es war, als habe ihn das Mahlgemahle der Verdauung verkrampft, und da war er, trat aus seinem Zustand der Verkrampfung heraus, und die Lanzitte ebenso wie der Christenmensch darauf kamen ihm gerade zupass, um sich im doppelten Salto mortale zu üben. Und wenn er es recht verstanden hatte, sollte er sich dort niederducken und ihm als Zielscheibe für sein Gehöhne dienen.

Spiel nur, spiel nur, Großnase, sagte er in Gedanken zu ihm. Für eine Weile war der Händchenraïs oben und er unten, der so tat, als wäre nichts. Er hatte sich sogar gesetzt und sah, wie er über ihn dahinflog: Er zuckte mit keiner Wimper, doch seine Ohren glühten wieder. Er folgte ihm aus dem Augenwinkel ins tiefmeerische Aufblinken, das er mit der graugrünen Verkrustung am Bauch erzeugte: Nach jedem Schwimmflug verdünnte er es, und an ihm hingen Algenfäden, gallertartige Reste wie Bromiges, Flockiges und Fadiges von Säcken und Seilen, Geflochtenes aus Pferde- oder aus Menschenhaar und Hautreste oder Schwieliges wie von Fingernägeln und Menschen- oder Tierhaut, und dann Papierstückchen, ölige Naphthatropfen und Sandkörner, schwarzes Gemisch, rötlich innen, wie Blut und Teer in einem einzigen Gemisch aus glänzenden Krumen, aus Lavakügelchen. Das Kapriolenschlagen diente ihm sicher auch dazu, diesen Dreck aus dem Meer loszuwerden, der sich bei den Wanderungen durch die Ozeane an ihm, an seinem ganzen Körper festgesetzt hatte: Kurz gesagt, er hatte jemanden gefunden, der für ihn Zielscheibe des Spotts und Müllabladeplatz war.

Er wusste nicht, was er tun, welche Entscheidung er treffen sollte: Er wusste nicht, ob es besser war aufzustehen, zu rudern und zu sehen, wie der Gramp sich verhalten würde, oder so zu verharren und abzuwarten, dass ihm der Spaß leid würde, auch wenn ihn das nicht wirklich überzeugte. Er fürchtete nicht um sein Leben oder anderes, es ging in erster Linie um eine moralische Frage zwischen ihm und ihm, und die bestand darin, dass er nicht die Zielscheibe des Spotts und auch nicht der Müllabladeplatz dieser verkommenen Fere mit dem Ruf eines Gladiators sein wollte.

Doch kümmerte sich der Händchenraìs selbst darum, ihm die Qual der Wahl abzunehmen. Unerwartet, mitten während eines Schwimmflugs, landete er auf seinem Kopf als tote Last und sprang von da aus wieder ins Wasser zurück. Er wird an die drei oder vier Kantàre gewogen haben, und wenn es auch eher eine leichte Berührung im Vogelflug war als ein festes Aufliegen, fühlte er sich unter dieser riesigen Masse von wasserdurchweichtem Fleisch, das da auf ihn klatschte, eingemodelt und zerquetscht, und es war, als würde er nach dem Nacken nun auch seine Wirbelsäule in Stücke zerbrechen fühlen. Die Lanzitte ihrerseits hörte er in ihren Latten und Querverstrebungen ächzen und knarren, als würde sie ihm unter dem Hintern auseinanderfallen. Mit pfeifenden Ohren nahm er ringsum das Meer von Feren wahr, das um diesen blasierten Flipperhändchenraìs herumplätscherte, und mit seinen Augen, die sich vernebelten, sah er die Wolke von Spritzern, die vom Schäumen der Fluken und Flipperhändchen gegen die Sonne aufstieg.

Gut, sagte er sich da und hielt den Atem zwischen seinen Zähnen zurück. Du wirst ganz sicher nicht derjenige sein, du rundköpfiger Händchenraìs, der sagt, Caitanello Cambrìa hat sich zurückgezogen, das wird ganz sicher keiner sein, der einen so weiten Weg zurücklegte, ein Schaumschläger deiner Art, der sich damit brüstet, dass er mich zur Zielscheibe seines Spotts gemacht habe, ohne dass ich dazu weder aah noch baah noch verzieh dich gesagt hätte.

Doch wollte er nicht alles aufs Spiel setzen und sich in jeder Hinsicht der Lächerlichkeit preisgeben, ihm war durchaus klar, dass er weder eine große noch eine kleine Harpune, weder ein Schwert noch ein Bajonett in der Hand hielt, um ihn lange anzupeilen und tief innen anzugreifen, er hatte nur diesen marokkanischen Dolch, und bei dem musste er ihn ganz in Reichweite haben. Um ihm damit ein paar Stiche zu verpassen, die ihm auch noch schaden sollten, musste er schlau vorgehen, musste er auf seinen Flug warten, auf den richtigen Augenblick.

Und so packte er den Dolch, drehte ihn nach hinten, unter das Handgelenk, verschränkte dann die Arme um den Hals, als wollte er sich vor einem neuen Angriff schützen, hielt sich dabei aber ganz gespannt, bereit aufzuspringen, um in ihn hineinzustoßen. Die Haltung erinnerte ihn an die der Heimischen dort, dort an der Stelle, wenn sie öffentlich beschämt wurden, wenn sie mit den Flipperhändchen ihre kostbare Hirnschale beschützen: Und statt sich entehrt vorzukommen, weckte diese Ferenhaltung so viel neue Ermutigung, wie er es nie für möglich gehalten hätte. Händchenraïs sollte denken: Sieh ihn dir an, wie er sich zu seinem armseligen Flehen kleingemacht hat. In Wirklichkeit aber war es anders. Noch nie hatte er in seinem Leben weniger gewinselt und gefleht als in diesem Augenblick. Ja, er erinnerte sich nicht einmal, wann er zuletzt ein solches Feuer, eine solche Zivilcourage bei einer heiklen Aufgabe oder beim Umgang mit einem heiklen Menschen in sich gespürt hatte, so, auf Du und Du und so schlank, so hoffnungsfroh, wie er es in diesem Augenblick bei dem Händchenraïs spürte. Ihm kamen sogar sonderbare Vorstellungen von Dankbarkeit und Sympathie gegenüber diesem Grampen mit seinem halunkenhaften Gebaren, dem Gravitätischen und dem Theatarandei eines Camorristen, der, wenn er ihn in Gedanken mit dem in seinem spartanischen Stil beispielhaften Gladiator verglich, wie Signor Cama ihn besungen hatte, eine so ärgerliche und empörende Reaktion in ihm hervorrief, dass sein Inneres in Aufruhr geriet und in seinem Körper eine Art erregter Heiterkeit, eine Beherztheit, eine Gesundheit auslöste.

Daher geduldete er sich, er wartete einen günstigen Flug bei ihm ab, und in seinen Gedanken zielte er auf seine Schwachstelle und hoffte, dass der Knochen an seiner Stirn nicht der harte Knochen eines Alten sein möge, ein zu harter Knochen für seinen marokkanischen Nagelreiniger. Seht euch nur an, sagte er zu sich, wozu dieser empfindliche Nagelreiniger bestimmt ist, seht nur, welche Ehre ich diesem Händchenraïs erweise, wenn ich ihn mit diesem Juwel verletze. Da wundert es einen allerdings, wenn Luigi Orioles im Jahr neunzehnhundertfünfunddreißig Skrupel hatte, die Fere mit dem Eisen der Harpune zu berühren. Und was würde er heute wohl sagen, wo ich sie mit diesem Schmuckstück berühren werde?

Er wartete auf ihn und wartete, und bei einem Sprung, den er übertriebener und zutraulicher ausführte als die anderen, einem Sprung, mit dem er ihm von Angesicht zu Angesicht gegenüberkam, sozusagen Auge in Auge, verpasste er ihm einen Hieb mit dem kleinen marokkanischen Krummdolch, einen Hieb genau da, oberhalb der Rundnase, mitten in die Visage, wo das winzige Großhirn ihm als Stirn steht: Genau da, denn entweder nahm er ihm ein für alle Mal das Leben oder wenn schon nichts anderes, so brachte er ihm an seiner wichtigsten Stelle einen Schnitt bei und hinderte ihn damit an dem Vergnügen, sich morgens im Spiegel zu betrachten. Doch auweh, auweh, du empfindlicher, liebenswerter Nagelreiniger, welcher Katastrophe setzte dich Caitanello Cambrìa nur aus …

In der Tat kam es so, dass dieser Schaumaufschäumer der meerischen Boshaftigkeit in der Luft verharrte, unmittelbar vor ihm, als würde er blitzartig den Glanz des marokkanischen Dolchs voraussehen, den er gegen ihn führen wollte: Einige Augenblicke lang standen sie sich wirklich Auge in Auge gegenüber, senkten den Blick ineinander und maßen sich so tief aus, bis wohin der Mut reichte. Dann, während er den Dolch hinter seinem Handgelenk hervorholte und abschätzte, wie er ihm den Hieb in die Mitte der reichlich mit Vernunft und Besonnenheit gefüllten Stirn versetzen konnte, drehte sich der Händchenraïs unvermittelt, hielt ihm anstelle seines Gesichts seinen Hintern entgegen, und während er dies tat, versetzte er ihm zwischen Rücken und Flanke einen derartigen Schlag mit der Fluke, dass ihm der Atem ausging, und er fühlte sich, als wäre er in zwei Teile zerrissen. Nach Luft schnappend und mit sich verschleierndem Blick fuchtelte er mit den Armen, als ob er Luft brauchte, und der marokkanische Dolch flog blitzschnell aus seiner Hand. Doch als würde er in diesem Augenblick aus Liebe zu Caitanello Cambrìa mit einem Zauber erfüllt, zerteilte dieser feinfühlig weibliche Nagelreiniger pfeifend die Luft über dem Händchenraïs, schnitt ihm die Spitze der Rückenfinne ab und verkürzte sie mindestens zwei Fingerbreit. Sie troff von Blut. Dann verschwand der tapfere marokkanische Dolch und verlor sich im Meer. Er verschwand, und da bildete sich ganz unerwartet ein Kloß in seinem Hals, eine Tränenreizung in seinen Augen. Er sah ihn mit einem derartigen Kummer verlorengehen, dass wir nicht einmal bei einem Christenmenschen, nicht einmal bei einer uns freundschaftlich verbundenen Person, die stirbt und von uns geht, im Gedanken, dass wir sie nie mehr wiedersehen, einen Tränenschleier über die Augen herabsenken fühlen, und ringsum ist es, als würde es von einem Augenblick auf den anderen ein bisschen Nacht geworden sein, und die Welt, so scheint es uns, habe ein bisschen von ihrem Glanz verloren.

Zugleich aber sah er mit seinem vernebelten Blick undeutlich, wie der Händchenraïs sich plötzlich, als wäre er unter die Türken gefallen, nach hinten drehte und beim Anblick seines abgetrennten Mafiakamms erblasste und in der Luft verharrte, verkrampft und gekrümmt, als hätte der große Gramp sich aus lauter Verblüffung mitten während seines Schwimmflugs in eine Statue aus Gips verwandelt, die nun zum Gespött in der Luft hing. Er konnte sich leicht vorstellen, mit welcher inneren Verfassung er diese Schmach betrachtete, die ihm dieser bedeutungslose Nagelreiniger zugefügt hatte, mit welcher inneren Verfassung er das Blut aus seiner Rückenfinne quillen sah, mit welcher inneren Verfassung er die roten Tropfen zählte, die, einer um den anderen wie auf einen Faden gereiht, in großer Schnelligkeit aus den abgetrennten Venenmündern traten, rau und hart wie Dornen, ihm über den eisenträchtigen Rücken und an den von Narben tätowierten Flanken herunterrannen und ihn mit Granatperlen behängten … Er konnte sich den inneren Zustand vorstellen. Von seinem Standpunkt aus besser tot, vielleicht, als diese Schmach, diese wahrhaftige Schmach, die er niemals als Zierde hätte ausgeben können, eine echte Kampfesschmach. Von seinem Standpunkt aus begriff er das voll und ganz. Ein Kaporaïs, ein äußerst fähiger und kapotischer Kapoderkapos, wie er es sein musste, ein Großkaliber, einer, der als Großchef des Wassers oben stand, weit weit oben, wo alle ihn sehen und ihm Ehre erweisen konnten, einer, kurz gesagt, in seiner allgemein anerkannten Position als Gramp, wie konnte er denn noch in der Gesellschaft auftreten und würdevoll als Entstellter dastehen, jetzt, wo ein elender Christenmensch ihm mit einem noch elenderen Nagelreiniger den Federbusch gekürzt hatte, und das auf offenem Meer, wo ihn, wer ihn nicht wollte, auch nicht gesehen hatte? Das verstand man, wie denn auch nicht? Er verstand es. Das, was ihm der marokkanische Dolch zugefügt hatte, war der Gipfel der dauerhaften Schmach, eine verächtliche Wunde wie der Rasiermesserschnitt im Gesicht. Diese Narbe würde den mafiösen Gladiatorengramp das ganze Leben lang brennen. Und bei all dem, bei seinem ganzen Verständnis für den Unglückseligen, kam ihm das, was er abbekommen hatte, sogar noch viel zu wenig vor, und in den Augenblicken, in denen er gewissermaßen in der Luft hing, Schulter an Schulter mit ihm auf der Lanzitte, völlig zusammengekauert, mit nach hinten geworfenem Schnabelmaul, juckte es ihn instinktiv, ihn mit dem Ruderblatt zu schlagen, doch hatte er den Gedanken zurückgehalten, der gleichbedeutend damit gewesen wäre, das Unternehmen und das Verdienst des marokkanischen Nagelreinigers zu schmälern, und als vermochte er es nicht, den großen, unschätzbaren Gefallen, den er ihm erwiesen hatte, zu würdigen. Und außerdem, was konnte er dem noch hinzufügen? Er konnte nur wegnehmen, nicht hinzufügen, und er durfte, er wollte den kleinen Dienst an Bart und Haaren mit tiefangesetztem Fassonschnitt nicht zerstören, den der tüchtige Nagelreiniger ihm erwiesen hatte. Diesen kleinen Dienst würde der Händchenraïs für alle ihm noch verbleibenden Tage mit sich schleppen, alle hätten sie ihn in seinem Ozean mit dieser hübschen Arbeit gesehen, die ein fast alter Pellesquadra und ein beinahe femininer Dolch an ihm ausgeführt hatten. Aus diesem Grund musste er leben, dieser Gladiatorraufbold, leben wie Samson mit kahlgeschorenem Kopf und dem verlorenen Zauber der unbändigen Kraft, und so lange leben wie nur möglich, das wünschte er sich, damit er so lange wie möglich in den Augen seiner Sippe öffentlich beschämt lebte, und es tat ihm nur leid, dass er nicht in diesen Gegenden blieb, um sich von Zeit zu Zeit vor ihm mit seinem deutlich sichtbar gekappten Kamm zu zeigen; denn er hätte gerne noch einmal diesen heißheißen Höhepunkt des Stolzes nacherlebt, dieses Aufwallen zarten, dankbaren, überschäumenden Gefühls, das der marokkanische Nagelreiniger ihm verschafft hatte. Und er hätte gerne auch dieses Schmerzensweh noch einmal nacherlebt, diesen Gram, den er in seinem Herzen empfand wie eine bittere Strafe, ein Bedauern, das sein Denken einschnürte, das er verloren hatte, diesen marokkanischen Freund, den er seit so langer Zeit im Haus hatte, dort, in Reichweite, und er wusste nicht, er vermutete nicht einmal, wen er da hatte. Lediglich für ein kleines Juwel hatte er ihn gehalten, für eine luxuriöse Spielerei, den Nagelreiniger für ein Fräulein, das im Haus keine Arbeiten verrichten musste, für einen Zeitvertreib, dafür hatte er ihn gehalten, und doch war er immerhin ganz ernsthaft ein Dolch, vom Nagelreiniger abgesehen, ein männlicher Dolch mit den allermännlichsten Eigenschaften, ein kühner, feuriger Dolch.

Es war, als Händchenraïs sich entfernte und auf dem offenen Meer den Verrückten spielte, ein wenig wegen der brennenden Wunde, viel aber wegen dieses Makels, wegen dieser Niedertracht, die auf seinen Ruf als Niederträchtiger gefallen war, in diesem Augenblick war es, dass er sich eigentümlich einsam fühlte, einsam wie ein Sterbender. In einem Meer von Ferenaugen fühlte er sich vor Einsamkeit sterben, und im Sterben erinnerte er sich an nichts mehr aus seiner Vergangenheit, alles war Finsternis in seinem Kopf, und Licht und Helle war es nur an dem Punkt, wo er wie in einem Ruhmesgedicht die Vision des marokkanischen Dolchs hatte, der, sich mit Leben füllend, aus seiner Faust mit der messerscharfen Schneide in die Lüfte schwang und jäh verlorenging, dem Händchenraïs aber für alle Zeiten den Kamm kürzte, und das nicht nur im bildlichen Sinn. Daher kam es, dass er sich in manchen Augenblicken gewissermaßen selbst einredete, sterben zu müssen, sobald diese Vision sich vor seinen Augen verdunkelte. Dann fühlte er sich wegen des verlorenen Dolchs noch mehr ergriffen, der ihn in seinen Gedanken am Leben hielt, wie nicht einmal der Gedanke eines Vaters, der sich für seinen Sohn geopfert hatte oder eines Sohns, der sich für seinen Vater geopfert hatte.

Er hatte angefangen, mit ihm zu reden, und er hatte kein Fieber, er redete nicht wahnwirr, wie zu dem einzigen teuren Menschen, der sich im Augenblick, in dem er seiner bedurfte, an seiner Seite befand, dem einzigen, der sogar in der Lage war, sich auf dem Meer zu verlieren, um ihn zu schützen. Aus diesem Grund redete er zu ihm, und indem er zu ihm redete, starrte er auf jenen ungefähren Punkt des Meers, wo der Dolch verlorengegangen war, als würde er seinen Mund daran legen und der Nagelreiniger ihn hören: Wäre ich ein paar Jahre jünger, sagte er zu ihm, glaub mir, ich sage es dir in aller Aufrichtigkeit, würde ich unverzüglich nach dir tauchen und dich in der Tiefe suchen kommen. Ach, wäre ich der große Colapesce mit seiner gewölbten Taucherbrust, der berühmten, mit seiner großen Schnelligkeit … Und wäre ich, ja, wäre ich wenigstens mein Sohn ‘Ndrja mit dem großen Können seiner Taucherbrust … Wäre ich er, oder wäre er hier, wie es seine Pflicht wäre, hier, an der Seite seines Vaters … Doch ich Alter bin nicht er und bin nicht jung, und er ist nicht hier, ich schäme mich für ihn, offen gesagt, er ist nicht an der Seite seines Vaters, wer weiß, an der Seite welches Fremden er wohl ist … Zuerst, als ich es mit diesem Händchenraïs zu tun bekommen hatte, war mein Sohn nicht da, lieber Dolch, nicht einmal ein Hund war da, dem ich hätte sagen können: Hilf mir, und wärst du nicht gewesen, du gute Seele eines Marokkaners, wärst du nicht gewesen, du, wo es nicht einmal nötig war, dir zu sagen, mir doch zu helfen, und dennoch hast du mir geholfen, dann Gut Nacht, Caitanello Cambrìa, wenn du nicht gewesen wärst … Was fehlte dir denn, um ein Christ zu sein? Dir fehlte das Aussehen, doch dafür hattest du das Fühlen, und darin warst du mehr als ein Christenmensch, denn der Christenmensch hatte sein Fühlen und sein Empfinden mit diesem abscheulichen Krieg verspielt, wohingegen du nicht nur das Fühlen hattest, sondern es in großer Fülle hattest, du hattest es im richtigen Maß, wie du auch den Blick im richtigen Maß hattest, ohne der Hand zu bedürfen, die dich umschloss. Alleine bist du durch die Luft geflogen, und jedes Mal, wenn du geflogen bist, hast du unfehlbar dein Ziel gefunden, obs nun der Rücken eines Weiberhelden aus Taormina war oder der Federbusch einer ozeanischen Mistfere. Ach, du marokkanischer Dolch, wie majestätisch du mir gedient hast und wie elend du verlorengegangen bist, und keiner war da, der zumindest so tat, um damit seine Dankbarkeit zu zeigen, als wollte er dich wieder herauffischen. Ich Unwissender bewahrte dich dort in der Schublade auf, eingepackt in demselben Ölpapier, wo dich mein Vater aufbewahrt hatte. Für mich warst du ein liebes Familienerinnerungsstück, nutzlos zwar, aber heilig, heilig zwar, aber nutzlos. Ich bewahrte dich wie einen Ohrring auf, wie einen Fingerring, wie eine Brosche, ich bewahrte dich einfach als Schmuckstück auf, als Freude des Anblicks. Das da ist ein Nagelreiniger, sagte ich mir. Doch welchen Fingernagel sollte ich mir reinigen? Das Salz reinigt sie mir. Wer gibt mir denn eine schöne schlanke Hand, einen kleinen Finger mit langem Fingernagel? Hab ich denn meine Hand, um ein gutes Bild abzugeben? Schau ich meinem Fingernagel etwa zu, wie er wächst? Dient die Hand mir etwa, um mir Wind zuzufächeln, um die Fliegen zu verjagen? Oder dient sie mir dagegen, um mich an der Mastspitze ganz festzuhalten, wenn ich das Boot führe? Aus diesem Grund habe ich mir gesagt: Was hat denn so ein Schnickschnack von Nagelreiniger mit mir zu tun? Konnte ich mir dich denn als Schwert, als Krummsäbel, als Durlindana, als Rasiermesser vorstellen, die andauernd Schmisse erzeugen? Nein, diesen kühnen Geist, diese Blutrunst eines Rächers habe ich in aller Aufrichtigkeit nicht in dir vermutet, ich habe nicht vermutet, du würdest dich eines Tages so sehr als schnauzbärtiger, duellierender Paladin erweisen, du, ein Schmuckstück, das diese Signorina in Sfax in ihrem Brustlatz verwahrt hatte, du, der einen so heiklen Kaporaïs von Gramp, einen mit Narben übersäten Schafschlächter anspringen und festnageln könnte … Welche Verpflichtung hattest du denn, du, ein Nagelreiniger, tapfere Klinge? Und welche Empfindung hast du durchlebt? Warst du etwa mein Sohn, dass du dich mir so als Freund erwiesen hast? Ach, du weißt es nicht, du kannst es dir nicht einmal vorstellen, das große Vergnügen, das du mir bereitet hast, indem du diesem Händchenraïs die Finne gekürzt hast, ach, was für eine Freude, mein kleiner Dolch … Zu welchem Preis jedoch, zu welchem … Du warst ein nutzloses Ding in der Schublade der Kommode, und doch dachte ich nur an dich, du hast mir die Illusion von Reichtum gegeben. Und ich, verbittert und unglücklich, hielt dich in der Hand und vergeudete dich, ich ergriff dich und setzte dich vor die Tür. Ich nahm dich zum ersten Mal, und das war auch schon das letzte Mal. Wenn ich an den Schmerz denke, den ich für dich empfinde, marokkanischer Nagelreiniger, wenn ich an den Verlust denke, den du für mich bedeutest, ich sags dir offen, es macht mir nicht einmal etwas aus, dass du dafür den Kapoderkapos der hochberühmten Grampen, jenen Händchenraïs, verunstaltet hast, und wem hätte es denn keine Freude gemacht, ihm, auch ihm, eine Schmähung zuzufügen, einem, der im Ruf stand, ein Gladiator aus antiker Zeit zu sein und diesen Schwimmflug so zu beherrschen, einem, der in seinem Gesicht seit langer Zeit das Gehabe eines Wesens verfestigt hatte, das von sich sagt: Ich fühle mich so verdammt durchtrieben, dass es mich schon wieder langweilt. Wem hätte es da keine Freude gemacht, ihm den Kamm zu kürzen? Allen natürlich, und auch mir, auch mir, wenn du mir nur nicht auf dem Grund des Meeres verlorengegangen wärst …

Danach waren die Dinge nicht mehr so klar in seinem Kopf, denn um die Lanzitte herum brach Zeter und Mordio aus.

Sobald dem Händchenraïs der Geruch seines eigenen Bluts in die Nase drang, unterschied er sich in nichts mehr von den ihnen bekannten braunen Heimischen, denn auch er stürzte sich an diesem Punkt in die Darstellung von Tragödie und Farce, er eilte hierhin und dorthin und schlug um sich, als wäre er wild geworden, er schrie es dem ganzen Volk entgegen, dass man ihn mit Blut bedeckt habe, und so weit ihnen ein großer Flipperhändischer wie er Ekel erregen konnte, musste er sich wegen des nach außen hin gezeigten Schmerzes auch noch ein paar Auaus entfahren lassen, doch tief innen war es wegen der Wut und der Galle über die höhnische Verstümmelung, die man ihm angetan hatte. Allein beim Ruf eines Auaus durch einen hohen Raïs wie ihn hatten die Feren es in ihrem Gedärm gespürt, und da musste dann ein allgemeiner Sturm und ein zweiter Sturm auf die Lanzitte stattgefunden haben, und jede Herde, jede Schule, jede Kolonie hatte sich dann wohl auf sie gestürzt, als würden sie das Meer mit sich schleppen. Um die Lanzitte herum war es dann, als würde in voller Sonne ein Meeres- und ein Himmelsgewitter losbrechen, ein heulender Strudel aus Wolken, Wind und Regen, sie verfinsterten seinen Blick, ließen ihn taub werden, rissen ihm die Sinne aus. Er fühlte, wie er nach unten ging, sich bis auf den Grund der Lanzitte auf die Beine senkte, und von dort aus immer noch weiter nach unten ging, als würde er sich ganz um seine Knie, um seine Fersen zusammenballen, und das kam daher, dass sein Herz aussetzte. Sein letzter Gedanke war: Zum ersten Mal in meinem Leben setzt etwas aus.

Halb war er dann wieder zu Bewusstsein gekommen, halb aber war er noch immer benommen, doch was das Wahrnehmen anging, das Wahrnehmen mit den Ohren, so konnte er wahrnehmen und sich sehr wohl darüber klarwerden, was um ihn herum geschah. Angefangen bei den Schüssen aus den Karabinern der englischen Matrosen, die ihm zunächst wie weitentferntes Feuer vorgekommen waren, dann war er sich aber klar darüber geworden, dass die Engländer mit dem Landungsboot dorthin abgewichen waren und jetzt die Anhäufungen der Feren um ihn herum vertrieben, nach und nach, wie sie die stinkende Buntheit, die Belagerung aufgaben, die ihn fast erstickt hätte und sich draußen auflöste, und als sie Meer und Himmel für die Lanzitte frei gemacht hatten, konnte er aufs Neue die Sonne sehen, die das große Gewölk der riesigen Tiere ihm verdunkelt hatte.

Dann meinte er, dass die Engländer die Borietta mit langen Stäben festhakten und ihn unter großem Gelächter an Land zogen, auch wenn er, halb bei Bewusstsein, mit den Händen herumnestelte, um sich die lange Unterhose zuzuknöpfen, denn er hatte den Eindruck, dass er es immer noch vor aller Blicke heraushängen hatte, sein Chinesischesdingsda, und das war der Grund, weshalb die Engländer sich vor Lachen fast eingepinkelt hätten.

Ärger aber noch hatte er sich beunruhigt, als von der Marina her Stimmen des einen und des anderen der Pellisquadre an sein Ohr zu dringen begannen, fern und nahe zugleich, als würde ein Wind, der kam und ging, sie zu ihm tragen, Schreie, die sich in Gemurmel auflösten, und er beunruhigte sich, weil er verstand, dass sie ihn verleumdeten, aber er hatte nicht die Kraft, darauf zu reagieren.

»Hierher, bringt ihn uns hierher«, sagten sie von dort aus zu den englischen Matrosen. »Hierher, hierher, das ist ein armer Alter von hier. Vielleicht bekam er heute Nacht ja ein Fieber, und er fiel ins Delirium, und im Delirium musste er wohl geglaubt haben, es wären noch die alten Zeiten, Zeiten des Friedens. Was tut denn das Schwein? Es träumt doch von Eicheln, oder? So träumt auch der Fischer, dass er hinausfährt, und davon träumte auch der hier, dass er hinausfährt, träumte er, und so fuhr er hinaus, fuhr hinaus mit dieser Kleinejungslanzitte. Nein, er hatte nicht die Absicht, sich euch entgegenzustellen, er hatte nicht die Absicht, Gesetze zu brechen. Sein Verstand, sein Verstand muss sich wohl ein bisschen verändert haben, durchaus möglich, dass er ein bisschen verrückt wurde, dass eine böse Phantasie ihn erfasste, etwas Ähnliches wie die Phantasie, die einige uns bekannte Ohmahnen erfasste. Doch jetzt liegt es hinter ihm, er hat sich bestraft … Lasst ihn nur laufen, bringt ihn zu uns her, nicht die geringste Gefahr stellt er für euch dar. Seht ihr denn nicht, wie er voller Angst steckt? Seht ihr denn nicht, wie er um sich blickt, ein bisschen von Sinnen und mit Tränen in den Augen?«

Es gelang ihm nicht, die Stimmen den Einzelnen zuzuordnen, sein Verstand war ausschließlich mit dem beschäftigt, was sie sagten; und so wie sie ihn darstellten, erstaunte es ihn zu hören, dass sie ihn als verrückt hinstellten, als geistesgestört, als verkindischten Alten, zitternd und sabbernd, und zwar in jeder Hinsicht, kurz gesagt: als ein Ohmahne aus der Gruppe von Ferdinando Currò. Er hatte Mühe, zu begreifen, dass die, die ihn so darstellten, die Pellisquadre waren, und dass der, der so dargestellt wurde, er war, Caitanello Cambrìa.

Das Hässlichste aber war der Empfang an Land gewesen, denn inzwischen war er wieder bei vollem Bewusstsein und verstand sehr genau, was er sah und wahrnahm. Nur Marosa nahm er aus, die ihm freundlich die Arme abtastete und auch die Stirn und ihn fragte: »Seid Ihr gesund? Ist Euch nichts zugestoßen? Was hat Euch so verrückt gemacht? Wolltet Ihr auf dem Meer den jungen Mann spielen? Habt Ihr ‘Ndrja denn völlig vergessen, ‘Ndrja?«

Sie alleine, Marosa, hat sich ihm gegenüber so verhalten wie immer, ganz natürlich. Die anderen dagegen … todernste Gesichter und empörte Blicke. Er fühlte sich angestarrt, als wäre er nicht mehr er, sondern ein Geist, der vom Meer zurückkam. Natürlich erwartete er keine Komplimente und keinen Beifall, aber doch eine schlichte Bemerkung, das schon, er glaubte, das verdient zu haben, eine Zustimmung, eine Beipflichtung der Blicke, ein Bravo … War das denn zu viel verlangt?

Doch als er sich zum Haus schleppte, zerbrochen und durcheinander, mit dem Korb der Angelausrüstung und dem Stück des zersplissenen Ruders, sah er, dass um ihn herum über jedem Gesicht ein dichtes Visier heruntergelassen war, gleich einem stummen Vorwurf und einer stummen Empörung, als ob er allen und jedem von ihnen etwas Böses angetan hätte. An sein Ohr drangen Geflüster und kleine Worte in Gestalt von Metaphern, und er nahm Zeichen mit den Händen und den Augen wahr, und das nicht nur von den Pellisquadre, sondern auch von jungen Frauen, und ausgerechnet diese jungen Frauen enthüllten ihm ungewollt das Geheimnis dieses Raunens und dieser Empörung:

»Don Caitanello sieht ja aus wie ein Heiligerlazarus, der Arme«, hörte er im Vorbeigehen sagen.

»Er sieht aus, als hätte er ein Bein schon in der Totengrube …«

»Er allein? Die Totengrube können wir jetzt auch für uns schaufeln …«

»Und eine tiefe dazu …«

»Für die Fere gibts keine Grube, die ausreichen würde, wenn sie beschlossen hat, zu dir zu kommen. Das gabs doch nie, und was erst jetzt, wo sie mächtiger wurde und fremdländischer …«

»Ach doch, ach, jetzt müsst ihr sagen, dass Don Caitanello verwilderte …«

»Wieso denn? Hat Don Caitanello denn eine getötet?«

»Getötet, das wäre ja nichts gewesen. Schlimmer ists, dass er sie verwundet hat. Armer Mann, konnte er denn mehr tun? Wer gäbe ihm schon die Kraft, eine Fere ganz allein zu töten?«

»Und die jetzt, eine graue Gigantin, reißt und zerreißt jede Welle, die sie findet.«

»Man sieht doch gut, dort, geradeaus, links, in Richtung Casablanca, wie das vom Wahnsinn gepeitschte Schaumross sich gebärdet …«

»Er hat sich seinen Typ gut ausgewählt, unser Don Caitanello. Wenn mich meine Augen nicht trügen, konnte er keinen Stinkigeren finden als den …«

»Mit dem da hat er ganz sicher einen ganz schönen Zweikampf ausgefochten …«

»Und diese ganze graueherne Fluke, seht ihrs denn nicht? Je mehr er hinausschreit und wütend wird, umso mehr schnappen sie nach Luft und werden fuchsteufelswild …«

»Grauehern nur? Von hier aus betrachtet siehts aus, als hätten sie sich von jeder Färbung aufgebäumt …«

»Jetzt wird das Meer zum wogenden Gelächter und zur wogenden Klage …«

»Jetzt werden alle Feren hier die Mütze abziehen …«

»Sie wollen die Haut und die Knochen …«

»Sie machen hier die Nacht zum Tage …«

Auf diese Weise beschuldigten sie ihn, dass er die Schafe zu Tigern gemacht hätte. Sie verhielten sich doch ganz ruhig und friedfertig, er dagegen hätte ihnen das Wilde aufgepfropft, er hätte ihren Zahn vergiftet und sie ins Ohr gezwackt. Mit einem Wort: Er hätte es falsch eingeschätzt. Vor seiner unglücklichen Ausfahrt befanden sich die Charybdoten nicht in einer Beziehung von Belagerern zu Belagerten, weit gefehlt, sie teilten sich den Schlaf, den Bissen Brot, den Schluck Wasser. Hatte er die Feren denn nicht mit den Castorinas erlebt? Hatte er sie denn nicht mit Ferdinando Currò und den anderen Ohmahnen erlebt?

Da hatte er, per la Madò, wie zerstört er auch war, wie viele Schmerzen er auch hatte, wie verrenkt er sich auch fühlte, argwöhnisch seinen Blick kreisen lassen, als wäre er vom Meer unter ihm unbekannte Menschen mit animalischen, ungastlichen Gewohnheiten geschleudert worden, und zu diesen Menschen dort hatte er dann folgendermaßen gesprochen:

»Irre ich mich oder bin ich unter Menschen gelandet, die sich den Bauch mit Ferenleichen vollschlagen und schon so viel Gefallen daran gefunden haben, dass sie mit den Feren sympathisieren und Trauer für sie tragen? Und sollte man es für möglich halten, dass es unter derartigen Menschen auch gewisse Naivlinge gibt, welche die Fere jetzt noch mehr schätzen als vorher, als sie die große Feindin war. Und was tun die Naivlinge, da sie anderes nicht tun können? Sie denken zwanghaft und mit dem persönlichen Risiko und dem Verlust kostbaren Besitzes, sie fahren alleine hinaus, und sie rupfen die Feren mit Finne und Feder. Aber was bringt ihm das ein, was bringt ihm das ein? Bringt ihm das etwa irgendetwas ein, diesem Naivling, der zu euch redet, der eine alte Schulfregatte von Porpose durch Schläge mit dem Ruderblatt zertrümmert hat? Was bringt es ihm ein? Beglückwünscht man ihn etwa? Vielleicht glauben sie ihm ja nicht mal, auch wenn dieses Miststück immer noch da ist, und wenn sies rufen, antwortets ihnen. Oder bringt es diesem Stockfisch vielleicht etwas ein, der sich einem Mächtigen stellte, einem Mächtigen und Stinkenden jener Rundköpfe, einem Tier, das eine einzige Narbe war? Oder bringt es ihm etwas ein, dass er einem gewissen, mit Narben verkrusteten Gladiator lediglich mit einer Dolchklinge, einer Art marokkanischen Nagelreinigers, einem kleinen Schmuckstück also bewaffnet gegenübertritt, zudem ein liebes Familienandenken, das er zu seinem großen Schmerz während des Unternehmens in ihn hineinstieß? Was bringt es ihm, was bringt es ihm, dass er diesem fremden Großraïs ein Mal hinterlassen hat, dass er ihm den Kamm mit einer Klinge halbiert hat, mit einer Nagelfeile? Haben die hochwürdigen Pellisquadre die Sache etwa genau beobachtet? Sagten sie ihm etwa: Danke, Don Caitanello, wir waren erniedrigt und lebten in Würdelosigkeit, Ihr aber habt uns mit einem Schlag wieder Ansehen verschafft, sagten sie ihm das vielleicht? Jemand, der das hören würde, hätte wohl denken müssen, ihm sei das Verdienst zuzuschreiben, dass sie ihn auf ihren Händen trugen. Ach ja, jemand von draußen, ein Fremder auf Durchreise, würde, wenn er diese Geschichte hört, sofort ja denken, er würde denken, dass sie ihn im Kleinen empfangen hätten, wie die Messiner einst Don Juan d'Austria empfangen hatten, nachdem durch ihn und seine Flotte die Türken vernichtend geschlagen waren, und ihm wenigstens gesagt hatten: Dank, Dank, vielen Dank, auch wenn sies Don Juan auf Französisch zugerufen hatten, als noch größeren Glückwunsch, Gran mersì, gran mersì, und ihm anschließend noch eine Statue errichteten. Wer die Geschichte hören würde, würde denken, dass sie ihn so empfingen, und das nicht, weil Caitanello Cambrìa sich ebenso bedeutend fühlte wie der große Admiral, sondern weil zwischen Türken und Feren kein so großer Unterschied besteht, er würde denken, dass sie ihn im Kleinen so empfingen wie die Messiner Don Juan d'Austria, er würde denken, dass sie ihm auch kein Gran mersì zuriefen, sondern es ihm klein und in unserer Sprache zuriefen, kurz gesagt, ein einfaches, natürliches Grazie, Danke, kurz und tiefempfunden. Stattdessen riefen sie ihm überhaupt kein Grazie zu, weder ein kleines noch ein großes, weder Mersì noch Grazie. Alles, was sie ihm erweisen, ist das Erblassen des Gesichts für diesen Ferenraïs, der draußen auf dem Meer klagt und wimmert und mehr vor Scham als vor Schmerz wild geworden ist, und dafür rufen sie ihm den Halbsatz, den Halbvers, das Geraune der Tratschweiber in den Höfen, die Zurechtweisung durch Blicke, die Verwünschung mit geschlossenem Mund, die niederträchtige Verleumdung entgegen … Das ist es, was sie für diesen Naivling übrighaben. Keiner, auch nicht einer, der ihm die Ehre erwiesen hätte, die Hand zu schütteln, und sei es auch nur in aller Scheinheiligkeit … Donnerwetter, Caitanello.«

Und die Pellisquadre? Äußerten die Pellisquadre sich persönlich? Er hörte sie, die Pellisquadre, ja, er hörte die Pellisquadre, er hörte einen für alle, er hörte den Boss, er hörte Luigi Orioles, es machte ihm Freude zu hören, was er zu ihm sagte:

»Mit dem, was Ihr sagt, und das heißt, dass wir Euch weder beachtet noch ein Salamalejkum entboten hätten, während wir uns Eurer Meinung nach ausschließlich um den Rundköpfigen besorgt haben würden, verursacht Ihr uns richtigen Schmerz im Herzen, lieber Don Caitanello, und daher seht Ihrs mir nach, wenn ich Euch ganz offen und unverstellt Folgendes antworte. Ihr müsst dazu wissen, dass die Sorge um die Fere, die durch Euch wild geworden war, uns jetzt erfasste, denn gerade in dem Augenblick, in dem die große Flucht all dieser

Feren einsetzte, die schwimmend und fliegend über Euch hinweggeschossen waren, hatten wir das Irrewerden jenes Rundköpfigen bemerkt, und als wir zwei und zwei zusammenzählten, begriffen wir, dass die Feren Euch seinetwegen übersintflutet haben. Doch das war jetzt, vorher herrschte die Besorgnis über Euer dunkles Schicksal. Jetzt, da wir Euch heil und unversehrt vor uns haben, können wir es Euch ja offen sagen, Don Caitanello: Wir sagten uns, er war neidisch auf Don Ferdinando und seine Gruppe von Ohmahnen. Er fuhr mit derselben Lanzitte hinaus aufs dunkeldunkle Meer … Im Geist sagte Euch jeder Addio. Uns plagte das Gewissen: Vielleicht haben wir ihn ja nicht beachtet, sagten wir uns. Vielleicht haben wir ja nicht mit ihm gesprochen, haben ihn mit seinen Gedanken alleine gelassen. Armer Don Caitanello, vereinsamt, ohne jede Nachricht über den einzigen Sohn und ohne jedes Wort von Freunden, er musste denken, dass er inzwischen nutzlos dahinlebte, er sah keinen Sinn mehr darin weiterzuleben, ganz genau wie Noah und die anderen Ohmahne. Nun wird uns die absteigende Strömung auch die leere Lanzitte von Don Caitanello wiederbringen. Nun werden wir diese unglückliche Lanzitte verbrennen, sagten wir uns. Macht Ihr Euch nun eine Vorstellung, wie sicher wir über Euren Weggang waren? Habt Ihr verstanden, wie hoffnungslos wir waren?«

Und alle um ihn herum bestätigten das durch ein Ja mit ihren Köpfen: Ja, ja, wahr, sehr wahr, alle, allesamt glaubten mittlerweile, dass er von der Strömung weitab ins Jonische getrieben worden war. Mit anderen Worten: entweder tot oder tot. In ihren Gedanken hatten von Caitanello Cambrìa inzwischen wirklich nur die Fische etwas: Kurz gesagt, sie hatten sich ihn aus dem Kopf geschlagen, und er hatte ihnen mit seinem Wiederauftauchen einen Strich durch die Rechnung gemacht und sie enttäuscht. Fast wollte er sich schon entschuldigen und sagen: Entschuldigt die Taktlosigkeit, entschuldigt die Kühnheit, die ich hatte, am Leben zu bleiben und wieder an Land zurückzukommen. Doch er fühlte sich allzu bitter enttäuscht, um ihnen noch etwas Spöttisches zu sagen.

Und damit nicht genug: Dieser Orioles mit seinem salomonischen Kopf, der alles verstand, diese redegewandte Zunge, die alles erklärte, fügte nach der Tragödie für ihn auch noch die Farce hinzu.

»Und als wir Euch so in großen Schwierigkeiten sahen, mitten in diesem Aufruhr von Feren, wollt Ihr freimütig wissen, was wir da dachten? Was für ein Glück, dachten wir. Er lebt noch, dieser kleine Kanonenpfropfen, er ist so lebendig, dass er die Feren böse gemacht hat. Und wo nicht, wäre er dann etwa Caitanello Cambrìa gewesen, wo nicht?«

Vielleicht dachte er ja, etwas gutzumachen, wenn er breit lachte, dieser große Politikamateur. Doch ihm war es unterdessen wie Schuppen von den Augen gefallen, und die Wahrheit, die er sah, blendete ihn. Er hatte also so unendlich viele Jahre unter unbekannten, traurigen Menschen gelebt, die er für anständige Menschen hielt, von aufrechtem, freundlichem Wesen, Menschen, die sich bei der ersten Gelegenheit den heilheilen, den lebendiglebenden Freund einander streitig machten. Menschen, mit denen er gute wie schlechte Zeiten durchgestanden hatte, mit denen er durch stürmische und auch heitere Zeiten gegangen war; Menschen, mit denen sie, er und 'Ndrja, wenn das Gefischte nicht ausreichte, um ihren Hunger zu stillen, immer großherzig alles geteilt hatten, sie, die eben keine Frauen, keine Alten, keine Kinder im Haus hatten. Den Teil, der ihnen zukam, sollten sie unter sich aufteilen, Scarfi und Palamara und Ritàno, die eine große Zahl Kinder hatten … Und die hier, die hier waren dieselben Menschen, denen er Gutes erwiesen hatte? Ah, da musste er dem Krieg wirklich danken, der sie in ihrer ganzen Natürlichkeit hervortreten ließ.

Mit diesen Gedanken ging er in sein Haus zurück: Er fühlte eine solche Erschöpfung, einen solchen Schwindel im Kopf, dass die Marina sich in seinen Augen unter seinen Füßen zu bewegen schien und ihn mit den Beinen in die Luft warf. Auf der Türschwelle jedoch hatte er sich umgedreht, weil er einen galligen Kloß in der Kehle spürte, den er einfach ausspucken musste, er konnte ihn unmöglich hinunterschlucken.

»Eine einzige Neugier müsstet Ihr mir noch stillen«, hatte er zu diesem Signor Boss Luigi Orioles gesagt. »Wenns denn nicht zu viel verlangt ist, müsstet Ihr mir sagen, wies eigentlich kommt, dass Ihr mich in Eurem Kopf mit einem Noah vergleicht, der doch steinalt war, und mich an Bord der Lanzitte wähnt mit Ohmahnen, die allesamt das Alter Methusalems hatten? Vielleicht weil ich mich nicht von Ferenleichen ernährt habe, die Ihr ja so mögt? Ist denn das Essen von Leichigem für Euch ein Zeichen von Jugend? Wo nicht, wieso haltet Ihr mich dann für so alt? Habt Ihr mich vielleicht auf dem Stuhl sitzen sehen, als so alte Mumie, dass Ihr mich hinsetzen und aufheben musstet, mich füttern und abtrocknen, mich ausziehen und wieder anziehen, mir die Hose aufknöpfen und mein Chinesischesdingsda herausholen und zwischen Daumen und Zeigefinger halten musstet, damit ich pinkeln konnte? Hab ich diesen Eindruck auf Euch gemacht, dass ich so sehr verkindischt war, dass ich es nicht einmal mehr schaffte, alleine zu pinkeln? Bin auch ich Euch deshalb wie ein Ohmahne vorgekommen? Eine tote Last, ein Schmarotzer, ein unnützes Maul?

Oder schlimmer, schlimmer noch, bin ich Euch wie ein Bettler vorgekommen, einer, der von Eurer Barmherzigkeit lebt, ein Lumpenhund hinter Eurer Türe? Als wer bin ich Euch eigentlich vorgekommen, wie, per la Madò, das mühe ich mich ab zu erfahren, als wer bin ich Euch vorgekommen, dass Ihr denken konntet, ich würde mich spontan aus dieser Welt stehlen, würde irgendwann den Sarg aufladen und zum Tod hinausfahren wie Ferdinando Currò und Genossen? Als wer bin ich Euch vorgekommen, dass ich mich in Eurer Vorstellung liquidierte, dass ich mir in Eurer Vorstellung einen Mühlstein um den Hals bände und mich ins Meer stürzte, da wos am tiefsten ist, als wäre ich eine stinkende Leiche, die Euch die Luft verpestete? Diesen barbarischen Mut habt Ihr gefühlt, und jetzt, jetzt seht Ihr den fürchterlichen rundköpfigen Grampen, der das verrückt gewordene Schaumross spielt, und Ihr könnt Euch keinen Reim darauf machen, wie ich ihm mit einem schlichten Nagelreiniger die Finne kappen konnte. Eurer Ansicht nach war ich ja nicht einmal fähig zu sterben, das allein denkt Ihr, und Ihr denkt nicht, nein, das nicht, an die Fähigkeit, die ich, eben um nicht zu sterben, bei diesem mörderischen Gladiatoren umgekehrt einsetzen musste, der mich schon ins Totenbuch eintragen wollte. So einen nennt Ihr alt, was? Der hier, vielleicht wurde der ja alt, das wohl, das gestehe ich Euch zu, dieser wurde vielleicht alt wegen mangelnden Gebrauchs und wurde verhutzelt und durchräuchert. Der hier vielleicht, aber nicht mein Verstand, mein Arm, mein Handgelenk. Den hier, den könnt Ihr alt nennen.« Und mit aufgerichteter Hand deutete er zwischen seine Beine auf das Chinesischedingsda, das allerdings ebenfalls, ob alt oder nicht, seinen Teil geleistet hatte, einzig dadurch, dass er es von der Lanzitte aus gezeigt hatte, hatte er unter den Feren Furore gemacht.

Der große Boss verzog den Mund, als hätte man ihn an den Angelhaken genommen, japsend und nach Worten suchend, ohne sie zu finden.

»Den hier, den könnt Ihr alt nennen … Der ist alt, der …«, wiederholte er ein weiteres Mal, während er sich ins Haus zurückzog, sich in seine Höhle verkroch und seine Wunden leckte.

Dann, als es bereits zu spät war, auch wenn er noch dabei war, die Haustüre zu schließen, waren sie an seine Schwelle gekommen und klopften, um ihm den Händedruck anzubieten, den sie ihm vorher verweigert hatten.

Zuvor, als die Lanzitte noch heruntertrieb, hatte er nur das im Sinn. Nach den Augenblicken, die er in großer und beinahe tödlicher Einsamkeit zugebracht hatte, schien es ihm, dass seine Freunde, die Pellisquadre, diese Gesichter, diese Umrisse an der Marina ihn in einem ersten, allerersten Augenblick fast gerührt hatten. Sie waren dort, sie waren um ihn besorgt. Er fühlte in seiner Rechten bereits ihre Rechte, alleine die Vorstellung dieses Händedrucks tröstete, entschädigte und prämierte ihn.

Doch dann, an Land, erlebte er diese Ernüchterung. Sie hatten gesehen, dass er seine Rechte am Bein säuberte, sie wussten sehr wohl, was für einen Sinn die am Bein gesäuberte Rechte hatte, doch niemand war mit der Rechten auf seine Rechte zugegangen, niemand, auch nicht einer. Sie hatten Lust, jetzt zu sagen:

»Macht schon, Don Caitanello, entriegelt die Türe und lasst uns als Freunde fest die Hand drücken.«

'nnen Arsch, 'nnen Arsch … Zuerst nicht, als es angebracht war, und dann doch?

»Wir haben Euch die Kleinen hier hinter der Türe zurückgelassen«, sagten sie am Ende, als sie sich nicht gewürdigt sahen, denn innen im Haus war die Antwort immer nur Grabesstille. »Notfalls schimpft die Kleinen tüchtig aus, dann kommen wir, drücken uns die Hand, und dann herrscht Friede, was, Don Caitanello? Beruhigt Eure Nerven, dann ruft uns, ganz wie Ihr wollt.«

Großartige Menschen, voller Güte, aus Rache ließen sie ihre Kinder bei ihm, gaben ihm Zeit, seine Nerven zu beruhigen: Was wollte er noch mehr? Aber war das etwa Großzügigkeit? Es war offensichtlich, dass sie sich diesmal schämten und sich schützen wollten: denn in der Tat, wann hatte man je in der Geschichte erzählt, dass ein Fischer den Gefahren des Meeres entgangen war, und als er mit seinem Fuß wieder Land betreten hatte, habe man ihm nicht einmal die Hand gedrückt? Niemals hatte man das in der Geschichte erzählt. Man erzählte es nur im Jahr neunzehnhundertelf, als die Mannschaft der Palamitara Rondine I, die man inzwischen für verschollen gehalten hatte, nach drei Tagen einlief, doch gleichwohl verloren war, und zwar aussichtslos verloren, da sie alle ihre Seele zwischen den Zähnen trugen, denn durch Cholera waren sie alle am Ende. Doch auch damals streckten die Menschen an der Marina ihre Hände und Arme aus, sie wollten ihre Männer umarmen, nur dass Don Vincenzo Laganà, der Boss der Rondine I, mit seinem letzten Atem rief: Haltet euch von uns fern, wagt es nicht, uns zu berühren, ob ihr Verwandte seid, ob ihr Freunde seid, denn wir haben uns angesteckt, als wir an Land gingen, um uns mit Wasser in Giampilieri zu versorgen. Aber dann mussten die Cholerakranken eben doch die Ruder wie Lanzen und Knüppel einsetzen, um die Hände von Verwandten und Freunden abzuwehren und sich den Weg zur 'Ricchia zu bahnen, wo sie sich in den oberen Höhlen eingrotteten, die man dann auch wirklich die Cholerahöhlen nannte und noch nennt, denn von da drinnen kamen sie nicht einmal mehr tot heraus. Die Polizei kam nämlich, als noch niemand wusste, dass sie tot waren, und verstopfte die Höhlen mit Schwefel. Aber fiel es den Cholerakranken etwa leicht vorbeizuziehen, ohne sich von all diesen Händen berühren zu lassen und ihnen wegen der Ansteckung auszuweichen? Und es waren auch nicht nur ihre Ehefrauen und ihre Kinderschar, die ihnen die Hand drücken wollten, ganz Charybdis wollte sie beglückwünschen, denn, ob Pest, ob Cholera, die Rondine I war, nachdem sie schon alle Hoffnung verloren hatten, nach drei Tagen auf dem Meer wieder eingelaufen, und das war es, was erst einmal zählte, über die Ansteckung würde man später sprechen: Die Cholera war eine Sache des Augenblicks, der Händedruck dagegen war eine Sache von alters her, die Pestilenz hatte ihren Ursprung außerhalb des Menschen, der Händedruck aber war dem Menschen eingefleischt und wird es immer sein, vor allem in den Menschen, die mit der Fischerei zu tun haben, und daher kam es, dass auch der Lebensmut sich in das Wort Cholera einnistete, und die Hand bewegte sich durch natürlichen Zwang mit der geöffneten Handfläche vor, um das zu tun, was sie immer tat, wenn eine Mannschaft vom Meer heimkehrte, die man verschollen geglaubt hatte.

Nein, das hatte man noch nie vorher erzählt, man hatte nicht einmal von den Pestkranken der Rondine erzählt, dass es keinen Händedruck für den gab, der sein Leben auf dem Meer Gefahren ausgesetzt hatte. Das erzählte man bei Caitanello Cambrìa, bei ihm als Erstem, bei ihm als Einzigem und Alleinigem, schlimmer behandelt als ein Cholerakranker und schlimmer als der schlimmste Feind, denn nicht einmal dem schlimmsten Feind, der den Gefahren des Meers entronnen war, verweigert man den Händedruck. Doch vielleicht gerade deshalb, weil er alleine zurechtgekommen und zurückgekehrt war, lebendig zurückgekehrt und nicht als Toter verschwunden war, vielleicht gerade deshalb hatten sie ihm nicht die Hand gedrückt, gerade deshalb, wofür man sie jedem drückt, gerade weil er einem hartnäckigen Graugrampen entkommen war, diesem todbringenden Wesen, diesem Flipperhändchenraïs, der immer noch auweh, auweh jammerte und seinen Freunden das feinfühlige Gehör verletzte …

O ja, diese würdige Neuigkeit, diese voraufgegangene Ungehörigkeit brachten gewisse Individuen mit den Namen Orioles, Palamara, Ritàno, Scarfì, Schirò und Scoma mit, die gesamte tolle Mannschaft, die an diesem Tag das Visier herunterließen und den Freund nicht mehr anerkannten. Dann musste ihnen aber die eine oder andere Befürchtung gekommen sein, denn ganz sicher war ihnen klargeworden, dass, wenn man von dem ungehörigen Verhalten erführe, die Stimme der Menschen am Meer, von Boot zu Boot, sie der Niederträchtigkeit bezichtigt hätte. Und so ließen sie die Kinder als Aufpasser hinter der Türe bei ihm, sie stürzten sich unter die Fahnen, was bedeutete, sie trafen Vorsichtsmaßnahmen, um das Gesicht zu wahren: 'nnen Arsch, 'nnen Arsch …, sagte er und wiederholte es. Dort, in seiner Höhle, leckte er die Wunden, doch das waren Wunden, die bei dem ärger brannten, der sie ihm zugefügt hatte, als bei ihm, der sie abbekommen hatte.

Bis spät am Abend hatten diese größeren und kleineren Jungen Sarino, Nicolino und Giovannino hinter der Türe herumgezirpt und gewinselt.

»Don Caitanello, wollt Ihr denn keinen Frieden schließen? Wollt Ihr den Händedruck? Gehen wir doch zu unseren Vätern und sagens ihnen, dass ihr ihn wollt, jetzt, wos Nacht geworden ist?«

'Nnen Arsch, 'nnen Arsch sowohl der Väter als auch der Kinder, 'nnen Arsch, 'nnen Arsch von euren Vätern und von euch Jungs …

Noch den ganzen folgenden Tag machten sie hinter der Türe die gleiche Musik mit ihrem Händedruck als Angebot der Gnade. Sogar, was für eine Ehre, der Boss Don Luigi ließ sich herbei und auch der Strandaufseher, das heraufzurufen und ihn anzurufen. 'Nnen Arsch, 'nnen Arsch. Ihr brauchts, nicht ich: Ihr habt Gewissensbisse, Ihr Ungehörigen. Euch kommt der Händedruck jetzt recht, Euch liegt er jetzt schwer am Herzen. Wenn mich aber die Lust ankommt, dann kann ich meine Rechte mit der Linken drücken. Oder ich finde mir eine Fere, wo ich ja bewiesen habe, dass ich eine finden kann, und drücke ihr das Flipperhändchen, besser einer Fere, Ehrenwort, die ist weniger ermattend.

»Don Caitanello?«, sagten sie zu ihm. »Sind wir etwa Kinder geworden, dass wir ein Gesicht ziehen und mit der Türe zwischen uns reden?«

Und um nur ja keinen Fehler zu begehen, machten sie sich davon und ließen ihm, gewissermaßen als Wachposten, zum Spielen hinter der Türe eben ihre Jungs zurück.

»Don Caitanello, seid Ihr versöhnlich geworden? Ist Euer Herz noch nicht nachgiebig geworden wegen des Händedrucks? Sollen wir zu unseren Vätern gehen und ihnen sagen, dass es nachgiebig geworden ist?«

’Nnen Arsch, ’nnen Arsch eurer Väter, Jungs.

An diesem Tag, am Tag danach und an dem dann folgenden ebenfalls boten Orioles und Genossen ihm mehr durch den Mund dieser Jungs als durch ihren eigenen immer wieder den Händedruck an. Sie machten sich wohl vor, dass sie es anstellen könnten wie der großmütige Graf Orlando, der sich drei Tage und drei Nächte mit Donchiaro duellierte und ihm bei jedem Tagesanbruch und bei jedem Einbruch der Nacht Frieden anbot, weil er nicht das Herz hatte, einen mutigen Paladin und aufrechten Menschen zu töten, wie Donchiaro einer war. Donchiaro, Donchiaro, willst du nicht Frieden machen? Nein, antwortete ihm Donchiaro, und am Ende des dritten Tags dieses Duells, als Orlando wieder das Nein vernahm, sprach er genau diese Worte: Dann geht die Sonne unter, der Mond zieht herauf, und Donchiaro fällt, und mit Weh im Herzen versetzte er ihm den Gnadenstoß.

Es gab allerdings diesen Unterschied: dass sie, wenn man sie zusammenbündelte, nicht einmal einen Fingernagel des Grafen Orlando ausmachten. Von seiner Großmut konnten sie nur träumen, und er war seinerseits ganz sicher auch nicht jener Donchiaro, der damit endete, dass er den Gnadenstoß versetzt bekam. Allerdings geschah es, dass, als drei Tage und drei Nächte vergangen waren, und er immer noch fest und unerschütterlich in seinem Haus verharrte, mit seinem Recht gegen ihr Unrecht, ihm von jemand anderem ein außerordentlich schwerer Schlag zugefügt wurde, von einer Seite, gegen die er sich nicht schützen konnte, von jemandem, mit dem er niemals gerechnet hätte.

Hier bin ich, sagte er sich bei Tagesanbruch des vierten Tags. Kommt her, ihr Freunde, ihr Feinde, kommt in mein Haus. Kommt her und bietet noch einmal den Druck eurer rechten Hand, die nach Dreitagemuff müffelt … Konnte er sich denn je vorstellen, dass sich ein anderer einfand, mit einer anderen müffelnden Hand, und was für einer Hand und wie müffelnd und in welchem Ausmaß?

Als er Federico Scoma sah, diesen guten Jungen, mit seiner zerfetzten Hand, war sein Gedanke: Da sieh nur einer, welche List sie sich haben einfallen lassen. Federico war genau zu dem Zeitpunkt eingetroffen, wo sie ihn für ihr Spiel einspannen konnten, ihn und seine Hand. Auf seiner Reise, bei der er vom Militärhospital in Tarent in das von Messina verlegt werden sollte, hatte der gute Junge einen Abstecher gemacht, um Vater und Mutter zu sehen: Und bevor er wieder abreiste, kam er tatsächlich auch bei Don Caitanello vorbei, um ihm Guten Tag zu sagen, ein so guter Junge wie Federico, einer von denen, die mit ‘Ndrja den Schlaf teilten. Er kam, er kam oft, und weil er just vorbeikam, um ihm Guten Tag zu sagen, konnte er da etwa nicht auf diese Art von Hand aufmerksam werden? Er sah sie und er schämte sich nicht zu sagen, dass, als er Federicos rechte Hand sah, sein Hochmut, der sich zu Pferd auf und davon gemacht hatte, zu Fuß, ja sogar auf dem Boden kriechend zurückkam. Diese Händedrucke, verachtet und verweigert, hatte er sich da als rote Male, als Schamröte im Gesicht aufspringen sehen, und in die Fläche seiner rechten Hand war ein großer Schmerz gedrungen, eine schneidende, unerträgliche Kälte, als würde ein glühendes Eisen sie durchbohren und gleich darauf ein eisiger Wind durch die Wunde blasen. Ausgerechnet der Besuch eines, der ihm nicht die Hand drücken konnte, musste ihn treffen, ein Besuch und ein Besuch, der ihm in der Handfläche einen so sehnlichen Wunsch und zugleich eine so wunschlose Leere zurückließ, dass es ihm war, als würde seine Hand durchsichtig werden, bei dem Licht, das sie von der einen Seite zur anderen durchbohrte, und alles unter gewaltigen Schmerzen.

Am Mittag des ersten, vielleicht auch des zweiten Tags, jenes Monats hatte er es am Fensterchen des hinteren Teils klopfen hören. Wer konnte das sein? Etwa einer dieser Abgefeimten? Vielleicht gaben sie sich ja der Täuschung hin, dass, wenn sie ihn beim Fensterchen packten, er sich ergeben und Frieden machen würde? Wer sollte es sonst sein? Marosa war, um die Wahrheit zu sagen, in diesen drei Tagen ans Fensterchen gekommen, um sich mit ihm zu unterhalten, vielleicht um nicht von ihrem Vater, dem Boss, gesehen zu werden, doch das war bei Sonnenuntergang, so gegen vier: War sie zufällig außerhalb ihres Zeitplans?

»Wer klopft denn an dieses Fensterchen?«, fragte er, dessen Verstand meilenweit von Federico Scoma entfernt war wie auch von jedem anderen der milchbärtigen Jungs, von denen man keine alten und auch keine neuen Nachrichten hörte.

»Ich bins, Don Caitanello, Federico«, hörte er sich antworten.

»Federico wer? Federico Scoma?«

»Jawohl, Don Caitanello. Federico Scoma. Sofern ich Euch keine Ungelegenheit mache, bin ich gekommen, Euch guten Tag zu sagen.«

Da öffnete er das Fensterchen, und er stand vor ihm, der gute Junge, in vollem Sonnenschein, im Geflimmer, das ihn von den Dünen her im Rücken erfasste, ein kleiner großer Riese, ganz blass, mit tiefliegenden Augen, mitgenommenen Gesichtszügen, die Haut über die Knochen gespannt. In diesem Zustand fand er sich durch die Entbehrungen, und er wirkte wie sein eigenes Gespenst. Neben ihm stand Don Enrico, der sich während der ganzen Zeit die Nase schneuzte, doch waren es die Augen, die ihm wegen des Sohnes troffen, und weil er sich deswegen schämte, hielt er das Taschentuch vor sich.

»Oh, Federico, du hier? Oh, was für eine Freude, was für eine Freude mir das macht. Fast kommts mir vor, als würde ich 'Ndrja vor mir sehen.«

Da gibt er ihm die Rechte und sieht, dass ihm mit der Linken erwidert wird. Er blickt ihm in die Augen, als will er ihm sagen: Du gibst mir die Linke? Hast du etwa eine neue Mode mitgebracht? Und was machst du dann mit der Rechten, wenn du sie so dicht unter dem Fensterchen versteckst, hältst du sie etwa für jemand Würdigeren als mich zurück?

Federico aber, der völlig unschuldig war, errötete leicht auf den vorspringenden Backenknochen, lächelte dann mitgenommen und abgezehrt, packte sie dann unten mit der Linken und hob die rechte Hand zum Fensterchen hinauf. Sie steckte bis zum Ellbogen in einem Sack aus schwarzem Wachstuch, und er sagte:

»Verzeiht, Don Caitanello. Meine Rechte ist behindert.«

Don Enrico verbarg sein Gesicht ins Taschentuch, und dieser Riese von einem guten Sohn senkte seine Augen auf ihn mit seinem Lächeln eines bedauernden Märtyrers für den, der ihn ansah und seine Schmerzen mitlitt; dann sah er ihn wieder an, als wollte er sagen: Entschuldigt meinen Vater, der sich nicht zurückzuhalten vermag, und dabei hielt er immer diese Hand hoch, als hätte er sie mit einem Haken am Arm aufgehängt.

»Was ist mit deiner Hand passiert? Was hat man mit ihr angestellt, Federicuzzo?«, brachte er gerade noch hervor.

Federico löste mit den Zähnen die Kordel, die ihm am Ellbogen diese Art von Wachstuchkappe festschnürte, er zog sie auf, und aus dem Ärmel der Militärjoppe kam etwas zum Vorschein, das wie aufgerolltes Fleisch aussah, blutrot hier, an anderen Stellen violett, flammenähnlich, hitzig hätte man gesagt, dann wieder gestampft und flockig und schwarz, doch ein schlimmes Schwarz, ein schwäriges Schwarz, wie die Schwärze toten Fleischs. Auf den ersten Blick schien es ihm, als hätte Federico diese Rindfleischrolle im Ärmel der Militärjoppe versteckt, aber dann sah er genauer hin und erkannte, dass die blutende Rolle am Handgelenk haftete, denn es war die rechte Hand: Sie war, was sie war, nicht was sie einmal gewesen war.

Er starrte auf dieses Pendel von Blutklumpen, und er fühlte, wie das Blut aus seinem Gesicht wich und eine Blässe ihn ergriff, eine Blässe und eine machtlose Verwunderung, wie einen Toten mit geöffneten Augen.

Federico hielt diese verstümmelte Hand weiter vor seinen Augen hoch, damit er sie genau sehen konnte, seitlich, im Licht, von seinem Arm herunterhängend, als hinge sie an einem Fleischerhaken: Es war eine Rolle zermarterten Fleischs, als wäre es im Maul von Hunden gewesen, ein verunstalteter und ausgefranster Muskel, mit Sehnen und ekelhaften Wucherungen, die darauf gewachsen waren wie Keimpunkte auf Kartoffeln. Nach einer Weile, die er sich das angeschaut hatte, hatte er gewissermaßen den Eindruck, einen leichten Gestank von Verbranntem wahrzunehmen, einen glühenden Geruch, erloschen zwar, aber fleischig, den die Sonne unter seiner blutbetropften Asche wieder aufzuwecken schien. Doch Federico sah ihn an, er hielt auch den Atem an und kniff die Pupillen zusammen, in der Hoffnung, so nicht den Armen sehen zu müssen oder schlimmer noch Don Enrico, der seine Schluchzer im Taschentuch erstickte, vor Ekel, den die hingeschlachtete Hand seines Sohns bei ihm hervorrief.

Aufgescheucht von der Dunkelheit und mit vor der Sonne geschütztem Gesicht, fühlte er, wie seine Augen das Licht nicht fassten, und die Schwäche verursachte ihm zusätzlich Schwindel. Vielleicht verharrte er daher in diesem blendenden Licht in einem Augenblick seines Verstummens und dessen der beiden anderen, währenddem die Szene mit Federico, der ihm diese schwärige Rindsrolle zeigte, und für ihn, der vor ihm stand, in den Augen seines Verstands einen Sinn bekam, der nicht nur der war, den er in Wirklichkeit hatte, sondern diesen zusätzlich zu dem anderen, den bekanntlich jede Szene des Lebens verbirgt, und sich selten und Seltenen deutlich zeigt, und der Sinn der letzten Wahrheit sein sollte.

In diesem Augenblick war vor den Augen seines Verstands alles weiß, verbrannt und blendend um sie herum, ausgenommen etwas, das Federico genau in diesem Augenblick herausgefischt hatte und vor seinen Augen hochhielt und ihn fragte, ob er schon jemals ein Tier dieser Art gesehen habe. Don Caitanello, ist Euch zufällig dieses ekelerregende, seltsame Tier bekannt?, schien Federico ihn zu fragen, und er schien ihm zu antworten: aber welches Tier denn, Federicuzzo? Siehst du nicht, dass es das Flipperhändchen einer Fere ist? Brustflipper, da besteht kein Zweifel, und man sollte meinen, dass ein größeres Tier ihn einer dieser Wasserseligen ausgerissen, auf ihm herumgebissen und dann ausgespuckt hat, doch so verdreht und verwickelt und so knapp behauen es auch ist, so bleibt es doch immer das Flipperhändchen einer Fere. Sah er denn nicht, der gute Sohn, die Häute zwischen Finger und Finger, mit der zarteren bräunlichen Haut, die im Licht fast durchsichtig war, die raue, fest zupackende und entfingerte Membrane der Flossenhändchen? Sah er sie nicht? Sah er nicht? Oder besser gefragt: Dachte er nicht, sie zu sehen?

Es war klar, dass er aufgrund der Wirkung des Lichts, nach drei Tagen in der undurchdringlichsten Dunkelheit, und aufgrund der Wirkung dieses abstoßenden Fleischs, das irgendwie Ekel in ihm hervorrief, eindeutig geblendet wurde; denn in seinen Augen stellte sich die Szene immer deutlicher so dar, als würde Federico seinen Ellbogen auf natürliche Weise zurückziehen und als wäre sein Arm ganz kurz, ein Ärmchen, und als würde schließlich dieses zerfetzte Händchen ihm persönlich aus seiner Seite hervorwachsen. Er schaffte es, ihm ins Gesicht zu blicken, und es kam ihm vor, als würde der gute Sohn zwischen Lippe und Lippe ein schneidendes Lächeln verbergen, eine mit kleinen Zähnchen dicht aufgereihte Grimasse. Oh, göttliche Macht, rief er da entsetzt in seinem Inneren. Oh, göttliche Macht, welche Monster der Natur träumst du dir da hervor? Welche Verwirrung stiftest du da zwischen Christenmenschen und Fere? Würden sie sich des Meeres bemächtigen und jetzt kommen und sich unserer Gestalt und unserer selbst bemächtigen? Hat dich der Christenmensch denn so angewidert, dass du mit der Fere sympathisierst und ihr jetzt die Gestalt wiedergibst, die du ihr, so sagt man, vorher genommen hast?

Doch die Fere, die vom Christenmenschen alles hat und alles macht, ist zum Wort, zum beredten Wort eines Menschen noch nicht gelangt. Und so kam es, dass, sobald Federico den Mund wieder aufmachte, er in seinen Augen mit seiner schönen Naivität und seinem feinen Lächeln eines guten Sohns wieder zum Christenmenschen wurde, Meilen und Meilen von der berüchtigten Grimasse entfernt.

»Und von 'Ndrja, Don Caitanello, von 'Ndrja habt Ihr irgendwelche Nachrichten?«, fragte er ihn. »Eh, ja, ich, ich muss die Augen zum Himmel wenden und die Erde küssen für das Glück, das ich hatte, heil und gesund davongekommen zu sein.«

»Heil und gesund … Hört ihn Euch an, hört ihn Euch an«, brach es aus Don Enrico hervor. »Mit dieser rechten Hand, aus der ihm nur das Linnen die Qualen vertreibt, heil und gesund nennt er das …«

»Was macht das schon, die rechte Hand«, sagte Federico unbekümmert. Erst in diesem Augenblick schien er seinen Vater zu bemerken, der zum Schilf gewandt in sein Taschentuch weinte. Er warf ihm einen Blick zu, als wäre er nicht überzeugt, und dann, beinahe so, als würde er mit einem kleinen Jungen reden, flüsterte er:

»Seht Ihr ihn? Seit ich sie ihm gezeigt habe, diese unglückselige Hand, heult er nur noch Rotz und Wasser …« Und dann fügte er lauter hinzu: »Doch was sagt Ihr, Don Caitanello? Hat eine Hand denn all diesen großen Wert? Fast, ja fast kann man, wenn man sie genau betrachtet, sagen, dass eine Hand außerhalb des Menschen liegt. Sagt Ihrs ihm, sagt Ihrs meinem Vater, dass das gar nichts ist. Oder ist es für meinen Vater so, dass er ihr mehr Wert zuspricht, weil es die Rechte ist? Wäre es nicht wegen der Gewohnheit, mit ihr die Hand zu drücken, würde die Linke völlig ausreichen. Was, Don Caitanello, stimmt es nicht, dass sie völlig ausreichen würde? Und wenn alles sich so verhielte, wie es sein sollte, müsste man die Linke viel, viel mehr schätzen als die Rechte, weil es doch die Herzenshand ist. Oder, Don Caitanello?«

Don Enrico wandte sich nicht einmal um, er winkte mit einer Hand und einem Taschentuch, als wollte er seinem Sohn Lebewohl sagen, addio, addio, und sprach dann mit zitternder Stimme:

»Dieser Tropf von Sohn glaubt, dass ich wegen der Hand Rotz und Wasser heule und nicht, weil ich daran denke, dass wir, während sie ihn quälten und peinigten, wir, Vater und Mutter, hier saßen, hier, völlig ahnungslos, in Unkenntnis aller Ereignisse, im Dunkeln gelassen, ohne jede Nachricht, ohne eine Zeile, nichts. Ach, wenn ich dran denke, dass wir, Vater und Mutter, in diesen drei Monaten möglicherweise sogar gelacht haben, ach, wenn ich dran denke, wenn ich nur daran denke … Erzähls ihm, erzähl Don Caitanello von dem Kalvarienleid, das sie deinem pendelnden Blutklumpen aufgebürdet haben.«

Man sah Federico an, das ihm mehr sein Vater als seine Hand Sorge machte.

»Ich habe ihm gesagt, ich hätte mich daran gewöhnt, sie würde mir nicht einmal wie meine Hand vorkommen, sondern wie die Hand von jemand anderem, außerhalb meiner Person, aber nichts, er glaubt mir nicht.«

»Erzähl ihm doch von dem Kalvarienleid, erzähl ihm von den unzähligen Splittern, die sie dir einen nach dem anderen mit Pinzetten herausgezogen haben wie die Stacheln einer Kaktusfeige«, beharrte Don Enrico. »Der ist ein solcher Tropf, es ist sogar möglich, dass er gar nicht gemerkt hat, ein Kalvarienleid überstanden zu haben.«

Don Enrico konnte nicht verstehen, dass sein Sohn sich dermaßen bitten ließ, noch einmal sein Kalvarienleid zu erzählen. Federico übte sich in Geduld und steckte seine Hand wieder in das Wachstuch zurück, als würde es ihm zu viel werden, die abstoßende Hand anzusehen und gleichzeitig die Geschichte anzuhören, wie er sie in diesen abstoßenden Zustand versetzte: Dann unterwarf er sich mit einem Seufzer dem Willen seines Vaters und erzählte, was und wie sein Kalvarienleid war, doch ohne sich hineinzuversetzen und mitzuleiden, vielmehr zeigte er sich so leidenschaftslos und der Sache so fernstehend, als würde es um jemand anderen gehen.

»Diese Hand hier verirrte sich auf dem Heimweg von Tunesien mit einem Konvoi unserer halb noch lebenden und halb schon toten Soldaten, als uns englische Flugzeuge angriffen und mich verwundeten. Die Bombe zertrümmerte das Kastell auf dem Vorschiff, und die Splitter spritzten geradewegs auch zu den Maschinengewehrstellungen am Heck. Der Maschinengewehrschütze, ein gewisser Festa aus Molfetta, blieb mit dem Finger am Abzug, und ich hatte das Patronenband in der Hand, ein Splitterregen prasselte auf meinen ganzen Körper nieder, doch vor allem auf diese Hand. Diese Hurenbälgin sah wegen der Myriaden von Splittern, die sie durchsiebten, bald aus wie ein Stecknadelkissen. Sie kam mir vor wie irgend so ein Tier mit vielen Mündern, und jeder dieser Münder verzehrte einen Angelhaken, doch war nicht klar, ob der Angelhaken eingehakt war oder ob der Mund den Angelhaken eingehakt hatte. Im Hospital zogen sie einen nach dem anderen heraus, eben so viel sie konnten, aber dann bekam ich Wundbrand an allen geöffneten Mündern, und die Hand wurde von den Fingerspitzen bis zum Handgelenk ein einziger Eiterherd. Unter dem Eiter starb das Fleisch ab und begann, Stück um Stück abzufallen. Das hat mich, ehrlich gesagt, ungeheuer entsetzt, denn einen Augenblick lang dachte ich, es könnte sich um die sogenannte Lepra handeln. Das Schönste aber begann nachher: Die Hand, die immer mehr verkümmerte wie der Zweig eines von Trockenheit heimgesuchten Zitronenbaums, erholte sich wieder und umgab den Knochen mit neuem Fleisch. Das Fleisch schwoll auf, und die Hand wuchs in ihrem Umfang zusehends. Ich fühlte, dass sie in Aufruhr war, dass innen alles brodelte. Ich sah sie vor meinen Augen aufdunsen, diese unglückselige, verbitterte Hand, so schwielig, verknospt und stachelig wie das Schaufelblatt der Kaktusfeige. Oh, aber die Sache war schön. Mir kam es, offen gestanden, vor wie eine Lichtspielvorführung. Die Sanitätsoffiziere, das könnt Ihr Euch wohl denken, haben nicht einmal die Augenbraue hochgezogen: War das denn eine Neuigkeit für sie? Nur mein Vater regt sich darüber auf, als würde es einzig mir widerfahren. Maggiore, Tenente und Capitano kamen mit einem perlmuttfarbenen Röhrchen, das sie unter sich Silbernitrat nannten, und mit diesem Silbernitrat ätzten sie ohne Schmerzen diese Art von Klettenfleisch und Porzellankraut, das sich nach und nach herausbildete. Habe ich deutlich gemacht, was sie taten? Mit diesem Silbernitrat, das sie mir hauchfein auf das brodelnde Fleisch streuten und das mir ein Gefühl von glühendem Eis gab und einen graufarbigen Schleim zurückließ, erreichten sie einen Stillstand, sie brachten den Aufruhr zum Halten, wenigstens war das ihre Meinung. Sie behauten sie auf diese Weise und gingen dann zum Schwierigsten über, nämlich mir die Form der Finger neu zu gestalten. Maggiore, Capitano und Tenente machten sich daran, meine Finger nachzuschneiden wie nach einer Schablone: Doch sie waren nun einmal keine ewigen Götter, und ich wiederum war weder Staub noch Ton, dass sie mich leichthin hätten zusammenkneten und formen können. Und außerdem hatte das Fleisch indessen ihre Hand erfasst, wie es meine erfasst hatte. Sie hatten sie gerade gleichgestaltet und von Überschüssigem gestrafft, sie hatten sie gerade entfleischt, einen Finger nach dem anderen, den Daumen, den Zeigefinger, den Mittelfinger, den Ringfinger und den kleinen Finger, und gleich, es brauchte nur die Nacht zu kommen und ich meinen Kopf aufs Kissen zu legen, erhitzte sich die Wildpflanze in schrecklicher Weise, trieb Knospen und Knöspchen, trieb Wucherungen, Fasern und Spitzen. Ich wachte auf, ich Unglücklicher, wachte auf mit dem Eindruck, dass meine Hand bis zum Handgelenk Wachs ausschwitzte, und beim Schwitzen meinte ich, die Hand würde unter großen Mühen weitere Hände hervorbringen, aus all den Fleischquaddeln, die sich da herauswölbten, warm und glatt, als wären sie aus Wachs, und gleich erstarrten sie und verfestigten sich als Warzen. Ich lag, lag mit gespitzten Ohren im Dunkeln, doch dann endete es immer damit, dass ich einschlief, als ob die Rechnung nicht mich beträfe. Das Schöne war dann am Morgen, wenn der Tenente zur Visite kam und mich mit meinem aus dem Bett hängenden Arm antraf, der fast das Bett des Nachbarn berührte und wirklich wie der Zweig eines Zitronenbaums mit allen Knospen aussah, die er über Nacht wild hervorgetrieben hatte. Der Tenente wunderte sich, dass ich niemanden gerufen hatte, ja sogar friedlich, ganz friedlich erneut in Schlaf gefallen war. Was hätte ich denn auch tun sollen? Der Tenente sah, dass das Wildfleisch trotz des ganzen Silbernitrats, das sie darauf gegeben hatten, wieder hervorgewuchert war, die Verbände gelockert hatte und sich in alle Richtungen verlor. Doch im Grunde genommen: Was konnte das Silbernitrat schon ausrichten?

Das war doch ein brodelnder Vulkan, der einen ständigen Strahl ausspie, und das Silbernitrat konnte ihm da nur, wenn Ihr mir den Ausdruck nachseht, die Vorhaut von der Eichel ziehen. Maggiore, Capitano und Tenente jedoch kamen Morgen für Morgen zu dritt mit diesem Röhrchen, das wie Perlmutt aussah, und gaben mir die übliche Behandlung. Während sie mir die Hand rieben, tauschten sie Blicke miteinander und sagten mir, dass ich sie ein Vermögen koste, bei all dem Silber, das ich verbrauchte. Fast, ja fast hättest du dir die Hand aus Silber herstellen können, bei dem, was wir dir verabreicht haben, sagte mir eines Morgens der Tenente, der am Ende alleine kam, ohne den Maggiore und ohne den Capitano. Diesen ganzen Verbrauch von Silbernitrat habe ich, ehrlich gesagt, nicht ganz verstanden. Sie sagens mir nur so, dachte ich, um sich ein bisschen über mich lustig zu machen, denn das Röhrchen, das sie mir aufstreuten, kam mir immer wie ein einziges vor, eines, das sich außerdem nie aufbrauchte. Tatsache ist aber, dass nach sieben Monaten, die sie mich versilbert haben, der Maggiore persönlich eines Morgens kommt und mir sagt: Weißt du eigentlich, Scoma, dass du uns arm gemacht hast? Eh ja, deine Hand ist verdammt hungrig nach Silber, eine wahre Verschwenderin. Daher schicken wir dich nach Sizilien, denn da ist bereits das Silber der Alliierten eingetroffen, und deine Hand kann sich dort laben … Oh, das war der Maggiore, der musste allein deshalb schon ehrlich sprechen, und daher dachte ich, dass es vielleicht stimmte, dass ich sein gesamtes Silbernitrat verbraucht hatte; denn wenn diese perlmuttfarbenen Röhrchen alle gleich aussahen, hatte ich das, welches sie mir auf die Hand gaben, immer für dasselbe gehalten, in Wirklichkeit aber war es immer ein anderes. Ich bekam richtige Gewissensbisse, wenn ich daran dachte, dass ich nicht nur das gesamte Silber verbraucht hatte, sondern dass die verflixte Hand zudem auch immer noch am selben Punkt war wie vorher. Doch nun, um meine Worte zu Ende zu bringen, bin ich vor drei Tagen mit dieser sündhaft teuren Hand von Tarent abgereist, so eingepackt, wie Ihr sie seht, und jetzt bringe ich sie unverzüglich zum Marine-Hospital, denn nach drei Tagen braucht sie wohl wieder Silbernitrat, um das ganze Fleisch wieder zu beruhigen, das sich während der Reise aufrührte, und es auszuätzen. Mir ist allerdings schon nach Lachen zumute, wenn ich daran denke, dass ich das Silber auch hier aufbrauche und man mir auch hier sagt, dass ich sie in den Ruin treibe …«

Der gute Junge dachte wohl, er würde geistreich sein, und tat einem deshalb schon doppelt leid. Dann, und wer weiß, welche Flause ihn da erfasst hatte, zeigte er noch einmal seine verstümmelte Hand her: Er zog sie wieder aus dem Wachstuchbeutel, betrachtete sie von allen Seiten, und in seinem Gesicht zeigte sich wieder die nachdenklich-verschlagene Maske, die er sich ausgeliehen hatte, und die einen erschaudern ließ. Auf seinen Lippen lag wieder das gleiche Ferenlächeln wie zuvor, unnatürlich und indisponiert, dieser Tropf von gutem Jungen, ein Lächeln, das man nicht entschlüsseln konnte, von außen betrachtet das Lächeln eines Menschen, der alles über das Leben verstanden zu haben schien und die Geschichte mit der Hand als Tollpatschigkeit auffasste, doch hinter dem Anschein das Lächeln eines Menschen, der angesichts dessen, was er erlitten hatte, völlig benommen war. In einem Augenblick war es, dass er dieses ganze gleichgültige und verschlagene Gehabe wegen seines Vaters aufgesetzt hatte, in einem anderen Augenblick dachte man, er würde die Hand wirklich nicht mehr als seine eigene empfinden und dass diese Verwundung für ihn etwas darstellte, das sich wirklich außerhalb seines Körpers ereignete. Wenn er ginge, würde er mir aufrichtig einen Gefallen tun, sagte er sich, denn er konnte ihn einfach nicht mehr sehen, mit diesem sinnentleerten, albernen und ruchlosen Grinsen. Er sah ihn an, und er erregte Wut in ihm, er sah ihn an, und ein angstvoller Seelenschmerz voller Unruhe begann sich zu regen. Wenn er doch vor meinem Blick verschwinden würde, sagte er zu sich, und Gott sollte ihn niederstrecken, wenn er in diesem Augenblick nicht das für diesen guten Jungen empfand, was er nur für 'Ndrja hätte empfinden können. Glücklicherweise ergriff Don Enrico völlig lustlos das Wort:

»Ich, Don Caitanello, ermatte beim ständigen Versuch, zu verstehen, warum, gratisamordei, sie nur das ganze Silber auf einen gewissen Matrosen namens Scoma Federico verwenden … Denn ich frage mich, wenn sie diese perlmuttfarbenen Röhrchen nur in abgezählter Menge haben und es so wenige sind, dass sie dann ohne welche dastehen, warum ziehen sie dann meinen Sohn vor? Warum müssen sie es einem Federico Scoma, irgend so einem Quilibet anbieten? Kurz, ich kann es mir nicht erklären, warum sie sich so viel Mühe mit der rechten Hand meines Sohns geben. Und über die Tatsache der fünf Finger, die sie ihm ständig nachschneiden, was sagt Ihr denn dazu? Sagt Ihr, dass sie ihm die Finger neu gestalten wollen, weil sie wissen, dass Federico Fischer ist und die Finger das Brot des Fischers sind, insbesondere der Zeigefinger, wo doch der Fisch der Zeigefinger ist, der uns zu verstehen gibt, ob er angebissen hat oder nicht, es ist der Zeigefinger, der uns sagt: Er ist dran, er ist nicht dran, er war dran, wird er dran sein? Oder meint Ihr, sie wollen ihm den Zeigefinger wiederschenken, damit auch sie ihn erneut den Abzug des Maschinengewehrs drücken lassen? Ich möchte lesen, ich möchte gerne in den klugen Köpfen lesen, den englischen oder amerikanischen, welchen Blick auch sie auf Federico Scoma werfen, und mit welcher Absicht sie ihm dieses ganze seltene Silber hingeben, wiederhole ich noch einmal. Und ich möchte, ich möchte lesen, wie diese hier sich ihrerseits seiner Hand zu bedienen gedenken und was sie, ja auch sie sonst noch vorhaben, auf dem Fleisch meines Sohnes auszuprobieren …«

Federico drehte den Kopf um, warf den Blick auf seinen Vater in der Sonne, und in seine Augen traten unversehens Tränen, sie wurden traurig und gallebitter zornig. Er steckte seine Fleischrolle wieder in die Hülle zurück und zog mit den Zähnen an der Schnur: Wieder wandte er den Blick der Sonne zu, die hoch über der Mitte der Meerenge stand, und sah sie an wie etwas Schreckliches und Trauriges, wie eine kalte Sonne ohne Wärme, eine vergangene, ferne Sonne, eine der Sonnen, die einmal, in Friedenszeiten, auf den guten Jungen und die ganze Horde seiner milchbärtigen Freunde geschienen haben; er sah sie in einer Weise an, die einem das Herz zuschnürte, wie eine Erinnerung, mit apathischem, leidenschaftslosem Auge, das dem Mond näherstand als der Sonne.

»Die Hand, eine Hand … Und es gab nur wenige Söhne von Müttern, die ihre Hand verloren haben und ihre ganze Gestalt«, murmelte er wie zu sich selbst, einem Gedanken nachhängend, einer seiner Sonnen vielleicht. »Und wer wäre nicht mit dabei? Wer von meinen Freunden wäre nicht mit dabei: 'Ndrja Cambrìa, Duardo Cacciola, Salvatore Schirò, Enzo Schepis und die anderen alle, von denen man weder alte noch neue Nachrichten hat?«

Jetzt erkannte er ihn, diesen guten Jungen, als den, der er immer war.

Don Enrico weinte wieder in sein Taschentuch, er weinte Tränen und er weinte Worte, die nur er alleine allerdings hörte.

»Pa', es ist spät geworden«, sagte Federico zu ihm. »Pa', inzwischen ist es spät geworden«, er blickte zur Sonne und sagte, es sei inzwischen spät geworden.

Zuletzt wollte er sich von ihm verabschieden, machte sich zu schaffen und verhedderte sich, als er ihm mit der linken Hand die rechte drücken wollte. Er, Caitanello, fühlte, wie er von einer Woge wütender Tränen erfasst wurde, er beugte sich zum Fenster hinaus und warf ihm seine Arme um den Hals.

»Ah, Don Caitanello, ich kann Euch gar nicht sagen, wo mein Vater doch hier ist, wie sehr ich leide …«, flüsterte Federico ihm in diesem Augenblick ins Ohr. »Ah, ich kann Euch gar nicht die Lust, das Kribbeln, die Begierde beschreiben, die ich verspüre, einen Händedruck zu geben und zu empfangen.«

»Federicuzzo«, flüsterte auch er ihm heimlich zu, um Don Enrico nicht argwöhnisch werden zu lassen. »Federicuzzo, warum leidest du denn so wegen des Händedrucks? Er ist doch nur etwas Förmliches, nur etwas Förmliches, du solltest nicht einmal darüber nachdenken.«

Doch er spürte, dass keine Überzeugungskraft in seinen Worten lag, er spürte, dass sie eher etwas den Umständen Angemessenes waren. Und dieser gute Junge entfernte sich dann auch hinter seinem Vater, drehte sich um und gab ihm zu verstehen: Nein, nein, nein, mit dem Kopf, mit den Augen: nein, nein, nein, Don Caitanello, das ist nichts Förmliches, sagt das nicht, das könnt Ihr nicht sagen, Ihr wisst es nicht, Ihr könnt es nicht wissen …

Und als Federico hinter dem Röhricht verschwunden war, er das Fensterchen wieder schloss und sich wieder nach drinnen ins Dunkel verzog, fühlte er, dass sein Gesicht glühte, so, als hätte Federico ihm mit diesen Zeichen des Kopfes und der Augen ein Brandmal aufgedrückt. Nein, nein, nein, Don Caitanello, das ist nichts Förmliches … als würde nicht auch er wissen, dass es nichts Förmliches war. Er hätte im Erdboden versinken mögen, er und seine rechte Hand, vor Scham, die er empfand, vor der Röte, die er verspürte.

Aber hier war die Geschichte noch nicht zu Ende. Federico war unter einem Vorwand noch einmal zurückgekommen und hatte geklopft:

»Wer ist da?«, fragte er, aufs Äußerste überrascht, und was war das für ein Hin und Her an seinem Fensterchen?

»Ich noch mal, Don Caitanello«, antwortete Federico voll banger Sorge. »Verzeiht mir, wenn ich Euch noch einmal ungelegen komme, Don Caitanello.«

Nachdem er das Fensterchen geöffnet hatte, sah er ihn noch blasser vor sich als zuvor, lediglich die Wölbung der Jochbögen war stark gerötet. Mit dem linken Arm hielt er dieses Bündel im Wachstuch wie einen Säugling vor seiner Brust.

»Verzeiht mir, Don Caitanello. Ich konnte nicht anders …«

Ach, du guter Sohn, noch immer so weiß, überhaupt nicht, in nichts umsichtig und besonnen, ach, du kleiner Tropf mit dem großen Herzen, hast du denn gar nichts verstanden?

Federico wandte sich um und blickte zur Höhe des Röhrichts, und als er sicher war, dass sein Vater nicht kam, redete er ganz frei mit ihm, vielleicht auch allzu frei. Er hatte keinerlei Mitleid mit ihm, er hielt nicht ein einziges Mal inne und redete hektisch und aufgewühlt, als wäre es für ihn eine Frage von Leben und Tod, ihn alles wissen zu lassen, Vorstellung oder Empfinden oder Phantasie, was er eben fühlte, dachte oder im Inneren spürte. Er schüttete vom Fensterchen aus alles über ihn, neigte sich ganz dicht an sein Ohr wie zu einem Beichtvater, ohne sich darum zu kümmern, welche Wirkung er auf ihn ausübte, welche Pein es für ihn war und welche Konsequenz es für seine Person hatte. Er ließ seinen Gefühlen freien Lauf, aber das alleine konnte es nicht sein: denn so wie er sprach und sich mit Worten beinahe erstickte, schien es auch oder ausschließlich, dass er das dringende Bedürfnis hatte, einen Zeugen für sich zu finden, der irgendwann in der Zukunft sagen könnte, was die Wahrheit, was sein wirkliches Leiden war. Aus diesem Grund hatte der gute Junge auch keine Skrupel, sich ihm gegenüber wie ein Henker zu verhalten, indem er ihm die ganze Qual über den Händedruck hinwarf, ihm, der in dieser Hinsicht noch den Toten im Haus hatte.

»Eine Förmlichkeit, eine Förmlichkeit habt Ihr gesagt, Don Caitanello«, begann er, und der Schweiß rann ihm bereits über die Falten von der schmalen Stirn herunter. »Das habt Ihr vielleicht gesagt, um mich zu trösten, und ich danke Euch, doch Ihr, Don Caitanello, ohne Euch beleidigen zu wollen, Ihr könnt, Ihr könnt mich nicht verstehen, weder Ihr noch irgendwer sonst wie Ihr, das wisst auch Ihr: Wenn der Satte den Hungernden verstünde, würde der Türke Christ werden. Und hier seid der Satte Ihr, satt von Händedrücken, satt, sie zu geben und zu empfangen, sooft Ihr es wollt, aber nicht zu begreifen, denn Ihr habt Euch glücklicherweise nie in der Lage befunden, diese Art unheilvollen Hungers zu erleiden.«

Wollen wir sehen, dachte er an diesem Punkt verständlicherweise voller Argwohn, wollen wir sehen, dass mir dieser Holzklotz einen doppelsinnigen Vortrag hält? Wollen wir sehen, dass er nicht aus eigenem Antrieb kam, sondern dass man ihn geschickt hat? Wollen wir sehen, dass sie ihn schon so bereitwillig vor sich fanden, den armen Kerl, dass sie noch stärker auf ihn einwirkten, um den Widerstand zu brechen, den ich ihm angesichts ihres gepriesenen Händedrucks entgegenstelle? Und wollen wir dann auch noch sehen, dass dieser Tropf von Federico ein ganz Gerissener ist und mir eine völlig ernste Szene vormacht?

»Ein Krampf, ein Krampf, Don Caitanello«, sagte Federico ebenso eindeutig wie doppeldeutig, noch war er sich darüber nicht sicher. »Der Händedruck, das müsst Ihr mir glauben, ist mein ärgster Krampf. Mir kommt es vor, als hätte die rechte Hand mir zunächst nur dazu gedient, Hände zu drücken. Ihr seht einen Freund, und sofort spürt Ihr dieses Kribbeln in der Handfläche, und natürlich müsst Ihr dem nachgeben. Doch dann hebt Ihr den Arm und findet dieses Hindernis vor Euch, dieses Fleischbündel, und so bleibt Euer Wunsch unerfüllt. Wenn ich ehrlich bin, fühle ich mich wie eine schwangere Frau, die ihre Gelüste nicht befriedigen kann, die sie überkommen. Und diese Knospen und Keime, die das Schreckensfleisch hervortreibt, wisst Ihr, was die für mich sind? Die Gelüste nach einem Händedruck, das sind sie, Arme und Saugnäpfe eines Kraken, die mir so wirbelnd aufspringen, dass ich meine, ich könnte sie in meinem Ohr hören: paff und paff …«

Er hatte seine rechte Hand ergriffen, wahrscheinlich ohne es überhaupt zu merken, und während er redete und witzelte, hielt er seine gesunde Hand darauf und klopfte sie leicht, drückte sie ihm mit barbarischer Feinfühligkeit zwischen seinen Fingerkuppen, und ähnlich einem Tick hob er nachdenklich bald den einen Finger, bald den anderen hoch und ließ sie wieder herunterfallen, als würde er hoffen, sie miteinander tönen zu hören. Schaut ihn euch an, dachte er, diesen jungen Mann, schaut ihn an, wie er verzaubert meine rechte Hand streichelt: so runzlig, geschwollen, fast schon lahm, ganz schuppig, und doch, seht ihn nur, großergott, so eine Hand streichelt er einfach, als wäre es die glatte, samtene Hand eines Fräuleins.

Er wurde immer blasser, und auf den Backenknochen immer röter, als würde man ihn dort kneifen.

»Ich stell mir Euch vor, Don Caitanello, Euch, wie Ihr innerlich sagt: Wie kommt es, dass dieser Schwätzer von Federico, statt laut über seine rechte Hand zu klagen, nicht vielmehr an die große Sache denkt, die er auf dem Meer vollbrachte? Und ihm geht ausgerechnet der Händedruck durch den Kopf, um ihn ängstigt er sich? Eh, ja, das könnt Ihr sagen und ebenso sagen: Wer erwartet denn heute noch einen Händedruck, nachdem der faschistische Gruß und der Militärsalut ihn auf die unterste Stufe stieß und ihn in den Augen aller entwertete. O ja, der Mensch trat den Händedruck mit Füßen. Der Krieg nahm vor jedem anderen Ding ihn ins Visier, den Händedruck, als Erstes wurde er in Eisen und Feuer verwandelt, das Massaker nahm von da seinen Anfang. Erinnert Ihr Euch? Wer gebrauchte denn noch den Händedruck? Wer wagte ihn noch? Ich, Ihr, wir unter uns, um es kurz zu sagen, die sich untereinander immer vertraut haben, wir brauchen uns kein Halt!, zuzurufen und drei Schritt voneinander entfernt stehen zu bleiben, die Hand zum faschistischen Gruß vorgestreckt, noch auch die Hand zum Militärgruß zu wölben, als würden wir uns vor der Sonne schützen und einer im Gesicht des anderen forschen, welche Absicht er wohl habe. Es kommt einem ganz unwirklich vor, dass die Zeit des faschistischen Grußes zu Ende ist, doch es ist eine Tatsache, dass diese Amerikaner, sobald sie in einen Hafen einlaufen, ihm auf der Stelle die Ausweisungspapiere geben, sowohl dem Gruß als auch dem Faschisten. Und ich auf dieser Reise, die ich von Tarent nach Messina gemacht habe, was soll ich Euch sagen? Vielleicht ist es ja, weil meine Gedanken ständig bei dieser Hand sind, vielleicht auch, weil meine Augen, statt den Menschen ins Gesicht zu sehen, zu den Händen gehen, als würden sie mich magisch anziehen, jedenfalls schien es mir, dass ich während meiner Reise an den Halteorten beim Ein- und beim Aussteigen gesehen habe: Die größte Beschäftigung der Menschen war das Händedrücken, entweder das allein oder begleitet von einer Umarmung. Ich war richtig überrascht, als ich sah, wie schnell der Händedruck wieder zu Ehren kam, und auch schön und lange, und wie die Leute ihn sich geradezu wie ein Geschenk gaben, mit halb weinenden und halb lachenden Augen. Und weil ich doch durch Kalabrien fuhr, fiel mir ein, dass die Kalabrier gar nicht satt werden konnten, sich die Hände zu drücken, als würde es sich, statt um einen freien Händedruck, um Salz handeln, das ihnen wie durch ein Wunder frei zugänglich gemacht wurde, wie uns Sizilianern. War es etwa falsch, wenn ich den Händedruck mit dem Salz der Kalabrier verglich, bevor, lange bevor man es für sie freigab? Meint Ihr nicht, dass es wie das Salz in Kalabrien war, das man entweder obligatorisch bei den staatlichen Monopolläden kauft oder unter Risiken beim feminotischen Schmuggel? Aber Ihr denkt vielleicht: Federico übertreibt, das ist seine Schwachstelle, er arbeitet mit der Phantasie. In Wirklichkeit übertreibe ich nicht, Don Caitanello, mein Ehrenwort, Ihr dürft mir glauben. Inzwischen kann man zu jedem Augenblick ich weiß nicht wie viele Freunde und Verwandte beobachten, die sich begegnen und nach Jahren und Jahren wiedersehen und sich mit der Rechten so fest aneinanderklammern, dass man denkt, der eine will sie dem anderen ausreißen, um sie weiterhin auch dann fest zu drücken, wenn der andere geht, und sich daran zu sättigen. Wenn Ihr nun herumgeht, werdet Ihr Eure Augen erquicken an dem Schauspiel, das man überall beobachtet von Menschen, die sich hier und die sich da die Hände drücken, und weil man keine Militärs mehr noch Schwarzhemden herumlaufen sieht, sondern sozusagen unsere Landsleute, nämlich die Amerikaner, wird es Euch gewissermaßen überraschen, dass der vergangene Krieg ein Krieg zwischen faschistischem Gruß und Händedruck war, den der Letztere gewann, weil er sich auf den Händedruck mit den Engländern und den Amerikanern stützte, die ihrerseits schon seit langem eng verbunden siegten, als Bündnispartner, zu denen auch andere gehörten, und die Leute hier bei uns werden gar nicht müde, jetzt, wo er gewonnen hat, sich die Hände zu geben. Ist es denn nicht verständlich, dass es keinen schöneren Ausdruck gibt, den Sieg zu feiern? Wohin ich auch blicke, sehe ich Menschen, die vielleicht nicht einmal Brot zu essen haben, aber so viele Male die Hände drücken, dass man meinen könnte, sie würden gewissermaßen damit ihren Bauch füllen, wohin ich auch blicke. Würde ich mich sonst so erregen? Würde ich Stunden und Augenblicke daran denken, wach, im Halbschlaf und im Tiefschlaf? Für mich, wozu hat er denn gesiegt, wozu ist er wieder zu Ehren gekommen, könnt Ihrs mir sagen? Wenn Gott uns die Gnade erweist, werde ich 'Ndrja wiedersehen, dann begrüßen wir uns: Ciao 'Ndrja, ciao Federico, wir umarmen uns, alles, was wir wollen, doch ein Händedruck, nisba, nichts, aus, und daher fühle ichs bereits, ich glaube, dass 'Ndrja und ich uns tatsächlich nicht mehr gesehen haben, seit wir noch wirklich heil und unversehrt waren, nein, wir haben uns nicht zusammengesetzt, der Freund mit dem Freund. Was soll ich Euch sagen? Einen Freund wiederzusehen und ihm nicht die Hand geben zu können ist für mich wie ein wunderschönes Essen ohne Salz, und das ruft bei mir Appetitlosigkeit hervor.«

Der Schweiß lief an dem guten Jungen herunter, wie wenn er ein Brunnen wäre, er tropfte von Augenbrauen und Wimpern, rann von den Augen über das ganze Gesicht, als würde er Tränen schwitzen, innere und äußere Tränen, aus der Haut, aus seinen Gedanken, aus seinen Worten.

Er betrachtete ihn jetzt, als würde er ihn ganz neu kennenlernen, weil er bis vor einem Augenblick diese Beredsamkeit nicht an ihm kannte noch sie ihm zugetraut hatte. Sollte es vielleicht möglich sein, fragte er sich, dass in diesem Tropf von Federico durch den Krieg und das Leid die Intelligenz ausgebrochen ist und seine Zunge sich gelöst hat? Wann habe ich denn je erlebt, dass Federico Scoma nachdenkt, sich erklärt, spricht, Einwendungen erhebt, Gedanken erfindet, sich Sätze ausdenkt, Worte aneinandersetzt, Beispiele und Vergleiche findet, kurz gesagt, einen in sich schlüssigen Gedankengang vorstellt? Abgesehen von der fixen Idee, die er haben konnte, kam einem der Gedanke, dass er anstelle der Kraft der Hand, die er verloren, an geistiger Fähigkeit gewonnen hatte. Er sah ihn an und zollte ihm als Erster diese Anerkennung. Gleich darauf allerdings und beinahe so, als wäre dies eine Folge, betrachtete er ihn genauer, forschte in seinem Gesicht, um herauszufinden, ob er Fisch oder Fleisch war. Er sah ihn wieder und wieder an, und jedes Mal stellte er sich erneut die Frage, ob er aus sich selbst heraus sprach oder nicht eher andere durch seinen Mund sprachen. Er stellte sich also erneut die Frage, ob er mit einem sprechen konnte, der sich seit drei Tagen in seinem Haus verschanzt hatte wie in einer Burg, und selbst wenn er den furchtbaren Mangel eines Händedrucks empfand, wie man ihn in einer Burg bei Wasser und Brot empfindet, seit drei Tagen, in denen man ihn zu ihm brachte, seit drei Tagen, in denen er ihn verweigerte, weil es für ihn gleichbedeutend damit gewesen wäre, als hätte er die weiße Fahne gehisst. Jedoch vermochte er weder im Gesicht noch zwischen den Worten Federicos, auch wenn er geschworen hätte, dass man Anspielungen auf ihn machte, nicht den geringsten Hauch erkennen, der besagte: Der hier redet in Metaphern. Erst bei den letzten Worten war's, dass er meinte, er könnte sich das sagen.

Federico hörte, dass sein Vater ihn rief, und sagte zum Schluss:

»Wisst Ihr, wie ich mich fühle, seit ich einen Händedruck weder geben noch empfangen kann? Ich fühle mich so, als würde ich zwar leben, doch keiner würde es merken. Es ist, als wäre ich in einen Sturm geraten und würde darauf warten, dass man mir ein Seil zuwirft, aber dieses Seil bekomme ich nie zu fassen. Ihr könnt Euch vorstellen, was ich empfinde, wenn ich höre, dass jemand, der kein Geld hat und gleichwohl Verpflichtungen einhalten muss, sagt, er brauche eine helfende Hand. Und was ich empfinde, wenn ich jemand sagen höre, dass er eine Unterstützung, eine große Hilfe in seinem Leben verloren hat, wie etwa seine rechte Hand. Ah, Don Caitanello, bewahrt die Eure gut. Seid vorsichtig, behandelt sie wie einen Schatz …« Hier nahm er wieder seine rechte Hand, hob sie in seiner Linken hoch und sie zwischen ihnen, während er hinzufügte: »Und verbraucht einen solchen Schatz mit vielen, vielen Händedrucken, sofern Ihr einem Jungen erlaubt, Euch einen Rat zu geben. Und sofern Ihr daran denkt, dann gebt einen zusätzlichen für Federicuzzo.« Und hier führte er die Hand an seine Lippen und küsste sie, bevor er es verbieten konnte. Dann sagte er: »Segnet mich, Don Caitanello«, und drehte sich um, um wegzugehen, während er wegen des Handkusses immer noch mit offenem Mund dastand. Doch als würde es Federico immer noch nicht genügen, hatte er sich nach ein, zwei Schritten umgedreht und im Gehen die offene Linke mit dem schwarzen Wachstuchballen vereint, als würde er ihn in seinen Handteller legen, um sich ihm zu versprechen, und machte viele Male eine Auf- und Abwärtsbewegung mit Hand und Handballen, wie wenn er ihm noch einmal mit diesem barbarischen Händedruck einen Gruß aus der Ferne zusenden wollte.

Konnte er noch Zweifel haben, dass er über Persönliches doppelsinnig gesprochen hatte? Seht euch diesen Händchenhalter an, sagte er sich im Geist. Er wurde hierhergeschickt, eigens mit dem Auftrag, mich mit seinem verstellten, händchenfixierten Gerede zu entmutigen, mich mit diesem doppelgesichtigen, streitsüchtigen, einschüchternden Gerede zu bearbeiten … Und er besaß gar die Unverschämtheit, mir die Hand zu küssen, die Unverschämtheit, mir zu sagen: Verbraucht einen solchen Schatz mit Händedrucken … und mir dann zu sagen, dass ich zusätzlich einen mehr auch für ihn geben sollte, für Federicuzzo …

Doch er schämte sich nicht, es zu sagen, ja, alles war Stolz und Anerkennung für ihn, als dieser Arme eben hinter dem Röhricht verschwand, und es fehlte nicht viel mehr und er, Caitanello, wäre fast in Tränen ausgebrochen wie ein kleiner Junge, dort, an dem Fensterchen, und drauf und dran Federico, Federicuzzo zu rufen … Caitanello Cambrìa, du Niederträchtiger, du Infamer und Verkommener, sagte er zu sich, gleich über die Faszination schockiert, die ihn bei diesem guten Jungen erfasst hatte, der so herzensgut war. Und du spuckst dir nicht ins Gesicht für das, was du über diesen armen Jungen zu denken gewagt hast, für die Verleumdungen und Flüche, mit denen du ihn in Gedanken überschüttet hast, dieses weiße Lämmlein ohne Makel, das völlig unschuldig ist? Und was für ein Schnickschnack, Federico, was hat er denn mit Orioles und der ganzen Kumpanei zu schaffen? Gab Federico Scoma sich, er und sein gepeinigtes Pendel von Blutklumpen, mit dem ganzen Todeskummer in seinem Herzen dafür her, Don Caitanello die Rolle des Unglücklichen vorzuspielen, der sich wegen Hand und Händedruck quälte? Federico? Doch ein so niedriger Gedanke durfte ihm nicht einmal den Sinn streifen … Entschuldigungen hatte er ja allem Anschein nach, nämlich diese Absonderlichkeit mit der Hand und Federicos Gerede voller Anspielungen: Allerdings, und das räumte er ohne weiteres ein, konnte er auch nicht eine Entschuldigung geltend machen, nur weil er Federicos Verschwinden, das spontan und ohne jeden Trick war, wie eine warnende Vorankündigung empfunden hatte, und ganz sicher machte er Federicuzzo keinen Vorwurf, wenn sie über den Händedruck einer Meinung waren, nach dem der gute Junge sich so quälend sehnte, wohingegen ihn Empörung und Abscheu quälten. Er wurde geschickt, sagte er sich zwar, und doch wusste er, dass Federico alleine vom Zufall, von der Fatalität zu ihm geführt wurde, und das war anders für ihn, als wenn Federico als der Freund seiner Feinde gekommen wäre, der Zufall, die Fatalität, das waren nicht Luigi Orioles, vor ihnen konnte er sich nicht schützen, und das hatte jetzt in der Tat eine verheerende, eine entsetzliche Wirkung auf ihn, es nahm ihm allen Kampfgeist, alle Feindseligkeit und allen Starrsinn.

Dort am Fensterchen betrachtete er wieder und wieder seine rechte Hand, und auch sie, so war es ihm, schaute er nun zum ersten Mal an, einfach nur um sie anzuschauen. Er streifte mit seinem Blick immer wieder über sie, während er sie mit seiner linken Hand betastete, dieser alten, schuppigen, von Salz zerfressenen Hand: Das war, wenn man so wollte, als würde sein eigenes, an den wesentlichen Punkten aufgeheftetes Leben in seiner Handfläche gespiegelt. Salzwasser, Linnen und Angelschnüre, Köder und Angelhaken, Harpunen für Schwertfisch und Blauhai, Ontren und Feluken, Hanf und Teer, Sonne und Wind auf dem Ausguckmast des Lenkers und Spähers, Splitter und Gräten, Ruder und Strömungen, Fische und Fischbestien, Feren und Pulcinells … Das alles befand sich unter den Linien seiner Hand, dort stand sein ganzes Leben geschrieben, von der Geburt bis nahe zum Tod, und er konnte es in jeder kleinsten Einzelheit lesen und entziffern, ohne die Hilfe eines Hellsehers in Anspruch zu nehmen, denn diese Glücks- und Unglücksfälle hatte er alle oder fast alle schon erlebt, sie waren gekommen und wieder gegangen und da aufgeschrieben und schon auf dem Weg, sich mit ihrem Salz aufzulösen und zu verflüchtigen. Doch überkam ihn ein Gefühl von Sinnlosigkeit, was ihm Schwindel hervorrief. Was konnte er denn noch mit ihr anfangen, mit seiner rechten Hand voll altem, schuppigem, von Salz zerfressenem Leben, das inzwischen mehr vom Tod als vom Leben erfüllt war?

In dieser Nacht konnte er keinen Schlaf finden, er spürte wieder diesen Eindruck von kaltem Brennen, von eisigem Feuer, das seinen Handteller durchstieß. Er hatte sich zu viel mit der Schulfregatte, dieser Porpose, angetan, dachte er, allerdings wenig überzeugt. Ich hab sie mir mit diesem Flipperraìs zerstört. Irgendein Nerv hat sich mit einem anderen verheddert. Mir musste ja ein Krampf bei diesem unverschämten Graugrampen kommen. Doch der wird vorübergehen, der wird vorübergehen …

Aber so war es nicht, er ging nicht vorüber. Sobald der Schlaf seine Augen erreichte, packte ihn dieser Krampf, oder was es war, hinterrücks wie ein Krebs, der ihm die Zangen in den Handteller bohrte. Er hielt sie fest, drückte sie an seine Brust, steckte sie unter seine Achsel, der Krampf schien verschwunden zu sein und kehrte zurück, sobald er seine Hand senkte, sobald er sie ruhen ließ.

Am Ende dieser stundenlangen Tortur, als es nicht mehr lange bis zum Tagesanbruch war, wurde sein Kopf klar. Jetzt kümmere ich mich darum, sagte er. Jetzt werde ich dich beschäftigen, wenns denn die Untätigkeit ist, die dir die Knochen zermahlt.

So, noch im tiefen Dunkel, hatte er keine Bedenken, zur 'Ricchia hinunterzugehen, auf die andere Seite der Grotte zu gelangen und den Ufersaum bei den Dünen nach einem Ferenkadaver abzusuchen, nach Casablanca hinüber sah er einen, der seiner Einschätzung nach der einer noch säugenden Fere sein musste: Er hockte sich dicht auf den Boden, in die Abfälle der Strömung, und mit ein paar Steinen, die er auf sie warf, gelang es ihm, ihre Richtung zu verändern, sie mit dem Arm vom Ufer aus zu erreichen und zu packen. Er lud sie sich auf die Schulter, weil sie weniger als einen Kantàr wiegen konnte, auf keinen Fall aber schwerer war, er trug sie ins Haus, und dort, wie man gut sehen konnte, verarbeitete er sie zu Moscham, zu getrocknetem Bauchfleisch. Zu Moscham, und das sah man, oder? Er verarbeitete nämlich nur die Bauchseite, nichts anderes, und das obere Viertel hatte er gleich vors Haus geworfen. Das Gehirn? Das schien ihm zu schade zu sein, um es wegzuwerfen: Diese rare und teure Quintessenz des Erfindungsreichtums aß sein Sohn, und wenn der nicht da war, fand sich immer jemand, der es aß. Marosa, zum Beispiel.

Amüsier dich, sagte er zu seiner rechten Hand. Mache dir keine finsteren Gedanken. Begeistere dich, lass es dir gutgehen beim Zerlegen, bring diese Sippe der Graugrampen, die dich wieder und wieder überfällt, dazu, den Schwanz einzuziehen. Jetzt konnte sie sich nicht mehr beklagen, dass er sie durch Nichtstun verwirrte, jetzt musste sie eine Fere ausnehmen und mit dem Schindermesser herumhantieren. Und in der Tat, den ganzen Tag gestern und noch den ganzen Tag heute hatte sie sich so mit der Verarbeitung des Bauchfleischs abgeplagt, dass ihm sogar die Handgelenke wehtaten und auch die Finger. Doch zu welchem Pro? Der Krampf, oder was immer es war, schoss, paff, paff, um es mit Federico zu sagen, beim ersten Augenblick der Ruhe, der Stille, wieder auf und riss seinen Handteller an sich. Warum gab er es nicht zu? Federico hatte ihn angesteckt: Das war kein Krampf, das war Lust, das war Begierde und leidenschaftliches Sehnen nach einem Händedruck. Wozu zauderte er noch? Konnte er etwa die Sonne mit den Händen verbergen? Sobald es Tag ist, sagte er, gehe ich mit ausgestreckter Hand einladend hinaus. Einverstanden, ich ergebe mich, ich weiß, dass die ausgestreckte Hand in meinem Fall wie Händehoch! ist. Doch wem soll ich mich ergeben? Ich ergebe mich Federico, sie müssen diesem armen Kerl und seiner verstümmelten Hand danken, wenn ich wieder an die Luft zurückkehre und einen Schlusspunkt setze. Drücke ich ihnen denn die Hand? Federico drückt sie, der hier Anwesende leiht ihm lediglich die Hand. Ja, morgen gehe ich hinaus und drücke die Hand mit all den Kerlen da, da draußen, und damit hat es dann ein Ende. Aber das war ein Wort, wenn es ums Tun ging, musste er erst noch sehen, ob er auch das tat, was er sagte.

Es mochten zwei oder drei Stunden vergangen sein, nicht mehr, dass er diese zerrissene Entscheidung getroffen hatte, wohl zur gleichen Stunde, als sein Sohn auf dem Meer nach Sizilien herübersetzte und an Land ging, und er sah in der Ankunft seines Sohns just zu dieser Zeit ein großes Zeichen von Gerechtigkeit: denn er baute darauf, gerade in diesem Augenblick vom Meer zurückzukehren, und er baute auch darauf, dass sein Sohn ihn am Ufer erwartete, um ihm die Hand zu drücken und ihn voller Bewunderung anzusehen und ihn zu dem durchtriebenen Gedanken zu beglückwünschen, den er hatte, zu der Ausfahrt und zu der Beleidigung, zu der Beschämung, die er diesem Flipperraïs bereitet hatte … Er wollte sie da sehen, mit ‘Ndrja an seiner Seite, Vater und Sohn sich fest an der Hand haltend, er wollte sehen, wie sich die Signori Orioles und die Signori Undsoweiter Undsofort verhielten, er wollte sie sehen, ob sie sich nicht ihr Handgelenk ausrenkten vor lauter Eile, ihm die Hand zu drücken …

Der Ton, der in der Stimme seines Vaters von diesem Augenblick an lag und mit welchem sein Schlaf sich vermengt hatte wie Mehl mit Wasser, veränderte sich an diesem Punkt, er war nicht mehr der eines Bänkelsängers, sondern der des Vaters, und der Unterschied zwischen den beiden Tönen war der, dass der Ton des Bänkelsängers der eines schaffenden, das heißt eines rezitierenden Künstlers war, der singt und erzählt, wohingegen der Ton des Vaters der eines Helfers war, eines Helfers des Künstlers, der unter anderem am Schluss, wenn der Künstler seine Darbietung zu Ende gebracht hat, mit einem Tellerchen durch das Publikum geht, eine Gabe, meine Herrschaften, eine Gabe für den Künstler. Und genau das war’s, was sein Vater in diesem Augenblick tat, nur dass er nicht mit dem Tellerchen herumging, nein, er sammelte die Gaben mit seinem Handteller ein, denn er erbat ja kein Geld, keinen so lächerlichen Kleinkram, sondern Händedrucke.

»Ehja, aber jetzt ists wirklich an der Zeit, ihn uns zu geben«, sagte er mit dem

Ton und dem leicht ins Verschlagene gezogenen Lächeln, ähnlich einem, der um eine milde Gabe bittet, aber nicht als solcher angesehen werden will. »Ich hab ihn so lange zurückgehalten, dass dieser Händedruck fast schon einen modrigen Geruch angenommen hat.«

Da durchzog seinen Vater ein Ruck echten Begehrs:

»Ach, was für eine Freude, was für eine Freude, ich kann nicht einmal sagen, was für eine Freude mir das verursacht«, rief er, als er ihm die Hand drückte, im Ton eines Menschen, der eine neue Bekanntschaft macht. »Ach, was für eine Freude, was für eine Freude … Wie kann ichs dir nur sagen, was für eine Freude das deinem Tano macht, Citana mia?«

Da war es, als hätte er bis zu diesem Augenblick gewartet, seinen Sohn wirklich wiederzuerkennen, und nicht umsonst hatte er auch die Acitana mit einbezogen.

Danach hatte er kaum mehr Bewusstsein, als sich Vater und Sohn gemeinsam, einer neben dem anderen, auf dem Bett ausstreckten, sich an der Hand hielten, der Vater auf seinem alten Platz als Ehemann auf der linken Seite und er auf der rechten, auf dem Platz der Acitana.

Auf eine Weise half ihm sein Vater, sich bequem hinzulegen, indem er seinen Schlaf achtete, doch auf eine andere, der despotischen, machte er es ihm zu seinem eigenen Vergnügen unbequem, denn indem er seinen Händedruck mit zu Bett genommen hatte, zog er ihn am Arm auf seine Seite und zerrte ihm dabei die Schulter und zwang ihn, auf dem linken Arm zu liegen. Diese Haltung hinderte ihn lange Zeit daran einzuschlafen: Caitanello hielt ihn fest im Griff und zerrte Schulter und Brustkorb. Als wäre er auf seiner rechten Seite festgeklebt, sorgte er mit seinem eigenen, über 'Ndrjas Brust gelegten Arm dafür, dass er sich nicht bewegen konnte, oder aber er lockerte den Griff, und diese Märtyrerin von rechter Hand streifte, betastete, vermaß ihn, mit den Fingernägeln schien er sich in seinen Handteller zu krallen, schien sich dort ein Versteck zu graben: Wie eine gepeinigte Seele drückte sie ihm die Hand, rieb sie ihm, bewegte sich ruhelos gegen sie und in sie mit klagendem Gestöhn, mit lustvollem Leid, und das klang in seinem Ohr schicksalhaft vertraut, klang nach Mann und Frau auf diesem Bett, und das stieß ihn ein bisschen ab und erregte auch ein bisschen Mitleid in ihm.

»Ah, er ist wirklich wieder zu Ruhm gelangt«, stöhnte er und kuschelte sich im Schlaf auf seinem Strohlager. »Da hat der gute Junge die Wahrheit gesagt, die Wahrheit, die Wahrheit hat der tüchtige Federico gesagt. Er ist wieder zu

Ruhm gelangt, er ist mit meinem Sohn 'Ndrja wieder hierhergelangt, und er gelangte mir gar bis in die Fußspitzen. Ach, Händedruck, fester und noch fester, sei mein Bimsstein, sei mein Feuerstein, nimm mir das Alte, nimm mir das Kalte, nimm mir den ganzen Dreck dieser Hand weg, nimms mir und halte mich warm, funke für sie, funke für mich, sprühe Funken, sprühe für mich, funke für mich …«

Doch schon sprach er unruhig, als wäre er mit dem Geblabber im Mund in Schlaf gefallen, und dies da waren nur die Verschleifungen: auch hierbei, auch darin wie Ciccina Circé, beinahe wie Ciccina Circé.

Dann sprach er nicht mehr, doch seine Hand sprach und verschleifte sich noch eine ganze Weile weiter für ihn. Als er es nicht mehr länger in dieser völlig verzerrten Lage aushalten konnte, zog er ihm mit aller Vorsicht die Rechte aus seiner Hand und gab ihm die Linke, und so befand er sich endlich in einer bequemen Haltung, während sein Vater weiterhin glaubte, er würde ihm die Rechte drücken, wohingegen sie sich jetzt Hand in Hand hielten, die Rechte in der Linken, neben dem Körper. Er spürte deutlich den Schlaf seines Vaters, als schliefe er im Wachzustand auch seinen Schlaf. Er musste einen von Visionen gepeinigten Schlaf haben, die ihn mal vereinnahmten, mal von sich stießen, und was er empfand, floss ihm von innen heraus unmittelbar in die Hand, in seine und in die, die er in seiner Hand hielt. Das so lange, bis sein Vater ihm ein weiteres Zeichen seiner selbst gab, nämlich das des Bluts, das ihm in der Handfläche pochte, als wäre es sein Herz.

So schliefen sie ein, sie hielten sich fest an der Hand, sein Vater auf der gewohnten Seite des Ehemanns und er an seiner gewohnten Seite an der Wand, dort, wo die Acitana früher gelegen hatte. Da sind wir nun beide wieder am Ausgangspunkt, dachte er zuletzt noch: eigentlich wir alle drei.

Doch den Deutschen, den Deutschen, den er bis zu diesem Moment vor Augen gehabt hatte, wo sollte er den hintun? Auch wenn er sich vorstellte, welchen Wutanfall sein Vater bekommen hätte, konnte er in ihm durchaus seinen Vater sehen, falls er ihn bemerkt haben würde, er konnte nicht umhin, von diesem Deutschen zu reden, der ihm wieder vor Augen gekommen war, er und seine ausgestreckte Hand, er und seine ganz und gar durchtriebene Forderung, einen Händedruck zu geben und zu erhalten, er, wie jeder andere Christenmensch auch. Von diesem Deutschen, der ihm wieder vor Augen gekommen und die ganze Zeit über dageblieben war, während Caitanello sich mit seiner rechten Hand abquälte, von diesem Deutschen, den Caitanello ihm selbst wieder zurückgebracht hatte, indem er die rechte Hand genauso ausstreckte wie er, im gleichen Augenblick, als er, nach dem ganzen Geschwafel über den Händedruck, mit ausgestreckter Hand herzugetreten war und die Hand haargenau so gab wie der Deutsche, nicht mit der offen liegenden Handfläche, sondern hochkant aufgestellt, ausgerichtet wie eine Pistole, wobei die vier eng zusammengepressten Finger den Lauf und der aufgerichtete Daumen den Abzug in Schussbereitschaft bildeten.

Caitanello trat vor, und er starrte ihn verdutzt an, zuerst ihn und dann seine Hand und dann immer mehr und ausschließlich seine Hand, seine Art, die Hand zu reichen. Er sah völlig benommen diese zur Pistole verwandelte Hand an, die sein Vater gegen ihn richtete, während er auf ihn zukam und ihm kalt ins Gesicht schoss, mit dem wirren Vorschlag des Händedrucks. Auf der Stelle kam in ihm eine Fassungslosigkeit auf, die durch die Erinnerung an jene andere zur Pistole verwandelte Hand hervorgerufen wurde, die ihm in dieser Sekunde vor den Augen des Verstands vorüberzog, bis die beiden von Blut beschmierten Hände, die seines Vaters, beschmiert vom Blut der Fere, die des Deutschen von seinem eigenen Blut, so vollkommen und so rätselhaft übereinstimmten, dass sie eine einzige zu sein schienen.

Die hingehaltene Hand des Deutschen in Neapel, diese verdreckte, angekokelte, blutende Hand des blonden Deutschen, der dem rauchenden Mund seines Panzers wie dem Mund der Hölle entstieg. Vom Turm aus schaute er kurz mit dem Blick eines aufgestöberten Tiers um sich, das nicht mehr weiß, wohin es fliehen soll, und dann entblößte der irre Frevler die strahlend weißen Zähne, die zur verkommenen, schauerlichen Grimasse eines Lächelns zugespitzt waren, sprang von seinem Tiger herunter, mit überkreuzten Armen klopfte er sich auf die Uniform, um die kleinen Flammen zu ersticken, die hier und da aus Öl- und Fettflecken aufsprangen, und nachdem er das getan hatte, trat dieser Irre, dieser Unglücksmensch, der immer noch das schamlose Lächeln auf den Lippen hatte, hervor und bot allen ringsum seine verdammte Hand an, als wären die Jungs, die ihn mit Maschinengewehren, Karabinern und Handgranaten bewaffnet eingekreist hatten, allesamt seine Freunde gewesen. Die aber, das war zu sehen, folgten bereits seinen letzten Bewegungen im Leben, sie folgten den letzten Augenblicken dessen, der zu dieser Stunde, an diesem Tag vielleicht der letzte noch lebende Deutsche in Neapel war. Sie folgten ihm mit einer dichten, harten, diamantenen, sanften, wilden, samtenen, gierigen Wehmut der Augen. Sie folgten ihm, als wäre er bereits tot, mit der einzigen Neugier zu sehen, wie er starb, zu sehen, wie einer starb, der das Laster hatte, immer zuzusehen, wie die anderen starben, ihn zwischen jetzt und einer Minute zu sehen, zwischen jetzt und dem Augenblick seines Todes, nur das allein, denn für die Jungs war es ja, als würde er bereits tot sein, als hätten sie ihm bereits den Tod gegeben, den sie ihm gleich geben würden. Sie folgten ihm und hatten keine Eile. Welche Eile sollte es auch geben, wenn alles tot ist und nicht mehr lebendig werden kann oder wenn alles lebt und nichts mehr sterben kann?

Es musste der neunundzwanzigste September gewesen sein, denn in dieser Nacht, gegen Tagesanbruch, nahmen die Deutschen vom Vómero aus die Stadt hinterrücks unter Beschuss, und sofort war klar, dass sie mit diesem Beschuss etwas heimzahlen wollten, und man erfuhr dann auch wenig später, dass der berühmte Oberst Scholl, kurz gesagt der, dessen Namen man unter den Plakaten für die Zwangsarbeit sah, hin und her überlegt hatte und im Austausch für sein Leben und das seiner ihm verbliebenen Soldaten die Geiseln freiließ, die er im Sportstadion festgehalten hatte, und so konnten sie die Stadt verlassen, gleichwohl verlangten die Jungs von ihnen, einerlei, ob Aufgabe oder Nicht-Aufgabe, die weiße Flagge zu hissen, während sie mit eingezogenem Schwanz abzogen.

Und es musste der Neunundzwanzigste gewesen sein, weil sich am folgenden Tag keine Deutschen mehr in der Stadt befanden, und die Amerikaner an diesem Tag noch nicht angekommen waren. Dieser Tag verging fast ganz im Zeichen des Lebens der Frauen, die zum größten Teil zum Vómero hinaufzogen, zum Sportstadion, mit heraushängender Zunge, ihre Hände zwischen die Zähne geklemmt, mit zerwühltem Haar, sie liefen da hin, wo ein Verletzter gemeldet oder ein Toter entdeckt wurde, mit den Händen in den Haaren liefen sie, um nachzusehen, ob sie den Betreffenden kannten, und während sie dort hinliefen, weinten die Müttertöchterschwesternfrauengeliebtenverlobten alle miteinander, als wäre es der Sohnvaterbrudermanngeliebteverlobte jeder Einzelnen von ihnen. Sie erschienen und verschwanden zwischen den eingestürzten Häusern und den Schutthaufen, schwarze und zerzauste, fette und schlanke, alte und junge, als ob jemand hinter ihnen her wäre oder sie hinter jemandem. Sie alleine, diese Müttertöchterschwesternfrauengeliebtenverlobten, hatten jetzt Eile, sie alleine rannten jetzt durch Neapel, auch wenn die, die ihnen nachjagte oder der sie nachjagten, die Tödin war, aber warum sollte man es bei der Tödin eilig haben? Doch diese hier waren Müttertöchterschwesternfrauengeliebteverlobte, und die kommen nicht einmal angesichts der Tödin zur Vernunft, und entweder verfolgen sie die Tödin mit dem Messer zwischen den Zähnen, oder sie lassen sich mit dem Messer in ihrem Herzen verfolgen.

Und dann kamen am folgenden Tag, welcher der erste Oktober war, von Torre del Greco her endlich die ersten Kleinlastwagen der Engländer und der Amerikaner an, und auf den Kleinlastwagen, vorne, bei Maschinengewehren, Karabinern und Nationalfahne, waren Jungs und Bengels, unter welchen er den einen oder anderen von denen erkannte, die sich jetzt im Kreis um den deutschen Panzerfahrer aufstellten, die diesen Kreis in rasender, verheerender Stille aufstellten.

Ja, es war der neunundzwanzigste September, und alles war inzwischen aus und vorbei, oder fast, vorbei war es mit den lebenden Deutschen in Neapel, wenn man die ausnahm, die die Geiseln im Sportstadion festhielten, und wenn man diesen hier ausnahm, den man sozusagen als noch lebendig bezeichnen konnte.

Der hier war mit seinem Tiger Teil einer letzten Panzer- und Panzerspähwagenkolonne, die ein paar Stunden vorher die Stadt durchquert hatte und den Vómero hinauffuhr und von dort aus nach Norden abzog. Der hier jedoch hatte möglicherweise aufgrund eines Schadens den Kontakt zur Kolonne verloren und war zu seinem Unglück isoliert, isoliert, doch nicht alleine, denn Gesellschaft bekam er sofort. Die Jungs hatten dem Tiger und den Tigerjungen nämlich die erste heftige Benommenheit beschert, während der Panzer noch die große, menschenleere Via Roma entlangfuhr und mit ziemlicher Geschwindigkeit zwischen Trümmern und ausgebombten Häusern hierhergekommen war, als müsste er die verlorene Zeit wieder aufholen und sich der Kolonne wieder anschließen, die zum Vómero hinaufzog. Doch als er, 'Ndrja, dort auftauchte, angezogen von dem Feuerspiel, das die Jungs mit Handgranaten veranstalteten, bewegte der Tiger sich im Zickzack, wie eine riesige Kakerlake, und den Vómero konnte er zu diesem Zeitpunkt vergessen, denn statt den Hügel hinauf fuhr er mittlerweile zum Meer hinunter, er fuhr abwärts und immer weiter abwärts und schwitzte Blut, völlig skurril und sonderbar, und aus dem Turm drang weiter Rauch. Die Jungs flatterten wie Spatzen immer in seiner Höhe herum, dicht an den Trümmern der Wohnhäuser, sie verschwanden in die schützenden Öffnungen und schossen wieder heraus, und jedes Mal, wenn sie ihn sich wieder zugänglich machten, feuerten sie auf das Riesentier.

Da verhielt sich der Panzer wirklich wie eine vor Angst verrückt gewordene Riesenkakerlake. Bei jeder Handvoll Granaten, mit denen sie ihn bewarfen, hüpfte und ruckelte er gründlich und legte sich dann flach auf die Erde, als wäre er für immer unbeweglich, doch man hatte gar keine Zeit, das zu denken, denn schon erhob er sich wieder: Er drehte sich wie verrückt, flüchtete nach vorne, setzte dann zurück, nahm taumelnd und mit großem Geratter wieder seinen Weg auf. Aber genau das musste es gewesen sein, was die Jungs wollten, und man sah, dass es das war, man sah, dass sie ihn an eine abgelegene Stelle bringen wollten, nämlich hierher, wo sie ihn hingetrieben hatten. Was hätte es sonst gebracht, ihm zwei Granaten zwischen die Ketten zu legen? Den Mut dazu hatten sie, und sie hatten ihn so reichlich, dass sich die an Land gegangenen Matrosen und versprengten Soldaten, die ihnen im Rücken standen und sie am Werk sahen, gegenüber den Besten von ihnen wie Feiglinge fühlten. Man konnte keineswegs sagen, dass es ihnen an Geschicklichkeit fehlte, denn es war unter anderem spektakulär, zu sehen, wie diese Jungs mit den Handgranaten umgingen, sie zeigten dabei eine solche Natürlichkeit, Kaltblütigkeit und Fertigkeit, dass diese fürchterlichen Dinger in ihren Händen sogar wie große Kiesel aussahen, und diesen Eindruck machten sie nicht nur, wenn sie sie warfen, sondern auch, wenn sie sie an den Mund führten, um mit den Zähnen den Zünder herauszureißen, und das erinnerte zumindest ihn daran, wie sie mit der Zunge die Flachkiesel ableckten, in der Überzeugung, dass diese dann behänder und länger über die Wasseroberfläche des Meeres schnellten.

Kurz gesagt, sie wussten, wo und wann sie ihn außer Gefecht setzen wollten, indessen machten sie ihm mit Handgranaten die Richtung unmissverständlich klar, wohin er fahren sollte, ähnlich wie der Kutscher mit seiner Peitsche knallt, wenn das Pferd sich mal nach rechts und mal nach links wenden will. Auf diese Weise drängten sie ihn von den Straßen, auf denen die Kolonnen durchzogen, drängten ihn vom Fuß des Vómero ab, ließen ihn geradeausschwirren, immer geradeaus durch die Via Roma, so dass es sogar schien, die Jungs würden darauf abzielen, ihn bis an die Stelle schwirren zu lassen, wo man blaues Wasser unter weißen Wolken erkennen konnte, das heißt, sie würden darauf abzielen, ihn in die tiefste Tiefe dieser Meeresbläue stürzen zu lassen, als würden sie ihm, mit anderen Worten, ganz genau das gleiche Ende bereiten, das man großen Kakerlaken bereitet, wenn man sichergehen will, dass sie nicht nur so tun, als würden sie sterben, sondern wirklich sterben. Die Jungs wussten aber nur zu gut, dass im gepanzerten Bauch der Großkakerlake ein Tiger war, und die

Lämmlein mochten es gar nicht glauben, dass ihnen ein lebendiges Wildtier, zumindest ein mehr lebendiges als totes Wildtier ausgeliefert sein sollte. Das war ein seltenes Ereignis, darüber waren sie sich im Klaren, und deshalb hatten sie beschlossen, ihm Ehre zu erweisen, und den Gedanken gehabt, den Tiger an einen Ort zu bringen, den sie kannten, unbekannt, abseits gelegen, wo sie sich mit aller Heiterkeit an ihm erfreuen konnten, wo das Wildtier den Platz mit ihnen tauschte, wo sie dem Tiger das Herz herausreißen und es noch warm, dampfend und blutend verzehren und ihn dann anschließend zerreißen konnten, in kleinste Stücke, Zahn um Zahn, ohne Gefahr zu laufen, von den anderen noch frei herumjagenden Wildtieren angefallen zu werden.

Es gab da aber einen Unterchef von Vietri, der felsenfest davon überzeugt war, dass die Jungs versuchten, und wie! sie verbissen sich darein, ihn außer Gefecht zu setzen, doch die Sache war seiner Meinung nach die, dass der Panzer Geister hatte. Da sind Geister drin, sagte er. Da kann man nichts machen, da sind Geister drin. Und das sagte er nicht einfach, um irgendetwas zu sagen, sondern er wollte die Tatsache unterstreichen, dass da drinnen kein Überlebender der Mannschaft mehr sein konnte, nach der Granate, die einer der Jungs durch den Turm hineingeschmissen hatte. Da ist er ja, sagte der Unterchef, da ist er ja, der Bengel da beging diese Großtat, der da, der seinem Freund auf der anderen Straßenseite zupfeift und mit seinem zahnlosen Mund lacht. Seht ihr ihn? Er lacht immer, er lachte auch in dem bewussten Augenblick … Aber wer denn? Der mit der Krücke? Der, ja der … Glaubt ihr etwa, die Krücke wäre ein Hindernis für ihn? Meint ihr wirklich, seine Freunde hätten ihm so eine Aufgabe anvertraut, wenn sie gedacht hätten, die Krücke könnte ihn behindern? Der kommt einem doch vor, als wäre er mit der Krücke geboren. Und außerdem ist er doch auf einem Fuß gelaufen und hat die Granate hineingeworfen, die Krücke hatte er dabei zurückgelassen, in diesem Loch da, wo er sich hineingezwängt und hingelegt und darauf gewartet hatte, dass der Panzer vorbeikommt. Wisst ihr, was er gemacht hat, als der Panzer ganz dicht an ihm vorbeifuhr? Er sprang auf, auf seinen Fuß, folgt ihr mir? Und auf seinem Fuß machte er zwei, drei blitzschnelle Sprünge hinter den Panzer mit so viel Natürlichkeit, dass man meinte, er würde nur deshalb auf einem Fuß gehen, damit er nur ja kein Geräusch machte, und nach drei Sätzen warf er ihm die Granate haargenau in den Turm und warf sich mit dem Gesicht auf die Erde, dann drehte er sich um und lachte so, wie er jetzt auch lacht, seht ihrs? Und inzwischen ereignete sich eine Explosion, die den Panzer unglaublich zum Trudeln brachte, eine gewaltige Flamme und dann eine tiefschwarze Rauchwolke. Der Bengel da, ja, genau der da, der hatte den Riesentiger zum Halten gebracht, den Riesentiger und folglich auch die Tigerjungen, die sich in seinem stählernen Bauch befanden und ihn bis zu diesem Augenblick manövrierten, und jetzt, so hätte man meinen sollen, konnten sie nicht mehr. Doch Sekunden vergingen, die Jungs näherten sich ihm, und plötzlich schien es, dass der Panzer Krämpfe bekam, er drehte sich und drehte sich wieder, er fährt vorwärts, fährt rückwärts und fährt endlich los, wie es sich gehört. Aber wer manövrierte ihn sonst, wenn nicht Geister? Etwa einer der noch lebendigen Deutschen? Dann konnte es sich nicht um einen einzelnen Deutschen handeln, sondern um eineinhalb Deutsche, und was sollte da schon herauskommen? Mindestens ein Teufel.

Und da stand er ja dann auch, der Teufel. Doch hatte der Unterchef von Vietri trotzdem recht, wenn er sagte, in dem Panzer würden sich Geister befinden, auch wenn es noch jemand Lebenden darin gab, einen, der nicht der Fahrer sein konnte, sondern sich nur auf den Fahrersitz gesetzt hatte, auch wenn er so kreuz und quer fuhr, dass man manchmal meinte, der Tiger hätte gar keine Geister nötig, um manövriert zu werden, denn mitunter machte er den Eindruck, dass er sich selbst manövrierte, als würde er wie ein aufgezogenes Uhrwerk mit der Ladung vorwärtsfahren, die die Deutschen ihm gegeben hatten, dann aber jedes Mal stecken bleiben und wieder weiterfahren, so wie die Granaten ihn eben benommen machten. Doch auch mit dem noch Lebenden hier hatte der Unterchef recht, wenn er sagte, der Tiger hätte Geister, er hatte so sogar noch mehr recht, als wenn in dem Panzer wirklich alle tot gewesen wären: Denn es waren wirklich die Geister, die den Panzer manövrierten, nur dass es die Geister von diesem hier waren, seine Siebengeister einer Wildkatze, die in diese Maschine des Todes und der Vernichtung eingelassen waren.

Die Geister, der Teufel, auch er, doch die Teufelsgeister währten so lange, wie die Jungs ihn noch nicht bis dicht ans Meer gelenkt hatten, in die Gegend der berühmten Santa Lucia. Hier, auf diesem von Schutt begrabenen Platz, isoliert und wie verborgen zwischen den leeren Gerippen der Häuser ringsum. Und hier brachten sie ihn wirklich zum Stehen, genauer gesagt kümmerte sich nur ein Einziger darum, der, immer wieder der, der mit der Krücke, der, der ständig mit seinem zahnlosen Mund lachte. Sie sahen ihn am Werk. Während der Panzer herumkutschierte und über die Schutthügel aus Ziegel und Mörtel auf und ab fuhr, lief der Junge vor, balancierte zwischen den Trümmern, stieg in eine Art Graben zwischen den Schutthügeln hinunter und hielt an einer Stelle, wo man seinen Oberkörper sehen konnte, der flach wie ein Brett war, als wären Rücken und Brust eins: Dieser Bengel, der ungefähr dreizehn Jahre alt gewesen sein mochte, fuchtelte mit den Armen, und man verstand, dass er Pipi machte. Lieber Himmel, dafür hatte er sich versteckt? Dafür ist er vorausgelaufen, um nicht zurückzubleiben, nur um Pipi zu machen? Er lachte und drehte den Kopf herum, seine Gefährten schauten spöttisch grinsend zu ihm, denn der Tiger fuhr in seine Richtung, und er schien es nicht im mindesten zu merken, doch das schien nur so, denn er hatte seine Augen auch hinten, und einen Verstand hatte er, einen Verstand wie Napoleon. Als nämlich der Panzer auf den Hügel rollte und genau im Gleichgewicht hing, drehte sich der Junge wieder um und hatte die Granate bereits in der Hand, führte sie an den Mund, riß den Zünder heraus und schleuderte sie dann unter den Bauch des großen Tiers. Mit dem da würde ich mich blind zum Kriegsdienst melden, sagte in diesem Augenblick einer vom ehemaligen Heer oder von der ehemaligen italienischen Marine. Der Tiger wurde auf dem Hügel auseinandergerissen und stürzte in eine Art Graben zwischen den Schuttbergen, während hier und da Flammen aufzüngelten, als wollte er jeden Augenblick in Feuer aufgehen. Da sprang der Freund heraus, und als wäre er völlig überrascht worden, als hätte er keine Zeit gehabt, auch nur einmal hinauszuschauen, weder durch das Führerfensterchen noch durch das Periskop, ließ er sich im Anblick der Jungs, die ihn gleich umstellt hatten, zu diesem Blick mit gerunzelter Stirn hinreißen, der deutlich seine Überraschung zum Ausdruck brachte. Diese Stinkejungs, sagte er, sagte er sich und blickte aus seiner Überraschung heraus um sich, diese Bubis, deren Mund noch nach der Milch ihrer Mutter riecht, diese Elendsjungs, deren Knochen unter der Haut hervorstaken, von denen der eine am Fuß verwundet ist, der andere am Arm, alle halbnackt, gewissermaßen nur mit den Waffen bekleidet, die sie bei sich tragen, mit Maschinengewehr, Karabiner und Provianttasche voller Handgranaten, wie Waffen- oder Patronengurt über der Schulter oder um den Hals, oder auch mit Binden, die bei den meisten die Wunden umwickelten, an dieser oder jener Stelle des Körpers, diese, diese Miserablen haben es ganz alleine geschafft, uns und unseren Tiger außer Gefecht zu setzen? Diese Tollpatsche, die ins Lazarett gehören? Und ihnen, ihnen soll ich mich jetzt ergeben?

Doch so war die Lage, vor ihr konnte man nicht fliehen. Jemand anderer hätte sie zur Kenntnis genommen, die Hände hochgehoben und sich gesagt: Da haben wirs, der Durchtriebene stirbt immer durch die Hand des Trottels. Doch andererseits hätte ein Deutscher diese Redensart niemals kennen können, ein Deutscher hätte es nicht hinnehmen können, durch die Hand eines Trottels zu sterben, ja, vielleicht nicht einmal, ganz einfach zu sterben. In der Tat drückte er sich dieses wahnsinnig schurkenhafte Lächeln sichtbar auf die Lippen und sprang auf die Erde, doch statt die Hände hochzuheben, zog er die verblüffende, schamlose Karte des Händedrucks aus dem Ärmel und streckte seine Rechte aus. Doch ebendiese Hand verriet ihn, denn so, als hätten Nerven und Knochen die Form dessen angenommen, was die Hand für gewöhnlich fasste, hielt er die Rechte, die er anbot, nicht flach mit offenem Handteller hin, sondern ohne es zu merken wie eine nach vorne zielende Pistole, mit dem kleinen, dem Ring-, Mittel- und Zeigefinger der Länge nach zusammengepresst, die den Lauf bildeten, der Daumen dagegen war aufgerichtet, in Schießstellung.

Aber er konnte ja wagen, konnte ja ausprobieren, ohne jede Eile, dort hatte es keiner eilig, es gab nicht mehr die geringste Eile. Er konnte jeden Trick wagen, jeden Kniff, jeden Schachzug ausprobieren, der ihm einfiel, jede List und jede Niedertracht: denn schließlich würde er diesen Kreis nicht mehr lebend verlassen. Er konnte wagen, ausprobieren, niemand hinderte ihn daran, im Gegenteil, deshalb wollten sie ihn ja lebend fassen. Hatte er das nicht verstanden? Darum wollten sie ihn ja lebendig in diesen Graben bringen, inmitten des Schutts, dicht, ganz dicht ans Meer von Santa Lucia, in völliger Einsamkeit: darum, um zu sehen, was er macht, der ein paar Augenblicke später dem Tod geweiht sein würde, um ihn anzuschauen und sich seiner zu erinnern, eines Deutschen, für den die Luft ringsum nach Tod stank und der sich ganz natürlich gab, als Feigling, der sich unter den Schutz der neapolitanischen Fahnen warf, unter die Fahnenfetzen. Darum, um ihn anzuschauen und sich seiner lebend zu erinnern, ihn, der wusste, dass er in wenigen Augenblicken sterben würde. Tot hatten sie ihn in diesen Tagen gesehen, doch tot ist auch ein Deutscher nur ein Toter, und als Toter, tja, als Toter taugte er ihnen zum Erinnern nicht, sie wollten sich seiner als eines Deutschen erinnern, eines Deutschen und eines Toten. Er diente ihnen so, ganz kurz vor seinem Tod, noch lebendig, lebendig zum Zerfleischen mit Blicken, während er von einem Mächtigen zu einem Nichts wurde, zu einem niedrigen, elenden Nichts, das in aller Langsamkeit von den Augen zerfleischt wurde, in wütender, melancholischer Langsamkeit verschlungen und in den Kopf geschickt, eingeprägt als ewige Erinnerung. Denn wenn sie sich so an ihn erinnerten, als niedrig und elend, wäre es jedes Mal so gewesen, als würden sie wieder die Hitze der glühenden Waffen spüren, die in ihren Händen allmählich abkühlten. Es war klar, dass dieser lebendige Deutsche allein für die Jungs mehr wert war als alle bei Schusswechseln getöteten Deutschen, und dieser Augenblick mehr als alle Kämpfe in diesen Tagen, man musste sie nur ansehen, um das zu verstehen, sie ansehen, während sie den deutschen Panzerfahrer anschauten, der sich drehte und drehte und mit seinem eisig glänzenden Lächeln, mit seiner ausgestreckten bedrohlichen Hand, als würde er auf die Brust zielen, weil doch die meisten dieser Jungs ihm gerade einmal bis zum Gürtel reichten, jetzt das Glück mal mit dem einen, mal mit dem anderen herausforderte. Inzwischen musste er bereits die Gebete gesprochen haben, doch wenn man ihn so sah, konnte man meinen, dass die Vorstellung seines Todes, sei er nah oder sei er fern, ihn nicht einmal streifte. Er musste auf seinen Händedruck vertrauen, den Händedruck eines Deutschen, als besäße der eine Zaubermacht, er musste darauf vertrauen, dass wenigstens einer dieser Jungs davon überwältigt würde, dann würde der Kreis, die Umzingelung aufgesprengt und ein Durchlass zwischen den Jungs sich auftun, damit er da herauskommen konnte.

Indessen jedoch dachte er, die Hand zu reichen, und richtete eine Pistole auf sie, vier Finger eines Laufs, einen Daumen als Abzug: und in seinem Gesicht konnte man nicht erkennen, wie ahnungslos er sein mochte, wie provozierend, wie sehr einer Täuschung erlegen, wie verrückt und verworfen. Aus diesem Grund wohl ließen die Jungs sie auch nicht eine Sekunde lang aus den Augen, diese Hand, die ölverschmiert und blutend aus dem zerrissenen Ärmel hervorkam, aus diesem Grund schienen sie so fasziniert, als wäre sie der einzige noch lebendige und deutsche Teil des Deutschen, den sie bereits tot sahen. Sie sahen ihn so entwaffnend an, die Jungs, dass alles, was sie dachten, war, als käme es ihnen aus den Augen, und was sie dachten, war, wie und wie sehr prämiert sie sich vorkamen, dort zu sein, bei diesem reichen, seltenen, glückbegünstigten Fall, und wie und wie sehr privilegiert sie sich fühlten, einem lebendigen Deutschen die Rüstung heruntergerissen und da vor sich zu haben, mutterseelenalleine, von der Bühne gestürzt, ohne Waffen, ohne Kameraden, nackt wie ein Wurm, während der Tod schon Maß an ihm nahm. Durften sie ihm ein solches Privileg nicht zugestehen? Verdiente er es nicht, dass sie ihn ohne jede Eile behandelten? Im Gegenteil, er verdiente es sogar, dass sie eine Zigarette rauchten, einfach nur, um deutlich zu machen, wie sie ihn mit diesem Privileg ehren wollten, wie sie mit Wohlgefühl vorgehen wollten, mit jedem und jeglichem Wohlgefühl.

Die Zigaretten drehte ihnen ein Ziviler von um die vierzig, dessen Augen nur wenig bewimpert waren und gerötet und der eine Brille mit einem Stück Draht an Stelle eines Bügels trug. Er war in Trauer, hatte einen dichten Bart, und am Arm trug auch er eine Proviantasche, die mit Handgranaten halb gefüllt war. Dieser Neapolitaner hatte irgendwann aus einer Tasche ein Blättchen Seidenpapier gezogen und in den Hosen- und Jackentaschen gekramt und das Papierchen Krümel für Krümel mit Tabak gefüllt, es gerollt und dann die Zigarette angezündet, ein paar Züge gemacht und sie dann an seinen Nebenmann weitergereicht, damit der sie weitergeben sollte. Dann hatte er noch ein Blättchen genommen, wieder in den Taschen gekramt, eine weitere Zigarette gerollt, sie angezündet und sie seinem Nebenmann zur anderen Seite des Kreises gereicht. Die Jungs nahmen die Zigarette von ihrem Nebenmann, machten ihren Zug, reichten die Zigarette weiter, wobei sie aber auch im Qualm nicht aufhörten, den Deutschen intensiv zu beäugen, den Bewegungen zu folgen, die er machte oder zu machen beabsichtigte, Bewegungen, die am Ende immer nur eine waren, immer die, welche er unter anderem wiederholte, jedes Mal haargenau wie eine aufgezogene Puppe, mit dem erstarrten, falschen, aufgesetzten Lächeln, das sich herumbewegte und hin und wieder vor einem der Jungs Halt machte und wieder die Bewegung versuchte, die Hand zu geben, und bot dabei doch nur seine fleischgewordene Erinnerung an die Pistole mit der Kugel im Lauf an, die er fest im Griff hatte.

Der Deutsche hielt nicht immer den auf die Jungs gerichteten Blick bis zum Schluss. Zweimal wandte er die Augen von ihnen ab, um anderswo hinzuschauen. Das erste Mal war es, als würde ein Vogel über ihren Köpfen zwitschern, doch nur er konnte es hören, weshalb er die Augen nach oben richtete, als würde er ihn suchen, sich dabei um sich selbst drehte, immer noch mit ausgestrecktem Arm, der sich zugleich mit dem Oberkörper drehte, als wäre er aus Holz. Als er sich aber ganz herumgedreht hatte, vom Meer zum Berg, und sich mit dem Blick auf einer geraden Linie mit dem Schloss befand, das man da oben sehen konnte, auf dem Ausläufer einer Hochebene oberhalb der Stadt, schien es, als wäre er dem unsichtbaren Vogel bis dahin gefolgt, bis das, was man von da unten aus sehen konnte, wie ein Feenschloss wirkte, in Wirklichkeit aber eine Militärfestung war und Castel Sant'Elmo hieß.

Es war eine Sache von Sekunden, ein Hauch, eine Schattierung, nichts weiter als eine Drehung der Augen, doch da in dem Kreis, darauf schwor er, war er nicht der Einzige, der etwas Sonderbares sah, etwas wie eine kurzzeitige Schwäche des Deutschen, ein Zeichen dafür, dass die Vorstellung des nahen Tods ihn inzwischen peinigte und ihn dazu gebracht hatte sich zu fügen: denn wenn Vogelgezwitscher an sein Ohr zu dringen und er die Augen zum Himmel zu richten begann, wenn also, kurz gesagt, ein barbarisches Subjekt wie dieser Typ sich von Poesie getragen davonmachte, musste das bedeuten, dass der Deutsche innerlich umsann, wie eisengepanzert er auch war, ob er es wollte oder nicht, es musste bedeuten, dass er spürte, wie Finsternis in sein Herz drang. Sicher, es konnte durchaus sein, dass auch die eine oder andere Verletzung bei der Drehung der Augen damit zu tun hatte, irgendeine unsichtbare Verletzung, die jetzt nicht mehr blutete, doch das besagte nicht, dass er auf dem Weg der Besserung, statt der Verschlimmerung war.

Das zweite Mal, dass der Deutsche die Augen von den Jungs abwandte, war, um nach vorne zu blicken, zur Mole, über die Köpfe seiner Umzingler hinweg, als würde er in diesem Augenblick entdecken, dass man wegen eines Durchblicks zwischen den Schutthalden, wenn auch nur schmal und eng und im Zickzack, einen kleinen Zipfel des Meeres sehen konnte. Doch der Deutsche blickte, fast ohne innezuhalten, noch weiter hinaus, und es ließ sich nur schwer sagen, ob er die beiden Menschen rechtzeitig erblickt hatte, die auf der Mole aufgetaucht waren, ein kleines Fräulein, das ebenso gut zwölf wie sechzehn Jahre alt sein konnte, mit einem Rock aus einer Militärdecke, einer Bluse mit grünen Blumen und Schuhen mit Korksohlen, und ein hochgewachsener, hagerer Mann mit einem Hals, der wie ein Fragezeichen gekrümmt war: Das kleine Fräulein gab ihm die Hand, und es brauchte nicht viel, um zu begreifen, dass der Mann blind war und ihr Vater sein musste, wie man kurz darauf erfuhr. Die Tochter brachte den Vater zum Ende der Mole und half ihm, sich hinzusetzen und die Beine frei zu machen, der Vater zog eine Angelschnur aus der Tasche, und die Tochter nahm sie ihm aus der Hand, zog den Haken aus dem Korken und befestigte einen der Würmer daran, die sich in einer Dose befanden, die der Vater aus der anderen Tasche seines Tropenhemds holte, das er als Jacke trug. Die Tochter ließ dann die Spitze mit der Bleikugel hin und her schwingen, damit sie den richtigen Schleuderwurf bekam, warf sie dann ins Meer, etwa zehn Meter von der Mole entfernt. Hier nun übergab sie die Angelschnur ihrem Vater, wobei sie ein paar Worte mit ihm wechselte. Der Vater prüfte das Ende der Angelschnur mit dem Zeigefinger, und sie drehte sich um und betrachtete die Schuttlandschaft, die hinter ihnen lag. Als sie diese Art von Denkmal aus lebendigen Statuen erblickte, die inmitten der Schutthügel einen

Kreis um etwas oder um jemanden bildeten, öffnete sie den Mund, als wollte sie schreien, und stellte sich gleichzeitig etwas seitlich hin, als wollte sie mehr sehen, und sagte dann etwas zu ihrem Vater, der wiederum übergab ihr das Ende der Angelschnur, und sie sicherte es mit einem Stein, half dem Vater wieder aufzustehen, nahm ihn an die Hand, und sie bewegten sich beide zwischen dem Schutt. Das Geräusch, das der Blinde machte, als er zwischen den Steinen und dem Mörtel herging, wurde nach und nach, wie sie näher kamen, immer leiser statt lauter, und als sie hinter den Jungs erschienen, hörte man nur noch die Schritte der Tochter. Die Einzigen, die ihren Kopf zu ihnen drehten, um sie anzuschauen, waren er, 'Ndrja, und die anderen vier oder fünf Ex des einen oder des anderen, der ehemaligen Königlichen Marine oder des ehemaligen Heeres, die dort als Beigabe herumstanden, denn soweit es die Jungs betraf, war es für sie, als wäre niemand hergekommen.

Als das kleine Fräulein den Panzer sah, den Deutschen mit seinem eisigen Lächeln, seine böse Hand wie eine genau zielende Pistole ausgestreckt, und die bewaffneten Jungs, die ihren Blick keine einzige Sekunde von ihm abwandten, in dem sie einen Floh hätten fangen können, war ihr die ganze Situation auf der Stelle klar: sie zog ihren Vater an der Hand und machte, dass er sich zu ihr herunterbeugte, dann redete sie ihm ins Ohr, und mit zwei Worten beschrieb sie ihm, was da vor sich ging. Als sie ihr Fischgesichtchen wieder aufrichtete, das Gesichtchen eines Kindes, dessen Herz immer in Alarmbereitschaft ist, in seinem Herzen immer gleich flüchtet, sah sie, dass der Deutsche, der, nebenbei bemerkt, einen barbarischen Mut haben musste, seine Augen genau auf ihre Augen gerichtet hatte und den Kopf leicht zur Seite neigte, als würde er einen Sichtpunkt suchen, von dem aus er genießen konnte, was ihm zustand, und dabei mit seinem mittlerweile reglosen Lächeln und seinem vorgestreckten Arm ihr zu sagen schien: Geben wir uns die Hand, Signorina? Schließen wir Bekanntschaft? Das kleine Fräulein wandte sich daraufhin an ihren Vater, blickte aber weiterhin den Deutschen an, denn in sein Gesicht wollte sie ihre Worte werfen, und sagte laut: Wenn du ihn sehen könntest, Pa', wie schön dieser Dreckskerl ist … Hier nun nahm der Vater die Tochter an die Hand. Sie kehrten zur Mole zurück, die Tochter holte die Angelschnur ein und sah, das ein Fischlein angebissen hatte, vielleicht ein Zackenbarsch, vielleicht ein Mönchsfisch. Sie schrie und lachte mit dem an der Schnur zappelnden Fischlein, und sie versuchte, es in die Hände ihres Vaters zu lenken, der am Ende die Schnur zu fassen bekam und das Fischlein in seine Linke legte, während er mit der Rechten den Haken entfernte. In genau diesem Moment verschwanden sie aus dem Blickfeld der Schutthaufen, und man sah sie nicht wieder.

Es schien gar nicht gleich wahr zu sein, dass es diese Abwechslung gab, zumindest dem Deutschen nach zu urteilen, der wieder den Scharlatan mit dem Hausierergesicht gab, um dem Publikum rings um ihn herum seine miserable, verkommene Ware anzubieten, diesen Händedruck, den er niemals und nirgends auf der Welt loswerden konnte, und auch den Jungs nach zu urteilen, die vorher wie Statuen aussahen und auch jetzt noch wie Statuen aussahen. Da waren aber die beiden Worte gleich einer Trauerrede, die das kleine Fräulein mit dem Gesicht eines verängstigten Fischleins gesagt hatte, sie hatte ihn als Dreckskerl wegen seines schönen Gesichts bezeichnet, und die schienen zu stimmen, die blieben, die mussten auch im Ohr der Jungs geblieben sein, die zu Statuen geworden waren, und vielleicht, wieso auch nicht?, hatten sie ihr Gewicht, dass sie mit dieser wahnsinnigen, dieser schurkenhaften Farce aufhören wollten, indem sie den Deutschen endlich und endgültig von der Bühne, aus der Hauptszene des Weltenlebens fallen, ja stürzen ließen, auf der und in der er allzu viel schon gespielt hatte. Denn nachher war es tatsächlich so, als wenn sie dem Deutschen das Miserere hätten ertönen lassen, nachher war es tatsächlich so, als hätten sich alle Jungs oder nur der, der das Werk ausführte, gesagt: Hier, so scheint es, sind wir alle zu Statuen geworden, und während wir hier Statuen darstellen, nutzt dieser hässliche Dreckskerl die Gelegenheit, sich weiterhin illegal vor unseren Augen durchzuschlagen, während doch sein Tod ihn in unserem Kopf schon ereilt hat, nur dass er es noch nicht weiß und sich täuscht, denn seit wir ihn hier haben und umzingeln, schaut er uns an, schaut er uns an, als würden wir in seinen Augen wirklich Statuen darstellen.

Und so, wie sie ihn anblickten, konnte man nur sagen: Das schienen sie zu sein, Statuen, Statuen, aufgestellt in einem Kreis, und mittendrin, umzingelt, dieser Irre, dieser Schuft, der seine barbarische Pantomime vom Händedruck darstellte und jetzt mit ausgestreckter Hand auf diese und auf jene vortrat, und jedes Mal der Illusion zu erliegen schien, dass die Statue sich beleben würde, er versuchte es und hob dann den Arm in eine andere Richtung, doch auf der Stelle versuchte er es wieder mit der ausgestreckten Hand und dem Lächeln, das sie begleitete, ein Lächeln von verzogenen Lippen, weißen, stechenden, wie eine Wundnarbe.

Sie sahen ihn wirklich so an, als wären sie aus einer unsterblichen Materie geschaffen, der unzerstörbaren Materie der Statuen, Marmor oder Bronze, und er aus gemeiner sterblicher Materie, aus Fleisch und Blut, aus Staub, woraus der Mensch geschaffen wurde. Sie sahen ihn an, als wären sie die Statuen ihres Denkmals, das Denkmal dessen, was sie getan hatten. Und vielleicht, wenn es nach ihnen gegangen wäre, hätten sie gewollt, dass dieser monumentale Moment niemals zu Ende gehen sollte, hätten sie niemals von dem Piedestal heruntersteigen wollen, von dem aus sie die letzten Bewegungen und Regungen im Leben des deutschen Panzerfahrers verfolgten. Einfach gesagt, sie waren wie verzaubert, und das bewusste kleine Fräulein tat dies, sie trat unbewusst in den Zauber, sagte die richtigen Worte, wahrscheinlich die, welche gesprochen werden mussten, und der Zauber brach zusammen. Denn danach, unmittelbar danach, machte ihm die Tödin, die bis zu diesem Augenblick keinen Erfolg gehabt hatte, keinen Erfolg bei dem Deutschen, Feuer, Feuer, loderndes Feuer.

Sie drückte ihm jetzt die Hand, wonach er sich so gesehnt hatte, denn jetzt gab es nur noch sie, diese alte Gevatterin aus Deutschland, die ihm die Hand drücken konnte, in dieser und in der anderen Welt gab es nur noch sie, seine Prinzipalin, die Großprinzipalin des ungeheueren deutschen Gemetzels. Sie alleine konnte es und tatsächlich drückte sie sie ihm auch, sie krallte sie, genauer gesagt, denn sie, das ist bekannt, macht keinen Unterschied, und wenn sie sich so reichlich verausgabt, ist es für sie ein doppeltes Vergnügen, wenn er, der Deutsche, ihr tüchtiger Akkordarbeiter, ihr nie erlahmender Tagelöhner, sich gelegentlichgelegentlich auch darin verheddert.

Sie war dort gegenwärtig, sie war eines der Gesichter in dem Kreis, der Gesichter der Jungs und Bengels mit den großen, hellen Augen, voller Falten, Augen aus schwarzem Fest- oder Trauersamt, die Wangen und die Lippe vom ersten Flaum befedert. Wenn man sie ansah, den einen oder den anderen, war es, als würde man immer dasselbe Gesicht sehen, und das war das Gesicht der Tödin, und es war wie ein zweites Gesicht für die Jungs, wie das, was sie sich zu Karneval mit Ruß auf ihr eigenes Gesicht malen, ganz Zähne, Augenhöhlen und Schnauzenfraß, und sie malen es sich aus dem Gedächtnis auf, als hätten sie sie immer schon gekannt und gesehen, die Schnauzenzerfressene, als wüssten sie, dass es, um das Leben vollkommen zu kamuflieren, nur sein Gegenteil gibt, die Tödin.

An diesem Punkt wandte sich der Deutsche mit seiner irren, schurkisch ausgestreckten Hand ausgerechnet an den, den er, wenn er so ein Auge für Gesichter gehabt hätte, wie er es ganz sicher für das Zielen mit dem Korn hatte, sich gehütet hätte, ihn auch nur anzuschauen: Doch zu seiner einzigen Entschuldigung konnte man sagen, dass er diese Pantomime unterdessen einzig für die Tödin machte, und ihr, der Schnauzenzerfressenen, in Gestalt des Jungen, bot er seine Hand und wirbelte dabei wild herum, wie in einem Luftstrom des Todeskampfs.

Er reichte ihr seine verdreckte, mit Blut verschmierte Hand und lächelte ihr, der Tödin in dem Jungen, zu, er lächelte ihr mit getigerten Zähnen zu, die keinen Glanz mehr besaßen, ihr Weiß hatte sich verdunkelt, und sie erinnerten an die Zähne eines ausgestopften Tiers: Er lächelte, und es war, als hätte mit dem Lächeln das Sterben und Verwesen begonnen.

Der Junge schlug mit den Lidern und schmälerte die Augen zu einem Schlitz, riss sie weit auf und starrte auf den Deutschen, trat einen Schritt aus dem Kreis und stellte sich vor ihn hin, dort, schob den rechten Arm vor, der bis zu den Schultern nackt war und an der Hand verstümmelt, mit einem in blutdurchtränkten Binden umwickelten Stumpf. Er machte einen Ruck mit der Schulter und stieß den Stumpf gegen die Hand des Deutschen, als wollte er zu ihm sagen: Drück doch den hier. Unterdessen blickte er ihn mit seinen großen schwarzen Augen forschend und fest an, mit beschäftigtem Gesichtsausdruck, wie wenn er in Gedanken versunken wäre: Man hätte gesagt, er starrte ihn mit den Augen des Kopfs an und zugleich mit dem Auge des Verstands, und dass dies ihn etwas weniger und etwas mehr real zeigen musste, als er war, mal nahe und mal weit, mal verkleinert, mal vergrößert, mal einer, weniger als einer, völlig null und mal mehr als einer, ein Volk, ein Heer von einem …

Ob der Deutsche darüber erstaunt war oder nicht, wusste nur er selbst, denn er lächelte weiter dieses auf seinen Lippen vergessene grimassenartige Lächeln, nur dass er zwei- oder dreimal, und jetzt wusste man nicht, ob noch irrer oder noch gaunerhafter, versuchte, mit seiner Hand in Richtung dieses Stummels ganz leichte einladende Zuckungen zu machen. Der Junge sah ihn weiterhin beschäftigt an, mit gerunzelter Stirn, nachdenklich, seine Wimpern schlugen wie die Flügel von Faltern, die durch das Licht aufgeschreckt waren. Und er sah ihn immer noch so an, beschäftigt, mit gerunzelter Stirn, nachdenklich, als hinter seiner Hüfte in der linken Hand eines dieser deutschen Bajonette aufblitzte, eines dieser schmalen und dolchscharfen, das so fest in der Hand lag, dass man meinen konnte, die Faust würde ihm hier wie bei den Paladinen des Theaters als Griff dienen, und beinahe ohne sich zu bewegen, in einem blitzschnellen Stoß, auftauchend und treffend, rammte er es ihm in den Bauch.

Einen Augenblick lang schien es, als würde er den Deutschen noch auf den

Beinen halten, weil er den Griff ganz festhielt, dann lockerte er ihn nach und nach und folgte gierig seinem Sterben: und so, wie der Deutsche langsam vor ihm auf seine Knie sank, mit der noch immer ausgestreckten irren Schurkenhand, mit diesem irren Schurkenlächeln immer noch auf den Lippen, sah man, dass ihm, der immer noch beschäftigt und nachdenklich blickte, Falte um Falte auf die Stirn trat, als würde sich ein hohes, frühzeitiges Alter über ihn stürzen, denn möglicherweise war das der Preis, den die Tödin von ihm einforderte, dafür, dass sie ihn erwählt hatte, ihr Arm zu sein.

Wenn das berühmte Schlafmörderhirn ihn schon nicht hatte wach halten können, so hatte es ihm allerdings auch einen wenig angenehmen Schlaf bereitet und ließ ihn gerade nur so lange dauern, dass er sagen konnte: Ich habe geschlafen. Mit diesem Geschmack von Starkessig, der wieder in seinen Mund zurückkehrte, war er aufgewacht, als würde er einem Traum folgen, in den er gerade eingetaucht war, und der ihm sagte, er solle aufstehen und zum Strand hinuntergehen. Das war nur ein Eindruck, empfangen durch einen Traum, bei dem er sich nur undeutlich erinnerte, dass er an der 'Ricchia spielte. Ein unbedeutender Traum, der aber ausreichte, damit das, was seine erste Handlung des kommenden Tags werden sollte, stattdessen als die letzte der übernächtigten Nacht angesehen wurde, die nun zu Ende ging.

Auf dem Strand herrschte immer noch mehr Dunkelheit als Licht. Dort verweilten die Schatten der Nacht länger als anderswo; und sommers, wenn die Sonne, die eigentlich immer strahlte, von der Spitze des Aspromonte zum Himmel aufstieg, war es da unten an der 'Ricchia immer schön schattig, denn dort war es, als wäre man in einem nach vorne geöffneten kleinen Tal am Meer, und hinten, auf den Dünen, ein schmaler Strand, der zwischen dem Sporn, der aus dem Zangenkopf heraufragte und auf die Grenzlinie der beiden Meere wies, und den Grotten an der 'Ricchia ausgebuchtet war, die sich ungefähr zwanzig Meter über dem Meer erhoben und den kleinen Strand aus schwarzem Sand auf seiner ganzen Länge überragten, vom Ufersaum bis zu den Ausläufern der Dünen. Die Grotten empfingen das Meer durch eine Öffnung von etwa fünfzig Metern, mit einem gesäumten und gewellten äußeren Rand gleich einem großen, an die Wellen gelegten Ohr, das dem Meer lauscht: eine ausgesprochene Laune der Natur, etwas dermaßen Exzentrisches aus zugleich Nützlichem und Angenehmem, dass es nur das sein konnte, was es war, das Ohr, das Orecchio, die 'Ricchia, der Sirenen, dieser Berühmten, dieser Hochberühmten.

Von oben her, von den Häusern, kam noch kein Zeichen von Leben, und das kleine Tal aus Sand, glänzend vor schwarzen Spleißkörnern, war hinter ihm in eine Einsamkeit von Schatten getaucht, in eine zarte, weiche Luft aus Tauperlen, die auf die Verstecke des Schirokkos gesprüht waren. Dass er sich dort wiederfand, erzeugte in ihm eine Wirkung von großer, leidenschaftlicher Wehmut, wie wenn der kleine Strand allein durch das Streifen mit seinem Blick sich vor seinen Augen beleben und in ihm mit vielen Stimmen reden und mit vielen Gesten gestikulieren und sich mit vielen Gesichtern zeigen würde. Dieser Eindruck entstand durch die 'Ricchia und entstand in ihm, eine Übereinkunft zwischen der 'Ricchia und ihm, eine Übereinkunft ähnlich der zwischen dem Körper und seinem Schatten.

In ihm regte sich der dringende Wunsch, schwimmen zu gehen, das Allernatürlichste, was er an der 'Ricchia tun konnte, und gesagt, getan: er zog sich aus. Er zog die Hose aus, das Unterhemd, und ohne weiter nachzudenken, zog er auch die weiße Unterhose aus und war splitternackt wie ein kleiner Junge, genau so, in allem, abgesehen von dem Fisch mit dem Bart, denn den Bart hatte er jetzt von Natur aus, und es bestand keine Notwendigkeit mehr, ihn mit Algen nachzuahmen.

Auch jetzt war es, auch das, als würde er es wie im Traum machen, als würde er einer Inspiration folgen, und er dachte, dass er etwas von einem Schlafwandler haben müsse, etwas von dem, der nachts, mit geschlossenen Augen, ohne Lust und Wille, etwas wiederholt, das er des Tags, eines Tags, eines fern zurückliegenden Tags gemacht hat. Kurz gesagt, er bewegte sich, wie wenn ein Instinkt ihn antriebe, und er machte sich zu schaffen, als würde er versuchen, nach so vielen Jahren, mit dem Jungen noch einmal eins zu werden, der sich dort, vielleicht im gleichen Abdruck des mit Sand bedeckten Fußes, nackt auszog und ins Wasser stürzte, doch die Haut des Jungen spannte ihn unterdessen und war eng, und seine war für den Jungen zu weit, sie bündelte alles, und sein Fisch mit dem Bart, alles ganz echt, alles Natur, hatte für den Jungen eine Extragröße, ein so überproportioniertes Chinesischesdingsda, dass er seine Bewegungen behinderte, ein sinnloses Ding, das einen sprachlos machte.

Auch die 'Ricchia, auch diese durch Felsen und sandige Auskragungen aufgebrochene Spiegelfläche des Wassers, machte auf ihn, so lange er nicht eingetaucht war, den Eindruck, dass sie zu eng und zu klein zum Schwimmen für ihn wäre.

Doch dann beugte er sich zu einer dieser feinsandigen Auskragungen vor, und als er sich mit dem Fuß einen leichten Ruck gab, als würde er aufs Meer fahren, warf er sich mit ausgestreckten, über dem Kopf eng zusammengehaltenen Armen ins Wasser, tauchte schlank ein, ging aber nicht tief, sondern kam gleich wieder nach oben und fuchtelte ein bisschen mit den Armen, prustete ganz geschäftig durch die Nase, um den ersten Augenblick von Kälte zu überwinden. Dann begann er zu schwimmen, und nachdem er eine Weile geschwommen war, nahm sein Körper seinen Teil des Meeres wieder in Besitz, wie wenn er in sein natürliches Element zurückkehren würde, nachdem er so lange an Land einzig auf seinen Beinen zugebracht hatte, mit der Seligkeit und Trunkenheit des ersten Mals, als er, von seinem Vater ganz bewusst hineingeworfen, entdeckt hatte, dass er auf dem Wasser trieb und schwamm, ganz eins mit dem Wasser wie ein Fisch. Darin allerdings sah er etwas, das mit dem kleinen Jungen von damals übereinstimmte, zu einer Zeit, als er nackt im Wasser herumschwamm. Doch das war der Eindruck eines Augenblicks, ein unmittelbarer Eindruck seiner Haut.

Er schwamm eine ganze Weile zwischen Finsternissen und bläulichen Durchsichtigkeiten und trieb sich zwischen den Sandklippen oberhalb, unterhalb und dicht am Rand der 'Ricchia herum, glitt an der Oberfläche dahin, in einer Stille ohne Schaum, das Schwimmen des Fischs, der nahe an der Oberfläche schwimmt. Er machte es wie eine Spule, er bewegte sich, als wollte er den Faden all der früheren Male, wo er geschwommen war, wiederaufnehmen und mit jedem Armschlag den Faden um seinen Brustkorb wiederfinden. Doch bei all diesem Schwimmen fand er sich nicht wieder, irgendetwas entwischte ihm immerzu, und dieses Etwas meinte er ständig hinter sich zu haben, und deshalb kam es ihm vor, als würde er sich selbst nachstellen. Dieses körperliche Vergnügen und diese Leichtigkeit seiner Sinne, die wie eine Befreiung, wie eine wiedergefundene Freiheit war, die er zuvor gespürt hatte, nahmen nach und nach ab, nach und nach empfand er es als Kränkung und Traurigkeit, voll von eigentümlichem Argwohn, zornig und grundlos. Ihm kam der Vergleich mit dem Blauhai in den Sinn, wenn dieser durch ein Nichts in Alarm versetzt wird, durch ein Zittern, das das Wasser durchzieht, und sofort schnüffelt er hartnäckig diesem Zittern nach, lotet das Meer in einer Schnelligkeit und unterdrückten Raserei aus, in der Anspannung und Wachsamkeit aller Sinne, die von etwas aufgereizt wurden, das er in seiner Nähe spürte, in diesem Meer, was für ihn aber dunkel blieb und nicht greifbar, und vielleicht war alles, was ihn anzog, nicht der Hunger, sondern die unaufschiebbare Notwendigkeit, dessen Gesicht zu sehen und zu erfahren, wer es ist, was es ist.

Er spürte von unten her und von ringsum ein Rauschen, ein Forttreiben von Wellen, ein hauchfeines Aufschäumen von Bläschen wie das Aufsteigen unterirdischer Adern, Strömungsfäden, die sich an ihm brachen, und das waren die ersten Auswürfe und Abfälle der neu einsetzenden Strömung: er ging aus dem Wasser, trocknete sich mit dem Unterhemd ab und blieb auf der Auskragung sitzen, umschlang seine Knie und schaute auf den Meeresfluss, wo die aufsteigende Strömung hinaufwogte.

Dort war noch alles ein nebliges Gebräu, doch die Luft in der Ferne begann bereits aufzuhellen, und das Meer, das weit draußen noch ein dunkelbläulicher Klumpen war, tauchte dicht am Ufer gegen den schäumenden Einschnitt der Marina bereits mit dem kalten milchigen Grau auf, das es am frühen Morgen färbt. Jede ankommende, jede kleinste Welle schien zu seinen Füßen jedes Mal mit ihrem Schaum einen Lichtpartikel mehr auf den Strand zu häufen: Nach und nach enthüllten sich ihm die Umrisse der Dinge, die Gestalt des Sporns oberhalb von ihm wie der Bug eines gestrandeten und dort, im Stein, zerschellten Schiffs, und die Färbung des Felsens an der 'Ricchia, der sich von Schwarz zu Rot schattierte und unter Wasser aussah, als säßen Blutflocken an ihm.

Berührung um Berührung trug die kleine Morgenwelle eine immer lebendiger werdende Helle ans Ufer, und diese breitete sich über der Erde aus, ließ den Felsen und die schwarzen Spleißkörner des kleinen Strandes immer mehr aufglänzen und wuchs zusehends wie die Flamme im Glaszylinder einer Lampe. Alle diese Lichtpartikel schienen die Wellen hier und da aufzusammeln, verlorengegangene Späne und Funken der Sonne, sonnendurchtränkte dahintreibende Übrigbleibsel, die sie alle, so schien es, wieder zurückwarfen, allesamt dorthin, auf den kleinen Strand der 'Ricchia, als ob nur dort Tag hätte werden sollen.

Noch während des Morgendämmers verging nicht viel Zeit, und in der nebligen Luft sah er fern auf der Mittellinie die Feren: wahrhaftige Mengen, wie sein Vater gesagt hatte, auch wenn sein Vater ebenso gesagt hatte, dass er dort, an der 'Ricchia, geschwommen sei und da an der Landspitze gestanden und nicht einmal einen Schatten von einer Fere gesehen habe. Doch das, ob sie an der 'Ricchia waren oder nicht, musste von der Richtung abhängen, welche die

Strömung nahm, und es musste auch von der Richtung abhängen, welche ihre Verdauung nahm: doch ob das davon abhing oder nicht, sollte er bald herausfinden.

Unmengen, doch Unmengen, die noch im Prozess des Aufstoßens waren, mithin Unmengen, die eigentlich gar keine richtigen Mengen zu sein schienen, Unmengen mit viel Leben und mit großer Unterschiedlichkeit der Färbung. In diesem Augenblick schienen sie zumindest dem Anschein nach Leben und Farbe von ebenden Meeren zu empfangen, denen sie weit und breit einverleibt waren, mit ihren Finnen, die wie viele ins Wasser getriebene Äxte wirkten.

Einen Teil von ihnen trieb die Ansammlung von Auswürfen, Abfällen und Bastardellen vom großen Strömungsbett fort und lenkte sie weit ab, an die Ränder der Mittellinie, und kutschierte eine beträchtliche Zahl in die Umgebung der 'Ricchia, während sie die verbleibenden wieder in ihren Sog zur Grenzlinie zwischen den beiden Meeren zog. Jetzt herrschte eine größere Helligkeit auf dem Wasser, und man konnte meinen, dass es eine Wirkung der Helle ihrer Zähne war, welche deren meerische Rückenlehne beklopften, aus der Nähe konnte er inzwischen ihre gebogenen Rücken erkennen, die eng aneinandergereiht waren wie die Einkerbungen eines riesigen Schilds, gegen den sich in Tausenden und Abertausenden von Glucksern die Welle der aufsteigenden Strömung brach.

So vermischt, Flipperhändchen mit Flipperhändchen, mussten sich unter ihnen solche befinden, die das Aufstoßen bereits erledigt hatten, und solche, die noch nicht so weit waren, doch offensichtlich machte das keinen Unterschied, denn ob tot oder lebendig, sie befanden sich durcheinandergemischt in einem einzigen Meer von Schlaf, in einem einzigen Anblick von Erschlaffung, in dem sie wie abgedriftet dahintrieben. Als sie aber kurz davor waren, in einen flachen Teil des Meeres zu gleiten, zwischen Felsen und sandigen Auskragungen, schien ein Alarmglöckchen in ihrem Inneren zu läuten, und der Instinkt hielt sie an der Fluke zurück, sie schliefen, sie schliefen nicht, lebendiger Schlaf, toter Schlaf, das, was er mit gutem Gewissen sagen konnte, war, dass er sah, wie die ihm Nächsten, um sich abzubremsen, das Ruder in die Hand nahmen, indem sie, nahezu unsichtbar, nahezu wie ein Schattenreflex mit einem Flipperhändchen unter Wasser ruderten, während ihre Fluke sich wie ein Fächer bewegte, was aber nicht so aussah. Bei diesem Anblick spürte er, wie sich der Essiggeschmack des Wabbelhirns wieder in seinem Mund meldete, der, wie sein Vater meinte, den Schlaf töten sollte. Viele waren es, die, wie sein Vater, einen Eid darauf geleistet hätten, dass die Fere niemals schlief, und in diesem Augenblick hätte er, nach dem, was er da sah, geschworen, dass sie tatsächlich nicht schliefen oder genauer gesagt: eine Art Schlaf zeigten sie durchaus, denn das war ihre Art zu schlafen, das hier, was sich vor seinen Augen tat, was ein gewisser Schlaf war, ein steiniger Schlaf, unter Martyrien, ein Schlaf in starrsüchtiger Starrsucht. Das war allerdings auch die Art, die sich eine wie sie, die ihren Bauch so fix und fertig machte, durchaus verdient hatte, ein Schlaf, der kein Schlaf war, sondern ein Ausbrüten von stinkenden Rülpsern, ein Auge geschlossen, als wäre sie tot, das andere dagegen offen fürs Leben und fürs Laben.

Man verstand kaum, dass sie ruderten, indem sie kräftig die Flossenhändchen bewegten, jedoch sah man, dass sie sich drehten, und tatsächlich wendeten sie sich innerhalb kurzer Zeit von der Seite auf den Rücken, so dass sie sich wie die großen Zähne eines von der Welle zugepitzten Kamms aneinanderreihten, und nach außen hin alle, als würden sie schlafen, und sie schliefen ja auch, sie schliefen den Schlaf eines, der eine schlechte Nacht verbracht hatte und erst bei Tagesanbruch Ruhe findet. Bei denen in seiner unmittelbaren Nähe, im Ufermeer, konnte er genau sehen, wie sie ihren Schlaf verspeisten, wie sie ihn unter der Zunge rundeten, als würden sie ein Bonbon lutschen, das ihnen beim Auflösen den Mund mit Süße füllte, und diese Süße schien ihnen genussvoll aus dem Mund zu fließen. Es war unglaublich, wie ihnen sogar in diesem Schlaf ihre hinterhältige, derbe Teufelsfratze niedlich stand und ihm sozusagen sympathisch wurde, fast vergaß man am Ende die Niederträchtigkeit und Böswilligkeit dieser Schlafenden, und er schämte sich nicht zu sagen, dass er in manchen Augenblicken so etwas wie Zärtlichkeit für sie empfand. Sein Blick wanderte von einem Umriss zum nächsten, und immer war es nur ein Auge, das mit dem Schleier des Schlafs verhängt war, ein einziges, großes, schweres Augenlid, mit Wollust bestrichen, das gelegentlich wie von einem Tick bewegt zuckte, es löste sich und legte sich in Falten, um sich gleich darauf wieder friedlich zu entspannen, wie das eines Säuglings.

Dieser Schlaf oder Sozusagenschlaf regte fatalerweise seinen eigenen wieder an, so lange schon hatte er keinen mehr bekommen, und es genügte der kleinste Anlass, ihn freizusetzen: Er war dermaßen stark in ihm, dass er ihm von ganz allein zu den Augen herauskam wie gallige Milch aus der geschwollenen Brust einer Mutter, die nicht säugen kann. Die wenigen Stunden, die er auf dem Bett verbracht hatte, um zumeist die Hand seines Vaters zu halten, hatten ihn ein wenig besänftigt, doch das war, wie wenn einem Säugling die Brustwarze in den Mund gegeben und gleich darauf wieder entrissen wird, und dann ging er, übernächtigt wie er war, auch noch schwimmen, und natürlich hatte die entnervende Müdigkeit des Körpers nach dem Schwimmen ihn wieder aufgerührt, und zwar noch wilder und gewaltiger als zuvor.

Daher war er nicht mehr in der Lage, darüber nachzudenken, ob der schnelle Tick am Augenlid der Feren der heimliche und trügerische Reflex des wachen funkelnden Augs unter dem Lid war, und auch nicht mehr in der Lage, darüber nachzudenken, dass, sofern das linke Aug wirklich blind war vor Müdigkeit, das rechte, welches er nicht sah, offen sein konnte und wachsam, als wäre es getrennt von dem anderen und würde gewissermaßen einem anderen gehören. Inzwischen spiegelten Seele und Körper ihren Schlaf wider. Seine Augen fielen zu und sein Kopf neigte sich im kaum wahrnehmbaren Kommen und Gehen der Wellen, die von all diesen kammgleich aufgereihten Körpern abgeschwächt wurden. Diese Hexen, dachte er: Sie hatten die Macht, mich in Schlaf zu tauchen. Und instinktiv suchte er in seinem Mund mit der Zunge nach dem Bittergeschmack, den ihm die zwei oder drei Fingervoll Wabbelhirn hinterlassen hatten, die er von dem irdenen Deckel zu sich genommen hatte, nur weil sein Vater dachte, das würde ihm den Schlaf schon vertreiben. Und jetzt sah man ja, wie er ihn vertrieb.

Wie etwas Unausweichliches packte der Schlaf ihn mit offenen Augen, immer noch ungläubig, während er sie schon schloss und mit dem Rücken auf den Strand sank, gleich dem herausgerissenen Faden seines Lebens, und dort lag er nun, nackt und abgekämpft, wie ein Schiffbrüchiger, den sanfte, barmherzige Wellen gewissermaßen auf ihren Armen an diesem freundlichen Ufer gerade eben abgelegt hatten.

Beinahe auf gleicher Höhe des Meeresufers, gleich hinter der ‘Ricchia, war er in diesem Schlaf von wenigen Augenblicken wie durch Zauber im Boot der Ciccina Circé gelandet, fast zur gleichen Zeit, als die Feminotin dort anlegte. Er konnte nicht sagen, ob dieser Gedanke ihm im Wachzustand gekommen war und er ihn mit sich in den Schlaf genommen hatte oder ob er im Schlaf in ihm entstanden war und von dort dann hervorgeblinzelt hatte. Mit beinaher Sicherheit verdankte er es diesem Gedanken, in dem Ciccina Circé auftauchte, wenn er, das glaubte er jedenfalls, den Schlaf nachholte, von dem ihm beim Aufwachen nichts mehr geblieben war, außer dem eigentümlichen Eindruck eines inneren Befehls, der ihm sagte, er solle zur ‘Ricchia hinuntergehen: Entweder schlief er an einem Stück, von Anfang bis Ende, den schon getanen und unterbrochenen Schlaf, oder aber er schlief ihn dort ganz und gar, zumal es sich um einen dort, an der 'Ricchia der Sirenen, angesiedelten Traum handelte, und sie es war, Ciccina Circé, die in diesem Traum das meiste für Oper und Operette in diesem Traum hergab, sie, mit ihrem Gesicht, sie, mit dem Sirenengesicht, und sie, mit dem Ferengesicht.

Er träumte nämlich, wie Ciccina Circé mit den Rudern in der Hand in Schlaf gesunken war und wie das schwarze Boot herrenlos an die 'Ricchia getrieben wurde. Und dort widerfuhr der großen Feminotin mit all ihrer Weitsicht und all ihrer Vorsicht einer Mondfrau, ihr, der Todfeindin, wie sie sagte, des Tageslichts, das Schlimmste, was ihr widerfahren konnte, nämlich aufzuwachen, als die Sonne schon hoch stand und das Licht sie mit brutalem, katastrophalem Strahlen unter Beschuss nahm.

Da überkam sie ein nie gesehener Wahnsinn, sie schüttelte sich am ganzen Körper, sie drehte und wand sich, warf sich auf den Boden ihres Boots, streckte ihren Hintern brückenartig in die Höhe, bedeckte sich mit ihren Zöpfen und Röcken, mit ihren Händen und Armen, und das alles, um ihr Gesicht vor dem Licht zu schützen, was ihr aber nicht gelang. In diesem Aufruhr der ganzen Person fing das in ihre Zöpfe geflochtene Glöckchen leidenschaftlich an, sein Dingding, Dingding zu läuten, die Feren, die sich während des Schlafs der Feminotin von ihr und von dem Boot entfernt hatten, tauchten jetzt wieder in Scharen unter dem Dingding, Dingding auf und überschnitten sich bei der 'Ricchia in einem Gebrodel von immer wilderem Schäumen, das die Feminotin unter hohen Wolken aus Wasserbläschen einhüllte.

In diesen schäumenden Dämpfen sah er den dunklen Umriss von Ciccina Circé kopfüber abtauchen, als hätte sie in ihrer Verlorenheit beschlossen, zum tiefsten Punkt hinabzusinken, wo die Strahlen der Sonne sie nicht mehr hätten erreichen können. Von ihrem Tauchsprung kam sie aber sofort und unverzüglich wieder nach oben und floh aufs Meer, indem sie, so gut sie konnte, männlich schwamm, ja, um leichter zu fliehen, entledigte sie sich zwischen einem Armschlag und dem nächsten allem, nicht nur der Kleider, sondern auch ihrer Gestalt, denn sie entblößte sich, und als sie nackt war, wuchsen ihr vom Nabel abwärts zusehends Schuppen, ihr unteres Viertel verwandelte sich in eine große kupferrote Fluke, mit anderen Worten: Sie nahm im Wesentlichen die Formen einer Sirene an, während sie am Oberkörper, an der großen busigen, wasserumspülten Brust, unverändert blieb, sie in den unendlich langen rabenschwarzen Zöpfen, die ihr über die Schultern fielen und sich im Schaum verloren, den sie hinter sich ließ, als sie mit der Fluke schlug wie der große Bacigalupo, und sie in dem an den Zöpfen befestigten Glöckchen, das ertönte, wenn ihr biegsamer Sirenenhintern es leicht berührte. Die Feren folgten ihr allerdings nicht, diesmal ließen sie sich nicht von den Dingdings einlullen, und 'Ndrja begriff nichts mehr, er konnte sich dieses Phänomen nicht erklären, bis er entdeckte, dass bei dem verrückten Zickundzack, das sie über die Meere zwischen Skylla und Charybdis unternahm und sich dabei beharrlich bemühte, der Sonne ihren Rücken zuzuwenden, das Gesicht der Feminotin von vorne gesehen zwar immer das ihre war, doch von der Seite gesehen das einer Fere.

Doch dann, ganz plötzlich und unvermittelt, stellten sich ihm die Dinge in einer anderen Weise dar, denn diese hier kam ihm wie die berühmte Sonne am siebzehnten August vor, und er meinte, dass diese immer löwenmähniger werdende Augustsonne Ciccina Circé in das berüchtigte, verkommene, schurkische Mannsstück Krieg verwandelte, und das war der Grund, weshalb sie hinter ihr herhetzte, sie wollte sich mit ihr begatten, sie entjungfern, und nicht, wie die Feminotin es sich vorstellte, sie im Gesicht blenden und es dauerhaft durch ihr Licht entstellen, was noch schlimmer gewesen wäre als Vitriol.

Wer weiß, wie lange sie mit diesem beiderseitigen Missverständnis fortgesetzt hätten, wenn die Feminotin irgendwann nicht völlig den Kopf verloren hätte. Denn wahrscheinlich wegen einiger Reflexe unter der Meeresoberfläche musste sie gesehen haben, dass die Sonne, die sich hinter ihr ins Meer gestürzt hatte, in diesem Augenblick vor ihr aufstieg, um ihr den Weg mit einem beeindruckenden Gefunkel zu versperren. Daraufhin warf sie sich zurück, und dort, wo sie sich in diesem Augenblick befand, nämlich bei den Untiefen von Rasocolmo, schwamm sie mit kräftigen Flukenschlägen, ohne den Kopf je aus dem Wasser zu heben, in einem Zug in die 'Ricchia hinein, als hätte die Grotte selbst sie hineingesogen. Das Glöckchen schien sich bei dieser Geschwindigkeit blockiert zu haben, denn man hatte auch nicht ein Dingding gehört: Doch sobald die Fischin in der Grotte verschwunden war, glaubte man, dass die ganze Reihe von stummen, unsichtbaren Dingdings, die sie in der rasenden Kielspur hinter sich gelassen hatte, erwachen und eines nach dem anderen in der Luft von den Untiefen von Rasocolmo bis zu den schwarzen Öffnungen der 'Ricchia auftönen würden.

An diesem Punkt war es, als würde er sich bereits in der Grotte befinden und sie erwarten, wie wenn sie sich verabredet hätten, um da drinnen das Körperspiel wiederaufzunehmen: denn jetzt war es, als hätten sie sich unter den Palmen getrennt und sich in diesem Augenblick wiedergefunden, und er infolgedessen völlig ahnungslos darüber wäre, dass Ciccina Circé gegenwärtig halb Feminotin und halb Sirene war und mitunter weder die eine noch die andere, sondern ganz und einzig Fere, ahnungslos, mit einem Wort, dass Ciccina Circé war, die sie nicht war.

Außerhalb der Grotte tönte die Luft immer noch vom Dingding, tönte und dingelingte weiter während der ganzen Zeit, es sei denn, dass es nur ein Echo in seinem Kopf war.

Sie befanden sich im tiefen Dunkel der Grotte, in der Kühle der tropfenden Wände und der Wärme des eingeschlossenen Gewässers: Sie trieben oben, hatten sich bei den Hüften gepackt, begatteten sich blindlings im kurzen Anfluten und Abfluten der leichten Brandung, die sie vor und zurück trieb, und ihn immer tiefer in sie hinein. Doch er empfand keinen Genuss, die Feminotin war nicht wie unter den Palmen, ein kleines enges Nischlein aus lebendigem, luftigem, bebendem Fleisch: Hier war sie richtig hölzern, ihm kam es vor, als würde er den Fisch mit dem Bart ins durchweichte Mark einer Palme stecken, die Span um Span zerbröselte. Doch sie schwieg und er schwieg, konnte er ihr denn sagen, dass sie ihm keinen Genuss verschaffte? Im Übrigen musste es eher ein Drama für sie als für ihn sein, wenn sie nicht ineinanderflossen.

Er machte mechanisch weiter mit diesem Los-doch-los!, als ihm von draußen das Weinen eines Jungen ans Ohr drang, von dem man nicht wusste, wer er war, der aber jeder von ihnen sein konnte: Duardo, Federico, Enzo, Salvatorello, die Ritàno-Brüder, er selbst vor zehn bis fünfzehn Jahren, einer von ihnen weinte jedenfalls und schluchzte jammernd, ohne Worte.

Sofort fühlte er, wie er sich von der Feminotin entliebte, und dieses Weinen ihm auch noch die wenige Geilheit nahm, die ihm verblieben war. Dieser weinende Junge trieb ihm die Röte ins Gesicht und eine Art Entmutigung in die Brust, einen Stich ins Gewissen, und das Schlimmste war, dass er sich die Gründe dafür überhaupt nicht erklären konnte.

Als die Feminotin spürte, dass sie keine Erwiderungen erhielt, umarmte sie ihn fest und verrenkte sich im Wasser auch für ihn, sank aber ein wenig unterhalb von ihm, der indessen zu einer richtigen toten Last geworden war, und um sich oben zu halten, machte sie Schaum, indem sie ganz schnell mit den Füßen schlug, sich über ihren Atem in Wut steigerte und durch die Nase schnaubte, sich auf die Lippen biss, bis sie nicht mehr konnte und verzweifelt anfing, sich über ihre Enttäuschung und ihr Unglück als unbefriedigte Feminotin zu beklagen. Foo-cu … foo-cu, sagte sie, und das war nicht mehr das übliche Feuer der Wonnen, sondern wirkliches Feuer, Feuer der Martyrien.

Äußerst tragisch war es allerdings, dass sie sich nur wegen des Vergnügens beklagen sollte, das ihr nicht zuteil wurde. Eigentlich klang es, als würde sie wegen etwas Unheilvollem klagen, das ihr widerfuhr und das sie just in diesem Augenblick vorausgeahnt hatte, mit einem so heftigen Schmerz, der dem des entgangenen Vergnügens nicht zu vergleichen war. Sie klagte und weinte wegen eines Unheils, das sie erlitt, und sie spürte es, schien es zu spüren, dessen war er sich so sicher wie des Todes: Denn das sagte ihm das Wimmern des kleinen Jungen, daraus zog er seine Gewissheit, und tatsächlich konnte es keinen Zweifel geben, dass auch sie unmittelbar und auf der Stelle die Qual des Jungen da draußen als schlimmes Zeichen aufgefasst hatte, für sie schien es gar das schlimmste Zeichen ihres Lebens zu sein.

Aaaahi … Aaaahi … fing sie dann an zu schreien wie ein Klageweib.

Der Junge weinte immer noch und immer auf die gleiche Weise. Das bedeutet, dachte er, dass auch eine Zauberin und Herrin aller Zauberinnen wie diese Ciccina Circé ihre Schwachstelle hatte, und ihre Schwachstelle ist, aufgrund eines unglücklichen Zufalls, ein Junge, der vor ihr klagte, als würde er sie schon zu ihren Lebzeiten als Tote beweinen, ganz leise und untröstlich, unschuldig, ahnungslos, und sie weiß, dass sie sich davor nicht schützen, dass sie keinen Schutz um sich herum errichten, keine der Listen und keinen der Tricks anwenden kann, über die sie verfügt oder verfügte.

Doch der Junge war nur das, ein Zeichen oder Signal für Unheil. Wenn ein Unschuldiger weint, wird jemand bezahlen, wie in der Johannisnacht, in der man jeden Klang, jede Stimme, jedes Geräusch deutet, um etwas über das Schicksal einer lieben, kranken, fernen, eingesperrten Person zu erfahren.

Der Junge kündigte ihr das Unheil an, und was konnte für eine Nächtige wie sie ein schlimmeres Unheil darstellen als das Licht der Augustsonne?

Aaaahi … schrie sie, die Feminotin, schmerzhaft klagend und ein letztes Mal röchelnd.

Das Licht blies herein wie eine Windböe bei leichtem Seegang, es verstreute sich in der ganzen Grotte in einem weißen, frechen, blendenden Schein, der es da drinnen taghell machte, um Ciccina Circé, so hätte man meinen sollen, hinauszuscheuchen. Im selben Augenblick holte der Junge wieder Atem, sein bitteres Weinen wurde sanfter, sein Jammer hörte zwar nicht gleich auf, wurde aber nach und nach stiller, so dass er zwar da war, als man ihn nur noch ganz leise hörte, und auch da war, als man ihn nicht mehr hörte: und das bedeutete, dass er seinen Teil inzwischen getan hatte, der Unschuldige, irgendjemand bezahlte für seine Tränen. Für Ciccina Circé war das Unheil eingetroffen, es war eingetroffen mit dem Licht, und wenn man es ihr gegenüber nur erwähnte, war es, als würde sie die katastrophalen Auswirkungen sehen, wie eben das Vitriol, das auf ihrem Gesicht vitriolierte, das Licht, das sie sah, das sie schon sah, noch bevor dieses Unglück geschah, schien sich schon bei der leichtesten Berührung an sie zu heften, befiel sie und fiel dann von ihr ab, wie man es nicht einmal von der Lepra her kannte.

Das Meer fing an zu klatschen, der Meeresspiegel in der Grotte stieg an, als hätte bis jetzt tote Strömung im Tyrrhenischen geherrscht. Das Meer schwoll an, und mit dem Meer schwoll auch das Licht an, es nahm an Helligkeit zu, es wurde groß und es schwamm, es verbreitete ringsum einen blendenden Schein wie Phosphoreszensen im Meer.

Als dieses Licht auf die grünlichen Steine in der Grotte wie Löschkalkspritzer fiel, konnte er an den Wänden wie Augen von noch zu salzenden Schwertfischen die Schädel seiner Freunde sehen, die er einen nach dem anderen erkannte, als wären sie da in Fleisch und Blut, sobald er seinen Blick auf sie richtete: die ganze wunderbare Klicke, die ihm ringsumher zulächelte mit ihren Totenzähnen, ohne bei ihm Schrecken oder Mitleid auszulösen, wie wenn es sich in Wirklichkeit nur um eine andere Maskierung handeln würde, wie die, die sie immer zum Sirenenspiel anlegten.

Seine Freunde zu sehen und gleichzeitig die Feminotin zu hören, die voller Entsetzen vor ihm floh, war für ihn eins. Gerade noch rechtzeitig sah er ihre Gestalt in einem einzigen, wilden, animalischen Durcheinander mit dem düsteren Meer der Grotte, wie sie unter der felsigen Öffnung durchtauchte und furios von der 'Ricchia ins Freie schoss. Aber sie musste verrückt geworden sein, dass sie hinauseilte, als hätte sie unterdessen genächtigt: verrückt, wirklich verrückt geworden, und so kam es, dass sie sich auf ihrer Flucht ins Freie im starken Sonnenlicht zerstörte, und sowohl mit ihrer Flucht als auch mit ihrer Zerstörung Beweise auf Beweise zurückließ, immer entsetzlicher und skandalöser werdende Beweise über ihr eigentliches Wesen, ein Wesen, das kein Wesen war, nicht ihres und auch nicht aufrichtig.

Das Licht loderte auf: Das Feuer allerdings befiel sie nicht vom Gesicht, sondern von der Fluke her, die im Bruchteil eines Augenblicks in Flammen stand, denn in Wirklichkeit war sie keine richtige Sirenenfluke, sondern ein vertrocknetes Palmenblatt, eine falsche Strohfluke, genau so, wie sie sie verwendet hatten, als sie sich darin übten, Sirenen zu werden. Wenn man dieses Palmenblatt verbrannte, rollte es sich zu schwarzer Asche zusammen, die bei der Berührung mit Wasser in einem Wimpernschlag Rauch erzeugte, aus dem Rauch erhob sich ein Pfeifen, es entstand ein Brodel von Flammen, die vom Wasser erstickt oder überspült wurden: so verzehrte es sich schließlich und verschwand. Und während das Licht ihr die Fluke herausriss, als wäre sie echt, und als wüsste sie, was für ein Entsetzen es bedeutete, ohne Fluke zu bleiben, warf sie ihren Kopf ruckartig zurück, als wollte sie das Licht mit ihren Zähnen packen, das Feuer des Lichts, das an ihrem unteren Rückenviertel aufloderte, und in dieser tierhaften Drehung war es, dass sich ihr Profil mit dem Schnabelmaul und den Zähnen einer Fere abzeichnete.

Das war zwar keine richtige Fluke, doch als das Feuer sie ihr zu Asche verwandelt hatte, wirkte die Feminotin wirklich so, als wäre ihr die Fluke herausgerissen worden. Am Nabel verkleinerten sich die Flammen zu Flämmchen und erloschen dann vollends. Ihr unteres Vorderviertel wies keinerlei Rauchspuren auf, dort ereignete sich nichts, doch war sie erst einmal ohne Fluke, und ohne Fluke sein bedeutete für sie auch: immer verspottet und nie wieder durchgewalkt zu werden. Was konnte ihr noch Schlimmeres widerfahren? Es genügte ein Stumpf, ein vollbusiger Oberkörper, der hin und her wogte wie das Meer, der sich immer an derselben Meeresstelle abstützte, hin und her schlug, und die Zöpfe schlugen mit dem Oberkörper hin und her, und das wieder in die Zöpfe eingeflochtene Glöckchen tönte dingding, dingding, und die Feren kamen von überall herbei, halb vermameluckt und halb entgeistert, doch machten sie sich verwirrt und angewidert gleich wieder davon, als wäre der Stumpf bereits angefault und würde stinken, und zwar dermaßen, dass sogar die beeindruckt waren, die von Natur aus stinken.

Das Dingding, Dingding, welches Ciccina Circés Glöckchen jetzt machte, sandte einen unendlich tristen, anrührenden Ton hinaus, einen Ton, der ein trostloses Echo hinter sich ließ, als wäre es um Trauer gegangen. Es klang, wie wenn man in der unendlichen Einsamkeit des Meeres einem Schiff begegnete, das, obwohl seine Strukturen unbeschädigt sind, abdriftet, und das vielleicht schon seit Tagen, und wer einen Blick dafür hat, sieht es sofort, denn das Aussehen ist entsprechend, das Aussehen des Schiffs, auf dem die Pest oder die Cholera ausgebrochen ist und die Seuche an Bord alles zerstört, das Aussehen, die dem, der einen Blick dafür hat, noch bevor er es kreuzt, auf der Stelle klarmacht, dass dort oben an Bord vielleicht schon seit Tagen kein Mensch mehr lebt noch irgendein Zeichen von Leben zu beobachten ist: Und dann, vor allem wenn das Schiff von Dünungen und Schaumrössern geschlagen wird, kann es vorkommen, dass die Bordglocke wild läutend von einer Sekunde zur anderen, für Augenblicke, wenn man sie so hört, in einen Sturm von Dingdings, Dingdings auszubrechen scheinen will, als wäre noch ein Lebender an Bord, der immer wieder zwei, drei Mal kurz, ganz kurz und kräftig an der Schnur zerrt, kräftig jedoch eher aus Angst als aus Wut, als würde er um Hilfe rufen, Hilfe ohne Worte, Hilfe ohne Stimme, mit dem Herzen im Hals.

Dieser Traum war ein alter Traum, und er kehrte wieder: Diese Erscheinung, diese Gestalt mit den zwei Gesichtern, Feminotin und Sirene, drei mit dem Gesicht der Fere, war Erscheinung, Gestalt des Verstands, die in ihm aus der Tiefe der Vergangenheit an die Oberfläche dieses kleinen Stücks Meer dort stieg, innerhalb und außerhalb der 'Ricchia, wo sie viele Jahre zuvor versunken war. Was war schon so Wunderbares daran, wenn er von einer Feminotin träumte, die sich dort, an der 'Ricchia, vor seinen Augen in eine Sirene verwandelte, in diese Art von Sirene, was heißt, dass sie seine Art von Sirene war, seine und die der gesamten Klicke seiner Freunde, alle mehr oder weniger im gleichen Alter? Die da war, mit anderen Worten, die Art von christenmenschlicher, realer Sirene, die man mit den Augen sehen und mit der Hand berühren konnte, die Art, die keine Fluke nachschleifte oder Behinderungen hatte, die Art, um es ganz unverblümt zu sagen, die ihr Nischlein nicht verpanzert hatte wie die echten Sirenen, was das hier anging, vergleichbar mit den Nonnen in Klausur, denen es scheinbar mit einem Stückchen Ziegelstein und Mörtel zugemauert wird: die Art, kurz gesagt, die man zwischen den Schenkeln sehen konnte, indem man die Sonde dort einführte, wie er es mit der Feminotin unter den Palmen getan hatte, die Art, mit der einer sich begeistert ablenken konnte, als wäre sie eine der sogenannten Sirenen, indem man die besondere Seltenheit des Körperspiels genoss, ohne gleich Gefahr zu laufen, es nicht erzählen zu können, wie es zwangsläufig mit diesen umspülten Frauen der Fall sein musste, seien sie Fischinnen oder Christenmenschinnen, über die niemals jemand, abgesehen vom Hörensagen, aufgrund des Mitdenaugensehens Auskunft geben konnte, von welcher verwunschenen Rasse sie in ihrem geflukten

Unterviertel waren, ob Tierin oder Menschin, oder in ihrem Oberviertel oder einzig vom Kopf des Oberviertels oder einzig von der Gestaltung und dem Ausdruck des Kindergesichts, des Kleinkindgesichts her.

Dies war die Art von Sirene, mit der sie sofort freundschaftlichen Umgang hatten, denn sie hatten sich, als sie noch Kinder waren, den Standpunkt von Don Mimì Nastasi zu eigen gemacht, der ihnen das Leben und die Wunder der Sirenen besang, nicht jedoch den Tod, denn für ihn lebten die Sirenen ja weiter, ihre Rasse war nicht verlorengegangen, noch konnte sie je verlorengehen.

Vor Don Mimì hatte keiner der Pellisquadre erkennen lassen, dass er einen genauen Standpunkt über die Sirenen hatte. Glaubenssachen der Altvordern, sagten sie. Oder sie hielten sie auch für einen Fisch, der mit Garibaldi verschwand: Ja, eine Kreatur, die so genannt wurde, wollten sie sagen, hielt sich in dieser Gegend auf, doch nach der Zeit der Bourbonen war dieser Schlag ausgestorben. Das musste so gewesen sein wie mit der Languste, die sich vorher hier herumtrieb und dann verschwand, sie zog hinauf, und jetzt ist das naheste Meer, wo sie sich aufhält, das bei den Inseln. Oder sie antworteten wie sein Vater: Was interessiert dich das? Sie ist kein Fisch, den man fängt, und wenn doch, würden sich die Händler davor ekeln und ihn nur annehmen, wenn man ihn ihnen schenkt …

Mit einem Wort, vor Don Mimìs Zeit kannte man sie nur dem Namen nach und sehr oberflächlich. Fischinnen, ein sonderbarer Schlag von Fischen, wie es viele von ihnen gibt. Doch noch war niemand da, der die Sirene ganz wie eine Frau auffasste, der sie Weibsbestie genannt hätte, in unmittelbarer Blutsverwandtschaft mit der Fere, ihrer engen, ihrer engsten Verwandten. Das Höchste, was sie sich bei ihr im Verhältnis zur Fere vorstellten, allerdings rein zufällig, war, dass sie ein verzerrtes Menschengesicht haben konnte, eine hurenschlägige, zerstörerische Wesensart. Doch keiner stellte sich ein genaues, ein christenmenschliches Gesicht vor, einen Oberkörper, der genau dem einer Frau entsprach. Don Mimì war's, der die Sirenen so darstellte und sie ihnen als Puppige und Lebendige vor Augen führte. Und jedes Mal, wenn er über sie sprach, während er mit Angelhaken zwischen den Fingern, Angelhaken an der Brust, Angelhaken zwischen den Lippen herumhantierte, erinnerte er einen an eine Schneiderin, die mit Nadel und Faden, mit Steck- und Sicherheitsnadeln an einer Person, an den Hüften herumarbeitete und ihr Figur auf Figur aufreihte, absteckte, herauszog und dabei Schultern, Hüften, Brust und Brustlatz modellierte.

Das Eigentümlichste war, dass Don Mimì seinen ganzen Ausrüstungsvorrat an Nachrichten über die Sirenen weit von dort, von Charybdis und vom Meer entfernt, nämlich in der Stadt gefunden hatte. Die Geschichte war sonderbar und auch traurig, denn das, was er über die Sirenen erfahren hatte, stammte aus der Zeit, als Don Nicola, sein Vater, ihn im Alter von acht, neun Jahren auf den Schultern zum Hospital Regina Margherita getragen hatte, weil er von dieser Lähmung an den Beinen befallen war.

Im Hospital hatte man ihn viele Tage behalten und Don Nicola dann gesagt, er solle ihn wieder mit nach Hause nehmen. Packt ihn wieder auf Eure Schultern, sagten sie zu ihm, das ist die sogenannte Kinderlähmung, und ausgerechnet Euren Sohn hat sie sich ausgesucht. Habt keine Hoffnung, dass Euer Sohn eines Tages gesund wird und gehen kann. Das ist eine Krankheit, die einer behält, wenn er sie bekommt. Und man kann nicht einmal sagen, dass sie Unterschiede macht, oh, was das angeht, trifft sie den Armen ebenso wie den Reichen, denn es geht dabei nicht um Geld oder Medikamente, sondern darum, dass wir Ärzte nicht einmal wissen, wo wir bei dieser sogenannten Kinderlähmung überhaupt anfangen sollen.

Und bevor über das Glück erzählt werden kann, das die Sirenen dann für ihn darstellten, denn es soll auch nicht im Entferntesten angenommen werden, dass der Junge nichts verstand oder später verstand, sich nicht betrübte oder sich nur wenig betrübte, nichts dabei fand oder sich sofort damit abfand, muss gleich gesagt werden, dass Mimì allen zuerst das Herz zerriss wegen der Art, wie er sich nicht in sein Unglück fügte. Es genügte einzig zu sagen, dass ihm in seinem Alter sogar der Gedanke durch den Kopf ging, aus dieser Welt zu gehen.

»Pa'«, fragte er an einem jener Tage Don Nicola, »gibt es in dieser Umgebung einen noch höheren Felsen mit einer noch größeren Meerestiefe als die 'Ricchia?«

»Ja, mein Sohn«, antwortete Don Nicola ihm, der sich ganz und gar nicht vorstellen konnte, worauf diese Frage abzielte. »Den gibt es, doch er ist ein bisschen weit von hier entfernt, in Richtung Milazzo, und zwar die berühmte Grotte des Riesen Polyphem, wo jetzt die Gefängnisinsassen sind, und es ist genau oberhalb dieses Meeresabgrunds, wo sich die Thune gerne tummeln, daher veranstalten die Milazzer dort ihre große Mattanza. Von der Grotte stürzen sich die Gefangenen manchmal hinunter, um zu fliehen, und dabei haben sie Betttücher um die Arme gewickelt wie Flügel. Doch mag man gar nicht glauben, wie dieses Leinen, das so rau ist, wenn man darauf schläft, in der Luft dagegen zerreißt, als wäre es Seide, weshalb die armen Teufel alle auf den Klippen zerschmettern.«

»Pa', helft mir«, hatte der Junge ihn da angefleht. »Bringt mich da hinauf, zu dieser Grotte, und stoßt mich dann hinunter.«

»Mein Junge«, hatte Don Nicola da gesagt, hielt die Tränen zurück und holte die Worte hervor. »Wenn du das noch einmal sagst, gehe ich da hinauf und stürze mich hinab.«

Doch nach seiner Rückkehr von Messina brachte der Junge diese Neuigkeit über die Sirenen mit. Wer hatte sie ihm gesagt? Wer hatte ihn eingeweiht? Irgendein Arzt vielleicht, der ihn in jenen Tagen ablenken wollte? Oder vielleicht Don Nicola selbst, der ebenfalls und noch vor seinem Sohn jemand war, der seine Phantasie viel gebrauchte und zudem Jahre und Jahre angeheuert hatte und über die Meere gefahren war und viele und eigentümliche Dinge gehört und gesehen hatte? War er's, der seinem unglücklichen Sohn, den er auf den Schultern trug, von ihnen erzählte, weil er dachte, ihn zu beruhigen, während er ihn nach Charybdis zurückbrachte, war er es, Don Nicola, der, um ihn zu trösten, zu Frauen brachte, zu Frauen, bei denen er, Mimì, selbst sehen konnte, wie sie ihm im unteren Viertel ähnelten? Wenn er es war, sein Vater, nannte er sie vielleicht und malte sie ihm als Gefährtinnen aus, als Gefährtinnen, doch nicht für den Schmerz. Siehst du sie?, musste er ihm wohl gesagt haben. Sie konnten zwar nicht ihre Beine gebrauchen, gaben aber gleichwohl ein würdiges Bild ab. Sie bewegten sich nicht, sie unternahmen keine Reisen, sie waren immer dort an der 'Ricchia, welche Notwendigkeit bestand denn auch für sie, sich zu bewegen und zu reisen, wenn man aus allen Teilen der Welt herkam, um sie anzuschauen? Es gab welche, die reisten Jahre um Jahre übers Meer, um an die Meere zwischen Skylla und Charybdis zu gelangen und sie um Audienzen zu bitten, und oftmals vergaßen sie völlig Haus und Familie und gingen nicht mehr fort. Du musst nämlich wissen, mein Sohn, sie, diese Beinlosen, brachen die Herzen vieler Bewunderer, sie zerfleischten sie bei lebendigem Leib, sie fraßen sie auf bis auf die Knochen. Blutbäder, sage ich dir, die nicht einmal Weibswesen veranstalten, die Beine haben und großen Stuten ähneln. Denn die hier, die Sirenen, musst du wissen, haben zwar keine Beine, dafür aber ein Gesicht von großer Schönheit, und was am meisten zählt: einen genialen Verstand. Die Beine? Mein Sohn, den Weg, den man in einem Augenblick mit dem Verstand zurücklegt, legt man ein ganzes Leben lang nicht mit den Beinen zurück … Aber war er es,

Don Nicola, der so mit ihm redete? War er es, der sie ihm als heitere Gefährtinnen seiner Verstandessolitäre herbrachte? Man erfuhr niemals das Wer, das Wie und das Wo: nur das Wann. Tatsache war, dass Don Mimì in seinem Unglück anfing, mit den Sirenen herumzuspielen wie mit Puppen aus Stuck und bunten Stoffresten. Dass er das Unterviertel vielleicht identisch und gewissermaßen gemeinsam mit ihnen hatte, musste ihn mit großer Sympathie und Begeisterung für diese Geschöpfe erfüllen. Im Wasser dann musste er, weil er gut schwamm, genau wie diese, mit der Bewegung des Hinterteils, mit dem Zusammenziehen und Strecken der Fluke gegen die Welle, halb mit dem Rücken ausgestreckt und seinen unten verloren baumelnden Beinen, eigentlich ganz weibsgleich, die starke Ähnlichkeit fühlen, die ihm sogar anziehend vorkam.

Die Sirenen waren es, die ihn nach und nach belohnten. Wenn man ihn in den Korb setzte, damit er sich im Beduinensitz die Angeln anschauen konnte, waren unsichtbar auch die Sirenen bei ihm, und diese wuchsen beim Heranwachsen mit ihm, bis er schließlich zum jetzigen Don Mimì geworden war.

Die Lähmung, die ihm als Kontrast zu den Beinen auf abnormale Weise Arme, Hände und Oberkörper entwickelte, entwickelte auch seine Vorstellungskraft bis an die Grenzen des Unglaublichen, so dass er mit den wenigen äußerst allgemeinen Merkmalen, von denen er ausgegangen war, in der Lage war, bei diesen Weibsbildern und Familienzerstörerinnen die Schönheitsflecken sogar noch da zu entdecken, wohin die Sonne nicht scheint, er konnte ihre Haare und Härchen zählen, ihre Mentalität beschreiben, darstellen, wie sie ihre Tage zwischen Ermordung und Waschung verbrachten, kurz gesagt: ihre ganze Geschichte, wie sie verlaufen war und wie sie weiter verlief. Das alles war eine Geschichte aus Worten, die sich in seinem Mund immer wieder auffrischte, frisch wie die im Wasser liegenden Sirenen selbst, immer gleich und immer anders, wie das Meer an der 'Ricchia, in dem sie herumplanschten.

Die Pellisquadre zeigten deutlich ihre Ungläubigkeit, ihre Ungläubigkeit als Erfahrene und Entzauberte, hörten ihm aber zu, und es entging ihnen keine Silbe, vor allem an Sommertagen, wenn der Schwertfisch zahlreich und ruhiger geworden und das Wassergeviert gut ausgelost war, im Schatten der Palamitara, die Hände mit dem Eisen der Harpune beschäftigt, mit den Netzen, dem Teer, den Hanfdichtungen und darauf warteten, dass die Sonne hinter dem Antinnammare unterging, um wieder hinauszufahren.

Ach, was denn für Sirenen! … Was wollt Ihr uns denn da weismachen?, sagten sie zu ihm. Doch auch sie ließen es sich während dieser fünf Minuten der

Ablenkung gutgehen, ohne das dicke Auftragen Don Mimìs zu verachten, der ihnen keine in Grotten hausenden Sirenen zu beschreiben schien, deren Hintern mit Schlamm und Algen verdreckt war, sondern parfümierte Kokotten, schöne Schischìs, todschicke Weibswesen, die er wer weiß wie, wer weiß wann und wo im Varieté gesehen hatte.

Ihr setzt zwar eine gleichgültige Miene auf, doch in euren Gedanken leckt ihr euch die Lippen …, sagte er zu ihnen und schaute einen nach dem anderen mit seinen Trollaugen fest und listig und ungeniert an. Leute von größerer Hartnäckigkeit und Leidenschaftlichkeit als ihr, Signori miei, Leute, die die unglaublichsten Dinge erlebt haben, riefen, wenn sie hier ankamen, an dieser Meerenge, und diese schöne Klicke von Weibswesen beim Baden sahen, dekolletiert bis zum Bauchnabel, die ihnen Zeichen zuwarfen: Kommt doch, kommt, voller Leidenschaft, und sie nicht widerstehen konnten und genau wussten, auf welchem trostlosen, überaus trostlosen Meer sie sich befanden, wegen aller, die hier ihre Federn gelassen hatten, und sie riefen: Steuermann, fahr dorthin, fahr dorthin, Steuermann, fahr zu dem Weibswesen dort, das ruft, und man versteht gleich, dass sie umkamen, Kapitäne, Mannschaften und Schiffe.

Es klingt wahr, so wie er es erzählt, sagte einer der Pellisquadre darauf, während sie angesichts des Sonnenstands die Boote wieder rüsteten. Und ein anderer fügte hinzu: Wahr ist, dass Don Mimì ein großer Weiberheld ist und sich den Mund gern mit diesen krassen Obszönitäten vollstopft.

Und dann lachten sie immer und sagten, dass Don Mimì mit den Sirenen immer auf den Appetit kam, wofür er dann seine Frau bezahlen ließ, die seine einzige Sirene war, die einzige, die er in Reichweite hatte, und die bediente er immer gut, denn, um der Wahrheit die Ehre zu geben, musste bei all seiner Behinderung auch gesagt werden: So wie er sich im Meer zu bewegen verstand, verstand er auch, sich im Bett zu bewegen. Er hatte Donna Marta geheiratet, die Witwe von Attilio Scimone, und Donna Marta war hager wie eine Sardine, doch das merkte niemand, weil man sie in neun von zwölf Monaten immer mit einem dicken Bauch sah, und zwar wegen der Schwangerschaften, in denen Don Mimì sie in einem ständigen Kreislauf hielt.

Er war ein Weiberheld und alles, was immer man über ihn sagen wollte, doch blieb das Vergnügen, ihm zuzuhören, wenn er sie in allen Einzelheiten beschrieb, diese Sirenen, und für ihn waren sie real und lebendig und er winkte zur 'Ricchia hinüber, als würde er sie in diesem Augenblick aus der Grotte kommen sehen.

Da war sie, die 'Ricchia, Reich der Freude und des Untergangs dieser ausgelassenen Weibswesen …, nahm er seinen Gedanken auf. Auf wundervolle Weise eingegrottet an der Nahtstelle zwischen den beiden Meeren, mit diesem Felsenohr, das sie sich eigens geschaffen haben, denke ich, alles mit der Hand, alles wie mit der Häkelnadel, schön verzaubert, um in der Ferne und in der Nähe jeden und jederart Mann zu hören, der vom Tyrrhenischen oder vom Jonischen kam. Wer drinnen und wer draußen war, als Meerjungfrauen, die herumplanschten und sich erfrischten und sich gegenseitig mit Wasser bespritzten. Welche anderen Gedanken hätten sie schon haben sollen? Fehlte es ihnen etwa an Fisch? Es fehlte ihnen weder an dem ohne noch an dem mit Bart, sie brauchten ja nur ihre Hand auszustrecken. Sie bewegten sich so wendig auf dem Wasser, dass die Wellen neidisch werden konnten, dabei war ihr Oberkörper bis zum Bauchnabel nackt, sie selbst waren schneeweiß, mit schön gestalteten Brüsten, die so fest waren wie zwei Zitronatzitronen, wie sie nicht einmal heiratsfähige Fräulein hatten. Und dann noch all dieses Damaszenertuch ihrer Haut, das rabenschwarze Haar, das wie ein Umhang über ihren Rücken floss. Weibswesen, dass einem die Augen glänzten, um es in zwei Worten zu sagen; und außer der Schönheit, ihre Schlauheit, ihre mameluckische Kunst, die sie entwickelten, wenn sie sich zur Schau stellten und sich in ihrem ganzen Wert zeigten und die Seeleute auf sich aufmerksam machen wollten und ihnen schon zuwinkten, als diese noch in weiter Ferne waren, als diese noch etwa bei Gàllico waren und hinauffuhren oder bei Nicótera und herunterfuhren. Wenn es Nacht war, erzeugten sie Licht mit Algensträngen und Korallenzweigen, an denen Myriaden von Eiern sitzen, die durch das Meer treiben und nachts dieses geheimnisvolle Licht erzeugen. Wer es zum ersten Mal sieht, fragt dann: Hat das Meer etwa Feuer gefangen und lodert nun auf? Eine solche Wirkung ruft es hervor, genauso wie größtes Erstaunen.

Da geschah es, dass sich wirklich eine Brigg näherte, ein Schoner, eine Brigantine, und an Bord befanden sich starke Männer, die zwar seit Monaten auf den Gewässern der Welt herumfuhren, aber völlig auf dem Trockenen saßen, was Frauen anging, und gleichzeitig geschah es, dass zur weiblichen 'Ricchia mit der schön gewellten Grottenöffnung auf Meereshöhe bereits das Schlagen der Segel drang und das Rauschen des Schiffskörpers auf den Wellen, und wenn dann die Seeleute sangen oder auch vor Traurigkeit seufzten oder sie sich gegenseitig starke Worte sagten, Anstößiges, wie's Seeleute eben machen, wenn sie auf Frauen zu sprechen kommen, entgingen den Sirenen, die an der 'Ricchia lauschten, weder Worte noch Seufzer. Einen Seufzer, und erst recht ein Wort, die man auf dem Schiff nur ganz verhalten wahrnahm, vergrößerte die 'Ricchia so sehr, als wäre es ein Wind, der sie erzittern ließ. Darauf hatten die Leichtgeschürzten nur gewartet. Wer seufzt, ist nicht zufrieden, sagten sie sich, wer seufzt, fühlt Mangel. Und wenn sie sie in Reichweite hatten und die starken Männer sich schon die Augen an ihrer Schönheit labten, befransten und räkelten sie sich und ließen sich hören, ach, ihre Stimme war eine einzige Einladung. Oh, du gequälter, müder Seemann, sprachen sie sie an, komm doch, komm und erquicke deine Knochen bei der, die sich auf die Kunst versteht, den Mann wieder zu stärken. Komm doch, komm, verlasse das rostige, verkrustete Schiff und höre auf das, was wir dir versprechen, was Bettlaken aus Linnen und was Kopfkissen mit eingestickter »Gute Nacht«, und was Belohnung, Liebesfreuden, was Küsse dir … Und während sie ihm diese Genüsse versprachen, schüttelten sie in großen, lustvollen Bewegungen ihr Haar und erhoben sich aus dem Wasser, als stünden sie auf Füßen, um sich deutlicher bewundern zu lassen, wie tief sie auf natürliche Weise dekolletiert und wie busig sie waren; busig, vollbusig gar, ihre Brüste trieben schön auf den Wellen, weiß und aufgebläht, und sie wussten wohl, dass der Mann beim Geschmack und bei der Farbe der Milch schwach wird und die Frau ihn erweicht. Nun, sagen wir es ruhig ganz offen, wer konnte diesen Angeboten und dieser Kunst widerstehen? Sobald sie diese Weibswesen erblickten, die herumplanschten und arglos wirkten, deren einziger Wunsch es war, den hungrigen Mann zu sättigen, wurden Kapitän und Besatzung verrückt vor Lust und Begier und fuhren zu ihnen. Fern von ihrem Zuhause, manchmal monatelang, manchmal wohl auch Jahre, erinnerten sie sich über all diese Zeit nicht einmal mehr, wie eine Frau beschaffen war, nicht einmal mehr, ob ihr Schlitz quer oder längs verlief, war es da vorstellbar, dass sie sich die Ohren mit Wachs verschließen sollten? Den einen oder anderen gab's, hieß es, den einen oder anderen, der den barbarischen Mut aufbrachte, abweisend zu antworten, dass er nicht wolle. Und es soll sogar den einen oder anderen gegeben haben, der, um sich nicht zu beunruhigen, sich an den Hauptmast binden ließ, mit Bienenwachs verstopften Ohren; und von daher können wir uns eine Vorstellung davon machen, was für ein Schlag von kleinen, traurigen Menschen das sein musste, der sich vor diesem Anblick so zugeknöpft verhielt. Die meisten aber antworteten entschlossen männlich und stürzten sich ins Wasser. Doch weil sie keine Erfahrung mit diesen Gewässern hatten, nichts von den Strömungen, Auswürfen und Bastardellen wussten, zerschmetterten sie ausnahmslos an den Grotten der 'Ricchia, am Haus der Sirene sozusagen. An diesem Punkt wurden die Sirenen wieder zu Fischbestien, wieder zu denen, was sie ursprünglich waren: Feren. Muss man das eigens sagen? Und sie zerrissen das noch warme Fleisch der Unglücklichen. Den ersten Bissen, den sie zu sich nahmen, war just das starke Stück des Mannes, wie ihr euch wohl vorstellen könnt. Denn, versteht ihr, ihre Tragödie wars, dass sie die Bewegungen einer Hure hatten, diesen hinterhältigen, aufreizenden Stil anwandten, und dann, mit dem bereitwilligen Mann dort auf ihrer Bettkante, jedes Mal erkennen mussten, dass sie mit diesem Fehler der Natur geboren wurden, mit ihren eng aneinandergepressten Schenkeln in Form einer Fluke, die ihrer Gestalt das eindeutig Weibliche nahm, das bewusste sogenannte Nischlein, das jede Christenmenschin ihr eigen nennt und in dem der Mann es sich angenehm sein lässt. Und weil sie nicht anders können, rächen sie sich nun: Wenn schon wir nichts, sagten sie, dann eben auch keine was. Und konnte man's ihnen verdenken?

Ja, was das Aussehen, den Charakter und die inneren und äußeren Gewohnheiten angeht, hatte er die Sirenen erfunden, er, Don Mimì Nastasi, der große Prüfer, Richter und Hüter von Angeln, der Anbringer von Angelleinen und Zubereiter von Angelausrüstungen.

Inmitten der Angeln war Don Mimì so in seinem Element, wie er es inmitten der Sirenen war. Beim Arbeiten benutzte er alle zehn Finger, mit ihnen füllte er sich haufenweise den Mund, und dann hatte er mit den Lippen, die in diesem Augenblick aussahen wie ein Nadelkissen, und mit der ewig blassen Färbung im Gesicht das Aussehen einer großen aufgewickelten Spatel im Korb, eine Spatel, für die alle Angeln und Köder einer Fangausrüstung herhalten mussten, um ihren Widerstand zu brechen und sie an die Oberfläche zu ziehen.

Er entwirrte Angelleinen, Bleikugeln, Korken und Schnüre, er löste Angelhaken aus Angelschnüren, drückte sie, tauschte alte gegen neue aus, verköderte sie mit Wollbäuschchen, mit Jungstöckern oder mit jungen Makrelen, und nie sah er seine Hände an, nie musste er die Arbeit der Finger mit den Augen verfolgen.

Er redete, und Sirenen und Angelhaken verhedderten sich in diesem ungeheuer leichten Spiel der Hände, und er war so reglos, nahezu tot in dem Unterviertel, dass die Bewegung in dem Oberviertel derart war, dass es aussah, wenn man ihn betrachtete, als hätte er nicht zwei Hände und zehn Finger, sondern vier Hände und zwanzig Finger. Doch redete er immer und ausschließlich von Sirenen, und da schien es auch, dass er bei all den Haken mehr Hände und Finger zum Manövrieren brauchte und die Sirenen von sich fernhielt, die ihm hier und da um den Korb auf dem Sand aus dem Mund sprangen.

Mitunter sahen sie ihn an, während er dort auf dem Sand saß, mitten drin zwischen dem Rundkorb, der ihm als Sänfte diente, mit den stummeligen, weißen, knöcherigen Beinchen, als gehörten sie zu einem kleinen Jungen, die ihm inmitten der Myriaden von Angelhaken hinten herauswuchsen, wie ein gespaltenes Schwänzlein; sie sahen ihn an und dachten bei sich: Und was, wenn er ganz im Verborgenen eine männliche Sirene wäre, dieser Don Mimì? Und sie fragten sich weiter: Was, wenn gerade er ganz nach Maß für die Sirenen gemacht wäre? Was wissen wir schon darüber? Und was weiß er schon darüber?

Die Sirene war, wie die Angelhaken, seine Sache, das war inzwischen klar. Ja, sie war seine Sache sogar noch mehr als die Angelhaken, denn über die Angelhaken konnte ihm jemand sagen: Hier, Don Mimì, ist Euch einer entgangen, der verrostet ist, oder der hat sich verzogen oder der ist ausgeleiert oder der hier, Nummer drei statt Nummer vier. Bei der Sirene dagegen, wer konnte ihm da schon etwas sagen? Konnte man sich auch nur entfernt vorstellen, jemand würde kommen und seine Sandburg beschießen, die er über seinem Korb errichtet hatte? Dieses Phantasiegebilde, mit Speichel zusammengehalten, als wäre es Fischleim? Konnte denn jemand kommen und ihm sagen: Entschuldigt, aber Eure Sirene ist die falsche, die richtige ist eine, die ich kenne? Doch dieser Jemand kam.

In der Tat kam, um neunundzwanzig oder dreißig herum, Signor Cama, der als Strandaufseher hergeschickt worden war. Er kam und bei ihm war sein berühmtes Buch mit kolorierten Szenen und Darstellungen der Meeresriesen. Er und sein geheimnisvolles Arkelamekk von Buch, von dem er sich nie trennte, nicht einmal im Bett, weshalb er, wenn er es gelegentlich nicht in der Hand oder unter dem Arm oder auf den Knien hatte, ein bisschen nackt aussah.

Die Neuigkeit über die Sirene, die er nach Charybdis brachte, war darin abgebildet, bräunlich und glänzend, mit langen Katzenschnurrbarthaaren, gekrümmt und ohne Knochen auf einem Felsen sitzend. Unter dieser Figur jedoch stand nicht Sirene geschrieben, sondern Heuler. Sie hatte etwas von einer

Frau, das konnte man nicht leugnen, aber sie hatte auch nicht ein Haar von einer Christenmenschin, wie es nach Don Mimìs Darstellung die Sirene hatte, mindestens bis zum Bauchnabel.

Signor Cama, der sich seiner Sache völlig sicher war, kam mit seinem sonderbaren, bärtigen, wabbeligen Wesen daher und sagte zum verwunderten Don Mimì:

»Die Sirene, die Ihr meint, ist leider, leider die falsche. Die richtige ist die hier.« Und da hätte man Don Mimì sehen müssen. Man hätte meinen können, er wäre unter die Türken gefallen, ohne dass er den Druck dieser Schnauzbärtigen auch nur einigermaßen genau angesehen hätte. Allein die Worte des Strandaufsehers hatten ihm möglicherweise genügt, um diesen mameluckischen Ausdruck in sein Gesicht zu zeichnen.

Und als wäre Signor Cama auch, ja, vor allem deshalb gekommen, war er am Tag nach seiner Ankunft, als er noch nicht einmal die Namen kannte noch die Gesichter, wohl aber schon von dem Aufhebens um die Sirene gehört hatte, das Don Mimì machte, und sich nicht im mindesten vorstellen konnte, dass für den armen Behinderten die Sirenen nicht nur einen Zeitvertreib darstellten, sondern ein Lebenselixier, war Signor Cama also mit diesem sonderbar schnauzbärtigen, wabbeligen Wesen hervorgeprescht, das man Heuler nannte, und hatte es Don Mimì direkt unter die Nase gehalten.

»Hier ist sie«, hatte er aus heiterem Himmel gesagt und gleich hinzugefügt: »Die Sirene, an die Ihr glaubt, soweit ich gehört habe, ist rundheraus die falsche, ich weiß nicht, ob Ihr das wisst, aber die echte, das ist die hier.« Und während Don Mimì ihn von seinem Korb aus mit offenem Mund von unten nach oben anschaute, als wäre er unter die Türken gefallen, hatte Signor Cama, der sich seiner Sache völlig sicher war, angefangen, wie ein Wissenschaftler zu sprechen, als erfahrener Mann der Meere, der herumgereist war und die Welt kannte, denn vielleicht war seine Idee ja die, dass dies ihm sozusagen die Eintrittskarte zu den Charybdoten gab, die davon selbstverständlich beeindruckt gewesen sein mussten:

»Doch wo habt Ihr Eure Sirene eigentlich aufgefischt, entschuldigt«, fragte er, wie wenn er davon überzeugt gewesen wäre, dass es nun keinen Raum mehr gäbe, sich die Sache streitig zu machen, und wenn er redete, redete er lediglich aus einer Großmut heraus und nahm die Mühe auf sich, Don Mimì eine Vorstellung von der blendenden Täuschung zu geben, der er erlegen war. »Was soll denn das mit diesem Weib, mit diesem Hehrweib. Ein Tier, eine Tierin.

Sicher, das Schöne an ihr liegt genau darin, dass sie keine Christenmenschin ist, nein, sie ist ein Tier, und doch übertrifft sie die Christenmenschin in manchen Dingen in einem Punkt. Es soll Euch genügen zu wissen, dass sie aus dem Meer kommt und zu Fuß die Strände entlanggeht, sie atmet die Luft wie ich und spaziert da herum wie jede zivilisierte Christenmenschin mit ihrem schlanken Körper und ihren schaukelnden Hüften. Ihre Bewegung, das muss man sich ja nur anschauen, ist dermaßen weiblich, dass sich einer, wenn er sie beispielsweise von einem weit draußen vorbeifahrenden Schiff aus sieht und noch nicht gemerkt hat, dass es sich um eine Heulerin handelt, fragt: Wo geht sie denn hin, wer ist denn dieses zuckersüße Weibswesen da am Strand? Und die Stimme? Ihr müsstet nur hören, was für eine Stimme ihr aus der Brust dringt, eine Frauenstimme, die Euch die Gänsehaut über den Körper jagt. Ganz natürlich also, wenn sie diese Sirene für eine Christenmenschin hielten, ganz natürlich, denn es handelte sich ja um eine Heulerin. Doch mit diesen langen Katzenschnurrbarthaaren, könnt Ihr jetzt einwenden, wie soll die Heulerin da je Gefallen erregen können? Darauf antworte ich nur: Schnurrbärtig Weib gefällt alle Zeit.«

Die genannte Heulerin befand sich auf ihrem felsigen Ausguck wirklich wie eine Matrone auf dem Sofa, mit richtigen Armen und richtigen Händen, nur dass die Finger den Stäben eines geschlossenen Fächers glichen: Mit dem großen bezaubernden Auge unter den dichten, schmachtenden Wimpern schaute sie umher, tat dabei so, als wäre sie gleichgültig und schlaftrunken gegenüber den stummen Werbebezeugungen eines Schwarms von Mannswesen ihrer selben Gattung, die sie dort aus der Nähe mit ihren Augen verzehrten. Für diese Mannswesen war sie ganz natürlich, sie mussten sie wohl überhaupt nicht in der Ekelhaftigkeit ihres ganzen Gewabbels sehen, im Gegenteil, in ihren Augen musste sie genau das sein, das und das andere, Schnurrbarthaare und Wabbeligkeit, das Schöne und das Wunderschöne an ihr.

Don Mimì hielt das Buch in seinen Händen und war ganz still gewesen, während er sie sich genau angesehen hatte, dann hatte er Signor Cama lange fest angesehen, der wie ein Koloss mit kahlem, verbeultem Kopf vor ihm stand. Er sah ihn an, wie wenn er zu sich sagte: Seht euch diesen Scharlatan hier an, er kommt hierher und als Erstes denkt er daran, mir mein Metier streitig zu machen, er will mir die Kundschaft vertreiben. Dann hatte er den Blick von Signor Cama weggelenkt und sich an die anderen gewandt, als wäre Signor Cama gar nicht mehr da, und sagte einigermaßen verächtlich:

»Könnt ihr euch diese Katzenkuh als Sirene vorstellen? Könnt ihr euch vorstellen, dass sie die Männer mit ihrer Schönheit in den Wahnsinn treibt? Wo ist denn etwas Schönes an ihr? Wo versteckt sies? Und wo hat sie die schwimmenden Tittchen? Wo sind ihre Brüste? Und das lange, wellige, braune Haar? Wo ist ihre milchweiße Haut, heh? In dieser Schnurrbärtigen hier haben eurer Meinung nach die Seefahrer ein Weibswesen gesehen, und zwar so intensiv, dass sie an den Felsen zugrunde gingen? Sie mussten wohl blind gewesen sein, an schwerem grauen Star gelitten haben, wenn sie dieses Mumienross für ein normales Weibswesen gehalten haben, für etwas Vollendetes, dass ihnen Erquickung schaffen konnte …«

»Dann fragt euren Don Mimì doch mal«, hatte Signor Cama im gleichen Ton erwidert, »fragt ihn mal, was es denn Weiblicheres gibt, als eine auf dem Fels hingelagerte Heulerin, mit der Hand unter dem Kinn, ganz lieblich und hold, während sie gleichzeitig einen Blick zu den Mannswesen hinüberwirft oder mit ihrem wogenden Hinterteil dahinpromeniert und ihre Stimme ertönen lässt, die euch das Innerste herausreißt, als wäre sie ein Weibswesen, das nach dem Manne lechzt und so lechzt, dass sie erstickt … Fragt ihn doch, was es im Meer noch Christweiblicheres gibt, ja, mehr noch, Erzchristweiblicheres …«

»Die Fere vielleicht«, antwortete Don Mimì, ohne ihn ausreden zu lassen, und er sah aus, wie wenn er sagen wollte: Genau hier hab ich dich erwartet, und vielleicht kam es ihm nicht einmal wahr vor, dass Signor Cama ihm dieses Geschenk machte. Die Fere kam ihm natürlich nicht nur in diesem Augenblick auf die Lippen, wo es um die Sirenen ging, es war nicht der erste Name, der ihm einfiel, um ihn Signor Cama zum Vorteil gegenüber der Heulerin anzudrehen, denn er war ja überzeugt, und keineswegs erst seit eben, er war seit jeher überzeugt, dass es für die Sirene keine zuverlässigere Herkunft als die von der Fere geben könne, wie auch für die Fere keine natürlichere und legitimere Abstammung in Frage kam als die von der Sirene.

»Vielleicht die Fere, ja, sogar ganz sicher«, fuhr er fort. »Einzig und allein die Fere. Sagts ihm, sagts ihm, diesem Signor Strandaufseher. Die Fere würde tausend von seinen Heulerinnen brauchen, um ein Weibswesen zu werden, das ist doch gar kein Vergleich. Sagt ihm das in meinem Namen …«

»Die Fere? Was ist denn so weibswesisch an der Fere? Ach, auch das musste ich mir noch anhören … Woher kam diesem Don Mimì nur die Idee, sie als Sirene anzuführen?«

»Unser neuer Aufseher«, hatte Don Mimì in dieser Art Nahkampfduell erwidert, »muss es wohl nicht so mit den Weibswesen haben, glaube ich. Oder er hat sie schon lange aus den Augen verloren, das glaube ich, wenn er überhaupt nichts Weibliches in der Fere erblickt. Kann es denn noch Weiblicheres geben? Kann es im Meer oder an Land eine größere Hure geben?«

Signor Cama verstand gar nicht, dass er mit seiner Heulerin das Buch längst neu einbinden lassen konnte. Er antwortete wieder und zerstörte sich mit eigener Hand.

»Ganz genau: Gibt's eine größere Hure? Die Heulerin dagegen ist als tüchtiges Weibswesen bekannt, als eine beispielhafte Mutter, und ich will euch nur sagen, dass sie das Junge gebiert und es tagelang säugt, selbst aber nüchtern bleibt. Das Mannswesen, das um sie ist, das sie hat, das alleine genügt ihr zum Überfluss. Ein Weibswesen, einfach gesagt, ganz Haus und Familie, weder stiehlt es noch mordet es, es ist weder verschlagen noch boshaft, es sollte auf Händen getragen werden. Gibt es ein weiblicheres Weibswesen als die Heulerin? Und das sollte ausgerechnet die Fere ihr streitig machen?«

Mit diesen Komplimenten hatte seine Heulerin als Sirene verspielt, damit reichte er Don Mimì das Messer mit dem Griff und ließ ihn sie umbringen.

»Ja, warum diskutieren wir dann noch?«, fragte Don Mimì, ohne Zeit zu verlieren, den Sieg für sich zu erringen. »Warum kommt dieser Aufseherneuling vom Bug her, um mich abzufüllen? Wie kann einer überhaupt erwarten, so ein tüchtiges Weibswesen als Sirene zu verkaufen, so eine Familienmama, ganz Küche und Kirche? Was soll dieser Schnickschnack mit der berühmten, hochberühmten Sirene, außen Varietékünstlerin und innen Werwölfin, außen Bettweib und innen Brigantin? Sagt doch, sagt doch unserem Aufseher, er soll seine Heulerin bitte von der Bühne nehmen. Die Fere, die Fere wars, die der Sirene zwischen den Schenkeln herauskam, die Fere, die Fere, wie oft muss ich es eigentlich noch sagen und in welcher Sprache?«

Auf diese Weise machte Signor Cama sich sofort ein Bild von dem besonderen Strandtyp, der Don Mimì war, und er erlebte, wie wild er werden konnte, wenn man seine Puppen berührte, die Sirenen. Doch im Übrigen ließ er, der neue Strandaufseher, ihn sofort erkennen, dass er sich nicht wesentlich von ihm, von Don Mimì, unterschied: Hatte denn nicht auch er seine Sirenen? Waren das für ihn nicht die Meeresriesen, die er in seinem berühmten Buch mit den Darstellungen hatte, waren das nicht seine ozeanischen Sirenen, die Sirenen, die er sozusagen in Spiritus eingelegt hatte, in ozeanischem Spiritus, der ihm nach vierzig Jahren immer noch unter der Nase hängen musste? Denn nachdem auch er an Land gegangen war, musste er sich fühlen, als wären seine Beine Stümpfe wie nach einer Lähmung, als wäre auch er ein alter Behinderter.

Es war Sommer, vormittags, und ihre ganze Jungsklicke konnte mit dem Herumplanschen an der 'Ricchia gar kein Ende finden.

Sie tauchten kopfüber ein, und sobald sie den Fuß vom kleinen Strand lösten, fanden sie sich unvermittelt über dem Abgrund der Enge, der einige hundert Meter betrug, so dass es einem war, wie wenn man von einem weit draußen verankerten Schwimmdeck ins Wasser glitte. Sie begannen an diesen Ausbuchtungen aus feinstem Sand, die über dem großen Abgrund hingen und in ihrer spindelförmigen Gestaltung wie Formen geheimnisvoller Tiere aussahen, dort angespült wurden und sich drinnen wie draußen mit dem Sand vermischt und verwirrt hatten.

Sie waren Jungs und sollten erst noch flügge werden, ein Weibswesen war für sie noch in mentedei, und während sie noch auf den Angelschein warteten, tollten sie dort an der 'Ricchia mit Don Mimìs Sirenen herum, angesichts der Tatsache, dass sie noch keine eigenen hatten. Auch wenn sich für ihn in seinem Inneren eine Tragödie abspielte, machten sie daraus eine Farce.

Jedes Mal wurden welche ausgelost, die die Seefahrer darstellten, und andere, die die Sirenen mimten. Diese aber wollte niemand darstellen, wenn es aber hart auf hart kam, übernahmen sie die Rolle, entblößten ihr Hinterteil, wie vielleicht nicht einmal die Sirenen selbst, und mitunter fügten sie der Rolle etwas hinzu, was bei Don Mimì nicht vorgesehen war.

Splitterfasernackt. Doch um nicht nur dem Namen nach Seefahrer oder Sirenen zu sein, mussten sie wenigstens im Wesentlichen ihr Erscheinen als Kleinjungs verändern, die einstweilen weder Fisch noch Fleisch waren, und wenigstens die Vorder- oder die Rückseite maskieren.

Die Seefahrer kamufflierten nur eine Stelle des Körpers, und zwar genau die, welche nach dem Evangelium von Don Mimì die Planscherinnen ins Auge fassten, kurzum den Fisch mit Bart, der ihr seltener Happen war, mit dem sie, gelegentlich, abgesehen von dem rachsüchtigen Zweck, ihren Mund statt mit Zahnbrasse, Zweibindenbrasse, Zackenbarsch, Scholle und so weiter erfrischten, gar nicht zu reden davon, dass sie diese Fische entschuppen und dann auch mit der Zunge bearbeiten mussten, Gräte um Gräte, damit keine in ihren Hals kam, wohingegen sie diesen hier einfach und ohne Herzeleid herunterschluckten, und zwar noch leichter als eine Kaiserkrabbe, die ja erst noch geschält werden musste, leichter auch als verschiedene Tintenfische, die, auch wenn sie keine Gräten oder Schuppen besaßen, an deren Stelle jedoch steinharte Knochen in sich trugen. Und dann musste ja auch noch erwähnt werden, wie gehaltvoll der Fisch mit Bart war im Vergleich zu jeder anderen Fischgattung. Fisch mit Bart nannten sie ihn, doch eigentlich hätte man ihn Molluske nennen sollen, wie die äußerst kräftigenden Mollusken, von denen jede wie drei oder vier Eigelbe mit Zitronensaft war.

Ihren Fisch, der in ihrem Alter allerdings noch so klein ist wie ein fingergroßer frisch geschlüpfter Winzlingsaal, glatt und ohne Geschmack, bedeckten die, die als Seefahrer ausgelost wurden, mit Büschel schwärzlicher Algen, um ihn bärtig, groß und gehaltvoll erscheinen zu lassen. Wer dagegen als Sirene ausgelost wurde, nahm weibliche Erscheinungsformen an, und das fing beim Kopf an: Er wurde ganz mit Algenstreifen bedeckt, die bis zu den Schultern herabfielen und in einem kleinen Netz von einem Stück Eisendraht gehalten wurden oder von einem Stück Treibnetz, das engere Maschen hatte, so dass es von weitem wie eine schöne pomadenbearbeitete Haarpracht mit Wellen und Wogen aussah, die mit den Fingern fabriziert wurden.

Dann gaben sie ihrer Brust ein weibliches Aussehen, und wiewohl dies absolut unumgänglich war, erwies sich der Vorgang der Verweiblichung immer als schwierig. Die Gummibälle, in zwei Hälften zerschnitten, die das Meer an den Strand warf, waren geeignet; jede Hälfte mit ihrer Auswölbung entsprach genau einer Brust. Doch halbe Ballhälften fanden sie so wenige, dass sie sie in einem Jahr oder besser gesagt in einem Sommer an den Fingern hatten abzählen können, und immer waren sie unpaarig, so dass sie sich entweder mit zwei Zitronenhälften behalfen und auf diese Weise zwei grünliche und noch ziemlich saure Brüstchen von ganz jungen Sirenen bekamen, oder mit zwei Hälften kleiner ausgehöhlter maltesischer Melonen, durch die sie zwei gelbliche längliche Großbrüste bekamen, verrunzelt, verschrumpelt, mit Falten bedeckt, wie alte Sirenen oder abgetakelte Schulschiffe. Gummiballhälften, Zitronenhälften oder die Hälften von maltesischen Melonen, das waren ihre weiblichen Brüste, und der übliche Streifen aus Schleppnetz oder Eisendraht diente ihnen als Büstenhalter.

Nachdem sie erst einmal perückt und bebust waren, damit sie sich Sirenen nennen konnten, mussten sie sich nur noch die Fluke basteln, und dieser Teil beschäftigte sie am längsten, war aber auch der am leichtesten herzustellende, denn sie machten sie schön und wogend, wie eine kleine grünzweigige Schleppe aus einem jungen, weichen Palmenzweig, der hinten an der Spitze herunterhing und an seiner Breitstelle die Bewegung des Hinterns aufnahm.

Die Seefahrer warfen sich auf Bretter und Brettchen, ruderten mit den Armen, und um Theater zu machen, fingen sie an, über ihre lange Enthaltsamkeit von Frauen zu jammern, massakrierten die Luft und das Meer um sie herum mit ihren Seufzern. Da tauchten an der Öffnung der Grotte die Sirenen auf, denen ein leicht plätscherndes Wedeln mit den Palmenzweigspitzen vorausging, um anzukündigen: Die Sirene kommt. Wenn sie sich zeigten und heraustraten, mit über der Brust gekreuzten Händen, wirkten sie wie viele kleine, aus dem Bett gesprungene Mädchen, verschämt sich so zu zeigen, wie sie waren, mit nichts an, die allerdings neugierig genug waren nachzusehen, wer da unter dem Balkon seufzte. Sie wechselten untereinander ein paar den Umständen entsprechende Sätze, wobei sie sich die Lippen leckten.

»Riecht auch ihr, schöne Freundinnen, diesen Duft von menschlichem Fleisch, den ich rieche?«

»Atmet ihr den Wohlgeruch dieser Fische mit Bart in unserer Nähe ein?«

»Jetzt schlagen wir uns den Bauch voll, wenn wir uns schon mit nichts anderem vollschlagen können.«

Die Seefahrer taten so, als würden sie sie ganz plötzlich entdecken, schlugen mit den Wimpern und setzten eine verwunderte Miene auf, doch sogleich enthüllten die, welche die Sirenen waren, ihre Schönheit und stellten sich mit ihren halbierten Gummibällen, mit den halbierten Zitronen oder mit den ausgehöhlten und halbierten maltesischen Melonen zur Schau. Doch an diesem Punkt zeigten sie nicht die gleiche Beredsamkeit wie im sizilianischen Puppentheater, die Don Mimì beherrschte. Immer gab es an diesem Punkt des Spiels einen unter ihnen, der vor lauter Eile, so schnell wie möglich endlich Mann und Frau zu spielen, Schaum schlug, ein Durcheinander und Theater veranstaltete und das Allerbeste ruinierte. Einer von ihnen, einer von denen, welche die Sirenen spielten, kam immer ganz schlau davon. Bei der berühmten lockenden Stimme, die sie den Seefahrern zuwerfen sollten, die ganz aus Trillern und sanften, gewundenen Bögen bestand, vergleichbar den Drehungen und Biegungen des Körpers beim Tanz der sieben Schleier, gab es immer einen, der diese Stimme ohne viel Federlesens hinausplärrte wie ein Mannsweib von der Art, die inzwischen schon Schwielen haben, wie ein Flintenweib, eine Aufreißerin im tiefsten Hafenviertel. Ihr Fremdlinge auf dem Meer, oh, ihr Fremdlinge auf dem Meer … diese Stimme tönte und misstönte ungefähr so: O Fremdlinge, Fremdlinge auf dem Meer, zerschmilzt euer Herz für ein Weibswesen oder hat das Ohr uns getäuscht? Dann seid bereit. Putzt euer Instrument, denn wir wollen nichts anderes, wir erwarten euch schon mit offenem Fötzchen … Kurz, kein kokettes Reden von Sirenen, sondern sachliches Reden einer Feminotin, die, wenn ihr einer gefällt, der ihr Blut in Wallung bringt, ihn sich holt und ihm ohne viel Geplänkel den Antrag macht: Leiht Ihr mir wohl für ein paar Minuten Euer Spielzeug? Gebt Ihr mir zwei Münzen für das Vergnügen? Kühlts nicht auch Euch ab, dieses Nfunfù, genau wies die Bittende abkühlt?

Doch an diesem Punkt endete das Spiel jedenfalls immer, wie es enden musste: Es löste sich in Wohlgefallen auf. Die Seefahrer, ganz besessen von den Weibswesen, warfen sich todestrunken von Brettern und Brettchen und spielten den Toten, sie trieben dahin, mit dem Gesicht nach oben, damit man den Fisch mit Bart sah, und sobald sie in Reichweite der Sirenen kamen, stürzten diese sich mit einem Wolfshunger auf Algen und Fisch, rissen sich alles vom Leib und wurden die Tittchen los, als wollten sie sagen: Wieso denn Weibswesen? War doch alles nur Maskerade.

Jede brachte sich in den Besitz ihres Fischs mit Bart, packte den Seefahrer an den Knöcheln und zog ihn hinter sich her: Seltsame Stille, die unvermittelt mit dem Schiffbruch eingetreten war, und die Prozession verschwand dann in der Öffnung der 'Ricchia. Von da drinnen drang dann Plätschern heraus, wie wenn Körper wie beim Ringen miteinander kämpften, und dann ein tiefes, schweres Atmen, ein drückender Wind von Seufzern und Stöhnen und dann nichts mehr. Die 'Ricchia verwandelte sich drinnen wie draußen, still und leer, und diese augenscheinliche Einsamkeit breitete sich gleich ringsum aus wie eine dunkle Angst, eine geheimnisvolle Atmosphäre von Alarm und von unendlicher, trostloser Wehmut. Wenn einer von ihnen draußen geblieben war, weil ihre Gruppe eine ungerade Zahl ergeben und er daher keinen Partner hatte, konnte er am Spiel nicht teilnehmen, und als er sich dann so alleine und verlassen sah, überkam ihn Schrecken: Es war dann, als wäre das Spiel Wirklichkeit geworden, eine Farce, die in einer Tragödie endete, als würden seine Freunde niemals mehr aus der Grotte zurückkehren. Und der Impuls meldete sich, schreien zu wollen, und der eine oder andere schrie dann auch wirklich, er rief seine Freunde einen nach dem anderen mit seinem Namen, und vor lauter Rufen, auf das keine Antwort kam, brach der eine oder andere in Tränen aus, und das ereignete sich unweigerlich dann, wenn einer der Jüngsten draußen blieb, Enzo oder Salvatore, zum Beispiel. Dann war es, als würde dieser kleine Junge wegen des traurigen Loses der fremden Seefahrer weinen, und das, wenn er nun wieder darüber nachdachte, machte alles außergewöhnlich wahrhaftig in ihrer Vorstellung.

Nach und nach, wie sie heranwuchsen, gestand Don Mimì ihnen größere Vertrautheit bei intimeren und geheimeren Dingen zu. Und wenn die Boote zum Golfo dell'Aria hinauffuhren, wohin sie bei Mondschein aufbrachen und bei einem anderen Mondschein wiederkamen, ersparten sie es Donna Marta dann, ihn sich auf die Schulter zu hieven, dann kümmerten sie sich darum, Don Mimì ins Freie zu tragen: Sie setzten ihn auf den Korb und trugen ihn wie eine Heiligenstatue in einer Prozession, irgendein von seinen Freunden zum Märtyrer gemachten Heiligen, die ihm allerdings, statt ihn Martern auszusetzen, die schönsten Wonnen gewährten, wie dem heiligen Sebastian die Pfeile. Und sie trugen ihn bei solchen Gelegenheiten nicht zur Marina, sondern zum Festplatz, nämlich zur 'Ricchia. Und dort ließ Don Mimì sich dann freizügig Fragen stellen.

»Waren diese Weibswesen von Sirenen denn wie unsere Mütter, wie unsere Schwestern?«, fragten sie ihn oft, um ihn aufzufordern.

»Wieso sollten sie das gewesen sein?«, fragte Don Mimì empört. »Die Mütter, die Schwestern, unsere Frauenbilder, mit einem Wort gesagt, sind eines, und lassen wir die zu Hause. Die Sirenen dagegen sind etwas anderes, eine andere Rasse, ein anderer Schlag von Weibswesen: das sind, sagen wir, feminotische Weibswesen. Und wenn ich die Feminotin erwähne, ist es deshalb, weil ich die Feminotin zusammen mit der Fere für eine Verwandte ersten Grades von der Sirene halte. Das ist doch wunderschön, oder? Und sie ist doch eine Tückische mit großen Gaben, oder? Sie zieht den Mann magnetisch an und frisst ihn lebendig auf, sofern er einer ist, der ihr Blut in Wallung bringt, oder? Die Feminotin geht und kommt, alles und immer Fuß und Spus, sie schachert, sie schmiedet, sie hat einen flinken Schritt und einen kupplerischen Verstand, nicht?, ist sie nicht so, ganz genau so, die Feminotin? Über sie, mit einem Wort, über die Feminotin, die ihr hier in der Umgebung seht, könnt ihr euch eine Vorstellung von der Sirene machen. Aber es ist auch klar, dass es in der großen weiten Welt noch andere Ähnliche gibt. Seht nur«, fügte er an dieser Stelle hinzu und fing an, mit einem großen Angelhaken das in den Sand zu zeichnen, was er gleich sagen wollte. »Die Frau in unseren Häusern, Mutter, Gattin, Schwester, um es einfach zu sagen, hat schlanke Schenkel, so, und das, wo sie den Mann empfängt, nennt sie ihre Hingabe. Der breite Schenkel, so, ist dagegen der Schenkel dieser bestimmten Art von Weibswesen, die das, wo sie den Mann empfängt, ohne Haare auf der Zunge, das Lustnischlein des Mannes nennt, denn das gibt sie ihm ja, einzig und unverstellt, Lust, Lust, so viel er will, doch Hingabe nicht im Geringsten. Um das nun abzuschließen, unter diesen Weibswesen mit breiten Schenkeln war die erste allererste Meisterin, Meisterin und Musterwesen, die Sirene.«

Und dann, wenn er es nicht war, der sagte wie als Wetteinsatz: Gebt mir ein Stichwort, einen Anstoß, waren sie es, die, zu Jugendlichen herangewachsen, ihm immer hinterhältigere Fragen stellten, mit Tasse und Untertasse, denn sie fingen zu dieser Zeit schon an, sich über die Sirenen andere Vorstellungen zu machen als Don Mimì. Sie gingen, sie kamen, sie fuhren nach Messina, zur Hafenkommandantur, mit einem Ferenkopf, und holten sich dafür die Prämie ab oder, wenn eine Zeit des Mangels herrschte, fuhren sie mit der Feluke zu Dörfern an der Küste, um Steine zu transportieren und sich so ein paar Lire zu verdienen: Kurz gesagt, sie kamen herum, sie sahen und hörten, verglichen und begriffen, während Don Mimì immer dort saß, im Korb, und so, während er von seinen imaginären Weibswesen erzählte, dachten sie unterdessen an bestimmte wirkliche Mädchen, die ihnen hier und da aufgefallen waren, vor den Türen, als sie den Küstenstrich hinauf- und herunterfuhren.

Doch es war sonderbar. Auch wenn sie sich entzauberten und längst als verschlagen vor ihm gelten konnten, der doch immerhin Frau und Kinder hatte, sprachen sie weiterhin darüber, ließen aber aus Feingefühl bei ihren Gesprächen seine Beinchen immer außen vor, als wären sie pari, tapferer Mann gegen tapferen Mann. Und ausgerechnet er war es, der sie einmal ins Gespräch gebracht hatte, seine Beine, als Beispiel, gerade weil auch er das dachte, was sie mitunter gedacht hatten, nämlich dass er und die Sirenen, soweit es ihre körperliche Gestalt, soweit es das Hinterviertel anging, sich zu Ehefrau und Ehemann nahmen, denn sie ähnelten sich so, als wären sie vom selben Schlag. Jenes Mal, er erinnerte sich aber nicht mehr wer, hatten sie ihn gefragt:

»Nehmen wir einmal an, dass jetzt, in diesem Augenblick, eine herauskäme, Euch riefe und sagen würde: Mimì, du, der du so viel über uns redest, uns besingst, wir wären so und wir wären so, und sind dir immer auf der Zunge, komm doch, entspann dich, erhol dich, sehen wir doch mal, ob du so viel Mut besitzt und so kühles Blut hast, zu uns zu kommen und herumzusauen, was würdet Ihr dann tun? Hättet Ihr das Herz, die Lust dazu?«

Doch statt in seiner üblichen schampanjerfreudigen Seligkeit zu antworten, hatte er damals die Sache von einem ganz anderen Standpunkt aus behandelt, und von diesem Standpunkt aus gab es wirklich nichts zu lachen.

»Sicher, ein Purparleh würde mir nicht unangenehm sein«, hatte er angefangen und streifte mit seinen Augen umher, als würde er einem fernen Gedanken nachschauen. »Vor allem wegen der Fluke, die ja wie ein dritter Arm ist, Organ und Arkan, um es mal so zu nennen, und meiner armen Frau würde es gut auskommen, mich auf Kurs zu halten, wenn ihr versteht, was ich meine. Allein deshalb, aus keinem anderen Grund«, fügte er hinzu und berührte seine fast ganz vom hauchfeinen Sand verschütteten Beinchen, der unter seinem Gewicht durch die Schilfrohre in den Korb drang. »Deshalb und sonst nichts. Meine arme Frau befriedigt und sättigt mich sehr, ein niederträchtiger Mensch müsste ich sein, wenn ich mich beklagen würde, ja, wenn ich ehrlich bin, befriedigt mich meine Frau und sättigt mich im Überfluss. Doch sie bringt sich um ihr Leben, die Arme, wenn sie die Stute macht, die sich ihren Reiter aufsetzt und dann reitet, sie reitet, um ihn ans Ziel zu bringen, ihren Reiter ohne Sporn. Deshalb sage ich, entweder macht sie sich zur Sirene oder ich heile mich selbst: Denn seht ihr, nachdem ich viel darüber nachgesonnen habe, bin ich zu der Überzeugung gelangt, dass diese Freundinnen dort mit einem Schlag ihres mächtigen Schwanzes mich vielleicht heilen könnten, sie könnten mir vielleicht diesen Faden im Rücken wieder herstellen. Wie ein elektrischer Schlag, versteht ihr? Sie könnten mir Nerven lösen, Muskeln und Blut in der Wirbelsäule.«

Die Fluke da unten war der Teil der Sirene, der ihn besonders interessierte, und er kam immer wieder darauf zu sprechen, im Hinblick auf die große Erleichterung, die dieses Organ und Arkan für Donna Marta darstellen konnte.

»Hätte meine Frau doch eine Fluke wie diese Wesen …«, seufzte er. »So, wie ich bin, ein elender Behinderter, würde ein dritter Arm der armen Frau zupasskommen. Sie würde sie mir unter der Hüfte durch nach hinten schieben und mich ohne Anstrengung hochheben und in den Sattel setzen.«

Ein anderes Mal hatte er die Bedeutung der Fluke erklärt und das zurückgenommen, was er viele Male über die breiten Schenkel gesagt und diese nie befriedigten geilen Rückenbrecherinnen fast zu häuslichen Nonnen umstilisiert hatte, zu etwas muffigen Fräuleins, die das Gelübde abgelegt hatten und nicht einmal bei heißen Anfällen ein Stückchen ihres Hinterns gelüftet haben würden, weil sie sich in Scham kasteiten.

»Ich stelle mir vor, dass die Fluke von ihrer Jungfräulichkeit kam, was bedeutet, vom zu geringen Gebrauch«, hatte er damals gesagt. »Weil sie immer ihre Schenkel zusammenpressten, von denen sie eigentlich wollten, dass man sie spreizte, doch niemand sagte je zu ihnen: Öffne sie, und so wuchs ihnen die schwielige Haut, die Hornhaut, der Knorpel, versteht ihr? Und diese Knorpelmasse verschloss sich zwischen den Schenkeln, Schuppe auf Schuppe, und so kam es, dass die beiden Beine miteinander verklebten und zu einer Fluke bei ihnen wurden. Und auch das Kupfergrün ist auf zu geringen Gebrauch zurückzuführen: Sie wurden nämlich im Wasser kupfergrün und verzierten sich zu Lilien wie Zwiebeln.«

Doch sie wunderten sich kein bisschen, dass er sie schuf und wieder zerstörte, ja, denn die Sirenen waren, wie der Angelhaken, seine Welt, sein Metier und sein Mysterium, daher konnte er mit ihnen machen, was er wollte.

Indessen erblühten sie in allem, sie wurden flügge und brauchten auch keine Algen mehr, um ihren Fisch mit einem Bart zu versehen. Und gegen neunzehnhundertsiebenunddreißig, achtunddreißig begab es sich, dass sie zufällig die Bekanntschaft des wahren, des eigentlichen Weibswesens machten, des christenmenschlichen Weibswesens, und da nun konnten sie sich eine genauere Vorstellung darüber verschaffen, ob es mehr oder weniger von der Sirene abstammte und damit von der Fere. Sie begannen zu verstehen, dass man bestimmte Frauenbilder auch Sirene nennen konnte, ohne Gewissensbisse zu bekommen, und dass, wenn man sie als Metapher verstand, bei der ganzen Sippschaft von Sirenen, Feren und Weibswesen, über die sich Don Mimì in seinen Phantasien ausließ, auch ein Fundament von Wahrheit sichtbar wurde.

Für sie war's gleichermaßen ein Vergnügen wie ein Missvergnügen, sich auf so unsanfte Weise in ein Weibswesen zu verwandeln. Später, als sie mit Leuten sprachen, die mehr Erfahrung hatten als sie, vor allem mit den Händlern, verstanden sie, dass auch der Verlust von Jungfräulichkeit nur eine lächerliche Frage war und für die Reichen, dank der Vaseline des Gelächters, niemals die Taktlosigkeit des ersten Mals besteht. Taktlosigkeit? Barbarei sollte er sagen, denn wenn er sagen sollte, was es für ihn persönlich bedeutete, das Weibswesen zu erleben, musste er sagen, dass es einerseits so war, als würde er sich das Fell versengen, wie es ist, wenn man einen Vogel über die Flamme hält, um seine feinsten Härchen abzusengen, die man nicht einmal sehen kann, und andererseits war es, als würde man Salzwasser schlucken, es war wie beim ersten Mal, als sie im Meer schwammen: auch dieses Mal, bei dieser ganz anderen Art des Abmühens, war es, als würden sie den Schwung verlieren und mutlos werden, während sie sich mit den Armen vorwärtstasteten, bei geöffnetem Mund und geschlossenen Augen.

Es war die fürsorgliche Behandlung einer Sirene, und damit hatte er alles gesagt. Wie Sirenen verhielten sie sich und als Sirenen begegneten sie ihnen dort, in ihrem Königreich, in denselben Gegenden am Meer. Und als Sirenen tauchten sie geheimnisvoll auf und verschwanden ebenso geheimnisvoll wieder, als wären sie aus den Grotten der 'Ricchia herausgetreten und wieder in sie zurückgekehrt. Das, was nicht nach Sirenenart war, war, dass sie sie gratis bekamen, und weil sie sich für Jungs ohne Vorzüge noch Wert hielten, für Grünschnäbel, die nicht einmal wussten, wo sie ihre Hände hin tun sollten, und daher natürlich auch keine Meisterschaft mit einem Weibswesen vorweisen konnten, war ihnen auch nicht bewusst, ihn, diesen Geschmack, auch gratis zu bekommen. Weil sie den Wert ihres Fischs nicht sahen, vergeudeten sie ihre Kräfte mit Nachdenken, warum ein Weibswesen ihn so sehr schätzte. Tatsache war, dass sie nie und nimmer wissen noch sich vorstellen konnten, dass so verkrustete Sirenen wie sie, Sirenen, die Fische von jeder Größe, von jeder Form, von jedem Geschmack bis zum Überdruss verkostet hatten, Appetit auf ihren frischen Fisch hatten, der gerade gefangen worden war und noch nach Meer duftete, und wesentlich mehr als auf die vielen wertgeschätzten Fische, die vielleicht auch erfahrener darin waren, in ihren dunklen, tiefen Nischen herumzuschwimmen, ihnen aber im Vergleich zu den Fischlein der Milchbärtigen wie tagelang abgestanden vorgekommen sein mussten. Kurz gesagt, sie träumten nicht einmal davon, dass die Neuheit und Frische ihres Fischs, seine Reinheit und seine Feinheit in deren Augen mehr, sehr viel mehr wert war als jede Meisterschaft und Erfahrung: Sie wussten nicht, so viel wert zu sein, anderenfalls hätten sie nicht gesagt, dass sie sie zwanglos und frei hatten. Und außerdem wieso frei? Weil es sie nichts kostete? Weil eine Sache etwa nur dann etwas kostet, wenn wir sie nehmen? Zwanglos und frei, sie sagten es und hätten es sagen müssen, dass die Weibswesen gegangen waren, ohne zu bezahlen, anders als es sonst geschieht.

Die Erste, mit der sie herumgemacht hatten, war eine von den Luxussirenen, die nach Meinung von Don Mimì ihre Phantasie sich nicht einmal vorstellen kann. »Unter ihnen gibt es welche, die wir nicht einmal mit dem Fernglas sehen können«, sagte Don Mimì zu ihnen über diesen privilegierten Schlag von Sirenen. »Es gibt unter ihnen solche, die nackt und grobschlächtig von hier weggezogen sind und eine hohe Stellung erworben haben. Verehrt, überhäuft mit Juwelen, was fehlte ihnen noch? Kokotten, Liedersängerinnen, Ausgehaltene auf Luxusschiffen, kurz gesagt die, die unter der Schleppe die Fluke als Bein tragen, deshalb bewegen sie sich so offen mit wogendem Hintern, denen hat das Glück die Brustwarze in den Mund gesteckt und sie nicht mehr herausgezogen. Von der 'Ricchia scheinen sie nie gehört zu haben, wenn jemand ihnen davon erzählt; sie schämen sich ihrer Herkunft, diese erfolgreichen, vergoldeten Hintern. Und im Übrigen pinkeln sie bei ihrem steinreichen Leben inzwischen auf die 'Ricchia, heutzutage haben sie das Meer zum Herumplanschen in ihrem Haus, ihr persönliches Süßwassermeer, das muss klargestellt werden, kein Salzwasser, und das haben sie in bestimmten Brunnen und Becken, wo es mehr Colonia Coty als Wasser gibt. Ihr müsst euch vorstellen, dass ihr Meer, je nachdem ob wir im Sommer oder im Winter sind, kalt oder warm ist. Das sagt euch, wie reich sie sind, doch das ist gar nichts, wenn ihr euch vorstellt, dass sie über eine ausgesprochene Vielzahl von farbigen und unterschiedlich duftenden Häuten verfügen, eine für jede Jahreszeit.«

Und die hier hatte, weil es Sommer war, eine Haut aus Schokolade an, und es war, als könnte man den Geschmack im Mund fühlen. Sie war sogar blond, eine Seltenheit für Sirenen in dieser Gegend, und nicht nur ihre Fingernägel waren rot angemalt, sondern auch die Fußnägel, so dass auch die wie Hände aussahen, wie Flossen, wie Flipperhändchen. Sie war wirklich eine Sirenenkokotte, denn sie befand sich an Bord eines dieser kostbaren Segler von großem Luxus, die Yacht heißen, aber Joht ausgesprochen werden, und aussehen wie eine Zierarbeit aus Kuchenteig, so zerbrechlich, dass man meint, man würde sie beschmutzen oder geringschätzen, wenn man sie nur mit dem Blick streift, so zerbrechlich und fein, dass er mehr ein Himmelssegler zu sein scheint als ein Meeressegler, und trotzdem umsegeln die Reichen mit ihm die Welt auf den Meeren, sie rauschen und fliegen dahin, als wären sie auf der Suche nach etwas, das sie nicht mit Geld bezahlen können, als würden sie vor dem Leben fliehen oder dem Tod entfliehen.

Da oben hatte Duardo sie gesehen, vier-, fünfhundert Meter von der 'Ricchia entfernt, im Tyrrhenischen, während er in dieser Gegend mit Federico einen Transport mit Gestein aus dem Meer machte. Von ihrer Joht aus hatte die Signora ihm Zeichen mit der Hand gemacht, doch er, ausgepowert, wie er war, und mit verschleiertem Blick, den er nach den Tauchgängen zu den Steinen bekommen hatte, hatte geglaubt, er würde geblendet werden. Zeichen mit der Hand? Die Reiche da sollte mir einladende Zeichen machen? Also wirklich … Duardo traute seinen Augen nicht, doch sie zeigte so viel und so vielsagend zu ihm hinüber, dass er am Ende daran glauben musste.

Federico ruderte und drückte das Ruder mit der Brust, mit voller Kraft, er sah nichts, und Duardo bemerkte es nicht. Stattdessen sprach er mit ihm am Abend, und sie vereinbarten, dass sie beide den Transport der Steinblöcke am nächsten Tag machen würden und so, weil vier Augen mehr sehen als zwei, gemeinsam prüfen wollten, ob dieses Weibswesen auf der Joht einladende Handzeichen zu ihnen herüberwarf oder nicht.

Am nächsten Morgen waren sechs von ihren Milchbärtigen mit der Feluke hinausgefahren, um eine weitere Ladung von Steinblöcken aufzunehmen. Die Pellisquadre, das brauchte gar nicht erst besonders herausgestellt zu werden, mussten ein Problem mit Feren, mit Fischmangel oder mit ertraglosem Fischzug haben, das entging einem nicht, wenn sie im Sommer die Feluke für Steinbrocken einsetzten und die Milchbärtigen verdonnerten, sich diese Schinderei aufzubürden. Diese Ladungen machten sie für die Maurerpoliere, die an dem gesamten Küstenabschnitt, an den Stellen, wo die Wellen gegen die Straßenränder schlugen, die Schotterschichten wieder herstellten, die die Winterstürme hier und da zerstört hatten. Die Auftraggeber zahlten ihnen auch zehn Lire für eine Ladung, weil sie herausgefunden hatten, dass das abgeschliffene Meeresgestein für diese Trockenmauern zum Schutz gegen das Meer ideal waren, doch die Steinblöcke im Meer lassen einen Blut spucken, bis ein Boot endlich bis zum Rand gefüllt ist. Wer macht das schon? Der Hunger muss einen wirklich in die Zange genommen haben, wenn man sich mit den Steinblöcken aus dem Meer abschinden muss.

Sie waren an denselben Punkt des Meeres gefahren, die eine fast unerschöpfliche Fundstelle für derartige Blöcke war, und sie lag in Richtung Casablanca, wo das unter der Oberfläche reich ausgebuchtete Ufer eine erste außerordentlich steinige Schicht aufweist und nicht einmal sehr tief liegt, weil die Abfälle und Bastardelle der Strömung, die von oben nach unten laufen und an den Ausbuchtungen des Ufers dicht auf dicht folgen, es beständig zerfressen und zernagen.

Die Joht war dort verankert, wo Duardo es gesagt hatte, halb versteckt zwischen den Einbuchtungen einer Handvoll Felsen. Von der Stelle aus, wo sie nach den Steinblöcken tauchten, konnten sie den Mast sehen und die verlassene Brücke am Heck. Den ganzen Vormittag über gab keiner auf der Joht ein Lebenszeichen von sich. Einer nach dem anderen von ihnen war abgetaucht und noch einmal abgetaucht, um Steinblock auf Steinblock hochzubringen, Blöcke, die im Wasser den Eindruck machten, sie würden leicht wie Kork aufsteigen, doch draußen, wenn man sie hob und langsam ins Boot hievte, schwer wurden wie Steinplatten aus Lava. Gegen Mittag war ihr Atem gekappt, und ihre Handgelenke taten weh, aber die Feluke war bis über den Rand voll, lag bis zum Freibord im Wasser, so dass es fast hereinlief, genau so, wie es die Auftraggeber verlangt hatten. Die anderen vier, die an diesem Tag die beiden Ritànos waren, dazu Enzo Schepis und Salvatorello Schirò, hatten den Weg über die Dünen nach Hause genommen, und er und Duardo, die sich gewissermaßen in Höhe der Dolle im Gleichgewicht hielten, hatten mit großer Mühe begonnen, diese mit Steinblöcken beladene Madò von Feluke dicht an der Oberfläche zu bewegen, die das ganze Meer, das sich unter ihr befand, hinter sich herzuschleppen schien.

Diese Fuhren von Steinen von dort bis zu der Stelle, wo sie die ersten Poliere beim Mauern sahen, am Ringo oder in Principe oder Contemplazione, dauerten Stunden und Stunden, langsam, ganz langsam unter einer Sonne, die sie auf kleinem Feuer erst auf der einen, dann auf der anderen Seite röstete, und vor Stadtmenschen, die im Meer badeten, ihnen mit Blicken folgten und sie wahrscheinlich für Irre oder zu Zwangsarbeit Verurteilte hielten: Und sie mussten die Erde küssen und die Augen zum Himmel aufheben, wenn der Auftraggeber kein ehrloser Mensch war, der den Vorteil ausnutzte, dass sie ihm die Ladung bis vor die Füße gebracht hatten, ohne vorher eine Vereinbarung abzuschließen, um ihnen jetzt am Preis zu zeigen, was ein Mafioso war, und ihnen sagte, dass der Meeresmarmor ihn im Augenblick zwar nicht interessiere, doch weil er selbst Familienvater sei, ihnen einen Gefallen tun wolle und ihnen das und das gebe und nicht eine Lira mehr … Und hier zeigte ihnen ein unehrlicher Auftraggeber, ohne rot zu werden, ganz selten eine offene Hand, doch viele Male zeigte er ihnen drei Finger, wie ein Priester, der sie mit Hoffnung erfüllen wollte: Drei Lire, drei. Konnten sie denn eine weitere Plackerei auf sich nehmen und die Steine wieder zurückbringen? Oder sollten sie die Feluke entleeren und die Steinblöcke ins Meer werfen, um diesen elenden Hund zu ärgern? Nehmt sie Euch, Vossìa, werter Herr, sagten sie dann immer am Ende. Und wenn es auf dieser Welt ein bisschen, ein kleines bisschen Gerechtigkeit gibt, müsste man sie alle, einen auf den anderen, auf den Bauch des werten

Herrn häufen, um ihn in der tiefsten Tiefe des Meeres zu ersäufen, fügten sie im Geist hinzu.

Vor der Dämmerung waren sie zurück auf dem flammenden Meer, das die Sonne zurückließ, als sie versank.

»Um sie wieder zu sehen«, sagte Duardo, »müssen wir uns dort zur gleichen Zeit und an derselben Stelle einfinden.«

Er sprach darüber wie über ein Mond-, ein Sonnen- oder ein Meeresereignis, das er gesehen hatte, oder wie über ein Gespenst, das ihm erschienen war, oder wie über eine große Bernsteinmakrele, einen Zackenbarsch oder eine Muräne, die sich in bestimmten Gewässern des Felsengrunds verborgen halten.

Die Frau befand sich da, im Liegestuhl, und als hätte sie sie bereits erwartet, saß sie schon mit aufgerichtetem Oberkörper da und schaute zu den beiden herüber: Blond, ganz golden, vom gleichen Altgoldton wie das Holz ihrer Joht. Sie ruderten langsam, um so langsam wie nur irgend möglich vor ihr vorbeizufahren, und Duardo redete mit ihm bei geschlossenem Mund und verzog die Lippen.

»Wenn sies so macht wie gestern, machen wir sie an, auch wenn sie da oben an Bord ist, einverstanden? Denn beim ersten Handzeichen geht einer zu ihr und sagt: Entschuldigt, Signora, habt Ihr uns ein Zeichen gegeben? Braucht Ihr etwas? Und der andere passt inzwischen auf, einverstanden?«

Sie wurde unterdessen immer kribbeliger: Jetzt witterte sie sie, wie ein Bracke die Wachteln, mit weit geöffneten Nasenlöchern, ohne sich zu regen, ohne zu schnuppern, ganz gespannt, und jetzt beugte sie sich nach vorne, als wäre sie im Begriff, einen Kopfsprung zu machen und zu ihnen zu schwimmen, doch irgendetwas hielt sie im Lehnstuhl fest. Sie musste alleine an Bord sein, wenn sie sich auf diese Weise kokett gab. Und in der Tat hatten sie die, die möglicherweise die beiden einzigen Männer an Bord waren, von denen der eine der Gatte dieses schönen Spielzeugs sein musste und der andere der Kapitän und in einem die Johtbesatzung, am späten Vormittag weit draußen auf einer Lanzitte gesehen, und sie waren immer noch da, etwa bei dem Fluss der Strömung, und blickten aufs Wasser, als hätten sie die Angelleine ausgeworfen. Doch angelten sie nicht: Auch die waren vielleicht solche, die gelegentlich kamen und Berechnungen über die Strömung anstellten, oder sie kamen wegen all der sonderbaren ozeanischen Fische, die sich in den Tiefen der beiden Meere zwischen Skylla und Charybdis tummelten, oder auch wegen der geheimnisvollen Aaleier oder auch wegen der Korallensträuße und Algenbüschel, die mit Millionen von Eiern jeder Art bedeckt waren und bei Nacht leuchteten. Sie kamen für das eine oder das andere und verbrachten Stunden und Stunden, um ihre Hörner da draußen in der Sonne zu rösten.

Sie ruderten mit starken Schlägen, nur um so zu tun, als ob, dabei fuhren sie unterhalb von ihr an ihr vorüber, wurden angesehen und sie sahen auch sie an. Mit zusammengelaufenem Wasser im Mund sahen sie sie Teil für Teil an, denn sie hatte eine Gestalt und ein Aussehen, das ein Arkelamekk an Neuartigem für ihre Augen war, und viel wäre ihnen entgangen, wenn sie sie nicht angesehen hätten, wie sie sie angesehen haben, mal, als wäre sie nur an einer Stelle ihres Körpers schön, mal an einer anderen. Sie betrachteten einen Fuß mit angemalten Zehennägeln wie einen Zackenbarsch, die sich ganz von alleine bewegten, die langen, schlanken und übereinandergeschlagenen Beine, die aus einem vorne offenen, kittelartigen, meerblauen Kleid hervorkamen; die Rundungen der Schultern und einen Teil der Brust, die man im Ausschnitt erkennen konnte; den Schwanenhals und das Köpfchen auf dem Schwanenhals; das blonde, glatte Haar, das vom Salzwasser angeklebt war; die langen, schmalen Augen, Augen einer Kokotte, ein Schlitz unter den Lidern, ein Gitter, durch das sie heimlich zu ihnen herüberblinzelte; den Mund, der ebenso geschnitten war wie das Auge, wie das Auge mit Gitterblick, die feinen Lippen fast nicht vorhanden, wie bis zur Durchsichtigkeit langgezogene Augenlider, ein funkelndes Auge mit weißen dichten Zähnchen, und diese Zähnchen schienen immer mehr zu werden, wenn man sie lange genug betrachtete, vervielfacht durch den Blick, bis sie so viele wurden wie bei einer Fere und mit der gleichen Spitze eines Rosendorns. Dieser Mund war wie das dritte ihrer koketten Augen, die Augen einer Eule, die bei noch warmem Blut einbalsamiert wurde, die Gitter, durch die sie hinauszublicken und eine Art Geheimnis einzuatmen schien. Das jedoch war ein zum Weibswesen gewordenes Geheimnis, und dieses Weibswesen, das so wild darauf war, durchgewalkt zu werden, und sie anschaute, als würde sie bereits mit beiden zugleich herummachen, dieses Weibswesen verstanden sie. Und sie schauten sie am Ende noch einmal an, alle Teile zusammen, sie als Ganzes, von oben nach unten und rund um die Hüften, bei denen man sehen konnte, wie schmal sie von Natur aus waren, und wie sie sie noch schmaler machte, wenn sie sich streckte, ihren Hals verlängerte und sich völlig drehte und sich dort der Tallje hingab, gleich einer Schraubendrehung, in der sie sich gewissermaßen verknotete, gewissermaßen erdrosselte, als wollte sie für einen Augenblick die Durchwalkerei der Reize unterbrechen, die sie von unten herauf überfielen. Und das, der Umfang der Tallje, schien genau der Punkt zu sein, wo man sie packen und mit nur einer Hand umfassen und gleichzeitig sicher sein konnte, dass sie doch ganz da war. Duardo musste das Gleiche gedacht haben, denn er hatte ihn stöhnen hören: »Da könnte man sie zerbrechen.« Wer weiß, warum sie beide daran dachten, wer weiß, warum beide den gleichen Genuss bei dem Gedanken empfanden, sie um die Hüfte zu fassen und da zu zerbrechen. Vielleicht war es, weil ihnen bei ihrem Anblick das Wasser im Mund zusammenlief, wie bei einem Plätzchen, das sich Stück um Stück in ihrem Mund auflöste; und tatsächlich konnte er Duardo hören, und Duardo konnte ganz sicher auch ihn hören, wie es in seinem Hals gluckste, wenn er schluckte. Doch vielleicht musste auch sie die beiden mit ihren nackten Oberkörpern und nur mit Hosen bekleidet ansehen, wie wenn sie Plätzchen wären und bereits in ihrem Mund lägen. Tatsächlich sah sie sie an, und dabei leckte sie sich mit ihrer kleinen Zunge die Lippen, als würde sie bereits deren Krümel aufsammeln.

Als sie sich ganz langsam bugwärts bewegten, von wo aus sowohl sie als auch die Jungs ihre Augen mit gegenseitigem Anschauen füllen konnten, wiederholte sich da das Phänomen, allerdings noch beeindruckender, als es Duardo beobachtet hatte. Es geschah nämlich, dass die Blonde unvermittelt lächelte, doch lächelte sie nicht ihnen zu, sondern ihrem Gedanken, dann öffnete sie ihren Morgenmantel, nahm eines ihrer kleinen, spitzen Ziegenbrüstchen in die Hand, führte ihren Mund dicht heran und begann zu reden, wölbte ihre Lippen vor, als hätte sie einen Säugling dort an der Brust liegen und würde ihn verhätscheln. Dann tat sie das Gleiche mit dem anderen Brüstchen, und danach beschäftigte sie sich abwechselnd ein bisschen mit dem einen und ein bisschen mit dem anderen. Sie drehte den Kopf und bewegte hastig die Lippen, mit zusammengebissenen Zähnen, wie wenn sie damit spielen und den beiden Zwillingssäuglingen wer weiß welche geheimen Wörtlein sagen würde, während sie sie gleichzeitig streichelte, ohne je aufzuschauen, und sei es auch nur flüchtig, um einen Blick zur Feluke vor dem Bug zu werfen. Sie verhielt sich, als wäre sie völlig allein, einzig in der Gesellschaft ihrer Brüstchen.

»Gestern hat sie das nicht getan«, hatte Duardo geflüstert und seinen Speichel hinuntergeschluckt, und er hatte gedacht, er würde das Lecken ihrer Brüste meinen, das die Blonde an sich ausführte. Doch gleich fügte Duardo hinzu: »Vielleicht änderte sie das Signal, weil sie dich heute gesehen hat.«

»Signal? Das da nennst du Signal? Soll ich ihre Brüstchen etwa als leuchtende

Scheinwerfer betrachten? Und außerdem, was hab ich denn damit zu tun? Sie spielt mit dir zusammen. Wenn sie also mit der nackten Brust Signale gibt, dann gelten sie dir.«

»Aber siehst du nicht, dass sie mit beiden Brüsten herumspielt? Was soll das denn bedeuten, in dieser stummen Sprache? Doch wohl: Ihr interessiert mich alle beide.«

Als hätte sie's gehört, blickte die Blonde auf und sah sie wieder an, mit hochgezogener Augenbraue, und die Brüstchen waren weiter deutlich sichtbar. Einen Augenblick lang starrte sie sie fest an, begierig und nachdenklich. Dann war sie noch einmal über die Brüstchen gefahren, und als sie dann noch einmal aufblickte, hatte sie mit dem goldenen Köpfchen ein Zeichen in ihre Richtung gemacht, als wollte sie sagen: Nun macht schon, klettert herauf, kommt und begeistert euch, jeder an seinem Brüstchen, los, klettert herauf, steigt herauf, steigt zu mir an Bord.

»Ein Signal, sie hat doch ein Signal gegeben, oder?«, sagte Duardo, und die Rebellion seiner Gefühle erstickten seine Stimme, denn jetzt hatte sich das Phänomen ganz genau wiederholt. »Oder, 'Ndrja? Sie signalisierte doch, oder? Mit dem Kopf zwar, aber doch ein Signal, oder?«

»Ja, diesen Eindruck hatte ich auch.«

»Was soll ich also tun? Soll ich sie fragen gehen? Signora, haben sie uns ein Zeichen gegeben? Heh, geh ich an Bord und frage sie das?«

»Jetzt hat sie aber nicht mehr das Lächeln von vorhin. Jetzt ist sie ernst geworden. Ach, Duardo, könnte es nicht auch sein, dass du dich hast blenden lassen?«

»Blenden? Und all die Berührungen ihrer Brüstchen, die sie uns gezeigt hat, Berührungen, die eine Frau, denke ich mal, nur vor ihrem Mann macht?«

»Na ja, vielleicht überkam sie nur die Lust, sie in diesem Augenblick zu streicheln, und da streichelte sie sie eben. Kann ja durchaus sein, dass sie uns in ihre Rechnung gar nicht einbezogen hat …«

»Ach, du meinst nicht? Sie schaut uns an mit heraushängenden Brüsten und hat uns nicht miteinbezogen?«

»Aber siehst du denn nicht, dass sie sich abgewendet hat? Und wie es aussieht, hat sie nicht einmal bemerkt, dass wir hier sind.«

Die Blonde hatte sich tatsächlich auf die linke Seite gedreht und schaute in die Ferne, wie wenn sie die Augen anstrengen würde, um die Lanzitte der Joht ausfindig zu machen.

»Was soll denn das? Erst versprechen, dann bereuen?«, hatte Duardo verärgert gefragt. »Sie lockt uns mit Rauch, lässt uns den Duft riechen, doch dann zieht sie sich zurück und lässt uns mit ausgetrocknetem Mund zurück? Wie denn das? Eine so großartige Signora von so großer Klasse wie sie?«

»Großartige Signora? Don Mimì wüsste genau, wie man sie bezeichnen sollte.«

Sie standen still, gegen die Strömung gerichtet, die Ruder waren hochgestellt, zwanzig, dreißig Meter von der Joht entfernt. Es verging keine Minute, und auf ihre gewohnte Art gab sie völlig unerwartet ein weiteres, durchaus freundliches Zeichen, und dieses Mal konnte man nicht von Täuschen, von Blenden sprechen, denn dieses Mal sandte sie ihnen die Einladung knapp und bündig hinüber, indem sie mit der linken Handfläche nach innen winkte, ganz auffahrend: Kommt doch, steigt herauf, besteigt mich … und ihre Brüstchen bewegten sich mit ihr wie zwei kleine Zitronen am Baum.

»Wir?«, fragte Duardo sie daraufhin, legte eine Hand an seine Brust und berührte dann seinen Freund an der Schulter.

Da wiederholte sie die Zeichen mit der Hand, jetzt aber mit einem gewissen Zorn und einer gewissen Verachtung, drehte sich zwischendurch auch ein- oder zweimal weg, um zur Lanzitte hinüber zu schauen, die einige Meilen vom Ufer entfernt war.

»Los, beeilen wir uns«, hatte Duardo gesagt. »Die da ist schon ganz fickrig geworden.«

Sie hielten neben der Leiter am Bug, und als sie die Augen nach oben richteten, befand sie sich gleich über ihnen, und unter ihrem Morgenmantel war sie völlig nackt, vorne war alles offen, golden und mit Salz überstreut, dass sie einerseits aussah wie ein Hering und andererseits wie eine Sardine, doch so hager, so biegsam, so gelblich leicht und sonnengebräunt, dass sie eher den Eindruck eines Maishalms erweckte, eines aufgeschossenen Maishalms, der nicht geschnitten worden war. Doch der Anblick dieses Maishalms oder dieses Ostgotenhalms hätte ihnen den Atem verschlagen, wenn es nicht so gewesen wäre, dass sie, als sie sie sahen, als sie ihren Blick hinauf zu ihrer Nacktheit wandten, zu ihrem Gesicht, gleichzeitig darauf aufmerksam wurden, wie sie sie mit ihren langen, schmalen Augen gespannt beobachtete, wie wenn sie alleine neugierig wäre zu sehen, aus welchem Grund sie gekommen waren. Duardo, mit der Hand an der Leiter, legte die Feluke an der Seite an, sie schauten sich an und waren ein Esels- und ein Löwenherz; außerdem, und das verwirrte ihre Vorstellungen noch mehr, packte die Blonde den Gürtel ihres meerblauen Morgenmantels, der seitlich herunterhing, und wenn sie ihn auch nur der Form halber um ihre Hüften wickelte, so war es doch mehr der Gürtel als der Morgenmantel. Da nun hätten sie geschworen, dass sie vollkommen einer Täuschung erlegen waren, wenn es nicht darum gegangen wäre, dass die Signora, auch mit dem meerblauen, vom Gürtel zusammengehaltenen Morgenmantel, weiterhin nackte Brüste zeigte und eine Hand gelegentlich wie von alleine dort hineinfuhr, als wollte sie die beiden Säuglinge ruhig halten. Doch Tatsache war, dass sie sie hart anstarrte, wie Feinde, wie sarazenische Piraten, die sie überfielen, sie aber sehr wohl auf jede Beleidigung und auf jeden Angriff vorbereitet wäre, doch um Erbarmen flehen, um Gnade, niemals! Wo nicht, was war es dann, das ihr all diesen Hochmut und all diesen Ekel ins Gesicht trieb?

Ebendeshalb hielt es Duardo am unteren Teil der Leiter für seine Pflicht, sie noch einmal durch Zeichen mit der Hand zu fragen, ob er heraufkommen sollte oder nicht, doch sie klatschte in die Hände, trocken und schnappend, als wollte sie gerade in Zorn geraten und ihn mit ihrem koketten Eulenblick niederstrecken, sagte einige Worte in ihrer fremden Sprache, die nicht einfach nur schlichte Wörter gewesen sein konnten, sondern wohl Schimpfwörter, Unanständigkeiten.

»Kommt mir fast so vor, als hätte uns eine despotische Herrin in ihren Dienst gestellt, die keine Widerrede duldet«, sagte Duardo mit zusammengebissenen Zähnen zu ihm, während er die Blonde ernüchtert ansah. »Kannst mir glauben, 'Ndrja, mir ist beinah jede Absicht verflogen, die ich hatte …«

»Nein, jetzt muss sie uns sagen, welche Absicht sie hatte, als sie uns die Tittchen zeigte. Deshalb geh zu ihr und frag sie: Signora, warum habt Ihr uns Eure Brustwarzen gezeigt?«

»Warum gehst du denn nicht vor, du bist doch größer?«, brachte Duardo ganz ernst hervor, und er musste lachen.

»Du hast sie zuerst gesehen«, antwortete er ihm seinerseits ernst. »Und dir hat sie doch als Erstem das Signal der Trumpfkarte gegeben. Ist schon klar, dass die Niederen, die Primitiven ihr Blut in Wallung bringen, auch wenn ich sagen muss, dass die da, glaube ich, ihre Grillen und Launen mit Hohen und Niederen, Langen und Kurzen befriedigt.«

Duardo sagte nichts, verknotete ein Seilende und sicherte die Feluke da unten an der Leiter und stieg hinauf, und er kam gleich hinter ihm. Die Blonde war da geblieben und hatte sie am Ende der Leiter erwartet, und dort, eine

Spanne von ihr entfernt, entdeckten sie als Erstes, dass sie nicht mehr ganz so jugendlich war, und dann entdeckten sie, dass es noch mehr Eindruck machte zu sehen, wie, obwohl sie hochgewachsen war, sie so gertenschlank war, so zierlich und knochenstakend an den Schultern, in der Hüfte und in allem, von den Brüstchen, die, aus der Nähe betrachtet, aussahen wie zwei Tropfen getrockneter säuerlicher Zibeben, zu den Augen mit ihrer vom Argwohn zerschnittenen Vergitterung, mit dem blassblauen und Kälte verströmenden Flecken der Iris in der Mitte, zu den dünnen Lippen ihres Mundes, der mit Sägezähnchen ausgereiht war, zu der Löwenmähne mit aufgesprühtem Blond auf ihrem Köpfchen und unten Weiß und Aschgrau.

Wieder drehte sie sich um und schaute zur Lanzitte weit da draußen, dann wandte sie ihre Augen himmelwärts, um zu sehen, wo die Sonne stand, und die Sonne stand inzwischen ganz auf dieser Seite, gewissermaßen senkrecht über ihnen, dann lächelte sie wieder, wie sie vorher gelächelt hatte, ihrem verborgenen Gedanken zu, mit diesem Lächeln, das alleine schon ausreichte, um zu sagen, dass, ob Christenmenschin oder Sirene, diese blonde Frau zum Schlag der Feren gehörte.

Ohne sie anzuschauen, gab sie ihnen ein Zeichen, ihr zu folgen, sie begab sich zur Luke, und ohne sich noch einmal umzudrehen, trat sie wortlos auf das Treppchen: Fast war es, wie wenn sie beide unten haben wollte, doch einer von ihnen musste auf alle Fälle Wache stehen, auch wenn die Signora offensichtlich nicht den geringsten Gedanken darauf verwandte, und der, dem diese Aufgabe zufiel, war richtigerweise er. Indessen stieg Duardo hinunter, danach würde man schon sehen, ob auch er hinuntersteigen sollte, das hätte man dann der Signora angesehen. Jedenfalls sah Duardo aus, als würde er jetzt zum Schafott geführt.

»Die wird doch wohl kein Geld verlangen, oder, 'Ndrja?«, fragte er ihn noch einmal an der Luke und schwitzte im ganzen Gesicht.

»Geld?«, wiederholte er, der das nicht erwartet hatte. Dann deutete er mit der Hand ringsum, auf den ganzen Reichtum der Joht, auf die ganze Joht des Reichtums, den sie beherbergen musste, sowohl auf Deck als auch unter Deck, er deutete auf all die Schätze von vergoldeten Chromteilen und auf die Edelhölzer, die Liegestühle und die feinen bunten Bademäntel, wie wenn er ihm sagen wollte: Geld von uns? Eine, die so reich ist? Doch sagte er sich: Was weiß denn ich, und da soll ich den Klugen bei Duardo spielen? Was weiß denn ich, ob eine, die so reich ist, Geld für das Vergnügen verlangt, das sie schenkt? Und was weiß denn ich schon, ob sie das Vergnügen schenkt oder empfängt und ob sie, auch wenn sie es empfängt, eine Bezahlung verlangt? Hab ich meine Augen etwa offen? Was weiß denn ich, bin ich etwa Duardos Schlaufuchs? Bin ich denn schon da durchgegangen und weiß, wie ich mich verhalten soll? Allerdings, dachte er dann, wenn die mich auch dabei haben will, dann richte ich mich ganz nach Duardo. Nur hatte Duardo niemanden, nach dem er sich richten konnte.

»Hoh, 'Ndrja?«, fragte er noch einmal. »Kann das denn sein? Zeigts sich praktisch denn nicht jetzt, dass das, was Don Mimì erzählt hat, die Wahrheit war? Ob sie mein Blut wohl zum Sieden bringt? Hat nicht auch die hier die barbarische Gewohnheit, in einem Happen den Fisch mit Bart aufzuessen?«

Duardo steckte den Kopf zur Luke heraus, und sein Blick flehte um Erbarmen und Beruhigung. Es war, als würde ihm erst in diesem Augenblick der Gedanke durch den Kopf gehen, dass alles, was Don Mimì erzählte, für ihn den Beigeschmack vom Märchen eines Weiberhelden hatte, alles, was sie außerhalb und innerhalb der 'Ricchia aufführten, einen Untergrund von zuverlässiger Wahrheit haben konnte und dass man diese zuverlässige Wahrheit, wenn es sie denn gab, schön eingekuschelt einzig zwischen den Schenkeln der Weibswesen vom Schlag dieser Blonden hier finden konnte, und ihm stand es als Erstem zu, diese Tiefe von behaarter Wahrheit auszuloten und zu erfahren, das fiel ausgerechnet ihm zu, mit persönlichem Risiko.

Um das Werk zu vervollständigen, zeigte sich die da unten wieder, weil sie ihn nicht hatte herunterkommen sehen, und zwar mit ihren offenen Brüstchen, sie schrie Duardo an, zog sich dann wieder zurück, schrie aber weiter und brachte auf diese Weise mit all ihren Heits und Keits viele sich überlagernde und zornige Echos in dem engen Schlauch zur Treppe hervor, und dieses weibliche Geplärr brachte ihnen beiden, vor allem aber Duardo, verständlicherweise das Lärmen der an der 'Ricchia eingegrotteten Sirenen ans Ohr zurück.

Da stieg Duardo mehr verwirrt als überzeugt hinunter und dachte vielleicht weiterhin, dass er sich aus eigenen Stücken ins Maul einer ausgehungerten Sirene warf. Er blieb da oben, und in seiner Vorstellung lächelte er, wenn er Duardo sah, wie er mit geschlossenen Augen an den Knöcheln in die Gewässer der 'Ricchia gezogen wurde. Bis zu diesem Augenblick war ja weiter nichts zu sagen, die Erfahrung, die sie damit hatten, die einzige und alleinige, war die von Don Mimì: Statt an das Weibswesen zu denken, das sie dort hatten, nackt, unter ihren Händen, dachten sie an die Sirenen, die Don Mimì ihnen mit seinen Worten nebelhaft vorgegaukelt hatte, Worte allerdings, die ihnen in den Ohren nachklangen.

Das Aufpassen besorgten die Augen ganz alleine, sie taten es, indem sie Ausschau hielten, ob die Lanzitte aus der Ferne zurückkam: die Ohren aber hielt er mit der ganzen Konzentration seines Verstands zur Luke vor der Höhle geneigt, als wäre sie die Öffnung der 'Ricchia. Anfangs herrschte eine derartige Stille da unten bei den Kabinen, dass man meinen konnte, es wäre niemand sonst an Bord der Joht als er. Dann hatte dieses grätige Weibswesen sich hören lassen: zuerst erstickt und dann immer aufrührender und schriller hatte sie begonnen, einen Haufen Schreie in ihre Worte zu werfen, Schreie, eigentlich halbe Schreie, Schreie, die vielleicht nicht einmal echte, richtige Schreie waren, Klänge fremdländischer Worte, die beim ersten, allerersten Aufkreischen wie tierische Verse wirkten und auf ihrer Flucht nach oben durch den Bootsbauch den Klang von Schlägen mit einem Lederriemen annahmen, wie von Hauern, die ins Fleisch stießen. Er verstand nicht, was da unten vor sich ging, er verstand nicht, was Duardo machte, und als er am Ende die zwischen Schmerz und Wut plötzlich auffahrende Stimme seines Freundes hörte, die oh, oh, au, au und oh machte …, machte ihn das noch verwirrter, denn welche Rolle spielte Duardo da unten, der, während die da den Eindruck erweckte, dass man sie zerriss, anscheinend rebellierte und mal oh und mal au sagte, welche Rolle spielte er? Die Rolle des Schlächters oder die des gemarterten Märtyrers? Die Rolle der Sirene oder die des Seefahrers?

Was er zuletzt gehört hatte, war ein dumpfes Klagen mit zusammengebissenen Zähnen, als wäre die Blonde, ohne auch nur eine Andeutung von Bauch, in diesem Augenblick von Geburtswehen erfasst worden. Und gleich darauf hatte er Duardo gesehen, der unten an der kleinen Treppe mit heraushängenden Augen wieder ans Licht kam: Er hatte gerade wieder seine Beine in die Hose gesteckt, doch die Hände schien er zur gleichen Zeit geöffnet über seinen Fisch mit Bart zu halten, wie wenn er dort eine Verletzung hätte, die ihn leiden ließ. Hinter ihm war auch sie wieder aufgetaucht, die Blonde, splitternackt, gertenschlank wie ein gerösteter Hirsekolben, mit dem Blond der Rispe oben und dem Bärtchen von dunklerer Haarung unten: Von der Luke aus sah er sie an, und er dachte nicht entfernt daran, dass sie sich nach Duardo herbeilassen würde, auch ihn nach unten zu rufen. Stattdessen rief sie ihm etwas zu, und er verstand, dass sie ihm sagte, er solle herunterkommen.

Während er hinunterstieg, fragte er mit seinen Blicken Duardo, welchen Eindruck sie auf ihn gemacht habe, auch wenn die Hände, die er dort im Schritt hielt, alleine schon viel aussagten, und in dem Augenblick, als sie sich Auge in

Auge auf der engen Treppe gegenüberstanden, biss der Freund sich auf die Lippen, würgte an Worten und flüsterte ihm zu: »Recht hatte Don Mimì, er hatte recht … und ein Glück, dass dieser Mund da, der Mund, mit dem sie zuschnappt, keine Zähne hat. Sonst …«

Sie standen noch auf der Treppe, er und Duardo, als diese Söhne einer Flittenmutter, nämlich Salvatorello, Demetrio, Enzo und Melo nackt und tropfend vor der Luke auftauchten, denn am Vormittag mussten sie erahnt haben, was er und Duardo mit der Signora der Joht im Schilde führten, und vielleicht hatten sie sie bei der Rückkehr vom Ufer aus gesehen, als sie sich zuerst unterhalb des Decks und dann an Deck der Joht aufhielten, und so waren sie herübergeschwommen, wie wenn auch sie sich ihr Teil nehmen wollten, und nicht nur die beiden Ritànos, sondern auch Enzo und Salvatorello, die beide überhaupt erst noch milchbärtig werden mussten.

Es war ein herrliches Aufeinandertreffen zwischen der nackten Frau unter Deck und ihnen auf Deck. Die Blonde aber hatte nicht erkennen lassen, dass sie aus der Fassung kam, im Gegenteil, sie hatte gelächelt, doch ihr Lächeln galt nicht ihnen, sondern richtete sich, wie auch vorher schon, noch einmal an den Gedanken, genau so, wie wenn sie mit dem Verstand lächelte, nicht mit dem Mund, und nachdem sie ihm zu verstehen gegeben hatte, er solle sich in die Kabine machen, hatte sie denen oben noch ein Zeichen gemacht, wie wenn sie sagen wollte: Wartet, ihr kommt auch noch an die Reihe, ich schmücke euch alle, wie ihr da seid, einen nach dem anderen.

Drinnen hatte sie ihn von hinten zu einer niedrigen Koje buxiert, auf die legten sie sich, sie zog einen blumigen Vorhang zu, und so waren sie da drinnen in völligem Dunkel wie in einer Nische, und damit war es ihm, als würde er sich wieder in die Grotte bei der 'Ricchia zurückziehen. Zudem waren diese Schlaufüchse, nachdem die Signora ihnen zu verstehen gegeben hatte, dass sie alle Trümpfe besaß, frech wie nie sogar unter Deck gestiegen und warteten auf ihren Augenblick, und jetzt hörte er sie von der Koje aus flüstern, während Duardo sie anfauchte, wieder nach oben zu kommen. Da drinnen drangen die Stimmen an sein Ohr wie die Stimmen von draußen nach drinnen an der 'Ricchia.

Er hatte gefühlt, wie er an einer Schulter gezogen wurde, und weil er dort auf der Kante saß, musste er den Kopf schräg halten, gegen den Vorhang. Um mit dem Kopf nicht an die obere Koje zu schlagen, musste er sich etwas auf die Hände und die Knie stützen. Er hatte den Atem angehalten, und dann war, wie ein Krebs, der sich im Stockdunklen auf ihn zubewegte, eine Hand von ihr gekommen und befummelte ihn überall ganz entschlossen, damit er sich die Hose auszog, und im dichten Dunkel, das die Enge der Koje noch dichter zu machen schien, kam es ihm vor, als hätte sie sich ganz auf ihre langen, dürren, fingerbenagelten Hände reduziert, die ihn berührten und drängten, eilig seine Hose auszuziehen.

Die Hose hätte er ausziehen sollen, bevor er in die Koje kroch, die gerade einmal für eine Person zum Schlafen reichte, und jetzt waren sie zu zweit, und was erst, wenn einer von beiden sich die Hose ausziehen sollte? Er drückte sich mit dem Hinterteil von ihr weg, doch sie packte ihn bei den Haaren und erlaubte es ihm nicht, woraufhin er versuchte, vorgebeugt wie er war, die Beine aus den Hosenbeinen zu ziehen, und diese krebsige Hand stieß, während er weiterhin in alle Richtungen versuchte, sie im Stockdunklen mal hier und mal da zu ziehen, sie stieß oder traf, wäre vielleicht besser gesagt, auf seinen Fisch mit Bart. Da packte ihn ein wirklicher Schrecken, und zwar derart, dass es ihm den Atem verschlug; denn blitzartig fuhr ihm durch den Kopf, dass die blonde Signora, wenn sie erst einmal den Fisch mit Bart an der Angel hatte, ihre wahre Natur zeigen würde, die einer Sirene, und vielleicht in der Lage gewesen wäre, das bei ihm zu holen, was sie bei Duardo nicht bekommen hatte, nämlich den Happen. Oder aber hatte Duardo, wie es sich oft im Eifer des Gefechts ergibt, noch gar nicht gemerkt, dass er verwundet war, auch wenn er meinte, seine Hand darüber zu halten? Er wurde so mutlos, er empfand sich so eingeschlossen und fast schon gefangen in dieser Koje, dass es in seinem Inneren war, als würde er sich dem Schicksal ergeben, und weil die Blonde ihn zog, ihn so zog, als wollte sie ihm ihn mit der Hand wegschnappen, setzte er ihr keinen Widerstand mehr entgegen, im Gegenteil, weil sie ihm mit dem ruckartigen Ziehen wehtat, dachte er, dass es in jedem Fall besser wäre, sich gleich in den zahnlosen Mund zu stürzen, und so rückte er zu ihr, dabei rückte er auch ihn, ja, ihn sogar zuerst, den Fisch mit Bart, an dem sie immer barbarischer zog und zog, vor und nach vorne, zugleich mit allem anderen.

In diesem Augenblick war sein Kopf so verwirrt von Sirenen, die Weibswesen waren, und Weibswesen, die Sirenen waren, von dem, woran er sich erinnerte, wie wenn er es selbst erlebt hätte, und dem, was er gerade erlebte, wie wenn er sich daran erinnern würde, dass es an diesem Punkt für ihn war, wie wenn diese blonde Signora Sirene da in der Koje wirklich nur ein einziges Mal zuschnappen und seinen Fisch mit Bart verschlingen würde, und das mit einem zahnlosen Mund, der sich zwischen ihren Schenkeln befand, und dabei atmete wie der Saugnapf einer Krakin, etwas einem Ring Vergleichbares, das sich vor ihrem Feuer und ihrem Wasser dehnte und zusammenzog und sich dann unerbittlich schloss. Er verfolgte alles mit stockendem Herzen aus Angst vor irgendetwas, das jeden Augenblick geschehen könnte, und zugleich empfand er eine heftige Scham, die dann zur Demütigung wurde, nicht einmal zu erkennen, wann und wo und was all diese Lust war, von der die erzählten, die das schon hinter sich hatten.

Völlig vermameluckt fasste er keinen Gedanken mehr, weder wo er war, noch bei wem, als er Duardo durch die Luke hatte rufen hören: Der Ehemann, der Ehemann!, und gleich darauf herrschte oben ein großes Durcheinander von summenden Stimmen und auf den Holzplanken der Joht herumtrappelnden nackten Füßen.

Vielleicht weil auch er an der Luke gelauscht hatte, hatte Duardo die beiden Männer erst gesehen, als sie schon an Deck waren, daher hatte er keine Zeit gehabt, schon früher Alarm zu schlagen. Der von den beiden, der mit Sicherheit der Kapitän gewesen sein musste, wollte sich gerade auf Duardo stürzen, doch der andere, der Gatte der Signora, hatte ihm ein einziges Wort knallhart zugerufen, und dieser, der ihn finster und beinahe voller Verachtung ansah, war dann seiner Wege gegangen und hatte sich damit beschäftigt, die beladene Lanzitte still und tonlos zu entladen.

Der Ehemann war ein ausgesprochener Riesenmensch, auch wenn seine Schultern leicht gekrümmt waren, er musste um die fünfzig sein, sein Bart und seine Haare sahen aus, wie wenn sie mit Schnupftabak bestäubt worden wären, und er trug eine Brille. Als er ihn sah, konnte er nicht umhin, sich zu fragen: Was brauchte sie denn uns Jungs bei einem solchen Ehemann? Genügt er alleine ihr nicht, um sich herauszuputzen, wenn sie ihre großen Schenkel breitmacht? Er hätte sie zum Strauß zusammenbinden können, wenn er gewollt hätte. Doch stattdessen hatte er Duardo gesehen, hatte die anderen vier nackt an der Treppe gesehen, und schließlich hatte er auch ihn gesehen, noch in der Kabine, nackt neben seiner noch splitternackten Frau, und trotzdem hatte er sich weder verwundert noch wütend gezeigt. Er hatte Duardo und die anderen vier, die jetzt gar nicht mehr wussten, wohin sie ihre Hände zuerst tun sollten, um sich zu bedecken, aufgefordert, nach unten zu steigen, er hatte sie vor sich hergeschoben und war dann hinter ihnen heruntergekommen, und zwar ganz ruhig und gewissermaßen freundschaftlich.

Die Signora hatte die Beine aus der Koje gezogen und zündete sich eine Zigarette an, als der Ehemann hereingekommen war. Sie sah ihn nicht gleich an, sondern richtete ihren Blick mit einem Anflug von Spott und Provokation auf ihn, während sie sich ihren meerblauen Morgenmantel über die Schultern warf.

Sie wechselten Worte in ihrer Sprache. Er war freundlich und lächelte, und auch sie lächelte anfangs, doch dann musste ein Satz ihres Mannes sie auf die Palme gebracht haben, und sie hatte sich auf ihn gestürzt, der Morgenmantel war ihr von der Schulter geglitten, aber auch noch nackt hatte sie sich mit ihren Krallen auf ihn gestürzt, so dass der sie geradezu feinfühlig mit einem Schubs mit der Hand zurück in die Koje gestoßen hatte. Da war sie wieder zum Angriff übergegangen, wurde wieder zurückgestoßen, sie hatte versucht, sich an seinem Arm festzuklammern, doch er hatte sich, ohne sich im Geringsten zu bewegen, von ihr losgemacht. Dann fing sie an, nach irgendetwas in der Kabine zu suchen. In ihrem Blick lag so viel Wahn, dass man denken konnte, sie würde möglicherweise nach einem Revolver suchen, doch dann war es nur ein Päckchen Zigaretten; nachdem sie es gefunden hatte, zündete sie sich eine weitere Zigarette an, setzte sich auf die Kojenkante und forderte ihren Mann zur zweiten Kampfrunde heraus. Doch ihr Mann kämpfte mit ihr auf seine Weise: Er war nämlich zu einer Schublade gegangen und nahm aus einem Portemonnaie eine Handvoll Geldmünzen heraus, allesamt Fünflirestücke. Als sie das sah, musste sie gewaltig lachen, doch als würde er das überhaupt nicht hören, ging der Ehemann unten an die Treppe und fing bei Duardo an. Er nahm dessen Hand, öffnete sie und legte ein Fünflirestück hinein. Grazie, prego, hatte er zu ihm gesagt, alles er.

Da hatte seine Frau ihm Worte nachgeschrien, die ganz sicher keine Freundlichkeiten waren, sie hatte ihm die brennende Zigarette ins Gesicht geschmissen, gleich darauf aber war sie in Lachen ausgebrochen, ein Lachen mit einem barbarischen Genuss am Lachen, vielleicht weil Duardo mit seinem Nein, nein und weil er sich zurückzog, die Handfläche erhoben hatte und das Fünflirestück auf den Boden gerollt war. Der Ehemann, der ganz ruhig, ja sogar außerordentlich ruhig in ihren Augen war, hielt, nachdem er den Zigarettenstummel mit einem Fuß ausgetreten hatte, nach und nach jedem von ihnen seine Fünflirestücke hin, doch jeder hatte es jedes Mal wie Duardo gemacht: Er hob die Hand und streckte die Finger aus, so dass sich jedes Mal das Fünflirestück irgendwo in der Kabine verlor. Er aber schien nichts zu sehen und auch nichts zu hören, er war so groß nach Statur und Gedanken, dass er vielleicht wirklich nicht die Fünflirestücke aus ihren Händen fallen sah, noch das Klingen des Silbers auf dem Holz hörte. Grazie, sagte er, prego, antwortete er sich selbst, denn für ihn zählte möglicherweise nur das, zählte nur, dass er sie bezahlte und sich für das Vergnügen bedankte, das sie seiner Frau bereitet hatten. Doch was das Vergnügen anging, so bereitete er ihnen auch einiges; denn es lachte, dieses grätenschlanke niederträchtige Weibswesen lachte, es lachte, bis sie nicht mehr konnte, es lachte, dass man davon fast krank werden konnte, jedes Mal aufs Neue, sobald eine Münze auf den Holzfußboden rollte, und solange es nicht zum Stehen oder Fallen kam, klang es silbern, wie wenn es in ihrer Kehle klingen würde.

Sie waren stillschweigend die Treppe hochgestiegen, und von der Luke her hatten sie noch ihr irres, verbittertes, ungehemmtes Lachen hören können, danach hatten sie einen Höllenlärm gehört, der zuerst dröhnte, dann aber gleich gedämpft klang, der Höllenlärm selbst schien ihr Gelächter zu sein, das in einem Luftstrom erstickte, in einem würgenden Glucksen. Es war, als hätte der Ehemann ihr alle Fünflirestücke gegen die Zähne, gegen ihre Lippen geschleudert und sie ihr dann mit einer Hand in den Rachen gestopft.

Sie hatten sich alle auf der Feluke wiedergetroffen, ihre Wangen so rot, als hätte man ihnen Ohrfeigen verpasst. Demetrio, Melo, Enzo und Salvatorello hatten wahrscheinlich vergessen, dass sie noch nackt waren. Sie dachten noch immer an die Spreizbeine der Blonden wie an ein Geheimnis und fragten sich wieder und wieder, wie sie bei diesem Riesenmann von Gatten das Bedürfnis nach anderen verspüren konnte, sich sogar mit Milchbärtigen und kleinen Jungs vergnügte, deren Fisch gerade erst anfing zu erwachen. Und sie dachten auch weiter an die sechs Fünfliremünzen, die, weil sie sie wie Glutgeld empfanden, sie auch nicht einen Augenblick lang in ihren Händen drücken wollten, und das bereuten sie nicht. Ja, je mehr sie daran dachten, umso weniger bereuten sie es, auch wenn es nicht schwer war, das zusammenzurechnen, sechs Fünfliremünzen ergaben dreißig Lire, und das hieß, es war der Betrag für drei gute Ladungen mit Meeresgestein, eine jenseits ihrer Vorstellung liegende Ersparnis von Tauchgängen und Kraftanstrengungen unter Wasser, von Salz verbrannten Augen und ausgepumpten pfeifenden Lungen und von Handgelenken, die durch die Anstrengung kaputt waren, die Blöcke an die Oberfläche zu befördern, welche dann, was das Schlimmste war, über Wasser in die Feluke gehievt werden mussten.

Doch auch wenn ich Blut aus dem Mund spucke, ziehe ich es tausendmal vor, mir mein Essen mit den Felsbrocken zu verdienen als ein Fünflirestück … Wer das sagte, war Enzo, der Kleinste unter ihnen, der noch ganz nackt war, während sich die Feluke von der Joht entfernte, und das war in Worten ihr ganzer Kommentar.

Die also war, diese Blonde, die erste Sirene in Fleisch und Blut, ja, mehr noch, mehr in Blut als in Fleisch, mit der sie zu tun gehabt hatten, die Erste mit diesen Spreizschenkeln, von denen Don Mimì erzählt hatte, an denen sie sich ihre Federn versengten. Dann, im Jahr darauf, während des Winters, war die Zweite gekommen.

Die Zweite hatte ein blatternarbiges Gesicht, und ihr stand ins Gesicht geschrieben, dass sie aus dieser Gegend stammte, eine Dorfsirene, und auch wenn sie aus Tràpani kam, war das das Gleiche: sicher, Ausländerin war sie nicht und noch viel weniger war sie eine von hohem Bord, eine Kokotte.

Die Zweite saß in einem Boot, das das genaue Gegenteil einer Joht war: nämlich auf einem Kaik mit groben Segeln wie aus Sackleinwand, ganz in verblasstem Bimssteingrau, der Bootsbauch stank nach einer Salzlauge mit Kapern, Olivenresten, mit geschälten und zerdrückten Zitronen, mit Datteln, die durch die Hitze zu Brei geworden waren, und mit überreifen Melonen, ekelerregend mit ihrem süßlichen Geruch, kurz gesagt von allem, was sie da eingeladen und zwischen den Inseln und Sizilien, zwischen Sizilien, Malta und Nordafrika herumtransportiert hatte.

Und als Person war sie vom gleichen Schlag wie ihr Kaik, von der gleichen Art im Übrigen wie die Blonde, die aus dem gleichen Stoff des heißen versengten Holzes ihrer Joht gemacht zu sein schien. Tatsächlich war sie von ihrer Gestalt her, wenigstens machte sie diesen Eindruck, ganz harmonisch mit dem Kaik verbunden, auf dem sie sich befand, angefangen bei dem dicken Lockenkopf, dem breiten Gesicht mit seinem vielsagenden Ausdruck und den Augen wie zwei Taubeneier. Insgesamt die grobschlächtige Figur einer riesenhaften Zwergin, mit kräftigen Hüften und wogenden Brüsten, mit einem Wort: locker, und darin glich sie ihrem Kaik bis aufs Haar. Sogar das Kleid, das sie anhatte und das ihr stand, als hätte man einen Sack über sie gezogen, sah aus, als wäre es aus dem Leinentuch ihrer Segel geschnitten worden. An ihr haftete der stinkende, stechende Geruch ihrer Waren, und sie hatte Haare und Gesicht, die einen, wie wenn sie gefärbt gewesen wären, und dieses, als wäre es mit Bimssteinstaub gepudert worden. Das ganze gärende, ranzige, salzige oder süßliche Zeug schien sie jedes Mal mit ihrem Körper verstaut zu haben, denn er war so damit durchtränkt und sie selbst darin so eingepackt, dass auch sie einem vorkam, als wäre sie damit gebeizt und gesalzen worden, um sich zu konservieren, um in der Salzlauge zu überdauern und in den Säuren zu vergären. Doch darüber hinaus und ganz in Übereinstimmung mit dem Kaik und seinem zersplissenen, von Sonne und Salz versengten, verbrauchten Holz, hatte sie auch noch aufgeschwollene, splissige Lippen mit sich ablösenden Krusten, Lippen, die wegen des Durstes bluteten, den sie, wie sie sagte, während der Reise ertragen hatte.

Der leere Kaik war, wie es schien, problemlos auf den Sand gefahren, als hätte sie genau an dieser Stelle die Herrschaft über ihn verloren, und die Stelle war dort, wo die Dünen begannen, ein paar hundert Meter hinter der 'Ricchia, wo das Röhricht begann, das sich dann immer mehr zu Gestrüpp verdichtete, und es war keineswegs der erste und würde auch nicht der letzte Segler sein, der an dieser Stelle an Land aufsetzte, ob er nur aus dem Tyrrhenischen kam oder sich hineinbegab. Er hatte mit dem Heck auf dem Sandstrand aufgesetzt, nachdem er sich wie in einem Spiel mit den Bastardellen der Strömung gedreht hatte, und mit dem Bug meerhin gezeigt, der das Wasser berührte und auch nicht berührte, so dass es von weitem betrachtet nicht nach Ankunft aussah, sondern nach Ausfahrt.

An diesem Nachmittag, bei zunächst stürmischem und dann aufgepeitschtem Meer, waren sie an Land geblieben, müßiggängerisch, und deshalb waren er, Duardo und die anderen Jungs zu dem Kaik gegangen, den sie an diesem Vormittag erspäht hatten. Sie wussten nicht, dass sich eine Frau an Bord befinden würde, und hatten sie erst gesehen, als sie schon ganz in der Nähe des Kaiks waren, und sie aus der Steuerkabine kam und einem Mann etwas nachschrie, der genau in diesem Augenblick mit einem Seemannssack über der Schulter aus dem Kaik stieg. Es musste sich um einen von der Mannschaft handeln, einen jungen Mann mit Pullover, Jäckchen und Mütze auf dem Kopf, der sich eher laufend als gehend über die Dünen entfernt hatte, ohne sich jemals nach den Beleidigungen umzudrehen, die diese Mannsmännische ihm nachrief und sie ihm bis zum letzten Augenblick nachrief.

Hinter einem Hügel verborgen, hatten sie sie dann in den Dünen herumschauen sehen, danach hatte sie sich mit einem waghalsigen Sprung vom Kaik heruntergestürzt: sie war halb rückwärts gerollt gelandet, mit den dunklen, kräftigen, behaarten Beinen in der Luft, und weil sie keine Schlüpfer anhatte, konnten sie von ihrem Ausguck ganz genau die tiefschwarze Verheißung erkennen.

Doch sie hatten sie noch bequemer ansehen können, als sie, wie von ihren Blicken angezogen, zum Pipimachen genau direkt vor ihren kleinen Hügel gekommen war. Hier hatte sie noch im Stehen den Rock bis in die Nierengegend hochzogen, bis sie ihnen ihre Truhe von festem Hinterteil direkt ins Gesicht halten konnte, dann hatte sie sich gebückt und einen großen Strahl rauschend und schäumend in den Sand losgelassen. Sie schätzt wohl, sie wäre allein, dachten sie in ihrer Unschuld, und fast schämten sie sich, dass sie sie heimlich beobachteten. Doch sie hatte sie längst ausgetrickst und sie verblüfft, als sie aufstand, sich zu der Erhöhung umdrehte und sie mannsmännisch anredete:

»Kommt hervor, kommt, ihr schönen Bengels, kommt und lasst euch ansehen, was für ein Gesicht ihr habt. Hat euch dieses Spektakel gefallen, ihr kleinen Stinker? Warum machen wir dann nicht weiter zwischen dem Anblick eures Gesichts und dem Anblick meines Hinterns?«

Da mussten sie sich zwangsläufig zeigen. Sie schien richtig entzückt, als sie die Jungs sah, sie hatte sich auf ihren Hintern fallen und sie wie alte Freunde um sich herum hertreten lassen. Hier, hier, sagte sie und schlug sich auf die Schenkel, sagte Zotiges wie ein Flintenweib oder eine Aufreißerin im hintersten Hafenviertel.

Eine ganze Weile lang hatten sie samt und sonders nur Augen für ihr großes, von Blattern zerstochenes Gesicht, das anders war als alle Blatterngesichter, die sie bis dahin gesehen hatten, alle wie von feinen Nadeln durchstoßen, wie eine Stickerei auf der Singer von Signora Jacomina. Ihr Gesicht dagegen sah aus wie hartes, dunkles Leder, durchwirkt mit großen Scharten wie Schnitte von Nadeln aus Schwertfischknochen, mit denen sie die Maschen der Netze flickten, und wie es oft vorkommt, heißen sie verniedlichend Nadel, während es sich in Wirklichkeit um eine Großnadel von Fingerdicke handelt.

»Hier, hier, hier«, wiederholte sie noch einmal. »Und kommt, kommt her, erzählt mir, erzählt mir, plaudert mit mir. Und sorgt dafür, dass ich euch gut ins Gesicht blicken kann, denn es ist für mich ein Vergnügen, Gesichter zu betrachten. Ach, ich vergehe danach wie nach Wasser, Menschen zu sehen, sie zu hören und mit ihnen zu reden, inmitten von so viel Einsamkeit wie der auf dem Meer.« Sie hatte einen nach dem anderen ins Gesicht geblickt und dann: »Menschen, sage ich? Mannskerle sollte ich sagen. Denn wozu sollte ich mir Weibswesen wünschen? Nach dem Mannskerl, dem Mannskerl vergehe ich, ebendem, der eine Sonde hat und sie in uns Weiber hineinsenkt, um uns auszuloten, ich weiß nicht, ob ich klargemacht habe, was ich meine.«

Und während sie das sagte, forschte sie in den milchbärtigen Gesichtern, welche Wirkung ihre schlüpfrige Redeweise auf sie hatte. Aus ihrem Blick war nur schwer abzulesen, ob sie Gefallen daran fand oder nur Theater veranstaltete, denn auch wenn ihre Augen groß waren, waren sie von einem schmutziggrauen, staubigen Weiß, wie wenn der Bimssteinstaub, der ihre Augenlider, Wimpern und Augenbrauen bepuderte, sich auch in ihre Augen gelegt und dort festgesetzt hätte.

»Ja, mitten auf dem Meer bin ich aufs Trockene zu sitzen gekommen«, sagte sie und brachte eine andere Saite zum Klingen. »Ja, ich Schluppe, ich segle und segle, erst mangelte es mir an Wasser und dann, auweh, mangelte es mir an Mann. Ach, was für ein Durst, was für ein Durst, ihr schönen Bengels … Und ich erzähle keine Lügen, wenn ich von meinem Durst nach Wasser spreche, hier, hier sind meine Lippen, seht ihr, wie die Gluthitze sie mir zerstört hat?«

Wie hätten sie das nicht sehen können: Sie sahen auch, wie ihre Lippen beim Sprechen anfingen zu bluten, und sie lutschte an ihnen, wie wenn sie ihren Durst stillen wollte. Der Durst nach Wasser, gut, den verstanden sie, und sie dachten zugleich, das war der Durst nach Mannskerlen, doch den konnten sie sich nicht erklären: Und der junge Bursche, den sie vom Boot hatten springen sehen, war der denn kein Mannskerl? Oder hatte er sich nicht danach gefühlt, die Sonde in sie zu senken, und deshalb seine Beine in die Hände genommen, während sie gar nicht aufhören konnte, ihn zu beleidigen?

Sie beharrte noch einmal auf die andere Art von Durst:

»Könnt ihr euch überhaupt eine Vorstellung machen, wie der Durst nach Mannskerlen mir die anderen Lippen zugerichtet hat, die anderen, die nicht zutage liegen, bin ich deutlich? Heh, war ich nun deutlich oder habt ihr eure Augen immer noch geschlossen und ich muss euch mit der Hand berühren lassen?«

Doch von den Händen hatte sie indessen eine zu den ihr am nächsten Stehenden ausgestreckt, hielt ihre Köpfe fest im Griff, damit sie ihr fest in die Augen sahen, während sie sie fragte:

»Und jetzt? Wer geht mir jetzt ein bisschen Wasser holen? Wer tränkt mich oben und unten? Wer labt mir Lippen und Lustlippen? Du? Du? Du? Los, sehen wir mal, sehen wir, wer der Junge ist, der mich bedient. Na, wer ist es, der mich erquickt? Wer ist es, der mich tränkt? Los, macht schon, wer ist mein Galan?«

Als Schwächster vor ihrem Blick zeigte sich Salvatorello, denn sobald sie ihn angesehen hatte, sagte er bereitwilligst: Ich.

»Tüchtig«, sagte sie da zu ihm und tat, als wäre sie von einem auf den anderen Augenblick dort nur sie alleine und bei ihr und für sie Salvatorello, sie nahm seinen Kopf und hielt ihn zwischen ihren Händen, sie beobachtete ihn mit bewunderndem Blick, wie eine, die sich auskannte. »Du bist wirklich ein hübscher Bengel, weißt du das? Hübsch, sehr hübsch. Und du gefällst mir sogar, weißt du das? Und das Fischlein, das Fischlein, lässt du mich mal dein Fischlein befühlen?« Sie streckte die Hand aus. Salvatorello schaffte es nicht, rechtzeitig zurückzutreten, und nachdem sie es befühlt hatte, zwinkerte sie den anderen zu.

Salvatorello war von ihr ausgewählt worden und stieg in den Kaik, um einen Wasserkrug zu packen, der in der Steuerkabine war, und als er mit dem Krug auf dem Rückweg war, sagte er:

»Kam mir vor, wie wenn ich da einen im Bootsbauch hätte klagen hören …«

»Klagen?«, fragten die anderen ihn. »Wer denn, wie denn?«

»Bengelchen«, hatte sie da gesagt, wie wenn sie das Thema wechseln wollte, »gehst du mir wohl das Wasser holen?«

Ohne es sich zweimal sagen zu lassen, hatte sich Salvatorello zwischen den Dünen entfernt und ging zu den Wasserbecken oberhalb der Gärten.

Sie hatte eine ganze Weile geschwiegen und blickte immer wieder zum Kaik hinüber, sie fuhr mit der Zunge über ihre blutenden Lippen, bis sie, als würde sie vor sich hinsalbadern, unversehens sagte:

»Er klagt, ja, sicher klagt er. Allah ist da, da, um ihm das Miserere zu singen. Glaubt ihr denn etwa, der wäre ein Christenmensch, getauft, wie ich oder wie ihr? Der ist ein Beduine und trägt ein Gewand an Stelle von Hosen. Peuh, Beduine. Peuh, peuh, stinkender Sarazene, für alle Martern, die du dieser einsamen, schutzlosen Christenmenschin angetan hast. Peuh, peuh …«

Das musste wohl der echte Teil des Weibswesens gewesen sein, der ihr wehtat. Es war deutlich: Alleine dadurch, dass sie darüber sprach, brannten diese Martern noch höllisch, auch wenn dem Anschein nach nichts und niemand, nicht einmal das Feuer ihr irgendetwas anhaben konnte. Auf alle Fälle konnte man sagen, dass wenigstens die Erinnerung, wenigstens das Nacherleben der Geschichte dieser Martern sie nicht großartig leiden ließ, wenn man bedachte, dass sie selbst aus eigenem Willen unvermittelt anfing, sie zu erzählen, wie wenn sie endlich Dampf ablassen konnte: Es war die Geschichte, die ihr Leben verändert hatte, und es war eine Geschichte von der Art, wenn sie denn stimmte, die eine andere eher mit Tränen als mit Worten erzählt hätte, bei ihr dagegen waren Klagen und Klagegeschrei nur Theater, sie sahen ihre Wimper nicht ein einziges Mal feucht werden.

Weil die Geschichte allzu lang und schmerzlich war und sie nicht die Kraft besaß, sie ganz zu erzählen, es aber mehr als ausreichend sein würde, wenn sie lediglich die Schaumkrone mitteilte, fing sie damit an, ihnen zu erzählen, wie es kam, dass sie, eine Signorina aus Tràpani, in allem noch weiß und jungfräulich, aus ihrem Haus gegangen war, das gleich am Hafen lag, und sich auf dem Weg zu einem Kurzwarengeschäft in der Nähe befand, wo sie Seidenröllchen, Nähgarn und Stickgarn kaufen wollte, und hübsch und adrett die Mole entlangging, als sie sich mit einem Pssst, pssst!, rufen hörte. Wer sie rief, war eine Frau mit eingewickeltem Kopf, die auf diesem Kaik hier stand, der mit vielen kleinen Fässern in Stücke zerbeilten und mit Salz bestreuten Thuns beladen war. Die Frau hatte ihr diesen ganzen Thun gezeigt und zu verstehen gegeben, dass sie doch zugreifen solle. Und sie, so jung, so unschuldig und unbedarft, was hatte sie denken sollen? Die haben so viel, dass sie's herschenken. Und wie sie, diese Lilie von einer Tochter, dann auf den Segler gegangen war und immer noch glaubte, dass die, die sie zum Thun eingeladen hatte, eine Frau sei. Wie konnte sie denn auch das Gegenteil vermuten, bei dem langen Kleid und dem um den Kopf gewickelten Handtuch, das ihr dazu diente, die Fässchen auf dem Kopf zu tragen? Und wie sie, die vermeintliche Frau, die junge Signorina, nachdem sie nun auf dem Kaik war, unter einem anderen Vorwand in den Bootsbauch hinabsteigen ließ und sie dort, kaum dass sie ihr den Rücken zugewandt hatte, einschloss und keiner sie je wieder gesehen noch von ihr gehört hatte. Und wie sie, nachdem sie die Segel gehisst hatten und aufs Meer gefahren waren, die schöne Trapanesin, nämlich sie, geraubt hatten. Und wie das Erkennen des eigentlichen Manns in der verstellten Frau gegen Abend erfolgte, mitten auf dem Meer, und wie sie die Offenbarung erst erhielt, als die vermeintliche Frau heruntergekommen war und ihr Kleid abgelegt hatte, als würde sie die Absicht haben, schlafen zu gehen, und wie sie da mit dem Gesichtsausdruck der ehrlich und aufrichtig unter die Türken Gefallenen gesehen hatte, dass sie oben, an der Brust, wo sie Wölbungen erwartete, flach war und unten, im Schritt, wo sie sie flach vermutete, Wölbungen waren. Und wie jene

Nacht zwischen Himmel und Meer ganz mit ihren Schreien erfüllt war, den Schreien einer Jungfrau, die sich von einem langen, feinen Schwert aufgeschlitzt fühlte, das, wo es sie auch mit der glühenden Spitze berührte, immer Lebendiges berührte. Und wie dann der Morgen heraufgezogen war und der Beduine die Hand erhoben und ihr am Ende die Sterne am Himmel genau dann gezeigt hatte, als das allererste Morgenlicht durch die Planken des Schiffsbauchs drang. Und wie sie, nachdem er nach oben gegangen war, sogar ihre stechenden Martern vergaß und von einem schrecklichen Gedanken erfasst wurde: Wer lenkte den Segler, während er hier unten war und mich in Stücke riss?, fragte sie sich. Wenns also nicht diese Nacht war, dann wirds die kommende sein, wo ich nicht darum herumkommen werde, mich zu ertränken? Das also hält das Schicksal für mich bereit? Es hält für mich bereit, dass die Haie das Werk vollenden, das der Beduine begonnen hatte? Und wie sie dann, auch wenn sie sich gemartert fühlte und sich in dieser Koje wie in einem Schlachthaus vorkam, mit dem Blut des Thuns über ihr und ihrem Blut unter ihr, gerade den Kopf aufs Kissen legen wollte, als sie hörte, wie das Türchen wieder geöffnet wurde und sie in diesem Lichtstrahl an der Luke die Füße und den Saum der weißen Tunika des Beduinen gesehen hatte. Und wie sie dann erneut, während sich ihre Augen im Dunkeln weniger vor Entsetzen als vielmehr vor Erstaunen weiteten, weil der dort in der kurzen Zeit zwischen Hinaufklettern und Herunterkommen schon wieder für einen neuen Angriff bereit war, die glühende Spitze des Beduinenschwertes spürte, das seine Funktion wieder übernahm, als wäre er nur nach oben gegangen, um die Klinge an einem Schleifstein zu schärfen. Und wie sie die Sinne verloren hatte, weniger wegen des Schmerzes, wiewohl der stechend war, als wegen der furchtbaren Verwunderung, die der Beduine in ihr auslöste, der nun wieder mit erfrischter Wildheit wie am Abend zuvor über ihr am Werk war. Und wie das nur der Anfang war, auf den dann eine Fortsetzung folgte, weshalb die Arme dahin gelangte sich zu wünschen, tot unter einem Hieb dieses ungeheuerlichen Schwerts liegenzubleiben. Und wie es für sie keinerlei Hilfe bedeutete hatte, eines Tages herauszufinden, dass die Beduinen an Bord zwei waren und nicht einer und dass aus Liebe und aus Pflicht einer mal das Boot und einer mal das Weibswesen bändigte, weshalb Nacht und Tag keinen Unterschied mehr für sie darstellten. Und wie in der Folge, weil Gott es gefiel, einer der beiden Beduinen bei einem Sturm auf dem Meer verschollen war, der sie heimgesucht hatte, während sie gerade mit einer Ladung Sardinen zwischen Sfax und Cadix unterwegs waren. Und wie es da, als es darum gegangen war, es mit einem alleine aufzunehmen, es zwar Zeit gebraucht hatte, doch es ihr am Ende gelungen war, dem berühmten Säbel die Spitze abzubrechen und unbrauchbar zu machen. Und wie danach, als wenn's noch nicht gereicht hätte, zwei Tage zuvor, nach ihrer Abreise von Port Said, weit draußen auf dem Meer bei dem Beduinen diese augenscheinlich verderbenbringende Krankheit ausgebrochen war, eine Krankheit, deren Namen er nicht einmal wissen wollte, wohl aber auf jeden Fall eine Beduinenkrankheit gewesen sein musste, eine Krankheit aus seinen afrikanischen Gegenden. Und wie diese Krankheit bei dem Beduinen mit einer schrecklichen Exaltiertheit des Verstands ausgebrochen war, einem irren, rasenden Delirium, das seine Augen verstört hatte und ihm zu Kopf gestiegen war, weshalb sie, nachdem er gefährlich geworden und Schaum vor seinen Mund getreten war, zusammen mit diesem feigen Stück von Schiffsjungen, dem da eben, der wenige Augenblicke zuvor den Strick durchgetrennt hatte, Hände und Füße an die Koje fesseln mussten. Doch vorher hatte der Unglückliche wie von Furien gepeitscht fürchterliche Axtschläge blindlings in alle Richtungen verteilt und die Wasserfässchen zertrümmert, womit außer ihm und seinem gewalttätigen Wahnsinn zwei Tage und zwei Nächte lang auch der Durst mit an Bord war: doch wer am meisten darunter zu leiden gehabt hatte, das muss gar nicht eigens gesagt werden, war er, der Beduine, der sich inzwischen längst mehr drüben als hier befand.

Doch, peuh, peuh, nach dem ersten büßte jetzt auch der zweite Beduine für die Untat, die er an dem armen Geschöpf aus Tràpani begangen hatte, dass er doch krepieren sollte, dass ihn doch der Durst in die Zange nehmen und er von Pusteln übersät krepieren sollte! Sie, sie machte sich Gedanken über sich selbst: über sich, die ohne alles, mit einer Hand vorne und einer Hand hinten, da zurückgeblieben war, mit dem Beduinen, der, je mehr die Stunden vergingen, dem Tod immer näher kam und doch nie starb, mit dem feigen Schiffsjungen, der abgehauen war und sie in einem Meer von Problemen zurückgelassen hatte, und mit dem Segler, den sie nach dem Tod des Beduinen glaubte, einsacken zu können, und ausgerechnet da lief er auf Sand, denn mit Beduine oder ohne, mit Durst oder ohne, hatte sie inmitten dieser Katastrophe Kurs auf die Inseln gehalten, wo sie die Aufgabe hatten, eine Ladung Kapern in Filicudi und eine Ladung Bimsstein in Lipari aufzunehmen, nur dass die Strömung, als sie bei Nacht in die unheilvolle Meerenge gelangten, den Kaik direkt auf Sand gesetzt hatte.

Und an dieser Stelle hörte, um es ganz allgemein auszudrücken, die Leidensgeschichte dieser Frau aus Tràpani auf, die ihre Stickarbeit halb fertig hatte liegen lassen und hinausgegangen war, um Stränglein, Knäuel und Röllchen zu kaufen, frisch wie eine Rose, dann von zwei Sarazenen mit ihren an den Leib gewickelten, unter einem Barrakan versteckten barbarischen Krummsäbeln geraubt wird und sich Jahre später auf einem menschenleeren Strand wiederfindet, als einsame, kümmerliche Frau, die der Gnade und Hilfe des einen und anderen ausgeliefert war.

IHR BLICK STREIFTE immer wieder über sie, wie wenn sie sie unter ihren schwarzen, mit Bimssteinpuder bestäubten Wimpern belauern, wie wenn sie herausfinden wollte, ob sie von dem, was ihr widerfahren war, berührt waren.

Soweit man es von ihr sagen konnte, zeigte sie überhaupt nichts Berührtes, und ihnen gelang es nicht, sie sich in der Geschichte des Fräuleins aus Tràpani bildhaft als taufrische Rose vorzustellen. Je länger sie sie ansahen, sie, eine mit ihrer Art zu reden und sich so grob und ungeschlacht zu geben, mit ihrem muskulösen, robusten Körper, mit dem sie zu Ringkämpfen hätte antreten können, umso schwieriger wurde es für sie, sie sich in der Rolle eines bedauernswerten Mädchens vorzustellen, das, angelockt, getäuscht, übers Meer verbracht wurde, als Sklavin in den Fängen zweier Beduinen, und umso weniger gelang es ihnen, sie sich in ihrer Koje vorzustellen, durchtränkt von ihrem eigenen Blut, gemartert, gegen ihren eigenen Willen dem Missbrauch, den Vergewaltigungen und Befehlen von Männern ausgeliefert, ob es nun Beduinen waren oder nicht. Die einzige Stelle dagegen, an der sie sich gut vorstellen konnten, dass sie etwas leistete, war die, an der sie die beiden Beduinen bei Nacht und bei Tag sättigte und die beiden mittelbar oder unmittelbar letzten Endes liquidierte. Denn wenn der eine auf dem Meer verschwunden war und der andere mit stockendem Atem zwischen den Zähnen da unten lag, war das möglicherweise die Folge des Umstands, dass die kleine Trapanesin in ihrer berühmten Koje, trápete trápete, die Kräfte der beiden in einer Weise aufgezehrt hatte, dass der eine dem Ansturm der Schaumrösser und der andere dem Angriff der Krankheit keinen Widerstand entgegensetzen konnte.

Doch sofern sie noch einen Zweifel hatten, lieferte sie ihnen nach Salvatorellos Rückkehr mit dem Wasserkrug auf der Stelle einen schlagenden Beweis dafür, dass sie so, wie sie sie sich vorgestellt hatten, sie sie sich richtig vorgestellt hatten. Denn das Versprechen, das sie Salvatorello mit all den Anspielungen eines hartgesottenen Mannsweibs gegeben hatte, warf sie über Bord: Ach, wie durstig, wie ausgedörrt ich doch bin, ach, was für ein Durst nach Wasser und Mann, und wer tränkt mich wohl unten und wer oben … Es hatte nicht viel bedurft, dass im Kopf des milchbärtigen Jungen die Anspielungen sich in Erwartungen verwandelten, und das Wasser, das ihren Durst stillen sollte, zu dem Wasser wurde, das ihm im Mund zusammenlief, und das hatte ihn in der Tat beflügelt, zu den Gärten hinaufzugehen und mit dem gefüllten Krug wiederzukommen.

»Gott vergelts dir«, sagte sie und umarmte den Krug.

»Ja, Gott …«, wiederholte Salvatorello und setzte bei seinen Freunden einen männlichen Gesichtsausdruck auf.

Zwei- oder dreimal hob sie den Krug mit ihren kräftigen Handgelenken hoch und ließ das Wasser in ihren Mund spritzen, und weil es aussah, als würde sie niemals ihren Durst stillen, fragte Salvatorello sie ohne viel Herumgerede wie ein Mann mit Lebenserfahrung:

»Was ist nun, machen wir nun diese Vögelei?«

Sie hatte mit dem Wasser im Hals gurgelnd gelacht:

»Ich sage dir nicht nein, wenn du drauf bestehst«, antwortete sie ihm. »Aber kennt dein Fischlein sich im Meer auch aus? Kanns schwimmen? Ists früher schon mal darin geschwommen? Denn siehst du, mein Kleiner, ich will ja nicht, dass es gleich bei den ersten Wogen ertrinkt, die ich für dein Fischlein mache …«

»Es schwimmt, es schwimmt, habt da nur keine Zweifel«, antwortete Salvatorello ihr verschlagen, und wer weiß, woher er diese mannswesische Art genommen hatte, wie ein Erfahrener zu sprechen. »Ja, ja, Fischlein …«, sagte er spöttisch und äffte sie nach, dann wandte er sich an seine Freunde: »Fischlein, sagt die hier, Fischlein, und ich weiß dagegen noch gar nicht, ob die hier, die so erfahren tut, ein ausreichend weites und tiefes Meer hat, um das darin schwimmen zu lassen, was sie Fischlein nennt …«

Die Trapanesin lachte noch einmal ihr sattes Lachen, bei dem das Lachen bis zu ihren Fußnägeln drang. Um die Wahrheit zu sagen, lachten auch die anderen ein bisschen über Salvatorellos durchtriebene Redeweise, doch ihr Lachen war mehr ein Lächeln der Freunde über den, der, auch wenn er heranwuchs, auch wenn er flügge wurde, doch immer der Hosenkacker der Gruppe blieb.

»Ha, du kleiner Trottel, du willst dich mit der da abgeben?«, fragte Demetrio Ritàno. »Hast du denn nicht gehört, wie sie sich die beiden Beduinen geschmaucht hat? Und zwei Beduinen, das stell dir mal vor, sind so viele wie vier oder acht von uns. Der Beduine, so hört man doch, hat ein Chinesischesdingsda, das sooo lang ist, so dass er, wenn er vögelt, stell dir das vor, die Spitze der Frau am Werk überlässt, die ihm seinen Dienst erweist, und er kann dabei auch ins Nebenzimmer gehen und sich derweil um andere Dinge kümmern oder mit Freunden sprechen. Und wenn die Frau kurz davor steht zu kommen, zieht sie an ihm und er kommt zu ihr zurück, um ebenfalls vor lauter Lust zu kommen. Machst du dir jetzt eine Vorstellung davon, was für ein Chinesischesdingsda das beduinische ist?«

Die Trapanesin sah Demetrio schräg an, um herauszufinden, ob er wirklich an das glaubte, was er da erzählte, doch dann fing sie an zu lachen und gab ihm ein paar Klapse mit der Hand. Salvatorello dagegen konnte den Mund gar nicht mehr zumachen, und Duardo gab ihm keine Zeit, ihn zu schließen, denn auch er hatte etwas über das Chinesischedingsda der Beduinen zu erzählen.

»Die Beduinen, sagte mein Großvater, nehmen einen Bimsstein und reiben und reiben das Chinesischedingsda, bis sich Einkerbungen bilden, und in diese Einkerbungen lassen sie sich kleinste Kiesel einpassen, die sie ganz dicht aneinanderlegen. Im Lauf der Zeit überziehen sich diese Kiesel sogar mit Fleisch, sie fassen sich ein, mit einem Wort: Sie werden Teil des Dingsda. Hast du verstanden, Salvatorello? Für eine Frau ist es besser, Gebete zu sprechen, wenn sie das Unglück hat, auf so ein steiniges Dingsda zu stoßen, dagegen darf diese Frau hier sich wirklich einen Preis schenken, denn die Gebete hat sie die Beduinen sprechen lassen. Und wenn sie sie die Gebete hat sprechen lassen, die sich ihr mit ihrem Panzerschwanz stellten, dann stell dir vor, was mit ihnen geschehen wäre, wenn sie unbepanzert gegen sie angetreten wären …«

Auch darüber lachte sie, legte ihre Schenkel frei und sagte Zotigkeiten, die keiner von ihnen jemals gehört hatte. Salvatorello betrachtete sie jetzt wie ein beeindruckendes Naturschauspiel: denn er glaubte an das, was Demetrio und Duardo gesagt hatten, er glaubte es, weil nur die Trapanesin das zum Lachen gefunden hatte, von seinen Freunden jedoch niemand. Er hatte sich weit von ihr entfernt hingestellt, und gelegentlich hob er den Blick, um sie anzusehen. Sie aber hatte sich ganz auf die konzentriert, die wenigstens von der äußerlichen Erscheinung her nicht mehr ganz so zart aussahen, und nahm mit ihnen wieder das behaarte Gespräch da auf, wo sie es mit Salvatorello unterbrochen hatte, wie um sie auf die Probe zu stellen, wie wenn sie hätte sehen wollen, ob, wie und wie sehr sie auf sie eingingen.

»Heh, dagegen wird euer Fisch, darauf will ich doch wetten, sich herrlich im Meer herumtummeln …«, sagte sie zu Demetrio, Duardo, ihm und Federico, und streifte immer wieder mit ihrem Blick über sie. »Heh, man siehts genau, dass ihr einen ganz schön bestückten Fisch habt, man siehts genau, dass euer Fisch sich längst auch zwischen Schaumrössern herumtummelt und keine Gefahr besteht, dass er an Stärke und Kraft nachlässt …«

Sie redete und sah jeden Einzelnen genau an. Vor allem auf Federico, der ein kleiner Riese war, ließ sie ihren Blick am längsten ruhen, doch dann muss sie zu dem Schluss gelangt sein, dass der Schein trügt, und legte ihre Hände auf seine Brust. Mit den Händen hatte sie diese Art von Wölbung abgetastet, die anzeigte, dass seine Brust eigens geschaffen war, um Kraft zu entwickeln und es fast mit den Fischen unter Wasser aufnehmen zu können, denn es stimmte ja, dass einer mit einer taubenartig gewölbten Brust ein wendiger Taucher war. Die Trapanesin musste davon etwas verstanden haben, denn sie sagte:

»Brust mit viel Kraft, der Mann steht im Saft. Tauberbrust, ein Mann feiner Lust.«

Sie hatte die Hände von seiner Brust genommen und sie dann von hier nach dort überallhin ausgestreckt, doch es war nichts zu machen, sie hatte sich ihn in den Kopf gesetzt:

»Komm, du Bengel, komm mit mir«, redete sie ihn an und zog ihn an der Hand.

»Ist ja nur gut, wenn sie weiß, was für eine Flause sie gepackt hat«, sagte er zu seinen Freunden, um ungezwungen zu wirken, doch dabei fühlte er, dass er nicht anders als Salvatorello wirken musste. »Was glaubt Ihr denn?«, fragte er sie. »Ihr glaubt doch wohl nicht, auch ich hätte ihn mir einkieseln lassen?«

Das sagte er, weil die Freunde lachten, es war klar, dass sie an die beiden Beduinen dachten, und die Vorstellung musste sie amüsieren, dass er an der Stelle vorbeimusste, an der auch die beiden Beduinen hatten vorbeigehen müssen, und möglicherweise auf allen vieren herauskommen würde. Doch an die beiden Beduinen dachte auch er, und er stellte sich vor, dass die Trapanesin ebenfalls daran denken würde, wenn sie so weit waren, dass er auf ihr und sie unter ihm war, denn sie würde spontan einen Vergleich anstellen, und wieso sollte dann eine wie sie es nicht vor den Freunden ausposaunen. Doch andererseits, warum sollte er sich über diesen Vergleich schämen? War er denn auf gleicher Höhe mit ihnen? Hatte er ihn etwa eingekieselt wie die beiden Beduinen?

»Hoh, Kleiner, bewegst du dich wohl? Beeil dich, ich bin schon fast auf dem Höhepunkt …« Sie hatte ihn am Handgelenk gepackt und zog ihn mit solcher Kraft, dass sie bei jedem Ruck seinen Hintern vom Sand lüpfte.

»Nun geh schon, geh schon«, sagten die Freunde zu ihm und machten sich damit zu Spießgesellen der Trapanesin, um auf den Spaß nur ja nicht verzichten zu müssen.

Sogar das Nestschwänzchen von Salvatorello vergnügte sich:

»Geh schon, geh schon, 'Ndrja«, sagte er. »Dann sehen wir ja, ob deiner auch so lang ist wie der von ihren Beduinen oder ob du, auch ohne Beduine zu sein, sogar einen noch längeren hast …«

»Komm endlich, komm, Kleiner«, beharrte sie. »Komm und labe meine Seele hinter dem Hügel da …«

»Meine Seele, meine Seele …«, wiederholte die ganze Klicke und lachte so, dass ihr die Tränen kamen. »Auf die Seele deiner Seele …«

»Meine Seele, meine Seele, meine schwarze und von Lastern behaarte Seele …«, deklamierte die Trapanesin und richtete ihr Auge himmelwärts.

Auf diese Weise spielte sie ihnen jetzt sogar Theater vor, um sie zum Lachen zu bringen.

»Mach schon, 'Ndrja, geh und labe die Seele dieses Fräuleins da.«

Jetzt gehe ich aber wirklich, aus lauter Eigensinn gehe ich, sagte er sich da, damit hat dieses Theater ein Ende.

Doch er wollte ihnen das nicht nehmen und ein anderes, noch lustigeres verschaffen, denn wenn er mit der Trapanesin hinter einem Hügel verschwand, wären sie mit Sicherheit gekommen und hätten ihnen versteckt zugeschaut, um sich an dieser Szene zu ergötzen.

»Ach, ja …«, sagte er da zur Trapanesin. »Jetzt komme ich also mit Euch hinter den Hügel da und verschaffe diesen Söhnen achtbarer Mütter ein sichtbares Vergnügen …«

»Da hat er recht«, sagte zu seiner Unterstützung Duardo, der sein wirklicher Freund war.

»Ach, war das der Grund?«, fragte die Trapanesin. »Der süße Bengel hat gelitten, weil er nicht reden konnte. Dann komm doch, komm auf den Segler. Gibts denn einen besseren Ort? Da oben wirst du sogar gewiegt und geschaukelt.«

Sie gab ihm jetzt ein paar Klapse auf die Schulter und lenkte ihn zum Segler hinüber.

»Jetzt geh schon, du süßer Bengel«, sagte sie zwischen den Klapsen zu ihm. »Sehn wir doch mal, wozu du fähig bist.«

Doch die Freunde lachten nicht mehr:

»Geh nicht mit der da, 'Ndrja. Wir haben doch nur Spaß gemacht, als wir dir gesagt haben, geh schon.«

Und Salvatorello mit zitternder Stimme:

»Geh nicht mit der da, 'Ndrja. Wir haben doch nur Spaß gemacht, als wir dir gesagt haben, geh schon.«

Wenn man sie so hörte, war es, als würden sie darin ein Risiko sehen, es war, als würden sie in der Trapanesin ein bisschen Zauberin sehen, genauer gesagt ein bisschen viel Sirene. Er dagegen sah überhaupt kein Risiko, oder vielleicht fühlte er sich so angezogen von diesem zotigen, grobschlächtigen Mannsweib, dass er wie geblendet war. Dass er von ihr angezogen war, wollte er bei seinen Freunden jedoch nicht durchscheinen lassen, er wollte vielmehr als stur und eigensinnig gelten. Und genau das war der Grund, weshalb er sich aufgebracht an die Trapanesin wandte, und so, dass seine Freunde es hören konnten, sagte er ziemlich heftig zu ihr:

»Heh, hört endlich auf mit dieser Klapserei. Und wieso lenkt Ihr mich? Glaubt Ihr etwa, ich hätte Angst?«

»'Ndrja? 'Ndrja? Traust du ihr?«, fragte ihn Duardo in diesem Augenblick: Er drehte sich um, aber auch sie drehte sich um, und Duardo sagte nichts mehr.

Duardo, das verstand er, dachte an den Beduinen, und als er sich an die Blonde erinnerte, an die Joht, musste ihm eingefallen sein, dass der Beduine, der ja möglicherweise gesünder war als ein Fisch, möglicherweise im entscheidenden Augenblick nach draußen entwich, und ganz sicher nicht, um Fünflirestücke zwischen einem Grazie und einem Prego zu verschenken. Allerdings war es wirklich so, dass Salvatorello ihn hatte röcheln hören, und diese Tatsache bestätigte die Worte der Trapanesin.

Sie hatte ihn aufgefordert, sie von unten, unter ihrer Arschtruhe nach oben zu stemmen, damit sie auf den Kaik gelangen konnte, dann hatte er ihr den Krug gereicht und war ebenfalls hochgeklettert. Sie waren zum Bug gegangen, und er hatte instinktiv den Einfall, sie zu fragen, ob sie schon an einen neuen Kapitän für den Segler gedacht habe, jetzt, wo der Beduine doch im Sterben lag, und gleich darauf, als wäre ihm gerade in diesem Augenblick der Verdacht und ein wenig auch der Skrupel gekommen, sprach er leiser und fragte sie, ob sie den Beduinen denn von einem Arzt habe untersuchen lassen oder nicht.

Schweigend hatte sie sich auf einigen vollgestaubten Säcken hinter der Steuermannskabine ausgestreckt, sich den Rock bis zum Bauchnabel hochgezogen, und während er sich mit den Augen in dieser buschigen Schwärze verlor, erst da, erst als er noch aufrecht stand und sie mit ihrem nackten Unterviertel da lag, auf dem Rücken, zu seinen Füßen, hatte sie ihm geantwortet:

»Bist du von der Finanz? Von den Carabinieri? Von der Hafenbehörde? Nicht, oder? Dann halte die Klappe und pinkle nicht rum, und wenn du dich amüsieren willst, dann komm und verdien es dir, komm und erarbeite es dir wortlos. Ich, ich bin hier …«

Sie spreizte die Schenkel und wartete auf ihn, und während er die Hose herunterließ, legte sie ihr Ohr ans Holz des Decks, als wollte sie lauschen, ob unten, im Bootsbauch, der Beduine noch Lebenszeichen von sich gab. Offen gestanden, er erinnerte sich, seit sie den Rock hochgezogen hatte, nicht einmal mehr an das, was er sie über den Beduinen gefragt hatte. Er betrachtete sie derart mameluckisch in ihrer Nacktheit der unteren Bereiche, dass man meinen konnte, er wäre ganz Auge geworden. Zum ersten Mal sah er, wie das Weibswesen beschaffen war, er sah sie in Pose, in der Pose der Schenkelspreizerin, wenn sie ihre Schenkel spreizt, und für ihn war es wirklich das erste Mal, denn die Blonde auf der Joht hatte er bei der ganzen Dunkelheit, die in der Koje herrschte, überhaupt nicht so gesehen, mit gespreizten Schenkeln und offen sichtbarer Möse. Er hatte die Blonde gesehen, als sie stand, doch hatte er entdeckt, dass das Weibswesen, wenn es sich auf den Rücken legt, ganz zur Möse wird, da, tief unten, an den Schenkeln, doch wenn sie aufrecht steht, sieht man die Möse nicht mehr, dafür sieht man die durchtriebene Fratze, und die ist fest verschlossen.

Nur dass dieses Mal zu viel Licht da war, und von dem bewussten Lustnischlein, von der vielgerühmten Spelunke, von diesem schattigen Versteck des weiblichen Körpers, bei dem man sich geradezu ein Geheimnis aus Tausendundeiner Nacht vorstellte, sah er jetzt sogar zu viel, zu viel so aus der Nähe, mehr als er jemals davon hätte sehen sollen oder sehen wollen beim ersten Mal. Da also war es, ohne jeden kupfergrünen Schuppenpanzer, dieses Geheimnis einer Sirene, da lag es, da oben auf den bimssteinstaubigen Säcken, hinter der Steuermannskabine, ganz offen lag es da, nackt, und schien mit seinem rötlichen schattigen Mund zu atmen, wie bestimmte Meeresfrüchte, die so beeindruckend lebendig sind.

In dem kalten, weißstrahlenden Licht der Tramontana rief diese Art zerspaltenen Seeigels in ihm einen leichten Widerwillen hervor wie gehäutetes, aufgeschlitztes Rohfleisch, ein Anblick, der sättigend war bis zum Ekel, bis zur Magenreizung, und er fühlte, wie er gleichzeitig von Zorn und Untröstlichkeit darüber erfasst wurde, wie diese Soldatara, diese Soldatenhure ihm auf barbarische Weise alles so offen zur Schau gestellt hatte, darüber, dass er noch nicht wieder an Land gesprungen war und sie mit ihren gespreizten Schenkeln einfach da zurückließ. Ausgerechnet mit der hier musste es mir das erste Mal geschehen, sagte er zu sich, während er sich über sie beugte, ausgerechnet mit dieser Verblatterten, dieser Grobschlächtigen und Mannsmännischen, die dem Phantasieren auch nicht den kleinsten Ausweg gönnt.

Beim Akt jedoch hatte er vergessen, was für eine Verwilderte, was für eine Vulgäre sie war. Er behandelte sie, als wäre sie dort zart, als müsste er ihr mit Achtung begegnen: Daher hielt er sich leicht aufgerichtet auf den Handflächen, statt eng auf ihr zu liegen, und wenn sich das für ihn wie ein Opfer darstellte, war es für sie ein noch größeres. In der Tat musste sie so wenig Gefallen daran gefunden haben, dass sie augenblicklich rebellierte: Schlagartig hatte sie innegehalten, fasste dann zuerst eines seiner Handgelenke, umarmte darauf seinen Rücken und presste ihn mit einer barbarischen Bewegung auf sich.

Dort, hinter der Steuermannskabine, traf der Wind der Tramontana seitlich auf sie und schien gegen die Zähne der Trapanesin zu pfeifen, die ihren Atem an sein Ohr blies, bald aus Feuer, bald aus Eis. Das Meer war bewegter geworden und klatschte schäumend gegen den Bug des Seglers mit immer höher aufsteigenden Schaumbläschen, die auf sie niederfielen.

Am Ende hatte sie ihn wie nach einem Ringkampf auf die Planken geworfen. Da war es ihm vorgekommen, als hätte er im Bootsbauch einen Hund gehört, der mit heraushängender Zunge hechelte, einen mit Zähnen heraufgezogener, mit dem Fingernagel aus der Kehle gekratzter Atem, der Atem eines, der am Ende ist. Da erinnerte er sich an den Beduinen, der, so unglaublich das auch schien, in den wenigen Minuten der Vögelei völlig aus seinen Gedanken verschwunden war.

Als er die Luke ein wenig hochgehoben hatte, sah er im Halbdunkel einen nackten oder fast nackten Mann, dessen Gesicht er aber nicht erkennen konnte. Dessen Beine hingen von der Koje herunter, die Füße berührten fast den Boden und zogen sich zwischen Fußspitze und Ferse zusammen, wie der Schwanz der Fische bei den letzten Schlägen des Todeskampfs außerhalb des Wassers.

Er hatte gerade die Zeit, diesen Blick auf den Beduinen zu werfen, und merkte, dass der Segler aus dem Gleichgewicht war, wie wenn er sich am Bug neigen würde. Beim Umdrehen hatte er die am Außenbord festgeklammerte Marfisa gesehen, die mit Muskelkraft unentwegt ins Wasser eintauchte und sich wieder emporzog, bis zum Bauch ins Wasser glitt, um sich zu waschen, vor den Jungs, die ihr vom Ufer aus mit offenem Mund zusahen. Dann, an Deck, als Hintern und Schenkel noch tropften, ihr Rock auf der Haut klebte und unter den Pobacken aufgerollt war, hatte sie wieder den Wasserkrug hoch vor ihren Kopf gehalten und noch einmal lange getrunken, dabei entfernte sie mal den Strahl vom Mund und mal brachte sie ihn wieder näher.

»Gebt Ihr ihm denn nichts?«, fragte er sie und brauchte gar nicht deutlich zu sagen, wen er mit ›ihm‹ meinte.

»Sag doch mal, du kleiner Bengel«, fragte sie ihn nun ihrerseits und wechselte damit das Thema. »Würde die Vorstellung dir lächeln, dich mit der hier anwesenden Trapanesin zusammenzutun, jetzt, wo du sie verkostet hast? Dann würdest du immer an Bord sein, dein Weibswesen haben und zugleich deinen Segler. Heh, was meinst du? In Gold würdest du baden …«

»Gebt Ihr ihm nichts?«, hatte er beharrt, und war hochgefahren, als hätte er sie gar nicht gehört.

»Was soll denn das Wasser für ihn tun? Meinst du etwa, das wäre eine Frage von Wasser?«, fragte sie und schenkte ihm endlich geduldig Gehör.

»Gebt ihm Wasser, habe ich Euch gesagt. Stillt seinen Durst, habe ich Euch gesagt«, legte er nach, und in seiner Stimme lag Zorn.

Mit einem spöttischen Lächeln, wie wenn sie sich amüsieren würde, dass sie gegen ihn verloren hatte, ging sie mit dem Krug hinunter, er aber hatte nicht hingesehen, ob sie dem Beduinen Wasser gab oder nicht, denn in diesem Augenblick, in dem die anderen Jungs ihn alleine dort gesehen hatten, riefen sie ihn und machten aufgeregt Pomponade.

»Hast du über meinen Vorschlag nachgedacht?«, fragte sie ihn, als sie wieder heraufkam und ihn dann, adrett und sauber, wissen ließ, was ihr Programm für die Zukunft wäre. »Jetzt warte ich nur noch, dass er stirbt, dann lasse ich ihn ins Meer hinab. Danach setze ich die Segel dahin, wo der Wind weht, denn für mich ists ja ein und dasselbe.« Und hier erneuerte sie ihren Vorschlag, er solle an Bord des Seglers und zu ihr kommen. »Doch wenn du dich entschließt, an Bord zu kommen, sagt dir die Trapanesin jetzt, wo du ihr Vertrauen erworben hast: Nimms und führ dus.«

Er hatte einen Wutanfall und hätte sie am liebsten verprügeln wollen.

»Mit welchem Mut, per la Madò, mit welchem Mut fühlt Ihr Euch in der Lage zu sagen: Ich warte nur noch, dass er stirbt, dann lasse ich ihn ins Meer hinab? Habt Ihr schon Eure Hoffnung darauf gerichtet? Habt Ihr darauf Schweinefleisch geschrieben? Wisst Ihr denn so genau, welche Krankheit er hat? Und einen Arzt, habt Ihr ihm einen Arzt geholt? Ist es vielleicht Maltafieber? Und Chinin, Chinin, hat er das bekommen?«

»Was heißt hier Chinin, Chinin ...«, hatte sie höhnisch gefragt, zerraufte sich ganz und beruhigte sich dann wieder. »Hör zu, ich will offen zu dir sein, du kommst mir nicht so kleinmütig und feige vor wie diese Ratte, die sich vorhin auf und davon gemacht hat. Der Beduine, musst du wissen, ist voller Pusteln auf der ganzen Brust und auf dem ganzen Rücken, vom Gesicht will ich erst gar nichts sagen, das ist eine einzige Pustel. Ist dir jetzt klar, weshalb ich das hoffte? Den Namen der Krankheit kenne ich nicht, aber ich wiederhole, sie muss eine dieser verderblichen Krankheiten sein, die in seinen heimatlichen Gegenden wüten. Und willst du einen Beweis dafür? Der andere, der, welcher auf dem Meer zwischen Cadix und Sfax verschollen ist, der ist nicht wegen des Sturms auf dem Meer verschollen, nein, er, dieser Beduine hier, warf ihn hinein, eines Tages, als er auf seiner Haut einen bestimmten Fleck sah und ihm auf der Stelle klar war, dass der Freund sich mit einer Krankheit angesteckt hatte, die allen beiden bekannt war. Er sagte ihm sogar, dass er es gemerkt hatte, oder wenigstens vermute ich, dass er es ihm sagte, als er mit ihm sprach, danach fuhr er ihn so, mit einem Ruder, ganz plötzlich aufs Meer, und der andere ließ sich fahren, ohne zu mucksen. Natürlich, wenn du angesteckt bist, gehst du nicht mehr an Land, kannst in keinem Hafen mehr anlegen, es ist, wie wenn sie den Gestank wahrnehmen würden, während der Segler noch auf hoher See ist. Weißt du, wie lange wir schon auf den Meeren herumvagabundieren? Fünfzehn oder schon zwanzig Tage, denn, das verstehst du doch?, nachdem er den Freund, das Ruder und alles Infizierte, das der andere berührt hatte, losgeworden war, verging ein Tag, und er stellte die Flecken auch bei sich fest. Kannst du dir das vorstellen, wir alleine auf dem Meer, der und ich, und der, als echter Beduine, der schon völlig verseucht war, glaubst du, der hätte sich dareingeschickt? Ach was. Allé, allé kuscheh, sagte ich zu ihm und hielt mich am Bug auf, wenn er am Heck stand, und am Heck, wenn er am Bug stand. Ich sagte es ihm, verstehst du?, er soll in die Koje schlafen gehen. Aber woher! Er verschwand nicht von Deck, und ich immer mit offenen Augen, denn ich dachte, ist ja möglich, dass ihn die Lust überkommt zu vögeln und er mich anspringt, so verpustelt wie er ist. In Biserta wars dann, dass man ihn daran hinderte, die Ansteckung zu verbreiten. Einige Hafenarbeiter, die uns eine Ladung Datteln an Bord brachten, hatten die Flecken bei dem Beduinen gesehen: Da brach ein Weltuntergangsspektakel los, doch er, obwohl er dem Tod geweiht war und Speichel aus seinem Mund lief, setzte die Segel in die richtige Brise, fuhr aufs Meer und verschwand. Seit dem Tag sind wir auf der Flucht. Die französischen oder italienischen Behörden weisen uns nur von Hafen zu Hafen, aber wenigstens haben sie noch nicht mit Kanonen auf uns gefeuert, obwohl wir uns bis jetzt geweigert haben, den gelben Wimpel aufzuziehen und weit draußen zu ankern. Doch auf Gela zu sagte er schließlich Nein, nein, und machte sich nach unten. Danach nahm ich in Santa Croce Camarina diesen elenden Schiffsjungen zu mir, beließ ihn aber über die Pusteln des Beduinen im Dunkeln. Hier aber packte er meine Hand, und ich will dir sagen: Nachdem er den Beduinen entdeckt hatte, nahm er mir das Steuerrad aus der Hand, und seinetwegen sind wir auf Sand gelaufen. Doch er befand sich in gar keiner Gefahr, denn du musst wissen, dass die Ansteckung dieser versauten Krankheit nur diese Beduinen trifft, wohingegen sie einem getauften Christenmenschen mit heller Haut nichts anhaben kann.«

Und das bewies die Tatsache, dass sie sich nicht angesteckt hatte, doch dieser Beweis war für ihn mehr wert als die Taufe oder die helle Haut.

»Siehst du, in welche Geheimnisse ich dich eingeweiht habe?«, fragte sie an dieser Stelle. »Ins Innerste, ins Allerinnerste, und das in jedem Sinn, habe ich dich eingeweiht. Begreifst du jetzt, dass es bei ihm nicht mehr um Chinin geht oder um einen Arzt? Es geht nur noch ums Krepieren, und es ist immer spät, wenn er sich dazu entschließt. Denn dann leere ich den Kaik aus, desinfiziere ihn mit Schwefel unten wie oben und fahre aufs Meer.«

»So also wartet Ihr darauf, ihn loszuwerden?«

»Was denn sonst? Ihn an Bord behalten, dass er mich verpestet? Ihn zum Passagier und vornehmen Herrn machen, diesen Beduinen? Wenn du erlaubst, nehme ich den, der mir gefällt. Und dir gebe ich nun mal den Vorzug. Geh schon, beeil dich. Kehr bei Tagesanbruch mit deinen Sachen an Bord zurück, du wirst mich alleine vorfinden, das kann ich dir versichern, mit einem nach Schwefel duftenden Kaik.«

Hatte Don Mimì nicht recht? War das nicht alles ein Schlag, eine Rasse von Sirenen, auf Johten wie auf Kaiks? Sie hatten alle ein Ziel, und wenn sie es erreicht hatten, warfen sie den alten Beduinen fort und nahmen sich den nächsten neuen Christenmenschen. Und während der noch erst sterben musste, stellte die hier schon ihre Berechnungen über seinen Wert als Toten an.

Sie hatte sich vor ihm aufgepflanzt, als ihr klargeworden war, dass er im Innersten angeekelt gehen wollte. Da hatte er sie von sich weggeschubst und war an Land gesprungen.

»Bis Tagesanbruch«, hatte sie ihm noch nachgerufen und wohl nur, um ihn vor seinen Freunden zu provozieren. »Ich erwarte dich bei Tagesanbruch, mein kleiner Kapitän.«

»Auf wen, auf wen wollt Ihr denn warten, altes Reff, das Ihr seid?«, erwiderte er ihr.

Die Jungs waren herbeigekommen, und dieses verlogene Stück rief ihm noch nach:

»Also, dann wart ich auf dich«, wie wenn sie wirklich verabredet wären.

»Macht Euch doch einfach aufs Meer, macht Euch einfach aufs Meer, Ihr und Euer Beduine.«

Und sie, mit ihrem Gesicht aus Lavastein, zu den Jungs gewandt:

»Nehmt schon mal Abschied von eurem Freund, ihr Bengels. Nehmt schon mal Abschied, denn morgen bei Tagesanbruch heuert er an. Verstanden? Der Beduine stirbt, und die Trapanesin nimmt ihn an Bord …«

An diesem Punkt hatte er den Eindruck, dass die Jungs die Worte dieser stämmigen Soldatarin, dieser großen Soldatenhure, wie eine Hostie schluckten, und er fühlte, wie er rot anlief. Und um Dampf abzulassen, hatte er ihr gesagt:

»Verschwindet doch aufs Meer, verschwindet einfach aufs Meer, Ihr und Euer unseliger Beduine mit seiner Pest. Verschwindet einfach, wenn Ihr nicht wollt, dass wir die Hafenkommandantur informieren. Weit raus, bringt den Beduinen ganz weit raus und wartet da so lange, bis er gestorben ist, und werft ihn so weit draußen ins Meer, wie Ihr nur könnt, und verstreut bloß keine Ansteckung auf dem Meer …«

Sofort hatte er seine ungezügelten Worte bereut, denn die Jungs hatten bei dem Wort Pest den Kopf verloren. Irgendwer hatte den Kaik geschoben, dann machten auch die anderen mit, und der Kaik, der ohnehin schon schräg auf dem Ufer lag, mehr Bug im Meer als Heck an Land, als wollte er sich gerade in diesem Augenblick aufs Meer begeben, hatte sich gleich aufs Wasser gesetzt, und die Trapanesin stand da und sah sie an wie gelähmt. Als sie sich gefangen hatte, war sie gelaufen, um eine Harpune zu holen und sie ihnen auf den Kopf zu schlagen, doch wenn sie ihre Haut retten wollte, musste sie sich mit dem Kaik zu schaffen machen, denn sie spürte die herunterdrängende Strömung immer stärker unter dem Wind. Sie dagegen tobte sich damit aus, sie zu beschimpfen und bis ins siebte Geschlecht zu verfluchen, rief ihnen derartige Beleidigungen und Zotigkeiten zu, dass eine ganze Reihe von ihnen ihr am Ende Steine nachwarfen.

Als sie merkte, dass sie ins Wanken kam, hatte sie sich ans Schreien gemacht und raufte sich die Haare. Und unter ihrem Geschrei waren sie zwischen den Schilfbüschen an den Dünen verschwunden und dachten, dass die Finanzpolizei sie hören könnte und da hineilen würde. Und wenn der Kaik in einem Nelkenstrudel der Strömung versank, hätten die Polizisten sie, die Jungs, beschuldigt, und zwar gerechterweise, denn sie hatten ihn aufs Meer getrieben, wo er verloren war. Indessen war der Kaik jedoch taumelnd und wankend an die Grenzlinie zwischen den beiden Meeren gelangt und hatte wie durch ein Wunder die heikle Stelle hinter sich gelassen, ohne sich zu überschlagen. Die Trapanesin musste sich auf das Steuerrad gestürzt haben, und sie hatten sie nicht mehr gesehen. Unterdessen war der Kaik im Jonischen, zwischen der Strömung von unten und der Tramontana von oben, und hatte sich blitzschnell in Richtung Malta und Afrika eingetrudelt. Es war, wie wenn Winde und Strömungen ebenfalls gemeinsam mit dem Kaik liefen, als hätten sie von dem armen Beduinen mit dem hechelnden Atem zwischen den Zähnen gewusst und beschlossen, ihn sein Afrika erreichen zu lassen, bevor der Tod ihn erreichen würde. Und sie stellten sich vor, wie die Trapanesin am Steuerrad versuchte, ihm, dem Beduinen, Afrika durchs Fernrohr zu zeigen.

Sie fanden überall welche, wie in einem großen Musterkatalog, ganz genau wie Don Mimì sie ihnen ausgemalt hatte: denn ob blond, ob braun, ob kokette Damen oder Spelunkenweiber mit Blattern, mit Don Mimìs Sirenen konnten sie sich alle erklären.

Die jedoch, die das unverfälschteste Exemplar war, mussten sie sich erst noch gefügig machen, die Feminotin, die Feminotin als echte direkte Nachfahrin, denn zwischen ihr und der Sirene stand nur die Fere, und tatsächlich hatte sie, ausgenommen von der auf dem Meer verbliebenen, der Fere angehängten Fluke, alle inneren und äußeren Eigenschaften ihrer hochberühmten Ahnherrin.

Mit diesen tausendundeinnächtigen Sirenen, die man Feminotinnen nannte, hatten sie schließlich und endlich im selben Jahr wie die Kriegserklärung ihre Erfahrung gemacht. Vielleicht war es der Juli nach diesem Juni, für sie rückte der Augenblick näher, als Kriegsmatrosen einzuziehen, und diese Sirenen, die Blonde von der Joht, die Trapanesin mit dem Kaik und die Feminotinnen an den Felsen, waren für 'Ndrja und 'Ndrjas Klicke immer noch und immer weiter ebendie, nämlich die Sirenen von Don Mimì, mit anderen Worten, alle Weibswesen, die sie sterbend vor ihren Gott bringen konnten.

Sie waren damals im Golfo dell'Aria, und auch dieses Mal waren sie auf der Palamitara allesamt eine jugendliche Mannschaft.

Bei Sonnenuntergang hatten sie plötzlich diese Handvoll Feminotinnen gesehen, eine kleine Gruppe von fünfen, die zwischen menschenverlassenen Felsblöcken in der Umgebung von Nicótera nackt im Wasser herumplanschten. Die Felsmassen lagen da verstreut in dem flachen Gewässer herum und sahen aus wie die Rückenlehne eines Sofas, und es kam den Jungs durchaus natürlich vor, dass sie diese hier, die Feminotinnen, am Meer antrafen, statt auf einer Joht oder auf einem Kaik. Sie erfrischten sich, als würden sie sich am Ende einer langen Reise entspannen, trieben auf dem Wasser und machten das Rad und verließen sich nur auf ihre weißen, aufgequollenen Brüste.

»Oh, Sirenen«, sagten sie da, als sie sie sahen, und tatsächlich sahen sie so aus wie ihre Ahnherrinnen, die Fischinnen, die sich in diesem Augenblick kein bisschen gewundert hätten, wenn ihnen klargeworden wäre, dass jede von ihnen unter Wasser die eigene wendige kupfergrüne Fluke bewegte.

Sie waren alle fünf im richtigen Alter, weder zu zart noch zu verhärtet, und alle fünf trugen den gleichen Gedanken im Kopf über die vier. Doch genau das war das Problem, sie waren zu viert und diese Sirenen zu fünft, was bedeutete, dass die Fünfte ohne Begleitung blieb, und damit war der Reinfall sicher. Diese Gaunerinnen mussten das Los geworfen haben, sobald sie ihrer ansichtig geworden waren, den Plan mussten sie alle schon im Kopf gehabt haben, und waren sie erst einmal übereingekommen, dauerte es nicht lange, ihnen ja zu sagen, wenn sie in ihre Nähe kamen und anfingen, sie zu entern. Geistesgegenwärtig sagte eine von ihnen für sie alle:

»Holts euch nur ab, was euch da durch den Kopf geht, sofern ihr dazu imstande seid, und wir werdens euch nicht abschlagen.« Und gleich darauf waren sie aus dem Wasser geflohen, liefen nackt zwischen den Felsen umher, mit ihren langen schwarzen Haaren, die sich wie ein Umhang über ihre weißen

Schultern legten, und beim Laufen zerstreuten sie sich hierhin und dahin zwischen den Felsen.

Sie hatten gerade noch Zeit gehabt, die Palamitara aufs Trockene zu ziehen, und der eine verschwand mit dieser und der andere mit jener. Er, zum Beispiel, verschwand mit einer Gertenschlanken, die aber so bebust war, dass sie vornübergebeugt gehen musste, und Duardo mit einer, die einen Mandolinenhintern hatte, und Federico mit einer, die ihre Arme eng um ihre Brüste legte, als würde sie sich zutiefst schämen, und Melo schließlich mit der, die aufgehört hatte zu laufen, weil sie ein Kämmchen verloren hatte, das vorher zwischen ihren Lippen war, und als sie sah, dass er ankam und sie von hinten packte, bedrohte sie ihn mit einem Stein und schrie ihn an: Rühr mich nicht an, pirdeu, wenn ichs dir nicht sage, und Melo wagte es in diesem Augenblick selbstverständlich nicht, sie anzurühren. Doch wenn du dich nachher verweigerst, rupf ich dich am ganzen Leib, schrie er zurück, während diese Mafiosa lachte und wieder weiterlief.

Sie waren verschwunden, Paar um Paar zog sich in eine Höhle zurück, und während sie da drinnen waren, kam es ihnen vor, als würden die Felsen von Grotte zu Grotte stöhnen und seufzen; der eine hörte den anderen keuchen, und es war, wie wenn sie alle zusammen gegen die Strömung rudern würden. Und dann hatten alle vier Feminotinnen wie auf ein Zeichen hin geschrien:

»Focu, focu meu«, und danach drang für eine ganze Weile aus diesen kleinen 'Ricchie weder der Laut einer Stimme noch irgendeines anderen Geräuschs.

Sie verweilten so lange zwischen den Felsen, bis der Mond aufging. Doch dann kam der Augenblick, wo sie sich für die Erquickung bedanken und sich verabschieden mussten: Da tauschten diese Liederlichen, diese Abweisenden zwischen den Felsen nackt und rau ihre Eindrücke aus und entdeckten untereinander, dass ihnen vier wilde, feurige Milchbärtige untergekommen waren, pirdeu.

Die Sache endete allerdings übel. Als sie nämlich abfuhren, stellten sie fest, dass aus dem Boot der Korb mit dem besten Fisch vom Golf hier verschwunden war, voll mit Wrackbarschen, Zackenbarschen und Zahnbrassen, abgesehen von den üblichen Rungen, auf die man im Golf immer in großer Zahl trifft. Ihr Verdacht stürzte sich gleich auf die Fünfte, die unbegleitet und ganz alleine im Wasser geblieben war, in Reichweite des Korbs. O ja, sie mussten sich abgesprochen haben, dass die vier sich mit ihnen in den Felsen abgaben und die Fünfte den Korb an sich reißen sollte; überaus schnell hatten sie sich abgesprochen und überaus leicht war ihnen die Sache geglückt.

Die Diebin musste inzwischen mit dem Korb auf dem Kopf weit getrabt sein, und die anderen waren da ringsum ganz still geworden. Sie selbst waren zwischen die Felsen zurückgekehrt, und im Dunkeln hatten sie sich auf die Suche nach ihnen gemacht. Federico war es gelungen, eine zu fassen, die gleich angefangen hatte zu schreien und ihre Freundinnen herbeizurufen, und diese machten sich von der einen wie von der anderen Seite daran, sie zu beschimpfen und zu bedrohen.

»Ihr Gehörnten, ihr Gehörnten, lasst sie sofort los, das ist besser für euch …«

Federico aber rief ebenfalls seine Freunde herbei, denn er fühlte sich unter den Feminotinnen verloren, die immer näher kamen, er sie aber in der Dunkelheit nicht sehen konnte, sie allerdings durchaus in der Lage waren, über ihn herzufallen, ihn zu zerkratzen und ihn völlig zu rupfen.

Doch entweder gelang es ihnen nicht, den Weg zu finden, oder sie wagten sich nicht vor.

»Wir murksen dich ab, wenn du sie nicht loslässt«, riefen sie aus ziemlicher Nähe zu Federico hinüber. »Wir werden dich mit Steinen traktieren. Wir treiben dir schon den Genuss aus, den wir dir vorher verschafft haben.« Und da waren sie auch schon über ihm und schrien ihm ins Gesicht: »Pirdeu, pirdeu, deine Männlichkeit reißen wir dir raus.« Entsetzt hatte Federico die Feminotin losgelassen, und alle zusammen hatten sich still im dichten Dunkel auf und davon gemacht. Doch als es aussah, als wären sie bereits auf die Felsen gesunken, hatten sie noch gerufen:

»Ihr werdet schon noch die Tröpfelei kriegen, darauf könnt ihr wetten. Die Tröpfelei, die Tröpfelei … Ihr werdet schon noch an uns denken, pirdeu …«

Die Tröpfelei?, fragten sie sich. Was ist denn die Tröpfelei? Doch ahnten sie, dass die Feminotinnen nicht einfach nur so dahersagten, sie würden noch an sie denken.

Sie waren nach Hause gekommen, als Mitternacht schon vorüber war, und alle warteten auf sie am Strand mit Leuchten in der Hand. Über den Korb sagten sie, dass sie Händel mit Leuten aus Kalabrien gehabt hätten und jemand während der Rangeleien den Korb mit dem besten Fisch, den sie im Golf gefangen hätten, an sich gerissen und sich klammheimlich davongeschlichen habe. Und was sie da sagten, war ja nicht völlig gelogen.

Doch dann bekamen nur zwei von ihnen, nämlich Melo und Federico, die bewusste Tröpfelei, und sie erfuhren auf diese Weise, dass es wie ein Tröpfeln war, wie eine Art brennende und schmerzhafte Reinigung ihres Fischs mit Bart.

Melo und Federico wurden kreidebleich, sie bewegten sich zwar und bissen die Zähne zusammen, doch den Tropfen alleine konnte man natürlich nicht aufhalten, ja, es wurde noch schlimmer, und Melo und Federico waren nicht mehr in der Lage, auf den Beinen zu stehen. Die Leute fragten sie: Was habt ihr bloß? Wie fühlt ihr euch? Was ist mit euch? Und sie antworteten: Nichts, nur ein Schwindelgefühl. Keiner brachte sie mit der Fahrt zum Golfo dell'Aria in Verbindung, und sie litten, doch sie hielten durch. Signor Cama erinnerte sich bei dieser Gelegenheit, dass er in seiner Eigenschaft als Strandaufseher vor allem auch irgendwie so etwas wie ein Schiffskapitän war, und wenn sich der eine oder andere verletzte oder krank wurde, musste er alleine damit fertigwerden, bis sie in einen Hafen einliefen. Daher besuchte er zuerst Federico, fühlte seinen Puls, sah sich seine Zunge und die Augen an und sagte:

»Sag mir, was du gegessen, was du getrunken hast, erzähl mir, ob du vor etwas Angst gehabt oder deine Kräfte überanstrengt hast, kurz, erzähl mir alles, was dir passiert ist.«

Und wie wenn er im Beichtstuhl kniete, hatte Federico ihm alles erzählt und wiederholte auch die Worte der Feminotinnen: Die Tröpfelei werdet ihr bekommen, die Tröpfelei … Signor Cama, ein weltläufiger Mann, brauchte nichts weiter, um zu verstehen, was Federicos und Carmelos Missgeschick war. Danach war er dann zu Don Mimì gegangen und sagte zu ihm:

»Wenn Ihr nicht aufhört, Don Mimì, mit diesem Blödsinn von den Sirenen und sie den Jungen vorstellt und ausmalt, wenn Ihr damit nicht aufhört … Ja, ja, sagt ihnen nur, sagt ihnen nur: Schnappt sie euch, packt sie euch, nudelt sie durch, wo ihr sie trefft … Inzwischen aber haben Eure Sirenen den Jungs den Tripper verpasst.«

Er bezeichnete ihn als den Verantwortlichen, mit einem Wort. Don Mimì hatte ihn von seinem Korb aus lange angesehen, und zwar so lange, bis er schließlich gegangen war und er sich nicht in der Lage sah, auch nur ein Wort herauszubringen, nicht einfach so, sondern weil er nicht wusste, wie er dieses Auftauchen von Signor Cama verstehen sollte:

»Hat er mich beleidigen wollen? Hat er mich beglückwünschen wollen? Soll ich mich jetzt ärgern oder soll ich mir einen Preis zusprechen?«, sagte er schließlich und dachte eine Weile darüber laut nach, doch war ihm immer weniger klar, wie er es nun verstehen sollte. Als er jedoch den Wirbel gesehen hatte, den der Strandaufseher hervorrief, als er sich abmühte, die Nachricht schnell dem einen und dem anderen zukommen zu lassen, und ihm natürlich damit Feuer unter dem Hintern machen wollte, da hatte er gesagt:

»Was stellt so ein Tripper für diesen Signor Cama eigentlich dar? Eine Wasserhose vielleicht? Es ist doch klar, dass der, der isst, auch Krümel macht.«

Er robbte auf dem Sand bis dicht an die Spitze und ließ sich vom Strand nach unten gleiten, tauchte schlank ins Wasser, ohne Spritzer, ohne Schaum zu erzeugen, wie ein Fisch oder wie jemand oder etwas, der oder das mehr als ein Fisch war, denn es war, wie wenn sich das Meer öffnete und sich gleich wieder hinter ihm schlösse, mit ihm darin. Dann, nachdem es so aussah, als wäre er für alle Zeit verschwunden, tauchte er wieder auf, und still und leicht, als wäre es nicht sein Körper, der sich bewegte, sondern sein Schatten, fing er wieder an zu schwimmen, und zwar die 'Ricchia auf der ganzen Länge ihrer Öffnung hinauf.

Er starb vor Lust, sich da hineinzubegeben, und fand doch nicht den Mut, er hatte nicht das Herz, denn er glaubte, es handele sich darum: um Mut, um Herz. Es gelang ihm, ganz dicht an die felsige Schicht heranzuschwimmen, unterhalb der die Wasserwoge eindrang und zerstob, doch zu tauchen und einzudringen, dazu war er nicht in der Lage. Er schwamm einige Male vor der schmalen, finsteren Öffnung hin und her und hielt dann irgendwann inne, streckte die Hand nach einem Vorsprung der Grotte aus, und in diesem Augenblick fühlte er sich schlagartig todmüde, die Muskeln seiner Arme und Beine taten weh und waren unglaublich schwer, wie wenn er in diesem Augenblick an Land gehen würde, nachdem er tage- und nächtelang geschwommen wäre. Es war, wie wenn er übers Meer zurückgekommen wäre und die ganze Strecke schwimmend zurückgelegt hätte, es war, wie wenn er seit dem zehnten September geschwommen wäre, seit fünf Uhr morgens des zehnten Septembers: von einer Stelle am Meer im Golf von Neapel, von wo aus sie das Festland mit Schaluppen erreichen konnten, an der Stelle, an welcher der Kommandant nach Stunden und Stunden, die er damit verbracht hatte, zu sagen und wieder zu sagen: Aufgabe ja, Aufgabe nein, und schließlich den schurkischen Einfall gehabt hatte, den Befehl zum Selbstversenken zu geben und die gehen zu lassen, denen es gelingen würde, den Weg nach Hause einzuschlagen. Ihm kam es vor, wie wenn er seit diesem Tag schwimmen würde, auf diesem Meer; ihm war es, wie wenn er sich dort ins Meer gestürzt hätte und immer geschwommen wäre, bis hierher. Das war vor annähernd einem Monat, und es war wie gestern, wie jetzt. Und jetzt war er hier, an der 'Ricchia, inmitten der Sirenen, und er meinte, er befände sich inmitten der Sirenen von Malta, der Sirenen der Kapitulation, der Sirenen, die der im Radio, vom neunten auf den zehnten, die ganze Nacht lang beleidigt und diffamiert hatte, mit seiner übernächtigten Stimme, die aus den Lautsprechern drang, wie wenn sie aus dem Schiffsbauch der Korvette aufsteigen würde, und jeder von der Besatzung sie an seinem Ohr hörte, wo immer er auch war, wohin auch immer er ging, auf dem Vorderschiff, am Heck, im Maschinenraum oder auf der Kommandobrücke, wie wenn sie mit jedem Einzelnen sprechen würde, ganz persönlich, oben leise, wie bei einer Unterhaltung mit Freunden, von Gleichem zu Gleichem, und unten wie einer mit durchgeschnittener Kehle, gallig, ja bis zum Wahnsinn zornig, wie ein französischer Gott, Ton, Getön, Donner, nämlich als Vorgesetzter und Untergebener; oben im Vertrauen und unten im Befehlston; oben geduldig und unten rasend vor Wahnsinn; oben wohlwollend, gütig, mit dem Herzen in der Hand und unten heimtückisch, arrogant, verächtlich; oben sicher, selbstgewiss, triumphierend, vermenschlicht und unten müde von einer fast tödlichen Müdigkeit, die ihm den Sabber über den Mund schmierte, müde vor Hoffnung, vor allem, in allem, wegen allem.

Matrosen Italiens, wiederholte sie, sie wiederholte, hörte auf und begann wieder aufs Neue, ohne jemals die Platte zu wechseln, die Stimme eines Großmauls: Matrosen Italiens, hört nicht auf die trügerischen verlogenen Sirenen, die euch nach Malta locken wollen. Hört nicht auf sie, nehmt den feigen Waffenstillstand nicht an, ergebt euch nicht kampflos, übergebt nicht euer Schiff. Matrosen Italiens, werft euch nicht in die Arme der Sirenen. Hört nicht auf sie, hört nicht auf sie. Zieht die italienische Flagge nicht ein, zieht eure Kampfflagge nicht ein, um den schwarzen Wimpel zu hissen und ihnen eure Kapitulation zu signalisieren. Hört nicht auf sie, ändert nicht die Route, begebt euch nicht nach Malta, werft euch nicht in die Höhle dieser niederträchtigen, dieser lügnerischen Sirenen. Hört nicht auf sie, hört nicht auf sie, hört nicht auf sie …

Er brauchte einige Zeit, bevor er mit dieser Ausdrucksweise etwas anfangen konnte, das heißt, bevor er mit diesen Sirenen etwas anfangen konnte. Anfangs glaubte er sogar, er hätte nicht richtig gehört, doch gleich darauf war er sicher, dass der da nicht nur wirklich Sirenen gesagt hatte, sondern seine ganze Rede auf den Sirenen aufbaute, und so verwirrte ihn eine ganze Weile lang diese neuartige Ausdrucksweise irgendwie. Der erste Eindruck, den er hatte, war der, dass es sich um eine Täuschung handelte, dass der eine Komödie vorspielte und den Auftritt von jemandem spielte oder von etwas, kurz, dass der als Erwachsener das tat, was sie als Jungs getan hatten. Und ihm ging durch den Kopf, dass der da in gewisser Weise den tieftraurigen Seefahrer spielte, den Don Mimì ihnen gegenüber einmal erwähnt hatte, den nämlich, der seinen Gefährten die Ohren mit Bienenwachs hatte verstopfen und sich selbst dann an den Hauptmast hatte binden lassen, um sicherzugehen, dass sie dem Anblick und dem Gesang dieser zaubermächtigen Vertilgerinnen menschlichen Fleisches widerstehen werden. Der hier aber hatte sich nicht nur an den Hauptmast des Radios binden lassen, sondern salbaderte noch dazu, er salbaderte, um diejenigen, die, aber er hütete sich davor, das zu sagen, die nicht wie er an den Mast gebunden waren, vor den Risiken zu warnen, denen sie sich seiner Meinung nach aussetzten, wenn sie sich nicht anbanden, ihre Ohren nicht verstopften, sondern diesen Verführerinnen Gehör schenkten.

Er hatte sich an Don Mimì und an die Freunde erinnert und wollte in diesem tragischen Augenblick fast schon in Lachen ausbrechen. Da seht, seht nur, wo er die Sirenen wiederfand, die er an der 'Ricchia zurückgelassen hatte, auf den Lippen dessen, der sie wiederfand und mit welcher Bedeutung, mit welcher bedrohlichen, alarmierenden Bedeutung. Die Worte, die Worte, so überlegte er in diesem Augenblick, wie merkwürdig Worte doch sind. So oft gehen sie von ihrem Ursprungsort aus, von der Sache, von der Person, von den ursprünglichen Umständen, und ziehen dann fort, sie wandern und wandern, oft aber ziehen sie fort, sie wandern und wandern wie Schatten ohne ihren Körper, ohne die Bedeutung des Ursprungsorts, das heißt die Bedeutung der Person, der Sache oder des Umstands, die daraus ihren Ursprung nahmen und mit einem Bild darstellten. Was wollte der da ihnen jetzt unterschieben? Wenn's um nichts anderes als darum gegangen wäre, von Sirenen auf Malta erzählen zu hören, hätte ihm das genügt, seinen Sinn ganz in diese Richtung zu wenden. Zogen die Sirenen sie denn nach Malta? Und damit? Um es mit Don Mimìs Worten zu sagen: Vielleicht erregten die Sirenen dem da ja Ekel? Was hatte er denn zu bieten, was konnte er ihnen schon entgegenstellen? Heuler, Heulerinnen, durchaus möglich, dass es Heulerinnen waren, die er anbot, und der Gedanke musste erlaubt sein, dass es sich bei ihm um einen anderen Signor Cama handelte, einen anderen, aber schlimmeren, denn die Heulerinnen, die der hier besang, Heulerinnen in Neapel, Heulerinnen in La Spezia, Heulerinnen in Livorno, Heulerinnen in Genua, waren zudem deutscher Herkunft.

Wer er war, das wussten zumindest sie, die Matrosen, nicht, denn sie hörten seine Stimme, die schon aus den Lautsprechern sprach, welche mit dem Radio in der Kommandokabine verbunden waren. Einige hielten ihn für einen Deutschen, der in italienischer Sprache redete, als würde er zwei Messer gegeneinander wetzen, Klinge gegen Klinge, und andere für einen Faschisten, der mit einem deutschen Kopf dachte, doch eben diese Redeweise dröhnte im Ohr als dieses harte Denken wider. Ob Deutscher oder Faschist, er musste ganz sicher eine Persönlichkeit sein, ja, eine große Persönlichkeit, wenn er mit so viel Leichtigkeit viaradio reden konnte und sich bis an Bord der Schiffe hören ließ. Aus diesem Grund kam er nicht damit zurecht, wie es möglich war, dass eine derartige Großpersönlichkeit ausgerechnet das Wort Sirene wählen sollte, um auf die Matrosen Italiens Eindruck zu machen: Warum hatte sich sein Verstand, statt ein Wort aus dem militärischen Sprachgebrauch zu verwenden, das er vielleicht normalerweise benutzte, ausgerechnet dieses Wort aus dem lärmenden Sprachschatz der Männerwelt gegriffen, dieses Wort der Tändelei? War er denn so rückständig, dass er dieses Wort noch als Katastrophenbeschreibung verwandte? Wie konnte er nur bei den Sirenen einer solchen Täuschung erliegen, jungen Männern wie ihnen damit einen Schrecken einzujagen, die sich doch, wenn ihnen bei ihrem Landgang ein paar Verlockende unterkamen, wie Fische auf die genannten, auf die sogenannten Sirenen warfen, ob sie nun blond waren oder braun? Wie konnte er der Täuschung erliegen, sie von Malta abzuhalten, wenn er doch sagte, dort sei die Basis der Sirenen? Mit Sirenen konnte er nur das genaue Gegenteil erreichen.

Matrosen Italiens, wiederholte die übernächtigte, abgekämpfte, zornige und müde, immer müdere Stimme aus den Lautsprechern. Werft euch nicht in die Arme der niederträchtigen Sirenen, hört nicht auf ihre Lügen, vertraut ihnen nicht, geht nicht …

Er redete, und wenn man ihn hörte, war es, wie wenn er die Matrosen gewissermaßen sehen würde, während sie sich in den Schaluppen aufs Meer hinunterließen, und so kam es zu dem, wogegen er die ganze Nacht gepredigt hatte und immer noch predigte, auch wenn es nicht genau das war, aber doch beinahe das: denn sie waren zwar nicht auf Malta und warfen sich nicht in die Arme der Sirenen, sondern sie versenkten sich selbst, und wenn das auch der Mittelweg war, zu dem ihr Kommandant gelangt war, nachdem er über Stunden und Stunden das Tyrrhenische im Zickzack hinaufgefahren war, Hasenherz bei Zick und Löwenherz bei Zack, der Mittelweg zwischen Hase und

Löwe, war es doch eine verlorene Schlacht für den da, der im Radio herumpolterte, denn wenn sie sich auch nicht in die Arme warfen, so hakten sie sich doch unter.

Was für einen sonderbaren Eindruck es machte, als sie sich auf den Schaluppen entfernten und die Wellen in Kreisen weit hinausliefen, als würden sie die Wasserwüste um die Korvette herum, um diese Stimme eines Irren, mit Schaum vor dem Mund, der mit galliggrünen Worten immer noch hartnäckig Schaum erzeugte, ins Unendliche dehnen. Was für einen sonderbaren Eindruck machte die Stimme einer Großpersönlichkeit wie dieser, die bis gestern noch eine so schwanzlastige, militärische Redeweise im Mund gehabt haben musste, und heute mit der Ausdrucksweise eines Weibswesens aus dem Tratschhof, eines immer bereiten Weibswesens redete, welches zu verstehen gab, dass ihr lediglich daran lag, die jungen Männer an Bord der Schiffe, die doch naiv und unerfahren in dieser Welt waren, vor den Risiken und den Gefahren der Sirenen zu warnen. Was für einen sonderbaren, widerlichen Eindruck machte diese Stimme auf die Matrosen, wie wenn es das Gerede eines eifersüchtigen Weibsmanns wäre, der bis gestern noch als strammer Mannskerl galt, bronzen und braun, mit deutschem Haarschnitt, kurz gesagt als ein Mann, dessen Schwanz gut bestückt war, der sich jedoch, als er erst einmal seine wahre Seite von Eifersucht auf eine Frau gezeigt hatte, die keine Frau war, daranmachte, richtige Frauen, weibswesische Frauen zu verleumden. Was für einen sonderbaren Eindruck sie doch machte: Für jeden von ihnen war es wie ein innerer Jubel, ein Siegesgefühl, still und tief, als wäre ihnen Gerechtigkeit zuteil geworden, das war die Wirkung, die das Hören dieser falschen, verlogenen, lockenden Stimme auf sie machte, die Stimme, die alles das war, was ihrer Ansicht nach die Sirenen von Malta waren, diese Stimme, die sich immer noch als unfehlbares Orakel verstand, während alles, sowohl innen wie außen von ihm, das Gegenteil sagte, eine arrogante Stimme, die Stimme eines Irren und Scharlatans, vergessen in den Lautsprechern der Korvette mit der überfluteten Pulverkammer, die nach und nach in die Tiefen hinabsank. Was für einen sonderbaren Eindruck sie machte, wenn man sie noch von den Schaluppen aus hörte, die immer weiter aufs Meer hinausfuhren, wenn man sie hörte und dachte, dass sie noch weitergeredet haben würde, auch wenn die Korvette ganz hinabgesunken und diese Stimme in der Stille der Tiefe ertrunken wäre. In der Vorstellung war es, als würde diese Stimme sich da personifizieren, und dass beim Sinken mit der Korvette das Wasser in der Kehle dieses Machtbolzens von Krieg nach oben gurgelte, der gesichtslos redete, viaradio, getäuscht, enttäuscht, bis zuletzt, dass die ihm noch zuhören würden, die längst schon in sich hineinhörten, ein jeder den Sirenen seiner Jugend.

Ein von allen Malen hatte es ihn getroffen, nicht ins Spiel einbezogen worden zu sein, sondern unbegleitet, alleine vor der Höhle der 'Ricchia zu bleiben, und dieses eine Mal ging es nicht um die Aufrechnung von gleich oder ungleich seiner Finger, das heißt, es war nicht das Los, das entschied, sondern es war das Schicksalslos, denn dieses Mal hatte es sich nicht um eine von ihnen auf die Beine gestellte Sirenenfarce gehandelt, sondern um eine von anderen mit ihnen bewerkstelligte Tragödie. Daher konnte er dieses Mal schreien und weinen, die Namen seiner Freunde so oft rufen, wie er wollte, niemals aber hätte er sie mehr vor der 'Ricchia auftauchen sehen, wo sie große Pomponade aufführten und ein Meer aus Schaum und Spritzern machten, niemals mehr, und nicht nur die, die das Los zu Seefahrern bestimmt hatte, sondern auch die, die zur Sirene bestimmt worden waren: denn diese Bedeutung musste die Szene in dem Traum gehabt haben, in der Ciccina Circé als Sirene verkleidet auftauchte, ganz genau so, wie sie es immer gemacht hatten, mit der Fluke aus einem Palmwedel, der im Sonnenlicht aufflammte und zu Asche verbrannte.

Er musste jemanden sehen, mit einem lebendigen Menschen sprechen, auf der Stelle, andernfalls würde er zu schreien anfangen, zu weinen und seine Freunde bei ihrem Namen rufen. Die Wüstenstille der 'Ricchia fühlte er in seinem Blut, wie wenn sie die Form einer Nadel angenommen hätte, einer Nadel mit eiskalt glühender Spitze, die durch sein Blut wanderte und sich auf dem Weg zu seinem Herzen befand, und das Schlimmste war, dass er es spürte, wie wenn es immer so gewesen wäre, immer als wäre sie gerade im Begriff, sein Herz zu durchdringen, und immer an dieser Stelle.

Er hatte sich eben von der 'Ricchia gelöst und näherte sich den sandigen Zungen, da war das, was er sich gewünscht hatte, ja, mehr als er in diesem Augenblick brauchte: Jemand zu sehen, jemand Lebendigen, um mit ihm zu reden, auch angeredet zu werden, er sah ihn über den Strand auf sich zukommen, jemand mit einem Korb auf dem Kopf, in leibhaftiger Gestalt, er wusste nicht, ob er lachen oder weinen sollte, in leibhaftiger Gestalt, wo er doch gar nichts dazu getan hatte, den nämlich, der mit seinen zwei berüchtigten Wörtlein aufgebrochen war, zwei, zwei an Zahl, die er ihm jedes Mal vorsprach und versprach, und dann die ganze Nacht durchgeschwätzt hatte, ohne Erbarmen mit seinem abgestandenen, verkrusteten Schlaf, während er für den Rest seiner Tage wehklagend all seinen Gedanken nachhing, wehklagend, weil er nicht taub wurde, wehklagend, weil er diesen Caitanello nicht stumm vorfand, der immer und jetzt erst recht eine leichte Zunge hatte, wehklagend aus den dunstigen Fernen seines Schlafs, von wo aus er wie durch ein Fernrohr den immer noch und ständig sprechenden Caitanello erblickte, manchmal meinte er, den Eindruck zu haben, er würde sterben, und wehklagend, dass es kein wirkliches Sterben war, dass es für ihn nur Eindruck und Versuchung zugleich war, wie wenn das Sterben für ihn die einzige Art, das einzige Mittel wäre, endlich schlafen zu können.

Don Caitanello machte großrein, dachte er. Er hatte ihn an der Türschwelle stehen lassen, um den vom Ruß geschwärzten Glaszylinder der Lampe zu reinigen und ihn mit einem Lappen blank zu wischen: er hauchte hinein, zog den Lappen durch und ließ ihn vor seinen Augen spiegeln, wozu er ihn in die Luft hob, in dieses Licht, das weder mehr Nacht und noch nicht Tag war. Diese Lampe in der Hand, dort, im Freien, entsprach ihm wie ein Symbol: Das Exil im Haus, die würdelose Verbannung, war zu Ende, Caitanello trat wieder aus seiner Höhle, das Licht brauchte er jetzt nicht mehr, wie er es bis dahin gebraucht hatte, bei Tag, als wäre es immer und immer Nacht. Und der Korb auf dem Kopf, jetzt, jetzt, wo er ins Freie getreten war, wo er sprechen und mitteilen konnte, dass er nur saubergemacht habe, dass er nur den kleinen Altar weggeschafft habe, den er neben dem Bett errichtet hatte, um die Fere zu Trockenfleisch zu zerlegen?

Tatsächlich kam er über die weit ins Meer ragende Sandzunge näher, und von dort bis zur Spitze schüttete er den Rest der Fere ins Wasser, spuckte ihr hinterher, dann hockte er sich hin und wusch viele Male den Korb aus.

»Du hast das Meer gut gewählt, das kann man nicht anders sagen«, sagte er da zu ihm. »Aber ausgerechnet hierher kommst du und badest, ausgerechnet in dieses Scheißhaus und Schlachthaus von Feren?«

»Wieso denn Feren? Hier an der 'Ricchia Feren?«, fragte er ihn, um ihn ein bisschen zu ärgern, um ihm, wenn auch nur zum kleinen Teil, zum kleinsten Teil die Martern heimzuzahlen, die er ihm mit seinen zwei Wörtlein angetan hatte.

»Dreh dich um und schau, Junge. Dreh dich um und schau dir die schöne Gesellschaft an, die da zu dir kommt …«

Gerade hinter den Felsen, wo sie das Blubbern und Gluckern der Strömung hörten, das von der Grenzlinie der beiden Meere herankam und fortzog, befanden sich an die fünf Feren, und die waren, das sah man sofort, unter Rülpsen gestorben, auch wenn sie nichts besonders Totes an sich hatten, außer der Tatsache, dass sie eben tot waren.

Von Abfällen und Bastardellen gezwickt, schlugen diese fünf langsam, ganz langsam gegen die Felsen, wie wenn sie inmitten von schäumendem Schleimbrodel und trüben Strömungen verwickelt wären, sozusagen aneinanderklebten, Schnabelmaulhintern, Schnäbel mit Fluken, wie ein Bund Stockfische, und entweder ging das ganze Bund unter oder die Strömung riss sie mit sich fort. Die Großkiefer unter Wasser, den Hals wie in einer Schlinge, ließen sie das Wasser durch das Perlenschnurmaul herein und schieden es am Schlitz unten wieder aus. Inzwischen waren sie eine Einheit mit dem Meer, eine Art kommunizierender Röhren.

»Schau mal, schau und finde heraus, ob eine mit einer abgeschnittenen Rückenfinne dabei ist«, sagte sein Vater, mit einem Ausdruck, der verschlagen sein wollte, dann aber doch nur kindhaft war.

Er hob den Blick, um ihn anzusehen, und sei es wegen dem, was er sagte, sei es wegen der Art, wie er es sagte, mit dieser völlig zerfetzten Stimme, die in seiner Brust wie ein schlaff gespanntes Tamburin klang, es war, wie wenn er sich erst in diesem Augenblick wie ein alter, armer und halb vertrottelter Mann offenbaren würde.

»Schau mal nach, schau …«, sagte er kichernd und ganz prahlerisch. »Schau mal nach, schau, und wenn du eine abgeschnittene Rückenfinne siehst, dann ist ers, der Flipperraïs, da kannst du dich nicht vertun, und dann pinkle auf ihn, pinkle auf ihn, spuck ihm ins Aug, sag ihm, wessen Sohn du bist …«

Du wirst mir noch lange von deinem Flipperraïs erzählen, sagte er ihm im Geist und hielt seinen Blick weiter auf ihn. Du wirst ihn dir nie aus dem Mund nehmen lassen.

Und außerdem, was gab es da schon zu sehen? Jede von diesen fünfen zeigte ihre Finne deutlich und klar, sah er's denn nicht?, auch wenn man nur schwer sagen konnte, von welcher Farbe sie waren, denn das Blau konnte auch ein Eisengrau sein oder ein Braun oder ein Grünton.

»Was denn für eine abgeschnittene Finne …«, sagte er auch diesmal mit einem Anflug von Abschätzigkeit und deutete hinüber zu den fünf toten Feren. »Tot und friedlich, alle fünf scheinen die Finne wie eine Standarte mit sich zu tragen …«

Er redete mit dieser leichten Abschätzgkeit, um ihn in Verwirrung zu bringen, ihn ein bisschen zu verdrießen, doch niemals hätte er denken noch sich vorstellen können, niemals sich träumen lassen, dass Caitanello sich wegen des Umstands gewissermaßen beleidigt fühlte, dass er, wirklich in aller Harmlosigkeit, sich vorgestellt hatte, dass Flipperraïs unter diesen fünf Kadavern war. Einer wie der, mausetot? Ein Graugramp, ein so mächtiger Gladiator, dieser Ras und Raïs, dieser Oberraïs und Kaporaïs, dieser Kapotische, dieser Aufschneider und Prahlhans kurz gesagt, mit welchem er sich duelliert hatte, es sollte möglich sein, dass der einen ganz banalen, ganz elenden Tod starb?

»Was ist denn? Was ist denn?«, fragte er ihn. »Hat der Krieg dich denn verdummt? Dieser Händchenraïs, der hier herumdämmert, niedergestreckt von einem Rülpser? Wie einer von niedrigem Rang, irgend so ein x-beliebiger Quilibet? Ein Elendsknochen?«

Natürlich, kommentierte 'Ndrja in seinem Kopf, natürlich, dass, wenn der da schon von Natur aus ein wirklich Mächtiger war, er ihn noch kleiner macht: denn welches Verdienst hätte er sonst, wo er ihn doch verwundet hatte, welchen Wert hätte seine Prahlerei, wenn der von unterem Rang war, irgendein x-beliebiger Quilibet, ein Elendiger?

»Was ist mit dir? Schläfst du immer noch? Schläfst du und träumst von ihm?«, fuhr er jetzt fort, und es klang wie Spott. »Du träumst von ihm, tja ja, nur wenn du ihn träumst, diesen Flipperhändchenraïs, kannst du ihn unter diesen an Rülpsern Gestorbenen sehen. Aber was habe ich dir denn in der vergangenen Nacht gesagt, was hab ich dir gesagt, was hast du gehört von dem, was ich dir über diesen durchtriebenen Schubiak von Graugramp gesagt habe? Meinst du etwa, dass ein solcher Oberraïs so mir nichts, dir nichts nach einem Happen die Flanken zu sehr streckt und stirbt?«

»Wieso nicht?«, antwortete er ihm, er wollte ihm weiter widersprechen. »Der Rülpser, das wissen wir doch, oder?, kennt kein Ansehen der Person und lässt sich durch nichts aufhalten.«

Er ärgerte sich in der Tat, und er brüstete sich nicht weniger, sondern noch mehr seines Händchenraïses, und indem er sich seiner mit Worten brüstete, begann er plötzlich ganz ohne Worte, sich selbst zu brüsten, nämlich als den, der ihm in dem bewussten schrecklichen Augenblick die Rückenfinne abgeschnitten und ihm so, wie zum immerwährenden Spott, den Schwellkamm seines mafiösen Gehabes gekürzt hatte.

»Also meinst du, einfach ausgedrückt, dass ein so viel gesehener Graugramp wie der hier, einer mit dem Charakter eines Kapos der Kapos und zudem eines kapotischen Kapos diesen stinkenden, elenden Kleintod, diesen Allerleute- und Stümpertod sterben kann? Kurz gesagt, über einen Händchenraïs könnte man deiner Meinung nach eines Tages sagen hören, er sei krepiert wie irgendein Heimischer der Meere zwischen Skylla und Charybdis, nur weil er nicht rülpsen konnte? Dann hör dir besser mal an, was einer sagt, der mit ihm zu schaffen hatte: Einer wie der, wird, wenn der Augenblick kommt, seinen Tod groß, ja grandios wählen, darauf kannst du wetten, denn groß, ja grandios war sein ganzes Leben, ein Leben als großer, grandios durchtriebener Schurke.«

»Pa', Pa', muss ich es dir denn wirklich erst sagen, ich, der für dich immer ein Junge war, bin und sein werde, dir, einem Pellesquadra, einem Mann wie dir, dass ein Lebewesen, seis ein Tier, seis ein Christenmensch, ein umso schlimmeres Ende nimmt, je größer es ist?«

»Ach ja? Und wo hat man dir diese Bestialität beigebracht?«

»Das kommt dir wie eine Bestialität vor? Dann nimm doch mal Mussolini. Weißt du, wie er geendet ist? Zwischen zwei Carabinieri ist er geendet. Der Duce, ja, ja, der große Duce, ganz so wie ein Hühnerdieb, die Fratelli Abbranca, diese Schnapp-und-Fang-Brüder, haben ihm zuerst Handschellen angelegt und ihn danach, in seinen Handschellen, in die Mitte genommen. Wenn nun im Traum ein Engel zu dir gekommen wäre und dir gesagt hätte: Caitanello, die Zeit vergeht, und der Duce endet in Handschellen zwischen den Fratelli Abbranca, hättest du das geglaubt? Hast du dir jemals vorstellen können, dass der Duce ein so bitteres Ende nimmt, zwischen den Fratelli Abbranca, unseren Carabinieri, in Handschellen?«

»Ach ja?«, sagte er völlig verblüfft. »In Handschellen, wie?«

»In Handschellen, ganz genau, in Handschellen ...«

»Und weiß man, weiß man, wer die beiden Carabinieri waren?«

»Du meinst, ob man ihre Namen kennt? Die Namen der beiden Carabinieri? Nein, warum auch? Ist das von irgendwelcher Bedeutung, ob man die Namen der Carabinieri kennt? Die Carabinieri sind Carabinieri, und das ist doch genug.«

Man konnte sehen, dass er zutiefst beeindruckt war und keine Worte fand, um seinen Händchenraïs an die Oberfläche zu bringen. Doch weil er ihn kannte, wie er ihn kannte, wettete er darauf, dass sein Kopf bereits über die Tatsache arbeiten würde, dass er ihm gegenüber Mussolini erwähnt hatte und ihm die Verbindung von ihm mit seinem Flipperhändchenraïs ganz sicher nicht zusagte, es war durchaus möglich, dass er das als kriminellen Akt empfand, und man konnte nicht einmal sagen, dass er unrecht hatte.

»Dieser Händchenraïs«, sagte er da zu ihm, und zwar nicht, um ihn wieder auf das Piedestal zu hieven, von dem er ihn vorher gestoßen hatte, sondern nur weil er von dem, was er sagte, überzeugt war, »dieser Gramp, dieser Gladiator von ozeanischer Fere, dem du begegnet bist, von dem kann man wenigstens sagen: der ist ein Naturphänomen. Doch wenn er auf jemanden trifft, der den Mut hat und Graugramp oder Schwarzgramp ihm mit offenem Gesicht begegnet, mit fast nichts in der Hand, mit einem schlichten marokkanischen Nagelreiniger, dann kann es selbst einem solchen Naturphänomen, selbst einem solchen Phänomen von Verschlagenheit passieren, dass es Au sagt und sich von einem Augenblick zum anderen mit gesenktem Kamm, ja mit verkürztem Kamm wiederfindet ...«

»Heh, heh, heh ...«, sagte da sein Vater und prämierte sich, wie wenn er sagen wollte: Jetzt, ja jetzt redest du vernünftig.

Ihm wurde klar, dass er mit ihm redete, als wäre schon wer weiß wie viel Zeit vergangen und Caitanello Cambrìa inzwischen so alt, dass es ihm Freude machte, hin und wieder zu hören, dass man sich seiner kühnen Tat erinnerte: es machte ihm Freude, es heiterte ihn auf und es verlängerte sein Leben.

»Jetzt, wo es Tag wird, siehst du, um was für ein Riesentier es sich handelt, es genügt schon, dass du dir die Narben ansiehst, die an seinen Flanken schimmern. Schön, schön, ausgesprochen schön, 'Ndrja, mein Wort. Wirf, wirf einen Blick darauf, dann kannst du dir eine Vorstellung machen, obs eine Kleinigkeit für deinen Vater war, ihm den Kamm zu kürzen. Sieh ihn an, sieh ihn dir an, und sag du mir dann, ob ich mich nicht rühmen darf. Weißt du, 'Ndrja?, jedes Mal, wenn ich mich erinnere, dass ich ihm Paroli geboten habe, nicht nur, sondern dass wir ihm sogar noch die oberflächliche Wunde zurückließen, ich und der marokkanische Nagelreiniger, fühle ich mich, na, was soll ich dir sagen?, wie wenn ich prämiert würde, und bin meinet- und seinetwegen beinahe gerührt ...«

Da sieht mans doch, sagte er zu sich selber. Schon verwandelt er die Erinnerung in eine Trophäe. Er wartete nicht aufs hohe Alter, um ihn in eine Trophäe zu verwandeln, diesen Flipperhändchenraïs. Schon hat er ihn eingerahmt und sich übers Kopfende gehängt. Hab ichs nicht gesagt, dass er mir den Stoff liefert? Schon liefert er ihn mir, doch je älter er wird, umso mehr wird er mir geben. Von Zeit zu Zeit werde ich mit ihm über den Händchenraïs sprechen müssen, notwendigerweise muss ich mit ihm über ihn reden. Wenigstens einmal am Tag muss ich mich voller Bewunderung vor seinem Bild zeigen, das Bild, auf welchem er mit seiner kleinen marokkanischen Durlindana den Angriff des großen, kämpferischen Riesentiers aus dem Ozean parierte, des berühmten, des hochberühmten Graugrampen-Gladiators, keines Geringeren als diesen, und sein Zeichen auf ihm hinterließ. Wenigstens einmal am Tag, wenigstens jedes Mal, wenn ich merke, dass er auf dem Stuhl vor dem Haus sitzt und mit diesem bestimmten Ausdruck aufs Meer schaut, mit dem es nur die Ohmahnen zu betrachten scheinen, der, wenn zufällig jemand sie in genau diesem Augenblick anschaut, in dem sie es anschauen, schwören würde, bei seiner Seele schwören würde, dass er sie sieht, dass man sieht, wirklich mit klarem Auge sieht, wie neue Falten sich auf ihre Stirn legen.

Das Beste wäre es, wenn dieser Flipperhändchenraïs niemals mehr von den Meeren zwischen Skylla und Charybdis wegziehen, sondern bis ans Ende seiner Tage dort bleiben würde, denn jedes Mal, wenn Caitanello Cambrìa das Bedürfnis verspüren und solange die Sehkraft ihm helfen würde, könnte er sich an den Sporn stellen und den riesenhaften Graugramp mit der gekürzten Rückenfinne anschauen. Alleine und mit seinen Augen würde Caitanello aus dieser Narbe den Balsam bekommen, den er für sein Alter brauchte, das heißt bis zum Ende seiner Tage, seiner eigenen wie auch der Tage des Händchenraïses.

Lang sind die Tage, die ein alter Pellesquadra an Land verbringt, auf einem Stuhl vor der Haustüre sitzend oder an der Marina: Irgendetwas muss ja eine Abwechslung für ihn darstellen, das Meer oder die Erinnerungen ans Meer. Ein Alter sollte alle seine schönen Erinnerungen einbalsamieren und in Reichweite haben: die Taten, die Sätze, die Worte eines Satzes, die wie Musik in seinem Ohr verweilen, und auch die Blicke, die er bekam und die ihm schmeichelten, die Händedrucke ebenfalls und auch, ja vor allem anderen noch, die Gefühle, die er empfand und die ihn in ihren Bann schlugen. Seine Erinnerungen sollte er allesamt spritzig und lebendig einbalsamiert bereithalten, wie Kokarden, wie Trophäen; das Alter würde dann seine Rechnung mit ihnen machen, und es wäre dann nicht mehr ein so despotischer und unangefochtener Vergewaltiger. Da ist zwar der Verstand, das stimmt, der Verstand, der für einen alten Pellesquadra das Einbalsamieren der Erinnerungen übernimmt, doch wenn der Verstand eines Menschen nur mit Mühe in der Lage ist, eine einzige Erinnerung aufzubewahren, dann nimmt er allein diese auf, denn von ihr lebt er und wird niemals satt, und genau das war der Fall bei Caitanellos Verstand mit seiner Erinnerung an die Acitana. Doch wohin mit den anderen Erinnerungen, welcher Verstand wird sie einbalsamieren? Ja, ideal wäre es für Caitanello Cambrìa, ihn da zu haben, eingeweicht, vor seinen Augen, diesen Flipperhändchenraïs, einbalsamiert und lebendig. Ja, dieser Händchenraïs, dieser Graugramp, der aus dem Ozean hergekommen war, hätte mit ihm alt werden sollen, dort, eingesalzen in den Meeren zwischen Skylla und Charybdis, und danach würden sie beide gehen, beide zur selben Zeit, diese beiden Kämpfer, Verwundender und Verwundeter.

Alt ist er geworden, ein lieber Alter ist er geworden, mein Don Caitanello. Alt ist er geworden, alt, wiederholte er vor sich hin, und beim Wiederholen war es ihm, dass auch seine Jahre irgendwie im Verhältnis zu den Jahren seines Vaters zunahmen, sie wuchsen und näherten sich denen an, in denen sein Vater zu seinem Vater wurde. Auch das empfand er zum ersten Mal, und es war auch das erste Mal, das erste überhaupt, bei dem die Zeit, die er im Krieg verbracht hatte, weit weg von zu Hause, ihm plötzlich auf die Schultern sank wie eine so schwer zu tragende Last, dass er spürte, wie seine Knie nachgaben.

Als 'Ndrja Cambrìa an jenem fünften Oktober, der auf einen Sonntag fiel, hier ankam, waren die Neuigkeiten, die er vorfand, mehr oder weniger die, welche sein Vater ihm durch ständige Wörtlein bis zum Umfallen eingehämmert hatte. Doch es gab eine noch andere, und zwar eine große, überaus große, eine tagesfrische, wenn nicht gar stundenfrische Neuigkeit, die sein Vater ihm nicht mitgeteilt hatte, und das aus dem einfachen Grund, weil er sie, zurückgezogen in seinem Haus, nicht erfahren hatte und erst durch seinen Sohn Kenntnis von ihr erhielt, als er an jenem Morgen mit der Welt versöhnt wieder an die Luft kam.

Das war die erste Geschichte, die der neue Tag 'Ndrja Cambrìa zutrug, der noch in seiner Matrosenuniform steckte und dermaßen übernächtigt von den Worten der Neuigkeit war, dass sie für ihn abgestanden rochen, auf ihn den Eindruck alter Neuigkeiten machten, die er immer schon gekannt hatte, weil er bei ihnen zugegen war. Die Nacht ist weibswesisch und geschwätzig, der Tag ist mannswesisch und bringt die Geschichte ans Licht: 'Ndrja hatte es gehört, als er noch ein Junge war, und dann hatte auch er es wiederholt; doch jetzt erst, jetzt, da er als erwachsener Mensch da durchgegangen war, was die Nacht betraf, hingen ihm Speichelschlieren am Mund durch die Erfahrung, die er zwischen Ciccina Circé und seinem Vater gemacht hatte, und was den Tag betraf, so war die Geschichte, die er ihm brachte, derart neu, dass sie allein seinen ganzen Tag und die auf ihn folgenden Tage hätte ausfüllen können, denn sie war so außerordentlich und so alarmierend wie eine Frage von Leben und Tod, und wie bei allen Fragen von Leben und Tod, verschwand jede andere Geschichte vor dieser einen hier, womit sie ungeahnte Ausmaße annahm und dadurch nur noch außerordentlicher und alarmierender wurde.

Und um nun auf die Geschichte zu kommen: Ungefähr zur gleichen Zeit, zu der ‘Ndrja von weither zur ‘Ricchia zurückkehrte, nahm einige Meilen von dort entfernt, im Tyrrhenischen, in den Tiefen unter der Mittellinie der Meere zwischen Skylla und Charybdis, wo versunken in der kalten, schwarzen Lava seines Schlafs ein riesenhaftes, geheimnisvolles, unvorstellbares Tier lag, das gewaltige Unternehmen seines Aufwachens und seines Auftauchens seinen Anfang.

Sein Bewusstsein zog sich langsam aus dem felsigen Schlaf zurück, war in dichte Nebel, in rauchschwarzes Gewölk gehüllt, sein riesiger Leib bewegte sich in den grenzenlosen, undurchdringlichen Finsternissen der Tiefe, in welche er mit seinen fetten Auskehlungen und seinen schwarzen, pechschwarzen Blutklumpen an seiner erschreckend hohen und langgestreckten Größe hineinpasste wie in eine Hülle aus schwarzem Samt, und der riesenhafte schlanke Leib bewegte sich mit machtvoller, unerbittlicher Langsamkeit fort: Das Naturphänomen hatte seinen unausweichlichen Anfang genommen und bewegte sich unausweichlich seinem Ende entgegen. Von den grenzenlosen Tiefen zog ein dunkles Rollen wie das eines Donners durch die unterseeischen Gräben und Berge, und das Meer schüttelte sich überall an der Oberfläche.

Das gewaltige Tier tastete sich noch immer schlaftrunken und blind, dunkel und unbemerkt vorwärts wie Naturkatastrophen in ihren unterirdischen Ursprüngen, wenn man noch kein Zeichen von ihnen wahrnimmt, sie aber längst schon unter unseren Füßen sind. Sein riesiger gestreckter Körper stieg auf, die hohe axtförmige Rückenfinne eilte ihm voraus wie das Periskop eines Unterseeboots, und beim Aufsteigen setzte er aus den Mündern des Atemlochs ein Fauchen wie von Feuer frei, das ins Wasser eintaucht wie eine Vulkanlava, die aus den Tiefen heraufbrodelt und beim Erkalten eine kleine Insel an der Oberfläche bildet. Und hier, an der Oberfläche, prustete er aus der rundgefleckten Öffnung hinter dem großen einverleibten Kopf Wasser hervor und blies wie eine Wasserhose. Aus den Räumen und Kammern des Fetts schoss das Wasser, das sich während des Verweilens auf dem Grund eingelagert hatte und nun auf seine Lungen drückte, mit ungeheurer Macht in zwei Strahlen aus Spritzern und Schaum hervor, die sich gleich darauf zu einem verbanden, der oben, in einer Höhe von annähernd zehn Metern, wie ein bengalisches Feuer explodierte und in Abermyriaden Schaumbläschen zerstob, die auf der langen Achse des Strahls herunterschwebten und im Gegenlicht die Farben des Regenbogens annahmen.

Das Tier wachte jetzt zum vierten Mal in den Meeren zwischen Skylla und Charybdis auf, denn dreimal war es schon aufgetaucht, um das eingelagerte Wasser herauszuschießen: einmal drinnen, einmal draußen und noch einmal drinnen, was hieß zweimal im Tyrrhenischen und einmal im Jonischen, immer dort, wo tote Strömung herrschte, wie wenn die kalten, stillen Wasser der Tiefe es angelockt hätten, in denen es sich räkeln konnte, ohne gestört zu werden.

Es war die Orca, die Todbringerin, die selbst aber als unsterblich gilt: sie, die Tödin der Meere, oder, mit einem Wort, die Tödin schlechthin.

Orca, um sie bei ihrem Namen zu nennen und nach ihrer Gewohnheit, den Tod auszuteilen, ihn aber nicht zu empfangen, als welche sie in dem großen bebilderten Buch des Strandaufsehers erwähnt wurde; Feron dagegen, Großfere, wie sie an den Meeren rings um Sizilien genannt wird, und zwar wegen der sonderbaren, überaus geheimnisvollen Tatsache, dass sie mit der Fere die Fluke verbindet, die quer gestaltet ist, statt aufrecht stehend, die Fluke und, wenn man von ihrer anders kalibrierten Gefährlichkeit absieht, sonst nichts. Doch die Fluke, die dafür sorgt, dass sie nahezu wie ein Christenmensch schwimmen kann, nach der Art eines Bacigalupo, mit verblüffender Schnelligkeit, die sie in Ozeanen und Meeren entwickelt, haben nur Fere und Feron: und es ist unter dem Eindruck dieses Arkans, dass die Orca Feron genannt wird, nach der berüchtigten Fere in den Meeren um Sizilien, die Afrika, Gibraltar und Spanien berühren. Das sind die Meere, in denen er wenigstens einmal im Leben eines Fischers auftaucht, ein einziges Mal, doch die Folgen seines Durchzugs währen lang, sehr lang, wie die Folgen der Blattern in der narbigen Gelbfärbung des Gesichts.

Ihr Erscheinen ist ebenso schnell wie katastrophenträchtig. Auf ihrem Weg vom Ozean ins Meer zieht sie bei Sonnenaufgang an Gibraltar vorbei, umkreist dann einmal die gesamte Insel, und wenn sie wieder die Kälte ihres Ozeans spürt, strahlt die Sonne noch heiß am Himmel, dort im Osten, als würde sie ihr folgen. Ohne je innezuhalten, von Gemetzel zu Gemetzel ziehend, die Gewässer auf Meilen und Meilen verpestend und entvölkernd, hat dieser Tiergigant zerstörte Meere hinter sich gelassen: Netze, Boote, Menschen, die sich darin verheddern, Unmengen massakrierter oder vor der Orca davongeschossener Fische, und wenn es sich um Thune handelt, ist der Schrecken, den die Orca bei ihnen verbreitet, größer als der, den die Fere bei ihnen auslöst, dann flüchten sie an Land und springen in Schwärmen auf die Ufer, wo sie ersticken. Entlang der gesamten Meeresküste ringsum, von Capo Lilibeo bis Capo Peloro, bleibt ein Fischerdorf nach dem anderen, wie wenn jedes von einem Augenblick auf den anderen von der Ansteckung heimgesucht und dem schwärzesten Fischmangel ausgesetzt würde, innerhalb dieses unendlich großen Gürtels von brodelndem Blut und vom Gestank gemarterter Kadaver in den aufgerührten und verseuchten Gewässern verschlossen.

Misdea, Blutbad, Gemetzel, Misdea: An der gesamten Küste, an den Ufern ist das Leben mit den Meeren einzig Ruin und Verfall, nur das allein, unendliches Blutbad, Misdea. An den Marinen sieht man schwarze Reihen von Frauen mit Händen in den Haaren, die ihr Leid hinausschreien, wie wenn sie zu Statuen ihres eigenen Leids erstarrt wären, nur mit diesem einen Wort im Mund: Misdea, Blutbad, das alles war, was von der Misericordia übrig blieb, vom Erbarmen, Misericordia und Dea, Göttin, und die Göttin, und was für eine Göttin!, war sie, die Tödin vom Festland, Nasomangiato, Schnauzenzerfressene, alles, was auf den Lippen verblieben war und verbleibt, wenn es, von der Dringlichkeit zerfressen, dies so schnell wie möglich zu sagen, die Bedeutung von größter Vernichtung von Christenmenschen oder Dingen annahm, genau das nämlich, weshalb die barbarische Göttin im gleichen Augenblick angefleht wurde, doch unverzüglich Erbarmen zu haben.

Das Blutbad, die Misdea, stand der Orca so angegossen wie der Nasomangiato und eigentlich noch besser, denn während Nasomangiato kein Wesen aus Fleisch und Blut ist, sondern eine vorgeschobene Idee der Tödin, ist die Orca in ihrem gesamten meerischen Reich und Unreich die lebendige Tödin, leibhaftiges, lebendiges Wesen, über das man keine andere Kenntnis hat als die, dass es ein Wesen ist, ein Wesen das tötet, das vernichtet, ein todbringendes Wesen, ein Wesen, das als Tödin angesehen wird.

Einsame, erschreckende, stürmende Stromerin durch Ozeane und Meere: auf eine Meile Entfernung stinkt sie schon, ihr eilt der Schrecken voraus, ihr folgt Wüste und Zerstörung nach. Jedes anderes Wesen, wie wild es auch sei, ist schutzlos und erblasst vor ihr: Selbst und gar noch vor jedem anderen und schlimmer als jedes andere Wesen ist der Gigant des Meeres, der Wal, dazu bestimmt, unter großen Martern durch ihre Hand zu sterben, und hierbei ist nicht nur die Tatsache von Gewicht, dass die Orca den Tod bringt, sondern auch die Tatsache, dass zum Verderben des Wals die Orca ganz erpicht ist auf seine Zunge. Für diesen Happen nach ihrem Geschmack greift die Orca den Giganten an, zerreißt ihn, zerfleischt ihn, vierteilt ihn und lässt ihn verbluten, Vierteil um Vierteil von Tonnen von Speck, bis sie das Skelett freigelegt hat, und wenn dann dieser zahnlose Koloss hechelt und die Öffnung zum Tunnel mit den langen Knochenhebeln aufreißt, die sich zu beiden Seiten strahlenförmig weiten, taucht die Orca vor ihm auf, tut so, als wollte sie ihn aus dem Stand küssen, reißt ihm dann blitzschnell die Zunge heraus, die sicher nicht tonnenschwer ist, aber doch Zentner wiegt, einige Zentner.

Und das ist sozusagen ihre einzige Schwäche, das einzige Mal, bei dem das Töten nicht Selbstzweck der Orca ist, sondern die Ausnahme, die jene schwarze Regel bestätigt, denn ansonsten hat die Orca weder Wunschvorstellungen noch irgendwelche Grillen, weder Eigentümlichkeiten noch neumodische Verhaltensweisen, weder Ablenkungen noch Charakterveränderungen, weder Verschlechterungen noch Verbesserungen ihrer Laune, eigentlich so, wie wenn sie überhaupt nicht aus Fleisch und Blut wäre, sie ist taub, blind und unempfänglich gegen alles, ausgenommen das Töten. Sie lebt, um den Tod zu geben, eigens dafür wurde sie erschaffen, und so wie ihr Innerstes unsichtbar ist, entspricht ihr sichtbares Äußeres auf verblüffende Weise dem Zweck. Sie ist es, die tötet und vernichtet, und das ergibt sich beim ersten Hinsehen aus ihrer Veranlagung, genau so wie ein Panzerkreuzer oder ein Unterseeboot sind, was sie sind: Sie sollen zerstören und den Tod bringen.

Ein Koloss von einem Körper, um die fünfzehn Meter lang und einige Tonnen schwer, von fetter Haut, die dampft wie erkaltende Lava und schwitzt so gemeine Düfte aus, dass man meint, alle seine Funktionen würde er mittels Ausschwitzen durch die Poren seiner Haut erledigen; eine Körperform wie ein riesenhafter Torpedo, von ungeheuerlicher, schreckenerregender Düsternis; eine geschlossene, undurchdringliche Form, eine leichenartige Färbung von warmem, schimmerndem Schwarz, der Kopf mit dem Knochen aus zwei Öffnungen des Atemlochs, das sich da befindet, wo der Hals hätte sein sollen, er ist mit dem Rest zu einem Ganzen verleibt, eine miteinander verschmolzene Einheit, alarmierend, unentzifferbar und Schauder hervorrufend, etwas, das man von weitem für ein geheimnisvolles Todeswerkzeug halten könnte, wie eine Art lebendiges und dauernd herumirrender Torpedo.

Sie schwimmt an der Oberfläche mit ihrem so schwarzen, alarmierenden, so geheimnisvollen, katastrophenverheißenden Umriss in durchsichtiger Tiefe, wobei der gesamte Körper unerkennbar ist, mit der Rückenfinne als einziger Ausnahme, die einige Meter auftaucht wie eine schwarze Piratenflagge von der schreckenerregenden Form einer Axt, dem Zeichen ihrer Vorrechte, so etwas wie die Sense ihres Kollegen an Land auf klapprigem Gaul. Beim Abtauchen sind ihre kleinen, wenig bewimperten Augen mit herabhängender Träne wie die bei einem, der an einer Halbblindheit leidet, und das Maul, das das Wichtigste bei ihr ist und von außen gesehen, was man nicht glauben sollte, wie das friedfertige Mäulchen eines zahnlosen Mümmelgreises wirkt, mit hutzeliger Oberlippe auf der unteren. Doch gleich hinter diesen Lippen eines erschlafften Alten, eines, der den Tod bringt, hat sie die Eisen ihres Handwerks, Riesenzähne, wie weiße Steinblöcke behauen, richtige Keile, abgefeilt und abgesplittert durch langen Gebrauch.

Und da war sie, an diesem Ort, seit vier Tagen. Kurz vor Sonnenuntergang war sie aufgetaucht, wie das die großen meerischen Wanderer zu tun pflegen. Die Sonne war eben erst untergegangen, und das Licht leuchtete noch, und oberhalb wie unterhalb der Meere zwischen Skylla und Charybdis, die still und von Schiffen verlassen waren, herrschte noch große Helligkeit: der Luft und der Hitze nach zu urteilen, die auch an diesem Tag herrschte, hätte man meinen können, man befände sich jetzt, Anfang Oktober, noch im Hochsommer.

Um diese Stunde hatten sie einen stinkenden Wind wahrgenommen, leicht und verdorben, wie wenn er von den Inseln herabwehte. Zuerst hielten sie ihn noch für morastigen Moder, ein Ausdünsten übler Gerüche, die aus jeder Wasserfalte des Meers aufstiegen, wie wenn das Tyrrhenische in seinem Graben in Verwesung übergegangen wäre, mit seinen Algen und Fischkadavern, in einem einzigen Durcheinander von Zerfall.

Der verpestete Wind schwoll jedoch zusehends an, und da sagten sie sich, dass irgendein grässlicher Pestherd vielleicht in der Gegenströmung von den Inseln heruntertrieb, vielleicht in Gestalt verwesender Menschenleiber, vielleicht als Tierkadaver von Pferden, von Hunden. Einige Minuten vergingen, und sie machten die Erfahrung, dass, wenn dies nicht die Wirklichkeit war, es vielleicht mehr war.

Eine gewaltige Menge grünlich verfaulter Algen trieb in der Mitte auf einem breiten Band von Abfällen und Bastardellen herunter. Aus diesem schwimmenden Stinkbett stieg sein schauerliches Warenzeichen auf, eine Rückenfinne in Form einer Axt, und erhob sich über einige Meter, wie wenn sie sozusagen die Trauerfahne wäre, die dieses immer noch geheimnisvolle Wesen mit sich trug; und an den Stellen, die das Streifenknäuel bloßlegte, das sich um den Feron verstrickt hatte und an ihm herunterbaumelte wie die Bänder an Festtagen auf den Booten, erschien der Umriss eines riesigen Tiers von ungefähr fünfzehn Metern Länge und von mindestens fünf Metern Breite, ein gewaltiger, ungeheuerlicher Umriss von einer machtvollen, verschlossenen, düsteren Schlankheit, schwarz von der Schwärze erkalteter Lava. Die Algenbüschel an seinen Flanken verbargen es fast ganz vor den Blicken, und die von seinem Gesicht hochgeschaufelten hatten sich vor ihm aufgehäuft und bildeten gewissermaßen ein Versteck aus Gezweig für ihn.

Als der Algenfluss fast an der Grenzlinie der beiden Meere angekommen war und gerade vor dem Sporn vorbeitreiben wollte, von wo aus die Pellisquadre ihn verfolgten, hatte der Verwesungsgestank, den die Brandung von dem Gezweig und dem Laubwerk freisetzte, sie voll erfasst. Da hatten sie keinen Zweifel mehr, dass sich mit dem Algengestank, der ihnen ja bekannt war, ein weiterer, mächtiger, unbesiegbarer und völlig anderer entwickelte: anders, so wie der Gestank des Todes anders sein kann als jeder andere Gestank des Lebens.

Sie standen einem gewaltigen Naturschauspiel gegenüber, das wussten sie, das allein konnten sie über dieses geheimnisvolle, Entsetzen verbreitende riesige Tier sagen: Stumm, bleich, mit stockendem Atem, die Augen zu Schlitzen zusammengekniffen, mit großen heftigen Stichen, wie magisch angezogen von diesem Schauspiel, standen sie da und sahen es sich an, in der Anhäufung von Algen, die es auf ganzer Länge bedeckten, ob es tot war, ob es lebte, ob es von Natur aus stank oder ob es in Verwesung begriffen war. Plötzlich jedoch war das Tier, wie wenn das schäumende Aufeinandertreffen der beiden Meere, die in entgegengesetzte Richtungen strömten und sich auf der Grenzlinie trafen, ihm Schatten gespendet und ihn ganz durcheinandergebracht hätte, kopfüber abgetaucht und ließ hinter sich eine große Leere gleich einem Strudel in dem Algengewirr zurück.

Während es verschwand, flog von seinem Rücken ein Schwarm Fliegen und Bremsen auf, die einen Augenblick lang dort oben verweilt hatten und über der Algenfläche hin und her geschwärmt waren, sich dann aber nach oben verteilt hatten. Bei der Verfolgung ihres Flugs entdeckten die Pellisquadre dann ziemlich weit im Süden, was für sie ungewohnt war, eine Art Ansammlung großer Zugvögel: Raben, Sturmfalken, Rohrweihen, Jagdfalken, so viele von diesen Aasschnäbeln, wie man sie selten zu sehen bekam, und sie flatterten ganz langsam herum, senkrecht über dem Meer von Algen.

Doch gleich darauf hatten sie ihren Blick wieder ins Meer senken müssen, wo das gigantische Tier, das erst wenige Augenblicke zuvor abgetaucht war und von dem sie sich nun vorstellten, es wäre schon einige Meilen tief unten, wieder unverdächtig aufgetaucht war: denn entweder hatte es sich in den Schraubenmuttertrichter eines Nelkenstrudels der Strömung eingesenkt, wobei man nicht verstehen konnte wie, und war gleich darauf wieder ausgewürgt worden, weil es weder Boot noch Segler war, den der Strudel am Bug oder am Heck in die Tiefe ziehen konnte, oder aber es hatte, so wie's aussah, und auch das war nicht zu verstehen, sofern er nicht völlig von Sinnen war, vergessen, seine Bedürfnisse zu erledigen. Und genau diese Erledigung war's, und der Umstand, dass sie dieses gigantische Tier nun frei und unverstellt sehen konnten, es und nur es, ohne die Maskerade mit den Algen, dass es ihnen möglich war, sich über seine Identität klarzuwerden.

Unter Wasser geriet es mit seiner Atmung durcheinander, es dehnte sich aus und zog sich zusammen, während es seine Gerüche auswarf, und diese, auch wenn sie vermischt mit dem Leichengestank unbekannter Herkunft an Land drangen, der sie teilweise veränderte, empfand man gleichwohl als äußerst lebendig, bei ihrem brechreizerregenden Gestank von strenger Schweißabsonderung. Es schwitzte zusehends aus der riesigen, schwarzen, erschreckenden Körpermasse. Im Licht des Sonnenuntergangs wurde seine Haut unversehens matt, wie erloschen und ohne alle Reflexe, wenn es sich zurückzog, und sie beperlte sich und glänzte, wenn es die stinkenden Fettgerüche herauspresste und diese sich über dem Meer verbreiteten und die Luft bis an Land verpesteten.

In dem Augenblick hatten sie aufgrund der üblen Gerüche, aufgrund seiner persönlichen üblen Körpergerüche, seine Identität erraten, und ihnen war sein Name auf die Lippen gekommen: Feron, sagten sie sich einander mit den Augen, Feron, Großfere, Feron, und als sie sich ansahen, erkannten sie, dass sie im Handumdrehen bleich geworden waren. Dieser Gigant da muss zwangsläufig ein Feron sein, hatten sie sich wieder gesagt und gelangten immer mehr zu dieser Überzeugung. Es gibt nur ihn auf der Welt, der einen solchen Gestank verbreitet. Und der Feron war in der Tat ein Tier, das vor allem durch seinen Gestank bekannt war, und dieser Gestank war bis dahin alles, was sie über dieses Tier sagen konnten. Er war der Vorbote, den es über die Meere schickte, bevor es selbst erschien und im Handumdrehen sank, und wenn es je einen Christenmenschen gab, der seinen Blick auf diesen Giganten legte, hatte er doch nicht lange genug gelebt, um darüber erzählen zu können.

Das Tier hatte am Ende aus dem Atemloch das wenige Wasser herausgeprustet, das es eben erst eingelagert hatte: zwei große Fontänen, die in der Luft wie eine aussahen, ein großer Strahl, ein riesiger Strahl, so machtvoll hervorprustend, so frei in die Höhe schießend, dass er für einen Augenblick ein beschämend mannswesisches Aussehen annahm und dann zerstob: Mit dem

Schwinden des Strahls war das gigantische Tier endgültig wieder in die Tiefen getaucht. Kaum war das Tier, das sie für einen Feron hielten, verschwunden, hatten sie es gleich wieder zum Gegenstand ihrer Gespräche machen müssen, denn auf seinem Weg in die Tiefe zog es seinen körpereigenen, allgemein bekannten ranzigen Gestank mit sich hinab, in der Luft aber ließ es diesen Pestgestank einer Tierleiche zurück, und darüber hatten sie ehrlicherweise noch nie etwas im Zusammenhang mit dem Feron sagen hören, und daher wollten sie ihm einen Gestank wie diesen, der nicht einfach nur der Gestank einer Tierleiche war, sondern der Gestank einer alten und inzwischen in Verwesung übergegangenen Tierleiche, einen solchen Gestank wollten sie diesem Feron ehrlicherweise nicht zuschreiben, den sie gerade eben mit eigenen Augen gesehen hatten, vor ihren Augen, lebendig, ja, sogar erschreckend lebendig. Was hatten diese verwirrenden Kadaverdinge mit ihm zu tun, mit seinen lebendigen, seinen ranzigen Tiergerüchen?

Don Giulio Vilardo war es, ein alter Pellesquadra, hochgewachsen und spindeldürr, ein Mann von wenig Worten und vielen Gedanken, er war's, Don Giulio, der trotz seines ohmahnischen Alters wie Ferdinando Currò und die anderen von der Borietta noch lange nicht bereit war, wie eine Mumie auf dem Stuhl vor der Türe zu sitzen, er war's, der ihnen das Arkan dieser Schwäre erklärte.

Don Giulio hatte mit den Lippen schtscht gemacht, damit sie ihm zuhörten, danach hatte er angefangen zu sprechen und Urteile zu formulieren wie ein Orakel:

»Der da ist der Feron, der Feron in Fleisch und Blut, und dass der da der Feron ist, sagt uns sein Leichengestank. Der da muss eine offene Wunde auf der anderen Seite haben, auf der linken, eine Wunde, gegen die die von Jesus Christus gar nichts ist: einen ausgefransten Krater müsst ihr euch vorstellen, eine riesige Wunde, damit ihr recht versteht, wie eine Öffnung der 'Ricchia. Und diese Wunde geht in Wundbrand über, das sage ich euch und darauf kann ich euch Brief und Siegel geben. Sie geht in Wundbrand über, und wenn ichs euch sage, denkt ihr: Wenns Don Giulio schon weiß, muss das eine alte Geschichte sein. Genau, ja, es ist eine alte, eine uralte Geschichte, über die in meiner Jugend jeder redete. Der da, nach Tod stinkt er, deshalb haben wir den üblen Gestank wahrgenommen. Er stinkt, das ist wahr, doch was sein Sterben angeht, setzt nicht darauf, hier handelt es sich um einen Unsterblichen …« Hierauf hatte Don Giulio seinen Blick umherstreifen lassen, und unter Verstummen und beinahe religiöser Hingabe der Pellisquadre, die neben ihm aussahen wie kleine

Jungs, hatte er gesagt: »Sobald er mir in die Nase drang, spürte ich gleich, dass ich diesen Gestank bereits kannte, aber lote ihn mal aus unter allen Gerüchen und allem Gestank, die ein Alter wie ich vor seiner Nase findet. Wenn einer auf dem Meer ein halbes Jahrhundert lang sein Leben verbringt und bald auf ein ganzes zugeht, riechen Düfte und Gifte, die er dort eingeatmet hat, allesamt und einzig nach diesem Dreckshaufen von Meer. Auch ein Gestank wie dieser, fast wie Kadaver, riecht in der Nase nach Meer. Und ist das Meer denn mitunter nicht tot, dunstets denn nicht oft nach Kadavern? Und kadaverts nicht oft, trotz allen Lebens?«

Um es kurz zu machen, sagte er, habe er die letzten Kräfte einsetzen müssen, um noch einmal diesen Gestank einzufangen: Die Sache war nämlich, dass er einen solchen Gestank nicht unmittelbar vom Feron gerochen habe, sonst würde er ja nicht mit ihnen darüber reden, sondern vielmehr über zwei arme kalabrische Mittelsmänner, denen der Feron es in Fleisch und Blut angeheftet hatte, wie er aus dem Mund des einen der beiden erfuhr, auch wenn der sich bereits mehr dort als hier befand.

Der andere Krieg, der Große, war gerade zu Ende, und in der Tat hatten von den sechsen der Mannschaft zu dieser Zeit noch drei oder vier die Uniform der Königlichen Marine nicht abgelegt. Wie immer bei Kriegen, war großer Fischmangel in die Meere gekommen und dauerte lange, und darum herrschte so großer Hunger, begleitet von aller Art Fieber und Krankheit, dass alles ringsum zum Lazarett wurde, mit einer Vielzahl geschwächter, knochendürrer Menschen, die man hier und da auf die Ufer geworfen sah und die entweder heute starben oder morgen.

An diesem Tag waren sie zum Golfo dell'Aria hinaufgefahren, in der Hoffnung auf wenigstens einen Makrelenzug. Sie waren eine Karawane von kalabrischen und sizilianischen Booten, die unter dem Mond hinaufzogen. Gegen Tagesanbruch, etwa auf der Höhe von Nicótera, zwischen Palmi und dem Golf, waren sie einer Lanzitte begegnet, auf der sich ein Vater mit seinem Sohn befanden. Der Vater mochte um die vierzig gewesen sein und der Sohn um die zwanzig, aber er war das Zweifache des Vaters. Sie hatten die Ruder im Boot, und aßen dicht am Ufer etwas, das man nicht erkennen konnte; von weitem sah's aus, als würden sie ihre Finger aufessen, vielleicht weil sie Felskrebse zwischen ihren Zähnen hatten, die sie heißhungrig entfleischten.

»Ersparts euch weiterzufahren«, hatte der Vater ihnen beim Grüßen zu verstehen gegeben. »Der Golf ist wie alles andere auch, auch dort ist diesmal alles dürftig geworden. Drei Tage und drei Nächte haben wirs dort versucht, Spanne um Spanne, ich und mein hier anwesender Sohn, dann ließen wir Frieden in unser Herz. Wollt ihr selber es probieren? Nur zu, doch glaubt mir, mit nichts kehrt ihr um.« Und mit der Hand hatte er auf sich gezeigt und auf den Sohn, als wollte er sagen: schaut uns an.

Doch nun waren sie einmal da, der Golf lag gleich dahinter, und da war's keine Anstrengung, es selbst herauszufinden: So erreichten sie den Golf, sie versuchten es hier und da und überall, und wie der Vater mit dem Sohn ihnen vorausgesagt hatte: Mit nichts kehrten sie um. Und in der zweiten Hälfte des Tages, als sie wieder da vorbeikamen, wo sie die Lanzitte gesehen hatten, vielleicht weiter unterhalb, vielleicht weiter oberhalb von Nicótera, trafen sie einen Haufen Menschen an. Fischer und Boote, vom Meer aufs Land, und zwischen den Booten lief das Gerücht um, dass dort aus heiterem Himmel eine Windhose losgebrochen sein musste, und diese habe einen Vater mit seinem Sohn aus Nicótera voll erfasst, die sich auf ihrer Lanzitte befunden und ein schlimmes Ende genommen hätten. Es war nicht nötig, eigens zu sagen, dass es ausgerechnet der Vater und sein Sohn waren, die sie dort am selben Morgen zurückgelassen hatten.

Die, die zuerst dort angekommen waren, hatten den Vater mit den Füßen im Wasser und den Kopf auf den Kieseln vorgefunden, den Sohn dagegen umgekehrt, beide inmitten der Überreste ihrer nahezu völlig zersplitterten Lanzitte, deren Kiel in den Sand gerammt war, zwischen den ringsum verstreut und sogar weit entfernt liegenden Trümmern und dem nassen und dem trockenen Teil der Marina, die vor allem dicht am Ufersaum so durchwühlt war, wie es nicht einmal hundert galoppierende Pferde zustande gebracht hätten, wenn sie miteinander kämpfen und sich alle zusammen auf dem Sand herumwälzen. Alles sah so aus, wie wenn dort, in diesem verlassenen und äußerst schmalen Teil des Meers, in diesem Kunstdruck von Meer, wo vorher die Lanzitte geschwommen war, sich eine ganze Wasserhose versenkt hätte. Beim ersten Hinsehen vermittelte der Anblick einzig diesen Eindruck von entfesselten Naturgewalten: Wasserhose oder Windhose, Seebeben oder Erdbeben, oder ein Teil von dem einen und ein Teil von dem anderen.

Das Körperinnere von beiden, von Vater und Sohn, war zerstört, ihre Knochen gebrochen, ohne jede Knotigkeit von Wirbelsäule oder Schulterblättern oder Rundungen an den Knien und Gelenken, sie waren nur noch stümpfig und schlaff unter ihrer Haut, als lägen sie in einem Sack, auch wenn sie nicht eine Verletzung, nicht eine Schramme aufwiesen: Nur ein Streifen schwarzen Bluts war aus ihrem Mund gequollen, aus den Ohren, aus der Nase, und dies war der einzige Hinweis auf ein Massaker, das sich in ihrem Inneren abgespielt hatte. Dann war da noch, dass sie stanken, doch der erste Eindruck war, dass auch dieses Stinken durch diesen Haufen von Knochen und Fleisch zu kommen schien, durch das Massakrieren ihres Körpers, als ob nicht Tage, sondern nur wenige Stunden ausgereicht hätten, um sie in Verwesung übergehen zu lassen.

Der Sohn war bereits tot. Er lag mit dem Gesicht im Sand, leicht aufgestützt, mit geschwollenen und bläulich umränderten noch offenen Augen, und es sah aus, als hätte man ihn geschlagen, als hätte er wegen des großen Schmerzes geweint, doch dann der Scham nichts entgegensetzen können und wäre deshalb gestorben.

Der Vater, der mit kreuzweise übereinandergelegten Armen und Beinen im Sand lag wie eine Kröte, war ebenfalls tot, darüber bestand nicht der geringste Zweifel, wenn man ihn sah, nur, dass er sich ganz eigenmächtig noch ein paar Minuten nahm, um von da drüben aus eine Unterredung mit denen hier zu führen, die ihm aus der Welt der Lebenden, die für ihn noch ganz warm war, Fragen stellten. Fischer unter Fischern, allesamt Gefährdungen ausgesetzt, er kannte seine Pflicht, und seine Pflicht war es zu reden, auch wenn er die Seele schon zwischen seinen Zähnen hatte, seine Pflicht war es zu erzählen, wie alles war, seine Pflicht war es zu sagen: Dies war das Unheil, das mich traf, dies bringe ich euch zur Kenntnis, damit ihr Acht habt und wenigstens euch schützen könnt. Das war's, was er tat, nicht mehr, nicht weniger, und solange er nicht alles gesagt, solange er sie nicht zufriedengestellt hatte, sie, die seine Gefährten in diesem elenden Beruf waren, solange sie in ihrer Blässe ihn mit ihren angsterfüllten Augen baten, doch zu erklären, redete er und redete, teilweise mit vom Röcheln verhedderter Zunge und teilweise mit der Sprache seiner Augen, die im Vergleich zum gesamten übrigen Körper unsterblich wirkten. Er redete, für tot konnte man ihn daher nicht halten. Er gab ihnen jeden Kommentar, den sie erfragten, und um bis zum Skrupel genau zu sein, wie wenn es sich um jemand anderen handeln würde, kommentierte er neben dem Tod seines Sohnes auch noch seinen eigenen, wie wenn er bereits eingetreten wäre. Nicht einmal nach seinem Sohn suchte er mit den Augen, vielleicht weil er wusste, wo er sich wenig später mit seinem Sohn wiedersehen würde: Für alle war er ja längst gestorben, mit Ausnahme dieser Fischer, die um ihn herumstanden, die nämlich, denen er vorher gesagt hatte, sie würden aus dem Meer dell'Aria leer zurückkehren, wie er mit seinem Sohn leer zurückgekehrt war, und die er nun darauf aufmerksam machte, dass sie ebenfalls Gefahr liefen zu sterben, so wie er mit seinem Sohn, er, der eigentlich tot war, außer dass er noch sagen konnte, wie und warum er gestorben war.

»Wartet noch mit dem Weggehen, wohin Ihr gehen müsst«, hatten sie ihn, vermischt neben ihm kniend, gebeten, sizilianische wie kalabrische Fischer. »Schenkt uns nur einen Augenblick Gehör. Seht uns die Belästigung nach, die wir Euch verursachen. Seht uns die Dreistigkeit nach und die Taktlosigkeit«, sagten sie ringsum, doch das waren Gelegenheitsworte, wie sie die Lebenden üblicherweise gebrauchten, die Lebenden, die noch Zeit zu verschwenden hatten. Er wusste ja, was seine Pflicht war, doch hätten sie sich an seiner Stelle anders verhalten?

»Ich denke mir, auch wenn ihr es in eurer Güte nicht erkennen lasst, dass dieser Gestank, den ihr wahrnehmt, euch anekelt, doch Gott ist mein Zeuge, auch wenns euch so vorkommt, wie wenn er von unseren zertrümmerten Knochen käme, so sind nicht wirs, die so stinken, nicht Vater und Sohn«, war das Erste, was er sagte, als würde er Wert darauf legen, auch wenn es noch fiebrige Erregung, Sorge des Lebenden war, diesen Punkt gleich zu klären. »Er hat gestunken.«

»Er? Wer?«

»Der Feron«, hauchte er.

»Der Feron? Der Feron? Der Feron?«

Von den Nächsten bis zu den Entferntesten drang dieser schreckenerregende Name über die Marina wie ein anschwellendes Echo banger Verwunderung, er wanderte von Mund zu Mund und trieb bei seiner Wanderung jedem das Blut aus dem Gesicht, denn jeder sah nun wieder hin, sah sich jetzt wieder um, und mit den Augen, mit allen drei Augen, wo er sie hinwandte, wägte er mit seinem eigentlichen, erschreckenden Namensgewicht auf einer Waagschale Stück für Stück, und in seiner stürmischen, verwirrenden Gesamtheit dieses Massaker: Vater und Sohn, beide innerlich zertrümmert, eine Misdea von Knochen, Fleisch und Blut, mit einem Wort, wie sagt man noch?, roncevaliert, und die Lanzitte da, zerschmettert, zerbröselt wie Nuss und Nussschale, und nachdem sie alles gewichtet hatten, indem sie ihre Augen auf dieser Zerstörung von Menschenfleisch und Lanzittenholz, Querverstrebungen, Spanten und Rudern hatten verweilen lassen, und dann auf der von zuunterst nach zuoberst gekehrten Marina, auf dem ganzen von Gestank überzogenen Sand, sagte sich jeder: Das ist das Werk des Ferons, und wir habens für eine Wasserhose gehalten. Mussten sie es sich denn erst sagen, damit diese Marter jetzt auf sie eine so überaus gewaltige Beängstigung ausübte?

»Verzeiht mir die Frage«, sagte da einer zu ihm. »Aber wart Ihr nicht vielleicht einer Täuschung erlegen?«

Seine geschwollenen und von Blut geschwärzten Lippen kräuselten sich da, wie wenn sie sich zu einem Lächeln verziehen wollten, wie wenn er sagen wollte: Kommt Euch das hier alles wie eine Täuschung vor? Denkt Ihr, ich und mein Sohn sind in diesem Zustand ein Irrtum, ein Versehen? Denn wenn der Feron eine Täuschung war, dann sind auch wir, Vater und Sohn, in diesem Zustand, eine Täuschung oder müssten eine sein.

»Feron, Feron …«, wiederholte er und fügte dann noch hinzu: »Verwundet, verschwärt … Eine einzige Schwäre, überall verschwärt, das war er. Und deshalb stank er so.«

»Verschwärt? Ein Feron?«

»Ah, ich weiß«, sagte er mit den Augen. »Ich weiß, es empört euch, von einem verschwärten Feron zu hören …«

»Und trotzdem vernichtete er euch, trotz der Schwäre, die er hatte?«

»Ja«, gab er noch zweimal mit den Augen zu verstehen. »Genau so, so wie ihr uns seht, Vater und Sohn …«

»Habt ihr ihm die Wunde zugefügt? Habt ihr ihn verletzt?«, fragte ihn einer ganz unbefangen.

»Ich?«, fragte er wieder mit seinen Augen, und es war deutlich, dass, wenn er heil und gesund gewesen wäre, er mitleidvoll gelächelt hätte. Ich ihn verletzen?, schien er zu fragen. Wie man sieht, wisst ihr nicht, über wen ihr redet.

»Die Schwäre, war die Schwäre denn groß?«

»Ach, die Schwäre eines Ferons …«

»Doch damit wir eine Vorstellung davon haben, wie groß war sie denn, eurer Ansicht nach?«

Er berührte sich, wie wenn er sagen wollte: Ich. Dann, mit gestreckter Hand, zeigte er nach vorne, wie wenn er sagen wollte: Ich hätte hineingepasst. Und mit der Hand machte er noch ein waagerechtes Zeichen, wie wenn er sagen wollte: Ich hätte da hineingepasst, mit meiner ganzen Länge … »Wie in einen Sarg«, fügte er mit seiner Stimme hinzu, und das stimmte auch, das war für ihn wirklich der Sarg.

»Wars denn eine alte Schwäre?«

»Hätte er sonst so furchtbar gestunken? So?« So?, sagte er, nahezu stumm zischend und gleichzeitig mit den Augen ein Ja zum Sohn hin andeutend, zu ihnen beiden, zu Vater und Sohn, und zu dem Chaos um sie herum. So? Hätte er sonst so gestunken, wie er an ihm stank, an seinem Sohn, über diesen Trümmern der Lanzitte, über dem Sand und in der Luft der Marina?

»Dann hatte die Wunde also begonnen zu faulen?«

»Eh, ja.«

»Aber wie ist er hier ans Ufer gekommen? War er gestrandet oder habt Ihr ihn hergebracht?«

»Wir, zu unserem Unheil …«

»Kams denn zum Kampf? Ist Blut geflossen?«

»Nein, nein.«

»Ja, wie denn? Habt Ihr gefunden, dass er tot aussah oder was? Er roch nach Kadaver und er kam euch vor, als wäre er auf dem Meer abgetrieben, oder?«

»Eh, ja.«

»Und er stank? Stank er so, dass Ihr euch gesagt habt: Der hier stinkt seiner Natur nach immer schon eine Meile gegen den Wind, dieses Mal aber stinkt er, weil er tot ist, es ist nicht mehr sein Gestank als lebendiges Tier, als lebender Stinker. Und so hattet Ihr Mut gefasst und ihn an Land gezogen, wie?«

»Genau so«, sagte er, und deutete es wieder mit seinen Augen an.

»Und Ihr hattet Vertrauen, so unvorsichtig wart ihr … Habt Ihr ihm denn wenigstens das Atemloch verstopft?«

»Ja doch.«

»Aber hattet Ihr denn einen Pfropfen aus Hanfwolle? Hattet Ihr den? Und was Ihr an Pfropfen hattet, war das ausreichend?«

»So, so …«

»Niemals ausreichend jedoch, um ihm beide Löcher zu verstopfen, oder?«

»So ists, niemals …«

»Habt Ihr Säcke, Jacken, alles, was Euch in die Finger kam, genommen und es da oben reingestopft?«

»Eh, ja.«

»Aber seid Ihr auch sicher, dass Ihr die Atemlöcher wirklich gut verstopft hattet?«

»Wir waren überzeugt …«, sagte er und blickte auf.

»Und er, welche Zeichen hatte er gegeben? Reagierte er oder nicht?«

»Zuerst nicht. Dann aber schon.«

»Und wie kams, dass Euer Fleisch seinen Gestank annahm? Habt Ihr etwa seine Schwäre berührt?«

»Denkt ihr, das wäre möglich?«, sagte er empört mit den Augen, doch eigentlich eher traurig.

»Wie wars denn dann? Hat er Eure Hände verpestet, als Ihr ihm die Atemlöcher zugestopft habt?«

»Wer weiß … Vielleicht hat er uns verpestet, als er uns zerschmetterte.«

»Und was habt Ihr dann gemacht? Habt Ihr ihn mit Seilen verschnürt? Und an welchem Teil?«

»An der Finne. Wo denn sonst?«

»Und er?«

»Er? Nichts. Er stank bloß, er stank so, dass mans nicht aushalten konnte.«

»Und Ihr habt ihn bis hierher gerudert, Tonnen und Tonnengewichte? Und hier, was ist dann hier passiert? Er stank und wurde wieder so lebendig, dass er Vater, Sohn und Lanzitte zerschmetterte?«

»Ja, ja, so, beinahe so …«

»Aber wie hat er Euch zerschmettert? Womit? Mit der Fluke, mit Flukenschlägen wie mit einem Hammer? Oder eben auch mit den furchtbaren, den äußerst furchtbaren Keilen in seinem Maul, diesen Meißeln, mit denen er zerreißt, Tonnenmengen von Walfleisch zerreißt, hat er Euch mit denen zertrümmert, Vater und Sohn, und die Lanzitte zerschmettert?«

»Das kann ich euch nicht sagen«, gab er zu verstehen und warf die Hand herum, und gab dann noch zu verstehen: »Mit allem, wahrscheinlich.«

Gleichzeitig grub er mit dieser Hand neben ihm im Sand, hielt sie eine Weile in der Mulde, zog sie dann heraus und grub und legte sie hinein und machte den Eindruck, wie wenn er mit dem, was er da tat, nichts zu schaffen hätte, ja, wie wenn er es gar nicht merken würde, geradezu so, als wäre die Hand außerhalb seines Körpers oder auch als wäre er bereits außerhalb seines Körpers.

»Mit einem Wort, er kam plötzlich wieder zu sich? Er sah nur tot aus, dieser Schurke. Was hattet Ihr für einen Eindruck?«

Er bewegte, fast wie zu einem Miserere, den Zeigefinger und den Daumen, wie wenn er sagen wollte: Für mich sah er tot aus …

»Hat Euch denn niemals wer darauf hingewiesen, dass es sich bei ihm um einen Unsterblichen handelt? Dass es sich um einen Blutvollen handelt, bei dem eher die Ozeane austrocknen, durch die er zieht, bevor er selbst kein Blut mehr hat? Habt Ihr das wirklich nicht gewusst?«

»Jetzt weiß ichs, jetzt schon«, sagte er mit einem Kreuzigungsblick. Auf meine Kosten, schien er zu sagen.

»Doch wie konntet Ihr nur überzeugt sein, diesen unglaublich furchtbaren Mörder, diesen Schrecken aller Menschen bewegen zu sollen, und dann habt ihr, Vater und Sohn, ihn hergeholt. Ja, hat euch denn der Pestgestank, den er ausgedünstet und auch euch angeheftet und über euch dann auf alles hier gelegt hat, nicht verwirrt? Wieso habt Ihr ihn nicht einfach ziehen lassen und Euch von ihm ferngehalten?«

Es gelang ihm, Daumen und Zeigefinger auf dem Sand zu bewegen, in einem Zeichen, das, wenn es an sich schon vielsagend war, in jenen Tagen auf verhängnisvolle Weise äußerst vielsagend war: Hunger, sagte es nämlich. Wer wollte ihm denn da mit Gestank und Verwirrung kommen? Sie mussten doch auch wissen, dass die Verwirrung aus Hunger jede andere Art von Verwirrung ins zweite Glied treten lässt.

Rings um ihn waren indessen viele, die sich zurückzogen, ohne es ihn merken zu lassen, sie hielten sich die Nase mit einem Taschentuch zu und ebenso den Mund, denn auch wenn dieser Gestank sie aus zweiter Hand erreichte oder genauer gesagt durch Mittelsleute, war er menschlich einfach unerträglich. Und nach und nach, wie sie beiseitegingen und immer weniger mit ihm sprachen, ihm immer weniger Gesellschaft leisteten, schien er jeden Augenblick etwas mehr zu sterben, eigentlich war es, als könnte er sich von Augenblick zu Augenblick immer weniger in ihrer Mitte und für sie am Leben festhalten, als Toter, der er jeden Augenblick mehr war und wurde; der Gestank verschärfte sich in gleicher Weise, er schien immer mehr sein eigener zu werden, seiner und der seines Sohnes, und immer weniger der des Ferons.

Und als ihm schließlich klarwurde, dass sie wegen des Ekels nicht mehr widerstehen konnten, bewegte er ganz leicht die Fingerspitzen und vermittelte so noch einmal den Eindruck, wenn man ihn sah, wie wenn die Hand und der Körper neben der Hand unterdessen schon weit, weit von ihm fort wären, und gab ihnen zu verstehen, der Arme:

»Gaht, gaht, macht euch keine Gedanken nicht, denn auch ich, wie ihr wohl seht, muss jetzt gehen.«

Da zuckte der Tod zum ersten Mal durch seinen Körper, er hatte die Beine ein bisschen bewegt und den Kopf etwas seitlich in den Sand geneigt. Doch gerade da war einem der Umstehenden eingefallen, ihn das Allerwichtigste zu fragen, hatte ihn eilig noch bei seinem Flügel gepackt und zurückgehalten:

»Wohin ist der Tiergigant gezogen? Vermögt Ihr uns das noch zu sagen?«, fragte er ihn so laut, als würde er ihm aus der Ferne zurufen.

Von denen, die dabei waren, dort, auf dieser Marina, schworen die meisten bei der Geschichte dieses Mannes, der Wunder nach der Art gesagt, getan und auf der Stelle zu vollbringen schien, dass dieser unglückselige Pellesquadra von Nicótera noch seine Tapferkeit zeigte, als er versuchte, seinen Blick dem Meer zuzuwenden, doch von dort, wohin das Auge gewandt war, wandte es sich inzwischen nicht mehr zurück, denn sie alle sahen, dass es bereits das Auge eines Toten war, auf dem Augapfel waren Sandkörner haften geblieben, und die Pupille machte den Eindruck, als wäre die Sonne darin untergegangen.

Sie hatten sich gleich entfernen müssen, denn die Marina hatte angefangen, nach Vater und Sohn zu stinken, wie wenn sie bereits tot gewesen wären, wirklich tote Tote, alte Tote dieses Orts, und die Luft war nicht zum Atmen. Doch ein kleines bisschen von diesem schwärigen Gestank schleppten sie dennoch mit sich und an sich, und es gab weder Seifenwurz noch Bimsstein in ausreichender Menge, um es aus den Kleidern und aus dem Körper zu bekommen, bevor nicht einige Tage vergangen waren.

»Nun, diesen Gestank, diesen gottverdammten Gestank, einzigartig auf der Welt, den der hier anwesende Erzähler im Jahr neunzehnhundertachtzehn oder -neunzehn wahrgenommen hatte«, hatte Don Giulio Vilardo am Ende gesagt, »hat der Geschichtenerzähler wieder wahrgenommen, ganz genau den gleichen Gestank, und zwar vor kurzem. Vor kurzem, sage ich noch einmal, ich weiß nicht, ob ich mich deutlich ausgedrückt habe …«

Zur Untermauerung fügte er hinzu, dass er diesen ekelerregenden Fäulnisgestank von verwesendem Fleisch schon einmal gerochen hatte und das auch damals durch einen Mittelsmann, ja, um die Wahrheit zu sagen, durch das Ehrenwort eines Mittelsmanns; doch wenn man sagte, dass das Ehrenwort des Mittelsmanns wie das Ehrenwort des würdigen Ferdinando Currò, Friede seiner Seele, wäre, war das dann nicht, wie wenn man sagen würde, dass er diesen Gestank unmittelbar selbst wahrgenommen habe?

Das Wiederauftauchen dieses Ferons hatte sich ereignet, nachdem zwei oder drei Jahre zuvor, darauf sollten sie Acht haben, ein identischer, vielleicht sogar derselbe schwärige Feron in diesen Meeren dort, im hohen Tyrrhenischen, in der Umgebung des Golfo dell'Aria, auf diese Weise jenen Vater und dessen Sohn zerschmettert hatte, als habe er den Menschen damit ein Zeichen in Gestalt und Form dieser beiden Unglückseligen hinterlassen wollen, ein Zeichen, wenn nicht gar ein Signal für sein geheimnisvolles Auftauchen und Abtauchen, für sein schwindelerregendes, katastrophenbeladenes Kommen und Weiterziehen.

Vielleicht war es Ende August, wenn nicht gar schon Anfang September, denn der Fischzug hatte bereits abgenommen, und es fand nicht einmal mehr eine Auslosung der Wassergevierte statt, weil, wie immer zu dieser Zeit, den Mannschaften auf den Ontren nur die tröpfelweise von Afrika zurückkehrenden Schwertfische blieben, diese Wesen, die das Gehen und Kommen Ozean Meer Ozean Meer und das Laichen durchgestanden hatten. Damit soll nicht gesagt werden, dass Ferdinando Currò, müde von der geringen Ausbeute des Fischzugs, am Bug des Ontros, mit der Harpune in der Hand, als würde er den Meergott Neptun darstellen, der an der Küstenstraße von Messina steht, unvermittelt beim Anblick dieses geheimnisvollen Schreckbilds von Tiergigant sich fröhlich und ausgelassen, von jubelnder Ausgelassenheit hätte fühlen müssen, so ausgelassen, dass ihm auf der Stelle die Handfläche juckte und er etwas tun, sich mit dem Gerät in seiner Hand, in der Faust dieser Hand, so austoben wollte, wie er hergeben und ausführen konnte.

Er war riesenhaft, schwarz und eingewölkt mitten in den Meeren zwischen Skylla und Charybdis aufgetaucht, ganz dicht bei den Untiefen von Rasocolmo, er tauchte aus einem Meer auf, das sich über ihm erhob und furchterregend lärmte, und von der Art, wie er auftauchte, dass man meinte, er würde aus Abgründen emportauchen, hielt man ihn auf den Ontren und Feluken der entferntesten Wassergevierte wohl für jenes deutsche Unterseeboot, das noch Jahre nach dem Großen Krieg weiterhin geheimnisvoll um Sizilien herum tauchte.

Doch bei vielen mussten die Vorstellungen durcheinandergekommen sein, als sie sahen, wie das Meer anschwoll und so wasserreich wurde, als würde es an dieser Stelle seebeben, und gleichzeitig diesen furchterregenden Schrei eines Abgestochenen hörten, dieses Knallen des Winds, der immer wilder wurde, draußen losbrach, unten, erstickt, wie aus einer mit Blut vollquillenden Kehle, und als er aufstieg, pfiff er noch ohrenbetäubender als eine Wasserhose. In allen Wassergevierten von Kalabrien und Sizilien erwarteten sie nicht, etwas anderes als das zu sehen und zu hören: Die an Bord der Ontren flohen vor den Feluken davon, sie entankerten sie, sprangen auf sie, warfen sich an die Ruder und suchten fluchtartig die Gewässer zum Land auf. Bootslenker und Ausgucker riefen ihnen von den Masten aus zu, sie sollten schnell machen, schnell machen, sie schrien und fuchtelten wie Verrückte, und zwar noch mehr als bei der Verfolgung einer gigantischen Prallhüftigen.

Der charybdotische Ausgucker hatte jedoch Lust, seinem Ontro zuzurufen, sie sollten sich beeilen zurückzukommen und von dort zu verschwinden, weil sie dort großer Gefahr für Leib und Leben ausgesetzt wären. Vom Ontro schenkten sie ihm aber kein Gehör, und sie wollten nicht nur nicht zurückkehren, sondern ruderten, im Gegenteil, genau zu dieser Stelle des Meeres, zu diesem Tiergiganten. Vielleicht wusste man ja schon an Bord jedes Ontros, was die vier Ruderer, der Bootslenker und der Harpunier im Schild führten, alle sechs folgten schon in diesem Augenblick vielleicht stumm demselben Gedanken, als sie noch nicht einmal wussten, was da eigentlich war, was sich unter diesem seltsamen, beeindruckenden Naturschauspiel verbarg. Und weil sie es noch nie aus solcher Nähe gesehen hatten und der Gestank eigentlich das Einzige war, mit dem sie sozusagen von Ferne etwas anfangen konnten, erkannten sie es am Gestank. Denn der Tiergigant prustete zuerst aus, und aus dem Atemloch ließ er so viel Wasser herausschießen, dass man denken konnte, er hätte eine satte Handspanne Meer eingelagert, so dass nach und nach, wie er die Kammern leerte und sich die Luftbälge der Lungen aufblähten, es aussah, als würden die Wellen ringsum an Höhe ansteigen. Nachdem das Wasser herausgeschossen und das große Schaumgebrodel über ihm und um ihn herum verflogen war, erschien er da inmitten der aufgepeitschten Wellen mit dem schwarzen, riesenhaften Rücken im Offenen, mal finster, mal glänzend in den schäumenden Schlieren, und das war der Augenblick, dass dieser Tiergigant aus seinem dicken Speck- und Hautmantel seine fürchterlichen Gerüche hinausschickte. Auf dem Ontro fühlten sie ihre Nasen durch diese ekelerregenden Böen stechen, die entfernt an Pferdepisse erinnerten, wenn sie in der Sonne gärt. Der Feron?, flüsterten sie einstimmig. Der Feron hier, dort, in den Meeren zwischen Skylla und Charybdis, in genau diesem Meer, in dem wir uns jetzt befinden, der Feron? Und sie hoben die Ruder hoch, erfasst vor allem von großer Verwunderung darüber, vor sich, auf den Meeren zwischen Skylla und Charybdis, dieses wahre, dieses erschreckende Märchen zu sehen, das der Feron in ihrer Vorstellung immer dargestellt hatte. Doch was sie nun antrieb, dass sie sich so, aus heiterem Himmel, in dieses Abenteuer mit dem Feron stürzten, das hatte man niemals genau erfahren. Es heißt, dass sie alle auf dem Ontro sich vom Feron angezogen fühlten, instinktiv angezogen, sich mit dem Tiergiganten abzugeben. Alle, so heißt es, aber vielleicht genügte es ja schon, dass Ferdinando Currò von ihm angezogen war, und schon waren alle seine Leute dabei. Fragt man sich aber, warum und wieso einer Persönlichkeit wie Ferdinando Currò, der sich in seinem ganzen Leben zwar immer als mutig, niemals aber als unvorsichtig und waghalsig erwiesen hatte, die Schrulle ankam, diesen Daswaltegott mit der Harpune zu kitzeln, konnte das keiner beantworten. Ganz sicher träumte er nicht davon, ihn zu fangen, etwas Geld mit ihm zu machen, er träumte weder davon noch konnte er jemals, nicht einmal zu Zeiten der Hungersnot, dieses verkommene Fleisch den Menschen vor die Nase setzen. Nein, ganz sicher war es nicht, weil er sich dachte, er könnte seine Brötchen, seinen Tageslohn mit diesem Tiergiganten verdienen. Ganz sicher war es etwas anderes, aber was war das andere nur? Geheimnis, Geheimnisse des menschlichen Geistes. Wie konnte es sonst sein, wie konnte es sonst geschehen, dass ein verantwortungsvoller Christenmensch wie er, der geschätzt, ausgeglichen und bei vollem Verstand war, große Verdienste hatte, die alle kannten, Verdienste als der Retter von Säuglingen und Kleinkindern, und nicht nur von Charybdis, Verdienste, die er sich bei der Überschwemmung durch das Seeerdbeben vom achtundzwanzigsten Dezember neunzehnhundertacht erworben hatte, sich an einem bestimmten Punkt mit seiner Mannschaft aufmachte, um Wachsstreichhölzchen unter einen Berg von Dynamit zu schießen, der Feron hieß? Jedenfalls, Tatsache war, dass Ferdinando Currò nicht einmal den Puls bei den Männern seiner Mannschaft fühlen musste; denn ohne dass irgendjemand ein Wort sagte, auch wenn sie die, die sie vorher nicht gesagt hatten, sich hinterher sagten, still und stumm, und nicht wenige und nicht wenig schöne, sondern im Gegenteil viele und sogar viele schöne, wandte Ferdinando Currò öfter und öfter seinen Blick von dem Feron zu den Ruderern hinter sich, zum Bootslenker am Mast, und er wandte ihn wie ein Besessener, während er gleichzeitig den Stab der Harpune packte, als wäre sie zu einem glühenden Eisen geworden, woraufhin die Männer ihm mit ihren Augen schlicht und einfach ein Ja zu verstehen gegeben hatten: Er solle es nur wagen, denn ihnen wäre danach, an seiner Seite zu stehen. Und tatsächlich hatten sie in die Kurzruder gegriffen, als wäre es darum gegangen, einer Prallhüftigen hinterherzujagen, und durch die Erhöhung der Ruderschläge waren sie bis auf zwanzig Meter an ihn herangekommen und hätten sich längs von ihm weiterbewegt, wenn Ferdinando Currò, der wie üblich so kalt wie eine Eisplatte war, sich nicht entschlossen hätte, ihn zu harpunieren. Er hatte ihn harpuniert, nicht mehr und nicht weniger, genau so, wie er den Schwertfisch harpunierte, doch der hier war leichter zu harpunieren als ein Schwertfisch, denn auch bei geschlossenen Augen konnte er den Schuss bei der ganzen langen schwarzen Weite der Körperwölbung nicht verfehlen, gegen die die Wellen schlugen und sie ständig benetzten und von wo sich über drei Meter hoch die schreckenerregende Rückenfinne heraushob, als deutliches Zeichen ständiger und untrüglicher Anwesenheit nicht nur an der Wasseroberfläche. Aber was richtete das Eisen der Harpune bei dem Feron schon aus? Ein Kitzeln, das war das Höchste, was sie tun konnte. Für ihn brauchte man eine Walfangharpune, und eine doppelte dazu, etwas völlig anderes als eine Eisenstange. Der Stab hatte sich nämlich in die Speckschicht des Vorderviertels gebohrt wie eine Haarnadel. Das Eisen, das ihn mit seinen drei Stahlspitzen inzwischen gepackt hatte, würde die Beute jetzt nicht mehr loslassen, wenn sie ihn nicht herausrissen und dieses Stück Fleisch in Stücke schnitten wie beim Schwertfisch. Aber konnten sie vom Ontro aus den Feron überhaupt bearbeiten, ihn ermüden und ermatten, das Spiel mit den Stricken bei ihm anwenden, ihn an der langen Leine führen, bis er nicht mehr konnte und sich am Ende ergab? Gingen sie mit ihm um wie mit dem Schwertfisch? Es heißt, dieser Gedanke sei ihm nicht einmal durch die Vorkammer des Gehirns geschossen, doch ganz gleich, wie es sich verhielt, Ferdinando Currò hatte, ob er wollte oder nicht, mit dem Harpunieren des Ferons zum ersten Mal in seinem Leben etwas so Dreistes gewagt, das nicht zu seinem Ruhm war.

Der Feron hatte sich an der Oberfläche leicht geschüttelt, wie wenn er Fliegen verjagen wollte, und war durchs Meer rings um ihn herumkutschiert. Und wie wenn er die außerordentlich mächtige Fluke ausprobieren wollte, die ihm als ebenso außerordentlich mächtige Antriebsschraube diente, hatte er mit ihr ein paar Stöße unter Wasser gemacht und nichts weiter. Ihr Herz stand still und sie sahen sich an, als wollten sie sagen: Wie ist das möglich? Ist sie ihm denn nicht einmal durch die obere Hautschicht gedrungen? Doch während sie Blicke tauschten, war er in einem ersten Augenblick eingetaucht, als wär's für immer, und in einem zweiten Augenblick verließ er dieses Meer, wie ein Blitz aus heiterem Himmel, und hielt schwindelerregend auf Malta zu, lang, schlauchförmig und außerordentlich kraftvoll, wie ein Unterseeboot; und hinter ihm Ontro und sie, die mit offenem Mund da saßen, wie wenn sie etwas sagen wollten, es aber in der windschnellen Raserei nicht mehr konnten.

Er verlor Blut und zog sie auf dem Ontro hinter sich her, der nur so dahinflog und sich aus dieser Gegend immer mehr entfernte. Sie mussten ihm sofort Leine geben:

»Reep, gebt ihm Reep. Löst die Leine, so viel ihr habt, gebt sie ihm«, riefen sie ihnen von den Booten dicht am Ufer zu, doch die Stimmen erreichten sie nur mit Mühe.

»Habt Acht auf euer Leben, habt Acht auf euer Leben … Lasst ihn los, lasst ihn los«, hörten sie sich von einer kalabrischen Feluke her zurufen, als sie Cannitello schon hinter sich hatten.

Im Nu waren sie an der Biegung von Melito Porto Salvo, wo keine Boote mehr waren, sondern nur noch Wasser, Himmel und Meer. Die Fahrt normalisierte sich dort, wenn man diese schwindelerregende Erfahrung Fahrt nennen konnte und dazu noch normal.

Er wird müde werden, dachten sie. Er wird an Schwung verlieren, wesentlich weiter als Melito wird er uns nicht schleppen. Sie redeten naiv: Er, müde werden? Er, an Schwung verlieren? Man konnte sehen, dass sie nicht einmal den Hauch einer Vorstellung davon hatten, dass sie noch jungfräulich weiß im Hinblick auf dieses Naturschauspiel waren. Sie verglichen ihn wohl mit dem Schwertfisch, doch auch wenn sie ihn mit wesentlich heikleren Tieren als dem Schwertfisch verglichen, mit Pottwal oder Glatthai oder auch Blauhai, Fere oder Heringshai, blieb er doch immer weit, sehr weit von ihnen entfernt, viel zu weit, als dass sie sich diesen Schlag vorstellen konnten, viel zu weit, als dass sie sich auch nur annähernd eine Vorstellung über ihn machen konnten: denn das waren im Vergleich zu ihm Tierchen, aber das konnte man nun wirklich keinen Vergleich nennen, schon deshalb nicht, weil es ihre verhängnisvolle Bestimmung war zu sterben und oftmals durch ihn, er dagegen nicht, er starb nicht, er ließ nur andere sterben. Doch vielleicht maßen sie ihn nach ihrem Maß als Sterbliche, beurteilten sie ihn danach, wie sie sich in seinem stinkenden Kielwasser fühlten, aufgebläht und benommen von dem Wind bis zur schwindelerregenden Geschwindigkeit, mit der sie in der großen krachenden Schaumfurche dahinflogen, die dieser Gigant hinter sich ließ.

Doch dann wurde es Nacht, und der Blutende zog weiter seinen Weg wie einer, der weder Müdigkeit noch Ruhe kennt. Er verlor nicht einen Stoß seiner unglaublichen Geschwindigkeit, die einem Kreuzfahrtschiff gleichkam, und beim Ontro kam in der Tat auch nicht das kleinste Anzeichen einer Veränderung an, und in dieser Hinsicht konnten sie sich wenigstens glücklich schätzen, denn es hätte schon ein ganz leichter Ruck oder Gegenschlag als Folge einer plötzlichen Verlangsamung oder auch einer geringen Abweichung genügt, um sie kentern zu lassen, wenn man bedenkt, dass ein Ontro gewissermaßen gar kein Wasser berührte und man das Quietschen des Bootsbauchs hörte, der der Welle die lange Nase zog. Einige Male waren sie nahe daran, den Strick durchzuschneiden, doch jedes Mal hielt sie der Gedanke zurück, dass das Eisen im Fleisch des Tiers steckte, der Gedanke an das Blutbad und an den Schaden, den für sie wie für jede andere Mannschaft auf den beiden Meeren der Verlust der Harpune bedeutete. Sie beschlossen, abzuwarten und zu sehen, ob der Gigant mit der Nacht nicht seinen Willen erschöpfte und seine Seele aushauchte. Sie diskutierten noch weiter, und es wunderte einen vor allem Ferdinando Currò, denn sie redeten wie ahnungslose Kleinkinder mit noch geschlossenen Augen, wie einer, der eine bestimmte Sache nicht kennt oder keine Erfahrung mit ihr hat, auch wenn es sich um einen Ferdinando Currò handelte. Denn zu sagen, dass der Orcaferon seinen Willen erschöpfe und seine Seele aushauche, war, wie wenn einer sagen würde, dass die Bezeichnung als Unsterblicher, mit der man ihn bedacht hatte, nicht der Wahrheit entspreche, und mit welchen Beweisen? Dieses Mal jedoch hatten sie durchaus einen, und der bestand darin, dass sich unter den üblichen Gestank auch hartnäckig ein Leichengeruch mischte. Für einen sogenannten Unsterblichen, hatten sie sich gesagt, ist dieser Kadavergeruch, den er ausdünstet, ein empörender Gestank. Irgendetwas an seiner Unsterblichkeit musste stinken, auch wenn er fast immer abgetaucht schwamm und sie, so lange es Tag war, nichts von seinem riesigen, dunkel finsteren Lederleib hatten sehen können, ausgenommen die beachtliche Rückenfinne. »Wenn er stinkt, muss etwas da sein, was ihn stinken lässt«, hatte Ferdinando Currò überlegt, und ging mit seiner Überlegung so weit in die Tiefe, dass er letzten Endes auf diesem Weg der Wahrheit nahe, außerordentlich nahe kam, nämlich der Geschichte dieses Gestanks, wie sie, seine Freunde vom Ontro, hinterher sehen konnten, hinterher, als sie nämlich die Wahrheit mit ihren Augen sehen konnten und sie zugleich mit dem Feron erkannten, genauer gesagt das, was am Feron als Wahrheit zu erkennen war. Er hatte nämlich weiter gesagt: »Doch dieses Etwas, das den Gestank bei ihm auslöst, ist, da kann man sich nicht irren, wie wenn es zu ihm gehörte, es stinkt, so erkennen wirs, wie wenn er verwesen würde, es stinkt, dass wir es hier vor uns riechen, auch im Wind der Spritzer, die er mit seinem schwindelerregenden Schwimmen aufpeitscht, ja, wir riechen sogar, dass der Gestank gewaltiger wird, und wenn er so gewaltig wird, bedeutet das, dass er mit galoppierender Geschwindigkeit verwest, und zwar dermaßen galoppierend, dass nur dieser Gigant weiß, wie er damit zurechtkommt, sofern er damit zurechtkommt. Denn das geht mir durch den Kopf, Freunde. Der Feron ist unsterblich, das hat man immer sagen hören, er ist unsterblich, einverstanden. Was aber, wenn dieser Große Tod, nehmen wir einmal an, ihn, der jedes andere Wesen immer nur wild mit dem Tod schlug, bei der Hand nahm und ihn vom Unsterblichen, der er war, zur Sterblichkeit verstieß?«

In der Nacht nahmen sie eine gewisse Bewegung um den Feron wahr, und im Mondschein glaubten sie auch zu verstehen, dass er Gesellschaft bekommen hatte, und was für eine. In der Tat stiegen sie da drüben auf, und zwar unter ständigem Weinen, mit den falschen, herzzerreißenden Schmerzensworten, die ihnen nur zu vertraut waren: Oh, die Feren waren gekommen, um ihre Wehklagen über ihn auszugießen, die verletzenden, höhnischen Wehklagen, die nur sie für gewöhnlich ausstoßen, sagten sie zueinander an Bord des Ontro und schöpften bei diesen günstigen Auspizien neue Hoffnung. Wenn die Feren daran Vergnügen finden, wird das wohl ein Zeichen dafür sein, dass er nach Tod stinkt, denn diese Niederträchtigen verstehen sich darauf, und wie!

Sie fingen an, den Feron unbarmherzig und unablässig zu verhöhnen, vielleicht machten sie sich auch über die Christenmenschen da lustig, aber ganz sicher verhöhnten sie vor allem ihn. Danach allerdings, als sie noch einmal darüber nachgedacht hatten, begriffen sie, dass sie zwar vielleicht ihn, den Feron, verhöhnten, das war nicht auszuschließen, aber ganz sicher machten sie sich vor allem über sie lustig, die Christenseelen, die in der Gewalt des stinkenden Tiergiganten waren.

Gegen Tagesanbruch spürten sie eine gewisse Verlangsamung der schwindelerregenden Fahrt und bemerkten, dass er zum ersten Mal am Harpunenseil zog. Das bedeutete zwar keine Aufgabe, nein, doch es ließ alles hoffnungsvoll erscheinen. Sie stellten alle eine Zunahme des Gestanks und eine Zunahme des Geweins der Feren fest, die ihre Klagelaute hinauswarfen, diese hurerischen Bestien, wie Weiber, die langsam vor ihren Augen den Geliebten dahinsterben sehen, der immer schmächtiger wird und wie eine Kerze erlischt.

Beim ersten Tageslicht erfasste sie der Gestank des Tiergiganten, wie wenn er bei Tag zunehmen würde, mit unerträglicher, angriffsbereiter Macht, der barbarische Gestank von etwas, das zum großen Teil tot war und zum kleinen Teil starb.

Gegen Tagesanbruch war der Wind in die völlige Ruhe des Schirokkos übergegangen. Zur Linken stieg von den Horizonten Afrikas die schon rote warme Sonne auf, und sogleich entdeckten sie, dass sie noch ein wenig verschwommen und wie von einem bräunlich bläulichen Dunst verhangen dort, gleich vor sich, Malta liegen hatten. Da sahen sie sich mit bleichen Gesichtern an, denn sie konnten es sich einfach nicht vorstellen, dass sie so weit aufs Meer hinausgezogen worden waren.

Was sie aber nicht überzeugte, war der Leichengestank, der jetzt, mit der aufkommenden Hitze, immer mehr zunahm. Er stieg von dem Tiergiganten auf, und gleichzeitig dauerte seine furchtbare Vitalität unversehrt fort, denn sie bewegten sich in seinem Schlepptau mit einer etwas weniger barbarischen, weniger pfeifenden Geschwindigkeit, seit es Tag geworden war, doch trotz aller Windstille immer noch so, dass sich ihre Hemden blähten und sie gezwungen waren, ihre Strohhüte mit einer Hand festzuhalten, weil sie ihnen sonst vom Kopf geflogen wären, und weiterhin so, dass das Seil zwischen Ontro und Tiergigant immer noch gespannt war.

Und es war genau da, als sie mit den Augen dem Seil bis zur Stange der Harpune folgten, deren Eisen an einer Stelle zwischen Rückenfinne und Atemloch eingedrungen war, das aussah, wie wenn es mit Mennige angemalt worden wäre, dass sie zum ersten Mal bei ihm die schreckliche Schwäre entdeckten, die sich der Länge und der Breite nach an seiner linken Flanke hinzog und tief in ihn eingeschnitten war.

Sie sahen zwar nur den äußeren Krater mit Fetzen von Haut und Fleisch ganz dicht am Rand der Wölbung zum riesigen Rücken, doch sie konnten sich trotzdem die Art von Höhle vorstellen, die seine linke Flanke der Länge und der Breite nach zerriss, eine klaffende Wunde von einer Größe, dass man meinen konnte, er sei von der Kugel einer Kleinkanone voll getroffen worden, und die Kugel sei in ihm explodiert, aber es sah auch so aus, als wäre das alles vor langer Zeit geschehen, denn jetzt konnte man den Eindruck haben, dass es eher die Flanke eines Feronkadavers als die Flanke eines lebendigen Ferons wäre, die Flanke eines dauerhaften Kadavers, welchen das Meer gleichzeitig für den Verzehr aufbewahrte und verweste.

Auch jetzt strömten Schwärme von Bremsen, angezogen und dort wer weiß wie lange schon von dem Kadavergestank aufgehalten, an den ausgefransten Rändern der riesigen Schwäre zusammen, ganz dicht an dem schwarzen, vom Salzwasser verschlierten Rücken. Vom Ontro aus suchten sie diese gigantische Fleischmasse ab, diese schreckenerregende, finstere Kontur, die sich zu drei Vierteln unter Wasser befand, mit der hohen und weithin sichtbaren Rückenfinne als Totenflagge, sie betrachteten dann in den Schaumwellen diese Zersetzung an der linken Flanke und sagten sich, dass jedes andere große Tier mit einer derartigen Schwäre längst gestorben wäre, gestorben und völlig verwest, verwest und verwrackt, und das Wrack hätte sich im Meer verstreut und aufgelöst, nicht ein Mal, sondern hundertmal: doch diesem Unsterblichen hier drang es nicht einmal durch die oberste Hautschicht.

An diesem Punkt hatte Ferdinando Currò die folgenden Worte wörtlich gesagt und eigenmündig überliefert, Worte, die davon erzählten, wie sehr er bereute, mehr als seine alternden Tage, und wie er zitterte.

»Und so erklärt sich das Arkan … Ah, Ferdinando Currò, und du konntest denken, dass er stank, weil der Tod nahe war? Dir schien er wohl nur seinem Beinamen nach unsterblich zu sein, wie? Ah, Ferdinando, Ferdinando, wozu setzt du diese vier Familienväter einer solchen Gefahr aus … Für wen hattest du denn den Feron gehalten? Für einen, der sich seines Ruhms bemächtigte? Aber jetzt, jetzt weißt dus, weißt, was du gewagt hast, mit wem du dich angelegt hast?«

Das musste die Folge davon sein, die Folge der Geschichte, dass ihr Verstand von dieser Unvorstellbarkeit erfasst war, das heißt von der Unvorstellbarkeit des Gedankens, gegen das alles kämpfen zu wollen, und nicht so sehr wegen dieses krank machenden Gestanks als vielmehr, dass sie alle von dauerndem Brechreiz befallen waren.

Auch als es Tag geworden war, hatten die Feren nicht das Weite gesucht. Sie führten weiterhin ihr Theater auf, dass sie ihn beweinten, wobei sie fortzogen und wiederkamen ringsum: und sie wirkten aufrichtig, das war so merkwürdig anzuschauen, auch wenn sie wussten, dass die Feren am Ende immer überzeugen. Doch aufrichtig oder nicht, für den Feron waren sie wie die Fliegen auf der Schwäre, nämlich nicht existent.

Der Tiergigant schleppte sich vorwärts, doch schleppte er sich so vorwärts, wie er es konnte, mit gewaltiger Macht: Er schleppte sich vorwärts, das konnte man sehen, mit der Macht seines verhängnisvollen Schicksals, in eisiger, unermesslicher Einsamkeit. Ja, er ist unsterblich. Gibts einen Zweifel daran?, fragten sie sich auf dem Boot. Er ist jenseits von Gut und Böse, er ists, wars und wirds sein, der Zustand, in dem er sich befindet, ist nicht der des Lebens und wird niemals der des Todes sein, daher kann in dem Schauspiel, das er bietet, alles enthalten sein, nur nicht der Schmerz. Und sie stellten sich vor, dass es wie Sonne und Mond sein müsse, die immer wieder über ihn hinwegzogen, und er zog immer wieder unter ihnen hin, als wäre er mit ihnen Teil einer geheimnisvollen, unaufhaltsamen Bewegung. Doch genau das war es, was sie alarmierte, denn er war dort, er war nicht am Himmel, er war im Meer und schleppte sie immer weiter hinter sich her und stank zum Himmel, er war nicht mehr und nicht weniger als ein Kadaver, und er war unsterblich. Er schien das Sterben unmittelbar vor sich zu haben, sagten sie sich, doch wir würden weiße Bärte bekommen, wollten wir auf diesen Augenblick warten, und er wäre immer noch nicht tot. Auch wenn der Sonnenglast auf ihn herunterbrennte und ihn mit seinem Gestank in Feuer und Flamme verwandelte, würde er wahrscheinlich auch nach Kadaver stinken, wie es schlimmer nicht ginge, doch seine Unsterblichkeit würde dadurch gleichzeitig immer mehr an Macht verlieren. Sie mussten sich aus dieser Sklaverei lösen, denn sie wagten nicht einmal darüber nachzudenken, wo sie einer wie der hier noch hinschleppen konnte, wenn sie sich nicht loslösten.

Nachdem sie zu dieser Einsicht gekommen waren, als sie bereits durch die Straße von Sizilien zogen und die Insel hinter sich ließen, hatten sie das Ende abgeschnitten, denn sie dachten, dass sie lieber das Eisen mit der ganzen Harpune verlieren wollten als ihr Leben.

»Feron, unsterbliche Tierbestie …«, sprach Ferdinando Currò es an, während es in einem Strudel von Schaum vor ihrem Blick entschwand. »Was man über dich munkelt an Meeren und Ozeanen, ist allerheiligste Wahrheit, jetzt und von diesem Augenblick an können das, der zu dir spricht, und seine hier anwesenden Freunde bezeugen. Wir haben dich erlebt und bestätigen es dir: Du verdienst den Beinamen, den du trägst. Jetzt und von diesem Augenblick an ist uns bekannt, dass du ihn verdienst, uns ist es bekannt und es kostet uns, es kostet uns viel, um ehrlich zu sein, auch wenn es uns wesentlich mehr kosten konnte als ein Harpuneneisen, wenn deine Schwanzschraube es gewollt hätte, wenn du die Fliegen von deiner Fluke hättest verscheuchen wollen, nur, dass weder die Störung durch Bremsen noch die Störung durch Christenfliegen dich erreicht. Wir verabschieden uns von dir, du kleiner Unsterblicher. Wenns dich interessiert, erzählen wirs herum, wir werden sagen, dass du sogar noch die Augen zum Erbrechen zwingst, so sehr stinkst du nach Kadaver, und dass du Pest und Pestilenz aussäst, wo du vorbeiziehst, doch sagen wir auch, dass du trotz allem unsterblich bist. Wir werden sagen, dass man vor dir aufrichtig die Mütze abnehmen musste, um dich so zu sehen, wie wir dich gesehen haben: Wir haben dich am Werk gesehen, mit dieser Zerstörung der klaffenden Wunde auf der einen Seite deines unendlichen, unendlich langen, schwarz finsteren Streckkörpers, am Werk mit dieser großen, alten, verkrusteten Schwäre, dieser Aushöhlung ohne Ende von eiterüberzogenen, stinkenden Fleischmassen, diesem schäumenden Schlund aus Meer und Wundbrand, am Werk, kurz gesagt, mit der ganzen Misdea, der ganzen blutigen Zerstörung, die so groß ist, dass sogar den, der dich anschaut, Leid überkommt, während es dir dagegen so vorkommt, als würde dich das und das Los nicht einmal etwas angehen. Und wie kann es denn auch, wie könnte es dich etwas angehen, wenn du selbst doch der Große Tod bist, wenn du tot und verwest und gleichzeitig unsterblich bist?«

Auf diese Weise hatten sie ihn sogar beglückwünscht zu seinem Leid ohne Schmerz, auch wenn es so war, als würde man den Fels oder das Meer beglückwünschen, etwas Taubes und Unempfängliches, etwas, das nicht leiden kann, weil es Leid nicht kennt, weder das, welches er anderen zufügt, noch das, welches andere ihm zufügen.

Danach hatten sie die Ruder wieder gepackt und kehrtgemacht und waren die Meere zwischen Skylla und Charybdis wieder hinaufgerudert. Sie waren viele Stunden gerudert, ohne ein Wort miteinander zu sprechen, dann hatte Ferdinando Currò gesagt, wie leid es ihm tue, sie in dieses Meer von Schwierigkeiten gebracht zu haben, doch einer von der Mannschaft antwortete ihm, dass es ihm um sie nicht leidtun dürfe, weil er ihnen, im Gegenteil, eine Freude gemacht, die gleiche Freude, die es ihm gemacht habe. Wir haben uns etwas gegönnt, sagten sie zu ihm. Was, Don Ferdinando? Einmal im Leben haben wir uns etwas gegönnt, wir sind übers Meer vagabundiert, aus einer Laune heraus, um unsere Neugier zu stillen. Einmal in unserem Leben haben wir uns einen Luxus gegönnt. Aber das war es wert, weil es doch um den Feron ging. Wer immer es auch hört, er sagt uns: Gut habt ihrs gemacht. Wäre ich alleine gewesen, gar keine Frage, ich hätte das Gleiche, haargenau das Gleiche getan wie ihr. Heh, natürlich müssen sie so reden: Wer hätte sich denn zurückgezogen? Wen schleppte der Feron denn nicht hinter sich her? Wen? Doch jeden. Jedjeden, jedjeden Sterblichen, der sich in unserer Lage befunden und mit seinen Augen nichts weniger als den unsterblichen Feron gesehen hätte. Es würde genügen zu sagen, was man seit jeher alles über ihn hatte sagen hören. Wenn man bedenkt, dass der schon herumschwamm noch bevor, noch lange bevor unsere Mutter uns empfing, und dass er nach uns, lange nach uns noch herumschwimmen wird, wenn wir nicht mehr sind, wem wäre da nicht die Neugier gekommen, mit den Augen daran teilzuhaben, selbst wenns das Leben gekostet hätte? Man wird doch einmal nur geboren und einmal nur stirbt man, so heißt es, und gibts einen geeigneteren Augenblick, das zu sagen, als den hier? Wir dagegen haben nicht nur mit den Augen daran teilgenommen, sondern sind auch am Leben geblieben, damit wirs erzählen können.

Ja, es hatte sie einige hundert Lire gekostet, den Preis, den das Eisen der Harpune kostete, aber konnten sie sich darum Sorgen machen? Im Übrigen hieß es: Entweder opfern wir das Eisen oder folgen dem Feron bis in alle Unendlichkeit. Doch mit der kurzen Dauer ihres Lebens als Sterbliche, konnten sie ihm da bis in alle Unendlichkeit folgen und bis in alle Unendlichkeit dem Gestank widerstehen, den sein offensichtlicher Tod von ihm aussandte, der nämlich seine reale Unsterblichkeit nährte? Ja, recht habt ihr, hatte Ferdinando Currò da gesagt, der immer noch ein paar Gewissensbisse hatte und ihre Herzen bis in die Tiefe prüfen wollte, denn es konnte ja sein, dass diese Klicke von Freunden nur so redete, wie sie redete, um alle Sorgen von ihm zu nehmen. Ja, schon, aber jemand könnte auch kommen und uns sagen: Was hattet ihr euch eigentlich in den Kopf gesetzt? Etwa ihn zu fangen? Und wäre es euch gelungen, was nicht möglich ist, was hättet ihr dann mit ihm gemacht? Ihn aufgehängt? Als Trophäe? Oder hattet ihr gedacht, die Händler würden euch gar noch dieses verweste Fleisch abkaufen? Habt ihr verstanden, Freunde, was man uns fragen könnte? Wann hätten wir denn je daran gedacht, uns des Ferons zu bemächtigen?, antwortete die Mannschaft. Uns des Ferons bemächtigen? Wir? Wo es uns doch schon erschreckt, wenn wir über ihn reden, schon erschreckt, wenn er erwähnt wird? Und selbst, wenn wir uns seiner bemächtigt hätten, was für eine Freude soll uns das verschaffen? Lebt man denn vom Brot allein? Wir haben uns eine Freiheit genommen, uns etwas gegönnt, darin liegt die Freude, oder, Don Ferdinando? Ja, wirklich und wahrhaftig, das war unsere Absicht, uns eine Freiheit zu nehmen. Aber was für eine Freiheit habt ihr euch denn genommen, könnte jemand fragen. Was für eine Freiheit sollte das sein, wenn sie sinnvoll war, sinnvoll und ohne Gefahr? Heh, Don Ferdinando, haben wir nicht recht? Recht? Ihr redet besser als jeder, der Bildung hat …

Danach erforschte Ferdinando Currò sie nicht mehr, denn inzwischen war er sicher, dass sie alle einer Meinung waren, als wären sie alle ein einziger Bauch, eine Seele, um es kurz zu sagen, in fünf Leibern: der Verstand, die Seele, wohlgemerkt, war der Verstand und die Seele von Ferdinando Currò. Und hatten sie sich später denn jemals widersprochen? Hatten sie sich etwa mit der letzten Ausfahrt auf der Borietta widersprochen, die sie noch einmal gemeinsam unternommen hatten, ausgenommen Giovannino Ronca, der ihr Bootslenker war und seine letzte Ausfahrt viele Jahre zuvor alleine gemacht hatte? Hatten sie sich da etwa noch eine Freiheit genommen? Waren sie denn nicht hinausgefahren, um noch einmal den Feron zu entern? Und bei diesem Mal hatten sie nicht einmal einen Strick, den sie durchschneiden konnten, dieses Mal mussten sie sich wünschen, dass der Tiergigant sie bis ins Unendliche mit sich schleppte.

»Begreifts, Freunde, begreifts, dass der hier, seit alters verschwärt, derselbe ist, der immer herumzieht«, hatte Don Giulio Vilardo seine Erzählung beendet und kam wieder zum Ausgangspunkt zurück, der natürlich der Orcaferon war. »Begreifts, es ist immer er, denn die Schwäre ist immer dieselbe und auch der Gestank ist immer derselbe des unsterblichen Todes.«

Indessen hatten die Gewässer, in denen der Tiergigant abgetaucht war, sich wieder so beruhigt, als wäre nie etwas geschehen: Lediglich zum Land hin konnte man noch eine schwache Dünung beobachten, die Welle begehrte noch ein wenig auf, wie nach der Vorüberfahrt eines Schiffs.

Gleich darauf begannen die Feren, sich in dieser Gegend zu tummeln: Sie hielten sich jedoch etwas abseits von der Stelle, wo der Feron seinen großen Strahl in die Luft geschossen hatte, und sie bewegten sich neugierig und behutsam, als würden sie in dem Wasser herumschnuppern, das er herausgeprustet hatte, allesamt ernst und aufrichtig, und ebenso neugierig wie ängstlich um sich blickend, was man vorher nie an ihnen beobachtet hatte.

Sie hatten zunächst nur wenig auf die Feren geachtet, denn während sie mit den Augen das Tyrrhenische absuchten und erwarteten, dass dieser geheimnisvolle Wind übler Gerüche, der dort oben wehte, Gestalt annehmen und auftauchen würde, mussten die Feren ihn logischerweise, zumal sie überhaupt kein Bedürfnis hatten, auf das Erscheinen des Ferons zu warten, am Gestank gewittert haben, der im Meer verwester Algen aufkam, vor allem der ozeanischen, dieses schönen Musterkatalogs von jeder Art und Güte, für die dieser Wind von ekelerregendem Gestank keine Seltenheit bedeuten musste, woraufhin sie sich schweigsam und schnell von der Mittellinie zu den Ufergewässern zurückgezogen hatten, um den Weg für ihn frei zu machen.

Nun befanden sie sich dort, und ihr vorsichtiges, argwöhnisches Herumgetümmel konnte ein Zeichen dafür sein, dass der Tiergigant, auch wenn er unter Wasser war, sich nicht aus diesem Meer entfernt hatte, und auch ein Zeichen dafür, dass die Neugier sie zerfraß und die Gehirnmasse hinter der höckerigen

Stirn arbeitete, um diese Neuartigkeit von Naturerscheinung zu verstehen: mit einem Esels- und einem Löwenherzen wünschten sie sich möglicherweise, dass der Feron wieder auftauchen sollte, um sich ein genaueres Bild von ihm machen zu können. Eigentlich wie Christenmenschen auch.

Einzig Signor Cama war unter allen der Meinung, dass sie nicht damit rechnen sollten, ihn auftauchen zu sehen, weil in diesem Augenblick der Tiergigant sich seiner Berechnung nach mit der Fluke zwar noch hier, doch mit dem ganzen Körper und dem Kopf bereits im Ozean jenseits der Meerenge von Gibraltar befinden würde. Die Genauigkeit dieser gewissermaßen auf den Millimeter festgelegten Berechnung schien Signor Cama bereits fix und fertig in seinem berühmten Bilderbuch über die Giganten der Meere gefunden zu haben, das wahrscheinlich auf jede Frage die passende Antwort enthielt.

Signor Cama hatte sein Buch durchgeblättert und die richtige Seite gefunden, er hatte ihnen einen schrecklichen Giganten vor Augen gehalten, der einen schon allein angesichts seiner Abbildung einen Schritt zurücktreten ließ. Er war schwarz wie die Nacht, seine riesenhafte Körpergestalt zwischen einem Torpedo und einem Spannrocken, seine Rückenfinne, die an das Steuerruder einer Palamitara, doch auch und vor allem an ein Beil, an eine Axt erinnerte, war, mindestens durchschnittlich, drei Meter hoch und zwischen zehn und fünfzehn Meter lang, mit dem Vorderviertel, das sogar lächerlich erscheinen konnte, wenn man es ansah, wenn es nicht um die schreckenerregende Wirkung gewesen wäre, die es machte, denn es war so gestaltet, dass es, statt sich zu verschmälern, aus Rücken, Hals und Kopf zusammendrängte, massig und undurchdringlich, nur eben halb im und halb über Wasser konnte man den Schlitz seines zusammengezogenen halbmondförmigen Mauls in einem Ausdruck, daswaltegott, von großer Schläfrigkeit und Müdigkeit erkennen.

Nahezu auf gleicher Ebene befand er sich da im Wasser, in wer weiß welchem einsamen Ozean, in aufgepeitschter, schaumumränderter Bläue allein um ihn, wie wenn die Welle bei der Berührung mit ihm sich wild aufbäumen würde. Wie er da abgebildet war, in großer Einsamkeit, wollte man sich ihn als Tiergiganten vorstellen, der nicht wusste, wohin er sich noch wenden sollte, denn er hatte keine Gesellschaft um sich. In der Ferne sah man eigentlich noch andere von seiner Art, doch diese anderen Giganten machten außer der schwarzen Farbe und dem Spritzer aus dem Atemloch, der zwei bis drei Meter hochschoss und als Strahl auf den Rücken herabklatschte, außer all dem, nämlich außer dem Erscheinungsbild, nicht den Eindruck von lärmendem Chaos und

Trauerfeiern. Sie leisteten einander Gesellschaft, doch nicht ihm. Daran und alleine daran, und das beeindruckte noch mehr im Vergleich zu den anderen, alleine daran, alleine, indem man dies betrachtete, entzündete sich die Vorstellung, dass er in einer Atmosphäre unendlicher, düsterer Einsamkeit lebte. Dort, isoliert, verfinstert, wie in Lethargie gefallen in diesem Meer, wie wenn dies seiner Herrschaft unterstünde und seiner allein, umwehte seinen riesenhaften, undechiffrierbaren, schlanken Leib eine so tragische, schauerliche Atmosphäre von nahezu höherer Schicksalhaftigkeit, dass er alleine durch seinen Anblick eine Unruhe und einen Schauder über einen jagte, vor denen man sich nicht schützen konnte, und man verstand nicht, wieso, denn es war, als würde das Leben sich dort vom Tod bespitzelt, an der Gurgel gepackt, zerfleischt und gemartert fühlen.

»Der Feron, von dem ihr redet, ähnelt er etwa diesem Schrecken hier?«, hatte Signor Cama gefragt und gelangte damit schneller zu den Schlusseinsichten, als die Pellisquadre ihren Mund aufmachen konnten. Und dann, mit einem leicht spöttischen Ton, so, wie wenn er sie bedauern würde: »Feron, wie? Feron? So eine Art größerer Fere, sozusagen eine Ferasse? Was ist denn das für ein Schnickschnack, diese Spritzige da mit diesem Tiergigantenthron?«

Wer weiß wie, Signor Cama war diese Benennung ganz neu. Aber wie kam das? Hatte er denn vergessen, dass man ihn in der Gegend seiner Inseln sogar Straßenfere nannte?

»Wieso nennt Ihr das Schnickschnack, werter Herr?«, fragte ihn Luigi Orioles. »Und was ist mit der Fluke? Die haben exzentrischerweise nur die beiden so, und die ist von allen anderen Fischschwänzen grundverschieden. Es würde ja schon reichen, wenn man sagte: Allein Fere und Feron sind schneller als die Sonne …«

»Einverstanden, die Fluke. Und was dann? Dann ist Schluss, jeder an seinen Pol. Aber hört mir jetzt zu, hört, wie ihr richtiger, ihr eigentlicher, wie der ihr rechtens zukommende Name ist …« Und hier legte er den Finger auf das Wort Orca, das unter dem Bild stand, blickte ihnen ins Gesicht, kniff seine Augen zusammen und gab ihnen dann ganz langsam, beeindruckend langsam, die Erklärung dieser schrecklichen Orca:

»Wisst ihr, was hier geschrieben steht? Orca steht hier. Und wisst ihr, was Orca bedeutet? Also, hier steht geschrieben, was es bedeutet: Die da, die alleine begeht Morde, um Morde zu begehen, und teilt den Tod aus ohne Unterschied noch Ansehen, wer dazwischenkommt, zieht den Kürzeren, wie mächtig er auch sein mag. Die ist es, die den Tod bringt, sie bringt ihn jedem und allen, und um es klar und deutlich zu sagen: Die Orca ist die Tödin selbst, die schlimmste Gottbewahre, die je durchs salzige Wasser der Meere gezogen ist.«

Doch ob Orca, ob Feron, oder, um es jedem recht zu machen, Orcaferon, es war das erste Mal, sofern sie darauf Acht hatten, dass sie, auch wenn sie selbst als noch so außergewöhnlicher Kunstdruck vor ihnen lag, zum ersten Mal die Möglichkeit hatten, ihren Blick auf dieser Schreckenverbreiterin ruhen zu lassen, die sie bisher nur vom Hörensagen und vom Wahrnehmen des Gestanks wegen des Schreckens und der Blutbäder gekannt hatten, und wenn sie diesen Orcaferon jetzt so in Person vor sich sahen, diese Art von Unterseeboot, von einem schwarzen, gebauchten Riesenschatten, der die Wellen durchdrang und dann verschwand und eine blutschäumende Kielspur hinter sich ließ, hatten sie bis zu diesem Tag nie einen anderen gesehen.

Mit einem Genuss sondergleichen, der ihm zu den Augen herausquoll, illustrierte Signor Cama ihnen Punkt für Punkt diese Orca, berührte ihr hier und da mit seinem Zeigefinger die keilförmigen Zähne, das Maul einer Tölpelin, doch drinnen ein dampfender Glutofen, die verhutzelten Lippen einer längst von Sinnen gekommenen Alten, das gesamte Gesicht einer unschuldig Dreinblickenden, und die tintenblaue glänzende Färbung, die mitunter, wie die eines blindgängerischen Wachsstreichhölzchens, ins verbrannte Schwarz wechselte.

Und dann die beiden wachsamen kleinen Keile des Atemlochs zwischen Schulter und Nacken, auch wenn es bei ihr keine Spur von Schulter oder Nacken gab, ein Atemloch, aus dem ein so gerader und harter Strahl herausschoss, dass der eines Wals im Vergleich dazu wie der kleine Schirm eines Fräuleins wirkte. Und der Speckpanzer, der unter der Haut mindestens eine Handbreite betrug, von dem ihr Gestank wie ein Verwesungshauch intensiv ausdünstete, den ihr eigenes schwindelerregendes Schwimmen wie einen Wind vor sich her trieb und sowohl unter Fischen als auch unter Christenmenschen Verwirrung stiftete, kündigte sie schon auf die Entfernung von einer Meile an. Widerliche Gerüche, und sie war wohl die Einzige, die wusste warum, entließ sie vor allem von der Fluke und von den Brustflippern, die unglaublich kurz waren, noch kürzer als die der Fere, eine Art an den Ellbogen verkürzter Ärmchen, was ihm, wie vielen Christenmenschen auch, den Anschein eines Ärmleins gab; wenn es stimmt, dass Schweiß an Händen und Füßen bei bestimmten Menschen ein Zeichen für gute Gesundheit ist, kann man sich eine Vorstellung davon machen, was für einer guten Gesundheit sich der Orcaferon erfreute.

Und wie wenn er es nun verdient hätte, wieder zu ihr zurückzukehren, während es vorher so ausgesehen hatte, dass, wenn nicht sie ihm gegenüber darauf zu sprechen kamen, er das für noch bedeutungsloser hielt als ein zu vernachlässigendes Detail, illustrierte er ihnen zur Vervollständigung alles dessen jene Besonderheit der Fluke, die nur die Fere mit dem Orcaferon gemeinsam hat, und wer weiß, welches Geheimnis dahintersteckte, wenn sie sonst nichts, ja nicht einmal ein Haar miteinander verband, ja, es sogar völlig klar war, dass man sie sich noch unterschiedlicher gar nicht vorstellen kann. Es genügt, wenn man sagt, dass die eine die Tödin ist, und die andere, diese Großmeisterin der Lebensfreude, ihr Gegenteil.

Und doch ist ihre Fluke auf verblüffende Weise gleich. Eine phänomenale Fluke, nicht wie ein ganz gewöhnlicher Schwanz, den alle anderen haben, nämlich aufrecht, sondern flach, sozusagen als Fußbett und Handfläche, die auf und ab geht und Wasser schöpft und so ungeheuer viel schöpft, dass bei Fere und Feron eine schwindelerregende Schnelligkeit erreicht wird, auch wenn die des Ferons durchwegs schwindelerregender ist als die der Fere, die zwar auch immer noch schneller sein mag als die Sonne, doch zwangsläufig wohl weniger schnell als der Orcaferon sein muss.

An der Art, wie er ihn vor ihnen darstellte, wie er es ihnen gewissermaßen auswendig vorspielte, mit einem Wortwitz und einer Venenrötung auf seinen Backenknochen, wie sie es nur selten an ihm beobachtet hatten, wie er sich, kurz gesagt, von dem Orcaferon bestricken ließ, hätte man meinen können, er, Signor Cama, habe ihn selbst erfunden, diesen Tiergiganten, schwarz an Seele und schwarz an Leib.

»Das war die Orca, darüber besteht nicht der geringste Zweifel«, hatte er seine Darstellung abgeschlossen und schlug sein buntes Zauberbuch zu. »Es war die Tödin«, hatte er geflüstert, gewissermaßen zu sich selbst, und sein Gesicht zeigte Erstaunen vor Bewunderung und heiligem Entsetzen.

Da nun hatte, und anders war es gar nicht zu erwarten, Don Luigi Orioles gesprochen, und mit ihm hatten die Pellisquadre gesprochen, und Signor Cama fühlte sich ganz danach, ein erstauntes Gesicht aufzusetzen und sich wie vom heiligen Schrecken erfasst zu zeigen, weil Luigi Orioles sich, wie es seine Art war, kalt wie ein Eisblock und realistisch wie immer gegenüber der Frage aufstellte und dabei in die Ferne blickte, wohin die anderen nicht gelangten:

»Feron oder Orca, die Substanz bleibt immer die gleiche«, sagte Luigi Orioles in primis. »Hier machen wir ein Palaver um Namen und verlieren indessen die Hauptsache aus dem Blick, nämlich die der durchaus wahrscheinlichen Möglichkeit, dass er sich hier vorne mit seiner Schwäre anortete. Sicher, noch nie hatte man sagen hören, dass ein Feron mit seiner irren und auch schädlichen Herumtreiberei plötzlich aufgehört und Wohnstatt im Meer genommen habe, aber hat man denn andererseits je zuvor gehört, dass ein Feron, statt wie ein tödlicher Blitz vorbeizuschießen, sich wie ein Kaikazzo näherte, den man mit bloßem Auge erkannte, mit den Rudern im Boot, von Bastardellen getragen, völlig erschöpft, hingelagert auf diesem Bett verwester Algen, so sehr von seiner Schwäre angefault, dass dieses Algenbett aussah, als würde es ihm als Katafalk dienen, heh, hatte man das je sagen hören? Nein, hatte man nicht, doch jetzt wird mans hören, man wird hören, dass es sich bei uns ereignet hat, auf den Meeren zwischen Skylla und Charybdis, dass es uns widerfahren ist, ihn näher kommen und auf den Grund sinken zu sehen. Man sieht, dass der Ozean hierher umgezogen ist. Fere? Feron obendrein. Nun, Vossìa, werter Herr, Signor Cama, denkt Ihr denn nicht, dass, wenn morgen früh dieser Achtundzwanzigstedezember hier vor uns auftaucht, wir irgendeinen Schutz vor ihm bauen sollten?«

»Das, lieber Don Luigi, wer soll das wissen, wo er hinabgesunken ist«, hatte Signor Cama mit einem Lächeln in den Augen gesagt. »Der hier wird inzwischen mindestens bei Gibraltar sein, mit der Fluke noch hier, aber mit dem Kopf schon da drüben.«

»Wenn Ihr das sagt, glaub ich das fest. Doch nehmen wir an, er hat sich hier angeortet: Glaubt Ihr dann nicht, wenn er sich anortete, wir sollten schnell und sicher einen Schutz vor ihm bauen?«

»Welchen Schutz wollt Ihr denn gegen die Orca bauen, lieber Don Luigi? Wollt Ihr etwa mit Kanonen auf sie schießen? Oder von welchem Schutz sprecht Ihr sonst? Schutz? Schutz vor der Orca?«

Allein schon die Vorstellung schien ihn zu empören, doch Luigi Orioles, ein Mann aus Marmor, hatte wieder angefangen:

»Denkt doch darüber nach, richtet Eure Gedanken einen Augenblick darauf, ob, wenn dieser Gottbewahre sich hier ansiedelt und einrichtet, wir uns dann von ihm und dem Chaos von Feren, die es bereits hier gibt, unseren Hintern versohlen lassen können.«

»So wie Ihr redet, lieber Don Luigi, könnte man meinen, dass die Engländer Euch geschickt hätten, damit Ihr sagt: Fahrt hinaus, Leute von Charybdis, das Verbot des Fischfangs bei Tag und bei Nacht auf den Meeren zwischen Skylla und Charybdis ist aufgehoben, von nun an ist es euch wieder gestattet zu fischen. Ihr redet genau so, wie wenn sie Euch die Erlaubnis zum Fischen wiedergegeben hätten und man hier zwei prächtige Palamitaren sehen würde, mit voller Ausrüstung und allem, bereit, aufs Meer hinauszufahren.«

»Ja, wir machen aus dem Erlaubnisschein unser Zigarettenpapier, wenn diese Berufsmörderin ihre Höhle in diesem Durchgang des Meeres baut … Ist sie denn Fere? Ist sie denn der Typ, der bloßgestellt werden muss? Ist sie denn der Typ, mit dem man konkurrieren kann?«

»Vertraut doch, vertraut doch dem, was Signor Cama Euch sagt. Wo denn, wann denn wird sie zur Ruhe kommen? Sie ist immer auf Reise, erst vernichtet sie, dann geht sie auf Reise. Wenn sie ihre Reise unterbricht, wisst Ihr, womit sie dann die meiste Zeit verliert? Genau die Zeit, die notwendig ist, um dem Wal die Zunge herauszureißen, denn, das müsst Ihr wissen, die Zunge des Wals ist ihr Lieblingshappen, ja, sogar der einzige, zumal nicht bekannt ist, dass sie etwas anderes so reizt. Während sie normalerweise die herrlichsten Fische massakriert, und alle von beträchtlicher Größe, und sich nicht einmal herbeilässt, sie zu probieren, verliert sie beim Wal dagegen etwas Zeit und nur aufgrund der Tatsache, dass dessen Zunge ihr das Wasser im Mund zusammenlaufen lässt. Und so zerstört sie ihn als Erstes, reißt ihn in Stücke, Viertel um Viertel, von hinten nach vorne, und wenn sie ihn noch lebendig zu einem Wrack in einem Meer aus Blut zerstört hat und dabei auch den Umstand ausnützt, dass der andere völlig zahnlos ist, reißt sie sie ihm plötzlich und unerwartet heraus und zugleich damit den letzten Atemzug. Sie vergeht fast vor Begier um diesen Leckerbissen, allein aus diesem Grund legt sie ausnahmsweise einen Halt ein, wenn sie Wale kreuzt. Doch hier findet sie die Zunge nicht einmal eingedost. Könnt Ihr mir also sagen, welchen Grund sie haben konnte, sich hier aufzuhalten? Keinen, auch nicht den geringsten. Deshalb sage ich noch einmal, dass sie zwar hier herunterkam, ja, und sich in den Gewässern hier ausruhte, um diesen Dreck von Algen loszuwerden, doch dann zog sie weiter und weiter, unmittelbar auf Gibraltar zu, und zwar in den Tiefen des Meers. Bei ihrer Geschwindigkeit segelt die da schon weit gegen Abend, die Sonne, die hier schon versank, hat sie noch auf dem Hals, das sage ich Euch.«

Doch die Miene, die Signor Cama in diesem Augenblick machte, war die Miene eines Menschen, der spricht und wahrscheinlich auch glaubt, was er spricht, und doch hofft, sich zu täuschen, fast, ja fast hofft er, von den Tatsachen widerlegt zu werden. So war es, diesen seltsamen Eindruck erweckte

Signor Cama. Wenn am folgenden Tag entdeckt werden sollte, dass die Orca hiergeblieben war, würde es ihm nicht leidtun, ja, im Gegenteil.

»Signor Cama«, hatte Luigi Orioles ihn da angesprochen, ohne darauf aufmerksam zu werden, dass er redete, wie wenn der Orcaferon geradezu, ja geradezu schon Eigentum des Strandaufsehers wäre, »Ihr werdet mir verzeihen, wenn ich Euch das sage, doch wenn der morgen nach oben zieht und durchs Jonische oder auch Tyrrhenische segelt, gerade so, wie ihm der Sinn danach steht, dann ist das in Ordnung, und wir sprechen nicht mehr weiter darüber. Doch wenn er auftaucht und, statt weit hinauszuziehen, durch die Meere zwischen Skylla und Charybdis spaziert und zu verstehen gibt, dass er sich gerne noch länger in dieser Umgebung aufhalten will, dann müsst Ihr uns danken, denn unsere erste Pflicht ist es dann, zu den Engländern zu gehen, die beim Landungssteg am Leuchtturm kampieren, und sie über die Neuigkeit zu informieren. Auch ihrem Hin und Her mit den Landungsbooten könnte der Tiergigant in die Quere kommen, meint Ihr nicht? Was sagen sie dann? Sagen sie nicht, dass wir für den Augenblick nicht fischen dürfen, weil sie diesen Übergang übers Meer frei und leer halten müssen? Und versperrt der Feron ihnen den denn nicht und behindert ihn? Bringt er ihnen den nicht durcheinander, verstopft ihn und wühlt ihn auf, schlimmer als wenn der Fischzug da durchzieht, mit all den besetzten Wassergevierten voll Ontren und Feluken? Es könnte sogar vorkommen, dass ein Unterseeboot ihn rammt, meint Ihr nicht auch? Das ist einer, den die Feren nicht zum Lachen bringen können, mit dem können sie nicht herumtollen und ihn mit Gewehrschüssen kitzeln: Über den da müssen sie sich Gedanken machen, ob sie wollen oder nicht. Meint Ihr nicht auch?«

»Ah, was das angeht, schon. Wenn sie die Laune ankommt, stört sie die gesamte Flotte. Was aber die Mitteilung an die Engländer angeht, so geht, wenn Ihr wollt, ich sage Euch nicht, tuts nicht, aber ich sage Euch auch nicht, tuts. Geht, aber der Weg ist unnötig. Was wollt Ihr den Engländern denn sagen, entschuldigt? Dass hier die Orca ist, der Feron? Und erwartet Ihr, dass die dann das schnellste und am besten bewaffnete Fahrzeug nehmen, das sie haben, und hierhereilen und Jagd auf die Orca machen? Solange sie die Engländer nicht stört … Sofern sie ihnen aber auf die Nerven geht, werden sie Maßnahmen ergreifen. Jetzt aber, in diesem Augenblick, wer ist denn die Orca, dass sie Alarm auslösen müssten? Irgendein deutsches Unterseeboot etwa? Macht das unter euch aus, werden die euch sagen, unter euch Fischern und euren Fischen. Und wenn sie wirklich mit Maschinengewehren und Kanonen an Bord hereilen würden, was würde die Orca, eurer Meinung nach, tun? Würde sie die Engländer herrlich geschützt als Zielscheibe erwarten? Ersparts euch, zu ihnen zu gehen, hört auf mich. Und außerdem, ich wiederhols noch einmal und sage: Die Orca kann euch nicht mehr stören, denn in genau diesem Augenblick, in dem wir miteinander reden, wird sie bereits tausend Meilen weit entfernt sein, und wenn ich es Euch sage, der sie kennt, könnt Ihr getrost auf weichen Kissen schlafen, Ihr dürft mir vertrauen.«

»Ich vertraue Euch ja auch, das habe ich Euch schon gesagt und sags gerne noch mal, doch dem Tiergiganten traue ich nicht. Es wird Euch doch nicht in Rage bringen, wenn ich der Orca nicht traue? Ihr selbst habt uns erklärt, was Orca heißt, Ihr selbst habt uns gesagt, dass sie die Tödin der Meere in Person ist. Daher müsst Ihr verstehen, wer sie ist, was sie macht, das trägt sie ja schon in ihrem Namen mit sich. Sie ist die Tödin, die Austilgerin von Leben weit und breit, und dann gilt sie auch noch als unsterblich, und das ist sie ganz zu Recht, wenns schon ein halbes Jahrhundert ist, dass sie kommt und geht, frisch wie eine Rose, mit dieser brandigen Wunde. Versteht Ihr, was ich sagen will? Wenn sie sich hier niederlässt, ist das schlimmer als der Achtundzwanzigstedezember, denn besser man hat ein rasches See- und ein rasches Erdbeben als einen schleichenden Tod durch Krankheit. Uns, das müsst Ihr mir glauben, fehlt ja alles Vorstellungsvermögen, wenn wir uns vorstellen sollen, mit der Orca hier vor uns zusammenzuleben.«

»Wisst Ihr eigentlich, lieber Don Luigi«, sagte Signor Cama, wie wenn irgendetwas seine Stimme zum Lachen bringen würde, »wisst Ihr, dass ich Euch für weniger phantasiebegabt und katastrophenmalerisch gehalten habe? Einer mit Eurem klaren Verstand, wer hätte das je gedacht?«

»Das wird daran liegen, dass mir vorher nichts je so katastrophenträchtig vorgekommen ist.«

»Wie denn das? Der Krieg hat Euch mit einer Hand vorne und einer Hand hinten zurückgelassen, nämlich mit nichts, ohne Boot noch Tod, hat Euch gezwungen, Euch den Bauch mit Johannisbrot und Saubohnen zu füllen, mit einem Wort, er hat Euch gezwungen, mit Holzsandalen aufs Meer zu fahren, und da sagt Ihr, dass Euch bisher nichts je so katastrophenträchtig vorgekommen wäre?«

»Der Krieg ist ganz sicher etwas Katastrophales, ja, es gibt nichts, was noch schlimmer wäre als er, weil er eigens dafür gemacht ist, die Menschen umzubringen. Doch seht Ihr, der Krieg ist wie die Pest: die hört auf, wenn der Ansteckungsherd bekämpft ist, und das bedeutet, wenn die bekämpft sind, die es im Blut haben und es auswerfen wie Eiter, der alle Menschen ansteckt. Ich, wenn Ihr daran denkt, dass ich, noch milchbärtig, in der Marine war, befand mich ebenfalls in Tiensin und in Tripolis, zwischen mitgekämpften und gesehenen Kriegen. Beinahe reichen meine zehn Finger nicht aus, sie alle aufzuzählen. Daher könnt Ihr mir vertrauen, ich spreche aus Erfahrung und sage, dass die Kriege vergehen, sie vergehen wie die vergehen, die sie erklären, und tatsächlich ist es ja so, dass, wenn man an Kriege denkt, man immer an die Gesichter derer denkt, die sie erfinden. Und so zählt dieser Krieg jetzt für hundert von den früheren, das Gesicht, das er hat, ist das Gesicht dessen, der ihn erfand, ein großes Gesicht, ein richtiges Großkotzgesicht. Und doch, habt Ihrs gesehen? Es wurde einer bekämpft, von dem man glaubte, er würde nie bekämpft. Auch einem Mussolini, wenn Ihr ihn mit diesem Orcaferon vergleicht, ist es vorgekommen, als hätte er nicht länger gedauert als eine Zigarettenlänge. Gut, er dauerte ein Vierteljahrhundert, doch wenn Ihrs mit den Augen der Orca betrachtet, oder es, besser gesagt, mit diesem Auge betrachtet, diesem langen Auge, dem Aug des Verstandes, und immer die Unsterblichkeit der Orca im Blick behaltet, macht dann ein Vierteljahrhundert auf Euch nicht gerade mal den Eindruck eines Sonnenaufgangs und eines Sonnenuntergangs? Tatsache ist, dass ein Naturphänomen wie das der Orca, diese Kriege, die man aufgrund von Natur und Widernatur macht, nicht vergehen, weil der, der sie erfindet, oder besser gesagt, der sie erschafft, sollen wir ihn denn den Schöpfer nennen?, den Schöpfer und weiter nichts?, sie nicht aus einer Laune heraus erschafft oder weil er diesen oder jenen erobern will oder weil er mächtiger als ein anderer Mächtiger dieser Erde werden will, glaubt Ihr nicht? Der Schöpfer kann niemals einer Laune nachgeben oder dieser oder jener werden? Wenn er einen derart bemerkenswerten Vorfall schafft, dann hat die Orca doch irgendeinen Grund, und den Grund habt Ihr genannt, der Grund steht da geschrieben, wo der Tiergigant abgebildet ist, der Grund, der im Tod liegt, der vom Schöpfer erschaffen wurde, um das zu tun, was ein Beruf wie jeder andere ist, kann da dieser bemerkenswerte Vorfall je vergehen? Und wenn es Gott ist, der Schöpfer selbst, der ihn erfindet, kann diese Orca, dieser Feron je vergehen? Vergeht denn Gott? Wenn der Orcaferon unsterblich ist, was ist dann erst mit Gott? Und Ihr wundert Euch, dass ich katastrophenträchtig rede bei diesem Zorngottes, der hier vor unserer Haustüre niedergegangen ist? Was sage ich denn? Machen wir uns zu schaffen, worauf warten wir noch? Machen wir uns zu schaffen, denken wir nach, probieren wirs mit einem Schutz, denn ich sage Euch, Gott wird seine hervorragenden Gründe haben, dass er uns diesen verpesteten Koloss schickt, doch den einen oder anderen wenigstens zurückhaltenden Grund haben auch wir, wenn wir uns nicht verpesten lassen wollen ...«

»Und das alles nur, weil sie gleich vor unserer Haustüre abtaucht ...«, kommentarierte Signor Cama da und bezeichnete die Orca weiterhin, ohne sich jemals zu vertun, als Tiergiganten, auch wenn Don Luigi ihn, wie er hatte hören können, als Orcaferon bezeichnet hatte, und das nur, um ihn zufriedenzustellen. »Ihr habt doch gesehen, dass sie abtauchte, und gedacht: Er prustet noch immer. Dagegen habt Ihr nicht gedacht, dass sie abtauchte, sagen wir mal, weil ihr die Grenzlinie der beiden Meere Schatten warf mit ihren schäumenden Wölbungen und ihrem Tosen oder weil sie einfach nicht mehr die vielen Bremsen ertragen konnte, die sie bei lebendigem Leib an der Flanke auffraßen, die immer weiter verschwärte, oder diese verwesten Algen, die vielleicht noch mehr stanken als sie. Stattdessen musste es wirklich aus dem einen oder aus dem anderen Grund gewesen sein, dass sie von oben nach unten abbog, doch dann auf dem tiefen Grund weiterzog, in dem Bewusstsein, dass sie bei ihrer Beweglichkeit Stunden und Stunden, ganz nach ihrem Geschmack, unterseeisch dahinziehen kann. In diesem Augenblick, wo wir miteinander reden, ist sie schon außer Reichweite, schon über Gibraltar hinaus, schon aus dem Meer sogar. Ja, in diesem Augenblick muss sie in Gewässern sein, so wie ichs Euch gesagt habe, nämlich im Ozean. Wann hält sie denn je inne? Sie zieht dahin und zieht dahin, dass sie ihr Fell gegen die Welle durch ständiges Herumziehen verbraucht, sie zieht dahin und zieht dahin, dass das Salz, wie sie sagen, bei dieser Geschwindigkeit ihre ganzen Wimpern verbrennt, so dass sie an einem gewissen Sichtverlust leidet. Sie zieht dahin und zieht dahin, gleich unter der Oberfläche, immer auf Reisen, immer auf Reisen, kein Tier sonst reist so verflucht viel wie die Orca: immer in Eile, immer in Eile, immer gedrängt von den Dingen, die sie zwischen dem einen Pol und dem anderen zu erledigen hat, eine Reisende, eine majestätisch Reisende, eine Ozeanreisende, keine Meeresreisende dicht an Gestaden. Hier muss sie wohl irrtümlich eingedrungen sein, eben wegen des Sichtverlusts, von dem man erzählt. Allein durch Zufall, sage ich Euch, konnte es vorkommen, dass sie sich in dieser Einengung der Meere befindet, und stellt Euch doch vor, was für ein Leid das bei ihrem Schwimmen bedeutet, das an Weite gewöhnt ist. Und wann hält sie denn je inne? Kann die Tödin je innehalten? Bleiben denn Sonne stehen und Mond? Kann sie je innehalten, wenn ihre Schicksalsbestimmung sie immer auf Reisen schickt, immer Tod austeilen lässt, Tod und immer wieder Tod? Und wie sie hinzieht, besorgt sie bei denen, die ihr in die Quere kommen, Schwärme, Herden, ganze Völker, ihre kleine Arbeit, doch wie wenn sie ihren torpedogleichen Zug nicht unterbrechen würde, es geschieht im Handumdrehen, so blitzartig, dass sie, wäre es nicht wegen des Gestanks, nicht einmal wissen würden, durch wessen Hand sie sterben. Kurz gesagt, sie hält gerade so viel Zeit inne, wie sie braucht, um ihre Keile im Maul zu bewegen, und dann weiter.«

Sie gingen mehr verwirrt als überzeugt schlafen: Sie hatten den Eindruck, dass Signor Cama, der ganz von dem Orcaferon gefangen war, alles an ihm gefiel, bis zu dem Grad, dass er die Laster des Tiergiganten auch noch als Tugenden betrachtete. Aber er musste fraglos viel über ihn wissen, ein Wissen, das er sich bei seinen Fahrten über die Ozeane erworben hatte, das mussten sie ihm zugutehalten. Wenn er also sagte, dass sie nicht verweilen würde, konnten sie auf weichen Kissen schlafen.

Am folgenden Morgen, bei Tagesanbruch, hatte der Orcaferon sie aus den Häusern getrieben, noch ganz schlafmüde, angezogen und verwirrt wie von einem geheimnisvollen Naturschauspiel. In der Luft lag eine sonderbare Bewegung, die über dem Meer rasch und katastrophenträchtig aufzog, wie wenn sie sich aus einem Aufruhr von Wellen erhoben hätte, die vornüber gekippt waren. Danach war diese Nachwirkung des Winds verflogen, und man meinte, ein gedämpftes Tosen zu hören, wie wenn es unter Wasser wäre, das entfernt an das dumpfe Drehen von Schiffsschrauben erinnerte. Am Ende hatten sie gar nichts mehr gehört, eine große unnatürliche Stille war eingetreten, eine Augenblickserfahrung, und dann war in der Luft etwas explodiert, etwas wie ein gigantischer, rasender, herzzerreißender Atemzug, das erschreckende Aufatmen einer von Blut erstickten, röchelnden Kehle, und dies verwandelte sich auf der Stelle in einen Schrei, in den Befreiungsschrei eines geknebelten Winds, der im Aufsteigen zu einem Pfeifen wurde und in allem dem Pfeifen einer Wasserhose ähnlich war, die schraubend aufsteigt, das Wasser blubbernd durchbohrt und in spiralförmige Dämpfe zerstiebt, die innen brodelnd schäumen und außen gewittrig und sturmgeladen sind.

Einen Augenblick lang hatte man gesehen, wie das Jonische in seiner ganzen toten Strömung zur Mittellinie hin anschwoll, wie wenn es plötzlich in Bewegung kommen würde und atmen wollte: Dort drüben, während das Durcheinander auf dem Meer fortdauerte, hatte der Orcaferon, noch unsichtbar, sein

Atemloch entleert und seinen Doppelstrahl bis fast zur gleichen Höhe eines Laternenmasts hinaufgeschossen, und unterhalb der Wasserspanne, wo die Farbe wechselte, war am Ende der Tiergigant in einem großartigen Schauspiel erschienen, ein schwarzer, felsähnlicher Koloss, der inmitten seiner Nebelwolken wie eine langgestreckte Insel aus Lavagestein auftaucht, mit großem schaumverschliertem Rücken. Unterdessen sprangen aus den sich überschlagenden und auf die Marina jagenden Wellen, die vom Auftauchen des Orcaferons spazieren gefahren wurden, Feren von jeder Färbung auf, heimische wie ozeanische, hier angestoßen und dort, mit Kopf, mit Fluke, seitlich geschraubt und mit dem Bauch in der Luft; denn diese Verschlagenen hatten erwartet, dass der Tiergigant im Tyrrhenischen an die Oberfläche steigen würde, da, wo er eingetaucht war, daher hatten sie im anderen Meer genächtigt, beruhigt und sicher, dass sie ihn nicht unter ihrem Bauch hatten, und jetzt entdeckten sie, dass dieser stinkende Schlaufuchs da unten schangscheh la dame mit den Strömungen vorgenommen hatte und das Jonische nun unter ihrem Hintern erbeben ließ. Die plötzliche Bewegung traf sie wahrscheinlich im heikelsten Augenblick ihrer Verdauung, weshalb sie, übernächtigt und wie unter die Türken gefallen, doch im Nu wieder klar bei Sinnen, überstürzt aus diesem Meer davonschossen, mit dem Pruster vor dem Atemloch, der vielen von ihnen möglicherweise genau da, in dieser totalen Verwirrung, im Hals stank. Dem Tiergiganten gelang es jedoch, ein Bündel von vier oder fünf von ihnen bei der Fluke zu schnappen, und drinnen, drinnen, drinnen schien er wie von weit das Geräusch zu hören, das ihre Knochen machten, während er sie zwischen seinen schrecklichen meißelartigen Zähnen zermalmte und verschluckte, während sie sich noch krümmten.

Die anderen, das braucht gar nicht besonders betont zu werden, hatten um ihn herum Wüste geschaffen, und er manövrierte ein bisschen in seinem Meer herum, indem er ging und kam und sich ein bisschen verrückt bewegte, abtauchte, doch ohne sich auch nur einmal von seiner Stelle im Meer zu entfernen oder davonzumachen. Und im gleichen Augenblick, wie er sich bei seinem Spaziergang drehte und ihren Blicken den Teil der linken Flanke darbot, die aus dem Wasser auftauchte, wurden sie allesamt blass, die sich auf dem Landsporn befanden, wie wenn der Anblick dieses riesigen ausgebluteten Fleischhaufens sie anstecken würde, sie wurden blass, als sie es mit ihren Augen gegen und in diesem ganzen Schwarz das grauenhafte, ausgewaschene Weiß der vielbesagten verwesten Wunde sahen. Alle wandten da ihren Blick instinktiv zu Don Giulio

Vilardo hinüber, wie wenn sie ihm sagen wollten: Recht hattet Ihr mit diesem verschwärten Feron, um dens sich, wie Ihr sagtet, hier handelt, demselben, der immer hier herumzieht und nach unsterblichem Tod stinkt. Denn sofern sie zunächst vielleicht ungläubig den Aussagen Don Giulios gegenüber eingestellt waren, die er ihnen durch Mittelsmänner und Mittelsgestank vortrug, auch wenn es sich um Personen und üble Gerüche handelte, vor denen man den Hut ziehen musste, konnten sie sich von jetzt an, wo sie ihn mit eigenen Augen sahen, nie mehr ungläubig oder von Zweifeln behaftet verhalten. Jetzt konnten sie sehr wohl nachvollziehen, dass er seit einem Vierteljahrhundert stank oder auch seit einem halben oder einem ganzen oder mehr als einem Jahrhundert, und für ihn konnte das, statt ein Zeichen von Missglück und Missnutz, durchaus auch ein Zeichen von Glück und Nutzen sein, sie konnten jedenfalls nachvollziehen, dass heil und unversehrt oder verfault für ihn überhaupt keinen Unterschied machte. Und nachdem befunden worden war, dass es sich um den Unsterblichen handelte, folgte daraus denn zwangsläufig nicht, war es denn gewissermaßen nicht natürlich, dass er gleichwohl gut lebte, auch wenn eine Hälfte seines Körpers sich fast ganz in eine dauerhaft faule, brandige Wunde verwandelt hatte, und dass im Gegenteil die von Verwesung befallene Wunde seiner Gesundheit zuträglich war, oder genauer gesagt, der Ewigkeit seiner Gesundheit? Seine Unsterblichkeit musste sich wohl maskieren, dem Anblick nach wie nach Tod schmecken, dem Geruch nach wie nach verwesendem Kadaver.

Es wurde heller Tag, und noch an diesem Tag trat eine Helle ein, mit stehender Luft und gleichmäßigem Licht an jeder Stelle des spiegelglatten Meers, das den Anschein einer Tischplatte in der Windstille des Schirokkos bot. Die Windstille verkürzte die Entfernungen, sie rückte die Dinge näher heran und trug die Worte, die Klänge, die Geräusche weit fort. Aus diesem Grund sahen sie den Orcaferon, auch wenn er sich im Jonischen befand, zwischen Punta Cavallo und Cannitello in einer Diagonale mit dem Sporn, als würde er sich unmittelbar vor ihnen aufhalten. Und auch, wenn sie nur einen Teil von ihm sahen, von der schwimmenden Linie bis zu den ausgefransten Rändern am Rückenansatz, dort, wo sich die gigantische Axt der Rückenfinne erhob, sahen sie dafür in aller Deutlichkeit die Verschandelung dieser Flanke, die sich auf mindestens sechs bis sieben seiner fünfzehn Meter Länge entblößt zeigte, ausgehöhlt und gepeinigt. Es war, wie wenn er eine Mine gerammt und der enorme Riss bei ihm eine barbarische Verformung der langgezogenen Schlankheit, eine derart heftige Vertiefung wie ein mit Salz gefüllter Aushub, in der gigantischen

Schwärze der Körperkontur bewirkt hätte, dass er sich vor dem Blick fast völlig verwandelte, ganz so, als hätte es sich bei dieser Körperhälfte um ein anderes Tier gehandelt.

Das Fleisch war übermäßig weiß. Das Meer hatte während all der Zeit, in der es diese Wunde bearbeitet hatte, etwas Außergewöhnliches mit diesem lebendig kadavernden Fleisch angestellt, denn es hatte es so mürbe gemacht, dass es gar nicht mehr wie Fleisch aussah, sondern wie Rollen und Krumen von Salzkristallen, wie wenn das Salz, das es zerfraß und aufrieb, sich in die Öffnungen gestopft hätte, die es hervorbrachte, und dabei die Formen und Ausmaße der Fleischstücke annahm, die es so im Grunde nicht mehr gab, sondern nur noch dem Anschein nach.

Eigentlich jedoch umgab das Weiß des Salzes lediglich die riesige klaffende Wunde. In der Tiefe der Aushöhlungen schien es in der Tat so zu sein, als hätte das Salzwasser keine Angriffsmöglichkeit gehabt. Dort musste der Wundbrand die Oberhand und die Ausmerzung haben, Stillstand im letzten Stadium, er entwickelte sich weder weiter noch zurück, er führte weder zum Tod noch zum Leben und war verschlossen seit wer weiß wie vielen Jahren. Auf diese Entfernung wirkte der Tiefengrund dieser Aushöhlung schwarz, kohleschwarz, intensiver als das natürliche Schwarz der Haut, und man konnte meinen, jede dieser Aushöhlungen würde im Ausdehnen und Zusammenziehen ein eigenes Leben atmen, unabhängig von dem lebendigen Atem des Tiergiganten.

Auch auf diese Entfernung von mindestens zwei Meilen war er, wenn man ihn sah, ekelhaft. Doch den Gestank, der sie abends zuvor noch mehr oder weniger auf die gleiche Entfernung verpestet hatte, rochen sie jetzt, so sehr sie auch in die Luft schnupperten, nahezu gar nicht mehr. In jener Nacht, in der er ruhig auf dem Grund lag, hatte der stinkende Kadavergeruch so weit abgenommen, dass er sich verflüchtigte, auch wenn beinahe sicher eine Aufwärmung durch die Sonne genügt haben würde, um ihn wieder zu entfachen und mit noch größerer Wildheit aufs Land zu dünsten.

In diesem Augenblick stank er nur nach sich selbst: ziemlich säuerlich, nicht nach Schwäre, und dann prustete er noch Reste von Wasser aus, und nach jeder Entladung schien der gesamte Körper, aus dem der hoch aufschießende Strahl herausgepresst wurde, zusammenzufallen.

Er bewegte sich immer um den Punkt, an dem er aufgetaucht war, wie einer, dessen Raum bemessen ist, wie die Feluke, die den Anker in der Mitte des ihr zugewiesenen Wassergevierts wirft, er kreiste sozusagen um seinen riesenhaften langgestreckten Umriss und war sein eigener Drehzapfen mit der beeindruckenden rechten Flanke von massiver massiger Schwärze, er schien zu torkeln, sich zu neigen und sich auf der schwerverletzten linken Flanke qualvoll selbst zu suchen, dieser bodenlosen Leere mit der fremdartigen, unglaublichen Blässe zerstörten Fleischs, weshalb man jedes Mal den Eindruck hatte, dass jede Flanke zu zwei unterschiedlichen Tieren gehöre, von denen das eine ein Männchen und das andere ein Weibchen wäre, die einander suchten, sich danach sehnten, einander zu begegnen und sich zu vereinigen, was in Wirklichkeit jedoch niemals möglich gewesen wäre.

Dann, wenigstens dem Wasser nach zu urteilen, das sie irgendwann bugwärts rebellionieren sahen, weil er das Vorderviertel nie und unter gar keinen Umständen vollends heraushob, beobachteten sie, dass er nach einigem Taumeln auf der Seite mit dem Riss ins Schlingern geriet, und als er dann ins Schlingern geraten war, sahen sie plötzlich und unter einem ungeheuren Dröhnen der Fluke, wie er sich machtvoll nach vorne warf und schwamm. Doch immer öfter, als seine große Körpermasse, schwarz und schaumwirbelnd, schon mit einer einzigen Bewegung eine schwindelerregende Geschwindigkeit erreicht hatte und das Trommeln seiner Fluke, wie wenn er aus den Tiefen des Meeres aufsteigen würde, zum Sporn hinüberdröhnte, unter die Füße, wie das Grollen eines aufbegehrenden Vulkans, woraufhin sogar die Feren aus seiner Umgebung weit auseinanderstrebten, stellte er jedes Mal die Motoren ab, als würde er es bedauern oder wäre nicht sicher über die Richtung, und bremste unter dem Auftürmen schäumender Wellen. Dann prustete er unter Wasser dermaßen, dass rings um ihn herum und über ihm der Schaum viele Meter hochstieg und sein fünfzehn Meter schwarzer Rücken vollkommen darunter verschwand. Am Ende befand er sich genau in einer dieser großen Schaumwolken, unter die er sich wieder unsichtbar abgesenkt hatte, die Schaumwolken zerstoben, und über dem Tiergiganten schloss sich wieder das Meer.

Die Pellisquadre auf dem Sporn fanden keine Worte mehr. Eine Zeitlang hatten sie dem Schwimmflug der Feren von dieser und jener Färbung allein mit den Augen zugeschaut, die von überall her zum Meer von Punto Cavallo eilten, dessen Gewässer durch die Anwesenheit des Orcaferons immer noch warm waren. Dann hatten, wie es alle erwarteten, die Kommentare zwischen Luigi Orioles und Signor Cama wieder begonnen.

»Nun, was sagt Ihr jetzt zu diesem Achtundzwanzigstendezember?«, fing der Pellesquadra an.

»Achtundzwanzigsterdezember? Wieso denn das?«, fragte Signor Cama. »Etwa, weil er diesen Drecksferen die Gelbblässe ins Gesicht getrieben und die eine oder andere zermalmt hat, um sich in Übung zu halten? Sind wir denn nicht zufrieden? Klatschen wir seinetwegen nicht in die Hände? Was mich angeht, tja, was soll ich Euch sagen? Mir hat es das Herz erfreut zu sehen, wie er ihnen Angst machte. Wann hat denn jemand schon jemals einer von denen da die kleinste Angst eingejagt? Zum ersten Mal sehe ich sie mit eigenen Augen voller Schrecken und blassem Gesicht. Was mich angeht, was soll ich Euch sagen? Mir kams wie etwas Herrliches vor, so wie er diesen vieren oder fünfen den Garaus gemacht hat, ein Schauspiel so früh am Morgen, das mir richtig den Geist belebt hat.«

Und man durfte ihm unbedingt glauben, dass der Orcaferon ihm richtig den Geist belebt hatte, die Pellisquadre sahen ja, wie er ihm die Zunge bewegt und erfreut hatte. Bei dem Nichtstun, zu dem sie in der letzten Zeit gezwungen waren und folglich auch er, hatte der Strandaufseher seine Tage in einem Zustand dauernder Schläfrigkeit verbracht. Wenn sie eine Minute lang das Wort nicht an ihn richteten, da, neben seiner Hütte auf dem Sporn, fielen ihm die Augen zu und sein Kopf sank auf die Brust. Zudem war auch er nur wenig bewimpert, und seine Lider zeigten deutlich, dass er über lange Zeit wenig geschlafen hatte. Jetzt dagegen musste man ihn nur anhören, wie rüstig und mittägig er schon so früh am Morgen war, auch wenn seine Augen noch von Schlaf troffen.

»Seht doch«, sagte er großspurig, »heute ein Grüppchen, morgen ein Grüppchen, auf diese Weise entfloht er uns dieses Meer von oben bis unten vom Geflöh dieser Mistferen.«

»Mit anderen Worten, Ihr möchtet uns auf diese Weise zu verstehen geben, dass er doch hier blieb, dass er sich hier festgepflanzt hat?«, fragte ihn Luigi Orioles und sah ihn mit einer gewissen abweisenden Haltung an. Und dann, ein bisschen geringschätzig: »Dann ist sie also doch keine so große Reisende, wie Ihr gemeint habt? Dann hat sie also auch nicht immer dieses drängende Bedürfnis nach Töten? Daher wird auch sie sich manchmal hinflezen, diese fabelhafte Arbeiterin namens Orca, auch sie braucht ihre Bequemlichkeiten, diese Blutschwitzende, na, was sagt Ihr jetzt dazu?«

Und damit wollte er unterschwellig zu verstehen geben: Habt Ihr denn nicht gesagt, dass sie heute nach allen Regeln aufhisst und sich verzieht? Gestern Abend, als ich das hörte, sah es noch so aus, als wärt Ihr gewissermaßen bereit, Euren Kopf zu verwetten, dass die da bereits nach Gibraltar hinübertrudelte, während, wenn mans heute hört, es so aussieht, als hättet Ihr das genaue Gegenteil vorausgesagt, nämlich, dass dieser Tiergigant sich hier vor unserer Türe wie ein Bleiband ins Wasser gesenkt habe, und es sieht ganz so aus, als wolltet Ihr es uns quasi als Vorteil verkaufen, dass Eure Orca ihren Anker hier bei uns warf, und so soll sie oder er ja auch, nach dem, was Ihr sagt, diese ganze Ansammlung von Feren hier liquidieren, zumal das ja ihr Metier ist …«

»Die Schwäre wird sie wohl daran hindern weiterzuziehen«, sagte Signor Cama. »Ihr habt doch gesehen, nicht?, wie die Orca den ganzen Leib krümmte?«

»Der hier, der Feron, ist aber immer derselbe Alte, der herumzieht und stinkt, wie uns Don Giulio erzählte«, machten ihn die anderen Pellisquadre aufmerksam. »Ob Schwäre oder nicht, seit Ferdinando Currò das Seilende vor nunmehr einem Vierteljahrhundert durchgeschnitten hatte, zog der hier ständig herum und stank, er reiste ununterbrochen und tötete. Und Ihr sagt, dass er ausgerechnet jetzt und ausgerechnet hier auf ein Hindernis stößt? Aber dann, was ist das für eine Behinderung? Um eine echte Behinderung zu sein, müsste sie auf Unsterblichkeit angelegt sein …«

Und Luigi Orioles legte nach:

»Na, was sagt Ihr dazu, was wisst Ihr, wie er sich verhält? Sollte es möglich sein, dass ihm der Ort so gefällt, dass er vergaß, wer er ist, was er tut, dass er einfach seinen Ruf als Mörder vergaß und was seine Pflicht ist?«

»Na ja, möglich, möglich … Kann durchaus sein«, sagte Signor Cama, wie wenn die Spöttelei von Luigi Orioles nicht einmal seine oberste Hautschicht berühren würde. »Ich denke, denke ernsthaft, Don Luigi, dass Ihr recht habt, wenn Ihr sagt, dass der Ort ihr gefiel. Ja. Der Ort, die Schwäre, vielleicht haben ja beide damit zu tun, ganz sicher gibt es einen Grund, denn, Leute, der Ort muss ganz zwangsläufig mit dieser großen Neuigkeit, sich hier aufzuhalten, zu tun haben, die da ist ja schließlich die Orca, ich sags euch noch einmal, die zieht davon, zieht und gibt den Tod, gibt den Tod und zieht weiter und weiter. Die Orca, müsst Ihr verstehen, kann nicht einfach für den, der zum Tode bestimmt ist, eine der vielen christlichen Krankheiten schnappen, zum Beispiel Nierenentzündung, Tuberkulose, Wassersucht oder doppelseitige Lungenentzündung, und dann an den Wal weitergeben, zum Beispiel, oder an den Hai, an die Fere oder an wen sonst, sei es Fisch oder Fischbestie: Sie, die Orca, muss den meerischen Tod selbst bringen, mit ihren eigenen Händen. Sie ist, kurz gesagt, nicht unserer Tödin hier vergleichbar, gar nicht vergleichbar, über die wir reden, wir unter uns, die an Land umgeht, umgeht und umgeht, aber wie geht sie um? In der Vorstellung geht sie um. Denn wer sieht sie je? Geht sie etwa herum und verrichtet persönlich ihre kleinen Dienste? Nein, wer für sie umgeht, sind ihre dienstbeflissenen Krankheiten, die verrichten rasch und zuverlässig die Arbeit der Tödin. Die Orca dagegen braucht keine Vorstellung: Die Orca zieht herum, und wie sie herumzieht! Sie zieht herum, dass man nicht einmal sehen kann, mit welcher unglaublichen Schnelligkeit sie das schafft. Doch lässt sie sich vernehmen, und wie! Tödin heißt sie und gibt persönlich den Tod, und weil sie alleine ist und die Arbeit viel, muss sie eilen und eilen, und keine Macht kann sie zurückhalten. Doch hier, könnt Ihr mich nun fragen, welche Macht hielt sie hier zurück? Tja, die Macht der Meere zwischen Skylla und Charybdis vielleicht, diese Eigentümlichkeit von Meer oben und Ozean unten, denn ich denke mir, wenn sie in diese Meeresströmung kommt, muss sie Kühlung an der brandigen Schwäre empfinden, die nach altem Kadaver stinkt, und möglich, dass sie sich sagte: Wohin soll ich denn noch ziehen mit dieser Wunde, die nicht vernarbt? Ists denn nicht besser, wenn ich mich eine Weile in diesem Meeresbauch spitalisiere, gerade so lange, bis die Wunde gereinigt ist, die stärker noch angefangen hat zu stinken als ich von Natur, so dass die Leute eine falsche Vorstellung bekommen können, wenn sie zuerst hören, dass ich unsterblich sei, dann aber nach Kadaver stinke. Ja, diese Meere zwischen Skylla und Charybdis mussten ihr ganz sicher gefallen haben. Da sieht man, dass diese Gewässer ein Heilwasser sind und ihrer schorfigen Flanke wohltun …«

»Kurzum, er hat uns den Vorzug gegeben, sagt Ihr, mit anderen Worten, er gab uns und unseren Meeren die Ehre, und daher stünde es uns an, ihm zu danken.«

»Ja, ja, jetzt wollt Ihr den Geistreichen spielen, doch wenn sie euch von allen Feren befreit hat, werdet ihr der Orca wirklich danken.«

»Denkt Ihr denn immer nur an das eine: dass er uns von den Feren befreit?«

»Kommt Euch das etwa wenig vor, dass sie Angst unter den Feren verbreitet, dass sie sie öffentlich bloßstellt und Vernichtung bringt?«

»Aber wer versetzt ihn hinterher in Angst, sagt Ihr uns das? Kennt Ihr jemanden, der ihm Entsetzen einjagt? Der ihn bloßstellt und ihn vernichtet?«

»Jetzt entschuldigt aber, hat sie Euch etwa irgendein böses Zeichen gegeben? Und gestern Abend, entschuldigt, hat sie Euch da etwa gestört? Und jetzt, stört sie Euch etwa? Was hat sie nur so Schreckliches getan? Na gut, sie tauchte wieder auf, aber könnt Ihr der Orca irgendetwas vorwerfen? Sie hat nur ein bisschen ihre Nase in die Luft gesteckt, ausgeprustet, sich den Bauch mit ein paar

Feren vollgeschlagen und ist dann gleich wieder abgetaucht. Hätte sie nicht die vier Feren zermalmt, wäre es einem fast, ja fast nicht einmal wahr vorgekommen, dass sie noch einmal aufgetaucht war, so kurz hat das gedauert, gerade so lange wie das Verweilen einer Nonne vor dem Spiegel. Was konnte sie schon tun, um Euch so in Alarm zu versetzen? Und es ist ja nicht so, sage ich noch einmal, als hättet ihr die Boote hier vorne gerüstet, um aufs Meer zu fahren.«

»Und damit kommt Ihr wieder auf die Boote hier vorne zurück, bereit, aufs Meer zu fahren … Doch wenn wir jetzt nicht daran denken, ob sie eines Tages noch da sein werden, ob überhaupt andere Boote da sein werden, die von hier aus aufs Meer fahren, da sein und verschimmeln werden, immer bereit, von hier aufs Meer zu fahren, wenn da vorne, inzwischen schön angeortet, er sein wird oder sie, Feron oder Orca, kurzum der Orcaferon oder wie immer man ihn verdammtnochmal nennen will. Doch könnte es vielleicht sein, dass Ihr eine solche Sache, die so klar ist wie die Sonne, nicht wirklich versteht?«

Das Gleiche konnte Signor Cama von seinem Standpunkt aus natürlich auch über ihn sagen. Unterdessen war der eine für und der andere wider, und bei der jetzigen Lage der Dinge, in diesem Augenblick, konnten die Fürs genau so gut sein wie die Widers, so dass sie mit ihrer Unterhaltung nichts weiter hervorbrachten als Speichel im Mund. Und doch war gerade das für Don Luigi Orioles der Punkt, auf den es ankam, nämlich dass man unverzüglich über die Lage der Dinge nachdenken musste, auf der Stelle, jetzt, wo dieser Gottbewahre sich hier noch nicht angeortet hatte, sondern sich lediglich umschaute; denn dann, wenn er morgen hier Wurzeln geschlagen haben würde, hätten sie ihn nicht einmal mit Kanonenfeuer ins offene Meer treiben können, ganz zu schweigen davon, wer ihnen die Kanonen denn geben sollte, mit denen sie auf ihn hätten feuern wollen. Sie konnten sich ja nicht einmal erinnern, wie lange die Hafenkommandantur ihnen schon keine Gewehre mehr zur Verfügung stellte, um auf Feren zu schießen, da standen Kanonen völlig außer Frage, vor allem jetzt, wo den Italienern auch nicht ein einziges Gewehr und auch nicht eine einzige Kanone als Muster und als Erinnerungsstück mehr verblieb.

Die Widers von Luigi Orioles waren mehr oder weniger Folgende:

»Der fegt die Meere leer, durch die er zieht, und auch hier fegt er alles leer. Doch hier verweilt er zudem. Wenn er beim Durchzug, bei dem man ihn nicht einmal sieht, diesen Pestgestank ausstreut und Meer, Boote, Menschen und Fische in einen Achtundzwanzigstendezember verwandelt, dann überlasse ich es Eurer Vorstellungskraft, was er hier veranstaltet, wenn er sich hier anortet und seine Bruthöhle baut, nämlich die Verpestung der Luft, die er mit seinem Gestank und dem der Ferenkadaver auslöst, die es hier durch sein Werk geben wird, und die Erdseebeben, die er wieder und wieder verursacht. Denn der, schärft Euch das gut ein, würde früher oder später hier eine Brutstätte bauen und Nachkommen zeugen. Der, ob Orca oder nicht, ob Feron oder nicht, auch der hatte schließlich eine Mutter, und so wird auch er ein Weib haben, das er hierherrufen wird, wie einer, der nach Amerika geht, seine Frau nachkommen lässt, sobald er kann, sie schwängert und Kinder haben wird, und was, wenn er Nachkommen zeugt, ganz genau, wie ichs Euch sage, wenn er ausgerechnet hier vor unserer Türe eine kleine Orca hervorbringen würde? Doch lassen wir für den Augenblick die Nachkommen einmal außer Acht, über die Nachkommen müssen hoffentlich nicht wir uns Gedanken machen, uns reicht er schon völlig aus. Sicher, er befreit uns zwar von den Feren, und was dann? Statt es mit all unseren unverwüstlichen Heimischen zu tun zu haben, diesen Chaotinnen, Niederträchtigen, Schlaufüchsigen, aber doch auch Lebensvollen, allesamt Leben zum Leben, hätten wir es bei ihm nur mit einem zu tun, einem, aber, per la Madò, man verliert ja den Überblick bei dem einen, wie viel der ist und wer der ist, einer, der vorher nur den Tatsachen nach, doch jetzt auch dem Namen nach als der Große Tod gilt. Das stelle sich einer vor. Und mit nur einem Laster, dem Laster zu töten, das ist Anfang und Ende eines jeden Lasters. Und wird er hier immer Befriedigung finden oder wird er uns zwingen, ihm eine Hand zu reichen? Wir werden den Drachen haben, der uns hier vor unserer Haustüre belagert und tyrannisiert, und von Sizilien wie von Kalabrien werden wir uns augenblicklich besteuern und ihm Bootsladungen von lebendigem Fisch vor sein Maul bringen müssen, lebendig und für seine Zähne geeignet, damit er sie umbringen und damit seiner Rolle als täglicher Tod gerecht werden kann. Kurzum, wir werden die Tölpel sein und ihm gleichwohl die Maut zahlen müssen, wir müssen täglich unser Schmiergeld abliefern, unser Stillschweigen und unsere Schufterei, um ihn zu besänftigen und gnädig zu stimmen. Doch was wird er im Lauf der Zeit von uns verlangen, einer, der kein Begehren hat, wenn man, wie unser Strandaufseher sagt, von der feinsten Delikatesse, der Walzunge, einmal absieht? Und wenn er weder Wal noch Zunge findet, worauf wird er dann Lust haben? Welches seltsame, unmögliche Verlangen eines schwangeren Weibchens will er dann stillen? Wen wird er ins Auge fassen? Wen setzt er sich in den Kopf, den er für immer zum Schweigen bringen will, Zunge hin, Zunge her? Können wir uns das nicht vorstellen? Er wird das Beste wählen, was ihm der Markt bietet, und wir wissen nur zu gut, was das Beste ist, das der Markt bietet, wir wissen nur zu gut, dass für mindestens vier Monate im Jahr das Beste, was der Markt bietet, das Beste ist, was sogar der reichste ozeanische Markt zu bieten vermag. Den Schwertfisch! Sofern er ihn noch nie gekostet hat, braucht er ihn nur zu probieren, und wenn er wirklich so schwer zufriedenzustellen ist, wenn er wirklich auf die Suche nach dem Allerraffiniertesten geht, wird die Walzunge ihm im Vergleich dazu bäuerisch und ohne jeden Geschmack vorkommen. Er wird ganz auf den Schwertfisch fixiert sein, und dann können wir, das muss wohl nicht erst betont werden, den Schwertfisch vergessen, der wird aus den Meeren von Skylla und Charybdis zwangsläufig verschwinden. Denn dem Schwertfisch kann es nur einmal passieren, dass er in die Falle tappt, aber Ihr glaubt doch nicht, dass er, wenn er von dieser ärgerlichen Orca hier weiß, wenn er von dem barbarischen Tod weiß, der ihn hier in den Meeren zwischen Skylla und Charybdis erwartet, der ein anderer ist als das Gefecht mit den Harpunenwerfern von den Ontren, wenn er das weiß, meint Ihr da, auch wenn er kein Feigling ist, sondern im Gegenteil ungeheuer kühn, er würde sich noch einmal hierherwagen? Meint Ihr, er würde seine Route nicht ändern, notwendigerweise nicht eine andere Richtung einschlagen, die anderswo hinführt, länger, unerforschlich viel länger als die, die er immer genommen hatte? Er wird seinen Verstand gebrauchen und von Gibraltar direkt auf die Straße von Sizilien zuhalten: Dann wird er entdecken, dass der kürzere Weg der ist, der gleich an der Küste von Afrika entlangführt, ohne die Strecke von oben her, an den Äolischen Inseln vorbei, nehmen zu müssen. Dann werden wir vergessen, dass er im Mai ankommt, kostbar und schön, wenn er von den Inseln herunterkommt und uns Diefüllegottes bringt. Dann wird uns der Hintern versohlt. Dann werden wir unsere Tage verfluchen, dass wir nicht einmal daran gedacht, nicht einmal versucht haben, einen Schutz zu finden, als diese galoppierende schwarze Pest hierherkam, um diese Meerenge zu verpesten und zu stürmen …«

Die Fürs von Signor Cama dagegen waren mehr oder weniger Folgende:

»Die zieht durch, ich wiederhole es hier noch einmal. Die Orca? Die macht sich einen Jux mit euch und denkt an euch. Die hat ihre Schwäre, und was für eine, eine Riesenschwäre und nichts weniger. Die hat nur ausgeruht und fertig, sie hat ausgeruht wegen des alten Risses an ihrer Flanke. Stellt euch doch einfach vor, sie wäre havariert und auf Kielholen in dieses Becken gekommen. Sobald sie kann, macht sie sich wie ein Blitz wieder auf ihre Route, um die verlorene Zeit aufzuholen, sie hält auf den Ausgang zu, aufs offene Meer, das heißt auf den Ozean. Hier erstickt sie doch. Wäre sie nicht in diesem Zustand, hätte sie sich niemals hier aufgehalten, dieses Ereignis habt ihr noch nie mitverfolgen können, das versichere ich euch. Habt ihr gesehen, wie sie hier ankam, auf was für einem Katafalk von Algen, und wie sie auf eine Meile stank, eine Unsterbliche von diesem Schlag, die eher einzigartig als selten ist, stank doch wie eine, die sich dem Tod nähert, und zwar so, dass Bremsen und Aasvögel ihr folgten und sie im Auge behielten, ihre Atemzüge zählten und über ihr kreisten wie über einem richtigen Kadaver? Die aber war wohl für einen Augenblick abgetaucht, um eben aus dem Blick dieser netten Reisebegleiterinnen zu verschwinden, doch dann, ganz so, wie Don Luigi es sich dachte, musste sie den Ort wohl als angenehm empfunden haben, denn während sie tiefer und tiefer hinabsank, musste die Tiefe sie immer mehr angesprochen haben, die sich da unten auftat, so dass sie sich nach zwei oder drei Meilen Tiefe, als sie längst mit der Pechschwärze ihres Leibes da unten verschwunden war, als wäre sie von der unendlichen, abgrundtiefen Finsternis verschluckt worden, erklären musste, dass es das war, was sie an den Meeren zwischen Skylla und Charybdis so ansprach, nämlich, dass sie da unten den Ozean spürte, sie spürte da unten, tief da unten die altvertrauten Tiefen des Ozeans. Ja, diese Irreleitung, der sie gefolgt war, musste sie so angesprochen haben. Sie wird wohl so lange bleiben, bis ihr klar wird, dass hier, trotz aller Tiefe, trotz aller Kälte in den Klammen und trotz aller Feren, ihren Bekannten in dieser Gegend, doch nicht ihr Ozean ist. Und was sollte sie nachher hier noch anfangen? Wie könnte sie hier noch ihren todbringenden Funktionen nachkommen? Bei wem? Etwa bei dem Fischkleinkram, den sie hier finden könnte und der wie Wasser durch ihre Keile im Maul spült? Den Kleinkram spürt sie doch gar nicht. Was sollte sie also hier anfangen ohne Ausgangsmaterial und ohne Walzunge? Sollte sie etwa auf den Schwertfisch warten, wie unser Don Luigi hier sagt? Seiner Ansicht nach wird sie die Walzunge als ekelhaft empfinden, wenn sie erst einmal den Schwertfisch gekostet hat. Ah, Don Luigi bringt mich zum Lachen, doch ohne jede Freude. Don Luigi verstand nämlich nicht, dass, wenn die Walzunge für sie ein solcher Leckerbissen war, es mit Sicherheit aus dem Grund war, dass man ihn nicht so leicht bekommen konnte, dass er nicht in Reichweite lag, sondern erobert werden musste, ein Leckerbissen, bei dem sie, um ihn zu bekommen, den Wal erst Viertel um Viertel zerlegen musste. Doch welche Anstrengung braucht es beim Schwertfisch, um ihn zu zermalmen? Das Schwert würde er als Zahnstocher benutzen: doch was für ein Spaß sollte das sein? Und außerdem Schwertfisch, Schwertfisch, glaubt Don Luigi denn, die Orca würde sich von jetzt bis Mai hier aufhalten? Was erzählt Don Luigi denn da? Witze? In genau diesem Augenblick, wo wir hier groß über sie palavern, bricht sie wahrscheinlich schon die Zelte ab. Doch so lange sie bleibt, hört mir zu, werdet ihr keinen Kummer haben, ihr werdet sie nicht einmal wahrnehmen. Es ist Don Luigis Angelegenheit, Kummer zu verbreiten. Ein Drache! Da könnt ihr sehen, bis wohin seine Vorstellungen vordringen. Ein Drache, der uns versklavt und von uns Schmiergeld, Plackerei und Stillschweigen will, wie ein alter Mafiaboss. Jetzt, wenn ich das offen sagen soll, erweckt Don Luigi in mir beinahe, beinahe, ja eigentlich schon völlig entschieden und ganz unbeabsichtigt den Eindruck, als würde er diesem Zorngottes unrecht tun, wenn er sich ihn als Drachen vorstellt. Muss die Orca denn erst zum Drachen werden, um Schmiergeld, Plackerei und Stillschweigen einzufordern? Würde es ihr nicht genügen, die Orca zu sein, die sie ist? Wisst ihr eigentlich, dass an Bord, auf dem Meer, die Mannschaften Gebete sprechen, sobald sie die Orca auftauchen sehen, auch wenn sie keinerlei Gefahr ausgesetzt sind? Doch das größte Unrecht, das Don Luigi dieser Gottbewahre antut, liegt darin, dass er sie sich als alten Mafiaboss vorstellt, der sich auf die faule Haut legt und von den Christenmenschen verlangt, den Fisch bis vor seine Füße zu bringen, damit er ihn Tag für Tag in seiner Eigenschaft als Orca töten kann. Dann haben wir also gar nichts von der Orca verstanden? So, wie Don Luigi sie sich vorstellt, sollte man fast schon meinen, dass dieses Krawalltier zwanghaft sein Metier ausübt und den Tod austeilt, während es weder zwanghaft noch aus Lust und Laune tut, was es tut, sondern aus seiner Natur heraus. Denn ich sage noch einmal, den Beinamen, den sie ihr, diesem Verderb da, diesem Verderb von Orca angehängt haben, den Beinamen, den sie ihr schriftlich in dem bebilderten Buch angehängt haben, nämlich den Beinamen Orcinuse, den haben sie ihr angehängt, um sie zu brandmarken, denn wie heißt es doch: Ich brandmarke sie, und du bist auf der Hut. Sie ist als Orca gebrandmarkt, die sich einer als Tödin vorstellen soll, weil sie ja die orcinuse Orca ist, die tötende Orca, sie tötet und aus, denn dafür hat unser Schöpfer sie erschaffen, dass sie tötet und fertig. Und sie tötet! Was kann sie denn schon tun? Kann sie sich etwa weigern, wenn sie dafür erschaffen wurde? Ist sie dafür verantwortlich? Der ist verantwortlich, der sie erschuf, der Schöpfer selbst ist für sie verantwortlich, der sie erschuf, um die anderen zu töten, sonst hätte er sie nicht erschaffen. Deshalb frage ich: Was kann sie denn dafür? Soll sie sich bei ihrem Schöpfer beschweren? Nehmen wir ihren Gestank: Was kann sie dafür? Meint ihr denn, sie würde ihn aus einer Laune heraus verstreuen, wie es die Christenmenschen mit den Erstickungsgasen machen? Der Schöpfer hat ihr stinkende Drüsen gegeben. Und der Schöpfer gab ihr auch die Keile im Maul an Stelle der Zähne. Der Schöpfer gab sie ihr als Berufseisen, für den Beruf, für den er sie erschuf. Darin liegt ihr gesamtes schreckliches Wesen, ihre unbesiegbare Stärke. Mit diesen Zähnen kann sie, wenn sie will, Felsen zermalmen. Doch darüber hinaus, was hat sie da noch? Nichts, hätte sie nicht diese Zähne, wäre sie der Gnade des Erstbesten ausgeliefert, der sie angreift. Sie hat, um nur eines zu nennen, lächerliche Brustflipper, wie zwei kleine Händchen, außerdem so kurz, das haben wir ja gesehen oder?, dass sie nicht einmal die Bremsen verscheuchen kann, die sie martern, indem sie in Schwärmen und Wolken kommen und gehen und sich auf und in und vor die höhlenartige Schwäre setzen. Und dann, na ja, ist sie unsterblich, und viele beginnen alleine, wenn sie hören, sie wäre unsterblich, zu zittern, sie werden blass und begreifen nicht, dass sie genau deshalb, weil sie nicht sterblich ist, sondern unsterblich, auch nicht erzittern und erblassen müssen. Sie ist unsterblich, ja, doch wenn ihr darüber nachdenkt, muss einem der Unsterbliche weniger Angst machen als der Sterbliche. Warum? Na, weil die Zeit des Sterblichen bemessen ist, und er sich daher beeilen muss, seine Gelüste, seine Launen und seine Rachen zu befriedigen. Schließlich, so sagt er, muss ich früher oder später die Welt verlassen, und wie viele Unehrlichkeiten und Verbrechen ich auch begehe, man kann mich hier nicht in alle Ewigkeit zurückhalten; der Unsterbliche dagegen, der alle Zeit hat, die er will, hat keine Eile, das eine oder andere an sich zu raffen, und weil er weiß, dass er immer hier bleiben und in Erscheinung treten muss, achtet er sehr darauf, nicht als Infamer verrufen zu werden. Und dann wird es ja auch solche geben, die ihn um seine Unsterblichkeit beneiden, aber könnt ihr euch ausmalen, was für eine Traurigkeit und Verlorenheit ihn packt, wenn er daran denkt, dass er niemals sterben wird? Habt ihr denn in dem Buch nicht das Gesicht eines alten Verwirrten gesehen, das er hat, das Gesicht eines Alten ohne Freunde und ohne Freuden? Eines Bösen, darin sind wir uns einig, aber auch eines Traurigen, das kann man nicht leugnen, eines traurigen Alten. Was für ein barbarisches Schicksal. Die Orca, das Wesen, das der Schöpfer als machtvollstes unter allen machtvollen erschuf, weil er es erschuf, um die Tödin zu sein, dieser Zorngottes und dieser Gottbewahre, dieser Verderb und dieses Chaos von Orca, jedoch unentrinnbar einsam, deren Schicksal es fatalerweise ist, immer unsterblich zu sein, jedoch auch einsam, zwangsläufig einsam, weil alle, zumindest wer es rechtzeitig schafft, vor ihr fliehen, angesichts dessen, was sie repräsentiert. Doch die Einsamkeit ist noch nicht alles, denn obwohl sie unsterblich und das machtvollste Wesen unter den machtvollen ist, das vom Schöpfer erschaffen wurde, kann ihr gleichwohl widerfahren, was ihr widerfahren musste, wo, wie, wann und warum, weiß nur sie alleine und ihr Schöpfer, es musste ihr widerfahren und es hinterließ ihr in gewisser Weise das Zeichen, denn ihre Flanke wurde aufgerissen, ist immer noch aufgerissen und schwärt, und als Folge davon hat sie wohl ihr Gleichgewicht verloren, und seit sie im Ungleichgewicht ist, schiftet sie, und es kommt vor, dass sie an ihr unbekannte Orte vordringt und hier in einem katastrophalen Zustand ankommt. Doch welchen Schaden kann sie hier anrichten? Seht ihr denn nicht, wie sie sich erniedrigte und in einen würdelosen Zustand verfiel? Hier, bei meiner Ehre, würde ich sagen, wenn ich sie nicht kennen würde, dass sie gar keine echte, richtige Orca ist, die Orca, die da im Buch den schrecklichen Beinamen trägt, und den sogar auf Lateinisch, orcynus nämlich, was, wie ich euch schon gesagt habe, den bezeichnet, der den Tod gibt, mit einem Wort: den Großen Tod. Hier, würde ich stattdessen sagen, handelt es sich um die andere Orca, um die unechte, die eine unlautere Verwirrungsstifterin ist, die, weil sie der legitimen Orca ähnlich sieht, sich als diese ausgibt, sich somit als die Tödin ausgibt, mit dem einzigen Ziel, sich den Bauch richtig vollzuschlagen, richtig und ohne viel zu schwitzen, angesichts der Tatsache, dass im Anblick der Tödin dreiviertel der Fische vor Angst einen Herzstillstand bekommen, während das andere Viertel flüchtet. Und diese catanesische Falschmünzerin ist eine, die man wegen dieses Wesenszugs auch Pseudoorca nennt. Ja, bei meiner Ehre, diese Bettlägerige kommt mir überhaupt nicht wie die Unsterbliche vor, die den Tod gibt, dieser Schrecken von Orca, dieses Entsetzen für Christenmenschen und Tiere …«

Signor Cama und Luigi Orioles hatten ihre Ansichten kurzerhand dargelegt, der eine für und der andere wider den Orcaferon.

Wegen der Worte endet alles immer als Theater, ja, schlimmer noch, als Schmierentheater, und das machten, wenn man es genau nimmt, Signor Cama und Luigi Orioles, die doch immerhin Personen waren, vor allem der Letztere, die fast niemals redeten, nur um ihre Zunge im Mund zu spüren. Doch sich über das Für und Wider um den schwarzen, riesenhaften, einsamen, unsterblichen Orcaferon zu unterhalten, Zustimmung oder Ablehnung im Hinblick auf seine Anwesenheit an den Meeren zwischen Skylla und Charybdis zu zeigen, wo sie doch genau wussten, dass sie ihn weder abwehren noch verjagen konnten, weil dieser Gigant völlig außerhalb ihrer Willensausübung war, war das nicht das Gleiche, wie wenn man sich über das heilige, unsichtbare Haar der Materlittera unterhalten würde, das Haar, das sich die Madonna vom Kopf gerissen hatte, um es der von ihr bevorzugten Stadt Messina zu schenken, das seitdem, so scheint es, hier in einem Umschlag aufbewahrt wird, der versiegelt in einer Schatulle liegt, die ihrerseits wiederum in einem gläsernen Tresor verschlossen ist, und der sich am Ende von allem hinter einer kleinen Pforte vergittert befindet? War das nicht das Gleiche? War es nicht, als würde man über dieses jahrtausendealte Haar diskutieren, ob's wohl schwarz sei oder blond, kastanienbraun oder hellbraun, weiß oder grau oder ob es kurz oder lang, glatt oder lockig, trocken oder rabenschwarz glänzend sei? Es war das Gleiche oder beinahe das Gleiche. Der einzige Unterschied bestand darin, dass der Orcaferon kein Haar war, man konnte ihn sehen, man konnte ihn sogar aus einer Meile Entfernung sehen. Und das hatte am Ende seine Bedeutung.

An dem bewussten Tag sah man den Orcaferon zu keiner Stunde: er blieb unten oder entfernte sich ungesehen aus dieser Gegend, dort aber, vor ihnen, sah man ihn nicht. Er tauchte im Abendrot des Sonnenuntergangs wieder auf, und zwar auf der anderen Seite von der Stelle, wo er abgetaucht war. Dieses Mal hatten die Feren ihre Augen geöffnet und hielten sich in gehöriger Entfernung zu der von dem Tiergiganten zertrümmerten Stelle im Meer auf, wo er an die Oberfläche kam. Doch auch auf Entfernung umgaben sie ihn und bildeten gemeinsam mit allen Arten und Färbungen einen großen bunten Kreis, ein großes buntes Ambiente, aus dem gelegentlich ein hiiii aufstieg, ein Kichern, vielleicht von einer jungen, noch ganz kälbischen Fere. Zumeist aber waren sie da, um ihn noch einmal still anzusehen, und sahen dabei aus, als wollten sie jeden Augenblick zu ihm eilen und um ihn herum mit ihm liebäugeln, wenn es vielleicht nicht darum gegangen wäre, dass sie ihn noch nicht verstanden, wirklich noch nicht verstanden, und zwar weder die Heimischen, noch auch die Ozeanischen nicht, für die die Orca ganz sicher nichts Neues sein konnte, was man daran erkannte, dass sie ganz genau ihre Bewegungen beobachteten und nicht verstanden, was mit dem erschreckenden Tiergiganten los war, vielleicht verstanden sie nicht, ob das, was sie sahen, alles war, das es zu verstehen gab oder nicht.

Am folgenden Tag, welcher der zweite war, der für ihn über den Meeren zwischen Skylla und Charybdis heraufdämmerte, verschaffte der Orcaferon dem Strandaufseher eine tiefe Befriedigung, die dieser umso mehr schätzte, als sie völlig unerwartet war: eine Überraschung im wahrsten Sinn des Worts, eine Überraschung, die Signor Cama, doch nicht nur er alleine, ausgiebig genoss, und das war in diesem Fall durchaus keine Redensart.

Folgendes war geschehen: Wohl gegen Mittag hatte das Meer wie aus einem Nelkenstrudel der Strömung, wie aus der Spirale einer verlorenen Ader der Hauptströmung, der Ader eines Bastardells der steigenden oder herabtreibenden Strömung, der aus der Tiefe nach oben strudelte, angefangen, diese Fischlein nach oben zu spülen, alles von einem ausgesprochen hellsilbrigen Weiß, es hatte vom einen auf den anderen Augenblick angefangen, Cicirella auszuspucken, wie man das nennt, nämlich die Schlüpflinge des Aals in großer Zahl. Auf der Stelle hatte man bei diesem Anblick Meerbeben, Meerbeben!, gerufen. Die Mütter drückten ihre Säuglinge an die Brust, die Väter setzten sich ihre Kinder auf die Schultern, bereit, auf die Spitze der Peloritanischen Berge oder auf den Antinnammare zu flüchten, denn es ist allgemein bekannt, dass das Auftauchen der Cicirella an der Oberfläche, des schon ausgebildeten Fischleins, auch wenn seine Augen noch geschlossen sind, aus den großen und immer noch geheimnisvollen Brutstätten von Aalen, die sich verknäult in einem Zustand von Lethargie tief da unten auf dem Grund der Schlünde befinden, immer ein erstes, allererstes Anzeichen für eine Katastrophe ist, wie es auch bei dem schrecklichen Achtundzwanzigstendezember war, dem furchtbaren Seebeben, das an ebenjenem Tag des Jahres neunzehnhundertacht über sie hinwegspülte, als eine solche Menge von Cicirella heraufstrudelte und mit einer solchen Macht nach oben getrieben wurde, dass die, die es in den ersten Morgenstunden dieses Weltuntergangstags sahen wie etwa Ferdinando Currò, sagten, dass die Säule der Cicirella an ihrer höchsten Stelle die Spitze des Antinnammare erreicht habe.

Daher hielten sie alle den Atem an, starrten auf die Stelle auf dem Meer, wo die Cicirella in einem glänzenden Weiß an die Oberfläche sprudelte und sich ausbreitete wie eine unterseeische Wasserader, ein schwefelhaltiger Auftrieb.

Angstvolle Sekunden vergingen, und nichts geschah. Die Cicirella sprudelte aber immer weiter an die Oberfläche, es war lediglich das Entwirren eines silbrigen Strangs aus Fischlein, ein unterbrochener Strang, doch ununterbrochen, von großer Schnelligkeit, wie ein Nelkenstrudel der Strömung, schäumend inmitten der Meeresbläue, die sich in einem fortwährenden Strahl auffächerte.

Nur das ereignete sich: Die Cicirella, die nach oben trieb, ohne in die Höhe zu schießen. Staunend starrten sie auf sie, folgten dem Fluss, sozusagen Fischlein um Fischlein, mit offenem Mund, und wollten nicht glauben, was sie sahen, denn seit Menschengedenken, seit Gedenken eines Pellesquadra an den Meeren zwischen Skylla und Charybdis war dies das erste Mal, dass die Cicirella von sich aus nach oben strudelte, das erste Mal, bei dem es nicht bedeutete, dass sie an die Oberfläche trieb und ihr zeitgleich oder fast zeitgleich zerstörerisch oben die Naturkatastrophe folgte: Seebeben, Erdbeben, Erdseebeben, das sie ausspuckte. Wenn es also nicht der schreckliche Aufruhr in der Meerestiefe war, was konnte es dann gewesen sein, das sie hatte versprengen und die großen, dichten Knäuel der Cicirella an die Oberfläche hatte treiben können? Was kann sie gestört und diese Myriaden von kleinsten, eben erst geschlüpften und noch schlafträgen Aalen nach oben katapultiert haben? Für welches andere Naturphänomen war dieser Auftrieb von Cicirella also der Vorbote, wenn nicht der Vorbote eines Erdseebebens?

Unterdessen trieb die glänzende Masse von Fischlein mit geschlossenen Augen langsam, weißlich, im Fluss der toten Strömung auf das Ufer zu, wie die vom Schirokko aus der Richtung von Abend und Morgen bewegten Algen, und die ersten Stränge leuchteten schon hier und da dicht am Ufer auf dem Sand der 'Ricchia und auf dem Strand. Für die kleinsten Jungs, für die diese Cicirella, die von ganz alleine aus den Schlünden des Meeres wie Manna ans Ufer fiel, war dies ein allererster Anblick für ihre Augen, und sie riefen: »Das Meer hat gejungt, das Meer hat gejungt.«

Sofort kamen Mädchen und Jungs mit Tellern und Tellerchen aus ihren Häusern gelaufen, während die Mütter sich damit zu schaffen machten, die Feuerstellen in den Häusern anzuzünden. Die Pellisquadre versuchten, sie davon abzuhalten und zu sagen: »Wartet noch, es besteht immer noch Gefahr, das kann nicht nur Cicirella sein, die nach oben kommt und fertig, wartet noch, schauen wir zuerst, welchen Tod wir sterben.« Doch die Frauen, die sich nur kurz umdrehten, gaben ihnen mit den Händen zu verstehen: Was denn für eine Gefahr? Welchen Tod sollten wir schon sterben ... Damit wollten sie ihnen deutlich machen, dass sie einstweilen zusehen wollten, mit dem wenigen an Cicirella zu leben, und was das Sterben anging, wollten sie sich später um die Frage kümmern, welchen Tod sie sterben würden. Mussten sie's denn gerade in diesem Augenblick sehen, nur wegen der winzigen Fischlein, die aus der Tiefe nach oben strudelten, um ihnen den Bauch zu füllen?

Die Cicirella trieb dicht am Ufer, und Mädchen wie Jungen hockten auf den Fersen oder standen im Wasser und sammelten sie mit hohler Hand ein, wie wenn sie Gerinnungen aus dem Meer abschöpfen würden. Die Mütter hatten bereits die Kochfeuer zwischen den Ziegelsteinen angezündet, und als die Jungen und Knirpse all diese Teller mit den zarten, sahnegleichen, silbrigen Fischlein herbeitrugen, fädelten sie Strang um Strang in fein gespaltene Schilfröhrchen und ließen sie dann garen, indem sie sie dicht über dem Feuer der Glut hin und her bewegten. Sogleich verbreitete sich mit dem Rauch ein Duft, der die Toten wieder zum Leben erweckt hätte, und die Frauen wandten sich, während sie mit ihren Schilfröhrchen zugange waren, zur Marina um und seufzten beim Anblick der Cicirella, die immer noch mit ihrem silbrigen Weiß an die Oberfläche sprudelte.

Die Cicirella ist das junge Geschlüpf des geheimnisvollen Aals, der gerade erst ein paar Wochen alt ist, und wenn man ihn mit den Fingern nimmt, wie er ist, roh, roh, roh oder mit ein paar Tropfen Zitronensaft beträufelt, nimmt man ihn danach in den Mund und schluckt ihn hinunter, wenn man die Cicirella aber nicht hinunterschluckt, zergeht sie im Mund, darauf zu beißen käme fast einem Sakrileg gleich. Daher darf auch das Garen über der Glut nie mehr als ein einfaches Hin- und Herschwenken sein, und nicht über der Flamme, sondern über der Glut. Damals war die Frage, ob gegart oder roh, nur insoweit gültig, als man sich auf der Stelle den Bauch füllen musste. Doch kaum hatten sie sie geschluckt, als sie sich bereits in Gift verwandelte.

In der Umgebung war plötzlich ein Strahl von Cicirella heraufgesprudelt worden, das Meer hatte sich dermaßen beleidigt gefühlt, dass sie überrascht waren: Mit sich überschlagenden Wellen raste es so unversehens ans Ufer, dass die Schaumrösser die Jungen voll gepackt hatten, die ihre Cicirella noch in die Teller tropfen ließen und, unter die schäumenden Wellen gedrückt, Gefahr liefen, von den zurückweichenden Schaumrössern mit ins Meer gezogen zu werden. Dann, während die Erwartung wer weiß welcher Katastrophe sie alle lähmte, hatte man das übliche Pfeifen gehört und danach das übliche Grollen, und dann war das Meer an der Stelle, wo es die Cicirella heraufstrudelte, von der riesigen, langen, finsteren Körpermasse des Orcaferons zerrissen worden, der an der Oberfläche auftauchte, ganz von den weiß glänzenden Strängen der Cicirella bedeckt, die überall an ihm herabhingen und ihm den Krater auf der linken Seite vollpfropften, was wie ein silbriges Quillen in der großen schwarz umränderten Vertiefung wirkte.

Wie er erschien, schien es klar und deutlich zu sein, dass er die Ursache, dass er die kleine Naturkatastrophe war, und die Cicirella ihre Folge. Auch wenn es nicht gestimmt hätte, wäre es dem Anschein nach doch so gewesen. Die Frauen, die endlich sahen, wie ihren Jungen die Farbe ins Gesicht zurückkehrte und sich wegen der beiden Cicirellastränge wiederbelebten, erkannten ihm bei seinem Anblick unmittelbar das Verdienst zu. Die Palamara wandte sich sogar an ihn und rief: »Oh, Almosenspender, oh, Tod, du unser Almosenbitter ...« und hinter ihr, bei ihr, wie sie, die anderen, alle anderen, auch wenn jede sich bemühte, ein paar angemessene, persönliche Worte zu finden, um dem Orcaferon für seine Aufmerksamkeit zu danken.

Als Signor Cama, der indessen das Schauspiel mit dem Gesichtsausdruck eines Menschen genoss, der alles Lob und allen Preis für sich in Anspruch nahm, und wenn er den Mund aufmacht, ihn niemals aufmacht, um Luft hereinzulassen, diese ernsten, leidgeprüften Menschen hörte, nämlich hörte, wie die Familienmütter seine Orca besangen und ihr das Verdienst für die Cicirella zuerkannten, die sie heraufgeschickt hatte, durfte er sich da nicht geehrt fühlen? Wegen der Orca, der einen und einzigen Orca, mit der sie jetzt, ausschließlich jetzt ihre Erfahrung machten, und hatte er sich denn nicht persönlich zum Garanten für sie gemacht? Und außerdem, war es denn nicht auch ein bisschen sein Verdienst, wenn die Orca sich hier aufgehalten hatte, und das für einen guten Zweck? Und war damit das Manna, die Cicirella, das ihnen von der Orca kam, aus den Tiefen des Meeres, statt aus den strahlenden Höhen des Himmels, war nicht auch das ein wenig sein Verdienst? War es also nicht natürlich, dass er die Wünsche und Empfehlungen, die sie dem Orcaferon aussprachen, so hörte, als würden sie teilweise zugleich auch ihm gelten?

Die Pellisquadre waren indessen völlig erschrocken und benommen, jedoch nicht aus dem gleichen Grund, der die Frauen und Signor Cama beseelte: Das Aufsteigen der Cicirella war für sie ein Zufall, denn nur mit dem Zufall konnte man die Eigentümlichkeit dieses Naturschauspiels erklären. Wer weiß wie, der Orcaferon war beim Auftauchen da unten in den finsteren Grüften mit seinem Rücken an große, blinde, geheimnisvolle Lagerstätten der Cicirella gestoßen, wodurch er einen Teil, ein Rinnsal im Vergleich zu den Myriaden vorhandenen, nach oben gedrängt hatte.

Doch das Aufsehenerregendste, das, was sie mit offenen Mündern dastehen ließ und sie anzog, war nicht die auf dem Wasser treibende Cicirella, nämlich das, was sie sahen und sich erklärten, sondern es war die Begegnung oder der

Zusammenprall zwischen den beiden meerischen Arkanen, die einander so widersprüchlich und gegensätzlich waren, wie sie es sich nur vorstellen konnten: die Begegnung oder der Zusammenprall zwischen der riesigen, schwarzen, vereinsamten, todbringenden Orca und diesen Nichts von Fischlein, weißen Schlüpflingen mit noch geschlossenen Augen, Myriaden und Myriaden von Fischlein, eingepanzert in das Rätsel ihrer Geburt. Das eine das Arkan des Todes, das andere das Arkan des Lebens. Sie verhielten sich wie der Anfang und das Ende des Meeres, und sie haben sich dort berührt, unter ihren Blicken, und jetzt waren sie vermischt, Cicirella und Orca, die wimmelnden Fischlein des Lebens in der brandigen Schwäre, in der höhlengleichen Flanke des Großen Todes.

Es war, wie wenn der Orcaferon längst jedes andere Wesen vernichtet hätte, großes wie kleines, in Ozeanen und Meeren, und ihm jetzt nur noch die Vernichtung des Aals, der Aalin bliebe, dieser geheimnisvollen Eierträgerin, denn anderenfalls wäre es für ihn das Gleiche gewesen, als hätte er keines vernichtet. Was bedeutete es für ihn denn schon, Lebenswüsten geschaffen zu haben, Ozeane und Meere, wenn der Aal weiterhin, weder bewusst noch gesehen, trächtig wird, seine Eier auswirft und bebrütet, zu Myriaden seine geschlüpfte Brut verstreut, die Tiefen mit seinen unkalkulierbaren Bänken von Cicirella durchwölkt, Meere von Leben in Lethargie, kurz davor aufzublühen, die Augen zu öffnen und sich davonzumachen, trächtig zu werden, zurückzukehren und zu brüten, zu brüten …? Konnte es ihm je genügen, die Cicirella zu töten, um den Aal zu vernichten? Er musste die Mutter umbringen, um das Mutterei zu vernichten, die Trächtige massakrieren, um das Ei zu vernichten; er musste die trächtige Aalin massakrieren, um ein Geheimnis zu vernichten, es zu entdecken und zu vernichten. Wenn er dazu in der Lage war, würde er die goldene Präzisionsuhr mit Kette und glänzenden Zecchinen bekommen, die der alte Professore in Messina dem schenken wollte, der eine trächtige Aalin für ihn fand. Auch dort drüben noch hätte das kleine liebenswürdige, leicht verrückte Männlein die Hand ausgestreckt, um sie ihm zu reichen, darauf konnte man schwören. Er wäre trotzdem über alle Maßen glücklich und dankbar gewesen, dass jemand für ihn seine geliebten Aaleier gefunden hatte, und er war einer von dem Schlag, der sogar einem Orcaferon gegenüber sein Wort hielt.

Doch dann, angenommen, dies wäre das höchste Ziel des Orcaferons, welchen Nutzen hätte er jemals daraus ziehen können, wenn er den Aal und mit dem Aal jedes weitere Leben im Meer vernichtete? Angenommen, er würde auch den Aal vernichten, wer vernichtete diese Myrien und Meilen von Arkanen? Wen vernichtete er dann? Wem brachte er dann noch Tod, wenn er durch die Meere eilte? Dem Leben welchen Tiers brachte er dann noch den Tod? Wie und bei wem führte er dann noch seinen Totenberuf aus? Das Böse braucht immer auch das Gute, oder? Und so auch der Tod das Leben, sonst würde die Tödin am Ende sterben, weil sie nicht ausreichend eingesetzt werden könnte. Sicher, ihm wäre immer noch die Fere geblieben, doch die konnte er, wie man gesehen hat, einmal hereinlegen, einmal, und sie ist durchaus fähig, einen Weg und eine Weise zu ersinnen, ihm die Unsterblichkeit zu nehmen.

Die Cicirella, die sich überall zwischen der 'Ricchia, dem Sporn und der Marina ausgebreitet hatte, versilberte in der ganzen Gegend den Blick mit ihrem Glanz, und von den Feuerstellen zog ihr Duft in die Nase, und ihr Schlüpflingsfleisch zerschmolz im Mund leichter als ein Löffelbiskuit.

Die Mütter gaben zuerst den Kindern und Alten reichlich zu essen und brachten dann ein paar warme Röhrchen zu den Pellisquadre; ihre Blicke wanderten zu dem Tiergiganten, die Pellisquadre kauten versonnen die Cicirella, wie wenn an die Stelle der Zähne Gedanken getreten wären.

Das Röhrchen für Signor Cama brachte ihm die Amerikanerin, sie war Witwe, und mit ihren beiden Töchtern Costanza und Prudenza hatte sie angefangen, sich ein bisschen um den Strandaufseher zu kümmern.

»Ihr müsst Euren Mund damit ausduften«, sagte die Amerikanerin. »Es ist zwar wie vom Himmel gefallenes Manna, in Wirklichkeit müssen wir uns dafür aber bei diesem Tiergiganten bedanken.«

»Heh, ja, Manna, Manna …«, sagte er. »Gut gesagt, gut gesagt, liebe Donna Guglielmina, Manna, meerisches Manna, und für dieses Manna müssen wir, ob wir wollen oder nicht, diesem Gottbewahre danken. Wer hätte das hier wohl jemals erwartet. Hier dachte man an wer weiß was für ein schreckliches Übel, das er uns zufügen könnte, und indessen dachte er an unser Wohl. Doch das wundert mich kein bisschen, für mich handelt es sich, in aller Bescheidenheit, um keine Überraschung. Allerdings schade, wirklich schade, dass er kurz davor steht, sich wieder auf den Weg zu machen«, sagte er und seufzte, als würde er von Ferne die Gedanken des Orcaferons lesen. Aber er wusste es, als er ihn so bereit da vor sich sah, es sei denn, er hätte es nur gesagt, um Luigi Orioles zum Schweigen zu bringen.

»Ja, was denn? Jetzt macht er sich auf den Weg, jetzt, wo wir dabei waren, ihn zu mögen? Jetzt, wo er Dankbarkeit in uns erregt hat?«, fragte die Amerikanerin, die vielleicht ein bisschen übertrieb, wenn sie von Dankbarkeit einem Orcaferon gegenüber sprach, doch sie sprach aufrichtig, und die gleiche Übertriebenheit von ihrer Seite und der anderen Frauen sagte aus, dass es inzwischen lange her war, wo jemand auf dem Meer, im Himmel und auf Erden den Müttern von Charybdis einen Grund zur Dankbarkeit gegeben habe.

Der Orcaferon aber war weit davon entfernt, die Zelte abzubrechen. Ja, er machte zwar einen Ruck, um abzuziehen, doch über den Ruck kam er nicht hinaus. Er streckte und reckte sich über eine halbe Meile, doch dann, auf Cannitello zu oder spätestens bei Villa San Giovanni, bereute er es und kehrte wieder an seinen Platz zwischen den beiden Meeren zurück, mal im Jonischen und mal im Tyrrhenischen.

Es war, wie wenn ihn allein die Richtung, die er nehmen sollte, in Verlegenheit gebracht hätte. Diese Bewegung wiederholte er inzwischen schon eine ganze Weile, mal richtete er sich nach den Inseln, mal nach Malta, doch jedes Mal, wenn er bereits eine ziemliche Geschwindigkeit erreicht hatte und das Meer sich hinter ihm wieder schloss und man ihn schon aus dem Blick verlor, machte er plötzlich einen Rückzieher und kehrte schneller zurück als er sich davongemacht hatte, wie wenn er etwas vergessen hätte. Wenn er wirklich diese Absicht hatte, nämlich nicht länger zu stören, so musste man sagen, dass er es durchaus gemütlich anging, außerordentlich gemütlich und träge.

Nachdem er sich eine Weile unter der Sonne bewegt hatte, fing die Schwäre wieder an zu stinken. Von der Hitze hervorgerufen, verbreitete sich der brandige Gestank in der Umgebung, und weil er ein Riesenkoloss war, verdrängte er mit der Bewegung eine große Luftmasse. Bei seinem ruckartigen Gehen und Kommen wehten ausgesprochen widerliche Stinkböen an Land, und in ihre Gesichter hauchte eine Art verwester Schirokko, was die Gefahr mit sich brachte, dass ihnen das den Geschmack an der Cicirella verdarb.

Als er hinaufzog und die linke Seite bot, zeigte der große offene Krater im weißlichen, vom Salzwasser aufgeweichten Fleisch mit seinen schäumenden Hautfetzen dicht am Rand des ausgefaserten Schlundes auf der schwarzen, riesig gebauchten Oberfläche vor allem im vorderen und weniger im hinteren Viertel so etwas wie den ruinösen Klaff eines zum Untergang zerstörten Schiffs im Bugbereich. Die Cicirella, die sich in die Aushöhlung der Schwäre gesenkt hatte, troff bei dem Hin und Her allmählich heraus, und von weitem wirkte es so, dass die Feren sich um ihn herum zu schaffen machten, um diese Masse der Schlüpflinge einzusammeln, doch konnten es kaum diese Brosamen sein, derentwegen sie sich dem Feuer so dicht näherten.

Sie sahen, dass zumeist die Weibchen ziemlich in seiner Nähe um ihn herumscharwenzelten, zwar noch immer auf der Hut, aber auch nicht mehr als das, denn sie flatterten wie Schmetterlinge um ihn herum, wie wenn sie ihn sich durch Kokettieren günstig stimmen wollten, um ihn vielleicht zu einem ihrer Ziele zu lenken. Das konnte man zumindest von der Art vermuten, wie die Feren sich verhielten, und das schien dann auch der Beweis dafür zu sein, dass der Orcaferon keineswegs bereit war, nicht länger stören zu wollen. Gaben sich die Feren denn sonst mit ihm ab, wenn er wirklich im Begriff stand fortzuziehen? Und die da wussten es, wie denn auch nicht?, ob er wirklich davor stand oder nicht.

Nach diesen Beobachtungen phrasierten Luigi Orioles und der Strandaufseher eine Weile noch ein paar Für und Wider:

»Habt Ihrs gesehen?«, fing Luigi Orioles zuerst an, wie wenn der Strandaufseher inzwischen als dicker Freund des Orcaferons betrachtet würde und man von ihm Rechenschaft über die verheerenden Taten des Tiergiganten fordern könnte. »Seht Ihr, dass es für ihn weder Regel noch Gesetz gibt? Er reist und reist und findet nirgends Ruhe, er lebt nicht, wenn er nicht eilt und vernichtet, der Orcaferon ist der Große Tod, er kann gar nicht hier oder dort wohnen. Und jetzt seht ihn Euch an, wie er sich bequem und träge mit seinem Riesenhintern auf dem Sofa des Meeres hinflezt, denn Ihr wollt mir doch nicht etwa sagen, dass Ihr ihn immer noch kurz vor dem Aufbruch seht?«

»Heh, gebt ihm doch Zeit, lieber Don Luigi, gebt ihm wenigstens Zeit zu sterben, sozusagen«, sagte Signor Cama und konnte nicht an sich halten, über diese geistreiche Bemerkung zu lächeln, die ihm eingefallen war. »Denn wenn ich mich nicht irre, ist der da doch gerade auf dem Weg der Genesung, und es sieht ganz so aus, als würde er einen Spaziergang unternehmen«, fühlte er sich verpflichtet hinzuzufügen. »Eh ja, er braucht noch ein paar Tage, die müsst Ihr ihm schon noch gewähren, bevor er wieder zu Kräften kommt und sich, neu erstarkt, dann auf den Weg macht. Seht Ihr denn nicht, dass er sich benimmt wie einer, der gerade aus dem Bett steigt, gesundet zwar, aber noch schwach, er geht ein paar Schritte, um sich zu kräftigen, und sofort wird er müde, auf wackeligen Beinen? Meint Ihr denn, nur weil er unsterblich ist, könnte er sich nicht schwach fühlen? Auch ein Unsterblicher muss gesund werden, wenn man ihm einen so tiefen Riss an seiner Flanke beibringt, gesund werden, und sei es aus keinem anderen Grund als dem der Schönheit seiner Gestalt. Meint Ihr denn, die Schönheit der Gestalt gelange nicht auch der Orca zum Vorteil?«

»Lasst die Schönheit der Gestalt für einen Augenblick mal beiseite. Und was sagt Ihr? Er ist immer noch ein bisschen krank? Ist das so? Ihr bezeichnet das als krank? Wo es doch aussieht, als würde das Meer sich unter ihm zum Schlaf zusammenrollen, wo es doch aussieht, als würde er sogar den Schirokko von Morgen und von Abend her in Bewegung setzen und man meinen könnte, dass ein Wind aufkommt, so wie der und mit welcher Geschwindigkeit der schwimmt …«

»Hoho, aber das da ist eine Orca und ganz sicher kein Thun, man versteht ja, so krank und bettlägerig, so halb verwest und dem Tode nah sie auch ist, dass sie Euch Entsetzen einjagt. Don Giulio hatte ganz richtig gesagt: Sie stinkt zwar nach Tod, doch ihr Sterben, das könnt Ihr vergessen, denn sie ist unsterblich. Eine andere wäre zu dieser Stunde schon hundertmal gestorben, nicht einmal ihr Gerippe wäre übrig, sie dagegen, seht nur, da ist sie, man sollte meinen, dass sie nicht einmal diese verschwärten Schlünde auf der linken Seite hat. Sie hat sich ein wenig auf dem Grund der Hauptströmung ausgeruht, und obwohl sie immer noch ein bisschen blass und schwach ist, sieht man doch genau, dass sie sich wieder aufgerappelt hat. Was will sie uns denn mit diesem Kommen und Gehen zu verstehen geben? Sie sagt uns, meines Erachtens, dass sie wieder aufblüht wie eine Rose, und daher wittert sie mit ihrer Nase den Ozean, und das heißt die Weite, die sie von Natur aus braucht: Atlantik, Pazifik, Indischer Ozean, nur hier, in diesen Weiten der Gewässer, atmet sie und fühlt sie sich in ihrem Element. Wollt Ihr in zwei knappen Worten wissen, was die Orca macht? Sie zieht den Todeskreis rings um die Welt, und sie wandert und wandert, sie reitet auf den Wellen und verteilt den Tod in unablässiger Drehung. Die Tödin an Land reitet symbolisch auf einem Klepper und steigt nie aus dem Sattel, oder? Und sie, die Tödin des Meeres, reitet wahrhaftig auf den Schaumrössern der ozeanischen Wellen und steigt nimmer von denen herunter. Achtet darauf, eine machtvolle Seele in Pein, die niemals Frieden findet.«

»Wenn Ihr erlaubt«, hatte ihm Luigi Orioles da geantwortet, »mein Eindruck ist, dass sie zu dieser Stunde herumzieht und herumzieht, aber wo zieht sie herum? Sie zieht in einem dauernden Hin und Her zwischen Kalabrien und uns herum, von Meer zu Meer zwischen Skylla und Charybdis, wie wenn sie ihre neuen Besitzungen besuchen würde.«

»Euch steht der Sinn wohl nach Witz, Don Luigi. Glaubt Ihr denn, die Orca wäre, wie verschwärt sie auch sein mag, so tief gesunken? Und wäre so behindert, dass sie auf diese Hauptströmung heruntergekommen wäre, ein Tier, über dem die Sonne nie untergeht? Bald schon, bald schon wird sie sich nach Gibraltar aufmachen, das versichere ich Euch. So lange sie sich noch nicht auf der Höhe fühlt, können die Meere zwischen Skylla und Charybdis ihr reichen, doch nehmt einmal an, ihre Lebensgeister und ihre Kräfte würden zurückkehren, dann werdet Ihr sehen, wie eingeengt und erstickt sie sich in diesem Hauptfluss fühlt und wie sehr sie die Meeresweiten sucht.«

Die Frauen wollten davon aber nichts hören:

»Aber warum meint Ihr, er würde gar nicht anders können als aufbrechen?«, fragte die Palamara.

»Ah, er soll uns doch noch mit diesem Essen versorgen …«, seufzte die Amerikanerin, die wegen der schwachen Lungen ihrer Tochter Costanza litt. »Wer würde ihm denn schon sagen: Steh jetzt auf und rück ein Stück weiter?«

»Ja, so lange wir nicht ein bisschen Glanz sehen, so lange wir nicht ein bisschen Fleisch auf die Knochen bekommen …«, fügte Donna Cristina hinzu. »Er sollte uns diese Gnade erweisen, ein- oder zweimal am Tag, so lange unsere Leiber nicht ein bisschen zugenommen haben, die bei uns allen bis auf die Knochen abgemagert sind, so lange sollte er uns die Gnade erweisen, dieser fürsorgliche Orcaferon …«

»Gebt euch keinen Illusionen hin, ihr Frauen, phantasiert euch nichts zurecht …«, sagte Luigi Orioles zu ihnen. »Es hat sich um einen Zufall gehandelt, nichts weiter, und ihr, Donna Cristina, verwechselt das nicht mit Vorsehung und Heiligem Geist … Wenn der hier bleibt, wie ich das voraussehe, dann setzt er sich fest und zeugt Nachkommen, dann ist es um die Fürsorglichkeit geschehen, er wird hier seiner Berufung nachgehen, bei Nacht und bei Tag wird er links und rechts vor unserer Haustüre nur Tod austeilen, und kommt der Mai, wird er den Schwertfisch hinmetzeln, und wir an Land werden unsere Hände aufessen, einmal aus Ärger und einmal wegen des Hungers. Für diese Cicirella lässt er uns teuer bezahlen: Für so und so viele Stränge Cicirella, so und so viele Pulcinells. Wir werden noch unsere Hände und ihr Frauen werdet noch eure Leber aufessen …«

Doch die Frauen sahen den Tiergiganten nur von dieser Seite, von der Seite der Cicirella, denn für sie handelte es sich darum, den Bauch ihrer Kinder zu füllen, und mit dieser Cicirella füllten sie ihn, und wer ihnen dazu verhalf, Futter oder Kutter, das war für sie in diesem Augenblick wie Vater und Mutter.

Auf diese Weise verlangten die Weibswesen an Land wie die Weibswesen im Meer, seien es menschliche oder ferische, gleichermaßen nach dem Orcaferon. Geh nicht, geh nicht, seufzten die christlichen an Land mit ihren Blicken und hofften auf eine weitere Sendung Cicirella; und die Feren hofierten ihn dort aus der Nähe, sie kokettierten mit ihm und alberten herum, wie wenn sie ihn gütig stimmen und seine Wut bremsen wollten, oder vielleicht auch zu einem anderen ihrer verborgenen Zwecke. Was konnte man darüber bei diesen Tausendundeinnächtigen schon wissen?

Damals war der Orcaferon zum ersten Mal außerplanmäßig aufgetaucht; und zum ersten Mal hatte er die Schampanjerspritzigkeit der lebendigen Strömung verspürt; und zum ersten Mal hatte er sich nicht nur einfach gezeigt, sondern sich so lange aufgehalten, dass die Sonne, nachdem das Salz verdampft war, dieses Massaker von klaffender Schwäre getrocknet und damit natürlich auch deren Gestank bis zum Umfallen verstärkt hatte.

Er hatte sich weit nach oben geschlagen, sogar bis Spadafòra, und abwärts bis nahe Villa, und beide Male war er nur knapp nicht mit dem Landungsboot der Engländer zusammengestoßen, das schnurgerade vom einen zum anderen Ufer übersetzte, von Cannitello zum Faro. Doch abgesehen von dem Landungsboot gehörte das Meer ganz ihm und, wo er es hinter sich ließ, den Feren.

Die wagten es nicht, auch nur den kleinsten Schatten auf ihn zu werfen, und er war einsam von Meer zu Meer gezogen, in die große Abgeschiedenheit der Meere zwischen Skylla und Charybdis. Seine riesenhafte Gestalt, seine finstere und schaudererregende Kontur schien ein Hauch von entsetzlicher Fatalität zu umwehen, wie ein phantastisches, unerreichbares Wesen, unerreichbar auf jedem nur erdenklichen Weg und mit jedem nur erdenklichen Mittel, mit welchem man versucht haben könnte, ihn zu erreichen oder, gottbewahre, zu entern. Der Eindruck dessen, was man bei seinem Anblick empfand, war in seinem Gestank und in seiner Erscheinung als schwarzer, grandioser Wanderkadaver verschlossen: denn dieser und jene schienen eigens für den Beweis da zu sein, dass er zwangsläufig gar nichts anderes sein konnte als unsterblich. Die Schwäre, und immer wieder kam man auf diese Schwäre zurück, die Schwäre, die ihn beim Anblick zu behindern schien, musste genau das sein, was ihn zum

Leben oder zum Tod unverletzbar machte, wie ein Wesen aus der jenseitigen Welt, für das Leben und Tod eine Einheit bildeten, und er hatte gleichzeitig beides zusammen und keines von beiden.

Diese wenigen Seemeilen legte er mit der Geschwindigkeit eines Torpedos zurück: Beim Schwimmen sandte er einen eigentümlichen Ton aus, der nichts anderes war als ein Pfeifen, doch beim Aufsteigen mit stärksten Schwimmbewegungen wurde dieses ganz und gar unschöne Pfeifen oder Fauchen an einem gewissen Punkt zu etwas Melodiösem im Ohr.

Dieser Ton kam möglicherweise gar nicht aus der Kehle des Tiergiganten, sondern vom Brechen der Wellen, das er machte, indem er wie ein Wind in sie drang und dann zerstob. Um die koksschwarze Schlankform bildete sich so etwas wie ein schäumender Nebelschleier, und dieser wehte möglicherweise auf die Atemlöcher und brachte das Pfeifen hervor.

Die Feren, eingekeilt hier und da zwischen Einbuchtungen und Vorsprüngen, Felsen und Reeden, sahen ihn mit eingezogenem Schwanz gehen und kommen und rissen wegen seines sirenenartigen Pfeifens ihre Augen weit auf. Als er an ihnen vorbeizog, verdrehten sie die Fluke, damit er sehen konnte, dass sie die Herrschaft seines Blicks spürten, und sie waren dermaßen still, dass man den Atem des Tiergiganten gegen das Wasser schnauben hören konnte, wie den Luftzug eines Winds. Kurz gesagt, sie spielten für ihn die Unterwürfigen, zumindest sah es so aus. In Wirklichkeit sannen sie in aller Heimlichkeit nach, heckten Pläne aus, denn man sah hinterher, dass es ihre Absicht war, sein Vertrauen zu gewinnen, um ihm am Ende die Reverenz zu versagen.

Als der Orcaferon endlich aufhörte fortzuziehen, um es gleich darauf zu bereuen, schwammen die Feren umher, rückten eng aneinander und bildeten als Erstes einen Kreis von bewegten Farben um ihn herum, wie wenn sie ganz darauf erpicht gewesen wären, ihm aus der Nähe zuzuzwinkern. Und in der Tat: Kaum hatte der Orcaferon das Wasser herausgeprustet, das er möglicherweise gerade eben erst eingelagert hatte, als er die Wellen mit seinem unterseeischen Schwimmen durchstieß, machten sie gleich frech schreiend, sei es mit kriecherischen, sei es mit hurerischen Absichten, hiii … hiii … hiii … in einem großen Feuerwerk von Saltimortali und zeigten deutlich ihre Bewunderung für seinen schönen, mächtigen, bläulich durchäderten Strahl, der aus der Mitte seines felsigen Nackens gespannt und schwallend in die Luft schoss.

Bei diesem Anblick schienen sie sich zuerst von einem Zauber gefangennehmen zu lassen, von einem stummen Schmachten, dann machte irgendeine: hii … hii …, als hätte sie einen Schluckauf, und im Nu erfasste sie alle ein gehöriges Lachen, ein schluchzendes Lachen. Und als wäre es gerade diese gigantische Gleichgültigkeit von seiner Seite, die sie so anzog, zwei auf dieser, drei auf der anderen Seite, vier Flaschennasen und ein halbes Dutzend Weißfahnen, ein Schwarm Heimischer und einer von Porposen, braun, weiß und bläulich, als hätten sie sich abgesprochen, flogen sie an diesem Punkt auf den Tiergiganten zu, direkt auf ihn zu, ja sogar über ihn hinweg. Der Strahl, der in diesem Augenblick an die drei bis vier Meter hoch war, reichte aus, dass sie mit einem ihrer gewöhnlichen Sprünge hingelangen konnten, und in der Tat trug ihr Schwimmflug sie zu ihm, und ohne zweimal darüber nachzudenken, sprangen sie über ihn hinweg; zudem waren viele unter ihnen, denen es im Sprung gelang, ihr Hinterteil an dem Strahl aus bläulichem Wasser zu reiben, und einigen, die geübter oder lasterhafter als die anderen waren, gelang es sogar, die Truhe ihres Hinterteils auf dem Gipfel der Spritzer zu lagern und dann augenblicklich wegzugleiten. Und für den Fall, dass irgendeiner sich noch nicht darüber im Klaren gewesen sein sollte, gab Don Mimì Nastasi, der in diesen Dingen ein Experte war, die entsprechende Erklärung: »Die Doppelhuren«, sagte er als Kommentar von seinem an der Spitze des Sporns zu Füßen der Pellisquadre abgestellten Korb aus. »Diesen Wasserstrahl betrachteten sie als die Standarte seiner Männlichkeit. Und ehrlich gesagt, was die Form und die Dimensionen angeht, würde der wirklich wie angegossen als Schwanz, ja Riesenschwanz zu so einem Tiergiganten passen.«

Nun, während der Orcaferon diese Festbeleuchtung von Spritzern lebendig hielt, indem er den Strahl dosierte und am Laufen hielt, wie wenn er das Wasser unmittelbar aus dem Meer heraufpumpen würde, machten die Feren den Eindruck, dass sie nicht nur eingenommen und fasziniert, sondern wirklich angezogen waren, angezogen, wie noch nie zuvor von jemandem, von etwas, merkwürdig angezogen für sie, sie waren wie von Sinnen.

Innerhalb kurzer Zeit fand eine klare Trennung zwischen großen Feren, nämlich den Männchen, und kleinen Feren, den Weibchen, statt: diese, ohne Unterschied des Alters, unverheiratete und verheiratete, Ohmahninnen, alte Schulfregatten und Allerjüngste noch mit Milch im Maul, stoben alle davon, sobald sie des Strahls ansichtig wurden. Sie flohen, ließen ihre Männchen links liegen, befreiten sich von den Jungen, gaben sozusagen Haus und Familie auf, Stolz und Vorurteil, fortgetrieben von einer ruinösen Leidenschaft außerhalb ihrer Gattung und außerhalb ihres vorgesehenen Monats für die Paarung, nämlich Mai, ganz wie die Christenmenschinnen, wenn sie sich in den falschen Mann vergucken oder wenn die Lust sie außerplanmäßig überkommt.

Ein großer Teil von ihnen, wenn nicht alle, mussten trächtig sein, ungefähr im fünften Monat, und gleichwohl eilten sie zum Orcaferon, diesem schwarzen, länglichen Tiergiganten, wie wenn sie die Anmutgottes seit Jahren schon nicht mehr gesehen hätten, und veranstalteten viel Aufhebens, diese Unverschämten, jagten übereinander weg und behinderten sich gegenseitig, gaben sich hoch in der Luft sogar ein paar Kopfnüsse, ein paar Schläge auf den Hintern und ein paar Ohrfeigen, als wären sie drauf und dran sich zu raufen, weil jede vor der anderen da sein wollte, um ihn für sich zu reklamieren.

»Was geht denn da vor sich? Heh, was geht da vor sich?«, fragte Signor Cama, dem, weil er ununterbrochen auf dieselbe Stelle starrte, eine Träne ins Auge trat und ihm den Blick verschleierte.

»Seht Ihrs denn nicht? Sie laufen mit gespreizten Beinen auf ihn zu«, berichteten sie.

»Dem gehen diese Hurendinger doch am Arsch vorbei, und er denkt«, sagte Signor Cama da, der nicht lange gebraucht hatte, um aus ihm ein Männchen zu machen, während bis zu diesem Augenblick nur die da, die hier, sie, die Orca auf seinen Lippen war.

Unter seinem Schaft aus grünlich glänzenden Schaumspritzern zeigte der Tiergigant nämlich ein distanziertes Verhalten inmitten all dieses Herumfliegens der wirklich oder nur vorgetäuscht begierigen Jungtiere, als würde er bestimmten großen, düsteren Gedanken nachhängen, die in allem dem Erscheinungsbild seines Körpers glichen.

Er, dieser große, meerdurchspülte Mächtige, hielt sich unter dieser Art von Zwergpalme auf, die im vollen Sonnenschein Tau herunterträufelte, wie ein dunkelhäutiger Großpascha, der nach der Rückkehr aus der Schlacht, in welcher er an einer Seite verwundet worden war, mit seinem Gefolge eine Pause in der Kühle einer Oase eingelegt hatte, um die Wunde, die inzwischen nicht mehr blutete, sondern im Gegenteil schon zu vernarben begonnen hatte, nicht zu strapazieren und gleichzeitig, wenn ihm der Sinn danach stand, sich die eine oder andere Belustigung mit einer dieser im Tanz Schwingenden zu verschaffen, die aus allen Winkeln der Oase herbeieilten und sich vor ihm produzierten.

Dort hielt er sich auf, mit dem Kopf unterhalb der Palme und der Fluke so weit weg, dass es aussah, als befände sie sich außerhalb dieses langgestreckten, machtvollen, finsteren Körpers.

Die Pellisquadre lasen klar und deutlich in diesem Flanierspiel der Feren, und sie lasen besser, als wenn es eins von Christenmenschen gewesen wäre. Da es sich um Weibswesen handelte, allerdings auch um Männchen, die, selbst wenn sie keine Weibchen sind, doch ihrem Kopf und ihrer Geistes- und Gemütsart nach nicht weniger weibswesisch sind als ihre Weibchen, ja, vielleicht sogar noch mehr, da es sich bei ihnen ja, um es eigentlicher zu sagen, um Feren handelt, von denen jede mindestens zwei von jeder anderen Gattung von Weibchen darstellt, und weil sie eben Weibswesen sind und darüber hinaus auch noch Feren, konnte es durchaus sein, dass sie Theater spielten, große Szenen entwickelten, wie sie es üblicherweise in allem mit allen machten, die üblichen Szenen, die sie von ihrer Geburt an bis zum Tod spielen, ihr Leben selbst. Doch das Gebaren, die Bewegung, das alles war vielsagend beziehungsreich, das Gebaren, die Bewegung, die sie üblicherweise im Mai zeigten, das Gebaren, die Bewegung von sinnlicher Paarung. Und das genau war das Vielsagendste, das Knallen wie von Kastagnetten, von allen zusammen, wie abgestimmt, das sie aus dem Schlitz unter dem Bauch entließen, als sie um ihn herumscharwenzelten wie Odalisken und keine es wagte, in vertrauter Nähe um ihn zu sein, wie wenn sie wirklich einen Pascha in ihm sähen und er als solcher der Auserwählten ein Zeichen seiner Herbeilassung senden müsste, wenn ihm der Sinn nach ihr stand.

Lüstern und erpicht wie sie waren auf das riesige Männchen, gaben sie ihm ihre erregte Scham zu erkennen, indem sie ihre Fluke nach unten gekrümmt hatten, um ihr erhitztes Nischlein zu befächeln. Man hörte kleine Fürzchen aus Nischlein und Mündern, man sah, wie sich das Meer sozusagen verweibste, Rücken an Rücken ringsum, die aufgeschwollen atmeten, Augen und Augen, die zwischen halb geschlossenen Wimpern zu dem schäumenden Rohr des Orcaferons hinüberblinzelten.

Die Pellisquadre warfen sich verständige Blicke zu, wie wenn sie sagten: Da, schaut sie euch an, diese kleinen Huren, ihr Verhalten ist so schamlos, dass sie sogar fähig wären, es den Jungs zu zeigen, welchen Sinn ihr Fächerwedeln mit der Fluke hat und das Herumfurzen um den Orcaferon und seine blau durchäderte symbolische Standarte.

Es vergingen Augenblicke, während denen Christenmenschen wie Feren auf jedwede Entscheidung des Orcaferons zu warten schienen. Sie alle befanden sich da in Erwartung von etwas, außer ihm. Denn was ihn betraf, das vermeintliche Riesenmännchen, hätten die Feren sehr wohl glauben können, dass er sich da produzierte wie ein Pfau, während er sein Instrument mit ihren Nischlein abschätzte und sicher zu der Schlussfolgerung kam, dass er, um in sie einzudringen, ohne sie der Gefahr auszusetzen, sie von einer Seite zu anderen zu durchstoßen, ein Hilfsmittel ersinnen müsse, um die überproportionierte Länge seiner Bestückung zu dämpfen, einzudämmen oder zurückzuhalten. Ein Hilfsmittel wie das, beispielsweise, von Peppe Papàno, der, als er Donna Lina heiratete, dieses kleine zerbrechliche Wesen, sich nicht von seinem Instinkt mitreißen lassen und ihn seiner jungen Braut ganz und unverkürzt aufzwingen wollte, wobei er sie ja gleich in der ersten Nacht hätte aufreißen können; doch damit sie ihn vielmehr immer ein Stückchen mehr empfing, vielleicht wohl auch mit Schmerzen, doch mit Schmerzen süßester Sanftheit, und das musste wohl wirklich so genannt werden, mit Schmerzen süßester Sanftheit, verkürzte er sein Chinesischesdingsda, das von den Ausmaßen her das eines Esels war und wirklich einen Zeitungsbericht verdient gehabt hätte, oder besser gesagt: Er hielt es im Zaum mit sieben kreisrunden, in der Mitte durchlöcherten Keksen, die genau wie Rettungsringe aussahen und ihm ja auch zur Rettung seiner äußerst verängstigten jungen Frau dienten. Peppe Papàno nahm jede Nacht einen dieser süßen Rettungsringe weg, und sein Chinesischesdingsda senkte sich jede Nacht ein bisschen tiefer in Donna Lina hinein, um ihre Hingabe auszuloten: Hast du vergangene Nacht wieder einen Keks gegessen, du Schlaufuchs?, fragten ihn morgens dann seine Freunde. Doch am Ende der siebten Nacht war Donna Lina mit Hilfe dieser Rettungsringe in der Lage, alleine zu schwimmen, und das ohne jede Angst, denn Peppe Papàno, das muss man ihm anerkennen, hatte sie wirklich und nicht nur als Redensart mit süßester Sanftheit dahin gebracht.

Doch um wieder zum Orcaferon zurückzukehren, zu der Tatsache, dass diese Großfotzigen sich alle beim Anblick seines Strahls darboten und ihn das völlig gleichgültig ließ, muss man, um sich das zu erklären, sich möglicherweise vorstellen, dass es in der finsteren Tiefe seines todbringenden Verstands keinen Platz für einen solchen Gedanken gibt. Mit anderen Worten: Ein Unsterblicher wie er kommt vielleicht nicht einmal auf den Gedanken einer Paarung zwischen einem Weibchen und einem Männchen, weder zum Spaß noch zur Pflicht, denn ein Orcaferon hat es ja nicht nötig, dass das Männchen das Weibchen trächtig macht und dass das Weibchen kalbt, denn diese Tiere sind doch unsterblich, und wenn sie nicht sterben, werden sie auch nicht geboren, denn wo kein Ende ist, kann auch kein Anfang sein, so dass die, die Gott im Anfang erschaffen hatte, dieselben sind, die heute umherziehen und morgen noch umherziehen werden. Ja, mehr noch, man könnte sogar darauf wetten, dass es weder einen männlichen noch einen weiblichen Orcaferon gibt, denn welche Notwendigkeit würde dafür auch bestehen?

Der Tiergigant, der unterdessen seine Geschäfte erledigte, zog unversehens seine blaue Standarte ein, genau wie jemand, der, nachdem er seinen Tropfen Wasser gelassen hat, alles wieder hineinstopft und sich zuknöpft. Dann atmete er aus der ganzen Haut und prustete unter Wasser, dabei entstand ein Pfiff wie beim Wind über dem Wasser, der wieder an eine Wasserhose erinnerte, der Pfiff unterdrückter Wut, die er herauslässt, wenn man wie durch ein Wunder mittels Zauberworte, doch besser noch mit Explosivstoffen in der Lage ist, sie im Keim zu ersticken.

Die Feren, die angestoßen und abgestoßen waren, zogen sich verwirrt zurück, blickten dabei aber immer starr zum Orcaferon hinüber, wie wenn sie ihn belauern würden, insbesondere das vordere Viertel, wo sich die Atemlöcher befanden, aus denen kurz zuvor der Wasserstrahl unter Schaum und Spritzer herausgeschossen war.

Da war es wohl, nach dem und möglicherweise wegen dessen, dass diesen Tausendeinnächtigen der Verdacht gekommen sein musste, es müsse sich um ein Paradeross handeln, um ein Zirkuspferd, das voll aufgezäumt und eingemantelt auftritt und eine großartige Präsenz darstellt, doch darunter mit Schwären und Eiter bedeckt und mit Sägemehl und Sand gegen Bremsen überstreut ist.

Das war jedenfalls der Augenblick, als sie wirklich in vertrauten Umgang miteinander eintraten und anfingen, ihm die Reverenz zu versagen. Von diesem Augenblick an war alles Hofieren, alles Werben, das sie ihm gegenüber zeigten, wie man dann in der Folge noch genauer sah, reine Verstellung, mit dem Ziel, ihn in ihre Mitte zu nehmen, damit er ihnen aufsäße.

Hofieren? Werben? Zuerst, wenn es das gab, wenn es ehrlich und nicht gespielt, wenn es kein Theater war, zuerst war es Hofieren oder Ablenkung oder eine Flause. Zuerst war es, was es war, doch dann war es ohne jeden Zweifel, ohne Szene, Theater, Verstellung, Verspottung, mit einem Wort: Es war Qualm, den sie ihm in die Augen bliesen. Zum Beispiel, weil sie nun verstanden hatten, dass der Tiergigant immer wieder mit dieser Tötungslust bei ihnen auftauchte, haben die guten Weibchen ihn, um ihm diese Lust zu befriedigen, aber auch, um selber nicht in Gefahr zu geraten, jedes Mal die Feren gebrauchsfertig vorfinden lassen, die nach und nach beim Rülpsen den Tod gefunden hatten und an derselben Stelle des Meeres trieben, wo er auftauchte, und das war eine schöne Auswahl frischer, bunter Kadaver, die der Orcaferon in einem gewaltigen Sturm von Schaum und Blut blindlings zerriss, ohne jemals zu bemerken, dass sie ihm tote Feren als lebendige vorsetzten.

Was taten sie dann? Während der gesamten Zeit, die der Tiergigant mit seiner aufgezogenen und eingeholten Standarte aus Wasser an der Oberfläche herumzog oder sich ermattet von der toten Strömung treiben ließ wie ein Segler, der darauf wartete, dass ein leichter Windhauch in seine Segel blasen würde oder an der Wasseroberfläche trieb, als würde er in den Gewässern der Windstille kleben, gaben diese Doppelhuren die Spritzigen und Launigen, schlugen mit ihren Flipperhändchen in seiner Nähe Schaum auf, und zwar so gewaltig, dass der Orcaferon glauben musste, sie würden es tun, um ihn mit Wasser auszuspülen und ihm die Qualen der strudelnden Schwäre zu lindern, die nach stärkster Verwesung stank und von der heißen Windstille des Schirokkos begünstigt wurde.

Was sie da vor ihm taten, waren, einfach gesagt, nichts anderes als tückische Spielchen.

Am selben Tag, auf die Abenddämmerung zu, wiederholte sich der Fluss der Cicirella. Gerade, als die Sonne oben sich seiner Flanke zugewandt hatte und unter ihm die Strömung wechselte, war der Orcaferon, der sich ganz unauffällig an der Oberfläche aufgehalten hatte, abgetaucht und gut eine halbe Stunde danach, so als hätte er lange gebraucht, um den Grund zu berühren, begann die Cicirella an dieser Stelle heraufzustrudeln.

Zwischen Blau und Schwarz sahen sie die Myriaden von Silberfäden aufglänzen, und der weiße, ganz lebendige Schein in der sich mit Schatten füllenden Luft machte den Eindruck eines Werks von Magie.

Die Cicirella trieb zu einem Teil in die Hauptströmung und verlor sich dort; zum anderen Teil schnappten Abfälle und Bastardelle danach, und ohne zur Marina zu gelangen, trieb sie dieses Mal dicht am Ufer der Dünen, auf der anderen Seite der ‘Ricchia: Dort, auch wenn unterdessen die Dunkelheit herabsank, konnten sie eine ganze Zahl von Tellern füllen, wenn sie ihrem Glanz folgten.

Es war, wie wenn der Orcaferon, gleich den wundertätigen Heiligen, denen nicht aufs Wort geglaubt wird, eine Wiederholung des Wunders hätte bewirken und mit dieser Zugabe eine Antwort auf die Ungläubigen und Misstrauischen wie Luigi Orioles und der ganzen Mannschaft von Pellisquadre geben wollen, die starrköpfig nur immer wiederholten: »Das war Zufall. Sie strudelte einmal hoch, aber sie strudelt kein zweites Mal mehr.« Doch Orcaferon und Meer hatten noch nicht aufgehört, es heraufstrudeln zu lassen.

Bei Tagesanbruch fanden sie, dass das Ufer hier und da von weiteren dieser weißlichen Stränge glänzte, welche die Abnahme der Strömung während des Stillstands des aufsteigenden Strömungsflusses in den letzten vier Stunden ans Ufer getragen hatte. Daher füllten sie ihre Tellerchen mit diesem Überbleibsel der Nacht, als drüben, im Tyrrhenischen, nicht weiter als eine Meile entfernt, eine Stelle auf dem Meer plötzlich geradezu wie Milch aufgeleuchtet hatte, und das war die erneut aufgestiegene silbrige Ader, die angefangen hatte, das Wasser wieder mit Cicirella zu füllen.

»Heilige Jungfrau«, riefen die Frauen und taten so, als würden sie sich wegen dieser großen Fülle, die sie da überflutete, die Haare raufen. »Die gibt uns ja nicht einmal Zeit, die Teller zu leeren.«

Sie hatten schon die ersten Schilfrohre gegart und waren ganz rot geworden, und ihre Augen lachten. Und weil das schon lange nicht mehr vorgekommen war, sprühte das Lächeln in ihren Augen wie ein Funken in weiter Ferne, beinahe so, als würde es aus dem fernen Feuer ihrer Jugend herübersprühen, und einen Augenblick lang schien sich ein Rest von Schönheit zu entzünden. Und dann plötzlich ging das Lächeln sogar in Lachen über, das bei einer nach der anderen hervorbrach, wie wenn sie sich mit den Augen kitzeln würden. Sie liefen mit den Tellern voll Cicirella zwischen Marina, Haus und Feuerstelle hin und her, hielten sich an den Armen, zogen sich an den Röcken, schubsten sich oder fassten sich an der Hand, wie wenn sie wieder so jung geworden wären, dass sie, die Mütter mit den Töchtern, sich um die Wette neckten, fortliefen und Fangen spielten.

Und so war nach dieser neuen Gabe von Cicirella vor den verblüfften Augen der Pellisquadre der Orcaferon noch einmal aufgetaucht und trieb an der Oberfläche wie gewohnt, hätte man beinahe sagen mögen, ähnlich einer aufsteigenden Lavainsel, die sich beim Erkalten hier und da mit Flecken weißer, silbrig durchwirkter, finster funkelnder Stränge behängt hatte.

Und während sie ihm still und mit äußerster Aufmerksamkeit folgten und er anfing, das aufgenommene Wasser herauszuprusten und sich mit dem Strahl den Kopf einzureiben, hatte Donna Cristina Schirò ihm mit ihrem von glänzenden Cicirellasträngen gestreiften Tellerchen in der Hand und so, als könnte sie nicht mehr an sich halten, als käme es ihr aus tiefstem Herzen, diesen erstaunlichen Namen zugerufen: »Oh, gütige Seele, du großzügige gutgütige Seele.«

So hatte sie ihn genannt, diese muskulöse, kurze Zwergriesin mit den verborgenen Talenten, die Salben und Medikamente aus Ferenknochen herstellte, Kinder aus dem Bauch der Mütter holte und der Seele half, dort hinzureisen, wohin sie reisen musste. Und nachdem sie ihm zugerufen hatte, hatte sie ihm diese kleine Rede gehalten, bei der die anderen Frauen an ihrer Seite und hinter ihr standen und zu ihren Worten zustimmend nickten, ohne jedoch den Blick von dem Tiergiganten zu wenden, wie wenn sie sichergehen wollten, wie sehr jedes Wort von Cristina Schirò ihm wie angegossen passte:

»Wer bist du, du gütige, du große Seele? Wer bist du, dass du uns mit dem Aussehen dieses Trauergiganten erscheinst, der sogenannten verrufenen Orca? Du kannst nur, darauf würde ich schwören, eine Seele sein, die Ehrungen und Preisungen abgeneigt ist, denn nur eine solche Seele konnte in den Körper einer so barbarischen, schreckenerregenden Tiergigantin schlüpfen, und das nur zu dem Zweck, sich nicht zu erkennen zu geben und sich von dem bedanken zu lassen, der sie erkennen konnte, von dem, der sich bei ihr bedanken musste. Besteht noch Zweifel, dass du diese schöne Seele bist, die ich mir in dieser Tiergigantin verkörpert vorstelle? Dieser Schrecken, der nach dem stinkt, was er tut, nach seinem Kadaverberuf, diese da, die Tödin, ums einfach zu sagen, die nach Tod stinkt, diese, denke ich, ist die Erscheinung, dein Kostüm, kurz gesagt der Körper, in den du eingezogen bist, um uns unbekannterweise mit Gnade zu beschenken. Andernfalls frage ich mich, wie sollte es geschehen, dass die, die allen den Tod bringt, uns das Leben bringt? Und warum, frage ich mich, kam dieser furchtbare Drache so entschlossen hierher, als wäre es sein Ziel, uns eine derart bevorzugte Behandlung widerfahren zu lassen? Warum, so möchte ich wissen, warum sollte er das tun, wenn nicht du da wärst, du freundliche Seele, die ihn beseelt, heh, warum? Mir, Cristina Schirò, wirds niemand aus dem Kopf tilgen, dass du, wer immer du auch seist, du da drinnen bist, drinnen in diesem schwarzen, riesenhaften Kadaver, und ihn mit Geist beseelst. Doch du, du, wer kannst du sein, wer kannst du gewesen sein? Das begreife ich nicht. Bist du vielleicht eine Seele aus dem Fegefeuer? Büßest du vielleicht für eine Sünde, und war dies deine Verurteilung, nämlich dass du in den Körper dieses Schreckens von Tiergiganten eindringen musstest? Doch mit welcher Sünde, frage ich mich, mit welcher Sünde kann sich einer wie du befleckt haben, einer, der sich so verhält? Heh, wer kannst du nur sein, dass du dich uns gegenüber so verhältst? Besteht denn Bekanntschaft zwischen dir und uns? Erinnerst du dich vielleicht irgendeiner guten Tat, irgendeines Gedankens oder einer freundlichen Geste, die dir hier in Charybdis zu Lebzeiten erwiesen wurde, und jetzt möchtest du dich erkenntlich zeigen? Doch wer kannst du sein, wer kannst du zu Lebzeiten gewesen sein, du gutgütige Seele?«

Die Wehmutter verleugnete sich im Grunde nicht: Auch jetzt lag ihr nur daran, dem Orcaferon für dieses Tellerchen voller Gnade zu danken, das sie in der Hand hielt, und dann, ohne auch nur andeutungsweise auf all diese Warums und Weshalbs aufmerksam zu werden, die für sie an der Tagesordnung waren, sprach sie am Ende ganz verwickelt mit der Gottheit selbst.

Gleich darauf jedoch rief auch Stena Palamara dem Orcaferon ihren Dank zu, ohne jedoch den Anspruch zu erheben, ebenfalls zu seiner Seele vorzudringen, und dann, mit ihrem scharfen Sinn fürs Praktische und ihrem Innenhofstil, nahm sie einen vertraulichen Ton an und fragte den Tiergiganten, ob er, der Gütige, noch weiter die Absicht habe, ihnen dieses Manna mit dem täglichen, regelmäßigen, dauerhaften Fluss zu schicken. Wenn er diese verdienstvolle Absicht habe und all diese Cicirella nicht verlorengehen lassen wolle, was nun wirklich eine Schande wäre, wenn sie verlorenginge, so hätten sie und ihre Freundinnen sich gesagt: Lasst sie uns in Salz legen, die restliche Cicirella, die nach oben dringt, lasst sie uns in Salz einlegen, kippen wir sie doch mit ihrem Wasser in Fässer und Fässchen. Was wissen wir denn, ob es morgen nicht schlimmer wird als gestern? Das Schlimmste hat doch kein Ende.

Sie redeten mit dem Orcaferon, und gleichzeitig ließen sie sich von ihren Männern, den Pellisquadre, vernehmen, doch zu ihm oder zu ihnen redeten sie ernsthaft und überzeugt, so schien es.

Auch wenn sie keine so großen Vorräte hatten, dass sie sie einsalzen sollten, so hatten sie indessen doch immerhin so viel, dass sie sich satt essen konnten. Und jetzt, wo sie den Kindern wie den Alten schon aus Nase und Ohren kam, gab es so viel, dass auch Mütter und Väter satt werden konnten. Die Frauen nahmen die Röhrchen vom Feuer und brachten sie kochendheiß, mal die eine, mal die andere, zu den Pellisquadre auf dem Sporn. Die Pellisquadre, die nach der neuen Gabe von Cicirella und dem Purparleh von Donna Cristina und der

Palamara mit dem Orcaferon völlig mameluckisch dastanden, zogen die Cicirella Strang auf Strang aus dem Schilfröhrchen und steckten es sich zwischen die Lippen wie eine Zigarette, und an eine Zigarette erinnerte es von Länge und Umfang her allemal, wenn sie es zwischen die Zähne nahmen und auf das Röllchen mit dem fast nicht vorhandenen Fleisch um die weichen Gräten kauten. Sie kauten langsam, alle ganz darauf konzentriert und nachdenklich, wie wenn diese Cicirella eine magisch zubereitete Mahlzeit wäre und sie sie nicht zermahlen und zu einer Kugel im Mund formen würden, sondern im Kopf, die Augen zum Meer gewandt, nachdenklich, wie wenn die Gedanken an die Stelle der Zähne getreten wären.

Abgesehen von Signor Cama, der zwar auch anwesend war, aber mit dem Rücken zum Fensterchen seines Häuschens saß, im Angesicht des Meeres seiner Orca, mit ihnen allerdings nichts zu tun hatte, mit ihrem nachdenklichen Kauen der Cicirella auf dem Sporn, befanden sich alle Pellisquadre nach Namen und Tätigkeit da dicht beisammen auf engem Raum, und ebenso war da ein Pellesquadra dem Namen nach, und das war Don Mimì Nastasi, der in seinem Korb saß; und dann war da noch ein ohmahnischer Pellesquadra, und der war Don Giulio Vilardo. Unter den Pellisquadre fehlte Don Caitanello, der beleidigt war und sich freiwillig abgesondert im Haus aufhielt. Dann fehlten aber auch die Jungen, die im Krieg waren, doch die waren zum Augenblick ihrer Einberufung noch keine fertigen Pellisquadre, und zum größten Teil hätten sie niemals mehr die Haut dafür bekommen, von einer glatten und feinen zu einer rauen und körnigen, dem Glaspapier ähnlichen, mit dem man Holz abschmirgelt, wie eben die Haut der Pellisquadre, das heißt die Haut des Hais, genauer gesagt des Blauhais oder des Meerengels.

Damit die Pellisquadre zu neunt da stehen konnten, wo sie bereits zu viert eng beieinander gestanden hätten, aufrecht und wie in Hab-Acht-Stellung, eingedrückt, Brust an Brust, Rücken an Rücken, Hüfte an Hüfte, nahm einer und gab, drang ein oder ertrug einen Teil des Menschen mit dem anderen; sie sahen aus, als steckten sie ineinander, das Gesicht im Gesicht, das Gesicht im Profil, das Profil im Profil, das Profil im Nacken, der Nacken im Gesicht. Sie standen da, kurz gesagt, wie einander einverleibt, jeder schien halb er selbst und halb der andere zu sein, einer war alle und alle waren einer, ein Einziger, der kaute und mit den Zähnen dachte, mit dem Gesicht, dem Profil, dem Nacken aller, und gerade dieses Kauen und Wiederkäuen von Cicirella und Gedanken musste es gewesen sein, das sie untereinander so ähnlich erscheinen ließ, wie wenn sich einer im anderen spiegeln würde, was ihnen den Anschein eines gedrungenen und auch einsamen Menschen gab, gesund und versehrt, eines Menschen, der aus den Stücken der Gestalt aller, eines jeden und keines einzigen gebildet war.

Sie waren unterschiedliche Menschen und bildeten doch einen, doch sie bildeten ihn stumm, stumm mit dem Wort im Mund, und es blieb noch zu sehen, ob sie es schafften, einen einzigen Menschen darzustellen, mit einem Gedanken, sobald sie den Mund aufmachten und sprachen. Dann hing es nicht mehr von ihnen ab, sondern von dem Wort, das Wort hätte gesagt, ob sie nur einen einzigen Menschen darstellten, mit einem Gedanken, oder ob sie wirklich einer waren: Denn so lange einer es im Mund aufbewahrt, ist er Herr über das Wort, doch sobald er es sagt, je nachdem warum und wie er es sagt und je nachdem, wer es sagt, begibt er sich in Gefahr, in die Gefahr, dass er vom Herrn über das Wort zu dessen Diener wird, zu dessen Sklave.

Und in der Tat, sobald der eine oder der andere es aussprach, brachte das Wort ins Gesicht eines jeden, Mann nach Mann, wieder die Züge der Natur zurück. Es war, als wären sie unter einem Zauber, und der Klang des Worts würde sie wieder aus der Starre ihres Verstands lösen, aus ihrer Vorstellung, alle zu einem Ganzen verstaltet zu sein, und sie würden wieder ihr eigenes Leben zu leben anfangen, mit dem Blut, das wieder durch ihre Adern floss und jedem wieder die Gesichtszüge färbte und sein Inneres wieder in Bewegung setzte.

Der eine sprach, der andere sprach, und auf diese Weise erfuhr man, dass der Orcaferon mit einzig drei Strömen von Cicirella in der Lage war, sogar unter den Pellisquadre ein paar Eroberungen zu machen, und die hier, die ja schließlich Pellisquadre waren und keine Weiber, mussten ihm mit großer Sicherheit einigen Widerstand entgegengesetzt haben, bevor sie sich untreu wurden, sie waren die, die, wie es allgemein bei denen vorkommt, die von einem Glauben zum anderen wechseln, ihn mit größerem Eifer besangen und natürlich auch mit überzeugenderer Fähigkeit der Argumentation als die Weiber. Einige von ihnen fingen sogar an, ihn zu preisen, sie setzten bei dem Geschmack ein, den die Cicirella in ihrem Mund hinterlassen hatte, und ließen wie zu seinem Ruhm ihre Zunge zwischen Zähnen und Gaumen schnalzen.

Cosimo Sardello sprach als Erster und sagte:

»Oh, wies scheint, fand der Tiergigant sein Glück … Oh, er schickt und schickt die Cicirella herauf, er schickt sie, dass man meint, Gott habe Cicirella gesagt.«

Nunzio Schepis schloss sich Cosimo Sardello an und sagte:

»Ja, was denn, ist er nur deshalb hiergeblieben, um uns die Cicirella heraufzubringen?«

Dann folgte Arturo Palamara, der redegewandt und leicht zufriedenzustellen war, wie konnte er auch fehlen? Er schloss sich Nunzio Schepis an, und wie wenn er sich mit seiner Frau abgesprochen hätte, sagte er:

»Und für den Überschuss könnten wir da nicht die Händler herrufen und ihnen den anbieten, was? Wäre das ein schlechter Einfall? Heutzutage denken die Händler, wenn wir zu ihnen gehen und sagen: Interessiert ihr euch für ein paar Kisten Cicirella? Ha, da schwimmen wir ja in Gold! Das denken die, so wahr ich hier stehe. Doch wenn wir nicht im Gold der Händler schwimmen, schwimmen wir immerhin in Silber. Und so heitern wir uns am Ende den Blick mit ein bisschen Lachen auf, und gleichzeitig machen wir auch noch was Neues, wir fangen an, mit dem neuen amerikanischen Geld umzugehen, von dem man reden hört, obwohl wir noch nicht einmal eine Lira als Musterbeispiel zu sehen bekommen haben.«

Schon sahen sie aus wie die, die sich dem Müßiggang hingeben wollten, die mit dem Röhrchen im Mund den Anblick des Orcaferons genossen, der ihnen den Unterhalt für den Tag verschaffte, durch die tägliche Mannalieferung der Cicirella, mit der sie sich zum Teil den Bauch füllten, während sie den anderen Teil einsalzten oder frisch an die Händler verkauften. Kurzum, Nischlein und Seidenstrümpfe, schönes Leben, sofern sie andauerte, sofern die Cicirella des Orcaferons andauern sollte.

Die anderen Pellisquadre schauten zu Sardello, Schepis und Palamara, und danach schauten sie sich an, und danach schauten sie alle zu Luigi Orioles, wie sie ihn immer anschauten, wenn sie aus dem einen oder anderen Grund die Notwendigkeit für ein klärendes Wort sahen.

Und Luigi Orioles dachte in der Tat bereits darüber nach, zwar nicht so sehr über die Notwendigkeit sich zu äußern, was ihm unaufschiebbar schien, als vielmehr über die unangenehme Schwierigkeit, das in Worte zu fassen, was er im Sinn hatte, den drei Pellisquadre zu antworten, und das, was er im Sinn hatte, ihnen kalt und schmucklos zu sagen, wäre Folgendes gewesen: Wir haben uns über die Frauen lustig gemacht, uns über sie verwundert und uns die Kapuze über die Ohren gezogen. Drei Pellisquadre, die sich auf diesen Mädchenglauben einlassen, drei Pellisquadre, die ebenfalls, genau wie die Mädchen, einen Feron, einen Orcaferon als ihren Wohltäter betrachten, ja in diesem verpesteten Tiergiganten sogar den fleischgewordenen Heiligen Geist erkennen. Hat man so etwas je gehört?

Doch Don Luigi hätte das so, nackt und fakt, nie gesagt, Don Luigi sprach nie nackt und fakt, er sprach nie erbost, und darin lag seine Stärke, das war das Schöne an ihm. Don Luigi übte, wie es seinem Wesen entsprach, die Abwägung der Worte und die Leidenschaftslosigkeit der Rede. Wenn er redete, entpersönlichte er sich als Erster, und das Problem, wie er es anlegte und darstellte, ging niemals nur um meins und deins, sondern vor allem um unseres. Aus diesem Grund nannten sie ihn in Charybdis, und nicht nur weil sie ihn als Bootschef betrachteten, auf Amerikanisch Boss; und aus diesem Grund erweckte er viele Male den Eindruck eines Manns vom Kontinent, eines von einem etwas anderen Schlag als dem ihren, nicht nur wegen seiner hellen Haut, der blauen Augen und der ins Blonde gehenden Haare, als er sie noch hatte, sondern vor allem wegen des Systems seiner Überlegungen, niemals mit Worten hervorpreschend, sondern immer ruhig, versöhnlich, jedoch nie schwach oder unbeugsam oder gar stahlhart. So fing er auch dieses Mal, als er das nackte und fakte Reden, das er im Sinn hatte, auf die angemessene Temperatur in den Worten gebracht hatte, an zu sprechen:

»Ihr Jungs, lasst uns wachsam sein«, und es war, als würde er keineswegs ausschließlich zu Sardello, Schepis und Palamara reden, denn er wandte seine Augen an alle, ohne sich bei einem aufzuhalten, so, wie wenn er sagen wollte, dass alle, und er als Erster, wachsam sein mussten. »Lasst uns wachsam sein, denn wenn wir nichts tun, laufen wir Gefahr, dass wir uns zu Wüstlingen erniedrigen. Doch wirklich und wahrhaftig, auch wir, alte Häute von unserem Squadro, unserem Meerengel, und ebenso enttäuscht wie entzaubert, auch wir, genau wie kleine Jungs und kleine Mädchen, geben uns Illusionen hin, und nur, weil das Meer ein paar Handvoll Cicirella ausgeschissen hat? Haben wir uns denn so weit erniedrigt, dass wir uns, um ein Stückchen Lebensillusion abzubekommen, auf einen Feron stützen müssen, besser gesagt: auf einen Orcaferon, auf das todbringendste Wesen, das im Salzwasser herumschwimmt? Kurz gesagt, haben wir uns so weit erniedrigt, dass wir uns, um uns aus diesem Leben wieder zu erheben, ausschließlich auf den Großen Tod da stützen können? Es fehlt nur wenig, dass wir uns vorstellen, wie wir da schön bequem am Meeressaum liegen und an einer Zigarette ziehen und untereinander sagen: Ist der aber tüchtig, ist der aber hilfsbereit, dieser Feron da, der uns die Cicirella ans Ufer häuft, wies mit der Alge der Schirokko von Morgen und von Abend her macht. Fehlt nur wenig, und wir sehen uns so, wie? Wir ruhen uns am Ufer aus, und der Tiergigant schuftet für uns, wie? Wenn der Satte den Hungrigen versteht, sagt das Sprichwort, dann wird der Türke zum Christen. Jetzt aber hat sich, unserer Meinung nach, der einzigartige Fall bewahrheitet, und zwar in großem Stil, wie? Der da war in der Lage, uns Hungerleider zu verstehen, ein Kümmeltürke wie der da ist zum Christ geworden, doch das reicht in unseren Augen noch nicht, er hat sich auch noch den Heiligen Geist einverleibt, wie?«

»Und Ihr meint, das wäre so unmöglich?«, fragte ihn Arturo Palamara, womit er sich natürlich auf die Tatsache bezog, dass der Orcaferon für sie bestens die Arbeit mit der Cicirella besorgen konnte, und nicht auf die Tatsache, dass der Heilige Geist sich dem Tiergiganten einverleiben konnte oder nicht. »Haben denn die Feren in alten Zeiten den Männern von Milazzo keine Hand beim Zusammentreiben der Thune während des Thunfangs gereicht?«

»Ha, hier wollte ich euch haben, beim Vergleich zwischen Feron und Feren! Bei den Feren geht die Rechnung immer auf, das weiß man. Wenn sie bei den Männern von Milazzo waren, bestand die Aufrechnung, wie wir wissen, in dem berühmten weingetränkten Brot, weshalb sie sich, nachdem sie den Dienst bei den Männern hinter sich hatten, der überschäumenden Freude hingaben und durch die Meere da schossen, unterhalb der Grotten des Polyphems bei Capo Milazzo, mehr betrunken als schampanjerfreudig denn je. Doch dieser furchtbare und einsame Feron, der weder Tränen noch Lachen kennt, weder Freunde noch Feinde, noch auch, wenn ihrs recht bedenkt, richtiges Leben oder richtigen Tod, könnt ihr mir wohl sagen, welche Rechnung da bei ihm aufgehen sollte, welchen Gewinn es ihm bringen sollte, euch zu helfen? Weingetränktes Brot etwa? Was ich nicht sehe, ist eben das, die Nutzenrechnung, den Gewinn, und darin unterscheidet er sich von den Feren, was mir Sorge macht. Oder kommt ihr etwa nicht zu mir, um mir zu sagen, dass er als Revanche und als Preiskrönung davon träumt, seine geliebte Walzunge von uns zu bekommen?«

»Von uns aus kann er träumen, was er will«, sagte Arturo Palamara. »So lange er uns Cicirella schickt …«

»Je mehr ihr auf die Cicirella starrt, umso weniger achtet ihr auf ihn, umso weniger seht ihr, dass er sich, je mehr Tage vergehen, umso entschiedener hier anortet. Und das ist es möglicherweise, wovon er träumt, und unterdessen bringt er mit der Cicirella unsere Augen zum Glänzen, damit wir nicht sehen, wie er sich in der Zwischenzeit hier dauerhaft festsetzt.«

»Sprich offen zu ihnen, sprich spartanisch mit diesen Verantwortungslosen, Luigi«, hatte Don Giulio Vilardo ihn an diesem Punkt angestachelt, wie wenn etwas in ihm brennen würde, in einem beleidigten, empörten Ton, den er sich andererseits erlauben konnte, weil er sie alle, diese Pellisquadre, noch als Kinder erlebt hatte. »Sag es ihnen klipp und klar, Luigi, gebrauche kein falsches Zartgefühl, sag ihnen klar und deutlich, dass sie selbst den toten Männern widerwärtig sind, mach dir kein Gewissen. Siehst du denn nicht, dass sie sich wirklich wie Gehörnte benehmen, die das Essen auf dem Tisch vorfinden und ihre Frauen nicht einmal fragen, woher sie dieses Essen genommen haben, mit welchem Geld sies gekauft und wie sies verdient haben, dieses Geld, gefunden oder gehörnt, sagen die Leute dann. Sags ihnen, Luigi, sags ihnen, wie widerlich sie dir sind, red spartanisch mit ihnen, ohne halbe Sätze noch Umschweifigkeiten. Wer hätte es sich je vorstellen können, dass ich eines Tages mit meinen eigenen Ohren von Pellisquadre hören müsste, die nicht davor zurückschrecken, alle wissen zu lassen, dass sie inzwischen aufhören könnten, ihre Hände zu benutzen, dass sie inzwischen das Elend hinter sich lassen und ihre Beine übereinanderschlagen würden, weil sie sich, um den Tag zu verkürzen und das Leben zu genießen, inzwischen blind auf einen Feron verlassen, jawohl, auf einen Feron. Wozu habe ich mir denn die Lungen ausgeatmet und ihnen die ganze Misdea, das ganze Blutbad von dem kalabrischen Vater und seinem Sohn erzählt, den dieser verschwärte Feron da vorne bei Nicótera im achtzehner Jahr veranstaltet hatte, und dann von dem irren Unternehmen des klugen Ferdinando Currò, der sich mit dem Ontro bis nach Malta hatte schleppen lassen und sich dort ergab, ein Einsehen hatte und den Strick am Ende durchtrennte? Haben sie mir etwa geglaubt? Danach sieht es nicht aus. Waren sie etwa von den Ereignissen eingeschüchtert? Ach woher, das Gegenteil war der Fall. Sie dachten sogar, der Feron wäre hierhergekommen, um ihr kleiner Diener zu werden, abzutauchen und ihnen die Cicirella schnurstracks in den Mund zu schicken. Haben sie mir geglaubt? Nein, man sollte meinen, sie hätten mich vielmehr für einen Lügner gehalten. Der Feron ein böser Tiergigant? Der Feron ein stinkendes, verpestetes Weltuntergangschaos? Ja, wo denn? Ja, wann denn? So ein tüchtiger Tiergigant? So ein friedliches Wesen? Wer weiß, was Don Giulio sich da zusammengereimt hatte … Wie denn nicht, durchaus möglich, dass sie so über mich denken, der sich wer weiß was zusammenreimt, in ihrem Kopf möchte ich stecken, wie auch nicht, wie denn auch nicht … Sie beleidigen mich, ja, diese Hosenscheißer, sie zweifeln mein Wort an. Doch die Beleidigung, die sie sich mir gegenüber erlauben, erlauben sie sich vor allem gegenüber der würdigen Seele von Ferdinando Currò.«

Hier allerdings passierte es Don Giulio, wie es bei einigen Alten vorkommt, dass, während sie noch munter und vernünftig über ein bestimmtes Thema reden, ihnen dies jäh aus dem Kopf weicht, und doch sprechen sie weiter, immer weiter, allerdings allein mit dem Mund, allein mit den Lippen, sie sprechen Worte, die keine Gedankenform mehr haben, sondern wie Speichelbläschen sind, die aus dem Inneren des Mundes nach außen durch die Lippen geblasen werden.

Hier hatte sich Don Giulio nämlich zum Meer hin gewandt, mit einem bald spöttischen, bald unwilligen Ton.

»Oh, Ferdinando, oh, Ferdinando«, war es in aller Eile aus ihm herausgeplatzt, wie wenn sein Freund sich genau in diesem Augenblick auf der Borietta mit den Ohmahnen, seinen Freunden, entfernte. »Oh, Ferdinando, wohin nur bist du mit deiner kleinen Mannschaft gefahren? Wohin, wohin? Bist du etwa auf die Suche nach dem Feron gegangen, und ists dann passiert, dass du, während du auf Malta zugehalten hast, wo du ihn damals zurückgelassen hattest, er hier heraufzog, von den Inseln her? Oh, Ferdinando, Ferdinando, du weißt nicht, du kannst es nicht wissen, er kam dich besuchen, immer derselbe, verschwärt und kadavernd, genau so, wie er war, als du das Ende des Stricks durchgeschnitten hattest. Kehr doch zurück, Ferdinando, hör mich, kehr wieder an Land, hier ist der Feron, hier wartet er auf dich. Dass du vor ihm die Mütze abgenommen hast und die anerkennenden Worte, die du ihm gesagt hast, berührten ihn vielleicht, und vielleicht vergaß er niemals den Sterblichen, der sich so ritterlich ihm gegenüber benommen hatte, und weil schon so viel Zeit verflossen war und möglicherweise nicht mehr viel fehlte, dass dieser Sterbliche von einem lebendigen Sterblichen zu einem toten Sterblichen würde, sofern er es nicht schon war, kam er vielleicht deshalb hierher, kam er, um sich zu revanchieren, kam er vielleicht, um dir ein wenig von der ganzen Unsterblichkeit zu geben, die er besitzt. Ferdinando, oh, Ferdinando, was ist denn, glaubst du mir nicht? Ist es möglich, ist es denn möglich? Hast du, Großer Tod hin, Großer Tod her, bei seiner brandigen Schwäre und dem unerträglichen Kadavergestank nicht bemerkt, dass es sich bei ihm, auch wenn ein Jahrhundert vergeht, um ein Wesen handelt, das nicht vergisst? Frag sie danach, frag diese tollen Pellisquadre danach und hör dann, hör dann, ob sie ihn dazu nicht in der Lage halten, diesen Feron, auch dich unsterblich zu machen, gütig wie er ist.

Kehr zurück, Ferdinando, kehr zurück und sieh, ob er sie dir nicht auf die Handfläche schmiert, seine Unsterblichkeit.«

Und während er weiter diese Lästerungen wiederholte, allerdings immer weniger spöttisch, immer weniger unwillig, vielmehr zunehmend besorgt, verließ er den Sporn und die Gesellschaft.

Jetzt aber war es für Donna Cristina Schirò so, wie wenn ihr der Name von Ferdinando Currò, der Don Giulio Vilardo in Verbindung mit dem Orcaferon aus dem Mund gekommen war, vom Himmel herunter zugefächelt worden wäre. Er war, in einem Wort, wie eine Offenbarung, eine Offenbarung der jenseitigen Welt, um genau zu sein.

Für die Wehmutter, das war hinlänglich bekannt, waren diese Schwebezustände von Seelen außerhalb und innerhalb des Körpers immer an der Tagesordnung. Davon war sie überzeugt, daran gab es keine Zweifel. Für sie waren diese Dinge der jenseitigen Welt das Allernatürlichste von der Welt, und das vertrat sie nicht nur mit aller Leidenschaft, sondern auch mit Gebührlichkeit, wie wenn man sagen würde: Es stand ihr zu, sich mit den Geistern abzugeben, weil sie die Einzige dort war, die etwas davon verstand, angesichts der Tatsache, dass sie in ihrer Jugend um ein Haar Nonne geworden wäre. Und gewissermaßen stimmte das auch, denn die Entfremdung von diesem Leben, eine Entfremdung, die sich dann zu einem Aufruhr entwickelt hatte und sie, als sie noch mit einem Fuß drinnen und mit einem draußen stand, den Entschluss fassen ließ, aus dem Kloster zu fliehen, hatte sie nach dem, was sie selbst erzählte, in ebendem Augenblick gespürt, als sie die Verschandelung der Haare sah, einer Decke, die ganz aus Locken bestand, die sie niemals vergessen hätte und die die Schwester Haarschererin, weil sie ihr im Weg war, als sie sich hinter sie stellte, mit den Füßen zur Seite gefegt hatte.

Gewöhnlich waren es nur die Frauen, und nicht einmal alle von ihnen, die ihrer Vorstellung vom Körper folgten, der die Seele hervorbrachte, und von der Seele, die sich einen Körper suchte. Dieses Mal jedoch folgten ihr sogar die Pellisquadre, auch wenn ein Teil, nicht alle, doch wenigstens die, die sich am Handeln orientierten und dabei Luigi Orioles im Auge behielten, den eigentlichen, den denkenden Kopf, der wahrscheinlich auch dann noch dachte, wenn er schlief, doch folgten sie ihr ganz sicher nicht, um ihr am Ende »tüchtig!« zu sagen.

Seit einer ganzen Weile schon vergeudete Donna Cristina ihre Kräfte damit, herauszufinden, wer sich hinter dem verbarg, was sie für eine Verkleidung des Orcaferons hielt, wer die große, schöne Seele war, der freundliche Worte widerstrebten, wer sie war, die, um ihnen das gute Werk zu tun, Manna, Cicirellamanna, in die Münder der hungrigen Charybdoten zu schicken, sozusagen dort aufgetaucht war, die, weil sie weder bedankt noch beglückwünscht werden wollte, zuallererst wegen der Güte ihres Herzens und danach erst ihrer Seele, dort in der erschreckenden, furchtbaren, durch und durch, drinnen wie draußen, Trauer bergenden Gestalt aus Erscheinung und Substanz aufgetaucht war, nämlich als massiger Leib des Orcaferons, als massiger Leib des Großen Todes, der, wo und wann er in Ozeanen und Meeren erscheint, ein einziges Fliehen verursacht, doch während einer entkommt, endet ein anderer in seiner Schlinge, und man versteht nur zu gut, warum die große Seele sich just in dem unansehnlichsten Wesen verbarg, um hierherzugelangen und unbekannterweise Gutes zu wirken. »Wer kann sie nur sein, wer kann diese gütige Seele nur gewesen sein?«, fragte sie wieder und wieder, hielt eine Hand an den Mund und legte während des mühevollen Nachdenkens ihre Stirn in Falten und dachte nach, genauer gesagt, sie versuchte, sich zu erinnern, wem, welchem Charybdoten die Eigenschaften dieser Seele entsprechen konnten. Doch sobald sie sie auf den Vor- und den Familiennamen von Ferdinando Currò getauft hatte, wunderte sie sich mit ihren Freundinnen, wieso sie nicht schon eher darauf gekommen war: »Ich begreife es einfach nicht, ich begreifs nicht …«, sagte sie aufrichtig empört über sich selbst. »Ich begreife nicht, wie es sein konnte, dass ich nicht gleich auf ihn gekommen bin: ein Ferdinando Currò, ein Noah, ein so weithin bekannter Riesenmensch … Wie kommt das? Wo er ihm doch ähnelt, sogar äußerlich ähnelt? Vergleicht ihn doch mit dem Tiergiganten, mit diesen verhutzelten Lippen, diesem Blick eines ganz und gar gütigen Mannes, diese großen, großmütigen Züge eines Wesens, das nie an sich denkt, sondern immer und ausschließlich an die anderen, vergleicht ihn und sagt mir, ob das nicht Don Ferdinando Currò ist, sein genaues Ebenbild.«

Abgesehen von allem anderen, verstand man nicht, wie sie es schaffte, ihn so genau, geradezu Härchen für Härchen mit dem Tiergiganten zu vergleichen, der doch immerhin zwei Meilen entfernt war und den sie, so gut sie ihn auch sehen mochte, doch immer nur im Großen und Ganzen sehen konnte, an seinem schwarzen, aus den Wellen auftauchenden Rücken, und dort, wenn man denn eine Ähnlichkeit suchte, kam einem nur ein Felsen in den Sinn.

»Tja«, sagten die Freundinnen da, »tja, warum sind wir eigentlich nicht auf Ferdinando Currò gekommen?« Und sie blickten zum Orcaferon hinüber, als wollten sie nun ihrerseits einen Vergleich ziehen: »Tja, tja, er ähnelt Don Ferdinando wirklich, dass es fast, ja fast scheint, als hätte er dessen Gesichtszüge angenommen, diese schönen Züge, diese schönen und gleichzeitig unschuldigen Züge der großen Seele, die in ihn hineingeflogen ist. Tja, da habt Ihr wirklich recht, Donna Cristina.«

»Was ist denn? Was ist mit euch passiert, ihr Frauen, dass ihr euch hier zum Hofgeplauder versammelt habt?«, erkundigten sich die Pellisquadre, als sie sahen, dass sie alle so angeregt tuschelten, mit dem Blick zum Meer, wo der Orcaferon herumplanschte. Aber wer wagte es schon, den Pellisquadre Donna Cristinas Entdeckung mitzuteilen? Sie zauderten zwar ein bisschen, doch keine wagte es, das Wort zu ergreifen, und am Ende wagte sich, auch wenn sie keinen Grund hatte, wagemutig zu sein, die größte Plaudertasche unter ihnen hervor, nämlich die Palamara, die es auseinanderlegte wie ein gedrucktes Buch, wobei sie der Sache die persönliche Note nahm, jedoch einen leicht spöttischen Ton hineinlegte.

»Die hier anwesende Donna Cristina«, sagte die Frau von Don Arturo, »erblickte mit ihrem feinen Auge Ferdinando Currò in der friedfertigen Wesensart dieses Ferons. Ihre Vorstellung ist die, dass der Tiergigant, ja, zwar durchaus ein Christenschreck ist, soweit es seine Gestalt betrifft, aber auch Don Ferdinando in dem Geiste, der ihn beseelt und ihm sagt: Tauche ab und schicke meinen Freunden da Cicirella an die Oberfläche …«

Luigi Orioles brummelte etwas zwischen seinen Zähnen, und es ist durchaus möglich, dass er bei diesem Gebrummel fluchte, aber das hätte er die Umstehenden auf keinen Fall merken lassen. Er rief darauf die Wehmutter, und als wäre nichts weiter geschehen, sagte er zu ihr ohne auch nur die geringste Veränderung in der Stimme oder im Gesicht:

»Donna Cristina, Ihr sollt mir jetzt sagen: Habe ich Euch je etwas gesagt, hat irgendeiner hier Euch je etwas gesagt, ich, andere, kurz gesagt irgendwer, haben wir jemals etwas gegen Euere Angelegenheiten mit Körpern und Seelen einzuwenden gehabt? Habt Ihr es ganz nach Eurem Gutdünken gemacht und auseinandergelegt oder nicht? Habt Ihr oder habt Ihr nicht immer nach Lust und Laune Eurer Phantasie freien Lauf lassen können, ohne jemals Bemerkungen oder Klagen von unserer Seite zu bekommen? Ja, stimmts? Habt Ihr nicht immer Euere Phantasie mit Geistern, mit Gespenstern, Seelen, Kobolden und ähnlichen Wesen ausleben können? Und Ihr werdet weiter phantasieren, seid ganz beruhigt, denn soweit es uns Männer betrifft, könnt Ihr Euch mit diesen Nichtigkeiten ablenken, soviel Ihr wollt und soviel es Euch gefällt. Aber, seht Ihr, dieses Mal nicht, dieses Mal müsst Ihr die Bühne verlassen. Diese Angelegenheit ist nichts für euch Frauen, damit müsst ihr euch nicht beschäftigen, Ihr könnt euch da nicht hineinhängen. Hab ich mich klar ausgedrückt, Donna Cristina? Diese Sache hier geht ausschließlich die Männer an, sie ist viel zu ernst und viel zu heikel … Die ist schon so dermaßen schrecklich, dass uns Schlimmeres nicht treffen konnte. Wenn ihr Frauen euch dann auch noch einmischt und die Seele von Ferdinando Currò einbringt, dann können wir uns gleich einen Stein an den Hals binden und uns alle ersäufen. Habt Ihr verstanden, Donna Cristina? Diesmal bitte ich Euch um die persönliche Gefälligkeit, betäubt nicht Euch selber auch, Donna Cristina, hängt Euch nicht da hinein, lasst den Feron in Ruhe, gebt Euch keine Mühe, eine Seele in dem Tiergiganten zu finden …«

»Dann werde ich eben nichts mehr sagen, wenn ich Euch so störe«, sagte Donna Cristina und verkrampfte sich steinern in ihrer Zwergenbrust. »Aber ich begreife nicht, was Ihr so Waghalsiges an dieser unschuldigen Sache findet, dass Ihr mir das Wort verbietet. Was ist denn so schlimm, Don Luigi? Bringt es Euch so auf, dass eine gläubige Christin Euch sagt, dass ihrer Meinung nach die Seele von Ferdinando Currò für einen guten Zweck in diesen Achtundzwanzigstendezember von Feron gewandert ist? Beleidige ich Ferdinando Currò etwa, wenn ich sage, dass er diese Gestalt annahm, um uns mit der Cicirella wiederaufzurichten? Beleidige ich ihn damit etwa? Heh, was sagt Ihr denn dazu, Signor Cama: Beleidige ich ihn etwa, wenn ich sage, dass er in anderer Gestalt herkam, um für die Vorsehung bei uns zu wirken? Beleidige ich ihn etwa? Ihr müsst mir aufrichtig sagen, ob ich ihn beleidige oder nicht …«

»Ich sage nein, Donna Cristina. Ich sage sogar, dass Ihr Don Ferdinando Ehre erweist, wenn Ihr Euch vorstellt, dass seine Seele die Orca zur Cicirella inspiriert«, antwortete Signor Cama ganz ernst. »Und wenn wir genau darüber nachdenken, erklärt sich das aus dem, was Don Giulio uns über Ferdinando Currò und über diese Orca da drüben erzählt hat. Wo es sich nun um dieselbe Orca handelt, haargenau dieselbe Verschwärte und Stinkende, kann es durchaus sein, dass die besagte Orca, in ständiger Erinnerung an die guten Manieren, die Don Ferdinando ihr damals gegenüber zeigte, als er bei Malta das Ende des Stricks abschnitt, seine Mütze zog und dem Tiergiganten zugestand, dass er wirklich unsterblich sei, in Erinnerung daran, sage ich, kann es meiner Meinung nach durchaus sein, dass die besagte Orca, als sie diesen vornehmen Mann auf dem Meer sah und seine Freundlichkeit vergelten wollte, sich Don Ferdinando nahm und ihn ihrer massigen Gestalt und damit ihrer Unsterblichkeit einverleibte. Ja, warum denn nicht? Alles ist möglich auf dieser Welt.«

Und als er das sagte, schaute Signor Cama verstohlen zu den Pellisquadre hinüber, aber man verstand nicht, ob aus Dreistigkeit oder wegen der Unverschämtheit dieser Sache.

»Ihr sagt im Grunde, er hätte ihn wie einen Happen verschlungen?«, fragte ihn da die Palamara mit verstellter Naivität, doch er tat so, als hätte er es nicht einmal gehört.

»Oder vielleicht wollt Ihr ja auch sagen, dass er ihn in dem Sinn in seinen großen Bauch zog, weil er da drinnen lebt wie Jonas im Bauch des Wals?«, fragte ihn daraufhin die Amerikanerin, und dieses Mal antwortete er, weil es ihm vorkam, als würde er sich nicht sonderlich kompromittieren:

»Ja, glänzend, so etwas in der Art will ich sagen, eine Art …«

Eine Art, doch nicht von der Art, die Donna Cristina meinte. Sie sprach in Bildern von Seele und Geistern, völlig unsichtbaren Dingen, die, weil man sie mit der Hand nicht zu berühren vermochte, sich als äußerst gefährlich erweisen konnten. Signor Cama dagegen wusste wirklich nicht, ob er die Seele aufgeben und den Körper nehmen sollte oder umgekehrt, und weil er sich einmischen und gemeinsame Sache mit den Frauen machen wollte, sah er sich jetzt als Sklave seines Worts, das er ausgesprochen hatte, denn einerseits konnte er sich in den Augen der Pellisquadre nicht als so dreist zeigen, die Geistervorstellungen einer Hausnonne wie Donna Cristina zu bestätigen, und andererseits konnte er in den Augen der Frauen sich nicht völlig zurückziehen, ohne sein eigenes Ansehen und das der Orca zu verlieren. Er hatte nicht die geringste Ahnung, wie er die Seele von Ferdinando Currò in der Orca mit der Orca zusammenführen konnte. Wie Jonas etwa? Wie Jonas, warum denn nicht? Wenn wie Jonas für die Frauen in Ordnung war, was dann erst für ihn? Und für die Frauen schien diese Vorstellung nicht nur gelegen zu kommen, sondern geglückt zu sein, wenn sie damit die Seele endlich einmal, endlich einmal so sichtbar machen konnten, so über alle Maßen sichtbar, und zwar mit dem Auge des Kopfs, endlich einmal nicht mit dem Auge des Verstands; und auch Donna Cristina, die mittlerweile den Eindruck machte, wie wenn sie ihm, dem Strandaufseher, der die Autorität besaß, zu reden und angehört zu werden, die Verantwortung überlassen hätte, das Geheimnis zu erklären, schien angetan zu sein, ja sogar beizupflichten; daher war sie still, mit einer Hand am Mund, wie wenn sie die Worte aufhalten wollte, die auf ihre Lippen drängten, mit zusammengekniffenen Augen, die auf die ferne, schwarze Körpermasse des Orcaferons starrten, als wollte sie da, in dem Geheimnis, das sie erspäht hatte, alles genau beobachten und indessen verwundert darüber nachdenken, jetzt, wo es enthüllt war und Ferdinando Currò hieß. Doch es musste gesagt werden, dass so wie sie jetzt auch die anderen Frauen den Orcaferon in diesem neuen Licht eines Pellesquadra betrachteten, denn jetzt sprachen sie von den Geschichten über Leben und Tod dieses riesigen Mannes, der Ferdinando Currò gewesen war, und sie sprachen über ihn, wie wenn er sich ihnen jetzt, in diesem Licht, sozusagen wie durch Wunder offenbaren würde. Ein Heiliger, ein großer Heiliger, ein Großheiliger, kommentarierten sie, und blickten dabei weiterhin auf die Mittellinie der Meere zwischen Skylla und Charybdis, zum Meer des Orcaferons.

An diesem Punkt redete Luigi Orioles noch einmal Donna Cristina an und sagte zu ihr:

»Wisst Ihr eigentlich, Donna Cristina, was Ihr dem armen Ferdinando Currò antut, der nicht einmal da ist, um sich wehren zu können? Ihr bringt ihn in Verruf, ja, genau, Ihr bringt ihn in Verruf, tut mir leid, Euch das sagen zu müssen, doch genau das tut Ihr. Dabei hatte ich Euch doch persönlich um den Gefallen gebeten, nicht diese Sprachverwirrung zu stiften, dieses Durcheinander von Christenmensch und Tiergigant, von einem Christenmenschen, der darüber hinaus ja auch ein berühmter Lebensretter war, und einem Tiergiganten, der in dem bewussten Buch von Signor Cama als orcinus bezeichnet wird, und orcinus bedeutet, vielleicht habt Ihrs ja gehört, dass dies ein Tier ist, das den Tod bringt, ja, das todbringendste ist, das man sich vorstellen kann, denn seine Berufung ist es zu töten, das heißt, es bringt den Großen Tod. Nun, da Ihr ja eine so gläubige Christin seid, mehr noch, um ein Haar wäret Ihr ja Nonne geworden, müsst Ihr mir sagen, ob es nicht ein Sakrileg ist, einen Noah mit einem Orcinusen zu vergleichen.«

»Habe ich denn noch ein Wort gesagt?«, fragte die Großzwergin verbissen.

»Ah, was das angeht, wart ihr schlau, äußerst schlau. Euch hat es genügt, das Wort an unseren werten Strandaufseher weiterzugeben, und er hat sich dann darum gekümmert, Euer Werk zu Ende zu bringen.«

Signor Cama musste das als Kompliment aufgefasst haben, denn er fing an zu lachen, mal dreist, mit offenliegendem Zahnfleisch, mal verschämt, innerlich, verborgen. Er lachte einfach so, ein bisschen verkindischt, und vielleicht merkte er gar nicht, dass er, witzelnd und lachend und wohl mit keinem anderen Ziel als dem, Werbung für seine Orca zu machen, und der besessenen Donna Cristina eine Hand reichend, Gefahr lief, einen neuen wundertätigen Heiligen in Gestalt dieses schwarzen Teufels zu schaffen, der, wo er vorbeizog, ein Inferno auslöste. Kurzum, da er für den Augenblick keine Angelscheine ausstellen konnte, stellte er, gratisamordei, Heiligkeitsbescheinigungen aus.

Im Morgendämmer des folgenden Tags nahm man eine große Neuigkeit zur Kenntnis, ja, eigentlich zwei in einer.

Es hatte die gewohnte Sendung von Cicirella gegeben, und danach war der Orcaferon aufgetaucht. Gleich darauf aber und noch bevor der Tiergigant seine himmelblaue schäumende Standarte aus dem Atemloch hervorholte, hatten die Feren ganz ohne jeden offensichtlichen Grund eine derartige Pomponade aufgezogen, wie man es sich kaum vorstellen konnte, eine Pomponade, die, anders als die üblichen, eigentlich ein Ausbruch von Wahnsinn war. Der Orcaferon prustete, und der Strahl schoss aus dem Vorderviertel hoch und verwandelte sich zu einer Palme in der Luft mit ihrer Kuppel aus Spritzern. Sie erwarteten mitzuerleben, wie die Feren sich durch diesen Anblick verzaubern ließen. Doch dieses Mal zeigten sie sonderbarerweise weder Unwillen noch Verwunderung, und ohne innezuhalten und zuzuschauen, setzten sie das große Spektakel fort, das sie begonnen hatten. Möglicherweise waren sie von einer stärkeren Raserei erfasst worden als sonst, doch es war klar, dass nicht der Anblick des Orcaferons sie mit einem bösen Geist erfüllt und sie zu wirren Drehungen angestachelt hatte, nicht er war es mit seiner schäumenden Standarte, der ihren Wirrsinn anstachelte, auch wenn ein großer Teil von ihnen sich ihretwegen austobte.

Es war nicht mehr die Unterwürfigkeit und der Schmeichel und beides vielleicht Verstellung, vielleicht auch nicht, die sie ihm gegenüber bis abends zuvor gezeigt hatten. Jetzt umflatterten sie ihn im Schwimmflug von allen Seiten, machten Drehungen, Kapriolen und Saltimortali ohne jede Vorsichtsmaßnahme, ja, im Gegenteil, sie flogen aus dem Wasser auf, schlugen sogar gegen den Tiergiganten, schrien aus vorgetäuschter Angst ihr bitteres und zittriges hiii, hiii, hiii, wie rabaukenhafte Kinder und bösartige Kobolde, zwischen Kichern und Schluchzern. Von weitem sah es aus wie ein Wirbel um den riesenhaften langgestreckten Körper, und dem Geschrei nach zu urteilen, das von dort kam, wirkte es zudem so, als würden sie ihren Spaß mit ihm treiben, fast so, wie wenn sie sich von heute auf morgen über ihn geworfen hätten: auf welche Weise, das wussten alleine sie.

Wie wenn der Tiergigant mit der Art des friedfertigen Mannes, der ein Problem, so gut er kann, aus der Welt schaffen möchte, sich aus diesem Tratschhofgetümmel zurückziehen wollte, hatte er damit begonnen, sich nach oben und nach unten zu werfen, mit genau der gleichen vorgetäuschten Bewegung seines Aufbruchs, der bei ihnen schon einmal die Illusion hervorgerufen hatte, dass er aufhissen und ins offene Meer hinausschwimmen wollte: Einmal, als er im Handumdrehen die Gewässer der Thune bei Capo Milazzo berührt hatte, und einmal, als es schien, er hätte die Entfernung nicht richtig eingeschätzt oder den erschreckenden Schwung nicht berechnet, den er nahm und dann gegen die Riffe von Skylla schlug, die bei diesem gewaltigen Aufprall über und unter dem Meer erdröhnten.

Die Feren aber beeindruckte das nicht, und in der Tat machte sich eine Herde, in der fast wie zufällig nur Heimische zusammengekommen waren, im Schwimmflug hinter ihm her, und die anderen, die weitaus meisten, flogen Meilen und Meilen über und unter Wasser, zu den Inseln und nach Malta, entfernten sich und schwammen gleich darauf wieder heran, wie aus einer schlichten Laune in einem ununterbrochenen Feuerwerk, und veranstalteten, anders gesagt, eigentümliche Verrücktheiten auch für Feren.

Mitten in diesem bunten Feuerwerk von Feren aller Art, Gestalt und Farbe, die sich gemeinsam im Schwimmflug bewegten, geschah es, dass der Orcaferon bei einer seiner unvorhergesehenen Kehrtwenden sich mit seinem Vorderviertel da befand, wo er einen Augenblick zuvor noch sein Hinterviertel hatte. Auf der Stelle wurde er nahezu vollständig von dem Ferenschwarm schwimmend und fliegend überzogen, der ihm bei seinen Umzügen gefolgt war, als würden sie ihm die Schleppe tragen.

Da unten verschwand der Orcaferon für eine Weile geradezu vor den Blicken. Die ausgelassene Schattenwolke zog jetzt in die Umgebung der ʻRicchia, doch dort, wie wenn sie in eine ungeheuer starke Windhose geraten wären, prallten sie in alle Richtungen zurück. Gleichzeitig und unversehens suchten sie mit abenteuerlichen Drehungen und Überschlägen entsetzt das Weite, denn, und das verstand man schon beim flüchtigen Hinsehen an seiner Entsetzen hervorrufenden, langgestreckten Körpermasse und an seiner Rückenfinne, die aufstieg, als wollte er mit ihr das Meer zerteilen, der Orcaferon hatte von da unten aus nach einigen von ihnen im Flug geschnappt.

Dann folgte, aus der Nähe betrachtet, ein Spektakel, bei dem man den Atem anhielt. Der Orcaferon war so entsetzlich wütend geworden, dass alle erblassten. Man hatte den Eindruck, dass er, schwarz, riesenhaft groß, in einen Vulkan verwandelt, mit dem Meer selbst kämpfen würde, und aus diesem Massaker mit dem Wasser schlugen schäumende Berge auf. Doch überraschend war der Orcaferon auf dem Höhepunkt dieses erschreckenden Weltuntergangsspektakels blitzartig nach Malta davongestoben, wie wenn man ihm die Lunte unter dem Hintern angezündet hätte. Und von wegen verschwärt, von wegen bettlägerig: Er zog pfeifend und dampfend durch salzige Schleier am Sporn vorüber und ließ das Meer wie entflammt und von seinem schwindelerregenden Durchzug unauslöschlich leergefressen hinter sich zurück, er zog vor ihren Augen vorbei, und gleich darauf, fast schon gleichzeitig, begann er vor ihren Blicken zu verschwinden, als schwarzer, riesenhaft großer, langgestreckter Umriss, eingehüllt in immer noch wilder aufgepeitschte Schaummassen. Etwas, bei dem man mit offenem Mund und leicht salzbedeckt verharren konnte, denn er setzte seinen Propeller in Gang, schlug erschreckend mit seiner Fluke, dann bewegte er sich und erreichte im Nu die Geschwindigkeit, die seinen Ruhm ausmachte, den Ruhm eines Meerestiers, das schneller war als die Sonne, und im Jonischen war's, als würde er im Ozean schwimmen, mit höchster ozeanischer Geschwindigkeit, mit der Geschwindigkeit seiner Todeskreuzfahrten auf hohem Meer.

Einige Augenblicke lang hörte man das gedämpfte und zugleich dröhnende Echo, das die Fluke des Tiergiganten über das Wasser schickte, nachdem sie die Meere zwischen Skylla und Charybdis wie Becken und große Pauke geschlagen hatte. Dann trat verwunderte Stille ein, und da erst fingen die drei Jungs Giovannino Nastasi, Nicolino Ritàno und Sarino Scarfì, die sich am höchsten Punkt der 'Ricchia befanden, an zu schreien, und man erfuhr da erst den Grund, sie sprangen herum und fuchtelten mit den Armen, um Zeichen zu geben, wie Wachposten an ihren Plätzen an Land während des Fischzugs.

Doch noch bevor sie alles erzählten, konnte man durchaus sagen, dass sie, ob Ausguck oder nicht, da oben standen, und von dort aus, im Anblick des gesamten Meers unterhalb und vor ihnen, den Orcaferon gleich bemerkt haben mussten, der unter Wasser aufs Meer hinauszog. Und doch hatten sie ihren Mund erst aufgemacht, als dieser bereits in Richtung Malta dünte und die Pellisquadre von der Enthausung des Tiergiganten völlig überrascht worden waren. Enthausung des Tiergiganten, doch zugleich auch der Feren, das darf man nicht vergessen, auch wenn ihnen wegen des Umstands, dass ihre Blicke von der in der Ferne sich verflüchtigenden schäumenden Kielspur des Orcaferons magisch angezogen wurden, das andere Spektakel beinahe entging, das wesentlich, aber ganz wesentlich größer für die Blicke war, das Spektakel der Feren, die dem Anschein nach ebenfalls ihre Zelte abbrachen und die Meere zwischen Skylla und Charybdis von ihrer Anwesenheit erlösten, und vielleicht hatte der Orcaferon sie ja mit seiner überstürzten Abreise nur noch mehr befeuert, und wenn, gesetzt den Fall, vorher ihr ganzes Getue von Besessenen und Herumtändelnden keinen Anlass hatte, so hatten sie ihn jetzt, und zwar einen großen, einen riesengroßen Anlass, die Wirrstifterinnen zu spielen, denn konnte es mehr Anlass zum Feiern geben als diesen, nämlich, dass dieser ungeliebte Gefährte sie von seiner in jeder Hinsicht sperrigen und aufdringlichen Anwesenheit befreit hatte?

Tatsache war jedenfalls, dass diese ganze Masse von Feren in Herden, Schulen und Kolonien, ob es nun Fremde waren oder Heimische, von der Ersten bis zur Letzten sich unverzüglich, ohne sich noch einmal überraschen zu lassen, dem Orcaferon in einem flachflachen Schwimmflug hinterherjagten, wie ein Wind, der über die Wellen und auf die Wellen blies, sie aufpeitschte und sie durchstieß, und es so aussah, als wollten sie den Tiergiganten herausfordern und für sich herausfinden, wem nun wirklich der Ruf gebührte, schneller als die Sonne zu sein. Und in der Tat sah es so aus, als würden sie ihn nicht aus dem Blick verlieren, sie blieben ihm auf den Fersen bis zur Öffnung ins weite Meer, und erzeugten damit den Eindruck einer derartigen Vielzahl und eines derartigen Lärms beim Abzug, dass man meinen konnte, die Meere zwischen Skylla und Charybdis hätten für alle Zeit aufgehört, noch irgendwelches Leben in sich zu haben.

Von dort, von der Grenzlinie zwischen den beiden Meeren, sah es aus, wie wenn ein Regenbogen aus ineinanderfließenden, üppigen Farben, der vom Meer im Staub der Sonne reflektiert wurde, dem Orcaferon in seinem schwindelerregenden Zug folgen, ihn verfolgen würde, der ihm ständig entfloh, vor ihm floh, wie wenn er diese triumphale Begleitung, die goldenen Brücken, die sie ihm bei seiner Abreise gebaut hatten, fürchtete, ja, sie verachtete.

Dieses Gemisch und bunte Treiben zwischen Meer und Luft zerstob allmählich nach Reggio Calabria hin, zum Jonischen Meer in Richtung Malta. Dort verschwand es, und für die Augen war es ähnlich wie nach dem Sonnenuntergang, wenn die Sonne abtaucht und die entflammten Regenbögen, die sie hinter sich herzieht, auf der Stelle erlöschen, der Himmel seine Färbung verliert und das Meer sich in Schatten hüllt.

Nach einer gewissen Zeit, vielleicht einer halben Stunde, beobachteten sie vom Sporn aus ein paar Ferenschwärme, die sich auf ihrem Heimweg überschlugen, und so sahen sie, dass diese alle braun waren, allesamt Heimische, allesamt alte Bekannte. Von da unten, von der großen Zahl der Fremden, kam auch nicht eine mehr herauf. Diese ozeanischen Trampschiffchen, von den Porposen zu den Graugrampen, von den Weißfahnigen zu den Flaschennasen, von den Weißlichen zu den Braunen, von den Schwarzen zu den Silbrigen, alle, von der Ersten bis zur Letzten, waren die Feren dieser großen Musterkollektion, dieser phänomenalen Versammlung von Sarazenen in Ronceval, nach Gibraltar hinüber und weiter noch verschwunden, in Ozeanen von Blut, die der Orcaferon hinter sich zurückließ, wie magnetisch in seine Kielspur gezogen und vielleicht sogar zum Tod.

Es war, wie wenn sie in einem ersten Augenblick nicht wussten oder nicht erkennen konnten, wer eigentlich dieser verschwärte, sterbende Tiergigant war, der seine Zeit bettlägerig in diesem Hauptfluss der Strömungen verbrachte, dort, dicht am Rand der Mittellinie, wo die Meere von Skylla und Charybdis wie ein ozeanisches Fleckchen sind, eine Zweitausgabe des Atlantiks, sich dann nach unten gleiten ließ, und zwar so tief, dass er jedes Mal die Cicirella im Tiefschlaf in ihren Abgründen erwischte, oder nach oben stieg, um das Wasser und seinen Gestank herauszupumpen, und er trieb dann mit einer derart vertrottelten Miene dort herum, dass man ihn statt für den Schrecken von Orca, der er war, für einen gigantischen Fisch zur Fischsudzubereitung halten konnte.

Doch wenn sie ihn mit einem anderen verwechselt hatten, konnte es sich dabei nur um eine dieser sogenannten Pseudoorcas handeln, die ebenfalls in Signor Camas Buch abgebildet waren, wonach sie eine unechte Orca ist, eine Bastardin, die, wenn man einmal von ihrer steuerruderförmigen anstelle der plattschaufeligen Fluke absah, in ihrem Äußeren, schwarz, riesenhaft, langgestreckt, mit Atemloch, üblen Gerüchen und allem anderen, genau der Orca entsprach, fast so, wie wenn sie aus derselben Form hervorgegangen wären. Was fehlte ihr, abgesehen von der Fluke, dazu, eine Orca zu sein? Es fehlte ihr nichts, und doch fehlte ihr alles, vor allem fehlte ihr, die eine zu sein und nicht viele, die eine und einzige, die eine wie keine, nicht eine wie viele, es fehlte ihr mithin das Privileg und die Schicksalsbestimmung, die in der Macht des Schöpfers lagen, nicht eine Orca, sondern die Orca schlechthin zu sein, nämlich die orcinuse Orca, es fehlte ihr, anders gesagt, das Privileg und die Schicksalsbestimmung, derentwegen der Schöpfer die Orca erschaffen hatte, nämlich: die Tödin zu sein. Doch das, das Schrecknis des unablässigen Tötens, sitzt innen, tief innen verborgen, es zeigt sich äußerlich nicht, und die Ähnlichkeit, die sie mit der Orca hat, ist derart beeindruckend im Aug eines jeden Fischs, dass es der Pseudoorca mehr als nur reichlich genügt, von dem kriminellen Mangel an Respekt zu leben, als echte Usurpatorin und Verleumderin, denn während sie einerseits den Ruf der Orca usurpiert, verleumdet sie sie andererseits. In der Tat ist es so, dass ein Großteil der Fische sie für eine Orca hält, und sie erstarren vor Schreck, wenn sie ihrer, dieser Unechten, ansichtig werden, die großhungrig daherkommt und doch eine Hosenkackerin ist, und so kann sie sich den Bauch vollschlagen, wie, wann und soviel sie will, ohne auch nur einen Tropfen Schweiß und noch viel weniger einen Tropfen Blut zu vergießen.

Nun, wenn sie sie wirklich für eine unechte Orca gehalten hatten, was im Übrigen durchaus möglich war, wenn man ihr opfergebeuteltes und verschrobenes Äußere in Betracht zog, das sie mehr als Tote denn als Tödin zeigte, zudem mit einer ganzen Hälfte ihrer Körpermasse im Zustand kadavernder Zerstörung, erklärte es sich gut, warum sie es nicht für nötig hielten, beim ersten Anblick blass und zitternd vor ihr davonzustürmen. Sie hatten sich lediglich ein bisschen abseits gehalten, doch sobald sie die erste Unsicherheit vor ihr verloren hatten, waren sie sogar in der Lage, über sie zu witzeln und zu spaßen und sie zur Zielscheibe ihres Spotts zu machen. Doch sie betrachteten sie als unechte Orca, und als solche behandelten sie sie, was lediglich bis zu dem Augenblick dauerte, wo sich die verblüffende Revitalibellion des Tiergiganten zeigte, aus dem von einer Sekunde auf die andere die größte Raserei hervorbrach, die einen Sturm auf dem Meer unterhalb der 'Ricchia auslöste und seinen Pestgestank verbreitete, er stürmte davon und warf sich mit seiner phänomenalen Schwimmfertigkeit wild in das große, ungestüme Meer. Da hatten die Ozeanischen, die Graugrampen und Flaschennasen, die Weißfahnigen und Porposen, sie erkannt, da, die ungeheuerliche, die orcinuse, die todbringende Orca; doch auch nachdem sie sie erkannt hatten, waren sie, statt zu fliehen, ihr, der Tödin, hinterhergeeilt, wetteiferten sogar mit ihrer Geschwindigkeit, um ihr auf der Fluke zu bleiben und den Kontakt nicht zu verlieren. Und das nicht, wie es im ersten Augenblick schien, um bis zuletzt das Spektakel dieses Zorngottes zu genießen, der endlich aufbrach, denn so, wie man aus dem Umstand ableiten konnte, dass nach der Rückkehr der Heimischen keine der Fremden mehr zurückgekehrt war, musste man sich vorstellen, dass sie in diesem Augenblick, bei all diesen Schwimmflügen von Feren jeglichen Schlags und jeglicher Färbung, im Sog der Orca ihr durch die Straße von Sizilien hinterherziehen würden, wie wenn sie ihrem unausweichlichen Schicksal folgten: Die Tödin pfiff sie herbei, infizierte sie bereits mit ihrem Kadavergestank, und die Feren schwammen der kolossalen, finsteren Großpiratin nach, längst schon angezogen, besiegt und ausgeliefert.

Die Heimischen kehrten zurück und durchstreiften alleine die skyllacharybdischen Meere, die jetzt, nach so viel Getümmel, verlassen wirkten, und sie fuhren fort, die Verrückten zu spielen, und zwar ärger als zuvor. Fast war es, wie wenn sie das Ereignis feiern würden, doch nicht allein das, man konnte sogar den Verdacht bekommen, dass diese Colombinen persönlich irgendwie irgendetwas mit diesem überstürzten Aufbruch zu tun hatten.

Und es war keineswegs so, dass die Heimischen mit diesem Aufbruch überhaupt nicht in Verbindung gebracht werden konnten, noch auch standen diese drei pfiffigen Jungs diesem Geschehen fern, die mit Herumschreien und Herumfuchteln von der 'Ricchia oben den überstürzten Aufbruch des Orcaferons mit einer derartigen Plötzlichkeit signalisierten, als wären sie allein aus dem Grund da oben gewesen, um seine Bewegungen zu beobachten. Man konnte nicht beweisen, dass Feren und Jungs eine Schuld daran trugen oder vielleicht ein Verdienst daran hatten, je nachdem, wie man die Sache sah. Doch sofern es Schuld oder Verdienst gab, so musste es je zur Hälfte zwischen Feren und Jungs aufgeteilt werden.

Und in der Tat, in all diesem entfesselten Überschwang erklärte sich dieses Geprassel und Gewirr von Tönen von vorne wie von hinten, diese Raserei, um es mit einem Wort zu sagen, die sie alle erfasst hatte, Heimische ebenso wie Fremde, auch bevor der Orcaferon das Visier hob und sich zu erkennen gab, aus dem Umstand, dass die Feren sich mit Wein berauscht hatten und wie verhext waren. Und die, die sie eingeladen hatten, Herr und Knecht zu spielen, waren ausgerechnet die drei Jungs gewesen.

Denn man muss wissen, dass Giovannino, Sarino und Nicolino auf der Suche nach Helmen und anderem Kriegszeug auf den umkämpften Dünen ein halbes Dutzend verrußter Benzinkanister gefunden hatten, die im Röhricht im Sand eingebuddelt worden waren, jedoch kein Benzin enthielten, sondern Wein. Außerdem hatten sie in länglichen Blechbehältern, die ebenfalls von Rauchschwärze verdreckt waren, eine gewisse Zahl langer, großer Brote gefunden, aus dunklem Mehl, wie die deutschen.

Das Brot, das konnten sie gleich sehen, war längst verschimmelt, und was den Wein anging, hatten sie einen Kanister geöffnet und mitbekommen, dass ein Geruch von Starkessig herausströmte, der einen völlig benommen machte: Wein für die Soldaten, mit Pülverchen hergestellt, der schon von Anfang an schlecht war, doch sich jetzt auch noch zu Essig verwandelt hatte.

Und weil sie damit nichts anfangen konnten, war ihnen die Idee gekommen zu experimentieren, ob die Feren wirklich, wie sie es so oft gehört hatten, ganz vernarrt waren auf Brot, das in Wein getränkt worden war. Die Idee war selbstredend dem Sohn von Don Mimì gekommen, der mit seinen acht Jahren als Folge davon, dass er mit seinem Kopf gegen Steine geschlagen und von Steinen am Kopf getroffen worden war, eine Schädelschwarte mit glänzenden Krusten hatte, einen wahren Musterkatalog von Narben. Daher übertraf Giovannino in dem, was seinen äußeren und seinen inneren Kopf betraf, in dem, was Schrägheit und ausgelebte Verrücktheit anging, seinen Vater noch um einiges.

Er war ganz fickerig geworden, hatte angefangen zu stammeln und zu stottern, und alles ganz hektisch, seit ihn die Schrulle angekommen war, unbedingt sehen zu wollen, was die von Brot und Wein beschickerten Feren anstellen würden. Sarino und Nicolino dachten allerdings, dass sie das Experiment nicht durchführen könnten, weil der Wein kein Wein war, sondern starker Essig, und das Brot nicht frisch und weiß war, sondern verschimmelt und grün.

»Wieso denn nicht?«, hatte der Sohn von Don Mimì die beiden Unbedarften leicht verächtlich gefragt. »Sollen wir ihnen jetzt vielleicht auch noch in Eiermarsala getränkten Biskuitkuchen verabreichen … Haben ihnen das etwa die Männer von Milazzo verabreicht: Biskuitkuchen mit Eiermarsala? So viel Ehre haben sie ihnen erwiesen? Aber mit verschimmeltem Brot und essigsaurem Wein beschickern die sich doch noch viel mehr, oder? Ihre Sinne und ihre Gefühle werden doch erst richtig wach, oder?«

Er hatte selbstverständlich recht. Und den Feren genügte es schon, dass der erste Brocken essigdurchtränkten Brots sie erreichte und die Dämpfe des Starkessigs ihnen zu Kopf stiegen, und auf der Stelle fingen die Ersten, noch zu zweit oder zu dritt, an, ein großes Spektakel aufzuführen.

In großer Zahl stürzten sie sich da zur 'Ricchia, lieferten sich einen Kampf um die großen Brotstücke, die die Jungs von oben herunterwarfen. Sie schnappten sie im Flug auf und spielten, wer noch höher springen konnte, und einige sprangen so hoch, dass sie das Brot fast schon unmittelbar aus der Hand der Jungs hätten holen können. Sie hatten sich berauscht, waren halb schon wütend und halb schon schampanjerselig, sie hatten sich berauscht und ganz ihre angeborene Feigheit vergessen und schließlich gar nicht mehr an sich halten können. Da sahen sie sie weinselig, schreiend und herumkaspernd im luftigleichten Schwimmflug in die Umgebung des Orcaferons eilen, mit dem sie gleich so vertraulich umgingen, als würden sie mit ihm ihren Spaß haben und unter seinem Bauch herumfüßeln.

Jetzt musste es wohl geschehen sein, dass sie, als sie in der Umgebung des Tiergiganten angekommen waren, ein paar dieser durchsäuerten Brotstücke entweder verloren hatten, oder er hatte ahnungsloserweise Lust auf sie bekommen, oder aber es war nichts natürlicher, als dass sie ihn mit dem Geruch des Starkessigs hinter sich herzogen und dann zur 'Ricchia leiteten, der Stelle am Meer, wo die drei Jungs die verschimmelten und durchsäuerten Brotstücke hinunterwarfen. Und es kann sein, dass der Tiergigant sich viele der mameluckischen Brotstücke dort hineinstopfte. So kam es, dass er sich noch gar nicht in dieser Gegend aufhielt, als der saure Wein seine Wirkung bei ihm zeigte, er trieb seine Propeller an und suchte augenblicklich das Weite.

Wie immer es auch war, die Tatsache blieb, dass Giovannino, Sarino und Nicolino, die es sich nicht einmal hätten träumen lassen zu sehen, wie der Tiergigant sich widersetzte, ein ungeheuerliches Dröhnen gehört hatten, das aus der Grotte unter ihnen kam, und dann ein großes Schütteln von Wasser, ein ohrenbetäubendes Donnern des Meeres mit Spritzern und Schaumbläschen, die so weit aufflogen, wie die 'Ricchia hoch war. Von da hinten war dann ein ganz tiefer Pfiff aufgestiegen, und der Feron war an der höchsten Stelle des Pfiffs auf die Weise davongeeilt, die man beobachtet hatte, oder besser gesagt: die man beobachtet und doch nicht beobachtet hatte.

Eine Sekunde lang oder zwei hatten sie mit offenem Mund da gestanden, hatten völlig blass den Atem angehalten, dann hatte Giovannino gesagt: Madre, Madre, Madre, und danach hatten alle drei geschrien, von Entsetzen gepackt, einem Entsetzen freilich, das vor allem von der Vorstellung bestimmt war, vielleicht ein Unheil angerichtet zu haben, denn wenn sie an die Cicirella dachten, die man durch die Abreise des Ferons verlieren würde, hätten die Mütter ihnen mindestens ein paar Ohrfeigen verpasst.

Doch sie überstanden die Sache ehrenhaft. Die Mütter glaubten ihnen, dass sie keine Schuld hatten, wahrscheinlich weil es ihnen dann doch zu übertrieben vorgekommen sein musste, dass diese drei Jungs in irgendeiner Weise mit dem Aufruhr dieses alle Maße übertreffenden Giganten zu tun haben konnten. Wenn sich die Mütter also ein bisschen über den Verlust der schönen Brust beklagten, die sie mit Aalmilch beschenkte, hatten die Pellisquadre dagegen aus tiefster Tiefe aufgeatmet, und es war ihnen sogar nach Lachen zumute, wenn sie sich den Tiergiganten mit dem Starkessig vorstellten, der seinen Kopf verwirrte und ihn aus den Gegenden von Skylla und Charybdis vertrieb, um die angenehme Kühle weit und breit zuerst im offenen Meer zu suchen und dann im Ozean.

»Sollte die Orca da etwa die Essigroute genommen haben? Ist sie so heruntergekommen? So versäuert?«, fragten sie Signor Cama, um ihn ein bisschen zu foppen.

Ach, als ob der sich seine Orca hätte kleinreden lassen. Wer als wirklich Unsterblicher ausschließlich die Walzunge genoss, konnte der sich etwa zu einem Stück Brot herablassen, das schließlich verschimmelt und deutsch war, durchtränkt mit Soldatenwein, einem Wein, der mit Pülverchen fabriziert worden und zudem essigsauer war?

»Die Orca zog davon, weil sie es musste«, sagte er und machte eine große offene Bewegung in Richtung Westen, wo Gibraltar lag. »Sie zog davon, sie machte sich auf den Weg, denn das ist ihre Berufung.«

Hatte er das denn nicht vorausgesehen? Gerade so viel Zeit, um die aufgerissene Flanke zu festigen, ein bisschen Wachs zu nehmen und dann fort, um die Kontinente zu umsegeln und Tod und Gestank auszusäen.

»Ihr jedoch«, machte Luigi Orioles ihn aufmerksam, »hättet nur noch wenig gebraucht und ihn heiliggesprochen, wegen des Wunders, das sie mit dieser Cicirella gewirkt hatte. Jetzt ist diese fromme Seele auch für Euch wieder zu dem bösen und schädlichen, zu dem todbringenden Wesen geworden ...«

»Bleibt die Tatsache, dass die Cicirella von ihr kam und ohne jede Absicht; sofern eine Absicht bestand, war diese Absicht, was immer sie auch gewesen sein mag, für uns nicht erkennbar. Könnt Ihr das leugnen?«

»Wir«, antwortete ihm Jano Scarfì an Stelle von Luigi Orioles, und seine Worte waren nicht die gleichen, die dieser auf der Zunge hatte, »wir, wenns Euch glücklich macht, leugnen es nicht. Uns genügts, dass dieser Orcaferon die Zelte abgebrochen hat und verschwunden ist.«

»Hab ichs euch denn nicht gesagt? Wie hätte diese Orca denn hier bleiben sollen? Einer von ihrem Rang ist nur der Ozean angemessen, nur der entspricht ihr …«

»Dann soll er ihr entsprechen, ihr Ozean, er soll ihr bis zur Spitze ihrer Fußnägel entsprechen. Wünschen wir ihr denn etwas anderes? Wünschen wir ihr etwa, dass ihr das Jonische oder Tyrrhenische entsprechen, diese miesen Meere zwischen Skylla und Charybdis etwa? Den Ozean wünschen wir ihr, dass er ihr entsprechen möge, Ozean und Ozeane …«

Für sie, für die Pellisquadre, zählte nur die Tatsache, dass er sich mit oder ohne Ansporn davongemacht hatte.

Einen Augenblick lang waren alle still, vielleicht hingen ihre Gedanken dem Tiergiganten nach, die Pellisquadre dem Feron, Signor Carma der Orca. Nur die Frauen dachten nicht mehr an ihn oder an sie. Indem sie sie einzeln zählten, garten sie die letzten Tropfen Cicirella. Von den Feuerchen stieg der würzige Rauch noch einmal in die Luft, die Alten, die Jungen und Knirpse weiteten ihre Nasenflügel, um so viel einzulagern wie eben möglich war, denn das war der letzte Rauch.

Und dann hatte man noch einmal Don Giulio Vilardo gehört, der redete, und man hätte sagen mögen, dass er im Geist immer weitergeredet hatte, seit der Feron zum ersten Mal hier aufgetaucht war, und jetzt beschloss er lapidar seine Rede, indem er wie zu sich selber sagte:

»Der zieht dahin und wird weiter dahinziehen. Der kommt noch einmal hier vorbei, wenn wir alle, die wir hier anwesend sind, tot sein werden, ja, dann zeigt er sich denen, die an unserer Stelle hier leben. Der, immer derselbe, der von neunzehnhundertachtzehn, ganz genau der, der von Ferdinando Currò, immer derselbe, dieser Riesenkadaver mit seiner Riesenschwäre, die nach Kadaver stinkt, immer derselbe, immer derselbe …«

Einzig aus dem Grund, dass sie nicht mehr dieses sperrige Lebewesen in ihrer Mitte hatten, gewannen Christenmenschen und Feren wie aus einer stillschweigenden Übereinkunft wieder die Oberhand sowohl an Land als auch auf dem Meer, und wenn auch mit unterschiedlichen Worten und Weisen, die einen kehrten doch in den Gesprächen und Gedanken der anderen zurück: und man hätte darauf schwören mögen, dass sie sich zur gegenseitigen Freude wieder unter guten, hundeelenden, alten Freunden befanden.

Nach Monaten machten sich die Pellisquadre wie zum Zeichen einer glücklichen Vorbedeutung wieder mit ihrer Arbeit zu schaffen, fast so, wie wenn einzig die Gegenwart des Orcaferons sie daran gehindert hätte. Als Erstes hatten sie die Palamitara mit den verschiedenen Fangnetzen hervorgeholt, mit Mutulara, mit Atschara und Sciabica; Luigi Orioles hatte das Eisen der Harpune ausgewickelt und Don Mimì die übrig gebliebenen Angelhaken in den Korkstücken der Schnüre der Angelausrüstung. Sie hatten sich zwischen den Häusern aufgereiht, die knochentrockenen Netze ausgebreitet, jedes von ihnen Masche für Masche kontrolliert, als wären sie gerade frisch und tropfnass aus dem Meer gekommen. Mit seinen Vaselinefläschchen, Fettdosen und Wollläppchen, die er auf den vorderen Teil des Stuhls gestellt hatte, wienerte und überprüfte Luigi Orioles die feine Vorrichtung des Eisens. Don Mimì hingegen kauerte sich wieder in seinen Korb, zwischen seinen Lippen befanden sich ein Haufen Angelhaken, und dieser Anblick rief wieder den merkwürdigen Eindruck hervor, als wäre er zugleich Fisch und Köder.

Und Don Mimì war's eben auch, der den Unsinn, den sie veranstalteten, personifizierte. Sie machten es wie Schlafwandler, die, während sie mit offenen Augen schlafen, nachts aufstehen, um das zu tun, was sie auch tagsüber taten, an irgendeinem Tag, an einem lange zurückliegenden Tag, denn ja, sie taten so, als wären sie von der ersten Ausfahrt heimgekehrt, und hätten in den Schilfmulden zwischen den Dünen mit den Händlern den Fischfang aushandeln müssen, und würden jetzt die Laufmaschen und Schnitte ausbessern, die Schwimmer, Bleischnüre, Kordeln und Angelhaken kontrollieren und ebenso die Köder aus Fisch und Wolle, die Eisenzacken und Stangen der Harpunen, als müssten sie noch einmal hinausfahren, sobald die Sonne untergegangen wäre, hinausfahren mit jeder Art von Ausrüstung, mit Ontro, Feluke und Harpune, mit Palamitara und mit Fangnetzen, mit Mutulara, mit Atschara und mit Sciabica, das heißt mit großmaschigen und mit engmaschigen Fangnetzen, Netzen für großen und für kleinen Fisch, für Fisch, der durchzieht, und Fisch, der angeortet ist, für Fisch in den Tiefen und Fisch an den Riffen.

Unterdessen blickten sie zu den Feren hinüber. Nach der Explosion des Hauses der Castorinas hatte sich der Blick auf die Marina und auf das Meer geweitet. Von überall konnten sie dem Zug der Feren folgen, die sich ununterbrochen zwischen den beiden Meeren hin und her tummelten. Vielleicht hielt die Wirkung des sauren Weins noch an, nur dass es inzwischen so aussah, als wären sie von der schampanjerspritzigen Phase zur Phase der Apathie und Melancholie übergegangen, die am Ende jedes Rauschzustands eintritt. Der essigsaure Esprit war verflogen, und die Ausgelassenheit war inzwischen in die schnabelmäulige Grimasse eines jeden Tages eingedrungen, in diese Spur von Frechheit und Spott, die ihr Schnabelmaul, ihre Augen und ihre Stirn kennzeichnete, ein Ausdruck des Lachens, der einzigartig auf der Welt ist und außer ihnen niemand zum Lachen bringt, und noch viel weniger die, denen dieses Lachen Tränen kostet. Und beim Schwimmflug der Herden äugte bald die eine, bald die andere hinüber nach Malta oder zu den Inseln, als würden sie etwas oder jemanden suchen, das oder den sie verloren hatten, und das war mit Sicherheit die Ausgelassenheit und der Genuss jener Tage, diese Ablenkung und diese Neuheit des Lebens, die ihnen mit dieser großartigen Gesellschaft von Maganzern und ozeanischen Fliegerinnen und gleichzeitig der des Orcaferons zuteilgeworden war, der mit seinem ganzen schrecklichen und stinkenden Ruhm eines Orcinusen und Kadavernden ihnen da gewissermaßen als Zielscheibe diente.

Im Schwimmflug glitten sie dicht über die Wasserfläche, ohne das Flattern und Wirbeln, das sie für gewöhnlich veranstalteten, fast, wie wenn sie keine Phantasie mehr noch Lust auf irgendetwas hätten: Nur beim Vorbeizug vor ihren Augen sprangen sie aus dem Wasser, als litten sie an einem nervösen Zucken, und blickten zu ihnen herüber, zögerten ein bisschen, während sie um den Sporn bogen, so wie wenn sie jetzt, wo die Neuigkeit vorüber war, wieder den Blick aufs Alte richten würden.

Auf diese Weise standen sich Christenmenschen und Feren gegenüber, die einen gaben sich damit zu schaffen, wieder aufs Meer zu fahren, und die anderen heckten für diese Ausfahrt in ihrem feigen, zerstörerischen Hirn schon etwas aus.

Der Krieg, das Gemetzel, das Meer von Blut, diese große roncevalsche Konzentration ozeanischer Feren, der Orcaferon, Großer Tod und alter Kadavergestank, das alles war vorbei, doch die Feren waren geblieben, die Feren allein, allein die Braunen, die Heimischen, die alten Betschwestern, da, da waren sie ja, mit weißen Bäuchen, braunen Rücken, da, da, kurz und eingesunken, so kehrten sie wieder in ihr Blickfeld zurück, das gleiche Blickfeld, nämlich das gleiche Meer, das die Pellisquadre immer vor ihren Augen und unter ihren Füßen hatten. Wie den Aspromonte und den Antinnammare, wie Skylla und die Meere zwischen Skylla und Charybdis, die Felsen und die Sandbänke, die beiden Meere und die schäumende Grenzlinie zwischen dem einen und dem anderen, wie die lebendigen und die toten Strömungen, die 'Ricchia und die Dünen, der Zug der Schwertfische und die Wassergevierte, die Schirokkos mit Seim und die mit Leim, die Monate mit *R* und die ohne *R*, die großen Schiffe, die ins untere Jonische oder ins obere Tyrrhenische zogen, und wie die Briefe, die sie von Bord warfen, damit jemand sie für sie aufgäbe, wie diese schlimmen und diese guten Dinge, dieses Schlimme und Gute ihres lebenslangen Ausblicks zusammen. Wie diese Dinge und mit diesen Dingen, bis zu dem Punkt, wo man diesen unglaublichen Schlag niederträchtiger Diebinnen und Herzensbrecherinnen aus irgendeinem Grund, doch immer nur für einen kurzen Augenblick, nicht hatte großes Theater spielen sehen, oben, unten, draußen, drinnen, überall an den Meeren zwischen Skylla und Charybdis schien es damals so zu sein, Ehrenwort, dass das Blickfeld nicht vollständig wäre, man hatte gewissermaßen den Eindruck eines nicht ausgefüllten Sinns des Lebens. Wenn sie diese Durchtriebene nicht sahen, machten sie sich fast schon Sorgen, fast, ja, fast schon fühlten sie, dass etwas in ihrem Blickfeld fehlte, wie wenn das Auge schadhaft umherblicken würde. Ohne Feren, ohne ihren ewig währenden, barbarischen Kontrast, wäre es vielleicht so gewesen, wie wenn es weder Spaß machen würde noch ein Verdienst gewesen wäre, tüchtige, ehrliche Arbeiter zu sein; es wäre gewesen, wie wenn es keinen Wert mehr hätte, ihren abenteuerlichen und unheilvollen Beruf auszuüben, wenn sie nicht viele Male mit diesen schönen Schischis zu Rande kommen konnten.

Aus diesem Grund hatte Luigi Orioles, als er vom dreigezackten Eisen aufblickte und mit seinen Augen vom Kieselpflaster vor seinem Haus aufs Meer wanderte, ausgerufen und sich eher an die Feren draußen als an die Pellisquadre in seiner Nähe gerichtet: »Ha, jetzt schon, jetzt schon sind wir wieder unter uns, jetzt schon sind wir wieder beisammen wie in alter Zeit. Ha, jetzt schon, jetzt schon fangen wir wieder an.«

Jetzt schon, denn jetzt gab die Fere der symbolhaften Szene mit den aufgehängten und geflickten Netzen den letzten Schliff, die monatelang kein Meerwasser mehr zu spüren bekommen hatten, und wer weiß, wie viel Zeit erst noch vergehen musste, bevor sie der Illusion so etwas wie einen Anstrich von Wahrheit geben konnte. Jetzt schon: denn jetzt, unter ihnen dort, am Werk mit ihren Netzen, und den Heimischen, die in den beiden Meeren hin und her spazierten und von Zeit zu Zeit zur Marina herüberblickten und fast schon den Eindruck erweckten, als würden sie ihre Sägeblattzähnchen wetzen, während sie nur darauf warteten, dass die Pellisquadre wieder die Netze hinunterließen, war es, wie wenn sich gar nichts verändert hätte, wie wenn die verlorenen Boote immer noch dort wären, auf dem Trockenen, in Sicherheit. Und wenn man sie nicht sah, war der Grund dafür der, dass sie außerhalb des Blickfelds lagen, hinter der Lanterna Vecchia, der Alten Laterne, dem Leuchtturm, wohin sie sie bei schlechtem Wetter oftmals gezogen hatten.

»Jetzt schon, jetzt schon, wo wir zu den alten Zeiten zurückgekehrt sind«, sagte Luigi Orioles, und die Pellisquadre wussten, dass die alten Zeiten nicht nur die vergangenen waren, sondern auch die zukünftigen. »Mit denen da können wir den Kampf aufnehmen«, sagte er und hantierte mit dem Eisen und ließ den kostbaren Dreizackmechanismus schnappen. »Mit denen da geht die Partie immer ums Gewinnen oder Verlieren, niemals nur ums Verlieren. Mit denen da sind wir nach Fähigkeit unserer Arme und unseres Verstands gleichgestellt, und was am meisten zählt: auch im Sterben sind wir ihnen gleichgestellt. Wenn sie, die Niederträchtige, uns ins Visier nimmt, gibt sie uns den Tod wie ein Gift, das sie uns Tag um Tag verabreicht, so dass das Sterben mehr ist als Gift, und dann geht sie zum Nächsten. Wohingegen wir ihr das Sterben zum augenblicklichen Tod geben, mit einem klaren Schnitt durch die Kehle, doch mit langem Todeskampf, mit dem Verlust all ihres Bluts, Tropfen um Tropfen. Ja, mit denen da können wir den Kampf aufnehmen, Sterbliche gegen Sterbliche. Ja, bei der Fere ist das, was uns tröstet, dass sie stirbt, dass auch sie sterben kann. Ja, wir bestehen den Kampf mit ihr, wir bestehen ihn …«

Bei den Worten: Ja, wir bestehen den Kampf mit ihr, wirkte das Eisen der Harpune in seiner Hand wie eine seltsame Waffe, die er gerade für den Kampf schliff. In seinen Händen, die er weitab von sich hielt, weil er sich sonst verletzen konnte, funkelten die drei stählernen Zacken im Gegenlicht jedes Mal, wenn sie vom Zapfen aus zuschnappten, sie öffneten sich blitzschnell auf den Seiten wie drei Klingen eines Klappmessers und durchschnitten die Luft mit einem trockenen Track der Vorrichtung, ein Zittern in der Luft, das zwar nur eben ans Ohr drang, aber das Herz in Aufruhr versetzte.

Über das alles hatte Luigi Orioles einen Gedanken in seinem Kopf. Das war kein Gedanke an heute oder gestern, sondern ein alter Gedanke für ihn, und zu unterschiedlichen Zeiten hatte er hier und da ein bisschen über ihn mitgeteilt und ein bisschen zu verstehen gegeben, doch das jetzt war seiner Meinung nach die richtige Gelegenheit, ihn von oben bis unten und ein für alle Mal darzustellen.

Allein zu dem Zweck, möglicherweise, um sich an jemanden insbesondere zu wenden, und das aus einer Bequemlichkeit der Darstellung heraus und nicht, um irgendwen zu demütigen oder zu beschämen, dazu war er ja auch gar nicht der Typ, richtete Luigi Orioles beim Sprechen das Wort an Signor Cama, der vom Sporn her neugierig zu den Pellisquadre herüberschaute, die wie Verrückte mit den Netzen zugange waren, und die waren so trocken und steif geworden, dass sie sich in ihren Händen bogen und krümmten wie Schlangen. Er sagte:

»Euch, werter Herr, kann ich es ja jetzt sagen, dass ich in den vergangenen drei Nächten kein Auge zugetan habe. Ständig musste ich denken und mich fragen: Wenn der Feron auf Anhieb die Feren zähmte, wer zähmt dann ihn? Es gab da ja, und Ihr wisst es selbst gut, diese Geschichte von der Unsterblichkeit, die möglicherweise nicht hundertprozentig stimmt und vielleicht keinen Funken Wahrheit enthält, mein Herz aber trotzdem klopfen ließ, denn ich sagte mir: Vielleicht ist er ja doch nicht unsterblich, auch wenn die Leute es glauben, und für ihn ist das so, als wäre er wirklich unsterblich. Er wird zwar nicht ewig leben, sagte ich mir, doch hat er immerhin noch keinem die Befriedigung verschafft, ihn tot zu sehen. Irgendwohin wird er mit dieser verwesenden Schwäre zum Sterben schon ziehen, keine Frage, allerdings, wie ja schon Ferdinando Currò sagte, wer kann ihm dahin folgen und darauf warten, dass er stirbt, ohne vor ihm zu sterben? Denn auch wenn er nicht unsterblich ist, wird er von Natur aus schon so lange leben, dass er diesen Eindruck von Unsterblichkeit im Vergleich zu einem Christenmenschen durchaus erwecken kann. Ja, diese seine sogenannte Unsterblichkeit hat mir schwer zu schaffen gemacht. Ich habe keine Angst vor dem, der stirbt, denn ich sage mir, wenn er stirbt, ist er wie ich, folglich sind wir gleich. Ich kann durch seine Hand fallen, er kann durch meine Hand fallen, der wirds sein, der es sein wird, und das, was er sein wird, nämlich machtvoll, ungeheuerlich, doch dort, am Entscheidungspunkt, wenn das Leben den Rücken kehrt und das Antlitz des Todes sichtbar wird, dort unterliegt er nicht weniger als ich unterliege, ich meine: gegenüber der Fere, ich weiß ja nicht, ob Ihr mir vorhin zugehört habt, als ich sprach. Die Fere ist unfassbar, das wissen wir, doch hat man sie geschnappt, stirbt sie, sie bringt einen zwar ins Schwitzen, aber sie stirbt. Wir haben sie sterben sehen, das können wir sagen, doch wer ist es, wer war es, der den Tiergiganten je auf den Meeren oder Ozeanen im Augenblick des Todes sah oder bereits tot sah, diesen gigantischen Leib, der abdriftete wie jeder beliebige Kadaver? Einige glaubten, ihn zu sehen, ja, wie es auch der Vater aus Nicótera und sein Sohn glaubten, und ihnen wurde dann ja auch das Fell übergezogen. Aus diesem Grund tauchte er hier auf, eingehüllt in den Ruf des Unsterblichen, den ihm keiner widerlegen konnte. Und er tauchte außerdem mit dem Zeugenbericht eines Ferdinando Currò durch den Mund eines Giulio Vilardo hier auf, er tauchte auf und stank nach dem Großen Krieg, er stank so, dass man, gemessen an dem Gestank, sagen musste, es handelte sich hierbei um eine auf dem Meer herumtreibende uralte Großkarkasse, die in Wirklichkeit aber lebte, und nicht nur lebte sie, sondern man spürte auch, wenn wir beim Augenschein bleiben müssen, die ganze Kraft beim Untertauchen und beim Hinabsinken bis auf den Grund, wie wenn er luftdichte Kammern an Stelle der Lungen besäße, und beim Auftauchen mit diesem machtvollen, pfeifenden Öffnen, wie wenns Wasserhosen wären. Und Ihr sagt, dass wir uns keine Gedanken machen sollten, als er offenkundig mit dieser Neuigkeit der Cicirella wieder heraufkam? Ihr sagt, wir sollten uns nicht fragen: Was will er nur, was will er nur, weil Ihr den jungen Mädchen zu verstehen gebt, dass er mit vollen Händen kommt, dass er uns prämiert, uns Wohltaten erweist, doch zu welchem Zweck, mit welcher Absicht? Ihr denkt noch immer, so wäre es nicht, wir sollten uns einfach die Teller füllen, ohne uns zu fragen, woher das alles kam? Doch wisst Ihr auch, dass niemand etwas für nichts herschenkt, und das wird dadurch gezeigt, was ich Euch jetzt erzähle. Darüber habt Ihr möglicherweise nie etwas erfahren, weil Ihr immer auf See wart und niemals italienische Häfen angelaufen seid, oder es könnte sein, dass Ihr etwas wusstet, doch wenn Ihr es wusstet, wusstet Ihr vielleicht nur das Schöne, nicht aber das Hässliche. Kurzum, Ihr erinnert Euch, als der hochberühmte Signor Mussolini sich an die armen, enterbten Menschen wandte und so eindringlich sagte: Macht Kinder, macht Kinder, macht mir viele, viele schöne Balillas, macht sie für mich, so viel ihr nur könnt, denn für jeden kleinen Balilla, den ihr für mich macht, gebe ich euch eine Prämie von zweitausend Liren. Der gute Mensch, haben wir gesagt, er ist ganz durchdrungen, wirklich ein großer Mann. Jetzt kann man wirklich sagen, dass Kinder einen Reichtum darstellen, klingende Münze. Und es gab so Mutige, die ihm gleich zehn, zwölf Kinder ausformten. Doch als sie groß waren und eingezogen wurden, linkisch in ihren Uniformen steckten und aus ihren Häusern in den Krieg geschickt wurden, sah man dort, in Abessinien, Spanien, Albanien, Jugoslawien, Russland, Sizilien, und ich übergehe Italien, das so endlos lang ist, da sah man, dort und hier, auf dem Meer, an Land und in der Luft, kurzum man sah, wo sie starben, man sah, dass die Kinder der anderen ihm nützlich waren, deshalb hat er diesen Preis für sie bezahlt, zweitausend Lire das Stück, damit er sie nach Lust und Laune verwenden konnte. Verschenkte er etwas? Er kaufte, er kaufte für zwei Heller Ware, die doch keinen Preis hatte, für die es kein Geld gab, um den wahren Preis zu bezahlen. Hört Ihr jetzt, werter Herr, die Glocken läuten? Nehmen wir jetzt doch mal den Orcaferon und setzen ihn an die Stelle von Mussolini. Für Donna Cristina und die jungen Mädchen war die Cicirella ein Manna, das der Tiergigant ihnen schickte. Die Cicirella aber, die Cicirella stieg nur zufällig zur selben Zeit mit dem Orcaferon auf. Aber tun wir mal so, als hätten die jungen Mädchen recht gehabt und dass er es war, der die Cicirella heraufstrudeln ließ, eigens und ausschließlich für uns Charybdoten. Wenn es so war und der eine für sein Billiggeld kleine Balillas wollte, was wollte dann dieser Orcaferon als Gegenleistung? Widersprecht mir also, wenn ich lüge und irgendwas erfinde: Als Gegenleistung wollte er sozusagen unser Wohlwollen oder etwa nicht? Meiner Ansicht nach wollte er das, er wollte, dass wir die Cicirella genießen und uns damit an die Vorstellung gewöhnen sollten, ihn, einen solchen Mannaspender, immer hier zu sehen. Ja, Ihr sagt: Der da ist ein Einzelgänger, er schließt sich keiner Herde an und zieht alleine umher und wie wahnsinnig, denn er ist der Große Tod und kann die Gesellschaft von Lebenden nicht haben. Schon, doch nehmen wir einmal an, er würde sich hier befinden, unter Christenmenschen, die sich jedes Mal, wenn er auftaucht, vom Land aus vor ihm verbeugen wie vor der Sonne, und Feren, die ihm rings um ihn herum Lalalà zurufen, dann wäre es früher oder später dazu gekommen, und es müsste zwangsläufig dazu kommen, dass er Geschmack am Herumkommandieren fände, Geschmack daran fände, zu sehen, wie er von allen in allem bedient und wie ihm Folge geleistet würde. Nehmen wir diesen Fall doch einmal an, den Fall, der nun wirklich ein Sonderfall wäre, dass der Orcaferon Geschmack am Herumkommandieren fände. Nun wissen wir alle, dass das Herumkommandieren besser ist, als gefoppt zu werden. Und wenn das Kommando jemand führt, der als unsterblich gilt, brauchen die Menschen, die gewöhnlichen Menschen, die gemeinen Sterblichen, viel Zeit, sehr viel Zeit, bevor sie den Kopf aufrichten, sehr viel Zeit, bevor sie sich daranmachen, mit geeigneten Waffen zu beweisen, dass er wirklich unsterblich ist … Ihr versteht mich jetzt, wenn ich sage, was können wir von dem Feron hier, der uns die Gnade der Cicirella erweist, der geliebt und unsterblich gemacht wird, erhoffen? Würde irgendeiner es je wagen, auch nur einen Finger gegen ihn zu erheben? Der hier könnte auf und ab, unten wie oben, über Meere und Marinen zwischen Skylla und Charybdis seine Herrschaft und Unherrschaft führen, bis alle Jahrhunderte aufgezehrt sind. Und Ihr versteht mich, warum ich, nachdem er spontan abgezogen war, tief seufzte und sagte: Jetzt, ja, jetzt sind wir wieder unter uns? Ich sagte unter uns und wiederhols noch einmal, denn mit der Fere sind wir auf gleicher Augenhöhe, zwar nicht ganz genau gleich, sondern Gleiche unter Gleichen, und nicht nur, weil sowohl sie als auch wir sterblich sind, was ja schon eine große Gleichheit wäre im Vergleich zu dem, der den Tod nicht hat, ja, ihn vielmehr gibt, doch allein das Sterben wäre eine Gleichheit mit allen, das heißt mit allen Lebewesen, dagegen sind wir bei der Fere gleich wie Ähnliche, vom beginnenden Leben an, mehr noch, von der Empfängnis an, das heißt ähnlich schon im Leib unserer Mütter, ähnlich bei der Zeit, die wir brauchen, um ausgetragen zu werden, neun Monate bei uns und neun Monate bei ihnen, und ähnlich dann während unseres ganzen Lebens, sie im Meer und wir an Land, sie, die ihre gewölbten Stirnen in Falten legen, um uns eins auszuwischen, und wir, die in ihrem gewölbten Verstand lesen können, um uns vor ihren Machenschaften zu schützen. Das Schöne bei den Feren, genauer gesagt bei der Fere, sei sie eine heimische oder eine ozeanische, und als ozeanische, handle es sich dabei um eine Porpose oder eine Graugrampin, um eine braunweiße oder gelbbraune, ist sie immer die Gleiche, eine Einzigartige, immer eine und immer gleiche. Das Schöne bei der Fere, sagte ich, besteht darin, dass ein Caitanello Cambrìa eine zwanghafte Vorstellung von ihr hat, einen Nagelreiniger nimmt und sie verwundet, wie wenn es darum gehen würde, ein Problem mit einem Christenmenschen auszutragen, genau so verfährt er. Und genau das scheint mir das Schöne bei der Fere zu sein. Kommt Euch das wenig vor, werter Herr? Ja, und ums noch anzufügen: Wenn seine Wut verraucht ist, werden wir uns darum kümmern, ihm, Don Caitanello, zu danken, dass ihm das Verdienst gebührt, uns an dieses Schöne, dieses Schöne und von alters her Überlieferte, das es zwischen uns und der Fere gibt, erinnert zu haben, er allein gegenüber uns allen.«

Es war unausweichlich, dass auf diese Weise auf die Lippen von Luigi Orioles früher oder später der Name und die gewagte Tat von Caitanello Cambrìa trat, der sich noch immer in seinem Haus verkrochen und von dem allen keine Kenntnis hatte, weder vom Orcaferon, noch von der Cicirella noch auch von den Fürs und Widers, und daher wusste er auch nicht, dass sie inzwischen dahin gelangt waren, ihn sogar auf ihren Händen zu tragen, und das war viel mehr als der Händedruck, den er sich so sehnlich erwünschte.

Gegen Ende desselben Tags fanden zwei neue und äußerst wichtige Begebenheiten statt. Die erste sahen sie alle, und sie war verblüffend: Der Feron kehrte zurück.

Die Sonne war gerade eben hier untergegangen, und die Meere zwischen Skylla und Charybdis schickten noch ein paar durchsichtige rote und rosafarbene Zuckungen herüber. Das war ungefähr die Stunde seines ersten Erscheinens, und mit großem, stummem, mameluckischem Erstaunen hatten sie ihn unerwartet auftauchen sehen, von oben her, als er um die Inseln herumzog, mit einer gigantischen Kraft und Schönheit, die so hinreißend war, wie wenn er sich gerade in diesem Augenblick auf den Weg gemacht hätte. Das ist nicht er, dachten sie zuerst. Wie wäre es sonst möglich, dass er an ein und demselben Tag die Insel umrunden könnte? Andererseits jedoch konnte es nicht anders sein, denn wenn er nach Malta gezogen war und über die Inseln zurückkehrte, musste er notwendigerweise Sizilien einmal ganz umrundet haben, es sei denn, dass er nicht er war, sondern ein anderer, ein anderer Orcaferon wohlgemerkt. Doch in diesem Fall war der, das heißt der von zuvor, der von jeher, nicht der einzige Orcaferon, der herumzog, dann war es nicht immer der, immer derselbe, der herumzog und seit mindestens einem halben Jahrhundert verschwärt vor sich hinkadaverte.

Doch er war's, das erkannten sie, als er bei Spadafòra unter einem haushohen bogenartigen Aufschäumen seinen Zug plötzlich zum Stillstand brachte, dann allerdings immer noch wie ein toter Körper über eine Meile weit vorwärtstrieb, bevor die Höchstgeschwindigkeit sich ganz verbraucht hatte und die schwarze, riesenhafte, sich verschlankende Körpermasse, halb eingetaucht und schaumverschliert, von der Wasseroberfläche dieses Meers getragen wurde, das die Verwirrung auslösende Ankunft des Tiergiganten aufgewühlt hatte.

Bis vor einem Augenblick noch hätten sie geschworen, dass in den gesamten Meeresgegenden zwischen Skylla und Charybdis keine größere Stille herrschen konnte, jetzt aber merkten sie, dass diese Stille, diese wirklich beeindruckende Stille durch den eingetauchten, wie an seinem Ankerplatz verweilenden Orcaferon aufkam, denn erst jetzt, wo er schon beinahe vorübergezogen war und ein Echo donnernder Schaumrösser durch die Tiefen der Stille rollte, Meilen und Meilen von dort entfernt, erst jetzt drang das wunderbar angstvolle Trommeln der Fluke an ihr Ohr, welches der Tiergigant noch vor einem Augenblick bis zum Meer von Spadafòra über den Wellen veranstaltet hatte.

Er befand sich etwas außerhalb der Mittellinie, auf ihrer Seite, in dem Meer, das sein unbekannter, finsterer Umriss jetzt vor ihren Blicken dunkel und schummrig färbte, nahezu im gleichen Meer, wo er sich bei seinem ersten Erscheinen hinabgesenkt hatte und das Wirrwarr der verwesenden Algen losgeworden war. Dieses Mal war er zwar nicht von Algen rundherum heimgesucht worden, sondern hatte einen ganzen Schwarm von Bremsen um sich, die tiefschwarz über dem Krater seiner Schwäre herumschwirrten, aus dem der Gestank wieder hervorbrach. Und abgesehen von den Bremsen sahen sie, als sie nach oben blickten, wieder die Aasvögel, vielleicht dieselben wie zuvor oder auch andere, Falken, Bussarde, Rohrweihen und Sturmfalken, die dort oben senkrecht über dem Tiergiganten kreisten.

Es verging nicht viel Zeit, und aus dem Atemloch schoss ein dicker, wenngleich auch niedriger Wasserstrahl. Zugleich presste der Tiergigant seinen ganzen Schweiß und seinen ganzen Gestank aus der Haut des riesenhaften Rückens, der bald matt wurde und bald wie Ebenholz glänzte. Beim Prusten und glutschübigen Atmen, mal unten, mal oben, gleich einem schäumenden Vulkan, wehte etwas Glorreiches und Rührendes aus seiner verstümmelten Gestalt hervor, auch wenn der Verstand sich weigerte, etwas Derartiges über ein Tier wie dieses zu denken, dessen Anblick alleine schon Angst hervorrief, ein Tier, das alles herauswehen konnte, nur nichts Glorreiches, und vieles erregen konnte, nur kein Empfinden von Rührung. Doch obwohl sie das vielleicht gar nicht wollten, vergötterten sie es geradezu wegen seiner an ein Wunder grenzenden Schwimmfertigkeiten und seiner ausgeprägten Witterungsgabe, ähnlich der eines Hunds, eines Hunds, der, herumirrend und halb erblindet, in alle Richtungen schnuppernd, auf wunderbare Weise wieder den Weg nach Hause findet.

Für die wenigen Augenblicke, die er sichtbar war, wirkte er so, als schwebe er zwischen der mittlerweile versinkenden Sonne und dem bereits aufsteigenden Mond wie ein übernatürliches und ungeheuerliches Wesen, dem auch die Sonne und der Mond, in den Augen der Pellisquadre, Ehrfurcht zu erweisen schienen, denn abgesehen von allem anderen musste man wirklich sagen, dass der Anblick eines solchen Kolosses, der sowohl in seinem finsteren, Alarm erregenden Körperumriss als auch in seiner erschreckenden, schicksalsträchtigen Benennung so erschütternd eingeschlossen war, wirklich verwirrend sein konnte, auch verwirrend bewunderungswürdig.

Dann versenkte er sich wie gewohnt, und so, als wollte er diese Gewohnheit unter gar keinen Umständen auslassen, tauchte er wieder unter Wasser und senkte sich möglicherweise auf den tiefsten Grund der Meere zwischen Skylla und Charybdis oder entfernte sich unterseeisch möglicherweise von dort. Das hätte nur er von Fall zu Fall sagen können. Gleich darauf schossen die Feren im Zickzack durch dieses Meer, drinnen wie draußen, mal in großer Stille, mal mit großer Pomponade, wobei sie in ihrer Gesamtheit den Eindruck vermittelten, als hätten sie in diesen Gewässern etwas ungeheuer Kostbares verloren oder wiedergefunden. Viele von ihnen mussten sich unter anderem noch von dem mit essigsaurem Wein getränkten Brot erholen, von dem gleichen boshaften Happen, der den Tiergiganten nicht einmal durch die oberste Hautschicht hätte dringen sollen, doch dann diese katastrophale Wirkung bei ihm hervorgerufen hatte, weshalb man meinen konnte, dass dieses Weinpulver ihm die hundertjährigen Säuglingsdärme befeuert und ihn so habe toben lassen, dass er wie ein Blitz um die Insel herumgeschossen war und den Osten für den Abend hielt.

Sie standen lange da und fragten sich verwundert, wie er an einem einzigen Tag die ganze Insel umrundet hatte, dass sie außer Acht ließen, was eine wahrscheinlich noch verblüffendere Begebenheit war, nämlich, dass er zurückgekehrt war, angezogen von wer weiß was, während alle, und nicht allein Signor Cama, ihren Kopf verwetten wollten, dass er schon seit einer ganzen Weile an Gibraltar vorbeigezogen wäre und sich jetzt längst im Ozean tummele.

Tatsache war, dass der Orcaferon wieder dort war: Damit befanden sich Signor Cama und Luigi Orioles wieder am Ausgangspunkt ihres Fürs und ihres Widers und nahmen unglücklicherweise die Diskussion wieder auf, die sie für immer und ewig zwischen sich begraben glaubten.

»Wollt Ihr ihm jetzt etwa noch mehr von diesem verschimmelten und mit essigsaurem Wein durchtränkten deutschen Brot geben?«, fragte der Strandaufseher, der, hätte man meinen sollen, zum einen vor Empörung gegenüber den Pellisquadre aufgebläht war, zum anderen vor bewundernder Rührung für seine Orca, wirklich seine Orca, musste man sagen, wenn man bedachte, wie er sie sich zu Herzen nahm.

»Wozu ratet Ihr?«, fragte ihn Luigi Orioles spöttisch, der seinerseits keine Lust mehr zu haben schien, weder auf den Orcaferon noch auf die, die mit dem Orcaferon sympathisierten.

»Ich rate zu gar nichts. Allerdings mache ich Euch darauf aufmerksam, dass sie zwar abzieht, aber auch immer wiederkommt, und daher ist es sinnlos, dass

Ihr unentwegt daran denkt, sie wie ein Torpedo davonzujagen. Sie zieht um die Insel, und man hat den Eindruck, sie würde das Meer in Flammen setzen, während sie gleichzeitig den Essig ausdünstet. Doch zu welchem Zweck? Es besteht nämlich die Gefahr, dass sie sich, wenn auch nicht heute, so doch vielleicht morgen, in einer der Kammern ihres Kopfs daran erinnert, wer sie ist, dass sie die Orca ist, die orcinuse, die todbringende Orca, und sobald sie sich daran erinnert, wo immer sie auch sei, welcher Fisch es auch sei, sie schwimmt und veranstaltet ein Massaker.«

»Ja, was denn? Habt Ihr nicht gesagt, der da könne es gar nicht abwarten, endlich aus der Beengtheit dieses Meers auszubrechen, um wieder die Weiten des Ozeans zu spüren? Der da aber, scheint mir, kommt und geht, er flaniert ein bisschen zwischen Wellen und Ufern, doch von hier macht er sich nicht auf den Weg, und vielleicht müssen wir ihn nun ewig beweinen. Noch ein Beweis dafür, dass er nach Morgen aufbrach und von Abend her zurückkehrte? Inzwischen ist es klar, dass er sich hier vor uns anortete. Er gab uns den Vorzug, der Gütige. Dabei konnte er doch unter Ozeanen und Meeren auswählen, und er entschied sich für das hier, ausgerechnet hier kommt er her, um aufs Krankenlager zu sinken. Und jetzt, jetzt, wo wir durch die unschuldige Hand von ein paar Jungs entdeckten, dass es etwas gibt, das ihm zu Kopfe steigt und in der Lage ist, ihn zu bewegen, nämlich deutsches Schwarzbrot, verschimmelt, durchtränkt mit essigsaurem Wein, jetzt sagt Ihr, dass wir es nicht mehr versuchen sollten, sagt Ihr, wir sollten es bleibenlassen? Die Ankunft ging zwar daneben, um genau zu sein, doch die Abreise ging keineswegs daneben. Und wir versuchens wieder und immer wieder, mit einer immer stärkeren Dosis. Kanns denn nicht sein, dass er, dieser Mistkerl von Orcaferon, beim zweiten Anlauf wirklich dem Pfad des Essigs folgt und fern von hier in seinem Ozean ermüdet? Nun, kann das nicht sein?«

»Ja, versteht Ihr denn nicht, dass dies eine gute List für die Fere wäre, nicht aber für die Orca? Die Fere führt Euch Schwänke auf, sie spielt die unanständigen Szenen einer Besoffenen vor, wohingegen die Orca was macht? Sie zieht ab, sie entzieht sich den Blicken, solange ihr Verstand durcheinander ist, doch dann kehrt sie immer wieder genau hierher zurück. Ja, und jetzt verwirrt sie sich, mit ihrem Witterungsinstinkt einer Bracke. Doch dann, wie könnt Ihr nur davon träumen, sie von ihren Vorsätzen abzubringen, ein Felsgestein wie die da, und sie Dinge tun zu lassen, die sie nicht tun will? Diese Idee, ihr mit essigsaurem Wein durchtränktes Brot zu geben, wie sie den Rotzjungs als Spaß in den Sinn kam, nehmt Ihr etwa ernst, Ihr glaubt ernsthaft, Ihr könntet sie mit einem spaßigen Einfall dieser Art auf eine andere Fährte lenken? Bei der da, das sage ich noch einmal, bei der da gibt es keine Macht, außer dem Schöpfer, der sie erschaffen hat, die sie umpolen kann, das heißt ihren Verstand aus der felsigen Finsternis ihrer Bestimmung umpolen kann, was ja so wäre, wie wenn man sagte: aus ihrer Schicksalsbestimmung, die Tödin zu sein und darzustellen. Oh, ihr jungen Leute, wann wollt ihr endlich begreifen, dass die da nicht irgendeine Quilibet ist, sondern die Orca, die orcinuse, mit einem Wort, die Tödin, die ozeanische Tödin? Glaubt ihr denn allen Ernstes, ihr könntet sie irre machen und mit Messern auf sie losgehen? Glaubt ihr allen Ernstes, ihr könntet etwas ausrichten, ihre Grundhaltung beeinflussen oder gar verändern?«

Das andere Ereignis war, dass hinter dem Feron, allerdings von Malta her, während der Himmel sich mit flammendem Rot bezog, eine Flotte von englischen und amerikanischen Schiffen weit draußen vor der Enge auftauchte, und nachdem sie Melito Portosalvo umschifft hatte und es aussah, als würde sie auf die Meere von Skylla und Charybdis zusteuern, erreichte sie die beiden Meere aber nicht, denn die lange Kette dieser Schiffe bog ab und verschwand im Hafen von Messina.

Von Charybdis aus sahen sie sie nicht oder sie wurden auf sie nicht aufmerksam. Doch auch wenn sie sie gesehen hätten, würden sie nur abgewartet haben, bis sie an ihnen vorbeigezogen wäre, sofern sie weiterzog, und das war's dann auch schon; und sofern sie sie nicht bei sich vorüberziehen sahen, hätten sie gedacht: Sie hat ihren Standort in Messina gewählt, so wie wenn sie gesagt hätten: Sie hat ihren Standort in Konstantinopel gewählt oder in Valparaiso, um nur ein paar Namen zu nennen, und das war's dann auch schon. Mussten sie denn denken, dass die Ankunft dieser Flotte sie irgendetwas anging? Dass sie sie insgesamt betraf und den einen oder anderen von ihnen insbesondere?

So fand also nicht nur die Rückkehr des Orcaferons dort vor ihnen statt, sondern auch die Ankunft dieser englischen und amerikanischen Flotte im Hafen von Messina. Im Augenblick war es selbstredend unmöglich, die noch so fern liegende Eigentümlichkeit der Verbindung zu erkennen, die zwischen beiden Ereignissen bestand, sofern man sich nicht zu dem Gedanken verleiten ließ, dass auch eine Kriegsflotte eine Orcinuse ist, dass auch sie den Tod bringt. Doch später sah man, auch wenn das später nichts mehr nützen konnte, dass in dieser Welt die Entscheidungen eines Admirals und die eines Orcaferons aufgrund einer schicksalhaften Fügung manchmal für das gleiche Ziel einander zuarbeiten können.

Nun, nach diesen beiden Ereignissen, war es Luigi Orioles, der 'Ndrja Cambrìa herbeirief und ihn fragte, ob er nicht Lust habe, ein paar Schritte mit ihm die Küste entlangzugehen, zu einem Dorf nach dem anderen: Ganzirri, Sant'Àgata, Principe, Fiumaraguardia, Grotte, Ringo und weitere, das hieß weiter in Richtung Messina. Es handelte sich darum, ob er, 'Ndrja, nicht Lust hatte, einmal nachzuschauen, sich umzusehen und umzuhören, was man sich denn so erzählte, das heißt, ob man sagte, dass Neuigkeiten für die Fischer in Sicht wären, ob es wen gäbe, der fischte, ob man Fischhändler anträfe, seis mit Fisch oder ohne, und was für Fisch und zu welchem Preis, ob es einen festgesetzten Höchstpreis gäbe und welche Bedingungen man für den Festpreis nennen würde, und ob, Festpreis hin, Festpreis her, dieser Wieheißternoch, den man jetzt immer wieder nennen hörte, dieser Schiebermarkt, dieser Schwarzmarkt alles leerfegt, wie man sich erzählt, oder ob das Gesetz streng durchgreift und wer es anwendet und wie, und dann noch, mit welchem Geld man jetzt eigentlich bezahle, ob mit klingender Münze oder stummen Scheinen, und wer jetzt da draufgedruckt wäre, ob dieses Geld das vorherige wesentlich entwertet hätte, das mit dem Profil der schönen Tollfrau namens Italia und dem des schnurrbärtigen Gnoms, den sie alle den König dieser Italia nannten, oder ob es dieses Geld nur wenig oder gar nicht entwertet hätte; kurzum, ob die Leute mit derselben Lira von früher immer noch ein Kilo Pasta vom Mulino Puleo, eine Dose Tomatensoße von Cirio oder Le Belle, fünfzig Gramm majorkinischen Käses und dazu noch ein Stück Seife der Marke Vaccarino, zusätzlich ein Kilo feines Salz oder aber anstelle von Salz und Seife einen Hering als Belag für einen kleinen Brotlaib von der Art derer des Kanonikus Annìbale Maria von Frankreich kaufen könnten.

»Mit einem Wort, 'Ndrja, du hast verstanden«, sagte Don Luigi abschließend. »Sieh mal an den Küstenstrichen nach und dann komm zurück und berichte mir. Vor allem, ob du Boote auf dem Meer siehst, ja, vor allem das solltest du mir sagen können. Und weil alles möglich ist, informier dich, wenn du neue siehst, neue, das heißt eben erst fertiggestellte, aus Holz, das man noch spürt, das noch duftet, verwende ein bisschen Zeit darauf und frage nach, welcher Meister der Axt, welcher Bootszimmermann es für ihn so schön ausgehöhlt hätte, obs zufällig Don Armando Racìti aus Gàlati Mamertino gewesen wäre oder auch Don Lillo Rando aus Ganzirri oder wer sonst, und was für einen Preis er verlangt hätte, dieser Meister der Axt, dieser Bootszimmermann, wer immer es auch war, und was für Holz er verwendet hätte, ob Maulbeerbaum oder Kirsche, um nur zwei Beispiele zu nennen, und frag ihn auch, wenns nicht zu viel verlangt ist, ob sies auf Kredit oder nur gegen bar bekommen hätten. Hab ichs dir deutlich erklärt? Hast du verstanden, was wir dringend wissen müssen, 'Ndrja? Und wenn dus dann weißt, kannst du mich fragen, was bringts Euch, wenn Ihr das alles erfahren habt? Na ja, siehst du, 'Ndrja, das zu erfahren wäre schon was, es wäre immer noch besser als nichts, besser als jetzt, will ich damit sagen. Denn die Sache ist die, dass es zwar über eineinhalb Monate her ist, dass der Krieg hier vor uns vorbeizog, doch nach eineinhalb Monaten ist der Frieden noch nicht zu uns gelangt, wie sollte er aber auch kommen, wenn wir kein Boot haben, wenn wir nicht aufs Meer fahren können? Unserem Schicksal entsprechend, kann der Friede für uns nur über unsere Boote kommen, über unsere Barken, über den Ontro, die Feluke oder die Palamitara, sofern wir aufs Meer fahren werden, sofern wir sie uns wieder kaufen können. Aber was können wir inzwischen erwarten? Manna vom Himmel? Manna von Ontro, Feluke oder Palamitara? Hier, um es mit den Worten der Frauen zu sagen, schickte uns das einzige Manna der furchterregende, todbringende Tiergigant. In zwei Monaten sahen wir nur seine Cicirella, die allerdings, darauf beharre ich weiter, eher einem Naturereignis zu verdanken ist als der gütigen Seele des Orcaferons. Und vorher haben wir uns mit ich weiß nicht wie viel Sack Saubohnen für Maultiere und Pferde durchgebracht, mit Futter, so kann man wohl sagen, das die italienischen Soldaten auf ihrer überstürzten Flucht nach Kalabrien hier am Ufer zurückgelassen hatten, bevor sie sich einschifften, gar nicht zu reden von diesem Dreck von Ferenfleisch, das, wie du weißt, bei Hungersnöten Brot und Brotbelag wird, Vor- und Hauptgericht, giftiges Zeug, von dem wir uns gezwungenermaßen vergiften lassen. Ja doch, ja, wer leugnets denn? Wie tierisch auch alles war, wir haben uns durchgeschlagen und schlagen uns noch jetzt durch. Doch kann uns das genügen? Ist das Leben? Liegt in so einem Durchbringen denn Würde? Was waren wir denn, was sind wir jetzt? Fischer, oder? Leute, die ihre Boote rüsten, hinausfahren, Angeln auswerfen, harpunieren, ein paar Fische fangen und sie auch für einen Hungerlohn noch an die Fischhändler verkaufen und sich mit diesem Elendsgeld Tag für Tag das Notwendigste zum Leben kaufen. Kurz gesagt, wir sind Menschen, die mit dem barbarischsten Feind, den es gibt, ums Leben kämpfen, vom Meer ganz zu schweigen, Menschen, die Tag für Tag in die Schlacht ziehen, sich duellieren, sich im Nahkampf mit diesem barbarischen Feind herumschlagen, den man ganz und in all seiner Gefährlichkeit niemals kennt, um sich vor jeder seiner Bewegungen zu schützen, und wenn man ihn je kennenlernt, nützt es nichts mehr, denn ihn ganz zu kennen, bezahlt man mit dem Leben. Kurz gesagt Menschen, die ihr Brot verdienen, indem sie Blut schwitzen, doch niemals darum betteln, Menschen, will ich damit sagen, die mit ihrer Würde leben und sterben, die vor niemandem ihre Augen niederschlagen müssen. Jetzt scheint wirklich die Zeit gekommen, dass wir einen Punkt hinter dieses bastardische Durchschlagen setzen, und dann sehen wir, ob wir noch unser althergebrachtes, würdevolles Leben fortsetzen können. Wie aber?, fragst du mich. Genau das: Sehen wir mal wie. Und das Wie, das sehen wir entsprechend dem, was du in der großen Welt siehst, wenn du beobachtest, was sich an den Küstenstrichen so tut. Kurz gesagt, wir werden uns von dem anregen lassen, was du uns berichten wirst. Allerdings, allerdings, erst jetzt, wo ich mit dir gesprochen habe, und ich habe mit dir ohne jede Empörung gesprochen, erst jetzt sehe ich dich, sehe dich, als wärs das erste Mal, und ich sehe, dass du mich anstarrst, genau gesagt, dass du wie opiumberauscht meine Lippen betrachtest, als würdest du erwarten, sie zu sehen, ja, sie wirklich zu sehen, die Worte, die ich dir sage, während du gleichzeitig hörst, wie sie mir aus dem Mund kommen. Ich sehe dich, kurz gesagt, wie du mich mit einem Ausdruck betrachtest, der mir sagt, dass du nichts von dem verstanden hast, was ich dir gesagt habe, doch vor allem, dass du mich nicht verstehst, mich, Luigi Orioles persönlich, der dir das gesagt hat, und der dir das nicht nur gesagt hat, sondern es vorher überlegte, es sich in seinem Kopf überlegte. Hast du verstanden, 'Ndrja? Erst jetzt erkenne ich den Ausdruck, wie du mich ansiehst, dass du mich ansiehst, einfach, um dich zu zeigen, wie wenn du dir im gleichen Augenblick in deinem Kopf die an mich gerichtete Frage stelltest: Ihr habt also nur auf mich gewartet, damit ich mich ein bisschen umblicken soll? Vorher konntet Ihr das nicht? Hattet Ihr denn keine Augen? Ach, lieber 'Ndrja: Abgesehen davon, dass deine Augen mehr sehen als unsere, spielt auch der Umstand eine Rolle, dass du frisch aus der Welt und vom Weltenende kommst, du hast den richtigen Blick, um dich umzuschauen. Und dann schäme ich mich nicht, dir zu sagen, dass wir all dieses Aufmerken, diese fiebernde Sorge, uns zu bewegen, uns zurückzubringen, um uns zu erheben, aus diesem Zustand der Erniedrigung auszubrechen, weißt du, seit wann spürten? Gerade mal seit ein paar Tagen, und es war kein Zufall, dass wir es an dem bewussten Tag spürten und nicht an einem anderen. Du wirst jetzt denken: Luigi Orioles bildet sich ein bisschen viel ein, es war nicht zufällig, sagt er, doch welche Beweise hat er dafür? Urteile selbst, 'Ndrjuzza, dieser Tag war der, als wir uns gegenseitig ansahen, wie wenn wir uns im Spiegel ansehen würden, und endlich den Bürgermut fanden, uns einzugestehen, dass unser Leben mit jedem weiteren Tag zu einem Kadaverleben würde, das war eben der Tag, an dem er sich hier vor uns, ja eigentlich vor unseren eigenen Augen hergesuhlt hatte, sozusagen wie eine Luftspiegelung, der uns zusieht, wie wir ihm zusehen, ihm, diesem Königskönig aller Kadaver. Ihm gebührt das Verdienst, wenn man so will, ihm kommt das Verdienst zu, wenn wir uns heute oder morgen aus diesem barbarischen Zustand, in den wir uns geworfen haben, die Frauen mit ihrem Tellerchen in der Hand und wir mit dem Bauch in der Luft wie ein Haufen selbstzufriedener und wohlgenährter Paschas, allesamt mit einem Zahnstocher zwischen den Lippen, wieder zu Christenmenschen erheben und keine geborenen und groß gewordenen Tiere mehr sind. Denn siehst du, 'Ndrja, wir können nicht immer hier herumstehen und zusehen, was diese Geißel da tut. Im Übrigen hat man längst verstanden, was der da tut: Er zog ab und kehrte zurück, und das sagt uns, er fühlt sich hier wohl, das sagt uns, er hat den Ozean für das hier vergessen. Wenn wir ihn gewähren lassen, werden wir am Ende nichts mehr zu tun haben. Interessiert uns dieses Meer denn nicht mehr? Wollen wir darauf verzichten? Wollen wir, mit anderen Worten, auf unsere Art zu leben verzichten? Wenn nicht, dann müssen wir genau hier anfangen, Hand anzulegen, bei diesem Tiergiganten, der sich hier angeortet hat. Kann man ihn nicht bezwingen? Wird er sich angesichts der Tatsachen wirklich als unsterblich behaupten? Doch allein der Umstand, zu versuchen, sich ihm entgegenzustellen, würde ihm in unseren Augen ja schon die Unsterblichkeit nehmen. Und dann gibt es ja auch noch die moralische Seite dieser Angelegenheit, einen Beweis müssen wir ihm liefern, und seis auch nur symbolisch, seis auch nur für das allgemeine Ansehen, um das Gesicht zu wahren, meine ich, vor den Skylloten, den Faroten, den Ganzirroten, Principoten, Paradisoten und auch vor den Feminoten. Denn setzen wir den Fall, dass die einen oder anderen aufs Meer fahren, sich rüsten, sich ausrüsten und aufs Meer fahren, natürlich, wenn sie irgendeinen Dreck von Boot, wenigstens eine Lanzitte gerettet haben. Dann fahren sie aufs Meer und fahren, wie man oftmals so dahinsagt, hinaus in den Tod, sie fahren hinaus, um die Meere zwischen Skylla und Charybdis von diesem Hindernis zu befreien, denn täten sies nicht, wäre es das Ende der

Meere zwischen Skylla und Charybdis und aller Menschen, die von diesen Meeren leben, hier auf der Insel und drüben auf dem Kontinent: Daher sagte ich vorhin und sage es jetzt wieder, dass sie in den Tod hinausfahren, wie man so oft einfach nur so hinsagt, so oft, das heißt immer und ganz unbeabsichtigt, worüber auch gar nichts zu sagen wäre, weil alles zu tun wäre, ohne Zeit zu fordern noch zu verlieren, es zu sagen, in diesem Fall sage ich noch einmal, für den Fall eben, dass die einen oder die anderen wegen des Orcaferons vor uns hinausfahren, vor uns, die wir den Orcaferon mehr als alle anderen wie eine schwere Last auf unserem Bauch haben. Würde das für uns schön sein? Daher ist es sinnlos, dass wir zögern. Sofern wir uns noch erhobenen Hauptes an den Meeren zwischen Skylla und Charybdis zeigen wollen, müssen wir unterhalb des Tiergiganten ankommen, wir als Erste. Nun können wir uns freilich nicht einfach so auf ihn stürzen und etwa zu ihm hinüberschwimmen, dem sicheren Tod entgegen. Gehen wir klug vor, nehmen wir ihn von weitem und beginnen einstweilen, Folgendes festzulegen: Er ist auf dem Meer, wir sind an Land. Zuallererst brauchen wir deshalb ein Boot, ein Boot, das nur eine Palamitara sein kann. Und für den Augenblick halten wir hier inne. Nachher, wenn wir das Boot haben, sehen wir zu, welche Ausrüstung wir brauchen, um ihm entgegenfahren zu können. Jetzt aber denken wir ans Boot, sehen wir mal, wie wir es uns beschaffen können, sehen wir mal, wie wir uns einrichten können, und da sehen wir zuallererst, was aus den Meistern der Axt, den Bootszimmerleuten, geworden ist, was deren Vorstellung ist … Das ist alles. Habe ich mich verständlich gemacht? Und was den Orcaferon da angeht, so hängen wir ihn, wenn es uns wirklich gelingt, in Anerkennung übers Kopfende. Wir sahen den Tod mit den Augen, und wir sagen nicht nur so, dass wir ihn sahen, sondern wir sahen den wirklichen, den orcinusen Großen Tod, und das brachte aus uns mit aller Kraft den Wunsch hervor zu leben, es war uns wichtig, mit allen Sinnen und Empfindungen zu leben. Diese lebenspralle Wirkung hatte der Tiergigant auf uns. Was passiert denn gelegentlich in den Stürmen, heh, 'Ndrja, was passiert da? Es passiert, dass sich die Mannschaft am Ende geschlagen gibt, alle ziehen den Nacken ein, und von diesem Augenblick an erwarten sie jederzeit nur noch die Welle, die sie ersäuft. Doch wenn die heranrollende Woge, die tödlich zu sein scheint, ein Schaumross aus Wasser und Wind ist, das schnaubt und pfeift und schäumt und seine Läufe über der Besatzung in die Luft erhebt, und jeder von ihnen schon der Welt entsagt und sich unten verkauert, während das furchterregende Schaumross über sie herabstürzt, sie durcheinanderwirbelt, blind macht und ihnen wie für alle Zeiten den Atem nimmt, und alle beim Wasserschlucken denken: Ich bin ertrunken, in diesem letzten Augenblick aber geschieht es, dass das Schaumross sich verzieht, das Boot kehrt wieder an die Luft zurück, und jeder sucht mit seinen Augen nach dem Gefährten neben sich, sie zählen sich ab, ob alle da sind, und dann packt einer gleich wieder das Steuer, ein anderer packt sein Ruder, man leert das Boot vom eingedrungenen Wasser. Kurz, nach dem schrecklichen Augenblick, währenddem sie den Tod mit ihren Augen sahen, verhalten sie sich so, wie wenn sie sich entschlossen hätten, nicht aufzugeben, und man sollte meinen, dass gerade er, der mit den Augen erblickte Tod, sie zum Leben aufgerüttelt habe, das sie vor dem Tod in ihrer Mutlosigkeit hatten absterben lassen: Los, mach schon, sursundkorda. Da geben sich die Menschen in Gefahr die Sporen. Sehen wir doch mal, wie die Lage ist, sehen wir doch mal, ob sie wirklich verzweifelt ist oder ob wir Abhilfe schaffen können, sehen wir mal, sehen wir mal, ob man da herauskommt. Und wenns nicht geschrieben stand, dass wir da herauskommen, dann soll man wenigstens schreiben, dass wir uns aufbäumten, dass wir uns zu schaffen machten, doch nicht nur das, wir machten uns auf alle möglichen Arten und Weisen zu schaffen, wir wollten nur noch davonkommen, und dass der Tod uns nicht bei eingezogenem Genick packte, mit den Händen auf der Brust und Stoßgebete sprechend. Hast du verstanden, 'Ndrja? Das Beispiel, das ich dir genannt habe, kann genauso für uns gelten. Ich weiß nicht, ob ich mich da deutlich genug ausgedrückt habe. Der Orcaferon ist als Orcinuser zu uns gekommen, wo er doch meiner Einschätzung nach genau das Gegenteil tun könnte.«

In seinem Leben hatte Luigi Orioles wohl noch nie eine so lange Rede gehalten, und beim Gedanken, dass er das getan haben musste, um vor allem ihn zu überzeugen, lag es 'Ndrja daran, ihm zu versichern:

»Muss ichs Euch wirklich noch einmal sagen, Don Luigi, dass ich gerne, sehr gerne einen Blick auf die Dinge werfen werde, mir ansehen und anhören werde, was sich getan hat und was sich tut?«

Sie standen auf dem gepflasterten Bereich vor der Türe der Orioles und waren natürlich nicht alleine, natürlich, und mehr als natürlich war Marosa dort, die 'Ndrja mit ihren Augen verzehrte und wohl darauf wartete, dass er ihrem Vater nein sagen würde.

»Gerne tut ers, wie denn auch nicht?«, murmelte sie, wobei sie sich mal auf die obere und mal auf die untere Lippe biss. »Wie denn auch nicht? Immer muss er fort. Er ist noch nicht angekommen und schon ist er wieder weg.«

»Mädchen«, sagte Don Luigi zu ihr. »Einen Blick hier in der Umgebung tun, nennst du weggehen?«

»Weil ihr nicht gehört habt, was man sich am Leuchtturm heimlich über die Amerikaner erzählt, die in all ihrer Gutmütigkeit diese jungen Männer zu Gefangenen machen, Matrosen und Soldaten, die aus dem Krieg heimkehren. Sie sagen zu ihnen: Wir tun euch nichts, ihr sollt uns nur ein bisschen zur Hand gehen beim Entladen unserer Schiffe im Hafen von Augusta. Eine Gefälligkeit, und weil es eine Gefälligkeit ist, wie kann mans ihnen dann abschlagen? Doch wisst ihr, was die Amerikaner dann tun? Sie erklären sie zu Gefangenen und schiffen sie auf demselben Schiff ein, das sie entladen, und danach legt es mit den Gefangenen ab nach dem fernen Amerika. Das erzählte man sich heimlich am Leuchtturm heute Morgen, ganz genau das«, schloss Marosa wütend, und während die Zahnreihe hinter der oberen Lippe verschwand, kam sie an der unteren Lippe wieder zum Vorschein.

»Wieso hörst du nur auf dieses Gerede, heh, du gutgläubiges Ding?«, fragte 'Ndrja sie und lachte. »Was glauben die am Leuchtturm denn? Dass wir noch im Krieg mit den Amerikanern sind, dass sie mich gefangen nehmen und nach Amerika verschleppen?«

Doch wie wenn sie nicht wüsste, ob sie ihm vertrauen konnte oder nicht, blickte Marosa ihn verstohlen unter ihren Wimpern an.

»Nach Amerika? Das wäre ja noch besser, was, 'Ndrja?«, sagte Don Luigi halb scherzhaft und halb ernst, als wollte er Marosa damit widersprechen.

»Schon, schon, ich sage ja nicht nein«, antwortete 'Ndrja im selben Ton. »Allerdings, was macht man als Gefangener in Amerika?«

»Besser ein Gefangener in Amerika, als hier frei zu sein«, sagte Don Luigi überraschend ernst.

»In Wahrheit ist es besser, hier ein Gefangener als in Amerika frei zu sein«, wagte Marosa ihm ebenso überraschend zu widersprechen.

Don Luigi sah seine Tochter an, als hätte er sie vorher nie gesehen, und als er dann mit ihr sprach, machte sie auch mit ihrer Stimme diesen Eindruck auf ihn.

»Geh ins Haus, Mädchen, und mache die Türe hinter dir zu«, herrschte er sie an.

Marosa biss sich wieder auf die Lippen und warf eigensinnig ihren Kopf nach hinten. »Schön'n Spaziergang dann noch«, wünschte sie 'Ndrja spöttisch und ging vor ihm vorbei ins Haus.

»Siehst du, was für eine Viper?«, sagte Don Luigi. »Sie war ein Fischlein, dann kamst du, und sie verwandelte sich in eine Muräne. Oh, sie wird gleich beim leichtesten Schatten eines Verdachts anmaßend, sie wendet sich sogar gegen ihren Vater, wenn es um dich geht.«

'Ndrja lächelte, ohne etwas zu sagen. Damit hab ich schon Erfahrung, wollte er sagen.

Er hatte seine Erfahrung mit ihr tags zuvor gemacht, als sie sich wiedergesehen hatten. Er hatte bemerkt, dass sie von einem Fischlein zu einer Muräne geworden war und dass sie, die mädchenhafte Muräne, wenn es sich um ihn handelte, sich auch noch auf den Schatten stürzte. Bei anderen nur? Etwa nur auf ihren Vater? Nein, auch auf ihn, was das anging.

Dieses Mädchen hatte er gestern wiedergesehen, nach langer Zeit, gestern, gegen vier, als sie mit anderen Mädchen und Familienmüttern vom Leuchtturm zurückkehrte, eine ganze Herde von Frauen und jungen Mädchen, jede mit ihrem Bündel amerikanischen Mehls.

Sie kamen dicht am Ufer entlang, auf dem Streifen Hartsand, der sich vom Leuchtturm bis Charybdis hinzog. Als sie die drei Palmen erreicht hatten, gab Donna Rosalia 'Ndrja zu verstehen, dass er ins Haus eintreten solle, und wies ihn sogar ins Schlafzimmer, wo sie einen Stuhl für ihn hinter der Trennwand herrichtete und ihm eine Hand auf die Schulter legte. Dann sagte sie: »Setz dich. Ich bereite sie jetzt auf dich vor, aber sprich nicht, um Himmels willen, mach deinen Mund nicht auf, andernfalls wird sie möglicherweise der Schlag treffen.« Dann, als sie ihm ins Ohr flüsterte, wohl damit Don Luigi sie nicht hörte, der an der Türe stand, hatte sie das meiste von dem gesagt, das sie ihm zu sagen hatte. »Ich sagte dir, dass sie möglicherweise der Schlag treffen würde, denn du musst wissen, 'Ndrja, mein Lieber, dass ich, weil ich dieses Herz habe, das mir manchmal bis in den Hals hinauf schlägt, bisweilen herunterfällt und gelegentlich nur noch ein dünnes Klopfen ist und abzusterben droht, dass ich in meiner Unwissenheit, aber ist das die Unwissenheit einer Mutter?, glaube, ja, dass ich befürchte: Wie die Mutter, so die Tochter, das denke ich, das befürchte ich. Hat die Mutter ein solches Herz, dann hats auch die Tochter. Vielleicht habe ich Marosa ja mein Herz vererbt, frage ich mich immer wieder. Aber was sagst du da, was redest du, was stellst du dir denn vor?, sagt Luigi zu mir. Wieso nicht, antworte ich, kanns nicht sein, dass ich Marosa mein müdes Herz vererbt habe, so wie ich ihr meine Augenfarbe, die Form meiner Nase und meiner Lippen vererbt habe und alles Übrige von mir? Uffa, sagt Luigi dann. Siehst du denn nicht, wie sie sich vor unseren Augen entwickelt? Kommts dir denn vor, wenn du sie anschaust, dass ihr Herz und ihre Entwicklung nicht im Gleichschritt bei ihr gehen? So redet Luigi, aber was weiß Luigi schon darüber? Ist er vielleicht ein Arzt? Dazu brauchts einen Arzt, der Marosas Herz abhört und feststellt, obs nicht mit meinem identisch ist. Erinnere dich daran, 'Ndrja, denk du daran, denk du daran, sofern du kannst, sofern du je das Glück hast, sofern du jemals, jemals das große Glück hast, dir einen Arzt leisten zu können …« Dann war sie hinausgegangen und Marosa entgegengelaufen.

»Was führst du im Schilde?«, hatte Don Luigi zu ihr gesagt, als sie an ihm vorbeiging. »Und 'Ndrja, der sich noch auf dich einlässt …«, hatte er hinzugefügt. »Der stinkt doch noch nach Krieg, und schon gibt er sich diesem Tändel mit euch Weibswesen hin …«

Marosa, die zuerst blass wurde und dann errötete, hörte ihrer Mutter zu, gab ihr dann das Bündel mit dem Mehl und war wie ein Wirbelwind ins Haus gestürmt, blieb aber ein paar Schritte hinter der Schwelle sofort stehen.

»'Ndrja?«, hatte sie außer Atem gerufen. »'Ndrja?«, leise ganz leise, wie wenn sie sich fürchtete, Antwort zu erhalten oder nicht zu erhalten.

»Was soll das denn mit 'Ndrja«, rief sie ihrer Mutter zu. »Machst du dich jetzt auch über mich lustig, Ma'?«

»Hab ich dir etwa 'Ndrja gesagt?«, sagte Donna Rosalia von der Türe her. »Ich hab dir gesagt, da ist jemand, der dich kennt, jemand, der weit weg war und immer an dich gedacht hat. Hab ich das nicht so gesagt? Wieso versicherst du dich jetzt nicht, wer es ist? Na, du törichtes Mädchen, warum machst du nicht einen Schritt vor und verstehst, wers ist?«

Einen Schritt, doch sie wagte es nicht, diesen Schritt zu tun: Vielleicht hatte sie eine tiefsitzende Angst, 'Ndrja zu sehen oder auch nicht zu sehen, und was sie auf so geheimnisvolle Weise mit Angst erfüllte und anzog, war der Umstand, dass sie ihn da drinnen wusste, ihn rufen und doch keine Antwort erhalten konnte. Er verhielt sich nämlich ganz nach der Empfehlung von Donna Rosalia, auch wenn sie ihm lediglich gesagt hatte, den Mund nicht aufzumachen, nicht jedoch, wie er sich in einem Fall wie diesem zu verhalten habe, für den Fall, dass Marosa auf halbem Weg stehen bleiben und seinen Namen rufen würde, ohne vor-, noch zurückzugehen.

»Du machst es doch wohl nicht wie in der vergangenen Nacht, Ma'?«, fragte das Mädchen seine Mutter. »Nicht, dass du ihn dir vorträumst? Denn wenns stimmt, wenns stimmt, dass er zurückgekommen ist, wenn er hier ist, wo ist er dann, was macht er?«, hatte sie dann, weil sie vielleicht ihre Meinung über ihre Mutter geändert hatte, gerufen und war vor Wut in Tränen ausgebrochen. »War das nicht genug? Wollen wir weiter Zeit verlieren?«

Da trat Don Luigi ins Haus und legte ihr einen Arm über die Schulter: »Da hat die arme Kleine recht«, tröstete er sie. Und dann, an seine Frau gewandt: »Ach, Rosalia, Rosalia, was hast du nur für glänzende Ideen …« Er seufzte tief, dann drehte er sich zur Trennwand: »'Ndrja?«, sagte er zu ihm. »Oh, 'Ndrja, hast du vor lauter Rührung die Sprache verloren oder hat dich meine Frau etwa geknebelt? Zeig dich, mein Sohn, komm heraus, mach schon. Du spielst ihr Theater vor, ja, machs nur, und über kurz oder lang wird dieses Mädchen ihre Seele aushauchen …«

»Wer ist denn dieser Bärtige da?«, waren Marosas erste Worte, als 'Ndrja vor ihr auftauchte, und 'Ndrja dachte, dass glücklicherweise Vater und Mutter da waren, sonst hätte, wenn sie starrsinnig geworden wäre, die Gefahr bestanden, dass sie Caitanellos verpasste Erkennungsszene wiederholte. Doch Vater und Mutter waren an diesem Punkt hinausgegangen und hatten die beiden eine ganze Zeitlang alleine gelassen.

Ohne auch nur einmal die Augen von ihm abzuwenden, ließ Marosa völlig stumm ihren Gefühlen freien Lauf, stützte dabei ihren Arm mit dem anderen ab und quälte mit den Zähnen ihre Lippen, die heftig bebten. Mit ihren Augen streifte sie immer wieder über seine Gestalt, und ihm war, als würde er gewissermaßen die Berührung spüren, die Schwere dieses Blicks, der seine Augen erkundete, den Blick dieser Augen, die Stirn, die Schläfen, er fuhr die Arme hoch, wandte sich über der Schulter zum anderen Arm, fuhr hinunter zum Handgelenk, zur Hand, zu den Fingern, dann über seine Hüften die Beine hinunter, die Knie, bis zu den Knöcheln, zu den Füßen, und am Ende meinte er, er würde in der Mitte seiner Brust ruhen, und dort, als würde er's nicht wagen, verweilte er einen Augenblick lang leicht und heiter, einer Feder gleich, doch dann lastete er, drückte, presste, er drängte sich nach innen, nach unten, wie eine zur Faust geschlossene Hand, dann wieder offen wie Finger, Fingerkuppen, die ihn abtasteten, ihn abmaßen, sich versicherten, dass er heil zurückgekommen war, heil und unversehrt. Wie Ciccina Circé, dachte er, wie Caitanello, ein bisschen wie der eine und ein bisschen wie die andere.

Als sie ihre Sprache wiedergefunden hatte und wieder sie selbst geworden war, die weibliche Sturzwelle, war das Erste, was sie zu ihm sagte:

»Bist du endlich wieder aufgetaucht?«

Auweh, dachte ‘Ndrja. Genau wie Caitanello glaubt sie, ich wäre irgendwelchen Vergnügungen nachgelaufen.

Doch er fühlte sich nicht danach, auch mit ihr zu händeln, schon deshalb nicht, weil er bei ihr das eine oder andere Mittel der Überzeugung zur Anwendung bringen konnte, zumindest konnte er es versuchen, wenn schon nichts sonst. Er ging auf sie zu, fasste sie bei den Handgelenken und hob ihre Arme hoch: Er empfand sie als hart, wenn auch nicht von ihrer Härte besonders überzeugt. Er suchte sie mit seinen Blicken ab, fand, dass sie gewachsen war, sich entwickelt hatte, wie wenn ein Treibmittel sie hätte aufgehen lassen, wenn er sie mit dem letzten Mal verglich, als er sie gesehen hatte, und sagte dann:

»Da schau einer an, da schau einer dieses Mädchen an, was für eine junge Frau sie geworden ist«, zog sie dabei an seine Brust und versuchte, ihr Gesicht anzuheben, das sie hartnäckig gesenkt hielt.

»Wenn du länger weggeblieben wärst«, flüsterte sie endlich mit einem plötzlichen Ruck ihrer Augen, »dann wärs das gewesen, ich wäre alt geworden. Damit hättest du erst den Vorwand gehabt, dass ich noch zu jung war, und nachher, dass ich inzwischen zu alt geworden wäre.«

Als er sie fest an sich gedrückt hatte, legte er ihr eine Hand auf den Kopf und maß sie in Höhe seiner Brust nach:

»Also, was deine Größe angeht, meine ich, dass du klein warst und klein geblieben bist«, sagte er.

»Warum hast du dir dann nicht eines von diesen langlatschigen Wesen vom Kontinent genommen? Immerhin hattest du doch genügend Zeit, eine zu finden, die dir gefallen hätte …«

»Bei der hätte ich wenigstens keinen steifen Nacken bekommen, wenn ich sie angesehen hätte«, sagte ‘Ndrja, womit er das Falsche sagte, denn sie hatte fast der Schlag getroffen.

»Bei der? Wer ist die?«, schrie sie und wurde auf der Stelle wachsbleich im Gesicht, als wäre das Blut in ihren Adern gestockt.

‘Ndrja sah sie so blass, dass er beim Gedanken an die Schwäche des kleinen, mühselig kämpfenden Herzens von Donna Rosalia eine Woge von Zärtlichkeit in sich aufkommen fühlte, und zum ersten Mal, ganz impulsiv, wollte er sie küssen. Marosa bemerkte das, und so wie das Blut aus ihrem Gesicht gewichen war, kehrte es plötzlich wieder zurück, das junge Mädchen wurde purpurn und riss die Augen weit auf. Und um sie küssen zu können, bückte er sich nicht, sondern hob sie in seinen Armen empor. Sie jedoch verschloss zunächst ihre

Lippen gegen seinen Mund, dann öffnete sie sie ganz, so dass er statt ihrer Lippen ihre Zähne küsste. Hier nun wand sich diese Sturzwelle von Mädchen wild, stemmte ihre Hände gegen seine Brust und versuchte, aus seinen Armen zu fliehen, fiel aber aufs Bett. Dort hatte sie allerdings schon ihre Ansicht geändert, warf ihre Arme um seinen Hals, und nun war sie es, die ihn unerwartet und verblüffend mit einer so unbeholfenen, wenig feinfühligen Zärtlichkeit, mit einer so glühenden, so barbarisch wilden Hingabe küsste, dass es ihm den Atem verschlug. Noch nicht zufrieden, zog sie ihn neben sich aufs Bett, um ihn bequemer fassen zu können, und er stützte sich nur mit der Hüfte darauf, ohne die Füße vom Boden zu lösen. Wenn Don Luigi hereinkommt und mich so findet, dachte er, gerbt er mir das Fell. Doch das Mädchen wirkte glücklich, und er hatte nicht das Herz, sich aus dieser Haltung aufzurichten.

»Siehst du, dass es hier weder groß noch klein gibt?«, sagte sie zu ihm, als hätte sie sich eigens für ihn auf dieses Bett geworfen, um mit ihm dieses Experiment durchzuführen. »Siehst du, dass ich dir bis zum Kopf reiche? Siehst du, dass wir auf gleicher Höhe sind, Auge in Auge?« Dann seufzte sie und spielte mit seinem Bart und seiner Löwenmähne: »Ach, das Schlimmste ist vorbei, vorbei und das meiste ebenso, jetzt, wo mir dieser zärtliche Mafioso zurückgekehrt ist …« Und dann, überaus vernünftig: »Jetzt schon, jetzt schon, Marosa, mein Schatz, beginnst du ein bisschen Glanz in deinem Leben zu erblicken, jetzt, wo er dir zurückgekommen ist und das heil und unversehrt, dein Mann, die Stütze des Hauses.« Sie redete, wie wenn sie seit langem schon Mann und Frau wären und wie sie vielleicht hin und wieder ihre Mutter mit ihrem Vater hatte reden hören.

Plötzlich, ganz nach ihrer überraschenden Art, hatte sie sich aufgerichtet, ein Körbchen voller gestickter Deckchen genommen, das in ihrer Reichweite stand, und ohne zu reden, ihn aber spitzbübisch anschauend, gab sie ihm welche zum Betrachten.

Es waren Deckchen, die sie gestickt hatte. Das Eigentümliche war offenbar jedoch, dass sie nur Fische gestickt hatte, und nicht nur einen oder zwei, sondern eine ganze Ladung, von der Sardine bis hin zum Schwertfisch. Doch wenn sie sie ihm, während sie eins nach dem anderen in ihre Hände nahm, nicht im Einzelnen benannt hätte: Meerbarbe, Meerjunker, Löffelstör, Brasse, Krebs, Kammmuschel, Drachenkopf, Languste, Bernsteinmakrele, Zahnbrasse und so weiter, hätte ʻNdrja sich anstrengen müssen, und das möglicherweise vergebens, um den Fisch zu erkennen, den sie jedes Mal hatte sticken wollen.

»Woher kam dir nur der Einfall?«, fragte er sie, während sie mit gerötetem Gesicht über ihn gebeugt war und sich zu ihrer Mühe beglückwünschte. »Woher kam dir nur der Einfall, so viele Fische zu sticken?«

Da richtete sich das Mädchen auf, drückte einen Arm fest an ihre Brust, warf dann ihren Kopf geradezu hochmütig nach hinten und erklärte ihm ganz feierlich, welcher Vorstellung sie gefolgt war, um auf diese Fische zu kommen:

»Ich habe immerzu Fische gestickt, und bei jedem Fisch, den ich stickte, schwor ich, ihn niemals im Leben zu essen. Da schloss ich einen Pakt mit Gott, und dieser Pakt bestand darin, dass, solange Fische im Meer wären und ich immer wieder neue sticken würde, Gott sich im Gegenzug verpflichtete, dich zu mir zurückkehren zu lassen.«

'Ndrja war überhaupt nicht nach Lachen zumute, so groß war sein Erstaunen. Ein Pakt mit Gott, wie von Gleich zu Gleich? Hatte man so etwas je gehört? Vielleicht hatte nur Caitanello so etwas machen können, eine Geschichte dieser Art. Und wie hätte er denn lachen können, wenn er bedachte, dass dieser Pakt ja gerade ihn betraf? Im Übrigen musste man sie nur ansehen, wie unerschrocken sie war, wie stolz auf ihr Werk. Nein, sie streifte auch nicht der geringste Zweifel an der Ernsthaftigkeit der Sache.

»Und so einen Pakt hat Gott akzeptiert?«

»Entweder hat ers oder er hats.«

»Mit einem Wort, du hast ihm keine Wahl gelassen.«

»Meine Bedingung war, dass du zu mir zurückkehrst.«

»Und wenn ich noch später gekommen wäre, hättest du dann keine Angst gehabt, dass dir die Fische ausgehen könnten?«

»Die Fische ausgehen? Wenn du niemals zurückgekommen wärst, dann schon, dann hätten sie mir wohl ausgehen müssen. Doch ich habe so langsam gemacht, dass es schon wehtat. Und für den Schwertfisch, siehst du ihn da?, habe ich drei Tage gebraucht, nur um ihn zu sticken. Und für den Löffelstör, siehst du ihn da?, habe ich einen ein Meter langen gewählt und vielleicht mehr, so lang, dass er nicht einmal in eine Reuse gepasst hätte, wie dann erst auf den Stickrahmen hier. Siehst du, wie ich sie gedreht und gewendet habe? Und die Krake, siehst du die Krake da? Siehst du, wie viele Arme und Saugnäpfe ich ihr gemacht habe?«

Sie saßen auf der Bettkante, und er umfasste sie mit dem Arm. Er fühlte sie voll in Schulter und Brust. Jetzt kann ich sie nicht mehr als Mädchen bezeichnen, dachte er. Sie hat sich inzwischen entwickelt, sie entwickelte ihren Körper, sie ist eine Frau geworden, eine ausgewachsene Frau, sie hat das Bittere verloren. Man kann sie nicht mehr als Mädchen bezeichnen. Doch andererseits, sagte er gleich darauf, ist das denn die Sache einer erwachsenen Frau, dieser Pakt mit Gott?

»Und wenn keine mehr zu sticken gewesen wären«, fügte sie mit herausforderndem Blick an, »hätte ich, sobald Gott seine Augen abgewendet hätte, die Deckchen genommen und jeden Stich entfädelt, auf diese Weise hätte ich immer wieder von vorne angefangen.«

Sie redete, sie erwartete durchaus nicht, das war deutlich, dass er etwas dazu zu sagen haben könnte. Auch wenn zwei Jahre vergangen waren, seit sie ihn zuletzt gesehen hatte, stellte 'Ndrja keine großartigen Neuigkeiten für sie dar, ausgenommen er selbst, mit seiner persönlichen Anwesenheit, der für sie aber derselbe wie früher war. Damit stellte auch der Krieg, der eben vergangene wie auch der künftige, von jetzt an keine Neuigkeit mehr für sie dar, von jetzt an hatte er keinen Sinn mehr für sie, von jetzt an konnte der Krieg in ihrer Vorstellung nicht mehr, wie zuvor, über 'Ndrja verlaufen, er konnte ihn ihr nicht mehr töten. Daher redete sie, redete sie über die Fische, die sie gestickt hatte, und über ihren Pakt mit Gott, denn er war zwar in den Krieg geschickt worden, doch sie hatte ihn zurückkehren lassen, er hatte den Krieg zwar verloren, aber sie hatte diesen Krieg auch für ihn gewonnen.

Mit ihrem Rücken an seiner Brust, die Ellbogen auf den Knien, hielt sie den Atem an und bewegte sich nicht, sofern er sie nicht bewegte. Konnte sie sich jemals vorstellen, dass 'Ndrja nicht wusste, was er jetzt tun, wo er anfangen, wie er sich ihr gegenüber verhalten sollte? Er hatte nicht viele Frauen kennengelernt, und von den wenigen, die er kennengelernt hatte, kam ihm Ciccina Circé als die Einzige vor, von der er, wenn er es genau betrachtete, sagen konnte, dass er sie etwas genauer kannte. Was dann erst bei den anderen? Doch auch wenn er viele Frauen und auch besser gekannt hätte, wären sie ihm mit Blick auf Marosa zu nichts dienlich gewesen, und die, die ihm an der Seite dieses noch in jeder Hinsicht weißen Mädchens am wenigsten dienlich sein konnte, war gerade Ciccina Circé. Bei Marosa fühlte er, zum Beispiel, dass er das Boot lenken konnte und es lenken musste, auch weil Marosa die Art und Weise des Lenkens, die Ciccina Circé hatte, nicht kannte und niemals kennenlernen sollte. Er verglich sich jedoch mit den Jungs, die sich zum ersten Mal mit einer Lanzitte betraut sehen, um auf Hornhechtfang zu gehen, mit Angelrute und Ködern aus Wolle, und diese Jungs betrachten, angesichts der Vorstellung, dass sie zum ersten Mal alleine aufs Meer fahren, wie benommen die Lanzitte, die am Uferrand darauf wartet, aufs Wasser gesetzt und gelenkt zu werden, und sie, die das doch so viele Male mit den Pellisquadre gemacht haben, wissen jetzt nicht, was sie machen sollen, wo und wie sie es anstellen sollen. Der einzige Unterschied war der, dass die Jungs, sobald sie das Wasser spüren, zuerst mit den Füßen, dann mit der Spitze des Ruders, sich auf der Stelle zurechtfinden, sich auf der Stelle in ihrem Element fühlen: und so, als würde die Lanzitte alles alleine machen und man das Empfinden hat, als würde das Meer, sobald man es unter sich spürt und rings um sich herum sieht, auf der Stelle den Eindruck von etwas seit jeher Gekanntem und Gewusstem vermitteln, von Natur, von menschlicher Natur.

Aber war mit Marosa vielleicht etwas anderes geschehen? Es genügte, dass er, völlig mit seinen Gedanken beschäftigt, eine Bewegung machte, um sie zu küssen, dann nahm sie den Schwung auf und führte die Bewegung zu Ende. Im Vergleich zu einem Augenblick vorher wirkte sie jetzt absolut erfahren, auch wenn sie ihn immer noch mit der gleichen Glut von geringer Feinfühligkeit küsste, wie eine Hungrige, mit der gleichen nahezu barbarischen Hingabe. Während sie ihn küsste, stellte sie sich vor ihn hin, drückte ihn mit ihren kleinen, harten Brüsten, die wie die halben Zitronen waren, die sie sich in Ermangelung von Gummibällen um die Brust geschnürt hatten, als sie kleine Jungs waren und Sirenen spielten.

In diesem Augenblick ging die Türe draußen auf, und sie hörten Donna Rosalias Stimme, die sagte:

»Bei der unbändigen Lust, miteinander zu reden, seid ihr jetzt verstummt?«

Im Zimmer wurde es hell, und mit dem Licht sah 'Ndrja Marosa, die ihn, als hätte sie die Stimme ihrer Mutter nicht gehört, küsste und mit gerunzelter Stirn genau beobachtete, wie wenn sie, während sie ihn küsste, nichts von diesem Augenblick verlieren wollte, nichts von seinen Zügen. Sie hielt ihre Hände an seiner Brust und hob das rechte Knie, wie wenn sie es gegen ihn stützen wollte, genauer gesagt, wie wenn sie ihn niederschlagen und ihn unten halten wollte, unter ihrem Fuß, um ihn zum Besiegten und Gefangenen zu erklären, wie Bradamante im Augenblick des siegreichen Endes des Duells mit einem Sarazenen.

Masino, seinem Milchbruder, lag viel daran, ihn auf seinem Beobachtungsgang am Küstenstreifen zu begleiten, und es musste sehr wichtig für ihn sein, wenn er sich, und das wohl zum ersten Mal, von seinem kleinen Neffen trennte, ihn aus den Armen gab, ihn, diesen Quälgeist, der ständig schrie und jammerte und sogar noch im Schlaf vor sich hin wimmerte, nicht länger wiegte, wie er es bei Tag und bei Nacht tat.

Er traf ihn am nächsten Morgen, der ihn schon erwartete, mit den Schuhen in der Hand, und am Anfang der Dünen saß. Ohne den Säugling im Arm verwirrte er einen beim ersten Hinsehen, fast so, wie wenn sein ganzer Körper unvollständig wäre, sozusagen vom Körper am üblichen Körper geschwächt.

»Ich würde auch gerne ein paar Schritte gehen«, sagte er. Doch wenn er die Sache, wie er sagte, wirklich gerne tat, war das in seinem Gesichtsausdruck, der immer ernst war, nie ein Lächeln zeigte, in diesem Augenblick so wie in jedem anderen nicht erkennbar.

»Ich selbst wollte es dir gestern Abend schon sagen«, antwortete er. »Doch dann sagte ich mir: Aber Totò, wer kümmert sich dann um Totò? Ja, apropoh, wer kümmert sich denn jetzt um ihn, wo ich ihn nicht bei dir auf dem Arm sehe?«

»Ich habe ihn vor gut einer Viertelstunde schlafen gelegt, nachdem ich ihn von drei Uhr an bis Tagesanbruch gewiegt hatte. Das sind die Stunden, in denen Tina ihn zur Welt brachte, und in den Stunden ist er dann immer übernächtigt. Ich höre ihn, nicht meine Mutter, ich höre ihn, denn ich hab mittlerweile ein Ohr dafür. Dann nehme ich ihn auf den Arm, geb ihm ein paar Löffelchen Kamillentee oder Lorbeerwasser und wiege ihn. Doch wenn die Stunden nicht vergehen, die Stunden, in denen er zur Welt kam durch seine verstorbene Mutter, die Stunden, die ihn traurig machen, in denen dieser Unschuldswurm keine Ruhe findet, will er nur gewiegt werden, gewiegt und nochmals gewiegt.«

Sie hatten die Abkürzung durch die Sand- und Aschedünen genommen und gingen in Richtung der Gärten, zwischen den schwarz verrauchten Stümpfen und angekokelten Zweigen der Orangengärten. 'Ndrja blickte umher, während Masino hin und wieder heimlich seinen Blick zu ihm hinüberwandte. Seine Augen waren vor lauter Müdigkeit vom Wiegen des kleinen Totò so gerötet wie die eines Kaninchens. 'Ndrja tat, als würde er seine Blicke nicht bemerken, wie wenn er ganz von dem erfasst wäre, was er mit jedem Schritt durch die Dünen oder in den Gärten entdeckte. In Wirklichkeit dachte er an ihn, als er auf dem Sand umherblickte, wo Stück für Stück der Waffenschrott des Kriegs hervorschaute, und manchmal war es, als würden sie, statt Helme, Munitionsgurte, Patronentaschen, Schulterriemen, Bajonette, Gewehrschäfte, Blechnäpfe und Dreifüße für Maschinengewehre zu vergraben, um nur das Gegenwärtigste zu nennen, den umgekehrten Weg gehen und alles nach und nach ausgraben, gerade so, als wären sie Monate zuvor mit Sand zugeschüttet worden und würden jetzt allmählich wieder aus dem Sand hervorwachsen und sich dem Blick immer deutlicher zeigen. Der hier wiegt seinen Säugling, dachte er, während seine Gedanken mit seinem Blick durch die Wrackteile hin und her irrten, dieser Milchbärtige, der sich als gütiger Junge unverzüglich in die Rolle seiner toten Schwester versetzt hat, und wenn er schon nicht die Mutter für seinen Neffen machen kann, so ist er wenigstens ein Mütterlein für ihn, nimmt ihn an die Brust, und das Kindlein beruhigt sich, als würde es sich an Milch sättigen, der, ja der hier, sage ich, diese Absonderlichkeit von Milchbart, den man im Vergleich zum Säugling eher für weiblich als für männlich halten könnte, der hier hatte vor nicht einmal zwei Monaten drei Deutschen einen herrlichen Empfang bereitet, der hier, ja, der hier, dieser Typ von Trockenamme, hatte den Mut, sich dreien dieser verkommenen Seelen entgegenzustellen, drei Tötern und fertig, Töter, die, während sie mal die einen, mal die anderen töten, selbst nicht getötet werden können, weil sie nicht aus Fleisch und Blut gemacht sind, sondern aus Eisen und Feuer, und der hier, dieser Milchbärtige, der noch nicht Fisch und noch nicht Fleisch ist, hatte den Mut, sich ihnen alleine in den Weg zu stellen und mit Bajonettstichen drei, nicht einen, zu zerfleischen, als würden sie wie zum Beweis nun auch selbst sterben.

Das schien eine unmögliche Begebenheit zu sein, wie die Wundergeschichten, die man sich über Heilige erzählt und derentwegen es dann heißt: Begebenheit jenseits der Natur, Begebenheit nur als Figur. Masino war allerdings kein Heiliger, er wirkte keine Wunder, keine Begebenheiten jenseits der Natur, und wenn die Begebenheit mit den Deutschen wie ein Wunder aussehen konnte, war es ein Wunder der menschlichen Natur, ein Wunder, das Masino nicht durch die Einwirkung des Heiligen Geistes bewirkt hatte, sondern durch seine Hände, und dann konnte man wirklich sagen, dass, wenn es denn je ein Wunder durch Hände gab, das seines war. Vorausgesetzt, dass es kein Sakrileg ist, die Tötung von Christenmenschen als Wunder zu bezeichnen. Oder war es nicht stattdessen ein Sakrileg, drei Deutsche von diesem Schlag Christenmenschen zu nennen? Oder vielleicht war das einzige, eigentliche Sakrileg in diesem Fall, von einem Wunder zu sprechen, von einem Wunder wie die Wunder, die überhaupt keine Anstrengung und keinen Verschleiß für diejenigen bedeuten, die sie vollbringen, ja, wenn man sie auf den Bildchen sieht, scheinen die Wundertätigen umso mehr aufzublühen und zu erschönen, je mehr Wunder sie vollbringen. Das hieß, über Wunder zu sprechen und Masino anzusehen, sein schon gealtertes Gesicht eines Milchbärtigen von sechzehn Jahren, mit seinen von Falten umgebenen Augen, geschwollen wie von Tränen oder von einer Nierenentzündung, und ihrem zwar noch frischen, aber doch schon verschleierten, schon glanzlosen Licht, für die es viele, so viele Jahre und viel, so viel Leben braucht, um sehen zu können, bevor sie beschlagen und sich verzehren. Er sah ihn an und dachte, von wegen Wunder und Wundertäter, er dachte daran, wie viel es ihn gekostet haben muss, wenn auch nicht in jenem Augenblick, als sein Blut heiß war, sondern später, jetzt, jedes Mal, wenn er daran dachte, jedes Mal, wenn diese sich haargenau so abspielende Szene wiederholte und dreimal vor seine Augen zurückkehrte.

Sie gingen lange, ohne miteinander zu reden. Als sie nach Ganzirri kamen, war die Sonne schon aufgegangen und warf rote Blitze auf die mit Gras bewachsenen Gewässer des Sumpfgeländes.

Sie kamen durch Principe, und bei der Straße durch das Flussbett von Fiumaraguardia sahen sie, dass die Schotterdecke durch eine große Bombe kraterförmig aufgerissen worden war und das Meer jetzt zwischen den Straßentrümmern herumspülte. Von den Häusern am Meer waren zwei von drei entweder eingestürzt oder beschädigt, und auf den Fassaden waren Spuren von Schnellfeuersalven an jeder zweiten oder dritten Türe zu sehen, man sah Trauerstreifen, viele Türen hatten ringsum keine Mauern mehr und einige standen weit offen und waren mit Brettern vernagelt.

Sie hatten noch keine Menschenseele gesehen, weder an Land noch auf dem Meer, doch als sie nach Grotte kamen, zu der langen Reihe der dem Meer zugewandten Häuser, erschienen vor den Türen unentwegt junge und alte Frauen, noch in Unterröcken, mit offenen, auf die Schultern herabfallenden Haaren. Sie brachten Stuhl und Handtuch, setzten sich und trockneten sich die Gesichter, wie wenn sie in der Nacht zu viel Hitze gehabt hätten. Doch wegen des verwirrten und etwas verlorenen Eindrucks, den sie machten, konnte man auch meinen, dass viele von ihnen gerade eben zu ihren Häusern zurückgekehrt wären, und es war, wie wenn sie nach und nach, wie sie zurückkehrten, nur ins Haus gingen, um einen Stuhl zu holen und sich da vorne hinzusetzen, wie sie es so viele Male am frühen Morgen und am frühen Abend getan hatten, um sommers die Kühle des Meers zu genießen, beinahe, wie wenn sie nur so, mit dem Haus im Rücken, Wachhunden gleich, ihrer natürlichsten Bestimmung, ihrem getreuesten Standpunkt folgen würden und dadurch unmittelbar fühlten, wieder zu Hause zu sein, zurückgekehrt in die eigenen Wände, in die eigenen Gedanken, in die Empfindungen ihres althergebrachten Lebens.

Sie alle kämmten sich, die jungen Frauen alleine, an der Türe stehend, die älteren Frauen wurden von den jungen gekämmt, sie saßen neben der Türe, ihre Schultern waren mit dem Handtuch bedeckt. Es war, wie wenn sie in der ersten Morgenkühle nach einer schlimmen Nacht wieder zu atmen begännen, wie wenn die Luft und das Licht, die vom Meer herströmten, ihnen die Alben und Geister der Nacht aus dem Kopf vertreiben würden.

'Ndrja und Masino wussten allerdings gleich, dass alle diese vor ihren Türen aufgereihten Frauen nicht aus diesem Grund da waren, zumindest war das nur der unbedeutendste, denn in Wirklichkeit saßen sie da in Erwartung derer, die heimlich dort an Land kamen und Nachrichten vom Krieg mitbrachten.

Die Erste, auf die sie stießen, war eine Frau mit Kropf, dann eine braunhaarige, schlanke Signorina mit ihrem bereits von Haarnadeln gehaltenen Knoten im Nacken, die sich kämmte und die Haare zwischen Hand und Handgelenk hochhielt wie einen Umhang.

»Wo kommt ihr her, Söhne einer Mutter?«, redete sie sie an, hob den Blick bei gesenktem Kopf, und dann, nur an 'Ndrja gerichtet: »Seid Ihr gerade angekommen? Kommt Ihr vom Kontinent? Matrose seid Ihr, wenn ich mich nicht irre? Dann sagt mir doch, Sohn einer Mutter, habt Ihr jemals die Brüder Rando erwähnen hören, von denen einer Nino heißt und der andere Giacomino, der erste ein Signalgeber und der zweite ein Automechaniker? Sagt mir, Sohn einer Mutter, habt Ihr jemals diese hübschen Gesichter gesehen? Habt doch die Güte und werft Euren Blick für eine Sekunde auf sie.«

Und während sie das sagte, streckte sie einen Arm aus, öffnete die Faust, und aus der Handfläche der rechten Hand, in der sie wohl Haarnadeln und Kämmchen hielt, stieg aus einem Foto in Postkartengröße das Lächeln zweier Jugendlicher in weißer Matrosenuniform auf, die sich um die Hüfte gefasst hielten und beinahe identisch aussahen, denn sie waren Brüder, das sah man, doch hätte man sie auch für Zwillinge halten können. Hinten schaute die Signorina, die sich kämmte, jetzt herüber, sie hielt den Kamm in der rechten und ihre

Haare in der linken Hand. Die Frau mit dem Kropf, die den Arm leicht vorgeneigt hatte und ihren Kopf weiter gesenkt hielt, hob ihre Augen auf, in 'Ndrjas Gesicht, wie wenn sie unters Joch gebunden wäre. Fast schreckte sie einen, die Arme, der Kropf erstickte förmlich ihre Stimme und erinnerte an ein Huhn mit all ihren Maiskörnern an Wörtern, die sich in ihrer Kehle verschlangen. Sie schreckte einen und gleichzeitig tat sie einem unendlich leid wegen der Art, wie sie sagte: Habt doch die Güte, wegen der Art, wie sie ihre Hand fast wie eine Bettlerin ausstreckte, wegen der Art, wie sie 'Ndrja ins Gesicht sah, mit nach hinten verdrehten Augen bei wie zur Marter gesenktem Kopf, wegen der Art, wie sie, kurz gesagt, von ihrem Mutterschicksal unter einem Joch zu leben und an den Haaren gezogen zu werden schien.

'Ndrja beugte seinen Nacken nur der Form halber über das Foto, doch war er sicher, dass er die beiden unglücklichen Brüder Rando weder je gehört noch je gesehen hatte, und das sagte er der Frau mit dem Kropf. Darauf informierte sie sich gleich, wer 'Ndrja sei, auf welchem Schiff er fuhr, ob er an Schlachten teilgenommen, welche Leute er von hier kennengelernt habe und wie es komme, dass er sich auf und davon machen konnte. 'Ndrja befriedigte ihre Neugier und verabschiedete sich dann.

»Tut mir leid«, sagte er zu ihr, während er sich in Richtung Messina wandte. »Tut mir leid, dass ich Euch nicht helfen konnte.«

»Trotzdem danke ich Euch vielmals, mein Sohn«, erwiderte die Frau mit dem Kropf, und als sie wieder unter ihre Haarfülle zurückgekehrt war, die unterdessen von der Signorina hochgehalten wurde, sagte sie noch: »Vielleicht bringts uns ja Glück, dass wir unseren Tag mit Euch begonnen haben, mit Euch, der sich davongemacht hat.«

Doch sie hatten nur wenige Schritte gemacht, er und Masino, als sich hinter ihm die Frau mit dem Kropf noch einmal unter ihren Haaren zeigte, um den anderen Frauen zuzurufen:

»Lasst ihn durch. Er soll keine Zeit verlieren. Er ist zwar aus Charybdis, aber er weiß nichts über Leute von hier. Er war Matrose und von den Landsleuten kannte er ein paar, doch weit von hier weg. Der Naheste war ein gewisser Crocitto aus Spadafòra.«

Das war zwar nicht genau das, was er ihr gesagt hatte, aber es war die Wahrheit. Die Worte der Frau mit dem Kropf, die von Haus zu Haus gingen, dienten ihm gewissermaßen als Passierschein. Keine sprach ihn auf diesem Stück mehr an, lediglich ein junges Mädchen, mehr oder weniger in Marosas Alter, und obwohl sie wusste, dass es sinnlos war, gab sie innen von der Türe her einen leichten Pfiff, um seine Aufmerksamkeit zu erregen: Als er sich umdrehte, sah er, dass sie ihm das große Foto eines jungen Manns zeigte, das sie in Höhe ihrer Brust und leicht nach vorne gebeugt hielt, wie wenn der Junge, versteckt hinter der Türe, mit ihr hinter ihm, auf die Straße blicken würde.

Doch als Grotte hinter ihm lag, hatten die Worte der Frau mit dem Kropf keine Folgen mehr, und als sie durch Pace gingen, um die große Kirche herum, setzte der Anblick seiner glockenförmigen Hose und seines breiten Rollkragenpullovers in den Händen der Frauen weitere Lächeln mit weißen Zähnen auf den Fotografien frei, die bei der Zentralen Ausbildungsstelle der Marinerekruten in Tarent oder in La Spezia beim ersten Landgang gemacht wurden, wie von ihm, mit der noch zu weiten oder zu engen Uniform und der runden Mütze, die wie Tasse und Untertasse auf dem Kopf saß: von dem Foto in Postkartengröße, doch vor allem von den fotografischen Vergrößerungen, die man am Eingang weiter und weiter sah, bei jeder zweiten Türe, wie wenn Mütter, Ehefrauen, Töchter oder Schwestern in großer Eile Vergrößerungen von nahezu Lebensgröße hätten herstellen lassen, vielleicht zu dem Zweck, um bei einer nicht auszuschließenden Wiedererkennung die größtmögliche Ähnlichkeit mit dem Original zu garantieren, auch wenn man nur flüchtig hinsah.

Diese Vergrößerungen des Kopfs oder der Halbbüste hielt eine Frau in den Händen vor ihrer Brust, halb zurückgezogen hinter ihrer Türe, wie das junge Mädchen, das ihm zugepfiffen hatte, doch meistens hatten sie sie an die Rückenlehne eines gleich hinter der Türe stehenden Stuhls gestellt, so dass sie, als 'Ndrja mit Masino davor auftauchte und den Schritt verlangsamte, ihn nicht herbeirufen mussten. Es genügte, dass sie drinnen die Türflügel wie einen kleinen Vorhang weiteten, und in der Öffnung, auf einem Stuhl, tauchte die vergrößerte Abbildung auf, die, da sie lebensgroß und zudem noch mit einem Bleistift an Augen und Mund retouchiert war, beim unvermittelten Hinsehen einen unglaublichen Eindruck machte, weil der Mensch, der ja vielleicht noch nicht gestorben war, wie in einem kleinen Theater dort aufgestellt und lebendig war und zu sprechen schien, so wie alle Toten auf ihren Fotos aus ihren Lebenstagen.

Die Hausfrauen, die bis zu diesem Augenblick unsichtbar hinter ihrer Türe oder hinter der Vergrößerung hockten, zeigten sich, sobald 'Ndrja und Masino vorbeigingen, auf ihrer Türschwelle, als würden sie erst in diesem Augenblick bemerken, dass der Matrose vorbeiging, sie betrachteten ihn, als wären sie vor allem neugierig, welchen Eindruck diese kleine Theaterbühne auf ihn gemacht hatte, doch hinsichtlich des Schicksals des Ehemanns oder des Sohns, des Bruders oder des Verlobten, kurz gesagt des Schicksals dessen, den sie dort vergrößert ausstellten, wirkten sie so, als hätten sie ihre Hoffnung längst verloren. Es konnte einem der Gedanke kommen, dass sie diese Vergrößerungen einzig aus dem Grund hatten machen lassen, um das Totenlicht unterhalb von ihnen anzuzünden, und wenn sie sie dem zeigten, der vorüberging, brauchte es nicht viel, damit sie hofften, von einem dieser Matrosen und Soldaten, die aus dem Krieg und vom Kontinent nach Sizilien entwichen waren, in Erfahrung zu bringen, ob man ihre Lieben vor kurzer Zeit an irgendeinem Kriegsschauplatz noch lebend gesehen hatte, doch es musste längst nur noch dazu dienen, mit traurigem Stolz zu sagen: Seht sie euch an, das waren die Männer unserer Häuser … Es wirkte so, als hätten alle, von der Ersten bis zur Letzten, das berüchtigte Telegramm erhalten, das nach Ciccina Circés Worten nicht einmal als Klopapier taugte und nur dafür gut war, demjenigen alle Hoffnung zu nehmen, der es empfing, doch mitunter war es nicht einmal dafür gut. Das muss der Grund dafür gewesen sein, dass die ausgestellten Fotos dieses alte Aussehen einbalsamierter Dinge, eingemachter Erinnerungen hatte, das musste wohl auch deshalb sein, weil diese Frauen wussten, dass sie sich ihre Männer im Haus nicht mehr unter den Lebenden vorstellen konnten, denn sie wussten, dass sie nicht mehr von dort, vom Ende der Kurve mit ihrem schönen, vor Leben leuchtenden Lächeln zurückkommen würden. Nie mehr, nie mehr. Und ganz im Geheimen, verborgen vor ihren Gedanken und auch vor denen Gottes, in den dunkelsten Tiefen ihres Herzens wussten es auch die Frauen, die noch keine Vergrößerungen hatten anfertigen und die Türflügel nicht halb hatten schließen lassen und weiterhin mit den Fotos auf der Schwelle standen, im Ausweis- oder im Postkartenformat, in ihrer Handfläche, und auf ihren Stühlen saßen, wie Aussichtsposten, wie Schmerzen vor ihrer Türe.

Sie waren in Ringo angelangt, vor einer dieser von Palmen umgebenen Villen, als sie das Lärmen einer Kutsche hörten. Obwohl sie noch unsichtbar hinter der Straßenbiegung war, begriff man vom Hufschlag des Pferds, dass die Kutsche fast im Schritttempo heranrollte, möglicherweise aufgrund der beträchtlichen Zertrümmerung durch die Bomben auch dort, an vielen Stellen.

'Ndrja hielt Masino am Arm zurück und blieb stehen, um diesem Geräusch zu lauschen, das ihn, wenn er die Augen schloss, um Jahre zurückzuversetzen schien, in die Zeit, als man an diesem Küstenabschnitt den Kutschen der Ausländer begegnete, die von den Kreuzfahrtschiffen an Land gingen und zum Weiher von Ganzirri fuhren. In den Sommern hatte er es viele Male erlebt, dass er Kutschen mit Ausländern begegnet war, und mit Duardo hatten sie einmal sechsundzwanzig gezählt. Das war, als sie manchmal den einen oder anderen Ferenkopf in die Hafenkommandantur trugen, um dafür die Prämie zu erhalten; und weil ein Ferenkopf nichts Alltägliches war, waren auch diese Fußwege längs des Ufersaums nichts Alltägliches. Und doch kam es ihm und Duardo damals vor, als ob jeder neue Fußweg immer zu viel war, der Hinweg wegen der Sorge, die ihnen der Ferenkopf machte, den sie abwechselnd unter ihrem Arm trugen, eingewickelt mit seinem Gestank zwischen Algenbüschel in einem Sack, der zumindest am Beginn von Meerwasser troff, und dann der Rückweg, wenn sie ständig Angst und angespannte Nerven hatten, weil sie die Augen offenhalten mussten und jedes Mal blass wurden, wenn auf diesem schmalen Weg ein Karren vorbeikam und sie sich mit dem Rücken eng an die Häuser drücken mussten, um nicht von ihm überfahren zu werden, ganz zu schweigen von den Autos, die vorbeischossen und einander jagten, oder einer ganzen Karawanenreihe dieser Touristenkutschen, wie kleine Lieferkarren, mit Fremden, Frauen wie Männern, weiße, blonde und rote, von denen einer unweigerlich neben dem Kutscher auf dem Kutschbock saß, der wiederum fröhlich mit seiner Peitsche schnalzte, und mit anderen, die bei dem nicht aufhören wollenden Vorbeizug auf den Trittbrettern standen und bei aufgeklapptem Verdeck viel Gelächter und viele Pomponaden hin und her schickten.

Daher dachte er jetzt, dass in der heranrollenden Kutsche Fremde säßen, doch sicher keine Passagiere des Kreuzfahrtschiffs, die den Süß- und Salzwassersee mit seinen Muschelbänken besuchen fuhren. Es musste sich um Fremde handeln, das wohl, denn wer konnte sich schon diesen exzentrischen Luxus leisten, vor allem im Krieg? Wer konnte in Messina in jenen Tagen so viel Geltung haben, um sich Kutschen mit Pferdegespannen leisten zu können? Allein deshalb schon musste es sich um Fremde handeln, doch mussten es fremdländische Militärs sein, Offiziere vielleicht, vielleicht Amerikaner, vielleicht auch Engländer.

Da erinnerte er sich an das, was man Marosas Worten zufolge am Leuchtturm im Hinblick auf die amerikanischen Militärpatrouillen munkelte, die jeden Soldaten oder Matrosen, dem sie begegneten, einfach zum Gefangenen machten. Instinktiv hatte er sich da umgedreht und gab Masino zu verstehen, er solle einen Schritt zulegen. Gleichzeitig aber, so, wie wenn es eine Verständigung der Gedanken mit den Unbekannten in der Kutsche gegeben hätte oder vielleicht auch, weil dort ein noch unbeschädigtes Stück Schotterstraße anfing, hörten sie, dass das Pferd zu traben begann und die Hufe immer schneller schlugen, so dass die Kutsche gleich hinter ihnen war. In diesem Augenblick befanden sie sich an einer Biegung, die vor der Villa mit den Palmen lag, und von hier an hatte die Straße für mindestens einen halben Kilometer keine Biegung mehr. Das war ein Küstenabschnitt, an dem keine Fischerhäuser standen, sondern eine Reihe kleiner Villen, die alle gleich aussahen und von glasscherbenbespickten Mauerkränzen und ringsum herunterhängenden grüngelben Palmenblättern umgeben waren. Jetzt aber waren die Umfassungsmauern mit den Flaschensplittern, wie es aussah, der unversehrtere Teil dieser Villen, und man konnte sich vorstellen, was sich innerhalb von Mauern, Garten, Villa oder Villino befand, was für eine Zerstörung, was für Ruinen, was für ein Chaos. Die Tore standen größtenteils weit offen, der Kies war von Lastwagenreifen zur Seite gedrückt worden; von Blumen und Pflanzen war nicht einmal mehr eine Erinnerung übrig, denn die Gärten verschwanden unter einer großen Zahl von Naphthafässern, Benzintonnen, Büchsen, Dosen und Konserven. Vor den Villen, auf der gegenüberliegenden Straßenseite, oberhalb des Meers, kamen vollgestaubte Schaufelblätter der Kaktusfeige und rotviolette Bougainvilleasträucher zum Vorschein.

Als die Kutsche auf diesen kurvenlosen Straßenabschnitt einbog, waren 'Ndrja und Masino noch nicht von ihr abgekommen.

»Sinnlos, zu rennen und sich aus dem Staub zu machen«, sagte 'Ndrja, ohne etwas hinzuzufügen, wie wenn Masino seine Gedanken hätte lesen können. Sie gingen schnell, doch damit sie nicht auffielen, verlangsamten sie jetzt ihren Schritt. Was konnten sie sonst tun? Auf die Kutsche warten und sehen, was passiert. Masino, der auf einem Fuß hüpfte, um nicht stehen zu bleiben, zog die Schuhe an, die er noch zusammengeschnürt in der Hand trug. Von Masinos Schuhen ging 'Ndrjas Blick zu seinen eigenen, dann zu der glockenweiten Hose und zu seinem Rollkragenpullover, und er kam zu dem Schluss, dass es nicht viel bedurfte, in ihm einen ehemaligen Matrosen zu erkennen. Mit dem Ohr folgte er dem Hufschlag des Pferdes, das hinter ihnen herantrabte, und ohne zu wissen warum, bestärkte er sich immer mehr in seinem Gedanken, nämlich dass die Kutsche Fremde beförderte, und zwar, angesichts der Zeiten, fremdländische Militärs.

Und alles in allem irrte er sich nicht, auch wenn der Fremde ein Malteser war, doch ein Malteser gilt auf Sizilien nur als halber Fremder, ja, eigentlich, wenn man die Tatsache außer Acht lässt, dass man den Malteser, wenn er Sizilien berührt, um Tauschhandel zu betreiben oder anderes, gewöhnlich darüber klagen hört, auf Malta zu leben, wie einer, der in der Vergangenheit von Sizilien verjagt und »zur Insel« verurteilt worden war, das hieß zu lebenslänglicher Verbannung, so wie wenn Malta Lipari wäre oder Ùstica, der Inbegriff von Einsamkeit und Abgeschiedenheit, und wenn man sich dann auch noch den Dialekt vor Augen hält, den er spricht, dann ist er ähnlich wie der, den ein Sizilianer spricht, der dreißig Jahre in Amerika gewesen ist, einen Dialekt, der weder zu dieser noch zu jener Welt gehört, und man kann durchaus sagen, dass die Sizilianer einen Malteser auf Sizilien weniger wie einen Fremden betrachten als einen Italiener vom Kontinent.

Und dann irrte sich 'Ndrja auch nicht völlig in allem anderen, denn der Malteser, der in dieser Kutsche saß, war zwar nur ein halber Fremder, doch er war auch ein halber englischer Offizier. Folglich, alles in allem, auch wenn nur halb und halb, konnte auch er einer dieser Befreier sein, von denen man, wie Marosa sagte, am Leuchtturm munkelte, dass sie plötzlich und unerwartet, wenn sie bereits an der Haustüre standen, Soldaten und Matrosen zu Gefangenen machten und sie mit der Täuschung köderten, dass sie Schiffe entladen sollten. Und auch in dieser Hinsicht konnte man durchaus sagen, dass 'Ndrja sich, alles in allem, nicht völlig irrte.

Denn wie man später erfuhr, war dieser Malteser einer von der Alliierten Militärregierung für die besetzten Territorien in Messina, der AMGOT, einer, der seiner Bezeichnung nach so etwas wie ein Hauptadjutant des Town Majors war, auch wenn er praktisch als eine Art Faktotum der Engländer betrachtet wurde. Wie auch immer, ob Adjutant oder Faktotum, an diesem Morgen war er mit der Kutsche von Messina auf der Jagd nach Ruderern für die Militärregierung gegangen, das hieß, er musste durch die Küstendörfer ziehen und für fünfhundert Lire pro Kopf zwölf kräftige, erfahrene Ruderer sowie einen zusätzlichen Steuermann verpflichten, mit anderen Worten eine vollständige Regattamannschaft.

Der Malteser hatte es allerdings gerade erst erfahren, dass eine Regatta veranstaltet würde. Wahrscheinlich war er als Erster darüber erstaunt: Eine Regatta? Mitten im Krieg eine Regatta? Eine Regatta nicht nur mitten im Krieg, sondern auch noch mitten im Hafen, in einem Hafen, der prall wie ein Ei mit

Kriegsschiffen der englischen und amerikanischen Flotten angehäuft war, die dort gestern bei Sonnenuntergang ihre Anker geworfen hatten, ja, genau das, eigentlich war die erste Ankunft in großem Stil der alliierten Schiffe im Hafen von Messina der Vorwand für diese Regatta gewesen, die am Samstagvormittag ausgetragen werden sollte, und daran teilnehmen sollten ein englisches, ein amerikanisches und zusätzlich ein messinisches Boot. Diese etwas symbolische und etwas diabolische Idee hatte der Town Major gehabt, doch wie sie zu finden waren, in diesen düsteren Zeiten, diese zwölf Ruderer und ein Steuermann, dreizehn junge Männer aus Messina, was bedeutete, Männer, die nicht im Krieg und nicht unter den Bombardierungen den Tod gefunden hatten, die keine Gefangenen, keine Verschollenen und keine Versprengten waren, dreizehn junge, kräftige, geschickte Burschen mit der Fähigkeit und dem Ehrgeiz, in einer Regatta zu kämpfen, das überließ er seiner rechten Hand, dem Malteser, das war die Sache seines Faktotums, die Sache für ihn, und der musste sehen, wie er es hinbekam.

Die Kutsche erreichte sie, als sie von der Straße der Villen vor die Häuser von Grotte abbogen. Doch als sie auf ihrer Höhe war, überholte sie sie, und es geschah nichts weiter.

Das Verdeck der Kutsche war heruntergeklappt, und der Malteser hockte mit offenen Armen und Beinen auf seinem Hinterteil auf dem Sitz, hatte den Blick dem Meer zugewandt und lächelte schmallippig, wie wenn er einer fernen Vision nachhinge. Er hatte das ungeschliffene Aussehen eines Vieh- oder eines Ölhändlers, der sein Geld mit Ölverkauf machte. Er war wohl um die fünfzig, seine Gestalt war die eines Bastards, die Gestalt eines Weibsmanns gewissermaßen, Beinchen wie Draht, riesiger Hintern, ein richtiger Arsch, und einen kubischen, speckigen Oberkörper wie ein Presssack, mit vorgewölbter Brust bis zum Hals und aufgedunsen unter einer dunkelblauen Tropenjacke, die beim Hinsehen so spack saß, dass sich die Schößchen um seinen Hintern herum öffneten. Sein Kopf passte in seiner Dicke zu Hintern und Brust und sah im Vergleich eher klein aus, so klein, dass er fast abstoßend wirkte, die Gesichtszüge mit Mündchen, Näschen, Äugelein und Öhrlein, und um heiter zum Ende zu kommen, hatte er einen spiegelblanken Schädel wie aus Silber, und darauf klebten vier Härchen, wirklich vier an Zahl und zudem möglicherweise falsche.

Der andere Mitfahrer saß auf dem Kutschbock, neben dem Kutscher, und war einer mit blatternarbigem Gesicht, der eine amerikanische khakifarbene

Jacke trug und eine Kappe mit lang vorgezogenem Schirm, ebenfalls amerikanisch, eine Art Ohrenputzer und Geschäftemacher, der rauchte und zu den Häusern blickte. Es genügte, wenn man sah, dass er auf dem Kutschbock saß, um zu verstehen, dass er dem Malteser untergeben war, in seinen Diensten stand, und in der Tat trug er am Arm eine Binde mit dem gelbroten Wappen von Messina und der Aufschrift AMGOT.

Gleich darauf hielt die Kutsche ganz dicht neben den Häusern an, der Kutscher knallte mit der Peitsche, um die Leute aus ihren Häusern zu rufen, dann stand der Bursche auf dem Kutschbock auf und fragte die Frauen, die sich an den Türen zeigten:

»Ihr Frauen, habt ihr Männer im Haus? Junge Männer, Burschen, die sich fünfhundert Lire mit vier Ruderschlägen verdienen wollen? Fünfhundert Lire, fünfhundert Lire. Also, habt ihr Männer im Haus?«

Die Frauen sahen ihn an und kämmten weiter ihre Haare, sofern sie ihre Haare kämmten, oder sie putzten Saubohnen, sofern sie Saubohnen putzten oder sie dachten nach und legten dabei eine Hand an ihren Mund, sofern sie nachdachten und dabei eine Hand an ihren Mund legten.

Sie hörten ihm so gleichmütig zu, wie wenn er nicht ihre Sprache spräche. Sie antworteten ihm weder mit Ja noch mit Nein, sie antworteten ihm überhaupt nicht. Die Kutsche zog an ihnen vorüber, und es war, wie wenn ihre Augen sie hinter einem Schleier sehen würden. Keine von ihnen zeigte sich auch nur im mindesten überrascht oder neugierig über diesen Besuch oder die Äußerung dieses Blatternzerstochenen, die er mit der Stimme eines Scharlatans oder eines Hausierers ausrief, der mit Speichel in den Mundwinkeln sein Innerstes herausholt und schreit, dass er sich doch ruinieren will, schreit, dass er nicht auf diesen offenen Platz gekommen sei, um seine Ware an den Mann zu bringen, sondern um sie zu verschenken. Jedenfalls seinem Reden nach, denn bei Licht besehen, wird man feststellen, dass, wenn er gekommen war, es darum geschah, sie übers Ohr zu hauen.

Im Grunde sahen sie ihn nicht an, sie streiften ihn nur mit Blicken, diesen Dieb und Betrüger, wie wenn vor ihren Augen eine Luftspiegelung vorbeiziehen würde, die Luftspiegelung dieser fünfhundert Lire, doch zuerst die Luftspiegelung der jungen Burschen, die sie sich mit vier Ruderschlägen verdienen mussten, die Luftspiegelung, die diese Frauen im Haus, auf der Straße, am Meer immer vor Augen hatten.

Als die Kutsche jedoch ganz langsam vor das Haus der Frau mit dem Kropf kam, die die Signorina mit den braunen Haaren fertig gekämmt hatte und ihr jetzt den Knoten mit Haarnadeln feststeckte, die sie zwischen den Lippen hielt, kam er nicht ungeschoren davon.

»Signorina, habt Ihr vielleicht Brüder, Verwandte, Fischer, die sich ihre Hände schwielig gerudert haben?«, fragte der Bursche, und sprach statt der Alten die Junge an. »Junge Burschen, die sich fünfhundert Lire mit vier Ruderschlägen verdienen wollen. Also, Signorina, kennt ihr welche hier in Grotte?«

»Wer seid ihr?«, sagte da die Frau mit dem Kropf und antwortete damit an Stelle der Signorina. »Wen repräsentiert Ihr und der andere da?«, fragte sie weiter und deutete auf den Malteser. »Und wozu braucht ihr junge Männer, die rudern?«

Da beugte sich der Malteser mit seinem Kopf heraus, und unter dem Verdeck redete er nun endlich. Dabei zeigte er eine so komisch schrille und anmaßende Stimme, wie einer, der keinen Mumm hat, dass man, wenn man ihn hörte, mehr von dem scheppernden Klang der Durchtriebenheit gepackt war, den er hervorbrachte, als von den Worten, die er sagte.

»Monni, Monni …«, sagte er zu den Frauen. »Versteht ihr Inglis?« Und hier rieb er Daumen und Zeigefinger aneinander, um zu sagen, dass er, wenn sie kein Englisch sprächen, Sizilianisch sprach, und auch das geheime mafiose Sizilianische, und nicht nur das sprechende, sondern auch das stumme, und in der Tat, indem er Daumen und Zeigefinger aneinanderrieb, sagte er: lachendes Geld. »Moneten, Moneten, bares Geld, ist das jetzt deutlich? Einen schönen Schein über fünfhundert Liramgot für jeden Burschen, der für mich rudert, am kommenden Sonnabend, in Messina, in einem Bootsrennen. Habt ihrs verstanden? Um ein Dutzend eurer Söhne anzuwerben, tüchtige Ruderer, bin ich hergekommen, um euch richtiges Geld zu schenken, um euch einen Freundschaftsdienst zu tun, dafür bin ich hergekommen. Ich bin Engländer, allerdings von Malta, Malteser, und der Malteser versteht sich immer mit dem Sizilianer, nie aber mit dem Engländer. Sieht man denn nicht, wie zufrieden ich bin, meinen sizilianischen Freunden ein bisschen englisches Geld mitzubringen? O ja, ein Bootsrennen jeden Tag, das wäre schön, schön wäre täglich so eine Anwerbung von Ruderern für fünfhundert Lire pro Kopf … O ja, das wäre ein Rudern! Schade allerdings, für dieses Mal zwölfe, nur zwölf Ruderer brauche ich, eigentlich dreizehn mit dem Steuermann. Zwölf, nur zwölfe, mein Herz tut mir weh, wo ichs euch sage. Also, los dann, die zuerst da sind, bekommen das englische Geld. Los, wer kommt her und nimmt mir die zwölf Scheine zu fünfhundert Lire aus der Hand? Los, ihr Hübschen, sagt euren Burschen, sie sollen sich einstellen, und auf der Stelle werden wir sie anwerben …«

»Nehmt Ihr auch tote Männer?«, fragte ihn da mit vorgetäuschter Naivität und schrecklicher Ruhe die Signorina, die der Frau mit dem Kropf den Knoten richtete.

»Wieso hält er nicht seinen Mund, möchte ich wissen«, sagte jedoch gerade in diesem Augenblick der Bursche, als er mit dem Kutscher die Sache kommentarierte, aber doch so laut, dass der Malteser ihn hörte. »Wieso lässt er mich nicht reden, wo ich doch genau weiß, wie ich mit denen da, dem einfachen Volk, reden und verhandeln muss?«

»Wenn Ihr nicht Euren Mund haltet, Sanciòlo, werde ich Euch früher oder später das Fell gerben, darauf habt Ihr mein Wort, dass ichs Euch gerbe«, sagte hinter ihm drohend der Malteser. »Wenn Ihr Euch die Unart nicht abgewöhnt, ungefragt zu reden, dann gerbe ich Euch irgendwann bald mal das Fell, das sage ich Euch …«

»Hoh, er gerbt mir das Fell gerbt er mir …«, sagte der Bursche da hochmütig und spöttisch zum Kutscher und immer nach vorne gerichtet. »Wo er doch oft nicht einmal die Worte versteht, die ihm aus dem Mund springen, warum mischt er sich dann ein, warum ergreift er dann das Wort?«, brach es aus ihm hervor, und seine Stimme wurde lauter. »Ist er vielleicht Italiener? Was führt er im Schild? Will er sich womöglich als Sizilianer ausgeben? Oh, seine rechte Hand würde er hergeben, wenn er unsere eigentümliche Sprache sprechen könnte, und begreift nicht, dass er einen Haufen Unsinn redet. Wenn er weiterhin von Anwerbung redet und sagt, wir werben an, wir werben an, wir sind ganz begierig, junge Burschen zu finden, die für uns rudern, für fünfhundert oder auch für tausend Lire. Was heißt denn hier anwerben, anwerben … Sind wir etwa Soldaten, die anwerben? Die Mütter der Familien geraten doch in Panik, wenn sie so ein Wort nur hören.« Und hier wurde er ganz freundschaflich, drehte sich nach hinten zu dem Malteser und sagte abschließend: »Naja, Ihr, werter Herr, sollt Euch keineswegs beleidigt fühlen, wenn ich Euch das vorgehalten habe. Ich sage das nur zu Eurem Besten …«

»Und redet, redet nur, Ihr Großprinzipal«, sagte der Malteser zu ihm, und schlug ihm mit der Hand an den Hintern. »Redet schon, dass Euch eine Unheilsnachricht ereile …«

Ganz unterschwellig musste zwischen ihnen eine große Nähe bestehen, denn sie griffen sich an, allerdings ohne sich sonderlich zu beleidigen, wie wenn sie wüssten, dass sich zwischen ihnen nichts ändern würde.

»Also?«, fing der Blatternzerstochene gegenüber den Frauen wieder an. »Habt ihrs verstanden? Der Taunmejdscher von der AMGOT braucht ein Dutzend Ruderer, und zwar von den mafiösesten, rücksichtslosesten, von denen, mit einem Wort, die mit ihren Rudern Funken schlagen. Und wisst ihr, wie viel er dafür zahlt? Fünfhundert Lire für jeden gibt er. Fünfhundert Lire! Und wofür? He, Signor Mister Maniàci, wofür?«, fragte er mit Nachdruck den Malteser.

»Nichts, nur ein paar Ruderschläge. Eigentlich kann man sagen, dass er ihnen die fünfhundert Lire schenkt«, sagte der Malteser, der inzwischen in die Rolle des Mitverschworenen des Scharlatans geschlüpft war.

»Ausgezeichnet habt Ihr das gesagt: Er schenkts ihnen. Und ehrlich gesagt, fünfhundert Lire für ein bisschen Rudern, was ist das sonst? Ist das etwa kein Geschenk? Doch der da, der Taunmejdscher, der kann sich das leisten. Der da, der Taunmejdscher, kommandiert alles in Messina. Er ist, stellt euch das vor, er ist wie die Dreifaltigkeit, Podestà, Präfekt und englischer Mejdscher vereint in einer Person, daher kommandiert er unterschiedslos alle.«

»Kommandiert er auch die toten Männer?«, fragte ihn da die Signorina, mit dem gleichen schneidenden Spott wie zuvor.

»Was habt Ihr damit gemeint, Signorina?«, fragte sie der Bursche, dessen Gesicht sich verfinsterte.

»Tina, warte, lass mich reden«, sagte da die Frau mit dem Kropf, die sich an die Signorina wandte oder besser gesagt, an die, die sie bis zu diesem Augenblick für eine Signorina gehalten hatten. »Das hier ist meine Schwiegertochter, und sie ist immer zu Scherzen aufgelegt«, sagte sie zu dem Burschen gewandt. »Doch sagt mir, erklärt mir, denn das habe ich nicht richtig verstanden … Ruderer, habt Ihr gesagt? Rücksichtslose Ruderer? Junge, kräftige Männer? Schöne Sohnskerle, oder was? Schöne Sohnskerle?«, fragte sie mit vieldeutiger Anspielung auf die schönen Söhne.

»Ja, ja, Signoruzza, schöne Kerle, schöne Söhne, wie Ihr meint, doch schwielig und voller Kraft und Energie. Es geht darum, vier Schläge mit dem Ruder zu geben, vier an Zahl, doch die mit allen Empfindungen. Habt Ihr verstanden, Signoruzza? Sie müssen sich gegenüber den Engländern und den Amerikanern behaupten, sie müssen den guten Namen Italiens verteidigen.«

»Den guten Namen Italiens …«, sagte die Schwiegertochter, als würde sie auf den guten Namen Italiens spucken.

»Aber sicher, wie denn nicht, sie müssen hervorstechen, ist doch klar …«, mischte sich die Frau mit dem Kropf hastig ein. »Und sie zahlen fünfhundert Lire, wie? Fünfhundert Lire für vier Ruderschläge? Eine Riesensumme …«, sagte sie dazu und verwunderte sich. »Das heißt doch über hundert Lire für jeden Schlag.«

»Na ja, fast so, fast, denn wenns vierhundert werden, statt vier, sind fünfhundert Lire immer noch eine Riesensumme. Erinnert Ihr Euch oder erinnert Ihr Euch nicht mehr, wie lange einer Eurer Burschen brauchte, um sich fünfhundert Lire zu erschuften, als er in Friedenszeiten zum Fischen rausfuhr? Heh, erinnert Ihr Euch, wie viele Tage er brauchte, um sich einen Tageslohn zu verdienen?«

»Ja doch, ja …«, flüsterte sie, und es war, als würde sie sich plötzlich auf etwas Katastrophales besinnen. »Ja doch, ja … Wie viele Tage hatte einer unserer Jungs damals, in Friedenszeiten, gebraucht, um sich einen Tageslohn zu erarbeiten …«, schloss sie ihr Flüstern ab. Doch sie sprach nicht mehr zu dem Burschen, sie sprach wie zu sich selber, sie sprach und hörte sich selbst sprechen, ihre Gedanken, ohne Worte. »Wie viele Tage … in Friedenszeiten …«, flüsterte sie wieder, wie wenn sie sich einer Sache erinnerte und ihrer gedenken wollte: Unversehens wirkte sie wie in Gedanken versunken, allein und verlassen, ohne jede Lebendigkeit und ohne Kraft, ihr Blick ging über die Meere zwischen Skylla und Charybdis, ihr Hals reckte sich dem Blick hinterher, wie wenn er den Blick verlängern wollte, und der Kropf, der sich an ihre Haut presste und sie beinahe zerriss wie ein schrecklicher Tränenkloß, ein dicker straußeneiförmiger Knoten versteinerter Tränen, dort, am unteren Halsansatz, der sich in diesem Blick ständig vergrößerte und entweder jeden Augenblick zu zerspringen und sich aufzulösen schien oder sie erstickte.

Das aber konnte der blatternarbige Bursche von da oben, vom Kutschbock aus, nicht bemerken, und es war unmöglich oder auch möglich, sogar sehr möglich, dass es nicht einmal seine oberste Haut berührte. Und weil aus den danebenliegenden Häusern weitere Frauen und Mädchen herbeikamen, meldete er, in der Tat, gewissermaßen Forderungen an:

»Heh, jedoch, jedoch«, sagte er, wie wenn er Geschmack sowohl an den Worten als auch an den Scheinen der fünfhundert Liramgot finden würde, bei denen er sich in diesem Augenblick seinen Worten nach zu urteilen der Täuschung hingab, er könne verfügen, dass »für fünfhundert Lire pro Mann wir sie einzeln aussuchen wollen, wir nehmen schließlich nicht die Erstbesten, die sich hier präsentieren. Sie müssen das beste Dutzend Ruderer sein, das man finden kann.«

»Ach, mit Abfall und Lumpenhunden gebt Ihr Euch nicht zufrieden? Ist also sinnlos, dass sich die Toten präsentieren, oder? Ihr wollt die Auswahl treffen, wie?«, sagte die Schwiegertochter wieder voller Verachtung und Spott.

Hier nun ergriff sie wieder, die Frau mit dem Kropf, das Wort, genau wie vorher, vor dem katastrophengleichen Augenblick von Wehmut. Um sie herum trockneten sich einige ihrer Nachbarinnen die Tränen mit einem zusammengeknüllten Taschentuch in ihren Händen. Sie weinten noch ihretwegen, wegen der Worte, die sie mit echoartiger, von weit herkommender Stimme gesagt hatte, und wegen dem, was sie in ihrem Blick gelesen hatten, der weit übers Meer geflogen war. Ihre Augen waren dagegen trocken, sofern sie geweint hatte, denn wenn sie je Tränen weinte, tropften sie nicht aus ihren Augen, sondern es war, als würden sie sich nach innen ergießen. Es war, wie wenn sie sie mit der Kraft ihres Willens in ihre Kehle würde fließen lassen, und es war, wie wenn wirklich das und nichts anderes als das der große Sack war, den sie im Hals hatte: ein Tränenkloß, der sie vielleicht früher oder später strangulieren würde, doch sie hätte nichts und niemandem erlaubt, ihn aufzulösen. Daher war es wirklich so, wie wenn die versteinerten Tränen sich in ihrem Kropf sammelten und langsam in diesen Sack träufelten wie Gallsaftgabe in eine Honigwabe.

»Kurzum, jetzt zeig ich sie Euch, dann seht Ihr selbst«, sagte sie ganz ruhig. »Ich habe zwei Söhne, jetzt zeig ich sie Euch, und wenn sie Euch zusagen …« Und plötzlich, als würde sie ein Zauberkunststück vorführen, drehte sie ihre Hand um, während ihre Schwiegertochter den Knoten zu Ende steckte, und hielt dem Malteser das Foto ihrer beiden Söhne vor Augen und sagte:

»Jetzt zeig ich sie Euch nur auf dem Foto, doch Ihr könnt Euch trotzdem ein Bild machen, ob sie junge kräftige Männer sind oder nicht. Seht Ihrs? Der hier ist Nino und der andere hier ist Giacomino, sie sind knapp achtzehn Monate auseinander. Könnt Ihr sie Euch leibhaftig vorstellen? Hier auf dem Foto könnt Ihr doch wohl ihre Körperbeschaffenheit einschätzen, oder etwa nicht? Oder wollt Ihr sie, um Euch zuverlässig zu versichern, ob sie Euch zusagen oder nicht, persönlich anschauen? Dann kümmert Euch nicht weiter drum. Sie sind hier in der Nähe, Nino da drüben, hinter Kalabrien, im Hafen von Tarent ist er, und Giacomino hier, viel näher, in der Straße von Sizilien, dort befindet er sich, an Bord des Torpedoschiffs Alkyon. Mit einem Wort, wenn ich sie rufe, kommen sie. Und wisst Ihr, was ich jetzt tue? Ich rufe sie, dann kommen sie herbeigeeilt, und Ihr selbst, werter Herr, könnt eine Einschätzung vornehmen, ob sie Euch, über den Daumen gepeilt, taugen oder nicht … Nino? Nino?«, rief sie da und blickte aufs Meer, ungefähr in Richtung Tarent, nach links. »Komm, mein Sohn, komm her, komm einen Augenblick her, lass dich sehen …«

»Giacomino? Giacomino? Kommst du denn nicht?«, sagte die Schwiegertochter unerwartet, und nahm ihrer Schwiegermutter damit den Namen aus dem Mund und schaute nach rechts, in Richtung der Straße von Sizilien.

Die Schwiegertochter aber hatte noch nicht zu Ende geredet, da brach sie in Tränen aus, die Frau mit dem Kropf dagegen rief immer wieder Nino, Giacomino mit trockenen Wimpern, und irgendwann wiederholte sie mit nahezu stummer Lippe die beiden Namen mit solcher Eile, dass sie wie ein einziges Wort schienen: giacom'o nin'o giacom'o nin'o … als wär's ein Zauberwort, das sie wiederholte, wie wenn sie wirklich erwartete, sie, Nino und Giacomino, wie durch Magie vor sich auftauchen und an der Marina, Arm in Arm, mit ihrem strahlenden Lächeln an Land gehen zu sehen.

Dann, bevor sie sich in Sicherheit bringen konnten, sahen der Malteser und der Bursche sich von Frauen jeden Alters umringt, die vor ihrer Brust Vergrößerungen in Naturgröße hielten, und zwar sowohl des ganzen Körpers als auch nur des Kopfs, oder sie hielten ihm zwischen ihren Fingern oder in ihren Handflächen Fotos in Pass- oder Postkartenformat hin, und wohin man auch blickte, man sah Matrosen, die alle gleich aussahen, alle wie von derselben Mutter geboren, alle lachten sie mit den gleichen weißen Zähnen und den gleichen schwarzen Augen, sie hatten alle den gleichen schlanken Oberkörper und waren alle in ihrer Sommeruniform.

»Ein kräftiger, erfahrener junger Mann? Hier, hier ist mein Sohn«, sagten sie zu dem Malteser und seinem Burschen.

»Einen kurzen Blick, heh, werter Herr, werft doch einen kurzen Blick auf meinen. Seht Ihr, was für einen Körper er hat?«

»Ihr müsst mir Gehör schenken, werter Herr. Mit diesem jungen Mann hier, der wie ein Maciste aussieht, mit dieser Blüte von Sohn müsst Ihr eine Probe machen …«

»Selbst auf dem Foto, selbst gemalt rudert mein Sohn für Euch, werter Herr …«

»Sanciòlo? Hoh, Sanciòlo?«, rief der Malteser völlig erregt, dessen Gesichtszüge vollkommen verändert waren. »Sind wir denn hier, hier wirklich in Ringo hier?«

»Wieso denn Ringo, hier sind wir in Grotte …«, antwortete der Bursche, der ebenfalls ganz blass geworden war.

»Was ist denn das für ein Irrsinn, Grotte mit Ringo zu verwechseln?«, fragte ihn da ruckartig der Malteser mit seiner Gackerstimme. »Da soll Euch doch der Teufel holen! Was, was hat denn Grotte mit Ringo zu tun? Ein Aufschneider und Großmaul seid Ihr … Stimmt es oder stimmt es nicht, dass Ihr mit Ringo nur so herumgeprahlt habt, das wir aufsuchen sollten, entweder da oder da, entweder Ringo oder Ringo, wenn es darum ginge, die schönsten Ruderer zu finden? Heh? Weshalb haben wir dann hier gehalten, hier, unter all den Frauen, die gleich hier aufspringen und sich unter uns und über uns drängen? Und worauf warten wir jetzt? Traben wir weiter, traben wir weiter nach Ringo, der Teufel soll Euch holen und mich auch, der ich Euch vertraue.«

»Der sucht Ringo, hört ihn euch an«, sagte die Schwiegertochter der Frau mit dem Kropf. »Die tollsten Meister will er, die allerbesten Ruderer fordert er, und spielt auch noch den Schwierigen.«

»Sie erwarten ihn in Ringo …«, sagten die anderen, die vielleicht gelächelt hätten, wenn sie nicht schon geweint hätten. »Ihn erwarten sie, wie denn auch nicht?, diese tüchtigen Jungs und kräftigen Ruderer. Ihn erwarten sie, schön auf dem Foto dargestellt erwarten sie ihn. Ihr, werter Herr, befehlt mir nur, sagen die, sobald sie ihn sehen. Ihr, werter Herr, dürft sogar über mein Leben bestimmen, sagen sie ihm. Schade nur, schade, dass da schon jemand war, der über ihr Leben bestimmt hat. Heh, was will er denn, der da? Vier Ruderschläge, sonst will er nichts, und die von Ringo sind so tüchtig mit dem Ruder, dass sie ihm vier Ruderschläge sogar noch als Tote liefern können.«

»Nehmt doch meine noch dazu, werter Herr, nehmt sie, weil die auf die von Ringo nicht neidisch sein müssen, denn auch ich hab meine Söhne schon mit dem Ruder in der Hand auf die Welt gebracht. Nehmt sie Euch, werter Herr, sie werden Euch nicht blamieren …«

Die Frau mit dem Kropf, die am nächsten bei ihm stand und sich in die Kutsche beugte, bot dem Malteser weiter die Fotos ihrer Söhne an, rieb sie ihm fast schon ins Gesicht, hielt sie an einer Seite aber immer fest, wie wenn sie wirklich denken würde, dass der Malteser sie ihr wahrhaftig aus der Hand reißen könnte, ihre Söhne auf dem Foto, und sie zum Rudern mitnähme.

Doch jäh brach die Frau mit dem Kropf ihr Theater ab:

»Peuh, peuh, in Euer Gesicht«, sagte sie zum Malteser und spuckte zwischen ihren Worten aus.

Das Handtuch fiel auf die Erde und unversehens, als ihre nackten Schultern zu sehen waren und die große Brust, die noch jung und voller Milch zu sein schien, war es, wie wenn sie sich selbst von dieser Behinderung befreit hätte, um sich auf den in der Kutsche zu stürzen. Da war es jedoch, wie wenn sie von einem Tränensturz geblendet würde.

»Peuh, peuh …«, machte sie. Sie spuckte Speichel und Tränen aus und weinte. Sie weinte, wie wenn der Sack, der zum Platzen voll mit versteinerten Tränen war, genau in diesem Augenblick zerrissen wäre und die neuen Tränen, statt ebenfalls zu versteinern, die alten gehärteten Tränen auflösten, dann eine nach der anderen schnell nach oben stiegen, wie kleine Luftbläschen im Sprudelwasser, und es war, wie wenn, sobald sie in ihre Augen traten, ihre Salzigkeit entwich wie der Alkohol aus zu lange gelagerten Weinen, die dann nach nichts mehr schmecken, und im Entweichen war es, wie wenn aus den Augen der Frau ein leichter Dunst wehen würde, ein Nebelschleier weißweißer, bleichender Dämpfe. Doch es war die Menge dieser Tränen, die den Augen der Frau zusetzten, als wären Katarakte geöffnet worden, und diese Öffnung wäre derart gewesen, dass sie nicht genügend Augen hätte, um alles herauszuweinen. Und jetzt meinte man umso mehr, dass das, was ihre Kehle zum Sack machte, wirklich der große Tränenknoten war, an dem sie seit wer weiß wann schluckte und schluckte. Jetzt, da sie weinte, musste sich der Knoten notwendigerweise aufgelöst haben, doch viel zu schnell, so dass unversehens die Gefahr bestand, sie zu strangulieren. Sie weinte, und der Sack schwoll auf und schwoll ab, wie wenn eine Hand ihn aufpumpen und wieder abpumpen würde, und man hatte da den Eindruck, als würde man unter der Haut den Tränensack sehen, der in ihrer Kehle auf- und abstieg, wie wenn sie sich anstrengen würde, ihn in den Mund zu ziehen und auszuspucken, statt ihn auszuweinen und ihre Tränen wie einen Gallsaftknoten auszuspucken, und zwar direkt ins Gesicht des Maltesers.

Und wie sie machten es auch alle anderen Frauen: »Peuh, peuh …«, die einen mit den Haaren noch auf den Schultern, die anderen mit den Haarklammern und dem gelockerten Kämmchen, deren Knoten sich wieder auflösen wollten, die einen im Morgenrock, andere im Unterrock, die einen mit nackten Schultern, andere mit bedeckten Schultern. Von den Fotos in Postkartengröße und von den Vergrößerungen lachten die Matrosen, da, mitten unter ihnen, mit ihren weißen Gebissen, haargenau so, wie wenn sie alle die Söhne derselben Mutter wären. Sie lachten, und es war, als würden sie sich über diese Hinterhofszene amüsieren, sich einander zuzwinkern, wenn sie ungesehen sahen, wie sich endlich ihre Frauen und jungen Mädchen erhoben, nachdem sie nach so vielen Schmerzen, nach so vielen auch unausgegorenen Gedanken Dampf abließen, ins Offene gingen, an die Luft, nach langem, langsamem und stummem Leid, während dem sie in ihren verschlossenen Häusern und Herzen lebten.

»Peitscht doch endlich, peitscht, Don Armandino!«, schrie der Bursche den Kutscher an.

Doch der Kutscher brauchte nicht wenig Zeit, um die Kutsche aus der Menge zu manövrieren, denn das Pferd hatte sich aufgebäumt und wieherte, und er peitschte es auf der einen Seite und rief Hüüü … hooo …, um es anzutreiben, doch auf der anderen Seite schien er an den Zügeln zu ziehen, um es zu bremsen.

»Oh, Don Minchia von der Mannsrute«, schrie der Blatternarbige ihn an und packte ihn am Arm. »Macht Ihr das absichtlich? Steckt Ihr mit den Frauen unter einer Decke?«

Der Malteser war bleich wie ein Leichentuch geworden und hatte sich ganz auf seinem Sitz eingeigelt und kauerte sich mit seinem weit nach hinten gezogenen Hals zusammen, damit ihn nur ja die Spucke nicht traf, und hatte überhaupt keine Lust mehr, noch etwas zu tun oder zu sagen.

Die Kutsche fand sich nach weniger als einem Kilometer an der Stelle, wo die Straße steil ins Flussbett hinabführte und auf der anderen Seite wieder steil nach oben stieg. Doch dort war die Straße zum Meer abgerutscht, und so sagte der Malteser Addio zu seinem Ringo. Er und der Bursche waren von der Kutsche heruntergestiegen, wie wenn sie einen Blick in die Umgebung werfen wollten, und sie hatten die Gelegenheit auch genutzt, um einen Tropfen Wasser zu lassen, und gerade in dem Augenblick, als sie die Kutsche wieder besteigen wollten und der Kutscher den Hafersack vom Maul seines Pferds losband, hatten sie ʻNdrja zusammen mit Masino aus dieser Richtung kommen sehen und waren auf dem Trittbrett stehen geblieben.

ʻNdrja hatte begriffen, dass er dieses Mal nicht ausweichen konnte, dieses Mal hatten sie ihre Augen auf ihn geheftet, und er würde zwangsläufig mit ihnen reden müssen, sofern sie ihn ansprachen, und dass sie ihn ansprechen würden, war so sicher wie der Tod. Jetzt aber wusste er wenigstens, dass der Malteser, er und sein Adjutant, nicht auf der Suche nach Gefangenen waren, sondern nach Ruderern. Noch war es ihm nicht in den Verstand gedrungen, dass dies das Gleiche sein, dass es sich um einen Vorwand handeln könnte, einen geschickten Vorwand, einen Vorwand für Matrosen, und wenn es so war, musste man anerkennen, dass sie sich keinen besseren hätten ausdenken können, um sie auf der Stelle zu Gefangenen zu erklären, als die Geschichte von den Ruderern für eine Regatta. Außerdem, gab es eine bessere als die mit den fünfhundert Liren? Und hatte der Malteser denn, als er von Anwerbung sprach, wirklich das Wort verfehlt oder verfehlte er nicht eher den Gedanken dahinter und verriet sich ungewollt?

»Mein Freund«, redete der Bursche ihn an und stand halb zwischen Kutsche und abgerutschtem Schotter. »Wollt Ihr Euch fünfhundert hübsche Lire verdienen?«

Der Malteser kam unterdessen auf ihn zu, machte mit der Hand Zeichen der Bewunderung und lächelte ihn an.

»Woher kommt denn dieser Königstraum?«, fragte er, zu dem Burschen gewandt, als er bei 'Ndrja angekommen war.

Dann legte er ihm eine Hand auf seine Schulter, machte einen Schritt zurück, wie wenn er ihn noch einmal in ruhender Haltung anschauen wollte. Er hatte ganz das Gebaren eines Händlers, der ihn mit den Augen vor seinem Kunden, das heißt vor dem Burschen in diesem Fall, besang, wie wenn der es wäre, bei dem die Entscheidung über das Ja oder das Nein läge.

»Ihr seid nicht zufällig aus Ringo?«, fragte er ihn, und 'Ndrja verneinte mit dem Kopf. »Woher denn dann?«

Als er Charybdis hörte, verzog er seine Lippen und wandte sich an den Burschen.

»Heh, Sanciòlo, habt Ihrs gehört? Was haltet Ihr davon? Einen so herrlichen jungen Mann von dieser Art würdet Ihr für einen Fischer aus Ringo halten? Dabei ist er gar nicht aus Ringo. Doch ich meine, der rudert ebenfalls mit aller Kraft und möglicherweise besser als die aus Ringo. Was, Sanciòlo? Wo finden wir denn noch einmal so einen Ruderer wie den hier?«

»Den gibt es wenigstens nicht auf dem Foto«, sagte der Bursche mit einem gewissen verächtlichen Ton in Richtung 'Ndrja, der ihm unsympathisch war, das sah man deutlich. »Besser als die aus Ringo? Viel, viel besser könnt Ihr sagen, sofern Ihr denkt, dass die jungen Männer von Ringo vielleicht ebenfalls nur auf ihren Fotos leben. Na, sicher, ein Ruderer wie der, ganz lebendig, sucht seinesgleichen … O ja, man kann wirklich sagen, dass Gott ihn als Musterbeispiel für all die toten Männer am Leben erhalten hat.«

Der Malteser lachte, die Haut in seinem Gesicht spannte sich und die Lippen zogen sich zurück und legten das Zahnfleisch und ein Gebiss frei, das zu drei Vierteln aus völlig unförmigen Goldzähnen bestand, wie wenn er nicht wüsste, was er mit dem Gold anfangen sollte, oder aber wüsste, dass es kein besseres Versteck dafür gäbe.

Und nachdem er gelacht hatte, lächelte er, befühlte 'Ndrjas Muskeln, nahm dessen Handgelenke in seine kleinen, dicken Hände.

»Ehja, genau so, Euch gibts wirklich, aus Fleisch und Blut, das sieht man.« Und dann, als er 'Ndrjas Arm hob, um ihn von Kopf bis Fuß genauer zu betrachten, fragte er ihn, wie groß er sei.

»Ein Meter dreiundsiebzig«, antwortete 'Ndrja, der immer noch nichts Böses ahnte, auch wenn sie über ihn sprachen, der dort anwesend war, als hätte er mit der Sache nichts zu tun, und über ihn verfügten wie über eine Figur aus dem Puppentheater.

»Und der Brustumfang?«, fragte er ihn wieder und hielt ihn weiter an einem Handgelenk fest.

»Hundertzwei.« Der Malteser machte gut, gut mit seinem Kopf. Dann starrte er ihn von unten bis oben an, machte eine Kraftanstrengung, um sein Handgelenk mit dem Händchen fest zu umfassen, wägte seine Worte ab und fragte:

»Und jetzt sagt mir, lasst mich hören: Wollt Ihr Euch einen schönen Tausender verdienen, wie wärs, junger Mann?«

»Wieso denn tausend?«, mischte sich unversehens der Bursche ein. »Das Doppelte von den anderen? Worin besteht denn diese Besonderheit?«

»Darin, darin, dass das meine Scheißangelegenheit ist«, sagte der Malteser, nahm die Haltung von Autorität an und fügte langmütig hinzu: »Granciòlo, Granciòlo … Eines nicht zu fernen Tages findet Ihr Euch ohne Armbinde wieder, das sage ich Euch …«

»Dann, werter Herr, wenn es Euch nichts ausmacht, gebt Ihr tausend Lire auch meinem Bruder und meinem Schwager«, sagte der Bursche, der stur geworden war und sich auf keinen Fall ergeben wollte.

»Ha, richtig schön, richtig schön sind die, Euer Bruder und Euer Schwager, schönes Hammelfleisch …«, antwortete der Malteser ihm voller Verachtung. »Tausend Lire, wie auch nicht? Die sind kein verpufftes Streichholz wert, ja, nicht einmal das, nicht mal, wenn Ihr sie zusammenbündelt, Euren Bruder und Euren Schwager!«

»Das, werter Herr, dürft und könnt Ihr nicht sagen«, erwiderte der Bursche da und wurde blass, weil dieser Schuss des Maltesers wohl etwas völlig Neues für ihn gewesen sein musste. »Mein Bruder und mein Schwager sind nach Norm und Form, teurer Signor Maniàci, anständige, ehrliche Menschen, die arbeiten.«

»Ja, wie denn auch nicht? Ehrliche, arbeitende Menschen … Zwei der größten Schieber, zwei Halunken, die in die Gefängnisse von Carrubbara ständig rein- und rausgehen, mal wegen Zigaretten und mal wegen Reifen, mal wegen Benzin und mal wegen Penicillin. Wie viel Unverschämtheit braucht es eigentlich, dass Ihr zu mir kommt und mir etwas von anständigen, ehrlichen, schwer arbeitenden Menschen erzählt … Ihr würdet doch jeden Meineid für sie schwören, was, Sanciòlo?, für dieses tolle Ganovengespann.«

Der Bursche hielt sich den Mund mit der Hand zu, wie wenn er sich daran hindern wollte, etwas zu sagen. Er kaute schwer, wandte den Blick zum Himmel, und es war nicht klar, ob die Tatsache, dass er sich das Sprechen verbot, gegen den Malteser gerichtet war oder noch einmal zugunsten des Bruders und des Schwagers.

Dieser sozusagen Kriegsfall zwischen dem Malteser und seiner rechten Hand, ein Kriegsfall, bei dem er ganz ohne Verdienst noch Schuld das Hauptproblem der Auseinandersetzung war, drängten 'Ndrja, das Wort zu ergreifen, um genau zu erfahren, um was es eigentlich ging, und um zu sehen, bis zu welchem Grad ihn die Sache überhaupt interessieren konnte, diese Sache, selbstredend, eines Tausenderscheins. Er warf Masino einen Blick zu und sah, dass er seine Stirn in viele Falten gelegt hatte, mit seinen zusammengezogenen kohlschwarzen Brauen über den Augen, und ihn nachdenklich und eindringlich betrachtete. Vielleicht hörte ja auch er diese Summe in sich nachhallen: Tausend Lire, tausend Lire, tausend Lire … Als er vor drei Jahren in den Krieg gezogen war, war die Situation, die er zurückließ, so, dass er, um einen solchen Riesenlappen von Schein, ein wahres Riesenschneuztuch, in seinen Händen zu sehen, einen für jeden Mann der Besatzung, bei der Summe und dem Teilen von drei Monaten härtester Knochenarbeit, sie das Glück gehabt haben mussten, einen ganzen, fabelhaften Fischzug zu erwischen und mindestens jeden Tag eine Doppelladung an Land zu bringen, mit dünnen Männchen vielleicht, aber dafür mit prallhüftigen Weibchen von zwei oder zweieinhalb Kantàren mindestens oder anders gesagt von einhundertachtzig bis zweihundertdreißig Kilo, und ein solches Glück konnte ihm nur einmal im Leben zufallen, danach würden sie sich ihr ganzes Leben lang nur noch daran erinnert haben. Wenn nun die Situation genau die gleiche war wie die, die er zurückgelassen hatte, und auch das Papier eines Tausenders immer noch das gleiche war, mit dem gleichen Wert von tausend Liren, in bar, so überlegte er, dann müssten sowohl die eine wie die andere Palamitara herausspringen, die Palamitara als Netz und die Palamitara als Boot.

»Was für eine Arbeit solls für tausend Lire denn sein?«, fragte er daher den Malteser, so wie wenn er nichts über die Regatta wüsste, zumal die beiden ihn ja vorher dort, in Grotte, nicht bemerkt hatten.

»Was heißt hier Arbeit? Oh, das gefällt mir. Arbeit eines Fischers, Arbeit eines Seemanns. Kurz gesagt, Arbeit, die dem entspricht, was Ihr seid. Seid Ihr Fischer, Matrose, oder seid Ihrs nicht?«, sagte er und blickte auf den Pullover, auf die glockenförmigen Hosen und auf die schwarzen hohen Schuhe. »Ihr sollt Eure übliche Arbeit für mich tun, die Arbeit, die Ihr immer macht.« Er brachte seine Arme nach vorne, mit zur Faust geschlossenen Händen, als würde er rudern: »Rudern, könnt Ihr rudern? Wie? Keine Rede, das ist doch Euer Beruf.«

»Es war mein Beruf … Einmal, schon, einmal, kann ich sagen, war es mein Beruf …«, sagte er da, mit dem Tonfall eines Mannes, der sich weder loben noch in seinem Wert schmälern, weder etwas hinzufügen noch etwas wegnehmen, sondern einzig und allein wahrhaftig sein will. »Doch wie lange ist das inzwischen her, dass ich kein Ruder mehr in die Hand genommen habe, fast hab ichs schon vergessen. Und im Übrigen, wer rudert denn heutzutage? Seht Ihr vielleicht jemanden rudern?«, und mit der Hand deutete er aufs Meer.

»Da hat er aber was entdeckt«, mischte sich mit spöttischem Kommentar der Bursche ein.

'Ndrja beachtete ihn gar nicht und wandte sich weiter an den Malteser, und als wäre das eine Vermutung von ihm, die ihm der ständige Anblick des verlassenen Meers eingab und nicht eine Tatsache, der er wenige Minuten vorher beigewohnt und mit angesehen hatte, fragte er, um ihm zu sagen, dass er verstehe, und nicht, um geistreich zu erscheinen oder seinen Preis zu erhöhen:

»Es ist sicher heikel für Euch, wie? Ruderer heutzutage zu finden?«

»Nur heikel?«, sagte der andere und packte ihn freundschaftlich am Arm. »Man riskiert ja sein Leben, wenn man diese Frauen hier, die vor ihren Türen stehen, nur danach fragt, obs denn junge Männer gäbe, die an einer Regatta teilnehmen wollen. Naja, eine sportliche Sache, weiter nichts, und dazu noch gut bezahlt, fünfhundert schöne Lire, ein echtes Geschenk … Aber von wegen, fast, ja fast, reißen sie Euch die Augen raus, wenn Ihr nicht rechtzeitig flüchtet.

Und wenn man bedenkt, dass unser hier anwesender Freund Sanciòlo der Meinung war, man brauchte bloß eine Spazierfahrt mit der Kutsche zu machen, dann würden viele von diesen kräftigen jungen Männern aus ihren Häusern kommen, dann hätte man nur die Qual der Wahl. Und Sanciòlo hatte ja auch nicht unrecht. Man hat ja gesehen, wie viele aus ihren Häusern kamen. Allerdings als Foto. Und wenn man schon die Qual der Wahl bei den Richtigen hatte, was dann erst bei den Fotos …«

Er stand da und fuhr sich mit der Hand über seinen schorfigen Schädel und über die vier querliegenden Haare über dem Schorf und fügte dann, wie wenn er sich zum lauten Nachdenken in sich selbst zurückgezogen hätte, noch hinzu: »Und der da, dieser Milord da, der richtet sich sein Lippenbärtchen mit der Reitgerte, sieht dich an wie einen Wurm und sagt dir: Maniàci, findet mir von heute auf morgen zwölf Sizilianer, die so und so beschaffen sind. Und wie ein Trottel macht Maniàci sich auf, um diese zwölf Sizilianer, die so und so beschaffen sind, von heute auf morgen für ihn zu finden …«

»Ihr redet und redet …«, unterbrach ihn der Bursche spöttisch. »Ihr redet, beklagt Euch und beklagt Euch, und dieser Freund hier hält sich, je mehr er hört, dass Ihr Euch beklagt, am Ende noch für was Besonderes. Der wird gleich tausend Lire pro Schlag für die vier Ruderschläge von Euch verlangen.«

»Ihr haltet Euch wohl für schlau und abgebrüht«, sagte 'Ndrja ihm ins Gesicht, »aber anderes als Mist, merke ich, könnt Ihr nicht sagen.«

»Heh, achtet darauf, was Ihr sagt«, war alles, was der Bursche ihm entgegnen konnte, allerdings immer mit diesem hochmütigen, verächtlichen Tonfall, der wie angeboren war.

'Ndrja ließ ihn links liegen und erklärte seine Sicht dem Malteser.

»Ihr wisst, es ist keine Sache von Geld. Tausend oder auch fünfhundert könnte ich gut gebrauchen. Die Sache ist, dass wir es eilig haben, mein Freund hier und ich, ja, wir sind sogar schon spät dran und müssen uns auf den Weg machen …«

Im Grunde hatte es 'Ndrja genügt, von dem mit der Reitgerte zu hören, dem Milord, und gleich waren die tausend Lire aus seinem Kopf verschwunden, dafür aber war das Gemunkel gleich wieder gegenwärtig, das Marosa am Leuchtturm gehört hatte. In diesem Augenblick wurde ihm klar, dass die Regatta sehr wohl ein Schachzug, ein Manöver, ein hinterhältiger Trick sein konnte, um aus heiterem Himmel Gefangene zu machen, und bei genauer Überlegung konnte sogar die ununterbrochene Wortfechterei zwischen diesen beiden zu dieser

Strategie gehören. Der einzige Unterschied zwischen vorher und jetzt war der, dass sie nicht mehr sagten, es würde ganz einfach darum gehen, ein Schiff im Hafen von Augusta zu entladen, sondern darum, irgend so eine Regatta im Hafen von Messina zu veranstalten, für die sie Ruderer brauchten und diese fürstlich bezahlen würden, sofern sie bereit waren, die vier Ruderschläge auszuführen.

Als der Malteser aber hörte, dass, wenn er nicht annähme, dies eine Frage seines eiligen Aufbruchs sei, dachte er möglicherweise, dass dies das einzige Hindernis wäre, und wandte sich an den Burschen, dem gegenüber er sich weiterhin so verhielt, wie wenn nichts geschehen wäre, auch wenn der ein Gesicht zog, und rief:

»Verstanden, Sanciòlo? Dem jungen Herrn kams vor, als würde jetzt gleich und noch heute die Regatta stattfinden. Ja, was machen wir denn dann? Reißen wir uns das Leben aus dem Leib, so sicher wie der Tod reißen wir uns das Leben aus dem Leib, wenn wir so, mit Getrommel, zwölf junge Männer von seinem Schlag finden wollen, was, Sanciòlo? Doch jetzt, wo wir ihn gefunden und den Zauberbann durchbrochen haben, jetzt finden wir vielleicht, was wollt Ihr wetten, Sanciòlo?, für Sonnabend auch noch die anderen zwölf?« Wenn die Sache nicht für sofort war, sondern überhaupt erst für Sonnabend, so überlegte 'Ndrja indessen, wenn sie ihn nicht aufforderten, sie unverzüglich zu begleiten, ohne ihm Zeit zum Nachdenken noch zum Bereuen zu geben, dann verhielt sich die Sache möglicherweise genau so, wie sie sagten, vielleicht handelte es sich ja wirklich um eine einfache Regatta. In diesem Fall kam es ihm nicht einmal wirklich vor, dass er sich tausend Lire für vier Ruderschläge verdienen konnte, das hieß, für einen Ruderwettkampf, der allenfalls über zwei Meilen gehen konnte, und der musste nicht viel anders sein als die Ruderei, die sie mit den Kurzrudern auf dem Ontro machten, wenn sie dem Schwertfisch nachjagten.

Da sagte der Malteser, der ihn halb umarmte und an seine gewölbte Brust zog:

»Haben wir uns also verstanden? Macht Euch jetzt schnell auf den Weg, beeilt Euch … Was habt Ihr gesagt, wo Ihr her seid? Wartet, wartet, sagts mir nicht. Ihr seid, Ihr seid, ach ja, Ihr seid aus Char …, aus Char …, aus Charybdis, oder? Jetzt aber geht schnell nach Charybdis, um Eure Angelegenheit zu regeln. Bis Sonnabend habt Ihr Zeit, Ihr habt Mane, Dhing, Mittawehha, Donares, Fria und dann kommt Sunnunaband, Sonnabend, und Sonnabend kommt Ihr zu uns nach Messina für die vier Ruderschläge, und danach kehrt Ihr wieder nach Charybdis zurück, fühlt Euch als großer Herr mit Euren runden tausend Liren in der Tasche. Von jetzt an bis Sunnunaband denkt darüber nach, denkt daran, was Ihr alles mit diesen tausend Liren anstellen könnt.«

»Für Euch ists wohl schon beschlossene Sache«, sagte ʻNdrja da und lächelte halb.

»Hoho, da muss man doch ganz schön abgebrüht sein … Da schenkt man ihm tausend Lire, und er lässt sich auch noch bitten«, platzte es dem Burschen heraus, als würde er mit dem Kutscher sprechen.

»Hört mir zu«, sagte der Kutscher da, der bis zu diesem Augenblick seinen Mund nicht aufgemacht hatte. »Ich würde mich sogar für weniger als fünfhundert Lire verpflichten.« Er sah, dass seine Reisenden ihn zustimmend betrachteten, und während er den Schirm seiner Mütze zog, die er leicht auf der Seite trug, fügte er hinzu: »Heh, Ihr wisst nicht, Ihr lebt nicht in der Stadt, daher könnt Ihrs nicht wissen, dass man heutzutage alles finden kann, nur kein Monnizaster. Ihr könnt nicht wissen, wie viel Kinder heutzutage kosten, und so kommts, dass Euch da zwar tausend herrliche Lire vom Himmel regnen, Ihr sie aber verachtet, man bringt Euch Ständchen, und Ihr seid nicht einmal bewegt, Ihr bleibt weiterhin unbeugsam. Ich bewundere euch, was kann ich sonst sagen? Ehrenwort, ich bewundere Euch. Ihr spuckt auf die tausend Lire, und ich traue meinen Augen und meinen Ohren nicht, das dürft Ihr mir glauben. Morgen, in ein paar Monaten, wenn nicht weniger, würde ich Euch verstehen. Morgen, sobald das neue Geld reichlich in Umlauf ist, wandert es von Hand zu Hand und fließt in Strömen, vor allem dann, unter uns gesagt, wenn die Catanesen sich daranmachen, es selbst zu drucken, wie es ihre Art ist, und was erst, wenn diese einfallsreichen Drucker nicht auch diese Art von Trambilljetts drucken, diesen Blödsinn von Papiergeld der Besatzung, dann ja, dann könnt Ihr Euch mit dem Tausenderschein, mit dem, was der wert ist, die Zigarette anzünden, denn morgen, mit tausend Liren, kauft Ihr höchstens eine Handvoll Erdnüsse und ich ein Kilo Hafer oder Kuskus für mein Pferd. Doch heutzutage, heute, heutigentags, wo diese Befreier diesen Zaster noch eisern zurückhalten, so dass Ihr sie ihnen nicht mal mit der Zange entreißen könntet, wisst Ihr, was Ihr mit tausend Lire kaufen könnt? Hier, seht Ihr? Pferd, Kutsche und mich oben drauf mitsamt der Peitsche.«

Doch heutzutage, heute, heutigentags, könnte er da eine Palamitara, ein Boot, mit tausend Liren kaufen? ʻNdrja begegnete dem Blick Masinos, und es war sicher, das auch er an die Palamitara dachte und sagte:

»Aufs Meer kann man aber nicht mit Pferd und Kutsche …«

Der Kutscher und der Bursche wurden von diesem Thema fortgetragen, und wie wenn sie eine Wette eingehen wollten, sagte jeder von ihnen, was man alles von diesen alliierten Sachen auf dem Schiebermarkt kaufen konnte: Penicillin, Zigarettenstangen, Säcke mit amerikanischem Mehl, Seife, Schokolade, Pullover, Hosen, Wintermäntel, Schuhe, Mützen, Benzin in Tonnen, Reifen, Kaffee, Zucker … Mit Monnizaster fand man bei den Schiebern alles und jedes, weil die Schieberei ein Arkelamekk war, das mit Zaster geschmiert wurde, und es genügte, dass er nur diesen Mameluckenklang hörte, und der Schiebermarkt verschluckte alles und spie alles aus.

Für den Burschen war es, wenn man ihn hörte, eine Frage von Tagen, wenn nicht gar von Stunden, und an den Due Vie und in der Via di Porta Imperiale hätten sein Bruder und sein Schwager ebenfalls ihre Schiebergeschäfte betrieben, allerdings mit Wertsachen, mit feinem Zeug, Juwelen sogar, Ringe, Broschen, Armbänder und Armreifen, Ohrringe, Tischbesteck und Bettwäsche, Handtüchern und Kopfkissen, gehäkelten und gestickten Bettdecken, alles zu zwölf oder vierundzwanzig Paar, Aussteuerwäsche, um es deutlich zu sagen. Bruder und Schwager betrachteten die tausend Lire, die sie mit der Regatta verdienen konnten, als Startkapital, und sie klopften die Dörfer ab, weil man sagen hörte, dass man den Menschen dort für ein Stück Brot, mit ein paar hundert Liren, sogar die Ringe von den Fingern ziehen konnte, und man hörte auch sagen, dass die verlobten jungen Frauen, bei denen zwei von dreien ihre künftigen Männer im Krieg verloren hatten, das Aussehen einer Orangenblüte annahmen, just wenn sie vom Baum gepflückt wird und noch duftet, doch mit ihrem Duft verwelkt und niemals eine Frucht hervorbringt, und beim Anblick ihrer Aussteuer keinen Frieden finden konnten, die sie Stück für Stück und Stich für Stich mit ihren Händen herstellten und vergrößerten, und es kam ihnen vor, als würden sie den Toten im Haus aufbewahren, und wenn sie es ihnen vor den Augen wegnahmen, bezahlten sie sie gewissermaßen noch dafür.

Mit Geld fand man alles Mögliche, das eine zu diesem, das andere zu jenem Preis. Bursche und Kutscher wussten alles, was sie wissen mussten, es fehlte ihnen nur das Geld. Was wussten er da schon und die Pellisquadre von dem, was sie wissen mussten, nämlich der Palamitara? Wussten sie denn, nur um einmal anzufangen, ob die Bootsbauer und da insbesondere Don Armandino Racìti aus Gálati Mamertino sich schon wieder an die Arbeit gemacht hatten? Und was das Holz betraf, Esche, Maulbeerbaum, Kirsche oder irgendein anderes gutes Holz, wussten sie, ob man heutzutage ein bisschen davon auftreiben konnte, wenigstens das Allernötigste, um eine Palamitara vom Stapel laufen zu lassen? Und was wussten sie schon, welchen Preis sie heute dafür nehmen würden, wenn man heute oder morgen eine in Auftrag gab, während noch die Hitze des Kriegs unter den Füßen zu spüren war? Und was wussten sie schon, ob man mit tausend Liren überhaupt einmal anfangen konnte nachzudenken, oder nicht?

Dafür hätte er die Pellisquadre dort haben wollen, und wenn schon nicht alle, dann doch wenigstens Don Luigi, ja, den hätte er bei sich haben wollen, wenigstens ihn, den Boss, um sich mit ihm zu beraten, um ihm zu sagen: Was soll ich tun? Was sagt Ihr? Sage ich diesem Malteser zu? Welchen Eindruck macht auf Euch diese Regatta, die im Hafen von Messina ausgerudert werden soll? Ist es nicht auch möglich, dass ich mich, statt an der Regatta teilzunehmen, irgendeiner Gefahr aussetze? Denkt Ihr, es lohnt sich, dass ich das für tausend Lire riskiere? Tausend Lire! Diese Typen hier erzählen zwar, dass die heutzutage ein Kapital darstellen, aber sagen sie die Wahrheit? Oder erzählen sie Lügen? Ich bin erst jetzt zurückgekommen, meine Augen sind noch zu, nur Ihr könnt mir sagen, ob heutigentags tausend Lire ein Kapital für den sind, der sie in der Tasche hat. Denn mein Standpunkt ist der, dass, wenn tausend Lire irgendetwas für uns bewirken können, das eine Sache ist, doch wenn sie nichts bewirken, ist das eine andere Sache. Was sagt Ihr also? Könnten tausend Lire endlich ein Lichtblick sein, könnten wir endlich unsere Hintern in die Meere zwischen Skylla und Charybdis tauchen? Denn wenns so ist, gehe ich das Risiko ein und nehme an der Regatta teil.

Doch für den Malteser musste es durchaus beschlossene Sache gewesen sein, denn er hatte sich aus dem Gespräch zurückgezogen und war fortgegegangen, zum Rand des Schotterbetts, das ins Meer abgerutscht war und wo die Wellen jetzt zwischen den Steinen schäumten. Er hatte sich einen Zahnstocher vermutlich aus Silber in den Mund gesteckt, eine Art Fischgräte, oben abgerundet und an den Seiten scharfkantig, und während er damit zwischen seinen Zähnen herumstocherte, blickte er völlig gefangengenommen nach rechts hinunter, wie wenn zwischen dem Schotter am Ufer, in den schwappenden Wellen, etwas auftauchte, das nur er alleine als etwas Eigentümliches und Anziehendes erkennen würde. Es dauerte nicht lange, und da sahen auch sie von der Stelle aus, an der sie standen, das, was er bereits von der Stelle aus sah, an der er stand.

Unten am Ufer kamen die Feminotinnen in ihre Richtung, eine hinter der anderen in einer Reihe von zehn, inmitten der Spritzer, die sie beim Waten auffliegen ließen. Sie hielten ihre Röcke daher bis zum Schoß hoch, dabei sah man, dass ihre Beine bis oben hinauf nackt waren. Das war das Bild, auf das der Malteser seinen Blick geheftet hatte, während er weiter zwischen seinen Zähnen herumstocherte.

Die Feminotinnen mussten über einen Pfad ans Meer hinuntergelangt sein, der von einer der mit Palmen umgebenen Villen dort hinführte, welche etwas höher lag als die anderen und an ihrer Fassade drei Säulen wie aus weißem Marmor hatte und große Bougainvilleabüsche.

Sie näherten sich der Stelle, an der er sich befand, und gingen zu den mächtigen Wellenbrechern, die ins Meer gestürzt waren und das Aussehen von Felsblöcken angenommen hatten. Dort, inmitten der Blöcke, hatten diese Hinterhältigen ihre Lanzitten und Paddelboote in Sicherheit gebracht, diese Flottille waghalsiger Barken, die 'Ndrja bereits dunkel auf ihrer Marina gesehen hatte, vielleicht dieselben, vielleicht aber auch andere, ähnliche.

Welchen Grund gab es nun aber, zu erröten wie ein Verlobter, der gleich seine Verlobte wiedersehen würde, während er mit seinem Blick zwischen den kleinen Booten herumstreifte, um sich zu vergewissern, dass es da nicht eins von ungewöhnlicher Bauart gab, machtvoll im Vergleich zu denen da, gewölbt, und stumpf an den Enden, lang und schwarz? Was für einen Grund konnte es geben, der ihn rot werden ließ, der ihn dazu brachte, die Blicke schweifen zu lassen und fast, ja fast zu erwarten, gleich ein Dingding, Dingding in der Luft zu hören? Konnte sich denn eine Barbarin, eine Despotin und Eigenbrötlerin wie Ciccina Circè überhaupt inmitten dieser Frauen da befinden, in heiterer Gesellschaft? Und dann, wer brachte sie zu dieser Stunde dahin, bei heller Sonne, diese erbitterte Feindin des Lichts, wenn es doch sogar für die anderen etwas äußerst Eigentümliches war, dass sie sich zu vorgerückter Tageszeit noch auf dieser Seite des Meeres befanden? Und doch war er errötet, errötet, wie wenn er ihre Anwesenheit in der Umgebung spüren würde. Doch entscheidend war, dass er alleine schon beim Gedanken an sie errötete.

Die Feminotinnen hatten ihre Rücken und Arme mit Kleidungsstücken beladen: Hosen, Jacken und Mäntel für Männer, und dann eine große Zahl von Frauenkleidern, viele, viele Bekleidungsstücke für Frauen, für reiche herrliche Frauen, die Seidenkleider zu tragen pflegten, mit aufgenähten Gold- und Silberplättchen wie die Umhänge von Zauberinnen, Kleidungsstücke, die den

Duft von Puder und Parfüm zwischen den Armen der Feminotinnen auszuströmen schienen.

Man hätte meinen können, sie hätten die Villa mit den drei Säulen und den Bougainvilleasträuchern da oben geplündert, wie man es von vielen herrschaftlichen Häusern und Villen hörte, die von ihren Eigentümern unter den Bombardierungen verlassen und nach und nach von allem geleert worden waren, was sich in ihnen befand, sogar von den Kloschüsseln. Nur, dass die Feminotinnen den Eindruck machten, als wären sie in die Villa hineingebeten worden und als hätten sie diese Gunst erwiesen, nicht aber empfangen, diese stattliche Menge an Kleidern aus dem Haus zu schaffen und mitzunehmen.

Als sie dann inmitten der Wellenbrecher waren und begonnen hatten, die Bündel mit Kleidern und anderem Zeug, das sie bei sich trugen, in den Lanzitten zu verstauen, bemerkten sie, als sie den Kopf hoben, den Malteser, der sie mit seinen Blicken auffraß und sich die Zähne mit dem Zahnstocher reinigte. Wie hätten sie da nicht in seinen Gedanken lesen können … Eine von ihnen, die frechste, machte auf der Stelle eine luderhafte Bewegung, und eine andere, die noch frecher war, stieß nicht nur ihren Unterleib vor, sondern zog gleichzeitig ihre Röcke vor seinem Blick noch weiter über ihre Schenkel hoch. Sie lachten, und es war, wie wenn sie überhaupt keine Eile hätten, aufs Meer zu fahren, möglicherweise, weil sie auf die Nacht warteten, während ihnen das hier zur Ablenkung diente.

Da flüsterte der Kutscher dem Burschen etwas ins Ohr, sie redeten eine Weile miteinander, wie wenn sie sich über etwas absprechen würden, danach ging der Bursche zu dem Malteser und flüsterte ihm nun seinerseits etwas ins Ohr: Der sah ihn an, behielt den Zahnstocher im Mund, drehte sich um und sah zu den Feminotinnen hinüber, drehte sich dann wieder zu dem Burschen, der diesen doppelten Blick als Zustimmung auffasste und sich dann selbstsicher und etwas eingebildet wieder an den Kutscher wandte:

»Don Armandino, seht Ihr denn nicht, dass Signor Mister Maniàci da bereits den Zahnstocher herausgeholt hat? Worauf warten wir also noch? Auf die Kutsche?«

»Die Kutsche ist da«, sagte der Kutscher in zuhälterischem Ton, »sie ist da, und wenn Ihr inzwischen den edlen Damen dort einen Wink geben wollt, werde ich sie unterdessen zur Bonbonniere für Seine Eccellenza herrichten, ich richte ihm Rückenlehne und Kissen her, ich ziehe das Verdeck hoch und schließe die Seitenteile und das Fenster.«

Er redete steif, doch er freute sich, er freute sich, bei der Vorstellung glänzten sogar seine Augen. Als der Kutscher den Malteser bat, sich doch in die Kutsche zu begeben, bekam dieser einen meckernden Lachanfall, und während er die Kutsche anblickte, als hätte er noch niemals in ihr gesessen, hob er das Seitenteil auf seiner Seite hoch, sah sich an, wie Don Armandino das Rückenteil und die Kissen puffig hergerichtet hatte, mit gestickten Deckchen, die gewöhnlich an der Stelle lagen, wo der Kopf des Reisenden sich anlehnt, um den Samt vor Brillantine und Haaröl zu schützen, geradezu zierlich auf den wie Kopfkissen hergerichteten Kissen auseinandergefaltet. Der Malteser lachte und sabberte wie ein Ziegenbock, mit hell glänzenden Augen maß er die Bonbonniere aus und sagte schließlich zum Kutscher, wie wenn es ihm viel zu schön vorkommen würde, gerade weil es stimmte:

»Was wollt Ihr da machen, was wollt Ihr da machen? Wie kann man denn vögeln, wie kann man denn da drinnen vögeln, sagt Ihrs mir, alle so da reingepfercht und zusammengehockt? Sollen hier denn Zwerge gevögelt werden?« Doch während er dies sagte, stellte er einen Fuß aufs Trittbrett, senkte den Kopf und gab damit gewissermaßen zu verstehen, dass er es nur täte, um ihm zu beweisen, dass er recht hätte.

Der Kutscher lachte herzlich und antwortete für den Augenblick nichts: Er half ihm, sich unter das Verdeck zu setzen, und bevor er die Seitenteile herunterließ, öffnete er den Klappsitz, wo derjenige, der auf ihm sitzt, sich gezwungenermaßen zwischen die Knie dessen schieben muss, der ihm gegenübersitzt.

»Ihr müsst Armandino vertrauen, mein Herr«, sagte er da zu ihm. »Euch, werter Herr, wird, nachdem Ihr dieses Tätatät mit der Feminotin hier drinnen gehabt habt, ein Bett im Vergleich hierzu äußerst unbequem vorkommen.«

Während der Kutscher das rückwärtige Fenster herunterließ und den Malteser in der Kutsche wirklich wie in eine Bonbonniere schloss, machte der Bursche oben mit dem richtigen Gerede den Feminotinnen den Vorschlag im Namen seines Prinzipals: Um ein paar von da unten, außerhalb der Blöcke, für ein Gespräch mit dem Malteser in die Kutsche zu locken, brauchte er nur das Zeichen zu machen, das Geld bedeutete, und dafür rieb er Daumen und Zeigefinger aneinander.

Die Feminotinnen besprachen sich untereinander, doch es schien, als könnten sie sich nicht einigen, welche von ihnen die kleine Arbeit nun erledigen sollte, denn sie schubsten sich und gaben sich Klapse auf Brust und Hüften, auf Hintern und Rücken, oder sie warfen, nach vorne gebeugt, ihre Röcke hoch und stellten ihre Nacktheit zur Schau und entblößten ihre Schenkel vor den Augen der anderen, um Schande übereinander auszuschütten.

Am Ende, als man dem Anschein nach zu urteilen gesagt hätte, dass sie sich wieder mit ihren Angelegenheiten beschäftigten, einige die Sachen auf den Lanzitten verstauten und einige andere etwas aßen, das auf den Blöcken lag, und sie dem Burschen den Rücken zugewandt hatten, der Lust auf ein Liedchen hatte und ihnen etwas vorpfiff, kam eine plötzlich herübergelaufen, und hinter ihr machten sich weitere fünf oder sechs mit großen Schritten auf den Weg, wobei sie nach vorne oder nach hinten huschten: Es war, wie wenn zwei hinaufflüchteten, nur um sich zu amüsieren und sich gegenseitig zu necken, nicht, damit eine vor den anderen ankommen und sich in die Kutsche mit dem geldbestückten Dickwanst drängen würde.

Sie kamen über den Weg, der das Flussbett durchquerte, sprangen über Steine, wo das Meer schäumte, und erschienen auf der abgerutschten Straße. Vom schnellen Laufen waren sie außer Atem, aber sie lachten und hielten sich gegenseitig am Saum ihrer Röcke zurück.

Der Bursche, der in der Mitte mit den Armen fuchtelte, als hätte er etwas zu sagen und würde Stille verlangen, brachte ihre Pomponade zu einem Ende, doch als diese Durchtriebenen die ersten Worte hörten, die aus seinem Mund kamen und mit einem Mal die feine Absicht begriffen, die ihm vorschwebte und ihnen gar nicht gefiel, verfrühstückten sie ihn beinahe bei lebendigem Leib. Sofern der Blatternzerstochene noch niemals Erfahrung mit ihnen gemacht hatte, denn hätte er's, wäre ihm das nicht passiert, dann machte er sie jetzt.

»Tò … Tò …«, sagten sie zu ihm und schlugen mit der linken Hand auf ihren rechten ausgestreckten Unterarm, dessen Hand zur Faust geballt war. »Tò … Tò … Strizzergeld verlangst du, du Blatterngesicht? Deinen Anteil als Zuhälter? Dann steig du doch in die Kutsche und verschaff dieser Vogelscheuche da Entspannung, gehs dir doch mit deinem Arsch verdienen, dein Strizzergeld.«

Der Bursche wurde ganz blass vor Wut, die Feminotinnen stießen ihn zur Seite und stürzten sich auf die Kutsche.

Als der Kutscher, der sich neben dem Trittbrett bereithielt, um wie einen Vorhang das Seitenteil des Verdecks hochzuhalten, damit die Feminotin, die der Bursche ausgesucht haben würde, zum Malteser hinein konnte, jetzt aber sah, dass es nicht nur eine war, sondern fast ein halber Harem, der auf die Kutsche zustürmte, machte er dem Burschen wie benommen, als wäre er unter die

Türken gefallen, ein Zeichen, das sagen sollte: Und jetzt? Doch dem war die Laune vergangen, und er machte seinerseits ein Zeichen, das besagte: Wen kümmerts?, und mit Worten fügte er hinzu:

»Diese Misthuren wollen sich nicht mal mit einem Kaffee revanchieren.«

Genau in diesem Augenblick war's, dass 'Ndrja, der glaubte, Masino stände immer noch neben ihm, zu ihm sagte:

»Ich glaube, einen günstigeren Zeitpunkt als den hier gibts nicht, um aus diesem Durcheinander zu verschwinden. Was meinst du?«

Doch als hätte Masino es ihm von den Lippen abgelesen, hatte er ihm von der anderen Seite der Flussstraße zugerufen:

»Hier bin ich, 'Ndrja.«

Er stand halb abgewandt auf der anderen Seite, so, wie wenn er dieses Chaos nicht sehen wollte, das sich um die Kutsche herum abspielte, und zugleich stand er da, wie wenn er mit dieser Metapher des halb abgewandten Körpers und des vorgestellten Fußes seinem Milchbruder zu verstehen geben wollte, dass er nur auf ihn wartete, um sich ganz abzuwenden und auch den anderen Fuß vorzusetzen und zu verschwinden.

Eine der Feminotinnen hatte sich auf den Kutschbock geschwungen, und nachdem sie die Peitsche genommen hatte, schnalzte sie mit ihr in der Luft und ließ sie knallen, womit sie das Pferd unruhig machte, das den Kopf herumwarf und scharrte. Die anderen stürmten unterdessen die Kutsche von beiden Seiten, hatten sich zu dritt, zu viert an jedem Seitengehänge gezeigt und machten Anstalten, als wollten sie sich dicht an dicht unter das Verdeck drängen. Der Malteser blickte die einen und blickte die anderen an, er drückte sich auf seinen Sitz mal nach rechts, mal nach links, einmal schien es, als wollte er mit äußerster Freundlichkeit für alle Platz machen, und ein anderes Mal wirkte er völlig verrutscht, wie wenn er eine gewisse Angst spüren würde.

»Seid Ihr aber gut genährt, Eccellenza«, sagte eine der Feminotinnen. »Was esst Ihr denn so, Eccellenza, Mais oder Kuskus?«

»Habt Ihr etwa Angst, die Sonne könnte Euch Flecken verursachen, weil Ihr so im Dunkeln sitzt?«, fragte ihn eine andere.

»Quetscht Ihr Euch noch ein bisschen zusammen, Eccellenza? Macht Ihr Platz mit dem Hintern? Erlaubt Ihr, dass wir uns zu Euch setzen?«, fragte ihn noch eine andere.

Gesagt, getan, sie machten sich daran, alle wie sie da waren, in die Kutsche zu steigen, die eine mit dem Kopf, die andere mit ihren Brüsten, wieder eine andere mit den Beinen und noch eine andere mit der Flanke, ohne dem Malteser den geringsten Zwischenraum zum Atmen zu lassen, der von drinnen mit erstickter Stimme rief:

»Sanciòlo … Sanciòlo …«

Sanciòlo hatte sich in diesem Augenblick umgedreht und sah zu, wie 'Ndrja, der den zerstörten Graben des Flußbetts hinunter- und wieder hinaufgeklettert war, mit Masino davonging. Er sah ihm mit zusammengekniffenen Augen verblüfft, neugierig und misstrauisch nach und so, wie wenn er ihn bereits ganz klein in der Ferne sähe.

Am Morgen desselben Mane war der Orcaferon, wiewohl unsterblich, wahrscheinlich zum ersten Mal in seinem Leben gezwungen, sich zu verteidigen, um überleben zu können. Der Zufall, das Schicksal, sofern die Nennung von Zufall und Schicksal für einen Orcaferon überhaupt einen Sinn ergab, verbündete Fischhändler, Engländer und Feren gegen ihn, sie alle stimmten darin überein, ihm ein Fest zu bereiten, das er niemals vergessen sollte.

An diesem Morgen brachte der Tiergigant noch einmal Cicirella nach oben, wenn auch nur wenig, eine Handvoll, doch nicht einmal die hatten sie erwartet.

Inzwischen war es klar, ebenso klar wie erstaunlich, dass der Tiergigant beim Abtauchen sich mit seiner künstlichen Schläfrigkeit eines an einer bösartigen Krankheit leidenden Kranken da unten hinlagerte, direkt auf den Grund des Meers, in die ausgedehnten, geheimnisvollen Brutstätten der in Lethargie gefallenen Aale, wie wenn der Orcaferon oder, um ihn bei dem ihm zustehenden Namen zu nennen, der Große Tod sich von diesen Myriaden und Abermyriaden noch verhüllter Leben, von diesen immer noch im unverwundbaren Schleier ihres Geheimnisses befindlichen Wesen an den entgegengesetzten Pol gezogen fühlte. Und es war wohl so, dass auch er in diese Lethargie fiel oder vielmehr in diese Starrsucht, nur so ließ sich sein phantastischer Widerstand über Stunden und Stunden unter Wasser erklären. Es war wohl so, als würde er den Graben dort inmitten der ausgedehnten, silbrig flirrenden Sanddünenbänke schaufeln, und danach war es wohl, als würde er sich überbordend da hineinkuscheln. Zwischen Finsternis und Stille der Tiefe musste sich etwas Katastrophales ereignen, ein kurzer, beeindruckender Aufruhr von Wassern und lebendigtoten Wesen, als wäre es die Schöpfung oder das Ende der Welt. Und dann häufte sich das Meer von Fäden in der Dunkelheit wieder zusammen, und der einzige Unterschied zwischen vorher und nachher musste darin bestehen, dass das unkalkulierbare Meer von Cicirella in seiner Lethargie anfing, mit dem gleichen Gigantenatem zu atmen, der in ihm atmete.

Die Zeit verging, und dann, gleich einem langsamen, gedämpften Durcheinander bei einem Seebeben, bewegte sich der Tiergigant nach oben, und über seiner riesenhaften Gestalt bewegten sich spiralförmig die Kubikmeter silbriger Fäden, die sie bedeckten: die Cicirellasäule stieg auf und stieg auf, und als sie an die Oberfläche gelangte, zerriss sie endlich. Dann erschien er, mit einer nicht abschätzbaren Menge weiterer Fäden, die sich über seinen ganzen Körper zogen und durch alle Höhlungen und Krater der großen Schwäre an seiner linken Flanke, wie Verkrustungen vom Grund der Tiefe.

Wie viel war's jedes Mal, diese Cicirella, wenn man eine Rechnung anstellen wollte? Wenn's keine Handvoll war, dann wird's auch nicht so viel gewesen sein, um einen Korb zu füllen, etwa fünfzig Tellerchen, und dem Aussehen nach war's wie ein kleiner Strudel, wie ein Bächlein. Kurzum, von weitem hätte es nicht einmal ins Auge fallen sollen, doch dieses silbrige Quillen funkelte in bestimmten Augenblicken in der Sonne äußerst lebendig, und dieses Sprühen musste man durchaus auch meilenweit entfernt noch bemerken. Und das war es, was auch die Fischhändler wieder auf den Plan rief.

Von den Fischhändlern hatte man dort, nach dem Raffgeraff der Ferenkadaver, das sie an diesen noch vom Krieg heimgesuchten Strandabschnitten veranstaltet hatten, keinen mehr gesehen. Sobald die Menschen sich nicht mehr gegenseitig auffraßen und das amerikanische Monni in Umlauf gekommen war, hatten die Fischhändler das Ferenfleisch an niemanden mehr verkaufen können. Ein erstes Mal kann man noch sagen: Thun, bei meiner Ehre. Ein erstes Mal kann man sogar hinzufügen: Seht ihr denn nicht, wie blutrot er ist? Ein zweites Mal aber hatte der, der darin, auch wenn er das Wort Fere noch nie gehört hatte, über seinen Gaumen erfahren war, mit Sicherheit bemerkt, dass es sich um Dreck handelte, so wie er auch beim ersten Bissen gleich bemerkte, dass der eingefrorene ozeanische Fisch etwas Ekelhaftes war, den einige Profitmacher um die Zeit des Afrikanischen Kriegs mit Unterstützung des Faschismus in einigen staatlichen Verkaufsstellen, die Genepesca hießen, probehalber zum Kauf angeboten hatten, und es war immer ein Mysterium, wie Profitmacher und Faschismus es wagen konnten, unbekannten, mumifizierten Fisch zu vertreiben, der ganz sicher Fischbestie war, wenn niemand je einen Kopf, den man wirklich Kopf nennen konnte, in der Genepesca zu sehen bekommen hatte, in diesen Orten am Meer, wo ein Fischer, der vor Hunger stirbt, ganz sicher nicht wegen Mangel an Meeresfisch stirbt.

Die Fischhändler konnten den Menschen diesen Fisch zu dem festgesetzten Preis nicht mehr anbieten, und man hörte von einhundertvierzig und auch von zweihundert Liren für das Kilo von dieser ekelhaften Fischbestie reden, als würde man die Menschen am Meer wie Tölpel aus den Bergen behandeln, die das Meer nur durch's Fernrohr sehen.

So hatten sie mit viel Leid im Herzen aufhören müssen, der Fere den Kopf und die Fluke abzuschneiden und drauf zu schreiben, Silberthun oder Langflössler, und hatten dann auf der Suche nach selten gewordenen verwegenen Fischern, doch vor allem nach Schiebern und Bombenfischern und Fischern, die es nicht so genau nahmen, zu vielen Strandabschnitten gehen müssen, damit die ihnen, einfach gesagt, richtigen Fisch verschafften, Christenfisch, um ihn als erste Frischware der Nachkriegszeit zu verkaufen, auch wenn er durch die Bombüchsen massakriert, schwabbelig und benommen war.

Zu vielen Strandabschnitten, doch zu denen, die allesamt in Richtung Catania lagen: Gàlati Mamertino, Alì, Letoianni, Aci, um nur ein paar zu nennen, Marinen, mit einem Wort, an der verbreiterten Meerenge. An die beiden Meere sind sie dagegen nicht vorgedrungen, wahrscheinlich weil sich das Gerücht verbreitet hatte, dass die Fischer dort noch das Bild ihrer beiden Meere vor sich hatten, und weil vielleicht das tolle Meisterpaar gekommen war, ein gewisser Pepè und ein gewisser Manè, das auf sie den Eindruck gemacht hatte, als hätte die noch rauchende Kriegsasche diese beiden herausgeschleudert. Die wollten sie zum Bombüchsieren überreden, hatten dann aber unter ihren Freunden und Gefährten aus dem Fischhandel die infame Lüge verbreitet, dass dort, an den Meeren zwischen Skylla und Charybdis, die Pellisquadre längst zu einem kleinen Haufen verängstigter Feiglinge verkommen seien.

Irgendwer aber musste ihnen die Information über die Cicirella weitergegeben haben, die just da, an den beiden Meeren herumtrieb, mal diesseits und mal jenseits der Grenzlinie. Das war der Grund dafür, dass sie in Charybdis noch so ein Musterpaar auftauchen sahen, und so war es, dass sie zwar für diesen Kleinkram hergekommen waren, dann aber alles über den Feron erfuhren.

Diese beiden kamen mit einem Lastwagen an, auf dem noch die Aufschrift

Königliches Heer angebracht war. Doch das war das Einzige an Italienischem, was sie hatten; angezogen waren sie nämlich mit dem amerikanischen Zeug der Schieber, grüne Weste, Wollmützen, khakifarbene Halbstiefel, und auch die Zigaretten, die sie rauchten, waren amerikanisch. Gesehen hatten sie sie noch nie, sie mussten neue Händler sein, die der Krieg hervorgebracht hatte, mehr Halunken als Händler, und es dauerte dann auch nicht lange, bis sie herausfanden, dass die beiden völlig unerfahren waren in dem ehrenwerten Metier eines Zwischenhändlers.

»Wir haben gehört, dass das Meer hier Cicirella hochspült. Stimmt das?«

So präsentierten sie sich, als sie den ersten Jungs auf ihrem Weg von den Gärten her begegneten.

»'n paar Stränge«, hatten die ihnen geantwortet, womit sie sich verraten hatten, dann aber doch gleich wieder zurückrudern wollten: »Das war aber nur Zufall, wer weiß, wie das kam. Dafür hättet ihr wirklich nicht herkommen müssen.«

Die beiden noch unerfahrenen Scharlatane, die überhaupt keine Ahnung vom Meer und von Fischen hatten, fragten sich nicht einmal, wieso die Cicirella von alleine nach oben spülte.

Es war ungefähr drei Uhr, als sie hier aufgetaucht waren, und zu dieser Stunde lag der Orcaferon noch auf dem Meeresgrund, und die Cicirella vom Vortag befand sich nicht einmal mehr im Bauch. Ein paar Stränge jedoch waren hier und da am Ufer geblieben, und die beiden, die sich Händler nannten, fanden so viel davon, dass sie sich die Hände füllen, vor die Augen halten und genau ansehen konnten und dabei womöglich an das ganze Kleingeld dachten, das sie sich mit ein paar Doppelzentnern von diesen silbernen Filetstückchen verdienen konnten.

»Wenns euch interessiert«, hatten die Jungs dann zu ihnen gesagt, vielleicht, um sie zu beobachten, »hier unten hat sich ein Feron angeortet. Er ist hier, weil er von einer Schwäre heilen muss, die so groß ist wie ein Brotbackofen.«

»Ein Feron? Was ist denn das, ein Feron?«, fragten die beiden jungen Kerle.

Sie hatten sich wirklich überrascht gezeigt, wie richtige Frischlinge im Händlergeschäft, die noch nie vorher etwas über den Feron hatten sagen hören. Doch man musste auch zugeben, dass sie, selbst wenn sie als alte Hasen in diesem Metier den Feron, wenigstens dem Namen nach, gekannt hätten, sich überrascht gezeigt haben würden, dass er hier, an den Meeren zwischen Skylla und Charybdis, überhaupt genannt wurde und sich angeortet hatte.

»Ein Tiergigant, der, wenn ihr ihn seht, den Eindruck eines Unterseeboots auf euch macht«, sagten die Jungs.

Die Augen der beiden aus Messina leuchteten, doch die Sache musste ihnen noch viel zu groß und viel zu schön vorkommen, vielleicht eine Übertreibung der Jungs.

»Stimmt das etwa, was die Jungs uns erzählen?«, fragten sie da die Pellisquadre. »Oder nehmen die uns auf den Arm?«

Die Pellisquadre, die sie bis dahin überhaupt nicht beachtet hatten, beachteten sie auch jetzt nicht. Einer der beiden, der Unerschrockenere, stellte daraufhin eine zweite Frage, so wie wenn sie ihm auf die erste schon geantwortet hätten.

»Kann man diesen Tiergigant denn mal sehen?«

»Der meint, wir würden den hier im Käfig halten«, sagte Arturo Palamara spöttisch.

»Wer verbietets euch denn«, sage Luigi Orioles. »Ihr habt doch Augen oder? Und wenn eure Augen nicht ausreichen, könnt ihr ja noch ein Fernrohr nehmen.«

Sie brauchten kein Fernrohr, um den Orcaferon zu sehen. Sie hätten aber sehr wohl eins gebraucht, um die Cicirella zu sehen, die, unterhalb des Tiergiganten aufgerührt, aufzusteigen begann und wie ein hellsilbriger Strahl aussah, wie ein kleiner Schaumpunkt, den man, wenn man mit dem Blick die Meere zwischen Skylla und Charybdis absuchte, nur einfangen konnte, wenn man ein geübtes Auge hatte. Beim Orcaferon dagegen bemerkten sie zuerst einen schrecklichen Pfeifton wie bei einer Wasserhose, den er beim Aufsteigen aussandte. Der lenkte sie zuerst, danach lenkte sie das Meer, das dort drüben, bei der Mittellinie, anschwoll und sich hob und in die Breite zerfloss, dann erschien der schwarze Gigantenrücken, der im ersten Augenblick wirkte, als würde er sich ins Unendliche verlieren. Doch gleich presste der Tiergigant aus dem Atemloch an seinem Kopf in einem weißen und himmelblauen Nebelstrahl seine Wasserpalme, und die bezeichnete weithin sichtbar seinen Standort. Da konnten, auch wenn eine große Zahl von Feren umgehend über ihn und um ihn herum schwammen, wodurch sie den Blick vernebelten, die beiden Händlerneulinge, die zurücktraten und erblassten, genug sehen, um sich eine Vorstellung von seinem kolossalen Körper und von seinem unschätzbaren, über den Daumen gepeilten Gewicht zu machen, was letztlich das war, was sie interessierte. Die Jungs hörten, wie sie leise miteinander sprachen:

»Das werden tausend, zweitausend Kilo sein«, sagte der eine.
»Tausend, zweitausend Kilo meinst du? Nur eine oder zwei Tonnen? Das werden mindestens zehn Tonnen sein, sag ich dir.«
»Mit dem könnte man ganz Messina satt machen«, sagte der eine.
»Zu wie viel das Kilo?«
»Hundert Lire, denk ich mal.«
»Hundert Lire? Als Festtagsschmaus?«
»Natürlich als Festtagsschmaus, wenn wir den ganz verkaufen wollen. Oder hast du gedacht, das wäre Qualitätsfleisch? Wie schön, wenns so wäre …«
»Wie schmeckt er denn?«, fragten sie die Jungs.
»Na, ja …«, sagen die Jungs. »Wer hat den denn jemals probiert?«
Das fragten sie nun die Pellisquadre auf dem Sporn.
»Wie schmeckt der eigentlich, könnt ihrs uns sagen?«
»Wieso fragt ihr ihn das nicht selbst?«, antwortete Arturo Palamara.
»Ihr kommt Euch wohl sehr gewitzt vor, wie?«, fragte ihn der von den beiden, der seinen Daumen immer im Hosengürtel stecken hatte und dessen Haare hochglanzgekämmt waren.
»Scherz mal beiseite …«, sagte der andere, der umgänglicher war. »Gibt es eine Möglichkeit, einen solchen Tiergiganten zu fangen?«
»Streut ihm einfach ein bisschen Salz auf die Fluke«, antwortete ihm Signor Cama, der endlich einmal witzig war, wie es nicht einmal Arturo Palamara sein konnte. »Das ist eine unfehlbare Methode, ihn zu fangen, übrigens eine Mameluckenerfindung.«
»Ha, hier ist einer schlauer als der andere …«, sagte der mit den Daumen an den Hüften, der sie mit einem dreisten Blick von unterhalb des Sporns herausforderte. »Mir, bei meiner Ehr, kommen sie vor wie eine große Zahl von Mumien.«
»Ihr Burschen, ich rate euch, kehrt wieder dahin zurück, woher ihr gekommen seid. Verschwindet ganz einfach, verschwindet …«, sagte Luigi Orioles da zu ihnen, in einem Ton, der keinen Widerspruch duldete. »Verschwindet jetzt von hier, ihr ruiniert nämlich die Landschaft.«
Sie verschwanden, doch in weniger als einer Stunde tauchten sie wieder auf und schleppten auf dem Lastwagen eine Art menschlichen Abfalls mit sich, eine Ratte, einen Lumpenhund und Perversen, ein bettlägeriges Knochenbündel, mit einem schmalen, langen Gesicht, wie wenn es von nagender Arglist verkleinert worden wäre, einem Gesicht von Totenblässe, mit hell glänzenden

Augenbällen in den tiefliegenden Augenhöhlen, mit einem an den Mundwinkeln nach unten eingebogenen Lippenbart nach maganzeser Art, der vor all dieser Blässe so schwarz wirkte, dass er falsch aussah, wie der Lippenbart eines Maskierten, der er ja eigentlich auch war oder hätte sein sollen, nämlich einer, der sich vor lauter Schande wirklich eine Maske aufsetzen musste und sie, solange er lebte, nicht mehr abnehmen durfte. Und der war in der Tat einer jener Schurken, die nie arbeiteten, außer es ging darum, seine Frau zu schwängern. Arbeit kam ihm nur mit den Kriegen, und das war die einzige Arbeit, die sie gerne auch freiwillig machen, auch weil sie mit dem, was sie an Zusatzzahlungen für Frau und Kinder erhielten, eine ganze Weile zurechtkamen. Und der, das erfuhren sie dann im Nachhinein, war ein durchtriebener Großmaulsoldat und Schwindler, genauer gesagt, er war derjenige, der, nur damit man sich ein Bild von ihm machen kann, von den Abessiniern Bumbumm genannt wurde. Dieser Bumbumm war wie für eine kriegerische Handlung ausgerüstet. Er trug einen Militärmantel, und über der Schulter hatte er eine Feldtasche voll bereits einsatzbereiter Büchsenbomben hängen, genau die Büchsenbomben, die berühmten Handgranaten mit Dynamit, Zündschnur und Auslöser in Tomatendosen, die Halunken wie er, die Kleinverbrecher seines Schlags gebrauchten, um auf dem Meer zu bombardieren und so Fische, Eier und Milcher von Fischen zu massakrieren, wobei sie nicht einmal das Muttertier verschonten.

Sie waren alle drei zur ‘Ricchia hinaufgegangen, und dort, auf dieser Art Galerie, hatte Bumbumm sich mit seinem Waffenarsenal platziert, zog seinen Mantel aus und war nur noch im Unterhemd, denn anderes hatte er nicht darunter, dann setzte er sich im Beduinensitz hin, stellte die explosiven Büchsen um sich herum auf, und am Ende, wie wenn er nicht von Dynamit umgeben wäre, hatte er sich eine Zigarette angezündet und nahm den Feron ins Visier. Und dicht bei ihm standen die beiden Händler, doch nicht allzu dicht.

Die Anhöhe, auf der er sich befand, begünstigte ihn beim Feuern, nur dass der Orcaferon ihm auch einigermaßen günstig in die Schusslinie kommen musste, indem er sich der ‘Ricchia nicht weniger näherte als er sich, zum Teil aus eigenem Antrieb, zum Teil durch Einwirkung der Feren, neulich genähert hatte, als ihm die mit essigsaurem Wein getränkten Brotfische ins Maul gefallen waren. Es konnte allerdings auch möglich sein, dass der Tiergigant es sich nicht mehr einfallen ließ, sich so nahe ans Land zu schlagen, oder genauer gesagt, dass die Feren es sich nicht mehr einfallen ließen, ihn mit List dahin zu bringen. Unter anderem zog der Orcaferon bei diesem Erscheinen im Offenen nicht einmal mehr hin und her, sondern bummelte im Kreis immer über seinem Meeresabgrund herum, dort, wo er sich angeortet hatte, haargenau an der Mittellinie.

Wie es nur menschlich war, wurde Bumbumm nach einigen Stunden nervös. Er war wohl nicht der Typ, der in einer Umgebung von einsatzbereiten Granaten die Hände in den Schoß legen konnte.

Er begann, unruhig da oben, auf den felsigen Vorsprüngen, hin und her zu gehen, was mit seinem graugrünen Mantel den Eindruck eines Wachpostens auf der 'Ricchia machte. Wenn er sich bewegte, war es, als würde er bei geschlossenen Zähnen fluchen, und die beiden Händler, die ihm durch Zeichen zu verstehen gaben, er solle sich nur gedulden, und ihm ständig Zigaretten anzündeten, näherten sich ihm ein bisschen, um sie ihm zu reichen, zogen sich dann aber gleich wieder zurück, und zwar so weit, wie es ihnen in diesem unbequemen, eingeengten Bereich nur möglich war, wo Bumbumm sein Waffenarsenal aufgebaut hatte.

Die Pellisquadre genossen diese Szene am äußersten Punkt des Sporns. Wenn sie denn schon eine Ablenkung brauchten, wo konnten sie dann eine größere als diese hier finden?

Die Sonne begann zu sinken, der Feron trieb immer noch inmitten der Feren an der Oberfläche, die ihn zu beschnuppern schienen und große Kreise um ihn herumzogen, wie wenn sie irgendetwas Neues an ihm suchten.

Die Luft wurde frischer, und Bumbumm, der so ungeduldig geworden sein musste, dass er Schaum vor dem Mund zu haben schien, hatte wohl auch die Kühle gespürt, denn er schüttelte sich immer häufiger, sprang hoch und rieb sich die Hände. Plötzlich aber, so, als wäre er verrückt geworden, sahen sie, wie er sich unversehens bückte, eine Büchse nahm, die Lunte mit der Zigarette anzündete, und, als die Zündschnur brannte, die Büchse mit seinem langen Affenarm wütend ins Meer schleuderte. Mit vorgebeugtem Oberkörper verfolgte er den Flug der Büchse mit verbissenem Blick, dabei bewegte er in diesem Augenblick ganz schnell seine Lippen, wie wenn er etwas zwischen seinen Zähnen brabbeln würde, weitere Flüche oder vielleicht auch Gebete. Doch das musste nur eine ruckartige Bewegung gewesen sein, eine nervöse gaunertypische Herausforderungsgeste. Er konnte doch nicht wirklich denken, dass er ihn aus dieser Entfernung auch nur hätte zwicken können. Von der Stelle, an der die Büchse explodierte, war der Orcaferon gut eine halbe Meile entfernt, und das Dynamit kitzelte nicht einmal seine oberste Hautschicht, vielleicht erreichte ihn nicht einmal der Knall. Der Tiergigant ließ, mit anderen Worten, weder vorher noch nachher auch nur das geringste Zeichen einer Bewegung erkennen, weder auf dieser noch auf der anderen Seite, und so lange er sein Meer nicht verließ, konnte Bumbumm nur zu ihm hinüberpfeifen.

Die Feren allerdings reichten Bumbumm eine Hand und machten das Unmögliche möglich.

Wer weiß, aufgrund welcher anderen phänomenalen Gabe ihrer Natur, einer Gabe, die auch für die Pellisquadre neu und verblüffend war, die Explosion dieser Büchsenbombe die Feren nicht in Angst und Schrecken versetzte und davonjagte, sondern sie vielmehr bei ihren Fluken zu packen schien, sie zusammentrieb und dazu brachte, in ganzen Sträußen zu dieser Stelle zu schwimmen, wie wenn das Meer, vom Dynamit nur berührt, wild geworden wäre, sich heben und ans Ufer jagen würde, angeschwollen mit sich überlagernden Wellen und Feren.

Der Orcaferon bewegte sich im Leerlauf, entzaubert und ins Wasser getaucht, haarscharf an der Mittellinie, wurde von den Wogen des aufgewühlten Meers erfasst und fand sich von jetzt auf gleich in die Gewässer der 'Ricchia kutschiert, inmitten einer Unmenge von Schaum, der ihn fast vollständig vor dem Blick verbarg.

Doch nicht nur gab der Tiergigant kein Zeichen von Aufruhr von sich über das, was mit ihm passierte, sondern es schien zudem, und das konnten sie überhaupt nicht verstehen, dass er nichts begriff. Die Pellisquadre hatten die Erklärung für diese und noch andere Tollheiten des Orcaferons bereit, und die Erklärung war, dass der Tiergigant fast vollkommen erblindet sei, doch niemand wäre auf dieses Leiden aufmerksam geworden.

Eine Merkwürdigkeit, die sich zu der anderen Merkwürdigkeit fügte, bestand für die Pellisquadre darin, dass sie beobachteten, wie die Feren sich gleich wieder über das mittlere oder obere Tyrrhenische verstreuten, wohingegen der Orcaferon weiter dort an der Wasseroberfläche trieb, wohin er gedriftet war, mehr unter als über dem Wasser, gekielholt wie ein nach oben gekipptes Unterseeboot von schwarz schäumendem Glanz, wie wenn er um sich selbst schwimmen würde, mit geringer Kraft, mal mit dem Kopf, mal mit der Fluke, und vorne prustend wie ein Vulkankrater: Dieser müde und gleichmütige, dieser versprengte und gleichwohl gefahrgeladene Koloss erinnerte einen an einen gigantischen Torpedo, von seinem eigentlichen Ziel abgelenkt und zwischen die Klippen der 'Ricchia geraten, nach und nach immer weniger und immer bedrohlicher bremste und sich entlud.

Der strudelnde Aufruhr der Wellen unter ihm hatte sich noch nicht beruhigt, da hatte Bumbumm bereits die Lunte einer weiteren Büchsenbombe angezündet und schleuderte sie auf ihn, dieses Mal sozusagen bombensicher.

Die Büchsenbombe explodierte allerdings nicht auf dem Rücken, sondern unterhalb der rechten Flanke, ganz dicht an seiner Haut, und brachte ein halb ersticktes Dröhnen unterhalb des riesigen fettgepanzerten Rumpfs des Tiergiganten hervor und schleuderte eine Unmenge Schaum gegen ihn. Der Orcaferon zuckte am ganzen Körper zusammen, er zog seinen Kopf und seine Fluke ein, wie wenn plötzlich ein Ruck durch ihn gegangen wäre, doch abgesehen davon hatte die Erschütterung, was unglaublich war, ihm scheinbar keinen Schaden zugefügt. In der Tat war keine Rötung des Wassers durch Blut in der Nähe des Tiers zu sehen, wie es sich eingestellt hätte, wenn er aufgerissen worden wäre. Für Bumbumm musste das unglaublich sein, und weil der Orcaferon sich nicht von da weggerührt hatte, wo er war, es aber jeden Augenblick tun konnte, machte er wütend weiter und schleuderte noch mehr Dynamitladungen auf ihn. Mit keiner aber gelang ihm der Volltreffer, oder besser gesagt, sie konnten lediglich das Meer um ihn herum ein bisschen bewegen, und zwar wohl wegen des Umstands, dass er sie nacheinander warf, ohne die Entfernung des Ziels zu der Höhe zu berechnen, auf der er sich befand. Da war es, als wollte der Orcaferon davonschwimmen, weg von diesem Feuerwerk von Explosionen, die, wenn sie schon nichts anderes erreichten, ihn sicher benommen machten, doch immer erweckte er den Eindruck, wie wenn jede neue Explosion ihn zwingen würde innezuhalten, um es gleich darauf wieder zu versuchen, ähnlich wie wenn ein Blinder mit dem Fuß gegen ein unerwartetes Hindernis stößt und orientierungslos stehen bleibt, wobei die Orientierungslosigkeit eine gewisse Ermüdung bei diesem Menschen hervorruft, der dann aber doch weitergeht und ein weiteres Mal gegen dieses Hindernis stößt. Kurzum, der Tiergigant rührte sich aus dem Meer an der 'Ricchia nicht fort, er hielt sich weiter dort in Wurfweite auf, und obwohl Bumbumm immer seinen besten Wurf versuchte, traf er ihn doch nie.

Bei diesem Chaos von Explosionen wunderte es die Pellisquadre kein bisschen, dass sie das englische Landungsboot eilig in ihre Richtung kommen sahen, im Gegenteil, bis zu diesem Augenblick hatte es sie erstaunt, dass die Engländer überhaupt so lange brauchten, um herzukommen.

Bumbumm war so wild mit dem Zünden und dem Bombüchsieren zugange, und seine Augen waren so ausschließlich auf das Meer des Orcaferons gerichtet, dass er nichts merkte, und die beiden Händler, die ihm noch zugerufen und auf das Boot gezeigt und ihm dann noch zu verstehen gegeben hatten, sie würden abhauen und ihn in der Patsche sitzen lassen, mussten ihn mit ihren Klauen packen und von dort wegziehen. Bumbumm hatte aber gerade in diesem Augenblick noch die Lunte einer Büchsenbombe gezündet, und die beiden ließen eilig von ihm ab, damit er sie noch loswerden konnte. Darauf schleuderte er diese letzte Büchsenbombe, bevor sie alle drei über die Dünen verschwanden, und ausgerechnet diese, die ganz ziellos geworfen worden war, traf den Feron in seinem Undsoweiter; denn ohne jede Absicht traf er die Flanke mit der Schwäre und verursachte schwerste Verletzungen an den Rändern des Wundkraters, so dass es eigentlich aussah wie dieselbe, jetzt nur erneuerte Schwäre, die wieder anfing, in Strömen zu bluten. Der Tiergigant meerbebte, und es ließ einen den Atem stocken, wenn man ihn sah, denn der, den man sah, war ein anderer, er war, der er wirklich war: Er erschütterte das Meer mit dermaßen furchterregenden Schlägen, dass es aussah, als würde er zum Leben oder zum Tode versuchen, irgendein ungeheuerliches wildes Tier, einen Tiger etwa oder einen Panther, abzuschütteln, das auf ihn gesprungen war und seine Zähne bis auf den Knochen in ihn geschlagen hatte. Großes Auftürmen von Gischt, die sich ringsum erhob, und in die schleimige Kielspur, die er hinter sich ließ, ergoss sich sein Blut in Strömen, während er sich dreiviertels zur Bucht von Punta Cavallo entfernte, wie wenn er einen unbekannten Ort suchte, um ungesehen von allen abzutauchen.

Für den Orcaferon ließen die Engländer Bumbumm und die beiden Händler laufen. Zwei Matrosen gingen zum Heck, wo zwischen Sandsäcken ein Maschinengewehr aufgestellt war, und das ließ daran denken, dass sie ihn mit einem Kugelhagel erledigen wollten. Doch als die erste Aufregung verflogen war, während der die Engländer sich an die Verfolgung des Orcaferons gemacht hatten, der mit aller Kraft davonstob, dass es fast aussah, als würde es von ihnen abhängen, ihn sofort von den Schmerzen zu erlösen oder ihn noch ein kleines bisschen leiden zu lassen, sahen sie vom Sporn aus, dass das Landungsboot ins Leere lief und dabei zwei- oder dreimal die Rocca von Skylla umschiffte. Und von dieser Seite wirkte es, wie wenn sie sich unversehens aus den Augen verloren hätten.

Er musste sich hinabgesenkt haben, doch nach drei, vier Minuten musste er wohl wieder aufgetaucht sein, dort, an einer Stelle des Jonischen, gleich hinter der gischtenden Linie, denn sie sahen, dass die Engländer mit voller Kraft auf diese Stelle zuhielten, wie wenn sie darauf aus wären, ihn endgültig zu rammen. Einige Augenblicke lang behandelten sie nämlich den Tiergiganten augenscheinlich wie ein Unterseeboot, das, aufgebracht, unterhalb wie oberhalb zu fliehen versuchte, und das Boot, das gleich einem Torpedoboot hinter ihm her jagte, machte immer den Eindruck, es würde gleich auf ihn springen, verlor dann aber dauernd den Kontakt. Die Engländer suchten immer noch das Jonische ab, als der Orcaferon keine fünf Minuten später wieder im Tyrrhenischen auftauchte, und weil hier tote Strömung herrschte, musste man sogar annehmen, dass er überhaupt nicht abgetaucht war, um dem Boot zu entkommen, sondern nur, um der herabsteigenden Strömung auszuweichen, so wie es seine Gewohnheit war.

Ungefähr in den Gewässern von Casablanca tauchte er wieder auf, und damit weit von der Grenzlinie entfernt, doch in diesen Augenblicken strahlte die im Westen tiefstehende Sonne von den Inseln direkt auf das Meer des Orcaferons, und als sie ihn, diese Art von umgekipptem großem Pechkaik, voll erfasste, sandten die großen Blutklumpen in der kraterartigen Schwäre zwischen den Rissen der neuen Wunden, die ihm Bumbumms Dynamit zugefügt hatte, einen roten Widerschein aus, Blitze wie von Feuer, die das Auge verdunkelten.

Die Feren hatten sich bis zu diesem Zeitpunkt nicht in die zauderliche Verfolgung des Tiergiganten durch das Boot eingelassen, sie beobachteten alles mit ihren kleinen Augen, still an der Stelle verharrend, wo sie sich befanden, ernst und argwöhnisch darauf eingestellt, als wären sie gewissermaßen der Meinung, dass der Eingriff der Engländer schlicht und einfach eine Einmischung in Angelegenheiten wäre, die sie nichts angingen, und als würden sie voller Verachtung zu dem Urteil gelangen, dass das, was die da im Begriff waren zu versuchen, ein ausgesprochener Akt von Anmaßung sei, weil es Christenmenschen, seien sie Engländer oder Italiener, nicht zukomme, einem Orcaferon an den Hals zu gehen.

Doch sobald die Engländer ihre Hand zurückzogen, wie wenn sie zu der Einsicht gekommen wären, dass sie mit diesem dämlichen Fisch da nicht viel Spaß haben würden, gewannen die Feren wieder die Oberhand, und von den Verstreuten und Fernen, die sie waren, in Schulen, Kolonien, Herden und kleineren Schwärmen hier und dort in den Meeren zwischen Skylla und Charybdis, sah man sie im Nu wunderbar vereint, wie wenn sie in ihrer eher einzigartigen als seltenen Lebensweise sich das Wort mit ihrem Morsealphabet weitergesagt hätten und nun in Richtung Casablanca eilten, unter komödiantischem Gekicher und spöttischem Gewimmer in die Umgebung des Tiergiganten, und diese Lasterhaften mit dem versteinerten Herzen gewissermaßen den Eindruck machten, wie wenn sie für den Orcaferon dessen Niedergang und Leiden als Komödie darstellen wollten.

Man hätte denken sollen, dass, als sie ihn von morgens bis abends abziehen und auf der anderen Seite der Insel wieder hatten zurückkommen sehen, die Sache sie beeindruckt und nachdenklich gestimmt haben müsste, wie es ihnen nur selten vorgekommen war, beeindruckt und nachdenklich zu werden, beeindruckt und nachdenklich bis zu dem Punkt, wo sie mit ihrem erfindungsreichen Kopf nicht mehr wussten, wie sie diesen Vorgang einschätzen sollten: Wenn nicht zum Lachen, dann vielleicht zum Weinen? Eines erstaunte sie endlich einmal und ließ sie verwirrt und durcheinander zurück, ohne ein Wort im Schnabelmaul und ohne Lebensgeister im Leib, auch wenn es sich um ein Erstaunen über etwas handelte, das sich Orca nannte. Der Kopf dieses Mameluckischen, werden sie sich gesagt haben, ist scheinbar voll von erkalteter Lava, doch einmal alle tausend Jahre arbeitet auch seine Brotkrume. Der hat ganz sicher die Rolle des Verschwärten übernommen, dem es nicht danach ist, an der Oberfläche zu sein. Wenn sich bei dem die Schiffsschraube dreht, wird er jeder von uns, wie wir da sind, an den Hintern fassen. Das hat er unseren ozeanischen Gevatterinnen wohl gesagt, sobald sie in die Straße von Sizilien einschwammen: Eure Stunde ist gekommen, habt ihr mich etwa für eine unechte Orca gehalten? Ich bin eine echte, ja, genau ich, in Person, bin die Orcinuse, die, die den Tod austeilt, und das werde ich euch auf der Stelle beweisen. Doch musste sie das eigens in Worten sagen? Den ozeanischen ebenso wie den hier anwesenden Heimischen hätte es genügt, ihre Fluke und ihre weltzerstörerische Turbinenbewegung am Werk zu sehen, die sie bei ihrem Aufbruch in Gang setzte. Und darum hatten sie gleich zu ihr gesagt: Ja, großmächtige Signora, du Orcinuse, schlachte uns ab, du, unser barbarischer Tod, fass uns! Ohne uns zu bepinkeln, ohne auch nur Ha! zu sagen, haben wir die Kapotischen und Gladiatorinnen gesehen, die Graugrampen und die spitzfindigen Porposen, um nicht alle aufzuzählen. Wir haben diese verkrusteten Schulfregatten gesehen und diese verschwielten Kaporaïs, wir haben sie gesehen, die schrecklichen Ozeanischen, die so schafsköpfig wirkten, wir haben gesehen, wie sie ihr nachgejagt sind, um mit gesenktem Kopf zu sterben. Schauder überkommen einen, meine Herrschaften, allein beim Gedanken, dass wir es wagten, nicht nur uns selbst, ahnungslose Heimische, zu vergnügen, sondern auch die unglückseligen Ozeanischen, die doch wenigstens die Pflicht hatten, die doch den Blick haben mussten, sofort zu merken, dass die nicht einfach irgend so eine Quilibet war, das heißt eine unechte Orca, sondern die wirkliche, die orcinuse Orca. O ja, Schauder überkommen einen beim Gedanken, dass wir einen nicht Geringeren als einen Orcaferon auf die Schippe nahmen, dass wir den Großen Tod persönlich zu unserer Zielscheibe machten. Jetzt aber, liebe wonnige Freundinnen, müssen wir uns daran erinnern, jetzt, da sie zurückgekehrt ist. Wir müssen uns daran erinnern, das sie die Orca ist, uns daran erinnern, dass wir, wenn sie bei ihrem letzten Atem angekommen zu sein scheint und schon mehr dort als hier ist, aufbrechen, und sie zeigt uns, wer sie ist, wir brechen auf und umrunden die Insel, und zwar in weniger Zeit, als ein Christenmensch braucht, um eine Zigarette zu rauchen. Und wir müssen uns insbesondere erinnern, dass die da niemals stirbt. Es ist sinnlos, dass wir uns damit abgeben, es ist sinnlos, dass wir Täuschungen erliegen, denn die da stirbt nicht, doch nicht nur das, sondern sie da, die lässt die anderen sterben. Haben wir uns verstanden?

Sie hatten sich verstanden, natürlich, ihrer Anschauung entsprechend, denn kein Wort, das sie sagen, ist nicht auch doppeldeutig, unterschwellig, geheimbündisch, denn sie pflegen in Rätselgerätsel zu sprechen, halb verständlich, kunstvoll, wie wenn einer mit aufgestellten Ohren ihr stummes Reden bespitzeln wollte. Und weil sie sich auch darüber amüsieren, über die vergnüglichen, dunklen Schattierungen der Rede. Das Verstehen allerdings geschieht nicht über Worte, es geschieht über ihr Wesen, wobei sie sich möglicherweise bereits darüber verständigt haben, im entscheidenden Augenblick genau das Gegenteil von dem zu tun, was sie mit Worten beschlossen hatten.

Und tatsächlich war ihr Reden viel zu getreu, um wahr zu sein. Wenn diese sich dareinfügten, diesen schwarzen, trübsinnigen, sperrigen, todbringenden Unsterblichen für alle Ewigkeit im Schoß ihres Meeres zu sehen, dann stimmte die Welt nicht mehr. Sie waren ja keine Trampschiffe, die heute mal hier und morgen wer weiß wo sind. Diese hier waren die Heimischen in den Meeren zwischen Skylla und Charybdis, ihre Interessen standen auf dem Spiel, und für die Fere, wie man weiß, unterscheiden sich Interessen und Spiel niemals, und wenn sie dann von Natur aus übereinstimmen, wenn sie vom Ursprung her ein und dasselbe sind, ist das für die Fere der allergrößte Reiz des Lebens. Und dann, sich fügen? Dieses Wort musste ihnen überhaupt erst noch erklärt werden. Und während man es ihnen erklärte, wollten sie die Orca sehen, wollten sie diese Gottbewahre sehen, wie sie zurechtkam, wenn sie sich heute oder morgen ohne Fluke wiederfinden würde. Nun gut, sie war die Tödin und sie war unsterblich, doch wenn sie ihr die Fluke nahmen, war die Unsterblichkeit dann noch etwas wert? Wenn man ihr die Fluke nahm, starb sie dann nicht, starb sie dann wirklich nicht? Nach ihrer Kenntnis gab es keinen, der nicht starb, wenn ihm die Fluke genommen wurde: Unsterblicher Tod, soviel man will, die Zeit verging, doch sie starb, und wie sie starb. Die Orca war ja unter anderem die, die den Tod gab, und den kannten sie gut, doch was wussten sie schon darüber, ob sie es auch war, die ihn, den Tod, nicht empfing. Er war das Mitdenaugengesehene, wohingegen sie hier, bis zum Beweis des Gegenteils, nur ein Hörengesagtes war: Die Orca blieb, kurz gesagt, bis zum Beweis des Gegenteils, nur dem Namen nach eine Unsterbliche, und dieses einfache Kalkül war es letzten Endes, das diesen Unseligen die Hoffnung gab, auch weil das Gegenteil ein Unglück gewesen wäre, ein großes Unglück, das selbst für ein derartiges Gesindel von Genialen nicht wiedergutzumachen gewesen wäre.

Es genügte, dass sich die Gelegenheit bot, es genügte, dass sie ihr wohlgesonnen waren, dann hätte sie ihnen Nachrichten gegeben, diese Unsterbliche, wie sie sich denn nun fühlte, ob sie sich, so ohne Fluke, sterben fühlte oder nicht. Sie hätte ihnen Nachrichten gegeben, ob sie stirbt, die hätte sie ihnen vor ihrem Tod gegeben. Also dann, bis bald, es bleibt, wie verabredet, bei der ersten sich bietenden Gelegenheit, du wunderbare Unsterbliche.

Als Folge dieses Purparlehs oder anderer ähnlicher dieser Art, die sie untereinander führten, hatten die Heimischen dem Tiergiganten schöngetan und dann auf eine günstige Gelegenheit gewartet, wie nur sie warten können. Und dann, während sie so warteten, war dieser Bumbumm aufgetaucht, einer, der viel mit ihrem Charakter gemeinsam hatte und daher ihren Plänen nicht abgeneigt war, im Gegenteil, ohne sich das auch nur im Entferntesten vorstellen zu können, förderte er sie. In der Tat musste Bumbumms größtes Verdienst in ihren Augen darin bestehen, dass er den Orcaferon, über dessen vermutete Unsterblichkeit er nichts wusste, als Sterblichen ins Visier genommen hatte, so wie er alle ins Visier nehmen musste, Fische wie Fischbestien im Meer, weiße wie schwarze Christenmenschen an Land, ein Hinterhältiger seines Schlags, einer, der sich im Krieg den Beinamen Bumbumm erworben hatte, und jetzt, wo Frieden herrschte, wenigstens für die Italiener, für die Besiegten, machte er Bumbumm von Berufs wegen und lebte davon. Konnte der Orcaferon denn je eine Ausnahme für ihn darstellen? Konnte der Kopf eines Bumbumm sich je vorstellen, dass einer nicht sterben würde, er, der von denen lebte, die starben, Christenmenschen ebenso wie Tiere, eben wegen der Tatsache, dass sie starben? Er hatte sich für die Morde, wie sein Name sagte, den er trug, niemals nur auf den Zufall und auf das Zielen verlassen, weil er mal Büchsenbomben mit Dynamit verwendet hatte und im Krieg gegen die Neger bestimmte Kugeln mit Doppelwirkung, die, auch wenn sie nicht in vitalen Bereichen steckten, den Sprengstoff, der in ihnen war, nach dem Eindringen automatisch zur Explosion brachten, und dann wurde jeder Bereich vital und zugleich tödlich. Doch wenn Bumbumm nicht der war, der er war, hätte dann ein elender, besessener Hinterhältiger wie er seine Büchsenbomben auf einen Orcaferon gefeuert, wie wenn es sich nicht um die orcinuse Orca handeln würde, nämlich um das Wesen, das auf dem Meer die Macht hatte, jedem anderen Lebewesen den Tod zu geben, und gleichzeitig die Macht von Gott besaß, sofern man den Gerüchten Glauben schenkte, ihn selbst jedoch nie zu empfangen, und zwar wegen der Tatsache, dass er eben der Tod war, sondern wie wenn es sich um irgendeinen beliebigen Quilibet der Meere handeln würde? Und auch wenn er gewusst oder nicht gewusst hätte, um wen es sich handelte, hätte das für Bumbumm keinen Unterschied gemacht, wohingegen einem anderen allein bei seinem Anblick der Atem stillgestanden und sein Herz zu zittern begonnen hätte … Doch das Schicksal tollt sich manchmal in seinen Personifizierungen aus. Am entscheidenden Punkt aber, was blieb da zu sagen, auch wenn das Schicksal sich dieses Mal in diesem Abschaum der Menschheit ausgetollt hatte? Es blieb zu sagen, dass dieses Schrecknis von Tiergigant, in seiner ganzen riesenhaften Erscheinungsform wie aus Lavagestein, das sich niemals hätte einkerben können, letzten Endes deutliche Zeichen gegeben hatte, dass es Bumbumms Büchsenbomben und ihre Auswirkungen im Fleisch und zugleich im Ruf seiner Unsterblichkeit gespürt hatte. Und das noch einmal auf der linken Seite, auf der seine Rüstung bereits Scharten aufwies, aufgerissene Stellen, auf der linken Seite, wo er seit Zeiten verschwärt war, verschwärt und verwest, auf dieser Seite also, wo sein orcinuses Wesen den Weg des Essigs genommen hatte und damit ins Orcinate degenerierte, um von seinem Wesen des Großen Todes und dem Ruf des Unsterblichen zu einem sterblichen Wesen überzugehen und tot zu sein. Von dort, von dieser geschwächten Seite, hatte sogar ein Wurm vom Land wie Bumbumm, einer dieser elenden Orcinusen mit Befehlsgewalt, Schwarzhemden genannt, ein Dreigroschenmörder, der er war, ihn in dem kleinen

Meeresbecken der 'Ricchia, dem Ozean seiner erschreckenden Einsamkeit, erreichen und mit schlierendem Geifer besudeln können.

Bumbumm hatte ihn, anders gesagt, wieder ins Unglück gestürzt, noch tiefer als das, in welchem er bei seiner Ankunft an den Meeren zwischen Skylla und Charybdis erschienen war. Metaphorisch gesprochen, hatte Bumbumm ihm all das pompöse Wasser entzogen, die Erhabenheit des erschreckenden, orkischen Prestiges, das er mit seinem überraschenden, jähen, ungeheuerlichen, von Schicksal und Katastrophe schäumenden Abzug und seinem märchenhaften Schwimmen, das schneller war als die Sonne, gleich einem schwarzen Wirbelwind im Staub des Meeres, und seiner beeindruckenden, schwindelerregenden Umrundung der Insel mit dem ganzen hinter ihm liegenden Gemetzel der ozeanischen Feren erworben oder zurückerworben hatte. Doch sie mussten Bumbumm noch einmal danken für einen anderen Gefallen, wie er ihn kostbarer, freundschaftlicher und hilfreicher nicht hätte vollbringen können, um ihren Plänen zu nützen, und dieser Gefallen bestand darin, dass als Folge seiner Bombüchsierungen der Tiergigant weitere und endgültige Zeichen gegeben hatte, an schwerer Blindheit zu leiden.

Und in der Tat, als er sich aus der Umgebung der 'Ricchia zurückgezogen hatte, um sich aus der Schusslinie von Bumbumms Bombüchsierung davonzumachen, und dann, als das englische Boot ihm nachgejagt war, um ihn aufzubringen, welchen Sinn hatte da noch das Schwimmen im Zickzack und das Schlagen hier und da als toter Körper, der unter Donnergetöse vom einen Felsen gegen den anderen von Skylla prallte, als würde er sich freiwillig aufs Trockene werfen wollen? Dass er blind dahinschwamm, sogar blindlings in alle Richtungen, das war der Sinn. Wie hatte er dann aber, so musste man sich fragen, bei seiner Blindheit abziehen, die Insel umrunden und wieder an genau der gleichen Stelle ankommen können, von der aus er sich aufgemacht hatte, ohne gegen Malta zu stoßen oder auch Capo Pàssero, Pantelleria oder Capo Lilibeo, Alicudi, Filicudi oder eine andere dieser Inseln, Capo Milazzo oder auch die Spitze von Skylla? Er hätte es, er hätte es sehr wohl gekonnt. Die Feren waren darüber kein bisschen verwundert, denn nach ihrem Verständnis widersprach das verblüffende Unternehmen des Tiergiganten in keiner Weise seiner Blindheit. Wie hätten diese Großkopfklugen auch nicht Punkt für Punkt erklären können, wie er bei aller Blindheit die Insel einmal zwischen Sonnenaufgang und Sonnenuntergang vollständig umrunden konnte, sich dabei blizschnell bewegte und nicht ein einziges Mal erdseebebend gegen ein Inselchen oder gegen einen der vielen Riffkämme schlug oder gegen einen Felsen, gegen einen Sporn, gegen ein Kap. Sie erklärten es sich, und die ganz einfache Erklärung war, dass, nachdem der Orcaferon ihnen das große Fest bereitet hatte, er vielleicht beim Verlassen der Straße, in dem Augenblick, als er sich ganz nach rechts wandte, nach Morgen zu, der Sonne abgewandt, die, noch hoch stehend, in Richtung Gibraltar hinabsank, die Herde der verbliebenen, vom Schrecken gezeichneten ozeanischen Trampen gezwungen hatte, im Schwimmflug an seinen Kopf zu eilen und von da an, von Favignana an möglicherweise oder möglicherweise auch schon früher, von Alicudi und Filicudi an, durch diese von Inseln, Inselchen und Bänken bezeichneten Meere zu lotsen, bis er sich schließlich wieder eingebettet in der aufsteigenden Strömung befand, mitten in den Meeren zwischen Skylla und Charybdis.

Die Lotsinnen mussten es gespürt haben, dass mit dem Ende ihrer Aufgabe auch ihr Leben zu Ende war, und wenn die eine oder andere Flaschennase oder die eine oder andere Porpose Anstalten machte zu fliehen, um davonzukommen, oder der eine oder andere Graugramp versuchte, eine Kehrtwende zu machen, um wenigstens gladiatorisch zu sterben, war das an diesem Punkt völlig sinnlos, denn an diesem Punkt musste die Orca das Meer aufgesogen haben, wo die Herde ihrer Pilotinnen hingeschwommen war, um ihr zuzusehen, und während sie all dieses von Äuglein und Schnabelmäulern belebte Wasser verschluckte, hatte sie die Feren zwischen ihren Zahnkeilen zermalmt.

Es gab noch eine weitere Erklärung, und die war, dass es der Orca für ihre Rückkehr zum Ausgangspunkt genügt hatte, als Bezugspunkt, wenn nicht das Licht, so doch die Wärme der frühen Sonne zu nehmen, die von Malta her zu ihr herüberkam. Indem sie sich mit dem frühen Sonnenlicht aufmachte und dann immer wieder rechts um Sizilien herumschwamm, konnte sie dahin bei Beginn der Abenddämmerung zurückkehren, unmittelbar gegenüber den Äolischen Inseln. Mit anderen Worten: Um über Morgen nach Abend zu gelangen, genügte es, dass sie fern von der frühen Sonnenwärme lange im Kreis schwamm, mit dem Schatten auf dem Rücken, so dass sie in den äolischen Gewässern nicht wieder die Hitze auf den Augen spürte, jene Hitze, die zur Kühle wird, zu der Kühle von Wärme bei Sonnenuntergang. An diesem Punkt blieb ihr nur, sich wieder nach rechts in den Hauptfluss der tyrrhenischen Strömung zu werfen, und wenn sie dann der aufsteigenden Strömung folgte, ob sie tot war oder lebendig, befand sie sich wieder am Ausgangspunkt an den Meeren zwischen Skylla und Charybdis.

Dies alles nur, um zu sagen, dass bei diesem Unternehmen die Blindheit in keiner Weise eine Behinderung darstellte, ja, es immer wieder sogar noch begünstigte, mehr noch: So wie sich ihr Orientierungsvermögen entwickelt hatte, wurde den Feren klar, dass sie zu diesem Zeitpunkt fast überhaupt nichts mehr sah.

Das war es wahrscheinlich, es war die Entdeckung der Blindheit bei ihr, und es war möglicherweise bei der Beobachtung, wie sie erdseebebend gegen die Felsen und Felsenriffe schlug, das war's, was den verstandreichen Phosphor bei den Feren entzündete und zu dem Schluss führte, dass sie alles in allem, wenn sie die Blindheit und die verschwärte, die seit langem verschwärte und durch Bumbumm zusätzlich frisch bombüchsierte linke Flanke summierten, der Orca, wenn sie wollten, die Fluke abreißen konnten. Und wie wenn es sich um Jungthun, Schwertfisch oder auch Blauhai handeln würde, heckte diese Ansammlung meerischen Junggetiers nichts weniger als das Entfluken der Orca aus, das Entfluken dieser maßlosen Totengräberin, das Entfluken dieser schwarzen Tiergigantin aus der jenseitigen Welt, die am Ende die Tödin war. Kurz gesagt: Sie heckten etwas aus, das einfach unvorstellbar schien, etwas, wovon man vorher noch nie gehört hatte und nachher wohl auch nicht wieder hören würde.

Zu Beginn gebrauchten sie Bürste und Vaseline bei ihr. Das war eine völlige Kehrtwende, ein barbarischer Spott, so barbarisch, dass außer Signor Cama, was nicht verwunderte, sogar ein paar Pellisquadre, Orcaferon hin, Orcaferon her, sich geradezu empörten.

Die Feren zeigten jetzt ihre wahre Natur und tollten mit ihm herum: Sie schoben ihn, leiteten ihn um, drängten ihn in eine andere Richtung, sie schossen unter ihm her und über ihn hinweg, machten ihn vollkommen zu ihrer Zielscheibe, zu ihrer Zielscheibe und zu ihrem Gespött. Hin und wieder begehrte der Orcaferon auf, doch er begehrte auf, wie wenn er von Fliegen gestochen würde, und beinahe bekam er einen Tick, mit einer leicht pferdeschweifigen Bewegung seiner Fluke schlug er viele in die Ferne. Die, welche getroffen worden waren, hatten aufgehört zu spielen, doch die anderen, die herumtänzelnden Doppelhuren, ließen, während sie sich zerzausten, kleine Fürze in der Luft zerknallen und alle gleichzeitig ein falsches Gewimmer mit falschen Ngangàs, ngangàs aufklingen. Einen Augenblick lang konnten sie sogar den Eindruck erwecken, wie wenn das Zucken des Orcaferons wirklich ein Zittern bei ihnen ausgelöst hätte, doch auch das war nur Theater, und tatsächlich stiegen einige Augenblicke später aus ihren Schwimmflügen Böen von Gekicher auf, das die Zähne zusammengepresst hielt wie Zitronen.

Eine Weile lang schwammen und flogen sie in der Umgebung des Tiergiganten herum, doch so, wie wenn sie gar nicht mehr an ihn denken und ihn nicht einmal mehr sehen würden, und wie zufällig folgten sie ihm, alle abgestimmt, und eine nach der anderen krümmte sich blitzartig vor ihm hoch, sie verdrehten sich und pressten ihren Hintern heraus, trompeteten ihm ins Gesicht, mit einem Knall wie bei Bläschen, die im Flug mit einer Nadel zerstochen werden. Danach flogen und schwammen sie in rasender Eile weit fort, alle vergnügt und erregt durch die Gefahr. Allerdings musste abgewartet werden, ob für den Orcaferon die schnabelmäuligen Schatten einen Sinn ergaben, die vor seinen Augen vorbeischossen, und auch die schweinischen Beleidigungen, die sie ihm zu verstehen gaben.

Als es schließlich Abend wurde, flammte die Sonne ein letztes Mal auf und belebte das Blut des Orcaferons, das man hier und da sah, in roten Flecken und Schlieren, die in den Abfällen der Strömung verwässerten. Und als dann die Dämmerung einsetzte, versuchten die Feren, ihren Spaß, den sie in Händen hatten, in die Nacht hineinzutragen. Sie versuchten in der Tat alles, um den Orcaferon abzudrängen und ihn, als es schon stockdunkel war, daran zu hindern, jenes Meeresgewässer, jene Pforte zur Tiefe auf dieser oder auf jener Seite der Linie wiederzufinden, wo er sich mittlerweile aufgrund einer geheimnisvollen Anziehung auf dem Grund auszuruhen pflegte. Aber konnten die Feren einen Orcaferon wirklich daran hindern, abzutauchen? Und wie? Etwa, indem sie ihn an der Fluke packten? Ja, genau so oder fast so, indem sie die Fluke packten oder genauer gesagt, ihn entflukten. Und wenn sie ihn entflukten, hinderten sie ihn damit nicht nur daran, nach unten zu tauchen, sondern verhinderten alles, und alles mit einem Mal. Doch das Entfluken war keine Sache von Minuten, keine Sache, die man, auch wenn man Fere heißt, augenblicklich, auf der Stelle machen könnte. Und dann war es auch noch nicht an der Zeit, es war weder die Zeit noch der Ort, die sie bereits bestimmt hatten, um ihn zu entfluken. An diesem Tag aber hatten sie bereits einen solchen Spaß mit ihm getrieben, dass sie sagen konnten, sie hätten mit dem Entfluken bereits begonnen.

Am Sporn ahnten die Pellisquadre hoch oben in der Luft, dass sich noch etwas ganz Großes zwischen Feren und Feron ereignen würde.

Es war dunkel geworden, und auf dem Weg zu ihren Häusern konnten sie ihre Gesichter nicht mehr erkennen. Keiner der Pellisquadre mochte einen Kommentar über den Orcaferon und über Bumbumm und die beiden Händlerneulinge oder auch über die Engländer abgeben. Nur Don Mimì Nastasi sagte seiner Frau etwas ins Ohr, während sie ihn aus dem Korb hievte, um ihn ins Haus zu bringen.

»Heute hats dem Tiergiganten nichts genützt, unsterblich zu sein …«, sagte Don Mimì.

»Eh, ja«, sagte Marta Nastasi schwer atmend, während sie sich mit ihrem Mann auf dem Rücken auf die Beine stellte. »Es hätte ihm mehr genützt, sterblich zu sein und heute zu sterben.«

»Da hast du recht, mein Weib. Eh ja. Was fängt er denn mit der Unsterblichkeit jetzt noch an, wo er doch ins Unglück gestürzt ist?«

Sicher, Don Mimì war zwar nur dem Namen nach ein Pellesquadra, doch weil ringsum aus dem Dunkel keiner der Pellisquadre etwas zu diesen Worten zu sagen oder gegen sie einzuwenden hatte, war seine die einzige Stimme, die den misslichen Tag des Orcaferons kommentarierte, so wie wenn sie im Namen aller sprechen würde, ausgenommen natürlich Signor Cama, denn in seinem Namen durfte zu dieser Sache niemand sprechen.

Doch wenn sie die Absichten der Feren nicht missdeutet hatten, bestand die Auseinandersetzung zwischen den Pellisquadre und Signor Cama an diesem Punkt nicht mehr, denn nun kümmerten sie sich darum, die Feren, diese schnabelmäuligen Großhirne, sie aus dem Weg zu räumen, diese schwarze, riesenhafte, äußerst erschreckende Frage. Sobald die Feren diese Arbeit an seiner Fluke verrichteten, war ihm an diesem Punkt, ob man nun für ihn war oder gegen ihn, nur ein schöner Tod zu wünschen, den schönsten Tod für einen Entflukten, einen so schnellen Tod wie irgend möglich, denn das schlimmste Martyrium beginnt für ihn, für den Entflukten, gerade dann, nachdem ihm die Fluke herausgerissen wurde.

Dem Orcaferon war vor allem zu wünschen, dass er sterben konnte, ihm war zu wünschen, anders gesagt, dass er keineswegs, wie sein Ruf es wollte, unsterblich wäre. Denn wenn er es zu seinem Unheil war, schützte ihn die Unsterblichkeit auf der einen Seite nicht vor dem Entfluken, denn sicher konnte das Prinzip der Unsterblichkeit nicht bis in die Fluke gelangen, wie wenn es der haarfeine Draht in einer Kanüle wäre. Auf der anderen Seite konnte er, welcher der Tod war, der Große Tod, er, der das Warenzeichen trug, als Unsterblicher keinerlei Tod erwarten, weder einen schnellen noch einen langsamen, sondern war dazu bestimmt, für alle Ewigkeit ein Stumpf zu bleiben, der sich in ihrem Meer als Entflukter verkrustet, ohne jemals das Ende seiner Qualen absehen zu können. Und wenn er auch nicht unsterblich wäre, wäre er dann, oder sie, die orcinuse Orca, die Tödin, nicht das Gleiche und das Gegenteilige der Unsterblichkeit? Hat denn die Unsterblichkeit nicht etwas vom Tod und der Tod nicht etwas von der Unsterblichkeit? Daher, wenn er in seiner Eigenschaft als Tod auch nicht unsterblich war, dauerte es lange, bis er stürbe, ein Arkelamekk des Berufs, wie er es war, ein Arkelamekk, der mit dem Wissen, wie man andere sterben ließ, auch wissen musste, wie man es anstellte, dass man selbst nicht starb. Aus diesem Grund brauchte es Zeit, bis er zum Tod gelangte, dazu brauchte es wahrscheinlich Spille und Wille, und bei allem, was es dazu brauchte, wäre jedes andere beliebige Tier als unsterblich angesehen worden.

Und jetzt, was konnten sie ihm noch aus tiefstem Herzen wünschen, wenn die Feren sich wirklich an das ungeheuerliche Schandwerk des Entflukens machten? Was konnten sie ihm ihrer Meinung nach noch Unbefangeneres und Empfundeneres und auch Wohlwollenderes wünschen? Was, wenn nicht den Tod? Den augenblicklichen Tod, wenn er Glück hatte, oder schlimmstenfalls, dass der Tod kam, sofern er nur kam.

Das überlegten sich die Pellisquadre ganz realistisch, sie steckten den Kopf nicht in den Sand, noch ließen sie sich von ihrem Interesse und ihrem persönlichen Vorteil leiten, sie überlegten unbefangen, spartanisch, wenn sie dachten, dass man dem Orcaferon wünschen musste zu sterben, während ihm die Fluke abgerissen wurde, und das war es, was sie ihm wünschten, noch bevor sie wussten oder sahen, ob sie ihn entflukten, denn nicht einmal ihrem schlimmsten Feind wünschten sie, auch nur eine Minute ohne Fluke zu leben. Das heißt, sie wünschten es nicht einmal der Fere, der Fere, die unter anderen Lastern auch den kurzweiligen Zeitvertreib hatte, mal diesem, mal jenem die Schwanzflosse oder die Fluke herauszureißen, und wie jede andere Verbrechertat hatte sie auch das in Alleinvertretung, doch seit wann, und von wem?, dass sie ihrerseits ohne Fluke bleiben sollte. Nicht einmal ihr, ihrer schlimmsten Feindin, konnten sie wünschen, auch nur einen Augenblick lang ohne Fluke leben zu müssen.

Aber wie kam es, dass Signor Cama, der Signor Cama, der mit all seinen dreißig, vierzig Jahren des Hin- und Herfahrens auf Ozeandampfern den Eindruck vermittelte, keinerlei Erfahrung mit dem Meer zu haben, so dass man die Vorstellung gewinnen musste, die Menschen auf dieser Art schwimmender

Inseln würden sich gar nicht mehr daran erinnern, dass sie das Meer unter ihren Füßen hatten, und Signor Cama, der, wenn er den einen oder anderen schwanzlosen Schwertfisch gesehen hatte, ihn an Land gesehen hatte, und längst tot, niemals aber, tot und lebendig, auf dem Meer, wie kam es dann, dass Signor Cama eine seiner Unsinnigkeiten zum Besten gab? Wie war es möglich, vollkommen empört zu sagen: Ho, ihr alten Knaben, meint ihrs im Ernst oder nur zum Spaß? Diese Flöhe da sollen die Orca entfluken? Die orcinuse Orca entfluken?

Es war möglich, und wie, dass er eine Unsinnigkeit wie diese hervorholte, die als Erstes darin bestand, die da, die Feren, als Flöhe zu bezeichnen. Diese Flöhe, diese Flöhe, er würde schon sehen, ob diese Flöhe der orcinusen Orca nicht die Fluke herausrissen, wenn sie das einmal beschlossen hatten.

Doch wie kam er dazu, der Signor Strandaufseher, wie kam er, dieses Genie, um das Werk abzuschließen, dazu zu sagen: Dann setzen wir doch mal den Fall, um die Sache ein bisschen zu würzen, setzen wir den Fall, dass sie sie entfluken. Was glaubt ihr denn? Glaubt ihr etwa, dass eine Unsterbliche wie sie, Fluke hin, Fluke her, sich zu dieser Demütigung herablässt zu sterben?

O ja, er nannte ihn Demütigung, den Tod durch Entfluken. Doch Signor Cama, das wussten sie längst, weil sie sachlich und unvoreingenommen dachten, wohingegen er in dieser Frage von Leidenschaften geladen vorging, sie wussten längst, dass die unerklärlichen persönlichen Gefühle von Signor Cama für seine Orca dermaßen pro waren, dermaßen befrachtet von Sympathie und Bewunderung, dass man denken musste, für den Tiergiganten müssten sie wohltuend, heilsam, wundertätig sein, wie und mehr noch als richtige Salben und heilende Arzneien.

Der Dhing kam, der Dhingtag, und der war wirklich der Tag des Orcaferons.

Noch sah man wenig, das erste Mondviertel war noch von einem weißen Feuer, und die Meere zwischen Skylla und Charybdis atmeten noch schlafschläfrig und kindlich zwischen feinsten Farbschattierungen. Wer hätte wohl gesagt, dass dort in der Tiefe ein Orcaferon verkehrte?

In diesem frühen Morgendämmer war's, dass die Luft mehr und mehr zuerst von einem Heidenlärm ferner, bitterer, durcheinandergewirbelter Schreie wie denen von Flughahnfischen widerhallte, die von weit herdrangen und die Luft durchschnitten, dann die dumpfen Schläge des Eintauchens, und nach einigen Minuten sah man den Schwimmflug von Feren, die von Malta heraufzogen, in Herden zu zehnt oder zwanzig oder dreißig oder auch fünfzig, jedoch alle beieinander, ein einziger schäumender Wirbel von Fluken und Sturzwellen.

Es waren die Rüpelinnen von der Straße von Sizilien, diese flegelhaften, ungeschliffenen Heimischen, die, in Kenntnis gesetzt über das große, denkwürdige Ereignis, das an den Meeren zwischen Skylla und Charybdis stattfinden soll, herkamen, um dem Orcaferon ihren Ertränkungsstempel aufzudrücken. Diese Rüpelinnen, die zum selben Schlag wie die Heimischen gehörten, jedoch braun oder noch brauner als diese, von einem verräucherten Braun und eher verdreht als wendig und weniger schlank, langgezogen und elegant als vielmehr kurz und gedrungen, waren, sofern man die Heimischen heikel nennen konnte, noch entschieden schlimmer, sie hatten die grobschlächtige Mentalität von Flegelinnen und einen ebensolchen Charakter, wie es ihre verräucherte Färbung war, besudelt, elend schlecht, nämlich mit einem Hauch von Schwarz hinter der Maskerade von Rußschwärze, mit dem Charakter echter afrikanischer Feren, Feren, die zwischen Biserta und Pantelleria verkehrten, zwischen Malta und Gela.

Der Höllenlärm der kurzen Schreie wurde immer deutlicher hörbar, und nach und nach, wie der Schwimmflug näher kam, war es, als würde man sein Gesicht von den Wasserspritzern nass werden fühlen, die sie aufschlugen. Doch wie es immer vorkam, gab die Übereinstimmung, mit der sie sich schwimmend und fliegend näherten, was bis auf die tausendstel Sekunde auskalkuliert war, dem dumpfen Klang etwas Taktmäßiges und Berauschendes, wie ein immer gleicher, endloser Ton, eine Musik, bei der das Ohr, auch wenn man wusste, wer die Musiker waren, die sie spielten, am Ende, wie durch einen Zauber, immer unter ein Joch gezwungen wurde.

Indessen wurde es zusehends heller, und das Licht, das von der noch fernen, unsichtbaren Sonne heraufflimmerte, schien in der Luft im Dunst der Schwaden zu zerfließen, die von Meer zu Meer mit dem Heranrücken der Feren aufstiegen wie Federwolken von Myriaden weißer und goldgelber Kanarienvögel, die noch in ihrem Schlaf hockten.

Als es an der Zeit war, und konnte er sich da täuschen?, stieg der Orcaferon auf, massakriert oder nicht massakriert, und in seinem Meer oberhalb von ihm, genauer gesagt vor ihm, über ihm, gewissermaßen hoch oben in der Luft, strudelte über seinem schwarzen riesenhaften Rücken noch eine Handvoll Cicirella.

Es gab eine Neuigkeit, und die bestand darin, dass mit der Cicirella ein kontinuierlicher Faden von Luftbläschen dem Tiergiganten bei seinem Aufstieg vorausging, und das war, wie wenn er sich, um an die Oberfläche zu gelangen, seines Atems erleichterte. Und eine weitere Neuigkeit war, dass er als mögliche Folge dieses Luftverlusts ganz verwirrt und benommen an die Oberfläche kam und von Wellenkämmen so fürchterlich überspült wurde, dass man glaubte, dieses Meer wäre aus den tiefsten Tiefen kalt aufgewühlt worden, sofern man die Meere ringsum alle als ruhig betrachtete. Das Meerestoben dauerte an, bis der Tiergigant sich wieder in der Gewalt hatte und den Eindruck vermittelte, als würde er unter seiner immensen Körpermasse die wilden Wogenrösser erdrücken und ersticken. In der Zwischenzeit driftete die Cicirella ab, sie verlor sich nach hier und nach dort in der toten Strömung, und das Wenige, das sie einsammeln konnten, mussten sie mit Hamen einsammeln, wofür sie aber ins

Wasser gehen mussten. In jedem Fall aber mussten sie sagen, dass sie sich an diesem dritten Tag den Bauch durch das Einwirken eines Orcaferons füllen konnten.

Nachdem er endlich an der Oberfläche war, erlaubten die Feren ihm an diesem Dhing nicht mehr, wie es seine Gewohnheit war, abzutauchen und an die Stelle zu sinken, die nur er kannte.

An diesem Dhing erschienen die Feren nämlich mit einem Lächeln, das sie sich wie eine entstellende Maske um ihr Schnabelmaul gemalt hatten. Sie sahen nicht mehr aus, als wollten sie herumspielen und gewissermaßen eine poetische Veranstaltung beginnen, wie am Abend zuvor, sondern so, als hätten sie ihre Planungen abgeschlossen und wollten sich jetzt an deren Umsetzung machen.

Vom Land aus sahen sie, dass sich der Tiergigant auf die zerschmetterte Seite geneigt hatte und die Wellen in den Vertiefungen und Rissen blubberten. Er bewegte sich träge von der Höhe von Spadafòra zur Linie zwischen den beiden Meeren, und erst, als er gegen einen Felsen stieß oder einer großen Anzahl von Feren gegenüberstand, wich er aus und bewegte sich in eine andere Richtung. Doch blieb er weiter im Blickfeld, und wenn er sich nur ein wenig entfernte, kam er gleich zurück, ähnlich einem Gespenst, das dazu verdammt ist, an den Ort seines Leidens oder seiner Sühnung zurückzukehren. Und in einem gewissen Sinn hatte er ja auch, weil er zumeist unter die Wasseroberfläche getaucht war, wobei lediglich sein von gischtenden Wellen umränderter riesenhafter Rücken herausragte, wirklich etwas von dem Geist, wie er so ähnlich in dem Buch von Signor Cama dargestellt war, ein trauerschwarzes, eigenbrötlerisches und verwirrtes armes Tier. Auch hier, jetzt, wo sie ihn leibhaftig vor Augen hatten, machte er den Eindruck, als wäre er gedruckt, gedruckt er, gedruckt der gischtende Rand um ihn herum, gedruckt die tintenblauen Wellen, die um seine Körperfülle herumschwappten wie um eine kleine Insel. Wenn da nicht die Feren mit ihrem Schwimmflug in seiner Umgebung gewesen wären, hätte er in ihren Augen sogar eine Vision sein können. Doch bei all diesen heimischen und diesen rüpelhaften Feren, die ihn im Auge behielten, wie wenn sie seine Maße nehmen und sein Gewicht errechnen wollten, um ihm das entsprechende Grab zu schaufeln, musste er ihnen keineswegs wie der Druck in einem Buch oder wie eine Vision vorkommen.

Nach einer Weile, die wie eine Ewigkeit erschien, während der er in seinem Meer festhockte und gelegentlich, als hätte er einen Tick, das Vorderviertel und den einverleibten Kopf hin und her schlug, den er fast nie aus dem Wasser hob, bewegte sich der Orcaferon endlich. Mit großer Müdigkeit hielt er auf die Linie zwischen den beiden Meeren zu, und als er an den schaumtosenden Zusammenstrom von Jonischem und Tyrrhenischem kam, die dort aufeinanderstießen und sich aufbäumten, wich er nicht aus, wie er es hätte machen sollen, weil er ohne Schwung, fast leblos das Zusammenrollen an der Linie nicht hätte durchstoßen können, sondern warf sich stattdessen dagegen und prallte zurück in die tobende Gischt. Er machte in diesem Augenblick den deutlichen Eindruck, dass er gegen die Linie angegangen war, ohne sie überhaupt zu sehen, und hier war es, dass sich auch die Pellisquadre da oben, in hoher Luft, aufgrund seines eigentümlichen Sturzes ohne jede Richtung über seine Blindheit klar wurden.

Als wollte der Tiergigant sich erst wieder zurechtfinden, verträumte er da noch ein bisschen Zeit. Doch dort, auf der Linie, befand er sich im ersten Meer der Strömung, das ein einziger Aufruhr von ineinander verschlungenen Auswürfen, Abfällen und Bastardellen war und beim Entschlingen in alle Richtungen wirbelte und ihn auf dieser Seite und der anderen schaukelte, auch wenn man vom Land aus nur undeutlich hinübersehen konnte, wo die Linie ihn ständig zu zwicken und die Luft, die in einer wirbelnden Spirale in der leeren Höhlung zwischen den beiden Meeren wehte, ihn magnetisch anzuziehen schien. Aus diesem Grund machte der Tiergigant langsam Kopf-Fluke-Fluke-Kopf mit der Linie. Doch an einem bestimmten Punkt zog ihn der wirbelnde Sog endgültig an die Linie, und auf der gesunden Seite gleitend, trieb er endlich auf der schäumenden Schwellung nach Sizilien.

Während er längs der Linie dahintrieb, zeigte er nach nicht einmal einer halben Meile plötzlich und unvermittelt eine Art unerklärlichen Aufruhrs, eine erschreckende Verwirrung der ganzen riesenhaften, schwarzen, langgestreckten Körpermasse, die von unten und seitlich gigantische Mengen gischtender Spritzer aufschlug. Auch in diesem Fall hatten die Feren damit zu tun, auch wenn es sich hierbei um tote Feren handelte, denn da er bei seinem Aufruhr ein paar in die Luft geschleudert hatte, und das sahen sie sehr wohl, verstand man, dass einige Kadaver der Heimischen, die ebenfalls an die Linie gesogen worden waren, gegen ihn geschleudert wurden. Er musste sie ganz sicher für lebendige gehalten haben, denn er stürzte sich mit seiner mächtigen Fluke auf sie, und als er gleichzeitig sein brennofengroßes Maul im Wasser aufriss, machte er sich daran, seine Zahnkeile blindlings in Meer und Kadaver einzuschlagen und sie zu zerreißen. Er veranstaltete zuerst ein solches Gemetzel unter den Kadavern, als wären sie noch lebendig, und dann, unter erschreckendem Prusten, machte er sich daran, große Mengen von zerfleischtem, blutschäumendem Meerwasser zu verschlucken, das aber auf der Stelle wieder hervorsprudelte. Unter Wasser bewegte er indessen zum Schrecken aller die Fluke wie eine mächtige Schaufel, die das Meer ringsum zermahlte und es vor Wut in Schaumwolken zerstäubte, und von weitem sah es beinahe so aus, wie wenn diese der Schaum aus seinem Maul wären, der Geifer seines fürchterlichen, machtvollmachtlosen Zorns. Unter den gewaltigen Flukenschlägen schäumte das Blut der Kadaver um ihn herum, eingeschlagen und vermischt mit Salzwasser, und es blubberte und schwappte in den ausgefransten Höhlungen auf der linken Seite, während die Teile der zerfleischten Kadaver, Rümpfe, Viertelseiten, Köpfe, Fluken und Flipperhändchen durch die Luft flogen und neben ihm inmitten rötlicher Gischten herabfielen.

Ohne auch nur eine Einzelheit zu verpassen, ohne jemals den Blick von dem Tiergiganten zu wenden, warteten die Feren, die noch lebenden, die noch lebenden Kadaver, dass sein Zorn sich legte, und hielten Abstand. Auch nachher, als er oberhalb und unterhalb sich hinüber und herüber bewegte, Skylla-Charybdis-Skylla, entlang der vier Meilen der Linie, auch da folgten sie ihm immer aus der Entfernung, alle aufmerksam und gespannt, und wenn man wusste, welchen Ekel, welchen Schrecken sie davor haben, konnte einem der Gedanke kommen, sie würden darauf warten, dass er sich das Blut dieser Kadaver, ihrer Blutsverwandten, abwusch, das seinen riesenhaften Rücken in großen, aus der Ferne deutlich erkennbaren Schlieren rot auf schwarz bedeckte.

Der Orcaferon entkam am Ende dem Sog, taumelte ein wenig, und ohne sich weit von der Linie zu entfernen, verharrte er dort, aufs Äußerste verwirrt, zwischen den Zickzacks der Abfälle und der Bastardellen der Strömung, wie wenn er sich orientieren wollte. Die Feren zählten dann ihr Schingschangschong aus und beschlossen dann, dass dies der Augenblick und der Ort war, um ihn zu entfluken. Der Großteil, bei dem sich die Heimischen mit den Afrikanischen inzwischen vermischt hatten, hielt sich heraus, alle hochgespannt und still. Ein Teil der Herde nahm dann vor dem Tiergiganten Aufstellung und ein zahlenmäßig größerer Teil hinter ihm. Die vordere Herde tat nichts, um sich vor dem Orcaferon zu verbergen, im Gegenteil, sie verhielten sich so, dass sie seine Aufmerksamkeit auf sich zogen. Die hintere Herde dagegen hielt sich still und geduckt im Wasser, ohne sich zu rühren, nur ihre Schnabelmäuler schauten heraus.

Die Pellisquadre sahen sich an und zeigten mit verzogenem Mund ihre Überraschung, denn wenn auch mindestens eine bis eineinhalb Meilen zwischen dem Sporn und diesem Punkt im Meer lagen, mussten sie den Feren ganz sicher nicht ins Auge blicken, um zu verstehen, was sie gleich, in wenigen Augenblicken, durchführen wollten. Den Pellisquadre genügte die Bewegung, um sich klar darüber zu werden, dass dies der retardierende Augenblick war, in dem eines der niederträchtigsten und abscheulichsten Seestücke vorbereitet wurde, eine der Szenen, die ihre Spezialität sind, wie alle Szenen, die die Genialität ihres Verstands gepaart mit barbarischster Schurkenhaftigkeit zur Grundlage haben. Mit dem einen Unterschied allerdings: dass alle schon von Feren entflosste Schwertfische und Blauhaie gesehen haben, doch einen entflukten Orcaferon, den zu sehen hätten sie sich niemals träumen lassen, und noch viel weniger hätten sie sich träumen lassen, ihn sogar eines Tages entfluken zu sehen, vorausgesetzt, sie würden ihn an diesem Tag entfluken. Doch wenn die sich dort in Stellung brachten, entflukten sie ihn auch, darauf konnte man seinen Kopf verwetten, sie waren nicht der Schlag, der etwas ersinnt, und dann für das Gelingen dem Schicksal vertraut, nein, sie waren von dem Schlag, der auch noch das Gewicht eines Haares berechnet, sei es, um jedes Risiko auszuschließen, sei es, um auf Nummer Sicher zu gehen, etwas, das im Allgemeinen immer zusammengehört, denn wenn eines davon fehlt, fehlt auch das andere.

Der Einzige am Sporn, der in keiner Weise etwas über die Vorgänge mitbekommen hatte, war Signor Cama, der an der Art, wie die Pellisquadre mit gerunzelter Stirn in die Ferne starrten, merkte, dass irgendetwas Neues und nie Gesehenes sich ereignen würde, doch er konnte sich nicht orientieren, mit anderen Worten: sein Blick reichte nicht aus, um das zu sehen, was die Pellisquadre noch sehr verschleiert sehen konnten.

»Was ist denn da los?«, entschloss er sich endlich zu fragen. »Kann mich einer mal aufklären?«

»Wenn man das, was da passiert, mit Worten erklären soll, kann man sich das aufgrund der Worte gar nicht vorstellen«, antwortete Luigi Orioles höchstpersönlich. »Sobald Ihrs seht, werdet Ihr sofort zustimmen, dass man sich aufgrund der Worte keine Vorstellung machen kann. In wenigen Augenblicken seht Ihrs mit Euren Augen, sofern Ihrs aushaltet und Euer Magen sich nicht umstülpt.«

»Was Ihr da sagt, bezieht sich das auf die Feren, dies der Orca jetzt zeigen?«

»Ja, genau, die Feren gegen die Orca.«

»Die Feren gegen die Orca? Haben sie etwa ihre Rollen vertauscht?«

»Ich habs Euch ja gesagt, dass man sich den Worten nach keine Vorstellung machen kann.«

Die vordere Herde fing an, mit den Flipperhändchen Schaum aufzuschlagen, vielleicht um ihn zu verwirren und ihn dazu zu bringen, sich auf die falsche Absicht zu konzentrieren. Sobald die hinten in Stellung gebrachten merkten, dass die Gefährtinnen ihn zudröhnten, stürzten sie sich auf seine Fluke und brachten sich an der Stelle in Position, die durchgesägt werden sollte, fast am Ende, sie gingen mit ihrer Zahnsäge auf ihn los, wie wenn sie sich mit den Schnabelfedern an sie hängen würden, jeweils zu zweit, eine auf dieser, eine auf der anderen Seite, sich aufeinander zubewegend, die eine zur anderen, und mit einer derartigen Geschwindigkeit, dass sie vom Sporn aus ihre verschwommenen zittrigen Umrisse sahen, wie wenn sie, von elektrischen Ladungen getroffen, von ihrer Schnabelmaulspitze bis zum Halbmond ihrer Fluke beben würden.

Es brauchte eine ganze Weile, bevor der Orcaferon an Haut, Fett, Schwielen und Knochen etwas merkte. Eine Zeitlang arbeiteten die Sägeschnäbel hektisch und unaufhörlich, unten, am hinteren Viertel, wo der Koloss sich ausfranste, während sie ihn bissen und zermalmten, wie wenn die Fluke kein Teil des Giganten wäre, und so war es fast, ja fast, als würden die Feren die Spitze einer kleinen Vulkaninsel zwischen ihren Zähnen in kleine Brocken zersplittern. Kurz und gut, so wie sie sie gepackt hatten, hatte man den Eindruck, dass Stunden vergehen würden, bevor das Tier da unten einen kleinen Kitzel spürte.

Doch es verging keine Stunde, und es war wohl in dem Augenblick, in dem die wie mit Stacheldraht bezahnten Schnabelmäuler mit den letzten Wirbelscheiben des langen, riesigen Rückgrats in Berührung kamen, dass eine dumpfe, peinigende Erschütterung den Tiergiganten in dem höhlenartigen Labyrinth seines Gehirns benommen machte. Er kreiste dann um seine riesenhafte Körpermasse, wie wenn er sich mit dem vorderen Viertel zum hinteren Viertel krümmen wollte, und das unter einem heftigen Ruck und dem Aufschlagen von Wellen, und in diesem tobenden Meer, inmitten all dieser blauen Dunstigkeit und all dieser schäumenden Spritzer, die sich in hohen Säulen in der Luft zerstäubten, erkannten sie seinen kolossalen Umriss mit dem axtgleichen Schreckensprofil der Finne. Der Orcaferon erhob sich zuerst weit hinauf, wie wenn er sich mit dem Vorderviertel aufbäumen wollte, und tauchte dann kopfüber ein. Gleichzeitig bewegte er seebebengleich die Fluke, und zerschmetterte weit draußen, so weit man sehen konnte, die Feren, die sich dorthin verirrten, so dass um ihn und seine Raserei herum ein Strudel entstand, und die Feren überstürzt vor dem wirbelnden Tiergiganten flohen.

Der Orcaferon war da wie abgedriftet in seine Sturzwellen geworfen. Er wirkte bereits wie seine Karkasse, eine gigantische Masse toten Fleischs, doch der Blutstrahl, der aus seiner Fluke schoss, ein lebhaftes Gequill wie aus offenen Adern, sagte auf der einen Seite, dass es, weil er seine Fluke ja noch hatte, nur dem Schein nach eine Masse toten Fleisches war, auf der anderen Seite aber sagte er, dass es, weil er seine Fluke in der Tat noch hatte, wenn auch inzwischen schwer beschädigt, bereits die Substanz von massenweise totem Fleisch war.

Das war nur der erste Angriff, den die Feren auf die Fluke des Orcaferons führten, und diese ersten Schäden, die sie seiner Fluke zufügten, waren so, als würde man sagen, es wären die ersten Schäden gewesen, die sie seinem Leben und sogar, sofern es sie wirklich gegeben hätte, seiner Unsterblichkeit zufügten, denn er lebte ja mit der Kielschaufel des Steuerruders und gab den Tod, ja, er konnte sogar als Unsterblicher gelten, doch ohne Steuerruder war nicht nur seine Unsterblichkeit nicht vorstellbar, sondern gab er auch keinen Tod mehr, noch lebte er, er lebte nicht einmal für die Gesamtzahl aller Tage, die für ihn vorgesehen waren. Er starb, er starb, sobald er entflukt war, und wenn er nicht auf der Stelle starb, was eindeutig vorhersehbar war, würde es gut sein, wenn er sich daran erinnerte, dass es sein Beruf war, den Tod zu geben, und wenn er den Weg und den Atem dazu hätte, sollte er schnell machen und sich den Tod geben, denn wenn sein Tod zögerte zu kommen, würde sie, die Orca, sofern es ihr zu ihrem Unheil widerfahren sollte, auch nur einen Augenblick länger nach ihrem Entfluken zu leben, die Stunde und den Augenblick ihrer Geburt verfluchen, und für einen schnellen, unverzüglichen Tod würde sie, die Orca, alle Unsterblichkeit, deren sie sich zu Recht oder zu Unrecht rühmte, hergeben. Aus diesem Grund musste sie, wenn sie am Ende entflukt werden sollte, sich wünschen, dass ihre Unsterblichkeit nur ein Gerücht wäre, denn entflukt zu werden und unsterblich zu sein war das Schlimmste, was ihr widerfahren konnte.

Dem Dahintreiben überlassen, halb eingetaucht und von seinem Blut umgeben, wie wenn er sich die Kuhle in der toten Strömung graben würde, war das einzige Lebenszeichen des Orcaferons das unvermittelte Ausprusten, das er gegen das rot schäumende Wasser seines Bluts tat.

Für den Fall, dass er es gekonnt hätte, gaben die Feren ihm auch nicht die geringste Zeit, sich zu erholen. Wieder stürzten sie sich auf seine Fluke, und dieses Mal in großer Zahl und ohne darauf zu achten, ihn erst benommen zu machen und zu verwirren, denn sie, diese Fallstrickstellerinnen, wussten nur zu gut, dass ihn mit dieser Fluke, die mittlerweile gewissermaßen nur noch Zierrat war, nichts mehr benommen machen und verwirren konnte.

Zuerst, als wäre er inzwischen taub für alles andere, drückte sich der Orcaferon ganz ins Wasser, so dass dieses gegen seine Flanken und auf seinen Rücken spülte und dabei in den Rissen gischtete und gluckerte und von seiner finsteren, langgezogenen Oberfläche herunterschlierte. Und nach unten gedrückt, schien er zu sagen: Los, gebt mir den Rest, meine Stunde hat geschlagen.

Und diese Bezahnten, diese Rosendornsägen stürzten sich in kleinen Herden rasch und dicht geschlossen auf die Fluke, tauchten schnell ein und wieder auf, zogen Grimassen mit ihren Zahnreihen, die zuerst weiß, nachher aber blutig waren, in einer so schnellen, hartnäckigen, wirbelnden Abfolge von Kommen und Gehen, die den Augen wehtat. Der Schnelligkeit nach, mit der sie sich den Wechsel beim Loslassen und Zubeißen ihrer Sägeschnäbel an den beiden Vertiefungen in der Fluke des Orcaferons gaben, hätte man meinen sollen, dass sie ihre Beute nie losließen, dass sie es vielmehr wie ein Sägeblatt machten, dass, wenn es einen kurzen Augenblick seine Zahnreihe herauszieht, dies nur deshalb gemacht wird, um sich erneut und noch unnachgiebiger in die Beute zu verbeißen. Ja, für den Orcaferon musste es nicht viel anders gewesen sein als so.

Sie folgten so präzis aufeinander mit ihrem Gehen und Kommen, dass sie niemals Raum ließen, die Fluke zu sehen und zu sehen, an welchem Punkt sie waren. Sie stellten sich aber vor, dass sie an einem guten Punkt sein mussten, als sie sahen, dass sie tauchten, um ihn von unten anzugreifen, denn das bedeutete, dass sie sich nun daranmachten, den Teil zu zersägen, der sich unter Wasser befand, und so den bereits angesägten Teil zu vervollständigen, der aus dem Wasser ragte, was beinahe das gleiche unfehlbare System war, das sie bei der Palamitara anwandten, wenn sie außerhalb des Netzes den Pelamiden oder den Kleinthun oder den Langflössler oder den Schwertfisch oder was immer sonst sich mit dem Kopf in die Maschen gebohrt hatte, köpften, und dann drangen sie ins Netz ein, um ihr Werk zu Ende zu bringen und sich den kopflosen Körper zu schnappen.

Und der Orcaferon, diese zerstörerische Macht, der sie nicht bündelweise unter den Keilen aus felsigem Zahnschmelz in Stücke riss, der in dem Meer dort kein Seebeben mit seinem Zorn auslöste, der nicht einmal ein Schaumross hochpeitschte, um auch nur ein einziges Zeichen von Aufruhr zu geben, der Orcaferon, der in gar keiner Weise gegen diese peinigenden Flöhe wütete, stieß keine Klagen aus, nicht einmal ein Au, auch wenn sie ganz sicher nicht erwarten konnten, dass diese böseste und vernichtendste Naturmacht Klagen von sich gab und Auau rief wie irgend so ein Quilibet oder wie eine Fere, ja, genau die, die von Klagen und Auau, die mal echt, mal verstellt waren, einen solchen Gebrauch und Missbrauch trieb wie außer ihr kein anderes Lebewesen, weder im Meer noch an Land.

Als sie ihn von unten angriffen, konnten sie vom Sporn aus das hintere Viertel erkennen, und da verstand man, dass der Tiergigant, sofern er litt, nicht unmittelbar litt.

Dort erschien das Meer an der Oberfläche jetzt wie aufgewühlt. Rings um die gigantische schwarze Wölbung beobachteten sie ein leises, verhaltenes Schäumen von wirbelnden Mündern, ein Durcheinander stürmisch zusammengepresster Wellen, etwas zwischen dem alten Meer und dem Meer, das sich zur Stärke acht aufbaute, denn der Orcaferon drehte die große Fluke um, die unter dem Biss der stählernen Mäuler zerrissen wurde, und zertrümmerte das Meer unter ihr in dieser aufbrausenden, dieser machtlosen Weise. Da schien auch das Meer sich umzudrehen, auch es drehte sich mit seiner Fluke unter der ungeheuerlichen Fluke des Tiergiganten um, in einer einzigen, schreckenverbreitenden Zertrümmerung bebender Wellen. Bei diesem Anblick kam einem der Gedanke, dass seit der ganzen unvordenklichen Zeit, die er sie dort fest und flach aufliegen hatte, Meer und Orcaferonenfluke sich endlich in Bewegung gesetzt hätten, so wie ganz sicher auch Meer und Ferenfluke, die andere einzig existierende Fluke, was nicht vergessen werden sollte, in Bewegung geraten waren. Und es kam auch der Gedanke auf, dass das Meer beim Eindringen in den Körper des Orcaferons in der Fluke eine Ringspirale hervorbringen würde und ebenso eine Wellenspirale, die, wenn sie mit den Knochenringen eins werden, die Wirbel der Fluke unausgesetzt mit Strom auf- und entladen, was möglicherweise der Grund dafür war, dass die Orca eine so hohe Geschwindigkeit beim Schwimmen entwickeln konnte, die größer war als die der Sonne.

Er krümmte sich. Mit seinen Tonnen und Abertonnen von Fleisch und Fett und Knochen und Schwarten, die er über fünfzehn Metern Länge Meer und über mindestens fünf Metern Tiefe angesammelt hatte, krümmte er sich, einzig das. Tatsache war jedoch, dass seine Angreifer ihm mehr nicht erlaubten, sie nahmen ihn in die Zange, sie zerrissen und entfaserten ihn mit ihren Zähnchen, festgeheftet mit ihren Zangen- und Sägeschnäbeln an seinem mächtigen Steuermuskel, zu fünft und fünft jeweils, jetzt, wo der Riss ihnen Raum ließ, beschwerten sie ihn mit einem Gewicht, das für ihn immer unerträglicher und schneidender werden musste, so wie er das Rad der Verstümmelung kreisen und sich zur Mitte der Wirbel vorbeißen fühlte, das heißt nach und nach, wie er fühlte, dass er sich von diesem Ende, das für ihn der Anfang von allem war, loslöste, diese Spitze in Form eines Halbmonds, seines kostbaren Monds, der ihm einverleibt war als Schraube und Steuerruder, der ihn vorwärtstrieb und ihm durch Meere und Ozeane folgte, durch finstere trübe Dünste auch unter den leuchtendsten Monden und den strahlendsten Sonnen.

Mehr als sich krümmen konnte er indessen nicht, doch tat er noch mehr, und was er tat, verblüffte beim Zusehen dermaßen, dass die Pellisquadre auf dem Sporn flüsterten: Gottesmacht, Christenschreck, und sie fühlten, wie sie blass wurden.

Und das Verblüffende war: Als sie nicht erwarteten, vom Orcaferon noch anderes zu sehen, auch keine Krümmungen und Windungen mehr, zu sehen, wie Fere auf Fere mit dem Hintern in die Luft schoss, unter schäumenden, stürmischen Überschlägen, und zu sehen, dass der Orcaferon gegen die Heimischen und die Afrikanischen das sichelförmige Ende in Bewegung setzte, das mittlerweile vom riesenhaften Rumpf herunterhing wie das große Blatt einer Riesenpalme, das einen Augenblick zuvor noch von ein paar Fasern gehalten wurde und einen Augenblick später bereits herunterbrach. Mit anderen Worten, er setzte die Spitze der Fluke in Bewegung, die praktisch schon von ihm abgekörpert war. Wie hätte nun der furchterregende Tiergigant diesen langen, dicken kupferroten Rumpf wirbelnd in Gang setzen können, wenn nicht diese Fasern von Fleisch und Sehnen, die noch zwischen der Spitze und dem Rumpf verliefen, von ihm ein letztes Mal und wie durch Magnetismus Stöße von einer solchen Kraft und Vitalität empfingen, die den deutlichen Eindruck eines Naturschauspiels machten, das absolut nicht von dieser Welt sein konnte?

Als die Verblüffung vorüber war, riss der Halbmond vom Rumpf ab, während er ihn noch schüttelte, und flog durch die Luft nach hinten und beschrieb dabei über dem schwarzen Rücken eine blutschäumende Parabel. Vom Heck flog sie weit zum Bug vor und verschwand auf der anderen Seite der gischtenden Aufblähung der Linie im Jonischen. Es wirkte so, wie wenn er aus eigenem Antrieb sein Leben fortschleuderte, seine Schiffsschraube, sein Steuerruder, als hätten die Feren mit dem entsetzlichen Ereignis nichts zu tun, dass er nun entflukt war, dass er nun ein gigantisches, schwarzes, armseliges, angedriftetes Wrack war, das alles war, was jetzt noch von ihm blieb, die Überreste der, die einmal die orcinuse Orca war, des Tiers aus der anderen Welt, das hinauszog, hinauszog und allen in allen Meeren den Tod gab, wohingegen er als unsterblich galt.

Doch bevor ihm das alles in diesem Aufruhr von Gischt und Blut und den darin herumschießenden Feren bewusst wurde, prustete der Tiergigant wie eine Wasserhose und spritzte das halbe Meer in die Luft, dann hob er das vordere Viertel, und inmitten der überfluteten Wogen sah man, dass er zwischen seinen Keilen im Maul eine Fere hielt, zermalmt, im Nacken, wenn nicht gar an der Hirnschale, eine der afrikanischen, die, waghalsiger oder unglücklicher als die anderen, sich ihm so gefährlich genähert hatte, und während er sie aus dem Wasser zog und sie aufhörte zu zappeln und völlig erstarrte und die Flipperhändchen wie ein Frosch öffnete, sah man, dass er sie weit hinausspuckte und verstreute.

Gleich darauf schien der Tiergigant zu rutschen und sich in sein Meer zu drücken. So fand er sich da, fast völlig überschwemmt, zwischen Sturzwellen und Gischten, die nach und nach um seinen Körper ruhiger wurden, er fand sich da, wie wenn er die kribbelnde Leere der entsetzlichen Verwundung erfühlen wollte, aus der das Blut weiter hervorsprudelte und in feuerähnlichen Flecken um ihn herumschäumte. Wenn das Salzwasser dieses Blut zum Stocken gebracht hätte, das noch immer den Stumpf rot färbte, dann würde der Orcaferon endgültig begriffen haben, dass er entflukt war und dass er, wenn es nicht Strömungen und Winde gab, die ihn trieben, sich mit seinen natürlichen Mitteln nie wieder aus dem Meer fortbewegen würde, wo die Feren ihn für alle Ewigkeit in die Untiefe geworfen hatten. Dort hätte er für eine Zeit, deren Dauer man unmöglich bestimmen konnte, noch als Lebender zugebracht, eine Karkasse als Spielball der Wellen, in ihrem Meer verschlammt und verdreckt, nicht anders, als hätte man die Krater der aufgerissenen Flanke, die Öffnungen des Atemlochs mit Blei ausgegossen, nicht um ihn untergehen zu lassen, sondern vielmehr um ihn am Schwimmen zu hindern und sich einzukuhlen.

»Er ist am Ende, ganz und gar kaputt. Wie ich ist er zugerichtet. Sie haben ihn in den Korb gesteckt«, sagte bei dem schrecklichen Anblick Don Mimì Nastasi im Korb, aus dem er mit seinem Oberkörper ragte, er hatte seine Beinstümpfe unter sich zusammengelegt, auch er entflukt.

Nun blieb nur noch zu sehen, wie der Unsterbliche starb. Vielleicht würde es eine lange Sache werden, doch würde sie für den Orcaferon wesentlich länger dauern, sie hinter sich zu bringen, denn ob Sterblicher oder Unsterblicher, jetzt lag sein Sterben nicht mehr in seiner Macht.

Indessen wanderte die Sonne vom Aspromonte zum Himmel über dem Meer. Vier Stunden waren vergangen, die Strömung änderte ihre Richtung, die aufsteigende setzte wieder ein, verwickelte sich schwindelerregend schnell in alle Richtungen, versetzte das Tyrrhenische in Aufruhr, und zwischen viel Durcheinander und Verwirrung rührte sie das Meer auf, in dem sich der kadavernde Tiergigant befand, und wenngleich es ihr auch nicht gelang, ihn mitzureißen, so gelang es ihr doch, ihn zu bewegen und dass er sich langsam um die eigene Achse zu drehen begann, in einer Art unkalkulierbarer, beinahe nicht wahrnehmbarer Abdrift. Abfälle und Wasserwirbel zwickten ihn hier und da ringsum oder gurgelten strudelnd unter ihm her und erzeugten diese Sturzwellen, ohne ihn aber auch nur eine Handbreit von der Hauptströmung zu entfernen, die angesichts dieses riesigen, sperrigen Relikts sich wie vor einer gewaltigen Wasserscheide gischend zu stauen schien.

Nach etwa einer Stunde hatte die Strömung ihn unter dem Ziehen der Bastardellen und den Bissen der Abfälle gerade einmal zu einer Kehrtwende gebracht, wobei der Tiergigant sich auf seiner Nabe drehte, immer dort, an der gleichen Stelle, im Meer seines Unheils, fast genau in der Mitte der Hauptströmung, zwei Meilen von hier entfernt, zwei Meilen von dort, in Höhe des Landstrichs der Feminoten und Casablanca. Nach dieser Kehrtwende jedoch konnten sie ihn vom Sporn aus sehr gut erkennen, mit seinem Flukenstumpf, der ekelhaft und schauerlich aussah, und das gesamte schamlos zerteilte und verstümmelte Hinterviertel.

Was sie sahen, war entsetzlich und lächerlich, doch gleichzeitig auch erschütternd. Der Verlust der Fluke, etwas, woran man vorher niemals gedacht hätte, demütigte ihn auf niederträchtigste Weise vor dem Blick, es ließ ihn, was man nicht glauben sollte, entstellt erscheinen, entstellt auf unwürdigste Art, so entstellt, dass man sich ekeln konnte. Doch wieso, wollte man sich fragen, vorher, mit der Fluke, wie war das denn da? War es da denn nicht auch schon ekelhaft? Richtig, sehr richtig, auch vorher konnte man sich schon ekeln, doch im Vergleich zu dem, wie er jetzt aussah, musste man sagen, dass er vorher, als er noch eine vollständige und unversehrte Fluke hatte, geradezu ein Musterexemplar von Schönheit war, in seiner düsteren Gestalt eines Torpedos, mit seiner schwarzen Anhäufung von langgestrecktem Fleisch, das dahineilte, halb eingetaucht, mit der erschreckenden Finne auf dem Rücken, die aus dem Wasser ragte wie eine symbolhafte Sense oder Axt, fast so, wie wenn sie, wenn die Orca schon allzu nahe und doch noch allzu weit entfernt war, signalisierte, dass dort die Tödin vorbeizog oder vorbeigezogen war, und dass der Gestank von dem großen langen schwarzen Schatten herüberwehte, der unter Wasser schwindelerregend schnell vorbeizog, gleich unterhalb der Welle, und dass dieses Gemetzel, diese Misdea von Fischen, dieses aufgewühlte, zerteilte, blutschäumende Meer etwas war, das dieser große, lange, schwarze, schwindelerregende Schatten hinter sich ließ.

Für die Feren war es wie Balsam, als sie ihr Werk immer und immer wieder betrachteten, das, wie man ganz sachlich anerkennen musste, kein gewöhnliches, kein alltägliches Werk für afrikanische Feren und für heimische Feren von den Meeren zwischen Skylla und Charybdis war, und auch nicht für die aus den Ozeanen.

Eine ganze Weile blieben sie in dieser Gegend und taten nichts anderes, als ihn mit ihren Blicken zu genießen, ihn immer und immer wieder anzusehen, diesen Augenblick ihres zahnbestückten Einfallsreichtums. Danach gingen sie, wie es in der natürlichen Ordnung der Dinge liegt, zur Phase des eigentlichen Vergnügens über, was für den Orcaferon schlimmste Martern bedeutete. Sie begannen damit, ihn zu misshandeln, indem sie ihn als Wasserfahrzeug und Trampolin benutzten. Außerdem, als die Strömung ihn packte und ein paar Meter weit mit sich gezogen hatte, warteten sie zuerst, dass er so schnell wie eben möglich Fahrt aufnahm, dann schwammen und flogen sie um seinen Stumpf herum, stellten sich als Gegengewicht gegen ihn und drifteten ihn ganz nach ihrem Belieben herum, tauchten ihn unter und ließen ihn unter Wasser verschwinden, doch dann ließen sie ihn wieder an die Oberfläche kommen und machten im Schwimmflug ihre Späße vor ihm, und beim Eintauchen und Auftauchen schlugen sie mit Fluken und Flipperhändchen Wasser auf Wasser gegen ihn, um ihn zu überschwemmen und zu demütigen. Der Tiergigant zitterte, schüttelte sich und zuckte immer wieder zusammen, es war schlimm, das zu sehen, und auf der verschwärten Seite schwollen die Krater und Höhlungen zwischen den Rissen an und schwollen wieder ab, gleich den glühenden Mündern eines Vulkans, die immer wieder dampfend auflodern und sich verfinstern, ohne sich aber je auszutoben, indem sie ausbrechen.

Jetzt sinkt er, jetzt sinkt er, dachten die Pellisquadre, während sie ihm zusahen. Jetzt sinkt sein quälender Atem, und mit dem Atem sinkt auch er und kommt nicht wieder hoch. Doch auch wenn sich dem äußeren Anschein nach alles schnell abspielte, blieben sie gleichwohl überzeugt, dass die Sache lange dauern könnte, man musste nur sehen, wie lange. Sie erwarteten, dass der Todeskampf eines Unsterblichen, auch wenn er nur so genannt wurde, lange dauern würde, sehr lange, denn solange er nicht starb, dachten sie, dass der Tiergigant, der ja für einen solchen gehalten wurde, so etwas wie eine Verpflichtung, eine Schuldigkeit vor dem Auge der Gesellschaft hatte, sich wie ein Unsterblicher zu verhalten, und sei es auch nur, um seinem Ruf Ehre zu machen und zu zeigen, dass er ihn nicht vollständig usurpiert hatte.

Ein langer, schwerer Todeskampf. Die ersten Kadaverinteressierten tauchten auf, die Fleischfresser, die, die keinen Unterschied machen zwischen totem und entfluktem Tier, das innen möglicherweise noch lebt, während das Äußere alles auf Tod, Verwesung und Gestank hindeutet, einen Gestank allerdings, der, anders als alle anderen, nicht beim Kopf beginnt, sondern bei der Fluke.

Als Erste nämlich erschienen in diesem Meer ein Schwarm außerordentlich großer Sardinen. Dass es Sardinen waren und so zahlreich, begriffen sie von der Art des Empfangs, den ihnen die Feren bereiteten, die, wie allgemein bekannt, die kleinen Biester besonders gerne mögen, die ihrerseits wie von ihnen angezogen sind und sich ihnen ins Maul werfen.

So ließen die Afrikanischen und die Heimischen, sobald sie auf dieses weiß funkelnde Zucken aufmerksam wurden, das von den Inseln her in die Meere zwischen Skylla und Charybdis drang, einen Augenblick den Orcaferon beiseite und dachten nur daran, sich vollzustopfen. Einige Meilen vor der Linie, zwischen Casablanca und dem Landstrich der Feminoten, bezogen sie Stellung quer zum Meer zwischen Skylla und Charybdis vor dem Fluss der Sardinen, der herunterkam, als wäre alles ein dunkelsilbriges Beben in demselben Meer. Sie stellten sich auf und warteten, sie stellten sich auf, das heißt, sie brachten sich wie Roncevaleserinnen in Stellung: geschützt, mit schnabelmäuligem Verstand, die Schnabelmäuler gewetzt, dichtdicht bezahnt, aufgestellt wie Fallen, wie Sackgassen, aufgestellt eigens zum Roncevalieren, um dort Halt zu gebieten, an diesem Durchlass durchs Meer, wie einem Durchlass zum Tod, dem Durchlass dieser unüberschaubaren Masse von Sardinen: Und diese Sardinenmasse, die dazu bestimmt war, dort vernichtet zu werden, wie wenn der Anblick dieser schurkischen Maganzerinnen, der für diese Kadaverflöhe kein alltäglicher Anblick war, sondern ein Anblick, der sich jedes Mal, so wie jetzt, stürmisch, wahnsinnig, wie der Anblick ihres Vernichtungstodes darstellte, wie ein Rückprall auf sie wirkte, sie hielten inne, als wären sie gelähmt, ein ganzes Meer, das silbrig schimmerte und bebte und einen Spiegel bildete, von oben bis unten, nach Länge und Breite, blieb sekundenlang stehen, und dann, in einem Ausbruch leuchtender Blitze, schossen die Sardinen vor und verschwanden in den Mäulern der Feren, die sie verschlangen, bis ihre Bäuche voll waren und es aussah, als würden die Sardinen, statt hineinzuschwimmen, wieder herausschwimmen.

Der Großteil dieser Sardinenherrlichkeit verschwand oberhalb der Meere zwischen Skylla und Charybdis mit seinem dichten, unendlichen und nicht anzuschauenden Schimmer, doch die, die blieben, waren noch ein riesiges Knäuel eines silbrigen Meeres, sie schwammen unmittelbar auf den Orcaferon zu, sammelten sich längs seiner zerstörten Flanke und umschwärmten seinen Stumpf an der Fluke.

Sie sprangen aus dem Wasser unter der zerfetzten Körpermasse, und mit ihren kleinen Nadelkopfmäulern, Myriaden von Mäulern, die sich vorschoben und zurückwichen, wie wenn sie ein einziges wären, arbeiteten sie wie eine lange Bürste, mit der man Wolle und Rosshaar krempelt, dicht und mit funkelnden Spitzen und scharf geschliffenen Nägeln. Im Nu drangen diese Scharen spitzer, fetzender, gieriger Kleinmäuler allesamt ein, alle auf einmal, wie in einer einzigen Bewegung, die Luft erzitterte, ein Aufblitzen an der gesamten verschwärten Flanke des Orcaferons und um das große rote Rad seiner Wunde, und ungebremst stürzten sich die Sardinen mit ihren grätigen Zähnchen auf die noch blutenden Fetzen der abgetrennten Fluke, auf die blass rosafarben klaffenden Stellen der Schwäre und auf die Schnitte, Vertiefungen und Furchen dieses ganzen blassweißen, verwesten, aufgeweichten Fleischs. Bald war da nur noch ein kaltes, schimmerndes Gewimmel, das den Tiergiganten biss und kleine Fleischbrocken aus ihm herausriss, wirbelnd weiterzog, eindrang, sich in die Krater seines toten Fleischs versenkte, in die Risse seiner Verwundung, und das war für sie, wie weit auch immer sie entfernt gewesen sein mochten, ein so hell leuchtender und so tobender, ein so verschlingender und so zerstörerischer Anblick, von einem so gewaltigen und erbärmlichen Sinn von Schicksalhaftigkeit, die sich da erfüllte, dass er gleichzeitig Ekel hervorrief und das Blut in den Adern stocken ließ. Es kam einem der Gedanke, dass man vielleicht auch die Sardinen dem Erfindungsreichtum der Feren verdankte, deren dornenförmigen Gedanken, wieso denn nicht? Es war doch durchaus möglich, dass sie sie herbeigepfiffen hatten, und diese Miststücke waren, auch wenn sie sich bei den Inseln befanden, auf der Stelle mit geschlossenen Augen hergestürzt, dafür haben sie einen Weg und zwei Dienste gemacht, genauer gesagt drei, zwei für die Feren und einen für sich. Wieso denn nicht? Sie, die Niederträchtigen, schickten die Sardinen zu ihm zurück, damit sie ihn bei lebendigem Leib auffraßen. Das würde ein langes, sehr langes Sterben für den Orcaferon werden, das schlimmste Sterben, das ihm widerfahren konnte, mit diesem Dreck von Meer, das sich über Kadaver und Aas ergießt, das schlimmste, weil der Tiergigant noch nicht vollständig zum Kadaver geworden war.

Da machten die Feren es so, diese Quälerinnen mit der exzentrischen, barbarischen Mentalität, dass, wenn sie ihn nicht marterten, sie ihn den Sardinen überließen, die den Orcaferon angriffen und losließen, wie wenn die Feren sie stillschweigend geschickt hätten.

Unten fuchtelte er möglicherweise mit seinen Brustflippern herum und erzeugte Gischt, ohne jemals aufs offene Meer zu gelangen, wie einer, der im Schwimmen unerfahren ist, oder vielleicht röchelte er auch nur, wie vielleicht der mit der Spitzhacke beschlagene Felsen oder das Meer im Wind oder der Wind über dem Meer, er röchelte unten vielleicht mit pfeifendem Atem wie Feuer, das im Wasser erstickt, denn das Meer vor ihm brodelte weit und breit mit Schaumbläschen. Und weil er mit dem vorderen Viertel eingetaucht war, schoss er durch die Öffnungen des Atemlochs hinter dem Nacken gelegentlich einen Wasserstrahl heraus, doch ohne besondere Kraft, wie man sah. Wenn dies nun auch kein Zeichen mehr von kraftvollem Leben war, so war es immerhin ein Zeichen dafür, dass er sich noch am Leben hielt.

Ungefähr gegen Mittag, und das waren mittlerweile Stunden über Stunden, vielleicht waren es auch Tage, Monate, Jahre oder Jahrhunderte, dass er sich wenigstens dem Anschein nach bewegte, von den einen betrogen, von den anderen zerfressen, ohne je zu gerinnen, fing der Orcaferon, von der Sonne erhitzt, lebendig an zu stinken, mit dem unerträglichen Gestank eines vollständig veraasten Körpers. Hoch in der Luft wirkte es wie sein üblicher Gestank von alters her, wie die alten Pestgerüche seiner verschwärten Flanke: jetzt allerdings, wo er noch lebte, war er endgültig auf dem Weg der Veraasung als Toter, und der Pestgestank gab ihm zwangsläufig etwas Verwildertes im Vergleich, jetzt war es, als hätte er vorher nur symbolisch gestunken.

Die Feren jedoch, ob Gestank oder Geruch, spielten weiter mit ihm herum wie mit einer Riesenpuppe und ließen nicht erkennen, dass es ihnen Langeweile bereitete oder sie es leid wären, wie es sonst bei ihnen war, auch mit diesem Zeitvertreib, den sie, so wie er sie verhexte, zunächst als den reichhaltigsten und abwechslungsreichsten Zeitvertreib hinzunehmen schienen, den sie sich je ausgedacht hatten, dann aber, nachdem der erste Augenblick des Neuen und Flausenhaften verflogen war, zogen sie alle vergnügt und heiter im Schwimmflug von ihm weg zu neuen Späßen. Doch bei dem Orcaferon musste auch ihre Eitelkeit mit im Spiel sein, denn hatten sie jemals eine solche Trophäe in ihren Händen gehalten? Hatten sie jemals ein so gigantisches Unternehmen wie das hier ersonnen, das wirklich einer anderen Dimension angehörte, nämlich der Tödin den Tod zu geben?

Sie blieben nicht dauernd dort vorne, sondern führten ihn herum, oben, unten, mit großer Pomponade, und, um ihn zu bewegen, wanden sie sich langsam, aber sicher zum Strömungsbett der üppigeren und stärker tragenden Bastardellen vor, und während es anderenfalls Spille und Wille gebraucht hätte, um ihn zu bewegen, konnten sie ihn so aufs Wasser schicken, von einem Bastardell zum nächsten, als wäre er der maurische Riese Grifone, um die Augustmitte, hoch zu Ross auf seinem Pferd aus Papiermaché, mit Rädern unter seinen Hufen. Auf diese Weise konnten sie ihn durch einen einfachen Schubs mit ihren Flipperhändchen in die eine oder in die andere Richtung spazieren fahren, mal nach Spadafòra und mal nach Punta Cavallo, mal nach Casablanca und mal nach Cannitello, ganz nach Laune der Bastardellen und ihrer eigenen.

Wenn man den Orcaferon in diesen Martern sah, stellten sich Bauchkrämpfe ein, und bei dem einen und anderen, o ja, auch wenn sie sie in sich verborgen hielten, stellten sich sogar Herzkrämpfe ein. Er litt wegen der Fluke, doch ohne die Fluke, und das war das Schreckliche für ihn, konnte er nicht einmal zeigen, dass er litt. Er war machtlos, und weil er es im Angesicht der Feren war, war es sogar unmöglich sich vorzustellen, dass er es noch mehr sein konnte. Doch er war es noch mehr, er war es noch viel schlimmer, wenn auf der gesamten Länge der aufgerissenen linken Seite und am blutenden Riss der Fluke die Sardinen herumschwärmten und ihn bei lebendigem Leib auffraßen.

Und ungefähr zur selben Zeit, gleichzeitig mit dem Ausdünsten des ersten wirklichen Verwesungsgestanks, als die Feren ihm eine schöne Spülung verpassten, so wie wenn sie das einzige Ziel hätten, ihn zu vertreiben, hatten die Feren einen weiteren genialen Einfall.

Sobald die absteigende Strömung einsetzte, arbeiteten sie mit den Bastardellen, bis sie schließlich auf den Orcaferon dort stießen, der dicht an den Rand der Linie zwischen den beiden Meeren getrieben wurde, genau dorthin, wo sie ihn haben wollten, und gleich darauf versammelten sie sich dort mit großer Pomponade von überall her, flogen und schwammen dicht beieinander durch den Aufruhr der Gischten, die die Linie um den Orcaferon herum auftürmte, der auf diese Weise vollkommen vor dem Blick verschwand. Erst als diese Theatrantischen sich von der Linie entfernten und damit dieses Meeresstück leerten und sich weiter zurückzogen, wie wenn sie diesen Anblick genießen wollten, erst da und erst, nachdem sie die Umgebungen mit den Augen abgemessen hatten, konnten sie vom Land aus beobachten, dass diese hinterhältigen Großkopfertbestien den Tiergiganten tatsächlich in die Linie hineingesackt hatten, nicht mehr und nicht weniger als da hinein, in diese Art von natürlichem Tunnel oder Gang, von wirbelnder Leere, die in ihrem großen, aufgerührten Schaumkreis zwischen Charybdis und Skylla herläuft, über die gesamte Breite der beiden Meere und das Jonische vom Tyrrhenischen trennt, ohne sie jedoch zu teilen: Denn dort, auf der gesamten Linie der beiden Meere, stoßen Welle auf Welle, Schaumrösser gegen Schaumrösser, die sich aufbäumen und dabei zwischen ihren gischtenden Wogen mit gewaltigen Bruststößen krachend aufeinanderprallen.

Die riesenhafte Körpermasse des Orcaferons wurde in diesen unermesslichen wirbelnden Kanal gesogen und trat über dem Schaum hervor, er glitt darin hin wie ein Güterwaggon auf Schienen, und wenn nicht etwas geschah, bestand die Gefahr, dass er für alle Ewigkeit dieses Hin und Her mitmachen musste, ohne zu leben noch zu sterben, bald stürmisch, bald gebremst, mal oben, mal unten, auf der ganzen Länge der Linie im Tunnel der Schaumrösser, was jetzt, wegen des Umstands, dass jetzt dieser entflukte Tiergigant hier war, der unter ihnen herglitt, in der Mitte, vorwärts und rückwärts an der Kampflinie, so schien, als steckte eine genaue Absicht dahinter, genau und unmittelbar, jetzt, bei ihrem Kampf der Hörner, und die Absicht schien ebendie zu sein festzulegen, wer zwischen Jonischem und Tyrrhenischem diesen riesenhaften Leichnam für sich beanspruchen dürfte.

Die Feren hatten ihren Spaß an ihm aus der Nähe, und zwar aus allernächster Nähe, sie flogen in seiner Höhe hin und her und folgten seinen wechselnden Standorten entlang der Linie. Weil die Pellisquadre sie von alters her kannten, kam es ihnen fast vor, als würden sie die Flegeleien ihrer Münder und Hintern hören, die sie an ihn richteten, es kam ihnen fast vor, als würden sie den marternden Spott spüren, mit dem sie ihn überschütteten, vor allem wenn er rückwärts ruderte, in Richtung Kalabrien, und die Feiglinginnen im Schwimmflug durch die Gischten hinter ihm her eilten, dann machten sie von weitem, von außen betrachtet den Eindruck, wie wenn sie ihn bei seiner abgerissenen Fluke ziehen würden, während sie sich aus der Nähe, unterhalb der Gischten, mit großen Flukenschlägen Woge auf Woge auf seinen Stumpf stürzten. Manchmal allerdings wurden sie augenblicklich still, und wie wenn sie es vorausahnen würden, lauschten sie auf das furchtbare Röcheln eines Ertrinkenden, das der Tiergigant aus dem schäumenden Tunnel zu ihnen schickte, wo er begraben war.

Von der Höhe des Sporns sahen sie, wie er, wenn er sich der Insel näherte, in diesem gischtenden Haufen von Wellen auf sie zu glitt wie ein schwarzes, riesenhaftes Relikt. Er schimmerte schwärzlich von unten her zu ihnen herüber und schien längst zu seinem zwischen den Wellen verborgenen Schatten geworden zu sein, der Schatten der toten Orca, dazu verdammt, ewig ihr schreckenverbreitendes Aussehen einer Orcinusen mit sich zu schleppen, und das nicht von Ozean zu Ozean, auch nicht einmal wirklich durchs Meer, sondern durch die Trennlinie zwischen zwei Hauptflüssen, durch diesen wirbelnden Tunnel von Gischten, wo er sich wie außerhalb der meerischen Welt fühlen konnte, in einem Niemandsmeer, in einem Niemandsmeer zwar, doch unter Beleidigungen und Hohn der heimischen und der afrikanischen Feren, genau denen also, die ihr den Arsch aufgerissen hatten.

Nach einer Weile hatte die überbordende Körperfülle des Orcaferons durch das ständige Vor und Zurück die Linie verstopft und durchbrochen, weshalb es da vorne, zur 'Ricchia und zum Sporn hin, wie auch an den Strandabschnitten der Dünen im Tyrrhenischen, angefangen hatte zu wogen. Und es wogte von der Linie her wie durch einen gewaltigen Meereskolben, mit nahem, mit fernem Dröhnen und mit großem schaumspritzigen Überschlagen der Sturzwellen. Von der Körperfülle des Orcaferons war so etwas wie ein wogender Ritt ausgegangen, das ständige Schütteln durch dieses Hin- und Hergeschaukel, tyrrhenische Welle, jonische Welle, jonische Welle, tyrrhenische Welle, am Ende hatte er sie bewegt und in gebrochenen, wilden Sturzwellen übereinandergeschlagen, wodurch eine richtig fröhliche Kutschfahrt durchs Meer zustande kam, von der Art, wie sie die Schiffe hinter sich ließen, wenn sie dort vor ihnen vorbeifuhren. Und die fröhliche Kutschfahrt wurde nach einer Weile Brandung, und die Sturzwellen, die an Land spülten, ließen jedes Mal dicht am Ufer alles Mögliche zurück, Zeug, das wer weiß wann von der Meereslinie angesogen worden und nie mehr zum Vorschein gekommen war: Querverstrebungen von Bootsbäuchen, Munitionskisten, Stämme von Hauptmasten und Segel, Schuhe, Jacken, bunte Stofffetzen, und zwischen diesen vielleicht Fetzen von Schmuckwimpeln und Fahnen, und dann eine gewisse Anzahl von diesen ozeanischen Fischen, klein und lächerlich, die dort zwar lebten, die man aber nie sah, weil sie wie der Orcaferon immer auf der Suche nach dem Ozean in die tiefsten Abgründe gingen; und dann noch, das war zu erwarten, ein paar Ferenkadaver, zwei, drei Heimische, die die Wellen ans Ufer geworfen hatten; zwei, so schien es einen Augenblick lang, waren angelandet worden, doch dann schleifte der Sog sie wieder mit, wie wenn er sie an der Fluke ziehen würde. Sie hatten gerade die Zeit zu sehen, dass sie weder verletzt noch entstellt waren, also waren sie auch nicht durch die Großzähne des Orcaferons gegangen, sondern eines natürlichen Tods gestorben, das heißt durch Prusten, und ihr Tod konnte bereits auf die vergangene Nacht zurückgegangen sein oder auch auf ein Jahr, denn auch wenn sie ein Jahr alte Kadaver waren, hatten die Luftleere und die wirbelnden Spritzer des Salzwassers sie unter Salz gehalten, sie erhalten, sie nahezu auf vollkommene Weise konserviert, weshalb man wirklich denken konnte, sie wären eben erst gestorben.

Doch dieses Wogen außerhalb der Natur, welches der Tiergigant mit seinem Hin- und Herschaukeln zwischen Leben und Tod, zwischen oben und unten, zwischen Skylla und Charybdis, längs der Linie zusammen mit diesem wertlosen Dreck erzeugte, trug auch, Frieden seiner Seele, das fort, was von einem unglückseligen Christenmenschen übrig geblieben war, vielleicht einem Italiener, vielleicht einem Engländer, vielleicht einem Amerikaner. Was für einen Unterschied machte das jetzt noch? Von weitem sah es auf den ersten Blick so aus, dass er sich von selbst zwischen den Wellen an der Oberfläche hielt. Er hob sich und senkte sich mit den Wellen, doch die erfassten ihn nie ganz, so dass er fortgerissen und an Land geschleudert worden wäre, ähnlich einem Schwimmer, dem es in vergleichbarer Notlage gelingt, sich jedes Mal mit den Wellen zu bewegen und nicht gegen sie. Wie auch immer, die Sturzwellen entrollten ihn und rollten ihn über lange Zeit vor und zurück am Beginn des Meers, ohne ihn aber jemals auch nur einen Augenblick am Ufersaum aus ihren Gischten zu entlassen, doch vom Sporn aus sahen sie ihn genau, vielleicht zu genau, und wie die Sardinen und die ganze übrige Meute ihn bearbeitet hatten, senkrecht und waagerecht, nach einem entschlossenen Plan, hätte man meinen sollen, und nie war ein Wort angemessener gebraucht worden, ihn zurückzuführen, wenn schon nicht auf ihre eigenen Proportionen, so doch in jedem Fall auf einen Fisch, und zum Teil, jedenfalls im Großen und Ganzen, hier aus dem Groben hauend, dort aus dem Groben hauend, war ihnen das mit ihren Zähnchen auch wirklich gelungen. So hatten sie ihm in der Tat die Arme gekürzt und gefeilt, womit sie sie ihm als Finnen beschnitten hatten; die Beine, sofern es nicht irgendeine Kanonade oder eine Bombe gewesen war, die sie ihm glatt herausgerissen hatte, sie hatten ihm nur eines gelassen, und an dem hatten sie die Zehen ausgefranst, und zwar so, dass sie sich an der Wasseroberfläche so hin und her bewegten wie die Fransen einer Fluke; und dann hatten sie ihm noch den Schädel zurechtgefressen, hatten ihn viereckig gemacht und abgeflacht, dabei hatten sie die Nase und die Ohren verschwinden lassen, und dort, an beiden Seiten, hatten die Ohrenlöcher jetzt etwas, das den Blindenaugen eines Tiefseefischs glich, und um abzuschließen, hatten sie ihm das Maul geweitet, indem sie es innen so zurechtkieferten, als würden sie es dem Schnabelmaul der Feren nachmodellieren. Vielleicht hatten die Sardinen diese hübsche Arbeit ja alleine gemacht, Sardinen, Sarden, Sardellen, die ganze ekelerregende Sippe, oder vielleicht hatte der Krieg den größten Teil besorgt, und sie hatten nur die Feinarbeit verrichtet, indem sie diesen Unglückseligen mit ihren spitzen Zähnchen bestickten.

Das war das einzige Mal, dass sie den Blick vom Orcaferon abwandten, der in der salinen Dunstigkeit der Linie hinauf- und herunterzog wie ein mit Koks beladener Waggon unter einem mit Rauch gefüllten Tunnel, und für die, deren Augen so gut waren, dass sie sie auf diesen Entstellten heften konnten, der sich bereits im offenen Meer befand und zwischen den Sturzwellen auftauchte und verschwand, und zwischen der bestehenden Entfernung und dem Schaum, der um ihn herum gischtete, nämlich um seine Gestalt und seine blasse Haut, war er so erkennbar, wie es ein Spachtel sein konnte. Doch wer in der Lage war, ihn mit eigenen Augen scharf einzustellen, ließ ihn nicht davonkommen, biss die Zähne zusammen, um ihn im Blickfeld zu behalten, solange es möglich war, bis die aufsteigende Strömung ihn zwickte, ihn in ihre Gewalt zwang und ihn noch weiter draußen verschwimmen ließ.

Das war die einzige Ablenkung, wenn auch keine unterhaltsame, wirklich nicht, eine Ablenkung, die allen teuer zu stehen kam, dem einen mehr, dem anderen weniger, doch keinem, wohl nicht einmal den Pellisquadre, die seit Monaten keine Nachrichten über ihre Söhne in der Ferne, auf dem Meer und auf den Meeren des Krieges hatten, kam diese Ablenkung teurer zu stehen als 'Ndrja, denn die Erinnerung an Pirri konnte keinen mehr kosten, als sie es ihn kostete.

Allein die Tatsache, dass dies hier Erinnerungen wachrufen konnte, allein diese Tatsache rief reichliche Verwirrung in seinem Kopf hervor und brachte ihm viel Betrübnis. Welche Beziehung konnte zwischen dem Anblick dieses kleinen Überrests eines zerfetzten, splitternackten Mannes und dem Anblick von Pirri geben, so wie er sich zuletzt an ihn erinnerte, als er und Crocitto ihn einpackten, ihn einwickelten wie eine Mumie, und zwar seinen ganzen Körper, einwandfrei gekleidet, eingenäht und nochmals eingenäht in Caffè-Harar-Säcke? Auch wenn das Meer, wie man wusste, in der Lage war, nicht nur Stiche mit Zwirnsfäden und Matratzenstopfnadeln aufzulösen, sondern sogar aus Schiffstauen verschlungene Knoten. Doch warum hatte ihn gerade das auf Anhieb wieder an diesen armen Menschen erinnert und ihm nicht die beiden anderen Unglücksmenschen in Erinnerung gerufen, die er dort drüben, in Kalabrien, hatte herausfischen und in Sand betten sehen, wirklich in Sand, in zwei mit der Hand ausgehobenen Vertiefungen, für die Finanzpolizisten, na, warum? Warum musste dieser menschliche Überrest ihn so alarmierend erinnern? Was für einen Grund gab's dafür? Etwa, weil er hierher zurückgekehrt war, jetzt, an die Meere zwischen Skylla und Charybdis, und ihn hier jetzt jedes Ereignis, jeder Mensch, jedes Ding, jeder Anblick und jeder Gedanke bei jedem Anblick war, als würde es ihn persönlich betreffen, wie wenn es ihn bei seinem Vor- und Nachnamen riefe, ihn für verantwortlich hielte, für mitverantwortlich an dem, was geschah? War das der Grund? War es, weil er sich jetzt hier befand, jetzt, und Pirri noch dort war und immer dort sein würde? Was war also der Grund, was?

'Ndrja verfolgte vom Sporn aus zusammen mit den anderen dieses Gemetzel, solange es ging, doch als sie es am Sporn aus den Augen verloren, weil der Orcaferon bei seinem Hin und Her abgedriftet war, und die aufsteigende Strömung ihn jetzt nach oben davontrug, kam er zum Strand herunter, stieg zur 'Ricchia hinauf und konnte dem allen noch lange folgen. Nach einer Weile fand er sich da oben neben Masino, der längst, ob er nun seinen kleinen Neffen auf dem Arm hatte oder nicht, wie sein Schatten geworden war, und gemeinsam waren sie zu Skylla und Charybdis geworden, den Gestalten. Masino war nicht da hinaufgeklettert, um einen ferneren Blick über das Meer zu haben, vielmehr war er da hinaufgestiegen, um ihm ins Gesicht zu sehen, wie er es auch auf dem

Sporn gemacht hatte und wie er es immer gemacht hatte, seit 'Ndrja zurückgekehrt war, und sich neben ihn stellte und ihm ins Gesicht sah, ohne etwas zu sagen. Dieses Mal jedoch hatte er als richtiger Milchbärtiger mit etwas Altem in sich unerwartet zu ihm gesagt:

»Das hat dich an jemand erinnert, wie, 'Ndrja?«

»Hast dus gesehen?«, antwortete er. »Und da meinst du, das da könnte einen an jemand erinnern? Aber hast dus gesehen, hast dus wirklich gesehen?«

An seiner Stimme konnte man erkennen, dass er ein bisschen ungeduldig wurde, weil ihn diese an Kopf und Fluke zum Fisch entstellte Gestalt wirklich an einen erinnerte, einen, der jemand für ihn war, und er verstand nicht, wie er ihn daran erinnern konnte, das heißt, er verstand nicht, was an diesem längst bis zur Unkenntlichkeit zerstörten menschlichen Überrest sein konnte, das in ihm die Vorstellung aufkommen ließ, dass dies ein blonder Mann mit blauen Augen gewesen war, groß von Gestalt, ein Mann, der Grundsätze hatte, was viel Mut verlangte, sie zu haben, und dieser, dieser blonde Mann hatte, auch wenn Ciccina Circé anderer Ansicht war, bis zuletzt den Beweis für seinen großen Mut geliefert. 'Ndrja verstand es nicht, er verstand es damals nicht, doch bemühte er sich immer noch zu verstehen, einen wie Pirri zu verstehen, einen wie jedermann, an den ihn das Gemetzel jetzt da auf dem Meer erinnerte, das er verzweifelt und mitleidsvoll verfolgte, während die bemitleidenswerten Reste, die man inzwischen noch sah und doch nicht mehr sah, nach und nach hinauf verschwanden: die Strömung hatte ihn, den Armen, umgedreht, und jetzt sah man nur einen an der Spitze zerfransten Fuß aus dem Wasser ragen, wie den Schwanz eines Fischs, der abtaucht.

Es war zwei Uhr nach Mittag. Dieser Dhing hatte den Krieg, den er dem Orcaferon bringen, und das Gemetzel, das er an diesem Tag veranstalten sollte, bereits gebracht und veranstaltet. Der restliche Tag dieses Dhings würde nunmehr langsam vergehen, entsprechend dem Hin und Her des Tiergiganten, diesem Hinauf und Hinunter längs der Linie der beiden Meere, wie wenn es der Zeiger einer großen Wasseruhr wäre, mit welcher der Orcaferon alleine die Zeit angab, die ihn zum Leben verblieb.

Es war Oktober, und man meinte, man wäre im Sommer zu dieser Stunde, in der die Sonne heiß war und eine große Stille auf dem Meer herrschte, das in langen regelmäßigen Intervallen vom tiefen Donnern des zwischen den beiden

Ufern hin und her fahrenden englischen Boots erfüllt wurde, doch wenn es anlegte, stellte es die Motoren ab, und dann kehrte die Stille zurück, stiller als vorher und prallvoll mit Meer wie eine Riesenmuschel an den Meeren zwischen Skylla und Charybdis. Der Himmel war, soweit das Auge reichte, immer gleichbleibend azurazurazurblau, ohne das kleinste Anzeichen von Wolken, wie es seit August anhielt, und das Meer war immer das gleiche, glitzernde Meer. Wieder war da nur die große, schwarze und alarmierende Blähung wie eine Ansammlung von Sturm, ein katastrophengeladenes Luftgewölk, eingepfercht in den wirbelnden und gischtenden Windungen der Grenzlinie.

Sie standen da, um zu sehen, wie lange es wohl brauchte, die Pellisquadre auf dem Sporn und die Frauen, die Alten, die Kinder teilweise in ihren Häusern, teilweise an den Türen und teilweise an der Marina. Alle standen sie dort mit aufgestellten Ohren, alle lauschten dem finsteren, ertrunkenen Pfeifen des Wasserwinds, das von der Grenzlinie kam, bald fern, bald nahe, und das war für alle das quälende Atmen des Orcaferons, sein Röcheln, das nie zu Ende ging. Jedes Mal hörten sie es zwar mit Schaudern, und doch hörten sie jedes Mal darauf und gleich anschließend warteten sie darauf, es noch einmal zu hören. Man hätte meinen mögen, dass sie nicht widerstehen konnten, es nicht zu hören, es nicht noch ein weiteres Mal nach jedem Mal zu hören, doch das, was sie empfanden, konnte man nicht als Vergnügen, als Zufriedenheit, als Lust bezeichnen. Was sie empfanden, konnte man allerdings nicht aussprechen, es war etwas Dunkles und Unerklärliches, etwas wie ein begeistertes, körperlich wahrnehmbares und gleichzeitig melancholisches Gefühl, ein barbarisches Empfinden von Rausch, von Ausgelassenheit und gleichzeitig von unbezähmbarer, überschäumender Sehnsucht nach etwas, das sie niemals hätten benennen können, aber dennoch fatalerweise etwas anderes, etwas Gegenteiliges von dieser körperlichen Begeisterung, von diesem Rausch, von dieser Ausgelassenheit sein musste, etwas, das Ähnlichkeit mit dem Leben hatte, gegenüber etwas, das Ähnlichkeit mit dem Tod hatte. Das war, was sie empfanden, und dafür konnte man ihnen weder Verdienst noch Schuld zusprechen, auch wenn es so aussah, als würde darin etwas Lasterhaftes liegen, etwas, das stärker war als sie, denn unvergleichlich viel stärker als sie, wahnsinniger und unheilbarer war dieser Meereshauch, nicht geheuer, dunkel, überquillend von Schicksalhaftigkeit und Katastrophe, was sie jedes Mal spürten, in dem Augenblick, in dem sie es hörten, hofften sie, wünschten sie sich aus tiefster Seele, es nicht mehr zu hören, es nie wieder, auch nicht ein einziges Mal mehr hören zu müssen, gleichzeitig aber hofften sie mit eigentümlichem, angstlosem Herzen, eigentümlich angstlos, wie wenn es stärker wäre als sie, wünschten sie sich aus ganzer Kraft, ihn noch einmal zu hören, ihn wenigstens noch ein letztes Mal hören zu können.

Zeit hatten sie ja, Zeit hatten sie sogar reichlich, Zeit war das Einzige, was sie im Überfluss hatten, sie hatten alle Zeit der Welt, sagten sie sich, sie hatten mehr Zeit, um darauf zu warten und zu sehen, wann der Orcaferon starb, als er mit dem Aufschub seines Tods. Unterdessen verfügten sie, die nun wirklich sterblich waren, über mehr Zeit als er, der sich vielleicht noch an diesem Punkt nicht bereitfinden konnte einzusehen, dass er fälschlicherweise unsterblich war, auch wenn es so hart war zu sterben, dass sie dort über ihre Erwartung Gefahr liefen, weiße Bärte zu bekommen.

Von der vom Tiergiganten verstopften Grenzlinie her kam indessen immer noch das Hin und Her, und die Sturzwellen darin, die steil aus dem Abgrund heraufwuchsen, überschlugen sich hierher, auf den kleinen Strand zu, 'Ricchia, Sporn und Marina, und dort gegen die Alte Laterne, die Palmen und den Festsand.

Nun konnte es durchaus sein, wieso auch nicht?, dass dieses aufgewühlte Meer den Orcaferon direkt vor ihre Füße schleuderte, der mit seinem Hin und Her, gleich einem Schiff, das nicht an der Horizontlinie hin und her fährt, sondern vertikal an der Grenzlinie der beiden Meere, raufrunter raufrunter, und so den Pendler machte, und in diesem Fall war er weniger wie ein Schiff als vielmehr wie ein Schiffchen am Webstuhl, das war es auch, was dieses Durcheinander speiste, indem er eine Sturzwelle über die andere warf und sie dann mit seiner kolbengleichen Körperfülle aus dem Inneren der Linie ans Ufer warf. Das konnte geschehen, warum auch nicht? Ein derartiges Ereignis lag in der natürlichen Ordnung der Dinge. Es konnte sehr wohl vorkommen, dass sich der Tiergigant bei der von ihm selbst ausgelösten Kutschfahrt alleine aus der Linie herausschleuderte. Was brauchte es schon, dass das passierte? Es genügte der Wechsel der Strömung, doch die Umkehrung von aufsteigender zu absteigender oder von absteigender zu aufsteigender Strömung des gesamten Hauptflusses der Mutterströmung war sogar zu viel, es genügte ein kleiner Ableger, einer der vielen Ableger aus dem Fluss der Mutterströmung, bastardische Bastardelle, Auswürfe und Abfälle, die sich von Natur aus enteinen, dass er sich aus seinem Vor und Zurück löste, es genügte, dass er aus der Richtung, in die er pendelte, in die Richtung ausbrach, die die richtige war, die richtige oder unrichtige, dazu bestimmt, dass er herumsteuerte. Das genügte, wenig genügte, ebendeshalb brauchte es nicht viel: dass es geschah, war die Frage einer Haaresbreite, und die würde kommen und sich gegen den Sporn schleudern.

Nun war die Frage aber nicht, ob es geschehen könnte, die Frage war, was sie machten, wenn es geschah, gesetzt den Fall, dass sie ihn da vorne hingeschleudert fanden. Was fingen sie mit dem gigantischen Kadaver an, diesem nutzlosen, diesem gigantischen, nutzlosen Kadaver, doch schlimmer noch als nutzlos, gefährlich, gigantisch gefährlich, denn wäre er wohl zwischen Naturgestank und Verwesungsgestank auf der Stelle zu einem Pestherd geworden, ein Aspromonte und Antinnammare der Ansteckung? Das war die Frage, und selbstredend war der, der diese Frage bei dieser Fahrt übers stürmische Meer aufwarf, die man auch Krieg und Frieden, ihr Leben nennen konnte, wieder einmal Luigi Orioles.

»Wir müssten ihn loswerden, ja, doch wie?«, fragte er sich. »Richten wir jetzt unsere Gedanken darauf, denn hinterher würde er uns keine Zeit mehr lassen. Bei ihm ists ja nicht so, als würde der Gestank durch seine Verwesung erblühen, bei dem ist der Gestank schon voll erblüht. Daher sage ich noch einmal, soferns euch nichts ausmacht, lassen wir jeden anderen Gedanken beiseite, der uns durchs Gehirn schießt, und richten wir unseren ganzen Verstand auf diese eine Frage: Wie werden wir ihn los, wenn der Tiergigant sich hier vorne hinbettet und Meer und Marina versperrt, ein Kadaver von so gigantischer Körperfülle? Tonnen und Abertonnen von Fleisch, ein Berg bereits halb verwesten Fleisches, der hier strandet, in Fäulnis übergeht, uns hier umzingelt und krank macht und uns für immer von hier vertreibt, wenn wir dabei nicht zugrunde gehen, denn wenn wir da hineingeraten, wer kommt dann noch her, hier wirft man dann große Schwefelschichten drüber und zündet unsere Sachen an und sogar noch unsere Knochen, das wird passieren, das wird hier mit uns passieren, weil es unser Los ist oder unser unausweichliches Schicksal, aufgrund dieser Misdea nämlich, dieses blutstarrenden Geschehens, das der Große Tod ist oder war und tot noch den Tod darstellt, ihn gibt, wenn wir nicht daran denken, wie wir uns schützen können, jetzt gleich, noch bevor wir sie hier vor uns hingeschleudert finden. Lasst uns daran denken, Jungs, lasst uns alle zusammen, heil und unversehrt, darauf ausrichten, diesen Gedanken zu denken, denn hinterher, wenn wirs geschafft haben oder nicht geschafft haben, fühlen wir uns, denke ich mal, ruhiger im Kopf und müssen nicht erröten, weil das, was für alle bedacht werden musste, bedacht wurde, und danach mag sich dann jeder seine eigenen Gedanken machen.«

Sie dachten darüber nach, und was sie dachten, war bei erneuter Betrachtung alles, was ihnen nur möglich war, zu diesem Thema zu bedenken.

Es gab welche, die daran dachten, eine Grube von seinen gleichen Maßen an einer Stelle auszuheben, wo die Marina endete und der Dünenstrand begann, an einer Stelle mithin, wo es noch sandig war und es einen nicht das Leben kostete, wenn man dort grub. Und war die Grube erst einmal ausgehoben, ihn dort so tief zu beerdigen, dass man, wenn er zerfiel und sich auflöste, oben keinen Geruch wahrnahm, nicht die geringste Unannehmlichkeit. Doch wie sollten sie ihn zu den Dünen ziehen? Dazu würde man Flaschenzüge und Winden brauchen, außerdem Schiffstaue, um ihn zu verseilen, und auch dann würden sie es nicht geschafft haben. Man durfte sich keinen Illusionen hingeben, denn nicht einmal mit Spille und Wille hätten sies gekonnt, und man redete gar nicht vom Ziehen auf die Dünen, was natürlich ein völlig undenkbares Unternehmen war, ja, nicht einmal davon, ihn auch nur zu bewegen und diesen Koloss von Kadaver vom Meer auf die Marina zu hieven. Und außerdem: Wie sollten sie denn im Sand eine so tiefe Grube graben, ganz abgesehen von einer so langen, ohne dass er vorher schon über die Grabenden herabrutschte? Und außerdem: Wenn sie grüben und grüben, würden sie an einem bestimmten Punkt zwangsläufig auf Salzwasser stoßen, denn wo Sand ist, ist unten, früher oder später, unweigerlich Meer auch. Wenn man also die absurde Hypothese zuließe, dass man bei diesen unmöglichen Unternehmungen erfolgreich wäre und den erschreckenden Kadaver in die Mitte der Dünen schleppen, tief und breit graben und schließlich den Orcaferon dort alles in allem hinunterlassen könnte, wo hätten sie ihn dann begraben? In Salzwasser natürlich, das heißt im Meer, nicht mehr, nicht weniger. Auf Umwegen würde daher der Orcaferon wieder ins Meer zurückkehren. Sie entfernten ihn zwar von der Oberfläche über den Landweg, und der Kadaver tauchte dort auf dem Wasserweg wieder ein, und das war, wie wenn man sagte, dass er, der Orcadaver, mit seiner längst vollständigen und endgültigen Blindheit noch einmal seinen Morgen erreicht hätte und nach Abend zöge. Mit welchem Ziel würden sie daher Entfernung und Sand zwischen Orca und Meer legen, wenn der Tiergigant anschließend doch wieder die Meere zwischen Skylla und Charybdis testen und verpesten würde, und zwar schlimmer als schlimm mit seiner allgemeinen Verschwärung, und damit seine altüberlieferte Funktion wieder aufnähme, den Tod zu geben, wie er es sich vielleicht nicht einmal erträumt hatte, ihn, den Tod, früher zu geben, als er noch lebte, nämlich einen reinen, unsichtbaren, gestaltlosen Tod, ohne Körper noch

Farbe, einen unklaren, unscharfen Tod in demselben Meer, so unklar und unscharf, dass es sich eigentlich nicht mehr um einen meerischen Tod gehandelt hätte, sondern um ein tödisches Meer?

Doch vor diesem Gedanken und auch nach diesem Gedanken gab es sogar jemand, der daran dachte, ihn, diesen riesigen Kadaver, mit großen Steinen zu beschweren und ihn so, als Bruttolast, zum tiefsten Grund des Meeres zwischen Skylla und Charybdis hinunterzulassen, das hieß an dieselbe Stelle des Meers, diesseitsundjenseits der Mittellinie, nämlich im Jonischen und im Tyrrhenischen, den der Tiergigant deutlich vorzog, wenn er sich entschloss abzutauchen. Es gab welche, die sich vorstellen konnten, dass man ihn, den erschreckenden Kadaver, dort hinabließ, unter die Steinblöcke, hinab und immer weiter hinab, in immer undurchdringlichere Finsternisse, bis er wie bei einer Beerdigung ganz verschwunden wäre, inmitten der großen Anhäufungen von Cicirella in lethargischem Schlaf. Das aber hätte bedeutet, sich zu Hilfsburschen zu machen, wenn nicht gar zu freiwilligen Knechten der Signora Orca Orcinusa oder der meerischen Tödin, um sie kleinlich genau bei ihrem tagtäglichen Namen zu nennen, es hätte bedeutet mit anderen Worten, ihr einen unschätzbaren Dienst zu erweisen, und ausgerechnet von ihrer Seite, der Pellisquadre, nämlich ihr vollständige und endgültige Grabstatt im Meer zu gewähren. Um nun an diesen Punkt zu gelangen, an dem sie sich befanden, Meer und Fische, nach Jahren des Kriegs, nach Ausrottung von Herrschaft und Herrschern und der Verpestung des Meers und der Fische bei ihrer Ankunft in den Meeren zwischen Skylla und Charybdis, eine Ankunft, die vielleicht gar nicht so aufs Geratewohl stattfand, das heißt, dass alles vielleicht nicht wegen ihrer Blindheit zustande kam, der Blindheit ihrer Augen, oder wegen der anderen Blindheit, die sich auch der Verstand einer Orca vorstellt, vorstellte, nicht wie eine Blindheit verbundener Augen, stellvertretend für jede Art von Los, Zufall oder Schicksal, Glück oder Unglück, ihm blieb nur, die unermesslichen Reserven meerischen, geheimnisgepanzerten Lebens zu vernichten, welche die unkalkulierbaren Mengen von Cicirella darstellten.

Doch gab es vielleicht einen unter den Pellisquadre, der, ohne dass sie es ihm erklären mussten, nicht gleich das große, tödliche Risiko sah, dem sie sich aussetzten, wenn sie den Orcadaver auf diese Weise loswerden wollten? Das Risiko nämlich, dass, wenn er zwischen Myriaden und Abermyriaden von Cicirella verweste, fatalerweise auch das gesamte Wandergestade der Cicirella am Meer verweste, die inzwischen zu kleinen Aalen herangewachsen war, die von hier zur

Besamung in die Sargassosee ziehen, mitten im Atlantischen Ozean, und dann in die Meere zurückkehrten, von denen sie gekommen waren, um dort ihre Myriaden und Abermyriaden Eier abzulegen. Mit anderen Worten: Sie liefen Gefahr, selbst Helfer der Orca zu werden, die inzwischen verwest war, ein Orcadaver mit einem Wort, und die geheimnisvollen Aaleier zu versprengen, das, was man für die unangreifbarste Form marinen Lebens hielt, das heißt ihr zu helfen, mit dem Tod die zu erreichen, was für sie zu Lebzeiten die höchste orcinuse Erfüllung gewesen wäre, und tatsächlich konnte die Tatsache sehr wohl diesen Sinn haben, dass sie, als ihr Schicksal bereits beschlossen war, in den Meeren zwischen Skylla und Charybdis abtauchte und wieder auftauchte und sich ganz mit Cicirella eingeschliert hatte, verschwärte Flanke wie heile Flanke, wie wenn sie wenigstens im Duft dieses Geheimnisses hätte sterben wollen.

Und dann gab es auch welche, die daran dachten, ihn nach Malta abzulenken, ihn aufs offene Meer zu ziehen und in den vollen Fluss der absteigenden Strömung zu treiben. Andere dachten daran, ihm die Öffnungen des Atemlochs mit Ballistit zu verstopfen, ihn hinauszuschleppen, die Lunte anzuzünden und ihn in die Luft zu sprengen.

Und noch andere gab es, die ernsthaft meinten, man sollte es den Engländern sagen, die am Leuchtturm saßen: Wisst ihr, zwischen Skylla und Charybdis hat das Meer den Kadaver eines Tiergiganten ausgespuckt. In eurem eigenen Interesse, rüstet euch aus, um ihn aus dem Weg zu räumen, denn anderenfalls wird er hier in der Umgebung alles verpesten, und ihr, wenn ihr die Meereslinie überschreiten wollt, müsst euch Gasmasken aufsetzen, auch wenn ihr in einem Unterseeboot seid. Und damit hofften sie, dass die Engländer kommen würden? War das vielleicht eine dieser Sportgeschichten, die, wie Signor Cama sagte, das Einzige waren, was sie wirklich faszinierte?

Und schliesslich waren da noch welche, die dachten, wenn die Sache denn schon verloren war, wäre das Einzige, den beiden Ohrenputzern von Händlern Bescheid zukommen zu lassen, sofern sie sich noch in dieser Gegend herumtrieben, und ihnen zu sagen: Da ist der Tiergigant, ihr hattet ihn ins Visier genommen, und nach getaner Arbeit ist er in euren Händen, ohne euren Bumbumm und seinen Bombenbüchsen. Nehmt ihn euch, bereichert euch, aber beeilt euch, ihn von da wegzuschaffen.

Sie stellten sich vor, und zwar richtigerweise, dass die beiden Ohrenputzer von Händlern alles Menschenmögliche daran setzen würden, sich zu beeilen und ihn von da vorne wegzuschaffen und ganz Messina mit seinem Fleisch zu verseuchen. Doch von Beeilen zu sprechen, war in diesem Fall eigentlich zum Lachen, denn alles Menschenmögliche, das zu diesem Zweck getan werden konnte, beschränkte sich im Verhältnis zu der ungeheuren, unmenschlichen Körperfülle des Orcaferons worauf? Auf nichts weniger, als es war: Menschenmögliches, und je mehr sie sich in diesem Vergleich einbrachten, umso kleiner wurden sie. Und tatsächlich mussten sie ihn zuallererst zerlegen, denn sie konnten ihn eindeutig nicht im Ganzen mit sich karren: Wie lange würden sie brauchen, um einen Kaik wie diesen auseinanderzunehmen, Tonnen von Knochen, Fett, Speck und Fleisch? Wie viel Zeit, um es von der Haut zu lösen, zu zerlegen, zu entbeinen? Wie viel Zeit, kurz gesagt, um seine Tonnagen zusammenzuzentnern? Tage, zwei, drei Tage, und während dieser Tage hätten die beiden Händler und ihre Helfer aus ihrem Strand und ihren Dünen ein großes, ekelerregendes Schlachtfeld gemacht, mit Strömen von Blut, mit Sudeleien und Fleischgestank. Wenn man alles bedachte, machten sich die Händler mit den Vierteln des Orcaferons davon, verkauften ihn als frischroten Thun, verkauften ihn an Städter oder sonst auch an Dörfler und Hinterweltler, und sie da verblieben zum Dank mit dem verpesteten Dreck auf der Marina und mit Rohrweihen, Bussarden und Sturmfalken, die über ihren Köpfen kreisten, so lange der blutige Aufruhr und der Verwesungsgestank am Ufer anhielten.

Den Händlern brachte es sicher schönes Geld ein, auch wenn sie es als Volksschmaus für eine Lira, eine halbe Lira das Kilo verkauften, würden sie großes Geld machen, wenn man das Tonnengewicht in Rechnung stellte, während ihnen nur Nachteile und Schäden blieben. Mit einem Wort, sie wären die Steigbügelhalter der Händler, sie wären die Laufburschen dieser Betrüger und Scharlatane. Wären sie damit so tief gesunken, hätten sie sich so weit von ihren guten Lebensvorsätzen entfernt, dass sie für alle und jeden als ehrlos gegolten hätten? Denn die da waren keineswegs die Typen, diese Handlung in der einzigen Weise einzuordnen, wie sie hätte eingeordnet werden müssen, nämlich wenn sie ihnen sagten, sie sollten diesen Stinkkadaver mitnehmen, war das keineswegs, um ihnen einen Gefallen zu tun, sondern um ihn sich selbst zu tun. Diese beiden Neulinge kannten die Charybdoten nicht, und es war durchaus möglich, dass sie die Geste als Ehrerbietung von Untergebenen gegenüber Höherstehenden betrachteten, und es war durchaus möglich, dass sie sich der Täuschung hingaben, sie hätten sie nun übermannt, durchaus möglich, dass sie sich sagten: Ja, wie denn, mit dem Krieg ließen diese Charybdoten ihre Hosen runter, so dass alle sagten, die sind schwierig, schwierig, die haben mit Betrug, mit Schiebereien nichts zu tun, schlagt euch das aus dem Kopf, die haben uns gesagt, wenn sie richtigen Fisch fischen, gut, wenn nicht, dann eben nicht, mit Fischbestien, Blauhaien, Feren und so weiter geben sie sich nicht ab, und übers Bombüchsieren könnt ihr nicht einmal mit ihnen reden. Sie machen zwar ein bisschen getrocknetes Bauchfleisch von den Feren, das stimmt, aber das ist nur, wenn sie ihre Kinder vor ihren Augen zusammenbrechen sehen. Man sieht, dass sie ein bestimmtes Gebaren abgelegt haben. Hätten sie sich sonst so gedemütigt, uns diesen Riesenberg von Fischbestienfleisch hier an Land zu ziehen? Kurz gesagt, sie dachten, sie sollten uns ein Präsent machen, und bescherten ihren neuen kleinen Herren und Meistern ein Körbchen frischer Eier. Und das bedeutete, dass wir ihnen von jetzt an einen Beschiss nach dem anderen verpassen können, grad wies uns gefällt.

Der Kommentar der beiden könnte mehr oder weniger so geklungen haben, und daher zogen sie es vor, statt ihnen die Flanken zu füllen, den Kadaver des Orcaferons da vor ihnen stinken zu lassen.

Wenn es nicht um die Tatsache gegangen wäre, dass dies etwas Widernatürliches für sie war und sie niemals auf den Gedanken kamen, die Kleider mit den Händlern zu tauschen, hätte man sich an diesem Punkt fragen müssen, ob sie, wenn man bedachte, dass sie die Nachteile abbekamen, nicht richtig handeln würden, wenn sie auch die Vorteile beanspruchen sollten, ob es nämlich, alles in allem, für sie nicht besser wäre, das Visier vor den Augen herunterzuklappen und die nicht zu kalkulierenden Tonnagen von Orcadaver selbst zu verkaufen, in Eigenregie.

Doch wenn es hieß: Wie der Vorteil, so der Nachteil, und sich über alle Skrupel hinwegsetzen, was in diesem Fall schließlich nichts weniger bedeutete, als sich an den Verkauf von Fischbestie zu machen, schien das vorher eine Redensart zu sein, und Redensart blieb es auch nachher in ihren Mündern. Denn konnten sie sich je untreu werden und sich gegen ihre Natur stellen?

Doch umkreisten sie die Idee immer wieder. Gesetzt den Fall, der Orcaferon würde dort angelandet, zu ihren Füßen, was war dann so Empörendes dabei, wenn sie an dem Punkt, an welchem sie waren, Hintern an Hintern mit dem Hospital, plötzlich einen Gedanken hatten und in Eigenregie diesen ganzen

Haufen von Haut, Fett, Fleisch und Knochen verarbeiteten? Gesetzt den Fall, er würde ihnen da vorne hingeworfen, dann mussten sie ihn doch loswerden oder etwa nicht? Einen Weg fürs Ja oder für die Notwendigkeit mussten sie sich einfallen lassen, um den Blick freizubekommen und den Gestank dieses ungeheuerlichen Tiers loszuwerden, das sich bereits in Verwesung befand. Und was war denn das, dieses Abwracken und Zerteilen und Zerstückeln, das eine nehmen und das andere wegwerfen? War das etwa kein möglicher Weg, von ihrer Hand, schon fertig und ausgeklügelt, ihn loszuwerden? Um ihre Skrupel zu überwinden, reichte es doch schon, wenn sie dachten, dass dies der erste und eigentliche Beweggrund war, weshalb sie ihn zerlegten. Nur dass sie dieses Mal, und dieses Mal war es nämlich nicht wie bei irgendeinem früheren noch mit großer Sicherheit bei irgendeinem späteren Mal, statt poetisch zu denken und ihn, diesen Volksschmaus von Tier, den Händlern zu schenken, diesen größten Volksschmaus von tierischstem Tier selbst bearbeiten und damit eine Arbeit und zwei Dienste erledigen würden. Wieso sollte man sich da empören, wenn sie einmal, ein einziges Mal daran dachten, das Nützliche mit dem Angenehmen zu verbinden?

Einer um den anderen dachten die Pellisquadre auf dem Sporn darüber nach, alle, und alle äußerst wortgewandt, doch jeder stumm, in seinem Inneren, denn sie dachten alle darüber nach, wie man dann auch sehen konnte, doch sie dachten darüber nach, alle sozusagen klammheimlich, alle im Verborgenen, einer um den anderen, im Geist, verborgen nicht nur der eine vor dem anderen, sondern man hätte meinen können, sogar vor sich selbst.

Man konnte darauf wetten, dass keiner von ihnen, wohl nicht einmal Luigi Orioles, sich hervorgewagt hätte, um seinen Gedanken, den jeder in seinem Inneren ausbrütete, als Erster zu enthüllen, wenn nicht 'Ndrja Cambrìa die Eingebung gehabt hätte, das erste Wort zu sprechen, einerseits, um überhaupt etwas zu sagen, irgendetwas, auch etwas Überspanntes, nachdem eine ganze Weile lang keiner den Mund aufgemacht hatte, und andererseits einfach, um sich hervorzuwagen und etwas zu sagen, was, wenn man darüber nachdachte, vielleicht doch nicht so gewagt war, wie es hätte scheinen können, und schließlich auch wegen seiner Überzeugung und ein bisschen auch wegen seiner Ergebenheit für die einmalige Ciccina Circé, die der Auffassung war, dass die Ehre durch Verdienst, die Ehre durch Tüchtigkeit, die wahre Ehre mit einem Wort, die war, am Leben zu bleiben, denn das Gegenteil war die Ehre toter Menschen, Ehre ohne Verdienst und ohne Tüchtigkeit, Unehre toter Menschen.

»Ach, wie schade«, sagte 'Ndrja, »wie schade, wenn dieser Tiergigant hier vor uns hergeschleudert würde, dann würde er direkt vor unserer Nase stinken, und wir, die wir doch nur große Clowns sind, zögen in keiner Weise irgendeinen Vorteil daraus …«

Sobald er den Mund aufgemacht hatte, hatten alle ihre Köpfe aufgerichtet und ihn aus zusammengekniffenen Augen angesehen, die Lider fast völlig gesenkt, als hätte 'Ndrja, statt der Worte, Rauch aus seinem Mund fahren lassen und ihn ihnen in die Augen geblasen.

'Ndrja hatte sich schon viel zu weit vorgewagt, das wusste er sehr wohl, doch weil er nun einmal da war, unterzeichnete er seine Worte und zeichnete sie auch gegen, steckte sie in einen Umschlag und schrieb die Anschrift der Pellisquadre darauf. Mit anderen Worten, er redete sie mit Namen an, einfach um sie zu hören.

»Na, was sagst du, Pa'? Und Ihr, Don Luigi? Und Ihr, Don Arturo, Don Saro, Don Jano? Und Ihr und Ihr, was sagt Ihr dazu und Ihr da und Ihr?«

Einen um den anderen, Don Don Don, wie wenn ihm eine Glocke am Ohr läuten würde, redete er sie alle an, ihre Körper bewegten sich unruhig, und während sie ihren Oberkörper drehten, wie wenn sie auf der Stelle versuchten, sich angemessen und so genau wie möglich just angesichts dieser Neuartigkeit zu verhalten, tauschten sie Blicke, ermutigten sich gegenseitig, nickten sich zu, fuhren mit der Zunge über die Lippen und stotterten: Hehehe?, hahaha?, und taten ahnungslos. Dann, nach gerade so viel Zeit, dass jeder aus seiner Verschlossenheit treten und sich draußen umschauen konnte, fanden sie sich, der eine im anderen, wie eine Einheit, gestimmt und deutlich, wieder zusammen, und da wagten sie endlich zu sagen, dass auch sie darüber nachgedacht hätten.

Sofort setzte ein allgemeines Reden ein. Sie sprachen alle zusammen und so hastig, dass der eine dem anderen das Wort aus dem Mund nahm. 'Ndrja, der so viel gar nicht erwartet hatte, fühlte, wie ihn eine Ausgelassenheit erfasste, als er sah, wie er sie bewegt und wieder angefacht hatte, als er sah, wie sie angefeuert seinen Worten hinterherliefen, wobei der eine immer ein Wort mehr als der andere sagte, aus Angst, er könnte zurückbleiben. Sie liefen, trauten sich aufs Wasser mit den Worten, ähnlich wie Meeräschen, die immer dichter ans Boot springen, das Brotkrumen ausstreut, um sie an die Oberfläche zu rufen, und während sie springen und sich überspringen, befinden sie sich irgendwann vorne und das Boot hinten.

Elektrisiert, das war das Wort, sie waren im wahrsten Sinn elektrisiert von der Vorstellung, den Orcadaver zu zerlegen und einen Festschmaus aus ihm zu machen, das heißt von der Vorstellung, das zu bearbeiten, was eigentlich noch kein Orcadaver war, denn die Orca war noch nicht erledigt, noch nicht zerstört, noch kein Kadaver, und solange sie nicht starb, blieb sie weiterhin Orca, tot und lebendig, das heißt, sie wurden ganz elektrisiert angesichts von etwas, das es noch nicht einmal gab, für eine Arbeit, für eine Beschäftigung, die noch inmentedei war. Seit wie langer Zeit sie aber dieses inzwischen fast schon spontane Handeln von Schlafwandlern angenommen hatten, sozusagen als zweite Natur, konnte man verstehen, als sie ganz rastlos, ja sogar elektrisiert wurden bei der Vorstellung, dass diese Arbeit, diese Beschäftigung auf sie zukommen würde, und man verstand sie trotzdem, auch wenn diese Arbeit und diese Beschäftigung seit diesem Zeitpunkt Teil all dessen gewesen waren, was im Widerspruch zu ihrem Wesen stand, zu all dem, was sie für einen Pellesquadra als unehrenhaft und niederträchtig gehalten hatten, und man allgemein sagte, dass derartige Arbeiten und Beschäftigungen die große Spezialität der Händler seien, und jeder Pellesquadra, der sich an das hielt, was das wunderbar Ehrliche an seinem Beruf war, damals schon ausspuckte, wenn ihm eine solche Arbeit, eine solche Beschäftigung auch nur vorgeschlagen wurde.

Jetzt aber spuckten sie deshalb nicht mehr aus, im Gegenteil, sie brannten richtig darauf. Sie brannten darauf, Hand an diese Tonnen von Fischbestienfleisch zu legen, und man konnte auch verstehen, warum sie darauf brannten, denn es bedeutete, dass es eine Grenze für alles und für alle gibt und gab, eine Grenze auch der Widerstandskraft eines Pellesquadra, und es besagte auch, dass der Krieg seine Kerben auf ihrer Engelhaihaut zurückgelassen hatte, auch auf den harten, raspelnden Häuten wie der des Blauhais und des Schmirgelpapiers, Kerben auf der Haut von Menschen, die die gleiche Haut war, unter der sich wie ins Blut tätowiert ihre Grundsätze und Überzeugungen befanden, ihre Lebensregeln und all das wunderbar Ehrliche, das sie in ihrem schlichten Beruf erkannten. Und als Folge dieser Kerben fand 'Ndrja bei seiner Rückkehr die Welt auf den Kopf gestellt vor, fand die Pellisquadre vor, als wollten sie aus diesen verlorenen Schlachten fliehen, vor Grundsätzen, Überzeugungen, Lebensregeln und dem Ehrlichen des Berufs, und es war, wie wenn sie vor ihrem Inneren flohen, wie wenn sie aus ihrer Haut fliehen und sie zu ihren Füßen fallen lassen wollten. Doch man entfloh ihr nicht, diese war ihre alte Haut, die ihrem Fleisch und ihren Knochen längst eingewachsen war, sie konnten nicht da heraus, sie konnten sie sich nicht einfach vom Leib reißen und wegwerfen, denn gegen welche andere Haut, gegen welche anderen Grundsätze und Überzeugungen, gegen welche anderen Lebensregeln und schönen Ehrlichkeiten ihres schlichten Berufs konnten sie sie je eintauschen? Und so kehrte 'Ndrja zurück und traf sie an mit einem Esels- und mit einem Löwenherz, er traf sie an, wie wenn sie weglaufen wollten, doch ohne sich je auf die Flucht zu machen, wie wenn sie weglaufen wollten, doch sich immer wieder umdrehten. Er kehrte also zurück und traf sie im gleichen, wenn auch nicht im haargenau gleichen Gemütszustand an, in dem sie aufs Äußerste dem Pellesquadra glichen, dem er am Golfo dell'Aria begegnet war, an dem bewussten Morgen, als noch Nachtdunkel herrschte: Dort traf er auch sie an, als wären sie gerade aus dem Boot gestiegen und hätten sich auf ein weißes Schaumross geschwungen, um ebenfalls, ja, auch sie, Ladungen von Meerwasser zum Abführen aufzunehmen, zwei Kanister jeweils, um es gegen einen bestimmten Betrag glasweise von Dorf zu Dorf zu verkaufen und, wenn es sich ergab, den einen oder anderen Ferenkadaver zu packen, ihm den Kopf abzutrennen und ihn den mit Meer und Fischen Unerfahrenen gegenüber als Thun auszugeben. Und wie jenes unglückliche Männlein mit dem großen Kopf eines jungen Löwen und dem Lenkstangenschnauzer, fand er, dass auch sie sich insgeheim schämten, sich an eine Arbeit zu machen, die eher Händlern als Pellisquadre zukam, so wie der sich im Dunkeln, fast wie ein Dieb klammheimlich zu schaffen machte, bevor die Sonne aufstieg und ihn in den Augen derer öffentlich bloßstellen würde, die ihn immer für einen Pellesquadra gehalten hatten, so fand er auch sie ins Dunkel verkeilt vor, in verschlossenen Häusern, sogar im Schlafzimmer, fast, wie wenn sie sich auch vor sich selbst bei dieser Arbeit verstecken wollten, als wäre ihre größte Sorge nicht, den Anschein im Angesicht der Öffentlichkeit zu wahren, sondern, und das war wesentlich schwieriger, das Gesicht vor sich selbst, die gute Meinung, die sich jeder von ihnen im Verlauf so vieler Berufsjahre erworben hatte, wie die Eroberung seiner selbst. Und so fand er Caitanello vor, der mit einem Herzen das Bauchfleisch der Fere zerlegte, eng eingeschlossen ins Schlafzimmer neben dem Bett, und Vorräte von Bauchfleisch anlegte, das er in seinem Leben nie probiert hatte und auch nie probieren würde, und mit einem anderen Herzen, wenn er, dieser völlig Verrückte, diese Demütigung nicht mehr ertragen konnte, blindlings mit dieser Nussschale von Borietta hinausfuhr, aufs Meer, inmitten all dieser unendlichen Mengen von Feren, selbst wenn es ihn das Leben kostete, sofern es nur das eines Löwen war. Und so, wie er Caitanello vorfand, fand er auch die anderen Pellisquadre vor, die sich ebenfalls zu den Ferenkadavern erniedrigten, um zuallererst den Kindern den Bauch zu füllen, und dann natürlich auch sich selbst, denn wer sah sie schon, wenn sie sich in ihre Häuser zurückzogen, und die blutigen, süßlichen Dämpfe der Fischbestie, die unter dem irdenen Deckel auf der Feuerstelle hervorquollen, ihnen den Magen umdrehte, wer sah denn schon, ob auch sie einen Happen unter irgendeinem Vorwand probierten, zum Beispiel, dass sie es nur taten, um sich auf den Beinen zu halten, damit die Kinder nicht zu Waisen würden? Und gleichzeitig verjagten sie mit dem anderen Herzen voller Verachtung die beiden Händlerneulinge, die aufgetaucht waren und ihnen vorgeschlagen hatten, Feren zu bombüchsieren und sie reichlich zu bezahlen. Und jetzt fand er sie vor, wo es sie auch nicht einen Deut scherte, ob sie ihr Gesicht wahrten, ja, sie wurden alleine bei der Vorstellung zunehmend elektrisiert, den riesigen Orcadaver selber verarbeiten zu können, alleine bei der Vorstellung, eine Arbeit und Beschäftigung in großem Stil durchzuziehen, von der Art, wie sie sie noch nie gemacht noch je gesucht hatten, von diesen spartanischen, die von skrupellosen Schuften und Faulpelzen, die, welche gewöhnlich die Händler verrichteten, um genauer zu sein, die Leute von feinem Empfinden, die das Meer immer nur vom Land aus sehen und jedes Mal ungefähr überschlagen, wie viel es einbringen könnte, wenn man es insgesamt verkaufen würde, in aller Eile, zu einem Festpreis: Fische, Feren, Wasser, Salz, Algen, Sand, Felsen, Kiesel und diese Menschlein von Fischern, sie und ihre Grundsätze und Überzeugungen und Lebensregeln und ehrliche Arbeit, alles zusammengebündelt, damit man auf ein schönes Gewicht käme.

Am Ende hatte sie noch einmal recht behalten, sie, Ciccina Circé: 'nnen Arsch, 'nnen Arsch mit der Ehre, wenn einer tot ist, so etwa sagte die große exzentrische Feminotin, und jetzt sage noch einer, sie hätte unrecht. Oh, ja, jetzt und hier gaben die Pellisquadre ihr recht, ihr, die Feuer aus den Nüstern gegen den geehrten Verblichenen schnaubte, sie war mit Leib und Seele bis zum Verderben für den Lebendigen, wie ehrlos er auch sein mochte, und ehrlos nicht nur wegen des eben vergangenen Kriegs, sondern auch wegen des Friedens, auch dem aus alten Tagen, auch dem der Geburt, wie es eben genau ihr Baffettuzzi gewesen sein musste.

Unter den Pellisquadre waren jedoch auch einige, etwa Luigi Orioles, etwa Saro Ritàno, durchaus ernsthafte, gesetzte Menschen, und zu diesen durfte man ruhig auch jemanden zählen, der etwas Altes in sich trug, wie etwa Masino, Menschen, die sich noch hielten. Sie hielten sich, was heißt, sie hatten nicht die Hose heruntergelassen wie die anderen, und sich der Entwaffnung gefügt, sie hatten sich nicht darangemacht, Kostenkalküls über den Sand anzustellen: so viel Tonnen, so viel Kilo, so viel fürs Kilo, so viel lustvoller Gewinn netto und brutto. Wir reden nur, um zu reden, um Schaum vor den Mund zu kriegen, schienen sie sagen zu wollen, denn sie redeten sogar davon, dass sie den Händlern das Metier aus den Händen reißen wollten, doch auf das Reden folgte nichts. Und wo konnten sie denn auch hingehen? Stopften sie etwa die Körbe mit zerlegtem Orcaferon voll, machten sie sich auf den Weg nach Messina, zogen sie rufend durch die Straßen wie die Muschelverkäufer von Ganzirri und die fliegenden Händler mit ihren Makrelenhechten? Sie hatten ja nicht einmal eine Waage. Wozu hätten sie sie auch gebraucht? Wann waren sie denn je fliegende Händler? Und wann hatten sie je eine Waage, auch nur eine Brückenwaage bei den Händlern gesehen? Die Händler hatten ihren Vorteil darin, dass sie den Fisch nach Augenmaß schätzten.

Doch die Waage wäre noch das Wenigste gewesen. Tatsache war, dass sie es irgendwie geschafft hätten, ihn zu zerteilen, doch ihn zu verkaufen, dazu fehlte es ihnen an Überzeugung, denn sie waren Fischer, und Fischer blieben sie. Die Händler waren ja eigens dafür erfunden worden, das war ihr Beruf, und niemand konnte mit ihnen konkurrieren. Wenn sie nun Fisch verkaufen wollten, der wirklich Fisch war, mussten sie den Händlern den Vortritt lassen, von denen sie vom Wasser bis zum Salz abhängig waren, gebeugt unter ein Joch, wie hätten sie es unter derartigen Umständen alleine, ohne sie, fertiggebracht, einen ganzen Berg von wildem und zu drei Vierteln schon verwestem Fleisch wie dem des Orcadavers an den Mann zu bringen, ein Nonplusultra von Tier, das außerhalb des Wassers mindestens auf hundert Meilen gegen den Wind stinken musste.

»Verstehst du das, ‘Ndrja?«, hatte Don Luigi nachgehakt. »Wir wollen ja davon profitieren, das würde uns freuen, wie auch nicht? Es würde uns freuen, diesen Festschmaus anzubieten, auch für eine Lira das Kilo, doch wenn ein Stadtmensch fragt, was das für ein Fisch sei, wer wäre so verschlagen, ihm zu antworten: Das hier ist ein äußerst schmackhafter Thun, die blutrote Färbung beweist euch das? Wer besitzt denn so viel Unverfrorenheit? Du etwa? Du, ‘Ndrja, würdest es auf dich nehmen, die Leute zu verschaukeln?«

Nein, nicht einmal er, selbstredend. Ihm wäre es vorgekommen, als würde er den Leuten das Geld aus der Tasche ziehen, und dann war er sicher, dass die Leute allein schon darüber empört gewesen wären zu sehen, wie er rot wurde, und selbst, wenn man annahm, dass es ihm rein zufällig gelungen wäre, dieses Nonplusultra-Fleisch der Fischbestie als Thun zu verkaufen, dann konnte ihm keiner den Gedanken aus dem Kopf schlagen, dass die Menschen, wenn er seinen Weg fortsetzte, ihn mit ihren Blicken verfolgten, wie wenn er seinen nackten Hintern zeigen würde.

»Und das wars dann auch schon«, sagte Don Luigi abschließend und schlug sich auf die Knie wie zum Zeichen, dass die Sitzung nun aufgehoben wäre, ohne auf diesen Schlusssatz auch nur einen Seufzer folgen zu lassen, sondern durch seinen Tonfall eine gewisse Zufriedenheit und Genugtuung ausdrückte. »Aber wieso?«, fügte er hinzu und deutete damit an, dass es nicht einmal nötig sei, dieses Argument in die Hand zu nehmen. »Wieso? Hatten wirs denn jetzt herausfinden müssen, dass es nicht unsere Sache ist, uns mit Dingen zu beschäftigen, die uns nicht liegen und im Grunde gegen unsere Natur gerichtet sind? Haben wir uns denn zufälligerweise je vorher mit dieser Erfahrung herumschlagen müssen? Wir können uns allenfalls mit derartigen Eigentümlichkeiten in Gedanken beschäftigen. Daher sage ich, wenn es so kommen sollte, dass der Tiergigant hier vorne hergeschleudert wird, dann ist es sinnlos, sich darüber Gedanken zu machen, wir lenken ihn so, dass ihn die absteigende Strömung packt und zu den Untiefen trägt. Da können sich Raben, Bussarde und Sturmfalken um ihn kümmern. Und wenn er an Land geschleudert wird, dann beweinen ihn die anderen, die wenigstens noch Augen haben, um ihn beweinen zu können.«

Was war dem noch hinzuzufügen? Auch wenn man es hätte tun wollen, war es doch immer so, dass Luigi Orioles die Fragen anpackte, um sie blitzsauber wie einen Knochen zurückzulassen. Ihnen wurde dann klar, dass sie sich über ein Wenn und ein Angenommen ergallten, zumal der Tiergigant noch tausend Meilen nicht nur von der Bewegung des Anlandens entfernt war, sondern auch von der Bewegung des Sterbens. O ja, es stimmte schon, wirklich, sie redeten nur, um zu reden und Schaum vor den Mund zu bekommen.

Während die Pellisquadre sich allmählich beruhigten, war Signor Cama an diesem Punkt von seinem Stuhl aufgestanden und fuhr sie direkt an, wie es noch nie vorgekommen war: »So macht ihr von der Orca also keinen Gebrauch? Lieber spuckt ihr auf sie, was?«, hatte er angefangen, dem Anschein nach spöttelnd, doch dahinter war er gallig, äußerst gallig, das war deutlich zu spüren, auch wenn nicht ganz klar war, aus welchem Grund er so bitter war, ja, das war sogar so wenig klar, dass sich gleich jeder gefragt hatte, ob er nun zugunsten oder zum Nachteil des Orcaferons redete, das heißt, ob er beleidigt war, weil sie den Tiergiganten nicht schätzten oder weil sie sich selbst nicht schätzten. »Ach, das glaubt ihr also? Ihr glaubt, dass nur Raben, Bussarde und Sturmfalken sich an ihm gütlich tun? Ach, das glaubt ihr? So ist das also? Die Orca erregt Ekel in euch? Ihr verachtet sie, was? Ihr lenkt sie in die absteigende Strömung, diese Tonnen von Fleisch? Und wenn ihr schon das Fleisch verachtet, dann werdet ihr erst recht die Beilage verachten: Haut, Fett, Speck, Knochen, wie? Ach ihr, das muss man euch schon lassen, ihr seid fabelhafte Fischer, geniale Fischer in eurem Kopf. Die Arbeit auf dem Meer, die Meerestiere, das Meer, das Meer in seiner Länge und Breite, keiner kennts so wie ihr, wie? O ja, das muss man nun wirklich anerkennen. Keiner. Diese Orca, zum Beispiel. Oh, mit zwei Worten habt ihr sie abserviert, ein Haufen wilden, verpesteten Fleischs, das ist ja nicht mal den Atem wert, darüber zu sprechen, und damit überlasst ihrs den Aasvögeln. Dann, so denke ich mal, müsst ihr die Orca ja kennen, und wie! Wer könnte denn auch mehr über sie wissen als ihr? Und althergebrachtes Wissen, keins von heute, und Wissen in den Fingerspitzen, besser als eine Heimische aus den Meeren zwischen Skylla und Charybdis, besser als Schwertfisch, als Strumpfbandfisch, als Makrelenhecht, Sardine oder in allererster Linie als Blauhai? Und ich, der ihn fast schon verschluckte, weil die berühmte Orca für euch wie ein Märchen war, das ihr gehört habt, ja, von jemandem, der sie sogar gesehen hatte, auch wenn dieser Jemand Ferdinando Currò hieß, so verstand man doch, dass für euch diese Art von tierischem Tod immer mehr zum Märchen wurde. Und ich, ich schwörs bei meinem Augenlicht, war fest davon überzeugt, dass ihr sie in meinem Buch zum ersten Mal gesehen hättet, und erst da hättet ihr bemerkt, dass sie aus Fleisch und Blut war. Naiv wie ich war, ahnungslos … Konnte ich mir je vorstellen, dass ihr von alters her Wissen über sie besessen habt, inneres und äußeres Wissen, und dass sie für euch, euch alle zusammen, weniger Wert ist als ein verbranntes Wachshölzchen? Genies, ausgesprochene Verstandesgenies, so kommt ihr mir vor. Ihr Genies und ich naiv …«

Hier nun, während er die Tonart wechselte, gelang es Luigi Orioles, ihm das Wort abzuschneiden und es selber zu ergreifen.

»Jetzt, wenn Ihr, werter Herr, Dampf abgelassen habt«, sagte er zu ihm, ohne es an Achtung für ihn fehlen zu lassen, sie aber zugleich auch für sich einforderte, »Dampf abgelassen und Euch über uns lustig gemacht habt, könnt Ihr uns da die Sache genauer erklären? Wenn wir richtig verstanden haben, habt Ihr Euch empört, als Ihr gehört habt, wie wir sagten, dass wir, weil wir keine geborenen Händler sind, und diese Tonnen von stinkendem Fleisch in unseren Händen verpesten würden, bevor wir überhaupt nur ein Kilo davon verkauft hätten, mit dem Orcaferon folglich auch nichts anfangen könnten. Darüber habt Ihr Euch doch empört oder etwa nicht? Ihr habt Euch empört, weil wir, Euren Worten nach, dieses Fleisch des Orcaferons verschmähen würden, oder? Doch worüber regt Ihr Euch auf? Tun wir damit etwas Schlimmes, Eurer Meinung nach? Ihr solltet die Güte haben, werter Herr, uns das zu sagen. Und uns auch zu sagen, warum Ihr Haut, Fett, Speck und Knochen erwähnt habt. Ist das denn etwas, das man isst? Etwas, das man Eures Wissens auf irgendeine Weise verwendet?«

»Da, da«, sagte Signor Cama, der möglicherweise das Gleiche gesagt hätte, was er sagte, auch ohne Luigi Orioles' Zwischenrede. »Seht ihr sie, diese Dreckshure da, die inzwischen, was sich nicht einmal der Schöpfer hätte vorstellen können, der sie erschaffen hat, sich die Steine aus der Nähe betrachtet? Sie hat mir die Milch in die Knie schießen lassen wegen ihres Sterbens und Nichtsterbens, seht ihr sie da, zehn, fünfzehn Meter lang, mindestens drei Meter im Umfang, und ich weiß nicht, wie viele Tonnen starken Körpers, seht ihr sie da? Da, dort liegt ein Vermögen, das ist eine Goldmine, denn die Orca, die Orca, diese schwarze Pest, dieser Todesschreck, die da, zu Eurer Kenntnis, ist in allem verwendbar, vom Kopf bis zu den Füßen verwendbar. Habe ich mich verständlich gemacht? Die Orca ist insgesamt, versteht ihr mich?, insgesamt gut und verwendbar, entweder man isst sie oder man braucht sie, entweder man isst sie oder man macht sie zu Geld. Kurz gesagt, sie ist wie ein Schwein, von der Orca wirft man nichts weg. Das könnt ihr kaum glauben, richtig? Ja, wie denn, was denn, die orcinuse Orca, der tierische Tod, insgesamt verwendbar? Ist das möglich? Viele von euch werden innerlich, denke ich, mit offenem Mund dastehen, allein beim Gedanken, den tierischen Tod zu essen. Vielleicht kommt euch das ja wie ein Sakrileg vor, wie? Sie war die Tödin war sie, als sie lebte, als sie noch ihre Fluke am Hintern hatte. Jetzt ist sie nichts weiter als ein Kadaver, der Kadaver dieser Großhure, die sich ausgerechnet dieses Meer ausgesucht hat, um sich von vier Drecksmetzen von Feren hereinlegen zu lassen. Jetzt, um zum Schluss zu kommen, wisst Ihr eigentlich, was Ihr mit der da aufgebt? Allein die Bürste der Fluke, die sie nicht mehr hat, die, mit der sie ihr für alle Zeiten den Rubbel in den Undsoweiter gegeben haben …«

Huh, was für einen Ausbruch Signor Cama da hatte! Denn so einer war's wohl, ein Ausbruch, huh, der ließ ihn sogar den Atem anhalten. Er sagte diese völlig verblüffenden Worte mit einer Art von Tick im Gesicht, den sie an ihm nicht kannten, und mit einer ebensolchen eifernden Verächtlichkeit des Tons, einer Unlust im Herzen, die sie noch viel weniger an ihm kannten, und nicht einmal an diesem Punkt war deutlich, ob er sie an die Pellisquadre richtete oder an die Orca.

Eine Weile lang machten die Pellisquadre mit ihren Lippen nzù nzù zum Zeichen ihrer Verwunderung. Dann, wie es zu erwarten war, war da der, der Signor Cama fragte, ob er, bei allem Respekt, wirklich im Ernst gesprochen habe.

»Ja, was denn sonst? Zum Spaß etwa? Diese Liebe zum Spaß spüre ich in mir«, sagte er spöttisch.

»Ach, Ihr sagt, dass der Orcaferon insgesamt gut ist, dass man nichts wegwirft?«, fragten ihn daraufhin der eine und andere.

»Wie oft muss ichs euch denn noch sagen?«

»Ihr habt gesagt: Man isst oder braucht sie, man isst sie oder macht sie zu Geld. Ja, gut, aber wozu dient sie? Welchen Gebrauch macht man von ihr?«

»Gebrauch? Meint ihr, man gebraucht sie nur einmal? Ich sehe schon, ihr habt nicht die geringste Vorstellung. Sie ist ein Meer von Dingen, von Dingen, die man mit ihr herstellen kann. Wie kann ich euch das nur genau sagen?«

»Habt doch die Güte und nennt uns ein Beispiel. Von der Karkasse, zum Beispiel, könnt Ihr uns sagen, ob man auch die Karkasse irgendwie gebrauchen kann?«

»Die Menschen essen und leben von der Karkasse der Orca, wenn ihrs wissen wollt«, schoss Signor Cama seine Antwort auf ihn ab, wie wenn er sie alle verblüffen wollte.

»Ja, wie denn, wie denn? Was sagt Ihr da? Die Menschen essen und leben von der Karkasse? Mit Splittern und einzelnen Rippen? Mit Wirbelringen und Wirbelfortsätzen? Mit Skelett des Kopfs und der Fluke? Meint Ihr wirklich, es gibt Leute, die davon essen und leben?«

»Mit Gabeln, Messern, Löffeln und Tellern aus Knochen. Und mit Klotschen, ebenfalls aus Knochen. Bestimmte Leute essen die Karkasse der Orca und laufen mit diesen Sachen herum. Reicht euch das? Denn sonst, wenns euch nicht reicht, füg ich hinzu: Sogar Kämme, um sich die Haare zu kämmen«, sagte Signor Cama herausfordernd.

Das klang wie ein Märchen, wie das alte Märchen von der Orca mit neuen

Details, und es war, wie wenn er das alles aus dem Augenblick heraus erfinden würde, nur um die Orca im rechten Licht erscheinen zu lassen oder auch um sie zu erniedrigen oder sowohl wegen des einen als auch des anderen zusammen und durcheinander. Doch der Punkt der größten Verwunderung war nicht dieser, waren nicht Gabeln, Messer, Löffel und Teller, auch nicht Klotschen und Kämme, das war es nicht, wenn sie dem Eindruck von Luigi Orioles vertrauen konnten, und sie wussten, dass sie ihm vertrauen konnten, der jeder Sache, sobald sie sich ihm präsentierte, immer gleich auf den Grund ging, mit anderen Worten: Er ging, ja, er eilte, er eilte auf der Stelle, um das Wesen der Sache zu finden, und wenn er es nicht fand, überkam ihn Argwohn und er fragte sich dann, warum und wieso er diese bestimmte Sache nicht klar vor Augen hatte. Und in der Tat war der erstaunlichste Punkt, der Punkt, der ihn am meisten faszinierte, für ihn auch hier, auch in der Riesenhaftigkeit der Sache, die Orca hieß, sozusagen der Ausgangspunkt. Und deshalb fragte er den Strandaufseher:

»Aber wie habt Ihr, Signor Cama, eigentlich erfahren, dass die Orca insgesamt gut ist und man nichts wegwirft? Wie habt Ihr nur diese so intimen Dinge über die Orca erfahren?«

Das fragte er ihn voller Esprit, doch nur, um ihn die Bemerkung nicht spüren zu lassen, und nicht, weil er davon geträumt hätte, vor ihm geistreich aufzutreten. Signor Cama allerdings verfinsterte sich trotzdem.

»Was ist denn die Orca, ein Fräulein etwa?«, fragte er ihn, und sein großes Gesicht verbiesterte sich. »Was sollen das denn für so großartig intime Sachen sein, von denen Ihr sprecht.«

»Die Karkasse, Signor Cama, davon spreche ich. Kommt Euch die Karkasse denn nicht auch wie etwas Intimes, ja, äußerst Intimes vor? Und scheint Euch der Gedanke nicht auch angebracht, der mir gekommen ist, während ich Euch zuhörte, der Gedanke, wenn Ihr erlaubt, dass die Orca, um ihr so tief ins Innere zu blicken, nackt und blank bis auf die Knochen, bis sie eben zu so einer Karkasse geworden ist, wie Ihrs gesagt habt, gesagt habt, um zu sagen, dass es wen gibt, der die unglaublichsten Dinge daraus macht, die Orca, so dachte ich bei mir, was allerdings auch einem kleinen Jungen als Gedanke hätte einfallen können, die Orca nicht zuerst, zuallererst sterben muss? Dann muss man also daraus folgern, dass die Orca stirbt? Starb sie schon einige Male? Ist sie dann doch nicht die Unsterbliche, wie Ihr gemeint habt? Dann passiert es also manchmal auch ihr, dass sie stirbt? Und die hier, die vor unseren Augen stirbt und schon mehr dort als hier ist, seit man sie entflukte, die hier, der Tod dieser hier ist also durchaus so selten und neu nicht, man kann ihn, kurz gesagt, nicht unbedingt als die Ausnahme betrachten, welche die Regel bestätigt?«

»Doch, das kann man«, erwiderte Signor Cama nach einigen Augenblicken, in denen er mit offenem Mund dagestanden hatte. Ein Ruck fuhr durch ihn, seine Lippen bebten, und er starrte Luigi Orioles an, doch so, wie wenn er ihn gar nicht sehen würde, so, wie wenn er einen Gedankenaussetzer gehabt hätte. »Ich habe Euch gesagt und sage es Euch noch einmal, dass Ihr Euch nicht auf dieses Miststück hier stützen könnt, um eine Überlegung anzustellen, auf sie könnt Ihr in keiner Weise zählen. Seht Ihr denn nicht, wie heruntergekommen sie ist? Glaubt Ihr denn, eine Orca käme so herunter, dass sie sich die Fluke durch eine Herde feiger Feren herausreißen ließe, die sie ohne Büschel zurücklassen würden, wie einen Besenstiel? Und außerdem, habt Ihr sie denn nicht gesehen, als sie hier ankam und aussah wie eine heilige Làzara, völlig verschwärt, stinkend und elend? Habt Ihr sie nicht gesehen, wie nahe sie dem Tod war, mehr ein Orcadaver als eine Orca, denn immerhin haben Raben, Sturmfalken und dergleichen schon ihre Kreise über sie gezogen? Ich sah sie in mir und augenblicklich sagte ich mir: Die, eine Orca? Sollte es möglich sein, dass eine Orca vom Ozean kommt und sich in dieses Strömungsbett des Meeres bettet? Kurz gesagt, abgesehen von der aufgerissenen und verschwärten Flanke, die man sah, war das etwas anderes, das man nicht sehen und nicht verstehen konnte. Wenn Ihr Euch aber erinnert, enthüllte Don Giulio Vilardo das Arkan, indem er uns wissen ließ, dass dieses Tier kein bisschen neu war hier an den Meeren zwischen Skylla und Charybdis, sondern dass es sich schon seit unendlich vielen Jahren hier herumtrieb. Da war in meinem Kopf alles klar, es war klar, dass die Orca, nachdem es sie von Gibraltar hierherverschlagen hatte, nicht mehr den Weg zum Ozean fand, und so hatte sie den Weg der Bitternis gewählt, warf sich in die Enge dieser Meere und verfiel immer mehr. Was soll ich Euch sagen? Vielleicht verfiel sie wegen des lange währenden Mangels an Walzunge, die ihre Stärke unterstützte, und vielleicht, wie soll ich Euch sagen?, hielt sie die Unsterblichkeit bei Stimmung. Für sie ist die Walzunge wohl kein richtiges Futter, sondern eine Art jenes Futters, das man bei Zaubereien verwendet. Folglich war bei der hier, weil es ihr an Walzunge mangelte, der Zauber zerbrochen. Oder sie verfiel nicht nur aufgrund des Mangels an Walzunge allein, sondern des gesamten Wals und aller walähnlichen Tiere wie etwa Pottwal, Meerelefant oder auch Seehund, auch wenn von diesen nicht weniger als ein Dutzend auf einmal, wie Austern, man im wahrsten Sinn des Wortes als ihr täglich Brot bezeichnen konnte. Das war das Futter, das ihr Zauber verlangte, große, riesige Mengen, und wo konnte man hier Futter wie das, Futter von Walzunge, schon finden? Wo fand sie denn, ums deutlich zu sagen, einen Wal, um selbst weiterzuleben, und für sie, um die anderen weiter sterben zu lassen? Konnte sie denn weiterhin die Orca sein, wenn sie die orcinuse Rolle nicht mehr ausfüllen konnte und Zahnstein die keilförmigen Zähne überzog? Um zum Abschluss zu kommen, sie zerstörte ihren Zauber, und auf der Stelle verfiel die Orca, die noch lebte, zum Kadaver, sie verfiel und verkam bis zum untersten Grad, bis zur mörderischen Demütigung des Entflukens durch die Feren, bis zur Zielscheibe dieses Abschaums im Meer. Und jetzt ist sie da, ich stelle sie Euch vor: Sie, welche die große Todesfabrikantin war, bitteschön, hier ist sie und wünscht sich sehnlichst zu sterben, und schafft es nicht, sie schafft es nicht, meine Herrschaften, sie schafft es nicht zu sterben, weder vor Schmerz noch vor Scham.«

Nach diesen vielen Worten hatte Signor Cama Schaum am Mund, doch war nicht klar, was für eine Art von Schaum das war, ob vor Begierde oder vor Ekel, denn nach alldem verstand man immer noch nicht, ob er seine Orca als Fisch oder als Fleisch haben wollte.

»Einfach ausgedrückt«, sagte ihm da mit seinem Sinn fürs Praktische Luigi Orioles, »diese Orca und dieses Sterben einer Orca sind für Euch nichts weiter als ein Zufall, und wenn ich recht verstanden habe, ein völlig unnatürlicher Zufall?«

»Meines Wissens, ich sags noch einmal, hat man nie je erzählt, dass eine Orca gestorben sei …«

»Nie erzählt? Ihr wollt vielleicht sagen, dass mans nie gehört hat?«

»Nie erzählt und nie gehört, Don Luigi. Man hats nie erzählt und man hats nie gehört.«

»Vielleicht wollt Ihr sagen, dass niemand sie je gesehen hat?«

»Aus meinem Buch geht das nicht hervor und auch nicht aus den anderen.«

»Und doch habt Ihr jetzt persönlich Kenntnis. Es kann ja sein, dass auch viele andere Fischer sie haben, wie wir hier, wohingegen diejenigen, die das Buch geschrieben haben, und zwar an einem Tisch, verständlicherweise nichts darüber wussten. Hier sagt das Ereignis, dass eine Orca im Sterben liegt, viel aus, scheint mir, und wir sehens mit den Augen …«

»Für Euch ist dieses Ereignis vielsagend, und für mich ist ein anderes Ereignis vielsagend, nämlich das Ereignis, dass diese Blindkanarie sich im Großen

Krieg von Gibraltar nach hier durchgeschlagen hat, und seit dem Großen Krieg bis heute hats sogar einen weiteren Krieg gegeben, noch wesentlich größer, und sie zieht noch immer herum, bekommt neue Wunden zu den alten, verelendet immer mehr, verelendet bis an den Punkt, wo wir sie heute sehen, wo diese bösen Botinnen ihr die Fluke ausgerissen und ihr das Stoppschild gezeigt haben. Und die wollt Ihr mir Orca nennen? Die da, hört mir zu, war ursprünglich ja vielleicht eine Orca, doch wer weiß, wie lange sie schon vergessen hat, wer sie war und was sie tat. Die da Orca? Diese traurige Paradestute voller Schwären? Diese Bettlägerige? Diese Entflukte? Dieser Kadaver?«

»Ihr aber, wenn Ihr erlaubt, habt Euch meinem Eindruck nach mit Eurer Orca ein bisschen unbeständig verhalten, und tatsächlich, wie sagt man doch gleich?, von so viel Liebe zu so viel Verachtung …«

»Ich sehe den Erfolg, und den Erfolg seht auch Ihr. Ich unbeständig? Hab ich mich etwa verändert? Sie hat sich verändert. Und was haben eigentlich Begriffe wie Liebe und Verachtung hier zu suchen?«

Signor Cama und Luigi Orioles schienen wieder zu den alten Zeiten zurückgekehrt zu sein und immer noch mit ihren Fürs und Widers beschäftigt. Doch während das Wider von Don Luigi Orioles nach wie vor das alte unmissverständliche war, sandte das Für von Signor Cama, sofern man es ehrlicherweise immer noch als ein Für verstehen konnte, einen falschen Ton ans Ohr, seine Argumente klangen weder besonders glaubhaft noch besonders wie die eines Gläubigen, der bereit war, für seinen Glauben zu sterben. Tatsache war, dass Signor Cama der Orca seinen Rücken zugekehrt hatte und sie ihrem Schicksal überließ. Und während er sie vorher pries und um sie schmachtete, jetzt aber gründlich verachtete, erbrach er sich beinahe, wenn er über sie redete, und beinahe erkannte er ihr den Status als Orca ab. Nun widmete er alle seine Fürs stillschweigend den anderen Orcas, wie wenn dort in der Umgebung gleichzeitig andere Orcas hätten sein können, wie wenn man mehr als jeweils eine Tödin hätte brauchen können. Doch eigentümlich war, dass diese Orca da, gleich da vorne, vor seinen Augen wie vor denen aller anderen, auf ihn, der den Gleichgültigen und Hochmütigen spielte, wie ein Affront, wie eine Schande auf ihm zu lasten schien. Und dann erzählte der Tick, der ihn mitten im Gesicht, oberhalb des linken Backenknochen stichelte, etwas über einen möglichen Aufruhr in seinem Inneren, er erzählte vielleicht, dass sein Argument doch nicht mehr so spritzig war wie zu den Zeiten, als die Orca die Cicirella an die Oberfläche strudeln ließ, was Zeiten des großen Glanzes für den Tiergiganten und für ihn waren. Tief unten, das heißt, unter dieser inbrünstigen Verachtung, unter diesem lustlosen Verstand, unter dieser Bitterkeit im Mund, schien er die Enttäuschung zu spüren, welche die Orca ihm bereitet hatte, indem sie die Schmach erduldete und sich von den Feren entfluken und sich, sie, die Tödin, auf die unterste Stufe des Sterbens stoßen ließ. Von so viel Liebe zu so viel Verachtung: O ja, diesen Eindruck vermittelte er, es sah wirklich so aus, als hätte Don Luigi Orioles sein Leiden erraten. Und einen Alten wie Signor Cama von so viel Liebe zu so viel Verachtung wechseln zu sehen, und für wen eigentlich?, war etwas, das einen schmerzte, traurig machte, doch wahrscheinlich mehr noch widerte es einen an, verursachte es Bauchschmerzen, und nicht weniger, wie wenn man ihn gesehen hätte, dass er in seinem Alter von leidenschaftlicher Liebe entbrannt wäre. Doch wenn es Bauchschmerzen bereitete, war es nicht oder nicht so sehr darum, weil die Orca etwas mit seiner Leidenschaft zu tun hatte, sofern sie es hatte, sondern weil er, der Ernste, der überaus Ernste, den Eindruck erweckte, er würde wie ein junger Mann handeln und so tun, wie wenn er ein junger Mann von vor dreißig, vierzig Jahren wäre. Allerdings blieb zu bedenken, dass nur er hätte sagen können, welche Bedeutung dieses Ereignis der Ankunft der Orca, dieser Geruch vielleicht von Ozean, den sie für ihn in die Meere zwischen Skylla und Charybdis mitgebracht haben musste, für ihn hatte, welche Emotion es ausgelöst, welchen Antrieb sein Alter durch diesen Wind bekommen hatte, der ihm seine Jugend zwischen die Gesichtsfalten wehte. Vielleicht war das der Grund, warum Luigi Orioles immer gegen ihn sprach, wenn er mit ihm sprach, auch wenn er nicht auf sein Wider verzichtete, das auf keinen Fall, und wenn er sonst nichts erreichte, so schmierte er wenigstens ein bisschen Vaseline auf, und zwar etwas mehr als gewöhnlich, um dem Strandaufseher nicht wehzutun, der sein Leiden ja schon hatte, das Leiden des Alten, der seiner Jugend nachtrauerte, selbst wenn sie sauschlecht, bastardisch, bitter und hingeopfert aussah, aus dem einzigen Grund, dass das eben die Jugend war. Das hatte er, den Sehnsuchtsschmerz eines Seefahrers, eine so barbarische Sehnsucht, dass er sogar beim Anblick der Orca litt, barbarisch bis zu dem Punkt, dass er jetzt den Schmerz seiner Sehnsucht als den Schmerz um seine fürchterliche Orca bezeichnen konnte. Und weil dieser Trumm von entfluktem Tiergigant jetzt weder aus den Meeren zwischen Skylla und Charybdis fortziehen noch für alle Zeit dort bleiben konnte, schien sein einziges Ziel das zu sein, ihn nicht mehr sehen zu müssen. Die Pellisquadre sollten ihn ruhig abwracken und zerteilen, ihn zu einem anderen maskieren, ihn unkenntlich machen, Klotschen aus ihm machen oder auf ihm herumspazieren, sie sollten ruhig Kämme aus ihm machen und sich entlausen oder Öl und es in ihren Lampen verbrennen.

»Na gut«, sagte er zu ihm und nahm den Hauptgedanken seiner Rede wieder auf. »Man hat nie etwas von einer Orca gewusst, die starb, na gut, aber habt doch die Güte, werter Herr, und sagt uns: Wie hat man seinerzeit nachgewiesen, dass die Orca eine wahre Goldmine für alles ist, das man aus ihr machen kann, alles brauchbar und alles nützlich, mit Haut und Fett und Knochen? Ihr müsst uns erklären: Wie konnte man herausfinden, dass man alle diese Dinge aus dem Tiergiganten machen kann, wenn man doch nach Eurer Aussage niemals etwas über auch nur eine tote Orca wusste? Wenns Euch nicht widerstrebt, dann sollt Ihr uns diese Neugier befriedigen.«

»Völlig richtig«, sagte der andere gleich, der diese Frage von einem so feinsinnigen Mann wie Luigi Orioles erwartet zu haben schien. »Diese Neugier, die Ihr habt, befriedige ich sofort.«

Er beugte sich ein wenig in sein kabinenartiges Häuschen und nahm sein farbig illustriertes Zauberbuch, das er immer dort in Reichweite auf dem kleinen Tisch neben dem Fensterchen liegen hatte, er blätterte es durch, fand die Seite, die er suchte, und mit dem Finger zeigte er Luigi Orioles die beiden Fotografien, die je zur Hälfte diese Seite bedeckten:

»Beringsee«, sagte er und hielt ihm das Buch hin. »Dort war ich. See heißt es, in Wirklichkeit ist es Ozean. Nordpol, um euch eine gewisse Vorstellung zu geben.«

Luigi Orioles und die Pellisquadre blickten Signor Cama eine Weile in die Augen, wie wenn sie Hoffnung hätten, den Nordpol dort auftauchen zu sehen, in den Augen der Erinnerung, und dann schauten sie dichtgedrängt auf die beiden Fotografien.

Auf der ersten sah man einen Meeresarm unter bewölktem Himmel. Die Ufer bestanden aus schwarzen großen Steinen, und das Meer streifte dicht übers Land, wie wenn Ebbe herrschte. Die Gewässer in dem gesamten Meeresarm waren rotklebrig von Blut, und unmittelbar am Ufer fielen auf einem langen Abschnitt die riesenhaften schwarzen Umrisse von zehn Orcas auf, alle mit dem gleichen großen abscheulichen klaffenden Schnitt zwischen Kopf und Nacken, genau an der Stelle, wo sich die beiden Atemlöcher befanden: Dort war, zwischen großen Bächen gestockten Bluts, jener ausgefranste Spalt, der sich im Fleisch verengte, gleich einem Keil, der mit Axtschlägen hineingetrieben worden war, um die Atemlöcher mit Stumpf und Stiel herauszureißen, dort zeigte sich die feine Arbeit, die nach allen Regeln der Kunst verrichtet worden war, und an der übrigen schwarzglänzenden Körperfülle war sonst nichts weiter.

Mit hohen Stiefeln im Blut sah man vor den halb schwimmenden und halb angelandeten Kadavern Personen von schmächtigem Aussehen, kleine Männlein mit Babyhaar und Glupschaugen, sie lachten und hielten lange, an der Spitze noch von Blut triefende Harpunen in der Hand. Von Äxten sah man allerdings nichts.

Auf der anderen Fotografie waren ausschließlich Frauen vor einigen Holzhäusern zu sehen, die gegen die Kälte dick in gesteppte Jacken eingepackt waren, und alle machten sich um den Kadaver eines der Tiergiganten zu schaffen, die in dem oberen Bild noch heil und unversehrt langsam verwesten. Die Karkasse zeigte zur Hälfte schon keine Haut und kein Fleisch mehr. Sie war mindestens an die zehn Meter lang, breit ungefähr drei Meter, und die in der Nähe stehenden Frauen reichten mit ihren Köpfen nur eben bis zur Hälfte seiner Höhe. Es wirkte wie das Skelett eines gerade auf die Werft verbrachten Kaiks, sofern es je eine Werft und einen Bootszimmermann geben konnte, der in der Lage war, einen Schiffskörper wie diesen auszuhöhlen, von einer so kolossalen Einfachheit der Anlage, von so viel sudeliger, gewaltiger, wuchtiger Gewundenheit und Leichtigkeit und fast schon Luftigkeit des Knochenbaus, und man hätte noch sagen wollen: von so viel weißer, schaumiger Finsternis der Knochen. Man konnte nicht verstehen, wie diese kleinen Frauen es angestellt, wie viel Zeit und wie viel Muskelkraft sie darauf verwendet hatten, um etwas so Verwunderndes wie das hier bis auf die Knochen blankzulegen, auszuweiden und zu säubern, so dass es schließlich aussah, wie wenn es vor dem schwarzen Gestein glänzen würde, etwas, bei dem man meinte, dass das Auge es in seiner Gesamtheit nicht aufnehmen könnte. Doch das war noch nicht alles, sie waren sogar in der Lage, ihn auszuhängen und zu entbeinen, ohne ihm den Kopf abtrennen zu müssen, und als Folge davon suggerierte die Karkasse, zumindest da, auf der Fotografie, dem Auge die Annahme einer natürlichen Gestalt von Leben, als würde es sich um einen echten, lebendigen, phantastischen Tiergiganten handeln, der dort still auf der Lauer lag, mit den leeren Augenhöhlen, der Hirnnische zwischen Kopf und Nacken, und hier, wie wenn sie ihm aus dem felsigen Gehirn treten würden, die beiden inzwischen vertrockneten Münder des Atemlochs, und der schreckenerregende, freiliegende, ausgehöhlte, zuschnappende Rachen. Man sah sich dieses Maul an, war fasziniert und zitterte. Nie, niemals bis zu diesem Augenblick hätte man sich unter dem Fleisch und der Haut des lebendigen Tiergiganten diesen mächtigen Schreck von Kiefer vorgestellt, diese Entsetzen verbreitenden Riesenzähne, die eine Handspanne groß waren, sozusagen Hämmer aus Porzellan, die Funken von glühendem Eis sogar noch auf der Fotografie zu versprühen schienen. Und man hatte den Eindruck, als würde man das glühende Eis dieser Funken am Herzen spüren, ihre Berührung an den Handgelenken, den Knöcheln, den Knien, den Ellbogen spüren, ein schaudernder Eindruck wie der einer glatten, fürchterlichen Verstümmelung, nahezu schmerzlos wegen der großen Verwunderung.

Doch was man sich auf der Fotografie wirklich anschauen musste, waren die großen Aufschichtungen der Speckviertel, die zum Trocknen umgedreht ausgebreiteten Mengen schwarzer Haut auf den Steinen, festgespannt in Länge und Breite mit langen Stöcken; und dann das Blutbad des Fleischs, eine Unmenge großer bluttriefender Viertelteile, aufgeschichtet neben Säulenstümpfen, auf welchen einige dieser Frauen mit Messern und Äxten, die auch für einen Mann nicht leicht zu handhaben gewesen sein mussten, auf Kommando zerlegten und zerschnitten und die rechteckigen oder quadratischen Stücke in große Fässer warfen, von denen eine große Zahl schon voll an einer Seite aufgereiht standen. An dem Punkt, an welchem sie waren, blieb den Frauen nur noch, die Karkasse zu bearbeiten, das heißt die Knochen, um daraus Kämme, Löffel, Gabeln und Schuhe zu machen, wenigstens nach dem, was Signor Cama gesagt hatte.

Als er der Meinung war, dass sie jetzt genug gesehen hätten, nahm ihr Strandaufseher das Buch wieder an sich, und mit dem Finger auf die angelandeten Kadaver in diesem Meeresarm zeigend, wandte er sich mit seinem Tick am Jochbogen, der ihn noch sibyllinischer erscheinen ließ, Luigi Orioles zu und sagte:

»Kommen die Euch etwa wie Orcas vor?«

»Sinds denn keine?«, fragte Luigi Orioles ihn.

»Achwoher! Die da sind nach Euren Normen und Regeln Pseudoorcas, unechte Orcas«, verkündete Signor Cama, wie wenn er ihm ein Geheimnis preisgeben würde, doch diese Pseudoorcas hatte er schon einmal flüchtig erwähnt. »Sie ähneln sich so sehr, dass man sie für Orcas hält, und diese falschen Orcas ziehen daraus ihren Vorteil, indem sie Schrecken in den Meeren verbreiten, in denen sie auftauchen, und eine Misdea, ein Gemetzel, unter allen Fischen anstellen, weil jede Fischart sie für Orcas hält und gelähmt reagiert, allesamt mit einem großen Zittern.«

Das gelangte zu den Pellisquadre wie ein Märchen. Doch es gab wenig dazu zu sagen, entweder gab es diese Orcas wirklich unter einer Maskerade oder die im Blut der Beringsee waren allesamt Kadaver vieler echter Orcas. Und selbstredend war unter diesen beiden Möglichkeiten die die wahrscheinlichste, dass es Pseudoorcas eben gab.

»Versteht Ihr? Pseudoorca soll bedeuten: falsche Orca, sogenannte Orca, Orca, die keine Orca ist, sich aber als solche ausgibt, das heißt, die sich als Orcas ausgeben, denn sie, die falschen, die Fälscherinnen, sind zahlreich, mehr als die Feren, wohingegen sie, die Orca, die Grimmige, die Grausame, einzig und allein und immer die Gleiche ist, die der Schöpfer geschaffen hat, diese eine, und die reicht und ist sogar noch zu viel. Nun könnt ihr mich fragen, was der Grund dafür sein kann, dass die Orca, die orcinuse Orca, kurz gesagt die Tödin, um keine Verwirrung in den Herrschaftsbereichen zu stiften, im Gegensatz zu der Art, wie sie artet, nämlich dass sie gleichzieht und sich von niemandem beeindrucken lässt, die aber hält sie nicht nur am Leben, sondern sie hält sie am Leben, und das ist das wirklich Verwunderliche, weil sie ihnen gestattet, ihren Hunger aufgrund ihres Schweißes zu stillen, sie gestattet ihnen, sich zu sättigen, indem sie ihren Ruf ausnutzen, das heißt, sie gestattet ihnen, alles Hingemetzelte zu verschlingen, die unermessliche Vernichtung von Fischen, die sie hinter sich lässt, wo sie vorbeizieht. Nun könnt ihr mich, wie ich schon sagte, durchaus nach dem Grund dafür fragen, mit anderen Worten nach dem Grund für die große, diese große Eigentümlichkeit in ihrem Verhalten, das, im Gegensatz zu der Art, die sie von Natur aus zwangsläufig artet, auf diese Scharlataninnen und Geschäftemacherinnen hinzudeuten scheint, die es am wenigsten verdienen würden. Ihr könntet mich fragen, sagte ich, und wenn ihr mich fragt, ist ebendiese Fotografie, Ihr habt sie ja gesehen oder?, so vielsagend, dass Ihr sie nur genau anschauen müsst, dann wird sie Euch an meiner Stelle antworten, sie von ganz alleine, stummstumm, sagendvielsagend, sie antwortet Euch und sagt, dass der Grund dafür, dass die Orca sich so wenig, ja überhaupt nicht als die orcinuse gegenüber diesen Niederträchtigen zeigt, die sich für sie ausgeben, durch die Tatsache erklärt, hier ist sie deutlich erkennbar, durch die Tatsache, die man erkennt, die Ihr auf den ersten Blick mit Euren Augen erkennt, die Tatsache nämlich, dass sie so, wie sie sie an ihrer statt leben lässt, indem sie sie missbrauchen, sie sie auch an ihrer statt sterben lässt, indem sie sie missbraucht. Und das ist nur logisch, denn die Pseudoorca ist angeblich ebenfalls unsterblich, und daher, ja, stirbt sie. Habe ich das Konzept verdeutlicht? Die Orca hält sie am Leben, diese falsche Sie, damit sie an ihrer Stelle stirbt, zumal die Menschen in diesen Gegenden dort an der Beringsee, wie ihr gesehen habt, zu den großen Jagden rüsten, die Monate lang dauern, und sie sind so verbissen dabei, wie ihrs euch nicht vorstellen könnt, sie verbeißen sich so darein, als gings um Leben oder Tod, und das tut es ja auch: denn zu drei Vierteln des Jahres ist das Meer völlig von Eis bedeckt, und mit einem Großtier wie denen da überlebt ein ganzes Dorf gut ein Jahr, sie essen davon und kleiden sich von Kopf bis Fuß. Was macht nun die Orca? Sie schickt die Pseudoorcas direkt ins Fangziel, und ohne Zeit zu verlieren, zieht sie weiter und kümmert sich um ihr Metier, und Ihr wisst, worin das besteht. Habt Ihrs verstanden? Habt Ihr nun verstanden, wer die echte Orca ist, die Orca, die Orca mit allen Sinnen und Gefühlen ist? Versteht Ihr, was die Orca, wenn sie Orca ist, sich erlauben kann und wie sie gegenüber diesen kleinen Sterblichen von der Höhe ihrer Unsterblichkeit herab die Schurkin spielen kann?«

Für Signor Cama musste dies wie eine Revanche sein. In diesem Augenblick schien es, wie wenn die Orca wieder zur Kokarde an sein Knopfloch erhoben worden wäre, allerdings die, die durch die ozeanische Beringsee zog, den Pseudoorcas hinterher, nicht die Heruntergekommene hier, die vor seinen Augen einem schändlichen, ihrem Rang unwürdigen Tod entgegendämmerte, als richtiger Kadaver, der sie ja auch schon seit längerem war. Seht Ihr?, sagte er, die da hat im Vergleich mehr von einer Pseudoorca als von einer echten. Nun, da er sie verachtete, vergaß er auch die Verdienste, für die er sie vorher gepriesen hatte.

Doch das waren seine Angelegenheiten, seine Feuerstellen. Für Luigi Orioles und die anderen Pellisquadre war das, was sie interessierte, die Substanz der Sache. Daher brachte Don Luigi ihn zum ersten Punkt zurück und fragte ihn:

»Und zwischen echter Orca und falscher Orca gibt es keinen, wirklich keinen Unterschied, Eurer Ansicht nach? Nichts wirft man von der einen fort und nichts von dieser?«

»Nichts. Im Gegenteil, wenn Ihr erlaubt, mit zusätzlich einem natürlicheren Geschmack, einem Geschmack, den die falsche Euch nicht geben kann.«

»Lassen wir den Geschmack für den Augenblick mal beiseite. Ihr sagt, dass diese Menschen am Nordpol den Tiergiganten bis auf die Knochen verarbeiten, sie nehmen Haut, Speck, Fleisch und Knochen, weder mehr noch weniger, wie wenn er eine Kopie unseres Pulcinells wäre?«

»Sie essen ihn, sie leben von ihm, sie kämmen sich mit ihm, sie laufen mit ihm herum, sie pressen Öl aus ihm zum Würzen und zum Anzünden von Lampen, sie machen Dolche und Pfeile aus ihm. Die Finnen, Ihr glaubt wahrscheinlich, wenigstens die Finnen werfen sie weg, doch in Wirklichkeit säuern sie die Finnen, und wenn sie richtig gesäuert sind, essen sie sie und schlecken sich die Finger ab. Reicht Euch das? Habt Ihr nun eine Vorstellung? Dabei ist mir nicht einmal alles eingefallen …«

»Den Leutchen da muss es schlechter gehen als uns«, flüsterte Jano Scarfì.

»Jetzt aber gehts uns gleich, wenns uns nicht eigentlich doch schlechter geht«, sagte Saro Ritàno.

In der Tat, sie waren da versammelt, und nie hätten sie es sich vorgestellt, dass sie sich eines Tages da befinden und mit den Augen Berechnungen und Begehren über eine Pseudoorca entwickeln würden, aber schlimmer noch, sogar über die echte Orca, die eigentliche orcinuse Orca, die so sehr und so lange schon nach Kadaver stank, dass der Gestank all dieser Pseudoorcas im Vergleich wie Düfte erscheinen mussten; nie sich vorgestellt, da versammelt zu stehen und Berechnungen darüber anstellen zu müssen, den Großhandelspreis zu kalkulieren, ob und wie er auch ihnen das Überleben sicherte, wobei sie das Fleisch allerdings ausschlossen, denn dass sie es an den Mann bringen würden, war längst ausgeschlossen, und ausgeschlossen war auch, dass sie es verzehren würden, und darin waren die Leutchen dort glücklicher dran als sie, wenn sie das als natürlichen Geschmack empfanden. Doch wenn es stimmte, was man erzählte, nämlich dass man in Messina die Läuse mit sich zum Meer schleppte, weil es keine Kämme gab, und man nur mit großer Mühe einen aus stinkenden Rinderknochen fand oder aus Holz, weshalb die Cataneser, die sie herstellten, reich wurden; und wenn es stimmte, dass es keinen Strom und auch keine Kerzen noch Lichter gab, nicht einmal, um sich ins Gesicht zu sehen, sobald es Abend wurde, und es auch stimmte, dass man nicht einen Tropfen Öl fand, um wenigstens eine Tomate zu würzen, und es auch stimmte, dass auf den Steinplatten der Straßen nur die Holzpantinen widerhallten, die nämlich, damit kein Irrtum aufkommt, die man vorher immer nur an den Füßen der Stockfischer und der Fischverkäufer auf dem Fischmarkt gesehen hatte oder auch an den Füßen der Badenden im Sommer und jetzt verzweifelt gesucht wurden, um damit herumzulaufen, weil es weder Sohlen noch Tierhäute gab: wenn diese Lage der Dinge stimmte und Knappheit, Mangel und Entsagung herrschten, dann hatte Signor Cama durchaus recht, dass dort, dort, wo sie den schwarzen Körperumriss des Tiergiganten in der gischtenden Leere der Linie auf- und untergehen sahen, dort, der dort wirklich eine Truvaje war. Der Tiergigant musste allerdings erst noch sterben und erst noch anlanden. Für den Augenblick war der Stand der, dass Signor Cama gesprochen hatte, um seinen Mund zu speicheln und Schaum an die Lippen zu bekommen, Gallbitterschaum, so musste man denken, wenn man in Betracht zog, wie und warum er sprach, was ihn inspirierte und welches Ziel er im Auge hatte.

Die Möwen sahen sie, als sie im Tiefflug über der gischtenden Linie schon in Richtung Kalabrien flatterten und mit ihrem Flug träge die Bewegung des Orcaferons begleiteten, was aussah, wie wenn sie mit ihm auf Kreuzfahrt gingen. Und sie sahen sie nur, weil die Unruhe der Feren sie aufmerksam werden ließ, für die diese Ankunft einen unerwarteten Spaß darstellte, eine unverhoffte Ablenkung von diesem Trauerkloß von Orcaferon, der zwar ganz lustig zu entfluken war, wohingegen sein Sterben durchaus nichts besonders Lustiges an sich hatte.

Diese Möwen hatte keiner hinauffliegen und sich an die Spur des Tiergiganten heften sehen.

Es war bekannt, dass es irgendwelche Anzeichen für ein von der Straße von Sizilien heraufziehendes Unwetter geben musste, wenn man sie so langsam und niedrig über den Meeren zwischen Skylla und Charybdis ihre aschgrauen Flügel schlagen sah, denn immer war es ein Unwetter, das sie bis dort hinauftrieb. Dieses Mal jedoch herrschte, so weit das Auge reichte, diese große Helle, die vom tagelangen Schirokko von Morgen und von Abend her aufgekocht und aufgedampft war, und nicht einmal Stunden später, nachdem sie über den Meeren von Skylla und Charybdis sichtbar geworden waren, konnte man das geringste Anzeichen dafür erkennen, dass dieses herrliche Wetter von hier bis Afrika von einer Stunde zur anderen umschlagen könnte.

Doch abgesehen davon, wie sie sich bei ihrer Ankunft an der Linie kreuzten, auf der Linie, auf Kreuzfahrt mit dem Orcaferon, und wie sie im Gleichklang mit ihm ihre Schwingen schlugen, aufflogen und herabstürzten, beinahe ohne jemals in den Schatten seiner schwarzen Körperfülle zu treten, die durch die Gischten schimmerte, und auf diese Entfernung den Eindruck niedrig fliegender Drachen bei Windstille erweckten, mit den an den großen Rücken des Tiergiganten gebundenen Stricken, sah es aus, wie wenn die Möwen, so eigentümlich das auch scheinen mochte, sich ganz absichtlich dort befanden, wie wenn sie eigens für ihn von irgendeinem offenen Meer hierher abgebogen wären oder vielleicht auch von wer weiß welchem Ozean. Doch das war nur ein trügerischer Eindruck, der sich auf nichts stützte, der Eindruck der Pellisquadre, die vom Sporn aus unentwegt auf den Orcaferon starrten, und so war es wegen des Umstands, dass der entflukte Tiergigant ihr ganzes Auge füllte, als würde er die ganze Landschaft ausfüllen, die sie vor sich hatten: Auf diese Weise entstand für sie mit jeder Neuigkeit, die sich an den Rändern der Linie auf dem einen wie auf dem anderen Meer ergab, diese Augentäuschung, weshalb man meinen konnte, dass jede Neuigkeit, die sich ergab, sich im Zusammenhang mit dem Orcaferon ergab, als würden sich die Flügel am Himmel senkrecht über seinen Körperumriss bewegen und die Federn unten, in seinem Meer. Denn wenn dieser Eindruck richtig war, welche andere Grundlage, welche andere Bedeutung konnte die Tatsache haben, dass die Gegenwart des Orcaferons die Möwen an die Meere von Skylla und Charybdis gelockt hatte? Sicher, gewiss, einen Zusammenhang konnte es durchaus geben, dieser Zusammenhang zwischen Möwen und Orcaferon konnte durchaus der Ozean gewesen sein, und nach dem, was sie darüber wussten, konnte es durchaus sein, dass der Orcaferon für die Möwen etwas Gigantisches darstellte, dass sie ihn möglicherweise immer wieder umflogen und sich auf ihm niederließen wie auf einer kleinen Insel und von der gewaltigen Menge Fisch profitierten, die dieser blutschäumende Schreck zurückließ, und sich an Meerbarben, Buga, Meerbrassen, Goldbrassen und jede andere Art von Fischlein, das ihnen schmeckte, satt fressen konnten, ohne dass sie sich abmühen mussten, sie brauchten nur intensiv von oben hinunterzuspähen, dann ins Wasser hinabzustürzen oder dicht über der Wasserfläche hinzugleiten und sie mit dem Schnabel aufzuspießen. Sicher, gewiss, es konnte da einen Zusammenhang dieser Art zwischen dem orcinusen Tiergiganten und diesen Völlervögeln geben. Ja, schon, doch was für einen Zusammenhang konnten die Möwen jetzt noch mit diesem Entflukten haben? Welchen Ozean, welche Unmengen von Fisch konnten sie je wieder für sich gemeinsam haben? Wenn es also kein Zufall war, welche Bedeutung konnte dann das Auftauchen der Möwen haben, die hinaufzogen, hinaufzogen, bis sie schließlich an die Grenzlinie kamen und dort oberhalb des Körperumrisses des Orcaferons abbogen und sich von dort nicht mehr fortbewegten?

Hätte er noch seine Fluke gehabt, hätte das Auftauchen der Möwen sogar bedeuten können, dass der Orcaferon es vielleicht doch noch schaffte, sich wieder zu erholen und noch einmal auf den todbringenden Wellenkamm seines Lebens zurückzukehren; hätte er seine Fluke noch gehabt, hätte das bedeuten können, dass sie abwarteten, ob nicht doch wieder Lebensmut in ihn zurückkehrte, der ihn nach Gibraltar lotste und begleitete, wo sich vor ihm noch einmal der große Atlantik auftun würde. Die Möwen hätten vor allem dann, wenn sie mit dem Tiergiganten wirklich in einer wie auch immer gearteten Beziehung standen, in der Lage sein müssen, dieses große schwarze Buch eindeutiger zu dekodieren als irgendwelche Christenmenschen. Doch stattdessen hatte es den Anschein, dass es ihnen nicht das Geringste ausmachte, ihn so entflukt zu sehen, vielmehr glich es für sie einem Wunder, wie er ohne Fluke überhaupt schwimmen konnte, inzwischen konnte er das doch gar nicht mehr, auch dann nicht, wenn er wirklich unsterblich gewesen wäre.

Es war klar und deutlich, dass sie immer am selben Punkt waren. Da sie keine unmittelbare Kenntnis darüber hatten, zumal sie sie, Möwen und Orcaferon, noch nie auf offenem Meer am Werk gesehen hatten, beschäftigte das natürlich ihre Gedanken. Doch obwohl sie so dastanden, fühlte sich auch Luigi Orioles nicht danach, Signor Cama ausdrücklich zu fragen, und sie erwarteten alle, dass dieser jeden Augenblick das Wort ergreifen würde, das hieß, genaugenommen, dass er das Wort sagen würde, das zu diesem Thema in seinem Buch stand, sofern es da stand, und was für ein schlimmes, was für ein hässliches Thema das war, ob es stimmte oder nicht stimmte. So redeten sie in stillschweigendem Einvernehmen in der einzigen Absicht, Signor Cama hineinzuziehen, und die Worte, die jeder von ihnen sagte, schien er nur zu sagen, damit sie das Ohr von Signor Cama betörten, der still und unbeweglich auf seinem geflochtenen Stuhl saß und selber aussah, wie wenn er wie ein alter Tölpel darauf eingeflochten wäre und geradeaus vor sich hin auf die Grenzlinie blickte und ihnen seinen Rücken zugekehrt hatte. Sie befragten das Orakel, Orakel in dem Sinn, dass es unmittelbare Kenntnis vielleicht nicht hatte, dafür aber ein Buch mit Wörtern und Darstellungen, und endlich hörte man auch die Stimme des Orakels, nämlich an der Stelle, wo sie sagten, dass die Möwen, wenigstens dem Anschein nach, gar nicht bemerkt hätten, dass der Orcaferon keine Fluke mehr hatte.

»Hach, das stelle sich einer vor, ihr hättet gar nicht bemerkt, dass sie entflukt ist und zerstört«, sagte er da, wie wenn er laut nachdenken würde und damit zeigen wollte, dass ihm nicht eine Silbe von dem entgangen war, was man hinter ihm gesagt hatte. Und während er weiterhin geradeaus vor sich hinblickte, zur Grenzlinie, zur Orca darinnen und den Möwen darüber, wandte er sich an die Vögel, wie wenn er damit die Pellisquadre verspotten wollte. »Hach, dass ihr bis hier heraufgezogen seid, braucht man wohl viel Vorstellungskraft, um zu verstehen, dass es euch doch einer von diesen Falken oder Weihen, die schon auf hundert Meilen Entfernung den Aasgeruch wahrnehmen, in die Ohren gepfiffen haben musste, dass sich hier eine nicht länger einsatzfähige Orca befinde, die ein einziges Lazarett sei und keine Fluke mehr habe, weshalb man ihr bereits das Miserere singen könne, wie sollten sie es euch auch nicht zugepfiffen haben, wo sie doch wussten, dass sie euch nichts Schöneres und Ersehnteres hätten mitteilen können. Wärt ihr sonst dort, bei dem Dünnpfiff, den die Orca doch auch euch immer verursacht hat, euch, die ihr fliegt, dort, und vor ihren Blicken unter Lebensgefahr um sie herumflattert? Kommts euch nicht auch unwahrscheinlich vor, dass ihr einen solchen Anblick genießen könnt? Kommts euch nicht auch unwahrscheinlich vor, dass ihr euch so sättigen könnt? Fliegt nur um sie herum und verdreckt sie mit all eurem Schiss, denn schließlich lauft ihr ja keinerlei Gefahr, ihr lauft nicht die Gefahr, die ihr ja kennt, die euch im Flug zwischen die Zähne schnappt und euch unversehrt mit Federn und allem verschluckt ...«

Und als würde er sich geradezu wörtlich auf die Worte des Buchs beziehen, doch zugleich mit dem Ausdruck, als würde er eine Szene berichten, die er mit eigenen Augen gesehen hatte, erinnerte er hier die Möwen an den hässlichen Tod, den sie erfuhren, wenn sie es wagten, in die Meere der Orca einzutauchen, geblendet von der Unmenge Fisch, und es zu ihrem Unheil geschah, dass sie in einer Entfernung vor ihm herflogen, in der sie sich vor diesem blutschäumenden Schrecknis sicher fühlten, sie aber, wiewohl von dem unermesslichen Fang tonnenschwer, mit einem fürchterlichen Flukenschlag auf sie zustürmte, und zwar so blitzartig und jäh, wie nicht einmal eine schnellwendige Muräne es gekonnt hätte, dann so viele von ihnen schnappte, wie sie nur konnte, und gleich darauf abtauchte, während sie von wie verrückt zappelnden Federn und Schwingen nur so überquoll.

Die Pellisquadre sannen unterdessen über die eigentümliche Beziehung nach, die es wirklich zwischen Orcaferon und Möwen gab. Diese Beziehung hatten sie zwar richtig erkannt, nur dass sie die Umkehrung dessen war, was sie sich vorgestellt hatten. Sicher, der Orcaferon stellte für die Möwen ungeheuer viel dar, nur dass das für sie mehr Schlechtes als Gutes bedeutete. Und sie fragten sich, wieso, aus welchem Grund der Orcaferon sich auf die Seevögel stürzte und sie mit Federn und allem Drum und Dran verschlang. War das etwa auch Teil seiner orcinusen Arbeit, seiner Tätigkeit als Großer Tod? Oder handelte es sich nicht eher um eine andere seiner seltenen Feinschmeckerschwächen wie die Walzunge? Um einen anderen Happen, leicht exzentrisch und verrückt, auf den er so versessen war? In Signor Camas Buch musste das ganz sicher ausführlich beschrieben stehen, doch Signor Cama stand, wenigstens in diesem Augenblick, der Sinn nicht danach. Signor Cama machte wie von sich aus mit seiner Art von Salbaderei zum Zeitvertreib einfach weiter. Er hatte angefangen, diesen verunstalteten Tiergiganten mit Schmähungen zu überziehen und über die Möwen hin und her zu lästern, die sich hatten täuschen lassen, darüber sollten sie sich nur ja keine Illusionen machen, denn den da mussten sie eher für eine Pseudoorca als für eine echte Orca halten: »Ach ja, so ist es doch. Die Orca richtet für gewöhnlich ein Gemetzel unter euch an, sobald ihr in ihre Reichweite kommt. Ich sage die Orca, nicht die da, denn die da kommt euch doch nicht etwa wie eine richtige Orca vor? Die da ist doch nicht wirklich ernst zu nehmen. Wie ein Schwein, das ja, ein Schwein in Gestalt einer Orca. In Gestalt? Was heißt hier Gestalt, wo sie doch so entstaltet ist? Was heißt hier Gestalt, wo sie sich doch völlig entstaltet hat? Täuscht euch da mal nicht, täuscht euch da mal ja nicht, ihr kleinen Möwen, träumt bloß nicht, dass die da stirbt und der Orcaschreck damit für euch ein Ende hätte. Die da war einmal Orca, vor Jahren und Jahren. Die wirkliche Orca weiß selbst ganz genau, wo ihr in diesem Augenblick die Augen funkeln, doch ihr werdet ihr heute oder morgen verhängnisvoll begegnen, und dann, ja dann werdet ihr wissen, wer sie ist, die wirkliche Orca, denn sie wird euch nicht einmal Zeit lassen, euch zu fragen: Wer ist die nur, die wir mit unseren Augen gesehen haben, entflukt und zum Gespött der Feren der Meere zwischen Skylla und Charybdis verkommen? Nun, dann gebe ich euch die Antwort, jetzt gleich, und so seid ihr dann, wenn die richtige Orca euch das Fest bereitet, heiter und ohne Sorgen. Wer war jene, wer ist diese? Ein Orcadaver, das war sie, eine Orca, die sich noch zu Lebzeiten zum Kadaver hatte verkommen lassen. Und damit verschwindet jetzt und steckts euch irgendwo rein, sie ebenso wie ihr.«

Und an dieser Stelle, so hätten sie schwören mögen, hatten die Möwen mit der Sache nichts mehr zu tun, dieses obszöne Reden richtete er zwar an sie, doch in primis an den Orcadaver. Und um eine Vorstellung davon zu geben, dass der Begriff Orcadaver ihm noch zu wenig abscheulich vorkäme, fügte er als höchste Form der Verachtung gegenüber der Orca noch die Karonje ein und machte aus ihr eine Orcaronje. Begeistert ihr euch doch für diese Orcaronje, schien er zu sagen, das Schauspiel, das diese Orcaronje bietet, ist nicht nach meinem Geschmack. Im Übrigen war das richtig: War er nicht mit der Ankunft der Orca auf der Bildfläche erschienen, wie wenn diese unmittelbar aus den Seiten seines Buchs in den Meeren zwischen Skylla und Charybdis aufgetaucht wäre, um sie wenigstens von ihrer rechten Seite zu betrachten, der noch unversehrten? War er nicht mit der Ankunft der Orca auf der Bildfläche erschienen? Und war die Orca nicht schon seit einiger Zeit, zumindest seit der Entflukung, von der Bildfläche verschwunden? War sie nicht von einer echten Orca am Ende zu einer Pseudoorca verkommen? Von seinem Standpunkt aus war er also im selben Augenblick ebenfalls von der Bildfläche verschwunden, ja, danach zu urteilen, wie er sich in seine Wut gesteigert hatte und mehr als je zuvor vermameluckt war, musste man sagen, dass er mehr als nur verschwunden war, er war abgestürzt. Dem Anschein nach blickte er, wie er da an der Spitze des Sporns saß, zur Grenzlinie hinüber, haargenau so wie zuvor, er betrachtete das Hin und Her der Orca in der schäumenden Stauung und die Möwen über ihr, so niedrig, dass sie in der Gischt auftauchten und wieder verschwanden. Denn Signor Cama kannten sie nicht als jemanden, der standhält, auch wenn es schwerfiel, wie Caitanello Cambrìa zum Beispiel. Dieses Mal allerdings waren alle überzeugt, dass er standhalten würde, wie er es ja schon eine Weile tat, indem er zur Grenzlinie hinüberblickte, doch ohne das Hin und Her der Orca wahrzunehmen und vielleicht nur die Möwen zu beobachten, in der Erwartung, sie von dort fortfliegen zu sehen und ihnen bei ihrem Rückflug nach Malta, zur Straße von Sizilien, nach Gibraltar zuzuschauen, bis hin zum Ozean und dort noch in Gedanken ihren schwachträgen, niedrigen, die Welle streifenden Flug zu verfolgen, bis sie schließlich einen schwarzen Riesenschatten wahrnahmen, der schwimmend die Meere pulverisierte, durch sie zog, woraufhin sie dann vor Schreck mit den Flügeln schlugen, weil das die echte Orca war.

Auch sie beobachteten jetzt die Möwen, doch jetzt, jetzt allerdings, als sie wieder das mattträge Flattern wie mit anderen Augen sahen, und sich Mühe gaben, sie jetzt richtig ins Blickfeld zu holen, entsprechend der neuen Sichtweise, die Signor Cama ihnen enthüllt hatte, nämlich dass sie nicht bis hier heraufgezogen waren, um dem sterbenden Orcaferon Widerstand entgegenzusetzen, sondern im Gegenteil, um den Anblick zu genießen und sich in jeder Hinsicht zu sättigen.

Doch als die Möwen entlang der sizilianischen Küste wieder hinunterflogen und im Näherkommen ihr ersticktes, fast schon wehklagendes Schreien wie ein fortdauerndes trauriges Schluchzen hören ließen, das nicht das Geringste mit dem quengeligen Ngangà ngangà der Ferenkälber zu tun hatte, ein Ngangà ngangà, das mit Absicht gekreischt wurde, als Theater, als Spott, als eher niederträchtigen, als schampanjerleichten Spott der Feren über ihre Opfer. Dieses heisere, erstickte, schrille Hühnergekreisch der Möwen war ja der ihnen von Natur aus eigene Klang, er war nicht gestellt, er war nicht aus Spott, sondern war der natureigene Ton dieser etwas schrillen Vögel, die sie nun einmal sind. Das, und das musste ja nicht erst eigens betont werden, konnte ihnen zu gar nichts dienen, weder um zu sagen, dass sie den Anblick genossen, noch dass ihnen dieses Trauerspiel besonders wehtat. Wie auch immer, sie folgten ihnen weiterhin aufmerksam, bis sie schließlich merkten, dass die Vögel immer tiefer zu dem Körperumriss des Tiergiganten hinunterflogen und danach, für Augenblicke nur, mal die eine, mal die andere, unten, in der brodelnden Gischt verschwanden, und wenn sie wieder auftauchten, erhoben sie sich über ihn in leichtem Flug mit etwas, das an der Spitze ihres Schnabels glänzte, dann aber, nach einer kurzen Weile, nicht mehr glänzte. Wenn man es so sah, war es gewissermaßen, als würden sie mit dem Schnabel wie mit einer Lanze nach etwas in dem Tiergiganten zielen, und genau das taten sie auch, sie schnappten nach Cicirellafäden, die sie erspähten, den Hals unten eingetaucht in Öffnungen, Höhlungen und Kratern der Körperfülle des Tiergiganten, und sobald sie heftig mit ihren Schwingen zu schlagen begannen, zogen sie gleich ihren Schnabel mit der Cicirella heraus. Das war's, was sie taten. Und das war etwas ganz anderes als den Anblick genießen, etwas ganz anderes als die Sättigung, wie es Signor Cama verstand, der damit die Sättigung des Augs, des Blicks meinte, eine metaphorische Sättigung. So jedoch wurden sie wirklich und wahrhaftig satt, satt im wahren Sinn des Worts, satt in den Flanken, Sättigung und Prasserei des Bauchs. Gab es da jetzt noch Zweifel, dass sie wegen der Orca hier heraufgezogen waren? Ihre Anwesenheit an den Meeren zwischen Skylla und Charybdis erschien jetzt auf die eine oder andere Weise natürlich und in Übereinstimmung mit den Umständen ebenso wie mit dem Ort, so natürlich wie die der Sardinen und die der Raben, der Falken und der Weihen, dieser ganzen schönen Versammlung ewig Hungriger, die sich da zusammenfanden, alle aus einem einzigen Grund, nämlich den, ihren Schnabel zu netzen. Beim Orcaferon. Auch wenn Sardinen und Aasvögel es auf den Tiergiganten persönlich abgesehen hatten, wohingegen die Möwen auf die Cicirella aus waren, die in den Rissen, Kratern und Höhlen der überspülten Flanke des Orcaferons verblieben war, und zwar in unvorstellbarer Menge, wovon die Pellisquadre sich noch am selben Tag überzeugen konnten.

Ebenso wie sie die Möwen durch die Feren sahen, die, sobald diese sie gesichtet hatten, anfingen, im Schwimmflug unter ihnen herzuziehen und zu versuchen, sie beim Flügel zu schnappen, was wohl nicht nur ein Laster des Orcaferons gewesen sein musste, sahen sie auch Raben, Falken und Weihen, genauer gesagt, weil sie sich wohl nicht bewegt haben mussten, da oben, in höchster Höhe, sahen sie sie wieder, wobei sie sich an den Engländern des Landungsboots orientierten, die sich gegenseitig auf sie aufmerksam machten. Raben, Sturmfalken und Weihen kreisten an einer Stelle am Himmel fast über der Grenzlinie und schwangen sich so langsam im Kreis, dass es aussah, als würden sie stillstehen, und sie kreisten so, als würden sie den Todeskampf des Orcaferons abwarten. Sie sahen sie, und als wären es die Augen gewesen, die ihnen diese Geräusche ans Ohr brachten, hörten sie gleichzeitig, wie sie da oben am Himmel mit den Schnäbeln klapperten und ihr Krakra machten.

Das englische Landungsboot unten war am Ufer hinter dem niedrigen Vorgebirge aufgetaucht, das den Strand zwischen der Alten Laterne und den Palmen bildete, und erst, als es die Spitze umrundet hatte, hörten sie die Motoren mit ihrem kraftlosen Funfù. Das Auftauchen der Engländer an den beiden Meeren, die den Kurs ihres normalen Hinübers und Herübers zwischen Cannitello Leuchtturm, Leuchtturm Cannitello geändert hatten, brachten die Pellisquadre gleich mit dem Orcaferon in Verbindung. Sie mussten ihn mit dem Fernrohr erspäht haben, während er in der schaumgepeitschten, gischtenden Blähung der Grenzlinie mit großem Widerstand auf und ab trieb, und dieser geheimnisvolle schwarze Fleck, diese Art von Wassergewölk, diese in den Gischten gefangene Seele eines Seewirbels musste zuallererst ihre Phantasie in Gang gesetzt haben und danach ihre Neugier oder aber, ohne allzu sehr vor Phantasie zu erschlaffen, es musste ihnen ganz einfach die Gefahr bewusst geworden sein, die dieser eigentümliche gigantische Körper, dieses nicht genauer bezeichnete Kriegsgerät oder Naturphänomen beim Einlaufen oder Auslaufen ihrer Schiffe und Boote darstellen musste, und als Folge davon waren sie da zur Stelle. Und so konnte man in den Gesichtern aller Pellisquadre, des einen wie des anderen, lesen, wie sie im Geist Abschied von der Goldmine der Kämme und Klotschen, der Löffel und Gabeln, des Öls, des Fetts und der Häute nahmen, denn als Folge davon konnten die Pellisquadre es sich jetzt aus dem Kopf schlagen, dass der Orcaferon sich früher oder später noch einmal in seiner Fülle dort an der Grenzlinie zeigen würde. Und folglich hörte 'Ndrja hinter sich und rings um sich, wie die einen Pellisquadre durch die geschlossenen Zähne Flüche ausstießen oder auch seufzten, die anderen ihre Luft durch die Nase ausschnaubten wie Pferde, die den Biss, die Qual spürten, den schlimmsten aller Bisse, den, der durch das Verhängnis des Schicksals geregelt wird; und obwohl er sie nicht sah, war es 'Ndrja, als würde er sie alle sehen, wie sie in ihrer Gestalt klein und zerbrechlich wurden, sie zu weniger wurden als sie vorher waren, als sie sich noch der Täuschung hingaben, wie sie groß werden oder zu neuer Größe kommen konnten, nicht so sehr bei dem Gedanken an all das Arkelamekk von Dingen, die sie, nach Ansicht von Signor Cama, wohl verkaufen konnten, nicht so sehr wegen des Kleingelds, das sie mit Kämmen, Gabeln und Löffeln wohl verdienen konnten, als vielmehr bei dem Gedanken an all die Bequemlichkeiten und die Zufriedenheit, die große handwerkliche Tätigkeit, die nämlich das eigentlich Anziehende für sie war, auf dem Grund dieser Mine, unter diesem Arkelamekk von Dingen, denn es sich mit Geschäftigkeit bequemlich zu machen, sich in jedem Augenblick Zufriedenheit zu verschaffen war für sie wichtiger, oder etwa nicht?, als schnödes Geld und Brot.

Als das Landungsboot in Höhe der Alten Laterne war, sahen sie vom Sporn aus, dass außer den englischen Matrosen mit ihrer Kinnriemenkappe, ihrem Pullover und ihrer weißen Hose auch zwei zivil Gekleidete an Bord waren, und in einem von ihnen erkannte 'Ndrja auf den ersten Blick den eigentümlichen Umriss des Maltesers, des Ruderer anheuernden Mannes mit dem wulstigen Leib im Tropenanzug und der massigen Brust, die wie ein Doppelkinn außerhalb seines offenen Hemdkragens wirkte, dessen langgezogene Spitzen auf sie herunterreichten; und in dem anderen Zivilen bei dem Malteser an Bord erkannte er diesen Pisser von Burschen mit dem blatternarbigen Gesicht und dem dreckigen kleinen Fingernagel, dem Ohrenputzer, der sich für einen mit allen Wassern gewaschenen Schurken hielt.

Als er ihn sah, wusste 'Ndrja auf der Stelle und ohne auch nur einen Hauch von Zweifel, dass der Malteser seinetwegen herkam. Das Boot kommt hierher, sagte er zu sich, es fährt nicht zur Mittellinie hinüber. Damit kommen die Engländer nicht wegen des Tiergiganten her, sondern es ist der Malteser, der deinetwegen herkommt, lieber 'Ndrja Cambrìa. Und wenn du keinen Bock schießt, kannst du mit Spaß und Gelächter Gefahr laufen, ganz wirklich diese tausend Lire zu verdienen. Doch, so fragte er sich, konnte dieser Malteser da, um überhaupt einmal irgendwo zu beginnen, ihn vom Boot aus da oben auf dem Sporn inmitten all der anderen überhaupt erkennen?

Bei den anderen, bei den Pellisquadre um ihn herum, spürte er unterdessen immer deutlicher, dass sie alle mutlos geworden waren, und es war schon beeindruckend, sie von einer Minute zur anderen so zu leblosen Gestalten verändert zu sehen, sie schlimmer als vorher zu erleben, vorher, als die Vorstellung vom Zerlegen des Orcaferons, von diesem großen, diesem großartigen Treiben, dieser Geschäftigkeit und Wendigkeit der Hände, womit sie hofften, sich wie nach einem viel zu langen Fasten zu sättigen, nach Monaten und Monaten, während denen sie müßig ihre Hände in den Schoß legen mussten, als diese Vorstellung sie also schlagartig wiederbelebt, ja, sie geradezu aufgewühlt hatte. Allein wenn sie darüber redeten, kehrte das Leben in sie zurück, und ohne das war bei ihnen, allein durch den Anblick des Boots und der Engländer, die kamen und ihnen nicht in erster Linie den Orcaferon wegnahmen, sondern vielmehr die Gedanken, die sie sich über ihn gemacht hatten, wieder aller Mut verlorengegangen. Die paar Soldi, die sie möglicherweise damit hätten verdienen können, sofern sie sie überhaupt verdienten, hatten damit fast gar nichts zu tun, sondern das händische Tun, das Wohlbefinden, das war's, und viel machte es aus, dass man ihnen bereits die wohltuende Wirkung ansehen konnte, obwohl sie sich noch auf nichts stützten, und fast konnte man es in ihren Gesichtern lesen, dass sie im Geist schon alles herrichteten, um hinauszufahren, bis eben das Boot auftauchte. Jetzt aber, mit den Engländern, die kamen, um ihnen diese Geschäftigkeit aus den Händen zu winden, die ihnen schon eine Art Kribbeln in den Fingern verursacht hatte, und ihnen diesen geschäftigen Gedanken aus dem Kopf zu schlagen, konnte man die Auswirkungen, die völlig negativen Auswirkungen in der Szene des allgemeinen Verstummens bereits erkennen, das sich über den Sporn gebreitet hatte, hier und dort mit ein paar Seufzern hinter geschlossenen Zähnen, was sich anhörte, wie wenn einer der Pellisquadre vor Kummer gerade seine Seele aushauchen wollte. Das Tun, das Vollbringen … Was für einen machtvollen Wert konnte das Tun mit der Hand für einen Pellesquadra eigentlich darstellen? 'Ndrja sah seinen Vater mit dem Schindermesser in der Hand noch vor sich, da, im ureigenen Schlafzimmer der Acitana, während er unter viel Blutfluss in schneller Folge das Fleisch zum Lufttrocknen zerlegte und all dieses Feuer und Eisen an dem Bauch und dem Bauchfleisch der Fere ausließ, das er in den Korb neben dem Bett warf. Er war so geschäftig mit der Hand bei Nacht, verriegelt im Haus, als wäre es etwas, das nach den

Kriegsgesetzen verboten war, das er aber dennoch tun musste, er musste es einfach, auch wenn man ihn dafür erschossen hätte, er machte all dieses Bauchfleisch als Vorwand, damit seine rechte Hand sich austoben konnte, die schon wie abgestorben wirkte, der Handteller zeigte eine Art Gefrierbrand, wie wenn seine Hand von Luft durchlöchert gewesen wäre, weil sie für ihn zu nichts mehr nützlich war, weil sie nichts mehr drückte, nicht einmal mehr eine andere Hand. Er sah Caitanello vor sich, wie er ihn im Schlafzimmer gesehen hatte, unter all diesen Haufen von Bauchfleischstreifen, die an Schnüren hingen, und die er geschnitten hatte, ohne auch nur einmal Atem zu holen, um seine Hand durch Müdigkeit zu betäuben, um sie als Hand zu fühlen, um seinen Handteller voll zu fühlen, Caitanello, der doch nie in seinem Leben Bauchfleisch gegessen hatte, Caitanello, der es sich in der Vergangenheit nicht im Entferntesten hätte vorstellen können, mit ferenblutverschmierten Händen vor der Acitana zu erscheinen und bei ihren Unterhaltungen diesen blutdunstigen, wilden Gestank von Fischbestie an sich zu haben.

Von daher konnte man verstehen, dass 'Ndrja, wenn er bislang, bis zu diesem Augenblick, von Anlandung sprach, dies meinte: etwas in der Hand zu haben und etwas auch im Kopf, er meinte Beschäftigung, Begeisterung der Gedanken, einen sorgenfreien Zustand. Konnte er anderes meinen? Konnte er etwa meinen, dass die Pellisquadre daraus Kämme und Klotschen, Löffel und Gabeln machen wollten? Meinte er, sie wollten den kleinen Männlein mit babykurzgeschorenen Haaren Konkurrenz machen? War er verrückt geworden, das zu meinen? Er verrückt und sie verrückt?

Er war drauf und dran, ihnen zu sagen, dass die Engländer mit nahezu unzweifelhafter Sicherheit nur deshalb über die Grenzlinie geschippert wären, um einen dieser beiden in Zivil nach Charybdis zu bringen, den einen da mit dem Tropenanzug, der wahrscheinlich für ein Gespräch mit ihm über eine Regatta gekommen war, doch das war sinnlos, denn sie würden ihn jetzt, im nächsten Augenblick, mit eigenen Augen sehen.

Das Landungsboot hatte die Fahrt nämlich verlangsamt, und während es auf die Marina zuhielt, suchte der Steuermann nach einer Anlegestelle. Die Matrosen, die nichts mit dem Manöver zu tun hatten, drehten sich jetzt um und schauten zu der Linie hinüber, wo der Orcaferon war, mit den Möwen, die sich bei ihm in Aufstellung befanden und ihn ausspähten, und sie drehten sich jetzt um und blickten nach oben auf der Suche nach Aasvögeln, weit oben über der Meereslinie. Der Malteser schaute jetzt ebenfalls dorthin, wohin die anderen schauten, und wandte seinen Blick dann zum Sporn hinüber. 'Ndrja hatte da den deutlichen Eindruck, dass er versuchte, seinem Blick zu begegnen, denn er musste ihn schon beim ersten Herschauen erkannt haben, zumal er angesichts seiner Statur mit seinem Kopf neben dem von Don Luigi und Don Giulio Vilardo die anderen deutlich überragte, auch wenn er sich inmitten der Gruppe der Pellisquadre befand, die, vom Meer aus gesehen oder vom Ufer, eine bestimmte Wirkung hervorgebracht haben musste, alle zusammengedrängt an dieser Art von Ausguckstelle an Land wie während des Fischzugs, reglos, wie zu Statuen verwandelt, fast so, als wäre jeder Sinn und jeder Antrieb ihres eigenen Lebens in diesem Zauberwerk der Verfolgung aufgehoben, zusammen mit den Möwen, die dem Orcaferon die Cicirella aus den verschwärten Wunden pickten, und zusammen mit den Raben, Falken und Weihen, die da oben, wie in einem Hinterhalt, mit einem Hintergedanken die Schnäbel wetzten und ihr Krakra schrien und darauf warteten, dass er auch auf der rechten Flanke verschwären würde, in der Verfolgung an der Seite dieser abscheulichen Vögel und beinahe mit deren gleichem aasigen Ziel des barbarischen, Atem verschlagenden Todeskampfs der orcinusen Orca, die unsterblich wohl nicht war, hier allerdings, im Todeskampf, vielleicht weil sie die Tödin war und alle Tricks und Kniffe kannte, den einen oder anderen Zweifel aufkommen ließ.

Das Boot legte nur kurz an, gerade so kurz, nicht um an Land zu lassen, sondern um abzuladen, um ihn wie eine Fracht ohne Wert zu entladen, ihn, den Burschen. Sie hatten kaum die Luken des Bootsbauchs heruntergeklappt, da klappten sie sie auch schon wieder hoch, so dass dieser Unglücksrabe mit lautem Geschrei, als wäre er unter die Türken gefallen, hastig ins Wasser springen musste, das ihm bis zu den Knien reichte. An Bord schien ihn weder jemand gehört noch gesehen zu haben, alle waren sie von dem phantastischen Schauspiel gefangengenommen, das sie wohl erst in diesem Augenblick entdeckt hatten, in dem der Orcaferon in eine Art von brandendem Strudel an der Linie der Schaumrösser gekeilt war wie eine leere Spirale, die sich gerade entlud und ihn in Richtung Sizilien warf. Das Tier befand sich fast an der Mittellinie, doch auch auf diese Entfernung musste es für die Engländer und den Malteser, die von allem noch keine Ahnung hatten, wie eine schwarze gewitterträchtige Riesenblase aussehen, eine von denen, die zwischen den gischtenden Windungen und Krümmungen der Meereslinie so etwas wie eine Wasserhose sein konnte. Doch was immer es auch in ihren Augen war, es musste für sie in erster Linie ein sportlicher Anblick sein, und hatte Signor Cama, der mit vielen von ihnen zusammengekommen war, den Pellisquadre denn nicht gesagt, dass sie einfach alles als Sport betrachteten? Und in der Tat steckten sie in aller Ruhe, völlig gleichmütig und ohne jedes Anzeichen von Furcht, Pfeifen und Zigaretten an, als hätten sie die Absicht, das alles in Fülle zu genießen. Sie blickten zu dem großen schwarzen Fleck hinüber, den man unterdessen inmitten der schäumenden Wogen erkannte, wo die Möwen hineinstürzten und wieder herausflogen, als hätten sie sich dort inzwischen angeortet, an einem Punkt der Meereslinie, der von Sizilien mehr oder weniger eine bis eineinhalb Meilen entfernt war. Er näherte sich und wurde zusehends größer, und gleichzeitig wurden auch die sich überschlagenden wogenden Schaumrösser auf den Meeren zwischen Skylla und Charybdis größer, wie wenn sie jedes Mal aus der Körperfülle des Orcaferons, aus seinen gewuchteten Riesenflanken neu geboren würden und, über die Meereslinie hinausjagend, Welle auf Welle stürmend vorwärtspeitschten, so dass die beiden Meere an ihren Rändern Sturzwellen hervorbrachten.

Die erste Woge, die den Ufersaum übersprang und sich in einer Unmenge von Spritzern auf dem Strand brach, zerfloss ebenso schäumend auf dem Sand, und der Bursche war genau in diesem Augenblick, um seine kleinen Wildlederschuhe nicht noch einmal überspülen zu lassen, kurzerhand dahin gesprungen, wo die Schaumrösser ihn nicht mehr erreichen konnten, und dort schlug er die Füße zusammen und wandte den Blick zu dem Landungsboot hinüber, bewegte dabei zugleich seine Lippen, wie wenn er die an Bord verfluchen würde, die Engländer und den Malteser, allesamt in einem Bündel, denen die Untat an seinen kleinen Schuhen zuzuschreiben war. Unterdessen tanzte und schaukelte das Boot davon. An Bord aber war, wie es aussah, nur der Malteser über das Geschehen nachdenklich und wandte den Kopf mal hier- mal dahin, sprach dabei mit den Matrosen, wie wenn er sich Zusicherungen geben lassen wollte, doch die, ohne den Blick von der Meereslinie zu wenden, gaben ihm mit Gebärden ihrer Hand zu verstehen, er solle endlich einen Punkt machen.

In diesem Augenblick musste irgendetwas gleichzeitig Möwen und Aasvögel in Alarm versetzt haben. Denn plötzlich sahen sie, wie die Möwen unter klagenden Schreien und großem Schwingenschlagen vom Orcaferon davonflatterten und Raben, Sturmfalken und Weihen sich da oben regten, ihr Krakra hinauswarfen und abdrifteten, und gleich darauf hörte man so etwas wie das

Rauschen eines von Asche und Regen erstickten Winds, ein vulkanisches, steiniges, eisengebundenes Pfeifen, das von Sturz zu Sturz aufstieg. Innerhalb weniger Sekunden zeigte sich an diesem Abschnitt der Meereslinie eine so gewaltige Verschmutzung, wie wenn in diesem Meer aus Gischt und Schaum eine Naphthaexplosion stattgefunden hätte. In Wirklichkeit aber war es der Orcaferon, der aus seinem Atemloch Schwaden schwärzlichen Bluts ausstieß, und zwar in solcher Menge, dass dies nun unweigerlich sein letztes Lebenszeichen gewesen sein musste. Doch täuschten sie sich ein weiteres Mal, denn der Tiergigant gab ihnen nicht einmal die Zeit, zu denken, dass er jetzt sterben würde, und in diesem Augenblick machte er ein weiteres Mal etwas, das er, wenn er wirklich in den letzten Zügen gelegen hätte, niemals vollbracht haben könnte. Doch die Umstände dieser Täuschungen waren darin zu suchen, dass dort niemand Erfahrung mit und keine unmittelbare Kenntnis über das Sterben eines Orcaferons hatte, und am allerwenigsten Signor Cama, dem die Gelehrtheit seines Buchs nicht einmal etwas über das Sterben mitteilte. Tatsache war, dass sie eine derartige Kenntnis und Erfahrung erst jetzt vermittelt bekamen, aufgrund ihrer Irrungen, aufgrund eines allmählichen Begreifens, dass jedweder andere Sterbevorgang ihnen beim Sterben dieses orcinusen Arkelamekks, dieses armen Tiers, das mit vollständiger Fluke einmal eine gigantische Todesfabrik gewesen war, in keiner Weise hilfreich werden konnte, Erfahrung mit dem Sterben eines Wesens, kurz gesagt, das, je mehr es starb und je weiter es vom Sterben entfernt war, sich umso deutlicher als sterblich zeigte, und umso mehr war man bereit, anzuerkennen, dass es seinen Ruf als Unsterblicher, seinen Ruf, wenn schon nichts anderes, wirklich verdient hatte.

Es musste eine unbekannte Ursache aufgetreten sein, die man nicht verstand, eine jener Ursachen, deren Auswirkungen man als regelrechte Arkane der Natur bezeichnen würde, fein und dünn wie ein Haar, unkalkulierbar und dem Blick oft verborgen, jedoch mit enormen, grandiosen, außergewöhnlichen Folgen, eine jener Ursachen, welche möglicherweise die Verkeilung des Orcaferons in der Leere der Spirale an der Meereslinie hervorgerufen hatte, die gleiche wohl auch, welche die ähnliche und gegenteilige Wirkung hervorbrachte. Es konnte durchaus das Dröhnen der Motoren oder die Anwesenheit des Boots sein, welches das Gleichgewicht der Meereslinie gestört hatte, indem es sie vom Jonischen her drängte, oder es konnte ein Aufruhr in der Tiefe sein oder auch ein Gegenschlag als Folge der Flugjagden, die die Feren an den Rändern der Meereslinie auf die Möwen machten, oder vielleicht gingen ja Dröhnen, Drängen, Aufruhr und Gegenschlag auch vom Tiergiganten selbst aus, Dröhnen, Drängen, Aufruhr und Gegenschlag seines bevorstehenden Todes, das Weltuntergangsspektakel, das ein solcher Koloss, der sich gegen sein Sterben aufbäumte, in seinen Todeskämpfen hervorbrachte. Doch was immer auch die Ursache war, ihre Auswirkung bestand darin, dass sie die Meereslinie in Aufruhr versetzte und den Orcaferon von seinem Hin und Her schiftete, ihn aus dem Durcheinander des einen wie des anderen Meeres und aus dem Griff der strudelnden Gischten befreite.

Zuerst war es, als würde da zwischen dem einen und dem anderen Meer etwas zertrümmert, und zwar an der Stelle, wo sich der Tiergigant aufhielt, mehr oder weniger, immer noch da, an der Mittellinie, und Raben, Falken und Weihen bewegten sich ohne Flügelschlagen immer noch senkrecht über ihm, an seinem Himmel, und zeigten fortwährend, sozusagen Millimeter für Millimeter, seine Position an. Dann wurden die Wellen des Jonischen und des Tyrrhenischen zurückgetrieben, an die Seiten, hier wie dort, wie wenn die Schaumrösser, die sich entlang der gesamten Meereslinie einander gegenüber aufgestellt hätten, Brust gegen Brust prallend sich aufbäumten und rücklings auf ihre Kruppen stürzten. Unerwartet, mit langsam laufenden Motoren in den Gewässern gleich hinter der Meereslinie der jonischen Schaumrösser, die aufs Land zujagten, wurde das Boot voll erfasst, mit seinem gesamten Gewicht hochgehoben, als wäre es eine Lanzitte, und zu drei Vierteln gedreht. Nur um Haaresbreite verfehlte es den Sporn, wurde aber mit dem Heck ans Ufer gespült. Der Bursche, der dicht am Meeressaum immer noch vor Wasser troff, betrachtete jetzt mit gesenktem Kopf seine Schuhe, stieß Flüche aus, lief rückwärts über den Strand zurück, in seinem Gesicht stand Entsetzen, ganz im Gegensatz zu den Gesichtern der Engländer, die die Sache überhaupt nicht zu berühren schien und die nun ihr Gefährt wieder unter Kontrolle brachten. Sie hatten nur Augen für dieses Phänomen dort, in Richtung Mitte, in der Umgebung der Meereslinie, während der Malteser nicht mehr zu sehen war, möglicherweise das Gleichgewicht verloren hatte, gestürzt und darauf aus dem Blick verschwunden war, wie wenn die Schaumrösser ihn davongetragen hätten.

In den durch das Entlangschlieren, durch das Enthausen des Orcaferons zertrümmerten Meeren außerhalb der Meereslinie, inmitten des gischtenden Krachens der Schaumrösser, wurde zur gleichen Zeit eine gewaltige Flucht von

Feren ausgelöst, die in Angst und Schrecken versetzt waren, allesamt in Todesblässe: Denn diese Arglistigen hatten inzwischen irgendwie die entsetzliche Geschichte vergessen, das abscheuliche Entfluken, das sie durchgeführt hatten, und waren zu den Belustigungen und Spielereien, zu den Albernheiten, sozusagen, übergegangen und schossen nun durch die Luft, so hoch es eben ging, um die Möwen bei den Flügeln zu schnappen, die tief über dem Orcaferon herumflatterten, als ein ansehnlicher Teil von ihnen längst in dieses Meerbeben eingeschlungen war, das stehend tobte, und man schon dachte, man hätte es ihnen in ihrem Undsoweiter besorgt.

Noch einmal war es das Toben des entflukten Orcaferons, das Rasen einer katastrophenschweren Naturgewalt, die sich in der Vernichtung vernichtet, ein kochendes, peitschendes Toben von Schaum und Blut: Dort, in der Mitte, sah man den grandiosen Tiergiganten hinter der braunen wilden Wolke herdunkeln, die vom Weiß ihrer Bäuche aufblitzte, welche die Feren um ihn herum hervorbrachten, als sie überstürzt aus seiner Umgebung davonschossen, aus der Umgebung seines Vorderviertels, vor seinem Rachen, der sich stampfend, spuckend, schluckend öffnete und schloss und Fleisch, Knochen und Blut ausspieh, wie der Mund eines vulkanischen Kraters, der von Dämpfen und Dünsten aus finsterem Glanz bewohnt war.

Viele der Feren waren zu ihrem Unglück direkt vor seinen Rachen gerollt, und der Tiergigant schnappte sie in ganzen Bündeln und massakrierte sie zwischen seinen schrecklichen Keilzähnen und warf sie nach und nach mit großem Schnauben aus Schaum und Schlier wieder aus. Das erste warme Blut, das sich auf seine Zunge legte und ihm in die Augen schoss, musste in ihm so etwas wie das schreckliche Wiederaufkeimen einer neuen Lebenskraft hervorgerufen haben, und dieses Relikt von Tonnen von Fleisch, dieser kolossale schwimmende Riesenstumpf, dieser fast schon Orcadaver war immer noch imstande, ein schreckliches Gemetzel unter den Feren anzurichten. Blind, seiner Haarflukenpracht beraubt, starb Samson mit allen Philistern.

Bevor die ineinanderverkeilten Feren in der Lage waren, sich aus ihrem eigenen Geknäuel aus Fluken, Finnen, Flippern und Schnabelmäulern zu befreien, hatte der Orcaferon, wiewohl er in seinem Meer wie in einem Sumpf steckte, die Zeit und auch die Möglichkeit, in diesen Wirbeln aus Schaum und Blut eine ganze Menge von ihnen zu erledigen, ein weiteres beachtliches Bündel, teilweise zermalmte und zerfleischte er sie, riss ihnen Kopf oder Fluke ab, mal verschlang er sie, mal spie er sie wieder aus, und teilweise zerbrach er ihnen einfach die Wirbelsäule und ließ sie anschließend schlaff und kraftlos, gelähmt, aus seinem Maul gleiten. Diese waren unseliger dran, sie wanden sich zweigeteilt, waren eine Weile lang wie erbarmungswürdige Tänzerinnen, eine Weile wie die Figuren des sizilianischen Puppentheaters, wenn alle mit Wunden schwer geschlagen sind und der Puppenspieler sich nicht entschließen kann, sie von den Fäden zu lassen, damit sie hinsinken und sterben können. Es war ein solcher Schmerz, mitansehen zu müssen, wie sie starben, dass man in diesem Augenblick sogar vergessen konnte, was für ein trauriges Tier da gerade starb, was für ein trauriges Tier, bei all dem herrlichen Leben, den großen Schwelgereien, die es gekannt, die es kennengelernt hatte vor dem Sterben. Man konnte sogar angesichts dieser Misdea, dieses Blutbads, vergessen und sagen, sich endlich sagen, wie es in der Redensart heißt: Besser ein schöner Tod als ein beschwerliches Leben. Doch wenn einer das traurige Tier mit all seiner Klugheit, mit seinen Zahnkränzen aus seiner Erinnerung verliert, das ja das war, welches einen gerechten, heiligen, einen orcinusen Tod starb, musste er selbstverständlich zunächst einmal aus der Erinnerung verloren haben, was für ein Tier es war, wie es beschaffen war, ein Tier, das von der unteren Hälfte, der Hälfte, die in Schmerzen zuckte, dort, wie es dort in S-Form gebogen hingestreckt war, zum Komma gekrümmt, just von dorther den Namen eines Mandolinenhinterns hat, Mandolinenhintern zusammen mit Ballerinenhintern, der die Hälfte darstellt, den Teil, den der Schöpfer für dieses Tier wie aus einer Laune heraus schuf, seiner Laune, der Laune Gottes, des exzentrischen Gottes, allein nur für dieses Tier, und nur wegen der Schönheit, ohne richtiges Leben und ohne richtigen Tod, so dass, wenn einer nicht vergaß, dass das die Fere war, dieses Krümmen und Zucken nicht als Todeskrämpfe ansah, weil er wusste und weiß, dass das bei der Fere ein Tick ist, wie beim Schwanz der Eidechse, die noch einen Schwanz bekommt, wenn sie bereits tot ist, ein Tick, der auf Nervenreaktionen beruht und auf zertrennten Nervensträngen, die sich zugleich mit dem Leben selbst noch entladen, bis sie ganz entladen sind.

Als die Wolke all jener Feren, die überlebt hatten, sich in wirren, verzweifelten Schwimmflügen über die beiden Meere ausgebreitet hatte, befand sich der entflukte Tiergigant im Tyrrhenischen und war nichts weniger als von der Meereslinie über den großen Tiefen der blauen Gewässer entkommen, die vor den feminotischen Felsenriffen sich dunkel färbten, ähnlich einem Segelschiff ohne Steuerruder, mit zerbrochenem Hauptmast und zerfetzten Segeln, zertrümmert und vom Sturm in Untiefen geschleudert. Um ihn herum hatte sich eine riesige Lache von schäumendem Rot gebildet, die seine übermäßige schwarze Körperfülle umschwappte und auf ihr einen Schlierensaum von glitschigen, klebrigen Klumpen zurückließ.

Als würden sie in dem kochendheißen Blut braten, zeigten die gelähmten Feren da drinnen von Zeit zu Zeit diese Ticks, diese Zuckungen, die allerdings nicht immer von den Todeskrämpfen herrührten, sondern manchmal auch auf den Umstand zurückzuführen waren, dass mal die eine, mal die andere Fere von den Abfällen und den Strudeln der aufsteigenden Strömung gezwickt wurden, und zwei von drei Malen kam es vor, dass die, die noch bei Sinnen waren, sich machtlos auf den Rachen des Orcaferons zutreiben sahen, der, wenn es am wenigsten zu erwarten war, ihnen einen Biss verpasste und sie unter Wasser drückte. Mit der Fere zwischen den Zahnkeilen verschwand sein Vorderviertel in dieser rötlichen, schlierigen Anballung von Meer, und tauchte anschließend, nunmehr ohne Fere zwischen seinen Zähnen, wieder auf.

Das waren in gewisser Weise Zeichen von Leben, ganz sicher aber nicht Zeichen von Tod, die da aus seiner schwarzen, in diesem Meer blutiger Schlieren halb untergetauchten Körperfülle nach außen drangen. In diesem Augenblick sah man, wie der Tiergigant mit seinem ganzen Gewicht und seiner Auswölbung zusammenzuckte, und unter diesem Zucken stieß er diese tiefen, pfeifenden Schwaden von schwärzlicher, rot durchäderter Färbung aus seinem Atemloch, eine Art Blutklumpen, den er unter ersticktem Röcheln und heiserem, hohlem Pfeifen aus den Lungen presste, wie wenn die Luftbälge geplatzt und zusammengefallen wären. Da hat er aber Glück im Unglück, dachten die Pellisquadre. Er wird nicht mehr lange entflukt leben müssen. Und eigentlich krepiert er ja schon. Doch das war die übliche Täuschung, der sie erlagen, denn gleich darauf kehrte sich der Eindruck um, und sein Leben, sein Leben mit seinem Laster schien finster und machtvoll in dieser Art unbeabsichtigten massakrierenden Ticks aufzublitzen, mit dem sein Rachen sich weit öffnete, um eine weitere von diesen gelähmten Feren in sich hineinzukeilen, und noch eine, eine für jeden Tick, den er dem Todeskampf entreißen konnte, denn möglicherweise musste er gewaltig nach Blut riechen, musste er so viele Feren wie nur möglich töten und hinter sich herziehen, denn er, der Orcaferon, war schließlich die Orca, und auch wenn er eher ein Orcadaver als eine Orca war, war er immerhin ein orcinuser Orcadaver, das war sein Metier, seit er lebte, das sein Lebensstil, und in seinem Jenseits, in seinem Königreich wäre das sein Verdienst als Großer Tod gewesen: die mitgeschleppten und ausgeteilten Tode, und sein Verdienst wäre umso größer, je zahlreicher die mitgeschleppten und ausgeteilten Tode waren.

In einem ihm ganz eigenen Sinn musste er unterdessen wissen, dass er auf einen Ozean zuschwamm, der auch für die Geschwindigkeit seines weithin berühmten Schwimmens, die größer war als die der Sonne, unermesslich fern war, ein Ozean aus Gewässern unter Gewässern, finster und endlos. In diesem Ozean wäre er als Finsternis durch Finsternisse geschwommen, ein wieder mit seiner Schöpfung vereintes Todesgeschöpf zum Großmeer des Großen Todes.

Und ebenso musste er wissen, dass er, wenn er sich erst einmal auf diese Reise begeben hatte, niemanden mehr antreffen würde, den er angreifen und umbringen konnte, und er würde auch nicht mehr den Wal antreffen, um ihm ein letztes Mal die Zunge aus dem Maul zu reißen und als Erinnerung diesen überaus köstlichen Geschmack mitzuschleppen, eine Erinnerung an die einzige Flause, an die einzige Überspanntheit, an das einzige Mal, wo das Austeilen des Todes kein Selbstzweck war, sondern einem anderen Zweck diente, nämlich des einzigen Mals, bei dem einer wie er zeigte, dass er eine Schwäche hatte. Aus diesem Grund tötete er noch eine und noch eine dieser schlaffen Feren, die sich über ihn lustig gemacht und sich verwundert hatten und ihm in die Falle gegangen waren, weil auch sie jetzt so wirkten, als wären sie entflukt, eine und noch eine, zusätzlich zu den Myriaden und Abermyriaden von Toten, die er in seiner erschreckend langen Karriere zusammengetragen hatte. Darum hatte sich das Meer, in dem er starb, in Blut verwandelt, über ihm, unter ihm und um ihn herum, darum war sein letztes Meer und seine Totenbahre hier, in den Meeren zwischen Skylla und Charaybdis, noch einmal eine Misdea, eine Schlachtstatt von Feren, und es war die beste Schlachtstatt, die er jemals hatte herrichten können, um mit Größe abzutreten, eine Schlachtstatt von Feren, den heikelsten Wesen, mit denen er je zu tun gehabt hatte, denn sie waren es schließlich, die auf ihn die Schande des Entflukens gehäuft hatten, in dem Wissen, dass es keinen anderen Weg gab, ihn aus der Welt zu schaffen: Doch wie viele von diesen Exemplaren befanden sich da jetzt inmitten seiner Speichelschlieren und seines Bluts, Krebsen und Fröschen ähnlich, innerlich in zwei Teile zerbrochen, deren Gehirnströme nicht mehr ihre Fluke erreichte, es half ihnen nichts mehr, nur mit Mühe diente es einigen von ihnen noch, um ihn mit bettelnden Augen anzusehen: Erbarmen, du Gott, du Göttin, wie viele, wie viele? Sie, die Orca, starb zwar, ja, doch wenn sie sich das Gemetzel von Feren vor Augen hielt, das sie auch im Sterben noch in der Lage war zu veranstalten, konnte sie einzig mit einem Auge bei ihrem Sterben weinen. Nach ihrem Verständnis konnte eine Orca wahrscheinlich nur so sterben, sie, die einen Namen von so hoher Pflicht trug, dass sie zu Recht als Orcinuse galt, als die, welche den Tod gab. Nur so, durch Meere heißen, dampfenden Bluts, durch Meere von Geröchel und Todeskämpfen konnte die orcinuse Orca zu den fernsten Gewässern ihres Urtods gelangen.

Doch dann: Lag sie wirklich im Sterben? Es musste ja erst noch gesehen werden, ob sie im Sterben lag, wie, wo und wann die Tödin der Meere, der Große Tod, seinem Sterben entgegenschwamm. Die Engländer unterdessen fassten, entsprechend ihrer Art, auch dieses Ereignis sportlich auf, und wie wenn sie sichergehen wollten, ob der Tiergigant starb oder ob er nicht starb, fuhren sie zu ihm hinüber, um einen Blick aus der Nähe auf ihn zu werfen. Der Malteser gab durch sein Verhalten zu verstehen, dass er wohl keinen Wert auf diesen Anblick legte, doch der Matrose auf dem Landungsboot, der mit dem roten Bart, der offensichtlich das Kommando dort hatte und doppelt so groß war wie er, hakte sich bei ihm unter und gab ihm heftige Klapse vorne wie hinten.

Der Malteser hingegen drehte sich fortwährend zum Sporn um, und es war, als würde er mit seinem Blick 'Ndrja sagen: Ich fahre hier zwar hinaus, wo dieser Tiergigant ist, nur um diesem anderen Tiergiganten hier mit dem roten Bart einen Gefallen zu tun, danach komme ich aber gleich zu Euch, denn ich bin nur für Euch hier. Und hier hatte 'Ndrja wirklich den Eindruck, dass sein Blick sich mit dem des Maltesers kreuzte, und zwar genau in dem Augenblick, in dem ihm der Gedanke kam, den Orcaferon von den Engländern an Land treiben zu lassen, von den Engländern zwar, aber doch durch die Vermittlung des Maltesers. Diese Idee war ihm gekommen, und auf der Stelle lächelte er ihm zu. Jetzt, so sagte er sich, wenn es dem Signor Malteser ernst ist, mich, wie ich hier stehe, als Ruderer oder zum Rudern zu bekommen, muss er uns den Tiergiganten hier vorne hinlenken. Wenn er mich haben will, muss er mir zuerst den Orcaferon anlanden. Was kostets ihn schon mit den Engländern und mit dem Boot? Mit einem Wort, unter uns, damit will ich ihn prüfen, und wenn er sie auf der Stelle, ohne dass er mich zu Ende sprechen lässt, besteht, dann macht 'Ndrja Cambrìa sich unverzüglich auf den Weg und rudert so viel und so, wie er will. Er redete ohne Worte, doch für ihn war es, als müsste der Malteser ihm vom Boot aus diesen stummen Vorschlag von den Lippen abgelesen haben, was für ihn so gut wie gesprochen war. Eine Sache waren die tausend Lire und eine ganz andere war der Gefallen, den Orcaferon für die Pellisquadre anzulanden, ein Gefallen, der am Ende ein winziger Gefallen für denjenigen war, der ihn erfüllte, doch ein Riesengefallen für den, der ihn empfing. Wenn der Malteser sich also dieser Prüfung stellte, konnte er auf ihn zählen: Sobald er den Tiergiganten von den Engländern hätte anlanden lassen, könnte er sich unverzüglich mit seinem Ruderer auf den Weg machen.

Die Engländer drehten die Motoren voll auf, und das Boot fuhr aufs offene Meer, drehte zuerst nach rechts ab, danach nach links, fuhr dicht an der ʻRicchia vorbei und steuerte dann nach oben, auf die Schlachtstatt im Meer zu, wo der Orcaferon eingetaucht war.

Da nun erschienen diese unheilvollen Scheißerinnen, die vorher davongestoben waren, um sich zu verkriechen, wie durch Magie wieder auf der Bildfläche, und man konnte kaum sagen, woher. Sie schossen alle, wie sie da waren, Heimische und Afrikanische, vor dem Boot her und bildeten eine Art großen Fächer, den sie im verrückten Schwimmflug öffneten und wieder schlossen, und das in der Absicht, daran bestand kein Zweifel, den Steuermann des Boots zu täuschen und ihm die Sicht über das restliche Meer mit dem Blick auf den Orcaferon zu nehmen, fast so, als würden sie wegen der Tatsache, dass sie den Tiergiganten entflukt hatten, ihn als ihr Eigentum betrachten, und auch, dass er nicht sehen sollte, wie dieser Gigant seinen letzten Atem ausstieß, ein Privileg, dessen nur sie sich erfreuen wollten. In der Zwischenzeit aber schien sich der Blick auf den Tiergiganten auf natürliche Weise zu schließen, denn um den schwarzen entflukten Umriss in diesem Meer aus Blut, Schaum und Schlieren stieg aus dieser Zerstörung von ganzen oder auch zerstückten Ferenkadavern eine Art Schwaden auf, ein Dunst rötlicher Dämpfe, wie wenn das Meer selbst im Angriff auf ihn mit seinem Salz in der Sonne dieses Ferenblut mit dem Feron auflösen wollte, diesen wilden Unrat von Fischbestien, der es barbarisch entstellte.

»Was will der Blatternarbige? Wieso haben diese Milords ihn hier bei uns abgeladen?«

Der Bursche, der mal seine nassen Schuhe zusammenschlug und mal verstohlen zu ihnen auf dem Sporn hinaufschaute, machte sich auf den Weg über die Marina. Zur gleichen Zeit fanden die Pellisquadre ihre Sprache wieder, nach den Absonderlichkeiten des Orcaferons, die sie sprachlos gemacht hatten. Und jetzt drückten die ersten Worte, die sie sagten, unterschwellig ihr Missfallen über den Orcaferon aus, der von der Meereslinie immer weiter wegtrieb. Denn nachdem sie die Öffnung von Skylla erst einmal ausschließen konnten, weil es dort nur felsiges Untergelände gab und keine Marina, wäre der Tiergigant früher oder später, vielleicht schon beim nächsten Wechsel der Strömung, von der Meereslinie her mit aller Sicherheit dort angespült worden, zwischen 'Ricchia und Alter Laterne, auf den kleinen Strand oder auf die Marina, während er jetzt mitten auf dem Meer herumdümpelte. Sie konnten es sich aus dem Kopf schlagen, dieses Arkelamekk von Orca zu zerlegen, denn jetzt trug ihn entweder die Strömung weit fort oder er landete an irgendeiner Marina der Meere zwischen Skylla und Charybdis an, und dann würde man schon sehen, ob auch die anderen bereits auf diese Stufe der Verkommenheit gesunken waren. Aus diesem Grund redeten sie gegen den Vernarbten, doch unterschwellig galt es den Engländern, denn ihrer Ansicht nach waren die Absonderlichkeiten des Orcaferons und sein Wegdriften von der Meereslinie entweder ein Werk der Engländer oder durch das Werk der Engländer ausgelöst worden, das heißt, sie waren das Werk oder durch das Werk der Ankunft ihres Boots, das mit dem Dröhnen seiner Motoren unterhalb wie oberhalb die beiden Meere völlig durcheinandergebracht und dabei den unsichtbaren, außerordentlichen Faden zerrissen hatte, an den das Hin und Her des Orcaferons durch die strudelnde Leere der Meereslinie geknüpft war. Dafür, aus diesem Grund nahmen sie den von deren Boot abgeladenen Burschen als Vorwand, um sich gegenüber den Engländern unterschwellig Luft zu machen. Doch nannten sie sie nur Milords, Milords oder auch Freimaurer, und diese Benennungen hängten sie ihnen ausschließlich deshalb an, weil sie diesen Scharlatan und Betrüger dort vorne entladen hatten. Und was konnten sie ihnen auch sonst sagen, über was konnten sie sich denn beklagen? Etwa darüber, dass der Orcaferon ihretwegen nun nicht mehr da vorne anlanden konnte? Dann hätten die ihnen doch antworten können: Gehört der Orcaferon etwa euch? Oder gehört die Meereslinie etwa euch? Und dann beklagt ihr euch, dann besitzt ihr wirklich die Unverschämtheit, euch zu beklagen? Bedanken müsstet ihr euch vielmehr bei uns, dass wir euch die Sorge um diesen Schreck von Kadaver genommen haben.

So wie die Pellisquadre ihn ansahen, diesen Büttel und Speichellecker des Maltesers, und dabei die Augen zusammenkniffen und die Nasenflügel blähten, hätte man meinen können, dass sie auch von weitem noch rochen, was für ein Lumpenhund er war. Was will dieser Blatternzerstochene hier? Wieso haben die Milords Freimaurer ihn uns hier abgeladen?, fragten sie sich. 'Ndrja wusste, warum und für wen und von wem der Bursche hierherkam, und er wusste auch, dass, wenn die Engländer ihnen den Orcaferon abgedrängt hatten, sie ihn für sie auch in die richtige Richtung lenken und anlanden würden. Doch wartete er noch damit, es ihnen zu sagen, vorher musste noch ein bisschen Zeit vergehen.

Ein hochgewachsener, hagerer Alter, so hochgewachsen und hager, dass man den Eindruck haben musste, er würde bei der ersten Windbö zerbrechen, und drei kleinere Jungs, die ganz aus Kopf und Haaren bestanden, kamen mit heraushängender Zunge auf ihn zugelaufen, der Alte zuerst und hinter ihm die Jungs. Sie kamen aus der Richtung des Leuchtturms über den Sandstreifen zwischen Melonenfeld und Meer. Vom Sporn aus hatten sie sehen können, wie sie auf den Strand liefen. Dort, genau unter den Palmen, war der Alte atemlos auf dem Sand stehen geblieben, er torkelte, er wogte hin und her wie ein Schilfrohr und schien jeden Augenblick hinzufallen, bald vorwärts, bald rückwärts, doch hatte er sich auf den Beinen gehalten und die Arme ausgebreitet, wie wenn er so den Lauf der Jungen hinter ihm aufhalten und sich nicht überholen lassen wollte, während er tief ein- und ausatmete. Und die drei Jungs waren blindlings, fast, wie wenn sie vor Müdigkeit nichts mehr sehen würden, mit ihrem ganzen Gewicht gegen seine Arme gelaufen, wie Wachteln, wenn sie von Afrika her wieder Land erreicht haben, benommen und mit bleiernen Flügeln nach dem langen Flug über das Meer. Doch dann waren sie an ihm vorbeigesprungen und vor ihm hergelaufen, hatten sich aber wenige Meter später auf den Sand geworfen, wo sie wie Blasebälge fauchten und kurze Zeit auf allen vieren innehielten, dann aufrecht knieten und einander ansahen, und als sie sich dann alle drei gleichzeitig umdrehten, blickten sie den Alten hinter sich an. Nachdem der Alte noch ein paar Schritte gemacht hatte, war auch er auf die Knie gesunken, hatte die Arme auf dem Sand ausgestreckt und sich vornüber fallen lassen, mit gesenktem Kopf, das Gesicht zwischen seinen Händen, wie wenn er verbergen wollte, dass er weinte.

Die drei Jungs hatten ihm geholfen aufzustehen, indem sie ihn unter den Achseln packten, dann, sich seinem Schritt angleichend, langsam neben ihm hergingen. Die Züge des Alten, das knochige, spitze Gesicht, die kleinen Augen mit leuchtendem Blick, das weiße Haarbüschel, all das erinnerte beim ersten Hinsehen sehr an die Gestalt von Caitanello Cambrìa, allerdings nur dem Gesicht und dem Blick nach, denn vom Körper her war der hier viel hagerer und größer, vielleicht um das Doppelte, und dann hatte er herabhängende Schultern, was bei Caitanello Cambrìa keineswegs der Fall war. Die drei Jungs waren leicht aufgeschossen und schienen dem Aussehen nach Brüder zu sein, alle drei waren von gleicher Statur, mit dem ersten Flaum auf der Oberlippe und unterhalb der Koteletten, mit schönen, großen, schwarzen Augen, und ihre Haare hatten seit langem schon nicht mehr die Schere des Frisörs zu spüren bekommen. Alle drei trugen sie ihre ersten langen Hosen, die vom Vater oder von einem älteren Bruder, hergerichtet für sie, und alle drei trugen sie ein weißes Hemd, auch das von Erwachsenen, mit den schwarzen Knöpfen der Trauer.

Vielleicht war es, weil sie sahen, dass das Boot ablegte und sich zum Tyrrhenischen hin davonmachte, dass der Alte und die Milchbärtigen herbeigetrabt waren, die Milchbärtigen im Gleichschritt mit dem Alten, der sich mit einer Hand auf die Schulter von einem von ihnen stützte.

»Hungerleider … Lumpenhunde …«, rief der Bursche ihnen beleidigend entgegen, sobald er sie erblickt hatte, und drohte ihnen mit hochgestellter Hand: »Wo lauft ihr denn hin, ihr räudigen Hunde, wo lauft ihr hin mit heraushängender Zunge? Ihr würdet ihm doch jeden noch so niedrigen Dienst erweisen, damit ihr ein Almosen von ihm bekommt, oder?, ihr Elendsknochen?«

Er kam auf sie zu und blaffte sie an, er beugte sich tief hinunter und drohte ihnen mit hochgestellter Hand. Im Näherkommen beschleunigte er seine Schritte, wurde immer beleidigender und drohte immer deutlicher, ja, er sah aus, als wäre er entschlossen, ihnen Tritte in den Hintern zu verpassen, sobald sie nur in seiner Reichweite wären. Der Alte und die Milchbärtigen waren an der Alten Laterne stehen geblieben und so überrascht, als wären sie unter die Türken gefallen. Sie sahen ihn mit weit aufgerissenen Augen näherkommen, und ihnen stockte der Atem. Man hätte gemeint, dass, wenn sie nicht davongelaufen waren, der Grund dafür nur war, dass ihre Beine nicht mehr mitmachten, und so erwarteten sie ihn mit kaltem Schweiß, vielleicht auch blass und schicksalsergeben wie junge Thune angesichts der Fere, die im Schwimmflug auf sie zuschoss, um sie bei lebendigem Leib zu fressen. Und es musste gar nicht erst gesagt werden, dass nicht nur 'Ndrja und Masino, sondern auch alle Pellisquadre, die ihn gesehen und gewogen hatten, ihm zutrauten, ja, es ihm rundheraus zutrauten, seine Hand gegen einen Alten und die Jungs zu erheben, und sie trauten ihm noch Schlimmeres zu. Daher liefen sie vom Sporn aus bereits in beträchtlicher Zahl zu ihnen, als sie mit tiefer Befriedigung sahen, dass der Alte und die Jungs ausreichten, um mit der Sache fertigzuwerden, sie reichten aus, und das im Übermaß. Der Alte bewegte sich schön und geschickt, und es war bewegend, ihn anzuschauen: eine Art Bovo d'Antona, ein tapferer Paladin von großem Mut, der im Alter nichts von seiner Tapferkeit des Herzens verloren hatte, er war nur einfach alt geworden.

Er hielt die Jungs zurück und brachte sie mit einer Handbewegung zum Schweigen, denn an diesem Punkt ging es nicht mehr darum zu laufen, sondern sich der Situation zu stellen, das hatte an diesem Punkt etwas mit Ehre zu tun, und das war keine Sache für Milchbärtige. Dann ging er auf den Burschen zu und knöpfte sich auf dem Weg zu ihm die Weste über der nackten, schweißperlenden Brust zu und richtete sich Stück für Stück, voller Stolz, in seinen gebeugten Schultern auf. Als er einen Schritt von dem Burschen entfernt war, blickte er von der Höhe seiner Gestalt auf ihn hinunter und sagte zu ihm:

»Ihr seid ein dreckiger Wurm, eine Schande der Menschheit. Euer Herz ist Abschaum wie Euer Gesicht. Peuh!«, und spuckte vor ihm aus.

Der hinterhältige Bursche tat so, als wollte er gütlich mit ihm reden, versetzte ihm dann aber mit dem Handrücken einen Schlag gegen die Brust, der Alte verlor das Gleichgewicht und wankte mit eingeknickten Beinen rückwärts, doch gelang es ihm, stehen zu bleiben. Die Jungs stürzten sich voller Wut auf den Burschen, packten ihn an der Hüfte und schleuderten ihn auf den Sand, drückten fest ihre Knie auf ihn, hielten ihn eine Weile in dieser Position und ließen ihn dann wieder los. Er aber, der Bursche, warf ihnen, hinterhältig und verkommen wie er war, ein paar Handvoll Sand in die Augen.

»Du verblattertes Schwein du«, riefen sie halb blind. »Blatternfratze du … Zerstochener … Zersteppter … Gott hat dich mit Blattern gezeichnet, um uns zu sagen, wir sollen uns vor dir in Acht nehmen … Du bist gezeichnet … gezeichnet …«

»Kommt doch her, kommt doch, einer nach dem anderen, ihr Miserablen, ihr Elendsknochen«, rief der Bursche.

Die drei Jungs aber kümmerten sich nicht länger um ihn und gingen mit dem Alten zur Alten Laterne und setzten sich dort unter sie. Eine Weile blieben sie bei dem Alten, dann, als sie hinaufsahen, mussten sie den Wunsch verspürt haben, von da oben aus einen Blick rundum zu werfen; und so stieg zuerst der eine, dann der andere die Stufen hinauf und gelangte zu der Aussichtsplattform. Von dort aus überblickten sie wie von der Kommandobrücke eines Schiffs die skyllacharybdischen Meere. Sie blickten weit und wahrscheinlich noch weiter, weiter hinauf, zum Aspromonte hinüber, und von Zeit zu Zeit warfen sie einen Blick zu dem Alten hinunter und redeten mit ihm. Sie blickten hierhin und dorthin, einer an den anderen gelehnt, mit den Armen über den Schultern der anderen Jungs, manchmal lachten sie untereinander, untereinander und mit dem Alten.

Jedoch sah es so aus, als hätten sie sich bei all ihrem Hinausblicken nicht im Geringsten für das Landungsboot interessiert, das in der Umgebung des Orcaferons herumdümpelte, ja, man hatte sogar den Eindruck, als hätten sie die Gegenwart eines so schwarzen, gigantischen, katastrophalen Tiers überhaupt nicht bemerkt, das sich da vor ihren Augen befand, da, in der Gegend des Landstrichs der Feminoten, in dem Meer, das so eigentümlich blutrot gefärbt war, als wäre es mit Purpurkorallen besetzt, mit etwas mittendrin, das das erschreckende Aussehen eines fließenden Lavastroms hatte.

Die drei Milchbärtigen hatten sich jedoch lieber in Richtung Malta gewandt, dem offenen Meer zu, auf dem große Einsamkeit herrschte, ein Meer ohne Boote, und dort war ein Flackern wie von kleinen Spiegeln, das von Villa San Giovanni und Reggio Calabria her aufblitzte, beinahe so, als würde jemand Signale von den Trümmerbergen der beiden Städte herüberschicken. Die drei Jungs waren ausgesprochen schön, wie sie so das Meer von diesem gemauerten Aussichtsstand betrachteten, wie wenn sie den ermüdenden Lauf vergessen hätten, auch den Burschen, seine Beleidigungen und die Situation, einfach alles, außer dem Alten, der sich unterhalb von ihnen befand. Hin und wieder beugten sie sich vor, um mit ihm zu reden oder sich Dinge über das Meer von ihm erklären zu lassen, das sie betrachteten. Und so, wie sie es betrachteten und alles andere vergaßen, außer dem alten Fischer, hätte man denken können, dass dies das erste Mal war, dass sie es sahen, nach wer weiß wie vielen Malen, die sie es betrachtet haben mussten, ohne es zu sehen, von ihrer Geburt an bis zum heutigen Tag.

Nachdem er sich dem Risiko ausgesetzt hatte, Prügel von den Milchbärtigen zu beziehen, ging der Bursche den Sporn hinauf, und weil er kein Besserer geworden war, lief er auch dort Gefahr, Prügel zu beziehen, und die Prügel der Pellisquadre waren keineswegs so wie die Prügel der Jungs.

Als er sich den Pellisquadre vorstellte und dabei links und rechts englische Zigaretten denen anbot, die ihn nicht einmal eines Blicks würdigten, dachte 'Ndrja: Jetzt wird ihm einer nach dem anderen ins Gesicht spucken und ihn ersäufen.

Die Pellisquadre musste er an die Händler erinnern, genau der gleiche Typ von Schurke aus der Stadt, locker und spritzig, allerdings nur seinem Gequassel nach, aber eigentlich ein Feigling, ein Scheißer, der Typ mit langen, glatten, pomadeglänzenden Haaren, die ihm über die Ohren herunterhingen, die unvermeidlichen Wildlederschühchen, und das Ganze mafiamäßig verpackt, auch wenn dieser Bursche für den Augenblick mit dem Almosen einer khakifarbenen Jacke und Hose der englischen Soldaten angezogen war. Und dann hatte er, seinem Aussehen nach zu urteilen, einen miesen Charakter, er war verblattert, hatte einen Kropf und eine gelbliche Hautfärbung. Am Arm trug er eine Armbinde, auf der AMGOT stand, was besagte, dass er bei den Engländern arbeitete, deshalb hatte er zu essen, zu trinken, zu rauchen und er konnte sich kleiden; er war ein Lumpenhund und betitulierte den als Lumpenhund, der kein Lumpenhund war; er hatte die Hand gegen einen Alten erhoben und Hände voller Sand drei Jungs ins Gesicht geschmissen; er war ein Großmaul, ein Feigling, und angesichts der Tatsache, dass man ihn aus irgendeinem Grund dort vom Boot geworfen hatte, war es klar, dass er mit einer Absicht zu ihnen kam, auch wenn sie sich nicht vorstellen konnten, um was es sich dabei handeln sollte. Mussten sie also einem solchen Subjekt nicht ins Auge spucken, noch bevor er seinen Mund aufmachen konnte? Doch der da kannte sein Metier als Kriecher und durchtriebener Händler, und dann hatte er noch seine Unverfrorenheit und sein ehrloses Gequatsche, und das, was in diesem Augenblick am meisten zählte, trug er bei sich wie Vaseline, die ihm sein maltesischer Herr gegeben hatte, nämlich Zaster, die schönste Vaseline, seiner Meinung nach, um wohl oder übel in enge Hindernisse wie diese einzudringen. Und wenn man bedenkt, dass der Malteser ihm diesen Zaster eigens für 'Ndrja gegeben hatte, baute er angesichts der drohenden Gefahr vor und benutzte diese Vaseline auf der Stelle, ohne Zeit zu verlieren. Indem er sich seiner Unverfrorenheit und seiner Quasselfertigket bediente, rieb er es ihnen unter die Nase, allerdings weniger unter 'Ndrjas Nase als vielmehr unter die der Pellisquadre.

Er zeigte sich am Sporn, suchte 'Ndrjas Blick, der mitten unter den Pellisquadre stand, und mit dem Lächeln des Maganzers, in aller Vertrautheit, als hätten sie immer schon den Schlaf miteinander geteilt, sagte er zu ihm:

»Ich grüße Euch, Admiral. Ihr, Vossignorìa, hochwertester Herr, seid zufriedengestellt worden.«

'Ndrja sah ihn gleichgültig an, mehr gleichgültig als verächtlich, im Grunde ohne ihn zur Kenntnis zu nehmen, wie wenn er gar nicht mit ihm reden würde. Die Pellisquadre blickten zu 'Ndrja, weil sie nicht begriffen, was er und dieses Subjekt da an Gemeinsamkeiten in Händen halten könnten, denn schließlich wussten sie ja von nichts: 'Ndrja hatte doch auf dem Rückweg von der anderen

Seite des Küstenabschnitts im Gespräch mit Masino, der sich, wie es für ihn typisch war, äußerst einsichtig verhielt, im Hinblick auf die stattgehabte Begegnung beschlossen, dass das Reden über Rudern und Ruderer, Malteser, Bursche und Kutsche nur bedeuten würde, Marosa ohne Not großen Schmerz zu verursachen, denn diesem Mädchen hätte es keiner aus dem Kopf schlagen können, dass das alles nur eine Strategie wäre, um ihn unvermittelt zum Gefangenen zu machen. Deshalb hatten sie, er und Masino, beschlossen, und überhaupt stammte die Idee ohnehin von Masino, nichts davon zu erwähnen, nicht einmal Don Luigi gegenüber, denn die Sache hatte ja dort angefangen und war dort auch zu Ende. Das jedenfalls dachten sie bis zu diesem Augenblick.

Der Blatternzerstochene machte eine theatralische Pause, schaute dabei 'Ndrja aber unentwegt mit offenem Mund an, voller Spott und mit dem Ausdruck der gespielten Naivität eines Burschen, wie wenn er erwartete, dass 'Ndrja über diese Nachricht einen großen Gefühlsausbruch zeigen würde. Doch weil 'Ndrja ihn nicht im mindesten beachtete, machte er weiter mit seinem Theater.

»Habt Ihr nicht tausend Lire gefordert? Und hier sind die tausend Lire.« Und nachdem er ein Stückchen Papier aus der Jacke gezogen hatte, rollte er es zwischen seinen Fingern mit der Könnerschaft eines Zauberkünstlers zusammen, der jede Stunde und jede Sekunde mit diesen Papierstückchen beschäftigt ist, dabei hob er gleichzeitig die Hand, damit alle es sehen konnten. »Hier ist der Tausendlireschein, und dort ist der gewisse Signor Mister Maniàci. Ihr könnt Euch ja nicht im Entferntesten vorstellen, wie sehr er auf Euch erpicht ist, er ist so erpicht auf Euch, Ihr seht es ja selbst oder?, dass er es sich in den Kopf gesetzt hat, persönlich herzukommen, um Euch abzuholen, mit den tausend Liren in der Hand und einer Ehreneskorte. Ich meine, über diese Behandlung könnt Ihr Euch doch wirklich nicht beklagen.«

Sicher, das konnte man sich ja vorstellen, dachte 'Ndrja. Hier, nach der Dreistigkeit, die er dem Alten und den drei Jungs gegenüber an den Tag gelegt hatte, musste er durchaus begriffen haben, dass, nachdem sie keine Sympathie für ihn aufbringen wollten, der einzige Ausweg für ihn darin bestand, sie seine Anwesenheit durch Vorgabe eines Interesses ertragen zu lassen, das heißt, der einzige Ausweg war, ihnen zuallererst zu zeigen, dass er nicht gekommen war, um ihnen etwas zu verkaufen, sondern um etwas zu kaufen, genauer gesagt, etwas zu verschenken, mit anderen Worten, der einzige Ausweg, um ihnen ihre Abneigung und ihr Misstrauen ihm gegenüber zu entreißen, bestand darin, sich als einer der drei Könige aus dem Morgenland zu präsentieren und als Geschenk den Zaster vorzuweisen, die die Alliierten mitgebracht hatten.

Er schaute in die Runde, er, dieser Scharlatan, wollte das Publikum beeindrucken, das im Kreis um ihn herumstand. Hier die tausend Lire, dort der Malteser, die englischen Matrosen, das Landungsboot der alliierten Marine, hier die ganze Riesensumme, die sie 'Ndrja schenkten, damit er vier Ruderschläge ausführen würde, dort die Ehre, die sie ihnen erwiesen, indem sie mitansehen konnten, wie er mit einer Eskorte an Bord ging. Hier, dort, wischt euch die Augen mit diesem und jenem, schien er zu sagen. Habt ihr gewusst, dass dieser junge Mann nur mit Gold aufzuwiegen ist, heh, habt ihr gewusst, dass er so begehrt ist? Habt ihr euch das vorgestellt? Habt ihr euch vorgestellt, dass er durch den Malteser im Golde schwimmt? Und dass es sein Verdienst ist, dass ich gekommen bin und all den Zaster vor euren Augen ausbreiten kann? Mich, so schien er zu sagen, mich, mit diesem Gesicht und diesen Manieren eines von Blattern Zerstochenen und eines Unehrlichen, dürft ihr überhaupt nicht beachten. Ich als Person zähle nicht, ich bin nur der Bote, die Botschaften, der Zaster, das ist es, was ich bringe, die zählen, für die müsst ihr Sympathie zeigen. Hier, dort, sagte er mit seinem sprechenden Gesicht, seiner Gesichtssprache, seiner Redeweise eines Wortheuchlers. Hier, dort, und im Ohr klang es, als würde er sagen: Diese, jene, die Trumpfkarte ist hier, und dort, nur Mut, macht schon, setzt, spielt, wählt eine Karte, nehmt mir endlich das Geld aus der Hand. Bei meiner Ehre, es ist euer Geld, nehmts, beeilt euch, macht schon, setzt mich aufs Trockene, damit bin ich meine Sorgen los. Los, nur Mut und kühlen Kopf, setzt nur, setzt nur, hier auf diese Trumpfkarte, ich arbeite dafür, dem Volk etwas Gutes zu tun, oder meint ihr etwa, mein Zaster ist falsch? Also, dann setzt doch auf die hier und nicht auf die da, die hier gewinnt, die da verliert, welche Karte gewinnt und welche Karte verliert? Hier, dort, setzt einfach, setzt einfach. Alle Augen auf mich, denn während ihr mich anseht, werde ich euch mit meinen Händen betrügen, das As wandert von hier nach dort. Hier, dort, alle Augen auf mich. Schaut mich an ganz unverwandt, und ich fick euch mit der Hand.

Man konnte darauf wetten, dass auch er, dieser Blatternarbige, in der Vergangenheit einer gewesen war und in der nächsten Zukunft wieder einer sein wird, der von kleinen Diebstählen gelebt hatte und wieder leben wird, vor allem als Wanderdieb, der den Dümmsten das Geld aus der Tasche zieht, weil er mit einem Klappstuhl und allein einem Stück Wolldecke, einem Stapel neapolitanischer Spielkarten und einem Freund im Publikum einen kleinen Altar für den berüchtigten Betrug beim Dreikartenspiel herrichten wird, heute hier, morgen da, an den Punkten der Stadt mit viel Publikumsverkehr von unerfahrenen, ahnungslosen Menschen mit geschlossenen Augen, die in die Stadt kommen, das heißt zum Bahnhof oder zum Hafen oder irgendeiner anderen unbekannten Ecke von Messina, vor allem in die triste Due Vie. Und der hier, dieser Blatternarbige, musste Trottel und Dörfler eingewickelt haben, indem er die eine Karte aufdeckte, die andere zudeckte, sie mit so viel Geschick und Schnelligkeit von einer Hand in die andere schob und vertauschte, dass denen, die ihm zuschauten, die Augen flirrten. Die hier ist Trumpf. Die hier nicht. Die hier wohl. Nur eine ist Trumpf. Wo ist die Trumpfkarte? Wo ist die Trumpfkarte? Und unter denen, die ihm zuschauen, gibt es immer einen, dessen Augen geradezu opiumtrunken sind, einen, der glaubt zu wissen, wo die Trumpfkarte steckt, darauf zeigt und hereinfällt.

Die Pellisquadre gaben ebenfalls ein bisschen die Figur von Trotteln und Dörflern ab, die sich von der Magie des Dreikartenspiels gefangennehmen lassen. Eine Zeitlang verfolgten auch ihre Blicke das kleine Rechteck aus Papier, das der Bursche zwischen den Fingern zusammenrollte und das seinen Worten nach ein Tausendamlireschein war, und das, das heißt dieser Geldschein, versetzte sie in Erstaunen. Was sie daran in Erstaunen versetzte, war die verschwindende Größe und die Lumpigkeit dieses Geldscheins, der weder das Auge noch die Sinne erfreute, und den sie in ihrer Erinnerung mit dem taschentuchgroßen Tausendlireschein von früher verglichen, der einen allein schon beim Anblick labte, und sie sagten sich, dass das Geld nun, schon wie es sich darstellte, nurmehr mit großer Schwierigkeit als Zaster bezeichnet werden könnte.

Als er das merkte, fingen die Augen des Burschen an zu leuchten.

»Täusche ich mich oder habt Ihr diesen amerikanischen Kies noch gar nicht gesehen?«, fragte er sie reihum und beglückwünschte sich zu seiner Entdeckung und für den Gebrauch, den er wohl gleich davon machen würde. »Ach ja, das sind die ersten, allerersten Amlire, die euch vor Augen kommen? Ach, ist das wirklich so? Ihr habt noch keine Gelegenheit gehabt, dieses Amen von Lire in Händen zu halten?« Und hier kam es ihm nicht einmal wahr vor, dass er mit großem Pomp, geradezu empört zu 'Ndrja sagen konnte: »Ja, was denn, worauf wartet Ihr denn noch, diese tausend Lirchen einzusacken? Oh, also da müsst Ihr mich schon entschuldigen, wenn ich Euch sage, dass ich Euch, bei meiner

Ehr, nicht verstehe. Eure Freunde hier, wenn ich mich nicht täusche, haben nicht einmal den Schatten dieses Schotters gesehen, und Ihr wollt ihnen diese Befriedigung nicht geben, etwas Neues zu tun, nämlich diesen amerikanischen Batzen zu berühren? Wie kommt es, dass Ihr Euch so ziert? Hören wir doch damit auf, hören wir auf … Hier ist er, hier ist er, nehmt ihn«, sagte er und hielt den Pellisquadre reihum den Geldschein hin. »Lasst ihn herumgehen, dieses Tausendlirescheinchen, fasst es an, fühlt es, spürt nur, was für eine Seide das ist, seht es euch an, seht es euch im Gegenlicht an, bringt eure Augen zum Glänzen mit dieser Kohle, die, wie man mir gesagt hat, sozusagen ein enger Verwandter des Dollars ist …«

Die Pellisquadre stimmten dem vom Ersten bis zum Letzten stillschweigend zu, gaben es aber, auch wenn sie unentwegt auf diese Neuartigkeit aller Neuartigkeiten starrten, die dieses neue Geld für sie darstellte, nach außen auch nicht andeutungsweise zu erkennen. Der Tausenderschein wanderte von Hand zu Hand, und sie warfen zugleich einen verstohlenem Blick darauf, doch einer reichte ihn an den anderen weiter, beinahe so, wie wenn er ihn loswerden wollte, beinahe verächtlich, mit verzogenem Mund: Sie hatten gleich bemerkt, dass dieser Schurke es auf 'Ndrja abgesehen hatte, und eher hätten sie ihre Zigarette mit dem Tausenderschein angezündet, als sich auf sein Spiel einzulassen und ihm Genugtuung zu verschaffen.

»Hört jetzt«, sagte 'Ndrja da zu ihm und setzte ein finsteres Gesicht auf, »es ist völlig sinnlos, dass Ihr Euch so verausgabt. Ich habe Euch ja schon gesagt und sage es gerne noch einmal, dass ich mit Euch nichts zu tun haben will.«

»Oh, Ihr seid aber seltsam … Hab ich vielleicht den Entschluss gefasst, hierherzukommen und Euch die tausend Lire zu bringen? Nein, ich bin abkommandiert worden«, sagte der Bursche mit dem Ausdruck größter Naivität, ohne beleidigt zu sein, und er schaute in die Runde, wie wenn er die Pellisquadre fragen wollte: Oder etwa nicht? Und fügte hinzu: »Und außerdem, welchen Unterschied macht das schon?«

»Den machts, den machts«, erwiderte 'Ndrja.

»Den machts, den machts«, bekräftigte Don Caitanello, der zur Unterstützung seines Sohnes plötzlich das Wort ergriff. »Den machts, den machts. Und weil wir nun schon einmal dabei sind, sage ich Euch gleich, dass auch die Unverschämtheit was macht, die Ihr Euch dem Alten gegenüber herausgenommen habt. Los, sagt es mir ins Gesicht, mir Miserablem, verpasst mir doch den Schlag, wenn Ihr den Mut dazu habt …«

Da biss der Bursche auf seine Hand und spielte das Opfer:

»Ach, der Alte … ach, die Jungs …«, jammerte er und drohte, während er den Blick zur Alten Laterne hinüberwandte, zu dem Alten dort und den drei Milchbärtigen, als wären sie der Ursprung all seiner Schwierigkeiten, als wären sie es, weshalb er ungerechterweise verleumdet würde. Und als wäre das noch nicht das Wichtigste, worauf es ihm im Leben vor allem ankam, flehte er die Umstehenden mit gefalteten Händen um Erbarmen an:

»Ihr müsst mich aber auch verstehen, Ihr müsst das Problem richtig sehen. Ihr müsst mir glauben, wenn ich euch sage, dass die uns schon seit Principe nachlaufen, zuerst der Kutsche bis zum Leuchtturm und dann vom Leuchtturm bis hierher, ihr habts ja gesehen, oder?, bis zum letzten Atemzug, hier auf dem Sand, hinter dem Landungsboot her. Seit Principe, wisst ihr, was das heißt? Immer hinter uns her, mit heraushängender Zunge. Ich konnte sie einfach nicht mehr sehen, das schwöre ich euch bei der Ehre meiner Frau, es zerriss mir das Herz. Und mit welcher Absicht, ich frage mich: Mit welcher Absicht? Wie soll man denn ein altes Knochengerüst und drei Jungs, die noch nach der Milch ihrer Mutter riechen, eine Regatta rudern lassen? Wie kann man denn so etwas von einem wandelnden Kadaver und drei Kackärschen verlangen? Und glaubt ihr etwa, die wären die Einzigen? Ihr könnt euch ja überhaupt nicht vorstellen, wie sie aus ihren Häusern in Ringo und Principe, in Sant'Àgata und Fiumaraguardia gelaufen kamen, all diese alten Männer und diese Milchjungen kamen an, dass man meinte, im selben Augenblick würden auch die Alten aus ihren Gräbern und die Ungeborenen aus dem Leib ihrer Mütter herbeigelaufen kommen, sobald sich die Nachricht von der Regatta verbreitet hatte, bei der jeder Ruderschlag in Gold bezahlt würde, nämlich mit fünfhundert Liren. Sie konnten gar nicht mehr aus ihren Augen blicken, als es hieß fünfhundert Lire: Wer hätte denn nicht einen Ruderschlag für fünfhundert Lire gemacht? Ist doch klar, dass in all diesen Dörfern sich eine große Welle aufmachte, um für Signor Mister zu rudern. Alle, oh, ihr müsst mir glauben, wenn ich euch sage alle, alle wollten sie an die Ruder. Doch wer waren alle? Alle, Methusaleme ebenso wie Säuglinge. Sie stellten sich ein, und ich, was konnte ich ihnen ehrlicherweise denn sagen? Habt ihr diesen Signor Mister hier denn für einen Blödmann gehalten? Habt ihr gedacht, ihr könntet ihm das Geld aus der Tasche ziehen, das ihm nicht einmal gehört? Seid ihr um Almosen gekommen? Ihr denkt doch nicht ernsthaft, ihr könntet eine Regatta rudern? Ich hoffe, ihr haltet euch nicht für Ruderer, bei euren Hautundknochenkörpern oder euren Säuglingsbäuchen. Seid ihr denn verrückt geworden? Einen Ruderwettkampf, ihr, ihr, die ihr mir, Alte wie Jungs, wie lauter wandelnde Leichen vorkommt? Wollt ihr etwa euer Leben aufs Spiel setzen für fünfhundert Lire? Wollt ihr das? Geht zurück, geht geordnet zurück, geht nach Hause, hört auf mich, ich rede zu euch wie ein Vater und wie ein Bruder. Das habe ich zu ihnen gesagt. Was hätte ich denn anderes sagen können, sagts mir. Sagt ihr es mir? Was dachten die denn, worum es hier gehen würde? Um eine Spazierfahrt auf dem Meer? Um Luft zu schnappen am Meer? Für eine Regatta braucht man junge Männer mit kräftigen Handgelenken, keine Alten, keine Milchbubis. War es etwa falsch, wenn ich ihnen gesagt habe, sie sollten wieder gehen? Wenn die an die Ruder gegangen wären, hätten die doch einen Herzanfall bekommen. Oder täusche ich mich da? Täusche ich mich da? Sagt ihr es mir, die ihr diesen Beruf ausübt, sagt es, sagt es mir, nur keine Skrupel. Und wenn es darum gegangen wäre, Alte, noch Lebende zu gewinnen, zumal der Große Tod sich um so viele großartige junge Männer in diesem Krieg gekümmert hatte, und um kleine Jungs noch mit geschlossenen Augen, glaubt ihr etwa, glaubt ihr, ihr Männer, dass der da, dieser Mister Maniàci, bei allem, was er um die Ohren hat, gemeinsam mit mir von Messina aufgebrochen und hierhergekommen wäre, einfach so? Aber seht doch, seht, was für ein Reinfall … Denn die da, dieses tolle Trio da, dachte in Wahrheit vielleicht, dass Signor Mister Maniàci in der Kutsche vorbeifuhr, um ihnen eine gute Gabe dazulassen. Vielleicht haben sie den Malteser da ja als Wohltätigkeitseinrichtung angesehen. Oder in ihm eine Art von Kanonikus Annìbale Maria von Frankreich gesehen, der Brotlaiber herschenkt. Ach, und sagen wirs doch offen, die da mit ihren hervorstehenden Knochen, mit ihrer Blässe und ihren Krankheiten, diese Elendigen und Lumpenhunde, die da, seis der Alte, seiens die Jungs, die da, doch nicht die allein, sondern alle, alle, die so sind wie die, sind, gestehen wirs uns doch ein, ja, ja, die sind eine Schande fürs Vaterland. Und da sollen wir sie nehmen und auch noch in ein Boot setzen und diesen Herrschaften aus England zeigen, was für ein Dreck am Leben blieb, nach dem wir beurteilt werden sollen! Ist es denn möglich, dass wir Italiener, wie wenn es unser Schicksal wäre, uns vor diesen englischen Milords immer wieder wie der letzte Dreck zeigen müssen? Seht ihr denn nicht, was geschieht? Ihr glaubt, dass ihr kräftige junge Männer so viele findet, wie ihr nur wollt, sobald ihr an den Ufern auftaucht. Doch in Wirklichkeit treten nur diese Säuglinge vor euch hin, diese Toten auf Urlaub, dieses ganze Gesindel von Almosenbettlern. Oho, die ganze Unzahl junger Männer, die man früher sehen konnte, in Friedenszeiten, gibts jetzt, mit dem Krieg, wohl nur noch auf Fotos. Bei meiner Ehr, Schritt für Schritt sind wir in der Kutsche von Contemplazione nach Principe durch alle Fischerdörfer gefahren. Oho, eins nach dem anderen haben wir gesehen und Haus für Haus. Und glaubt ihrs? Alle, vom ersten bis zum letzten, ganz ohne junge Männer, doch nicht nur junge Männer, sondern auch Männer, die noch nicht alt sind, an Jahren mehr oder weniger wie ihr, die ihr hier anwesend seid, mir zu sein scheint. Stattdessen waren alle nur mit denen überfüllt, mit Alten und mit kleinen Jungs, wie das tolle Trio, von dem ich eben sprach, Alte, die der Tod noch keine Zeit hatte zu holen, und Jungs, die man besser noch Säuglinge nennt, deren Mund noch nach der Milch der Mutter stinkt. Etwas, bei dem einem der Mund offen steht. Einer, der aus der Stadt kommt, konnte sich, ehrlich gesagt, nicht vorstellen, so viel, so viel und, ja, nicht einen derartigen Patriotismus eurer jungen Männer vorstellen, doch dann verneigt man sich in Verehrung und Bewunderung vor euch und vor ihnen, wenn man am Ende notgedrungen eine Erklärung dafür sucht, dass er herumfährt und herumfährt und ihm immer wieder Alte und immer wieder kleine Jungs begegnen wie gepeinigte Seelen, die ihm keuchend nachlaufen und fast ihren letzten Atem aushauchen und dabei flehen: Werter Herr, nehmt mich doch, nehmt mich doch, und irgendwann kann einer wie ich und wie dieser Signor Mister Malteser sie einfach nicht mehr sehen mit ihren Klageschreien, die man von ihnen hört, er kann einfach nicht mehr, was so weit geht, dass er, wenn er eine Granate in seiner Hand hätte, Ehrenwort, sich instinktiv umdrehen und sie ihnen zwischen die Beine werfen würde, um diese räudigen Hunde mit heraushängender Zunge endlich loszuwerden. Daraus könnt ihr ersehen, bis zu welchem Grad der Galligkeit diese Unseligen einen treiben können, einen, ich sage es noch einmal, wie mich und diesen Signor Mister. Meinen die denn, das geschehe aus bösem Willen oder weil wir kein Herz hätten? Dämmerts denen denn nicht, dass es hier darum geht, eine Regatta zu veranstalten, und nicht darum, ein Altersheim oder einen Kindergarten zu errichten? Versteht ihr? Nun, während dieser Signor Mister Maniàci herumfuhr, merkte er, dass in diesen Zeiten ein junger Mann sehr selten zu finden ist, und so gelangte er auf meinen Rat schließlich zu der Überzeugung, dass man einen suchen sollte, der noch am Leben war, jemand, kurz gesagt, dem es gelungen war zu entkommen, jemand, den man wirklich als jungen Mann bezeichnen kann, weder einen Alten noch einen Milchbärtigen, einen, der weder verwundet ist noch sonst ein Gebrechen hat, so einen dürfe man sich nicht entgehen lassen, auch wenn man ihn mit Gold aufwiegen und ihm schöne Lieder vorsingen müsste. Und hier ist dieser Freund, der der Beweis dafür ist …«, und während er bislang sozusagen über die Pellisquadre zu ihm geredet hatte, richtete er jetzt das Wort unmittelbar an 'Ndrja: »Tausend Lire hattet Ihr doch gesagt, oder? Und tausend Lire sinds. Ihr seid verschwunden, ohne dass ihr uns Zeit gegeben habt, zum Abschluss zu kommen. Und er kam zu Fuß zu Euch her. Er kam eigens für Euch, andernfalls, wärs nicht für Euch gewesen, warum hätte er sonst die ganze Küste bis hierher abfahren sollen, was ja sozusagen schon am Ende der Welt liegt? Warum tat er das? Etwa, weil Ihr schön seid? Oder vielleicht, weil Ihr ihm zusagt? Kommt der Euch so feinsinnig vor? Er tats aus Eigeninteresse, nur darum, gibts da Zweifel? Er tats, weil man Ruderer wie Euch, mit Eurer Jugend, heutzutage keine vier für einen Dukaten findet. Habt Ihr jetzt verstanden, warum Signor Mister Maniàci Euch behandelt, als hätte er den Stern vor sich erblickt, und sich bemüht hat, eigens herzukommen, höchst persönlich, mit Boot und Ehreneskorte?«

»Wenn Ihr nicht ganz schnell verschwindet«, sagte 'Ndrja und lachte böse, »dann sorge ich dafür, dass Ihr den Stern vor Euch erblickt. Mit Euch will ich nichts zu schaffen haben, selbst wenn Ihr Euch mit Gold behängt hier zeigen würdet. Habe ich mich klar ausgedrückt? Wer seid Ihr denn schon? Ein Nichts, das mit nichts vermischt ist. Euer Herr hat einen schweren Fehler begangen, indem er Euch hergeschickt hat.«

»Aber jetzt bin ich da …«, erwiderte dieser schmierige Typ und baute innerlich vor. »Und jetzt, wo ich da bin, in Eurem Lager, was wollt Ihr machen? Mich zusammenschlagen? Mich davonjagen? Für so ungehobelt hätte ich Euch nicht gehalten und halte ich Euch nicht …« Und er wandte sich an die übrige Gesellschaft und tat dabei so, als würde er das Gute für seinen Nächsten aus allen Poren schwitzen, und sagte schließlich: »So reden wir doch oder? Was tun wir denn Böses? Ohne jede Absicht, einfach so, wie in einer fröhlichen Runde unter Freunden …«

Und in dieser fröhlichen Runde unter Freunden spürte 'Ndrja, dass viele ihn unterstützten und murmelten: Richtig, richtig, was ist denn schon dabei? Und bei dem Blick, den sie von ihm zu dem Burschen wandten und wieder zurück, hätte 'Ndrja nicht sagen können, wen von beiden sie in diesem Augenblick mit mehr Sympathie oder mit mehr Abneigung ansahen.

Dieser verblatterte Schlaufuchs führte sie doch alle gekonnt hinters Licht, dachte er. Was glaubte sein Vater denn und die anderen, kam es ihnen etwa wie die ganz große Ehrenbezeigung vor, dass er persönlich gekommen war, um ihn auf dem Boot der Engländer mitzunehmen? Die Wahrheit war doch, dass der gar nicht mehr aus noch ein wusste wegen der zwölf Ruderer, die er so unbedingt brauchte, er hatte ihn gesehen, und es war klar, dass er ans Ende der Welt gekommen war, um zuerst einmal ihn anzuwerben. Und außerdem, was wussten denn sein Vater, Don Luigi und die anderen, was wussten sie denn, welche Absicht dieser blatternarbige Klötenlecker verfolgte? Er wusste es, 'Ndrja, welche Absicht er verfolgte, was für Interessen auf dem Spiel standen. Schrie er sich etwa die Lungen aus dem Leib, um ihn zu überzeugen, ihn zu überzeugen, er solle sich doch diese tausend Lire verdienen, schrie er sich die Lungen aus dem Leib wegen seines schönen Gesichts? Vielmehr schrie er sich die Lungen für seine Familie aus dem Leib, für seinen Bruder, für seinen Schwager, weil, darauf hätte 'Ndrja jeden Eid geschworen, der Malteser vor seinem Klötenlecker wahrscheinlich die Hose heruntergelassen und die beiden für die Regatta angeheuert hatte, diese ehrenwehrten Verwandten, die, nach dem, was der Malteser selbst gesagt hatte, zwei ausgekochte Typen waren und in den Gefängnissen von Carrubbara ein- und ausgingen. Und es war auch für sie, ja, vor allem für sie, dass er sich ihm gegenüber die Lungen aus dem Leib schrie.

'Ndrja Cambrìa las in den Gedanken dieses Büttels, wie denn auch nicht?, als wären sie ein offenes Buch, auch wenn ihm das keine sonderliche Mühe machte, denn so einem Subjekt steht ins Gesicht geschrieben, was er denkt, und was er dachte, während er mit seinen Worten zu verstehen gab, dass er offensichtlich derjenige zu sein schien, der einfach nicht verstehen konnte, was er dachte, war, dass 'Ndjra sich nicht einfach die tausend Lire verdiente, wo es doch genügte, wenn er dem Signor Mister Malteser ein einfaches Ja sagte, es waren die tausend Lire pro Mann, die mit einem ganz einfachen Ja, dem einfachen Ja 'Ndrjas, sein Bruder und sein Schwager verdienten, und die stattdessen durch das Fernrohr beobachteten, ob 'Ndrja jetzt, statt ja zu sagen, darauf beharrte, dem Signor Mister Malteser nein zu sagen. Und wenn es über das, was er dachte, einen Zweifel gab, hatte 'Ndrja in seinem Gesicht noch nicht zu Ende gelesen, als der Bursche es ihm auf der Stelle Punkt für Punkt bestätigte.

»Ihr könnts Euch ja nicht einmal vorstellen«, hatte der Scharlatan und Blender seine Rede nämlich wiederaufgenommen, der wohl bemerkt haben musste, dass es für ihn keinen günstigeren Augenblick geben konnte als diesen, mit all diesen freiwilligen Freunden, die er in den Pellisquadre gefunden hatte, »was und wie viel Signor Mister Maniàci von diesem jungen Kerl hier hält. Er schätzt ihn, und zwar sehr, am Ruder. Die Regatta, die seiner Rede nach in Messina stattfinden soll, veranstalten die Messineser wahrscheinlich gar nicht erst, wenn dieser junge Kerl hier nicht auch dabei ist. Denn genau das versprach er einigen jungen Männern in Messina, die er ebenfalls für diese Regatta angeworben hat, und die am Ruder, ich kenne sie gut, die am Ruder, ohne jede Abwertung, ebenfalls eine ehrenvolle Figur abgeben.«

»Auf der Galeere«, kommentierte 'Ndrja, der sich gleich vorstellte, dass er über den Bruder und den Schwager redete, über sie redete und sie hochlobte. »Am Ruder einer Galeere, als Galeerensträflinge, da, auf der würden sie eine ehrenvolle Figur abgeben.«

Der Bursche hörte das aber nicht oder tat so, als würde er es nicht hören, denn er fuhr fort und sagte:

»Einverstanden, sagte der Signor Mister zu den beiden jungen Kerlen aus Messina. Euch nehme ich auch, allerdings unter dem Vorbehalt, dass man die Regatta veranstaltet, das heißt unter dem Vorbehalt, dass ich den wiederfinde, den ich im Kopf habe, einen bestimmten jungen Kerl von Charybdis, der der Motor für die Mannschaft auf dem Boot sein muss. Wenn ich ihn wiederfinde, dann geht alles klar, dann seid auch ihr dabei, ich sags noch einmal, denn mit dem jungen Kerl aus Charybdis, der mein eigentlicher Antreiber, ja sogar meine Trumpfkarte ist, mit der ich alles abräume, verliere ich keine Zeit, und ich heuere auch Euch an, damit ihr ihm zuarbeitet, sonst nämlich …«

»Sonst nämlich«, unterbrach ihn 'Ndrja wieder, »könnt Ihr Euch die Hände damit einseifen, wie?«, und damit schlug er einen anderen, einen rauen Ton an. »Wem wollt Ihr eigentlich den Bug küssen? Wem, glaubt Ihr, erzählt Ihr so einen Unsinn? Wozu so viel Schaumschlägerei? Ist es Euch jetzt doch nicht mehr so unangenehm, die tausend Lire zu akzeptieren? Ich denke mal, dass Ihr einen Weg gefunden habt, den Signor Mister zu überreden, auch Eurem Bruder und eurem Schwager tausend Lire zu geben, wie? Aber wie habt Ihr ihn dazu überreden können? Hat er denn nicht gesagt, dass die beiden nur für die Gefängnisse von Carrubbara taugten? Jeh, wer Euch nicht kennt, erkauft Euch teuer, und nur den, der Euch nicht kennt, könnt Ihr einwickeln.«

»Ach, das meint Ihr wirklich?«, fragte der Gauner und zeigte sich mit seinem zerstochenen Gesicht vor seinem Publikum völlig überrascht. »Meint Ihr wirklich, ich würde Euch einwickeln? Ich, mein Freund, bin hergeschickt worden, um vor Euch hier zu reden, damit Ihrs genau wisst. Und was sagt Ihr da von Bruder und Schwager? Was habt Ihr einzuwenden? Wieso redet Ihr überhaupt von meinem Bruder und meinem Schwager? Wen wollt Ihr damit bei Euch beeindrucken? Ihr wollt wohl wirklich persönlich werden, und ich sage noch einmal, ich bin geschickt worden, genaugenommen geschickt und abkommandiert.«

»Und gerade weil Ihr abkommandiert und geschickt worden seid, seid Ihr jetzt still und richtet dem, der Euch geschickt und abkommandiert hat, aus, dass er, wenn er mir etwas zu sagen hat, persönlich herkommen und es mir sagen soll. Ich bin hier.« Und das, dachte er, ist eine weitere Prüfung, die Signor Mister Malteser bestehen muss, wenn er mich wirklich will.

»Das, sagt Ihr, soll ich ihm sagen? Also gehe ich und sag es ihm«, antwortete der Bursche und fügte wohlkalkuliert hinzu: »Allerdings, wenn Ihr gestattet, kann ich Euch die Antwort unverzüglich geben. Dieser Signor Mister Maniàci kennt mich inzwischen von innen und außen, und er, ja, er braucht Euch, sogar dringend, ja, er kam sogar eigens für Euch her, ja, doch das da, das Anlegen des Boots, das Herkommen zu Fuß, in Person, das, nisba, nichts, das könnt Ihr Euch aus dem Kopf schlagen, das sagt Euch Lillo Sanciòlo, und dem könnt Ihr glauben. Ihr könnt? Ihr müsst, Ihr müsst Lillo Sanciòlo glauben, wenn er Euch sagt, dass Signor Mister Maniàci, auch wenn er hier ankam, auch wenn er zu Fuß herkam, hier nicht anlegen wird. Und wenn er nicht anlegt, dann wollt Ihr aus einer Laune heraus tausend Lire einfach so abtun? Einfach so, als wäre das nichts?«

Diesen Bohrwurm pflanzte er den Pellisquadre in den Kopf, und dann legte er seine Hand schirmend über die Augen und suchte das Tyrrhenische ab, das Meer des Orcaferons, wie wenn er schauen wollte, ob die da sich entschlossen hatten zurückzukehren. Er tat so, als hätte er mit der ganzen Sache nichts mehr zu tun und würde sich wieder an Bord des Boots befinden.

Wenn er gehofft hatte, ihn nachdenklich zu machen, dann war ihm das durchaus gelungen, diesem Ganoven, dachte 'Ndrja. Auch wenn er ehrlos war und sein Wort nicht mehr galt als das eines Dreikartenspielers, und der Malteser musste das besser wissen als jeder andere, war es keineswegs sonderbar, dass dieser Ganove, um sie ja nicht miteinander sprechen zu lassen, ihm irgendetwas vorgaukelte, was ihm, diesem Schurken, in den Kram passte, und so war es durchaus möglich, dass der Malteser, nach allem, was man beobachten konnte, kein besonders standfester Charakter gegenüber seinem Speichellecker gewesen sein musste und die Sache schluckte, wieder abfuhr und seinen Ruderer sich selbst überließ, den einzigen jungen Mann und den einzigen, den er gefunden hatte, der es von Berufs wegen tat.

Doch wenn er seinen sorgenvollsten Gedanken hätte benennen sollen, dann war es der an die Pellisquadre: Würde er nicht mit dem Malteser zusammenkommen, würde sich jede Möglichkeit, den Orcaferon für sie anzulanden, in Luft auflösen, und sie stünden mit einem bitteren Geschmack im Mund da. Auf der anderen Seite sagte ihm die Idee aber immer mehr zu, denn er dachte, dass eine so gigantische Ablenkung für die Augen, eine derartige Geschäftigkeit mit ihren Händen sie mit Sicherheit alle aufwühlen und begeistern würde.

Außerdem meinte er, eine Respektlosigkeit gegenüber seinem Vater, Don Luigi und den anderen Pellisquadre begangen zu haben, weil sein Vater, Don Luigi Orioles und die anderen erst jetzt erfahren hatten, dass man ihm, wenn er für eine bestimmte Regatta ruderte, tausend Lire geben würde, aber sie glaubten auch zu wissen, dass der Malteser bereit war, ihm zu zahlen, was er verlangte, alles, was ihm in den Sinn kam, sogar die Bäcksait. Tatsache war, sagte er sich wieder, dass weder er noch Masino die Sache erwähnt hatten, als sie von der Erkundungstour entlang der Küstenabschnitte zurückgekehrt waren. Die Küstenabschnitte bieten allesamt einen trostlosen Anblick, Schutthalden an Land und Verlassenheit auf dem Meer, hatte er Luigi Orioles gesagt und Schluss. Welchen Sinn hätte es haben sollen, ihm von dem Malteser zu erzählen, einem Faktotum für alles sozusagen bei der AMGOT von Messina, das auf der Suche nach Ruderern für eine Regatta durch die Fischerdörfer zog, eine Regatta zudem, die die amerikanischen und englischen Matrosen der ankernden Schiffe als Sportereignis unter sich veranstalteten. Aber was hatte eine Mannschaft aus Messinesern mit ihrer Regatta zu tun? Was war das Motiv? Waren sie etwa neugierig und wollten herausfinden, ob man nach all den Mannschaften, die sie über die Meere verstreut hatten, noch zwölf Matrosen fände, die eine Rudermannschaft bilden könnten? Sollte es ihnen etwa für den Fall, dass es tatsächlich gelingen würde, eine Mannschaft zusammenzustellen, Vergnügen bereiten, sie während der Regatta genüsslich zu schmauchen wie eine Zigarette, die eine Hälfte Engländer und die andere Hälfte Amerikaner? Nein, ganz sicher nicht. Welchen Grund, sagte er, hätte es also gehabt, darüber zu reden? Und danach hatte er es über den Orcaferon völlig vergessen. Wer hätte denn erwartet, dass der Malteser vom Meer her vor ihm auftauchen würde? Man musste ihn beglückwünschen, diesen Signor Mister Malteser Maniàci, er hatte ihm wirklich bewiesen, dass er sich für ihn interessierte. Nach einem derartigen Beweis hätte er auch für fünfhundert Lire die Ruder für ihn in die Hand genommen, doch nach einem derartigen Beweis konnte man sich auch vorstellen, dass es für Signor Mister eine Kleinigkeit wäre, ihm auch noch den anderen kleinen Beweis zu liefern, nämlich die Anlandung des Orcaferons. Er würde mit ihm offen darüber reden. Ihr müsst wissen, wiederholte er ständig in seinem Kopf, dass die Anlandung dieses Tiergiganten für mich wahrscheinlich wesentlich wertvoller ist als für Euch das Finden junger geeigneter Ruderer für die Regatta. Ihr müsst Euch vorstellen, dass, wenn Ihr ihn für uns anlandet und ich meinen Vater und sie alle hier bereits Hand an diesen riesigen Kadaver legen sehe, ohne dass sie eigentlich wissen, wo sie beginnen sollen, und sie dann so beschäftigt und glücklich sind, dass sie alle wie verjüngt wirken und aussehen, als hätte der Gestank des Orcadavers ihnen sozusagen ein Lebenselixier eingehaucht, das für mich so wertvoll ist, dass ich Euch dann mein Ehrenwort gebe, sogar die doppelte Strecke für Euch zu rudern.

Er spürte jedoch, dass er mit Worten sich selbst niemals eine haargenaue Vorstellung davon machen konnte, wie sehr ihm daran lag, dass der Orcaferon für die Pellisquadre angelandet würde, damit sie ihn dort hatten, in Reichweite, denn mit Worten hätte er, ohne zu erröten, niemals sagen können, wie schön und wie großartig in seinen Augen allein der Gedanke wäre, dass er mit der Anlandung des riesigen Orcadavers dort, auf ihrer öden Marina, für die Pellisquadre diese große Geschäftigkeit mit den Händen bewerkstelligen könnte, nach der sie sich so sehnten, auch wenn sie sich zu anderen Zeiten für ein solches Geschäft mit einem Kadaver geschämt hätten, doch heute wäre es anders, wäre es ein enormes, aufreibendes Geschäft mit der Hand, ein Geschäft, das sie dringend brauchten, und er empfand innere Genugtuung bei dem Gedanken, dass er ihnen helfen könnte.

'Ndrja spürte jetzt den Blick aller dort am Sporn auf sich gerichtet, denn alle warteten darauf zu sehen und zu hören, was er tat, was er als Antwort auf das geben würde, was der Bursche ihm mit der deutlichen Absicht, ihn aus der Reserve zu locken, gesagt hatte.

Doch alleine bei dem Gedanken, das Wort an ihn zu richten, um die Sache wiederaufzunehmen und ihm nachzugeben, fühlte 'Ndrja, wie sich sein Magen umdrehte. Der Bursche aber hatte jedes Interesse, die Sache nicht auf sich beruhen zu lassen, der war nicht der feinfühlige Typ, das heißt der Typ, der sich einer Sache stellte, der Typ, der sich sagt: Kommt auf ihn an, wenn er nichts sagt, sage ich auch nichts. Und tatsächlich, ohne auch nur den Versuch zu unternehmen, sein Gesicht zu wahren, wandte er den Blick vom Meer ab und fragte ihn:

»Na, wie stehts? Habt Ihr Euch das Schingschangschong ausgespielt?«

Und hier fiel ʻNdrja, der eigentlich bereit war, sich versöhnlich zu zeigen, so wie wenn er der Stärkere von beiden wäre, bei dem Gedanken, dass der da sich seiner für seine eigenen Zwecke bedienen wollte, erneut über ihn her:

»Ihr lasst wohl nicht locker, was?«, sagte er. »Wahrscheinlich habt Ihr zum Malteser gesagt: Ihr, Vossìa, hoher Herr, rührt Euch nicht von Bord, nehmt nicht die Anstrengung einer Landung auf Euch, Vossìa, ich gehe zu dem jungen Kerl und bringe ihn her. Oder? Irre ich mich? Meint Ihr denn, ich hätte nicht verstanden, dass Ihr hierhergekommen seid, um Eure Interessen zu vertreten oder genauer gesagt, die Interessen Eures Bruders und eures Schwagers? Habt Ihr gedacht, ich hätte nicht begriffen, dass, wenn ich nicht als Ruderer oder Rudervormann komme, der da, der Malteser, Euer Signor Mister, die Mannschaft, die er für die Regatta zusammenstellen muss, einfach sausen lässt, sie notgedrungen einfach sausen lassen muss? Und wenn er sie sausen lässt, dann schauen auch Euer Bruder und Euer Schwager in die Röhre. Habt Ihr jetzt begriffen, dass ich mit Euch nichts zu tun haben will? Habt ihrs begriffen oder immer noch nicht, oder muss ichs Euch mit Tritten in den Arsch vorsingen?«

Doch während er sprach, wurde es ʻNdrja immer klarer, dass der Ganove bei den letzten Worten, die er gesagt hatte, auch wenn sie nichts weiter als heiße Luft waren, einen bestimmten Eindruck auf die Pellisquadre gemacht hatte, die jetzt, mit dem Ausdruck, als würden sie nicht verstehen, wie die Dinge denn nun lagen, ihren Blick von dem Burschen zu ʻNdrja wandten und von ihnen beiden auf das Landungsboot, das im Tyrrhenischen herumfuhr, in der Nähe der Mittellinie, an den Rändern des vom Orcaferon aufgewühlten Meers.

Bis zu diesem Augenblick hatten die Pellisquadre dem Burschen eigentlich keine Bedeutung beigemessen, und es war schon viel, dass sie ihm überhaupt mit einem Ohr zugehört hatten, denn das andere Ohr kehrten sie niemals von dort ab, vom Meer des Orcaferons, und lauerten zwischen blutigen Schlieren und Gischten darauf, ob der Tiergigant nun starb oder nicht starb, sie lauerten darauf mit einer derartigen Starrheit des Blicks und einer derartigen Konzentration der Sinne, dass sie fast auf natürliche Weise den Eindruck erweckten, als würde das Auge in dieser Sekunde bei ihnen auch als Ohr funktionieren, weshalb ihnen diese Art von Ohr aus so großer Entfernung den Anblick des Orcaferons herzutragen schien und ebenso den qualvollen, schrecklichen, erstickten

Ton, der wirklich, auch wenn sie ihn nicht hörten, von dem Tiergiganten im Todeskampf über diese ganze Misdea, diese Schlachtstatt von Meer aufsteigen musste. Und wenn man sie sah, so in sich versunken und angespannt, so hellhörig, hätte man denken können, dass nichts von dem, was dieser Geschäftemacher aus Messina hinter ihnen redete, nichts von seinen schlaufüchsigen Ganovenstücken sie dazu hätte bringen können, ihr Ohr von dem Orcaferon ab- und diesem Burschen zuzuwenden.

Nun war aber in den letzten schleimigen Worten des Burschen, auch wenn es in ihnen vom Orcaferon nicht einmal einen Schatten gab, immerhin von dem Boot die Rede, und es war in dem Sinn von ihm die Rede, dass es da, wo es war, ausdrücklich für 'Ndrja da war. Jetzt bildete das Boot in den Augen der Pellisquadre allerdings eine Einheit mit dem Orcaferon, Saum an Saum mit seinem Meer aus Blut, und man konnte sicher sein, dass, während sie unablässig dort hinübersahen, zu dem Tiergiganten in seinem Todeskampf, sie hier in ihrer Vorstellung diese Art von ausgeweidetem Fährschiff bereits mit dem Orcaferon verbunden haben mussten, dem schon mit dem Landungsboot vertäuten Tiergiganten, das sich auf ihre Marina zubewegte, um ihn dort anzulanden. Mit diesem Unterschied, dass es ihnen jetzt, nach allem, was dieses Subjekt von sich gegeben hatte, wer weiß, wer weiß, so musste sich jeder von ihnen stillschweigend die Frage stellen, nicht gelang, den Tiergiganten von der Vorstellung zu lösen, wonach er immer an einer Stelle festsaß, und ihn vielmehr an den Umstand zu binden, durch 'Ndrja an die Realität des Umstands zu binden, das heißt an das Landungsboot.

Allerdings muss gesagt werden, dass 'Ndrja von sich aus erst im Nachhinein dahin gelangte. Für den Augenblick war wohl nur er derjenige unter allen, die auf dem Sporn standen, der diese Verbindung zwischen Orcaferon und Boot gar nicht bemerkt hatte, welche die Pellisquadre in ihrem Kopf vollzogen. Zu seiner Entschuldigung konnte er sagen, dass jeder die Dinge sieht, nach denen er sucht, während er für die anderen sozusagen blind ist. Die Pellisquadre sahen nämlich bei allem den angelandeten Orcaferon, denn den suchten sie, während er, wenigstens für sich, zunächst nicht auf die Suche nach dem angelandeten Orcaferon ging, ihn dann aber, als er ihn für sie suchte, auf der Stelle gefunden hatte, und als er ihn gefunden hatte, entwickelte er den Plan, dass er dessen Anlandung dem Malteser zur Bedingung machen, das heißt sie ihm als Prüfung auferlegen wollte, sofern es ihm wirklich um ihn ging.

Doch auch wenn er ihn nicht mehr suchte und ihn nicht sah, gerade er, der ihn mehr als alle Pellisquadre zusammengenommen vor seinen Augen des Verstands hätte haben müssen, wenn es denn sein sollte, dass sie ihn für sie anlandeten, zumal sich das Boot der Engländer nun schon einmal für den Malteser da befand, für den Malteser, der mit dem Boot eigens für ihn dort hingekommen war, um ihn, 'Ndrja Cambrìa, an Bord zu nehmen, genau ihm mussten sie danken, weil es allenfalls nur durch ihn sein konnte, dass sie den Orcaferon dort angelandet sehen würden.

Später konnte 'Ndrja das zu seiner Entschuldigung vorbringen, später, als er sich gezwungenermaßen darüber klarwerden musste, wie die Dinge gelaufen waren, denn die Dinge selbst zwangen ihn, sich darüber klarzuwerden. Für den Augenblick jedoch nahm er sie mit schlichter Verwunderung wahr. Für den Augenblick kam es ihm ganz einfach vor zu verstehen, so einfach, wie sie einfach waren, die Pellisquadre, so einfach und so naiv, bei allem, wie sie mittlerweile hätten sein müssen, innerlich wie äußerlich, so überkrustet mit Ungläubigkeit und Argwohn, dass sie einem fast schon wieder leidtun konnten. Seht sie euch nur an, seht sie euch nur an, diese aufrechten Männer, die einem Schurken wie dem da auf sein Wort hin glauben. Sie glauben ihm, sie glauben an die Geschichte, dass er nur meines schönen Gesichts wegen hergekommen sei, für den Stern auf meiner Stirn, sie glauben, kurz gesagt, dass er der Poesie wegen gekommen sei und nicht, weil er einer klaren und erklärten Absicht folgt. Es musste diese Neuigkeit gewesen sein, die sie so beeindruckt hatte, die Neuigkeit des englischen Boots, das aus heiterem Himmel von seiner Strecke Leuchtturm Cannitello, Cannitello Leuchtturm abwich und vor ihnen auf der Meereslinie hin und her schipperte. Und für wen, für was schipperte es da herum? Um 'Ndrja an Bord zu nehmen, 'Ndrja Cambrìa, der für einen gewissen Malteser rudern soll, und für diesen Malteser ist es, als hätte 'Ndrja den Stern auf der Stirn, so viel Wert legt er auf ihn. Ach, meine Herrschaften, das Landungsboot, das die Engländer zum Fährschiff hergerichtet hatten und das einzige Mittel war, das zwischen dem Leuchtturm und Cannitello hin und her fuhr und für Sizilien und Kalabrien von lebenswichtiger Bedeutung war, ja, so wichtig wie das tägliche Brot, kann man wohl sagen, und das war keine Redensart, denn ohne das englische Landungsboot konnte man weder in Sizilien noch in Kalabrien Brot kneten, weil das englische Boot nämlich Tag für Tag von der Insel Säcke mit sizilianischem Salz und vom Festland Säcke mit amerikanischem Mehl nach Sizilien brachte, und Sizilianer, die die Zwangsquarantäne hinter sich hatten und auf die Insel zurück wollten, bekamen nach der Desinfektion von den Alliierten den Passierschein. War es da nicht natürlich, dass sie beeindruckt waren, wenn das englische Boot sein tägliches Hin und Her unterbrach und sich in diese schwierigen Meere mit deren Strömungen wagte, um einen gewissen 'Ndrja Cambrìa an Bord zu nehmen? Natürlich, wie denn auch nicht? Was gab es da zu verstehen?

»Heh?«, drängte 'Ndrja, und sein Gesicht veränderte sich. »Habt Ihr gehört, was ich Euch gesagt habe? Ich habe Euch gesagt, Ihr sollt mit dem Schmierentheater aufhören, ich habe Euch gesagt, Ihr sollt auf der Stelle verschwinden.« Und ohne Luft zu holen, so wütend, dass es schien, als wäre er von Sinnen, ohne ihm Zeit dafür zu lassen, nicht nur zu verschwinden, sondern überhaupt die Füße zu heben, ja, nicht einmal einen von ihnen, fuhr er ihn an: »Was ist jetzt, verschwindet Ihr nun oder nicht, Ihr aufgeblasener Pisser? Hebt Ihr eure Füße von alleine oder soll ich sie Euch mit Arschtritten heben lassen? Na?«

»Oh, Ihr habt ja richtig Haltung angenommen …«, sagte der Bursche immer noch frech und dreist, aber doch schon eingeschüchtert. »Seid Ihr etwa der Herr dieses Ortes?« Und er sah die Pellisquadre an, wie wenn er sagen wollte: Und ihr erlaubt ihm, sich hier als Herr aufzuspielen?

Ja, genau, genau das, wollte er ihm sagen: Um Euch von hier zu verjagen, erlauben sies mir, und wie!, den Herrn hier zu spielen. Mehr noch, sie beglückwünschen mich sogar, wenn ich Euch davonjage und ins Meer werfe.

Gerade als er diesen Schuft an der Brust packen wollte, begegnete er dem Blick von Don Luigi, und Don Luigi, das war unvorstellbar, das war etwas, das an die Presse hätte gehen müssen, weil es ihn mit offenem Mund dastehen ließ, beinahe bewusstlos, Don Luigi, Don Luigi, Luigi Orioles zwinkerte ihm zu.

Einen Augenblick, 'Ndrja, schien er ihm in der Stummsprache der Mafia zu sagen. Warte, lass mich einen Augenblick mit diesem Subjekt reden. Das hat er mir mitgeteilt, dachte 'Ndrja, und vielleicht wollte er mir sagen, dass er diesem Schuft nun den Kamm kürzt. Doch 'Ndrja dachte daran, als wäre es jemand anderer, der daran für ihn dachte, wie wenn der Sinn dieses Zeichens das am wenigsten Bedeutungsvolle wäre, das am wenigsten Wahre, das Wenigste in jeder Hinsicht, angesichts dessen, was das Zwinkern selbst war und unausweichlich sein musste, das Zwinkern als Zwinkern und als Zwinkern, das von Don Luigis Auge kam. Denn, fragte er sich, war ein zwinkernder Don Luigi Orioles vorstellbar? Ein Zwinkern, das keiner ihn in Friedenszeiten je hatte machen sehen, konnte man sich vorstellen, dass er das in Kriegszeiten je machen würde? Hatte sich die Welt denn wirklich auf den Kopf gestellt? Er, Don Luigi, diese Eisplatte, dieser Kopf einer Marmorstatue, dieser ideenreiche Kopf, dieser denkende Verstand, der immer offen, klar, unbeugsam, unvoreingenommen, loyal, spartanisch war, er, dieser, jener, kommt mit einem Augenzwinkern, mit diesem stummen Zeichen eines Scharlatans, dem eher weiblichen als männlichen Zeichen eines Schwindlers daher? Ein Zwinkern wie das, mit dem Auge, das sich schloss und sich öffnete wie durch einen Tick, und das Gesicht des Bosses, breit, weiß und sauber, das blieb, was es war, das Gesicht einer Marmorstatue, in dem kein Nerv zuckte, nicht einmal eine Wimper, und das Aquamarin des Augs immer durchschimmerte, durch blaues Eis, wie immer. Ein Augenzwinkern dieser Art rief Beschämung in ihm hervor, wie wenn es ein Zeichen von Schamlosigkeit gewesen wäre, und gleichzeitig einen verstörenden Eindruck, als wäre es ein in mafiöser Stummsprache ausgesandtes Alarmsignal, das ihn für dessen Dekodierung völlig unvorbereitet traf.

Ein Augenzwinkern, das nicht schwerer wog als der Klang, der entstehen konnte, wenn sich ein halbes Augenlid mit der anderen Hälfte berührte, und doch war es für 'Ndrja, wie wenn die beiden Lidhälften bei ihrer Berührung auf seiner Haut einen Paukenschlag hervorgebracht hätten, ein einziges, starkes, plötzlich aufbrausendes Dröhnen, das gleich darauf zum Nichts verhallte, als wäre es inexistent, bei ihm aber, in seinem Kopf, das Echo einer beunruhigenden, unerklärlichen Absonderlichkeit zurückließ, einer Absonderlichkeit, die bis noch vor einem Augenblick unvorstellbar für einen war, der Luigi Orioles kannte, denn wer ihn kannte und ihn mit Freunden oder Feinden, mit Tieren oder Christenmenschen auf dem Meer oder an Land am Werk gesehen hatte, wusste, dass das Zwinkern, Notbehelf oder List, gerissenes Einsatzmittel oder Augenliebe bei Männern und Frauen, argloses Andeuten durch Übereinstimmen oder Possenreißen, ein männliches Wort mit weiblicher Prägung ist, er wusste, dass es sich für das Auge, für die Person nicht schickte, er wusste, dass das Zwinkern niemals mit der Verhaltensweise der Person zusammenpasste, einem klaren, überlegten, sonnenhaften Verhalten, er wusste, dass das Zwinkern ihn in seinen Augen innerlich gewissermaßen verschandelt und besudelt haben würde, es würde das Verhalten seines statuarischen Charakters, seines Verhaltens als Marmorstatue, verändert haben.

'Ndrja wusste das, und er wusste, dass ihm gerade deshalb Don Luigis Augenzwinkern aufgefallen war. Doch, so fragte er sich wieder und wieder, welchen Sinn hatte dieses Augenzwinkern, welche stumme Mafiasprache sprach dieser neue Don Luigi durch dieses Augenzwinkern? Was wusste er darüber, was konnte er sagen, was konnte er darüber sagen? Man konnte ja auch der Meinung sein, dass das nicht Don Luigis erstes Augenzwinkern war, dass er seit wer weiß wann diese Untugend angenommen hatte. In diesem Fall musste das Augenzwinkern dann längst zu einem Teil von ihm geworden sein, das er genau wie jeder andere machte, wie all die nämlich, die es machten. Und dagegen war nichts einzuwenden, außer, dass die Welt sich wirklich auf den Kopf gestellt haben musste, wenn nun auch Don Luigi sich aufs Augenzwinkern einließ, denn in seinen Augen wirkte es, als hätte Don Luigi sich mit einer Krankheit angesteckt, gegen die er von Natur aus geimpft zu sein schien. Und hier war es, am Ende, auch wenn es nicht jetzt war, sondern ganz am Ende, am Ende aller Enden für ihn, für das gewaltige Chaos, das sich ihm zeigte, dass er sich darüber bewusst wurde, hierin lag die Erklärung für diese große Absonderlichkeit, für das Gefühl der Verblüffung, genau hier, in dem, was er dachte, in dem, was er sagte, um etwas zu sagen, was in Wirklichkeit aber unerschütterliche Wahrheit war, nämlich, dass die Welt sich wirklich auf den Kopf gestellt hatte.

Doch dieser erste, instinktive Eindruck, den dieses Augenzwinkern auf ihn machte, ein Eindruck, der sich am Ende als richtig und zuverlässig herausstellen sollte, sobald er hörte, was Don Luigi dem Burschen zu sagen hatte, etwas, das man eigentlich gerne noch einmal aus dem Mund dieses Ohrenputzers gehört hätte, kam ihm beispiellos lächerlich vor.

»Entschuldigt, mein Freund«, sagte Don Luigi nämlich, der diesen Gauner Freund nannte, als würde er damit auch ihm ein Verdienst für das zuerkennen, wovon er redete. Und während er sprach, stellte er sich ein paar Schritt von 'Ndrja entfernt hin und legte ihm eine Hand auf die Schulter, wie wenn er sichergehen wollte, dass sie beide über dieselbe Person redeten, er und der Freund: »Hab ich das richtig gehört? Habt Ihr gesagt, dass der da, dieser Mister Malteser, eigens für ihn hierher kam, für diesen unseren jungen Mann hier?«, und hier klopfte er diesem ihrem jungen Mann mit der Hand auf die Schulter.

»Für wen denn sonst?«, antwortete der Bursche. »Oder glaubt Ihr, dass der, bei allem, was der in Messina um die Ohren hat, einen solchen Berg, dass er nicht einmal Zeit hat, sich den Kopf zu kratzen, hierher gekommen wäre, um die Landschaft zu bewundern?«

»Und um ihn abzuholen, um ihn als Ruderer bei dieser Regatta zu haben, nur um ihn als Ruderer zu haben, ist er von Messina aufgebrochen, zum

Leuchtturm gekommen, und dort am Leuchtturm ging er an Bord des Landungsboots und gab den Engländern Befehl, den Umweg nach hier zu nehmen, weil sie hier diesen jungen Mann an Bord nehmen müssten, wie?, ihn an Bord nehmen wie eine bedeutende Persönlichkeit, herrjeh, mein Freund, hab ich das richtig verstanden?«

»Ja, sicher, das habt Ihr richtig verstanden«, antwortete der Bursche ihm und gab sich geduldig. »Ihn da, ihn. Wie oft muss ichs Euch denn noch sagen, dass dieser junge Bursche da für Mister Maniàci jemand ist und ihm viel, sogar sehr viel bedeutet?«

»Dann muss man wohl annehmen, dass das, was Ihr sagt, wahr ist?«, sagte Luigi Orioles da und ließ seine Hand weiter auf 'Ndrjas Schulter, ohne auch nur im Geringsten daran zu denken, dass er da stand und irgendwann denken konnte, dass sie auf ihm lasten könnte. »Dann muss man wohl sagen, dass dieser Mister Malteser ihn wirklich so behandelt, wie wenn er bei ihm den Stern auf der Stirn gesehen hätte. Natürlich, was sonst, hätte er andernfalls das Landungsboot allein für ihn requiriert und damit jeden Transport von Waren und Menschen zwischen Sizilien und Kalabrien zum Stillstand gebracht ...«

Nun, nachdem er das gehört hatte, konnte er da in dem Augenzwinkern noch das Arkelamekk der Schlauheit erkennen? Er hatte sich geirrt, da half alles nichts, auch wenn sich der Irrtum eben mit dem Umstand erklären ließ, dass dieses Zwinkern, das er Don Luigi ihm gegenüber hatte machen sehen, und diese Neuigkeit ihn verblüfft hatte, weshalb seiner Phantasie die Zügel durchgegangen waren und er Gott weiß was dahinter vermutet hatte. Oh, 'Ndrja, 'Ndrja, sagte er zu sich, was phantasierst du dir nur über dieses Zwinkern zusammen? Was faselst du da von trickreichem Zeichen, von Anspielung auf Betrügereien und dergleichen? Sprich doch lieber von dümmlichem Zwinkern, von einem Zwinkern, das mehr nicht ist als der Tick eines vom Alter umwölkten Hirns, der Tick einer Verkindischung, um es klar und deutlich zu sagen. Das war das Zwinkern, das in Don Luigis Sichtweise seinem Auge gut stand, das nämlich, das dümmliche Zwinkern. Das andere, das listige, verschlagene Zwinkern stand nur den Durchtriebenen gut, wohingegen Don Luigi ja nicht durchtrieben war, er war lediglich intelligent. War? Ja, vor langer Zeit, um genau zu sein, vor langer Zeit war er intelligent, damals, da war er eine denkende Statue. Leb wohl, du ideenreicher Kopf, sagte er sich in Gedanken, deine Zeit ist jetzt zu Ende. Inzwischen war er verkindischt, vertrottelt, sagte er sich, und hatte Mühe, das einzusehen. Ach ja, Luigi Orioles war alt geworden, alt und verkindischt.

Denn sonst hätte der Don Luigi des alten, des denkenden Stils niemals geschluckt, dass dieser Malteser das Landungsboot dort vorne hin auf die Meereslinie hatte lenken lassen, um ihn, 'Ndrja, nur wegen seines schönen Gesichts an Bord zu nehmen, nur wegen des Sterns, den er auf seiner Stirn gesehen hatte. Ein Don Luigi des alten Stils hätte sich zuallererst gefragt: Warum tat er das? Warum interessiert sich dieser Signor Mister so sehr für 'Ndrja? Und dieser Don Luigi kannte bereits die Antwort, er wusste, dass, wenn dieser Malteser mit dem Landungsboot dort hingekommen war, eigens, ganz eigens für 'Ndrja, der Grund dafür ganz sicher nicht war, weil er den Stern auf seiner Stirn gesehen hatte, von dem der Blatternarbige so kriecherisch sprach, und zwar unterschwellig im Interesse seines Bruders und seines Schwagers, sondern weil er seine Armmuskeln gesehen hatte, seine Handgelenke und die Schwielen in seiner Hand. Einem Don Luigi des alten Stils wäre sofort der Gedanke gekommen, dass der da, dieser Signor Mister, wenn es nicht so war, dass er weder aus noch ein wusste wegen ein paar einigermaßen verlässlicher, wirklicher, echter Berufsruderer und nicht irgendwelcher Möchtegerne und Glücksspieler, und wenn es außerdem nicht so war, dass er dem richtigen Ruderer begegnete, dem, der ihm vorschwebte, dem fähigen, fähig, ihn nicht in einem schlechten Licht bei der Regatta erscheinen zu lassen, o ja, jetzt sahen sie ihn auf den Meeren zwischen Skylla und Charybdis und jetzt, wie er das Hinüber und Herüber der Engländer durcheinanderbrachte und sie zwang, die Strecke zu verlassen, um einen gewissen 'Ndrja Cambrìa an Bord zu nehmen, o ja, jetzt sahen sie ihn. Doch das im Fall jenes Don Luigi, des alten Don Luigi, des denkenden, des durchdachten Stils: Der jetzige Don Luigi dagegen hatte, wie es schien, seinen schönen denkenden, durchdachten Stil verloren, jetzt verweilte er an der obersten Oberfläche der Dinge, er dachte nicht mehr über sie nach, er ging ihnen mit seinem Denken nicht mehr auf den tiefsten Grund wie ein Tiefenmesser. Leb wohl, du ideenreicher Kopf, du hast aufgehört zu denken, du hast, wenn du dachtest, stets im Namen und für Rechnung aller gedacht.

Eine große Wehmut überkam ihn, als er sich das eingestehen musste, aber wie konnte er es sich nicht eingestehen, wenn er sah, dass sich Don Luigi noch naiver und noch leichtsinniger verhielt als die Pellisquadre? Die Pellisquadre waren nämlich nur beeindruckt gewesen, aber stumm, während er, er der Boss, ihm sogar zuzwinkerte, als wollte er ihn fragen: Heh, was heißt das denn, mit dem Stern auf der Stirn geboren zu werden? Junge Männer, die für ihn ruderten oder den Vorruderer für ihn machten, auch wenn der Krieg sie weit verstreut hatte, konnte der da, der Malteser, zu Dutzenden von hier bis Giardini, bis Letoianni und Capo Sant'Alessio finden. Und doch, wo man schon von Glück redet, versteifte er sich auf dich, machte sich von Messina auf, kommt hierher, an die Meere zwischen Skylla und Charybdis, und wirft sich dir zu Füßen, nur damit du ja sagst.

Und nach dem Zwinkern wurde der hochberühmte Don Luigi zum Frager gegenüber diesem Büttel und Klötenlecker, er, der Beredte, der er war und seit jeher war, verkam schlicht und elend zum Plapperer, mit dem Anschein eines inzwischen vertrottelten Vaters, dem der Geifer lief vor Lust, zu hören, welche großen Stücke dieser Signor Malteser, dieses hohe Tier der AMGOT, auf 'Ndrja Cambrìa hielt, der so große Stücke auf ihn hielt, dass er nicht einmal mehr den Stern auf seiner Stirn brauchte. Und dieser Anschein, diese Färbung seiner väterlichen Stimme war so vielsagend, dass Caitanello in seiner Eigenschaft als richtiger Vater sich dermaßen ärgerte, dass er sich, ohne dass er durch die Türe oder das Fenster gekommen wäre, in die Diskussion einmischte.

»Wisst Ihr, dass der hier mein Sohn ist?«, wandte er sich fragend an den Burschen. »Ihr müsst nämlich wissen, dass ich Caitanello Cambrìa bin, und der hier ist mein Sohn 'Ndrja, eigentlich 'Ndrjuzza Cambrìa, der hier …« Und ›der hier‹ sagte er, als wollte er sagen: Der hier, der hier mit dem Stern auf seiner Stirn, der hier, der den Signor Mister so aufgewühlt hat und das Boot der Engländer hier herlenken ließ, der hier, ja, genau der hier.

Der erste, allererste Beginn seiner ungeheuren Wut musste sich bei 'Ndrja hier geregt haben, bei diesem 'Ndrjuzza seines Vaters, und man konnte nicht verstehen, von woher das gekommen war, dieses erste Mal, soweit er sich erinnerte, dass sein Vater seinen Namen verniedlichte, und ausgerechnet vor diesem Ganoven, der, schleimig wie er war, auf der Stelle anfing, Caitanello zu striegeln.

»Ach, dieser junge Mann hier ist also Euer Sohn 'Ndrjuzza?«, fragte er mit gespielter Ungläubigkeit. »Da beglückwünsche ich Euch aber, da beglückwünsche ich Euch aber aufrichtig.«

Caitanello wollte vielleicht noch etwas über seinen 'Ndrjuzza sagen, doch Don Luigi ließ ihn automatisch von der Bühne abgehen, als hätte er überhaupt nichts gemerkt, denn jetzt fing er wieder an zu sprechen, indem er noch einmal die gleiche Frage an den Burschen richtete, um darauf die gleiche Antwort zu erhalten. Dieses Mal aber drehte er sie um und gab ihr eine kaum wahrnehmbare andere, eigentümliche Wendung.

»Eigentlich habe ich Euch gefragt«, sagte er zu ihm, »ja, eigentlich gab es den einen oder anderen unter meinen hier anwesenden Freunden, der überzeugt war, dass die Engländer hierhergekommen sind, hier an die Meereslinie, wegen des Tiergiganten da«, und ohne sich umzudrehen, machte er ihm ein Zeichen mit seinem hinten liegenden Arm nach oben.

»Was denn für ein Tiergigant?«, fragte der Bursche diesmal aufrichtig.

»Ach, Ihr habt ihn noch gar nicht gesehen?«, kommentarierte Luigi Orioles und war eher erfreut als überrascht, und im Umdrehen deutete er hinüber zum Meer des Orcaferons: »Da drüben, seht Ihrs?«

»Wo denn? Wo denn?«, fragte der Ohrenputzer und verfinsterte sein Gesicht, so wie wenn die anderen sich über ihn lustig machen würden. »Was denn für ein Tiergigant? Was denn für einer?«, fragte er noch einmal, ohne auch nur den kleinsten Versuch unternommen zu haben, dorthin zu blicken, und es war, wie wenn er abstritte, dass sich der von Luigi Orioles erwähnte Tiergigant wirklich da drüben befände, und was ihn betraf, konnte er das ruhig abstreiten, denn er war ja in diesem Augenblick nicht auf der Suche nach dem Tiergiganten, wohingegen er damit einfach nur abstritt, dass die Engländer sich wegen des Tiergiganten dort befanden, und das tat er ganz einfach, und zwar ziemlich wutschäumend: »Was denn für ein Tiergigant, was denn für ein Tiergigant …« Er machte einen lustlosen Eindruck, und aus den Steppnarben seines Gesichts schwitzte er Verachtung aus: »Was ist das denn für ein Schnickschnack, was für ein Blödsinn, was hat der Tiergigant denn damit zu tun? Was sage ich Euch denn schon seit einer Stunde? Sage ich Euch nicht, dass Signor Mister Maniàci für diesen jungen Mann, der sich jetzt so empört und entrüstet gibt, mit dem Boot herkam? Für ihn, für ihn, allein für ihn. Wie oft muss ichs Euch denn noch sagen? Herrje, Ihr seid wirklich schwer von Begriff, verdammt schwer, das schwöre ich Euch. Oder rede ich etwa Türkisch?«

Na, seht an, seht an, hört hin, hört genau hin, sagte 'Ndrja sich, dieser redet mit einem Luigi Orioles, wie wenn der irgend so ein Hergelaufener wäre, ein Lumpenhund von seinem Schlag. Doch andererseits musste man auch sehen und hören, wie Luigi Orioles mit sich reden ließ, mit fuchtelnden Händen vor seinem Gesicht und schlimmer behandelt wie eine von diesem Ohrenputzer bepisste Demutshaut, man musste auch einen Luigi Orioles sehen und hören, der sich scheinbar oder wirklich als weniger, als sehr viel weniger darstellte, als er war oder als er einmal war, ein Luigi Orioles, der sich freundlich gab, um nicht zu sagen feinfühlig, gegenüber diesem Schurken, und fast den Eindruck erweckte, als würde er jedes einzelne Wort sorgfältig auswählen, wie wenn er Angst hätte, dass der andere, wenn er sich vertat, aus der Haut fahren und wild um sich schlagen könnte. Doch je mehr er seine Art weiterverfolgte, gab sich der andere immer großmäuliger und verächtlicher, wie bestimmte Händler, sozusagen die Perlen des Metiers, die sie kannten. Und als würde das hier eine Frage von Leben oder Tod sein, schluckte dieser Don Luigi die Antworten, die der da ihm gab, Antworten voller Verächtlichkeit und Spott eines Kriechers, eines Büttels und Klötenleckers, wie wenn ihn nicht einmal die Vorstellung von der traurigen Gestalt streifen würde, die er abgab, die Vorstellung, wie er sich mit Schmach bedeckte, zumindest in seinen Augen, ob auch in den Augen der anderen, wusste er nicht. Es genügte ja schon zu sagen, dass er ihn weiterhin Freund nannte, diesen Speichellecker, und hörte gar nicht mehr auf zu sagen, dass er dem Wort dieses Freundes trauen konnte, wie wenn er ihn von alters her, aus fernsten Zeiten kennen würde, diesen Freund: »Um es abschließend noch einmal bündig zu sagen«, sagte er nämlich an diesem Punkt, »dem Wort dieses unseres Freundes nach, kam das Landungsboot der Engländer gar nicht hierher an die Meereslinie für den Orcaferon, sondern es kam für 'Ndrjuzza Cambrìa, meine Herrschaften, eigens, allereigens für ihn …«

Mit Verlaub, Don Luigi, Ihr irrt, glaubte 'Ndrja auf der Stelle zu sagen oder glaubte er, sich sagen zu hören, doch die Stimme kam nicht hervor. Allein die Tatsache aber, dass er es dachte, das heißt, dass er gedacht hatte, er hätte Don Luigi gesagt, er habe sich geirrt, hatte eine erschütternde Wirkung auf ihn, eine Wirkung, die ihn völlig aufwühlte. Denn aus einem inneren Antrieb heraus hatte er sich gegen Don Luigis letzte Worte auflehnen fühlen. Seiner Ansicht nach sprach er endgültig, sprach er, um etwas abzuschließen, doch was war denn da, das es abzuschließen galt? Was wollte er mit dieser Nebeneinanderstellung von 'Ndrjuzza und Orcaferon denn abschließen? Was für ein Verdienst war es denn, dass die Engländer für ihn oder für den Orcaferon gekommen waren? Fand etwa ein Wettkampf zwischen ihm und dem Tiergiganten statt, wer von beiden eine größere Anziehungskraft auf die Engländer ausübte? Der Malteser bedurfte seiner, er brauchte ihn, einen Ruderer, keinen Orcaferon, und es war klar, warum der Bursche sich verwirrt und sich irgendwie ganz abgekehrt hatte, als er von dem Tiergiganten hatte reden hören, und von seinem Standpunkt aus zu Recht.

Wenn auch nur in Gedanken, so hatte er doch gegen Don Luigi aufbegehrt, und das Verrückte daran war, dass er nicht das Gefühl hatte, er müsste darüber auch nur die geringste Reue empfinden. Allerdings spürte er, wie sein Gesicht sich vor Blutröte erhitzte, denn niemals hätte er sich vorstellen können, dass er eines Tages zu Don Luigi sagen würde: Don Luigi, Ihr irrt … Allerdings ist es auch wahr, dass er sich da auch niemals hätte vorstellen können, die Stimme dieses Don Luigi zu hören, der tief befriedigt über so viel Bedeutungslosigkeit sagte: »Das also steht indessen fest. Mehr noch, das ist ein Fest.«

»Ein Fest? Ein Fest?«, fragte der Bursche grinsend. »Was gibts dabei denn schon zu feiern?«

»Das gibts, das gibts«, betonte Don Luigi und blickte in die Runde, und fügte dann mit deutlicher Anspielung hinzu: »Das gibts, das gibts, wenigstens für uns …«

Für uns? Für ihn, für die Pellisquadre, wollte er damit sagen, für sie, die wussten, was es bedeutete, dass er die große Anstrengung nicht unternommen hatte, um das zu sichern und zu festigen, was, wenigstens den Worten dieses Ohrenputzers zufolge, als feststehend betrachtet werden musste, nämlich dass der Malteser den Umweg mit dem Landungsboot an die Meereslinie eigens genommen hatte, um 'Ndrja an Bord zu nehmen, sondern um zu bekräftigen, was nicht einmal im Kopf des Burschen vor sich ging, nämlich die Tatsache, dass die Engländer nicht aus eigener Initiative den Umweg gemacht hatten, weil der Orcaferon sie interessiert hätte, mit dem Malteser, der die Gelegenheit nutzte, um für sich und seinen Klötenlecker eine Überfahrt zu bekommen, und das hieß konsequenterweise, dass sie den Umweg aufgrund des ausdrücklichen Willens von Signor Mister Maniàci gemacht hatten, der rechten Hand des Taunmejdschers der Amgot von Messina. Nicht nur das, sondern für ihn, für sie musste das so wichtig und gleichzeitig so schwierig gewesen sein, das zu bekräftigen, dass Don Luigi, jetzt, wo er es bekräftigt hatte, vor lauter Fragerei unter einem falschen Vorwand, sich, wie man meinen konnte, dem Burschen gegenüber die Freiheit erlaubte, seine Vorsicht ein bisschen zu lockern. Doch bis zu diesem Augenblick streifte natürlich weder 'Ndrja noch den Burschen die Vorstellung von einer Zögerlichkeit seiner Gedanken.

Hier jedoch sah 'Ndrja, wie das einigermaßen spöttische Grinsen von den Lippen des Burschen verschwand. Und danach musste er Don Luigi immer wieder ansehen, dabei runzelte er die Stirn und kniff seine Augen zusammen, wie wenn der Anblick Don Luigis in die Ferne gerückt und ihm etwas von diesem hellen, weißen, himmelblauen Ausdruck seiner Augen, etwas von dieser scheinbar naiven Denkungsart bis zu diesem Augenblick entgangen wäre.

War es dies, war es jenes, was er auf dem blatternarbigen Gesicht dieses Subjekts da sah, eines Fremden, der ihm den gleichen Gedanken eingab? Oder war es nicht eher so, dass er in ihm sah, was er sich gerade in diesem Augenblick in seinem Verstand vorstellte, und während er es sich vorstellte, sein Blut ins Gesicht schießen fühlte und ihn rot aufglühen ließ? Es war die Röte einer instinktiven Scham, denn er musste sich schämen, und wie!, dass er nicht schon früher begriffen hatte, dass Don Luigi unter dem Deckmantel der Verblödung wie bei einem, der wieder kindisch wurde, mit Worten herumspielte, dabei aber in Wirklichkeit einen Plan verfolgte und eine seiner Ideen haarfein versponn, während er mit seinen Fragen ein- und ausging, die völliger Unsinn zu sein schienen und ihm als vorgetäuschte Absicht dienten. Er musste sich schämen, und zwar sehr, beinahe unendlich, dass er das nicht schon früher begriffen hatte, sondern erst in diesem bewussten Augenblick, als es jeder begreifen konnte, sogar dieser Ohrenputzer aus Messina, auch wenn es noch nicht um einen bereits verstandenen Don Luigi ging, sondern um einen erst erahnten, einen vorgeahnten Don Luigi. Doch, sagte sich 'Ndrja, konnte denn bei allem, was er begriffen hatte, dieser Aufruhr des Bluts, diese Röte, die sich ihm ins Gesicht drückte wie eine flammende Kokarde, ein Irrtum sein? Und in der Tat bekam er die Bestätigung dafür mit einem Trommelwirbel, und die Bestätigung schien ihm unverzüglich mit eigener Hand Don Luigi selbst zusammenzuzimmern, und genau mit dieser Absicht, hätte man meinen mögen, eben genau, um ihm zu bestätigen, dass das Indiz des Bluts untrüglich war. Denn Don Luigi befand sich genaugenommen wie auf einer Reise mit seiner Überlegung, und das war wie ein Verständigungssignal, um ihm stumm zu sagen, dass die Richtung, die er eingeschlagen hatte, die richtige war, um ihm nachzueilen, ihm längs seiner Überlegung zu folgen, ohne Gefahr zu laufen, ihn aus dem Blick zu verlieren, so wie einer, der durch waldiges, wildes Gelände reist und hin und wieder Zeichen und Hinweise zurücklässt, Persönliches, sehr Eigenes und bekanntermaßen ihm Gehörendes, um den, der ihm folgt, wissen zu lassen, dass er dort gewesen wäre. Und das Zeichen der Bestätigung, das Don Luigi an diesem Punkt seiner Überlegung oder seiner Gedankenreise deutlich erkennen ließ, ohne es wirklich absichtlich zu machen, war ein Tüchlein, das nicht nur von einer seltenen Farbe für ein Tüchlein war, nämlich weiß, sondern auch so bekanntermaßen ihm gehörte, als hätte man den Vor- und Nachnamen von Luigi Orioles in Großbuchstaben daraufgestickt.

'Ndrja fühlte die Schamröte immer noch ganz heiß in seinem Gesicht, und es war, als würde eine neue Gefühlsaufwallung sein Blut abermals ins Gesicht schießen lassen. Das war, als Don Luigi Masino mit Blicken zu sich rief und ihm etwas ins Ohr flüsterte. Masino lief davon und kam auch wieder zurückgelaufen und brachte ein weißes Tüchlein mit, das Donna Rosalia oder Marosa ihm gefaltet und gebügelt unter den Arm geklemmt hatten, damit er es mit seinen Händen nicht beschmutzen konnte. Alle wussten sie, welche Bedeutung das weiße Tüchlein von Don Luigi hatte: das war das Tüchlein für die Lippen, das Tüchlein, das Don Luigi dazu diente, sich den schaumigen Speichel abzuwischen, der sich in seinen Mundwinkeln bildete, wenn er lange redete, ohne zu spucken. Diese Gewohnheit eines würdigen Herrn, sich die Lippen mit einem weißen Tüchlein abzuwischen, statt mit dem üblichen farbigen Taschentuch, kannten sie seit langem an ihm, und er musste wohl gedacht haben, dass der, der ihm beim Sprechen zuhörte und zusah, ein Unwohlsein beim Anblick der weißen Speichelbläschen empfinden müsste, die in seinen Mundwinkeln schäumten. Der eine oder andere konnte das allerdings auch als Schwäche auslegen, obwohl Luigi Orioles, und immerhin handelte es sich ja um ihn, nie zu erkennen gegeben hatte, an Schwächen zu leiden, die man allgemein als solche versteht, und schon gar nicht an Schwächen besonderer Art, wie etwa Verbohrtheit, Tick, Schrulle oder gar Überspanntheit. In diesem Sinn war diese Überspanntheit die einzige Schwäche, die sie Luigi Orioles zuerkannten. Oder das mit dem Tüchlein konnte auch, warum denn nicht?, ein Laster sein. Sollte er denn kein Laster haben, so wie jeder andere auch? Ja, er musste doch notwendigerweise ein Laster haben, es war doch nur richtig und natürlich, dass auch er eines, irgendeines hatte: Wie denn auch nicht, war er denn ein Gott? Statue hin, Statue her, auch er war aus Fleisch und Blut, selbst wenn man ihn für einen Marmorblock hielt.

Jedenfalls, ob Schwäche, Manie oder Laster, Tatsache war, dass er immer dann, wenn er einen Gedanken auseinanderlegte, Speichel absonderte, auch wenn der Blick der Pellisquadre ganz sicher nicht da hinwanderte, zu den Mundwinkeln, um die schäumenden Speichelbläschen zu zählen. Dann schickte er Marosa einen Pfiff hinüber oder deutete allein mit den Augen und dem Kopf auf sein Haus, denn so hatte er inzwischen längst die Verständigung geregelt, schickte einen ihrer Milchbärtigen hinüber, der ihm das weiße Tüchlein bringen sollte, blitzsauber, zweifach gefaltet, und ohne es zu öffnen, hielt er es feinfühlig zwischen seinen Fingern oder in seiner Hand und führte es geradezu geistesabwesend an die Mundwinkel. Danach faltete er es auseinander und legte es umgekehrt wieder zusammen, steckte es in seine Tasche und setzte seinen Gedankengang mit neuem Schwung fort.

Eigentlich war es, als würde das weiße Tüchlein einen Teil seiner schweren, sprechenden Ausrüstung darstellen. Mit einem weit hergeholten, sehr weit hergeholten Vergleich bedeutete es, dass das weiße Tüchlein für ihn das war, was für viele Redner ein Glas Wasser oder das Trinken aus einem Wasserkrug bedeutete, mit dem sie ihre trockene Kehle erfrischten. Daher stellte sich 'Ndrja, doch ganz sicher auch die anderen gelegentlich vor, dass diesem Tüchlein nur noch das Wort fehlte, um selber sprechen zu können, so groß war nämlich der Schaum der Wörter, den er seinerzeit, zur Zeit, als dieser ideenreiche Kopf nicht weniger Funken schlug als die Esse eines Hufschmieds, aus den Winkeln dieses Orakelmunds gewischt hatte.

Einen weiteren Beweis, den er selbst lieferte, ein weiterer Beweis dafür, dass sein Kopf überlegte, ein Zeichen, dass sein ideenreicher Kopf am Werk war, und nicht, um irgendein Geschwätz oder irgendwelche Salbadereien hervorzubringen, ein Zeichen, das er denen gab, die ihm auf seiner Gedankenreise folgten. Einen weiteren Beweis, und für dieses Mal den weiteren Beweis, darauf wettete 'Ndrja jetzt, den Don Luigi ihm geliefert, ihm persönlich gewidmet hatte, ihm, der der Einzige unter allen Anwesenden am Sporn war, der sich hatte täuschen lassen. Denn die Täuschung war hinterher aufgetreten, nicht vorher, nicht, als er nämlich glaubte, dieses Zwinkern in den Augen Don Luigis gesehen zu haben und es für ein Zeichen der mafiösen Geheimsprache hielt, für das Zeichen eines Gauners und Ganoven, und folglich darin ein Zeichen und Signal für die Veränderung dieses ideenreichen Kopfes durch den Krieg sah, von so nach so, vom salomonischen Verstand, offen, unvoreingenommen, loyal, spartanisch, dem Verstand einer Menschenstatue in Marmor, zum Verstand eines Menschen, der völlig anders war als dieser, völlig gegensätzlich. Der Täuschung erlag er nicht, als er das glaubte, das heißt, als er glaubte, welche Bedeutung dieses Zwinkern hätte, sondern er erlag ihr später, als er sich eines Besseren besann oder genauer gesagt, als er meinte, sich eines Besseren besinnen zu müssen, nämlich als er die erbarmungswürdige Gestalt sah, die Don Luigi gegenüber diesem Speichellecker abgab, einer wie er, ein immer redegewandter, überaus redegewandter Mensch, der sich jetzt beim Sprechen verhaspelte, dessen Verstand nur noch kümmerlich funktionierte, einer, der da herumsalbaderte, als würde er sich bepinkeln.

Der Täuschung erlag er, weil er glaubte, dass dieser ideenreiche Kopf den Verstand verloren hätte, er erlag ihr, weil er sich sagte: Er, Luigi Orioles, verkindischte, er vertrottelte, er war alt geworden und damit wieder zum Kind. Ja, ja, man konnte sehen, wie er verkindischte, ja doch, ja, er vertrottelte. Heh, 'Ndrja, 'Ndrja, du, du bist verblödet, wie ein leichtgläubiger Hudelfraß verschluckst du den Köder mitsamt der Angel, du, du schluckst es einfach, dass er verkindischt wäre, das hast du geschluckt, nicht mehr und nicht weniger, so als hätte dieser Klötenlecker aus Messina ihn geschluckt, wie ein Fremder, der zum ersten Mal in seinem Leben Luigi Orioles gesehen und gehört hatte und für ihn doch nur irgend so ein Quilibet war.

Doch war es im Übrigen nicht auch für ihn so, wie wenn er den hier anwesenden Luigi Orioles zum ersten Mal in seinem Leben gehört und gesehen hätte? Musste er denn nicht auch ihn wortwörtlich nehmen, ihn für einen echten Volltrottel halten? Mit dieser Art des Denkens, des Faselns, einer ganz grundlegenden Art und Unart, von ahs, ehs, ihs, ohs, uhs, um es mit den Worten der Ciccina Circé zu sagen, ganz so wie der Verwunderte von der Grotte? Und mit dieser Art, die Worte in Unmengen auszuspucken, ohne noch ihre Bedeutung zu ermessen, wie er es früher tat, sondern sie ganz oben ganz leicht verschleimte wie eine Schnecke, die über Kiesel kroch?

Musste er ihn denn nicht beim Wort nehmen und ihn als echten, als echten Vertrottelten schlucken? So, ja, genau so kam Don Luigi ihm doch vor, ein Don Luigi, dem der Verstand durchgegangen war, und das dachte er ja nicht nur aufgrund des Unsinns, den er von sich gab, sondern auch aufgrund der Art und Weise, wie er ihn von sich gab, ein Don Luigi, der die Hosen vor diesem Schurken heruntergelassen hatte und sich nicht nur gefallen ließ, hochmütig und großmäulig behandelt zu werden, sondern ihn im Gegenteil, fast wie wenn er ihm noch danken würde, auch noch ehrerbietig Signor Sanciòlo nannte. Und so kam er ihm vor, so war er ihm vorgekommen, Don Luigi mit heruntergelassenen Hosen und gedemütigt, gerade in dem Augenblick, als er sich mit diesem Gauner aus Messina unterhielt, denn bis zu diesem Augenblick hatte 'Ndrja den Eindruck, dass er mehr oder weniger der Alte war.

Mit anderen Worten, er kam ihm so vor, wie Don Luigi ihm vorkommen wollte, er wollte, dass er ihn als verkindischt hinnahm, und als solcher hatte er ihn ja auch hingenommen. Wie konnte er denn von der Vorstellung ausgehen, dass Don Luigi Theater spielte, dass er in eine Rolle geschlüpft war? Wie konnte er denken, wie sich vorstellen, dass ein Don Luigi sich als Darsteller übte, mit diesem Orakelmund, der immer nur ein einziges Wort kannte, ein einziges Gesicht, nur eine Bedeutung, einen einzigen Ausdruck des Worts, der eindeutig und klar sprach, klar wie die Luft, wenn keine Angst vor Donner herrscht, ein offenes, loyales, spartanisches Sprechen? Er hätte schon ein Herrgott gewesen sein müssen, um etwas so Verblüffendes denken und sich vorstellen zu können.

Hatte er sich als Verkindischter in Szene gesetzt? Hatte er gewollt, dass man ihn so hinnehmen sollte? Dann hatte er ihn auch als solchen hingenommen. Und das zeigte deutlich, was für ein Schlag von Darsteller der hier anwesende Don Luigi war: Denn, und das war keineswegs deshalb, weil er nach anderen Entschuldigungen suchen wollte, denn vielleicht war es ja auch nicht ausschließlich seine Schuld, der ihn so hingenommen hatte, vielleicht war es ja die Schuld auch und vielleicht auch das Verdienst der Bühnenkunst des hier anwesenden Don Luigi. Doch auch ohne Bühnenkunst nahm er ihn auf jeden Fall als wahr hin, denn da gab es wenig zu deuteln und zu machen, der Kernpunkt war stets der, und der bestand darin, dass er auch nicht den geringsten Argwohn gegenüber diesem Don Luigi mit seiner Innen- und seiner Außenseite wie dem roten und dem schwarzen Uniformtuch der Carabinieri hatte, nach außen der vorgebliche Trottel, nach innen der Schlaufuchs, ja, er hätte sich einen Don Luigi mit dem doppelseitigen Wort nicht einmal entfernt vorstellen können, einen in seinen Augen dermaßen veränderten Don Luigi, der auf ihn fremd und befremdlich wirkte, wie wenn er ihn unversehens zum ersten Mal im Profil erblicken würde, nachdem er ihn immer nur von vorn gesehen und gekannt hatte.

Doch konnte man ’Ndrja denn sagen: Aber war da nicht dieses Zwinkern? Kündigte ihm dieses listige Tarnzeichen denn nichts an, den Hinweis auf eine Täuschung? Sagte ihm das dieser veränderte Don Luigi im Profil denn nicht voraus? Dann konnte er sich also nicht auf das Zwinkern stützen, wenn er sich empören, wenn er es abwenden wollte? Aber wie kann man sich, konnte er antworten, wie kann man sich nur auf das Zwinkern eines Menschen stützen, den ihr immer für eine Statue gehalten habt? Wie kann man sich so aus dem Nichts heraus auf ein Naturphänomen stützen, das heißt auf ein widernatürliches Staunen? Wie sich auf das Blendwerk eines Blitzes bei strahlender Sonne stützen? Denn es war ja, als würde er sich darauf stützen, sich auf diesen Löschzund stützen, der, als er in einem Aufglühen und Vergehen aus Don Luigis Auge geschossen war, seinen Verstand wie eine schlimme, bösartige Vorahnung erschüttert hatte, eine Vorahnung, die zugleich aber auch eine Art von Unwille war, der Unwille über etwas Verhängnisvolles, das bereits eingetreten war, auch wenn niemand, wohl nicht einmal Don Luigi selbst, Kenntnis oder Bewusstsein davon hatte, und dies war das erste Anzeichen für den Gemütszustand zwischen Vorahnung und Unwille, der ihn über die ganze Zeit von Don Luigis Hin und Her nie verließ, ohne dass es ihm je klarwurde und sich allenfalls erst am Ende dieses Hin und Her klärte.

Sich auf dieses Zwinkern zu stützen wäre so gewesen, wie wenn er sich auf eine Vorahnung hätte stützen wollen: Doch, wie es immer bei der Berührung einer Vorahnung mit der Wirklichkeit geschieht, löste sich seine Vorahnung genau in dem Augenblick in seinem Kopf auf, als Don Luigi sich mit diesem Gauner unterhielt und wie ein Verkindischter brabbelte und sabbelte, auch wenn das eigentlich keine Wirklichkeit war, sondern eher Unwirklichkeit, Schauspiel, Verstellung.

Was also war das Natürlichste für ihn? War es nicht das, das Denken gemäß der Natur, Denken, dass dies Naturgesetz war? War es nicht das, sich zu sagen: Er, Don Luigi, ist verkindischt, er ist vertrottelt, alt und wieder zum Kind geworden?

Das stimmte so sehr, so sehr, dass er sich niemals auf das Zwinkern hätte stützen dürfen, dass Don Luigi selbst sich darüber im Klaren gewesen sein musste, und um ihm ein Zeichen und Signal zu geben, dass er gerade bei der Arbeit war, Zeichen und Signale, welche er ganz ohne Frage erkennen und verstehen konnte, war er wieder zu Altüberliefertem zurückgekehrt, und da in erster Linie zum weißen Tüchlein.

Sie waren so etwas wie schwimmende Bojen, die Don Luigi ihm, und darauf wenigstens hätte er jeden Eid geleistet, vor die Augen warf und ihn damit stillschweigend aufforderte, ihm auf seiner Navigationsroute zu folgen, die so deutlich war, dass alle sie sehen konnten, und auf eine geheime Route, die nur er kannte. Eine Art Markierungsboje war der Ton seiner Stimme, den er aufgesetzt hatte, um zu sagen: Sicher ist, wir haben uns arg erhitzt oder besser gesagt wir habens uns erschwitzt. Die andere Markierungsboje war der Ton, den er angenommen hatte, um dem Burschen gegenüber, ohne Erwiderungen zu dulden, deutlich zu verstehen zu geben: Das war, das war … ein Ton, der keine Erwiderungen zuließ, weshalb dem Burschen das Grinsen, das er voller Spott gezeigt hatte, auf den Lippen erstorben war, als er ihn fragte, was es da denn zu erhitzen und zu erschwitzen gab. Und die Markierungsboje war in diesem Fall das berühmte weiße Tüchlein.

Nun sagten diese Markierungsbojen, diese Zeichen und Signale, die er ihm vor die Augen warf, ‘Ndrja auf den ersten Blick, dass Don Luigi einer Idee folgte, sie sagten ihm, dass der Mann mit dem ideenreichen Verstand am Werk war, das sagten sie ihm und Schluss. Denn wenn er auch aufgrund des Zwangs der höheren Gewalt auf seine altersalte, natürliche Ausrüstung eines vernünftig denkenden Menschen zurückgriff und mit veränderter Stimme und weißem Tüchlein signalisierte, dass er einer Idee folgte, hieß das jedoch nicht zugleich schon, dass er dieser Idee nach altersalter Weise folgte, das heißt, der Denkweise des Don Luigi alten Stils. Nun hatte er ihm ja bereits einen Vorgeschmack auf die Weise, wie er ihr folgte, gegeben, nämlich auf den neuen, brandneuen Stil, mit einem ganzen umständlichen Hin und Her von Tun und unterschwelligem, listenreichem Sagen, mit diesem schlauen Zeichen, diesem verschlagenen Andeuten, dem Zwinkern im Auge. Er hatte ihm gezeigt, wie er ihr folgte, mit ideenreichem Kopf zwar, doch nicht mit einem Orakelmund, mit dem Kopf des hier anwesenden Don Luigi voller Einfälle, eines Don Luigi, der sich im Vergleich zu dem alten verwandelt hatte, verwandelt wie die Nacht gegenüber dem Tag.

Dieser Auftritt musste das Stärkste für ihn gewesen sein, was er geben konnte, denn hinterher hatte er sich ein paar Freiheiten erlaubt, als er sich ein bisschen in sein natürliches Gesicht mit den bewussten Zeichen und Signalen blicken ließ. Und hier war es, in diesem Augenblick, als ebendieser Don Luigi sich ihm zu erkennen gab, indem er die Darstellermaske abnahm, und hier war’s, dass sie sich unterschieden, er und der Bursche. Hier war’s, jetzt, dass es einen Unterschied machte, ihn wie beim ersten Mal zu erkennen und ihn doch schon vorher, seit jeher, gekannt zu haben. Denn den Burschen, der nie etwas von ihm gewusst und ihn nie gesehen hatte, kostete es ja nichts, wenn er sich sagte: Ja, tüchtig, tüchtig, ganz tüchtig, dieser Eigensinnige, der sich vor lauter Quatschen so vollspeichelte, als wäre er vertrottelt, in Wirklichkeit aber scheint der Freund nur eine Rolle vorgespielt zu haben, mit der einen oder anderen Idee im Kopf. Was konnte es den Burschen denn schon kosten, so etwas über irgendeinen Quilibet zu sagen? Für einen Typ wie diesen zudem, von dem er sagte, er wäre eigensinnig und verschlagen, für ihn war das doch täglich Brot, war das doch ein wohlbekannter Typ, und mehr als darum, ihn zu kennen, ging es darum, ihn wiederzuerkennen, darum, einen Freund der Freunde wiederzuerkennen. Und das musste ihm in seiner Vorstellung wohl wie ein großes Glück erscheinen.

Doch er, der ihn von jeher kannte mit seinem marmornen Wesen, seinem unbeugsamen, klaren, offenen, loyalen, spartanischen Denken, konnte er denn noch sagen, dass er ihn in diesem verwandelten Menschen wiedererkannte, in diesem völlig in sein Gegenteil verkehrten Typ, konnte er denn sagen, dass er ihn noch kannte und noch besser kannte? Im Gegenteil, er kannte ihn weniger, ja überhaupt nicht: für ihn war es genauso, als würde er überhaupt erst in diesem Augenblick geboren. Und damit war er immer noch am selben Punkt, am Ausgangspunkt, er war noch beim ersten, allerersten, verwirrenden Eindruck des Augenzwinkerns, das so war, als würde er ihn plötzlich im Profil sehen, nachdem er ihn immer nur von vorn gesehen hatte, beinahe so, wie wenn es sich um einen anderen, gänzlich verschiedenen Menschen handeln würde, verschieden und von unterschiedlichem Wesen als den, den er immer gekannt hatte, einen Menschen, von dem er wusste, dass er weniger als nichts über ihn wusste, nämlich nur das, was er in diesem Augenblick sah, einen, mit anderen Worten, von dem er wusste, dass er nur das wusste, was sein Eindruck ihm sagte, nämlich, dass er ihm über dieses Augenzwinkern nicht die Wahrheit erzählt hatte, doch auch in dem Wissen, dass dies das Geringste von allem war, was es zu wissen gab.

Denn konnte er mit einem Mehr jetzt wissen und sagen, dass er einer Idee folgte, konnte er damit etwa sagen, dass er darüber mehr wusste? Musste er nicht vielmehr sagen, dass er weniger darüber wusste? Denn, so sagte er sich, welche Idee konnte das sein? Folgte er ihr denn mit seinem alten Stil, mit seiner Art, vor aller Welt seine Überlegungen anzustellen, offen, klar, unvoreingenommen, loyal, spartanisch? Hatte er denn, seinem Stil entsprechend, offen die Idee verkündet, der er folgte? Nein, weder klar noch unklar. Es genügte, wenn man das dachte, dachte, dass er die Idee gut eingepackt in seinem Kopf aufbewahrte und ihr verstohlen folgte, unter der Hand und eigentlich unter dem Wort, es genügte, wenn man das dachte, um zu verstehen, dass dies nicht mehr, überhaupt nicht mehr seiner alten Weise entsprach nachzudenken, ja, dass dies nicht mehr seine Art war, sondern die Art aller, es war das Nachdenken, das einer Mode entsprach, die immer zu Menschen wie diesem Burschen da passte, einer Mode in Friedenszeiten, was dann erst in Zeiten des Kriegs?, auch wenn für Individuen seines Schlags jede Epoche immer Kriegszeit und Nachkriegszeit ist. Über diesen unnachahmlichen Don Luigi von einst sagte man dann, wenn er mit diesem oder jenem in eine Überlegung eintrat, mit Händlern oder mit Signor Cama: Der Ideenreiche ist am Werk, und das, offen, klar, unvoreingenommen, loyal und spartanisch, war die einzige Weise, wie er am Werk sein konnte, wohingegen jede andere Weise unvorstellbar gewesen wäre. Doch war er jetzt am Werk, jetzt? Nachdenken nach geheimer Mafiamanier, doppelsinnig, nachdenken von vorn und im Profil, mit falscher Absicht, hieß das am Werk sein? Hieß es nicht eher, Theater zu spielen, das heißt sizilianisches Puppentheater? Hieß es nicht, Puppe zu sein, Marionette, und gleichzeitig Puppenspieler, Orlando darzustellen und Gano darzustellen, den Gläubigen und den Ungläubigen, Christ und Mohammedaner?

Wenn nun das Nachdenken nicht mehr dem alten Stil entsprach, mussten die durchdachten Ideen, so hätte man denken sollen, nicht mehr dem alten Stil entsprechen, denn sofern die Art und Weise, offen, unvoreingenommen, klar, loyal und spartanisch nachzudenken, eine ideale Art des Nachdenkens war, so war sie es als eine Folge der Idee, die es inspirierte, und tatsächlich ist die Idee ja auch die Mutter und das Ideal ihr Kind. Aus diesem Grund erschöpfte er sich zu denken, sich zu fragen, was für eine Idee das sein konnte, um ihr zu folgen, wie er ihr folgte. Was für eine Idee oder was für ein Ziel, um ihn zu überzeugen, alles aufs Spiel zu setzen, den Schauspieler vor diesem Gauner zu mimen und die Rolle des Durchgedrehten zu geben, bis hin zu dem Punkt, dass er vor diesem Mistkerl die Hose vorne herunterließ, und zwar voller Verachtung und Prahlerei? Doch gab es überhaupt eine derartige Idee, konnte es sie wirklich geben, eine so große, eine so beschaffene Idee, dass sich ein Mann seines Schlags öffentlich bloßstellte und Schande mit dieser Art von Verhalten auf sich lud? Konnte es das geben, eine Idee ohne Ideal, konnte es das geben? Konnte das sein? Eine Idee als Ziel, als Zweck, nicht eine Idee als Ideal? Einmal, zu Friedenszeiten, gab es für Luigi Orioles weder Ziel noch Zweck, doch vor allem gab es kein solches Ziel, eines, für das, um ihm zu folgen, um dahinzugelangen, ein Mann wie er mit seinem ganz eigenen idealen Stil des Nachdenkens so weit sinken musste, sich von dem, der er war, ein Mensch aus Marmor, wie er wirkte, so, wie wenn ihm weder Eisen noch Feuer etwas anhaben konnten, bis zu diesem Punkt verändern musste.

Jetzt aber, auch wenn er seinen Kopf dafür verwettet hätte, dass es das war, das, was er dachte, das da vor sich ging, jetzt wechselte ‘Ndrja das Register und fragte sich, ob er das Ganze nicht allzu tragisch sah. Waren das denn nicht eigentlich Schlüsse, die er selbst zog, weil er sich in seiner regen Vorstellung allzu sehr mit dem Augenzwinkern und dem weißen Tüchlein abgab? Er musste ja noch erst sehen und hören, wohin er mit seinen verborgenen Überlegungen in seinem verschlossenen Kopf gelangen wollte. Das war inzwischen nur eine Frage der Zeit: Don Luigi musste früher oder später zu einem Schluss kommen, er musste ans Ende gelangen, zum Finale seiner kleinen Darbietung.

Er hatte sich bereits wieder ans Werk gemacht, hatte das weiße Tüchlein nach innen gefaltet und sich erneut in die Sache gekniet:

»Ach ja, und entschuldigt«, sagte er da schon zu dem Burschen, »wer ist der eigentlich, dieser Malteser? Was für einen Rang hat er, was für eine Art von Autorität stellt er dar, dass er den Engländern Anweisungen und Befehle erteilen kann, ein Malteser, ein Malteser aus Malta?« Und weil der nicht der erste Malteser war, den er kannte, und er in La Valletta schon hundertundeinmal war, fügte er dann noch hinzu: »Denn, seht Ihr, es klingt so eigentümlich, dass ein Malteser Autorität über die Engländer besitzt. Das hat man noch nie gehört und erlaubt mir, dass ich erstaunt bin über einen Malteser, der in der Lage sein soll, diesen Milords da Anweisungen und Befehle zu erteilen, die doch Milords sowohl auf Malta als auch in ihrem eigenen Lande sind. Hier dagegen sehen wir, dass die Engländer gleich ihren normalen Fährdienst zwischen Insel und Festland stehen und liegen lassen und ihm das Landungsboot zur völligen Verfügung stellen, sie, die Milords, Engländer und Matrosen, für ihn, den Malteser und Zivilen. Deshalb versuche ich bis zur Erschöpfung zu verstehen, wer er nur sein könnte und wer er nicht sein könnte.«

»Was heißt denn, wer er nur sein könnte und wer er nicht sein könnte? Meint Ihr etwa, das wäre ein Don Null von Nichts? Der da ist der Signor Mister Maniàci, der Mann für alles bei der Amgot, die rechte Hand des Taunmejdschers, und damit Ihr gleich im Bild seid: Während seine Vorgesetzten niemand je zu Gesicht bekommen hat, kennt ihn dagegen inzwischen jeder hier als ein hohes Tier. Seht Ihr hier diese Erkennungsbinde? Wir alle, die diese Binde am Arm tragen, unterstehen ihm und arbeiten für ihn, denn er ist das Faktotum der Amgot, versteht Ihr? Und der Taunmejdscher verlässt sich in der Tat in allem auf ihn, auf ihn, dem er die Nahrungsmittel für die Bevölkerung gibt, auf ihn für den Müllabfuhrdienst, auf ihn, um ihn zu vertreten, wenn die englischen Polizisten mit den MPs auf den Helmen die faschistischen Rädelsführer abholen und sie nach Padula ausweisen, und auf ihn auch für diese Regatta hier, die unter Engländern, Amerikanern und eben auch Messinern durchgeführt werden soll. Und wisst Ihr, warum der Taunmejdscher sich auf ihn verlässt? Weil er sowohl seine englische Sprache spricht als auch unsere sizilianische, so dass er mit dem englischen Ohr Befehle entgegennimmt und sie mit sizilianischer Zunge ausführt. Kurz gesagt, für alles und jedes braucht man ihn bei der AMGOT, gleich nach dem Taunmejdscher kommt er. Versteht Ihr, wer er sein kann und wer er ist, der Signor Mister Maniàci?«

»Hab verstanden, hab verstanden«, entgegnete Don Luigi, wie wenn er von der ungeheuren Wichtigkeit des Maltesers überrannt worden wäre. »Mit einem Wort, eine Autorität, wie?«, setzte er noch hinzu, als wollte er es sehr genau nehmen, und dann sagte er noch in einem Ton, der, man wusste nicht, welche Absicht er aufklingen ließ, welches Ziel des Verstands, nicht der Augen, die aufs Meer deuteten, auf das Landungsboot: »Autorität an Land und Kapitän auf dem Meer, wie?«

Der Bursche verstand die Anspielung nicht, doch sie entging auch 'Ndrja selbst, nicht einmal an diesem Punkt erklärte er sich die Anspielung auf den Malteser als Kapitän an Bord des Landungsboots. Der Bursche jedenfalls kümmerte sich nicht weiter um Don Luigi und widmete sich gerne, so wie es schien, Caitanello, und zwischen dieser Frage, die keine Antwort verlangte, und der Antwort, die nicht kam, mischte er sich zum zweiten Mal in die ernsthafte Diskussion ein, um eine weitere seiner Kindischkeiten von sich zu geben:

»Und diese Autorität, sofern ich Eure Gedanken recht verstehe, diese Autorität mit Namen Signor Mister zeigte gegenüber unserem 'Ndrjuzza Cambrìa so viel Vorliebe und sogar Wohlwollen, von dem Ihr vorhin gesprochen habt?«

Er hatte seinen Unsinn noch nicht zu Ende geredet, da zogen sie ihn zu zweit oder dritt beiseite, während sie gleichzeitig und beinahe empört nach ihm riefen: »Don Caitanello? Don Caitanello?«, wie wenn sie ihn zur Pflicht riefen, wie wenn sie ihm, heißt das, allein mit der Nennung seines Namens, allein mit dem Klang ihrer Stimme, mit dem sie ihn riefen, in nur zwei Wörtern, nämlich dieses Don und dieses Caitanello, die ja eigentlich nicht einmal Wörter waren, sagen würden: Nun lasst doch um Himmels willen Don Luigi einmal ausreden, unterbrecht doch nicht immer seinen Gedankengang. Dem Burschen jedoch, das war klar, passte eher das Thema Caitanello als das Thema Don Luigi, das ihm unter anderem, wie auch schon 'Ndrja, alles wie ein völlig hundepimmeliges Thema vorkommen musste.

»Wohlwollen?«, fragte dieser Büttel und Klötenlecker also und setzte daraufhin wieder alle seine Kupplergaben ein. »Er liebt Euren Sohn 'Ndrjuzza blind, bei meiner Ehr, er liebt ihn blind. Was kann ich da noch sagen, etwa, dass er die anderen fünfhundert Lire, um Eurem Sohn die tausend Lire zu geben, aus eigener Tasche zahlt, muss ich Euch auch das sagen?«

Ob es stimmte oder nicht, er wusste, dass das Eindruck auf sie machen würde, und tatsächlich wandten sie ihre Augen zu Don Luigi, wie wenn sie ihn fragen wollten, ob auch er diese neue Einzelheit berücksichtigen würde. Don Luigi aber stand da wie auf einem Bein, mit geschlossenen Augen, das Gesicht leicht nach oben gewandt und den Mund nur eben geöffnet. Er stand also da wie die, die in ihrer Rede unterbrochen werden, die Augen schließen, wie wenn sie sich von der Unterhaltung der anderen distanzieren wollen, um nicht den Gedankenfaden zu verlieren und ihn genau wieder an der Stelle aufnehmen zu können, wo er durch die Schuld der anderen, die sich eingemischt hatten, unterbrochen worden war. Doch er stand auch da wie diejenigen, die ihre Augen schließen, um sich durch das Sehen nicht ablenken zu lassen und ihre ganzen Sinne auf das Hören zu konzentrieren, so dass ihre Augen zwar geschlossen sind, doch ihre Ohren dafür so gespitzt wie bei Hunden, die etwas wittern.

Natürlich mussten alle die Überzeugung gewonnen haben, dass dies genau die Haltung war, die einer einnimmt, der alles gehört hatte, was er hören musste, und jetzt intensiv sichtete und prüfte, was er zu hören bekommen hatte, und deshalb wohl gab der Bursche ihm noch etwas anderes zu hören.

»Muss ich Euch das sagen?«, wiederholte er geduldig, als er wieder zu reden anfing. »Oder soll ich Euch erzählen, was er jedem der zehn Milchbärtigen gesagt hat, die er für die Regatta anheuerte? Er sagte zu ihnen haargenau das: Du, Gotteskind, du, du wie du, soweit es deine Fähigkeiten angeht, du, mit einem Wort, nackt und bloß, bist nicht mehr wert als ein Wachsstreichholz, du bist nicht einmal den Atem wert, den ich verschwende, um dir zu sagen, das du nichts wert bist. Doch nehmen wir einmal an, da kommt mir wie durch göttliche Gnade ein bestimmter junger Kerl her, ders mir rudert, ja, genau gesagt, er ruderts mir als Hauptruderer, dann sage ich dir, der alleine wird mir ausreichen, um keinen schlechten Eindruck zu hinterlassen, ja, er alleine, er genügt mir und dann bleibt sogar noch eine Menge übrig. Versteht Ihr? Er liebt ihn blind, er liebt ihn so sehr, dass er, ohne es zu wollen, die anderen beleidigt und ihnen ins Gesicht sagt, dass sie nicht einmal ein Wachsstreichholz wert sind, und das sollte er einigen wirklich nicht sagen, die ich persönlich kenne.«

Abgrundtief unehrlich, kommentarierte 'Ndrja in seinem Inneren. Er redet von einigen, er sagt nicht Bruder und Schwager, er kennt sie persönlich, sagt er, er sagt nicht, dass besser noch als er die Questura und das Gefängnis von Carrubbara sie kennen.

»Zwei junge Männer, mit Handgelenken, wie man sie sich nur wünschen kann …«

Du Gauner, mit Handgelenken, wie man sie sich nur wünschen kann, sagt er, aber er sagt nicht, wie es kam, dass sie solche Handgelenke bekamen, wie man sie sich nur wünschen kann, wo sie doch Tag und Nacht nur herumzocken.

»Heh, Ihr, Heiligerthomas? Habt Ihr jetzt ein klares Bild davon, wie viel Signor Mister Maniàci von Euch hält?«, sagte dieser Geschäftemacher am Ende, als er sich unerwartet an ihn wandte.

»Erliegt Ihr etwa rein zufällig der Täuschung, dass Ihr auch mich für blöd verkaufen könnt?«, antwortete 'Ndrja ihm und meinte damit einerseits ihn und andererseits Don Luigi und die Herren Pellisquadre. »Mich beeindruckt Ihr kein bisschen mit Eurem Gequatsche.«

»Ohje, ohje«, sagte der Bursche erstaunt, »was seid Ihr doch für ein großer Heiligerthomas. Ohje, traut Ihr wirklich nichts und niemandem? Wollt Ihr immer alles erst mit der Hand berühren? Doch auch wenn Ihr mir nicht traut, so traut Ihr doch wohl Euren eigenen Augen, und Signor Mister Maniàci ist da, ist hier, den seht Ihr doch mit Euren eigenen Augen, oder etwa nicht? Gibt es dann noch einen weiteren Beweis dafür als den, dass er sich von Messina aus auf den Weg gemacht hat und hier vorne vor Euren Augen vorbeituckerte? Und haltet Euch auch vor Augen, dass er Ruderer an diesem Küstenabschnitt fand, Milchbärtige zwar, aber schon ganz gut in Form, auch wenn man sie, ganz selbstredend, nicht mit Euch vergleichen kann. Kurz gesagt, die Mannschaft, die zwölf Ruderer für die Regatta hätte er eigentlich schon, und die würden ihn durchaus in keinem schlechten Licht erscheinen lassen. Ich habe Euch ja gesagt, was er sagt. Die da sind nur ein minderwertiges Blatt, sagt er, sie machen weder so viel her, noch haben sie die Geschicklichkeit des jungen Mannes aus Charybdis. Mit ihm als Hauptruderer packen sie vielleicht auch kräftig in die Ruder, und deshalb bin ich der Meinung, dass wenn er rudert, sie alle rudern, stellt Euch vor, Sanciòlo, stellt Euch vor, was für ein Ereignis das wäre … Und wenn nicht, dann sag ichs rundheraus diesem Unsympath von Taunmejdscher, dass er sich das messinische Boot für die Regatta ruhig aus dem Kopf schlagen kann, denn mit diesem miesen Blatt in der Hand, das man gerade mal auftreiben konnte, lässt sich wirklich nichts auf die Beine stellen. Habt Ihr gehört, was er sagt? Macht Ihr Euch eine Vorstellung davon? Völlig sinnlos redet der hier Anwesende von Duzudu mit ihm. Aber Ihr, sage ich, habt Ihr Euch nicht in den Kopf gesetzt, die Regatta auf jeden Fall zu gewinnen und, koste es, was es wolle, den jungen Kerl aus Charybdis dabeizuhaben? Doch bei dem gehts zum einen Ohr rein und zum anderen wieder raus. Und unterdessen stehen die armen Söhne armer Mütter da und fragen sich, kommt er nun oder kommt er nicht, dieser Charybdote mit dem Stern auf der Stirn. Schließlich sind sie doch richtig gespannt, Euch zu sehen, nachdem Signor Mister Euch in allen Farben gepriesen hat. Natürlich, weil sie ständig hören, wie er Euch preist, und das morgens, mittags und abends, und weil sie hören, wie er zu jeder Stunde, zu jedem Augenblick sagt: Wenn mirs der Charybdote rudert und mein Hauptruderer wird, gibt mir das große, größte Befriedigung, eine besondere Art der Befriedigung, eine derartige Befriedigung, dass, wenn er mirs rudert und mein Hauptruderer wird, ich euch, Ehrenwort, alle nehmen werde, das ganze Dutzend, damit ihr mirs rudert, was mein ist, wie wenn er alleine mirs rudert. Er ruderts mir, er ruderts mir, er ist mein Hauptruderer. Unser Signor Mister sagt immer nur, dass der Charybdote ihm große Befriedigung verschafft, sofern ers ihm rudert und sein Hauptruderer wird, und man versteht, dass diese Jüngelchen ganz gespannt sind auf Euch. Wie wird er wohl aussehen, dieser Charybdote, wie wohl, was für hervorragende Merkmale wird er wohl haben, dieser Charybdote, fragen sie sich ständig. Ja, wenn ichs Euch sagen darf, sie sagen nicht der Charybdote, sondern der Benjamin, denn als solchen sehen sie Euch: als Benjamin, der Benjamin von Signor Mister, und daraus könnt Ihr ersehen …«

WAS ʻNDRJA DARAUS ERSAH, war genau das, was dieses verkommene Subjekt nicht offen auszusprechen wagte, doch was man durch die Art der Anspielung im Ton, die Art des Beziehungsreichen und Zuhälterischen, das er alle zwei, drei Worte lang gewissermaßen ganz natürlich und auch ganz ernsthaft einfließen ließ und das man sehr genau verstand, wenn er wiederholte, welchen Stein er beim Malteser im Brett habe und wie der ihn blind liebe und überhaupt nicht mehr anders könne. Als er ihm beispielsweise enthüllte, wie wenn er ihm ein Kompliment machen wollte, dass diese Jungs ihn als Benjamin ansahen, den Benjamin des Maltesers, und sie sich sagten: Oh, oh, der hier stirbt ja vor Verlangen, sich von dem jungen Kerl rudern zu lassen … Hat der Charybdote ihn denn aus Gold, ist sein Steckenstab etwa aus Gold, schien der Blatternarbige unterschwellig anzudeuten, und indem er das sagte, wollte er zu verstehen geben, dass der Malteser kein echter, kein sich selbst treu verpflichteter Mann sein konnte, eine Mannsgestalt eben, kräftig und gesund, wenn er einen jungen Kerl als Benjamin hatte und ihn immer und immer wieder pries und immer wieder sagte: Wenn ers mir rudert, ja, wenn ers mir rudert, dann richtet er mich auf, er erquickt und entspannt mich … mit doppeldeutigen Worten dieser Art eben. Dieser hinterhältige Kerl schien, mit einem Wort, klar unterstreichen zu wollen, dass sie sich von der Leidenschaft, die er für ihn, für ihn als jungen Kerl unter dem Deckmäntelchen des Ruderers entwickelt hatte, ein Bild von dem Malteser machen könnten, eine Vorstellung davon, dass es sich bei ihm um einen von denen handele, den die Feminotinnen, die in dieser Frage ja ausgewiesene Expertinnen waren, Weibsmann nannten, eine Vorstellung, der zufolge er sich, entsprechend den Ideen dieses Schufts, ganz und gar geschmeichelt und geehrt fühlen müsse im Bewusstsein, dass er der Benjamin dieses Maltesers sei.

Welches Bild gab er jetzt eigentlich ab, als er hörte, er würde nach den Worten dieses Dreckskupplers als Benjamin eines Weibsmanns angesehen werden? Ihm musste doch ganz selbstverständlich das Blut in die Augen schießen, und den Zorn, den dieses hier auslöste und das andere auch, nämlich der verblüffende Don Luigi, Caitanello, der Bursche, das Augenzwinkern und die Nennung ʻNdrjuzza, einen Zorn, von dem er sich vor Wut immer mehr aufblähen fühlte, den er zuerst zwar noch zurückhielt, doch irgendwann musste er verhängnisvoll hervorbrechen. Und den Anlass lieferte die Bezeichnung Benjamin, er hörte sie, und sie klang schräg, sein Gesicht nahm schlagartig einen anderen Ausdruck an. Auch wenn das noch nicht das war, was das Losbrechen seines Zorns sein konnte, sondern nur ein Warnsignal davon, stürzte er sich auf den Burschen.

»Peuh«, sagte er und packte ihn mit der linken Hand am Brustlatz, wie wenn er ihm ins Gesicht spucken wollte. »Peuh, eine Schande seid Ihr, sonst nichts. Peuh, du elendes Dreckschwein.«

Und während er ihn mit der linken Hand fest zwischen Brustlatz und Kragen gepackt hielt, schien er mit der Rechten Maß zu nehmen, um sie ihm ins Gesicht und auf den Mund zu pflanzen. Der Bursche wurde bleich, er presste sich unten fest zusammen, warf seinen Kopf nach hinten, doch musste ihm durch den klinischen Blick, den er inzwischen für derartige Situationen wohl entwickelt hatte, auf der Stelle klargeworden sein, dass ʻNdrja weiter nicht gehen würde.

»Was ist denn mit Euch los? Was hab ich Euch getan?«, flüsterte er halb, und halb schrie er es mit erstickter Stimme, sobald er sich darüber klar war, dass er keine Schläge einstecken musste, sofern er beim Reden keinen Fehler mehr machte.

»Ach, Lügner, Dreckslügner, Türklopfervisage. Nur Ihr mit Eurer schamlosen Fratze könnt mich fragen, was denn mit mir los wär.«

»Was hab ich Euch denn getan? Was hab ich Euch denn gesagt?«, fragte der andere beharrlich und setzte ein bemitleidenswertes Gesicht auf. Doch gleichzeitig sah man, dass die Blässe aus seinem blatternzerstochenen Gesicht schwand und die natürliche Gelbfärbung wieder erschien. »Was hab ich ihm denn nur getan? Was hab ich zu ihm gesagt? Sagt ihrs, was ich getan oder was ich gesagt habe, los schon, los, sagt ihrs …« Er wandte sich an die Pellisquadre, doch die taten so, als würden sie ihn nicht einmal hören. Und während er, 'Ndrja, ihm weiter ins Gesicht schrie: »Dreckskerl, Hurenbock, ich stopf Euch diese Niedertracht noch in den Rachen, mit allen Zähnen stopf ichs in Euch rein«, und der andere versuchte, sich aus seinen Händen zu befreien, und sich bemühte, ein bisschen Stimme hervorzuholen, um zu fragen: Was denn für eine Niedertracht, wovon redet Ihr?, trat Caitanello als Vater auf und sagte zu ihm:

»Los jetzt, hör damit auf, 'Ndrja«, was beinahe so war, als würde er dem Verblatterten recht geben, und Gott sei Dank hatte er ihm dieses Mal die Gnade erwiesen, ihn nicht 'Ndrjuzza zu nennen.

Doch Caitanello alleine reichte nicht aus, auch Don Luigi mischte sich ein, der sich den Burschen unter keinen Umständen zum Feind machen wollte, und mit seiner diplomatischen Gabe wandte er sich an Caitanello, weil er 'Ndrja für nichts auf der Welt ins Gesicht blicken oder das Wort direkt an ihn richten konnte, und sagte zu ihm:

»Oh, 'Ndrjuzza hat ja seine Handgreiflichkeit wiederentdeckt, ja, er ist wieder richtig handgreiflich geworden.« Dabei schaute er, ohne die Hand von seiner Schulter zu nehmen, mit einem aufgesetzten Lächeln zur anderen Seite, was auch so war, als würde er diesem Dreckskerl antworten und ihm recht geben und 'Ndrja unrecht.

Und der bekam dann auch gleich wieder Oberwasser und wurde wieder ganz natürlich, auch wenn 'Ndrja immer noch bebte und die Zähne zusammenbiss, als wäre er ein Nervenbündel, und ihn anschaute, dass man dachte, er wollte ihn mit seinen blitzenden Blicken niederstrecken.

»Vater, Sohn und Heiliger Geist …«, fing dieser Gauner an zu leiern. »Oh, Mann, der hier bringt mich ja dazu, mich mit links zu bekreuzigen. Wer bringt mich eigentlich dazu, frag ich mich, wer bringt mich eigentlich dazu, diese Werke der Barmherzigkeit zu tun, wenn ich dann zum Dank gesagt bekomme, ich wäre ein Dreckskerl und ein Scheißkübel, gesagt bekomme, ich wäre niederträchtig? Denn am Ende ist es das, was man von seiner menschlichen Gesinnung hat.«

»Gauner, Seelenwichser«, fuhr 'Ndrja ihn an. »Menschliche Gesinnung, ha! Menschliche Gesinnung … Dazu brauchts wirklich Eure Dreistigkeit, Eure ausgeprägte Dreistigkeit brauchts, um von menschlicher Gesinnung zu sprechen. Verschwindet, hab ich Euch gesagt, verschwindet, Gauner, verschwindet, und zwar schnell, sonst kehrt Ihr nie mehr heil nach Messina zurück.«

»Wieso denn nur? Wieso?«, fragte der Bursche da und wandte sich mit einer Opfermiene an den einen und anderen. »Erklärt Ihrs mir, warum er sich so in diese Beleidigungen verbohrt hat? Was hab ich denn zu ihm gesagt, was hab ich ihm denn so Niederträchtiges getan? Fühlt er sich etwa beleidigt, weil ich sagte, dass diese milchbärtigen Jungs ihn ganz unschuldsvoll den Benjamin des Maltesers nennen? Das beleidigt ihn? Heh, statt sich darüber zu freuen, beleidigt es ihn? Oder glaubt er es denn immer noch nicht und betrachtet es als etwas Spöttisches, dass sie ihn den Benjamin nennen? Glaubt er es denn immer noch nicht, dass es für den heißt: Entweder den Charybdoten oder den Charybdoten? Ja, was denn? Welche Beweise brauchts denn noch, dass der da, bei allem, was der in Messina am Hals hat und sich nicht einmal den Kopf kratzen kann, einfach alles stehen und liegen ließ und für ihn herkam, hierher kam, bis vor seine Füße? Und da soll ich ihm nicht sagen dürfen, er wäre ein großer Heiligerthomas? Da hat er hier alles vor Augen und traut dem allen immer noch nicht? Er hat ihn da, da, auf dem Landungsboot hat er ihn, der, wenn man ihn ruft, gleich herstürzt, aber wenn er dem hier Anwesenden nicht traut, warum fragt er ihn dann nicht selbst: Werter Herr, stimmt es, dass Ihr eigens für mich hergekommen seid? Werter Herr, stimmt es, dass Ihr für diese Regatta absolut nicht auf mich verzichten könnt? Na, wieso fragt er ihn das nicht? Was kostets ihn denn?«

»Genau das ist es, was ich im Sinn hatte, aber nicht etwa, weil Ihr es sagt …«

»Heh, der da zog über Berge und Meere …«, setzte der Bursche seinen Gedanken fort, ohne sich zu unterbrechen. »Heh, ein hohes Tier wie der kam ihm bis vor die Füße, zu allem bereit, nur um ihn anzuheuern, bereit, bei meiner

Ehr, hier sein Zelt aufzuschlagen, wenn er ihn nicht nach Messina bringt, und stattdessen geschieht es, geschieht es …«

»Geschieht es, geschieht es …«, sagte Don Luigi, der schon eine ganze Zeitlang mit geschlossenen Augen dastand und seine Worte in einer Weise betonte, wie wenn er dem anderen klarmachen wollte, dass ihm nun das Wort zustehe, ihm, der sehr genau wusste, was da vor sich ging, und in diesem Augenblick, da er mit geschlossenen Augen redete, den Eindruck eines blinden Sehers machte.

An diesem Punkt jedoch schlug dieser große Diplomat seine Augen auf und kehrte in die Welt zurück, er öffnete die Augen wieder und betrat erneut die Szene, wie wenn er gerade auf diesen bewussten Augenblick und dieses bewusste Stichwort gewartet hätte, und dabei machte er seltsamerweise den Eindruck, als würde er die Überlegung, die er hatte unterbrechen müssen, beinahe an der gleichen Stelle wiederaufnehmen, an der Caitanello ihn unterbrochen hatte. Kurzum, man hätte meinen können, dass, während er mit geschlossenen Augen dastand, die anderen für ihn arbeiteten, wie wenn er wüsste, dass die anderen früher oder später an eine Stelle, an einen Übergang kommen würden, wo er wieder das Wort ergreifen konnte und im Flug den Faden seiner Überlegung oder Unterstellung, was immer es auch war, aufnehmen könnte.

»Es ist also so«, sagte er, »es ist also so …«, sagte er noch einmal und betonte das alles deutlich, damit er freies Feld hatte, »es ist also nach allem, was Ihr uns mitteilt, so, dass, wenn unser 'Ndrjuzza hier ihn bittet …«

»Ihm zweitausend Lire zu zahlen?«, unterbrach ihn der da. »Die zahlt er ihm. Dreitausend? Die zahlt er ihm, die zahlt er ihm. Eurem 'Ndrjuzza gewährt er das und noch mehr, das sage ich Euch, ich, Lillo Sanciòlo.«

Da musste Luigi Orioles wegen einer Augenblickseingebung durch die Worte des Burschen, die er ihm gewissermaßen auch noch selbst in den Mund gelegt hatte, die Dinge beschleunigen, statt sie noch gemächlich anzugehen, damit er den Haupttreffer abfeuern konnte:

»Das und noch mehr, meint Ihr, oder?«, sagte er im Ton eines großen, echten Schauspielers. »Was sonst noch, was sonst denn noch würde er ihm geben? Geld, ja, das glaube ich, ein paar tausend Lire mehr noch, schließlich haben die ja ihre Geldscheindruckerei, die Druckerei für diese Amenlire. Aber nehmen wir einmal an, dass 'Ndrjuzza Cambrìa ihn um etwas bittet, um irgendetwas, das ihm in den Sinn kommt, wollt Ihr da etwa behaupten, Euer Signor Mister würde ihm das geben?«

»Dann lasst es doch darauf ankommen, lasst es Euren 'Ndrjuzza doch einfach ausprobieren, lasst ihn um etwas bitten, dann werdet Ihr es doch mit eigenen Augen sehen. Sagt ihm, sagt Eurem 'Ndrjuzza nur, er soll es probieren, los, sagt es ihm, macht schon.«

Don Luigi öffnete den Mund, doch bevor er auch nur eine Silbe sagen konnte, drängte sich 'Ndrja vor, um zu reden, wie wenn er ihm das Wort aus dem Mund nehmen wollte.

»Wenn Ihr nicht aufhört, mich 'Ndrjuzza zu nennen«, sagte er zu dem Burschen, »dann probier ichs bei Euch aus. Mit Tritten in den Arsch mach ich das, wenn Ihr nicht verschwindet. Wie oft muss ich Euch das sagen? Oder wollt Ihr, dass ichs ausprobiere und Euch mit Arschtritten ins Meer jage, wie?«

Aus seinen Augenwinkeln sah 'Ndrja, dass Don Luigi, das Wort auf der Zungenspitze, mit gesenktem Blick dastand und es ihm auch nicht im Geringsten einfiel, sich ein bisschen zu drehen und ihm einen Blick zuzuwerfen, während er den Burschen bedrohte. Er wartete lediglich ab, bis er zu Ende geredet hätte, doch machte er den Eindruck, als würde er nur dem Klang seiner Stimme folgen, wie wenn er ganz damit beschäftigt wäre, nur ja nicht das aus dem Kopf zu verlieren, was er dem Burschen sagen wollte. Und in der Tat, nachdem er mit dem, was er dem Burschen sagte, schwieg, merkte 'Ndrja, wie er nicht im Geringsten auf seinen Wutausbruch einging, so wie wenn er ihn überhaupt nicht gehört hätte, doch nicht nur das, sondern, was noch schlimmer war, als würde diese Art des Purparlehs, das er mit diesem Elendshund führte, ihn, 'Ndrja, nicht das Geringste angehen: Sie redeten über ihn, entschieden für ihn, 'Ndrja oder 'Ndrjuzza war ständig auf beider Lippen, sie bauten oder zerstörten mit ihm und ohne ihn, kurz gesagt, er war das Hauptthema, ja sogar das einzige Thema ihres Hin und Her, doch Don Luigi betrachtete ihn als Puppe, nicht mehr und nicht weniger, als eine von denen, die man im sizilianischen Puppentheater *scagnozzari* nennt, Knappen, Gehilfen ihres Herrn, von denen ein Paladin wenigstens zwei auf einen Streich tötet.

»Ach ja?«, nahm Don Luigi seinen Gedanken in scheinbarer Ungläubigkeit wieder auf. »Meint Ihr das wirklich? Ihr meint wirklich, dass, angenommen unser 'Ndrjuzza hier äußerte irgendeinen Wunsch, Euer Signor Mister Malteser ihn auf der Stelle erhören würde? Wirklich?«

»Vogelmilch, Saftvogelmilch, ein Göttertrank, sage ich Euch«, bekräftigte der Bursche, halb schon verärgert über das, was er wieder und wieder bekräftigen musste. »Wenn er den Wunsch hat, Vogelmilch zu bekommen, dann verschafft er ihm auch die, auch die Vogelmilch. Wie oft muss ichs Euch denn noch sagen? Wollt Ihrs schriftlich von mir bekommen? Saftvogelmilch! Muss ich Euch wirklich noch mehr sagen?«

»Lasst mal die Vogelmilch beiseite«, murmelte Don Luigi, als würde er im Flüsterton sprechen, wenigstens in seinem Herzen.

»Wie soll ichs euch denn noch sagen, in welcher Sprache denn, dass so, wie die Sache heute steht, Signor Mister Maniàci, so groß seine Macht in Messina auch ist, ganz und gar von Eurem 'Ndrjuzza abhängt? Und da meint Ihr, er würde ihm nicht auch noch Vogelmilch, Saftvogelmilch beschaffen, wenn er ihn darum bittet? Wie könnt Ihr das denn nicht verstehen? Welche Beweise muss ich Euch denn noch beibringen, gütige Jungfrau? Was wollt Ihr denn noch, das ich machen soll? Dieser Freund hier, der hier anwesende Signor 'Ndrja, fühlt sich beleidigt, selbst wenn wir es ihm mit Musik anbieten würden: Seht Ihr ihn denn nicht? Er lässt sich nicht herbei, er lässt sich einfach nicht herbei, der Heilige ist aus Marmor und schwitzt nicht. Was verlangt Ihr denn noch, das ich sagen soll? Naiv wie ich bin, habe ich Euch gleich und auf der Stelle gesagt, wie ich denke, ganz nackt, ganz unverblümt, ergeben und treu, ja, sogar noch treuer Euch gegenüber als dem, der mir zu essen gibt. Und was hab ich als Belohnung eingehandelt? Dreckskerl, Scheißkübel, das hab ich mir eingehandelt. Herrje, ist Euch das eigentlich klar? Da kommt einer, um etwas Gutes zu stiften, er kommt, weil er denkt: Heutzutage lösen tausend Lire das Problem für den Matrosen aus Charybdis, weshalb es meine Pflicht als Landsmann und als Freund ist, auch wenn der junge Mann die Sache nicht so klar erkennt, weil er sich im Krieg doch durch seine eigenen Schwierigkeiten hat kämpfen müssen und sich jetzt nicht irgendeinem Risiko aussetzen will, alles zu versuchen, alles nur Menschenmögliche zu unternehmen, um ihn zu überzeugen. Da kommt einer, weil er so denkt und …«

»Und man versteht«, unterbrach ihn 'Ndrja. »Ihr müsst den Matrosen von Charybdis überzeugen, weil sonst der Malteser die Regatta nicht mit den vier, fünf Unerfahrenen durchführen kann, die er aufgetrieben hat, und dann können Euer Bruder und euer Schwager sich den Tausendlireschein pro Mann durchs Fernrohr betrachten, oder?«

»Habt Ihrs gehört? Heh, habt Ihr den Freund gehört?«, redete der Bursche jäh weiter und deutete Don Luigi gegenüber auf 'Ndrja. »Das ist es, was man sich einhandelt, wenn man Gutes tut. Aber das hast du verdient, Lillo Sanciòlo, genau das hast du verdient, Niederträchtiges kippen sie über dich aus, das hast du verdient, lieber Lillo Sanciòlo, denn so züchtigst du dich, und das nächste

Mal lässt du dich nicht von deinen Gefühlen überrumpeln, dann setzt dus dir nicht in den Kopf, eine lange Reise zu machen, um einem gewissen 'Ndrja Cambrìa zu sagen: Von Landsmann zu Landsmann setze ich Euch in Kenntnis darüber, dass Ihr Signor Mister Maniàci gefallt, der, falls Ihrs nicht wisst, das Faktotum der AMGOT in Messina ist, weshalb Ihr mich versteht, sofern Ihr wisst, was ich meine. Ihr müsst nicht einmal von Bord, hast du zu Signor Mister gesagt, zu dem Matrosen gehe ich und sags ihm, und ich denke, es reicht, wenn ich ihm sage, dass Ihr diese Sache außerhalb des Gewohnten und auch außerhalb Eurer normalen Regel gemacht hättet und persönlich hergekommen wärt, mit der Ehreneskorte, als Zeichen der Bevorzugung, um ihn abzuholen und nach Messina zu bringen, unter der geschlossenen Vereinbarung, bei der bewussten Regatta für Euch zu rudern. Das reicht dem Matrosen aus, denn auf mich wirkt er wie ein zuverlässiger guter Junge, der gleich mit an Bord kommt … Eine gute Sache, Sanciòlo, die Ihr da tut, hat der Signor Mister mir geantwortet …«

»Stattdessen war die Sache schlecht«, kommentarierte 'Ndrja und ergriff damit wieder das Wort. »Es erstaunt mich, ja, es befremdet mich richtig, dass dieser Malteser Euch vertraut hat, zumal wir doch gesehen haben, ich und mein Freund, der in meiner Begleitung war, da drüben, am Ufer, wie er Euch behandelt hat, wie einen Fußlumpen …«, und 'Ndrja wandte die Augen ab und suchte Masino als Zeugen.

»Ich habe Euch wohl angewidert, was? Und ich widere Euch noch immer an, was? Recht habt Ihr, ja, Ihr habt recht …«, sagte der Bursche, schluckte bitter und verdrehte die Augen nach bester Gaunermanier, wie wenn er sagen wollte: Mir sind doch die Hände gebunden, sonst, sonst … »Ja, Ihr habt recht«, sagte er mit zusammengebissenen Zähnen, und dann schlug er sich mit beiden Händen ins Gesicht, wie wenn er sich Ohrfeigen versetzen würde: »Ach, Sanciòlo, du mit deinem Scheißherz … Du, du mit deiner Herzensgüte, verdienen würdest du …«

Er spielt Theater, dieser Gauner, dachte 'Ndrja. Er lässt durchblicken, dass er sich nicht vergibt und sich für seine Herzensgüte bestraft. Er, der zu nichts taugt, würde verlangen, dass er bemitleidet wird. Er stellt sich als Opfer dar. Und das macht er so gut, dass, wenn man von Don Luigi absieht, mehr oder weniger alle Pellisquadre ihre Blicke zuerst auf diesem Schieber ruhen ließen und danach 'Ndrja ansahen, und ohne jeden Anflug von Vorhaltung schienen sie ihn wie hinter einem Schleier aus Wehmut und Traurigkeit anzustarren.

»Eh ja, so ist das, ich habe ihn angewidert, angeekelt habe ich ihn …«, sagte dieser Hurenbock aus Messina weiter, wie wenn er rasen wollte, und schlug sich mal mit den Händen ins Gesicht und mal biss er in sie. Es sah wirklich aus, als würde er nichts mehr verstehen und keine Ruhe mehr finden, dieser verkommene Schmierenkomödiant, es sah wirklich aus, als würde ihm das Herz bluten. »Dreckskerl, Scheißkübel, Fußlumpen … Das, ja das musste Lillo Sanciòlo sich sagen lassen, das …« Hier nun veränderte er nach bester Gaunermanier seinen Gesichtsausdruck und sprach 'Ndrja direkt an: »Aber darf ich Euch was sagen?«, sagte er im männlichen Tonfall eines Kerls, für den ein Problem Stunden und Augenblicke von Bedeutung ist und dann immer weniger, bis es gar nicht mehr da ist, und verdrehte die Augen, wie wenn er sagen wollte: Hier, jetzt, alleine gegen so viele von euch, kann ich mir da ein Problem mit euch schaffen? »Das ist Euer Augenblick«, sagte er abschließend laut zu ihm, »und auch Eure Gelegenheit, daher schluckt Sanciòlo die Kröte und kniet vor Euch im Staube.«

Eigentlich wäre es zum Lachen gewesen, eigentlich hätte man sich vollpinkeln müssen: denn mit anderen Worten lief es darauf hinaus, dass dieser Ohrenputzer, dieses Großmaul aus Messina, der gerade noch vor wenigen Augenblicken von zwei Milchbärtigen zusammengeschlagen worden war, die sich vor Schwäche kaum mehr auf den Beinen halten konnten, 'Ndrja jetzt zu verstehen geben wollte, dass er die Beleidigung einsteckte, den Schimpf hinnahm, dass ihm nichts blieb, als zu schlucken und im Staub vor ihm zu knien, wenn es nötig wäre, weil seine Hände gebunden waren, dort, für den Augenblick, und das nicht so sehr wegen der Tatsache, dass 'Ndrja sich auf seinem Terrain und inmitten von Verwandten und Freunden befand, sondern wegen der Tatsache, dass in diesem Augenblick dem etwas blühte, der 'Ndrja, diesen Augapfel von Signor Mister Manièci, anrührte, nicht nur dem, der ihn anrührte, sondern auch dem, der ihn anwiderte und ihn zu einem Nein statt zu einem Ja trieb.

War also ein solcher Hasenfuß, ein solches Großmaul, der 'Ndrja gegenüber dieses Machtgehabe, diese Gaunermanier an den Tag legte, nicht zum Lachen, wo sie doch noch das Bild der beiden Milchbärtigen und des langmütigen Alten vor Augen hatten, die ihm die Gelbblässe ins Gesicht getrieben hatten, als sie ihm klarmachten, dass er seinen Arsch besser mit beiden Händen zusammenpressen sollte, bevor sie ihn aufreißen würden?

Und um diese mitleidheischende Schmierenszene zu einem glücklichen Ende zu bringen, zeigte er noch einmal eine seiner grimassenartigen Gesichtsverzerrungen, die er auf Kommando hervorbringen konnte, biss sich in die Hand und rief klagend: »Ah, Hunger, Hunger, du Hurensohn, Hunger.«

Caitanello musste wohl glauben, dass der sich wirklich seine Hand schnappte, sie biss und dort, vor den Augen aller, auffressen würde, bei dem Riesenhurensohn von Hunger, den er spüren musste. Denn 'Ndrja hörte, wie sein Vater, der vor lauter Erbarmen über dieses Theater fassungslos war, leise neben ihm zu ihm sagte: »Ich will doch sehen, wann du endlich aufhörst, hast du mich verstanden? Das will ich sehen.« 'Ndrja wandte seinen Blick zu ihm, um ihn zu betrachten, und als er sah, dass er ernst und überlegt war, wie wenn er empört über diesen Sohn wäre, der gewissenlos und mit versteinertem Herzen aus dem Krieg zu ihm zurückgekehrt war, wusste er nicht, was er ihm sagen sollte, und die Lust zu lachen, die er vorher in sich gefühlt hatte, wandelte sich, als er seinen Vater anblickte, eigentümlicherweise zu einer Lust zu weinen. Da blickte er wieder diesen Gauner von Schmierenkomödiant an, und fast regte sich dabei so etwas wie Bewunderung für ihn, allerdings nicht so, wie er in diesem Augenblick Bewunderung für seinen Vater empfand.

Doch wie zu erwarten war, spendete Don Luigi, der die Moral des Burschen unbedingt aufmöbeln und ihn wieder zum Kern der Sache zurückführen wollte, ihm reichlich Trost.

»Heh, das müsst Ihr aber nicht so tragisch sehen, lieber SignorAnciòlo«, sagte er und nannte ihn, dieser Gütige, Signor, diesen Wurm. Und als wäre das noch nicht genug, fügte er hinzu: »Und wenn Ihr denn Hunger habt, da seid Ihr hier bei Freunden«, und das dachte und sagte er möglicherweise nicht aus Berechnung.

Jetzt hat er sie alle in den Sack gesteckt, dachte 'Ndrja. Don Luigi, ganz natürlich, hatte ihm die zwei Heller Trost gespendet, um ihn wieder zum Kern der Sache zurückzubringen, doch dahin zurückzukehren hatte auch der Bursche alles Interesse, weil die Interessen beider Seiten, auch wenn sie unterschiedlich waren, übereinstimmten. Und so kehrte er dann auch augenblicklich dahin zurück, gleich nachdem er durch Don Luigis Worte wieder Oberwasser erlangt hatte, und zwar alleine, ohne dass die Notwendigkeit bestand, dahin gebracht zu werden:

»Oh, bei meiner Ehr«, sagte er und riss damit das Wort glanzvoll wieder an sich, »bei meiner Ehr, das mag man ja gar nicht glauben. Der hier fühlt sich beleidigt, weil er hört, dass Signor Mister Maniàci sich auf ihn versteift hat, entweder er oder er, entweder er oder nichts, entweder ist der Charybdote dabei oder nisba, nichts, kein Boot für Messina bei der Regatta, und er fühlt sich beleidigt, wenn man ihm sagt, dass der Signor Mister ihn stillschweigend als Benjamin für sich vereinnahmte. Wer würde, so frage ich mal, wer würde eigentlich glauben, dass es einen Menschen dieses seltenen Schlags gibt, einen Menschen, der ins Gold plumpst und sich zurückzieht, einen Menschen, der einen Schatz gefunden hat und auf alle diese Goldmarengos spuckt, ja, sie nicht einmal eines Blicks würdigt? Heh, wer würde das glauben? Ja doch, wertester Signor Cambrìa, fasst die Tatsache ruhig als Beleidigung auf, dass man Euch sagt, Ihr wärt der Benjamin von Signor Mister Maniàci, das heißt der Benjamin des Faktotums der AMGOT in Messina, ja doch, wie denn auch nicht, es ist verständlich, absolut verständlich, dass Ihr Euch beleidigt fühlt.«

Dieses Mal aber wollte 'Ndrja ihm in keiner Weise zuhören, auch weil es dieses Mal so war wie beim letzten Mal und wie dem Mal davor noch. Dieser Schieber und Betrüger fand indessen aber immer wieder, ohne viel zu suchen oder darüber nachzudenken, einen, der ihm zuhörte, auch wenn der nicht offen den intimen Freund mimte, sondern sich nur so behandeln ließ, denn, musste das eigens gesagt werden?, es handelte sich dabei immer um Luigi Orioles, der sich, auch wenn er keine idealen Ideen mehr hatte, mit noch größerem Recht ganz sicher nicht als intimer Freund für diesen Ohrenputzer hergab, nur weil der ein wundersam geheiltes Blatterngesicht hatte. Was ihn dieses Mal drängte, einfach um mal auf etwas anderes zu kommen, war, dass er wieder und wieder den Faden seiner Überlegung aufgreifen wollte, das versuchte er in keiner Weise zu bemänteln, auch wenn das Ziel seiner Überlegung, absichtlich oder nicht, in seinem Reden verschubladet blieb, und zwar dermaßen, dass es, sofern es denn wirklich eine Überlegung war, allerdings eher wie ein unvernünftiges Denken auf den Lippen eines Menschen wirkte, der immer diese bekanntermaßen offene, klare, loyale, spartanische Rede übte.

»Ja, schon, Ihr sagt zwar immer Benjamin, Benjamin, aber wie hat man dieses Benjamin zu verstehen, Signor Sanciòlo?«, war nämlich das, was er dieses Mal fragte, und damit ließ er ihm nach seiner Weise und nach seinem Bedürfnis freie Hand.

»Was heißt hier denn schon verstehen?«, sagte der Bursche aufbrausend, der sich bei diesem Don Luigi, der ihm alle zwei, drei Sätze irgendwelche Scheißfragen stellte, natürlich vorkommen musste, als wäre er unter die Türken gefallen. An dem Punkt aber, an dem sie waren, erweckten sie den Eindruck, als hätten sie sich stillschweigend zusammengetan, weil sie vielleicht spürten, dass sie auf das gleiche Ziel hinarbeiteten. »Wie das zu verstehen ist? In dem Sinn, dass, weil doch eine Sache die andere nach sich zieht, Signor Mister Maniàci ihn heute tausend Lire verdienen lässt, weil er ihn für die Regatta holt, und morgen könnte er ihm immer noch helfen, sein Stück Brot zu verdienen, indem er ihn, na, sagen wir mal, in die Gruppe der Erdarbeiter steckt, die die Straßen von Messina von dem ganzen Schutt befreit, der ja nicht mal beim Achtundzwanzigstendezember angefallen war, oder ihn auch in die Einheiten der Straßenkehrer steckt, die, wenn es hochkommt, die Haufen von Orangenschalen beseitigen, denn Orangen waren das Einzige, was man bis jetzt in Messina zu essen hatte, doch jetzt gehen die Schalen in Gärung über, weshalb man nicht mehr atmen kann, zumal die Luft ja schon kadavert.«

»Und das kommt Euch, Signor Sanciòlo«, brachte Don Luigi unerwartet hervor, »das kommt Euch angemessen vor, einen jungen Mann vom Meer als Benjamin zu nehmen? Angemessen, einen Matrosen zum Straßenkehrer zu machen?«

»Angemessen, nicht angemessen, sein Stück Brot verdient er sich jedenfalls. Und was heißt heutzutage schon angemessen? Kann man das vielleicht essen?«

»Ja, schon, es ist ja richtig, was Ihr sagt«, sagte Don Luigi wieder und machte gleichzeitig auf seine Art weiter, bei diesem Kriecher und Klötenlecker, gegen den er nach seinem Dafürhalten ein wirklich verblüffendes Argument vorgebracht hatte, ein Argument alten Stils, wie der Rückfall des Nachdenkenden, der er in der Vergangenheit war, und das hatte zuallererst ihn selbst überraschen müssen, den Räsonierer, der er jetzt war. »Doch was ich eigentlich meinte, war, wie sehr man sagen kann, dass Signor Mister Maniàci ihn als Benjamin betrachtet, denn das haben wir noch nicht so ganz richtig verstanden, wie sehr ihm an unserem 'Ndrjuzza liegt. Um jetzt mal ganz einfach zu verstehen, wenn zum Beispiel unser 'Ndrjuzza hier den Mund aufmacht …«

»Dieser Drecksfotze von …«, sagte 'Ndrja schnell, doch dieses Mal wartete Don Luigi nicht, bis er ausgeredet hatte, ja, als er wieder anfing zu reden, schnitt er ihm das Wort so klar und deutlich ab, so schroff, dass 'Ndrja spürte, wie er rot anlief, und er wusste nicht, ob aus Scham oder Wut darüber, dass er immer noch wie ein kleiner Junge behandelt wurde, wie einer, der redet und dabei nicht einmal den Mund aufmacht.

»Ja, ja, die Vogelmilch …«, sagte Don Luigi, und sein Ton wurde laut. »Ja, ja, Ihr sagt immer wieder, dass, wenn unser 'Ndrjuzza hier zu ihm sagt, ich will Vogelmilch, Saftvogelmilch, Signor Mister ihm auf der Stelle auch diesen allerhöchsten Wunsch erhört. Ja, meint Ihr denn, lieber Signor Sanciòlo, dass unser 'Ndrjuzza hier das Prinzesschen aus dem Märchen wäre, das Prinzesschen Zimperlies, das sagt: Ich will aber Vogelmilch, so wie unsereiner sagt, ich will bitte ein Stück Brot?«, fragte Don Luigi, und 'Ndrja sagte sich verwundert, dass dies wie ein weiteres Aufleuchten aus der Vergangenheit war, ein Aufleuchten des wunderbaren Ideenkopfs, spürte aber zugleich den instinktiven Drang, ihn bei der Brust zu packen und ihn anzuschreien: Was für einen Scheiß macht Ihr eigentlich da, was fällt Euch ein, was habt Ihr euch in den Kopf gesetzt, habt Ihr vielleicht den Verstand verloren? »Damit allerdings sagt Ihr uns viel und Ihr sagt uns viel zu wenig«, fing Don Luigi wieder an. »Und außerdem, um wieder auf den Punkt zu kommen, wieder in die Wirklichkeit, wenn wir also vorgehen, wie ich gesagt habe, mit einem praktischen Beispiel, wenn unser 'Ndrjuzza hier also seinen Mund aufmacht …«

»Und wieder seinen Mund aufmacht …«, unterbrach ihn der Bursche mit einem Prusten. »Den Mund aufmacht, den Mund aufmacht, entschuldigt mal, um was zu sagen? Ein praktisches Beispiel, ein praktisches Beispiel, was denn für ein praktisches Beispiel, was denn für eins? Gibts denn ein praktischeres Beispiel, frage ich noch einmal, als dass Signor Mister Maniàci hier ist, er ist da, auf dem Landungsboot, Ihr seht ihn doch, oder? Er ist da und schickte mich her, weil er sicher ist, dass, wenn er zurückkommt, er uns hier antrifft. Mich und dieses Arkelamekk von jungem Kerl, dass wir am Ufer auf ihn warten, um direkt dort aufs Boot zu springen. Uffa, wie soll ichs Euch denn noch sagen, dass ich den da, den Fettarsch von Malteser, inzwischen in- und auswendig kenne und in ihm lese wie in einem offenen Buch, und ich weiß, dass, wenn er sich auf etwas oder, noch schlimmer, auf jemand versteift, es dann keine Macht gibt, mit der Ihr es ihm aus dem Kopf schlagen könnt? Hab ich Euch jetzt nicht gesagt, dass er ihm zusagt? Hab ich Euch nicht gesagt, dass er ihn zu seinem Benjamin gemacht hat und wie seinen Augapfel behandelt, diesen jungen Kerl hier, auch wenn er ihn nur ein einziges Mal gesehen hat und das auch nur sozusagen im Vorübergehen? Darauf könnt Ihr einen Eid ablegen. Und wenn Ihrs genau wissen wollt, dann kann ich Euch auch sagen, wann mir das klargeworden ist. Hier ist es mir klargeworden, genau bei Ankunft des Landungsboots hier vorne ist es mir klargeworden …« Und hier warf er einen Blick ins Tyrrhenische, hinüber zur Mittellinie, wo das Boot wie magnetisch angezogen weiter herumfuhr, ganz dicht am Saum dieses großen dunklen Fleckens, welcher das Meer des entflukten und dem Tode nahen Orcaferons war. Er sprach leise und zog sich ganz zwischen seine Schultern ein, wie wenn der Malteser ihn vom Landungsboot aus hätte hören können, mit dem Ausdruck, als enthüllte er ihnen etwas äußerst Heikles und Kompromittierendes, und so wandte sich dieser Gauner wieder seiner Gesellschaft zu: »Hier, hier vorne wurde mir das klar, hier fiel es mir wie Schuppen von den Augen, hier, kaum dass wir bei den drei Palmen dort angekommen waren, und genau in dem Augenblick, als ich mich zum Signor Mister umgedreht hatte, sah ich, mit was für schlaffschlaffen Augen er ihn ansah, unentwegt sah er ihn an, hier, gleich hier oben, den jungen Charybdoten. Seine Augen glänzten, seine Tränen glänzten, bei meiner Ehr. Oh, er sah ihn mit so viel Sanftheit an, wie es nicht mal ein Vater fertigbringt. Hab ich euch ein klares Bild gegeben? Sieh dir das an, sieh nur, sagte ich zu mir: Ein Vater, der einen Sohn wiedersieht …«

»Hört zu, Sanciòlo oder Facciòlo«, unterbrach ihn Caitanello barsch, und eine weiße Haarsträhne hing über seiner Stirn herunter, »wenn Ihr von 'Ndrja Cambrìa sprecht und seinem Vater, einen Vater hatte 'Ndrja Cambrìa, einen, und den hat er noch, war ich deutlich?« Und er wiederholte noch zwei-, dreimal das War-ich-deutlich? War-ich-deutlich? War-ich-deutlich? Und jedes Mal empfand 'Ndrja den starken Drang, ihn zu umarmen.

»Oho, Ihr nehmt das ja gleich von der kriminellen Seite. Was habt Ihr denn verstanden? Wer bestreitet denn, dass er immer einen Vater hatte und ihn noch hat? Man sagt es doch nur so: wie ein Vater, um eine Vorstellung zu geben, um einen Vergleich zu ziehen.«

»Und weil für mich dieser Vergleich mit dem Vater nicht so erfreulich klingt, sage ich Euch, dass Ihr das lassen sollt«, sagte Caitanello darauf im Ton des jungen Löwen von einst, der keine Widerrede duldete.

Für einen Augenblick stand Caitanello im Mittelpunkt der Aufmerksamkeit aller, der Bursche und auch Don Luigi sahen ihn für diesen Augenblick, wie von ihrem Theatarandei durcheinandergebracht, mit offenem Mund an. Und 'Ndrja wiederum, als Betroffener, der von dieser mannhaften Äußerung Caitanellos, von seinem Vaterstolz wohl mehr überrascht war als alle anderen, fühlte sich innerlich von einer Woge der Ergriffenheit durchströmt, die von weither zu ihm kam und ihn in dasselbe süße, ungestüme Wohlbehagen tauchte, das viele, so viele Jahre zuvor seinen ganzen Körper erfasst hatte, wegen allem, was dieser lärmende Mann, der Caitanello Cambrìa war, sein Vater, sagte oder tat, dieser wahrhafte Großwesir der Empfindungen, der zu nächtlicher Stunde die Acitana besuchte, diese Falkenaugen, denen er folgte, als würde er seine Schritte zählen, wenn er an Land war, und sich in seinem Schatten bewegte, um nur ja nichts von ihm zu versäumen und jedes Mal aufs Neue dieses geheimnisvolle Gefühl von Glück zu empfinden, das sich durch die Gegenwart des Vaters auf den Sohn überträgt und das er damals nicht kannte, nicht verstand, jetzt aber sehr wohl kannte und verstand, es kannte und wohl auch verstand, dass in dem kleinen Jungen damals dieses Gefühl von Glück durch den natürlichsten Umstand der Welt ausgelöst worden sein musste, nämlich, dass er sich wohl wie der kleine Schnitz vorkommen musste, der in der Orange heranwächst und hevorkeimt, das heißt durch den Umstand, dass er nicht nur diese Mutter hatte, sondern auch diesen Vater zum Vater. Doch das war damals ein solcher Schatz für den kleinen Jungen, eine so tiefe Befriedigung im Herzen, dass er sich jetzt, da er in diesen Augenblicken darüber nachdachte, ohne dass er sich der Geschichte bewusst gewesen wäre, wahrscheinlich von Kopf bis Fuß fühlen musste, wie wenn er ganz Herz wäre, ganz aus Herz, ganz ein Herz, das wie eine Wachtel in den Händen seines Vaters girrte.

Der Bursche schluckte, und nachdem er den Blick vom Vater zum Sohn hatte wandern lassen, wie wenn er sagen wollte: Es gibt nicht den geringsten Zweifel, dass ihr Vater und Sohn seid, nahm er die Geschichte beim Landungsboot wieder auf und erklärte, wie und warum es ihm wie Schuppen von den Augen gefallen war und der Schleier dieses großen Geheimnisses sich zerrissen hatte.

»Weil ich, das muss ich euch ehrlich sagen, vorher in keiner Weise darauf gekommen war, dass der Signor Mister es sich auf diese Art und Weise in den Kopf gesetzt hatte. Ja, es stimmt, die Jungs, die wir bereits angeheuert hatten, hatten einen leisen Verdacht und sprachen mit mir darüber. Sie sagten: Signor Sanciòlo, wer ist eigentlich dieser Charybdote, den der Signor Mister immer wieder erwähnt, immer wieder, zu jeder Stunde, zu jedem Augenblick? Hat er den jetzt zu seinem Augapfel gemacht? Ist der jetzt sein Benjamin, weil er ihn doch immer auf den Lippen hat, als wärs ein Bonbon? Und das war natürlich, wenn man sich vorstellt, dass der Signor Mister bei jedem, der sich meldete, peuh mit den Augen zu sagen schien, und ihnen dann, ohne daran zu denken, dass er sie beleidigte, sagte, dass sie ihm alle wie der letzte Dreck vorkämen, seit er den Charybdoten gesehen habe und der nicht nur drei von ihnen ersetzen würde, sondern in primis vom Metier sei, Matrose, und das sehe man, und überhaupt, das sagte ich euch ja schon, der oben und der unten. Durften sich da die jungen Burschen nicht unmittelbar denken, dass der Signor Mister von dem Charybdoten völlig eingenommen sein musste, eine Laune, sozusagen, irgend so was in der Art?«

In welcher Art, abartig?, war ʻNdrja versucht, ihn zu fragen. Jetzt könnt Ihr also nicht mehr leugnen, dass Ihr eine Anspielung gemacht habt, wie, du Zuhälter? Heh, ja, das, das ist Euer eigentlicher Beruf. Doch wozu? Zugleich mit den Worten musste er sich doch an seinen Hals stürzen, ihn beim Latz packen und ihm ins Gesicht spucken, ja dann, dann hätte es Lust gemacht. Aber ließen sie ihn einfach gewähren, Don Luigi, sein Vater und die ganze Gesellschaft hier? Er konnte wirklich nichts tun, etwas tun, ihm was tun, diesem Scheißkübel, solange Don Luigi nicht die Hand, ja, die Hand und den Unterarm von seiner Schulter nahm, das hieß, genau gesagt, solange er nicht mit dieser Pantomime aufhörte, die mit dem Augenzwinkern angefangen hatte.

Als er aber mit ihr aufhörte, da wusste er, der hier anwesende Don Luigi, dass es weder Fisch noch Fleisch war, sondern wie bei bestimmten schwangeren Frauen, die sich in so lange und so weite Unterröcke einschnüren, dass man die Rundung des Bauchs eigens suchen muss, um sie darunter festzustellen, denn auf den ersten Blick wirken sie nicht nur am Bauch fetter, sondern am ganzen Körper. Nun war für Don Luigi dieses ganze Wirrspiel mit Fragen und Gegenfragen, die er weit ausholend stellte und fürchterlich in die Länge zog, mit dem Behang eines dieser maßlosen Unterröcke vergleichbar, unter denen bestimmte Frauen, wenn sie schwanger sind, die Rundung ihres Bauchs verbergen, mit dem einzigen Unterschied, dass man bei Don Luigi nicht verstehen konnte, was für eine Art von Rundung sein Verwirrspiel des Verstandes verbarg, denn wer konnte schon sagen, wovon er sich geschwängert fühlte? Indessen war es klar, dass er sich den Stoff für einen maßlos weiten Unterrock selbst Meter für Meter zurechtschnitt, Frage auf Frage, ganz den Antworten dieses Gauners entsprechend, bis er schließlich mit der Idee niederkam, die er im Kopf hatte, und sie, da sie wunderbar und vollständig gestaltet war, vor den Blicken aller herauswarf, eher als die Überraschung eines Zauberers denn die natürliche Frucht eines Mutterleibs, und diesen Scheißkübel brauchte er viel zu dringlich, als dass er ʻNdrja hätte erlauben können, Hand an ihn zu legen, mit dem Risiko, dass er ihn unbrauchbar machte. Und das begriff ʻNdrja nur zu gut, auch wenn das, was das Wesen der Sache anging, das heißt die Idee von der Sache, die Don Luigi im Kopf hatte, immer bei: Teuerster Freund … war, ja, vielleicht nicht einmal so weit.

Aus diesem Grund machte er den Mund auf, hielt sich aber zurück, spürte dennoch gleichzeitig, dass seine unglaubliche Wut dunkel und dumpf nur noch wenig davon entfernt war, die Oberhand zu gewinnen und überall aus ihm hervorzuschießen. Dazu fehlte gerade noch so viel, wie es Don Luigi dazu fehlte, die Sache abzuschließen. Sonst nämlich machte es überhaupt keinen Sinn, dass seine Wut in ihm schwarz und finster zu wachsen und ihn aufzublähen schien, wie wenn sie sich einzig davon nähren würde, und sonst hatte es auch nicht den geringsten Sinn, dass er bei seinen Ausbrüchen und Wutanfällen gegenüber dem Burschen das seltsame Empfinden hatte, seltsam und seltsam beschämend, dass er eigentlich, auch wenn der andere widerlich war und sein Gesicht es verdient hatte, eingeschlagen zu werden, auf diesen Gauner nicht wirklich sauer war, sondern ihn irgendwie nur zum Vorwand nahm und sich auf ihn stürzte, um an ihm seine Wut auszulassen, die er gegen jemand anderen hatte, denn es wäre schlimmer gewesen, wenn er die Hand gegen diesen anderen statt gegen seinen Vater erhoben hätte, und seine Wut bestand darin, dass er nicht mit aller Klarheit wusste, warum er diesen geradezu widernatürlichen Drang verspürte, seine Hand gegen Don Luigi zu erheben und warum er sich eigentlich auf den Falschen versteifte, fast so, wie wenn er auch noch vor sich selbst den Richtigen verstecken wollte.

»Ach woher, wie denn auch …«, hatte der Bursche nach Caitanellos Kick und Hieb wieder angefangen. »Er braucht ihn dringend als Ruderer und Vormann, dachte ich, er braucht ihn unbedingt für die Regatta, mit äußerster Dringlichkeit, doch halt. Ja, was denn, wieso denn Benjamin, wieso denn Augapfel, wo er ihn doch nur einmal gesehen hatte, nur einmal, und das auch nur flüchtig. Und dann, dann, dann wars erst wieder heute Vormittag, als der Signor Mister wie ein eingebuchteter Gauner daran dachte, in Messina alles stehen und liegen ließ, sich den hier Anwesenden schnappte und sich mit ihm auf den Weg nach einem Ort machte, der Charybdis hieß, von dem vorher noch nie jemand gehört hatte, und da sagte ich mir: Oh, da sieht man doch, dass er in den Augen dieses Milords von Taunmejdscher eine gute Figur machen will, und die Anheuerung von messinischen Ruderern will er richtig gut und durchtrieben für ihn durchziehen, und zwar so gut und durchtrieben, dass er ihm am liebsten in den Undsoweiter bei der großen Regatta kriechen würde, und zwar weniger in den Undsoweiter der Amerikaner als in den der englischen Milords, was für diesen Fettarsch von Malteser eine große Befriedigung wäre. Würde der sich sonst bis hierher verirren, bis ans Ende der Welt, eine Memme wie der? Der würde sich doch nicht mal mit gefesselten Händen und Füßen auf eine solche Spazierfahrt einlassen, wenn er nicht einen Grund, einen triftigen Grund hätte. Und dann wars da, auf dem Landungsboot, dass es mir wie Schuppen von den Augen fiel. Ich sah, wie soll ichs euch sagen?, plötzlich sah ich Signor Mister Maniàci, wie er ohne einen Menschen auf der Welt ist, alt und einsam, einer, der Liebe sucht. Seine Augen lachten, als er hier hochsah, sie leuchteten richtig, doch nicht wie bei einem Vater, und hierin lag mein Irrtum vorher, und hierin hatte Freund Cambrìa recht. Seine Augen lachten vielmehr, wie soll ich sagen?, wie die eines Alten, der sich in einem jungen Mann wiedererkennt, schön und stark, mit dem ganzen Leben, das noch vor ihm liegt. Wie oft kommt das schon vor?«, sagte dieser durchtriebene Lude und blickte Caitanello dabei fest an.

Und wie wenn er von diesem Tragödianten herbeigerufen worden wäre, der ihn, was Schlauheit und Verschlagenheit anging, bei lebendigem Leib und in voller Montur auffraß und verspeiste, sagte Caitanello voller Mitleid: »Der arme, arme Kerl«, und wandte seinen Kopf zum Landungsboot. Doch welche Kraftanstrengung hatte dieser Schurke unternommen? Widersprach Caitanello sich etwa? Caitanello war genau wie vorher, wie immer, der mit dem plötzlichen Ruck der Gedanken, er war der, wie er jetzt war, der, den man mit einem Wort auch als jemand mit einem kindlichen Herzen beschreiben konnte.

Nachdem Caitanello also zufriedengestellt und genarrt worden war, wickelte dieser Halunke sie weiter ein.

»Und was mich sprachlos gemacht hat, wisst ihr, was das war? Das war, mit welcher Blitzesschnelle er ihn wiedererkannt hatte. Nämlich mit dem Herzen, ganz sicher nicht mit den Augen, oder eben, wie die Redensart sagt, mit den Augen des Herzens. Oh je, er hatte ihn ja nur einmal gesehen, einmal und dann nicht mehr und das auch nur, wie ich euch ja schon sagte, in aller Eile, und doch, sobald das Landungsboot vor den Palmen drüben herumkurvte, genügte ihm ein schneller Blick von dort, von weitem, und auf Anhieb erkannte er ihn unfehlbar inmitten von euch. Da ist er ja, Sanciòlo, der junge Kerl, sagte er zu mir, seht Ihr ihn? Und während er mir das sagte, fing er an zu strahlen, und das, das dürft ihr mir glauben, das schwöre ich euch bei der Ehre meiner Frau, war etwas, das mich geradezu rührte. Heh, man musste einfach gesehen haben, wie er ihn ansah, mit was für Augen des Herzens. Na ja, sagte ich mir, das sagt ja schon sein Blick, dass der da sein Benjamin und Augapfel ist. Und da fiel mir ein, dass wir in den ganzen Tagen zuvor auf der Suche nach Ruderern herumgefahren waren, an allen Küstenabschnitten, doch je mehr er sah, umso mehr redete er von dem jungen Kerl aus Charybdis. Erinnert Ihr Euch, Sanciòlo, an den Matrosen, auf den wir in Fiumaraguardia gestoßen waren? Ha, der, ja der ist ein anständiger junger Kerl, der hat nicht wie die hier bei der Vorstellung vom Geld den Verstand verloren. Er hat mir nicht einmal zugesagt, und wenn ich Euch offen sagen soll, wie ich das ganz leidenschaftslos empfinde, dann glaube ich nicht einmal jetzt, dass er mir zusagen wird. Doch stattdessen, stattdessen seht Ihr mich, Sanciòlo, Ihr habts ja schon seit einer Weile bemerkt, Ihr seht mich und wisst, dass ich mich ganz vernarrt habe, so dass ich ihn, je mehr er sich weigert, umso mehr will, ich will ihn, ja, ich will ihn. Ah, ich schäme mich nicht, Euch zu sagen, dass ich sogar von ihm träume. Ach, was für ein schöner, sauberer junger Mensch, ach, was für ein junger Mensch von gesunden Grundsätzen, ach, was für treue Augen und was für eine schlanke Gestalt auch, was für ebenmäßige Hüften, ach, Sanciòlo, was für ein fabelhafter Ruderer der wohl sein muss. Um es kurz zu machen, sobald er ihn sah, fing er an zu tönen und rühmte ihn für das eine und andere, doch fast gleichzeitig bekümmerte ihn im Geheimen alles. Das ist wie eine Verlobte, die ihren Verlobten nach einem Jahrhundert wiedersieht. Oh, dieser Signor Mister Maniàci, der Mann, der noch Augenblicke zuvor ein großer Mann war, auch eine Macht, ja, zuallererst von seiner Gestalt her, eine machtvolle Gestalt, die ihn immer auf der Bühne zu betrachten und zu hören schien, na ja, dieser Signor Mister war einen Augenblick später nicht mehr er selbst, sondern nur sich ähnlich, allerdings die Kehrseite von sich, mit bebender Stimme und einem bald glühenden, bald blassen Gesicht. Wie soll ich euch das beschreiben? Ein Fräulein, eine Verlobte eben, die ihren Verlobten endlich wiedersieht, wie ich vorhin schon gesagt habe. Ach du lieber Herrgott, wollte ich laut schreien. Wie konnte sich dieser starrköpfige Malteser nur im Zeitraum eines Augenblicks in einen solchen Jammerlappen verwandeln? Und dieser Jammerlappen sollte derselbe Signor Mister Maniàci sein, der, zumindest seinen Worten nach, hierhergekommen war, um seinen tapferen Ruderer von Charybdis aufzusuchen? Und der sollte sein Ruderer sein, der, den er da anschaut, dass ihm die Tränen in die Augen treten, während er gleichzeitig, soviel Verlangen er auch haben mag, aus den Mundwinkeln sabbert? Der also sein Ruderer, auch wenn es den Eindruck macht, dass er die Verlobte ist und der da sein Verlobter. Duliebergott, kann denn ein Signor Mister Maniàci überhaupt wie eine Verlobte für ihren Verlobten bei diesem jungen Burschen da fühlen? Was ist es dann also, was er für seinen Ruderer empfindet?« Hier nun, wie wenn er darauf gewartet hätte, an genau diesen Punkt zu kommen, suchte er die Blicke der Bestbesten, die um ihn herumstanden, vor allem von Don Luigi und Caitanello, und deutete auf 'Ndrja, als wäre er zu Unrecht verleumdet worden und hätte das nun endlich beweisen können. »Dieser Herr hier«, sagte er spöttisch, »hat sich darauf versteift, ich würde ihn einwickeln, ihn einwickeln, wie? Jetzt hat er ja gehört, ob ich ihn eingewickelt habe. Von mir aus kann er nun selbst für sich entscheiden, ob er daran glauben will oder nicht, dass der Signor Mister eine nicht alltägliche Sympathie für ihn entdeckt hat, und dass er daher einen erheblichen Einfluss auf den Signor Mister ausübt, einen solchen Einfluss, dass der Signor Mister jedwede Tollheit anstellen würde, um ihn nach Messina zu bringen.« Mit offenem Mund starrte Caitanello seinen Sohn an, wie wenn er ihn zum ersten Mal sehen würde, und dann blickte er wieder zu diesem Scharlatan und Zuhälter, der sich seine Verwunderung gleich zunutze machte: »Tollheiten, da übertreibe ich nicht, im wahrsten Sinne Tollheiten«, denn seine Aufgabe und seinen Beruf, die kannte er, und wie!, dieser Gauner.

Wäre Don Luigi ein anderer als er selbst gewesen, hätte er längst darauf verzichtet, ihn immer wieder zum Ausgangspunkt zurückzuführen, doch so packte er ihn gleich bei den Fittichen:

»Und nehmen wir an, nehmen wir einfach an, unser 'Ndrjuzza hier«, begann er wieder, und hier legte er erneut eine Hand auf 'Ndrjas Schulter und drückte seine Fingerspitzen in sie, wie wenn er seine Aufmerksamkeit wecken wollte. 'Ndrja drehte sich zu ihm um und sah ihn mit gerunzelter Stirn an, woraufhin Don Luigi ganz unerwartet ein weiteres seiner unmöglichen Augenzwinkern auf ihn abfeuerte, »dass unser 'Ndrjuzza hier«, wiederholte er wie in Gedanken, wobei er weiter seine Hand auf 'Ndrjas Schultern liegen ließ, doch mit offener Hand jetzt, als wollte er dem Burschen damit zu verstehen geben: Diesen, diesen 'Ndrjuzza hier meine ich, den, den ich anfasse, so wie wenn er und der da die Person verwechseln könnten. »'Ndrjuzza hier sagt ihm: Wenn Ihr, Vossìa, werter Herr, mich wollt, komme ich mit. Ihr jedoch, zum Zeichen, dass ich wirklich auf Euch einen solchen Eindruck gemacht habe, dass ich auf Euch wirklich den Eindruck gemacht habe, wie man mir erzählt hat, und zum Zeichen, dass Ihr mich zu Eurem Benjamin und Augapfel gemacht habt, wie immer man das nennen will, und zum Zeichen, dass Ihr wirklich bei jedem zweiten, dritten Satz von mir gesprochen habt, mich gelobt habt, dass ich hier und dass ich da, und zum Zeichen, dass Ihr wirklich, als Ihr mich hier oben vom Landungsboot aus in Euer Blickfeld genommen habt, mich mit den Augen des Herzens angesehen und solche Seufzer von Euch gegeben habt, dass die Steine zersprangen, wie ein Fräulein, das endlich seinen Verlobten wiederfindet, und alles in allem zum Zeichen, dass Ihr in mir den schönsten Ruderer erblickt, den es in diesen Zeiten an den Küstenstrichen oberhalb und unterhalb der beiden Meere zwischen Skylla und Charybdis geben kann …«

Per la Madosca, bei der Heiligenjungfrau, sagte ʻNdrja sich, der packt ja noch Eigenes drauf. Tatsächlich schmückte Don Luigi die Sache noch aus, umrankte sie, trat, so wollte man meinen, in einen Wettstreit mit diesem berufsmäßigen Kriecher und Klötenlecker ein, indem auch er Kupplerkniffe erfand. Diesen Satz mit dem schönsten Ruderer und so weiter und so fort, zum Beispiel, den hatte er hinzugefügt, und die Seufzer, die Steine zerspringen lassen, die der zum Fräulein gewandelte Malteser warf, auch die hatte er hinzugefügt und dieses und jenes einfach dazu erfunden, zum eigenen Vergnügen, weil der Bursche, der ja auch alles erfunden hatte, an den schönsten Ruderer und so weiter und so fort, und an die Seufzer, die Steine zerspringen lassen, nicht gedacht hatte. Und so hatte er daran gedacht: er hatte daran gedacht für den Fall, dass ʻNdrja bei seinem Purparleh mit dem Signor Mister diese Sache nicht einfallen sollte. Doch er konkurrierte nicht nur mit diesem Gauner und Zuhälter, sondern gab ihm sogar Anhaltspunkte. Und tatsächlich: »… und zum Zeichen, dass Ihr keinen Ruderer finden konntet, der Euch mehr zufriedenstellt, wenn er für Euch rudert, und zum Zeichen schließlich, dass Ihr wirklich nicht ohne den hier Anwesenden auskommen könnt und dass Ihr, wie man mir zugetragen hat, sogar Tollheiten unternehmen würdet, nur um mich mit Euch nach Messina zu nehmen, sollt Ihr zum Zeichen von alldem und zum Beweis …«

An diesem Punkt jedoch fühlte ʻNdrja, wie er unter dem Gefühl einer angewiderten und beinahe schon barbarischen Unduldsamkeit gegen Don Luigi aufbegehrte, gegen seine Nähe, den Klang seiner Stimme, die Berührung seiner Hand auf der Schulter, die ihm fast schon Schmerz verursachte. Darüber war er in einem Maß bestürzt und in seinem Blut aufgewühlt, wie wenn nach allem, was Don Luigi ihm aufgezeigt hatte, er immer noch überzeugt wäre, dass es eine Folge der Antipathie wäre, die er ihm gegenüber empfunden hatte und ihn daher nicht mehr leiden könne: Es war, wie wenn die Erde sich unter ihm bewegen würde, er meinte, Schwindel habe ihn erfasst und er würde torkeln, er spürte ein Schleudern, ein Scheuen, ein ruckartiges Scheuen, allerdings mehr des Verstands als des Körpers, eher in seinem Inneren als äußerlich, denn in der Tat war das nur ein Zeichen oder Signal, Warnung oder Hinweis darauf, dass seine aufgestaute Wut das Haupt erhob.

Davon konnte Don Luigi allerdings absolut nichts mitbekommen haben, denn auf 'Ndrjas Gesicht hatte sich nichts gezeigt, und seine Schulter hatte sich unter der Last der Hand kein bisschen bewegt. Doch zum wenigsten musste Don Luigi einen Eindruck wohl gehabt haben, wenigstens durch den Kontakt seiner Hand auf der Schulter, er musste wohl wie ein Blinder einiges erraten und einiges erspürt haben. Warum sonst hätte einer wie Don Luigi, der an Worten wie an Zungenfertigkeit nie Mangel gelitten hatte, aus heiterem Himmel anfangen sollen zu reden wie eine Schallplatte, die sich verheddert hatte und zweimal dasselbe Wort wiederholte und mehrere Male die Silben eines jeden Worts, warum, wenn nicht wegen der Tatsache, dass er zwar hier redete, mit dem Verstand aber anderswo war?

»… mi mimirso sosollt sollti ihihret etetwawa etwawas ge gegege gebeben nähäham nämlich …«

»… die goldenen Zähne, die Ihr im Mund habt«, schnitt der Bursche ihm ein weiteres Mal kurz und bündig das Wort ab, obwohl er einen Augenblick zuvor noch gesagt hatte, dass er sich nicht mehr einmischen wolle, sich jetzt aber plötzlich wie ein heißhungriger Wolf dazwischenstürzte, um Don Luigis letzte Worte zu verschlingen, die nicht die waren und niemals die sein konnten, nämlich die der Sache, die Don Luigi in den Tiefen seines Verstands ausbrütete, die hatten es niemals sein können, auch wenn er als übereifriger Schubiak von keinem noch so geringen Zweifel berührt zu werden schien. »Die goldenen Zähne, wenn er, nehmen wir an, ihm sagen sollte: Ihr, werter Herr, sollt mir die Goldzähne geben, die Ihr im Mund habt, was?, wolltet Ihr das nicht sagen? Dann wird er sie ihm geben, er wird sie ihm geben, vertraut dem Trottel, der mit Euch redet. Wenn er ihn darum bittet, so sage ich Euch, dann gibt er ihm sogar seine Goldzähne, die er im Mund hat, so groß ist die Anziehung, die er empfindet.«

»Die Goldzähne?«, hauchte Don Luigi, wie wenn er unter die Türken gefallen wäre.

»Die Goldzähne, die Goldzähne … Der da, dieser Feistarsch von Malteser, trägt ein Vermögen im Mund, meiner Einschätzung nach mehr als ein Pfund

Gold, denn alle seine Zähne sind aus Gold, und wenn Ihr nicht aufpasst und wegseht, wenn er spricht, mein Ehrenwort, dann blendet er Euch. Nein, nein, er macht wirklich nichts falsch, wenn er ihn um seine Goldzähne bittet.«

»Abschaum, Abschaum …«, sagte 'Ndrja mit zusammengebissenen Zähnen zu ihm. »Der mieseste Abschaum der Menschheit.«

Auf dem Sporn waren viele unter den Pellisquadre mit einem Schnalzen aus Verwunderung und Grauen zu hören. Don Luigi sah wie alle anderen oder mehr noch als alle anderen diesen Gauner wie ein wandelndes Phänomen an, er sah ihn an, als hätte er noch gar nicht begriffen, was der da gesagt hatte. Doch wenn es auch nicht dessen Worte waren, so musste er sie gleichwohl durch 'Ndrjas Worte verstanden haben. Und in der Tat wurde er gesehen, wie er für einen Moment die Augen schloss, wie wenn er diesen widerlichen Auswurf von Individuum nicht sehen wollte, der da vor ihm stand oder wie wenn er mutterseelenallein diesen Brocken Gift schlucken müsste.

Auch wenn er nicht mehr der ideenreiche Kopf von einst war, der des alten Stils, musste der hier anwesende Don Luigi dennoch in aller Klarheit begriffen haben, auf welche Situation er sich eingelassen hatte, auf welchem unbekannten Meer er trieb. Die Absonderlichkeit gewissermaßen, sich diesen Gauner als Wehmutter zu nehmen, um die Idee, die er im Kopf hatte, zu entbinden, einer wie er, der Ideen in Hülle und Fülle geboren hatte, und zwar alleine, ohne dass es auch nur einer merkte, auf einem Bein, sozusagen. Das hier musste er verhängnisvollerweise begriffen haben, und von ihm verstand man, dass es ihn ungeheuer viel kosten musste, sich von einer derart vermummten und verqueren Idee zu entbinden, das heißt von einer Idee, die so schief in seinem Kopf lag wie ein schief liegendes Menschenkind im Bauch der Mutter. Man begriff, dass dies auch für den hier anwesenden Don Luigi mit dem Zwinkern im Auge keineswegs so leicht sein konnte auszusprechen. Wenn er vorher bis zu diesem Punkt scheinbar bedenkenlos vorangegangen war, obgleich auch ein bisschen widerwillig, wie wenn der Don Luigi von einst innerlich noch mit ihm kämpfte, so schien jetzt, wo er zerfloss, seine Stimme sogar zu verraten, dass er in Untiefen geraten war, und tatsächlich stotterte er wie noch nie und verweilte dabei auf den Silben. Es war, kurz gesagt, als würde es ihm steinig werden, steiniger als er es sich hätte vorstellen können, aus dem Verstand das Köpfchen der Idee herauszuziehen, die er zur Welt bringen wollte. Denn vielleicht konnte er letzten Endes, jetzt, wo er wirklich am Ende war, nicht mehr fortfahren, 'Ndrja nicht ins Gesicht zu blicken, er konnte nicht mehr länger hinter seinem Augenzwinkern verweilen wie hinter einer Maske, einem Versteck, wie wenn er für immer im Profil dastände, für immer ein Unbekannter in ʻNdrjas Augen. Seine Szene hatte er ja nun dargeboten, und wenn er für seine Darstellung notwendigerweise seine Personalien austauschen und das Visier herunterlassen musste, um von Freunden und Verwandten nicht erkannt zu werden, noch auch von Fremden und Feinden, so hatte er jetzt, da er zur großen Überraschungswende der Schlussszene gelangt war und der Vorhang sich schon herabsenkte, nur noch wenig zu tun: Er musste das Visier wieder hochklappen und sich ins Gesicht blicken lassen.

Eine kurze Weile stand er mit geschlossenen Augen da, und als er sie aufs Neue öffnete, nahm er das weiße Tüchlein wieder in die Hand, doch statt sich die Mundwinkel damit abzuwischen, wo es ja auch kein Anzeichen für schäumende Bläschen gab, fuhr er sich dieses Mal damit über die Augen, wie wenn sie genau in der Sekunde, in der er sie geschlossen gehalten hatte, angefangen hätten, tränenlos zu tränen. Und wie wenn der Gedanke daran stärker wäre als er, dachte ʻNdrja jedoch, dass auch hier das Augenzwinkern eine Rolle spielte, und stellte sich vor, dass das Tüchlein, auch wenn Don Luigi sich damit über beide Augen wischte, eigentlich nur für das rechte Auge bestimmt war, denn wenn seine Augen tränten, tränte nur das eigentliche, das unnatürliche Auge, das Auge des Augenzwinkerns, und das linke tränte dann vielleicht nur als Folge davon, aus Sympathie oder aus Scham für seinen Zwilling.

Aber er war sofort wieder er selbst, und Don Luigi nahm sein Gespräch mit dem Scheißkübel wieder auf, doch statt an dem Punkt zu beginnen, bei dem sie angelangt waren, nämlich dass er schnell sagen sollte, was ʻNdrja seiner Meinung nach denn von dem Malteser erbitten könnte, womit dann sein Nehmen-wir-an abgeschlossen gewesen wäre, weil es an diesem Punkt so ausgesehen hätte, als wäre ihm nichts anderes als das zu sagen geblieben, begann er wieder ganz von vorne mit seinem Nehmen-wir-an. Wenn das nun, so dachte ʻNdrja, wirklich ein ganz schlichtes und einfaches Nehmen-wir-an wäre, was er macht, wärs ein Beispiel, das er anführt, wärs eine Hypothese, die er aufstellt, wärs, was er sagt, akademische Rede, würde er dann etwa dieses Bedürfnis oder diese Lust verspüren, wieder ganz von vorne mit seinem Nehmen-wir-an zu beginnen? War denn Luigi Orioles, der gegenwärtige wie der vergangene, etwa der Typ, der nur redet, um Speichel und Speichelbläschen hervorzubringen? Daher, dachte er, kann es nicht um ein einfaches Nehmen-wir-an gehen, sondern er muss etwas Besonderes im Visier haben. Doch hatte er im Übrigen schon seit einer ganzen Weile bemerkt, dass er irgendetwas im Visier haben musste, er brauchte nicht erst zum Nehmen-wir-an zu gelangen, um das zu merken.

»Was soll denn das mit den Zähnen aus Gold oder Nichtgold, Signor Sanciòlo?«, sagte er darauf zu diesem aus der Art geschlagenen Dreckskerl und nannte ihn auch noch Signor. »Lassen wir die Zähne doch, wo sie sind, nämlich im Mund des Maltesers. Sie mögen ja alle aus Gold sein, sie mögen auch alle auf mehr als ein Pfund kommen, wie Ihr sagt, aber die trägt er ganz sicher nicht, um schöner zu wirken.«

»Eben drum. Genau deshalb sagte ich ja, dass, wenn der ihm seine Goldzähne gibt, das bedeutet …«, sagte der Klötenlecker, ohne auch nur einen Anflug von Erröten zu zeigen.

»Ich dagegen sagte, ich sagte«, schnitt Don Luigi ihm das Wort ab, »ich sagte: Nehmen wir an, nehmen wir einfach mal an, unser 'Ndrjuzza hier macht den Mund auf …«

Nehmen wir an, nehmen wir an, Ihr sagt das: Nehmen wir an, sagte 'Ndrja innerlich zu ihm. Das stell sich einer vor, Ihr von dem Schlag, der etwas annimmt, nur um etwas anzunehmen. Es ist ja schon gut eine Stunde, dass Ihr Euch abmüht, dahin zu gelangen, wohl auch schon eine ganze Stunde, dass Ihr das im Visier habt und es mir als Nehmen-wir-an darstellt. Doch dazu, so sagte er sich tief im Inneren, braucht man keinen großen Verstand, um das zu begreifen. Das Schwierige, sagte er sich, das Schwierige ist zu begreifen, warum ihm so daran liegt, ihm von Anfang an in allen Einzelheiten die Kriechereien und Klötenleckereien über den Malteser zu wiederholen, der, um ihm zu beweisen, dass er unbedingt Wert auf ihn legt, auf ihn und nach ihm verlangt, ihm er weiß schon was geben müsse. Und das Lächerliche war, dass dieses Ludengequatsche nicht einmal seinem Kopf entsprang, sondern dass er es gerade eben von diesem geborenen und ausgewachsenen Büttel und Klötenlecker gehört hatte. Ja, nicht nur wiederholte er die gleichen, haargenau die gleichen Worte: Und wenn Ihr, werter Herr, wirklich … und wenn Ihr wirklich, werter Herr …, sondern dieses Mal schien er überdies eine ganz besondere Vorsicht und Absicht einfließen zu lassen.

'Ndrja stand so neben Don Luigi, dass er, wenn er den Kopf ein wenig nach hinten drehte, ohne die Hand zu verrücken, die der Boss weiter auf seiner Schulter liegen hatte und dort vergessen zu haben schien, im Tyrrhenischen, ungefähr auf dem Meer vor dem Landstrich der Feminoten, das Landungsboot der Engländer sehen konnte, das, sofern man es aus dieser Entfernung beurteilen konnte, anscheinend die Motoren abgestellt hatte und wie in Erwartung von irgendetwas zwischen der Marina der Feminoten und dem von Blut rot schäumenden Meer des Orcaferons herumtrieb.

Mit seiner dreiviertels abgewandten Haltung, die ihm einen steifen Nacken bescherte, wollte 'Ndrja seiner Absicht nach demütigend, ja eindeutig zu verstehen geben, dass er sich aus diesem ganzen Wirrwarr zurückziehen wollte, das der da, dieser Orioles, gestiftet hatte, dieser nur noch dem Namen nach so genannte salomonische Verstand, dieser Ideenreiche, mit anderen Worten: Er wollte zeigen, dass er sich aus diesem Nehmen-wir-an herauslösen wollte, denn auch wenn er mit ihm verbolzt war, hatte er damit nichts zu tun, und niemand konnte das besser sagen als er. Und dann konnte man aus der Art, wie er sich hingestellt hatte, auch verstehen, dass er die Hand, die Don Luigi weiterhin auf seiner Schulter liegen ließ, nicht sonderlich schätzte. Oder Don Luigi gab sich möglicherweise dem irrigen Glauben hin, ihm mit dieser Hand auf der Schulter zu schmeicheln, ihn zum Schweigen zu ermuntern, während er sich unterdessen in jedem Fall mit seinem Nehmen-wir-an in seinem Namen durchlavierte oder genauer gesagt mit dem Namen 'Ndrjuzza, den Caitanello für ihn erfunden und er sofort übernommen hatte, denn vielleicht dachte er ja, wenn er ihn 'Ndrjuzza nannte, er ihn nicht 'Ndrja nennen würde, oder er gab sich dem irrigen Glauben hin, ihn gefügig oder zahm zu machen, indem er ihn daran erinnerte, na gut, ja, er wäre jetzt zwar Matrose, trüge einen Oberlippenbart, hätte den Krieg mitgemacht, doch für ihn, für sie alle bliebe er immer der kleine Junge, immer 'Ndrjuzza.

Wie er da so stand, schaute er nicht her, dafür aber hatte er alle seine Sinne wie Ohren gespitzt, um zu hören, und so war er, kaum dass Don Luigi wieder zu sprechen begann und sagte: »Und wenn wir annehmen, unser 'Ndrjuzza hier …«, auf der Stelle von der Eigentümlichkeit seiner Stimme beeindruckt, von ihrem seltsamen Klang, den Don Luigi ihr jetzt gab und sich anhörte, wie wenn er ihr jetzt eine Absicht, eine starrköpfige Vorsicht beilegte, wenn er die Worte aussprach, und es hörte sich an, wie wenn die Worte ihm aus dem Mund kämen, auch die, die es nicht sollten, alle bedeutungsvoll betont und hervorgehoben, ausgeprägt und gestaltet, eins ums andere, wie wenn jedes, sogar die unbedeutendsten, die einsilbigen, die lausigen, die Wenns und Dochs, auch wenn man es nicht sah, für sein Nehmen-wir-an nicht nur eine lebenswichtige, sondern sogar eine magische Bedeutung hätten.

Diese Färbung seiner beherrschten Stimme klang für ihn eigentümlich:

denn es hatte keinen Sinn, überhaupt keinen Sinn, die Worte dem Burschen gegenüber so zu betonen und hervorzuheben, ja sie gleichsam zu buchstabieren, eins ums andere, die Worte, die er selbst eben gerade zu Ende gesprochen hatte, als Antwort auf Don Luigis zweideutige Fragen.

Und gleich nachdem ihm die Stimme seltsam geklungen hatte, klangen ihm auch die Worte seltsam, seltsam persönlich, die Don Luigi an den Burschen richtete, der ihm gegenüberstand, so wie wenn sie an ihn gerichtet gewesen wären, der gleich neben ihm stand, Schulter an Schulter. Sie klangen, als wären sie an ihn gerichtet gewesen, doch als würden sie gewissermaßen durch einen Tunnel zu ihm gelangen, mit einem sonderbaren Ruf und exzentrischen Sinn und irgendwie heimlich. Und tatsächlich kam ihm spontan die Erinnerung an das erste Augenzwinkern wieder in den Sinn, das Don Luigi in sein Auge geprägt und ihn vor lauter Verblüffung durcheinandergebracht hatte, denn Don Luigis Stimme machte jetzt auf ihn haargenau den gleichen Eindruck, den das Augenzwinkern auf ihn gemacht hatte, haargenau gleich, doch zum Schlimmeren, notwendigerweise zum Schlimmeren, denn dieser unnatürliche Tick, der einen Mann wie Don Luigi veränderte, offen, klar, unvoreingenommen, loyal, spartanisch, wiederholte sich, er wiederholte sich noch unnatürlicher, denn jetzt machte er das Augenzwinkern mit der Stimme, und das bedeutete, dass es inzwischen zum Laster geworden war.

Der Umstand, dass das Sprechen und die Worte Don Luigis ihm wieder das Augenzwinkern ins Gedächtnis riefen, erzählte 'Ndrja viel, es erzählte ihm viel über den ganzen Wirrwarr, es erzählte ihm alles oder beinahe alles. Denn Don Luigis geschicktes Reden erweckte in 'Ndrja den Eindruck einer geheimen Gaunersprache, eines Silbensprechens voller Anspielungen, wie ein Sprechen mit Krethi, nämlich dem Burschen, und wie ein Kommunizieren über den Weg der vermittelnden Person dieses Krethi mit Plethi, nämlich mit ihm, nämlich mit 'Ndrja, der anwesend ist und zuhört.

Er redete noch immer in der Geheimsprache, mit anderen Worten, wie es angefangen hatte, so endete es auch, und es endete glanzvoll, denn das war die Geheimsprache einer Person, nicht die eines Idioms. Was er sagte, war in der Tat genau das, im buchstabengetreuen Sinn genau das, was er dem anderen zu kommunizieren beabsichtigte. Nehmen wir an, unser 'Ndrjuzza hier sagt zu ihm, sagte er, und genau das, buchstabengetreu genau das beabsichtigte er zu kommunizieren, und er kommunizierte 'Ndrja 'Ndrjuzza, wie wenn er sich unmittelbar an ihn wenden würde: Nimm doch mal an, du, 'Ndrjuzza, du sagst ihm, sagte er. Was er sagte, hatte, kurz gesagt, keinen doppelten Sinn, wie das in der wirklichen, eigentlichen Gaunersprache der Fall ist, sondern hatte einen eindeutigen, einfachen, wörtlichen Sinn. Die Geheimsprache bestand in der Tatsache, dass man sehen konnte, wenn man ihn ansah, und ihn sahen alle, außer 'Ndrja, wie er sich an den Burschen wandte, doch wenn man ihn hörte, und ihn hörten alle, doch 'Ndrja besser und genauer als alle anderen, dann hörte man, dass er sich tatsächlich an jemand anderen wandte, und dieser andere war, das brauchte nicht erst eigens gesagt zu werden, er, 'Ndrja, genauer gesagt 'Ndrjuzza, auch wenn 'Ndrja niemals hätte sagen können, ob er von alleine darauf aufmerksam geworden wäre oder von Don Luigi an die Hand genommen wurde, und dass er an die Hand genommen wurde, wenn es so war, das konnte man nicht sagen, sondern einzig und allein tun, denn für den Fall, dass er noch daran zweifelte, dass er mit ihm redete, spürte er einen Augenblick vor oder einen Augenblick nach dem Bewusstwerden durch Don Luigis Hand, die sich auf seiner Schulter regte und ihn mit den Fingerspitzen betastete, erst mit zwei, dann mit drei, dann mit vier und dann mit allen fünf Fingern, ihn ganz sachte betastete und innerhalb kürzester Zeit, mit mal langen, mal kurzen Tastbewegungen, ihn also so vielsagend betastete, so buchstabierend, dass er den Eindruck gewinnen musste, von dieser Hand Morsezeichen zu empfangen, das heißt eine unterschwellige Geheimsprache, und als wäre es von diesem alphabetischen Tasten unterstrichen, das Nehmen-wir-an, das Don Luigi nun zum zweiten Mal wiederholte.

Doch natürlich berührte er ihn mit der Hand nur, um seine Aufmerksamkeit zu erhaschen, wie wenn er ihm zu verstehen geben wollte: 'Ndrjuzza, hörst du mich? Ich rede mit dir, für dich wiederhole ich, was ich bereits gesagt habe, hast du das mitbekommen? Warum hast du deinen Kopf abgewandt und dich auf diese Weise dem entzogen, was ich sage? Und jetzt war 'Ndrja sich wirklich sicher, dass ihm vorher nicht der Bursche das Wort abgeschnitten hatte, sondern er selbst es war, in voller Absicht, der es sich hatte abschneiden lassen, denn, so hatte er sich sagen müssen, was richtete er schon aus, wenn 'Ndrjuzza den Wink immer noch nicht verstanden und vielleicht ja auch gar nicht zugehört, ja, sich obendrein auch noch abgewandt hatte? Und wenn er mit der Hand tock und nicht tock machte und ihn nur eben die Fingerspitzen spüren ließ, dann war das sicher, weil er sich auch hier, auch darin, ihm gegenüber weiterhin wie ein Esels- und wie ein Löwenherz aufführte, einerseits veranstaltete er ein Verwirrspiel mit einem gewissen 'Ndrjuzza, andererseits fand er nicht den Mut, ihm, 'Ndrja, ins Gesicht zu blicken. Und das entfachte in 'Ndrja eine derartige Wut, dass er meinte, der Schaum stände ihm schon auf den Lippen.

Andererseits musste er sich allerdings auch sagen: Ein ideenreicher Kopf war er und ein ideenreicher Kopf war er noch immer, rein oder verfälscht, in seinem Kopf war er's noch immer, da gab's nichts zu deuteln, denn wo er mit Großmut nicht ans Ziel gelangte, gelangte er mit Erfindungsreichtum dahin, zumal 'Ndrja das ganze Durcheinander mit der Fragerei nur noch einmal in seinem Kopf vorüberziehen lassen musste, das Don Luigi mit seinem ideenreichen Kopf zusammengezimmert und bei diesem Scheißkübel von Burschen in die Wirklichkeit umgesetzt hatte, angefangen bei dem ersten verblüffenden Augenzwinkern, durch das er ihm zu sagen schien: Komm mit und schau dir an, wie gründlich ich dir diesen Ohrenputzer aus Messina auseinandernehme; oder wenn er an das zweite Augenzwinkern dachte, bei dem er ein Gesicht aufsetzte, als wollte er ihm sagen: Heh, mache ich mich nicht gut? Siehst du, wie ich diesen Signor Mister Malteser für dich auf Herz und Nieren prüfe? Das allein genügte 'Ndrja, sich dieses ganze Verwirrspiel der Fragerei noch einmal durch den Kopf gehen zu lassen, um zu begreifen, dass dieser ideenreiche Kopf, auch wenn er sich nicht an ihn wandte, für ihn sprach, sich die Antworten des Burschen in einer Weise durcharbeitete, dass er ihren Sinn erfassen konnte, damit er in der Lage war, sich eine Vorstellung davon zu machen, wie und wie sehr der Malteser auf ihn hielt, und zwar so sehr, dass, wenn er, nehmen wir mal an, ihn zum Beweis dafür um einen bestimmten Gefallen bitten würde … und so weiter und so fort. Jetzt war es für ihn derart leicht, das zu begreifen, dass es ihn wunderte, warum es ihm nur so schwerfallen konnte, nicht nur zu verstehen, sondern sogar zu merken, dass es da etwas zu verstehen gäbe, vorher, auf den Augenblick, nach und nach wie Don Luigi fragte und der Bursche antwortete. Und jetzt, jetzt stand er vor dem Abschluss, dem Abschluss von allem, und er sprach nicht nur für ihn, jetzt sprach er sogar mit ihm, er redete zu ihm verhüllt, er redete zu ihm in dieser Geheimsprache der Person: denn jetzt, für den Fall, dass er immer noch zweifeln sollte, überließ er es ihm, das Los über diese ganze Fragerei und Antworterei zu werfen. Hast du gehört, 'Ndrjuzza? Jetzt ist die Reihe an dir, schien er zu sagen. Dieser Malteser würde für dich Tollheiten begehen, und wenn du ihn, nehmen wir mal an, um einen Gefallen bitten würdest, einen Annahme-Gefallen, einen Gefallen aus reiner Annahme, einen Gefallen, kurzum, als Beweis, als immerwährenden Beweis und so weiter und so fort. Das schien er zu sagen, auf diese Weise, doch mit dem Burschen als Mittelsmann, und der übermittelte ʻNdrja den Gefallen, der ihn sehr, so sehr interessieren musste, ein Gefallen, den er ʻNdrja erweisen wollte und damit auch dem Malteser, als Beweis, ʻNdrja als Bittender und der Signor Mister als Gewährender, wegen des Umstands, ausgesprochen durch den Mund dieses Speichelleckers, dass der Signor Mister ihn als seinen Benjamin betrachtete. Wenn ʻNdrja den Wink verstanden hatte, behandelte er, Don Luigi, die Sache als inzwischen erfolgt. Inzwischen, gab er zu verstehen, lag es bei ʻNdrja, ʻNdrja genannt ʻNdrjuzza, so mutmaßte er, wollte doch ganz sicher einem Don Luigi, einem Luigi Orioles keine Enttäuschung bereiten. Jedes Mal baute er vor, bediente sich einer dritten geheimen Gaunersprache, um seinen Verstand zu erleuchten: Hätte er sonst all diesen Wirrwarr auf sich genommen? Und redete er denn nicht jetzt in der Tat mit ihm? Diktierte er's ihm denn nicht, per la Madò, bei der Heiligenjungfrau? Legte er ihm denn nicht ohne irgendwelche Skrupel Silbe für Silbe diese verkommenen Worte in den Mund, diese burscheneigene Ausdrucksweise, die er seiner Meinung nach gegenüber dem Malteser anwenden musste? Doch um ihn um was zu bitten? Um welchen Gefallen? Um was für einen barbarischen Dreck konnte man ihn mit dieser beleidigenden Ausdrucksweise bitten, mit diesen Zuhälter- und Klötenleckerworten? Welchen Naturphänomens, welcher unnatürlichen Idee wollte sich dieser ideenreiche Kopf entbinden, wenn er sich auf eine geheime Gaunersprache herabließ, auf dieses ganze widernatürliche Rüstzeug, sich aufs Augenzwinkern herabließ, auf einen Mittelsmann, und was für einen Menschen auch noch, auf das Handbeißen, auf das Betasten seiner Schulter mit den Fingerspitzen, sich herabließ, heimlich hinter vorgehaltener Hand zu sprechen, kurzum, zum Profil zu verkommen, zur Vorderansicht und zum Profil, ein Don Luigi Orioles, der immer offen, klar, unbeugsam, loyal und spartanisch zu sprechen pflegte, mit einem Wort, immer offen sprach, so ein Don Luigi, der sich so klein machte und so klein wurde, sich so herabwürdigte, sich herabwürdigte, durch den Mund eines Burschen zu sprechen, eines Klötenleckers, eines Verkommenen, mit anderen Worten: sich auf diese Sprache herabzuwürdigen, auf diese beleidigende Sprache, auf diese niedrige Ausdrucksweise, ein Don Luigi Orioles, einer wie er, von marmornem Wesen, verkommen bis zu dem Punkt, dass man darüber errötet, bis zu dem Punkt, dass er seine hohe Stirn senkt. Was gab es da, worum man den Malteser bitten konnte, dass es diese barbarische, unendlich elende Wirkung auf ihn hatte? Was für eine Scham konnte es sein, dass dieser Spiegel der Christenmenschen rot beschlug? Was gab's da, was war da so sehr Widernatürliches, um das man den Malteser bitten konnte, dass ein Don Luigi, allein um in Kontakt mit ihm zu treten, wenn auch nur in Gedanken, gleich seinen Geruch, sein Aussehen veränderte, wie ein Fisch, wenn man ihn in die Sonne legt? Was gab's da, was gab's da so Ansteckendes? Welche Gefälligkeit, welche konnte so beschämend sein, dass man den Malteser bitten musste? Und hier, ganz plötzlich, zerriss vor 'Ndrja der Schleier, und das Arkan wurde für ihn sichtbar: denn unter allen Gefälligkeiten, um die man den Malteser, so über den Daumen gepeilt, möglicherweise bitten konnte, fiel ihm als erste ein, eigentlich fiel sie ihm wieder ein, und an diesem Punkt musste sie ihm notwendig und fatalerweise wieder einfallen, nämlich die, um die er selbst schon seit einiger Zeit den Malteser bitten wollte: In diesem Augenblick war es ihm, als würde er Amerika entdecken, denn im selben Augenblick schoss es ihm durch den Kopf, dass seine Gefälligkeit, die er kannte, und die Gefälligkeit von Don Luigi, die er nicht kannte, ein und dieselbe waren, und er erstaunte.

Diese Idee ließ ihn völlig verblüfft mit offenem Mund dastehen. Stell dir vor, was mir durch den Kopf schießt, sagte er sich in einem ersten Augenblick. Aber was ist denn daran so verblüffend? War es nicht vielmehr völlig natürlich? War es denn nicht die natürlichste Sache der Welt, dass er und Don Luigi daran dachten, den Malteser um den gleichen Gefallen zu bitten? Einen Augenblick später jedoch: Ja, wie denn, was ist denn daran so verblüffend? Was heißt hier natürlich? Was heißt hier die natürlichste Sache der Welt? War die natürlichste Sache der Welt denn nicht, wenn der Bart weiß wurde, und das für ihn immer die am wenigsten natürliche Sache der Welt gewesen war? Von daher musste er beurteilen, ob es natürlich war, dass ein Luigi Orioles den Malteser jemals um diesen Gefallen bitten dürfte, der mit seinem übereinstimmte; denn wenn es für ihn natürlich war, für ihn, der schon vorher lediglich ein Milchbärtiger und längst noch kein Pellesquadra war, und der Krieg ihn dann von seinem Weg abgedrängt und zwangsläufig stark oder weniger stark verändert hatte, konnte es demnach für diesen großen Pellesquadra mit seinen festverwurzelten Überzeugungen nicht natürlich sein, Überzeugungen, die so fest in die Tiefe getrieben waren, dass man sie nicht einmal mit Zangen hätte ausreißen können, Überzeugungen, die er immer noch und mit Beweis bis vor einigen Augenblicken fest in sich sitzen hatte, bis vor einigen Augenblicken und mit Beweis, sagte und wiederholte er, denn als Signor Cama mit dieser Neuigkeit herausrückte, dass der Orca so etwas wie eine Fundgrube sei, weil man ihn völlig verarbeiten könne, vom Kopf bis zur Fluke, von der Haut bis zu den Knochen, und sie angesichts der Zeiten eine Menge Geld verdienen könnten, indem sie Löffel, Gabeln und Messer aus ihm machen könnten, dazu Fleisch, Öl und Fett, weshalb die Pellisquadre ganz besessen waren, hatte er, der sich in gar keiner Weise von der Sache hatte verlocken lassen, irgendwann ihre guten Geister wieder zurückgeholt, als er, ganz in seiner Art, wie wenn er sich mit Signor Cama unterhalten würde, sie an das Schöne und Ehrliche ihres Berufs erinnerte und ihnen ins Gedächtnis rief, dass man das, ob Krieg, ob Frieden, von der Fischbestie, vom Orcaferon oder vom Delfin nicht sagte und nicht sagen konnte.

Und so ein Mann, so ein marmorner Pellesquadra, sagte sich 'Ndrja, sollte von einem Augenblick auf den anderen stinken? Was war in diesem wunderbaren Verstand vor sich gegangen, was war in so kurzer Zeit vor sich gegangen, dass er sich so unversehens umkehren und verändern konnte, ihn in dem verändern konnte, der er war, in allem und jedem, in sein Gegenteil, wie wenn er in diesen wenigen Minuten das Kreuz über allem geschlagen hätte, was seit eh und je sein Leben ausgemacht hatte, und ohne irgendetwas Totes nach außen sichtbar werden zu lassen, weiterhin ein inzwischen doch verändertes Leben leben konnte, eine Art Leben, das mit dem Tod zusammenhing.

»Ihihihr müüüüßtet hihihin gegegeb…«, wiederholte Don Luigi jetzt erneut, der sich ein weiteres Mal in der Warteschlange seines Nehmen-wir-an befand und jede Silbe betonte und hervorhob, wie wenn er sie einerseits in Marmor meißeln wollte und andererseits, wie wenn jedes Wort nach Wille und Spille rief, um es hervorzuziehen: »hihinte…«

»… die Bäcksait?«, stürzte sich der Bursche in seiner kupplerischen Art gierig dazwischen, um ihn zu unterbrechen. »Was nun? Die Bäcksait? Ist es das, was Ihr sagen wolltet? Aber ja gibt er die ihm, die Bäcksait, ja, auch die, auch die gibt er ihm, wenn er ihn darum bittet, darauf könnt Ihr wetten, Ehrenwort von Lillo Sanciòlo.«

Und wieder musste Don Luigi einen Gesichtsausdruck haben, den 'Ndrja zwar nicht sehen konnte, sich ihn aber vorstellte, den Gesichtsausdruck eines Menschen, dem man genau in diesem Augenblick blitzschnell das Brot aus dem Mund gewunden hatte, den Gesichtsausdruck der Erstarrung, wie einer, der sich unter Wasser wiederfindet und sich noch nicht klar darüber geworden ist und daher seinen Mund offen hält, so wie wenn er ihn vergessen hätte und inzwischen Wasser schluckt. Außerdem und so, wie es seine Gewohnheit war, mischte sich Caitanello ein, um ihm im Namen der Cambrìas gehörig den Marsch zu blasen.

»Hoh, Sanciòlo oder Cianciòlo oder wie Ihr heißt«, sagte er und stellte sich vor ihm auf, wie wenn Don Luigi und das Durcheinander, das er zu einem Ende bringen wollte, dieses Arkelamekk des Überlegens in einer geheimen Gaunersprache, weshalb ihrem Kopf und ihrem Verstand nach alle, einschließlich er selbst, an seinen Lippen hingen und damit von zweitrangiger, äußerst zweitrangiger Bedeutung wurden. »Hoh, passt ja auf, wie Ihr redet, wägt Eure Worte, wägt sie, zu Eurem Besten sage ich das. Oder habt Ihr etwa gemeint, das 'Ndrjuzza ein verkommener Kerl wäre, ein Verwandter oder Bekannter von Euch in Messina, den es heute nicht oder morgen nicht befremden würde, diesen aufgegeilten Malteser um die Bäcksait zu bitten, heh, habt Ihr das gemeint?«

Und auch das ist Caitanello, dachte 'Ndrja, stolz und gleichzeitig voller Wehmut um seinen Vater, bei dem er seit seiner Rückkehr jedes Mal den Eindruck hatte, wenn er an ihn dachte, dass er an ihn denken würde, wie wenn er sein Sohn wäre. Dieser Caitanello, der da und dieser hier, viele Caitanellos und alle verschieden, die aber zusammen den einen ergaben, der sich immer gleich blieb.

Caitanello aber musste er sagen, dass er ihm gerade einmal einen zerstreuten, flüchtigen Gedanken widmete, wie ein Gedanke, der seinem Kopf entfloh, denn er fühlte, dass er den Verstand ganz, und er konnte hinzufügen, bis ins Kleinste und voller Wut dem Lauschen von Don Luigi zugewandt hatte, dem Lauschen auch auf das leiseste Tasten dieser Morsehand auf seiner Schulter oder auch der einzigen und schlichten Bewegung der Lippen, die sich öffneten, um ›geben‹ zu sagen und so weiter und so weiter, welches der Undsoweiter war, von dem bis zu diesem Augenblick, ja, um genau zu sein, bis vor einigen Augenblicken nur er wusste, er, Don Luigi, wie der hieß.

»Und außerdem«, sagte Caitanello weiter, »was macht Ihr da, macht Ihr Zauberkunststückchen vor unseren Augen? Bringt Ihr hier Königreiche durcheinander? Wie, was, denn wie mans auch dreht und wendet, diesen Euren Signor Mister Maniàci bietet Ihr meinem Sohn zuerst gewissermaßen als Adoptivvater an, wie wenn mein Sohn im Leben keinen Vater mehr hätte, und dann, dann macht Ihr ihn zur Signorina, einer Signorina, die nach 'Ndrjuzza Cambrìa schmachtet, und zum glanzvollen Ende offenbart ihr ihn uns als aufgegeilten Hahn. Doch weil 'Ndrjuzza Cambrìa Sohn seines Vaters ist, und merkt Euch das gut, interessiert ihn die Bäcksait dieses aufgegeilten Hahns nicht. Daher ist es sinnlos, dass Ihr Euch in Stücke reißt und sagt: Er gibt ihm die Bäcksait, wenn er ihn darum bittet. Er bittet ihn nicht darum, er bittet ihn keineswegs darum, da könnt Ihr sicher sein, die Gefahr besteht nicht, dass er ihn darum bittet. Da haben wir uns doch verstanden, wie, Sanciòlo oder Ranciòlo oder wie Ihr heißt? Haben wir uns jetzt verstanden?«

O ja, auch das war Caitanello, der hier, der sich so ganz als Vater in Szene setzte. Es war auch, dass er an einem gewissen Punkt einfach improvisierte, als würde es ihm nichts ausmachen, dass dieser Klötenlecker für Don Luigi in diesem Augenblick wichtig war, weil er ihm als Stütze für seine geheime Gaunersprache diente, es kümmerte ihn einen Dreck, wenn er möglicherweise eine andere Meinung dazu hatte oder ihn vom Faden seines Gedankengangs abbrachte. Und er, diese Sündervisage, schaute sich halb empört und halb gütevoll unter ihnen um und setzte zu einem Lächeln an, doch das erstarb immer wieder auf seinen Lippen, weshalb man auch nicht verstehen konnte, ob Caitanellos Ausfall ihn amüsierte oder auf die Palme brachte. Tatsächlich aber versuchte er nicht und fand auch keine Möglichkeit, Caitanello zu unterbrechen, und als er sich endlich entschlossen zeigte, ihm zu erwidern und den Mund öffnete, schloss Caitanello ihn ihm gleich wieder, weil er unerwartet weitersprach, so, wie wenn er Geschmack daran gefunden hätte.

»O nein, werter Manciòlo. In Messina könnt Ihr ja ruhig einen Sprachenwirrwarr anstellen, da, ja da, sicher doch, denn da, das da, bei all den Armeen, die sich da versammelt finden, glaubt Ihr etwa, wir wüssten das nicht?, das da, Euer Messina, ist doch längst ein völlig verpufftes Durcheinander geworden, und keineswegs nur, keineswegs nur als wäre jeder Tag ein Achtundzwanzigsterdezember. Hier aber nicht, nein, nein, hier verwirren sich die Sprachen durchaus noch nicht.« Und während er das sagte, brachte Caitanello an den Hüften seine kümmerliche Hose in Ordnung und sah den Burschen dabei kapotisch fest und so abgefeimt an wie ein Schurke.

Der Verblatterte war wahrscheinlich mehr aus Wut als aus Angst ganz blass geworden und machte den Mund jetzt weiter auf als vorher, doch dieses Mal war Don Luigi schneller als er, dieses Mal konnten sich für ihn ruhig alle Sprachen verwirren, ausgenommen seine eigene. Einen Augenblick zuvor hatte 'Ndrja nämlich einen Laut zwischen Fauchen und Röcheln durch seinen Mund gehört, so, als könnte er kaum noch seinen Atem zurückhalten. Damit hatte er bei ihm ein weiteres Mal den Eindruck erweckt, wie wenn sich jemand unter Wasser befände, im Meer, genau wie ein verzweifelter Schwimmer, der, schon dem Ertrinken nahe, den Kopf beim Auftauchen hinauswirft, seinen offenen Mund verzerrt, um tief einzuatmen. ʻNdrja spürte das, ja, er ahnte es durch die Morsehand bereits voraus, die er ihm auf die Schulter gelegt hatte, jetzt aber mit offener Hand, wie wenn sie ihm als Stütze dienen würde, um einen Ruck zu nehmen und wirklich wieder aufzutauchen. Und es war wirklich so, als würde er den Atem anhalten, denn die Luft, die er aus den Lungen stieß, war noch die alte, die ihm dazu diente, das Wort zu sagen, das er jetzt wiederholte: »hihinter …«, wobei er mit weit geöffnetem Mund einen Kantilenenklang formte und gleichzeitig die Stimme so lange anhielt, wie er konnte, als wollte er damit verhindern, dass die beiden Wölfischen sie erneut verschlangen, noch bevor er sie zum vollen Ton hatte anschwellen hören.

Und »hinter« war das einzige bereits ausgesprochene Wort, das er wiederholte, und er wiederholte es, das war klar, nur aus dem Grund, weil er es als Glied zum Anbinden des Schwanzendes seiner Überlegung brauchte. ʻNdrja begriff das auf der Stelle, er begriff das aus der Tatsache, dass er den Atem angehalten hatte, dass er nicht mehr alles wieder von Anfang an wiederholen würde, dass er inzwischen einfach nur zum Ende kommen wollte, doch ʻNdrja begriff zugleich auch, dass er nicht die Absicht hatte, Don Luigi zum Ende kommen zu lassen. Das begriff er von seiner kochenden Wut, einer Wut, von der er noch nicht wusste, wie sie hieß, das heißt, er wusste noch nicht, woher sie kam und wann sie aufgekommen war, und erst jetzt, allerdings noch weit entfernt, glaubte ʻNdrja aufgrund der Auswirkungen, die sie zeigte, er könnte mit dem Verstand zurückgehen, zurück zu den allerersten, verborgenen Gründen für Don Luigis geheimes Reden. Und wie es jetzt war, konnte ʻNdrja ganz sicher sagen, dass es die kochende Wut war, jetzt, die ihn das Steuerruder in die Hand nehmen ließ, und die Tatsache, dass sich ihm das gerade jetzt enthüllte, gerade als Don Luigi dabei war zu sagen, was seiner Meinung nach der Gefallen wäre, um den er den Malteser bitten müsste, diese Tatsache bewies ʻNdrja ein weiteres Mal, dass er bereits wusste, um was für eine Art von Gefallen es ging, und er wusste, dass es der gleiche Gefallen war, um den er, wie er es für sich bereits beschlossen hatte, den Malteser bitten wollte, das wusste er, und es war, als hätte er es immer schon gewusst und als hätte seine kochende Wut dunkel eingesetzt, sich entwickelt und riesenhaft ausgeweitet, nach und nach, wie man sich diesem Augenblick hier, diesem Ereignis hier näherte.

»Hihinter …«, stotterte Don Luigi, und 'Ndrjas Herz schnürte sich beinahe zusammen, da, jetzt sagt ers, dachte er, jetzt sagt ers. Doch das, was Don Luigi sagte, war noch nicht das, was er dachte. »… hinterher geeebt Ihihir den grooooßen, den gaaanz groooßen Beweis«, sagte Don Luigi nämlich.

Da seht ihrs, wo sein Verstand hinschweifte, zum Beweis, kommentarierte 'Ndrja für sich. Und da zeigte sich, wo der Unterschied lag. Don Luigi verstand das, was er vom Malteser zu erbitten dachte, als einen Liebesbeweis, ja, mehr noch, als einen Beweis dessen, was ihm dieser Scheißkübel da gesagt hatte, er verstand es gewissermaßen als ein hurerisches Verlangen, denn sie waren erpicht, ihn, den Malteser, in eine Weiberrolle, in die Rolle einer Verlobten zu drängen, doch wer da die weibliche Rolle spielte, war er, nicht der Malteser, denn er war es ja, der um etwas bat, und der Malteser war derjenige, der gab, und er gab, wenn er gab, nach den Worten des Burschen und Don Luigis, wegen seines schönen Gesichts, nicht wegen der Regatta, wegen des Ruderns, darüber redete man ja nicht einmal. 'Ndrja dagegen wollte das, um was er den Malteser bitten wollte, nicht als weibischen Beweis verstehen, sondern als Gefallen, als männlichen Gefallen, wie er ihn verstand, das heißt als Gefallen um des Gefallens willen.

'Ndrja musste wohl geglaubt haben, mit dem Körper weit draußen an den beiden Meeren zwischen Skylla und Charybdis zu stehen, wohin sein Blick ging, und so, während er Don Luigis letzte Worte kommentarierte und über sie nachdachte, musste er hier und da laut nachgedacht haben, und an Don Luigis Ohr musste mit Sicherheit etwas von diesen Gedankenschlieren, von diesen Nachdenklichkeiten gedrungen sein, die sein Mund verlor, wie zum Beispiel diese: »Und was meint er mit dem großen, ganz großen Beweis? Einen Liebesbeweis, vermutlich, warum sagt ers dann nicht klar und deutlich? Nach allem, was er doch schon von sich gegeben hat …« Oder wie das hier: »Sind uns denn etwa die Gefühle durchgegangen? Allen, uns allen sind die Gefühle durchgegangen, selbst die, von denen wir nicht einmal eine Ahnung hatten?«, was eine Gedankenschliere in Pluralform war, ohne Namen zu nennen, und ihn selbst mit einschloss.

An diesem Punkt jedoch merkte 'Ndrja, dass er unpassende Bemerkungen machte, und das merkte er daran, dass Don Luigis Morsehand bei jedem seiner Worte sich auf seiner Schulter zusammenzog wie ein Krebs. Das war jedoch sozusagen ein Einvernehmen, zu dem es blitzschnell zwischen ihnen kam, eng mit den Schultern beisammen stehend und durch die Hand wie zu einem Körper verbunden, indessen der Bursche noch einmal wölfisch gierend sagte: »Gäbs denn einen größeren Beweis als ihm die Bäcksait zu geben?«

»Oooh …«, antwortete Don Luigi, und im ersten Augenblick war es, als wäre das nicht der erste Buchstabe, sondern gewissermaßen der Ton einer Überraschung, ja, eigentlich einer Empörung. Tatsache war aber, dass Don Luigi, so verheddert und verschroben er möglicherweise infolge seiner Aussprache auch war, so sehr er eher stumm als gesprächig war, eher im Hinblick auf die Hand als auf den Mund weiterredete, wie wenn er nicht mehr bereit wäre, sich das Wort von diesem Ohrenausputzer wegschnappen zu lassen. Tatsache war allerdings, dass dieses O alleine nicht ausreichte, um den Blatternzerstochenen daran zu hindern, Wasser zu schlucken.

»Die Bäcksait? Wirklich und ernsthaft die Bäcksait?«, sagte er beinahe herausfordernd. »Wieso denn, welchen Unterschied seht Ihr denn zwischen einer weiblichen und einer männlichen Bäcksait?«

Auch wenn das Thema ihn anwiderte, ertappte 'Ndrja sich einen Augenblick lang dabei, dass er hoffte, ihm würde der Faden abreißen. Doch man sah sehr deutlich, dass Don Luigi unterdessen das Ende dieses Fadens fest zwischen den Zähnen hielt und an einen Hund erinnerte, der einen Knochen im Maul hat, und wehe, ein anderer Hund würde in seine Nähe kommen. Und an dem Punkt, an dem er war, nämlich kurz vor dem Ende, hatte der Faden wirklich etwas von einem Knochen im Maul, so sehr hatten sie sich miteinander vermengt und verschmolzen, nämlich dass man denken konnte, sie wären eins: »Ooo … noo … nooch noch … knoch …«

Doch der Verblatterte fand immer wieder eine Möglichkeit zu sagen:

»Davon versteht er was, dieser Freund hier«, und deutete auf Caitanello, »davon versteht er was, denn er hat es als so kriminell angesehen, als hätte man einen Anschlag auf die Mannesehre seines Sohnes 'Ndrjuzza verübt.«

»Ehrloser«, sagte 'Ndrja mit zusammengebissenen Zähnen und wandte seinen Kopf leicht zu dem Burschen. Außer Don Luigi hörte ihn sicher niemand, doch genau das wollte 'Ndrja, dass er alleine, Don Luigi, es hören konnte. Er sagte dies im Wissen, dass er es genau zu diesem Zweck sagte, damit er es hörte, es handelte sich nicht um eine Wortschliere, die ihm entwischte, und wenn es nicht nur sein eigener Eindruck war, hätte er, nach der Hand zu urteilen, die sich in seine Schulter krallte, geschworen, dass Don Luigi ihn gehört hatte und darunter litt, unter der Tatsache litt, dass er seine Stimme erhob, sich zum zweiten Mal meldete, nachdem er dauernd geschwiegen hatte, just als er, wohl wegen der Tatsache, dass sein ganzes Verwirrspiel um ‘Ndjruzza kreiste, wahrscheinlich am liebsten zu vergessen gewünscht hätte, dass ‘Ndrja existierte.

»Knooo … knooo … knooo …«

So wie Don Luigi sich die Stimme mit den Zähnen herausriss und sich anstrengte, als würde er das Schleppnetz hochhieven, Masche um Masche, von Silbe zu Silbe, ein wenig klagend, ein wenig wütend, verstand man, verstand man immer deutlicher, dass er zu einem Ende kommen wollte, dass er danach lechzte, zu einem Ende zu kommen, auch wenn er mittlerweile völlig durcheinander war, auch wenn er unter den letzten Wortschalen zu einer Pinkelhaut verkommen, auch wenn sein Gesicht auf die Erde fallen und vor lauter Scham in Stücke zerspringen sollte.

Es kam aber vor, dass seine Stimme, die einmal eine schöne Bassstimme war, die Stimme eines Bosses, wie die Faroten und Milazzer wussten, Seeleute von oberhalb und unterhalb der Meerenge, die ihn als Nostromo für einige Anheuerungen bei der Reederei Tirrenia bei sich hatten, eine Bassstimme, die manchmal mit allen gebündelten Saiten tönte und manchmal mit einer alleine, wie wenn er mit einem Fingernagel ein Pizzicato auf ihr zupfen würde, dass diese schöne Stimme, die jetzt, zwischen einer Silbe und der anderen, immer tiefer in die Kehle rutschte, völlig nachgab, rauherb, mit einem blechernen, falschen, zittrigen, ungestimmten Ton, wie der Klang eines Schallplattenspielers, dessen Riemen gerissen war oder sich verheddert hatte:

»Knooo … knoo … kno …«

Er räusperte sich und drehte sich immer und immer wieder um die gleiche Silbe mit seiner schrägen, tremolierenden Stimme, die auch gar nicht mehr seine Stimme zu sein schien, sondern die eines anderen, eines Alten: von ihm als Altem, hieß das. Doch andererseits, war er denn jung? Mit sechzig und mehr Jahren, war er da denn nicht alt? Nur dass man es vorher nicht sah, jetzt aber schon. Man sah nämlich, dass er sich verändert hatte, sich in seiner berühmten Jugendlichkeit des Verstands verändert hatte, und folglich hatte der Alte sich in seiner Natürlichkeit gezeigt, in seiner unnatürlichen Natürlichkeit der Stimme. Entsprach denn die Stimme des Alten nicht dem ganzen Chaos, das er angestellt hatte, dem verstellten oder echten, aus Verschlagenheit und Albernheit? Die Worte, die ich ihm indirekt und auch gegen meinen Willen hingeworfen habe, müssen eine bestimmte Wirkung auf ihn gehabt haben, dachte ‘Ndrja: und wirklich, jetzt räuspert er sich und räuspert sich, denn im entscheidenden Augenblick sieht man, dass es ihn ein bisschen kratzt und raspelt, sein Nehmen-wir-an abzuschließen. Und hier, als wäre es stärker als er, drehte er den Kopf zu ihm um, um ihn anzusehen, und weil er möglicherweise noch unter dem Eindruck dieser Stimme stand, fand er ihn, als er ihn aus den Augenwinkeln ansah, auch im Gesicht gealtert.

Das musste wohl daher kommen, weil er ihn immer mit einem ihn blind liebenden Blick betrachtet hatte, wie in Verehrung für eine lebendige Statue, mit immer den gleichen Augen, die ihn immer gleich sahen, ohne jedes Zeichen einer welkenden Haut oder einer welkenden Seele im marmornen, gebräunten, wie von der Sonne gemeißelten Gesicht, das so frisch aussah wie das eines Säuglings, frisch, klar und rein, wegen der Wirkung vielleicht der aquamarinen Augen, so wie wenn es, dieses Gesicht, dieses Gesicht mit diesen Augen, beim Betrachten stets noch mondsanft, stets morgenfrisch wäre. Jetzt, in diesem Augenblick dagegen, betrachtete er ihn mit Augen, die ihn immer blindlings geliebt hatten, doch jetzt, in diesem Augenblick, liebten sie ihn nicht mehr blindlings, sondern sie trafen auf ihn, sie erkannten die Täuschung, sie erkannten die Verehrung und blickten auf ihn, ja, sie erstaunten über ihn voll kochender Wut. Es musste wegen des einen oder des anderen gewesen sein, oder sowohl des einen wie des anderen, dass es für 'Ndrja war, als wäre unendlich viel Zeit vergangen, was dann aber nur einige Minuten her war, dass er ihm zum letzten Mal ins Gesicht geblickt hatte, und als er ihn jetzt wiedersah, war sein unbefangener Eindruck der, dass in der Zwischenzeit, ganz unvermittelt, in seinem Gesicht die richtigen Jahre, die eigentlichen, wirklichen Lebensjahre sichtbar geworden wären, mit einem Wort: das Alter. Denn zumindest auf ihn, ihn, der ihn aus den Augenwinkeln ansah, im Profil, machte der Anblick Don Luigis einen befremdlichen Eindruck, der Anblick, wie sich seine Gesichtszüge verarmt, verhärmt, ja minjoniert hatten, wie wenn sie in oder hinter ein Netz von Falten gezwungen worden wären, ein dichtdichtes Gewebe, ein wahres Feuerwerk aus Falten und Gegenfalten. Doch das Beeindruckendste war, dass er schwitzte, und zwar schwitzte er an den Haaren seiner Kinnspitze, an den Ohren, am Hals, und der Schweiß tropfte ihm als Tränen aus den Augen. Das genügte, um sagen zu können, dass jetzt auf seinem Gesicht etwas Neues lag, etwas Altes, das vorher nicht da war, denn dass er schwitzte, dass sein in Ewigkeit marmornes Gesicht schwitzte, war ein Ereignis, ein vorher nie wahrgenommenes Phänomen, und das war für 'Ndrja der letzte Beweis, dass Don

Luigi sich verändert hatte, so wie wenn die Veränderung nun von innen heraus nach außen schwitzen würde, aus dem Verstand ins Gesicht.

Das, was 'Ndrja sich eher dachte als sah, stellte er sich vor, in Don Luigis Gesicht zu sehen, und es verwirrte ihn, und vermischt mit dieser Verwirrung empfand er einen Kummer oder eine Art Kummer von ganz sachlicher Natur, der auch nicht das geringste Mitleid in ihm aufkommen ließ, ja, eigentlich fachte es nur seine kochende Wut wieder an, und zwar in einem Maß, dass sein Gefühl von Kummer sich auf der Stelle in Groll verwandelte, und auch das wurde Motiv, Vorwand, Anlass und Ursprung dieser Wut, von der er wirklich nicht sagen konnte, wann noch warum, noch wie sie in ihm aufkommen konnte, und daher, wie eigentümlich es auch war, hatte es auf ihn die Auswirkung, es bereits zu wissen, es immer schon gewusst zu haben, warum er auf diese Weise wütend war.

»Do ... do ... do ...«, sagte Don Luigi räuspernd und sabberte mit diesem Do im Hals herum, wie wenn er wirklich ein Hund wäre, mit allen Sinnen und Fähigkeiten schwer beschäftigt um ein Stück Knochen, das ihm ständig aus dem Maul zu entwischen drohte. Doch er entwischte ihm nicht, denn ob die wenigen Silben, die ihm zum Abschluss fehlten, verräuspert waren oder nicht und er möglicherweise Spille und Wille hätte einsetzen müssen, um sie auszusprechen, er hätte sie ganz sicher ausgesprochen, auch wenn ihm dabei die Zunge herausgehangen hätte. 'Ndrja konnte nichts tun, wenn er sich nichts mit Trommelwirbel erfand, entweder erfand er es oder seine Wut erfand es für ihn, irgendetwas, doch was? Konnte er etwa einem Don Luigi mit der Hand das Maul stopfen?

Und mit Hängen und Würgen kam aus diesem Do am Ende ein Doch hervor.

»Do ... do ... doch ... doch ... doch.« Doch unmittelbar darauf ließ er, ohne Atem zu holen, dem Doch noch ein Jedoch folgen, auch wenn niemand außer 'Ndrja begriff, dass es sich um ein anderes Wort handelte, anders als das Doch, vielleicht, weil es heil und unversehrt herauskam, gleich auf Anhieb, ohne es so furchtbar zu martern, und vielleicht auch, weil der ganze Unterschied durch diesen Floh von zusätzlicher Silbe am Anfang bestimmt wurde.

»Doch, doch, jedoch sooo ...« Und als würden ihn noch Skrupel befallen, trat ein neuer Schweißausbruch auf sein Gesicht, und wieder sträubte er sich: »Soo ... sooo ... sooll ...«

Und er sträubte sich auf der Stelle: sooll ... tet Ihr uns den Orcaferon da anlanden, vervollständigte 'Ndrja dann den Satz innerlich, wie wenn er immer schon, seit dem Augenblick, wo diese Idee aufkam, einer Meinung mit Don Luigi gewesen wäre, und es war, als wären diese Worte, die ihn völlig gleichgültig ließen, weil das, was sie ausdrückten, soweit es ihn betraf, weder schändlich gedacht noch ausgesprochen war, das heißt weder mit niedergebeugter Stirn gedacht noch gesagt wurde, ebendiese Worte riefen bei ihm, allein bei der Vorstellung, dass er sie gleich durch den Mund von Don Luigi würde sagen hören, eine derartige Wirkung hervor, wie man sie sich schlimmer nicht hätte vorstellen können, nämlich die Wirkung von Unheil und Tod aller und großer Trostlosigkeit in Charybdis, eine Wirkung, wie sie nicht einmal das Weltenende hätte hervorbringen können. Und wenn es nicht das Weltenende war, war es jedenfalls der Niedergang durch den Krieg, und das war für 'Ndrja so, wie wenn er sich dieses Niedergangs, zu dem der Krieg den Menschen geführt hatte, erst jetzt inne geworden wäre, erst hier, jetzt, in Charybdis, in diesem Stück Welt, das für ihn die ganze Welt war, die einzige Welt, die er kannte vor dem Weltenende und daher auch die einzige, die er nachher wiedererkennen konnte, wiedererkennen, wo sie noch wiedererkennbar war und wo sie längst nicht mehr zu erkennen war. Und es war, als würde er sich darüber durch einen Mann klarwerden, der Luigi Orioles hieß und jener Mann war, den er am meisten auf dem Angesicht der Erde bewunderte, der Mann, der in seinen Augen von der kleinen Welt von Charybdis immer und immer die am besten erkennbaren Dinge der großen Welt verkörpert hatte, jetzt aber die am wenigsten erkennbaren Dinge verkörperte, als wäre er nicht mehr derselbe von einst, sondern jemand anderer, ein Veränderter, das Gegenteil von ihm.

»... soo ... soo ... sooll ... soll...«, wiederholte Don Luigi mit dieser Stimme, die einem die Knie taub werden ließ. Und 'Ndrja: Da, jetzt, gleich wird ers sagen, er wirds sagen, dachte er in all seiner Wut, die ihn aufblähte und mehr vor Schmerz als vor Zorn, mehr vor Galligkeit als vor Aufbegehren hochfahren ließ. Da, jetzt wird ers sagen, der da, der wirds jetzt sagen, das, was ich denke, wird er jetzt sagen, genauer gesagt, was ich lange Zeit vor ihm gedacht habe, das, ja das wird er sagen, wird er mir sagen, da, da, jetzt wird ers mir sagen, er wird es mir sagen, mir, dass ich den Malteser bitten soll, den Orcaferon da für uns anzulanden, ihn für uns alle anzulanden und mir so einen großen, einen unbeschreiblich großen Beweis dafür zu liefern, dass er wirklich große Stücke auf mich hält, ihn für uns anzulanden, um mir einen Beweis für seine Liebe zu geben, ihn anzulanden, kurz gesagt, aus Liebe zu mir, denn das ist das

Mittel des Luden, das Mittel des Gauners und Ganoven, nach dem er in seinem ideenreichen Kopf geangelt hat, der Ausweg, der ihn allein durchs Reden und mich allein durchs Hören bloßstellt, nach dem angelte er in seinem verdorbenen Hirn, er, ein Luigi Orioles, der diese bestialische Strategie ersann und sich zurechtzimmerte, die nicht mehr und nicht weniger bestialisch war als die riesenhafte Fischbestie, die der Malteser für uns anlanden soll. Da drinnen, in seinem ideenreichen Kopf, ging er auf Angeltour, wo man aufgrund eines echten Gesetzes, seis zu Kriegs- oder seis zu Friedenszeiten, niemals auch nur den Schatten derart tierischer Gedanken erkennen sollte, weil Luigi Orioles, wie man weiß, doch vielleicht weiß mans nie zur Genüge, immer seinen Lebensgrundsatz vertrat, sich niemals mit der Fischbestie einzulassen. Schon, doch jetzt angelte er die Bestie, warf den Köder nach ihr aus, da, in seinem feinfühligen Hirn, er hatte eine genaue Vorstellung, wie sie zu ködern war, und einmal geangelt, verhielt er sich entsprechend, verhielt er sich folgerichtig, verhielt er sich, wie sich ein durchtriebener Händler verhält, der die Fischbestie in der Hand hat: Er schneidet ihr den Kopf ab, bietet sie als Thun an, schön rot von Blut durchädert, und verkauft sie als Festtagsschmaus an die Hinterweltler in Dörfern, die nie das Meer und niemals Fisch zu sehen bekommen, und auch er kannte in der Tat keinen Skrupel, seine Bestienidee als Jungthun auszugeben, er fälschte die Papiere, redete Gaunerwelsch mit den Augen, der Stimme und der Hand, um ihr Erscheinungsbild zu verbergen, und um sie zu verkaufen, brauchte er die Hilfe dieses bewussten 'Ndrjuzza, und er brauchte ihn so sehr, dass es herauskam auf entweder mit ihm oder gar nichts, denn wenn 'Ndrjuzza ihn bittet, den Orcaferon anzulanden, schlägt der Signor Mister ihm das nicht ab, für 'Ndrjuzza gibt er ja sogar die Goldzähne her, die er im Mund hat, ja, er gibt ihm sogar seine Bäcksait, wie sollte er da für ihn nicht den Orcaferon anlanden, für ihn landet er ihn auf der Stelle an, gar noch auf einem Kissen bringt er ihn seinem 'Ndrjuzza.

Doch jetzt, wenn wir 'Ndrjuzza einmal beiseitelassen und zu uns zurückkehren, setzte 'Ndrja seinen Gedankengang fort, was erwartet er jetzt? Dass ich vor ihm den Kopf senke wie ein dummes Schaf und zu ihm sage: Ja doch, Vossìa, geehrter Herr, macht Euch keine Sorgen, äußerst gerne, äußerst gerne bitte ich den Malteser, den Orcaferon für uns anzulanden, hier, direkt zu meinen Füßen lass ich ihn anlanden, als ein Geschenk? Erwartet er das? Das erhofft er vielleicht, doch erwarten darf er es nicht, er hofft darauf, das ja, doch gleichzeitig verzweifelt er, denn er hat sich verändert, das schon, doch er ist nicht verblödet, und von meinen halben Wörtern, die er mitbekommen hat, hat er genau verstanden, dass ich stinkwütend bin über diese Rolle von Kerl mit Weib, die er mir mit dem Malteser aufdrücken wollte, eigentlich eine Rolle von Weib mit Kerl, muss ich eher sagen, weil es das Weib ist, das um Geschenke und Gefälligkeiten bittet, und der Kerl es ist, der sie gewährt oder auch nicht, eine Rolle, die er mir wie ein Heiratsvermittler aufgedrückt hat, auch wenn die Idee nicht von ihm stammt, sondern von diesem Zuhälter von Burschen, doch das entehrte ihn und entehrt ihn noch weiter, er ließ ihn und lässt ihn noch niederträchtiger erscheinen. Und das war ihm klargeworden, und zwar mit aller Klarheit, wäre ihm sonst dieses Fiasko mit der Stimme passiert? Allerdings war ihm überhaupt nicht klargeworden, dass ich auch äußerst wütend geworden bin und vielleicht auch mehr, wegen der Tatsache, dass ihn nicht einmal von ferne der Gedanken streifte, ich könnte den Malteser in aller Einfachheit und aller Würde um den Gefallen bitten, das heißt in männlicher Weise, und männlich nicht nur für mich, sondern auch für ihn, den Malteser, ihn kurz und gut von gleich zu gleich darum bitten könnte, Gefallen um Gefallen: Ihr landet den Orcaferon an, und ich komme mit und rudere für Euch.

Doch dafür hätte es des alten, des vorigen Don Luigi bedurft, den, der er bis vor fünf Minuten oder bis vor fünf Jahrhunderten war, nicht der hier, der sich zu ihm wie das Weiße gegen das Schwarze verhielt, der, der gleich zu Beginn auf Anstand und Ehrlichkeit verzichtete, was bis vor fünf Minuten oder bis vor fünf Jahrhunderten immer der Stolz seines Lebens war, und seinen großen Ruhm als Pellesquadra mit dem offenen, klaren, loyalen, spartanischen Handeln mit Füßen tritt, nicht dieser Don Luigi, der sich herabwürdigt, sich zum Schieber und Geschäftemacher auf niedrigster Stufe verkommen lässt, der sich die Niedertracht zu eigen macht, der sich die Niedertracht der Rede dieses Gauners aus Messina wörtlich zu eigen macht, und die Niederträchtigkeiten, die er dem Mund dieses verkommenen Lumpensohns entnahm, die wollte er mir auf die Lippen legen, worüber er zuerst rot wurde, dann wurde auch ich es mit ihm und um ihn, der mir Silbe für Silbe diese Unverschämtheiten wiederholte, als wären sie das Evangelium und als hätten sie ihre Kleider getauscht, er, ein Don Luigi, und der da, dieser Abschaum, diese Schande der Menschheit. Doch was hatte dieser Luigi Orioles eigentlich noch von dem alten Luigi Orioles? Was hatte er noch, außer dem Namen? An diesem Punkt, dem Punkt, an dem er anfing, die Pantomime mit dem Gauner aufzuführen, dem Punkt, an dem er anfing, zu meinem eigenen Gebrauch diese zweideutigen Fragen zu stellen, an diesem Punkt ging es nicht mehr um den Tausch ihrer Kleider, an diesem Punkt sahen sie sich bereits so zum Verwechseln ähnlich in allem, dass man sie sogar als Personen verwechseln konnte, an diesem Punkt waren sie, so wie er es sah, vollkommen gleich, sie sprachen die gleiche Sprache, das identische Gaunerwelsch: Das sollte heißen, dass Don Luigi mit seiner Verwandlung sich auch in diesen Typ, in diese gaunerhafte Spezies von Mann verwandelt hatte, er war ebenfalls ein bisschen zum Burschen geworden, auch zum Ohrenputzer und auch zum Scharlatan und ebenso zum Luden und Klötenlecker.

War es da noch verwunderlich, setzte 'Ndrja seine Überlegung fort, dass er nichts merkte und sich über nichts und niemanden empörte? Wie konnte er das, wenn der alte Don Luigi sich in diesen neuen verwandelt hatte, und jetzt eben ein anderer war, nämlich der hier, der sooll … sooll … stotterte, und er stotterte, weil der alte Don Luigi sich ihm noch widersetzte, sich noch in ihm regte und ihm noch widersprach, er sträubte sich, ihm zu folgen, er hielt in ihm, kurz gesagt, noch ein paar Skrupel wach.

Doch jetzt war es nur noch eine Frage von Augenblicken, und es käme, es kam zum Ende, jetzt genügt es, wenn er sagte: sooll … tet den Orcaferon anlanden … und das Werk zum Abschluss brachte, danach können wir ihm, diesem tollen Don Luigi von einst, das Miserere singen und uns anschließend mit diesem Don Luigi den Arsch versohlen, der wie ein eingebuchteter Ganove dachte und das wunderbar Ehrliche seines und unseres Lebens mit Füßen trat.

»Sooll … sooll…«, stabreimte Don Luigi unterdessen so allvergessend und so allverzaubert von diesem Sooll…, dass 'Ndrja dachte, er könnte durch die Morsehand, die auf seiner Schulter lag, die Gedanken, die Überlegungen fühlen, die er sich über ihn machte, sie fühlen und, einmal gefühlt, sich durch sie hintergangen fühlen. Jetzt aber ist es nur noch eine Frage von Augenblicken, dann sagt ers, sagt ers, dachte 'Ndrja und hielt den Atem an, und immer mehr, immer aufgewühlter, immer machtloser, das heißt immer aufgewühltmachtloser spürte er bei diesem Gedanken, wie sich sein Herz verdunkelte, wie es schmerzhaft unter dem Eindruck erstarb, als wäre es das Weltenende, eine tiefe Trauer für ihn.

»Es ist nicht gerecht, es ist nicht gerecht …«, fing er da an zu toben. »Es ist nicht gerecht, es ist einfach nicht gerecht …«, tobte es in seinem Kopf, doch das, was er sagte, schien er zu sehen, schien er ihn machen zu sehen, und zwar wegen des Umstands, dass er den Kopf hin und her warf, wie wenn er ihn gegen das schlagen wollte, was nicht gerecht war, und daher keine Ruhe finden konnte. »Es ist nicht gerecht, es ist nicht gerecht … Jetzt sagt ers, jetzt sagt ers mir, da, jetzt sagt ers mir, ja doch, ja, eigentlich ists, als hätte ers mir schon gesagt, da, jetzt, gleich sagt ers mir, er sagte es mir, er hats mir gesagt, er, einer wie er sagt es mir jetzt, jetzt diktiert ers mir, hat mirs diktiert, diktierte es, und es ist nicht gerecht, es ist nicht gerecht, dass er, er, einer wie er, einer, das heißt ein einziger und alleiniger, mir die Art und Weise diktierte, den Malteser zu bitten, den Kadaver der Orca für ihn anzulanden, es ist nicht gerecht, es ist einfach nicht gerecht, dass er mir das zu verstehen gab, sondern über den Burschen als Mittelsmann, durch Art und Weise eines Entstellten, dass der Tiergigant angelandet werden soll, es ist nicht gerecht, es ist einfach nicht gerecht, dass er mir das diktierte, es mir mit allen Sinnen und Gefühlen einflüsterte, und jetzt, jetzt wird ers endlich sagen, wird ers mir endlich sagen, jetzt, jetzt ists, dass er mirs sagt, wars, dass er mirs sagte, jetzt, jetzt, und es ist nicht gerecht, nicht gerecht, dass ers am Ende …«

Er raste, und seine Raserei steigerte sich immer mehr, je mehr er raste.

»Es ist nicht gerecht, überhaupt nicht gerecht, nicht gerecht, dass er es sagen muss, ers mir sagen muss, dass ich ihn darum bitte, mit diesen verfälschten Vorstellungen, diesen schurkischen Anspielungen, diesen niederträchtigen Doppeldeutigkeiten. Es ist nicht gerecht, es ist einfach nicht gerecht, ich dachte ja nicht, ich dachte ja nicht im Geringsten, dass es mir durch wahres Gesetz zufiel, ich dachte ja nicht, dass ich, ich ihn darum bitten müsste, ich, von mir aus, durch mich selbst getragen, tatsächlich getragen, von dem Umstand getragen, dass es um einen Gefallen für einen Gefallen ging, um nichts anderes als um einen Gefallen für einen Gefallen.«

»Es ist nicht gerecht, es ist einfach nicht gerecht …«, fuhr er wie im Delirium fort, innerlich rasend, wütend und tobend, mit geblähter Galle, schäumend, als stände ihm der Speichel vor dem Mund. »Es ist nicht gerecht, es ist einfach nicht gerecht …«, wiederholte er und sagte das mit dem Ton eines losschnellenden, aufgewühlten Verstands, mit dem Ton eines Verstands, der war, wie wenn er mit der rechten Faust seine linke offene Hand mit Schlägen bombardieren würde.

Das hieß, er ließ nur dem Anschein nach Dampf ab, doch indem er immer und immer wiederholte: Es ist nicht gerecht, es ist einfach nicht gerecht, hörte er eigentlich gar nicht mehr auf sich zu quälen, denn er öffnete ja immer wieder die Wunde, ja, er tat gar nichts anderes, als sie ständig offen zu halten.

Bis hierher: Es ist nicht gerecht, es ist einfach nicht gerecht, bei diesem galligen, wütenden Ton war es klar, das musste gar nicht erst gesagt werden, dass 'Ndrja das für das wiederholte, was Don Luigi kurz davor stand zu sagen: Ihihir sooll … tet den Orcaferon für uns anlanden. Es war klar, dass er dies wegen der Ungerechtigkeit, wegen dieser Camorristerei wiederholte, um es beim Namen zu nennen, die dieser eigentümliche Don Luigi ihm antat, der sich so listig und verschlagen gezeigt hatte, dieser ganz andere Don Luigi, ganz andere, wirklich veränderte, der, wie immer man es betrachtete, im Grunde dies getan hatte: er hatte ihn überrollt, damit er den Malteser bittet, den Orcaferon für ihn anzulanden. Und seine Absicht stimmte ganz sicher nicht mit seiner eigenen überein, ganz sicher nicht mit der, ihm eine händische Tätigkeit zu verschaffen, mit Arm und Verstand die Pellisquadre zu begeistern, sondern sie war fraglos, ganz fraglos die, ihm ein Geschäft zu verschaffen oder wenigstens den Versuch dafür zu unternehmen, für ein Geschäft mit dem riesigen Kadaver des Orcaferons. Es ist nicht gerecht, es ist einfach nicht gerecht, daher war es klar, dass er es deshalb wiederholte, wegen dem, was neben ihm vor sich ging, da, auf dem Sporn, nämlich wegen dem, was gleich auf dem Mund des hier anwesenden Don Luigi sich ereignen sollte. Warum sonst dieser Ton eines lospreschenden, aufgewühlten Kopfs, der Ton eines Menschen, der keine Ungerechtigkeit erträgt und es ihm gleich direkt ins Gesicht sagt, Don Luigi hin, Don Luigi her?

»Es ist nicht gerecht, es ist nicht gerecht …« Doch je öfter er es sich wiederholte, spürte er, dass die kochende Wut in seinem Kopf nach und nach den Ton senkte, sie senkte ihn tief und noch tiefer, und er spürte, dass der Ton immer mehr ins Gegenteil von diesem schäumenden, losschnellenden Ton des Anfangs umschlug, ein Ton, der, so sehr er auch der Ton eines vor Beleidigung rasenden Kopfs war, zugleich der Ton eines vor Beleidigung bis ins Letzte gedemütigten Verstands war, und wenn man den, um wieder zu dem Vergleich zurückzukehren, sich als eine Faust vorstellen konnte, welche gegen die Handfläche der anderen Hand schlägt, musste man diesen sich wie die beiden im Schoß vergessenen und beinahe schon toten Hände vorstellen, mit offenen Handflächen, und das war, wie wenn man sagen wollte, dass die Hände jenes Tons sich mannhaft verhielten und die Hände dieses Tons weibisch.

»Es ist nicht gerecht, es ist nicht gerecht …« Aus diesem durch und durch wütenden Ton, der im Verstand ausgesprochen wurde, nach vorne, nach oben, und sich nach dem Licht zu strecken schien, angespannt und losschnellend, hörte er jetzt in diesem Ton eine Unterstimme, die ihm alles rückwärts wiederholte, wie wenn es vom Verstand aus nach innen, nach unten ausgesprochen würde und sich unter Finsternissen vergraben wollte, als wäre es gekrümmt und muschelförmig wieder in den Uterus zurückgekehrt.

»Es ist nicht gerecht, es ist wirklich nicht gerecht …« Er hörte jetzt, bei diesem weiblichen Ton, wie es sich erfolglos wiederholte, sich immer weniger protestierend, dafür eher klagend wiederholte, auf schlimmste Weise klagend, einer Klage, die zu einem lebendigen Ritornell mit Klang und Sinn atemvermischter Worte wird und von den Lippen weht, qualvoll, mit etwas Lebendigem als wäre es tot, mit etwas Totem als wär's lebendig, etwas wie Wasser, das aus dem Felsen rinnt, die Welle, die sich am Ufer in Schaum verwandelt, die Luft, die spiralförmig in der Muschel weht.

»Es ist nicht gerecht, nein, es ist nicht gerecht …« Er hörte, wie er es sich wiederholte, jetzt, bei diesem Klang eines Iuhiuhs mit verbrauchten Schrilltönen, mit Klingen, die vor lauter Herumstochern bis auf den Knochen in einer immer offenen, aber nicht mehr blutenden und nicht mehr schmerzenden Schwäre abgestumpft waren. »Es ist nicht gerecht, es ist wirklich nicht gerecht …« Er hörte, wie er es sich wiederholte, jetzt, mit einem schmerzlichen Ton, dumpftaub, ohne Schutz und ohne Trost, ein so machtvoller und ein so machtlos katastrophenträchtiger Schmerzenston, dass es sich anhörte, wie wenn man an einer großen, überwältigenden und übermäßigen Ungerechtigkeit litte, wie wegen einer Art Tod, einer Art Weltenende durch Tod. Und als er es sich noch einmal und noch einmal sagte: »Es ist nicht gerecht, es ist nicht gerecht …«, hatte er das Gefühl jetzt, als würde er diesen Ton eines weiblichen, eines uterinen Protests, wie er ihn empfunden hatte, auch vorher, noch nachher empfinden, seit jeher und für alle Zeit, kurz gesagt, in seinem zum Ohr gemuschelten Verstand. Denn als er sich wiederholte: »Das ist nicht gerecht, das ist wirklich nicht gerecht …«, nahm er diesen bereits wahrgenommenen Eindruck wahr, der war, wie wenn es absolut unwahr wäre, dass er den Ton des Verstands hörte, den er hörte, diesen Schmerz empfand, der war, wie wenn er wegen einer großen Ungerechtigkeit litte, wie wegen einer Art Tod, einer Art Weltenende, er empfand es, als wäre es dennoch absolut wahr, dass er es beiläufig empfand, es verspürte, und was er beiläufig empfand, ahnte er schon voraus, wie wenn dieser Schmerz in seinem Leben verschwinden und wiederkehren würde, im Meer der Zeit, so vieler Zeiten, die immer eine waren und keine, gleich Ebbe und Flut, vom Meer ans Land, vom Land aufs Meer, vom Leben zum Tod, vom Tod zum Leben.

»Es ist nicht gerecht, es ist nicht gerecht …«, hörte er in seinem gepeinigten Verstand wiederholen, und außen, zwischen Ohren und Verstand, das Silbensprechen, um nicht zu sagen das Lippenbrechen von Don Luigi, dieses sooll … sooll …, auf dem er schon eine ganze Weile herumhangelte, es aber immer in der Schwebe ließ, klang, erklang für ihn seltsamerweise wie ein Leichenbegängnis, ein Dooong, dooong, das auf Kinderweise mit den Lippen hevorgebracht wurde, mit einem fernen Echo von dicht aufeinanderfolgenden Glockenschlägen, die einander taub machten und gegenseitig das *ng* verschluckten.

»Es ist nicht gerecht, es ist wirklich nicht gerecht …«, hörte er in seinem Inneren mit diesem weiblichen Ton wiederholen, und es war, wie wenn auch er die letzte, tiefste und verzweifeltste Taste des Klagesangs berührte, wenn persönliche Verdienste und Werte sich durch ständiges Wiederholen abgenutzt haben und wurden, wie wenn es sie nie gegeben hätte, und nur noch dieses Ritornell übrig bleibt: Es ist nicht gerecht, es ist nicht gerecht, wie wenn vom Tod kein anderer Sinn mehr für die Lebenden bliebe als dieser, der Sinn eines unmäßigen, unanfechtbaren, schutzlosen Akts der Ungerechtigkeit.

»Es ist nicht gerecht, es ist wirklich nicht gerecht …«, sagte er sich wieder, und dieses Dooo … dong … dong … dooo … machte auf ihn den immer gramvolleren Eindruck einer Totenglocke, die Don Luigi sich mit seinen eigenen Händen läutete für diese Art von Krankheit, die ihn gepackt hatte und der Welt von Charybdis entriss, diese eigentümliche Art der Veränderung seines Naturells, die Veränderung seines Lebens selbst.

»Es ist nicht gerecht, es ist nicht gerecht …«, wiederholte er mit einem immer mächtiger und ohnmächtiger werdenden Katastrophenton. »Es ist nicht gerecht, es ist nicht gerecht …«, wiederholte er, und immer wieder dämmerte es leidvoll in seinem Kopf, dass dies eine tote Ausdrucksweise war, ein Bodensatz von Schmerz und Leid, immer deutlicher zog es durch seinen Verstand, dass er von dem mannhaften, wütenden, aufgewühlten, aufgebrachten Ton in einen weiblichen, uterinen Ton verfallen, gefallen wäre, und daraus dämmerte ihm deutlich und klar in seinem Kopf, dass die pralle Wut, von der er glaubte, sie sei verraucht, sie habe sich verbraucht, wieder aufs Heftigste entbrannte.

Dafür sorgte ganz allein schon der Bursche, der plötzlich, als keiner es mehr erwartet hatte, wieder die Szene betrat und sich den Umstand zunutze machte, dass Don Luigis Tonnadel sich verheddert hatte und er immer noch da stand und seine Silben drehte und kräuselte, ja, eigentlich lippenspeichelte er mit den letzten zwei, drei Wörtern herum, die ihm verblieben waren, um sein schönes, wirklich schönes doppelseitiges Wirrspiel zu Ende zu bringen: sooll … sooll …

»Uffa, uffa«, sagte prustend der Bursche und schaute eine Weile die Gesellschaft dort auf dem Sporn an und eine Weile zu dem Landungsboot der Engländer hinüber, das sich unterdessen, auch wenn man hätte meinen können, es habe sich durch seine Hin- und Herfahrten zwischen Insel und Festland erschöpft, immer deutlicher vom Meer des Orcaferons fortbewegt hatte. »In wenigen Augenblicken kommt es hier an«, sagte er dann und wandte sich voller Verachtung an Don Luigi, »und Ihr steht noch immer hier herum und plappert Euer sososò … Uffa, fast hab ich einen Herzstillstand bekommen, wie ich Euch so hörte. Na gut, der da hält große Stücke auf Euren 'Ndrjuzza, gut, ja, aber 'Ndrjuzza oder nicht 'Ndrjuzza …«

»Ihr soollt … soollt …«, stotterte Don Luigi da, wie wenn der da ihm wirklich in aller Eile mit Hohn und Spott das Fell glattgestriegelt hätte, was er wieder und wieder an ihm getan hatte, so als hätten sie ihre Rollen vertauscht.

»Es ist nicht gerecht, es ist nicht wirklich gerecht …«, sagte 'Ndrja sich wieder, aber sein Ton schnaubte plötzlich erneut vor Wut, aufgewühlt, tobend, wie zu Anfang, und das Blut war ihm in die Augen geschossen. »Es ist nicht gerecht, es ist nicht gerecht«, sagte er wieder und hatte immer noch den gleichen Ton wie vorher, zusätzlich aber noch mit dem Eindruck eines schwarzen Herzens, schwarz und aufgeschwollen, ein Eindruck, der ihm in seinem Klageton später noch nachhing.

»Es ist nicht gerecht, nein, es ist nicht gerecht …«, wiederholte er in seinem Kopf, und zugleich auch: »Da, da wieder, jetzt sagt ers, sagt ers mir, jetzt, wo der Verblatterte geprustet hat, er sagts, er sagts und beendets, sofort, jetzt, hier, auf der Stelle: …tet den Orcaferon hier anlanden. Das ists, was er sagt, was er mir sagt, das ich dem Malteser weitersagen soll, ihm eben auf die Art sagen soll, wie ers sagte, dass er ihn aus Liebe zu mir für uns anlanden soll, was die ideale Weise wäre, an die Luigi Orioles gedacht hatte, und nur er weiß, wie lange er schon vor mir so dachte, nur dass er nicht dachte, aber was macht ihm das schon aus?, er dachte nicht, dass ich, noch bevor ich das dem Malteser sage, mir eine phantastische Maske aufs Gesicht setzen muss und sie nicht mehr abnehmen darf.

Es ist nicht gerecht, es ist nicht gerecht … Da, da, jetzt hat ers, jetzt sagt ers, er sagts jetzt, ja, eigentlich, eigentlich hat ers ja schon gesagt, wiederholte er mit wütendem, aufgebrachtem, rasendem Ton jetzt, in seinem Inneren fühlte er sich beleidigt über den anderen Ton, den Klageton, den Katastrophenton, schutzlos, und das machte ihn immer wütender. »Da, er sagts, er hats gesagt«, wiederholte er für sich, und dieser Gedanke erregte in ihm in diesem Augenblick noch einmal den Eindruck von Weltenende. »Es ist nicht gerecht, es ist nicht gerecht … Es ist nicht gerecht, dass ers sagt«, sagte er zu sich, »und es ist nicht gerecht, es ist nicht gerecht, dass ich ihm, diesem Don Luigi hier, verändert, heruntergekommen, verwest, das Maul nicht stopfen kann.«

»Es ist nicht gerecht, es ist nicht gerecht, nein, ist es nicht, nein …«, wiederholte er ein letztes Mal, doch dieses Mal entschlüpfte dieser Gedanke seinem Mund, wie wenn er sich wütend wiederholt und wiederholt in seinem Kopf aufgebläht hätte, bis er schließlich zur fixen Idee, zur Manie wurde, bis er ihn bei der Hand nahm und sich außerhalb seines Wesens durch Wort und Stimme austoben konnte, und da erst merkte er es, zur gleichen Zeit, als auch die anderen es merkten. Er wusste nicht, wie's bei den anderen war, doch bei ihm war die Wirkung die wie von einer Stimme zwischen Schlafen und Wachen, leidvoll, aufgewühlt, eine erstickte, röchelnde Stimme, die alle auf dem Sporn gehört haben mussten, und die am nächsten Stehenden wie Don Luigi, Caitanello und der Bursche mussten auch den Sinn seiner Worte erfasst haben. Und sie wandten sich ihm tatsächlich auch zu, woraufhin 'Ndrja sich, angeregt durch seine kochende Wut, die er so lange schon voller Eifer, voller Geifer in sich trug und die in diesem Augenblick unerwartet die Oberhand gewann, mit einem Ruck unter der Hand hervorsprang, die Don Luigi immer noch auf seiner Schulter liegen hatte, weshalb er bei ihm als Erstem eine Verblüffung sondergleichen auslöste, sich auf den Burschen stürzte, der sein Gesicht verzerrte und rückwärts torkelte, doch von 'Ndrja bei der Jacke zwischen Hosenlatz und Kragen wie in einem eisernen Griff gepackt wurde: »Gauner, Scheißkübel«, schrie er ihm ins Gesicht, »wagt es nicht, wagt es ja nicht, mich noch einmal 'Ndrjuzza zu nennen, sonst bring ich Euch um, ich bring Euch um, ich schaff Euch aus der Welt …« Und indessen dachte er, dass die Wut gerade rechtzeitig hervorgebrochen war, um Don Luigi das Maul zu stopfen, sie war zum richtigen Zeitpunkt aus ihm hervorgebrochen, am Schmerzpunkt eben und eben rechtzeitig, um seinen Abschluss, dieses Weltuntergangschaos von Silben abzubrechen, das er in diesen wenigen, nicht einmal fünf Wörtern spürte, die ihm noch auszusprechen verblieben waren, wenn er erst einmal gesagt hätte: Ihr solltet, nämlich: uns diesen Orcaferon da anlanden. Und als logische Folge davon dachte er auch, dass dieses 'Ndrjuzza ein armseliger Vorwand war, armselig und zugleich lächerlich, um seiner Wut Luft zu machen und jemand dafür büßen zu lassen, jemand, der, auch wenn es sich um diesen Halunken handelte, nicht der Richtige war, und er hoffte, dass Don Luigi das daraus verstehen würde, das und auch alles Übrige. »Es ist nicht gerecht, es ist nicht gerecht …«, wiederholte er jetzt und hörte sich jetzt und ließ sich mit zusammengepressten Zähnen hören, mit deutlicher, schneidender Stimme, dabei stellte er sich so hin, dass es aussehen musste, als salbadere er dem Burschen, bevor er ihn erdrosselte, mitten hinein ins Gesicht. Er schloss seine Hände immer enger um den Jackenkragen, drückte seine Finger gegen die Gurgel, so dass der andere in panischer Angst immer weniger atmen konnte und blass wurde, die Augen nach innen verdrehte, seinen Mund öffnete und seine Zunge heraushängen ließ. »Es ist nicht gerecht, nein, es ist nicht gerecht …«, raste 'Ndrja mit gebrochener, verbissener Stimme, zuckend, schluchzend, die Stimme von jemandem, der endlich Luft abließ: »Essis … nichge … essis … nichger … ger … gerecht …«, und drückte mit den Fäusten, mit dem ganzen Körper gegen die Gurgel des Burschen, dessen Augen unterdessen glasig wurden, wie die eines Fischs außerhalb des Wassers, und er knickte in den Knien ein unter 'Ndrja, der ihm mit den Händen den Kopf vom Rumpf zu reißen schien, und weil keiner vortrat, um ihn aufzuhalten, war er wirklich in der Gefahr, es zu schaffen.

»Essis … nichge… ge… ge… gerecht …« Der Bursche war inzwischen fast erstickt, seine Augen waren fast schon aus den Augenhöhlen getreten, er starrte 'Ndrja nicht nur entsetzt an, sondern auch entgeistert und verwirrt vor Neugier, vor Verwunderung, er schien wie magnetisch angezogen die Verbissenheit zu verfolgen, mit der die entfesselte Wut ihm die Kehle zuschnürte und die Fingerkuppen so gegen ihn drückten, als wollte er ihm in die Kehle dringen. Er begann zu erschlaffen, angefangen bei den Händen, eine tote Last zu werden und zusammenzusacken, während sich sein verblattertes Gesicht zusehends verwandelte, zuerst wurde es knallgelb und dann blass wie ein bleicher Lumpen.

Der Einzige unter denen, die dort waren, der Einzige unter allen in Charybdis, der ihn aus 'Ndrjas Händen befreien konnte, war Don Luigi, und er befreite ihn. Als Erstes legte er ihm wieder seine linke Hand auf die Schulter, dieses Mal aber mit eisernem Griff, entschlossen, einem Griff, in dem er den Don Luigi alten Stils spüren konnte. ʻNdrja wandte ihm seinen Blick zu, um ihn anzusehen, und Don Luigi sah ihn an, und während sie sich ansahen, versuchte er mit der rechten Hand, seinen Griff zu lockern, doch ʻNdrja setzte ihm Widerstand entgegen. Für unendlich lang scheinende Augenblicke sahen sie sich fest an, und maßen sich in einer Kraftprobe mit den Augen, während ʻNdrja dem Burschen weiter den Hals zudrückte, ihn an sich zog, und Don Luigi ihn mit der geöffneten rechten Hand an einer Schulter zurückstieß. Irgendwann verlor ʻNdrja freiwillig die Kraftprobe, spürte aber, dass er das andere Spiel indessen gewonnen hatte, das große Spiel mit Don Luigi. Er lockerte den Griff, und der Bursche wurde unter dem Schubs von Don Luigis Hand, die plötzlich auf keinen Widerstand mehr traf, mit solcher Kraft nach hinten geschleudert, dass er ein Stück weiter weg auf dem Hintern landete und danach verwirrt und benommen auf dem Sporn herumtaumelte.

ʻNdrja und Don Luigi sahen sich weiter fest an. Der, der die Augen zuerst niederschlug, war Don Luigi, der seine Hand von ʻNdrjas Schulter nahm und sich umdrehte, womit er dem Burschen, der auf seinem Hintern gelandet war, den Rücken zukehrte.

ʻNdrja dagegen ließ den Verblatterten nicht aus den Augen, bis der, die Hände an den Hals haltend und tief einatmend, mit dem Gang und dem Blick eines Menschen, der unter die Türken gefallen war, schließlich den Sporn hinunterging und aus den Blicken verschwand, zumindest so lange, wie er über die Marina hinter dem Sporn wankte.

Aus ʻNdrjas Augen stoben Funken, und die Pellisquadre, die ihn noch nie in dieser Weise aufgewühlt gesehen hatten, standen völlig sprachlos da. Er war ein einziges Nervenbündel und schnaubte, als würde Feuer aus seinen Nüstern schießen, und die, die in seiner Nähe standen, konnten hören, wie er die Zähne aufeinanderrieb, während er mit seinem Blick diesem Halunken folgte, mit einem Ausdruck in den Augen, dass man dachte, er würde ihn zerfleischen, ihn Biss um Biss allein mit den Blicken zerfleischen.

In diesem Augenblick fingen ʻNdrjas Knie an zu schlottern, wie wenn er einer Gefahr, einer großen Lebensgefahr entgangen wäre, die ihm erst im Nachhinein bewusst wurde. Und wie man in solchen Fällen häufig beobachten kann, folgte auf das Schlottern die große Geschwätzigkeit, und die Geschwätzigkeit betraf wieder und wieder den Burschen, den Burschen, der einem falschen Zweck diente, denn wie er ihm vorher gedient hatte, um seinen Wutanfall zu kaschieren, so diente er ihm jetzt, um seinen Ausbruch zu kaschieren.

»Hoh, nicht zu glauben …«, fing er mit seinem Wortschwall an und wandte sich ganz allgemein an alle und an einen insbesondere. »Hoh, so ein Müllhaufen von Mensch verstieg sich doch tatsächlich dazu, mich 'Ndrjuzza zu nennen. Was sollte das, haben wir etwa den Schlaf miteinander geteilt? Oder sind wir gemeinsam hinausgefahren? Doch andererseits, was kann man schon verlangen, wenn ein Vater mit einem solchen Abschaum von Mensch redet und mit dem Namen seines Sohns herumspielt, was er sich niemals hätte träumen lassen? Ist doch klar, dass der sich ermächtigt fühlt, mich ebenfalls 'Ndrjuzza zu nennen. Ist doch klar, der hat sich gut behandelt gefühlt, der hat sich vielleicht zum ersten Mal in seinem Leben wichtig genommen gefühlt, befragt und wieder befragt, und da hat er sich, bei dem persönlichen Interesse, das auf dem Spiel stand, nicht nur eingemischt, sondern ist vertraulich geworden, mit dem Finger packte er gleich die ganze Hand, wurde hochmütig, prahlerisch, verächtlich, er stieg auf die Kanzel, mit einem Wort: Er wurde ganz feierlich. Ha, natürlich, natürlich …«

Natürlich, wollte er sagen, doch dann sagte er es nicht, natürlich, er sah sich im Zentrum, sie alle hingen an seinen Lippen, wie wenn er jetzt ein Orakelmund wäre. Das wollte 'Ndrja sagen, wenn er sagte: Ha, natürlich, natürlich, und wenn er es nicht sagte, war es, weil um ihn herum alle verstummt waren und sie ihm keinen weiteren Ansporn gaben. Keiner nämlich, nicht einmal Caitanello, machte den Mund auf, keiner muckste sich, redete oder tat sonst etwas, um ihn zu besänftigen. Und Don Luigi erst, der genau wusste, dass er diesen Kick und Hieb ganz persönlich nehmen musste, wie hätte er das nicht besser als jeder andere von ihnen begriffen, er, der, was immer man auch hätte sagen oder tun können, um ihn zu beschwichtigen, alles nur wieder angefacht hätte, auch weil er nur zu gut wusste, dass man ihn, nach allem, was ihn so aufgeheizt hatte, einfach nicht mehr weiter aufheizen konnte.

Sie standen stumm da herum, und das bedeutete angesichts der Typen, vor allem einiger unter ihnen, dass sie einverstanden waren, sie waren mit seiner tobenden Wut und mit seiner Aufgewühltheit einverstanden, auch mit seinem Ausbruch, mit seiner Geschwätzigkeit, und wenn sie damit vor allem einverstanden waren, kam einem der Gedanke, dass sie schweigend auch mit der Tatsache einverstanden waren, dass er die Schuld nicht diesem Gauner gab, denn der ging ja letzten Endes nur seinem Beruf nach, dem Beruf, für den er geschaffen war, den Beruf, der seinem Wesen entsprach. Wer dagegen sagte ihm aber, welchem Beruf er bei dieser Gelegenheit nachging, wer sagte es ihm? Ging er denn etwa seinem Beruf nach, dem Beruf, der ihm von Natur aus entsprach?

Sie waren einverstanden, denn sie schwiegen, sie waren mit der ganzen Linie einverstanden, und außerdem, wenn sie redeten, was sollten sie dann sagen? Leugneten sie? Und was leugneten sie? Leugneten sie das Licht der Sonne? Andererseits sprach er in der Mehrzahl, er sagte Pellisquadre, meinte aber ihren Kopf, ihren Boss, diesen ideenreichen Kopf, ihren Kopf, der auf Luigi Orioles' Schultern saß, denn alles fing dort an, bei ihrem Kopf, genauer gesagt beim Auge, beim Augenzwinkern dieses Kopfs. Denn der Fisch beginnt ja immer dort zu stinken, am Kopf, was dann erst mit dem großen Fisch da, mit Don Luigi, der musste doch zwangsläufig doppelt so heftig wie ein anderer stinken, er musste doch zwangsläufig Leib und Seele ausstinken, denn wenn die Seele wirklich in irgendeinem Teil unseres Körpers eingeortet ist, konnte nur der und kein anderer der Ort von Don Luigis Seele sein, und dort hatte er sich verändert, im Kopf, er hatte sich im Ganzen verändert, in Seele und Leib.

Der Bursche, der blass und mit verstörten Gesichtszügen einen Augenblick vorher davongelaufen war, als hätte er den Tod mit eigenen Augen gesehen, tauchte einen Augenblick später unterhalb des Sporns wieder auf, er hatte seine aufgeblasene Art zurückgewonnen, gleich einem vom Hahn gepackten Huhn, das seine Federn schüttelt und den Eindruck erweckt, dass die ganze Sache es völlig gleichgültig ließ.

Er schleppte sich da unten hin, ohne sich zu entschließen, schnurstracks in Richtung Ufer zu gehen. Er stellte einen Fuß auf den oberen Teil eines Trümmerstücks vom Haus der Castorinas, und während er einen Schuh zuschnürte, blickte er verstohlen zum Sporn hinauf und suchte ʻNdrja mit giftenden, zu Schlitzen verengten Augen. Danach ging er ein bisschen unterhalb weiter, und mit etwas Unterschwelligem, Spöttischem und Herausforderndem gegenüber ʻNdrja wandte er sich an Don Luigi und rief ihm ganz willfährig zu: »Was habt Ihr mir noch gesagt? Was ist das für ein Gefallen, den Signor Mister Maniàci Euch erweisen soll?«

»Gefallen? Was für einen Gefallen?«, antwortete Don Luigi basserstaunt.

»Was heißt denn hier, was für einen Gefallen?«, erwiderte der andere und sah ihn mit offenem Mund an.

»Ja, genau, was für einen Gefallen? Was für einen?«, beharrte Don Luigi, ohne auch nur im Geringsten die Fassung zu verlieren. »Wer hat denn etwas von Gefallen gesagt? Habe ich etwa von Gefallen geredet?«

»Ach, nicht? Habt Ihr nicht von Gefallen geredet?«, sagte der Bursche und sah ihn nun genauer an. »Was habt Ihr denn dann gemeint, als Ihr gesagt habt: Und nehmen wir an, unser Wieheißternochgleich macht den Mund auf und sagt …? He, was sagt er, was sagt er so Erstaunliches, wenn Euer Wieheißternochgleich den Mund aufmacht? He, kann man wohl mal erfahren, was dieses Breitmaul dann sagt?«

'Ndrja hatte dieser neue Pfeil des Burschen so überrascht, dass Don Luigi bereits antwortete, während er ihn noch wie ein Naturwunder anstarrte, diesen Scheißkübel.

»Was wollt Ihr mir denn unterjubeln?«, fragte Don Luigi ihn, der in seinem Nichtverstehen sogar übertrieb. »Und wer soll dieser Wieheißternochgleich sein? Und außerdem, wer bin denn ich, dass ich Euch sagen könnte, was er sagt, wenn er den Mund aufmacht? Bin ich der Herrgott?«

Beinahe, ja, beinahe empörte er sich jetzt wirklich oder zum Schein, doch vorher, als er am Werk war, als er im Begriff stand, es zum Abschluss zu bringen, das Werk, war da das Nehmen-wir-an, das er immer wieder sagte, etwas Menschliches etwa oder eine herrgöttliche Forderung? Jetzt schämt er sich dafür, sagte 'Ndrja zu sich, und das ist ein Zeichen für seine Reue, ein Zeichen dafür, dass mein Ausbruch ihm die Augen geöffnet hat, es hat ihm die Augen geöffnet wie einem Schlafwandler, wenn er zu sich kommt. Er öffnete die Augen und sah, wie er war, was er sagte, was er machte, was für einen Mist, kurz gesagt, er da veranstaltete, und auf der Stelle blieb er stehen, wo er stand, er hatte das Bein schon zum letzten Schritt angehoben und erstarrte dann. Er nähte sich den Mund zu, um es deutlich zu sagen, er verstummte mitten in diesem berüchtigten Satz: … solltet den Orcaferon da anlanden. Das sagte er dann doch nicht, noch sah es, den Antworten nach zu urteilen, die er dem Burschen gab, so aus, als würde er, jetzt oder später, zu einer anderen Einsicht gelangen. Nur dass er jetzt, von dem Gauner auf die Probe gestellt, statt zuzugeben, log und leugnete, man hätte sagen können, dass er nun wieder war wie vorher, wieder der alte Don Luigi des alten Stils, des unbeugsamen, offenen, klaren, loyalen, spartanischen Stils. Doch war er noch um einiges von jenem Don Luigi entfernt, der hier von dem Burschen auf die Probe gestellt wurde, und statt spartanisch zuzugeben, log und leugnete er. Doch was konnte er andererseits schon tun? Wenn er in klaren Lettern sein Wirrspiel mit dem Burschen zugegeben hätte, so hätte er es gleichzeitig auch ‘Ndrja gegenüber zugegeben, und dann wäre wieder alles aufs Spiel gesetzt worden. Die stillschweigende Übereinkunft, die darin bestand, so zu tun, als wäre nichts oder doch beinahe nichts gewesen, sie hätte damit ausgedient, und das wäre schlimmer, als wenn alles sich wirklich ereignet hätte.

Der Bursche blickte ihn fest an, so wie wenn er seinen Augen nicht trauen würde, und erforschte ihn völlig ungläubig.

»Ist das noch zu fassen«, sagte er zu ihm, »dass Ihrs im Handumdrehen vergessen habt?«

»Daran sieht man, dass es dummes Geschwätz war, wertloses Zeug«, kommentarierte Don Luigi trocken und steif und machte kurzen, sehr kurzen Prozess.

»Wertloses Zeug?«, rief der Bursche mit weit aufgerissenen Augen. »Wertloses Zeug, sagt Ihr? Ja, was denn, erst redet Ihr eine Stunde lang drum herum und dann sagt Ihr, dass es wertloses Zeug wäre?«

»Wertlos, völlig wertlos …«, wiederholte Don Luigi in einem so verdrießlichen Ton, wie wenn er eine Fliege verjagen wollte. Und weil ihn möglicherweise der Verdacht streifte, dass er sich allzu schroff verhalten haben könnte, fügte er schließlich hinzu: »Es war ja nichts Genaues.«

»Ach, ja? Nichts, das war also nichts, behauptet Ihr?«, sagte dieser Hurenbock. »Dabei kam es mir vor, als sollte es hier doch um Leben und Tod gehen, genau darum sollte es doch in Eurer Gedankenwelt gehen.«

»Ihr glaubt doch nicht etwa, Ihr könntet meine Gedanken lesen?«, erwiderte ihm Don Luigi und verfinsterte sein Gesicht. »Denn, seht Ihr, das entspricht dann doch nicht Eurer Fähigkeit, teurer Sanciòlo, meine Gedanken zu lesen«, sagte er abschließend und mit äußerster Ruhe, fast im alten Stil, fast, als wäre nie etwas geschehen, und um einfach die Sache zu beginnen oder auch zu beenden, nahm er ihm das Signor wieder weg, das er diesem Ohrenputzer vorher zugebilligt hatte.

»Oh, es steht mir ferne«, sagte dieser Möchtegernlude, nachdem er ihn eine Weile angeschaut hatte, wie wenn er nicht mehr wüsste, was er von ihm halten sollte, »es steht mir ferne, sage ich, den Anspruch zu erheben, Eure Gedanken lesen zu können. Das will heißen, dass ich falsch verstanden habe, doch wenn Ihr die Vermutung habt, dass der Signor Mister Maniàci Euch in irgendeiner

Weise dienlich sein kann, sagts nur, macht da keine Umstände. Denn, seht Ihr, wenn es nichts mit Faschisten zu tun hat, wenn es nicht darum geht, bei irgendeinem Hierarchen ein Auge zuzudrücken, denn bei denen ist der Taunmejdscher unnachgiebig, dann steht er mir in keiner Weise ablehnend gegenüber. Wir sind beide enge Vertraute, versteht Ihr? Wie könnte er mir da etwas abschlagen bei der brüderlichen Freundschaft, die zwischen uns besteht?«

»Du Wichserseele von Drecksvisage …«, sagte 'Ndrja aus tiefstem Herzen. »Ja, wie denn auch nicht? Da besteht doch eine ganz brüderliche Freundschaft zwischen den beiden, eine Freundschaft wie die zwischen dem Arsch und dem, der hineinkriecht.«

»Was habt Ihr gesagt?«, preschte der Bursche vor. »Heh, was habt Ihr gesagt? Euch meine ich, ja Euch …«, sagte er dann leise und drohend und steckte seine Hand quer zwischen die Zähne.

»Euch, ja Euch meine ich, was meint Ihr mit diesem Euch, heh, Schuft, der Ihr seid? Hat Euch der Vorschuss noch nicht gereicht, den ich euch verabreicht habe? Wollt Ihr auch noch den Rest? Dann sagts. Andernfalls verschwindet von hier und geht zu Eurem Dienstherrn und sagt ihm, dass ich hier bin, sofern er mich will, denn wenn er mir etwas sagen will, wenn er mich als Ruderer und Vormann braucht, soll er mir nicht seinen Arschkriecher schicken, sondern muss selber kommen, in Person, denn ich brauche ihn nicht, er braucht mich.«

»Ja, wartet mal schön, wartet mal schön, dass ich gehe und es ihm sage. Wartet mal schön, dass er kommt, dass er zu Euch kommt und Euch persönlich bittet. Und wartet mal schön, wartet mal schön, dass er Euch die tausend Lire gibt, bereitet, ja, bereitet doch schon mal die Hand vor, in die Ihr sie gesteckt haben wollt. Ach ja, wie denn nicht, er schmiert sie Euch ja direkt auf die Handfläche …«

»Dann lasst Euch doch in den Arsch ficken, beide zusammen. Das wenigstens könnt Ihr ihm doch sagen, dass Ihr Euch beide in den Arsch ficken lassen könnt, wo Ihr doch so eng miteinander verbunden seid. Das, denke ich mir, wird Euch nicht leidtun, und ich stelle mir schon vor, mit welcher Lust Ihrs ihm sagen werdet, oder?«

»Mit Lust? Mit Riesenlust sogar, denn Ihr könnt Euch nicht mal entfernt eine Vorstellung davon machen, was für eine Riesenlust es für den hier Anwesenden ist, Euch in die Pfanne zu hauen.« Und als er vom Sporn zur Marina hinunterging, hörten sie alle noch, wie er sagte: »Ach, was für eine Lust, was für eine Lust …«

'Ndrja begleitete ihn gewissermaßen Schritt für Schritt mit seinen Blicken und spürte in seinem Inneren noch den mächtigen Drang zu reden, Dampf abzulassen, den die Stille um ihn herum auf dem Sporn mit jeder Sekunde nur noch stärker werden ließ.

Ein harmloser Anlass genügte ihm, ein nichtiger Anlass, den Don Enrico Scoma ihm lieferte, der, seit er Federico mit der wie ein Blutpfannkuchen herunterhängenden Hand gesehen hatte, mit seinem Verstand ausschließlich in der Welt des Wahnsinns unterwegs war, und noch bevor sich seine Gedanken in seinem Kopf bilden konnten, strömten sie ihm bereits aus dem Mund. Und bei all dem, bei allem, was sie unterdessen erfahren hatten, war es für sie alle, wie sie schweigend da auf dem Sporn standen, in diesem Augenblick wie eine große Überraschung, als sie ihn, an einen in der Gruppe gewandt oder auch an keinen Besonderen, sagen hörten: »'Ndrja hat einen Tausender verbrannt, vielleicht auch mehr als einen, wenn man den da hört. Und der ist zudem doch jetzt auch noch fähig, ihm beim Malteser eins auszuwischen …«

'Ndrja musste wahrscheinlich gar nicht erst darüber nachdenken, wer der Betreffende war oder nicht war, der diese Worte sagte, denn sein Verstand musste die Worte, ihren Klang, ihre Bedeutung ganz erfasst haben. Als er sich mit diesem Ausdruck einer frisch geschliffenen Klinge in den Augen umdrehte, stieß die ziemlich verärgerte Stimme, die die Lust vernehmen ließ, die sie empfand, als sie sagte, was sie sagte, die ganze Klicke von Pellisquadre, wie sie da stand, vor den Kopf, einschließlich des Vaters und des Vaters der Väter, nämlich Luigi Orioles, und als sie sich an den Unschuldigen und Ahnungslosen, nämlich Don Enrico Scoma, wandte, doch sich eigentlich nur durch das Wort an ihn wandte, sagte sie:

»Was plappert Ihr denn da? Was kann der mir denn schon auswischen? Wer beim Wichser und was beim Wichser glaubt Ihr denn, wer der ist? Ein Arschkriecher ist der. Was habt Ihr denn geglaubt, wer der war? Der Arschkriecher, der Klötenlecker, der Ohrenputzer und Büttel dieses Maltesers ist er, der da, und darüber hinaus macht er auch noch den Luden für den, und dass er das tut, das haben Masino und ich ihn ja mit eigenen Augen tun sehen. Und wie der da, der Malteser, mit ihm umgeht, haben wir auch gesehen, nicht schlimmer und nicht besser als mit einem gemeinen Taschendieb, einem viertklassigen Schieber mit Bruder und Schwager, die im Gefängnis der Carrubbara ein- und ausgehen. Mir eins auswischen, das hör sich einer an, dieser Abschaum der Menschheit mir eins auswischen, mir. Und was plappert Ihr da überhaupt von einem

Tausender oder auch von zwei Tausendern, die ich verbrannt hätte? Wieso denn das, hing das oder hängt das etwa von diesem Drecksack ab, ob ich sie mir verdiene oder nicht? Das hängt allein von dem Malteser ab, von dem Malteser und von mir, vom Malteser, der mich bittet, für ihn zu rudern, und vom hier Anwesenden, der ihm zusagt oder nicht zusagt.«

Und was die beiden Worte anging, die Don Enrico Scoma ihm gegenüber salbadernd aus dem Mund entfahren waren, hätte er sich an diesem Punkt mit dem bereits Gesagten zufriedengeben können, doch die Wahrheit war, dass er sich zwar noch einmal an die gesamte Gruppe wandte, doch wieder sprach er nur mit einem einzigen unter den Anwesenden, mit dem nämlich, der sein Gott auf Erden war und Gefahr lief, es nicht mehr zu sein, und das kostete ihn noch einiges Leid und einige Unduldsamkeit, die Dinge zu schlucken: »Und außerdem, außerdem«, fuhr er daher fort, »hängt es auch von mir ab, ob ich mich ausschließlich mit dem Geld begnüge oder ob es mir nicht in den Sinn kommt, ihn zusätzlich noch um etwas anderes zu bitten. Das ist meine Sache«, und hier wurde seine Stimme deutlich, weil Don Luigi seinem Eindruck nach vorher nichts anderes gemacht hatte, als das ständig zu wiederholen, ihm wortlos zu wiederholen: Das ist deine Sache, und in der Tat war es seine Sache. »Meine Sache ist es, ihm zu sagen: Eine Hand wäscht die andere, Ihr müsstet mir schon den und den Gefallen tun, andernfalls, tut mir leid, rudert Ihr für Euch selbst. Was hatte und was hat also der Verblatterte damit zu tun? Habt Ihr in dieser Sklavenseele, diesem miesen Lump, diesem Arschkriecher etwa einen Don Juan d'Austria gesehen oder vielleicht auch den Professor mit den Aalen?«

Der Bursche hatte sich unterdessen ans Ufer gesetzt und wartete darauf, dass das Landungsboot vom Meer des Orcaferons zurückkehrte, um ihn wieder an Bord zu holen. Als das Landungsboot aber endlich nicht mehr länger in diesen verdreckten, massakrierten, blutverschlierten Gewässern herumtrudeln wollte und sich daranmachte, die Grenzlinie wieder zu überqueren, stand der Bursche flink wieder auf, wie wenn er sich selbst Mut machen wollte, und kam die Marina bis unterhalb des Sporns wieder hoch, ohne jemals die Augen niederzuschlagen, die er dort hinaufgerichtet hielt. Dort oben waren 'Ndrja und Don Luigi weiterhin gut erkennbar. Der Bursche sah 'Ndrja spöttisch und herausfordernd an, während er Don Luigi gerade einmal ein paar Blicke hier und da zuwarf, obwohl er es war, mit dem er redete:

»Was ist nun? Habt Ihr Euch entschlossen zu reden?«, fragte er.

Don Luigi beachtete ihn gar nicht, für ihn war's, als würde sich der Bursche auch gar nicht an ihn wenden, er tat so, wie wenn er damit beschäftigt wäre, Saro Ritàno etwas zu sagen, der gleich neben ihm stand.

»Kurz und gut«, fuhr der andere immer niederträchtiger fort, »Ihr habt alles wieder zurückgenommen? Ihr habt mit eingezogenem Schwanz wieder die Kehrtwende gemacht? Was war es eigentlich, wer war es, der Euch dazu veranlasst hat?«

Seine Absicht war es wohl, sie, 'Ndrja und Don Luigi, gegeneinander auszuspielen, sie offen zu Gegnern zu machen, ohne auch nur entfernt zu vermuten, dass dank ihm der alte Pellesquadra und der alte Milchbärtige wieder zusammenfanden und zudem noch als Freunde wieder zusammenfanden, als Pellesquadra zu Pellesquadra, nicht mehr länger als Statue mit blauen Augen und kindlicher Lümmel, denn Don Luigi hatte sich jetzt als jemand erwiesen, der nicht aus Marmor war, hatte sich jetzt als jemand erwiesen, der nicht auf einem Piedestal stand, und 'Ndrja hatte für sich entdeckt, dass es für ihn hier und jetzt so war, wie wenn viele Jahre in wenigen vergangen wären, in wenigen, die allerdings die nicht nachrechenbaren des Kriegs wären, und die Jahre des Unterschieds, die es vorher zwischen ihm und Don Luigi gab, nicht mehr vorhanden wären und sie jetzt einander ausglichen, der eine mit seinem Mehr und der andere mit seinem Weniger, und sie so etwas wie eine Gesamtheit darstellten, und der Beweis dafür war, dass, wenn dieser Halunke sich nun an den einen oder an den anderen wandte, der eine oder andere antwortete, und der eine immer auch mit der Antwort des anderen zufrieden war.

Der Bursche hatte einen Blick zum Landungsboot hinübergeworfen, wie wenn er sichergehen wollte, dass es wirklich in seine Richtung kam, und nachdem er sich dieser Tatsache versichert hatte, setzte er noch großmäuliger und noch spöttischer als vorher sein Werk als Provokateur fort:

»Und ein so einzigartiger Christenmensch wie Ihr«, sagte er in beleidigender Absicht zu Don Luigi, »ein so einzigartiger Christenmensch wie Ihr, mit weißem Barte, hat sich von diesem Typ eines bombardierenden Rodomont, wie er da neben Euch steht, ins Bockshorn jagen lassen?«

'Ndrja und Don Luigi sahen sich an, und der eine zeigte für den anderen so etwas wie die Andeutung eines Lächelns der Übereinkunft.

»Was mich angeht, irrt Ihr, Sanciòlo«, sagte da Don Luigi, wie wenn ihn 'Ndrjas Lächeln der Übereinkunft aufgebaut hätte. »Lasst es jetzt gut sein, das ist besser für Euch, hört auf mich, lasst es bleiben.«

»Ja, ja, lassen wirs bleiben, das ist besser, vor allem für Euch ist es besser, wo

Ihr noch völlig unter der Angst vor diesem Rodomonteur lebt, der da an Eurer Seite steht und Euch ins Bockshorn gejagt hat, oh, man mags gar nicht glauben, wie gewaltig er Euch ins Bockshorn gejagt hat …«

Da drehte Don Luigi sich 'Ndrja zu, und nach seiner natürlichen, früheren Weise legte er ihm einen Arm um den Hals.

»Wer? Der hier?«, antwortete er dem Burschen. »Dieses Subjekt hier meint Ihr, dieses Subjekt, das ich auf die Welt hab kommen sehen, das vor meinen Augen heranwuchs und sich jetzt zu einem jungen Mann entwickelt hat, der größer ist als ich? Wieso verwundert es Euch dann aber, dass er so viel Eindruck auf mich machte? Diesen Eindruck machte er, ganz fraglos hat er ihn auf mich gemacht, soll ich mich dafür etwa schämen? Weshalb hätte ich mich Eurer Meinung nach nicht beeindrucken lassen sollen? Weil er ein Hosenkacker, ein Milchbärtiger ist im Vergleich zu mir? Ach, guter Freund, wenn es aber vorkommt, dass ein Hosenkacker, ein Milchbärtiger völlig recht hat, dann ist er kein Hosenkacker mehr, kein Milchbärtiger, dann wird er alt, dann wird er Ohmahne, und es ist, als hätte dieser Milchbärtige schon einen weißen Bart. Hab ich mich verständlich ausgedrückt?«

Wort für Wort fühlte 'Ndrja seine frühere Bewunderung für Don Luigi wiedererstehen, und das glich einem süßen, wohltuenden Geschmack, der in ihm wiedererwachte und auf seine Zunge zurückkehrte. Ja, er hat bereut, sagte 'Ndrja zu sich, darüber gibt es nicht mehr den geringsten Zweifel. Ja, er hat bereut und ist wieder er selbst geworden, er, mit seinem früheren Stil, unbeugsam, offen, klar, loyal und spartanisch, denn auch das war sein Stil, nämlich öffentlich sein Unrecht, seinen Fehler oder seine Unterlassung einzugestehen, sofern er Unrecht, Fehler oder Unterlassung jemals vorher hatte begehen können, vor diesem Unrecht oder Fehler, vor dieser Unterlassung, sofern es sich überhaupt um ein Unrecht, einen Fehler oder eine Unterlassung handelte.

»Einfach ausgedrückt«, fügte dieser in seinem Gesicht wie in seinem Herzen Verblatterte hinzu, »da habt Ihr Euch in Eurem Alter unter den Schutz eines aufgeblasenen und despotischen Kackarschs geflüchtet, wie?«

»Peuh«, machte 'Ndrja und spuckte aus dieser Entfernung auf ihn, wie wenn er ihm ins Gesicht gespuckt hätte. »Peuh, Stinklumpen.«

»Ihr«, drohte ihm der Bursche mit zusammengebissenen Zähnen, »Ihr werdet es noch bereuen, darauf habt Ihr das Wort von Lillo Sanciòlo, der Euch noch dazu bringen wird, alles zu bereuen …«

»Das Wort von Lillo Sanciòlo …«, kommentarierte 'Ndrja verächtlich. »Ein Scheißwort ist das, das Wort von Lillo Sanciòlo.«

»Ich werde Euch Euren geschwollenen Hahnenkamm schon noch kürzen lassen, darauf könnt Ihr Euch verlassen«, sagte der Bursche noch, und zwar gallig. »Wartet nur, bis das Landungsboot hier anlegt, dann werdet Ihr schon sehen, ob ich Euch nicht dazu bringe, alles zu bereuen.«

»Einstweilen, wenn Ihr nicht abhaut, bevor das Landungsboot hier anlegt, nehm ich Euch grad wie Ihr seid und halte Euch mit dem Kopf unter Wasser, bis ich Luftblasen sehe, die aus Euren Lungen dringen und an die Oberfläche steigen, denn das ist das Zeichen, dass Ihr inzwischen ersäuft seid. Ihr glaubt mir nicht? Sagt nur noch ein halbes Wort, dann beweis ichs Euch.«

Das Landungsboot hatte noch nicht einmal die Grenzlinie erreicht, der Bursche sah das und machte seine Rechnung auf, als Don Luigi, wie wenn er seine Zweifel auflösen wollte, in einem geradezu heiteren Ton zu ihm sagte:

»Bereitet Euch vor, Sanciòlo, nehmt Euch in Acht, denn 'Ndrja Cambrìa, lasst Euch das von einem sagen, der ihn schon kannte, als er noch in den Windeln lag, 'Ndrja Cambrìa meint es ernst, er palavert nicht rum, außerdem ist sein Reißzahn durch Euch wieder frisch geschliffen worden, und den hat er, stellt Euch das vor, seit Ihr zuerst auf dem Landungsboot aufgetaucht seid, und so könnte es, wenn Ihr nicht aufhört zu quasseln, passieren, dass Ihr völlig verbeult und blutend nach Messina zurückkehrt.«

»Oh, toll, wirklich toll seid Ihr anzusehen mit all Eurer Aufgeblasenheit …«, erwiderte der Bursche giftend, als wäre er stärker als die Angst, die man in seinem Gesicht lesen konnte.

»Hoho, dann habt Ihr mir also nicht geglaubt, dann glaubt Ihr mir also nicht, dass ich runterkomme und Euch ersäufe?«, sagte 'Ndrja. »Dann seht her, seht mich an, ob ich nicht komme und Euch ersäufe.«

Don Luigi aber hielt ihn mit seinem Arm zurück, während er gleichzeitig mit so viel Ärger in der Stimme, dass sie nicht einmal mehr seine zu sein schien, und mit einem Ton, der keine Widerrede duldete, zu dem Burschen sagte:

»Macht schon, Sanciòlo, los, macht schon, ohne weiter zu mucksen, denn sonst stürzen wir uns heute noch mit Euch in Gefahr. Also los, verschwindet, und lasst Euch das kein zweites Mal sagen.«

Bestimmte Dinge musste dieser Bursche wohl auf Anhieb verstehen, und das hier war so ein Augenblick, so dass er, ohne noch irgendetwas Provozierendes oder Demütigendes zu tun oder zu sagen, seine Zelte unter dem Sporn abbrach und sich schnurstracks zum Ufer aufmachte. Während er sich entfernte, wandte er seinen Kopf zurück und warf den Gestalten der da oben aufrecht stehenden Pellisquadre fragende Blicke zu. ʻNdrja seinerseits ließ ihn nicht aus den Augen.

Nachdem der Bursche ans Ufer gelangt war, lauerte er ein bisschen zum Meer des Orcadavers hinüber, wo das Landungsboot weit draußen immer noch herumtrudelte, dann warf er sich auf den Sand, zündete sich eine Zigarette an, und halb ausgestreckt, sich auf einen Ellbogen stützend, blieb er da und rauchte. Hin und wieder drehte er sich um, sah zuerst hinter sich, fast wie wenn er Angst hätte, aus dem Hinterhalt überfallen zu werden, dann schaute er hinauf zum Sporn.

ʻNdrja entging nicht eine Bewegung, er folgte ihm unablässig, mit verbissenem Blick, die Augen aus Feuer, als wollte er ihn zu Asche verbrennen, ihn vom Angesicht der Erde tilgen. Nach und nach jedoch hatte er das sonderbare Gefühl, ihn mit immer weniger feuersbrünstigen Augen, mit immer weniger Drang, ihn zu verbrennen, anzusehen. Um der Wahrheit willen, sagte er, um der Wahrheit und der Gerechtigkeit willen, dieser Verblatterte verdient überhaupt keinen derartigen Groll, denn was ihn als Scheißkübel betrifft, so ist das sein Wesen, sein Wesen und sein Leben, sein Leben und sein Beruf, der Beruf eines Arschkriechers und Zuhälters, eines Halunken, eines Hurenbocks und Schiebers, eines Schwanzhalters zum Pissen, eines Manns ohne Schamröte, eines Schurken, und im Übrigen hatten sie ihn ja am Werk gesehen. Doch summasummarum, sagte sich ʻNdrja, muss ich ihm dankbar sein, ja, ja, ich muss einem solchen Abschaum der Menschheit dankbar sein, dankbar und erkenntlich, auch wenn ihn nicht einmal der Gedanke streift, dass ich ihm dankbar bin, denn was ihn betrifft, weiß er, dass er nichts, aber auch gar nichts getan hat, um Dankbarkeit zu verdienen, ja, eigentlich das Gegenteil, doch gerade deshalb, wegen des Gegenteils, verdient er Dankbarkeit. Denn wäre er nicht gewesen, hätte der Malteser ihn nicht hier abgesetzt, das heißt, hätte er den Malteser nicht überredet, ihn hier abzusetzen, um den jungen Kerl aus Charybdis anzuheuern, er, mit seinem verschleierten Gequatsche und seinen Zotigkeiten, wenn es sich nicht, kurz gesagt, um einen Verkommenen wie ihn gehandelt hätte, sondern um einen anderen, nicht so, nicht so hoffnungslos Verkommenen, hätte er niemals die Fähigkeit besessen, einen Luigi Orioles dazu zu bringen, sein abartiges Naturell herauszukehren und zu versuchen, indem er alles Mögliche versuchte, auch noch die ekelhaftesten und abscheulichsten Dinge, just die abscheulichsten, mit denen er das Schöne, das einzig Schöne, das in ihrer ehrlichen Arbeit lag, mit Füßen zu treten, nämlich gerade das Schöne und Ehrliche, das er selber gerade eben noch Signor Cama gegenüber angeführt hatte, und zwar in einem Ton, wie man ihn so, gleichermaßen befeuert, wohl nur noch im Puppentheater durch den Mund des einen oder anderen Paladins und Kreuzritters des großen Kaisers Karl hört, wenn er das Kreuz zeigt, das er auf der Brust trägt, und es zum Zeichen und zur Insignie des Glaubens und für den Glauben erklärt, für den er kämpft; um den Versuch zu unternehmen, aufmerksam zu sein, wobei er sich auf dieses verkommene Subjekt einließ, und sich dann mit der ganzen niederträchtigen Ausrüstung hervorwagte: mit Augenzwinkern, Gesichtsverzerrung und Morsehand, nur um ihn daran zu erinnern, ihn, 'Ndrja, zu erinnern, den Orcaferon anlanden zu lassen. Wäre es also nicht wegen dieses Blatternarbigen da gewesen, der Luigi Orioles' abartiges Naturell hervorkehrte, statt es beim Nichts zu belassen, beim Nichts, weil der hier Anwesende im letzten, allerletzten Augenblick mit seinem Wutausbruch ihn, Don Luigi, noch bei den Fittichen gepackt hatte, anders kann man's nicht nennen, so wäre der da zwangsläufig ans Ziel gelangt, denn ich, der überhaupt nicht gemerkt hatte, dass dieser Don Luigi nicht mehr er selbst war, und mir alles vorstellen konnte, nur nicht die barbarische Idee, die ihm durch den Kopf ging, und immer noch davon überzeugt, dass die große händische Geschäftigkeit immer noch die einzige Medizin, ein wirkliches Heilmittel für die Pellisquadre, ein Anreger für die Muskeln und eine Ablenkung der Gedanken ist, ich wäre auf der Stelle zum Malteser gegangen und hätte mir, weil eine Hand die andere wäscht, ganz arglos den Orcaferon anlanden lassen. Was ging denn da vor sich? Es ging vor sich, dass bei dem angelandeten Orcaferon, diesem gigantischen Kadaver, mit dem sie es zu tun hatten, die Verwesung inzwischen tatsächlich eingesetzt hatte. Wie konnte er da Don Luigi denn noch bei den Fittichen packen, wo er doch schon längst in abseitigen Welten lebte, als Verwandelter, weggelaufen vor dem, der er immer gewesen war, hin zu dem anderen, der er nie gewesen war, zu dem, in den er sich verwandelt hatte, ein Weggelaufener, und im Weglaufen nichts anderes im Kopf hatte, als wegzulaufen, und von dem ganzen einstigen Verstandesreichtum nur noch das niederträchtige, feige Elend dieser Redensart behalten hatte, dass Weglaufen Schande sei, doch ist das auch Rettung des Lebens? Niemand konnte ihn da, niemand, nicht einmal Gottderherr selbst bei den Fittichen packen, denn je mehr er weglief, umso mehr verweste er, je mehr er weglief, umso tiefer schlingerte er hinein.

Und dank ihm, dank diesem Halunken da, der unten am Ufer sein Zigarettchen rauchte, war es jetzt, wie wenn nichts geschehen, wie wenn dieser Ohrenputzer des Maltesers niemals an Land gekommen wäre und die Pellisquadre absolut nichts über den Malteser noch über die Regatta wüssten. An diesem Punkt war es, als würde diese Geschichte da beginnen, wenn sie denn begann, wie wenn niemand dort jemals diesen Signor Mister Malteser hätte nennen hören, den Mann für alles, das Faktotum des Taunmejdschers der Amgot von Messina, ja, mehr noch, wie wenn sich niemand auch nur entfernt vorstellen würde, dass ein Malteser an Bord dieses Landungsboots wäre, eines Landungsboots, das in ebendiesem Augenblick auf den Meeren zwischen Skylla und Charybdis aufzutauchen schien, nur dass es statt vom Jonischen vom Tyrrhenischen Meer her auftauchte.

Jetzt ging es nur darum zu sehen, ob der Malteser an Land kam, zu sehen, ob das Landungsboot dort hinkam, um den Burschen des Maltesers wieder an Bord zu nehmen oder um den Malteser persönlich an Land zu lassen. Es ging mithin darum zu sehen, ob der exzentrische Malteser dem Wort seines Ohrenputzers vertraute, das heißt, ob er, der ihn doch kannte, wie er ihn kannte, ihm so weit vertraute, dass er nicht einmal an Land ging, um selbst mit dem Charybdoten zu sprechen, oder ob er vielmehr an Land ging, um sich mit dem jungen Mann zu unterhalten und zu sehen, ob er da zum Erfolg kommen konnte, wo sein Arschkriecher versagt hatte. Nach dem, was 'Ndrja bei ihrer ersten Begegnung an dem Küstenstrich gesehen und gehört hatte, hätte er geschworen, dass der Malteser ihm nicht vertraute, denn immerhin hatte er dessen Bruder und Schwager wüst beschimpft, finstere Gestalten, Stammklientel im Gefängnis der Carrubbara, die sich ihre Hände beim Kartenmischen und beim Kartenzinken verschwielt hatten, wenn sie zockten, und dann ließ er die Hose herunter, und das vielleicht wirklich, vielleicht nicht nur metaphorisch, und versicherte ihm am Ende, dass er die tausend Lire auch ihnen gab. Hätte der Blatternzerstochene sich sonst so viel Mühe gegeben, dass er an Land gehen und mit dem Charybdoten sprechen konnte? Doch wer war eigentlich dieser Malteser? Der erste Eindruck war der, dass er seinem Burschen Süßes und Bitteres verabreichte, doch am entscheidenden Punkt verabreichte er ihm das Bittere nur mit Worten und das Süße ganz wirklich, mit Taten. Er verachtete ihn zwar, doch ohne ihn kam er nicht weiter. Er behielt ihn in seinen Diensten, dafür musste es irgendeine Notwendigkeit geben, von ihm erhielt er die eine oder andere Befriedigung. Möglicherweise hatte der Signor Mister ja tatsächlich einen Webfehler, eine Schwäche, ein Laster, und dieser Arschkriecher musste seinerseits wohl den Weg kennen, wie sein maltesischer Herr Dampf ablassen konnte, den musste er jederzeit kennen und dabei jederzeit seinen eigenen Vorteil im Auge haben, den Weg, wie er sein Bedürfnis stillen, es befriedigen, wie er ihm seine Grille besänftigen konnte, man brauchte sich ja nur an die Begegnung zu erinnern, die er, gesagt, getan, mit den Feminotinnen in der Kutsche an der Mündung von Fiumaraguardia bewerkstelligt hatte, auch wenn diese Sache da für den Signor Mister ganz sicher stinkig ausgegangen sein musste, mit diesen Feminotinnen, die sich zu fünft oder sechst da drinnen übereinander stapelten und ihn mit ihren Hintern- und mit ihren Busenpüffen in der Kutsche fast erstickten. Jedenfalls so, wie er sich da verhalten hatte, spielte er ganz sicher den Luden, und das nicht nur als Umschreibung, den Luden, na ja, dem Wort nach, aber auch einen von den Luden, die zugleich Arschkriecher waren, Schwanzhalter beim Pissen und zugleich Arschkriecher. Und das, auch wenn dieser Feistarsch von Malteser auf ihn, dem Anschein nach, nicht unbedingt den Eindruck eines Weiberhelden machte, ja, ehrlich gesagt, hatte er auf 'Ndrja sogar einen sonderbaren Eindruck gemacht, als er ihn in die Kutsche mit den heruntergelassenen Vorhängen hatte steigen sehen und auf die Frau wartete, einen Eindruck, als würde da irgendetwas nicht zusammenpassen, und das, was da nicht zusammenpasste, war er, der Malteser, in dieser Rolle, in der Rolle eines Weiberhelden. Doch war es durchaus nicht merkwürdig, dass er diesen Eindruck erst jetzt gewann, jetzt, wo nämlich der Bursche angefangen hatte, so zotig über die Bäcksait des Maltesers zu reden. Mit dem Verstand war er wahrscheinlich zu den Geschehnissen an dem Küstenstrich zurückgekehrt, und als er an den weibergeilen Malteser dachte, war es ihm, als würde da etwas in seinem Kopf nicht zusammenpassen. Das bedeutete andererseits, dass er, ob viel oder wenig, an die Zotigkeiten des Burschen geglaubt hatte, die der über, um und, durchaus möglich, auch in die Bäcksait des Maltesers gestopft hatte, und der hatte sie alle geschluckt. Doch wenn nichts davon stimmte, dann brauchte es Mut. Mut? Kleinmut, dass dieser Halunke eine derart böswillige Verleumdung immerhin gegen das Faktotum des Taunmejdschers der AMGOT von Messina schleuderte.

Und wenn denn eine Vertraulichkeit zwischen ihnen bestand, fragte sich 'Ndrja anschließend, wenn es ein Geheimnis gab, konnte er dann jemals auf den Malteser setzen? War doch möglich, dass der, auch wenn er wusste, was für ein verlogener Halunke der andere war, seinem Arschkriecher recht gab und ihm vertraute, während er in Wahrheit argwöhnte, nicht einmal an Land ging, um sich persönlich mit dem Ruderer zu unterhalten, den er für diese Regatta haben wollte, um sich ohne seinen Schwanzhalter beim Pissen als Mittelsmann zu unterhalten und zu hören, ob er oder ob er nicht und wie es kam oder wie es nicht kam, dass der Charybdote sich verweigerte.

Das jedoch sagte 'Ndrja nur zu sich, weil er nicht wusste, wer von beiden denn nichts begriff, alles war möglich, alles konnte sich ereignen, nicht weil er keinen Zweifel hatte, dass der Malteser, nach dem ganzen Arkelamekk, das er angestellt hatte, um ihn als Ruderer zu bekommen, ja, sich sogar eigens für ihn von Messina bis zu den Meeren zwischen Skylla und Charybdis aufgemacht hatte, das für bare Münze zu nehmen, was ihm dieser Abschaum von Mensch berichtete, und danach nicht einmal die Mühe auf sich nahm, an Land zu gehen. Aber bestanden Zweifel? Der Malteser ging an Land, er ging an Land, jetzt konnte er gar nicht mehr anders, jetzt. Jetzt, wollte er damit sagen, nach allem, was passiert war, doch insbesondere bei allem, was da passierte, und zwar seinetwegen passierte, als Folge nämlich seines Erscheinens da vorne, an Bord des Landungsboots. Er ging an Land, er ging an Land, dessen war er sich so sicher, dass er, als er das Gespräch mit seinem Vater und mit Don Luigi aufnahm, es wiederaufnahm, nachdachte und mit dem Malteser redete, als wäre er an Land gegangen. Und andererseits würde man es ja ohnehin bald sehen, ob der Malteser an Land ginge oder nicht, denn sehen würde man bald an der Art, wie der Steuermann mit den ihm unvertrauten Wirrnissen von Strömungen und Gegenströmungen, von Abfällen und Bastardellen umging, allerdings auch als Unerfahrener in aller Entschlossenheit, als Unerfahrener, dem es angesichts des Beförderungsmittels, das er unter Kontrolle halten musste, gleichgültig sein konnte, welche Misdea, welches Blutbad, welches Gemetzel die aufsteigende und absteigende Strömung anrichtete, sehen würde man, ob das Landungsboot den Eindruck machte, es würde kurz vor dem Herauswinden an der Mittellinie treiben und sich vom Meer des Orcaferons entfernen.

Er geht an Land, er geht an Land, wiederholte 'Ndrja eins ums andere Mal in seinem Kopf, vor seinem Anblick und im Verstand inmitten der Grabesstille, die ihn umgab, wie wenn alle noch im Bann der Szene von kurz zuvor standen, mit anderen Worten, im Bann dessen, dass sie den Orcaferon inzwischen durch das Fernglas angelandet auf ihrer Marina sehen konnten. Doch für ihn konnten sie jetzt und von jetzt an so viel Grabesstille verbreiten, wie sie wollten, er durfte jetzt und von jetzt an zu ihrem Besten keinerlei Schwäche zeigen, keinerlei Mitgefühl. War er denn der mitfühlende Arzt? Machte er ihnen denn die Schwäre brandig?

Unterdessen hatte er sich kasteit, hatte er sich vollständig für die Idee kasteit, ihnen eine Beschäftigung, eine begeisternde Ablenkung zu verschaffen. Das da, das mit dem Orcaferon, hatte sich für sie als ein gefährliches Spielzeug erwiesen, gefährlich selbst wenn man nur daran dachte. Und was erst, wenn sie ihn in ihre Hand bekamen? Was brauchte es schon, dass aus der begeisternden Ablenkung eine Entstellung wurde? Man musste doch nur Don Luigi anschauen, um die Gefährlichkeit dieser Sache zu verstehen. Das Schlimmste war, feinfühlig vorzugehen, sich erweichen zu lassen, er hatte sich ja selbst schon verbrannt, der mitleidvolle Arzt macht die Schwäre brandig, das musste er sich jetzt einhämmern. Jetzt mussten sie so tun, er und sie oder genauer gesagt er und ihr Kopf, der Luigi Orioles hieß, sie mussten sich in stillschweigendem Einvernehmen so verhalten, als wäre nichts geschehen, wie wenn dieser wunderbare Kopf niemals auch nur von der barbarischen Idee gestreift worden wäre, die Hände von einer Tierbestie beruhigen zu lassen, zudem einer orcinusen Tierbestie, und wie wenn er, 'Ndrja, demzufolge nichts gemerkt und sich daher auch über nichts empört hätte.

Daher machte er kurzen Prozess. Ohne auf irgendwen Rücksicht zu nehmen, drehte er, nein, er drehte nicht einmal, sondern er wandte den Kopf ein wenig zurück und beugte sich dicht zu Caitanello, der dort enggedrängt gleich hinter ihm stand, wie wenn er ihn deutlich die Frage hören lassen und ebenso deutlich wiederum und laut seine Antwort hören wollte, damit alle es hörten, dass er redete, überlegte und mit dem möglicherweise an Land gegangenen Malteser redete, mit dem Malteser, der möglicherweise nicht nur an Land gehen, sondern sich bereits in einem Purparleh mit ihm befinden würde, und sagte kurz und knapp: »Na, Pa', was sagst du? Geh ich und hole mir die tausend Lire? Geh ich und rudere für diesen Malteser?«

Diese Frage platzte für sie so unerwartet herein, dass sie über viele von ihnen die Macht hatte, ihren Blick vom Meer des Orcaferons zu lösen und mit hochgezogenen Augenbrauen zu ihm zu wenden. Hoh, so schienen sie zu sagen, hoh, was ist denn mit dem 'Ndrja hier los? Ist er verrückt aus dem Krieg heimgekommen? Äußerlich scheint er ja noch unversehrt, und innerlich ist er verrückt? Der da, der Signor Mister, schickt ihm tausend Lire durch seinen Burschen, und er behandelt ihn wie einen stinkenden Fußlumpen, wenn man ihn nicht weggezogen hätte, hätte er ihn erdrosselt, und jetzt kommt er daher und will sich die tausend Lire holen, seelenruhig, so wie wenn nichts geschehen wäre. Hoh, was hat er sich eigentlich gedacht? Denkt er vielleicht, der da untersteht seinem Willen? Oder träumt er, dass der da an Land geht, um wirklich in eigener Person sich vor seine Füße zu werfen und ihn persönlich in Person anzuflehen? Das träumt er sich, wirklich, das träumt er sich, das hat er sich in den Kopf gesetzt.

»Dir die tausend Lire holen?«, antwortete ihm unterdessen Caitanello, mit einem Ton, der nicht nur ein enger Verwandter des Ausdrucks seiner Augen war, sondern, so hätte man meinen können, auch gereizt, wie wenn sein Vater sich beleidigt, zumindest aber verdrossen fühlte, und zwar ebenso sehr wie die anderen Pellisquadre. »Hoh, mich fragt er, ob er sich die tausend Lire verdienen soll«, fuhr er an die gesamte Gesellschaft gewandt fort, wie wenn er beabsichtigte, seinem Sohn keine Vertraulichkeiten mehr zu gestatten und sich zurückzuhalten. »Er macht und zerstört ganz, wies ihm gefällt, und danach setzt er mich der Form halber in Kenntnis, wenn alles schon gemacht und alles schon zerstört ist.«

»Was heißt denn hier gemacht und zerstört, Pa'?«, unterbrach ihn 'Ndrja mit einer Wut, die ihm den Speichel auf die Lippen trieb. »Wer hat dir denn gesagt, es wäre alles schon gemacht und alles schon zerstört? Gar nichts ist gemacht, und gar nichts ist zerstört. Wer hatte denn überhaupt noch an den Malteser gedacht?« Und hier dachte 'Ndrja, als er fortfuhr, dass es wirklich so wäre, als würde die ganze Sache jetzt erst beginnen, jetzt, als er zum ersten Mal über seine Begegnung mit diesem Malteser redete. »Masino und ich haben ihn getroffen, als er nach Ruderern für die große Regatta suchte, und so hat er dann auch mit mir gesprochen. Er hat geredet, und er hat alles gemacht. Wer dachte denn noch an ihn? Was ist denn schon zustande gekommen? Jetzt vielleicht, jetzt, als der da hier vor uns auftauchte.«

»Zustande gekommen und schon zerstört«, beharrte Caitanello mit zusammengepressten Lippen.

»Zerstört? Was heißt das? Ist der Malteser denn schon an Land gegangen? Noch, scheint mir, ist ers nicht.«

»Er ists noch nicht und er wirds auch nicht.«

»Der wirds schon, der wirds schon, vertrau mir, Pa', der wird an Land gehen.«

Nachdem er das gesagt hatte, wandten wieder viele ein Auge zu ihm und sahen ihn an wie etwas Geheimnisvolles, wie ein großes Rätsel. Es war, als würde ihnen der eine oder andere Zweifel kommen. Irgendeinen Grund muss er zwangsläufig haben, schienen sie sich zu sagen, sonst würde er sich nicht so sicher zeigen und nicht sagen: Er wird an Land kommen, wird an Land kommen, mit diesem Ton, der keine Widerrede duldete. Und wenn er irgendeinen zutreffenden Grund hat anzunehmen, dass der Malteser an Land kommt, bedeutete das von ihrem Standpunkt aus gesehen, dass sie immer noch auf die Anlandung des Orcaferons hoffen konnten, so dass es, mit anderen Worten und unter einem anderen Gesichtspunkt, der nicht der ihre war, endlich der gesamten Mannschaft, die sich dort auf dem Sporn befand, dämmerte, dass für ihn die Sache genau in diesem Augenblick ihren Anfang nahm, und der Orcaferon damit überhaupt nichts zu tun hatte, weder als lebendiger, noch als toter, weder als auf dem Wasser treibender, noch als angelandeter.

Indessen verfolgte er die eben begonnene Sache weiter, verfolgte er das Seine. Doch weil es da weder das Meine noch das Deine gab, und das Seine früher oder später, wenn nicht gar zur gleichen Zeit, auch das Ihre wurde, fiel ihm, als er das Seine verfolgte, just das Boot ein, ja, eigentlich fiel es ihm wieder ein, eigentlich, wenn man bedenkt, dass dies das zweite Mal war, wo diese zur Debatte stehenden tausend Lire ihn an das Boot erinnerten oder wiedererinnerten, genauer gesagt an die Palamitara, das Boot schlechthin, eine neue Palamitara, die er, wenn er diese tausend Lire als Anzahlung hinlegte, vielleicht in Auftrag hätte geben können. Das erste Mal war in der Tat nach der Begegnung mit dem Malteser gewesen, als er wahrscheinlich noch überhaupt keine Absicht hatte, für ihn zu rudern, und damit überhaupt keine Absicht, sich die tausend Lire zu verdienen, wohl aber, wie man sieht, schon die erste Vorstellung von der Palamitara hatte, weshalb er Masino gefragt hatte, ob man sich seiner Meinung nach mit tausend Lire auf einen Handel verständigen könne.

Just das Boot, sagte er, justum das Boot fiel ihm wieder ein, geradezu wie gerufen, um es vor den Pellisquadre zur Sprache zu bringen, vor den Augen des Verstands, um es inzwischen schon einmal als eine Beschäftigung des Geistes weiterzugeben, während er indessen mit diesen tausend Liren, wenn es ihm gelang, es ihnen als Beschäftigung der Hände schmackhaft zu machen. Jetzt empfand er weniger Skrupel, das Seine und das Ihre weiterzuverfolgen, indem er sich im eigenen Saft garte, womit er sagen wollte, in dem Wasser, das ihnen die

Lust im Mund zusammenlaufen ließ, wenn sie den Orcaferon betrachteten, denn jetzt, da er gleichwohl das Seine verfolgte, ohne Abstriche zu machen, war er überzeugt, auch das Ihre zu verfolgen. Und zudem und gleichzeitig stellte er den Pellisquadre das gleiche Verfolgen des Seinen und des Ihren für dasselbe Ziel, nämlich das Boot, das er mit den tausend Liren der Regatta zu bestellen beabsichtigte, als Beschäftigung vor, als wirkliche, echte, althergebrachte, natürliche Beschäftigung, als kerngesunde, Krankheiten kurierende Beschäftigung.

Diese Beschäftigung hatte nur einen einzigen Fehler, einen einzigen, allerdings großen, das verstand er genau, und zwar den, dass es für den Augenblick lediglich eine Beschäftigung des Verstands war, eine Beschäftigung, die sich die Pellisquadre lediglich vorstellen, sie auszuführen sich denken, doch sie nicht sehen konnten, das heißt sie nicht ausführen, sie nicht mit den Händen ausführen konnten. Eine Beschäftigung den Worten nach, das heißt eine Beschäftigung, welche die Pellisquadre, diese Gefahr bestand, auch als Geschwätz auffassen konnten. Natürlich träumte er bei der gegenwärtigen Lage der Dinge, bei der gegenwärtigen Lage der Pellisquadre nicht entfernt davon, es mit seinem Bootsprojekt gegen ihr Orcaferonprojekt, genauer gesagt, gegen ihr Kadaverprojekt aufnehmen zu können. Sie waren nämlich derart erpicht, derart begierig auf ihr Projekt, dass diese Beschäftigung des Verstands, dieses Nichts, dieses Bootsprojekt, das nicht einmal in mentedei existierte, dem Verteilen luftigen Bisehgebäcks, einer im Mund zerfließenden Schantiji an einen Hungrigen glich, an einen durch Hunger Wildgewordenen, an einen, der, um satt zu werden, nur schwarzes Brot aus Weizen und Roggen wollte. Man musste ja nur daran denken, dass das eine Beschäftigung, ja, sogar ein Bombengeschäft für die Hände war, und dies hier eine Beschäftigung des Verstands, auch wenn das Projekt mit dem Boot niemals nur ausschließlich eine Verstandesbeschäftigung oder niemals nur eine Beschäftigung der Hände war, sondern immer und gleichzeitig Beschäftigung des einen wie des anderen, eine umfassende Beschäftigung um Leben und um Tod. Immer, sagte er, doch immer wann? Wann immer es das Boot gibt, die Boote. Jetzt aber, fürs Erste, musste er ihnen das Boot als Beschäftigung des Verstands vorstellen, denn um es ihnen als Beschäftigung der Hände in die Hand zu geben, hatte er im Augenblick nicht einmal die tausend Lire, um sich gegenüber einem Mastro der Bootszimmerleute zu verpflichten. Wie konnte er ihnen da dieses Projekt als Tatsache verkaufen, ihnen, was das Allerwichtigste war, nämlich, dass sie mit ihm hinausfahren, dass sie ihre Hände an die Ruder legen, dass sie rudern und hinausfahren konnten, verkaufen? Was wäre denn das für eine Beschäftigung gewesen, das Boot an Land? Doch wer wusste schon, wann der Krieg es wieder aufs Meer fahren ließe, wann er sie wieder die Meere zwischen Skylla und Charybdis in die Hand bekommen ließe? Wie konnte er da gegen ihr Projekt mit dem Orcadaver ankommen? Das konnte er nur auf eine Weise, indem er es nämlich so anstellte, dass sie das Bootsprojekt einer neuen Palamitara als Beschäftigung für die Hände verstanden, noch bevor sie es als Beschäftigung für den Verstand in ihrem Verstand begriffen, so dass sie nicht einmal die Zeit fänden, sich völlig entmutigt zu sagen: Stelle sich doch einer vor, wann uns noch einmal so eine Gelegenheit unter die Hände kommt, so eine voll ausgerüstete Palamitara, so eine voll ausgerüstete, aufs Meer gesetzte und hinausgeruderte Palamitara, so eine Palamitara als vollbrachte Beschäftigung, von Hand zu Hand mit der Hand gemacht. Unter den gegenwärtigen Umständen aber, verwildert durch ihre Tatenlosigkeit und durch sie verändert, welche Wirkung konnte dieses Bootsprojekt in ihrem Kopf schon haben, ein Kopfprojekt für ein Boot, für ein erst noch zu bauendes, erst noch in mentedei befindliches Boot? Die Wirkung von Rauch, von flüchtigem Duft, dem, den er wollte, eine Wirkung, die sie noch mehr verwildern ließ, denn das war Rauch und flüchtiger Duft von Fleisch, das es nicht gab, sie aber brauchten eine Arbeit, ein Projekt, das sie gründlich sättigte, keinen Rauch, kein Fleisch, nicht seinen Geruch, auch wenn dieses Fleisch, dieses erschreckende, schwarze, riesenhafte Hindernis aus Fleisch auf eine Meile entfernt stank. In dem Zustand, in dem sie sich befanden, konnte er sie bei dem Lärm der Kutsche nur quälen. War das denn nicht das einzige Projekt, das er ihnen geben konnte, doch vor allem das, das fassbare, das unter der Hand befindliche, das gebrauchsfertige, die einzige Art, es ihnen zu geben? Die einzige und nicht einmal sichere, die es wert war, mit dem zu wetteifern, was sie bereits im Kopf und im Blick hatten. Man musste ja nur daran denken, dass die Qual, die Angst, die sie aufgrund des Projekts mit dem Orcadaver empfanden, daher kam, dass sie nicht mehr sie selbst waren, nicht mehr die vom Boot, sondern die hier, die sich, wenigstens in ihrem Denken, ziemlich verändert hatten. Und da sie sich verändert hatten, hatten sie sich vielleicht nicht vor allem durch das Boot, durch die sowohl händische als auch geistige Beschäftigung mit dem Boot verändert? Doch wenn er schon nicht gegen sie ankam, konnte er es wenigstens versuchen. Hatte er denn eine Wahl? Diese Beschäftigung lieferte die Regierung in Gestalt des Maltesers, der ihm tausend Amlire gab, damit er für ihn ruderte, die tausend Lire, mit denen er den Pellisquadre diese Beschäftigung mit dem Boot als händische Beschäftigung zu kaufen gedachte.

Er versuchte es also, er versuchte, sie für das Boot zu gewinnen. Zuvor aber, zuallererst, primum in primis, musste er Don Luigi gewinnen, denn, ob ideenreich oder ideenarm, sagte er sich wieder und wieder, er war nach wie vor ihr Kopf. Hier, ja hierin lag der Grund, weshalb das die Linie war, der zu folgen er sich entschlossen hatte, die nämlich zu tun und zu handeln, wie wenn er nicht im Geringsten auf den Wirrsinn Don Luigis aufmerksam geworden wäre, wie wenn Don Luigi der wäre, der er immer war. Bei diesem Vorgehen, bei diesem Handeln fragte er ihn wegen des Boots, nicht mehr und nicht weniger, denn so pflegten sie es immer zu tun, sie fragten ihn immer wegen Barke und Arke und ließen sich immer von ihm leiten, zu Meer und zu Land, denn er war der ideenreiche Kopf und der Orakelmund und besaß innerste Kenntnis. Nur dass der hier anwesende Don Luigi nicht mehr der war, der er immer war, das wusste 'Ndrja, und das Schlimmste war, dass auch er es wusste. Ihm war das Untergangschaos bei der Pantomime bewusst, das er als wahrhaft Veränderter hervorgerufen hatte, und er wusste, dass 'Ndrja es wusste, und Luigi Orioles war nicht der Mann, der mit einem Feixen darüber hinwegging und nicht mehr weiter daran dachte.

'Ndrja fühlte ihn neben sich ohne jedes Gefühl und wie entliebt, einen Don Luigi, den er sich so vorher nicht einmal entfernt hätte vorstellen können. Aus dem Augenwinkel sah er ihn im Profil, blass und verstört, wie wenn er gerade einen Anfall von Maltafieber hinter sich hätte, und fast, ja fast hätte er sagen mögen, dass es sich genau darum handelte, um eine Art Maltafieber, mit diesem Malteser, der mit seinem Auftauchen da vor ihnen diese Stürme in ihren Köpfen ausgelöst und sie aus ihrem abartigen Naturell hervorgeholt hatte, und auch wenn Don Luigi der Einzige war, der wieder alle Sinne beisammen und wieder Vernunft angenommen hatte, weil er eben er war, so trug er es dennoch im Gesicht, wie viel es ihn gekostet hatte und wie sehr er sich immer noch dafür peinigte.

Jetzt stand er da und kehrte der Gruppe den Rücken zu, völlig apathisch, völlig stumm, wie wenn er sich abgewandt, sich entfremdet hätte, doch nicht wie einer, der, weil er von öffentlicher Speisung lebt und notleidend ist, tatenlos und gleichgültig wird, sich auf nichts einlässt und sich nicht einmischt, alles wie von einer hohen Terrasse aus betrachtet, sondern vielmehr wie der, welcher ein Opfer bringt, wenn er sich abseits hält, doch sich selber das Opfer auferlegt, beinahe so, wie wenn er sich für das wenig gelungene, mit lockerer Zunge ausgelöste Durcheinander abgeurteilt und sich auferlegt hätte, seinen Mund nicht mehr aufzumachen und nichts mehr mitzureden zu haben.

Es blieb abzuwarten, ob er jetzt reagierte, ob er jetzt ein Zeichen gab, jetzt, wo er ihn über das Boot zu Rate zog, nach altem Stil, den ideenreichen Kopf zu Rate zog, den Orakelmund, es blieb abzuwarten, ob er reagierte, doch insbesondere, wie er reagierte, insbesondere welches Zeichen er aussandte, auch weil es ihm klar war, dass 'Ndrja ihn der Form halber fragte, ihn nur deshalb fragte, damit er gehört wurde oder genauer gesagt, damit die Pellisquadre hören konnten, dass er über ein Boot sprach:

»Don Luigi«, sagte er deshalb, »was meint Ihr, mit tausend Lire als Anzahlung, wird da ein Bootszimmermann den Auftrag für eine Palamitara entgegennehmen? Denn ich habe die Absicht, das werdet Ihr bereits verstanden haben, die tausend Lire, die ich mir bei der Regatta verdiene, einem Bootszimmermann unverzüglich auf die Hand zu zahlen. Die erste Palamitara, die in dieser Gegend aufs Meer fährt, soll nämlich unsere sein.«

Er hatte lauter gesprochen, damit alle auf dem Sporn ihn hörten, doch wenn er darauf wartete, dass irgendeiner »Großartig!«, sagen und ihn beglückwünschen würde, hatte er sich gründlich geirrt. Ihn beglückwünschen? Wieso denn beglückwünschen? Denen ging das Boot zum einen Ohr rein und zum anderen wieder raus. Ein Blick über die Schulter genügte ihm, um sich darüber klarzuwerden, dass sie dem Wort Palamitara auch nicht das geringste Interesse entgegenbrachten, weder ein Gefühl für die Sache noch ein neuerliches Gefühl für das Wort. Er konnte nicht sagen, nicht einmal, um sich einer Illusion hinzugeben, es wäre nicht so, dass sie nicht mehr die Sache, das heißt das Boot für das Einzige und Alleinige hielten, wie sie es immer in ihrem Leben gehalten hatten, doch sie hörten ihn nicht, nicht seine Stimme, und zwar wegen der Tatsache, dass alle, alle in ihrer Gesamtheit, völlig mameluckisch zum Meer des Orcadavers blickten, denn sie verstanden ihn, sie verstanden ihn, er konnte schwören, dass sie ihn schon eine ganze Weile verstanden hatten, er hatte sich mit dem Mund sogar nach hinten gewandt und laut gesprochen und die Worte deutlich betont, und wie sie so eng da oben beieinanderstanden, war es, als hätte er zu jedem von ihnen mit dem Mund am Ohr gesprochen, ja, eigentlich schon geschrien, sie hatten ihn verstanden, sie hatten ihn genau verstanden und keineswegs missverstanden, nur dass, wie gesagt, die Palamitara ihnen zum einen Ohr reinging und zum anderen raus. Und wenn sie sich nicht auf ihn einließen, dann war es nicht deshalb, weil sie ihn noch für einen Milchbärtigen hielten, einen Milchbärtigen, der den Mund voll nahm mit Dingen, die größer waren als er selbst, Dingen, die er nicht verstand, und ihm folglich keine Beachtung schenkten, nein, das hatte nichts mit irgendetwas Persönlichem zu tun, wenn sie ihm keine Beachtung schenkten. Vielmehr war es, weil sein Reden oder genauer gesagt, der Gegenstand seines Redens, die Palamitara, das Boot, das Mittel, das Handwerkszeug ihres kleinen Gewerbes, sie inzwischen auch nicht mehr entfernt interessierte, ja der Name selbst, Palamitara, hatte für sie nun nicht mehr die geringste Bedeutung, wie wenn es der Name von etwas wäre, das sie noch nie gesehen hatten und nicht wussten, wie es beschaffen war und wozu und wem es diente.

»Palamitara? Hast du Palamitara gesagt?«, fragte indessen Don Luigi, der nicht durch all das Hinstarren mameluckisch geworden war, obwohl auch er, ob wirklich oder nicht, genau wie alle anderen zum Orcadaver hinüberstarrte. Möglicherweise war er trotzdem vermameluckt, dann aber wohl eher über sein Denken und Überdenken, das er anstellen musste, in seinem Kopf anstellen musste, allein mit sich selbst oder vielleicht auch in seiner Gesellschaft. Er blickte ihn nämlich fest an, seine Stirn lag in Falten, wie wenn er seinen Verstand für dieses Wort anstrengen müsste, wie wenn er es in diesem Augenblick zum ersten Mal hören würde, Palamitara, doch das war eher die große Anstrengung, die er unternahm, um sich aus seinen Gedanken herauszuwinden und in ‘Ndrjas Gedanken einzudringen.

»Ja, Palamitara hab ich gesagt«, wiederholte ‘Ndrja und nutzte die Gelegenheit, noch einmal zu sprechen, und weniger mit Don Luigi, als vielmehr mit der Gruppe, die hinter ihnen stand: »Ihr habts verstanden, warum ich nicht Ontro oder Feluke sagte, sondern Palamitara. Eigens erklären brauch ich das nicht. Kann sich ein Bootszimmermann mit tausend Liren auf einen Auftrag einlassen oder uns einen Kredit für Ontro oder Feluke geben, was bedeutet für neuntausend Lire und mehr? Und wie können wir unsererseits eine Verbindlichkeit über eine solche Riesensumme eingehen, mit welcher Hoffnung, mit welchem Mut, bei diesem Krieg, der immer noch wütet und dessen Ende noch nicht abzusehen ist, auch wenn es durchaus sein kann, dass er zum kommenden Mai zu Ende ist, und wir für den Zug der Schwertfische hinausfahren können? Kommts Euch nicht auch so vor? Einer könnte ja auch sagen: Bestellen wir inzwischen doch einfach den Ontro, dann sehen wir schon, wie das mit der Feluke steht. Und wie sehen wir das? Wann können wir denn wieder aufs Meer, was fangen wir denn mit einem Ontro an, mit einem Ontro allein, ohne Feluke, das heißt ohne Späher im Aussichtskorb oben am Mast? Sollen wir etwa Späher an Land aufstellen, um uns den Fisch signalisieren zu lassen? Und bei den hohen Gevierten, denen der Hochsee, wie sollen sie denn da vom Land aus signalisieren? Was ist schon der Ontro ohne Feluke? Ein Küken ohne Henne, und mit dem Ontro können wir das Geld für die Feluke niemals verdienen, wohingegen wir uns, denke ich mal, mit der Palamitara das Geld für den Ontro und für die Feluke sehr wohl verdienen können. Meint Ihr nicht auch? Meint Ihr nicht auch, dass der einzige Weg justgenau der ist, die Palamitara in Auftrag zu geben? Seid Ihr mit dem, was ich im Hinblick auf die Palamitara sagte, nicht auch dieser Meinung?«

Musste eigens gesagt werden, dass er um das Boot herum viel Schaum schlug? Musste eigens gesagt werden, mit anderen Worten, dass da oben auf dem Sporn es alle besser wussten als er, dass es natürlich sinnvoller war, eine Palamitara in Auftrag zu geben als einen Ontro, wenn man ringsum auf den Meeren zwischen Skylla und Charybdis nicht nur keine Lanzitte sah, sondern nicht einmal eine Nussschale, sozusagen.

Unterdessen blickte er hinter sich, um zu sehen, ob da nicht irgendeine Reaktion zu beobachten war, auch wenn es sich um Schaumschlägerei handelte, doch die, die vorher wenigstens ein Auge hergewandt hatten, taten nun auch das nicht mehr, wenn man Masino, Don Saro Ritàno, Don Enrico Scoma und halb und halb auch Caitanello davon ausnahm, doch die waren die Üblichen, die nämlich, die ihn entweder aus den Augen verloren wie Masino oder hin und wieder einen Blick herwandten und daher nicht zählten. Was aber Don Luigi anging, der halb tot und halb lebendig dastand, in seiner Gestalt geschrumpft, mit den über seine Augen herabgefallenen schweren Lidern, mit offenem Mund, mit der Art, wie er dastand, mit der Art, wie er redete, hätte 'Ndrja schwören mögen, dass er dort verweilte, bei: Palamitara, ja.

»Seinerzeit, seinerzeit, ja«, sagte er nämlich, und das mit einer so gebrochenen Stimme, dass einem die Knie schlotterten. »Zu Friedenszeiten kostete die Palamitara zweitausend, zweitausendfünfhundert Lire, und der Bootszimmermann nahm ohne weiteres die Verpflichtung bei einer Anzahlung von tausend Liren auf sich, sogar von weniger als tausend Liren, seinerzeit. Ja, seinerzeit schon, zu Friedenszeiten.«

Immer der Situation gewachsen, dachte 'Ndrja, träge, halb tot und halb lebendig, lustlos, mit apathischer Miene, wie einer, der sich abgewandt und kein Interesse mehr hatte, doch war er es, Don Luigi Orioles, er verleugnete sich nie, denn nach allem, was zwischen den beiden schweigend vorgefallen war, befragte ihn 'Ndrja auf beinahe provozierende Weise, und er, auch wenn er sich nicht beglückt fühlte, antwortete, und wenn er sich auch noch einen Augenblick zuvor mit Leib und Seele in den Wirrwarr des Orcadavers gestürzt und er ihn nach dem Boot gefragt hatte, antwortete er lakonisch und loyal, weder dafür noch dagegen, und wenngleich man auch nicht sagen konnte, dass er ihm eine Hand reichte, so unterstützte er ihn immerhin, er unterstützte ihn im wortwörtlichen Sinn, dem Gewissen nach, seinem Gewissen nach.

»Seinerzeit, sagt Ihr? Heutzutage nicht?«

»Seinerzeit, sage ich«, bestätigte er, auch jetzt noch lustlos, und immer allein mit dem Mund redend. »Zu Zeiten der Lira, zu Zeiten, die ich kenne, was weiß ich. Was weiß denn ich darüber, wies heutzutage ist, mit dieser Amlira?«

»Aber was meint Ihr?«, fragte 'Ndrja wie eine Nervensäge, in der verzweifelten Hoffnung, das Boot im Ohr der Pellisquadre wie etwas Heiteres lebendig halten zu können, solange er darüber sprach. »Tausend Lire sind doch immer noch tausend Lire, auch wenn sie, wie Don Artù das nennt, Ami oder Amen davorstehen haben. Und der Bootszimmermann hat sie mit Sicherheit auch noch nicht zu Gesicht bekommen. Der plumpst doch ins Gold, wenn er mich sieht, der da mit einer Anzahlung von tausend Liren zu ihm kommt und bei ihm eine Palamitara bestellt.«

Indessen blickte er verstohlen hinter sich und stellte sich die Frage, ob jemand oder mehrere, er sagte ja nicht alle, sich nicht bereits von seinen ersten einladenden Worten eingenommen und wie geködert fühlten, doch das einzige Gesicht, das er sich gespannt zugewandt sah, war das von Masino, während die anderen ihre Augen auch nicht einen Augenblick auf Don Luigi gerichtet hatten, und sei es auch nur aus Neugier, und das wohl wegen der Tatsache, dass seine Stimme nicht mehr mit dem vorherigen Ton an ihr Ohr drang. Stattdessen hielten sie ihre Augen wie magisch angezogen halb auf den Orcaferon und halb auf das Landungsboot gerichtet, wohingegen das Boot, die Barke, musste er sich davon noch überzeugen?, ihnen nicht einmal mehr durch die oberste Hautschicht drang, und er Lust hatte, es ihnen heiter und lebendig zu erhalten, Lust, ihnen die Szene vorzuspielen, wie es wäre, wenn er beim Bootszimmermann auftauchen und die Palamitara bestellen würde. Wie viel brauchte es denn noch, um sich davon zu überzeugen? Brauchte es dazu Blindheit, um dieses Schicksal zu erkennen? Für die dort war das Boot längst schon kein letzter Gedanke mehr, es war überhaupt kein Gedanke mehr, sie dachten gar nicht mehr daran, weder als Erstes noch als Letztes. Und er, nichts, er begriff es nicht, er sah darin nur etwas Verblüffendes. Oh, sagte er im Inneren, und ihm war danach, zu schreien, es hinauszuschreien: Oh, oh, oh, das Boot, es berührt nicht einmal mehr ihre oberste Hautschicht, das Boot. Oh, sie lechzen nach einer Beschäftigung der Hände und des Verstands, doch das Boot ziehen sie nicht einmal in Erwägung, mehr noch, es kommt ihnen gar nicht erst in den Sinn. Oh, konnte es denn eine wirklichere, wahrhaftigere Beschäftigung für einen Pellesquadra geben: eine Beschäftigung aus Liebe und aus Kraft?

Oh, das Boot, die Barke, auf dem der Pellesquadra sein Leben verbrachte, denn entweder befand er sich darauf oder er wartete, darauf zu sein, denn das Boot war für ihn, was für einen anderen das Land unter den Füßen ist, und ohne Boot verkam er zu einem Erdwurm. Er fühlte sich wie notbeholfen, er lebte und lebte doch nicht, er fühlte sich, mit anderen Worten, wie jemand sich fühlt, wenn er sagt, dass er weder im Himmel noch auf Erden sei. Oh, das Boot, die Barke, die Barkane, wovon man sagen kann, dass es für den Pellesquadra Wiege und Bahre ist, und das deshalb, weil oftmals Pellesquadra und Boot gemeinsam aufwachsen, und viele Male das neue, schön gemalte, duftende Boot die Wiege für den Jungen wird, wenn er die ersten Male mit der Mannschaft hinausfährt, denn bei Sonnenaufgang, wenn die Pellisquadre, deren Ruder im Boot sind, die Fangnetze heraufziehen, wird er von einer so gewaltigen Müdigkeit übermannt, dass das auf den Wellen schaukelnde Boot ihn dazu überredet, die Augen zu schließen, und ihn wiegt. Und oftmals wachsen sie auch gemeinsam auf und gemeinsam takeln sie ab und gemeinsam gehen sie unter die Erde, die Pellisquadre, und so wird es zu ihrer Bahre, zu einer salzverkrusteten Totenbahre, ausgebaucht zwischen den Spanten aus Pinienholz der Sila und aus dem Holz slowenischer Kiefern. Oh, sie dachten nicht mehr an das Boot, an die Barke, mit anderen Worten, sie dachten nicht mehr, dass ihr Aufenthalt auf Erden sich auf dem Meer abspielen würde, im Boot, noch dass dieses Hin und Her von Booten zwischen Meer und Land das gleiche Hin und Her sein würde wie das Hin und Her zwischen Leben und Tod.

Je mehr er mit sich redete, umso mehr erinnerte er sich an das, was das Boot ihnen bedeutete, und umso mehr erkannte er sie als Pellisquadre wieder und nichts anderes als Pellisquadre, Pellisquadre, die sich vergebens abmühten, andere zu werden und von dem Schönen und Ehrlichen ihres bescheidenen Berufs abzuweichen und ihm zu entkommen. Doch je mehr er sich sagte: Oh, das Boot, umso mehr vergaß er, was das Boot für sie bedeutete, und umso weniger verstand er, dass sie überhaupt nicht reagierten, wenn sie Palamitara hörten, wenn sie vom Boot reden hörten, umso weniger begriff er, dass das Boot, wenn man sie so ansah, nicht nur niemals ihre Beschäftigung gewesen zu sein schien, die Beschäftigung ihres Lebens, ja sogar ihr Leben selbst als Beschäftigung war, als händische Beschäftigung, sondern es wirkte auch so, als hätten sie niemals etwas damit zu tun gehabt, nie etwas gewusst oder gesehen, nicht einmal flüchtig.

Um zu sagen, wie er die Sache empfand, verwettete er seinen Kopf, dass es jetzt vielleicht nur um Worte ging, doch sobald sie die Palamitara sahen, würden sie sich über den Orcaferon, den Orcadaver, über die Sache mit Kämmen und Kämmchen und so weiter und so fort, schämen, und er sagte noch einmal, er würde seinen Kopf verwetten, dass sie sich überhaupt noch daran erinnerten, denn angesichts des Anblicks der Palamitara würde diese Veränderung, dieser Wahn, unbedingt etwas tun zu wollen, Geschäfte zu machen, dieser Trieb, alles aufs Spiel zu setzen, sich zu Geschäftemachern, zu Schiebern und Schubiaks herabzuwürdigen, wie Schuppen von ihrer aller Augen fallen und sich als eine Augenblicksverirrung, als eine vorübergehende Verluderung herausstellen. Alles hing davon ab, ihnen die Palamitara sichtbar vor Augen zu führen, doch fürs Erste, fürs Erste, wo das Boot noch nicht einmal inmentedei war, musste er es ihnen vor ihren Augen ausmalen, es ihnen als Fakt, als Anblick darstellen. Alles hing davon ab, es ihnen überzeugend auszumalen, nach allen Regeln und Ordnungen, es ihnen vorzuführen, als läge es schon auf der Helling, es, sie, ihre Palamitara, ihnen so gegenwärtig zu gestalten, dass man schon von weitem am Bug die beiden kreuzweise angebrachten Latten erkennen konnte, die ein Boot auf der Helling signalisierten, und sie ihnen leicht und behände darzustellen, dass sie Gestalt annahm und, Gestalt angenommen, sie sie aufs Meer setzten und, aufs Meer gesetzt, die Ruder in die Hand nahmen, ruderten und aufs Meer hinausfuhren. Alles hing davon ab, dass er sie ihnen so darstellte, als etwas Vollendetes, und wichtig war auch, dass sie an einem bestimmten Punkt zu ihrer Angelegenheit und zu ihrer Beschäftigung würde, sie sich vorzustellen, denn an diesem Punkt hieße das, dass sie nicht mehr länger verwandelt waren, sondern wieder zu denen geworden, die sie immer gewesen waren, Pellisquadre, und nun nicht mehr Gefahr liefen, ein für alle Mal an Land zu gehen und zu Landwürmern verkommen, an Land zu gehen und nie wieder auf Fischfang, an Land zu gehen und, einmal an Land, als einziges Meer, auf das sie von da an hinausfuhren, Fischbestienmeer und salziges Meer war, das sie den Hinterweltlern in den Bergen verkauften, nämlich eine Fere ohne Kopf und zwei Kanister Wasser als Abführmittel, aufgeladen auf einem weißen Ross. Mit anderen Worten, sie liefen nicht mehr Gefahr, von den weißen Schaumrössern zu einem deutschen Schlachtross mit quadratischem Hintern überzugehen, das nach Schmer stank und Pisse, denn das wäre gleichbedeutend gewesen mit Selbsterniedrigung und Selbstaufgabe.

Kurzum, er verfolgte weiter das seine wie ein torhafter Weiser oder ein weiser Tor, er machte weiter und kam immer wieder auf das Boot zu sprechen, hämmerte mit Worten darauf ein, als wären es die Holzhämmer des Bootszimmermanns an der Helling. Solange er da, der Malteser, nicht an Land kam, sofern er überhaupt an Land kam, machte er weiter und schlug immer wieder mit seinem Worthammer zu, Spant um Spant seine Idee vom Boot, die in ihnen sozusagen ausgelöscht war, in ihm aber lebte, ja eigentlich, wie wenn es gerade in diesem Augenblick bei der Helling geboren würde, frisch ausgebuchtet, mit dem Geruch von frischer Pinie. Er machte immer weiter mit dem Sprechen darüber, nur um darüber mit allem zu sprechen, was ihm in den Mund kam, wie zum Beispiel in welcher Farbe er sich dies vorzustellen habe. Und in der Tat:

»Und welche Farbe schlagt Ihr vor?«, hakte er wieder bei Don Luigi nach und wusste nur zu gut, dass er da etwas ausnützte, nämlich seine Nachgiebigkeit. »Was meint Ihr, wie sie angestrichen werden sollte?«

Don Luigi warf ihm einen müdmüden Blick zu, als würde er ihn ins Gesicht fragen, allerdings sehr fern, außerordentlich fern, ob das ein Clownsstück wäre oder Unsinn, und es war nur natürlich, dass es ausschließlich Unsinn sein konnte, wenn er von Farbanstrich redete, davon, ein Boot anzustreichen, das es nicht einmal auf der Helling gab, nicht einmal als nackte Ausbuchtung, sondern nur auf seinen Lippen und in seinem Kopf existierte, und nicht einmal dessen war er sich völlig sicher. Doch für 'Ndrja war das indessen alles, was er tun, was er versuchen konnte, es ihnen darzustellen, alles, was er tun, was er versuchen konnte, war, darüber zu sprechen, es zu erwähnen, so zu tun, als würde es existieren, als würde man es auf seinem Mund immer wieder sehen, und vielleicht war deshalb auf seine Lippen diese Überspannheit, dieses überspannte Unsinnsgerede von der Anstrichfarbe getreten, die ja wirklich das Letzte war, wie wenn er Eile hatte, die Palamitara für sie anzumalen, um sie ihnen vor Augen zu führen, Eile, sie um des Anmalens willen für sie anzumalen.

»Ganz wie du willst, 'Ndrja, mal sie ganz so an wie du willst«, antwortete Don Luigi ihm, und wirklich so, als würde man ihm die Worte einzeln mit Zangen herausziehen, und mit einem Ton, der an den Ton erinnerte, den man bei kleinen Kindern und bei Ohmahnen anwendet.

»Und das Holz, das Holz, was meint Ihr, welches Holz nehmen wir, Pinie aus der Sila oder slowenische Kiefer?«

Das Holz, nicht der Anstrich war's, das Holz kam zuerst und als Erstes, als Erstes in jeder Hinsicht, trotzdem war die Frage töricht, ebenso, wenn nicht gar noch mehr als die vorige, wenn nicht gar noch törichter, denn das Holz, das üblicherweise immer für die Palamitara verwendet wurde, das wussten sogar schon die kleinen Jungs, war Pinienholz, und die Pinie kam entweder aus der Sila oder aus Slowenien, und die Unterschiede bestanden in Nuancen, in kaum auffallenden Unterschieden der Maserung, und auch das wussten die kleinen Jungs schon, sie wussten, dass die eine wie die andere gleich, absolut gleich waren, und die Wahl sozusagen nur von der Wirkung abhing, die das Holz auf das Gehör dessen ausübte, der die Palamitara ausrüstete, Sila-Pinie oder slowenische Kiefer, oder sie hing davon ab, ob der Bootszimmermann die eine oder die andere nicht zur Verfügung hatte.

Don Luigi musste aber sehr wohl verstanden haben, wozu ihm diese Fragen dienten, und wenn er sich möglicherweise empörte, war es weniger wegen der Fragen an und für sich, sondern eher wegen ihrer Bündelung, denn Fragen dieser Art, dieser verwichsten Art, wie sollte einer wie er sie denn nicht begreifen, sie wirkten ja, wie wenn ein Ahnungsloser sie stellte, doch ihr eigentlicher Zweck war der, Schaum um dieses unsichtbare Boot zu schlagen.

Daher antwortete er ihm auch dieses Mal, auch wenn er ihm jedes Mal mehr so antwortete, wie wenn sein Mund von alleine reden würde, ja, geradezu so, wie wenn es gar nicht sein eigener wäre und er gar nicht hören würde, was dieser sagte. Und in der Tat blickte er hoch in die Luft, und als er den Blick wieder aufs Meer richtete, sagte er zu ihm:

»Ganz wie du willst, ganz wie du willst, 'Ndrja.«

»Aber was meint Ihr? Findet man in diesen Zeiten denn slowenische Kiefer?«

»'Ndrja, oh, Bruder … Wie soll ich dir denn sagen können, ob man in diesen Zeiten slowenische Kiefer findet oder nicht?«, antwortete Don Luigi ihm da und redete sozusagen mehr mit den Augen als mit der Stimme, und es hatte den Anschein, als wollte er ihm sagen: Was denn, hast du mich als Zielscheibe ausgesucht? Also gut, ich antworte dir, ich stehe zu unserem stillschweigenden Pakt, der darin besteht, dass du mich just im rechten Augenblick noch bei den Fittichen gepackt hast, damit ich nicht herumkadavere, und ich, wie du siehst, revanchiere mich, aber nutze das ja nicht aus, du darfst mir mit diesen hundepimmeligen Fragen nicht auf die Nerven gehen, mit diesen Fragen, bei denen du so tust, als wärst du völlig ahnungslos.

Trotz allem zeigte er sich in keiner Weise aufgebracht, denn er machte immer noch diesen erschlafften, halb schon toten, halb noch lebendigen Eindruck, eigentlich machte er ihn jetzt noch mehr, jetzt wirkte er sogar verzweifelt erschlafft und halbtot. Aber wo nur, konnte jemand fragen, erblickte 'Ndrja diesen nervigen Unterton in seinen Worten? Er erblickte ihn da, in der Wendung: Oh, Bruder, das genügte schon, diese Art verhohlenen, geduldig ungeduldigen Prustens, diese Wendung genügte bereits, die auf seinem Mund das Äußerste an Nervigkeit darstellten, es genügte, um zu sagen, dass Don Luigi ganz insgeheim nicht mehr der unendlich geduldige Dulder war, als der er nach außen hin immer noch wirkte, es genügte, um zu sagen, dass er inzwischen nur noch geduldig und halb und halb längst schon ungeduldig war und vollends noch viel ungeduldiger wurde. Kannten sie ihn denn nicht? Natürlich kannten sie ihn, und weil sie ihn kannten, wie sie ihn kannten, brauchte er ihn nur sagen zu hören: Oh, Bruder!, um sich darüber klarzuwerden, dass dies das Zeichen äußerster Duldsamkeit war, äußerster Nervigkeit, das genügte, um sich darüber klarzuwerden, wer ihm da zuhörte, doch vor allem, zu wem er da redete, um zu begreifen und daran zu erinnern, dass es auch eine Grenze seines standbildhaften Wesens gäbe, dass auch in seinen Adern Blut flösse, das nicht aus Marmor war, und dass er, alles in allem, nicht nur Verstand wäre, nicht nur Kopf, ein Kopf mit Aureole und basta. Weil sie ihn kannten, wie sie ihn kannten, wussten sie auch, welcher Sinn in der Wendung: Oh, Bruder! lag, in diesen Worten auf seinem Mund, und sie wussten ebenfalls, dass man in einer Diskussion Oh, Bruder! nur dann zu hören bekam, wenn er, auch wenn er es nicht zeigte, Schaum vor dem Mund haben musste oder wirklich hatte. Und sie wussten es so eindeutig, dass 'Ndrja, allein, wenn er einen Augenblick darüber nachsann, allein, wenn er seinen Verstand darauf lenkte, dass Don Luigi ihn mit Oh, Bruder! angeredet hatte, sich rot anlaufen fühlte, und die Tatsache, dass er rot anlief, rief weder Scham noch Verwunderung bei ihm hervor, denn, ob er wollte oder nicht, auch jetzt, auch vorher und immer, gestand er es sich ein, ohne dass ihn das belastete. Angesichts dieses salomonischen Kopfs fühlte er sich immer noch wie ein kleiner Junge, ein kleiner Junge, der zu einer Statue aufschaute, zu einem Monument des Denkens aus Fleisch und Blut, ein kleiner, von Bewunderung verwirrter Junge. Das, was dagegen Scham und Verwunderung in ihm hervorrief, war vielmehr das, was sich zwischen ihm und Don Luigi ereignete, von dem er sich niemals hätte vorstellen können, dass es eines Tages geschehen würde, mit ihm, der zuerst Don Luigi bei den Fittichen packte, als er im Begriff stand, sich auf einmal, schlagartig, auf den niedrigen Rang eines Schiebers und Geschäftemachers herabzuwürdigen, das heißt, im Begriff stand, innerhalb weniger Augenblicke seinen Namen und seinen Ruf zu besudeln, und nachdem er ihn still bei den Fittichen gepackt hatte, das heißt auf stille Weise erpresserisch, hatte er ihn auf dieser erst noch in Auftrag zu gebenden, zu entwickelnden und ins Wasser zu lassenden Palamitara dienstverpflichtet und angeheuert, um ihm in Hinblick auf das Boot diese Fragen eines vermeintlich Ahnungslosen zu stellen, und mit Don Luigi auf der anderen Seite, der es wie eine lästige Verpflichtung empfand, ihm, diesem kleinen Jungen, diese beliebigen Antworten zu geben, die in ihrer Beliebigkeit Schaum um den Bootsrand schlugen, eines Boots, das ihn völlig gleichgültig ließ, ja, das er als abgehaktes Thema betrachten musste. Darüber wunderte 'Ndrja sich, darüber, was sich ereignete, während es sich ereignete, denn das, das, was war, wie wenn er und Don Luigi Kleider und Rollen miteinander getauscht hätten, das heißt: nicht nur die Kleider, sondern auch alles, was darin war, das, vor allem anderen, hatte sich vorher ereignet, es gab ihm das Gefühl, wie sich dort, ausgenommen wohl einzig Masino, alle, die einen mehr, die anderen weniger, verändert hatten, alle, einschließlich Don Luigi, auch wenn es so aussah, als wäre er dem noch entkommen, und einschließlich ihm, ihm selbst, musste er sich sagen, sogar er, maxime er, der sich doch nach außen hin für den einzigen Unversehrten halten musste, den einzigen, der unverändert geblieben war. Doch genau das war es, was nach seinem Gefühl übel klang und falsch, denn allein die Tatsache, dass er sich dort befand und Don Luigi Fragen stellte, und dieser ex-ideenreiche Kopf, der sich in einem gewissen Sinn genötigt sah, was kaum zu glauben war, ihm gezwungenermaßen zu antworten, das heißt die Tatsache, dass er sich dort befand und eine Rolle spielte, die nicht seine war, die Rolle, die immer die von Don Luigi war, die Rolle des Kopfs, und Don Luigi seinerseits spielte seine, ʻNdrjas, Rolle, die Rolle aller anderen, die des Schwanzes im Vergleich zum Kopf, das heißt die Tatsache, dort mit Don Luigi zusammen zu sein, wobei der eine die Rolle des anderen spielte, diese Tatsache allein war in seinen eigenen Augen dermaßen phänomenal, dass er in gar keiner Weise anders konnte, als sich selbst ebenfalls für verändert zu halten. Und selbst wenn es bei diesem Rollentausch so aussah, als hätten er und Don Luigi sich zum jeweils anderen verändert, und wenn man als Folge davon zu dem Schluss gelangt wäre, dass, während Don Luigi sich zum Schlechteren, er sich zum Besseren verändert hätte, welchen Unterschied machte das schon? Was änderte sich damit? Machte es denn einen Unterschied, ob man sich zum Besseren oder zum Schlechteren verändert? Der Punkt liegt darin, ob sich einer verändert oder nicht, ob er der ist, der er immer war, oder ob er nicht mehr der ist, zum Besseren oder zum Schlechteren, es bleibt die Tatsache, dass er sich verändert hatte, dass er sich zu einem anderen enteint hatte, zu einem anderen, zu anderem, und das kann ursprünglich besser wirklich nicht sein. Und welchen Sinn, welchen Wert hat es zudem, dass einer, irgend so ein Quilibet, einer vom Schwanzteil wie er zum Beispiel, sich zum Besseren veränderte, wohingegen ein Kopf wie Don Luigi sich gleichzeitig zum Schlechteren veränderte? Kommt einem da nicht der Gedanke, dass dieses Bessere ursprünglich vielleicht nicht insgesamt besser ist und das Schlechtere nicht insgesamt schlechter? Vor allem, wenn am ursprünglichen Ausgangspunkt des Besseren, hatte er das vergessen?, die Tatsache stand, dass die erste Idee hinsichtlich der Anlandung des Orcadavers, auch wenn man darüber Witze machte, von ihm stammte, von ʻNdrja, von ihm persönlich.

Und das zum Beweis dafür, wie sie alle genau wussten, was für einen Sinn dieser Ausspruch: Oh, Bruder! auf den Lippen von Don Luigi hatte.

Sicher, der Anschein sagte das Gegenteil zwischen ihm und Don Luigi, er sagte, dass er von ihrem ideenreichen Kopf Informationen über das in Auftrag zu gebende Boot einholte, er sagte, dass er Informationen und Ratschläge von Don Luigi einholte, er sagte, dass der Milchbärtige immer der Milchbärtige bliebe und der Boss immer der Boss, das sagte der Anschein, und wie man gesehen hatte, täuschte der Anschein immer. Jedoch nicht völlig: Täuschte er sich denn bis zu dem Punkt, sich vorzumachen, die Wahrheit würde darin bestehen, dass er und Don Luigi sich miteinander vertauscht, sie ihre Rollen vertauscht hatten? Die Röte, die er wegen dieser Wendung: Oh, Bruder! in seinem Gesicht spürte, sagte ihm, dass seine Rolle sich im Hinblick auf Don Luigi verändert hatte, ja, und zwar grundlegend, und das war die, die er sich gewünscht hatte, allerdings mehr in den Augen Don Luigis als in seinem Inneren, aus seiner Kenntnis, aus seinem Gewissen, denn das dort, in ihm, im Blut, das nichts weiß von Rollen und Wollen, musste seine Rolle des Milchbärtigen noch geblieben sein, auch wenn der Milchbärtige das Herz eines Familienvaters in sich fühlte, das Herz, das der Milchbärtige spürt, wenn der Familienvater aufs Meer hinausfährt und nicht mehr wiederkommt.

Doch Bruder oder nicht, Röte oder nicht, er ging trotzdem weiter dem Seinen nach, und die Frage, die er Don Luigi dieses Mal stellte, betraf einen Punkt, der ihnen, den Pellisquadre, vielleicht endlich eine Regung abnötigte.

»Und wem, meint Ihr, geben wir den Auftrag?«, fragte er ihn. »Welchem Bootszimmermann, was meint Ihr?«

Auch das war die Frage eines vorgetäuschten Ahnungslosen, er wusste nur zu gut, bei welchem Bootszimmermann er die Palamitara in Auftrag geben musste, bei Don Armandino Racìti in Gàlati Mamertino, bei wem auch sonst? Man wusste, und sie hatten ja schon selbst die Erfahrung gemacht, dass, wenn man Palamitara sagte, dies so viel bedeutete, wie wenn man Don Armandino Racìti sagen würde, und wenn man Ontro und Feluke sagte, wie wenn man Don Nunziato Licandro von Ringo sagen würde. Wenn man Don Armandino und Don Nunziato für das, was ihre Fähigkeit als Bootszimmerleute betraf, auf eine Waagschale setzte, dann senkte der eine sich weder nach unten, noch stieg der andere nach oben. Sie waren, um es kurz zu sagen, beide Meister von gleicher Meisterschaft. Doch hatte jeder der beiden seine Spezialität, das heißt, jeder der beiden zeigte seine Meisterschaft bei einem unterschiedlichen Typ von Boot, beim Typ Palamitara und beim Typ Ontro und Feluke.

Und das war kein Zufall, was nur natürlich war, denn das waren die beiden charakteristischen Typen von Boot für die beiden Typen von Meer, an denen die beiden Bootszimmerleute ihr Handwerk ausführten, Typen von Boot und Typen von Meer, die den beiden charakteristischen Weisen von Tod entsprachen, dem der Schwertfisch, schwertgerüstet zwischen den Inseln und Malta, entgegenschwamm: Tod durch Harpune und Tod durch Angelhaken, durchbohrter Schwertfisch, mit anderen Worten, und geangelter Schwertfisch. Nun waren Ontro und Feluke, wenn man sie in ihrer paarigen Verbindung betrachtet, im Hinblick darauf, dass sie Spezialitäten von Don Nunziato Licandro waren, der charakteristische Typ von Boot auf diesen vor ihnen liegenden Meeren zwischen Skylla und Charybdis, Flussmündung, Mündungen, Meerespassage, Meer des Fischzugs, alles Geviert und Gevierte, alles wie eine langgezogene, große Totenkammer von stillstehenden Feluken und jagenden Ontren, gleich einem ständigen Aufsprießen spitzer Eisen in der Luft, ein Meer kurzum, wo der Schwertfisch harpuniert stirbt, wo man für die Hälfte des Jahres ab Mai nur mit Ontro und Feluke, und für die andere Hälfte des Jahres mit der Palamitara hinausfährt und das Fangzeug auswirft, doch um nicht unendlich viele Meilen von Netzen und Angelhaken in die tosenden Strömungen zwischen Skylla und Charybdis auszuwerfen, gelangt man oftmals, um einen guten Fang und ein weites Meer zu finden, bis zum Golfo dell'Aria, und das einzige Boot, das dort hinauf ins Tyrrhenische Meer fahren und wieder umkehren kann, allerdings nicht immer umkehrt, ist die Palamitara. Also fährt man auf die Meere zwischen Skylla und Charybdis mit der Palamitara, doch muss man immer ihre Prüfung miteinbeziehen, und die Prüfung ist ein flussbettartiges, schmales, schnell strömendes Meer, wie das zwischen Skylla und Charybdis, ein Meer, durch das der Schwertfisch schnell zieht, und dort braucht man ein leichtes, flink manövrierbares Boot, um es mit den Gegebenheiten aufnehmen zu können, man braucht ein charakteristisches Boot, Ontro, Frette, fast schon Lanzitte und nicht mehr als vier wendige Ruderer, drei sogar nur auf den skyllotischen Ontren, genialische Menschen, die den Mittelruderer erfunden haben, der für zwei rudert. Die Palamitara dagegen nicht, sie ist kein typisches Ruderboot für zwei: nein, dieses Meer ist nicht typisch für eine Palamitara, hier ist die Palamitara nur Boot für eine bestimmte Zeit, illusorisches Boot, sie ist Boot, ja, das ist sie, bis der Mai kommt, und Mai bedeutet neuer Schwertfischzug, Wasserung von Ontro und Feluke, typisches Boot, typisch für den Schwertfisch, der stirbt, wenn er typisch harpuniert stirbt, und daher wäre der ideale Zustand der, wenn der Schwertfisch zwölf Monate im Jahr seinen Zug veranstalten würde, nicht nur während der Monate ohne *R*, sondern auch in denen mit *R*, und man immer nur Ontro und Feluke aufs Wasser setzen könnte, niemals aber die Palamitara.

Die Palamitara war das Boot des Golfo dell'Aria, das heißt nicht mehr das Boot für das eingeengte Meer und den schnellen Fang, das Boot der engen Straße von Messina, sondern für die Gegenden, wo die Meerenge breit ist. Mit der Palamitara öffnete sich das Meer zwischen Skylla und Charybdis weit nach Malta hin, es bekam bereits die Züge der Hochsee, und Sizilien mit Kalabrien entschwanden schon bald aus dem Blick, und dort finden die Schwertfische folglich, die aus dem Meer zwischen Skylla und Charybdis entkommen, abgesehen von der Tatsache, dass sie längst erkannt sind, das weite, offene Meer, die Hochsee, wo sie keiner mehr zu harpunieren vermag, die Galatoten können ihnen nur noch nachpfeifen und so versuchen, sie aufzuhalten und ihnen näher zu kommen, ihnen mit den Ontren auf Harpunenschussweite näher zu kommen.

Doch wer wusste das nicht? Selbst Jungs und sogar Knirpse wussten das, und 'Ndrja setzte genau darauf, um sie herauszufordern, diese ganze Gesellschaft von Pellisquadre auf dem Sporn, er setzte genau auf die Tatsache, dass die Frage so seltsam, so aufrüttelnd für sie klingen musste, dass ihre Aufmerksamkeit geweckt und sie sich getrieben fühlten, das Wort zu ergreifen, kurz gesagt, dass diese Fragen sie in die Sache mit dem Boot verwickeln würde, ohne dass sie es überhaupt merkten.

Der eine oder andere der Üblichen allerdings, der drei oder vier, die zumindest gelegentlich zu verstehen gaben, dass sie ihm zuhörten, warfen ihm einen neugierigen Blick zu, wie wenn sie sehen wollten, ob derjenige, der da geredet hatte, nicht zufällig ein Fremder wäre, und zwar so fremd und so ahnungslos, dass er nicht einmal wusste, dass sie die Palamitara seit Anbeginn der Welt bei Don Armandino Racìti in Gàlati Mamertino in Auftrag gaben. Doch die unbeteiligte, gleichgültige Art, wie die Pellisquadre reagierten, war gar nichts im Vergleich zu Don Luigi, der ihm eine Antwort gab, die viel provozierender war, doch provozierender im wahrsten Sinn des Worts, als die Frage, die er ihm gestellt hatte:

»Ganz wie du willst, 'Ndrja«, antwortete er in der Tat apathisch. »Gib sie ganz wie du willst bei einem Bootszimmermann in Auftrag.«

Und einfach, um irgendwo einmal zu beginnen, bemerkte 'Ndrja auf der Stelle, dass Don Luigi es zufällig oder absichtlich in der Einzahl gesagt hatte. Zufällig? Wie konnte man denken, dass der da, selbst in dem halb toten und halb lebendigen Zustand, in dem er sich befand, der Typ war, der auch nur das Geringste zufällig sagte oder tat. Absichtlich dagegen, absichtlich, das verstand sich doch aus sich selbst, hatte er es in die Einzahl gesetzt, wie wenn er sagen wollte: *Wir* erteilen den Auftrag? *Du* gibst den Auftrag, das Boot, von dem du sprichst, ist deine Sache, zieh mich ja nicht mit da hinein, bemühe mich nicht damit, ich stehe dem allen gleichgültig gegenüber.

'Ndrja fühlte, wie sein Gesicht wieder aufloderte, doch dieses Mal, auch wenn er sich über die Röte weder schämte noch verwunderte, empfand er so etwas wie Enttäuschung, wie Verdruss. Einverstanden, Don Luigi hatte sich der völligen Teilnahmslosigkeit, der völligen Gleichgültigkeit hingegeben und antwortete ihm einzig aus Loyalität, einzig um sich zu revanchieren. Doch dachte er, sich auf diese Weise zu revanchieren und sich loyal zu verhalten?, auf diese Weise, indem er vom Boot den Plural fallen ließ, mit dem er, 'Ndrja, es ausgestattet hatte, und es ihm jetzt stattdessen im Singular zu präsentieren? Oder, schlimmer noch, indem er ihm antwortete: Ganz wie du willst, ein Bootszimmermann ganz nach deinem Belieben? War das Loyalität? Wieso gab er ihm nicht die richtige Antwort, die, die gemeint war, nämlich Don Armandino Racìti? Für das Holz transeat, da konnte er ihm durchaus antworten: Ganz wie du willst, denn zwischen Pinie aus der Sila und slowenischer Kiefer sind die Unterschiede unerheblich, nur eine Frage der Maserung. Doch zwischen einer Palamitara von Don Nunziato und einer von Don Armandino, waren die Unterschiede da etwa nur unerheblich und von einer Art, dass man sie ganz wie man wollte beim einen oder beim anderen bestellen konnte und sich dabei nichts ändern würde? Konnte man das jemals einen Don Luigi sagen hören? Er hatte sich dermaßen der Teilnahmslosigkeit und Trägheit verschrieben, er hatte sich dermaßen entliebt und entfremdet, dass ihm überhaupt nicht mehr der Sinn danach stand und ihn in keiner Weise mehr ansprach, es war ihm völlig gleichgültig, ob sie die Palamitara bei dem Bootszimmermann in Auftrag gaben oder nicht, der in seinen Augen immer das Markenzeichen für diesen Bootstyp war, ebenjener Don Armandino Racìti, für den er eine ausgesprochene Leidenschaft entwickelt hatte, und Leidenschaften waren etwas Seltenes in seinem Leben. Hatte er denn vergessen, wie es so um das neunundzwanziger Jahr darum ging, die Costanza abzutakeln, ein Werk der Überredungskunst, die er ihnen mit seinem ideenreichen Kopf vorgetragen hatte, um ihnen begreifbar zu machen, dass sie die neue Palamitara bei diesem bewussten Bootszimmermann aus Gàlati Mamertino, einem gewissen Don Armandino Racìti, in Auftrag geben mussten, und wieso bei ihm und niemand anderem als ihm? Bei der Palamitara, die dieser Don Armandino baute, vergaß man einfach, wie lange sie hielt. Er zieht gewohnheitsmäßig einen doppelten Boden ein, und die anderen nicht. Die anderen nehmen entweder Pinie aus der Sila oder slowenische Kiefer, er aber nimmt beide. Die Galatoten gelangen mit Don Armandinos Palamitaren bis nach Malta hinunter, dass es eine Freude ist, und wenn sie Landwind haben, setzen sie das portugiesische Segel und werfen das Fangzeug sogar mitten in der Straße von Sizilien aus. Denn die, die Don Armandino baut, ist eine Palamitara für das offene Meer, eine Hochseepalamitara, bestimmt für die Hochseenavigation, eine Art von Fischfangschiff, gewissermaßen. Dieser Don Armandino baut das und nur das, die Palamitara, habe ich mich verständlich ausgedrückt?, daher bringt er bei jeder, die er baut, Verbesserungen an, er macht sie vollkommener, das ist bei ihm eine Frage der Ehre. Tatsache ist, dass er sie nicht am laufenden Band macht, er pisst sie nicht aus unter dem Vorwand, dass er sie ja alle auswendig kennt, keineswegs, er setzt Zeit ein und Leidenschaft und gibt sich ihr voll hin.

Hatte er das vergessen und die Reise nach Gàlati, auf die sie sich begeben mussten, bis Messina mit der Dampftram, die bis nach Bauso fuhr, und dann zu Fuß bis Gàlati Mamertino, eine Reise, die eine echte Reise war, das erste Mal, als sie sich zu zweit auf den Weg machten, er und Saro Ritàno, um sie in Auftrag zu geben, wie wenn sie sich auf den Weg zum Heiligen begaben, um eine Gnade zu erbitten, denn sie hatten sagen hören, dass der Auftrag mitunter angenommen und mitunter abgelehnt würde. Und das zweite Mal, um sie abzuholen, da gingen sie zu sechst, und während der gesamten Hinreise hatte er, um das Gemurmel zum Schweigen zu bringen, das die anderen ganz sicher in ihrem Inneren anstellten, immer und immer wiederholt: 's ist ein bisschen weit, ja, doch das wars wert, wenn ihr die Palamitara seht, werdet ihr mir zustimmen. Und auf dem Rückweg, als sie zu den Meeren zwischen Skylla und Charybdis ruderten, in der Palamitara, die nach Holz und Anstrich roch: Heh, ich habs euch ja gesagt, dass es ein bisschen weit war, ja, doch das wars wert, oder?

Das, wollte er ihm sagen, habt Ihr das vergessen? Und habt Ihr auch vergessen, dass die verschiedenen Schepis, Cambrìa, Scoma, Scarfì und Palamara Euch zugestimmt haben, sie haben Euch unbedingt zugestimmt, dass es das wert war, ein paar Jahre später, als Euch und sie auf dem Weg zum Golfo wegen Makrelen in der Höhe von Salina jener fürchterliche Sturm erfasste, der drei Tage und drei Nächte wütete und die Polare umkippte, nachdem eine ganze Nacht lang Schaumrösser über und unter sie herbrachen und sich zu allem Unglück auch noch der Mistral bis auf einhundert pro Stunde steigerte und Ihr alle dachtet, nun wärt Ihr verloren? Aber dann retteten sich die einen von der Mannschaft aus eigenen Kräften, die anderen wurden gerettet, doch mit der Palamitara rechnete keiner mehr von Euch, bis die Hafenkommandantur Signor Cama in Kenntnis setzte, dass die Polare auf der Insel Salina gemeldet wurde, ohne Ruder und Netze noch irgendwelche Ausrüstung, aber auch ohne eine Schramme am Boden oder irgendeine Veränderung an den Spanten und ohne auch nur die geringste Erschütterung der Beplankung. Euch hat, in einem Wort, die Palamitara selbst die Bestätigung gegeben, und wenn die Deutschen sie nicht zertrümmert hätten, wäre sie noch immer hier, und es wäre eine Tatsache, dass es die Palamitara war, die Ihr bei Don Armandino in Auftrag gegeben hattet, und eigens dafür habt Ihr Euch persönlich auf den Weg nach Gàlati Mamertino gemacht. Jetzt aber kommt es einem unwahrscheinlich vor, jetzt, wo Ihr sagt, die Palamitara bei einem Bootszimmermann ganz nach meinem Belieben in Auftrag zu geben, jetzt kommt es einem unwahrscheinlich vor, dass dieser große Bootszimmermann für Palamitaren Euch einmal so viel bedeutet hat und jetzt weniger als nichts, jetzt, wo es scheint, als hätte Euch ein ziviler Tod ereilt, wo es aussieht, als hätte sich Euer Leben vollends veraasigt, wie wenn es sich angesteckt hätte, in Eurem Kopf den Kadaver des Orcaferons zu bearbeiten. Doch da gibt es zwei Punkte: Entweder habt Ihr Euch veraasigt und seid völlig teilnahmslos und gleichgültig geworden, weshalb Euch unsere kleine Tätigkeit in keiner Weise mehr berührt, einschließlich der Boote und folglich auch der Palamitara, ebenso einschließlich der Palamitara von Don Armandino, oder Euch berührt nur meine Palamitara nicht, die ich, wie ich hier stehe, den Pellisquadre als Beschäftigung überlassen wollte.

Das wollte er ihm sagen, dachte er, doch dann sagte er's ihm nicht. Was er ihm stattdessen sagte, war:

»Ganz wie ich will? Wirklich wie ich will, sagt Ihr? Ich gebe sie einem Bootszimmermann ganz nach meinem Gutdünken in Auftrag, sagt Ihr? Dann sagt Ihr also, dass ich sie auch bei Don Nunziato Licandro in Auftrag geben kann, wo er doch gleich nebenan lebt, nur zwei Schritte entfernt?«

Doch da, ohne dass er gerufen noch gefragt worden wäre, weder gebeten noch herbeikommandiert, mischte sich der verschlagene Masino ein und schob sich blitzschnell zwischen ihn und Don Luigi, er mischte sich ein, wie wenn er Don Luigi einen Gefallen tun wollte und an seiner Statt antwortete:

»Bei Don Armandino, bei Don Armandino Racìti in Gàlati Mamertino, bei dem musst du die Palamitara in Auftrag geben, 'Ndrja. Für die Palamitara ist Don Armandino der Einzige. Die Palamitara haben wir bei ihm in Auftrag gegeben, erinnerst du dich denn nicht?«

Das waren die Augenblicke, in denen Masino ihm richtig unsympathisch war, Augenblicke nämlich, in denen er mit unvergleichlichem Können seine Meinung kundtat, ohne dass er mit der Sache etwas zu schaffen hatte.

Don Luigi wandte den Kopf um und warf einen Blick auf Masino, danach sah er 'Ndrja an, doch 'Ndrja wandte sich Masino nicht zu, behielt aber dessen Worte im Gedächtnis und tat fast schon so, als hätte er sie selbst ausgesprochen, und sagte zu Don Luigi:

»Na, was sagt Ihr? Geben wir sie bei Don Armandino Racìti in Auftrag? Mach ich mich auf den Weg nach Gàlati?«

Wieder drehte Don Luigi sich zu Masino und blickte dann zu 'Ndrja, und 'Ndrja, ohne noch länger an die Palamitara zu denken, sondern allein an die Einmischungen dieser Nervensäge von Masino, fragte Don Luigi:

»Und wenn wir einmal den Fall setzen, den Fall, dass ich hinfahre und herausfinde, dass Don Armandino Racìti unglücklicherweise gestorben ist?«

»Der Himmel bewahre, 'Ndrja, der Himmel bewahre, dass Don Armandino Racìti gestorben ist«, antwortete ihm wieder Masino, ganz in Panik versetzt, wie wenn 'Ndrjas Annahme auf ihn eine katastrophale Wirkung ausüben würde.

Und wieder drehte Don Luigi sich zu Masino und sah ihn an, doch dieses Mal verharrte er in dieser Haltung und ließ seinen Blick auf ihm ruhen, während der Milchbärtige redete. 'Ndrja drehte sich ebenfalls um und sah Masino an und dachte dabei, dass, wenn er sich schon eingemischt und ungebeten und unbeordert zum Antwortensprecher von Don Luigi gemacht hatte, er damit auch ihm einen Gefallen tat, weil er wohl oder übel über das Boot redete, und immer noch darüber redete, während Don Luigi die Sache mit zwei halben Wörtern rasch abgetan hatte, und außerdem stand er gewissermaßen inmitten der Pellisquadre und redete ihnen sozusagen ins Ohr, zumindest aber diesen beiden, Jano Scarfì und Don Giulio Vilardo, zwischen denen er so eng eingekeilt stand wie eine Sardine. Doch so, wie die mit zusammengekniffenen Augen aufs orcinuse Meer über die Mittellinie hinausstarrten, hätte man meinen sollen, dass sie hier, am Ohr, Masinos Worte wahrscheinlich nicht hören konnten, wohingegen sie, wenn sie ihre Hörschärfe mit ihrer Sehschärfe zusammenbrachten, möglicherweise mit ihren geschärften Sinnen und Empfindungen das schäumende Schwappen rings um die riesenhafte schwarze Kontur des Orcadavers im Tyrrhenischen hören konnten.

Und die anderen idem. Entweder hörten sie Masino gar nicht oder sie hörten ihn hoch in der Luft, sagten sich aber: Das ist Jungskram. Sie hatten wirklich die Macht, dass er sich wie ein kleiner Junge fühlte, der alleine spielte und alles tat, um die Aufmerksamkeit der Großen auf sich zu ziehen, doch er redete mit sich und er hörte sich oder schlimmstenfalls hörte er einen gezähmten Milchbärtigen wie Masino, der vielleicht diese Verpflichtung spürte, weil er doch sein Milchbruder war. Die Großen aber hörten ihm gar nicht zu, abgelenkt von dem Riesengeschäft, das sie in Händen hielten, zumal sie sich immer noch hier befanden und der Orcadaver dort, im Meer seines Bluts, zerfleischt und vernichtet durch Feren, während er in ihrem Herzen sich längst hier angelandet befinden sollte, auf ihrer Marina, unterhalb ihres Sporns.

»Wer würde uns denn zufriedener stellen?«, fuhr Masino fort und drang immer mehr in die Sache ein. »Wer würde uns denn noch einmal so eine Palamitara wie die Polare bauen? Der soll einfach so gestorben sein? Ausgerechnet er?«

»Recht hast du, ja recht, Masinello«, sagte 'Ndrja zu ihm und sprach lauter. »Ausgerechnet er soll gestorben sein, ausgerechnet Don Armandino Racìti aus Gàlati Mamertino, ausgerechnet dieser Gott der Bootszimmerleute, der, der die Palamitara für uns bauen soll? Beruhige dich, beruhige dich nur, Masinello«, fügte er hinzu und sprach dabei immer lauter gegen die dicht stehenden Profile an. »Die Palamitara werde ich ihm in Auftrag geben, ihm, Don Armandino, tot oder lebendig, denn besser er ist tot als ein anderer lebendig, was, Masino?«

Doch für wen spielte er den Geistreichen? Für Don Luigi, für Masino, allenfalls für diese beiden allein, von denen der eine gegen seinen eigenen Willen, der andere ganz nach seinem eigenen Willen Schiffchen versenken mit ihm spielte, so musste man es durchaus nennen. Denn für den Großteil der Gruppe war Don Armandino Racìti wirklich gestorben und begraben, das heißt, er war als Bootszimmermann für ihr Anliegen als Pellisquadre gestorben, und er konnte es so viel und so oft singen, wie er wollte, dass er Don Armandino Racìti, ob tot oder lebendig, für die Palamitara vorziehen würde.

Welches Einverständnis aber konnten sie ihm geben, wenn sie alle dort waren, eingezwängt in ihre Augen, alle eingezwängt in ihre Blicke mit Sinnen und Empfindungen, eng beieinander in Neugier und Argwohn, eingezwängt in die Falkenaugen, die nicht das Vorrecht allein von Caitanello innerhalb dieser Mannschaft von Pellisquadre waren, sondern vielmehr der meisten, und die ihnen auf diese Entfernung von einer Meile, eineinhalb Meilen erlaubten, die Bewegungen des Landungsboots allein an seinen Manövern abzulesen. Jetzt aber war das, was sie sich nicht erklären konnten, der Grund, warum sie sich, nachdem sie in die Umgebung des orcinusen, schwarz brodelnden Blutmeers vorgedrungen waren, von dort entfernten, ohne im Hinblick auf den Orcaferon etwas zu tun oder etwas zu tun versuchten, nichts, so musste man genauer sagen, von dem, was sie im Sinn hatten, nicht die Engländer.

Er versuchte sich noch einmal, allerdings hoffnungsvoll, in dieser Pantomime, und dieses Mal in wirklicher Pantomime, denn Masino hatte seinen Mund offen stehen, und er sagte, ja er wiederholte, und zwar in einem derartigen Komödiantenton, dass Masino zunächst völlig verblüfft war:

»Hoh, dann hast du also kein Vertrauen, lieber Masino. Hoh, du bist ja ein richtiger heiliger Thomas. Was für einen Beweis muss ich dir denn geben? Hoh, in welcher Sprache soll ichs dir nur sagen? Die Palamitara gebe ich bei Don Armandino Racìti in Auftrag, das schwöre ich dir, auf meine Augen schwör ichs dir, Masinello. Welchen Sinn sollte es denn haben, dir das eine für das andere vorzugaukeln? Und außerdem habe ich mich doch verpflichtet, oder? Habe ich mich etwa nicht gegenüber dieser ganzen Mannschaft von Freunden verpflichtet? Richtig, Masinello, richtig, in deinem Kopf kannst du sie schon mit der Hand berühren, da kannst du sie bereits schön und vollendet sehen, ja, wenn du genau hinschaust, siehst du sogar schon den Namen am Bug. Siehst du, welchen Namen wir ihr gegeben haben? Polare II. Gefällt er dir? Hast du das erwartet? Polare, so hieß schon die erste, und Polare II wird die zweite heißen, und die Zweite, das sieht man schon auf den ersten Blick, oder?, unterscheidet sich in nichts von der ersten, und in der Tat machte Don Armandino Racìti ja auch die zweite. Begreifst du, warum ich sage ›machte‹, statt zu sagen: ›er wird sie machen‹? Weils genau so ist, als hätte er sie schon gemacht, denn sobald ich die Regatta für diesen Malteser gerudert bin und er mir die tausend Lire gibt, eile ich im Flug zu Don Armandino Racìti in Gàlati Mamertino. Die Gefahr ist nur, lieber Masinello, nicht dass er bereits gestorben wäre, sondern dass ihn angesichts der tausend Lire der Schlag trifft, will ich sagen.«

Den Worten nach, dem Anschein nach gab er sich geistreich, während er sich in Wirklichkeit ausgelaugt und sein Herz vor Widerstand, der ihm begegnete, und Bitterkeit eingeengt fühlte. Denn da war nichts zu machen, ihre Ohren waren viel zu sehr zum Meer des Orcadavers gerichtet und auf die Bewegungen des Landungsboots, um ihm zuhören zu können. Da packte es ihn geradezu instinktiv, etwas Herausforderndes, etwas Spöttisches zu tun.

»Ja, ja, Masino«, fuhr er dann laut schreiend fort. »Ich werde für die Palamitara bei ihm sein, bei Don Armandino Racìti, bei ihm, bei ihm, wie oft muss ich dir das denn noch sagen? Hast du denn Bienenwachs oder Siegellack in den Ohren? Wie kommts, dass hier alle es gehört haben, du aber nicht? Siehst du denn nicht, wie sie hier alle aufmerksam werden, alle hochgespannt? Denn sie haben gehört, wie ich sagte, dass ich wegen der Palamitara bei ihm sein würde, bei Don Armandino, bei Don Arrrmaaandiiinooo!«

Er rief die Silben von Don Armandino, wie wenn der Bootszimmermann da unten auf der Marina wäre und er ihn rufen würde und seine Stimme nur dehnte, um gehört zu werden.

Dieses Mal gab es ein allgemeines Augenverdrehen, Augen, die ihm zulächelten, Augen, die lachten.

Oh, sie lachen mich an, sagte 'Ndrja zu sich. Kommt ihnen das alles hier etwa wie ein Spaß vor? Doch wie kommt es andererseits, dass nicht einmal jetzt auch nur ein bisschen von diesem durchbuchstabierten Don Armandino, den er im wahrsten Sinn des Worts herausschrie, als würde er ihn jedem einzeln ins Ohr schreien, in ihnen widerhallte, sie aus ihrem fixen Gedanken herausriss und ihnen, wenn auch nur einen Augenblick lang, den verzauberten Faden von den Ohrenaugen zog? Möglich? Überaus möglich. Lachten sie denn sonst, lachten sie ihn sonst an, lachten sie ihn denn sonst an, wie Erwachsene kleine Kinder anlachen, die spielen und Spaß haben, auch wenn sie sie betrachten, ohne sie überhaupt zu sehen, und den Gedanken folgen, die sie im Kopf haben und ihre großen Gedanken denken? Sie wirkten so, als würden sie sich mehr für ihn als mit ihm freuen, der nach der ganzen Wut von vorhin wieder fröhlich geworden war, und mit vorhin meinte man nichts weniger, als dass er bei Don Luigi, der dabei war, sein Wirrspiel endlich zum Abschluss zu bringen, nicht mehr aus den Augen schauen konnte und sich auf die Gurgel des Burschen gestürzt hatte. Sie waren erfreut, sie gratulierten ihm zu sich. Sein Rufen war, als würde es ihnen dort, im Tyrrhenischen, ins Ohr dringen, und sie hierher zurückbringen, an Land, und hier würden sie sich einen Augenblick lang auf das örtliche Geschehen besinnen und finden, dass 'Ndrja dadurch, dass sie ihre Blicke aufs Meer gerichtet hatten, vor Wut schäumte wie ein französischer Gott und den Possenreißer machte, wozu sie ihn beglückwünschten, als würden sie sich sagen: Besser so, und wenn sie auch mit ganz anderen Dingen beschäftigt waren, ließen sie sich doch ein freudiges Lächeln abringen. Eh ja, ein bisschen verrückt bist du schon, 'Ndrja, ein bisschen verrückt, schienen sie ihm mit ihrem Lächeln auf den Lippen zu sagen, während sie gleich darauf wieder mit ihren Ohrenaugen und ihrem zerfließenden Herzen auf das orcinuse Meer hinauseilten, und es machte ganz den Eindruck, als würde er ein weiteres Mal, wie schon vorher, für sie nicht mehr existieren, ja, als würde er noch weniger existieren als vorher, wie wenn das ganze Geschrei, das er veranstaltet hatte, als er den Namen von Don Armandino buchstabierte, ihnen lediglich ein bisschen Luft an die Ohren gefächelt hätte, das heißt, als hätte sie das ein bisschen und für kurze Zeit allenfalls taub gemacht.

Doch konnte 'Ndrja es vor sich verborgen halten, dass es ihm schon wie etwas Großes vorkam, sie dazu gebracht zu haben, ihre Blicke vom Meer aufs Land zu wenden? In diesem kurzen Augenblick mochte er sich möglicherweise der Täuschung hingegeben haben, der Täuschung, ihnen durch sein vieles Rufen: Don Armandino!, was so war, wie wenn er gerufen hätte: Bootszimmermann der Palamitara!, das Boot in den Kopf gesetzt und ihnen damit den Orcadaver aus dem Kopf geschlagen und dem Orcadaver die neuen, von seinem Anblick hingerissenen Bewunderer entrissen zu haben. Wie kam es, fragte er sich, wie kam es, dass er wohl oder übel, wenn auch nur für einen kurzen Augenblick, sie von seinem Anblick losriss? Wie kam es, dass er ihnen als Ablenkung diente, auch wenn es weniger lange dauerte als einer braucht, um das Wort Ablenkung auszusprechen? Kam das, weil ich rief, fragte er sich, kam das, weil ich rief, statt zu sprechen, war es der etwas verzagte, der etwas scharlatanenhafte Ton, der ihnen als Lachen widerhallte? War es nur, weil ich rief, oder war es etwas Bestimmtes, das ich schrie und sie damit von dem Anblick loseiste, auch wenn diese Entzauberung nur die Sache eines Augenblicks war, der gar nicht in Erwägung gezogen werden durfte? Doch was immer es auch war, diesen Ton muss ich immer wieder anschlagen, wenn ich versuchen will, sie für die Idee des Boots zu gewinnen.

Was es war, wusste er, als er aufs Meer schaute, aufs Meer, auf das sie alle schauten, er wusste es beim Anblick des Landungsboots, das dicht bei der Mittellinie und bereits in den sizilianischen Gewässern hier mit halber Kraft auf die Grenzlinie und den Sporn zuhielt. Der Großkaik aber war noch einige Meilen entfernt, wie wenn er zum Tono hinübertaumeln würde, denn es musste Folgendes geschehen sein: Der englische Steuermann hatte, nachdem sie sich eine ganze Weile über den Anblick des riesenhaften Orcadavers belustigt hatten, irgendwann wohl das aufgebrachte Meer unter sich bemerkt und war seinem Einfall gefolgt, sich zuallererst weit von der Mittellinie zu entfernen, das heißt weit ab von den Bereichen, wo das Meer am gefährlichsten war, und ungefähr in Höhe von Spartà und dem Tono hatte er sich aus dem Wickel der Hauptströmung gewunden und sich zwischen Abfälle und Bastardelle geworfen, die ihm weiter kein Kopfzerbrechen bereiten konnten.

Das also wars, deswegen warfen sie mir diesen Blick zu, sagte 'Ndrja sich gleich bei diesem Anblick. Doch auf der Stelle erschlaffte er und sagte unmittelbar darauf noch: Wegen des Landungsboots wars, das mit dem Malteser an Bord sich uns nähert, das war der Grund.

Das hatten sie mir zu verstehen geben wollen. Jetzt wird man ja sehen, ob dein Malteser an Land geht, der noch nicht an Land gegangen war, aber du hattest ihn ja mit deinem Geschwätz schon an Land geholt und wieder an Bord geschickt, allerdings nur mit deinem Geschwätz. Und wenn er dann noch einen weiteren Beweis haben wollte, dass sie ihm diesen Blick aus diesem Grund zugeworfen hatten, war da ja diese Schamröte, die er in seinem Gesicht spürte beim Gedanken an das Bild, das er abgab, das Bild eines Scharlatans, der die Leute einwickelt, indem er ihnen Geschwätz verkauft, Qualm, denn bis zu diesem Augenblick war die Palamitara ja nichts anderes als Geschwätz und Qualm. Ich hab viel zu viel angegeben, zu viel geredet, ja, eigentlich hab ich mich bepinkelt, mich besabbert, sagte er sich jetzt. Vor allem durfte ich mich weder so brüsten noch so reden, weder übermäßig viel, noch übermäßig wenig, ich hätte stumm bleiben sollen. Stattdessen bin ich so weit gewesen, dass ich sogar schon den Bootszimmermann gefunden hatte, dass ich sogar schon das Holz und die Farbe ausgesucht hatte, sogar schon die gemalten Streifen und sogar schon den Namen. Fehlte nur noch die Matrikelnummer bei der Hafenkommandantur. Und worauf stützte ich diese ganze Sicherheit, ja, eigentlich diese Großmäuligkeit? Auf welcher Helling der Vernunft ließ ich diese Palamitara aufkielen? Kurzum, ich habe diesen ganzen Schaum geschlagen, diesen Mundfussel hervorgebracht, um ein Boot zu wassern, von dem ich nicht einmal weiß, ob es sich in mentedei befindet, denn um das zu wissen, müsste ich in primis wissen, ob ich im Kopf dieses Maltesers eine Rolle spiele, wissen, ob er in primis primissimo an Land geht.

Natürlich haben sie mir diesen Blick zuwerfen müssen. Jetzt sehen wir mal, ob du in der Tinte sitzt, wenn dein Signor Mister nicht an Land geht, hatten sie ihm vielleicht sagen wollen, sehen wir doch mal, ob der bei seiner ganzen Leidenschaft, die ihn blind macht, dich nicht durchnudelt, seinen Burschen an Bord zurückholt und dir die tausend Lire, mit denen du die Palamitara in Auftrag geben willst, nur noch durchs Fernrohr zeigt. Jetzt sehen wir mal, ob das mehr Dünkel war als sonst was, sehen wir mal, ob du das Großmaul, ob du der

Prahlhans bist, das sehen wir bei deinem Malteser, sehen wir also mal, ob er an Land kommt oder nicht, sehen wir mal, ob er deiner ist oder seiner, wir stehen hier, von hier aus entgeht unseren Blicken nichts, hier sind wir alle Späher.

Was hatte er dem entgegenzusetzen? Schließlich hatte er, was die Palamitara anging, die Unwahrheit gesagt, oder? Er konnte nur einwenden, dass es in guter Absicht geschehen war, wenn er, was die Palamitara anging, die Unwahrheit gesagt hatte, denn er hatte es ihretwegen gesagt, für wen denn sonst? Nur, dass sie es nicht wussten, sie wussten nichts von Palamitara noch von Geschäftigkeit mit der Palamitara, noch wussten sie, dass er diese Geschäftigkeit an den Tag legte, um sie dann ihnen zu übergeben: Bei der Palamitara hatten sie sich buchstäblich als taub erwiesen, das Wort klang ihnen nicht, es hatte auch nicht ein einziges Mal in ihren gierigen Augenohren geklungen, die auf den Orcadaver gerichtet waren. Diesen Blick hatte er, mit anderen Worten, seinem Sinn entsprechend aufgefasst, nämlich mit den in die richtige Richtung gebrachten, mit den in seine Richtung gewandten Pellisquadre, so gewandt und gerichtet, wie er sie wünschte, denn er machte sie so, er machte sie mit seinen Händen so, wie er sie wollte, auch wenn noch ungläubig und voller Zweifel, von der Palamitara fasziniert, enttäuscht und entzaubert von dem Orcadaver, das hieß, er machte sie weniger, immer weniger verändert und verschwärt, während sie so eigentlich nicht waren, man konnte absolut nicht sagen, dass sie so waren, noch konnte man demnach sagen, dass sie Typen waren, die ihm auflauerten und darauf warteten, zu sehen, ob der da nun an Land ging oder nicht, das heißt, zu sehen, ob 'Ndrja etwas Angeberisches erzählt hatte oder nicht. Warum dann aber, fragte er sich, diese Wende des Blicks zu einem Lächeln? Warum sahen sie mich so an? Welchem Grund verdanke ich also diesen Blick in diesem Zusammenhang?

Nun brauchte es ganz sicher keinen blinden Seher, um dieses Ereignis zu deuten, mit anderen Worten, zu deuten, dass sie ihn mit diesem Blick sehr stark ihrem Sinn zugelenkt hatten, gegengesinnt und umgesinnt, das heißt verändert, bevor er versuchen könnte, sie in seinem Sinn zu wenden. Doch hatte er möglicherweise zu viel vor Augen, um ihn zu sehen, um ihn ihn sehen zu lassen, diesen Blick, der kein Blick war, und außerdem hatte er ihn schon zu lange gesehen, gesehen und sich übergesehen an den Augen ihres Wirrnis stiftenden ideenreichen Kopfs, um zu denken, ihn noch immer zu sehen, ihn auch in ihren Augen zu sehen.

Doch war ihre Sorge die, ihn ja nicht schwach werden zu lassen, wie wenn auch sie verstehen würden, dass es in diesem Augenblick eher das Weiß der Augen war, das ihn bestürzte, als die Pupillen. Auf diese Weise halfen sie ihm, ihren Blick richtig einzuordnen, halfen sie ihm geradezu mit Fleiß, wie wenn zuerst ihnen daran läge, dass er den Sinn richtig deutete, richtig und rasch, doch wenn auch alles, was sie machten, zufällig war, musste für ihn alles unweigerlich absichtsvoll gelenkt wirken.

Statt alle zusammen, blickten sie jeder wieder einzeln zu ihm hinüber, weil sie, was richtig war, dachten, dass ein Augenpaar allein besser in einem anderen Augenpaar lesen könne. Sie taxierten sich in aller Heimlichkeit ab, um ihn anzusehen, und brachen, als sie ihre Nasenflügel kräuselten und ihre Zähne sichtbar werden ließen, in ein eigentümlich wieherndes Gelächter aus, währenddem sie ein Auge bei dem Landungsboot ließen. Ihr linkes Auge war wie durch einen Faden mit dem Landungsboot verbunden, und aus dem äußersten Winkel des rechten zwickten sie ihn und erfassten ihn mit ihrem Auge, und als sie ihr Aug wieder abwandten, überlagerten sie ihn mit dem Landungsboot, das heißt, sie setzten ihn beredt in eine Beziehung mit dem Landungsboot, das vom Meer des Orcadavers zurückkehrte, mit dem Landungsboot, das mit dem Malteser an Bord zurückkehrte. Für dich kommt das Landungsboot, für dich kommt der Malteser auf dem Fahrzeug, sagten sie wortlos zu ihm und wollten ihm damit sagen: Und wenn er deinetwegen kommt, dann kommt er, wenn du willst, auch unseretwegen, wenn du willst, wenn du ein gutes Wort bei diesem Malteser einlegst, dir schlägt er nichts ab, nach dir sehnt er sich ja, der Signor Mister, für dich kommt er her, für dich kommt er an Land.

Bald warf der eine, bald warf der andere ihm einen Blick zu, diesen sprechenden Blick, sogar sein Vater, der direkt vor ihm stand, und Caitanello fügte sogar noch einen Ellbogenknuff hinzu, damit er nur ja die Bedeutung nicht missverstünde, die er diesen Blicken beimessen sollte. Aber was gab es da misszuverstehen? Jeder Blick, jedes Verdrehen, jedes Zurückrollen des Augs mit dem verzerrten Ausdruck eines wiehernden Gelächters war ein großes Poem von Unterschwelligkeit und Anspielung, Komplizenhaftem und Schmeichel, Glück- und Segenswünschen und bekam etwas Kupplerisches, Zufriedenes, Gefälliges, wie es nicht einmal wäre, wenn es zwischen ihm und dem Malteser ums Rumriemeln gehen würde.

Während das Landungsboot mit dem Malteser sich der Küste näherte und bald schon die 'Ricchia umrundete, empfand er erneut, doch noch nie so wie dieses Mal, als wären seine Lippen mit Lippenstift verschmiert, als würden sie ihm, Blick auf Blick, mit ihren Augen den Lippenstift über die Lippen ziehen. Doch die Blicke, die sie ihm zuschickten, zeigten ihre Wirkung bei ihm, ein Blick mit dem Aug einer Frau, ein Blick mit dem Aug eines Mannes, wie wenn es keinen besonderen Unterschied für sie machen würde, wem die Rolle der Frau und wem die Rolle des Mannes zwischen ihm und dem Malteser zufiele.

So ging es also darum?, fragte er sich, nachdem er von den einen und den anderen immer wieder betrachtet wurde und es ihm klar, war, in welchem Sinn, in welcher Richtung er den ersten Blick verstehen musste, dieses Zurückrollen des Augs, dieses unerwartete Augenspiel. Sie haben mich also gar nicht wegen meines schönen Gesichts angesehen, sondern wegen meines hässlichen Gesichts, sie haben mich als 'Ndrjuzza angesehen, wegen dieser Bezeichnung, dieses verrufenen Namens, über den ich mich nicht freute, sondern an dem ich litt, weil er das Werk dieses Halunken von Burschen war, litt an diesem verrufenen Namen, an dieser Ruchlosigkeit, von diesem Malteser hofiert zu werden. Sie blickten mich an, sie erinnerten sich an mich und blickten mich an, sie blickten mich wieder und wieder an, ja sie blickten mich ungebührlich an, weil sie mich nicht mit ihren Augen ansahen, sondern mit den Augen dieses verblatterten Klötenleckers, denn sie dachten über mich nach, und ihr Gedanke war dann der von zuvor, immer noch der, der von ihrem ideenreichen Kopf entwickelte Gedanke, als würden sie immer noch Hoffnung haben, sie blickten mich an, weil das Landungsboot zurückkam, zurückkommt, sich nähert, und mit dem Landungsboot nähert sich auch der Augenblick, in dem der Malteser vielleicht an Land geht, weshalb ich, ich, in ihren Augen wieder wichtig werden musste, und wie wenn sie auch noch hoffen würden, wie wenn sie alleine, ohne ihren ideenreichen Kopf, Hoffnung haben dürften, warfen sie ihm einen Blick zu, ja, sie gaben ihm sogar einen Augenglanz, hauchten darüber, frischten ihn auf, belebten das Feuer, das Feuer, das sich 'Ndrjuzza nannte, sie belebten es jetzt, wo sein Augenblick gekommen war. Ihrer Meinung nach, sagte 'Ndrja sich, lächelten sie mir zu. Aber lächelten sie mir zu? Sie zeigten mir ihre Zähne, meines Erachtens lächelten sie mir mit ihren Hauern zu.

Er kam wieder zu sich, mit anderen Worten: Er nahm es zur Kenntnis.

Er legte dem keinen Wert bei, keine Bedeutung, es war natürlich, im Augenblick spürte er keine Neigung, darüber zu lachen, noch darüber zu weinen. Er konnte sich nicht einmal wundern. Doch warum sich auch wundern? Wusste er denn nicht, dass sie noch immer daran dachten, immer daran dachten, allesamt wie unter einem Zauber, mit ihren Gedanken immer fest dorthin auf den Orcadaver gerichtet, auf das schwarz schäumende Meer, das links voraus vor ihnen lag? Eigentlich wie unter einem Zauber. Er wusste, dass sie daran dachten, doch wie unter einem Zauber, ohne noch Hoffnung zu haben, wie jemand, der willenlos unter einem Zauber steht, und um ihn von dem Zauber zu befreien, muss man die richtigen Worte oder das richtige Wort kennen, nur eines, das nämlich, das man sagen muss, um den Zauber zu brechen, und er, 'Ndrja, hatte sich der Illusion hingegeben, dieses Wort, das Wort Boot, dieses mameluckische Wort zu kennen, und er hatte sich eingebildet, dass es, wenn er es ausspräche, wirken und sie von der Magie befreien, sie entzaubern und sie, mit einem Wort, der Verschwärung entreißen würde, kurzum, er hatte sich eingebildet, dass es ausreichen würde, ihnen gegenüber das Wort Boot auszusprechen, dass es ausreichen und vorhalten würde, vor allem, nachdem sie das Schauspiel ihres ideenreichen Kopfs gesehen hatten, der sich mit zerschmetterten Knochen aus dem Wirrspiel zurückgezogen hatte und mit dem verprügelten Aussehen eines, der nichts mehr sagen, nichts mehr hören wollte, über nichts und niemanden, und nur noch zu sterben wünschte. Aber konnten die Folgen dieses Schauspiels je zugunsten des Boots ausgehen? Die gesamte Gruppe machte anschließend den Eindruck, als hätte jeder von ihnen den Kopf verloren, und was für einen Typ von Kopf: denn indem er ihnen radikal ihren denkenden Kopf nahm, musste Don Luigi sie wie Betrogene da zurückgelassen haben, mit ihrem 'Ndrjuzza auf der einen und dem Signor Mister auf der anderen Seite und dem riesigen Orcadaver mitten zwischen beiden, mitten zwischen ihren Gedanken. Gleich den Puppen in der Sizilianischen Oper, die bleiben, wie der Puppenspieler sie zurücklässt, und den Eindruck hervorrufen, sie würden von alleine die Szene von dem Punkt aus weiterspielen, an dem der Puppenspieler sie losgelassen hat, doch das ist nur Täuschung, und Täuschung bleibt es. Auf die gleiche Weise waren die Pellisquadre, jetzt ohne ihren Kopf und unfähig zu irgendetwas, nur noch zu dieser rollenden Bewegung ihrer Augen zu ihm hinüber in der Lage, und das hieß, dass auch sie sich wie Puppen bewegten, in der Absicht und der Richtung, wie ihr Spieler sie ausgerichtet hatte, und wenngleich auch ihre Bewegung nur darin bestand, die Augen zu bewegen, eine Illusion von Augen hervorzubringen, konnte man diese Augendrehung als eine Art Rest, eine Ausfransung, eine Entfädelung des von Don Luigi veranstalteten barbarischen Wirrspiels ansehen. Sie setzten zwar immer noch auf ihre Hoffnung, das schon, aber sie setzten ihre Hoffnung auf das Erhoffte, auf das Erhoffte und das Zerhoffte, das Verzweifelte, mit einem Wort: sie setzten ihre Hoffnung auf nichts. Sie setzten zwar ihre Hoffnung darauf, doch sie setzten ihre Hoffnung noch mit Don Luigi darauf, mit dem Sabber von Don Luigi, der seinerseits aber seine Hoffnung nicht mehr darauf setzte. Sie hofften es mit ihrem Kopf und Anführer, den sie nicht mehr hatten, was von seinem Standpunkt aus war, wie wenn sie sagen würden, dass sie nicht mehr darauf hofften, ja, dass sie die Hoffnung verloren hatten.

Heh, ja, sie haben ihren Kopf verloren, sagte 'Ndrja sich am Ende seiner stillen Überlegung. Sie haben ihren Kopf verloren und stehen jetzt zerbrochen da, zerbrochen, wie Stümpfe, sie bewegen noch die Augen, rollen das Weiße in die Augenhöhlen, tun so, als hätten sie den Kopf noch und wissen nicht, dass es nicht der ist, der auf ihren Schultern sitzt, es ist, es war nicht ihr Kopf, der auf ihren Schultern sitzt. In Kürze will ich sie sehen, in Kürze, wenn sie gezwungen werden einzusehen, dass sie nicht mehr ihren großen, einzigen Kopf, ihren schönen, einzigen Verstand haben, dann werden sie sich vielleicht wie viele kleine Waisen fühlen, dann werden sie sich wirklich wie Puppen empfinden, welche aus der Hand des Puppenspielers gefallen waren. In Kürze also werden sie so zerstört sein, dass man sie mit einem kleinen Löffel zusammenschürfen muss, fast, ja fast schon erregen sie Erbarmen, wäre es nicht, dass, wie man sagt, der barmherzige Arzt die Schwäre brandig werden lässt. Tatsache war, dass sie von seinem Standpunkt aus, mit oder ohne Kopf, nicht den geringsten Unterschied machten, dass sich absolut nichts änderte. Was er bereits beschlossen hatte zu tun, tat er, nicht mehr und nicht weniger. Was konnten sie denn schon Schlimmes tun oder getan haben, während er die Palamitara in Auftrag gab, nicht als Geschwätz in Auftrag gab, sondern mit einem Batzen Geld, das er bekam, indem er für den Malteser ruderte? Wichtig war nur, dass er ging und zurückkehrte, und dieser furchtbare Kadaver des Orcaferons immer dort blieb, auf dem Meer, und über das Meer stank, dort drüben, und besser noch, wenn die absteigende Strömung es schaffte, ihn hinunterzutreiben, wo er weit draußen stinken konnte, auf dem offenen Meer. Wichtig war nur, kurz gesagt, dass dieser unberechenbare, schwarze, stinkende Haufen von orcinusem Kadaver nicht das Land erreichte und dass gleichzeitig das Boot, die

Palamitara, von der Helling von Mastro Don Armandino Racìti, auf der es fürs Erste noch nicht einmal aufgepflockt lag, in ihrer Vorstellung bereits ins Wasser glitt.

Bei stiller See konnte das Landungsboot sich den Luxus erlauben, weit draußen an der Mittellinie zu kreuzen und so aus den kalabrischen Gewässern in die sizilianischen gelangen.

Die Blicke aller waren vom Sporn auf den mächtigen Großkaik gerichtet, der, in der Ferne kreuzend, vom Meer bei Spartà und beim Tono seinen Bug bereits ins Jonische gewendet hatte und zwischen Schaumböen im seichten Meer fuhr. Für Augenblicke verlor man es aus den Augen hinter Felsblöcken oder in felsigen Armen, doch hörte man immer sein Motorengedröhn, das auf diese Entfernung wie das eines sich nähernden Flugzeugs in so großer Höhe klang, dass man es mit bloßem Auge nicht sah.

Auf den Meeren zwischen Skylla und Charybdis sah und hörte man außer dem Landungsboot und seinem Dröhnen und außer der spektakulären, schwarzschäumenden Drift des riesenhaften Orcadavers im Tyrrhenischen weit und breit sonst nichts, nicht ein Schatten von Feren war ringsum zu sehen, und es war schwer auszumachen, wohin sie, wenn auch nur für den Augenblick, geflohen sein konnten. Doch die, das war durchaus möglich, hatten sich wohl gleich nach der Misdea, dem Massaker, das sie bei dem Orcaferon angerichtet hatten, gelangweilt, diesen entflukten Giganten vor sich zu sehen, der in seinem Blut kadaverte, daher war es möglich, dass sie sich von hier aufgemacht hatten, um irgendwo in der Ferne, auf der Suche nach neuem, frischem Zeitvertreib, Schaden anzurichten. Indessen hatten sie ihm, was den Zeitvertreib betraf, einen dort zurückgelassen, den man zwar nicht mehr ganz so frisch nennen konnte, ja, eigentlich hatte er schon etwas Abgestandenes, doch was Neuartigkeiten betraf, war nicht klar, was es an Neuartigerem in diesen Meeren geben konnte.

Hinter den Pellisquadre, die verträumt der Route des Landungsboots folgten, blickte 'Ndrja hier- und dorthin, und er blickte auch zu jenem Teil des Tyrrhenischen, doch mit einer gewissen Gleichgültigkeit, wie wenn das Näherkommen des englischen Fahrzeugs ihn kalt ließe und keinerlei Bedeutung für ihn hätte. Er stand dreiviertels abgewandt, und als er zu der Gegend zwischen Marina und Strand hinüberblickte, die an die hundert Meter entfernt war, gewissermaßen in einer Linie mit den drei Palmen, sah er auf dem Türmchen des Faro die drei Milchbärtigen, die sich aus dem Korb vorbeugten und mit dem Arm auf etwas auf dem Meer zeigten, was aber nicht die riesenhafte geteerte Gestalt des Orcadavers im Tyrrhenischen gewesen sein konnte, denn sie schauten geradeaus, wahrscheinlich neugierig geworden durch die Streifen der größeren und kleineren Strömungen, die eine andere Färbung als die Hauptströmung hatten, die in Richtung Malta zog, wie wenn der Anblick des vielarmigen Jonischen in der absteigenden Strömung etwas völlig Neues für sie darstellte. Und dann sah er am Fuß des Faro den steifstöckigen Alten, der sich dort ausgestreckt hatte, halb aufgerichtet, auf einen Ellbogen gestützt, betrachtete er das Meer wie verzaubert, und wenn es keine Täuschung war, dann meinte er, dass der dort ständig die Lippen bewegte, wie wenn er mit sich selbst reden würde. Auf den ersten Blick wirkte er wie einer jener Pellisquadre, die vor kurzem erst abgetakelt hatten, sich aber noch nicht damit abgefunden und Schwierigkeit hätten, sich an Land wiederzufinden, vielleicht deshalb, weil sie es nicht einmal hinnehmen wollen, dass sie inzwischen alt geworden sind, richtig alt, Ohmahnen, und etwas mit denen zu tun haben, die morgens und abends auf Stühle gesetzt und zur Marina getragen werden, wie Erinnerungen, die man auslüftet und in salziger Luft ausschüttelt, damit sie nicht müffeln, richtige Großmumien, mit denen verglichen sich die hier, die noch in der Lage sind, zu gehen und zu kommen, sich alleine zu setzen und wieder aufzustehen, wie junge Burschen fühlen.

Doch es war, als wäre da etwas Neues in diesem alten Blick, es war so etwas wie ein Eindruck, den man vorher nicht wahrgenommen hatte, etwas, das vorher, in der Vergangenheit, nicht vorhanden war oder auch vorhanden war, weshalb man nicht verstand, wie viel Neues und wie viel Altes in diesem Blick lag. Doch nachdem er dem Alten eine Weile zugeschaut hatte und dem, worauf dieser blickte, verstand 'Ndrja, dass das, was an diesem Blick neu war, genauer gesagt im Anblick des Panoramas, des Panoramas, wie es der steifstöckige Alte sah, das war, was nicht vorhanden war, das, was vorher zwar vorhanden war, nun aber nicht mehr, das heißt, es war das, was im Panoramablick fehlte, das, was man vorher sah und dessen Anblick das Herz der abgetakelten Pellisquadre belebte, die mit einem noch guten Blick, die, die noch keine Großmumien waren, nämlich die Boote auf dem Meer.

'Ndrja merkte nun, dass der steifstöckige Alte nicht mehr zu den anderen herüberblinzelte, sondern schaute, ihn anschaute und ihn nicht nur mit dem Blick der Augen anschaute.

Auf dem Sporn waren alle still, doch als das Landungsboot in dieses Meer entwich und die Linie von oben her schnitt, gewann es ein bisschen Meer, manövrierte in einem Halbkreis und steuerte dann aufs Ufer zu, wie wenn es an seinen Ausgangspunkt zurückkehren wollte, von wo aus es ins Jonische aufgebrochen war, stellte irgendwann seine Motoren ab, überließ sich dem Schwung der Wogen und kam mit dem Bug auf ihrer schäumenden Marina zum Stehen, beinahe unter ihrem Blick. Da war es auf dem Sporn, wie wenn alle zusammen im selben Augenblick den Atem anhalten würden. Sie sahen, wie das Landungsboot aufbugte, das heißt der Bug öffnete sich nach unten wie der Kiefer eines Wals, senkte sich ins Wasser und berührte fast den Ufersaum wie ein großer Landungssteg. Mit dieser Öffnung erinnerte das Landungsboot wieder und noch mehr an den Wal und dessen großes zahnloses Maul. Von da an wirkte alles wie ausgeräumter Schiffsbauch, wie eine Art Fähre ohne Oberdeck und ohne Kastelle. In der Öffnung stand dann neben dem, der der Kommandant des Landungsboots sein musste, einem Barbarossa, einem wahren Koloss mit einem von seinem Hals herunterhängenden Feldstecher, Signor Mister Malteser. Und hier hätte 'Ndrja gesagt, dass die Pellisquadre den Atem noch intensiver anhielten als zuvor, denn da am Bug sahen sie, wie wenn er im Begriff stünde, an Land zu gehen, den Signor Mister, und hier davor, am Ufer, genau da, wo sich die Bugklappe des Landungsboots heruntergelassen hatte, stand schon sein Bursche, und noch war es nicht möglich, deutlich zu erkennen, ob dieser hier wieder an Bord oder ob der andere an Land ging.

Aber sicher, ganz sicher, sagte 'Ndrja in diesem Augenblick zu sich selbst, sicher wie der Tod, dass der da an Land geht. Und im selben Augenblick und ebenso sicher wusste er: Es machte ihm kein Vergnügen, dass der Malteser an Land kam, ja, es bereitete ihm Verdruss und machte ihn sogar unglücklich. Und daher und damit wusste er auch, dass er gar nichts machen konnte, wenn der Malteser an Land ging, gar nichts machen konnte, dass geschehe, was geschah oder zu geschehen anfing, wenn der Malteser erst an Land war, denn er fühlte in seinem Inneren weder Schmerz noch Trost, wie wenn das, was geschah, für ihn bereits geschehen wäre, für ihn, nicht jedoch für die anderen. Aus diesem Grund wusste er, dass er nichts tun konnte, denn er konnte ja nichts an dem ändern, was für ihn war, wie wenn es bereits geschehen wäre, weil er es ja nicht anders geschehen lassen konnte, wie er fühlte, dass es geschehen war.

Der Zweifel: Geht er an Land oder geht er nicht?, war die Frage eines Augenblicks, denn sie sahen sofort, dass der Barbarossa vorausging und der Malteser ihm folgte.

Sobald sie festen Boden unter den Füßen hatten, gingen sie die Marina ein paar Schritte hinauf, dann drehten sie sich um, und der Barbarossa richtete sein Fernglas auf das Meer des Orcadavers. Er beobachtete, und was er sah, berichtete er durch Rufen den an Bord verbliebenen Matrosen. Der Malteser, der ihm bis zum Bauchnabel reichte, hörte ihm zu, dabei war sein Gesicht von unten nach oben gerichtet, und in seinen nach oben, diesem Türpfosten zugewandten Blicken lag eine gewisse Mattigkeit und Albernheit, wie wenn er die Worte, die diesem Barbarossa aus dem Mund kamen, eher sehen als hören und ihnen folgen würde, wie wenn von den Lippen des hünenhaften Engländers Rauchwolken aus seiner Pfeife aufstiegen.

'Ndrja hörte, wie hinter ihm unterdessen erst einer, dann ein anderer, dann alle zusammen, so wie wenn sie es sich weitergesagt hätten, die Pellisquadre schwer und tief die Luft einatmeten und sie dann wieder unter großen Oohhhs und Aahhhs der Erleichterung und der Lust übertrieben ausstießen, als hätten sie seit wer weiß wann den Atem angehalten, während sie darauf warteten zu sehen, ob der da, der Malteser, an Land ging oder nicht. Oh, oh, oh … Ah, ah, ah …, seufzte der gesamte Sporn.

Und so ereignete sich das neuartig Große, das neuartig Große von Ohs und Ahs aus dem Mund aller, im Chor, Ohs und Ahs, die sich wegen des Erstaunens gleichartig und gegensätzlich in 'Ndrjas Mund erneuerten. Das neuartig Große von Ohs und Ahs, das alleine schon ausgereicht hätte, 'Ndrjas Ohren zu spitzen, war allerdings noch nicht das Neuartigste aller Neuartigkeiten, das sich erst im weiteren Verlauf völlig zeigen sollte. Denn die Pellisquadre mussten sich, was nur äußerst selten der Fall war, natürlicherweise äußerst selten, bei diesem Orakelmund, dem Mund ihres ideenreichen Kopfs, der jetzt vom Schweigen wie mit einem Draht zugenäht schien, was vorher nie der Fall war, sie mussten sich einem derartigen Unternehmen fügen, sie entwirrten nämlich ihre Zungen, sagten ein, zwei, drei, viele Wörter alle aufeinander, sie redeten alleine, für sich, durch ihren Mund, genauer gesagt, durch ihre Zotigkeit, und noch genauer: eher noch als durch ihre eigene Zotigkeit durch die Zotigkeit des schuftigen Burschen des Maltesers.

»Ach, stimmt also, stimmt, er ging an Land, stimmt also, stimmt, dass er für seinen ʻNdrjuzza an Land ging«, sagten sie alle verstört, geistergepeitscht, alle verschlagen, mit gespielter Verwunderung, wie wenn der Landgang des Maltesers für sie ganz unerwartet käme, überraschend, undenkbar, wie wenn nicht sie ihn, den Malteser, eigentlich mit ihren Gedanken, mit ihren Zähnen angezogen hätten, an Land zu gehen.

»Oh, dieses Subjekt da hatte dann doch die Wahrheit gesagt, dieser Blatternzerstochene sagte die Wahrheit, so stimmt es also doch, es stimmt, dass der Signor Mister nicht ohne seinen ʻNdrjuzza wieder geht.«

»Es stimmt, ja, es stimmt, dass der ihm sogar seine goldenen Zähne gibt, die er im Mund hat, wenn ʻNdrjuzza ihn nur darum bittet.«

»Die goldenen Zähne? Wahr ist doch, absolut wahr, muss man sagen, dass der da ihm sogar seine Bäcksait gibt, und zwar gerne, äußerst gern gibt er sie seinem ʻNdrjuzza.«

»Voller Wahrheit, voll wahrer Wahrheit hat dieser Verblatterte geredet, wirklich wie der große Lude des Signor Mister hat er geredet.«

»Und die Vogelmilch erst, die Saftvogelmilch, habt ihr die schon vergessen? Habt ihr schon vergessen, dass, wenn ʻNdrjuzza das Herz vor Gelüst nach Saftvogelmilch vergeht, der da, der Signor Mister, sogar Vogelmilch für unseren ʻNdrjuzza auftreiben würde?«

»Oho, das ist kein Witz. Wenn seinem ʻNdrjuzza das Herz nach Saftvogelmilch vergeht, dann macht der sich auf und treibt sie für ihn auf.«

Sie füllten sich ihren Mund mit dieser Saftvogelmilch, und ʻNdrja verstand nicht recht, ob sie wussten, was diese Vogelmilch war, oder ob sie's nicht wussten, ob sie die schmutzige, die unflätige Bedeutung dieser Saftvogelmilch kannten oder nicht kannten, die sie bei diesem Arschkriecher gehört hatten.

Sie redeten und redeten, doch wie? Etwa wie Männer, wie Pellisquadre? Sie redeten und redeten wie sprechende Papageien, die ihrer Natur gemäß ein Wort als ein Wort verstehen, ohne seine Bedeutung zu kennen, und so dringen die Wörter, ob schmutzig oder sauber, in ihr Ohr und sprudeln früher oder später aus ihren Schnäbeln, wie diese hier, die ihnen der Verblatterte ins Ohr gesetzt hat, die nicht nur schmutzig waren, zotig und kupplerisch, sondern auch niederträchtig und auch verkommen.

Doch Don Luigi, Don Luigi, sagte ʻNdrja sich, war ihnen Don Luigi denn ganz aus dem Gedächtnis entschwunden? Hatten sie ihn vergessen, oder hatten sie, geblendet durch die orcinuse Fata Morgana, die sie vor Augen hatten und die ihren Verstand entzündete, nicht einmal gemerkt, dass Don Luigi, als er schon auf das Ende seines Wirrspiels zuging, schon beim endgültigen Nehmen-wir-an, beim sooollt… war, genau da, zum ersten Mal, sich von außen in seiner Veränderung betrachtet haben musste, die, wenn sie schon nicht zu einem schönen, endgültigen Abschluss gekommen war, mit Schleife und Rüsche wie bei den Pellisquadre, immerhin kurz davor stand. Er musste sich genau da gesehen haben, denn da hatte dieser Halunke, dieser Bursche, der sich nun gar nicht mehr zurückhalten konnte und sich sicher war, dass Don Luigi inzwischen gargekocht war, wie wenn er an Gewicht gewinnen wollte, und die Hosen mit diesen Zotigkeiten heruntergelassen hatte, indem er von goldenen Zähnen, von Bäcksait und Vogelmilch sprach, Dinge, die sie, wie sie zeigten, genau kannten, an die sie sich erinnerten, wie auch die kupplerischen Zweideutigkeiten, die dieser Verblatterte zwischen ihren 'Ndrjuzza und den Signor Mister fügte, der sich nach ihm verzehrte. Und wenn man von diesem Augenblick an Don Luigi nur ansah, wenn man nur sah, dass er die Augen schloss, um nicht sehen zu müssen, in welchen elenden Zustand er sich gestürzt hatte und damit der stille Bündnispartner dieses Abschaums der Menschheit geworden war und ihn zum Mittelsmann zwischen sich und 'Ndrja setzte, zum Mittelsmann, um 'Ndrja obszöne Dinge zu sagen, um mit ihm zu reden, ohne ihn anschauen zu müssen, kurz gesagt: um über ihn zu pöbeln und ihm den Gedanken einzugeben, vom Signor Mister den Orcadaver anlanden zu lassen, ohne es sich aber je träumen zu lassen, ihn durch das schuftige Gerede mit diesem Abschaum der Menschheit zu inspirieren oder ihn schuftig inspirieren zu können, wenn man ihn also nur ansah, verstand man auf den ersten Blick, dass er diese niederträchtigen Zoten wie eine Schamlosigkeit in seinem Gesicht empfinden musste, eine Schamlosigkeit, die ihn bereits innerlich marterte, denn immerhin stimmte es ja, dass er, als 'Ndrja sich auf den Hals dieses Burschen gestürzt hatte, wie wenn er nur darauf gewartet und mit seinem weitsichtigen Blick auf dem Grund von 'Ndrjas Herz gelesen und den Auslöser seiner hervorschießenden Tränen erkannt hätte, dass er, als Folge dieser Scham, sofort diese Gelegenheit genutzt und, ohne Salz darauf zu streuen, sein wirres Spiel abgebrochen und sich gleichzeitig aus der Veränderung herausgerissen hatte.

Und trotz allem, trotz allem, was sie über Don Luigi, das heißt über seine Person in ihren Köpfen trugen, hatten diese Worte, diese Zotigkeiten von Argumenten die völlig gegenteilige Wirkung gehabt, ja, eine empörende, abstoßende Wirkung, zudem eine Wirkung mit Folgen, weil sie im Nachhinein immerhin die Ursache für jene große Wirkung war, nämlich die, dass sie Don

Luigi dazu brachten, eine Kehrtwende zu machen. Und trotz alldem standen sie nun da, diese grandiosen Pellisquadre, allesamt schampanjerlaunig, die richtigen Genuss an dieser neuen Art zu reden fanden, jedoch den Eindruck machten, dass sie nur mit Genuss redeten, weil sie von Goldzähnen, Bäcksait und Vogelmilch sprachen, über Bursche, Malteser und 'Ndrjuzza, nur weil sie, mit anderen Worten, als Veränderte über Verändertes sprachen. Und da begriff man, dass ihr ideenreicher Kopf, der unbeschädigt geblieben war, ihnen aus dem Sinn kam, begriff man, dass er nach ihrem veränderten Maßstab von einem Ideenreichen zu einem Ideenarmen herabgestürzt war. Das war eine einzigartige, absonderliche Geschichte, doch das wurde klar, und man begriff, dass die Veränderung sie selbst inzwischen aufs Geratewohl vorwärtstrieb, und zwar so sehr aufs Geratewohl, dass bei allem, was Don Luigi, der wieder zu Kräften gekommen war, mit lockerem Zügel in seinen Händen als ideenreicher Kopf hielt und, wie man mit einem einzigen Blick sehen konnte, zu jemand wurde, den man mit einem Löffelchen zusammenkratzen konnte, zu einem Nichts, und sie zeigten ihm gleich noch eine weitere ihrer ungebremsten Zügellosigkeiten. Sie zeigten es ihm unfreundlich und chaotisch verwirrt, ohne Feingefühl noch Respekt ihm gegenüber, ohne ihm irgendeine Anerkennung zu zollen, wie wenn er irgendein Quilibet wäre. Denn so, wie wenn sie ihn verspotten und ihm zu verstehen geben wollten, dass sie sich von ihm lösten, um sich an diesen Verblatterten zu binden, plapperten sie wieder wie sprechende Papageien justgenau mit jenen Verstandeszoten, jenen Niederträchtigkeiten reinen, genauer gesagt unreinen Burschenschlags, ebenjenen, die, nachdem er sie einmal gehört hatte, Don Luigi in dem Zustand zurückgelassen hatten, in dem er sich befand, dem Zustand eines Geheilten und zugleich dem eines Verwundeten.

Und trotz allem konnte er persönlich, angesichts der Tatsache, dass die größte Beleidigung, der höchste Affront gegen ihn gerichtet war, nicht sagen, dass er deswegen litte. Das, was ihm von allem wirklich auf die Nerven ging, war dieses dauernde 'Ndrjuzza, 'Ndrjuzza, das an sein Ohr drang. 'Ndrjuzza, 'Ndrjuzza, sagte 'Ndrja in seinem Inneren, wie wenn er Abscheu empfände, immer wieder dieses 'Ndrjuzza. Von einem Augenblick auf den anderen wurde er für alle zu 'Ndrjuzza. Oh, das ist ja wirklich nicht zu fassen, wie sich dieses 'Ndrjuzza ausgebreitet hat, mit welcher Leichtigkeit es von den Lippen aller sprang. Es ist ja, wie wenn sie, ohne zu sprechen, ohne miteinander zu sprechen, sich das Wort, das Wörtlein weiterleiteten: nicht mehr 'Ndrja, sondern 'Ndrjuzza, 'Ndrjuzza. Sie hätscheln mich, sie schmeicheln mir, ganz sicher ist es so, dass, wenn der Teufel dich streichelt, er deine Seele will. Und die Seele, das würde jetzt und hier dieser widerliche Orcadaver sein.

Er war sich bewusst, dass er sich auf etwas Nichtiges fixierte, auf eine ausgesprochene Belanglosigkeit, wohingegen die gewaltigen Dinge, die Niederträchtigkeiten des Burschen, die ihnen, den sprechenden Pellisquadre, aus dem Mund gesprudelt waren, dass die Dinge, die ihn stinkwütend machten, ihn aufbrausen lassen sollten wie einen französischen Gott, eine seltsame Wirkung bei ihm hervorriefen, die darin bestand, wie wenn er lachen und gleichzeitig weinen wollte, ohne aber zu lachen noch zu weinen, denn jetzt war auch dieser Drang zu lachen und zu weinen für ihn so, wie wenn er ihn bereits gespürt hätte. Auch dieses, auch das, was sich in ihm ereignete, war wie all das, was sich vor seinen Augen ereignete, und das war, wie wenn das alles für ihn und mit ihm bereits geschehen wäre und damit auch für die anderen, nur dass die anderen das überhaupt nicht wahrnahmen. Und daher waren sie, wie sie kadaverten, alle aufgewühlt, alle der Meinung, das geschehen zu lassen, was für ihn war, wie wenn es bereits geschehen wäre. Und daher war er, er und sein Empfinden, je mehr Zeit verging, umso beständiger, und umso dauerhafter wurde es, als dürfte er es nicht verlassen, und dieses Empfinden war es, das dieses Gefühl von Ferne und Einsamkeit hervorgebracht hatte, das ihm das Herz zuschnürte, ohne ihm aber irgendeinen Schmerz zu verursachen. Zu diesem Gemütszustand allerdings schien irgendwie auch der Anblick des alten Dürren zu gehören, der ausgestreckt unter der Alten Laterne lag, von dem er seine Augen nicht mehr abwandte.

Um sie nicht zu hören, um sich nicht genannt, gehätschelt, kupplerisch verkriechert zu hören, das heißt, um seinen Verstand von ihrem burschenschuftigen 'Ndrjuzza abzulenken, versteifte er sich darauf, sich mit dem Blick fernzuhalten, das heißt, mit dem immer auf die Gestalt des Steifstöckigen unter der Alten Laterne gerichteten Blick, eine Gestalt, die seine Augen wie ein Magnet anzog, auch wenn er nicht den Grund für eine derartige instinktive, machtvoll instinktive Anziehung erkannte, die die Ansicht des alten, halb schon abgetakelten Pellisquadre auf seinen Blick ausübte. Bei diesem Anblick aber, sozusagen aufgrund dieses Anblicks, war es, wie wenn seine Empfindung in ihm die Vermutung aufkommen ließ, als hätte sich alles schon ereignet, dieser Sinn von

Ferne und Einsamkeit sich konkret und trostlos in ihm erfüllt und sein Herz damit von jedem Lebenstrieb entleert. Doch dieser Anblick verursachte gleichzeitig auch einen merkwürdigen Zustand bei ihm, merkwürdig vorbereitet, aufs Schlimmste gefasst, denn was sich seinem Gefühl nach ereignet hatte, dieses burschige Aufbrodeln im Mund der Pellisquadre, war, wie wenn es nicht schlimmer wäre als das, was sich ereignete, und das war für ihn, als hätte es sich bereits ereignet, doch war es nur ein Hinweis auf das Schlimmste, das sich erst noch ereignen sollte. Und weil dieses Schlimmste in seinen Augen durch Don Luigi personifiziert wurde, war es 'Ndrja für den Augenblick nicht recht klar, ob es wirklich das Schlimmste war oder ob es nicht vielmehr das Beste war oder ob es das Schlimmste und das Beste zugleich war. Jedenfalls, ob Schlimmstes oder Bestes, was immer es war, es brauchte nicht viel Zeit, um in Erscheinung zu treten.

Tatsächlich bewegten sich ihre Lippen noch immer, denn sie bespeichelten sich nach wie vor mit diesem ihrem 'Ndrjuzza, und es konnte durchaus sein, dass 'Ndrja genau in diesem Augenblick, da er sich lustlos von der niederträchtigen Lippenzerfranserei der Pellisquadre entfernte, nicht nur mit den Augen, sondern gewissermaßen auch mit den Ohren auf den Lippen des steifstöckigen Alten verweilte, weil er alles auf Ohrenaug eingestellt hatte, von deren Lippenklage angezogen wurde, die sie fortwährend ausführten, weshalb von der ganzen Gestalt, die dort wie ein Toter lag, die Lippen der einzige Teil war, der noch Leben in sich zu haben schien, und genau in diesem Augenblick sagte Don Luigi, der mit einem auf die Felsvorsprünge gestellten Bein und mit gesenktem Kopf totengleich neben 'Ndrja stand, so wie wenn er sich längst der Trägheit und Antriebslosigkeit überlassen und sich von allem Getümmel zurückgezogen hätte, mit einer Stimme, die wie von einem schlaftrunkenen Atem gestützt wurde, einer Stimme mit diesen Worten, die sich anhörte, als würde er sie schon seit langer Zeit unter der Asche seines Schweigens und seiner Entfremdung von allem und allen hüten:

»Das Boot ist in die Ferne gerückt, 'Ndrja.«

Weil 'Ndrja in diesem Augenblick jedoch geistesabwesend und nachdenklich war, mit seinem Körper hier und seinem Geist dort, bei dem Steifstöckigen unter der Alten Laterne, ganz gedankenvoll mit den Augen auf den Lippen des Alten, fasste er diese Worte als Kommentar auf, als Kommentar über die kadavernden Salbadereien dieser Ansammlung von Papageien und gleichzeitig als Kommentar über das ganze Wasser, das er, 'Ndrja, in seinem Mörser in der Illusion zerstoßen hatte, er könnte das Boot wieder in ihre Überlegungen einbringen, er fasste sie als Kommentar hierüber auf und vielleicht auch als Kommentar über das ganze Wirrspiel, das Don Luigi selbst ja frech und unverschämt in Gang gesetzt hatte. Er fasste sie, mit einem Wort, als Kommentar und als Offenlegung all dessen auf, was sich ereignete und was für ihn war, wie wenn es sich schon ereignet hätte, er fasste es, anders gesagt, als Kommentar zur Zerstörung auf, über die Zerstörungen, als lapidaren Kommentar, das heißt, in einem Wort gesagt, als Lapidar: Lapidar des Boots, mit dem Boot und für das Boot, Lapidar für alles und alle, Lapidar für Charybdis.

Wenn 'Ndrja sich herumdrehte und seinen Blick von dort, von dem Steifstöckigen, zuerst hierher und dann wieder zurückwandte, und wieder hier anwesend war, war es nur, weil er sich von Don Luigi beinahe vertrauensvoll angesprochen fühlte. Er drehte sich der Form wegen um, der guten Manieren wegen, des nie in Zweifel gezogenen Respekts wegen, den er Don Luigi entgegenbrachte, ob er nun wirrredete oder nicht, wie wenn er ihm sagte: Ich habs gehört. Drehte er sich möglicherweise herum, weil er erwartete, von Don Luigi noch mehr zu hören? Aber was konnte er denn mehr noch zu hören erwarten, nach dem Lapidaren des letzten Satzes? Wenn es lapidar war, war es eben lapidar und danach nisba, nichts, aus. Es gab keine weiteren Worte, es konnte sie nicht geben, nach diesen lapidaren Worten. Und so wiederholte Don Luigi denn auch nur genau die gleichen Worte, und wieder richtete er sich an ihn:

»Das Boot ist in die Ferne gerückt, 'Ndrja.«

Da löste 'Ndrja seine Augen von dem Steifstöckigen, und während er sie auf Don Luigi richtete, war es, was äußerst merkwürdig war, auf der Stelle so, wie wenn Worte und Ton nicht miteinander verschmölzen, es war, wie wenn Worte und Ton vergessen hervorkämen, jedes für sich, nicht vereint, gleichzeitig, zur selben Zeit, wie wenn es Worte zu einer anderen Musik wären, und er, der Ton, eine Musik ohne Worte. Die Worte drangen nicht einmal an sein Ohr, oder sie drangen verstimmt zu ihm, wie stumm und taub, wie wenn sie in toten Buchstaben aus seinem Mund kämen, ohne Geist noch Sinn, während der Ton aus den Worten herausschoss wie Luft aus sich leerenden und zusammenfallenden Blasen.

Am Ende sah es aus, als würde die ganze Sache sich in umgekehrter Reihenfolge ereignen, als sie sich eigentlich ereignen musste, das heißt, wie wenn der

Ton nicht den Worten diente, sondern vielmehr die Worte dem Ton, und zwar in dem Sinn, dass man, angesichts des Typs, des Typs, der den Ton in seinem Leben immer nach eigenem Gutdünken gestaltete, denken konnte, Don Luigi hätte dieses Arkelamekk von Ton angenommen, um in Andeutungen mit ihm zu reden, und tatsächlich war das Boot das Thema, das er zuerst auf seinen Lippen hatte, denn das war fatalerweise das Thema, das ihnen im Leben immer als Erstes auf die Lippen kam, und es war, wie wenn das Wort Boot ihm nur dazu diente, den Ton, den er im Kopf hatte, darauf zu stützen, wie wenn dieses Boot ihm nur dazu diente, eine Ladung Ton zu verfrachten, eine Ladung Luft oder auch Luftiges und Windiges.

Doch was 'Ndrja fühlte, war, wie wenn er in der Luft, genauer gesagt an seinem Ohr, im Kopf, so etwas wie einen Ruf hörte, wie wenn jemand oder etwas, das er gerade dabei war kennenzulernen, ihm zupfiffe, ihm in seinem Kopf mit den Lippen zupfiffe. Warum sonst spitzte er seine Ohren und richtete sich, bewegte sich sein Verstand, wenn auch noch auf gut Glück, auf diesen Ruf zu, warum, wenn nicht für diesen Jemand, für dieses Etwas, das in seinem Kopf herumpfiff, sagte er ihm mit seinen Lippen: Dreh dich um, dreh dich um, schau hierher, wenn nicht für diesen Jemand, für dieses Etwas, das sich von der Art, wie es sich darstellte, ja, sich ihm erneut darstellte, ihm wohl ein Gesicht darstellen musste, einen so exzentrischen und originellen Augenblick seines Lebens, der ihn jetzt einerseits rot und andererseits blass werden ließ?

Daher verharrte er in Gedanken versunken bei dieser Sache und war allem gegenüber, das nichts mit ihr zu tun hatte, geistesfern. Er hatte seine Augen auf Don Luigi gerichtet, nicht wirklich, weil er sich angeredet gehört hatte, sondern um zu versuchen zu begreifen, was es war, das ihm da zupfiff, das diesen Pfeifton erzeugte, das ihm zu verstehen gab, ein Bekannter, eine Bekanntschaft zu sein. Und während er ihn anblickte, ihn mit hochgezogenen Augenbrauen und gerunzelter Stirn bewächterte, wie wenn er sich aus sich, in sich abmühte, den bewussten Jemand, das bewusste Etwas zu erkennen, das ihm durch den Kopf pfiff, geschah es, dass er Don Luigi gewissermaßen sehen konnte, wie wenn er seine Augen gewissermaßen auf sich fühlte, sie gewissermaßen an seinen weißen Schläfen spürte, von gelblicher Blässe, wie von Elfenbein, oder auf den schweren, über die Augen herabgesunkenen Lidern, gewissermaßen ihm gewidmet, wiederholte er allein zu 'Ndrjas Wahrnehmung und Empörung ein weiteres Mal:

»Das Boot ist in die Ferne gerückt, 'Ndrja.«

Und hier, während er sich darauf versteifte, dieser Art von Pfeifton, den er hörte, nachzugehen, fixierte er sich mit Augen und Sinn ganz auf die Weise, wie Don Luigi da stand und redete, das linke Bein angehoben und auf einen Vorsprung des Sporns aufgestützt, den Körper nach vorne gebeugt, die Arme wie wenn sie das Knie umfangen würden, den Kopf auf der Schulter, mit dem Gesicht nach unten. Den Mund musste er wohl halten, wie wenn er ihn gegen die Arme gepresst hielte, denn er machte den Eindruck, dass er reden würde, die Stimme aber nicht herausließe, sondern verschluckte, als redete er widerwillig, ja, unter Schmerzen und Opfern, wie wenn sie ihn bei den Haaren packen und hinter sich herschleifen würden, um seinen Mund zu öffnen und seine Stimme herauszulassen, doch die Fülle an Stimme, die herauskam, schien durch Falten, Verengungen und Risse seines Fleisches gegangen zu sein.

Wenn das nun die Art und Weise des alten Don Luigi war, die nämlich, auf Männerart zu reden, und das war sie, und wie sie das war, diese Art und Weise dazustehen und unbeirrt, ja, unbeugsam zu reden, musste es gezwungenermaßen die gegenteilige, eine veränderte Art und Weise sein, was heißt, es musste, auch wenn man einräumte, dass es nicht eine ausgesprochen weibliche Art und Weise war, fatalerweise eine weibliche Form sein, dazustehen und zu reden. Und hier wusste 'Ndrja nicht, ob er einen Augenblick vorher oder einen Augenblick nachher oder auch gleichzeitig, als er zugleich ermattete und seinen Blick der Ohren und des Verstandes schärfte, sich darüber klarwurde, dass dies nicht die gewöhnliche Art und Weise war, auf Frauenart zu reden, oder genauer gesagt, es war zwar eine Frauenart, doch nicht die aller Frauen, es war die Art oder eigentlich die Unart einer gewissen, ganz besonderen Frau, einer, einer einzigen, aber gutmütigen, einer allerdings, die viele gleichzeitig zu sein schien, viele und allesamt damit zugleich großartige Luder, die barbarische Verwirrung des Tons, die Don Luigi gleich einem Muschelecho an seinem Ohr hervorrief, verwehte vor seinem Verstand vollständig und verblödete ihn, denn, das stelle man sich vor, was dieses Arkelamekk von Ton vor seinem inneren Auge wiedererstehen ließ, war nichts weniger als die tausendundeinnächtige Ciccina Circé.

Aus diesem Grund hörte er das Pfeifen, sie war's, ihr Ton, an den ihn der Ton von Don Luigi erinnerte, haargenau der gleiche Ton, ein Frauenton, ein ciccinacircéischer Ton. Und vorher errötete er aus diesem Grund, als er den Pfiff hörte, er errötete wegen des Herannahens seiner heiklen, schwierigen Bekannten, er errötete seiner selbst wegen und wegen Don Luigi, er errötete für diesen Don Luigi, der sich so gründlich verändert hatte, dass er, um ihn wiederzuerkennen, in seinem Inneren, in seinem Kopf, die große Meisterin wiederauferstehen lassen musste, das heißt so gründlich, dass nur eine Ciccina Circé als Prüfstein für ihn herhalten konnte, und diesen wundervollen Prüfstein trug er in seinem Inneren. Aus diesem Grund war er vorher errötet, ohne sich dessen bewusst zu sein, und jetzt, da er sich dessen bewusst war, verwirrte es ihn, vor lauter Erstaunen fühlte er sich zu Salz erstarren, zu einer Statue, doch innerlich fühlte er sich aufgewühlt.

Die gleiche, haargenau die gleiche Entsprechung der Stimme, das gleiche, haargenau das gleiche Arkelamekk des despotischen, zungenfertigen, verächtlichen, pomadigen, spöttischen, hochmütigen, großmäuligen, dünkelhaften, prustenden, geduldigen Tons, den diese Freude, diese Schönheit von Feminotin der anderen Welt mit ihren nach Olivenöl duftenden und mit einem Glöckchen verflochtenen Zöpfen als ihren Lebensgrundsatz übte, ihn so übte, muss man wohl sagen, wie wenn es ihr eigener Atem wäre, die Luft, die sie atmete, diesen Ton, mit dem sie ihn bugher während der bewussten Überfahrt zwischen den Feren im dichtesten Dunkel vollgedröhnt hatte, den Ton, den der hier wie sie damals wegen des Hochmuts, der ihn so aufblähte, an allen Stellen verlor, das gleiche, haargenau das gleiche abstoßende Arkelamekk von Ton, den diese nächtige, nachtschattige, eingepackte und eingewickelte Feminotin, mit den Rudern fest unter den Achselhöhlen, zwischen Armen und Schenkeln, ihm gegenüber wieder und wieder anbrachte und ihn einblies und ausblies, mit ihm, für ihn, gegen ihn, dann aber so tat, als wäre er gar nicht da, und vorgab, mit ihrem anderen Ich zu reden und zu lästern, und mit diesem Behelf zu ihm wie über einen Mittelsmann redete, und wie wenn sie sich vor lauter Großmäuligkeit besabbern würde und tat, als wäre sie todmüde, sagte sie, damit er sie nur ja hörte, laut prustend: Oh, der hier wills mit mir aufnehmen.

Doch hier, als sich ihm das Arkan enthüllt hatte, wie wenn es ausschließlich in seinem Inneren aufgetaucht wäre, um ihn auf diesen unbekannten Don Luigi aufmerksam zu machen, auf diese Art von Ton, den er angenommen hatte und von der gleichen Art ihres Tons war, zwängte sich Ciccina Circé aufs Neue dazwischen, nach ihrer Art, dunkeldunkel, sie verschwand, tauchte wieder auf, sie mit ihrem Ton, angesichts der Fülle des Tons von diesem Don Luigi: denn es war, wenn man bei dem Vergleich bleiben wollte, wie wenn angesichts des glastenden Tons von Don Luigi, angesichts der allmählichen Öffnung und zunehmenden Wut, der Ton von Ciccina Circé ihm jetzt den Eindruck einer ausgesprochenen Ekstase vermittelte.

Tatsächlich verschwand Ciccina Circé, und 'Ndrja empfand auf der Stelle Sehnsucht, denn das Getue, die Dünkel, die jähen Ausbrüche und das Schnauben dieser Tausendundeinnächtigen kamen ihm in der Erinnerung vor wie Rosen und Blüten im Vergleich zu den Schrecknissen des Getus, der Dünkel, der Ausbrüche und des Schnaubens, um nichts anderes zu sagen, die Don Luigi gleich an seinem Ohr allmählich öffnete, ohne die Notwendigkeit, Worte zu sprechen, ohne die Notwendigkeit gesprochener Worte, allein mit dem Ton, allein mit diesem Arkelamekk von Ton, jedoch es auf eine Weise und auf einen Weg lenkend, dass man meinte, er würde mit seinen Händen Zauberkunststücke vollführen, auf eine Weise, auf einen Weg, dass sie an seinem Ohr redeten und unschön nachredeten, denn wenn's vorher so war, als würde ihm nur noch das Wort fehlen, klang es an seinem Ohr jetzt nicht nur wortleicht, sondern sogar leichtgewandt, und zwar so leichtgewandt, dass es auf ihn die Wirkung einer Musik ohne Worte hatte, jedoch mit einem sprechenderen Motiv als Worte, so leichtgewandt, dass es war, wie wenn er seine ganz besondere Sprache hätte, und was für eine Sprache, die Sprache und Redeweise eines Vielredners. Hörst du sie? Hörst du sie, du Rotzlümmel?, schien er ihm zu sagen, 'Ndrja hätte dafür seine Hand ins Feuer gelegt, dass es nicht nur das war, was er ihm in seinem Ton sagte, sondern dass es auch mehr oder weniger diese Worte waren, die er in seinen Ton legte: Hörst du sie? Hörst du sie, du Kackarsch? Hörst du, wie aasig sie wurden?, fragte er ihn, und es brauchte keine besondere Fähigkeit, um zu verstehen, dass er ihm das wütend sagte, ja, sogar verdammt wütend. Hörst du sie, hörst du sie, wie aasig sie wurden? Hörst du sie, hörst du sie, wie ihnen die Gier nach dem Orcadaver in die Knochen drang? Und hier kam es ihm vor, dass die verwendeten Worte, und unter diesen die so oft gehörten Bezeichnungen Rotzlümmel und Kackarsch, ihm in seinem Ohr bestätigten, dass von hier, von dieser Sache aus Ciccina Circé im Ton von Don Luigi in seinem Ohr wiederauferstanden war, wegen der Tatsache, dass ihrer Meinung nach, das heißt ihrer beider Meinung nach, der Meinung der Tausendundeinnächtigen und des ideenenreichen Kopfs nach, er es gewagt hatte, es mit ihnen aufzunehmen. Schon, doch was hatten sie darüber hinaus noch miteinander zu schaffen, welchen Vergleich konnte man zwischen dem Geschnaube der Ciccina Circé und der Verachtung ziehen, mit der Don Luigi ihn so in Wut brachte, als wollte er ihm das Fell über die Ohren ziehen: Und du, du kleiner Rotzlümmel, du Kackarsch, intonierte er und verstimmte ihn, du hast gewagt, mir meine Pläne durcheinanderzubringen? Du hast geglaubt, du hättest recht und ich unrecht, du hättest recht, indem du ihnen wieder ihren Beruf, das Boot, deine berühmte Palamitara vor Augen geführt hast, und ich unrecht, weil ich das Wirrspiel begann, um für sie den großen Kadaver der Orca anlanden zu lassen, ich hätte unrecht gehabt, mit anderen Worten, indem ich ein Wirrspiel begann, um den Kadavernden den Kadaver zu verschaffen, ihnen, die sich um dich und das Boot längst einen Dreck scheren? Und du, du Kackarsch, hast es gewagt, hast es auch nur von Ferne gewagt zu denken, es mit mir aufnehmen zu können, mit mir, dem ideenreichen Kopf von Salomons Verstand, der Krone deines Hauptes?

Und dies hatte er sogar im ersten Augenblick als Lapidarton aufgefasst, als Bootslapidar. Doch was heißt hier Lapidarton? Das war doch ein Ton der Revanche, ein Ton der Rache, und die Rache quoll ihm doch überall heraus.

Oh, sagte sich 'Ndrja und sah ihn an, als hätte er ihn noch nie gesehen, er hat das als Verbrechen verstanden, als Verbrechen, weil ich in meiner großen Illusion versucht habe, ihnen das Boot wieder in ihren Verstand zu rücken. Er hat das als persönliche Beleidigung aufgefasst. Und daraus machte er einen Kriegsfall. Oh, und das tat er nicht gleich, in dem Augenblick, als ich es sagte, nein, er wartete ab, er legte sich auf die Lauer. Oh, sagte er wieder zu sich und sah ihn wieder mit der Verwunderung an, die gar nicht mehr aufhörte, seinen Verstand auszufüllen, oh, ein Don Luigi, der niemals etwas in seinem Inneren behalten konnte, brütete unter der Asche, unter Schweigen, diesen barbarischen Ton aus, ein wahres Naturphänomen, ein Luigi Orioles, der sich in den Hinterhalt legte, am Weg ihn belauerte, den Augenblick abpasste, die Gelegenheit, um seinen schweren Tadel auf ihn abzufeuern, seinen Ton, seinen stinkwütenden Ton. Oh, dafür hat er seine Stellung aber gut gehalten. Und tatsächlich hatte er ganz sicher das erste und einzige Zeichen von Unduldsamkeit erkennen lassen, als er die dummen Fragen nicht mehr aushalten konnte, die 'Ndrja ihm absichtlich gestellt hatte, Fragen nach dem Boot und dem Bootsholz. Wie wenn es ihm aus dem Herzen gekommen wäre, hatte er ihn mit der spöttischen Anrede: Oh,

Bruder! angesprochen, von der doch alle wussten, was für eine Art von Anrede das war, wie sie unterschwellig schnaubte und schäumte und unterschwellig keineswegs brüderlich war. Und gab es denn unterschwellig nicht schon diese barbarische Fülle von Ton, die er danach dann herausschleudern sollte?

Mit anderen Worten: Dieser Ton besagte, dass unser netter Don Luigi nur so getan hatte, als habe er das Wirrspiel abgebrochen, das heißt er hatte den Part gegeben, den Part, sich rechtzeitig von der Veränderung zu erholen, er ließ den Orcadaver Orcadaver sein, ebenso die Idee, ihn durch den Malteser, über 'Ndrja als Mittelsmann, angelandet zu bekommen, kurz gesagt, den Part der Gleichgültigkeit und Antriebslosigkeit, den Part, sich von der Menge zurückzuziehen und dieses halb schon tote, halb noch lebendige Gehabe zu zeigen und bei 'Ndrja, nach der verunglückten Figur, die er in diesem Wirrspiel abgab, den Eindruck hervorzurufen, er wolle nur noch so wenig wie eben möglich, ja eigentlich überhaupt nicht mehr in Erscheinung treten, oder sogar den Eindruck verstärken, vergessen zu lassen, dass er anwesend war. Im richtigen, allerdings genau kalkulierten Augenblick, wie man gesehen hatte, hatte er sich von seiner natürlichen Seite gezeigt, von seiner natürlich veränderten Seite. Und der Augenblick war der, nachdem ihm die Verbiesterung aus dem Mund geschliert war, in Worten, an die Pellisquadre gerichtet, und er schien Bruchteile von Sekunden zuvor aus allem heraus und wie in eine Starre gefallen zu sein, und im darauffolgenden Augenblick kehrte er harmonisch in die Welt zurück, betrat wieder die Bühne, und wahrscheinlich hatte man von keinem je sagen können, dass er die Bühne wieder so harmonisch betrat wie er, denn es war wirklich, wie wenn er nichts anderes getan hätte, als darauf zu warten, darauf zu warten, dass die Pellisquadre sich ereiferten, und zwar bis zu dem Punkt, dass sie redeten, dass sie mit ihrem Mund redeten, was das letztgültige Zeichen für ihre Empörung war, und auch, wenn Don Luigi dieses Zeichen nicht erwartete, ja, es von sich aus nicht erwartete, das niederträchtige Reden zudem des Verblatterten mitzureden, was für sie das letztgültige Zeichen ihrer Veraasigung war: nicht einmal, wenn er sie inspiriert hätte, aus der Ferne, durch die Kraft des Geistes, ohne sie auch nur anzuschauen, konnte er sie so haben, wie er sie haben wollte, kadavernd bis zum Siedepunkt, wie er sie erwartete, um diesen leichtfließenden Ton: Hörst du sie?, Hörst du sie?, du Rotzlümmel?, und so weiter und so fort, herauszuschleudern.

Und er, 'Ndrja, sollte diese flötenden Finkenköpfchen hören, er? Warum hätte er sie hören sollen? Hörte er denn die Fischlein? Er hörte den großen

Fisch. Die Fluke, hörte er die? Er hörte den Kopf, den hörte er, den Kopf, der beim Fisch immer als Erstes zu stinken beginnt. Er hörte den Missklang in seinem Kopf, mit dem Ton des schweren Vorwurfs, dem vorwurfsvollen Ton, den honigseimigen, schleimigen Ton. Er hörte, wen er hören musste, er hörte den, auf den immer gehört wurde, auf ihn, den ideenreichen Kopf, den salomonischen Verstand, den Orakelmund, Luigi Orioles, um ihn bei seinem Vor- und seinem Nachnamen zu nennen. Er hörte ihn und fühlte sich überrascht und verwirrt, doch fühlte er sich auch insgesamt wie benommen von diesem Donnerton, der in seinem Ohr explodieren wollte, ohne Getöse noch tieferer Erschütterung, der allerdings auf der Stelle in seinem Kopf in tausend unheilvollen Echos nachhallte.

»Das Boot ist in die Ferne gerückt, 'Ndrja.«

Die Worte waren zwar diese, doch das eigentliche, das gehörte Reden war das vom Ton Gesagte, gesagt wie wenn dieser großmäulige Ton das Wort besäße und diese Worte sagte, verächtlich, wutgeladen, leichthin, die er auch jetzt noch hörte, ohne sie begreifen zu können.

Er hörte die Stimme aus dem massigen Körper kommen, bei gesenktem Kopf, den er neben sich hatte, ohne dass er die Augen von ihm wenden konnte, sondern sich sogar darauf versteifte, ihn zu betrachten, als wäre er ein lebendiges Phänomen, sich mit dem Blick auf ihn versteifte, den Blick gegen ihn intensiv schärfte, wie wenn er versuchen wollte, ihn in ihn zu stoßen, durch den Hals, durch die Schläfen, durch die Stirn, ihn tief in ihn hineinzustoßen, bis hinein in den Verstand, zum Ausloten, und dort in sein wahres, sein erstes Gesicht zu blicken, das Gesicht, in dem sein Denken eingeprägt war wie in Bienenwachs, kurz gesagt, zu sehen, zu erkennen, wo man bei ihm dran war, ob er noch der war, wie man ihn kannte, oder ob er von einem anderen Schlag war, von dem man nie etwas wusste, sich umzuschauen, ihm mit dem Blick dort hineinzuschauen, in den Verstand, um dort festzustellen, ob er noch er war oder ein anderer, ihn wiederzuerkennen oder kennenzulernen oder zu verkennen.

»Das Boot ist in die Ferne gerückt, 'Ndrja«, hörte er ihn noch unter seinem Blick sagen, und 'Ndrja kniff die Lippen zusammen, um ihm nur ja keine Antwort zu geben. Seid Ihrs, der da spricht, wollte er ihn instinktiv fragen, oder spricht da jemand anderer, der Euer Gesicht hat? Denn ist nun in der Vorstellung dieser Großgenies das Boot in die Ferne gerückt, wie Ihr es metaphorisch nennt, oder ist der Orcadaver nur näher gerückt, wie es stattdessen rundheraus, wenn Ihr gestattet, der hier Anwesende in meiner Person sagt? Das wollte er ihn instinktiv fragen, das, mit diesen genauen Worten, fühlte er auf seiner Zunge liegen, wie wenn er es jeden Augenblick aussprechen wollte. Diese Absicht hatte er zwar bis zu diesem Augenblick, doch ging er über diesen Augenblick nicht hinaus, er brachte sich nicht dazu, ihm das zu sagen.

WIE CICCINA CIRCÉ SAGTE? Schlimmer, schlimmer, musste er sagen. Es musste gesagt werden, und das sagte alles, dass er Ciccina Circé unrecht tat, sie mit diesem Katastrophenwirrwarr, diesem Geringschätzigen, diesem Rachsüchtigen von Luigi Orioles zu vergleichen. Diese Scharlatanin konnte im Vergleich am Ende noch als rechtschaffene, verleumdete Hausfrau angesehen werden, denn auch eine Ciccina Circé verschwand vor einem wildgewordenen salomonischen Verstand wie dem von Don Luigi. Und tatsächlich hatte man ja gesehen, dass sie verschwand, man hatte gesehen, dass Ciccina Circé keine Sekunde länger mehr in seinem Ohr durchhielt, nachdem sie ihm den Erinnerungsruf zugesandt, nachdem sie ihm ins Ohr gepfiffen hatte, sobald, ja, sobald sie ihn bemerkt und ihm die Augen dafür geöffnet hatte, zu welcher Art von Mensch der Ton gehörte, den Don Luigi angenommen hatte, keine Sekunde länger, nur der Satz: Wo das Höhere ist, muss das Niedere weichen.

Im Stil von Ciccina Circé, jedoch schlimmer, wesentlich schlimmer, musste er sagen. Denn Ciccina Circé und ihr Dünkel, der außerdem gar kein richtiger Dünkel war, sondern etwas anderes, etwas, das sehr viel weniger und sehr viel mehr war, etwas anderes, wesentlich anderes, ein Dünkeln ihres unterdrückten Gemüts, doch zugleich auch Herablassung und Güte wie Hochmut und Stolz, um ihr unterdrücktes Gemüt zu verbergen. Was immer es auch war, jedenfalls bot diese Tausendundeinnächtige als Frau und Feminotin ihr dünkelndes Gemüt spartanisch dar, im Gegensatz zu Don Luigi hier, dem, auch wenn er immer schon spartanisch war, innerlich wie äußerlich, der Dünkel ganz halsstarrig und wohl versteckt aus dem Mund schoss.

Wie Ciccina Circé, doch schlimmer, wesentlich schlimmer, doch nicht nur schlimmer als Ciccina Circé, sondern schlimmer sogar als er, Don Luigi, und nicht als er an Jahren, Jahrhunderte früher, sondern als er Augenblicke zuvor, als der, der wegen des riesenhaften Orcadavers sein Wirrspiel veranstaltete. Denn den, den Wirrspieler, konnte man letzten Endes mit einem vergleichen, der bis zu diesem Augenblick der Inbegriff von Gesundheit war und dessen Lungen von einem Augenblick auf den anderen urplötzlich von einer galoppierenden, ja tödlichen Form der Messinesella angegriffen und befallen werden, weil es sich bei dieser besonderen Spezies, dieser speziellen, überaus speziellen Spezies um Lungenschwindsucht handelt, die ihr zerstörerisches Blutwerk nur dort ausübt, an den Meeren zwischen Skylla und Charybdis, das zerstörerische Blutwerk, das insgesamt die Winde in ihrem Reich und ihrem Unreich ausüben, wenn sie sich mit schrecklicher Gewalt in die Lungen desjenigen einhöhlen, der sie einatmet. Und es war, wie wenn die Messinesella, nachdem der Betroffene sich als ebenso zart erweist, wie er immer auch als unverwundbar und körperlich von einer Zauberkraft beschützt galt, sich auf ihn stürzte und ihn auf der Stelle gewissermaßen vor die Schwelle des Todes trug, und er mehr dort als hier war.

Es kam also vor, dass einer wie er, ein Luigi Orioles, der nicht nur der Inbegriff von Gesundheit zu sein schien, sondern es wirklich war, und nicht der körperlichen Gesundheit, sondern der des Verstands, von einer Minute zur anderen katastrophenträchtig und völlig unvorbereitet befallen wurde, und zwar genau dort, im Verstand, und sich vor dieser Krankheit, die ihn angriff, die keine Krankheit war und auch nicht tödlich, sondern schlimmer, schlimmer als eine sterbliche Krankheit, nämlich Veränderung, vor dieser, vor jener, so sehr sie auch Verstand war und Bestand, in keiner Weise schützen konnte. Denn wie sollte er sich auch schützen können, wenn er sich, als er das Wirrspiel um den Orcadaver spielte und dieser ihm, weil alles andere unmöglich war, bereits im Kopf explodiert sein musste, notwendigerweise bereits verändert hatte, er bereits ein anderer Mensch war, ein Mensch, der in allem das Gegenteil des Menschen war, der er einmal gewesen war, und er, der schon nicht mehr er war, folglich auf keine Weise darauf hatte aufmerksam werden können.

Er war immer noch ein machtvoller Kopf, doch ein veränderter, angegriffen inzwischen, der an dem Punkt, an welchem er sich befand, genau diesen Vergleich darstellte, den Vergleich mit der Messinesella, denn auch er konnte, ja, er musste unterdessen seine Lungen ausspucken, die, welche einmal die Lungen, und was für Lungen, seines Verstandes waren, sein statuarisches Wesen aus Marmor und seine entschiedene, offene, loyale, spartanische Art, sein Wesen als der Mann, der er war, das nach und nach, auf galoppierende, tödliche Weise bereits nicht mehr vorhanden war. Und je mehr er aushustete, je mehr er sich aushustete, umso mehr warf er sich blindlings in diese Niedertracht des Wirrspiels, mit dem Burschen als Mittelsmann, in dieses Arkelamekk der Pantomime, einer Pantomime nicht nur des Verstands, des Verstands im strengen

Sinn, sondern auch der Stimme und der Augen, der Hände und der Füße, Stimme, Augen, Hände und Füße des Verstands, des ganz von diesem Ziel angezogenen Verstands, dem Ziel der unendlichen Größe dieses dort vorne auf der Marina angelandeten Kadavers. Einfach gesagt, er verkindischte außerhalb seines standbildhaften Marmors, er vertrottelte zum Absonderlichen, zur Fischbestie, einer wie er, der in guten wie in schlechten Zeiten, ob Volksschmaus oder Hungersnot, sich nicht mit Blauhai, Heringshai, Feren und ähnlichen Genossen zufriedengab, einer, für den dieser Umstand, sich nicht zufriedenzugeben, ein Lebensgrundsatz war, einer von diesem Schlag, einer, der sich mit unechtem Bonito nie schmutzig gemacht hatte, setzt aus heiterem Himmel seinen Ruf aufs Spiel, tummelt sich im Blutvollen und wird, mit Händen und Füßen an Gelübde gebunden, zum Bekenner der Fischbestie, und um sich schadlos zu halten, kümmert er sich nicht um Blauhai, Heringshai oder Fere, um nur einige zu nennen, auch nicht um Dornhai oder Pottwal, er kümmert sich um einen, verglichen mit dem nicht nur Blauhai, Heringshai und Fere, sondern auch Dornhai und Pottwal wie Kleinkram aussehen, wie gewöhnliches, alltägliches Kleingetier, denn er kümmert sich um den großen Fisch, um den, der im Meer, im Ozean und Meer als Prunkstück gilt, als Feron oder Orca, kurzum als der Große Tod, als die Tödin der Meere in leibhaftiger Gestalt, als der und die Gottbewahre.

Nun stelle sich einer vor, der da würde noch weiter Don Luigi und nicht ein anderer sein können, der würde der Schuldige sein und nicht ein anderer, stelle sich einer vor, das Wirrspiel wäre nicht, wie wenn es ein anderer gemacht hätte, er würde nichts mehr von sich darein legen, das nicht so wäre, wie er es machen würde, ohne zu wissen, dass er es machte, ohne zu wissen, dass er es wollte, ohne zu wollen, dass er es wollte, stelle sich einer vor, dass er ohne Sünde noch Schuld wäre.

Und nachher, nachdem er davongekommen war, so wollte man denken, auch wenn es ihn gekostet hat, was es ihn kostete davonzukommen, auch wenn, anders ausgedrückt, dieser nette Don Luigi von einst, dieser nette Luigi Orioles als Marmorstatue, mit seinem rosigen Gesicht, seinen blauen, durchsichtigen, faltenlosen Augen, die keine Leidenschaft zeigten noch Arglist, dieser freundliche Luigi Orioles, der aussah, als hätte er immer dasselbe Alter, das der vollen Reife, jenseits der Jugend, aber noch nicht alt, so dass man, wenn man ihn anschaute, immer den Eindruck hatte, man würde ihn sehen, aber sich gleichzeitig auch an ihn erinnern, auch wenn er, dieser nette Don Luigi, der jetzt, am ganzen Körper verunstaltet, aus seinem Maganzer Wirrspiel ausgestiegen und vom Alter heimtückisch überfallen, verarmseligt und verkleinert worden war, dass einen das Erbarmen ankam, auch so, auch wenn am Flügel gestreift und für immer befleckt, auch wenn für immer bezichtigt, beschuldigt, auch so, auch wenn er auf den Tod gekommen war, verunstaltet in dem, was immer das Schöne an ihm war, auch so, so dachte man, nicht mehr gesund, doch auch keineswegs verändert, kann man durchaus sicher sein, dass er hinterher noch er selbst ist, immer und ewig er selbst, dass er mehr oder weniger dieser nette Don Luigi sein wird, kann man sicher sein, dass er, nach allem, was er durchgemacht hatte, vielleicht eher mehr als weniger, noch besser sein wird, wenn man es recht bedachte, denn der irrte sich nie, der hatte immer diesen Heiligenschein um sein salomonisches Haupt, auch wenn er ihn sich nicht aufgesetzt hatte, sondern sie, die ihn sahen, wenn sie ihn nur anschauten, nur an ihn dachten, sie, die diesen netten Don Luigi anschauten, ihn sich immer auf einem Piedestal vorstellten, wohingegen sie den hier, der in ihren Augen den Heiligenschein längst verloren hatte, näher bei sich fühlen, mehr wie sie selbst fühlen konnten, mit all dem, was schön an ihm war, und noch schöner vielleicht, weil er durch Schlimmes gegangen war. Jetzt konnten sie mehr den ihnen Gleichen spüren, mit seinen Vorzügen und seinen Fehlern auch ihn, auch wenn alles an ihm vorzüglich war und blieb, und jener einzige Fehler, den man in dem Wirrspiel sah, das dann, wegen der Art, wie es sein Ende fand, alles in allem seine Vorzüge nur noch vermehrte.

Und dann, dieser Gedanke stellte sich ein, hatte er inzwischen Erfahrung gesammelt, und weil sie diesen Menschenschlag kannten, setzten sie sich dieser Gefahr nicht mehr aus, dafür legten sie ihre Hand ins Feuer. Man musste ja nur sehen, wie es ihm ging, wie es ihm damit ging, wie es schien, dass er sich die Wunden leckte bei dem Gedanken, in Gedanken. Unterdessen war er verstummt, er sagt nichts mehr, er ergreift das Wort nicht mehr, weder dafür noch dawider, nicht einmal, wenn sie ihn zerfleischen würden, mischt er sich noch einmal ein, lässt er sich darein verwickeln. Unterdessen will er nicht einmal mehr genannt werden, keiner soll sich mehr an ihn erinnern. Inzwischen hatte er sich bestraft, daran musste man denken, wenn man ihn ansah.

Doch er hatte sich nicht bestraft. Und deshalb sagte er, dass dieser sich der Sache so bewusste Don Luigi nicht nur schlimmer war als das brave Hausmütterchen, das Ciccina Circé im Vergleich zu ihm war, sondern sogar schlimmer als er selbst, schlimmer als der Wirrspieler Don Luigi, der, verglichen mit ihm, zu einem richtigen Dummkopf wurde. Der hier war schlimmer, weil der hier derjenige war, der sich nicht bestrafte, derjenige, der sogar, statt sich zu bestrafen, das Laster annahm, er wurde lasterhaft, veränderte sich, kurzum, er veränderte sich und das nicht wenig, er veränderte sich vollends, ganz und gar, er veränderte sich von den Haarspitzen bis zu den Fußnägeln, mehr noch: er veraasigte, um es beim richtigen Namen zu nennen, in Anbetracht der Tatsache, dass es ein Kadaver war, der gigantische Kadaver des Orcaferons, der Ursprung und Grund der ganzen Sache. Schlimmer als das, der hier, statt sich zu bestrafen, belohnte sich, er belohnte sich unausgesetzt, so muss man sagen, er belohnte sich unausgesetzt und insgesamt mit dem barbarischen Zerflirren des Tons, spöttisch, großmäulig, verächtlich, vielredend, er belohnte sich, indem er dem Rotzlümmel heftige Vorhaltungen machte, der es seiner Meinung nach wagte, es mit ihm aufzunehmen. Schlimmer als das und dies und der hier, so wie er hier steht, war er alles andere als antriebslos, fern allen Getümmels, er war aufgestellt, bereit zum Angriff, so musste man es wohl nennen, angriffsbereit, scharf, messerscharf, wie er hier steht, einbezogen, bis zum letzten Glied einbezogen, genauer gesagt hineinverwickelt, bis zum letzten Glied hineinverwickelt, mit der Anlandung im Visier, jetzt aber nicht mehr blindlings, sondern genau kalkuliert, aufs Genaueste durchkalkuliert, denn nicht nur blickte er ständig hinüber, sondern legte jetzt auch Leidenschaft hinein, blickte jetzt mit allen Sinnen und allem Mut, allem Mut und, so musste man denken, allem Unmut.

Und da sollte er sich nicht sprachlos und verwirrt fühlen, so wie wenn er eingesalzen würde, eingesalzen mit dem Salz des Erstaunens, auch wenn er sich innerlich, unter der Salzkruste, in einer Art Aufruhr befand? Es stimmte zwar, es stimmte, dass es für ihn war, wie wenn das, was sich ereignete, sich bereits ereignet hätte und ihn nichts mehr verwundern oder erstaunen konnte, schon richtig, schon richtig, doch nicht der, der nicht, dieser Don Luigi, diese fürchterliche Erscheinungsform von Don Luigi, wie er sich jetzt zeigte, der nicht, der konnte niemals so sein, als hätte sich für ihn alles schon ereignet. Alles, alles konnte wirklich so sein, als hätte sich für ihn alles schon ereignet, nur das nicht, nur er nicht, nur dieser Don Luigi nicht, dieser Redner mit spartanischer Zunge, der im Ton eines Vielredners herumtölpelte, im Ton eines Marktschreiers, eines Betrügers, alles, alles, nur das nicht, nur er nicht, denn dieser

Don Luigi war mehr, weitaus mehr als alles, was für ihn war, als hätte es sich ereignet, mehr, weitaus mehr als alles, was sich seinem Verstand nach jemals ereignen konnte, mehr, weitaus mehr als er nach menschlichem Ermessen sich vorstellen und ertragen konnte.

Und doch war es geschehen, war es wirklich geschehen, es war nicht, als hätte er nur den Eindruck, dass es geschehen wäre. Und nachdem dies einmal geschehen war, sogar dies, dieses Weltuntergangsspektakel des Maganzers Don Luigi, der hier neben mir mit seinem scharfgeschliffenen Ton herumraïst, was kann da noch geschehen? Für mich, nach meinem Dafürhalten, ist alles bereits geschehen, ja, sogar mehr als alles, sagte sich 'Ndrja in seinem Inneren, und es war, als würde er im Nachhall seines Gedankens, seiner Worte, weit in die Zeit zurückkehren, und daher war es, wie wenn er sich über das Geschehene quälte, doch ohne Schmerzen, er empfand lediglich Erstaunen, wie wenn er sich als Verwirrter, als Benommener quälen, und unterhalb, im Inneren, nicht mehr den lebhaften Schmerz mit den Ausbrüchen seines zerreißenden Wehs spüren würde, sondern gedämpft und wie vom Salz gestutzt. Und ebenso hatte er den Eindruck, als würde er innerlich, gewissermaßen wie eine Wahnvorstellung, den fernen, längst verklungenen Nachhall seiner Stimme hören. Dann war wirklich alles aus?, können wir wirklich darauf hoffen? Dann können sie also wirklich eine beachtliche Decke ungelöschten Kalks über Charybdis und die Charybdoten gießen, wie man bei Pest- oder Choleraherden oder bei den Erregerherden der Spanischen Grippe vorgeht, und dann ein X machen, groß, riesengroß und in Weiß, über der Marina, damit keiner sich nähere und alle von weitem sähen, dass die Charybdoten nicht mehr waren und lebendig aus dem Hauptbuch abgehakt worden waren.

»Das Boot ist in die Ferne gerückt, 'Ndrja«, sagte Don Luigi ein weiteres Mal, doch, auch wenn er dicht neben ihm stand, hörte 'Ndrja ihn kaum noch. Mittlerweile überschlug sich dieser barbarische Ton, die Stimme war ein einziger Sog und schien als Luftstau wieder ans Licht zu steigen, der sich einen Weg zwischen Falten und Verengungen von Gedärm, Lungen, Rachen, Mund und Nase suchte. Die Worte gelangten inzwischen fast völlig abgenutzt an 'Ndrjas Ohr, verwischt, unscharf, nichts blieb mehr von ihrem Geist noch von ihrem Buchstaben, alles hatte der Ton aufgefressen.

Halb hierher gewandt, halb dorthin, vermochte es 'Ndrja immer noch nicht, seine Augen von ihm abzuwenden, er sah ihn immer noch an, wie wenn er ein lebendiges Phänomen wäre, eines, das ihn anzog und abstieß. Dieser Statuarische, dieser Marmorne stand da jetzt völlig erschlafft, zusammengehäuft und zusammengeknäult mit seiner großen Gestalt, den Kopf zwischen den Armen verborgen, wie wenn er enthauptet worden wäre, und wenn man ihn ansah, wie er da gleich einem enthaupteten Körper wirkte, kam einem der Gedanke, dass seine getreuen Ungetreuen ihn, diesen berühmten ideenreichen Kopf, nicht nur symbolisch von ihren eigenen Schultern gestoßen, sondern ihm als Vollendung ihres Werks auch noch den Rumpf herausgerissen und gestohlen hätten.

Auf cicinnacircéische Weise in sein Schweigen verkeilt, ähnlich einem Haufen Fleisch ohne Leben noch Tod, machte er gelegentlich den Eindruck, nicht einmal zu atmen, wie wenn er dort, vor den Augen aller, gestorben wäre, ohne dass es jemand gemerkt hätte. Oder er hielt den Atem absichtlich an, um zu hören, was diese flötenden Finkenköpfchen da hinter seinem Rücken sich zuquinquilierten, diese sprechenden Papageien, und es war, wie wenn er sich da unten vor lauter Vergnügen, ihnen zuzuhören, alles vollsabberte, und möglicherweise käute er das für ihn größte Vergnügen wieder, das ganz sicher in den Worten bestand: »Das Boot ist in die Ferne gerückt, 'Ndrja.«

Doch 'Ndrja wollte ihn nicht mehr länger anschauen und auch nicht mehr hören, ihn, diese schreckenerregende Erscheinung, diesen Abscheu der Natur, er widerte ihn zu sehr an, er rief zu viel Widerwillen hervor. Wie verzweifelt drehte er sich zur anderen Seite, und als er die Augen zum Eingang des zangenkopfförmig angelegten Dorfs richtete, erwartete er wirklich einen Augenblick lang, ringsum alles weiß bespritzt zu sehen, das heißt, er erwartete, er würde sehen, dass man in Charybdis, das von dieser unheilvollen Pestilenz, von dieser tödlichen, orcinusen Krankheit heimgesucht worden war, die das Bewusstsein und das Gewissen eines jeden angriff und beide bis zum Äußersten veränderte, nämlich zum Tod, wirklich Haus für Haus eine Schicht ungelöschten Kalks angespritzt hätte, mit einem großen X als Warnsignal auf der Marina, und dass man nicht mehr weiter darüber spräche.

Doch auch wenn es diese gespritzten Schichten gelöschten Kalks gegeben hätte, so hätten sie sie mit Sicherheit nicht gesehen. Wenn er den Blick nämlich über die Häuser, über das Zuckerrohr und die Eisenkrautstauden zwischen Marina und Strand streifen ließ, kam ihm wieder der Gedanke an den steifstöckigen Alten unterhalb des Faros, den der verblüffende Don Luigi ihm aus dem Sinn vertrieben hatte. Bei diesem Gedanken, den er als dringende Botschaft auffasste und ohne Anlass, als würde er gewissermaßen fürchten, ihn, den Alten, nicht mehr dort zu finden, so dass seine Augen gleichzeitig mit dem Gedanken zum Faro eilten, und ohne wahrscheinlich auch nur die drei Milchbärtigen zu sehen, die oben auf dem Türmchen jetzt einer dem anderen zugewandt waren, mit gesenktem Kopf, wie wenn sie nachdenken würden, flog bei diesem Gedanken sein Blick zum Fuß des Faros, legte sich auf die lang ausgestreckte Gestalt des Alten, der sich, auf einem Ellbogen leicht aufgerichtet, erhob und weiter starr aufs Meer blickte, dabei unablässig seine Lippen bewegte, die der einzige Teil waren, der sich vom Körper noch bewegte, noch ganz so wie vorher, wie wenn der Steifstöckige sich in der Zwischenzeit kein bisschen bewegt hätte, als wäre er einbalsamiert, ganz einbalsamiert, mit Ausnahme der Lippen, die sich bewegten. Und der Eindruck, den 'Ndrja hatte, als er ihn ansah und wieder ansah, war, als hätte auch er sich kein bisschen während seiner Betrachtung bewegt, bei der Fixierung seiner Lippen, bei der Fixierung von ihm und auf ihn, auf seine Gestalt, sein Beobachten, sein stummes Sprechen, niemals bewegt bei der Schärfung von Blick und Verstand auf den steifstöckigen Alten, wie wenn da etwas oder jemand wäre, der in dieser Gestalt zu suchen und zu finden wäre, etwas oder jemand Bekanntes, das oder der wiedererkannt werden wollte. 'Ndrjas Eindruck war der, mit anderen Worten, dass er mit dem Alten im Blick dort stand, wie wenn er weggetreten wäre von dem, was um ihn herum auf dem Sporn vor sich ging, dass er jetzt noch immer da stand, wie er schon vorher da gestanden hatte, vor dem Tongewitter Don Luigis, das heißt vor dem Ende, vor dem Guss mit gelöschtem Kalk. Jetzt aber, zumal es jetzt schlimmer war als vorher, konnte er sagen, dass er noch weggetretener da stand als vorher, denn wenn er vorher mit dem Auge dort und dem Ohr hier da stand, jetzt, jetzt, da er ihnen hinreichend zugehört hatte und sie hinreichend seine Geduld strapaziert hatten, Kopf und Köpfchen, Aas und Veraasigte, konnte er jetzt nicht einmal sagen, dass er das Ohr hier hatte, wenigstens soweit es seiner Absicht entsprach, der Bereitschaft seines Zustands, die darin lag, auch seine Ohren in Richtung des steifstöckigen Alten zu spitzen und sich ganz fest auf die sich unausgesetzt bewegenden Lippen zu konzentrieren.

Und so, weil Don Luigi genau in diesem Augenblick wiederholte: »Das Boot ist in die Ferne gerückt, 'Ndrja«, und es geschah, dass er auf die Lippen des steifstöckigen Alten starrte, war es, wie wenn die Worte von dorther an sein Ohr drangen, von unterhalb des Faros, das heißt wie wenn sie ihm aus den Augen gekommen wären, ja, genauer gesagt, wie wenn sie aus dem Mund des Alten gekommen und ihm in die Ohren gedrungen wären. Und so gesehen, rief die Stimme, der Ton der Stimme, von Don Luigi bei ihm, was unglaublich seltsam war, den gleichen, identischen Effekt von vorher hervor, des ersten, allerersten Mals, das heißt vorher, als Ciccina Circé, die Freundin, die er immer im Ohr hatte, ihn auf diese große Zahl von Neuigkeiten, von Verpestung und Niederträchtigkeit des Tons aufmerksam gemacht hatte; den gleichen, haargenau den gleichen Ersteffekt wie der, als er abgewandt da stand wie jetzt und wie jetzt, nur weniger, wesentlich weniger, stand er gedankenverloren da, mit dem Körper zwar hier, doch mit dem Verstand dort, unterhalb des Faros, und lauschte den Lippenrundungen des Steifstöckigen; diesen Effekt wie der eines lapidaren Tons in der Stimme, eines Tons, welcher der schlichte und einfache, rechte und natürliche Ton war, mit dem man Worte aussprach, die Worte der Sache, die sie sagte, ein Ton, der nicht wegnahm noch hinzufügte, weder zu viel noch zu wenig, weder dafür noch dagegen, das, was die Sache eben war, wie sie eben war, ein faktischer Ton, ein Fakt, der sich bereits ereignet hatte und geschrieben, gemeißelt oder eingeritzt worden war, ein Fakt, ein faktischer Ton, ein kommentarierender Ton, ein Kommentar zu Fakten, und angesichts der Fakten als Lapidar von allen.

Denn aus der Stimme Don Luigis war in dem Augenblick, in dem er sich umwandte, in dem er die Augen zu dem steifstöckigen Alten wandte, alles verschwunden, dieser unterschwellige Donnerton nämlich in den Worten, verschwunden der redenberedte, großmäulige, vielplappernde Ton mit dem vergifteten Zahn, verschwunden der ganze Ton der Revanche, der Rache, völlig verschwunden dieser Ton ohne Worte. Und nachdem der verschwunden war, kamen wieder die gesunden, die urgesunden Worte zum Vorschein, die der verkehrte, der gestörte Ton aufgefressen hatte, die Worte mit ihrem schlichten und einfachen, rechten und natürlichen, ihrem wesenseigenen Ton von Gesagtem und Gefühltem, die Worte mit ihrem treuen, überlegten Ton, beispielhaft wie das Gesicht ehrlicher Frauen, die Worte mit dem Ton der Sache, die sie ausdrückten, weder mehr noch weniger als die Sache, die sie ausdrückten, ganz genau diese, lapidar oder metaphorisch diese: »Das Boot ist in die Ferne gerückt, 'Ndrja.«

Eigentlich war es nicht richtig zu sagen, dass der Donnerton verschwand und die Worte wieder zum Vorschein kamen, das entsprach nicht der Wahrheit der Dinge. Die Wahrheit war vielmehr, dass dieser Donnerton aus dem einfachen Grund nicht verschwinden konnte, weil er nie aufgetreten war, so wie die Worte auch nicht mehr erscheinen mussten, und zwar aus dem noch einfacheren Grund, weil sie nie verschwunden waren. Die Wahrheit war nämlich, dass mit dem ganzen Ton nichts passiert war, dass mit ihm nicht das Geringste passiert war. Don Luigi war so rein wie die Luft, seine Stimme hatte im Ton nie übertrieben, bei diesem Ton war sie immer noch die von vorher, vom ersten Mal, als er sagte: »Das Boot ist in die Ferne gerückt, 'Ndrja.« Dafür nehme ich allein die Schuld auf mich, sagte er zu sich. Ich wars, der sich blenden ließ, ich wars, der verblödete, der vertrottelte, wohl auch ich vom Gesunden zum Veränderten, und der Augenblick, die Wende zum Ende muss wohl gewesen sein, als ich den Blick vom Steifstöckigen abwandte und mich zu Don Luigi umdrehte. Bei seinem Anblick vertrottelte ich, bei seinem und dem von Ciccina Circé, der mir ihren wieder in Erinnerung rief. Mein Fehler wars, dass ich mich umdrehte, weil er mich ansprach, ich ließ mich blenden, steckte mich an, und so veränderte ich auch mich ein bisschen. Woher hätte Ciccina Circé sonst vor mir auftauchen sollen? Was hatte sie mit diesem Sonnenlicht zu tun, was?, diese Tausendundeinnächtige? Von woher, warum erschien sie so unvermittelt wieder? Was war der Grund dafür, der Anstoß? War es, um die Erinnerung an sie durch den hier anwesenden Don Luigi herabzuwürdigen oder um vor meinen eigenen Augen den hier anwesenden Don Luigi mit der Erinnerung an sie herabzuwürdigen, war das der Grund, weshalb Ciccina Circé so unvermittelt in meinem Inneren wieder erschien? Heh, ja, ich habe einen Fehler gemacht, als ich mich umdrehte, ich war woanders, und indem ich mich umdrehte, verlor ich völlig die Richtung, sagte er sich wieder und wieder. Denn jetzt, als er den Blick von Don Luigi abwandte und ihn dem steifstöckigen Alten wieder zukehrte, war es nämlich, wie wenn er wieder die richtige Richtung gefunden hätte, wie wenn er sich wieder in der richtigen, natürlichen Richtung befunden hätte, sich wieder so fühlte, als würde er just in der Mitte zwischen dem stehen, was er sah, und dem, was er hörte, zwischen Auge und Ohr, zwischen dem längst in die Ferne gerückten Boot, wie Don Luigi sagte, und dem Meer, auf das der steifstöckige Alte blickte. Und so wie er da stand und wo er da stand, das

Ohr am Boot von Don Luigi und das Auge bei den Lippen des steifstöckigen Alten, fühlte er so etwas wie ein Echo durch seinen Körper dringen, fast so, wie wenn die Position und der Punkt, an dem er stand, die genaue Position und der genaue Punkt war, von dem das Echo aufbrach und gleichzeitig darauf zueilte, ein Echo des Ohrenaugs, und hier waren mit Ohrenaug nicht nur Ohr und Auge gemeint, sondern, unausgesprochen, auch und vor allem: Mund.

Auch wenn Don Luigi den Kopf abwärts nach vorne zwischen die Arme geneigt hielt und seine großen Lider ohne die leiseste Öffnung schwer über die Augen gefallen waren, so dass er infolgedessen nichts sehen, infolgedessen absolut nichts wissen konnte, nicht nur über diesen Blick, sondern auch nicht, dass 'Ndrja sich wieder dort hingewandt hatte, kam einem jetzt der Gedanke, dass er, und nur er wusste, auf welche Weise er dennoch sehen würde, wohin und zu wem 'Ndrja blickte, das sehen würde, was 'Ndrja sah, und darauf zählen, eine Bedeutung auch und vor allem darüber beimessen würde, auch über diesen Blick, auch über diesen alten Pellesquadra in diesem Blick, das heißt im Blick von 'Ndrja, darauf zählen, mit anderen Worten darauf setzen würde, wenn nicht ausschließlich auf ihn, so doch auch auf diesen Blick des alten Pellesquadra, der auf das bootlose Meer starrte und dabei ununterbrochen die Lippen bewegte, auch oder sogar einzig darauf setzen würde, auf das Reden über das Boot, das in die Ferne gerückt war, das heißt über das Boot, das aus ihrem Blick entschwunden war, darauf setzen würde, was 'Ndrja im Blick hatte, dasselbe wie vor dem Ohr, um es noch einmal lapidar hörbar zu machen, wie wenn Don Luigi seine Worte wieder und wieder als lapidaren Kommentar sagen würde, nicht nur und nicht so sehr zu dem, was auf dem Sporn vor sich gegangen war und immer noch vor sich ging, sondern auch und insbesondere als betont lapidares Reden über diesen Anblick, wie wenn das Boot, das er meinte, das Boot, das in die Ferne gerückt war, auf diesem Meer in die Ferne gerückt war, auf dem Meer, das der steifstöckige Alte betrachtete, sich auf den Augen und auf den Lippen dieses alten Pellesquadra befand, die das zu kommentieren schienen, was seine Augen dort einmal gesehen hatten und jetzt nicht mehr sahen.

Die Wahrheit war, dass Don Luigi den steifstöckigen Alten absolut nicht sehen konnte, noch konnte er sehen, dass 'Ndrja ihn sah, und daher konnte er ihn auch nicht als Bezugspunkt nehmen und ihm aus dem Weg gehen. Die Wahrheit war eher, wenn man realistisch nachdachte, dass er es war, 'Ndrja, der den Steifstöckigen unter dem Faro sah, und wenn es jemanden gab, der ihn als

Bezugs- oder Vergleichspunkt heranzog, war derjenige, ob er wollte oder nicht, er selbst. Wenn man nämlich realistisch nachdachte, geschah das, was geschah, bis zum Erweis des Gegenteils, rein zufällig, schlicht und einfach rein zufällig, und das, was geschah, war, dass er den steifstöckigen Alten ansah, dass er ihn ansah, als könnte er gar nicht anders, er, der diese sich ununterbrochen bewegenden Lippen anschaute, diese Augen, die wie unter einem Zauber aufs Meer starrten, und dazu geschah es gleichzeitig auch, dass Don Luigi wiederholte: »Das Boot ist in die Ferne gerückt, 'Ndrja.« Sein Eindruck war da, wie wenn er diese Worte auf den Lippen des Alten lesen und dem Boot mit den Augen des Steifstöckigen folgen würde, starr und reglos und wie weit aufgerissen beim Anblick des Meers, wie wenn durch das ständige Hinschauen auf das Boot oder durch die Vorstellung, das Boot sich immer weiter entfernen und auf dem Meer verschwinden zu sehen, sein Herz ausgesetzt hätte und er bewusstlos da läge, mit offenen Augen und Lippen, die sich noch von alleine bewegten, den Lippen, die, nachdem er schon gestorben war, nachdem er daran gestorben war, sagten: »Das Boot ist in die Ferne gerückt, 'Ndrja«, wie unter einem Zauber, wie wegen der Dinge, die sie sagten.

Es war, mit anderen Worten, wie wenn 'Ndrja ganz ohne eigene Absicht sich in der Lage befände, den Körper des Steifstöckigen als Bezugs- und Vergleichspunkt zu nehmen, wie wenn er an diesem Körper die Bestätigung, die Gegenüberstellung der Worte von Don Luigi aufzeigen wollte, wie wenn er auf diesen sich unablässig bewegenden Lippen nachprüfen und auskosten wollte, ob sie wahr oder falsch klangen, wie wenn er sie in diesen starr und zaubergleich das Meer betrachtenden Augen reflektierte und spiegelte, um zu sehen, ob sich wenigstens in diesen Augen noch ein Zittern der Wellen zeigte, die Dünung auch nur eines einzigen Tropfen Meers, eines Tropfens nicht größer als eine Träne, die von jenem in die Ferne gerückten Boot kam und ans Ufer eilte.

In dieser Weise allerdings würde er den steifstöckigen Alten, hatte 'Ndrja den Eindruck, für etwas nehmen, was mehr, weitaus mehr war als ein einfacher Bezugs- oder Vergleichspunkt, doch diesen Eindruck vermochte er sich einfach nicht zu erklären. Er verstand nicht, er begriff nicht, warum er ihn, den Steifstöckigen, für etwas nehmen sollte, das wesentlich mehr war als ein Bezugs-, als ein Vergleichspunkt, wenn das, was sich ereignete, diese Art von Echo, so sagte er sich wieder und wieder, durch bloßen Zufall zustande kam, durch schlichtes, einfaches Zusammentreffen mehrerer Voraussetzungen, wenigstens bis jetzt, wenigstens bis zum Erweis des Gegenteils. Doch warum sagte er bis zum Erweis des Gegenteils? Was meinte er mit Erweis des Gegenteils? Woher sollte ihm denn dieser Gegenbeweis kommen, von dem er sprach? Vom Betrachten etwa, davon, dass er ihn betrachtete? Doch welchen Gegenbeweis konnte er aus dem Betrachten erhalten, daraus, dass er ihn betrachtete? Andererseits, was machte er in diesem Augenblick? Er machte dies: er betrachtete, er betrachtete ihn, er konnte gar nicht anders, als ihn zu betrachten, ihn intensiv zu betrachten und, ohne dass ihm das auch nur durch den Kopf ging, die Augen von ihm ab- und sie Don Luigi zuzuwenden. Er wollte nicht den gleichen Fehler machen, dem gleichen Irrtum erliegen: Daher wandte er seine Augen nicht von dem Alten ab, um sich von dem Echo nicht ablenken zu lassen, von der richtigen Richtung, die Don Luigis Stimme an sein Ohr nahm und über den Steifstöckigen zu ihm gelangte, um diesen Bezugs-, diesen Vergleichspunkt, oder was es sonst war, nicht in mehr oder weniger als einem Bezugs- oder einem Vergleichspunkt zu verlieren.

»DAS BOOT IST in die Ferne gerückt«, sagte Don Luigi beinahe unvermittelt wieder, und 'Ndrja war, mehr als er hätte sagen können, von der Tatsache überrascht, dass er ihn dieses Mal nicht direkt angesprochen hatte, doch noch mehr war er von der Tatsache überrascht, dass dies einen gewissen Unterschied in seinem Ohr erzeugte.

Don Luigis Stimme entwirrte sich höhlenklangartig von unten her, aus der Fleischmasse seines Körpers, eine Stimme wie die eines in Schlaf Gesunkenen, der aus dem Schlaf diese Worthappen herausschleuderte, und es war, wie wenn er es alleine, für sich wiederholte, dass das Boot in weite Ferne gerückt sei, wie wenn er es aus sich herauslassen wollte, ja, eigentlich hätte man gesagt, dass er es wiederholte, ohne dass es ihm bewusst gewesen wäre, weder bewusst noch lag eine Absicht dahinter. Und so kam es, dass er dieses Mal, zum ersten Mal, 'Ndrja nicht anredete, und es wurde deutlich, dass es nicht nur für dieses Mal war, es wurde deutlich, dass er ihn nicht mehr anredete, und wenn er ihn nicht mehr anredete, so wurde daraus deutlich, dass das Lapidare seiner Worte sich längst ein für alle Mal aufgelöst hatte, es wurde deutlich, dass dies hier längst knappstes Lapidar war, lapidar, wie vom Stein, steinern, weshalb es keine Rolle mehr spielte, ob er Lapidares sagte oder hörte. Und wirklich, als würde er gewissermaßen eine Vorahnung von den Pellisquadre haben und sich in seiner Vorahnung von ihnen, nämlich dass sie längst veraasigt waren, darum bemühen, das Lapidare erneut in 'Ndrjas Ohr zu wiederholen, und zwar ungeschönt, anonym, ohne mehr sie beide in ihrer Mitte, wirklich, ganz wirklich lapidar, mittlerweile wie unauslöschlich in den Sand geritzt, in die Steine von Charybdis, in die steinernen Türen ihrer Todeswohnungen, konnte er nicht einmal rechtzeitig sagen: Boot, als die Bestbesten der Pellisquadre wieder das Wort ergriffen, und was für ein Wort.

Wieder ließ sich als Erster der dreiste Arturo Palamara vernehmen, der als die Lotterzunge, die er war, nicht daran dachte, ein so fettes Thema wie die Bäcksait einfach fallenzulassen, ohne seinen Senf dazuzugeben.

»Oh, oh«, sagte dieser feinsinnige Redner, »lassen wir mal die Vogelmilch, die Saftvogelmilch außer Acht. Denn wie sollte der da auch Vogelmilch geben? Wo nimmt er den Vogel denn her, dieser Typ da? Eher kann dieser Typ da doch Milch aus der Brust geben, vollbusig, wie der ist. Saftvogelmilch, sofern er sie will, kann ihm wohl eher unser 'Ndrja hier geben. Und lassen wir auch die goldenen Zähne außer Acht, weil er mit denen doch isst. Die Bäcksait dagegen, da könnt es doch sein, dass er sie ihm ganz spontan anbietet, die Bäcksait für 'Ndrja, durchaus möglich, dass der da eigens hierherkam, um 'Ndrja die Bäcksait anzubieten, dann also, wenn er sie ihm bietet und beharrt und in seinem Hinternviertel ganz kribbelig wird, was macht 'Ndrja da, was kann er da tun? Sich weigern? Sich weigern mit dem Risiko, ihn zu beleidigen? Er sagt zu, natürlich muss er zusagen. Und außerdem, außerdem, was macht es, verliert er was, wenn er ihm zusagt? Hörte man denn nicht immer wieder reden von vielen und vielen, und das nicht von irgendwelchen Quilibets, nicht einfachen Leuten von unserer Art, sondern von Persönlichkeiten, von großen Persönlichkeiten wie einem Fregattenkapitän, den zu meiner Zeit alle kannten, und sogar Fürsten, sogar Baronen, in männlicher Erscheinung, und zwar so männlicher Erscheinung, dass man sich nicht einmal vorstellen konnte, sie würden mit ihrer truhen-, ihrer mandolinengleichen Bäcksait von jeder Farbe, von jedem Geschmack den besten Weiberärschen Konkurrenz machen, seis wegen der Zartheit des Fleischs, seis wegen der Rundung der Formen, und auf die Bäcksait unseres Signor Mister, da muss man doch nur einen Blick drauf werfen, die ist doch schön wie eine Truhe, ganz von dieser Beschaffenheit.«

Hier machte der Sauigel eine kleine Pause, die Pause des Scharlatans, der den Artikel herzeigt, der zum Verkauf steht, und 'Ndrja stellte sich vor, dass hinter ihm, in seinem Rücken, Arturo Palamaras sämtliche Gefährten ihre Augen zur Marina wandten, um, sofern sie es nicht schon getan hatten, einen Blick auf die

Bäcksait des Signor Mister zu werfen, der sich immer noch dort befand, immer noch unterhalb der Körperfülle des Barbarossas, der wer weiß welche Entdeckungen mit Blick auf den riesigen Orcadaver durch sein Fernglas machte, welches er immer noch zu diesem Meer gerichtet hielt. Und 'Ndrja stellte sich auch noch vor, dass sie sie, die Bäcksait des Signor Mister, zwischen den Falten seines Tropenanzugs für ihn in Erwägung zogen und prüften und selbstverständlich zu dem Schluss kamen, dass es sich um eine ganz schöne Kiste von Arsch handelte, genau einer von denen, die dieser feinsinnige, erfahrene Mann, der Arturo Palamara zu sein vorgab, in den Himmel hob, der, wie wenn er ihm keine Zeit lassen wollte, erst noch darüber nachzudenken, rasch wieder mit einem Thema von der Art weitermachte, vor denen einer sich seiner Ansicht nach entweder in Habachtstellung brachte oder auf die Knie fiel, einen anderen Ausweg gab es nicht.

»Aus diesem Grunde frag ich mich wieder: Verliert unser 'Ndrjuzza dabei denn etwas? Und außerdem, außerdem soll sich 'Ndrjuzza erinnern, dass das Wichtige für ihn, das Wichtige darin besteht, das Vaterland zu retten …« Und hier hielt er wieder kurz inne, um zu sehen, welche Wirkung das Vaterland auf seine Freunde machte, das Vaterland seiner Dreckszunge, das Vaterland, mit dem er sich vollsabberte. »Und weil das das Wichtige ist«, fuhr dieser große Patriot fort, »das Vaterland zu retten, und das soll 'Ndrja sich gut hinter die Ohren schreiben, würde ich an seiner Stelle, ich, die Sache gleich hinter mich bringen. Denn mir würds schon genügen, zu sehen, wie der da mich anblickt, mit Geilheit in den Augen, Augen von gekochtem Fisch, und gleich, als Erstes, als Allerersten würd ich ihm sagen: Der hier Anwesende hat doch gleich verstanden, werter Herr, was Euch Appetit macht, und weil ichs verstanden habe, dass ich Euch Appetit mache, sag ich Euch jetzt, dass Ihrs Euch mit mir angenehm macht, an einer unbekannten Stelle, wo uns keiner sieht, so dass ich Euch, werter Herr, etwas Schönes zeigen kann, etwas, das mir ganz persönlich gehört, und Ihr, denke ich mir, aus dem fernen Messina eigens hergekommen seid, um es zu bekommen. Und während ich das sage, würde ich ihn mir ins Dunkle bringen, zwischen das Schilf, und da, ihr versteht schon, würde er sich seine Laune befriedigen mit meinem Maiskolben, und gleichzeitig würde ich in seine Anmut eindringen und in seiner Gnade stehen.«

Das Gemurmel, das sie machten, ließ erkennen, dass sie ihn voll und ganz unterstützten, diesen Arturo Palamara und seinen widerlichen Gedankengang. Unterdessen hörte 'Ndrja sie hinter sich wie Irre salbadern und immer wieder diesen ‘Ndrjuzza nennen und einmengen, dass alle von Wahn und Irresein erfasst schienen, auch wenn man zu ihrer größeren Schuld oder Entschuldigung sagen musste, dass sie bei ihrer Salbaderei noch von der Rendite der schuftigen Zotigkeiten zehrten, die ihnen der verblatterte Arschkriecher des Maltesers in den Mund gelegt hatte, der mit den Goldzähnen, der Bäcksait und der Saftvogelmilch tief ihre heikle Stelle berührt hatte, nämlich ihre Veränderung, und der jetzt in Arturo Palamaro einen Schüler von denen gefunden hatte, die früher oder später ihren Meister in der Pfeife rauchen.

An dieser Stelle kehrte ‘Ndrja wieder der Gedanke an Don Luigi zurück, den er über all diese verkommenen Gespräche völlig vergessen hatte, und ohne den Hals zu bewegen, spähte er aus den Augenwinkeln zu der gebeugten, aufgehäufelten Gestalt mit dem an die Brust gezogenen Kopf zwischen den Armen hinüber, die neben ihm stand, und fragte sich, ob auch er wohl diese schlecht dressierten Papageien hörte, ob er wohl den Dreck hörte, der von ihren Schnäbeln fiel, und fragte sich, was er wohl empfand, was er wohl empfinden musste, wenn er das hörte, wenn er sie hörte, was für eine Art von Qual, von Schuld, von Schmerz, von Bedauern.

»Ah, das meinst du also, Artù?«, sagte Jano Scarfi da, ein weiterer Patriot des schönen Vaterlands, das Arturo Palamara für die ganze Klicke dort gefunden hatte. »Du meinst, unser ‘Ndrjuzza hier sollte ihn schnell von dieser Seite packen?«

»Schnell? Wie der Blitz, sag ich. An welcher Seite schmachtet der denn? Von welcher Seite will er denn gepackt werden? Doch wohl von hinten, oder? Und noch bevor ‘Ndrjuzza ihm Bongiorno, Bonasera sagt, packt er ihn von dieser Seite.«

»Doch nehmen wir mal an, der Verblatterte hätte uns nur eingewickelt, und der Signor Mister erweist sich als Typ, der die Bäcksait nicht gibt?«

»Der sollte die Bäcksait nicht geben, dieser Signor Mister?«, wiederholte Arturo Palamara mit weit aufgerissenen Augen, um empört auszusehen. »Wenn *er* sie nicht gibt, wo er doch so eine Kiste hat, einen so schönen feisten Arsch, wer sollte sie denn dann geben? Ich vielleicht?«

»Ah, ja?«, sagte Jano Scarfi, allerdings mit dem Ausdruck eines scheinheilig Unwissenden, eines, der zwar weiß, es aber gerne wiederholt hören möchte. »Der gibt sie, was? Mit einem Wort, ‘Ndrjuzza kann mit weichem Kissen zu ihm gehen, wie?«

»Mit weichem Kissen und hartem Schwanz. Wer versteht das denn nicht?«

»Also, 'Ndrjuzza geht hin und sagt ihm gleich: Hier bin ich, Ihr, mein Herr, könnt Eure Hose runterlassen.«

»Ja, ja, genau so. Ich, wäre ich 'Ndrjuzza, würde kein Salz dazugeben, das heißt keine weiteren Worte verlieren, ich würde ihm sagen, dass ichs auf der Stelle tun will. Ich, wäre ich 'Ndrjuzza allerdings.«

»Du? Du als 'Ndrjuzza?«, schaltete sich an diesem Punkt Caitanello Cambrìa ein, voller Verachtung, gereizt durch dieses Gequassel von Arturo Palamara wie vorher durch den Burschen zu dem gleichen Thema, und tatsächlich fehlte nur wenig, dass er auch zu Arturo Palamara durch die Hände in dessen Gesicht geredet hätte. »Du, du als 'Ndrjuzza würdest keine weiteren Worte verlieren?«, fragte er ihn spöttisch. »Aber du, du bist Arturo Palamara und darfst dein Maul nicht über 'Ndrjuzza aufreißen, du, Artù, musst still sein, denn mir platzt schon die Galle, wenn ich dich nur reden höre. Hör auf, meinen Sohn über die Bäcksait zu belehren, denn auf diese Art von Belehrung kann 'Ndrja bestens verzichten.«

»Hast dus etwa in den falschen Hals bekommen, Caitanello?«, erwiderte dieses Schmuckstück von Knoblauchzehe. »Meinst du denn, 'Ndrjuzza wäre immer noch ein Milchbub? Meinst du, seine Augen wären immer noch geschlossen? 'Ndrjuzza hat Erfahrung, er hat längst Erfahrung mit der Welt. Ach, das hast du noch gar nicht verstanden? Meinst du etwa, 'Ndrjuzza weiß nicht, dass er diesen Arsch auf seine Art packen muss? Das weiß er, das weiß er von ganz allein, dazu brauchte ich ihn nicht erst aufzurufen, 'Ndrjuzza weiß von ganz alleine, dass er ihn auf seine Art packen muss, er weiß genau, dass er den entweder bei seinem Laster packen muss oder die Sache ist aus.«

»Ach, das weiß er von ganz alleine und du brauchtest ihn gar nicht dazu aufzurufen, sagst du?«, fragte Caitanello ihn voller Hohn. »Ach, du brauchtest ihn nicht erst dazu aufzurufen, nein, brauchtest du das nicht, du musstest ihm nicht erst sagen, dass du mir vorkommst, als würdest du dem verblatterten Zuhälter aufs Haar gleichen?«

»Caitanello«, sagte Don Artù mit einem allerdings schon leicht abgeschwollenen Kamm. »Ich sage dir noch einmal … Das Entscheidende ist, dass 'Ndrja das Vaterland rettet.«

»Da kommt der schon wieder mit seinem Vaterland daher …«, prustete Caitanello. »Woher holst du eigentlich dieses verwichste Vaterland?«

»Und außerdem, lieber Caitanello, für 'Ndrjuzza würde es sich nur darum handeln, einen Gefallen mit einem Gegengefallen zu vergelten«, platzte

Arturo Palamara so frech und dreist heraus, als hätte er ihn überhaupt nicht gehört.

»Gefallen? Was denn für einen Gefallen? Und warum? Geht denn mein Sohn nicht für ihn rudern?«, entgegnete Caitanello, der auch jetzt wieder so wirkte wie immer, so als würde er die Bühne betreten, als Vater und ausschließlich als Vater und kein bisschen als Pellesquadra, so wie wenn das, was für alle eine Frage des Wettkampfs war, aus seinem Gedächtnis verschwunden oder das, was für ihn die Streitfrage war, zu einer Kleinigkeit geschrumpft wäre.

»Was soll das Rudern denn schon für ein Gefallen sein?«, fing Artù Palamara wieder an, mit Wind im Rücken. »Bezahlt der ihn denn nicht fürs Rudern, bezahlt ders ihm nicht teuer? Und wenn 'Ndrjuzza ihn seinerseits um einen Gefallen bittet, was sagst du dann, Caitanello Cambrìa, muss er dann nicht auch einen Gegendienst leisten? Und wie leistet er den Gegendienst, wie honoriert er den Gefallen? Na, natürlich so, wie es dem Signor Mister am meisten zusagt, ist doch klar. Und wie kann es dem Signor Mister am meisten zusagen? Das kanns, indem er ihm diese kleine Gefälligkeit erweist und dies tut, ohne sich erst bitten zu lassen, ja, wenn 'Ndrjuzza an den großen Gefallen denkt, den dieser Malteser, dieses Faktotum der AMGOT, uns Charybdoten erweist, müsste er ihm diese kleine Gefälligkeit ganz spontan tun, ohne dass mans ihm erst sagen muss, und außerdem noch mit einem Lächeln auf den Lippen.«

»Ach ja? Auch noch spontan? Ohne dass mans ihm erst sagen muss? Und gar noch mit einem Lächeln auf den Lippen?«, höhnte Caitanello, und seine Stimme zitterte vor Erregung.

»Versteht sich doch von selbst ...«, erwiderte Arturo Palamara genüsslich, so als hätte er weder den Hohn noch die Erregung in Caitanellos Stimme gehört. »Versteht man doch, dass er, wenn er, der doch darauf hofft und dennoch verzweifelt, 'Ndrjuzza aus heiterem Himmel daherkommen und mit allen Sinnen und Empfindungen in seine fleischliche Huld eindringen sieht, versteht man doch, dass er hinterher, mit gesättigter Huld, mit dem ganzen Ar...« Hier, und zwar mit einem durch und durch abgefeimten Gesichtsausdruck, wie wenn er zu verstehen geben wollte, wie unentschlossen er noch wäre, hielt er bei diesem: Ar... inne, der auf seinen Lippen gar nichts anderes sein konnte als ein halber Arsch, denn da sie den Kerl kannten, erklärten sie sich diese sehr absichtliche Pause leicht mit der Tatsache, dass es ihm, da es darum ging, Arsch zu sagen, was für ihn, für einen wie ihn wie eine Nachspeise im Mund sein musste, eine Schantiji, in zwei Teile zerlegt, wie um sie intensiver zu kosten und sich an ihr länger zu erfreuen, dass es ihm Spaß machte zu beobachten, ob sie errieten, was auf dieses: Ar… folgte, nämlich: …sche, der Rest des Arsches, im Kopf, in der Lust seines Kopfs, doch wie um ihnen zu beweisen, dass sie einem Irrtum erlagen, ließ er sie daher erst recht mit diesem abgefeimten Gesichtsausdruck, dem Gesichtsausdruck eines Dreikartenspielers, der vor den Augen der Umstehenden, die auf die Gewinnerkarte setzten, von der *sie* glauben, sie würde gewinnen, doch ist er es, dieser Hurenbock, der sie überzeugt und überlistet, indem er die Karten mit Gequatsche vermischt und verschiebt, sie mit schwindelerregender Schnelligkeit von einer Hand zur anderen wandern lässt, austauscht und genau die aufdeckt, die verliert, ließ er sie sehen, ließ er sie hören, dass dies das Ar… des Areals war, auf das er hinterhältig anspielte. Und so: »…eal erweist er ihm die Gnade. Oh, oh, und so kam es, dass 'Ndrjuzza Cambrìa unser Vaterland rettete«, sagte abschließend an diesem Punkt dieser Redner mit der versauten Sprache, ganz belustigt über diese Misdea, über dieses Gemetzel von säuischen Gedanken und Worten, die er ausgesprochen hatte.

Dieses Grossmaul, dieser Zotenreißer und Ungenierte, sagte sich 'Ndrja unterdessen, ohne sich umzuwenden noch wütend zu werden, wie wenn nicht er dieser bewusste 'Ndrjuzza wäre, wie wenn es für ihn wäre, dass auch das noch dazukommen sollte, das hier von Arturo Palamara, der ihn durch dieses ständige 'Ndrjuzza in Verruf brachte. Dieser schon seit seiner Geburt in seinem Wesen abartig gewordene Pellesquadra mit seinem männlichen Getue als Weiberheld, eines mit allen Wassern gewaschenen Kerls, mit einem Getu, von dem nur er sagen konnte, woher er das hatte, mit seinem verschlagenen Gesabber über die Bäcksait des Signor Mister, wie wenn er ihn schon unvorstellbar lange, schon seit einem Menschenalter kennen würde, diesen Malteser und seine Bäcksait, und wie wenn er Bäcksaits, und zwar Bäcksaits von Weibern wie von Weibsmännern, in großer Zahl, in unendlich großer Zahl kennengelernt hätte, ausgerechnet er, bei dem rauschend mondänen Leben, an dem er in Charybdis teilgenommen hatte. Ein Stinker, ein Stinker mit flotter Zunge, ein stinkender Verkäufer von Qualm und Rauch, ein stinkender Scharlatan, kurz gesagt, ein Stinker, der mit seinem Mund lediglich in der Lage war, Schaum zu schlagen, säuischen Schaum und nichts weiter. Und man sah ja auch, wozu er in der Lage war, man sah, dass auch er um das, was als aasiges Thema im Kopf eines jeden von ihnen herumschwirrte, ihm aber wohl weniger als allen übrigen, nämlich die Gefälligkeit, die Gnade, die ihrer Meinung nach dieser Signor Mister ihnen sozusagen aufgrund des schönen Gesichts ihres 'Ndrjuzza erweisen sollte, um das konnte auch er, trotz all seiner Zotigkeit, nur immer wieder herumschleichen, das war klar, und dann nur aus Lust, großmäulig und dreckig daherzureden, doch wenn's darum ging, sich dem Thema, sich der zur Debatte stehenden Sache zu nähern, den Finger darauf zu legen und es zu benennen, nämlich dem Orcadaver, dem riesigen Schwärenleib und seiner Anlandung, dann kam er ihm höchstens mit ein paar Sabberbläschen und ein paar zotigen Gedankenschlieren nahe. Und es war ein Glück, dass jemandem das Vaterland, von dem Arturo Palamara redete und meinte, dass 'Ndrjuzza es retten müsse, in seinem Ohr nicht nur nicht wohltönte, sondern ganz und gar misstönte. Dieser Jemand ergriff schließlich das Wort und entriss es diesem feinen, diesem feinsinnigen Don Artù, womit er dessen Herumplanscherei im eigenen Sabber ein Ende machte und er machte auch ein Ende damit, dass Don Artù in dessen Korb saß und fröhliche Runde hielt, ein Luxus, den er sich vorher wohl nie erlauben konnte. Und dieser Jemand, so hörte 'Ndrja heraus, war Don Demetrio Canoco, und wenn er auch da stand und nur das eine Ohr gespitzt hatte, weil er das andere zur benachbarten Stimme von Don Luigi gedreht hielt, die mal stumm war und mal redete, und auf die fernen Lippen des Steifstöckigen, und hörte, wie er mit wenigen Worten, mit einer bestimmten Anzahl nur und nicht mehr, sich wieder in der Nähe des hässlichen Themas befand, das sie offen in ihrem Verstand, doch verborgen in ihren Worten überdachten und es nur noch beim Namen hätten nennen müssen. Und tatsächlich:

»Vaterland?«, sagte er anfangs, so wie wenn er dieses Wort nicht verstehen, es nicht einmal kennen würde, und ein zweites Mal, wie wenn er es nur allzu gut verstehen und nur allzu gut, ja, bis zur Empörung gut kennen würde. »Vaterland? Was denn für ein Vaterland, und hier? Hier, an dieser Stelle, an der wir uns befinden, was heißt denn da Vaterland, hier geht es doch längst darum, die Mutter zu retten, die Rasse zu retten, sofern man sie überhaupt noch retten kann. Hier sind wir doch auf den Hund gekommen, von wegen Beringsee, von Schlimmerem, viel Schlimmerem haben wir uns hier kleinkriegen lassen, denn hier ziehen keine unechten Orcas vorbei, keine, nichts, nicht einmal die ziehen hier vorbei, dass wir ein bisschen Glanz zu sehen bekommen würden, wie ihn die Männlein sehen mit ihren Babyfransen. Das soll 'Ndrjuzza etwa nicht wissen? Sieht er das nicht? Als ob 'Ndrjuzza das nicht wüsste, das nicht sähe, als ob wir ihm erst sagen müssten, wie er mit dem Malteser umgehen soll, wie er ihn vorne oder hinten packen soll.«

Und so, sagte sich 'Ndrja, geben auch die Ernsthaften ihren Senf dazu, und jeder von ihnen steuert etwas Eigenes bei, das heißt etwas zum Eigenen Verändertes, auch wenn am Ursprung, am Ursprung ihrer Parlamenterei immer noch das verblieb und stand, das Papageiern, das Hervorrülpsen alles Burschigen, wirkte immer noch die Erleuchtung durch den Verkommenen nach. Am Ursprung. Am Ende jedoch schien der Zweck in ihrer Vorstellung längst nicht mehr der zu sein, der Arschkriecher, der ihnen die wunderbare Erleuchtung gebracht hatte, sondern der, welcher, soweit sie erkennen ließen, ihrer Meinung nach, man verstand nicht, ob ihrer Meinung nach aus Liebe oder aus Notwendigkeit, der Erleuchtete war. Es sah so aus, als wäre nämlich wirklich ihr imaginärer 'Ndrjuzza der Zweck, der ihnen vorschwebte, der Zweck, den sie erkannten, das konnte man beinahe glauben, wiederholte 'Ndrja für sich, zumindest glaubten sie daran, konnte man das bezweifeln, jetzt, wo einer wie Don Demetrio das Wort ergriffen hatte? Man konnte dem Wort Don Demetrios glauben, 'Ndrja erkannte das an und er erkannte auch an, dass, je mehr ihr 'Ndrjuzza andererseits schwieg, umso mehr er ihrer Meinung nach zustimmte, und umso mehr verhätschelten und entwöhnten sie ihn demzufolge.

Doch ansonsten, was wollte er noch? Genügte es ihm nicht, sie zu hören, zu hören, was sie sagten und wer es sagte? Sagte ihm die Stimme nichts, die jetzt dazukam, genauer gesagt, gereizt und hitzig herbeieilte, nämlich die von Jano Scarfì? Sagte ihm das nichts, dass diese veränderte Stimme, die da hereinplatzte und ganz ungeduldig sagte: »Was hat das denn damit zu tun, was hat das damit zu tun …«, in einem Ton wie jemand, der jetzt die Diskussion in die Hand nimmt, die Stimme von jenem friedfertigen, ausgeglichenen, ruhigen Mann war, für den man Saro Ritàno jedenfalls bisher gehalten hatte? Oh, Don Saro Ritàno, ein Don Saro Ritàno, der, wenn er kein anderer Luigi Orioles war, wenn man ihn nicht einen anderen ideenreichen Kopf nennen konnte, nein, man konnte ihn in keiner Weise reich an nur annähernd so viel grauer Materie nennen wie die, die Don Luigi im Kopf hatte, ein Don Saro Ritàno allerdings, der, abgesehen von seinem Kopf, nicht irgendein Quilibet war, und wenn man ihn auch nicht als eine großartige Kopie von Luigi Orioles bezeichnen konnte, so konnte man ihn sehr wohl als eine verunglückte Kopie bezeichnen, ja, eigentlich konnte man sagen, dass er, verglichen mit Don Luigi, sich wie das Negativ zum Positiv einer Fotografie verhielt, und einer, der das Negativ eines Luigi

Orioles war, folglich das Positiv vieler anderer Leute sein musste. Oh, und ein Don Saro Ritàno, der als das Negativ dieses salomonischen Kopfs galt, als dieser salomonische Kopf bereits auf den untersten Grund seines Wirrspiels gelangt war, als er bereits kurz davor stand, in 'Ndrjas Mund durch den Burschen als Mittelsmann die Worte zu legen, die er dem Malteser sagen sollte, um sich den Orcadaver anlanden zu lassen, und gesehen hatte, dass er sich an diesem Punkt zurückzog, und zwar sehr viel anders als eine Nymphe, gealtert, ohne Flausen, zu einem Landwurm verkommen, und sich dann einem Gesang hingab, geheilt von seiner Veränderung, und doch nicht mehr der Frühere war, nachdem er ein derartiges Schauspiel miterlebt, ein derartiges Beispiel geliefert bekommen hatte, wer hätte es da erwartet, dass auch er mit der Fere herausrückte, dass er, statt mit Furcht erfüllt zu sein, sein Ziel verfolgte, dass er sich genau wie jeder beliebige andere in den Burschenwahnsinn stürzte und auch noch seinen Senf dazugab, dass er nicht nur Betroffener war, sondern sogar führender Kopf und sich mit seinen Worten so weit vorwagte, dass er nahezu völlig ohne jeden Hintergedanken redete, so weit, dass ihm nur noch fehlte, alles und jedes mit Namen zu benennen?

»Was hat das denn damit zu tun, was hat das damit zu tun …«, wiederholte er mehrmals, wie einer, der auf die Bühne steigt, um eine Szene abzuliefern. »Woher kommt Euch nur der Gedanke, mit 'Ndrjuzza über Beringsee und unechte Orcas zu reden? Und was haben wir mit diesen Männchen und ihren Haarponys zu tun? Kümmern wir uns denn für gewöhnlich um den Zug der unechten Orcas, von dem wir das ganze Jahr leben, so wie sies gewöhnlich tun, die Männchen, auch wenn gezwungenermaßen, weil doch ihr ganzes Leben so aussieht, als wärs beständiger Krieg für sie und das Meer beständiger Zug von unechten Orcas? Bei uns aber ist der einzige Zug, der uns was angeht, der Zug des Schwertfischs in Zeiten des Friedens. In Kriegszeiten dagegen kennen wir keinerlei Fischzug, doch wenn er kommt, zieht nur die bestbeste, genauer gesagt die bestschlechteste Tierbestie durch, zieht der orcinuse Tiergigant durch, den wir ja kennen, der, welcher alleine schon alle unechten Orcas aufwiegt, denn die da sind falsche Orcas, der hier dagegen ist eine echte, richtige Orca, einzige und alleinige orcinuse Orca, er ist das Original, die dagegen sind nur seine verunglückte Kopie. Daher habe ich gesagt, was für ein Tand, was für ein leeres Gered ist das über die Beringsee mit ihren unechten Orcas, die jedes Jahr da oben ihre Federn und alles Übrige lassen, nämlich die Federflipper, und über die Meere zwischen Skylla und Charybdis mit der Orca, die ihnen ihre Federn niemals vorher ließ, und daher auch keine Gefahr besteht, dass sie sie ihnen jetzt oder später überlässt. Wer sieht denn schon noch einmal eine andere Orca? Das ist etwas, das vormals war und nicht mehr sein wird, wenigstens nicht, solange wir leben.«

Je weiter sie gingen, desto mehr näherten sie sich dem Kern der Sache, und je mehr er aus seinem Augenwinkel Don Luigi neben sich belauerte, lauerte er, ob er hörte, dass er hörte, lauerte er, ob sie, einmal zum Kern der Sache gekommen, einmal, dass sie frank und frei ihrem 'Ndrjuzza sagten: 'Ndrjuzza, lass dir, lass uns den Orcadaver von deinem Signor Mister anlanden, lauerte er, ob er hörte, dass dies für ihn wie ein ziviler Tod war, kurz gesagt, er lauerte, ob er das aus der Stimme, aus dem Ton heraushörte, er lauerte aus dem Augenwinkel zu ihm hinüber, ob er ihn beim Hören seine lapidare Saite wieder zum Klingen bringen hörte oder ob er's nicht mehr hörte, denn inzwischen teilte selbst diese Saite weniger mit als sie hätte mitteilen können, weniger als sie sollte, doch da waren keine anderen Saiten mehr nach dieser, da war nichts anderes nach dem Lapidaren. Aus diesem Grund belauerte er ihn aus dem Augenwinkel, doch mit seinem Ohrenaug entging ihm nicht der kleinste Sekundenblick auf den steifstöckigen Alten unterhalb des Faros, denn sofern Don Luigi sich gekränkt fühlte, fühlte er sich dort gekränkt, von dorther gekränkt, von der Gestalt des steifstöckigen Alten her, von dessen Lippen in ständiger Bewegung. Und aus diesem Grund, um die Richtung nicht zu verlieren, ohräugte er zwischen dem Steifstöckigen und Don Luigi hin und her, von den Lippen des Alten zu der Stimme von Don Luigi, und in diesem ununterbrochenen Hin und Her zwischen steifstöckigem Alten und Don Luigi, Don Luigi steifstöckigem Alten, Lippen Stimme, Stimme Lippen, überlagerten sich schließlich vor den Augen seines Verstands die beiden Gestalten, trat die eine an die Stelle der anderen, stimmten überein, wurden identisch, wurden eins.

Nun, als er lauerte, als er ihn aus dem Augenwinkel belauerte, sandte Don Luigi das erste Anzeichen von Kränkung aus, nachdem Saro Ritàno endlich schwieg, er sah ihn, er hörte ihn dann mit dem Augenwinkel da, wo er an seiner Seite stand, ihn, der sich innerlich aufblähte wie ein Frosch, und gleichzeitig hatte er mit freiem Blick den Beweis, den Beweis, dass er immer noch auf vollkommene Weise in der Richtung zwischen Kopf und Schwanz da stand, auf vollkommene Weise sah er, hörte er mit seinem Ohrauge den steifstöckigen Alten, der sich aufrichtete, wie bei einem letzten Atemzug, und einen Augenblick lang berührten sich die Lippen nicht mehr, und sein Mund öffnete sich, wie wenn er Luft holen, ja, sprechen wollte. Mit dem Oberkörper und den ausgestreckten, wie in einem Aufbäumen verdrehten Armen, mit seinem weißen Haarbüschel, das sich in seiner Stirn bewegte, stellte der Steifstöckige sich ihm in diesem Augenblick wie eine Möwe dar, wie eine in diesem Augenblick verwundete Rohrweihe, die mit den Flügeln schlug und starb. Und Don Luigi zwang gleichzeitig mit aller Verbissenheit seinen Kopf gegen seine Arme, wie um ihn aus der Umklammerung zu winden, in der er ihn gesenkt hielt, wie wenn die um ihn geschlungenen Arme erstarrt wären gleich denen von Toten. Und als von seinem Kopf nur die Stirn, die Augen und der Mund ans Licht kamen, doch keineswegs alles, sagte er, ohne aufzuhören, in höchster Form des Lapidaren:

»In … indie … indie … indie … diefer … diefer … fer … ferne … feeer … neeee …«, wie wenn er den gleichen Kraftakt, den es ihn gekostet hatte, den Kopf inmitten des Lichts aufzurichten, jetzt unternehmen müsste, um Silbe auf Silbe die Worte ans Licht zu stoßen, man verstand nicht einmal, warum er diese Notwendigkeit empfand, im Licht zu reden, wie wenn er seinen Lapidarton des sterbenden Orlandos an der hohlen Gasse von Ronceval entfachen wollte, des Orlandos, der als Nachhut des Heeres des großen Kaisers Karl mit seinem Wert und seinem Schwert, seiner Durlindana, sich vor den hinterhältigen Angriffen der Maganzer schützt, und die er dabei von ihnen tötet, kann man nicht einmal zählen, so dass die Handvoll Paladine in seinem Gefolge nicht rings um ihn herum fallen, und er selbst mit den Zähnen mühevoll das Leben zurückhält, das aus ihm entweicht, aus seinem Körper, aus dem das Blut nur so strömt, und wie wenn es keinen Zweck mehr hätte zu kämpfen, versetzt Graf Orlando an diesem Punkt einen furchtbaren Schlag gegen den Felsen, wobei sein treues Zauberschwert zerbricht, das ihm nun zu nichts mehr dient, und im Sterben bläst er Luft und Blut hinein, sein Blut, er fügt sich in sein Schicksal und bläst sein Horn für Karl den Großen, er bläst in sein Horn, das, was der Absprache nach ein Hilferuf sein sollte, ein Ruf, den er sich nicht bereitfand auszusenden, als er sich retten konnte, jetzt aber aussendet, da er sich nicht mehr retten kann, jetzt, da es ein mit Blut gegebener Ruf ist, zum Lapidarruf wird. Und das, was 'Ndrja auf den Lippen des Steifstöckigen erlauschte, als dieser den Mund anschwellen ließ, wie wenn er seinen letzten Atem in Orlandos Horn stoßen wollte, war da nicht auch das, dies hier ein mit Blut gegebener Ruf, ein Lapidarruf?

War es nicht, alles in allem, fast wie wenn er darin, ja damit Don Luigi wie einen gleichen Menschen vom gleichen Schlag augerlauschte, vom Schlag derer, die sich nicht bereitfinden, noch lebend das Horn als Hilferuf zu blasen? Und war es nicht, als würde er ihn dort augerlauschen, und dort, am unteren Ende des Faros, augerlauschte er, dass der da, zersplittert die Durlindana, den Mund voll Blut, längst nur symbolisch ins Horn blies, seinen Ruf für niemanden blies, für den Wind, für die menschenleere unendliche Weite des Meeres, seinen Ruf, der ganz, der in allem wie der Klang eines Trauermarsches war: »In … indie … die … die … diefer … fer … fer … neee …«?

Sein Blick verschwamm, wie wenn seine Augen, die unablässig das Profil von Don Luigi angestarrt hatten, unter diesem Gedanken, dem Gedanken an den sterbenden Orlando, irgendwann von alleine, von selbst eine Träne hervorgebracht hätten. Er fühlte eine Art Schleier vor seinen Augen, und es gelang ihm nicht, den Alten unter dem Faro deutlich anzuschauen, ihn zu sehen: Die untergehende Sonne versank im Meer, berührte die drei Palmen, schnitt die Beine des Alten ab, leuchtete auf jener Seite, seine tränenverschleierten Augen füllten sich mit blendendem Schein, sie glänzten ungeahnt, und dieses Funkeln, dieses Glänzen drang bis in sein Gehirn, tauchte es in Widerschein, und da war es ihm, als würde er Visionen bei offenen Augen haben, als würde er mit diesen Einbildungen, die der Verstand sich schafft und sich als Gegensatz und Wagnis vorstellt, wenn er nicht weiß, wie er eine bestimmte Sache zu verstehen hat, auch wenn er eine gewisse Vorstellung, die Vorstellung von etwas im Kopf hat, wenn er in der Zange des Zweifels sitzt, wie wenn er sich mit seinem Gegenteil beweisen und messen wollte oder mit dem, was das Gegenteil von ihm zu sein scheint und auf diese Weise die eine oder andere Eingebung erhält.

Und diese Visionen des Verstands bei offenen Augen tauchten vor seinem Blick auf und verschwanden wieder, vom Meer zur Marina, wie das Aufflammen der Sonne, die in ihren Untergang sank, sie tauchten auf und verschwanden vom Meer, das der steifstöckige Alte betrachtete, zum steifstöckigen Alten, der das Meer betrachtete, von der Sonne, die unter Lichtzuckungen hinabsank, zum Schatten, der aufs Meer fiel, über dem die Sonne bei ihrem Untergang zuckte, und zum Land, dem gegenüber die Sonne versank.

Das war die quälende Stunde der Strandvagabunden, derer, die, solange es Tag ist, am Meeresufer entlanggehen, und wenn die Nacht kommt, mit den Augen nach einer Stelle suchen, nach einem Boot, nach einem Versteck, wo sie bleiben und den neuen Aufgang der Sonne erwarten können. Aus diesem Grund wohl ging die erste dieser Visionen, auch wenn sie mehr dem Kopf entsprang, von dem steifstöckigen Alten aus, der von seiner Haltung, von dem Ort und der Stunde her ihn an den geiergleichen Strandvagabunden erinnerte.

Es war, wie wenn beim Anblick des Steifstöckigen sich jedes Ding in blendendem Weiß auslöschen würde. Die beiden Meere waren wie in Dunst gehüllt, und wo vorher Wasser war, bot sich jetzt, verblüffender Anblick, überall eine grauenvolle, trostlose Senke, ein riesiger, weiß schimmernder Graben, gleich einem Ossarium ausgeflockten Salzes von kaltem Weiß, wie Schnee.

Der Graben war ganz rissig, in der Breite von Windungen ausgehoben, von eingebuchteten Wellungen wie bei Furchen und Ausformungen wie Kämme und Grate, und das musste durch den Umstand zu erklären sein, dass die Wellen beim Verdunsten ihre Spur zurückgelassen hatten, ihren Abdruck von niedrigen und hohen Wasserständen, von Krümmungen und Biegungen, Aushöhlungen und Graten, weshalb das, was 'Ndrja in diesem Augenblick sah, wie die Karkasse der beiden Meere zwischen Skylla und Charybdis war, mit den trostlosen und von ihrer salinen Ausflockung glänzenden Knochen, mit dem Wirbelgerüst ihrer dampfenden Wellen.

Und dann stellte er sich die Pellisquadre vor, die auf den ersten Blick den Eindruck machten, als würden sie die Sciabica, das Schleppnetz, ohne Sciabicara, ohne Schleppnetzwinde, hochziehen, denn sie waren in zwei Reihen aufgeteilt, und beide Reihen zogen Ruck um Ruck das Netz wie das einer Sciabica hoch, doch zogen sie es nicht als kleines Schleppnetz hoch, denn aus dem Salzmeer, genauer gesagt aus der Salzmeerkarkasse zogen sie stattdessen den Orcaferon ans Ufer. Der orcinuse Tiergigant aber war dem Los der beiden Meere zwischen Skylla und Charybdis gefolgt, oder die beiden Meere waren seinem Los gefolgt, seinem Los, seiner Not, seinem Tod, und hatten sich in eine Karkasse verwandelt.

Daher war das, was die Pellisquadre mit der Schleppnetzwinde zogen, keine Orca mehr und auch kein Kadaver, sondern die Karkasse einer Orca, verrippt und zur Karkasse verwandelt und ein Ganzes mit dem Salzmeer, mit eben der Karkasse des Salzmeers. Die Pellisquadre zogen, sie zogen, doch erstaunlich zu sagen: Nach und nach wie sie zogen, schien der Orcadaver seinen phantastischen Weißschimmer zu verlieren, den das Salz an seinem gebauchten Skelett hervorgebracht hatte, wie wenn er wieder Fleisch um seine Knochen ansetzen würde. Er gewann zusehends wieder an Gestalt und an lebendiger Farbe, das heißt wie zu der Zeit, als er noch seine Fluke, sein mächtiges Steuerruder hatte, als die brandige Schwäre noch nicht an seiner Flanke wuchs. Je mehr sie zogen, umso mehr zogen sie die beiden Enden der Schleppnetzwinde zusammen und umso lebendiger wurde der Tiergigant, der zwar Karkasse blieb, Karkasse aus Salz, und auf gigantische Weise lebendig wurde, lebendig und wahr in seiner schwarzen, geschlossenen, langgestreckten, trauerbefrachteten Körperfülle, und in dieser Erscheinung, als er fast schon am Ufer war und sich mit seinem großen, der Brust einverleibten Kopf zeigte, belebte er sich jäh, erregte sich heftig und brach mit seiner ungeheuerlichen, mörderischen Kraft hervor. Da raste er, wie wenn er versuchen wollte, dicht an der Oberfläche aufs Meer hinauszukommen, schlug die Flipper unter schrecklichem Rütteln und Schütteln erderschütternd auf den Uferrand, als fände ein Seebeben statt. Die Pellisquadre zogen, sie zogen ihn immer weiter, doch eigentlich zogen sie nur noch zum Schein, es verursachte sogar Schmerz zu sehen, wie sie die schwarzen, stinkenden Tonnen von Fleisch dieses geheimnisvollen Gottbewahre an Land zogen.

Da war es, wie wenn sich als Folge seiner Anlandung die Katarakte in den unterseeischen Tiefen öffneten. Ringsum, von unten und von innen her löste sich das Salz plötzlich unter beängstigenden Wogen, Sturzwellen und Schaumkämmen, da brodelte es und kochte, hohe Säulen aus Bläschenwolken stiegen auf, dicht am Ufer. Wie durch Zauber begann das Meer wieder zu leben, wild geworden und lebendig durch sein Salz. Und der Orcadaver versuchte unter ungeheuerlichen, donnernden Schlägen seines Flukenendes und seiner Salzknochen aus diesem küstennahen Meer wieder in seine Meere zu gelangen, in die weiten offenen Meere, doch wohin er sich auch begab, wohin er sich drehte und wandte, überall war Salz, nur Salz, immer wieder Salz, immer wieder waren Salzmeere vor ihm, während da, wo er hinkam, wo er berührte und von wo aus er dann auch wieder fortschwamm, sich das Meer augenblicklich unter ihm, hinter seiner Körperfülle erneuerte, es spritzte auf seinen Rücken, rann heraus, seebebte aus seinem Atemloch, wie wenn er sich innerlich die Adern durchschnitte, wie wenn es aus seinem Knochengerippe ausströmte, wie aus tiefsten Strudeln und Kratern, und es war, wie wenn die beiden Meere im Jonischen wie im Tyrrhenischen sich unterhalb der Orcasse zerkassten, und es war auch, wie wenn die Orcasse selbst zum Meer, zum Zweimeer würde, wie wenn dies nur noch Meeresstrudel und Meereskrater war, seine Ader, wie wenn das Meer, erstaunlich das zu sagen, durch den Tod dieses orcinusen Wesens wieder zu leben beginnen würde, was heißt: durch den Tod der Tödin, des Großen Todes.

Tod, Tod und seine Vernichtung, denn der Augenblick kam, in dem ebendiese Orcasse wieder zu Meer wurde, das Salz ihrer Knochen, das Knochengerüst der beiden Meere, das ihre Karkasse im Wasser bildete, zerlegte sich und löste sich auf, angefangen bei der Fluke. Doch vor ‘Ndrjas Augen des Verstands, die, wenn sie nicht sahen, nicht sehen konnten, was tatsächlich geschah, sich jedoch erinnerten, sich an das erinnerten, was tatsächlich geschehen war oder so war, wie es tatsächlich geschehen war. Noch einmal schien sich die Orcasse neu herauszubilden, noch einmal ihre riesenhafte, trauerbefrachtete Ganzheit und Lebensfülle anzunehmen, noch einmal in ihrer furchterregenden, geheimnisvollen, allesvernichtenden Kraft aufzutauchen. Im Auftauchen wirkte es allerdings so, wie wenn ihre Haut durchsichtig wäre und man unter der Bauchung die unermessliche Helle des Knochengerüsts sähe. Dann löste es sich in einem Nu auf, es verflüssigte sich alles in furchterregenden schwarzen Schäumen, es löschte sich aus wie ein Blitz, es wurde zu Meer, wieder zu Meer, zu einem Tropfen Wasser im Meer.

Die beiden zu Karkassen verwandelten Meere fluteten immer mehr, sie erblühten erneut von Welle zu Welle, sie barsten aus der toten und der lebendigen, der absteigenden und der aufsteigenden Strömung, aus Bastarden und Bastardellen, aus Auswürfen und Strudeln hervor, über die unendliche Weite der Wellentäler erholten sich die beiden Meere wieder vor den Augen, und die Augen labten sich an diesem altgewohnten Anblick.

An dieser Stelle hatte ‘Ndrja die Vision der Pellisquadre, die wie vor Müdigkeit, vor alter Müdigkeit, dicht vor dem Schaum am Ufer auf die Knie gesunken waren und ihre Hände auf den Sand gestützt hatten, und es war, wie wenn weit draußen ein Schiff vorbeiführe und die Wellen übereinanderschlügen, die bis zu ihnen heranschäumten. Das Meer machte es wie ein Hündchen, zuerst sabberte und schlierte es über ihre Hände, und dann leckte es sein eigenes Salz auf. Bei jeder Welle aber wurde der Salzschleier auf der Hand der Pellisquadre immer dichter, immer weißer und immer sichtbarer von weitem. Und dann wollten sie aufstehen und sich zurückziehen, damit die Schaumnetze des Meers sie nicht erreichen sollten. Dafür mussten sie den Augenblick nutzen, in dem die alte Welle abfloss und die neue Welle sich über sie stürzte. Jedes Mal aber, wenn sie es versuchten, war es, wie wenn sie sich mit ihren Beinen verheddern und im Sand versinken würden, weshalb der Augenblick verging und die neue Welle ihre Hände überspülte, sie mit Schaum überzog und an ihren Beinen zwischen den Füßen blubberte, so dass sie immer mehr einsanken, immer mehr ins Meer sanken, und immer mehr nahm das Meer sie sich, ja nahm es sie zurück.

Was war das nun aber für eine Eingebung? Welchen Sinn hatte sie? Wie musste er diese Visionen des Verstands, diese Vorstellungen bei offenen Augen verstehen? In dem Sinn etwa, dass sie, gleichgültig, ob der Orcadaver angelandet war oder nicht, Pellisquadre waren und Pellisquadre blieben? In dem Sinn, dass sie, je mehr sie versucht waren, den Orcadaver anlanden zu lassen, das heißt versucht waren, sich mit der Fischbestie abzugeben, und damit versucht waren, dem Meer den Rücken zu kehren, wie der Bewusste mit dem pomadisierten Oberlippenbärtchen, und je schwerer es ihnen wurde, das Meer aufzugeben, umso mehr stieg es in ihnen, in ihrem Inneren mit all seiner Schönheit auf, nur damit, als wäre es nur das, es stieg ihnen, mit anderen Worten, mit seinen Lockungen auf, es tat sogar so, als wäre es treu, als wäre es seiner Natur nach nicht meuchlerisch und wäre nicht der Ferenbauch, der es in Wirklichkeit war, es tat so, als wäre es gar ein Hund, ja, ein Hündchen, treu und anhänglich, das ihnen, auch wenn sie es mit Tritten traktierten, süß und sanft noch die Hand und das Salz des Meers abschlecken, dessen Galligkeit wie Honigseim darüber versabbern würde, es strich sein Pech, seine Ausflockung, den dichten Schaum seiner treuen Anhänglichkeit über ihre Hand. Und die Substanz seiner Treue bestand in dem, was man gesehen hatte, bestand in der Tatsache, dass es, wie leer, wie verschwärt es war, wie sehr es kadaverte, wie sehr es auch zu einer Schlachtstatt der Kriege und zu orcinusen Grausamkeiten verkommen war, früher oder später so in Wut geraten würde wie ein französischer Gott, sich schütteln und rütteln, in Zorn ausbrechen und herumwüten würde mit Wogen, Sturzwellen und Schaumrössern, es würde jeden ekelhaften Dreck erbrechen, jeden Abfall, es würde reinigen und verwesen, indem es vernichtete, liquidierte und in seinen Tiefen den Orcaferon in Verwirrung brächte, als wäre er weniger noch als ein Auswurf, dann kehrte das Hündchen zurück mit seinem unendlichen, gleichmäßigen, erschöpften Atem, und mit ihm kehrten auch sie zurück, die Pellisquadre, sie, dem Versuch der Veränderung durch dieses und jenes ausgesetzt, doch am Ende wären sie da, immer noch auf Knien, mit vor ihm herabhängenden Armen, Treue für Treue.

Was sollte er da nun denken? Sollte er ernsthaft denken, dass die Visionen des Verstands, die er bei offenen Augen gehabt hatte, nur dem Anschein nach und nur zum Teil von der gleichen Art Traum waren, die der Pellesquadra mit dem Oberlippenbart in Lenkstangenform geträumt hatte, in ihrem Kern aber einen völlig anderen Sinn hatten, ja einen gegensätzlichen, nicht in Richtung Land, sondern in Richtung Meer? Sollte er, anders ausgedrückt, nicht denken, dass Orcaferon und Anlandung des Orcaferons für das Meer in Wirklichkeit weniger als ein Ausspucken ins Meer bedeuteten, und denken, dass sich hinter dieser Raserei, dass sich unter dieser Gereiztheit ihre Leidenschaft für das Meer verbarg, für das sie verrückt wurden, weil sie es im Blut hatten.

Doch wollte er mit dem, mit dem, was ihm vor den Augen des Verstands erschienen war, etwa zu dem Schluss kommen, dass er inzwischen, wenn auch nicht ganz, so doch halb zu der Überzeugung gelangt war, ihnen den Orcadaver anlanden zu lassen?, zu dem Schluss kommen, dass er sich fatalerweise davon hatte inspirieren lassen?, kurz gesagt, zu dem Schluss kommen, dass er diese Visionen, zu denen sein Verstand ihn angeregt hatte, nur in einer Richtung verstehen durfte, nämlich der, dass diese Anregung eigentlich die Anregung dafür war, den Orcadaver für die Pellisquadre anlanden zu lassen?

Anregung nach seinem Kopf, sagte er. Und sogar die Stimme, die er hörte, die er andauernd hörte, während er sich diese Fragen nach den Gründen stellte, wie es zu diesen Visionen kam, auch diese Stimme schien ihm eine Anregung nach seinem Kopf zu sein, wiewohl er wusste, dass sie, auch wenn nicht erkennbar, weiter die Stimme von Don Luigi war, die Stimme, die er weiter auf den Lippen des Steifstöckigen erohräugte, eine Stimme nach seiner Anregung, die aber in der großen, beeindruckenden Stille, die, wie er meinte, um ihn, in ihm entstanden war und ihm die Ohren ausfüllte und ihn erneut taub werden ließ, wie um ihn von allem zu isolieren, was ihn umgab, ja, was sie umgab, sie, Don Luigi, ihn und den Steifstöckigen, die sich, isoliert, ohreräugt ihr Echo zurücksandten, so wirkte, wie wenn sie aus einem schäumenden, ertrunkenen Mund aus Meer, Algen und Sand atmen würde, und deshalb 'Ndrja möglicherweise wie seine eigene Anregung vorkommen konnte. Doch was das anging, konnte sie jedem wie seine Anregung vorkommen.

»Boot und Barke …«, stotterte er, wie wenn er überhaupt nicht mehr innehalten dürfe. »Boot und Barke …«, wiederholte er, ohne Atem zu holen, mit dem Kopf nach unten zwischen den Armen verkeilt, und es war, wie wenn ihm jeden Augenblick die Puste ausgehen würde. »Barke … Barke …«, wiederholte er wellenartig, weil sich von seinen Lippen noch nicht der Silbenschweif der vorigen gelöst hatte, als ihm der Kopf der nächsten schon hervorschaute. Er wiederholte sie wie ein magisches Wort, wie wenn er einen Zauber ausführen wollte, wie wenn er die Barke oder irgendetwas sonst mittels der Barke, von der Barke herauf- oder anrufen würde.

Seine Stimme aber hatte nichts mehr von ihm, nichts mehr von dem Redner, der das Wort seines Gedankens in die Stimme ritzte, bis in die feinsten Schattierungen, wie eine Schallplatte. Jetzt vermittelte er den Eindruck, dass das Wort Barke ihm wie von alleine in dieser Weise aus dem Mund flösse, in dieser Weise, ohne dass er überhaupt darauf aufmerksam würde, wie Speichel aus dem Mund, wie das Wort eines Schlafenden oder eines Opiumberauschten.

Aus diesem Grund empfand er dieses Mal eine gewisse Zurückhaltung, ihn aus dem Augenwinkel zu belauern, denn dieses Mal wäre es ihm vorgekommen, als würde er in sein Innerstes blicken, in seine Innerlichkeit, wie bei einem, der sich im Schlaf bloßlegt und keinerlei Bewusstsein von seiner Nacktheit hat, bei einem, der im Schlaf verabscheute, was ihn im Wachzustand schmerzte und ihn wortlos zermürbte, sein tiefer Schmerz dagegen im Schlaf ohne seinen Willen aufbricht, vielleicht auch gegen seinen Willen.

'Ndrja verstand das. Ihn musste es natürlich schmerzen, dort an der Barke, an dem Boot, das in die Ferne gerückt war, an der Barke, dem Anfang und Ende von allem, und dort musste er sich selbstverständlich gekränkt fühlen, von allem gekränkt fühlen, dort musste er selbstverständlich mit seinen tiefen Schmerzen hervorbrechen.

Irgendwann aber hielt diese meeresgleiche Stimme inne, diese Stimme wie Algenschaum und Sand im Mund, diese Stimme wie Ebbe und Flut, etwas durchzuckte sie, sog ein, prustete aus, zeigte einen menschlichen Groll, gab, kurz gesagt, ein Lebenszeichen von sich, auch wenn das ein Zeichen von Leben war, das für immer davonging, und tatsächlich wandelte es sich zu Verschleifung, Ungenauigkeit, Zerfaserung: »Bar … kebar … kebar … ebar … kebar … e …«

Es war, als würde die Stimme aus diesem verkrusteten, meerertränkten Mund es nicht mehr schaffen zu zerfasern und den Atem zurückzuhalten und ihn ständig in diesem Wort auszuprusten, weil dieses Stottern zum Ersticken führen und dem ähnlich sein musste, wenn man unter Wasser schwimmen und niemals zum Luftholen auftauchen würde. Aus diesem Grund begann sie möglicherweise zu stocken, schwach zu werden, sich zu zerschlierfasern, kurzum sich immer mehr zu zerfasern: Sie stockte, wurde schwach, zerschlierfaserte allerdings immer an einem Punkt der Barke, dem Punkt, wo sie sich zerfraß und nachgab und sich lockerte, wie wenn sie ein Splitter eben dieser Barke wäre, immer der gleiche Buchstabe, das *K*, das sich in einer Dehnung verlor: »Bar … keba … reba … re …« Am Punkt nämlich, an dem sie aus der Barke die Bare herausschälte.

'Ndrja war der Buchstabe von der Sache, die Don Luigi herstellte und verstellte, noch nicht bewusst geworden, und er erahnte beinahe katastrophisch den Geist einer unerwarteten Empfindung, gleich einer Woge von großer Wärme zuerst, danach von unerträglicher Kälte wie der Tod, der in sein Herz drang, und damit, damit erlebte er noch einmal diese Empfindung, die, einmal gekommen, ihn nicht mehr verlassen hatte, was war, wie wenn alles, was geschah, für ihn bereits geschehen wäre, doch erlebte er sie jetzt, wie wenn das, was geschah, endgültig und unwiderruflich geschehen wäre.

»Baahre. Baare. Bare.«

Er beohräugte den Steifstöckigen, allerdings schon mit dem Wissen, dass aus dem Beplanken und dem Entplanken dieser Verschlierung der Barke die Bare zum Vorschein gekommen war. Der Steifstöckige öffnete und schloss den Mund langsam, unter Anstrengung, und es war, als würde er die beiden Silben so wiederholen, dass er die Buchstaben zu einer langen Dehnung verdoppelte und verdreifachte, so viel Kraft es ihn auch kostete, den Mund zu öffnen und zu schließen, gleich einem aus dem Wasser geworfenen Fisch kurz vor dem Ersticken.

»Bare. Bare«, sagte Don Luigi, und das war, wie wenn er auch vorher, als er »Barkebarkebarke«, stotterte, eigentlich nichts anderes getan hätte, als die Bare aus der Barke hervorzustottern, zu beschwören, zu schälen, anzurufen.

Er befremdete ihn, er widerte ihn an, er verursachte ein derartiges Gefühl der Wehmut, dass er geradezu eine Magenverstimmung empfand, das verursachte er in ihm, und was er in ihm verursachte, sagte etwas darüber, welchen Eindruck, welches widerliche, stechende Erstaunen für ihn die Entdeckung eines bis zu diesem wehmütigen, ja, er konnte sagen, unwürdigen Grad herabgesunkenen Don Luigis war, denn er musste in eine derartige Melancholie gestürzt sein, dass dies, ein Grad mehr, ein Grad weniger, nichts anderes sein konnte als eine Wehmut höchsten Grades, eine, die den Menschen packt, wenn er bereits Umgang mit dem Tod hat.

Sein Verstand schien fest auf diesen Totentanz gerichtet zu sein, auf dieses Leichenbegängnis, auf diesen ganzen zu diesem Elend verkümmerten Reichtum. Dazu ein Luigi Orioles, der für eine solche Schande, eine solche Beschwörung, ja, Anrufung Barke Barebarkebare nicht einmal mehr die Würde, die Schamröte empfand, sie zu verbergen, sondern sich vielmehr wie ein Landwurm gehen ließ und sich besabberte und bepinkelte. Ein Don Luigi, der sich wie von einem Lebendigen zu einem Toten verwandelte, bis er diesen Mund bekam, als hätte er Schaum verschluckt, Algenbänder und Sandkörner, und diese ertränkte, wie eine vom Tod verkrustete Stimme. Ein Luigi Orioles, der sich gab, wie wenn der vorige Lapidarsatz über die Barke, das Boot, das in die Ferne gerückt war, seine Hand und seinen Verstand gepackt hätte. Da musste man denken, dass selbst der Verstand eines Luigi Orioles mit all seinem Ideenreichtum, nur ein feines Haar war, wenn man es den Folgen nach beurteilte, ein Luigi Orioles, der sich noch offenen Augs das Leichentuch über das Gesicht zog, sich das Grab grub, sich die Bare aus der Barke schälte, ein Luigi Orioles, der sich erst recht verteidigte, auch wenn er sich verloren sah, erst recht die Durlindana zerbrach, nachdem er ein Gemetzel angerichtet hatte, ein Luigi Orioles, der die Durlindana noch mit dem frischen Blut auf der Stelle zerbrach, ein Luigi Orioles, der auf der Stelle Hoffnung schöpfte und das Horn im letzten Augenblick nicht blies, mit dem letzten Atem, er verstopfte es nicht mit dem Blut, das aus seinem Mund quoll, das Horn, er blies es auf der Stelle, wirklich auf der Stelle. »Baare. Baare«, blies er wie ertrunken, wie roncevaliert, und doch war er gar nicht ertrunken und gar nicht roncevaliert. Ein Luigi Orioles, der sein ganzes Leben lang immer nur wieder sagte: Den Kapitän erkennt man im Sturm. Und das hier, jetzt, war das nach einem Kapitän, das hier, jetzt? War das nach dem Kapitän, der sich im Sturm zu erkennen gibt? Nach dem Kapitän, bei dem man im Sturm erkennt, dass er Kapitän ist?

Und so war es denn auch. Dem Ohrenaug nach, so wie er sich es vorstellte, sich es entstellte, da, in dem alten Steifstöckigen, sich es nämlich in einem anderen vorstellte und entstellte, diese Zerfaserung, dieses Ausgraben, dieses Ausschälen der Barke zur Bare, dieses Leichenbegängnis, dieser Totentanz, befremdete ihn überhaupt nicht und war ihm nicht anstößig. Denn wenn einem Pellesquadra, diesem Steifstöckigen da etwa oder einem anderen, einer alten Mumie oder einer noch nicht ganz alten Mumie, irgendwann der Gedanke an den Tod kam, was sollte daran für ihn befremdlich sein oder anstößig, wenn der Gedanke an den Tod sich in seinem Kopf auf der Stelle zum Gedanken an die Barkenbare verwandelte, das heißt zum Barkenholz, mit dem er sich die Bare herstellen konnte? War es denn ein neuer Gedanke, der ihm jetzt zum ersten Mal einkam, diesem bewussten Pellesquadra, nämlich der, sich zum Tod einzuschiffen, oder war es nicht eher ein Gedanke von alters her, der ihnen allen immer einkam, ein Brauch, den man aus Liebe oder aus Notwendigkeit pflegte, seit der Zeit der Zeiten, nämlich den Toten an Bord der Totenbarke zu bringen, manchmal sogar derselben Barke, Ontro, Feluke oder Palamitara, an deren Bord der Tote unzählige Male als Lebender aufs Meer hinausgefahren war?

Dies kam vor, konnte vorkommen, das brauchte gar nicht eigens gesagt zu werden, wenn es eine tote Barke gab, eine Barke, die auf dem Strand lag, abgetakelt, seit langem oder auch erst seit kurzem, wegen Fraß und Verkrustung durch das Meer völlig zerstört, so zerstört, dass sie Wasser in ihrem Inneren hatte und die Peitschenhiebe des Meers nicht mehr ertrug, und auch nur dann, wenn ihre Beplankung mit Pinie aus der Sila oder mit slowenischer Kiefer, sofern es sich um eine Hochseebarke handelte, wie die Palamitara, oder auch mit ihrer elenden Fichte, sofern es sich um eine Barke ihrer Küstengewässer handelte, wie eine einfache Lanzitte, durch die lange Lagerung im Wasser, im Wind und Salz, das sie schon von innen her zermahlte, und in der Sonne, die sie von außen trocknete und zu Pulver zerrieb, sich inzwischen noch nicht in einen Trümmerhaufen verwandelt hatte, und zwar in einen Trümmerhaufen von der Art, dass das Einzige, was man damit noch anstellen konnte, ihre Verbrennung war, weil sie, dermaßen verfault und vermorscht, das Gewicht eines toten Körpers nicht mehr hätte tragen können.

Damals kam es immer wieder vor, dass man sie, mal hier mal dort, auf den Stränden der beiden Meere sehen konnte, eine abgetakelte Barke, deren Schicksal es war, zu Staub zu zerfallen und sich mit dem Sand, dem Meer und der Luft zu vermischen, und wenn 'Ndrja jetzt und heute darüber nachdachte, hatte er während seiner Reise von abgetakelten Barken nicht einmal einen Schatten gesehen, die Barke außer Gebrauch, daliegend wie am Anfang, nicht um zu entstehen, sondern um zu vergehen, auf der Helling am Strand, auf dem Sand, im Anblick des Meeres wie die alten Mumien, um an Alter zu sterben, um endlich mit ihrer Zeit zu sterben wie in einem Bett, allmählich immer mehr zerstört von Salz und Sonne, von Wasser und Wind. Ihm kam es vor wie ein Zeichen dafür, dass jenes eine Epoche des Friedens wäre und dies hier umgekehrt eine Epoche des Kriegs, eine Epoche, in der die Barke genau wie der Christenmensch nicht dazu ausersehen war, an Alter zu sterben.

Man konnte sich ausrechnen, von wann die Barke war, ob lange zurück oder erst kürzlich, ob sie nicht mehr hinausfuhr, ob sie da auf dem Strand, auf dem Sand, auf der Helling lag, je nachdem, ob sie noch unversehrt war, ob ihr Anstrich mit Farbe und Mennige noch nicht gesprungen war, die Ränder noch hochgezogen und unzerstört waren, der Bauch noch eine zusammengefügte Form darstellte, mit bündigen Spanten, oder ob er nicht schon ermüdet und aufgerissen war, mit zerfaserten oder herausgesprungenen Rändern, mit zersplissenem Bauch, mit herausgerissenem und längst eingesandetem Boden, und dann auch, ob nicht schon Eisenkraut, Porzellankraut oder Zuckerrohr in ihr wuchsen und um sie herum, wie auf einem Grab, und manchmal schon so hoch, dass es dem Blick des Vorbeifahrenden auf dem Meer den sich auflösenden Umriss der Barke verborgen hielt. Die Beplankung, so konnte man sagen, war damals Beplankung, und um es geradeheraus zu sagen: Sie ist ein Trümmerhaufen, doch ob heile oder zertrümmerte Beplankung, dies war das einzige Holz, das man an Stränden und Marinen fand, sofern man es fand, denn fand man es nicht, musste man zum Faro gehen, zum Sargmacher dort, und für die Bare einen Kredit aufnehmen, der, auch wenn er nicht ganz so viel wie die Belastung für eine Palamitara ausmachte, dann doch immerhin so viel wie die Belastung für eine Lanzitte. Das einzige Holz, das oftmals, auch wenn es verfault und morsch war, ein wertvolles Holz war, Pinie aus der Sila oder slowenische Kiefer, um nur ein Beispiel zu nennen, doch sein größter Wert bestand darin, dass es keinen Soldo kostete, und außerdem war es schon wunderbar zugesägt, fast schon wunderbar angeordnet in Form eines Sargs, weshalb es an den mit Beil und Hobel wieder verjungfräulichten Pinienmaserungen aussah, wenn es sich um eine große Barke gehandelt hatte, etwa um eine Palamitara, als wäre es aus dem Bauch dieser Barke genommen worden, leicht ausgebuchtet durch die Bögen der Spanten, wie eine Lanzitte mit abgebrochenem Bug.

Wie hätte das etwas Neues für ihn sein können, und sofern es für ihn jemals befremdlich und widerlich war, für ihn, der da durchgegangen war, für ihn, der sich nicht mehr erinnerte, wie viele Jahre er immer wieder an seine Mutter gedacht hatte, ausgestreckt auf der Totenbare, die Donna Cristina und die anderen Frauen ihr zwischen den Spanten aus Pinie der Sila auf der *Polare* hergerichtet hatten, der Palamitara, die sie seit Monaten abgetakelt hatten und die sich gleich um die Ecke des Hauses der Castorinas auf jenem Streifen des Ufers befand, der ganz mit Eisenkraut, Porzellankraut und Zuckerrohr bewachsen war. Er dachte aber an seine Mutter, ohne jemals in der Lage zu sein, sie sich als

Tote vorzustellen, ein bisschen wohl deshalb, weil er von Caitanello beeinflusst war, der nicht einmal mit ihm darüber gesprochen hatte, dass die Acitana, während ein Sturm ihn und seinen Sohn und alle anderen, die auf dem Weg zum Golfo dell'Aria waren, zu den Inseln geschleudert hatte, dass die Acitana gleich nach der Niederkunft gestorben und noch vor seiner Rückkehr beerdigt worden war. Und ein bisschen wohl auch durch das Werk dieser Barenbarke, so dass er sie sich in einem ersten Augenblick als Hochschwangere vorstellte, alleine, die an Bord der *Polare* dahintrieb, ohne Ruder, getragen von der aufsteigenden Strömung zum Meer von Gioia Tauro, wie wenn sie zum Golfo dell'Aria wollte, um herauszufinden, was mit ihrem Mann und ihrem Sohn geschehen war. Erst in einem zweiten Augenblick dagegen war es, wie wenn in ihm ganz allmählich die Überzeugung, das Gefühl über die Tatsache heraufdämmerte, dass seine Mutter gestorben war, doch dieses Gefühl kam in ihm eigentümlicherweise über eine Art Täuschung auf, eine Vision, die er jedes Mal hatte, wenn er seine Augen zu der Stelle auf dem Strand wandte, wo er über Monate hin die versandete, von Eisenkraut, von Porzellankraut und Zuckerrohr erstürmte *Polare* unter der Sonne gesehen hatte, dann aber nicht mehr gesehen hatte und den Grund dafür kannte. Jedes Mal spürte er mehr, dass diese Täuschung, diese Vision bei voller Sonne der Tod seiner Mutter war.

An diesem Punkt, in diesem Augenblick seiner Vorstellung, gewann seine Mutter Land an einer unbekannten, menschenleeren Marina, ganz mit gleichmäßig verteiltem Sand bedeckt und eigentümlich, von einer Eigentümlichkeit, die nicht von dieser Welt zu sein schien: Die *Polare* war dort versandet wie hier zwischen Eisenkraut, Porzellankraut und Zuckerrohr, und wie wenn seine Mutter in alle Ewigkeit auf Caitanello und auf ihren Sohn warten würde, als säße sie am Bug und würde gedankenverloren den Bewegungen einer Eidechse folgen, die durch diesen Trümmerhaufen von Palamitara huschte, durch die Gräser und den Sand, und in dem Augenblick, da die Eidechse verharrte und ihren Kopf hob, als wollte sie sich orientieren, und man sehen konnte, wie ihr Blut am Hals pulsierte, fixierte die Acitana sie an dieser Stelle, wie wenn sie sich krampfhaft an etwas zu erinnern versuchte.

Wie hätte sie ihn also je befremden, ja, anwidern oder auch verwundern können, diese Barkenbare, die hier immer vertraut war, immer vertraut, und das mehr aus zwingenden Gründen als aus Liebe, hier, in Charybdis und in Orten wie Charybdis. Und sie schien ja außerdem gegenwärtig, nach dem, was man sah, und nach dem, was man hörte, die Vertraute aller geworden zu sein, nicht nur der Pellisquadre, ganz im Gegenteil, sie schien schon lange nicht mehr mit den Pellisquadre verbunden zu sein, sondern nur mit den Leuten vom Land, die mit Barke und Meer nie etwas zu tun gehabt hatten, Leute vom Land, mehr noch, Leute des Kriegs, Soldaten heißt das, Soldaten und dann auch noch deutsche.

Der Gebrauch war allem Anschein nach dermaßen degeneriert, dass die Barkenbaren keine Barken mehr waren, zerstört durch die unverminderten Ausfahrten, verkrustet von allem Meer, über das sie fuhren, Barken aus Holz, in die längst schon Wasser drang, das heißt Barken, mit denen man nicht mehr aufs Meer fuhr, Barken außer Dienst gestellt, abgetakelt, dem Wasser und der Sonne ausgesetzt und längst schon verfault und vermorscht, die nicht mehr schwammen, Barken aber gleichwohl noch tätig und mitunter vielleicht sogar flammend neu, noch nach Holz duftend und nach Farbe und Mennige, Barken, die keine Zeit hatten zu altern, rechtzeitig den doppelten, entsprechend natürlichen Gebrauch zu erledigen, für den sie bestimmt waren, zuerst den einen, dann den anderen, zuerst gerüstet, dann abgetakelt, zuerst als Barke, dann als Barkenbare, denn vorher, wesentlich vor der Zeit, erlebten sie die Grausamkeit eines ungerechten und unnatürlichen Missbrauchs. Und so, wie es sich nicht um abgetakelte und längst außer Dienst gestellte Barken handelte, um Barken, die ihre Zeit auf dem Meer längst hinter sich hatten und nicht mehr schwammen, so waren die Toten, die sie auf sie luden und wieder entluden, keine Christenmenschen, die eines natürlichen Todes gestorben waren, überkrustet vom Alter oder hingemäht von einer Krankheit, sondern noch junge, gesunde, lebensvolle Christenmenschen, die dem ihnen entsprechenden natürlichen Lebensbrauch nachgingen, aus heiterem Himmel den ungerechten, abartigen Missbrauch des Todes erlitten, dieses Hinschlachten in der Blüte ihrer Jahre erfuhren.

In Gedanken war er, was denn sonst?, bei Baffis Palamitara mit Steuerrad, bei dem Missbrauch, den die Deutschen damit angestellt hatten, einem Missbrauch, der eine weitere ihrer Erfindungen gewesen zu sein schien, von denen die Feminotinnen erzählten, denn, das hatte man wohl vorher niemals sagen hören, hatten sie etwa nicht die originelle Art und Weise erfunden, aus dieser Palamitara eine einzige große schwimmende Bare zu machen? Und war es nicht auch eine Erfindung, ein Einfall nach ihrer Art, die Palamitara bis zum Rand mit den aufgehäuften Körpern dieser verrückten kleinen italienischen Soldaten ins Wasser abzusenken, die ihnen von der Kasematte aus Widerstand entgegengesetzt hatten, sie sie aber mit Flammenwerfern lebendig verbrannt hatten? Nachher dann schwammen sie um die Palamitara herum und hatten ihren Heidenspaß, sie trieben sie weit hinaus, damit die Strömung sie erfasste und sie, die mit Toten befrachtete Palamitara, auf dem Meer zerstreute.

In Gedanken war er bei Baffis Palamitara mit Steuerrad, was ihm wie das Höchste an vortrefflicher Barkenbare erschien, doch dachte er auch an eine andere Barke, mit der er als Lebender zu tun hatte, allerdings als Lebender unter dem Eindruck, tot zu sein, und als Lebender seine Überfahrt zum Tod durch die Hand einer Frau zu erleben, dahin, wo die Toten leben. Er dachte an diese schwarze Barke, langgestreckt, profiliert, eigentümlich, eine besondere Barke, um nichts anderes zu sagen, anders als jede andere ihm bekannte Art von Barke, eine Art Catter, aber eben doch kein Catter, kurz gesagt, eine exzentrische Barke, so wie die exzentrisch war, die sie führte, eine gewisse Ciccina Circé, die er zwar nie erwähnte, die ihn aber gezeichnet hatte, für's Leben wie für den Tod, eine Barke, die in der Tat keine Toten mit sich führte, auch wenn er während dieser dunkeldunklen Überfahrt mehrere Male unter dem sonderbaren Eindruck stand, tot zu sein und seine Überfahrt nach irgendwo als Toter zu erleben, eine Barke, die zwar keine Toten mit sich führte, doch mitten unter diesen dahinfuhr, in einem Meer von Toten dahinfuhr, angeführt und umgeben von einem Meer schlafwandelnder Feren, unter dem Dingding des Glöckchens, das die Tausendundeinnächtige in ihre ellenlangen, von Olivenöl glänzenden, nach Olivenöl duftenden Zöpfe verflochten hatte, und es waren die Feren, die sich um das Abdriften der toten Leiber junger Seeleute kümmerten, sie kümmerten sich darum, sie nicht gegen die verkrusteten Planken der Barke schlagen zu lassen, sie nicht hören zu lassen, wie sie »Bar…ebar… ebar…e…« mit ihrer ertrunkenen Stimme gegen das Holz machten, mit ihren schaumgefüllten, algengefüllten, sandgefüllten Mündern, damit ihr Ohr nicht dieses Ritornell hörte: Begräbnis, Begräbnis, das sie nicht hören wollte, weil sie kein Erbarmen fühlen wollte, 'nnen Arsch, 'nnen Arsch mit dem Erbarmen. Er dachte an diese Barke, die keine Toten trug, die Ciccina Circé aber mitten zu den Toten trug, eskortiert von Feren, in diesem Geist, und das war besser, schlimmer, als wenn sie sie trüge, denn Baffettuzzi, wenn auch im Geiste, den da, diesen Toten, der für sie alle Toten darstellte und keinen, den da, hatte er Lust zu tun und zu sagen, den trug sie an Bord, ihn trug sie mit sich, man spürte es, sie ließ es spüren, dass sie ihn mit sich trug, an Bord, an sich, sie ließ es auch den Lebendigen spüren, den sie an Bord hatte, auch an der Art, wie der

Lebendige sich mitunter an Bord dieser Barke tot fühlte, wo alles von Tod sprach, mit dem Toten, den sie rief, und dem Lebendigen, der ihr antwortete.

»Bar … kebar … ebar … kebar … ebar … kebar … e …«

Er hörte sie heraufbeschworen, angerufen als Bare durch Don Luigis Stimme, er erohräugte sie hoffnungsvoll auf den Lippen des Steifstöckigen und dachte an das bisschen Barke, das er kannte, halb vom Hörensagen, halb vom Mitdenaugengesehen, als er von Neapel hier herunter kam, und dachte, dass die Barke zuletzt unter dem Missbrauch entweder ihr Ende gefunden hatte oder verhängnisvoll auf ihr Ende zusteuerte, als Barke ihr Ende fand, darauf zusteuerte, fand, zusteuerte, tote Menschen an Bord nahm oder Menschen, die an Bord gingen oder versuchten, an Bord zu gehen, um nicht zu sterben und dann doch starben, auf ihr starben, ob sie wollten oder nicht. Und er dachte an das Leben, das die *Polare*, die *Marta* und die *Santa Marta* gelebt hatten, an ihre Palamitara, an ihren Ontro und an ihre Feluke und an die Palamitaren, die Ontren und Feluken diesseits und jenseits der beiden Meere, von Faro, Granatari, Ganzirri, Principe, Paradiso und von Spartà, Casablanca, Tono, Spadafòra, Villafranca, er dachte an den Missbrauch in großem, soldatischem Stil, an die eigentliche Misdea, die eigentliche Zerstörung, die eigentliche Schlachtstätte, die sie bei der Überfahrt geschaffen hatten, zuerst die Deutschen, dann die Italiener, als den Deutschen, nach dem, was Caitanello gesagt hatte, die Barke nicht mehr ausreichte für den Transport sämtlicher Reifen und sämtlichen Schrotts, den sie mit sich schleppten, und somit reichte den Italienern nachher noch viel weniger eine Barke aus für den Überrest, der ihnen verblieben war, und so gelangte man an den Punkt, dass Palamitaren, Ontren, Feluken und Lanzitten untergingen, sobald sie hinausfuhren, überfrachtet, wie sie waren, von der großen Zahl von Menschen, die sich auf ihnen drängten oder sich mit Zähnen und Fingernägeln an den Rändern festbissen oder festkrallten, einen Teil töteten sie, und während ein Teil vom Maschinengewehrfeuer und vom Splitterbombenbeschuss der Engländer aus niedriger Flughöhe getötet wurde, ertranken die meisten mit der Barke, und ihre Zungen hatten sich derart verheddert zwischen Barke und Bare, Barke und Bare, Bare und Barke, dass es außer den Ertrunkenen oder Getöteten zusätzlich andere gab, die, weil sie auf der Barke ihren Fuß nirgends hinstellen oder ihre Hand nicht ausstrecken konnten, nicht einmal eine Fußspitze, nicht einmal eine Fingerspitze, die Pistole zogen, und das bedeutete, dass es sich um große Kaliber handelte, um große Scheißkaliber, um die Höchsten, nicht um die Kleinsten, die Trottel oder auch nur Dämlichen, und als sie die Pistole gezogen hatten, erschossen sie sich, gleich da, wo sie standen, gleich an der Brüstung der Barke. So sehr hatten sich die Zungen zwischen Barke und Bare, Bare und Barke verheddert.

Fragte er aus diesem Grund, welches Befremden und welche Anwiderung die Barkenbare bei ihm noch auslösen könnte, und meinte er das im Vergleich zu anderen, zu jedem anderen, angesichts all dessen, was Luigi Orioles ihm antat? Denn die durch Tod tote Barke entsprach nicht ihrem Wesen, war nicht nach ihrem Wesen, es ging nicht darum, sie mit der Stimme, mit dem Mund zu beschwören, sie anzurufen wie einen Toten, sondern darum, nicht einmal an sie zu denken, nicht einmal, ja, nicht einmal für einen Augenblick den Verstand mit der Barke zu beschäftigen, die sie nicht mehr aufs Wasser setzten und abgetakelt hatten, damit Wasser und Sonne ihr Ende durch Zerfall auf dem Strand besorgten, niemals aber daran denken sollten, dass sie, wenn auch zufällig, Gebrauch von ihr machten, von ihrem Holz, nicht einmal an den Bestattungsgebrauch denken, den sie davon machten. Denn während für ihn die zur täglichen Ausfahrt gerüstete Barke ein offenes Kapitel, ein lebendiger Buchstabe für seinen Verstand war, war das der abgetakelten Barke hingegen ein geschlossenes Kapitel, ein toter Buchstabe, etwas, das längst außerhalb ihres Lebens lag, und erst recht die Barkenbare, die schlicht jenseitig war. Doch damit wollte er nicht sagen, dass er sich aufregte, wenn er sah, dass man dieses Holz dazu verwandte, um die Totenbarke zusammenzuzimmern, sondern dass für ihn die Sache dort begann und dort ihr Ende fand. Dieser Gebrauch, dieser Brauch, was für viele, für die meisten das Gleiche war, war ein Glaube, der Glaube, dass man sich wer weiß über welchem Meer der Wunder auf der Barkenbare zur Unterwelt einschiffte, und den nahm er weiterhin nicht zur Kenntnis, über den sprach er weiterhin nicht. Wenn er ihn aber nicht zur Kenntnis nahm und nicht darüber sprach, geschah das nicht, um es bewusst nicht zur Kenntnis zu nehmen und nicht darüber zu sprechen, sondern es geschah, weil er einfach nicht daran dachte, auch nicht ein einziges Mal, es geschah, weil sein Verstand sich niemals auf diese Dinge richtete. Sie waren Wirrsinnigkeiten für ihn, für einen wie ihn, der mit dem Verstand arbeitete und niemals mit der Phantasie, Wirrsinnigkeiten, das waren sie für ihn, sowohl dieser als auch jener andere Brauch mit dem Rogen des Flughahns oder mit der Taubenbohne, die über die Lippen gestrichen oder zwischen die Lippen der Toten geschoben wird, damit die Seele mit der Meerschwalbe oder mit dem Falter aus dem Körper fliegen kann, und wenn er einerseits diesen Brauch durchgehen ließ, weil er niemals schlimme Folgen nach sich ziehen konnte, mischte er sich bei dem anderen, dem der Barkenbare, lautstark ein, außer, wenn der Brauch wirklich zum Gebrauch diente, zum Gebrauch des Holzes, denn in diesem Fall konnte daraus niemals Schaden entstehen, sondern nur Vorteil, Gewinn und Sparsamkeit, dagegen ließ er sich hören, wenn der Brauch sozusagen ausschließlich als Brauch genommen wurde, als Brauch um des Brauchs willen, nicht als Gebrauch um des Holzes willen, sondern als Gebrauch um des Worts willen, als übersteigerter Gebrauch der Phantasie von Frauen, das heißt, wenn daraus nur Schlimmes entstehen konnte. Denn um sich durch ständiges Reden, durch ständiges Darüberreden Trost zu spenden, glauben die Frauen am Ende, dass es dieses Meer wirklich gibt, dieses ruhige Meer ohne Stürme, dieses reiche Meer, das vor Fisch nur so wimmelt, das reicher ist als der Golfo dell'Aria, und in ihrem Inneren am Ende dahin gelangen zu glauben, so sehr zu glauben, dass sie hoffen, dass sie sich wünschen, gar eines schönen Tages alle gemeinsam die Augen zu schließen, Vater, Mutter und Kinder, und alle gemeinsam an Bord einer großen Palamitara zu gehen, um dahin zu gelangen, als würden sie durch den Tod wirklich zu einem besseren Leben auswandern.

Doch das zu hoffen, sich das zu wünschen, zu hoffen, sich zu wünschen, sich zu diesem Meer dort drüben einzuschiffen, ist das etwa gut? Es wäre schlimm, einzig und alleine schlimm, es wäre schlimm und zudem auch übel, denn an das Meer dort drüben zu glauben, darauf zu hoffen, würde uns auf verhängnisvolle Weise das Meer hier noch viel übler aussehen, doch nicht nur aussehen, sondern auch empfinden lassen.

Aus diesem Grund ließ Don Luigi immer gewähren und reden, doch manchmal auch nicht, manchmal brachte er die eine oder andere Frau völlig durcheinander, wie neulich bei der Cicirella diese entschleierte Nonne, schon entschleiert, noch bevor sie den Schleier genommen hatte, nämlich Donna Cristina, die Meere, Himmel und Länder dort drüben mit ihren Augen bereits gesehen und persönlich besucht zu haben schien, so wie sie mit ihrer Phantasie darauf herumarbeitete, wie neulich bei der Cicirella, der Cicirella, die der Orcaferon wie ein Seebeben aus der Tiefe heraufgespült hatte und Donna Cristina beharrlich sagte, als würde sie sie mit bloßem Auge erkennen, dass sich in dem Tiergiganten die Seele von Ferdinando Currò eingenistet habe und deshalb nun dieses Mordsspektakel von Manna aus tiefsten Tiefen in ihre Münder fallen ließ, und nur, weil ihn diese gütige Seele beseelte, und sie beharrte so sehr, dass sie sogar sagte, dass, wenn sie den Orcaferon genau betrachten würden, sehr wohl erkennen könnten, dass er eine gewisse Ähnlichkeit mit den Gesichtszügen Ferdinando Curròs habe. Bei dieser Gelegenheit arbeitete Donna Cristina wirklich ein bisschen zu heftig mit ihrer Phantasie, und bei den anderen Frauen, die ihr zustimmten und gerührt zum Orcaferon hinüberschauten, musste Don Luigi denken, dass sie sich ernsthaft der Gefahr aussetzten, ihn, den orcinusen Tiergiganten, auf den Altar erhoben und angebetet zu sehen, sofern sie sich nicht eilten, Donna Cristina den Mund mit der Hand zu verschließen. Bei dieser Gelegenheit musste Don Luigi sich notwendigerweise vernehmen lassen, bei ihnen, Donna Cristina und den anderen, deutlich vernehmen lassen, dass man die Dinge nicht durcheinanderbringen dürfe, weder Königreiche noch Sprachen, dass Anima und Animalone, Seele und Tiergigant, nicht, wie es scheinen konnte, dasselbe waren und dass die Cicirella Cicirella war und das Manna Manna, der Orcaferon war der Orcaferon und Ferdinando Currò Ferdinando Currò.

Nein, es lag nicht in der natürlichen Ordnung der Dinge, in einer Ordnung, die ein Luigi Orioles sich vorstellen konnte, das war nichts für die natürliche Ordnung von Ideen. Doch einstweilen war er da, das hörte er mit dem Ohr oder mit dem Ohrenaug, wie immer er es mochte: »Bahr … ebahr … ebahr … e«. Er hörte es, er hörte, wie er sie beschwor, sie anrief, und jedes Mal zeigte sich bei ihm das Empfinden von vorher, das Empfinden von Verwunderung, von Verblüffung, kalt und schneidend, das ihm Magenverstimmung verursachte, und was bei ihm Befremden hervorrief, was ihn verwirrte und vor Erstaunen in ihm rebellierte, war das schreckliche Gefühl von heraufziehender Wehmut, das er empfand, als er ihn hörte, eine heraufziehende Wehmut wie einzig der Tod.

Er hörte es und war darüber verstimmt, und wieder empfand er in seinem Inneren ein solches Gefühl von Trauer, so sehr im Sinn dieser heraufziehenden Wehmut, dass es war, wie wenn sein Gemüt sich an diesem Punkt, an diesem Tag, in dieser Stunde, in diesem Augenblick nicht nur von einem Teil des Lebens trennen würde, sondern von seinem gesamten Leben, denn es war, wie wenn sein gesamtes Leben sich von allem entzauberte, und alles in einem Mal und in ebendemselben Augenblick, wegen genau dieses Umstands, dass es sich entzauberte, er verlor es, wie die Prinzessin in dem Märchen, in deren Herz die große Nadel steckt und die mit geschlossenen Augen daliegt, als wäre sie tot, und als man ihr die Nadel aus dem Herzen zieht, die Augen aufschlägt, um sich blickt, wie wenn sie sich in Acht nehmen wollte, sich als Lebende, als Lebendige in Acht nehmen wollte, und genau da vom Tod ereilt wird.

Er hörte es und empfand es so, wie wenn seine Beschwörung, seine Anrufung Bare, Bare von der Barke, das Katastrophenwerk vollenden würde, das in ihm die Visionen und Sichtungen, die ihm noch vor Augen standen, in Gang gesetzt hatten, und zwar in dem Sinn, so wollte er sagen, dass er das eigentliche, das letzte und endgültige Weltenendchaos, den finis mundi, den finimondo, sah, er nahm es jetzt in dem Ende wahr, in dem traurigen Ende dessen, der einmal Luigi Orioles war, das heißt er sah das eigentliche, letzte, endgültige Weltenendchaos, er spürte es, wo er es in einem Wort sah und es spürte, nämlich in dem Wort Weltenendchaorioles.

Weltenendchaorioles: Auf diese Weise, aus diesem Grund spürte er es in diesem Sinn, im Sinn der heraufziehenden Wehmut, als deren Bruder man nur den Tod in einem Sinn bezeichnen konnte, wie seine eigene persönliche Verfinsterung in Trauer, kurz gesagt in einem Sinn, zu dem nur Don Luigi vordringen konnte, wenn er mit dem weitsichtigen Auge seines salomonischen Verstands dahin vordrang, sich in seinem innersten Verstand mit ihm verband und mit seinem Standpunkt genau übereinstimmte, mit ihm und wie er dieses Weltenendchaos der Verstandesvisionen sah, die ihn vor seinen Augen da an den Meeren zwischen Skylla und Charybdis so gewaltig überfluteten.

Allerdings spürte er es, wie wenn bei dem, bei dem allen Don Luigi seinen Weitblick nur einsetzte, um den ersten, allerbesten und damit den schlimmsten, den katastrophal schlimmsten der Kataklysmen in einem Nu zu sehen: Die beiden Meere zwischen Skylla und Charybdis umgekehrt gewaltig überflutet, trocken überflutet, einen durch Salz zur Karkasse versteinerten Abgrund, eine intensiv glänzende Wüste ohne das geringste Anzeichen von Leben, weder altem noch neuem, nur dieser Anblick, ein Anblick, bei dem man unmittelbar sah, dass dies alles ein Trugbild, eine Täuschung der Pellisquadre war, die wie verrückt die Karkasse des Orcaferons in nichts weniger als dem kleinen, engmaschigen Schleppnetz an Land zogen, wie wenn er mit ihm, mit diesem Netz gefangen worden wäre, diesem Netzgeknüpf, dem Netz für den meerischen Kleinkram, für jeden kleinen, jeden kleinkleinen Fisch, in diesem Netz, das stelle man sich vor, zogen sie die Karkasse des Orcaferons an Land, das nämlich war die Bewegung, die sie in diesem Irrtum, in dieser Täuschung machten, wie wenn sie ihrer Meinung nach aus den beiden Meeren diese riesenhafte Orcasse an Land zögen, wie sie immer alles an Land zogen, an Land, das sich befand, wo es sich schon immer befand, wie wenn sie überhaupt nicht gewahr wären, dass sie sich auf dem Grund der abyssalen, ozeanischen Tiefe der beiden umgekehrt überfluteten Meere befanden, dieser trockenen Tiefe weiß blendenden Salzes, von daher, auch von daher war der wirre Ausdruck in diesem Anblick der Pellisquadre, die die Orcasse an Land zogen, alles in allem der gleiche verrückte Ausdruck der weißen, intensiv glänzenden Farbe desselben Salzes, das die gesamte Leere der beiden Meere auffüllte, die Leere dieser Täuschung, dieses Trugbilds der jenseitigen Welt.

Doch danach, nach diesen ersten, allerersten, erst noch katastrophenbefrachteten Visionen, die er in seinen innersten Gedanken bei ihm, mit ihm, wie ihn sah, blickte er nicht weiter, erblickte er nichts anderes, weder dass die Orcasse, die vor dem Blick wie aus Salz geschaffen worden war, als eine Orcassalzige, nachdem sie inzwischen am Ufer war, aufbegehrte und unversehens wieder die Schrecklichkeit und Düsterkeit ihrer lebendigen Form, ihrer Form der lebendigen Tödin annahm, lebendig, auf todbringende Weise lebendig, vor allem in der ungeheuer machtvollen Fluke, mit der sie unversehens Meer um Meer eroberte, sie lärmend und zertrümmernd zurückeroberte und sich im Handumdrehen wieder in offenen Meeren befand, noch auch sah er, dass die beiden Meere zwischen Skylla und Charybdis sich zerkassten und sich unterhalb und hinter dem Tiergiganten, hinter seinem riesenhaften Staubwirbel von Knochensalz nach und nach wieder erholten, denn das Meer von Salzknochen, das er abbekam, überflutete ihn an der Fluke, während er am Kopf noch trocken war, noch salzbedeckt, so dass die Karkasse sich auflöste, sich an der Meeresoberfläche verflüssigte, und er sah auch nicht, dass an diesem Punkt die Meere zwischen Skylla und Charybdis ans Ufer schäumten, zum Hündchen mit der Schaumzunge wurden, das Hündchen, das den auf die Knie gesunkenen Pellisquadre die Hände bespeichelte, wie wenn es sie abschlecken würde.

Einfach gesagt, es war, wie wenn er nichts anderes sähe, er sah nichts anderes als das, was er sah, denn es genügte ihm, was er sah, nämlich das trockene, zu Salz zerkasste Meer, eine Misdea, ein Schlachtfeld glänzender saliner Weiße ohne Wellenbewegungen und Durchsichtigkeiten, ohne Breiten und Weiten des Wassers. Das genügte ihm, dieses Weltenendchaos, diese Art von Überschwemmung im umgekehrten Sinn, denn das reichte ihm, um sich als Person zu sehen, allein damit, als Folge all dessen, als Weltenendchaorioles, als Lapidar.

Das Meer trocknete aus, auf der Stelle musste er sich sagen: Die Orcarkasse verpestete es, der orcinuse Tiergigant stellte für ihn den Tod an ebendiesen

Meeren zwischen Skylla und Charybdis, an ebendiesem Meeresschoß dar. Und wenn das Meer austrocknete, musste er sich konsequenterweise sagen, musste ich fatalerweise ebenfalls austrocknen, starb fatalerweise auch ich mit den skyllacharybdischen Meeren, auch wenn mans noch nicht sieht, auch wenn sie mich noch nicht sehen.

So war er noch lebendig, und offenen Augs stellte er sich tot bei diesem Anblick, er war noch lebendig und zog sich selbst das Leichentuch über die Augen, um diesen Anblick nicht erblicken zu müssen, er war noch lebendig und entkernte wieder und wieder, mit Worten höhlte er seine Bare aus, indem er sie zwischen den Zähnen, mit den Zähnen lockerte und gleichzeitig das Wort, ja, das Holz selbst der Barke zerlippte und zersilbte:

»Bar … kebar … ebar … kebar … ebar … kebar … e«

Es war widerlich, es befremdete, wie er sie beschwor, wie er sie anrief, er warf sich als Totenleib mit noch geöffneten Augen auf die Barkenbare: es war widerlich, es befremdete, wie er mit Zähnen und Fingernägeln die Silben, die Barke dehnte und lockerte, in der Hoffnung und in der Verzweiflung, die Barke auszuhöhlen und sich auf das jenseitige Meer einzuschiffen, er, einer wie er, für den es ein jenseitiges Meer nie gegeben hatte, sondern immer nur ein diesseitiges, und jetzt betrog er, zerfledderte und zerfranste er alles mit seiner Stimme eines Ertrunkenen, mit diesem schaumaufschäumenden Mund, wie wenn er die Meere zwischen Skylla und Charybdis in der Gurgel hätte und sich mit seiner Barenbarke zuschlierte, um sich noch offenen Augs dahin einzuschiffen, was für ihn immer das Meer des Wirrsinns war.

»Bar … kebar … ebar … kebar … ebar … kebar … e«

Zu sagen, dass er es fühlte und sich darüber gekränkt fühlte, wie wenn Don Luigi in seinem Verstand, ganz Verstand, als ein einziger Verstand zweier Menschen sogar die gleichen Verstandesvisionen, Visionen, die, um es verständlich zu machen, schlicht und einfach Gedanken waren, die er dachte und sich vor seinen Augen vorstellte und allenfalls nur er sehen konnte, er und niemand sonst, nicht einmal, wenn es sich um einen anderen, einzigen und alleinigen wie diesen salomonischen Verstand mit seinem Weitblick handelte, zu sagen, dass er es fühlte und sich auf diese Weise darüber gekränkt fühlte, auf diese Weise, im innersten Inneren seiner Gedankenvorstellungen, war, wie wenn man sagen würde, dass er es nicht eigentlich fühlte, sondern sich gekränkt fühlte, denn das Gefühl, der Eindruck, den er dabei hatte, war in der Tat der, dass er, nicht mehr und nicht weniger, am Ursprung, am Anfang dieses Lapidars stand, das Luigi Orioles jetzt zuletzt über sich warf. Doch das, das zu sagen, fragte sich 'Ndrja an diesem Punkt so und das so plötzlich, dass das Aufmerken darüber eins war mit seinem Ausloten, das, das zu sagen, ist das nicht etwa das, was man nicht ohne Schwierigkeit mit Anregung umschreibt, um nicht in aller Kürze klar und ohne Umschweife zu sagen, dass dieser Don Luigi, er und sein Lapidar, alles nur und nichts weniger als meine Anregung war?

Im ersten Augenblick war er erschrocken, das auch nur zu sagen, sich selbst sagen zu hören, dass dieser Don Luigi und sein Lapidar zu Beginn Anregung war. Ja, wo denn, ja, wie denn, ja, wann denn?, fragte er sich wieder und wieder. Wo denn, wie denn, wann denn konnte das je meine Scheißangelegenheit sein, mein Verstandesscheiß, einen Luigi Orioles anzuregen, einen anzuregen, der immer, seinem ganzen Wesen nach, unablässig und unablässig angeregt Anreger war?

Wie denn, wo denn, wann denn konnte es je meine Scheißangelegenheit sein, die Angelegenheit meines Kackarschverstands, ich sage ja nicht anzuregen, sondern auch nur zu versuchen, mich zu trauen, einen Don Luigi Orioles anzuregen, einen mit diesem salomonischen Verstand? Was konnte ich denn tun? Sollte ich etwa das Wasser zum Meer tragen? Sollte ich Anregung zu diesem Meer von Anregung tragen?

Und wenn ich ihn, nur einmal angenommen, angeregt habe, sagte er sich, wozu habe ich ihn angeregt?, ihn zu einem Lapidar anregen ist doch das Gleiche, wie wenn ich sagen würde, ich begeisterte ihn, hauchte ihm etwas ein, regte ihn an, und da muss man ihn ja nur hören, wie er auf und in seiner Barenbarke wehklagt, doch sage ich noch einmal, nur einmal angenommen, ich regte ihn immer wieder an, welchen Stil pflegte ich dann anzuwenden, gütiger Gott, um ihn anzuregen? Welchen Stil der Anregung konnte ich je anwenden? Den echten, eigentlichen, den er pflegte und, wie man sagen kann, den er immer in Charybdis und in den gesamten Landstrichen an den Meeren zwischen Skylla und Charybdis verkörperte, sein Stil der unvermittelten Anregung, sein beredter Stil des Verstands, und noch eigentlicher Stil eines redeberedten Verstands, das heißt ein ganzeiner Stil des Verstands, eins in Denken und Reden, alles Denken und mit dem Denken das Reden, kurzum, ein Sprechstil, der aus dem Mund kommt, doch allein im Verstand entsteht, sofern er entsteht.

Konnte ich ihn denn je auf die Art anregen, die wir uns alle hier in Charybdis, doch nicht nur in Charybdis, sondern überall an den beiden Meeren zwischen Skylla und Charybdis, von ihm, von seinem Handeln aus dem Verstand, von seinem salomonischen Verstand immer als Anregung, als einzige und alleinige Anregung vorstellten? War das jemals vorstellbar?, das heißt ihn mit derselben einzigen und alleinigen Inspiration zu inspirieren, mit der er uns tatsächlich und nicht dem Namen nach zum ersten Mal bekanntgemacht hatte, und auch den Stil, wie er ihn beim ersten Mal pflegte und dann immer pflegte, immer wieder diesen, jedes Mal, unweigerlich, bis zu dem Punkt, der sich in unseren Augen sozusagen in ihm verkörperte, weshalb man an seinem Gepräge ablesen konnte, dass er am Werk war, wenn er mit Hilfe der Anregung, der Inspiration bei jemandem am Werk war, an der Art, wie er sich im Gesamtbild, von innen wie von außen, zu geben pflegte: wie er das Purparleh mit dem anderen zu führen gewohnt war, wer immer auch der andere gewesen sein mochte, immer aber ein Fremder, ein Neuling an den Meeren zwischen Skylla und Charybdis, und wie er zu argumentieren und zu denken pflegte, doch gleichzeitig auch mit den Argumenten und dem Denken des anderen zu argumentieren und zu denken pflegte, zu argumentieren und zu denken zugleich mit dem Sprechen, das heißt zu argumentieren während des Sprechens, das im Verstand entsteht und aus dem Mund fließt, ohne im Geringsten seine Natur zu verlieren oder sich vom Verstand zum Mund zu verändern, wie wenn der Mund, aus dem es fließt, der Mund des Verstands wäre, wo es entsteht. Kurz gesagt, dazu bestimmt, das Werk der Inspiration, der Anregung dessen hervorzubringen, der er war, offen, klar, loyal, spartanisch, von Gleich zu Gleich, unmittelbar.

Doch wie, doch wo, doch wann? Diese Fragen stiegen wieder in ihm auf und erwarteten keine Antwort, mit einem Ton des Verstands, der jetzt nicht mehr aufrührerisch war wie zuvor, im Gegenteil, eher ein bisschen zum Weinen, ein bisschen zum Lachen. Doch wie, doch wo, doch wann konnte ich ihn je anregen, ihn, Luigi Orioles, nicht nur mit seinem selbst verkörperten Stil von Inspiration, von Anregung, sondern ihn zudem zu dieser Unmenge von Lapidarem anregen, zu diesem lapidar Augenblicklichen, wie wenn er augenblicklich vom Leben zum Tod an Bord seiner Barkenbare, Barenbarke überging? Doch wie, doch wo, doch wann konnte es je nicht nur möglich, sondern auch nur vorstellbar sein, dass er, Luigi Orioles, dieser salomonische Verstand, in einem Purparleh mit mir kleinem Kackarschverstand so, von Gleich zu Gleich, unmittelbar, schlimm endete, schlimm für ihn endete, dass es schien, er würde als Weltenendchaorioles enden? Daher sage ich mir immer wieder: Konnte es diese, dieselbe von ihm gepflegte, von ihm verkörperte unmittelbare Anregung denn je sein, je geben? Ja, mehr noch, wenn es nicht von Gleich zu Gleich, wenn es nicht unmittelbar war, konnte es dann je Anregung sein, wirkliche Anregung, schlichte, einfache Anregung? Es musste etwas sein, das der Anregung, der Inspiration ähnlich war, etwas wie ein Faksimile, ein Faksimile der Anregung, eine Unterart, ein Faksimile, ein Falschsimile mit einem Wort, ein Falschsimile der Anregung, der Inspiration.

Ja doch, ja doch, sagte 'Ndrja an diesem Punkt, wie wenn er Gedanken und Worte wiederkäuen und sich gleichzeitig in seinem Verstand in Acht nehmen würde, und erinnerte sich an das, was sich wenige Augenblicke zuvor ereignet hatte, nur Augenblicke zuvor, was ihm aber Monate zurückzuliegen schien, Jahre, ja doch, es war mit dieser Art von Anregung, dieser Art von Falschsimile einer Anregung, dass ich, Kackarschverstand und inzwischen alt gewordener Kackarsch, einen wie ihn, einen wie Luigi Orioles anregen konnte, zu nichts anregen konnte, insgesamt zu nichts, und das war, dem Lapidar nach zu urteilen, wie ihn aushauchen zu lassen.

Ja doch, ja doch, schließlich stimmt es ja, dass ich mich hier, an diesem Punkt, nicht mehr frage: Wie nur, wo nur, wann nur konnte ich ihm je eine Anregung eingeben, ihn inspirieren, wie nur er sich einlassen konnte? Hier, an diesem Punkt, frage ich mich, anders gesagt, nicht mehr, was ich mich bisher gefragt habe, bis hierher gefragt habe, instinktiv nur, aufrührerisch, nicht weil ich vorher erwartet hätte, eine Antwort zu finden.

Aus diesem Grund sage und wiederhole ich: Ja doch, ja, denn jetzt hat mich dieses Falschsimile gewaltig irritiert, diese Art, die weniger Anregung, weniger Reden und Fragen meinerseits ist, als vielmehr die Verzweiflung seinerseits, zuzuhören und zu antworten, womit er mich gewaltig irritierte, wie es wie, wie es wo, wie es wann geschehen konnte und geschehen ist, dass ich, Kackarsch, alter Kackarsch redete und ihn fragte, und er, Luigi Orioles, salomonischer Verstand, Arche, Arke des Wissens, mir zuhören und antworten sollte. Wie es wie, wie es wo, wie es wann, um genau zu sein, geschehen konnte und geschah, dass ich mich in einem Purparleh mit Luigi Orioles zwischen Herrn und Untergebenem befand, ich als Herr und Luigi Orioles als Untergebener.

Und diese geradezu unglaubliche Naturerscheinung, an die 'Ndrja die Erinnerung wie an etwas nicht erst wenige Augenblicke zuvor Geschehenes zu haben meinte, sondern vor Monaten und Jahren, ereignete sich wie, wie da und wie dann, als dieser nette Don Luigi gerade eben erst halb totgeschlagen, ohne jeden Mut noch Willen zu irgendetwas dort aus seinem Wirrspiel herauskam, einem Wirrspiel, mit welchem er jenen bewussten 'Ndrjuzza zu inspirieren beabsichtigte, ihnen den Orcadaver durch den Signor Mister anlanden zu lassen, ein Wirrspiel, das aber ebendieser 'Ndrja 'Ndrjuzza, und zwar genau an seinem Ausgang, in einem Desaster enden ließ. Und es war genau da, einige Augenblicke, nachdem das Wirrspiel auch ihn sprachlos gemacht hatte, dass er sich gleichzeitig so fühlte, als hätte er ihm ein Messer in die Hand gedrückt, eben wegen der Tatsache, dass er sein Wirrspiel zerfleddern ließ, statt es zu Ende zu bringen, genau da war es, dass er Oberwasser bekam und damit die Herrschaft und die Haltung ihm gegenüber, gegenüber Luigi Orioles. Und es war jetzt, an diesem Punkt, dass er sah, wie Don Luigi vor seinen Augen, vor seinen alleinigen Augen, um genau zu sein, den Eindruck machte, wie wenn seine Gestalt, ja, seine Statur immer kleiner würde, und zwar gleichzeitig äußerlich wie innerlich, aus diesem Grund war's, dass er an diesem Punkt, um die Gedanken der Pellisquadre und ihren starren Blick auf den Orcadaver abzulenken, den Einfall hatte, allen hier Anwesenden zu sagen, dass er mit den tausend Liren, die er bei dieser Regatta in Messina verdienen würde, für sie die Palamitara bei Don Armando Racìti in Gàlati Mamertino in Auftrag geben wolle, und da war's, dass er sich, um Schaum vor ihre Münder zu bringen und sich von den Pellisquadre deutlich vernehmen zu lassen, Don Luigi zum Kumpanen machte, der sich, wenn auch widerwillig und schon halb tot, foltern ließ, wie wenn er nicht mehr der wäre, der er war, oder wie wenn er sich als der zeigen wollte, der sich wegen seines Wirrspiels 'Ndrja gegenüber schuldig fühlte. Das, um noch zu sagen, wie er es in Erinnerung hatte, wie er sich daran erinnerte, war seine Geschichte, er, der so tat, als wäre er völlig ahnungslos, als wäre er noch ein Neuling, ein noch blassweißes Bübchen, unerfahren mit dieser Arbeit. Und so überhäufte er Don Luigi mit all diesen dämlichen Fragen: Was für eine Barke, welchen Bootszimmermann und was für ein Holz meint Ihr denn?, obwohl er genau wusste, dass er dort mit Barke, mit Bootszimmermann, mit Holz Wasser im Mörser zerrieb, sich gleichwohl aber der Täuschung hingab, dass er durch ständiges Quatschen die Ohren der Pellisquadre bearbeitete, und Don Luigi ihm mit Sabber am Mund und zerrissener Stimme auf jede noch so dämliche Frage Antwort gab, wie die, als er ihn fragte: »Und das Holz, zu welchem Holz ratet Ihr?«, und Don Luigi ihm halb geduldig, halb ungeduldig antwortete: »Was heißt hier welches Holz? Oh, Bruder … Heutzutage, sofern mans findet, ist auch das elende Fichtenholz unserer Totenbaren gut.«

Inspirierte er ihn? Wenn er ihn inspirierte, war es auf diese Weise, dass er ihn inspirierte. Er inspirierte seine Inspiration, das heißt, nicht er war's, der ihn inspirierte, sondern es war Don Luigi, der daraus seine Inspiration bezog. Denn klar war, es hatte Don Luigi schon genügt, dass 'Ndrja ›Holz‹ sagte, und gleich brachte er Holz mit Bare in Verbindung, das hatte ihm ausgereicht, sozusagen ein Nichts, ein Funke, ein nichtiger Auslöser, und danach hatte dieser salomonische Verstand, während er sich in diesem Zustand befand, ganz verborgen, ganz verschlossen, eingekeilt da unten in seinen Körper, wie selbstverständlich darüber gebrütet und nachgedacht, über Barke, über Barkenholz und Bare aus Barkenholz, und man hatte gesehen, man hatte gehört, wohin, zu welchen Konsequenzen er mit seiner Verstandesarbeit gelangt war.

Die Konsequenzen aber hatten noch kein Ende gefunden, von katastrophalen Konsequenzen gab es noch eine weitere, und die war nun wirklich die letzte, sie war die Konsequenz der Konsequenzen dieses Weltenendchaorioles. Denn er nahm nun das *K* wieder auf, das er vorher der Barke entzogen hatte, um sie zur Bare umzugestalten, gleichzeitig entbugte er die Barke, indem er mit einem klaren Schnitt das *B* abtrennte, so dass sich aus der Barke nun nicht mehr die Bare herausschälte, sondern alles sich zerlegte, Sparren und Stege, Bordwände und Bugspitze, dem Blick nach von außen, an der Oberfläche, zerwrackt, wie schwimmendes oder besser gesagt treibendes Gut, und alles sich, wie man es sich weniger gar nicht hätte vorstellen können, zu nichts weniger als zur Arke verwandelte:

»Barke. Barke«, sagte er und gleich darauf, unmittelbar darauf: »Barke, 'Arke … 'Arke … Arke.«

Mit dieser Arke konnte 'Ndrja im ersten Augenblick nicht viel anfangen, ja, offen gestanden, verblüffte sie ihn im ersten Augenblick sogar. Woher hat er denn nun schon wieder diese Arke?, fragte er sich. Woher und wie konnte er aus einer Barkenbare eine Arke machen? Was für eine Arke sollte das sein? Kam sie ihm durch das Holz in den Kopf, durch die Barke, von der er die Bare hatte, durch das Holz, durch die Barke, die mir aus dem Mund gerutscht war? Und am Ende, sagte er sich, sieht es fast so aus, ja, fast, als würde er diesen ganzen Wirrwarr in meinem Kopf absichtlich anstellen. Entweder wars eine Barke als Bare oder es war eine Barke als Arke, entweder wars das eine oder das andere: entweder wars immer Weltenendchaos oder es war das Ende der Welt. Und doch schien es Augenblicke zuvor noch so, als bestünde nicht der geringste Zweifel, dass Don Luigi kein Ende dieses Weltenendes absehen könnte, er sah nichts anderes, er sah nicht über diese katastrophale Vision hinaus, über diese Überschwemmung von Knochensalz: in der Luft, am Himmel über den skyllacharybdischen Meeren, er sah nicht den Schatten von Weihen oder Möwen aufsteigen, das Zeichen dafür, dass er bereits da war, wo das Meer auf seinem Rückzug das Land freilegte, er sah kein Zeichen, kein Anzeichen, dass das Meer sich wieder aus der Knochenwüste ergoss, wieder überflutete, noch auch die Arke, die auf der Flut des Meers dahinschwamm. Kurz gesagt, Augenblicke zuvor noch sah er sich, dachte er sich ohne Ausweg, er sah sich, er dachte sich auf der zur Bare ausgehöhlten und unterirdisch vom Stapel gelassenen Barke, unterirdisch, auf dem Sand des Strands, und Augenblicke später sah er sich gerettet, ja, in Sicherheit auf dieser besonderen, dieser absolut besonderen Arke. Ja doch, besonders, ganz und gar besonders, sagte er sich und hörte damit auf, sich in seinem Kopf immer wieder vorzusagen, wie wenig er nicht mehr an sich halten konnte, immer wieder über diese Arke zu reden, als Folge des tiefen Eindrucks, den sie auf ihn machte, eines Eindrucks, ja doch, genau das, genau das, eines Eindrucks wie von etwas Schampanjerseligem im Mund eines Schampanjerspritzigen. Ja doch, eine Spezialität, die er sich erfand, seine Erfindung, Arke von Arkelamekk, eines Arkelamekk, wie nur er es sein konnte, Luigi Orioles, ja doch.

Jetzt allerdings, allein damit, wie verwirrt und verirrt von dem, was er sich stummstumm herumsalbadernd denken hörte, drang Don Luigis Stimme von außen an sein Ohr, wie wenn er, als wahrhaftiger Seher, ohne ihn auch nur anzuschauen, in seinem Verstand lesen würde, wie er ihn mit Schmach bedeckte, die Stimme, die ganz sicher noch über diese Arke sprach und die Barke verleugnete, die er zuvor genannt hatte, die Stimme, besser noch der Klang von Don Luigis Stimme, der ihn jetzt im Inneren von außen erreichte, als er zur gleichen Zeit dieses infame Arkelamekk über ihn ausschüttete, machte auf ihn den Eindruck, wie wenn er sie zum ersten Mal hören würde, jetzt wie den Klang einer Stimme, nicht wie vorher, Buchstabe und Geist eines Worts, ein völlig wissentlich und bewusst geopferter Klang, der Klang der Stimme dieses salomonischen Verstands, der ganz lapidar wehklagte. Die Wirkung, die sie auf ihn hatte, war derart, dass dieses Arkelamekk in seinem Kopf auf so barbarische Weise falsch klang, dass es aussah, als würde er wieder zu Bewusstsein kommen und auf der Stelle in seiner Verwirrung darüber feststellen, dass dort, zwischen den beiden, sofern es ein Arkelamekk gab, sofern einer war, der als getreu Handelnder sich als ungetreu erwies, dieser eine, von der Arke an, das heißt, von dem Augenblick an, als diese Arke Don Luigi aus dem Mund entfuhr, dieser eine er war.

Da war's, als er wieder zu sich kam, ohne dass er es als Erster auch nur entfernt erwartete, ja nicht einmal im Geringsten vermutete, als er zugleich drinnen, in seinem Innersten, spürte, wie er vor Scham errötete, da war's, instinktiv und urplötzlich, dass ihm der Sinn dieser Arke heraufdämmerte, der eigentliche, der metaphorische, der einzige und alleinige Sinn, den Don Luigi ihr gab, dieser gequälte, dieser leichentrübe Bootszimmermann, der Lapidares als Holz und Grabplatte als Meer gebrauchte, für's jenseitige Meer, für das unter dem Strandsand: Zimmermann der Arke und vorher Zimmermann der Bare und davor noch, zuallererst Zimmermann seiner Barke, seiner vor allem, der Barke schlechthin, der Barke von jeder nur denkbaren Art und Weise sozusagen, der Barke, die sich mit dem Krieg entfernte, die sich verlor, sich über die jenseitigen Meere verstreute. Und unversehens dämmerte es ihm, dass sein Kommentarieren darüber mit gelöstem Verstand von Anfang bis Ende keinen Sinn ergab, und wenn denn je ein Sinn darin gelegen hatte, war der Sinn so verdreht, dass er, um es mit einer Metapher zu sagen, der Sinn eines Hundepimmels war. Ja, es machte auf ihn einen derartigen Eindruck, dass er an einen Hundepimmelkommentar dachte, den man wirklich in nichts an ihm wiedererkannte, in gar nichts an ihm, in diesem anderen Ich, das in seiner Vorstellung auf dieser Arke, die Don Luigi gewissermaßen mit dem Atem aus dem Mund auf das Meer aus Schlieren und Schäume entfahren war, das unter den speichelnden Worten entstand, auf all dieses Wasser mit seinem Gott auf Erden hinausfuhr, auf all diese Vertraulichkeit der Gedanken, wenn auch noch nicht der Handlungen, und das von einer Vertraulichkeit zur anderen tief in seinem Kopf zu der unglaublichsten aller Niedertrachten gelangte, nämlich aus Luigi Orioles nichts weniger als ein Arkelamekk zu machen.

Wenn er sagte, er erkannte sich in nichts wieder, in gar nichts von diesem anderen Ich, das in seiner Vorstellung zwischen Arke und Arkelamekk wieder die Bühne bestieg, um vor ihm, vor einem Don Luigi, den Kapotischen und Weiberhelden zu geben, dann wollte er jetzt sagen, dass er in ihm, dem anderen Ich, nicht den immerwährenden Rotzjungen sah, um nicht zu sagen den immerwährenden Kackarsch, als welchen er sich seit jeher zuallererst, auf den ersten Blick, ja, augenblicklich gegenüber seinem großen Idol gesehen hatte, auch als er schon nicht mehr das Alter hatte, um ihn noch als Rotzjungen bezeichnen zu können und noch viel weniger als Kackarsch.

Es war so, es musste ganz unausweichlich so sein, wie er anfangs sagte, als er, er, ein Rotzjunge, ihm das Wirrspiel entriss und ihn im letzten, im allerletzten Augenblick noch bei den Fittichen erwischte, wie er es vorher nannte, allerdings nur sozusagen, während es jetzt tatsächlich so sein musste, als hätte er wirklich die Rollen vertauscht, doch nicht mit einem anderen, das heißt mit einem Fremden, genauer gesagt mit Don Luigi, sondern mit einem anderen Ich, seiner selbst, dem früheren, entfremdeten, dem vor dem Krieg, mit ihm als Matrosen zum Beispiel, mit ihm als Matrosen während der Kriegsjahre, mit ihm als Matrosen an Bord des Torpedoboots, das die beiden Meere zwischen Skylla und Charybdis befuhr, und während er dort vorbeibrauste, konnte er nicht schwören, dass er sich von Mal zu Mal, bei jedem Mal, dorthin umdrehte, sei's mit den Augen, sei's im Geist, dorthin, zu der Stelle, kurz gesagt, dorthin, nach Charybdis, wo er geboren und aufgewachsen war.

Doch wenn er nicht mit Don Luigi die Rolle tauschte, sondern mit sich selbst in der Rolle des Matrosen, musste er fatalerweise Don Luigi die Rolle tauschen lassen, und zwar mit einem, mit dem er verkehrte; und er verkehrte mit dem, verkehrte in engem Kontakt an Bord des Torpedoboots, als er die Rolle des Matrosen spielte. Und mit diesem Jemand an Bord jenes Torpedoboots, mit diesem Jemand, mit dem er sich notgedrungen, eben weil er sich, so wie jeder andere Matrose auch, auf diesem Boot befand, musste er für Stunden und Augenblicke engen Umgang haben, mit jemandem so Niederträchtigen, dass er sich an ihn jetzt wie an einen großen Meister des Arkelamekks erinnerte, und dieser Jemand konnte nur Capo Tarantino sein, ja, doch, ja, genau der, der jungen Männern wie beispielsweise Signor Monanin in den Arsch fickte.

Das war die Schlussfolgerung, die Schlussfolgerung aus der einzigen Erklärung, mit der er sich erklärte, wie es kam, dass er diesen Fehler gemacht hatte, den Fehler dieser Personenverwechslung zwischen einem Luigi Orioles und einem Kapo Arschficker wie Capo Tarantino, ohne aber zu sagen, ohne eine Vorstellung von dem zu geben, was für ihn Luigi Orioles bedeutete oder zumindest in der Vergangenheit bedeutet hatte, ohne zu sagen, ohne eine Vorstellung von der verheerenden Wirkung zu geben, die dieser Fehler auf ihn hatte, weshalb er versuchte, sich in dieser hundepimmeligen Ungereimtheit versuchte, daran zu denken, alleine auch nur daran zu denken, diese Niedertracht von Arkelamekk über Luigi Orioles zu werfen. Daher war das die Schlussfolgerung, Schlussfolgerung allerdings der einzigen Erklärung, denn er ging genau von dort aus, genau von der Erklärung, wie wenn sie ihm gerade dazu diente zu sagen, eine Vorstellung davon zu geben, was Luigi Orioles für ihn darstellte, und beinahe als Folge davon, doch in primis im Vergleich dazu zu sagen, eine Vorstellung von dem Gemetzel zu geben und so weiter und so fort. Folglich, sagte er, gab er zu verstehen: Nicht ich habe ihn verwechselt, ich mit dem Verstand und der Verstandesart von der Zeit vor meiner Einberufung, der gleichen wie jetzt, denn jetzt, inzwischen, kommt sie mir vor, da ich zurückgekehrt bin, wie der gleiche Verstand, die gleiche Verstandesart, die ich immer hatte und noch jetzt in mir finde, Verstand und Verstandesart eines Lümmels, des immerwährenden Lümmels, der ich bin, im selben Augenblick, in welchem ich vor meinem Idol stehe, meinem dauerhaften Idol Luigi Orioles.

Einige Augenblicke lang stand er nachdenklich da, verwundert. Er schien sich in Acht zu nehmen, sich zu beschauen, innerlich, in seinem Kopf, angezogen von der Bezeichnung Idol, die ihm in den Sinn gekommen, noch mit dem Eindruck der anderen Male wieder in den Sinn gekommen war, wegen anderer derartiger Dinge, ein Eindruck, der war, wie wenn diese Bezeichnung ihm gerade erst in den Sinn gekommen, wieder in den Sinn gekommen wäre, von dem Teil des Verstands, den er sich eben als Stützwerk des Menschen vorstellte, das heißt des Teils, der dem Auge des Verstands selbst unsichtbar ist: in einem Wassergefährt, von der Lanzitte bis zum Hochseedampfer, ja, in jedem schwimmenden Schiffskörper, das nämlich ist der Teil, der sich unter Wasser befindet, der Teil, der daher nicht sichtbar ist wie etwa das Tätigkeitswerk, und auch keine Notwendigkeit besteht, es zu sehen, denn wenn der Schiffskörper schwimmt und auf dem Wasser fährt, bedeutet das Stützwerk, dass es lebendig ist, unversehrt, ohne Fehler, und wenn es lebendig ist, dann ist es auch das Tätigkeitswerk, das, anders als seine Bezeichnung es vermuten lässt, tatsächlich stützt, auch wenn es, dem Auge sichtbar, auf dem Wasser schwimmt, und tatsächlich stützt, was heißt, dass es zum Schwimmen und Bewegen der Barke nicht notwendig ist, es dient nicht, das heißt es würde ohne das Stützwerk nicht dienen, nicht einmal die Ruder würden dienen, denn wozu sollte auf einem Schiffskörper gerudert werden, der fast schon nicht mehr auf dem Wasser schwimmt?

»… 'Arke … 'Arke«, sagte Don Luigi da, neben ihm, an seiner Seite, doch wegen der erinnernden, eingedenkenden Wirkung der Bezeichnung Idol machte es auf 'Ndrja in diesem Augenblick den Eindruck, wie wenn er fühlte, dass seine Gedanken davon überschüttet würden.

»… 'Arke … 'Arke«, wiederholte Don Luigis Stimme qualvoll. Ein Idol, dieser Don Luigi, der da wehklagt und überhaupt kein Ende mehr zu finden scheint?, fragte sich 'Ndrja innerlich, doch wie wenn seine Gedanken Ellbogen an Ellbogen dastünden und zur gleichen Zeit, da er sie dachte, von seinem Verstand in den von Don Luigi übergingen, wie um sich von dem Sporn zu entfernen, von dieser Nachbarschaft, von diesem salomonischen Verstand, hob er den Blick und ließ ihn hierhin und dorthin schweifen, verloren in dem Gedanken, der da neben ihm verblieben war, und als er ihn wieder senkte, merkte er im gleichen Augenblick, dass er ihn auf dem Steifstöckigen hatte ruhen lassen, der da lang ausgestreckt unterhalb der Laterne lag.

»... 'Arke, 'Arke«, jammerte Don Luigi wieder und wieder aufs Äußerste verknappt, jetzt allerdings geradezu herzzerreißend. Ja, wie denn, ja wo denn und warum denn, fragte sich 'Ndrja ein weiteres Mal, tauchte dieser Don Luigi als Idol wieder vor mir auf? Was ist denn von dem Idol noch geblieben, von der Marmorstatue, wenn er derart wehklagt, wenn er seinen Schmerz derart hinausschreit, er, der noch lebt, über den, der schon tot ist?

Unterdessen jedoch blickte er, um von dort wegzukommen, um sich zu lösen, um sich so weit wie möglich von einem Luigi Orioles zu entfernen, diesem salomonischen Verstand, der einen verwirrte, wenn man hörte, wie er jammerte, blickte er zu dem Steifstöckigen hinüber, fixierte ihn geradezu angestrengt, wie wenn er hoffte, magnetisch angezogen zu werden, weniger körperlich als geistig, mit den Gedanken, die er sozusagen mit der einen Hälfte seines Verstands dachte, während er mit der anderen an die Wärme dachte, die er ihm und die Don Luigi ihm von den Ellbogen oder von der Hüfte her übertrug. Daher widerfuhr ihm das Gleiche wie vorher, nämlich dass er meinte, Don Luigis Stimme nicht so dicht neben sich zu hören, sondern sie auf den Lippen des Steifstöckigen zu erohräugen, der wieder, wie schon zuvor, seinen Mund öffnete und schloss, als würde er Luft schlucken und so immer mehr den Eindruck eines geangelten und an Land geworfenen Fischs verstärkte, der nun bald erstickte.

»... 'Arke ... 'Arke«, hörte er Don Luigi wieder sagen, doch konnte es durchaus sein, dass es dieselbe Stimme wie vorher war, die er jetzt auf den Lippen des Steifstöckigen wieder hörte, sie wieder erohräugte, mit dem Wehklagen, das auf diesem Mund, der sich öffnete und wieder schloss wie ein erstickender Fisch, einen stillstummen Lapidarsinn annahm und gerade deshalb vielleicht noch herzzerreißender wirkte.

Einverstanden, ja, es hat mit diesem Arkelamekk zu tun, das vor mir wieder auftauchte, es hat damit zu tun, doch war es nie Arkelamekk und wirds niemals sein, Arkelamekk war mein Irrtum, meiner, das heißt von mir, als ich noch in der Rolle des Matrosen steckte, wohingegen es das Idol gab, das nun aber nicht mehr ist, und das war als Folge meines Irrtums, meiner Täuschung, der ich erlag, als ich in meiner Erinnerung sogar bis in meine Kindertage zurückkehrte. Doch abgesehen von diesem Arkelamekk und diesem Idol, die, wenn das eine zum Lachen und das andere zum Weinen bringt, sich durch den hier Anwesenden erklären lassen, der zwar aus dem Krieg heimgekehrt, aber noch nicht zum Frieden gelangt war, sage ich, abgesehen auch von dem täuschenden Blendwerk, wer und was in diesem Augenblick dieser Luigi Orioles ist, wenn er, wie alle anderen auch, nicht mehr sein kann, was er immer war, ein Pellesquadra, wohl auch künftighin nicht mehr, was heißt das?, fragte er sich und fragte es sich an diesem Punkt wieder und wieder, und streckte seinen Verstand ganz in seinem starrstarren Blick aus, der auf den Mund des Steifstöckigen gerichtet war, als würde er sich von dort die Antwort erhoffen, die just von dort, gerade als er seine Augen dorthin fixiert hatte, zu ihm kam.

Wer ist, was ist gegenwärtig Luigi Orioles? Er ist eine alte Mumie, eine alte Mumie, nicht mehr und nicht weniger als ich, eine gewöhnliche alte Mumie, das heißt eine alte Mumie wie viele andere auch, wie es zudem viele von uns gibt, viele, zudem, zudem. Eine alte Mumie, das heißt ein Pellesquadra, der längst schon nur noch Haut ist, Haut nackt und bloß, Haut, was das Schlimmste von allem ist, glatt, ohne alles Raue des Sandpapiers mehr, um damit das Holz abzuschleifen, zu glätten, kurz gesagt: ohne die Unebenheit, ohne die Rauheit des Blauhais mehr.

Diese Antwort, die ihm von da kam, wo er es erwartete, nämlich vom Anblick des Steifstöckigen, kam ihm auf eine Weise, die er nicht erwartete und nicht vermutete. Denn als er sich, diesem Anblick folgend, mit aller Macht vorstreckte, sich mit Augen und mit Ohren ganz vorlehnte, war es ihm, als würde er dort noch einmal das »… 'Arke … 'Arke …« erohräugen, und zwar überzeugt und bewusst, wie jedes Mal, und es auch dieses Mal neben sich hören. Dieses Mal aber hatte die Arke, die er erohräugte, einen Klang von verwundernder Neuartigkeit, einen Atem aus Rucken und Schnappen, einen Klang nicht mit silbenweise hervorgebrachter, ja, wie der Luft entrissener Arke, von jedes Mal verschluckter und wieder ausgespuckter Luft. Was war das?, fragte er sich. Kehrten die Geister plötzlich wieder zurück? Von diesem Klang der Stimme von vorhin, die sich höhlendumpf, dunkel, und äußerst langsam aus diesem massigen Körper entwirrte, tritt er mit diesem Klang heraus, der einem den Atem verschlägt, Schlag auf Schlag, mit einer geradezu barbarischen Kraft, mit einer Wucht, die ich bei einem Ruderer vermuten sollte, einem Ruderer wie nur auf dem Ontro, wenn sie beim Fischzug eine Prallhüftige am Schwanz zu packen bekommen, die sich gerade davonmachen will.

Aus seinem Augenwinkel blickte er da verstohlen zu Don Luigi an seiner Seite hinüber, jedoch blitzschnell und wie mit einem Auge nur, um auch nicht einen Augenblick lang den Steifstöckigen aus dem Blick zu lassen: Als er zu Don Luigi blickte und sah, dass er noch immer zusammengeknäult, ineinanderverwickelt und den Kopf gegen die Brust gesenkt dastand, da begriff er, dass es dieses Mal nicht um das übliche Erohräugen ging, nach der gewohnten Art, wenn er dort die Arke erohräugte, die er hier, neben sich, von Don Luigis Stimme hörte, die Stimme eines, der sich hinabließ, hinab, unter die Erde, immer weiter hinab und sich ständig Händevoll Sand in den Mund stopfte. Es ging zwar immer um das Erohräugen, doch war es dieses Mal so, als würde ihm das Arke, Arke nicht wie sonst herauskommen, wie bei allen vorherigen Malen, als er es an seinem Ohr hier vernahm und dann mit dem Auge ineins mit dem Ohr es auf den Lippen des Steifstöckigen erohräugte. Dieses Mal war es, als würde er sie ganz und ausschließlich erohräugend sehen, so wie wenn er sie da erohräugte, wo er sie sah, nicht jedoch hörte, und wo er sie sah, war in der Bewegung des Munds, wo sie sich formte, während sie sich aus der Bewegung des Mundes des Steifstöckigen formte, der ihn ständig öffnete und wieder schloss und auf den ersten Blick bei ihm die Vorstellung von einem Fisch hatte aufkommen lassen, der ein paar Augenblicke zuvor aus dem Meer aufs Land geworfen worden war und jetzt erstickte.

Hatte aufkommen lassen? Ließ er diese Vorstellung denn jetzt nicht mehr aufkommen? Im Gegenteil, jetzt sogar besonders stark, denn jetzt, als er seine Arke erohräugte, eine Arke aus lauter Rucken und Schnappen und insgesamt jedes Mal wie verschluckt und an einem Stück ausgespien, wie wenn er seine Zähne in die Luft schlüge, die vor seinem Mund vorbeiwehte, jetzt nämlich, da er von dem Steifstöckigen wusste, da er verstand, wer er war, was er war, und wer Luigi Orioles war, was er in diesem Augenblick war, eine alte Mumie, ein einzig auf seine nackte Haut geschrumpfter Pellesquadra ohne mehr die Rauheit des Squadro, des Engelfischs, die Rauheit der schmirgelpapierenen Haut des Blauhais, weder den Umständen noch dem Metaphorischen nach, dieser vorherige Eindruck, der Eindruck des Munds, der sich öffnete und schloss wie der eines erstickenden Fischs, wechselte von Ansicht zu Klarsicht, wenn schon nicht Anblick, zu trauriger Klarsicht, mehr Klarsicht inzwischen als Voraussicht, denn wenn Luigi Orioles noch Voraussicht war, war der Steifstöckige da bereits Klarsicht. Denn die alte Mumie machte keinen Unterschied mehr zu dem geangelten Fisch, der aus dem Meer auf den Sand geworfen wurde, und noch viel weniger machte er ihn im Vergleich zum erstickenden Fisch. Denn empfand sich im Augenblick die alte Mumie, Luigi Orioles an der Spitze, zumal er der große salomonische Kopf war, empfand sich die alte Mumie denn etwa nicht auch wie geangelt und aus dem Meer geworfen, außerhalb von allem, was ihn am Leben hielt, geangelt und auf den Sand geworfen, nach Luft schnappend und jetzt auch dem Ersticken nahe wie der Fisch? Gab es da Zweifel? Auch er, selbst wenn er kein Fisch war. Ja, alleine er. Wenn er sich nämlich dort befand, aus dem Meer dort hingeschleudert, konnte man dann auch keinen Fisch finden. Denn wer rüstete noch Palamitaren, Ontren und Feluken her und fuhr in tiefster Dunkelheit hinaus, in der Hoffnung und in der Verzweiflung, ihn zu fangen, ihn, Schwertfisch etwa und Jungthun?

Klarsicht, Voraussicht, sage ich, sagte 'Ndrja, sage ich, der Eindruck wird klarer, vorausschauender, jetzt, da ich mich stummstumm mit dem Steifstöckigen verständigt habe, habe ich verstanden, wer er ist, wer Luigi Orioles, was er ist, er und Luigi Orioles: Ein Pellesquadra, längst zur alten Mumie geworden, doch nicht mehr und nicht so sehr aus Gründen des Alters, sondern wie die meisten in gegenwärtiger Zeit, durch den Krieg? Klarsicht, Voraussicht, sage ich? Aber ich sage ja nichts Beleidigendes, nichts Unrechtes, wenn ich Klarsicht sage, Voraussicht, zu den armen Schluckern da, den alten Mumien, denen da, aus der Mannschaft von Ferdinando Currò, an die ich erst jetzt denke, mich erst jetzt an sie erinnere, denn die, aus denen eben der Krieg alte Mumien vor der Zeit gemacht hatte, die da, denen das Wasser bis zum Hals stand, warf das Meer nicht ans Ufer, sondern im Gegenteil, sie warfen sich ins Meer, und nicht vom Ufer aus in die ersten Untiefen, sondern da, wo das Meer am tiefsten ist.

Ferdinando Currò, wiederholte 'Ndrja und bewegte dabei nur eben die Lippen, während er weiterhin gebannt auf den Steifstöckigen da vor ihm starrte, doch jetzt, als er wiederholte: Ferdinando Currò, Ferdinando Currò, spürte er, wie er mit einem Auge zu ihm hinüberstarrte, das heißt mit einem neuen, anderen Gedanken, einem so neuen, so anderen Gedanken, dass er lediglich über die Tatsache erstaunt war, dass dieser ihn nicht so sehr in Verwunderung versetzte, wie er es sich vorgestellt hatte. Aus diesem Grund wohl, einzig weil er sich nicht so fühlte, ausreichend erstaunt zu sein, während er gleichzeitig und mehr als zuvor sein Gesicht nachdenklich in Falten legte, kniff er seine Augen zu noch schmaleren Schlitzen zusammen wie zu Schießscharten, durch die er den Blick wie ein Visier mit solcher Festigkeit auf sein Ziel lenkte, dass er Meer und Marina seitlich wie sonnendurchglühte Wüsten mit allen Blendungen und Spiegelungen wahrnahm.

Das alles, weil dieser Gedanke, dieser neue, brandneue, dieser andere, grundlegend andere Gedanke, eben der, dessentwegen er wiederholte: Ferdinando Currò, Ferdinando Currò, während er gleichzeitig die Augen auf ihn gerichtet hielt, nicht mehr und nicht weniger als die Wirkung auf ihn hatte, als würde er ihn beim Namen rufen, ihn, den Steifstöckigen, als würde er ihn bei diesem Namen, der nicht seiner war, rufen, Ferdinando Currò, Ferdinando Currò, das, dieser Gedanke, ging ihm durch den Kopf, und es kam ihm vor, als wäre dies ein Gedanke, der durchaus erstaunen konnte, denn einer konnte ohne weiteres erstaunen, wenn er bei seinem Anblick dachte, dass er der vom Himmel herabgeschwebte Geist Ferdinando Curròs sei, und zwar just, justgenau dort, jetzt und dort, und damit einräumte, dass er bis dort oben hinaufgestiegen war, denn in primis war auch daran zu denken, dass er bis dort oben hin aus den Tiefen des Meeres aufgestiegen war, wo er mit aller Kraft von der Lanzitte aus mit seiner kleinen Mannschaft aus alten Mumien eingetaucht war.

Alles hing davon ab, wie man die Sache sah, denn beispielsweise konnte auch er sagen, er sei erstaunt, wenn auch nicht von der gleichen Art des Erstauntseins, und das wegen der Tatsache, dass er ihn ansah, wie er ihn ansah, das heißt er sah ihn an und dachte dabei, dass dieser Anblick, der Anblick dieses alten Storchs, der mit seinen Jungen auf ihrer Marina gelandet war, entkräftet vom Laufen mit ihnen, dieser Anblick dort vor ihm ihn in seinem Kopf so sehr behexte, dass sein Verstand ihm auf die eine oder andere Weise das berühmte Arkan des noch berühmteren 'Arke, 'Arke enthüllte.

Denn, so sagte sich 'Ndrja und kam damit auf den Punkt, in primis gab er mir die Antwort, die ich erwartet hatte, die Antwort auf die Frage, wer ist, was ist Luigi Orioles zu diesem Zeitpunkt, und er gab sie mir und er gab mir zusätzlich auch noch das Beispiel, das er mir mit der Erinnerung an Ferdinando Currò lieferte. Wer ist, was ist zu diesem Zeitpunkt Luigi Orioles? Er ist … der ich bin und was ich bin, eine alte Kriegsmumie sozusagen, ein Pellesquadra, der vor der Zeit vom Krieg dazu gemacht, dazu geschlagen wurde. Das ist er, längst eine alte Mumie, eine wie ich. Doch wer seid ihr? Wen soll ich in euch erkennen?, kannst du mirs sagen. Wer kennt euch denn? Wie soll ich Vertrauen zu euch haben? Etwa auf euer Wort hin? Richtig. Dann stell dir mich als alte Mumie vor, die du einmal gekannt hast, als alte Mumie, die du, wie alle hier, in deinem Handteller getragen hast, stell dir mich kurzerhand als alte Mumie vor, so wie Ferdinando Currò.

Der Steifstöckige erinnerte mich so an Ferdinando Currò, durch ein Beispiel, zum Beispiel wer zu diesem Zeitpunkt, was zu diesem Zeitpunkt Luigi Orioles ist, daran erinnerte er mich und Schluss. Daher sage ich, worüber, über welchen vom Himmel herabgeschwebten Geist soll ich bei diesem Anblick erstaunen, beim Anblick dieses Steifstöckigen da? Stattdessen kann ich erstaunen und erstaune auch über den großen, herrlichen, allherrlichen und doch auch so schrecklichen, allschrecklichen Geist, der unser Verstand ist, wo alles früher oder später wiederkehrt, alles wiederkehrt und ein endloses Kommen und Gehen in Gang gesetzt wird, von unserer Geburt an bis zu unserem Tod, und wenn einer dann stirbt, erinnert man sich seiner noch wie im Leben, bis man vergisst, dass er einmal gelebt hat, und sich so an ihn erinnert, wie wenn er schon immer tot gewesen wäre.

»… 'Arke … 'Arke …«

Dieses Arke, Arke kam ihm nicht mehr wie die Stimme von Don Luigi vor, die er da neben sich hörte, noch wie die, die er auf den Lippen des Steifstöckigen erohräugte, eigentlich kam sie ihm überhaupt nicht mehr wie eine Stimme vor, sondern eher wie ein Klang, ein Geräusch, wie das Geräusch eines leichten Gewichts, das weich, ganz weich eintauchte und gleich darauf wieder an die Oberfläche trieb: der Klang, das Geräusch dieser Nichtigkeit von Arke von Lanzitte, die Borietta, die man beim Plätschern im Geist dahintreiben hörte, fast so, wie wenn in diesem Augenblick Ferdinando Currò und seine kleine Mannschaft aus alten Mumien, die es leid waren, so zu leben, wie sie lebten, sie als Barenbarke zum Tod aufs Wasser setzen würden.

Wie hatte er es nur fertiggebracht, nicht daran zu denken?, fragte er sich. Diese Bark'arke musste Don Luigi, auch wenn sie im Grunde, im Abgrund seines Geistes, ihm teilweise von der ursprünglichen Inspiration, von Barke und Holz für die Barke, eingegeben worden sein musste, zum größeren Teil allerdings notwendigerweise von dort, insbesondere von Ferdinando Currò und seiner Mannschaft aus alten Mumien gekommen sein, er musste also vom Gebrauch und vom Missbrauch inspiriert worden sein, vom Brauchmissbrauch, den sie von dieser Lanzitte gemacht hatten, von der Borietta, von dort musste ihm die in die Bare eingearbeitete Arke gekommen sein, die Arke mit ihrer auf den Kopf gestellten Bedeutung: Keine Arke, die ihnen das Leben retten sollte, sondern umgekehrt, die sie vor dem Leben retten sollte, vor diesem elenden Rest, denn was für ein Leben konnte ihnen noch zum Leben verbleiben, diesen alten Mumien, die mit ihren Hintern längst schon auf der Erde saßen, die einen wegen ihres verkrusteten Alters, die anderen wegen des plötzlich über sie hereingebrochenen Kriegs, der ihr Alter, sofern sie noch jung waren, hatte altern lassen und ihnen Barke und Ausfahrt nahm, und die anderen, die gleichzeitig durch den Ansturm des Alters und das plötzliche Hereinbrechen des Kriegs mit dem daraus folgenden Entzug des Meers geschlagen wurden: Barke oder Arke, sie rettete sie vor dem verbleibenden Leid, ihr Leben zu fristen, das ihnen bereits vorbestimmt war, sie rettete sie davor, sich als Gelähmte auf dem Stuhl sitzen zu sehen, der morgens zur Marina und abends wieder zurückgetragen wird. Sie rettete sie vor dem Hunger, den sie alle litten, davor, sich selber als nutzlose Esser zu sehen, als hinterhältige Brotfresser, sie rettete sie, kurz gesagt, vor einem Leben als Erdwürmer, das wer weiß wie lange noch währte, durch einen Tod als Pellisquadre, rasch und unvermittelt.

Und so war es, als Ferdinando Currò und die Ohmahnen seiner Mannschaft vor dieser Sintflut entkommen wollten, vor dieser Lebensflut, dass sie es sich in ihrer eigentümlichen Denkweise genau überlegten und mit umgekehrter Arke zum Untergang, zur Rettung aufs Meer hinausfuhren und sie, die Lanzitte, dazu aufs Wasser setzten. Und als die Borietta von dieser ersten Dienstreise zurückkehrte und Signor Cama sich entschloss, sie vor der Türe seines Häuschens aufzubocken, damit nur ja niemand mehr einer ähnlichen Versuchung erläge, hatte auch Caitanello den gleichen glorreichen Einfall. Caitanello jedoch nahm Ausrüstung, mongolische Wolle und marokkanischen Dolch, wie wenn er auf die Jagd nach Thunen, Bonitos, Schwertfischen, Blauhaien, Heringshaien und Feren ginge und vor seinen eigenen Augen verbergen wollte, dass er nicht für den Tod aufs Meer fuhr, sondern fürs Brot und damit das Schicksal herausfordern wollte, dass er, kurz gesagt, wie sonst hinausfuhr, wie er immer hinausfuhr, denn sie fuhren immer zuerst, um Fische zu fangen, um sich den Tageslohn zu verdienen und denen, die noch Kinder waren, etwas zu essen heimzubringen, und in Wirklichkeit, um sich nicht zu verraten und es vor Signor Camas Augen zu tun, führte er die Lanzitte vom Sporn weg zu den Meerestiefen an der ‘Ricchia und begann von dort aus, die Lanzitte als Bark’arke aufs offene Meer zu lenken, weit hinaus, und nicht zur Rettung seines Lebens. Mit einem Wort: Er fuhr nicht nur hinaus zum Tod, sondern in den Tod.

Die Bark’arke musste ihm gezwungenermaßen, zwangsläufig von daher eingegeben worden sein, vom Vorherigen, vom Präzedenzfall und alleine vom Präzedenzfall dieses Don Ferdinando und dieser Arke, die den Namen Borietta trug, vom Brauchmissbrauch, den Ferdinando Currò und seine alten Mumien in diesem Sinn und Widersinn an ihr begangen hatten. Wenn Caitanello sich dann Don Ferdinando und seiner Mannschaft anschloss, auch wenn er leugnete und sagte, er habe sich nicht zu diesem Zweck aufs Meer hinausbegeben, zu diesem Ende, und gewissermaßen zu verstehen gab, dass er hinausgefahren sei, um sich mit dem Flipperhändchenraïs zu treffen und zu messen, sah es so aus, als gäbe es keine andere Bark’arke mehr als diese Lanzitte, die war, als würde sie nichts weiter machen, als aufs Meer zu fahren und wiederzukommen und diesen und jenen tragen, Alte, längst zu Mumien vergreist, verpergamentiert, und alte, noch grüne Mumien, die sterben wollten oder den Versuch machten zu sterben, wie wenn das, auch das für sie noch eine Ausfahrt aufs Meer wäre, eine von den zahlreichen in ihrem Leben.

Hier, an diesem Punkt, so wie wenn er just hierher, an diesen Punkt mit seinen Überlegungen über das Arkan der Arke gelangen wollte und musste, der Arke, die ihm der Steifstöckige dort enthüllte, hörte ‘Ndrja sich wie gedankenverloren sagen, wie wenn der, der redete, jemand war, ein anderer, und er derjenige, der zuhörte, sich sagen hörte: Doch auch Don Luigi, auch er, auch einer wie er, er, Luigi Orioles, ist hier, hier, wo er bereits insgesamt lapidar wehklagt, insgesamt, doch wie wenn er keinen wirklichen Schmerz hätte, auch er, einer wie er, befindet sich hier, und schon befindet er sich nicht mehr hier, hier ist er und schon im Begriff, sich mit dieser Lanzitte zum Sterben auf das Meer dort drüben tragen zu lassen, das Meer, das für ihn das Meer des Wirrsinns war, dies jetzt aber nicht mehr sein durfte.

Diese Worte hörte er sagen, doch nicht wie jemand, der laut denkt, sondern wie jemand, der im Schlaf redet und den der Klang seiner eigenen Stimme unter dem Eindruck weckt, dass ihm etwas widerfährt, an das er nicht gedacht hatte, etwas, das er für absolut unmöglich gehalten hatte, ihm jetzt aber widerfuhr und ihn, da es ihm widerfährt, mit diesen Worten in Alarm versetzt.

Unter diesem Eindruck wandte er sich instinktiv nach hinten, wie wenn er sichergehen wollte, dass die Borietta noch da war, auf dem Sporn, wo Signor

Cama sie nach Caitanellos Bravourstück noch einmal hatte aufbocken lassen, auch wenn sie durch die Flukenschläge des Flipperhändchenraïs und Genossen halb zertrümmert war.

Doch konnte die Borietta überhaupt noch da sein? Hatte er denn diesen Bummbumm vergessen, diesen Totenschädel, diese Magerkralle, Bummbummbomber, Mörder von Abessiniern und Bombüchsierer von Fischen und Fischbestien? Hatte er denn vergessen, dass die Borietta mit dem Auftauchen, ja eigentlich dem Wiederauftauchen und dem Verschwinden dieses Totenschädels verschwunden war? Hatte er denn vergessen, dass Bummbumm, nachdem er den Orcaferon von oben, von der 'Ricchia her bombüchsiert hatte, ohne dass es dem Tiergiganten auch nur die oberste Haut zerrissen hätte, sich beim Herannahen des Landungsboots in Richtung der beiden Meere zwischen Skylla und Charybdis davonmachen musste, gemeinsam mit den beiden Geschäftemachern, die ihn angeheuert hatten, um dann aber wieder zurückzukehren, dieses Mal jedoch ohne sie, dafür aber mit Waffen und Ladungen, das heißt mit Sprengstoff, mit ganzen Ladungen von Sprengstoff, Zündschnüren, Zündern und Büchsen, und mit bettlägeriger Frau und Kindern, und auf Zigeunerart auf dem schwarzen Sand sein Lager aufschlug, inmitten der von den Soldaten an diesem Einschiffungskopf zurückgelassenen Widerlichkeiten, wie wenn er sich in seinem Kopf zurechtgelegt hätte, den Orcaferon noch einmal und auf eigene Rechnung zu bombüchsieren, wobei er sicher war, ihn zu zerfetzen und an Land zu ziehen und von dem stinkenden Fleischberg so viel zusammenzuraffen, wie ihnen, ihm, seiner Frau und den Kindern, nur möglich war? Doch am nächsten Morgen waren sie verschwunden, er, Frau und Kinder, und mit ihm, durch ihn, durch sein Werk, daran gab es wenig zu deuteln, war auch die Borietta verschwunden, und seitdem hatten sich ihre Spuren für immer verloren. Hatte er denn vergessen, dass dies geschehen sein musste, als dieser Totenschädel, dieser Abschaum der Menschheit, den wunderbaren Einfall hatte, mit ihr hinauszufahren, um sich in Schussweite des Orcaferons zu positionieren und ihm von oben her seine Bombüchsen reinzujagen, also geschehen sein musste, als er sie seiner Absicht nach als seine persönliche, innig vertraute Arke aufs Wasser setzte, damit er seiner unerfahrenen Meinung nach hinausführe, dem althergebrachten Sinn nach als Arke auf der Sintflut, doch dann hatte sie dagegen, inzwischen zur Bark'arke geworden, im umgekehrten Sinn, als faulende Arke, die Oberhand über ihn gewonnen und war nach ihrem Sinn verfahren, nach dem Sinn und Widersinn von Don Ferdinando Currò und seinen alten Mumien, was sie bis zu dem Punkt getrieben hatte, dass sie, nachdem sie Bummbumm mit Familie verrottet hatte, sich ebenfalls verrottet hatte.

Und während die Borietta ihm aus dem Sinn verschwand wie in den Tiefen der Meere zwischen Skylla und Charybdis, hörte er hier plötzlich, wie die Stille in seinem Ohr summte, voll, bis noch einen Augenblick zuvor, von diesem erstickten Klatschen eines aufgerüttelten Meeres, das es unter dieser schmutzigen Last hervorbrachte, dieser Lanzitte, die, ob aus schlichtem Holz oder aus Nussholz, ein Spielzeug für kleine Jungs war, die sich schon wie halbe Männer fühlten, war, war, doch nun nicht mehr war, das letzte Überbleibsel des unglücklichen Stammes der durch den Krieg zerstörten Barken auf den Meeren zwischen Skylla und Charybdis, und hier hatte er in primis wieder das gleiche Empfinden wie zuvor, wie wenn er hören würde, wie ein anderer spräche, und er hörte, dass dies sein eigenes, Sprechen gewordenes Nachdenken war, nur dass das, was er sich jetzt sagen hörte, auch wenn es klang, wie wenn es nur die Fortsetzung dessen wäre, was er sich vorher hatte sagen hören, auf ihn die Wirkung hatte, wie wenn er wirklich jemand anderen hörte. Denn er hörte sich sagen: Und wenn ich mir auch diesen Don Luigi da, der damit beschäftigt ist, den Steifstöckigen zu beohräugen, als alte Mumie vorstellte, als alte Mumie auch ihn, hervorgebracht und vernichtet vor seiner Zeit vom Krieg, kurz gesagt als eine alte Mumie, die wie eine Kopie Ferdinando Curròs war, dieser Don Luigi da, der, um so zu sein wie Don Ferdinando, sich bereits hier befindet, auf dem Sporn, im Angesicht des Meers, das auch ihn erwartet, und es wartet auf ihn, ja, es fleht ihn an, auch ihn: 'Arke, 'Arke, eine Barke, einen Großkaik oder das schlichte Holz der Lanzitte, wie wenn auch er im Begriff stünde, auf das jenseitige Meer hinauszufahren, das er stets für das wirrsinnige hielt und es so nannte, dann wird er dort, hier, vor lauter Warten, sofern er eine noch vom Krieg hervorgebrachte und wieder geschlagene bittere, herbe alte Mumie vor seinen Jahren ist, zu einer schönen reifen Mumie werden, reif und wahrhaft verwelkt.

Die Worte selbst und die Ideen selbst, die Sätze selbst, die er sich im Hinblick auf Don Luigi sagen hörte, verblüfften ihn. In seiner Verblüfftheit jedoch hörte er im Hinblick auf das, was er wie in einem Blitz sah, wiedersah, was es bis vor einem Augenblick noch war, die Gedanken, die er dachte und ihm durch den

Kopf schossen, blitzschnell und ganz natürlich, wie nur Fische im Meer. Denn bei den Gedanken, die er jetzt dachte: Ich lenkte mich ab, sagte er sich, ich lenkte mich derart ab, dass ich diesem Trug erlag oder mich täuschen ließ, dass ich, kurz gesagt, diesem Täuschungstrug erlag und ihn beohräugte, als wäre es das Evangelium auf den Lippen des Steifstöckigen da vorne unter den drei Palmen, der Täuschungstrug eines Mannes wie Luigi Orioles, den ich mir allein deshalb, weil er 'Arke, 'Arke wiederholte, zuerst als alte Mumie vorstellte, eine alte Mumie wie Ferdinando Currò, und ihn mir danach, um bei diesem Stil zu bleiben, dort vorstellte, hier, wie eine vor dem Anblick des Meers verlorene Seele, die wartet und erwartet, an Bord zu gehen, um das Ungemach, auch das, zu leben, so zu leben, wie er lebt, ungeschehen machen zu können, indem auch er seinen Hintern vom Stuhl erhebt.

Ich lenkte mich jedes Mal ab von diesem Arke Arke, indem ich dieses Arke 'Arke genau im umgekehrten Sinn eines Luigi Orioles auffasste, dieser alten Mumie, die es leid war zu leben, die 'Arke 'Arke anruft, irgendein einfaches Holz, um hinauszufahren und sich in den Meeren zwischen Skylla und Charybdis zu versenken, alleine, in seinem alleinigen Interesse sozusagen, was, wenn man es recht bedenkt, das genaue Gegenteil von ihm ist oder wäre. Ich lenkte mich ab.

Ich lenkte mich ab, o Wunder, von diesem Arke, Arke, indem ich den Klang mit der Sache verwechselte, so wie sie in meinem Ohr klang, für die Sache, nach der sie klang, Arke nämlich, und indem ich diese Arke mit allem Wehlaut als Zeichen nahm, als bewiesenen Beweis, schändlich und herzzerreißend zugleich für einen Don Luigi Orioles, der auf Ferdinando Currò und seine alten Mumien neidisch war.

Ich lenkte mich ab, wie wenn ich nicht gehört, wie wenn ich nicht gewusst hätte, dass dieses lockere Wort, das zum Lockern der Arke gesagt worden war, die Barke selbst war, die sich entfernte, um mir vor Augen zu führen, welche Ferne durch den Krieg zwischen der Barke und der Mentalität der Pellisquadre getreten war.

Ich lenkte mich stattdessen ab, eben weil ich es hörte, eben weil ich es wusste, dass diese Arke, Arke die Barke war, eben daher dehnte und lockerte ers, um es mich hören und wissen zu lassen, mich, um mir damit auch die Barke vor Augen zu führen, sozusagen meine Barke, die ich bei Don Armandino zu bestellen versprach und ihm dafür die tausend Lire anzahlen wollte, die mir der Malteser geben würde, wenn ich diese Regatta für ihn in Messina rudere, um mir vor

Augen zu führen, welche Ferne, welche Doppelferne sich zwischen dem Zeitpunkt, zu dem Don Armandino die Palamitara übergeben könnte, und dem Verlangen aufgetan hatte, das diese hier versammelten Freunde und Pellisquadre dafür empfanden, um mich zu fragen, ob ich sie jemals zum Schweigen bringen kann, jemals zum Schweigen bringen könnte.

Doch nicht allein und ausschließlich deshalb lenkte ich mich ab, nicht allein und ausschließlich, weil ich die Vorstellung eines echten Kapitäns von ihm hatte, eines Kapitäns, bei dem es sich, wie er immer sagte, im Sturm erweist, ob er Kapitän ist, doch er hatte sich über den Kapitän, der er war, hinaus als Kapitän mit Größe zu erkennen gegeben, die Lockerung, die er bei der Barke vornahm, bis, ja bis weit darüber hinaus, als er diese Arke, diese Arke da zur Bar'e lockerte, was so viel bedeutete, wie wenn die Barke zum Weltenendchaos losgelassen würde, zum Weltenendchaorioles.

Ich lenkte mich ab, hinterher, das muss nicht besonders erwähnt werden, weil Don Luigi seine Rolle als Redeberedter spielte. Als einer dem Willen der Mehrheit Unterworfener, einer seiner geheiligten Grundsätze, spielte er jedoch die Rolle, mich, den hier Anwesenden, zu überzeugen, den Malteser um den bewussten Gefallen zu bitten, allerdings um den Preis, dass er seine Rolle als Redeberedter spielen konnte, wie er sie spielte, mit einem Wirrwarr an Grimassen, Geheimzeichen und Morsebuchstaben mir gegenüber, und erst jetzt wurde mir die Ehre bewusst, die er mir erwies; er behandelte mich nie wie eine Minderheit angesichts der Mehrheit, eben weil er es mir offen und ehrlich sagen und mich rufen konnte: 'Ndrjuzza, komm her, hör zu, lass den Malteser uns diesen Gefallen erweisen, doch nichts, ich hielt mich zurück, immer so, wie wenn er mir sagen würde: Entscheide du.

Deshalb lenkte ich mich ab, nachdem er mir die Ferne der Barke mit ihren Lockerungen vor Augen geführt hatte: denn für ihn war sie Parabel, Parabel für ein furzendes Pferd. Das heißt, als würde er an diesem Punkt zu ihm sagen: Die Parabel ist die Barke, ist das Boot, das in die Ferne gerückt ist, als wäre es nicht vorhanden, dann ist folglich das furzende Pferd was? Was könnte es wohl sein, lieber 'Ndrjuzza, 'Ndrjuzza meines Herzens?

Grosse Stille herrschte jetzt da oben auf dem Sporn, und 'Ndrja spürte, wie die Gedanken, die er rasend schnell gleich Fischen im Meer in seinem Verstand dachte, von seinem Kopf in jeden Teil seines Körpers jagten, doch besonders in die Augen, die er jetzt frei nach vorne richtete, nach vorne, wohin die Augen aller dort auf dem Sporn versammelten Pellisquadre blickten, starr und unbeweglich, wie von einem Zauber belegt. Dann, in der großen Stille, die dort auf dem Sporn herrschte, hatte 'Ndrja, als er Ellbogen an Ellbogen Don Luigi berührte, das Gefühl zu wägen, abzuwägen, wie immens er war, wie immens schwer, gleichzeitig aber auch leicht, beinahe wie eine Feder, und glaubte dem Gehör nach wieder zu erohräugen: 'Arke, 'Arke, und beinahe instinktiv wandte er seine Augen ab auf Don Luigi da neben ihm. Er fand ihn, genauer gesagt, er fand sich ihm unmittelbar gegenüber, von Angesicht zu Angesicht, Auge in Auge, Pupille in Pupille, und stumm, wie wenn er es erwartet hätte, und beinahe im selben Augenblick, in dem 'Ndrja ihn anblickte, zwängte er sich noch weiter nach unten, hinein, nach innen, in die massige Gestalt. Es war, wie wenn er sich von der Bühne fallen ließe, gar von der Bühne der Welt der Lebenden, mit schweren Lidern, die sich ihm über das Licht der Augen senkten und 'Ndrja ein letztes Mal starr und unbeweglich ansahen, mit dem Augapfelweiß kleinster Kinder, von unten nach oben, wie Christus am Kreuz, wie wenn die Augen in ihn einsinken würden.

So verschwand er vor ihm, wie vor dem Blick, als 'Ndrja bei ihm die Lippenbewegung beobachtete, die er ausführte, er beobachtete ihn oder meinte, ihn zu beobachten, das herauszufinden war für ihn nicht von Bedeutung, denn es war nicht das, was in diesem besonderen Augenblick für ihn zählte. Was für ihn zählte und immer wieder neu zählte, war die Tatsache, dass er das Arke, Arke, das er jetzt wieder, noch bevor er seinen Blick abgewandt und ihn angesehen hatte, erohräugte, entweder dort auf den Lippen Don Luigis erohräugte oder es in sich erohräugte, in seinem Verstand. Denn nur Don Luigi konnte das entweder in diesem Augenblick oder vorher so oft wiederholen, dieses Arke, Arke, diese lose Barke, lose und finster, und es auch wiederholen, als ich mich ablenkte, ja, vor allem dann, vor allem dann, denn das, was mir widerfährt, was mir auch in diesem Augenblick widerfährt und in mich niederfährt und für mich noch in mentedei war, musste, konnte einzig und allein da geschehen, als ich mich nur zu diesem Zweck ablenkte, und so geschah es, dass ich nicht vorher schon darauf aufmerksam wurde, nur Don Luigi konnte es so oft in der

Zeitspanne wiederholen, in der ich mich abgelenkt hatte, was war, wie wenn das, weswegen ich mich abgelenkt hatte, mir genau dann widerfuhr, als ich mich ablenkte. Es war gewissermaßen, wie wenn er die Parole an mich weitergegeben hätte, diese lose, finstere Parole: Arke, Arke, und mich mit meiner Rolle belehnte, indem er mir sagte: Entscheide du.

Und für mich jetzt, hier, Minderheit, Mehrheit, war es, als hätte ich bereits entschieden, entschieden, was mir widerfuhr und widerfährt, im Inneren, in meinem Verstand, in meinen Augen, was ist, wie wenn die Parole, die Don Luigi an mich weitergegeben hatte oder nicht weitergegeben hatte, dafür bestimmt war, dafür bestimmt, was da jetzt mit mir geschah: denn es war, wie wenn es mein Schicksal wäre, diese lose, finstere Arke zu lockern, in der Weise, wie ich es musste, in der Weise, weshalb ich jetzt einen Kloß im Hals bekomme, der mich erstickt, wenn ichs nicht sage, wenn ichs nicht ausspucke, und zwar gleich, auf der Stelle, nämlich: Orca, Orca, Orca, Orcarke.

Und so wurde er jetzt nachgiebig, nachgiebig mit sich selbst, mit den anderen, nachgiebig mit dem Leben und dem Tod, nachgiebig, weil es sich für ihn als unmögliches Unterfangen erwies, als Qual und Leid, Familienvater zu werden, zu entscheiden, was gut und was schlecht für andere ist, zu entscheiden und entsprechend zu handeln, zu entscheiden, dass das Schlechte letzten Endes darin besteht, den Tod dem Leben vorzuziehen, das so kurz ist und so flüchtig, und nicht so traurig, so elend, das Leben, das man auf einer Barke verbringt, einer Arke, auf einer schwarzen Bare, Ausfahrt für Ausfahrt. Die Lebensbarke erweist sich immer mehr als Arke, immer mehr als Bare, die auf den Tod zuhält, der lange währt, ohne Ende, und es ist immer wieder Zeit, ihn zu sterben.

War er überzeugt? Sie taten doch immer wieder alles, um ihn zu überzeugen.

»Doch frage ich: Können wir uns darauf verlassen?«, hörte er sie hinter sich sagen, erst den einen, dann den anderen, wer genau, das war nun nicht mehr von Bedeutung. »Einverstanden, der ist zwar ein Signor Mister, doch wird er uns den Gefallen tun, den er uns tun soll? Was wissen wir denn, ob er nachher, wenn 'Ndrjuzza ihn beglückt hat, uns nicht sagt: So, und jetzt fickt euch? Andererseits ist 'Ndrjuzza zwar ein guter Bursche für diesen kleinen Dienst, aber nicht dafür, ihm zu sagen: Seht Ihr, Vossìa, den kleinen Dienst erweise ich nur gegen eine Bedingung, und die Bedingung ist die hier.«

»Gut gesagt«, antwortete ein anderer zu seiner Unterstützung. »Es wäre unbedingt nötig, dass 'Ndrjuzza von einem von uns zum Signor Mister begleitet wird, einem mit Lebenserfahrung, der ihn zu ihm begleitet und sagt: Seht Ihr, werter Herr? Hier ist er, schön und bereit mit seinem eisernen Schaft, Euer Benjamin, Eure Leidenschaft, und Ihr könnt endlich Eure Lust befriedigen, doch hinterher, darauf müsst Ihr uns Euer Wort geben, müsst Ihr uns einen bestimmten Gefallen tun.«

»Don Luigi wird ihn hinbegleiten, gar keine Frage«, trat der andere dazwischen. »Don Luigi, er, er wird vor dem Signor Mister sprechen. Er übernimmt das Reden, und 'Ndrja übernimmt die Besorgung.«

»Hut ab vor Don Luigi«, ließ sich der eine von den beiden von vorher vernehmen, »doch hier, meine ich, sollte Artù Palamara mit dem Signor Mister sprechen. Das ist seine Sache.«

»Wenn ich ehrlich sein soll«, sagte eine neue Stimme, »so wie er vorher geredet hat, denk auch ich, das Artù Palamara es dem Signor Mister steckt, wie ders will, der steckts ihm und wenn er ihn verlässt, geht 'Ndrjuzza hinein und findet ihn schon mit einem Arsch vor wie ein Brückenbogen.«

»Don Luigi hat jedoch ein Auftreten, er stellt was dar«, entgegnete der, der vorher Don Luigi vorgeschlagen hatte, »und Artù Palamara hat vielleicht wohl das leichte Wort, doch darstellen tut er nichts. Und wer mit dem Signor Mister redet, lasst euchs gesagt sein, muss etwas darstellen, Haltung haben, beeindruckend wirken, andernfalls gehen dem die Worte zum einen Ohr rein und zum anderen wieder raus.«

»Dann könnte man also Folgendes machen: Vorstellen tut sich Don Luigi, allerdings stellt er sich vor mit den Worten von Artù Palamara, ohne etwas wegzulassen noch hinzuzufügen.«

So haben sie sich also, fragte 'Ndrja sich, bis zu diesem Punkt verändert, so veränderten sie sich, wobei es keine Grenze mehr gibt, wobei einen gar nichts mehr verwundert? Sie veränderten sich so, dass sie den ideenreichen Kopf, diesen salomonischen Verstand auf eine so niedrige Stufe werfen konnten, auf den Rang eines Zuhälters, eines, der das Wort vor einem führt, der ihn in die Bäcksait durch einen anderen nimmt. Sie verfügten über einen Luigi Orioles wie über einen Klötenlecker und Arschkriecher, um den Signor Mister mit Vaseline zu schmieren.

Doch die Sache war noch schlimmer, die Sache war, dass sie ihn noch tiefer hinuntergeworfen hatten. Denn letzten Endes hatten sie ihn als Redner ausgeschieden und ihm ein Großmaul wie Arturo Palamara vorgezogen, auch wenn man bei genauerem Hinsehen nichts dagegen einwenden konnte, denn dieses niederträchtige Gerede war nicht seine Sache, nicht die Sache eines Luigi Orioles, sondern ganz entschieden die eines Artù Palamara, und wenn man ihn als Redner nicht in Betracht zog, was nahmen sie dann von ihm? Seine Erscheinung, seine beeindruckende Gestalt. Das heißt, sie hatten den Anspruch, sie hatten den barbarischen Mut zu denken, sie könnten sich seiner nunmehr ausschließlich als eines Papprosses bedienen, als eines Paradepferds, sie erhoben die Forderung, dass ein Luigi Orioles ausschließlich Wampe und Rampe lieferte, sie erhoben die Forderung, dass er die säuischen Ausdrücke eines Artù Palamara in den Mund nahm und sie dem Signor Mister gegenüber wiederholte, Wort für Wort, ohne etwas wegzunehmen noch hinzuzufügen, er, ein Luigi Orioles. Was für eine Welt war das?

Er hatte sich überzeugt, doch wenn man sie hörte, musste man da nicht zurückrudern? Oder musste man, wenn man zurückruderte, ohne den geringsten Skrupel überzeugen, ihnen ohne weitere Umstände das zu geben, was sie wollten, ihnen dort vorne den Orcadaver anlanden zu lassen, damit sie mit ihm anstellen konnten, was ihnen die meiste Freude brachte, denn alles in allem waren sie längst bis zu dem Punkt verändert, dass sie sich wohl nicht einmal mit dem angelandeten Orcadaver noch mehr verändern konnten.

Wieder blickte er verstohlen aus den Augenwinkeln zu Don Luigi hinüber, doch was er niemals mehr erwartet hätte: dieses Mal fand er sich ihm Aug in Aug gegenüber, der ihn ansah, wie wenn er es erwartet hätte, wie wenn er ihn erwartet hätte.

In dem Blick, in der Weise, wie seine Augen ihn ansahen, glaubte 'Ndrja viele Dinge und alle auf einmal zu lesen, und auch, wenn nur er diese Dinge sah, welchen Unterschied machte das schon? War das im Grunde nicht das Gleiche? Wenn er sie sah, war es dann nicht, wie wenn es sie gäbe? Änderte sich dadurch etwa der Sinn der Sache oder wurde er dadurch tiefer oder weniger tief, wahrhaftiger oder weniger wahrhaftig? In einer derartigen Sache, war es da nicht alleine das, was zählte, der Sinn? Und der Sinn dieses Blicks, die Weise, wie Don Luigis Augen ihn ansahen, war für ihn dieser. Hast du jetzt verstanden?, schien er zu fragen. Hast du dir ein Bild gemacht? Hast du gesehen, in welchem Zustand sie sind? Hast du jetzt einen Begriff davon bekommen, wie der Tiergigant sie hereinlegt? Sie sahen ihn und waren wie von einem Zauber erfasst. Und mach dir ja nichts vor, dass sie sich bald schon von dem Zauber befreien ließen, glaub ja nicht, dass diese Verbohrtheit, die sie gepackt hat, jetzt, auf der Stelle vorüber wäre. Du hast mich doch gesehen, oder? Du hast doch gesehen, was für ein Theater ich dir geboten habe? Gibts denn ein noch schlimmeres oder noch besseres Beispiel als mich? Obwohl ich mein ganzes Leben lang eine gegenteilige Meinung hatte, ja, wie du wohl weißt, ein eingeschworener Feind jeder Abscheulichkeit der Fischbestie war, in primis primissimo der Fere, nie und nimmer konnte ich mich zu diesem Giganten bekehren, der insgesamt, innerlich und äußerlich, einer Fere, einer riesigen Fere, einem Feron entspricht, nur dass mir dann klargeworden ist, dass die Mehrheit ihn zog und ihn mit Augen, Gedanken, Gefühlen und Sinnen hier vorne anlandete. Mit dem Tod im Herzen musste ich zur Kenntnis nehmen, was den Burschen durch den Kopf flaust, doch nicht allein das, sondern ich musste mich aus Gründen der Vernunft und der Erwägungen auch mit diesem Verblatterten abgeben, um dich durch ihn auf den Gedanken zu bringen. Ja, denn, teurer Luigi, sagte ich mir, der Redner hier bist immer du gewesen, der Redner, gut, wenn mans weiß, allein aus dem Grund, dass es hier einen anderen, der zwei aufeinanderfolgende Wörter bilden kann, nicht gibt, und wenn dieses Mal deine Ansicht sich nicht mit der aller anderen deckt, autorisiert dich das nicht, dich davonzumachen und den anderen, das heißt der Mehrheit, deinen Gedankengang und dein Wort zu entziehen, nachdem nicht einmal du dich mehr erinnerst, seit wie langer Zeit, seit wann es dir zur Ehre gereicht, ihr denkender Kopf und zugleich ihr sprechender Mund zu sein. Nein, teurer Luigi, du kannst dich nicht einfach zurückziehen, dich in Schweigen hüllen, du kannst nicht zeigen, dass du gekränkt bist, aus dem einfachen Grund, weil du, ob du willst oder nicht, deine Rolle spielen musst, die du immer gespielt hast. Ach, teurer Luigi, nicht alle Tage ist Sonntag. Oder willst du das Recht für dich in Anspruch nehmen, dass nur du alleine Vorstellungen hast, die richtigen Vorstellungen, und den Erlass ausgeben, dass irrige Vorstellungen nur die anderen haben? Ach, Luigi, Luigi, vergisst du denn das Sprichwort: Alle zwar aus einem Bauch, doch nicht alle vom gleichen Hauch? Und vergisst du, dass du einer bist, ein Einziger, mit einem und einem einzigen Verstand, der, so sehr du dich seiner auch rühmst, doch nicht der Verstand Salomons ist, des Kopfes aller Köpfe, du bist einer, ein Einziger, während sie, die Burschen, viele sind, vielviele, sie sind die Mehrheit, sie sind der Verstand der Mehrheit? Drücke ich mich klar aus, 'Ndrja? Ich habe die völlige Verwertung dieses Orcaferons nicht erkannt, folglich habe ich auch die Anlandung des Tiergiganten nicht erkannt. Konnte ich mir daher jemals denken, jemals auf den Gedanken kommen, dass man seine Anlandung nur durch dich erreichen kann? Und indessen warst du in Unkenntnis all dessen, auch das hatte sein Gewicht, auch deshalb teilte ich ihre Ansicht nicht. Denn bestand für dich, auch für dich etwa die Notwendigkeit, mir das zu sagen? Es war meine Sache, zu dir zu kommen und das Gequatsche loszulassen, ach was Gequatsche, das Kupplergesäu, das Kupplergesäu, damit dieser Malteser auch richtig satt wird.

Es war wirklich so, als würde man diese Worte, diese Reden in seinen Augen lesen können, und die hätte auch ein Analphabet von glücklichem oder weniger glücklichem Stand lesen können, so war, immer so, der Blick von Luigi Orioles, immer reichhaltig, immer in Fülle, in Fülle wie ein Ei, vor Redeberedtheit.

Wie konnten sie denn auch wissen, dass er bereits von selbst daran gedacht hatte, gleich als er den Malteser hatte auftauchen sehen, daran gedacht hatte, ihn den Orcaferon anlanden zu lassen? Hätten sie es gewusst, würden sie sich jetzt in die Hände beißen. Er hatte sich sogar schon die Worte zurechtgelegt, um den Signor Mister um diese Gefälligkeit zu bitten, weil er die, solange Don Luigi nicht die Bühne betreten hatte, für einen großartigen Einfall hielt, auch wenn die ursprüngliche Idee dazu, davon war er immer mehr überzeugt, ihm vom Anblick Caitanellos eingegeben worden sein musste, der sich im Schlafzimmer so handeifrig zu schaffen machte, in dem er Streifen auf Streifen vom Bauchfleisch der Fere abschnitt, auch wenn sein Vater, wie er sagte, als einziges und allein wichtiges Geschäft, das er sich sehnlichst erwünschte und das ihm die unblutige Wunde heilen konnte, diese stigmatische Öffnung, die er in seiner Handfläche spürte, ein Händedruck war, der Händedruck einer anderen Hand, und 'Ndrja konnte bestätigen, wie er sich danach sehnte, konnte es mit einem Beweis bestätigen, denn er hatte die Erfahrung gemacht, als er sie ihm drückte, die Hand, und gespürt hatte, wie er sich austobte, wie er seine Hand wie ein Verhungernder drückte. Wenn Caitanello nun aber, vom Händedruck abgesehen, in der Lage war, um das Bauchfleisch einer Fere einen so gewaltigen Aufstand zu veranstalten, wie er ihn miterlebt hatte, dann musste den Pellisquadre, alle wie sie da waren, bei der Riesenhaftigkeit des Orcadavers doch vermutlich die händische Geschäftigkeit zu den Augen herauskommen. Und genau hier lag der Irrtum, hier krankte es bei seinem Einfall, denn es war keine Frage von kleiner oder großer Geschäftigkeit, es war vielmehr die Frage, dass Caitanello die Geschäftigkeit auf die Fere anwandte und daher ganz in seinem Metier war, er tat, was er immer getan hatte, es ging um Pellesquadra gegen Fere, darum, dass der Pellesquadra die Fere öffentlich bloßstellte, auch wenn er,

Caitanello, es da mit Bauchfleisch tat, mit Moscham, statt mit Hirn. Doch was gibt es in der Fere sonst noch? Was sonst ist die Fere noch, alles in allem? Was sonst, außer Hirn und Bauchfleischbauch? Eben darum kann man sehr wohl sagen, dass, auch wenn das Streifenschneiden des Bauchfleischs für Moscham, für Trockenfleisch, eine Arbeit für Frauenköpfe und Frauenhände ist, es einer öffentlichen Bloßstellung gleichkommt, einer öffentlichen Bloßstellung durch Frauenhand bei einem Tier, das ihren Männern die letzte Kraft der Ellbogen abverlangt, einer öffentlichen Bloßstellung durch Frauen, mit einem Wort. Doch hatte nicht Caitanello selbst, eingepfercht, dort in seinem Schlafzimmer, in so eigentümlicher, so absonderlicher Umgebung, wenn man ihn so sah, und wenn man ihn tun sah, was er tat, hatte er da nicht etwas an sich, das seiner Natur widersprach, nämlich etwas Weibliches?

Mit der Geschäftigkeit dagegen, die sie mit dem Kadaver des Orcaferons auf sich nahmen, ja, eigentlich mit der ozeanischen orcinusen Orca, mit diesem ungeheuerlichen Wesen der anderen Welt, mit der eigentlichen meerischen Tödin, die selbst, was für ein unfassbares Ereignis!, dass man den eigenen Augen fast nicht zu trauen wagt, selbst tot ist, mausetot, durch die Hand, das Händchen von Feren, konnten sie da jeder etwas Derartiges sagen, nämlich dass jeder, dass alle bei sich waren, konnten sie sagen, dass sie sich ihrer gewohnten Geschäftigkeit hingaben, Geschäftigkeit von Haut um Haut, von Pellesquadra gegen Fere, gegen diesen tagtäglichen Feind? Konnten sie behaupten, dass es wie die öffentliche Demütigung der Fere war? Und konnten sie andererseits denn, ohne die Geschäftigkeit mit der Fere, die Geschäftigkeit als öffentliche Demütigung in die Waagschale zu werfen, sondern allein die händische Geschäftigkeit, die Geschäftigkeit als solche, die Geschäftigkeit als Begeisterung, als Ablenkung geltend zu machen, konnten sie da vielleicht sagen, dass das mit dem Kadaver des Orcaferons eine Geschäftigkeit dieser Art für sie ist, schlichte, einfache Geschäftigkeit, Geschäftigkeit um der Geschäftigkeit willen, mit einem Wort, Geschäftigkeit an und für sich, zu nichts anderem als zur Begeisterung, zur Erfüllung, zur Tröstung, Geschäftigkeit der Hände, zur Ablenkung der Gedanken? Wie konnten sie das sagen, wenn sie ursprünglich nichts anderes gesehen hatten als das Geschäft hinter der Geschäftigkeit? Nicht Geschäftigkeit um der Geschäftigkeit willen, sondern Geschäftigkeit um des Geschäfts willen, musste man sagen: denn der Orcadaver musste ihnen wie eine Goldmine aus Haut und aus Lederwaren, aus Fleisch und aus Knochen, aus Öl und Fett, wie eine Fabrik für Löffel, Messer und Gabeln, für Kämme und Klappersandalen vorgekommen sein. Ihnen musste der Orcadaver noch mehr als eine Goldmine und noch mehr als eine Fabrik vorgekommen sein als den kleinen Männern mit dem Babyhaarschnitt auf den Fotografien in dem Buch von Signor Cama die Kadaver der unechten Orcas, denn wenn diese kleinen Männer einmal im Jahr das Freudenfest um diese Pseudoorcas veranstalteten, taten sie es nicht, um zu spekulieren, sondern um zu überleben, oder wohl besser um mit heiler Haut davonzukommen, nicht um Fleisch, Haut, Knochen, Öl und Fett zum Handel anzubieten, sondern um zu essen, zu essen und Vorräte anzulegen, die ihnen bis zum nächsten Zug der Riesentiere reichen mussten, und Löffel, Gabeln und Messer, Kämme und Klappersandalen, die sie mit ihren Händen herstellten, nicht machten, um sie zu verkaufen, sondern zum Eigengebrauch, um damit zu essen, sich damit zu kämmen, um damit herumzulaufen.

Konnten sie jetzt, hier sagen, dass ihr Geschäft, ihr Geschäft, das sie mit dem Orcadaver machen zu können hofften, auch ihr Geschäft auf Leben oder Tod war, oder war es ein Geschäft für ein Geschäft? Befanden sie sich etwa mit dem Orcaferon in ihrer üblichen Richtung, in genau der gleichen Richtung, in der sie mit der Fere waren? Veranstalteten sie etwa eine öffentliche Demütigung mit dem Orcaferon, wie sie es mit der Fere machten, mit dem gleichen flammenden Bewusstsein, mit der gleichen Hingabe? Fingen sie sich von diesem Orcaferon etwa ekelerregende Handschläge aufs Gehirn ein, wie sie sie von den Feren einfingen, Gift gegen Gift? Oder schnitten sie durch die Hand ihrer vorausschauenden Frauen Bauchfleischstreifen ab, um sie zu salzen und zu Moscham zu trocknen, weil auch für die Frauen an den Meeren zwischen Skylla und Charybdis immer Beringsee herrschte, ständiger Krieg gegen die Not? Oder schnitten sie Bauchfleischstreifen wie Caitanello in seinem Schlafzimmer, mit jener Starrköpfigkeit, wie wenn er sich seine rechte Hand austoben und zugleich seinem Gram und seinem Unglück als Großwesir freien Lauf lassen wollte, auch wenn er dem äußeren Schein nach, wenn er die Bauchfleischstreifen aufhängte, als wollte er sie in einer zweiten Runde salzen und trocknen lassen, zu verstehen zu geben schien, dass er das Bauchfleisch der Fere wirklich zu Moscham verarbeitete und nicht, weil er sich austoben wollte? Kurzum, hatten sie etwa ein uraltes persönliches Tagesproblem zu klären, wie sie es mit der Fere hatten? Oder war es nur eine Frage des Namens, des Namens Feron, den sie der Orca angehängt hatten und der von der Fere kam? Oder war es, genauer gesagt, eine Frage der Fluke, einer Fluke, die, einzig in der Welt der

Meere, Fere und Feron, nur diese beiden allein, flach und nicht aufgestellt hatten? Erhoben sie etwa den Anspruch, dass sie sich wegen der Frage des Namens und der Fluke an diesem Orcaferon wie an einer Fere ausließen? Oder spekulierten sie mit ihm, spekulierten sie über das Problem, das sie mit der Fere hatten, um über den Orcaferon zu spekulieren? Dachten sie, mit Worten über den Kadaver des Orcaferons zu spekulieren und dafür die Fere als Vorwand zu nehmen?

Doch mit der Beschäftigung und der Geschäftigkeit um den Orcadaver befanden sie sich in keiner Weise im Einklang mit sich selbst, im allgemeinen Einklang von alters her, noch auch in dem besonderen mit Caitanello. Nein, sie waren nicht in dem eigentlichen, echten, natürlichen, spartanischen Einklang mit ihrem Leben und mit ihrem Beruf, im Gegenteil, sie waren im widrigen, ungünstigen Einklang mit dem alten Pellesquadra mit dem pomadierten Oberlippenbärtchen, den er auf der taureanischen Marina drüben, wo der Sand noch nicht die Ruinen der Kasematte bedeckte, dunkel verschwommen gesehen hatte, wie wenn er, sein Schaumross hinter sich herziehend, dem Meer entstiegen wäre, zusammen mit der geköpften, bluttriefenden Fere und den beiden, mit Salzwasser gefüllten Kanistern, das er mit rotangelaufenem Gesicht den Hinterweltlern in den Bergen als purgatives Wasser verkaufte: Sie waren, mit anderen Worten, das Gegenteil, das Gegenteil in jeder Hinsicht, wenn man sie an ihrer Lebenshaltung und an ihrem bescheidenen Beruf maß, an ihrer Beziehung zum Meer, was bedeutete: Sie waren inzwischen weder Fisch noch Fleisch mehr, Leute, die man nicht länger Pellisquadre nennen konnte, die aber auch noch keine Händler waren, das heißt Leute, die ihrem Beruf zwar nicht mehr nachgingen, doch andererseits auch noch keine Geschäftemacher waren, Leute, die in ihrem Kopf bereits dem Meer entstiegen waren und sich von ihm entfernt hatten, aber dann doch immer noch dort verharrten, dicht am Ufer, mit schlotternden Beinen, an der schwarzen Linie der Meeresauswürfe, und damit weder wirklich am Meer, noch wirklich an Land, durcheinandergebracht, außerhalb ihrer selbst.

Er hatte ja gesehen, wie lange er gebraucht hatte, bis er dahintergekommen war, er, der so unendlich weit von der Vorstellung entfernt war, er hatte ja gesehen, dass er den Pilotfisch dieser Meerengelhäute am Werk hatte sehen müssen, das Werk hatte sehen müssen, das Don Luigi mit heruntergeklapptem und mit hochgeklapptem Visier bis zum allerletzten Augenblick, bis zu den allerletzten Worten betrieben hatte, und er hatte auch gesehen, was es ihn gekostet hatte, bis er endlich darauf aufmerksam geworden war, zugleich aber kein empörtes Gesicht aufsetzen durfte und Don Luigi gerade noch rechtzeitig bei den Fittichen packte, mit der Anlandung schon auf den Lippen, und, um die Sache vollständig zu machen, dem Burschen an die Gurgel sprang, um die Sache zu kaschieren.

Und jetzt, nach dem, was er alles zu sehen bekommen hatte, konnte er da immer noch denken, ihnen den Orcaferon durch den Malteser anlanden zu lassen, und musste er es sein, ausgerechnet er, der sie verhätschelte und ihnen dieses Geschäft verschaffte, das sie am Ende zwangsläufig veränderte?

Man hat es ja gesehen, sagte er, doch wer hatte es gesehen, wer hatte in ihn hineingeblickt, wer war in der Lage, in seiner Stinkwut zu lesen, doch vor allem hinter seiner Stinkwut, wo diese Stimme doch dauernd wehklagte: »Das ist nicht gerecht, das ist nicht gerecht …«? Sogar Don Luigi selbst, und der war immerhin Don Luigi, hatte vieles verstanden, doch das erst am Ende und auch dann nicht alles.

Andererseits, das verstand er nur zu gut, musste er, Don Luigi, ein Seher sein, um den Seherspruch zu finden, die Erklärung für sein gesamtes Verhalten, seit er sein Augenzwinkern zum ersten Mal hatte losschwirren lassen und die Szene betrat, um sein Wirrspiel zu spielen, das Wirrspiel eines Theatranten, bis er dem Burschen an die Gurgel gesprungen war, wie wenn er ihn erdrosseln wollte, doch in Wirklichkeit, um ihn daran zu hindern, zu einem Ende zu kommen und zu sagen: »…tet Ihr uns den Orcaferon anlanden, den Orcaferon da.« War ihm, Don Luigi, der Gedanke gekommen, dass er bereits daran gedacht hatte, ihm den Orcaferon anlanden zu lassen? Und hatte er ihn im Verdacht, dass seine Stinkwut auch von da herrührte, von der Tatsache nämlich, dass er die Anlandung des Orcadavers als eine schlichte, einfache Beschäftigung für die Pellisquadre betrachtet hatte?, oder im Verdacht, dass er so etwas hatte denken können, so etwas, was bedeutete: dass er entweder naiver oder veränderter als sie aus dem Krieg zurückgekehrt war, so etwas denken, nach der bildhaften Erklärung, die Signor Cama ihnen von dem Orcaferon gegeben hatte, der mehr oder weniger eine Goldmine sein konnte, mehr oder weniger eine geniale Sache, ein Riesengeschäft von drei bis vier Tonnen Gesamtgewicht, Länge gut fünfzehn Meter und gut sechs Meter Durchmesser, ein Riesengeschäft, das von Kopf bis Fluke verwendbar war? Hatte er ihn, kurzum, in Verdacht, dass er daran nach all dem gedacht hatte, gedacht, dass auch die Pellisquadre an den auf ihrer Marina angelandeten Tiergiganten dachten wie an eine schlichte, einfache Beschäftigung ihrer Hände, wie an eine Ablenkung, eine Seligkeit? Und wer weiß denn schon, ob er ihn in Verdacht hatte, dass seine Stinkwut auch von der Tatsache herrührte, dass er es ihm verdankte, diesem nie zuvor gesehenen, nie gehörten noch gesehenen Don Luigi, von der Tatsache, dass er ihm Danke sagen sollte, ihm, der so heruntergekommen war, dass er diese Szene von niedrigster Theatralität hinnehmen musste, es ihm verdankte, dass sein Verstand erleuchtet wurde, als er da und erst da deutlich und blitzartig erkannte, was für ein Reinfall sich da aus dieser gigantischen Masse von angelandeter Haut, von Fleisch, Knochen und Fett auf ihrer Marina im Praktischen ergeben würde, was für katastrophale Auswirkungen das auf die Pellisquadre haben konnte, auf ihre Mentalität, auf die Zukunft ihres schönen Berufs, was war, wie wenn man sagen würde: Auf ihre eigene Zukunft? Er hatte ja nur Don Luigi am Werk sehen müssen, sehen müssen, wie er sich zugleich schämte und entschämte, dass er tat, was er tat, denn da gibt es wenig zu deuteln: Wer rund geboren wird, kann nicht viereckig sterben, er hatte ja nur ihn sehen müssen, um eine Vorstellung von dem Weltenendchaos mit katastrophalen Folgen zu bekommen, die sich bei allen anderen einstellen konnten, wenn der Orcaferon erst einmal angelandet war. Hatte Don Luigi das vermutet? Hatte er vermutet, dass er ihm das verdankte, doch das auch gegen ihn? Vermutete er, dass er ihm dankbar war, dankbar allerdings in einer vollkommen unangenehmen Weise? Er vermutete es, ganz sicher, er konnte gar nicht anders, als es zu vermuten. Wie sonst hatte er innerhalb kürzester Zeit, sozusagen vor den Augen aller, zu dem Schatten dessen werden können, der Don Luigi einmal war: das kränkliche Aussehen, das blasse Gesicht, die tiefliegenden Augen, der ersterbende Verstand, wie wenn er aus den zerstörerischen täglichen Attacken des Maltafiebers auftauchte, die ihm fast das Leben raubten, und wie wenn er es absichtlich gemacht hätte, passte der Vergleich mit dem Signor Mister wie angegossen, der die Ursache von allem war und auch für sie eine Art von Maltafieber darstellte.

Was fehlte ihnen an dem Punkt, an dem sie waren, um sich so über alles und jedes aufzuregen? Ihnen fehlte das Eigentliche, natürlich, nämlich der Orcadaver, der angelandete tote Leib des Orcaferons. Und er sollte ihn für sie anlanden lassen? Er sollte ihren Anreiz kitzeln und ihnen freien Lauf lassen? Er? Mit anderen Worten, just er sollte ihnen eine Hand reichen, eine allein oder auch beide, damit sie sich noch mehr veränderten und verlören? Er sollte mit von der Partie sein, wenn sie das gleiche Ende nähmen wie der Pellesquadra mit dem pomadisierten Oberlippenbärtchen, wenn sie dazu verkämen, den Hinterweltlern in den Bergen Fere als Thun unterzujubeln und wie eine Folge davon auch das Meerwasser zur inneren Durchspülung? Und man konnte ja nicht sagen: Ist nun mal passiert und kommt nicht wieder vor, es ist einmal passiert und danach nie wieder, es ist passiert, weil sich die Gelegenheit bot und sie angesichts des niederschmetternden Augenblicks der Versuchung nicht widerstehen konnten. Fängt man einmal mit der Bestie an, kommt man nicht wieder von ihr los. Zu beiden Seiten der Meere zwischen Skylla und Charybdis hatte man Beispiele, und nicht wenige, von Leuten gehabt, die zumeist wohl nichts davon verstanden haben, doch die haben eines Tages mit der Fischbestie alles aufs Spiel gesetzt und, weil sie heute ein bisschen und morgen ein bisschen herumprobierten, sich unglaublich an die Bestie gewöhnt und sie gar nicht mehr aufgeben wollen, denn die Fischbestie ist schließlich bequem, sie gibt viel her und liefert eine Menge; und Fere, Blauhai, Heringshai oder Glatthai, um nur ein paar zu nennen, sind ja keine Fischlein von wenigen Kilos, bei ihnen handelt es sich um Zentner und Aberzentner, nur Schwertfisch, Silberthun und Langflössler können an Umfang mithalten und machen von ihrem Gewicht viel her, doch Schwertfisch, Silberthun und Langflössler brauchen ihre Zeit, ihren Zug, wohingegen für die miesen Bestien immer Zeit ist, immer Zug, oder genauer gesagt: Zug und Umzug, Zug und Treiben, denn Fere, Hai, Heringshai und Glatthai sind in den Meeren zwischen Skylla und Charybdis angeortet.

Wenn man nun das Laster der Fischbestie in primis wegen seines Umfangs und seines Gewichts bei dieser gewaltigen Größe eines Orcadavers annahm, bei Tonnen und Abertonnen von Körpermasse, bei einer Fülle, die gar kein Ende mehr nahm, ein Gigant, der in der Lage war, um eine Vorstellung zu geben, dreizehn Seehunde nacheinander zu verschlingen, brauchte es einiges, wenn man begreifen wollte, dass die Charybdoten, während sie ihn abwrackten, ihn von Kopf bis Fluke ausschlachteten und entbeinten, Meter um Meter, Tonnen um Tonnen, das Laster nicht nur annahmen, sondern sich richtig darein verbissen und sich darein einwurzelten, und zwar so sehr, als hätten sie von alters her, als hätten sie seit ihrer Geburt nichts anderes gekannt.

Mit einem derartigen schwarzen Untergang, einem derartigen Weltenendchaos der Fischbestie, bei dem sie, während sie sie ausnahmen und ausnahmen, immer tiefer ins Laster einsanken, hatte es keine Bedeutung, ob sie in der Vergangenheit mit diesem Wesen niemals, auch nicht in Gedanken Umgang hatten, denn in der Zukunft würden sie Derartiges auch gleich für die Vergangenheit mittun. Denn so, auf diese Weise, endete der, der zur Fischbestie nicht geboren war und bis zu diesem Augenblick Blut geschwitzt hatte und der schönen Aufrichtigkeit seines Berufs treu ergeben war, doch kaum hatte er entdeckt, wie bequem das Tier war, wie viel es hergab und wie er es bis zum letzten Rest nutzen konnte, stürzte er sich blindlings darauf, besser oder schlimmer als jeder, der dazu geboren und damit aufgewachsen war, entliebte sich auf der Stelle unausweichlich seines unglücklichen Berufs und wollte absolut und voller Verachtung nichts mehr davon hören. Und da hätte er mit der Palamitara nicht beharren sollen? Die in Auftrag gegebene Barke, das einzig Gewisse, das ihnen verblieb, war die Barke, die er in Auftrag zu geben gedachte, die Barke, das Boot, der einzige Weg, sofern es denn noch einen Weg gab, sie wieder ihrem Beruf anzunähern, ihnen den Sinn und die Bedeutung dessen wiederzuschenken, was sie einmal waren, Pellisquadre und nichts anderes als Pellisquadre, und wie sinnlos es war, wenn sie versuchten, sich davon zu entfernen und der schönen Ehrlichkeit ihres bescheidenen Berufs zu entkommen: Denn der Ehrlichkeit kann man oftmals nicht entfliehen, sie ist wie eine Verurteilung, und darin wiederum stellt sie keinen großen Unterschied zur Ehrlichkeit dar. Und wenn sie sich mit der Barke zurechtfanden, wieder vertrauten Umgang mit ihr in ihrem Kopf hatten, dann, darauf wettete er, wenn es vorkam, dass der Orcaferon ihnen gegenüber erwähnt wurde, würden alle, vom Ersten bis zum Letzten, womöglich ein erstauntes Gesicht machen und womöglich so tun, als würden sie sich nicht einmal mehr an ihn erinnern: Orcaferon? Was für ein Orcaferon denn?

Die Engländer kreuzten in diesem Augenblick weit draußen um das von rotschwarzen Schaumkämmen aufgewühlte Meer des Orcaferons herum, in einem Halbbogen zwischen der Marina der Feminoten und Casablanca, als würden sie die Absicht haben, die Meereslinie noch einmal zu überqueren.

Bis zu diesem Augenblick waren sie mit hoher Geschwindigkeit an den Rändern des großen Blutflecks vor- und zurückgefahren, der sich vor dem Blick zu jeder Sekunde mehr verlangsamte und sich in den Gischten des Meeres entfärbte, von seinem klebrigen Miniumrot zu einem karamellartigen Rosa. Dort drinnen verschwamm der Orcaferon immer mehr vor dem Blick, und es gab Sekunden, in denen man ihn für einen umgischteten Felsen hätte halten können, unter roten Korallenzweigen und grünen Algensträngen. Der Felsen spie gelegentlich noch aus dem Luftloch die nebligen Blutdämpfe aus, niedrig, ganz niedrig, und diese allein zeigten noch seine Anwesenheit im Leben an, doch zeigten sie auch an, dass dieser Vulkan diesmal aufhören würde zu speien, einfür alle Mal. Das durfte, aus der Nähe betrachtet, kein schönes Schauspiel gewesen sein, und das umso mehr, wenn man es als Sport betrachtete, wie im Fall der englischen Matrosen.

Es war jetzt klar, dass das Landungsboot nicht mehr zur Mittellinie zurückkehren würde, es war inzwischen auch klar, dass es aufs Jonische zuhielt, gleichzeitig aber an diesem Teil hinunterfuhr, um anzulegen und diesen stinkenden Abschaum von Verblattertem wieder an Bord zu nehmen, ihn, wozu sie durchaus fähig waren, mit der gleichen Anmut wiederaufzunehmen, mit der sie ihn da entladen hatten, als sie ihn ins ufernahe Meer warfen, dessen Wasser ihm bis zu den Knien reichte, und das hieß, ohne dass es das Ufer berührte, die Eingangsklappe des Landungsboots vor ihm zu öffnen und herunterzulassen und ihn so zu zwingen, sich selbst mit der Kraft seiner Arme, mit seinen Krallen und seinen Zähnen an Bord zu stemmen.

Nach einem Blick in die Runde der Pellisquadre, einem Zeichen zu Luigi Orioles, einem Augenzwinkern zu Masino, mit einem Lächeln, wie wenn er selbst der Erste wäre, der nicht an das glauben würde, was er sagte, sagte 'Ndrja in diesem Augenblick zu seinem Vater:

»Na, Pa', was meinst du? Soll ich nun für den Malteser da rudern? Geh ich mir diese tausend Lire verdienen?«

In diesem Augenblick hatte 'Ndrja bereits beschlossen, sich nicht auf den Blatternzerstochenen zu verlassen, sondern selbst hinunterzugehen und mit dem Malteser zu sprechen.

»Hört ihn euch an, wie witzig er ist«, sagte Caitanello. »Immerhin informiert er uns, wenn die Dinge bereits beschlossen sind …«

»Was heißt beschlossen? Nicht mal begonnen, und Masino hier ist mein Zeuge. He, Masino? Mir schien es so unwichtig, dass ich es nicht einmal im Gespräch mit euch Montag erwähnen musste, als es stattfand. Ja, da gab es zwei, drei Worte mit dem Malteser, aber eben einfach so, sozusagen im Vorübergehen, was, Masino? Daran glauben wollte ich nicht, es kam mir ja vor wie ein Märchen, diese Geschichte, dass die Engländer mir tausend Lire geben wollten, damit ich in einem Ruderwettkampf von Booten rudere, von Booten, das heißt einem mit amerikanischen Matrosen, einem mit englischen und einem mit messinischen Ruderern. Was ist denn das, fragte ich mich, die bezahlen uns, um gegen sie anzutreten, wie kommt denn das? Und ich verhehle euch nicht, dass ich auch dachte, sie hätten sich diesen Trick nur ausgedacht, um uns dann unerwartet gefangen zu nehmen, so wie man sichs erzählt. Doch stattdessen scheint es wirklich so zu sein, dass sie mir für vier Ruderschläge tausend Lire geben.«

»Nsunsù«, machte Caitanello mit seinen Lippen, und das konnte man sowohl als Zeichen seiner Ungläubigkeit verstehen wie auch als Empörung über das, was er gehört hatte.

»Heh, wenn der da, der Malteser, bis vor meine Füße kam, dann wird die Sache doch wohl stimmen, dann ist das kein Trick, meine ich. Würde er sich hierherbemühen, um mich persönlich zum Gefangenen zu machen? Eher wird es wohl so sein, und nur bei dieser Sache hat der Verblatterte wahrscheinlich nicht gelogen, dass er suchte und suchte, doch so sehr er auch an den Küstenabschnitten nach Burschen suchte, nach kräftigen Jungs mit toll verschwielten Handflächen, fand er möglicherweise nicht einmal die eindeutig richtigen, um eine Mannschaft für eine Palamitara zusammenzustellen, und ganz sicher wars da, dass er sich an mich erinnerte, und so ist er in der Vorstellung, dass es ganz sicher die Mühe lohnt, bis hierher gekommen, um mich zu treffen. Ja, das mit der Regatta wird vielleicht stimmen, und es wird vielleicht auch stimmen, dass sie es sich in den Kopf gesetzt haben, auch uns aus Messina dabeihaben zu wollen. Das zeigt, dass sie mit uns dabei wohl mehr Geschmack an der Sache finden. Und außerdem, wenn sie alles als Sport betrachten, wie Signor Cama richtig sagt, wieso erstaunt es euch dann, dass sie uns Ruderer aus Messina dazuholen, um die Regatta gemeinsam durchzuführen? Und gibt es andererseits einen eindeutigeren Beweis, dass diese Regatta echt ist, als die tausend Lire, die der da, der Malteser, mir als Vorschuss geschickt hat?«

»Schon, aber du hast sie zurückgeschickt«, sagte Jano Scarfì, ohne zu verstehen zu geben, ob er zustimmte oder nicht.

»Ich habe nur den Verblatterten da, seinen Burschen, zurückgeschickt«, präzisierte 'Ndrja.

»Stell dir doch mal vor, was der da, ein Verkommener von seinem Schlag, dem Malteser alles vorlügt«, sagte Caitanello.

»Und der da, der Malteser, kann sich die Sache ja auch noch mal überlegen und dich dann nicht mehr nehmen«, sagte Arturo Palamara.

»Der da, der Signor Mister, weiß besser als jeder andere, wie unehrlich der Bursche ist, den er mit sich herumschleppt«, sagte 'Ndrja.

»'Ndrja«, sagte nun Don Luigi und legte eine Hand auf seine Schulter, doch dieses Mal fühlte 'Ndrja, wie loyal, wie verbunden, fast wie in alten Zeiten diese Geste war. »So wie dus gemacht hast, hast dus richtig gemacht.« Und dann sagte er noch unheilvoll und finster: »Wenns sein soll, dann wirds schon.«

»Es wird schon, es wird schon«, sagte 'Ndrja. »Und das wisst Ihr besser als ich, dass es schon wird«, sagte er vielsagend, wie wenn er ihm sagen wollte: Wenn Ihrs als Tatsache hingenommen habt, dass der da uns den Orcaferon anlandet, wenn ich ihn darum bitte, dann wars ein Zeichen dafür, wars und ists immer noch, dass der da nicht von hier aufbricht, bevor er nicht mit mir geredet hat, bevor er nicht alles versucht hat, um mich fürs Rudern zu gewinnen.

»Kurz gesagt, du zweifelst nicht im Geringsten, dass der dort, dieser Signor Wieheißternochgleich, persönlich zu dir kommt, und zwar jetzt?«, fragte Caitanello in einem Ton, der deutlich machte, dass er nicht daran glaubte und nicht daran glauben würde.

»Ja, Pa'«, antwortete 'Ndrja. »Er kommt persönlich, und zwar jetzt.«

Das sagte er in einem so feierlichen Ton, dass sein Vater ein ganz leichtes Lächeln andeutete, wirklich nur andeutete, denn danach, als er die ernsten Gesichter derer sah, die um ihn herumstanden, wurde auch er ernst, ja, sogar noch ernster als sie.

Nachdem es die Linie der 'Ricchia umfahren hatte, fuhr das Landungsboot dicht an die Marina heran. 'Ndrja sah hinunter, und auch die Pellisquadre sahen anscheinend hinunter, doch es konnte auch sein, dass sie weit über die Marina hinausblickten, in Richtung der Mittellinie, zu dem blutverschlierten Meer des Orcaferons, dahin, wo sie weiter verstohlen hinäugten, jeder für sich, bald der eine, bald der andere, als wäre es stärker als sie, wie wenn dieser Anblick unter den verschiedenen Anblicken, die sich nach und nach zeigten, sich für sie als immer anziehender erwies, aber auch das Auftauchen des Landungsboots der Engländer da vorne, das von der Passage Cannitello – Faro abgewichen war, wie auch die Aufnahme des Blatternarbigen an Bord, der mit den Füßen im Wasser stand. Ebenso, dass der Alte mit der Seele zwischen den Zähnen und den drei Milchbärtigen bei den Palmen angelaufen kamen, sich beleidigten und die Milchbärtigen mit dem Alten handgreiflich wurden; auch dass der Arschkriecher und Klötenlecker da dann heraufkam und den Scharlatan mitten unter ihnen auf dem Sporn gab und sie dabei auch diese eigentümlichen Lire sahen, diese Amlire; und schließlich auch, dass das Landungsboot jetzt noch einmal anlegte, um sowohl den Blatternarbigen an Bord zu nehmen als auch ihn, den Signor Mister Malteser, wohl an Land gehen zu lassen.

‘Ndrja seinerseits, überzeugt, wie er war, dass der Malteser an Land ging und so sicher wie der Tod zu ihm kam, stand, ohne den Blick vom Landungsboot zu wenden, mit einem vorgestellten Fuß da, wie wenn er sich bereithalten würde, vom Sporn hinunterzugehen. In dieser Haltung, mit der er den Eindruck von Gleichgültigkeit und Eile gegenüber dem, was er sagte, erweckte, wandte er sich an Don Luigi und fragte ihn:

»Was meint Ihr, Don Luigi, könnte bei tausend Liren in herrlichen Scheinen heutzutage eine Palamitara herausspringen?«

Don Luigi sah ihn fest an, dann sah er die Mannschaft an und kehrte danach mit dem Blick wieder zu ihm zurück und sagte:

»Heutzutage, ich weiß nicht, doch damals, im Frieden, wenn dus ihm da in bar bezahlt hast, gab Don Armando Racìti aus Gàlati Mamertino sie dir nicht nur, sondern räumte dir sogar einen Rabatt ein. Und dann richtete er sie für die Jungfernfahrt so her, dass dir die Augen lachten, wenn du sie nur angesehen hast, mit schönen Schleifen verziert, mit Bändern und Tüchern, sogar geröstete Kichererbsen stellte er hin, dazu Erdnüsse und eine Ballonflasche mit Wein, mit einem Wort, er wars, der dir das Fest für die erste Ausfahrt ausrichtete. Aber wer konnte denn schon davon träumen, eine Palamitara in bar zu bezahlen, lieber ‘Ndrja? Wer hatte denn jemals ganze tausend Lire zu sehen bekommen?«

»Heh, doch jetzt wird er sie zu sehen bekommen«, mischte Caitanello sich spöttisch ein. »Habt Ihr verstanden, Don Luigi? Dieser Dummkopf hier räsoniert, wie wenn er die tausend Lire schon im Sack hätte. Er hat dem da alles geglaubt, einfach so, aufs Wort, ohne Garantien, nichts. Und ihm ist zu keinem Augenblick der Gedanke gekommen, dass die wirklich herumfahren könnten, um aus heiterem Himmel Gefangene zu machen, und es ist ja auch möglich, dass sie für jeden Gefangenen etwas bekommen, und so stecken sie die tausend Lire, die sie ihm versprochen haben, in die eigene Tasche, und er schnappt nach ihrem Köder wie ein naiver, verwirrter Junge.«

»Pa’, für den Augenblick reden wir hier rein akademisch, einfach um ein bisschen Speichel zu bilden«, brachte ‘Ndrja ihn rasch zum Schweigen, denn er sah Malteser und Bursche auf dem Weg vom Boot zum Ufer Worte wechseln. »Nun habe ich ja gemeint, Don Luigi, ich habe gemeint: Wenn sie aus irgendeinem Grund teurer würde und statt der tausend Lire zwei- oder dreitausend kostete, dann würde Don Armando Racìti doch wohl nicht auf eine Anzahlung von tausend Liren spucken, oder? Das hieße doch wohl, meint Ihr nicht auch?, tausend Lire Vorschuss und der Rest auf Kredit?«

Unterdessen blickte 'Ndrja unablässig hinunter, zum Landungsboot, er redete und hörte hier, als wäre er bereits dort.

»Was kann ich dir schon sagen, 'Ndrja, nach diesem Krieg, den wir erlebt haben?«, antwortete Don Luigi ihm und öffnete schicksalsergeben seine Arme in 'Ndrjas Richtung. »Man müsste dort sein, in Gàlati Mamertino, bei Don Armando Racìti, sofern er überlebt hat, oder bei einem anderen Bootsbauer, sofern er nicht überlebt hat.«

»Nein, nein, nur das nicht«, sagte geradezu impulsiv hinter ihnen, mitten unter den Pellisquadre, eine Stimme, die nicht einem der Pellisquadre gehörte oder besser gesagt, es war nicht die Stimme eines gestandenen Pellesquadra, sondern die eines noch Milchbärtigen. Es war die Stimme von Masino, der, auch wenn er sich nach Alter und Bezeichnung noch nicht Pellesquadra nennen konnte, es doch nach seinen Fertigkeiten bereits war, und keineswegs weniger als irgendeiner der Pellisquadre, zumal er auf den Platz gerückt war, den Don Lettèrio, sein Vater, in der Mannschaft eingenommen hatte, und mit dem Platz in der Mannschaft auch den Platz am Tisch, und mit dem Platz in der Mannschaft und dem am Tisch auch den Platz in den Hemden und in den Hosen, und er war nicht weniger Pellesquadra wie jeder andere Pellesquadra, der sein Vater oder sein Großvater hätte sein können, auch weil in primis gesagt werden musste, dass der Milchbärtige, wo immer man ihn im Hinblick auf die Arbeit berührte, auf jeder nur erdenklichen Saite spielte und immer wieder spielte.

'Ndrja erstaunte keineswegs, ihn hinter sich zu finden, denn seit er zurückgekehrt war, hatte er ihn immer in seiner Nähe gefunden, wie wenn die Milch, die die Acitana statt seiner Mutter ihm gegeben hatte, ihn immer wieder zu seinem Milchbruder riefe.

Dort aber, auf dieser Spornspitze, wo sie eng aneinandergepresst standen wie Sardinen im Salzfass, befand Masino sich eingezwängt zwischen Jano Scarfì und Don Giulio Vilardo, und nur weil er seinen Hals zwischen diesen beiden drehte und wendete, gelang es ihm mit viel Mühe, seinen Kopf herauszustrecken.

Als 'Ndrja und Don Luigi, die gemeinsam mit Saro Ritàno in der ersten Reihe standen, vor allen, hinter Signor Cama, der auf seinem Stuhl saß, und Don Mimì Nastasi im Korb, sich umdrehten und ihn ansahen, erkannten sie, dass er immer noch mit offenem Mund da stand und Augen, wie wenn er darauf wartete, dass sie sich umdrehen und ihn ansehen würden, und so wirkte, wie wenn er einerseits enttäuscht wäre, dass er gesagt hatte, was er gesagt hatte, und andererseits wie wenn er enttäuscht wäre, das nicht zu Ende gesagt zu haben, was er noch im Sinn hatte zu sagen.

'Ndrja bemerkte das bei Masino, und das bemerkte bei Masino auch Don Luigi, doch er, 'Ndrja, bemerkte bei dieser Wendung nach hinten augenblicklich auch noch etwas anderes, das Don Luigi möglicherweise nicht bemerkte. Er bemerkte nämlich, dass die Pellisquadre da hinuntersahen, wobei ihr Blick mit einem Aug zum Landungsboot der Engländer ging und mit dem anderen zum Orcaferon, alle gespannt und wie magnetisch angezogen. Sie blickten da hinunter, und die Barke und er, der daran dachte, sie mit den tausend Liren der Regatta in Auftrag zu geben, und Don Armando Racìti, sofern er noch lebte oder ein anderer Bootszimmermann für den Fall, dass er nicht mehr lebte, dem er sie dann in Auftrag geben wollte, schienen sie einen Dreck zu kümmern, und es kümmerte sie einen Dreck schlicht und einfach aus dem Grund, weil das Argument Barke sie kein bisschen gefangennahm, sie nicht begeisterte, mit anderen Worten, sie fühlten es nicht. Sie fühlten es nicht und nahmen es nicht wahr, ja, nicht einmal mit ihren Ohren, sie hörten es gar nicht, denn man konnte nicht sagen, dass sie zwar da hinuntersahen und hier oben hörten, nein; sie beobachteten, was da unten vor sich ging, und so, wie sie beobachteten, hätte man meinen können, dass sie sogar hörten, was da vor sich ging, sie fühlten es und hörten es mit ihren Ohren, sie hörten da hinunter, wo sie hinsahen, doch hier, wo sie sich befanden, hier hörten sie 'Ndrjas Stimme nicht. Und konnte es außerdem einen schlagenderen Beweis geben als den, dass Masino das Wort ergriff? Denn hätte Masino es sich je einfallen lassen, das Wort zu ergreifen, wenn die Pellisquadre nach und nach zu verstehen gegeben hätten, selber das Wort zu ergreifen? Wenn er also das Wort ergriff, er, Masino, der Milchbärtige, musste es nur wegen eines Anstoßes sein, der stärker war als er, anderenfalls hätte er, respektvoll, wie er war, niemals den Mund aufgemacht. Wenn er also das Wort ergriff, war es nur, weil er den Namen von Don Armando Racìti nennen hörte, einen Namen, den er seinen Vater und die Pellisquadre immer hatte aussprechen hören wie den Namen eines Gottes der Bootszimmerleute, weshalb die bloße Vermutung, dass Don Armando Racìti nicht mehr lebte, auf den Milchbärtigen einen so katastrophalen Eindruck hatte machen müssen, dass er diesen halb klagenden und halb alarmierten Schrei aus sich herausgerissen hatte: »Nein, nein, nur das nicht«, der 'Ndrja und Don Luigi dazu gebracht hatte sich umzudrehen, den Pellisquadre aber, sogar Jano Scarfì und Giulio Vilardo, zwischen denen er eingezwängt stand, nicht einmal durch die oberste Hautschicht drang. In diesem Augenblick waren sie so sehr vom Anblick des Landungsboots und von dem Hintergrund des blutschäumenden Meers des Orcaferons gefangen, dass sie nicht einmal Kanonen gehört hätten, wenn sie neben ihren Ohren abgefeuert worden wären.

»Hast du gesprochen, Masinello?«, fragte Don Luigi den Milchbärtigen mit aller Liebenswürdigkeit, den er immer mit einem väterlichen Auge betrachtete. »Hast du etwas gesagt? Was hast du denn gesagt?«, beharrte er einladend, wie wenn er ihn auf seine Höhe führen wollte, auf die Höhe eines jeden anderen Pellesquadra, wie wenn er ihn überzeugen wollte, dass seine Meinung nicht weniger gehört würde als die eines jeden anderen. Und als Masino Mut gefasst hatte, ließ er seine Meinung vernehmen und sagte:

»Don Armando Racìti muss einfach durchgekommen sein, denke ich, es darf nicht sein, dass er hineingeraten ist, nein, nur das nicht. Wo denn sollten wir einen anderen Zimmermann finden, der ihm gleichkommt? Wenden wir uns vielleicht an Don Peppe Papàno in Alì Marina? Hervorragend, ja, schon, doch in seinen Tagen, im vorigen Jahrhundert, bevor er zum Trinker wurde. Oder wenden wir uns vielleicht an Don Carmelo Cardullo von Ganzirri? Den Hut muss man ziehen, eh ja, vor ihm, vor Don Carmelo Cardullo, musste man den Hut ziehen, früher allerdings, in seinen Tagen, als er den Gürtel eng schnallte und der Größenwahn ihn noch nicht gepackt hatte. Wie Don Armando Racìti gibts keinen, es gibt nur ihn, Don Armando Racìti. Falls zu unserem Unglück Don Armando Racìti gestorben ist, will das besagen, dass sogar die Idealform der Bootszimmerleute verlorengegangen ist, der Bootszimmerleute im echten Sinn des Worts. Nein, nein, nur das nicht, nicht einmal denken darf mans, dass Don Armando Racìti hineingeraten sein könnte. Sondern dass er lebt, lebt, ja, genau das, dass er lebt, das müssen wir uns sagen.« Und er sagte es so, wie wenn es in ihrem Willen stünde, ob er lebte oder nicht. Und dann sagte Masino noch, so, wie wenn er der Älteste, der Besonnenste von allen wäre und längst kein Milchbärtiger mehr: »Weltenendchaos hin oder her, wir müssen einfach hinter Don Armando Racìti stehen und hinter niemand sonst wegen der Barke. Ja, ganz notwendig hinter ihm, hinter Don Armando Racìti.« Und der milchbärtige Masino wiederholte ständig diesen Namen in Folge, immer wieder, ohne Atem zu holen: Donarmandoracìti, und im Wiederholen zwängte er seinen Kopf aus der Umklammerung der Pellisquadre heraus und schob seine Lippen vor, wie wenn er ihn absichtlich wiederholen würde und wiederholen, wie er ihn wiederholte, bewusst, absichtlich, um die Aufmerksamkeit der Anwesenden auf sich zu ziehen, damit sie hörten, dass er Donarmandoracìti sagte und immer wieder Donarmandoracìti.

Und durch das unaufhörliche Wiederholen dieses Donarmandoracìti musste es wohl ihr Ohr streifen, zumindest bei dem einen oder anderen der Pellisquadre, allerdings nur flüchtig und auf Umwegen. Denn da war Jano Scarfì, der, weiterhin hinunterblickend, wiederholte: »Donarmandoracìti?«, wie wenn dieses Wort, ja eigentlich dieser Wortklang ihn an etwas erinnerte, an etwas, nicht an jemand, doch an was?

Und ein anderer, der noch etwas weiter hinten stand, nämlich der bereits erwähnte Don Enrico Scoma, kam mit den Worten hervor, ohne sich zwar beim Vor- und Nachnamen zu verhaspeln, wohl aber dabei, welchen Sinn die Person hatte, die ihn trug: »Don Armando Racìti? Wie sollte der denn dieses exzentrische Boot, diese Barke ins Auge fassen, die dem Namen und den Tatsachen nach ein Landungsboot wär, diese Barke, dieses Boot würde er doch mit seinem Blick gleich in Asche verwandeln.«

»Ja, genau, ich werde hinter ihm stehen, hinter Don Armando Racìti, und hinter keinem anderen«, sagte 'Ndrja da übertrieben und in der Absicht, Masino zu beruhigen, doch eigentlich an die Pellisquadre gerichtet. Und er hob die rechte Hand, wie wenn er es vor ihnen schwören wollte: Mit Don Armando Racìti oder keinem, und zugleich hob er auch die Stimme, wie wenn er ihre Augen herwenden und ihnen zeigen wollte, dass er es ihnen zuschwor. Und mit dieser Geste, mit dem Rücken auf diese Weise zu ihnen gewandt, schien er schon weit weg von dort zu sein und ein Zeichen zu geben, dass man abwarten, abwarten und ihm vertrauen solle. Er hatte gesagt und sagte es noch einmal: »Ihr habt mein Wort, vor oder nach der Regatta werde ich in Gàlati Mamertino auftauchen, um herauszufinden, was aus diesem französischen Gott der Bootszimmerleute geworden ist.«

Das Landungsboot war unterdessen, gleich nachdem es die Grenzlinie der beiden Meere überfahren hatte, zu ihrer Marina gekommen, die englischen Matrosen hatten die Klappe heruntergelassen, und der Malteser war auf die Marina gesprungen, und mit ihm, vor ihm, auch der Seemann mit dem roten Bart, und ebenso waren noch zwei weitere Matrosen auf die Marina gesprungen: Sie rauchten, blickten zum Meer des Orcaferons hinüber, redeten, lachten, und der Bursche des Maltesers wartete abseits.

»Wenn Don Armando Racìti also da wäre und ich ihn bei der Arbeit in der

Werft fände«, fuhr 'Ndrja fort, »was mache ich dann in einem solchen Fall? Geb ich die Palamitara in Auftrag? Habt ihr Vertrauen?«

»Sieht aus, wie wenn ers wirklich macht und dass wir ihm vertrauen müssen«, sagte sein Vater, und alle lachten sie auf dem Sporn.

»Und was das Holz angeht«, fragte 'Ndrja noch, »für den Fall, dass es keine Kirsche, kein Maulbeerbaum, keine Zeder geben sollte, um nur ein paar zu nennen, was für Holz, sag ich Don Armando, soll er nehmen?«

»Er muss ihm, Don Armando, das Holz sagen …«, kommentarierte Caitanello ein weiteres Mal. »Don Armando bekommt doch eine Nervenkrise, wie mans sich kaum vorstellen kann, wenn einer ihm sagt: Nehmt doch dieses Holz hier statt des anderen da.«

Luigi Orioles legte einen Arm um 'Ndrjas Arme, und als er ihn drückte, was für 'Ndrja war, als würde jedes Drücken ein ganzes Gespräch sein, ein unausgesprochener Gedanke, eine Metapher, beinahe wie in alten Zeiten, beinahe wie vorher, bevor zwischen ihnen beiden diese gewisse Entfremdung eintrat, dieses Gemetzel des Bewusstseins, sagte er:

»Seht Ihr denn nicht, Don Caitanello, dass dieser junge Bursche hier aus lauter Achtung vor den alten Mumien, die wir sind, so handelt, als wäre er noch ein Milchbärtiger und fragt gerade darum, nimmt Anweisungen und Ratschläge entgegen und zeigt, ums kurz zu sagen, dass er zu dem steht, was die Alten ihm sagen? Du aber«, sagte er an diesem Punkt und wandte sich 'Ndrja zu, »überlass es dem Zimmermann, er versteht sein Handwerk, er ist Meister und besitzt Meisterkönnen.« Und hier tat er, hier verhielt er sich wie in alten Zeiten. Er tat, er verhielt sich immer noch so wie zuvor, vor dem einzigen Mal, als er in ebendieser Frage, der Frage des Holzes für die Barke, nicht derjenige war, der die Initiative ergriff, nicht er es war, der, völlig verwirrt im Kopf über die Art und Weise, wie eben gerade, durch 'Ndrjas Werk, sein berüchtigtes Wirrspiel ein Ende gefunden hatte, sondern 'Ndrja derjenige war, der ihn, die Gelegenheit nutzend, zwang, ja ihn gewissermaßen inspirierte wie ein Herr seinen Untergebenen, ihm die Antwort auf all seine blödsinnigen Fragen zu geben, wie zum Beispiel, genau das, ob seiner Ansicht nach Pinie aus der Sila oder slowenische Kiefer besser wäre. Denn an dieser Stelle fuhr er fort: »Heutzutage andererseits, kann man da denn ausgewählte Hölzer erwarten wie Mahagoni, Zeder, Maulbeerbaum, Kirsche und dergleichen? Das, was da ist, das, was man findet, Baumholz, das der Krieg nicht niedergebrannt hat, Nussbaum, Kastanie, eingedampfte Rotbuche, Pinie aus der Sila oder slowenische Kiefer, was soll ich dir sagen? Irgendeine Holzart taugt heutzutag immer bestens, lieber 'Ndrja. Mach dir keinen Kopf über das Holz. Auch eine Holzbohle vom Bett käme uns heutigentags entgegen, wenn sies denn schaffen würde, auf dem Wasser zu treiben, wenn wir mit unserem Hintern draufsitzen. Auch, ich sags dir, die armselige, trautraurige Fichte unserer Totenbaren käme uns gelegen.«

'Ndrja zog seine Hose hoch, brachte sein Matrosenhemd in Ordnung, und machte oder setzte, als er sich umdrehte, wie wenn er im Begriff stünde, vom Sporn hinunterzusteigen, mit hinuntergewandtem, auf den Signor Mister Malteser gerichtetem Blick, ein großes Lächeln auf, wie wenn er in sich hineinlächeln würde, vollkommen zufrieden, innerlich zufrieden über die Vorstellung wohl, dass die Pellisquadre, einschließlich ihres ideenreichen Kopfs, niemals erahnen könnten, was er ihnen sagen würde, und mit dem Satz herausplatzte:

»Und jetzt, Hochwerteste, wetzt die Schindermesser, die Kurz- und die Langmesser, und bereitet Euch vor, den Orcaferon zu zerlegen. Denn jetzt gehe ich zu diesem Freund dort von mir, um ihn zu bitten, uns den Orcaferon hier vorne anzulanden.«

Er lachte mit dem Mund und mit den Augen, es machte ihm riesiges Vergnügen, das sah man, den Pellisquadre das zu sagen, was er sagte, ihnen die Überraschung zu bereiten, die er ihnen bereitete: und darein mischte er etwas Schmachvolles, etwas Dreistes, gleich einem Zauberkünstler, der ein Experiment vorführen will, das allen auf den ersten Blick außerordentlich schwierig erscheint, wenn nicht gar unmöglich, er aber zu verstehen geben will, dass es für ihn etwas Einfaches, Gewöhnliches und ausgesprochen Leichtes wäre.

In diesem Augenblick löste sich der Malteser von der kleinen Gruppe der englischen Matrosen und begann, sich auf dem Sand zum Sporn hinaufzuschleppen. Erst da ging der Bursche auf ihn zu, doch er, ohne auch nur den Kopf zu wenden, scheuchte ihn zurück, indem er kaum merklich eine Hand hob.

Auf diese Weise war es nicht einmal nötig, ihm zu sagen, er solle persönlich kommen. 'Ndrja genügte die Bewegung, und ohne abzuwarten, dass er ihm genau vor die Füße kam, ging er, dem einen und anderen zulächelnd, durch die Gruppe der Pellisquadre hindurch, die, stumm und immer noch ungläubig, nicht wussten, mit was für einem Gesicht sie ihm antworten sollten, und kletterte den Sporn hinab, um ihm entgegenzugehen.

Der Malteser hielt ein großes rotes Taschentuch in der Hand, mit dem er sich den haarsträhnigen Schädel abwischte, und als er ihn sah, blieb er stehen, hob die Arme mit dem roten Viereck in der rechten Hand hoch, wie wenn er ihm Gefahr signalisieren wollte, und lachte ihm mit allen Goldzähnen entgegen. Außer dem Mundgold hatte er im Gesicht elfenbeinerne Lichtflecken, und der Kopf mit seiner glänzenden Blässe schien unter einer silbernen Schädeldecke zu liegen. Mit erhobenen Armen erinnerte er vom Hals an aufwärts an die Statuen bestimmter Heiliger, die aus verschiedenen Metallen gemacht waren.

Als 'Ndrja schon dicht vor ihm war, senkte Signor Mister diese rote Banderole, wie zum Zeichen einer erfolgreich durchgeführten Mission, und drehte sich um, um wieder zum Landungsboot zurückzukehren. Doch in zwei Sätzen stellte 'Ndrja sich vor ihn hin und begann zu ihm zu reden. Der Malteser gab nicht zu erkennen, dass ihn das ärgerte, im Gegenteil, er stand höher als 'Ndrja, und weil er wohl keinen richtigen Halt für seine Füße im Sand gefunden hatte, stützte er sich, während er zuhörte, mit den Händen vertraulich gegen 'Ndrjas Brust, dann erst auf eine und schließlich auf beide Schultern.

Während er redete, sah 'Ndrja vor sich, oben, Marosa, die vor der Türe saß, zwischen Tanina Schepis und Rosina Scarfì. Ihre Freundinnen taten nichts, sie blickten nur geradeaus, nach unten, ihre Ellbogen auf die Knie gestützt, das Gesicht zwischen ihren Händen, wie steinerne Hunde, auf ihren Pfoten sitzend, die man an der Einfahrt vor Villen sieht. In der Mitte zwischen ihnen stickte Marosa auf ihrem Stickrahmen, sie führte einen Stich aus und warf zwei Blicke zu ihm herüber, so dass man dem äußeren Bild nach denken konnte, dass, was sie da stickte, seine Gestalt wäre, die Gestalt ihres Verlobten, weshalb sie ständig ihren Blick auf ihn richten müsste. Hierher, hierher, komm hierher, auf meinen Stickrahmen, schien sie ihm zu sagen und hob und senkte den Blick ununterbrochen von ihrer Stickerei auf ihn und von ihm auf ihre Stickerei. Vielleicht stickte sie ja seine Knöchel, und diese Fadenstiche wurden in ihrer Wunschvorstellung zu Schnüren, zu Ausfaserungen von Kordeln, Schnürbändern, Verbindungen von richtiger Kordel, gedreht und gewickelt, engeng, um die Knöchel des Gefangenen.

Diese Nadelschnüre hätte nach Ansicht der großen Expertin, die auf den Namen Ciccina Circé hörte, niemals irgendjemand zerreißen können, weil diese Nadelfäden nicht aus gewöhnlichem Faden bestanden, aus Seide, Baumwolle oder Wolle, auch nicht aus Hanf, Leinen oder Bast, diese Nadelfäden bestanden aus einem Faden, der Gedanke hieß, Wunsch, Begehren, zum Faden aus ihrem Atem gesponnen, von den Frauen im Haus, von den Hintern am Feuer, von den berüchtigten Sitzärschen. Fäden aus Gedanken, aus Wunsch, aus Begehren, wahre Schiffstaue, was heißt, Taue, um ihre Männer wieder nach Hause zu ziehen, wenn sie in den Krieg mussten oder um sie an die Steine des heimischen Feuers zu fesseln, wenn sie zurückkehrten. Denn sie ziehen sie mit ihrem Gedanken her, sie ziehen sie an den Knöcheln, und der Mann kehrt wieder, er kehrt unweigerlich wieder. Stickfäden, so wollte man sagen, die nicht mit dem mit der üblichen Nadel und nicht auf dem üblichen Stickrahmen erdacht und ausgeführt werden, sondern mit den Krallen und Reißzähnen der Treue und der Sanftheit auf dem Stickrahmen des Schicksals. Meinte sie denn etwa nicht die Verachtung, welche diese Lebenserfahrene, diese Tausendundeinnächtige, diese Langfüßlerin wie einen Gewissensbiss gegenüber diesen artigen Heimchen, diesen Hausnischengewächsen, diesen Hintern am Feuer, diesen Sitzärschen in sich barg?

Es war ihm, als würde er sie hören, diese inzwischen berühmte, weithin berühmte Feminotin, während sie sich voller Wut auf ihrer spitzenverzierten Barke, die fast so exzentrisch war wie sie selbst, entfernte, jedes Mal so, während sie sich entfernte: Er erinnerte sich an sie, und gleichzeitig entfloh ihm die Erinnerung an sie, physisch gesprochen.

Er blickte zu Marosa hinüber und hörte die Stimme Ciccina Circés, die sie verachtete, er blickte zu Marosa hinüber, und statt der Steine des heimischen Feuers und des Schlafzimmers, wo er sich den Regeln nach vorstellen sollte, eines Tages mit diesem jungen Mädchen als Mann und Frau zu leben, spürte er den Sand unter sich und Ciccina Circé, als sie dort eng umschlungen lagen, und das Knarren der drei Palmen über ihren Köpfen, statt, wie es war, im Licht des Tages zu stehen, kam es ihm vor, als wäre er von der Finsternis jener Nacht umgeben. Es war sonderbar, dass er Marosa ansah wie eine ferne Gestalt, dort, nur wenige Schritte von ihm entfernt, und sein Gedanke unternahm nicht die leiseste Anstrengung, sie zu erreichen, stattdessen dachte er an Ciccina Circé, die Meilen und Abermeilen von ihm entfernt war, wie an eine nahe, ganz nahe Gestalt, und es kam spontan und außerordentlich oft vor, dass sein Gedanke sie besuchen ging.

Doch er musste allein schon bei der Vorstellung lachen, dass auch Marosa ein Sitzarsch sein könnte, wenigstens in diesem Augenblick, sie in diesem Augenblick sich als Sitzarsch vorzustellen, diese Singerspule, diese Sturzwelle, die kam und ging und immer beschäftigt war, immer mit etwas in der Hand oder im Kopf, und einem ja schon Schwindel erregte, wenn man ihr nur zusah.

Andererseits, erhob sie denn nicht den Anspruch, auch wenn sie kein Sitzarsch war, dass sie ihn gewissermaßen gerettet, ihn aus dem Krieg nach Hause gezogen habe? War es nicht, wie Ciccina Circé gesagt hatte? Fügte sich denn nicht alles zusammen? War er, 'Ndrja, denn nicht zu ihr zurückgekehrt, auch wenn man nicht sagen konnte, dass er ihr Mann war, ja nicht einmal ihr richtiger Verlobter, das heißt eingebettet in die Familie? Und ist er zu ihr nicht zurückgekehrt, weil sie ihren Gedanken um seine Knöchel gewunden hatte, weil sie nicht müde geworden war, Stich um Stich Wunsch und Begehren in den Stickrahmen einzuarbeiten, indem sie Deckchen auf Deckchen mit Fischen und allerlei Fischbestien von jeder Größe und jedem Geschmack stickte, ja sogar einen Pakt mit dem Herrn der Welten schloss, dass ihr die Fische, die sie kannte, nur ja nie ausgehen sollten und sie in der Lage wäre, auch dann zu sticken, wenn er sich schon auf dem Weg zurück nach Hause befinden sollte? Und zum Beweis des guten Willens des Herrn der Welten, diesen Pakt zu halten, ohne auf Kosten zu achten, ist der Orcaferon nicht dort vorne hingelangt, vor Marosas Augen, damit sie Bekanntschaft mit ihm machen und ihn sticken könnte, ohne dass sie noch andere Fische brauchte, ihn sticken könnte, solange es ihr zusagte, so lange, wie er nicht zurück wäre, ihn sticken könnte, ohne dass man je sagen sollte, wie viel und welchen Teil der riesigen Körperfläche sie bereits gestickt hätte und wie viel und welcher ihr noch zu sticken verbliebe, zumal es sich um eine an sich riesige, gleichmäßige, längliche Oberfläche von schwarzer Haut handelte, ohne jeden anderen Bezugspunkt als den der Finne, die nur diese Marosa hier monatelang in ihrer ganzen Länge und in ihrem ganzen Umfang sticken konnte?

O ja, es passte alles zusammen, doch passte es alles unter den Frauen zusammen. Was ihn betraf, konnte es zwar sein, alles war ja möglich, konnte es zwar sein, dass er aufgrund von Marosas Stickstichen zurückgekehrt war, aufgrund ihrer Gedanken von Wunsch und Begehren, doch musste er ehrlicherweise sagen, dass er sich niemals aufgrund von Marosas Gedankenkordel nach Hause gezogen fühlte. Wer konnte sich denn vorstellen, dass dieses junge Mädchen ihn am Knöchel mit einem Seil festband, und dann gar noch mit einem Schiffstau? Eine Kordel, allenfalls hätte er an ein Bändchen gedacht, etwas also, bei dem man auf Anhieb verstand, dass er damit spielte. Und außerdem, wenn sie ihn denn zurückgeholt hatte, alleine oder mit Hilfe des Herrn der Welten, hatte sie ihn allerdings nicht an die Steine des heimischen Herdes binden können, wohingegen, wenn sie es gekonnt hätte, sie nicht zweimal darüber nachgedacht hätte, ihn da festzubinden, damit er nur ja nicht nach Messina ginge. Und außerdem stand er ja im Begriff, sich auf den Weg zu machen, und sie hatte wieder angefangen zu sticken, sie hatte sich wieder darangemacht, das Einzige zu tun, das sie längst schon als Beweis in ihrer Macht glaubte: Fische zu sticken, damit er heimkehrte, Fische zu sticken als ex voto. Wenn sie sich wieder ans Werk gemacht hatte, hatte sie folglich auch wieder den bewussten Pakt mit dem Herrn der Welten wirksam werden lassen. Doch wusste das der Herr der Welten auch? Und wenn er es wusste, war er dann immer noch einverstanden, war er immer noch der gleichen Ansicht? Ja, dem Anschein nach richtete sie ihre Blicke, die gleichen, die sie ihm zuschickte oder von denen er glaubte, dass sie sie ihm zuschicken würde, vielleicht gar nicht auf ihn, sondern über ihn hinaus, auf den Hintergrund, auf die Marina nämlich, die Marina, die von dem schwarzen riesenhaften Anblick des angelandeten Orcadavers in Besitz genommen worden war, der bis zur Höhe des Sporns reichte und ihn mit seiner Finne weit überragte. Und was glaubte denn nun dieses junge Mädchen, wie viel Zeit, wie viele Deckchen aus Zeit denn noch fehlen würden, dass sie kleine Fische und große aufgab und mit ihrem Stickstich umstandslos den gigantischen Körperumriss des Orcaferons in Angriff nehmen würde?

So wie das junge Mädchen ihn anschaute, war es durchaus möglich, dass ihr bereits alles klargeworden war, klar, dass 'Ndrja sich auf den Weg nach Messina machen würde, wo es für ihn keine Fluchtmöglichkeit geben konnte, denn es brauchte überhaupt nicht darauf hingewiesen zu werden, dass man den Gerüchten zufolge, die sie gehört hatte, dort, in der Stadt, am laufenden Band und aus heiterem Himmel Soldaten und Matrosen zu Gefangenen machte, die den ihnen gesagten Worten vertrauten. Und ihr musste auch klargeworden sein, dass er sogar mit den Engländern abfuhr, auf ihrem eigenen Landungsboot, und mehr noch als urplötzlich, dass er, kurz gesagt, nicht nur aus eigenem Willen, sondern sogar mit Freude und aus eigenem Interesse fuhr, weil sie ihm doch tausend Lire gaben, das Doppelte von dem, was sie den anderen gaben, damit er eine Regatta für sie ruderte, eine Regatta, die sich auf dem Meer vor Messina abspielen sollte, vielleicht im berstenden Hafen und vielleicht auch in Anwesenheit aller Schiffe, die vorher die ahnungslosen jungen Soldaten und Matrosen ausgeladen hatten, und dann dieselben wieder einluden, die sie inzwischen zu Gefangenen gemacht hatten. Aus diesem Grund saß sie vielleicht da auf der Schwelle, wie wenn sie es gar nicht mehr in Fleisch und Blut wäre, sondern ihre steinerne Statue im Augenblick des Stickens, errichtet vor ihrer Haustüre zwischen den beiden Hündchen da, ebenfalls aus Stein, die sie bewachten.

'Ndrja unterhielt sich mit dem Malteser nicht länger als eine Minute, und doch kam ihm diese Minute vor wie eine unglaublich langsam vergehende, ja, sogar stillstehende Zeit, verglichen mit der Schnelligkeit der Zeit, die dann folgte, und mit der Zahl der Dinge, die sich in dieser Zeit ereigneten, der Zeit, die dem Sonnenuntergang und der Dunkelheit des Abends vorausging.

Die Sonne sank in der Tat schon über Vulcano herab, und über den Daumen gepeilt, verblieb inzwischen kaum mehr als reichlich eine Stunde Licht, eine Stunde, eineinhalb Stunden höchstenfalls, auch wenn es noch hell war, als der Orcaferon ans Ufer geschleppt und angelandet wurde.

Wenn 'Ndrja ihm dies als Beweis abgefordert hatte, musste man anerkennen, dass der Malteser ihn mit allergrößter Leichtigkeit erbrachte, und das mit dem heitersten Gesicht. Es genügte ihm nur ein halbes Wort, das er diesem Barbarossa sagte, und der erteilte sofort Befehle, damit sie sehen konnten, dass die englischen Matrosen selbst das Anlanden eines Orcaferons als etwas Sportliches auffassten.

Die Sonne ging indessen unter, und die Pellisquadre, aufgescheucht und aufgerüttelt durch das große Ereignis, liefen in ihre Häuser, liefen zur Marina, und das alles in großer Stille, stumm und sehr schnell. Wenn ein Vorbeikommender sie gesehen hätte, würde er bei diesem Anblick mit Sicherheit so kommentiert haben: Was ist denn mit den Pellisquadre von Charybdis passiert? Wohin hat sich das englische Landungsboot aufgemacht? Sind sie alle verrückt geworden?, denn so irre sahen sie aus, so verrückt, die Pellisquadre, die auf das Landungsboot gegangen waren.

Die Orioles und die Cambrìas, die Scarfis und die Palamaras, die Ritànos und die Schepis, sie alle waren aufs Boot gegangen: und 'Ndrja als Erster von allen, und auch Masino, den er selbst, 'Ndrja, an Bord gerufen hatte. Barfüßig, mit aufgekrempelten Hosen, mit hockgekrempelten Pulloverärmeln, mit Mützen und ohne gingen sie auf dieses Boot, auf dieses schlappe, schwimmende Kriegsding, und trugen auf ihren Schultern und zwischen den Armen Harpunen und Knäuel von Seilen, Haspeln und Hanfabfällen. Seinetwegen, wegen des Wergs, waren sie gezwungen, mehrmals in die Häuser zu laufen, denn sie mussten so viel wie nur möglich davon zusammensuchen, weil das Werg ihnen überaus hilfreich wäre, wenn sie dem Tiergiganten das Atemloch verstopften und ihn auf diese Weise erstickten, womit sie Zeit gewinnen würden und ihm, im Falle eines Falles, die Qualen abkürzten. Doch ihm die Qualen abzukürzen, darum kümmerten sich die Engländer, sie kürzten sie ihm sogar radikal ab und anders als mit Werg, auch wenn es den Pellisquadre eher nach mehr aussah, was die Engländer veranstalteten, denn ihrer Meinung nach gab es inzwischen bei dem Tiergiganten nichts mehr, was man hätte verkürzen oder auch verlängern können.

Das Licht über den Meeren zwischen Skylla und Charybdis hatte an Glanz verloren, und das Wasser hatte eine kalte Farbe angenommen, grünlich und graublau, das sich draußen wie verwässerte Tinte zu einer Schwärze färbte, die schon wie Nacht aussah.

Der Orcaferon befand sich noch verhältnismäßig weit entfernt und geradeaus vor dem Sporn, in einer Art Niemandsmeer, zwischen Rodia auf dieser Seite und Punto Pizzo dort drüben, von wo an das Tyrrhenische Meer sich weitet. Dieser riesenhafte rötliche Fleck, der sich ringsum gebildet hatte, war zum großen Teil von Strudeln und Auswürfen der herabsteigenden Strömung zerfasert und in vielen kleineren und größeren Flecken weggetrieben worden, Serpentinen einer Weiße, die in dem Grün und dem Graublau aufglänzten.

Diese verlorenen Fäden der Strömung rauschten um ihn herum oder kniffen ihn in den Flukenstumpf und zerplatzten dann in schäumenden Fransen und in engsten Strudeln an der schwarzen Körpermasse, die sich bewegte, bald auf dieser Seite, bald auf der anderen, wie wenn er eine sonderbare, große Boa an der Oberfläche wäre.

Sie waren noch weit vom Orcaferon entfernt, als die Pellisquadre gemerkt hatten, dass die aufsteigende Strömung genau in diesem Augenblick ihr Wasser schickte. Vor ihren Augen wand sich der erste Ausfluss der Strömung aus der Tiefe der Grenzlinie der beiden Meere hervor und eilte nach oben weg, dabei überfärbte er nach und nach das Tyrrhenische, das anfing zu wogen und sich zu kräuseln, während es gleichzeitig im Untergrund fern zu donnern schien, doch ohne Getöse, dagegen schien es an der Luft wegen der unendlichen Weite der Oberfläche kleine Knalllaute aus finsterer Frische auszusenden, ein schnelles, dichtes Rauschen von Laub, wie wenn der Wind sich in der Tiefe der Gärten erhöbe.

Sie wandten da ihren Blick zum Orcaferon, und innerhalb einer Minute sahen sie ihn, herausgelöst aus dem toten Gewässer, in welchem er wie festgeklebt verharrt hatte, erleichtert und zur Oberfläche gehoben inmitten all des Unrats zerrissener Feren und blutiger Schlieren, sie sahen ihn, von der Strömung getragen, langsam, ganz langsam, wie auf einem Katafalk liegend, ins Offene treiben. Gleich nach dieser Bewegung stieß er diese schwarzblutigen Schwaden aus und taumelte, wiegte sich in den ausgebauchten kolossalen Hüften, wie die gigantische Statue des Negers Grifone zu Pferd, als er nach einer Pause, hoch erhoben über einer unüberschaubaren Menschenmenge, seinen Weg fortsetzt auf den Schultern der wie Sarazenen gekleideten Fischer.

So wurde der entflukte Tiergigant, fast so, als wäre er auf den ersten gewaltigen Schwall von Abfällen und Bastardellen gehievt und getragen worden, die das Meer unter seinem Bauch heraufstrudelte, wie ein verstörendes Relikt Handbreite um Handbreite mühselig zur Meereslinie hinuntergeschleppt.

Über dem dahindriftenden Orcadaver tauchten dann wieder auf geheimnisvolle Weise die Möwen auf, so geheimnisvoll, dass es war, wie wenn sie immer dort gewesen wären, unsichtbar an diesem Himmel, in der Erwartung, mit den Resten von dem, was einmal die orcinuse Orca gewesen war, sich auf Kreuzfahrt zu begeben, und der Anblick ihrer aschenfarbenen, rudernden Flügel da oben ließ auf der Stelle in ihnen allen jene wahnsinnige, erstaunliche Täuschung aufkommen, dass der verlassene Tiergigant sich erholen und inmitten des Flugs der Möwen auf dem Wellenkamm zum Ozean eilen könnte, als hätte er immer noch seine Fluke, denn, und wer weiß schon aufgrund welchen Phänomens, in manchen Augenblicken sah es wirklich so aus, als würden sie sein hinteres Viertelstück mit dem großen blutenden Rad des Stumpfs nicht mehr sehen können, und daher war es, als würden sie vergessen, dass er doch längst entflukt war, und der Umstand, immer noch am Leben, statt schon seit langem gestorben zu sein, daher überhaupt keinen Sinn hatte.

In den Augen der Engländer jedoch musste es wirklich so sein, wie wenn er seine Fluke noch hätte und jeden Augenblick das Landungsboot mit ihnen an Bord angreifen und zertrümmern könnte. Denn als sie sozusagen der Fluke des Tiergiganten hinterherfuhren, ohne ihm Salz darauf zu streuen, verpassten sie ihm eine Maschinengewehrgarbe mit Rückstoß. Der Orcaferon hatte eine Art Aufruhr von Krämpfen und Windungen in seinem überfluteten Hinterviertel und sank dann heckhin unter, wie wenn er sich aufgrund der Durchlöcherung, welche die Geschosse in dem Stumpf verursacht hatten, gleichzeitig leeren, sich von Blut leeren und Wasser aufnehmen würde. Am Punkt, an dem er sich befand, konnten sie ihn allerdings wie ein Sieb durchlöchern, doch das hätte ihn völlig kalt gelassen. Wenn man nämlich davon ausging, dass ihm die Maschinengewehrkugeln vorher nicht einmal durch die oberste Hautschicht gedrungen waren, musste er in diesem Augenblick, das stelle man sich vor, in diesem Augenblick so weit entfernt von ihnen sein, dass die schnellsten Geschosse der Welt ihn nicht nur nicht mehr durchlöchern, sondern sogar nicht einmal mehr erreichen konnten.

Das Landungsboot brachte sich dann in eine Position direkt vor dem Orcadaver, der sich nach dem Aufruhr, der durch die Garbe ausgelöst worden war, nicht mehr bewegte, doch Barbarossa, welcher der Maschinengewehrschütze war und noch einmal auf den Tiergiganten geschossen hätte, falls noch eine Garbe erforderlich gewesen wäre, stand, abgestützt gegen die Sandsäcke, noch hinter dem Maschinengewehr, zusammen mit dem Malteser, der seine Pfeife für ihn hielt.

Da erblassten die Pellisquadre, wie wenn der da noch Zeichen von Leben von sich geben würde, und sie merkten, dass der Orcaferon schon eine ganze Weile tot war, vielleicht seit etwas mehr oder etwas weniger als einer Stunde, möglicherweise gleich nachdem er das letzte Gemetzel unter den Feren angerichtet hatte, diesen letzten, massakrierenden Anfall des Todes wie ein finales Aufflattern seines gesamten todbringenden Lebens. Daher war das, was ihnen wie ein von Krämpfen ausgelöstes Aufbäumen und Winden unter den Einschüssen des Maschinengewehrfeuers vorgekommen war, nur eine Täuschung ihrer Augen, insgesamt eine Wirkung des Beschusses, weil der Tiergigant, davon waren sie immer mehr überzeugt, da bereits tot gewesen sein musste, bereits nach dem letzten Blutbad, das er unter den Feren angerichtet hatte, nach seinem letzten wilden Morden als Orcinuser, als Todesbringer, oder, genauer gesagt, sein schicksalhafter Augenblick musste der gewesen sein, als er, mit dem eingetauchten Vorderviertel, noch eine von diesen in zwei Teile zerrissenen Feren zertrümmerte, und dieses bluterstickte Zermahlen, dieses Krachen von Knochen zwischen den Keilen, musste ihnen in dieser Sekunde die Vision und den Geschmack von seinem Leben als Großem Tod wieder vor Augen und in ihren Mund geführt haben. Dort also musste er gestorben sein, in diesem großen Blutgrab, ausgehoben, um ihn zu empfangen, in diesem Meer zerrissener, mit dem Tod kämpfender Feren, in einem Meer aus seiner Hand, seinem letzten Meer, das den Meeren und Ozeanen in allem entsprach, die er hinter sich zu lassen pflegte, nachdem er sie durchpflügt hatte.

Zweifellos war er folglich so gestorben: dem Großen Tod den Tod gebend. Doch wenn man es von einem anderen Standpunkt aus als dem seinen betrachtete, machte er da, dieser Tod, den Eindruck eines folgerichtigen Todes, eines orcinusen Todes, einer Orca, eines Orcaferons? Ein derartiger Tod, ohne die Meere zwischen Skylla und Charybdis in ein Erdseebeben zu versetzen, ohne einen neuen Achtundzwanzigstendezember, Blitze, Donner, schwarzen Himmel und Schaumrösser mit Cicirella, die bis zur Höhe des Aspromonte hinaufgeschleudert wurden? Dieser Art, ohne eine Szene für das Finale herzurichten, die man für lange Zeit in Erinnerung behielt? Dieser Art, geradewegs, ohne auch nur aufzufallen? Einen Tod dieser Art konnte man unter diesem Blickwinkel als folgerichtigen Tod bezeichnen, Tod der phantastischen orcinusen Orca, des Schrecklichsten und Wundervollsten, das durch die Meere zog? Von ihrem Standpunkt aus gab es da nichts zu sagen, es war ein folgerichtiger, sogar außerordentlich folgerichtiger Tod: Als Tödin, die den Tod gab, so wie sie gelebt hatte, war sie gestorben.

Allerdings würde man beim Tod einer, die Orca heißt und fast ja schon als unsterblich gilt, doch ganz selbstverständlich eine gewisse Erschütterung erwarten, doch von ihrem Standpunkt aus, vom Standpunkt derer, die ihr zuschauten, konnten sie nicht sagen, sie wären tief erschüttert gewesen, nein, wie ein großartiger Anblick kam ihnen das nicht vor. Was heißt denn Orca, was heißt denn Orcinuse? Ein Tiergigant wie dieser, mit seinem Tod als Entflukter, hätte Himmel, Meer und Erde zum Beben bringen müssen, stattdessen hat er nur ein Knieschlottern hervorgerufen. Kurz gesagt, um die Orca zu sein, die sie war, die phantastische, die berühmte, ja hochberühmte orcinuse Orca, die am entscheidenden Punkt als Entflukte ein Sterben gehabt hatte, das man, wenn man es mit dem Sterben des seiner Schwanzflosse beraubten Blauhais verglich, gewissermaßen, in Unkenntnis dessen, um die es hier ging, für das Sterben irgendeiner Quilibet halten konnte, einer Donna Null, einer, die außer ihrer imposanten Leibesfülle nichts hatte, einer wahrhaftigen Pappriesin. Ein Tod als Pappriesin, als Zerstörte, in wenigen Worten. Ein Tod wie ein Paradeross aus Pappmaché, um es mit den Feren zu sagen, ein mit Sägespänen ausgestopftes, über und über mit Schwären und Verwesung überzogenes Pappmachéross.

Und doch fühlten die Pellisquadre, wenn nicht alle, so doch einige, sich enttäuscht. Sie gestanden es sich nicht ein, beinahe so, als wäre es eine Schande, es auszusprechen, doch las man es in ihren Gesichtern, dass sie sich fühlten, als hätte man sie einer Sache beraubt, mit der sie längst gerechnet hatten. Jetzt zeigten sie nämlich ein etwas weniger elektrisiertes Verhalten und ein nicht mehr ganz so verschlossenes Gebaren, und man hätte meinen können, dass es dieser Gedanke war, der Gedanke nämlich, ihn, diesen Tiergiganten, wenn auch nur ganz wenig, noch lebendig vorzufinden, der sie zum großen Teil vorher elektrisiert und verschlossen hatte, und weniger die Aussicht, ihn anzulanden und zu zerlegen. Tatsache war, dass sie, wie sie da auf dem Sporn standen, ihre Blicke nicht von ihm abgewendet hatten, und dennoch das Beste, nämlich das Sterben, verpasst hatten, denn dieses Sterben war unauffällig, gewöhnlich und tödlich. Der Einzige, der das wahrscheinlich gemerkt hatte, war wohl Signor Cama, auch wenn er derjenige war, der dort weniger gut als alle anderen sehen konnte, doch er musste den Tod des Tiergiganten mehr gespürt als gesehen haben, denn er ging mit dem Gefühl für seine Orca zu ihr, und möglicherweise war es genau da, in genau diesem Augenblick, als seine berühmte Unsterbliche starb, dass ihn dieser Anfall von Hassliebe überkam. Doch sie gingen nicht mit dem Gefühl, und wenn es denn ein Sterben wie jedes andere war, wenn nicht weniger als ein anderes, wenn es ein Sterben nach Rosenwasserart war, ein blasses, ausgebleichtes Sterben mit rosigen Schwaden und Schaumspielen von verwässertem Blut, wie konnten sie es dann bemerken, wo sie es doch nur mit ihren Augen verfolgten?

Unterdessen hielten die englischen Matrosen sie wegen der Wirkung des blutigen Nebels, den die wogende Bewegung aus seinen Lungen warf und der den Anschein eines kleinen Vulkans bei dem schwarzen, riesenhaften Kadaver erweckte, nicht nur für lebendig, sondern für so außerordentlich lebendig, dass sie großen Abstand hielten und den schreckenverbreitenden Orcadaver immer wieder umfuhren.

Nach einer Weile merkten die Pellisquadre, dass der Orcadaver, der nicht einmal um seine Länge heruntergetrieben war, von Abfällen und Bastardellen überspült wurde, die sich von der Hauptströmung gelöst hatten und an dieser Stelle zusammenflossen und sich aufgrund eines Zugs ihrer verschrobenen, prinzipienlosen Natur vermischten und verbündeten und ringsumher alles zu einem Meer im Meer von milchigem, kaltem, unzuverlässigem Weiß verwandelten. An den Rändern dieses Meers glich der Kadaver, dessen Endstück eingetaucht war und von kleineren eigentümlichen Strömungen überspült wurde, sein vorderes Viertel dem hinteren Viertel an und befand sich zugleich im Bett der Hauptströmung wie in einem reißenden Fluss und schäumte schon auf, als er gegen diesen gigantischen Strömungsbrecher schlug. Und als Folge davon hatten, als er bugvoraus ausgerichtet wurde, die Pellisquadre bemerkt, dass die Strömung in seine offenen, zerfransten Schlünde schäumend eindrang, während sein gesamtes vorderes Viertel bald hierhin, bald dahin gedrängt wurde, wie wenn sein Halswirbel gebrochen gewesen wäre, und das war für sie das eindeutige, das letzte Zeichen dafür, dass er tot war.

Da endlich machten die Engländer, und man musste wohl sagen besser spät als nie, die Entdeckung, dass der Tiergigant nicht nur eine zerstörte Flanke hatte, sondern auch entflukt war. Doch wenn sie gleichzeitig als Folge davon entdeckten, durch ihre Nase entdeckten, dass er stank und eher von lebendigen als von toten Gerüchen stank, dann verstand man nicht, wenn man sie sah, dass die Pellisquadre jedenfalls keinen von ihnen eine angeekelte Grimasse hatten machen sehen.

Barbarossa stellte sich an den Bug, wo die Pellisquadre standen, und während er die Pfeife in der linken Hand hielt, bewegte er die rechte wie einen Schwanz an seinem Hintern. Die Pellisquadre begriffen, dass er erfahren wollte, wie es komme, dass der Orcaferon seine Fluke verloren hatte, und zur Antwort zeigten sie auf die Feren, die wieder miteinander spielten und in hohen Sprüngen unter den Möwen herflogen, sich dabei stießen und gegenseitig zurückhielten, um nur ja als Erste vor allen anderen die eine oder andere beim Flügel zu schnappen und dabei, mit ihrem Hiii, hiii, hiii versehen, eine große Pomponade von vorgetäuschtem Jammern und echtem Kichern in der unmittelbaren Nähe des Orcadavers aufführten, wo die Möwen geradezu stillzustehen schienen, ohne aber je ihre Äuglein zu diesem Teil zu wenden, wie wenn sie ihnen, diesen niederträchtigen Zotenamseln, nicht die Schuld an dieser Zertrümmerung gäben oder als hätten sie sie fast schon vergessen. Und tatsächlich musste Barbarossa etwas so Unschuldiges in ihnen, in diesen Theatrantinnen, gesehen haben, dass er mit der Hand eine Bewegung machte, die gewissermaßen bedeuten sollte: Verschwindet doch, was wollt ihr mir denn weismachen. Wie wenn er, anders gesagt, zum Ausdruck bringen wollte, dass das eine Szene war, die ihm etwas klarmachen sollte, doch er es durchaus bemerkt hatte. Konnte das denn überhaupt das Werk von derart lustigen und kindlichen Kreaturen sein, das Werk eines so großen Muts und einer so großen Waghalsigkeit, einer so großen Niedertracht und einer solchen Großmut? Ein so Verschlagener wie Barbarossa schluckte das nicht. Und doch, sagten sich die Pellisquadre, war das Entfluken einer Orca ganz sicher ein Unternehmen höchsten Sports für diese Sportbesessenen. Wie kommt es nur, dass die hier, diese Engländer, die im Ruf stehen, sportlich zu sein, das nicht begreifen?

Das Schlimmste war, Barbarossa wollte nicht schlucken, dass der Orcaferon nicht nur tot, sondern zu Dreivierteln auch verschwärt war. Völlig sinnlos ließen sie ihm vom Malteser ausrichten, dass sie dicht an ihn heranfahren und ihn ohne die geringste Gefahr abschleppen konnten. Da waren diese Nebelschwaden bei jedem Prusten, die der Tiergigant aus dem Atemloch ausstieß, wie aus den Lungen herausgestampfte schwarze Blutstürze, und solange das Atemloch noch etwas ausströmte und damit in ihren unerfahrenen Augen eine Täuschung hervorrief, atmete der Tiergigant für sie noch, lebte er und war gefährlich, da war nichts zu machen. Andererseits taten sie von ihrem Standpunkt aus gut daran, nicht darauf zu vertrauen, was die Pellisquadre ihnen durch den Mund des Maltesers sagten, sondern ausschließlich dem vertrauten, was ihre Augen ihnen sagte. Doch ihre Augen sahen lediglich die wässrige, blutige, schäumende Flüssigkeit, die von Zeit zu Zeit aus dem Atemloch hervorstob, wie wenn die großen Atembälge des Tiergiganten nach und nach die Luft, das Wasser und das Blut entleerten, die für immer in sie eingedrungen waren. Dagegen vermochten ihre Augen nicht zu sehen, dass er längst schon nicht mehr der Orcaferon war, sondern dass es das Meer war, das mit seinem Odem in der Orcarkasse atmete. Die große Körperfülle des Tiergiganten war auf die schon lange überspülte Seite geneigt, und durch diese abscheulichen, Brechreiz verursachenden Risse drang Wasser ein, das Meer dünte in ihm wie Ebbe und Flut. Schäumend filterte es sich vielleicht durch Krater und Höhlen, durch Gänge und Durchlöcherungen, ergoss sich schließlich in die rissigen Lungen und leerte sie nach und nach von dem schwärzlichen Blut, das sie verstopfte, dann schäumte es durch die Öffnungen der Atemlöcher hinaus, zerstob durch diese knochigen Verengungen und verursachte dann an der Luft dieses prustende Kommenundgehen, das die Engländer für lebendigen Atem hielten.

Das Meer, das der hässliche Tiergigant mit seiner Körperfülle bedeckte, schien sich wirklich in seine Lungen ergossen zu haben, und wie wenn es ihn bereits eingeebnet und mit Ballast beschwert hätte, sah es aus, als würde er es ganz allmählich in sich speichern. Der Orcaferon war längst nur noch Figur, er hatte sich dem Meer einverleibt und sich darin ausgelöscht, das Meer hatte ihn in seiner Übermacht gepackt, es durchspülte ihn, als wäre er bereits Karkasse, ein von Knochen durchlöchertes Unterwasserschiff, wie wenn er, kurz gesagt, länger keine Last, kein Hindernis, keinen tonnenschweren Unrat aus Fleisch mitten im Meer darstellte, wie wenn er, mit anderen Worten, in jeder Hinsicht nicht mehr existieren würde. Und doch war es gerade das Meer, das, indem es ihm ein endgültiges Bewusstsein von etwas Totem verlieh, ihm gleichzeitig, zumindest dem Anschein nach, das Leben verlängerte, und ebenfalls dem Anschein nach konnte man sich durchaus vorstellen, dass er gerade in diesem Augenblick damit begann, sich wirklich unsterblich zu machen. Konnte er sich denn jetzt etwa noch der Gefahr aussetzen zu sterben? Und lebte er denn nicht, lebte er jetzt denn nicht für alle Zeiten weiter, so wie das Meer für alle Zeiten weiterlebte?

Es war, wie wenn er sich zur Größe der Mutternatur umgeartet hätte: vielleicht war das ja die Unsterblichkeit. Jetzt sahen sie sie, derentwegen er im Ruf des Unsterblichen stand, dem gleichen des dunklen, schrecklichen, geheimnisvollen Großmeers des Schoßes, der ihn hervorgebracht hatte. Seine sichtbare ungestalte Gestalt, diese riesenhafte, finstere, schreckenverbreitende Fleischmasse mit großen Auswuchtungen auf einer Länge von zehn bis fünfzehn Metern und viele Tonnen schwer war die Erscheinung, die Illusion, für die Augen des Verstands gemacht, war die Schliere, welche die andere Seele verbarg, die schwarze, die vernichtende Seele des Meers.

Da war sie nun, die berühmte, die todbringende Orca, Tröpfchen um Tröpfchen zum Salzwasser zurückgekehrt, zum Staub zurückgekehrter Staub der meerischen Unendlichkeit. Da war er nun, der Kadaver der Orca, ausgerichtet im unsterblichen Sinn und als Kannelierer des Meeres. Wenn das nicht Unsterblichkeit war, dann war es mit Sicherheit etwas, das ihr aufs Haar glich, etwas Besseres möglicherweise als der echten, denn manchmal ist es angenehmer, den Ruf zu haben, etwas zu sein, als den, dieses Etwas zu sein.

Dort hatte der orcinuse Tiergigant zudem auch die Strömung gefunden, die ihm eine Hand reichte, um als Toter seinen Ruf als Unsterblicher aufzufrischen. Dort konnte er, sofern er nicht alle vier Stunden durch die Strömung gestört wurde, vier Stunden Unsterblichkeit genießen. Dort starb er alle vier Stunden und kehrte alle vier Stunden wieder ins Leben zurück, und zwar mit eben dem Ersterben und Wiederbeleben der aufsteigenden Strömung, und das, so lange er nicht verweste und zerfiel und im Meer sich verlor und sich verbrauchte.

Nur mit der Strömung ließ sich erklären, wieso die Engländer ihn für lebendig halten konnten. In einem anderen Meer, einem gewöhnlichen, sahen sie den Tiergiganten als Toten ganz sicher nicht diese Funktion aus dem Atemloch weder dem Anblick noch dem Anschein nach als Lebendigen ausführen. Nur ein strömendes Meer konnte ihn in Längsausrichtung mit seinen flussbettartigen Wellen erfassen und ihn durchblubbern, ihn anschwellen und abschwellen lassen und ihm so anscheinend diese lebensvolle Bewegung geben.

Wenn erst einmal die aufsteigende Strömung gefallen war, fiel mit Sicherheit auch die Illusion. Unterdessen jedoch sahen dieser Barbarossa und die anderen Matrosen ihn mit solchen Augen an, dass es war, wie wenn auch in ihnen, und in ihnen, als der da schon überhaupt nicht mehr lebte, sondern bereits seit einer ganzen Weile tot war, die Überzeugung aufkäme, dass es sich um einen unsterblichen Tiergiganten handelte. Eine weitere Garbe mit den Maschinengewehren verpassten sie ihm nicht mehr, vielleicht weil sie sehen wollten, wie lange er noch widerstand, wie lange er sich noch hielt. Für sie musste wohl auch das eine sportliche Angelegenheit sein, und daher zeigten sie keinerlei Anzeichen von Langeweile, und wenn sie nicht mehr so viel lachten, musste es allein darauf zurückzuführen sein, dass sie ganz gefesselt waren.

Ach je, sagten sich die dort hinblickenden Pellisquadre, sie sehen zu, wie lange er noch widersteht, wie lange er sich noch hält. Dieser zertrümmerte Kadaver, das mussten sie sich gar nicht erst einander sagen, konnte in dem Meer, in dem er sich befand, weiterhin bis in alle Ewigkeit die Strömung vier Stunden lang spüren, die Strömung, die für vier Stunden in Folge in seinem Atemloch aufstieg. In den Augen der englischen Matrosen aber war dies, das Atemloch, das prustete, ein untrügliches Zeichen dafür, dass er atmete, dass er noch lebte. Vier Stunden, und für ihre Absicht war bereits eine Stunde zu lang, denn nach einer Stunde oder auch weniger wäre es bereits dunkel, und dann konnten sie die Idee aufgeben, in dieser Nacht schlafen zu gehen, wo doch dieser verpestete Koloss vor ihrer Türe, auf ihrer Marina seiner Länge und seiner Breite nach angelandet lag.

Damit, so mussten sie sagen, befanden sie sich immer an dem einen Punkt: Seit seiner Ankunft taten sie nichts anderes, als seinen Ruf als Unsterblicher zu bekämpfen, der ihn von alters her begleitete, und es war Signor Camas Anliegen, es ihnen sofort, ja unverzüglich aufzuzeigen, und sie mussten zugeben, dass der gefährlicher war als der Tiergigant, gefährlicher als der Gefährliche, den er verinnerlicht hatte, denn es war weniger die Frage, ob er wirklich unsterblich war oder nicht, was ihn so ungeheuer zerstörerisch machte, als vielmehr die Folgen eines derartigen Rufs, denn die gingen in den Undsoweiter. Die Wahrheit war und ist es vielleicht noch, dass der Ruf darauf beruht, sich darauf stützt, von diesem Brot sättigt sich der Bauch bis zum Übermaß, wenn er wachsen und sich erhalten will, er sättigt sich mit dem Eindruck, den er auf die weit offen stehenden Münder der Menschen macht, die, je mehr verwunderte Ohs und Ahs sie ausstoßen, umso mehr ihre Flanken damit füllen.

Dort waren es in diesem Augenblick englische Angehörige der Marine, es waren die Matrosen des Landungsboots, die das Prusten des Orcadavers stumm und mit geschlossenen Mündern beobachteten und bewunderten und dadurch diesen Ruf der Unsterblichkeit nährten und im Übermaß sättigten. Und während sie so, halb berauscht, ihre Augen nicht von diesem Anblick abwandten, warfen die Pellisquadre fortwährend einen Blick auf die sinkende Sonne und dachten, dass sie binnen kurzer Zeit an Land zurückkehren müssten, und so, wie die Dinge sich mit den Engländern verhielten, die sich lyrischen Vorstellungen hingegeben hatten, konnten sie durchaus sagen, dass sie diese Ausfahrt aufs Meer, die erste nach so langer Zeit, so als wäre sie die erste nach der Sintflut gewesen, und das Boot nannte sich ja immerhin Landungsboot, ebenfalls aus sportlichen Gründen gemacht hatten.

»Hier werden wir ihn am Ende noch mit den Augen einbalsamieren«, sagte da irgendeiner, und dieser eine war ganz sicher Arturo Palamara.

»'Ndrja«, hatte Luigi Orioles da gesagt. »Du müsstest deinem maltesischen Freund sagen, dass es spät wird, und wenn die Nacht kommt, während wir noch hier stehen und den Kadaver des Tiergiganten anschauen, dann musst du ihm sagen: Vossìa, werter Herr, welchen Grund hattet Ihr, uns den Gefallen zu tun, den Ihr uns erwiesen habt?«

'Ndrja ging zum Malteser, der mit Barbarossa am Bug stand, und redete mit ihm. Auf der Stelle empfand der Malteser die Sache überzeugend, wechselte die Sprache und redete darüber auf Englisch. Der da antwortete ihm, ohne den Blick von dem Kadaver des Orcaferons abzuwenden, und sagte nach dem, was der Malteser 'Ndrja berichtete, dass, solange der Tiergigant prustete, das Boot sich niemals in seine Umgebung wagen würde. Und hier schob Barbarossa den Malteser zur Seite und deutete 'Ndrja gegenüber auf den Orcadaver, steckte sich die Pfeife in den Mund, nahm einen Zug und stieß den Rauch aus seinem Mund in die Luft: Nach seinem Verständnis prustete er, genau wie der Orcadaver, die schaumigen Dämpfe von schwarzem Blut heraus, und dann fuchtelte er gewitzt mit der Hand, wie wenn er das sagen wollte, was er bereits durch den Mund des Maltesers gesagt hatte, nämlich dass er, solange der da prustete, es sich nicht einmal im Traum einfallen ließe, an ihn heranzufahren.

Der Malteser lachte, tönte ein bisschen vor ihm herum, und man verstand, dass er ihn pantomimisch beglückwünschte, dann packte er 'Ndrja beim Ellbogen und hielt sich mit den Pellisquadre etwas abseits.

»Schlechte Nachrichten für euch, schlechte Nachrichten …«, sagte er. »Habt ihr diesen rotbärtigen Hammel gehört? Solange er sieht, dass der noch seine Pfeife raucht, wird er sich dem Tiergiganten nicht nähern. Und weil sie alle beide Pfeife rauchen, erweisen sie sich gegenseitig Achtung, versteht ihr? Ach, diese Engländer, diese Engländer … Wie kann einer gegen sie ankommen? Ich habe mich abgemüht, hab mir ein Bein ausgerissen, um mit ihnen zusammenzuarbeiten.«

»Warum feuern sie dann nicht noch eine Garbe auf ihn ab, wenn sie ihn noch für lebendig halten, dann sind sie doch sicher? Heh, warum sagt Ihrs ihm nicht?«, fragte ihn 'Ndrja.

»Warum?«, fragte der Malteser mit angewidertem Gesicht. »Warum? Weil die in allen Dingen der Zeit sich ihre Zeit nehmen, sie zünden sich die Pfeife an und genießen den Blick.«

»Ihr solltet ihm allerdings, wenn Ihr erlaubt, etwas erklären«, sagte Luigi Orioles. »Ihr müsstet ihm erklären, dass dieses Prusten des Tiergiganten nur so aussieht, als würde er es machen, in Wirklichkeit aber ist es das Meer, das es in seinem Inneren macht, die Strömung, um es genau zu sagen. Seht Ihr die Strömung, werter Herr?«

»Teurer Freund, wollt Ihr wissen, was passiert, wenn ich ihm das sage? Der da, der Rothaarige, wird dann ganz neugierig und will dann einen Sessel bekommen, um sich bequem hineinzusetzen und sich das Schauspiel anzusehen.«

»Dann ist es also nicht, weil sie Angst haben?«, fragten da viele von ihnen.

»Sicher ist es auch, weil sie Angst haben. Doch das Schöne an ihnen, versteht ihr, was das ist? Das Schöne ist, dass sie die Pfeife stopfen, und die Angst, die rauchen sie einfach weg, die Angst.«

Da stellte 'Ndrja ihm eine genaue Frage.

»Also kurz gesagt, wenn der Tiergigant nicht mehr prustet, dann entschließen sie sich, sagt Ihr? Dann fahren sie wirklich an ihn heran und landen ihn uns an, wenn sie sehen, dass aus seinem Atemloch nichts mehr herauskommt?«

»Selbstverständlich. Dann würde ja kein Grund mehr bestehen, Angst zu haben.«

»Ja, dann ist das nur eine Sache von Minuten«, sagte 'Ndrja. »Wir zeigen ihm auf der Stelle, dass nicht der Tiergigant prustet, dafür liefern wir ihm sofort den Beweis, wenn die sich mit Worten nicht überzeugen lassen, dann lassen wirs sie mit eigenen Augen sehen, dass nicht er es war, der geprustet hat, sondern das Meer, das durch die verwesten Krater in ihn einströmte und wieder ausströmte und ihn zum Prusten gebracht hat. Also, wir werden ihm das Atemloch sofort verstopfen, damit sieht Barbarossa, dass er nicht mehr raucht.«

Noch während er redete, zog er seinen langärmeligen Rollkragenpullover aus, doch Masino hatte bereits Hemd und Hose ausgezogen, und in Unterhose, ohne ein Wort zu sagen, sprang er, während 'Ndrja gerade seinen Kopf aus dem Pullover zog, mit den Füßen voraus ins Meer, mit dem Häutungsmesser zwischen den Zähnen und einem Bündel Hanf in der linken Hand.

»Wer hat ihm denn das gesagt? Wer hat dem Jungen das erlaubt?«, fragte 'Ndrja im ersten Augenblick äußerst verärgert.

»Kümmere dich nicht darum, kümmere dich nicht darum, 'Ndrja, denn der Junge schafft das besser als wir. Ho! Masino ist tüchtig, Masino ist tüchtig …«, sagten die Pellisquadre. »In ihm steckt etwas Altes, und das Alte, das er hat, weicht niemals zurück, und er ist zugleich weise und waghalsig. Er ist tüchtig, wirklich tüchtig, unser Masinello. Hab Vertrauen, 'Ndrja.«

»Entschuldigt mal, meint ihr, ihr müsst es mir sagen, dass Masino tüchtig ist?«, sagte 'Ndrja da, und sein Gesicht zeigte beinahe Wut, wie wenn er sagen wollte: Glaubt ihr etwa, ihr müsstet mir sagen, dass mein Milchbruder tüchtig ist? Und währenddessen verfolgte er Masinos Bewegungen, wie wenn er den Atem anhalten würde.

Ohne auch nur einen Augenblick zu zögern, schwamm Masino auf das finstere Schrecknis zu, das der riesenhafte, unheilvolle, in seinem blutigen, stinkenden Meer zerschlagene Kadaver darstellte. Er schwamm wie ein Mädchen, zuerst mit seinem rechten Arm, dann mit beiden Armen, weil er sich völlig zu Recht gedacht haben musste, dass nasser Hanf sich besser zum Verschließen der Münder des Atemlochs eignete.

Er näherte sich der Fluke des riesigen Orcadavers, der seine kleine Gestalt noch riesenhafter erscheinen ließ, er richtete den Blick auf den Flukenstumpf, schwamm den Kadaver auf der linken Seite hinauf, die ganz aus Rissen, Vertiefungen und Fetzen bestand, gelangte zum vorderen Viertel, schwamm etwas von ihm weg, und um herauszufinden, ob er tot war, ob er lebendig war, spritzte er eine Handvoll Wasser gegen den Kopf des Tiergiganten. Und dann, wie wenn es nichts wäre, näherte er sich ihm noch mehr, schwamm ganz dicht an ihn heran, fast schon mit dem Gesicht an dem Auge, um seine Pupille unter dem schweren Augenlid anzusehen. Es war eine Sekunde, in der ihnen auf dem Landungsboot, einschließlich der Engländer, Schauer über den Rücken liefen, doch dann endlich hob Masino den Arm, wie wenn er signalisieren wollte, dass keine Gefahr mehr bestehe.

Danach schwamm er von dort weg und kehrte zur massakrierten Flanke zurück, er schwamm dichter heran, hielt aber den Kopf weit nach hinten geneigt, und damit wollte er sagen, dass der Orcadaver, so sehr er auch vom Meer durchspült wurde, das in seinem Inneren einen leichten Seegang erzeugte, so gewaltig stank, dass es einem den Atem verschlug. Doch auch wenn Masino sich durch den widerlichen Gestank verpestet vorkommen musste, streckte er einen Arm aus, schob dann eine Hand in diese ausgefransten verpesteten Höhlen, zog sie danach wieder zurück und hob sie über seinen Kopf, damit sie alle sehen würden, wie voll sie mit Cicirella war, die ihm durch die Finger lief.

»Beeil dich, Masino, beeil dich«, rief Don Luigi Orioles ihm zu, wohl weil er sah, dass den Engländern dieser Beweis nicht ausreichte, jedenfalls nicht ausreichte, um sie dazu zu bewegen, den Kadaver der Orca anzulanden.

»Stopf ihn zu, Masino … Stopf ihn zu«, rief ihm nun auch ‘Ndrja zu.

Am schwierigsten musste es für Masino sein, auf die Orca zu klettern, denn man sah, dass er ihr, auch wenn er sich auf die Füße stellte, nicht einmal bis zur halben Höhe der Flanke reichte.

Masino aber hatte sofort die Idee: Er suchte mit den Händen Stellen, an denen er sich festhalten konnte, zwischen Rissen und Fetzen auf der linken Seite, und wenn er eine Stelle fand, an der er sich gut festhalten konnte, zog er sie zu sich, und auf der Stelle neigte sich der kolossale Kadaver auf diese Seite, wie wenn er schaukeln würde, ohne dass der Junge sich besonders anstrengen musste. Nun ergriff Masino den Augenblick, in dem der Körper vor ihm halb umgekippt war, im Flug, das war kurz vor dem Augenblick, wo er wieder zurückkippte, denn im gleichen Augenblick, als er seinen Griff lockerte, warf er sich auf die Brust und hielt sich, fast ohne Anstrengung, sie zu finden, auf der Stelle an den Hörnern des Atemlochs fest. Als er rittlings und durchaus bequem auf ihm saß, verstopfte er zuerst die eine, danach die andere Öffnung und steckte die Knäuel von Hanf in sie hinein, zuerst mit der Klinge und danach mit dem Handgriff des Häutungsmessers. An diesem Punkt signalisierte er: Alles klar, und kreuzte dabei die Arme und fuchtelte mit ihnen in der Luft. Es fehlte nur wenig, und die Engländer hätten ihm applaudiert, und auch die Pellisquadre, nur dass dies in den Augen der Engländer eine Sache sein musste, die, wie nur wenige und nur selten zu sehende, aus einem sportlichen Geist heraus getan wurde.

Sie warfen Masino ein Seil zu. Masino fing es in aller Ruhe auf, wie wenn er, statt sich auf diesem Schrecknis zu befinden, auf einem Felsen säße, er blickte um sich, wie wenn er sehen wollte, wo er ihn festbinden konnte, dafür stand er auf, maß und lotete nach Länge und Umfang die Körperfülle des Orcadavers aus, der von einem Anblick war, jetzt, wo sie wirklich von Anblick sprechen konnten, die jede Beschreibung in einem Buch und jede menschliche Vorstellungskraft übertraf, auch wenn man dies der Unbeirrbarkeit und Unerschrockenheit dieses Jungen nach, der ihn unter seinen Füßen sah, wirklich nicht hätte glauben wollen. Die Pellisquadre riefen ihm zu, er solle tauchen und ihm das Seil unter dem Bauch festbinden, doch ein weiteres Mal hatte der Milchbärtige einen wesentlich besseren Einfall als sie alle zusammen. Er machte eine Schlinge, schön groß, kniete dann nieder und beugte sich vor, fast so, als würde er sich krümmen, und ließ die Schlinge vor dem Kopf des Tiergiganten hinunter.

Vom Landungsboot aus begriffen sie noch nicht, welche Absicht er hatte, das heißt wie er das Seil um ihn binden wollte. Die Bewegung ließ allerdings vermuten, dass er darauf aus war, ihm die Schlinge wie ein Halsband um den Nacken zu legen. Andererseits gab es dort, bei diesem Tiergiganten, weder Kopf noch Nacken, es gab nur das vordere Viertel, ein geschlossenes, ausgewuchtetes Einziges, gleich einem Torpedo. Das allerdings sah Masino, er sah's und behielt es im Kopf, und es war genau aus diesem Grund, dass er, um den Orcadaver zu binden, nach und nach die Art ersonnen hatte, die sie auf dem Landungsboot beobachteten: eine Art, zu der es genialen Einfallsreichtums bedurfte, um sie zu ersinnen, aber man bedurfte auch einer gehörigen Portion Unerschrockenheit, um sie praktisch umzusetzen.

Er ließ sich wieder ins Wasser gleiten und schwamm vor den Tiergiganten, stopfte ihm das Seil in den Rachen und führte es zwischen den Keilen seiner Zähne her, wie eine Klampe, dann befestigte er das Seil und machte eine weitere Windung zwischen den Keilen: An diesem Punkt gab er ihnen ein Zeichen, dass sie an dem Seil ziehen sollten, um die Schlinge festzuzurren und auszuprobieren, ob die Bindung auch hielt. Vom Boot aus zogen sie, der Strick spannte sich von den Händen der Pellisquadre bis zum schaumbrodelnden Rachen des Kadavers. Und der Tiergigant bewegte sich: Er trieb herrlich dahin. Sie halfen Masino wieder aufs Boot, dann gruppierten sie sich am Heck und banden sich den Strick einander um die Brust, einmal vorne, einmal hinten, das Boot setzte sich in Bewegung und hatte den gigantischen Kadaver im Schlepptau, und in dieser Haltung, mit weit aufgerissenem Rachen und leicht erhöhtem vorderen Viertel, sahen sie, dass der Tiergigant unter dem Hals einen großen weißen Fleck in Form eines Herzens hatte, wie ein riesiges Muttermal, das auf eine gigantische ungestillte Lust einer trächtigen Orca hindeutete, die der Haut des Sohnes aufgeprägt war. Sie wussten nichts von diesem herzförmigen Fleck, noch hatten sie je etwas davon erfahren oder gar gesehen, und es war seltsam, dass nicht einmal Signor Cama über ein so ungewöhnliches und unerwartetes Detail von so außerordentlicher Wirkung auf den Anblick jemals geredet hatte, und das jetzt, wo es bekannt war, nur zur Ehre seiner Orca gelangen konnte, denn es musste nicht die Spur eines Anzeichens dafür in seinem Buch über die Giganten der Meere geben. Dieser absolut verborgene Tiergigant fügte im Tod noch Geheimnis zu Geheimnis, wie wenn dieser weiße, unberührte Riesenfleck in Form eines Herzens ihm im Sterben gekommen wäre, ausgeworfen von der pechschwarzen Haut. Sie waren viel zu sehr mit dem Seil beschäftigt, um miteinander zu reden, doch teilten sie sich ihr Erstaunen, in das sie das Auftreten dieses herzförmigen Muttermals auf der Haut des Orcadavers versetzte, über die Augen mit, und was für ein großes Unheil daraus entstehen konnte, wenn Donna Cristina und die Frauen es zu sehen bekamen. Wer konnte dann noch die phantasieerregte Donna Cristina mit ihrem Herzgehenk daran hindern auszurufen: »Heiliger, heiliger Ferdinando Currò«?

Es war schon beeindruckend: dieser Koloss, Bringer des Todes, glitt hinter dem Landungsboot her mit seinem Verblüffung erregenden, seinem so sichtbar zur Schau getragenen Herzen, wie ein um den Hals hängendes Medalljon von Unschuld und Reinheit, fast so, als würde es sagen: Dies ist mein Herz. Und die Pellisquadre dachten: Das Herz der Orca, das Herz des meerischen Todes.

Es dunkelte, und die Pellisquadre fühlten, dass das Wetter umschlug. Nachdem der Schirokko so viele Tage lang von Morgen und Abend gekommen war und Schweißperlen hervorgebracht hatte, ging er jetzt in einen leichten Gräkal aus Nordost über, wehte bereits mit einigen Andeutungen von abendlicher Kühle und bildete dicht auf den Wellen kleine Kämme. Der Eindruck von einem verspätet brüllenden Sommer verflog augenblicklich, und eine Brise, die den Schweiß auf der Haut gefrieren ließ, wehte aus Nordost herunter, verwirrte zuerst und zuunterst das Meer mit dem Altmeer und warf es dann mit leichtem, schäumendem Pfeifen gegen den Kadaver des Orcaferons und strudelte heckhin über das Boot hinweg.

Nicht viel Zeit verging, und, enthüllt vom milchigen Weiß der jungen Schwertfische, sahen sie in der Höhe von Punta Cavallo zuerst ein Pärchen, dann ein weiteres und ein weiteres und dann, isoliert, viele weitere Schwertfische, die zurückkehrten.

Dieser Anblick hatte auf die Pellisquadre zu anderen, zu gewöhnlichen Zeiten normalerweise eine außerordentliche Wirkung. Hier krümmten und bogen sie sich unter den Windungen des Seils, sie sahen sich mit größtem, in ihre Gesichter gemaltem Erstaunen einander an, sie waren fröhlich und lachten, sie waren bewegt, und mehr als nur einem kamen die Tränen.

Sie lachten und weinten: ihre schönen, ewigen Schwertfische, große wie kleine, bei allem Massaker, das die ozeanischen und die heimischen Feren an ihnen verübt hatten, waren nun wieder da, sie sahen die Pulcinells wieder, die von Afrika zurückkehrten. Weder Krieg noch Feren hatten sie daran hindern können, im Mai zurückzukommen und im Oktober wieder abzuziehen. Sie lachten und weinten, denn diese da waren für sie Zeichen, dass nichts geschehen war, dass alles wie früher in der Schicksalhaftigkeit der Natur lag.

Der Orcaferon wurde gleich unterhalb des Sporns angelandet, das Landungsboot warf ihn dort unter gewaltigem Klatschen und Krachen des Wassers an Land. Ohne die Beute loszulassen, machten die Pellisquadre mit der langen Anlegestange und mit ihren Harpunen sich um ihn herum zu schaffen, um ihn weiter aufs Trockene zu befördern, als auf dem Feuchten zu belassen.

»Ohooo … zieh, jetzt, mach …«, riefen sie, fast so, als würde man eine Palamitara an Land ziehen, hier, jetzt, jetztgleich, wie wenn sie es als Vergnügen betrachteten, als was sie es, angesichts der Anstrengung, die es sie kostete, gar nicht betrachten konnten, denn der Riesenkadaver war mit seinem Vorderviertel zwar hier, doch das Hinterviertel berührte die großen Tiefen der 'Ricchia mit dem Flukenstumpf, der in die Abgründe zu gleiten schien. Und sowohl Stab wie Harpunen versuchten es, ohne aber hier und da auf der langen, langen und immensen schwarzen Oberfläche der fetten, glitschigen Haut einen Halt zu finden, und selbst wenn sie ihre Haken hineinstießen, waren sie nicht in der Lage, ihn auch nur eine Handbreit zu bewegen.

Die Frauen waren mit den Alten und den Kindern aus den Häusern auf die Marina gekommen.

»Werft uns das Seil zu, werft uns das Seil zu«, sagten sie. »Wir ziehen die Sciabica für euch, wir ziehen die Sciabica für euch.«

»Geht nur nach Hause, geht nur nach Hause, ihr«, sagten die Pellisquadre zu ihnen.

Sollten sie sich denn von den Engländern dabei sehen lassen, wie sie sich von ihren Frauen helfen ließen? Doch genau so ging es aus. Es ging so aus, dass, auch wenn sie's nicht wollten, es überhaupt nicht wollten, sich zwangsläufig von den Engländern dabei hatten sehen lassen müssen, dass sie sich nicht nur von ihren Frauen helfen lassen mussten, sondern auch von den Alten und den Kindern.

Und tatsächlich machten sich die Frauen, die Alten und die Kinder, wie wenn es tatsächlich um das Herausziehen der Schabika ginge, des Schleppnetzes, an die Seile, einer hier, einer dort, und so bildeten sie eine beachtliche Schlange, die sich über die ganze Marina hinzog, bis hinauf zu den ersten Häusern, und sie zogen ruckweise, allerdings mit sanftem Rucken, wie wenn sie eben eine prallgefüllte Sciabica mit Kleinkram an Land zögen, sie zogen ruckweise, allesamt, ein einziges Rucken mit den Armen, mit dem Atem: hooo … ho …

Und so zogen Frauen, Alte und Kinder, während die Pellisquadre gleichzeitig mit Latten, Rudern, Harpunen und Seilen zu hantieren begannen, auch wenn an diesem Punkt alle, die einen mehr, die anderen weniger, vor Anstrengung halbtot waren. Vor allem die Muskeln der Arme und der Beine, bei vielen allerdings auch die Nieren und die Lungen, und endlich sahen sie den riesigen Orcadaver, riesig und riesig erschreckend, wenn man ihn so sah, von diesem Punkt aus, inzwischen dort, wie angelandet, vor ihren Augen, angelandet mit seinem Vorderviertel, wenn auch nur mit seinem vordersten Vorderviertel, dort, auf der Erhöhung des Ufers.

Die Wellen, die dort, an dieser Stelle, bereits auf das Ufer zurollten, bildeten einen Stau mit brodelndem Schaum und gischtenden Spritzern an seinem Flukenstumpf, der ganz aus Hautfetzen bestand, und als sie sich dann wieder hier und da freimachten, war es, wie wenn jede Welle dem Orcadaver einen Schub nach vorne geben würde, doch im Endeffekt schlakelte er nur ganz wenig bei jedem Mal weiter vor und basta.

Doch für alle Fälle und angesichts des gewaltigen Meers, des ozeanischen

Meers, das die Gewässer zwischen Skylla und Charybdis waren, und angesichts der Tatsache, dass sie für das Zerlegen des Orcadavers ziemlich viel Zeit brauchten, und je mehr Zeit sie darauf verwandten, umso länger blieben sie mit dieser einen Sache beschäftigt, was genau das war, was sie am meisten wollten, verschnürten sie ihn rundum mit anderen Stricken, dort, in diesem Augenblick, und verankerten ihn an den Vorsprüngen am Sporn.

Am Ende befand sich der Orcaferon mit seinem entflukten Hinterviertel mehr oder weniger in den Untiefen nahe dem Ufer, wo die Wellen gegen ihn gischteten, und mit dem Vorderviertel, allein mit dem Kopf des Vorderviertels befand, befand er sich mehr oder weniger in ebendieser Lage dort, auf dem Ufer, mit dem Ausdruck, sozusagen, von Kraftlosigkeit, wie der eines alten, von Schwären bedeckten Hundes.

Da, erst da betrachteten sie ihn, das heißt sie betrachteten den Orcadaver, wie wenn sie ihn da zum ersten Mal wirklich sehen würden und mit dem Auge des Verstands in ihm die Orca sehen würden, die sie einmal war, mit dem Ruf, mit dem Schrecken des Rufs derer, die sie einmal war, und gleichzeitig sahen sie mit den Augen des Sehens den Kadaver, der sie jetzt inzwischen war, auch wenn man bei diesem Anblick seinen eigenen Augen nicht trauen mochte.

Sie betrachteten sie und wichen alle zurück, alle zugleich, doch ohne Verabredung, weder mit Worten noch mit Blicken, sie wichen alle zurück, jeder für sich, instinktiv, seinem Instinkt nach sozusagen, jeder und alle, ganz instinktiv, Pellisquadre und Frauen, Alte und Kinder, die sie betrachteten, und setzten langsam, langsam einen Schritt hinter den anderen zurück, auf die Höhe zu, und alle und jeder machten den Eindruck, wenn schon nicht im Gesicht oder in den Augen, dann doch wenigstens in der Körperhaltung, das heißt in der Art, wie der eine oder der andere sich bewegte, den Eindruck verängstigter Menschen, die sich immer mehr von der entfernten, die sie immer die Tödin nennen hörten und nun da sahen, gesehen mit ihren Augen, tot. Aus diesem Grund entfernte sich der Eindruck jedoch, auch wenn verängstigt, wie um sie in ihrer Gesamtheit zu sehen, mit ihrer ganzen schwarzen verseilten Körperfülle, mit ihrer ganzen inzwischen zu Ende gekommenen Endlosigkeit der Endbringerin, um sie im Ganzen zu sehen, auch wenn dieses Licht, das Licht des in den Abend hinüberdunkelnden Tags ihnen viel von ihrem Anblick nahm.

Schritt für Schritt entfernten sie sich von ihr rückwärts, hielten ihren Blick aber auf sie gerichtet, bis alle, wie sie da waren, gleichzeitig stehen blieben, dort, wo sie waren, dort, bis wohin sie sich entfernt hatten, und von wo aus sie sie, auch in dem Zwielicht dieses Augenblicks, ein Licht, das nicht mehr Licht war, nicht mehr Licht des Tages und noch nicht Licht der Nacht, endlich ganz sehen mussten, sowohl die Tödin als auch die tote Tödin, sie sehen, die ganze Orca in ihrem verwesenden Kadaver sehen mussten. Denn Pellisquadre, Frauen, Alte und Kinder verwandelten sich, wenn man sie ansah, sobald sie stehen blieben, in so etwas wie sich in der Luft auflösende Gestalten, sich schwarz färbend wie Ruß, Gestalten mit ausgelöschten Erkennungsmalen, alle eine einzige, ein und dieselbe Gestalt als Mann und als Frau, als Alter und als Kind. Und gleich darauf kam von diesen Schemen nächtiger Gestalten, alle ein Faksimile des einen vom anderen, ein großes Raunen der Verwunderung, gleich einem Luftrausch von Hohohos, die sich auf der verfinsterten, spindelförmigen Kontur des Orcadavers niederließen, über sie hinwegzogen und sich über die beiden Meere verstreuten wie ein Schmeißfliegenschwarm, der vom Gräkal aus Nordost, zu dem der Schirokko sich wandelte, verscheucht worden war.

Und immer noch, noch jetzt, längst schon entfernt, jetzt, noch so wie vorher, als sie sich entfernten, hörte man hier und da einige mit einem alarmierten und plötzlich bleichen Ton in der Stimme sagen:

»Halten wir uns lieber fern, ganz fern. Kommen wir nicht in ihre Reichweite, stellen wir uns besser nicht neben sie.«

Ob sie also wollten oder nicht, sie trauten ihr noch nicht, sie trauten ihr nicht einmal, nachdem Masino es ihnen sogar bewiesen und sich dafür persönlich in Gefahr begeben hatte, dass sie wirklich in ihrer Eigenschaft als Tödin, als Tödin und Unsterbliche, tot war und gestorben, denn die Tatsache, dass sie sie jetzt, da, tot und verstopft vor sich hatten, erinnerte sie allzu sehr an das traurige Ende des Vaters und seines Sohnes in Nicótera, die ihr vertraut hatten, die ja auch sie zugestopft und ans Ufer gezogen hatten, im Glauben, sie wäre tot. Der Unterschied bestand darin, und sie konnten nicht sagen, dass dieser Unterschied gering war, dass sie damals nicht entflukt war.

Doch vielleicht war das, was sie mehr als diese Erinnerung, mehr als ihr Ruf einer Unsterblichen geprägt hatte, ihr Zustand einer sterblichen, einer massakrierten Gestorbenen, zu der sie verkommen war.

Erst jetzt nämlich, aus der Nähe, wenn auch aus der Entfernung von ein paar Schritten, entdeckten sie, dass es keine einzige Stelle mehr ihres schwarzen, wie erkaltete Lava glänzenden Panzers gab, die noch unversehrt war. Sie hatte keine

Form mehr, weder eine schöne, noch eine hässliche. Sie war ausgefranst, mit herausgerissenen Hautfetzen, mit ihrer ursprünglich kompakten Spindelform, von deren Drachenkopfkontur sich keiner, der es nicht gesehen hatte, auch nur die geringste Vorstellung machen konnte, auf die sie durch das Entfluken verschandelt worden war, und zwar genau da, an jener Stelle, von der aus die Spindelform sich wirklich zur Spindel verjüngte und sich schwindelerregend auf ihre Steuerfluke zu zerfranste. Mit dieser Kontur, die durch das Werk der Feren ihre ursprüngliche Spindelform erhielt, die zudem im Übrigen durch Öffnungen, Risse und Krater völlig zerstört und verheddert war, und das nicht nur auf der verschwärten ausgewuchteten Seite, sondern auch auf der anderen. Über diese undurchdringliche Hautoberfläche, wo es keinem der ozeanischen Giganten je gelungen war, nicht etwa etwas zu packen und herauszureißen, sondern sich nicht einmal zu nähern, waren die Sardinen, diese widerlichen, auf verwesendes Fleisch heißhungrigen Flöhe, ob es eine Orca war oder nicht, mit kleinen Bissen ihrer Zähnchen über ihre Haut hergefallen und hatten sie aufgerissen.

Nachdem sie sie genau betrachtet hatten, gingen die Frauen und Kinder fort und kehrten mit kleinen Tellern in der Hand wieder zurück, stiegen ins Wasser und fingen an, auf beiden Flanken des Orcadavers mit den Händen in den Öffnungen und Höhlungen des Fleischs und des Fetts herumzusuchen und zu graben, um Cicirella herauszuholen, die sie da, hier und da, wie kleine silbrige Schuppen in den Falten der großen finsteren Masse blinken sahen. Jede Aushöhlung war voll davon, und es war, wie wenn der Orcadaver selbst mit Meer und Cicirella niederkommen würde. Von den Tellern, die sie füllten, konnte man sich ausrechnen, dass er von der Cicirella jetzt, wo er tot war, mehr in seinen Aushöhlungen hatte als er zu seinen Lebzeiten davon nach oben strudeln ließ. Und in dieser Niederkunft der Winzlingsaale, in diesem Getropfe geheimnisvollen Lebens, das aus jeder Falte, jedem Riss, jedem Spalt und jedem Wundkrater hervorquoll, als würde alles aus der Haut hervorschwitzen, hatte der tote Orcaferon noch etwas von einem lebendigen Orcaferon, etwas Lebendiges, Ungeheuerliches, etwas, das den Tod brachte. Doch war ja auch er tot, er, der Todesbringer, auch er wiederum tot: Und es hatte den Anschein, dass, indem die Orca diesen letzten, berührbaren und unverletzlichen Rest meerischen Lebens, diese Aalmilch zerstören wollte, sie, die Orca, die Todbringende, die geborene Vernichterin, selbst vernichtet wurde.

Auf die Abschiedsgrüße, auf 'Ndrja achteten sie nicht einmal mehr.

»Du gehst zwar jetzt und kommst wieder und wirst uns immer noch hier antreffen«, sagte Caitanello zu ihm, ganz mit eifernden Augen von der Körperfülle des Orcadavers erfasst.

»Ha, das ist ganz sicher, dass ich euch noch hier antreffe, oder besser gesagt, hier unten«, antwortete er seinem Vater.

Und Don Luigi empfahl ihm seinerseits nun:

»Und wenn du irgendeine Gefahr witterst, dann scheiß aufs Geld, seis viel oder wenig, und mach dich davon, denn du, 'Ndrjuzza, erinnere dich immer, dass wir hier in Charybdis in primis primissimo immer nur dein Gesicht sehen wollen, und dann erst, wirklich erst dann, wenn möglich, das Gesicht von Königen und Kaisern, die man, wenn man sie sieht, auf Tausendlirescheinen gedruckt sieht.«

Doch auch Don Luigi wirkte, und damit war alles gesagt, wie wenn auch er, ja, auch er mit der Anlandung der Orca das Gut des Denkvermögens verloren hätte, auch er machte, wie alle anderen, den berauschten Eindruck von Geschäftigkeit, von einem äußerst beschäftigten Menschen. Es rief Entsetzen in ihm hervor, sie mit blutverschmierten Händen um die Fleischmasse des Orcadavers herumschwelgen zu sehen, um diesen schwarzen, entflukten Umriss des Tiergiganten, der, wenn man es nicht wusste, inzwischen schwer zu sehen war, zu erkennen, was für ein Tiergigant er eigentlich war, denn inzwischen verschwamm sein Umriss beinahe zusehends, aufgelöst in der dunklen Luft, die sich dort, dort oben, schneller und stärker zu verfinstern schien, wie wenn sich dort, dort oben seine Schwärze zu einem Klumpen in einem einzigen, dichten Gemisch aus Finsternis formte, mit der gleichen leichenschwarzen Farbe der Haut des Tiergiganten und mit dem gleichen schwarzgefärbten Blut in Wunden, Schwären und Spalten, die in seine Spindelform gegraben waren. Sie stifteten Verwirrung, sie erregten Ekel, und das empfand 'Ndrja persönlich, wahrhaftig wie einen unwiderlegbaren Beweis, und wenn er damit auch nichts anfangen konnte, konnte er sich nicht dazu durchringen, sich darüber zu empören, sie alle da tätig zu sehen, wie wenn diese Luft, die aus dem Orcadaver austrat und die sie einatmeten, diese Luft für sie nichts als Gesundheit wäre, Gesundheit, so wie wenn man Rettung und Erhaltung des Lebens saugen würde.

'Ndrja ging dann den heikelsten Teil der Verabschiedung erledigen, heikel, weil die kleine Person heikel war, von der er sich verabschieden musste.

Marosa war an der Türe erschienen, und ihr Gesicht war bereits von Tränen durchfurcht. Mit einem Arm lehnte sie am Türpfosten, ihr Gesicht lag auf diesem Arm, und sie weinte. Sie sah ihn an und merkte vielleicht nicht einmal, dass sie ihm ins Gesicht weinte. Sie war untröstlich, als würde sie jetzt zur Waisen werden und alleine auf der Welt sein. Doch als 'Ndrja ihrem Blick begegnete, traten ihr voll Traurigkeit die Tränen wieder in die Augen, und sie verschwand ins Haus. 'Ndrja aber trat nach ihr ein, und nach einem Schritt fasste er sie und nahm sie in seine Arme. Erst da sah er, dass sie in ihren Händen das Körbchen mit den Deckchen hielt, und sah, dass sie mit ihrem Kopf hineinweinte.

»Sticke jetzt keine Fische mehr«, flüsterte er ihr ins Haar.

Sie antwortete nicht und fuhr fort, mit dem Gesicht in das Körbchen zu weinen, wie wenn sie es mit den steinernen Tränen füllen wollte, die sie weinte. 'Ndrja gelang es, mit einer Hand in das Körbchen zu fahren, ihr Gesicht zu ihm zu wenden, und dann, als er sie ansah und nur etwas Geistreiches so dahinsagen wollte, sagte er:

»Jetzt allerdings kannst du dich gründlich mit dem Orcaferon vergnügen, der auf der Marina liegt, bei dem kannst du gar nicht mehr aufhören zu sticken.«

»Den Orcaferon? Den Orcaferon sticken?«, rief sie, als wollte sie sich aufbäumen. »So lange hast du also vor wegzubleiben? Dann geht es gar nicht um Abreise. Es geht um Abschied, einen Abschied auf lange.«

In dieser Sekunde hatte sie die Augen einer Tigerin, doch in der folgenden Sekunde löste sie sich von ihm, nahm aus dem Körbchen den Stickrahmen und zeigte ihm ihn und hielt die Nadel darauf:

»Dein Herz«, sagte sie zu ihm mit einem Aufleuchten in den Augen, »dieses Mal sticke ich dein Herz.«

Es war ihm, als würde er sehen, wie sie ihre Zähne in das Wort Herz schlug, und er stellte sich sein Herz vor, in aller Lebendigkeit, während sie es ihm ganz langsam zerbiss, Stückchen um Stückchen, und er sah ihr da in die Augen, er sah sie an, und zum ersten Mal fühlte er, wie er bei ihrem Anblick errötete, beim Anblick dieses aufgeblühten Mädchens, aufgeblüht in ihren Gedanken, aufgeblüht in den zarten Brüsten, weder groß noch klein, prall, fest, voll wie Birnen mit herausgewölbter Spitze, und ihre Glut, ihre Leidenschaft, ihre beinahe schon barbarische Hingabe. In diese Marosa, die fern von seinen Augen zu einem Fräulein erblüht war, hatte er sich richtig verliebt, o ja, er hatte sich von ihr richtig verzaubern lassen, wenn es ihm vorkam, als hätte er sie gestern erst oder vorgestern kennengelernt, diese Marosa, die, auch wenn sie sich noch in der Art des Mädchens von damals gebärdete, so redete und tat, mit dem gleichen, haargenau dem gleichen stürmischen Stil einer Sturzwelle, die ihm den Atem verschlug, jetzt allerdings etwas hatte, das von ihr ausging und ihn erröten ließ, ihn, alles in allem, überraschte, ihn einnahm.

»Dein Herz sticke ich, und wenn ichs dir sticke, dieses schwarze Herz, das du hast, dann wirst dus mir sagen, dann. Doch zuerst warte ich ab, mach dir keine andere Vorstellung, ich lasse dir Zeit. Und weißt du, wie lange ich dir Zeit lasse? Bis dem Mond nicht auch das andere Horn noch aufgeht. Willst du wissen, wie ich dir dein Herz sticke, falls du bis dahin nicht zurückgekehrt sein solltest? Meinst du wohl, dass ichs ganz einrahme mit: Ich lieb ihn ich lieb ihn ich lieb ihn? Da, schau, siehst dus? So und so und so.« Und während sie redete und Stickbewegungen machte, begann sie, fast schon rasend, was weit über eine Handarbeit hinausging, dieses schwarze Herz auf dem weißen Leinen innerhalb des Kreises ihres kleinen Stickrahmens zu sticken.

'Ndrja, der bis hierher, als er von seinem schwarzen Herzen, vom anderen Horn des Mondes hörte, mächtig an sich halten musste, um nicht loszuprusten vor Lachen, fühlte hier, wie er sie so besessen mit der Nadel herumwerken sah, jede Lust zu lachen und zu lächeln vergehen, doch nicht nur das, er fühlte sich auch, und das war sonderbar, wie wenn jede Heiterkeit aus ihm gewichen wäre, zu Boden geworfen, melancholisch, mit einem wirklich schwarzschwarzen Herzen, beklommen, sonderbar, äußerst sonderbar, sagte er sich, denn wenn es einerseits völlig unmöglich war, diese ganze Wirkung, diese Szene, diese nicht einmal inszenierte Szene Marosas in sich zu fühlen, konnte er dieses Gefühl allerdings nur als Folge von Marosas Handlung haben, ein Gefühl, das ihn vollkommen unvorbereitet getroffen hatte, ohne zu wissen, wie und warum dieses Gefühl das war, was es war. Wie wenn er diese Szene von Marosa nicht von außen betrachtet und genossen hätte, führte auch er diese Szene mit ihr auf, das heißt: War seine Rolle in dieser Szene als Folge der Rolle von Marosa, die ganz versessen darauf war, sein Herz mit richtigen Nadelstichen zu packen, nicht just die, in der er sein Herz, wie sie zu ihm sagte, wie sie es ihm vorhersagte, wirklich schwarz, tiefschwarz und beklommen fühlte?

Doch als er ihre Stimme wieder hörte, als er mit diesem Mädchen wieder so redete wie früher, wie er immer über ihre Mädchenstreiche redete, konnte er sagen, dass er sich in gar keiner Weise an all das erinnern konnte, an all das, was er dachte oder mit offenen Augen träumte zu denken, wenn auch nur für einen Augenblick.

»Das Horn des Mondes? Das andere Horn? Was redest du da?«, sagte er halb scherzend und halb im Ernst zu ihr. Er machte den Eindruck, als könnte er das, was Marosa ihm da hatte sagen wollen, gar nicht verstehen, weshalb sie es wohl war, die darauf den Eindruck machte, als könnte sie das, was er ihr habe sagen wollen, nicht verstehen, und diesen Eindruck zeigte sie gleich darauf deutlich in ihrem Gesicht, als er, mit einem absichtsvoll überraschten Ton, hinzufügte: »Ach ja, ja doch, wie denn auch nicht?, das andere Horn des Mondes. Siehst du jetzt, wie unerfahren ich geworden bin, wie unerfahren ich und wie erfahren du? Du, die Erfahrene, als Erfahrene, wann glaubst du denn, nach wie langer Zeit wächst dem Mond das andere Horn, nach einem Monat oder auch nur nach einer Woche? Heute Abend, meine holde Erfahrene, am Abend des heutigen Tages wächst es ihm, dagegen findet die Regatta da, in Messina, am kommenden Sonnabend statt. Ich lasse dir Zeit, hast du gesagt, doch die Zeit, die du mir lässt, die du mir gelassen hast, um zurückzukehren bevor du mein Herz stickst, ist, wie du siehst, schon vorbei. Und was willst du jetzt tun, was tust du?«

Zuerst blieb sie mit offenem Mund da stehen, wie verkindischt, dann nahm sie mal die Oberlippe, mal die Unterlippe eigensinnig zwischen ihre Zähne, sah dann unbeirrt starr in seine Augen mit ihren Augen, die, wenn man sagte, dass diese Augen immer mehr die Augen einer Verkindischten wären, für 'Ndrja das Gleiche war, als würde man sagen, dass er sie in diesem Augenblick sah, wie sie ihn mit den Augen von früher ansah, ja, von viel früher, als er noch ein Milchbärtiger war, mehr oder weniger im Alter von Masino, und sie noch, nicht nur der Redensart nach, ein ganz junges Kind war und sich in einem Alter befand, in dem man die Mädchen, wenn schon nicht durch die Kleider, von den Jungen alleine dadurch unterscheiden konnte, dass ein Mädchen nicht gegen die Wand pinkelte, nämlich aufrecht stehend, sondern auf die Erde und sich dafür auf die Fersen hockte, jedenfalls befand sie sich in einem Alter, in dem sie weder Fisch noch Fleisch war, und einen Körper hatte, der damals wirklich minjon aussah, jetzt allerdings nicht mehr, wohl weil jetzt das wirklich Schöne ihres Körpers darin zu liegen schien, dass er auf vollkommene Weise minjon war, auch weil jetzt längst und nicht wenig ihre Entwicklung zu einer jungen Frau eine Rolle spielte, mit den beiden Brüstchen an ihrem Oberkörper wie ein Zitronenpaar. Er sah, dass sie ihn jetzt anblickte wie damals, als sie ihn jedes Mal anblickte, wenn sie ihn sah, weniger wie eine Verzauberte als vielmehr eine Verwunderte, als Verwunderte und Neugierige, um nicht zu sagen wie magisch angezogen von seinem Anblick, neugierig auf den, der sie so verwunderte, wie wenn sie damals bereits, als sie noch auf den Sand pinkelte, den Entschluss gefasst hätte, dass der da, ʻNdrja, ihr Verlobter werden würde, das heißt nicht jetzt Verlobter, sondern damals, als sie den Entschluss fasste, den Entschluss, ihn zum Mann zu nehmen.

ʻNdrja sah sie, wie sie ihn immer mehr mit den Augen jenes verwunderten Mädchens anblickte, doch er sah gleichzeitig auch, wie sie jetzt, als sie ihre Lippen zwischen die Zähne nahm, sogar blutete, vielleicht um vor ihm zu verbergen, dass sie bebten, und sie bebten, wie soll man es nennen, weil ihr doch gleich die Tränen kommen mussten.

Hier nun, und nicht, weil es ihn amüsierte, sondern im Gegenteil, weil dieser Anblick, der Anblick dieser Marosa, der für ihn völlig neu und tief beeindruckend war, eine todschlaffe Marosa, die den Eindruck erweckte, als wäre sie unter die Türken gefallen, eine Marosa, die ihn berührte, und hier nun sprach er zu ihr, um ihr die Gelegenheit zu geben, wieder ganz ruhig zu reden, und sagte: »Oh, Kindgottes, wenn man dich so sieht, kommts einem vor, als hättest du kein Ziel mehr im Leben.« Und dann, wie um sie zu provozieren, wie um sie herauszufordern, damit die guten Geister wieder in sie zurückkehrten, spielte er in vollem Bewusstsein Theater und fügte hinzu: »War es dir wirklich so wichtig, mein Herz zu sticken, war es das? Und daraus hast du wirklich ein Ziel für dein Leben gemacht, oder? Dann schau jetzt und finde an dem Gefallen«, sagte er mit tiefem Ernst, zog sein Matrosenhemd hoch, um seinen Oberkörper zu entblößen und gleichzeitig mit dem Zeigefinger der rechten Hand die Haut zu berühren, da, links am Oberkörper, um ihr an sich die Stelle zu zeigen, wo er, mehr oder weniger, das Herz hatte.

An diesem Punkt stellte er sich die Wirkung vor, die das auf sie machen musste, wie er so da stand, in dieser Haltung, die zwangsläufig, auch bei der Entfernung, die sich zwischen Erde und Himmel spannt, an die Haltung des Ecce Homo auf den Bildchen erinnerte, die man zu Taufen und Firmungen in Kirchen verteilte, an diesem Punkt sagte er mit einer Stimme, die ihm ohne jede Absicht herauskam, als würde auch sie sich in dieser Haltung befinden, aufs Allersanfteste zu ihr: »Ektze cor meum, hier ist es also. Hier, jetzt tu was, tu was, mach damit, was du willst. Komm her, komm. Vielleicht glaubst dus ja nicht, vielleicht glaubst du mir nicht? Das sage ich dir, ich, aus eigenem Willen und fast, ja fast auch zum eigenen Vergnügen. Sticks, sticks, sticks mir in die Haut, hörst du? Dieses Herz, das du dir in den Kopf gesetzt hast, für mich auf Leinwand zu sticken. Stick es, stick es mir hierhin, in die Haut, über dem Herzen aus Fleisch, sieh zu, dass sie übereinstimmen, das gestickte mit dem fleischgewordenen. Sticks, sticks, los, stick mir diese Stickarbeit als Tätowierung.«

Seine Absicht war es, ihre Geister wieder zurückzuholen, und das junge Mädchen, provoziert, provoziert und gleichzeitig wohl auch geschmeichelt, erwachte aus seiner Starre und belebte sich sogar wieder: Sie wurde im Grunde wieder sie selbst, die Marosa mit der Lebhaftigkeit einer Sturzwelle.

'Ndrja brauchte sie nur anzusehen, um sagen zu können, dass sie wieder die alte Marosa war, auch wenn das nicht das erste Mal war, er brauchte nur zu sehen, wie sie sich reckte und streckte, mit diesem spannungsreichen Verhalten von gestandener Frau in dem grazilen Mädchen, wie sie ihre Schultern herunterzog, ihren Hals reckte, ihr Gesicht und ihren Blick entspannte.

Sie wurde wieder ganz sie und während sie wieder sie selbst wurde, mit einem nach außen hin ganz ruhigen Verhalten, das aber doch das schlimmste Verhalten für eine wilde Sturzwelle nach außen hin war, wobei sie die Augen starr auf diese Stelle seiner Brust gerichtet hielt, an der er sich mit dem Zeigefinger berührte, um das Herz für sie anzudeuten, und mit der zwischen die Fingerkuppen der rechten Hand gepressten und auf ihn gerichteten Nadel näher kam, wie wenn sie sie dort einstechen wollte, wo er sein Herz andeutete und sein Herz hatte.

Sofern 'Ndrja blass wurde, konnte sie das nicht einmal wahrnehmen, denn an diesem Punkt hielt sie sich endlich nicht mehr zurück und weinte, und auf der Stelle ließen die Tränen ihren Blick verschwimmen. Und da, als sie die Nadel aus ihrer Hand gleiten ließ, wankte sie ein wenig auf ihren Beinen und fiel gegen ihn. Sie umarmte seine Hüften, war eng an seine Brust geschmiegt, wie wenn sie seinem Herzen mit ihrem Ohr lauschen wollte. Sie fing da an zu reden, da, dicht, ganz dicht mit den Lippen und dem Ohr an seiner Brust, wie wenn sie Sprechen und Hören spielen wollte, wobei sie ihre Worte sprach und gleichzeitig ihrem Echo in seinem Inneren nachlauschte. Doch sie spielte nicht.

»Eigentlich«, sagte sie, eng an ihn geschlungen, als wollte sie sich ihm einprägen, »eigentlich, wenn alles rechtens verliefe, müsste der Mann, der abreist, seinem Mädchen sein Herz zurücklassen, er müsste es ihm anvertrauen wie den Schlüssel des Hauses. Hier, nimm, das gehört dir, müsste er zu ihr sagen. Während ich auf Reisen bin und fern von dir, welchen Unterschied macht es da, ob mit Herz oder ohne Herz? Wozu dient es mir, wenn ichs hier doch verpfändet habe? Warum sollte ich es Gefahren und Dräuungen aussetzen? Eigentlich, wenn alles rechtens verliefe, sollte es so sein, so, so, wenn alles rechtens verliefe.

Aber gibts in dieser Welt etwas, das rechtens verläuft? Nein, das gibt es nicht, das gibt es nicht.«

Sie weinte, und ihre Tränen tropften von ihren Wimpern gleich auf 'Ndrjas Haut, wie wenn seine Rippen weinen würden.

»Ach, Mädchen, Mädchen, warum erhitzt du dich so?«, sagte er und streichelte sie. »Ziehe ich denn etwa in den Krieg?«

»Du gehst, und das ist kein Krieg für mich?«

»Aber ich gehe doch nur zwei Schritt von hier fort.«

»Zwei Schritt oder tausend, was geschieht, ist, dass du gehst. Schon wenn du aus der Türe gehst, gehst du für mich aus meinem Leben.«

»Dann ist das für dich aus den Augen, aus dem Sinn?«

»Mach nur deine Witze, mach nur deine Witze …«

Er wusste nicht, was er ihr sagen sollte, was er für sie tun konnte, um sie zu trösten, wie wenn er diese junge Frau, die ihn da so fest an den Hüften umschlungen hielt, erst seit so kurzer Zeit kennen würde, dass er nicht wusste, was er ihr sagen konnte, was er für sie tun konnte. Alles, was er für sie tun konnte, war, sich ein Leben lang mit ihrem um die Knöchel gewundenen Gedanken zu binden. Es war, um zu spüren, wenn er weit von ihr entfernt war, dass dieses Seil der Gedanken ihn zurückzog, nach Hause. War sie denn auch ein feister Hintern, diese junge Frau? Nicht einmal Ciccina Circé hätte diese Beleidigung gegen Marosa schleudern können. Was war Marosa denn dann? Diese Schlaufüchsin von Ciccina Circé, wusste sie denn, was Marosa war? Sie erfand es sich womöglich, wenn sie's nicht wusste. Hatte sie denn Skrupel, ihre unter ihrer Zunge ausgebrüteten Beleidigungen auch gegen Marosa zu schleudern?

»Das Herz«, flüsterte er über ihrem Kopf, »das Herz lasse ich dir zurück. Wenn du einen Weg findest, wie du es mir von hier drinnen herausnehmen kannst, lasse ichs dir bis Sonnabend, du bewahrst es für mich auf. Was ist nun, findest du einen Weg?«

Marosa hielt ihn weiter an der Hüfte umschlungen, sie hob ihren Kopf und mit dem gleichen Selbstbewusstsein, mit dem sie ihm enthüllt hatte, dass sie einen Pakt mit Gott geschlossen habe, sagte sie:

»Den Weg habe ich schon gefunden, den Weg, dein Herz herauszunehmen und es bei mir aufzubewahren.«

»Und das, was man da hört, was ist das? Hörst dus?« Er hielt sie mit ihrem Ohr dicht an sein Herz, sie verharrte einen Augenblick so, um zu horchen, und hatte dann einen neuen Tränenausbruch. Er sagte zu ihr:

»Was machst du denn da? Begießt du es jetzt mit Tränen?«

Doch er brachte sie nicht zum Lachen. Mit dem Mund zu ihm gewandt, begann sie zu reden:

»Der Feron, der Feron … Die Orca, die Orca …«

Sie wiederholte diese beiden Worte, diese beiden Namen, wie wenn sie sich, abgesehen von der Unterschiedlichkeit, den einen oder die andere mit der gleichen, genau der gleichen Furchtlosigkeit der Stimme vorzustellen schien, fast als würde durch das Wiederholen von Orca oder auch Feron, der zermetzelte Tiergigant ihr im Traum erscheinen, allerdings doppelt, als Orca und Feron, und als würde sie ihren eigenen Augen nicht trauen.

'Ndrja überkam eine merkwürdige Unruhe, fast schon eine Sorge, als er sie so reden hörte:

»Denkst du denn immer noch daran?«, sagte er. »Was soll der Feron, was soll die Orca? Wenn du sticken willst, stick einen Meerjunker, ja, stick noch weniger, noch viel weniger als einen Meerjunker, einen Streifen Cicirella oder auch eine Schliere mit Babyfischlein oder stick gar nichts, sage ich dir, denn wenn du jetzt die Augen auf das Deckchen senkst und dann wieder aufblickst, siehst du mich vor dir, der inzwischen nach Messina gegangen und schon wieder zurück ist. Ja, sogar weiter noch als Messina, muss ich dir sagen, nach Gàlati Mamertino, um genau zu sein, denn zuerst rudere ich für den Malteser bei der Regatta, und die tausend Lire, die ich mir dafür verdiene, bringe ich noch ganz warm zu Don Armandino Racìti, eben dorthin, nach Gàlati, als Anzahlung für die Palamitara, die ich ihm umgehend in Auftrag gebe. Hab ich den Gang der Dinge klar beschrieben?« Und hier, völlig unerwartet, weil sein Gedanke in diesem Augenblick ganz darauf gerichtet war, Marosa zu trösten und glücklich zu sehen, sie zu unterhalten und zum Lachen zu bringen, dem Lachen, wie er sich daran von früher erinnerte, an dieses junge Mädchen von früher, hier, an diesem Punkt, befand er sich, ohne zu wissen wie, spaßend und herumalbernd, wie wenn er sich darüber lustig machte, in der Situation, dass er ihr in einem gewissen Sinn einen Antrag machte. Denn als er ihr seine Rückkehr zu Ende erzählt hatte, seine Rückkehr vor allem aus Gàlati Mamertino, wo er die Palamitara bei Don Armandino in Auftrag geben wollte, machte er eine wunderschöne Verbeugung wie einer, der, nachdem er ihr lange mit Blicken gefolgt war und sie immer aus der Ferne bewundert hatte, zum ersten Mal vor sie hinzutreten und über seine Gefühle zu reden wagte, und sagte zu ihr:

»Verzeiht, Signorina mia, ein Ehemann als Boss auf einer Barke, der sich diese untätigen Pellisquadre hier als Mannschaft nimmt, einen gewissen Orioles oder Cambrìa oder Scarfì oder Palamara, würde der Euch zusagen, wäre der nach Eurem Geschmack?«

Schon beim zweiten Wort, Signorina, das er aussprach, sagte und kommentierte er innerlich: Es sieht ja wirklich so aus, als würde ich diesem Fräulein einen Antrag machen, dabei wollte ich das Mädchen doch nur aufheitern.

Doch das, was er wollte, was er zumindest dachte, dass er es wollte, nämlich das junge Mädchen aufheitern, das hatte er dann, und zwar so reichlich, wie er es vielleicht überhaupt nicht wollte, vielleicht weil er das Mädchen so betrachtete, als wäre es längst ein Fräulein, und er mehr als das Mädchen selbst. Das Mädchen ging da schlagartig vom Weinen zum Lachen über, und es lachte übers ganze Gesicht, das sie an ihn gedrückt hielt. Kurz darauf musste auch er lachen, denn Marosa streifte ihre tränenbenetzten Wimpern über seine Haut, und ohne es zu wollen, kitzelte sie ihn damit.

Danach ging 'Ndrja unverzüglich an Bord des Landungsboots. Die Nacht zog herauf, und sicher fuhren sie rasch aufs Meer. Doch die englischen Matrosen mit dem Malteser und dem Burschen verweilten noch in der Nähe des Orcaferons. Das Landungsboot, dessen Klappe noch auf dem Ufer lag, befand sich vor der Alten Laterne, und von dort aus verfolgte 'Ndrja die Bewegungen der Pellisquadre, die sich rings um die Riesenkarkasse mit Schinder- und Schlachtermessern und Äxten zu schaffen gemacht hatten, wie wenn sie sich im Wettlauf mit dem Licht der untergehenden Sonne befänden.

An einem bestimmten Punkt jedoch fingen die Pellisquadre an, fest in ihre Hände zu klatschen, um sie aufzuwärmen, und von da, wo er war, hörte 'Ndrja, wie sie klagten, dass die Hände ihnen vor lauter Kälte der Riesenkarkasse abfrieren würden. Auch ihr Blut schien eiskalt zu sein und brannte, wenn er sie so hörte. Er war derart eisig, sagten sie, dass der Orcaferon nicht erst gerade eben gestorben sein konnte, sondern irgendwann schon vor einem Monat, vor einem Jahr oder auch vor vielen Jahren, und wie wenn sich während dieser ganzen Zeit sein Kadaver in Meeren voller Eisschollen konserviert hätte.

Und dann, nachdem sie ihre Nasen schon eine ganze Weile an ihn gehalten hatten, waren sie alle über ein Phänomen basserstaunt: Dieser Koloss stank nicht mehr, schon eine ganze Zeitlang stank er nicht mehr. Da schlugen sie ihre

Hände noch fester zusammen und riefen sich einander zu: »Hoh, auch sein Gestank ist zu eiskaltem Marmor geworden.«

Sie waren zufrieden, dass sie keinen Gestank wahrnahmen, aber auch, sogar, zugleich zufrieden, dass sie Kälte, Eiseskälte und Eis auf den Händen spürten, denn jetzt, wo sie diese Art von schwarzem Fels aus Tonnen und Abertonnen von Fleisch, Blut, Knochen irgendwohin und wie zu bewegen hatten, über Tage, vielleicht über Monate, konnten sie auf ihren Händen jede Art von Empfindungen spüren, von Feuer bis Eis, denn von jetzt an konnten es nur Empfindungen von Glück für sie sein.

Das alles meinte 'Ndrja aus dem Handeln auch nur eines Einzelnen zu verstehen, der jedoch für alle stand, nämlich aus dem Handeln seines Vaters, und er lächelte. Und auch Masino, der mit noch nassen Haaren vor das Boot gekommen war, wie wenn er ihm Gesellschaft leisten wollte, Masino, der schon seinen Teil geleistet hatte, um bei den Pellisquadre diese Schampanjerlaune hervorzurufen, auch er glaubte, sie zu verstehen und mit ihnen auch 'Ndrja zu verstehen, der sie verstand und lächelte. Und so lächelte auch er.

Masino glaubte, er würde da, an der Öffnung des Landungsboots stehen, um 'Ndrja Gesellschaft zu leisten, dabei stand er dort, um ebenfalls mit 'Ndrja abzulegen. In diesem Augenblick träumte er nicht einmal davon, denn es war dort, dass 'Ndrja aus dem Stand heraus diese Idee gekommen war, auch ihm sozusagen die fünfhundert Lire zu verschaffen. Verdient hatte er sie ohnehin schon und hätte sie noch mehr durchs Rudern verdient, wohingegen er nicht bereit war, zu sagen, dass sich diese beiden Hurenböcke aus Messina, Bruder und Schwager des Burschen, sie sich so verdient hätten wie Masino.

Dort nämlich unterzog er den Malteser in den wenigen Minuten, die der Abfahrt vorausgingen, noch zwei weiteren seiner Prüfungen, auch wenn inzwischen nur pro forma, denn den Orcaferon hatte er ja inzwischen angelandet, und er befand sich bereits auf dem Landungsboot.

Der erste dieser beiden anderen Gefallen, um den er ihn bat, war, Masino anzumustern, und er sagte ganz genau das: anzumustern, er gebrauchte als Pomade genau dieses Wort von ihm, er solle auch Masino für die Regatta anmustern, und der Malteser ließ sich das nicht zweimal sagen, nachdem er ihn bereits am Werk gesehen hatte und sich ins Wasser stürzte, um die Atemlöcher des Orcaferons zu verstopfen.

Die einzige Schwierigkeit für Masino konnte Totò sein.

»Was machst du mit Totò?«, fragte 'Ndrja ihn anfangs belustigt. »Nimmst du ihn von der Brust? Stillst du ihn ab?« Dann aber ernst: »Wenn du aber mitkommst, um dir dein täglich Brot zu verdienen, musst dus lassen, ihn zu beammen.«

»Wenn ich ihn beamme, kann ich ihn nicht über die Runden bringen«, antwortete Masino mit der Stimme des Alten, der in ihm steckte. »Und wenn ich ihn über die Runden bringe, kann ich ihn nicht beammen. Kann er von Saubohnen denn wachsen? Was wird er dann? Ein Winzelszwerg? Heh, ja, ob ers will oder nicht, er wird sich mit seiner Nonna vertraut machen müssen. Meine Pflicht ist es, für beide das Brot zu beschaffen.«

Doch 'Ndrja kam es irgendwie vor, Totò ungerecht zu behandeln, denn seit er aufgetaucht war, sah es so aus, als hätte Masino es aufgegeben, seinen kleinen Neffen, der noch ein Säugling war, zu beammen, um nun seinen Milchbruder zu beammen.

Der zweite Gefallen, um den 'Ndrja den Malteser bat, betraf die lange Latte von Alten, der zusammen mit den drei Jungs einen Streit mit dem Burschen ausgetragen hatte.

Der Alte sass immer noch unter der Alten Laterne, alleine, denn die drei Jungs waren von dem Plateau heruntergekommen, als sie dort oben sahen, dass der Orcaferon angelandet wurde. Er dagegen zeigte nicht das geringste Interesse für diese Geschichte, so wie wenn er in seinem Leben Ungewöhnliches wie das viele Male gesehen hätte und es daher für ihn keinerlei Bedeutung mehr hatte.

Nun musste der Bursche dringend Wasser lassen, und als ihn dieser Drang überkam, war er hinter die Alte Laterne gegangen. Vielleicht hatte er ihn, den Alten, ja wirklich nicht gesehen, der da hinten saß, das nämlich wäre einer unfassbaren Niedertracht selbst für einen von seinem Schlag gleichgekommen. Doch ob gesehen oder nicht gesehen, er pinkelte, er bepinkelte ihn oder gewissermaßen, er bepinkelte ihn ein bisschen, kurz gesagt, ein bisschen, aber immer noch zu viel, denn es handelte sich ja nicht um Wasser, sondern um Pisse. Und so sprang der Alte derart wütend auf, dass man meinte, wenn man ihn sah, er wäre von einer Tarantel gestochen worden.

»Ha, du Maganzer, du magantisches Dreckschwein, du bepinkelst mich so aus dem Hinterhalt«, begann er ihn zu beschimpfen, wütend wie ein französischer Gott. »Glaubst du jetzt etwa, du niederträchtiges Stück Scheiße, dass ich diese Beleidigung, die du mir angetan hast, einfach schlucke, heh?, einfach schlucke, weil du glaubst, du würdest mir schreckliche Angst machen mit deinem Pissprügel, den du hervorgekramt hast und noch in der Hand hältst, heh, glaubst du das etwa? Jetzt wirst du gleich sehen, ob ich Angst habe, wirst schon sehen, ob ich Angst habe, mich diesem Duell zu stellen, das dir so viel Spaß macht, jetzt wirst dus sehen, auf der Stelle wirst dus sehen, wenn ich meinen Pissprügel hervorkrame, und gleich, wenn du ihn siehst, wenn du mich siehst, hier und hier, und also siehst, sieh mich einfach an und sag, ob ich jemals Angst haben kann, so bestückt, mit diesem Pissprügel hier, sieh nur, sieh, hier, hier ist er.«

Und während er noch sprach und noch nicht zu Ende geredet hatte, knöpfte er sich die Hose auf.

Die Waffe, die er aus seiner Hose hervorholte, glänzte im Halbdunkel der Marina ganz genau wie ein Säbelfisch, einer von denen, die ein Viertelteil in einer Reuse einnehmen, und dieser Säbelfisch hier mit seinem patinierten Altsilber schwang zwischen seinen Beinen, wie wenn er ihn gerade frisch gefangen hätte, in Wirklichkeit aber war es ein Säbelfisch, der fast schon stank, weil er so lange nicht mehr im Meer war, das heißt in seinem Meer, und trotzdem seine alte Vitalität zeigte.

Dieser Alte musste 'Ndrja unweigerlich an Caitanello auf der Lanzitte im Kampf gegen den Händchenraïs erinnern, und er musste lachen, als er an die Worte seines Vaters über den schuftigen Graugramp dachte, auch wenn es da zu viel Ähnlichkeit gab, nicht unbedingt zwischen dem einen und dem anderen Typ von Schuft, sondern zwischen Altem und Altem, zwischen Chinesischemdingsda und Chinesischemdingsda, worüber er wahnsinnig gerne gelacht hätte.

Das Chinesischedingsda des Alten war nun wirklich etwas, das alle Dimensionen übertraf, und es als Säbelfisch zu bezeichnen war keineswegs übertrieben. Der Alte packte ihn nämlich, als würde es sich wirklich um einen Säbel handeln, fast in der Mitte, unten, hinten, im Nacken, und wo er fest stand, brauchte er die Entfernung nicht erst durch Sprünge oder andere Bewegungen zu verkürzen, er nahm ihn und schlug ihn aus heiterem Himmel gegen die Hüften des Burschen.

Auf den Burschen hatte das Chinesischedingsda des Alten eine mameluckische Wirkung. Auf der Stelle verlor er den Verstand und schrie, während er den Hieben des Alten auswich:

»Was ist denn das, was ist denn das? Welche Waffe habt Ihr da gegen mich hervorgeholt?«, und tat so, als könnte er das peitschende Muskelstück des Alten wegen der Dunkelheit nicht richtig erkennen. »Signor Maniàci ... Signor Maniàci«, schrie er dann und rief den Malteser herbei. »Kommt nur her, kommt nur her und seht Euch dieses Naturwunder an. Rasch, rasch, kommt her, Vossìa.«

Der Alte aber hatte seine Waffe schon wieder eingesteckt:

»Seid Ihr endlich gestraft genug?«, sagte er schwer atmend zu dem Burschen. »Seid Ihr endlich gestraft, Schuft, der Ihr seid?«

Der Bursche wollte es so wenden, als wäre er basserstaunt.

»Ein Naturwunder«, sagte er zum Malteser. »Habt Ihrs gesehen? Habt Ihr das gesehen, diesen Schrecken der Menschheit? Wie bringt ders nur fertig zu gehen, frag ich mich? Wie schafft ers nur, sich nicht mit den Füßen darin zu verheddern? Wo trägt ders nur? Wo bewahrt ers auf? Wie stellt ers an, knickt er ihn, knotet er ihn, wie wenns ein Strick wäre? Oder wickelt er ihn sich ums Bein? Ah, Ihr müsstet ihn sehen, Ihr müsstet ihm sagen, er soll ihn den Engländern vorzeigen, dieses Unheil, das zwischen seinen Beinen baumelt. Der Rothaarige würde seine Freude haben, wenn Ihrs ihm sagt, der würde sein Vergnügen haben und Euch danken ...«

Barbarossa kam mit seiner Pfeife im Mund herüber und sah den Alten an, so wie er den Orcaferon ansah, ungefähr so, als wäre auch das, das des Alten, der ihm sein phänomenales Chinesischesdingsda herzeigte, eine Sache, die er ganz sportlich betrachtete. Der Malteser amüsierte sich als Erster, mit ihm darüber zu reden, denn der Malteser mochte es, dick aufgetragen zu reden. Doch Barbarossa blickte ununterbrochen und wie aus der Ferne den Alten an.

»Macht schon, Nonno«, sagte der Bursche. »Zeigts ihm doch mal, nur ganz kurz, dann sehen wir mal, was für ein Gesicht dieser Engländer macht.«

Der Alte fand keine Worte. Er sah sie mit offenem Mund an, völlig verblüfft.

»Oh, sollen wir Euch etwa bitten?«, beharrte der Bursche. »Meint Ihr, die würden Euer Dingsda mit den Augen verschlingen?«

»Der Tod soll mich holen, der Tod soll mich holen ...«, fing der Alte an zu jammern und schlug sich mit der Hand auf den Schenkel.

Der Bursche warf ihm eine Zigarette zwischen die Beine.

»Was ist, vielleicht raucht Ihr ja? Los, zündet ihm die Zigarette an.«

»Verschwindet Ihr endlich, Ihr Ausbund? Verschwindet Ihr endlich?«, sagte der Alte.

Doch es war ausgerechnet dieser Zuhälter von Bursche, der ihn um den Verstand brachte, denn er tuschelte mit dem Malteser, zwinkerte ihm zu und sagte dann laut zu ihm:

»Allerdings, werter Herr, müsst Ihr unserem Nonno ein schönes Geschenk machen, oder? Er kann zwar nicht rudern, doch einen Preis hat sich unser Nonno dennoch verdient, schon weil er uns hinterhergetrabt ist. Und der Nonno wird ja vielleicht, um Euch danke zu sagen, Eure Neugier befriedigen, he?«

Der Malteser war, der er war: Ein Fülliger, ein Narr, ein Nichts, eine Null, gelegentlich machte er auch eine fuchsschlaue Bemerkung, doch dieser kleine Pisser von Venlo Sanciòlo mit seiner Art zu reden drehte und wendete ihn, wie er wollte, vor allem, wenn es sich um fettes Zeug handelte, wie das mit den Feminotinnen und das mit dem Alten.

Daher zählte der Malteser Geld ab, zwei Hunderterscheine und einen zu fünfzig und reichte sie seinem Burschen, der sie nahm und so tat, wie wenn er sie in die Hand des Alten legen würde:

»Wollt Ihr mich endlich in Frieden lassen?«, sagte der Alte und schloss die Augen. »Mistkerl, Perverser, der Ihr seid, wie kommt Ihr darauf, von mir zu verlangen, dass ich so was Verkommenes tue?«

»Nun macht schon, nehmt sie doch«, sagte der Bursche und schluckte die Beleidigungen hinunter wie frisches Wasser. »Und macht Euch keine Sorgen. Verkommen? Mit dieser Art von Geschäft erhebt Ihr Euch doch erst! Was heißt da verkommen? Wie unfassbar naiv Ihr doch seid. Da bringt Ihr Euch beinahe um, damit Ihr nur ja fürs Rudern genommen werdet, wohingegen Ihr Euch hier schön und äußerst angenehm Euer Brot verdienen könnt. Was sucht Ihr eigentlich? Macht schon, nehmt das hier und lasst diese englischen Herren einen Blick auf Euren Sündenfisch werfen, auf diesen kaiserlichen Säbelfisch, den Ihr da so schön schläfrig und höhlenbrav zwischen Euren Schenkeln eingebettet haltet.«

Er fasste ihn bei einer Hand, öffnete sie und stopfte die zweihundertfünfzig Lire hinein, ohne aber die Hand noch die zweihundertfünfzig Lire loszulassen. Er hielt ihn fest, und während er seine Hand festhielt, kniete er plötzlich nieder, legte den anderen Arm über dessen Schulter, drückte ihn fest, und der Alte konnte sich nicht mehr bewegen.

»Macht schon«, sagte dieser Lude Sanciòlo da zu ihm, »kramt Eure Kostbarkeit hervor. Was kostets Euch denn? Hätte ich so was, bei der Heiligenjungfrau, dann würde ichs für zweihundertfünfzig Lire überall herzeigen.«

Der Alte musste den Wert der zweihundertfünfzig Lire sehr gut einschätzen können, er wand sich zwar noch in der Umklammerung des Burschen, doch man sah, dass er auch gegen die Versuchung ankämpfte.

Barbarossa allerdings rettete das Gesicht des Alten, denn wie wenn es wirklich um etwas gehen würde, das außerhalb der Person des Alten lag, und um etwas, das er als etwas Sportliches auffassen konnte, hockte er sich auf die Fersen vor ihm hin, den der Bursche immer noch festhielt, und begann in aller Ruhe mit dem Mundstück seiner Pfeife in der immer noch aufgeknöpften Hose herumzusuchen, wie wenn er ihn in der Fleisch gewordenen Gegend zwischen den Schenkeln absuchen wollte, das heißt wie wenn er mit der Spitze der Harpune fühlen und tasten wollte, ob er da drinnen das weiche Fleisch des Lustfischs spürte, bis der Säbelfisch schließlich herausschwang und den Kopf zwischen die Knie des Alten steckte.

Der Verblatterte hielt ihn immer noch fest, doch der Alte leistete unterdessen keinen Widerstand mehr, er hatte seine Schultern zusammengezogen und seinen Kopf zu den Palmen gewandt, und mit den Blicken schien er dorthin zu fliehen, sich von sich selbst zu entfernen, von den anderen, von den Blicken der anderen, von der Schande seines Körpers. Er war Zielscheibe und Märtyrer, und sie machten mit ihm, was sie wollten, den Säbelfisch suchten sie mit ihren Blicken ab, sie vermaßen ihn mit Handspannen und Pfeifenmundstücken, doch bei all dem lachten sie am Ende dieser Farce durchaus nicht so sehr, wie man es anfangs hätte glauben mögen.

Barbarossa klopfte dem Alten schließlich mit einer Hand auf die Schulter, wie wenn er ihm gratulieren wollte, der Bursche lockerte seinen Griff und nahm das Geld wieder an sich, das zwar in der Hand des Alten lag, das er aber eigentlich weiter zwischen seinen Fingern festgehalten hatte.

»Heh, du langweiliger, störrischer Alter«, sagte er. »Da verkaufst du wohl deine Schöpfungsgaben, wenn nur der Preis stimmt, wie? Komm her, verdien dir das Geld mit deinen Fähigkeiten. Komm her, verteidige dich, du stinkender Hund …«

Mit ausgestrecktem Arm und aufgestellter Hand wie die Klinge eines Seifenschneiders forderte er ihn zum Fechtduell heraus. Doch als er sah, dass der Alte nicht auf ihn einging und weiter in der Haltung eines Märtyrers verharrte, ja nicht einmal mehr die Kraft zum Zuknöpfen hatte, hob er ein Bein gegen ihn. Der Alte musste befürchten, dass er ihn genau dort treffen wollte, an der empfindlichen Stelle, die der Anlass der Auseinandersetzung war, wich nach hinten aus, versuchte dabei, sich auf seinen Armen aufzurichten, fiel aber wieder auf den Sand. Der Säbelfisch faltete sich vorne wieder zusammen, und er blieb mit gesenktem Kopf dort sitzen, wie wenn er durch den zufälligen Blick auf ihn nach langer Zeit, die er ihn nicht mehr gesehen hatte, verbittert über ihn nachdenken würde. Er befand sich da in dieser Haltung wie Caitanello auf der Lanzitte, ein Alter, der diesen treuen Freund seiner Jugend wiedersieht und fast nicht wiedererkennt, und die Ereignisse der Jugend, an die dieser Gefährte ihn erinnert, lassen ihn noch älter erscheinen.

Der Malteser war es, der ihm noch einmal die beiden Hunderterscheine und den Fünfziger hinhielt. Der Alte jedoch gab mit dem Kopf zu verstehen Nein, nein, und der Malteser beharrte nicht weiter, wie wenn er gleich begriffen hätte, dass er völlig umsonst beharren würde.

Dann versammelten sie sich alle vor dem Landungsboot, und der Alte, der alleine auf dem Sand zurückgeblieben war, verschwamm augenblicklich mit der immer dunkler werdenden Luft, die ihn umgab, er schien in die Ferne zu rücken und nach und nach aus dem Blick zu schwinden.

Als er den Malteser neben sich hatte, sagte 'Ndrja zu ihm:

»Wenn Ihr mir die zweihundertfünfzig Lire geben wollt, gebe ich sie dem Alten.«

»Aber seht Ihr denn nicht, wie würdelos er sich verhält?«, mischte sich der Bursche ein.

»Ihr habt vielleicht eine Visage …«, sagte Masino. »Diese Visage, die Ihr habt, passt genau zu Euch … Ihr habt ihn doch entwürdigt, Ihr habt ihn doch gequält …«

Der Verblatterte öffnete den Mund, als wollte er ihm antworten, doch da packte 'Ndrja ihn am Brustlatz:

»Na, raus damit, raus damit, was habt Ihr zu sagen? Sagts und ich zertrümmere Euch dieses Arschgesicht.«

Der Bursche verstand, dass er nicht pinkeln durfte, und pinkelte nicht. Da streckte 'Ndrja seine Hand zum Malteser aus und wartete auf das Geld: Das ist eine weitere Prüfung, die ich dir auferlege, sagte er in seinem Inneren.

»Hier«, sagte der Malteser. »Aber der Nonno nimmt es nicht an. Er fühlt sich abgrundtief gedemütigt.«

»Er hat jeden Grund, wenn Ihr erlaubt, sich gedemütigt zu fühlen. Und gedemütigt ist noch wenig, verhöhnt. Doch Ihr werdet schon sehen, dass er es von mir annimmt, das Geld.«

Er ging zu dem Alten und steckte ihm die zweihundertfünfzig Lire in eine seiner Jackentaschen, doch der Alte, immer noch mit gesenktem Kopf und dem Säbelfisch auf dem Sand, schien es nicht einmal bemerkt zu haben.

»Geht jetzt, geht. Das Spektakel ist vorbei«, sagte 'Ndrja zu ihm.

»Das ist die Schande«, murmelte der Alte, wie wenn er zu sich selbst sprechen würde und auf sein Chinesischesdingsda deutete. »Die Schande armer Leute. Ist nur gerecht, ist nur gerecht, dass die Herrschaften darüber lachen.« Und er weinte, er weinte wie nach innen, wie in sich hinein, ohne Laut, ohne ein Zeichen von Weinen, er weinte so, dass 'Ndrja es kaum hörte.

»Wollt Ihr nun gehen oder nicht?«, fragte 'Ndrja ihn noch. »Oder wollt Ihr noch ein Spektakel bieten?«

»Wir haben jeden Anstand verloren«, murmelte der Alte, wie wenn er sich meinte und sein Chinesischesdingsda oder sich und 'Ndrja, sich und die Pelisquadre um den schwarzen Fels des Orcaferons oder sich und Caitanello, die sich in dieser Haltung in 'Ndrjas Vorstellung haargenau entsprachen.

»Ihr habt überhaupt nichts verloren«, sagte 'Ndrja zu ihm. »Die Schmach kam nicht von Euch, versteht Ihr? Wollt Ihr Euch jetzt aber das Chinesischedingsda bitte wieder einstecken und endlich gehen?«

Der Alte knöpfte sich am Ende wieder zu, denn die drei Jungs kamen zurück, um nachzuschauen.

»Was ist denn mit ihm los? Was ist denn mit ihm los?«, fragten sie.

»Nichts, gar nichts. Aber warum bringt ihr ihn nicht nach Hause?«, fragte 'Ndrja sie. »Was ist er denn?, euer Nonno?«

»Wir wissen nicht mal, wie er heißt«, sagte einer der drei. Und dann wandten sie sich alle drei an den Alten und fragten ihn:

»Nonno, wie heißt Ihr? Wo ist Euer Zuhause? Seid Ihr in der Lage zu gehen?«

Unterdessen halfen sie ihm aufzustehen, der Alte stützte sich auf zwei von ihnen, eine Hand auf die Schulter des einen und eine Hand auf die Schulter des anderen, und so gingen sie in Richtung der Palmen davon.

Während die Matrosen die Klappe hochzogen, fragte 'Ndrja sich mit Masino, wo Marosa nur sein könnte, denn sie hatte sich nicht gezeigt, um sich von ihm zu verabschieden. Jetzt, im letzten Augenblick, überkam ihn dieser Wunsch, vorher nicht. Jetzt wollte er sie sehen, auch wenn es nur war, um sie weinen zu sehen.

»Hoh, man könnte meinen, sie hätten uns alle vergessen«, sagte er zu Masino. »Die da, na ja, bei dem Spaß, den sie jetzt haben, machen die sich nichts mehr aus uns. Und außerdem haben wir uns ja schon verabschiedet. Doch das Mädchen? Ist ja möglich, dass sie mir Widerstand leistet, möglich, dass sie sich ins Haus verschlossen hat und weint, um mir keine Genugtuung zu geben. Aber davon abgesehen, habe ich mich schon von ihr verabschiedet, und jetzt wartet sie schon auf meine Rückkehr.«

»Meine Mutter wird Totò heute Nacht hören, gegen drei. Und dann wird er gewiegt und beammt«, sagte Masino und folgte damit seinem Gedanken.

Das Dorf verschwand in der Dunkelheit. Der Sporn wirkte verlassen, das Fensterchen der Hütte von Signor Cama war ganz schwarz, und er musste mit Sicherheit im Haus sein, doch irgendwie war es unmöglich, sich ihn schlafend vorzustellen, während die Orca da unten lag, dass er, wenn er sich hinauslehnte und die Hand ausstreckte, sie fast schon berühren konnte. Doch vielleicht hatte Signor Cama sich, gerade weil die Orca da unten vor seinem Fensterchen lag und die Pellisquadre sie zerlegten, bevor sie verweste, bereits ins Haus zurückgezogen.

Ein letztes Mal konnten sie die Pellisquadre erkennen, die geschäftig wie gepeinigte Seelen bei einem infernalischen Werk um den Orcadaver herumsprangen. Der Kadaver des Orcaferons war wie von Finsternis aufgebläht und wirkte wie ein Felsen, eine Wolkenbank, immer noch völlig unversehrt mit seinen Tonnen von Fleisch, die Haut eingestrichen von einem Pechschwarz, der Schwärze der Nacht, seine verschlossene, unentzifferbare Tiergestalt des Mysteriums. Und unterhalb dieses schreckenerregenden, gigantischen Gewitterumrisses gaben die Pellisquadre die Gestalt machtloser Zwerge ab, von Verdammten oder auch von Verrückten, die das Meer mit der Hand ausschöpften.

Das Landungsboot steuerte aufs Meer, und den tieferen, inzwischen dunklen Himmel aufhellend, erschienen die Sturmfalken aus der Ferne in dieser Umgebung dort. Sie schlugen ihre Flügel und stießen ihre rauen, kreischenden Laute aus, wie wenn sie den dahinfahrenden Umriss des Landungsboots mit dem verwechseln würden, der am Ufer angelandet lag, dem des Orcaferons.

Sie fuhren aufs Meer hinaus, an die fünfzig Meter, eher etwas weniger als mehr, und befanden sich womöglich immer noch im Bereich der Untiefen als jenseits von ihnen.

Vom Ufer drang da, vom Ufer, vom Ufer, das man auch aus solcher Nähe vom Boot aus nicht mehr erkennen konnte, als wäre es ausgelöscht, verschwunden, zugrunde gerichtet mit Meer und Marina in einem einzigen, undurchdringlichen, wolkig schwarzen, einnächtigenden Gemisch, vom Ufer drang da, deutlich und hell, Marosas Stimme herüber:

»'Ndrja!«, rief sie ein erstes Mal, doch dann, um sicher, ganz sicher ihn, 'Ndrja, zu meinen, der genau er war, er in Person, er die Person, die sie auf diese Art und in diesem außergewöhnlichen Augenblick rief, nannte sie ihn mit vollem Namen: »'Ndrja Cambrìa! 'Ndrja Cambrìa!«

In dieser Weise und in diesem Augenblick, an diesem Ort und mit diesem Ton geschrien, geschrien und so erwartet, unerwartet, klang die Stimme mit diesem hellen, trockenen Klang des Mädchens in 'Ndrjas Ohr wie eine Peitsche, wie von einer Herrschaft, mit anderen Worten: Klang und Tonfärbung von einer Marosa, die nicht mehr weinte, noch sich mit Sticknadel, Leinwand und Stickrahmen beschäftigte. Fast hatte 'Ndrja Mühe, sie zu erkennen, die Marosa von eh und je zu erkennen, von eh und je gekannt, die, welche, von außen betrachtet, wie eine Sturzwelle des Meeres wirbelte, sich innerlich aber dem Schmerz überließ, und wenn sie auch innerlich eine Sturzwelle war, dann nicht eine vom Meer, sondern eine von Tränen. Er hatte Mühe, sie zu erkennen, diese Marosa, die er bis vor wenigen Augenblicken kannte, in der Stimme dieser Marosa, die ihn da rief, ihn aber nicht anrief, sie rief ihn und Schluss, sie rief ihn allenfalls ganz unbefangen, sofern sie ihn nicht gar nur deshalb rief, um ihm eine Stimme zu schicken, einen Ruf des Verstands, wie wenn sie ihn allein mit dem Klang ihrer Stimme an etwas erinnern wollte.

»'Ndrja Cambrìa? 'Ndrja Cambrìa?«, hörte er sie wieder rufen.

Und dann auch diese Neuartigkeit, ihn bei seinem vollen Namen zu rufen. Wollte sie ihm damit zu verstehen geben, dass sie wütend auf ihn war? Oder wollte sie damit eine gewisse Distanz zwischen ihnen beiden schaffen? Denn in dem Ruf, in der Tonfärbung und dem Klang ihrer Stimme, hörte er etwas anderes heraus, eben in der Art, etwas, das wie eine Geheimsprache klang, etwas, und das sagte er sich nicht, um darüber zu lachen, etwas, das wie eine zwar unterschwellige Drohung klang, doch immerhin wie eine Drohung, die sich auch auf ihr Verhältnis zu ihm bezog. Du gehst wohl, wie? 'Ndrja Cambrìa? Du reist wieder ab, wie? Denk dran, 'Ndrja Cambrìa, denk dran, denk dran … Etwas in der Art schien sie zu sagen, ihm zu sagen, dieses Mädchen, etwas auf Mädchenart.

»Das Mädchen wird Angst haben, ich könnte die Knöchel losgebunden haben«, sagte 'Ndrja leise, wie wenn er mit sich selbst reden würde. »Das Mädchen hat gemeint, es ginge um einen anderen Krieg bei dieser Regatta. Jetzt fühlt sie sich wie eine Verlobte, und als solche verhält sie sich«, sagte er am Ende mit lauter Stimme.

»Aber warum nur hat sie bis zum letzten Augenblick gewartet?«, fragte Masino, wie wenn er nicht gehört hätte.

»'Ndrja Cambrìa! 'Ndrja Cambrìa!«, rief Marosa, doch ohne dass sie noch hoffte, so schien es, ihre Stimme könnte ihn erreichen, sie musste den Eindruck haben, ihre Stimme würde sich über dem Meer verlieren, und was von ihr blieb, war wie der Schweif eines eher verzweifelten als traurigen Echos: »… drja! … brìa!«

Es war wie die Wiederholung von etwas, das schon geschehen war, mit vertauschten Rollen zwischen Mann und Frau, doch ansonsten war alles gleich. Dort, am Ufer, war zuerst er da, der gerufen hatte, und jetzt war es Marosa … hier, auf dem Boot, das sie auf dem sich einnächtigenden Meer forttrug, befand sich zuerst Ciccina Circé, und jetzt befand er sich dort.

Der Neumond, weit entfernt und in diesem Augenblick noch unsichtbar, musste ungefähr hinter dem Aspromonte stehen, doch hier, auf den Meeren zwischen Skylla und Charybdis, herrschte gleichzeitig undurchdringliches Dunkel, ein Dunkel von jener verbrannten Art, die das Licht der Sonne so unvermittelt, so jäh hervorbringt, dass es die Augen in der Sekunde blendet, in der sie völlig verschwindet, auch wenn in der nächsten Sekunde der Mond aufsteigt.

Ringsum hörte man wie verloren noch die Sturmfalken, einen hier, einen dort, der eine schoss durch die Dunkelheit auf der Suche nach dem anderen; und hinten, unterhalb der Falken, wie auf der Jagd auf Möwen, waren die Feren aufgetaucht, ebenfalls hinter dem Heck des Landungsboots, Welle auf Welle mit den Wogen, verborgen in der Dunkelheit: Sie warteten ab, dass die Möwen ausreichend tief herunterflatterten, damit sie sie im Schwimmflug schnappen, sich auf sie stürzen und mit Flipperschlägen aufs Meer drücken konnten. Da warfen sie dann ihr hiii, hiii in die Dunkelheit und lachten alle ihr wässriges Lachen.

In den Augenblicken, in denen diese Unglücksbringer dicht bei ihnen waren und auf Kreuzfahrt mit dem Landungsboot schwammen, hatte 'Ndrja, wenn er die Augen schloss, den Eindruck, sich wieder auf der langen schwarzen Barke der Ciccina Circé zu befinden, den Eindruck, wie wenn die Überfahrt mit dieser Tausendundeinnächtigen für ihn noch nicht zu Ende wäre, wie wenn seine

Reise auf dem Meer noch andauerte, mit der Feminotin und mit den vom Dingding, Dingding des Glöckchens in Rausch versetzten Feren.

Am Leuchtturm kamen sie beim ersten Auftauchen des Halbmonds an, und das gesamte Meer funkelte bis hin zum hölzernen Landungssteg, den die Engländer vor die Piazzetta geworfen hatten.

Hier war es noch dunkel, und die Frau mit den geflügelten Füßen stieg wolkig und gewitterträchtig zum Himmel auf. An der Basis des Denkmals saßen an die zehn Gestalten, regungslos und wie wenn sie mit ihren auf die Knie gesenkten Köpfen schliefen. Diese zehn waren die Milchbärtigen, die der Malteser unter den weniger Schlimmen und weniger Milchbärtigen aller anderen ausgesondert hatte und die, wer weiß, wie viele und wie lange, hinter seiner Kutsche hergetrottet waren, und diese zehn Milchbärtigen waren die Ruderer mit den kräftigen Handgelenken, die mit ihm gegen die Engländer und die Amerikaner rudern sollten.

Barbarossa und der Malteser gingen in ein Haus gleich dort gegenüber, das den Engländern als bescheidene Kaserne diente. Der Bursche ließ ʻNdrja, Masino und die Milchbärtigen auf einen Pritschenwagen klettern, der sich neben der Kasernette der Engländer befand. Die Türe dieses Hauses stand weit offen, doch da war auch eine Art von Wolldecke, die als Vorhang diente. Daher konnten sie vom Lastwagen aus nicht hineinschauen, allerdings konnten sie hören, dass dahinter Musik gespielt wurde.

ʻNdrja und Masino zwängten sich zum Sitzen zwischen Führerhaus und Pritsche. Die Milchbärtigen kletterten nacheinander hinauf und halfen sich gegenseitig im Mondlicht, um nicht zwischen die Beine der anderen zu trampeln, während sie sich einen Platz an den Seitenwänden der Pritsche suchten. Da umschlangen sie ihre Knie, und fast alle schauten im ersten Moment nach oben und warfen einen Blick auf den Mond, der am Himmel aufstieg.

»Saubergesichter«, flüsterte ʻNdrja, als er sich die Milchbärtigen betrachtete. Auch Masino war ein Saubergesicht, ein Milchbärtiger, auch Masino machte den Eindruck, dass er noch nicht Fisch und nicht Fleisch war, männlich gesprochen, denn was das Übrige anging, war Masino stärker ausgeprägt als ein gestandener Mann, mit dem Alten, das er in sich trug und seit seiner Geburt in sich hatte, als er, noch bevor er zur Welt kam, bereits Waise durch seinen Vater war.

Dann war der Bursche auf den Wagen geklettert und hatte ʻNdrja gesucht, wobei er mit einer Taschenlampe Licht machte.

»Hört zu«, sagte er zu ihm. »Signor Mister Manìaci sagt, dass Ihr ihm einen Gefallen tun sollt. Ihr müsstet Euch kurz die Hände dieser Jungs hier ansehen und ihm sagen, ob sie jemals ein Ruder in der Hand hatten.«

»Nein, das werde ich auf keinen Fall«, war 'Ndrjas Antwort.

»Aber was kostets Euch denn?«, beharrte der Verblatterte. »Das ist doch nur eine kleine Gefälligkeit. Ihr müsst nicht einmal aufstehen von da, wo Ihr sitzt, denn diese Jungs kommen nacheinander, drehen die Hände vor Euch um, und ich mache Euch Licht.«

'Ndrja hob nicht einmal den Kopf, wie wenn er nicht einmal auf ihn eingehen wollte.

»Ich habe nein gesagt, auf gar keinen Fall«, wiederholte er.

»Denkt Ihr etwa, Ihr würdet mich damit beleidigen? Ihn, den Malteser, den beleidigt Ihr.«

'Ndrja sagte nichts, und der andere wieder:

»Dann geh ich also zu ihm und sage, dass Ihr ihm diesen Gefallen verweigert?«

'Ndrja ging weiterhin nicht auf ihn ein, und der Verblatterte sprang vom Lastwagen auf die Erde, und als er einmal auf der Erde war, als er sich einmal in Sicherheit fühlte vor 'Ndrjas Händen, provozierte er ihn erneut.

»Oho, mit der einen Hand nimmt er und die andere zieht er zurück.«

Keine halbe Minute später kehrte er mit dem Malteser zurück. Zu ihm sagte er:

»Ihr wollt mir nicht glauben, Vossìa? Dann fragt ihn doch selbst, fragt ihn, werter Herr.«

Sie zeigten sich an der Pritsche, der Malteser lachte, hitzig rot im Gesicht, seine Tropenjacke war aufgeknöpft, und mit seinem silbernen Zahnstocher stocherte er zwischen den Zähnen herum:

»Meint Ihr etwa, dass Freund 'Ndrja Cambrìa mir diesen kleinen Gefallen nicht tut?«, sagte er und sprach mit 'Ndrja über den Burschen als Mittelsmann.

»Tut mir leid, aber diesen Gefallen kann ich Euch nicht tun«, antwortete ihm 'Ndrja von der Pritsche.

»Hört Ihrs, Vossìa?«, sagte der Bursche. »Hört Ihr, was er sagt? Es tut mir zwar leid bis auf die Knochen, aber weinen kann ich nicht.«

»Jetzt regt Euch mal ab, Sanciòlo, und lasst mich machen«, und dann wandte er sich zur Pritsche und sagte: »Heh, hört zu, 'Ndrja Cambrìa, schaut Euch die Hände dieser Jungs mal an, tut mir diesen Gefallen.«

»Ihr könnt mich bitten, um was Ihr wollt, werter Herr«, antwortete 'Ndrja, »aber nicht darum.«

»Macht schon, einen kurzen Blick nur«, sagte der Malteser, doch etwas angespannt, als wäre er mit seinen Gedanken anderswo. »Warum sollte ich sie mit nach Messina nehmen, wenn sie nicht mit dem Ruder umgehen können?«

»Ich kann nicht«, wiederholte 'Ndrja.

»Ich soll sie mit nach Messina nehmen, damit ich sie zu Fuß zurückschicke?«, sagte der Malteser wieder. »Meint Ihr etwa, unter diesen Bürschchen gäbe es keinen, der versucht, uns in den Arsch zu ficken? Den gibt's, den gibt's …«

»Ja, da habt Ihr recht. Doch ich kann es nicht, das habe ich Euch gesagt.«

»Wenn Ihrs nicht könnt, wer kanns denn dann?«

»Wers kann, der kanns. Ich nicht. Es ist sinnlos, dass Ihr weiter darauf besteht.«

»Aber Ihr seid doch der Vorruderer. Heh, lieber Don 'Ndrja, das ist Eure Aufgabe.«

»Vorruderer, das sagt Ihr, das Boot aber muss es sagen. Im Boot sitzen wir alle am Ruder.«

»Oh, da gibt man ihm tausend Scheißlire«, platzte der Bursche heraus, »und um was bittet man ihn? Sich die Hände dieser Jungs anzusehen und uns zu sagen: Der hier ja, der hier nein.«

»Wenn man mir tausend Lire fürs Rudern gibt, dann mache ich meinen Beruf. Den Spion machen, den Spitzel, das ist schon eher Euer Beruf, dafür seid Ihr geboren«, schmähte 'Ndrja ihn völlig unaufgeregt.

»Bei meiner Ehr, ich habe große Lust …«, sagte der Bursche wütend.

»Das mit Eurer Ehre, lasst das mal bleiben, Sanciòlo, beschwört sie nicht für so einen Blödsinn. Eure Ehre ist dafür doch viel zu kostbar«, sagte der Malteser halb demütigend und halb spöttelnd und brachte ihn damit zum Schweigen.

Nachdem er das gesagt hatte, ging der Malteser zur Türe der Kasernette, hob den Vorhang hoch, blickte durch einen kleinen Spalt und lachte denen zu, die drinnen waren. Von dort drang immer ein ohrenbetäubender Lärm heraus, die englischen Matrosen stampften mit den Füßen und sangen ohne Musik immer und ausschließlich die Melodie von Roo … sa … muuunde …

Die Milchbärtigen dankten 'Ndrja unterdessen und sagten ihm, dass er ein Freund wäre.

»Ihr seid ein Freund, ein echter Freund.«

»Schon, ich sage nicht nein, im Gegenteil, es berührt mich und ehrt mich, dass ihr mich einen Freund nennt, aber nicht ich kann euch die Schwielen an die Hände zaubern, wenn ihr keine habt.«

»Die haben wir, die Schwielen, die haben wir«, sagten die Milchbärtigen.

»Die haben sie, sagen sie«, sagte 'Ndrja provozierend, allerdings auch gutmütig, an Masino gewandt. »Besteht auch die Möglichkeit, dass sie nicht einmal den Angelschein haben. Bei ein paar wette ich sogar, dass sie ihn nicht nur nicht haben, sondern wahrscheinlich nicht einmal kennen.«

Im Chor allerdings beruhigten ihn diese Saubergesichter auch über diesen Punkt.

»Gut für euch«, sagte 'Ndrja. Und dann, um ihnen wirklich als Freund Klarheit zu verschaffen und ihnen die Augen zu öffnen: »Ja, dann, wisst ihr eigentlich, was eine Regatta ist, eine Regatta oder auch Ruderwettkampf, vielleicht kennt ihr das Wort Ruderwettkampf ja besser? Und wisst ihr, gegen wen wir diesen Ruderwettkampf austragen? Gegen englische und amerikanische Matrosen, mit Handgelenken dicker als ein Ruder und mit sooo langer Körperbehaarung.«

»Wir werden Euch nicht blamieren, seid da ganz beruhigt. Wir werden Euch nicht schlecht dastehen lassen, nachdem Ihr Euch uns gegenüber so als Freund erwiesen habt.«

In diesem Augenblick redete auf der Pritsche keiner mehr, diese Saubergesichter atmeten nicht einmal mehr. In diesem Augenblick nämlich dröhnten um den Lastwagen herum, an irgendeiner Stelle in der Dunkelheit bei den Stegen der englischen Landungsboote, im blassen Weißschein dieser Frau mit den geflügelten Füßen, die hinaufzufliegen schien, mbummbù, mbummbù, die Schläge, welche die Krücke aus Fahnenstangenrohr dieses berühmtberüchtigten, dieses despotischen und versehrten Boccadopa, des Fischmauls, machte. Und als 'Ndrja wieder das Mbummbù, mbummbù hörte, hatte er den Eindruck, sich jetzt, hier, wo er sich doch bereits auf der Insel befand, angekommen schon vor Tagen, zurückgekehrt von seiner Reise nach Charybdis, und jetzt, hier, auf dem Pritschenwagen, im Begriff, nach Messina aufzubrechen, zusammen mit Masino und mit diesen Milchbärtigen, um bei dieser Regatta des Signor Mister Malteser zu rudern, hatte er den Eindruck, sich immer noch dort zu befinden, immer noch auf Reise, auf dem Kontinent, sich, kurz gesagt, immer noch an der Marina der Feminoten zu befinden, immer noch dort, zugedeckt und verborgen auf dem Sand, im Dunkeln, inmitten dieser Klicke von Feminotinnen, die schon bereit und gerüstet waren, sich mit ihrem Schmuggelgut aufs Meer zu begeben, für das allnächtliche Hinüber und Herüber zur Insel. Er hatte gewissermaßen den Eindruck, er wäre noch dort, wo er hoffte, mittlerweile aber nicht mehr hoffte, wo er nicht mehr hoffte, wie es der alte Strandvagabund aufgetragen hatte, sie zu nehmen, diese Göttinnen, während sie mit dem einen Bein auf dem Ufer standen und das andere schon ins Boot gehoben hatten, er hoffte, doch hoffte er nicht mehr, als er sah, als er sie sah, wie sie auf dieser Art von Luftkammern ihrer Bötchen standen, auf diesen sogenannten Rettungsbooten, die sie aufs Wasser setzten. Doch um auf die Meere zwischen Skylla und Charybdis an Bord dieser Art von Luftkammern hinauszufahren, brauchte es allerdings ihren barbarischen Mut. Sein Eindruck war, er würde sich immer noch dort befinden, genau in diesem Augenblick immer noch dort, im Augenblick der ersten Mbummbummbierung, das dort knallte und hallte, dort, auf den feminotischen Riffen, mit der Wirkung der Schläge von nichts weniger als einer infernalischen Macht, wohingegen es sich um die Schläge handelte, die dieser Boccadopa ruckweise und nervig mit dem Ende seiner Krücke gab, der gerade aus dem Haus geworfen worden war, wo er sich an köstlichem Ferenfleisch gelabt hatte, das ihm als Thun vorgesetzt worden war, und von der Angst erfasst war bei dem Gedanken, dass das Hautundknochenbündel von Portempedocle, der sich ebenfalls an Ferenfleisch in irgendeinem anderen feminotischen Haus satt gegessen hatte, den Matrosen vergessen haben könnte, das heißt ihn, 'Ndrja, seinen Moses nämlich, wie ihn dieser Phantasielose just in dem Augenblick nannte, als sie an der Meeresspitze angekommen waren. Es war sozusagen der Eindruck, er würde sich noch dort befinden, zu dem Augenblick dort, wo dieses Mbummbù, mbummbù über ihn hinwegknallte und von der felsigen Fläche mit einer Unzahl von Echos wie Donnerrollen zurückhallte, das sich in den Felshöhlungen verlor, mal fern, mal nahe, mal ersterbend, mal mit gewaltiger Wucht neu erstehend, über den Meeren zwischen Skylla und Charybdis, durch die Luft, mit der Wirkung, dass er jetzt, hier, im Vergleich zu diesem Mbummbù, Mbummbù hier, sagen konnte, dass es jetzt, hier, wirklich, wirklich Eindruck machte, auch wenn es niemandem an der Marina durch die oberste Hautschicht drang, weil dort, an der Marina, alle wussten, er ebenso wie die Feminotinnen, die diesen Lumpenhunden des Heers Erquickung geschenkt hatten, in der Hoffnung, sie mit diesem Gepansch aus mameluckischem Wein zu berauschen, wussten, um wen, um was es sich handelte, und wenn diese Schurkinnen in diesem Augenblick, für einen einzigen Augenblick, für diesen einzigen Augenblick, den die Mbummbummbierung dauerte, sich dicht auf dem Sand einigelten, war es, man musste sie nur anschauen, weil ihnen durch den Kopf gegangen sein musste, dass dieses ganze Gedröhn und Gehall, dieses Tosen mitten in der Nacht, in der Stille der Meere zwischen Skylla und Charybdis, die Gefahr heraufbeschwor, dass es die Wachposten der Finanzpolizei aufrührte, und das sowohl zu Lande wie zu Wasser, doch dann, einen Augenblick später, als dieses Hautundknochenbündel von Portempedocle ebenfalls aus dem Haus ins Offene flog und das Dröhnen dieses falschen Fuffzigers, der ihn zum Frondienst rief, und er wieder anfing, sich voller Verzweiflung heiser zu schreien nach seinem Moses, Moses, mit der noch folgenreicheren Gefahr, dass dieser Schreihals die Wachposten der Finanzpolizei aufscheuchte, da krochen die Schurkinnen, sei's mit, sei's ohne Risiko, wieder hervor und stellten sich nicht nur wieder deutlich erkennbar hin, sondern unterhielten sich sogar, wo sie vorher still waren, jetzt schwätzten und plauderten sie miteinander, die eine hier, die andere dort, an der Marina, wer die denn waren, diese beiden Menschenschatten, das waren doch die beiden Lumpenhunde Heer, Focumeu, Focumeu, die sich weder berauscht noch irgendeinen Dünnschiss bekommen hatten, zwei, und einer von diesen beiden war versehrt und machte reichlichen Brauchmissbrauch von seiner Krücke, der andere war ein Totenschädel, dass Gott uns bewahre. Mbummbù, mbummbù. Jetzt, hier, hatte er gewissermaßen den Eindruck, als befände er sich noch dort, an der feminotischen Marina, mit einer Wirkung jetzt und hier, dass dieses Mbummbù, mbummbù dort reiner, schlichter Krückenlärm war, Krückenlärm, der allenfalls lauter war als Portempedocles' Gangart mit seinen lumpenumwickelten Füßen, als die Gangart seines Lakais, den man zwar nicht hörte, der aber ganz fraglos sich an seiner Seite befand, um ihm, ob er wollte oder nicht, das konnte man nicht genau verstehen, jede und jedwede Art von Frondienst zu leisten, von der Massage des Beinstumpfs bis zum Weinen an der Brust dieses Hautundknochenbündels und schließlich als Mittelsmann gegenüber dem Matrosen für die Überfahrt übers Meer: ein Mbummbummbù, mbummbummbù, jetzt, hier, mit dem Hall eines reinen, schlichten Krückentons, ohne diese Unzahl von beeindruckenden Echos, von Donner und Getöse, obwohl die Saubergesichter bei ihm auf der Pritsche nicht nur redeten und jeder, um ihm zu danken, und dann verstummten, doch 'Ndrja hätte darauf gewettet, dass sie innerlich völlig durcheinander waren, überrascht, bleich im Gesicht, und das, weil sie nicht wussten, weil sie sich nicht vorstellen konnten, um wen, um was es sich handelte. 'Ndrja war versucht, er spürte den Drang, ihnen die Erklärung, ihnen die Informationen zu geben, um wen, um was es sich hier handelte, damit den Saubergesichtern alle Angst genommen würde; ihnen zu erklären, sie zu informieren, indem er ihnen nahezu mit den gleichen Worten der Feminotinnen drüben auf der Marina sagte, dass der da ein gewisser Boccadopa sei, ein Versehrter, der Brauchmissbrauch von seiner Krücke mache, und dass bei ihm, auch wenn sie ihn nicht hörten, ein gewisser Portempedocle sei, der zwar nicht versehrt, vielleicht aber noch schlimmer dran sei.

Doch wenn er zu diesem Zeitpunkt keinerlei Motiv hatte, sich stummstumm verborgen zu halten, um die Feminotinnen nicht auf seine Anwesenheit mitten unter ihnen dort, an der Marina, in diesem Augenblick aufmerksam zu machen, als er längst schon nicht mehr auf eine Überfahrt hoffte, wenigstens nicht für diese Nacht, weil das Auftreten dieser großen, so entschlossenen Frau, das heißt das Auftreten der Ciccina Circé, ganz allein, ganz einsam, mit ihrer schwarzen, spitzengeschmückten Barke für ihn in diesem Augenblick noch in mentedei war, so war er jetzt, hier, wo nicht einmal er, auch nicht, wenn er's sich erfand, sich irgendein Motiv einreden, sich ein Motiv vorgeben konnte, gleichermaßen still, jedoch, ohne zu wissen, ja, ohne sich überhaupt die Frage zu stellen, warum er, der doch nichts zu verlieren hatte, jetzt, hier, auf dem Lastwagen ebenfalls still war, so wie wenn das in Wahrheit, auch wenn ihm das für den Augenblick nicht bewusst war, die eigentliche Folge des Eindrucks darstellte, den er hatte, als er dieses Mbummbù, mbummbù von Boccadopa hörte, das heißt des Eindrucks, wie wenn er sich noch immer dort befinden würde, an der Marina der Feminoten.

Doch auch wenn er sich der Phantasie über die Wucht der Donnerschläge und des Gedröhns und dieses Mbummbùs, mbummbùs überließ, wurde ihm an diesem Punkt klar, dass er es nicht mehr hörte, dass er es nicht nur im Sinn des Nichtmehrhörens nicht mehr hörte, innerlich, im Sinn einer Erinnerung, sondern auch in dem Sinn, im eigentlichen Sinn, dass er es auch nicht mehr im Ohr hörte. Ihm wurde klar, dass das, was er hörte, nur der Klang von Boccadopas Versehrtenkrücke war, der Krückenschlag, den er hervorbrachte, wenn er sich auf diese Fahnenstange stützte. Das war's, was man hörte, den Krückenschlag von Boccadopa, der sich da, aus der Umgebung, mit seinem Holzschritt dem Lastwagen näherte, zusammen mit den Schritten zweier weiterer Personen. Und dort, genau neben dem Lastwagen, hörte man den Krückenschlag dann nicht mehr, dafür hörte man die wortreiche, despotische, großmäulige

Stimme dieses falschen Fuffzigers aus Catania, der mit dem Verblatterten herumstritt, weil der, dieser Arschkriecher und Klötenlecker des Signor Mister Malteser, dieser ebenso falsche Fuffziger, der Boccadopa mehr oder weniger in nichts nachstand, weil der ihm gerade eben ausgerichtet haben musste, dass die Engländer ihm die Unfreundlichkeit erwiesen hätten, ihn nicht auf dem Lastwagen mitzunehmen, just auf dem Lastwagen, der bereitstand, mit der ganzen Ladung von Milchbärtigen nach Messina abzufahren. Sie würden ihm, ihm!, nichts weniger als eine Mitfahrt verweigern.

»Ich bin kriegsversehrt. Ich bin kriegsversehrt«, schrie er daraufhin auch prompt, doch schrie er so, wie einer ohne Eier und ohne Mumm eben schreien konnte mit der dümmlichen Tockerstimme eines Truthahns. »Ich bin kriegsversehrt. Ich bin kriegsversehrt. Seht Ihr denn nicht, dass ich kriegsversehrt bin?«, wiederholte er und schrie sich vor lauter Helden- und Märtyrerprahlerei die Seele aus dem Leib, und bei 'Ndrja riefen diese drei Worte die Vorstellung wach, wie wenn Boccadopa sagen wollte: Seht Ihr denn nicht, dass ich ein Faschist bin?

»Oh, man könnte ja direkt denken, dass ich Euch die Verwundung beigebracht hätte, wenn ich Euch das denn mal so sagen darf«, antwortete ihm irgendwann der Verblatterte, und das in einem Ton, als hätte Boccadopa ihn inzwischen weniger mit seiner Versehrtheit als vielmehr mit seiner Prahlerei als Held und Märtyrer beeindruckt, ihn zum Komplizen genommen, wenn schon nicht zum Bediensteten, wie das phantasielose Hautundknochenbündel von Portempedocle, der dort stand, allerdings nicht einmal entfernt danach aussah, als wollte er sich zwischen die beiden großen Herren schieben, wohl aber, als wäre auch das eine Art Fronarbeit, die er wohl oder übel, das wusste nur er, für dieses despotische Hinkebein verrichten konnte, und 'Ndrja hatte ihn mehr als einmal schon gehört, so wie wenn er nur ihn hören würde:

»Aber könntet Ihr, mein Herr, nicht ein Auge zudrücken, mein Herr?«, als er sich mit dem Mein Herr an diesen Klötenlecker des Maltesers wandte.

Danach hörte 'Ndrja einige Minuten lang, alleine da hinten an der Seitenwand des Lastwagens, nur eine Art von Getuschel zwischen den beiden falschen Fuffzigern, ohne auch nur ein Wort von dem verstehen zu können, was sie sich sagten oder auch der Verblatterte alleine, Mund am Ohr, zu dem Versehrten sagte. Doch als ob der Bursche dem hier große Befriedigung verschafft hätte, weil er ihm dieserart komplizenhaft ins Ohr getuschelt hatte, hörte 'Ndrja ihn irgendwann sagen, wie wenn er groß Schaum schlagen und sich diese Befriedigung gönnen wollte zu sagen, wonach ihm der Sinn stand und was er mochte:

»Oh, zuerst diese Puffamseln wegen der Barke«, sagte Boccadopa angewidert. »Zuerst nehmen dir diese Doppelhuren den Goldzahn weg, sie nehmen dir das Devotionalienkettchen weg, sie nehmen dir sogar die Seele weg, um dich übers Meer zu bringen. Und jetzt, meine Herren, kommen auch noch die Engländer an wegen der Mitfahrt auf dem Lastwagen, auch noch die Engländer, bei denen einer, bei der Heiligen Aita, sich doch sagt, da hat man ein Bein hergegeben, sagt man sich, doch wo ist es mit der Ehre und der Ehrenhaftigkeit hingekommen?«

Gerade hatte er diese großartigen Worte gesprochen, Worte eines echten Märtyrers und Helden, da erschienen alle drei vor der Pritsche. Auch wenn es stockdunkel war, konnte man ihre Gestalten deutlich erkennen, nicht nur Portempedocle, dieses Aussehen, das er hatte, wie wenn er lachen würde, ohne zu lachen, sondern auch Boccadopa und der Verblatterte, die den Eindruck machten, als hätten sie sich verschwägert, wie zwei, die sich wiedergefunden und wiedererkannt hatten, zwei aus Liebe und aus Übereinstimmung in allem, über den Krieg, über die Engländer, über die Italiener, über den Großkopferten in Rom, und über den anderen, dieses Pimmelköpfchen von Zwergkönig, so sehr aus Liebe und Übereinstimmung, dass dem Verblatterten jetzt überall die Lust herauszuquellen schien, Boccadopa eine Mitfahrt zu verschaffen, ja, ihm die Ehre und die Ehrenhaftigkeit zu bekunden, die ihm die Engländer verweigerten.

Es brauchte Spille und Wille, damit sie auf den Lastwagen klettern konnten.

Die Krücke brauchte er nicht und legte sie auf die Pritsche, vor die Füße der Milchbärtigen, die alle mit dem Rücken gegen die Seitenwand der Pritsche zum Meer hin dasaßen. Dann, von Portempedocle geschoben, aber wohl mehr geschubst als geschoben, der unten stand und seine Kräfte aufbot oder auch nur so tat, als würde er alle Kräfte aufbieten, mit beiden Händen gegen Boccadopas Hintern gestemmt, robbte der auf Brust und Bauch wie ein Frosch voran und hievte sich schließlich mit Zähnen und Krallen auf die Pritsche.

Hinter ihm kletterte rasch und wendig das Hautundknochenbündel von Portempedocle hinauf, ganz diensterbötig, wie es aussah, um ihm, diesem despotischen Hinkebein, der ihn sich für jeden nur denkbaren Frondienst geschnappt hatte, wieder auf die Beine zu helfen, das heißt aufs Bein. ʻNdrja konnte noch nicht ganz verstehen, wann Portempedocle das widerwillig für ihn tat und wann er, wie jetzt, hier, es sogar willig zu tun schien, wenn nicht sogar überaus willig.

Und tatsächlich reichte er, nachdem er sich auf die Pritsche geschwungen hatte, Boccadopa sofort eine Hand, jedoch nur wie zum Schein, denn kaum dass der Versehrte wieder stand, zog Portempedocle, ob absichtlich oder nicht, aber doch wohl eher nicht, seine Hand wieder von ihm weg. Boccadopa hatte nicht einmal die Zeit, die richtige Haltung zu finden, die Krücke auf den Boden der Pritsche aufzusetzen und sie unter seine Achsel zu klemmen, so dass er wie ein Storch auf dem heilen Bein zu wanken begann, hierhin und dorthin torkelte, um sich im Gleichgewicht zu halten, und jeden Augenblick riskierte, auf die Jungs zu stürzen oder auf ihn und Masino.

Und 'Ndrja schien es indessen, dass dieser flinke Kopf von Portempedocle vielleicht absichtlich, vielleicht unabsichtlich seine Hand weggezogen hatte, nachdem er ihm gegenüber so hilfsbereit gewesen war und ihm wieder auf die Beine geholfen hatte, ohne auch nur Anstalten zu machen, ihn zu stützen, ihn zu unterstützen, während Boccadopa herumwackelte. 'Ndrja meinte, dass er lachte, doch das konnte er nicht beschwören. Doch selbst, wenn er wirklich lachte, sofern er denn lachte, konnte er es nicht beschwören. Das hatte etwas mit der Art und Weise seines Lachens zu tun, denn Portempedocle war ja wirklich schon ein echter Totenschädel mit bereits durchschimmernder Haut über den Knochen und mit dieser Art des Lachens ohne zu lachen, das auch dann kein Lachen war, wenn ein Aufleuchten von Fröhlichkeit sich in seinen Augen zeigte. 'Ndrja konnte das zwar nicht beschwören, doch er meinte, er würde ihn dunkel verborgen lachen sehen, er meinte, er lachte wie über eine komische Szene, die er sich vorstellen musste, eben die Szene dieses despotischen Hinkebeins, der es von einem Augenblick auf den anderen nicht mehr schaffte, sich im Gleichgewicht zu halten und herumwackelte und am Ende erschöpft hinfiel, wie an der Marina der Feminoten, als er sich auf diese Schurkinnen stürzen wollte, die ihm eine ganz schöne Abreibung verpasst hatten, ihm und seiner großen Liebe namens Vaterland, nur dass er sich jetzt, hier, vorstellen musste, dass der da erschöpft mit seinem Hintern auf seinen berühmten Moses fallen würde, das heißt auf ihn, auf 'Ndrja Cambrìa, auf ihn als Moses den Seefahrer. Diese komische Szene musste sich dieses Hautundknochenbündel von Portempedocle wohl vorstellen, oder wenigstens ging es ihm 'Ndrja, durch den Kopf, dass dieser Phantasielose sich durchaus diese komische Szene vorstellte, denn es war ja möglich, dass er längst bemerkt hatte, dass sich da auf dem Lastwagen, unter all den Milchbärtigen, auch sein von ihm so genannter Moses befand, nach dem er allerdings noch nicht rief, ihn noch nicht anrief, weil er vielleicht diese ganze Szene genießen wollte.

Einen Augenblick noch oder zwei, und zwischen der Finsternis, die draußen herrschte, und der, die, noch wesentlich finsterer, auf der Pritsche herrschte, zwischen einem wackeligen Schritt und dem nächsten, gegen Füße und Beine dieser Christenmenschen stoßend, die ja außerdem erst Christenmenschlein waren, Christmilchbärtige, die er, auch wenn er sie nicht sah, doch immerhin spüren konnte, überall ringsum, mit dem Rücken an die Seitenwände der Pritsche gelehnt, endete es, wie es zwangsläufig enden musste, nämlich dass er hinfiel und ein heilloses Durcheinander verursachte, und zwar jetzt, hier, auf dem harten Boden der Pritsche, nicht wie auf der Marina der Feminoten, auf weichem Sand. Doch im Hinfallen musste er sich ganz instinktiv, in alle Richtungen rudernd, an Portempedocle festgehalten haben, so dass er zusammen mit diesem leicht Verrückten auf dem Hintern landete, mit diesem leicht Verrückten, der die komische Szene, die er sich vielleicht wirklich vorstellte, ganz und gar genoss, sie sogar am eigenen Leib genoss.

Tatsächlich aber, genau in diesem Augenblick, genau in dem Augenblick, als sie in dieser Dunkelheit zu einem einzigen Haufen zusammen- und durcheinandergewühlt waren, stürzten sie beinahe, als hätten sie es beabsichtigt, auf ihn, hier, genau in diesem Augenblick hier, verschwanden Boccadopa und Portempedocle, sie verschwanden aus seinen Augen und aus seinem Kopf, als wären sie zu nichts geworden, zu weniger noch als nichts, zu nichts und niemand, mit einem Wort, angesichts des Mehr, des Weitausmehr, das plötzlich seinen ganzen Verstand erfasste und in ihm einen Klang wiederertönen ließ, den Klang eines Glöckchens, ein Dingding, Dingding, das ein anderer womöglich nur leise, ganz leise mit dem Ohr vernahm, wenn er es überhaupt vernahm; doch zu ihm gelang der Klang silbern, lebhaft und lebendig, von irgendwo dorther in der Nähe des Lastwagens. Und zur gleichen Zeit, ja, fast im gleichen Augenblick lebte in seinem Inneren etwas auf, das einer Erinnerung gleichkam, einer Erinnerung an den Klang, den er da, in diesem Augenblick lebhaft und lebendig hörte, verschlossen in seinem Inneren.

Hier, in diesem Augenblick, war es ihm, dass er hörte, dass er hörte oder wiederhörte oder so hörte, als wäre es alles in allem das Gleiche, es wiederzuhören, so wie auf dem Höhe- und am Endpunkt seiner Reise, dieses Dingding, Dingding, nämlich das wohlbekannte Dingding, Dingding der berühmten, der hochberühmten Ciccina Circé, jenes Dingding, Dingding, das, wenn er es jetzt und jetzt wie schon immer von außen kommend hörte, er es schicksalhaft gleichzeitig immer von innen wiederhörte, denn dieses Dingding, Dingding dort war genau das, welches ihm in jener Nacht, während dieses Arkelamekk wieder aufs Meer fuhr, um ohne Ruder noch Segel die Meere zwischen Skylla und Charybdis an Bord ihrer exzentrischen schwarzen, mit Stickereien geschmückten Barke zu queren, wie eine sichere, augenblickliche Wahrheit aufging, die er sein Leben lang in seinem Ohr hören und immer wiederhören würde, wie das Klingen von Fingernägeln auf einem Gläserrand; und jetzt, hier, kam es ihm vor, wie wenn er zum ersten Mal einen Beweis dafür hätte.

Und der Beweis, den er dafür hatte, jetzt, hier, als er es hörte, es wiederhörte, war weitaus mehr als das, was er sich vorstellte, was er sich in jener Nacht vorstellen konnte, in jenem Augenblick, dort, am Ufer vor den Palmen, nach der Vögelei, mit jener Wirkung, die es jetzt, hier, auf ihn hatte, wiederholte und sagte er, gleichsam als Höhe- und Endpunkt nicht nur seiner Reise bis zur Marina der Feminoten, das hieß seiner Reise, die er noch nicht zu Ende gebracht hatte, seiner lediglich auf dem Kontinent gereisten Reise, ohne zur Insel übergesetzt zu haben, wo sein eigentliches Reiseziel lag, das ihm jetzt, hier mit dem Dingding, Dingding der Ciccina Circé wiedererklang wie ein beredtes Zeichen in einer Geheimsprache.

»Hörst du auch einen Klang wie von einem Glöckchen?«, fragte er Masino und kam mit seinem Mund ganz dicht an sein Ohr.

»Ich glaube, ich glaube … Ja doch, ja, ich hörs«, sagte Masino, nachdem er eine Weile gelauscht hatte.

'Ndrja, der Masino vertraute und misstraute, weil er durchaus in der Lage war zu sagen: Ja doch, ja, ich hörs, nur um ihm einen Gefallen zu tun, hielt den Atem an und lauschte mit aufgestellten Ohren, er lauschte hinaus in die Luft, er lauschte in sein Inneres, in seinen Kopf, ob er noch immer dieses Dingding, Dingding hörte.

Doch wusste er schon, dass er es noch immer hören würde, und so war es nur eine Frage von Augenblicken, und er hörte es wieder, es kam untrüglich von draußen an sein Ohr, auch wenn er es gleichzeitig von innen zu ihm kommen hörte, in seinem Kopf. Eine Frage von Augenblicken, sagte er wieder, und er hörte es erneut von einem Augenblick zum anderen, dass es ihm von dort kam, von draußen, von hinter dem Vorhang, von drinnen, aus der Kasernette, wo die Engländer große Pomponade veranstalteten, denn zwischen einem Augenblick und dem nächsten, zwischen jedem paarweisen Dingding, Dingding, hörte er einmal, hörte er öfter die Stimme dieses Arkelamekks, diese Stimme, die sich wie Lustqualen, wie Erstaunen anhörte: »Focu meu! Focu meu!«

Sie befand sich also da drinnen, bei den Engländern. Diese Stimme hätte er unter tausenden erkannt, auch wenn die, die er von da drinnen herausdringen hörte, inmitten der Stimmen der Engländer, die vielleicht außer Rand und Band waren, jedoch bis zu diesem Augenblick leise und zurückhaltend wie Hummelgesumm, auch wenn diese Stimme in 'Ndrjas Ohr eine Wirkung hervorbrachte, die ihn für einige Sekunden erstaunte und verwirrte, sie war so anders, sie war so unverdächtig von jener Stimme zu dieser, die er in jener Nacht während der Überfahrt von ihr gehört hatte, die gewaltige Stimme von ihr und von der anderen Ihr, verschattet und verächtlich, hochmütig und schamlos, die Stimme der vom Leben und vom Tod überfallenen Komödiantin, die vereinsamte Stimme, tief im Selbstgespräch vor dem Spiegel, mit Salbadereien über die Person. Es war die Stimme von unter den Palmen, die, die er von ihr weniger hörte, als er sie nicht lauter hören konnte, und doch, wenn ihre erste Stimme, die Stimme der Überfahrt, ihn in seinem Kopf durcheinanderbrachte wie ein ständig fallender und wieder aufkommender Wind, mal als Schirokko, mal als Gräkal aus Nordost, und den zu einer bepinkelten Haut machte, der sie im Ohr hatte, ihre zweite Stimme, die von unter den Palmen und der Kasernette, es war, wie wenn sie für ihn Fleisch wurde, wie wenn sie ihm mit ihrem Feuer ein Brandzeichen auf seiner Haut machte, das er immer spürte, das immer gerötet war und immer glühte.

'Ndrja fing nun an, sich in seiner Phantasie darüber zu peinigen. Zwar peinigte er sich in seiner Phantasie, doch peinigte er sich über die Erfahrung, die er mit dieser Geschichte hatte. Wenn daher das, was er sich über Ciccina Circé vorstellte, kein vollkommenes Wissen war, das heißt wenn es kein mitdenaugengesehenes Wissen war, so war es allerdings auch kein Flattern der Phantasie, kein reines Herumphantasieren, das heißt, es war auch kein hörengesagtes, allenfalls war es etwas zwischen beidem.

Drinnen, hinter dem Vorhang, klang es wie gewaltiger Lärm, wie ein Heidengetöse, denn man konnte nicht sagen, dass das wirklich ein Höllenlärm war, schlimmstenfalls konnte man es als verhaltenen Lärm bezeichnen, als eine Art Pomponade, das war's, etwas in der Art, und im Mittelpunkt stand Ciccina Circé als ganz große Attraktion, denn die englischen Matrosen machten den

Eindruck, und stellten sich damit ziemlich lächerlich dar, dass sie dieses Lied von der Roosaamuuunde, das sie im Chor sangen und wiedersangen, wie ein ständiges raus mit der Stimme und dann wieder rein mit der Stimme wie Stumme, ihr widmeten, indem sie sie als eine Rosa del mundo, eine Rose der Welt, besangen, oder auch als Rosa monda, als reine Rose, als pur und makellos und duftend wie eine Rose.

Die Engländer sangen Roosa … munde als einen Chor mit geschlossenem Mund, der von dort aus der Nähe kam, und doch schien er von weither zu kommen. Sie sangen und machten alle einen Klang, einen Klang mal geschlossen und mal offen, mal rund und mal anhaltend, ein Hauch von Musik, mal kräftig, mal zart, der 'Ndrja in seinem Kopf, wenn nicht in seinem Ohr, jenen Hauch von Musik ohne Klang wiederaufleben ließ, der das schlafwandlerische Schwimmen der vom Dingding der Ciccina Circé verzauberten Feren begleitete. Im Kopf, wenn nicht im Ohr, denn natürlich hatte es viel mit dem Wissen zu tun, dass Ciccina Circé sich da drinnen befand, inmitten der Matrosen, die im Chor sangen, und es hatte auch damit zu tun, dass er vorher das Glöckchen gehört hatte und es noch jetzt hörte: Dingding, Dingding im Chor.

Und es war tatsächlich so, wie wenn das Glöckchen am Bug der schwarzen, spitzengeschmückten Barke, die sich auf den Bastardell einfuhr, immer noch Dingding, Dingding machte, hauchfein, nicht länger mehr über den Köpfen der berauschten Feren, sondern über denen der Engländer, mit den Dingdings, Dingdings, die auf den Chor eingestimmt waren, ein Dingding auf Roo … und ein weiteres auf saa … und ein weiteres, schnelleres auf muuunde …

Doch da war dieses Focu meu, focu meu, das sie in Zeitintervallen hinausrief, und jedes Mal unterbrach sich der Chor und brach in schallendes Gelächter aus. Dieses Focu meu, focu meu erregte Argwohn in ihm, denn in seiner Vorstellung brachten sie ihn auf den Sand unter den Palmen zurück und hier, vielleicht, auf eines der Feldbetten in der Kasernette der Engländer. Da stellte er sich vor, dass die Engländer da drinnen zu ihr kamen und von ihr gingen, einer draußen, einer drinnen, ein Rausundrein, vom Feuer zum Wasser, jedes Mal, wenn sie sie mit dem Klang ihres Glöckchens wissen ließ, dass sie den da, der bereits bei ihr war, fertig bedient hatte und jetzt ein anderer kommen konnte, einerlei ob Engländer oder Feren, immer war jemand da, der herbeikam, wenn sie ihr Dingding, Dingding läutete.

Und so stellte er sie sich, auf das Dingding, Dingding ihres Glöckchens lauschend, beim Vögeln vor, beim Vögeln und gleichzeitig als Vöglerin auf dem

Rand irgendeines Feldbetts, dort, hinten im großen Zimmer, mit geöffneten, langen, nach vorne ausgestreckten Schenkeln, mit offener Fuffi, aufgerichtetem Oberkörper, gestützt, abgestützt auf einen Ellbogen oder auf die Handfläche, den Kopf auf ihrem Schlangenhals schön nach oben gereckt, das Auge starr und unbeweglich, verfinstert, leidenschaftslos, doch zugleich auch verfinstert, verfinstert vom Beobachten, vom Schauen, vom Anschauen, verfinstert, damit ihr nur ja nicht entgeht, was ihr geschah, was sie selbst und mit sich selbst geschehen ließ, Engländer auf Engländer, ein Kommenundgehen zwischen ihren Schenkeln, wie auf Kommando, bei jedem Dingding des Glöckchens, das sie erklingen ließ mit kurzem, ruckartigem, regelmäßigem Ziehen, wie an einer Strippe, an ihren Zöpfen, die ihr von dem Feldbett auf den Boden herunterhängen mussten.

Doch diese Ciccina Circé, die, von der er überzeugt war, dass er ihr niemals wieder begegnen, sondern sie nur in der Erinnerung behalten würde, und zwar sein Leben lang, mit der in ihm zugeklafften Erinnerung, die jedes Mal in seinem Inneren, tief in seinem Inneren oder hoch oben in der Luft, ebenso wie in seinem Kopf, in seinem Ohr Dingding, Dingding machte, diese Ciccina Circé, die er nun aber dort fand, dort drinnen, die sich von englischen Schwänzen durchwalken ließ, jene, das heißt diese Ciccina Circé war, wie er zu einem bestimmten Zeitpunkt, ob er wollte oder nicht, selbst feststellen musste, noch immer viel zu edel vorgestellt für die, die alles andere war als eine Tausendundeinnächtige, ein Arkelamekk, sie, diese hier, diese Schwanzdurchtobte hier, als die sie sich vor seinen Augen darstellte, jetzt, hier, jetzt, dort, inmitten dieser Plattfische.

Das wurde ihm klar, das musste ihm klarwerden, denn unvermutet, unerwartet fand er sich dort und warf einen Blick dorthin, dort hinein, hinter den Vorhang. In diesem Augenblick hörte er in der Nähe, ganz dicht bei ihm, eben dort, von der Türe der Kasernette hinter ihm den Burschen drängend rufen: »Signor Maniàci! Signor Mister Maniàci!« Er beugte sich da nur ganz wenig mit den Augen von der Pritsche vor und sah sich, ja, er konnte durchaus sagen, er fand sich vor den Augen des Maltesers und seines neben ihm stehenden Burschen wieder. Der Malteser, der diesen Vorhang auf der einen Seite wegschob, stand auf der Schwelle, als hätte er gerade in diesem Augenblick hinausgeschaut, genau im selben Augenblick, so schien es, als der Bursche nach ihm rief, von dort aus, von dem Vorhang aus, da drinnen nach ihm rief oder vielleicht auch erneut nach ihm rief, er rief ihn oder rief ihn erneut, wie wenn er mit ihm alleine reden, sich mit ihm dringend unterhalten müsse.

Irgendwann erschien der Malteser tatsächlich an der Türe, mit aufgeknöpften Kleidern und hitzig, ein einziges Lachen im rotglühenden Gesicht. Sofort trat der Bursche neben ihn und redete leise mit ihm, er hörte ihm zu, ohne weiter auf ihn einzugehen, warf immer wieder einen schnellen Blick hinein und sagte am Ende zu ihm:

»Wie muss ichs Euch denn noch sagen, Sanciòlo, dass Ihr den Charybdoten in Ruhe lassen sollt? Wollt Ihr ihn mir vor der Regatta noch madig machen? Was? Ist das Eure Absicht, mir den Charybdoten madig zu machen, den besten Ruderer, den ich gefunden habe?«

Als er redete, stand der Malteser unter dem Türbogen, wie wenn er Luft schnappen wollte, der Vorhang war hochgehoben, und der Malteser drehte seinen Kopf immer wieder zu dem Krach, der drinnen herrschte, er lachte meckernd wie ein Ziegenbock und troff an seinem ganzen fülligen Körper.

'Ndrja nahm diese Gelegenheit auf der Stelle wahr, um einen schnellen Blick durch den Spalt zwischen dem massigen Körper des Maltesers und dem Vorhang zu werfen. Er stand auf und reckte seinen Hals hinter dem Führerhaus des Lastwagens vor, der fast die Türe der Kasernette berührte, konnte in den Raum blicken, allerdings nicht sehr weit, nur wenige Meter hinter den Vorhang.

Er sah Schatten, die sich auf dem Boden und an den Wänden dieses Raums bewegten, der lang und nur zur Hälfte beleuchtet sein musste. Diese Schatten, die er auf dem Boden und an den Wänden sah, fasste er im ersten Augenblick als die Umrisse der Engländer auf, die mit den Bewegungen ihrer Körper dem Motiv des Chors folgten, das sie mit geschlossenem Mund sangen, doch aus dem, was er gleich darauf sah, wurde ihm allerdings klar, dass diese Schatten, diese Umrisse auf dem Boden und an den Wänden die Bewegungen waren, welche die Engländer bei einem Tanz machten, den sie sozusagen der Reihe nach mit Ciccina Circé tanzten. Das wurde ihm klar, weil die Schatten sich irgendwann gegen den Malteser warfen, der, wie wenn er ihnen entfliehen wollte, sich schüttelte und lachte und dadurch den Vorhang noch höher hob: Da sah 'Ndrja für einen sekundenschnellen Augenblick den blanken Hintern hoch auf den Beinen der Feminotin und das Glöckchen, das von den Zopfenden, die über ihre breiten, viereckigen Hinterbacken herunterhingen, dagegen schlug und Dingding, Dingding machte.

»Verschwindet von hier mit Eurer Bäcksait«, sagte der Malteser zu ihr, und der Vorhang fiel wieder herunter, während er hineinsprang und der Feminotin gerade einen Klaps auf den Hintern geben wollte und ihn ihr vielleicht auch wirklich gab, denn sie rief: Focu, focu, wohl um etwas Komisches zu sagen und eine Szene des Vergnügens zu veranstalten, das ihr der Klaps auf den Hintern durch diesen Weibsmann von Malteser bereitet hatte, bei dem man auf den ersten Blick, vor allem, wenn er neben ihr stand, erkannte, dass auch er ein Feistarsch war.

'Ndrja zwängte sich wieder unten ein, in die Ecke der Pritsche, um über das Arkelamekk nachzudenken, das Donna Ciccinella ihm vorgeführt hatte. Warum das eigentlich? Welche Absicht steckte dahinter, ihm das vorzuführen? Sie, mit ihrem ganzen Gehabe eines einsamen, argwöhnischen Weibs, schwierig und voller Verachtung, entzaubert und würdelos, sie, mit ihren Spinnweben zwischen den Schenkeln, sie, die seit so langer Zeit keinen Umgang mehr mit einem Mann hatte, aus lauter Treue zu Baffettuzzi, sie, die der Meinung war, wieder in den Urzustand der Jungfräulichkeit zurückgekehrt zu sein, sie, dort die eine und hier eine andere, das genaue Gegenteil, die Feiernde, die Tanzende, die Schampanjerselige, das Soldatenliebchen.

Diese Grobschlächtige, Vulgäre, diese Betrügerin mit ihrem Herzen wie ein Haar, diese Fährmännin ohne Ziel und ohne Kanistergepäck noch Bündel, diese Feminotin, die eine Überfahrt aus Poesie unternahm, was für eine exzentrische, gefühlsbetonte Feminotin, vor ihr musste man den Hut ziehen. Doch welche Notwendigkeit hatte sie, Gepäck mitzunehmen, Ölkanister und Kohlensäcke, wenn sie doch ihr ganzes Gepäck, das, was sie brauchte, um auf Sizilien Tauschhandel zu treiben, an sich trug, an ihrem Körper, zwischen ihren Schenkeln, und sie in nichts behinderte, alles verstopft und verborgen in Nischen, unsichtbar?

Das Licht dient keinem von beiden, das sagte sie, die Feminotin, die große Theatrantin. Das Licht hätte man, wenn man sie hörte, für ihre größte Feindin halten können, und er hatte im Übrigen ja auch von ihr geträumt, als würde sie sich wirklich ganz im Licht versengen: Doch da drinnen, als sie vor dieser Art Scheinwerfer da im Hintergrund des Raums vorbeiging, der ein blendendes Licht warf wie die Leuchte eines Nachtfischerboots, da leuchteten ganz sicher ihre Augen, da konnte man ganz sicher alle ihre Härchen einzeln zählen.

Doch warum so viel Verstellung, sogar so viel Leidenschaft für Verstellung vor ihm? Nur um Baffettuzzi eins auszuwischen, nur weil sie ihm ausschließlich mit ihm eins auswischen konnte, mit ihm, dem Matrosen und Landsmann, der ihm ähnlich sah, wie sie sagte, während sie mit den Engländern niemals die gleiche Genugtuung finden konnte? Ja, o ja, nur deshalb musste es gewesen sein, für Baffettuzzi und für ihn, den Genommenen, genommen und durchgevögelt, sozusagen stellvertretend, als stellvertretender Schwanz für Baffettuzzi, als sie sich so leidenschaftlich, so in Hitze zeigte und bewies. O ja, das war es wohl und das war es ja auch, fast ausschließlich das, worüber sie während der gesamten Überfahrt salbaderte. Kurz und gut, konnte er etwa sagen, dass sie ihn betrogen hatte? Die Wahrheit war, mit anderen Worten, dass er sich davon erobert gefühlt hatte, doch konnte er etwa sagen, dass sie etwas tat, um ihn zu erobern?

An dieser Stelle kam er mit seinem Mund dicht an Masinos Ohr und flüsterte ihm zu:

»Hör zu, Masino. Sobald der Lastwagen abfährt, stehst du auf und schreist: Ciccina Circé! Ciccina Circé! Verstanden?«

»Ja, aber wer ist denn diese Ciccina Circé?«

»Eine, die ich kenne. Eine, die sich da drinnen bei den Engländern aufhält.«

»Und ich soll sie rufen und laut schreien, hast du gesagt?«

»Ja, die rufst du, mit allem Atem, den du hast, du schreist: Ciccina Circé! Ciccina Circé! Du Nutte, du Nutte, du versaute Puffamsel!«

»Ist sie wirklich so eine?«

»Ach je, bekommst du deswegen etwa gleich Gewissensbisse? Oder muss ich sie dir erst vorstellen? Du schreist, wie ichs dir gesagt habe, und danach erklär ich dir, wer diese Ciccina Circé ist.«

»Und wie, hast du gesagt, soll ich sie anschreien?«

»Uffa, Masino, was gehört denn schon dazu? Ciccina Circé! Ciccina Circé! So rufst du sie und dann beleidigst du sie.«

Eine Weile verging, und dann erschien von da drinnen wieder der Malteser an der Türe, er gab dem Burschen Anweisungen, dass er sich für die Abfahrt bereithalten solle. Gleich hinter dem Malteser tauchte Ciccina Circé mit englischen Matrosen auf, die sich hinter ihr versammelten.

»Verschwindet doch endlich, ihr Plattfische«, sagte sie zu ihnen und stieß sie ringsum von sich, denn es war vorstellbar, dass sie, immer noch hungrig, ihre Hände ausstreckten, um sie zu berühren. »Verschwindet, ihr kleinen Drecksferkel. Ach je, ach je, ich habe mich durch dieses Tanzen im Stehen und im Liegen kaputtgemacht. Ach, was muss ich nicht alles tun, um mir meinen Lebensunterhalt zu verdienen!«

»Hörst du die Stimme, die da spricht? Hörst du diese Stimme einer Pomponadistin, was sie sagt?«, murmelte ʻNdrja zu Masino. »Hörst du sie, hörst du sie, diese Pomponadistin, hörst du sie? Dann also stell ich sie dir vor: Die da, die da ist Ciccina Circé.«

Im ersten Augenblick kam es ihm vor, dass die beste Vorstellung, die er ihm geben konnte, die war, Masino ihre Stimme hören zu lassen, diese Stimme und was diese Stimme sagte, um ihm die Bedenken zu nehmen, die einem anständigen Milchbärtigen wie ihm eher mehr als weniger kamen, und er sich nicht in Gedanken bei der Vorstellung quälte, dass er in wenigen Augenblicken eine beleidigen sollte, die er nie gekannt hat, weder vom Sehen noch vom Namen her, und noch viel weniger von ihren Handlungen her, zudem Handlungen einer Nutte und versauten Puffamsel.

Doch während 'Ndrja Masino fragte, ob er diese Stimme hörte, weil die ihm als die beste Vorstellung der Ciccina Circé vorkam, klang es ihm plötzlich verkehrt und bedrückend, ja, sogar wie eine Art Naturphänomen, es klang so verkehrt wie ein Ohr im Kopf, dass er nicht mehr das Dingding, Dingding des Glöckchens von Ciccina Circé hörte, gerade jetzt, gerade seit diese Frau sich dort befand, da draußen, nur wenige Schritte vom Lastwagen entfernt.

In seinen Ohren klang es wie ein Misston, dass er es nicht mehr hörte, und zugleich wurde ihm klar, dass es für ihn die einzige Vorstellung war, eine Vorstellung, die dann nicht mehr schlicht und einfach nur Vorstellung war, sondern eine Vorstellung der Ciccina Circé, eine Vorstellung allerdings von mal der einen, mal der anderen Ciccina Circé, der Ciccina Circé, die, kurz gesagt, mit diesem und jenem zusammen war, mit diesem Baffettuzzi, um mit ihm anzufangen, oder mit den Feren oder auch mit ihm, einem Matrosen der ehemaligen Königlich Italienischen Marine, den sie vom Kontinent bis zum Uferrand der Insel übergesetzt hatte, oder mit diesen Matrosen hier, englischen Matrosen, die ihrerseits sie übersetzten, an Bord ihrer Garis, sie setzten sie über, wie sie wollte, ohne sich je zu bewegen, es sei denn, um Dingding, Dingding mit dem Hintern zu machen, Dingding, Dingding in einem gewissen Sinn, nämlich Avanti, der Nächste, von da drinnen, unter dem taghellen Licht der Leuchte setzten sie sie über, enterten sie sie ganz nach ihrem, Ciccina Circés Geschmack, wie ihm jetzt ja schien, dass es ihre Art und eher nach ihrem Geschmack sein müsse, am Bettrand zu vögeln, wie mit den Engländern, oder am Uferrand des Meeres, wie mit ihm, immer aber am Rand.

Und jetzt, jetzt, als sie nur ganz leicht in seinem Ohr misstönte und sich nicht nur dort befand, kaum ein paar Meter vom Lastwagen entfernt, sondern, soweit man verstehen konnte, sich nur noch aufregte, ständig hierhin und dorthin lief, losschnellte und mit Handschlägen die englischen Matrosen fortschob und forttrieb, die sie umzingelten, musste das Glöckchen da unten, am Ende der Zöpfe, notwendigerweise gegen die Truhe ihres Hinterns schlagen, mit allem Aufruhr des Körpers, der sie gepackt hatte, weil sie die Hände dieser Matrosen von sich lösen musste, die durchaus keine solchen Plattfische sein mussten, wenn sie sie eben erst, vielleicht innerhalb der letzten Stunde da drinnen, in dem großen Raum, einen nach dem anderen zu sich rief und jeden mit dem Dingding des Glöckchens, Dingding, einer weg, der Nächste schon da, sich zwischen ihre Schenkel bettete, und die sich bei all dem verhielten, als würden sie schon wieder heiß sein, als würden sie schon wieder diese Lust spüren, und mit der Lust die Kraft, die Kraft des Körpers, um sie zu befriedigen, denn warum sollten sie sonst da herumstehen und heimlich mit Ciccina Circé herumhändeln, auch wenn sie sie zurückstieß und sich immer und immer wieder drehte und wand.

»Niemals Brot, he? Niemals anständiges Brot und niemals Kornetbief. Immer nur Kekse, immer nur Kekse, nichts als Kekse, pirdeu«, beklagte sich die Feminotin wieder. »Ja, lacht nur, lacht nur, heut oder morgen werde ichs euch zeigen, ob ich euch nicht die Lust befriedige, es euch zu besorgen, ja eigentlich, es mir zu besorgen und ihn mir reinzustecken. Dann werdet ihr euch untereinander in den Hintern ficken.«

Die, die sich bogen vor Lachen, waren der Malteser und der Bursche, die ja verstanden, was sie sagte, doch auch die Engländer lachten auf ihre Weise und mehr noch wahrscheinlich, wenn sie sie ansahen.

Dann näherte sie sich, als wäre sie neugierig geworden, dem Lastwagen.

»Ja, wer ist denn hier? Wer ist denn hier?«, sagte sie, und mit der Hand an der Seitenwand der Pritsche tastete sie mit ihren Fingerspitzen die dort Sitzenden ab, und als sie zu 'Ndrja in der Ecke kam, strich sie über seine Haarspitzen und arbeitete mit ihren Fingern intensiv weiter wie eine Blinde, die aus dem lockigen oder glatten, aus dem fettigen oder trockenen Haar versucht, die Person zu erkennen.

»Wer sind denn diese hübschen Jungs?«, rief sie nach der Ortung mit ihrer Hand aus. »Hoh, was für eine tolle Mannschaft von appetitlichen Zibeben.« Es sah so aus, als würde sie zur Ladeluke kommen, um mal hineinzuschauen, doch der Malteser und der Bursche hielten sie zurück. Vielleicht unterhielten sie sich ein bisschen darüber, während sie so lachten, und sagten ihr, dass sie ihnen die jungen Recken nicht schwächen dürfe, denn sie sollten ja rudern, wozu sie alle ihre Kräfte und die Stärke ihrer Rücken brauchten.

»Wer schwächt sie euch denn? Wer nur, wer, pirdeu?«, sagte sie empört. Und dann, vielleicht weil der Bursche, der an der Ladeluke herumhantierte, sie mit einem Ellbogen zur Seite stieß, beklagte sie sich wie ein armes, schutzloses Weib noch empörter, ja, geradezu beleidigt: »Ja, was glaubt ihr denn? Dass ich sie euch raube?« Und gleich, als sie wegging, atmete sie tief ein und sagte: »Ach, wär hier nur der, den ich meine, würdet Ihr Euch nicht wagen, mich anzurühren, nicht einmal mit einem Finger würdet Ihrs wagen …«

Der Malteser und der Bursche stiegen vorne ein, der Engländer am Lenkrad legte den Gang ein, da stand Masino auf, doch der Lastwagen beschleunigte, und er stand stumm da:

»Worauf wartest du noch? Was ist mit dir?«, fragte 'Ndrja.

Und weil Masino stammelte, wie wenn seine Zunge festkleben würde, stand er auf und schrie:

»Ciccina Circé! Ciccina Circé!«

Doch von den Beleidigungen Nutte, Hure, Versaute, Puffamsel kam ihm auch nicht eine über die Lippen. Vielmehr richtete er sich noch einmal an sie, mit vollem Namen, ganz schlicht, ganz einfach, ohne sie zu beleidigen, denn wenn sie sich beim Namen gerufen hörte, musste sie zwangsläufig merken, dass jemand, der sie kannte, gesehen hatte, wo sie herausgekommen war, und das war das Gleiche, wenn nicht gar schlimmer, als sie zu beleidigen. Daher rief er sie noch einmal, und dieses Mal mit einem Ton unterschwelligen Spotts, beleidigend:

»Ciccina Circé! Ciccina Circé!«

Er sah sie mitten auf der Straße laufen, weiß im Mondschein, etwas weiter als das Denkmal für die Gefallenen des Großen Kriegs: Von oben schien die Frau mit den geflügelten Füßen der Feminotin entgegenzustürzen und sich in das einzumischen, was da vor sich ging:

»Wer ist da?«, schrie Ciccina Circé. »Werseidiiihr?«

Wieder begann sie zu laufen, jetzt wie besessen, wie wenn sie sich dazu verurteilte, noch mehr zu rennen, so schnell sie nur konnte, mit dem Rockwickel, der ihren Hintern blähte und ganz einhüllte, so lang wie sie war, bis zur Erde. Und jetzt, vielleicht wegen ihrer Art zu laufen, jetzt, wo sie sich verbiss und sich verwünschte, mussten die Zöpfe heftig, ganz heftig gegen ihre Hüften schlagen, denn wie wenn es verrückt geworden wäre, tönte das Glöckchen am Ende der Zöpfe, das gegen ihren Hintern schlug und vom Hintern gegen die Hüften, von einer Fülle von Dingdings, die bis zum Lastwagen flogen, es tönte so lange, bis

Ciccina Circé wohl einen Fuß auf die Spitzenborte eines Rocks gesetzt hatte und ihr Schritt sich verhedderte, jener blutschwitzende Schritt, den sie nun anwandte. Sie verlor das Gleichgewicht, einige Meter konnte sie sich noch auf den Beinen halten, doch gleichzeitig, wie wenn ihr Kopf sie nach unten ziehen würde, beugte sie sich immer mehr vor, bis sie sich nicht mehr auf den Beinen halten konnte und der Länge nach auf die Straße stürzte und im Stürzen noch eine Art Fischsprung machte, sie und diese Fülle von Dingdings, Dingdings, die ein letztes Mal von ihrem Körper aufklangen.

Dort blieb sie liegen, im Staub der Straße, wie plattgedrückt: in der Ferne die Frau mit den geflügelten Füßen am Sockel des Denkmals, sie wirkte wie eine Frau aus Fleisch und Blut, blass und erschrocken, die aus dieser Gegend da drüben davonlief, während der Lastwagen auf die Brücke abbog, die sich über die Weiher von Ganzirri bis zur Rotunde von Granatari spannte.

»Ich fand einfach die Worte nicht«, sagte, wie wenn er sich entschuldigen wollte, Masino, als sie sich wieder auf der Pritsche niederließen.

»Macht nichts«, antwortete 'Ndrja.

»Aber wie kommt es, dass nicht einmal du ihr Beleidigungen nachgerufen hast?«

»Na ja, ist eben so.«

»Willst du sagen, dass nicht einmal du die Worte gefunden hast?«

»Na ja, was soll ich sagen? Ich weiß es auch nicht.«

Masino war wegen seiner Neugier ganz nervös. An diesem Punkt jedoch erkannte Portempedocle 'Ndrja wieder, und zu Boccadopa gewandt, sagte er:

»Oho, seht nur, wen wir da haben, Moses, Moses«, rief der Totenschädel. »Seht Ihr unseren Moses?«, sagte er zu Boccadopa. »Mooo … ses Mooo … ses«, rief er und rundete dabei das O mit dem Mund, so wie auf dem feminotischen Vorgebirge, als er ihn dort rief.

»Ach, ach …«, sagte Boccadopa mit gehöriger Verachtung. »Wir haben wirklich genug von diesem Anblick. Ihr seid ganz und gar ein Mameluck«, sagte er zu Portempedocle. »Er ist gegangen, er ließ uns armselig und von Sinnen im Angesicht des Meeres zurück, und Ihr freut Euch noch über ihn?«

»Was glaubte Euer Freund eigentlich?«, sagte 'Ndrja zu Portempedocle gewandt, »glaubte er etwa, dass dort mein ganz persönlicher Hochseedampfer auf mich gewartet hätte? Oder hat er mich wirklich und tatsächlich für Moses gehalten?«

»Barke oder Hochseedampfer, Ihr habt jedenfalls Eure Überfahrt bekommen«, sagte Boccadopa verächtlich. »Und uns habt Ihr da zurückgelassen, in den Höhlen dieser Wölfinnen, die mit uns gemacht haben, was sie wollten, diese Feminotinnen, dieser Schlag von ausgehungerten Weibern.«

'Ndrja lachte laut, denn die Sache war für ihn komisch.

»Wieso denn, was haben sie denn mit Euch gemacht?«, fragte er und lachte noch einmal.

»Und er tunkt seinen Keks auch noch ein«, fuhr der Versehrte auf und gab mit seiner Krücke einen Schlag auf die Pritsche. »Er tunkt seinen Biskuitkeks in unsere Tränen.«

»Oho, für Tragödien seid Ihr wirklich der richtige Mann. Was ist Euch denn passiert, dass Ihr so viele Tränen vergießen musstet? Mir kommt das sonderbar vor.«

»Das kommt ihm sonderbar vor, das kommt ihm sonderbar vor …«, höhnte Boccadopa. »Wir hatten ja keine Ahnung, dass das, was uns passiert ist, eine Farce war, dafür verstehen wirs jetzt, jetzt, wo er sich halb totlacht.«

»Tränen vielleicht nicht, aber wir haben uns elend gefühlt, wisst Ihr, Moses«, ergriff der arme Kerl von Portempedocle ohne jeden bösen Hintergedanken das Wort. »Wir bekamen, um nur eins zu nennen, solche Bauchkrämpfe, nachdem wir an Thun uns satt gegessen hatten, dass wir uns gewünscht haben zu sterben. Ein so gewaltiges Bauchkrachen, dass wir alle Durchfall bekamen und nur noch schrien. Unser letztes Stündchen hatte wohl geschlagen, dachten wir, so trostlos und verloren haben wir uns gefühlt.«

Hab ichs euch denn nicht gesagt?, wollte er gerade sagen, doch er erinnerte sich, dass Portempedocle ihn ganz sicher nicht hatte hören können, dort, auf der Marina der Feminoten, weil er natürlich zwar mit ihm gesprochen hatte, doch nur in seinem Kopf.

»Im Morgengrauen dann, als die Hausherrinnen zurückkehrten«, fuhr der Totenschädel fort, »rissen sie uns die Pritschen unter dem Hintern weg und warfen uns raus.«

»Mameluck«, sagte Boccadopa wieder zu ihm. »Hört auf, uns den Kopf vollzudröhnen, und massiert mir das Bein hier.«

Portempedocle ließ sich das nicht zweimal sagen und fing an, Boccadopas Bein zu massieren.

»Da seht nur, da seht nur«, sagte er, während er das Bein seines Despoten massierte. »Da sind wir wieder zusammen wie vorher. Fehlen nur Petralia und Montalbano. Was, Moses? Wer nicht stirbt, den sieht man wieder, ist es nicht so?«

Die Art, wie er es sagte, verführte einen dazu, zu denken, dass Petraliasottana und Montalbanodelicona fehlten, weil sie tot waren, doch bei dem Totenschädel durfte man nicht lange über das nachdenken, was er sagte, sondern über das Wie und Warum er es sagte.

Die Stadt lag da wie ein großer Friedhof unter dem Mond. Die Hauptallee, die Viale Garibaldi hieß und einmal groß und breit war, war jetzt an ihren Rändern mit Schutthaufen vollgeschüttet und hatte in ihrer Mitte einen Durchlass, der wie ein ausgetrocknetes Flussbett wirkte. Der Schirokko setzte unter den Trümmern Böen von Gestank frei, versetzt mit einer ekelerregenden Mischung, Gestank wie von Vergorenem und von verwesenden Körpern, menschlichen wie tierischen.

Den Rest der Nacht verbrachten sie in der Casa Littoria, das faschistische Liktorenhaus, das, auch wenn es sich Casa nannte, durchaus kein Haus war, in dem Christenmenschen lebten, lebendige Christenmenschen. Es war ganz rechteckig, aus behauenem Stein, auch die Säulen waren so, und es war ganz weiß, kalkweiß, wie falscher Marmor, einer Totenkapelle ähnlich. Der Länge und Breite nach war es ausgebombt. Es war dunkel und kalt und es stank, wie die gesamte Stadt, nach vergorenen Orangenschalen, nach Scheiße und Pisse von Menschen und Tieren.

Der Malteser blieb auf seinem Platz im Führerhaus des Lastwagens. Der Bursche stieg herunter, öffnete eine Brettertüre, die mit Draht geschlossen war, ging düster fluchend hinein, fand eine Leuchte, zündete sie an und ließ die Jungs eintreten. Er reichte die Leuchte an einen von ihnen weiter, ging zum Lastwagen und kehrte mit einer Schachtel zurück, legte sie in 'Ndrjas Hände und sagte:

»Hier, nehmt die. Kekse und Schokolade.« Zunächst ging er weg, kehrte dann aber um, um ihm zu sagen, ja eigentlich, um ihm einen Befehl zu erteilen: »Zuerst dem Versehrten aus Catania. Verstanden?«

Wo sie hineingingen, konnten sie im Schein der Leuchte erkennen, dass dies alles ein einziger Saal war, so groß wie der Grundriss des Gebäudes, mit ziemlich niedriger Decke und angefüllt mit Büchern, über die sie jetzt gingen, und sie spürten, wie sich die Bücher unter ihren Füßen zerdröselten, denn sie waren zum größten Teil verbrannt oder vom Feuer angesengt, vom Feuer der großen Brandbombe, die senkrecht heruntergekommen war und das Haus vom Dach bis zum Grund durchschlagen und dabei ein großes rundes Loch hinterlassen hatte, durch das man den vom Mond erhellten Himmel erkennen konnte wie vom Grund eines Brunnens.

Zur Meeresseite hin befand sich eine weitere dieser Brettertüren, und von dort aus sah man den Hafen mit den schwarzen Umrissen der Kriegsschiffe. Ein Zerstörer lag nur wenige Meter von ihnen entfernt am Kai gleich da vorne vor Anker, mit dem Landungssteg und einem Wachsoldaten in der Nähe des Pollers, und zwischen den Brettern hatte man, wenn man das Auge näher brachte, den Eindruck, man würde auf das Deck des englischen oder amerikanischen Zerstörers blicken, wie von Bord eines anderen Schiffs, das gleich nebenan vor Anker lag.

Auch in dieser Nacht schossen die Wachsoldaten von den Schiffen aus auf die Schieber und Geschäftemacher, die mit ihren Booten längsseits der Schiffe kamen und sich mit den Matrosen unterhielten, um Zigarettenstangen zu kaufen, sowohl amerikanische als auch englische, von Camels bis zum Matrosen mit Bart.

Es war vielleicht kurz vor Tagesanbruch, zum großen Teil schliefen sie inzwischen, auch wenn sie aus dem mit Spucke an ihre Augenlider geklebten Schlaf hochfuhren, als sie alle von einigen Schüssen aus Richtung Meer, von den Schiffen her, geweckt wurden und die, dem Höllenlärm nach zu urteilen, den sie machten, da drinnen einzuschlagen schienen, in diesem entleerten Mausoleum. Vielleicht wurde schon vorher geschossen, doch sie hörten nur drei Schüsse, zuerst zwei, einen nach dem anderen, und dann, nach einigen Augenblicken äußerst alarmierender Stille, hörten sie einen dritten, und dieses Mal hörten sie das Pfeifen der Kugel unmittelbar da vorne, am Kai der Mole.

Gleich darauf riefen die Wachposten des Zerstörers irgendetwas, dabei kamen ihre Stimmen näher und entfernten sich wieder, und dann war jemand gekommen, der hustete, als würde er ersticken, und er schlug gegen die Bretter der zum Meer hin liegenden Türe, er tastete, kratzte mit den Fingernägeln an den Brettern, wie wenn er eine Öffnung suchte. 'Ndrja konnte den Schatten da hinten auf der Seite nicht wirklich erkennen, sondern erriet eher, dass es Portempedocle war, der ihm öffnete und den Haken aus Draht gleich wieder in die Bretter steckte.

Der Unbekannte hustete wirklich, als würde er jeden Augenblick ersticken, und rief: »Ma', Ma'« dort hinten, durch die Dunkelheit des großen Saals, als würde er wissen, dass seine Mutter sich dort befände, und wartete darauf, sie antworten zu hören. Nach einer Weile, so als würde er die Anwesenheit der Jungs in der Dunkelheit spüren, fand er, trotz des Bluts, das ihm in der Kehle blubberte und ihm den Mund füllte, die Kraft zu fragen: »Wer ist da? Wer ist da?«, und torkelte bald zur einen, bald zur anderen Seite, seine Beine trugen ihn nicht mehr, gleichzeitig fingerte er mit den Händen an der Brust, an der Kehle bei den Wunden herum, aus denen immer noch Blut quoll.

Wieder war es Portempedocle, immer noch wie ein Schatten, der neben dem Lebendigtoten auftauchte und wieder verschwand, wie wenn er wartete, wie wenn er erwartete, dass der Augenblick kommen würde, wo der ihn wirklich an seiner Seite brauchte, wieder war es Portempedocle, der ihm als Antwort zurief: »Regt euch nicht auf, mein Freund«, und ein paar Schritte auf ihn zu ging. »Hier seid Ihr ausschließlich von Freunden umgeben.«

Sie machten ihm Licht mit der Leuchte und sahen, dass sein Atmen inzwischen nur noch aus Ergüssen von Blut bestand, roten Flocken aus Luft, und bei diesem Todesatmen sahen sie, dass er sich abmühte, sich von einigen Zigarettenstangen zu befreien, die er an der Brust unter seiner Lederjacke trug. Er dachte nicht daran, dass er gerade starb, er dachte an die Zigaretten, die er möglicherweise mit Blut besudeln könnte. Die Kugel hatte seinen Hals von einer Seite zur anderen durchschlagen, und das Blut quoll in zwei Bächen vorne und hinten heraus. Jedoch hatte das Blut inzwischen die Zigarettenstangen vernichtet, die er am Rücken trug, während sie ihm die, die er vorne trug, noch rechtzeitig wegnehmen konnten. Unterdessen war er zu einem wahren Martyrium geworden, er wollte zwar noch etwas stammeln, doch konnte er nur noch etwas röcheln und schlieren wie ein Stummer, das Blut überspülte seine Zunge. Gleich darauf wurde er vom Todeskrampf erfasst, hatte so etwas wie einen Hustenanfall und einen letzten Ausfluss von Blut: Er beugte das Kinn und bewegte noch einmal die Lippen, wie wenn er probieren wollte, welchen Geschmack denn nun sein eigenes Blut hätte.

Portempedocle kniete vor ihm nieder, berührte mit zwei Fingern das Blut und machte ein Kreuzzeichen, dies alles in großer Eile, wie wenn er Furcht hätte, nicht mehr genügend Zeit zu haben, das zu tun, was nur er im Sinn hatte zu tun:

»Ich spreche dich los, ich spreche dich los von aller und jeglicher Sünde«, rezitierte er hastig über dem Kopf des Toten.

Dann schloss er dessen Augen, und für einen Moment standen sie da und schauten ihn an, sie erkannten, wie jung er war, das war das Erste, und danach erkannten sie vielleicht die Vertiefung, die er an der Lippe hatte, und den Seitenscheitel; und davor wohl noch, dass er rasiert war, mit glatter und empfindlicher Haut, sauberen Koteletten und ausrasiertem Nacken, wie wenn er an diesem Tag noch zum Barbier gegangen wäre.

Das war der Augenblick, dass die Milchbärtigen diesem Anblick nicht mehr standhielten, und ohne ein Wort untereinander abzusprechen, nicht einmal: Hauen wir ab, hauten sie alle ab, ganz plötzlich, wie wenn sie sich bereits abgesprochen und auf Anhieb verstanden hätten. In diesem Augenblick hauten sie ab, doch sie hauten in ihrem Inneren ab, auch wenn sie äußerlich durchhielten, standhielten, schon als sie bei der Szene mit Portempedocle zugeschaut hatten, als der sich beeilte, um diesem Schieber die Absolution zu erteilen, die man Sterbenden erteilt. Was sie aber wirklich tief beeindruckt haben musste, so dass sie blass wurden, war, dass sie starrstarr, mit versteinertem Blick, versteinert allerdings über diesen Anblick, der für sie wahrscheinlich zum ersten Mal den Anblick von jemandem darstellte, der vor ihren Augen starb. Und sobald sie dann sahen, dass er tot war, mit dem Gesicht schon ganz Augen und den Augen schon ganz Katzenpupillen, wie wenn er bereits dahin schauen würde, wo nur noch die große Finsternis herrschte, sobald sie sein Gesicht sahen, das sozusagen vor ihren Augen wachsbleich wurde, hielten sie sich nicht mehr zurück, und weinend und schreiend zertrümmerten sie geradezu die Brettertüre und drängten nach draußen, zwischen die Schutthalden des großen Viale Garibaldi.

Der Tag war noch nicht angebrochen, und 'Ndrja und Masino streiften durch die Stadt von Messina, in der sich überall Hügel und Berge von Schutt häuften, mit der Straßenpflasterung ganz aus Lavaplatten, die durch Bombenkrater aufgerissen waren und auseinanderklafften.

Sie streiften durch die Straßen dieser Geisterstadt wie verlorene Seelen. Als sie den Kopf mal hierin und mal dorthin wandten, auch wenn 'Ndrjas Augen hier oder dort immer voll Schutt waren, voll Rauch von Bränden unter dem Schutt, von schwarzem Rauch in der Luft, und er gar nicht mehr aufhören konnte, laut zu wiederholen: »O 'Ndrja Cambrìa, 'Ndrja Cambrìa, was tust du hier eigentlich, inmitten dieses Achtundzwanzigstendezembers von Messina? Warum nur, warum, sags mir, bist du nicht weitergezogen, die Marina an den Meeren zwischen Skylla und Charybdis entlang? Warum nur bist du nicht dahin zurückgekehrt, von wo du aufgebrochen bist?«

Es war, wie wenn er das, was er da wiederholte, wie ein Ritornell wiederholte, ein Ritornell, das er wiederholte, einfach um es zu wiederholen, ohne sich noch zu erinnern, welchen Sinn es hatte, sofern es einen Sinn hatte, noch auch, wieso er es in seinem Kopf hatte und es wiederholte: vielleicht war das der Grund dafür, dass er es in einem Ton wiederholte, dass nicht einmal er wissen musste, ob es zum Lachen oder ob es zum Weinen war.

Gleichzeitig, gleichzeitig wie ein Ritornell, fast das Gleiche wie ein Ritornell, schien es, dass er wiederholte, was er wiederholte, einfach, um sich reden zu hören, um zu sehen, welche Wirkung es auf ihn machte, den Klang seiner Stimme inmitten dieser großen Einsamkeit zu hören, einer Einsamkeit, die er noch vergrößerte, weil er wirklich den Eindruck machte, einsam zu sein und daher Selbstgespräche führen würde, wie wenn Masino gar nicht bei ihm wäre, der doch neben ihm herging.

Allerdings hatte es eben nur diesen Anschein, dass er einsam wäre und Selbstgespräche führte, denn mit diesen sich wiederholenden Worten, die er der Form nach wie an einen anderen richtete, einen anderen, den er 'Ndrja Cambrìa nannte, doch wie wenn es sich bei ihm nicht um ihn handelte und noch viel weniger um Masino, schien er, wenn schon nicht wirklich den Eindruck zu erwecken, dass durch seinen Mund Masino mehr redete als er selbst, den genauen und klaren Eindruck zu vermitteln, wie wenn er durch niemanden der beiden im Besonderen reden würde, sondern gleichzeitig für alle beide wie für einen einzigen.

Daher machte er diesen Eindruck, als würde er zu sich selbst reden und sich selbst zuhören, wegen der Tatsache, dass er auch für Masino redete und sich zuhörte, daher machte er den Eindruck eines einsamen Menschen. Und daher wandte er sich als solcher mit diesem eintönigen, langweiligen Ritornell wie an einen anderen, an diesen anderen 'Ndrja Cambrìa: Warum nur, warum bist du nicht weitergezogen und so weiter, warum nur bist du nicht dahin zurückgekehrt und so weiter, und während dem allen streifte er weiter zwischen den Trümmerbergen von Messina umher. Masino antwortete sich vielleicht nicht schon selbst, doch nicht für sich selbst, sondern für jeden von ihnen beiden, die diese langweilige Jammerstrophe nachschleiften, denn ihnen war noch nicht klar, was ihnen da widerfuhr, genauer gesagt, was ihnen bereits widerfahren war, was ihnen da ständig widerfuhr, ihnen widerfuhr, seit sie abgefahren waren, und sobald sie angekommen waren, schon wieder umkehrten, und umkehren mussten sie mit einer Hand vorne und einer Hand hinten, nämlich arm und nackt. Und wofür das alles? Nicht weil sie irgendeine Gefahr witterten, wie Don Luigi es ihnen ans Herz gelegt hatte, sondern wegen der Auswahl dieser Milchbärtigen, die jeder einzeln ausgesucht worden und jetzt alle zusammen beherzt abgehauen waren, sonst hätten sie, obwohl noch milchbärtig und unerfahren, das Boot durchaus füllen und den Anschein einer Mannschaft und einer Regatta abgeben können, und das, recht oder schlecht, und wohl mehr schlecht als recht, in jedem Fall. Das war der Grund, weshalb sie nach Charybdis arm und nackt mit einer Hand vorn und einer Hand hinten zurückkehren mussten. Und das war auch der Grund, weshalb sie sich noch nicht zurechtfanden und durch die barbarische Einsamkeit von Messina spazierten, ohne sich zu entschließen, nach Hause abzuschieben. Im Gegenteil, sie entschieden sich dort, in diesem Augenblick, zuerst noch einen kurzen Besuch in Gàlati zu machen.

Die Idee dazu hatte Masino. Er brachte vor, warum sie, wo sie sich doch nun schon einmal in Messina befanden, nicht einfach einen kurzen Besuch in Gàlati machten, einfach so zwischendurch, um sich ein Bild hinsichtlich der Palamitara zu verschaffen?

Das war Masinos Idee, und sie kam 'Ndrja nicht schlecht vor. Sie erkundigten sich und erfuhren, dass sie, um nach Gàlati zu gelangen oder zu einem anderen Ort in Richtung Catania, nur mit den Obstlastern fahren konnten, die an der Piazza del Popolo abluden.

Diese Piazza wie ein großer Kreis mit seinem aufgesprungenen und von Bomben zerpflügten geteerten Asphalt, wo die Orangenschalen stanken und gärten, die die Lastwagen dort zur Volksbelustigung abluden, um die Gärten zu befreien, denn in diesen letzten Zeiten war niemand da, der sie aß oder von den Bäumen pflückte, so dass die vollhängenden Bäume litten.

Und dort, an der Piazza del Popolo, fanden sie den Hinweisen folgend tatsächlich eine Mitfahrgelegenheit auf einem der Lastwagen, der für eine weitere Ladung nach Lentini fuhr, und sie fuhren los und aßen Orangen.

»Wo sind eigentlich diese Söhne einer ehrbaren Mutter hin verschwunden?«, fragte sich 'Ndrja zwischen einem Orangenschnitz und dem nächsten und schaute sich um, ohne auch nur im Geringsten davon zu träumen, dort, inmitten der Trümmer, irgendeinen der Milchbärtigen auftauchen zu sehen.

»Der da, der Malteser, sieht, wie seine Regatta sich zu dieser Stunde wahrscheinlich in Luft auflöst«, sagte Masino da.

»Wir sehen auch, wie die sich in Luft auflöst.«

»Aber der hat uns immerhin den Feron angelandet.«

»Na und?«, sagte 'Ndrja da, wie wenn er nervös geworden wäre. »Machen wir, du und ich, wir beide allein dann die Regatta für ihn?«

»Nein, nein, ich, ich, ich sage ja nicht … Ich, ich, ich sage vielmehr …«, versuchte Masino ihm und sich zu erklären und stockte dabei, wie immer, wenn 'Ndrja ihm gegenüber laut wurde.

»Also, was hast du gesagt, du, du, du?«, beharrte 'Ndrja, forderte ihn ein bisschen heraus und foppte ihn.

»Nein, ich sagte, ich sagte mir in Gedanken, als du von den Söhnen einer ehrbaren Mutter geredet hast, die abgehauen sind, klar, hab ich mir gesagt, es wäre schön, wenn der da, der Signor Mister Malteser, uns dort fände, am Hafen, uns beide allein, und sehen würde, dass wir beide allein, wir beide aus Charybdis, nicht abgehauen sind, das wäre schön, hab ich mir gesagt, denn er würde uns sehen und gleichzeitig würde er in unseren Augen lesen: Seht Ihr, Vossìa, wir aus Charybdis sind hiergeblieben.«

»Ach ja, toll geredet«, antwortete ihm 'Ndrja da, wie wenn er voller Spott einen Schlusspunkt setzen wollte, was schlimmer war, als laut zu werden. »Wir von Charybdis sind hiergeblieben, und so halsen wir uns den Ermordeten auf. Seid Ihrs zufrieden, werter Signor Mister?«

Und weil er ihm dabei fest in die Augen sah, war es beinahe so, als würde er ihn, Masino, Signor Mister nennen, da auf dem Lastwagen, inmitten all der Orangenschalen.

In Gàlati Mamertino kamen sie gegen neun Uhr an, und Masino, der noch nie dort war, erstaunte, als er die großen, langen Strände von hellweißem Sand und glatten Kleinkieseln sah, die ihrer Form und ihrer leuchtenden Farbe nach aussahen wie großes Konfekt, von denen sie an den Stränden zwischen Skylla und Charybdis nur träumen konnten, wo sie gerade einmal Platz hatten, um die Boote an Land zu ziehen, und Dünen von Hartsand, alles Buckel, alles ein Auf und Ab, und alles Schilfhalme.

Für 'Ndrja war es leicht, die große Baracke mit den Schuppen für das Holz wiederzufinden. Die Schuppen, die er bei seinem ersten Besuch prallvoll mit senkrecht aufgestellten Bohlen, mit Stämmen von Sommereiche, von Kirsche, Fichte und Maulbeerbaum und jedes nur erdenkliche Holz gesehen hatte, waren jetzt völlig leer. Dahinter befand sich ein großer, vollkommen runder Graben, der an den Rändern oben, zum Strand hin, ein Rohrgeflecht hatte, und da, in seinem Inneren, befand sich die Bootswerft von Don Armandino Racìti.

Sie traten durch eine Art überdachten Gang ein, und das Erste, was sie verblüffte, war der Anblick all dieser Wildgräser, Quecke, Porzellankraut und Wegerich, die überall in diesem Graben aufgeschossen waren, wie an Orten, an denen der Fuß eines Menschen nicht vorbeikommt.

Sie hörten Holzhammerschläge, und als sie an den Rand des Grabens kamen, war der erste Anblick die schöne Barke, die auf der Helling dieser Werft aufgebockt war, eine Palamitara, der Verschalung nach zu urteilen: Eine feingliedrige Frau, eine Minjone, hager und schmächtig, eine Sardelle, mit spitzem Gesicht, einem schwarzen, unter dem Kinn verknoteten Tuch, hämmerte mit einem Holzhammer auf die Querrippen. Eine brennende Esse befand sich gleich neben der Frau, die darin die Nägel zum Glühen brachte, um die Bretter zu befestigen. Von Zeit zu Zeit drehte sie die Kurbel, die die Glut wieder anfachte. 'Ndrja meinte, dass dies die Frau von Don Armandino Racìti sein musste, die er noch nie gesehen hatte.

Die Frau spürte ihre Blicke, die sie anstarrten, und als sie den Kopf hob, warf sie einen Blick auf sie, in dem mehr Müdigkeit als Neugier lag, dann setzte sie ihre Arbeit fort: »Seid ihr für ein Boot gekommen?«, und indem sie das sagte, warf sie einen Blick hinter sich, wie wenn sie auch für jemand anderen gesprochen hätte.

Da erst schaute 'Ndrja hinter sie, ihrem Blick folgend, und erkannte auf der Stelle, auch wenn gealtert, Don Armandino Racìti. Er saß wie hingesetzt dort, mehr hingesetzt als sitzend, neben einem angehäuften Durcheinander von Resten und Bruchstücken längst abgetakelter Boote, unter einem großen Sonnenschirm, wie Karrenkutscher ihn haben, der sie vor der Sonne schützt.

»Entschuldigt, Signora, Ihr seid doch wohl, wenn ich nicht irre, die Frau von Don Armandino?«, fragte er mit lauter Stimme, damit auch der ihn hören konnte. »Wir kommen von Charybdis, und Euer Mann kennt mich, ich heiße Cambrìa, vor Jahren nämlich hatten wir bei ihm eine andere Palamitara in Auftrag gegeben. Doch irre ich mich oder ist der, der dort drüben unter dem Schirm sitzt, nicht Don Armandino?«

»Kommt doch herunter«, sagte die Ehefrau, »tretet her. Ja, Don Armandino ist hier, hier sitzt er, Ihr werdet zwar finden, dass er leicht behindert ist, aber trotzdem wird er Euch Gehör schenken.« Und sie schlug weiter mit dem Holzhammer, und sie schlug, das mussten sie anerkennen, mit dem Können eines Meisters.

Sie kamen herunter und blickten Don Armandino ins Gesicht. Er musste wohl einen Schlaganfall erlitten haben, denn aus der Nähe betrachtet, erkannte man gleich, dass er auf einer Seite gelähmt war, auch sein Mund hing schief, und möglicherweise hatte er auch die Fähigkeit zu sprechen verloren.

Als 'Ndrja ihm aber in die Augen sah, wurde ihm bewusst, dass der Schlaganfall schlimmer als schlimm gewesen war, denn er hatte auch seinen Verstand getroffen. Trotzdem machte er mit seinem Arm eine Bewegung, als wollte er ihm die Hand drücken:

»Die linke! Die linke!«, sagte die Frau rasch durch ihre zusammengebissenen Zähne in diesem Augenblick, weil sie im gleichen Augenblick, unbemerkt hinsehend, blitzartig gemerkt zu haben schien, dass es 'Ndrja überhaupt nicht klar gewesen sein musste, dass Don Armandino mit beiden nach unten auf die Schenkel gelegten Handflächen da saß, und man nicht erkennen konnte, welches die lebendige und welches die tote Hand war.

Don Armandino blickte sie an oder besser gesagt: er versuchte, sie anzublicken. Dabei machte er eine große, schreckliche Kraftanstrengung, den Blick zu ihnen aufzuheben, und bei dieser Kraftanstrengung verzog er den Mund zu einer solchen Grimasse, dass es aussah, und das war entsetzlich mitanzusehen, wie wenn er mitten in einem Schrei vom Schlag getroffen worden wäre.

Er wollte ihn fragen, wie es ihm gehe, was er empfinde, wie er sich fühle, irgendetwas in der Art, als die Frau sich blutschwitzend an ihn wandte, um das zu unterbinden.

»Ihr wollt also ein Boot? Was denn für ein Boot?«, fragte sie eilig.

»Palamitara, Palamitara«, sagte 'Ndrja, etwas durcheinander wegen des Umstands, dass er sich in einer Verhandlung mit einer Frau befand. »Jaja, eine Palamitara wie die, die Don Armandino für uns vor einigen Jahren gemacht hat.«

Sie bemerkten, jedoch nicht sofort, dass die Frau sich bei ihrer Arbeit immer wieder kurz unterbrach und zu ihrem Mann ging, dicht am Ohr etwas zu ihm sagte, und er schien dann auch zu hören, was sie sagte, doch dann führte sie ihr Ohr dicht an seinen Mund, womit dann klar war, dass er kein Wort zu ihr sagte, denn aus seinem Mund kam mit größter Mühe nur der Atem heraus. Danach kehrte sie wieder an ihre Arbeit zurück, genau und sicher, es schien, kurz gesagt, wenn man sie sah, dass sie in kurzen Abständen immer wieder ihre Vorstellungen klären musste, weil sie nicht wusste, wie sie weitermachen sollte, und ihr Mann es war, der, verschlossen in seiner Stummheit, es ihr sagte und sie anleitete.

»Dann seid Ihr also für eine Palamitara gekommen?«, fragte sie. »Bestens,

bestens. Von der, die Ihr hier seht, könnt Ihr Euch eine Vorstellung machen, wie sie aussehen wird.«

Der Zimmerung nach, die sie da auf den Böcken sahen, konnte man sich ohne weiteres eine Palamitara vorstellen, die aller Achtung wert war. Doch wer hatte ihr, dieser schmächtigen Frau, darin den Weg gewiesen? Und waren sie sicher, dass sie darin, bei dieser Palamitara, dieser von dieser Sardelle zusammengezimmerten Palamitara, der aus den Fesseln dieser Bootsbauerin entlassenen Palamitara bei der Ausfahrt aufs Meer, am entscheidenden Punkt also, bei der Bewährungsprobe, wenn sie erst einmal aufs Wasser gesetzt wird zum Schwimmen, sich in allen Punkten als untadelig erweist, als schön und perfekt? Mit einem Wort, sie sahen sich an, 'Ndrja und Masino, jeder um zu sehen, ob der andere diesem Spatz von einer schmächtigen Frau vertraut, die unterdessen nach bestem Können weiterarbeitete und während der Arbeit, als sie Nägel zum Glühen brachte und einschlug, zu ihrem Mann ging und wieder zum Bootsgerüst zurückkam, und Don Armandino weiter zu ihr hinübersah, starr und ohne Erinnerung, wie wenn er sie bereits von seinem Totenbildnis her betrachten würde.

»Ja, für die Palamitara, wie ich schon sagte. Doch weil Ihr in dieser Zeit mit der da beschäftigt seid, besteht keine große Eile von unserer Seite, wenns Euch schwierig auskommt, eine Verpflichtung mit uns einzugehen. Das, denke ich, sollte ich Euch sagen, vor allem jetzt, jetzt sage ich, jetzt, wo wir gesehen haben …«

Hier beließ 'Ndrja seinen Satz in der Schwebe, er wusste nicht, ob er ihn zu Ende sprechen sollte oder nicht, doch dieses schmächtige Weiblein, das mal alles zu sehen, mal alles zu hören schien mit der Blitzesschnelle ihres Verstands, dass man den Eindruck hatte, fast schon mit ansehen zu können, wenn und wie sie sich unter der Geschäftigkeit ihres Körpers in ihren Körper entlud, dieses schmächtige mächtige Weiblein drehte sich mit einem Ruck wütend zu ihm herum, verstopfte ihm den Mund mit einer Hand, gleichzeitig gab sie ihnen mit Blicken zu verstehen, dass sie ihr zum Rand des Grabens folgen sollten, und das hieß: aus dem Blick ihres Mannes.

»Kommt schon, kommt«, sagte sie unterdessen zu ihnen und tat für Don Armandino so, als würde sie ununterbrochen reden. »Uns genügt es, wenn Ihr uns das geeignete Holz bringt, dann wird Don Armandino Racìti Euch eine Palamitara aufs Meer setzen, die zwar gleich ist, ja, aber doch eben die beste auf diesen Meeren, die Ihr finden könnt.« Und während sie ihnen vorausging, warf sie einen Blick zu ihrem Mann hinüber, der jedoch genau noch so da saß wie zuvor, seine Augen weiterhin starr nach vorne gerichtet, auf das Gerüst der Palamitara.

Sobald sie sich da oben befanden, außerhalb des Grabens, schien die Sardelle sich in eine Muräne zu verwandeln, die auf 'Ndrja zuschoss:

»Was habt Ihr gesehen? Was habt Ihr gesehen?«, stieß sie zwischen ihren Zähnen hervor und fuchtelte mit ihren Armen vor seinen Augen herum. Sie war äußerst gallig und kurz davor zu weinen. »Wozu seid Ihr überhaupt hergekommen? Um mir mein Werk zu zerstören? Gott allein weiß, wie ich diese Pantomime aufführe, und da kommt Ihr daher und sagt: Vor allem jetzt, wo wir gesehen haben, wo wir gesehen haben … Habt Ihr vielleicht geglaubt, er würde das nicht mitbekommen? Reden tut er zwar nicht, doch der halbe Verstand, wenigstens der halbe ist aktiv geblieben, und dieser halbe funktioniert voll, das sage ich Euch.«

»Wie kommts dann aber, dass er nicht merkt, dass Ihr Theater spielt, wenn Ihr Euer Ohr an seinen Mund haltet?«, erwiderte er. »Weiß er denn nicht, dass nichts aus seinem Mund kommt, und Ihr die Palamitara nach Eurem eigenen Kopf baut? Oder aber, ganz ohne Groll, umgekehrt, Ihr spielt dieses Theater für uns, damit wir glauben sollen, es wäre immer noch Don Armandino, der sich die Palamitara original in seinem Kopf erfindet?«

Daraufhin blickte sie ihn gesammelt, stirnrunzelnd an wie ein merkwürdiges menschliches Tier, das sich einfach nicht erklären konnte. Doch dann, während sie ihm fest in die Augen blickte:

»Was für ein Tölpel Ihr doch seid«, sagte sie da, mit einer Stimme, die man nur ganz schwach vernehmen konnte, eine Art von Gedankenschliere, wie wenn sie, während sie über ihn nachdachte, mit ihm in Gedanken versunken redete. Zwischendurch trocknete sie sich den Schweiß ab, indem sie sich das Tüchlein vom Kopf zog und mit ihm mehrmals über ihr Gesicht fuhr: »Was für ein Tölpel, was für ein Tölpel Ihr doch seid, mein Junge …«, wiederholte sie und sagte es ohne wirklichen Geschmack noch irgendwelchen Abscheu. Und 'Ndrja wiederum hörte, wie sie Tölpel zu ihm sagte, doch auch er ohne Behagen noch Missbehagen. Er sah sie an, jetzt, da sie das Tüchlein nicht mehr auf dem Kopf hatte, er sah sie an und bemerkte, wie wenn er das nicht erwartet hätte, dass sie lange, glatte, schwarze, pechschwarze Haare hatte, ohne auch nur einen weißen Faden.

»Und Ihr könnt glauben«, sagte sie wieder zu ihm und redete jetzt wie in einem Ton der Befreiung und des Vertrauens wie zu einem Freund. »Ihr könnt glauben, dass ich die Mühe auf mich nehme, um diese Qual zu veranstalten, um Euch oder sonst jemand zu täuschen, der für eine Palamitara herkommt? Für ihn ist es die Mühe wert, für ihn schon«, wiederholte sie, und nach einem Augenblick brach es aus ihr hervor: »Wisst Ihr denn, wie alt er ist? Siebenunddreißig. Und Ihr habt ihn vorher gekannt? Ein Wunderwerk Gottes von Christenmensch und Ehemann. Doch seht ihn Euch jetzt an, da, seht nur. Wenn ich ihm nicht die Pantomime vorspiele, die Ihr mich habt spielen sehen, dann stirbt er mir. Solange meine Kräfte durchhalten und er mich versteht, muss ich ihn glauben lassen, dass nach wie vor er es ist, der das Boot baut, auch wenn er keine Hand anlegt. Dass mir nur die Hand gehört, doch dass ohne seine Anweisung und ohne seine Inspiration meine Hand niemals weiß, wo sie sich niederlassen und wie sie weitermachen soll. Aus diesem Grund, wie Ihr gesehen habt, halte ich nach jedem Schlag inne wie ein Stockfisch und bleibe mit dem Arm in halber Höhe stehen, dann gehe ich zu ihm und frage ihn: Was mache ich jetzt, Armandino? Und wenn es mir gelingt, diese Worte bis in den noch verbliebenen halben Verstand vordringen zu lassen, verlängere ich sein Leben zum Nachteil des Todes, ich belebe wieder den aktiven Teil zum Nachteil des toten. Der stirbt mir doch, wenn ich ihn nicht da halte und ihn ständig frage, was ich machen soll und was nicht. Es reicht, wenn er sieht, dass das Boot vor seinem Blick wächst, und dann denkt er in seinem halben Verstand: Das hab ich wachsen lassen, das lasse ich wachsen, wäre ich tot, könnte ich etwa ein Boot bauen, könnte ich da etwa in meinem Kopf die Form einer Palamitara behalten, eines Ontro, einer Feluke oder einer Lanzitte? Habt Ihr nun verstanden, warum Don Armandino Racìti, der schönste Bootsbaumeister von Palamitaren, den es je gab, sterben würde, sterben würde, mir sterben würde, wenn ich ihn nicht dort als Orakel halte?«

»Entschuldigt, Signora Racìti«, mischte Masino sich an dieser Stelle ein und ergriff das Wort, wie immer, als Hundepimmel, nachdem er das, was er sagen wollte, lange ausgebrütet hatte, und dann mit seinem kontrollierten Gesicht eines Milchbärtigen sprach, der sich für alt und erfahren hielt, was in ʻNdrja so viel Abneigung erzeugte. »Entschuldigt, doch wenn Euer Mann euch nicht helfen kann, nicht redet und Euch nichts sagt, Ihr das Boot aber trotzdem baut, wie ist das dann möglich? Kommt vielleicht einer, irgendein anderer Bootsbaumeister, und arbeitet nachts an ihr oder macht Ihr es wirklich, Ihr?«

»Das traut Ihr mir wohl nicht zu, was? Ihr meint, ich würde sie mir erfinden«, sagte sie auf Masinos Worte, halb ungläubig und halb ergeben, wandte sich allerdings mit dem, was sie als Antwort entgegnete, an 'Ndrja: »Seht Ihr, Tatsache ist, dass er das Boot in einem gewissen Sinn wirklich macht, und zwar durch mich. Denn ich erinnere mich, ich erinnere mich gut daran, wenn ich ihm zusah, in meinem Kopf bewahre ich alles bis zum letzten Nagel auf, und die Art, wie er sie einschlug, und die Boote, die ich jetzt mache, könnte möglicherweise nicht einmal er machen, so wie die Dinge jetzt liegen, und das aus dem ganz einfachen Grund, dass diese, die ich mache, die Boote sind, die er mit seinen Fähigkeiten als junger Mann machte, weil ich mich besser an die erinnere als an die anderen, denn damals sah ich ihn bei der Arbeit und fraß ihn auf mit meinen Blicken. Damals, zu der Zeit, war es, offen gestanden, wie wenn jede Bewegung, die Armandino machte, jede Betrachtung des Bootsprofils, jede Glättung mit der Fingerkuppe in mein Bewusstsein eindrang wie eine Wachsform, und wenn ich dann in der Nacht wieder daran dachte, während er an meiner Seite schlief, was soll ich Euch sagen?, dann kam es mir vor, wie wenn die Sache, die ich ihn hatte machen sehen, in meinem Kopf so war, als wäre sie ganz aus Gold, aus so glänzendem Gold, dass ich den Eindruck hatte, wie wenn ich sie für immer ansehen musste, genau so sah ich sie, wie wenn sie mir nie wieder aus den Augen gehen dürfte.« Hier hielt sie unversehens inne und sah sich um, sie blickte hinunter in den Graben zur Helling mit der Palamitara, zum aufgespannten Sonnenschirm über Don Armandino, und dann zu ihnen, zu 'Ndrja und Masino, sie kniff die Augen zusammen und legte ihre Stirn in Falten, wie wenn sie sich fragen würde, wer sie wohl wären, warum sie dort stünde, hier oben, gemeinsam mit ihnen, mit einem Gesichtsausdruck, als wäre sie bis zu diesem Augenblick nicht bei Sinnen gewesen und würde in diesem Augenblick wieder zu Bewusstsein kommen, und in vollem Bewusstsein gab sie sich einen Ruck: »Aber was habt Ihr mit dem allen zu tun? Ihr wollt sehen, wie das Boot wird? Dann bringt mir das Holz, und Ihr werdet sehen, wie Euer Boot wird.«

»Doch wir sind gekommen, um von Don Armandino zu erfahren, wie viel sie uns über den Daumen gepeilt kosten wird, das heißt welche Preise er jetzt nimmt, in diesen Nachkriegszeiten.«

»Welche Preise soll er schon nehmen, welche Preise?«, sagte sie missmutig. »Bringt uns das Holz und macht Euch keine Sorgen um anderes«, wiederholte sie. »Erst schaut Ihr es Euch an, wie es geworden ist, und dann reden wir über den Preis.«

»Aber so ungefähr, wie viel würde es uns kosten, heutigentags?«, beharrte

‘Ndrja weiter, um zu verstehen zu geben, dass sie die Kosten überschlagen hätten. »Meint Ihr, gut tausend Lire würden reichen?«

»Schon wieder«, prustete sie und band ihr Tüchlein wieder auf den Kopf. »Der aus Letoianni, was hat der gemacht?«, sagte sie dann und deutete hinunter auf die Palamitara. »Er hat uns das Holz gebracht. Und auch Ihr bringt uns das Holz. Der Großteil der Kosten liegt darin. Mit den tausend Liren kauft Ihr das Holz. Uns bezahlt Ihr hinterher, was Ihr wollt. Er lebt fast von nichts und ich von noch weniger als nichts.«

»Was für ein Holz?«, fragte ‘Ndrja sie da. »Was für ein Holz, wenn ich weder Maulbeerbaum noch Kirsche finde?«

»Holz«, antwortete sie. »Was Euch unter die Hand kommt. Holz.«

»Und was ist das da für ein Holz?«, fragte ‘Ndrja und zeigte auf die Querstreben und Spanten der Palamitara des Mannes aus Letoianni.

»Holz«, sagte sie. »Holz«, wiederholte sie und drehte sich dabei um, als würde sie Splitter von diesem Holz ausspucken.

Sie kehrte zur Palamitara zurück und arbeitete weiter, und sie machte wieder die Szene des Hin und Her zwischen Boot und Don Armandino, die stumme Szene zwischen ihrem Mund und ihrem Ohr und dem ihres Mannes. Sie standen eine Weile da oben und schauten ihr beim Arbeiten und bei dieser Pantomime zu, doch dann sagte sie, wie wenn sie die Blicke der beiden auf sie wegnehmen wollte:

»Geht jetzt, bringt uns das Holz, und Ihr werdet zufrieden sein mit Don Armandino. Es gibt keinen Bootsbaumeister für Palamitaren, der Don Armandino vergleichbar wäre, denn immerhin habt Ihr ja für ihn den weiten Weg hierher gemacht.«

Sie redete noch weiter, und die beiden sahen, wie sie sich gewissermaßen ans Heck stellte und einen Blick über das bereits recht schöne, gebauchte, wenn auch noch ungeschliffene Profil der Palamitara schickte, ihren Kopf hierhin und dorthin wiegte, als würde ihr irgendetwas nicht klar sein, und sich dann umwandte und beobachtete und sich gleichzeitig dem Sonnenschirm näherte und sich über Don Armandino beugte, ihm zuerst ihren Mund ans Ohr legte und dann ihr Ohr an seinen Mund. Am Ende der Szene kehrte sie wieder um und ließ vom Heck des Boots noch einmal den Blick über die Palamitara streifen und nickte dieses Mal überzeugt mit dem Kopf.

‘Ndrja war da im Begriff, auf Zehenspitzen ein paar Schritte vom Rand des Grabens zurückzutreten, und hielt dabei gewissermaßen den Atem an. Doch um Masino ein Zeichen zu geben, dass er ihm folgen sollte, musste er ihn mit einer Hand fast schon zurückziehen, weil er wie von einem Zauber gefangen da stand und zuschaute, ohne irgendetwas von dem Werk zu verpassen, das diese starke Frau, Signora Racìti eben, vor den Augen Don Armandinos aufführte, der geschützt unter dem Sonnenschirm saß, Augen, bei denen einem nicht einmal eine Vorstellung kam, was für eine Verwirrung von Augen sie gewesen sein mussten, süß und sanft und rätselhaft, die Augen einer halb lebendigen und halb toten Großmumie.

Oh, sagte 'Ndrja zu sich, während sie aus dem Röhricht oben beim Weggehen kamen, außerhalb dieses Anblicks, und sich über dem Sand entfernten: Oh, zuerst beleidigte er sie, und hinterher war es, als würde er sie dabei beobachten, wie er sie an der Spitze seiner Gedanken auf den Altar erhob. Und jetzt ist es ja möglich, dass er sich über diese Sanktthomashaltung schämt, ich meine über diese Hundepimmelhaltung, die er vorhin eingenommen hatte. Ist ja möglich, dass jetzt, wenn einer ihn auf die Probe stellt, möglich, dass einer ihn als den Paladin erkennt, um nicht zu sagen als den Kreuzritter von ihr, von Signora Racìti.

Wenn einer ihn auf die Probe stellt, sagte er, während sie geradeaus nach oben gingen über den Sand der großen Marina in Richtung Straße, wo die Lastwagen mit den Orangen zwischen Catania, Syrakus und Messina vorbeifuhren, so prüfte er ihn allerdings in seinem Ureigensten, das heißt er prüfte den Milchbärtigen, der sich gerne für einen Alten und Weisen hielt, kurzum er prüfte den Masino, der ihm als sein Milchbruder oder Blutsbruder abgrundtief unsympathisch war.

»Würdest du diesem Weiblein da vertrauen?«, fragte er ihn und meinte damit die schmächtige Frau, die er am Werk gesehen hatte, und Masino antwortete ihm, wie wenn er darauf gewartet hätte, er, der sie zuerst beleidigt hatte und jetzt gar ihr kreuzritterlicher Paladin wurde:

»Ja doch, ja, ich, ja doch, ja«, antwortete er leicht exaltiert und mit einem jähen Aufleuchten in den Augen.

»Ach, du würdest ihr also vertrauen?«, sagte 'Ndrja beinahe nachdenklich. Und dann, eigentlich mehr, um noch etwas zu sagen: »Aber hast du sie nicht gehört? Kirsche? Maulbeerbaum?, sagst du, und sie Holz, Holz, für sie ist jedes Holz einfach nur Holz. Und du würdest ihr vertrauen?«

»Aber vielleicht misst sie dem Holz keine Bedeutung bei«, sagte Masino, mehr verwirrt als überzeugt.

»Ja, kann schon sein, dass sie dem Holz keine Bedeutung beimisst. Ja, kann sein, vielleicht ist es auch ohne weiteres so«, sagte 'Ndrja abschließend, wenn auch so, als würde er noch andere Angelegenheiten in seinem Kopf erledigen.

Es mochte vielleicht Mittag sein oder eins, als sie wieder in Messina zurück waren, zu Fuß und sich austollend, indem sie hinter jedem Lastwagen herliefen, um die besten Orangen aufzusammeln, die von den überfüllten Ladeflächen fielen und nicht auf der Straße landen sollten, und nicht um eine Mitfahrgelegenheit zu ergattern, denn man sah gleich, dass zwischen all den zu hohen Pyramiden aufgetürmten Ladungen, die da oben zerfielen und überquollen, kein Mensch, nicht einmal auf einem Bein, Platz hatte.

Sie kamen wieder in die Stadt zurück, nachdem sie das Viertel erreicht hatten, das Quartiere Lombardo hieß, und dabei die wohlbekannte Amerikanische Brücke überquerten. Von da an mussten sie immer nur geradeaus die breite Allee hinuntergehen, die die Stadt in zwei Hälften teilt, zuerst eben, dann abschüssig, bis dahin, wo sich am fernsten Ende die Hafenkommandantur und die Meerespromenade befindet. Dort wollten sie abbiegen und den Küstensaum nehmen, und von da an hätten ihre Füße sie beide, 'Ndrja und Masino, auch bei geschlossenen Augen bis zum äußersten Punkt der Insel getragen, zu ihrer Marina an den Meeren zwischen Skylla und Charybdis, allerdings gelangten sie nicht ans Ende, das heißt sie schlugen den Weg nach Hause nicht ein.

Der Lärm der Kutsche brach ganz plötzlich hervor, und das mit einem solchen Gepolter, dass man in der Stille der ausgebombten Wohnhäuser und der mit Schutt aufgetürmten Straßen, die riesigen Schützengräben glichen, unterschiedlichste Echos vernehmen konnte, lange, kurze, hohe, tiefe, runde, viereckige, senkrechte, waagerechte, wie wenn es nicht nur eine Kutsche wäre, sondern zehn, hundert, zehn, hundert Kutschen, die aus allen Seitenstraßen und aus allen Richtungen, von hinten, von vorne, von rechts und von links auf den Viale schossen.

Sie sahen sich an, wie um sich zu versichern, beide einer Meinung zu sein, nämlich der, an diesem Lärm von Hufen und Rädern erkennen zu können, dass es sich um die Kutsche des Maltesers handelte und um keine andere, und sie hatten wirklich den Eindruck, sie würden mal dem einen Echo hier, mal dem anderen Echo dort nachgehen, vielen ganz unterschiedlichen Echos des gleichen Lärms, wie wenn dies die einzige Kutsche wäre, die in Messina herumführe, und das war auch durchaus möglich.

Da fingen sie an zu laufen, und beim Laufen schauten sie nicht an den Straßenmündungen umher, sondern blieben stehen, doch der Lärm näherte sich und entfernte sich ständig und wechselte unablässig die Richtung, so dass trotz all dieses Lärms, der einer war und viele, die Kutsche zwischen den Wegen aus Schutt und Wohnblocks immer unsichtbar blieb.

Dann verschwand der Lärm in der Luft, und sie gingen weiter:

»Tja …«, sagte 'Ndrja.

»Heh, ja, das kam mir wunderschön vor«, kommentarierte Masino, und 'Ndrja fragte ihn nicht einmal, was ihm denn so wunderschön vorgekommen wäre.

Doch nach einigen hundert Metern fanden sie die Kutsche vor sich, sie kam aus einer Querstraße, und sie sahen auf den ersten Blick, dass es genau die war. Sie erkannten als Erstes den kastenförmigen Kutscher wieder und dann, durch die hintere Öffnung, die glänzende Kugel des maltesischen Glatzkopfs, der seinen Ellbogen an dem Fensterchen abstützte.

Die Kutsche fuhr im Schritttempo und hielt dort, wo Ladenbesitzer damit beschäftigt waren, Schutt wegzuräumen, der den Zugang zu ihren Läden behinderte. Der Kutscher knallte mit seiner Peitsche in der Luft, um so die Aufmerksamkeit des Ladenbesitzers zu erregen, welcher dann herbeikam, und der Malteser, der sich herausbeugte, ihm sagen konnte:

»Schafft den Schutt vor Eurem Laden weg, schiebt ihn den Bürgersteig runter, denn anschließend kommt der Lastwagen der Engländer vorbei und schafft ihn fort. Habt Ihr verstanden? Und sagt es weiter, dass dies etwas ist, das vom Taunmejdscher kommt …«

Bei jedem Ladenbesitzer wiederholte er die gleichen Worte und danach warf er sich auf den Sitz zurück und prustete so, als hätte er Speichel am Mund. Das hätte man als Dienst der unteren Chargen bezeichnet, nicht als Dienst eines hochrangigen Faktotums wie des Signor Mister, eher ein Dienst für einen Burschen, doch sonderbar war, dass der Bursche des Maltesers, der Verblatterte, nirgends zu sehen war, weder auf noch unter der Kutsche.

Die Kutsche gelangte auf die Piazza, wo man von einem Viale hereinkommt und zum anderen wieder hinausfährt, doch die Kutsche fuhr schnurstracks zum Hafen, den man am Ende der abschüssigen Straße erkannte, voll, dichtgedrängt mit den Schiffen der alliierten Flotte, so dichtgedrängt, dass Masten, Kastelle, Decks und Türme mit ihrem stahlgrauen Durcheinander den Blick auf das Meer versperrten und die Schiffe auf dem Trockenen zu liegen schienen.

Sie folgten der Kutsche weiter in kurzem Abstand. Am Beginn der abschüssigen Straße drehte der Kutscher sich zu dem Malteser um und zeigte mit der Peitsche zum Balkon auf der zweiten Etage eines halbzertrümmerten Gebäudes, das die Bomben drinnen aber, hinter der Fassade, nicht zerstört hatten, zumindest nicht so wie und nicht so schwer wie die anderen, wo man keine lebendige Menschenseele sah noch erwartete, eine zu sehen, weil da drinnen eine lebendige Menschenseele sich der Gefahr aussetzte, bald tot zu sein. Auf dem Balkon der zweiten Etage dieses Gebäudes dagegen, das der Kutscher dem Malteser zeigte, der allerdings den Eindruck machte, als würde er den Kutscher nicht nur nicht hören, sondern auch nicht sehen, denn andernfalls hätte er, wie träge er auch immer sein mochte, seinen Blick nach dort oben gerichtet, zu diesem Balkon, auf dem sich einige der Milchbärtigen zeigten, die in der Nacht zuvor aus der früheren Casa Littoria abgehauen waren. Über die ganze Länge dieses Balkons war so etwas wie eine Insignie oder eine Fahne angebracht, eine gelbrote Stoffbahn, die wohl zwei mal ein Meter messen mochte, auf die eine recht merkwürdige Figur gemalt war, ein weibliches Antlitz, von dem drei Beine oberhalb des Knies ausgingen, darüber war über die gesamte Länge der Stoffbahn in großen Lettern auch von unten aus, von der Straße, und aus der Ferne zu lesen: Movimento Indipendentista Siciliano, Sizilianische Unabhängigkeitsbewegung.

»Heh da, heh!«, riefen die Milchbärtigen von oben 'Ndrja und Masino zu und winkten mit den Händen. »Wer ist da drin?«, fragten sie sie dann, doch nicht mit der Stimme, mit Worten, sondern mit den Händen und deuteten auf die Kutsche. Und weiter, auch wenn man sie mit geöffnetem Mund sah, aber nicht reden hörte, fragten sie mit der Rechten, deren Finger gebündelt und zur Faust geschlossen waren, so wie wenn ihnen diese Frage zustünde: »Wo geht ihr hin? Wo wart ihr bis jetzt?«

»Kommt herunter, kommt her zu uns, Söhne einer ehrenwerten Mutter«, gab ihnen Masino da durch Zeichensprache mit der Hand zu verstehen und wechselte, halb lachend, einen Blick mit 'Ndrja.

Da wandte der Malteser seinen Kopf und sah sie. Das schien ihn sehr zu überraschen, dann lächelte er 'Ndrja zu, wie einer, der zu viele Dinge hat, die eine Wehmut in ihm wecken, als dass er bei der ersten fröhlichen Sache, die ihm begegnet, ein freundliches Gesicht machen könnte. Lächelnd gab er mit dem Kopf zu verstehen: Gut, gut, wie wenn er sich beglückwünschen würde, gab ihm aber nicht zu verstehen, dass er zu ihm kommen solle.

Beim Anblick des Maltesers hatten die Milchbärtigen sich vom Balkon zurückgezogen.

»Das Schleppnetz ziehen heute Nacht die Separatisten hoch«, kommentierte da der Kutscher laut. »Kleinkram haben sie gefischt, Fischlein, die man heil und unversehrt isst, mit Kopf und Gräten.«

Auf dem Balkon zeigte sich ein Junge mit üppiger Haarpracht und einem Gesicht von gelbsüchtigem Gelb, der warf einen Blick nach unten und zog sich dann sofort zurück.

»Wer hat die nur dahin gebracht?«, flüsterte 'Ndrja.

»Ich geh mal hinein und rufe sie«, sagte Masino entschlossen.

»Warte mal. Hören wir doch erst mal den Malteser, was der uns zu sagen hat, auch wenn ich mich an diesem Punkt frage, warum wir ihm und seiner Kutsche überhaupt hinterherlaufen und nicht lieber nach Hause abhauen.«

Der Malteser hatte sich wieder nach vorne gesetzt, die Kutsche fuhr weiter im Schritttempo hinunter und gelangte bis zu der Absperrung, die den Durchlass zu den Kais der Mole verschloss, von wo aus man die Gesichter der Matrosen unterscheiden konnte, die man auf den Decks der in nächster Nähe liegenden Schiffe klar erkennen konnte. Von dort führten die Kais rechts zu den Stapelungen von Fährbooten und links, nur einige hundert Meter entfernt, musste, entsprechend der Orientierung, die 'Ndrja für sich machte, die berüchtigte Casa Littoria liegen.

Der Malteser stieg aus der Kutsche vor einer der Hafenkneipen, die vor allem von Matrosen ausländischer Handelsschiffe besucht wurden. Davor hatte der Gehsteig durch die Explosion einer Bombe ein Loch, und um in die Kneipe zu gelangen, lagen ein paar Bohlenbretter darüber. Der Malteser stieg aus und bezahlte den Kutscher, der ihn fragte, wann er zurück sein sollte, um ihn wieder fortzubringen.

»Was mich betrifft, seid Ihr frei«, antwortete der Malteser ihm. »Ich brauche die Kutsche nicht mehr.«

»Habt Ihr Euch etwa entschieden, zu Fuß zu gehen, werter Herr?«, fragte ihn der Kutscher.

Der Malteser aber kümmerte sich nicht mehr weiter um ihn, denn er hatte noch einen Fuß auf dem Trittbrett und sah verstohlen zu 'Ndrja und Masino hinüber und widmete sich nun ausschließlich ihnen, das heißt 'Ndrja, das war deutlich, als er halb schampanjerlaunig zu ihm sagte:

»Kommt doch mit mir auf ein Glas Wein. Kommt, na kommt schon und leistet mir Gesellschaft.«

Sie waren nur einen Schritt von ihm entfernt, sie waren ihm gefolgt und hinter seiner Kutsche hergelaufen wie zwei Lumpenhunde, konnten sie da jetzt so tun, als wäre nichts weiter, konnten sie ablehnen? Sie betraten nach ihm die Kneipe, die ganz menschenleer war. Auch drinnen herrschte eine solche Zerstörung, der Fußboden hatte sich wellenartig gesenkt und gehoben, und von den Steinen des Mauerwerks war der Verputz geplatzt.

Der Wirt war in diesem Augenblick damit beschäftigt zu versuchen, mit Papierstreifen die Stücke eines großen rechteckigen Spiegels wieder zusammenzukleben, der zerbrochen und zerscherbt auf dem Boden stand, mit allen Stücken jedoch an ihrem Platz. Im unteren Teil des Spiegels waren zehn Segelschiffe gemalt, eines neben dem anderen, mit geblähten Segeln, als hätten sie den Wind von achtern.

Der Wirt, ein alter Seemann wohl, kannte den Malteser und, während er Englisch mit ihm sprach und der Malteser, ob absichtlich oder unabsichtlich, das war nicht ganz klar, auf Sizilianisch antwortete, seinem Sizilianisch, einem Gemisch aus Maltesisch, Englisch und Italienisch, ging sofort auf ihn ein. Er ließ sie um einen Tisch Platz nehmen, spülte drei Gläser aus, nahm dann eine große Flasche roten Weins, füllte ein Halblitermaß und brachte ihn ihnen.

'Ndrja bedeckte sein Glas mit einer Hand und sagte gleichzeitig halb lächelnd und halb bittend zum Malteser, er möge sein Glas nicht füllen, auch das von Masino nicht, doch der Malteser beharrte, weil sie ihm schließlich Gesellschaft leisten sollten.

»Seht Ihr denn nicht? Wir leisten Euch doch Gesellschaft«, sagte 'Ndrja ihm da und fügte dann lächelnd hinzu: »Ihr wollt unseren Tod, werter Herr, wenn Ihr uns zu dieser Stunde auffordert zu trinken, auf nüchternen Magen.«

Da tat der Malteser etwas, das auch darum sehr schön war, weil sie es nicht erwartet hatten. Er ließ es sich angelegen sein, aufzustehen und zum Wirt dieser Kneipe zu gehen, um flüsternd, fast direkt an seinem Ohr, mit ihm zu reden, der dort, am Ende des Raums, auf seinen Knien und mit dem Rücken zu ihnen gewandt, immer noch Papierstreifen über das Feuerwerk der Beschädigungen klebte, zu dem dieser große Spiegel geworden war: Nachdem er den Malteser gehört hatte, ging der Wirt einen Augenblick hinaus und kehrte mit zwei schneeweißen amerikanischen Brotstangen und einem Stück majorkinischen Käses zurück. Da gab es für 'Ndrja gar keine Möglichkeit abzulehnen, denn das bedeutete, dass er die Freundlichkeit, die der Malteser ihm erwies, nicht wertschätzen, ja sogar geringschätzen würde, und daher bestand immerhin die Gefahr, dass er bei den Gläsern Wein, die er trank, dem Wein, der 'Ndrja, der nur eben an ihm genippt hatte, ziemlich kräftig vorkam, herb, vielleicht ein farotischer Wein, geradezu kriminell würde, wenn sie ihn nicht annahmen.

Sie aßen Brot und Käse, und es schmeckte ihnen, auch weil sie Hunger hatten und sie es beim Essen merkten. Der Malteser dagegen trank und rauchte. An einem bestimmten Punkt konnte 'Ndrja sich nicht mehr zurückhalten und fragte:

»Aber warum macht Ihr nur so ein Gesicht?«

»Es gefällt Euch nicht?«, fragte der Malteser zurück und hielt sein Weinglas in der Hand. »Ihr stört Euch daran?«

»Stören? Uns sollte es stören? Was sagt Ihr denn da? Es ehrt uns vielmehr und macht uns Freude.«

»Und dann auch dieses Gesicht, das ich mache, wie Ihr sagt. Ja, wie denn? Ich setze dieses Gesicht vor Euch auf, ich, der ich Euch gegenüber die Unverschämtheit besitze, Euch zu fragen, Euch zu bitten, mir ein bisschen Gesellschaft zu leisten, mir?«

»Da leisten wir Euch aber schöne Gesellschaft. Es sieht doch so aus, als wären wir hinter Eurer Kutsche hergelaufen, um uns von euch den Hunger stillen zu lassen. Und wir haben uns noch gar nicht dafür entschuldigt, wenn ich mir vorstelle, wie Ihr Euch heute Morgen gefühlt haben musstet, als Ihr zur Casa del Fascio, zum Haus des Faschismus, gekommen seid und gesehen habt, dass wir alle verschwunden waren, Milchbärtige wie Nichtmilchbärtige.«

»Da, hört ihn Euch an, hört ihn Euch nur an, meinen schönen Freund«, sagte der Malteser und wandte seine Augen direkt Masinos Gesicht zu, doch Masino kam überhaupt nicht der Gedanke, dass der Malteser sich an ihn wandte, allenfalls wandte er sich an sich selbst, wenn er sagte: Hört ihn Euch an, hört ihn Euch an. Und das nicht von ungefähr, denn zugleich, wie er sagte: Hört ihn Euch an, hört ihn Euch an, fühlte er mit seiner Hand 'Ndrjas Armmuskeln ab, betastete sie und nahm sie in seine Hand, und während er das tat, vergaß er ganz zu lächeln und schloss, wenn auch nur für Sekunden, die Augen, doch konnte man sehen, nicht aus eigenem Willen. »Habt Ihr etwa gedacht, ich hätte mir gewünscht, euch dort am Morgen wiederzufinden und Euch noch immer den kleinen Messiner beweinen zu sehen, der umgebracht worden war, umgebracht im Rauch einer Zigarette, umgebracht für einen Zug?«

»Als die Jungs sahen, dass er in all dem Blut starb, waren sie samt und sonders furchtbar entsetzt, sie konnten das nicht mehr aushalten und sind mitten in der Nacht abgehauen.«

»Habt Ihr sie gesehen?«, fragte Masino. »Habt Ihr sie da oben auf dem Balkon gesehen?«

»Balkon? Was für ein Balkon?«, fragte der Malteser, der seine Augen überhaupt nicht zu dem Balkon hinauf gewandt hatte.

»Der Balkon eines Wohnhauses hier in der Nähe, ein Balkon mit einem angebrachten Manifest, auf dem das Gesicht einer Frau zu erkennen war, das von drei Beinen umgeben ist«, erklärte 'Ndrja ihm.

»Ah, das sizilianische Wappen«, rief er aus. »Ja, ja, das ist die Fahne der Separatisten, das Manifest, das Manifest, wie Ihr es nennt, was eigentlich schon zu viel ist, es als Manifest der Separatisten zu bezeichnen. Eine Hand voller Verrückter, ja, das sind sie, diese Separatisten.« Er trank und musste lachen. »Die Jungs, die wir angeheuert haben für die Regatta, was haben die, habt Ihr gesagt? Sie sind für die Separatisten rudern gegangen? O je, das wäre ein Grund für den Taunmejdscher, sich krank zu ärgern. Schade, dass er es nicht weiß. Ich überlege mir, ob ich nicht zu ihm gehe und es ihm sage. Hoho, das gefällt mir, ich pinkle mir in die Hose, so viel Spaß macht mir das schon jetzt, hier, denn ich brauche nur an das Gesicht zu denken, das er macht, das er sicher, ganz sicher macht, wenn er hört, wie und unter welchen Umständen die Separatisten ihm die Regatta versaut haben.«

Das schien 'Ndrja der geeignete Augenblick zu sein, ihn zu fragen:

»Ach ja, wegen der Regatta morgen, könnt Ihr mir dazu gar nichts sagen?«, fragte 'Ndrja eben hier, wie wenn er das, was er auch ihm sagte, im Grunde keinem und jedem sagte, ausgenommen dem Prachtkerl von Taunmejdscher, dem er alles, restlos alles über die Regatta erzählte.

»Ihr seid für die tausend Lire zurückgekommen, wie? Ihr Spitzbub?«

»Wir sind zurückgekommen, um für Euch zu rudern, sofern Ihr uns noch braucht, und nachher, wenn wir für Euch gerudert haben, gebt Ihr uns, wenn Ihr noch dazu steht und Ihr zufrieden gewesen seid, das Geld, so wie wir es vereinbart haben.«

»Was aber, wenn Ihr nicht für mich rudert?«, fragte ihn der Malteser, um ihn ein bisschen zu provozieren, und kniff die Augen zusammen. »Wenn die Regatta nicht stattfindet, heh, mit welcher Forderung rückt Ihr dann mir gegenüber heraus, könnt Ihr mir das sagen?«

»Forderung? Über was für eine Forderung sprecht Ihr? Irre ich mich oder macht Ihr Euch einen Jux, einen kleinen großen Jux, dass Ihr uns so aus heiterem Himmel foppt?«, entgegnete 'Ndrja ihm und tat so, als fühlte er sich provoziert, nur um der Rolle zu entsprechen, die der Signor Mister ihn eingeladen hatte zu spielen.

Der ließ dann eine ganze Weile seine Augen auf beiden ruhen, wobei ihm die Augenlider allmählich heruntersanken, wie wenn er müde wäre. Stattdessen aber fing er an zu reden, hielt sich eine Hand über die Stirn und stützte den Ellbogen auf den Tisch.

»Wisst ihr? Ich hab ihm einen Tritt in den Hintern gegeben, ich hab ihn gefeuert, diesen Sanciòlo, diesen Dieb und Lügner.«

Er informierte sie darüber, dass er an diesem Morgen, nachdem sie beide verschwunden waren, nachdem die ganzen Jungs verschwunden waren, sich sozusagen mit Haut und Haaren dem Willen des Burschen habe ausliefern müssen, um ihn, seinen Bruder und seinen Schwager die Bekanntmachung ausrufen zu lassen, in der Hoffnung, zwölf Stoffpuppen irgendwo aufzutreiben und sie am nächsten Tag ins Ruderboot zu setzen, um wenigstens das Auge des Taunmejdschers irgendwie zu täuschen. Tausend Lire pro Mann verlangte er für sie, dieses Bürschchen, und tausend musste er ihm versprechen, und dazu weitere tausend als Gratifikation für ihn. Einen Tausender, einfach so, als Trinkgeld, weiter nichts, für den hier Anwesenden, wortwörtlich, so sagte es ihm dieser Verbrecher.

Die Puppen fand er, das wohl, doch besser die richtigen, die aus Holz und Stoff, wie im Theater, ein Musterkatalog von Dieben, von Glücksspielern, deren Hände nie etwas anderes gemacht hatten als Karten zu zinken, Wüstlinge, immer mit einem Zigarettenstummel im Mund, alle todkrank und gelblich.

Na gut, sagte er sich, ich muss mich eben damit abfinden. Ich, der ich mir vorher immer nur wiederholt hatte: Von diesem Wasser trinke ich nicht, musste es jetzt nicht nur trinken, sondern es außerdem noch sündhaft teuer bezahlen, diesen Dreck.

Diese Bande von Schmarotzern hatte er zu den Gewässern von San Ranieri geführt, am Ende der Wehrfeste, im abgelegensten Teil des Hafens, um sie einen Probelauf im Ruderboot machen zu lassen. Dort stießen sie auf die anderen Mannschaften, die bereits ruderten, das heißt die einzigen wirklichen

Ruderer der Regatta, die einen englische Matrosen, die anderen amerikanische Matrosen. Da war ihm so, aus einer Verbohrtheit heraus, der Gedanke gekommen, sie, diese tollen Pisser, einmal auf die Probe zu stellen, um herauszufinden, ob es wenigstens einen unter ihnen gab, wenigstens einen Einzigen, der zumindest wusste, wie man ein Ruder in der Hand hält. Aus diesem Grund sprach er Englisch, was für diese Typen aus Messina war, wie wenn er in einer Geheimsprache reden würde, und fragte die Matrosen des englischen Boots nach einem raschen Urteil.

»Auch nicht einer, keiner, nicht einmal als Staffage«, sagte der Malteser. »Sie taugten überhaupt nichts, zu gar nichts, nicht einmal dazu, mit dem Ruder in der Hand dazusitzen und das Auge zu täuschen, denn da gab es welche, die vornübergebeugt waren, andere, die stocksteif dasaßen. Und dann, eine Minute, nachdem sie die Ruder ergriffen hatten, ohne auch nur einen Schlag gerudert zu haben, klagten sie, dass ihre Hände brennen würden, dass ihnen Blasen gekommen wären. Und dazu wirkten sie auch wie eine Mannschaft von Verbrechern, mit pomadisierten Haaren und mit Zigaretten hinterm Ohr. Sie wurden von den englischen und amerikanischen Matrosen ausgepfiffen, dass sie mit dieser Demütigung in dem Augenblick, als sie wieder an Land gingen, aussahen, als wären sie gepfählt worden. Bringt sie wieder dahin zurück, wo Ihr sie aufgetrieben habt, sagte ich diesem Miststück von Sanciòlo. Denn als ich die Vor- und die Nachteile überdachte, kam ich plötzlich zu dem Schluss, dass, wenn ich schon ein schlechtes Bild abgeben müsste, es besser war zu sagen, dass ich keine gefunden hätte, als mich mit diesen Exemplaren da zu zeigen. Doch würdet Ihr es glauben, wenn ich Euch sage, dass er sich beleidigt gefühlt hat, unser Signor Sanciòlo, dass er völlig eingeschnappt war? Und hat er nicht den Nerv gehabt, mir zu sagen, ich wollte seine Ruderer probieren wie Melonen? Und hat er mir nicht auch noch gesagt, dass ich ihm eine solche Schmach nicht hätte antun dürfen, die Schmach nämlich, englische Matrosen zu rufen, die italienische Matrosen begutachten sollten? Oh, dieses unverfrorene Subjekt wollte sie mir gegenüber als italienische Matrosen ausgeben! Matrosen?, fragte ich ihn. Abschaum, Lumpenpack, Glücksspieler, von wegen Matrosen. Warum nur, warum macht Ihr nicht etwas Vernünftiges, Sanciòlo, wo Ihr doch nun schon einmal da seid? Bindet Euch mit denen da, mit Euren Matrosen, zu einem Bündel zusammen, bindet Euch dann die größten Steine um, die Ihr finden könnt, und fahrt über die tiefste Stelle und werft Euch da ins Meer, ertränkt Euch alle miteinander. Ah, habe ich mich wohl gefühlt, wie neugeboren, als ich vor diesem Schurken endlich Dampf abgelassen habe. Ich habe mich ausgetobt und danach wesentlich leichter gefühlt.«

Als er zu Ende geredet hatte, trank er noch einmal und lachte dann, er murmelte etwas wie zu sich selbst, ohne Worte. Er war ganz rot, ganz hitzig, er sprach Englisch, Maltesisch und Sizilianisch, und hin und wieder zwinkerte er ihnen zu und sagte leise, wie wenn er Spaß daran hätte, Verschwörungen anzuzetteln:

»Noch weiß ers nicht, noch weiß ers nicht, er da, der Taunmejdscher, er weiß noch nicht, dass dieser Blödmann von Maniàci ihm nicht mehr folgen wird, ihm nicht mehr den Sessel in jeder neuen Stadt abbürsten wird. Von Messina bewegt sich Maniàci nicht weg, dann sehen wir mal, was er mit mir anstellen wird, sehen wir mal. Es reicht jetzt, von Syrakus bis hierher. Hier beginnt Maniàci seinen Rückzug und geht. Aber will er das nun begreifen oder will er nicht, dass Maniàci das Handtuch wirft und er jetzt seine Angelegenheiten regeln muss? Du willst einen Ruderwettkampf haben? Dann such dir die Leute zusammen, die für dich rudern, oder rudere selbst.«

Eine halbe Stunde später ging 'Ndrja mit dem Malteser geradewegs zu diesem Meer von San Ranieri, zur Spitze der Wehrfeste. Masino hatte mit ihnen einen Teil des Wegs zurückgelegt, und als er dann verstanden hatte, wie man nach San Ranieri kommt, war er rasch zurückgekehrt.

»Beeil dich, Masino«, hatte 'Ndrja ihm zugeflüstert. »Wir müssen ihn uns noch in letzter Minute schnappen, sonst können wir die Regatta und das Geld vergessen. Besser ist es, wenn ich ihn nicht alleine lasse. Lauf du zu den anderen Jungs und bring sie an dieses Meer von San Ranieri. Wir warten dort auf dich.«

So wie wenn 'Ndrja diesen ganzen, durch den Wein ausgelösten Ausbruch des Maltesers gegen den Taunmejdscher, gegen den Burschen und dessen Lumpenpack und damit auch gegen und nicht zugunsten der Regatta losgelassen hatte, überhaupt nicht gehört hätte, sprach er drauflos und redete mit ihm, wie man mit einem Betrunkenen redet, der einen Verstand hat, der sich an alles erinnert, alles vergisst, alles erinnert.

»Warum bringt Ihr uns nicht auf der Stelle zu dem bewussten Meer, von dem Ihr gesprochen habt, zum Hafen, zur Wehrfeste, zum Meer von San Ranieri? Warum zeigt Ihr uns nicht das schöne Boot? Unterdessen geht mein Freund hier, Masino, und ruft die Jungs zusammen, die auf dem Balkon des Gebäudes standen, wo wir sie gesehen haben.«

»Was wollt Ihr denn machen? Was wollt Ihr tun?«, antwortete er, und seine Stimme klang schon eher nach Ja als nach Nein.

»Aber habt Ihr uns denn nicht für die Regatta angeheuert?«

»Was wollt Ihr denn machen? Was könnt Ihr denn schon in einem halben Tag ausrichten? Lassts bleiben, lassts bleiben, hört auf mich.«

»Macht Euch darum keine Gedanken. Ein halber Tag reicht uns und ist sogar reichlich, um für die Regatta in Schwung zu kommen, Ihr könnt Vertrauen haben, wenn ich euch das sage.«

»Ach, lassts schon bleiben, lassts schon bleiben, macht Euch darüber keine Gedanken, hört auf mich, mein schöner Freund.« Er redete weiter in dem Ton eines Alten, der sich vollsabberte, berauscht vom Wein, er machte weiter den Übellaunigen, den, der längst das Handtuch geworfen hatte, doch immer deutlicher durchscheinen ließ, dass dies die Art war, wie er verhätschelt werden wollte, die Art eines Menschen, der nur der Form halber gebeten und wiedergebeten werden wollte; doch den Gefallen tut er, er weiß bereits, dass er ihn tut, dass er ihn tun will und bereits beschlossen hat, ihn zu tun, ja, für ihn, in seinem Inneren, ist es, wie wenn er ihn bereits getan hätte. Und der Malteser war tatsächlich bereits an diesem Punkt, denn er fügte hinzu: »Wenns ums Geld geht, kann ich Euch ein paar hundert Lire durchaus geben.«

»Ums Geld, ja. Kann ich das etwa vor Euch ableugnen, werter Herr? Wisst Ihr es nicht besser als ich?« Und er wollte noch hinzufügen: Und auch, wenn nicht sogar in primis, wegen des großen Gefallens, den Ihr uns erwiesen habt, indem Ihr den Orcaferon habt anlanden lassen. Stattdessen fuhr er fort, indem er abschließend wiederholte: »Ums Geld, ja, aber verdientes, kein geschenktes.«

»Oder tut Ihrs, weils Euch neugierig gemacht hat und Ihr einen Blick aufs Boot werfen wollt?«, sagte da der Malteser mit einem Ausdruck, wie wenn er ihn gar nicht gehört hätte, ergriffen von einem Gedanken, den nicht einmal er in den Schwaden des Weins klar sehen und beurteilen konnte, ob das lediglich ein schlauer Gedanke war oder auch ein poetischer, dieser Gedanke war mit tödlicher Sicherheit naiv. »Denn in diesem Fall, wenn es nicht darum geht, macht mir das Vergnügen, da komme ich einem wie Euch doch gerne entgegen, einem schönen Freund von mir, für den ich große Sympathie empfinde. Los also, kommt, machen wir diesen Spaziergang, auf die Weise lichten sich wohl auch meine Weinnebel.«

Nachdem sie eine Weile gegangen waren, schien er tatsächlich seine ganze oder fast seine ganze Verstandesklarheit zurückzugewinnen, während er die

Meeresluft einatmete, denn zu Anfang des Spaziergangs gingen sie an der Mole entlang, dicht an den Abzäunungen vorbei, und betraten dann die Hafenanlage, gingen am Bereich der Fährschiffe vorbei, vorbei auch an den bei den Bombardierungen zu Bruch gegangenen Streben und Balken, vorbei an den demolierten Waggons, den aus der Erde gerissenen und weggeworfenen Eisenbahnschienen, die alle verbogen waren und in die Luft stakten; dann waren sie am Englischen Friedhof vorbeigekommen und zwischen den Lagerschuppen für Koks und den Bastionen der Spanischen Festung über schwarze Asche und schwarzen Staub hergegangen. Sie gingen die gesamte Sichelform des Hafens hinunter, und als sie wieder zum Meer zurückkamen, gingen sie weiter über einen Streifen Erde in Wasserhöhe, unterhalb der Mauern der Wehrfeste, die so zusammenlief, dass sie sich an der äußersten Spitze ins Meer verlor. Das war das Meer von San Ranieri, ein Spalt oder Spiegel von Meer, geschützt vor Winden und Strömungen, mit einer Wassertiefe allerdings, die das Ankern von Schiffen mit großer Tonnage unmöglich machte, und aus diesem Grund nannte man dieses Meer auch Mare Secco, Trockenmeer.

Ringsum lagen die Schiffe der Flotte vor Anker, Panzerkreuzer, Schlachtschiffe, Zerstörer und der Rest der Begleitflotte in so großer Zahl, dass ein Flugzeugträger in den ersten Gewässern vor dem Hafen ankern musste, um Platz zu haben, gleich dort an der Spitze, und mit seinem gewaltigen Umfang versperrte er den Blick auf die Stadt.

Das alles faszinierte das Auge. Die geballte Ansammlung von Kriegsschiffen und das dichtgedrängte Kommen und Gehen von Matrosen oben und Matrosen unten, zwischen Heck und Bug, was sich für den, der aus dem Todeselend der Stadt zurückkehrte, wie das pralle Leben darstellte.

Dort befanden sich die Matrosen der Wache und des Arbeitsdienstes, die man Eimer ins Meer herunterlassen und wieder hochziehen, die Farbe auffrischen oder Schnellfeuergewehre und Kanonen reinigen und auf Hochglanz bringen sah. Auf der Landebahn des Flugzeugträgers warfen andere sich einen Ball zu und trugen dabei große Handschuhe. Und wieder andere nahmen ein Bad oder lagen in der Sonne.

Diese Matrosen verfolgten zum größten Teil entweder mit einem Auge oder auch mit allen beiden die Bewegung zweier Regattaboote, die sich zum Kai hin entfernten und von dort wiederkamen, beinahe unterhalb der Schiffe, am Heck des Flugzeugträgers. Sie so zu sehen war ein herrlicher Anblick, sie ruderten, als würden sie über das Wasser fliegen, eine Einheit mit Ruder und Boot, so sehr stimmten die Bewegungen und die machtvolle Leichtigkeit der Ruderer überein. Sie alle waren muskelbepackte Matrosen, hünenhaft, und der Schwächste unter ihnen entsprach so, auf den ersten Blick betrachtet, zwei Milchbärtigen. ‘Ndrja musste ungewollt lachen, denn er stellte sich seine Milchbärtigen vor, die allein beim Anblick dieser Kraftpakete hier entweder blass oder mit offenen Mündern dastehen würden, ein bisschen so, wie er sich vorstellte, dass er selbst reagieren würde.

Sie gingen ein Treppchen hinunter, und der Malteser zeigte auf das Boot, das, wenigstens anfänglich, ihnen gedient haben musste, ein Regattaboot, ein Zwölfer, wie das der italienischen Marine, weiß angestrichen, mit schwarzen Streifen, in roter Farbe dagegen, am Bug, der Name des englischen Schiffs, das es für die Regatta hergeliehen hatte. Um eine Vorstellung davon zu geben: eine Palamitara, was Größe und Länge angeht, doch nur, was das angeht, denn was alles Übrige angeht, so hatte niemand je eine Palamitara wie dieses Boot gesehen, nicht einmal wie er es da so oberflächlich sah, und trotzdem sah er, dass es eine wahre Schönheit war, kalfatert und glänzend, wie wenn es noch nicht, obwohl mit Rudern und allem bereit, für eine Ausfahrt aufs Meer hergenommen worden wäre.

Unten, am Ende des Treppchens sitzend, schaute er es sich eine ganze Weile immer wieder an, dann ging er zum Malteser, setzte sich neben ihn und lehnte sich mit dem Rücken an die Mauer der Wehrfeste.

Der Malteser lag halb ausgestreckt da und bekam, bei geschlossenen Augen, ein bisschen Sonne in sein Gesicht, wie wenn er keine andere Lust hätte, als dort zu sein, ein Faktotum, faul da hingeworfen, außerhalb jedes stupiden Geschäfts, um das er sich kümmern musste.

Auch ‘Ndrja gefiel diese Stelle, die fernab von der übrigen Welt zu sein schien, fernab von der in Trümmern liegenden Stadt, die man von dort aus nicht einmal sehen konnte, hinter der dichten Verrammelung von Kriegsschiffen, die in der Sonne einen grellen Schein aussandten. Ein Ort, ein Hafen, der, auch wenn er einzig diesen alarmierenden, diesen erschreckenden Anblick eines großen Gewimmels von Schiffen bot, die Schlachten schlagend durch blutgetränkte Meere gefahren waren, sogar den Eindruck vermittelte, weit weg, sehr weit weg nicht nur vom Krieg zu sein, sondern sogar von der Vorstellung von Krieg.

Ihm gefiel der Ort, und es gefiel ihm auch, den Matrosen bei ihren Beschäftigungen an Bord zu folgen, auch denen, die stattdessen spielten oder in der Sonne saßen, und ihm gefiel gleichermaßen der Schlagmann, der die trainierenden Ruderer der Boote zum Rudern antrieb. Und er musste sagen, dass ihm auch der Malteser gefiel, der da still mit seiner kleinen Sonne im Gesicht herumsaß und sich über nichts beklagte. Er kam ihm anders vor, er wusste nicht wie, sauberer, klarer als Mensch, jetzt, wo er nicht mehr diesen Burschen an seiner Seite hatte, sogar weniger lächerlich in seinem Aussehen, mehr sich selbst als Mensch entsprechend, in seinem Alter, alt zwar, aber auch jünger im Vergleich zu der Art, wie er sich als Jugendlicher vorher gab. Jetzt kam es ihm eigentümlicherweise vor, als hätte er den Gefallen, für die Pellisquadre den Orcaferon anzulanden, von sich aus getan, aus eigenem Antrieb, weil er sie verstand und sich in sie hineinversetzen konnte.

Ja, dieser Ort, dieses Mare Secco, gefiel ihm wirklich. Ja, und das Wetter war außerdem wunderschön, der Himmel war von hauchzarter Bläue, und der leichte Gräkal aus Nordost, den man ohne jeden anderen Wind über die Meere von Skylla und Charybdis wehen spürte, bewegte die Luft vom Meer zum Land und erregte in einem wirklich Lust.

Nach gut zwanzig Minuten machte der Malteser die Augen auf und sofort, wie wenn er ihn in seinem Geist bereits beobachtet hätte, ließ er seinen Blick tief nachdenklich auf ihm ruhen, dann prustete er, kramte in der Tropenjacke nach etwas, packte das Portemonnaie, zog einen der Tausendlirescheine heraus, die, verglichen mit den taschentuchgroßen von früher, wie Zigarettenpapier wirkten, dann ergriff er eine von 'Ndrjas Händen und öffnete sie, wie wenn er die tausend Lire hineinlegen wollte:

»'Ndrja heißt du, was?, mein schöner Freund, 'Ndrja?«, sagte er zu ihm und ging zum Du über. »'Ndrja, krall dir diese tausend Lire, die du dir in jedem Fall verdienst, mit oder ohne Regatta.«

»Später«, antwortete 'Ndrja, der die Hand sofort zur Faust schloss. »Ich will sie mir vorher erst verdienen. Danach gebt Ihr sie mir, danach erst.«

»Was heißt danach, meine Seele, was heißt danach erst? Willst du allein gegen zwölf Berserker wie die da anrudern?«

»Habt nur etwas Geduld, gleich kommt die Mannschaft hierher.«

»Ach, glaubst du wirklich, dass die Separatisten die Jungs freigeben? Die kannst du doch, nachdem diese Hurenböcke in ihnen das Feuer entfacht haben, nur noch durchs Fernglas sehen. Hier, nimm schon, nimm mir diese tausend Lire aus der Hand, hör auf mich.«

Er wirkte ganz sicher in dem, was er über die Separatisten sagte, und dann war Masino auch noch verspätet. Andererseits jedoch konnte er sich nicht entschließen, diese tausend Lire für nichts zu nehmen.

»Ihr müsst mir glauben«, sagte er zum Malteser. »Mir tut es aufrichtig leid, wenn ich für Euch nicht rudern soll.«

»Es braucht dir nicht leidzutun, es braucht dir wirklich nicht leidzutun, denn, hier sind sie, siehst dus?, du verdienst dir die tausend Lire trotzdem.«

»Denkt Ihr denn wirklich, ich würde immer nur an Geld denken?«, fragte 'Ndrja halb betrübt und halb gekränkt. »Denkt Ihr denn, ich hätte vergessen, dass Ihr uns einen großen Gefallen getan habt? Deshalb sage ich, dass es mir leidtut, wenn ich nicht für Euch rudern kann, natürlich auch ein bisschen für die tausend Lire, doch vor allem, weil ich Euch keinen Gegengefallen erweisen kann.«

Er erinnerte sich schon gar nicht mehr. Gefallen? Was für einen Gefallen?, fragte er sich unentwegt, und 'Ndrja musste ihm sagen, dass er über die Anlandung des Kadavers des Orcaferons redete, wenn er über den großen Gefallen redete, der Tonnen und Abertonnen schwer war, und er sagte daraufhin unbekümmert:

»Ach, den? Dafür musst du allerdings dem Unglücksboten mit dem roten Bart danken.«

Wieder wollte er ihm die Hand öffnen, um ihm die tausend Lire hineinzulegen, und wieder sagte 'Ndrja, dass er das nicht könne, dass er sich wirklich nicht entschließen könne, sie anzunehmen, weil ihm allein der Gedanke wie Diebstahl, wie von ihm begangener Diebstahl vorkäme oder auch wie eine freundliche Gabe seinerseits.

»Habe ich dich etwa beleidigt, mein schöner Freund, indem ich dir unbeabsichtigt irgendeine Beschämung, irgendeine Demütigung zugefügt habe?«

»Nein, das ist es nicht. Es ist nicht, dass Ihr mich beleidigt habt. Es ist nur, weil Ihr sie mir in Eurer Gutherzigkeit schenken wollt, diese tausend Lire. Aber ich will sie mir zuerst verdienen«, wiederholte er.

»Aber du hast sie dir doch schon verdient, das versichere ich dir. Du hast sie dir längst schon verdient. Hätte ich sonst die tausend Lire genommen und sie dir geschenkt? Eh ja, du sagst dir, du sagst mir in deinem Kopf, denn genau das machst du, du schenkst sie mir. Warum denn, was denn? Hab ich sie mir etwa verdient? Wo hab ich denn gerudert, bei welcher Regatta habe ich gerudert, um sie mir verdient zu haben? Na, einverstanden, mein schöner Freund, einverstanden. Du sagst, ich würde sie dir schenken, du aber würdest sie dir gerne verdienen, aber wie denn? Sags, sag mirs, meine Seele, wie und wo du sie dir verdienen kannst, wenns keine Regatta gibt und du nicht rudern kannst.« Dann, so wie wenn er sich plötzlich an etwas erinnerte, zog er aus der Tasche eine Zeitung mit nur einem zweimal gefalteten Blatt, öffnete sie und sagte zu ihm: »Los, lies mir die Zeitung vor, arbeite, tu was, auf die Weise wirst du sie dir verdienen, die tausend Lire. Schenken werde ich sie dir nicht.«

»Ach ja, das stell sich einer vor, Ihr braucht jemanden, der Euch die Zeitung vorliest. Ein Glück, dass es Euch Freude macht, mich zu foppen.«

»Ich dich foppen, meine Seele? Kommt es dir etwa wie eine Lüge vor, dass mein Sehvermögen nicht mehr ausreicht und dass ich zwar eine Brille hatte, die aber zerbrochen habe?«

»Wenn Ihr mit vollem Ernst gesagt habt, Ihr möchtet die Zeitung vorgelesen bekommen, dann, ja dann mache ich mich unverzüglich und mit Vergnügen daran, sie Euch vorzulesen. Doch Ihr dürft nicht ein einziges Mal denken, dass ich mir die tausend Lire schnappe, weil ich Euch die Zeitung vorlese.«

»Ist das denn nicht auch Arbeit?«

»Was das betrifft, will ich Euch offen und ehrlich sagen, dass das Vorlesen für mich mehr Arbeit ist als das Rudern. Doch das nehmt Ihr hoffentlich nicht so ernst?«

»Oh, willst du jetzt still sein? Lässt du mich endlich hören, welche Nachrichten es vom Krieg gibt? Liest dus mir nun vor oder nicht?«

Witzelnd und lachend las 'Ndrja ihm wirklich vor, wo über die verschiedenen Kriegsfronten geredet wurde, und als er zur italienischen Front kam, las er irgendwann:

»Seit einigen Tagen rücken die alliierten Truppen nicht mehr vor, und die Stille, die gelegentlich unterhalb des Berges der beschossenen Abtei herrscht, lässt vermuten, dass der Krieg in Cassino sein Ende gefunden hat.«

»Was ist das denn? Was ist das denn?«, fragte der Malteser und lachte heftig. »Der Krieg endet im Casino?«

»Cassino, hier steht Cassino, mit zwei *S*.«

»Das muss ein Fehler sein. Was soll das denn sonst heißen, dass der Krieg in Cassino mit zwei *S* zu Ende gegangen sei. Was soll das denn für ein Cassino sein?«

»Irgendein Ort, denk ich mal.«

»Meinst du denn, dass Casino mit einem *S* nicht auch ein Ort ist?«

»Was soll das? Foppt Ihr mich schon wieder? Ein Glück, dass Ihr Euch in meiner Gesellschaft hin und wieder belustigt fühlt. Ihr nehmt mich auf den Arm, und so kommt Ihr auf andere Gedanken.«

»Ich nehme dich auf den Arm? Dich, dich, meine Seele, nehme ich auf den Arm? Mich, mich nehme ich auf den Arm, mich, in diesem großen Puff von Krieg, mich nehme ich auf den Arm«, sagte er und lachte nicht mehr, als würde ihm gleich die Träne vom vielen Wein kommen.

Doch gleich darauf wurde er wieder vergnügt, hielt ihm noch einmal die tausend Lire hin und sagte, möglicherweise inspiriert vom Casino in Cassino:

»Haus auf den Kopf, gibs für Weiber aus. Denn du musst dich an das erinnern, was ich dir jetzt sage: Das Weib ist nicht mehr und nicht weniger als der Krieg, auch sie nimmt dir das Leben, ja, mehr noch, sie nimmt dir Leben und Besitz.«

Da lag ihm genau in diesem Augenblick die Frage auf der Zunge: Werter Herr, redet Ihr von Ciccina Circé? Habt Ihr sie bezahlt?

Doch genau in diesem Augenblick tauchte unten am Kai Masino auf, gefolgt von der ganzen Mannschaft der Milchbärtigen, und 'Ndrja sagte innerlich danke, weil er es ihm ermöglichte, nicht die tausend Lire zu nehmen und Ciccina Circé Cicinna Circé sein zu lassen und der Versuchung zu widerstehen, die er in seinem Inneren aufsteigen fühlte, schon wieder wegen dieser rätselhaften Feminotin schwach zu werden.

»Seht Ihrs, werter Herr? Seht Ihrs, wer da kommt? Seht doch«, rief er triumphierend und hatte große Lust, sie alle zu umarmen, diese Milchbärtigen bei Masino.

Den Malteser versetzte der Anblick der Jungs in Staunen, und er lachte, und das Staunen war wie eine noch neue, junge Regung in ihm, die ihn, während er das Lachen mäßigte, in noch größeres Staunen versetzte. 'Ndrja spürte, dass er das nicht erwartet hatte, dass ihn das, was sich da ereignete, so unvorbereitet traf, dass es ihm auf einen Schlag den ganzen jugendlichen Lack wegnahm und ihm keine Zeit ließ, Schutz im verborgenen Alter zu suchen. Der da musste mindestens zehn Jahre älter sein als Caitanello.

Dieses Lachen konnte kein Versteck sein, ja, eigentlich war es schlimmer, es war das durch und durch verstümmelte Lachen eines Alten, der sich vom Leben noch einmal belohnt fühlt. Das stelle sich einer vor, sagte 'Ndrja zu sich.

Und das ist der, der die Feminotinnen unter dem Verdeck der Kutsche erwartete, und der da, der Ciccina Circé Klapse auf den Hintern gab.

Er fasste sich wieder, als die Milchbärtigen sich wie Fische auf das Boot stürzten. Er verhielt sich ihnen gegenüber, wie wenn sie alle Internatsschüler wären; er setzte sich am Ende des Treppchens hin und begann den einen und den anderen auszufragen: Und du, wie heißt du, und du da, wie alt bist du, und du da, wo kommst du her, denn es war, als hätte er ihnen nicht einmal ins Gesicht gesehen, als er sie angeheuert hatte, und würde erst in diesem Augenblick erkennen, wie schön sie waren, wie tüchtig sie waren, wie sympathisch sie waren.

'Ndrja und Masino saßen auf dem Kai und genossen diese Szene.

»Was haben die eigentlich auf dem Balkon gemacht?«, informierte sich 'Ndrja mit einem Lächeln bei seinem Milchbruder, den er jetzt, o ja, er fühlte den Unterschied, mit anderen Augen betrachtete. »Und wie hast dus geschafft, sie hierher zu bringen?«

»Nichts. Ich bin das Gebäude hinaufgegangen, das innen völlig ausgebombt war, einschließlich der Treppen, über einer Türe war dieses Frauengesicht mit den drei Beinen angebracht, da bin ich hineingegangen und habe den ersten Jungen, den ich gesehen habe, gefragt: Was ist nun, wollt ihr euch immer noch fünfhundert Lire pro Mann verdienen? Und sofort sind alle mit mir gekommen.«

»Aber was haben sie da oben gemacht? Wer hat sie dahin gebracht? Was hatten sie mit dem dreibeinigen Frauenkopf zu schaffen?«

»Na, wer kann das schon wissen? Ich nicht, und die Jungs auch nicht. Das Gebäude, in das ich gegangen bin, kam mir vor wie eine Schule, die Räume standen voll mit Schulbänken, und vor den Bänken befanden sich das Katheder des Lehrers und die Tafel. Und tatsächlich saßen die Jungs, als ich sie antraf, alle in den Bänken und hörten dem älteren Jungen zu, der sich vorher auf dem Balkon gezeigt hatte, erinnerst du dich?, wie wenn er der Lehrer wäre und ihnen Unterricht erteilte.«

»Was denn für einen Unterricht?«, fragte 'Ndrja lachend. »Hat er ihnen Lesen und Schreiben beigebracht?«

»Na ja, an der Tafel war eine Kreidezeichnung von Sizilien, und der ältere Junge zeigte es den Jungs, und ich hörte, wie er ihnen sagte: Sizilien ist eine Insel.«

»Sizilien ist eine Insel? Und was dann?«

»Und dann noch einmal: Sizilien ist eine Insel, Sizilien ist eine Insel, und

Sizilien ist eine Insel … Er wiederholte das dreimal, und dann drehte sich einer der Jungs, einer aus dem Dorf Principe, glaube ich, um und sah mich. Da sagte der Jugendliche zu mir: Was willst du? Nichts, sagte ich. Ich müsste den Jungs hier nur ein Wort sagen. Dann sags ihnen, sagte er, ich sagte es, und kaum hatten die Jungs es gehört, kamen sie alle mit.«

»Und der ältere Junge hatte nichts dagegen einzuwenden? Er hielt doch immerhin Unterricht für sie, ohne dass sie lesen und schreiben konnten, und als sie an die fünfhundert Lire erinnert wurden, standen sie auf und gingen weg.«

»Ehrlich gesagt, zappelten die Jungs ein bisschen verlegen herum, bevor sie aufstanden. Ich verstand, dass sie sich schämten, aufzustehen und einfach wegzugehen, von jetzt auf gleich. Vielleicht kam es ihnen unfreundlich vor, ihn da zurückzulassen, denn der ältere Junge hatte sich ihnen gegenüber als freundlich erwiesen, weil er sie doch nachts aufgesammelt und ihre knurrenden Mägen zum Schweigen gebracht hatte. Na ja, wenn es nur um die fünfhundert Lire gegangen wäre, wären sie, glaube ich, nicht überzeugt gewesen mitzukommen.«

»Was hat sie denn dann überzeugt? Hast du ihnen etwa noch andere Gründe genannt?«

»Als ich gesehen habe, wie sie zögerten und zauderten, wie sie mit ihren Blicken mir zwar folgten, doch aus Feinfühligkeit gegenüber dem Jugendlichen nicht von ihren Bänken aufstanden, da musste ich mich zwangsläufig entschließen, sie das als Pflicht auffassen zu lassen. Heh, Gefälligkeit gegen Gefälligkeit, vor dem älteren Jungen dieser Schule kam doch noch jemand anderer. Ich sagte ihnen kurzerhand: Unten steht 'Ndrja Cambrìa, der auf euch wartet, das ist der, der sich eure Hände nicht anschauen wollte, um nicht der Spitzel gegen euch zu sein. Weil wir nun aber den da wiedergefunden haben, diesen Malteser, der uns für die Regatta angeheuert hatte, und alles wieder wie vorher geworden ist, zählt 'Ndrja Cambrìa todsicher darauf, dass ihr dahin kommt, wo das Boot liegt und wo nur wir noch fehlen. Dann bin ich hinausgegangen, und weil sie sich alle der Sache bewusst waren, kamen sie mir einer nach dem anderen hinterher. Hab ich das schlecht gemacht?«

»Wieso denn? Diese Söhne einer ehrbaren Mutter brauchten doch einen Vorwand. Hier verdienen sie sich fünfhundert Lire, und was verdienen sie dort?«

»Tja, das wissen nicht einmal sie. Sie erzählten mir, dass dieser Junge gerade erst angefangen hatte zu reden und dies seine ersten Worte gewesen seien: Sizilien ist eine Insel, doch sie wissen nicht, was er ihnen beweisen wollte. Im Gegenteil, auf der Straße fragten sie sich, was er wohl damit gemeint habe, dass Sizilien eine Insel sei und dass er ihnen diesen Frauenkopf mit den drei Beinen zeigte. Ich musste ihnen auf dem Weg hierher dann erklären, dass dieser Kopf Sizilien darstellt, denn das hatte ja schon der Malteser gesagt. Sie wollten auch die drei Beine erklärt bekommen und sagten: Schade, dass wir den Jungen nicht danach gefragt haben. Die Neugier darauf ist uns geblieben.«

»Inzwischen haben sies sogar schon vergessen …«, sagte 'Ndrja. »Sicher, ein Boot wie das da lässt sie sogar eine Frau mit sechs Beinen vergessen.«

»Ihr könnt also rudern, wie? Ihr könnt also wirklich rudern?«, fragte der Malteser die Milchbärtigen.

»Da könnt Ihr beruhigt sein«, antworteten ihm die Jungs. »Ihr, werter Herr, könnt da auf sanftem Kissen ruhen.«

»Ihr seid doch in der Lage, euch das Ruder schön kräftig zu packen, oder?«

»Was gehört denn schon dazu? Wir sind mit dem Ruder in der Hand geboren worden, könnt Ihr Euch das vorstellen?«

»Und ihr seid alle aufeinander eingestimmt, oder? Alle unten vorgebeugt und alle oben nach hinten gebeugt, oder? Ihr macht mir doch nicht die Buckligen? Ihr bewegt euch doch nicht wie ein Kamel?«

»Seht Ihr denn nicht, dass es aussieht, wie wenn wir immer schon zusammen gerudert hätten? Da könnt Ihr Euch doch schon eine Vorstellung machen.«

Er hatte Freude an den Antworten, die sie ihm gaben. Er kletterte auf den Kai.

»Ach, was würde ich geben …«, sagte er. »Ach, was würde ich geben, wenn ich den Aufgeblasenen zum Schweigen bringen könnte, der mit mir redet und sich das Oberlippenbärtchen mit der Reitgerte glättet.«

»Ihr, werter Herr, werdet einen guten Eindruck machen«, sagte 'Ndrja zu ihm. »Sicher, nicht beim Gewinnen, darüber brauchen wir gar nicht zu sprechen, wir werden als Allerletzte ankommen, doch Ihr werdet euch nicht über die Milchbärtigen beklagen können, das ist so sicher wie das Amen in der Kirche.«

»Gewinnen? Meine Seele, gewinnen ist oftmals das, was am wenigsten zählt.«

Die Sonne ging unter, die anderen beiden Boote waren zurückgekehrt, und ihnen blieb gerade die Zeit für ein Hinüber und Herüber vom Kai zum Flugzeugträger.

Einen Steuermann brauchten sie nicht. 'Ndrja ging zum Bug und packte das

Ruder des vordersten Ruderplatzes, von dem es alles in allem abhängt, ob die anderen Ruderer so rudern, dass das Rudern nicht beeinträchtigt wird. Masino setzte er als dritten Ruderer vor sich und dann die anderen: du da, du da und du da, er durfte keine Zeit damit verlieren, die Nummern der Ruderer zu verteilen, ob rechts, ob links, denn sie waren ohnehin alle von gleicher Statur. Sie formten zwar eine ganz schöne Zahl von Ruderern, doch er beobachtete sie, wie sie auf den Bänken saßen und die Ruder untersuchten und da mit der Hand packten, wo es gepackt werden musste, und wie sie es ins Wasser eintauchten. Es war, wie wenn sie etwas tun würden, an das sie sich erinnerten, etwas, das irgendwann einmal jeder von ihnen auf den Meeren von Ringo oder Principe, Paradiso oder Grotte oder Sant'Àgata getan hatte, er oder sein Vater oder sein Bruder, was beinahe auf das Gleiche herauskam.

Sie mussten nur den gemeinsamen Rhythmus finden, sie mussten nur eine gemeinsame Sprache sprechen, sie mussten alle im gleichen Augenblick atmen, aus zwölf Atem einen einzigen bilden, doch alles zu einem starken, dichten, dauernden Wind, der zum Vorteil des Boots wehte, das heißt, alles lag daran, den gemeinsamen Rhythmus mit dem Ruderblatt zu finden.

Das war die große Herausforderung, die gemeinsame Haltung, Eintauchen und Heben, alle genau im selben Augenblick, keinen Tropfen früher und keinen Tropfen später, und sich bis aufs tausendstel Gramm mit der Dolle im Gleichgewicht halten, mit so vielen Ruderbewegungen so viel Meer zurücklegen, und weit ausholen, weit ausholen, das Ruderblatt aufrecht eintauchen aufrecht eintauchen …

Er erklärte ihnen die Ruderschläge, sofern sie es noch nicht wussten. Er machte es ihnen vor, zuerst er alleine und dann mit Masino gemeinsam, danach ließ er sie es zu je zwei ausprobieren, zu je vier und vier, dann alle zusammen, dann einschließlich ihm.

Sie ruderten ein wenig. Je mehr Zeit verging, umso mehr glichen sie sich an. Selbst die letzten Ruderer, auch wenn sie die Zähne zusammenbissen, vermasselten den Rhythmus nicht. »Kräftig, Ringo«, rief er hin und wieder dem Zwölften zu, der eine Tonsur auf dem Kopf hatte und ein Haarbüschel zwischen den Augen.

Sie hielten unterhalb des Treppchens an, und während er sie Atem holen ließ, sagte er zu Masino:

»Was, Masino? Das ist eine Barke, das ist Holz, eine Kirsche, das ist reine Musik … Die müssten wir zur Frau von Don Armandino Racìti bringen. Doch würde die ihr vielleicht nichts sagen, für sie macht ein Holz oder ein anderes ja keinen Unterschied, sie will es nur so schnell wie möglich vor den Augen ihres Mannes bauchen. Uns dagegen würde so eine Kirsche nicht einmal wahr vorkommen.«

»Kannst du dir vorstellen, mit so einem Inbegriff von Barke vor den Pellisquadre aufzutauchen?«

»Aufzutauchen und ihnen zu sagen, während sie alle mit dieser Riesenkarkasse zugange sind: Heh, ihr Pellisquadre, wollt ihr ein gutes Geschäft machen? Ihr gebt uns diesen Haufen von Orcaferon und wir geben euch diese Barke hier. Ist das was?«

»Sie würden sofort aufs Meer hinausfahren, denke ich, bevor wirs bereuen, alle wie sie da sind, würden sie mit dem Boot aufs Meer hinausfahren und uns beide alleine mit dem Kadaver des Tiergiganten zurücklassen.«

Sie lachten beide, doch dann, wie wenn er darüber nachdachte, sagte 'Ndrja:

»Glaubst du, ich wäre mir da so unumstößlich sicher, dass sie auf den Tauschhandel eingehen würden? Vielleicht würden sie gar nicht von der Zerlegung des Orcaferons ablassen, nicht einmal für ein Boot von dieser Art, vielleicht …«

Dann fragte 'Ndrja den Malteser:

»Welchen Eindruck habt Ihr von den Jungs?«

»Wunderschön«, antwortete er und lächelte breit. »Ich lebe wieder auf, ich fühle mich wie ein anderer … Wer hätte so viel Schönheit erwartet? Ah, wie schön sie rudern, schön und sauber, diese Jungs. Letzte ja, doch die Ersten, was die Schönheit ihrer Körper angeht.«

»Und das ist noch gar nichts«, sagte 'Ndrja. »Jetzt müsst Ihr sie sehen. Jetzt tun wir so, als wären wir mitten im Wettkampf. Schaut sie Euch jetzt an, diese Milchbärtigen, jetzt, wenn ich ihnen zurufe: hooo … ho …«

Doch da sah man sie schon nicht mehr, und der Mond stieg gerade in diesem Augenblick auf, das Meer von San Ranieri war inzwischen verlassen, kalt und dunkelgrün. Zuerst hörten sie eine Glocke, dann eine weitere auf dem Flugzeugträger und auf Kreuzern und Zerstörern, die zum Wachwechsel läuteten. Der bedrohliche Umriss der vor Anker liegenden Schiffe verschloss das kleine Meer von San Ranieri in einen düsteren, gewittergeladenen Nebeldunst, und die Kontur des Flugzeugträgers vor dem Kap der Wehrfeste wirkte wie eine große, auf dem Wasser treibende Wolkenmasse.

In aller Eile redete 'Ndrja mit seinen Ruderern und sagte:

»Los, meine Ruderer, nur eine Hinfahrt und eine Rückfahrt als Demonstration für unseren Freund hier, Signor Mister Maniàci, der uns zuschaut.«

Der Malteser klatschte in die Hände und rubbelte sie dann, wie wenn ihm kalt wäre.

»Es ist kalt geworden«, sagte 'Ndrja beinahe schon leise. »Dem Malteser ist kalt.«

»Die Pellisquadre haben sich um diese Stunde aufgewärmt, sie werden sogar vor Schweiß triefen«, sagte Masino.

Die Milchbärtigen saßen rudergeschmückt da, mit aufgerichteten Oberkörpern, und warteten auf das Startzeichen.

»Hooo … ho …«, rief 'Ndrja.

Beim ersten Ruderschlag hörte man die Möwen schreien, wie wenn sie auf der anderen Seite der Mauer der Wehrfeste rudern würden. Masino blickte sich zu 'Ndrja um, doch das Licht erlaubte es nicht länger, sich noch in die Augen zu blicken. Doch auch 'Ndrja musste sich wohl fragen, ob diese Möwen, die sie da hörten, die gleichen waren, die um den Orcaferon aufgetaucht waren, oder ob es andere waren, gerade eben heraufgekommen von Malta her.

Vom Boot aus betrachtet, verschwand der Malteser bei jedem Ruderschlag mehr im dichten Dunkel, wie wenn er als Stillstehender fortliefe und sich innerhalb der meterhohen Mauern der Wehrfeste entfernte, während sie in die entgegengesetzte Richtung ruderten, zum Kap der Wehrfeste hin, außerhalb des Hafens.

»Hooo … ho … Hooo … ho …«, rief 'Ndrja und gab den Milchbärtigen und Masino vor ihm die Sporen, und er stieß seinen Atem über ihren Nacken aus.

Es war, wie wenn sie in drei, vier Ruderschlägen das ganze zwischen Kaimauer und Flugzeugträger verfügbare Meer verschlingen würden. Sie hatten derartige Ruderschläge entwickelt, diese milchbärtigen Ruderer, ein Rudern von derartiger Kraft, dass es etwas Mysteriöses hatte, wie wenn beim Dunkeln am Boot eine Seele aufgetaucht wäre, wie eine Wirbelsäule zwischen Heck und Bug, eine Seele in Gestalt der Fluke eines Orcaferons, und von dieser angetrieben, flöge es über das Wasser, nach und nach wie dieses immer mehr ins Dunkle verschwand.

»Hooo … ho …«

Für 'Ndrja musste es bedauerlich wirken, diese Schönheit der Ruderschläge zu zerbrechen, doch auch wenn er gewollt hätte, wäre er dazu wahrscheinlich nicht mehr imstande gewesen.

»Sie habens mir aus der Hand genommen, diese Söhne einer ehrenwerten Mutter«, sagte er mit zusammengebissenen Zähnen.

Die Ruder tauchten längst in Gewässer des offenen Meeres ein, das heißt in die tintenschwarz gefärbten Gewässer des Flugzeugträgers.

Doch ‘Ndrja rief immer wieder, er rief: Hooo … ho …, denn auch für ihn musste es ein Glück von der Art darstellen, dem man nicht widersteht, weil es ist, wie wenn das Herz in der Brust zerspringen wollte, und es würde nur dann zerspringen, wenn man versuchte, diesen Aufruhr zu ersticken, dieses machtvolle Schlagen von großem, steil abstürzendem Leben.

An dieser Stelle richteten sich die Ruder nach oben, wie wenn sie sich krümmen und blähen würden, und die Jungs fuhren hinaus, um das Kap der Wehrfeste zu umrunden. Einer von ihnen bekam einen Lachanfall, wie ein silbriges Jauchzen in seiner Kehle, auch Masino empfand ganz gegen seinen Willen diese Freude, diesen unbändigen Drang, und er verstand ‘Ndrja, der immer noch Hooo … ho … sagte.

Fern, ganz fern, wie das Aufscheinen gegen die schwarzen Mauern der Wehrfeste, glaubte ‘Ndrja ein letztes Mal die Goldzähne des Maltesers zu erkennen, wie wenn dessen Mund weit aufgerissen wäre und ohne Stimme schreien würde, wie wenn er sich vornüber auf die Knie gebeugt hätte und von ihm nur diese Zähne verblieben wären, die sich öffneten und schlossen, gelbgolden, gelbgolden. Rief er ihnen vielleicht zu, sie sollten umkehren? Doch wie konnte er ihm sagen, dass die Sache längst schon nicht mehr in seiner Hand lag?

Jetzt ruderten die Milchbärtigen verschwommen in dunkelster Dunkelheit, sie waren nur Schatten mehr, die ohne Arme noch Hände über den Rudern wogten, wie eine leichte, machtvolle, gewundene, nicht aufzuhaltende Kruppe eines schwarzen Tiergiganten.

Sie schlierten unterhalb des Flugzeugträgers entlang, wo es stockfinster war. Dort hörte Masino, dass ‘Ndrja die Ruder aufrichtete und einen tiefen Atemzug holte, wie wenn er sich von dieser körperlichen Übereinkunft lösen würde, die sich auch auf ihn als begeisterte Erregung übertragen hatte. Doch die Milchbärtigen richteten ihre Ruder nicht auf, sie ruderten fort und fort mit ihm und ohne ihn, sie ruderten auch gegen seine Regeln an. Und auch Masino ruderte, wie wenn er im Rudern gefangen wäre und die anderen seinen Arm schieben und seinen Oberkörper nach oben, nach unten, nach vorn und nach hinten beugen würden.

»Hooo … ho …«, sagte ‘Ndrja ganz leise, und dieses Mal beabsichtigte er nur zu sagen: Was soll dieses verrückte Hingleiten? Doch die Milchbärtigen verstanden es möglicherweise als weitere Anfeuerung, denn man spürte, dass sie den Ruderschlag noch verkürzten, ihn sogar aufs Äußerste verkürzten, ihn so verkürzten, dass es ihnen das Leben nahm.

Der Mond zog von Malta her auf und enthüllte an diesem Himmel gleich außerhalb der Meere zwischen Skylla und Charybdis schneeweiße Wolkenbänke. Sie waren unterdessen am Bug des Flugzeugträgers angelangt, als der Mond in diese Tiefen hinunterleuchtete und die Gewässer unter dem Hingleiten des Boots finster aufschimmerten. Bugher, in dem schnellschnellen Meer, über das sie schossen wie über eine lichtüberflutete Steppdecke, hörte man noch das Geschrei der Sturmfalken, die wie immer fern und nah zugleich zu sein schienen. Und inmitten des Geschreis der Falken, die in der Gunst dieses Mondlichts Jagd auf Vögel zu machen schienen, war vom Heck des Flugzeugträgers der Schuss des Wachsoldaten zu hören, der klang, wie wenn er die Luft mit einem klagenden Riss zerkratzen würde.

'Ndrja wollte gerade die Augen zur riesenhaften, beunruhigenden Flanke des Flugzeugträgers hinaufwenden, so wie wenn er seine Stirn freiwillig der Kugel darbieten wollte, die zwischen seinen Augen mit einer Wucht einschlug, die ihn für immer in die Finsternisse schleuderte.

Das Boot erlebte sozusagen einen Gegenruck, als 'Ndrja nach vorne, beinahe auf Masino fiel, und im Folgenden dann schien es von dem glänzenden Meer zu fliehen und sich in einem Durcheinander von Rudern im Dunkel auszulöschen.

Einen Augenblick lang herrschte große Stille, wie wenn alle mit 'Ndrja gestorben wären. Dann beugte sich Masino nach hinten, suchte 'Ndrja mit seiner Hand, spürte das Blut zwischen den Augen, ertastete seine Augen mit blutverschmierten Fingern und brach dann in Tränen aus:

»'Ndrja … 'Ndrja …«, rief er.

»Ist er tot? Ist 'Ndrja tot?«, fragten die Milchbärtigen und schluckten. »'Ndrja, 'Ndrja, 'Ndrja …«, riefen sie und schluchzten. Doch für Masino spielte sich alles in nur einem Augenblick ab. Dann hatte er nur noch einen Gedanken, nämlich den, von dort wegzukommen, auf demselben Boot, auf dem er sich befand, und 'Ndrja nach Hause zu bringen, zu rudern, zu rudern, diese zehn Meilen zu rudern, 'Ndrja nach Hause zurückzubringen, an die Meere zwischen Skylla und Charybdis. Er wandte sich den Jungs zu:

»Hooo … ho … Hooo … ho …«, und das Boot, schwer zuerst, doch dann immer leichter, nahm seine Fahrt voraus wieder auf.

Masino dachte, dachte unausgesetzt nur daran, 'Ndrja wieder an die beiden Meere zu bringen, einzig diesen Gedanken empfand er stechend, schmerzhaft, beherrschend und bewegend in seinem Kopf. Und unter diesem Gedanken war es ihm, als würde er das Meer durchrammen und es vor dem Boot zerteilen, unter diesem barbarischen, erbarmungsvollen Gedanken brachte er ihn zu ihrem Meer zurück.

»Hooo … ho …«, schrie er, und er schrie das Meer selbst an, er selbst gab die Sporen, er selbst durchrammte es.

In der Dunkelheit hörte man das wildwütende Gleiten der Barke und das Schluchzen der Milchbärtigen wie das Echo eines sanften, dumpfen, eines warmen und gebrochenen Widerhalls in ihrer Brust. Das Boot glitt hinauf zu den Meeren zwischen Skylla und Charybdis, unter den zerrissenen Seufzern und Klagen der Jungs, wie in einem Meer von Tränen, das mit jedem Ruderschlag entstand und wieder verging, drinnen, tief drinnen, dort, wo das Meer ist, das Meer.

Anhang

Anmerkungen des Übersetzers

Der Rizzoli Verlag in Mailand hat 2003 die textkritische Ausgabe des *Horcynus Orca* vorgelegt. Sie ist Teil der von Walter Pedullà betreuten textkritischen Edition des Gesamtwerks von Stefano D'Arrigo in diesem Verlag und die Vorlage für meine Übersetzung.

Dem Leser begegnen in diesem Roman Wörter, die ihm unvertraut sind. Nicht wenige von ihnen sind Neologismen, die sich jedoch aus sich selbst erklären. Andere dagegen sind Begriffe, die der Autor geschaffen hat und teilweise mit leichten Anpassungen von mir aus dem Originaltext übernommen wurden. Auch der Leser des Originals ist mit diesen ihm unvertrauten Begriffen zunächst einmal konfrontiert, doch im Verlauf der Geschichte werden die meisten von ihnen genau geklärt. Ein solches Beispiel ist der Begriff *Pellesquadra.* Es besteht daher keine Notwendigkeit, hier Begriffe aufzuführen und zu erläutern, die im Roman erläutert werden.

Doch gibt es auch einige wenige Wörter, die aus dem Textzusammehang nicht ohne weiteres zu erschließen sind. Die nachstehenden Erläuterungen sollen dem Leser helfen, sich zurechtzufinden.

Arkelamekk bedeutet: etwas Seltsames, Faszinierendes, Köstliches, Doppelbödiges, Dunkles.

Der Begriff geht zurück auf das von D'Arrigo geschaffene *Arcalamecca.*

D'Arrigo selbst erklärte es Stefano Lanuzza, dem Literaturwissenschaftler und bedeutenden D'Arrigo-Kenner, folgendermaßen: »Eine Verbindung aus ›Arca‹ [Arche] und ›La Mecca‹ [Mekka], für den, der Kenntnis von der Arche und von Mekka hat; für den, der ein ›Arcalamecca‹ ist, das heißt, ein Mensch von großem Verstand, der über das gesamte Wissen verfügt; ein Weiser von großen Fähigkeiten und Erfahrungen.«*

Für die deutsche Umsetzung habe ich auf den gotischen Stamm *arca* für *Arche* zurückgegriffen, das ich dann zu *Arke* umgebildet habe, weil sich im Verlauf der *Horcynus*-Erzählung das Wort *Arke* zu *Barke* verwandeln muss. J. Ch. Adelung (1732–1806), Bibliothekar, Lexikograph und Germanist, konnte das Wort *Arke* schon bei den Schwäbischen Dichtern und im Niedersächsischen nachweisen.

Den italienischen Namen für *Mekka*, nämlich *La Mecca*, habe ich in dieser Wortverbindung nahezu vollständig beibehalten, nur habe ich die beiden *CC* in *KK* verwandelt und das Schluss-*A* von »Mekka«, aus klanglichen Gründen abgetrennt.

Fere Diese Bezeichnung für den Delfin leitet sich vom lateinischen *ferus* ab und bedeutet *wild, ungezähmt, grausam*. D'Arrigo entlehnt es dem sizilianischen *firuni*. So nannten die Menschen an den Meeren von Skylla und Charybdis den Delfin. Dieses Wort ist heute, nachdem es keine handwerkliche Fischerei mehr gibt, in Vergessenheit geraten. Ebenso verhält es sich mit der Bezeichnung *pellisquadre* für die Fischer.

Horcynus Orca Hinter dieser Schreibweise verbirgt sich der *Orcinus Orca*, der sogenannte Mörderwal, von D'Arrigo aber in dieser besonderen Weise geschrieben, um deutlich zu machen, dass es in seinem Roman auch um eine Meta-Dimension geht. Stefano Lanuzza gibt noch eine weitere Erklärung: »Ginge es nicht um einige pedantische Kritiker, wäre es vielleicht nicht einmal nötig, eigens darauf hinzuweisen, dass der Titel des Romans eine bewusste Freiheit des Autors ist, der sich damit gegenüber den immer auch zwangsläufig auftretenden Neunmalklugen verschmitzt zeigt.

In dem Wort *Horcynus* fallen das *H* und das *Y* auf, obwohl der Name dieses meerischen Säugetiers der Unterordnung der Odontoceti *Orcinus Orca* ist; innerhalb dieser Unterordnung gilt er als der Gefräßigste, er verschlingt Seehunde, Walrosse, Pinguine, Wale und Menschen.

* Stefano Lanuzza, *Scill'e Cariddi, Luoghi di »Horcynus Orca«*, S. 75, Acireale: Lunarionuovo 1985

Orcinus Orca ist die wissenschaftliche Benennung, mit der Fitzinger 1860 Linnés Definition von 1758 korrigiert hat: *Delphinus orca Linnaeus* (Orca marina oder ›Delfin-Gladiator‹) …

Die Orca, auch *Grampus* genannt, kann eine Länge von neun Metern erreichen und ist von nahezu menschlicher Intelligenz. In seinen *Whalemen Adventurers* erzählt W. J. Dakin, dass die Orcas – »die gewöhnlichen Orcas, nicht die orcinuse« (S. D'Arrigo) – mit den Walfängern bei der Jagd auf Wale zusammenarbeiten. Wenn der Wal schließlich von den Harpunen getroffen wurde, stürzen sich die Orcas auf ihn und fressen seine Zunge und seine Lippen.

Kehren wir wieder zurück zur Philologie: Wenn man das *H* wegnimmt, haben wir es mit der Bezeichnung einer Thunart zu tun, dem *Orcynus thinus*. Der Name leitet sich höchstwahrscheinlich von *orcus* her, was für *schrecklich, sterblich; Unterwelt* steht.*

Im vorliegenden Roman ist der durchgängig weibliche Artikel für *Orca* bewusst vom Autor gewählt. Nach deutschem Veständnis ist der Artikel von *Orca* männlich, was auch durch das männliche Attribut *orcinus* gerechtfertigt ist. Im Italienischen empfindet man *Orca* jedoch als weiblich, trotz des männlichen Attributs. Im Roman spiegelt das weibliche Genus der Orca eine klare, fast schon ideologisch verfestigte Unbeirrbarkeit des Strandaufsehers, Signor Cama, gegenüber der von Luigi Orioles vertretenen Ansicht einer männlichen Macht im Orca wider, weshalb er und die Fischer ihn mit männlichem Genus *Feron* oder auch *Orcaferon* (die Vergrößerungsform von *Fere*, s. dort) nennen.

Kontinent Die Sizilianer verstehen unter *continente* nicht einen oder den Kontinent, sondern in erster Linie das *Festland*. Ich habe den Begriff *Kontinent* in der Übersetzung beibehalten, weil er eine bestimmte Mentalität der Sizilianer widerzuspiegeln scheint.

Pomponade ist von D'Arrigos Wortschöpfung *pomponella* hergeleitet und bedeutet *Firlefanz, Lustbarkeit, übertriebenes Getue, Theater* im Sinn von *Affentheater*. In diesem Wort steckt das französische *pompon* für *Troddel, Quaste*.

* a. a. O., S. 88

Nachwort

Meine erste Begegnung mit dem monumentalen Roman *Horcynus Orca* geht auf das Jahr 1975 zurück, dem Jahr seines ersten Erscheinens. Damals lebte ich seit langem in Rom. Als dieser Roman erschien, nahm ich allerdings nur beiläufig wahr, dass die Zeitungen immer wieder Artikel namhafter italienischer Intellektueller jener Zeit über ihn veröffentlichten. So wusste ich zwar, dass es diesen Roman gab, der viel Aufsehen erregte, aber ich kannte ihn nicht.

In all meinen italienischen Jahren verbrachte ich in regelmäßigen Abständen immer wieder einige Tage auf dem Landsitz einer befreundeten Familie, meiner »italienischen« Familie, oberhalb des Sees von Bracciano. So auch im Frühsommer 1975. Donato Sanminiatelli, mein Freund, war Kunsthistoriker und als solcher ein ausgewiesener Kenner des sienesischen Malers Domenico Beccafumi. Seine zweite große Leidenschaft waren Landschaftsgärten. Das ländliche Anwesen in Hügellage war viele Hektar groß und von einem Maronenwald in ausgreifender Umarmung umschlossen wie ein Amphitheater, dessen weite Öffnung den Blick sanft zum See hinuntergleiten ließ; es bot alle Möglichkeiten, einen Garten der besonderen Art entstehen zu lassen, der am Ende, ab etwa 1965, von dem bedeutenden englischen Landschaftsarchitekten Russell Page entworfen, angelegt und betreut worden ist. Über die Jahre entstand so einer der schönsten und meistbeachteten Gärten Italiens, den Donatos Gattin Maria Sanminiatelli-Odescalchi und beider Sohn Andrea bis heute fortgestalten.

Es war daher ganz selbstverständliche Routine, dass Donato und ich uns an den Tagen meiner Aufenthalte dort vormittags im Gewächshaus trafen und Stecklinge von Pflanzen aller Art aus seinem Garten in Blumentöpfe setzten oder sie, sofern sie sich gut entwickelt hatten, umtopften. Bei dieser Arbeit führten wir Gespräche über unsere Entdeckungen oder genauer gesagt über unsere Gewahrwerdungen, und das in der Musik, in der bildenden Kunst, in der Literatur, aber auch in Landschaften und in der Botanik. Was ich an ihm besonders schätzte, war seine lebendige Bildung, seine Brillanz, sein Esprit, die Schärfe seines analytischen Verstands und sein entschiedenes Urteil, wenn er einmal seine Überlegungen zu einer Sache abgeschlossen hatte.

Und so begann er eines Vormittags im späten Frühjahr 1975 während des Ein- und Umtopfens von Stecklingen, mir über viele Tage hinweg im Gewächshaus von seiner neuen Entdeckung zu erzählen, dem Roman *Horcynus Orca*, den er seit einiger Zeit intensiv las. Eher beiläufig erwähnte er das Grundthema von Heimkehr, Leben, Liebe und Tod als Grundthema dieser modernen Odyssee. Einzelne Episoden, die er erzählte, machten das deutlich. Ihn faszinierte vor allem die Sprache des Romans, von der er sagte, sie sei noch nie vorher so geschrieben worden, eine Sprache von ganz eigener Art und Schönheit, die einem eine Vorstellung davon gebe, wozu das Italienische fähig sei. Diese Vorstellung ließ ihn immer wieder fast bis zur Sprachlosigkeit erstaunen. Und er bestand darauf, dass ich unbedingt einen Blick in das Buch werfen müsse.

Mir fiel sofort die andersartige, nie gehörte Ausdrucksweise der Sätze und der ungewöhnliche Klang der Wörter auf. Schon das Wort *Horcynus* stach mir ins Auge, eine Abwandlung der zoologischen Benennung *Orcinus*, um von vornherein deutlich zu machen, dass wir es nicht mit einer realistischen, sondern mit einer mythisch-epischen Meta-Dimension zu tun haben. Das übte eine große Faszination auf mich aus, doch nach fünfzehn Seiten fand ich meine keineswegs geringen Kenntnisse des Italienischen – ich hatte immerhin in den zurückliegenden Jahren die erste umfangreiche Sammlung von Gedichten von Paul Celan zusammengestellt und auf Celans ausdrücklichen Wunsch hin mit Marcella Bagnasco ins Italienische übertragen; diese Sammlung erschien dann im folgenden Jahr, 1976, im selben Verlag wie der *Horcynus Orca* –, ich fand also meine Kenntnisse nicht ausreichend, um das Einmalige und Ungewöhnliche dieser Erzählweise auch nur annähernd erfassen und wertschätzen zu können. Ich erkannte zwar, dass in dieser Prosa mit dem Italienischen etwas geschah, eine Art Verwandlung, aber ich konnte noch nicht sagen, was und wie genau das vor sich ging und in welcher Dimension. Doch die Faszination dieser fremdartigen Prosa hatte ihre tiefe Wirkung auf mich, und ich entschloss mich, das Buch zu kaufen, um es irgendwann einmal mit der Aufmerksamkeit und Gründlichkeit zu lesen, die D'Arrigos Roman forderte, und auch, um mit dem Gedanken umzugehen, es, wer weiß wann, vielleicht einmal ins Deutsche zu übertragen.

In den folgenden Jahren hatten mich mehrere schwere Schicksalsschläge getroffen, und ich fasste den Entschluss, von Rom aufs Land östlich von Rom zu ziehen, an die ersten Ausläufer der Abruzzen, in das überschaubare Leben des Künstlerdorfs Anticoli-Corrado, wo ich, außerhalb des Dorfs, ein großes schlichtes Haus mit einem weiträumigen hohen Maleratelier bewohnte – meine ständige Zuflucht über viele Jahre.

Einer dieser Schicksalsschläge war der Tod Donato Sanminiatellis Anfang 1979. In der Abgeschiedenheit meines Hauses begann ich endlich, den *Horcynus Orca* zu lesen. Ich tat es unter dem Eindruck, mit diesem Buch, dessen Grundton durchgängig der Tod ist, über dem sich aber die vielen, nahezu unerschöpflichen Facetten des Lebens zeigen, sozusagen das Vermächtnis dieses wichtigen Freundes anzunehmen. Ich las den *Horcynus Orca* über mehr als zwei Jahre, sehr langsam und das schon Gelesene immer wieder neu lesend, immer wieder nach-lesend. Als ich nach langer Lektüre schließlich ans Ende gelangt war, hatte ich das klare Bewusstsein, hier einen der fünf oder sechs ganz großen, außerordentlichen, nie vergehenden europäischen Romane des 20. Jahrhunderts in Händen zu halten. Und ich habe meine Meinung bis heute nicht geändert.

Das klingt gewagt angesichts der Tatsache, dass dieses Werk bisher, das heißt seit annähernd 40 Jahren nach seinem ersten Erscheinen, in keine fremde Sprache übertragen wurde – abgesehen von dieser jetzt hier vorliegenden Nachgestaltung ins Deutsche. Und beinahe wäre auch diese deutsche Version nicht möglich geworden, weil große Verlage mit italienischem Programm ihn, als ich die Verleger auf ihn aufmerksam machte, aus unterschiedlichen Gründen abgelehnt hatten. Dabei war die außerordentliche literarische Qualität nicht entscheidend – die kannten sie ja nicht, denn die Lektoren in den Verlagen hatten den Roman nicht vorliegen und daher auch nicht gelesen –, nein, entscheidend war die Tatsache, dass der Autor in Deutschland unbekannt und damit das verlegerische Risiko bei einem so umfangreichen Buch nicht abschätzbar war, oder man verwies einseitig auf die ablehnende Kritik, die, das soll nicht ungesagt bleiben, dieser Roman bei seinem Erscheinen in Italien auch hervorgerufen hatte – wohingegen die begeisterte Aufnahme dieses Romans durch die großen italienischen Geister der damaligen Zeit keine Bedeutung zu haben schien.

In mancher Hinsicht erinnert dieses Schicksal an das des *Moby Dick* von Herman Melville – ein Roman, den D'Arrigo sehr schätzte und neben Ariost und Dante immer wieder las –, der erst fünfzig Jahre nach seiner Veröffentlichung wirklich berühmt wurde; oder an das der *Recherche du temps perdu* von Proust, dessen erste vollständige deutsche Übersetzung von Eva Rechel-Mertens auch erst über vierzig Jahre nach seinem Erscheinen in Frankreich für den deutschen Leser zugänglich war; oder an das des *Manns ohne Eigenschaften* von Robert Musil, der lange brauchte und der Arbeit vieler Entdecker bedurfte, um aus dem übermächtigen Schatten Thomas Manns herauszutreten und die deutsche Romanliteratur zu überstrahlen.

Ich wollte nach beendigter Lektüre den Autor unbedingt kennenlernen, um sicherzugehen, dass er mir zur Seite stehen würde, wenn ich mich eines Tages an die Übertragung seines monumentalen Romans machen sollte. Der Mondadori Verlag vermittelte mir die Begegnung mit dem Autor, der in einem der neueren Außenbezirke von Rom wohnte. Mit dem Bus machte ich mich an einem Sommernachmittag auf den langen Weg zu unserer Verabredung, vom Stadtzentrum die ganze Via Nomentana hinunter, von der er dann nach links in Richtung Monte Sacro abbog. Von der Haltestelle ging ich dann noch ein paar Schritte zu Fuß in die schattige, von Bäumen bestandene Via dell'Assietta 4, wo D'Arrigos Wohnung lag. Ich drückte den Knopf seiner Hausklingel, fuhr mit dem Aufzug zur dritten Etage, und als ich die Türe des Aufzugs öffnete, stand er vor mir, ein Mann, kleiner als ich, mit weit geöffneten Armen, mit einem von Falten durchfurchten, freundlich lächelnden Gesicht, das mir sofort jede Befangenheit nahm. Und als er mich umarmte, sagte er: »Benvenuto a casa tua.« [»Willkommen bei dir zu Hause.«] Von da an wuchs zwischen ihm, seiner Frau Jutta und mir eine herzliche Verbundenheit.

Nach dem ersten wenig erfolgreichen Versuch, Verlage für dieses monumentale Werk zu interessieren, dauerte es noch einmal zweiundzwanzig Jahre – inzwischen war D'Arrigo Anfang 1992 verstorben –, bevor es zu der fast schon schicksalhaft zu nennenden Begegnung mit dem Schweizer Verleger Egon Ammann kam, der sich in Ruhe und sehr konzentriert anhörte, was ich ihm über den *Horcynus Orca* und seinen Autor Stefano D'Arrigo erzählte. Nach einigen Wochen, nach einigen Abklärungen und Überlegungen war er schließlich so überzeugt von allem, dass er sich mutig entschloss, diesen Roman zu seinem

Verlagsprojekt zu machen und sich mit mir auf den abenteuerlichen Weg seiner Übertragung ins Deutsche zu wagen.

Wie kommt es aber, dass dieser bedeutende Roman so viel Mühe hat, außerhalb Italiens seinen Verleger und seinen Übersetzer zu finden? Ein Blick auf seine Geschichte lässt die Symptomatik über das Auf und Ab erkennen, das die Entstehung des Romans bei seinem italienischen Verlag Arnoldo Mondadori und dem Piper Verlag in München Mitte der sechziger Jahre erlebte.

Die Geschichte war die: Stefano D'Arrigo schrieb ab 1956 in etwas mehr als einem Jahr einen Roman mit dem Titel *La testa del delfino* [*Der Kopf des Delfins*], die Urfassung des späteren *Horcynus Orca*, gab ihm danach aber noch drei weitere Fassungen. 1958 löste er zwei Episoden von insgesamt 100 Seiten aus dem Gesamtkonvolut heraus und veröffentlichte sie einige Zeit später in der von Elio Vittorini und Italo Calvino herausgegebenen Literaturzeitschrift *Il Menabò*. Diese Veröffentlichung zog alle Aufmerksamkeit und große Erwartung auf sich. Vittorini empfahl diesen Roman dem Verleger Arnoldo Mondadori, der sich um den Roman und Stefano D'Arrigo sehr bemühte und damit rechnete, das fertige Werk, das inzwischen den Titel *I fatti della fera* trug [*Geschichten um die Fere*], bald veröffentlichen zu können. Als 1961 die Fahnen dieser Fassung vorlagen, herrschte allgemein die Vermutung, dass der Roman in Kürze auf dem Büchermarkt erscheinen und das Jahr 1961 das Jahr Stefano D'Arrigos werden würde, und so bot Mondadori die Auslandsrechte bereits international an. Für den deutschsprachigen Raum erwarb der Piper Verlag unter seinem Verleger Klaus Piper diese Rechte, darin bestärkt durch das Urteil des Übersetzers Heinz Riedt.

Bald aber schon sah es so aus, als könnte D'Arrigo die korrigierten Fahnen nicht so schnell wie erwartet an den Verlag zurücksenden, und so versuchte Arnoldo Mondadori, einen schmeichelhaften Köder auszuwerfen, indem er seinem Autor ein monatliches Gehalt aussetzte, damit er ohne größere Sorgen sein Werk bald zum Abschluss bringen könnte, das Epoche zu machen versprach. Er wusste nicht, dass es noch ganze vierzehn Jahre dauern sollte, bis das Buch endlich veröffentlicht werden konnte, und als es dann vorlag, war es ein anderer Roman als der, auf den die italienische Öffentlichkeit und auch die ausländischen Verleger seit Jahren mit Spannung gewartet hatten. Nun hieß der Roman »Horcynus Orca«. Die in diesen Jahren durchgeführten »Korrekturen« beließen zwar ganze Passagen, viele Episoden und den Handlungsstrang des ersten Teils nahezu unverändert, doch neue Episoden kamen hinzu, und auch die Textur seiner Prosa war dichter und subtiler, der Erfindungsreichtum seiner Wörter, die aufs Feinste ziselierte »Italianisierung« des Sizilianischen waren von nie gehörter Poesie und Klanglichkeit, die Syntax war ausladender, symphonischer, fast möchte ich sagen: von byzantinischer Opulenz, vor allem in der zweiten Hälfte des Romans. Während man in der alten Version »fünf Seiten brauchte, um von einem Punkt zum anderen zu kommen, waren es jetzt fünfzig Seiten, und in einer Episode (kurz vor dem Ende: ein Strudel anstelle eines finalen *Rush*) sogar mehr als zweihundert«, schreibt Walter Pedullà, der große Kenner des *Horcynus Orca* und dessen unermüdlicher Vorkämpfer.

Nahezu die gesamte zweite Hälfte ist erst während der Jahre der »Fahnenkorrektur« entstanden. D'Arrigo und seine Frau Jutta haben mir bei meinen ersten Besuchen erzählt, wie das ausgesehen hat, nämlich nicht unähnlich dem, was wir durch Céleste Albaret, Prousts Haushälterin, von Proust kennen: Wäscheleinen, quer durchs Wohnzimmer gespannt, an denen mit Wäscheklammern befestigt die Fahnen mit ihren an den unteren Rändern angeklebten Ergänzungsseiten herabhingen, gelegentlich bis zu sieben oder acht an der Zahl, »Rollen« genannt, oder mit Einschüben, die wie Leporellos an die seitlichen Ränder geklebt wurden. Auf diese Weise konnte er immer genau den Verlauf der Handlung nach- oder ablesen.

Als diese letzte Fassung dann mit ihren umfangreichen, förmlich überbordenden Verlängerungen und Einschüben in einem Band von 1257 eng bedruckten Seiten Anfang 1975 veröffentlicht wurde, war die literarische Welt zunächst sprachlos. Und nach der ersten staunenden Stille bildeten sich zwei ungleiche Lager: das eine, das größere und wohl auch überzeugendere, in dem sich Namen wie Pier Paolo Pasolini, Luigi Malerba, Vincenzo Consolo, Primo Levi, Andrea Camilleri, Gianfranco Contini, Claudio Magris, Italo Calvino, Elio Vittorini, später auch George Steiner und viele andere Große versammelten, feierte diesen Roman als epochemachend, als »1257 Seiten reiner Poesie«, wie Pasolini sagte; das andere Lager, in dem einige im deutschen Sprachraum weniger bekannte Namen vertreten waren, auch wenn so angesehene Persönlichkeiten wie der bedeutende Germanist Cesare Cases oder der Pasolini-Biograph Enzo Siciliano sich unter ihnen fanden, sprach ungünstig, teilweise sogar abwertend und verächtlich über D'Arrigo und seinen Roman … Später entschuldigte sich Enzo Siciliano immerhin persönlich und förmlich bei D'Arrigo für seine früher veröffentlichte unsachliche Kritik und nahm sie nicht in den Band seiner Gesammelten Kritiken auf.

Die ausländischen Verlagshäuser, die Optionsrechte für die Übersetzung dieses Romans erworben hatten, nahmen indessen Abstand, nachdem sie seine »Unlesbarkeit« und »Unübersetzbarkeit« konstatiert hatten, und gaben ihre Rechte zurück. Heinz Riedt, der dem Piper Verlag beratend zur Seite stand, empfand den Roman, der auf so fremde Weise italienisch zu sein schien, als unverständlich und machte deutlich, dass dieser Text sich jeder Übersetzung verweigere. Er konnte nicht nachvollziehen, was mit der Sprache, die er aus den sechziger Jahren kannte, jetzt, 1975, geschehen war: sie war weder Dialekt noch Hochsprache; sie war auch kein Gemisch aus beidem. Sie war für ihn einfach nur fremd, schwer oder auch gar nicht verständlich, und damit eben unübersetzbar.

In Wahrheit hatte D'Arrigo über die Jahre seine eigene Sprache geschaffen, um die Geschichte seiner Hauptfigur 'Ndrja Cambrìa so erzählen zu können, dass sie völlig seiner Wahrheit und seiner Realität entsprach. Diese Sprache entwickelte sich aus langen Sprachtraditionen und Spracheinflüssen: In dieser Kette war das Italienische, wie es am strahlenden Hof von Kaiser Friedrich II. in Palermo zum ersten Mal in der Form von Dichtung hervorgetreten war, das jüngste Glied; die älteren Glieder waren, wenn wir die Reihe zurückverfolgen, das Französische und Normannische, das Arabische, das byzantinische Griechische, das Lateinische, das Griechische der alten Griechen, das Sikulische. Das alles gestaltete sich über annähernd zwei Jahrtausende hinweg allmählich zu den Sprachformen des italienischen Südens. Auch wenn die Entwicklung dieser Formen sich in den verschiedenen Provinzen (Campanien, Kalabrien, Apulien, Basilicata und Sizilien) unterschiedlich herausbildete, war jede dieser Formen doch vor allem durch mehr als eineinhalb Jahrtausende griechischer Sprachtradition geprägt.

Das alles findet sich auch im Sizilianischen wieder. Zwar klingt diese Sprache, als wäre sie mit dem Italienischen eng verwandt, viele Wörter sind gleich oder ähnlich und haben gleiche oder ähnliche Bedeutungen, andere dagegen klingen gleich oder ähnlich, haben aber völlig andere Bedeutungen als im Italienischen. Zur Verdeutlichung dieser letzten Gruppe seien hier nur wenige Beispiele angeführt: »stilare« bedeutet im Italienischen »aufsetzen«, »abfassen« – etwa in der Wendung »stilare un contratto«, »einen Vertrag aufsetzen«; im Sizilianischen hat »stilare« aber eine griechische Färbung, leitet sich von *stylos* her und bedeutet »etwas (zu tun) pflegen, die Gewohnheit haben« – wie in der Wendung »stilava alzarsi presto«, »er pflegte früh aufzustehen«. »Spiare« heißt im Italienischen »spionieren, bespitzeln«, im Sizilianischen dagegen »fragen«. Das Adjektiv »meschino« bedeutet im Italienischen »kläglich, engstirnig, kleinlich«, im Sizilianischen gibt es das ähnlich klingende »mischino«, das man für eine dialektale Form von »meschino« halten könnte, doch kommt es aus dem Arabischen und bedeutet »arm, bemitleidenswert«.

Auffälliger sind dagegen die syntaktischen Strukturen. Während sich im Italienischen das Subjekt ziemlich bald sein Prädikat sucht, steht das Prädikat im Sizilianischen in aller Regel am Ende des Hauptsatzes. Dazwischen können sich wahre syntaktische Abenteuer abspielen, wie sie nicht wenige Male auch im *Horcynus Orca* vorkommen und sich in der hier vorliegenden deutschen Gestaltung des Romans nachgebildet finden. Darin ist das Sizilianische wiederum dem Griechischen enger verwandt als dem Italienischen. Es erinnert an Pindar oder auch die dem Stesichoros zugeschriebene Chorlyrik, mitunter auch an die beiden griechisch gebildeten Horaz und Lukrez: Ihr aller Versbau ist kunstvoll verschlungen und bildet sich auf dem Weg der mutigen, schöpferischen Übersetzung sogar im Deutschen ab. Durch diese Eigentümlichkeit hat das Sizilianische für nicht-sizilianische Ohren durchaus etwas Opernhaftes, wie es in Wortwahl, Zeitform der Verben und Wortstellung in den Libretti der italienischen Oper des 19. Jahrhunderts vorkommt. Nur dürfen wir dabei nicht außer Acht lassen, dass die Sizilianer das natürlich nicht so empfinden, denn für sie ist es Alltagssprache.

Zu ihr gehört auch die Altertümlichkeit der Anrede von Personen, die noch bis weit in die achtziger Jahre anzutreffen war, nämlich das »Voi«, das »Ihr« und »Euch«, oder das »Vossìa« für »Vostra Signorìa«, was eigentlich »Euer Herrschaftlichkeit« heißt, ich hier aber etwas schlichter mit »werter Herr« oder gelegentlich mit »hoher Herr« übersetzt habe, was für moderne deutsche Ohren schon ziemlich pompös klingt, auf Sizilien aber, vor allem bei der einfacheren Bevölkerung, noch heute gelegentlich als respektvolle Anrede anzutreffen ist; dagegen ist es aus der urbanen Sprache Siziliens verschwunden. Hinter solchen Anredeformen stehen natürlich Mentalitäten, und die deuten auf tief verwurzelte Traditionen. Dazu kommt, dass während der Zeit des italienischen Faschismus das damals längst schon übliche moderne »Lei« für »Sie« als affektiert verboten und das altmodische »Voi« als kameradenhaft allgemein verpflichtend war.

Es schien mir wichtig, diese wenigen Elemente zu erwähnen, um verständlich zu machen, aus welchen viel komplexeren Erinnerungen sich D'Arrigos Erzählweise entwickelt und in welcher Weise die deutsche Übertragung ihr verpflichtet ist. Und doch sind sie nur ein Teil von ihr. Ein anderer Teil dieser Erinnerungen ist natürlich Homers Gestaltung der *Odyssee;* auch der Joyce'sche *Ulysses*, ebenso Melvilles *Moby Dick*, Dantes *Göttliche Komödie* und die opulenten, geradezu arabesken Erzählformen, wie sie uns in den häufig mit Binnenreimen in der Prosa ausstaffierten Geschichten von *Tausendundeiner Nacht* begegnen; und nicht zu vergessen: die auf Sizilien verbreitete lange Tradition der *Chansons de geste* und deren Nachgestaltungen um den großen Kaiser Karl und seinen Paladin Graf Orlando/Roland durch Andrea da Barberino in seinen *Reali di Francia* und durch Ludovico Ariosto, wie sie uns im sizilianischen Puppentheater begegnen. Das alles in enger Verbindung mit den zeitgenössischen Lebensverhältnissen und Sprechweisen der Fischer, der *Pellisquadre* D'Arrigos, an der Meerenge von Messina gegen Ende des Zweiten Weltkriegs, auf beiden Seiten dieser Straße, an den Meeren zwischen Skylla und Charybdis oder, wie es bei D'Arrigo heißt, *sullo scill'e cariddi.*

Bei der Nachbildung des monumentalen *Horcynus Orca* im Deutschen standen mir wegen der vielgestaltigen Elemente der erzählerischen Anlage des Originals keine Vorbilder vor Augen. Ich kenne kein Buch, das in seiner Sprach-, in seiner Klang- und Bilderfülle ähnlich breit gefächert wäre. Daher musste ich eine Herangehensweise für mich entwickeln, die es möglich machen sollte, meine Verpflichtung gegenüber dem Autor und gegenüber seinem Werk einzulösen. Als ich Stefano D'Arrigo Anfang der achtziger Jahre, bald nachdem wir uns kennengelernt hatten, meine Gedanken über einen möglichen Zugang für die Übertragung ins Deutsche erläuterte, waren wir uns schnell einig, dass wir nicht von einer Übersetzung im landläufigen Sinn sprechen wollten. Ich sah meine Arbeit eher als Umgestaltung, als Anverwandlung, als Fährmannstätigkeit zwischen zwei entfernten Ufern. Der Klang, die Satzrhythmen, die alten, mittleren und neuen Sprachebenen des Deutschen verlangten, dass ich mich gelegentlich vom Original entfernen musste, um ähnliche Wirkungen wie im Original hervorzurufen. Damit war D'Arrigo völlig einverstanden. Klangwirkung und Rhythmus spielten für ihn in diesem Roman eine allererste Rolle. Nur müsse ich immer sicher sein, sagte er, dass ich den Gedanken nie verrate.

Den Gedanken habe ich an keiner Stelle verraten. Die Erfordernisse meiner

Arbeit machten ein schöpferisches, von Verantwortungsbewusstsein getragenes Nachgestalten notwendig, kein buchhalterisches Umsetzen. Mir kommt der Satz des Fürsten Salina in Giuseppe Tomasi di Lampedusas *Gattopardo* in den Sinn: »Wenn wir wollen, das alles so bleibt, wie es ist, muss sich alles verändern.« Das war meine Verpflichtung.

Dabei waren mir meine sprachlichen Erinnerungen hilfreich, meine sprachlichen Prägungen aus unterschiedlichen Zeiten, die zugleich vergangen und gegenwärtig sind und ein großes, breitgefächertes Instrumentarium darstellen. Vielleicht hat der Leser gelegentlich Jean Paul oder Heinrich von Kleist beim kunstvollen Satzbau in diesem *Horcynus Orca* am Werk gesehen und einen mitunter eher süddeutschen Gebrauch der Syntax und des Wortbestands beobachtet und ebenso Anflüge von Jiddischem, vielleicht hat er das Wogen verschiedener Odenformen wahrgenommen, den gelegentlich daktylischen oder gelegentlich jambischen Fluss von Satzströmen, den reichen, ganz bewusst eingesetzten Vokalwechsel, um vieles zum Funkeln zu bringen. Hölderlin ist gegenwärtig, über den D'Arrigo 1942 promovierte, seine Lyrik, seine Prosa, ganz sicher auch sein Sophokles, ganz sicher auch Pindar und Paul Celan, Robert Walser und auch Arno Schmidt. Und während der gesamten Arbeit über die acht Jahre von 2006 bis 2014 hat mich immer Gustav Mahlers Musik umgeben, im Ohr, im Kopf, er hat mich bei der Verwandlung des Texts immer wieder aufhorchen lassen und mich dazu gebracht, alles immer wieder neu zu hören.

Aus all dem musste eine Welt entstehen, die archaisch fern und zugleich nahe ist, sich durch Jahrhunderte zieht und zugleich unmittelbar berührbar ist, alte Klänge anschlägt und zugleich eine moderne Vertrautheit vermittelt. Die deutsche Nachgestaltung musste notwendigerweise einen anderen Ton bekommen als das Italienische, was im unterschiedlichen Wesen der beiden Sprachen liegt. Aber der deutsche Ton setzt ebenso auf Fülle und Unverwechselbarkeit wie das italienische Original.

Das Ziel war es, diesen großen Roman auf seinem Weg nach Europa zu begleiten, dorthin, wo er zu Hause ist. Sein Erscheinen im deutschsprachigen Raum ist gewissermaßen nur ein erster Zwischenaufenthalt. Meine Aufgabe war es, sein hilfreicher Gefährte auf diesem Weg zu sein.

Ich danke meinem verehrten Lehrer Arnold Wiebel von Herzen für seinen frühen Rat und seine Fragen bei der Durchsicht der schon vor über dreißig Jahren entstandenen ersten Seiten, und ich erinnere mich voller Dankbarkeit hier gerne auch an seinen Bruder Martin, der damals Korrespondent der Frankfurter Allgemeinen Zeitung in Rom war und mir durch seine Korrekturvorschläge und Beobachtungen half, schon früh eine Orientierung durch dieses Werk zu finden. Unaussprechlich ist mein Dank gegenüber Egon Ammann, der von Anbeginn unserer Bekanntschaft großes Vertrauen in meine Fähigkeiten als »Fährmann« hatte und dieses Projekt am Ende als Lektor betreut und mitgestaltet hat. Diese Fährmannstätigkeit wäre allerdings so nicht möglich gewesen, wenn ich nicht meinen langjährigen Freund Gianni Galifi in Catania an meiner Seite gehabt hätte und ebenso einen Landsmann von D'Arrigo, den von ihm und mir hochgeschätzten, geduldigen, nimmermüden Stefano Lanuzza in Florenz, einen ausgewiesenen D'Arrigo-Kenner; beide haben mir zu jeder Zeit mit ihrem Wissen und ihrem Rat Schwierigkeiten aus dem Weg geräumt. Ihnen gilt mein ganz besonderer Dank. Ebenfalls zu Dank verpflichtet bin ich dem Deutschen Übersetzerfonds, der diese langwierige und umfangreiche Arbeit mit einem Arbeitsstipendium finanziell unterstützt hat. Und schließlich geht mein letzter, stiller, immerwährender Dank hinüber zu Stefano und Jutta D'Arrigo und ebenso zu Donato Sanminiatelli, dessen Andenken ich meine Übersetzung widme, für die tiefe, eindringliche, aufwühlende und leidenschaftliche Bekanntschaft mit diesem großen Werk.

Berlin, im April 2014 *Moshe Kahn*